中華書局

古漢語小字典

張雙棣 編著

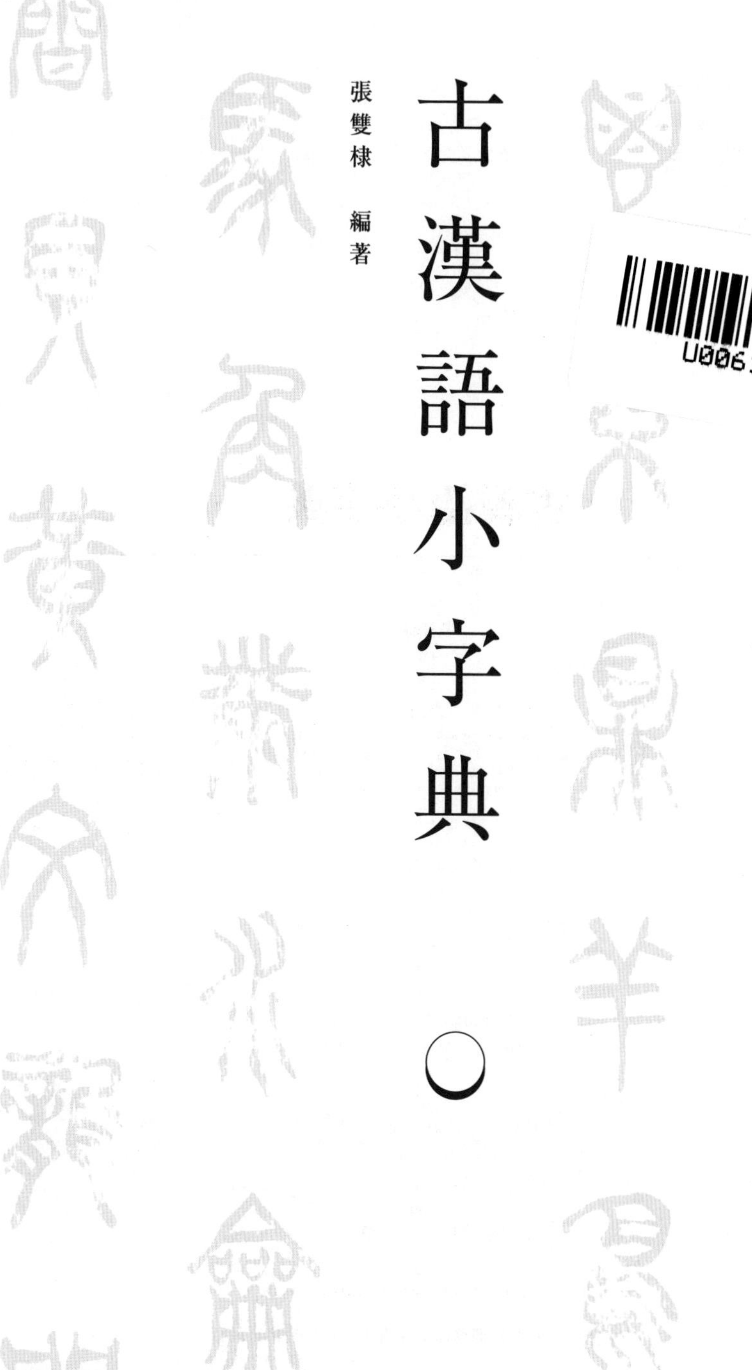

□ 責任編輯：鍾昕恩　梁潔瑩
□ 校　對：栗博遠
□ 封面設計：明日設計事務所
□ 版式設計：楊舜君
□ 排　版：楊舜君
□ 印　務：劉漢舉

古漢語小字典

□
編著
張雙棣
□
出版
中華書局（香港）有限公司
香港北角英皇道 499 號北角工業大廈一樓 B
電話：(852) 2137 2338　傳真：(852) 2713 8202
電子郵件：info@chunghwabook.com.hk
網址：http://www.chunghwabook.com.hk
□
發行
香港聯合書刊物流有限公司
香港新界荃灣德士古道 220-248 號
荃灣工業中心 16 樓
電話：(852) 2150 2100　傳真：(852) 2407 3062
電子郵件：info@suplogistics.com.hk
□
印刷
美雅印刷製本有限公司
香港觀塘榮業街 6 號海濱工業大廈 4 樓 A 室
□
版次
2020 年 12 月第 1 版第 1 次印刷

□
規格
32 開（210 mm × 143 mm）
□
ISBN：978-988-8676-10-1
本書繁體字版經由商務印書館有限公司授權出版發行

總 目 錄

前　言

一個人寫一本古漢語字典，真不是一件容易的事。就是這樣一本小字典，前後斷斷續續用了十五六年的時間。20 世紀 80 年代後半期參加《王力古漢語字典》的編寫，寫了辰集和亥集，90 年代上半期主編北京大學出版社出版的《古代漢語字典》，執筆寫了寅集、卯集、未集和子集的一部分，這次，又寫了其他的幾集，並將原來的幾集做了改寫，刪除一些僻字，成了這樣一本古漢語小字典。

《古代漢語字典》出版後，曾有人建議我出一個簡本，不要過多考慮時代性以及始見書問題，可以選擇一些常見的容易懂的例句。我很理解這種建議，但是這種做法正是我在《古代漢語字典・前言》中所批評和反對的，我怎能食言自己再去那樣做呢。所以這本《古漢語小字典》還是把時代性作為一項重要原則。我覺得，只有這樣才能給讀者一個正確的認識，特別是對於剛開始接觸古文的人。如果讓他們覺得古文都處於同一個平面，不分時間層次，也就是說，他們不知道詞義是隨着時間而發展的，那麼，他們就很可能用後代的詞義去解釋前代的文章，就會犯錯誤。先入為主，以後再糾正就困難了。正如學習外語，開始發音不準，以後糾正起來十分吃力，不如一開始就掌握正確的發音。我特別贊成王力先生的一句話：「學習古代漢語，說來說去，就是一個時代性的問題。」所以，樹立歷史觀點，重視詞義的時代性，是學習古代漢語的第一要務。我們編寫古代漢語字典，也應該首先考慮時代性的問題。

這本古漢語小字典所遵循的原則，除了時代性的原則之外，更加強調詞義的概括性，以及簡明性和常用性。王力先生在《關於古漢語字典的編寫問題》中強調：「過去的字典於一個字條下面羅列十多個甚至幾十個意義，本義和引申義常常顛倒。其實並沒有那麼多。有些是東抄西襲，把本來可以合併的意義分成幾條。其實，如果某字只有一個本義，近引申義也就可以與本義放在一起，遠引申義才另立一項。這樣，一個字少則一個意義，多則四五個意義就夠了。」在《王力古漢語字典・序》中把「擴大詞義的概括性」作為該字典的八大特點之首，王先生說：「一般字典辭書總嫌義項太多，使讀者不知所從，其實許多義項都可以合併為一個義項，一個是本義，其餘是引申義。本書以近引申義合併，遠引申義另列，假借義也另列。這樣義項就大大減少，反而容易懂了。」強調詞義的概括性是王力先生的一貫思想和主張，也是符合語義學原則的。我們編寫古漢語字典，無論大小，都必須謹記這個原則，不可一時疏忽。在強調概括性的同時，也注意到字典的常用性，收字主要是常用字。王先生說：「應該選擇常用詞，因為常用詞在古書上常見，實用價值較大。僻字收不勝收，收了用處也不大。」正是這些常用詞，有不少與現代詞義只有些微的差別，差別越是細微，就越容易忽視，因此就越應該引起我們的重視。也正是這些常用詞，它們體現着古今漢語發展的脈絡，是我們應該着力掌握的，也是我們應該重點研究的。因為主要選擇的是常用詞，又沒有收入僻義，所以就可以簡明些。有這樣一些想法，但做得如何還得靠大家評說了。

在字典後邊把王力先生兩篇沒有發表過的文章作為附錄。第一篇是《關於古漢語字典的編寫問題》，這是王先生 1974 年在商務印書館參加編寫古漢語字典時的發言稿。1984 年王先生開始為中華書局編寫古漢語字典時，讓我寫一個簡單的凡例，把這個稿子交給我作為參考。現在把它放在這裏，主要是想說明，王先生關於詞典編纂的思想的一貫性，即使在那種非常時期，他也沒有放棄或改變自己的思想。這個稿子是我們研究王力先生詞典學思想的珍貴材料。另一篇是《文言常用詞韻語》（並附注）。1980 年王先生主持修訂《古代漢語》。一次王先生跟我聊起古代漢語教材孕育及形成的情況，他說，他曾經把古漢語的常用詞，四字一句，編成過韻語，便於學生記憶。後來胡雙寶先生告訴我，他不久前整理東西找到一份王力先生 1958 年給留學生上課時發的油印講義，名字叫《文言常用詞韻語》。我拿這份講義給王先生看，問他是不是這份常用詞韻語。王先生看了看說，應該就是這份東西，不過我倒不記得是給甚麼學生上的課了。這份《韻語》收字 2368 個，分成 54 組，四字一句，都是押韻的，每組字數不等，多的 22 句，88 字，少的 8 句，32 字。《韻語》後邊有八點說明，然後是注解，對每組中某些字作簡單的注釋，有的還有例句。不過注解部分不全了，只到 41 組，後邊的沒有了。這個《韻語》，就是《古代漢語・常用詞》的雛形。這個《韻語》說明王力先生重視常用詞研究的一貫思想，是一份難得的珍貴資料。

胡雙寶先生在說明中回憶當時的情況說：「1958 年秋，我被抽調出來負責中文系外國留學生的教學組織與安排。那時候，中國同學下廠下鄉，搞運動，幾乎不上課。留學生一般不參加上述活動，系裏給他們單獨安排了幾門課程，其中有一門就是王力先生的《古代漢語》。王力先生自編講義，每週上兩次課（每次兩小節）。我是聽這門課的唯一的中國人。記得王先生頭一堂講的是《禮記・禮運》，以後還選講了《論語》《孟子》等書中的若干篇。到後半學期，王先生印發了這份《文言常用詞韻語》（附注解），並在課堂上講了掌握常用詞的重要。這門課沒有上完，我手頭的材料可能是國內僅存的一份。」

這本小字典，雖然用了不少時間和精力，但由於水平所限，缺點錯誤恐怕難免，懇切希望讀者和專家批評。

凡　例

一、本字典收單字近八千個（不包括異體字）及少量複音詞或詞組。所收單字以常用字為主，冷僻字不收，明清以後產生的字一般也不收。

二、本字典字頭按漢語拼音方案字母表順序排列。

三、本字典對異體字從嚴掌握，凡古代音義有別者，一般不作異體字處理，如「脩」不作「修」的異體，「彫」不作「雕」的異體，都另出字頭。

四、本字典以普通話讀音為準，用漢語拼音字母注音，古入聲字在拼音右下角用△號標示。某些有參考價值的舊讀酌量採用，在注音後用「（舊讀某）」表示。

五、多音多義字以本義所讀音讀為第一音項，用㊀表示，其他音項以㊁㊂為序。音項下列義項，用❶❷排列次序。所有音義都排在第一音項讀音的位置上，在㊁㊂音項所在的位置分別重出該字頭及讀音，並標示互見。如：

> 朝 ㊀ zhāo　❶ 早晨……
> 　 ㊁ cháo　❷ 臣朝見君主……　❸ 朝廷……

「朝」出現在 zhāo 音的位置上。同時在 cháo 音的位置重出字頭，並標示見××頁：

> 朝 cháo　見 663 頁「朝」㊁。

六、本字典義項排列，依詞義的系統以本義、引申義為序，近引申義不單列義項，遠引申義單列義項。假借義排在最後，用「通某」標示。假借義音讀不另出音項，「通某」的「某」下注出所通義的讀音。如：

> 艾 ài　……❹ 通「刈 yì」。割，收割……　❺ 通「乂 yì」。治理……

七、釋義中凡某意義上的異體字用「同某」，通假字用「通某」，古今字用「後來寫作某」。

八、某些義項古今義差別較大，除舉例外，有時也舉出相關的成語。這樣，既可以加深對詞義的理解，又可以幫助一般讀者正確理解成語的詞義。如：

> 池 chí　……❷ 護城河。《左傳・僖公四年》：「楚國方城以為城，漢水以為～。」……今成語有「金城湯池」。

九、複音詞或詞組與單字義項有關者，排在相關義項下。如：

> 斗 dǒu ……❷ 量器，也用作量詞，十升為斗……［斗筲 shāo］斗筲都是容量小的容器，因此用來比喻才識短淺，氣量狹小……

如果複音詞或詞組不止一個義項，則用 1、2 為序。如：

> 抖 dǒu ［抖擻］1. 抖動，振動…… 2. 振作，奮發……

十、例句儘量選用始見書或時代較早的典籍，以幫助讀者樹立歷史觀點。同時突出例句的典型性，要儘量明白易懂。例句中不易理解之處，加簡單注釋以幫助一般讀者理解。

十一、例句中用～代表字頭的字。用～～代表複音詞或詞組的字。

十二、某些字條下設有【說明】一欄，其內容主要是說明繁簡字及字形更迭的情況。

十三、某些字條下設有【辨析】一欄，意在辨析同義詞，幫助一般讀者理解這些詞在某些意義上的細微區別。

十四、字典正文後，附有王力先生《關於古漢語字典的編寫問題》（節選）、《文言常用詞韻語》兩篇文章，以及《中國歷史年代簡表》。

漢語拼音音節表

部首檢字表

【說明】

1. 《部首檢字表》包括《部首目錄》和《檢字表》兩部分。
2. 部首次序依部首筆畫多少排列。
3. 《部首目錄》部首右邊的數字是《檢字表》中的頁碼，《檢字表》中每字右邊的數字是字典正文中的頁碼。

（一）部首目錄

一畫

二畫

三畫

四畫

(二) 檢字表

囗部

巛部

工部

己部

巾部

戈部

戶部

手（扌）部

支部

攴（攵）部

文部

斗部

斤部

阜(阝左)部

隶部

隹部

雨部

鳥部

鹵部

鹿部

麥部

麻部

A

A

a

阿 a 見121頁「阿」㊁。

ai

哀 āi ❶悲痛，悲傷。《莊子・田子方》：「夫～莫大於心死。」特指父母的喪事。《禮記・雜記上》：「祭稱孝子孝孫，喪稱～子～孫。」❷傷悼，憐憫。《左傳・僖公三十三年》：「秦不～吾喪而伐吾同姓。」杜牧《阿房宮賦》：「秦人不暇自～，而後人～之。」❸通「愛ài」。愛重。《呂氏春秋・報更》：「人主胡可以不務～士？」

埃 āi 塵土。《荀子・勸學》：「上食～土，下飲黃泉。」白居易《長恨歌》：「黃～散漫風蕭索。」

唉 āi ❶應答聲。《莊子・知北遊》：「狂屈曰：『～，予知之，將語若。』」（語：告訴。若：你。）❷歎息聲。《史記・項羽本紀》：「（范增）曰：『～，豎子不足與謀！』」

欸 ㊀āi ❶歎息。屈原《九章・涉江》：「～秋冬之緒風。」（緒風：餘風。）㊁ǎi ❷[欸乃]行船搖櫓聲。柳宗元《漁翁》：「～～一聲山水綠。」又指划船時唱的歌聲。陸游《南定樓過急雨》：「棹歌～～下吳舟。」（棹歌：船歌。）

挨 ái ❶從後推擊。《列子・黃帝》：「攩拯～抌，亡所不為。」（攩tǎng：追打。拯bì：推擊。抌dǎn：推。亡：無。）❷接連。王安石《和王微之登高齋》之一：「卧聽窾木鳴相～。」（窾kuǎn：空。）

磑 ái 見528頁「磑」㊁。

皚 ái 潔白。古詩《白頭吟》：「～如山上雪。」[皚皚]潔白的樣子。班彪《北征賦》：「涉積雪之～～。」

騃 ái 愚，呆。《漢書・息夫躬傳》：「外有直項之名，內實～不曉政事。」

毐 ǎi ❶品行不正的人。《說文》：「～，士之無行者。」❷人名，秦始皇時有嫪（lào）毐。

欸 ǎi 見1頁「欸」㊁。

矮 ǎi 身材短。白居易《道州民－美臣遇明主也》詩：「道州民，多侏儒，長者不過三尺餘。市作～奴年進送，號為道州任土貢。」泛指低，不高。歐陽炯《貫休應夢羅漢畫歌》：「硬節杖，～松牀，雪色眉毛一寸長。」

藹 ǎi ❶茂盛、茂密的樣子。宋玉《九辯》：「離芳～之方壯兮。」《漢書・揚雄傳上》：「鬱蕭條其幽～兮。」引申為遮蔽。顏延之《直東宮答鄭尚書》：「流雲～青闕。」（闕：皇宮前面兩邊的樓臺。）❷[藹如]和善的樣子。韓愈《答李翊書》：「仁義之人，其言～～也。」❸同「靄」。雲氣。江淹《秋夕納涼奉和刑獄舅》：「虛堂起青～。」

靄 ǎi 雲氣。謝惠連《雪賦》：「連氛累～，掩日韜霞。」（韜tāo：掩藏。）王維《終南山》：「白雲回望合，青～入看無。」（入看：入眼。）引申為籠罩。陳標《秦王卷衣》：「秦王宮闕～春煙。」

艾 ài ❶多年生草本植物，葉面綠色，背面灰白色。《詩經・王風・采葛》：「彼采～兮，一日不見，如三歲兮。」代指灰白色。元稹《酬復言長慶四年元日郡齋感懷見寄》：「～髮衰容惜寸輝。」（寸輝：指極短的時間。）❷ 年老，長壽。《詩經・魯頌・閟宮》：「俾爾耆而～。」（耆：年老。）又為年老的人。《文心雕龍・養氣》：「凡童少鑑淺而志盛，長～識堅而氣衰。」❸ 盡，止息。《詩經・小雅・庭燎》：「夜如何其？夜未～。」（其：語氣詞。）《左傳・襄公九年》：「大勞未～。」今成語有「方興未艾」。❹ 通「刈 yì」。割，收割。《禮記・月令》：「令民毋～藍以染。」（藍：一種草本植物，葉子可提製藍色染料。）❺ 通「乂 yì」。治理。《詩經・小雅・小旻》：「或肅或～。」（或：有的。）又為懲戒。《孟子・萬章上》：「太甲悔過，自怨自～。」（太甲：商王名。）

阨(阸) ài 見 122 頁「阨(阸)」㊁。

堨 ㊀ ài ❶ 塵埃。《淮南子・兵略》：「揚塵起～。」

㊁ è△ ❷ 堤堰。《水經注・濟水》：「以竹籠石，葺土而為～。」❸ 攔截水流。《水經注・涑水》：「故公私共～水徑，防其淫濫。」

嗌 ài 見 612 頁「嗌」㊁。

愛 ài ❶ 愛，親愛。《戰國策・趙策四》：「父母之～子，則為之計深遠。」特指男女之間的情愛。《戰國策・齊策三》：「孟嘗君舍人有與君之夫人相～者。」引申為喜愛。《呂氏春秋・知度》：「去～惡之心。」❷ 憐惜，愛惜。《左傳・僖公二十二年》：「～其二毛。」（二毛：指花白頭髮的老人。）《淮南子・脩務》：「夫雁順風以～氣力。」❸ 吝嗇，捨不得。《孟子・梁惠王下》：「百姓皆以王為～也。」

隘 ài ❶ 狹窄。《詩經・大雅・生民》：「誕寘之～巷，牛羊腓字之。」（寘：放置。腓字：庇護。）特指人器量褊狹。《潛夫論・班祿》：「臣養優而不～，吏愛官而不貪。」❷ 險要的地方。《淮南子・兵略》：「一人守～，而千人弗敢過也。」❸ 窮困，窘迫。《荀子・王霸》：「生民則致貧～。」《新序・雜事四》：「此言常思困～之時，必不驕矣。」❹ 通「厄 è」。阻止，隔絕。《戰國策・楚策二》：「懷王薨，太子辭於齊王而歸，齊王～之。」（太子：指楚懷王太子。）又《東周策》：「三國～秦。」

僾 ài ❶ 隱約，彷彿。《禮記・祭義》：「祭之日，入室，～然必有見乎其位。」❷ 呼吸不暢，窒息。《詩經・大雅・桑柔》：「如彼溯風，亦孔之～。」（溯 sù：向。孔：很。）

噫 ài 見 603 頁「噫」㊁。

薆 ài ❶ 遮蔽。《離騷》：「何瓊佩之偃蹇兮，眾～然而蔽之。」❷ 草木茂盛的樣子。曹植《臨觀賦》：「南園～兮果載榮。」❸ 香。江淹《蕭道成誄》：「譽馥區中，道～岷外。」

曖 ài 昏暗不明。沈約《夜夜曲》：「孤鐙～不明。」（鐙：燈。）引申為遮蔽。《後漢書・周燮傳贊》：「甘是堙～。」

餲 ài 食物經久而變味。《論語・鄉黨》：「食饐而～，魚餒而肉敗，不食。」（饐 yì：食物經久而腐臭。餒：魚腐爛。）

【辨析】餲、饐。二字都指食物經久變味。《爾雅》：「食饐謂之餲。」然《論語》「食饐而餲」，「饐」與「餲」則不盡相同。《說文》：「餲，飯餲也。」「饐，飯傷濕也。」蓋食物放時間長了變味叫餲，時間長而又因閉藏而傷濕發出餿臭味叫饐。析言有別，渾言則不別。

礙 ài 阻礙，妨礙。《列子・力命》：「獨往獨來，獨出獨入，孰能～之？」吳均《與朱元思書》：「游魚細石，直視無～。」

靉 ㊀ ài ❶［靉靆 dài］雲盛的樣子。潘尼《逸民吟》：「朝雲～～，行露未晞。」

㊁ yǐ ❷［靉霼 xì］依稀，不明的樣子。木華《海賦》：「且希世之所聞，惡審其名？故可仿像其色，～～其形。」（惡 wū：何。仿像：彷彿，不明的樣子。）

an

安 ān ❶ 安定，安穩。《詩經·小雅·常棣》：「喪亂既平，既～且寧。」引申為安樂，安逸。《論語·學而》：「君子食無求飽，居無求～。」又引申為感到安適，習慣。《呂氏春秋·樂成》：「舟車之始見也，三世然後～之。」❷ 徐緩。《詩經·小雅·何人斯》：「爾之～行，亦不遑舍。」（遑：暇。）今成語有「安步當車」。引申為妥當。《論衡·自紀》：「世書俗說，多所不～。」❸ 安放，安置。《齊民要術·安石榴》：「～骨石於其中也。」陸游《東陽道中》：「先～筆硯對溪山。」❹ 疑問代詞。用作賓語或狀語，可譯為哪裏、怎麼。《戰國策·趙策三》：「梁客辛垣衍～在？」《史記·陳涉世家》：「燕雀～知鴻鵠之志哉？」

庵 ān ❶ 圓形草屋。《顏氏家訓·風操》：「諸子並立草～於所署門，不敢寧宅。」（寧宅：安居。）古代文人多以庵名書齋，如陸游有「老學庵」，其書有《老學庵筆記》。❷ 小寺廟。後多為尼姑所住。秦觀《題之禪志許以草庵》：「不是三乘宿草～。」（三乘：佛教有下乘、中乘、上乘，此指佛門。）

媕 ān ［媕婀 ē］無主見的樣子。韓愈《石鼓歌》：「中朝大官老於事，詎肯感激徒～～。」

腤 ān 烹煮。《齊民要術·脏腤煎消法》：「～白肉。」

鞍 ān 馬鞍。《管子·山國軌》：「被～之馬千乘，齊之戰車之具具於此。」古詩《木蘭辭》：「願為市～馬，從此替爺征。」

鞌 ān ❶ 同「鞍」。馬鞍。《公羊傳·昭公二十五年》：「以～為几。」（几：矮桌。）❷ 古地名，春秋時屬齊國。《左傳·成公二年》：「師陳于～。」（師：軍隊。陳：擺開陣勢。）

盦 ān ❶ 覆蓋。器皿的蓋子。《說文》：「～，覆蓋。」段玉裁注：「此謂器之蓋也。」引申為盛食物的器皿。《遊宦紀聞》卷十四：「古器之名，則有……～……。」《宣和博古圖》收有周代交虬盦。❷ 同「庵」。多用於人名或書齋名。

諳 ān 熟悉，知曉。《後漢書·虞延傳》：「其陵樹株蘖，皆～其數；俎豆犧牲，頗曉其禮。」王建《新嫁娘》：「未～姑食性，先遣小姑嘗。」

鵪 ān ［鵪鶉］鳥名。《本草綱目·禽部》：「鵪與鶉為兩物也，形狀相似，俱黑色，但無斑者為鵪，今人總以～～名之。」

韽 ān 聲音微小。《周禮·春官·典同》：「微聲～。」（微：指鐘體小。）

鶕 ān 鶉類鳥名。王逸《九思·悼亂》：「鶉～兮甄甄。」（甄甄：小鳥飛的樣子。）

犴（豻） àn ❶ 北方一種野狗。《淮南子·道應》：「於是散宜生乃以千金求天下之珍怪，得……青～、白虎。」❷ 古代鄉間的牢獄。《漢書·刑法志》：「原獄刑所以蕃若此者……獄～不平之所致也。」（原：推究。蕃：繁多。）

岸 àn ❶ 水邊高地。《詩經·衛風·氓》：「淇則有～。」（淇 qí：水名。）引申為邊際。蘇軾《靈上訪道人不遇》：「草色綠無～。」❷ 高。《漢書·江充傳》：「充為人魁～。」（魁：大。）❸［岸幘］將冠巾上推，露出前額。形容態度灑脫。孔融《與韋林甫書》：「不得復與足下～～廣坐。」（幘 zé：一種頭巾。）

【辨析】 岸、涯、垠。三字在「邊際」義上是同義的。「岸」本指水邊高地，也指水邊；「涯」義為水邊，這兩個字意義更相近。在某些固定說法上，一般不能互換，如「天涯」不能說成「天岸」。「垠」義側重在「邊際」，常「垠堮（鍔）」「無垠」組合。

按 àn ❶ 用手向下壓摁。《呂氏春秋·貴信》：「曹劌～劍當兩陛之間。」（陛：臺階。）又特指按摩。《素問·金匱真言論》：「故冬不～蹻。」（蹻 qiāo：導引。）引申為按住，止住。《戰國策·齊策二》：「不如～兵不出。」❷ 擊奏樂器。

宋玉《招魂》：「陳鐘～鼓。」❸ 考察，查究。《韓非子・外儲說左上》：「考實～形，不能謾於一人。」（謾：欺。）《漢書・酷吏傳・嚴延年》：「事下御史～驗。」❹ 巡行。《史記・衛將軍驃騎列傳》：「遂西定河南地，～榆溪舊塞。」（榆溪：地名。塞：邊塞。）❺ 按照，依照。《呂氏春秋・孟冬》：「陳祭器，～度程。」（度程：法度程式。）今成語有「按部就班」。❻ 於是，就。《荀子・富國》：「人皆失喪之，我～起而制之。」❼ [按堵] 安居。《漢書・高帝紀上》：「吏民皆～～如故。」

【辨析】按、抑。它們都有向下壓的意思，只是「抑」的程度重，且常用於壓抑、抑制等抽象意義。

案 àn ❶ 有短腿放食物的木托盤。《周禮・考工記・玉人》：「～十有二寸。」《史記・萬石張叔列傳》：「對～不食。」❷ 憑依、坐憩用的小几。《周禮・天官・掌次》：「王大旅上帝，則張氈～。」（大旅：大祭名。）又指長方形的短桌。《三國志・吳書・周瑜傳》：「權拔刀斫前奏～。」❸ 官府的文書、案卷。嵇康《與山巨源絕交書》：「堆～盈几。」《北史・裴政傳》：「簿～盈几，剖決如流。」❹ 向下壓摁。《莊子・盜跖》：「～劍瞋目，聲如乳虎。」《史記・魏其武安侯列傳》：「～灌夫項，令謝。」引申為壓抑，按下不用。《荀子・王制》：「偃然～兵無動。」❺ 考察。《戰國策・趙策二》：「臣竊以天下地圖～之，諸侯之地，五倍於秦。」《論衡・問孔》：「～賢聖之言，上下多相違。」引申為審理，查辦。《史記・魏其武安侯列傳》：「灌夫家在潁川，橫甚，民苦之，請～。」❻ 依照，按照。《韓非子・孤憤》：「人臣循令而從事，～法而治官。」❼ 則，於是。《荀子・臣道》：「是～曰是，非～曰非，是事忠君之義也。」

晻 àn 天色昏暗。《漢書・五行志下之下》：「天無雲，日光～。」又用於抽象意義，指世道或人的昏暗。《荀子・不苟》：「是姦人將以盜名於～世者也。」《漢書・元帝紀》：「今朕～於王道。」

暗 àn ❶ 光不足，昏暗。《韓非子・解老》：「以為～乎，其光昭昭。」（昭昭：明亮的樣子。）王安石《遊褒禪山記》：「至於幽～昏惑而無物以相之。」（相 xiàng：輔助。）❷ 昏亂，愚昧。《荀子・天論》：「上～而政險。」（上：君主。）❸ 遮蔽，隱蔽。劉孝威《妾薄命》：「驚沙～井陘。」白居易《琵琶行》：「尋聲～問彈者誰？」

【辨析】暗、闇。見 4 頁「闇」字條。

闇 àn ❶ 昏暗。《淮南子・俶真》：「處玄冥而不～。」《後漢書・郎顗傳》：「陰～連日。」比喻社會政治黑暗。《莊子・讓王》：「今天下～，周德衰。」（周：周代。）又為隱暗之處。《呂氏春秋・具備》：「使民～行若有嚴刑於旁。」❷ 愚昧，昏昧。《荀子・君道》：「主～於上，臣詐於下，滅亡無日矣。」❸ 通「奄 yǎn」。忽然。傅毅《舞賦》：「～復輟已。」（輟：停止。已：語氣詞。）❹ 通「瘖 yīn」。緘默不語。《穀梁傳・文公六年》：「上泄則下～。」（上泄：指君主泄露臣言。）

【辨析】闇、暗。在「昏暗、愚昧」的意義上可以通用，「闇」的其他意義，則不能寫作「暗」。

黯 àn ❶ 黑色。《史記・孔子世家》：「丘得其為人，～然而黑，幾然而長。」❷ 昏暗，無光澤。《論衡・無形》：「人少則膚白，老則膚黑，黑久則～，若有垢矣。」[黯黮 dǎn] 昏暗不明的樣子。宋玉《九辯》：「彼日月之照明兮，尚～～而有瑕。」

ang

卬 ㊀ áng ❶ 我。《詩經・邶風・匏有苦葉》：「人涉～否，～須我友。」（須：等待。）❷ 抬起，升高。《漢書・司馬遷傳》：「乃欲～首信眉，論列是非。」（信 shēn：伸。）《漢書・食貨志下》：「萬物～貴。」引申為激勵。司馬相如《長門賦》：「意慷慨而自～。」
㊁ yǎng ❸ 臉向上，抬頭向上，與「俯」

相對。後來寫作「仰」。《莊子・天地》：「為圃者～而視之。」引申為仰仗，依賴。《漢書・公孫弘傳》：「貧民大徙，皆～給縣官。」（給：供給。縣官：指朝庭。）

昂 áng ❶ 抬起，升高。屈原《遠遊》：「服偃蹇以低～兮，驂連蜷以驕驁。」（服：駕轅的馬。偃蹇 jiǎn：屈伸的樣子。連蜷：指馬蹄勾屈。）《論衡・變動》：「故穀價低～，一貴一賤兮。」❷ [昂昂] 志行高遠。屈原《卜居》：「寧～～若千里之駒乎？」

枊 àng ❶ 繫馬的柱子。《三國志・蜀書・先主傳》：「解綬繫其頸著馬～。」❷ 斗拱。何晏《景福殿賦》：「飛～鳥踊，雙轅是荷。」

盎 àng ❶ 盆一類的盛器，腹大口小。《淮南子・精神》：「與其為盆～亦無以異矣。」❷ 盛，洋溢。《孟子・盡心上》：「～於背，施於四體。」（施 yì：延及。）

ao

凹 āo 窪下，與「凸」相對。司馬光《瘿盆》：「波浪漬朽成～窪。」（朽：指朽木。）

坳 āo 地低陷處。《莊子・逍遙遊》：「覆杯水於～堂之上，則芥為之舟。」杜甫《茅屋為秋風所破歌》：「下者飄轉沉塘～。」

敖 áo ❶ 遊玩。後來寫作「遨」。《詩經・邶風・柏舟》：「微我無酒，以～以遊。」❷ 喧噪。《荀子・彊國》：「而日為亂人之道，百姓讙～。」（讙 xuān：喧噪。）❸ 通「熬 áo」。煎熬。《荀子・富國》：「天下～然，若燒若焦。」❹ 通「傲 ào」。傲慢。《荀子・賦》：「仁人絀約，～暴擅強。」

摮 áo 擊。《公羊傳・宣公六年》：「公怒，以斗～而殺之。」

嗷（嗸） áo [嗷嗷] 1. 哀鳴聲。《詩經・小雅・鴻雁》：「鴻雁于飛，哀鳴～～。」2. 聲音嘈雜。《漢書・楚元王傳附劉向》：「讒口～～。」

廒 áo 糧倉。《文獻通考》卷二十一：「凡十有四年，得息米造成倉～。」（息米：作為利息交納的米。）

隞 áo 古地名，商王中丁的都城，在今河南滎陽。《史記・殷本紀》：「帝中丁遷於～。」

璈 áo 古代樂器名。《漢武帝內傳》：「王母乃命諸侍女王子登彈八琅之～。」

獒 áo 高大的猛犬。《左傳・宣公二年》：「公嗾夫～焉。」（嗾 sǒu：嗾使。）

熬 áo ❶ 乾煎，乾炒。《周禮・地官・舍人》：「喪紀，共飯米～穀。」（共：供給。）《淮南子・齊俗》：「煎～燎炙，齊和萬方，其本一牛之體。」❷ 文火慢煮。王建《隱者居》：「何物中長食，胡麻慢火～。」

遨 áo 遊，遊逛。《後漢書・劉盆子傳》：「而猶從牧兒～。」高啟《書博雞者事》：「博雞者～於市。」

磝 ㊀ áo ❶ [磝磝] 山多小石的樣子。韓愈《別知賦》：「山～～其相軋。」㊁ qiāo ❷ [磝磝] 土地堅硬瘠薄的樣子。《易林・巽之蹇》：「～～禿白，不生黍稷。」

翱（翶） áo 翼一上一下地飛。《詩經・鄭風・女曰雞鳴》：「將～將翔，弋鳧與雁。」[翱翔] 1. 飛翔。《莊子・逍遙遊》：「～～蓬蒿之間，此亦飛之至也。」2. 逍遙自在的樣子。《詩經・檜風・羔裘》：「羔裘～～，狐裘在堂。」（羔裘、狐裘：指穿羔裘、狐裘的卿大夫。）

> 【辨析】 翱、翔。二字都有「飛」的意思，只是飛的形態不同，翱是翼上下拍打着飛，翔是翼平直不動地飛。二字連用則泛指飛翔。

聱 áo ❶ 不接受別人的意見。《新唐書・元結傳》：「彼誚以～者，為其不相從聽。」❷ [聱牙] 文辭艱澀難懂。韓愈《進學解》：「周誥殷盤，佶屈～～。」

鰲 áo 螃蟹等甲殼動物變形的第一對腳，形似鉗子。《荀子・勸學》：「蟹六跪而二～。」（跪：腳。「六跪」當是「八

A

跪」之誤。）代稱螃蟹。蘇軾《和穆父〈新涼〉》：「紫～應已肥，白酒誰能勸？」

謷 ㊀ áo ❶ 詆毀。《呂氏春秋・懷寵》：「～醜先王，排訾舊典。」（訾 zǐ：毀謗。典：法典。）

㊁ ào ❷ 高大。《莊子・德充符》：「～乎大哉，獨成其天！」❸ 通「傲 ào」。驕傲，傲慢。《莊子・天地》：「～然不顧。」

鏖 áo ❶ 激戰，苦戰。《漢書・霍去病傳》：「合短兵，～皋蘭下。」（皋蘭：地名。）[鏖兵] 激烈的或大規模的戰鬥。庾信《哀江南賦》：「～～金匱。」（金匱：政府設立的藏書處所。）❷ 喧擾。黃庭堅《仁亭》：「市聲～午枕，常以此心觀。」

爊 áo 放在煻灰中用微火煨熟。《齊民要術・脯腊》：「其魚，草裹泥封，煻灰中～之。」

嚻（躢） áo 見560頁「嚻（躢）」㊁。

鰲（鼇） áo 海中大龜。《淮南子・覽冥》：「煉五色石以補蒼天，斷～足以立四極。」（四極：四方極遠之地。）

抝 ㊀ ǎo ❶ 折，折斷。《尉繚子・制談》：「將已鼓，而士卒相囂，～矢，折矛。」

㊁ ào ❷ 違逆，不順。韓愈《答孟郊》：「世路終難～。」

㊂ yù△ ❸ 抑制。班固《西都賦》：「乃～怒而少息。」（少：稍。）

媼 ǎo 對老年婦女的尊稱。《戰國策・趙策四》：「～之送燕后也，持其踵為之泣。」又為婦女的通稱。《史記・衛將軍驃騎列傳》：「其父鄭季為吏，給事平陽侯家，與侯妾衛～通，生青。」

襖 ǎo 有襯裏的上衣。《宋書・徐湛之傳》：「高祖微時……有納布衫～等衣，皆敬皇后手自作。」

拗 ào 見6頁「抝」㊁。

傲 ào ❶ 驕傲，傲慢。《韓非子・內儲說下》：「令尹甚～而好兵。」《舊唐書・音樂志》：「及始皇一統，～視百王。」引申為輕慢，輕視。《晏子春秋・問上》：「景公～諸侯，內輕百姓。」❷ 急躁。《荀子・勸學》：「不問而告謂之～。」

【辨析】傲、驕。「驕」是自滿，是一種心理狀態；「傲」是傲慢，沒禮貌，是一種行為表現。

奧 ㊀ ào ❶ 室內西南角，古代祭祀設神主處及尊長居處。《論語・八佾》：「與其媚於～，寧媚於竈。」❷ 隱微，精深。《老子》第六十一章：「道者萬物之～。」引申為深奧含蓄。柳宗元《答韋中立論師道書》：「抑之欲其～。」

㊁ yù△ ❸ 溫暖。後來寫作「燠」。《詩經・小雅・小明》：「昔我往矣，日月方～。」❹ 水邊彎曲處。《詩經・衛風・淇奧》：「瞻彼淇～，綠竹猗猗。」

慠 ào 傲視。《呂氏春秋・侈樂》：「勇者凌怯，壯者～幼。」

懊 ào ❶ 悔恨，懊惱。《世說新語・言語》：「視之如有～喪意。」❷ 煩亂。《素問・本病論》：「足脛痠疼，反生心悸～熱。」

澳 ào 見639頁「澳」㊁。

隩 ào 見640頁「隩」㊁。

謷 ào 見6頁「謷」㊁。

驁 ào ❶ 駿馬名。《呂氏春秋・察今》：「良馬期乎千里，不期乎驥～。」（驥：良馬名。）引申為才能出眾。韓愈《薦士》：「有窮者孟郊，受材實雄～。」❷ 通「傲 ào」。傲慢。《呂氏春秋・下賢》：「士～祿爵者，固輕其上。」

B

ba

八 bā△ 數詞，八。《尚書・舜典》：「～音克諧。」又為序數，第八。《詩經・豳風・七月》：「七月食瓜，～月斷壺。」

巴 bā ❶ 蛇。《說文》：「～，或曰食象蛇。」[巴蛇] 傳說中的大蛇，可以吃象。《山海經・海內南經》：「～～食象，三歲而出其骨。」❷ 古國名，在今重慶一帶。《墨子・兼愛下》：「又有君大夫遠使於～、越、齊、荊。」

朳 bā△ 無齒耙。《齊民要術・種棗》：「以～聚而復散之。」

芭 ㊀ bā ❶ 香草名。屈原《九歌・禮魂》：「傳～兮代舞。」❷ [芭蕉] 一種多年生草本植物，果實與香蕉相似。韓愈《山石》：「～～葉大支子肥。」
㊁ pā ❸ 同「葩」。花。《大戴禮記・夏小正》：「拂桐～。」

捌 bā△ [捌格] 用手分開。《淮南子・說林》：「故解捽者不在於～～。」

笆 bā 籬笆。柳宗元《同劉二十八院長述舊》：「護藥插新～。」

豝 bā 母豬。《詩經・召南・騶虞》：「一發五～。」（發：射箭。）

墢 bā△ 耕地時翻起的土塊。《國語・周語上》：「王耕一～。」引申為翻耕。《農政全書・木棉》：「須大～岸起，令其凝沍。」（沍 hù：凍結。）

拔 bá△ ❶ 抽出，拔起。《左傳・隱公十一年》：「子都～棘以逐之。」（子都：人名。棘：戟。）《漢書・武帝紀》：「大風～木。」❷ 挑選，提拔。《論衡・累害》：「夫採石者破石～玉。」《漢書・杜周傳》：「朱博果見～用。」[拔擢] 提拔遷升。李密《陳情表》：「過蒙～～，寵命優渥。」（優渥 wò：優厚。）❸ 超出，高出。《孟子・公孫丑上》：「出於其類，～乎其萃。」❹ 攻取。《孫子・謀攻》：「故善用兵者，屈人之兵，而非戰也；～人之城，而非攻也。」❺ 改變，動搖。《周易・乾》：「樂則行之，憂則違之，確乎其不可～。」今成語有「堅韌不拔」。

【辨析】 拔、擢。在「拔出」的意義上，它們是同義詞。不過也有細微差別，即「擢」有時只指拔的動作。枚乘《上書諫吳王》：「夫十圍之木，始生如蘗，足可搔而絕，手可擢而拔。」「擢」即專指拔的動作。「拔」指拔的結果即拔出來。在「提拔」的意義上，二者用法也略有差別：「拔」常指提拔本來沒有官職的人，而「擢」往往指提升官職。

茇 bá△ ❶ 草根。《淮南子・地形》：「凡浮生不根～者生於萍藻。」❷ 在草間住宿。《詩經・召南・甘棠》：「蔽芾甘棠，勿翦勿伐，召伯所～。」（蔽芾 fèi：小的樣子。）

胈 bá△ 人腳、腿上的細毛。《莊子・天下》：「腓無～，脛無毛。」（腓 féi：腿肚子。脛：小腿。）

軷 bá△ 出行前祭祀路神。《詩經・大雅・生民》：「取羝以～。」

跋 bá△ ❶ 踏，踩。《詩經・豳風・狼跋》：「狼～其胡。」（胡：動物頸部下垂的肉。）引申為踏草而行或翻山過嶺。《詩經・鄘風・載馳》：「大夫～涉，我心則憂。」（涉：涉水。）今成語有「跋山涉水」。❷ 文體的一種，寫在文章或書的後面。《夢溪筆談・樂律一》：「後人題～多盈巨軸矣。」（題：寫在文章或書前面的文字。）❸［跋扈］驕橫霸道。《後漢書・梁冀傳》：「此～～將軍也。」今成語有「飛揚跋扈」。

颰 bá△ ［颱 tuó 颰］見 516 頁「颱」字條。

把 bǎ ❶ 握，執。《戰國策・燕策三》：「臣左手～其袖。」引申為一手所握的大小。《孟子・告子上》：「拱～之桐梓，人苟欲活之，皆知所以養之者。」（拱：兩手合圍的大小。所以養之：養它的方法。）❷ 控制，把守。《晏子春秋・諫下》：「然則後世誰將～齊國？」《北夢瑣言》卷三：「洎荊州失守，復～潼關。」（洎 jì：至，到。）❸ 量詞。束，捆。《三國志・吳書・陸遜傳》：「乃敕各持一～茅。」❹ 介詞。將，把。李白《清平樂》：「應是天仙狂醉，亂～白雲撕碎。」

弝 bà 弓背中央手握持的部分。《易林・乾》：「弓矢俱張，～彈折弦。」又指器物的柄。李賀《申胡子觱篥歌》：「劍～懸蘭纓。」

杷 bà 見 374 頁「杷」㊁。

爬 bà 見 374 頁「爬」㊁。

靶 bà ❶ 韁繩。《漢書・王褒傳》：「王良執～。」（王良：古代善駕馬的人。）❷ 器物的柄。《齊民要術・種桑柘》：「裁截碎木，中作錐刀～。」又為弓背中央手握持的部位。王維《出塞行》：「玉～角弓珠勒馬。」

罷 ㊀ bà ❶ 休止，停止。《呂氏春秋・分職》：「令～役。」引申為結束，完畢。《韓非子・外儲說左上》：「及反，市～，遂不得履。」❷ 解除，免職。《史記・魏其武安侯列傳》：「竇太后大怒，乃～逐趙綰、王臧等。」又為遣散，遣歸。《史記・高祖本紀》：「遂不使治病，賜五十金～之。」

㊁ pí ❸ 疲勞，疲敝。《左傳・僖公十九年》：「民～而弗堪。」《呂氏春秋・適威》：「驟戰則民～。」引申為疲弱，軟弱。《戰國策・秦策二》：「夫齊，～國也。」❹ 行為不好，無能。《國語・齊語》：「～士無伍，～女無家。」（家：指夫家。）《周禮・秋官・司圜》：「掌收教～民。」

霸 bà 見 390 頁「霸」㊁。

灞 bà 水名，渭水支流，在陝西境內。司馬相如《上林賦》：「終始～、滻，出入涇、渭。」

bai

白 bái△ ❶ 白，白色。《呂氏春秋・察傳》：「數傳而～為黑。」比喻潔淨，純潔。屈原《九章・橘頌》：「精色內～，類可任兮。」（類：似。）引申為亮，明亮。《莊子・人間世》：「虛室生～。」蘇軾《前赤壁賦》：「不知東方之既～。」❷ 明白，清楚。《漢書・貢禹傳》：「罪～者伏其誅。」引申為顯明，顯赫。《荀子・樂論》：「然後名聲於是～，光輝於是大。」❸ 上奏，稟告。《韓非子・外儲說左上》：「燕相～王，王大說。」（說 yuè：喜悅。）又為謙詞，多用於書信中。韓愈《答李翊書》：「六月二十六日，愈～。」❹ 空無所有。《新唐書・苗晉卿傳》：「奭持紙終日，筆不下，人謂之曳～。」［白丁］指沒有功名的平民。劉禹錫《陋室銘》：「談笑有鴻儒，往來無～～。」

百 bǎi△ 數詞。一百。《孟子・梁惠王上》：「以五十步笑～步，則何如？」特指一百倍。《孟子・滕文公上》：「或相倍蓰，或相什～。」（或：有的。蓰 xǐ：五倍。什：十倍。）又為概數，言其多，泛指所有的，各種各樣的。《詩經・豳風・七月》：「其始播～穀。」《孫子・謀攻》：「知彼知己，～戰不殆。」［百姓］1. 百官。《尚書・堯典》：「～～昭明，協和萬邦，黎民于變時雍。」（雍：和諧。）2. 庶民，平民。《論語・顏淵》：「～～足，君孰與不足？」（孰與：與誰。）

佰 bǎi△ ❶ 古代軍隊編制單位，百人為佰。又指軍隊中百人之長。《史記・陳涉世家》：「躡足行伍之間，俯仰仟～之中。」❷ 通「陌 mò」。田間東西向小路。《漢書・匡衡傳》：「南以閩～為界。」

柏 bǎi△ ❶樹名。《莊子・讓王》：「吾是以知松～之茂也。」❷[柏車] 山行大車。《周禮・考工記・車人》：「～～，轂長一柯。」（轂 gǔ：車輪的中心部分。）❸通「迫 pò」。迫近。《史記・河渠書》：「魚沸鬱兮～冬日。」（沸鬱：翻湧糾結的樣子。）

捭 ㊀ bǎi ❶兩手橫向外擊。庾信《竹杖賦》：「拉虎～熊，予猶稚童。」引申為摒除。《淮南子・要略》：「外天地，～山川。」

㊁ bò ❷撕裂，分開。《禮記・禮運》：「其燔黍～豚。」[捭闔] 開合，戰國時縱橫家的遊說之術。《鬼谷子・捭闔》：「～～者，道之大化，說之變也。」

擺 bǎi ❶分開，分割。張衡《西京賦》：「置互～牲，頒賜獲鹵。」（互：掛肉的木架子。獲鹵：指擄獲的物品。鹵：同「擄」。）❷排除，擺脫。《世說新語・政事》：「望卿～撥常務，應對玄言。」❸搖動，擺動。韓愈《鎮州初歸》：「別來楊柳街頭樹，～弄春風只欲飛。」皎然《五言戲贈薛彝》：「春風～綠楊。」❹擊。《晉書・張協傳》：「鉤爪摧，踞牙～。」

拜 bài ❶一種表示敬意的禮節。《左傳・僖公三十二年》：「卜偃使大夫～。」❷拜見，拜謝。《論語・陽貨》：「孔子時其亡也而往～之。」（時：通「伺 sì」，趁。）《呂氏春秋・察微》：「子路拯溺者，其人～之以牛。」❸授予官爵。《史記・淮陰侯列傳》：「至～大將，乃韓信也。」又用作接受的敬詞。《左傳・成公十六年》：「不敢～命。」

敗 bài ❶毀壞。《左傳・僖公十五年》：「涉河，侯車～。」又指食物腐敗變質。《論語・鄉黨》：「魚餒而肉～，不食。」❷戰敗，失敗。《孫子・形》：「故善戰者，立於不～之地。」《史記・淮陰侯列傳》：「夫功者難成而易～。」❸害，災禍。《呂氏春秋・仲冬》：「行春令則蟲螟為～。」特指荒年。《穀梁傳・莊公二十八年》：「豐年補～。」❹殘破，凋殘。韓愈《進學解》：「～鼓之皮。」許渾《秋晚雲陽驛西亭蓮池》：「葉殘花～尚維舟。」

【辨析】 敗、負。在「戰敗、失敗」的意義上，它們是同義詞。不過，「負」一般只用於「勝負」對舉的場合，且不能帶賓語或補語；「敗」則不受限制，而且能帶賓語（帶賓語時是使動用法）或補語。

稗 bài 稗子，一種像稻的草。《左傳・定公十年》：「若其不具，用秕～也。」陸游《對食戲作》之二：「鄰家～飯亦常無。」比喻微小的，瑣碎的。高彥休《〈唐闕史〉序》：「吮筆為小說、小錄、～史、野史、雜錄、雜記者多矣。」（稗史：記載民間軼聞瑣事的書。）[稗官] 負責記載里巷風俗的小官。《漢書・藝文志》：「小說家者流，蓋出於～～。」

粺 bài ❶精米。《詩經・大雅・召旻》：「彼疏斯～。」（疏：糙米。斯：此。）❷通「稗 bài」。稗子。《孔子家語・相魯》：「若其不具，是用秕～。」

韛 bài 鼓風吹火的皮囊，即風箱。《周書・韋孝寬傳》：「又於塹外積柴貯火，敵人有伏地道內者，便下柴火，以皮～吹之。」

ban

扳 bān 見375頁「扳」㊁。

班 bān ❶發還瑞玉。《尚書・舜典》：「～瑞于羣后。」（瑞：瑞玉，一種作為憑證的玉。后：君，指諸侯。）引申為賜予。《史記・周本紀》：「封諸侯，～賜宗彝。」（宗彝：宗廟祭祀所用的酒器。）❷頒佈。《呂氏春秋・仲夏》：「～馬正。」（馬正：養馬的政令。）引申為鋪陳。《左傳・襄公二十六年》：「～荊相與食。」（荊：荊條。）❸返回。《左傳・哀公二十四年》：「役將～矣。」（役：士兵。）《世說新語・德行》：「遂～軍而還。」❹排列次序、等級。《左傳・昭公十三年》：「昔天子～貢，輕重以列。」（貢：貢品。列：位，位次。）引申為次序、等級。《左傳·定公四年》：「吳入郢，以～處宮。」（郢：楚都城。宮：指楚王宮室。）❺ 通「斑 bān」。雜色。屈原《離騷》：「～陸離其上下。」（陸離：色彩繁雜的樣子。）又為鬢髮花白。鮑照《秋夕》：「髮～悟壯晚，物謝知歲微。」

般 bān　見 375 頁「般」㊁。

斑 bān　❶ 雜色花紋或斑點。司馬相如《上林賦》：「被～文，跨野馬。」今成語有「可見一斑」。[斑斕] 色彩交錯鮮豔的樣子。《拾遺記》卷十：「玉梁之側，有～～自然雲霞龍鳳之狀。」❷ 頭髮花白。獨孤及《和張大夫秋夜書情即事》：「方知秋興作，非惜二毛～。」[斑白] 頭髮花白。《禮記·祭義》：「～～者不以其任行乎道路。」（任：負，背着東西。）

頒 bān　見 138 頁「頒」㊁。

媥 bān　[媥斕] 色彩錯雜鮮明的樣子。元稹《臺中鞫獄憶開元觀舊事》：「以我文章卷，文章甚～～。」

瘢 bān　疤痕。蔡琰《胡笳十八拍》之十七：「沙場白骨兮刀痕箭～。」比喻缺點或過失。《後漢書·趙壹傳》：「所惡則洗垢求其～痕。」

辬 bān　[辬白] 頭髮花白。《淮南子·泰族》：「田漁皆讓長，而～～不戴負。」（田：打獵。）

坂（岅） bǎn　山坡。《山海經·中山經》：「邛崍峻嶮，其～九折。」

阪 bǎn　❶ 山坡，斜坡。《詩經·秦風·車鄰》：「～有桑，隰有楊。」（隰 xí：低濕的地方。）❷ 山腰小道。劉長卿《奉和李大夫同呂評事太行苦熱行》：「朝辭羊腸～。」

板 bǎn　❶ 片狀的木頭，木板。《詩經·秦風·小戎》：「在其～屋，亂我心曲。」特指築牆用的夾板。《史記·黥布列傳》：「項王伐齊，身負～築，以為士卒先。」（築：杵。）❷ 詔板，帝王的詔書或官府的文件。《後漢書·竇武傳》：「召尚書官屬，脅以白刃，使作詔～。」引申為以板授官。《南齊書·褚炫傳》：「宋義陽王昶為太常，～炫補五品。」（昶、炫：人名。）❸ 笏板，手板。《後漢書·禮儀傳》：「八能士各書～言事。」❹ [板板] 邪僻，反常。《詩經·大雅·板》：「上帝～～。」

眅 bǎn　大。《詩經·大雅·卷阿》：「爾土宇～章，亦孔之厚也。」（孔：很。）

版 bǎn　❶ 築土牆用的夾板。《孟子·告子下》：「傅說舉於～築之間。」（築：搗土用的杵。）也指古代城牆計量單位。一版長一丈（或八尺、六尺），高二尺。《韓非子·外儲說左上》：「築十～之牆。」❷ 古代書寫用的木簡。《管子·宙合》：「修業不息～。」《世說新語·方正》：「謝（公）送～使王題之。」❸ 名冊，戶籍。《周禮·天官·小宰》：「聽閭里以～圖。」（聽：聽訟，斷案。）也指圖籍。《論語·鄉黨》：「式負～者。」（式：扶車軾致敬。）❹ 朝笏，即古代官吏上朝用的手板。《後漢書·范滂傳》：「滂懷恨，投～棄官而去。」引申為授職。陶潛《晉故征西大將軍長史孟府君傳》：「旬有餘日，更～為勸學從事。」

鉡 bǎn　用米粉或麥粉做的餅。《南史·齊宗室傳》：「左右依常以五色～飴之，不肯食。」

螁 bǎn　[蝜 fù 螁] 見 152 頁「蝜」字條。

半 bàn　❶ 大片。《漢書·李廣傳附李陵》：「令軍士人持二升糒，一～冰。」❷ 二分之一。《莊子·天下》：「一尺之捶，日取其～，萬世不竭。」（捶：同「棰」，短木棍。）引申為中，中間。《呂氏春秋·長利》：「夜～而死。」今成語有「半途而廢」。

伴 bàn　❶ [伴奐] 閒適的樣子。《詩經·大雅·卷阿》：「～～爾游矣，優游爾休矣。」❷ 伴侶。屈原《九章·惜誦》：「眾駭遽以離心兮，又何以為此～也？」賀鑄《鷓鴣天》：「頭白鴛鴦失～飛。」引申為陪伴。屈原《九章·悲回風》：「～張弛之信期。」張元幹《賀新郎》：「誰～我，醉中舞。」

拌 bàn 見376頁「拌」㊁。

絆 bàn ❶拴繫馬足的繩索。《說文》：「～，馬縶也。」又用作動詞，用繩索拴縛馬足。《淮南子・俶真》：「是猶兩～騏驥而求其致千里也。」❷約束，牽制。《漢書・敘傳上》：「今吾子已貫仁誼之羈～，繫名聲之韁鎖。」杜甫《曲江》之一：「何用浮榮～此身？」

靽 bàn 套在馬後的皮帶。《齊民要術・養牛馬驢騾》：「其間才容～。」

辨 bàn 見27頁「辨」㊁。

辦 bàn ❶治理，辦理。《管子・中匡》：「民～軍事矣，則可乎？」特指懲治，處罰。《三國志・蜀書・費禕傳》：「君信可人，必能～賊者也。」(信：確實。可人：合適的人。)❷置辦，備辦。《漢書・龔勝傳》：「先賜六月祿直以～裝。」(祿直：俸祿。)《世說新語・汰侈》：「石崇為客作豆粥，咄嗟便～。」(咄嗟duōjiē：匆促，形容很快。)

瓣 bàn 瓜類的籽。傅玄《瓜賦》：「多瓤少～。」泛指植物的種子、果實或球莖可分開的片狀物。《齊民要術・種蒜》：「蒜～變小。」元稹《貶江陵途中寄樂天》：「朱橘香苞數～分。」又引申為花瓣。楊維楨《修月匠歌》：「須臾蹋破蓮花～。」(蹋：同「踏」。)

bang

邦 bāng 諸侯的封國。《詩經・大雅・文王》：「周雖舊～，其命維新。」《論語・季氏》：「而謀動干戈於～內。」泛指國家。《論語・衛靈公》：「言忠信，行篤敬，雖蠻夷之～行矣。」引申為分封。柳宗元《封建論》：「周有天下，裂土田而瓜分之，設五等，～羣后。」(后：君。)

【辨析】邦、國。「邦」本指諸侯的封地，國家。「國」指人口聚居的都城，引申為國家。這樣「國」與「邦」同義。但「國」仍有「都城」義，而「邦」沒有這個意義。

浜 bāng 小河溝。《吳郡圖經續記・城邑》：「小～別派，旁夾路衢。」

彭 bāng 見380頁「彭」㊁。

榜 bǎng 見380頁「榜」㊂。

牓 bǎng 見377頁「牓」㊁。

並(竝) bàng 見32頁「並(竝)」㊁。

蚌(蜯) bàng 生活在淡水中的一種軟體動物，貝殼內有珍珠層，有的可產珍珠。《戰國策・燕策二》：「今者臣來，過易水，～方出曝。」

旁 bàng 見377頁「旁」㊁。

棒 bàng 棍棒。《抱朴子外篇・酒誡》：「於是白刃抽而忘思難之慮，～杖奮而罔顧乎前後。」

棓 ㊀ bàng ❶棍棒。《淮南子・詮言》：「羿死於桃～。」又用作動詞，以杖擊人。《戰國策・秦策三》：「勾踐終～而殺之。」

㊁ pǒu ❷設在不平處的跳板。《公羊傳・成公二年》：「蕭同姪子者，齊君之母也，踊於～而窺客。」(踊yǒng：往上跳。)

傍 ㊀ bàng ❶靠近，臨近。《管子・兵法》：「一氣專定，則～通而不疑。」(通：指四方通達之地。)張憲《端午詞》：「五色靈錢～午燒。」引申為倚仗，依附。韓愈《黃家賊事宜狀》：「依山～險，自稱洞主。」顧炎武《與人札》：「不必～人籬落。」

㊁ páng ❷側，旁邊。《史記・滑稽列傳》：「賜酒大王之前，執法在～，御史在後。」❸[傍偟]徘徊。《史記・楚世家》：「靈王於是獨～～山中。」

搒 bàng 見380頁「搒」㊁。

蛖 bàng 同「蚌」。《淮南子・說山》：「明月之珠，出於～蜃。」

徬 ㊀ bàng ❶在一旁。《周禮・地官・牛人》：「共其兵車之牛，與其牽～。」(牽徬：在轅外牽牛。)

B

㈡ páng　❷ [徬徨] 徘徊。《國語・吳語》：「王親獨行～～於山林之中。」

榜 bàng　見 380 頁「榜」㈢。

謗 bàng　公開指責別人的過錯。《國語・周語上》：「厲王虐，國人～王。」引申為毀謗，說別人的壞話。《史記・屈原賈生列傳》：「信而見疑，忠而被～。」(見：被。)

【辨析】謗、誹、譏。它們都有「指責別人的過錯」的意思。如果細分，「謗」指公開批評，「誹」指背後非難，「譏」指微言譏刺。另外，「誹」「謗」又有「毀謗」義，「譏」有「譏諷」義。

bao

包 bāo　❶ 裹。《詩經・召南・野有死麕》：「野有死麕，白茅～之。」(麕 jūn：獸名。) 引申為囊括，包容。李斯《諫逐客書》：「～九夷，制鄢、郢。」(九夷：泛指南方少數民族。鄢 yān、郢：古地名。) ❷ 量詞。《後漢書・方術傳上・楊由》：「五官掾獻橘數～。」(五官掾 yuàn：官名。) ❸ 通「苞 bāo」。叢生。《尚書・禹貢》：「草木漸～。」❹ 通「庖 páo」。廚房。《周易・姤》：「～有魚，无咎，不利賓。」

苞 bāo　❶ 藨草，可編織蓆子和草鞋。《禮記・曲禮下》：「～屨……不入公門。」(苞屨：藨草編的鞋，居喪時所穿。) ❷ 草木的根或莖。《詩經・商頌・長發》：「～有三蘖。」❸ (草木) 茂盛。《詩經・秦風・晨風》：「山有～櫟。」(櫟：一種樹。) ❹ 花苞。謝靈運《酬從弟惠連》：「山桃發紅萼，野蕨漸紫～。」(蕨 jué：一種多年生草本植物。漸：成長，滋長。) 今成語有「含苞待放」。❺ 包，裹。《荀子・非十二子》：「恢然如天地之～萬物。」(恢然：弘大寬廣的樣子。) ❻ 通「匏 páo」。匏瓜。《論衡・無形》：「～瓜之汁，猶人之血也。」

胞 bāo　❶ 胎衣。《莊子・外物》：「～有重閬。」(閬 láng：空曠。) 吳謝承《會稽先賢傳》：「闞澤，字德潤，在母～八月，叱聲震外。」[同胞] 同父母所生的。《漢書・東方朔傳》：「～～之徒，無所容居，其故何也？」❷ 通「庖 páo」。祭祀時負責割肉的小吏。《禮記・祭統》：「～者，肉吏之賤者也。」也指廚師。《莊子・庚桑楚》：「湯以～人籠伊尹。」❸ 通「脬 pāo」。膀胱。嵇康《與山巨源絕交書》：「每常小便而忍不起，令～中略轉乃起耳。」

褒 (襃) bāo　❶ 衣襟寬大。《淮南子・氾論》：「豈必～衣博帶句襟委章甫哉？」(句 gōu 襟：圓領衣。委：委貌冠。章甫：一種禮帽。) 泛指寬大。《淮南子・主術》：「一人被之而不～，萬人蒙之而不褊。」(褊 biǎn：狹小。) ❷ 讚揚，表揚，與「貶」相對。《鹽鐵論・論儒》：「齊宣王～儒尊學。」

雹 báo△　冰雹。《左傳・昭公四年》：「大雨～。季武子問於申豐曰：『～可禦乎？』」

保 bǎo　❶ 背負幼兒。《尚書・召誥》：「夫知～抱攜持厥婦子，以哀籲天。」引申為養育。晁錯《論貴粟疏》：「膚寒不得衣，雖慈父不能～其子。」❷ 古代負責宮廷教育的官員，又稱太保。《尚書・君奭》：「召公為～，周公為師，相成王為左右。」《禮記・文王世子》：「入則有～，出則有師，是以教喻而德成也。」❸ 守衛，保護。《詩經・小雅・崧高》：「南土是～。」《史記・秦始皇本紀》：「阻其山以～魏之河內。」又為保全。《淮南子・人間》：「近塞之人死者十九，此獨以跛之故父子相～。」❹ 城堡，小城。《左傳・成公十三年》：「伐我～城。」❺ 擔保，保證。《周禮・地官・大司徒》：「令五家為比，使之相～。」❻ 傭工。《史記・季布欒布列傳》：「窮困，賃傭於齊，為酒人～。」《潛夫論・贊學》：「匡衡自鬻於～徒者，身貧也。」❼ 通「褓 bǎo」。襁褓。《大戴禮記・主言》：「如～子之見慈母也。」❽ 通「寶 bǎo」。珍寶。《史記・周本紀》：「命南宮括、史佚展九鼎～玉。」

堡 bǎo 小城，用於防守的堅固建築物。《後漢書・陳俊傳》：「視人～壁堅完者，敕令固守。」

葆 bǎo ❶ 草木叢生茂盛。《呂氏春秋・審時》：「得時之稻，大本而莖～。」（本：根。莖：莖稈。）《漢書・燕刺王劉旦傳》：「當此之時，頭如蓬～。」❷ 藏匿，隱蔽。《莊子・齊物論》：「注焉而不滿，酌焉而不竭，而不知其所由來，此之謂～光。」❸ 一種竿頭上飾有羽毛的儀仗，常用在車上。《禮記・雜記下》：「匠人執羽～御柩。」❹ 通「保 bǎo」。保全，保護。《墨子・號令》：「盡～其老弱粟米畜產。」又為擔保。《墨子・號令》：「諸卒民居城上者，各～其左右。」❺ 通「寶 bǎo」。珍寶，珍貴。《史記・留侯世家》：「後十三年，從高帝過濟北，果見谷城下黃石，取而～祠之。」❻ 通「褓 bǎo」。包嬰兒的被。《史記・趙世家》：「乃二人謀取他人嬰兒負之，衣以文～，匿山中。」（文：花紋。）❼ 通「保 bǎo」。小城。《呂氏春秋・疑似》：「為高～禱於王路，置鼓其上，遠近相聞。」（王路：大路。）

飽 bǎo 吃足。《論語・學而》：「君子食無求～。」引申為充足，飽滿。《詩經・大雅・既醉》：「既醉以酒，既～以德。」

【辨析】飽、饜。它們都是「吃足、吃飽」的意思。其區別是：「飽」是不及物動詞，不能帶受事賓語；當它帶有賓語時，一定是使動用法；「饜」是及物動詞，可帶受事賓語。

褓（緥） bǎo 嬰兒的被子。《新序・節士》：「而二人謀取他嬰兒，負以文～，匿山中。」劉績《征夫詞》：「欲慰泉下魂，但視～中兒。」[褓襁] 嬰兒的被子，特指遺棄的嬰兒。《呂氏春秋・明理》：「民多疾癘，道多～～。」

鴇 bǎo ❶ 鳥名。《詩經・唐風・鴇羽》：「肅肅～羽，集于苞栩。」❷ 妓女之老者為鴇。《醒世恆言・賣油郎獨佔花魁》：「美娘酒醒，已知～兒用計，破了身子。」

寶（寳） bǎo ❶ 寶物，珍貴之物。《左傳・襄公十六年》：「玉人以為～也，故敢獻之。」又喻指善道，美德。《論語・陽貨》：「懷其～而迷其邦，可謂仁乎？」《左傳・襄公十六年》：「我以不貪為～。」❷ 指跟帝王有關的東西。杜甫《贈司空王公思禮》：「肅宗登～位。」又特指帝后的印。《新唐書・車服志》：「至武后改諸璽皆為～。」❸ 錢幣。《宋史・樂志》：「鑄～以金。」

【辨析】寶、珍。二字在「珍寶」的意義上同義。《說文》：「寶，珍也。」「珍，寶也。」二字常連用。「珍」指美味，「寶」沒有這個意義。「寶」指帝后印及錢幣是後起義，「珍」不具備。

刨（鉋） bào 刨子。《玉篇》：「～，平木器。」也指用刨子刨。元稹《江邊四十韻》：「方礎荊山採，修椽郢匠～。」

抱 bào ❶ 抱，抱着。《詩經・衛風・氓》：「～布貿絲。」引申為懷抱，懷有。司馬遷《報任安書》：「今少卿～不測之罪。」[抱負] 志向。陸游《哀北》：「～～雖奇偉，沒齒不得伸。」❷ 環繞。張衡《西京賦》：「～杜含鄠。」（杜：杜陵。鄠 hù：戶縣。）杜甫《江村》：「清江一曲～村流。」❸ 持守。《老子》第二十二章：「是以聖人～一為天下式。」（一：指道。式：法則。）引申為擁戴。《呂氏春秋・下賢》：「周公旦～少主而成之。」❹ 撫育，撫養。《漢書・外戚傳下・孝元傅昭儀》：「太子小，而傅太后～養之。」

【辨析】抱、擁。二字都有「用手臂圍攏」的意思。「抱」指用手臂把東西圍攏在胸前，一般都比較用力，恐其鬆開。「擁」則只指用手臂圍攏，不一定要用力。「擁」引申為手持物，如「擁彗」。「抱」沒有這個意義。

豹 bào 野獸名。《詩經・大雅・韓奕》：「赤～黃羆。」

報 bào ❶ 論罪，判決。《韓非子・五蠹》：「以為直於君而曲於父，～而罪之。」❷ 報答，報復。《詩經・衛風・木瓜》：「投我以木瓜，～之以瓊琚。」《史記・范雎蔡澤列傳》：「一飯之德必償，睚眦之怨必～。」引申為報應。《荀子・宥坐》：「為善者天～之以福，為不善者天～之以禍。」❸ 回來報告。《戰國策・齊策四》：「蒯成，還～孟嘗君。」《史記・魯周公世家》：「魯公伯禽之初受封之魯，三年而～政周公。」引申為回覆，答覆。司馬遷《報任安書》：「闕然久不～，幸勿為過。」❹ 晚輩與長輩間發生的亂倫關係。《左傳・宣公三年》：「文公～鄭子之妃曰陳嬀，生子華、子臧。」❺ 通「赴 fù」。急速。《禮記・少儀》：「毋拔來，毋～往。」

【辨析】報、告。二者雖然都有「報告、告知」的意義，但古代用法有別：「報」一般用於回覆，「告」則用於告訴。

暴 ㊀ bào ❶ 急，猛。《詩經・邶風・終風》：「終風且～。」引申為突然。《呂氏春秋・察今》：「澭水～益。」（益：水滿外溢。）❷ 兇惡，殘暴。《史記・陳涉世家》：「將軍身披堅執銳，伐無道，誅～秦。」❸ 欺凌，輕慢。《莊子・盜跖》：「自是之後，以強凌弱，以眾～寡。」《呂氏春秋・至忠》：「何其～而不敬也。」❹ 損害，糟踏。《禮記・王制》：「田不以禮，曰～天物。」（天物：自然界的物產。）❺ 徒手搏擊。《詩經・小雅・小旻》：「不敢～虎。」《論語・述而》：「～虎馮河。」（馮河：徒步涉河。）

㊁ pù△ ❻ 曬。後來寫作「曝」。《孟子・滕文公上》：「秋陽以～之。」今成語有「一暴十寒」。引申為暴露，顯露。《呂氏春秋・禁塞》：「故～骸骨無量數。」《史記・淮陰侯列傳》：「～其所長於燕，燕必不敢不聽從。」

㊂ bó△ ❼ 鼓起。《周禮・考工記・旅人》：「凡陶旊之事，髻墾薜～不入市。」（髻 yuè：歪斜。墾：損壞。薜：破裂。）

【說明】「暴」《說文》分作「㬥」和「暴」，前者為去聲，今讀 bào；後者為入聲，今讀 pù。隸變以後合成一個字。

骲 bào 骨製的箭頭。《資治通鑑・宋順帝昇明元年》：「帝乃更以～箭射。」

虣 bào ❶ 同「暴 bào」。徒手搏擊。左思《吳都賦》：「～甝䖂。」（甝 hán：白虎。䖂 shù：黑虎。）又為暴虐。《周禮・地官・大司徒》：「以刑教中，則民不～。」（中：中正。）又為突然。《後漢書・五行志三》：「河南新城山水～出，突壞民田。」❷ 猛獸。鮑照《蕪城賦》：「伏～藏虎。」

鮑 bào ❶ 鹽漬魚。《史記・貨殖列傳》：「～千鈞。」《孔子家語・六本》：「與不善人居，如入～魚之肆，久而不聞其臭。」又指乾魚。《周禮・天官・籩人》：「朝事之籩，其實……～魚、鱐。」（鱐 sù：乾魚。）❷ 通「鞄 páo」。鞣製皮革的工匠。《周禮・考工記》：「攻皮之工：函、～、韗、韋、裘。」

瀑 bào 見 392 頁「瀑」㊁。

爆 bào ❶ 爆裂。《荊楚歲時記》：「雞鳴而起，先於庭前～竹。」❷ 燃燒。范成大《苦雨》之四：「濕薪未～先煙。」

bei

杯（盃、桮） bēi 飲器。《韓非子・喻老》：「象箸玉～必不羹菽藿。」

卑 bēi ❶（空間位置）低，與「高」相對。《呂氏春秋・孟冬》：「營丘壟之小大高～薄厚之度。」（營：營造。丘壟：墳墓。度：標準。）引申為地位低下，微賤，與「尊」相對。《呂氏春秋・慎小》：「上尊下～。」又引申為輕視。《左傳・僖公二十三年》：「秦、晉匹也，何以～我？」（匹：相等。）❷ 衰微。《左傳・昭公三年》：「公室將～，其宗族枝葉先落。」《史記・太史公自序》：「周德～微。」❸ 通「俾 bǐ」。使。《荀子・宥坐》：「～民不迷。」

陂 ㊀ bēi ❶ 山坡，斜坡。《史記・酷吏列傳》：「乃貰貸買～田千餘頃。」（貰 shì：賒。）❷ 堤岸。《詩經・陳風・澤陂》：「彼澤之～，有蒲與荷。」泛指旁邊。《國語・越語下》：「故濱於東海之～。」(濱：靠近。)❸池塘湖泊。《淮南子・說林》：「十頃之～，可以灌四十頃。」

㊁ bì ❹不正。《尚書・洪範》：「無偏無～，遵王之義。」引申為邪佞。《荀子・成相》：「讒人罔極，險～傾側。」(罔極：不正，不合中正之道。)

㊂ pō ❺[陂阤] 傾斜的樣子。《史記・司馬相如列傳》：「登～～之長阪兮。」

背 bēi 見15頁「背」㊂。

庳 bēi ❶房舍低矮。《呂氏春秋・召類》：「西家高，吾宮～。」(宮：房舍。)泛指低矮、低窪。《國語・周語下》：「墮高堙～。」(堙 yīn：填塞。)用於抽象意義，低下，低賤。《呂氏春秋・誠廉》：「不以人之～自高也。」❷[有庳] 古國名。《孟子・萬章上》：「象至不仁，封之～～。」(象：舜的同父異母弟。至：極。)❸通「毗 pí」。輔佐。《荀子・宥坐》：「天子是～。」

椑 bēi 見382頁「椑」㊂。

悲 bēi ❶哀痛，傷心。《詩經・豳風・七月》：「女心傷～，殆及公子同歸。」(殆：只怕。)今成語有「悲天憫人」。[悲切] 哀痛，悲痛。岳飛《滿江紅》：「莫等閒，白了少年頭，空～～。」❷思念，顧戀。《史記・高祖本紀》：「遊子～故鄉。」

【辨析】悲、痛、慟。在「哀痛、傷心」的意義上，「悲」「痛」是同義詞，而「慟」是極度悲痛，程度比「悲」「痛」深。

碑 bēi ❶古代宮門前觀測日影或宗廟庭院內繫牲口的豎石。《儀禮・聘禮》：「上當～南陳。」(陳：陳列。)《禮記・祭義》：「君牽牲……既入廟門，麗於～。」(麗：繫。)❷古代引棺木入墓穴的木柱，後用石。《禮記・檀弓下》：「公室視豐～。」(豐：大。)❸刻有文字以作紀念或標記的石頭。《世說新語・捷悟》：「魏武嘗過曹娥～下。」(魏武：指曹操。曹娥：人名。)代指碑文，文體的一種。《文心雕龍・誄碑》：「夫屬～之體，資乎史才。」(屬 zhǔ：撰寫。資：憑藉。)

【辨析】碑、碣。二字在「墓前刻石」的意義上相同。區別在於：頂部是方形的叫碑，圓形的叫碣。

北 běi 見15頁「北」㊁。

北 ㊀ bèi ❶「背」的古字。相背，背叛。《戰國策・齊策六》：「食人炊骨，士無反～之心。」

㊁ běi△ ❷方位名，與「南」相對。《左傳・僖公九年》：「故～伐山戎，南伐楚。」❸敗，敗逃。《韓非子・五蠹》：「魯人從君戰，三戰三～。」也指敗逃者。《呂氏春秋・權勳》：「燕人逐～入國。」(國：指國都。)

孛 bèi ❶彗星。《春秋・文公十四年》：「秋七月，有星～入于北斗。」也指彗星出現時放射光芒的樣子。《漢書・武帝紀》：「星辰不～，日月不蝕。」❷悖亂，衝突。《路史・次民氏》：「類不～，雖久同理。」

貝 bèi ❶水中有貝殼的動物。《說文》：「～，海介蟲也。」司馬相如《子虛賦》：「網玳瑁，釣紫～。」(玳瑁：與龜相似的爬行動物。)又為貝殼。《莊子・盜跖》：「齒如齊～。」❷古代用貝殼做的貨幣。《尚書・盤庚中》：「具乃～玉。」《史記・平準書》：「農工商交易之路通，而龜～金錢刀布之幣興焉。」

邶 bèi 古國名，周武王封商紂王之子武庚於邶，在今河南淇縣東北至河北南部一帶。

佛 bèi 見146頁「佛」㊁。

背 ㊀ bèi ❶脊背。《孟子・盡心上》：「盎於～，施於四體。」(施 yì：延及。)《鹽鐵論・利議》：「議論無所依，如膝癢而搔～。」引申指物的後面或反面。《詩經・大雅・蕩》：「不明爾德，時無～無側。」又喻背後，私下。《莊子・盜跖》：「好面譽人者，亦好～而毀之。」❷背對着。《國語・吳語》：「王～屏而立。」❸違背，違反。《左傳・襄公十八年》：「齊環怙恃其險，負其眾庶，棄好～盟，陵虐神主。」《莊子・則陽》：「魏瑩與田侯牟約，田侯牟～之。」引申為背叛。《史記・項羽本紀》：「請往謂項伯，言沛公不敢～項王也。」❹ 北面的堂屋。《詩經・衛風・伯兮》：「焉得諼草，言樹之～。」（諼 xuān 草：萱草。）❺ 日暈的外圍。《漢書・天文志》：「暈適～穴。」㊁ bēi ❻ 背，背負。李商隱《李長吉小傳》：「～一古破錦囊，遇有所得，即書投囊中。」

倍 bèi ❶ 背向。《戰國策・趙策三》：「天子弔，主人必將～殯柩。」❷ 背棄。《荀子・天論》：「～道而妄行，則天不能使之吉。」《史記・項羽本紀》：「願伯具言臣之不敢～德也。」❸ 背誦。《周禮・春官・大司樂》鄭玄注：「～文曰諷。」韓愈《韓滂墓誌銘》：「讀書～文，功力兼人。」❹ 一倍，加倍。《孫子兵法・九地》：「十則圍之，～則戰之。」《孟子・公孫丑上》：「故事半古之人，功必～之。」引申為加強。《左傳・僖公三十年》：「焉用亡鄭以～鄰？」

悖 bèi ❶ 糊塗，惑亂。《戰國策・楚策四》：「先生老～矣！」《呂氏春秋・本生》：「以此為君～，以此為臣亂，以此為子狂。」❷ 荒謬，謬誤。《呂氏春秋・察今》：「以此任物，亦必～矣！」（任：用，對待。）《淮南子・泰族》：「治由文理，則無～謬之事矣。」❸ 違背，違逆。《禮記・中庸》：「道並行而不相～。」引申為背叛，叛逆。《論衡・恢國》：「管蔡～亂，周公東征。」❹ 遮蔽。《莊子・胠篋》：「故上～日月之明，下爍山川之精。」❺ 通「勃 bó」。盛、大的樣子。《左傳・莊公十一年》：「禹湯罪己，其興也～焉。」（罪己：以罪在己。）《戰國策・楚策四》：「秦王～然大怒。」

被 bèi 見 381 頁「被」㊁。

哱 bèi 昏暗。左思《吳都賦》：「旭日晻～。」

偝 bèi 同「背」。背向。《荀子・非相》：「鄉則不若，～則謾之。」（鄉 xiàng：面向。）《禮記・投壺》：「毋～立。」引申為背棄。《禮記・坊記》：「利祿先死者而後生者，則民不～。」

琲 bèi 成串的珠子。《西京雜記》卷一：「又與走珠一～，綠綾百端。」左思《吳都賦》：「珠～闌干。」（闌干：縱橫交錯的樣子。）

備（俻） bèi ❶ 完備，齊備。《詩經・大雅・旱麓》：「清酒既載，騂牡既～。」（騂 xīng：赤色。）《呂氏春秋・有始》：「則萬物～也。」今成語有「德才兼備」「求全責備」等。引申為全，盡。《左傳・僖公二十八年》：「險阻艱難，～嘗之矣。」《呂氏春秋・季秋》：「農事～收。」❷ 準備，防備。《尚書・說命中》：「有～無患。」又為設備。《呂氏春秋・愛類》：「於是公叔般設攻宋之械，墨子設守宋之～。」❸ 謙詞。充，充任。《儀禮・士昏禮》：「吾子有命，且以～數而擇之，某不敢辭。」王安石《上時政疏》：「臣既蒙陛下採擢，使～從官。」（採擢 zhuó：任用提拔。）

【辨析】備、完。二詞都有「全」的意思，但側重點不同。「備」着重在數量、種類的齊全，有「應有盡有」的意思，「萬物備矣」不能改成「萬物完矣」。「完」着重在完整無缺，完好，所以「完卵」「完璧」中的「完」都不能改成「備」。

焙 bèi 用微火烘烤。許渾《村舍》：「山廚～茗香。」張耒《無題》之二：「竹籠～藥時添火。」

蓓 bèi ［蓓蕾］花蕾，尚未開的花。薩都剌《溪行》：「芙蓉發～～。」

鞁 bèi 鞍轡等馬具的統稱。《國語・晉語九》：「吾兩～將絕，吾能止之。」

輩 bèi ❶ 人或物的等第、類別。《史記・孫子吳起列傳附孫臏》：「馬有上中下～。」❷ 批，羣。《史記・張耳陳餘列傳》：「使者往十餘～輒死。」❸ 輩分，尊卑長幼的次第。《史記・魏其武安侯列傳》：「稠人廣眾，薦寵下～。」《晉書・吐谷渾傳》：「當在汝之子孫～耳。」

憊 bèi 疲乏，困頓。《莊子・讓王》：「顏色甚～。」（顏色：臉色。）《漢書・樊噲傳》：「今天下已定，又何～也？」

糒 bèi 乾飯。《史記・李將軍列傳》：「大將軍使長史持～醪遺廣。」（醪 láo：濁酒。遺 wèi：給予。廣：李廣。）《齊民要術・飧飯》：「五月多作～，以供出入之糧。」

鞴 bèi ❶給馬套上鞍轡。杜甫《短歌行贈四兄》：「長安秋雨十日泥，我曹～馬聽晨雞。」（曹：輩。）❷皮革製的鼓風囊。陳亮《賀新郎・酬辛幼安再用韻見寄》：「天地洪爐誰扇～？」

ben

奔（犇、奔、逩）

bēn ❶急走，跑。《詩經・小雅・小弁》：「鹿斯之～，維足伎伎。」（伎伎 qíqí：從容舒展的樣子。）引申為戰敗逃跑。《穀梁傳・隱公五年》：「戰不逐～。」❷逃亡。《左傳・隱公元年》：「五月辛丑，大叔出～共。」❸私奔。《國語・周語上》：「有三女～之。」《史記・司馬相如列傳》：「文君夜亡～相如。」（亡：逃跑。）❹不受拘束，放縱。《後漢書・仲長統傳》：「乃～其私嗜，騁其邪慾。」

【辨析】奔、走。二字都有「跑」的意思，但「奔」強調急速，而且「奔」的「逃亡」「私奔」義是「走」所沒有的。

賁 bēn 見22頁「賁」㊂。

本 běn ❶草木的根或主幹。《國語・晉語八》：「枝葉益長，～根益茂。」❷事物的根本，基礎。《論語・學而》：「君子務～，～立而道生。」又特指農桑。《荀子・天論》：「強～而節用，則天不能貧。」❸起始，本源。《呂氏春秋・大樂》：「音樂之所由來者遠矣，生於度量，～於太一。」（度量：指律管的長度、容積等。太一：「道」的別稱。）又用作副詞，本來，原來。諸葛亮《出師表》：「臣～布衣。」❹依據。《周易・乾》：「～乎天者親上，～乎地者親下。」柳宗元《答韋中立論師道書》：「～之《書》，以求其質。」❺自己一邊的，當今的。《淮南子・氾論》：「立之於～朝之上。」❻本錢。韓愈《柳子厚墓誌銘》：「子～相侔。」（子：利息。侔 móu：相等。）❼版本。《梁書・劉之遴傳》：「案古～《漢書》稱『永平十六年五月二十一日己酉，郎班固上』。」❽量詞，用於草木。《齊民要術・種蕹》：「率七八支為一～。」

【辨析】本、根、柢。三字都有「樹根」的意思，細分則「柢」指樹的主根，「根」指樹的旁根，「本」為樹根的通稱。

畚 běn 用草繩或竹篾編成的盛物器具。《左傳・宣公二年》：「殺之，寘諸～。」（諸：「之於」的合音。）《列子・湯問》：「叩石墾壤，箕～運於渤海之尾。」引申為量詞。韓愈《嘲鼾睡》：「何能堙其源，惟有土一～。」（堙 yīn：堵塞。）

坌 bèn ❶塵土。元好問《戊戌十月山陽雨夜》之二：「靄靄集微～。」❷聚集。劉禹錫《山南西道新修驛路記》：「令既下，奮行之徒～集。」❸並，一齊。《漢書・司馬相如傳下》：「登陂陀之長阪兮，～入曾宮之嵯峨。」

笨 bèn ❶笨拙，粗笨。《宋書・王微傳》：「小兒時尤粗～無好。」《晉書・羊曼傳附羊聃》：「豫章太守史疇以大肥為～伯。」❷輦車上蓋狀飾物。《隋書・禮儀志五》：「帝令上可加～，輦形如犢車。」

beng

伻 bēng ❶使。《尚書・立政》：「乃～我有夏。」❷使者。《尚書・洛誥》：「～來，以圖及獻卜。」

抨 bēng 見379頁「抨」㊁。

祊 bēng 古代宗廟門內設祭的地方。《詩經・小雅・楚茨》：「祝祭於～。」又為祭祀名，正祭的次日在廟門旁舉行的繹祭。《禮記・禮器》：「設祭於堂，為～乎外。」

B

崩 bēng ❶ 山倒塌。《春秋・成公五年》：「梁山～。」李白《夢遊天姥吟留別》：「丘巒～摧。」泛指倒塌。《列女傳・齊杞梁妻》：「十日，而城為之～。」❷ 崩潰，毀壞。《左傳・隱公元年》：「厚將～。」《論語・陽貨》：「三年不為樂，樂必～。」❸ 帝王及王后死叫崩。《國語・周語下》：「景王～，王室大亂。」《史記・魏其武安侯列傳》：「建元六年，竇太后～。」

【辨析】崩、薨、卒、死、沒。這五個字雖然都表示「死」的意義，但在古代等級制度下，不同的人死亡用不同的詞。「天子死曰崩，諸侯曰薨，大夫曰卒，庶人曰死。」（《禮記・曲禮下》）「沒」則指去世。其中「死」的意義最寬泛，它除表示人死亡外，還可表示動植物喪失生命。

絣 ㊀ bēng ❶ 連綴甲葉的繩帶。《戰國策・燕策一》：「妻自組甲～。」（組：織。）❷ 繼續。《後漢書・班彪傳附班固》：「將～萬嗣。」
㊁ bīng ❸ 交錯，錯雜。《漢書・揚雄傳下》：「～之以象類。」

唪 běng ❶ 大笑。《說文・口部》：「～，大笑也。」❷［唪唪］果實繁盛的樣子。《詩經・大雅・生民》：「瓜瓞～～。」

琫 běng 佩刀刀柄的裝飾。《詩經・大雅・公劉》：「惟玉及瑤，鞞～容刀。」（鞞 bǐng：佩刀刀套上的裝飾。容刀：裝飾過的佩刀。）

菶 běng ［菶菶］草木茂盛的樣子。《詩經・大雅・卷阿》：「～～萋萋。」（萋萋：草木茂盛的樣子。）

迸 bèng ❶ 奔散，走散。《三國志・蜀書・譙周傳》：「百姓擾擾，皆～山野。」（擾擾：紛亂的樣子。）❷ 湧出，噴射。潘岳《寡婦賦》：「淚橫～而沾衣。」白居易《琵琶行》：「銀瓶乍破水漿～。」❸ 通「屏 bǐng」。排除。《禮記・大學》：「唯仁人放流之，～諸四夷。」

塴 bèng 下葬。《左傳・昭公十二年》：「毀之，則朝而～。弗毀，則日中而～。」

bi

楅 bī 見147頁「楅」㊁。

福 bī△ ❶ 捆在牛角上以防觸人的橫木。《周禮・地官・封人》：「飾其牲牛，設其～衡。」❷ 古代插箭的器具。《儀禮・鄉射禮》：「命弟子設～。」

逼（偪） bī△ ❶ 逼迫，脅迫。《孟子・滕文公上》：「禽獸～人。」古詩《為焦仲卿妻作》：「其家～之，乃投水而死。」❷ 迫近，接近。《尉繚子・攻權》：「各～地形而攻要塞。」陳子昂《度峽口山》：「遠望多眾容，～之無異色。」❸ 狹窄。曹植《七啟》：「人稠網密，地～勢脅。」

【辨析】逼、迫。二字在「接近、逼近」義上相同。《說文》：「迫，近也。」《新附》：「逼，近也。」《爾雅》：「逼，迫也。」在「接近」的意義上，二字可以互換。在「逼迫」義上，「逼」是在外力壓迫下，雖可不從，但不能不從；「迫」是外力使人必須服從。

鎞 bī ❶ 一種首飾，即釵。寒山《詩》三十五：「紅袖盛梅子，金～挑筍芽。」❷ 古代醫生治療眼病的一種器械。《北史・孝行傳》：「其夜夢見一老翁以金～療其祖目。」❸ 通「篦 bì」。齒很密的梳頭用具。皮日休《鴛鴦》：「細～雕鏤費深功。」

荸 bí ［荸薺］一種多年生草本植物。地下莖也叫荸薺。《五雜俎》卷十一：「誤吞銅鐵，～～解之。」

鼻 bí ❶ 鼻子。《孟子・離婁下》：「西子蒙不潔，則人皆掩～而過之。」❷ 孔，特指能穿東西的孔。庾信《七夕賦》：「針～細而穿空。」❸ 器物隆起或凸出的部分。《周禮・考工記・玉人》：「駔琮七寸，～寸有半寸，天子以為權。」（駔琮 zǔcóng：用作秤錘的玉。）《抱朴子・博喻》：「屩～不能識氣。」（屩 jué：用麻、草做的鞋。）❹ 始，開端。《漢書・揚雄傳上》：「有周氏之蟬嫣兮，或～祖於汾隅。」（嬋嫣：相連。）

匕 bǐ ❶古代取食的器具，形狀類似後代的羹匙。《詩經·小雅·大東》：「有捄棘～。」（有：詞頭。捄 qiú：長而彎曲的樣子。）[匕首] 短劍。頭像匕，因而得名。《史記·刺客列傳》：「曹沫執～～劫齊桓公。」❷箭頭。《左傳·昭公二十六年》：「射之，中楯瓦……～入者三寸。」（楯瓦：盾牌中間的突起部分。）

比 bǐ 見19頁「比」㊁。

朼 bǐ 大木匙。祭祀時用以挑出鼎中牲體置於俎上，或用來盛出甑甗中的飯食。《儀禮·士喪禮》：「乃～載，載兩髀於兩端。」

吡 bǐ 詆毀。《莊子·列御寇》：「中德也者，有以自好也，而～其所不為者也。」

疕 bǐ 頭瘡。《周禮·天官·醫師》：「凡邦之有疾病者、～瘍者造焉，則使醫分而治之。」（瘍：瘡。造：至。）

妣 bǐ ❶母親。《尚書·舜典》：「百姓如喪考～。」特指已故的母親。《禮記·曲禮下》：「生曰父曰母曰妻，死曰考曰～曰嬪。」歸有光《項脊軒志》：「先～撫之甚厚。」❷祖母和祖母輩以上的女性祖先。《詩經·小雅·斯干》：「似續～祖。」歐陽修《瀧岡阡表》：「曾祖～，累封楚國太夫人。」

枇 bǐ 見382頁「枇」㊁。

彼 bǐ 指示代詞，表遠指，那，那個，與「此」相對。《詩經·衛風·氓》：「乘～垝垣，以望復關。」（乘：登上。垝垣 guǐ yuán：塌毀的牆。復關：地名。）《呂氏春秋·具備》：「誠乎此者刑乎～。」又與「己」「我」相對，指對方。《左傳·莊公十年》：「～竭我盈，故克之。」（克：戰勝。）《孫子·謀攻》：「知～知己，百戰不殆。」（殆 dài：危險。）

秕（粃） bǐ 穀粒中空或不飽滿。《呂氏春秋·辯土》：「不收其粟而收其～。」比喻壞的。《國語·晉語七》：「軍無～政。」《後漢書·安帝紀贊》：「安德不升，～我王度。」（度：法度。）

俾 bǐ ❶使。《詩經·邶風·綠衣》：「我思古人，～無訧兮。」（訧 yóu：過失。）❷[俾倪] 1. 城牆上呈凹凸形的短牆。《墨子·備城門》：「～～廣三尺，高二尺五寸。」2. 斜視。《史記·魏公子列傳》：「侯生下見其客朱亥，～～故久立。」

筆 bǐ△ ❶筆。《戰國策·齊策六》：「取～牘受言。」（牘 dú：寫字用的狹長木條。）《韓詩外傳》卷七：「避文士之～端。」❷書寫，記載。《史記·孔子世家》：「至於為《春秋》，～則～，削則削。」（削：刪削。）❸指字畫詩文等作品。《夢溪筆談·書畫》：「凌跨羣書，曠代絕～。」又特指散文，與韻文相對。《文心雕龍·總術》：「今有常言，有文有～，以為無韻者～也，有韻者文也。」

鄙 bǐ ❶周代基層行政區劃，五百戶為鄙。《周禮·地官·遂人》：「五酇為～。」（酇 zàn：一百戶為酇。）泛指郊野。《論語·子罕》：「有～夫問於我。」❷邊邑，邊遠地區。《左傳·隱公元年》：「既而大叔命西～北～貳於己。」（貳：兩屬。）彭端淑《為學一首示子姪》：「蜀之～有二僧。」❸鄙陋，質樸。《左傳·莊公十年》：「肉食者～，未能遠謀。」（肉食者：指大夫以上的人。）《莊子·胠篋》：「焚符破璽，而民樸～。」（符：用作憑證的東西。）引申為自謙之詞。《戰國策·齊策一》：「～臣不敢以死為戲。」❹俚俗。《史記·平原君虞卿列傳》：「～語曰：『利令智昏。』」❺輕視，看不起。《左傳·昭公十六年》：「我皆有禮，夫猶～我。」

比 ㊀bì ❶並列。《呂氏春秋·觀世》：「千里而有一士，～肩也。」引申為細密，緻密。《詩經·周頌·良耜》：「其～如櫛。」又引申為親近。《周禮·夏官·形方氏》：「使小國事大國，大國～小國。」❷勾結。《論語·為政》：「君子周而不～。」[比周] 偏義複詞，只取「比」義。《呂氏春秋·論大》：「父子兄弟相與～～於一國。」❸接連。《戰國策·燕策二》：「人有賣駿馬者，～三旦立市，人莫之知。」[比比] 接連，頻頻。《漢書・哀帝紀》：「郡國～～地動。」引申為處處。陸游《上殿劄子》：「帥臣監司之加職者又～～而有。」❹ 及，等到。《孟子・梁惠王下》：「～其反也，則凍餒其妻子。」[比及] 及，等到。《論語・先進》：「～～三年，可使足民。」❺ 合。《莊子・逍遙遊》：「行～一鄉，德合一君。」《漢書・楚元王傳附劉歆》：「與二三君子～意同力，冀得廢遺。」

㊁ bǐ ❻ 比較。《周禮・天官・內宰》：「～其小大與其粗良，而賞罰之。」引申為考校，考核。《周禮・地官・小司徒》：「及三年，則大～。」❼ 比照，依照。《戰國策・齊策四》：「為之駕，～門下之車客。」❽ 詩「六義」之一，比喻。《詩經・大序》：「故《詩》有六義焉，一曰風，二曰賦，三曰～。」

必 bì△ ❶ 一定，必定。《論語・述而》：「三人行，～有我師焉。」❷ 堅決，一定做到。《荀子・彊國》：「其刑罰重而信，其誅殺猛而～。」也指堅決做到的事。《淮南子・齊俗》：「豫讓、要離非不知樂家室、安妻子以偷生也，然而樂推誠行～以死主，故不留也。」（豫讓、要離：古代刺客。偷：苟且。）❸ 肯定，確定。《呂氏春秋・必己》：「外物不可～。」❹ 假若，果真。《史記・廉頗藺相如列傳》：「王～無人，臣願奉璧往使。」杜荀鶴《題會上人院》：「～能行大道，何用在深山。」

佛 ㊀ bì△ ❶ 輔佐。《詩經・周頌・敬之》：「～時仔肩，示我顯德行。」

㊁ fú ❷ [仿佛] 見「仿」字條。

㊂ fó△ ❸ 梵文的音譯，又稱佛陀、浮圖、浮屠等，意思為「大覺有行者」。指釋迦牟尼本人及其創立的宗教。《後漢書・西域傳》：「西方有神名曰～。」韓愈《山石》：「僧言古壁～畫好。」

【辨析】佛、神、仙。「佛」指佛教「大覺有行者」，「仙」謂道家得道長生者，「神」謂天神及儒家賢聖死後而成之神。三者義不同，一般不混用。

庇 bì 庇護，遮蔽。《左傳・襄公三十一年》：「大官大邑，身之所～也。」杜甫《茅屋為秋風所破歌》：「安得廣廈千萬間，大～天下寒士俱歡顏。」

【辨析】庇、蔽、蔭。在「遮蔽、庇護」的意義上，「庇」與「蔭」是同義詞，只是「庇」多指房屋遮護，「蔭」則指樹木遮蓋。「蔽」的意義要寬泛得多，它可以表示從前後左右上下遮住，所以能引申出「蒙蔽、藏匿」等意義。

枇 bì 見382頁「枇」㊂。

畀 bì 給予。《詩經・鄘風・干旄》：「彼姝者子，何以～之？」（姝：美麗。）《左傳・隱公三年》：「周人將～虢公政。」

怭 bì△ [怭怭] 輕佻，不莊重。《詩經・小雅・賓之初筵》：「曰既醉止，威儀～～。」

泌 bì ❶ 泉水。《詩經・陳風・衡門》：「～之洋洋，可以樂飢。」（樂：通「療」，止。）❷ 過濾渣滓。《靈樞・營衛生會》：「～糟粕，蒸津液，化其精微。」

波 bì 見33頁「波」㊁。

邲 bì△ 春秋時鄭國地名。《左傳・宣公十二年》：「晉荀林父帥師及楚子戰於～。」

陂 bì 見14頁「陂」㊁。

珌 bì△ 刀鞘末端的裝飾。《詩經・小雅・瞻彼洛矣》：「君子至止，鞸琫有～。」

苾 bì△ 芳香。《荀子・禮論》：「椒蘭芬～，所以養鼻也。」

柲 bì ❶ 柄，兵器之柄。《周禮・考工記・廬人》：「戈～六尺有六寸。」❷ 弓檠，保護弓的器具。《儀禮・既夕禮》：「弓……有～。」

毖 bì ❶ 謹慎，慎重。《詩經・周頌・小毖》：「予其懲，而～後患。」今成語有「懲前毖後」。❷ 告誡，教導。《尚書・酒誥》：「厥誥～庶邦庶士。」（厥：其。庶：眾。）❸ 勞苦。《尚書・大誥》：

「無～于恤。」（恤 xù：憂。）❹ 通「泌 bì」。泉水湧出的樣子。《詩經・邶風・泉水》：「～彼泉水，亦流於淇。」左思《魏都賦》：「温泉～涌而自浪。」

狴 bì　牢獄。《易林・比之否》：「失意懷憂，如幽～牢。」[狴犴 àn] 傳說中的猛獸名，古代畫於獄門，因而借指牢獄。杜牧《上李太尉論江賊書》：「鄉閭安堵，～～空虛。」

陛 bì　臺階。《呂氏春秋・貴信》：「曹翽按劍當兩～之間。」（曹翽：人名。）特指帝王宮殿的臺階。《戰國策・燕策三》：「荊軻奉樊於期頭函，而秦武陽奉地圖匣，以次進至～下。」（函：匣子。奉：兩手捧着。）[陛下] 對帝王的敬稱。《史記・淮陰侯列傳》：「～～不過能將十萬。」（將：統率。）諸葛亮《出師表》：「願～～託臣以討賊興復之效。」

【辨析】陛、除、階。三字都有「臺階」的意義。「陛」開始指從低到高處去的臺階，後專指帝王宮殿的臺階。《說文》：「陛，升高階也。」「除」本義就是宮殿的臺階。《說文》：「除，殿陛也。」先秦時代，一般都用「階」字。「階」用的範圍廣。

埤 bì　見 382 頁「埤」㊂。

梐 bì　[梐枑 hù] 用以阻攔人馬通過的柵欄，又叫行馬。《周禮・天官・掌舍》：「設～～再重。」

畢 bì△　❶ 捕捉禽獸用的有長柄的網。《莊子・胠篋》：「夫弓弩～弋機變之知多，則鳥亂於上矣。」（弩：一種用機械力發射的弓。弋：指帶繩子可以收回的箭。知：智。）又為用畢捕取。《詩經・小雅・鴛鴦》：「鴛鴦于飛，～之羅之。」（于：動詞詞頭。羅：用網捕。）❷ 完畢，結束。《孟子・萬章上》：「三年之喪～，舜避堯之子於南河之南。」引申為用盡，竭盡。《列子・湯問》：「吾與汝～力平險。」❸ 全部，全都。《戰國策・齊策四》：「責～收乎。」（責：債務，債款。）賈誼《論積貯疏》：「政治未～通也。」❹ 星宿名。二十八宿之一。《呂氏春秋・孟夏》：「日在～。」（太陽運行的位置在畢宿。）

【辨析】畢、羅、網、罾、罟。「畢」是打獵用的長柄網，「羅」是捕鳥的網，「網」主要是用來捕魚的，「罾」是捕魚的扳網，「罟」是網的總稱。

閉 bì　❶ 從門內關門的門閂。《禮記・月令》：「修鍵～，慎管籥。」（鍵：同「楗」，門上的木閂。管籥：鎖鑰。）引申為關門。《左傳・哀公十五年》：「門已～矣。」泛指閉上，合上。杜甫《論壯年樂事戲呈元二十一曹長》：「～目逾十旬，大江不止渴。」❷ 閉塞，阻塞。《呂氏春秋・孟冬》：「天地不通，～而成冬。」《史記・扁鵲倉公列傳》：「會氣～而不通。」❸ 古代指立秋，立冬。《左傳・僖公五年》：「凡分、至、啟、～，必書雲物。」（分：春分、秋分。至：夏至、冬至。啟：立春、立夏。雲物：雲色。）❹ 通「柲 bì」。弓檠，竹製，當弓不用時，縛於弓裏，以防弓受損。《詩經・秦風・小戎》：「交韔二弓，竹～緄縢。」（韔 chàng：裝弓的袋。緄 gǔn：繩子。縢 téng：捆束。）

【辨析】閉、關、扃。三字在「門閂」的意義上是相同的。「關」泛指門閂，而且多指大門如城門的門閂。「閉」「扃」的區別在內、外，從內關門的門閂叫「閉」，從外關門的門閂叫「扃」。都用作動詞，從內關門叫「閉」，從外關門叫「扃」。《呂氏春秋・君守》：「中欲不出謂之扃，外欲不入謂之閉。」

脞 bì　大腿。《齊民要術・養牛馬驢騾》：「～重有肉。」

敝 bì　❶ 壞，破舊。《論語・公冶長》：「願車馬衣（輕）裘與朋友共，～之而無憾。」《孟子・盡心上》：「舜視棄天下，猶棄～蹝也。」（蹝 xǐ：鞋。）今成語有「敝帚自珍」。❷ 疲憊，疲困。《左傳・襄公九年》：「許之盟而還師，以～楚人。」《漢書・張敞傳》：「吏民凋～。」又為衰敗。《左傳・襄公十三年》：「國家之～，恆必由之。」❸ 謙詞。《左傳・僖公四年》：「君惠徼福於～邑之社稷。」（徼

yāo：求。)❹ 遮蔽。《墨子・經說下》：「足～下光，故成景於上。」(景：影。)

婢 bì ❶ 女奴，女僕。《戰國策・趙策三》：「叱嗟！而母，～也！」(而：爾，你的。)《墨子・七患》：「～妾不衣帛。」今成語有「奴顏婢膝」。❷ [婢子] 1. 妾。《禮記・檀弓下》：「使吾二～～夾我。」2. 古代婦女謙卑的自稱。《左傳・僖公二十二年》：「寡君之使～～侍執巾櫛。」

賁 ㊀ bì ❶ 裝飾。《周易・賁》：「白～，无咎。」引申為服飾華美。《詩經・小雅・白駒》：「皎皎白駒，～然來思。」(皎皎：潔白的樣子。思：語氣詞。)
㊁ bēn ❷ 奔走。《荀子・彊國》：「如是，下比周～潰以離上矣。」(比周：勾結。)[虎賁] 勇士。《孟子・盡心下》：「武王之伐殷也，革車三百兩，～～三千人。」(革車：兵車。兩：輛。)
㊂ fén ❸ 大。《詩經・大雅・靈臺》：「～鼓維鏞。」(維：語氣詞。鏞：大鐘。)❹ 隆起。《穀梁傳・僖公十年》：「覆酒於地而地～。」

萆 bì 隱蔽。《史記・淮陰侯列傳》：「選輕騎二千人，人持一赤幟，從間道～山而望趙軍。」

椑 bì 見 382 頁「椑」㊁。

跛 bì 見 36 頁「跛」㊁。

詖 bì 偏頗。《孟子・公孫丑上》：「～辭知其所蔽。」引申為邪僻。《孟子・滕文公下》：「息邪說，距～行。」(距：通「拒」。)

愊 bì△ ❶ 誠懇。《漢書・楚元王傳》：「發憤悃～，信有憂國之心。」❷ [愊憶] 憤怒憂悲鬱結於心。《後漢書・馮衍傳》：「心～～而紛紜。」

愎 bì△ 任性，固執。《左傳・哀公二十六年》：「君～而虐。」《呂氏春秋・似順》：「好～過而惡聽諫。」今成語有「剛愎自用」。

弼 bì△ ❶ 矯正弓弩的器具。《荀子・臣道》「謂之拂」楊倞注：「拂，讀為弼。～，所以輔正弓弩者也。」引申為糾正。《尚書・益稷》：「予違汝～。」[弼違] 糾正過失。《抱朴子・疾謬》：「攻過～～，講道精義。」❷ 輔佐。《尚書・泰誓》：「爾尚～予一人永清四海。」《史記・汲黯鄭當時列傳》：「天子置公卿輔～之臣。」也指輔佐的人。《尚書・益稷》：「其～直。」(直：正直。)❸ 違背。《漢書・韋賢傳》：「其爭如何？夢王我～。」(我弼：違背我的話。賓語「我」前置。)

閟 bì ❶ 閉門，關閉。《左傳・莊公三十二年》：「初，公築臺，臨黨氏，見孟任，從之，～。」(孟任：黨氏之女。)白居易《采官》：「君之門兮九重～。」❷ 止息。《詩經・鄘風・載馳》：「視爾不臧，我思不～。」(臧：善。)引申為掩藏，掩蔽。《漢書・盧綰傳》：「綰愈恐，～匿。」韓愈《岐山下》：「自從公旦死，千載～其光。」(公旦：周公旦。)又引申為掩埋。白居易《唐太原白氏之殤墓銘》：「埋魂～骨長夜臺。」❸ 清靜，幽深。《宋史・樂志十四》：「瑤殿清～。」

飶 bì△ 食物的香氣。又為芳香的食物。《詩經・周頌・載芟》：「有～其香。」

痹 bì 中醫指由風、寒濕等引起的肢體疼痛或麻木的病症。《韓非子・外儲說左上》：「平公腓痛足～而不敢壞坐。」(腓 féi：脛骨後的肌肉，俗稱「腿肚子」。)引申為麻木。《素問・痿論》：「～而不仁。」嵇康《與山巨源絕交書》：「危坐一時，～不得搖。」(搖：活動。)

煏 bì△ 用火烘乾。《齊民要術・伐木》：「凡非時之木，水漚一月，或火～取乾，蟲則不生。」

裨 bì 見 383 頁「裨」㊁。

辟 ㊀ bì△ ❶ 法，法度。《詩經・小雅・雨無正》：「～言不信。」(不聽信法度之言。)特指刑，刑法。《尚書・呂刑》：「墨～疑，赦。」(墨：古代五刑之一，在臉上刺字並塗墨。)❷ 罪，罪行。《國語・周語上》：「土不備墾，～在司寇。」《漢書・揚雄傳下》：「言奇者見疑，行殊者得～。」（見：被。）❸天子或諸侯國君的通稱。《尚書・洪範》：「惟～作福，惟～作威。」❹徵召。《後漢書・張衡傳》：「連～公府，不就。」❺躲避。後來寫作「避」。《左傳・僖公三十二年》：「其北陵，文王之所～風雨也。」（陵：大山。）❻得寵的人。後來寫作「嬖」。《論語・季氏》：「友便～……損矣。」（友便辟：同善於奉迎而得寵的人交朋友。）

㊁ pì ❼開，打開。後來寫作「闢」。《儀禮・士喪禮》：「主人即位，～門。」引申為開闢。《孟子・梁惠王上》：「欲～土地，朝秦楚。」（朝：使……朝拜。）又為消除，清除。《荀子・成相》：「～除民害逐共工。」（共工：傳說中古代的部族首領。）❽邪僻，行為不正。後來寫作「僻」。《孟子・梁惠王上》：「苟無恆心，放～邪侈，無不為已。」（放：放縱。已：語氣詞。）又為鄙陋，偏僻。《荀子・議兵》：「無幽閒～陋之國。」❾譬喻，比方。後來寫作「譬」。《孟子・盡心上》：「有為者～若掘井。」《荀子・儒效》：「故能小而事大，～之是猶力之少而任重也。」（任：擔子。）

碧 bì△ 青綠色的玉石。《山海經・西山經》：「無草木，多瑤～。」引申為青綠色。李白《望天門山》：「～水東流至此回。」楊萬里《曉出淨慈寺送林子方》：「接天蓮葉無窮～。」

【辨析】碧、蒼、青、綠、藍。從本義上所指的顏色看，「碧」「蒼」「青」相近。「碧」指淺藍，「蒼」指深藍，「青」指藍色。三者分別，有時不甚嚴格。「青天」又可說「蒼天」「碧空」。深綠色與藍色相近，所以「青」又指深綠色，如「青草」。「青草」與「綠草」不同色，「綠草」指綠色的嫩草。「青」與「綠」一般不相混。「藍」上古不指色，它是一種可以提取藍色的草，所以說「青出於藍」。

箅 bì 箅子，蒸鍋中蒸飯的竹屜。庾信《哀江南賦》：「敝～不能救鹽池之鹼。」

篳 ㊀ bì ❶捕魚的竹器。韓愈《寄崔二十六立之》：「去來伊、洛上，相待安罛～。」（伊、洛：河名。罛 gū：漁網。）❷蒸鍋的竹箅子。《淮南子・說山》：「獘～甑瓾，在袡茵之上，雖貪者不搏。」（袡 rǎn 茵：鑲邊的茵褥。搏：取。）《世說新語・夙惠》：「炊忘箸～，飯今成糜。」（糜 mí：粥。）

㊁ pái ❸竹木筏子。《後漢書・鄧訓傳》：「置於～上以渡河。」

獘 bì ❶破，壞。《戰國策・燕策一》：「故燕趙之棄齊也，猶釋～躧。」（釋：棄。躧 xǐ：鞋。）《呂氏春秋・本味》：「故久而不～。」❷衰敗。《國語・鄭語》：「周其～乎？」又為疲困。《呂氏春秋・去宥》：「耳目雖～，猶不得所謂也。」❸謙稱。《呂氏春秋・審應》：「～邑不敢當也。」❹弊病，害處。歐陽修《賈誼不至公卿論》：「漢興，本恭儉，革～末。」（革：革除。）今成語有「興利除弊」。❺蒙蔽。《韓非子・孤憤》：「是以～主上而趨於私門者，不顯於官爵，必重於外權矣。」

幣 bì ❶用作祭祀和饋贈的帛。《戰國策・齊策三》：「請具車馬皮～，願君以此從衛君遊。」泛指用作饋贈的禮品。《戰國策・齊策四》：「千金，重～也。」又用作動詞，贈送。《莊子・說劍》：「謹奉千金以～從者。」❷財物。《戰國策・秦策五》：「令庫具車，廄具馬，府具～。」（具：準備。）[幣帛] 財物。《呂氏春秋・季春》：「開府庫，出～～，周天下。」（周：賑濟。）特指貨幣。《管子・國蓄》：「而自為鑄～而無已。」（已：止。）

【辨析】幣、帛。見34頁「帛」字條。

綼 bì 下衣的邊飾。《儀禮・既夕禮》：「縓～緆。」（縓：淺紅色。緆 xī：下衣的下緣。）

髲 bì 假髮。《三國志・吳書・薛綜傳》：「珠崖之廢，起於長吏睹其好髮，髡取為～。」（髡 kūn：剃去頭髮。）

駜 bì△ 馬肥壯的樣子。《詩經・魯頌・有駜》：「有～有～，～彼乘黃。」

蓽 bì△ 同「篳」。用荊條或竹木編的東西。《史記・楚世家》：「～露藍蔞，以處草莽。」

蔽 bì ❶ 遮掩，遮擋。屈原《九歌・國殤》：「旌～日兮敵若雲。」《史記・項羽本紀》：「項伯亦拔劍起舞，常以身翼～沛公。」引申為掩飾，藏匿。《管子・牧民》：「毋～汝惡。」柳宗元《三戒・黔之驢》：「～林間窺之。」❷ 壅蔽，蒙蔽。《荀子・解蔽》：「上以～下，下以～上，此～塞之禍也。」❸ 弊病，流弊。《論語・陽貨》：「好勇不好學，其～也亂；好剛不好學，其～也狂。」❹ 總括，概括。《論語・為政》：「《詩》三百，一言以～之，曰：『思無邪。』」

【辨析】蔽、庇、蔭。見 20 頁「庇」字條。

觱 bì△ ❶［觱發］大風觸物聲。《詩經・豳風・七月》：「一之日～～。」（一之日：周曆一月，夏曆十一月。）❷［觱沸］泉水湧出的樣子。《詩經・小雅・采菽》：「～～檻泉，言采其芹。」（檻泉：噴湧而出的泉水。）

畢 bì△ 捕鳥、兔的網。《呂氏春秋・季春》：「田獵，～弋罝罘羅網，餵獸之藥，無出九門。」（弋 yì：帶絲繩的箭。罝 jū、罘 fú：捕鳥獸的網。）

篦 bì ❶ 篦子，比梳子齒密的梳頭用具。白居易《琵琶行》：「鈿頭銀～擊節碎。」（鈿 diàn 頭：兩頭鑲有花鈿。擊節碎：因打拍子而打碎。）又為動詞，用篦子梳頭。杜甫《水宿遣興奉呈羣公》：「髮短不勝～。」❷ 古時治眼病的器具。杜甫《秋日夔府詠懷》：「金～空刮眼。」

【辨析】篦、梳。二字都指梳頭用具。「梳」齒稀，「篦」齒密。二字都可用為動詞，指用「梳」「篦」梳頭。「篦」起初只作「比」，《說文》：「櫛，梳比之總名也。」「篦」為「比」之後起字。

壁 bì△ ❶ 牆。《韓非子・難一》：「師曠侍坐於前，援琴撞之。公披衽而避，琴壞於～。」《史記・司馬相如列傳》：「家居徒四～耳。」也指像牆一樣直立的崖岸或山石。李白《蜀道難》：「枯松倒掛倚絕～。」❷ 營壘。《史記・淮陰侯列傳》：「趙已先據便地為～。」今成語有「堅壁清野」。❸ 星宿名。二十八宿之一。《孫子・火攻》：「發火有時，起火有日……日者，月在箕、～、翼、軫也。」

嬖 bì 寵幸，寵愛。《左傳・莊公十九年》：「王姚～于莊王。」《戰國策・楚策四》：「左抱幼妾，右擁～女。」也指被寵幸的人。《左傳・成公十七年》：「晉厲公侈，多外～。」

薜 ㊀ bì ❶［薜荔］一種常綠藤本灌木。屈原《離騷》：「貫～～之落蕊。」（蕊：花。）

㊁ bó△ ❷ 破裂。《周禮・考工記・瓬人》：「凡陶瓬之事，髻墾～暴不入市。」（瓬 fǎng：用黏土捏製陶器。髻 yuè：形體歪斜。墾：損傷。暴：損壞。）

篳 bì△ 用荊條或竹木編成的門。《左傳・襄公十年》：「吾能無～門閨竇乎？」（閨竇：指小門。「篳門閨竇」指貧民小戶。）又《宣公十二年》：「～路藍縷，以啟山林。」（篳路：柴車。藍縷：破衣服。）今成語作「篳路襤褸」，形容創業的艱辛。

斃（獘） bì 仆倒。《左傳・成公二年》：「射其右，～於車中。」（右：指車右。）又《隱公元年》：「多行不義必自～。」引申為死。《左傳・僖公四年》：「與犬，犬～。」（與：給。指給狗吃肉。）《呂氏春秋・圜道》：「八虛甚久則身～。」

【辨析】斃、僵、仆、偃、跌。它們都可以表示「倒下去」的意思，但倒下的姿勢有別：「仆」是向前倒；「僵」「偃」是向後倒；「斃」是倒下去，且多指因傷病倒下去；「跌」是失足倒下。另外，「仆」「僵」「偃」都可泛指倒下，所以能構成雙音詞「仆僵」「僵仆」「偃仆」等。

臂 bì ❶ 人的手臂，胳膊。《左傳・莊公三十二年》：「割～盟公。」《荀子・勸學》：「登高而招，～非加長也，而見者遠。」也指動物的前肢。《莊子・人間世》：「汝不知夫螳螂乎？怒其～以當車轍。」❷ 弓把。《周禮・考工記・弓人》：「於挺～中有柎焉，故剽。」（柎

fǔ：角弓柄部兩側的骨片。）

避 bì 躲避，避免。《孟子・萬章上》：「禹～舜之子於陽城。」《呂氏春秋・介立》：「脆弱者拜請以～死。」引申為離開。《晏子春秋・雜下》：「晏子～席對曰。」（避席：離開座位，表示鄭重和嚴肅。）

蹕 bì△ 古代帝王出行時開路清道，禁止他人通行。《周禮・秋官・大司寇》：「凡邦之大事，使其屬～。」（屬：屬官，下屬。）又為帝王出行時的車駕。《舊五代史・李茂貞傳》：「唐僖宗再幸興元，文通扈～山南，論功第一。」（興元、山南：地名。扈：護衛。）

髀 bì ❶ 大腿。《禮記・深衣》：「帶，下毋厭～。」（厭 yā：壓。）又指大腿骨。《禮記・祭統》：「骨有貴賤，殷人貴～，周人貴肩。」❷ 測定日影的表。《周髀算經》卷上：「周～長八尺，夏至之日，晷一尺六寸。」《晉書・天文志》：「～，股也；股者，表也。」

奰 bì ❶ 壯大。《淮南子・地形》：「食木者多力而～。」❷ 怒。《詩經・大雅・蕩》：「內～于中國，覃及鬼方。」（覃：延。鬼方：國名。）❸ 作亂。庾信《哀江南賦》：「既姦回之～逆，終不悅於仁人。」

璧 bì△ 扁平、圓形、中心有孔的玉。《春秋・桓公元年》：「鄭伯以～假許田。」（假：借，實為交換。許：周代諸侯國名。）《史記・廉頗藺相如列傳》：「取吾～，不予我城，奈何？」

【辨析】璧、瑗、環。三者都是圓形而中間有孔的玉器。區別在於：玉邊的尺寸是中間孔的兩倍叫璧，中間孔的尺寸是玉邊的兩倍叫瑗，玉邊與中間孔的尺寸一樣叫環。

襞 bì△ 摺疊衣被。《漢書・揚雄傳》：「芳酷烈而莫聞兮，不如～而幽之離房。」引申為衣物上的褶皺。《酉陽雜俎・藝絕》：「張遂置鈎於巾～中。」

韠 ㊀ bì△ ❶ 古代朝覲或祭祀時遮蔽在衣服上的一種服飾。《國語・晉語九》：「端委～帶。」

㊁ bǐng ❷ 刀劍的鞘。《詩經・小雅・瞻彼洛矣》：「君子至止，～琫有珌。」（琫 běng：刀劍鞘上的飾物。珌 bì：刀鞘末端的裝飾。）

躄（躃） bì△ 腿腳瘸。《淮南子・說林》：「毋貽盲者鏡，毋予～者履。」

韠 bì△ 蔽膝，古代官服上的裝飾，用熟皮製成。《禮記・玉藻》：「～，君朱，大夫素。」

bian

砭 biān 古代治病用的石針。《素問・異法方宜論》：「其病皆為癰瘍，其治宜～石。」（石：石針。）又為用石針刺穴治病。《史記・扁鵲倉公列傳》：「法不當～灸。」（灸：用艾火灸。）引申為救治。蘇軾《擇勝亭銘》：「我銘斯亭，以～世盲。」

猵 biān 獺的一種。《淮南子・兵略》：「夫畜池魚者，必去～獺。」

萹 biān 萹蓄，也叫萹竹，一年生草本。全草入藥。

蝙 biān ［蝙蝠］一種哺乳動物。韓愈《山石》：「黃昏到寺～～飛。」

篇 biān ［篇輿］竹製的轎子。《史記・張耳陳餘列傳》：「上使泄公持節問之～～前。」

編 biān ❶ 穿結竹簡的皮條或繩子。《史記・孔子世家》：「孔子讀《易》，韋～三絕。」（韋：皮革。絕：斷。）引申為書籍，或指書的一部分。韓愈《進學解》：「手不停披於百家之～。」又為量詞，指書的單位。《史記・留侯世家》：「出一～書。」❷ 依次編排。《史記・孔子世家》：「上紀唐虞之際，下至秦繆，～次其事。」（唐虞：唐堯、虞舜。秦繆：秦穆公。）《文心雕龍・史傳》：「～年綴事。」［編戶］編入戶籍的平民。《淮南子・齊俗》：「故其為～～齊民無以異。」❸ 編織，連結。《呂氏春秋・慎人》：「～蒲葦，結罘網。」（罘 fú：網。）《荀子・勸學》：「以羽為巢，而～之以髮。」

B

【辨析】編、篇。二字本義不同。用作名詞，「編」一般指書籍，「篇」則指文章，如《孟子》七篇。「篇」不用作動詞，「編」用作動詞義為依次編排，不限於編排文章書籍，如「編戶」「編蒲葦」。

鞭 biān ❶皮鞭，鞭子。《左傳・宣公十五年》：「雖～之長，不及馬腹。」《國語・魯語上》：「薄刑用～扑。」❷鞭打。《左傳・莊公八年》：「～之，見血。」❸竹的地下莖。蘇軾《東坡八首並序》：「好竹不難栽，但恐～橫逸。」

邊 biān ❶邊境，邊界。《左傳・昭公十三年》：「鮮虞人聞晉師之悉起也，而不警～，且不修備。」（鮮虞：國名。）杜甫《兵車行》：「歸來頭白還戍～。」引申為接壤，靠近。《漢書・淮南王長傳》：「廬江王以～越，數使使相交。」（數使使：多次派使臣。）❷邊緣。《禮記・深衣》：「續衽鉤～。」（衽：衣襟。鉤：曲。）引申為旁邊。《木蘭詩》：「暮宿黃河～。」劉禹錫《烏衣巷》：「朱雀橋～野草花。」❸方面。劉禹錫《竹枝詞》之一：「東～日出西～雨。」

鯿 biān 魚名。古代多指魴魚。宋玉《釣賦》：「精不離乎魚喙，思不出乎鮒～。」

籩 biān 古代祭祀或宴享時盛果脯的竹器。《儀禮・士冠禮》：「兩～栗脯。」[籩豆] 籩和豆都是祭祀時的禮器，因此指祭祀之事。《論語・泰伯》：「～～之事，則有司存。」（有司：主管官吏。）

扁 ㊀ biǎn ❶在門戶上題字。《後漢書・百官志五》：「皆～表其門，以興善行。」❷匾額。後來寫作「匾」。《宋史・吳皇后傳》：「夢至一亭，～曰侍康。」❸扁，平而薄。《後漢書・東夷傳》：「兒生欲令其頭～，皆押之以石。」（押：壓。）㊁ piān ❹[扁舟] 小船。《史記・貨殖列傳》：「乃乘～～浮於江湖。」蘇軾《前赤壁賦》：「駕一葉之～～。」

窆 biǎn 落葬，把棺木下入墓穴。《周禮・地官・鄉師》：「及～，執斧以莅匠師。」（莅：臨，至。）泛指埋葬。蕭賾《加恩京師二縣詔》：「～枯掩骼。」（枯：指枯骨。）又指墓穴。陸龜蒙《次幽獨君韻》：「如何孤～裏，猶自讀三墳？」（三墳：傳說中的古籍名。）

貶 biǎn ❶減損，減少。《左傳・僖公二十一年》：「～食、省用。」司馬相如《封禪文》：「此天下之壯觀，王者之卒業，不可～也。」引申為抑制。《公羊傳・桓公十一年》：「自～損以行道。」❷降職。《商君書・境內》：「爵自二級以上，有刑罪則～。」韓愈《左遷至藍關示姪孫湘》：「一封朝奏九重天，夕～潮州路八千。」❸給予不好的評價，與「褒」相對。《穀梁傳・莊公元年》：「不言氏姓，～之也。」柳宗元《駁復仇議》：「本情以正褒～。」

褊 biǎn 心胸狹隘急躁。《莊子・山木》：「方舟而濟於河，有虛船來觸舟，雖有～心之人，不怒。」

褊 biǎn ❶衣服狹小。《左傳・昭公元年》：「召使者，裂裳帛而與之曰：『帶其～矣。』」（裂：撕下。）《論衡・自紀》：「夫形大，衣不得～。」（形：形體。）引申為狹小。《孟子・梁惠王上》：「齊國雖～小，吾何愛一牛？」（愛：捨不得。）又特指器量狹小。《荀子・修身》：「狹隘～小，則廓之以廣大。」❷同「扁」。平而薄。《三國志・魏書・弁辰傳》：「兒生，便以石厭其頭，欲其～。」（厭 yā：壓。）

卞 biàn ❶法度。《尚書・顧命》：「臨君周邦，率循大～。」（率循：遵循。）❷急躁。《左傳・定公三年》：「莊公～急而好潔。」❸徒手搏鬥。《漢書・哀帝紀贊》：「時覽～射武戲。」

弁 biàn ❶古代舉行通常禮儀時戴的帽子。祭祀時戴的稱爵弁（文冠），用赤黑色布帛製成。田獵征伐時戴的稱皮弁（武冠），用白鹿皮製成。《周禮・夏官・弁師》：「王之皮～，會五采玉瑧。」（瑧 qí：弁上的玉飾。）又男子成年加冠稱弁。《詩經・齊風・甫田》：「未幾見兮，突而～兮。」（未幾：未幾何，沒有多久。突而：突如，突然。）❷放在……前面，多指書序。《唐詩品彙・總序》：

「各立序論，以～其端。」❸ 徒手搏鬥。《漢書・甘延壽傳》：「試～，為期門，以材力愛幸。」（期門：官名。愛幸：被皇上寵愛。）❹ 發抖，驚恐的樣子。《漢書・王莽傳下》：「乃壬午餔時，有列風雷雨發屋折木之變，予甚～焉，予甚慄焉，予甚恐焉。」（餔時：申時，下午三時至五時。列風：暴風。予：我。）

【辨析】弁、冠、冕、帽。「冠」是帽子的通稱。「冕」「弁」是帝王、公卿大夫等戴的禮帽，「冕」用於重要的禮儀活動，而「弁」用於一般的禮儀活動。「帽」是後起字。

抃 biàn 拍手，鼓掌。《呂氏春秋・古樂》：「帝嚳乃令人～。」《宋書・武帝紀中》：「億兆～踊。」（億兆：指萬民。）

忭 biàn 喜樂。《博物志》卷八：「一里老幼喜歡～舞，弗能自禁。」［忭躍］高興得跳起來。江淹《蕭驃騎讓大尉增封第二表》：「雖蹈疵戾，猶深～～。」

汴 biàn ❶ 古水名，即今河南境內的索河。《後漢書・明帝紀》：「河流入～，幽冀蒙利。」❷ 古州名，今河南開封一帶。韓愈《張中丞傳後敘》：「愈嘗從事於～、徐二府，屢道於兩府間。」

拚 biàn 用手擊，拍手。左思《吳都賦》：「翹關扛鼎，～射壺博。」（翹：舉。關：門栓。壺：指投壺。博：賭輸贏的遊戲。）

便 ㊀ biàn ❶ 有利，合宜。《穀梁傳・僖公二年》：「必不～於虞。」《史記・魏公子列傳》：「將在外，主令有所不受，以～國家。」［便宜］1. 有利，特指對國家有利的事。《史記・袁盎鼂錯列傳》：「還，以上～～事。」2. 相機而做某事。《史記・廉頗藺相如列傳》：「以～～置吏。」❷ 快捷，靈便。《淮南子・兵略》：「虎豹～捷，熊羆多力。」引申為熟悉，嫻熟。《淮南子・齊俗》：「胡人～於馬，越人～於舟。」❸ 排泄大小便或大小便。《漢書・張安世傳》：「郎有醉小～殿上。」《舊唐書・郭霸傳》：「請示元忠～液，以驗疾之輕重。」❹ 即，就。《三國志・魏書・王粲傳》：「善屬文，舉筆～成。」杜甫《聞官軍收河南河北》：「～下襄陽向洛陽。」

㊁ pián ❺ 安適。《墨子・天志》：「百姓皆得暖衣飽食，～寧無憂。」❻ 有口才。《論語・季氏》：「……友～佞，損矣。」古詩《為焦仲卿妻作》：「～言多令才。」❼ 腹部肥實。蘇軾《寶山晝睡》：「七圍～腹貯天真。」［便便］肚子肥實飽滿的樣子。《後漢書・邊韶傳》：「邊孝先，腹～～。」（邊孝先：人名。）

遍（徧） biàn ❶ 周遍，普遍。《左傳・莊公十年》：「小惠未～，民弗從也。」（惠：恩惠。）宋濂《送東陽馬生序》：「余因得～觀羣書。」❷ 量詞。從頭到尾經歷一次為一遍。《抱朴子・祛惑》：「但讀千～，自得其意。」

艑 biàn 一種大船。《宋書・吳喜傳》：「從西還，大～小艒，爰及草舫，錢米布絹，無船不滿。」

辨 ㊀ biàn ❶ 辨別，區分。《左傳・成公十八年》：「不能～菽、麥。」（菽：豆類的總稱。）《木蘭詩》：「雙兔傍地走，安能～我是雄雌？」❷ 通「辯 biàn」。辯論，爭辯。《戰國策・趙策三》：「鄂侯爭之急，～之疾。」王安石《答司馬諫議書》：「故略上報，不復一一自～。」引申為有口才，有辯才。《韓非子・內儲說下》：「惠王之明，張儀之～也，茂事之，取十官而免於罪，是茂賢也。」（茂：甘茂。）❸ 通「遍 biàn」。周遍，普遍。《左傳・定公八年》：「子言～舍爵於季氏之廟而出。」（舍爵：放置酒器。）《論衡・明雩》：「不崇朝而～雨天下。」（崇：通「終 zhōng」，終了。朝：早晨。）

㊁ bàn ❹ 治理，辦理。後來寫作「辦」。《荀子・王霸》：「天下莫不平均，莫不治～。」

【辨析】辨、辯。「辨」指辨別，是行為上分辨；「辯」指辯論，為言語上分辨。因讀音相同，古籍中多互相通假。後世才有了明確分工：「辨別」義用「辨」，「辯論」義用「辯」。

辮 biàn ❶ 編結。張衡《思玄賦》：「～貞亮以為鞶兮。」（鞶 pán：掛佩玉

B

的帶子。）❷ 髮辮。左思《魏都賦》：「岌岌冠縰，纍纍～髮。」（岌岌 jíjí：高的樣子。縰 xǐ：包髮的巾。纍纍 léiléi：重疊成串的樣子。）也指像髮辮的東西。《齊民要術・種蒜》：「葉黃，鋒出，則～。」

辯 biàn ❶ 辯論，爭辯。《孟子・滕文公下》：「外人皆稱夫子好～。」《列子・湯問》：「孔子東游，見兩小兒～鬥。」（鬥：爭論。）引申為言詞機敏，動聽。《墨子・尚賢上》：「厚乎德行，～乎言談。」又引申為有口才。《老子》第六十八章：「善者不～，～者不善。」❷ 治，治理。後來寫作「辦」。《左傳・昭公元年》：「主齊盟者，誰能～焉？」《淮南子・泰族》：「～治百官，領理萬事。」❸ 通「辨 biàn」。區別，辨別。《莊子・秋水》：「兩涘渚崖之間，不～牛馬。」（涘 sì：岸。渚 zhǔ：水中小塊陸地。）❹ 通「變 biàn」。變化。《莊子・逍遙遊》：「若夫乘天地之正，而御六氣之～，以遊無窮者，彼且惡乎待哉？」（正：指自然之性。六氣：陰、陽、風、雨、晦、明。惡 wū 乎待哉：等待甚麼呢。）❺ 通「遍 biàn」。周遍。《史記・五帝本紀》：「望於山川，～於眾神。」

【辨析】 辯、辨。見 27 頁「辨」字條。

變 biàn ❶ 改變，變化。《左傳・僖公三年》：「公懼，～色。」❷ 事變，突然發生的重大事件。《三國志・蜀書・諸葛亮傳》：「天下有～，則命一上將將荊州之軍以向宛、洛。」（宛、洛：地名。）特指天象的異常變化、自然災異等。《漢書・張禹傳》：「上懼～異數見。」（見 xiàn：顯現，出現。）《宋史・王安石傳》：「天～不足畏。」

【辨析】 變、易。「變」是改變、變化，「易」是交換、替換，區別比較明顯。「易」引申出「改變」義後，與「變」成為同義詞。

biao

杓 biāo ❶ 北斗七星的第五至第七顆星。《淮南子・天文》：「斗～為小歲。」❷ 引，拉。《淮南子・道應》：「～國門之關，而不肯以力聞。」❸ 擊。《淮南子・兵略》：「為人～者死。」❹ 通「勺 sháo」。舀東西的器具。《韓詩外傳》卷八：「譬猶渴操壺～。」《漢書・息夫躬傳》：「霍顯之謀將行於杯～。」

髟 ㈠ biāo ❶ 髮長的樣子。潘岳《秋興賦》：「斑鬢～以承弁兮。」
㈡ piāo ❷ 動物頸上的長毛。馬融《長笛賦》：「寒熊振頷，特麚昏～。」（頷 hàn：下巴。麚 jiā：牡鹿。昏：視。）

彪 biāo ❶ 虎皮的花紋。《說文》：「～，虎文也。」比喻文采。《法言・君子》：「以其弸中而～外也。」（弸 péng：充滿。）［彪炳］文采煥發的樣子。《文心雕龍・明詩》：「四始～～。」（四始：指《詩經》的《風》《小雅》《大雅》《頌》。）❷ 虎。庾信《枯樹賦》：「熊～顧盼，魚龍起伏。」

摽 biāo 見 29 頁「摽」㈢。

蔈 biāo 禾穗的芒尖。《淮南子・天文》：「～定而禾熟。」

標 biāo ❶ 樹梢。《莊子・天地》：「上如～枝，民如野鹿。」引申為事物的末節或表面。《管子・霸言》：「大本而小～。」❷ 頂端。屈原《九章・悲回風》：「上高巖之峭岸兮，處雌蜺之～顛。」（雌蜺：副虹。）❸ 樹立。袁宏《三國名臣序贊》：「先生～之，振起清風。」《世說新語・文學》：「支卓然～新理於二家之表，立異義於眾賢之外。」今成語有「標新立異」。❹ 標誌，標記。孫綽《遊天台山賦》：「赤城霞起而建～。」引申為表明。任昉《王文憲集序》：「黃琬之早～聰察。」❺ 標準，規範。高誘《呂氏春秋序》：「然此書所尚，以道德為～的，以無為為綱紀。」《晉書・王楨之傳》：「亡叔一時之～，公是千載之英。」

麃 biāo 見 378 頁「麃」㈡。

熛 biāo ❶ 迸飛的火焰。《呂氏春秋・慎小》：「突泄一～而焚宮燒積。」（突：煙囪。）《淮南子・說林》：「一家失～，百家皆燒。」引申為閃光。《後漢書・班彪傳附班固》：「海內雲蒸，雷動電～。」❷迅疾。《吳越春秋・勾踐伐吳外傳》：「墓中生～風，飛砂石以射人。」楊泉《物理論》：「夏氣盛，其風～以怒。」

瘭 biāo ［瘭疽］瘡毒。《後漢書・鮮卑傳》：「中國之困，胸背之～～。」

儦 biāo ［儦儦］1. 眾多的樣子。《詩經・齊風・載驅》：「汶水滔滔，行人～～。」2. 奔跑的樣子。《詩經・小雅・吉日》：「～～俟俟，或羣或友。」（俟俟：行走的樣子。）

瀌 biāo ［瀌瀌］雪盛的樣子。《詩經・小雅・角弓》：「雨雪～～。」（雨 yù：降落。）

鏢 biāo 投擲武器，標槍。《徐霞客遊記・黔遊日記一》：「忽有四人持～負弩，懸劍囊矢，自後奔突而至。」

臕 biāo 肥壯。古樂府《企喻歌辭》：「放馬大澤中，草好馬著～。」

穮 biāo 耘田除草。《左傳・昭公元年》：「譬如農夫，是～是蓘。」（蓘 gǔn：給莊稼培土。）

驃 ㊀ biāo（舊讀 piào）❶略帶白色的黃馬。《說文》：「～，黃馬發白色。」又泛指馬。杜甫《徒步歸行》：「妻子山中向天哭，須公櫪上追風～。」（櫪 lì：馬槽。）

㊁ piào ❷［驃騎］漢代將軍的一種名號。《史記・衛將軍驃騎列傳》：「以冠軍侯去病為～～將軍。」

飆 biāo 暴風。《漢書・揚雄傳上》：「風發～拂，神騰鬼趡。」（趡 cuǐ：奔跑。）泛指風。白居易《立秋夕有懷夢得》：「是夕涼～起。」字也作「飇」「飈」「飊」。

鑣 biāo 控制馬的器具。與銜（嚼子）合用，銜在口中，鑣露在口外。劉向《九歎・離世》：「斷～銜以馳騖兮。」（馳騖 wù：狂奔。）代指乘騎。謝靈運《從遊京口北固應詔》：「今見塵外～。」鮑照《擬青青陵上柏》：「飛～出荊路。」（荊：楚的別稱。）

表 biǎo ❶穿在外面的衣服。《莊子・讓王》：「曾子居衛，縕袍無～。」（縕 yùn：新舊混合的絲綿。）又為衣服的外層。劉向《九歎・愍命》：「今反～以為裏兮，顛裳以為衣。」（裏：衣服的裏層。裳：下裙。衣：上衣。）❷外，與「裏」相對。《尚書・立政》：「方行天下，至于海～。」比喻屏障。《左傳・僖公五年》：「虢，虞之～也。」（虢 guó、虞：周代諸侯國名。）❸古代測日影、定時刻的標杆。《呂氏春秋・功名》：「猶～之與影，若呼之與響。」（響：回聲。）引申為標誌。《呂氏春秋・察今》：「荊人弗知，循～而夜涉。」又引申為標準，表率。《史記・太史公自序》：「國有賢相良將，民之師～也。」又引申為顯揚，表彰。《漢書・武帝紀贊》：「罷黜百家，～章六經。」又引申為表現，表白。李白《寄遠》之八：「空留錦字～心素。」（素：真情。）❹文體名。奏章的一種。諸葛亮有《出師表》，李密有《陳情表》。❺表譜，表格。司馬遷《報任安書》：「為十～，本紀十二。」

剽 biǎo 見 386 頁「剽」㊁。

裱 biǎo 裱糊。《古今小說・滕大尹鬼斷家私》：「大尹已將行樂圖取去遺筆，重新～過。」

摽 ㊀ biào ❶擊。《左傳・哀公十二年》：「長木之斃，無不～也。」又指捶胸的樣子。《詩經・邶風・柏舟》：「靜言思之，寤辟有～。」（辟：拍胸。）❷落。《詩經・召南・摽有梅》：「～有梅，其實七兮。」

㊁ biāo ❸揮之使離開。《孟子・萬章下》：「～使者出諸大門之外。」引申為拋棄。《公羊傳・莊公十三年》：「已盟，曹子～劍而去之。」❹高舉的樣子。《管子・侈靡》：「～然若秋雲之遠。」❺標榜。《宋書・謝靈運傳論》：「子建、仲宣以氣質為體，並～能擅美，獨映當時。」

鰾 biào 魚鰾。歐陽修《乞放行牛皮膠鰾》：「北人從來不借南界販～。」

B

bie

鱉(鼈) biē△ 甲魚。《呂氏春秋・察今》：「見瓶水之冰，而知天下之寒，魚～之藏也。」

別 bié△ ❶分，分開。《尚書・禹貢》：「禹～九州。」又為分出。《尚書・禹貢》：「岷山導江，東～為沱。」❷辨別，區分。《左傳・僖公二十四年》：「目不～五色之章為昧。」又為差別，不同。《呂氏春秋・別類》：「無以聰明聽說，則堯桀無～矣。」❸離開，離別。屈原《離騷》：「余既不難夫離～兮。」《呂氏春秋・君守》：「離世～羣而無不同。」❹另，另外。《史記・高祖本紀》：「使沛公、項羽～攻城陽。」

襒 bié△ 拂拭。《史記・孟子荀卿列傳》：「(騶衍)適趙，平原君側行～席。」(適：往。襒席：用衣服拂拭坐席。)

bin

邠 bīn 同「豳」。《呂氏春秋・審為》：「太王亶父居～，狄人攻之。」

彬 bīn ［彬彬］文質兼備的樣子。《論語・雍也》：「文質～～，然後君子。」

斌 bīn ［斌斌］文質兼備的樣子。《史記・儒林列傳序》：「自此以來，則公卿大夫士吏，～～多文學之士矣。」(文學：指古代文獻典籍。)

賓 bīn ❶賓客，客人。《孟子・萬章下》：「迭為～主。」(迭：交替。)歐陽修《醉翁亭記》：「起坐而喧嘩者，眾～歡也。」❷服從，歸順。《墨子・尚同中》：「政之所加，莫敢不～。」《淮南子・要略》：「四海弗～。」❸通「擯bìn」。捨棄。《莊子・天道》：「退仁義，～禮樂。」

【辨析】賓、客。據《說文》，「賓」的本義是貴客，「客」的本義是寄居。二者雖然都可以指客人，但「客」的含義更寬泛，它可以指門客、食客、客卿等。

儐 bīn 見30頁「儐」㊁。

豳 bīn 古地名，在今陝西旬邑西，周的先祖公劉即在此立國。《詩經・大雅・公劉》：「篤公劉，于～斯館。」(篤：忠厚。館：建房舍。)字也作「邠」。

獱 bīn 獺的一種。又稱猵。揚雄《羽獵賦》：「蹈～獺，據黿鼉。」

濱 bīn ❶水邊，近水的地方。《韓非子・難一》：「河～之漁者爭坻。」(坻chí：水中的小塊陸地。)引申為邊，邊境。《詩經・小雅・北山》：「率土之～，莫非王臣。」(率：沿着。)❷臨近，靠近。《國語・齊語》：「夫管夷吾射寡人中鈎，是以～於死。」《吳越春秋・闔閭內傳》：「寡人國僻遠東～海。」

瀕 bīn ❶水邊。《墨子・尚賢下》：「是故昔者舜耕於歷山，陶於河～。」(陶：製造陶器。)❷靠近，臨近。《漢書・地理志下》：「～南山，近夏陽。」

繽 bīn 盛的樣子。屈原《九歌・湘夫人》：「九嶷～兮並迎，靈之來兮如雲。」(九嶷：山名，這裏指九嶷之神。靈：指百神。)［繽紛］1. 盛繁的樣子。屈原《離騷》：「佩～～其繁飾兮。」2. 紛繁凌亂的樣子。陶潛《桃花源記》：「落英～～。」(英：花。)

儐 ㊀ bìn ❶迎接或接引賓客。《周禮・春官・大宗伯》：「王命諸侯，則～。」《管子・小問》：「桓公令～者延而上。」(延：引進。)❷陳列。《詩經・小雅・常棣》：「～爾籩豆。」(籩豆：古代祭器。)❸排斥，抛棄。《戰國策・趙策二》：「六國從親，以～畔秦。」(從：合縱。畔：通「叛」，背叛。)

㊁ bīn ❹敬。《禮記・禮運》：「山川，所以～鬼神也。」

擯 bìn ❶迎接賓客。《論語・鄉黨》：「君召使～，色勃如也。」(色：臉色。勃如：矜持莊重的樣子。)❷排除，擯棄。《淮南子・說林》：「賢者～於朝，美女～於宮。」

殯 bìn 停柩待葬。《禮記・檀弓上》：「夏后氏～於東階之上。」也指靈柩。《左傳・昭公五年》：「以書使杜泄告於～。」

臏 bìn ❶ 膝蓋骨。《史記・秦本紀》：「王與孟說舉鼎，絕～。」❷ 古代酷刑，剔去膝蓋骨。司馬遷《報任安書》：「孫子～腳，兵法修列。」

鬢 bìn 臉邊靠近耳朵的頭髮。《國語・晉語九》：「美～長大則賢。」賀知章《回鄉偶書》：「鄉音無改～毛衰。」

髕 bìn 髕骨，膝蓋骨。《素問・刺禁論》：「刺膝～出液為跛。」又指去掉膝蓋骨的酷刑。《史記・魯仲連鄒陽列傳》：「昔者司馬喜～腳於宋，卒相中山。」（卒：終於。）

bing

冰 ㈠ bīng ❶ 冰。《荀子・勸學》：「～，水為之，而寒於水。」㈡ níng ❷ 凝結。後來寫作「凝」。《新唐書・韋思謙傳》：「帝崩，思謙扶疾入臨，涕泗～鬚。」（扶疾：抱病。臨 lìn：哭。）

并(幷) bīng 見 32 頁「并(幷)」㈡。

兵 bīng ❶ 兵器，武器。《呂氏春秋・離俗》：「戟亦～也，矛亦～也。」又用作動詞。用兵器傷人。《左傳・昭公元年》：「～其從兄。」❷ 士卒。《左傳・襄公元年》：「敗其徒～於洧上。」（洧 wěi 上：洧水邊。）又指士卒的集合體，軍隊。《墨子・魯問》：「今又舉～將以攻鄭。」❸ 軍事，戰爭。《孫子・計》：「～者，國之大事也。」《呂氏春秋・審應》：「寡人事偃～十餘年矣而不成。」（偃：停止。）

【辨析】 兵、士、卒。它們的本義不同。在表示「士兵」的意義時，也有區別：「兵」為士卒、軍隊的通稱，「士」指戰車上的甲士，「卒」指步兵。泛指義則不再區別，所以能構成雙音詞「兵士」「士卒」等。

掤 bīng 箭筒蓋。《詩經・鄭風・大叔于田》：「抑釋～忌。」（抑、忌：語氣詞。）

絣 bīng 見 18 頁「絣」㈡。

檳 bīng（舊讀 bīn）［檳榔］樹名。左思《吳都賦》：「～～無柯。」（柯：枝條。）也指其果實。《金匱要略・雜療方》：「大腹～～四枚並皮子用。」

丙 bǐng 天干的第三位。與地支配合以紀日、紀年。《左傳・僖公五年》：「十二月～子朔晉滅虢。」（朔：農曆每月的第一天。虢 guó：國名。）

邴 bǐng ［邴邴］喜悅的樣子。《莊子・大宗師》：「～～乎其似喜乎！」

秉 bǐng ❶ 一束禾穀。《詩經・小雅・大田》：「彼有遺～，此有滯穗。」（滯：留，遺留。）❷ 持，拿着。《詩經・鄭風・溱洧》：「士與女，方～蕑兮。」（蕑 jiān：蘭花。）白居易《觀刈麥》：「右手～遺穗，左臂懸敝筐。」引申為執掌，掌管。《漢書・霍光傳》：「光～政前後二十年。」又引申為保持，堅持。屈原《九章・橘頌》：「～德無私。」❸ 古代容量單位，十六斛為一秉。《呂氏春秋・觀世》：「鄭子陽令官遺之粟數十～。」（子陽：人名，鄭國的相。）❹ 通「柄 bǐng」。權柄。《管子・小匡》：「治國不失～。」

【辨析】 秉、持、握、執。「持」與「握」的本義大致相同。區別在於：「握」是攥着，意義窄；「持」是拿着、握着，意義寬。「秉」由「一束禾穀」引申出「持、拿着」的意義，「執」由「拘捕、捕捉」引申出「手持、握着」的意義，於是與「持」「握」成為同義詞。在「主持、掌握」的意義上，四者也相同。

怲 bǐng ［怲怲］非常憂愁的樣子。《詩經・小雅・頍弁》：「未見君子，憂心～～。」

柄 bǐng ❶ 斧柄，泛指器物的柄或柄狀物。《墨子・備城門》：「長斧，～長八尺。」《世說新語・簡傲》：「東吳有長～壺盧，卿得種來不？」❷ 權柄。《韓非子・問田》：「治天下之～。」陳琳《為袁紹檄豫州》：「趙高執～。」❸ 根本。《周易・繫辭下》：「謙，德之～也。」

❹ 執掌。《戰國策・韓策二》：「公仲～得秦師。」《新唐書・東夷傳》：「大臣乙祭～國。」

昞 bǐng 光明。字又作「昺」。《法言・先知》：「知其道者其如視，忽眇綿作～。」

炳 bǐng ❶ 明亮，鮮明。《周易・革》：「大人虎變，其文～也。」（虎變：如虎的毛皮，至冬而變。文：斑紋。）引申為顯明，顯著。《漢書・楚元王傳附劉向》：「（陛下）決斷狐疑，分別猶豫，使是非～然可知。」❷ 點燃。《說苑・建本》：「老而好學，如～燭之明。」引申為照耀。張煌言《賀延平王啟》：「伏願威揚四裔，烈～千秋。」（烈：功業。）

屏 bǐng 見 388 頁「屏」㊁。

偋 bǐng 同「屏」。棄除。《荀子・榮辱》：「恭儉者，～五兵也。」

棅 bǐng 同「柄」。權柄。《莊子・天道》：「天下奮～而不與之偕。」

稟（禀） ㊀ bǐng ❶ 賦予，給予。《淮南子・原道》：「布施～授而不益貧。」《漢書・禮樂志》：「人函天地陰陽之氣，有喜怒哀樂之情，天～其性而不能節也。」（節：節制。）❷ 受，承受。《尚書・說命上》：「臣下罔攸～令。」（罔：無。攸：所。）《淮南子・脩務》：「各有其自然之勢，無～受於外。」❸ 下對上報告。《後漢書・皇后紀上》：「內外諮～。」蘇轍《論吏額不便二事劄子》：「臣遂～白三省執政。」

㊁ lǐn ❹ 同「廩」。糧倉。《管子・輕重甲》：「請使州有一～。」《新唐書・李密傳》：「今～無見糧，難以持久。」（見 xiàn：現成的。）

餅 bǐng 用麪粉製成的扁圓形食品。《墨子・耕柱》：「見人之作～，則還然竊之。」

鞞 ㊀ bǐng ❶ 刀劍套，也指刀劍套上的飾物。《詩經・大雅・公劉》：「維玉及瑤，～琫容刀。」（琫 běng：刀柄上的飾物。容刀：裝飾過的佩刀。）

㊁ pí ❷ 同「鼙」。一種鼓。《呂氏春秋・仲夏》：「是月也，命樂師修鞀～鼓。」（鞀 táo：搖鼓。）

韠 bǐng 見 25 頁「韠」㊁。

并（幷） ㊀ bìng ❶ 合併，兼併。《戰國策・趙策二》：「六國～力為一，西面而攻秦。」《呂氏春秋・慎勢》：「勢等則不能相～。」❷ 一起，一併。《戰國策・燕策二》：「漁者得而～擒之。」❸ 通「屏 bǐng」。屏棄，拋棄。《莊子・天運》：「至富，國財～焉。」（國財：指一國之財。）❹ 通「屏 bǐng」。屏住，抑制。《呂氏春秋・論威》：「～氣專精。」

㊁ bīng ❺［并州］古地名。杜甫《戲題王宰畫山水圖歌》：「焉得～～快剪刀。」

【辨析】 并、並（竝）、併。「並（竝）」「併」二字《說文》互訓，義同，都是「並列」的意思。「并」是「合併、兼併」的意思，這個意義可以寫作「併」，不能作「並（竝）」。作副詞，「一併、一起」義三字相通。（「並」是「竝」的隸定字。）

併 bìng ❶ 並行，並列。《禮記・祭義》：「行肩而不～。」❷ 兼併，合併。《史記・秦本紀》：「周室微，諸侯力政，爭相～。」❸ 一齊。賈誼《治安策》：「高皇帝與諸公～起。」杜甫《晚晴》：「～添高閣迥。」❹ 皆，都。庾信《春賦》：「河陽一縣～是花。」

【辨析】 併、并、並（竝）。見 32 頁「并」字條。

並（竝） ㊀ bìng ❶ 平列，並列。《莊子・馬蹄》：「族與萬物～。」（族：叢聚。）《荀子・儒效》：「俄而～乎堯舜。」❷ 一起，一齊。《孟子・滕文公上》：「賢者與民～耕而食。」《漢書・李廣蘇建傳附蘇武》：「兄弟～為郎。」（郎：官名。）

㊁ bàng ❸ 依傍，沿着。《史記・秦始皇本紀》：「～陰山至遼東。」（陰山：山名。）《漢書・張騫李廣利傳》：「～南山，欲從羌中歸，復為匈奴所得。」

【辨析】 並（竝）、并、併。見 32 頁「并」字條。

病 bìng ❶病情加重。《說文》：「～，疾加也。」《論語・子罕》：「子疾～。」《莊子・徐无鬼》：「仲父之病～矣。」又泛指染病。《孟子・滕文公上》：「今吾尚～。」《呂氏春秋・長攻》：「趙簡子～。」又用作名詞，泛指疾病。《韓非子・喻老》：「君之～在肌膚，不治將益深。」《呂氏春秋・察今》：「～萬變，藥亦萬變。」❷疲憊，困頓。《孟子・公孫丑上》：「今日～矣，予助苗長矣。」柳宗元《捕蛇者說》：「向吾不為斯役，則久已～矣。」（向：如果。斯：此。）❸過失，弊病。《莊子・讓王》：「學而不能行謂之～。」❹憂慮，擔心。《論語・衛靈公》：「君子～無能焉，不～人之不己知也。」❺恥辱。《晏子春秋・雜下》：「聖人非所與熙也，寡人反取～焉。」（熙：玩笑。）

【辨析】病、疾。二字在「疾病、生病」的意義上是同義詞，並沒有輕重的區別，都既可指重病，也可指一般的病。《呂氏春秋・貴公》：「管仲有病，桓公往問之。」又《知接》：「管仲有疾，桓公往問之。」同一件事，有時用「病」字，有時用「疾」字，可見這兩個字沒有輕重之分。《呂氏春秋・異寶》：「子培疾而死。」「疾」而至於死，可見「疾」並不指輕病。兩者的區別主要在於：「病」的本義是病情加重，「疾」不具備這個意義。

bo

波 ㊀bō ❶起伏的水面，波浪。屈原《九歌・河伯》：「衝風起兮橫～。」曹操《步出夏門行・觀滄海》：「秋風蕭瑟，洪～涌起。」又為波浪起伏。屈原《九歌・湘夫人》：「嫋嫋兮秋風，洞庭～兮木葉下。」引申為流水。《尚書・禹貢》：「導弱水，至于合黎，餘～入于流沙。」❷通「陂 bēi」。1. 池塘。《漢書・灌夫傳》：「～池田園，宗族賓客為權利，橫潁川。」（為權利：指追逐權勢錢財。）2. 山坡。《水經注・漯水》：「泉發于山側，沿～歷澗，東北流出山。」
㊁bì ❸循，沿着。《漢書・諸侯王表序》：「～漢之陽，亙九嶷，為長沙。」（亙 gèn：橫貫。九嶷：山名。）

【辨析】波、瀾、浪、淪。四字都有「波浪」的意義。《說文》：「波，水涌流也。」「瀾，大波為瀾。」「淪，小波為淪。」一般的波浪叫波，大的叫瀾，小的叫淪。「浪」本義是河流名。《說文》：「浪，滄浪水也。」後來指波浪，應該是漢以後的事了。

玻 bō ［玻璃］古代指天然水晶石之類。比喻明淨清澈的東西。陸游《八月十四日夜湖山觀月》：「長空露洗～～碧。」

盋 bō△ 同「鉢」。盛飲食的器皿。《漢書・東方朔傳》「置守宮盂下」顏師古注：「盂，食器也，若～而大。」

剝 bō△ ❶削，去掉外皮。《呂氏春秋・蕩兵》：「民固～林木以戰矣。」《詩經・小雅・楚茨》：「或～或亨。」（或：有的人。亨：烹。）❷割裂。《左傳・昭公十二年》：「君王命～圭以為鏚柲。」（鏚 qī：斧。柲 bì：柄。）❸脫落。《莊子・人間世》：「實熟則～。」（實：果實。）《漢書・五行志中之下》：「今十月也，李梅當～落。」又為剝蝕。《水經注・穀水》：「基前有碑，文字～缺，不復可識。」❹通「撲 pū」。擊，打。《詩經・豳風・七月》：「八月～棗。」

鉢（鉢） bō△ 一種敞口器皿，形似盆而小。《南齊書・良政傳・虞愿》：「以銀～盛蜜漬之。」特指僧人的食器。梵語「鉢多羅」的省稱。《晉書・佛圖澄傳》：「澄即取～盛水。」

磻 bō 石製的箭頭。《戰國策・楚策四》：「不知夫射者，方將修其～盧，治其矰繳，將加己乎百仞之上。」（盧：黑弓。）

播 ㊀bō ❶撒種。《詩經・豳風・七月》：「其始～百穀。」❷分散。《尚書・禹貢》：「又北～九河。」❸傳佈，傳揚。《尚書・盤庚上》：「王～告之修，不匿厥指。」（修：指所修治的政治。厥：其。）《顏氏家訓・後娶》：「～揚先人之辭跡。」❹逃亡。《左傳・昭公二十六年》：「茲不穀震盪～越，竄在荊蠻。」（不

B

穀：君主謙稱。）❺ 背棄。《尚書・多方》：「爾乃屑～天命。」（屑：盡。）劉向《九歎・思古》：「～規矩以背度兮。」
㊁ bǒ ❻ 搖動。《論語・微子》：「～鼗武入於漢。」（鼗 táo：小鼓。武：人名。漢：漢水。）又為簸揚。《莊子・人間世》：「鼓筴～精，足以食十人。」（筴：小簸箕。精：精米。）

撥 bō△ ❶ 治理。《公羊傳・哀公十四年》：「～亂世，反諸正。」今成語有「撥亂反正」。❷ 分開，撥開。《史記・扁鵲倉公列傳》：「一～見病之應。」李白《暖酒》：「～卻白雲見青天。」❸ 彈撥弦樂器。白居易《琵琶行》：「轉軸～弦三兩聲，未成曲調先有情。」又指彈撥的工具。白居易《琵琶行》：「曲終收～當心劃。」❹ 折，斷絕。《詩經・大雅・蕩》：「枝葉未有害，本實先～。」❺ 除掉，廢除。《史記・太史公自序》：「秦～去古文，焚滅詩、書。」❻ 不正。《戰國策・西周策》：「少焉力氣倦，弓～矢鉤，一發不中，前功盡矣。」❼ 量詞，批。《宋史・禮志》：「每六十人作一～。」

嶓 bō ［嶓冢］山名，在今甘肅。《尚書・禹貢》：「導～～至于荊山。」

潑 bō 見 389 頁「潑」㊁。

磻 bō 同「碆」。石製的箭頭。《戰國策・楚策四》：「被劃～，引微繳，折清風而抎矣。」（抎：墜落。）

鱍 bō△ ［鱍鱍］魚游擺尾的樣子。杜甫《觀打魚歌》：「魴魚～～色勝銀。」

伯 bó△ ❶ 兄弟中排行第一的。《詩經・小雅・何人斯》：「～氏吹壎，仲氏吹篪。」（壎 xūn：一種陶製吹奏樂器。篪 chí：一種竹管樂器。）指父親的兄長。《顏氏家訓・風操》：「古人皆呼伯父、叔父，而今世多單呼～、叔。」［伯仲］兄弟的排行，比喻不相上下。杜甫《詠懷古跡》之五：「～～之間見伊呂。」（伊：伊尹。呂：呂尚。）❷ 古代統領一方的長官。《禮記・王制》：「州有～。」李密《陳情表》：「臣之辛苦，非獨蜀之人士及二州牧～所見明知。」❸ 古代五等爵位的第三等。《國語・周語中》：「其餘以均分公侯～子男。」❹ 諸侯的盟主。《莊子・大宗師》：「上及有虞，下及五～。」也指當諸侯的盟主。《荀子・儒效》：「一朝而～。」❺ 通「佰 bǎi」。數詞。《老子》第十章：「使有什～之器無所用之。」❻ 通「陌 mò」。田間東西向的小路。《管子・四時》：「修封疆，正千～。」❼ 通「迫 pò」。逼近。《淮南子・人間》：「圍三匝，而陽虎將舉劍而～頤。」

帛 bó△ 絲織品的總稱。《孟子・梁惠王上》：「五十者可以衣～矣。」杜甫《自京赴奉先縣詠懷五百字》：「彤庭所分～，本自寒女出。」

【辨析】1. 帛、幣。《說文》：「幣，帛也。」「帛，繒也。」「帛」是絲織品的總稱，「幣」一般是用來祭祀和饋贈的帛。「帛」的意義單一，「幣」又引申為財物，又特指貨幣，這是「帛」不具備的。2. 帛、布。見 38 頁「布」字條。

怕 ㊀ bó△ ❶ 恬淡。《說文》：「～，無為也。」司馬相如《子虛賦》：「～乎無為，憺乎自持。」又寫作「泊」。
㊁ pà ❷ 畏懼，害怕。元稹《俠客行》：「俠客不～死，～死事不成。」

泊 ㊀ bó△ ❶ 靜默無為，恬淡。《老子》第二十章：「我獨～兮其未兆。」❷ 停船靠岸。《三國志・吳志・陸凱傳》：「船～則沈漂。」杜甫《絕句四首》之三：「窗含西嶺千秋雪，門～東吳萬里船。」引申為止息，停留。《水經注・贛水》：「西有鸞岡，洪崖先生乘鸞所憩～也。」❸ 通「薄 bó」。輕微，少。《論衡・率性》：「稟氣有厚～，故德有善惡也。」文天祥《與顏縣尉復古書》：「謹上狀，並致～禮。」
㊁ pō△ ❹ 湖澤。崔令欽《教坊記》：「其間有頃餘水～。」

勃 bó△ ❶ 興盛，旺盛。《後漢書・馮衍傳下》：「至湯、武而～興。」［勃然］1. 興起的樣子。《莊子・知北遊》：「注然～～，莫不出焉。」（注然：興起的樣子。）2. 突然。《莊子・天地》：「忽然出，～～動。」3. 發怒的樣子。《孟子・萬章下》：「王～～變乎色。」❷ 通「悖 bèi」。乖戾，謬誤。《莊子・庚桑楚》：

「貴富顯榮名利六者，～志也。」《淮南子・氾論》：「為論如此，豈不～哉？」

浡 bó△ ❶興起。《孟子・梁惠王上》：「天油然作雲，沛然下雨，則苗～然興之矣。」❷湧出。《淮南子・原道》：「原流泉～，沖而徐盈。」（原：源。）司馬相如《難蜀父老》：「昔者鴻水～出，氾濫衍溢。」（鴻：通「洪」。）

敎 bó△ ❶拔除。《淮南子・俶真》：「疾風～木，而不能拔毛髮。」❷憤怒的樣子。《淮南子・道應》：「於是佽非瞋目，～然攘臂拔劍。」（佽非：人名。）❸興盛的樣子。《後漢書・黨錮傳序》：「及漢祖杖劍，武夫～興。」❹通「悖 bèi」。悖逆。《後漢書・史弼傳》：「昔周襄王恣甘昭公，孝景皇帝驕梁孝王，而二弟階寵，終用～慢。」（甘昭公：周襄王弟。梁孝王：孝景帝弟。階：官階，地位。寵：尊貴。）

舶 bó△ 大船。《宋書・夷蠻傳》：「相去或三五千里，遠者二三萬里，乘～舉帆，道里不可詳知。」

艴 bó△ ［艴然］發怒的樣子。《孟子・公孫丑上》：「曾西～～不悅。」

博 bó△ ❶寬，廣。《管子・權修》：「土地～大，野不可以無吏。」《呂氏春秋・任地》：「其～八寸。」❷廣泛，普遍。《荀子・勸學》：「君子～學而日參省乎己。」（參省 xǐng：檢驗，檢查。）❸古代一種賭輸贏的遊戲，與棋類似。《論語・陽貨》：「不有～弈者乎？」❹換取。盧仝《苦雪寄退之》：「市頭～米不用物，酒店買酒不肯賒。」

渤 bó△ ❶水湧流的樣子。元稹《有酒》之八：「鯨歸穴兮～溢，鰲載山兮低昂。」❷海名。《列子・湯問》：「投諸～海之尾，隱土之北。」

搏 bó△ ❶對打，搏鬥。《左傳・僖公二十八年》：「晉侯夢與楚子～。」《淮南子・繆稱》：「中行穆伯，手～虎。」❷捕捉。《國語・晉語八》：「平公射鴳，不死，使豎襄～之。」引申為攫取。《史記・李斯列傳》：「鑠金百溢，盜跖不～。」（鑠 shuò：熔化金屬。）❸拍擊。《左傳・成公十年》：「晉侯夢大厲，披髮及地，～膺而踊。」（厲：惡鬼。）

鈸 bó△ 一種打擊樂器。兩片為一副，相擊發聲。法顯《佛國記》：「擊大鼓，吹螺，敲銅～。」

駁 bó△ ❶馬毛色不純。《詩經・豳風・東山》：「之子于歸，皇～其馬。」（之：此。于：動詞詞頭。皇：毛色黃白。）引申為混雜，不純。《莊子・天下》：「惠施多方，其書五車，其道舛～，其言也不中。」❷駁斥，反駁。《舊唐書・王世充傳》：「或有～難之者，世充利口飾非，辭議鋒起。」

僰 bó△ 古代西南少數民族名。《呂氏春秋・恃君》：「離水之西，～人野人……多無君。」

箔 bó△ ❶竹簾。任昉《奏彈劉整》：「隔～攘拳大罵。」❷養蠶的竹篩或竹蓆。《齊民要術・種桑柘》：「令蠶妾治蠶室，塗隙穴，具槌持～籠。」（槌 chuí：架蠶箔的木柱。持 zhé：蠶箔支架的橫檔。籠：裝桑葉的籠子。）❸金屬薄片。《南齊書・高帝紀下》：「不得以金銀為～。」

膊 bó 見 390 頁「膊」㈡。

暴 bó 見 14 頁「暴」㊂。

踣 bó△ 仆倒。《左傳・襄公十四年》：「譬如捕鹿，晉人角之，諸戎掎之，與晉～之。」（角：謂執其角。掎 jǐ：謂拖其腳。）引申為傾覆，毀滅。《左傳・襄公十一年》：「～其國家。」《管子・七臣七主》：「故設用無度，國家～。」又引申為倒斃，死亡。《國語・魯語上》：「桀奔南巢，紂～於京。」（桀：夏桀。南巢：地名。紂：商紂王。京：京都。）

魄 bó 見 390 頁「魄」㈡。

駮 bó△ ❶傳說中的獸名。《山海經・西山經》：「有獸焉，其狀如馬……其名曰～。」❷顏色不純。《漢書・梅福傳》：「白黑雜合謂之～。」泛指混雜。《荀子・王霸》：「粹而王，～而霸，無一焉而亡。」（粹：純粹。）❸駁斥，反駁。柳宗元有《駮復仇議》。

B

薄 bó△ ❶草木叢生的地方。《淮南子・俶真》:「夫鳥飛千仞之上,獸走叢～之中。」❷簾子。後來寫作「箔」。《莊子・達生》:「有張毅者,高門懸～。」又為養蠶的器具,形似簾子或篩子。後來寫作「箔」。《史記・絳侯周勃世家》:「勃以織～曲為生。」(曲:養蠶的器具。)❸厚度小,與「厚」相對。《詩經・小雅・小旻》:「如臨深淵,如履～冰。」(履:踩。)引申為少,小。《韓非子・五蠹》:「事力勞而供奉～。」又為不厚道,不淳厚。《史記・商君列傳》:「商君,其天資刻～人也。」❹稀薄。《莊子・胠篋》:「魯酒～而邯鄲圍。」《三國志・魏書・臧洪傳》:「使作～粥,眾分歠之。」(歠 chuò:喝。)❺土地貧瘠。《左傳・成公六年》:「郇瑕氏土～水淺。」《三國志・蜀書・諸葛亮傳》:「成都有桑八百株,～田十五頃。」❻命運不幸。《列子・力命》:「夫北宮子厚於德,～於命。」蘇軾《薄命佳人》:「自古佳人多命～。」❼輕視,看不起。《史記・孫子吳起列傳》:「其母死,起終不歸,曾子～之。」❽迫近,接近。屈原《九章・哀郢》:「堯舜之抗行兮,瞭杳杳而～天。」(抗行:高尚的行為。瞭杳杳:高遠的樣子。)引申為止,停下。屈原《九章・哀郢》:「淩陽侯之氾濫兮,忽翱翔之焉～?」(淩:乘。陽侯:波神名,代指波浪。忽:快速的樣子。焉:何,何處。)

薜 bó 見24頁「薜」㊁。

襏 bó△ [襏襫 shì] 蓑衣一類的防雨服。《國語・齊語》:「首戴茅蒲,身衣～～。」(衣 yì:穿。)

簙 bó△ 古代的一種棋類遊戲。宋玉《招魂》:「菎蔽象棋,有六～些。」(菎 kūn:美玉。象棋:象牙製的棋子。些:語氣詞。)

鎛 bó△ ❶鋤一類的除草農具。《詩經・周頌・臣工》:「命我眾人,庤乃錢～。」(庤 zhì:準備。乃:你們的。錢:古代農具,類似現在的鐵鏟。)❷一種樂器,形似鐘。《國語・周語下》:「細鈞有鐘無～,昭其大也。大鈞有～無鐘。」(細鈞:指角、徵、羽。大鈞:指宮、商。)❸鋪飾,塗飾。《淮南子・俶真》:「華藻～鮮,龍蛇虎豹,曲成文章。」(華藻:華麗的藻飾。鮮:鮮豔的色彩。文章:花紋。)

餺 bó△ [餺飥] 一種麵食。《齊民要術・餅法》:「～～,挼如大指許,二寸一斷,著水盆中浸……。」

髆 bó△ 肩胛,也指肩膀。《素問・骨空論》:「循肩～內俠脊抵腰中。」

襮 bó△ ❶繡有花紋的衣領。《詩經・唐風・揚之水》:「素衣朱～。」❷外衣。《呂氏春秋・忠廉》:「臣請為～。」又指外表。《漢書・敘傳上》:「單治裏而外凋兮,張修～而內逼。」(單:單豹,人名。張:張毅,人名。)❸暴露。《新唐書・李晟傳》:「將務持重,豈宜自表～為賊餌哉?」

䥥 bó△ [䥥矟 shuò] 古代儀仗的一種。《新唐書・儀衛志上》:「又二人持～～,皆佩橫刀。」

欂 bó△ [欂櫨] 立柱上端承受大樑的方木。《淮南子・本經》:「標株～～,以相支持。」

礴 bó△ ❶[磅礴] 見377頁「磅」字條。❷撞擊。張融《海賦》:「浪相～而起千狀。」

鑮 bó△ 古樂器名,似鐘而大。《儀禮・大射禮》:「頌磬東面,其南鍾,其南～,皆南陳。」

跛 ㊀bǒ ❶瘸,因腿腳有毛病而走路不平衡。《荀子・修身》:「故蹞步不休,～鱉千里。」(蹞 kuǐ 步:半步。)
㊁bì ❷一隻腳站立。《禮記・曲禮上》:「立毋～。」

播 bǒ 見33頁「播」㊁。

簸 ㊀bǒ ❶揚去穀物中的糠秕。《詩經・小雅・大東》:「維南有箕,不可以～揚。」(箕:二十八宿之一,形似簸箕。)❷顛動,搖動。白居易《新豐折臂翁》:「張弓～旗俱不堪。」
㊁bò ❸[簸箕] 簸去穀糠的工具。《齊民要術・種槐柳楸梓梧柞》:「至秋,任為～～。」

擗 bò 見9頁「擗」㊁。

檗 bò△ 樹名。司馬相如《子虛賦》：「桂椒木蘭，～離朱楊。」（離：通「樆」，山梨。）

擘 bò△ ❶剖裂。《史記・刺客列傳》：「專諸～魚，因以匕首刺王僚。」[擘畫] 分析籌劃。《淮南子・要略》：「齊俗者……～～人事之終始者也。」❷大拇指。《孟子・滕文公下》：「於齊國之士，吾必以仲子為巨～焉。」

簸 bò 見36頁「簸」㊁。

bu

逋 bū ❶逃亡，逃跑。《左傳・哀公十六年》：「～竄于晉。」又為逃亡的人。《左傳・昭公七年》：「紂為天下～逃主。」❷拖欠。《漢書・昭帝紀》：「三年以前，～更賦未入者，皆勿收。」（更賦：賦稅名。入：交納。）又為拖延。《晉書・蔡謨傳》：「謨頃以常疾，久～王命。」（頃：近來。）

晡 bū 申時，下午三時至五時。《漢書・武五子傳》：「～時至定陶。」（定陶：縣名。）引申為傍晚。杜甫《白帝城放船四十韻》：「環州納曉～。」

餔 ㊀ bū ❶申時（下午三時至五時）吃的飯，晚飯。王褒《僮約》：「舍中有客，提壺行沽，汲水作～。」又為申時，傍晚。高誘《〈淮南子〉敍》：「於是以朝～事畢之間，乃深思先師之訓。」（朝：辰時。）❷吃。屈原《漁父》：「眾人皆醉，何不～其糟而歠其釃。」（糟：酒糟。歠 chuò：喝。釃 lí：薄酒。）
㊁ bǔ（舊讀 bū） ❸給人食物。後來寫作「哺」。《國語・越語上》：「國之孺子之遊者，無不～也，無不歠也。」（孺子：年輕人。）

轐 bú△ 車箱下面與車軸相鈎連的兩塊木頭，也叫「伏兔」「轐」。

醭 bú△ 酒、醋等表面所生的白黴，也指其他東西所生的黴斑。《齊民要術・作酢法》：「不攪則生白～，生白～則不好。」

卜 bǔ△ 古人用火灼龜甲取兆，以預測吉凶，叫卜。《詩經・衛風・氓》：「爾～爾筮，體無咎言。」（筮 shì：用蓍草占卦。體：指占卜時顯示的兆象。咎：凶。）引申為推測，預料。嵇康《與山巨源絕交書》：「自～已審，若道盡塗窮，則已耳。」（已：止。）李商隱《馬嵬》：「他生未～此生休。」今成語有「吉凶未卜」。

【辨析】卜、筮、占。「卜」「筮」都是預測吉凶的活動，但「卜」用龜甲，「筮」用蓍草。「占」是觀察兆象以推斷吉凶，其兆象可以是龜甲的裂紋，也可以是蓍草的排列。

捕 bǔ 捕捉。《左傳・襄公十四年》：「譬如～鹿。」《史記・樊噲傳》：「斬首八級，～虜四十四人。」[捕景] 比喻虛幻。《淮南子・說林》：「～～之說，不形於心。」（景 yǐng：影子。）

【辨析】捕、逮、捉。在先秦，「捕捉」的意義用「逮」「捕」，「逮」只限於捕人，「捕」既可用於捕人，也可用於捕動物。漢以後，「捉」產生「捕捉」義，兼用於捕人和動物。

哺 bǔ ❶口中含着的食物。《莊子・馬蹄》：「含～而熙，鼓腹而遊。」《史記・魯周公世家》：「然我一沐三捉髮，一飯三吐～，起以待士。」❷餵食。陳琳《飲馬長城窟行》：「生男慎莫舉，生女～用脯。」柳宗元《段太尉逸事狀》：「旦夕自～農者然後食。」

補 bǔ ❶縫補衣服。《禮記・內則》：「衣裳綻裂，紉箴請～綴。」（箴：針。）泛指修補破損的東西。《呂氏春秋・孟秋》：「～城郭。」（城：內城。郭：外城。）引申為彌補，補救。《左傳・宣公二年》：「夫如是，則能～過者鮮矣。」（鮮 xiǎn：少。）❷補充。《孟子・梁惠王下》：「春省耕而～不足。」特指填補官職空缺。《史記・平準書》：「入物者～官，出貨者除罪。」（除：免除。）引申為補益。《左傳・莊公十二年》：「保之何～？」

餔 bǔ 見37頁「餔」㊁。

不 ㊀bù△ ❶不。表示否定。《論語·顏淵》：「君子～憂～懼。」❷非，不是。《漢書·孔光傳》：「虧損聖德，誠～小愆。」（愆：過失。）又為無，沒有。《商君書·開塞》：「有法不勝其亂，與～法同。」
㊁fǒu ❸同「否」。表示否定。《史記·廉頗藺相如列傳》：「秦王以十五城請易寡人之璧，可予～？」

【辨析】不、弗。二者在表示一般的否定時，意義相同。不過，它們的語法功能有差別。「不」既可用在及物動詞前，也可用在不及物動詞前，還可用在形容詞前。而「弗」一般只用在及物動詞前，而該及物動詞一般不帶賓語。實際上，「弗」等於「不……之」。

布 bù ❶麻、葛織物。《孟子·滕文公上》：「許子必織～而後衣乎？」（許子：指許行。）[布衣] 1. 用麻葛布做的衣服。《史記·魯周公世家》：「平子～～跣行。」（平子：指魯大夫季平子。跣行：赤腳而行。）2. 指平民百姓。《呂氏春秋·行論》：「人主之行與～～異。」❷古代的一種貨幣。《周禮·天官·外府》：「外府掌邦～之出入。」❸陳列，鋪開。《左傳·昭公元年》：「子皙盛飾入，～幣而出。」（幣：指初次相見時的禮品。）❹宣佈，公佈。《左傳·襄公二十五年》：「文公～命曰：『各復舊職。』」又為陳述。《國語·晉語四》：「敢私～於吏，唯君圖之。」

【辨析】布、帛。「布」是麻、葛織物，「帛」是絲織品的總稱。一般不相混。

步 bù ❶步行，行走。《尚書·武成》：「王朝～自周。」《莊子·田子方》：「夫子～亦～，夫子趨亦趨。」引申為腳步，步伐。屈原《離騷》：「夫唯捷徑以窘～。」（窘步：因惶急而不得前行。）❷量詞。舉足兩次為步。《孟子·梁惠王上》：「或百～而後止，或五十～而後止。」又以六尺為步。《國語·周語下》：「夫目之察度也，不過～武尺寸之間。」（步武：古以六尺為步，半步為武。）❸水邊停船處。柳宗元《永州鐵爐步志》：「江之滸，凡舟可縻而上下者曰～。」（縻mí：束縛，繫住。）

怖 bù 惶恐，驚懼。《淮南子·詮言》：「福至則喜，禍至則～。」司馬遷《報任安書》：「旃裘之君長咸震～。」（旃zhān裘：指匈奴。咸：皆，都。）用作使動，使驚懼，恐嚇。《吳子·論將》：「率下安眾，～敵決疑。」

埠 bù [埠頭] 碼頭。唐寅《松陵晚泊》：「晚泊松陵繫短篷，～～燈火集船叢。」

部 ㊀bù ❶統率。《史記·項羽本紀》：「漢王～五諸侯兵，凡五十六萬人，東伐楚。」❷古代軍隊編制單位。《史記·李將軍列傳》：「及出擊胡，而廣行無～伍行陣。」（伍：行伍。）代稱軍隊。《三國志·吳書·周瑜傳》：「瑜為前～大督。」（大督：官名。）❸官署。古詩《為焦仲卿妻作》：「還～白府君。」（白：告訴。府君：指太守。）❹門類，類別。許慎《說文解字敘》：「分別～居，不相雜廁。」（雜廁：錯雜。）引申為量詞，用於書籍等。《魏書·劉昶傳》：「又以其文集一～賜昶。」
㊁pǒu ❺[部婁] 小土山。《左傳·襄公二十四年》：「～～無松柏。」

瓿 bù 古代盛物器，似甕而小。《戰國策·東周策》：「夫鼎者，非效壺醯醬～耳。」（醯xī：醋。）

蔀 bù ❶用來遮蔽的席棚。《周易·豐》：「豐其～，日中見斗。」（日中：中午。見：出現。斗：星宿名。）又為遮蓋。《周易·豐》：「豐其屋，～其家。」❷古代曆法計算單位。十九年為一章，四章為一蔀。

簿 bù ❶登記用的冊子。《孟子·萬章下》：「孔子先～正祭器。」（簿正祭器：按簿冊核定祭器。）又為官府的文書，記錄口供罪行的簿冊。《史記·魏其武安侯列傳》：「於是上使御史～責魏其。」（上：指漢武帝。御史：官名。）❷笏，手版。《三國志·蜀書·秦宓傳》：「宓以～擊頰。」

C

cai

偲 ㊀ cāi ❶ 多才。《詩經・齊風・盧令》：「其人美且～。」
㊁ sī ❷［偲偲］互相勉勵督促的樣子。《論語・子路》：「朋友切切～～。」（切切：相互切磋勉勵的樣子。）白居易《代書詩一百韻寄微之》：「友直每～～。」

猜 cāi 懷疑，猜忌。《左傳・昭公七年》：「夫子從君，而守臣喪邑，雖吾子亦有～焉。」引申為嫉恨。潘岳《馬汧督誄》：「忘爾大勞，～爾小利。」

才 cái ❶ 才能。《論語・泰伯》：「如有周公之～之美。」《論衡・實知》：「人～有高下。」（下：低。）又為有才能的人。《禮記・文王世子》：「必取賢斂～焉。」❷ 剛剛，僅僅。《晉書・謝安傳》：「～小富貴，便豫人家事。」（豫：干預。）❸ 通「裁 cái」。裁決。《戰國策・趙策一》：「今有城市之邑七十，願拜內之於王，唯王～之。」（內：古「納」字。唯：語氣詞，表希望語氣。）

材 cái ❶ 木材，木料。《孟子・梁惠王上》：「～木不可勝用也。」《左傳・僖公十五年》：「我落其實而取其～。」又特指用木材做成的棺材。《禮記・檀弓上》：「旬而布～與明器。」（明器：古代用竹、木或陶土專為隨葬而製作的器物。）❷ 原料，材料。《左傳・隱公五年》：「其～不足以備器用。」❸ 才能，資質。《禮記・中庸》：「故天之生物，必因其～而篤焉。」柳宗元《答韋中立論師道書》：「僕～不足。」（僕：謙稱自己。）又為有才能的人。《尚書・咸有一德》：「任官惟賢～。」❹ 通「裁 cái」。裁決，安排。《國語・晉語四》：「官師之所～也。」《荀子・富國》：「治萬變，～萬物。」

財 cái ❶ 財物，錢財。《韓非子・說難》：「暮而果大亡其～。」（亡：丟失。）《史記・魏公子列傳》：「終不以監門困故而受公子～。」（監門：守城門。）❷ 通「材 cái」。材料。《墨子・尚賢下》：「有一衣裳之～不能製，必索良工。」❸ 通「裁 cái」。裁酌，裁決。《漢書・晁錯傳》：「唯陛下～察。」❹ 通「才 cái」。才能。《孟子・盡心上》：「有成德者，有達～者。」❺ 通「纔 cái」。僅僅。《漢書・霍光傳》：「長～七尺三寸。」

【辨析】財、貨、資、賄、賂。在「財物」的意義上，它們是同義詞。在「賄賂」的意義上，「資」「賄」「賂」是同義詞，不過這個意義古籍中多用「賂」。

裁 cái ❶ 裁剪。《說文》：「～，製衣也。」古詩《為焦仲卿妻作》：「十四學～衣。」引申為削減，剪去。《國語・吳語》：「救其不足，～其有餘，使貧富皆利之。」❷ 裁決，裁度。《左傳・僖公十五年》：「唯君～之。」《淮南子・主術》：「取民則不～其力。」［自裁］指自殺。司馬遷《報任安書》：「不能引決～～。」（引決：下決心。）❸ 樣式，格式。張衡《西京賦》：「取殊～於八都。」（八都：指八方。）❹ 通「纔 cái」。僅僅，剛剛。《戰國策・燕策一》：「雖大男子，～如嬰兒。」

纔 cái ❶ 剛剛。《漢書・晁錯傳》：「遠縣～至，則胡又已去。」❷ 僅僅。陶潛《桃花源記》：「初極狹，～通人。」

采 ㊀ cǎi ❶ 摘取。後來寫作「採」。《詩經・周南・關雎》：「參差荇菜，左右～之。」（參差 cēncī：長短不齊的樣子。荇 xìng 菜：水生植物名。）引申為開採，搜集。《韓非子・內儲說上》：「荊南之地，麗水之中生金，人多竊～金。」《漢書・藝文志》：「故古有～詩之官。」❷ 彩色。後來寫作「彩」。《孟子・梁惠王上》：「抑為～色不足視於目與？」（與：語氣詞。）引申為文章的辭藻。《文心雕龍・情采》：「是以聯辭結～，將欲明經。」又引申為神采。《漢書・霍光傳》：「天下想聞其風～。」（想：想望。聞：聞知。）❸ 彩色的絲織品。後來寫作「綵」。晁錯《論貴粟疏》：「衣必文～。」（文：花紋。）❹ 理睬，理會。後來寫作「睬」。杜荀鶴《登靈山水閣貽釣者》：「獨背斜陽不～人。」❺ 樹名，即「櫟」，也叫「柞」。後來寫作「棌」。《韓非子・五蠹》：「～椽不斫。」（斫：砍削。）

㊁ cài ❻ 古代卿大夫的封地。後來寫作「寀」「埰」。《禮記・禮運》：「大夫有～以處其子孫。」

【辨析】采、色。二字都有「色彩」的意思。其細微差別在於：「采」指顏料，「色」指顏色。《尚書・益稷》：「以五采彰施于（為）五色。」《呂氏春秋・孝行》：「樹五色，施五采。」鄭玄《尚書注》云：「采施曰色，未用謂之采。」

採 cǎi 採摘，砍伐。《孫子・行軍》：「散而條達者，樵～也。」陶潛《飲酒》：「～菊東籬下。」引申為開採，挖掘。蘇軾《上皇帝書》：「～礦伐炭。」又引申為搜集，選取。《論衡・卜筮》：「著書記者，～掇行事。」《後漢書・孔融傳》：「融聞人之善，若出諸己。言有可～，必演而成之。」

彩 cǎi ❶ 彩色，光彩。《淮南子・脩務》：「若夫堯眉八～，九竅通達。」又指文采。《宋書・顏延之傳》：「延之與陳郡謝靈運俱以詞～齊名。」❷ 博戲中的勝利品。李白《送外甥鄭灌從軍》：「大博爭雄好～來。」

寀 cǎi 見 40 頁「寀」㊁。

棌 cǎi 樹名，即柞木。《漢書・司馬遷傳》：「茅茨不剪，～椽不斫。」

睬 cǎi 理睬。張氲《醉吟》之二：「下調無人～。」

綵 cǎi ❶ 彩色絲織品。《史記・貨殖列傳》：「人民多文～布帛魚鹽。」❷ 色彩，光彩。《齊民要術・雜說》：「趣練縑帛，染～色。」鮑照《登大雷岸與妹書》：「傳明散～，赫似絳天。」（赫：紅色。）

采 cài 見 39 頁「采」㊁。

寀 ㊀ cài ❶ 古代卿大夫的封地。郭璞《爾雅・釋詁》注：「官地為～。」

㊁ cǎi ❷ 官職，官吏。《晉書・王戎傳》：「雖位總鼎司，而委事僚～。」（鼎司：指重臣的職位。）

菜 cài 蔬類植物的總稱。《孟子・萬章下》：「雖蔬食～羹，未嘗不飽。」（蔬食：疏食，粗糙的飯食。菜羹：帶湯的菜。）泛指菜餚，主食以外的食品。《北史・胡叟傳》：「飯～精潔。」［菜色］飢餓之色。《禮記・王制》：「雖有凶旱水溢，民無～～。」

蔡 ㊀ cài ❶ 野草。《說文》：「～，艸也。」左思《魏都賦》：「～莽螫刺，昆蟲毒噬。」（螫刺：扎，刺。噬 shì：咬。）❷ 大龜，用於占卜。《左傳・襄公二十三年》：「且致大～焉。」（致：送給。）❸ 周代國名，在今河南上蔡、新蔡等地。《春秋・隱公四年》：「～人、衛人伐鄭。」

㊁ sà△ ❹ 流放。《左傳・昭公元年》：「周公殺管叔而～蔡叔。」

縩 cài ［綷縩］見 84 頁「綷」字條。

can

參（叅） cān 見 452 頁「參（叅）」㊁。

餐（湌） cān 吃。屈原《離騷》：「夕～秋菊之落英。」又指吃的飯食。李紳《古風》之二：「誰知盤中～，粒粒皆辛苦。」

驂 cān ❶ 三匹馬駕一輛車。《詩經・小雅・采菽》：「載～載駟。」（駟：

四匹馬駕一輛車。）❷ 駕車時轅馬旁邊的馬。《詩經・鄭風・大叔于田》：「執轡如組，兩～如舞。」（組：絲帶。）

殘 cán ❶ 殺，傷害。《周禮・夏官・大司馬》：「放弒其君，則～之。」《呂氏春秋・權勳》：「故小利，大利之～也。」引申為消滅，毀滅。《莊子・胠篋》：「殫～天下之聖法，而民始可與議論。」（殫 dān：盡。）《戰國策・中山策》：「魏文侯欲～中山。」❷ 殘廢，殘缺。司馬遷《報任安書》：「顧自以為身～處穢。」引申為剩餘。《列子・湯問》：「以～年餘力，曾不能毀山之一毛。」❸ 兇暴，兇暴的人。《尚書・泰誓》：「取彼凶～。」《孟子・梁惠王下》：「～賊之人，謂之一夫。」

慚（慙） cán 羞愧。《周易・繫辭下》：「將叛者其辭～。」《世說新語・方正》：「友人～，下車引之。」

蠶 cán 蠶。《穀梁傳・桓公十四年》：「王后親～。」（親：親自。蠶：用如動詞，養蠶。）

慘 cǎn ❶ 狠毒，兇殘。《荀子・議兵》：「～如蜂蠆。」（蠆 chài：蠍子一類的毒蟲。）《三國志・蜀書・郤正傳》：「嬴氏～虐，吞嚼八區。」（八區：八方，指天下。）❷ 憂愁。《詩經・陳風・月出》：「勞心～兮。」引申為淒慘。李華《弔古戰場文》：「傷心～目，有如是耶！」特指喪事。《晉書・王忱傳》：「婦父嘗有～，忱乘醉弔之。」［慘怛］憂傷，憂勞。《史記・屈原列傳》：「疾痛～～，未嘗不呼父母也。」《淮南子・主術》：「古之君人者，其～～於民也，國有飢者，食不重味。」❸［慘慘］1. 憂愁的樣子。《詩經・小雅・正月》：「憂心～～。」2. 昏暗的樣子。王粲《登樓賦》：「天～～而無色。」

【辨析】慘、憯。見 41 頁「憯」字條。

噆 cǎn ❶ 叮咬。《莊子・天運》：「蚊虻～膚，則通昔不寐矣。」❷ 銜。《淮南子・覽冥》：「入榛薄，食薦梅，～味含甘。」

憯 cǎn ❶ 悲痛，慘痛。《淮南子・人間》：「怨之～於骨髓。」《漢書・武帝紀》：「支體傷則心～怛。」❷ 狠毒，殘酷。《管子・形勢》：「～毒之使，施於天下。」《漢書・董仲舒傳》：「好用～酷之吏。」❸ 曾，竟然。《詩經・小雅・節南山》：「～莫懲嗟。」（懲：制止。嗟：語氣詞。）

【辨析】憯、慘。二字本義不同，「慘」為慘毒，「憯」為悲痛。「慘」引申為悲痛，「憯」引申為慘毒，二者成為同義詞。但「憯」作副詞表示竟然，「慘」表示昏暗，二字仍不同。

黲 cǎn 淺青黑色。《夢溪筆談・故事二》：「近歲京師士人朝服乘馬，以～衣蒙之，謂之涼衫。」

粲 càn ❶ 精白米。《詩經・鄭風・緇衣》：「予授子之～兮。」❷ 鮮明。《詩經・唐風・葛生》：「角枕～兮，錦衾爛兮。」［粲爛］1. 鮮明的樣子。宋玉《風賦》：「眴煥～～，離散轉移。」（眴 xuàn 煥：鮮明的樣子。）2. 文辭華麗。《後漢書・張衡傳》：「文章煥以～～兮。」❸ 笑的樣子。《穀梁傳・昭公四年》：「軍人～然皆笑。」

璨 càn 明亮。王建《白紵歌》之一：「天河漫漫北斗～。」

燦 càn 明亮的樣子。何遜《苦熱行》：「坐待明星～。」［燦爛］光彩鮮明的樣子。張衡《東京賦》：「～～炳煥。」

cang

倉 cāng ❶ 糧倉。《韓非子・十過》：「有餘粟者入之～。」引申為船艙。楊萬里《初二日苦熱》：「船～周圍各五尺。」❷［倉卒］1. 匆忙，急迫。《論衡・逢遇》：「～～之業，須臾之名。」2. 事變。杜甫《自京赴奉先縣詠懷五百字》：「豈知秋禾登，貧窶有～～。」也作「倉猝」。❸［倉皇］匆忙，急迫。李煜《破陣子》：「最是～～辭廟日。」也作「倉惶」「倉遑」「倉徨」「倉黃」。

傖 cāng 南北朝時江東人對楚人、北方人的蔑稱。《晉書・文苑傳・左思》：「此間有～父，欲作《三都賦》。」

C

滄 cāng 寒，涼。《逸周書・周祝》：「天地之間有～熱。」

滄 cāng ❶ 同「滄」。寒，涼。枚乘《上書諫吳王》：「欲湯之～，一人炊之，百人揚之，無益也。」（湯：開水，熱水。）❷ 通「蒼」。深綠色。揚雄《甘泉賦》：「東燭～海。」（燭 zhú：照耀。）❸［滄浪 láng］1. 古水名。《水經注・夏水》：「夏水，古文以為～～，漁父所歌也。」2. 青綠色。陸機《塘上行》：「垂影～～泉。」

蒼 cāng ❶ 東方之色，蒼綠色。《呂氏春秋・當染》：「染於～則～。」又為深藍色。《詩經・秦風・黃鳥》：「彼～者天，殲我良人。」（良人：善人。）［蒼蒼］1. 深藍色。《莊子・逍遙遊》：「天之～～，其正色邪，其遠而無所至極邪？」（極：盡頭。）2. 茂盛的樣子。《詩經・秦風・蒹葭》：「蒹葭～～，白露為霜。」3. 形容頭髮灰白。白居易《賣炭翁》：「兩鬢～～十指黑。」❷ 灰白色。杜甫《贈衛八處士》：「少壯能幾時，鬢髮各已～。」❸［蒼生］百姓。《晉書・謝安傳》：「安石不肯出，將如～～何？」（安石：謝安的字。）

【辨析】蒼、碧、青、綠、藍。見 23 頁「碧」字條。

艙 cāng 船艙。陸游《舟中曉賦》：「斜分半～月，滿載一篷雪。」

鶬 cāng ❶ 鳥名。《淮南子・覽冥》：「當此之時，鴻鵠～鶴，莫不憚驚。」（鴻鵠：即天鵝。鶴 hè：同「鶴」。）❷［鶬鶊 gēng］黃鸝。宋玉《登徒子好色賦》：「～～喈喈，羣女出桑。」（喈喈 jiējiē：鳥鳴聲。）字又作「倉庚」「蒼庚」等。

臧 cáng 見 652 頁「臧」㊁。

藏 ㊀ cáng ❶ 把穀物保藏起來。《墨子・三辯》：「農夫春耕、夏耘、秋斂、冬～。」泛指收藏。《左傳・僖公五年》：「勳在王室，～於盟府。」（盟府：主管盟誓典策的官署。）❷ 隱藏。《呂氏春秋・察今》：「見瓶水之冰，而知天下之寒，魚鱉之～也。」

㊁ zàng ❸ 儲藏錢財寶物的地方。《左傳・僖公二十四年》：「晉侯之豎頭須，守～者也。」（豎：宮中小臣。頭須：人名。）又為寶藏。《左傳・僖公二十四年》：「其出也，竊～以逃。」❹ 內臟。後來寫作「臟」。《呂氏春秋・達鬱》：「凡人三百六十節，九竅、五～、六府。」（節：指骨節。六府：六腑，指膽、胃、小腸、大腸、三焦、膀胱。）❺ 佛教道教經典的總稱。《高僧傳・安清》：「出家修道，博曉經～。」

cao

操 cāo ❶ 持，拿着。屈原《九歌・國殤》：「～吳戈兮被犀甲。」《列子・湯問》：「～蛇之神聞之。」引申為掌握，控制。《韓非子・人主》：「所謂貴者，無法而擅行，～國柄而便私者也。」❷ 從事某事。《莊子・達生》：「津人～舟若神。」《左傳・成公九年》：「使與之琴，～南音。」❸ 節操，品行。《孟子・滕文公下》：「充仲子之～，則蚓而後可者也。」《淮南子・主術》：「窮不易～。」（窮：困窘。易：改變。）

糙 cāo 糙米。《舊唐書・食貨志上》：「令東都出遠年～米及粟。」

曹 cáo ❶ 偶，對。宋玉《招魂》：「分～並進。」❷ 羣，成羣。《詩經・大雅・公劉》：「乃造其～。」（造：至。）《左傳・昭公十二年》：「周原伯絞虐其輿臣，使～逃。」（輿 yú：眾。）❸ 輩，類。《呂氏春秋・知度》：「貪得偽詐之～遠矣。」杜甫《戲為六絕句》：「爾～身與名俱滅，不廢江河萬古流。」❹ 官府的各部門。《後漢書・百官志》：「成帝初置尚書四人，分為四～。」❺ 周代國名。《左傳・桓公十四年》：「十四年春，會于～。」

漕 cáo ❶ 水道運糧。《史記・平準書》：「又興十萬餘人築衛朔方，轉～甚遼遠。」（朔方：邑名。）也指水運他物。《漢書・趙充國傳》：「伐材木大小六萬餘枚，皆在水次……冰解～下。」（次：邊。）又為可供運輸的河道。班固

《西都賦》：「東郊則有通溝大～。」❷ 古邑名，故址在今河南滑縣東南。《詩經・鄘風・載馳》：「驅馬悠悠，言至于～。」（言：助詞，無實義。）

槽 cáo ❶ 餵牲畜時盛飼料的器皿。《後漢書・馬援傳》：「與小兒曹共～櫪而食。」（曹：輩。櫪 lì：馬槽。）《晉書・宣帝紀》：「又嘗夢三馬同食一～。」又為似槽的器具。王安石《道光泉》：「雲涌浴～朝自暖。」❷ 水道，渠道。元稹《酬劉猛見送》：「江流初滿～。」

螬 cáo 蠐螬，金龜子的幼蟲，俗稱地蠶。《孟子・滕文公下》：「井上有李，～食實者過半矣。」

艚 cáo 船的一種。《宋書・恩倖傳序》：「南金北毳，來悉方～。」

草（艸） cǎo ❶ 草。《詩經・小雅・谷風》：「無～不死，無木不萎。」❷ 未開墾的荒地，荒野。《韓非子・顯學》：「耕田墾～以厚民產也。」引申為鄉野、民間。李白《梁甫吟》：「君不見高陽酒徒起～中，長揖山東隆準公。」（高陽酒徒：指酈食其。隆準公：指劉邦。）❸ 粗劣。《戰國策・齊策四》：「左右以君賤之也，食以～具。」（食 sì：讓……吃。草具：粗劣的食物。）❹ 擬草稿，起草。《論語・憲問》：「為命，裨諶～創之。」（裨諶：人名。）又為初稿，草稿。《漢書・淮南厲王劉長傳附劉安》：「每為報書及賜，常召司馬相如等視～乃遣。」❺ 漢字字體的一種，草書。潘岳《楊荊州誄》：「～隸兼善。」（隸：隸書。）

慅 cǎo 憂愁。《詩經・陳風・月出》：「勞心～兮。」

懆 cǎo ［懆懆］憂愁的樣子。《詩經・小雅・白華》：「念子～～。」

騲 cǎo 母馬。《顏氏家訓・書證》：「良馬，天子以駕玉輅，諸侯以充朝聘郊祀，必無～也。」

ce

冊（册） cè△ ❶ 簡策，編串起來的竹木簡牘。《尚書・多士》：「惟殷先人有～有典。」❷ 帝王祭告或冊封的文書。《尚書・洛誥》：「王命作～，逸祝～。」（逸：人名。祝：向神祝禱。）又為冊立，冊封。《新唐書・百官志二》：「～太子，則授璽綬。」（綬：繫印的絲帶。）❸ 計策，計謀。《漢書・趙充國傳》：「此全師保勝安邊之～。」

【辨析】冊、策。「冊」與「策」的本義不同。「策」的引申義與「冊」的本義相同，構成同義。同時，在名詞「計策、計謀」義上也相通。其他意義一般不相通。

畟 cè△ ［畟畟］鋒利的樣子。《詩經・周頌・良耜》：「～～良耜。」（耜 sì：農具名。）

側 cè△ ❶ 旁邊。《詩經・小雅・綿蠻》：「綿蠻黃鳥，止于丘～。」（綿蠻：鳥鳴聲。）《呂氏春秋・愛士》：「董安于御於～。」❷ 傾斜。《詩經・小雅・賓之初筵》：「～弁之俄。」（俄：傾側。）《周書・獨孤信傳》：「馳馬入城，其帽微～。」引申為不正，邪僻。《尚書・洪範》：「無反無～，王道正直。」

【辨析】側、旁。二字都有「旁邊」的意義。二字的區別在於出現的時代不同。「側」的本義就是旁邊，先秦古籍《詩經》《左傳》《論語》《孟子》等都只用「側」不用「旁」。「旁」的本義是普遍，到《墨子》《莊子》時才開始用「旁」表示旁邊的意義。「側」較古而「旁」晚出。

策（筞、筴） cè△ ❶ 竹製馬鞭。《淮南子・覽冥》：「去鞭棄～。」又用作動詞，趕馬。《左傳・哀公十一年》：「抽矢～其馬。」又用於抽象意義，鞭策。蕭綱《弔道澄法師亡書》：「宜應共相～勉，弘遵舊業。」❷ 竹杖，手杖。《呂氏春秋・審為》：「杖～而去。」又用作動詞，拄着或扶着手杖。陶潛《歸去來兮辭》：「～扶老以流憩。」（扶老：指手杖。流憩 qì：指無目的地漫步休息。）❸ 蓍草，占卜的用具。《淮南子・說林》：「卜者操龜，筮者端～。」又指計算用的小竹棍。《老子》第二十七章：「善計不用籌～。」❹ 策劃，謀劃。《孫子・虛實》：「故～之而知得失之計。」又為名詞，計策，謀略。《呂氏春秋・簡選》：「此勝之一～也。」❺ 編在一起的竹簡，也代指書簡。《孟子・盡心下》：「吾於《武成》，取二三～而已矣。」（《武成》：《尚書》中的一篇。）《韓非子・顯學》：「藏書～。」❻ 君主對臣下封土、授爵以及任免官職的文書。《左傳・昭公三年》：「晉侯嘉焉，授之以～。」又用作動詞，指冊封或免官。《三國志・蜀書・諸葛亮傳》：「～亮為丞相。」❼ 策問。漢代以後取士將問題寫在簡策上，叫「策」。按照策的問題回答叫「對策」。《史記・平津侯主父列傳》：「太常令所徵儒士各對～。」（太常令：官名，九卿之一。徵：召。）

【辨析】1. 策、冊。見 43 頁「冊」字條。2. 策、簡。「策」指編在一起的竹簡。「簡」指散的竹簡。《左傳・閔公元年》引詩「畏此簡書」，即謂一簡之書。「簡」「策」連文則不別。

廁（厠） cè ❶ 廁所。《左傳・成公十年》：「將食，張，如～。」（張：指腹脹。如：往。）《史記・項羽本紀》：「沛公起如～。」❷ 豬圈。《漢書・燕剌王旦傳》：「～中豕羣出。」（豕 shǐ：豬。）❸ 置身於，參加。司馬遷《報任安書》：「鄉者僕常～下大夫之列。」（鄉者：從前。僕：謙稱，自己。常：通「嘗」，曾經。下大夫：官名。）❹ 同「側」。旁邊。《史記・汲黯鄭當時列傳》：「大將軍青侍中，上踞～而視之。」（青：指衛青。侍中：入侍宮中。上：皇上，指漢武帝。踞廁：坐在牀邊。）

惻 cè△ ❶ 悲痛，憂傷。《周易・井》：「井渫不食，為我心～。」（渫 xiè：淘去污泥。）❷［惻隱］同情。《孟子・公孫丑上》：「今人乍見孺子將入於井，皆有怵惕～～之心。」（怵惕：驚懼。）❸ 誠懇。王安石《上皇帝萬言書》：「以吾至誠懇～之心，力行而為之倡。」（倡：帶頭。）

測 cè△ ❶ 盡，指水的深度。《淮南子・說林》：「篙終而以水為～，惑矣。」又指度量水的深度。《荀子・勸學》：「譬之猶以指～河也。」《淮南子・說林》：「以篙～江。」引申為測量，觀察。《太玄・測》：「夜則～陰，晝則～陽。」❷ 猜度，推測。《左傳・莊公十年》：「夫大國，難～也，懼有伏焉。」

簎 cè△ 用叉刺取水中的魚鱉。《周禮・天官・鱉人》：「以時～魚鱉龜蜃。」

cen

參（叅） cēn 見 452 頁「參（叅）」㊃。

岑 cén ❶ 小而高的山。《說文》：「～，山小而高也。」左思《吳都賦》：「崩巒弛～。」又指山峯。陸機《猛虎行》：「長嘯高山～。」❷［岑寂］冷清，寂靜。鮑照《舞鶴賦》：「去帝鄉之～～。」唐彥謙《樊登見寄》之三：「良夜最～～。」

涔 cén 久雨不止，積水成澇。《淮南子・說林》：「宮池～則溢，旱則涸。」也指路上的積水。《淮南子・俶真》：「夫牛蹄之～，無尺之鯉。」［涔涔］1. 久雨不止的樣子。杜甫《秦州雜詩》之十：「雲氣接崑崙，～～塞雨繁。」又為淚（血、汗）流不止的樣子。李商隱《自桂林奉使江陵途中感懷寄獻尚書》：「江生魂黯黯，泉客淚～～。」2. 病痛的樣子。杜甫《風疾舟中伏枕書懷》：「轉蓬憂悄悄，行藥病～～。」

ceng

曾 céng 見 656 頁「曾」㊁。

嶒 céng ［嶒峻］山勢高峻的樣子。張協《七命》：「既乃瓊巘～～，金岸崥崹。」（巘 yǎn：小山。崥崹 pítí：山勢漸平的樣子。）

層 céng ❶ 重疊。宋玉《招魂》：「～臺累榭，臨高山些。」（些：語氣詞。）王勃《滕王閣序》：「～巒聳翠，上出重霄。」今成語有「層出不窮」。❷ 量詞。指稱重疊之物。《老子》第六十四章：

「九～之臺，起於累土。」王之渙《登鸛雀樓》：「更上一～樓。」

蹭 cèng [蹭蹬] 失道難行的樣子。木華《海賦》：「或乃～～窮波，陸死鹽田。」比喻遭遇挫折。陸游《樓上醉書》：「豈知～～不稱意，八年梁益凋朱顏。」（梁益：梁州、益州。）

cha

叉 chā ❶ 交錯，交叉。《孔叢子・論勢》：「～手服從。」❷ 端部有分杈、用來刺取物的器具。杜甫《又觀打魚》：「撐突波濤挺～入。」又為刺取。李羣玉《仙明州口號》：「一星幽火照～魚。」

扱 chā 見539頁「扱」㊁。

杈 chā ❶ 樹的分杈。《說文》：「～，枝也。」[杈枒] 樹枝參差歧出的樣子。王延壽《魯靈光殿賦》：「枝掌～～而斜據。」❷ 叉形用具。《周禮・天官・鱉人》「以時簎魚鱉龜蜃凡狸物」鄭玄注引鄭司農曰：「簎謂以～刺泥中搏取之。」

舣 chā 小船。《陳書・高祖紀上》：「乃以～艀貯石，沉塞淮口。」（艀bù：短而深的小船。）

差 ㊀ chā ❶ 差別，區別。《荀子・榮辱》：「使有貴賤之等，長幼之～。」引申為等級。《孟子・萬章下》：「庶人在官者，其祿以是為～。」❷ 差錯。《呂氏春秋・季夏》：「必以法故，無或～忒。」（或：有。忒tè：差錯。）❸ 稍微。《論衡・知實》：「遭事睹物，與人無異，～賢一等耳。」（遭：遇。）今成語有「差強人意」。
㊁ chāi ❹ 選擇。《詩經・小雅・吉日》：「吉日庚午，既～我馬。」《淮南子・要略》：「～擇微言之眇。」（眇：微妙。）❺ 派遣。《三國志・吳書・陸遜傳》：「前乞精兵三萬，而至者循常，未肯～赴。」
㊂ cī ❻ [差池] 不齊的樣子。《詩經・邶風・燕燕》：「燕燕于飛，～～其羽。」
㊃ chài ❼ 病癒。後來寫作「瘥」。《後漢書・方術傳・華佗》：「又有一郡守篤病久，佗以為盛怒則～。」

插 chā△ ❶ 刺入，插入。《呂氏春秋・貴卒》：「（吳起）拔矢而走，伏尸～矢而疾言曰：『羣臣亂王。』」引申為插栽，栽植。《齊民要術・插梨》：「凡～梨，園中者用旁枝。」高適《廣陵別鄭處士》：「溪水堪垂釣，江田耐～秧。」❷ 同「鍤」。鍬。《戰國策・齊策六》：「坐而織蕢，立則杖～。」《淮南子・齊俗》：「今之修干戚而笑钁～。」

艖 chā 小船。皮日休《太湖詩・銷夏灣》：「小～或可泛，短策或可支。」

鍤(臿) chā△ 鍬。挖土的工具。《韓非子・五蠹》：「禹之王天下也，身執耒～以為民先。」《漢書・王莽傳上》：「父子兄弟負籠荷～。」（荷：扛着。）

垞 chá 土丘。《水經注・泗水》：「泗水南逕小沛縣東，縣治故城南～上。」

查 ㊀ chá ❶ 木筏。《拾遺記・唐堯》：「堯登位三十年，有巨～浮於西海。」❷ 樹樁。《隋書・楊約傳》：「在童兒時，嘗登樹墮地。為～所傷。」
㊁ zhā ❸ 同「楂」。山楂。《東京夢華錄・飲食果子》：「河陽～子。」

茬 chá 同「槎」。斜砍，劈削。《漢書・貨殖傳序》：「既順時而取物，然猶山不～蘗，澤不伐夭。」

茶 chá ❶ 茶樹。陸羽《茶經・一之源》：「～者，南方之嘉木也。」❷ 用茶葉沏成的飲料。《世說新語・紕漏》「坐席竟，下飲，便問人云：『此為～？為茗？』」

【辨析】茶、茗。早採的叫「茶」，晚採的叫「茗」。泛指茶時，則無區別。

楂 ㊀ chá ❶ 木筏。錢易《洞微志》：「何必乘～泛五湖。」
㊁ zhā ❷ 果樹名，也指其果實，山楂。柳宗元《贈劉禹錫張署》：「傖父饋酸～。」（傖cāng父：鄙賤之人。）

詧 chá△ 同「察」。察看，考察。《史記・秦本紀》：「問其地形與其兵勢盡～。」

槎 chá ❶ 斜砍。《國語・魯語上》：「且夫山不～蘗，澤不伐夭。」❷ 竹木筏。庾信《楊柳歌》：「流～一去上天池。」❸ 樹杈，樹枝。盧照鄰《行路難》：「枯木橫～臥古田。」❹ [槎牙] 交錯不齊的樣子。陸游《鄰曲相過》：「半落齒～～。」

C

察 chá△ ❶ 觀察，仔細看。《周易·繫辭上》：「仰以觀於天文，俯以～於地理。」又為看清楚，明辨。《孟子·梁惠王上》：「明足以～秋毫之末。」❷ 考察，調查。《論語·衛靈公》：「眾惡之，必～焉；眾善之，必～焉。」❸ 經考察後給以舉薦，選拔。《三國志·吳書·吳主傳》：「郡～孝廉，州舉茂才。」❹ [察察] 清潔。屈原《漁父》：「安能以身之～～，受物之汶汶者乎？」（汶汶 ménmén：污濁。）

侘 chà ❶ [侘傺 chì] 失意的樣子。屈原《離騷》：「忳鬱邑余～～兮。」❷ 誇耀。《史記·韓長孺列傳》：「即欲以～鄙縣，驅馳國中，以夸諸侯。」

衩 chà 衣衩，衣裙下側開口的地方。李商隱《無題》：「十歲去踏青，芙蓉作裙～。」

刹 chà△ 梵語音譯的省稱。❶ 土田，世界。杜牧《題孫逸人山居》：「塵～無因免別離。」❷ 佛塔。張喬《興善寺貝多樹》：「勢隨雙～直，寒出四牆遙。」又指佛寺。許渾《僧院影堂》：「僧～殘燈壁半斜。」❸ [刹那] 梵語音譯。意為極短的時間。白居易《和夢遊春》：「歡榮～～促。」

姹 chà ❶ [姹女] 少女。《後漢書·五行志》：「河間～～工數錢。」❷ 豔麗。韓愈《縣齋有懷》：「聞愛老農愚，歸弄小女～。」❸ 通「詫 chà」。誇耀。《漢書·司馬相如傳上》：「子虛過～烏有先生。」

詫 chà ❶ 誇耀。《史記·司馬相如列傳》：「子虛過～烏有先生。」（子虛、烏有：虛構的兩個人。）❷ 欺騙。《晉書·司馬休之傳》：「甘言～方伯。」（方伯：指地方長官。）❸ 驚異。魏學洢《核舟記》：「魏子詳矚既畢，～曰：『嘻，技亦靈怪矣哉！』」（魏子：作者自稱。）

chai

拆 chāi△ ❶ 裂，裂開。《詩經·大雅·生民》：「不～不副，無災無害。」（副：剖開。）引申為打開，拆開。韓愈《寄皇甫湜》：「～書放牀頭。」❷ 拆毀，拆除。杜甫《自京赴奉先縣詠懷五百字》：「河梁幸未～。」（梁：橋。）

差 chāi 見45頁「差」㊁。

釵 chāi 古代婦女的一種首飾，由兩股合成。司馬相如《美人賦》：「玉～掛臣冠。」白居易《長恨歌》：「唯將舊物表深情，鈿合金～寄將去。」（鈿合：鈿盒，鑲飾金花的盒子。）

【辨析】釵、笄、簪。「笄」和「簪」是同義詞，都指古人用以固定髮髻或冠的首飾。只是先秦多用「笄」字，戰國末期始用「簪」字。「釵」是簪子類的首飾，由兩股合成，只用於婦女。

柴 ㊀ chái ❶ 小的零散木頭。《呂氏春秋·季冬》：「乃命四監，收秩薪～。」（四監：指四監大夫。收：收繳。秩：常。）引申為燒柴祭天。《尚書·舜典》：「東巡守，至于岱宗，～。」這個意義後來寫作「祡」。

㊁ zhài ❷ 編木而成的柵欄，營寨。《三國志·吳書·甘寧傳》：「羽聞之，住不渡，而結～營。」又用作動詞，以柴柵保護。《淮南子·道應》：「～箕子之門。」❸ 堵塞，關閉。《莊子·天地》：「且夫趣舍聲色以～其內。」（趣舍：趨向或捨棄。）《三國志·吳書·吳主傳》：「分遣三百人～斷險路。」

㊂ cī ❹ [柴池] 參差不齊的樣子。《管子·輕重甲》：「請以令高杠～～，使東西不相睹，南北不相見。」字又作「柴虒」。

【辨析】柴、樵、蕘、薪。四字都指燒火用的柴火，其區別在於：「蕘」指草類柴火，「薪」指大的可以劈開的木柴，「柴」指小的可以成捆的木柴，「樵」也指小的木柴，但多用於動詞。「薪」「柴」常連用，這時區別就明顯了。

豺 chái 野獸名。《詩經·小雅·巷伯》：「取彼譖人，投畀～虎。」

柴 chái 燒柴祭天。《史記·五帝本紀》：「東巡狩，至於岱宗～。」《後漢書·章帝紀》：「東～岱宗，為人祈福。」

儕 chái ❶輩，類。《左傳·僖公二十三年》：「晉鄭同～。」杜甫《宴胡侍御書堂》：「吾～醉不歸。」❷同，一起。《列子·湯問》：「長幼～居。」

踳 chǎi 磨碎的豆子。《新唐書·張孝忠傳》：「日膳裁豆～而已。」（裁：同「才」。）

差 chài 見45頁「差」㊃。

瘥 chài 見85頁「瘥」㊁。

蠆 chài 蠍子一類的毒蟲。《左傳·僖公二十二年》：「蜂～有毒。」

chan

佔 chān ［佔畢］看着簡上的文字教人誦讀（指經師不懂經義）。佔：同「覘」，看。《禮記·學記》：「今之教者，呻其～～。」後泛指誦讀。文天祥《保州道中》：「江南～～生，往來習羊腸。」

怗 chān 見504頁「怗」㊁。

梴 chān ❶木長的樣子。《詩經·商頌·殷武》：「松桷有～，旅楹有閑。」（閑：大的樣子。）❷通「筵」。墊席。《墨子·節葬下》：「必多為屋幕鼎鼓几～壺濫。」（濫：通「鑑」。）

覘 chān 窺視，察看。《左傳·成公十七年》：「公使～之，信。」（信：確實。）《淮南子·俶真》：「其兄掩戶而入～之。」

【辨析】覘、窺。二字都有「窺視」的意思，原都是南楚方言詞，後來「窺」進入通語。二字又都引申有「伺探」的意思，可以連用。《韓非子·備內》：「故為人臣者，窺覘其君心也。」

惉 chān ［惉懘chì］聲音不和諧。《史記·樂書》：「五者不亂，則無～～之音矣。」

幨 chān ❶衣襟。《管子·揆度》：「列大夫豹～。」（列大夫：指中大夫。）❷［幨幌］帷幔。謝靈運《日出東南隅行》：「晨風拂～～，朝日照閨軒。」

襜 chān ❶繫在衣服前面的圍裙。《詩經·小雅·采綠》：「終朝采藍，不盈一～。」（終朝：整個早晨。藍：一種可作青色染料的植物。）❷車上的帷幕。王勃《滕王閣序》：「～帷暫駐。」❸［襜褕yú］短衣，不是正式朝服。《史記·魏其武安侯列傳》：「武安侯坐衣～～入宮，不敬。」（坐：因犯……罪或錯誤。衣yì：穿。）

攙 chān 見48頁「攙」㊁。

單 chán 見90頁「單」㊁。

孱 chán ❶怯懦，弱小。《史記·張耳陳餘列傳》：「吾王，～王也。」也指身體衰弱。杜甫《秋日夔府詠懷》：「清羸任體～。」（羸léi：瘦。）❷鄙陋，淺薄。沈亞之《上使主第二書》：「亞之見識～淺，無足以奉請事今。」❸謹小慎微。《大戴禮記·曾子立事》：「君子博學而～守之。」❹［孱顏］同「巉巖」。高峻的樣子。李華《含元殿賦》：「崢嶸～～，下視南山。」

嶄（嶃） chán 見660頁「嶄（嶃）」㊁。

僝 chán 見694頁「僝」㊁。

撣 ㊀chán ❶牽引。曹植《驅車篇》：「驅車～駑馬，東到奉高城。」
㊁dǎn ❷拂。《齊民要術·作酢法》：「～去熱氣。」

廛（鄽） chán ❶古代一戶所佔的房舍和土地。《孟子·滕文公上》：「願受一～而為氓。」（氓méng：民。）又泛指城邑的民居。《荀子·王制》：「順州里，定～宅。」❷公家為商賈建的儲存貨物的房舍。《孟子·公孫丑上》：「市，～而不征。」（征：徵稅。）也指售貨的店鋪。《宋書·謝莊傳》：「貴戚競利，興貨～肆者，悉皆禁制。」(肆：商店。)

潺 chán ❶［潺湲］水緩緩流動的樣子。屈原《九歌・湘夫人》：「觀流水兮～～。」又為淚流的樣子。屈原《九歌・湘君》：「橫流涕兮～～。」❷［潺潺］流水聲。歐陽修《醉翁亭記》：「漸聞水聲～～。」

嬋 chán ❶［嬋娟］形態美好的樣子。張衡《西京賦》：「增～～以此豸。」也用作名詞。蘇軾《水調歌頭・中秋》：「但願人長久，千里共～～。」此指美好的月色。❷［嬋媛］牽引，牽連。屈原《離騷》：「女嬃之～～兮。」張衡《南都賦》：「結根竦本，垂條～～。」

鋋 chán 鐵把小矛。《淮南子・脩務》：「苗山之～，羊頭之削。」

禪 chán 見445頁「禪」㈡。

毚 chán 狡兔。《詩經・小雅・巧言》：「躍躍～兔，遇犬獲之。」

蟬 chán ❶昆蟲名，也叫「知了」。《呂氏春秋・仲夏》：「鹿角解，～始鳴。」❷［蟬聯］連續不斷的樣子。左思《吳都賦》：「～～陵丘。」

蟾 chán ［蟾蜍］俗稱癩蛤蟆。傳說月中有蟾蜍，因以「蟾蜍」作為月亮的代稱。杜甫《八月十五夜月》：「～～且自傾。」也簡稱「蟾」。李白《雨後望月》：「開戶半～生。」(戶：門。)

儳 ㈠ chán ❶雜亂不齊，混雜無序。《國語・周語中》：「夫戎、狄，冒沒輕～，貪而不讓。」(冒沒：輕率。輕儳：指長幼尊卑無序。)引申為苟且，不嚴肅。《禮記・表記》：「君子不以一日使其躬～焉。」(躬：自身。)

㈡ chàn ❷從旁插話。《禮記・曲禮上》：「長者不及，毋～言。」❸捷近。《後漢書・何進傳》：「進驚，馳從～道歸營。」

攙 ㈠ chán ❶刺。張衡《西京賦》：「叉蔟之所～捔。」(叉蔟：打魚、打獵的工具。捔 zhuó：刺。)❷［攙搶］彗星名。《史記・司馬相如列傳》：「攬～～以為旌兮。」

㈡ chān ❸混雜。蘇軾《滿庭芳・與劉仲達同遊南山》：「莫上孤峯盡處，縈望眼雲水相～。」

巉 chán ［巉巖］險峻的山巖。宋玉《高唐賦》：「登～～而下望兮。」李白《蜀道難》：「畏途～～不可攀。」

欃 chán ❶［欃檀］檀樹的別稱。❷［欃槍］彗星名。

纏 chán ❶纏繞，盤繞。《戰國策・秦策五》：「～之以布。」引申為糾纏，攪擾。《後漢書・班彪傳附班固》：「漢興以來，曠世歷年，兵～夷狄。」杜甫《丹青引》：「終日坎壈～其身。」❷通「躔 chán」。日月五星運行經過某一位置叫躔。《漢書・王莽傳中》：「歲～星紀。」(星紀：十二次之一。)

躔 chán ❶踐履，行經。《說文》：「～，踐也。」左思《吳都賦》：「未知英雄之所～也。」❷日月星辰在天空中運行經過某一區域。《呂氏春秋・圜道》：「月～二十八宿。」❸行跡，足跡。《路史・循蜚紀・巨靈氏》：「或云治蜀，蓋以其跡～焉。」

讒 chán 說別人的壞話。《莊子・漁父》：「好言人之惡謂之～。」《史記・屈原賈生列傳》：「屈原不與，國～之。」又為讒言，誣陷人的壞話。《詩經・小雅・巧言》：「亂之又生，君子信～。」(君子：指周幽王。)范仲淹《岳陽樓記》：「憂～畏譏。」又為讒人，說別人壞話的人。《荀子・成相》：「遠賢近～。」(賢：賢人。)

鑱 chán ❶中醫用來治病的針，形如箭頭。《靈樞・九針十二原》：「一曰～鍼，長一寸六分。」引申為用針刺。《淮南子・泰族》：「夫刻肌膚，～皮革，被創流血，至難也。」❷一種犁頭。杜甫《乾元中寓居同谷縣作歌》：「長～長～白木柄，我生託子以為命。」

饞 chán 貪吃。《易林・需之解》：「染其鼎鼐，舌～於腹。」引申為貪，貪圖。韓愈《酬司門盧四兄雲夫院長望秋作》：「馳坑跨谷終未悔，為利而止真貪～。」

弗 chǎn 串肉燒烤用的籤狀器具。《齊民要術・炙法》:「裹着，充竹～上。」

剗 chǎn ❶同「鏟」。鏟子。《齊民要術・種穀》:「區間草以利～剗之。」又為用剗削去，剷平。《齊民要術・種穀》:「以利剗～之。」引申為消滅，廢除。《呂氏春秋・權勳》:「不戰，必～若類，掘若壟。」(若：你的。類：同類。壟：指祖墳。)❷同「棧 zhàn」。棧道。《史記・田叔列傳褚少孫論》:「谷口，蜀～道，近山。」

產 chǎn ❶生，生長。《孟子・滕文公上》:「陳良，楚～也。」《呂氏春秋・義賞》:「春氣至則草木～。」❷出產。李斯《諫逐客書》:「夫物不～於秦，可寶者多。」柳宗元《捕蛇者說》:「永州之野～異蛇。」❸財產，產業。《孟子・梁惠王上》:「無恆～而有恆心者，惟士為能。」

【辨析】產、生。二字在「繁育、生長」的意義上相同。「生」多用於人類，「產」多用於獸類、鳥類等。人類用「產」有一種輕蔑的意味，如孟子說「陳良，楚產也」。用於植物生長，二字沒有甚麼區別。

嘽 chǎn 見491頁「嘽」㊁。

諂 chǎn 諂媚，討好。《周易・繫辭下》:「君子上交不～。」《莊子・天地》:「忠臣不～其君。」[諂諛] 阿諛奉承。《韓非子・說疑》:「～～之臣，唯聖王知之。」

【辨析】諂、諛。二者都是「奉承、討好」的意思。如果細分，「諛」多指用言語奉承巴結，而「諂」則不限於言語。

蕆 chǎn 完成，解決。《左傳・文公十七年》:「十四年七月，寡君又朝，以～陳事。」(朝：指朝晉。陳：陳國。)

燀 ㊀ chǎn ❶炊，煮。《左傳・昭公二十年》:「～之以薪。」張協《七命》:「～以秋橙。」❷火焰升起，燃燒。《國語・周語下》:「水無沉氣，火無災～。」《逸周書・周祝》:「火之～也，固定［走］上。」引申為光焰。《史記・秦始皇本紀》:「義誅信行，威～旁達。」㊁ dǎn ❸熾熱。何晏《景福殿賦》:「冬不淒寒，夏無炎～。」❹通「亶 dǎn」。厚。《呂氏春秋・重己》:「味不眾珍，衣不～熱。」

繟 chǎn 舒緩，寬緩。《老子》第七十三章:「～然而善謀。」

鏟 chǎn 削平東西的工具。《農書》卷十三:「此古之～也。」又為削去，剷除。木華《海賦》:「於是乎禹也，乃～臨崖之阜陸。」(阜：土山，丘陵。陸：高平之地。)孟郊《求仙曲》:「～惑有靈藥。」

闡 chǎn ❶打開。《說文》:「～，開也。」白居易《嚴十八郎中在郡日改制東南樓》:「看山倚前戶，待月～東扉。」又為開闢。《史記・秦始皇本紀》:「～并天下。」❷公開的，顯明的。《呂氏春秋・決勝》:「隱則勝～矣，微則勝顯矣。」

驏 chǎn(舊讀 zhàn) 馬不加鞍轡而騎。令狐楚《少年行》之一:「～騎蕃馬射黃羊。」

囅 chǎn 笑的樣子。《莊子・達生》:「桓公～然而笑。」

儳 chàn 見48頁「儳」㊁。

羼 chàn 摻雜。《顏氏家訓・書證》:「皆由後人所～，非本文也。」

chang

昌 chāng ❶美善。《尚書・大禹謨》:「禹拜～言。」❷美好的樣子。《詩經・齊風・猗嗟》:「猗嗟～兮，頎而長兮。」(猗嗟：歎詞。頎 qí：身體修長的樣子。)❸昌盛。《左傳・莊公二十二年》:「五世其～。」《荀子・成相》:「國乃～。」❹[昌披] 衣帶不整的樣子。比喻狂亂。屈原《離騷》:「何桀紂之～～兮，夫唯捷徑以窘步。」(窘步：因惶急而不得前行。)

倀 chāng ❶[倀倀] 無所適從的樣子，茫然。《禮記・仲尼燕居》:「瞽者無相，～～乎其何之？」（瞽者：盲人。相：輔助盲人的人。）❷ 傳說中被虎吃掉的人變成的鬼，這種鬼幫助虎繼續吃人。今成語有「為虎作倀」。

倡 ㊀ chāng ❶ 古代表演音樂歌舞的藝人。《晏子春秋・問下》：「今君左為～，右為優。」（優：古代表演雜戲的藝人。）《史記・滑稽列傳》：「優旃者，秦～。」

㊁ chàng ❷ 領唱。《荀子・禮論》：「清廟之歌，一～而三歎也。」（一：指一人。）引申為歌唱。《韓非子・外儲說左上》：「謳癸～，行者止觀。」（謳 ōu 癸：名叫癸的歌手。）又引申為倡導，提倡。《國語・吳語》：「越大夫種乃～謀曰。」《漢書・陳勝傳》：「今誠以吾眾為天下～，宜多應者。」

【辨析】倡、唱。「倡」指樂人，「唱」指領唱，二者本義不同。因古音相同本義接近，「倡」字除讀 chāng 音的以外，讀 chàng 音的各意義都可寫作「唱」。

猖 chāng ❶ [猖狂] 隨心所欲，無所束縛。《莊子・在宥》：「浮游，不知所求；～～，不知所往。」❷ [猖獗] 1. 任意橫行。《新書・俗激》：「其餘～～而趨之者，乃豕羊驅而往。」2. 傾覆，失敗。《三國志・蜀書・諸葛亮傳》：「而智術淺短，遂用～～。」

娼 chāng 妓女。盧照鄰《長安古意》：「～婦盤龍金屈膝。」

菖 chāng 草名，菖蒲。《呂氏春秋・任地》：「冬至後五旬七日，～始生。」

閶 chāng [閶闔] 傳說中的天門。屈原《離騷》：「吾令帝閽開關兮，倚～～而望予。」（帝閽：神話傳說中掌管天門的人。）也指皇宮的正門。白居易《中書寓直》：「繚繞宮牆圍禁林，半開～～曉沉沉。」（禁林：皇宮裏的林木。）泛指門。《洛陽伽藍記・龍華寺》：「門巷修整，～～填列。」

長 ㊀ cháng ❶ 長，與「短」相對。屈原《九歌・國殤》：「帶～劍兮挾秦弓。」（秦弓：秦國製造的弓，指良弓。）又指長度。《論語・鄉黨》：「必有寢衣，～一身有半。」（寢衣：被子。）引申為時間久。《老子》第七章：「天～地久。」❷ 經常。《論語・述而》：「子曰：『君子坦蕩蕩，小人～戚戚。』」❸ 擅長。《孟子・公孫丑上》：「敢問夫子惡乎～？」（惡乎長：擅長甚麼。）又指長處，優點。《晏子春秋・問上》：「任人之～，不強其短。」

㊁ zhǎng ❹ 生長，滋長。《孟子・公孫丑上》：「宋人有閔其苗之不～而揠之者。」（閔：憂慮。揠 yà：拔。）引申為增長，增加。《禮記・學記》：「故曰教學相～也。」❺ 年紀大或較大。《史記・項羽本紀》：「孰與君少～？」又指年紀大的人。《論語・微子》：「～幼之節，不可廢也。」引申為排行第一。《孟子・梁惠王上》：「東敗於齊，～子死焉。」❻ 首領。上古指方伯、諸侯。《尚書・益稷》：「外薄四海，咸建五～。」（薄：迫近。五長：管理五個諸侯國的方伯。）泛指長官，頭領。《孟子・梁惠王下》：「君行仁政，斯民親其上，死其～矣。」（死：為……而死。）特指秦漢時小縣的長官。《後漢書・百官志五》：「縣萬戶以上令，不滿為～。」❼ 崇尚。《漢書・杜周傳附杜欽》：「宜抑文尚質，廢奢～儉。」

㊂ zhàng ❽ 多餘，剩餘。《世說新語・德行》：「丈人不悉恭，恭作人無～物。」（丈人：對長輩的稱呼。恭：王恭。）

尚 cháng 見 447 頁「尚」㊁。

倘 cháng 見 494 頁「倘」㊁。

常 cháng ❶ 固定不變，永久。《論語・子張》：「夫子焉不學，而亦何～師之有？」（焉：哪裏。）引申為常法、規律。《荀子・天論》：「天行有～，不為堯存，不為桀亡。」又特指倫常，綱常。《尚書・君陳》：「敗～亂俗。」❷ 經常，常常。《史記・汲黯鄭當時列傳》：「黯務少事，乘上間，～言與胡和親，無起兵。」（上：皇上。間：空閒。）❸ 普通，平常。《戰國策・趙策二》：「～民溺於習俗。」《呂氏春秋・制樂》：「亂國之主未嘗知樂者，～主也。」今成語有「老生常談」。❹ 古代一種繪有日月的旗子。《周禮・春官・司常》：「日月為～，交龍為旂。」❺ 古代長度單位。八尺為尋，兩尋為常。《周禮・考工記・廬人》：「酋矛～有四尺。」（酋 qiú 矛：一種短柄的矛。）❻ 通「嘗 cháng」。曾經。《荀子・天論》：「夫日月之有蝕，風雨之不時，怪星之黨見，是無世而不～有之。」（黨 tǎng：偶然。見 xiàn：出現。）

徜 cháng ［徜徉］徘徊，遊蕩。宋玉《風賦》：「～～中庭。」韓愈《送李愿歸盤谷序》：「從子於盤兮，終吾生以～～。」字又作「尚佯」。《淮南子・覽冥》：「～～冀州之際。」又作「尚羊」。《淮南子・俶真》：「不若～～物之終始。」

萇 cháng ［萇楚］一種藤本植物，也叫羊桃、獮猴桃。《詩經・檜風・隰有萇楚》：「隰有～～。」（隰 xí：低濕之處。）

場 ㊀ cháng ❶ 用來翻曬穀物並脫粒等的平坦空地。《詩經・豳風・七月》：「九月築～圃。」❷ 祭壇周圍的平地。《史記・淮陰侯列傳》：「擇良日，齋戒，設壇～。」
㊁ chǎng ❸ 場所，眾人聚集的地方。王翰《涼州詞》：「醉卧沙～君莫笑。」用於抽象意義，指領域，範疇。揚雄《劇秦美新》：「遙集乎文雅之囿，翱翔乎禮樂之～。」

腸 cháng ❶ 腸子。消化器官之一。《呂氏春秋・本生》：「肥肉厚酒，務以自強，命之曰爛～之食。」❷ 心腸，心地。嵇康《與山巨源絕交書》：「剛～疾惡，輕肆直言，遇事便發，此甚不可二也。」

嘗（嚐、甞） cháng ❶ 辨別滋味。《呂氏春秋・察今》：「～一脟肉，而知一鑊之味，一鼎之調。」引申為吃。《左傳・隱公元年》：「小人有母，皆～小人之食矣，未～君之羹。」比喻經歷，體驗。《左傳・僖公二十八年》：「險阻艱難，備～之矣。」❷ 試探，試。《左傳・僖公九年》：「使勇而無剛者～寇，而速去之。」《孟子・梁惠王上》：「我雖不敏，請～試之。」今成語有「淺嘗輒止」。❸ 曾經。《荀子・勸學》：「吾～終日而思矣，不如須臾之所學也。」諸葛亮《出師表》：「未～不歎息痛恨於桓、靈也。」

【辨析】嘗、曾。二字在「曾經」的意義上同義，只是古代多用「嘗」而少用「曾」。二字的其他意義都不相通。

裳 cháng 古稱下裙為裳。《詩經・邶風・綠衣》：「綠衣黃～。」泛指衣服。《水經注・江水》：「猿鳴三聲淚沾～。」

【辨析】裳、衣。「衣」是上衣，「裳」是下衣。泛指則二者都指衣服。

嫦 cháng ［嫦娥］即「姮娥」。傳說中后羿的妻子，偷吃仙藥而奔入月宮，成為月中仙子。為避漢文帝劉恆諱，改稱「嫦娥」。李商隱《嫦娥》：「～～應悔偷靈藥，碧海青天夜夜心。」

償 cháng ❶ 償還。《呂氏春秋・應言》：「責以～矣。」（責：債。）引申為抵償。《後漢書・西羌傳序》：「殺人～死，無它禁令。」又引申為實現，滿足。韓愈《新修滕王閣記》：「儻得一至其處，竊寄目～所願焉。」今成語有「如願以償」。❷ 應對，酬答。《左傳・僖公十五年》：「西鄰責言，不可～也。」《史記・范雎蔡澤列傳》：「一飯之德必～。」

儻 cháng 見 426 頁「儻」㊁。

鱨 cháng 黃鱨魚，又名黃頰魚。《詩經・周頌・潛》：「鰷～鰋鯉。」

昶 chǎng 舒暢，通暢。嵇康《琴賦》：「雅～唐堯，終詠微子。」（微子：紂庶兄。）

惝 chǎng ❶［惝然］悵惘。《莊子・則陽》：「客出，而君～～若有所亡也。」❷［惝怳］1. 失意的樣子。屈原《遠遊》：「怊～～而乖懷。」（乖：錯。）2. 模糊不清的樣子。《史記・司馬相如列傳》：「聽～～而無聞。」

場 chǎng 見 51 頁「場」㊁。

C

敞 chǎng ❶ 寬闊，寬敞。《史記・封禪書》：「泰山東北阯古時有明堂處，處險不～。」杜甫《寄題江外草廬》：「臺亭隨高下，～豁當清川。」❷［敞怳］1. 模糊不清的樣子。《漢書・司馬相如傳下》：「聽～～而亡聞。」（亡：無。）2. 失意的樣子。《梁書・張緬傳》：「遵洞庭而～～。」（遵：沿着。）❸ 張開。陶潛《桃花源詩》：「奇蹤隱五百，一朝～神界。」

廠 chǎng ❶ 棚子，沒有牆的簡陋房舍。《齊民要術・養鵝鴨》：「欲於～屋下作窠。」❷ 明代的特務機構，有東廠、西廠。《明史・刑法志三》：「～與衛相倚，故言者並稱～衛。」（衛：錦衣衛，明代的特務機構。）

氅 chǎng ❶ 用羽毛製成的外衣。《世說新語・企羨》：「嘗見王恭乘高輿，被鶴～裘。」（被 pī：披着。）❷ 儀仗中用鳥羽裝飾的旗幡之類。《新唐書・儀衛志上》：「第一行，長戟，六色～。」

倡 chàng 見 50 頁「倡」㈡。

鬯 chàng ❶ 祭祀用的香酒。《禮記・曲禮下》：「凡摯，天子～。」❷［鬯草］鬱金香。《論衡・儒增》：「食白雉，服～～。」❸ 通「韔 chàng」。盛弓的器具。《詩經・鄭風・大叔于田》：「抑～弓忌。」（抑、忌：語氣詞。）❹ 通「暢 chàng」。茂盛。《漢書・郊祀志上》：「草木～茂。」

唱 chàng ❶ 領唱，領奏。《莊子・德充符》：「未嘗有聞其～者，常和而已矣。」今成語有「一唱一和」。引申為歌唱。陶潛《詠荊軻》：「漸離擊悲筑，宋意～高聲。」杜牧《泊秦淮》：「商女不知亡國恨，隔江猶～後庭花。」引申為倡導。後來寫作「倡」。《史記・陳涉世家》：「今誠以吾眾詐自稱公子扶蘇、項燕，為天下～，宜多應者。」❷ 前後呼應。《莊子・齊物論》：「前者～于，而隨者～喁。」（于、喁：應和聲。）❸ 稱頌，讚揚。《說苑・君道》：「堂上～善，若出一口。」《後漢書・儒林傳上・孔僖》：「齊桓公親揚其先君之惡，以～管仲。」

【辨析】唱、倡。見 50 頁「倡」字條。

悵 chàng 失意，不快。屈原《九歌・山鬼》：「怨公子兮～忘歸。」《史記・陳涉世家》：「～恨久之。」

暢 chàng ❶ 通暢，通達。《韓非子・說林上》：「登臺四望，三面皆～。」宋濂《送東陽馬生序》：「辭甚～達。」引申為心情舒暢。《莊子・則陽》：「舊國舊都，望之～然。」《晉書・劉輿傳》：「皆人人歡～。」❷ 旺盛。《孟子・滕文公上》：「草木～茂。」《論衡・道虛》：「動搖者傷而不～。」❸ 盡情。王羲之《蘭亭集序》：「雖無絲竹管弦之盛，一觴一詠，亦足以～敘幽情。」（觴 shāng：以酒飲人或自飲。）

暘 chàng ❶ 除草。《大戴禮記・夏小正》：「初歲祭耒，始用～也。」（祭：通「察」。）❷ 同「暢」。暢通。《淮南子・時則》：「急捕盜賊，誅淫泆詐偽之人，命曰～月。」

韔 chàng 裝弓的袋。《詩經・秦風・小戎》：「虎～鏤膺。」（虎韔：虎皮製的弓袋。）

chao

抄 chāo ❶ 掠取，強取。《後漢書・郭伋傳》：「時匈奴數～郡界。」❷ 用勺舀取。韓愈《贈劉師服》：「匙～爛飯穩送之。」❸ 抄錄，謄寫。《世說新語・巧藝》：「戴安道就范宣學，視范所為，范讀書亦讀書，范～書亦～書。」

怊 chāo 失意。《莊子・天地》：「～乎若嬰兒之失其母也。」

弨 chāo ❶ 弓弦鬆弛的樣子。《詩經・小雅・彤弓》：「彤弓～兮，受言藏之。」（言：動詞詞頭。）❷ 弓。韓愈《雪後寄崔二十六丞公》：「大～掛壁無由彎。」

訬 ㈠ chāo ❶ 狡獪，輕佻。《漢書・敘傳下》：「江都～輕。」（江都：指江都易王劉非。）《南史・廬陵孝獻王義真傳》：「以義真輕～，不任主社稷。」❷ 矯健敏捷。《淮南子・脩務》：「越人有重遲者，而人謂之～。」

㊁ miǎo ❸ 高。張衡《西京賦》:「通天～以竦峙。」(通天:臺名。)

紹 chāo 見 448 頁「紹」㊁。

超 chāo ❶ 躍上。《左傳・僖公三十三年》:「左右免冑而下,～乘者三百乘。」(冑:頭盔。超乘:躍上兵車。)又為跨過。《孟子・梁惠王上》:「挾太山以～北海。」(太山:泰山。)❷ 超出,勝過。《韓非子・五蠹》:「～五帝侔三王者,必此法也。」(侔:等同。)《新唐書・褚遂良傳》:「陛下撥亂反正,功～古初。」❸ 遙遠。屈原《九歌・國殤》:「平原忽兮路～遠。」

鈔 chāo ❶ 強取,掠奪。《潛夫論・勸將》:「東寇趙、魏,西～蜀、漢。」(寇:劫掠。)❷ 抄寫。《抱朴子・金丹》:「余今略～金丹之都。」杜甫《贈李八祕書別三十韻》:「乞米煩佳客,～詩聽小胥。」(小胥:小吏。)❸ 紙幣名。《金史・食貨志三》:「印一貫、二貫、三貫、五貫、十貫五等,謂之大～。」❹ 通「眇 miǎo」。微眇,深遠。《管子・幼官》:「聽於～,故能聞未極。」

勦 chāo 見 245 頁「勦」㊁。

摷 chāo 撈取。張衡《西京賦》:「～昆鮞,殄水族。」

罺 chāo 捕魚的器具,也指用罺捕魚。左思《吳都賦》:「罩兩魪,～鰝蝦。」

晁(鼂) ㊀ cháo ❶ 姓。《漢書・景帝紀》:「斬御史大夫～錯,以謝七國。」

㊁ zhāo ❷ 同「朝」。早晨。屈原《九章・哀郢》:「甲之～吾以行。」(甲:指甲日。)《漢書・嚴助傳》:「～不及夕。」

巢 cháo ❶ 樹上的鳥窩。《詩經・召南・鵲巢》:「維鵲有～,維鳩居之。」(維:句首語氣詞。)後又喻指盜匪盤踞的地方。《晉書・宣帝紀》:「賊大眾在此,則～窟虛矣。」❷ 周代國名。《左傳・文公十二年》:「夏,楚人圍～。」

朝 cháo 見 663 頁「朝」㊁。

樔 cháo 同「巢」。鳥巢,也指遠古人類在樹上架設的住處。《禮記・禮運》:「昔者先王未有宮室,冬則居營窟,夏則居橧～。」

嘲 cháo ❶ 嘲笑。揚雄《解嘲》:「今子乃以鴟梟而笑鳳皇,執蝘蜓而～龜龍,不亦病乎?」❷ 吟誦,歌詠。白居易《與元九書》:「至於梁陳間,率不過～風雪弄花草而已。」

潮 cháo ❶ 海水受日月引力定期漲落的現象。枚乘《七發》:「江水逆流,海水上～。」❷ 潮濕。范成大《沒冰鋪晚晴月出曉復大雨》:「征衫～潤冷爐熏。」

【辨析】潮、汐。海水白天漲落叫「潮」,夜間漲落叫「汐」。

䟕 cháo 石頭砌成的房屋。《北史・附國傳》:「故壘石為～,以避其患。」

炒 chǎo ❶ 一種烹調方法。《齊民要術・造神麴并酒》:「～麥黃,莫令焦。」❷ 吵鬧。《朱子語類》卷一二一:「既無家事～,又無應接人客。」

煼 chǎo ❶ 炒。《齊民要術・作脺》:「於釜中～之。」《老學庵筆記》卷二:「故都李和～栗,名聞四方。」❷ 吵,聲音雜亂擾人。劉克莊《祝英台近》:「更杜宇、枝頭閒～。」(杜宇:杜鵑。)

che

車 chē ❶ 車子。《戰國策・齊策四》:「出無～。」特指兵車。《左傳・隱公元年》:「命子封帥～二百乘以伐京。」(子封:鄭國大夫公子呂的字。京:地名。)引申指利用輪軸來轉動的器具。蘇軾《浣溪沙》:「村南村北響繅～。」(繅車:繅絲用的工具。)陸游《入蜀記》卷一:「婦人足踏水～。」❷ 牙牀骨。《左傳・僖公五年》:「輔～相依,脣亡齒寒。」(輔:面頰。)

【辨析】車、輦、輿。「車」是馬拉的車子;「輦」是人推輓的車子,秦漢以後專指帝王后妃乘坐的車子;「輿」是車箱,代指車子,也指轎子。

C

撦 chě 撕破。段成式《光亭夜宴妓有醉毆者》：「擲履仙鳧起，～衣蝴蝶飛。」

坼 chè△ 裂開，分裂。《詩經・大雅・生民》：「不～不副，無災無害。」（副 pì：破開。）杜甫《登岳陽樓》：「吳楚東南～，乾坤日夜浮。」引申為裂縫。《管子・四時》：「補缺塞～。」

呫 chè△ [呫囁] 輕聲耳語。《史記・魏其武安侯列傳》：「今日長者為壽，乃效女兒～～耳語！」

硩 chè△ ❶ 摘取。左思《吳都賦》：「～陊山谷。」（陊：墜落。）❷ 搗毀。柳宗元《安南都護張公志》：「摩霄之阻，～為高岸。」

掣 chè△ ❶ 曳，牽拉。《呂氏春秋・具備》：「吏方將書，宓子賤從旁時～搖其肘。」岑參《白雪歌送武判官歸京》：「風～紅旗凍不翻。」[掣肘] 喻從旁牽制。《北齊書・源彪傳》：「若不推赤心於琳，別遣餘人～～，復成速禍，彌不可為。」（別：其他的。速：招致。彌：越發。）❷ 迅疾而過。梁簡文帝《金錞賦》：「野曠塵昏，星流電～。」今成語有「風馳電掣」。

撤 chè△ ❶ 撤除。《論語・鄉黨》：「不～薑食。」引申為消除。王粲《公宴詩》：「涼風～蒸暑。」❷ 拆毀。《商君書・兵守》：「發梁～屋。」（梁：房樑。）❸ 撤回。《三國志・吳書・呂蒙傳》：「羽果信之，稍～兵以赴樊。」（羽：關羽。稍：漸漸。樊：樊城。）

徹 chè△ ❶ 撤去，撤除。《禮記・曾子問》：「～饌而掃。」（饌 zhuàn：食物。）《左傳・宣公十二年》：「諸侯相見，軍衛不～，警也。」引申為撤退。《宋史・張浚傳》：「乃聞浚來，亟～兵歸。」❷ 毀壞。《詩經・小雅・十月之交》：「～我牆屋。」❸ 周代的一種稅制，十分抽一。《論語・顏淵》：「二，吾猶不足，如之何其～也？」（二：指十分抽二。）❹ 通，通達。《列子・湯問》：「汝心之固，固不可～。」《國語・越語上》：「不敢～聲聞於天王。」又指穿透。《左傳・成公十六年》：「蹲甲而射之，～七札焉。」（蹲 cǔn：疊聚。札：甲葉。）❺ 開墾，治理。《詩經・大雅・公劉》：「～田為糧。」

澈 chè△ 水清。《水經注・沅水》：「清潭鏡～。」蘇軾《次韻答荊門張都官維見和惠泉》：「泉源本無情，豈問濁與～？」

chen

郴 chēn 地名，在今湖南。《史記・項羽本紀》：「乃使使徙義帝長沙～縣。」

琛 chēn 珍寶。《詩經・魯頌・泮水》：「來獻其～。」

棽 chēn [棽麗] 枝條茂密的樣子。班固《東都賦》：「鳳蓋～～。」（鳳蓋：鳳凰傘，指帝王儀仗。）

嗔 chēn 發怒，生氣。《世說新語・德行》：「丞相見長豫輒喜，見敬豫輒～。」

瞋 chēn 瞪大眼睛。《莊子・秋水》：「～目而不見丘山。」引申為憤怒。《世說新語・雅量》：「神意甚平，不覺～沮。」（覺：感到。沮：沮喪。）

臣 chén ❶ 男性奴隸，戰俘。《禮記・少儀》：「～則左之。」（左：同「佐」。）《韓非子・五蠹》：「雖～虜之勞，不苦於此矣。」❷ 君主時代的官吏。《孟子・梁惠王上》：「抑王興甲兵，危士～，構怨於諸侯，然後快於心與？」（與 yú：語氣詞。）又用作動詞，稱臣。《呂氏春秋・士節》：「其義不～乎天子。」又用作使動。《孟子・公孫丑下》：「桓公之於管仲，學焉而後～之。」又泛指羣臣百姓。《詩經・小雅・北山》：「率土之濱，莫非王～。」❸ 臣下對君主的自稱。《左傳・隱公元年》：「欲與大叔，～請事之。」秦漢以後又用作謙稱。《史記・項羽本紀》：「願伯具言～之不敢背德也。」（伯：指項伯。）

辰 chén ❶ 地支的第五位。與天干相配以紀日、紀年。《左傳・僖公三十二年》：「庚～，將殯于曲沃。」（曲沃：地名。）又為十二地支的通稱。《周禮・秋官・哲蔟氏》：「十有二～之號。」❷日子，時刻。《儀禮・士冠禮》：「吉月令～。」（令：善，好。）柳永《雨霖鈴》：「應是良～好景虛設。」❸星的統稱。《莊子・天運》：「日月星～行其紀。」（紀：指軌道。）［北辰］北極星。《論語・為政》：「譬如～～，居其所而眾星共之。」（共：拱，環繞。）❹通「晨 chén」。早晨。《詩經・齊風・東方未明》：「不能～夜。」（能：指能分辨。）

忱 chén　❶誠，真誠。《尚書・湯誥》：「尚克時～。」王安石《辭免參知政事表》：「冒進～辭。」（冒：冒犯。）❷相信，信任。多用於對上天、天命而言。《詩經・大雅・大明》：「天難～斯。」（斯：句末語氣詞。）元稹《桐花》：「五者苟不亂，天命乃可～。」

沈 ㊀ chén　❶沒入水中，與「浮」相對。《詩經・小雅・菁菁者莪》：「汎汎楊舟，載～載浮。」賈誼《弔屈原賦》：「側聞屈原兮，自～汨羅。」引申為埋沒。左思《詠史詩》之二：「世胄躡高位，英俊～下僚。」（世胄：世家子弟。躡：踩，居。）❷沉溺，迷戀。《尚書・胤征》：「～亂于酒。」《呂氏春秋・先識》：「商王大亂，～於酒德。」❸深。曹植《吁嗟篇》：「自謂終天路，忽然下～泉。」蕭統《文選序》：「事出於～思。」❹低，低沉。《吳越春秋・勾踐入臣外傳》：「皇天祐助，前～後揚。」盧綸《賦得館娃宮送王山人遊江東》：「越水風浪起，吳王歌管～。」

㊁ shěn　❺周代諸侯國名，故址在今河南汝南東南。《春秋・文公三年》：「～潰。」❻通「瀋 shěn」。汁。《禮記・檀弓下》：「為榆～。」

㊂ tán　❼［沈沈］宮室深邃的樣子。《史記・陳涉世家》：「入宮，見殿屋帷帳，客曰：『夥頤！涉之為王～～者！』」（夥：多。頤：歎詞，表示驚訝。）

沉 chén　同「沈」㊀。

宸 chén　❶屋簷，屋邊。《國語・越語上》：「君若不忘周室，而為弊邑～宇，亦寡人之願也。」❷指帝王所居。王勃《九成宮頌》：「～扉既辟。」（辟：開。）又代指王位、帝王。《梁書・元帝紀》：「祈仰～鑑。」（鑑：察。）

晨 chén　早晨。《韓非子・難三》：「鄭子產～出。」（子產：人名，春秋鄭國人。）韓愈《同冠峽》：「～坐聽百鳥。」引申指雄雞報曉。《尚書・牧誓》：「牝雞無～。」（牝雞：母雞。）

陳 ㊀ chén　❶陳列，陳設。《論語・季氏》：「～力就列，不能者止。」（列：位次，職務。）歐陽修《醉翁亭記》：「雜然而前～者，太守宴也。」❷陳述。《孟子・公孫丑下》：「我非堯舜之道，不敢以～於王前。」《後漢書・張衡傳》：「衡因上疏～事。」❸舊，與「新」相對。《詩經・小雅・甫田》：「我取其～，食我農人。」（陳：指陳穀。）《荀子・富國》：「年穀復熟而～積有餘。」今成語有「新陳代謝」。❹周代諸侯國名，在今河南東部及安徽北部一帶。《左傳・隱公三年》：「又娶于～。」

㊁ zhèn　❺交戰時隊伍的行列。後來寫作「陣」。《孫子・軍爭》：「勿擊堂堂之～。」（堂堂：整齊強大的樣子。）又指列陣。《左傳・莊公十一年》：「宋師未～而薄之。」（薄：迫近，逼近。）

【辨析】1. 陳、陣。見669頁「陣」字條。2. 陳、述、說、敘。四字都有「向別人講話」的意思，但側重點有所區別。「陳」本義在排列，所以側重在擺事實，一一羅列。「述」，《說文》「循也」，側重在述說事情的過程。「說」，《說文》「說，釋也」，側重在解釋、說明。「敘」，《說文》「次弟也」，側重在事情發生的次序。

湛 ㊀ chén　❶沉沒。後來寫作「沉」。《說文》：「～，沒也。」《漢書・賈誼傳》：「仄聞屈原兮，自～汨羅。」（仄聞：從旁聽說。謙詞。）引申為隱沒。《文子・上德》：「陽伏陰，萬物～。」又引申為誅滅。鄒陽《獄中上書自明》：「然則荊軻～七族，要離燔妻子。」（燔 fán：燒。）❷深。《春秋繁露・玉杯》：「使人～

C

思而自省悟以反道。」

㊁ zhàn ❸ 露水濃重的樣子。屈原《九章・悲回風》：「吸～露之浮源兮。」又形容水深。司馬光《遊壽安・靈山寺》：「碧頗梨色～無底。」❹ 清澈。郭周藩《譚子池》：「金出繼靈泉，～若清琉璃。」

㊂ dān ❺ 喜樂。《詩經・小雅・鹿鳴》：「鼓瑟鼓琴，和樂且～。」

㊃ jiān ❻ 浸，浸泡。《晏子春秋・雜上》：「今夫蘭本，三年而成，～之苦酒，則君子不近，庶人不佩。」（本：根。）

㊄ yín ❼ 多雨，久雨。《論衡・明雩》：「變復之家，以久雨為～，久暘為旱。」（暘 yáng：晴。）

煁 chén 可移動的爐灶。《詩經・小雅・白華》：「樵彼桑薪，卬烘于～。」（卬 áng：我。）

塵 chén ❶ 塵土，灰塵。《左傳・成公十六年》：「甚囂，且～上矣。」（囂：喧鬧。）❷ 污染，污辱。《詩經・小雅・無將大車》：「無將大車，祇自～兮。」❸ 世俗。《老子》第四章：「和其光，同其～。」陶潛《歸園田居》之二：「對酒絕～想。」又佛教稱人間為塵。韋應物《春月觀省屬城始憩東西林精舍》：「善身絕～緣。」今成語有「看破紅塵」。❹ 蹤跡。左思《魏都賦》：「列聖之遺～。」李白《憶秦娥》：「咸陽古道音～絕。」今成語有「步人後塵」。

諶 chén ❶ 相信。《尚書・咸有一德》：「天難～，命靡常。」（靡：無，沒有。）❷ 確實，實際上。屈原《離騷》：「外承歡之汋約兮，～荏弱而難持。」（汋 chuò 約：這裏指媚態。荏弱：軟弱。）

趻 chěn ［趻踔 chuō］跳躍的樣子。《莊子・秋水》：「吾以一足～～而行。」

碜 chěn 混入沙子等異物。蘇軾《監試呈諸試官》：「咀嚼沙礫～。」

踸 chěn ［踸踔 chuō］同「趻踔」。

疢 chèn 熱病，病。《禮記・樂記》：「疾～不作而無妖祥。」（妖祥：偏指妖，凶兆。）引申為毛病，缺陷。《抱朴子・博喻》：「小疵不足以損大器，短～不足以累長才。」

趁（趂） chèn ❶ 追逐。《梁書・曹景宗傳》：「每眾騎～鹿，鹿馬相亂。」❷ 趨，赴。柳宗元《柳州峒氓》：「綠荷包飯～虛人。」（虛：集市。）❸ 乘便，利用。白居易《早發楚城驛》：「月乘殘夜出，人～早涼行。」

稱 chèn 見 57 頁「稱」㊁。

齓 chèn 同「齔」。兒童換牙。《國語・鄭語》：「府之童妾，未既～而遭之。」

齔 chèn 兒童換牙。《列子・湯問》：「鄰人京城氏之孀妻，有遺男，始～，跳往助之。」引申指年幼。《後漢書・皇后紀下・安思閻皇后》：「顯、景諸子年皆童～，並為黃門侍郎。」

闖 chèn 出頭的樣子。《公羊傳・哀公六年》：「開之，則～然公子陽生也。」

儭 chèn ❶ 佈施。《南齊書・張融傳》：「孝武起新安寺，僚佐多～錢帛，融獨～百錢。」❷ 襯托。白居易《見紫薇花憶微之》：「一叢暗淡將何比，淺碧籠裙～紫巾。」

瘨 chèn 同「疢」。病。鮑照《謝賜藥啟》：「～同山嶽，蒙靈藥之賜。」

櫬 chèn 棺材。《左傳・僖公六年》：「許男面縛銜璧，大夫衰絰，士輿～。」（面縛：兩手反綁於背後而面向前。衰絰 cuīdié：古代居喪之服。輿櫬：載棺以隨，表示決死。）杜甫《別蔡十四著作》：「扶～歸咸秦。」

襯 chèn ❶ 貼身。李商隱《燕臺》之一：「香肌冷～琤琤珮。」（琤琤 chēngchēng：玉互相撞擊聲。珮：佩玉。）❷ 陪襯，襯托。庾信《杏花》：「好折待賓客，金盤～紅瓊。」韋莊《牛渡晚眺》：「萬縷紅霞～碧天。」

讖 chèn 預言吉凶徵兆的話語或文字圖錄。《史記・趙世家》：「公孫支書而藏之，秦～於是出矣。」（公孫支：人名。）

cheng

秤 chēng 見 59 頁「秤」㊁。

琤 chēng 象聲詞。形容玉聲或其他清脆的聲音。《說文》：「～，玉聲也。」

經 chēng 紅色。《儀禮・士喪禮》：「幎目用緇，方尺二寸，～裏。」

稱 ㊀ chēng ❶ 稱輕重。《莊子・胠篋》：「為之權衡以～之。」（權：秤錘。衡：秤桿。）引申為權衡，衡量。《荀子・正論》：「～遠近而等貢獻。」（貢獻：獻給天子的物品。）❷ 舉，舉起。《詩經・豳風・七月》：「～彼兕觥。」（兕觥 sìgōng：用犀牛角製作的飲酒器。）又為舉薦。《左傳・襄公三年》：「祁奚請老，晉侯問嗣焉，～解狐。」（祁奚、解狐：人名。請老：告老，請求退休。）❸ 稱頌，稱讚。《論語・季氏》：「伯夷、叔齊餓於首陽之下，民到於今～之。」（首陽：山名。）諸葛亮《出師表》：「先帝～之曰能。」引申為稱說，述說。《荀子・臣道》：「言其所長，不～其所短。」《史記・淮陰侯列傳》：「常～義兵不用詐謀奇計。」❹ 稱號，名稱。《白虎通・爵》：「天子者，爵～也。」趙岐《孟子章句題辭》：「子者，男子之通～也。」引申為名聲，聲譽。《後漢書・崔駰傳附崔寔》：「大人少有英～。」

㊁ chèn ❺ 相稱，配得上。《孟子・公孫丑下》：「中古棺七寸，槨～之。」（槨 guǒ：外棺。）王安石《傷仲永》：「令作詩，不能～前時之聞。」

㊂ chèng ❻ 衡量輕重的器具。後來寫作「秤」。《淮南子・時則》：「角斗～。」（角：校正。）

【辨析】稱、權、銓、錘。見 422 頁「權」字條。

撐 chēng ❶ 抵住，支撐。司馬相如《長門賦》：「離樓梧而相～。」（離樓：攢聚眾多樹木的樣子。梧：斜着支撐。）陳琳《飲馬長城窟行》：「君獨不見長城下，死者骸骨相～拄。」❷ 用篙行船。錢起《江行無題》：「～開小漁艇，應到月明歸。」

噌 chēng ［噌吰 hóng］象聲詞。常形容鐘鼓聲。司馬相如《長門賦》：「聲～～而似鐘音。」

赬 chēng 紅色。《詩經・周南・汝墳》：「魴魚～尾。」

瞠 chēng 瞪着眼，直視。《莊子・田子方》：「夫子奔逸絕塵，而回～若乎後矣。」（回：顏回。若：詞尾。）今成語有「瞠目結舌」。

樘 chēng 樹名。《詩經・大雅・皇矣》：「啟之辟之，其～其椐。」（椐 jū：一種灌木。）

鎗 chēng 見 406 頁「鎗」㊁。

蟶 chēng 蟶子。《本草綱目・介部》：「～乃海中小蚌也。」

鐺 chēng 見 93 頁「鐺」㊁。

成 chéng ❶ 完成，成就。《詩經・大雅・靈臺》：「庶民攻之，不日～之。」韓愈《進學解》：「行～於思，毀於隨。」（行：品行。隨：因循。）❷ 成為，變成。《荀子・勸學》：「積土～山，風雨興焉。」《史記・李將軍列傳》：「桃李不言，下自～蹊。」（蹊：小路。）❸ 生長，成熟。《呂氏春秋・明理》：「五穀萎敗不～。」《淮南子・天文》：「地不發其陽，則萬物不～。」❹ 和解，構和。《國語・越語上》：「夫差與之～而去之。」（去之：指離開越國。）❺ 重，層。《呂氏春秋・音初》：「為之九～之臺。」又樂曲一章為一成。《尚書・益稷》：「簫韶九～。」引申為重疊。《史記・李斯列傳》：「死人日～積於市。」❻ 十里見方為成。《左傳・哀公元年》：「有田一～。」

丞 ㊀ chéng ❶ 輔佐，輔助。《呂氏春秋・介立》：「有龍于飛，周遍天下。五蛇從之，為之～輔。」（于：動詞詞頭。）❷ 秦漢以後指各級長官的副職。《史記・陳涉世家》：「攻陳，陳守令皆不在，獨守～與戰譙門中。」（陳：郡名。

譙門：城樓下的門。）[丞相] 官名，輔助帝王的最高行政官員。《史記・李斯列傳》：「以斯為～～。」

㊁ zhěng ❸ 拯救。後來寫作「拯」。揚雄《羽獵賦》：「～民乎農桑。」

呈 chéng ❶ 呈現，顯露。司馬相如《美人賦》：「皓體～露。」❷ 恭敬地送上。《世說新語・文學》：「庾仲初作《揚都賦》成，以～庾亮。」（庾仲初、庾亮：人名。）❸ 通「程 chéng」。標準，規則。《史記・秦始皇本紀》：「不中～，不得休息。」

承 chéng ❶ 捧着。《左傳・襄公二十五年》：「～飲而進獻。」（飲：喝的東西。）❷ 接受，承受。《左傳・僖公十五年》：「苟列定矣，敢不～命？」（苟：如果。列：指排列的次序。敢：怎敢。）引申為承擔。《左傳・成公二年》：「敢告不敏，攝官～乏。」（不敏：不聰明，不會辦事。攝官：任職。）❸ 繼續，繼承。《詩經・小雅・天保》：「如松柏之茂，無不爾或～。」（爾：代詞，你。或：語氣詞。）《孟子・萬章上》：「啟賢，能～繼禹之道。」（啟：禹之子。）❹ 通「乘 chéng」。趁着。《史記・項羽本紀》：「今秦攻趙，戰勝則兵罷，我～其敝。」

城 chéng ❶ 城牆。《詩經・邶風・靜女》：「靜女其姝，俟我于～隅。」《孟子・公孫丑下》：「～非不高也。」又為築城。《詩經・小雅・出車》：「天子命我，～彼朔方。」❷ 都邑。《史記・廉頗藺相如列傳》：「（秦）願以十五～請易璧。」

【辨析】 城、郭。「城」與「郭」並稱時，「城」指內城，「郭」指外城。「城」「郭」連用時泛指城牆。

郕 chéng ❶ 周代諸侯國名。《左傳・隱公五年》：「～人侵衛。」❷ 古地名，在今山東寧陽東北。《左傳・襄公十六年》：「齊侯圍～。」

宬 chéng 盛，容納。《說文》：「～，屋所容受也。」[皇史宬] 明清皇帝收藏歷代帝王實錄的地方。

乘（乗、椉） ㊀ chéng ❶ 登，升。《詩經・衛風・氓》：「～彼垝垣，以望復關。」（垝 guǐ：倒塌。垣：牆。復關：地名。）❷ 乘車，駕馭。《左傳・僖公四年》：「與屈完～而觀之。」（屈完：人名。）《莊子・逍遙遊》：「～雲氣，御飛龍，而遊乎四海之外。」引申為趁着。《史記・淮陰侯列傳》：「此～勝而去國遠鬥，其鋒不可當。」（去：離開。）❸ 壓，踐踏。《左傳・宣公十二年》：「車馳、卒奔，～晉軍。」引申為戰勝。《尚書・西伯戡黎》：「周人～黎。」（黎：邑名。）❹ 計算。《周禮・天官・宰夫》：「～其財用之出入。」引申為運算的一種方法，乘法。《淮南子・天文》：「以五～八，五八四十。」

㊁ shèng ❺ 兵車，包括一車四馬。《左傳・隱公元年》：「繕甲兵，具卒～。」（繕：修理，製造。具：準備。卒：步兵。）引申為馬。《呂氏春秋・權勳》：「請以垂棘之璧與屈產之～，以賂虞公。」（垂棘、屈：地名。）又引申為數詞，四。《孟子・離婁下》：「發～矢而後反。」（反：返回。）

盛 ㊀ chéng ❶ 供祭祀用的放在容器裏的黍稷。《周禮・地官・閭師》：「不耕者，祭無～。」又為盛黍稷的祭器或其他受物器皿。《左傳・桓公六年》：「奉～以告。」引申為把東西放在器具中。《詩經・召南・采蘋》：「于以～之，維筐及筥。」（筥 jǔ：圓形盛物竹器。）用於抽象意義，保藏。《呂氏春秋・君守》：「身以～心，心以～智。」

㊁ shèng ❷ 興旺，旺盛，與「衰」相對。《韓非子・解老》：「有死生，有～衰。」引申為茂盛。《呂氏春秋・季夏》：「是月也，樹木方～。」❸ 大，盛大。《左傳・襄公二十九年》：「節有度，守有序，～德之所同也。」王勃《滕王閣序》：「勝地不常，～筵難再。」❹ 美，華美。《荀子・子道》：「今女衣服既～，顏色充盈。」（女 rǔ：你。）又為讚美。屈原《九章・懷沙》：「內厚質正兮，大人所～。」

棖 chéng ❶ 門兩旁的立柱。《禮記・玉藻》：「大夫中～與闑之間。」（闑 niè：門中央豎的短柱。）❷ 觸動。《抱朴子・疾謬》：「不～人之所諱。」❸ 同

「橙」。橙子。丘𡺸《水調歌頭．為趙漕德莊壽》：「～黃橘綠，可人風物是深秋。」（𡺸 chóng：同「崇」。）

程 chéng ❶ 度量衡的總稱。《荀子．致仕》：「～者，物之準也。」（準：標準。）引申為法度，程式。《韓非子．難一》：「中～者賞，弗中～者誅。」又引申為效法。《詩經．小雅．小旻》：「匪先民是～。」（匪：非。是：代詞，複指「先民」。）又引申為限度，期限。陳琳《飲馬長城窟行》：「官作自有～。」（官作：官家的工程。）❷ 路徑，路程。李白《菩薩蠻》：「何處是歸～？」白居易《同李十一醉憶元九》：「忽憶故人天際去，計～今日到涼州。」❸ 衡量。《商君書．戰法》：「兵起而～敵，政不若者勿與戰。」《韓非子．八說》：「～能而授事。」❹ 顯示，施展。《韓非子．五蠹》：「故民～於勇，而吏不能勝也。」葉適《上西府書》：「人效其說，士～其技。」（效：獻出。）

裎 chéng 裸體。《戰國策．韓策一》：「秦人捐甲徒～以趨敵。」（捐：棄。徒：赤腳。）[裸裎] 赤身裸體。《孟子．公孫丑上》：「爾為爾，我為我，雖袒裼～～於我側，爾焉能浼我哉？」（袒裼 xī：肉袒，脫去衣服露出身體。浼 měi：玷污。）

塍 chéng 田埂。班固《西都賦》：「溝～刻鏤。」

誠 chéng ❶ 真誠。《列子．湯問》：「帝感其～。」（帝：天帝。）❷ 實在，的確。《戰國策．齊策一》：「臣～知不如徐公美。」諸葛亮《出師表》：「此～危急存亡之秋也。」引申為表假設之詞，略等於現在的「果真」。《戰國策．趙策三》：「趙～發使尊秦昭王為帝，秦必喜，罷兵去。」

酲 chéng 因醉酒而神志不清。《詩經．小雅．節南山》：「憂心如～。」《晏子春秋．諫上》：「景公飲酒，～，三日而後發。」（發：起，起身。）

徵 chéng 見 671 頁「徵」㊁。

澄（**瀓**） ㊀ chéng ❶ 水靜而清。《淮南子．說山》：「人莫鑑於沫雨，而鑑於～水者。」引申為清朗。陶潛《遊斜川序》：「天氣～和，風物閒美。」又引申為安定。《後漢書．光武帝紀贊》：「三河未～，四關重擾。」

㊁ dèng（舊讀 chéng） ❷ 使液體裏的雜質沉澱。《三國志．吳書．孫靜傳》：「頃連雨水濁，兵飲之多腹痛，令促具罌缶數百口～水。」

橙 ㊀ chéng ❶ 果樹名，也指其果實。司馬相如《上林賦》：「盧橘夏熟，黃甘～榛。」

㊁ dèng ❷ 坐具，凳子。《晉書．王獻之傳》：「乃使韋仲將懸～書之。」（韋仲將：人名。）

懲 chéng ❶ 受創而知戒。《詩經．周頌．小毖》：「予其～而毖後患。」（其：語氣詞。毖：謹慎。）屈原《離騷》：「豈余心之可～。」今成語有「懲前毖後」。❷ 懲罰。《詩經．魯頌．閟宮》：「戎狄是膺，荊舒是～。」（是：代詞，複指前置賓語。）《三國志．蜀書．諸葛亮傳》：「無惡不～。」今成語有「懲一警百」。❸ 苦於。《列子．湯問》：「～山北之塞，出入之迂也。」（迂：迂迴，繞道。）

騬 chéng 馬被閹割，也指被閹割的馬。《說文》：「～，犗馬也。」段玉裁注：「謂今之騸馬。」泛指閹割。《說文》：「犗，～牛也。」

逞 chěng ❶ 滿足。《左傳．僖公三十三年》：「使歸就戮于秦，以～寡君之志。」引申為放縱。《左傳．桓公六年》：「今民餒而君～欲。」❷ 顯示，施展。《莊子．山木》：「未足以～其能也。」曹植《求自試表》：「欲～其才力。」

騁 chěng ❶ 縱馬奔馳。《左傳．宣公十二年》：「潘黨望其塵，使～而告。」屈原《離騷》：「乘騏驥以馳～兮。」❷ 盡情施展，放任無約束。《荀子．天論》：「因物而多之，孰與～能而化之？」《呂氏春秋．下賢》：「貴為天子而不驕倨，富有天下而不～夸。」

秤 ㊀ chèng ❶ 衡量輕重的器具。《晉書．張普惠傳》：「依今官度、官～計其斤兩、廣長。」（度：計算長度的器具或單位。）❷ 古代重量單位，十五斤為一秤。《孔叢子・衡》：「斤十謂之衡，衡有半謂之～，～二謂之鈞。」（有：通「又」。）

㊁ chēng ❸ 量輕重。《淮南子・泰族》：「～薪而爨。」引申為權衡。牛僧孺《温佶神道碑》：「天將～其德而甘其家。」（甘：用如使動，使……美好。）

牚 chèng ❶ 斜柱。王延壽《魯靈光殿賦》：「枝～杈枒而斜據。」❷ 通「撐 chēng」。支撐。《後漢書・列女傳・董祀妻》：「屍骸相～拒。」

稱 chèng 見57頁「稱」㊂。

chi

吃 ㊀ chī（舊讀 jī）△ ❶ 說話不流利，結巴。《史記・老子韓非列傳》：「非為人口～，不能道說，而善著書。」比喻行動困難遲緩。孟郊《冬日》：「凍馬四蹄～，陟卓難自收。」（陟卓：登高。）

㊁ qī△ ❷ [吃吃] 笑聲。《趙飛燕外傳》：「笑～～不絕。」

蚩 chī ❶ 無知，癡愚。《後漢書・劉盆子傳》：「宗室無～者。」❷ 醜陋。後來寫作「媸」。陸機《文賦》：「妍～好惡，可得而言。」（妍 yán：美好，美麗。）❸ 欺侮。張衡《西京賦》：「鬻良雜苦，～眩邊鄙。」（鬻 yù：賣。苦 gǔ：指粗劣貨物。眩：迷惑。邊鄙：指邊遠地區的人。）❹ 通「嗤 chī」。嘲笑，譏笑。《後漢書・卓茂傳》：「鄰城聞者皆～其不能。」❺ [蚩尤] 古代傳說中的人物。《史記・五帝本紀》：「～～作亂。」傳說蚩尤與黃帝作戰時，曾興起大霧，後因以蚩尤代稱霧。杜甫《自京赴奉先縣詠懷五百字》：「～～塞寒空。」

眵 chī 眼屎。韓愈《短燈檠歌》：「兩目～昏頭雪白。」

笞 chī 用鞭子、竹板、荊條等抽打。《呂氏春秋・蕩兵》：「家無怒～，則豎子、嬰兒之有過也立見。」《史記・陳涉世家》：「尉果～廣。」（廣：吳廣。）又特指古代的五刑之一笞刑。《漢書・刑法志》：「當～者笞臀。」[笞掠] 拷打。《淮南子・時則》：「去桎梏，毋～～。」

喫 chī△ ❶ 吃。《齊民要術・養羊》：「十五日後，方～草，乃放之。」❷ 經受，承受。陸游《夏日》：「～虧堪笑賀知章。」今成語有「喫一塹長一智」。

【說明】「吃」與「喫」本是讀音和意義都不同的字。「口吃」「吃吃」不能寫作「喫」，而「喫飯」也不寫作「吃」。近代以來，「喫」的各義均可寫作「吃」。

摛 chī 舒展，鋪陳。《說文》：「～，舒也。」郭璞《爾雅序》：「學覽者之潭奧，～翰者之華苑也。」

嗤 chī 譏笑。《後漢書・樊宏傳》：「嘗欲作器物，先種梓漆，時人～之。」司馬光《訓儉示康》：「人皆～吾固陋。」今成語有「嗤之以鼻」。

媸 chī 醜陋。蘇軾《影答形》：「妍～本在君，我豈相媚悅？」

絺 chī ❶ 細葛布。《莊子・讓王》：「冬日衣皮毛，夏日衣葛～。」❷ 古地名，在今河南沁陽一帶。

瞝 chī 同「眵」。眼屎。司馬光《送李揆之序》：「然則垢面而～眦。」

鴟 chī ❶ 鷂鷹。《莊子・秋水》：「於是～得腐鼠。」❷ 貓頭鷹的一種。又名角鴟、鴟鵂等。《莊子・徐无鬼》：「～目有所適，鶴脛有所節。」（脛：小腿。節：度，分寸。）❸ [鴟夷] 1. 皮口袋。《戰國策・燕策二》：「賜之～～而浮之江。」2. 指盛酒器。司馬光《柳溪對雪》：「～～賒美酒。」❹ 盛酒器。蘇軾《和陶贈羊長史》：「不特兩～酒，肯借一車書。」

螭 chī ❶ 傳說中一種無角的龍。《呂氏春秋・舉難》：「龍食乎清而遊乎清，～食乎清而遊乎濁。」❷ [螭魅] 同「魑魅」。傳說中山林裏害人的怪物。《左傳・宣公三年》：「～～罔兩，莫能逢之。」（罔兩：同「魍魎」，傳說中山林裏的一種怪物。）

癡（痴） chī ❶ 呆傻，遲鈍。《韓非子・內儲說上》：「嬰兒、～聾、狂悖之人嘗有入此者乎？」

（此：指山澗。）杜甫《北征》：「～女頭自櫛。」❷ 癲狂。《論衡・率性》：「有～狂之疾，歌啼於路。」❸ 極度迷戀。《新唐書・竇威傳》：「獨威尚文，諸兄詆為書～。」

魑 chī ［魑魅］傳說中山林中能害人的怪物。《漢書・王莽傳中》：「投諸四裔，以禦～～。」（四裔：四方極遠的地方。）

池 chí ❶ 水塘。《詩經・小雅・無羊》：「或降于阿，或飲于～。」（阿 ē：山丘。）陶潛《桃花源記》：「有良田美～桑竹之屬。」❷ 護城河。《左傳・僖公四年》：「楚國方城以為城，漢水以為～。」（方城：山名。）《孟子・公孫丑上》：「城非不高也，～非不深也。」今成語有「金城湯池」。

【辨析】池、塘。「池」的意義是水聚之處，「池塘」是其常用義，「護城河」是其特指義。「塘」的本義是池塘等的堤防，引申為池塘，從而與「池」同義。

弛 chí ❶ 放鬆或卸下弓弦。《左傳・襄公十八年》：「乃～弓而自後縛之。」（縛：捆綁。）《韓非子・揚權》：「毋～而弓。」（而：你的。）引申為放鬆，鬆懈。《商君書・靳令》：「農～姦勝，則國必削。」《漢書・敘傳上》：「郡中益～。」❷ 減緩，減弱。《韓非子・外儲說右上》：「吾～關市之征而緩刑罰。」又《說難》：「及彌子色衰愛～，得罪於君。」（彌子：指彌子瑕。）❸ 解除，放下。《禮記・雜記》：「庶民～政。」《北齊書・孝昭帝紀》：「悉皆～仗。」（仗：指兵仗。）❹ 延緩。《呂氏春秋・開春》：「請～期更日。」（更日：改日。）❺ 毀壞。《國語・魯語上》：「文公欲～孟文子之宅。」

坻 ㊀ chí ❶ 水中小洲或高地。《詩經・秦風・蒹葭》：「遡游從之，宛在水中～。」柳宗元《愚溪詩序》：「又峻急多～石。」

㊁ zhǐ ❷ 蟻穴外的鬆土。潘岳《藉田賦》：「～場染屨。」

㊂ dǐ ❸ 山坡。張衡《西京賦》：「右有隴～之隘。」

【辨析】坻、沚、洲、渚。在「水中高地」義上，這幾個字同義。「洲」是「州」的後起區別字。《爾雅・釋水》：「水中可居曰洲，小洲曰渚，小渚曰坻。」

持 chí ❶ 拿着，握住。《莊子・秋水》：「莊子～竿不顧。」（顧：回頭看。）引申為掌握，主持。《漢書・韓延壽傳》：「大將軍霍光～政。」❷ 扶持，支撐。《論語・季氏》：「危而不～，顛而不扶。」《淮南子・主術》：「十圍之木，～千鈞之尾。」❸ 保守，保持。《呂氏春秋・慎大》：「勝非其難者也，～之其難者也。」今成語有「持之以恆」。❹ 矜持，持重。宋玉《神女賦》：「頩薄怒以自～兮。」（頩 pǐng：發怒時臉色變青的樣子。）❺ 相持，對峙。《左傳・昭公元年》：「子與子家～之。」（子家：人名。）《三國志・魏書・郭嘉傳》：「太祖與袁紹～於官渡。」

【辨析】持、秉、握、執。見31頁「秉」字條。

峙 ㊀ chí ❶ ［峙𨇤 chú］徘徊不前的樣子。張衡《四愁詩》：「路遠莫致倚～～。」字也作「跱躇」。《宋書・樂志》引古詞《豔歌羅敷行》：「五馬立～～。」

㊁ zhì ❷ 儲備。《史記・魯周公世家》：「魯人三郊三隧，～爾芻茭、糗糧、楨幹，無敢不逮。」（三隧：遠郊之地。楨幹：築牆用的木柱。）

匙 chí 舀取食物的勺。《齊民要術・笨麴并酒》：「以繩緩縛長柄匕～著橛上，緩火微炒。」

馳 chí ❶ 趕馬快跑。《詩經・唐風・山有樞》：「子有車馬，弗～弗驅。」《禮記・曲禮上》：「入國不～。」又特指驅馬進擊。《左傳・莊公十年》：「齊師敗績，公將～之。」引申為馬快跑。《莊子・秋水》：「騏驥驊騮一日而～千里。」（騏驥、驊騮 huáliú：良馬。）泛指一般的疾行。諸葛亮《誡子書》：「年與時～，意與日去，遂成枯落。」❷ 嚮往。屈原《離騷》：「神高～之邈邈。」（邈邈：深遠的樣子。）《隋書・史祥傳》：「身在邊隅，情～魏闕。」（魏闕：指朝廷。）❸ 傳播，傳揚。《韓詩外傳》卷八：「然其名聲～於後世，豈非學問之所致乎？」《華陽國志·後賢志》：「辭章燦麗，～名當世。」

【辨析】馳、驅。二字都是「趕馬」的意思。只是「馳」比「驅」詞義更重，是使勁趕馬。後來，「馳」也指馬快跑。這樣就從人的行為，轉為馬的動作了。「驅」沒有這個意思。

漦 chí 魚、龍之類的涎沫。《國語·鄭語》：「龍亡而～在，櫝而藏之。」

墀 chí ❶塗飾地面。《韓非子·十過》：「白壁堊～。」（堊è：白土。）又指經過塗飾的地面。《漢書·梅福傳》：「涉赤～之塗。」（塗：路。）❷臺階，臺階上的地面。《洛陽伽藍記·昭德里》：「玉葉金莖，散滿階～。」

踟 chí ［踟躕chú］1. 徘徊，猶豫。《詩經·邶風·靜女》：「愛而不見，搔首～～。」2. 相連的樣子。王延壽《魯靈光殿賦》：「西廂～～以閒宴。」（宴：安靜。）

篪 chí ❶一種竹製的吹奏樂器。《詩經·小雅·何人斯》：「伯氏吹壎，仲氏吹～。」❷［篪竹］竹名。《水經注·湘水》：「山多～～。」

遲 ㊀ chí ❶緩慢，與「疾」「速」相對。《呂氏春秋·博志》：「矢之速也，而不過二里，止也；步之～也，而百舍，不止也。」引申為晚，與「早」相對。《戰國策·楚策四》：「亡羊而補牢，未為～也。」（亡：丟失。牢：指羊圈。）❷遲鈍，不靈敏。《漢書·翟方進傳》：「號～頓不及事。」又為遲疑，猶豫不決。白居易《琵琶行》：「琵琶聲停欲語～。」
㊁ zhì ❸等待，期待。《荀子·修身》：「～彼止而待我，我行而就之。」謝安《與支遁書》：「終日慼慼，觸事惆悵，唯～君來。」

尺 chǐ△ ❶長度單位，十寸為一尺。《孟子·滕文公上》：「雖使五～之童適市，莫之或欺。」（適：往。）又指量長度的器具，尺子。古詩《為焦仲卿妻作》：「左手持刀～。」又比喻短小或狹小。宋玉《對楚王問》：「夫～澤之鯢，豈能與之量江海之大哉！」❷中醫診脈的部位。《素問·通評虛實論》：「經絡皆實，是寸脈急而～緩也。」

侈 chǐ ❶靡費，奢華。《左傳·莊公二十四年》：「儉，德之共也；～，惡之大也。」❷恣縱。《孟子·梁惠王上》：「苟無恆心，放辟邪～，無不為已。」❸大。《國語·周語中》：「怨在小醜，猶不可堪，而況在～卿乎？」左思《三都賦序》：「～言無驗，雖麗非經。」

奓 chǐ 見657頁「奓」㊁。

哆 chǐ ❶張嘴的樣子。《詩經·小雅·巷伯》：「～兮侈兮，成是南箕。」❷分散的樣子。《穀梁傳·僖公四年》：「於是～然外齊侯也。」

胣 chǐ 剖腹刳腸。《莊子·胠篋》：「昔者龍逢斬，比干剖，萇弘～。」

恀 chǐ 恃，依仗。《爾雅·釋言》：「～，恃也。」《荀子·非十二子》：「儉然，～然。」

恥（耻） chǐ ❶恥辱，可恥的事。《呂氏春秋·順民》：「越王苦會稽之～。」司馬遷《報任安書》：「每念斯～，汗未嘗不發背沾衣也。」（斯：此。）❷羞愧。《尚書·說命》：「其心愧～，若撻于市。」（撻：鞭打。）《孟子·盡心上》：「人不可以無～。」引申為侮辱。《國語·越語上》：「昔者夫差～吾君於諸侯之國。」

【辨析】恥、辱、羞。「羞」是羞慚、羞愧，詞義要比「恥」「辱」輕。「恥」與「辱」是同義詞，當它們活用作動詞時，有很大差別：「恥」常用作意動，意為「對……感到恥辱」；「辱」則表示受辱或侮辱。另外，「辱」的辱沒義，用作謙詞，也是「恥」所不具備的。

豉 chǐ 豆豉，一種用大豆製成的調味佐料。《齊民要術·作豉法》：「大釜煮之，申舒如飼牛豆，掐軟便止，傷熟則～爛。」

齒 chǐ ❶門牙。《左傳·僖公五年》：「脣亡～寒。」泛指牙齒。《淮南子·原道》：「～堅於舌而先之弊。」又特指象牙。《尚書·禹貢》：「～革羽毛惟木。」也指排列如齒狀的東西。《抱朴子·博喻》：「故鋸～不能咀嚼，箕舌不能別味。」❷ 歲數，年齡。《左傳·文公元年》：「子上曰：『君之～未也，而又多愛，黜乃亂也。』」柳宗元《捕蛇者說》：「退而甘食其土之有，以盡吾～。」❸ 並列，排列。《左傳·隱公十一年》：「寡人若朝於薛，不敢與諸任～。」（諸任：指任姓諸國。）❹ 錄用。《禮記·王制》：「屏之遠方，終身不～。」（屏 bǐng：屏棄，排除。）

【辨析】 齒、牙。二字同指牙齒，但「齒」本義指門牙，「牙」本義指大牙、槽牙。又「齒」的引申義較多，「牙」則沒有這些意義。

褫 chǐ ❶ 剝去（衣服）。《周易·訟》：「或錫之鞶帶，終朝三～之。」（錫：賜。鞶帶：革帶。終朝：一個早晨。）泛指脫去，去掉。謝惠連《雪賦》：「解珮而～紳。」（珮：衣帶上的佩玉。紳：衣帶。）引申為奪去。張衡《東京賦》：「罔然若酲，朝罷夕瘽，奪氣～魄之為者。」（酲 chéng：喝醉酒神志不清。罷：通「疲」，疲憊。）❷ 廢弛，喪失。《荀子·非相》：「守法數之有司，極禮而～。」（有司：主管官吏。極禮：指疲於禮。）

彳 chì△ ［彳亍 chù］小步行走。又指走走停停，徘徊。潘岳《射雉賦》：「～～中輟。」

叱 chì△ ❶ 大聲呵斥。《戰國策·燕策三》：「荊軻怒～太子。」又為呵斥聲。《莊子·大宗師》：「曰：『～，避！』」❷ 呼喊，吆喝。白居易《賣炭翁》：「回車～牛牽向北。」［叱咤］怒斥，呼喝。《史記·淮陰侯列傳》：「項王喑噁～～，千人皆廢。」（喑噁 yīnwù：懷有怒氣的樣子。）

斥 chì△ ❶ 排除，貶斥。《史記·秦始皇本紀》：「西北～逐匈奴。」韓愈《柳子厚墓誌銘》：「然子厚～不久，窮不極……」❷ 開拓。《鹽鐵論·非鞅》：「～地千里。」❸ 偵察，刺探。《淮南子·兵略》：「無刑罰之威而相為～闉要遮者，同所利也。」（闉 yīn：塞。要遮：攔截。）［斥候］偵察、候望。《史記·李將軍列傳》：「然亦遠～～，未嘗遇害。」也指偵察、候望的人。《左傳·襄公十一年》：「納～～。」❹ 指，指明。《舊唐書·后妃傳下》：「不～言太后，以宮名相稱。」❺ 鹽鹼地。《尚書·禹貢》：「海濱廣～。」《呂氏春秋·樂成》：「終古～鹵，生之稻粱。」❻ 通「尺 chǐ」。［斥鴳］小鳥。《莊子·逍遙遊》：「～～笑之曰：『彼且奚適也？』」（且：將。適：往。）

赤 chì△ ❶ 紅色。《呂氏春秋·應同》：「火氣勝，故其色尚～。」（尚：崇尚。）比喻真誠。《後漢書·光武帝紀上》：「蕭王推～心置人腹中，安得不投死乎？」（蕭王：指劉秀。投死：效死。）❷ 空無所有。《韓非子·十過》：「晉國大旱，～地三年。」又為裸露。杜甫《早秋苦熱》：「安得～腳踏層冰。」❸ 通「斥 chì」。斥候，偵察敵情的士兵。《史記·晉世家》：「伐秦，虜秦將～。」❹ 通「尺 chǐ」。《齊民要術·種穀》：「苗高一～。」［赤子］嬰兒。《孟子·滕文公上》：「～～匍匐將入井，非～～之罪也。」

【辨析】 赤、絳、朱、丹、紅。在古代，「絳」是深紅，「朱」是大紅，「赤」是紅，「丹」是丹砂的顏色，「紅」是淺紅。唐以後，「紅」指紅色，才與「赤」沒有區別。

佁 chì 見 607 頁「佁」㈡。

糦 chì 祭祀時所用的黍稷稻粱之類。《詩經·商頌·玄鳥》：「龍旂十乘，大～是承。」（是：代詞，複指前置賓語「大糦」。承：供奉。）

抶 chì△ 鞭打，打。《左傳·文公十年》：「無畏～其僕以徇。」（無畏：人名。徇：示眾。）張溥《五人墓碑記》：「眾不能堪，～而仆之。」（仆：倒下。）

翅（**翄**） chì ❶ 翅膀。《史記·淮南衡山列傳》：「匈奴折～傷翼。」用作動詞，展翅飛翔。《韓非子·喻老》：「有鳥止南方之阜，三年不～。」❷ 通「啻 chì」。只，僅。《孟子·告子下》：「取色之重者與禮之輕者而比之，奚～色重？」

【辨析】翅、羽、翼。「翅」與「翼」本義相同，都指鳥或昆蟲的翅膀，只是「翅」的意義單純。「羽」本指鳥翅上的長毛，代指鳥或昆蟲的翅膀，在這個代指義上，與「翼」「翅」相同。

C

眙 chì 直視，瞪着眼看。屈原《九章・思美人》：「思美人兮，擥涕而竚～。」

敕 chì△ ❶ 告誡，誡敕。《史記・樂書》：「至於君臣相～，維是幾安。」引申為上告下之詞，南北朝後特指皇帝的詔命。《三國志・吳書・陸遜傳》：「～軍營更築嚴圍。」白居易《賣炭翁》：「手把文書口稱～。」❷ 整飭。《漢書・息夫躬傳》：「可遣大將軍行邊兵，～武備。」

飭 chì△ ❶ 整治，整頓。《詩經・小雅・六月》：「戎車既～。」（戎車：兵車。）《淮南子・時則》：「～喪紀。」❷ 嚴正，謹慎。《呂氏春秋・季秋》：「藏帝藉之收於神倉，祗敬必～。」韓愈《興元少尹房君墓誌銘》：「謹～畏慎，年七十三，以其官終。」❸ 通「敕 chì」。命令，告誡。《史記・五帝本紀》：「信～百官，眾功皆興。」《漢書・五行志上》：「又～眾官，各慎其職。」❹ 通「飾 shì」。修飾打扮。《呂氏春秋・先己》：「鍾鼓不修，子女不～。」（修：整治。）又為巧飾。《戰國策・秦策一》：「文士並～，諸侯惑亂。」

啻 chì 僅，只。多與否定詞或疑問詞連用（如「不啻」「何啻」等），在句中起連接或比況作用。《尚書・多士》：「爾不克敬，爾不～不有爾土。」（克：能。）陸游《桐廬縣泛舟東歸》：「宦遊何～路九折。」

傺 chì [侘傺] 見 46 頁「侘」字條。

瘛 chì△ 筋脈痙攣。《素問・玉機真藏論》：「病筋脈相引而急，病名曰～。」

熾 chì ❶ 火旺。《韓非子・備內》：「而火～盛焚其下。」《抱朴子・勖學》：「火則不鑽不生，不扇不～。」引申為昌盛。《詩經・魯頌・閟宮》：「俾爾昌而～。」（俾：使。）《吳越春秋・勾踐陰謀外傳》：「越國～富。」❷ 炊，烹煮。《周禮・考工記・鍾氏》：「鍾氏染羽，以朱湛丹秫，三月而～之。」

饎 chì ❶ 酒食。《詩經・小雅・天保》：「吉蠲為～，是用孝享。」（吉：善，好。蠲 juān：清潔，乾淨。孝享：祭獻鬼神。）❷ 炊熟，烹煮。《呂氏春秋・仲冬》：「湛～必潔，水泉必香。」（湛 jiān：浸漬。）

chong

充 chōng ❶ 豐足，充足。《孟子・梁惠王下》：「而君之倉廩實府庫～。」引申為充滿，填滿。《戰國策・齊策四》：「美人～下陳。」（下陳：後列。）白居易《觀刈麥》：「拾此～飢腸。」❷ 充當。白居易《賣炭翁》：「半匹紅綃一丈綾，繫向牛頭～炭直。」（直：值，價值。）

忡 chōng 憂愁的樣子。《詩經・邶風・擊鼓》：「不我以歸，憂心有～。」（有：詞頭。）[忡忡] 憂愁的樣子。《詩經・召南・草蟲》：「未見君子，憂心～～。」

沖 chōng ❶ 快速直上。《韓非子・喻老》：「雖無飛，飛必～天。」❷ 虛，空虛。《老子》第四章：「道～，而用之久不盈。」陸機《演連珠》之一：「山盈川～。」❸ 淡泊，謙和。《後漢紀・靈帝紀》：「此子神氣～和，言合規矩。」（和：平和。）❹ 幼小。《尚書・盤庚》：「肆予～人，非廢厥謀。」

舂 chōng ❶ 用杵臼將穀物的皮殼搗去。《莊子・逍遙遊》：「適百里者，宿～糧。」❷ 衝擊，撞擊。《史記・魯周公世家》：「富父終甥～其喉以戈，殺之。」（富父終甥：人名。）

傭 ㊀ chōng ❶ 公平，均等。《詩經・小雅・節南山》：「昊天不～，降此鞠訩。」（昊 hào 天：天。鞠：極。訩：禍亂。）

㊁ yōng ❷ 受雇。《史記・陳涉世家》：「陳涉少時，嘗與人～耕。」也指受雇者，僕役。《吳越春秋・勾踐入臣外傳》：「身為～隸，妻為僕妾。」又指受雇的酬金（這個意義今讀 yòng）。韓愈《柳子厚墓誌

銘》：「其尤貧力不能者，令書其～，足相當，則使歸其質。」❸ 通「庸 yōng」。平常，平庸。《荀子・非相》：「近世則病～。」《後漢書・劉盆子傳》：「卿所謂鐵中錚錚，～中佼佼者也。」

惷 chōng 愚笨。《說文》：「～，愚也。」《淮南子・道應》：「～乎若新生之犢。」

【辨析】惷、惷、蠢。三字都是「愚笨」的意義，但本義不同。「惷」的本義是愚笨，《說文》：「惷，愚也。」「惷」的本義是亂，《說文》：「惷，亂也。」大概是因為「惷」與「惷」形近，而有了「惷」的意義。「蠢」的本義是蟲子蠕動，《說文》：「蠢，蟲動也。」「蠢」與「惷」同音，也有了「愚笨」的意義。

衝 ㊀ chōng ❶ 交通要道。《左傳・昭公元年》：「及～，擊之以戈。」《漢書・酈食其傳》：「夫陳留，天下之～，四通五達之郊也。」（陳留：地名。郊：指要道。）❷ 衝擊，碰撞。《呂氏春秋・貴卒》：「所～無不陷。」❸ 衝車，古代用來攻城的戰車。《左傳・定公八年》：「主人焚～。」

㊁ chòng ❹ 對着，向着。《山海經・海外北經》：「首～南方。」

【說明】「衝」與「冲」（「冲」是「沖」的俗字）本是兩個意義不相同的字，一般也不通用。現在「衝」簡化作「冲」。

【辨析】衝、衢。二字都指大路。《說文》：「衝，通道也。」「衢，四達謂之衢。」「衝」強調要衝，重要的路口；「衢」強調四通八達。

憧 ㊀ chōng ❶ [憧憧] 1. 往來不斷的樣子。《周易・咸》：「～～往來。」2. 心神不定的樣子。《鹽鐵論・刺復》：「心～～若涉大川。」又指物體搖擺不定的樣子。《論衡・恢國》：「光武起，過舊廬，見氣～～上屬於天。」（屬 zhǔ：連接。）

㊁ zhuàng ❷ 愚昧。《史記・三王世家》：「奉義遵職，愚～而不逮事。」

橦 chōng 見 73 頁「橦」㊁。

艟 chōng [艨艟] 見 343 頁「艨」字條。

幢 chōng 古代用以攻城的戰車。《說文》：「～，陷陳車也。」《舊五代史・唐書・莊宗紀》：「梯～並進，軍士畢登。」

㦷 chōng [㦷㦷] 憂愁的樣子。屈原《九歌・雲中君》：「極勞心兮～～。」

重 chóng 見 685 頁「重」㊁。

崇（密） chóng ❶ 山高大。司馬相如《上林賦》：「～山矗矗。」（矗矗：高聳挺立。）王勃《滕王閣序》：「訪風景於～阿。」（阿 ē：山。）今成語有「崇山峻嶺」。泛指一般的高大。《詩經・周頌・良耜》：「其～如墉，其比如櫛。」（墉：城牆。比：密。櫛 zhì：密齒的梳具。）❷ 尊崇，推崇。《國語・周語上》：「先王既有天下，又～立上帝、明神而敬事之。」又指受尊崇的人。《左傳・宣公十二年》：「師叔，楚之～也。」❸ 積聚。《左傳・隱公六年》：「如農夫之務去草焉，芟夷蘊～之。」（芟 shān 夷：剷平。蘊：積。）❹ 充滿。《儀禮・鄉飲酒禮》：「北面再拜，～酒。」柳宗元《送薛存義序》：「柳子載肉於俎，～酒於觴。」❺ 終，盡。《詩經・衛風・河廣》：「誰謂宋遠，曾不～朝。」（宋：國名。曾：竟。）

蟲 chóng 昆蟲，蟲子。《詩經・大雅・桑柔》：「如彼飛～。」《荀子・勸學》：「肉腐出～。」泛指動物。《莊子・逍遙遊》：「之二～又何知？」（之：此。二蟲：指蜩與學鳩。）《呂氏春秋・孟春》：「其～鱗。」（鱗：指魚龍之類的有鱗動物。）

【說明】「蟲」和「虫」是兩個音義都不同的字，現在「蟲」簡化作「虫」。

寵 chǒng ❶ 尊貴，尊崇。《左傳・隱公元年》：「蔓草猶不可除，況君之～弟乎？」《漢書・藝文志》：「隨時抑揚，違離道本，苟以嘩眾取～。」❷ 榮耀。《國語・楚語上》：「撫征南海，訓及諸夏，其～大矣。」❸ 寵愛。《左傳・

昭公二年》：「少姜有～於晉侯。」（少姜：晉侯的妃子。）❹ 驕縱。張衡《東京賦》：「好殫物以窮～，忽下叛而生憂也。」（殫：用盡。）

C

銃 chòng 古代一種用火藥發射彈丸的管形火器。《北征後錄》：「寇下山來迎戰，火～四發。」

衝 chòng 見 65 頁「衝」㊁。

chou

抽 chōu ❶ 拔出，引出。《左傳・昭公二十一年》：「～矢，城射之。」（城：公子城，人名。）引申為植物長出芽、葉等。束皙《補亡詩》：「木以秋零，草以春～。」（零：落。）孔平仲《風雨有秋色率然成小詩》：「蓼花～穗出牆端。」❷ 除去。《詩經・小雅・楚茨》：「楚楚者茨，言～其棘。」（楚楚：茂盛的樣子。茨 cí：蒺藜。言：動詞詞頭。棘：有刺的灌木。）《後漢書・方術傳下・華佗》：「因刳破腹背，～割積聚。」❸ 提拔。《後漢書・范滂傳》：「顯薦異節，～拔幽陋。」《南史・顏延之傳》：「延之昔坐事屏斥，復蒙～進。」（坐事：因某事而獲罪。）❹ 毀壞，崩裂。《左傳・昭公六年》：「不～屋。」《晉書・暨帝紀》：「肝心～裂。」

怞 ㊀ chōu ❶ 同「妯」。不平靜。《說文》「怞」字引《詩》：「憂心且～。」今《小雅・鼓鍾》作「妯」。
㊁ yóu ❷［怞怞］憂愁的樣子。王褒《九懷・危俊》：「永余思兮～～。」

妯 ㊀ chōu ❶ 不平靜。《詩經・小雅・鼓鍾》：「淮有三洲，憂心且～。」
㊁ zhóu△ ❷［妯娌］兄、弟的妻子的合稱。《北史・崔逞傳》：「欲令姊妹為～～。」

紬 chōu 見 66 頁「紬」㊁。

搊 chōu ❶ 撥弄弦樂器。《大唐新語八・文章》：「善～琵琶。」❷ 束緊。陸龜蒙《新夏東郊閒泛有懷》：「佩笭箵後帶頻～。」

篘 chōu 濾酒的竹器。皮日休《奉和魯望新夏東郊閒泛》：「黃篾樓中掛酒～。」又泛指酒。白居易《潯陽秋懷，贈許明府》：「試問陶家酒，新～得幾多。」

瘳 chōu ❶ 病癒。《詩經・鄭風・風雨》：「既見君子，云胡不～？」（君子：指丈夫。云：句首語氣詞。胡：何。）《呂氏春秋・孝行》：「樂正子春下堂而傷足，～而數月不出。」（樂正子春：人名。）引申為治，治癒。《莊子・列御寇》：「國其有～乎？」❷ 益，好處。《國語・晉語二》：「於己也何～？」

犨 chōu 突出。《呂氏春秋・召類》：「南家之牆～於前而不直。」

仇 chóu 見 416 頁「仇」㊁。

惆 chóu 失意。《荀子・禮論》：「其於志意之情者～然不嗛。」（嗛 qiè：滿意。）［惆悵］因失意而傷感。宋玉《九辯》：「～～兮而私自憐。」陶潛《歸去來兮辭》：「奚～～而獨悲？」（奚：何。）

紬 ㊀ chóu ❶ 粗綢。《鹽鐵論・散不足》：「繭～縑練者，婚姻之嘉飾也。」
㊁ chōu ❷ 抽引，理出頭緒。宋玉《高唐賦》：「～大弦而雅聲流。」《文心雕龍・史傳》：「～三正以班曆，貫四時以聯事。」（三正 zhēng：指夏商周三代曆法。班：頒佈。）❸ 綴集。《史記・太史公自序》：「遷為太史令，～史記石室金匱之書。」（遷：指司馬遷。）

酬（酧、詶、醻） chóu ❶ 主人再次向客人敬酒，勸酒。《儀禮・鄉飲酒禮》：「主人實觶～賓。」（觶 zhì：古飲酒器。）❷ 酬報，報答。《左傳・昭公二十七年》：「為惠已甚，吾無以～之。」❸ 應對，對答。《後漢書・第五倫傳》：「帝問以政事，倫因此～對政道。」嵇康《與山巨源絕交書》：「而人間多事，堆案盈機，不相～答。」❹ 償還，償付。《後漢書・西羌傳論》：「故得不～失，功不半勞。」白居易《買花》：「貴賤無常價，～值看花數。」❺ 實現。李頻《春日思歸》：「壯志未～三尺劍。」

稠 chóu ❶密。《說苑・敬慎》：「吾嘗見～林之無木。」《齊民要術・大豆》：「美田欲稀，薄田欲～。」引申為多。《漢書・灌夫傳》：「～人廣眾，薦寵下輩。」❷濃。《齊民要術・作酢法》：「粥～即酢剋，稀則味薄。」（剋：指減少。）❸通「調 tiáo」。和調。《莊子・天下》：「可謂～適而上遂矣。」（上遂：上達，指上達玄道。）

愁 chóu ❶憂愁，憂慮。《左傳・成公六年》：「其惡易覯，易覯則民～。」（覯 gòu：遇，結。）杜甫《聞官軍收河南河北》：「卻看妻子～何在。」❷慘淡的景象。班婕妤《擣素賦》：「對～雲之浮沉。」岑參《白雪歌送武判官歸京》：「～雲慘淡萬里凝。」

裯 chóu 單被。《詩經・召南・小星》：「抱衾與～。」（衾 qīn：被子。）泛指被子。楊萬里《霜夜無睡聞畫角孤雁》之一：「擁～起坐何人伴？」

綢 ㊀ chóu ❶纏繞，纏縛。屈原《九歌・湘君》：「薜荔柏兮蕙～。」（薜荔、蕙：香草名。柏 bó：飾四壁。）[綢繆 móu] 1. 纏繞。《詩經・唐風・綢繆》：「～～束薪，三星在天。」今成語有「未雨綢繆」。2. 情意懇切。李陵《與蘇武詩》之二：「獨有盈觴酒，與子結～～。」❷通「稠 chóu」。密。《詩經・小雅・都人士》：「～直如髮。」（髮：頭髮。）謝朓《侍宴華光殿曲水奉敕為皇太子作》：「高殿弘敞，禁林～密。」❸一種絲織品。《周書・武帝紀》：「唯聽衣～、綿～、絲布、圓綾、紗、絹、綃、葛、布等九種。」㊁ tāo ❹裝弓箭及旗杆的套子。《史記・司馬相如列傳》：「攬攙搶以為旌兮，靡屈虹而為～。」（攙搶 chēng：彗星名。）

儔 chóu ❶輩，同類。《潛夫論・忠貴》：「此等之～，雖見貴於時君。」韓愈《劉生詩》：「自少軒輊非常～。」（軒輊 xuānzhì：軒昂，氣度不凡。）引申為伴侶。杜甫《歸燕》：「不獨避霜雪，其如～侶稀。」❷匹敵，相比。《史記・陳涉世家》：「適戍之眾，非～於九國之師也。」（適 zhé 戍：同「謫戍」，被罰守邊。）杜甫《陪王侍御同登東山最高頂》：「姚公美政誰與～？」

幬 ㊀ chóu ❶牀帳。《淮南子・道應》：「偷則夜解齊將軍之～帳而獻之。」（偷：市偷，楚將子發養的技道之士。）❷車帷。《史記・禮書》：「大路之素～也。」（路：車。）
㊁ dào ❸覆蓋。《左傳・襄公二十九年》：「如天之無不～也，如地之無不載也。」❹蒙在車轂上的皮革。《周禮・考工記・輪人》：「進而視之，欲其～之廉也。」（廉：有棱角。）

儵 chóu 小白魚。《淮南子・覽冥》：「不得其道若觀～魚。」

疇 chóu ❶已耕作的田地。《呂氏春秋・慎大》：「農不去～，商不變肆。」（肆：市上的店鋪。）陶潛《歸去來兮辭》：「農人告余以春及，將有事於西～。」（及：至。事：指農事。）❷同類。《戰國策・齊策三》：「夫物各有～。」《荀子・勸學》：「草木～生，禽獸羣焉。」（羣：羣居。）❸[疇昔] 昨天。《左傳・宣公二年》：「～～之羊，子為政；今日之事，我為政。」又為從前。李白《贈從弟南平太守之遙》：「一朝謝病遊江海，～～相知幾人在？」❹通「酬 chóu」。酬報，酬謝。《漢書・張敞傳》：「皆～其庸，延及子孫。」（庸：功勞。）

籌 chóu ❶古代投壺所用的竹矢。《禮記・投壺》：「～，室中五扶，堂上七扶，庭中九扶。」（扶：指併四指的長度。）❷古代計數用的竹籤。《老子》第二十七章：「善數不用～策。」《儀禮・鄉射禮》：「箭～八十。」（箭：箭竹桿。）❸算計，謀劃。《淮南子・脩務》：「～策得失，以觀禍福。」《漢書・高帝紀》：「夫運～帷幄之中，決勝千里之外，吾不如子房。」（子房：張良的字。）今成語有「一籌莫展」。

躊 chóu [躊躇] 1. 猶豫，徘徊。宋玉《九辯》：「蹇淹留而～～。」（蹇：語氣詞。淹留：停留。）白居易《長恨歌》：「到此～～不能去。」（去：離開。）2. 從容自得的樣子。《莊子・養生主》：「提刀而立，為之四顧，為之～～滿志。」（為之：為此。）

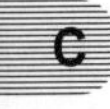

讎（讐） chóu ❶應對，應答。《詩經・大雅・抑》：「無言不～。」《新唐書・王世充傳》：「不能～其語。」引申為應驗，符合。《左傳・僖公五年》：「無喪而戚，憂必～焉。」（戚：憂。）《史記・魏其武安侯列傳》：「於是上使御史簿責魏其，所言灌夫頗不～。」（簿責：根據簿籍上記載的加以追究。）❷售，賣出。《墨子・經下》：「賈宜則～。」（賈 jià：價錢。）《史記・高祖本紀》：「高祖每酤留飲，酒～數倍。」❸校對，校勘。左思《魏都賦》：「～校篆籀。」（籀 zhòu：籀文。）《新唐書・王珪傳》：「～定羣書。」❹同「仇」。仇敵，仇人。《左傳・襄公三年》：「稱解狐，其～也。」（稱：舉薦。解狐：人名。）又為仇恨。《左傳・僖公十四年》：「近猶～之，況怨敵乎？」

【辨析】讎、仇。二字在「仇敵、仇恨」的意義上是同義的，常常連用。不過古代讀音不同，「讎」的聲母是禪母，「仇」是羣母。今音在這個意義上相同了。除「仇敵、仇恨」的意義，「讎」的其他意義都不能寫作「仇」，而「仇」的「匹偶」義也不能寫作「讎」。

丑 chǒu 地支的第二位。與天干相配，用來紀日、紀年。《左傳・隱公元年》：「五月辛～，大叔出奔共。」（大叔：共叔段。共 gōng：國名。）又為十二時辰之一，相當於凌晨一時至三時。

杻 chǒu 見 368 頁「杻」㊁。

醜 chǒu ❶相貌難看。《史記・滑稽列傳》：「呼河伯婦來，視其好～。」（河伯：河神。好：美。）❷醜惡，不好。《荀子・不苟》：「君子能亦好不能亦好，小人能亦～不能亦～。」引申為羞恥，恥辱。司馬遷《報任安書》：「行莫～於辱先。」又引申為厭惡。《左傳・昭公二十八年》：「惡直～正，實蕃有徒。」（惡 wù：厭惡。蕃：盛，多。徒：徒眾。）❸類，種類。《國語・楚語下》：「官有十～。」《齊民要術・竹》：「竹之～有四。」又引申為類似。《孟子・公孫丑下》：「今天下地～德齊，莫能相尚。」（地：指諸侯國的土地。尚：上，超過。）

【說明】古代「醜」與「丑」是兩個字，意義都不同，不能混用。現在「醜」簡化作「丑」。

【辨析】醜、惡。二字都有「相貌難看、醜陋」的意思，但也有些區別。先秦時代主要用「惡」，漢代以後用「醜」的多了。

臭 chòu 見 573 頁「臭」㊁。

殠 chòu 腐朽的氣味。《說文》：「～，腐氣也。」《漢書・楊王孫傳》：「其穿，下不露泉，上不泄～。」

【說明】「殠」與「臭」在「腐朽氣味」義上同義。其實，「殠」是「臭」的「腐朽氣味」義的後起區別字。

chu

出 chū△ ❶從內到外，與「入」相對。《論語・雍也》：「誰能～不由戶？」（戶：門。）引申為支出。《禮記・王制》：「量入以為～。」又引申為發出。《荀子・解蔽》：「～令而無所受令。」❷出產，產生。《荀子・富國》：「田瘠以穢則～實不半。」（穢：荒蕪。實：果實。）《莊子・徐无鬼》：「愛利～乎仁義。」（乎：於。）❸超出，超過。《左傳・文公十四年》：「不～七月，宋、齊、晉之君皆將死亂。」韓愈《師說》：「古之聖人，其～人也遠矣。」❹逐出，遺棄。《孟子・離婁下》：「～妻屏子。」（屏：放逐。）

初 chū ❶開始。《周易・既濟》：「～吉終亂。」《韓非子・解老》：「～盛而後衰者，不可謂常。」❷當初。《左傳・隱公元年》：「～，鄭武公娶於申。」❸才，剛剛。《史記・漢興以來諸侯王年表》：「天下～定，骨肉同姓少。」

樗 chū 樹名，即臭椿。《詩經・豳風・七月》：「采荼薪～，食我農夫。」（荼 tú：苦菜。薪樗：以樗為柴。）

貙 chū 獸名。大如狗，皮紋像狸。《爾雅・釋獸》：「～似狸。」《史記・五帝本紀》：「教熊羆貔貅～虎，以與炎帝戰於阪泉之野。」

芻 chú ❶割草。《孟子・梁惠王下》：「文王之囿方七十里，～蕘者往焉。」（蕘：打柴。）又為割草的人。《詩經・大雅・板》：「先民有言，詢于～蕘。」❷餵牲口的草。《詩經・小雅・白駒》：「生～一束，其人如玉。」又為吃草的牲畜。《孟子・告子上》：「故理義之悅我心，猶～豢之悅我口。」（芻豢：泛指家畜。）

涂 chú 見510頁「涂」㊁。

除 chú ❶臺階。《史記・魏公子列傳》：「趙王掃～自迎，執主人之禮。」杜甫《送孔巢父病歸》：「清夜置酒臨前～。」❷去掉，除去。《左傳・隱公元年》：「蔓草猶不可～，況君之寵弟乎？」韓愈《左遷至藍關示姪孫湘》：「欲為聖明～弊事。」❸修治。《左傳・昭公十三年》：「將為子～館於西河。」❹任命。《史記・魏其武安侯列傳》：「君～吏已盡未？吾亦欲～吏。」李密《陳情表》：「尋蒙國恩，～臣洗馬。」（尋：不久。洗馬：官名。）❺數學的計算方法之一，除法。

【辨析】除、陛、階。見21頁「陛」字條。

蜍 chú ［蜍蟾］即蟾蜍。傳說月中有蟾蜍，因而借指月亮。賈島《夜坐》：「～～已沒夜應深。」

鉏 ㊀chú ❶同「鋤」。除草農具。《漢書・循吏傳・龔遂》：「諸持～鉤田器者，皆為良民。」（鉤：鐮刀。）又為用鋤鋤地。屈原《卜居》：「寧誅～草茅以力耕乎？」❷誅滅，除掉。《史記・齊悼惠王世家》：「非其種者，～而去之。」

㊁jǔ ❸［鉏鋙］同「齟齬」。不相符合。宋玉《九辯》：「圜鑿而方枘兮，吾固知其～～而難入。」（圜：同「圓」。枘：榫。）

滁 chú 古州名，在今安徽境內。歐陽修《醉翁亭記》：「環～皆山也。」

蒢 chú ［蘧蒢］見419頁「蘧」字條。

鋤 chú ❶鋤頭。《呂氏春秋・簡選》：「～耰白梃，可以勝人之長銚利兵。」（耰 yōu：一種農具。白梃 tǐng：未加工的木棍。銚 tiáo：長矛。）陶潛《歸園田居》之三：「帶月荷～歸。」（荷：扛。）又為用鋤頭鬆土、除草。李紳《憫農》：「～禾日當午。」❷剷除，誅滅。曹冏《六代論》：「至令趙高之徒，誅～宗室。」

廚(厨) chú ❶廚房。《孟子・梁惠王上》：「是以君子遠庖～也。」（庖 páo：廚房。）也指廚師。《呂氏春秋・知分》：「鹿生於山，而命懸於～。」❷櫃櫥。《南齊書・文學傳》：「在～簏，可檢寫之，以存大意。」（簏 lù：竹箱。）也指形狀像櫃櫥一樣的東西。李清照《醉花陰》：「玉枕紗～，半夜涼初透。」

篨 chú ［籧 qú 篨］見419頁「籧」字條。

雛 chú 小雞。《呂氏春秋・仲夏》：「是月也，天子以～嘗黍。」泛指幼小的動物。《禮記・內則》：「不食～鱉。」白居易《晚燕》：「百鳥乳～畢。」比喻幼兒。杜甫《彭衙行》：「眾～爛漫睡。」（爛漫：睡得很香的樣子。）

躇 ㊀chú ❶踏。《列子・天瑞》：「若～步跐蹈，終日在地上行止，奈何憂其壞？」（若：你。步、跐 cǐ、蹈：都是「踏」的意思。）

㊁chuò△ ❷越階，不按階次。《公羊傳・宣公六年》：「趙盾知之，～階而走。」

鶵 chú ［鵷鶵］見642頁「鵷」字條。

躕 chú ［踟躕］見62頁「踟」字條。

杵 chǔ ❶舂米、捶衣、築土用的木棒。《孟子・盡心下》：「以至仁伐至不仁，而何其血之流～也？」張籍《築城詞》：「築城處，千人萬人齊把～。」也指杵形的兵器。《宋史・呼延贊傳》：「作破陣刀，降魔～。」❷搗，砸。《新書・春秋》：「春築者不相～。」

處 ㊀chǔ ❶停留，止歇。《孫子・軍爭》：「是故卷甲而趨，日夜不～。」

C

《墨子・貴義》：「一人耕而九人～，則耕者不可以不益急矣。」引申為留下。《禮記・射義》：「蓋去者半，～者半。」❷ 居住。《周易・繫辭下》：「上古穴居而野～。」特指居家不仕或女子居家未嫁。《孟子・萬章下》：「可以～而～，可以仕而仕，孔子也。」《莊子・逍遙遊》：「綽約若～子。」（綽約：姿態柔美的樣子。處子：處女。）引申為置身。范仲淹《岳陽樓記》：「～江湖之遠則憂其君。」❸ 佔，佔據。《商君書・徠民》：「地方百里者，山陵～什一，藪澤～什一。」（什一：十分之一。藪澤：湖澤。）❹ 相處，交往。《莊子・德充符》：「久與賢人～則無過。」❺ 行，安排。《左傳・文公十八年》：「德以～事。」《三國志・蜀書・諸葛亮傳》：「將軍量力而～之。」又引申為懲罰。《晉書・食貨志》：「雖～以嚴刑而不能禁也。」

㊁ chù ❻ 處所，地方。司馬遷《報任安書》：「何～不勉焉？」王維《觀獵》：「回看射雕～，千里暮雲平。」又為時候，時刻。柳永《雨霖鈴》：「留戀～，蘭舟催發。」（蘭舟：用木蘭木造的船，對船的美稱。）

楮 chǔ ❶ 樹名。《山海經・西山經》：「西南二百里曰鳥危之山，其陽多磬石，其陰多檀～。」❷ 紙。《史通・暗惑》：「猖狂生態，正復躍見～墨間。」❸ 紙幣。《宋史・常楙傳》：「值水災，捐萬～以振之。」（振：救濟。）

楚 chǔ ❶ 一種落葉灌木，即牡荊。《詩經・王風・揚之水》：「揚之水，不流束～。」《呂氏春秋・應同》：「師之所處，必生棘～。」（師：軍隊。）❷ 責罰人用的荊條。《儀禮・鄉射禮》：「～扑長如笴。」（扑：戒尺。笴 gě：箭桿。）《漢書・韓延壽傳》：「民無箠～之憂。」（箠 chuí：竹杖。）引申為用杖打。《後漢書・史弼傳》：「命左右引出，～捶數百。」❸ 痛苦。《史記・孝文本紀》：「何其～痛而不德也。」陸機《於承明作與士龍》：「慷慨含辛～。」❹ 排列整齊。《詩經・小雅・賓之初筵》：「籩豆有～。」（籩 biān、豆：古代祭祀或宴會時盛食物的器具。）❺ 華美。沈約《少年新婚為之詠》：「衣服亦華～。」❻ 周代諸侯國名，戰國時為七雄之一。《左傳・僖公四年》：「蔡潰，遂伐～。」

【辨析】楚、荊。二字都指一種叢生的灌木，異名同實。故楚國亦稱作「荊」。

儲 chǔ ❶ 積蓄，儲備。《韓非子・十過》：「倉無積粟，府無～錢。」又為積蓄、儲備之物。杜甫《諸將》之三：「天下軍～不自供。」❷ 副，輔佐。《後漢紀・順帝紀》：「太子，國之～副。」❸ 等待。張衡《東京賦》：「并夾既設，～乎廣庭。」（并夾：古代習射時從箭靶上取箭的工具。）

礎 chǔ 柱腳石。《淮南子・說林》：「山雲蒸，柱～潤。」

【辨析】礎、磌。《說文新附》：「礎，磌也。」「磌，柱下石。」二字異名而同實。

亍 chù△ 小步行走。左思《魏都賦》：「澤馬～阜。」

怵 chù△ ❶ 恐懼，害怕。《莊子・應帝王》：「勞形～心。」陸機《文賦》：「～他人之我先。」［怵惕］惶恐畏懼。《尚書・冏命》：「～～惟厲，中夜以興。」（厲：禍害。）今成語有「怵目驚心」。引申為警惕。《莊子・養生主》：「～然為戒。」❷ 通「訹 xù」。引誘，誘惑。《淮南子・原道》：「炎炎赫赫，～然若有所誘慕。」《漢書・食貨志下》：「善人～而為姦邪。」

俶 ㊀ chù△ ❶ 起始，開初。《尚書・胤征》：「～擾天紀。」❷ 作，整治。《詩經・大雅・崧高》：「有～其城。」《後漢書・張衡傳》：「簡元辰而～裝。」

㊁ tì ❸［俶儻］同「倜儻」。卓異，不同凡俗。司馬遷《報任安書》：「唯～～非常之人稱焉。」

畜 ㊀ chù△ ❶ 家畜。《呂氏春秋・愛士》：「夫殺人以活～，不亦不仁乎？」

㊁ xù△ ❷ 畜養，飼養。《左傳・宣公四年》：「是乃狼也，其可～乎？」引申為養育，養活。只用於上對下。《孟子・梁惠王上》：「今也制民之產，仰不足以事

父母，俯不足以～妻子。」❸ 喜愛。《呂氏春秋・適威》：「民，善之則～也，不善則讎也。」(善：善待。) ❹ 積聚，儲存。後來寫作「蓄」。《淮南子・時則》：「聚～百藥。」又為積蓄，財物。《穀梁傳・莊公二十八年》：「國無三年之～。」

【辨析】1. 畜、蓄。在「積聚、積蓄」的意義上，二者是同義詞，所以雙音詞「畜積」又作「蓄積」。2. 畜、養。它們雖然都有「養」的意義，但使用的場合有很大不同：「養」多用於養人或尊親，「畜」多用於養動物。「養」用於動植物，是漢以後的事；「畜」雖可用於養人，但只限於上養下、尊養卑。

處 chù　見69頁「處」㊁。

皨 chù△　同「觸」。用角頂。《淮南子・齊俗》：「獸窮則～。」

絀 chù△　❶ 不足。《呂氏春秋・執一》：「故凡能全國完身者，其唯知長短贏～之化邪？」今成語有「相形見絀」。又用作動詞，減損，削減。《荀子・仲尼》：「主損～之，則恐懼而不怨。」《呂氏春秋・驕恣》：「是長吾過～吾善也。」❷ 廢退，排斥。《左傳・莊公八年》：「有寵於僖公，衣服禮秩如適，襄公～之。」(禮秩：禮儀待遇。適 dí：嫡子，太子。)《史記・李斯列傳》：「丞相謬其說，～其辭。」又特指免官，降職。《史記・五帝本紀》：「三歲一考功，三考～陟。」(陟 zhì：指升官。)

搐 chù△　抽搐，抽動。《漢書・賈誼傳》：「一二指～，身慮亡聊。」(亡：無。聊：依賴。)

鄐 chù△　春秋時晉國地名，在今河南温縣一帶。《左傳・昭公十四年》：「晉邢侯與雍子爭～田。」

滀 chù△　❶ 水停聚。《鹽鐵論・授時》：「通～水，出輕繫，使民務時也。」(輕繫：指罪輕的囚犯。) ❷ 鬱結。《莊子・達生》：「夫忿～之氣，散而不反，則為不足。」

諔 chù△　[諔詭] 奇異。《莊子・天下》：「其辭雖參差，而～～可觀。」

黜 chù△　❶ 貶斥，廢除。《左傳・文公十八年》：「莒紀公生大子僕，又生季佗，愛季佗而～僕。」(大子：太子。)《國語・周語中》：「十八年，王～狄后。」引申為消除。《三國志・魏書・武帝紀》：「克～其難。」(克：能。) ❷ 減損。《左傳・襄公十年》：「子駟與尉止有爭，將禦諸侯之師而～其車。」(子駟、尉止：鄭國大夫。)

臅 chù△　人名用字，戰國時有齊人顏臅。

觸 chù△　❶ 用角頂撞。《墨子・明鬼下》：「羊起而～之。」《淮南子・兵略》：「有角者～。」引申為撞。《韓非子・五蠹》：「兔走～株，折頸而死。」(走：跑。) 又引申為接觸。《莊子・養生主》：「手之所～。」❷ 犯，觸犯。《荀子・正論》：「以為治邪，則人固莫～罪。」(治：治理得好。邪：語氣詞。)《漢書・元帝紀》：「去禮義，～刑法，豈不哀哉！」

矗 chù△　❶ 平直。鮑照《蕪城賦》：「崪若斷岸，～似長雲。」(崪 zù：高峻。) ❷ [矗矗] 高峻的樣子。《漢書・司馬相如傳》：「於是乎崇山～～。」

chuai

揣 ㊀ chuǎi　❶ 量度。《左傳・昭公三十二年》：「計大數，～高卑，度厚薄。」引申為估量。《韓非子・八說》：「盡思慮，～得失，智者之所難也。」[揣度] 忖度，估量。《淮南子・人間》：「凡人之舉事，莫不先以其知規慮～～，而後敢以定謀。」(知：智慧。) ❷ 試探。《三國志・蜀書・魏延傳》：「儀令禕往～延意指。」(儀：楊儀。禕 yī：費禕。延：魏延。)

㊁ zhuī　❸ 捶擊。《老子》第九章：「～而銳之，不可長保。」

嘬 chuài　❶ 叮咬。《韓非子・說林下》：「於是乃相與聚～其母而食之。」❷ 吞食。《禮記・曲禮上》：「毋～炙。」

chuan

川 chuān ❶ 河流。《論語・子罕》：「子在～上曰：『逝者如斯夫，不舍晝夜。』」❷ 平川，平的陸地。古謠辭《敕勒歌》：「敕勒～，陰山下，天似穹廬，籠蓋四野。」

穿 chuān ❶ 鑿洞。《論語・陽貨》：「其猶～窬之盜也與？」又為挖掘。《呂氏春秋・察傳》：「及其家～井。」❷ 穿過孔洞。庾信《對燭賦》：「月下～針覺最難。」引申為通過。杜甫《聞官軍收河南河北》：「即從巴峽～巫峽。」❸ 孔，洞。《周禮・考工記・陶人》：「（甑）厚半寸，脣寸，七～。」《宋書・劉秀之傳》：「廳事柱有一～。」（廳事：官吏理事聽訟之處，廳堂。）❹ 穿（衣服）。韓愈《酬盧雲夫望秋作》：「自知短淺無所補，從事久此～朝衫。」

【辨析】穿、貫。二字都有「貫穿，即穿過某物」的意思。依《說文》，「貫」是名詞，指穿錢的繩子；「毌」是動詞，指貫穿。古籍中動詞也都寫作「貫」。「穿」本為「穿鑿、挖掘」的意思，挖透了就是貫通了。所以引申有「貫穿」的意義。表示「貫穿」義，漢以前用「貫」，魏晉以後多用「穿」。「貫」「穿」連文則有「貫通」的意義。

舡 chuán（又讀 xiāng） 船。《商君書・弱民》：「背法而治，此任重道遠而無馬牛，濟大川而無～楫也。」

船 chuán 船。《莊子・漁父》：「乃刺～而去。」（刺船：撐船。）

【辨析】船、舟。二字意義相同，區別在於：戰國中期以前，主要用「舟」，「舟」是東方六國用語；「船」是關西的方言詞，戰國末期以後進入通語，到漢代逐漸有取代「舟」的趨勢，後代一般用「船」，「舟」則只出現在固定詞語中。

椽 chuán 椽子，放在檁上的木條。《國語・晉語八》：「趙文子為室，斫其～而礱之。」（礱 lóng：磨物。）《漢書・藝文志》：「茅屋采～，是以貴儉。」（采：樹名，即櫟。）又用作量詞，指房屋的間數。陸游《夜雨》之二：「寒雨連三夕，幽居只數～。」

遄 chuán 速，急速。《詩經・小雅・巧言》：「君子如怒，亂庶～沮。」（庶：庶幾。沮：止。）

傳 chuán 見 694 頁「傳」㊁。

篅 chuán 貯存糧食的竹製圓囤。《淮南子・精神》：「與守其～笮，有其井，一實也。」

舛 chuǎn 相違背，錯亂。劉向《九歎・惜賢》：「情～錯以曼憂。」賈誼《治安策》：「本末～逆。」引申為困厄，不順利。王勃《滕王閣序》：「時運不濟，命途多～。」

荈 chuǎn 晚採的茶，泛指茶。《三國志・吳書・韋曜傳》：「或密賜茶～以當酒。」

喘 chuǎn 急促地呼吸。《素問・藏氣法時論》：「肺病者～咳逆氣。」李白《丁都護歌》：「吳牛～月時，拖船一何苦。」

【辨析】喘、息。二字都指呼吸。區別在於：一般舒緩的呼吸叫「息」，急促的呼吸叫「喘」。段玉裁說：「人之氣急曰喘，舒曰息。」

惴 chuǎn 見 696 頁「惴」㊁。

踳 chuǎn（舊讀 chǔn） 不順，相背。《文心雕龍・諸子》：「其純粹者入矩，～駁者出規。」（駁：雜亂。）

釧 chuàn 手鐲。《南史・王玄象傳》：「女臂有玉～。」

chuang

創（刅、刱） ㊀ chuāng ❶ 創傷，傷口。《呂氏春秋・孟秋》：「命理瞻傷察～。」（理：法官。）《史記・魏其武安侯列傳》：「夫～少瘳。」（夫：人名。少：稍。瘳 chōu：痊癒。）又為傷害。《漢書・薛宣傳》：「要遮～戮近臣於大道人眾中。」（要 yāo 遮：攔截。）

❷ 瘡癤。這個意義後來寫作「瘡」。《禮記・曲禮上》：「頭有～則沐。」

㊁ chuàng ❸ 始造，開創。《周禮・考工記・總目》：「知者～物，巧者述之。」（知：智。）《孟子・梁惠王下》：「君子～業垂統。」❹ 懲治，懲戒。《尚書・益稷》：「予～若時。」（創：指懲治堯的兒子丹朱。）

窗（窓、窻、牕、牎、牕）chuāng 天窗。《說文》：「在牆曰牖，在屋曰～。」（牖 yǒu：窗戶。屋：房頂。）《論衡・別通》：「鑿～啟牖，以助戶明也。」也泛指窗戶。《木蘭辭》：「當～理雲鬢。」

【辨析】窗、牖。「窗」是天窗，開於房頂者。「牖」是窗戶，開於牆壁者。「窗」泛指窗戶，則與「牖」同義。

摐 chuāng ❶ 撞擊。司馬相如《子虛賦》：「～金鼓，吹鳴籟。」❷ 高聳。《太玄・逃》：「喬木維～，飛鳥過之或降。」❸ [摐摐] 紛然錯雜的樣子。陸龜蒙《憶襲美洞庭觀步奉和次韻》：「聞君遊靜境，雅具更～～。」

瘡 chuāng ❶ 瘡癤，潰瘍。《後漢書・濟北惠王壽傳》：「體生～腫。」❷ 傷，外傷。《戰國策・楚策四》：「飛徐者，故～痛也。」比喻疾苦。杜甫《壯遊》：「下憫萬人～。」

牀（床）chuáng ❶ 供人坐臥的器具。《詩經・豳風・七月》：「十月蟋蟀入我～下。」《呂氏春秋・至忠》：「文摯至，不解屨登～。」（文摯：人名。屨：鞋。）❷ 安放器物的支架。徐陵《〈玉臺新詠〉序》：「翡翠筆～，無時離手。」又特指井上圍欄。《宋書・樂志四》：「後園鑿井銀作～。」

幢 ㊀ chuáng ❶ 一種用作儀仗的旗幟。《韓非子・大體》：「雄駿不創壽於旗～。」（雄駿：指勇士。創壽：喪命。）❷ 佛教的經幢，指寫有經文的綢傘或刻有經文的石柱。《異聞實錄》卷一：「開元中，明皇與楊妃建此寺，立經～。」❸ [幢幢] 晃動的樣子。元稹《聞樂天授江州司馬》：「殘燈無焰影～～。」今成語有「人影幢幢」。

㊁ zhuàng ❹ 車船上的帷幕、簾子。《南史・褚彥回傳》：「王儉議官品第一皆加～絡。」

橦 ㊀ chuáng ❶ 木杆，木柱。張衡《西京賦》：「烏獲扛鼎，都盧尋～。」（烏獲：古代力士。都盧：指都盧國人，以善攀高聞名。）木華《海賦》：「決帆摧～。」

㊁ chōng ❷ 刺，擊。《戰國策・秦策一》：「寬則兩軍相攻，迫則杖戟相～。」❸ 通「艟 chōng」。衝鋒陷陣的戰車。《宋書・索虜傳》：「虜以～攻城。」

愴 chuǎng 見 73 頁「愴」㊁。

崍 chuǎng 山相連接。杜甫《封西嶽賦》：「羣山為之相～，萬穴為之倒流。」

創（刱、剏）chuàng 見 72 頁「創（刱、剏）」㊁。

愴 ㊀ chuàng ❶ 悲傷。曹操《讓縣自明本志令》：「孤每讀此二人書，未嘗不～然流涕也。」（孤：曹操自稱。二人：指樂毅、蒙恬。）陳子昂《登幽州臺歌》：「獨～然而涕下。」[愴悢] 悲傷。班彪《北征賦》：「遊子悲其故鄉兮，心～～以傷懷。」

㊁ chuǎng ❷ [愴怳] 失意的樣子。宋玉《九辯》：「～～懭悢兮，去故而就新。」（懭悢 kuǎnglǎng：失意的樣子。）

chui

吹 chuī ❶ 撮口出氣，吹氣。《韓非子・大體》：「不～毛而求小疵。」引申為吹奏。《韓非子・內儲說上》：「南郭處士請為王～竽。」又引申為吹拂。《詩經・鄭風・蘀兮》：「風其～女。」《敕勒歌》：「風～草低見牛羊。」❷ 吹奏技能。《呂氏春秋・仲秋》：「命樂正入學習～。」又指器樂。杜牧《題揚州禪智寺》：「歌～是揚州。」

炊 chuī ❶ 燒火做飯。《韓非子・十過》：「城中巢居而處，懸釜而～。」

❷ [炊累] 形容塵埃飄動。《莊子・在宥》：「從容無為，而萬物～～焉。」

歈 chuī 同「吹」。吹奏。《周禮・春官・籥師》：「籥師掌教國子舞羽～籥。」

垂 chuí ❶ 邊境。後來寫作「陲」。《荀子・臣道》：「邊境之臣處，則疆～不喪。」曹植《白馬篇》：「少小去鄉邑，揚聲沙漠～。」引申為邊。《莊子・逍遙遊》：「其翼若～天之雲。」❷ 下垂，垂掛。《鹽鐵論・訟賢》：「騏驥之輓鹽車，～頭於太行之坂。」陶潛《桃花源記》：「黃髮～髫，並怡然自樂。」❸ 留傳下去。《孟子・梁惠王下》：「君子創業～統，為可繼也。」今成語有「永垂不朽」。❹ 敬詞，表示尊長者的行為動作。《後漢書・列女傳・袁隗妻》：「慈親～愛，不敢逆命。」❺ 將近。《後漢書・何進傳》：「今董卓～至。」杜甫《垂老別》：「～老不得安。」今成語有「功敗垂成」。

倕 chuí 人名，相傳為堯時的巧匠。《呂氏春秋・重己》：「～，至巧也。」

捶 chuí ❶ 用棍棒、鞭子等打。《荀子・富國》：「威權足以～笞之。」引申為棍棒、鞭子。《莊子・天下》：「一尺之～，日取其半，萬世不竭。」❷ 鍛打，錘煉。《莊子・知北遊》：「大馬之～鉤者，年八十矣，而不失豪芒。」（大馬：大司馬。）又用於比喻義，指錘煉文句。《文心雕龍・風骨》：「～字堅而難移。」❸ 搗。《禮記・內則》：「欲乾肉，則～而食之。」

椎 ㊀ chuí ❶ 捶擊的用具。《墨子・備城門》：「城上九尺一弩、一戟、一～、一斧、一艾。」（艾：鐮刀。）《史記・留侯世家》：「為鐵～重百二十斤。」引申為用椎擊。《戰國策・齊策六》：「君王后引椎～破之。」（君王后：人名。）《史記・魏公子列傳》：「朱亥袖四十斤鐵椎，～殺晉鄙。」（袖：藏於袖中。）❷ 樸實，魯鈍。《史記・絳侯周勃世家》：「勃不好文學，每招諸生說士，東鄉坐而責之：『趣為我語。』其～少文如此。」（東鄉：面向東。趣：通「促」，趕快。）蘇軾《六國論》：「其力耕以奉上，皆～魯無能為者。」

㊁ zhuī ❸ 脊椎骨。《素問・刺熱篇》：「三～下間主胸中熱。」

陲 chuí 邊疆。《左傳・成公十三年》：「虔劉我邊～。」（虔劉：殺戮。）又為邊緣。王維《從軍行》：「日暮沙漠～，戰聲煙塵裏。」韓愈《寄崔二十六立之》：「安有巢中鷇，插翅飛天～。」（鷇 kòu：待哺食的雛鳥。）

搥 chuí 見 116 頁「搥」㊁。

棰 chuí ❶ 同「捶」。用杖擊。《荀子・儒效》：「笞～暴國，齊一天下。」（笞 chī：用竹板抽打。齊一：統一。）❷ 棍棒。《論衡・訂鬼》：「病者困劇身體痛，則謂鬼持～杖毆擊之。」又指馬鞭。《韓非子・姦劫弒臣》：「無～策之威，銜橛之備，雖造父不能以服馬。」（策：馬鞭。銜橛：指馬籠頭。）

槌 chuí 見 697 頁「槌」㊁。

箠 chuí 馬鞭。《淮南子・原道》：「～策繁用者，非致遠之術也。」又指棍杖。司馬遷《報任安書》：「其次關木索，被～楚受辱。」（關：貫，指帶上。木：指枷。楚：荊條。）又用作動詞，用杖打。《後漢書・酷吏列傳・董宣》：「帝大怒，召宣，欲～殺之。」（帝：指漢光武帝。）

錘 chuí ❶ 古代重量單位。說法不一。一說八銖（一兩的二十四分之一為一銖）為一錘，一說十二兩為一錘。《淮南子・說山》：「有千金之璧，而無錙～之礛諸。」（錙 zī：古代重量單位，六銖為錙。礛 jiān 諸：攻玉之石。）❷ 有一定重量的下垂的物體。《方言》卷六：「錘，重也。」《淮南子・道應》：「然劉氏奪之，若轉閉～。」引申為秤砣。《廣雅・釋器》：「～謂之權。」❸ 錘子。《論衡・辯祟》：「不動钁～，不更居處。」（钁 jué：钁頭。更：改換。）又為用錘鍛打、敲擊。于謙《石灰吟》：「千～萬擊出深山。」

【辨析】 錘、權、銓、稱。見 422 頁「權」字條。

魋 chuí ❶ 椎形的髮結。《史記・西南夷列傳》：「此皆～結，耕田，有邑聚。」❷ 突出，高大。《史記・范雎蔡澤列傳》：「先生曷鼻、巨肩、～顏。」

chun

芚 chūn 見 514 頁「芚」㊁。

杶 chūn 香椿樹。《尚書・禹貢》：「惟金三品，～、榦、栝、柏。」

春 chūn ❶ 春季。《左傳・莊公十年》：「十年～，齊師伐我。」又泛指一年。曹植《雜詩》：「自期三年歸，今已歷九～。」❷ 情慾。《詩經・召南・野有死麕》：「有女懷～。」王融《詠琵琶》：「花裏見～情。」❸ 唐人稱酒為春。李白《哭宣城善釀紀叟》：「紀叟黃泉裏，還應釀老～。」

椿 chūn ❶ 傳說中的樹名。《莊子・逍遙遊》：「上古有大～者，以八千歲為春，八千歲為秋。」後以椿指長壽。錢起《柏崖老人命予賦詩》：「～年喜漸長。」又代指父親。牟融《送徐浩》：「堂上～萱雪滿頭。」（椿萱 xuān：指父母。）❷ 香椿樹。《後漢書・馬融傳》：「～梧栝柏。」（栝 kuò：樹名，即檜。）

楯 chūn 見 474 頁「楯」㊂。

肫 ㊀ chún ❶ 古代祭祀用牲後體的一部分。《儀禮・特牲饋食禮》：「尸俎，右肩臂臑～胳。」❷ 整體，全體。《儀禮・士昏禮》：「～髀不升。」
㊁ tún ❸ 同「豚 tún」。小豬。《晉書・阮籍傳》：「及將葬，食一蒸～，飲二斗酒，然後臨訣。」

純 ㊀ chún ❶ 純絲。《儀禮・士冠禮》：「服纁裳、～衣。」（纁 xūn：淺紅色。）泛指純一不雜。《左傳・閔公二年》：「服其身，則衣之～。」曹操《上雜物疏》：「貴人公主有～銀香爐四枚。」❷ 純正，美善。《左傳・隱公元年》：「潁考叔，～孝也。」《漢書・孔光傳》：「德行～淑，道術通明。」
㊁ zhǔn ❸ 衣服鞋帽鑲的邊。《儀禮・既夕禮》：「有前後裳……緇～。」泛指事物的邊緣。《公羊傳・定公八年》：「龜青～。」
㊂ tún ❹ 包裹，捆束。《詩經・召南・野有死麕》：「野有死鹿，白茅～束。」（麕 jūn：獐子。）又用作量詞。捆，束。《戰國策・秦策一》：「錦繡千～。」

【辨析】純、粹。二者本義不同：「純」指純絲，「粹」指精米。但它們的泛指義「不雜」及引申義「精純」又是相同的，於是就變為同義詞了。

脣（唇） chún ❶ 嘴脣。《左傳・僖公五年》：「～亡齒寒。」❷ 物體的邊緣。杜甫《麗人行》：「頭上何所有，翠微㔩葉垂鬢～。」

淳（湻） ㊀ chún ❶ 質樸，敦厚。《墨子・所染》：「其友皆好仁義，～謹畏令。」《淮南子・齊俗》：「澆天下之～，析天下之樸。」❷ 味道濃厚。《論衡・自然》：「～酒味甘，飲之者醉不相知。」❸ 精純，純淨。《夢溪筆談・雜志一》：「顏似～漆，然之如麻，但煙甚濃。」（顏：色。然：燃。）
㊁ zhūn ❹ 澆灌。《周禮・考工記・鍾氏》：「～而漬之。」（漬 zì：浸泡。）

蒓（蓴） chún 一種多年生水草，嫩葉可吃。《齊民要術・羹臛》：「四月～生，莖而未葉。」

漘 chún 水邊。《詩經・王風・葛藟》：「綿綿葛藟，在河之～。」

醇（醕） chún ❶ 酒質純，味厚。《史記・魏公子列傳》：「飲～酒。」引申為純粹。《漢書・賈山傳》：「不能為～儒。」❷ 同「淳」。淳厚，淳樸。《淮南子・氾論》：「古者人～工龐。」（工龐：器物堅固。）《漢書・景帝紀》：「黎民～厚。」（黎民：百姓。）

錞 ㊀ chún ❶ 錞于，古代樂器。常與鼓配合，戰爭中指揮軍隊進退。《周禮・地官・鼓人》：「以金～和鼓。」（和：應和。）《淮南子・兵略》：「兩軍相當，鼓～相望。」❷ 依附。《山海經・中山經》：「上多蒼玉，～于玄石。」（玄石：

黑石。)

㊁ duì ❸ 矛戟柄下端的平底金屬箍，也叫鐓。《詩經・秦風・小戎》：「厹矛鋈～。」(厹 qiú 矛：有三棱鋒刃的矛。鋈 wù：用白銅鍍物。)《淮南子・說林》：「～之與刃，孰先弊也？」(弊：壞。)

【辨析】 錞、鐏。二字都指矛戟柄下端的金屬箍。區別在於：錞是平底，鐏是尖底的。文獻中對言有別，散言則通。

鶉 ㊀ chún ❶ 鵪鶉。《詩經・魏風・伐檀》：「不狩不獵，胡瞻爾庭有縣～兮？」(縣 xuán：懸掛。) ❷ 星次名。十二次中有鶉首、鶉火、鶉尾，此三次包括南方朱雀七宿井、鬼、柳、星、張、翼、軫。《國語・周語下》：「昔武王伐殷，歲在～火，月在天駟。」(天駟：星名。)

㊁ tuán ❸ 同「鷻」。鵰類猛禽。《詩經・小雅・四月》：「匪～匪鳶，翰飛戾天。」(鳶 yuān：鷂鷹。翰：高飛。戾：至，到。)

惷 chǔn ❶ 動亂。《說文》「惷」字引《春秋傳》曰：「王室日～～焉。」❷ 愚笨。《戰國策・魏策一》：「寡人～愚，前計失之。」

【辨析】 惷、惷、蠢。見65頁「惷」字條。

蠢 chǔn ❶ 蟲類蠕動。《說文》：「～，蟲動也。」傅玄《陽春賦》：「幽蟄～動。」(幽：藏。蟄 zhé：指冬眠的動物。) 又泛指動，動擾。《尚書・大誥》：「有大艱于西土，西土人亦不靜，越茲～。」(越：於。茲：此。) ❷ 愚昧，笨拙。《論衡・自然》：「時人愚～。」《聊齋志異・促織》：「小蟲伏不動，～若木雞。」

【辨析】 蠢、惷、惷。見65頁「惷」字條。

chuo

逴 chuō△ 遠。《史記・衛將軍驃騎列傳》：「取食於敵，～行殊遠而糧不絕。」引申為超越。梅堯臣《時魚》：「四月時魚～浪花。」

踔 chuō△ ❶ 跳，踏。《史記・司馬相如列傳》：「捷垂條，～稀間。」韓愈《陸渾山火和皇甫湜用其韻》：「天跳地～顛乾坤。」引申為超越。《後漢書・蔡邕傳》：「～宇宙而遺俗兮。」❷ 遠。《史記・貨殖列傳》：「地～遠，人民希。」(希：稀，少。)

擉 chuō△ 戳，刺。《莊子・則陽》：「冬則～鱉於江。」

汋 chuò 見699頁「汋」㊁。

娖 chuò△ ❶ 整頓，整齊。《資治通鑑・唐德宗貞元元年》：「東城～隊矣。」❷ [娖娖] 謹慎的樣子。《史記・申屠嘉列傳》：「～～廉謹。」

啜 chuò△ ❶ 吃。《禮記・檀弓下》：「子曰：『～菽飲水，盡其歡，斯之謂孝。』」引申為飲。《史記・魏世家》：「欲～汁者眾。」杜甫《重過何氏》：「春風～茗時。」❷ 哭泣時抽噎的樣子。《詩經・王風・中谷有蓷》：「有女仳離，～其泣矣。」(仳 pǐ 離：離別。) 江淹《齊太祖高皇帝誄》：「睇千乘之共～，盼萬騎之相泫。」(睇 dì：斜着眼看。)

惙 chuò△ ❶ [惙惙] 憂愁。《詩經・召南・草蟲》：「未見君子，憂心～～。」《淮南子・原道》：「其為悲不～～。」❷ 疲乏。王獻之《阿姑帖》：「獻之遂不堪暑，氣力恆～。」❸ 通「輟 chuò」。停止。《莊子・秋水》：「孔子遊於匡，宋人圍之數帀，而弦歌不～。」(匡：春秋時衛國地名。)

綽 chuò△ ❶ 寬，寬緩。《詩經・衛風・淇奧》：「寬兮～兮，倚重較兮。」(重較 jué：卿士所乘車名。) [綽綽] 寬裕的樣子。《詩經・小雅・角弓》：「此令兄弟，～～有裕。」今成語有「綽綽有餘」。❷ 姿態柔美。曹植《洛神賦》：「柔情～態，媚於語言。」[綽約] 姿態柔美的樣子。《莊子・逍遙遊》：「肌膚若冰雪，～～若處子。」

輟 chuò△ 中止，停止。《論語・微子》：「耰而不～。」(耰 yōu：播種後用土覆蓋種子。)《史記・陳涉世家》：「～耕之壟上。」(之：往。壟：田埂。) 引申為捨棄。韓愈《祭十二郎文》：「雖萬乘之公相，吾不以一日～汝而就也。」（萬乘 shèng：代指大國。）

餟 chuò　見697頁「餟」㊁。

躇 chuò　見69頁「躇」㊁。

歠 chuò△　飲，喝。屈原《漁父》：「眾人皆醉，何不餔其糟而～其釃。」（餔：吃。釃 lí：薄酒。）又用作名詞，指飲用之物。《戰國策・燕策一》：「即酒酣樂，進熱～。」

齪 chuò△　❶［齪齪］拘謹，謹小慎微的樣子。《史記・貨殖列傳》：「俗好儒，備於禮，故其民～～。」❷ 整齊，整治。《宋史・禮志二十四》：「重鼓三，馬軍下馬，步人～落旗槍，皆應規矩。」

ci

呰（啙） cī　見703頁「呰（啙）」㊁。

玼 cī　見78頁「玼」㊁。

柴 cī　見46頁「柴」㊂。

差 cī　見45頁「差」㊂。

疵 cī　❶ 病，小病。《素問・本病論》：「民病温疫，～發風生。」（温疫：瘟疫。風：病名。）引申為缺點，過失。《荀子・賦篇》：「明達純粹而無～也。」《漢書・平帝紀》：「不以小～妨大材。」❷ 詆謗，挑毛病。《韓非子・八姦》：「稱譽者所善，毀～者所惡。」

骴（髊） cī　肉未爛盡的死人骨。《周禮・秋官・蜡氏》：「蜡氏掌除～。」

祠 cí　❶ 祭名。春祭。《詩經・小雅・天保》：「禴～烝嘗，于公先王。」（禴 yuè：夏祭。烝：冬祭。嘗：秋祭。）《公羊傳・桓公八年》：「春曰～。」泛指祭祀，祈禱。《呂氏春秋・盡數》：「今世上卜筮禱～，故疾病愈來。」（上：同「尚」。）❷ 祭神的廟堂。《呂氏春秋・懷寵》：「問其叢社、大～民之所不欲廢者，而復興之。」（叢社：草木繁茂的祭祀土神的地方。）《史記・陳涉世家》：「又間令吳廣之次所旁叢～中。」（間：暗中。之：往。次所：駐地。）

茨 cí　❶ 用茅草、蘆葦覆蓋屋頂。《莊子・讓王》：「環堵之室，～以生草。」又為用茅草、蘆葦蓋的屋頂。《韓非子・五蠹》：「堯之王天下也，茅～不翦。」（翦：剪斷。）❷ 堆積，填。《淮南子・泰族》：「掘其所流而深之，～其所決而高之。」❸ 蒺藜。《詩經・鄘風・牆有茨》：「牆有～，不可埽也。」（埽：掃除。）

茲（兹） cí　見701頁「茲（兹）」㊁。

瓷 cí　初指精緻的白陶，後專稱用高嶺土燒製成的器物為瓷器。鄒陽《酒賦》：「醪醴既成，綠～既啟。」

詞 cí　❶ 言詞，詞句。屈原《九章・抽思》：「結微情以陳～兮。」《文心雕龍・鎔裁》：「剪裁浮～謂之裁。」又為詞章，文辭。蕭統《文選序》：「～人才子，則名溢於縹囊。」（縹囊：青白色的帛做的書套。）又特指虛詞。王引之有《經傳釋詞》，楊樹達有《詞詮》，都是講虛詞的。❷ 文體的一種，又叫「長短句」。晏殊《浣溪沙》：「一曲新～酒一杯。」

【辨析】 詞、辭。在「言詞、文辭」的意義上，「詞」和「辭」是同義詞。先秦時一般只說「辭」，不說「詞」；漢代以後逐漸以「詞」代「辭」。

粢 cí　見701頁「粢」㊁。

慈 cí　❶ 上愛下，父母愛子女。《國語・吳語》：「老其老，～其幼。」《呂氏春秋・舉難》：「人傷堯以不～之名。」（傷：詆毀。）特稱母親。王安石《寄虔州江陰二妹》：「慰我堂上～。」泛指一般的慈愛。《韓非子・五蠹》：「故罰薄不為～。」又指對父母的孝敬。《莊子・漁父》：「事親則～孝。」❷［慈石］吸鐵石。《呂氏春秋・精通》：「～～召鐵，或引之也。」《淮南子・說山》：「～～能引鐵。」

雌 cí ❶母的，與「雄」相對。《詩經・小雅・正月》：「誰知烏之～雄。」《木蘭詩》：「～兔眼迷離。」❷柔弱。《老子》第二十八章：「知其雄，守其～。」（雄：雄壯。）《淮南子・原道》：「是故聖人守清道而抱～節。」

甆 cí 同「瓷」。《容齋隨筆・浮梁陶器》：「自來作知縣不買～器者一人，君是也。」

磁（礠） cí ❶［磁石］吸鐵石。《山海經・北山經》：「～～吸鐵。」❷同「瓷」。瓷器。《徐霞客遊記・滇遊日記八》：「臼側有白～一。」

辤 cí 推辭，不接受。《說文》：「～，不受也。」蘇軾《述古以詩見責復次前韻》：「肯對紅裙～白酒。」

【辨析】辤、辭、謝。見78頁「辭」字條。

薋 cí （草）多，積聚。屈原《離騷》：「～菉葹以盈室兮。」（菉、葹：草名。）

薺 ㈠ cí ❶蒺藜。《說文》：「～，蒺藜。」孟浩然《秋登蘭山寄張五》：「天邊樹若～，江畔舟如月。」

㈡ jì ❷薺菜，一種草本植物，嫩葉可吃。《詩經・邶風・谷風》：「誰謂荼苦，其甘如～。」（荼 tú：苦菜。）

辭 cí ❶訟辭，口供。《尚書・呂刑》：「兩造具備，師聽五～。」（兩造：訴訟的雙方。師：斷案的官。）《漢書・趙廣漢傳》：「有詔即訊，～服。」（訊：審問。）❷言詞，話。《左傳・隱公三年》：「其將何～以對？」《呂氏春秋・察傳》：「～多類非而是，多類是而非。」（類：似。）❸推辭，不接受。《戰國策・齊策四》：「孟嘗君固～不往也。」（固：堅決。）❹告別，離開。《戰國策・趙策三》：「遂～平原君而去，終身不復見。」❺文體的一種。曹丕《典論・論文》：「王粲長於～賦。」（賦：文體的一種。）陶潛有《歸去來兮辭》。

【辨析】1. 辭、詞。見77頁「詞」字條。2. 辭、辤、謝。三字都有「推辭、不接受」的意義。區別在於：「辤」一般只用於這個意義，而且文獻中用例很少；「辭」「謝」除此義外，還有其他意義，那些意義都不相同；在這個意義上，「謝」比「辭」的語氣略顯委婉些。

鶿 cí ［鸕鶿］見324頁「鸕」字條。

此 cǐ 這，這個，與「彼」相對。《詩經・小雅・黃鳥》：「～邦之人，不我肯穀。」（穀：善，好。）《孟子・公孫丑下》：「彼一時，～一時也。」

佌 cǐ ［佌佌］小的樣子。《詩經・小雅・正月》：「～～彼有屋。」

泚 cǐ ❶水清澈。謝朓《始出尚書省》：「寒流自清～。」❷鮮明的樣子。《詩經・邶風・新臺》：「新臺有～，河水瀰瀰。」（有：詞頭。瀰瀰 mímí：水盛滿的樣子。）❸冒汗的樣子。《孟子・滕文公上》：「其顙有～。」（顙 sǎng：額頭。有：詞頭。）❹漬，蘸。《新唐書・岑文本傳》：「或策令叢遽，敕吏六七人～筆待，分口占授。」（泚筆：用筆蘸墨。）

玼 ㈠ cǐ ❶鮮明的樣子。《詩經・鄘風・君子偕老》：「～兮～兮，其之翟也。」（翟 dí：指上面繪有野雞花紋的衣服。）

㈡ cī ❷玉上的斑點。《鹽鐵論・晁錯》：「夫以璵璠之～而棄其璞。」（璵璠 yúfán：美玉。璞：未雕琢的玉。）比喻缺點，毛病。《後漢書・宦者傳・呂強》：「不欲明鏡之見～，則不當照也。」（見 xiàn：顯現。）

跐 cǐ 踏。《莊子・秋水》：「且彼方將～黃泉而登大皇。」（大 tài 皇：天。）

次 cì ❶次序，位次。《左傳・桓公十三年》：「楚屈瑕伐羅……及鄢，亂～以濟。」（屈瑕：人名。鄢：水名。濟：渡河。）引申為依次，按次序排列。《呂氏春秋・季冬》：「乃命太史～諸侯之列。」❷次序在後的或差一等的。《孫子・謀攻》：「凡用兵之法，全國為上，破國～

之。」❸ 臨時駐紮，停留。《左傳・僖公四年》：「師退，～于召陵。」《尚書・泰誓》：「王～于河朔。」❹ 處所。《莊子・田子方》：「喜怒哀樂，不入於胸～。」❺ 至，到。《史記・酷吏列傳》：「外寬，內深～骨。」❻ 量詞。動作的次數。張籍《祭退之》：「三～論諍退，其志亦剛強。」

刺 cì ❶ 用尖銳的東西直戳。《韓非子・安危》：「聞古扁鵲之治其病也，以刀～骨。」《呂氏春秋・簡選》：「今有利劍於此，以～則不中，以擊則不及。」引申為物之尖端。《淮南子・氾論》：「槽矛無擊，修戟無～。」（擊：鐵刃。）《漢書・霍光傳》：「若有芒～在背。」❷ 撐（船）。《呂氏春秋・異寶》：「見一丈人，～小船。」《淮南子・原道》：「短袂攘卷，以便～舟。」（袂 mèi：衣袖。攘 rǎng：挽起。）❸ 諷刺，指責。《詩經・魏風・葛屨》：「維是褊心，是以為～。」（褊 biǎn：狹小。）《戰國策・齊策一》：「羣臣吏民，能面～寡人之過者，受上賞。」❹ 刺探。《漢書・燕刺王旦傳》：「陰～候朝廷事。」《晉書・宣帝紀》：「魏武使人夜往密～之。」又為採取。《史記・封禪書》：「而使博士諸生～六經中作《王制》。」❺ 名片。《後漢書・文苑傳下・禰衡》：「始達潁川，乃陰懷一～。」（陰：暗中。）

佽 cì ❶ 幫助。《詩經・唐風・杕杜》：「人無兄弟，胡不～焉。」❷ 通「次 cì」。順序。《詩經・小雅・車攻》：「決拾既～，弓矢既調。」（決：射箭時鈎弦的扳指。拾：射箭時套在左臂上的護袖。）

賜 cì ❶ 賜予，上給下。《左傳・隱公元年》：「公～之食。」《史記・項羽本紀》：「～之彘肩。」（彘 zhì 肩：豬腿。）引申為給予的財物或恩惠。《左傳・昭公三十二年》：「大夫皆受其～。」❷ 用於敬詞。司馬遷《報任安書》：「曩者辱～書。」

【辨析】 賜、賞。二者本義有很大差別：「賞」是賞賜有功者，「賜」是給予，這從「使民以功賞而不以仁義賜」（《韓非子・姦劫弒臣》）中可以看出它們的不同。儘管「賜」多用於上給下，但仍與「賞」的賜有功有區別。「賞」的引申義「贈給、給予」是漢以後出現的。另外，「賜」往往帶有雙賓語，而「賞」一般不能。

cong

匆 cōng 急忙，匆忙。杜甫《雨不絕》：「眼邊江舸何～促。」

忽（悤） cōng ❶ 急遽，匆忙。《史記・龜策列傳》：「陰陽相錯，～～疾疾。」杜甫《新婚別》：「暮婚晨告別，無乃太～忙！」❷ 同「聰」。聰明。《漢書・郊祀志下》：「陛下聖德，～明上通。」

葱 cōng ❶ 蔬菜名。《禮記・內則》：「膾，春用～，秋用芥。」（膾：細切的魚、肉。）《齊民要術・種葱》：「七月，可種大小～。」❷ ［葱葱］草木青翠茂盛的樣子，也用來形容氣象旺盛。《論衡・吉驗》：「城郭鬱鬱～～。」

璁 cōng 似玉的美石。《說文》：「～，石之似玉者。」喬吉《小桃紅・指鐲》：「暖香消瘦，～褪玉愁枝。」

瑽 cōng ［瑽瑢］佩玉碰擊聲。陳師道《觀兗文忠公家六一堂圖書》：「緬懷弁服士，酬獻鳴～～。」

樅 cōng ❶ 樹名。《爾雅・釋木》：「～，松葉柏身。」張衡《西京賦》：「木則～栝椶楠。」❷ 懸鐘磬的木架上所刻的鋸齒狀物。《詩經・大雅・靈臺》：「虡業維～。」（虡 jù：懸掛鐘磬的木架。業：樂器架上裝飾用的大版。）

聰 cōng ❶ 聽清楚，聽明白。《荀子・勸學》：「耳不能兩聽而～。」❷ 聽，聽覺。《周易・夬》：「聞言不信，～不明也。」《詩經・王風・兔爰》：「我生之後，逢此百凶，尚寐無～。」又為聽覺靈敏。《孟子・離婁上》：「師曠之～，不以六律，不能正五音。」今成語有「耳聰目明」。❸ 聰明。《詩經・周頌・敬之》：「維予小子，不～敬止。」《世說新語・言語》：「梁國楊氏子九歲，甚～惠。」

C

鏦 cōng 小矛。又為用矛刺。《史記・吳王濞列傳》：「吳王出勞軍，即使人～殺吳王。」

驄 cōng 青白雜毛的馬。古詩《為焦仲卿妻作》：「金車玉作輪，躑躅青～馬。」（躑躅 zhízhú：踏步不前。）

從 ㊀ cóng ❶ 跟隨，跟從。《論語・微子》：「子路～而後。」《左傳・莊公十年》：「戰則請～。」引申為追趕，追逐。《左傳・成公二年》：「故中御而～齊侯。」（中御：站在車中央駕車。）又引申為走近，趨向。《呂氏春秋・恃君》：「筋骨不足以～利辟害。」（辟：躲避。）❷ 聽從，順從。《左傳・僖公五年》：「大伯不～，是以不嗣。」（大 tài 伯：人名。不從：指不從父命。嗣 sì：指繼承王位。）❸ 參與，從事。《論語・微子》：「已而已而，今之～政者殆而。」（殆：危險。而：語氣詞。）❹ 介詞。引出處所。《左傳・宣公二年》：「～臺上彈人，而觀其辟丸也。」❺ 同宗中次於至親的親屬。《史記・魏其武安侯列傳》：「魏其侯竇嬰者，孝文后～兄子也。」❻ 副。《魏書・官氏志》：「前世職次皆無～品，魏氏始置之。」❼［從容］不慌不忙的樣子。《莊子・秋水》：「儵魚出遊～～，是魚之樂也。」今成語有「從容不迫」。

㊁ zòng ❽ 南北向叫從。後來寫作「縱」。《詩經・齊風・南山》：「蓺麻如之何，衡～其畝。」（蓺：種植。衡：東西向為衡。畝：田壟。）又特指戰國時六國聯合抗秦的策略。《戰國策・秦策一》：「約～散橫，以抑強秦。」（橫：秦國與六國分別結盟叫橫。）❾ 放縱。後來寫作「縱」。《晏子春秋・雜下》：「無客而飲，謂之～酒。」

悰 cóng 歡樂。謝朓《遊東田》：「戚戚苦無～，攜手共行樂。」（戚戚：憂愁的樣子。）

淙 cóng ❶ 流水聲。《說文》：「～，水聲也。」吳錫麒《遊泰山記》：「諦聽微～，陟草披苔。」❷ 瀑布。沈約《守山東》：「萬仞倒危石，百丈注懸～。」

琮 cóng 玉器名。《墨子・明鬼下》：「珪璧～璜，稱財為度。」（璜：玉器名。）

潨 cóng ❶ 小水流入大水。也指水流匯合處。《詩經・大雅・鳧鷖》：「鳧鷖在～。」❷ 急流。李白《送王屋山人魏萬還王屋》：「龍潭下奔～。」

賨 cóng 古代居於四川、湖南一帶的部族巴人對賦稅的稱呼，後即用以指稱該部族。《晉書・李特載記》：「巴人呼賦為～，因謂之～人焉。」

叢 cóng ❶ 聚集。淮南小山《招隱士》：「桂樹～生兮山之幽。」又為叢生的草木。《孟子・離婁上》：「為～驅爵者，鸇也。」（爵：通「雀」。鸇 zhān：猛禽名。）❷ 眾多，繁雜。《漢書・酷吏傳贊》：「張湯死後，罔密事～。」（罔：網。）

cou

揍 còu ❶ 同「腠 còu」。腠理。《淮南子・兵略》：「動必順時，解必中～。」❷ 通「湊 còu」。聚集。朱熹《奏救荒事宜畫一狀》：「更乞～作二百萬貫。」

湊（凑） còu ❶ 匯合，聚集。《淮南子・主術》：「而四海之雲～。」王建《照鏡》：「萬愁生旅夜，百病～衰年。」❷ 趨，奔向。《公羊傳・昭公三十一年》：「賊至，～公寢而弒之。」《戰國策・燕策一》：「士爭～燕。」❸ 同「腠 còu」。肌肉的紋理。《鹽鐵論・大論》：「扁鵲攻於～理，絕邪氣。」

腠 còu 皮下肌肉之間的空隙。《韓非子・喻老》：「君有疾在～理，不治將恐深。」

蔟 còu 見 81 頁「蔟」㊁。

輳 còu 車輪的輻條集中於車轂上。《周髀算經》：「如輻～轂。」（轂 gǔ：車輪中心的圓木。）比喻人或物聚集一處。《淮南子・主術》：「是故羣臣輻～並進。」

cu

怚 cū 見 266 頁「怚」㊁。

粗（觕、麤） cū ❶糙米，粗糧。《左傳・哀公十三年》：「粱則無矣，～則有之。」（粱：指好的米粟。）《莊子・人間世》：「吾食也執～而不臧。」（臧 zāng：好，好的。）引申為粗糙不精細。《呂氏春秋・貴生》：「顏闔守閭，～布之衣而自飯牛。」（顏闔：人名。飯：餵。）❷粗略，大略。張衡《東京賦》：「故～為賓言其梗概如此。」《顏氏家訓・勉學》：「～通注義。」❸粗大。《呂氏春秋・孟夏》：「其器高以～。」❹粗野，粗魯。《北史・劉藻傳》：「秦人恃險，率多～暴。」

【說明】「粗」的本義是粗米，「麤」的本義是「行超遠」，「觕」的本義是牛角直的樣子。在古籍中，「粗」的所有義項一般都可寫作「麤」，而「粗米」的意義則不寫作「觕」。

徂 cú ❶往，去。《詩經・衛風・氓》：「自我～爾，三歲食貧。」（爾：你。）❷死亡，凋謝。《孟子・萬章上》：「放勳乃～落，百姓如喪考妣。」（放勳：帝堯的號。考妣：死去的父母。）

殂 cú 死。《尚書・舜典》：「二十有八載，帝乃～落。」《三國志・蜀書・諸葛亮傳》：「先帝創業未半而中道崩～。」

卒（卆） cù 見707頁「卒（卆）」㊁。

促 cù△ ❶靠近。《史記・滑稽列傳》：「合尊～坐。」（尊：酒器。）❷狹窄。《世說新語・言語》：「江左地～，不如中國。」《南史・王瑩傳》：「宅前～，欲買南鄰朱侃宅。」❸短促。江淹《傷內帝劉常侍》：「～景怨長情。」陸機《弔魏武帝文》：「何命～而意長。」又指縮短。《抱朴子・廣譬》：「大川不能～其涯以適速濟之情。」❹催促，使快速。《孔子家語・顏回》：「～駕召顏回。」

猝 cù△ 《說文》：「～，犬從草暴出逐人也。」引申為突然，出乎意料。蘇軾《留侯論》：「～然相遇草野之間。」此義古籍多作「卒」。今成語有「猝不及防」。

酢 ㊀cù ❶醋。後來寫作「醋」。《說文》：「～，醶也。」《齊民要術・八和齏》：「即下美～解之。」

㊁zuò△ ❷客人用酒回敬主人。《詩經・大雅・行葦》：「或獻或～。」（獻：主人向客人敬酒。）引申為報答，酬答。《詩經・小雅・楚茨》：「萬壽攸～。」（攸：所。）陸游《書感》：「有問莫能～。」❸酬神的祭祀。《尚書・顧命》：「秉璋以～。」（秉：持，捧着。）

【說明】「酢」「醋」在古代是兩個字。《說文》「醋」本為「酬酢」義，「酢」指調味用的「醋」，後代多用「酢」為「酬酢」義，而以「醋」為調味品的「醋」字。

【辨析】酢、酸、醯。三字都指酸味的調味品，今稱「醋」。《說文》：「酢，醶也。」（醶，酢漿也。）「酸，酢也。」「醯，酸也。」「酸」原為方言詞，「關東謂酢曰酸」，後多指這種調味品的味道，酸味。「醯」先秦時多用，漢以後漸少。「酢」與「醋」詞義互易，先秦文獻除《儀禮》外，其他古籍已多以「酢」為「酬酢」義。漢以後，尤其是魏晉以後則多用「醋」為這種調味品的意義。

趣 cù 見420頁「趣」㊁。

蔟 ㊀cù△ ❶供蠶作繭的設備，用茅草麥稈等堆聚而成。揚雄《元后誄》：「帥導羣妾，咸循蠶～。」（帥：率領。循：巡視。）❷巢。王逸《九思・遭厄》：「鵾鶹棲兮柴～。」（鵾鶹 xùnyí：山雞一類的鳥。）❸聚，叢聚。《尚書大傳》卷一：「～以為八。」白居易《遊悟真寺》：「野綠～草樹。」

㊁còu ❹［太蔟］古代十二音律之一。《呂氏春秋・孟春》：「律中～～。」（律：律管，定音的竹管。中：應。）

醋 cù 見712頁「醋」㊁。

數 cù 見471頁「數」。

踧 cù 見99頁「踧」㊁。

慽 cù△ 不高興，面容改變。《呂氏春秋・慎人》：「孔子～然推琴，喟然而歎。」《韓非子・外儲說左下》：「及獄決罪定，公～然不悅，形於顏色。」

C

趨 cù 見418頁「趨」㊁。

簇 cù△ ❶叢聚，聚集。黃滔《江州夜宴獻陳員外》：「多少歡娛～眼前。」[簇簇]一叢叢。白居易《開元寺東池早春》：「～～青泥中，新蒲葉如劍。」❷同「蔟」。供蠶作繭的器具。《齊民要術·種桑柘》：「收取種繭，必取居～中者。」

蹙 cù△ ❶緊迫，窘迫。《詩經·小雅·小明》：「政事愈～。」柳宗元《捕蛇者說》：「而鄉鄰之生日～。」❷近，逼近。《莊子·列御寇》：「伯昏瞀人北面而立，敦杖～之乎頤。」（伯昏瞀人：人名。敦：豎。頤：腮。）《三國志·吳書·陸遜傳》：「遜督促諸軍四面～之。」❸收縮，縮小。《詩經·大雅·召旻》：「日～國百里。」《後漢書·謝弼傳》：「方今邊境日～。」又為皺縮。《孟子·梁惠王下》：「舉疾首～頞而相告曰。」（舉：都。頞è：鼻樑。）❹局促不安的樣子。《孟子·萬章上》：「舜見瞽瞍，其容有～。」（瞽瞍：舜的父親。有：詞頭。）❺通「蹴cù」。1.踩，踏。《禮記·曲禮上》：「以足～路馬芻，有誅。」（芻：餵牲口的草。誅：責罰。）2.踢。《唐摭言》卷三：「新進士集於月燈閣為～鞠之會。」（月燈閣：閣名。鞠：皮革製的球。）

蹴（蹵） cù△ ❶踏，踩。《孟子·告子上》：「～爾而與之，乞人不屑也。」《漢書·賈誼傳》：「～其芻者有罰。」（芻：餵牲口的草。）今成語有「一蹴而就」。❷踢。《史記·扁鵲倉公列傳》：「處後～踘……即嘔血。」（處：項處，人名。踘jū：古代一種用皮革製的球。）

顣 cù△ 同「蹙」。皺縮。《孟子·滕文公下》：「他日歸，則有饋其兄生鵝者，己頻～曰。」（頻：皺眉。）

cuan

鑹 cuān（舊讀cuàn） 短矛。元稹《送嶺南崔侍御》：「黃家賊用～刀利。」

菆 cuán 見706頁「菆」㊁。

攢 cuán ❶聚集，簇聚。張衡《西京賦》：「～珍寶之玩好。」蘇軾《西江月》序：「亂山～擁，流水鏘然。」❷暫時停放棺木，停棺待葬。《舊唐書·哀帝紀》：「庚子，啟～宮。」

巑 cuán [巑岏]山高峻的樣子。宋玉《高唐賦》：「盤岸～～。」（盤岸：盤曲的崖岸。）又指高峻的山峯。劉向《九歎·憂苦》：「登～～以長企兮。」（企：仰望。）

欑 cuán ❶聚集。《禮記·喪大記》：「君殯用輴，～至於上。」（輴chūn：載柩車。）❷暫停靈柩待葬。《三朝北盟會編》：「因患身故，州司以京於崇教寺之側拘～。」

篡 cuàn ❶用強力奪取。《呂氏春秋·聽言》：「某國饑，其城郭庳，其守具寡，可襲而～之。」《史記·衛將軍驃騎列傳》：「其友騎郎公孫敖與壯士往～取之。」又特指臣子奪取君位。《後漢書·隗囂傳》：「故新都侯王莽……鴆殺孝平皇帝，～奪其位。」❷中醫指人體會陰部位。《素問·骨空論》：「其絡循陰器，合～間，繞～後。」

竄 cuàn ❶藏匿，躲藏。《呂氏春秋·首時》：「故有道之士未遇時，隱匿分～，勤以待時。」（勤：勞苦。）賈誼《弔屈原賦》：「鸞鳳伏～兮。」引申為逃亡，奔逃。《史記·淮陰侯列傳》：「奉項嬰頭而～。」（奉：捧着。）今成語有「抱頭鼠竄」。❷放逐，流放。《尚書·舜典》：「～三苗于三危。」（三苗：古部族名。三危：山名。）❸改易，刪改。《莊子·駢拇》：「～句遊心於堅白同異之間。」（堅白：春秋戰國時期名家辯論的論題。）李商隱《韓碑》：「點～《堯典》《舜典》字。」❹放置。《荀子·大略》：「民不困財，貧窶者有所～其手。」（窶jù：貧困。）

爨 cuàn ❶燒火煮飯。《孟子·滕文公上》：「許子以釜甑～，以鐵耕乎？」（釜fǔ：鍋。甑zèng：陶製蒸食物的炊具。）泛指燒煮，燒。《論衡·感虛》：「夫熯一炬火～一鑊水，終日不能熱也。」（熯 hàn：燒。）❷ 灶。《墨子・備城門》：「二舍共一井～。」

cui

衰 cuī 見 471 頁「衰」㊁。

崔 cuī ❶ 山高。《漢書・禮樂志》：「大山～，百卉殖。」（殖：生長。）❷ 古地名，春秋齊地，在今山東章丘。《左傳・襄公二十七年》：「成請老於～。」（成：崔成。）

催 cuī ❶ 催促。李密《陳情表》：「郡縣逼迫，～臣上道。」❷ 通「摧 cuī」。摧殘。杜甫《送舍弟穎赴齊州》之二：「兄弟分離苦，形容老病～。」

摧 cuī ❶ 折斷。劉勝《文木賦》：「華葉分披，條枝～折。」《漢書・賈山傳》：「雷霆之所擊，無不～折者。」今成語有「摧枯拉朽」。引申為倒塌，崩壞。《史記・孔子世家》：「泰山壞乎！梁柱～乎！」李白《蜀道難》：「地崩山～壯士死。」❷ 挫敗，挫折。《史記・樂毅列傳》：「南敗楚相唐昧於重丘，西～三晉於觀津。」今成語有「無堅不摧」。❸ 譏刺。《詩經・邶風・北門》：「我入自外，室人交遍～我。」❹ 悲痛，哀傷。《三國志・吳書・孫皎傳》：「臨書～愴，心悲淚下。」李白《丁都護歌》：「一唱都護歌，心～淚如雨。」

榱 cuī 椽子。《左傳・襄公三十一年》：「棟折～崩。」《孟子・盡心下》：「堂高數仞，～題數尺。」（榱題：屋簷的椽子頭。）

縗 cuī 古喪服中，披在胸前的粗麻布帶子。《左傳・僖公三十三年》：「子墨～絰。」（子：指晉文公之子晉襄公。絰 dié：古喪服中繫在腰間或頭上的麻帶子。）《管子・小問》：「夫淵然清靜者，～絰之色也。」（淵然：深沉的樣子。）

漼 cuǐ ❶ 水深的樣子。《詩經・小雅・小弁》：「有～者淵。」❷ 淚落的樣子。陸機《弔魏武帝文》：「指季豹而～焉。」❸ 通「摧」。毀壞。《後漢書・崔駰傳》：「王綱～以陵遲。」（陵遲：衰敗。）

璀 cuǐ ［璀璨］形容玉石的光澤。孫綽《遊天台山賦》：「琪樹～～而垂珠。」（琪樹：玉樹。）引申為色彩鮮明的樣子。劉勝《文木賦》：「文章～～。」（文章：花紋。）

皠 cuǐ 潔白。韓愈《鬥雞聯句》：「繽翻落羽～。」

倅 cuì ❶ 副。《周禮・夏官・戎僕》：「掌王～車之政。」也指副職，佐官。《宋史・刑法志二》：「～貳不行，復委幕屬。」❷ 通「猝 cù」。突然。《墨子・魯問》：「今有刀於此，試人之頭，～然斷之，可謂利乎？」

脆 cuì ❶ 易折斷破碎。《韓非子・解老》：「有方圓，則有堅～。」引申為軟弱。《呂氏春秋・介立》：「～弱者拜以請死。」❷ 聲音清脆。白居易《和皇甫郎中秋曉同登天宮閣言懷》：「清～秋絲管。」

啐 cuì 嘗，飲。《禮記・雜記下》：「主人之酢也，嚌之，眾賓兄弟則皆～之。」（嚌 jì：指飲酒至口中而止。）

崒（崪） cuì 見 708 頁「崒（崪）」㊁。

悴 cuì ❶ 憂愁。《淮南子・原道》：「聖人處之，不為愁～怨懟。」（懟 duì：怨恨。）❷ 枯萎，面色黃瘦。劉向《九歎・遠逝》：「草木搖落，時槁～兮。」謝靈運《長歌行》：「～容變柔顏。」❸ 困苦。《晉書・簡文帝紀》：「每念干戈未戢，公私疲～。」（戢 jí：停止。）

淬 cuì ❶ 淬火。把金屬工件燒紅，浸入水中急速冷卻，使之堅硬。王褒《聖主得賢臣頌》：「清水～其鋒。」《新論・崇學》：「越劍性利，非～礪而不銛。」（銛 xiān：鋒利。）又用為比喻，鍾煉。蘇軾《策略五》：「昔之有天下者，日夜～勵其百官。」❷ 冒，犯。《淮南子・脩務》：「身～霜露。」方以智《東西均・開章》：「久～冰雪。」

萃 cuì ❶ 聚集。屈原《天問》：「蒼鳥羣飛，孰使～之？」（蒼鳥：指鷹。）

又為聚集在一起的人或物。《孟子・公孫丑上》：「出於其類，拔乎其～。」（乎：於。）今成語有「出類拔萃」。❷ 止息。屈原《九歌・湘夫人》：「鳥何～兮蘋中？」❸ 通「悴 cuì」。憔悴。《荀子・富國》：「勞苦頓～而愈無功。」（頓：困頓。）❹ 通「倅 cuì」。副職。《周禮・春官・車僕》：「車僕掌戎路之～。」（戎路：帝王軍中所乘之車。）

毳 ㊀ cuì ❶ 鳥獸的細毛。《新序・雜事一》：「夫腹下之～，背上之毛，增去一把，飛不為高下。」❷ 通「脆 cuì」。脆弱，不堅韌。《荀子・議兵》：「是事小敵～，則偷可用也。」（偷：苟且。）又指甘脆美食。《史記・刺客列傳》：「可以旦夕得甘～以養親。」

㊁ qiāo ❸ 在泥路上行走的工具。《漢書・溝洫志》：「泥行乘～。」

焠 cuì ❶ 淬火。把金屬工件燒紅，浸入水中急速冷卻，使之堅硬。❷ 燒灼。

瘁 cuì ❶ 病困，勞累。《詩經・小雅・蓼莪》：「哀哀父母，生我勞～。」諸葛亮《後出師表》：「臣鞠躬盡～，死而後已。」引申為憔悴，枯槁。《抱朴子・暢玄》：「與之不榮，奪之不～。」❷ 憂傷。宋玉《高唐賦》：「登高遠望，使人心～。」❸ 毀壞。陸機《歎逝賦》：「悼堂構之隤～。」（隤 tuí：倒塌。）

粹 cuì ❶ 純粹，不雜。《呂氏春秋・用眾》：「天下無～白之狐，而有～白之裘。」《淮南子・原道》：「不與物散，～之至也。」引申為精美，精粹。許敬宗《奉和聖制登三臺言志應制》：「～藻發嘉猷。」❷ 聚集。《荀子・正名》：「凡人之取也，所欲未嘗～而來也。」

【辨析】粹、純。見 75 頁「純」字條。

翠 cuì ❶ 翠鳥，一種羽毛青翠的鳥。屈原《九歌・東君》：「翾飛兮～曾。」（翾 xuān：小飛。曾：飛舉。）左思《蜀都賦》：「孔～羣翔，犀象競馳。」（孔：孔雀。）又指翠鳥的羽毛。《淮南子・原道》：「建～蓋。」（翠蓋：用翠鳥羽裝飾的車蓋。）❷ 翠綠色。司馬相如《上林賦》：「揚～葉，扤紫莖。」（扤 wù：搖動。）謝朓《遊後園賦》：「幽蘭兮～竹。」又指翠綠色的玉石。蕭衍《西洲曲》：「門中露～鈿。」（鈿 diàn：花形首飾。）

【辨析】翠、翡。二者為同一類鳥，生活在水邊，嘴長而直，吃魚蝦。「翡」為赤羽，「翠」為綠羽。一說「翡」為雄性，「翠」為雌性。

綷 cuì ❶ 五色錯雜。《史記・司馬相如列傳》：「～雲蓋而樹華旗。」❷ [綷縩 cài] 衣服摩擦聲。《漢書・外戚傳下》：「感帷裳兮發紅羅，紛～～兮紈素聲。」

臎 cuì ❶ 易斷碎，不堅固。《管子・霸言》：「釋實而攻虛，釋堅而攻～。」❷ 食物鬆脆，也指鬆脆的食物。枚乘《七發》：「飲食則溫淳甘～，脭醲肥厚。」❸ 通「毳 cuì」。鳥獸身上的絨毛。何遜《七召》：「文皮坐裂，～尾生抽。」

竁 cuì ❶ 挖地為墓穴。《周禮・春官・小宗伯》：「卜葬兆甫～，亦如之。」（甫：開始。）引申為墓穴。《周禮・夏官・量人》：「掌喪祭，奠～之俎實。」❷ 掘，挖地。《徐霞客遊記・滇遊日記十》：「～地丈許。」

cun

村（邨） cūn 村莊。《抱朴子內篇・對俗》：「～口有古大冢。」引申為樸實。張昱《古村為曹迪賦》：「至今人物古而～。」

皴 cūn 皮膚皸裂。《齊民要術・種紅藍花》：「令手軟滑，冬不～。」杜甫《乾元中寓居同谷縣作歌》之一：「手腳凍～皮肉死。」引申為物體表面有皺褶，粗糙。無可《松》：「枝幹怪鱗～。」

存 cún ❶ 想念。《詩經・鄭風・出其東門》：「出其東門，有女如雲，雖則如雲，匪我思～。」❷ 省視，慰問。《史記・魏公子列傳》：「臣乃市井鼓刀屠者，而公子親數～之。」引申為撫恤。《呂氏春秋・仲春》：「養幼少，～諸孤。」❸ 存在。《孟子・公孫丑上》：「流風善政，猶有～者。」諸葛亮《出師表》：「此誠危急～亡之秋也。」引申為保全。《周易・繫辭下》：「龍蛇之蟄，以～身也。」

刌 cǔn 切斷。《儀禮・特牲饋食禮》：「～肺三。」引申為切分，劃分。《漢書・元帝紀贊》：「自度曲，被歌聲，分～節度，窮極幼眇。」（幼 yào 眇：微妙。）

忖 cǔn 思量，揣度。禰衡《鸚鵡賦》：「～陋體之腥臊。」《三國志・蜀書・諸葛亮傳》：「皆～己之長。」[忖度] 推測。《詩經・小雅・巧言》：「他人有心，予～～之。」曹操《讓縣自明本志令》：「言有不遜之志，妄相～～。」（遜 xùn：謙遜。）

蹲 cǔn 見 117 頁「蹲」㊁。

寸 cùn ❶ 長度單位。十分為一寸。《孟子・告子下》：「方～之木，可使高於岑樓。」（岑 cén 樓：高而尖的樓。）《新書・六術》：「十分為～。」比喻微小。《淮南子・原道》：「故聖人不貴尺之璧，而重～之陰。」（陰：光陰。）❷ 中醫經絡部位名稱。《難經・十八難》：「脈有三部九候，三部者，～、關、尺也。」

cuo

瑳 cuō ❶ 色彩鮮明。《詩經・鄘風・君子偕老》：「～兮～兮，其之展也。」（展：用紅或白縐紗做的禮服。）❷ 通「磋 cuō」。把象牙加工成器物。《論衡・量知》：「骨曰切，象曰～。」

搓 cuō 搓揉。韓偓《偶見》：「手～梅子映中門。」

瘥 cuō 小疫病。柳宗元《奉寄澧州張員外使君》：「林宿鳥為～。」

撮 cuō△ ❶ 抓取。《莊子・秋水》：「鴟鵂夜～蚤。」（鴟鵂 chīxiū：類似貓頭鷹的鳥。）引申為摘錄。《史記・太史公自序》：「～名法之要。」（名法：指名家、法家。）❷ 聚集。《孔子家語・始誅》：「其聚處足以～徒成黨。」《文心雕龍・樂府》：「總趙、代之音，～齊、楚之氣。」❸ 量詞。三指一次抓取的量。《禮記・中庸》：「今夫地，一～土之多。」後多用來指量少。《抱朴子・名實》：「亦猶～壤不能填決河。」❹ 容量單位。《孫子算經上》：「六粟為一圭，十圭為一～。」

磋 cuō 磨治象牙。《詩經・衛風・淇奧》：「如切如～，如琢如磨。」引申為研討。《管子・弟子職》：「相切相～，各長其儀。」[切磋] 共同研究商討。《晉書・劉寔傳》：「何不旦夕～～，使知過而自改邪？」

醝 cuō 白酒。《宋書・王玄謨傳》：「白～解冬寒。」

蹉 cuō ❶ 失足跌倒。《易林・解之師》：「推車上山，力不能任，顛蹶～跌，傷我中心。」引申為差錯。揚雄《并州牧箴》：「日月爽～。」（爽：差錯。）[蹉跎] 1. 失足。王褒《九懷・株昭》：「驥垂兩耳兮，中坂～～。」（坂：坡。）2. 虛度光陰。《世說新語・自新》：「並云欲自修改，而年已～～，終無所成。」（修改：改過。）❷ 位置交錯。《齊民要術・養牛馬驢騾》：「齒，左右～，不相當，難御。」❸ 用腳揉搓。《齊民要術・種胡荽》：「以腳～，令破作兩段。」

矬 cuó 身材矮小。《抱朴子・塞難》：「或～陋尫弱。」

痤 cuó ❶ 癤子。《莊子・列御寇》：「秦王有病召醫，破癰潰～者得車一乘。」（乘 shèng：輛。）❷ 癰。《呂氏春秋・盡數》：「辛水所，多疽與～人。」（辛水：水味辛辣。）

嵯 cuó [嵯峨] 山高峻的樣子。淮南小山《招隱士》：「山氣巃嵸兮石～～。」（巃嵸 lóngcóng：雲氣蒸騰的樣子。）又泛指高的樣子。揚雄《甘泉賦》：「增宮嵾差，駢～～兮。」（駢：列。）

瘥 ㊀ cuó ❶ 疾，災難。《詩經・小雅・節南山》：「天方薦～，喪亂弘多。」（方：正。薦：重，屢次。弘：大。）㊁ chài ❷ 病癒。《水經注・沔水一》：「泉源沸涌，冬夏湯湯，望之則白氣浩然，言能～百病。」（湯湯 shāngshāng：水大的樣子。）

鄼 cuó 見652頁「鄼」㈡。

脞 cuǒ 瑣細，繁瑣。《尚書·益稷》：「元首叢～哉。」《隋書·柳彧傳》：「布政施化，不為叢～，是謂欽明。」

剉 cuò ❶折損。《呂氏春秋·必己》：「成則毀，大則衰，廉則～。」（廉：鋒利。）❷磨，磨碎。《齊民要術·種穀》：「又取馬骨，～一石，以水三石煮之。」

挫 cuò ❶摧折，折斷。《孫子·作戰》：「其用戰也勝，久則鈍兵～銳。」班固《西都賦》：「脫角～脰。」（脰 dòu：脖子。）引申為屈，屈折。《呂氏春秋·離俗》：「吾少好勇，年六十而無所～辱。」❷通「剉 cuò」。砍。《漢書·王莽傳下》：「使虎賁以斬馬劍～忠。」（虎賁：勇士。忠：董忠。）

莝 cuò△ ❶斬，割。《南史·宋本紀下》：「往往有刳～斷截，禁中懍懍若踐刀劍。」❷琢，雕刻。《爾雅·釋器》：「犀謂之～。」周邦彥《汴都賦》：「～犀劏玉。」（劏 duó：雕刻。）

厝 cuò ❶攻玉之石。《說文》：「～，厝石也。詩曰：『佗山之石，可以為～。』」❷安置，放置。《漢書·賈誼傳》：「夫抱火～之積薪之下。」《列子·湯問》：「帝感其誠，命夸娥氏二子負二山，一～朔東，一～雍南。」❸葬。《三國志·蜀書·甘皇后傳》：「園陵將成，安～有期。」引申為將棺木淺埋以待改葬。歸有光《與沈養吾書》：「山妻在殯，便欲權～。」（山妻：謙稱自己的妻子。權：暫且。）❹錯雜。《漢書·地理志下》：「是故五方雜～，風俗不純。」

措 ㈠ cuò ❶放置，安放。《論語·子路》：「刑罰不中，則民無所～手足。」引申為廢置。《淮南子·說山》：「物莫～其所修，而用其所短也。」❷施行。《周易·繫辭上》：「舉而～之天下之民，謂之事業。」❸通「刺 cì」。刺。《淮南子·繆稱》：「虎豹之文來射，猿狖之捷來～。」（來：使……來，招來。狖 yòu：長尾猿。）

㈡ zé△ ❹壓，迫。《史記·梁孝王世家》：「李太后與爭門，～指。」（指：手指。）又《燕召公世家》：「燕北迫蠻貉，內～齊晉。」（蠻貉 mò：少數民族名。）

莝 cuò 鍘草。《說文》：「～，斬芻。」又指鍘碎的草。《史記·范雎蔡澤列傳》：「坐須賈於堂下，置～豆其前。」（須賈：人名。）

銼 cuò ❶小鍋。杜甫《聞斛斯六官未歸》：「荊扉深蔓草，土～冷疏煙。」❷同「挫」。挫敗，挫傷。《史記·楚世家》：「兵～藍田。」（藍田：地名。）

錯 cuò△ ❶用金銀等塗飾器物。《鹽鐵論·散不足》：「金～蜀杯。」《潛夫論·浮侈》：「金銀～鏤。」泛指塗飾。《史記·趙世家》：「夫剪髮文身，～臂左衽，甌越之民也。」（左衽：衣襟向左。甌越：百越的一支。）❷交錯，交叉。屈原《九歌·國殤》：「車～轂兮短兵接。」❸違背，不合。《鹽鐵論·相刺》：「猶辰參之～。」（辰：心宿。參：參宿。）《漢書·五行志上》：「劉向治《穀梁春秋》……與仲舒～。」引申為錯誤。杜甫《堂成》：「旁人～比揚雄宅。」❹治玉之石。《詩經·小雅·鶴鳴》：「它山之石，可以為～。」引申為治玉。《潛夫論·贊學》：「雖有玉璞……不琢不～，不離礫石。」（玉璞：未經雕琢過的玉。）❺通「措 cuò」。1. 放置，安放。《莊子·達生》：「為彘謀，曰不如食以糠糟而～之牢筴之中。」（牢筴：指養牲畜的圈。）2. 施行。《禮記·仲尼燕居》：「君子明於禮樂，舉而～之而已。」3. 放棄，廢棄。《荀子·天論》：「故～人而思天，則失萬物之情。」

D

da

奞 dā△ 大耳朵。清代有畫家朱奞。

搭 dā△ ❶擊打。《北齊書・神武紀上》：「常於并州市～殺人。」❷掛，披。白居易《石楠樹》：「薰籠亂～繡衣裳。」林逋《湖山小隱》：「肩～道衣歸。」❸乘坐。蘇軾《論高麗進奉狀》：「令～附因便海舶歸國。」❹短衫。林逋《深居雜興》之一：「中有病夫披白～。」❺量詞。塊，處。楊萬里《山村》之一：「一～山村一～奇。」

怛 dá△ ❶痛苦，憂傷。《詩經・檜風・匪風》：「顧瞻周道，中心～兮。」（周道：大路。中心：心中。）《淮南子・繆稱》：「君子之慘～，非正為形也，諭乎人心。」❷畏懼，驚恐。《史記・文帝本紀》：「為之～惕不安。」用作使動，使畏懼，恐嚇。柳宗元《三戒・臨江之麋》：「羣犬垂涎，揚尾皆來，其人怒，～之。」

妲 dá△ ［妲己］有蘇氏的女兒，商紂王的妃子。《國語・晉語一》：「有蘇氏以～～女焉。」（女 nǜ：嫁女。）

荅 ㈠ dá△ ❶小豆。《說文》：「～，小尗也。」（尗 shū：豆。）《晉書・律曆志上》：「菽、～、麻、麥。」（菽：豆類的總稱。）❷量詞。《史記・貨殖列傳》：「糵麴鹽豉千～。」❸厚重的樣子。《漢書・貨殖傳》：「～布皮革千石。」
㈡ tà ❹［荅焉］沮喪的樣子。《莊子・齊物論》：「仰天而噓，～～似喪其耦。」（耦：配偶。）

笪 dá△ ❶覆蓋房頂等的粗竹蓆。《南史・徐嗣伯傳》：「聞～屋中有呻吟聲。」❷拉船的竹索。《齊東野語・舟人稱謂有據》：「牽船篾，內地謂之～。」❸鞭打。古詩《婦病行》：「有過慎莫～笞。」

憚 dá△ 悲傷。同「怛」。《漢書・王吉傳》：「顧瞻周道，中心～兮。」

答 dá△ ❶應對，回答。《左傳・文公四年》：「不辭，又不～賦。」《孟子・告子上》：「公都子不能～，以告孟子。」（公都子：人名。）❷報答，酬答。《三國志・魏書・劉廙傳》：「物不～施於天地。」《新唐書・隱逸傳》：「以詩相贈～。」

達 dá△ ❶通。《呂氏春秋・重己》：「理塞則氣不～。」又為到達。《論語・子張》：「欲速則不～。」引申為通曉，懂得。《荀子・大略》：「知者明於事～於數。」（知：智，聰明。）《呂氏春秋・知分》：「～乎死生之分，則利害存亡弗能惑矣。」❷得志，顯貴，與「窮」相對。《荀子・君道》：「是故窮則必有名，～則必有功。」諸葛亮《出師表》：「苟全性命於亂世，不求聞～於諸侯。」❸豁達。《漢書・高帝紀下》：「高祖不修文學，而性明～。」《世說新語・德行》：「皆以放任為～。」❹通行的，共同遵行的。《禮記・中庸》：「知、仁、勇三者，天下之～德也。」❺植物發芽出土。《呂氏春秋・季春》：「生者畢出，萌者盡～。」

【辨析】達、通。在「通、通暢、通曉、通行」等意義上，它們是同義詞。其細微差別是：「通」多指通向、通到，「達」多指到達。另外，「通」的意義比「達」廣泛得多。

靼 dá△ 柔軟的皮革。《隋書・刑法志》：「常鞭，熟～不去廉。」（熟：加工過的。廉：棱角。）

憚 dá 見92頁「憚」㊁。

韃 dá△ [韃靼 dá] 古代漢族對北方各遊牧民族的統稱。後為蒙古的別稱。

打 dǎ ❶ 撞擊，敲打。《魏書・張彝傳》：「以瓦石擊～公門。」文天祥《過零丁洋》：「身世浮沉雨～萍。」（萍：水中浮萍。）❷ 攻打。《梁書・侯景傳》：「我在北～賀拔勝。」❸ 某些動作的稱呼。歐陽修《歸田錄》：「至於造舟車者曰～船、～車，網魚者曰～魚，汲水曰～水。」

大 ㊀ dà ❶ 大，與「小」相對。《左傳・莊公十年》：「夫～國，難測也。」引申為偉大。《孟子・滕文公上》：「～哉，堯之為君！」又用作副詞，表示程度深或範圍廣。《禮記・檀弓下》：「齊～饑。」《老子》第四十一章：「～白若辱。」《漢書・梁孝王傳》：「～活宮室。」㊁ tài ❷ 同「太」。《左傳・僖公五年》：「～伯、虞仲，～王之昭也。」《莊子・人間世》：「顏闔將傅衛靈公～子。」

dai

代 dài ❶ 代替。《老子》第七十章：「夫～大匠斫者，希有不傷其手矣。」❷ 輪換，更迭。屈原《離騷》：「春與秋其～序。」《孟子・滕文公下》：「堯舜既沒，聖人之道衰，暴君～作。」今成語有「新陳代謝」。❸ 朝代。《論語・八佾》：「周監於二～，郁郁乎文哉！」蘇軾《潮州韓文公廟碑》：「文起八～之衰。」❹ 唐以後父子相繼為一代。王維《李陵詠》：「漢家李將軍，三～將門子。」

【辨析】代、世。上古二字不同義。父子相傳為「世」，朝代相替叫「代」。文獻中「三代」多指夏、商、周三個朝代。唐朝為避李世民諱，父子相傳不用「世」而用「代」，其後多相沿襲。這樣「代」與「世」就成了同義詞。

岱 dài 泰山的別稱。《尚書・禹貢》：「海、～惟青州。」[岱宗] 泰山。《尚書・舜典》：「歲二月，東巡守，至于～～。」杜甫《望嶽》：「～～夫如何？齊魯青未了。」

玳(瑇) dài [玳瑁 mào] 爬行動物名，形似龜，甲殼可做裝飾品。古詩《為焦仲卿妻作》：「頭上～～光。」

殆 dài ❶ 危險。《老子》第三十三章：「知止可以不～。」《孫子・謀攻》：「知彼知己，百戰不～。」又用作動詞，危害。《荀子・彊國》：「威動海內，強～中國。」❷ 近乎，幾乎。《荀子・王制》：「若是，則大事～乎弛。」《禮記・檀弓下》：「死者而用生者之器也，不～於用殉乎哉？」❸ 大概，恐怕。《孟子・盡心下》：「國人皆以夫子將復為發棠，～不可復。」（發：開倉廩。棠：地名。）《史記・趙世家》：「吾嘗見一子於路，～君之子也。」（子：小孩。）❹ 通「怠 dài」。懈怠。《詩經・商頌・玄鳥》：「商之先后，受命不～。」《商君書・農戰》：「農者～則土地荒。」

待 dài ❶ 等待。《左傳・隱公元年》：「多行不義，必自斃，子姑～之。」（斃：倒下，垮臺。姑：姑且。）❷ 防備，準備。《國語・越語上》：「旱則資舟，水則資車，以～乏也。」（資：指囤積。）《呂氏春秋・季冬》：「天子乃與卿大夫飭國典，論時令，以～來歲之宜。」（飭 chì：整頓。）❸ 依靠。《呂氏春秋・務大》：「故細之安也必～大，大之安也必～小。」（細：小。）❹ 對待。《左傳・僖公三十三年》：「相～如賓。」《戰國策・趙策三》：「子將何以～吾君？」

【辨析】待、等、俟。先秦時，「等」沒有「等待」的意義，它的意義為「同等、等級」，「等待」的意義是後起的。先秦時表示「等待」的意義多用「俟」「待」。

怠 dài ❶ 懶惰，鬆懈。《呂氏春秋・達鬱》：「壯而～則失時，老而解則無名。」（解：懈怠。）柳宗元《送薛存義序》：「今我受其直～其事者，天下皆然。」❷ 輕慢，不敬。《國語・鄭語》：「其民～沓其君，而未及周德。」（周：忠信。）❸ 疲倦。宋玉《高唐賦》：「昔者，先王嘗遊高唐，～而晝寢。」柳宗元《蝜蝂傳》:「及其～而躓也。」(躓 zhì:摔倒。)❹ 通「怡 yí」。安樂。《管子・侈靡》:「此百姓之～生,百振而食,非獨自為也。」

迨 dài ❶ 及,到。《詩經・召南・摽有梅》:「求我庶士,～其吉兮。」柳宗元《三戒》:「然卒～於禍。」(卒:終於。)❷ 趁着。《公羊傳・僖公二十二年》:「請～其未畢陳而擊之。」(畢:完全。陳 zhèn:用如動詞,擺好陣勢。)

軑 dài 車轂端頭的冒蓋。屈原《離騷》:「屯余車其千乘兮,齊玉～而馳。」代指車輪。謝朓《始出尚書省》:「青精翼紫～,黃旗映朱邸。」

埭 dài 堵水的土壩。《水經注・泗水》:「擁水立七～,以利運漕者。」

帶 dài ❶ 束腰的大帶。《論語・公冶長》:「束～立於朝。」《淮南子・氾論》:「當此之時,豐衣博～而道儒墨者,以為不肖。」引申為圍繞。《戰國策・楚策一》:「秦地半天下,兵敵四國,被山～河。」李華《弔古戰場文》:「河水縈～,羣山糾紛。」(縈:繞。糾紛:雜亂的樣子。)❷ 佩帶,披帶。屈原《九章・涉江》:「～長鋏之陸離兮。」(陸離:長的樣子。)《史記・項羽本紀》:「噲即～劍擁盾入軍門。」(噲 kuài:樊噲。)❸ 帶着,帶有。王昌齡《長信怨》:「猶～昭陽日影來。」李白《清平調》之三:「常得君王～笑看。」❹ 領有,兼任。《漢書・敍傳上》:「方今雄桀～州城者,皆無七國世業之資。」《世說新語・言語》:「王即取作長史,～晉陵郡。」(王:指王孝伯。)❺ 地域,地帶。李白《菩薩蠻》:「寒山一～傷心碧。」

袋 dài 口袋。《齊民要術・造神麴并酒》:「以毛～漉去麴滓。」

紿 dài 欺騙。《史記・項羽本紀》:「項王至陰陵,迷失道,問一田父,田父～曰左。」馬中錫《中山狼傳》:「因～狼曰:『民俗,事疑必詢三老。』」

貸 dài ❶ 借出。《左傳・昭公三年》:「以家量～,而以公量收之。」(量:量器。)又為借入。《孟子・滕文公上》:「不得以養其父母,又稱～而益之。」❷ 寬免,寬恕。《漢書・張敞傳》:「數蒙恩～。」高啟《書博雞者事》:「今姑～汝。」(姑:姑且,暫且。)❸ 通「忒 tè」。差錯。《禮記・月令》:「宿離不～。」(宿:指太陽所在的位置。離:指月亮所經過的地方。)

詒 dài 見 605 頁「詒」㈡。

逮 ㈠ dài ❶ 及,達到。《論語・里仁》:「古者言之不出,恥躬之不～也。」(恥:用如意動,以……為恥。躬:躬行,親自去做。)韓愈《進學解》:「下～《莊》《騷》。」(《莊》:指《莊子》。《騷》:指《離騷》。)❷ 趁着。《左傳・定公四年》:「～吳之未定,君其取分焉。」❸ 逮捕。《漢書,王莽傳下》:「～治黨羽。」

㈡ dì ❹ [逮逮] 同「棣棣」。嫻雅安和的樣子。《禮記・孔子閒居》:「威儀～～。」

【辨析】逮、捕、捉。見 37 頁「捕」字條。

駘 dài 見 490 頁「駘」㈡。

戴 dài ❶ 戴在頭上。《孟子・梁惠王上》:「頒白者不負～於道路矣。」(頒白:頭髮花白。負:背着。)引申為在頭頂上方。《左傳・僖公十五年》:「君履后土而～皇天。」❷ 推崇,擁護。《國語・周語上》:「庶民不忍,欣～武王。」《三國志・吳書・朱桓傳》:「士民感～之。」❸ 通「載 zǎi」。曹植《遠遊篇》:「靈鰲～方丈。」

黛 dài 古代婦女用來畫眉的青黑色顏料。屈原《大招》:「粉白～黑。」又指代婦女的眉毛。梁元帝《代舊姬有怨》:「怨～舒還斂。」又指青黑色。江淹《齊太祖誄》:「寶珪～壤。」

蹛 ㈠ dài ❶ 環繞。《史記・匈奴列傳》:「秋,馬肥,大會～林。」(蹛林:指繞林而祭。)

㈡ zhì ❷ 同「滯」。停滯,積聚。《史記・平準書》:「大將軍攻匈奴,斬首虜萬九千級,留～無所食。」

䨢 dài [靉 ài 䨢] 見 2 頁「靉」字條。

D

dan

丹 dān ❶丹砂，朱砂。《詩經・秦風・終南》：「顏如渥～。」（顏：臉，面頰。渥：塗。）❷紅，紅色。《呂氏春秋・離俗》：「白縞之冠，～績之袧。」（縞：未經染色的絹。績：指麻線。袧 xún：繫帽子的帶。）❸道家用丹砂等煉製的藥物。江淹《別賦》：「守～竈而不顧。」（顧：指顧念人世。）徐陵《答周處士書》：「燒～辛苦，垂老方成。」

【辨析】丹、赤、絳、朱、紅。見 63 頁「赤」字條。

眈 dān ［眈眈］1. 注視的樣子。《周易・頤》：「虎視～～。」2. 深邃的樣子。左思《魏都賦》：「～～帝宇。」

耽 dān ❶耳大且下垂。《淮南子・地形》：「夸父～耳。」❷迷戀，沉溺。《韓非子・十過》：「～於女樂，不顧國政，則亡國之禍也。」《晉書・山簡傳》：「簡優遊卒歲，惟酒是～。」❸耽擱。《金史・五行志》：「～誤盡，少年人。」

聃 dān ❶耳長且大。蘇東坡《補禪月羅漢贊》之二：「～耳屬肩，綺眉覆顴。」❷通「耽 dān」。迷戀。《列子・楊朱》：「方其～於色也，屏親昵，絕交游，逃於後庭，以晝足夜。」

單 ㊀ dān ❶單獨，單個。《荀子・正名》：「～足以喻則～，～不足以喻則兼。」杜甫《潼關吏》：「窄狹容～車。」❷單層，單薄。《管子・山國軌》：「春縑衣，夏～衣。」白居易《賣炭翁》：「可憐身上衣正～。」❸通「殫 dān」。窮盡。《漢書・韓信傳》：「曠日持久，糧食～竭。」❹通「憚 dàn」。懼怕。《荀子・宥坐》：「若不可，廢不能以～之。」❺通「亶 dǎn」。忠厚，誠信。《詩經・小雅・天保》：「俾爾～厚，何福不除。」

㊁ chán ❻［單于］漢代時匈奴最高統治者的稱號。司馬遷《報任安書》：「（李陵）與～～連戰十有餘日。」

湛 dān 見 55 頁「湛」㊂。

鄲 dān ［邯鄲］見 185 頁「邯」字條。

儋 ㊀ dān ❶同「擔」。肩挑。《國語・齊語》：「負任～何，服牛軺馬，以周四方。」（任：擔。何：扛。服：役使。軺 yáo：這裏作動詞，駕車。）《世說新語・黜免》：「～梯將去。」

㊁ dàn ❷量詞。二石為儋。《漢書・貨殖傳》：「漿千～。」

勯 dān 竭盡。《呂氏春秋・重己》：「使烏獲疾引牛尾，尾絕力～，而牛不可行，逆也。」（烏獲：戰國時秦國力士。）

擔 ㊀ dān ❶用肩挑。《戰國策・秦策一》：「負書～橐。」（橐 tuó：口袋。）曹操《苦寒行》：「～囊行取薪。」

㊁ dàn ❷擔着的東西，擔子。《左傳・莊公二十二年》：「免於罪戾，弛於負～，君之惠也。」（戾 lì：罪過。）古詩《陌上桑》：「行者見羅敷，下～捋髭鬚。」❸一百斤為擔。《後漢書・宣秉傳》：「自無～石之儲。」

【辨析】擔、負、何（荷）、任。四字都表示身體載物，但方式不同。「擔」是肩挑，「負」是背揹，「何（荷）」是肩扛，「任」是懷抱。有時可以泛指，不再嚴格區分。

殫 dān ❶盡。《莊子・胠篋》：「～殘天下之聖法，而民始可與議論。」（殘：消滅，毀滅。）柳宗元《捕蛇者說》：「～其地之出，竭其廬之入。」（廬：屋，家。）❷通「憚 dàn」。恐懼。班固《西都賦》：「百獸駭～。」

癉 dān 見 93 頁「癉」㊁。

襌 dān 單衣。《呂氏春秋・淫辭》：「以～緇當紡緇，子豈不得哉？」

簞 dān 盛飯用的竹器。《論語・雍也》：「一～食，一瓢飲。」《孟子・梁惠王下》：「～食壺漿，以迎王師。」也指竹或葦編的小箱子。《左傳・哀公二十年》：「與之一～珠。」

【辨析】簞、笥。都是盛飯或物的竹器，圓的叫「簞」，方的叫「笥」。

甔 dān　古代一種口小腹大的陶器。《史記・貨殖列傳》：「醬千～。」

抌 ㊀ dǎn　❶ 推擊。《列子・黃帝》：「既而狎侮欺詒，攩挨～，亡所不為。」

㊁ yóu　❷ 舀取。《周禮・地官・司徒》：「女舂～二人。」（舂：舂米。）

疸 dǎn　病名，黃疸。《素問・通評虛實論》：「黃～、暴痛、癲狂、厥狂，久逆之所生也。」

紞 dǎn　❶ 冠冕兩邊用來懸瑱（塞耳玉）的絲帶。《國語・魯語下》：「王后親織玄～。」❷ 縫在被頭用以區分首尾的絲帶。《儀禮・士喪禮》：「緇衾赬裏，無～。」❸ [紞紞] 擊鼓聲。歐陽修《御街行》：「～～城頭鼓。」

亶 dǎn　❶ 的確，確實。《尚書・泰誓上》：「～聰明，作元后。」（后：君。）《詩經・小雅・常棣》：「～其然乎？」❷ 通「殫 dān」。盡，用完。《墨子・非樂上》：「～其思慮之智。」❸ 通「但 dàn」。只，僅僅。《漢書・王莽傳下》：「莽憂懣不能食，～飲酒。」又為徒然，白白地。《漢書・揚雄傳下》：「～費精神於此。」

撣 dǎn　見 47 頁「撣」㊁。

黕 dǎn　❶ 黑斑，污垢。宋玉《九辯》：「竊不自聊而願忠兮，或～點而污之。」❷ 黑的樣子。潘岳《藉田賦》：「翠幕～以雲布。」

燀 dǎn　見 49 頁「燀」㊁。

膽 dǎn　❶ 膽囊的通稱。《史記・越王勾踐世家》：「置～於坐，坐卧即仰～，飲食亦嘗～也。」❷ 膽量。《三國志・吳書・朱然傳》：「朱然～守有餘。」（守：操守。）❸ 通「撣 dǎn」。擦拭。《禮記・內則》：「桃曰～之。」

黮 dǎn　❶ 黑色。《淮南子・主術》：「問瞽師曰：『白素何如？』曰：『縞然。』曰：『黑何若？』曰：『～然。』」❷ 不明的樣子。柳宗元《弔萇弘文》：「版上帝以飛精兮，～寥廓而殄絕。」❸ 通「葚 shèn」。桑葚。《詩經・魯頌・泮水》：「食我桑～。」

黵 dǎn　❶ 黑色，蒼黑色。李德裕《劍門行》：「～然黛色。」❷ [黵面] 古代刑法，南朝梁律，死刑遇赦免死者，於面部刺「劫」字，塗以墨。《隋書・刑法志》：「遇赦降死者，～～為『劫』字。」❸ 塗改。《冥祥記・袁廓》：「就案上取一文書拘～之。」

旦 dàn　❶ 天明，早晨。《孟子・離婁下》：「幸而得之，坐以待～。」（幸：僥幸。）《左傳・僖公五年》：「丙子～，日在尾，月在策。」（尾：星名。策：天策，星名。）引申為日，天。《戰國策・趙策四》：「一～山陵崩，長安君何以自託於趙？」❷ [旦旦] 1. 天天。《莊子・外物》：「投竿東海，～～而釣，期年不得魚。」（期年：一周年。）柳宗元《捕蛇者說》：「豈若吾鄉鄰之～～有是哉。」2. 誠懇的樣子。《詩經・衛風・氓》：「信誓～～。」

【辨析】 旦、朝。二字都表示太陽初升的時候，但所表示的時間範圍不盡相同。「旦」指夜剛盡、日初出時，而「朝」則指日出至早飯這段時間。

但 dàn　❶ 僅，只。《史記・劉敬叔孫通列傳》：「匈奴匿其壯士肥牛馬，～見老弱及羸畜。」（羸 léi：疲弱。）《木蘭詩》：「不聞爺娘喚女聲，～聞黃河流水鳴濺濺。」也表示只管，儘管。《世說新語・賢媛》：「汝～出外留客，吾自為計。」❷ 徒然。《漢書・匈奴傳上》：「何～遠走，亡匿於幕北寒苦無水草之地為？」（何……為：……做甚麼。幕：沙漠。）

訑 ㊀ dàn　❶ 欺詐。《戰國策・燕策一》：「寡人甚不喜～者言也。」❷ 放縱。《莊子・知北遊》：「天知予僻陋慢～，故棄予而死已矣。」

㊁ yí　❸ [訑訑] 自得的樣子。《孟子・告子下》：「～～之聲音顏色，距人於千里之外。」（距：通「拒」，拒絕。）

啖（啗、噉） dàn　❶ 吃。《呂氏春秋・當務》：「因抽刀而相～，至死而止。」又為給人吃。

《漢書・王吉傳》：「吉婦取棗以～吉。」李白《俠客行》：「將炙～朱亥。」引申為利誘。《史記・穰侯列傳》：「秦割齊以～晉、楚。」❷ 通「淡 dàn」。(味道)清淡。《史記・劉敬叔孫通列傳》：「呂后與陛下攻苦食～。」

淡 dàn ❶ 味道不濃。《呂氏春秋・應言》：「多洎之則～而不可食。」(洎 jì：往鍋裏灌水。)《漢書・揚雄傳下》：「大味必～。」又為色彩不濃。蘇軾《飲湖上初晴後雨》：「～妝濃抹總相宜。」❷ 恬淡，淡泊。《淮南子・俶真》：「而不得須臾恬～矣。」《世說新語・賞譽下》：「才既不長，於榮利又不～。」

【辨析】淡、澹。二字本義不同，「淡」是味薄，「澹」是水搖動的樣子。在「淡泊、不濃」的意義上可通用。

萏 dàn ［菡 hàn 萏］見 186 頁「菡」字條。

窞 dàn 深坑。《周易・坎》：「入于坎～。」

髧 dàn 頭髮下垂的樣子。《詩經・鄘風・柏舟》：「～彼兩髦，實為我特。」泛指下垂的樣子。左思《魏都賦》：「～若玄雲舒霓以高垂。」

僤 dàn 盛，大。《詩經・大雅・桑柔》：「我生不辰，逢天～怒。」

儋 dàn 見 90 頁「儋」㊁。

誕 dàn ❶ 言語不真實，虛妄，與「信」相對。《莊子・在宥》：「善否相非，～信相譏。」(否 pǐ：惡。)引申為欺騙。《呂氏春秋・應言》：「宜陽令許綰～魏王。」(宜陽：地名。許綰：人名。)❷ 大，寬大。《尚書・湯誥》：「至于亳，～告萬方。」(亳：地名，商湯的都城。)《詩經・邶風・旄節》：「旄丘之葛兮，何～之節兮。」(旄丘：山丘名。葛：草名。)❸ 放蕩，放縱。《淮南子・脩務》：「我～謾而悠忽。」(謾：散漫。悠忽：遊蕩。)《新唐書・賀知章傳》：「知章晚節尤～放。」❹ 誕生。《後漢書・襄楷傳》：「昔文王一妻，～致十子。」《舊唐書・德宗紀》：「上～日，不納中外之貢。」❺ 句首或句中語氣詞。《詩經・大雅・皇矣》：「～先登于岸。」

憚 ㊀ dàn ❶ 害怕，畏懼。《論語・學而》：「過則勿～改。」《左傳・哀公二十年》：「無恤不敢～勞。」(無恤：人名。)❷ 通「癉 dàn」。勞苦。《詩經・小雅・大東》：「哀我～人。」

㊁ dá ❸ 驚駭。《周禮・考工記・矢人》：「雖有疾風，亦弗之能～也。」張衡《西京賦》：「驚蝄蜽，～蛟蛇。」(蝄蜽：同「魍魎」。傳說山林中的怪物。)

彈 ㊀ dàn ❶ 彈弓。《戰國策・楚策四》：「左挾～，右攝丸。」(攝：執，拿着。)《世說新語・容止》：「少時挾～出洛陽道。」

㊁ tán ❷ 用彈弓發射彈丸。《左傳・宣公二年》：「從臺上～人，而觀其辟丸也。」(辟：躲避。)❸ 用手輕敲。《戰國策・齊策四》：「倚柱～其劍。」屈原《漁父》：「新沐者必～冠。」又指撥弄琴弦，彈奏。《呂氏春秋・察賢》：「宓子賤治單父，～鳴琴，身不下堂而單父治。」(單父：地名。)❹ 抨擊，彈劾。《漢書・翟方進傳》：「據法以～咸等，皆罷退之。」(咸：指陳咸。)《新唐書・陽嶠傳》：「楊再思素與嶠善，知其意不樂～抨事。」

【辨析】彈、射。「彈」指用彈弓發射彈丸，「射」指用弓、弩發射矢箭，二者所用工具和發射的東西都不一樣。

擔 dàn 見 90 頁「擔」㊁。

憺 dàn ❶ 安然，安定。屈原《九歌・東君》：「觀者～兮忘歸。」又指清靜，淡泊。《淮南子・本經》：「～然無慾，而民有樸。」❷ 畏懼。《漢書・李廣傳》：「威稜～乎鄰國。」(稜：威勢。憺：用如使動，使……畏懼。)❸ 憂愁。宋玉《九辯》：「心煩～兮忘食事。」

澹 dàn ❶［澹澹］1. 水波動盪的樣子。宋玉《高唐賦》：「水～～而盤紆兮。」2. 恬靜的樣子。劉向《九歎・愍命》：「情～～其若淵。」❷ 恬淡，平靜。《莊子・知北遊》：「～而靜乎！」《老子》第二十章：「～兮其若海。」❸ 淡薄，不濃。《呂氏春秋·本味》：「辛而不烈，～而不薄。」杜甫《兩當縣吳十侍御江上宅》：「塞城朝煙～。」❹通「贍shàn」。滿足，供給。《荀子·王制》：「物不能～則必爭。」《漢書·司馬遷傳》：「～足萬物。」

【辨析】澹、淡。見92頁「淡」字條。

禫 dàn 除喪服舉行的祭祀。《儀禮·士虞禮》：「中月而～。」

檐 dàn 見589頁「檐」㊁。

膻 ㊀dàn ❶[膻中]也稱氣海。中醫指胸腹之間的橫隔膜。《素問·靈蘭祕典論》：「～～者，臣使之官，喜樂出焉。」

㊁shān ❷同「羶」。羊的氣味，泛指食草動物的氣味。《呂氏春秋·本味》：「草食者～。」

癉 ㊀dàn ❶病，勞苦。《詩經·大雅·板》：「下民卒～。」（卒：盡。）❷厚，盛。《國語·周語上》：「陽～憤盈，土氣震發。」（憤盈：充盈。）《漢書·嚴助傳》：「南方暑濕，近夏～熱。」❸憎恨。《尚書·畢命》：「彰善～惡。」❹通「疸dǎn」。黃疸病。《山海經·西山經》：「（翼望之山）有獸焉……服之已～。」（已：止。）

㊁dān ❺熱症。《素問·奇病論》：「此五氣之溢也，名曰脾～。」（五氣：指寒、暑、燥、濕、風五氣。）

癚 dàn 同「癉」。病，勞苦。《禮記·緇衣》：「《詩》云：『上帝板板，下民卒～。』」（板板：邪僻。卒：盡。）又為憎恨。《禮記·緇衣》：「有國者章善～惡。」

dang

當 ㊀dāng ❶對着，面對。《左傳·哀公元年》：「逢滑～公而進。」（逢滑：人名。）《木蘭詩》：「木蘭～戶織。」引申為相當。《禮記·王制》：「小國之上卿，位～大國之下卿。」引申為阻擋，抵禦。《左傳·桓公五年》：「為右拒，以～陳人。」（拒：方形軍陣。）今成語有「螳臂當車」。又引申為遇到。《左傳·成公二年》：「下臣不幸，屬～戎行，無所逃隱。」（屬：恰巧。戎行：兵車的行列。）❷承受，承擔。《呂氏春秋·審應》：「大國命弊邑封鄭之後，弊邑不敢～也。」（弊邑：對別國謙稱自己的國家。）引申為主持，掌管。《左傳·襄公二十七年》：「慶封～國。」（國：指國政。）❸判罪，判處。《漢書·楊敞傳附楊惲》：「廷尉～惲大逆無道，要斬。」（要：古「腰」字。）❹在，處於。《孟子·滕文公上》：「～堯之時，天下猶未平。」《呂氏春秋·貴信》：「曹翽按劍～兩陛之間。」（曹翽huì：人名。陛：臺階。）❺應當，應該。《墨子·兼愛中》：「～兼相愛，交相利。」諸葛亮《出師表》：「～獎帥三軍，北定中原。」（帥：率領。）

㊁dàng ❻恰當，合適。《韓非子·八經》：「賞譽不～則民疑。」❼當作。《戰國策·齊策四》：「安步以～車。」

璫 dāng ❶古代婦女的耳飾。古詩《為焦仲卿妻作》：「耳著明月～。」（明月：指明月珠，寶珠名。）❷漢代武官的冠飾。《後漢書·輿服志下》：「武冠，一曰武弁大冠，諸武官冠之。侍中、中常侍加黃金～。」（侍中、中常侍：正規官職外的加官，是皇帝的近臣。）東漢以後，侍中等專以宦者充任，因而後世以「璫」代稱宦官。《齊東野語》卷七：「太學生池元堅上書，數二～之罪。」❸屋椽頭上的裝飾。《史記·司馬相如列傳》：「華榱璧～。」（榱cuī：椽子。）

襠 dāng 褲襠，兩條褲腿相連的地方。阮籍《大人先生傳》：「動不敢出褌～。」（褌kūn：有襠褲。）

簹 dāng [篔簹]見648頁「篔」字條。

鐺 ㊀dāng ❶[鐺鐺]形容更漏聲。徐陵《在北齊與楊僕射書》：「～～曉漏。」❷耳飾。《北史·真臘傳》：「耳懸金～。」

㊁chēng ❸炊具，似鍋。《齊民要術·養羊》：「於～釜中緩火煎之。」

黨 ㈠ dǎng ❶ 古代居民戶籍編制，五百家為黨。《論語・雍也》：「以與爾鄰里鄉～乎！」《周禮・地官・大司徒》：「五族為～。」(族：一百家。)❷ 親族。《禮記・坊記》：「子云：睦於父母之～，可謂孝矣！」引申為同夥的人。《論語・公冶長》：「吾～之小子狂簡。」(狂簡：指志大而做事疏略。)又特指朋黨，為私利而勾結在一起的。屈原《離騷》：「惟夫～人之偷樂兮。」(偷：苟且。)❸ 偏私，偏袒。《尚書・洪範》：「無偏無～，王道蕩蕩。」(蕩蕩：廣大的樣子。)❹ 美善，正直。後來寫作「讜」。《荀子・非相》：「文而致實，博而～正，是士君子之辯者也。」
㈡ tǎng ❺ 偶然。《荀子・天論》：「怪星之～見。」(見 xiàn：出現。)又為或許。《史記・淮陰侯列傳》：「呂后欲召，恐其～不就，乃與蕭相國謀。」

【說明】「党」與「黨」在古代是兩個字，意義完全不同。上述意義只寫作「黨」，不能寫作「党」。「党」是姓，又「党項」為古代民族名，羌族的一支。現在「黨」簡化作「党」。

讜 dǎng 正直。《漢書・敘傳上》：「今日復聞～言。」傅咸《贈崔伏二郎》：「古人辭～。」(辭：言辭，文辭。)

宕 dàng ❶ 流蕩，流動。曹植《七哀》：「借問歎者誰？言是～子妻。」皇甫謐《三都賦序》：「流～忘反。」(反：返回。)❷ 放縱，不受約束。《後漢書・黨錮傳序》：「是以聖人導人理性，裁抑～佚。」(佚：放蕩。)

䑗 dàng 用磚砌的井壁。《漢書・游俠傳・陳遵》：「一旦叀礙，為～所轠。」(叀 zhuān：懸掛。轠 léi：碰擊。)

愓 ㈠ dàng ❶ 放蕩。《荀子・榮辱》：「～悍憍暴，以偷生反側於亂世之間。」
㈡ shāng ❷ [愓愓] 走路身直而步快的樣子。《禮記・玉藻》：「凡行容～～。」

當 dàng 見 93 頁「當」㈢。

逿 ㈠ dàng ❶ 跌倒。《漢書・儒林傳・王式》：「式恥之，陽醉～地。」(陽：假裝。)
㈡ táng ❷ 搖盪，衝擊。《史記・扁鵲倉公列傳》：「周身熱，脈盛者為重陽。重陽者，～心主。」

碭 dàng ❶ 有花紋的石頭。何晏《景福殿賦》：「墉垣～基，其光昭昭。」(墉垣：泛指牆。昭昭：明亮的樣子。)❷ 盪溢。《莊子・庚桑楚》：「吞舟之魚，～而失水，則蟻能苦之。」❸ 廣大。《淮南子・本經》：「當此之時，玄玄至～而運照。」(玄玄：指天。運照：普照。)

蕩 dàng 見 493 頁「蕩」㈡。

盪 dàng ❶ 洗滌，清除。《漢書・藝文志》：「聊以～意平心，同死生之域，而無怵惕於胸中。」《三國志・吳書・陸遜傳》：「宿惡～除，所過肅清。」❷ 搖動，動盪。《周易・繫辭上》：「是故剛柔相摩，八卦相～。」《左傳・昭公二十六年》：「茲不穀震～播越，竄在荊蠻。」(播越：遷徙。)❸ 掃蕩，衝殺。《韓詩外傳》卷七：「子路曰：『由原奮長戟，～三軍。』」《晉書・劉曜載記》：「丈八蛇矛左右盤，十～十決無當前。」❹ 放蕩。《漢書・丙吉傳》：「不得令晨夜去皇孫敖～。」

簜 dàng 大竹子。《尚書・禹貢》：「厥貢惟金三品，瑤琨篠～。」也指竹管樂器。《儀禮・大射禮》：「～在建鼓之間。」

dao

刀 dāo ❶ 刀。《韓非子・安危》：「以～刺骨。」[刀筆] 古代書寫工具。古時記事，書寫於竹簡之上，有誤則用刀削去重寫。《史記・酷吏列傳》：「臨江王欲得～～為書謝上。」(謝上：向皇帝道歉。)又為掌刀筆、管文書的小官「刀筆吏」的省稱。《戰國策・秦策五》：「臣少為秦～～。」❷ 古代一種錢幣，因形狀像刀而得名。《管子・國蓄》：「以黃金為中幣，以～布為下幣。」(布：古代一種錢幣。)《史記・平準書》：「虞夏之幣……

或錢，或布，或～，或龜貝。」❸ 小船。後來寫作「舠 dāo」。《詩經・衛風・河廣》：「誰謂河廣？曾不容～。」

忉 dāo ［忉忉］1. 憂傷。《詩經・齊風・甫田》：「無思遠人，勞心～～。」2. 絮煩，嘮叨。歐陽修《與王懿敏公書》：「客多，偷隙作此簡，鄙懷欲述者多，不覺～～。」（鄙：謙稱。）

倒 dǎo 見95頁「倒」㊁。

島 dǎo 海中或江湖中陸地。《尚書・禹貢》：「～夷皮服。」

禂 dǎo 為牲畜肥壯而祈禱。《說文》：「～，禱牲馬祭也。」《周禮・春官・甸祝》：「～牲～馬。」

搗(擣、擣) dǎo ❶ 舂，捶擊。《漢書・外戚傳下・孝成趙皇后》：「以手自～，以頭擊壁戶柱。」李白《子夜吳歌》：「長安一片月，萬戶～衣聲。」❷ 攻擊，攻打。《史記・孫子吳起列傳》：「救鬥者不搏撠，批亢～虛。」（撠 jǐ：握住。亢 kàng：要害。）

道 dǎo 見96頁「道」㊁。

導 dǎo ❶ 引，引導。《孟子・離婁下》：「有故而去，則君使人～之出疆。」（故：事。去：離開。）又用作名詞，指嚮導。《史記・大宛列傳》：「大宛以為然，遣騫，為發～繹，抵康居。」（大宛 yuān、康居：西域國名。騫 qiān：張騫。繹：同「譯」，翻譯。）❷ 開導，教導。《孟子・盡心上》：「～其妻子，使養其老。」《呂氏春秋・樂成》：「賢主忠臣，不能～愚教陋，則名不冠後，實不及世矣。」❸ 疏導，疏通。《尚書・禹貢》：「～黑水至于三危，入于南海。」（三危：山名。）《國語・周語上》：「為川者決之使～。」（為川者：治理河流的人。）❹ 一種頭飾。《晉書・桓玄傳》：「玄拔頭上玉～與之。」

蹈 dǎo ❶ 踩，踐踏。《尚書・君牙》：「心之憂危，若～虎尾。」曹植《白馬篇》：「長驅～匈奴。」引申為登上，踏上。《淮南子・原道》：「經紀山川，～騰崑崙。」又引申為趨向，奔赴。《荀子・仲尼》：「彼以讓飾爭，依乎仁而～利者也。」今成語有「赴湯蹈火」。❷ 頓足踏地。《孟子・離婁上》：「惡可已，則不知足之～之手之舞之。」（惡 wū 可已：無法停止。）今成語有「手舞足蹈」。❸ 實行，遵循。《穀梁傳・隱公元年》：「～道則未也。」《荀子・王制》：「聚斂者，召寇肥敵、亡國危身之道也，故明君不～也。」今成語有「循規蹈矩」。

【辨析】蹈、踐、履、躡、踏。在「踩踏」的意義上，它們是同義詞（「踏」是後起字）。只是「蹈」多帶有冒險的意味，「踐」「履」多表示「行走在……上」的意思，「躡」常表示有意識地踩。

禱 dǎo 向神禱告求福。《論語・八佾》：「獲罪於天，無所～也。」《韓非子・外儲說右下》：「今王病而民以牛～。」引申為祝頌。《禮記・檀弓下》：「君子謂之善頌善～。」

到 dào ❶ 至，到達。《論語・憲問》：「民～於今受其賜。」《三國志・吳書・吳主傳》：「蒙～，二郡皆服。」（蒙：人名。）❷ 顛倒。這個意義後來寫作「倒」。《莊子・外物》：「草木之～植者過半。」《呂氏春秋・愛類》：「公之學去尊，今又王齊王，何其～也？」❸ 卻，反而。庾信《和侃法師》之三：「誰言舊國人，～在他鄉別。」韋應物《送元倉曹歸廣陵》：「舊國應無業，他鄉～是歸。」

【辨析】到、至。二字在「到達」的意義上同義。《爾雅・釋詁》：「到，至也。」只是「到」一般用作及物動詞，「至」一般用作不及物動詞。如《戰國策・齊策四》：「長驅到齊。」《國語・楚語下》：「禍災不至。」

倒 ㊀ dào ❶ 顛倒。屈原《九章・懷沙》：「變白以為黑兮，～上以為下。」引申為逆，不順。《呂氏春秋・似順》：「事多似～而順。」今成語有「倒行逆施」。［倒懸］指人頭向下腳向上被倒掛着。《孟子・公孫丑上》：「民之悅之，猶解～～也。」比喻處境極其困苦危急。《漢書・賈誼傳》：「天下之勢方～～。」❷ 傾倒。《世說新語・賢媛》：「王家見二謝，傾筐～庋。」（庋 guǐ：放東西的架子。）

㈡ dǎo ❸仆倒，倒下。《史記·司馬相如列傳》：「弓不虛發，應聲而～。」

悼 dào ❶傷感。《詩經·衛風·氓》：「靜言思之，躬自～矣。」（言：詞頭。躬：自身。）屈原《遠遊》：「～芳草之先零。」（零：落。）引申為悼念死者。《文心雕龍·哀弔》：「以辭遣哀，蓋不淚之～。」❷恐懼。《呂氏春秋·論威》：「敵人之～懼憚恐，單蕩精神盡矣。」（憚 dàn：恐懼。）《漢書·王莽傳上》：「夙夜～慄，常恐污辱聖朝。」（慄：戰慄。）

盜 dào ❶偷盜，竊取。《左傳·文公十八年》：「竊賄為～。」（賄：財物。）《莊子·胠篋》：「然而田成子一旦殺齊君而～其國。」引申為偷偷地，暗中。《漢書·食貨志下》：「縣官往往即多銅山而鑄錢，民亦～鑄，不可勝數。」（縣官：官府。）❷偷盜的人，強盜。《莊子·胠篋》：「故絕聖棄知，大～乃止；擿玉毀珠，小～不起。」（知：智。擿：通「擲」，扔掉。）比喻讒佞小人。《詩經·小雅·巧言》：「君子信～，亂是用暴。」（是用：因此。）

【辨析】1.盜、賊。「盜」的本義是偷竊，「賊」的本義是毀害，二者迥然有別。作名詞時，古代「盜」多指偷東西的人，「賊」則指犯上作亂、害國害民的人。這同它們現代的意義很不相同：現在偷東西的人叫「賊」，古代則稱為「盜」；現在所謂「強盜」，古代叫「賊」。古代的「盜」有時也指強盜，但古代的「賊」絕不指偷東西的人。2.盜、偷。在先秦，「竊取」的意義用「盜」，不用「偷」。「偷」是「苟且」的意思，漢代「偷」才出現「偷盜」義。3.盜、竊。在「偷盜」的意義上，它們是同義詞，所以可以構成雙音詞「盜竊」。「盜」可指偷盜之人，「竊」可用為謙詞，這兩個意義二者是不能互換的。

道 ㈠ dào ❶道路。《左傳·僖公五年》：「晉侯復假～於虞以伐虢。」（假：借。虞、虢：周代諸侯國名。）引申為路程。《孫子·軍爭》：「日夜不處，倍～兼行。」（處：停留。倍道：加倍趕路。）又引申為途徑，方法。《荀子·王制》：「聚斂者，召寇肥敵，亡國危身之～也。」賈誼《過秦論》：「深謀遠慮，行軍用兵之～，非及向時之士也。」（向時：先前。）❷道理，道義，正確的事理或準則。《孟子·公孫丑下》：「得～者多助，失～者寡助。」《荀子·臣道》：「從～不從君。」（從：順從。）又為規律。《孟子·告子下》：「禹之治水，水之～也。」（水之道：依照水的規律而行。）《荀子·天論》：「天有常～矣。」❸學說，主張。《論語·微子》：「～之不行，已知之矣。」《孟子·滕文公上》：「從許子之～，相率而為偽者也。」❹道家認為的宇宙萬物的本源。《莊子·天地》：「夫～，覆載萬物者也。」也指道家，道教。《漢書·藝文志》：「～家者流，蓋出於史官。」《三國志·魏書·張魯傳》：「祖父陵，客蜀，學～鵠鳴山中。」❺說，講述。《詩經·鄘風·牆有茨》：「中冓之言，不可～也。」（中冓之言：指內室裏淫僻的話。）《孟子·梁惠王上》：「仲尼之徒，無～桓、文之事者。」（桓、文：指齊桓公、晉文公。）❻古代行政區劃名。漢代在某些少數民族聚居區所設的縣稱道。《漢書·百官公卿表上》：「（縣）有蠻夷曰～。」唐代分全國為十道。《新唐書·地理志一》：「太宗元年……分天下為十～。」清代在省與州、府之間設道，道設道員。梁啟超《戊戌政變記·譚嗣同傳》：「旋升寧夏～。」（旋：不久。）

㈡ dǎo ❼疏通。後來寫作「導」。《尚書·禹貢》：「九河既～。」《左傳·襄公三十一年》：「不如小決使～。」（小決：開個小口子。）❽引導。後來寫作「導」。《荀子·王霸》：「明禮義以～之。」馬中錫《中山狼傳》：「趙簡子大獵於中山，虞人～前。」（虞人：管打獵的官。）

【辨析】道、路、途、涂、塗。在「道路」的意義上，它們是同義詞。「道」「路」「途」又都有引申義「途徑、方法」，而「道」的意義最寬泛。

稻 dào 五穀之一。《詩經・豳風・七月》：「十月獲～。」

幬 dào 見67頁「幬」㊁。

燾 dào（又讀 tāo） 覆蓋。《史記・吳太伯世家》：「如天之無不～也，如地之無不載也。」引申為蔭庇。韓愈《袁氏先廟碑》：「高曾祖考，所以劬躬～後，委祉於公。」（劬 qú：勞苦。祉 zhǐ：福。）

翿 dào 竿頂用羽毛裝飾的旗子，羽舞者所執。

纛 dào ❶ 帝王車上用犛牛尾或雉尾製的飾物。《史記・項羽本紀》：「紀信乘黃屋車，傅左～。」❷ 用羽毛製的舞具，也用於下葬時指揮進退。《周禮・地官・鄉師》：「及葬，執～。」❸ 軍隊或儀仗隊中的大旗。許渾《中秋夕寄大梁劉尚書》：「柳營出號風生～。」

de

得 dé△ ❶ 獲得，取得。《詩經・周南・關雎》：「求之不～，輾轉反側。」《漢書・公孫弘傳》：「漢之～人，於茲為盛。」（茲：此。）引申為得意。《史記・管晏列傳》：「意氣洋洋，甚自～也。」❷ 得當，適宜。《呂氏春秋・仲冬》：「陶器必良，火齊必～。」（齊：同「劑」，調劑。）《淮南子・繆稱》：「故怨人不如自怨，求諸人不如求諸己～也。」❸ 可能，客觀情況容許。《論語・微子》：「趨而辟之，不～與之言。」（辟：躲避。）《呂氏春秋・首時》：「伍子胥欲見吳王而不～。」❹ 通「德 dé」。品德。《荀子・成相》：「舜授禹以天下，尚～推賢不失序。」又用作動詞，感激。《孟子・告子上》：「所識窮乏者～我與？」（與：句末語氣詞。）

德 dé△ ❶ 行為，品行。《尚書・盤庚》：「故有爽～，自上其罰汝。」（爽：差錯。）《論語・顏淵》：「君子之～風，小人之～草。」又特指美好的行為。《尚書・盤庚》：「用罪伐厥死，用～彰厥善。」（厥 jué：其。）❷ 道德。《論語・為政》：「為政以～。」《孟子・梁惠王上》：「～何如則可以王矣！」❸ 恩德，恩惠。《論語・憲問》：「以～報怨，何如？」《呂氏春秋・異用》：「湯之～及禽獸矣。」又用作動詞，感恩，感激。《左傳・成公三年》：「然則～我乎？」

deng

登 dēng ❶ 古代食器，形似豆而淺。後來寫作「豋」。《詩經・大雅・生民》：「卬盛于豆，于豆于～。」（卬 áng：我。豆：古代食器，形似高腳盤。）❷ 從低處到高處，升。《左傳・莊公十年》：「下視其轍，～軾而望之。」（軾：車前當扶手用的橫木。）《荀子・勸學》：「吾嘗跂而望矣，不如～高之博見也。」（跂 qì：踮起腳後跟。）引申為高。《國語・晉語九》：「哀名之不令，不哀年之不～。」（令：美好。）❸ 進獻。《呂氏春秋・仲夏》：「農乃～黍。」引申為進用，選拔。《後漢書・仲長統傳》：「善者早～，否者早去。」（否 pǐ：惡。）韓愈《進學解》：「～明選公，雜進巧拙。」❹ 成，完成。《詩經・大雅・崧高》：「～是南邦，世執其功。」（是：此。）《呂氏春秋・季春》：「蠶事既～，分繭稱絲效功。」（效功：考核完成工作的情況。）特指莊稼成熟。《孟子・滕文公上》：「五穀不～。」今成語有「五穀豐登」。❺ 登記，記載。《周禮・秋官・司民》：「司民掌～萬民之數。」❻ 登時，立刻。古詩《為焦仲卿妻作》：「～即相許和，便可作婚姻。」

【辨析】登、升。二字在「從低處到高處」的意義上同義。如「登車」，也可說成「升車」。另外，在「進獻、穀物成熟」的意義上也相同。《呂氏春秋》「農乃升麥」，《禮記》作「農乃登麥」。二字又都指穀物成熟，如《論語》有「新穀既升」，《孟子》有「五穀不登」。

燈 dēng 照明的器具。嵇康《雜詩》：「光～吐輝。」佛教以燈喻佛法。劉禹錫《送僧元暠南遊》：「傳～已悟無為理。」

㲪 dēng ［髭 tà 㲪］見 488 頁「髭」字條。

甑 dēng 古代一種盛祭品的陶器。韓愈《南山詩》：「或揭若～豆。」（揭：舉。豆：高腳陶器。）

簦 dēng 古代一種長柄笠，類似現在的傘。《呂氏春秋・介立》：「或遇之山中，負釜蓋～。」《淮南子・說林》：「或謂笠，或謂～。」

鐙 ㊀ dēng ❶ 古代盛放熟食的器具。也作「登」。《儀禮・公食大夫禮》：「宰右執～，左執蓋，由門入。」（宰：指廚師之長。）❷ 古代照明的器具，油燈。宋玉《招魂》：「蘭膏明燭，華～錯些。」（蘭膏：澤蘭煉成的油。錯：通「措」，置。些：句末語氣詞。）

㊁ dèng ❸ 馬鞍兩旁的腳踏。《南齊書・張敬兒傳》：「寄敬兒馬～一隻。」

等 děng ❶ 同等，同樣。《呂氏春秋・慎勢》：「權鈞則不能相使，勢～則不能相并。」（鈞：均，平均。）《淮南子・主術》：「有法者而不用，與無法～。」今成語有「等量齊觀」。❷ 等級，次序。《左傳・襄公二十九年》：「舉不逾～。」（舉：舉用人。）《韓非子・愛臣》：「主妾無～，必危嫡子。」又特指臺階的層。《呂氏春秋・召類》：「土階三～，以見節儉。」❸ 種，類，輩。《呂氏春秋・有始》：「風有八～。」《漢書・外戚傳下・孝成趙皇后》：「丞知是何～兒也！」❹ 用在人稱代詞或指人的名詞後表示多數或列舉未盡。《史記・陳涉世家》：「公～遇雨，皆已失期，失期當斬。」《墨子・公輸》：「然臣之弟子禽滑釐～三百人，已持臣守圉之器，在宋城上。」（圉 yù：通「禦」，防禦。）❺ 等待，等候。姜夔《疏影》：「～恁時再覓幽香。」（恁 nèn：那。）

【辨析】等、待、俟。見 88 頁「待」字條。

嶝 dèng 上山的小道。沈約《從軍行》：「雲槃九折～，風捲萬里波。」

澄（澂） dèng 見 59 頁「澄（澂）」㊁。

鄧 dèng ❶ 周代諸侯國名，在今河南鄧州。《左傳・桓公七年》：「春，穀伯、～侯來朝。」❷ 春秋時魯國地名。《左傳・隱公十年》：「癸丑，盟于～。」

隥 dèng 石階。《穆天子傳》四：「天子南還，升於長松之～。」字也作「磴」「墱」。

橙 dèng 見 59 頁「橙」㊁。

瞪 dèng 睜大眼睛。《晉書・郭文傳》：「文～眸不轉，跨躡華堂，如行林野。」

鐙 dèng 見 98 頁「鐙」㊁。

di

氐 dī 見 100 頁「氐」㊁。

低 dī ❶ 低頭，垂下，與「仰」相對。《莊子・盜跖》：「據軾～頭，不能出氣。」《呂氏春秋・知分》：「龍俛耳～尾而逝。」❷ 與「高」相對。白居易《琵琶行》：「住近湓江地～濕。」辛棄疾《清平樂・村居》：「茅檐～小。」引申為微賤。李白《登黃山凌歊臺》：「窮居使人～。」

羝 dī 公羊。《詩經・大雅・生民》：「取～以軷。」（軷 bá：祭祀道路之神。）《齊民要術・養羊》：「大率十口二～，～無角者更佳。」

堤（隄） dī ❶ 攔水的土壩。《管子・度地》：「令甲士作～大水之旁。」引申為防範，防止。《漢書・董仲舒傳》：「不以教化～防之，不能止也。」❷ 陶器的底座。《淮南子・詮言》：「瓶甌有～。」（甌 ōu：盆類器皿。）

【辨析】隄、防。二者是同義詞，細分則大的水壩叫「隄」，小的叫「防」。在「防範、防止」的意義上，多用「防」，而少用「隄」。

滴 dī△ ❶ 液體點點下落。潘岳《悼亡詩》：「晨霤承檐～。」（霤 liù：屋簷的流水。）李紳《憫農》之二：「汗～禾下土。」又為點點下落的液體，水點。賈島《感秋》：「暮雨灑疏～。」杜甫《倦夜》：「重露成涓～。」❷ 量詞。韋應物《詠露珠》：「秋荷一～露，清夜墜玄天。」

鍉 ㊀ dī　❶ 歃血為盟時盛血的器皿。《後漢書・隗囂傳》：「牽馬操刀，奉盤錯～，遂割牲而盟。」（奉：捧。錯：通「措」，置。）

㊁ dí△　❷ 同「鏑」。箭頭。《漢書・項籍傳》：「銷鋒～，鑄以為金人十二。」

鞮 dī　❶ 用皮革製成的鞋。❷ [鞮鍪] 也作「鞮瞀」「鞮鞪」。頭盔。❸ [狄鞮] 古代翻譯西方少數民族語言的官員。

狄 dí△　❶ 我國古代北方少數民族名。《孟子・梁惠王上》：「南面而征北～怨。」❷ 通「翟 dí」。雉羽。《禮記・樂記》：「干戚旄～以舞之。」❸ 通「剔 tī」。剪除，治理。《詩經・魯頌・泮水》：「桓桓于征，～彼東南。」（桓桓：威武的樣子。）❹ 通「逖 tì」。遠，疏遠。《荀子・賦》：「修潔之為親，而雜污之為～者邪？」

的 dí　見 102 頁「的」㊁。

迪 dí△　❶ 道，道理。《尚書・大禹謨》：「惠～吉。」（惠：遵循。）屈原《九章・懷沙》：「易初本～兮，君子所鄙。」（易：改變。鄙：鄙視。）❷ 引導，開導。《尚書・太甲上》：「啟～後人。」❸ 行，行動。《尚書・微子》：「詔王子出～。」❹ 遵循。《法言・先知》：「為國不～其法而望其效。」（效：功效。）《漢書・敘傳下》：「漢～於秦，有革有因。」（因：沿襲。）❺ 語氣詞。用於句首或句中。《尚書・立政》：「古之人～惟有夏。」（有：名詞詞頭。）

荻 dí△　一種多年生草本植物，形似蘆葦，花穗紫色。《山海經・中山經》：「泰山有草焉，名曰棃，其葉狀如～。」白居易《琵琶行》：「潯陽江頭夜送客，楓葉～花秋瑟瑟。」

笛 dí△　管樂器名。馬融《長笛賦》：「又性好音，能鼓琴吹～。」

髢 dí（舊讀 dì）　裝襯的假髮。《詩經・鄘風・君子偕老》：「鬒髮如雲，不屑～也。」（鬒 zhēn 髮：稠美的黑髮。）

滌 dí△　❶ 洗。《韓非子・說林下》：「宮有堊，器有～，則潔矣。」（堊 è：用白土粉刷牆壁。）《漢書・司馬相如傳》：「～器於市中。」❷ 打掃，清除。《詩經・豳風・七月》：「十月～場。」（場：打穀場。）《宋書・禮志一》：「將～穢蕩瑕，撥亂反正。」

【辨析】滌、洗、濯。「洗」的本義為洗腳，「滌」一般用於洗器物，「濯」意義最廣，既用於洗器物，又用於洗手足。

嫡 dí△　正妻，與「庶」相對。《詩經・召南・江有汜》序：「勤而無怨，～能悔過也。」又指正妻所生之子。《左傳・文公十七年》：「歸生佐寡君之～夷。」（夷：鄭太子名。）《列子・力命》：「齊公族多寵，～庶並行。」

翟 dí△　❶ 長尾山雞。《山海經・中山經》：「其鳥多白鷮，多～，多鴆。」（鷮 jiāo：鳥名。）又指翟的長羽，為樂舞者所執。《詩經・邶風・簡兮》：「左手執籥，右手秉～。」（籥 yuè：一種管樂器。）❷ 用雉羽裝飾的衣服、車輛等。《詩經・衛風・碩人》：「～茀以朝。」（茀 fú：遮蓋車箱的東西。）❸ 古代少數民族名。也寫作「狄」。《左傳・僖公五年》：「遂出奔～。」《呂氏春秋・愛士》：「趙興兵而攻～。」

踧 ㊀ dí△　❶ [踧踧] 平坦的樣子。《詩經・小雅・小弁》：「～～周道，鞫為茂草。」（周道：大道，大路。鞫 jū：盡，全都。）

㊁ cù△　❷ [踧踖 jí] 1. 恭謹局促的樣子。《論語・鄉黨》：「君在，～～如也。」（如：詞尾。）2. 窘迫的樣子。《世說新語・言語》：「韙大～～。」（韙：陳韙，人名。）

敵 dí△　❶ 敵人，仇敵。《左傳・閔公二年》：「～可盡乎？」❷ 對抗，抵擋。《左傳・桓公六年》：「臣聞小之不能～大也。」《孟子・梁惠王上》：「以一服八，何以異於鄒～楚哉？」（鄒：戰國時小國。）❸ 相當，相等。《孫子・謀攻》：「五則攻之，倍則分之，～則能戰之。」

適 dí 見463頁「適」㊁。

篴 dí△ 同「笛」。一種管樂器。《周禮·春官·笙師》：「掌教吹竽、笙、壎、籥、箎、～、管。」

鍉 dí 見99頁「鍉」㊁。

蹢 ㊀ dí△ ❶ 蹄。《詩經·小雅·漸漸之石》：「有豕白～。」（豕：豬。）㊁ zhí ❷ [蹢躅 zhú] 徘徊。《周易·姤》：「羸豕孚～～。」（羸豕：指母豬。孚：浮躁。）❸ 投。《莊子·徐无鬼》：「齊人～子於宋者，其命閽也不以完。」（其命閽也：讓看門人看守着。不以完：不能保全。）

鏑 dí△ 箭頭。賈誼《過秦論》：「收天下之兵，聚之咸陽，銷鋒～，鑄以為金人十二。」（兵：兵器。）又為箭。《史記·匈奴傳》：「作為鳴～。」

【辨析】鏑、鏃。二字在「箭頭」的意義上相同，但本義有別。《說文》：「鏑，矢鋒也。」「鏑」本義即為箭頭。《說文》：「鏃，利也。」「鏃」本義是鋒利，引申為箭頭。二字又都代指箭。《釋名》：「矢，齊人謂之鏃。」可能是方言的差別。

覿 dí△ 見，相見。《論語·鄉黨》：「私～，愉愉如也。」（私覿：指以私人身分與外國君臣相見。如：形容詞詞尾。）引申為顯示，顯露。《國語·周語中》：「武不可～，文不可匿。」《山海經·北山經》：「晝隱夜～。」

糴 dí△ 買入穀物。《左傳·僖公十三年》：「使乞～于秦。」《呂氏春秋·長攻》：「王若重幣卑辭以請～於吳，則食可得也。」

氐 ㊀ dǐ ❶ 根柢，根本。《詩經·小雅·節南山》：「尹氏大師，維周之～。」（大師：太師。維：語氣詞。）❷ 至，抵達。《史記·律書》：「～者言萬物皆至也。」❸ 大略，大抵。《史記·秦始皇本紀》：「自關以東，大～盡畔秦吏應諸侯。」（畔：通「叛」，背叛。）《漢書·禮樂志》：「大～皆因秦舊事焉。」㊁ dī ❹ 古部族名。《詩經·商頌·殷武》：「昔有成湯，自彼～羌。」❺ 星宿名。《呂氏春秋·有始》：「中央曰鈞天，其星角、亢、～。」❻ 低頭，低垂。後來寫作「低」。《漢書·食貨志下》：「封君皆～首仰給焉。」

厎 dǐ ❶ 質地細膩的磨刀石。《說文》：「～，柔石也。」《漢書·梅福傳》：「故爵祿束帛者，天下之～石。」引申為磨礪。鄒陽《上書吳王》：「聖王～節修德。」❷ 至，終。《詩經·小雅·小旻》：「我視謀猶，伊于胡～。」（謀猶：謀略。伊：句首語氣詞。胡：何。）《左傳·宣公三年》：「天祚明德，有所～止。」（祚：賜福。）❸ 致，得到。《孟子·離婁上》：「舜盡事親之道，而瞽瞍～豫。」（瞽瞍：舜的父親。豫：歡樂。）

【辨析】厎、砥、厲、礪。見101頁「砥」字條。

抵 ㊀ dǐ ❶ 排擠。揚雄《解嘲》：「～穰侯而代之。」《後漢書·桓譚傳》：「憙非毀俗儒，由是多見排～。」❷ 頂，觸。揚雄《羽獵賦》：「犀兕之～觸。」《論衡·辯祟》：「人君布衣皆畏懼信向，不敢～犯。」（信向：信奉。）❸ 否認，抵賴。《漢書·酷吏傳·田延年》：「霍將軍召問延年，欲為道地，延年～曰。」❹ 抵償。《韓非子·內儲說下》：「是將以濟陽君～罪於齊矣。」引申為相當。杜甫《春望》：「烽火連三月，家書～萬金。」❺ 至，到達。《史記·秦始皇本紀》：「遂從井陘～九原。」（井陘 xíng、九原：地名。）柳宗元《童區寄傳》：「持童～主人所。」㊁ zhǐ ❻ 側擊。《戰國策·秦策一》：「～掌而談。」鮑照《擬行路難》：「聽我～節行路吟。」（節：樂器名。）

【辨析】抵、牴、觝。三字都有「頂、觸」的意思，在這個意義上是同義詞。「觝」是「牴」的異體。「牴」「觝」多用於用角頂觸，「抵」多用於一般的抵觸。

坻 dǐ 見61頁「坻」㊂。

邸 dǐ ❶ 古代官員或侯王為朝見而在京都設置的住所。《史記·范雎蔡澤列傳》：「魏使須賈於秦，范雎聞之，為微行，敝衣閒步之～，見須賈。」（須賈：

人名。微行：隱匿身分出行。之：到……去。）泛指高級官員辦事或居住的地方。《宋史・宋琪傳》：「上言願易官～。」引申為旅舍。沈既濟《枕中記》：「行邯鄲道中，息～舍。」❷ 通「抵 dǐ」。至，到。《史記・河渠書》：「令鑿涇水，自中山西～瓠口為渠。」（中山：山名。瓠口：谷口，澤藪名。）引申為止息，停留。屈原《九章・涉江》：「～余車兮方林。」（方林：地名。）❸ 通「柢 dǐ」。根底。《周禮・春官・典瑞》：「四圭有～。」（四圭：古代貴族祭天所用的玉器。）

底 dǐ ❶ 最下面，底部。宋玉《高唐賦》：「不見其～，虛聞松聲。」左思《詠史》：「鬱鬱澗～松。」引申為盡頭。《徐霞客遊記・楚遊日記》：「數轉達洞～。」❷ 停滯。《國語・晉語四》：「今戾久矣，戾久將～。」（戾：定。）❸ 至，到達。《列子・天瑞》：「林類年且百歲，～春被裘。」（林類：人名。且：將近。被 pī：披，穿。裘：皮衣。）❹ 何，甚麼。杜甫《解悶》之七：「陶冶性靈存～物，新詩改罷自長吟。」❺ 通「砥 dǐ」。質細的磨刀石。枚乘《上書諫吳王》：「磨礱～厲，不見其損，有時而盡。」（礱 lóng、厲：磨刀石。）又為動詞，磨礪。《漢書・鄒陽傳》：「～厲名號者，不以利傷行。」

弤 dǐ 雕漆的弓。《孟子・萬章上》：「琴朕，～朕。」（琴歸我，雕漆的弓歸我。朕：我。）

阺 dǐ ❶ 山的側坡。宋玉《高唐賦》：「臨大～之稸水。」（稸：同「蓄」，蓄積。）❷ 山旁突出欲墮的部分。《漢書・揚雄傳下》：「功若泰山，響若～隤。」（隤 tuí：墜落。）

柢 dǐ 樹的主根，也泛指樹根。《老子》第五十九章：「是謂深根固～，長生久視之道。」《韓非子・解老》：「～固，則生長。」引申為事物的根基。左思《吳都賦》：「霸王之所根～，開國之所基趾。」

【辨析】柢、本、根。見 17 頁「本」字條。

牴(觝) dǐ 用角頂，觸。《淮南子・說山》：「兕牛之動以～觸。」引申為抵制。韓愈《進學解》：「～排異端。」（排：排斥。異端：指不合正道的學說。）

【辨析】牴、觝、抵。見 100 頁「抵」字條。

砥 dǐ ❶ 細的磨刀石。《詩經・小雅・大東》：「周道如～。」《淮南子・說山》：「厲利劍者，必以柔～。」（厲：磨。）引申為磨。《孫子・九地》：「～甲礪兵。」（礪：磨。）《韓非子・內儲說下》：「援礪～刀。」（援：持。）再引申為磨煉，修養。《淮南子・道應》：「文王～德修政。」（文王：指周文王。）《晉書・阮种傳》：「賢臣之於主，進則忠國愛人，退則～節潔志。」❷ 平，平坦。鮑照《登大雷岸與妹書》：「東則～原遠隰。」（隰 xí：低濕的地方。）❸ 阻滯，阻擋。《管子・法法》：「財無～墆。」（墆 zhì：停滯。）《徐霞客遊記・粵西遊日記二》：「有石～中流。」

【辨析】砥、底、厲、礪。「砥」是「底」的異體，但古書多用「砥」。「礪」是「厲」的後起區別字。「砥」「厲」都指磨刀石。區別在於：「砥」是質地細的，「厲」是質地較粗的。《尚書・禹貢》偽孔傳：「砥細於礪，皆磨石也。」

提 dǐ 見 498 頁「提」㊁。

詆 dǐ ❶ 毀謗，誣衊。《史記・汲黯鄭當時列傳》：「而刀筆吏專深文巧～，陷人於罪。」（深文：指周密的法律條文。）《漢書・息夫躬傳》：「躬上疏歷～公卿大臣。」❷ 通「柢 dǐ」。根柢，重要的事情。《淮南子・兵略》：「兵有三～。」

骶 dǐ 尾椎骨。《素問・刺熱》：「七椎下間主腎熱，榮在～也。」

弔 dì 見 106 頁「弔」㊁。

地 dì ❶ 地，與「天」相對。《周易・繫辭上》：「天尊～卑，乾坤定矣。」《左傳・隱公元年》：「若闕～及泉，隧而相見，其誰曰不然？」引申為土地，田地。《周禮・地官・大司徒》：「制天下之～征。」《韓非子・五蠹》：「盡其～之力以多其積。」❷ 處所，處境。《孫子・九地》：「陷之死～然後生。」《孟子・離婁下》：「禹、稷、顏子，易～則皆然。」今成語有「設身處地」。❸ 質地，底子。《三國志・魏書・東夷傳》：「今以絳～交龍錦五匹……答汝所獻貢直。」《世說新語・文學》：「才如白～明光錦。」❹ 通「第 dì」。但，只，僅僅。《漢書・丙吉傳》：「西曹～忍之，此不過汚丞相車茵耳。」

玓 dì△ [玓瓅 lì] 珠子的光澤。《史記・司馬相如列傳》：「明月珠子，～～江靡。」（江靡：江邊。）

杕 ㊀ dì ❶ 樹木挺立的樣子。《詩經・唐風・杕杜》：「有～之杜。」（杜：樹名。）
㊁ duò ❷ 同「柁」。船尾梢木。《淮南子・說林》：「毀舟為～。」

的 dì△ [的的] 顯明的樣子。《淮南子・說林》：「～～者獲，提提者射。」（提提：羣飛的樣子。）

弟 ㊀ dì ❶ 弟弟。《左傳・隱公元年》：「蔓草猶不可除，況君之寵～乎？」古代也指妹妹。《孟子・萬章上》：「彌子之妻與子路之妻，兄～也。」（兄弟：姐妹。）[弟子] 1. 年輕人。《論語・學而》：「～～入則孝，出則悌。」2. 學生。《論語・雍也》：「～～孰為好學？」《呂氏春秋・遇合》：「委質為～～者三千人。」❷ 次序。《呂氏春秋・原亂》：「亂必有～。」❸ 只，只管。《史記・孫子吳起列傳》：「君～重射，臣能令君勝。」（重 zhòng 射：重重地下賭。）又《淮陰侯列傳》：「～舉兵，吾從此助公。」以上各義，除 ❶ 外，又寫作「第」。
㊁ tì（舊讀 dì） ❹ 敬愛兄長。後來寫作「悌」。《論語・學而》：「其為人也孝～，而好犯上者鮮矣。」（鮮：少。）

的 ㊀ dì△ ❶ 白色。《周易・說卦》：「為～顙。」（顙 sǎng：額。）引申為鮮明，明亮。宋玉《神女賦》：「朱脣～其若丹。」（丹：丹砂。）❷ 箭靶的中心。《荀子・勸學》：「是故質～張而弓矢至焉。」（質：箭靶。）《韓非子・用人》：「發矢中～。」今成語有「有的放矢」。引申為目標，準的。《韓非子・外儲說左上》：「人主之聽言也，不以功用為～。」❸ 古代婦女點在面部作為裝飾的紅點。傅咸《鏡賦》：「點雙～以發姿。」（發姿：顯現出美姿。）❹ 同「菂」。蓮子。李商隱《李夫人》之二：「多擘秋蓮～。」（擘 bò：剖分。）
㊁ dí ❺ 確實，究竟。《南史・庾仲文傳》：「若言仲文有誠於國，未知～是何事。」蘇軾《光祿庵》之二：「城中太守～何人？」

帝 dì ❶ 最高的天神，天帝。《詩經・大雅・生民》：「履～武敏。」（武：足跡。敏：腳的大拇指。）❷ 天下的最高統治者。《尚書・堯典》：「昔在～堯，聰明文思，光宅天下。」《史記・秦始皇本紀》：「始皇君天下，故稱～。」（君：統治。）[帝藉] 天子名義上的躬耕之田。《禮記・月令》：「帥三公九卿諸侯大夫，躬耕～～。」

埊 dì 「地」的古字。《戰國策・燕策一》：「不如以～請合於齊。」

娣 dì ❶ 同嫁一夫的年輕者。《左傳・隱公三年》：「其～戴嬀生桓公。」❷ 妾中年輕者。《詩經・大雅・韓奕》：「諸～從之，祁祁如雲。」

第 dì ❶ 次序，等級。《左傳・哀公十六年》：「楚國～，我死，令尹、司馬，非勝而誰？」（楚國第：依照楚國人的次序。勝：人名。）《漢書・王莽傳上》：「各有～序。」又用作表示次第的詞頭。《史記・陳丞相世家》：「以絳侯周勃為右丞相，位次～一；平徙為左丞相，位次～二。」（平：陳平。徙：調職。）❷ 宅第。《史記・魏其武安侯列傳》：「武安由此滋驕，治宅甲諸～。」（甲：居首位。）左思《蜀都賦》：「亦有甲～，當衢向術。」（衢、術：道路。）❸ 科舉考試合格的等第，也泛指考中。韓愈《柳子厚墓誌銘》：「雖少年，已自成人，能取進士～。」❹ 只，只管。《後漢書・賈復傳》：「～持我書往。」

D

鈦 dì ❶古代刑具，類似後世的腳鐐。《漢書·陳萬年傳》：「或私解脫鉗～。」❷通「軑 dài」。車轄，安在車軸末端不使車輪脫落的裝置。《漢書·揚雄傳上》：「肆玉～而下馳。」（肆：放開。）

菂 dì△ 蓮子。王延壽《魯靈光殿賦》：「綠房紫～。」（房：指蓮蓬。）

揥 dì 見500頁「揥」㈡。

棣 ㈠dì ❶樹名，又名常棣。《詩經·秦風·晨風》：「山有苞～。」（苞：叢生的。）❷[棣棣] 文靜嫻雅的樣子。《詩經·邶風·柏舟》：「威儀～～。」
㈡tì ❸[棣通] 通達。《漢書·律曆志上》：「萬物～～。」

睇 dì 斜着眼看。屈原《九歌·山鬼》：「既含～兮又宜笑。」（宜笑：適宜笑，指口齒美好。）

逮 dì 見89頁「逮」㈡。

蒂(蔕) dì 花、葉或瓜果與枝莖相連的部分。宋玉《高唐賦》：「丹莖白～。」《齊民要術·種桃柰》：「刀子切去～，勿令汁出。」今成語有「瓜熟蒂落」。[蒂芥] 義同「芥蒂」，細小的梗塞物，比喻心裏想不通。《漢書·賈誼傳》：「細故～～，何足以疑？」

禘 dì 古代帝王、諸侯對天或祖先舉行的祭祀。《左傳·僖公七年》：「秋七月，～於太廟。」

疐 dì 見681頁「疐」㈡。

蝃 dì [蝃蝀 dōng] 虹。《詩經·鄘風·蝃蝀》：「～～在東，莫之敢指。」（莫：沒有誰。）

遞 dì ❶交替，順次更替。《呂氏春秋·先己》：「巧謀並行，詐術～用。」杜牧《阿房宮賦》：「秦復愛六國之人，則～三世可至萬世而為君。」❷傳送。《舊唐書·郭虔瓘傳》：「又一萬行人，詣六千餘里，咸給～馱，並供熟食。」（詣：至。給：供給。）又為驛車。白居易《縛戎人》：「黃衣小使錄姓名，領出長安乘～行。」

【辨析】遞、傳。二者都有「傳遞」的意思，但產生時代有先有後。中古以前，「傳遞」的意思用「傳」表示，中古以後，「傳」「遞」並用。「傳」側重於轉授他人，而「遞」側重於一個接一個地更替。

墬 dì 「地」的古字。屈原《天問》：「～何故以東南傾？」

締 dì 鬱結。屈原《九章·悲回風》：「氣繚轉而自～。」（繚轉：繚繞。）又為締結。賈誼《過秦論》：「合從～交，相與為一。」（合從：即合縱，戰國時六國聯合以抗秦的策略。）

踶 ㈠dì ❶踢。《莊子·馬蹄》：「夫馬……怒則分背相～。」
㈡zhì ❷[踶跂 qí] 用心力的樣子。《莊子·馬蹄》：「及至聖人……～～為義，而天下始疑矣。」

諦 dì ❶細察，詳察。《關尹子·九藥》：「～毫末者，不見天地之大。」（毫末：比喻極細小的東西。）引申為仔細，詳細。白居易《霓裳羽衣歌和微之》：「凝視～聽殊未足。」又引申為明白，了解。《新論·專學》：「若心不在學而強諷誦，雖入於耳，而不～於心。」（諷誦：背誦。）❷佛教語，指真實無謬的道理。姚合《寄郁上人》：「誰為傳真～，唯應是上人。」（上人：對和尚的尊稱。）❸通「啼 tí」。號哭，號叫。《荀子·禮論》：「哭泣～號。」《淮南子·精神》：「蹪局而～，通夕不寐。」（蹪局 quánjú：拳曲不伸展。）

螮 dì [螮蝀] 同「蝃蝀」。虹。《爾雅·釋天》：「～～，虹也。」《晉書·隱逸傳·夏統》：「～～之氣見，君子尚不敢指。」

dian

傎 diān 同「顛」。顛倒，錯亂。《穀梁傳·僖公二十八年》：「以為晉文公之行事為已～矣。」

滇 diān 古國名，戰國時楚將莊蹻所建，故址在今雲南滇池附近。《史記・西南夷列傳》：「西南夷君長以百數，獨夜郎、～受王印。」

瘨 diān ❶ 同「癲」。癲狂。《素問・腹中論》：「石藥發～，芳草發狂。」又為暈倒。《戰國策・楚策一》：「七日不得告，水漿無入口，～而殫悶，旄不知人。」（旄：通「眊」，眼昏花。）❷ 災病，疾苦。《詩經・大雅・雲漢》：「胡寧～我以旱？」

蹎 diān 跌倒。《荀子・正論》：「～跌碎折，不待頃矣。」（頃：頃刻。）

顛 diān ❶ 頭頂。《詩經・秦風・車鄰》：「有馬白～。」《墨子・修身》：「華髮隳～。」（華髮：花白頭髮。隳顛：禿頂。）泛指頂部。《史記・武帝本紀》：「乃令人上石立之泰山～。」比喻根本，起始。陸機《文賦》：「如失機而後會，恆操末以續～。」❷ 墜落。《漢書・五行志中之上》：「厥應泰山之石～而下。」（厥：其。）❸ 跌倒，倒下。《論語・季氏》：「危而不持，～而不扶，則將焉用彼相矣？」（相：扶着瞎子走路的人。）❹ 顛倒，倒置。《詩經・齊風・東方未明》：「東方未明，～倒衣裳。」（衣：上衣。裳：下裙。）劉向《九歎・愍命》：「～裳以為衣。」❺ 精神失常。後來寫作「癲」。張籍《羅道士》：「對花歌詠似狂～。」

驒 diān 見 516 頁「驒」㊁。

巔 diān ❶ 山頂。《詩經・唐風・采苓》：「采苓采苓，首陽之～。」（首陽：山名。）李白《蜀道難》：「可以橫絕峨嵋～。」泛指事物的頂部。陶潛《歸園田居》之一：「雞鳴桑樹～。」❷ 同「顛」。頭部。《素問・宣明五氣論》：「搏陽則為～疾。」❸ 殞落。屈原《九章・惜誦》：「行不羣以～越兮。」（越：墜下。）

癲 diān ❶ 精神錯亂。《靈樞・邪氣藏府病形》：「肺脈急甚為～疾。」❷ 癲癇。《諸病源候・小兒諸病源候》：「癇者，小兒病也，十歲以上為～，十歲以下為癇。」

齻 diān 牙齒最裏邊的臼齒，也叫智齒。《儀禮・既夕禮》：「左～右～。」

典 diǎn ❶ 簡冊，重要的文獻，書籍。《左傳・昭公十二年》：「是能讀三墳五～。」（三墳、五典：都是古書名。）《尚書・多士》：「惟殷先人有冊有～。」❷ 法則，法規。《呂氏春秋・察今》：「古今之法，言異而～殊。」引申為典禮，儀式。《世說新語・德行》：「雖閒室之內，儼若朝～。」❸ 典雅。《西京雜記》卷三：「司馬長卿賦，時人皆稱～而麗。」（司馬長卿：司馬相如。）《顏氏家訓・文章》：「吾家世文章，甚為～正，不從流俗。」❹ 掌管，主持。《尚書・舜典》：「命汝～樂。」（典樂：掌管音樂的官。）《顏氏家訓・涉務》：「～掌機要。」❺ 典當，抵押。杜甫《曲江》之二：「朝回日日～春衣。」白居易《杜陵叟》：「～桑賣地納官租。」

點 diǎn ❶ 小黑點。《說文》：「～，小黑也。」孔子的學生曾點，即因其面部有黑色斑痕得名。引申為玷污，污辱。司馬遷《報任安書》：「適足以見笑而自～耳。」❷ 漢字的筆畫，「、」稱作點。蔡邕《九勢》：「畫～勢盡，力收之。」王羲之《題衛夫人筆陣圖後》：「每作一～，常隱鋒而為之。」引申為塗改文字。《三國志・魏書・武帝紀》：「公又與遂書，多所～竄。」（點竄：修改字句。）❸ 液體的小滴。陸游《雨》：「風聲如翻濤，雨～如撒菽。」（菽：指豆粒。）引申為滴注。《千金寶要・瘡疽瘰腫》：「以針刺瘡中，至痛，即～之，～三遍，其根自拔。」❹ 指派，核檢。《木蘭詩》：「可汗大～兵。」（可汗 kèhán：古代北方少數民族的首領。）白居易《新豐折臂翁》：「無何天寶大徵兵，戶有三丁～一丁。」（天寶：唐玄宗年號。）❺ 一觸即離或向下微動的動作。杜甫《曲江》之二：「～水蜻蜓款款飛。」（款款：緩慢的樣子。）❻ 燃火。皮日休《釣侶》：「煙浪濺蓬寒不睡，更將枯蚌～漁燈。」❼ 更點。古代一夜分五更，一更分五點。杜甫《至日遣興奉寄兩院遺補》：「五更三～入鵷行。」（鵷行：指朝班。）

佃 diàn 見 501 頁「佃」㊁。

甸 ㊀ diàn ❶ 古代天子都城外五百里為甸服。《尚書・禹貢》：「五百里～服。」泛指郊外。《左傳・襄公二十一年》：「罪重於郊～，無所伏竄。」❷ 田野的出產物。《禮記・少儀》：「納貨貝於君，則曰納～於有司。」（有司：主管官吏。）❸ 治理。《詩經・大雅・韓奕》：「奕奕梁山，維禹～之。」（奕奕：高大的樣子。）

㊁ tián ❹ 田獵，打獵。《周禮・春官・司服》：「凡～，冠弁服。」（冠弁：天子田獵時的裝束。）❺［甸甸］車馬聲。古詩《為焦仲卿妻作》：「隱隱何～～，俱會大道口。」（隱隱：車馬聲。）

坫 diàn 古代設於堂上或室內的土臺，用以放置器物。《論語・八佾》：「邦君為兩君之好，有反～。」（反坫：諸侯相會，飲完酒，將酒杯放回坫上。）《儀禮・士冠禮》：「執以待于西～南。」

店 diàn ❶ 商店，店鋪。《世說新語・任誕》：「阮宣子常步行，以百錢掛杖頭，至酒～，便獨酣暢。」❷ 旅店，客舍。《北史・魏本紀》：「人出入者，各一棧，～舍為五等。」

阽 diàn 臨近。多指臨近險境。屈原《離騷》：「～余身而危死兮，覽余初其猶未悔。」《漢書・文帝紀》：「而吾百姓鰥寡孤獨窮困之人或～於死亡。」

玷 diàn ❶ 玉上的斑點。《詩經・大雅・抑》：「白圭之～，尚可磨也。」（圭：上圓下方的玉。）比喻缺點，過失。《後漢書・陳蕃傳》：「正身無～，死心社稷。」❷ 玷污，污辱。鮑照《代白頭吟》：「食苗實碩鼠，～白信蒼蠅。」（信：確實。）沈約《奏彈王源》：「～辱流輩，莫斯為甚。」（辱：忝列。斯：此。）用為自謙之詞。杜甫《春日江村》之三：「名～薦賢中。」

【辨析】玷、瑕。二字都有「玉上斑點」的意義，又都引申為「缺點、毛病」的意義。這是它們相同之處，其他意義都不相同。

淀 diàn 淺水湖泊。《顏氏家訓・歸心》：「凡數年，向幽州～中捕魚。」

奠 diàn ❶ 陳設祭品。《詩經・召南・采蘋》：「于以～之，宗室牖下。」（牖：窗。）又指祭品。李華《弔古戰場文》：「布～傾觴。」❷ 進獻。《儀禮・士昏禮》：「賓升，北面，～雁，再拜稽首。」❸ 放置。《禮記・內則》：「其無篚，則皆坐～之，而後取之。」❹ 定。《尚書・禹貢》：「隨山刊木，～高山大川。」《明史・楊瑄傳》：「民得～居。」

電 diàn 閃電。《呂氏春秋・貴生》：「故雷則掩耳，～則掩目。」

鈿 diàn ❶ 用金翠珠寶等製成的花朵形的首飾。白居易《長恨歌》：「花～委地無人收。」❷ 金銀珠貝等鑲嵌的器物。溫庭筠《和友人悼亡》：「～箏弦斷雁行稀。」用作動詞，用金銀等鑲嵌。《魏書・食貨志》：「鑲以白銀，～以玫瑰。」

殿 diàn ❶ 鎮守。《詩經・小雅・采菽》：「樂只君子，～天子之邦。」（只：句中語氣詞。）《左傳・成公二年》：「此車一人～之，可以集事。」（集事：成事。）❷ 行軍走在最後。《論語・雍也》：「孟之反不伐，奔而～。」（伐：自誇。）《左傳・襄公二十六年》：「晉人置諸戎車之～以為謀主。」（謀主：主謀的人。）引申為末等。《史記・絳侯周勃世家》：「擊章邯車騎，～。」❸ 高大的房屋。《莊子・說劍》：「莊子入～門不趨，見王不拜。」《戰國策・魏策四》：「倉鷹擊於～上。」

墊 diàn ❶ 下陷。《尚書・益稷》：「洪水滔天，浩浩懷山襄陵，下民昏～。」（襄：沖上。）《漢書・王莽傳下》：「武功中水鄉民三舍～為池。」引申為地勢低窪。《大唐西域記・摩揭陀國上》：「土地～濕……」❷ 因潮濕而引起的病。《山海經・中山經》：「多馱鳥……食之已～。」（已：止，治癒。）

澱 diàn ❶ 淤泥。《說文》：「～，滓滋也。」《夢溪筆談・雜志二》：「汴渠有二十年不浚，歲歲堙～。」又泛指沉積物。《齊民要術・養羊》：「澄酪成，取下～，團，曝乾。」❷ 淺水湖泊。郭璞《江賦》：「栫～為涔。」（栫 jiàn：用木柴等壅塞。）

D

【說明】「淀」「澱」在古代是不同的兩個字，「淀」的本義是淺水湖泊，「澱」的本義是淤泥。「澱」也通用作「淀」，指淺水湖泊，而「淀」一般不指淤泥。現在「澱」簡化作「淀」。

簟 diàn 竹蓆，也指葦蓆。《詩經・小雅・斯干》：「下莞上～，乃安斯寢。」

癜 diàn 皮膚生斑點的病。《千金翼方・中風下》：「其白～入頭令髮白。」

diao

刁 diāo ［刁斗］古代行軍用具。白天用來燒飯，夜間擊以巡更。《史記・李將軍列傳》：「不擊～～以自衛。」高適《燕歌行》：「殺氣三時作陣雲，寒聲一夜傳～～。」

凋 diāo 草木衰落，凋零。《素問・五常政大論》：「草木晚榮，蒼乾～落。」杜牧《寄揚州韓綽判官》：「秋盡江南草木～。」引申為衰敗。《史記・酷吏列傳・尹齊》：「吏民益～敝。」李白《蜀道難》：「蜀道之難難於上青天，使人聽此～朱顏。」（朱顏：容顏。）

【辨析】凋、雕、鵰、彫、琱。「雕」是猛禽，「鵰」是「雕」的異體字。「彫」是繪飾、刻劃，「琱」是加工玉石、雕刻，「凋」是草木零落。在「衰落、衰敗」的意義上，「彫」與「凋」相通。在「雕刻、刻劃」的意義上，「雕」「彫」「琱」相通。

彫 diāo ❶繪飾。《左傳・宣公二年》：「晉靈公不君，厚斂以～牆。」❷雕刻。《孟子・梁惠王下》：「必使玉人～琢之。」❸凋殘，零落。《論語・子罕》：「歲寒，然後知松柏之後～也。」引申為衰敗，損傷。《漢書・循吏傳》：「民用～敝。」

【辨析】彫、凋、雕、鵰、琱。見106頁「凋」字條。

琱 diāo ❶加工玉石，雕刻。《說文》：「～，治玉也。」《抱朴子・博喻》：「朽爛之材，不受～鏤之飾。」比喻推敲、修飾文辭。楊萬里《不寐》：「若待曉光～好句，曉光未白句先成。」❷通「彫 diāo」。繪飾，刻劃。《漢書・貢禹傳》：「牆塗而不～。」

【辨析】琱、凋、雕、鵰、彫。見106頁「凋」字條。

貂 diāo 一種哺乳動物。《戰國策・秦策一》：「黑～之裘弊。」

碉 diāo 石室。李新《答李丞用其韻》：「頑雲垂翼山～暗。」

雕 diāo ❶一種兇猛的鳥，也叫鷲。《史記・李將軍列傳》：「是必射～者也。」比喻奸惡，兇猛。《史記・貨殖列傳》：「而民～捍少慮。」（捍：通「悍」，強悍。）❷通「琱 diāo」。治玉璞使成玉。《尚書・顧命》：「～玉仍几。」（仍几：保留原樣的几案。）泛指雕刻。《論語・公冶長》：「朽木不可～也。」❸通「彫 diāo」。刻劃，修飾。《呂氏春秋・知度》：「行其情，不～其素。」特指文章或言辭的修飾。《文心雕龍・情采》：「綺麗以豔說，藻飾以辯～。」

【辨析】雕、凋、鵰、彫、琱。見106頁「凋」字條。

鼦 diāo 同「貂」。《戰國策・趙策一》：「李兌送蘇秦明月之珠，和氏之璧，黑～之裘，黃金百鎰。」

鵰 diāo 同「雕」。一種兇猛的鳥。《淮南子・原道》：「鷹～搏鷙，昆蟲蟄藏。」比喻兇猛。左思《吳都賦》：「料其虓勇，則～悍狼戾。」（虓 xiāo 勇：勇猛。戾：兇暴。）

【辨析】鵰、凋、雕、彫、琱。見106頁「凋」字條。

弔 ㊀ diào ❶哀悼死者。《莊子・養生主》：「老聃死，秦失～之，三號而出。」（秦失：人名。號：哭。）《戰國策・燕策一》：「燕王～死問生，與百姓同其甘苦。」又指慰問有喪事或遇災禍的人。《左傳・莊公十一年》：「秋，宋大水，公使～焉。」今成語有「形影相弔」。❷悲傷。《詩經・檜風・匪風》：「顧瞻周道，中心～兮。」（周道：大道。中心：心中。）❸善。《詩經・小雅・節南山》：「不～昊天，不宜空我師。」（昊 hào 天：

即上天。）

㈡ dì　❹ 至，到。《詩經・小雅・天保》：「神之～矣，詒爾多福。」（詒 yí：留給。）

【辨析】弔、唁。「弔」本指哀悼死者，「唁」指慰問生者，界限是清楚的。後來「弔」也指慰問生者。

掉 diào　❶ 搖動，搖擺。《左傳・昭公十一年》：「末大必折，尾大不～。」（末：樹梢。）《史記・孟嘗君列傳》：「過市朝者～臂而不顧。」今成語有「掉以輕心」。引申為顫動。《新序・雜事二》：「襄王大懼，形體～栗。」❷ 拋棄。韓愈《元和聖德詩》：「～棄甲兵。」

釣 diào　釣魚。《莊子・秋水》：「莊子～於濮水。」又用作名詞釣鈎。《淮南子・說林》：「無餌之～，不可以得魚。」比喻用手段謀取。《淮南子・主術》：「虞君好寶，而晉獻以璧馬～之。」（虞：國名。晉獻：指晉獻公。）今成語有「沽名釣譽」。

誂 diào　見 504 頁「誂」㈡。

䨟 diào　［霄䨟］虛空寂寞。《淮南子・原道》：「上游於～～之野。」

魡 diào　同「釣」。釣魚。《墨子・魯問》：「～者之恭，非為魚賜也。」

蓧 diào　古代一種除草用具。《論語・微子》：「遇丈人，以杖荷～。」（丈人：老人。荷 hè：扛。）

調 diào　見 503 頁「調」㈡。

窵 diào　遙遠。周邦彥《倒犯・新月》：「歸來山路～。」

die

跌 diē△　❶ 失足摔倒。《荀子・正論》：「蹎～碎折，不待頃矣。」（蹎：同「顛」，倒仆。頃：片刻。）引申為下降。《徐霞客遊記・遊雁宕山日記》：「常雲南下，～而復起，為戴辰峯。」（常雲：山峯名。）❷ 失誤，差誤。《荀子・王霸》：「此夫過舉蹞步而覺～千里者夫。」（蹞步：古代指半步，相當於現在的一步。）揚雄《解嘲》：「不知一～將赤吾之族也。」（赤：用如使動，使……流血。）❸ 疾行。《淮南子・脩務》：「夫墨子～蹄而趨千里。」（蹄：快走。）

【辨析】跌、斃、僵、仆、偃。見 24 頁「斃」字條。

垤 dié△　蟻穴洞口周圍的積土，即蟻冢。《詩經・豳風・東山》：「鸛鳴于～。」泛指小土堆。《孟子・公孫丑上》：「太山之於丘～，河海之於行潦，類也。」（潦 lào：雨後積水。）

昳 ㈠ dié△　❶ 午後日偏斜。《漢書・游俠傳》：「諸客奔走市買，至日～皆會。」（會：集合。）

㈡ yì△　❷［昳麗］漂亮，美麗。《戰國策・齊策一》：「鄒忌脩八尺有餘，而形貌～～。」（脩：長，指身長。）

咥 dié　見 545 頁「咥」㈡。

迭 dié△　❶ 輪流，交替。《孟子・萬章下》：「～為賓主。」柳宗元《永州韋使君新堂記》：「奇勢～出。」❷ 通「軼 yì」。侵襲。《左傳・成公十三年》：「～我殽地。」

胅 dié△　隆起，凸出。《淮南子・精神》：「一月而膏，二月而～，三月而胎。」

瓞 dié△　小瓜。《詩經・大雅・綿》：「綿綿瓜～。」（綿綿：連綿不斷的樣子。）

涉 dié　見 450 頁「涉」㈡。

堞 dié△　城上女牆，即齒形的垛，上有射孔。《左傳・襄公六年》：「堙之環城，傅於～。」

耋 dié△　❶ 同「耊」。老。《漢書・孔光傳》：「臣光智謀淺短，犬馬齒～，誠恐一旦顛仆，無以報稱。」❷ 通「驖 tiě」。赤黑色的馬。《詩經・秦風》有《駟驖》，《漢書・地理志下》引作《四～》。

耊 dié△　七八十歲，老。《詩經・秦風・車鄰》：「今者不樂，逝者其～。」

喋 dié△　❶［喋喋］話多。《史記・匈奴列傳》：「嗟土室之人，顧無多

D

辭，今～～而佔佔，冠固何當？」（佔佔：低聲耳語。）今成語有「喋喋不休」。❷［喋血］形容流血多。《史記・淮陰侯列傳》：「新～～闕與。」（闕 yù 與：地名。）

詄 dié△ 開闊。《漢書・禮樂志》：「天門開，～蕩蕩。」

惵 dié△ 恐懼。《後漢書・班彪傳附班固》：「～然意下，捧手欲辭。」

渫 dié 見564頁「渫」㊁。

絰 dié△ ❶古代喪服所用的麻帶。《儀禮・喪服》：「齊衰之～，斬衰之帶也。」（齊衰 zīcuī：喪服名，粗麻製成，縫邊。斬衰：喪服名，粗麻製成，不縫邊。）❷［絰皇］墓門甬道的門。《左傳・莊公十九年》：「亦自殺也，而葬於～～。」

殜 dié△ ［殜殜］氣息微弱的樣子。《朝野僉載》卷二：「又射諸司百官射，箭如蝟毛，仍氣～～然微動。」

牒 dié△ ❶古代可供書寫的木片、竹片，簡札。《論衡・量知》：「截竹為筒，破以為～。」引申為簿冊，書籍。《左傳・昭公二十五年》：「右師不敢對，受～而退。」《韓非子・大體》：「記年之～空虛。」❷授職的文書，官府往來的文書。《漢書・匡衡傳》：「但以無階朝廷，故隨～在遠方。」白居易《杜陵叟》：「昨日里胥方到門，手持敕～榜鄉村。」也指憑證。《宋史・徽宗紀二》：「五月壬寅，停僧～三年。」❸通「疊 dié」。重疊。《淮南子・本經》：「積～旋石。」（旋：通「璇」，玉。）

嵽 dié△ ［嵽嵲 niè］高山或山的高處。杜甫《自京赴奉先縣詠懷五百字》：「凌晨過驪山，御榻在～～。」

褋 dié△ 單衣。屈原《九歌・湘夫人》：「遺余～兮澧浦。」

蝶 dié△ 蝴蝶。《莊子・齊物論》：「昔者莊周夢為胡～，栩栩然胡～也。」

艓 dié△ 一種輕便小船。《宋書・沈攸之傳》：「輕～一萬，截其津要。」

蹀 dié△ ❶踏，跺。《呂氏春秋・順說》：「惠盎見宋康王，康王～足謦欬。」（惠盎：人名。蹀足：頓足，跺腳。謦欬 qǐngkài：咳嗽。）《淮南子・俶真》：「足～陽阿之舞。」（陽阿：古樂曲名。）❷［蹀躞 xiè］小步走路的樣子。古詩《皚如山上雪》之一：「～～御溝上，溝水東西流。」

諜 dié△ ❶間諜，偵察人員。《左傳・宣公八年》：「晉人獲秦～。」又為偵察，探聽。《左傳・桓公十二年》：「羅人欲伐之，使伯嘉～之。」（羅：國名。伯嘉：人名。）❷通「牒 dié」。譜系。《史記・三代世表》：「余讀～記，黃帝以來皆有年數。」❸［諜諜］通「喋喋」。話語多的樣子。《史記・張釋之馮唐列傳》：「豈斅此嗇夫～～利口捷給哉？」（斅：通「效」，效法。嗇夫：小吏。捷給 jǐ：言辭敏捷。）

> **【辨析】** 諜、間。二字在「間諜」的意義上是同義詞，但本義不同。《說文》：「諜，軍中反間也。」「間諜」義是「諜」的本義。《說文》：「間，隙也。」「間」的本義是門縫、縫隙。從本義引申出「刺探敵情的人」的意義，即「間諜」的意義，與「諜」構成同義詞，「諜」「間」其他意義都不相同。

褶 ㊀ dié△ ❶夾衣。《禮記・玉藻》：「帛為～。」
㊁ zhě ❷衣裙的褶皺。張祜《觀杭州柘枝》：「看著遍頭香袖～。」

鰈 dié△ 比目魚。《說文》：「～，比目魚也。」《韓詩外傳》卷五：「東海之魚，名曰～，比目而行，不相得，不能達。」

疊（曡、㬪、叠） dié△ ❶重疊，累積。《水經注・江水》：「重巖～嶂，隱天蔽日。」（嶂：高險如屏障的山峯。）引申為層。許渾《歲暮自廣江至新興往復中題峽山寺》之二：「水曲巖千～，雲重樹百層。」又樂曲反覆演奏或文辭反覆吟詠。白居易《聽歌六絕句・何滿子》：「一曲四詞歌八～。」❷摺疊。王建《宮詞》之八：「內人對御～花箋。」❸振動，輕擊。左思《吳都賦》：「鉦鼓～山。」范成大《晚潮》：「東風吹雨晚潮生，～鼓催船鏡裏行。」❹ 通「慴 shè」。恐懼。《詩經・周頌・時邁》：「薄言震之，莫不震～。」（薄言：動詞詞頭。）

氎 dié△ 細毛布，細棉布。杜甫《大雲寺贊公房》之四：「光明白～巾。」

ding

丁 ㈠ dīng ❶ 天干的第四位。與地支配合以紀日、年。《左傳・僖公二十五年》：「四月～巳，王入于王城。」❷ 成年男子。《史記・項羽本紀》：「～壯苦軍旅。」白居易《新豐折臂翁》：「無何天寶大徵兵，戶有三～點一～。」（天寶：唐玄宗年號。）泛指人口。《南史・何承天傳》：「計～課仗，勿使有闕。」（仗：兵器。闕：缺。）❸ 當，遭逢。《詩經・大雅・雲漢》：「寧～我躬。」（躬：身。）《後漢書・崔駰傳》：「～漢氏之中微。」❹ 釘子。《晉書・陶侃傳》：「又以侃所貯竹頭作～裝船。」（裝船：組裝船隻。）

㈡ zhēng ❺［丁丁］象聲詞。伐木聲。《詩經・小雅・伐木》：「伐木～～。」

仃 dīng ［伶仃］見 316 頁「伶」字條。

玎 dīng 玉聲。《說文》：「～玉聲也。」［玎璫 dāng］象聲詞。玉器撞擊聲。韓偓《秋雨內宴》：「撼真珠箔碎～～。」

疔 dīng ［疔瘡］一種毒瘡。《諸病源候論・疔瘡候》：「～～者，風邪毒氣於肌肉所生也。」

釘 ㈠ dīng ❶ 釘子。杜牧《阿房宮賦》：「～頭磷磷，多於在庾之粟粒。」（磷磷：形容釘頭突出的樣子。庾：露天穀倉。）

㈡ dìng ❷ 用釘子釘物。《晉書・五行志下》：「鐵釘～四腳。」

耵 dǐng ［耵聹 níng］耳垢。《靈樞・厥病》：「若有乾～～，耳無聞也。」

酊 dǐng ［酩 mǐng 酊］見 352 頁「酩」字條。

頂 dǐng ❶ 頭頂。《孟子・盡心上》：「墨子兼愛，摩～放踵利天下，為之。」（放踵：走破腳跟。）引申為物體的頂端。《淮南子・脩務》：「今不稱九天之～，則言黃泉之底。」《徐霞客遊記・遊黃山日記》：「歷險數次，遂達峯～。」❷ 頂替，代替。劉克莊《進故事・辛酉三月十八日》：「臣愚見，謂一軍之中某為真立功人，某為～冒人，惟主帥尤知其詳。」

鼎 dǐng ❶ 古代器物名，常見者為三足兩耳，用於烹煮食物或銘記功績。《呂氏春秋・察今》：「嘗一脟肉，而知一鑊之味，一～之調。」（脟 luán：通「臠」，切成的塊狀肉。鑊 huò：無足的鼎。調：指調味。）比喻三方並立。《史記・淮陰侯列傳》：「參分天下，～足而居。」（參 sān：叁。）❷ 相傳禹鑄九鼎，為傳國寶器，後用以稱王位或政權。《左傳・宣公三年》：「商紂暴虐，～遷于周。」又用以比喻三公、宰輔等重臣。《後漢書・陳球傳》：「公出自宗室，位登臺～。」❸ 顯赫，大。左思《吳都賦》：「其居則高門～貴。」《梁書・元帝紀》：「諸君或世樹忠貞，身荷寵爵，羽儀～族，書勳王府。」❹ 正在，正當。《漢書・賈誼傳》：「天子春秋～盛。」

矴 dìng 船停泊時用來繫船的石墩。《三國志・吳書・董襲傳》：「以栟閭大紲繫石為～。」

定 dìng ❶ 安定，穩定。《周易・家人》：「正家而天下～矣。」《論語・季氏》：「少之時，血氣未～，戒之在色。」又用作使動，平定。《史記・淮陰侯列傳》：「漢王舉兵東出陳倉，～三秦。」（陳倉：地名。三秦：地域名。）❷ 止息。《詩經・小雅・節南山》：「不弔昊天，亂靡有～。」（弔：善。昊 hào 天：天。靡：無。）❸ 規定，決定。《尚書・堯典》：「以閏月～四時成歲。」《韓非子・十過》：「號令已～，守備已具。」❹ 確實。《史記・高祖本紀》：「聞陳王～死，因立楚後懷王孫心為楚王。」（心：人名。）引申為一定。《論衡・率性》：「論人之性，～

有善有惡。」❺ 究竟。《梁書・徐勉傳》：「宛其死矣，～是誰室？」❻ 星宿名，即二十八宿的營室宿。《詩經・鄘風・定之方中》：「～之方中，作于楚宮。」（方：正。中：指南方中天。楚：楚丘，地名。）❼ 額頭。《詩經・周南・麟之趾》：「麟之～。」

訂 dìng ❶ 評議，評定。《論衡・案書》：「二論相～，是非乃見。」❷ 改正，修正。《晉書・荀崧傳》：「亦足有所～正。」

釘 dìng 見 109 頁「釘」㊁。

飣 dìng ［飣餖］❶ 席間盤中堆積的食品。韓愈《南山》詩：「或如臨食案，肴核紛～～。」❷ 堆砌。楊萬里《歸途觀劉寺新疊石山》詩：「細看分明非～～，如何雕得許玲瓏。」

碇 dìng 同「矴」。船停泊時用來繫船的大石。李商隱《贈劉司戶》：「江風揚浪動雲根，重～危檣白日昏。」

鋌 ㊀ dìng ❶ 未經冶鑄的銅鐵。《鹽鐵論・殊路》：「干越之～不厲，匹夫賤之。」（干越：吳國和越國，以出寶劍著名。厲：磨。）❷ 熔鑄而成的固定形狀的金銀，作為貨幣流通。後來寫作「錠」。《南史・盧陵威王續傳》：「至內庫閱珍物，見金～。」引申為量詞。計量金銀。《舊唐書・薛收傳》：「今賜卿黃金四十～。」❸ 箭頭裝入箭桿的部分。《周禮・考工記・冶氏》：「為殺矢，刃長寸，圍寸，～十之。」（殺矢：用於打獵的一種箭。）

㊁ tǐng ❹ 快跑的樣子。《左傳・文公十七年》：「～而走險，急何能擇？」李華《弔古戰場文》：「鳥飛不下，獸～亡羣。」

錠 dìng 作為貨幣流通的金銀。《舊五代史・梁書・太祖紀》：「內有金銀數百～。」

dong

冬 dōng ❶ 冬季，冬天。《詩經・小雅・四月》：「～日烈烈，飄風發發。」❷［冬冬］象聲詞。陸游《二月二十四日作》：「南村北村鼓～～。」

東 dōng ❶ 東方。《詩經・召南・小星》：「嘒彼小星，三五在～。」❷ 主人。杜甫《逼仄行贈畢曜》：「～家蹇驢許借我。」

涷 dōng 暴雨。屈原《九歌・大司命》：「令飄風兮先驅，使～雨兮灑塵。」

蝀 dōng 「螮 dì 蝀」的省稱，虹。《徐霞客遊記・遊白嶽山日記》：「飛虹垂～，下空恰如半月。」

董 dǒng ❶ 督察，掌管。《尚書・大禹謨》：「～之用威。」《左傳・桓公六年》：「隨人使少師～成。」（隨：國名。少師：官名。成：和談。）❷ 正，整頓。屈原《九章・涉江》：「余將～道而不豫兮。」（董道：正道，使道正。豫：猶豫。）《後漢書・高彪傳》：「整我皇綱，～此不虔。」

挏 dòng ［挺挏］上下推動。《淮南子・俶真》：「～～萬物。」

峒 dòng 見 507 頁「峒」㊁。

恫 dòng 見 506 頁「恫」㊀。

洞 ㊀ dòng ❶ 通。《淮南子・脩務》：「九竅通～。」班固《西都賦》：「內則街衢～達。」引申為通曉，明徹。《晉書・郭璞傳》：「由是遂～五行、天文、卜筮之術。」今成語有「洞若觀火」。❷ 穿透。《史記・蘇秦列傳》：「韓卒超足而射，百發不暇止，遠者括蔽～胸。」（括蔽：箭穿蔽體之物。）蘇軾《答李琮書》：「千鈞車弩，可以～犀象。」❸ 孔穴。揚雄《羽獵賦》：「入～穴，出蒼梧。」王安石《遊褒禪山記》：「距～百餘步，有碑仆道。」

㊁ tóng ❹［澒 hòng 洞］見 167 頁「澒」字條。

迵 dòng 通達。《淮南子・要略》：「使人通～周備，不可動以物，不可驚以怪也。」

凍 dòng ❶ 遇冷凝結。《墨子・辭過》：「冬則～冰。」又為名詞，結凍狀態。《管子・五行》：「然則冰解～釋。」（釋：消融。）《呂氏春秋・孟春》：「東風解～。」❷寒冷。《孟子・梁惠王上》：「父母～餓，兄弟妻子離散。」

動 dòng ❶搖動，震動，與「靜」相對。《詩經・豳風・七月》：「五月斯螽～股。」（斯螽 zhōng：蝗類昆蟲。）《後漢書・張衡傳》：「嘗一龍機發而地不覺～。」引申為行動，發動。《周易・繫辭上》：「議之而後～。」《論語・季氏》：「而謀～干戈於邦內。」（干戈：代指戰爭。）❷感動，打動。《莊子・漁父》：「不精不誠，不能～人。」《呂氏春秋・具備》：「說與治不誠，其～人心不神。」❸常常，動不動。諸葛亮《後出師表》：「論安言計，～引聖人。」今成語有「動輒得咎」。

棟 dòng 房屋正中的大樑。《周易・繫辭下》：「後世聖人易之以宮室，上～下宇，以待風雨。」（宇：屋簷。）《淮南子・說山》：「郢人有買屋～者，求大三圍之木。」又用於比喻義，比喻重要的人或事。《國語・晉語一》：「太子，國之～也。」

湩 dòng ❶乳汁。《穆天子傳》卷四：「因具牛羊之～，以洗天子之足。」❷鼓聲。《管子・輕重甲》：「～然擊鼓，士忿怒。」

dou

都 dōu 見112頁「都」㊁。

兜 dōu ❶［兜鍪 móu］冑，作戰時戴的頭盔。《吳越春秋・闔閭內傳》：「令三百人皆被甲～～。」（被 pī：披。）❷迷惑，蒙蔽。《國語・晉語六》：「在列者獻詩，勿使～。」（列：職位。）❸同「篼 dōu」。一種簡便的轎子。《宋史・外國傳五・占城》：「近則乘軟布～，遠則乘象。」

斗 dǒu ❶古代盛酒器。《詩經・大雅・行葦》：「酌以大～，以祈黃耇。」（祈：祈求。黃耇：長壽。）《呂氏春秋・長攻》：「酒酣，反～而擊之。」❷量器，也用作量詞，十升為斗。《莊子・胠篋》：「掊～折衡，而民不爭。」（掊 pǒu：打破。衡：秤桿。）《漢書・律曆志上》：「十升為～。」［斗筲 shāo］斗筲都是容量小的量器，因此用來比喻才識短淺，氣量狹小。《論語・子路》：「～～之人，何足算也！」也用作謙詞。《漢書・谷永傳》：「永～～之材，質薄學朽。」❸星宿名，指二十八宿的斗宿。《詩經・小雅・大東》：「維北有～，不可以挹酒漿。」又指北斗星。《淮南子・齊俗》：「夫乘舟而惑者，不知東西，見～極則寤矣。」（極：北極星。）今成語有「斗轉星移」。

【辨析】斗、鬥、鬭。見112頁「鬭」字條。

抖 dǒu ［抖擻］1. 抖動，振動。白居易《答州民》：「宦情～～隨塵去。」2. 振作，奮發。龔自珍《己亥雜詩》之一百二十五：「我勸天公重～～，不拘一格降人才。」

料 dǒu 見690頁「料」㊁。

蚪 dǒu ［蝌蚪］見280頁「蝌」字條。

陡 dǒu ❶山勢峻峭。《徐霞客遊記・遊黃山日記》：「路宛轉石間，塞者鑿之，～者級之。」（級：用如動詞，鑿臺階。）❷突然。《酉陽雜俎・雷》：「雷電入室中，黑氣～暗。」

𣁾 dǒu 同「斗」。量器。《漢書・平帝紀》：「民捕蝗詣吏，以石～受錢。」

豆 dòu ❶古代盛食物的器皿。《孟子・告子上》：「一簞食，一～羹，得之則生，弗得則死。」（簞：古代盛食物的竹器。）❷古代容器，也作容量單位。《左傳・昭公三年》：「齊舊四量：～、區、釜、鍾。四升為～。」又為古代重量單位。《說苑・辨物》：「六～為一銖，二十四銖重一兩。」❸豆類植物的總稱。《戰國策・韓策一》：「民之所食，大抵～飯藿羹。」楊惲《報孫會宗書》：「種一頃～，落而為萁。」（萁 qí：豆稈。）

D

【辨析】豆、菽。這兩個字在先秦意義毫不相干。「菽」指豆類植物及其果實，「豆」是一種食器。在漢代，「豆」有了「豆類植物」的意義，而且逐漸多用「豆」而少用「菽」了。

鬥 dòu 爭鬥，戰鬥。《孫子兵法・虛實》：「敵雖眾可使無～。」

【辨析】鬥、鬭、斗。見112頁「鬭」字條。

荳 dòu [荳蔻] 也作「豆蔻」。一種多年生常綠植物。杜牧《贈別》：「娉娉裊裊十三餘，～～梢頭二月初。」

梪 dòu 同「豆」。古代食器、禮器。《說文》：「～，木豆謂之～。」《武威漢簡・士相見之禮》：「左～奉之。」

逗 dòu ❶ 止，停留。張衡《思玄賦》：「～華陰之湍渚。」（湍渚：急流中的小洲。）❷ 引，招引。杜甫《懷錦水居止》：「朝朝巫峽水，遠～錦江波。」李賀《李憑箜篌引》：「女媧煉石補天處，石破天驚～秋雨。」

脰 dòu 脖子。《左傳・襄公十八年》：「射殖綽，中肩，兩矢夾～。」（殖綽：人名。）《史記・田單列傳》：「自奮絕～而死。」代指頭。張溥《五人墓碑記》：「有賢士大夫發五十金，買五人之～而函之，卒與屍合。」

痘 dòu 病名，俗稱「天花」。《齊東野語》卷八：「～瘡切不可多服升麻湯。」

餖 dòu [飣餖] 見110頁「飣」字條。

竇 dòu 地穴，孔洞。《墨子・備穴》：「勿令塞～。」引申為水道，水溝。《韓非子・五蠹》：「澤居苦水者，買庸而決～。」（買庸：雇人。）又為潰決，決開。《國語・周語下》：「不防川，不～澤。」（防：築堤攔堵。）

讀 dòu 見113頁「讀」㊁。

鬭 dòu ❶ 遇合。《國語・周語下》：「穀、洛～，將毀王宮。」（穀、洛：河名。）又特指星相撞擊。《史記・天官書》：「歲星入月，其野有逐相；與太白～，其野有破軍。」（野：分野。古人把星宿分別指配於地上的州國，稱某星是某州國的分野。）❷ 爭鬥，戰鬥。《孟子・離婁下》：「今有同室之人～者。」《呂氏春秋・蕩兵》：「爭～之所自來者久矣。」引申為競賽，比賽。《史記・項羽本紀》：「吾寧～智，不能～力。」

【辨析】鬭、鬥、斗。古代是三個不同的字，「斗」是量器，盛酒器。「鬥」是爭鬥。「鬭」是相遇，遇合。有時用「鬭」表示「爭鬥」義，其他各義都不能互用。

du

都 ㊀ dū ❶ 城市。《左傳・隱公元年》：「大～不過參國之一。」（參國之一：國都的三分之一。）引申為國都。《公羊傳・僖公十六年》：「六鷁退飛過宋～。」諸葛亮《出師表》：「興復漢室，還於舊～。」❷ 總，匯總。《漢書・食貨志下》：「置平準於京師，～受天下委輸。」（平準：調整物價的機構。委輸：貨物運輸。）蕭統《文選序》：「～為三十卷，名曰《文選》云耳。」❸ 居，處在。《鹽鐵論・遵道》：「諸卿～大府日久矣。」《漢書・東方朔傳》：「而～卿相之位。」❹ 嫻雅，優美。《詩經・鄭風・有女同車》：「彼美孟姜，洵美且～。」（孟姜：姜姓的長女。洵：確實。）《漢書・司馬相如傳上》：「雍容閒雅，甚～。」❺ 歎詞。表示讚美。《尚書・皋陶謨》：「皋陶曰：『～！在知人，在安民。』」（皋陶 yáo：舜的法官。）
㊁ dōu（舊讀 dū） ❻ 全，全部。《論衡・講瑞》：「然則鳳皇、騏驎～與鳥獸同一類。」

【辨析】都、國、邑。三字都有「城邑、都市」的意義。在春秋戰國時代，一般來說，「國」指國都，「都」指有宗廟的大都邑，「邑」指一般的城邑。

督 dū△ ❶ 察看，監督。《韓非子・八經》：「有道之主聽言，～其用。」引申為統領。《三國志・吳書・周瑜傳》：「～孫瑜等討麻，保二屯。」又用作名詞。統率軍隊的將領。諸葛亮《出師表》：「是以眾議舉寵為～。」（寵：向寵。）❷ 正，糾正。《逸周書・本典》：「能～民過者，德也。」❸ 責備，責罰。《論衡・寒温》：「父子相怒，夫妻相～。」《三國志・蜀書・諸葛亮傳》：「請自貶三等，以～厥咎。」（厥：其。咎：過失。）

裻 dū△ 衣背上的縫。《國語・晉語一》：「衣之偏～之衣。」

毒 dú△ ❶ 有害之物。《周易・噬嗑》：「六三，噬臘肉，遇～。」又用作動詞，放毒。《左傳・僖公四年》：「公至，～而獻之。」又為毒殺。《山海經・西山經》：「其名曰礜，可以～鼠。」（礜 yù：礦物名。）❷ 禍害。《尚書・盤庚上》：「乃不畏戎～于遠邇。」又為危害，傷害。《左傳・僖公二十八年》：「莫余～也已。」柳宗元《捕蛇者說》：「孰知賦斂之～，有甚是蛇者乎？」❸ 痛恨，憎恨。《後漢書・袁紹傳》：「令人憤～。」

頓 dú 見 118 頁「頓」㊂。

獨 dú△ ❶ 孤單，單獨。《詩經・小雅・正月》：「念我～兮，憂心殷殷。」（殷殷 yīnyīn：憂愁的樣子。）《呂氏春秋・別類》：「～食之則殺人，合而食之則益壽。」特指老而無子的人。《禮記・禮運》：「矜寡孤～廢疾者皆有所養。」（矜：通「鰥 guān」，鰥夫。）❷ 唯獨，僅。《史記・項羽本紀》：「今～臣有船。」李密《陳情表》：「臣之辛苦，非～蜀之人士及二州牧伯所見明知。」❸ 豈，難道。《戰國策・楚策四》：「王～不見夫蜻蛉乎？」《史記・廉頗藺相如列傳》：「相如雖駑，～畏廉將軍乎？」又為偏偏。司馬遷《報任安書》：「身非木石，～與法吏為伍。」

匵 dú△ 同「櫝」。木匣，木櫃。《論語・子罕》：「有美玉於斯，韞～而藏諸？」（韞 yùn：藏。）

瀆 dú△ ❶ 溝渠。《論語・憲問》：「豈若匹夫匹婦之為諒也，自經於溝～而莫之知也。」（為諒：拘泥小節。經：上吊。）泛指河川。《韓非子・五蠹》：「中古之世，天下大水，而鯀禹決～。」❷ 輕慢，褻瀆。《左傳・昭公二十六年》：「國有外援，不可～也。」《禮記・少儀》：「毋～神。」❸ 貪求。《左傳・昭公十三年》：「晉有羊舌鮒者，～貨無厭。」❹ 通「竇 dòu」。洞穴。《左傳・襄公三十年》：「自墓門之～入。」

【辨析】瀆、溝。《說文》：「瀆，溝也。」「溝，水瀆也，廣四尺深四尺。」二字本義相同，都指田間水渠，所以「溝」「瀆」連用。但「瀆」指大河，如「江河淮濟」為四瀆，「溝」沒有這個用法。

嬻 dú△ 褻瀆，侮辱。《國語・周語中》：「棄其伉儷妃嬪，而帥其卿佐以淫於夏氏，不亦～姓矣乎？」

櫝 dú△ ❶ 木匣。《論語・季氏》：「虎兕出於柙，龜玉毀於～中，是誰之過與？」（兕 sì：獸名。柙 xiá：關獸的木籠。）《韓非子・外儲說左上》：「鄭人買其～而還其珠。」又指函套。《禮記・少儀》：「劍則啟～。」❷ 棺材。《左傳・昭公二十九年》：「衛侯來獻其乘馬曰啟服，塹而死。公將為之～。」

殰 dú△ 胎兒死在腹中。《禮記・樂記》：「胎生者不～。」

犢 dú△ 小牛。《韓非子・內儲說上》：「有黃～食苗道左者。」

牘 dú△ 古代書寫用的木片，也稱木簡。《漢書・昌邑哀王劉髆傳》：「佩玉環，簪筆持～趨謁。」（簪筆：把筆插在頭髮上。）引申為書信，公文，書籍。劉禹錫《陋室銘》：「無絲竹之亂耳，無案～之勞形。」《史通・書事》：「具之史～，夫何足觀？」

【辨析】牘、簡。「簡」「牘」均用於書寫，「簡」為竹片，「牘」為木片。

膭 dú△ 胎兒夭折。《管子・五行》：「毛胎者不～。」《呂氏春秋・禁塞》：「壯佼老幼胎～之死者。」

讀 ㊀ dú△ ❶ 誦讀，閱讀。《左傳・襄公三年》：「公～其書。」文天祥《〈指南錄〉後序》：「使來者～之，悲余志焉。」❷ 說出，宣露。《詩經・鄘風・牆有茨》：「中冓之言，不可～也。」（中冓：內室。）

㈡ dòu ❸ 閱讀時一句中需要短暫停頓的地方。韓愈《師說》：「彼童子之師，授之書而習其句～者。」

【辨析】讀、誦。二字在「讀書」義上有相同之處，不過，也有區別。「讀」是看着書讀，有「抽繹書意」之義。《說文》：「讀，籀書也。」（依段注本）「誦」是背誦，大聲朗誦，與「讀」有別。其他各義二字都不相近。

D

韣 dú△ 盛弓的套。《呂氏春秋・仲春》：「帶以弓～，授以弓矢。」

髑 dú△ ［髑髏］死人的頭骨。《莊子・至樂》：「莊子之楚，見空～～。」

黷 dú△ ❶ 污濁，污穢。陸機《漢高祖功臣頌》：「茫茫宇宙，上墋下～。」（墋 chěn：混濁。）引申為黑色。左思《吳都賦》：「林木為之潤～。」❷ 褻瀆，輕慢。《國語・晉語四》：「同志雖遠，男女不相及，畏～敬也。」《公羊傳・桓公八年》：「～則不敬。」❸ ［黷武］濫用武力。《後漢書・劉虞傳》：「虞患其～～。」《三國志・蜀書・張翼傳》：「唯翼庭爭，以為國小不宜～～。」（庭爭：在朝廷上爭論是非曲直。）❹ 貪求。柳宗元《封建論》：「列侯驕盈，～貨事戎。」（驕盈：驕傲自滿。事戎：好戰。）

讟 dú△ 怨恨，怨言。《左傳・宣公十二年》：「今茲入鄭，民不罷勞，君無怨～。」

竺 ㈠ dǔ△ ❶ 同「篤」。厚。屈原《天問》：「稷維元子，帝何～之？」（稷：后稷，周的始祖。帝：天帝。）
㈡ zhú△ ❷ ［天竺］古國名，即今印度。《後漢書・西域傳》：「～～國，一名身毒，在月氏之東南數千里。」（身：音 yuān。月氏 zhī：古國名。）

堵 dǔ 古代計算牆的面積的單位。以版築法築牆時，五版為一堵。《詩經・大雅・綿》：「百～皆興。」《公羊傳・定公十二年》：「五版而～，五～而雉，百雉而城。」代指牆壁。《漢書・高帝紀》：「吏民皆按～如故。」陶潛《五柳先生傳》：「環～蕭然，不敝風雨。」今成語有「觀者如堵」。

睹（覩） dǔ 看見。《莊子・秋水》：「今我～子之難窮也。」（窮：窮盡。）李白《夢遊天姥吟留別》：「雲霞明滅或可～。」今成語有「熟視無睹」。引申為察看。《呂氏春秋・召類》：「趙簡子將襲衛，使史默往～之。」（史默：人名。）

【辨析】睹、見、視。見 237 頁「見」字條。

賭 dǔ 賭博。《三國志・吳書・韋曜傳》：「至或～及衣服。」引申為爭輸贏。《北史・景穆十二王傳》：「特命澄為七言連韻，與孝文往復～賽，遂致極歡，際夜乃罷。」

篤 dǔ△ ❶ 厚道，忠誠。《詩經・大雅・公劉》：「～公劉。」《論語・泰伯》：「君子～於親。」❷ 堅定，專一。《論語・子張》：「博學而～志。」《左傳・昭公十三年》：「守志彌～。」引申為拘泥，限制。《莊子・秋水》：「夏蟲不可以語於冰者，～於時也。」❸ 甚，深。《韓詩外傳》卷六：「～愛而不奪，厚施而不代。」柳宗元《答韋中立論師道書》：「僕道不～，學甚淺近。」又特指病情沉重。《戰國策・秦策三》：「昭王強起應侯，應侯遂稱～，因免相。」

杜 dù ❶ 樹名，即杜梨、棠梨。《詩經・唐風・杕杜》：「有杕之～。」（杕 dì：挺立的樣子。）《齊民要術・種梨》：「插法用棠～。」❷ 堵塞，杜絕。《墨子・備城門》：「以柴木土稍～之。」《國語・晉語》：「狐突～門不出。」今成語有「防微杜漸」。❸ ［杜撰］沒有根據的臆造。《朱子語類》八十：「皆是後人～～。」

肚 dù 腹部。《北史・齊本紀中》：「以其體肥，呼為楊大～。」後也指物體中間鼓出的部分。伊用昌《望江南・詠鼓》：「江南鼓，梭～兩頭欒。」

妒（妬） dù 忌妒。《史記・高祖本紀》：「項羽～賢嫉能，有功者害之，賢者疑之。」鄒陽《獄中上梁王書》：「故女無美惡，入宮見～。」

度 ㈠ dù ❶ 計量長短的標準。《禮記・月令》：「日夜分，則同～量。」（日夜分：指春分、秋分。）引申為標準。《呂氏春秋・仲秋》：「量小大，視長短，皆中～。」（中 zhòng：符合。）又引申為法度，制度。《左傳・昭公四年》：「～不可改。」又引申為限度。賈誼《論積貯疏》：「生之有時，而用之亡～，則物力必屈。」（生：生產。亡 wú：無。屈 jué：盡。）❷ 器度，胸懷。《史記・高祖本紀》：「常有大～，不事家人生產作業。」《世說新語・賢媛》：「伊輩亦常以我～為勝。」（伊 yī：第三人稱代詞。）❸ 渡河。後來寫作「渡」。《呂氏春秋・異寶》：「丈人～之絕江。」泛指度過。古詩《木蘭辭》：「關山～若飛。」王之渙《涼州詞》：「春風不～玉門關。」❹ 量詞。次，回。王勃《滕王閣序》：「物換星移幾～秋。」辛棄疾《青玉案・元夕》：「眾裏尋他千百～。」

㊁ duó△　❺ 丈量長短。《孟子・梁惠王上》：「～，然後知長短。」引申為揣度，推算。《詩經・小雅・巧言》：「他人有心，予忖～之。」《史記・陳涉世家》：「會天大雨，道不通，～已失期。」（會：正趕上。）

【辨析】度、渡。「渡」是「度」的「渡水」義的後起區別字，只用於「渡水」及與「渡水」有關的意義，如「渡口」。「度」的其他意義除「渡過、通過」義外，都不能用「渡」。

渡 dù　❶ 通過水面。《史記・項羽本紀》：「項梁乃以八千人～江而西。」泛指通過，越過。《史記・高祖本紀》：「淮陰已受命東，未～平原。」❷ 渡口。杜甫《自京赴奉先縣詠懷五百字》：「北轅就涇渭，官～又改轍。」

【辨析】渡、度。見 114 頁「度」字條。

塗 dù　見 511 頁「塗」㊁。

斁 dù　見 614 頁「斁」㊁。

鍍 dù　使一種金屬附着在別的金屬或物體的表面。李紳《答章孝標》：「假金方用真金～。」

蠹（蠧） dù　❶ 蛀蝕器物的蟲子。《荀子・勸學》：「肉腐出蟲，魚枯生～。」比喻危害國家人民的人或事。《左傳・襄公二十七年》：「兵，民之殘也，財用之～。」（兵：戰爭。）《韓非子・五蠹》：「此五者，邦之～也。」（邦：國家。）❷ 蛀蝕。《莊子・人間世》：「以為柱則～。」引申為損害，敗壞。《戰國策・秦策一》：「韓亡則荊、魏不能獨立，則是一舉而壞韓～魏。」（荊：楚。）《後漢書・宦者傳論》：「敗國～政之事，不可殫書。」（殫：盡。）

duan

端 duān　❶ 端正，不偏斜。《墨子・非儒下》：「席不～弗坐。」用於抽象意義，正直。《孟子・離婁下》：「夫尹公之他，～人也，其取友必～矣。」（尹公之他：人名。）❷ 物的一頭。《荀子・王制》：「若環之無～也。」《呂氏春秋・圜道》：「莫知其原，莫知其～。」引申為開端，開始。《孟子・公孫丑上》：「辭讓之心，禮之～也。」司馬遷《報任安書》：「愛施者，仁之～也。」❸ 古代用整幅布做的禮服。《論語・先進》：「～章甫，願為小相焉。」（端：用如動詞，穿着禮服。章甫：一種禮帽。用如動詞，戴着禮帽。相：祭祀或會盟時主持贊禮和司儀的人。）《周禮・春官・司服》：「其齊服有玄～素～。」（齊服：喪服名。）❹ 量詞。布帛的長度單位。《左傳・昭公二十六年》「以幣錦二兩」杜預注：「二丈為一～，二～為一兩，所謂匹也。」

短 duǎn　❶ 短，與「長」相對。《孟子・梁惠王上》：「度，然後知長～。」（度 duó：丈量。）白居易《長恨歌》：「春宵苦～日高起。」❷ 不足，缺陷。《荀子・大略》：「無用吾之所～遇人之所長。」《呂氏春秋・用眾》：「故善學者，假人之長以補其～。」（假：借。）又為說別人的壞話。《史記・屈原賈生列傳》：「卒使上官大夫～屈原於頃襄王。」（卒：終於。）嵇康《與山巨源絕交書》：「柳下惠、東方朔，達人也，安於卑位，吾豈敢～之哉？」

段 duàn ❶ 把金屬加熱後錘打。後來寫作「鍛」。《說文》：「～，椎物也。」《周禮・考工記・輈人》有「段氏」，即指鍛鑄的工匠。❷ 截斷，分開。《孫臏兵法・擒龐涓》：「於是～齊城、高唐為兩。」引申為量詞，物的一節為一段。《晉書・鄧遐傳》：「遐揮劍截蛟數～而去。」❸ 卵未孵成小鳥。後來寫作「毈」。《管子・五行》：「然則羽卵者不～。」❹ 錦緞，後來寫作「緞」。杜甫《戲為雙松圖歌》：「我有一匹黃素絹，重之不減錦繡～。」

椴 duàn 樹名。《爾雅・釋木》：「～，柂。」郭璞注：「白～也。樹似白楊。」《宣室志・趙生》：「果有～樹蕃茂。」

腶 duàn 加有薑桂的乾肉。《左傳・哀公十一年》：「道渴，其族轅咺進稻醴、粱糗、～脯焉。」

碫 duàn 鍛鐵用的石砧。《說文》：「～，碫石也。」泛指石頭。《孫子・勢》：「兵之所加，如以～投卵者。」

毈 duàn 卵不能孵出小鳥。《呂氏春秋・明理》：「雞卵多～。」

鍛 duàn ❶ 把金屬加熱之後錘打。《尚書・費誓》：「～乃戈矛。」（乃：你們的。）引申為錘擊。《莊子・列御寇》：「其子沒於淵，得千金之珠。其父謂其子曰：『取石來～之。』」又為錘鍛金屬所用的砧石。《詩經・大雅・公劉》：「取厲取～。」（厲：磨刀石。）比喻羅織罪狀，陷人於罪。《北史・隋宗室諸王傳・衛昭王爽附子集》：「～成其獄。」❷ 通「腶 duàn」。脯，乾肉。《穀梁傳・莊公二十四年》：「婦人之贄，棗栗～脩。」（贄：初次會見尊長時所送的禮物。脩：乾肉。）

斷 duàn ❶ 截斷，折斷。《周易・繫辭下》：「～木為杵。」杜甫《自京赴奉先縣詠懷五百字》：「霜嚴衣帶～。」引申為斷絕。古詩《為焦仲卿妻作》：「自可～來信，徐徐更謂之。」❷ 判斷，決斷。《左傳・昭公十四年》：「韓宣子命～舊獄。」《史記・淮陰侯列傳》：「成敗在於決～。」今成語有「當機立斷」。❸ 決然，一定。《周易・繫辭下》：「介如石焉，寧用終日，～可識矣。」柳宗元《封建論》：「周之事跡，～可見矣。」

dui

堆 duī ❶ 土堆，小丘。《史記・司馬相如列傳》：「觸穹石，激～埼。」（穹石：大石。埼 qí：曲岸。）柳宗元《永州韋使君新堂記》：「～阜突怒。」又作量詞。蘇軾《念奴嬌・赤壁懷古》：「捲起千～雪。」❷ 堆積。嵇康《與山巨源絕交書》：「而人間多事，～案盈機。」

敦 duī 見 117 頁「敦」㊁。

搥 ㈠ duī ❶ 擲棄。《法言・問道》：「及～提仁義，絕滅禮學，吾無取焉耳。」（提 dǐ：擲。）
㈡ chuí ❷ 敲擊。古詩《為焦仲卿妻作》：「阿母得聞之，～牀便大怒。」

磓 duī ❶ 撞擊，衝擊。木華《海賦》：「五嶽鼓舞而相～。」❷ 墜落。梅堯臣《乙酉六月二十一日》：「南庭葡萄架，萬乳累將～。」

兑 ㈠ duì ❶ 八卦之一，又為六十四卦之一。象徵沼澤。《周易・兑》：「麗澤，～。」（麗澤：指兩澤相連。）❷ 通達。《詩經・大雅・綿》：「行道～矣。」❸ 洞穴。《老子》第五十二章：「塞其～，閉其門。」❹ 兑換。丁仙芝《餘杭醉歌贈吳山人》：「十千～得餘杭酒。」（十千：指十千文錢。）❺ 通「說（悅 yuè）」。《莊子・德充符》：「使之和豫通而不失於～。」（和豫：和樂。）
㈡ ruì ❻ 銳，尖。後來寫作「銳」。《荀子・議兵》：「～則若莫邪之利鋒。」（莫邪：古代寶劍名。）《淮南子・地形》：「其人修形～上。」（修：長，高。）

祋 duì 古代兵器名，即殳。《詩經・曹風・候人》：「何戈與～。」（何 hè：扛着。）

敦 duì 見 117 頁「敦」㊂。

隊 duì 見 697 頁「隊」㊁。

碓 duì 搗米的器具。《太玄・守》：「次八，臼無杵，其～舉。」

對 duì ❶ 應答。《左傳・隱公三年》：「先公若問與夷，其將何辭以～？」(與夷：人名。)《論語・述而》：「葉公問孔子於子路，子路不～。」引申為對策，奏對。文體的一種。《文心雕龍・議對》：「又～策者，應詔而陳政也。」又：「仲舒之～，祖述春秋。」❷ 對着，向着。《史記・萬石張叔列傳》：「～案不食。」古詩《木蘭詩》：「～鏡帖花黃。」(花黃：古代婦女面飾。)引申為相對。《水經注・資水》：「縣左右二岡～峙。」❸ 敵，對抗。《韓非子・初見秦》：「夫一人奮死可以～十，十可以～百。」引申為對手，敵手。《三國志・吳書・陸遜傳》：「劉備天下知名，曹操所憚，今在境界，此強～也。」(憚 dàn：懼怕。)❹ 配偶。《後漢書・梁鴻傳》：「擇～不嫁。」❺ 對偶，對仗。《文心雕龍・麗辭》：「反～為優，正～為劣。」

錞 duì 見 75 頁「錞」㊁。

憝(譈) duì ❶ 憎惡，怨恨。《孟子・萬章下》：「凡民罔不～。」❷ 奸惡，也指惡人。《尚書・康誥》：「元惡大～。」(元：首。)

懟 duì 怨恨。《孟子・萬章上》：「如告，則廢人倫，以～父母，是以不告也。」《淮南子・兵略》：「大臣怨～，百姓不附。」

dun

惇 dūn ❶ 敦厚，誠實。《尚書・舜典》：「柔遠能邇，～德允元。」(柔：安撫。邇 ěr：近。允：確實。元：大。)《國語・晉語七》：「荀家～惠。」(荀家：人名。)❷ 勤勉。《漢書・翼奉傳》：「奉～學不仕，好律曆陰陽之占。」

敦 ㊀ dūn ❶ 厚重，篤誠。《老子》第十五章：「～兮其若樸。」❷ 注重，崇尚。《左傳・僖公二十七年》：「說禮、樂而～《詩》《書》。」(說 yuè：喜歡。)❸ 督促，勉勵。《孟子・公孫丑下》：「使虞～匠事。」(虞：人名。匠：木工。)《新唐書・韋陟傳》：「親友更往～曉，乃強調為洛陽令。」

㊁ duī ❹ 治理。《詩經・魯頌・閟宮》：「～商之旅，克咸厥功。」(旅：眾。克：能。咸：同。厥：其。治理商的臣民，能同其功於先祖。)❺ 投擲。《詩經・邶風・北門》：「王事～我，政事一埤遺我。」(一：一概。埤 pí：重，厚。遺：加。)❻ 獨處不移的樣子。《詩經・豳風・東山》：「～彼獨宿，亦在車下。」

㊂ duì ❼ 盛黍稷的食器。《周禮・天官・玉府》：「若合諸侯，則共珠槃玉～。」(槃：同「盤」。)

㊃ tún ❽ 佈陣，駐紮。《詩經・大雅・常武》：「鋪～淮濆。」(濆 fén：水邊。)《漢書・揚雄傳上》：「～萬騎於中軍兮。」

跢 dūn 見 425 頁「跢」㊁。

墩(墪) dūn 土堆。李白《登金陵冶城西北謝安墩》：「冶城訪古跡，猶有謝安～。」泛指堆狀物。《宋史・丁謂傳》：「遂賜坐，左右欲設～。」

蹲 ㊀ dūn ❶ 蹲坐。《莊子・外物》：「～乎會稽，投竿東海。」(會稽：地名。竿：釣竿。)曹操《苦寒行》：「熊羆對我～。」

㊁ cǔn ❷ 疊累。《左傳・成公十六年》：「潘尫之黨與養由基～甲而射之，徹七札焉。」(潘尫之黨：潘尫之子潘黨。養由基：人名。徹：穿透。七札：七層。)

【辨析】蹲、踞、居、坐。「踞」是「居」的後起區別字。《說文》「蹲」「居(踞)」互訓，二字同義。古人「坐」是兩膝着席，臀着於足跟。「蹲」「踞」則足底着地，聳膝，臀着地。「踞」有時也可伸直雙腿，如「踞牀」「箕踞」，此時不能用「蹲」字，這是二者的區別。

盹 dǔn 打瞌睡。馬致遠《漢宮秋》四折：「恰才我打了個～。」

囤 dùn 積貯糧食的器具。《魏書・高祖紀上》：「詔諸倉～穀麥充積者出賜平民。」

D

D

沌 ㊀ dùn ❶［沌沌］愚昧無知的樣子。《老子》第二十章：「我愚人之心也哉，～～兮！」
㊁ tún ❷［沌沌］水波洶湧的樣子。枚乘《七發》：「～～渾渾，狀如奔馬。」（渾渾 gǔngǔn：大水奔流的樣子。）

盾 dùn 盾牌，古代防護用的兵器。《詩經・秦風・小戎》：「龍～之合。」（龍盾：畫有龍紋的盾牌。）《史記・項羽本紀》：「噲即帶劍擁～入軍門。」（噲：樊噲。）

【辨析】盾、干。二字都有「盾牌」的意義。依揚雄《方言》，關東用「干」，關西用「盾」。《詩經》中「干」「盾」都有用例，成書於咸陽的《呂氏春秋》只有「干」而沒有「盾」，所以《方言》所說也不盡然。「盾」義單一，「干」義較多。後代「盾牌」義多用「盾」，少用「干」。有些固定詞組如「干戈」，只能用「干」不能用「盾」。

鈍 dùn 不鋒利，與「銳」「利」相對。賈誼《弔屈原賦》：「莫邪為～兮，鉛刀為銛。」（莫邪：寶劍名。銛 xiān：鋒利。）《論衡・案書》：「兩刃相割，利～乃知。」引申為遲鈍，愚笨。《漢書・鮑宣傳》：「臣宣吶～於辭。」（吶：同「訥」，說話遲鈍。）諸葛亮《出師表》：「庶竭駑～，攘除姦凶。」（庶：希望。竭：用盡。）引申為不順利。諸葛亮《後出師表》：「至於成敗利～，非臣之明所能逆睹也。」（逆：預先。）又引申為無節操。《史記・陳丞相世家》：「士之頑～嗜利無恥者亦多歸漢。」

楯 dùn 見474頁「楯」㊁。

頓 ㊀ dùn ❶以頭叩地。《說文》：「～，下首也。」《史記・秦始皇本紀》：「羣臣皆～首。」又指以足叩地。杜甫《兵車行》：「牽衣～足攔道哭。」❷上下抖動使整齊，整頓。《荀子・勸學》：「若挈裘領，詘五指而～之，順者不可勝數也。」（詘：屈。）陸機《演連珠》之七：「臣聞～網探淵，不能招龍。」❸止息，停留。《漢書・李廣傳》：「就善水草～舍，人人自便。」（就：靠近。）又為止宿的地方。《隋書・煬帝紀》：「每之一所，輒數道置～。」（之：往。道：行政區域。）❹倒下。《漢書・陳遵傳》：「遵起舞跳梁，～仆坐上。」（跳梁：跳躍。）柳宗元《捕蛇者說》：「號呼而轉徙，飢渴而～踣。」（踣 bó：跌倒。）❺損壞，挫傷。《左傳・襄公四年》：「師徒不勤，甲兵不～。」《孫子・謀攻》：「必以全爭於天下，故兵不～而利可全。」（全：指全勝的策略。）❻立刻，一下子。《列子・天瑞》：「凡一氣不～進，一形不～虧。」❼量詞。表次數。《世說新語・任誕》：「欲乞一～食耳。」❽通「鈍 dùn」。不鋒利。《史記・屈原賈生列傳》：「莫邪為～兮，鉛刀為銛。」（莫邪：寶劍名。銛 xiān：鋒利。）
㊁ dú ❾［冒 mò 頓］人名，漢初匈奴的單于。《漢書・匈奴傳上》：「單于有太子，名曰～～。」

遁（遯） dùn ❶逃走，逃跑。《左傳・僖公三十三年》：「楚師～矣。」柳宗元《三戒・黔之驢》：「虎大駭，遠～。」引申為逃避。《戰國策・趙策二》：「臣雖愚，願盡其忠，無～其死。」❷隱匿，隱藏。《呂氏春秋・序意》：「若此，則是非、可不可無所～矣。」柳宗元《始得西山宴遊記》：「莫得～隱。」❸欺騙。《淮南子・繆稱》：「世莫不舉賢，或以治，或以亂，非自～，求同乎己者也。」

【辨析】遁、逃。二字在「逃跑」的意義上相同。區別在於「逃」應用範圍比較寬泛，凡躲避傷害都可稱「逃」。「遁」一般方式比較隱匿，所以引申出「隱蔽」的意義來。

duo

多 duō ❶數量大，與「少」「寡」相對。《孟子・公孫丑下》：「得道者～助，失道者寡助。」❷看重，稱讚。《韓非子・五蠹》：「以其犯禁也罪之，而～其有勇也。」《史記・魏其武安侯列傳》：「士亦以此～之。」❸僅僅，只不過。《論語・子張》：「人雖欲自絕，其何傷於日月乎？～見其不知量也。」

咄 duō△ ❶呵叱。《管子・形勢解》：「烏集之交，初雖相歡，後必相～。」《論衡・論死》：「病困之時，仇在其旁，不能～叱。」❷［咄咄］歎詞。表示感歎或驚詫。《後漢書・逸民傳・嚴光》：「～～子陵，不可相助為理邪？」今成語有「咄咄逼人」「咄咄怪事」。

剟 duō△ ❶刪削。《商君書・定分》：「有敢～定法令，損益一字以上，罪死不赦。」❷刺。《史記・張耳陳餘列傳》：「吏治榜笞數千，刺～，身無可擊者，終不復言。」❸割取。《漢書・賈誼傳》：「盜者～寢戶之簾，搴兩廟之器。」（搴 qiān：取。）

掇 duō△ ❶拾取。《詩經・周南・芣苢》：「采采芣苢，薄言～之。」（薄、言：詞頭。）引申為摘取，選取。《淮南子・說山》：「天下無粹白狐，而有粹白之裘，～之眾白也。」《漢書・董仲舒傳》：「～其切當世、施朝廷者著於篇。」❷侵掠，掠奪。《史記・張儀列傳》：「中國無事，秦得燒～焚杅君之國。」（焚杅 wū：焚燒而牽制。）❸通「剟 duō」。削去。《漢書・王嘉傳》：「～去宋弘，更言因董賢以聞。」❹通「輟 chuò」。停止。左思《魏都賦》：「剞劂罔～。」（剞劂 jījué：刻鏤的刀具，此指斧斤。）

度 duó 見114頁「度」㈡。

剫 duó△ 裁割，加工木材。《爾雅・釋器》：「木謂之～。」郭璞注引《左傳》：「山有木，工則～之。」宋濂《雜著・燕書》：「運繩尺～之。」

敓 duó△ 強取。《說文》：「～，彊取也。《周書》：『～攘矯虔。』」（今本《尚書》作「奪」。矯虔：撓擾。）

【辨析】敓、奪。見119頁「奪」字條。

奪 duó△ ❶失，喪失。《孟子・梁惠王上》：「百畝之田，勿～其時，數口之家可以無饑矣。」引申為脫漏。校書時，稱漏掉文字為「奪」。❷剝奪，強取。《左傳・桓公五年》：「王～鄭伯政，鄭伯不朝。」《史記・廉頗藺相如列傳》：「秦王度之，終不可強～。」

【辨析】奪、敓。依《說文》「失」義作「奪」，「強取」義作「敓」。因二字音同，古籍中「強取」義亦多寫作「奪」。「敓」只偶爾出現在校書術語中。

鐸 duó△ ❶一種大鈴。銅製，木舌的叫木鐸，金屬舌的叫金鐸。宣佈政令或有戰事時使用。《論語・八佾》：「天將以夫子為木～。」（夫子：指孔子。）《孫子兵法・軍爭》：「言不相聞，故為鼓～。」❷一種小鈴，風鈴。《洛陽伽藍記・永寧寺》：「寶～含風，響出天外。」

【辨析】鐸、鈴。二字都指鈴鐺，但鐸大，鈴小。而且用處不同，「鐸」一般用於正式場合，如宣佈政令或戰事，「鈴」是一種旌旗、屋簷等處發聲的裝飾物。

朵（朶） duǒ ❶樹木枝葉花實下垂的樣子。《說文》：「～，樹木垂朵朵也。」特指花朵。杜甫《題新津北橋樓》：「白花簷外～，青柳欄前梢。」❷量詞。指花的數量。杜甫《江畔獨步尋花》：「千～萬～壓枝低。」❸［朵頤］鼓腮嚼食。《周易・頤》：「觀我～～。」

垛（垜） ㈠ duǒ ❶牆和建築物上端突出的部分。《說文》：「～，門堂塾也。」段玉裁注：「今俗謂門兩邊伸出小牆曰～頭。」

㈡ duò ❷堆積。溫庭筠《干膭子》：「拆其瓦木，各～一處。」

埵 duǒ ❶土堆。《淮南子・說山》：「泰山之容，巍巍然高，去之千里，不見～堁，遠之故也。」（堁 kè：土堆。）《齊民要術・煮膠》：「取淨乾盆，置竈～上。」❷堤防。《淮南子・說林》：「窟穴者托～防，便也。」❸冶煉所用鼓風器的鐵管。《淮南子・本經》：「鼓橐吹～，以銷銅鐵。」

躲 duǒ 躲避。陸游《沁園春・榮橫溪閣小宴》：「～盡危機，消殘壯志。」

鬌 duǒ 小兒剪髮時留下的頭髮。《禮記・內則》：「三月之末，擇日翦髮為～。」

軃 duǒ 下垂。岑參《和刑部成員外》：「柳～拂窗條。」

杕 duò 見102頁「杕」㊁。

杝 duò 見604頁「杝」㊃。

剁 duò 砍。杜甫《閿鄉姜七少府設鱠戲贈長歌》：「有骨已～觜春葱。」（觜 zuǐ：啄。）

陀 duò 見515頁「陀」㊁。

垛(垜) duò 見119頁「垛(垜)」㊁。

柂 duò ❶同「柁」。船舵。郭璞《江賦》：「淩波縱～。」《南史・朱修之傳》：「泛海，未至東萊，舫～折。」❷引，導。鮑照《蕪城賦》：「～以漕渠。」

柁 duò 船舵。後來寫作「舵」。《釋名・釋船》：「其尾曰～……正船使順流不使他戾也。」（戾 lì：至，往。）張說《同趙侍御乾湖作》：「敧帆側～弄風口。」（敧 qī：傾側。）又用作量詞，計算船隻。《新唐書・東夷傳・高麗》：「新羅數請援，乃下吳船四百～輸糧。」

陊 duò 墜落。張衡《西京賦》：「程巧致功，期不阤～。」（程巧：選擇巧匠。阤：塌落。）引申為敗壞，破敗。陸機《豪士賦序》：「眾心日～，危機將發。」

舵 duò 船舵，控制行船方向的裝置。吳潛《水調歌頭・開慶己未秋社維舟逸老堂》：「倚～秋江滸，明日征帆輕。」

惰 duò ❶懶惰，懈怠。《尚書・益稷》：「股肱～哉，萬事墮哉。」《孫子・軍爭》：「避其銳氣，擊其～歸。」（歸：指退卻。）❷怠慢，不敬。《左傳・襄公二十八年》：「君小國事大國，而～傲以為己心，將得死乎？」

媠 duò 見516頁「媠」㊁。

隋 ㊀ duò ❶殘餘的祭品。《周禮・春官・守祧》：「既祭，則藏其～。」❷同「墮」。下垂。《史記・天官書》：「廷藩西有～星五。」❸通「惰 duò」。懶惰。《淮南子・時則》：「（季秋）行春令，則暖風來至，民氣解～。」（解 xiè：懈怠。隋：一本作「惰」。）❹通「隳 huī」。毀壞。《國語・晉語八》：「若受君賜，是～其前言。」

㊁ suí ❺周代諸侯國名。本作「隨」，古籍中也寫作「隋」。❻朝代名（公元581－618年）。楊堅滅北周稱帝，國號為「隋」。

馱 duò 見515頁「馱」㊁。

墮 duò 見210頁「墮」㊁。

隓 duò 山狹長。《詩經・周頌・般》：「～山喬嶽。」（喬：高。）

E

e

阿 ㈠ ē ❶ 大山。《詩經・大雅・皇矣》：「無矢我陵，我陵我～。」（矢：陳，指陳兵。陵：山。）王勃《滕王閣序》：「訪風景於崇～。」❷ 山水的轉彎處。屈原《九歌・山鬼》：「若有人兮山之～。」《穆天子傳》卷一：「丙午，天子飲於河水之～。」❸ 屋角處翹起的簷。《周禮・考工記・匠人》：「四～重屋。」❹ 曲意迎合，偏袒。《呂氏春秋・孟冬》：「於是察～上亂法者則罪之。」《韓非子・有度》：「法不～貴。」

㈡ ā ❺ 名詞詞頭。多用於某些疑問代詞、稱謂及人名之前。古詩《十五從軍征》：「家中有～誰？」《木蘭詩》：「～姊聞妹來，當戶理紅妝。」

猗 ē 見603頁「猗」㈡。

婀 ē ［婀娜］1. 柔媚的樣子。曹植《洛神賦》：「華容～～，令我忘飡。」2. 搖曳的樣子。古詩《為焦仲卿妻作》：「四角龍子幡，～～隨風轉。」

吪 é ❶ 行動。《詩經・王風・兔爰》：「尚寐無～。」❷ 感化，教化。《詩經・豳風・破斧》：「周公東征，四國是～。」

俄 é ❶ 傾斜。《詩經・小雅・賓之初筵》：「側弁之～。」張華《鷦鷯賦》：「鷹鸇過猶～翼。」❷ 頃刻，一會兒。《韓非子・外儲說左上》：「～又復得一。」《世說新語・識鑑》：「～而齊王敗。」

哦 é 吟誦。韓愈《藍田縣丞廳壁記》：「對樹二松，日～其間。」楊萬里《雨夜》：「詩成只獨～。」

峨（峩） é ❶ 山勢高峻。常「峨峨」連用。司馬相如《上林賦》：「南山～～。」引申為一般的高大。杜甫《往在》：「～冕聆金鐘。」陸游《客談荊渚武昌慨然有作》：「～舸大艑下荊州。」（艑 biàn：大船。）❷ 峨嵋山的簡稱。《水經注・江水》：「乃當抗峯岷～，偕嶺衡疑。」（抗峯：比山峯高低。偕嶺：與山嶺比並。衡疑：指衡山、九嶷山。）

娥 é 美貌，美女。陸機《擬古詩》之二：「秦～張女彈。」（張女彈：古樂曲名。）

莪 é 草名，即莪蒿。《詩經・小雅・菁菁者莪》：「菁菁者～，在彼中阿。」

訛（譌、訹） é ❶ 謠言。《史記・封禪書》：「百姓怨其法，天下畔之，皆～曰：『始皇上泰山，為暴風雨所擊，不得封禪。』」（畔：通「叛」，背叛。）引申為訛誤。曹植《植橘賦》：「信天道之不～。」❷ 感化，改變。《詩經・小雅・節南山》：「式～爾心，以畜萬邦。」（式：語氣詞。畜：養育。）❸ 動。《詩經・小雅・無羊》：「或寢或～。」

睋 é ❶ 視，望。班固《西都賦》：「於是睎秦嶺，～北阜。」（睎：望。）❷ ［睋而］通「俄而」。不久，一會兒。《公羊傳・定公八年》：「～～曰：『彼哉彼哉！』」

蛾 é ❶ 形狀像蝴蝶的昆蟲。《荀子・賦》：「蛹以為母，～以為父。」［蛾眉］形如蠶蛾之眉一樣的眉毛，借以形容女子容貌美麗。屈原《離騷》：「眾女嫉余之～～兮。」（眾女：喻眾讒臣。）辛棄疾《摸魚兒・淳熙己亥》：「～～曾有人妒。」❷ ［蛾而］俄而，不久。《漢書・外戚傳下・孝成班倢伃》：「始為少使，～～大幸。」（大幸：非常受寵愛。）

鵝（鵞、䳘） é ❶家禽名。《孟子・滕文公下》：「他日歸，則有饋其兄生～者。」❷戰陣名。《左傳・昭公二十一年》：「鄭翩願為鸛，其御願為～。」（鸛：戰陣名。）

額（頟） é△ ❶額頭。《史記・滑稽列傳》：「叩頭且破，～血流地。」李白《長干行》之一：「妾髮初覆～，折花門前劇。」（劇：嬉戲。）❷匾牌。羊欣《筆陣圖》：「為前殿成，覃思三月，以題其～。」（覃思：深思。）貫休《寄杭州靈隱寺宋震使君》：「寺～葛洪書。」（葛洪：人名。）❸規定的數目。《舊唐書・崔衍傳》：「舊～賦租，特望蠲減。」（蠲 juàn：免除。）《新五代史・雜傳・劉審交》：「租有定～。」

厄（戹） è△ ❶災難，困苦。《穀梁傳・僖公二十二年》：「君子不推人危，不攻人～。」左思《魏都賦》：「能濟其～。」（濟：救濟。）又為使遭受困厄，迫害。《公羊傳・僖公二十二年》：「吾聞之也，君子不～人。」❷險要的地方。銀雀山漢墓竹簡《孫臏兵法・八陣》：「易則多其車，險則多其騎，～則多其弩。」❸通「軛 è」。車轅前端加在馬頸上的曲木。《韓非子・外儲說左上》：「鄭縣人得車～也。」

扼（搤） è△ ❶握住，掐住。《戰國策・燕策三》：「樊於期偏袒～腕而進。」（偏袒：露出一隻臂膀。）《漢書・李廣傳附李陵》：「力～虎，射命中。」❷據守，控制。陸機《漢高祖功臣頌》：「京索既～，引師北討。」（京、索：古地名。）《新唐書・高崇文傳》：「～二川之要。」❸通「軛 è」。駕車時套在牲口脖子上的曲木。《莊子・馬蹄》：「夫加之以衡～。」（衡：車轅前面的橫木。）

阨（阸） ㊀ è△ ❶阻塞，阻隔。《管子・輕重丁》：「溝瀆～而不遂。」（遂：通。）《漢書・西域傳上》：「東則接漢，～以玉門、陽關。」又指險要之地，要塞。《史記・秦始皇本紀》：「閉關據～。」❷困窘，危難。《孟子・萬章上》：「是時孔子當～。」《漢書・元帝紀》：「百姓仍遭凶～，無以相振。」（振：救濟。）

㊁ ài ❸狹窄。《左傳・昭公元年》：「彼徒我車，所遇又～。」《漢書・趙充國傳》：「道～狹，充國徐行驅之。」

【說明】「阨」「阸」是異體字。「厄」與「阨」是不同的兩個字，在「困窮、危難」等意義上雖可通用，但「狹隘」的意義不寫作「厄」。

咢 è△ ❶只擊鼓而不唱歌。《詩經・大雅・行葦》：「或歌或～。」❷刀劍的刃。後來寫作「鍔」。《漢書・王褒傳》：「越砥斂其～。」❸屋棱。《晉書・赫連勃勃載記》：「飛簷舒～，似翔鵬之矯翼。」❹［咢咢］1. 直言的樣子。《漢書・韋賢傳》：「～～黃髮。」2. 高聳的樣子。《後漢書・張衡傳》：「冠～～其映蓋兮。」

堊 è△ 白色的泥土。《莊子・徐无鬼》：「郢人～慢其鼻端。」（慢：通「漫」，塗抹。）

軛 è△ 牛馬駕車時加在頸上的器具。《韓非子・外儲說左上》：「鄭縣人有得車～者。」劉向《九歎・離世》：「執組者不能制兮，必折～而摧轅。」（執組者：拿着韁繩趕車的人，即馭手。）

啞 ㊀ è△ ❶［啞啞］笑聲。《周易・震》：「笑言～～。」也作「啞然」。《吳越春秋・越王無余外傳》：「禹乃～～而笑。」也作「啞爾」。揚雄《法言・學行》：「或人～～笑。」

㊁ yā ❷歎詞。《韓非子・難一》：「師曠曰：『～，是非君人者之言也！』」

㊂ yǎ ❸失聲，不能說話或聲音低沉、乾澀。《戰國策・趙策一》：「（豫讓）又吞炭為～，變其音。」

【辨析】啞、喑、瘖。「喑」「瘖」二字依《說文》似本義不同，然「喑」之言「瘖」，二字實同一詞，皆不能言之義。「啞」亦有不能言之義，與「喑」「瘖」同義。然先秦文獻多用「瘖」字。偶有用「啞」字者（亦可疑），漢代始有作「啞」者。

堨 è 見2頁「堨」㊁。

堮 è△ 邊際。《淮南子・俶真》：「未有形埒垠～。」

惡 ㊀ è△ ❶罪過，罪惡，與「善」相對。《周易・大有》：「君子以遏～揚善。」（遏：止。）又指惡人，壞人。《鹽鐵論・後刑》：「刑一～而萬民悅。」引申為兇猛，暴烈。《史記・秦始皇本紀》：「臨浙江，水波～。」❷相貌醜陋，與「美」「好」相對。《左傳・昭公二十八年》：「昔賈大夫～，娶妻而美。」《戰國策・趙策三》：「鬼侯有子而好，故入之於紂，紂以為～。」（鬼侯：紂時的諸侯。子：指女兒。好：相貌美。）❸壞，不好，與「好」相對。《呂氏春秋・簡選》：「為是，鬥用～劍則不可。」（是：此。）《史記・項羽本紀》：「以～食食項王使者。」
㊁ wù ❹討厭，厭惡，與「好 hào」相對。《左傳・隱公元年》：「故名寤生，遂～之。」《荀子・天論》：「天不為人之～寒也輟冬。」（輟 chuò：停止。）❺詆毀。《呂氏春秋・慎行》：「居一年，乃～之曰。」鄒陽《獄中上梁王書》：「蘇秦相燕，人～之於燕王。」
㊂ wū ❻疑問代詞，哪裏，怎麼。《戰國策・趙策三》：「先生又～能使秦王烹醢梁王？」（醢 hǎi：做成肉醬。）[惡乎] 在哪裏，從哪裏。《孟子・梁惠王上》：「天下～～定？」《莊子・逍遙遊》：「彼且～～待哉？」（待：依靠。）

【辨析】惡、醜。見68頁「醜」字條。

鄂 è△ ❶古國名，其地在今山西寧鄉。《戰國策・趙策三》：「昔者，鬼侯、～侯、文王，紂之三公也。」❷同「堮」。邊際。徐幹《齊都賦》：「南顧無垠，北顧無～。」❸花托。後來寫作「萼」。《詩經・小雅・常棣》：「常棣之華，～不韡韡。」（常棣：樹名。華：古「花」字。不：通「柎 fū」，花萼的足。韡韡 wěiwěi：鮮明茂盛的樣子。）❹通「愕 è」。驚愕。《漢書・霍光傳》：「羣臣皆驚～失色。」❺通「諤 è」。言語正直。馬融《長笛賦》：「不占成節～。」（不占：人名。）

崿 è△ 山崖。張衡《西京賦》：「坻～鱗眴。」

谻 è△ [谻葉] 婦女髮髻上的花飾。杜甫《麗人行》：「頭上何所有？翠微～～垂鬢脣。」

愕 è△ ❶驚訝。《戰國策・燕策三》：「羣臣驚～。」《世說新語・文學》：「同侶惋～。」❷直言。《後漢書・陳蕃傳》：「謇～之操，華首彌固。」（謇 jiǎn：正直。華首：花白頭髮，指年老。彌：越發。）[愕愕] 直言的樣子。《鹽鐵論・國疾》：「而後聞諸生之～～，此乃公卿之良藥針石。」

萼 è△ 花萼，花托。束皙《補亡詩》：「白華朱～，被於幽薄。」

搤 è△ ❶掐住，握住。《戰國策・魏策一》：「莫不日夜～腕瞋目切齒。」《史記・周本紀》：「養由基怒，釋弓～劍。」（釋：放下。）❷扼守。《新唐書・逆臣傳下・黃巢》：「即發兵三萬～藍田道。」

遏 è△ 阻止，阻礙。《呂氏春秋・悔過》：「晉若～師必於殽。」（殽：山名。）《列子・湯問》：「聲振林木，響～行雲。」

遻 è△ 遇到。屈原《九章・懷沙》：「重華不可～兮。」（重華：舜的字。）

餓 è 嚴重的飢餓。《戰國策・中山策》：「臣有父嘗～且死。」《淮南子・說山》：「寧一月飢，毋一旬～。」又特指餓病或餓死。《左傳・宣公二年》：「見靈輒～，問其病，曰：『不食三日矣。』」《論語・季氏》：「伯夷、叔齊～於首陽之下，民到於今稱之。」（首陽：首陽山。）

【辨析】餓、飢。「飢」指一般的飢餓，而「餓」則指嚴重的飢餓，甚至餓病、餓死。

頞 è△ 鼻樑。《呂氏春秋・遇合》：「孔子聞之，縮～而食之。」

噩 è△ 驚愕。《周禮・春官・占夢》：「二曰～夢。」《新書・匈奴》：「其眾之見將吏，猶～迕仇讎也。」（迕 wǔ：遇。）

E

閼 ㈠ è△ ❶阻塞。《呂氏春秋・古樂》：「民氣鬱～而滯著。」（滯著：不舒暢。）《列子・楊朱》：「勿壅勿～。」❷擋水的堤壩。《漢書・召信臣傳》：「開通溝瀆，起水門提～凡數十處。」（起：指興建。提閼：堤堰。）
㈡ yān ❸［閼氏 zhī］漢時匈奴王后的稱號。《史記・匈奴列傳》：「單于有太子名冒頓，後有所愛～～，生少子。」

E

諤 è△ ［諤諤］直言爭辯的樣子。《史記・商君列傳》：「千人之諾諾，不如一士之～～。」

鍔 è△ 刀劍的刃。《漢書・蕭望之傳》：「底厲鋒～。」（底厲：砥礪，磨。）吳均《寶劍》：「～邊霜凜凜。」引申為邊沿，邊際。張衡《西京賦》：「前後無有垠～。」

鶚 è△ 鵰類猛禽，又稱魚鷹。宋玉《高唐賦》：「雕～鷹鷂，飛翔伏竄。」

齃 è△ 同「頞」。鼻梁。《史記・范雎蔡澤列傳》：「先生曷鼻、巨肩、魋顏、蹙～。」（曷 xiē 鼻：仰鼻。魋顏：額頭突出。）

鱷（鰐） è△ 鱷魚。《博物志》卷三：「南海有～魚，狀似鼉。」

en

恩 ēn ❶恩惠，德惠。《孟子・梁惠王上》：「今～足以及禽獸，而功不至於百姓者，獨何與？」（與：語氣詞。）諸葛亮《出師表》：「臣不勝受～感激。」❷恩愛，有情義。《韓非子・六反》：「不養～愛之心而增威嚴之勢。」《三國志・魏書・劉曄傳》：「且關羽與備，義為君臣，～猶父子。」

er

而 ér ❶頰毛。《周禮・考工記・梓人》：「必深其爪，出其目，作其鱗之～。」❷代詞。你，你的。《左傳・昭公二十年》：「余知～無罪也。」《史記・越王勾踐世家》：「我令～父霸，我又立若。」（若：你。）❸如同，好像。《詩經・小雅・都人士》：「彼都人士，垂帶～厲。」《呂氏春秋・察今》：「軍驚～壞都舍。」❹連詞。連接謂詞性成分，表示聯合或偏正關係。《論語・述而》：「子温～厲，威～不猛，恭～安。」《墨子・尚同》：「聞善～不善，皆以告其上。」❺連詞。連接分句，表示假設關係或引出進一層的意思。《論語・為政》：「人～無信，不知其可也。」《呂氏春秋・情欲》：「天地不能兩，～況於人類乎？」❻句末語氣詞，表示感歎語氣。《論語・微子》：「已～，已～！今之從政者殆～！」❼通「能 néng」。能力，能夠。《莊子・逍遙遊》：「德合一君，～徵一國。」《淮南子・原道》：「行柔～剛，用弱～強。」

兒 ér ❶孩子。《淮南子・人間》：「老病童～皆上城。」《史記・扁鵲倉公列傳》：「聞秦人愛小～。」特指兒子。《漢書・項籍傳》：「外黃令舍人～年十三。」（外黃：縣名。）又泛指青年男子。曹植《白馬篇》：「借問誰家子？幽并遊俠～。」（幽：幽州。并：并州。）❷名詞詞尾。沈約《領邊繡》：「結縷坐花～。」李清照《永遇樂・落日熔金》：「不如向、簾～底下，聽人笑語。」

耏 ér ❶頰鬚。《後漢書・章帝紀》：「沙漠之北，葱領之西，冒～之類，跋涉懸度。」（冒耏：連鬢鬍子。）❷水名。《左傳・襄公三年》：「（齊侯）乃盟於～外。」

洏 ér 流淚的樣子。陶潛《形贈影》：「舉目情悽～。」

陑 ér 山名，在今山西永濟。《尚書・湯誓序》：「伊尹相湯伐桀，升自～。」

胹 ér 煮。《左傳・宣公二年》：「宰夫～熊蹯不熟，殺之。」（蹯 fán：獸足。）

聏 ér 調和。《莊子・天下》：「以～合歡，以調海內。」

鮞 ér ❶魚苗，小魚。《國語・魯語上》：「魚禁鯤～。」（魚：捕魚。鯤 kūn：魚子。）❷魚名。《呂氏春秋・

本味》：「魚之美者，洞庭之鱄，東海之～。」（鱄 zhuān：魚名。）

耳 ěr ❶耳朵。《韓非子・十過》：「謀出二君之口而入臣之～，人莫之知也。」用作動詞，用耳聽，聽說。《韓非子・外儲說左上》：「君其～而未之目邪？」又引申為附在物體兩旁便於提舉之物。《周易・鼎》：「鼎，黃～金鉉。」❷語氣詞。表限止，相當於「而已」「罷了」。《論語・陽貨》：「前言戲之～。」柳宗元《三戒・黔之驢》：「技止此～！」（止：只，不過。）❸語氣詞。表示肯定。《史記・刺客列傳》：「且吾所為者極難～。」又《陳涉世家》：「且壯士不死則已，死即舉大名～。」

洱 ěr ［洱水］1. 古水名，故道在今河南境內。《漢書・地理志上》：「又有～～，東南至魯陽，亦入沔。」2. 指洱海。吳偉業《贈蒼雪》：「～～與蒼山，佛教之齊魯。」

珥 ěr ❶珠玉做的耳飾。《戰國策・齊策三》：「薛公欲知王所欲立，乃獻七～。」（立：指立為夫人。）❷日、月兩旁的光暈。《呂氏春秋・明理》：「其日……有暈～。」《隋書・天文志下》：「月暈有兩～。」❸劍鼻，即劍柄與劍身相連處兩旁突出如耳的部分。屈原《九歌・東皇太一》：「撫長劍兮玉～。」❹插，戴。《鹽鐵論・崇禮》：「南越以孔雀～門戶。」（孔雀：指孔雀的長羽。）曹植《王仲宣誄》：「戴蟬～貂。」（蟬：古代侍從官的冠飾。貂：指貂尾。）

毦 ěr 用鳥羽獸毛製的裝飾物。《後漢書・西南夷傳》：「肉重千斤，毛可為～。」

爾(尔、尒) ěr ❶代詞。你(們)，你(們)的。《左傳・宣公十五年》：「我無～詐，～無我虞。」（虞：欺瞞。）《詩經・衛風・氓》：「以～車來，以我賄遷。」（賄：財物。）❷代詞。這，那。《詩經・周頌・思文》：「無此疆～界。」又為如此，這樣。《孟子・告子上》：「非天之降才～殊也。」陶潛《飲酒》：「問君何能～。」❸詞尾。常附在形容詞、副詞之後，表示「……的樣子」。《論語・陽貨》：「夫子莞～而笑。」又《先進》：「子路率～而對。」❹語氣詞。表限止，等於「罷了」。《戰國策・魏策四》：「布衣之怒，亦免冠徒跣，以頭搶地～。」（搶：撞。）又表肯定。《公羊傳・僖公二年》：「君若用臣之謀，則今日取郭，而明日取虞～。」❺應諾聲。古詩《為焦仲卿妻作》：「媒人下牀去，諾諾復～～。」《北史・崔逞傳附崔㥄》：「㥄亦無言，直曰『～』。」❻通「邇 ěr」。近。《周禮・地官・肆長》：「實相近者相～也。」引申為淺近。《荀子・天論》：「其說甚～，其災甚慘。」

餌 ěr ❶糕餅。《禮記・內則》：「稻米二，肉一，合以為～煎之。」泛指食物。《老子》第三十章：「樂與～，過客止。」（樂：音樂。）❷釣餌。《淮南子・說山》：「故魚不可以無～釣也。」比喻引誘。《戰國策・秦策二》：「我以宜陽～王。」（宜陽：地名。）❸吃。《後漢書・馬援傳》：「常～薏苡實。」（薏苡實：薏仁米。）又為給人吃。《淮南子・主術》：「昔者齊桓公好味，而易牙烹其首子而～之。」（易牙：人名。）

駬 ěr 良馬。《韓非子・魯問》：「是猶乘驥、～而分馳也，相去亦遠矣。」

邇 ěr 近，兼指空間和時間。《詩經・鄭風・東門之墠》：「其室則～，其人甚遠。」引申為接近。《尚書・仲虺之命》：「惟王不～聲色。」又引申為膚淺。《詩經・小雅・小旻》：「維～言是聽。」（維：句首語氣詞。是：代詞，複指「聽」的前置賓語「邇言」。）

【辨析】邇、近。二字在指「空間或時間距離短」的意義上是同義詞，只是使用的時代不同。「邇」一般用於早期文獻，如《尚書》《詩經》等，「近」則多用於春秋戰國以後的文獻。戰國以後文獻用到「邇」則有存古的意味。固定詞組「遐邇」，不能用「近」代「邇」。

二 èr ❶基數，二。《左傳・僖公三十二年》：「殽有～陵焉。」（陵：大山。）又為序數，第二。《詩經·小雅·小明》：「～月初吉。」❷別的，其他的。《左傳·成公三年》：「其竭力致死，無有～心。」（其：將。致死：效死，獻出生命。）

【辨析】1.二、貳。「二」是一般的數詞，引申為形容詞，義為「別的、其他的」。「貳」的意義卻複雜得多，除了表示「副的」意義外，還表示「重複、不專一、背離」等意義。「二心」與「貳心」看似相同，實則有別：「二」是形容詞，「貳」是動詞。「貳」用為「二」的大寫，是後世出現的假借用法。2.二、兩。作為數詞，上古時代，「二」表示一般的基數或序數，「兩」則表示成雙成對的事物的兩個，意義不相同。漢代以後，「兩」也可以表示一般的基數了，如「兩小兒」，但限制較多，如「二十二」不說成「兩十兩」。「兩」也不能用於序數，「二月」與「兩月」意義不同，前者是序數，後者是基數。

耶 èr 古代割去耳朵的刑罰。《尚書·康誥》：「無或劓～人。」

佴 èr 相次，隨後。司馬遷《報任安書》：「李陵既生降，隤其家聲，而僕又～之蠶室，重為天下觀笑。」（隤tuí：墮落，敗壞。蠶室：宮刑獄室。）

咡 èr ❶口旁，口耳之間的部位。《禮記·曲禮上》：「負劍辟～詔之，則掩口而對。」（辟咡詔之：側頭與之說話。）《管子·弟子職》：「既食乃飽，循～覆手。」❷蠶吐絲。《淮南子·覽冥》：「蠶～絲而商弦絕。」❸通「餌 ěr」。釣餌。《管子·侈靡》：「魚鱉之不食～者，不出其淵。」

貳 èr ❶副的，與「正」相對。《周禮·天官·大宰》：「乃施法于官府，而建其正，立其～。」《禮記·少儀》：「乘～車則式。」（式：扶軾致敬。）引申為輔佐。《後漢書·仲長統傳》：「秦兼天下，則置丞相，而～之以御史大夫。」❷重複。《論語·雍也》：「不遷怒，不～過。」（過：過錯。）❸不專一，有二心，與「壹」相對。《詩經·衛風·氓》：「女也不爽，士～其行。」（爽：差錯。）引申為兩屬，事二主。《左傳·隱公元年》：「既而大叔命西鄙北鄙～於己。」（鄙：邊邑。）又引申為離異，背叛。《左傳·襄公二十四年》：「夫諸侯之賄聚於公室，則諸侯～。」（賄：財物。）❹不相同，不一樣。《孟子·滕文公上》：「從許子之道，則市賈不～。」（道：主張。賈：價格。）❺數詞「二」的大寫。白居易《論行營狀》：「況其軍一月之費，計實錢～拾柒捌萬貫。」（柒：同「柒」。）

【辨析】1.貳、副。在「非正的、居第二位」的意義上，二字同義，但先秦用「貳」，漢人多用「副」。段玉裁說：「周人言貳，漢人言副，古今語也。」2.貳、二。見125頁「二」字條。

衈 èr 古代祭祀時殺牲取血以塗器物。《禮記·雜記下》：「門、夾室皆用雞，先門而後夾室，其～皆於屋下。」

樲 èr 樹名，即酸棗。《孟子·告子上》：「舍其梧檟，養其～棘。」（檟jiǎ：樹名，即榎，也叫山楸。）

F

fa

發 fā△ ❶ 把箭射出去，發射。《荀子・勸學》：「百～失一，不足謂善射。」引申為量詞，用來計量箭。《漢書・匈奴傳下》：「弓一張，矢四～。」❷ 派遣，徵發。《戰國策・楚策四》：「於是使人～騶徵莊辛於趙。」（騶 zōu：騎士。徵：召。莊辛：人名。）又為出發。屈原《九章・哀郢》：「～郢都而去閭兮。」（閭：里巷的門。）❸ 發放，發佈。《呂氏春秋・慎大》：「～巨橋之粟。」（巨橋：商紂的糧倉名。）《荀子・彊國》：「～誡布令而敵退。」❹ 興起，產生。《孟子・告子下》：「舜～於畎畝之中。」《呂氏春秋・仲春》：「是月也，日夜分，雷乃～聲。」❺ 打開，開掘。《戰國策・齊策四》：「齊王使使者問趙威后，書未～，威后問使者曰。」（問：聘問，諸侯間交好問候。書：書信。）《呂氏春秋・音初》：「令農～土，無或失時。」引申為拆毀，掀開。《史記・項羽本紀》：「於是大風從西北而起，折木～屋。」❻ 啟發，闡發。《論語・述而》：「不憤不啟，不悱不～。」（憤：鬱結於心。悱：想說而未能說。）

【辨析】 發、引、彎、射。《說文》：「彎，持弓關矢也。」「引，開弓也。」「發，射發也。」這是射箭的三個連續的動作，「彎」是持弓搭箭，「引」是向後拉緊弓弦，「發」是把箭發射出去。「射」則兼以上三個動作而言。又「發」一般不帶賓語，後世可帶賓語，主要是「矢」。「射」一般帶賓語，指「矢」所及的目的物。

乏 fá△ ❶ 貧乏，生活困難。《呂氏春秋・原亂》：「文公施舍，振廢滯，匡～困。」引申為缺乏，缺少。《韓非子・解老》：「畜生少，則戎馬～。」（戎馬：軍馬。）❷ 荒廢，耽誤。《莊子・天地》：「子往矣，無～吾事！」《戰國策・燕策三》：「光不敢以～國事也。」（光：人名。）❸ 疲乏。《新五代史・唐臣傳・周德威》：「因其勞～而乘之，可以勝也。」

伐 fá△ ❶ 擊殺。《孟子・滕文公下》：「殺～用張。」（用：以。張：張大。）《漢書・吳王濞傳》：「～殺無罪。」❷ 砍斫。《詩經・魏風・伐檀》：「坎坎～檀兮。」又為敲擊。《詩經・小雅・采芑》：「鉦人～鼓。」（鉦 zhēng 人：掌管鳴鉦擊鼓的官。）❸ 討伐，進攻。《左傳・隱公元年》：「命子封帥車二百乘以～京。」（子封：人名。京：地名。）❹ 誇耀，自誇。《論語・公冶長》：「願無～善，無施勞。」又指功勞。《史記・項羽本紀》：「自矜功～。」

【辨析】 伐、侵、討、襲。它們都有「進攻、攻打」的意義，但使用的場合有別：「伐」多指正義的，進軍時有鐘鼓；「侵」多指非正義的，進軍不用鐘鼓；「討」是攻打有罪者，多用於上攻下；「襲」指偷偷地進攻，乘人不備而進攻。

茷 fá△ ❶ 草葉茂盛。《說文》：「～，草葉多。」柳宗元《始得西山宴遊記》：「斫榛莽，焚茅～。」（榛莽：叢生的荊棘。）❷ 通「旆 pèi」。大旗。《左傳・定公四年》：「分康叔以大路、少帛、綪～。」（路：車。少帛：旗名。綪 qiàn：大紅色。）

栰 fá△ 渡水用的竹木排。《論語・公冶長》「乘桴浮於海」集解引馬融曰：「桴，編竹木，大曰～，小曰桴。」

筏 fá△ 用竹子編成的渡水工具。《方言》卷九：「泭謂之䉢，䉢謂之～。～，秦晉之通語也。」韓愈《送文暢師北遊》：「自可得津～。」

閥 fá△ ❶ 功勞。《論衡・程材》：「儒生無～閱。」《舊唐書・張獻誠傳》：「獻誠子煦，積～亦至夏州節度使。」❷ 仕宦之家門前記述功狀的柱子。杜甫《奉贈盧五丈參謀琚》：「門～冠雲霄。」代指仕宦之家、名門巨室。《新唐書・柳玭傳》：「東都仁和里裴尚書寬，子孫眾盛，實為名～。」

罰（罸） fá△ ❶ 小罪，過錯。《尚書・盤庚》：「邦之不臧，惟予一人有佚～。」（臧：善。佚：失。）❷ 處罰，懲治。《左傳・襄公二十七年》：「賞～無章。」諸葛亮《出師表》：「陟～臧否，不宜異同。」（陟：升遷。否 pǐ：惡。）❸ 出錢贖罪。《周禮・秋官・職金》：「掌受士之金～貨～，入於司兵。」（金罰：用金贖罪。貨罰：用財物贖罪。）

【辨析】 罰、刑。「罰」是小罪，「刑」是刑罰或施刑罰，它們的本義不同。「罰」引申出「懲罰」義，與「刑」成為同義詞，不過仍有輕重之別：「罰」的程度輕，「刑」的程度重。

瞂 fá△ 盾牌。《逸周書・王會》：「請令以……鮫～利劍為獻。」

法（灋、泫） fǎ△ ❶ 法令，制度。《孟子・離婁上》：「遵先王之～而過者，未之有也。」又為合乎法度。《左傳・莊公二十三年》：「君舉必書，書而不～，後嗣何觀？」（舉：指出行。書：指寫在史冊上。）❷ 標準，準則。《管子・七法》：「尺寸也、繩墨也、規矩也……謂之～。」（繩墨：木工畫直線的工具。規矩：圓規與矩尺。）❸ 仿效，效法。《孟子・公孫丑上》：「則文王不足～與？」（與：句末語氣詞。）《呂氏春秋・序意》：「蓋古之清世，是～天地。」❹ 方法。《孫子兵法・軍爭》：「故用兵之～。」《夢溪筆談・技藝》：「其～：用膠泥刻字，薄如錢脣，每字為一印。」❺ 戰國時期學派名。法家。《漢書・藝文志》：「兼儒墨，合名～。」（名：名家。戰國時期的一個學派。）

【辨析】 法、律。「法」所指的範圍大，多側重於法令、制度。「律」所指的範圍小，多着重在具體的條文。所以，「遵先王之法」不能說成「遵先王之律」，「變法」不能說成「變律」。用作動詞時，「法」是效法、仿效，如「法先王」「法天地」；「律」是按一定的準則來要求，如「嚴於律己」。

髮 fà△ ❶ 頭髮。《詩經・小雅・采綠》：「予～曲局。」（曲局：捲曲。）李白《秋浦歌》：「白～三千丈。」❷ 古代長度單位。《新書・六術》：「十毫為～。」

【說明】「發」和「髮」在古代是兩個字，意義各不相同，現在都簡化作「发」。

fan

反 fān 見 130 頁「反」㊁。

帆 fān 船帆。馬融《廣成頌》：「連舼舟，張雲～。」（舼 gōng：小船。）又代指船。劉禹錫《酬樂天揚州初逢席上見贈》：「沉舟側畔千～過。」

番 fān ❶ 更替，輪流。《三國志・魏書・陳思王植傳》：「羣后百寮，～休遞上。」（后：君。寮：通「僚」，官。遞：交替。）❷ 動量詞。次，回。《世說新語・文學》：「桓南郡與殷荊州共談……但一兩～。」又為名量詞。枚，張。韓愈《答孟尚書書》：「過吉州，得吾兄二十四日手書數～。」❸ 古代對少數民族或外國的稱呼。張籍《舊宮人》：「全家沒～地，無處問鄉程。」

幡 fān ❶ 旗幟。《史記・天官書》：「南夷之氣如舟船～旗。」《後漢書・禮儀志中》：「衛司馬執～鉦護行。」（鉦 zhēng：古代行軍時用的一種樂器。）❷［幡然］改變的樣子。《孟子・萬章上》：「既而～～改曰。」

蕃 fān 見 130 頁「蕃」㊁。

翻 fān ❶ 鳥飛。張衡《西京賦》：「眾鳥翩～。」陶潛《遊斜川》：「水鷗乘和以～飛。」❷ 翻動，反覆翻轉。《齊民要術・造神麴并酒》：「開戶～麴，還著本處。」岑參《白雪歌送武判官歸京》：「風掣紅旗凍不～。」❸ 改變，變更。《後漢書・杜林傳》：「臣愚以為宜如舊制，不合～移。」（合：應該。）又特指改寫。白居易《琵琶行》：「為君～作琵琶行。」❹ 翻譯。《隋書・經籍志四》：「至桓帝時，有安息國沙門安靜，齎經至洛，～譯最為通解。」（齎 jī：攜帶。）❺ 反而，反倒。庾信《臥疾窮愁》：「有菊～無酒，無弦則有琴。」

繙 fān ❶ 反覆。《莊子・天道》：「往見老聃，而老聃不許，於是～十二經以說。」❷ 翻。范成大《再韻答子文》：「眼明無用且～書。」❸ 翻譯。《南唐書・浮屠傳》：「～譯精審，莫能及者。」

藩 fān ❶ 籬笆。《周易・大壯》：「羝羊觸～。」（羝 dī 羊：公羊。）比喻國家的屏障。《詩經・大雅・板》：「价人維～。」（价 jiè 人：有大德之人。）《漢書・敘傳下》：「建設～屏，以強守圉。」（圉 yù：衛。）❷ 遮掩。《荀子・榮辱》：「以相持養，以相～飾。」（飾：文飾。）❸ 藩車，四面有帷帳的車子。《左傳・襄公二十三年》：「以～載欒盈及其士。」（欒盈：人名。）❹ 藩國，封建王朝分給諸侯王的封國。《後漢書・明帝紀》：「驃騎將軍東平王蒼罷歸～。」（蒼：人名。罷：免官。）又為屬國、屬地。《三國志・吳書・吳主傳》：「自魏文帝踐阼，權使命稱～。」（踐阼：登上帝位。權：孫權。）

【辨析】藩、籓。二字在「籬笆、屏蔽」的意義上相同，漢以前用「藩」，漢以後有用「籓」的。「藩」的其他意義如「藩國」等，不能用「籓」。

轓 fān 車箱兩旁的障蔽物。《漢書・景帝紀》：「令長吏二千石車朱兩～。」又代指車。謝朓《三月侍宴曲水》：「華～徒駕。」

籓 fān 籬笆。《漢書・宣帝紀》「池籞」顏師古注：「籞者，所以養鳥也。設為～落，覆其上，令鳥不得出。」引申為屏蔽。曾鞏《胡使》：「何不用胡～北隅。」

【辨析】籓、藩。見129頁「藩」字條。

凡（凢） fán ❶ 凡是。表示總括。《詩經・邶風・谷風》：「～民有喪，匍匐救之。」（喪：災禍。）❷ 總共，共。《左傳・襄公十一年》：「～兵車百乘。」（乘 shèng：輛。）《三國志・蜀書・諸葛亮傳》：「～三往，乃見。」❸ 大旨，綱要。《淮南子・要略》：「睹～得要。」《漢書・揚雄傳下》：「不能一二其詳，請略舉～。」❹ 平凡，平庸。《呂氏春秋・有度》：「以～人之知，不昏乎其所已知。」（前「知」字通「智」。）《資治通鑑・漢獻帝建安十三年》：「巨是～人，偏在遠郡。」（巨：吳巨。）引申為塵世的，與「仙」相對。蘇軾《洞霄宮》：「故留瓊館在～間。」

氾 fán 見131頁「氾」㊁。

袢 fán ❶ 夏天穿的白色內衣。《詩經・鄘風・君子偕老》：「蒙彼縐絺，是紲～也。」（紲：通「褻」，貼身內衣。）❷ 溽熱，炎熱。趙長卿《謁金門》：「今夜雨，掃盡一番～暑。」

笲 fán 竹製盛物器，多為婦女盛乾果及菜用。《儀禮・士昏禮》：「降階受～腶脩。」

煩 fán ❶ 煩躁，煩悶。《素問・生氣通天論》：「～則喘喝，靜則多言。」（喘喝 hè：氣喘有聲。）引申為乏困，疲勞。張籍《寄韓愈》：「臨溪一盥濯，清去肢體～。」❷ 煩勞。《左傳・僖公三十年》：「若亡鄭而有益於君，敢以～執事。」《孟子・滕文公上》：「何許子之不憚～。」❸ 繁多，繁瑣。《尚書・說命中》：「禮～則亂，事神則難。」《淮南子・主術》：「法省而不～。」引申為頻繁攪動。《呂氏春秋・音初》：「水～則魚鱉不大。」

墦 fán 墳墓。《孟子・離婁下》：「卒之東郭～間之祭者，乞其餘。」（卒：最終。之：往。其餘：指祭祀剩的食物。）

樊 fán ❶ 籬笆。《詩經・小雅・青蠅》：「營營青蠅，止于～。」（營營：往來盤旋的樣子。）又用作動詞，編籬笆用來圍繞。《詩經・齊風・東方未明》：「折柳～圃。」❷ 關鳥獸的籠子。《莊子・養生主》：「澤雉十步一啄，百步一飲，不蘄畜乎～中。」（蘄 qí：通「祈」，求。）白居易《贖雞》：「喔喔十四雛，罩縛同一～。」❸ 旁，邊際。《莊子・則陽》：「夏則休乎山～。」《淮南子・精神》：「體本抱神，以遊於天地之～。」❹ 馬負過重而不前。阮瑀《駕出北郭門行》：「駕出北郭門，馬～不肯馳。」

F

璠 fán ［璵璠］寶玉。見「璵」字條。也單用「璠」。陸雲《答顧秀才》之五：「如圭如～。」（圭：上圓下方的玉。）

蕃 ㊀ fán ❶ 草木茂盛。《周易・坤・文言》：「天地變化，草木～。」引申為多，眾多。《漢書・食貨志》：「而採銅者日～。」周敦頤《愛蓮說》：「水陸草木之花，可愛者甚～。」❷ 滋生，繁殖。《左傳・僖公二十三年》：「男女同姓，其生不～。」《淮南子・俶真》：「是故仁義不布，而萬物～殖。」

㊁ fān ❸ 古代對少數民族或外國的通稱。後來寫作「番」。《周禮・秋官・大行人》：「九州之外，謂之～國。」❹ 通「藩 fān」。屏障。《詩經・大雅・崧高》：「四國于～。」（四國：四方的國家。于：為。）

膰 fán 古代祭祀用的肉。《左傳・成公十三年》：「國之大事，在祀與戎，祀有執～，戎有受脤。」（脤 shèn：祭祀用的生肉。）《史記・孔子世家》：「魯今且郊，如致～乎大夫，則吾猶可以止。」用作動詞，致送祭肉。《左傳・僖公二十四年》：「天子有事，～焉。」

燔 fán ❶ 焚燒。《呂氏春秋・別類》：「～之則為淖。」（淖 nào：泥，指液體。）《漢書・地理志下》：「～書坑儒。」❷ 烤。《詩經・小雅・瓠葉》：「有兔斯首，炮之～之。」（炮 páo：用泥塗裹食物在火中燒烤。）又指烤熟的肉。《詩經・大雅・鳧鷖》：「旨酒欣欣，～炙芬芬。」❸ 通「膰 fán」。祭肉。《孟子・告子下》：「從而祭，～肉不至。」

薠 fán 草名。《淮南子・覽冥》：「田無立禾，路無莎～。」

繁 ㊀ fán ❶ 多，盛。《荀子・富國》：「故不教而誅，則刑～而邪不勝。」《呂氏春秋・孟春》：「草木～動。」❷ 繁衍。《管子・八觀》：「薦草多衍，則六畜易～也。」（衍 yǎn：繁殖。）

㊁ pán ❸ 馬腹帶。《禮記・禮器》：「大路～纓一就。」（大路：天子所乘的車。纓：馬頸帶。就：成。）

蹯 fán 獸的足掌。《左傳・宣公二年》：「宰夫胹熊～不孰。」（宰夫：廚師。胹 ér：燉。孰：熟。）

鐇 fán 鏟子。《後漢書・文苑傳・杜篤》：「～钁株林。」

礬 fán 礬石。白色的為明礬，也叫白礬。《山海經・西山經》「其陰多涅石」郭璞注：「即～石也。」

瀿 fán 水暴溢。《淮南子・俶真》：「今夫樹木者，灌以～水。」

蘩 fán 白蒿。《詩經・豳風・七月》：「春日遲遲，采～祁祁。」（祁祁：人多的樣子。）

反 ㊀ fǎn ❶ 覆，翻轉。《詩經・周南・關雎》：「輾轉～側。」《呂氏春秋・長攻》：「代君至，酒酣，～斗而擊之。」（代：國名。斗：盛酒器。）❷ 相反，與「正」相對。《老子》七十八章：「正言若～。」又為違背。《呂氏春秋・上農》：「是謂背本～則。」（則：法則。）❸ 反叛，造反。《呂氏春秋・古樂》：「成王立，殷民～。」❹ 返回。《莊子・逍遙遊》：「三湌而～，腹猶果然。」（湌：同「餐」。果然：飽的樣子。）《呂氏春秋・介立》：「晉文公～國。」引申為歸還。《呂氏春秋・觀表》：「其子長而～其璧。」上述意義後來寫作「返」。❺ 反省。《淮南子・氾論》：「紂居於宣室而不～其過。」（宣室：宮名。）❻ 反而。《韓非子・五蠹》：「故仲尼～為臣而哀公顧為君。」（仲尼：孔子的字。顧：反而。）《呂氏春秋・遇合》：「任久不勝，則幸～為禍。」（幸：僥幸。）

㊁ fān ❼ 翻案。《史記・平準書》：「杜

周治之，獄少～者。」

【辨析】反、返、還。三字都有「返回」的意義。《說文》：「反，覆也。」「返回」是「反」的引申義，「返」是「反」的「返回」義的後起區別字。《說文》：「返，還也。」「返」「還」義近。《說文》：「還，復也。」也是「回到原地」的意思。「返」的意義比較單純，「還」的其他意義與「返」都不相同。

返 fǎn 返回。《史記・魏公子列傳》：「公子往而臣不送，以是知公子恨之復～也。」崔顥《黃鶴樓》：「黃鶴一去不復～。」引申為歸還。《搜神記》卷四：「俟汝至石頭城，～汝簪。」（俟：等待。石頭城：古城名。）

【辨析】返、反、還。見130頁「反」字條。

犯 fàn ❶侵犯。《論語・泰伯》：「～而不校。」（校：計較。）《後漢書・崔駰傳》：「時鮮卑數～邊。」❷侵害，損壞。《左傳・襄公三十一年》：「大決所～，傷人必多。」（決：指堤防潰決。）❸觸犯，冒犯。《韓非子・五蠹》：「俠以武～禁。」❹犯法，犯罪。《荀子・正論》：「～治之罪固重，～亂之罪固輕也。」（治：治世。）又為犯人。《舊唐書・刑法志》：「亦有雜～及遠年流人，亦枉及禍焉。」❺冒着。《呂氏春秋・禁塞》：「～流矢，蹈白刃。」柳宗元《捕蛇者說》：「觸風雨，～寒暑。」

氾 ㊀ fàn ❶水漫溢，淹沒。《孟子・滕文公上》：「洪水橫流，～濫於天下。」《漢書・武帝紀》：「河水決濮陽，～郡十六。」❷浮，浮行。《國語・晉語三》：「是故～舟於河。」左思《蜀都賦》：「騰波沸涌，珠貝～浮。」❸廣泛。《禮記・王制》：「疑獄，～與眾共之。」引申為一般，泛泛。《晉書・孔愉傳》：「又秀才雖以事策，亦～問經義，苟所未學，實難暗通。」

㊁ fán ❹古地名，故址在今河南襄城南。《史記・周本紀》：「襄王出奔鄭，鄭居王於～。」又古水名，故道在今河南中牟南。《左傳・僖公三十年》：「晉軍函陵，秦軍～南。」

【辨析】氾、泛、汎。除「氾」的「古地名」義、「泛」的「翻覆」義，三字不能相通外，其他意義都可以通用。

汎 fàn ❶漂浮，浮游。《詩經・鄘風・柏舟》：「～彼柏舟。」引申為乘船浮行。《世說新語・雅量》：「謝太傅盤桓東山時，與孫興公諸人～海戲。」❷水漫溢。《荀子・儒效》：「（武王）至氾而～。」《三國志・蜀書・關羽傳》：「秋，大霖雨，漢水～溢。」❸廣泛。《論語・學而》：「～愛眾而親仁。」引申為一般，泛泛。白居易《得乙貴達判》：「貴賤苟合，曾是～交。」

【辨析】汎、氾、泛。見131頁「氾」字條。

泛 ㊀ fàn ❶漂浮，浮游。《淮南子・說林》：「釣魚者～杭。」（杭：船。）郭璞《江賦》：「～之以遊菰。」（菰 gū：一種水生植物。）❷水漫溢。《漢書・王尊傳》：「久之河水盛溢，～浸瓠子金堤。」（瓠子：古堤名。）❸廣泛，普遍。《韓非子・詭使》：「言～愛天下。」蕭統《文選序》：「歷觀文囿，～覽辭林。」（文囿 yòu：文章園地，指詩文總彙。）引申為一般，泛泛。《文心雕龍・史傳》：「文非～論，按實而書。」

㊁ fěng ❹覆，翻。賈誼《論積貯疏》：「大命將～，莫之振救。」《史記・呂太后本紀》：「太后乃恐，自起～孝惠卮。」（卮 zhī：盛酒器。）

【辨析】泛、氾、汎。見131頁「氾」字條。

范 fàn ❶草名。《說文》：「～，草也。」❷通「笵 fàn」。鑄造器物的模子。《荀子・彊國》：「刑～正，金錫美。」（刑：型。）引申為規範，法則。《太玄・文》：「鴻文無～。」（鴻：大。）❸姓。

【說明】「范」「笵」「範」在古代是三個字。「范」的本義是草名。「笵」的本義是鑄器的模子。「範」的本義是一種出行時的祭祀。「范」「範」都用作「模子、規範、法則」的意義。但作姓時，只能用「范」。現在「範」簡化作「范」。

梵 fàn ❶梵語詞。潔，淨行。《法華經・序品》：「常修～苑。」❷與印度、佛教有關的。沈約《均聖論》：「雖葉書橫字，華～不同。」

販 fàn ❶販賣貨物的商人。《管子・八觀》：「悅商～而不務本貨，則民偷處而不事積聚。」❷販賣貨物，賤買貴賣。《史記・平準書》：「～物求利。」又特指買進貨物。《史記・呂不韋列傳》：「往來～賤賣貴，家累千金。」也指賣出貨物。《韓非子・內儲說下》：「昭奚恤令吏執～茅者而問之。」

笵 fàn 《說文》：「～，法也。」段玉裁注：「玄應曰：『以土曰型，以金曰鎔，以木曰模，以竹曰～。』一物材別也。」

飯 fàn ❶吃，吃飯。《論語・述而》：「～疏食，飲水。」辛棄疾《永遇樂・京口北固亭懷古》：「憑誰問：廉頗老矣，尚能～否？」引申為給……吃，餵。《史記・淮陰侯列傳》：「有一母見信飢，～信。」(母：對年老婦女的通稱。信：韓信。)《呂氏春秋・舉難》：「寧戚～牛居車下。」(寧戚：人名。)❷把米放在死人口中。《戰國策・趙策三》：「生則不得事養，死則不得～含。」(含：把珠玉放在死人口中。)❸做熟的穀類食物。古詩《十五從軍征》：「舂穀持作～。」

【辨析】飯、食。「飯」的本義是動詞，吃飯，引申為名詞，吃的飯食。「食」的本義是名詞，食物，引申為動詞，吃。二字的本義和引申義交叉構成同義。

飰 fàn 同「飯」。做熟的食物。《洛陽伽藍記・景寧寺》：「菰稗為～。」

範 fàn 鑄造器物的模子。《論衡・物勢》：「今夫陶冶者，初埏埴作器，必模～為形。」(埏 shān：揉黏土。埴 zhí：黏土。)《夢溪筆談・技巧》：「欲印則以一鐵～置鐵板上，乃密布字印，滿鐵～為一板。」引申為典範，楷模。《尚書・洪範》：「天乃錫禹洪～。」(錫：賜。)《後漢書・楊震傳》：「師～之功，昭於內外。」

fang

方 ㊀ fāng ❶相並的兩船。也指竹木拼成的筏子。《詩經・周南・漢廣》：「江之永矣，不可～思。」(永：長。思：語氣詞。)引申為並。《史記・酈生陸賈列傳》：「蜀漢之粟，～船而下。」❷方形，與「圓」相對。《周禮・考工記・輿人》：「圜者中規，～者中矩。」古人認為天圓地方，因此用「方」指地。《淮南子・本經》：「戴圓履～。」又指見方，用以表示面積。《戰國策・楚策四》：「今王之地～五千里。」❸古代用以書寫的木板。《禮記・中庸》：「文武之道，布在～策。」❹藥方。《莊子・逍遙遊》：「客聞之，請買其～百金。」❺方向，方位。《詩經・邶風・日月》：「日居月諸，出自東～。」(居、諸：語氣詞。)❻法度，準則。《詩經・大雅・皇矣》：「萬邦之～，下民之王。」引申為道，道義。《禮記・樂記》：「樂行而民鄉～。」❼正直。《新語・慎微》：「然後忠良～直之人，則得容於世而施於政。」❽齊等，等同。《周禮・考工記・梓人》：「梓人為侯，廣與崇～。」(梓人：木匠。侯：箭靶。崇：高。)❾比擬。《漢書・衛青霍去病傳贊》：「票騎亦～此意，為將如此。」(票騎 jì：指票騎將軍霍去病。)❿正在。《漢書・高帝紀》：「沛公、項羽～攻陳留。」㊁ páng ⓫[方羊] 徘徊。《左傳・哀公十七年》：「如魚竀尾，衡流而～～。」(竀 chēng 尾：赬尾。竀：赤色。衡：橫。)

坊 fāng 見 133 頁「坊」㊁。

邡 fāng ❶[什邡] 縣名，在今四川。《後漢書・楊仁傳》：「帝知其忠，愈善之，拜～～令。」❷通「訪 fǎng」。謀劃。《穀梁傳・昭公二十五年》：「宋公佐卒於曲棘，～公也。」

芳 fāng 花草的香味，芳香。《荀子・宥坐》：「芷蘭生於深林，非以無人而不～。」(芷、蘭：香草名。)也指香草，花卉。歐陽修《醉翁亭記》：「野～發而幽香。」引申為美好。屈原《離騷》：「不吾知其亦已兮，苟余情其信～。」（已：止，算了。信：確實。）比喻賢德之人。屈原《離騷》：「昔三后之純粹兮，固眾～之所在。」（三后：指禹、湯、文王。純粹：指美德。）

【辨析】芳、香。《說文》：「香，芳也。」二字都有「芳香氣味」的意義。區別在於：「芳」一般只指花草的香味，而「香」的應用範圍比較廣。

枋 ㊀ fāng ❶ 樹名。《莊子・逍遙遊》：「我決起而飛，搶榆～。」（決：迅速的樣子。搶 qiāng：突過。）
㊁ fǎng ❷ 同「舫」。竹木筏。《後漢書・岑彭傳》：「公孫述遣其將任滿、田戎、程汎將數萬人乘～箄下江關。」

坊 ㊀ fáng ❶ 堤防。《禮記・郊特牲》：「祭～與水庸，事也。」引申為防衛的工事。《戰國策・秦策一》：「長城鉅～，足以為塞。」又引申為防備。《禮記・坊記》：「故君子禮以～德，刑以～淫，命以～欲。」
㊁ fāng ❷ 居民聚居點，里巷。《舊唐書・食貨志上》：「在邑居者為～。」白居易《馬上晚吟》：「日短天陰～曲遙。」❸ 店鋪。《東京夢華錄・潘樓東街巷》：「茶～每五更點燈。」也指工場，作坊。《隋書・食貨志》：「官置酒～收利。」❹ 牌坊。《徐霞客遊記・滇遊日記十二》：「又五里，如下嶺狀，至黃山勝境～。」

妨 fáng 傷害，損害。《國語・越語下》：「王若行之，將～於國家。」《呂氏春秋・仲春》：「無作大事，以～農功。」阻礙，妨礙。《漢書・王尊傳》：「其不中用，趣自避退，毋久～賢。」杜甫《雨晴》：「久雨不～農。」

防 fáng ❶ 堤壩。《周禮・地官・稻人》：「以～止水。」《呂氏春秋・慎小》：「巨～容螻，而漂邑殺人。」（容：容納，藏伏。漂：漂起，淹沒。）引申為界限，邊防。《史記・蘇秦列傳》：「雖有長城巨～，惡足以為塞？」（惡 wū：何。塞：要塞。）❷ 堵塞。《左傳・襄公三十一年》：「然猶～川，大決所犯，傷人必多。」韓愈《子產不毀鄉校頌》：「川不可～，言不可弭。」（弭 mǐ：止。）引申為防備。《周易・既濟》：「君子以思患而豫～之。」杜甫《兵車行》：「或從十五北～河。」（或：有的。）

【辨析】防、隄。見98頁「堤」字條。

肪 fáng 脂肪。特指動物腰部肥厚的油。《太玄・竈》：「脂牛正～，不濯釜而烹。」

房 fáng ❶ 正室兩邊的房間。《尚書・顧命》：「垂之竹矢，在東～。」（垂：人名。）泛指住室。《呂氏春秋・仲冬》：「謹～室，必重閉。」也指結構或作用像房室的東西。《淮南子・氾論》：「蜂～不容鵠卵。」杜甫《秋興》之七：「露冷蓮～墜粉紅。」❷ 官署單位名。《北史・柳慶傳》：「君職典文～。」（職：任職。典文房：主管文書的機構。）❸ 星宿名，二十八宿之一。《呂氏春秋・季秋》：「季秋之月，日在～。」

【辨析】房、屋、室。此三字本義不同，而「房」「室」二字較接近。「房」指正堂兩邊的房子，「室」指內室。但此二字都是指房間、住室，這是相同的；「房」的引申義指整個房舍，「室」則無此意義。「屋」與「房」「室」差別較大。「屋」的本義是房頂。段玉裁說：「屋者，室之覆也。」《詩經・豳風・七月》：「亟其乘屋。」「屋」字絕不能換成「房」或「室」。

魴 fáng 魚名。《詩經・齊風・敝笱》：「其魚～鱮。」

仿（倣） ㊀ fǎng ❶［仿佛］1. 看不真切，隱隱約約的樣子。《史記・司馬相如列傳》：「縹乎忽忽，若神仙之～～。」2. 似乎，好像。《漢書・眭弘等傳贊》：「察其所言，～～異端。」也作「彷彿」。❷ 模擬，比照。《鹽鐵論・未通》：「錄民數創於惡吏，故相～效。」
㊁ páng ❸［仿偟］徘徊。《國語・吳語》：「王親獨行，屏營～～於山林之中。」（屏營：徘徊。）

彷 ㊀ fǎng ❶［彷佛］好像。宋玉《九辯》：「柯～～而萎黃。」（柯：樹枝。）

㊁ páng ❷ [彷徨] 徘徊。《詩經・王風・黍離序》：「閔周室之顛覆，～～不忍去。」又指遨遊。《莊子・大宗師》：「芒然～～乎塵垢之外。」[彷徉] 周遊。《史記・吳王濞列傳》：「外隨大王後車，～～天下。」又為徘徊。《三國志・魏書・管輅傳》：「內神不定，解衣～～。」也作「方羊」「彷洋」「仿佯」等。

枋 fǎng 見133頁「枋」㊁。

放 fǎng 見134頁「放」㊁。

舫 fǎng 相並的兩船。《戰國策・楚策一》：「～船載卒，一～載五十人。」又泛指船。《爾雅・釋言》：「～，舟也。」《世說新語・德行》：「暴雨卒至，～至狹小，而又大漏，殆無復坐處。」

紡 fǎng ❶ 紡紗或線。《墨子・辭過》：「女子廢其～織而修文采。」《史記・淮南衡山列傳》：「女子～績不足於蓋形。」❷ 一種絲織品。《儀禮・聘禮》：「迎大夫賄，用束～。」《呂氏春秋・淫辭》：「昔吾所亡者～緇也。」（亡：失。緇：黑色的帛。）

訪 fǎng ❶ 諮詢。《尚書・洪範》：「王～于箕子。」（王：指周武王。箕子：人名。）《左傳・僖公三十二年》：「穆公～諸蹇叔。」（諸：「之於」的合音。蹇叔：人名。）引申為拜訪。孟浩然《洛中訪袁拾遺不遇》：「洛陽～才子。」❷ 查訪，探尋。《三國志・魏書・馮熙傳》：「使人外～，知熙所在。」李白《夢遊天姥吟留別》：「須行即騎～名山。」

髣 fǎng [髣髴] 好像。屈原《遠遊》：「時～～以遙見兮。」陶潛《桃花源記》：「山有小口，～～若有光。」

放 ㊀ fàng ❶ 放逐。《尚書・舜典》：「流共工于幽州，～驩兜于崇山。」屈原《漁父》：「屈原既～，遊於江潭。」引申為逃逸。《孟子・告子上》：「人有雞犬～，則知求之。」又引申為廢棄。《漢書・哀帝紀》：「鄭聲淫而亂樂，聖王所～。」❷ 放縱，放任。《孟子・滕文公下》：「湯居亳，與葛為鄰，葛伯～而不祀。」（亳 bó、葛：地名。）今成語有「放蕩不羈」。❸ 放開，釋放。《韓非子・說林上》：「乃～老馬而隨之，遂得道。」《後漢書・李恂傳》：「會西羌反畔，恂到田舍，為所執獲。羌素聞其名，～遣之。」（畔：通「叛」。）❹ 放置，擱下。《莊子・知北遊》：「神農隱几擁杖而起，嚗然～杖而笑。」（嚗 bó：象聲詞。）《三國志・魏書・鍾會傳》：「維至廣漢郪縣，令兵悉～器杖。」（維：指姜維。）
㊁ fǎng ❺ 仿效，模仿。《史記・司馬穰苴列傳》：「用兵行威，大～穰苴之法。」❻ 至，到。《孟子・梁惠王下》：「遵海而南，～於琅琊。」

fei

妃 fēi ❶ 配偶，妻子。《左傳・桓公二年》：「嘉耦曰～。」《儀禮・少牢饋食禮》：「以某～配某氏。」特指帝王的姬妾，太子和王侯的妻子。《呂氏春秋・季春》：「后～齋戒。」❷ 通「配 pèi」。婚配。《左傳・文公十四年》：「子叔姬～齊昭公。」

非 fēi ❶ 不對，過錯，與「是」相對。《莊子・齊物論》：「彼亦一是～，此亦一是～。」陶潛《歸去來兮辭》：「覺今是而昨～。」今成語有「文過飾非」。❷ 責難，批評。《淮南子・氾論》：「孔子之所立也，而墨子～之。」❸ 否定副詞。不，不是。《論語・雍也》：「～不說子之道，力不足也。」（說 yuè：喜歡。）❹ 通「誹 fěi」。誹謗。《荀子・解蔽》：「百姓怨～而不用。」《漢書・晁錯傳》：「～謗不治，鑄錢者除。」

飛 fēi ❶ 鳥蟲等飛翔。《莊子・逍遙遊》：「怒而～，其翼若垂天之雲。」（怒：奮起。）泛指物體飄飛。杜甫《茅屋為秋風所破歌》：「茅～渡江灑江郊。」比喻快速。《三國志・吳書・呂蒙傳》：「而～書召蒙。」李白《自巴東舟行》：「～步凌絕頂。」❷ 沒有根據的。《漢書・灌夫傳》：「乃有～語為惡言聞上。」（聞上：讓皇上聽到。）❸ 意外的，突然的。

《後漢書・周榮傳》：「若卒遇～禍，無得殯斂。」（卒 cù：突然。）

【辨析】飛、蜚。二字本義不同。因音近，「蜚」借為「飛」，與「飛」多通用。但一般習慣用法不能互換，如「飛將」不寫作「蜚將」，「蜚聲」不寫作「飛聲」。

菲 fēi 見135頁「菲」㊁。

扉 fēi 門扇。《左傳・襄公二十八年》：「子尾抽桷擊～三。」（子尾：人名。桷 jué：方形椽子。）葉紹翁《遊小園不值》：「小扣柴～久不開。」

【辨析】扉、扇、闔。三字都指門扇，這是相同的。《說文》：「扉，戶扇也。」「扇，扉也。」二字互訓，都指的是戶的門扇。「闔」取義兩扇相合，指的是庭院的門式裏門等的門扉，有大小之別。從材質上看，「扉」「扇」都是用柴、竹、葦等編成的，「闔」是木材製作的。

緋 fēi 紅色。《齊民要術・雜說》：「凡點書、記事，多用～縫。」（縫：似當作「繒」。）杜甫《相從歌》：「紫衣將炙～衣走。」

霏 fēi ❶ 雪紛飛的樣子。《詩經・邶風・北風》：「北風其喈，雨雪其～。」（喈 jiē：風急的樣子。雨 yù：降。）❷ 雲氣，霧氣。謝靈運《石壁精舍還湖中作》：「雲霞收夕～。」歐陽修《醉翁亭記》：「若夫日出而林～開。」❸ 消散，散開。劉峻《廣絕交論》：「煙～雨散。」

騑 fēi 駕車時轅馬兩旁的馬，也叫驂。《墨子・七患》：「徹驂～。」《後漢書・章帝紀》：「～馬可輟解，輟解之。」泛指馬。班彪《北征賦》：「紛吾去此舊都兮，～遲遲以歷茲。」

肥 féi ❶ 肌肉豐滿。《禮記・禮運》：「四體既正，膚革充盈，人之～也？」《史記・陳丞相世家》：「貧何食而～若是？」引申為植物茁壯，粗大。韓愈《山石》：「芭蕉葉大支子～。」❷ 脂肪多。《孟子・梁惠王上》：「庖有～肉。」蔡邕《為陳太守上孝子狀》：「不食～膩。」❸ 土地肥沃。《孟子・告子上》：「雖有不同，則地有～磽，雨露之養、人事之不齊也。」（磽 qiāo：土地貧瘠。）《荀子・富國》：「民富則田～以易。」（易：得到整治。）

厞 féi 宮室屋角隱蔽之處。《儀禮・士虞禮》：「几在南，～用席。」（几：几案。）

淝 féi ［淝水］水名，在安徽。《晉書・謝玄傳》：「苻堅眾號百萬，列陣臨～～。」

萉 féi 見137頁「萉」㊁。

腓 féi ❶ 小腿肚。《莊子・天下》：「～無胈，脛無毛。」（胈 bá：小腿肚上的細毛。脛：小腿。）《韓非子・揚權》：「～大於股，難以趣走。」（股：大腿。）❷ 草木枯萎。《詩經・小雅・四月》：「百卉具～。」❸ 通「庇 pì」。庇護。《詩經・小雅・采薇》：「君子所依，小人所～。」

痱 féi 風病，中風。《史記・魏其武安侯列傳》：「病～，不食，欲死。」

朏 fěi 月初出未大明的樣子。因月初出未大明正是每月初三的月相，所以又用作初三的代稱。《尚書・畢命》：「六月庚午～。」《漢書・律曆志下》：「三日曰～。」又泛指星月出現。江淹《愛遠山》：「臨星～兮樹暗。」

匪 fěi ❶ 筐類竹器。後來寫作「篚」。《周禮・春官・肆師》：「共設～甕之禮。」❷ 非，不。《詩經・邶風・柏舟》：「我心～石，不可轉也。」劉禹錫《謝上連州刺史表》：「犬馬懷戀，寢興～寧。」❸ 行為不正的人，盜匪。司空圖《復安南碑》：「～徒封離授首。」（封離：人名。）

悱 fěi 想說而說不出來。《論語・述而》：「不憤不啟，不～不發。」（憤：憋悶。發：啟發。）

菲 ㊀ fěi ❶ 蘿蔔一類的蔬菜。《詩經・邶風・谷風》：「采葑采～，無以下體。」（葑 fēng：蔓菁。以：用。下體：指根莖。）❷ 微薄。《論語・泰伯》：「～飲食而致孝乎鬼神。」（菲：用如使動，使……微薄。）《梁書・武帝紀》：「～食薄衣，請自孤始。」（孤：侯王謙稱自己。）

❸ 通「屝 fèi」。草鞋。古詩《孤兒行》：「足下無～。」

㈡ fēi ❹ 花草芳香。顧野王《陽春歌》：「春草正芳～。」

棐 fěi ❶ 輔助。《尚書・洛誥》：「朕教汝于～民彝。」❷ 菲薄。《漢書・武五子傳》：「毋作～德。」❸ 樹名。《晉書・王羲之傳》：「嘗詣門生家，見～几滑淨，因書之，真草相半。」❹ 通「篚 fěi」。橢圓形竹器。《漢書・食貨志上》：「各因所生遠近，賦入貢～。」

斐 fěi 五彩交錯，有文采。《論語・公冶長》：「～然成章，不知所以裁之。」《論衡・案書》：「賦頌奏記，文辭～炳。」

榧 fěi 樹名，果實名榧子，可食。李德裕《平泉山居草木記》：「木之奇者，有天台之赤松、琪樹，稽山之海棠、～、檜。」

翡 fěi 一種羽毛赤紅的鳥。《管子・輕重丁》：「彈～燕小鳥。」又指翡鳥的羽毛。宋玉《招魂》：「～帷翠帳。」

【辨析】翡、翠。見 84 頁「翠」字條。

蜚 fěi ❶ 一種食稻花的小飛蟲。《左傳・莊公二十九年》：「秋，有～，為災也。」❷ 傳說中的一種怪獸。《山海經・東山經》：「（太山）有獸焉，其狀如牛而白首，一目而蛇尾，其名曰～。」❸ 通「飛 fēi」。飛。《韓非子・外儲說左上》：「墨子為木鳶，三年而成，～一日而敗。」（鳶 yuān：鷂鷹。敗：壞。）《史記・蘇秦列傳》：「毛羽未成，不可以高～。」比喻迅疾。《史記・平津侯主父列傳》：「又使天下～芻輓粟。」（芻：餵牲口的草。輓：用車拉。）引申為無根據的。《史記・魏其武安侯列傳》：「乃有～語為惡言聞上。」（聞上：使皇帝聽到。）今成語有「流言蜚語」。

【辨析】蜚、飛。見 134 頁「飛」字條。

誹 fěi 批評，指責過失。《呂氏春秋・貴因》：「百姓不敢～怨，命曰刑勝。」（刑勝：刑法太過。）又為毀謗，說別人的壞話。《韓非子・說難》：「欲陳危害之事，則顯其毀～而微見其合於私患也。」王安石《答司馬諫議書》：「至於怨～之多，則固前知其如此也。」

【辨析】誹、謗、譏。見 12 頁「謗」字條。

篚 fěi 圓形的盛物竹器。《儀禮・士冠禮》：「賓降，取爵於～。」（爵：酒器。）杜甫《自京赴奉先縣詠懷五百字》：「聖人筐～恩，實欲邦國活。」

【辨析】篚、筐。二者都是盛物的竹器，方的叫「筐」，圓的叫「篚」。

吠 fèi 狗叫。《孟子・公孫丑上》：「雞鳴狗～相聞。」泛指其他動物鳴叫。蔡琰《悲憤詩》：「豺狼號且～。」

芾 fèi ❶［蔽芾］小的樣子。《詩經・召南・甘棠》：「～～甘棠，勿翦勿伐。」❷ 通「韍 fú」。古代官服上的蔽膝。《詩經・曹風・候人》：「彼其之子，三百赤～。」

柿 fèi 削木片。《說文》：「～，削木朴也。」《詩經・小雅・伐木》「伐木許許」毛亨傳：「許許，～貌。」又指削下的木片。《晉書・王濬傳》：「王濬造船於蜀，其木～蔽江而下。」

【說明】「柿」「柹」二字音義都不相同，只是字形相似，常混淆。

肺 fèi ❶ 肺，呼吸器官。《莊子・說劍》：「上斬頸領，下決肝～。」❷［肺肺］通「芾芾」。茂盛的樣子。《詩經・陳風・東門之楊》：「東門之楊，其葉～～。」

狒 fèi ［狒狒］獸名。《爾雅・釋獸》：「～～如人，被髮迅走，食人。」左思《吳都賦》：「猩猩啼而就禽，～～笑而被格。」

沸 fèi ❶ 水噴湧翻騰的樣子。《詩經・小雅・十月之交》：「百川～騰。」引申為水燒開時翻滾的狀態。《呂氏春秋・盡數》：「夫以湯止～，～愈不止，去其火則止矣。」（湯：熱水。）❷ 喧嚣，喧騰。《史記・范雎蔡澤列傳》：「流血成川，～聲若雷。」李白《餞李副使藏用移軍廣陵序》：「簫鼓～而三山動。」

昲 fèi 曬，曬乾。《列子・周穆王》：「肴未～。」（肴：做熟的魚肉等。）

剕 fèi 斷足。古代刑罰之一。《尚書・呂刑》：「～辟疑赦。」又「～罰之屬五百。」

俷 fèi 背棄，敗壞。《史記・三王世家》：「毋作怨，毋～德。」

屝 fèi 草鞋。《左傳・僖公四年》：「共其資糧～屨。」（共：供給。）

萉 ㊀ fèi ❶ 大麻子。《說文》：「～，枲實也。」也指麻。《呂氏春秋・士節》：「捆蒲葦，織～屨。」

㊁ féi ❷ 躲避。班固《幽通賦》：「安慆慆而不～兮，卒隕身乎世禍。」（慆慆 tāotāo：紛亂不息的樣子。）

費 fèi ❶ 耗費，損耗。《孫子・作戰》：「車甲之奉，日～千金。」賈誼《過秦論》：「秦無亡矢遺鏃之～，而天下諸侯已困矣。」（亡：喪失。鏃：箭頭。）❷ 費用。《呂氏春秋・開春》：「官～又恐不給。」（給 jǐ：充足。）

跸 fèi 古代砍掉腳的酷刑。《說文》：「～，刖也。」梅堯臣《吳長文紫微見過》：「瘡足痛若～。」

廢 fèi ❶ 塌，倒塌。《淮南子・覽冥》：「往古之時，四極～，九州裂。」（四極：傳說中四方擎天的柱子。）又用於抽象意義。《漢書・五行志下之下》：「王者失道，綱紀～頓。」（頓：倒下。）❷ 衰敗。《孟子・離婁上》：「國之所以～興存亡者亦然。」又指衰敗的事。范仲淹《岳陽樓記》：「政通人和，百～具興。」❸ 廢棄。《論語・衛靈公》：「君子不以言舉人，不以人～言。」又指廢黜，免官。《史記・平準書》：「法既益嚴，吏多～免。」❹ 停止。《論語・雍也》：「力不足者，中道而～。」（中道：半路。）杜甫《戲為六絕句》：「不～江河萬古流。」❺ 放置，擱置。《史記・孟子荀卿列傳序》：「余讀孟子書，至梁惠王問『何以利吾國』，未嘗不～書而歎也。」《顏氏家訓・勉學》：「所誦經書，一月～置，便至荒蕪矣。」❻ 傷殘，殘疾。《呂氏春秋・審為》：「左手攫之則右手～。」（攫 jué：抓取。）《世說新語・賞譽》：「庾子躬有～疾，甚知名。」

癈 fèi 殘疾，殘廢。《周禮・地官・族師》：「辨其貴賤老幼～疾可任者。」

fen

分 ㊀ fēn ❶ 分開，與「合」相對。《呂氏春秋・先識》：「周乃～為二。」引申為分散。《列子・黃帝》：「用志不～，乃凝於神。」❷ 分給，分配。《左傳・莊公十年》：「衣食所安，弗敢專也，必以～人。」《呂氏春秋・當務》：「～均，仁也。」又為分享。揚雄《解嘲》：「～人之祿。」❸ 平分。《呂氏春秋・仲春》：「是月也，日夜～，雷乃發聲。」又為半。《列子・周穆王》：「人生百年，晝夜各～。」特指節候。如春分、秋分。《左傳・昭公十七年》：「日過～而未至。」（至：指夏至。）❹ 分別，分辨。《論語・微子》：「四體不勤，五穀不～。」《呂氏春秋・聽言》：「不察則善不善不～。」❺ 量詞。長度單位，一寸的十分之一。《漢書・律曆志》上：「十～為寸，十寸為尺。」《晉書・陶侃傳》：「大禹聖者，乃惜寸陰；至於眾人，當惜～陰。」又為重量單位，一兩的百分之一；地積單位，一畝的十分之一。

㊁ fèn ❻ 職分，本分。《淮南子・本經》：「古者天子一畿，諸侯一國，各守其～，不得相侵。」又為名分。《禮記・禮運》：「故禮達而～定。」今成語有「安分守己」。❼ 情分，情誼。曹植《贈白馬王彪》：「恩愛苟不虧，在遠～日親。」《北齊書・封孝琬傳》：「晚相逢遇，～好遂深。」❽ 料想。《漢書・李廣蘇建傳附蘇武》：「自～已死久矣。」

芬 fēn 香，香氣。《荀子・榮辱》：「口辨酸鹹甘苦，鼻辨～芳腥臊。」屈原《離騷》：「芳菲菲而難虧兮，～至今猶未沬。」（沬：已，止。）比喻盛德或美名。陸機《文賦》：「誦先人之清～。」《晉書・桓彝傳》：「揚～千載之上。」

氛 fēn ❶ 預示吉凶的雲氣，多指凶兆之氣。《左傳・襄公二十七年》：「楚～甚惡，懼難。」《國語・楚語上》：「故先王之為臺榭也，榭不過講軍實，臺不過望～祥。」（軍實：兵事。）❷ 霧氣。

《禮記・月令》：「～霧冥冥，雷乃發聲。」（冥冥：晦暗。）

紛 fēn ❶旗上的飄帶。揚雄《羽獵賦》：「青雲為～。」❷眾多的樣子。屈原《離騷》：「～吾既有此內美兮。」❸糾紛，亂。《戰國策・趙策三》：「為人排患、釋難、解～亂而無所取也。」《史記・汲黯鄭當時列傳》：「何乃取高皇帝約束～更之為？」

棻 fēn ❶香樹名。《說文》作「棼」，云：「香木也。」隸變作「棻」。❷草木茂盛的樣子。《後漢書・班彪傳附班固》：「五穀垂穎，桑麻敷～。」（穎：穀穗。）

雰 fēn ❶霧氣。《素問・六元正紀大論》：「寒～結為霜雪。」❷［雰雰］霜雪很盛的樣子。《詩經・小雅・信南山》：「雨雪～～。」（雨 yù：降。）❸同「氛」。祥氣。李紳《華山慶雲見》：「晴光吐翠～。」

饙（饋） fēn 蒸飯。《詩經・大雅・泂酌》：「可以～饎。」（饎 chì：酒食。）也指蒸熟的飯。《齊民要術・造神麴并酒》：「良久，水盡，～極熟飲。」

汾 fén 水名，汾河，在山西境內。《詩經・魏風・汾沮洳》：「彼～沮洳，言采其莫。」（沮洳：低濕之地。莫：草名。）

賁 fén 見22頁「賁」㊂。

棼 fén ❶閣樓的棟。班固《西都賦》：「列～橑以布翼。」（橑 lǎo：屋椽。）張衡《西京賦》：「增桴重～，鍔鍔列列。」（桴 fú：屋棟。鍔鍔 èè：高大的樣子。列列：高聳的樣子。）❷紛亂。《左傳・隱公四年》：「臣聞以德和民，不聞以亂。以亂猶治絲而～之也。」

焚 fén ❶用火燒山林。《孟子・滕文公上》：「益烈山澤而～之。」（益：舜的臣。）《淮南子・主術》：「不～林而獵。」泛指燒。《左傳・文公三年》：「秦伯伐晉，濟河～舟。」❷通「僨 fèn」。斃。《左傳・襄公二十四年》：「象有齒以～其身。」

頒 ㊀ fén ❶頭大的樣子。《詩經・小雅・魚藻》：「魚在在藻，有～其首。」（有：詞頭。）

㊁ bān ❷頒佈，公佈。《呂氏春秋・制樂》：「～其爵列、等級、田疇，以賞羣臣。」❸賜予，授予。《周禮・夏官・校人》：「～良馬而養乘之。」❹［頒白］通「斑白」。鬚髮花白。《孟子・梁惠王上》：「～～者不負戴於道路矣。」

墳 ㊀ fén ❶堤岸，高地。《詩經・周南・汝墳》：「遵彼汝～，伐其條枚。」（遵：循，沿着。）屈原《九章・哀郢》：「登大～以遠望兮，聊以舒吾憂心。」❷有封土隆起的墓，後泛指墓葬。《禮記・檀弓上》：「吾聞之，古也墓而不～。」（墳：用作動詞，封土為墳。）杜甫《天寶末懷李白》：「駐馬別孤～。」❸大。《周禮・秋官・司烜氏》：「凡邦之大事，共～燭庭燎。」（共：供給。）《韓非子・八姦》：「縱禁財，發～倉。」❹古代的典籍。《左傳・昭公十二年》：「是能讀三～五典八索九丘。」「三墳」本是傳說中三皇所作的書，後簡稱「墳」，並用來泛指古籍。《後漢書・郭太傳》：「三年業畢，博通～籍。」

㊁ fèn ❺土質肥沃。《尚書・禹貢》：「厥土黑～。」（厥：其。）潘岳《藉田賦》：「沃野～腴。」❻地面隆起。《左傳・僖公四年》：「公祭之地，地～。」

【辨析】墳、墓。上古葬後無封土隆起的叫「墓」，有封土隆起的叫「墳」。後來不再區別。

幩 fén 馬銜旁邊的布條，用作裝飾，也用以扇汗。《詩經・衛風・碩人》：「四牡有驕，朱～鑣鑣。」

濆 ㊀ fén ❶水邊，崖岸。《詩經・大雅・常武》：「鋪敦淮～。」（鋪：陳列。敦：通「屯」，駐紮。）李白《題元丹邱穎陽山居》：「終願狎青鳥，拂衣棲江～。」

㊁ pēn ❷噴湧，水波湧動。《公羊傳・昭公五年》：「～泉者何？直泉也；直泉者何？涌泉也。」《水經注・漾水》：「峽中白水生大石，障塞水流，春夏輒～溢。」

㊂ fèn ❸ 湧起的高浪。杜甫《最能行》：「攲帆側柁入波濤，撇漩捎～無險阻。」（攲 qī：斜。捎：掠過。）

隫 fén ❶ 水邊高地。《管子・地官》：「五位之土，若在岡在陵，在～在衍，在丘在山。」❷ 同「墳」。墳墓。沈既濟《任氏傳》：「自北之東，誰氏之宅？舊～壖棄地也。」

蕡 fén ❶ 草木果實肥大的樣子。《詩經・周南・桃夭》：「桃之夭夭，有～其實。」（夭夭：美盛的樣子。）❷ 大麻的種子，可以吃。《周禮・天官・籩人》：「朝事之籩，其實麷、～。」（籩 biān：祭祀和宴會時盛食品的竹器。麷 fēng：炒麥。）

鼢 fén 鼠的一種。《說文》：「～，地行鼠。」[鼢鼠] 鼹鼠。《本草綱目・獸部》：「別錄曰：鼹鼠在土中行。弘景曰此即～～也。」

鼖 fén 大鼓。《周禮・地官・鼓人》：「以～鼓鼓軍事。」

轒 fén [轒轀 yūn] 一種攻城的兵車。《孫子・謀攻》：「修櫓～～。」（櫓：大盾。）

粉 fěn ❶ 穀物果實的細末。《周禮・天官・籩人》：「羞籩之實，糗餌，～餈。」（羞籩：祭祀或宴享時進獻食物的竹器。糗 qiǔ 餌、粉餈 cí：都是用米粉、黍粉製作的食品。）《齊民要術・餅法》：「以小杓子挹～著銅鉢內。」（挹 yì：舀。）又泛指粉碎，碾碎。王維《為薛使君謝婺州刺史表》：「臣縱～骨糜軀，不能報萬分之一。」❷ 化妝用的白色粉末。宋玉《登徒子好色賦》：「著～則太白，施朱則太赤。」《淮南子・脩務》：「雖～白黛黑，弗能為美者，嫫母、仳倠也。」（嫫母、仳倠 pǐsuī：古代醜女名。）引申為妝飾，粉飾。《史記・滑稽列傳》：「共～飾之，如嫁女牀席。」《太玄・視》：「～其題頯」（題：額頭。頯 biàn：臉面。）

分 fèn 見 137 頁「分」㊁。

坋 fèn ❶ 塵土，灰塵。《說文》：「～，塵也。」《儀禮・鄉飲酒禮》「遂拜，降盥」鄭玄注：「復盥，為手～污。」❷ 用粉塵狀物塗抹或揚灑。《後漢書・東夷傳》：「並以丹硃～身，如中國之用粉也。」

忿 fèn 憤怒，怨恨。《孫子・謀攻》：「將不勝其～。」《史記・陳丞相世家》：「帝以～怒故，欲斬之。」

【辨析】忿、怒、憤。「忿」「怒」都有「憤怒、怨恨」的意義，不同的是，「怒」可用作動詞，又有使動用法。「憤」在先秦只當「憋悶」講，它的「憤怒」義，是秦漢以後產生的。

僨 fèn ❶ 仆倒，倒下。《左傳・昭公十三年》：「牛雖瘠，～於豚上，其畏不死？」《呂氏春秋・召類》：「賢主之舉也，豈必旗～將斃而乃知勝敗哉？」引申為倒斃，死。《呂氏春秋・順民》：「孤與吳王接頸交臂而～，此孤之大願也。」（接頸交臂：形容肉搏之狀。）又引申為敗壞，毀壞。《禮記・大學》：「此謂一言～事，一人定國。」❷ 奮，突起。《左傳・僖公十五年》：「張脈～興，外強中乾。」（張脈：血管膨脹。）《新唐書・王求禮傳》：「今陽氣～升。」

墳 fèn 見 138 頁「墳」㊁。

憤 fèn ❶ 鬱結於心，憋悶。《論語・述而》：「不～不啟。」司馬遷《報任安書》：「是僕終已不得舒～懣以曉左右。」（僕：謙稱自己。）❷ 憤怒，怨恨。《漢書・汲黯傳》：「黯～發，罵曰：『天下謂刀筆吏不可為公卿，果然。』」《宋史・張永德傳》：「希中以法，報私～爾。」

【辨析】憤、忿、怒。見 139 頁「忿」字條。

濆 fèn 見 138 頁「濆」㊂。

奮 fèn ❶ 展翅，振羽。《詩經・邶風・柏舟》：「不能～飛。」賈誼《鵩鳥賦》：「舉首～翼。」又引申為高舉。《後漢書・董卓傳》：「卓乃～首而言。」❷ 振動，振作。《呂氏春秋・仲春》：「～鐸以會於兆民。」（鐸：大鈴。）賈誼《過秦論》：「及至始皇，～六世之餘烈。」

糞 fèn ❶ 掃除，清除。《左傳・昭公三年》：「小人～除先人之敝廬。」❷ 污穢，污穢之物。《呂氏春秋・上農》：「不操麻，不出～。」又特指糞便。《齊民要術・種瓜》：「冬天以瓜子數枚，內熱牛～中。」（內 nà：納，放入。）❸ 施肥。《呂氏春秋・季夏》：「可以～田疇。」《齊民要術・種竹》：「稻麥糠～之，不用水澆。」

瀵 fèn 水自地下噴湧而出。《爾雅・釋水》：「～，大出尾下。」（尾：地下。）劉禹錫《機汲記》：「雖～涌於庭，莫尚其霈洽也。」（霈洽：水量充沛。）也指地下湧出的泉水。《列子・湯問》：「有水涌出，名曰神～。」

feng

丰 fēng ❶［丰茸］草木茂盛的樣子。司馬相如《長門賦》：「羅～～之游樹兮。」❷ 面貌豐滿。《詩經・鄭風・丰》：「子之～兮，俟我乎巷兮。」

封 fēng ❶ 堆土植樹。《左傳・昭公二年》：「宿敢不～殖此樹？」（宿：人名。）引申為築土為墳。《左傳・文公三年》：「～殽尸而還。」（殽：地名。）又引申為墳或似墳的隆起物。《禮記・禮器》：「棺槨之厚，丘～之大。」《漢書・西域傳》：「出一～橐駝。」（橐駝：即駱駝。）❷ 古代帝王築壇祭天。《大戴禮記・保傅》：「是以～泰山而禪梁甫。」（梁甫：山名。）❸ 疆界，田界。《左傳・僖公三十年》：「又欲肆其西～。」《呂氏春秋・孟春》：「皆修～疆。」❹ 帝王賜給大臣土地或封號。《左傳・桓公二年》：「故～桓叔于曲沃。」❺ 封閉，封合。《史記・項羽本紀》：「～府庫而待將軍。」又指封合物的數量。《史記・越王勾踐世家》：「為一～書遺故所善莊生。」❻ 大。《左傳・定公四年》：「吳為～豕長蛇。」

風 ㊀ fēng ❶ 風。《詩經・鄭風・風雨》：「～雨凄凄。」比喻氣勢，勢頭。《三國志・吳書・吳主傳》：「是時曹公新得表眾，形勢甚盛，諸議者皆望～畏懼。」（表：劉表。）❷ 風俗，風氣。《荀子・樂論》：「移～易俗，天下皆寧。」柳宗元《捕蛇者說》：「故為之說，以俟夫觀人～者得焉。」（俟：等待。）❸ 節操，風度。《孟子・萬章下》：「故聞伯夷之～者，頑夫廉。」（頑：貪婪。）司馬遷《報任安書》：「亦嘗側聞長者之遺～矣。」今成語有「高風亮節」。❹ 民歌，歌謠。《呂氏春秋・音初》：「周公及召公取～焉，以為《周南》《召南》。」（《周南》《召南》：《詩經》「國風」中的第一、二兩部分。）《文心雕龍・樂府》：「匹夫庶婦，謳吟土～。」又為《詩經》「六義」之一，指「國風」中收集的民歌。《毛詩序》：「故詩有六義焉：一曰～，二曰賦，三曰比，四曰興，五曰雅，六曰頌。」❺（馬、牛等）雌雄相誘而追逐。《左傳・僖公四年》：「君處北海，寡人處南海，唯是～馬牛不相及也。」（唯：句首語氣詞。是：此。）❻ 某些疾病的名稱。《三國志・魏書・華佗傳》：「太祖苦頭～，每發，心亂目眩。」❼ 癲狂病，也指癲狂。後來寫作「瘋」。陸游《自述》之二：「未恨名～漢，惟求拜醉侯。」（拜：授官爵。）
㊁ fěng（舊讀 fèng） ❽ 用含蓄委婉的話暗示或勸告。後來寫作「諷」。《史記・魏其武安侯列傳》：「武安侯乃微言太后～上。」

峯（峰） fēng 山頂。《水經注・江水》：「乃當抗～岷峨。」（岷：岷山。峨：峨嵋山。）李白《蜀道難》：「連～去天不盈尺。」也指像山峯的事物。杜甫《麗人行》：「紫駝之～出翠釜。」

烽 fēng 古代邊境報警的煙火。《墨子・號令》：「晝則舉～，夜則舉火。」今成語有「烽火連天」。泛指舉火。《漢書・五行志上》：「後章坐走馬上林下～馳逐，免官。」（章：人名。坐：因犯……罪。上林：指上林苑。）

【辨析】烽、燧。都是古代邊防報警的信號。白天放煙告警叫「烽」，夜間舉火告警叫「燧」。

葑 ㈠ fēng ❶ 蕪菁，又叫蔓菁。《詩經・唐風・采苓》：「采～采～，首陽之東。」
㈡ fèng ❷ 菰根，即茭白根。《晉書・毛璩傳》：「四面湖澤，皆是菰～。」

楓 fēng 樹名。宋玉《招魂》：「湛湛江水兮上有～。」

蜂（𧖅、𧒂） fēng ❶ 昆蟲名。多有毒刺，能螫人，種類很多。《國語・晉語九》：「蚋蟻～蠆，皆能害人。」《淮南子・氾論》：「～房不容鵠卵。」（鵠：天鵝。）特指蜜蜂。《論衡・言毒》：「蜜為～液。」比喻成羣地，眾多。《史記・秦始皇本紀論》：「豪傑～起，相與並爭。」❷ 通「鋒 fēng」。前鋒。《漢書・韓王信傳》：「及其～東鄉，可以爭天下。」又為鋒利，銳利。《新唐書・高叡傳》：「突厥～銳。」

瘋 fēng 瘋癲。《聊齋志異・畫皮》：「市上有～者，時臥糞土中。」

鋒 fēng ❶ 兵器的銳利部分。《尚書・費誓》：「鍛乃戈矛，礪乃～刃。」（礪：磨。）代指兵器。《史記・淮陰侯列傳》：「且天下銳精持～，欲為陛下所為者甚眾。」泛指器物的尖端或銳利部分。《淮南子・主術》：「扶撥枉橈不失箴～。」❷ 軍隊的前列。《史記・黥布列傳》：「布常為軍～。」比喻銳勢，勢頭。《史記・淮陰侯列傳》：「此乘勝而去國遠鬥，其～不可當。」（去：離開。）❸ 鋒利。《宋史・兵志十一》：「京師所製兵器，多不～利。」

豐 fēng ❶ 豐厚，盛多。《左傳・僖公五年》：「吾享祀～絜，神必據我。」（享祀：祭祀。絜：通「潔」，潔淨。據我：依附於我，即保佑我。）《呂氏春秋・當染》：「從屬彌眾，弟子彌～。」❷ 茂密，茂盛。《詩經・小雅・湛露》：「湛湛露斯，在彼～草。」（湛湛：露水濃重的樣子。斯：語氣詞。）曹操《步出夏門行・觀滄海》：「百草～茂。」❸ 肌肉豐滿，豐腴。《左傳・文公元年》：「谷也～下。」（谷：人名。豐下：指面頰豐滿。）韓愈《送李愿歸盤谷序》：「曲眉～頰。」❹ 大，高大。《莊子・山木》：「夫～狐文豹，棲於山林。」（文豹：皮毛有花紋的豹。）《列子・楊朱》：「～屋美服。」

【說明】「丰」和「豐」在古代是兩個不同的字，讀音不同，意義也有些區別。二字都可表示豐滿，但「丰」只表示面貌及神態，而「豐」的範圍寬泛，如「豐衣」「豐穰」。現在「豐」簡化作「丰」。

酆 fēng 周文王時周的國都，在今陝西戶縣東。《呂氏春秋・疑似》：「周宅～鎬。」又為周代諸侯國名。《左傳・僖公二十四年》：「畢、原、～、郇，文之昭也。」

麷 fēng 炒麥。《周禮・天官・籩人》：「朝事之籩，其實～蕡。」（蕡 fén：麻的種子。）

逢 féng ❶ 遭遇，遇見。《詩經・王風・兔爰》：「我生之後，～此百凶。」杜甫《江南逢李龜年》：「落花時節又～君。」❷ 迎，迎接。《戰國策・燕策三》：「太子跪而～迎。」又為迎合。《孟子・告子下》：「今之大夫皆～君之惡。」❸ 大。《荀子・儒效》：「～衣淺帶。」（淺帶：博帶，寬大的衣帶。）

【辨析】逢、遇、遭。在「遭逢」的意義上，它們是同義詞，不過也有細微差別：「遇」多指不期而會，「遭」多指遭遇不幸或不利的事。

縫 ㈠ féng ❶ 用針連綴，縫合。《詩經・魏風・葛屨》：「纖纖女手，可以～裳。」《後漢書・方術傳下・華佗》：「除去疾穢，既而～合，傅以神膏。」（傅：敷。）❷ 彌合。《左傳・昭公二年》：「敢拜子之彌～敝邑，寡君有望矣。」（敝邑：對別國人謙稱自己的國家。）《淮南子・要略》：「而補～過失之闕者也。」
㈡ fèng ❸ 縫合的地方。《禮記・檀弓上》：「古者冠縮～，今也衡～。」（縮：縱，直。衡：橫。）《齊民要術・雜說》：「經夏然後入潢，～不綻解。」引申為結合處。杜牧《阿房宮賦》：「瓦～參差，多於周身之帛縷。」❹ 縫隙，空隙。《齊民要術・造神麴并酒》：「閉塞窗戶，密泥～隙，勿令通風。」

泛 fěng 見131頁「泛」㊁。

風 fěng 見140頁「風」㊁。

覂 fěng ❶翻覆。《說文》：「～，反覆也。」龔自珍《自春徂秋偶有所觸》之九：「遵王無～軌。」❷通「乏 fá」。缺乏。《新唐書·宋務光傳》：「公私～竭，戶口減耗。」

諷 fěng ❶背誦。《呂氏春秋·博志》：「晝日～誦習業。」《漢書·藝文志》：「太史試學童，能～書九千字以上，乃得為史。」❷用委婉的話勸諫。《韓非子·內儲說下》：「呂倉，魏王之臣也，而善於秦、荊，微～秦、荊令之攻魏，因請行和以自重也。」《後漢書·李雲傳論》：「禮有五諫，～為上。」❸譏諷，諷刺。蘇軾《送李公恕》：「酒酣箕坐語驚眾，雜以嘲～窮詩騷。」（箕坐：臀部着地，兩腿前伸而坐，形似簸箕。）劉基《賣柑者言》：「豈其憤世疾邪者耶？而託於柑以～者耶？」

【辨析】諷、誦。二者都是「背誦」的意思。但「諷」是一般的背誦；而「誦」是吟誦，所以能夠引申指可吟誦的詩歌。

奉 fèng ❶雙手捧持。《左傳·成公二年》：「再拜稽首，～觴加璧以進。」引申為進獻。《周禮·地官·大司徒》：「祀五帝，～牛牲。」❷恭敬地接受。《尚書·大禹謨》：「肆予以爾眾士，～辭伐罪。」諸葛亮《出師表》：「受任於敗軍之際，～命於危難之間。」引申為遵循，奉行。《韓非子·有度》：「～法者強則國強。」❸給予。《左傳·僖公三十三年》：「秦違蹇叔而以貪勤民，天～我也。」又為供給，供應。《戰國策·齊策三》：「孟嘗君～夏侯章以四馬百人之食。」《孫子·作戰》：「車甲之～，日費千金。」❹侍候。《孟子·告子上》：「為宮室之美、妻妾之～、所識窮乏者得我與？」❺敬詞。吳質《答魏太子箋》：「～讀手命。」蘇軾《與人書》：「知公疾苦，故詳以～白。」❻俸祿。後來寫作「俸」。《戰國策·趙策四》：「位尊而無功，～厚而無勞。」《史記·孔子世家》：「～粟六萬。」

俸 fèng 俸祿。《韓非子·姦劫弒臣》：「皆欲行貨財、事富貴、為私善、立名譽，以取尊官厚～。」司馬光《訓儉示康》：「公今受～不少。」

葑 fèng 見141頁「葑」㊁。

鳳 fèng 傳說中的神瑞之鳥，雄的叫鳳，雌的叫皇。《詩經·大雅·卷阿》：「～皇鳴矣，于彼高崗。」《禮記·禮運》：「麟、～、龜、龍，謂之四靈。」

賵 fèng 送車馬束帛等助人辦喪事，也指助喪的車馬束帛等物。《左傳·文公五年》：「王使榮叔來含且～。」（含：指放在死人口中的珠玉等物。）

縫 fèng 見141頁「縫」㊁。

fo

佛 fó 見20頁「佛」㊂。

fou

紑 fóu 衣服整潔鮮明。《詩經·周頌·絲衣》：「絲衣其～。」

不 fǒu 見38頁「不」㊁。

缶 fǒu ❶汲水或盛流質的瓦器。《左傳·襄公九年》：「具綆～，備水器。」（綆 gěng：汲水用的繩子。）《呂氏春秋·功名》：「～醯黃，蜹聚之，有酸。」（醯 xī：醋。蜹 ruì：小飛蟲。）❷瓦製的打擊樂器。《墨子·三辯》：「農夫春耕夏耘，秋斂冬藏，息於聆～之樂。」李斯《諫逐客疏》：「夫擊甕叩～，彈箏搏髀而歌呼嗚嗚快耳者，真秦之聲也。」（甕 wèng：一種陶製樂器。搏髀 bì：拍着大腿打拍子。）❸量名，十六斗為一缶。《國語·魯語下》：「田一井出稯禾、秉芻、～米。」（井：計量田畝的量詞。稯 zōng：六千四百斗。秉：一百六十斗。）

否 ㊀ fǒu ❶不，不然。表示否定。《孟子·滕文公上》：「～，以粟易之。」《韓非子・五蠹》：「不察當～之言。」又用在句尾表示疑問。辛棄疾《永遇樂・京口北固亭懷古》：「憑誰問，廉頗老矣，尚能飯～？」

㊁ pǐ　❷ 閉塞，不順暢。本是《周易》中的卦名，上為乾下為坤，表示天地不交、萬物不通。《後漢書・蔡邕傳》：「是故天地～閉。」[否泰]「泰」也是《周易》卦名，表示天地交、萬物通。「否」與「泰」分別指運氣的壞和好，今成語有「否極泰來」。古詩《為焦仲卿妻作》：「～～如天地。」❸ 惡，劣，與「善」「臧」相對。《左傳・襄公三十一年》：「夫人朝夕退而遊焉，以議執政之善～。」諸葛亮《出師表》：「陟罰臧～，不宜異同。」（陟：提升。臧：善。）

炰 ㊀ fǒu　蒸煮。《詩經・小雅・六月》：「～鱉膾鯉。」

㊁ páo　[炰烋]猛獸怒吼。比喻人暴怒叫喊。《詩經・大雅・蕩》：「女～～于中國。」

烰 fǒu　蒸煮。《齊民要術・素食》：「直以香醬、葱白、麻油～之。」

瓬 fǒu　❶ 同「缶」。盛水、酒的陶器。《孫子・行軍》：「粟馬肉食，軍無懸～，不返其舍者，是窮寇也。」❷ 陶製打擊樂器。《史記・廉頗藺相如列傳》：「秦王為趙王擊～。」

fu

夫 ㊀ fū　❶ 成年男子的通稱。《孟子・梁惠王下》：「內無怨女，外無曠～。」李白《與韓荊州書》：「雖長不滿七尺，而心雄萬～。」❷ 丈夫。《左傳・桓公十五年》：「父與～孰親？」《呂氏春秋・離俗》：「於是乎～負妻戴，攜手以入於海。」❸ 古代土地面積單位，等於一百畝（井田制中一夫受田百畝，故稱百畝為夫）。《周禮・地官・小司徒》：「九～為井。」

㊁ fú　❹ 指示代詞，這，那。《論語・微子》：「～執輿者為誰？」屈原《離騷》：「來吾道～先路。」❺ 句首語氣詞。表示發端。《左傳・莊公十年》：「～戰，勇氣也。」《老子》第十一章：「功成而弗居。～唯不居，是以不去。」❻ 句末語氣詞。表感歎。《論語・子罕》：「逝者如斯～，不舍晝夜。」司馬遷《報任安書》：「悲～，悲～！事未易一二為俗人言也。」

孚 ㊀ fū　❶ 孵化。後來寫作「孵」。《淮南子・人間》：「夫鴻鵠之未～於卵也。」

㊁ fú　❷ 俘獲，俘虜。後來寫作「俘」。《小盂鼎》：「～人萬三千八十一人。」❸ 誠信。《詩經・大雅・下武》：「永言配命，成王之～。」用作動詞。信服。《尚書・君奭》：「若卜筮，罔不是～。」（罔：無。是：正確。）

坿 fū　見 150 頁「坿」㊁。

柎 ㊀ fū　❶ 花萼或子房。《山海經・西山經》：「有木焉，員葉而白～。」（員：通「圓」。）沈約《八詠》：「青～含素萼。」❷ 斗栱上的橫木。王延壽《魯靈光殿賦》：「狡兔跧伏於～側。」（跧 quán 伏：蜷伏。）❸ 同「桴」。木筏。《管子・小匡》：「方舟投～，乘桴濟河，至於石沈。」❹ 通「弣 fǔ」。弓把的中部。《周禮・考工記・弓人》：「凡為弓，方其峻而高其～。」

㊁ fù　❺ 木板。《左傳・昭公二十五年》：「唯是楄～所以藉幹者。」（楄 pián：棺中墊屍的木板。幹：指屍體。）此指棺中墊屍的木板。《晉書・衛恆傳》：「每書輒削而焚其～。」此指書寫的木板。❻ 通「坿 fù」。塗附。《儀禮・士冠禮》：「以魁～之。」（魁：蜃蛤。）

胕 fū　見 149 頁「胕」㊂。

荂 fū　❶ 草木的花。左思《吳都賦》：「異～蓲蘛。」（蓲蘛 fūyù：花盛開的樣子。）❷ 茂盛。黃道周《萊峯張先生及配林夫人墓誌》：「松枯不～。」

尃 fū　散佈。《史記・司馬相如傳》：「旁魄四塞，雲～霧散。」（旁魄：廣博。）

趺 fū　❶ 同「跗」。腳背。《北史・藝術傳下・馬嗣明》：「嗣明為灸兩足～

上各三七壯，便愈。」（壯：中醫艾灸，一灼稱一壯。）代指腳。蘇軾《菩薩蠻・詠足》：「並立雙～困。」❷ 花萼。束皙《補亡詩》之二：「白華絳～。」（華：古「花」字。）❸ 碑下的石座。劉禹錫《奚公神道碑》：「螭首龜～。」（螭 chī：傳說中無角的龍。）

跗 fū ❶ 腳背。《莊子・秋水》：「蹶泥則沒足滅～。」（蹶：踏。滅：沒。）❷ 花萼。《管子・地員》：「朱～黃實。」

稃 fū 穀殼。《詩經・大雅・生民》「維秬維秠」毛傳：「秠，一～二米也。」也指草籽的殼。《齊民要術・種紫草》：「九月中，子熟刈之，候～燥載聚，打取子。」

鈇 fū ❶ 鍘刀。《漢書・尹翁歸傳》：「極者至以～自剄而死。」❷ 斧子。《墨子・備穴》：「為鐵～。」《列子・說符》：「人有亡～者，意其鄰之子。」（亡：丟失。意：猜想，懷疑。）

粰 fū 米糠。《晉書・會稽文孝王道子傳》：「士卒唯給～橡。」

麩（麱） fū 麥麩。《說文》：「～，小麥屑皮也。」《齊民要術・大小麥》：「青稞麥，石八九斗麪，磨盡無～。」

敷 fū ❶ 佈，施。《尚書・舜典》：「敬～五教，在寬。」（五教：五種倫常教化。寬：不嚴苛。）《詩經・商頌・長發》：「～政優優。」（優優：寬和。）❷ 鋪設，鋪開。《尚書・顧命》：「牖間南嚮，～重篾席。」（篾 miè：薄竹片。）引申為陳述，鋪述。《淮南子・要略》：「分別百事之微，～陳存亡之機。」❸ 遍，普遍。《詩經・周頌・般》：「～天之下。」

膚 fū ❶ 皮膚。《呂氏春秋・恃君》：「肌～不足以扞寒暑。」（扞：抵禦。）引申為膚淺，淺薄。張衡《東京賦》：「若客所謂末學～受，貴耳而賤目者也。」❷ 切細的肉。《禮記・內則》：「麋～，魚醢。」（醢 hǎi：肉醬。）❸ 美。《詩經・大雅・文王》：「殷士～敏。」（敏：疾。）❹ 大。《詩經・小雅・六月》：「薄伐玁狁，以奏～公。」（公：通「功」。）❺ 古長度單位，一指寬為寸，四指寬為膚。《公羊傳・僖公三十一年》：「～寸而合。」常以「膚寸」指事物短小。《戰國策・秦策三》：「～～之地無得者，豈齊不欲地哉？」

【辨析】膚、革、皮。「皮」「革」指獸皮，帶毛的叫「皮」，去毛的叫「革」；「膚」指人的皮膚。

夫 fú 見 143 頁「夫」㈡。

巿 fú△ 蔽膝，遮蔽前身的服飾。《說文》：「～，上古衣蔽前而已，～以象之。」周《頌敦》：「赤～朱黃。」

弗 fú△ ❶ 副詞，不。《左傳・隱公元年》：「公～許。」（許：答應。）《呂氏春秋・察今》：「澭水暴益，荊人～知。」❷ 通「祓 fú」。除去不祥。《詩經・大雅・生民》：「克禋克祀，以～無子。」（克：能夠。禋 yīn：祭天。弗無子：除去無子之災。）

【辨析】弗、不。見 38 頁「不」字條。

伏 ㈠ fú△ ❶ 趴，趴伏。《詩經・陳風・澤陂》：「輾轉～枕。」《史記・魏其武安侯列傳》：「武安起為壽，坐皆避席～。」❷ 潛藏，埋伏。《老子》第五十八章：「禍兮福之所～。」《戰國策・秦策三》：「夜行而晝～。」❸ 順服，屈服。《左傳・隱公十一年》：「許既～其罪矣。」《淮南子・原道》：「海外賓～。」❹ 伏日，伏天。楊惲《報孫會宗書》：「歲時～臘，亨羊炰羔，斗酒自勞。」

㈡ fù ❺ 孵卵。《莊子・庚桑楚》：「越雞不能～鵠卵，魯雞固能矣。」

扶 fú ❶ 攙着，扶着。《論語・季氏》：「危而不持，顛而不～，則將焉用彼相矣？」（危：站不穩。持：把着。顛：跌。相 xiàng：扶着瞎子走路的人。）《戰國策・齊策四》：「民～老攜幼，迎君道中。」引申為一般的扶持。《荀子・勸學》：「蓬生麻中，不～而直。」❷ 支援，幫助。《戰國策・宋衛策》：「若～梁伐趙，以害趙國，則寡人不忍也。」今成語有「救死扶傷」。❸ 旁，側。《淮南子・人間》：「去高木而巢～枝。」（去：離開。）❹ 沿着。陶潛《桃花源記》：「便～向路，處處誌之。」（向路：原來的路。誌：作標誌。）❺ 長度單位，併四指為扶。《韓非子・揚權》：「上失～寸，下得尋常。」（尋：八尺。常：十六尺。）

佛 fú△　見 20 頁「佛」㊁。

孚 fú　見 143 頁「孚」㊁。

刜 fú△（用刀）擊，砍。《左傳・昭公二十六年》：「苑子～林雍，斷其足。」（苑子、林雍：人名。）

芙 fú　［芙蓉］荷花的別名。屈原《離騷》：「製芰荷以為衣兮，集～～以為裳。」（芰 jì：菱。裳：下裙。）

芣 fú　［芣苢 yǐ］車前，多年生草本植物。《詩經・周南・芣苢》：「采采～～。」（采采：茂盛鮮明的樣子。）

拂 fú△ ❶ 掠過。《楚辭・大招》：「長袂～面。」張衡《思玄賦》：「寒風淒而永至兮，～穹岫之騷騷。」（穹岫 xiù：山峯。騷騷：風聲。）今成語有「春風拂面」。❷ 擦拭，除去塵埃。《儀禮・士昏禮》：「主人～几。」（几 jī：几案。）引申為除去，排除。《太玄・從》：「～惡從淑。」（淑：善。）又指除塵的用具，拂塵。《南史・陳顯達傳》：「麈尾蠅～是王、謝家物。」❸ 振動，抖動。《逸周書・時訓》：「鳴鳩～其羽。」楊惲《報孫會宗書》：「是日也，～衣而喜，奮袖低昂，頓足起舞。」❹ 擊，砍。《史記・楚世家》：「左縈而右～之，可一旦而盡也。」元稹《說劍》：「劍～佞臣首。」❺ 違背，違逆。《國語・吳語》：「吾將許越成，而無～吾慮。」（成：講和。）❻ 通「柫 fú」。脫粒用的農具，即連枷。《漢書・王莽傳中》：「予之北巡，必躬載～。」（躬：親自。）❼ 通「弼 bì」。輔佐，匡正。《孟子・告子下》：「入則無法家～士。」（入：指國內。法家：指有法度的世臣。）賈誼《過秦論下》：「然所以不敢盡忠～過者。」

枎 fú　樹名。《管子・地員》：「五沃之土……宜彼羣木，桐、柞、～、櫄。」

咐 fú　［嘔咐］見 372 頁「嘔」字條。

咈 fú△　違背，拂逆。《尚書・大禹謨》：「罔～百姓以從己之欲。」柳宗元《答韋中立論師道書》：「豈可使呶呶者早暮～吾耳，騷吾心？」

帗 fú△ ❶ 五色帛製成的舞具。《周禮・地官・舞師》：「教～舞，帥而舞社稷之祭祀。」《隋書・音樂志下》：「文舞六十四人……十六人執～。」❷ 蔽膝。《穆天子傳》卷一：「天子大服，冕褘～帶。」（褘 huī：王、后祭祀時穿的上衣。）

彿 fú△　［彷彿］見 133 頁「彷」字條。

服 ㊀ fú△ ❶ 從事，擔當。《尚書・盤庚上》：「若農～田力穡，乃亦有秋。」《論語・為政》：「有事弟子～其勞。」又為承受。《孟子・離婁上》：「故善戰者～上刑。」（上刑：重刑。）❷ 駕車，拉車。《周易・繫辭下》：「～牛乘馬。」《呂氏春秋・慎大》：「馬弗復乘，牛弗復～。」又為在中間駕轅的馬。《詩經・鄭風・大叔于田》：「兩～齊首。」《淮南子・泰族》：「驂欲馳，～欲步。」❸ 穿。《韓非子・外儲說左上》：「齊桓公好～紫，一國盡～紫。」又為佩戴。《荀子・勸學》：「君子不近，庶人不～。」又指衣服。《論語・先進》：「莫春者，春～既成。」（莫春：即暮春，指三月。）特指喪服。《禮記・檀弓下》：「故為之服姊妹之～。」也指服喪期。《史記・魏其武安侯列傳》：「會仲孺有～。」（仲孺：人名。有服：指在服喪期。）❹ 吃，服用藥物。《山海經・中山經》：「～之不忘。」《史記・扁鵲倉公列傳》：「即令更～丸藥。」❺ 執持。《國語・吳語》：「乃令～兵擐甲。」（擐：穿。）❻ 服從，信服。《論語・季氏》：「遠人不～，而不能來也。」賈誼《過秦論》：「強國請～。」❼ 習慣，適應。屈原《九章・橘頌》：「后皇嘉樹，橘徠～兮。」（后皇：指楚王。徠：來。）晁錯《言兵事疏》：「卒不～習。」（卒：士卒。）❽ 上古王畿之外，五百里為一服，共有五服，即甸服、侯服、綏服、要服、荒服。《尚書・禹貢》：「五百里甸～。」《史記・五帝本紀》：

F

「方五千里，至於荒～。」❾ 盛箭的器具。後來寫作「箙」。《國語・齊語》：「～無矢。」

㈡ fù△ ❿ 量詞。中藥一劑稱一服。蘇軾《聖散子・後序》：「所用皆中下品藥，略計每千錢即得千～。」

佛 ㈠ fú△ ❶［佛鬱］心情不舒暢。《漢書・鄒陽傳》：「太后～～泣血，無所發怒。」曹操《苦寒行》：「我心何～～。」❷ 憤怒的樣子。《莊子・天地》：「謂己諛人，則～然作色。」

㈡ bèi ❸ 違反，違背。《文子・自然》：「～其性，即法度而不用。」（即：則。）韓愈《送齊皞下第序》：「於是乎有違心之行，有～志之言。」

泭 fú 筏，用竹木等編紮成的水上交通工具。《國語・齊語》：「方舟設～，乘桴濟河。」

苻 fú 通「莩 fú」。蘆葦稈裏的薄膜。《淮南子・俶真》：「蘆～之厚。」

茀 fú△ ❶ 草多。《國語・周語中》：「道～不可行也。」❷ 拔除。《詩經・大雅・生民》：「～厥豐草。」（厥：其。）

坲 fú△ 填塞。《史記・天官書》：「川塞溪～。」

枹 fú 鼓槌。《國語・齊語》：「執～鼓立於軍門，使百姓皆加勇焉。」屈原《九歌・國殤》：「援玉～兮擊鳴鼓。」（援：持，拿起。）

栿 fú△ 脫粒用的農具，即連枷。《說文》：「～，擊禾連枷也。」《漢書・王莽傳中》：「予之北巡，必躬載～。」（一本作「拂」。）

罘 fú ❶ 捕兔的網。泛指漁獵用的網。❷［罘罳 sī］設在門外或城角上的網狀屏風。

俘 fú 俘獲。《左傳・襄公二十七年》：「殺成與彊而盡～其家。」（成、彊：人名。）又指俘虜。《左傳・僖公二十八年》：「獻楚～于王。」李密《陳情表》：「今臣亡國賤～，至微至陋。」又指繳獲財物。《尚書・湯誓》：「～厥寶玉。」

胕 fú 見 149 頁「胕」㈢。

洑 fú△ ❶ 洄流，漩渦。《水經注・沔水》：「夏水急盛，川多湍～。」❷ 水潛流地下。錢起《登覆釜山遇道人》：「山階壓丹穴，藥井通～流。」

祓 fú△ 古代為除災去邪而舉行儀式。《左傳・昭公十八年》：「～禳於四方，振除火災。」（禳：祈禱除災。四方：指四方之神。）《呂氏春秋・本味》：「湯得伊尹，～之於廟。」引申為消除。姜夔《翠樓吟》：「仗酒～清愁。」特指沐浴潔身。《史記・周本紀》：「周公乃～齋，自為質。」（齋：齋戒。質：人質。）

茯 fú△［茯苓］寄生在松樹根上的菌類植物。《淮南子・說山》：「千年之松，下有～～。」

栿 fú△ 房樑。《水經注・穀水》：「二門衡～之上，皆刻雲龍風虎之狀。」

蚨 fú ［青蚨］也叫「蚨母」，一種母子不相離的昆蟲。傳說用青蚨血塗錢，可以引來錢，因以青蚨代指錢。

郛 fú 外城。《左傳・隱公五年》：「伐宋，入其～。」

浮 fú ❶ 漂在水面，與「沉」相對。《詩經・小雅・菁菁者莪》：「汎汎楊舟，載沉載～。」（汎汎：漂流的樣子。載：詞頭。）也指飄在空中。《論語・述而》：「不義而富且貴，於我如～雲。」引申為在水上航行。屈原《九章・哀郢》：「將運舟而下～兮，上洞庭而下江。」❷ 浮躁，輕浮。《國語・楚語上》：「教之樂，以疏其穢而鎮其～。」高適《淇上酬薛三據兼寄郭少府》：「皇情念淳古，時俗何～薄。」❸ 超過。《尚書・泰誓中》：「惟受罪～于桀。」（受：商紂王名。）《禮記・表記》：「先王謚以尊名，節以壹惠，恥名之～於行也。」❹ 罰人飲酒。《淮南子・道應》：「舉白而進之曰：請～君。」（白：指酒杯。）❺ 浮脈。中醫脈象名。《素問・陰陽應象大論》：「按尺寸，觀～、沉、滑、濇而知病所以治。」（尺寸：指尺脈和寸脈。）

袚 fú△ 五彩帛製成的舞具。《史記・孔子世家》：「於是旍、旄、羽、～、矛、戟、劍、撥鼓譟而至。」

莩 ㊀ fú ❶ 蘆葦稈裏的薄膜。《漢書・中山靖王勝傳》：「今羣臣非有葭～之親，鴻毛之重。」（葭 jiā：蘆葦。）
㊁ piǎo ❷［餓莩］餓死的人。《孟子・梁惠王上》：「塗有～～而不知發。」（塗：道路。發：指開倉賑民。）

桴 fú ❶ 房屋的前樑。《爾雅・釋宮》：「棟謂之～。」班固《西都賦》：「荷棟～而高驤。」（驤 xiāng：高舉。）何晏《景福殿賦》：「重～乃飾。」❷ 用竹木編成的筏子。《論語・公冶長》：「道不行，乘～浮於海。」《國語・齊語》：「乘～濟河。」❸ 鼓槌。《韓非子・功名》：「至治之國，君若～，臣若鼓。」《後漢書・第五種傳》：「～鼓不鳴。」

虙 fú△ ❶ 通「伏」。藏匿，埋伏。《素問・氣厥論》：「小腸移熱於大腸，為～瘕，為沈。」（瘕 jiǎ：腹中結塊的病。沈：指脈隱伏不顯。）❷［虙羲］即伏羲。《漢書・敘傳下》：「～～畫卦。」（卦：古代占卜用的符號。）

符 fú ❶ 古代宣佈政令或調動軍隊等用的憑證。一剖為二，各執其一，對合以為證。《呂氏春秋・上德》：「陽城君令守於國，毀璜為～，約曰：～合聽之。」又用於抽象意義，憑證。司馬遷《報任安書》：「修身者，智之～也。」引申為符合。《韓非子・八經》：「四徵者～，乃可以觀矣。」（徵：驗證，證明。）❷ 徵兆。《淮南子・本經》：「審於～者，怪物不能惑也。」又特指帝王受天命的祥瑞徵兆。《漢書・董仲舒傳》：「三代受命，其～安在？」❸ 方術之士詭稱的可以驅鬼祛病的圖形或文字。《後漢書・劉焉傳》：「造作～書，以惑百姓。」《抱朴子・遐覽》：「昔吳世有介象者，能讀～文。」（介象：人名。）

匐 fú△ ［匍 pú 匐］見 391 頁「匍」字條。

烰 fú ［烰人］即「庖人」。廚師。《呂氏春秋・本味》：「其君令～～養之。」

涪 fú ❶ 水名，源出四川，在重慶入嘉陵江。《說文》：「～，水，出廣漢則邑道徼外，南入漢。」❷ 古州名，故治所在今重慶涪陵。

紱 fú△ ❶ 蔽膝，帝王、諸侯及卿大夫禮服的服飾。也指禮服。《周易・困》：「困於酒食，朱～方來。」《淮南子・俶真》：「繁登降之禮，飾～冕之服。」❷ 繫官印的絲帶。《漢書・元后傳》：「奉上皇太后璽～。」張衡《西京賦》：「降尊就卑，懷璽藏～。」

紼 fú△ ❶ 大繩索。《詩經・小雅・采菽》：「汎汎楊舟，～纚維之。」（纚 lí：大繩索。維：繫。）又特指下葬時用的繩索。《呂氏春秋・節喪》：「引～者左右萬人以行之。」《禮記・檀弓上》：「執～不笑。」❷ 繫官印的絲帶。《漢書・丙吉傳》：「上將使人加～而封之。」（上：皇帝。）

葍 fú△ ［蘆葍］蘿蔔。《後漢書・劉盆子傳》：「掘庭中～～根，捕池魚而食之。」

幅 ㊀ fú△ ❶ 布帛的寬度。《左傳・襄公二十八年》：「如布帛之有～焉。」《漢書・食貨志》：「布帛廣二尺二寸為～。」❷ 限制。《左傳・襄公二十八年》：「於是乎正德以～之。」❸ 量詞。用於布帛和紙張。韓愈《桃源圖》：「生綃數～垂中堂。」
㊁ bī△ ❹ 綁腿布。《詩經・小雅・采菽》：「赤芾在股，邪～在下。」（芾 fú：蔽膝。）

罦 fú ❶ 一種裝有機關的捕鳥獸的網。《呂氏春秋・上農》：「繯網罝～不敢出於門。」❷ 覆蓋。《太玄・迎》：「濕迎牀足，～於牆屋。」

葍 fú△ 一種多年生蔓草，又叫小旋花。《詩經・小雅・我行其野》：「我行其野，言采其～。」

蜉 fú ［蜉蝣 yóu］昆蟲名。有翅能飛而壽命極短。《詩經・曹風・蜉蝣》：「～～之羽，衣裳楚楚。」

梟 fú 野鴨。《詩經・大雅・梟鷖》：「～鷖在沙。」（鷖 yī：鷗。）

福 fú△ ❶ 幸福，福分，與「禍」相對。《荀子・勸學》：「～莫長於無禍。」《淮南子・人間》：「此何遽不為～乎？」（何遽：怎麼就。）用作動詞，造福，保佑。《詩經・魯頌・閟宮》：「周公皇祖，亦其～女。」（女：汝。）❷ 祭祀用的酒肉。《國語・晉語二》：「乃祭於曲沃，歸～於絳。」（曲沃：晉國地名。絳：晉國首都。）

【辨析】福、祿。二字古義相同，都是「幸福、福分」的意義。後來「祿」多指祿位、俸祿。「福」沒有這個意義。

F

紨 fú△ 大繩索。《禮記・緇衣》：「王言如綸，其出如～。」特指引棺柩的大繩索。《禮記・雜記下》：「弔非從主人也，四十者執～。」（四十者：指四十歲。）

榑 fú ［榑桑］傳說中的神樹，日出的地方。《淮南子・覽冥》：「朝發～～，日入落棠。」又作「榑木」。《呂氏春秋・求人》：「禹東至～～之地。」

箙 fú△ 盛箭的袋子。《說文》：「～，弩矢～也。」《周禮・夏官・司弓矢》：「中秋獻矢～。」

韍 fú△ 同「紱」。❶ 祭服的蔽膝，用熟皮製成。《春秋繁露・服制像》：「～之在前，赤鳥之象也。」❷ 繫官印的帶子。《漢書・陳遵傳》：「輕辱爵位，羞污印～。」

髴 fú△ ❶［髣髴］見 134 頁「髣」字條。❷ 婦女首飾。歐陽修《班班林間鳩寄內》：「又云子亦病，蓬首不加～。」

蝠 fú△ ［蝙蝠］見 25 頁「蝙」字條。

幞 fú△ ［幞頭］古代男子的一種頭巾。《宋書・王華傳》：「曇永使華提衣～～隨後。」

輻 fú△ 輻條，連接車輞和車轂的直條。《詩經・魏風・伐檀》：「坎坎伐～兮。」（坎坎：伐木聲。）《老子》第十章：「三十～共一轂。」（轂 gǔ：車輪中心的圓木。）

黻 fú△ ❶ 古代禮服上繡的黑色與青色相間的花紋。《詩經・秦風・終南》：「君子至止，～衣繡裳。」《周禮・考工記・畫繢》：「畫繢之事……黑與青謂之～。」（繢：通「繪」，繪畫。）❷ 祭祀時戴的蔽膝，用熟皮或繒帛製成。《論語・泰伯》：「惡衣服，而致美乎～冕。」❸ 通「紱 fú」。繫印或佩玉的絲帶。江淹《謝光祿郊遊》：「雲裝信解～。」

鵩 fú△ 鳥名，也叫山鴞。賈誼《鵩鳥賦》：「庚子日斜兮，～集予舍。」

父 fǔ 見 150 頁「父」㊁。

甫 fǔ ❶ 古代成年男子名字下加的美稱。《詩經・大雅・烝民》：「袞職有闕，維仲山～補之。」（袞：天子之服，此指天子。闕：缺，過失。仲山甫：周宣王的大臣。）❷ 開始，剛剛。《漢書・匈奴傳上》：「今歌吟之聲未絕，傷痍者～起。」（痍：創傷。）❸ 大，廣大。《詩經・小雅・甫田》：「倬彼～田，歲取十千。」（倬 zhuō：光明的樣子。）

拊 fǔ ❶ 撫摩。《公孫龍子・堅白論》：「視不得其所堅，而得其所白者，無堅也；～不得其所白，而得其所堅者，無白也。」❷ 拍打，輕擊。《尚書・益稷》：「予擊石～石，百獸率舞。」《史記・孟嘗君列傳》：「孟嘗君乃～手而謝之。」又指彈奏樂器。曹植《仙人篇》：「湘娥～琴瑟，秦女吹笙竽。」❸ 安撫，撫慰。《左傳・宣公十二年》：「王巡三軍，～而勉之。」《史記・淮陰侯列傳》：「且信非得素～循士大夫也。」（信：韓信。素：平時。）❹ 一種打擊樂器。《周禮・春官・小師》：「登歌擊～。」

斧 fǔ 砍木工具。《孟子・梁惠王上》：「～斤以時入山林，材木不可勝用也。」（斤：斧類工具。）又為兵器。《國語・晉語八》：「偃也以～鉞從於張孟。」（偃、張孟：人名。鉞 yuè：兵器名，似斧而大。）

府 fǔ ❶ 國家儲藏財物或收藏文書的地方。《孟子・梁惠王下》：「君之倉廩實，～庫充。」（廩 lǐn：米倉。實：滿。）《漢書・郊祀志上》：「史書而藏之～。」（史：指史官。書：寫。）又用於抽象意義，指某種事物彙集之處。《左傳·昭公十二年》：「吾不為怨～。」❷ 臟腑。後來寫作「腑」。《呂氏春秋·達鬱》：「九竅五藏六～。」（藏：同「臟」。）《後漢書·馬融傳》：「先王所以平和～藏，頤養精神，致之無疆。」（頤 yí：保養。）❸ 官署。《漢書·元后傳》：「君其召諸侯，令待～舍。」諸葛亮《出師表》：「宮中～中，俱為一體。」❹ 公卿顯貴的宅第。庾信《哀江南賦》：「誅茅宋玉之宅，穿徑臨江之～。」（誅：剷除。徑：小路。）❺ 唐宋以後的地方行政區域。唐代稱都城所在的州為府，宋代一般大州都稱為府。如唐有京兆府，宋有大名府。

弣 fǔ 弓背的中央。《儀禮·鄉射禮》：「有司左執～，右執弦而授弓。」

胕 ㊀ fǔ ❶ 腐爛。也指發酵後製成的食物。《素問·異法方宜論》：「其民嗜酸而食～。」

㊁ fú ❷ 浮腫。《山海經·西山經》：「（竹山）有草焉，其名曰黃雚……浴之已疥，又可以已～。」《素問·水熱穴論》：「上下溢於皮膚，故為～腫。」

㊂ fū ❸ 同「跗」。腳背。《戰國策·楚策四》：「夫驥之齒至矣，服鹽車而上太行，蹄申膝折，尾湛～潰。」

俯（俛） fǔ ❶ 低頭，與「仰」相對。《周易·繫辭上》：「仰以觀於天文，～以察於地理。」❷ 臥伏，蟄伏。《荀子·賦》：「蛹以為母，蛾以為父，三～三起，事乃大已。」《呂氏春秋·季秋》：「蟄蟲咸～在穴。」

【辨析】俯、俛、頫。三字在「低頭」的意義上同義。《說文》：「頫，低頭也。」「俛」是「頫」的重文。「俯」當是後起字。

釜 fǔ ❶ 一種鍋。《孟子·滕文公上》：「許子以～甑爨，以鐵耕乎？」（甑 zèng：用陶土做的蒸東西的炊具。爨 cuàn：燒火做飯。）今成語有「釜底抽薪」。❷ 古代容量單位，六斗四升為一釜。《左傳·昭公三年》：「齊舊四量，豆、區、～、鍾。」（豆、區 ōu、鍾：容量單位。）

脯 fǔ 乾肉。《詩經·大雅·鳧鷖》：「爾殽伊～。」《呂氏春秋·報更》：「乃復賜之～二束。」也指蜜餞果乾之類。《齊民要術·種棗》：「切棗曝之，乾如～也。」

腑 fǔ 中醫管胃、膽、大腸、小腸、膀胱、三焦叫腑。也泛指內臟。《抱朴子·至理》：「破積聚於～臟。」

滏 fǔ 古水名，即今滏陽河，在河北境內。《戰國策·趙策三》：「今趙萬乘之強國也，前漳、～。」

輔 fǔ ❶ 車輪兩旁夾轂的直木。《詩經·小雅·正月》：「乃棄爾～。」❷ 面頰。《左傳·僖公五年》：「～車相依，脣亡齒寒。」《論衡·初稟》：「面～骨法，生而稟之。」❸ 輔助，輔佐。《論語·顏淵》：「君子以文會友，以友～仁。」《左傳·僖公九年》：「不如立卓子而～之。」又指輔佐的人。《孫子·謀攻》：「夫將者，國之～也。」［輔弼］輔佐帝王的大臣。《呂氏春秋·自知》：「故天子立～～，設師保，所以舉過也。」❹ 指京城附近的地域。《史記·平準書》：「益廣關，置左右～。」

腐 fǔ ❶ 腐爛。《荀子·勸學》：「肉～出蟲。」《莊子·人間世》：「以為舟則沉，以為棺槨則速～。」❷ 陳腐，迂腐。《荀子·非相》：「故《易》曰：『括囊，無咎無譽。』～儒之謂也。」《史記·黥布列傳》：「為天下安用～儒？」❸ 古代的宮刑。司馬遷《報任安書》：「最下～刑，極矣。」❹ 通「拊 fǔ」。擊，捶。《史記·刺客列傳》：「此臣之日夜切齒～心也。」

【辨析】腐、朽、爛。在「腐爛」的意義上，三字相同。《說文》：「腐，爛也。」「朽，腐也。」三者本義不相同。「爛」本指火候過了，熟得過分了。《說文》：「爛，火熟也。」到漢代以後才產生「腐爛」的意義，所以《說文》用「爛」注「腐」字。「腐」多指肉類腐爛，「朽」多指木材腐朽，有時「腐」也可指木材，但「朽」一般不指肉，可以指骨，如「朽骨」。「朽」指堅硬的東西失去堅硬度，變得鬆軟，「腐」指腐敗後有一種難聞的臭味。

F

撫 fǔ ❶撫摩。《左傳・襄公十九年》：「宣子盥而～之。」（盥 guàn：洗手。）又為按，握。《左傳・襄公二十三年》：「右～劍，左援帶。」《呂氏春秋・舉難》：「桓公聞之，～其僕之手。」❷輕擊，拍打。楊惲《報孫會宗書》：「酒後耳熱，仰天～缶，而呼嗚嗚。」（缶 fǒu：一種陶製樂器。）又指彈奏弦樂。《韓非子・十過》：「因靜坐～琴而寫之。」（寫：依樣記下。）❸安撫，撫慰。《孟子・梁惠王上》：「欲辟土地，朝秦楚，莅中國，而～四夷也。」（辟：開闢。莅 lì：監臨。中國：指中原地區。四夷：四方的少數民族。）引申為撫養。《顏氏家訓・兄弟》：「換子而～，則此患不生矣。」❹佔有，據有。《左傳・成公十一年》：「昔周克商，使諸侯～封。」（封：指封地。）

嘸 fǔ 驚疑的樣子。《漢書・韓信傳》：「諸將皆～然。」

頫 fǔ 低頭。《說文》：「～，低頭也。」《漢書・項籍傳》：「百粵之君～首繫頸。」引申為低。《晉書・衛瓘傳》：「思字體之～仰。」這個意義後來寫作「俯」。

【辨析】頫、俯、俛。見149頁「俯」字條。

鬴 fǔ 古量器。《周禮・考工記・㮚氏》：「量之以為～。」

簠 fǔ 祭祀及宴享時用來盛黍稷等的器皿。《儀禮・聘禮》：「兩～繼之，粱在北。」

【辨析】簠、簋。都是祭祀或宴享時盛黍稷稻粱的器皿，方的叫「簠」，圓的叫「簋」。

黼 fǔ 古代禮服上繡的黑白相間的花紋。《周禮・考工記・畫繢》：「白與黑謂之～。」《禮記・玉藻》：「唯君有～裘以誓省。」[黼黻 fú] 古代禮服上的花紋。《荀子・富國》：「故為之雕琢刻鏤，～～文章以藩飾之。」（藩飾：裝飾。）泛指花紋或有文采。《文心雕龍・情采》：「五色雜而成～～。」

父 ㊀ fù ❶父親。《詩經・鄘風・蝃蝀》：「女子有行，遠～母兄弟。」引申為對父輩的通稱。《詩經・小雅・黃鳥》：「言旋言歸，復我諸～。」
㊁ fǔ ❷古代對男子的美稱。多附在名或字之後。《韓非子・外儲說左下》：「管仲～出。」又為對某種行業的人的美稱，多為老年人。如「漁父」。

付 fù 給予，交付。《尚書・梓材》：「皇天既～中國民。」諸葛亮《出師表》：「若有作姦犯科及為忠善者，宜～有司，論其刑賞。」

伏 fù 見144頁「伏」㊁。

坿 ㊀ fù ❶培土使增高。《呂氏春秋・孟秋》：「修宮室，～牆垣，補城郭。」
㊁ fū ❷白石英。司馬相如《子虛賦》：「其土則丹青赭堊，雌黃白～。」

阜 fù ❶土山。《詩經・小雅・天保》：「如山如～。」《呂氏春秋・重言》：「有鳥止於南方之～。」❷肥大，大。《詩經・小雅・吉日》：「四牡孔～。」（牡：指公馬。孔：甚，很。）❸旺盛，興盛。《詩經・鄭風・大叔于田》：「火烈具～。」劉禹錫《天論上》：「陽而～生，陰而肅殺。」

服 fù 見145頁「服」㊁。

附 fù ❶附着。《左傳・襄公三十一年》：「衣服～在吾身。」引申為靠近。《孫子・行軍》：「欲戰者，無～於水而迎客。」《淮南子・說林》：「～耳之言，聞於千里也。」❷依附，歸附。《史記・孔子世家》：「魯小弱，～於楚則晉怒，～於晉則楚來伐。」《淮南子・脩務》：「百姓親～。」❸增益。《論語・先進》：「季氏富於周公，而求也為之聚斂而～益之。」（季氏：季孫氏，魯國最有權勢的貴族。求：冉求，孔子的學生。）❹捎帶，寄遞。杜甫《石壕吏》：「一男～書至，二男新戰死。」

赴 fù ❶奔向，投向。《孟子・梁惠王上》：「天下之欲疾其君者，皆欲～訴於王。」（疾：痛恨。）特指投向危險的境遇。《戰國策・趙策三》：「則連有～東海而死矣。」（連：魯仲連自稱其名。）今成語有「赴湯蹈火」。❷奔告喪事，即報喪。後來寫作「訃」。《左傳・文公十四年》：「凡崩、薨，不～，則不書。」（崩：古稱天子死。薨：古稱諸侯死。不書：指《春秋》不予記載。）

【辨析】赴、之、適、如、往。「之」「適」「如」「往」都表示「到……去」的意義，但用法仍有細微差別。「之」「適」「如」用法同，其後都要求帶賓語，「往」後常常不帶賓語。「赴」常指奔赴危險境地，與「之」「適」「如」「往」意義差別較大。

柎 fù 見143頁「柎」㊁。

負 fù ❶用背馱物，承載。《墨子・貴義》：「～粟息於路側。」《莊子・逍遙遊》：「且夫水之積也不厚，則其～大舟也無力。」又引申為蒙受，遭受。《管子・法禁》：「廢上之法制者，必～以恥。」《史記・魯仲連鄒陽列傳》：「鄒陽客遊，以讒見禽，恐死而～累。」（見禽：被擒。）❷背靠着，靠着。《禮記・孔子閒居》：「～牆而立。」今成語有「負隅頑抗」。引申為仗恃，依仗。《左傳・襄公十八年》：「齊環怙恃其險，～其眾庶，棄好背盟。」（齊環：齊靈公。）《史記・廉頗藺相如列傳》：「秦貪，～其強，以空言求璧。」❸對不起，辜負。《戰國策・齊策四》：「客果有能也！吾～之，未嘗見也。」又為違背，背棄。《史記・高祖本紀》：「項羽～約。」❹敗，與「勝」相對。《孫子・謀攻》：「不知彼而知己，一勝一～。」❺虧欠。《漢書・鄧通傳》：「通家尚～責數巨萬。」（責：債。）引申為賠償。《韓非子・說林下》：「與人爭買百金之璞玉，因佯失而毀之，～其百金。」（璞玉：未經雕琢的玉。）

【辨析】1. 負、敗。見9頁「敗」字條。2. 負、擔、何（荷）、任。見90頁「擔」字條。

訃 fù 報喪。《禮記・雜記上》：「凡～於其君，曰：君之臣某死。」又為訃告，報喪的文字。柳宗元《虞鳴鶴誄》：「捧～號呼。」

祔 fù ❶把新死者的神主附於宗廟祭祀。《儀禮・士虞禮》：「三月而葬，遂卒哭，將旦而～。」❷合葬。《晏子春秋・外篇第七》：「今其母不幸而死……恐力不能合～，是以悲也。」

副 fù 見383頁「副」㊁。

婦 fù ❶已婚的女子。《周易・漸》：「～孕不育。」❷妻子。《詩經・衛風・氓》：「三歲為～，靡室勞矣。」古詩《日出東南隅行》：「使君自有～，羅敷自有夫。」❸兒媳。《呂氏春秋・遇合》：「姑妐知之，曰：『為我～而有外心，不可畜。』」（妐 zhōng：公公。畜：養。）❹女性的通稱。《周禮・天官・九嬪》：「～德，～言，～容，～功。」《史記・淮陰侯列傳》：「此所謂～人之仁也。」

【辨析】婦、女。作為女性的通稱，二者近似，但「婦」多指已婚的女子，「女」有時專指未婚的女子。

傅 fù ❶師傅，指輔佐、教導的人。《戰國策・楚策二》：「太子曰：『臣有～，請追而問～。』」引申為輔佐，教導。《呂氏春秋・壅塞》：「齊王欲以淳于髡～太子。」《新書・保傅》：「保，保其身體；傅，～之德義。」❷附着，依憑。《左傳・僖公十四年》：「皮之不存，毛將安～？」引申為加上。《韓非子・難勢》：「毋為虎～翼。」❸通「敷 fū」。分佈。《荀子・成相》：「禹～土，平天下。」《漢書・陳湯傳》：「離城三里，止營～陳。」（陳 zhèn：陣。）

復 fù△ ❶返回。《左傳・僖公四年》：「昭王南征而不～，寡人是問。」（是：此。作「問」的賓語。）崔顥《黃鶴樓》：「黃鶴一去不～返。」引申為恢復。《呂氏春秋・慎大》：「武王於是～盤庚之政。」❷回報，回答。《孟子・梁惠王上》：「有～於王者曰。」《史記・司馬相如列傳》：「是以王辭而不～。」引申為報復。《越絕書・敘外傳記》：「臣不討賊，子不～仇，非臣子也。」❸重複做某事。《呂氏春秋・先己》：「六卿請～之。」又《義賞》：「詐偽之道，雖今偷可，後將無～。」（偷：苟且。）❹再，又。

F

《左傳・僖公五年》:「晉侯～假道於虞以伐虢。」(假道:借路。虞、虢 guó:國名。)❺ 免除賦稅徭役。《史記・商君列傳》:「僇力本業,耕織致粟帛多者～其身。」《漢書・五行志下之下》:「裁什一之稅,～三日之役。」(什一:十分抽一。)

【辨析】1. 復、複、覆。「復」是返回,「複」是夾衣,「覆」是翻轉,它們的本義各不相同。在「重複」的意義上,三個字可以通用。在「回報」的意義上,「覆」與「復」通用。現在「復」「複」都簡化作「复」。2. 復、再。二字古代不同義。「再」是數詞,是「二」或「第二」的意思。「五年再閏」是五年閏兩次,不是五年後再有閏。「復」是又、又一次,是副詞,「復假道」是又一次借路。這兩種用法決不可互換。直到晚近時代,「再」才有「又、復」的意義。

F

富 fù ❶ 財物多,富裕。與「貧」相對。《論語・述而》:「不義而～且貴,於我如浮雲。」❷ 盛,多。《論語・顏淵》:「～哉言乎!」《史記・曹相國世家》:「悼惠王～於春秋。」(富於春秋:即年紀尚輕的意思。春秋,等於說歲月。)

腹 fù△ ❶ 肚子。《左傳・宣公十五年》:「雖鞭之長,不及馬～。」喻指中心部分。《鹽鐵論・刺復》:「方今為天下～居郡,諸侯並臻。」(臻:至。)❷ 懷抱。《詩經・小雅・蓼莪》:「顧我復我,出入～我。」❸ 內心。《左傳・宣公十二年》:「敢布～心。」劉基《贈周宗道》:「披衣款軍門,披～陳否臧。」(否 pǐ 臧:惡善。)

複 fù△ ❶ 夾衣。《三國志・魏書・管寧傳》:「隨時單～。」(時:時令,季節。單:單衣。)引申為夾層的。《後漢書・趙岐傳》:「藏岐～壁中數年。」❷ 重複,繁複。張衡《東京賦》:「～廟重屋。」陸游《遊西山村》:「山重水～疑無路。」

【辨析】1. 複、復、覆。見 151 頁「復」字條。2. 複、重。二字都有「重複」的意思。「複」的本義是「重衣」,即夾衣,所以它的重複多指重複兩次。「重」有時可以重複多次,甚至可以作量詞,「九重之淵」,是重複九次。一般情況下,二字互文沒有區別,如「複廟重屋」「山重水複」。

駙 fù ❶ 駕副車的馬。張衡《東京賦》:「～承華之蒲梢。」(蒲梢:駿馬名。)❷ 車箱外的立木。《史記・司馬穰苴列傳》:「乃斬其僕、車之左～、馬之左驂,以徇三軍。」(徇:示眾。)

賦 fù ❶ 徵收田賦等賦稅。《呂氏春秋・樂成》:「我有田疇,而子產～之。」(子產:鄭國相。)《淮南子・主術》:「人主好高臺深池……則～斂無度。」又指田賦,賦稅。《左傳・襄公二十二年》:「令倍其～。」(倍:加倍。)柳宗元《捕蛇者說》:「更若役,復若～,則何如?」(若:你的。)又指兵賦,繳納的車馬甲盾及士卒。《左傳・昭公十六年》:「有～於軍。」❷ 授予,給予。《國語・晉語四》:「公屬百官,～職任功。」(任功:委任有功之人。)❸ 吟誦或歌詠(詩)。《左傳・隱公元年》:「公入而～。」蘇軾《前赤壁賦》:「釃酒臨江,橫槊～詩。」(釃 shī 酒:指斟酒。槊 shuò:長矛。)又為創作,寫作。司馬遷《報任安書》:「屈原放逐,乃～《離騷》。」陶潛《歸去來兮辭》:「臨清流而～詩。」❹《詩經》「六義」之一,即鋪陳直敘的藝術表現手法。《毛詩序》:「故《詩》有六義焉:一曰風,二曰～,三曰比,四曰興,五曰雅,六曰頌。」又指文體的一種。賈誼有《弔屈原賦》,張衡有《東京賦》《西京賦》等。

【辨析】賦、稅。二字在「賦稅」意義上是同義詞,而且主要都指田賦。區別在於:「賦」還指兵賦,「稅」可指其他的稅收。

蝮 fù△ 蝮蛇。屈原《招魂》:「～蛇蓁蓁,封狐千里些。」

蝜 fù [蝜蝂 bǎn] 一種小蟲。柳宗元《蝜蝂傳》:「～～者,善負小蟲也。」

輹 fù△ 車箱下面與車軸相鈎連的木頭,也叫「伏兔」。《左傳・僖公十五年》:「車說其～。」(說:通「脫」,脫落。)

鮒 fù ❶蛤蟆。《周易・井》：「井谷射～。」❷鯽魚。《墨子・公輸》：「江漢魚鱉黿鼉為天下富，宋所為無雉兔～魚者也。」

縛 fù△ 捆綁。《呂氏春秋・用民》：「密須之民，自～其主而與文王。」（密須：古國名。文王：指周文王。）又指捆綁用的繩索。《左傳・僖公六年》：「武王親釋其～。」揚雄《解嘲》：「或解～而相，或釋褐而傅。」

【辨析】縛、束。二字都有「捆綁」的意思。但「束」多用於物，「縛」多用於人。如果「束」「縛」連用，則主要是「縛」起作用，用於人。「束」可以用作量詞，指物的數量。「縛」沒有這種用法。

賻 fù 送財貨助人辦喪事，也指助喪的財貨。《左傳・隱公三年》：「武氏子來求～，王未葬也。」（武氏子：周大夫。）

鍑 fù△ 釜一類的炊具，即大口鍋。《說文》：「鍪，～屬也。」《漢書・匈奴傳下》：「多齎鬴～薪炭。」（鬴：同「釜」。）

覆 fù△ ❶翻，翻轉。《荀子・成相》：「前車已～。」《後漢書・皇甫規傳》：「今興改善政，易於～手。」引申為覆滅，顛覆。《論語・陽貨》：「惡利口之～邦家者。」（惡 wù：憎惡。）❷覆蓋，遮蓋。《詩經・大雅・生民》：「鳥～翼之。」《淮南子・原道》：「故以天為蓋，則無不～也。」❸埋伏。《左傳・桓公十二年》：「楚人坐其北門，而～諸山下。」（坐：指坐待，等待。）又為伏兵。《左傳・隱公九年》：「君為三～以待之。」（三覆：三批伏兵。）❹審察，查核。《韓非子・內儲說下》：「韓昭侯之時，黍種嘗貴甚，昭侯令人～廩，吏果竊黍種而糶之甚多。」（廩：糧倉。）❺反而。《詩經・小雅・小旻》：「謀臧不從，不臧～用。」（臧：善，好。從：聽從。）❻重複。《後漢書・黃瓊傳》：「舉吏先試之於公府，又～之於端門。」（端門：宮殿的正南門。）

【辨析】覆、復、複。見151頁「復」字條。

馥 fù△ 香，香氣。謝朓《思歸賦》：「晨露晞而草～，微風起而樹香。」（晞：曬乾。）［馥馥］香氣濃的樣子。蘇武《詩四首》之四：「燭燭晨明月，～～我蘭芳。」

鰒 fù△ 一種海生軟體動物。《漢書・王莽傳下》：「莽憂懣不能食，亶飲酒，啖～魚。」（亶：通「但」，僅。）

F

G

gai

侅 gāi 噎。《莊子・盜跖》：「～溺於馮氣，若負重行而上阪，可謂苦矣。」（馮氣：憤懣。）

垓 gāi ❶ 八極之內的廣大地域。揚雄《大鴻臚箴》：「蕩蕩唐虞，經通～極。」（唐虞：指堯舜。經通：指治理。）❷ 疆界，邊際。《淮南子・俶真》：「道出一原，通九門，散六衢，設於無～坫之宇。」夏完淳《觀濤》：「長江如練浮天～。」❸ 層，級。《史記・孝武本紀》：「壇三～。」❹ 數詞。古代萬萬為垓。《太平御覽》卷七百五十引《風俗通》：「十萬謂之億，十億謂之兆，十兆謂之經，十經謂之～。」

陔 gāi ❶ 臺階的層次。《漢書・郊祀志上》：「祠壇放亳忌泰一壇，三～。」（放：通「仿」，依照。亳忌：亳人謬忌。泰一壇：壇名。）❷ 田埂。束皙《補亡詩》：「循彼南～，言采其蘭。」（循：沿着。言：動詞詞頭。）

荄 gāi 草根。《韓詩外傳》卷二：「草木根～淺，未必橛也。」《文子・符言》：「枝葉茂者害其根～。」

晐 gāi ［九晐］天子所管轄的九州之地。《國語・鄭語》：「故天子居～～之田。」

絯 gāi ❶ 拘束。《莊子・天地》：「方且為物～。」❷ 通「駭 hài」。驚懼。《莊子・外物》：「陰陽錯行，則天地大～。」

賅 gāi 完備，齊全。《莊子・齊物論》：「百骸、九竅、六臟～而存焉。」今成語有「言簡意賅」。

該 gāi 具備，齊備。宋玉《招魂》：「招具～備，永嘯呼些。」（招具：招魂之具。些：語氣詞。）《後漢書・班彪傳》：「仁聖之事既～，帝王之道備矣。」引申為包容，包括。《漢書・律曆志上》：「～臧萬物。」（臧：通「藏」，包藏。）左思《吳都賦》：「耳目之所不～。」

改 gǎi 變更，改變。《孟子・盡心上》：「大匠不為拙工～廢繩墨。」杜甫《自京赴奉先縣詠懷五百字》：「官渡又～轍。」引申為改正。《論語・學而》：「過則勿憚～。」《史記・孝文本紀》：「雖復欲～過自新，其道無由也。」（由：沿着走。）

【辨析】改、更。在「改變」的意義上，二者是同義詞，但「更」的「替代」「經歷」等意義，都是「改」所沒有的。

丐（匃、匄） gài ❶ 乞求，乞討。《左傳・昭公六年》：「不強～。」又用作名詞，指乞丐。柳宗元《寄許京兆孟容書》：「皂隸傭～，皆得上父母丘墓。」❷ 給予。《漢書・景十三王傳》：「盡取善繒～諸宮人。」韓愈《黃陵廟碑》：「～我一碑石。」

溉 gài ❶ 洗滌。《詩經・檜風・匪風》：「誰能亨魚？～之釜鬵。」（亨 pēng：煮。鬵 xún：大鍋。）馬融《長笛賦》：「～盥汙濊，澡雪垢滓矣。」❷ 灌注，澆灌。《呂氏春秋・察傳》：「宋之丁氏，家無井而出～汲。」《史記・滑稽列傳・西門豹》：「引河水灌民田，田皆～。」

概 gài ❶ 量米粟時刮平斗斛的器具。《呂氏春秋・仲春》：「角斗桶，正權～。」（角：校正。權：秤錘。）《韓非子・外儲說左上》：「～者，平量者也。」引申為動詞，刮平。《管子・樞言》：「釜鼓滿，則人～之。」❷ 大略，大概。《史記・伯夷列傳》：「其文辭不少～見。」

❸ 節操，風度。楊惲《報孫會宗書》：「凜然皆有節～，知去就之分。」《晉書・桓温傳》：「温豪爽有風～。」❹ 景象，狀況。杜甫《奉留贈集賢院崔于二學士》：「故山多藥物，勝～憶桃源。」

蓋 gài ❶ 用茅草編的覆蓋物。《左傳・襄公十四年》：「乃祖吾離被苫～，蒙荊棘，以來歸我先君。」（吾離：人名。被 pī：披着。苫：茅草覆蓋物。）引申為搭蓋。王褒《僮約》：「治舍～屋。」❷ 器物的蓋。《禮記・少儀》：「器則執～。」《後漢書・張衡傳》：「合～隆起，形似酒尊。」特指車蓋。《周禮・考工記・輪人》：「輪人為～。」鄒陽《獄中上梁王書》：「白頭如新，傾～如故。」（傾蓋：指初交。）❸ 遮蔽，掩蓋。《商君書・禁使》：「夫妻交友不能相為棄惡～非。」《淮南子・說林》：「日月欲明，而浮雲～之。」引申為超過，勝過。《戰國策・秦策三》：「威～海內。」《史記・項羽本紀》：「力拔山兮氣～世。」❹ 副詞。大概。《論語・里仁》：「～有之矣，我未之見也。」❺ 連詞。用來連接上文，說明原因。《史記・屈原賈生列傳》：「屈平之作《離騷》，～自怨生也。」❻ 句首語氣詞。《史記・文帝本紀》：「朕聞，～天下萬物之萌生，靡不有死。」（靡：無。）王安石《答司馬諫議書》：「～儒者所爭，尤在於名實。」❼ 通「盍 hé」。相當於「何不」。《禮記・檀弓上》：「子～言子之志於公乎？」又相當於「何」。《莊子・養生主》：「善哉！技～至此乎？」

gan

干 gān ❶ 盾。《詩經・大雅・公劉》：「～戈戚揚，爰方啟行。」（戈：戟。戚、揚：斧類兵器。爰：語氣詞。）[干戈] 代指戰爭。《論語・季氏》：「而謀動～～於邦內。」（邦：國。）[干城]「干」為盾牌，「城」為城牆，「干城」喻指保護者、捍衛者。《詩經・周南・兔罝》：「赳赳武夫，公侯～～。」❷ 冒犯，觸犯。《左傳・襄公三年》：「寡人有弟，弗能教訓，使～大命。」（大命：指軍令。）《後漢書・虞延傳》：「於是外戚斂手，莫敢～法。」引申為衝上。杜甫《兵車行》：「哭聲直上～雲霄。」❸ 謀求，求取。《論語・為政》：「子張學～祿。」（子張：孔子弟子。）屈原《離騷》：「既～進而務入兮，又何芳之能祗？」（祗 zhī：敬。）❹ 干涉，關涉。《淮南子・說林》：「猶人臣各守其職，不得相～。」李清照《鳳凰臺上憶吹簫》：「非～病酒，不是悲秋。」❺ 岸，水畔。《詩經・魏風・伐檀》：「坎坎伐檀兮，寘之河之～兮。」（坎坎：砍伐樹木的聲音。）❻ 山澗，山間流水。《詩經・小雅・斯干》：「秩秩斯～，幽幽南山。」（秩秩：水流的樣子。斯：此。）❼ 指天干，即甲乙丙丁戊己庚辛壬癸。

【說明】「干」「乾」「幹」「榦」在古代是四個不同的字。「干」是盾牌，「乾」指乾燥，與「濕」相對，而「幹」是樹幹，「榦」是築牆時兩邊的夾板。「幹」與「榦」在「樹幹」的意義上可通用，在「築牆夾板」的意義上也偶爾通用，在「才幹」等意義不通用。「干」「乾」與「幹」「榦」沒有通用的地方。現在「乾」「幹」「榦」都簡化作「干」（讀 qián 音的「乾」不能簡化作「干」）。

【辨析】 干、盾。見 118 頁「盾」字條。

甘 gān ❶ 味美。《孟子・梁惠王上》：「為肥～不足於口與？」（與：語氣詞。）特指甜，與「苦」相對。《墨子・非攻上》：「少嘗苦曰苦，多嘗苦曰～，則必以此人為不知～苦之辯矣。」（辯：通「辨」，辨別，區別。）❷ 言語美好，動聽。《詩經・小雅・巧言》：「盜言孔～。」（盜：指讒佞小人。孔：很。）❸ 情願，樂意。《詩經・齊風・雞鳴》：「蟲飛薨薨，～與子同夢。」（薨薨：羣蟲飛聲。）

【辨析】 甘、甜、旨。「甘」與「甜」都有「甜」的意義，只是這個意義先秦用「甘」字，「甜」字是漢代才出現的。在「味美、美味」的意義上，「甘」與「旨」是同義詞，不同的是，「甘」常有意動用法；「甘」的「甜」義，也是「旨」所沒有的。

G

忓 gān 觸犯。《國語・魯語下》：「懼～季孫之怒也。」又指干擾。白居易《傷宅》：「洞房溫且清，寒暑弗能～。」

奸 gān ❶干犯，冒犯。《左傳・昭公元年》：「～國之紀。」《新語・懷慮》：「邪不～正，圓不亂方。」❷干求，求取。《史記・齊太公世家》：「呂尚蓋嘗窮困，年老矣，以漁釣～周西伯。」

【辨析】奸、姦。二字本來讀音不同，意義也不同。「干犯」的意義偶爾也寫作「姦」。元明以後，「邪惡」義才可寫作「奸」。

玕 gān ［琅 láng 玕］見 295 頁「琅」字條。

杆 gān 長木棍。《論衡・變動》：「旌旗垂旒，旒綴於～。」

肝 gān 肝臟。《呂氏春秋・忠廉》：「乃自殺，先出其腹實，內懿公之～。」（內：納入。）

坩 gān 陶器，用來盛物。《晉書・列女傳》：「侃少為尋陽縣吏，嘗監魚梁，以一～鮓遺母。」

泔 gān 淘米水。《齊民要術・作酢法》：「其第二淘～，即留以浸饋。」（饋 fēn：蒸飯。）蘇軾《鳳翔八觀・東湖》：「有山禿如赭，有水濁如～。」

柑 gān ❶果樹名，也指其果實。杜甫《樹間》：「岑寂雙～樹，婆娑一院香。」劉基《賣柑者言》：「杭有賣果者，善藏～。」❷通「拑 qián」。以木銜馬口。《公羊傳・宣公十五年》：「圍者～馬而秣之。」引申為閉。《漢書・五行志中之上》：「臣畏刑而～口。」

竿 gān ❶竹竿。賈誼《過秦論》：「揭～為旗。」（揭：高舉。）特指釣竿。《詩經・衛風・竹竿》：「籊籊竹～，以釣于淇。」（籊籊 tìtì：長而細的樣子。淇：河名。）❷量詞。用來計算竹的數目。庾信《小園賦》：「三～兩～之竹。」杜甫《將赴成都草堂》：「惡竹應須斬萬～。」

疳 gān 疳積，中醫稱小兒腸胃病。《備急千金要方》卷十五下：「冷則白，熱則赤，～則赤白相雜。」

乾 gān 見 403 頁「乾」㊁。

鳱 ㊀ gān ❶［鳱鵲］喜鵲。《論衡・實知》：「狌狌知往，～～知來。」㊁ hàn ❷［鳱鴠 dàn］鳥名。《淮南子・時則》：「仲冬之月……～～不鳴。」

秆（稈） gǎn 莖稈。《左傳・昭公二十七年》：「或取一秉～。」

皯 gǎn 面色枯槁焦黑。《列子・黃帝》：「燋然肌色～黣。」（黣 méi：黑。）

敢 gǎn ❶有勇氣，有膽量。《詩經・鄭風・將仲子》：「豈～愛之？畏我父母。」《左傳・隱公三年》：「寡人弗～忘。」❷謙詞。等於說「冒昧」。《左傳・隱公元年》：「～問何謂也？」❸豈敢，不敢。《左傳・僖公四年》：「貢之不入，寡君之罪也，～不共給？」又《莊公二十二年》：「～辱高位，以速官謗。」（速：招致。）

感 gǎn ❶感動。《周易・咸》：「聖人～人心而天下和平。」引申為感應，互相影響。《呂氏春秋・精通》：「憂思相～。」❷感慨，感觸。陶潛《歸去來兮辭》：「～吾生之行休。」（行休：將要結束。）杜甫《春望》：「～時花濺淚。」❸通「憾 hàn」。遺憾，不滿意。《漢書・杜鄴傳》：「故內無～恨之隙，外無侵侮之羞。」❹通「撼 hàn」。搖動。《詩經・召南・野有死麕》：「無～我帨兮。」（帨 shuì：佩巾。）

趕 gǎn 追。《朝野僉載》卷二：「乘馬～四十餘里。」引申為驅逐。《金華子雜編》卷下：「手中盤饌，皆被羣禽搏撮，莫可驅～。」

橄 gǎn ［橄欖］果樹名。左思《吳都賦》：「龍眼～～。」

簳 gǎn ❶小竹，莖可製箭桿。張衡《南都賦》：「其竹則……篠、～、箛、箠。」❷箭桿，也指箭。《山海經・西山經》：「有草焉……名曰夙條，可以為～。」

旰 ㊀ gàn ❶晚，天色晚。《左傳・哀公十四年》：「日～不召。」《後漢書・儒林傳》：「每相遇，輒日～忘食。」
㊁ hàn ❷ [旰旰] 盛大的樣子。《史記・河渠書》：「晧晧～～兮。」（晧晧：盛大的樣子。）此指水勢盛。郭璞《鹽池賦》：「揚赤波之煥爛，光～～以晃晃。」此指光彩盛。

淦 gàn 水名，在今江西境內。

紺 gàn 深青透紅的顏色。《論語・鄉黨》：「君子不以～緅飾。」（緅 zōu：黑中透紅的顏色。）禰衡《鸚鵡賦》：「～趾丹觜。」（觜：同「嘴」。）

幹 ㊀ gàn ❶ 樹幹，植物的主幹。《淮南子・本經》：「山無峻～。」左思《蜀都賦》：「擢脩～，竦長條。」（擢 zhuó：拔，指植物滋長。）又指人或動物的脊，軀幹。《淮南子・脩務》：「則摺脊傷～。」引申指事物的主體和根本。《國語・晉語四》：「愛親明賢，政之～也。」❷ 才幹，才能。《三國志・蜀書・先主傳評》：「機權～略，不逮魏武。」（逮：及。魏武：曹操。）❸ 管理，治理。《漢書・楚元王傳附劉向》：「顯～尚書事，尚書五人，皆其黨也。」（顯：石顯。）《後漢書・史弼傳》：「弼有～國之器，宜登台相。」（台相：指相國。）
㊁ hán ❹ 井欄。《莊子・秋水》：「出跳梁乎井～之上。」

骭 gàn ❶ 脛骨，也指小腿。《淮南子・俶真》：「雖以天下之大，易～之一毛，無所概於志也。」❷ 肋骨。《新論・命相》：「顯項骿～。」（骿 pián 骭：駢脅，肋骨長在一起。）

榦 ㊀ gàn ❶ 築牆時立在兩邊的木柱。《尚書・費誓》：「峙乃楨～。」（峙：具備。乃：你。楨：築牆時立在兩邊的木板。）❷ 樹幹，主幹。《淮南子・主術》：「故枝不得大於～。」引申為事物的根本。《淮南子・原道》：「是故柔弱者，生之～也。」❸ 柘樹。《尚書・禹貢》：「杶～栝柏。」（杶、栝：樹名。）
㊁ hán ❹ 井欄。《淮南子・主術》：「夫據～而窺井底，雖達視猶不能見其睛。」

gang

亢 ㊀ gāng ❶ 咽喉，喉嚨。《史記・劉敬叔孫通列傳》：「夫與人鬥，不搤其～，拊其背，未能全其勝也。」比喻要害。《史記・孫子吳起列傳》：「批～擣虛，形格勢禁，則自為解耳。」（批：擊。）❷ 星宿名，二十八宿之一。《呂氏春秋・仲夏》：「日在東井，昏～中。」
㊁ kàng ❸ 高。《莊子・人間世》：「故解之以牛之白顙者，與豚之～鼻者。」（顙 sǎng：額。）引申為高傲。《後漢書・李膺傳》：「膺性簡～。」今成語有「不卑不亢」。❹ 遮蔽，庇護。《左傳・昭公元年》：「吉不能～身，焉能～宗？」（吉：游吉，人名。宗：宗族。）❺ 抗擊，抵禦。後來寫作「抗」。《左傳・宣公十三年》：「以～大國之討。」《呂氏春秋・上德》：「江河之水，不能～矣。」❻ 當，匹敵。《呂氏春秋・離俗》：「亡戟得矛，豈～責也哉？」（亡：失去。）《漢書・終軍傳》：「不足以～一方之任。」

扛 gāng 用雙手舉重物。《史記・項羽本紀》：「籍長八尺餘，力能～鼎。」（籍：項羽。）又指數人合抬一物。《後漢書・方術傳》：「令十人～之，猶不舉。」

杠 gāng ❶ 牀前橫木。《鹽鐵論・散不足》：「古者無～樠之寢。」（樠 mán：樹名。）❷ 旗杆、車蓋柄等竹木竿。《儀禮・士喪禮》：「竹～長三尺。」❸ 橋。《孟子・離婁下》：「歲十一月，徒～成。」（徒杠：指獨木橋。）柳宗元《興州江運記》：「～梁以成，人不履危。」（梁：橋。）

肛 gāng 肛門。《靈樞・經別》：「其一道下尻五寸，別入於～。」

阬 gāng 見 282 頁「阬」㊁。

矼 ㊀ gāng ❶ 石橋。陸龜蒙《憶襲美洞庭觀步》：「藤鞋踏藓～。」
㊁ kòng ❷ 誠實的樣子。《莊子・人間世》：「且德厚信～，未達人氣。」

岡 gāng 山嶺。《詩經・周南・卷耳》：「陟彼高～，我馬玄黃。」（陟：登上。玄黃：病。）

G

缸 gāng ❶ 陶製長頸容器，也指其他質料製作的這種容器。杜甫《進艇》：「瓷罌無謝玉為～。」❷ 油燈。白居易《不睡》：「焰短寒～盡。」

罡 gāng 星名，即北斗七星的斗柄。《抱朴子・雜應》：「又思作七星北斗，以魁覆其頭，以～指前。」

剛 gāng ❶ 堅硬，與「柔」相對。《詩經・大雅・烝民》：「柔則茹之，～則吐之。」（茹：吃。）引申為剛強，剛直。《左傳・僖公二十七年》：「子玉～而無禮，不可以治民。」今成語有「剛正不阿」。又引申為強盛，旺盛。《論語・季氏》：「血氣方～，戒之在鬥。」❷ 鋼鐵。這個意義後來寫作「鋼」。《北齊書・綦毋懷文傳》：「又造宿鐵刀……數宿則成～。」❸ 通「犅 gāng」。公牛。《詩經・魯頌・閟宮》：「白牡騂～。」（騂 xīng：赤色。）

崗 gāng 「岡」的後起字。山嶺。王粲《七哀》之二：「山～有餘暎。」

釭 gāng ❶ 車轂內外口穿軸用的金屬圈。《新序・雜事二》：「方內而員～，如何？」（內：通「枘 ruì」，榫頭。員：通「圓」。）❷ 古代宮室壁帶上的環狀金屬飾物。《漢書・外戚傳下・孝成趙皇后》：「壁帶往往為黃金～。」（壁帶：壁之橫木露出如帶。）❸ 燈。江淹《別賦》：「冬～凝兮夜何長！」（凝：指燈火凝聚不動。）

犅 gāng 公牛。《公羊傳・文公十三年》：「魯公用騂～。」（騂 xīng：赤色。）

綱 gāng ❶ 提網的大繩。《尚書・盤庚上》：「若網在～，有條而不紊。」《呂氏春秋・用民》：「壹引其～，萬目皆張。」今成語有「綱舉目張」。引申為事物主要的起決定作用的部分。《呂氏春秋・用民》：「為民紀～者何也？欲也惡也。」《文心雕龍・史傳》：「曉其大～，則眾理可貫。」❷ 法度，秩序。《詩經・大雅・假樂》：「受福無疆，四方之～。」《淮南子・氾論》：「禮義絕，～紀廢。」❸ 唐宋時成批運送物資的組織。《夢溪筆談・謬誤》：「自國門挽船而入，稱進奉茶～，有司不敢問。」

鋼 gāng 鐵和碳的合金。《列子・湯問》：「其劍長尺有咫，練～赤刃，用之切玉如切泥焉。」《夢溪筆談・辯證一》：「煉～亦然，但取精鐵鍛之百餘火。」

gao

咎 gāo 見 262 頁「咎」㊁。

皋(皐、臯) gāo ❶ 沼澤。《詩經・小雅・鶴鳴》：「鶴鳴于九～，聲聞于野。」❷ 水旁高地。屈原《離騷》：「步余馬於蘭～兮。」（步：用如使動，讓……慢慢走。）孔稚珪《北山移文》：「雖假容於江～，乃纓情於好爵。」（假容：假裝隱者的樣子。纓情：繫心。爵：官爵。）❸ 通「嗥 háo」。呼告。《周禮・春官・大祝》：「來瞽，令～舞。」（瞽 gǔ：樂官。古代以眼瞎的人為樂官。）

高 gāo ❶ 高，與「下」相對。《國語・楚語上》：「地有～下，天有晦明。」又指高度。《列子・湯問》：「太行、王屋二山，方七百里，～萬仞。」❷ 等級或程度高。《戰國策・秦策五》：「王年～矣。」此指年歲高。《左傳・昭公十五年》：「且昔而～祖孫伯黶、司晉之典籍。」此指輩分高。《漢書・晁錯傳》：「對策者百餘人，唯錯為～第。」此指對策成績高。傅毅《舞賦》：「亢音～歌為樂方。」此指聲音高。❸ 高尚，高超。《韓非子・五蠹》：「輕辭天子，非～也，勢薄也。」《漢書・晁錯傳》：「臣竊觀太子材智～奇。」又用作意動，認為高尚，即崇敬，崇尚。《呂氏春秋・離俗》：「雖死，天下愈～之。」

羔 gāo 小羊。《詩經・豳風・七月》：「朋酒斯享，曰殺～羊。」

橰 gāo 桔橰，汲水的裝置。《莊子・天地》：「鑿木為機，後重前輕，挈水若抽，數如泆湯，其名為～。」（泆 yì 湯：翻騰漫溢。）

膏 ㊀ gāo ❶ 油脂，脂肪。《莊子・人間世》：「～火，自煎也。」韓愈《答李翊書》：「～之沃者其光曄。」（曄 yè：火光旺盛的樣子。）❷ 古代醫學指心尖脂肪。《左傳・成公十年》：「疾不可為也，在肓之上，～之下。」（肓 huāng：心臟與膈膜之間叫肓。）《世說新語・文學》：「此兒胸中當無～肓之疾。」今成語有「病入膏肓」。❸ 肥沃。《史記・貨殖列傳》：「～壤沃野千里。」

㊁ gào ❹ 滋潤。《詩經・曹風・下泉》：「陰雨～之。」

篙 gāo 撐船的竹竿。《淮南子・說林》：「以～測江，～終而以水為測，惑矣。」《世說新語・政事》：「嘗發所在竹～。」

櫜 gāo 收藏甲衣及弓箭的袋子。《左傳・昭公元年》：「伍舉知其有備也，請垂～而入。」

鼛 gāo 用於役事的大鼓。《詩經・大雅・綿》：「百堵皆興，～鼓弗勝。」

杲 gǎo ❶［杲杲］日出明亮的樣子。《詩經・衛風・伯兮》：「其雨其雨，～～出日。」《文心雕龍・物色》：「～～為日出之容。」❷ 高遠。《管子・內業》：「～乎如登高山。」

槁（稾） ㊀ gǎo ❶ 草木乾枯。《孟子・公孫丑上》：「其子趨而往視之，苗則～矣。」《莊子・齊物論》：「形固可使如～木，而心固可使如死灰乎？」也指乾枯的草木。《荀子・王霸》：「及以燕趙起而攻之，若振～然。」泛指一般的乾枯。《墨子・耕柱》：「舍今之人而譽先王，是譽～骨也。」❷ 敲打。潘岳《河陽縣作》之一：「熲如～石火。」（熲 jiǒng：光亮。）

㊁ kào ❸ 犒勞。《周禮・秋官・小行人》：「若國師役，則令～禬之。」（槁禬 guì：犒勞軍隊並聚財援助。）

稿（稾、藳） gǎo ❶ 穀物的莖稈。《史記・貨殖列傳》：「薪～千車。」（薪：柴草。）❷ 詩文、圖畫的草底。《史記・屈原賈生列傳》：「屈平屬草～未定。」（屬 zhǔ：綴輯，撰寫。）《新唐書・張巡傳》：「為文章不立～。」

犒 gǎo 乾肉。《淮南子・泰族》：「湯之初作囿也，以奉宗廟鮮～之具。」（鮮：鮮肉。）

縞 gǎo 白色的細生絹。《左傳・襄公二十九年》：「與之～帶。」《韓非子・說林上》：「魯人身善織屨，妻善織～。」代指白色。張載《扇賦》：「飄～羽於清宵，擬妙姿於白雪。」

告 gào ❶ 告訴。上告訴下，下告訴上，都叫告。《左傳・隱公元年》：「公語之故，且～之悔。」引申為稟告，報告。特指下告訴上。《詩經・大雅・江漢》：「經營四方，～成于王。」《列子・湯問》：「操蛇之神聞之，～之於帝。」❷ 舉報，告發。《國語・周語上》：「使監謗者，以～，則殺之。」《史記・商君列傳》：「不～姦者腰斬。」❸ 請求。《國語・魯語上》：「國有饑饉，卿出～糴，古之制也。」❹ 古代官員休假稱「告」。《戰國策・秦策一》：「商君～歸。」又指辭官退休。《左傳・襄公七年》：「晉韓獻子～老。」《抱朴子・良規》：「功成不處，乞骸～退。」

【辨析】1. 告、報。見 13 頁「報」字條。2. 告、誥。它們本都有「告訴」的意義，後來有了分工：下告上叫「告」，上告下叫「誥」。3. 告、訴。二字在「告訴、控告」義上相近。用作「告訴」時，「告」在於向對方告知某事；用作「控告」時，「告」在於告發。而「訴」都是重在訴說、陳訴。

郜 gào ❶ 周代諸侯國名，在今山東成武一帶。《春秋・桓公二年》：「取～大鼎于宋。」❷ 姓。

誥 gào ❶ 告訴。《尚書・太甲下》：「伊尹申～于王。」（伊尹：人名。）❷ 告誡，勸勉。《國語・楚語上》：「近臣諫，遠臣謗，輿人誦，以自～也。」（謗：公開批評。輿人：眾人。誦：述說。）❸ 告誡的文書。對上對下皆可用。漢以後專用於帝王的文告。《左傳・哀公十一年》：「盤庚之～曰。」《荀子・大略》：「～誓不及五帝。」

【辨析】誥、告。見 159 頁「告」字條。

膏 gào 見158頁「膏」㊁。

ge

戈 gē 古代兵器名。《左傳·僖公二十三年》：「以～逐子犯。」引申為戰爭。《後漢書·公孫述傳》：「偃武息～，卑辭事漢。」

扢 gē 見170頁「扢」㊂。

哥 gē ❶歌唱。後來寫作「歌」。《史記·燕召公世家》：「召公卒，而民人思召公之政……～詠之。」傅玄《節賦》：「黃鍾唱～。」❷兄長。白居易《祭浮梁大兄文》：「再拜跪奠大～於座前。」

袼 gē△ 衣袖靠近腋下的部分。《禮記·深衣》：「～之高下，可以運肘。」

割 gē△ ❶用刀截斷。《左傳·襄公三十一年》：「猶未能操刀而使～也。」《論語·陽貨》：「～雞焉用牛刀。」引申為斷絕，捨棄。《論衡·本性》：「長大之後，禁情～欲。」❷分割，割讓。《呂氏春秋·孟秋》：「無～土地。」（無：通「毋」，不要。）《戰國策·秦策四》：「寡人欲～河東而講。」（講：指講和。）引申為分、劃分。杜甫《望嶽》：「造化鍾神秀，陰陽～昏曉。」（造化：指自然。鍾：匯聚。）又引申為剝奪。《後漢書·韋彪傳》：「而貪吏～其財。」

滒 gē 黏稠。《淮南子·原道》：「（道）甚淖而～，甚纖而微。」（淖 nào：黏稠多汁。）

歌 gē ❶歌唱。《詩經·魏風·園有桃》：「我～且謠。」《論語·微子》：「楚狂接輿～而過孔子。」❷能唱的歌曲或詩。《詩經·大雅·桑柔》：「既作爾～。」《呂氏春秋·音初》：「乃作為『破斧』之～，實始為東音。」引申為歌頌，頌揚。班固《兩都賦·序》：「故皋陶～虞，奚斯頌魯。」（皋陶 yáo、奚斯：人名。）

【辨析】歌、謳、謠。在「唱歌、歌曲」的意義上，三字相同。區別在於：用作動詞時，「歌」多指配樂的歌唱，「謳」「謠」一般不必配樂；用作名詞時，「謳」「謠」一般指民謠。如果連用，則不再強調其區別，「謳」一般與「歌」連用作動詞，如《呂氏春秋》「其謳歌而引」；「歌」與「謠」連用作名詞，如《呂氏春秋》「歌謠好悲」，《淮南子》「風之以歌謠」。三字的其他意義不相同。

鉻 gē△ 鈎，古代一種兵器。《抱朴子·君道》：「武則鈎～摧於指掌。」

鴿 gē△ 鴿屬通稱。景差《大招》：「內鶬～鵠，味豺羹只。」（內 nà：納。）

革 ㊀ gé△ ❶去毛的獸皮，也泛指獸皮。《詩經·召南·羔羊》：「羔羊之～。」《左傳·僖公二十三年》：「羽毛齒～，則君地生焉。」（齒：指象牙。）又指人的皮膚。《禮記·禮運》：「四體既正，膚～充盈。」❷革製的甲、冑、盾。《孟子·公孫丑下》：「兵～非不堅利也。」（兵：兵器。）［兵革］指代軍隊。《戰國策·秦策一》：「～～大強，諸侯畏懼。」又指代戰爭。杜甫《羌村》之三：「～～既未息，兒童盡東征。」❸八音之一，指鼓等革製樂器。《周禮·春官·大師》：「皆播之以八音，金、石、土、～、絲、木、匏、竹。」❹更改，變革。《周易·革》：「天地～而四時代。」《鹽鐵論·非鞅》：「～法明教，而秦人大治。」又為革除，剷除。《新論·風俗》：「是以先王傷風俗之不善，故立禮教以～其弊。」
㊁ jí△ ❺急，重。《禮記·檀弓上》：「夫子之疾～矣。」

【辨析】革、膚、皮。見144頁「膚」字條。

格 ㊀ gé△ ❶來，至。《尚書·湯誓》：「～，爾眾庶。」《呂氏春秋·孟夏》：「暴風來～。」❷糾正，匡正。《孟子·離婁上》：「惟大人為能～君心之非。」引申為推究。《禮記·大學》：「致知在～物。」❸準的，箭靶。《淮南子·兵略》：「夫射，儀度不得，則～的不中。」（的 dì：箭靶的中心。）引申為法式，標準。

《禮記・緇衣》：「言有物而行有～也。」又特指法律，法律條文。《舊唐書・刑法志》：「武德二年，頒新～五十三條。」❹ 擊，鬥。《逸周書・武偁》：「窮寇不～。」《荀子・議兵》：「服者不禽，～者不舍。」（服者：不戰而退的敵人。禽：擒，捉拿。）❺ 樹的長枝條。《史記・司馬相如列傳》：「夭蟜枝～。」庾信《小園賦》：「枝～相交。」❻ 支架。《呂氏春秋・過理》：「糟丘酒池，肉圃為～。」（糟丘：用酒糟堆起的小山。肉圃：肉林。）此為烤肉的支架。烤肉的架子用來烤人，則成為刑具。《史記・周本紀》：「西伯乃獻洛西之地，以請紂去炮～之刑。」❼ 木柵欄。杜甫《潼關史》：「連雲列戰～。」引申為阻隔。賀鑄《野步》：「水落孤村～嫩沙。」

㊁ luò△ ❽ 村落。《史記・酷吏列傳》：「置伯～長以牧司姦盜賊。」

鬲 gé 見 304 頁「鬲」㊁。

胳 gé△ 牲畜的後脛骨。《儀禮・鄉飲酒禮》：「介俎、脊、脅、～、肺。」

假 gé 見 232 頁「假」㊂。

蛤 ㊀ gé△ ❶ 蛤蜊。《韓非子・五蠹》：「民食果蓏蚌～。」

㊁ há△ ❷ 蛤蟆。青蛙和蟾蜍的統稱。《嶺表錄異》卷上：「聞田中有～鳴。」

葛 ㊀ gé△ ❶ 一種藤本植物，纖維可以織成葛布。《詩經・王風・采葛》：「彼采～兮，一日不見，如三月兮。」《韓非子・五蠹》：「夏日～衣。」

㊁ gě△ ❷ 古國名，在今河南境內。《孟子・滕文公下》：「湯始征，自～載。」（湯：商湯。載：始。）

隔 gé△ ❶ 阻隔，隔開。《戰國策・趙策二》：「秦無韓魏之～，禍中於趙矣。」《呂氏春秋・觀表》：「～宅而異之，分祿而食之。」引申為隔閡。李白《君馬黃》：「馬色雖不同，人心本無～。」又引申為別，離別。禰衡《鸚鵡賦》：「痛母子之永～。」❷ 格子。周邦彥《六醜》：「多情是誰追惜，但蜂媒蝶使，時叩窗～。」（但：只，只有。）❸ 通「膈 gé」。膈膜，體腔中分隔胸腔和腹腔的膜狀肌肉。《管子・水地》：「脾生～，肺生骨。」

槅 gé△ ❶ 大車軛，駕車時加在牛頸上的曲木。張衡《西京賦》：「商旅聯～，隱隱展展。」❷ 通「核 hé」。指帶核的果品。左思《蜀都賦》：「金罍中坐，肴～四陳。」（罍 léi：古代盛酒器。）

閤 ㊀ gé△ ❶ 大門旁的小門。《墨子・雜守》：「～通守舍，相錯穿室。」（錯：交錯。）司馬遷《報任安書》：「身直為閨～之臣，寧得自引深藏於巖穴邪？」（閨：宮中小門。）❷ 內室。白居易《重題》：「日高睡足猶慵起，小～重衾不怕寒。」（慵：懶。）特指女子的臥室。蕭繹《烏棲曲》：「蘭房椒～夜方開。」❸ 小樓，樓。白居易《兩朱閣》：「妝～伎樓何寂寞。」劉禹錫《歎梅雨》：「高～晨開掃翠微。」❹ 官署。《漢書・朱博傳》：「於是府丞詣～，博乃見丞。」

㊁ hé ❺ 全。《袁中郎全集・尺牘・乞改稿二》：「伏乞台臺憫吳～縣之生民。」（台臺：對長官的尊稱。）

【辨析】閤、閣。見 161 頁「閣」字條。

閣 gé△ ❶ 門開後防止其自己關的長木樁。《爾雅・釋宮》：「所以止扉謂之～。」引申為放置食物的木板。《禮記・內則》：「大夫七十而有～。」又引申為一般的木架子。《晉書・庾翼傳》：「此輩宜束之高～。」❷ 複道，用木材架在空中的通道。《戰國策・齊策六》：「為棧道木～而迎王與后於城陽山中。」（棧道：在懸崖陡壁上架起木材修成的道路。）又指樓與樓之間的架空複道。《史記・秦始皇本紀》：「殿屋複道周～相屬。」（屬 zhǔ：連接。）❸ 古代一種藏書的建築物。《漢書・揚雄傳》：「時雄校書天祿～上。」引申為一種樓式建築。王勃《滕王閣序》：「飛～流丹，下臨無地。」杜牧《阿房宮賦》：「五步一樓，十步一～。」❹ 官署。《後漢書・仲長統傳》：「雖置三公，事歸臺～。」（臺閣：指尚書臺。）古詩《為焦仲卿妻作》：「汝是大家子，仕宦於臺～。」(此處「臺閣」泛指大的官府。)❺內室，特指未婚女子居處。《木蘭詩》：「開我東～門，坐我西～牀。」❻擱置，放下。後來寫作「擱」。《齊民要術・養羊》：「於風涼處～置。」《新唐書・劉知幾傳》：「～筆相視。」

【辨析】1. 閣、閤。據《說文》，「閤」的本義是大門旁的小門(「門旁戶也」)，「閣」的本義是門打開後插在兩旁以固定門扇的長木樁(「所以止扉也」)，後世兩字常混用。除讀 hé 音的之外，「閤」的其他意義都可寫作「閣」。2. 閣、亭、臺、樓、榭。「亭」上古專指瞭望用的及旅宿用的建築。「臺」指用土築成的高壇。「榭」指臺上建的房子。「樓」為重屋，上下都可居住。「閣」是架空的樓。

膈 gé△ 膈膜。《靈樞・經脈》：「其支者復從肝，別貫～，上注肺。」喻指內心。吳承恩《代張清溪馬竹泉祭吳醴泉文》：「仰視玄穹，～臆難訴。」

韐 ㊀ gé△ ❶皮革製的胸甲。《管子・小匡》：「輕罪入蘭盾～革二戟。」(蘭：放兵器的架子。)❷堅固。《荀子・議兵》：「楚人鮫革犀兕以為甲，～如金石。」

㊁ tà△ ❸同「鞳」。鼓聲。《淮南子・兵略》：「善用兵，若聲之與響，若鏜之與～。」(鏜：鼓聲。)

韐 gé△ 用熟皮製成的蔽膝。《儀禮・士喪禮》：「設～帶，搢笏。」

骼 gé△ 禽獸的骨，泛指骨。《呂氏春秋・孟春》：「掩～霾髊。」

髂 gé 見 401 頁「髂」㊁。

轕 gé△ [轇轕] 見 244 頁「轇」字條。

合 gě 見 191 頁「合」㊁。

哿 gě ❶可，快樂。《詩經・小雅・正月》：「～矣富人，哀此惸獨。」(惸 qióng 獨：孤獨無依靠的人。)《左傳・昭公八年》：「～矣能言。」❷通「珈 jiā」。古代婦女的首飾。《太玄・瞢》：「男子折笄，婦人易～。」

笴 gě 箭桿。《周禮・考工記・矢人》：「凡相～，欲生而摶。」(相：選擇。摶 tuán：圓。)

舸 gě 船。左思《吳都賦》：「弘～連舳，巨檻接艫。」

葛 gě 見 161 頁「葛」㊁。

个 gè ❶量詞。《儀禮・特牲饋食禮》：「俎釋三～。」《史記・貨殖列傳》：「木千章，竹竿萬～。」❷正堂兩旁的側室。《呂氏春秋・孟春》：「天子居青陽左～。」(青陽：天子所居明堂朝東的房舍。)

各 gè△ ❶至，來。金文多用為此義。《敔毀》銘：「王～于成周大廟。」❷各自。《尚書・湯誥》：「～守爾典。」趙翼《論詩》：「江山代有才人出，～領風騷數百年。」

個(箇) gè ❶量詞。《漢書・景武昭宣元成功臣表》：「入竹二萬～。」❷如此，這。李白《秋浦歌》：「白髮三千丈，緣愁似～長。」

gen

根 gēn ❶草木的根。《左傳・隱公六年》：「絕其本～，勿使能殖。」引申為物體的下基。庾信《明月山銘》：「風生石洞，雲出山～。」❷事物的本源。《老子》第六章：「玄牝之門，是謂天地～。」(玄牝：道家指衍生萬物的本源。)《淮南子・精神》：「精神入其門，而骨骸反其～，我尚何存？」❸根除，徹底清除。《管子・君臣下》：「審知禍福之所生，是故慎小事微，違非索辯以～之。」❹量詞。《齊民要術・種槐柳楸梓梧柞》：「一畝，二千一百六十～。」《水經注・沁水》：「廟側有攢柏數百～。」

【辨析】根、本、柢。見 17 頁「本」字條。

跟 gēn ❶腳後跟。《說文》：「～，足踵也。」《釋名》：「足後曰～。」張衡《西京賦》：「突倒投而～絓。」《靈樞・本輸》：「在外跟之後，～骨之上，為經。」❷ 跟隨。吳自牧《夢粱錄・顧覓人力》：「如有逃舍，將帶東西，有元地腳保識人前去～尋。」

【辨析】跟、踵（歱）。二字都有「腳後跟、追隨」的意思，但時代有別。先秦文獻中皆用「踵」，沒有用「跟」的。漢代早期文獻如《淮南子》《史記》亦皆用「踵」，不用「跟」。《靈樞》《易林》中始有「跟」字。其後魏晉用得漸多。「踵」與「歱」，《說文》本義不同，《說文》：「歱，跟也。」「踵，追也。」其實二者是名詞與動詞的區別。文獻中名詞、動詞皆用「踵」。

亙（亘、亙） gèn （空間或時間）延續不斷。謝朓《敬亭山》：「茲山～百里。」（茲：此。）鮑照《河清頌》：「～古通今，明鮮晦多。」（鮮 xiǎn：少。）特指橫貫，橫穿。張衡《西京賦》：「～雄虹之長梁。」（雄虹：主虹。這裏比喻屋樑。）引申為窮盡。張衡《南都賦》：「～望無涯。」

艮 gèn ❶ 卦名。八卦之一，山的象徵。《周易・艮》：「兼山，～。」❷ 止，止息。《周易・艮》：「～，止也。」朱熹《齋居感興》之十九：「反躬～其背，肅容正冠襟。」❸ 難，艱難。《太玄・䆄》：「象～有守。」❹ 方位名。指東北方向。《周易・說》：「～，東北之卦也。」杜甫《昔遊》：「暮升～岑頂。」

縆（緪） gèn 見163頁「縆（緪）」㊁。

geng

更 ㊀ gēng ❶ 改，改變。《韓非子・解老》：「凡法令～則利害易。」引申為改正。《論語・子張》：「過也，人皆見之，～也，人皆仰之。」❷ 更換，替代。《莊子・養生主》：「良庖歲～刀，割也。」引申為交替。《漢書・萬石君傳》：「九卿～進用事。」❸ 經歷，經過。《韓非子・外儲說左上》：「～日久則塗乾而椽燥。」（塗：泥。）《史記・大宛列傳》：「因欲通使，道必～匈奴中。」❹ 抵償。《史記・平準書》：「悉巴蜀租賦不足以～之。」❺ 古代夜間計時單位，一更約為兩小時。《顏氏家訓・書證》：「或問，一夜何故五～？」

㊁ gèng ❻ 副詞。另，再。《左傳・僖公五年》：「在此行也，晉不～舉矣。」杜甫《石壕吏》：「室中～無人，惟有乳下孫。」❼ 更加。《史記・管晏列傳》：「吾嘗為鮑叔謀事，而～窮困。」

【辨析】更、改。見154頁「改」字條。

庚 gēng ❶ 天干的第七位。與地支配合，用以紀日或紀年。《春秋・隱公三年》：「三月～戌，天王崩。」（天王：指周平王。崩：天子死叫崩。）《史記・十二諸侯年表》：「～申，共和元年。」引申為年齡。朱熹《元范別後寄惠佳篇》：「歲月幸同～，詩書復同道。」❷ 賠償。《禮記・檀弓下》：「季子皋葬其妻，犯人之禾，申祥以告，曰：請～之。」（季子皋、申祥：人名。）❸ 道路。《左傳・成公十八年》：「以塞夷～。」（夷庚：平坦的道路。）

耕 gēng ❶ 犁田，翻土播種。《論語・微子》：「長沮、桀溺耦而～。」（耦：兩人並耕。）❷ 從事某種操作、勞動。《法言・學行》：「～道而得道，獵德而得德。」任昉《為蕭揚州薦士表》：「既筆～為養，亦傭書成學。」

縆（緪） ㊀ gēng ❶ 大繩索。《三國志・魏書・王昶傳》：「昶詣江陵，兩岸引竹～為橋，渡水擊之。」《水經注・河水一》：「躡懸～過河。」❷ 急。《淮南子・繆稱》：「治國譬若張瑟，大弦～則小弦絕矣。」（絕：斷。）

㊁ gèn ❸ 通貫，連接。班固《西都賦》：「自未央而連桂宮，北彌明光而～長樂。」（未央、桂、明光、長樂：宮殿名。）

賡 gēng ❶ 繼續，連續。《尚書・益稷》：「乃～載歌。」❷ 抵償。《管子・國蓄》：「智者有什倍人之功，愚者有不～本之事。」（什：十倍。倍：一倍。本：本錢。）

鶊 gēng ［鶬 cāng 鶊］見42頁「鶬」字條。

G

羹 gēng ❶ 帶汁的肉或菜。《左傳・隱公元年》：「小人有母，皆嘗小人之食矣，未嘗君之～。」《韓非子・五蠹》：「糲粢之食，藜藿之～。」（糲粢 lìcí：泛指粗糙的糧食。藜藿 líhuò：泛指野菜。）❷ 湯。王建《新嫁娘》：「三日入廚下，洗手作～湯。未諳姑食性，先遣小姑嘗。」

【辨析】羹、湯。二字本義不同，唐以前決不相通。唐以後，二字皆引申有「菜湯」的意思，而成為同義詞。

耿 gěng ❶ 光明。屈原《離騷》：「～吾既得此中正。」（中正：正直。）蘇軾《二十六日五更起行至磻溪未明》：「山頭孤月～猶在。」引申為照耀。《國語・晉語三》：「其光～於民矣。」陸游《西村》：「細雲新月～黃昏。」❷ 耿直，剛正。《北史・遼西公意烈傳》：「意烈性雄～。」韓愈《南山詩》：「參差相疊重，剛～陵宇宙。」❸ 古邑名，商代從祖乙到陽甲曾建都於此。《尚書・咸有一德》：「祖乙圮于～。」

郠 gěng 春秋時地名，在今山東沂水。《左傳・昭公十年》：「平子伐莒，取～。」

哽 gěng ❶ 食物堵在嗓子裏無法下嚥，噎住。《韓非子・內儲說下》：「女欲寡人之～邪？」《抱朴子・任能》：「口不容而強吞之者必～。」引申為堵塞，阻礙。《莊子・外物》：「凡道不欲壅，壅則～。」❷ 哽咽。《南史・宋晉熙王昶傳》：「因把姬手南望慟哭，左右莫不哀～。」

絚 gěng 井架上汲水的繩索。《漢書・枚乘傳》：「泰山之霤穿石，單極之～斷幹。」（霤 liù：這裏指山上流下的水。極：指井樑。幹：也指井樑。）

梗 gěng ❶ 樹名，即山榆。山榆有刺，因而泛指有刺的草木。張衡《西京賦》：「～林為之靡拉。」（靡拉：毀壞。）❷ 植物的枝莖。《戰國策・齊策三》：「有土偶人與桃～相與語。」❸ 強硬，正直。屈原《九章・橘頌》：「淑離不淫，～其有理兮。」（離：通「麗」，美麗。）《商君書・賞刑》：「強～焉，有常刑而不赦。」❹ 阻塞。《水經注・河水》：「其山雖闢，尚～湍流。」杜甫《春歸》：「世路雖多～，吾生亦有涯。」❺［梗概］大略，粗略。左思《吳都賦》：「略舉其～～。」

綆 gěng 汲水用的繩索。《莊子・至樂》：「～短者不可以汲深。」

鯁（骾） gěng ❶ 魚骨。《說文》：「～，魚骨也。」引申為骨、刺卡在咽喉中。《漢書・賈山傳》：「祝餶在前，祝～在後。」（餶 yē：同「噎」，食物堵住喉嚨。）引申為梗塞，阻塞。庾肩吾《亂後行經吳御亭》：「獯戎～伊洛。」（獯 xūn 戎：指北方少數民族。）❷ 害，禍害。《國語・晉語六》：「除～而避強，不可謂刑。」《後漢書・段熲傳》：「始服終叛，至今為～。」❸ 正直。《後漢書・黃琬傳》：「在朝有～直節。」《隋書・陰壽傳》：「性剛～，有不可奪之志。」❹ 哽咽。《後漢書・何皇后紀》：「太后～涕，羣臣含悲莫敢言。」

更 gèng 見 163 頁「更」㈡。

恆（恒） gèng 見 194 頁「恆（恒）」㈡。

堩 gèng 道路。《儀禮・既夕禮》：「唯君命止柩於～。」

gong

工 gōng ❶ 工匠。《論語・衛靈公》：「～欲善其事，必先利其器。」《呂氏春秋・上農》：「農攻粟，～攻器，賈攻貨。」❷ 樂工，樂人。《公羊傳・襄公二十九年》：「使～為之歌《周南》《召南》。」❸ 精巧。《呂氏春秋・知度》：「若此則～拙、愚智、勇懼可得以故易官。」（故：事。易官：更換官職。）今成語有「異曲同工」「巧奪天工」。引申為擅長。《韓非子・五蠹》：「～文學者非所用，用之則亂法。」（文學：指古代的文獻典籍。）❹ 通「功 gōng」。功效。《韓非子・五蠹》：「此言多資之易為～也。」

弓 gōng 弓，射箭的工具。《呂氏春秋・貴公》：「荊人有遺～者。」（荊：楚國。遺：丟失。）也指弓形之物。《周禮・考工記・輪人》：「～長六尺謂之庇軹。」（庇：覆蓋。軹 zhǐ：車軸的末端。）此指車蓋上的弓形骨架。

公 gōng ❶ 公正，無私。《荀子・不苟》：「～生明，偏生暗。」《韓非子・五蠹》：「古者蒼頡之作書也，自環者謂之私，背私謂之～。」❷ 公家，公事，與「私」相對。《詩經・豳風・七月》：「獻豜于～。」（豜 jiān：指大獸。）《詩經・召南・采蘩》：「夙夜在～。」❸ 共同。《呂氏春秋・審分》：「今夫以眾地者，～作則遲，有所匿其力也。」（地：用如動詞，耕種土地。）引申為公開地。賈誼《論積貯疏》：「殘賊～行，莫之或止。」❹ 周代五等爵的第一等。《詩經・周南・兔罝》：「赳赳武夫，～侯干城。」（干城：盾牌和城牆，比喻捍衛者。）又為先秦時對諸侯的通稱。《左傳・隱公元年》：「～賜之食。」（公：指鄭莊公，鄭本屬伯爵。）又指最高級的官。《孟子・告子上》：「～卿大夫，此人爵也。」❺ 對人的敬稱。《戰國策・齊策四》：「孟嘗君問：『馮～有親乎？』」❻ 親屬稱謂。1. 指祖父。《呂氏春秋・異用》：「子之～不有恙乎？」2. 指父親。《呂氏春秋・必己》：「主人之～曰：『殺其不能鳴者。』」3. 丈夫的父親。《淮南子・氾論》：「宋人嫁子，若～知其盜也，逐而去之。」（子：指女兒。）❼ 雄性的。《齊民要術・作醬法》：「母蟹齊大，圓，竟腹下；～蟹狹而長。」（齊：通「臍」，蟹腹部下面的甲殼。）

功 gōng ❶ 事情，工作。《詩經・豳風・七月》：「上入執宮～。」（上入：從田野回到村邑。宮：室。）《呂氏春秋・仲春》：「無作大事，以妨農～。」引申為事業。《孟子・公孫丑上》：「管仲晏子之～，可復許乎？」（許：興起。）❷ 成績，成效。《荀子・勸學》：「駑馬十駕，～在不舍。」（駑馬：劣等馬。十駕：馬拉車十天所走的路程。）今成語有「事半功倍」。引申為功勳，功勞。《戰國策・趙策四》：「位尊而無～。」❸ 精善，堅美。《荀子・王制》：「辨～苦。」（辨：辨別。苦 gǔ：粗劣。）《呂氏春秋・孟冬》：「必～致為上。」（致：細緻。）❹ 喪服名。有大功、小功，大功服喪九個月，小功五個月。《儀禮・喪服》：「小～者，兄弟之服也。」

共 gōng 見166頁「共」㊁。

攻 gōng ❶ 進攻，攻擊。《孫子・計》：「～其無備，出其不意。」❷ 指責（過失）。《論語・先進》：「非吾徒也，小子鳴鼓而～之可也。」❸ 用藥物治病。《周禮・天官・瘍醫》：「凡療瘍，以五毒～之。」（瘍：瘡。）《孔叢子・嘉言》：「大人眾賓並復獻～療之方。」❹ 做某項工作，從事某種事情。《詩經・小雅・鶴鳴》：「它山之石，可以～玉。」《呂氏春秋・上農》：「農～粟，工～器，賈～貨。」❺ 堅固。《詩經・小雅・車攻》：「我車既～，我馬既同。」（同：齊。）

供 ㊀ gōng ❶ 供給，供應。《尚書・費誓》：「甲戌，我惟築，無敢不～。」（築：指修築城堡。）《商君書・畫策》：「官無～備之民。」今成語有「供不應求」。
㊁ gòng ❷ 陳設，安置。《史記・范雎蔡澤列傳》：「范雎大～具，盡請諸侯使。」引申為供奉神明。《呂氏春秋・季夏》：「以～皇天上帝、名山大川、四方之神。」❸ 供述。陳襄《州縣提綱・面審所供》：「吏輩責～，多不足憑。」

肱 gōng 胳膊由肘到肩的部分。泛指手臂。《詩經・小雅・無羊》：「麾之以～。」《論語・述而》：「飯疏食飲水，曲～而枕之。」

恭 gōng 恭敬，有禮貌。《論語・顏淵》：「君子敬而無失，與人～而有禮。」賈誼《弔屈原賦》：「～承嘉惠兮，俟罪長沙。」（俟 sì：等待。「俟罪」在這裏指做官。）

【辨析】恭、敬。這兩個詞是同義詞，「恭」多指外貌的恭謹有禮貌，「敬」多指內心崇敬，謹慎。

蚣 gōng 見684頁「蚣」㊁。

躬(躳) gōng ❶身，身體。《詩經・大雅・烝民》：「王～是保。」（是：複指前置賓語「王躬」。）《呂氏春秋・孝行》：「嚴親之遺～也。」（嚴親：父母。）❷自身，自己。《詩經・衛風・氓》：「靜言思之，～自悼矣。」（言：詞頭。悼：傷心。）《論語・衛靈公》：「～自厚而薄責於人，則遠怨矣。」（厚：厚責，嚴格要求。）又引申為親身，親自。《論語・憲問》：「禹、稷～稼而有天下。」諸葛亮《出師表》：「臣本布衣，～耕於南陽。」

【辨析】躬、身。「身」指身孕，「躬」指身體，二者本義不同。在「身體、親身」的意義上，它們是同義詞，不過「身」可指物的主幹，「躬」則不能。另外，「身」的其他意義也是「躬」不具備的。

宮 gōng ❶房舍。《詩經・豳風・七月》：「上入執～功。」（上入：從田野回到村邑。執：作，從事。功：事。）後特指帝王的宮殿。《史記・秦始皇本紀》：「作～阿房，故天下謂之阿房～。」諸葛亮《出師表》：「～中府中，俱為一體。」❷五音之一。《呂氏春秋・應同》：「鼓～而～動，鼓角而角動。」❸宮刑，閹割的刑罰。《周禮・秋官・掌戮》：「～者使守內。」司馬遷《報任安書》：「詬莫大於～刑。」（詬 gòu：恥辱。）

【辨析】宮、室。先秦時代，「宮」「室」基本同義，若細分析，則「宮」指整個住所，而「室」專指房間。「室」又指堂後正室，更不能用「宮」字取代。「宮」秦漢以後專指帝王的宮殿，「室」字更沒有這個意義了。

觥 gōng ❶古代飲酒器。《詩經・豳風・七月》：「躋彼公堂，稱彼兕～。」（躋：登。稱：舉起。兕觥：用犀牛角做的觥。）歐陽修《醉翁亭記》：「～籌交錯，起坐而喧嘩者，眾賓歡也。」（籌：酒籌，飲酒計數用的竹籤。）❷大，豐盛。《國語・越語下》：「～飯不及壺飧。」（壺飧 sūn：用壺盛的飯食。）

龔 gōng ❶供給。《說文》：「～，給也。」柳宗元《武岡銘》：「進比蕈人，無敢不～。」❷通「恭 gōng」。恭敬。班固《東都賦》：「～行天罰，應天順人。」

共 ㊀ gǒng ❶拱手，兩手在胸前相合。表示恭敬。後來寫作「拱」。《論語・鄉黨》：「子路～之。」《荀子・賦篇》：「聖人～手。」引申為環繞。《論語・為政》：「譬如北辰，居其所而眾星～之。」

㊁ gōng ❷恭，恭敬。後來寫作「恭」。《左傳・文公十八年》：「兄友，弟～。」（友：友愛。）❸供給，供應。後來寫作「供」。《左傳・僖公四年》：「王祭不～。」（祭：祭品。）

㊂ gòng ❹共同享有或使用。《左傳・哀公二十六年》：「三族～政，無相害也。」引申為共同，一齊。《韓非子・存韓》：「先時五諸侯～伐秦。」

拱 gǒng ❶拱手，兩手在胸前相合以示敬意。《論語・微子》：「子路～而立。」《禮記・曲禮上》：「遭先生于道，趨而進，正立～手。」（遭：遇。）❷兩手合圍，多用於表示樹木的粗細。《左傳・僖公三十二年》：「中壽，爾墓之木～矣。」《淮南子・繆稱》：「交～之木無把之枝。」❸環繞。潘岳《藉田賦》：「似眾星之～北辰也。」（北辰：北極星。）❹執，持。《國語・吳語》：「擁鐸～稽。」（擁鐸：抱着鈴。稽：戟。）

珙 gǒng 大的璧玉。元稹《蠻子朝》：「求天叩地持雙～。」

拲 gǒng 把雙手銬在一起的刑罰。《周禮・秋官・掌囚》：「凡囚者，上罪梏～而桎。」

栱 gǒng 柱與橫樑間弓形的承重結構。《爾雅・釋宮》：「樴謂之杙，大者謂之～。」張協《七命》：「枌～嵯峨。」

鞏 gǒng ❶用皮革捆東西。《周易・革》：「～用黃牛之革。」❷堅固，牢固。《詩經・大雅・瞻卬》：「藐藐昊天，無不克～。」（藐藐：高大的樣子。昊 hào 天：天。克：能。）❸恐懼。《荀子・君道》：「恭而不難，敬而不～。」

澒 ㊀ gǒng（舊讀 hòng） ❶ 同「汞」。水銀。《淮南子・地形》：「黃埃五百歲生黃～。」
㊁ hòng ❷［澒洞 tóng］瀰漫無際的樣子。杜甫《自京赴奉先縣詠懷五百字》：「憂端齊終南，～～不可掇。」（終南：山名。掇：收拾。）

共 gòng 見 166 頁「共」㊂。

供 gòng 見 165 頁「供」㊁。

貢 gòng ❶ 把物品進獻給天子，貢獻。《左傳・桓公十五年》：「諸侯不～車服。」杜甫《自京赴奉先縣詠懷五百字》：「聚斂～城闕。」（城闕：代指朝廷。）也指進獻的物品，貢物。《左傳・僖公四年》：「～之不入，寡君之罪也。」（入：交納。）❷ 傳說中夏代的賦稅制度。《孟子・滕文公上》：「夏后氏五十而～。」❸ 舉薦。《禮記・射義》：「諸侯歲獻，～士於天子。」

【辨析】貢、獻。它們都有「奉獻、進獻」的意義，不過「貢」多指獻給君主，「獻」則是恭敬地送給，可以是獻給君主，也可以是獻給其他人。

贛 ㊀ gòng ❶ 賜給。《淮南子・精神》：「今～人敖倉，予人河水。」
㊁ zhuàng ❷ 同「戇」。直而愚。《韓非子・南面》：「是以～愚窳惰之民，苦小費而忘大利也。」

gou

勾 本作「句」。㊀ gōu ❶ 用筆畫鈎，表示刪除或截取。《魏書・司馬叡傳》：「文成，安輒～點，令更治改。」（安：人名。）韓元吉《跋司馬公倚几銘》：「～注塗改甚多。」❷ 捉拿，拘捕。《北齊書・畢義雲傳》：「令普～偽官，專以車輻考掠。」❸ 勾引，招引。《魏書・獠傳》：「～引蕭衍軍圍逼晉壽。」王禹偁《仲咸得三怪石題六十韻依韻和之》：「使君安置後，～我往來頻。」
㊁ gòu ❹［勾當 dàng］辦理。《北史・裴矩傳》：「推尋～～，絲髮無遺。」（推尋：推求。）

句 ㊀ gōu ❶ 彎曲。後來寫作「勾」。《呂氏春秋・知分》：「～兵鈎頸。」（兵：兵器。）《淮南子・本經》：「～爪、居牙、戴角、出距之獸，於是鷙矣。」（居：通「鋸」。）❷ 鈎子。後來寫作「鈎」。《文子・自然》：「若夫規矩～繩，巧之具也。」❸ 直角三角形中短的直角邊。後來寫作「勾」。《周髀算經》卷上：「～股之法，先知二數，然後推一見～股，然後求弦。」
㊁ jù ❹ 語句。《漢書・揚雄傳》：「雄少而好學，不為章～。」［句讀 dòu］句意已盡之處稱「句」，句意未盡而停頓處稱「讀」，分別用圈（句號）和點（讀號）作為標誌。韓愈《師說》：「彼童子之師，授之書而習其～～者。」

拘 gōu 見 263 頁「拘」㊁。

枸 gōu 見 265 頁「枸」㊂。

痀 gōu ［痀僂］駝背。《莊子・達生》：「仲尼適夢，出於林中，見～～者承蜩。」（承蜩 tiáo：捕蟬。）

鉤（鈎） gōu ❶ 鈎子。指各種鈎狀物。《莊子・胠篋》：「彼竊～者誅，竊國者為諸侯。」此指衣帶鈎。《莊子・外物》：「任公子為大～巨緇。」（任公子：任國的公子。緇 zī：指黑色的釣繩。）此指釣鈎。古詩《陌上桑》：「桂枝為籠～。」此指掛鈎。《漢書・循吏傳・龔遂》：「諸持鉏～田器者，皆為良民。」此指鐮刀。《漢書・韓延壽傳》：「鑄作刀劍～鐔。」（鐔 xín：似劍而小的兵器。）此指鈎狀兵器。❷ 彎曲。《戰國策・西周策》：「弓撥矢～，一發不中，前功盡矣。」（撥：撥開，指偏離目標。）❸ 鈎取。《左傳・襄公二十三年》：「或以戟～之，斷肘而死。」引申為連接，牽連。李白《蜀道難》：「然後天梯石棧相～連。」

溝 gōu ❶ 田間水道。《孟子・離婁下》：「七八月之間雨集，～澮皆盈。」（澮：田間水渠。）泛指水道。《漢書・劉屈氂傳》：「死者數萬人，血流入～中。」❷ 護城河，壕溝。《韓非子・說林下》：「將軍怒，將深～高壘。」《史記・晉世家》：「梁伯好土功，治城～。」

【辨析】溝、瀆。見 113 頁「瀆」字條。

褠 gōu ❶ 單衣。《晉書・慕容俊載記》：「絳～始於秦漢。」❷ 袖套。《後漢書・明德馬皇后紀》：「倉頭衣綠～。」（倉頭：漢代對奴僕的稱呼。）

緱 gōu 刀劍柄上纏的繩子。《史記・孟嘗君列傳》：「馮先生甚貧，猶有一劍耳，又蒯～。」

篝 gōu 竹籠。宋玉《招魂》：「秦～齊縷。」[篝火] 用竹籠罩住火。《史記・陳涉世家》：「夜～～。」

鞲 gōu 皮革製成的臂套。《史記・張耳陳餘列傳》：「趙王朝夕袒～蔽。」

岣 gǒu [岣嶁 lóu] 山名，在今湖南衡陽北。韓愈《岣嶁山》：「～～山尖神禹碑，字青石赤形模奇。」

狗 gǒu 狗。《左傳・閔公二年》：「祭服五稱，牛羊豕雞～，皆三百。」

苟 gǒu ❶ 苟且，不嚴肅。《禮記・曲禮上》：「臨財毋～得，臨難毋～免。」今成語有「一絲不苟」「不苟言笑」。❷ 姑且，暫且。諸葛亮《出師表》：「～全性命於亂世，不求聞達於諸侯。」今成語有「苟延殘喘」。❸ 連詞。常用在偏句的開頭，表示條件或假設。《左傳・成公二年》：「自始合，～有險，余必下推車。」《戰國策・齊策四》：「～無歲，何以有民？～無民，何以有君？」（歲：年成，收成。）

耇 gǒu 年老，高壽。《詩經・商頌・烈祖》：「綏我眉壽，黃～無疆。」（綏：賜予。黃：人老頭髮變黃，用來指年老。）[耇老] 老年人。《國語・晉語八》：「吾聞國家有大事，必順於典型，而訪咨於～～，而後行之。」（典型：法典，法規。）

枸 gǒu 見 265 頁「枸」㊁。

笱 gǒu 捕魚的竹器，魚可入而不得出。《詩經・齊風・敝笱》：「敝～在梁，其魚魴鰥。」（梁：攔魚的堰。）

勾 gòu 見 167 頁「勾」㊁。

呴 gòu 見 575 頁「呴」㊂。

垢 gòu ❶ 污穢，骯髒，不潔之物。《韓非子・大體》：「不洗～而察難知。」蘇洵《辨姦論》：「夫面～不忘洗。」❷ 恥辱。《老子》第七十八章：「受國之～，是謂社稷主。」今成語有「忍辱含垢」。

姤 gòu 《周易》卦名。《周易・姤》：「～，遇也，柔遇剛也。」

冓 gòu [中冓] 內室。《詩經・鄘風・牆有茨》：「～～之中，不可道也。」（道：說。）

夠（够） gòu 多。左思《魏都賦》：「繁富夥～，非可單究。」

詬 gòu 同「詬」。❶ 恥辱。《呂氏春秋・離俗》：「強力忍～，吾不知其他也。」（強力：指奮力做事。）《淮南子・氾論》：「忍～而輕辱，貪得而寡羞。」❷ 罵。《左傳・襄公十七年》：「重丘人閉門而～之。」（重丘：地名。）

彀 gòu ❶ 拉滿弓弩。《孟子・告子上》：「羿之教人射，必志於～；學者亦必志於～。」引申為發射。《新唐書・霍王傳》：「萬弩齊～，飛矢蔽空。」❷ [彀中] 箭的射程範圍。《莊子・德充符》：「遊於羿之～～。」用於抽象意義，指圈套。《唐摭言・述進士上》：「天下英雄入吾～～矣。」

雊 gòu 野雞鳴叫。《詩經・小雅・小弁》：「雉之朝～，尚求其雌。」（雉：野雞。）《呂氏春秋・季冬》：「雁北鄉，鵲始巢，雉～雞乳。」（鄉：向。乳：指孵小雞。）

詬 gòu ❶ 恥辱。屈原《離騷》：「屈心而抑志兮，忍尤而攘～。」司馬遷《報任安書》：「～莫大於宮刑。」（宮刑：古代五刑之一。）❷ 罵。《左傳・哀公八年》：「曹人～之。」文天祥《指南錄後序》：「予自度不得脫，則直前～虜帥失信。」（度：估計。）

媾 gòu ❶ 交互結為婚姻。也泛指結婚。《周易・屯》：「匪寇，婚～。」《左傳・隱公十一年》：「唯我鄭國之有請謁焉，如舊昏～。」❷ 交媾，交合。此義本作「構」。李白《草創大還贈柳官迪》：「造化合元符，交～騰精魄。」❸ 講和。《史記・平原君虞卿列傳》：「不如發重使為～。」

遘 gòu ❶ 遇，遭遇。《尚書・金縢》：「～厲虐疾。」（厲：病災。）❷ 通「構 gòu」。構成，造成。《後漢書・馮衍傳下》：「忿戰國之～禍兮。」（戰國：交戰的國家。）

構 gòu ❶ 構架房屋。《淮南子・氾論》：「築土～木，以為宮室。」引申指房屋。陸雲《歲暮賦》：「悲山林之杳靄兮，痛華～之丘荒。」（杳靄：浮遠的樣子。）❷ 交合。《周易・繫辭下》：「男女～精，萬物化生。」引申為造成，構成。《詩經・小雅・四月》：「我日～禍。」《孟子・梁惠王上》：「抑王興甲兵，危士臣，～怨於諸侯，然後快於心與？」❸ 圖謀，謀劃。《淮南子・說林》：「紂醢梅伯，文王與諸侯～之。」（醢 hǎi：把人剁成肉醬的酷刑。）又指設謀陷害。《左傳・桓公十六年》：「宣姜與公子朔～急子。」（急子：人名。）❹ 通「篝 gōu」。篝火。《漢書・陳勝傳》：「又間令廣之次所旁叢祠中，夜～火。」（廣：指吳廣。）

鴝 gòu 見 419 頁「鴝」㊁。

覯 gòu ❶ 看見。《詩經・大雅・公劉》：「乃陟南岡，乃～于京。」（陟：登上。京：邑名。）又為遇到。《詩經・邶風・柏舟》：「～閔既多，受侮不少。」（閔：憂患。）❷ 通「構 gòu」。構成，結成。《左傳・成公六年》：「郇、瑕氏土薄水淺，其惡易～。」（郇、瑕：地名。惡：指污穢之物。）

購 gòu ❶ 懸賞徵求，重金收買。《史記・淮陰侯列傳》：「有能生得者，～千金。」引申為購買。龔自珍《病梅館記》：「予～三百盆，皆病者，無一完者。」❷ 通「媾 gòu」。講和。《史記・韓世家》：「將西～於秦。」

【辨析】購、買。在古代，二者不是同義詞。「購」是懸賞徵求，所購的東西往往不是商品，與「買」的意義有很大差別。元明以後才與「買」成為同義詞。

gu

估 gū ❶ 價錢。《抱朴子・審舉》：「各責其～。」《新唐書・食貨志二》：「賤則加～而收之。」❷ 估量，推測。《新五代史・王章傳》：「命有司高～其價。」❸ 通「賈 gǔ」。商人。《後漢書・孝靈帝紀》：「帝著商～服，飲宴為樂。」

呱 gū 嬰兒啼哭聲。《詩經・大雅・生民》：「后稷～矣。」

沽 ㊀ gū ❶ 賣。《論語・子罕》：「有美玉於斯，韞匵而藏諸？求善賈而～諸？」（韞 yùn：藏。匵 dú：匣。諸：之乎。賈 jià：價錢。）今成語有「待價而沽」。又為買。《論語・鄉黨》：「～酒市脯不食。」（市脯：買來的乾肉。）

㊁ gǔ ❷ 賣酒的人。《淮南子・說林》：「然酤酒買肉不離屠～之家。」

【辨析】沽、鬻、賣、售。「沽」「鬻」「賣」都有「賣」的意思。但「沽」除了「賣」的意思之外，還有「買」的意思。「沽酒」既可以是賣酒（如白居易《杭州春望》：「青旗沽酒趁梨花」），也可以是買酒（如杜甫《醉時歌》：「沽酒不復疑」）。「售」是指東西賣出去。「沽」「鬻」「賣」是賣的動作，「售」是賣的結果。

孤 gū ❶ 幼而喪父。《孟子・梁惠王下》：「幼而無父曰～。」也指幼而喪父的人，即孤兒。《論語・泰伯》：「可以託六尺之～。」❷ 孤單，單獨。《戰國策・秦策三》：「大者宗廟滅覆，小者身以～危。」王維《使至塞上》：「大漠～煙直。」❸ 古代王侯的自稱。《老子》第三十九章：「是以侯王自謂～、寡、不穀。」《左傳・莊公十一年》：「～實不敬，天降之災。」❹ 辜負。《史記・游俠列傳》：「今拘學或抱咫尺之義，久～於世。」《後漢書・朱儁傳》：「國家西遷，必～天下之望。」

姑 gū ❶父親的姐妹。《詩經・邶風・泉水》：「問我諸～，遂及伯姊。」《左傳・僖公十五年》：「姪從其～。」❷丈夫的母親。《左傳・襄公二年》：「婦，養～者也。」陳琳《飲馬長城窟行》：「善待新～嫜。」❸暫且。《左傳・隱公元年》：「子～待之。」《戰國策・齊策四》：「君～高枕為樂矣！」

罛 gū 一種大漁網。《詩經・衛風・碩人》：「施～濊濊。」（濊濊：撒網入水聲。）

蛄 gū 螻蛄。李賀《昌谷詩》：「嘹嘹濕～聲。」

菰 gū 一種水生植物，又名蔣、茭白，果實叫菰米。《史記・司馬相如列傳》：「蓮藕～蘆。」

辜 gū ❶罪。《呂氏春秋・聽言》：「誅不～之民以求利。」文天祥《指南錄後序》：「常恐無～死。」今成語有「死有餘辜」。引申為災禍。《後漢書・烏桓傳》：「五郡民庶，家受其～。」（民庶：百姓。）❷肢解，分裂肢體。《周禮・秋官・掌戮》：「殺王之親者～之。」《淮南子・俶真》：「逮至夏桀、殷紂，燔生人，～諫者。」（燔：焚燒。）❸辜負，對不住。杜甫《後出塞》五：「躍馬二十年，恐～明主恩。」

軱 gū 大骨。《莊子・養生主》：「技經肯綮之未嘗，而況大～乎？」

酤 gū ❶酒。《詩經・商頌・烈祖》：「既載清～，賚我思成。」（載：陳設。賚 lài：賜予。思：語氣詞。成：太平。）❷買酒。《韓非子・外儲說右上》：「或令孺子懷錢挈壺甕而往～。」《淮南子・說林》：「然～酒買肉不離屠沽之家。」又為賣酒。《晏子春秋・問上》：「人有～酒者，為器甚潔清，置表甚長，而酒酸不售。」（表：標誌。）

觚 gū ❶古代酒器。《論語・雍也》：「～不～，～哉！～哉！」（觚不觚：觚不像觚。）❷多棱角的器物。班固《西都賦》：「上～棱而棲金爵。」（觚棱：指殿堂屋角的瓦脊。金爵：裝飾在屋上的銅鳳。爵：通「雀」。）又為棱角。《淮南子・本經》：「冠無～贏之理。」（贏：同「螺」，指螺文。理：紋理。）❸古代用來書寫的木牘。陸機《文賦》：「或操～以率爾。」（率爾：輕率的樣子。）❹劍柄。《淮南子・主術》：「操其～，招其末，則庸人能以制勝。」（招：舉。）

箛 gū ❶樂器名。《說文》：「～，吹鞭也。」《宋書・樂志》：「車駕住，吹小～。」❷竹名。張衡《南都賦》：「其竹則……～、箠。」

鴣 gū ［鷓鴣］見 666 頁「鷓」字條。

古 gǔ 古代，與「今」相對。《韓非子・五蠹》：「上～之世，人民少而禽獸眾。」也指歷史悠久的事物。《論語・述而》：「信而好～。」（好：音 hào。）

扢 ㊀ gǔ△ ❶擦拭。《淮南子・要略》：「濡不給～。」（濡 rú：濕。給：足，指來得及。）

㊁ qì△ ❷［扢然］興奮的樣子。《莊子・讓王》：「子路～～執干而舞。」（干：盾牌。）

㊂ gē△ ❸［扢禿］頭上長的禿瘡。《淮南子・齊俗》：「親母為其子治～～。」

扣 gǔ 見 199 頁「扣」㊁。

谷 ㊀ gǔ△ ❶山谷，兩山間的水道或夾道。《詩經・小雅・十月之交》：「高岸為～，深～為陵。」《水經注・江水》：「空～傳響，哀轉久絕。」比喻走不通，困境。《詩經・大雅・桑柔》：「人亦有言，進退維～。」❷深坑。《莊子・天運》：「在～滿～，在坑滿坑。」❸通「穀 gǔ」。糧食的總稱。《新語・慎微》：「絕五～。」

㊁ yù△ ❹［吐谷渾］我國古代少數民族名，鮮卑族的一支。《資治通鑑・齊東昏侯永元二年》：「～～～王伏連籌事魏盡禮。」（伏連籌：吐谷渾王名。）

汩 gǔ△ ❶疏通，治理。《國語・周語下》：「決～九川。」屈原《天問》：「不任～鴻，師何以尚之？」（鴻：大水。）❷亂，使紊亂。《尚書・洪範》：「鯀堙洪水，～陳其五行。」（堙 yīn：堵塞。

汨陳其五行：弄亂了金木水火土五行的次序。）《抱朴子・用刑》：「夫法不立，則庶事～矣。」（庶：眾。）❸ 淹沒。韓愈《雜說》之一：「水下土，～陵谷。」❹ 迅疾的樣子。這個意義舊讀 yù。屈原《離騷》：「～余若將不及兮，恐年歲之不吾與。」

股 gǔ ❶ 大腿。《莊子・盜跖》：「介子推至忠也，自割其～以食文公。」（食 sì：給……吃。）《戰國策・秦策一》：「引錐自刺其～，血流至地。」［股肱］大腿和大臂，喻指輔佐君主的大臣。《尚書・皋陶謨》：「元首明哉，～～良哉。」又用作動詞，輔佐。《左傳・僖公二十六年》：「～～周室，夾輔成王。」❷ 古代算學名詞，指不等腰直角三角形中較長的直角邊。《周髀算經》卷上：「故折矩，以為句廣三，～修四，徑隅五。」（句 gōu：直角三角形的短邊。）❸ 事物的分支。《漢書・溝洫志》：「其西因山足高地，諸渠皆往往～引取之。」❹ 量詞。白居易《長恨歌》：「釵留一～合一扇。」

【辨析】股、脛。「股」指大腿，「脛」指小腿。只是「股」可泛指整個腿部，又有「事物的分支」等引申義，而「脛」的意義則很單純。

沽 gǔ 見 169 頁「沽」㊁。

苦 gǔ 見 284 頁「苦」㊁。

牯 gǔ 母牛。俗稱閹割過的公牛。《名醫別錄・中品》：「黃犍牛、烏～牛溺，治水腫，腹脹滿，利小便。」

骨 gǔ△ ❶ 人及動物的骨頭，骨骼。《孟子・告子下》：「故天將降大任於是人也，必先苦其心志，勞其筋～。」又指屍骨、骸骨。《戰國策・燕策一》：「馬已死，買其～五百金。」❷ 文學作品的體幹、風格或書法的筆力。《文心雕龍・風骨》：「結言端直，則文～成焉。」衛夫人《筆陣圖》：「善筆力者多～。」❸ 人的氣概，品格。《宋書・武帝紀上》：「身長七尺六寸，風～奇特。」

罟 gǔ 網的總稱。《孟子・梁惠王上》：「數～不入洿池。」（數 cù：密。）比喻法網。《詩經・小雅・小明》：「豈不懷歸？畏此罪～。」

【辨析】罟、畢、羅、網、罾。見 21 頁「畢」字條。

羖 gǔ 黑色公羊，也泛指黑色羊。《詩經・小雅・賓之初筵》：「由醉之言，俾出童～。」（俾：使。童：禿。）

淈 gǔ△ ❶ 攪渾。屈原《漁父》：「世人皆濁，何不～其泥而揚其波？」引申為擾亂。揚雄《法言・吾子》：「書惡淫辭之～法度也。」❷ 水湧流的樣子。郭璞《江賦》：「潛演之所汨～。」（潛演：潛行於地下的水流。）❸ 通「屈 jué」。竭，盡。《荀子・宥坐》：「其洸洸乎不～盡，似道。」（洸洸：浩浩。）

詁 gǔ 解釋古代詞語。《說文》：「～，訓故言也。」《後漢書・桓譚傳》：「～訓大義，不為章句。」（訓：解釋詞義。章句：通釋全章大意。）又為對古代詞語所做的解釋。郭璞《〈爾雅〉序》：「夫《爾雅》者，所以通～訓之指歸。」

【辨析】詁、訓。二字都有「解釋字義」的意義。不過「詁」重在以今語釋古語，「訓」重在解釋義理和形貌。如《爾雅》有《釋詁》《釋訓》。有時「訓」與「詁」沒甚麼差別，《說文》「訓故言」也用「訓」字。

鼓（皷） gǔ ❶ 一種打擊樂器。屈原《九歌・國殤》：「援玉枹兮擊鳴～。」（援：執，持。枹 fú：鼓槌。）泛指樂器。《詩經・商頌・那》：「奏～簡簡。」（簡簡：聲音大的樣子。）❷ 擊鼓。《詩經・周南・關雎》：「鍾～樂之。」特指擊鼓進軍。《左傳・莊公十年》：「戰於長勺，公將～之。」又泛指敲擊彈奏樂器。《詩經・小雅・鹿鳴》：「我有嘉賓，～瑟吹笙。」引申為一般的敲擊。屈原《離騷》：「呂望之～刀兮。」❸ 振動，搖動。《周易・繫辭上》：「～之以雷霆，潤之以風雨。」《莊子・盜跖》：「搖脣～舌，擅生是非。」又特指鼓風冶鐵。《史記・貨殖列傳》：「即鐵山～鑄。」❹ 凸出，隆起。《素問・痹論》：「心痹者脈不通，煩則心下～。」（痹 bì：指由風、寒、濕等引起的肢體疼痛或麻木的病。）❺ 古代夜間計時單位。《東觀漢記・顯宗孝明皇帝》：「甲夜讀眾書，乙更盡乃寐，先五～起，常率如此。」❻ 古代量器名。四鈞為石，四石為鼓。《管子・地數》：「民自有百～之粟者不行。」

賈 ㊀ gǔ ❶ 做買賣。《韓非子・五蠹》：「長袖善舞，多錢善～。」又特指買或賣。《左傳・成公二年》：「欲勇者，～余餘勇。」《詩經・邶風・谷風》：「既阻我德，～用不售。」（用：因此。）❷ 求取。《國語・晉語八》：「謀於眾，不以～好。」又為招惹。《左傳・桓公十年》：「吾焉用此其以～害也？」❸ 商人，多指坐商。《孟子・梁惠王上》：「商～皆欲藏於王之市。」《呂氏春秋・上農》：「農攻粟，工攻器，～攻貨。」

㊁ jià ❹ 價格，價錢。後來寫作「價」。《孟子・滕文公上》：「從許子之道，則市～不貳。」（許子：指許行。）

【辨析】賈、商。運貨販賣的叫「商」，囤積營利的叫「賈」，即所謂「行商坐賈」。後來不再區別。

鈷 gǔ ［鈷鉧］熨斗。柳宗元作《鈷鉧潭記》，因潭小而像熨斗，故名「鈷鉧潭」。

滑 gǔ 見 202 頁「滑」㊁。

嘏 gǔ ❶ 福。《詩經・小雅・賓之初筵》：「錫爾純～，子孫甚湛。」（錫：賜。）❷ 大。《詩經・周頌・我將》：「伊～文王，既右饗之。」

穀 gǔ△ ❶ 莊稼或糧食的總稱。《詩經・豳風・七月》：「其始播百～。」❷ 俸祿。《詩經・小雅・天保》：「天保定爾，俾爾戩～。」（爾：你。俾：使。戩 jiǎn：福。）《論語・憲問》：「邦有道，～；邦無道，～，恥也。」（邦：國。）❸ 養，養活。《戰國策・齊策六》：「乃布令求百姓之飢寒者，收～之。」曹植《黃初五年令》：「～千駑馬，不如養一驥。」（駑馬：劣等馬。驥：良馬名。）引申為生，活着。《詩經・王風・大車》：「～則異室，死則同穴。」❹ 善，好。《詩經・小雅・小宛》：「教誨爾子，式～似之。」（式：語氣詞。）

【說明】「穀」與「谷」在古代是兩個字，意義各不相同。現在「穀物」的「穀」簡化作「谷」。「穀」的其他意義不簡化。

【辨析】穀、禾、粟、黍、稷。「穀」是莊稼或糧食的總稱，「禾」是穀子，「粟」是穀粒或小米。「禾」與「粟」都可泛指穀物或糧食，這樣，就與「穀」成為同義詞。「黍」是黍子，「稷」是穀子，「黍」「稷」連用則泛指穀物。

轂 gǔ△ 車輪中心插軸承輻條的部分。《老子》第十章：「三十輻共一～。」（輻：輻條。）屈原《九歌・國殤》：「車錯～兮短兵接。」代指車。《漢書・食貨志》：「轉～百數。」

瞽 gǔ 盲人。《荀子・樂論》：「墨子之於道也，猶～之於白黑也。」代指樂官，古代用盲人充當樂官。《國語・周語下》：「庶人傳語，～史教誨。」（史：太史。）

【辨析】瞽、矇、瞍。三字都指盲人。區別是：「瞍」是眼皮可以睜開但沒有眼珠；「矇」是眼皮能睜開有眼珠但不能見物；「瞽」是眼皮不能分開，自然也看不見東西。

鹽 gǔ ❶ 古代鹽池名。《穆天子傳》卷六：「戊子，至于～。」引申為未經煉製的粗鹽。《周禮・天官・鹽人》：「凡齊事，鬻～以待戒令。」（齊事：指調和五味之事。鬻：古「煮」字。）再引申為粗劣，不堅固。《漢書・息夫躬傳》：「器用～惡。」❷ 止息。《詩經・唐風・鴇羽》：「王事靡～，不能蓺黍稷。」（靡：無，沒有。蓺：種植。）❸ 吸食。《左傳・僖公二十八年》：「晉侯夢與楚子搏，楚子伏己而～其腦，是以懼。」

鶻 gǔ 見 200 頁「鶻」㊁。

鶻 ㊀ gǔ△ ❶［鶻鵃 zhōu］鳥名，一種小鳩。張衡《東京賦》：「～～春鳴。」

㊁ hú ❷ 鷙鳥，鷹屬。杜甫《畫鶻行》：「高堂見生～，颯爽動秋骨。」

蠱 gǔ ❶傳說中害人的毒蟲。《周禮・秋官・庶氏》：「庶氏掌除毒～。」（庶氏：官名。）❷陳穀中所生的飛蛾。《左傳・昭公元年》：「穀之飛亦為～。」《論衡・商蟲》：「穀蟲曰～，～若蛾矣。」❸害人的邪術。《漢書・江充傳》：「是時，上春秋高，疑左右皆為～祝詛。」（春秋：年紀。）❹誘惑，蠱惑。《左傳・莊公二十八年》：「楚令尹子元欲～文夫人。」（令尹：官名。文夫人：楚文王夫人。）《墨子・非儒下》：「孔某盛容修飾以～世。」（孔某：指孔丘。）

固 gù ❶地勢險要，易守難攻。《論語・季氏》：「今夫顓臾，～而近於費。」賈誼《過秦論上》：「秦孝公據殽函之～。」引申為穩固，安定。《左傳・宣公二年》：「君能有終，則社稷之～也。」❷堅持，堅決。《左傳・僖公二十二年》：「大司馬～諫。」《戰國策・齊策四》：「孟嘗君～辭不往也。」❸固執，頑固。《論語・子罕》：「子絕四：毋意，毋必，毋～，毋我。」《列子・湯問》：「汝心之～，～不可徹。」❹本來，當然。《戰國策・齊策四》：「～也，待吾言之。」司馬遷《報任安書》：「人～有一死，或重於泰山，或輕於鴻毛。」

故 gù ❶緣故，原因。《左傳・莊公三十二年》：「惠王問諸內史過曰：『是何～也？』」❷事，事情。《呂氏春秋・首時》：「伍子胥曰：『此易～也。』」又指事故，變故。《國語・鄭語》：「王室多～，余懼及焉。」❸舊，舊的事物。《論語・為政》：「温～而知新。」又特指舊法，成例。《商君書・更法》：「苟可以強國，不法其～。」[故舊] 老朋友。《論語・泰伯》：「～～不遺，則民不偷。」（偷：苟且。）❹巧詐。《呂氏春秋・論人》：「釋智謀，去巧～。」《淮南子・主術》：「是以上多～，則下多詐。」❺故意。《史記・陳涉世家》：「將尉醉，廣～數言欲亡，忿恚尉。」（廣：吳廣。亡：逃亡。恚 huì：怒。）❻本來，當然。《韓非子・難一》：「微君言，臣～將謁之。」（微：如果沒有。）❼連詞。所以。《左傳・襄公三年》：「夫唯善，～能舉其類。」（舉：舉薦。類：同類。）

梏 gù△ 刑具名。木製手銬。《呂氏春秋・仲春》：「命有司省囹圄，去桎～。」（省：減少。囹圄 língyǔ：牢獄。）引申為械繫，拘囚。《左傳・莊公三十年》：「斗射師諫，則執而～之。」（斗射師：人名。）

雇（僱） gù 雇用。《後漢書・虞詡傳》：「～借傭者。」（借：義與「雇」同。傭者：受雇用的人。）《新唐書・食貨志三》：「縣官～舟以分入河、洛。」

痼 gù 積久難治的疾病。《漢書・王子侯表》：「～病不任朝。」柳宗元《弔屈原文》：「匿重～以諱避兮。」引申為長期養成不易克服的嗜好。杜牧《上李中丞書》：「嗜酒好睡，其癖已～。」

錮 gù ❶用熔化的金屬填塞空隙。《漢書・賈山傳》：「合採金石，冶銅～其內，桼塗其外。」（桼：漆。）❷禁錮，不許擔任官職。《左傳・成公二年》：「子反請以重幣～之。」（子反：人名。）❸囚禁，監禁。《後漢書・崔駰傳附崔寔》：「董卓以是收烈付郿獄，～之鋃鐺鐵鎖。」（烈：崔烈。鋃鐺：刑具。）❹通「痼 gù」。經久難癒的疾病。《漢書・賈誼傳》：「失今不治，必為～疾。」

顧 gù ❶回頭看。屈原《九章・哀郢》：「～龍門而不見。」（龍門：郢都的東門。）今成語有「瞻前顧後」。泛指看，瞻望。《莊子・養生》：「為之四～。」❷詢問，拜訪。《國語・晉語八》：「昔者吾有訾祏也，吾朝夕～焉。」（訾祏 shí：人名。）諸葛亮《出師表》：「三～臣於草廬之中。」❸顧念，照顧。《詩經・魏風・碩鼠》：「三歲貫女，莫我肯～。」（貫：侍奉。女 rǔ：你。）司馬遷《報任安書》：「念父母，～妻子。」❹副詞。只不過。《呂氏春秋・必己》：「船人怒，而以楫虓其頭，～不知其孟賁也。」（楫：船槳。虓 qiāo：敲。孟賁：古代勇士。）《史記・淮陰侯列傳》：「且天下銳精持鋒，欲為陛下所為者甚眾，～力不能耳。」❺副詞。

G

卻，反而。《呂氏春秋・離謂》：「子以死為～可以見人乎？」

【辨析】顧、眷。二字都有「回頭看」的意義。《說文》：「顧，還視也。」「眷，顧也。」段玉裁辨別它們的區別說：「顧者，還視也。眷者，顧之深也。顧止於側而已，眷則至於反。」二字又都引申有「顧念」的意義。

gua

瓜 guā 蔓生植物，種類很多。《詩經・豳風・七月》：「七月食～。」

歼 guā 見572頁「歼」㊁。

刮 guā△ 刮削，摩擦。《史記・太史公自序》：「茅茨不翦，采椽不～。」（翦：同「剪」。采：櫟木。）《齊民要術・養羊》：「以磚瓦～疥令赤。」今成語有「刮目相看」。引申為除去。揚雄《劇秦美新》：「鏟滅古文，～語燒書。」

栝 guā△（又讀 kuò）❶ 檜樹。《尚書・禹貢》：「杶榦～柏。」（杶 chūn：香椿樹。榦：柘樹。）杜甫《別張十三建封》：「未覺～柏枯。」❷ 箭末扣弦處。《莊子・齊物論》：「其發若機～。」（機：弓弩上發射箭的機關。）顏延之《陽給事誄》：「義立邊疆，身終鋒～。」

劀 guā△ 刮，刮除。《周禮・天官・瘍醫》：「掌腫瘍、潰瘍、金瘍、折瘍之祝藥，～殺之齊。」（劀殺：刮去膿血。齊：藥劑。）

緺 guā ❶ 紫青色絲帶。《管子・輕重丁》：「～綬之於萊亦純鍚也。」（萊：國名。）❷ 量詞。用於髮髻。張樞《清平樂》：「一～鸞髻微偏。」

鴰 guā 鳥名，又名鶬鴰。景差《大招》：「炙～烝鳧。」（烝：蒸。）

騧 guā 黑嘴黃毛的馬。《詩經・秦風・小戎》：「～驪是驂。」（驪：黑色的馬。）

剮 guǎ 割肉離骨。梅堯臣《見牧牛人隔江吹笛》：「鄭聲實美好，蠱情如剮～。」特指古代一種酷刑，即「凌遲」。《朝野遺記・忠勇》：「遂擒頳，釘於車上，將～之。」

寡 guǎ ❶ 少，缺少。《論語・季氏》：「不患～而患不均。」《孟子・公孫丑下》：「得道者多助，失道者～助。」❷ 喪失配偶。本來男女喪偶都叫寡，後多指婦女喪夫。《左傳・襄公二十七年》：「齊崔杼生成及強而～，娶東郭姜，生明。」（崔杼：齊大夫。成、強、明：崔杼之子。）此指夫喪妻。《孟子・梁惠王下》：「老而無夫曰～。」此指妻無夫。❸ 王侯的謙稱。《老子》第三十九章：「是以王侯自謂孤、～、不穀。」[寡人] 王侯的謙稱。《左傳・僖公三十年》：「是～～之過也。」

【辨析】寡、少。在「數量不多、缺少、人少」等意義上，二者是同義詞。只是表示「人少」的意義，古代多用「寡」；「少」常用如意動並逐漸形成「輕視」的義項，「寡」則無此用法。

卦 guà ❶ 古代占卜用的一套有象徵意義的符號，以陽爻（—）、陰爻（--）相配合，每卦三爻，組成八卦，即：乾（☰）、坤（☷）、震（☳）、巽（☴）、坎（☵）、離（☲）、艮（☶）、兌（☱），分別代表天地間八種基本事物。八卦互相搭配，又演化為六十四卦，象徵事物間的矛盾聯繫。古人視占卜所得之卦推斷吉凶。《呂氏春秋・孟冬》：「占兆審～吉凶。」（兆：占卜時龜甲上燒出的裂紋。）❷ 占卦。《說苑・反質》：「孔子～，得賁。」（賁 bì：卦名，六十四卦之一。）

掛（挂） guà ❶ 懸掛。宋玉《招魂》：「～曲瓊些。」（曲瓊：玉鈎。些：語氣詞。）《世說新語・任誕》：「以百錢～杖頭。」今成語有「掛一漏萬」。[掛冠] 指辭官、棄官。孟浩然《遊雲門寺》：「遲爾同攜手，何時方～～？」❷ 勾住，阻絆。《淮南子・原道》：「禹之趨時也，履遺而弗取，冠～而弗顧。」嚴忌《哀時命》：「左袪～於榑桑。」崔駰《達旨》：「冠～不顧。」（冠掛：指帽子被樹枝勾住。）

罣 guà 懸掛。特指掛網捕魚的方法。《淮南子・說林》：「罣者抑之，～者舉之，為之異，得魚一也。」

絓 guà 絆住，受阻。《左傳・成公二年》：「將及華泉，驂～於木而止。」

詿 guà 牽累，貽誤。《戰國策・韓策一》：「夫不顧社稷之長利，而聽須臾之說，～誤人主者，無過於此者矣。」《漢書・王莽傳上》：「即有所間非，則臣莽當被～上誤朝之罪。」（被：蒙受。）

guai

乖 guāi 違背，不一致。《韓非子・八說》：「暴人在位，則法令妄而臣主～。」引申為不順利，不如意。元稹《遣悲懷》：「謝公最少偏憐女，自嫁黔婁百事～。」（憐：愛。黔婁：古代的貧士。）

柺（柺） guǎi 柺杖。《資治通鑑・後漢高祖天福十二年》：「仍賜以木～。」

罫 guǎi 棋盤上的方格。《新論・言體》：「更始帝將相不能防衛，而令～中死棋皆生也。」

怪（恠） guài ❶ 奇異，不常見。《山海經・中山經》：「江水出焉，東流注于大江，其中多～蛇。」又指奇異的事物。《論語・述而》：「子不語～、力、亂、神。」（子：指孔子。）《莊子・逍遙遊》：「齊諧者，志～者也。」❷ 抱怨，責備。《荀子・正論》：「今世俗之為說者，不～朱、象而非堯、舜，豈不過甚矣哉？」（朱：丹朱，堯之子。象：舜之弟。二人都是不賢之人。）

【辨析】怪、妖。二字都指怪異反常的事物。不過，詞義程度有些差別，「怪」指一般的奇異事物，「妖」則指特別怪異的事物，而且多為災禍的先兆。

guan

官 guān ❶ 房舍，館舍。《論語・子張》：「夫子之牆數仞，不得其門而入，不見宗廟之美，百～之富。」《漢書・韓延壽傳》：「修治學～。」特指官府辦公的地方。《禮記・玉藻》：「在～不俟屨，在外不俟車。」（俟 sì：等待。屨 jù：鞋。）❷ 官職。《左傳・成公二年》：「敢告不敏，攝～承乏。」又《襄公三年》：「伯華得～。」又用作動詞，授予官職。《史記・汲黯鄭當時列傳》：「上以黯故，～其弟汲仁至九卿。」（上：指漢武帝。黯：汲黯。）❸ 官吏。《論語・憲問》：「百～總己，以聽於冢宰。」（總己：全面負責自己的工作。冢宰：太宰。）❹ 職業，行業。《呂氏春秋・上農》：「凡民自七尺以上屬諸三～。」❺ 公有。《漢書・蓋寬饒傳》：「五帝～天下，三王家天下。」❻ 器官，指耳目口鼻心。《孟子・告子上》：「耳目之～不思。」《莊子・養生主》：「～知止而神欲行。」

【辨析】官、吏。上古時，「官」主要指官舍及官職，而不是指官吏。「官吏」的意義由「吏」來承擔。秦漢以後，「官」「吏」都指官吏，其區別在於「吏」多指小吏。

冠 ㊀ guān ❶ 帽子的總稱。《呂氏春秋・樂成》：「我有衣～。」今成語有「怒髮衝冠」。

㊁ guàn ❷ 戴帽子，戴。《孟子・滕文公上》：「許子～乎？」（許子：許行。）引申為覆蓋。張衡《東京賦》：「結雲閣，～南山。」❸ 古代的一種儀式。男子二十歲舉行加冠禮，表示已成年。《禮記・曲禮上》：「男子二十～而字。」（字：取字。）❹ 超出眾人，居於首位。《史記・蕭相國世家》：「位～羣臣。」又《魏其武安侯列傳》：「名～三軍。」

【辨析】冠、弁、冕、帽。見 26 頁「弁」字條。

矜 guān 見 411 頁「矜」㊂。

倌 guān ［倌人］古代主管車駕的小臣。《詩經・鄘風・定之方中》：「命彼～～，星言夙駕。」

莞 ㊀ guān ❶ 草名，即蒲草。王褒《僮約》：「種～織席。」也指莞草編的蓆子。《詩經・小雅・斯干》：「下～上簟，乃安斯寢。」（簟 diàn：竹蓆。）

㊁ wǎn ❷ ［莞爾］微笑的樣子。《論語・陽貨》：「夫子～～而笑。」

G

棺 guān 棺材。《莊子・人間世》：「以為～槨則速腐。」（槨：外棺。）又用作動詞，以棺殮屍。《左傳・僖公二十八年》：「為其所得者，～而出之。」

綸 guān 見 330 頁「綸」㊁。

瘝 guān ❶ 病痛，疾苦。《尚書・康誥》：「小子封，恫～乃身，敬哉！」（封：康叔名。乃：你。）❷ 曠廢。《尚書・冏命》：「非人其吉，惟貨其吉，若時～厥官。」（吉：善。時：是。厥：其。）

關 guān ❶ 門閂。《左傳・襄公二十三年》：「臧紇斬鹿門之～以出奔邾。」（臧紇：人名。鹿門：魯國都城門。）《呂氏春秋・慎大》：「孔子之勁，舉國門之～，而不肯以力聞。」引申為關閉。《淮南子・覽冥》：「城郭不～，邑無盜賊。」葉紹翁《遊園不值》：「滿園春色～不住。」❷ 出入國境的關口。《左傳・襄公十四年》：「遂行，從近～出。」泛指關卡，要塞。《呂氏春秋・仲夏》：「～市無索。」（索：索取。）李白《蜀道難》：「一夫當～，萬夫莫開。」❸ 機械的發動處。《後漢書・張衡傳》：「中有都柱，傍行八道，施～發機。」（都：大。機：樞紐。）❹ 人體的某些部位稱關。《淮南子・主術》：「夫目妄視則淫，耳妄聽則惑，口妄言則亂，夫三～者不可不慎。」又指切脈的部位。《難經・十八難》：「脈有三部九候，三部者，寸、～、尺也。」❺ 貫，穿。司馬遷《報任安書》：「其次～木索，被箠楚受辱。」（楚：荊條。）❻ 關聯，牽涉。《史記・酷吏列傳》：「事大小皆～其手。」李白《猛虎行》：「斷腸非～隴頭水。」❼ 稟報，通告。《漢書・元后傳》：「此小事，何須～大將軍？」[關白] 稟告請示。《漢書・霍光傳》：「諸事皆先～～光，然後奏御天子。」（御：進。）❽ 古代一種公文，多用於平行官府的質詢。《文心雕龍・書記》：「百官詢事，則有～、刺、解、牒。」❾ 通「彎 wān」。拉滿弓。《孟子・告子下》：「越人～弓而射之。」

【辨析】關、閉、扃。見 21 頁「閉」字條。

鰥 guān ❶ 一種大魚。《詩經・齊風・敝笱》：「其魚魴～。」❷ 老而無妻或死了妻子的人。《詩經・小雅・鴻雁》：「哀此～寡。」《尚書・康誥》：「不敢侮～寡。」

觀 ㊀ guān ❶ 仔細看，有目的地看。《周易・繫辭下》：「仰則～象於天，俯則～法於地。」《論語・公冶長》：「今吾於人也，聽其言而～其行。」泛指看。《左傳・宣公二年》：「從臺上彈人，而～其辟丸也。」（辟：避。）❷ 觀賞，欣賞。《左傳・襄公二十九年》：「請～於周樂。」《韓非子・存韓》：「秦王飲食不甘，遊～不樂。」又為可觀賞之物。司馬相如《封禪文》：「天下之壯～。」❸ 顯示。《國語・周語上》：「先王耀德不～兵。」《呂氏春秋・誠廉》：「武王即位，～周德。」
㊁ guàn ❹ 宗廟或宮門外兩旁的高建築物。又叫「闕」。《禮記・禮運》：「出遊於～之上。」泛指臺榭或高大樓臺。《左傳・哀公元年》：「宮室不～。」（觀：用如動詞，建臺榭。）❺ 道教的廟宇，道觀。劉禹錫《元和十年自朗州召至京戲贈看花諸君子》：「玄都～裏桃千樹，盡是劉郎去後栽。」

【辨析】1. 觀、廟、寺。「廟」是祖廟，「寺」是官署，「觀」是臺榭，上古時它們的意義有很大差別。兩漢以後，它們的意義有了演變：「廟」是供奉神的一般廟宇，「寺」是供奉佛的佛教建築，「觀」是供奉仙的道教建築。2. 觀、看、望。它們雖然都有「看」的意義，但差別較明顯：「觀」是仔細看，所以可以引申出「觀察、觀賞」的意義；「看」字始見於戰國末期，最初只是「探訪」的意思；「望」是向遠處看，所以可以引申出「盼望」的意義。

琯 guǎn 玉管，古代樂器名。《大戴禮記・少閒》：「西王母來獻其白～。」

痯 guǎn [痯痯] 疲勞的樣子。《詩經・小雅・杕杜》：「四牡～～。」

斡 guǎn 見 533 頁「斡」㊁。

管(筦) guǎn ❶ 一種像笛子的管樂器。《詩經・周頌・有瞽》：「簫～備舉。」泛指管樂器。《淮南子・主術》：「故古之為金石～弦者，所以宣樂也。」❷ 竹管，管狀物。《莊子・秋水》：「是直用～窺天，用錐指地也。」（是：此。直：簡直。）特指筆。謝靈運《山居賦》：「援紙握～，會性通神。」❸ 同「關」。門的橫門。《左傳・僖公三十二年》：「鄭人使我掌其北門之～。」《淮南子・時則》：「修楗閉，慎～籥。」（籥 yuè：門的豎閂。）❹ 樞要，關鍵。《呂氏春秋・用民》：「三代之道無二，以信為～。」❺ 掌管，主管。《韓非子・愛臣》：「將相之～主而隆家，此君人者所外也。」（隆家：使私家興盛。外：排斥。）《史記・范睢蔡澤列傳》：「崔杼、淖齒～齊，射王股，擢王筋。」（崔杼、淖齒：人名。）

【說明】「管」「筦」本是兩個字，「管」為似笛的管樂器，「筦」為絡絲的器具。但古代「筦」多通「管」。現在「筦」是「管」的異體字。

錧 guǎn 車轂端包的帽蓋。《儀禮・既夕禮》：「木～，約綏約轡。」（綏：登車時拉的繩子。）

館(舘) guǎn ❶ 賓館，客舍。《左傳・僖公三十三年》：「鄭穆公使視客～。」又為動詞，住賓館、客舍。《左傳・僖公五年》：「師還，～于虞。」（虞：姬姓諸侯國名。）《孟子・盡心下》：「孟子之滕，～於上宮。」（之：到……去。）❷ 華麗的住宅、房屋。司馬相如《上林賦》：「離宮別～，彌山跨谷。」王勃《滕王閣序》：「臨帝子之長洲，得仙人之舊～。」（帝子：指唐高祖之子滕王。）

丱 guàn 兩髻對稱豎起的樣子。《詩經・齊風・甫田》：「總角～兮。」（總角：兒童梳的似角的髮髻。）

冠 guàn 見 175 頁「冠」㈡。

涫 guàn ❶ 沸滾。《史記・龜策列傳》：「寡人念其如此，腸如～湯。」❷ 通「盥 guàn」。盥洗。也指盥洗用的水。《列子・黃帝》：「至舍，進～漱巾櫛。」

貫 guàn ❶ 穿錢的繩子。《漢書・食貨志上》：「京師之錢累百巨萬，～朽而不可校。」（校：查核。）引申為量詞。古代銅錢用繩子穿，一千個為一貫。《封氏聞見記・道祭》：「大者費千餘～，小者猶三四百～。」❷ 穿，穿連。《左傳・成公二年》：「自始合，而矢～余手及肘。」（合：指交戰。）屈原《離騷》：「～薜荔之落蕊。」（薜荔：香草名。）引申為通，貫通。《論語・里仁》：「吾道一以～之。」❸ 原籍，籍貫。《漢書・元帝紀》：「惟德淺薄，不足以充入舊～之居。」❹ 侍奉。《詩經・魏風・碩鼠》：「三歲～女，莫我肯顧。」（女 rǔ：你。顧：顧念，照顧。）❺ 通「慣 guàn」。習慣。《孟子・滕文公下》：「我不～與小人乘。」❻ 通「彎 wān」。拉滿弓。《史記・陳涉世家》：「士不敢～弓而報怨。」

【辨析】貫、穿。見 72 頁「穿」字條。

祼 guàn ❶ 把酒澆在地上祭祀。《尚書・洛誥》：「王入太室～。」（太室：太廟。）《詩經・大雅・文王》：「～將于京。」（將：行，實行。京：周的都城。）❷ 以酒敬賓客。《周禮・春官・典瑞》：「以肆先王，以～賓客。」（肆：陳設。）

摜 guàn ❶ 習慣。《說文》：「～，習也。」今字作「慣」。❷ 披戴。《抱朴子・用刑》：「～犀兕之甲，以涉不測之淵。」

慣 guàn 習慣，習以為常。《宋書・宗慤傳》：「宗軍人，～啖粗食。」白居易《新豐折臂翁》：「～聽梨園歌管聲。」[慣習] 經常練習，熟習。《抱朴子・勖學》：「射御騎乘之易事，猶須～～，然後能善。」

盥 guàn ❶ 洗手。《左傳・僖公二十三年》：「奉匜沃～。」（奉：捧。匜 yí：洗手時用來澆水的器具。沃：澆。）《禮記・內則》：「子事父母，雞初鳴，咸～漱。」泛指洗滌。《後漢書・劉寬傳》：「寬簡略嗜酒，不好～浴。」馬融《長笛賦》：「溉～汙濊。」（濊：通「穢」。）

G

引申為盥洗用的器皿。《儀禮・既夕禮》：「夙興，設～于祖廟門外。」❷ 祭名，灌祭，以酒澆地祭神。《周易・觀》：「～而不薦。」（薦：進獻祭品。）

【辨析】盥、沐、沫、洗、浴、洒。「盥」是洗手，「沐」是洗髮，「沬 huì」是洗臉，「洗 xiǎn」是洗腳，「浴」是洗身，「洒 xǐ」是一般的洗滌（後寫作「洗」）。

灌 guàn ❶ 澆灌，灌溉。《莊子・逍遙遊》：「時雨降矣，而猶浸～。」楊惲《報孫會宗書》：「戮力耕桑，～園治產。」❷ 注，流入。《莊子・秋水》：「秋水時至，百川～河。」引申為倒入，強迫使飲。《韓非子・說疑》：「御觴不能飲者，以筒～其口。」又引申為澆鑄。《論衡・奇怪》：「爍一鼎之銅，以～一錢之形，不能成一鼎，明矣。」❸ 奠酒獻神。古代祭祀的一種儀式。《論語・八佾》：「禘自既～而往者，吾不欲觀之矣。」（禘 dì：古代帝王祭祀祖先的大典。）❹ 灌木，叢生的樹木。《詩經・周南・葛覃》：「黃鳥于飛，集于～木。」

【辨析】灌、注。二字都有「注入、灌入」的意義。《說文》：「注，灌也。」《孟子・滕文公上》：「決汝漢，排淮泗，而注之江。」《莊子・秋水》：「秋水時至，百川灌河。」二者區別主要在於，「注」強調從此中注入彼中，如《詩經・大雅・泂酌》：「挹彼注茲」。因此可以引申出「傳注」的意義，所謂「注」，就是用今語注入古語。「灌」則不強調這一點，而可以有「澆灌」的意義。如《莊子・逍遙遊》：「時雨降矣，而猶浸灌。」

瓘 guàn 玉名。《左傳・昭公十七年》：「若我用～斝玉瓚，鄭必不火。」（斝 jiǎ：酒器。不火：不遭火災。）

爟 guàn 古代祭祀舉火。《周禮・夏官・司爟》：「司～掌行火之政令。」後也指報警的烽火。權德輿《禮部策問・第二問》：「思欲盡復河湟之地，永銷～燧之警。」（燧：報警的烽火。）

罐（鑵） guàn 汲水或盛物用的器皿。《世說新語・尤悔》：「帝預敕左右毀瓶～。」

觀 guàn 見 176 頁「觀」㈡。

鸛 guàn ❶ 水鳥名。《詩經・豳風・東山》：「～鳴于垤，婦歎于室。」❷ 戰陣名。《左傳・昭公二十一年》：「與華氏戰于赭丘，鄭翩願為～，其御願為鵝。」（鵝：戰陣名。）

guang

光 guāng ❶ 光芒，光亮。《墨子・尚賢中》：「若日之～，若月之明。」陶潛《桃花源記》：「中有小口，髣髴若有～。」❷ 榮耀，光彩。《詩經・大雅・韓奕》：「丕顯其～。」（丕：大。）用為敬詞。曹植《七啟》：「幸見～臨。」❸ 發揚光大。《詩經・大雅・公劉》：「思輯用～。」（輯：和睦。用：以。）諸葛亮《出師表》：「以～先帝遺德。」❹ 光滑。韓愈《進學解》：「刮垢磨～。」

胱 guāng ［膀胱］見 377 頁「膀」字條。

廣 ㈠ guǎng ❶ 寬闊，廣大。《詩經・衛風・河廣》：「誰謂河～？一葦杭之。」（杭：渡。）《呂氏春秋・異用》：「故國～巨，兵強富，未必安也。」又用作動詞，擴大。《史記・樂毅列傳》：「破宋，～地千餘里。」又用來指人，使心意開闊，寬慰。司馬遷《報任安書》：「欲以～主上之意。」❷ 寬，東西的距離。《儀禮・士喪禮》：「長尺二寸，～五寸。」［廣運］指面積。東西的距離叫廣，南北的距離叫運。《國語・越語上》：「～～百里。」

㈡ guàng ❸ 春秋時楚國軍制，兵車十五輛為廣。《左傳・宣公十二年》：「其君之戎，分為二～。」

㈢ kuàng ❹ 荒廢。《呂氏春秋・不廣》：「時不可必成，其人事則不～。」

【說明】「廣」和「广」在古代是兩個不同的字，音義都不相同。「广」音 yǎn。「廣」的以上意義都不能寫作「广」。現在「廣」簡化作「广」。

獷 guǎng 兇猛，強悍。《後漢書・段熲傳》：「不能平寇，虛欲修文戢戈，招降～敵。」（戢 jí：止息。）引申為野蠻，粗野。《後漢書・祭肜傳論》：「臨守偏海，政移～俗。」

侊 guàng ❶［侊侊］心神不定的樣子。劉向《九歎・思古》：「魂～～而南行。」❷［侊攘］惶亂的樣子。宋玉《九辯》：「逢此世之～～。」

廣 guàng 見 178 頁「廣」㊁。

gui

圭（珪） guī ❶古代玉製的禮器，用於帝王、諸侯、貴族朝聘、祭祀、喪葬等儀式，形制是上尖（或圓）下方的長條狀，大小不等。《詩經・大雅・崧高》：「錫爾介～。」（錫：賜予。介：大。）《呂氏春秋・仲春》：「用～璧。」❷古代測日影的儀器圭表的組成部分，即石座上的橫尺。《周禮・地官・大司徒》：「以土～之法測土深，正日景以求地中。」張衡《東京賦》：「土～測景，不縮不盈。」❸古代容積單位。《孫子算經》卷上：「量之所起，起於粟，六粟為一～，十～為一撮。」《漢書・律曆志上》：「度長短者不失豪氂，量多少者不失～撮。」

皈 guī 同「歸」。返回。楊萬里《晚皈再度西橋》之一：「～近溪橋東復東。」［皈依］原指佛教的入教儀式，後多指信奉佛教或參加其他宗教組織。李頎《宿瑩公禪房聞梵》：「頓令心地欲～～。」

規 guī ❶圓規，畫圓的工具。《孟子・離婁上》：「不以～矩，不能成方員。」（員：通「圓」。）引申為圓形。魏收《枕中篇》：「月滿如～。」❷法度。《韓非子・飾邪》：「釋～而任巧，釋法而任智，惑亂之道也。」《文心雕龍・才略》：「必循～以溫雅。」又為取法。韓愈《進學解》：「上～姚姒。」（姚、姒 sì：虞舜、夏禹的姓，這裏代指虞夏時代的作品。）❸謀求，規劃。《左傳・昭公二十六年》：「侵欲無厭，～求無度。」陶潛《桃花源記》：「聞之，欣然～往。」❹勸諫，告誡。《左傳・襄公十一年》：「思則有備，有備無患，敢以此～。」《國語・周語上》：「近臣盡～。」❺通「窺 kuī」。窺測。《韓非子・外儲說右上》：「吾無從知之，惟無為可以～之。」

窐 ㊀ guī ❶孔，洞。嚴忌《哀時命》：「璋珪雜於甑～兮。」（璋、珪：玉名。甑 zèng：古代一種底部有孔的蒸東西的炊具。）

㊁ wā ❷低凹。《呂氏春秋・任地》：「子能以～為突乎？」（突：凸出。）

袿 guī ❶古代婦女的上衣。宋玉《神女賦》：「振繡衣，被～裳。」（被 pī：披，穿。）❷衣袖。元稹《青雲驛》：「雙雙發皓齒，各各揚輕～。」（皓：潔白。）

傀 ㊀ guī ❶大。《莊子・列御寇》：「達生之情者～，達於知者肖。」（肖：小。）❷怪異。《周禮・春官・大司樂》：「大～異災，諸侯薨，令去樂。」

㊁ kuǐ ❸［傀儡］指木偶戲。《五雜俎・人部一》：「南方好～～，北方好鞦韆，然皆胡戲也。」

嬀（媯） guī ❶河名。《尚書・堯典》：「釐降二女于～汭。」（釐：敕令。降：指下嫁。汭：河流彎曲處。）❷姓。

瑰（瓌） guī ❶次於玉的美石。《詩經・秦風・渭陽》：「何以贈之？瓊～玉佩。」（瓊：美玉。）❷珍奇，奇異。宋玉《神女賦》：「～姿瑋態。」《淮南子・詮言》：「聖人無屈奇之服，無～異之行。」

閨 guī ❶上圓下方的小門。《荀子・解蔽》：「俯而出城門，以為小之～也，酒亂其神也。」❷內室。枚乘《七發》：「今夫貴人之子，必宮居而～處。」特指女子的臥室。江淹《別賦》：「～中風暖，陌上草薰。」（陌：路。薰：香。）白居易《長恨歌》：「楊家有女初長成，養在深～人未識。」

巂（嶲） ㊀ guī ❶［子巂］鳥名，即子規。《說文》：「故蜀人聞～～鳴，皆起云望帝。」

㊁ xī ❷古代西南少數民族名。《漢書・

地理志》：「西南閉～、昆明。」（閉：阻攔。）

歸 guī ❶ 女子出嫁。《詩經・周南・桃夭》：「之子于～，宜其室家。」（之：此。）《春秋・莊公元年》：「王姬～于齊。」❷ 返回。《詩經・小雅・杕杜》：「女心悲止，征夫～止。」（止：語氣詞。）引申為歸還。《孟子・盡心上》：「久假而不～。」（假：借。）《史記・廉頗藺相如列傳》：「城不入，臣請完璧～趙。」❸ 歸附。《詩經・大雅・泂酌》：「豈弟君子，民之所～。」（豈 kǎi 弟：和樂平易。）《呂氏春秋・懷寵》：「故義兵至，則鄰國之民～之若流水。」❹ 結局，歸宿。《周易・繫辭下》：「天下同～而殊塗。」（塗：道路，途徑。）《管子・形勢》：「異趣而同～，古今一也。」❺ 通「饋 kuì」。饋贈。《論語・陽貨》：「陽貨欲見孔子，孔子不見，～孔子豚。」《史記・周本紀》：「晉唐叔得嘉穀，獻之成王，成王以～周公于兵所。」

龜 ㊀ guī ❶ 烏龜。《禮記・禮運》：「麟、鳳、～、龍，謂之四靈。」也指占卜用的龜甲。《詩經・大雅・綿》：「爰始爰謀，爰契我～。」（契：刻。）又指用作貨幣的龜甲。《周易・損》：「或益之十朋之～弗克違，元吉。」（朋：古代貨幣單位。元吉：大吉。）《史記・平準書》：「虞夏之幣……或錢，或布，或刀，或～貝。」❷ 動物背部隆起處。《左傳・宣公十二年》：「麋興於前，射麋麗～。」（麗：着，指射中。）

㊁ jūn ❸ 同「皸」。皮膚因寒冷或乾燥而坼裂。《莊子・逍遙遊》：「宋人有善為不～手之藥者。」

㊂ qiū ❹［龜茲］漢代西域國名，在今新疆庫車一帶。《漢書・西域傳下》：「～～國，王治延城，去長安七千四百八十里。」

氿 guǐ 泉水從旁流出。《詩經・小雅・大東》：「有洌～泉，無浸穫薪。」

宄 guǐ 作亂或盜竊的壞人。《尚書・舜典》：「寇賊姦～。」《國語・晉語六》：「亂在內為～，在外為姦。」

庋 guǐ 放置，收藏。《禮記・內則》鄭玄注：「閣，以板為之，～食物也。」又指放器物的架子。《世說新語・賢媛》：「王家見二謝，傾筐倒～。」

佹 guǐ 怪異，詭譎。《荀子・賦》：「天下不治，請陳～詩。」《淮南子・齊俗》：「爭為～辯，久積而不決，無益於治。」

垝 guǐ 坍塌，毀壞。《詩經・衛風・氓》：「乘彼～垣，以望復關。」又指斷垣殘壁。《管子・霸形》：「水深滅～。」

軌 guǐ ❶ 車子兩輪之間的距離。《呂氏春秋・勿躬》：「車不結～。」《禮記・中庸》：「今天下車同～。」引申為車轍。《莊子・胠篋》：「車～結乎千里之外。」（結：交，交錯。）❷ 軌道，一定的運行路線。《淮南子・本經》：「五星循～而不失其行。」（行：行列。）❸ 法規，法度。《管子・山國軌》：「縣有～，國有～。」《後漢書・張衡傳》：「又多豪右，共為不～。」（豪右：豪門大族。）引申為遵循。《韓非子・五蠹》：「其言談者必～於法。」❹ 通「宄 guǐ」。內亂。《左傳・成公十七年》：「臣聞亂在外為姦，在內為～。」又為作亂的人，壞人。《漢書・元帝紀》：「殷、周法行而姦～服。」

恑 guǐ 變異，詐變。《莊子・齊物論》：「恢～憰怪，道通為一。」

姽 guǐ ［姽嫿］女子嫻靜美麗的樣子。宋玉《神女賦》：「既～～於幽靜兮，又婆娑於人間。」

癸 guǐ 天干的第十位。與地支配合以紀日、年。《尚書・武成》：「～亥，陳于商郊。」

鬼 guǐ ❶ 迷信稱人死魂靈為鬼。屈原《九歌・國殤》：「魂魄毅兮為～雄。」也指萬物的精靈。《詩經・小雅・何人斯》：「為～為蜮，則不可得。」❷ 隱密，不可捉摸。《韓非子・八經》：「故明主之行制也天，其用人也～。」❸［輿鬼］星宿名，二十八宿之一。《呂氏春秋・有始》：「南方曰炎天，其星～～、柳、七星。」也簡稱作「鬼」。

攱 guǐ 見393頁「攱」㊁。

匭 guǐ ❶匣子。《尚書・禹貢》:「包～菁茅。」(包匭:包成捆放在匣子裏。)❷「簋」的古字。盛食物的器具。《史記・李斯列傳》:「飯土～，啜土鉶。」(鉶:盛羹的器皿。)

晷 guǐ ❶日影。《說文》:「～，日景也。」張衡《西京賦》:「白日未及移其～。」引申指光陰，時間。潘尼《贈陸機》:「寸～惟寶。」❷日晷，測日影以定時刻的儀器。《漢書・律曆志上》:「乃定東西，立～儀，下漏刻。」(漏刻:古代計時器。)《晉書・魯勝傳》:「立～測影。」❸通「軌guǐ」。軌道。《漢書・敘傳下》:「五星同～。」(五星:指金、木、水、火、土五大行星。)

詭 guǐ ❶要求，責求。《漢書・京房傳》:「今臣得出守郡，自～效功。」(效:獻。)《後漢書・獨行傳・陳重》:「責主日至，～求無已。」(責:債。已:止。)❷欺詐，虛假。《孫子・計》:「兵者，～道也。」《漢書・李廣蘇建傳附蘇武》:「匈奴～言武死。」引申為隱蔽。文天祥《指南錄後序》:「變姓名，～蹤跡。」❸違背，違反。《呂氏春秋・淫辭》:「言行相～，不祥莫大焉。」❹差異。《淮南子・說林》:「衡雖正必有差，尺寸雖齊必有～。」又為奇異。《論衡・講瑞》:「生於常類之中，而有～異之性。」

簋 guǐ 祭祀或宴享時盛黍稷的器皿。《詩經・小雅・伐木》:「陳饋八～。」(饋:送人的食物。)《韓非子・十過》:「臣聞昔者堯有天下，飯於土～。」

【辨析】簋、簠。見150頁「簠」字條。

桂 guì 樹名，指肉桂、菌桂。又指桂花樹。《山海經・南山經》:「招搖之山臨于西海上，多～。」

貴 guì ❶物價高，與「賤」相對。《左傳・昭公三年》:「屨賤踊～。」(屨jù:鞋。踊:受過刖刑的人所穿的鞋。)《荀子・天論》:「糴～民飢。」(糴dí:買進糧食。)❷祿位高，顯貴。《論語・述而》:「不義而富且～，於我如浮雲。」《呂氏春秋・不苟》:「雖～不苟為。」❸珍貴，貴重。《論語・學而》:「禮之用，和為～。」《孟子・盡心下》:「民為～，社稷次之，君為輕。」又用作意動，崇尚，重視。《呂氏春秋・貴生》:「此～生之術也。」❹敬詞。古詩《為焦仲卿妻作》:「往昔初陽歲，謝家來～門。」(謝:辭別。)

跪 guì ❶兩膝着地，臀部離開腳後跟，準備叩拜。《荀子・大略》:「親迎之禮，父南鄉而立，子北面而～。」(南鄉:面向南。)《史記・淮陰侯列傳》:「信常過樊將軍噲，噲～拜送迎。」(信:韓信。)[長跪]挺直上身跪着，表示莊重恭敬。《戰國策・魏策四》:「秦王色撓，～～而謝之。」(撓:屈服。謝:道歉。)❷腳。《韓非子・內儲說下》:「門者刖～請曰。」(門者:守門的人。刖yuè:古代酷刑，砍掉腳。)

【辨析】跪、跽。二字都是指以膝着地，而挺直腰身。區別在於:「跪」一般與「拜」連言。

匱 ㊀guì ❶櫃子。後來寫作「櫃」。《尚書・金縢》:「公歸，乃納冊于金縢之～中。」(金縢téng:用金屬帶子封緘。)韓愈《送權秀才序》:「伯樂之廄多良馬，卞和之～多美玉。」

㊁kuì ❷窮盡。《詩經・大雅・既醉》:「孝子不～，永錫爾類。」(錫:給予。)《韓非子・十過》:「糧食～，財力盡。」❸同「簣」。盛土的竹筐。《漢書・禮樂志二》:「辟如為山，未成一～。」(辟:譬。)

撅 guì 見272頁「撅」㊁。

劌 guì 刺傷，劃傷。《韓非子・解老》:「方而不割，廉而不～。」(廉:有棱角。)

劊 guì 斷，剖。《鶡冠子・學問》:「不可以～心體。」

檜 guì ❶樹名，即檜柏。《詩經・衛風・竹竿》:「～楫松舟。」(楫:船槳。)❷棺蓋上的裝飾。《左傳・成公二年》:「棺有翰～。」(翰:棺四周的裝飾。)

櫃 guì 小匣，泛指存放衣物、書籍等的器具。《韓非子・外儲說左上》:「楚人有賣其珠於鄭者，為木蘭之～。」

G

蹶(蹷) guì 見 272 頁「蹶(蹷)」㊁。

籄 guì ❶ 有文采的皮革。《國語・齊語》：「輕罪贖以～盾～戟。」❷ 折斷。《淮南子・原道》：「堅強而不～。」

鱖 guì 魚名，俗稱桂魚。張志和《漁歌子》：「桃花流水～魚肥。」

gun

衮(袞) gǔn 古代天子或上公所穿的禮服。《周禮・春官・司服》：「享先王則～冕。」(享：祭祀。)《左傳・僖公四年》：「於是有以～斂。」(斂：裝殮。)後世用以指稱三公。張衡《思玄賦》：「董弱冠而司～兮。」(董：指董賢。弱冠：指二十歲左右。)[衮職] 天子或三公的職務。《詩經・大雅・烝民》：「～～有闕，維仲山甫補之。」(闕：過失。仲山甫：周宣王的大臣。)

緄 gǔn ❶ 繩子。《詩經・秦風・小戎》：「竹閉～縢。」(閉：指弓檠。縢 téng：纏束。)❷ 編織的帶子。曹植《七啟》：「～佩綢繆。」(綢繆：纏繞。)❸ 量詞。捆，束。《戰國策・宋衛策》：「束組三百～。」(組：絲帶。)

蓘 gǔn 給苗培土。《左傳・昭公元年》：「譬如農夫，是穮是～，雖有饑饉，必有豐年。」(穮 biāo：除草。)

輥 gǔn 滾動。李煜《望江梅》：「滿城飛絮～輕塵。」

鯀(鮌) gǔn 人名，夏禹的父親。《尚書・堯典》：「於！～哉！」

guo

活 guō 見 215 頁「活」㊁。

郭 guō△ ❶ 外城。《孟子・公孫丑下》：「三里之城，七里之～。」又泛指城郭。李白《送友人》：「青山橫北～，白水繞東城。」❷ 物體四周。《史記・平準書》：「乃更請諸郡國鑄五銖錢，周～其下，令不可磨取鋊焉。」(鋊 yù：銅屑。)

【辨析】郭、城。見 58 頁「城」字條。

聒 guō△ 聲音嘈雜。《韓非子・顯學》：「千秋萬歲之聲～耳。」

渦 guō 見 531 頁「渦」㊁。

蟈 guō△ 蛤蟆。《呂氏春秋・孟夏》：「螻～鳴，丘蚓出。」

鍋 guō 烹煮食物的器具。陸龜蒙《茶竈》：「盈～玉泉沸。」

彍 guō△(又讀 kuò) 拉滿弓弩。《孫子・勢》：「勢如～弩。」

國 guó△ ❶ 國家。《詩經・小雅・節南山》：「～既卒斬，何用不監。」(卒：完全。斬：斷絕。監：察。)《呂氏春秋・察今》：「治～無法則亂。」也指戰國時公卿及漢以後王侯的封邑。《戰國策・齊策四》：「孟嘗君就～於薛。」《史記・魏其武安侯列傳》：「列侯多尚公主，皆不欲就～。」(尚：指上攀為婚。)❷ 國都，都城。《左傳・隱公元年》：「大都不過參～之一。」《孟子・離婁下》：「遍～中無與立談者。」❸ 處所，地域。《詩經・魏風・碩鼠》：「適彼樂～。」(適：往。)王維《相思》：「紅豆生南～。」

【辨析】1. 國、邦。見 11 頁「邦」字條。2. 國、都、邑。見 112 頁「都」字條。

摑 guó△ 打耳光。盧仝《示添丁》：「父憐母惜～不得。」

幗 guó△ 婦女的首飾。《晉書・宣帝紀》：「亮數挑戰，帝不出，因遺帝巾～婦人之飾。」(帝：指司馬懿。)

虢 guó△ 周代諸侯國名。1. 西周文王弟仲的封地，號西虢，在今陝西寶雞附近。周平王東遷，西虢徙於上陽，稱南虢，在今河南陝縣東南。《左傳・隱公元年》：「鄭人以王師、～師伐衛南鄙。」(鄙：邊邑。)2. 虢仲的別支的封地，稱北虢，在今山西平陸。《左傳・僖公五年》：「晉侯復假道於虞以伐～。」(假：借。虞：周代諸侯國名。)3. 文王弟叔的封地，號東虢，在今河南成皋，春秋前即為鄭所滅。《左傳・隱公元年》：「制，巖邑也，～叔死焉。」(巖：險要。虢叔：東虢國的國君。)

膕 guó△ 膝部的後面。《素問・骨空論》：「膝痛，痛及拇指，治其～。」

馘 ㊀ guó△ ❶ 古代戰爭中割取敵方戰死者的左耳以計功。《詩經・大雅・皇矣》：「攸～安安。」（攸：所。安安：從容不迫的樣子。）《左傳・宣公二年》：「俘二百五十人，～百人。」又為割下的敵人的左耳。《左傳・宣公十二年》：「折～執俘而還。」《呂氏春秋・古樂》：「乃薦俘～于京太室。」

㊁ xù△ ❷ 臉。《莊子・列御寇》：「槁項黃～。」

漍 guó△ ［漍漍］流水聲。韓愈《藍田縣丞廳壁記》：「水～～循除鳴。」（除：臺階。）

果 guǒ ❶ 樹上結的果實。《韓非子・五蠹》：「民食～蓏蚌蛤。」❷ 充實，飽。《莊子・逍遙遊》：「腹猶～然。」❸ 果敢，有決斷。《論語・子路》：「言必信，行必～。」《國語・晉語九》：「強毅～剛則賢。」❹ 成為事實，實現。《孟子・梁惠王下》：「君是以不～來也。」陶潛《桃花源記》：「聞之，欣然規往，未～，尋病終。」（尋：不久。）❺ 果真。《莊子・人間世》：「此～不材之木也。」《韓非子・說難》：「暮而～大亡其財。」（亡：丟失。）❻ 終於，終究。《左傳・僖公二十八年》：「晉侯在外十九年矣，而～得晉國。」《呂氏春秋・忠廉》：「～伏劍而死。」❼ 事情的結局，結果。《南史・范雲傳附范縝》：「貴賤雖復殊途，因～竟在何處？」

【辨析】果、蓏。二字都指植物的果實，區別在於：在樹上結的果實叫「果」，在草本植物上結的果實叫「蓏」。「蓏」也就是指的瓜類。

蜾 guǒ ［蜾蠃］一種黑色細腰蜂。《詩經・小雅・小宛》：「螟蛉有子，～～負之。」

裹 guǒ ❶ 包，纏。《詩經・大雅・公劉》：「乃～餱糧。」（餱 hóu 糧：乾糧。）杜甫《兵車行》：「去時里正與～頭。」（里正：鄉官。）引申為包容。《呂氏春秋・本生》：「其於物無不受也，無不～也，若天地然。」❷ 量詞，用於包裹着的物品。《穆天子傳》卷二：「珠四百～。」

槨（椁） guǒ△ 外棺。《莊子・人間世》：「散木也，以為舟則沉，以為棺～則速腐。」《淮南子・氾論》：「殷人用～。」

過 guò ❶ 走過，經過。《論語・微子》：「楚狂接輿歌而～孔子曰。」（接輿：人名。）《孟子・滕文公上》：「三～其門而不入。」引申為過去。《新論・貴速》：「若事～而後知，則與無智者齊矣。」❷ 超過，勝過。《左傳・隱公元年》：「大都不～參國之一。」（參國之一：國都的三分之一。）又為過分。《荀子・修身》：「怒不～奪，喜不～予。」（予：給予。）❸ 拜訪，探望。《史記・汲黯鄭當時列傳》：「黯既辭行，～大行李息。」（黯：汲黯。大行：官名。）❹ 過失，錯誤。《左傳・宣公二年》：「人誰無～？」《荀子・勸學》：「君子博學而日參省乎己，則知明而行無～矣。」（參：檢驗。省：檢查。）又為犯錯誤。《論語・學而》：「～則勿憚改。」（憚：害怕。）引申為責備。《論語・季氏》：「無乃爾是～與？」（無乃：恐怕，大概。是：代詞，複指前置賓語「爾」。與：語氣詞。）

H

ha

蛤 há 見161頁「蛤」㊁。

蝦 há 見547頁「蝦」㊁。

hai

咍 hāi ❶ 嗤笑，嘲笑。屈原《九章·惜頌》：「行不羣以顛越兮，又眾兆之所～。」❷ 高興，歡笑。《晉書·束皙傳》：「方下帷深談，隱几而～。」

咳 ㊀ hái ❶ 小兒笑。《禮記·內則》：「父執子之右手，～而名之。」❷ 通「閡」。阻隔。《晏子春秋·外篇下》：「頸尾～於天地乎。」

㊁ ké（舊讀 kài） ❸ 咳嗽。《禮記·內則》：「升降出入揖遊，不敢噦噫，嚔～、欠伸。」（噦噫 yuěài：打嗝。）

孩 hái ❶ 小兒笑。《老子》第二十章：「如嬰兒之未～。」引申為幼小。《國語·吳語》：「今王播棄黎老，而～童焉比謀。」（播棄：捨棄。黎老：指老人。）《呂氏春秋·孟春》：「無殺～蟲、胎夭、飛鳥。」❷ 幼兒，小孩。郭璞《遊仙》：「千歲方嬰～。」杜甫《山寺》：「自哂同嬰～。」（哂 shěn：笑。）

骸 hái ❶ 脛骨。《素問·骨空論》：「～下為輔。」泛指骨骼。《左傳·宣公十五年》：「敝邑易子而食，析～以爨。」（敝邑：對別國人謙稱自己的國家。爨 cuàn：燒火做飯。）❷ 身體，形體。《呂氏春秋·重己》：「其為輿馬衣裘也，足以逸身暖～而已矣。」

海 hǎi ❶ 海洋。《尚書·禹貢》：「江漢朝宗于～。」（朝宗：比喻匯聚。）也指大湖或大池。《漢書·李廣蘇建傳附蘇武》：「乃徙武北～上無人處。」（上：邊。）[海內] 古人認為中國四境環海，所以稱國境之內為「海內」。等於說天下。《史記·貨殖列傳》：「漢興，～～為一。」❷ 比喻連成一大片的眾多同類事物。李白《關山月》：「明月出天山，蒼茫雲～間。」

醢 hǎi 肉醬。《左傳·昭公二十年》：「水、火、醯、～、鹽、梅，以烹魚肉。」（醯 xī：醋。）又為古代一種酷刑，把人剁成肉醬。《戰國策·趙策三》：「先生又惡能使秦王烹～梁王？」（惡 wū：怎麼。烹：古代一種酷刑，把人煮死。）

亥 hài 地支的第十二位。與天干相配，以紀日、紀年。《呂氏春秋·察傳》：「晉師己～涉河也。」又為十二時辰之一，即晚九時至十一時。又為十二生肖之一，亥屬豬。《論衡·物勢》：「～，豕也。」（豕：豬。）

害 ㊀ hài ❶ 傷害，損害。《詩經·大雅·大田》：「無～我田稚。」（稚：指幼苗。）《呂氏春秋·本生》：「利於性則取之，～於性則舍之。」引申為殺害。《三國志·魏書·武帝紀》：「避難琅琊，為陶謙所～。」❷ 禍患，災害。《左傳·隱公元年》：「都城過百雉，國之～也。」❸ 忌恨，忌妒。《呂氏春秋·慎行》：「荊平王有臣曰費無忌，～太子建，欲去之。」《史記·屈原賈生列傳》：「上官大夫與之同列，爭寵而心～其能。」

㊁ hé△ ❹ 疑問代詞。甚麼。《詩經·周南·葛覃》：「～澣～否，歸寧父母。」（澣 huàn：洗。歸寧：回娘家看望父母。）又為怎麼。《尚書·大誥》：「王～不違卜？」

駭 hài ❶ 馬受驚。《左傳・哀公二十三年》：「知伯視齊師，馬～，遂驅之。」（知伯：人名。）泛指驚駭。《左傳・定公十年》：「齊師至矣，郈人大～。」柳宗元《三戒・黔之驢》：「驢一鳴，虎大～。」❷ 驚擾，驚動。《呂氏春秋・審應》：「凡鳥之舉也，去～從不～。」

han

蚶 hān 蚶子，一種軟體動物，生活在淺海泥沙中。郭璞《江賦》：「洪～專車。」（專：滿。）

酣 hān ❶ 酒喝得暢快。《呂氏春秋・長攻》：「酒～，反斗而擊之。」引申為暢快，盡情。《淮南子・覽冥》：「戰～日暮，援戈而撝之。」《後漢書・梁冀傳》：「鳴鐘吹管，～謳竟路。」（竟：全。）❷ 盛，濃。王安石《題西太一宮壁》：「荷花落日紅～。」陸游《郫縣道中思故里》：「雲停雪意～。」

憨 hān 傻，癡呆。《文心雕龍・程器》：「正平狂～以致戮。」（正平：禰衡，字正平。）

鼾 hān 睡熟時粗重的呼吸聲，俗稱呼嚕。《傷寒論・辨太陽病脈證并並治法上》：「身重，多眠睡，息必～。」

邗 hán 春秋時地名，在今江蘇揚州東北。《左傳・哀公九年》：「吳城～，溝通江淮。」

汗 hán 見 186 頁「汗」㈡。

含 hán ❶ 把東西銜在口中。《韓非子・備內》：「醫善吮人之傷，～人之血。」❷ 古代放在死者口中的珠、玉、米、貝等物品。後來寫作「琀」。這個意義舊讀 hàn。《莊子・則陽》：「生不布施，死何～珠為？」《戰國策・趙策三》：「死則不得飯～。」❸ 容納，包含。《周易・坤》：「～萬物而化光。」《淮南子・本經》：「夫至大，天地弗能～也。」又引申為心裏隱含。《莊子・胠篋》：「人～其德，則天下不僻矣。」

邯 hán ［邯鄲］戰國時趙國的都城，在今河北邯鄲。《戰國策・趙策三》：「秦圍趙之～～。」

函（圅） hán ❶ 包含，容納。《淮南子・詮言》：「夫～牛之鼎沸，而蠅蚋弗敢入。」❷ 鎧甲。《孟子・公孫丑上》：「矢人豈不仁於～人哉？」（矢人：製作箭的人。函人：製作鎧甲的人。）❸ 匣子，封套。《戰國策・燕策三》：「荊軻奉樊於期頭～。」（樊於 wū 期：人名。頭函：盛有人頭的匣子。）特指信封。吳質《答東阿王書》：「發～伸紙。」代指書信。《三國志・魏書・劉曄傳》「太祖還，辟曄為司空倉曹掾」裴松之注引《傅子》：「每有疑事，輒以～問曄。」❹ 函谷關的簡稱。賈誼《過秦論》：「然後以六合為家，殽～為宮。」（六合：天地四方。殽：殽山。）

涵 hán ❶ 潛入水中。左思《吳都賦》：「～泳乎其中。」梁元帝《望江中月影》：「澄江～皓月，水影若浮天。」引申為浸潤，潤澤。戴叔倫《題橫山寺》：「露～松翠濕，風涌浪花浮。」❷ 包含，包容。王僧孺《為臨川王讓太尉表》：「陛下海～春育，日鏡雲伸。」蘇軾《湖州謝上表》：「天覆羣生，海～萬族。」

寒 hán ❶ 冷。《呂氏春秋・察今》：「見瓶水之冰，而知天下之～。」又用作使動，使寒冷。《孟子・告子上》：「一日暴之，十日～之。」❷ 貧困。《史記・范雎蔡澤列傳》：「范叔一～如此哉！」杜甫《自京赴奉先縣詠懷五百字》：「彤庭所分帛，本自～女出。」又指出身卑微。《晉書・劉毅傳》：「是以上品無～門，下品無勢族。」❸ 害怕，恐懼。《戰國策・秦策四》：「梁氏～心。」（梁氏：指魏國。）

【辨析】寒、冷、涼。三字在「寒涼」意義上有相同之處，但程度有別。「涼」是微寒，「寒」程度要高於「冷」，但「冷」要比「涼」程度高。

幹 hán 見 157 頁「幹」㈡。

榦 hán 見 157 頁「榦」㈡。

韓 hán 周代諸侯國名，後為晉所滅。《左傳・僖公二十四年》：「邘、晉、應、～，武之穆也。」（武之穆：周武王的兒子。）又為戰國七雄之一，後為秦所滅。《韓非子・定法》：「～者，晉之別國也。」

罕(罒) hǎn ❶ 捕鳥的網。宋玉《高唐賦》：「弓弩不發，罘～不傾。」（罘 fú：捕獸的網。）❷ 少，稀少。《詩經・鄭風・大叔于田》：「叔馬慢忌，叔發～忌。」（發：射箭。忌：語氣詞。）《孟子・告子上》：「吾見亦～矣。」❸ 旌旗。《史記・周本紀》：「百夫荷～旗以先驅。」

喊 hǎn ❶ 品味，嘗。《法言・問神》：「狄牙能～，狄牙不能齊不齊之口。」❷ 大聲呼叫。陳亮《答朱元晦書》：「便～一響。」

嚂 ㊀ hǎn ❶ 呼叫。《戰國策・楚策四》：「今夫橫人～口利機，上干主心，下牟百姓。」（橫人：指縱橫家。牟：謀取。）

㊁ làn ❷ 貪吃。《淮南子・齊俗》：「芻豢黍粱，荊吳芬馨，以～其口。」

闞 hǎn 見 278 頁「闞」㊁。

扞 hàn ❶ 護衛，遮蔽。《尚書・文侯之命》：「～我于艱。」《荀子・議兵》：「若手臂之～頭目而覆胸腹也。」❷ 抵禦，抵擋。《呂氏春秋・恃君》：「肌膚不足以～寒暑。」《史記・韓長孺列傳》：「孝王使安國及張羽為將，～吳兵於東界。」❸ 觸犯，冒犯。《史記・游俠列傳》：「時～當世之文罔。」（文罔：法網。）❹ 射箭時用的革製臂套。《韓非子・說林下》：「羿執鞅持～。」（羿：后羿。鞅 yāng：套在馬頸上的皮子。）❺ 勇猛。《後漢書・南匈奴傳》：「其猛夫～將，莫不頓足攘手。」（攘：舉。）

汗 ㊀ hàn ❶ 汗水。《戰國策・齊策一》：「揮～成雨。」［汗青］古時在竹簡上記事，先用火烤青竹，使水分如汗滲出，以便書寫，並免蟲蛀，稱為汗青。後指著述完成。《新唐書・劉子玄傳》：「頭白可期，～～無日。」又借指史冊。文天祥《過零丁洋》：「人生自古誰無死，留取丹心照～～。」

㊁ hán ❷［可 kè 汗］見 280 頁「可」㊁。

旰 hàn 見 156 頁「旰」㊁。

旱 hàn ❶ 乾旱，旱災。《孟子・梁惠王上》：「七八月之間～，則苗槁矣。」《國語・越語上》：「～則資舟，水則資車。」（資：囤積。水：指水災。）❷ 山名。《詩經・大雅・旱麓》：「瞻彼～麓，榛楛濟濟。」（榛楛 hù：指叢生的雜樹。）

捍 hàn ❶ 捍衛，保衛。《商君書・賞刑》：「千乘之國，若有～城者，攻將凌其城。」引申為抵禦。《禮記・祭法》：「能禦大災則祀之，能～大患則祀之。」❷ 射箭者所戴的皮製套袖。《禮記・內則》：「右佩玦、～。」❸ 通「悍 hàn」。強悍，勇猛。《韓非子・五蠹》：「無私劍之～，以斬首為勇。」《史記・貨殖列傳》：「而民雕～少慮。」

悍 hàn ❶ 勇猛，勇敢。《史記・孫子吳起列傳》：「彼三晉之兵素～勇而輕齊。」《漢書・賈誼傳》：「陛下之臣雖有～如馮敬者。」今成語有「短小精悍」。❷ 兇狠，蠻橫。《韓非子・說林下》：「有與～者鄰，欲賣宅而避之。」柳宗元《捕蛇者說》：「～吏之來吾鄉。」❸ 猛烈，劇烈。《淮南子・兵略》：「故水激則～。」《史記・扁鵲倉公列傳》：「夫～藥入中，則邪氣辟矣。」（辟：同「避」。）

閈 hàn ❶ 里巷的門。《管子・立政》：「審閭～，慎管鍵。」泛指門。《左傳・襄公三十一年》：「高其～閎，厚其牆垣。」❷ 牆垣。張衡《西京賦》：「～庭詭異，門千戶萬。」

菡 hàn ［菡萏 dàn］荷花。《詩經・陳風・澤陂》：「彼澤之陂，有蒲～～。」（陂 bēi：堤岸。）

睅 hàn 眼睛鼓出。《左傳・宣公二年》：「～其目，皤其腹。」（皤 pó：肚子鼓出。）

馯 hàn 同「駻」。馬兇悍。《淮南子・氾論》：「欲以樸重之法，治既弊之民，是猶無鏑銜橛策錣而御～馬也。」

鴅 hàn 見 156 頁「鴅」㊁。

漢 hàn ❶ 水名，漢水。《孟子・滕文公上》：「決汝、～，排淮、泗，而注之江。」❷ 天河，銀河。《詩經・小雅・大東》：「維天有～，監亦有光。」古詩《迢迢牽牛星》：「迢迢牽牛星，皎皎河～女。」❸ 男子。《北史・邢卲傳》：「此～不可親近。」❹ 朝代名。1. 前漢（公元前 206 年－公元 8 年）。劉邦建，都長安。又稱西漢。2. 後漢（公元 25 年－220 年）。劉秀建，都洛陽。又稱東漢。

暵 hàn 乾旱。《周禮・春官・女巫》：「旱～則舞雩。」（舞雩 yú：古代設壇祭天求雨時命女巫跳舞。）特指翻曬田地。《齊民要術・大小麥》：「大小麥皆須五月六月～地。」

熯 ㊀ hàn ❶ 乾熯，乾枯。《周易・說》：「燥萬物者，莫～乎火。」范仲淹《上呂相公並呈中丞諮目》：「駐水溉田，可救～涸之災。」❷ 焚燒。《淮南子・說林》：「一膊炭～，掇之而爛指。」（一膊：一根。掇：拾取。）《論衡・譴告》：「今～薪燃釜，火猛則湯熱。」
㊁ rǎn ❸ 恭敬。《詩經・小雅・楚茨》：「我孔～矣，式禮莫愆。」（孔：很。式：語氣詞。）

撼 hàn 搖動。韓愈《調張籍》：「蚍蜉～大樹。」又指用言語打動。《宋史・徐勣傳》：「蔡京自錢塘召還，過宋見勣，微言～之。」（微言：隱晦的語言。）

翰 hàn ❶ 赤羽山雞。《山海經・中山經》：「其鳥多～鷩。」（鷩 bì：錦雞。）又指羽毛。左思《吳都賦》：「理翮整～，容與自玩。」（容與：從容不迫的樣子。）❷ 毛筆。張衡《歸田賦》：「揮～墨以奮藻。」蕭統《文選序》：「飛文染～，則卷盈乎緗帙。」（緗：淺黃色的帛。帙 zhì：書套。）❸ 文辭，文采。《三國志・吳書・孫登傳》：「裴欽博記，～采足用。」又指書信。葉適《贈徐靈淵》：「今日觀來～，如親見古人。」❹ 高飛。《詩經・小雅・四月》：「匪鶉匪鳶，～飛戾天。」❺ 通「榦 gàn」。楨榦，骨幹。《詩經・小雅・桑柔》：「之屏之～，百辟為憲。」（之：屏、翰的賓語。屏：屏障，比喻捍衛者。辟：君。憲：法則。）

頷 hàn ❶ 下巴。《莊子・列御寇》：「夫千金之珠，必在九重之淵而驪龍～下。」《淮南子・氾論》：「興於牛～之下。」❷ 點頭。《左傳・襄公二十六年》：「逆於門者，～之而已。」（逆：迎。）歐陽修《賣油翁》：「見其發矢十中九，但微～之。」

憾 hàn ❶ 遺憾，不滿足。《論語・公冶長》：「願車馬衣裘與朋友共，敝之而無～。」《左傳・成公十八年》：「大國無厭，鄙我猶～。」（厭：滿足。鄙我：把我國當作邊邑。）❷ 怨恨。《世說新語・德行》：「知母～之不已，因跪前請死。」《宋史・岳飛傳》：「俊於是大～飛。」（俊：王俊。）

【辨析】憾、恨、怨。在先秦，「憾」「恨」是同義詞，都是「遺憾、不滿意」的意思，與「怨」不是同義詞。漢魏以後，「憾」「恨」產生了「怨恨」的意義，才與「怨」是同義詞。

駻 hàn 馬兇悍。《韓非子・五蠹》：「如欲以寬緩之政，治急世之民，猶無轡策而御～馬。」泛指兇悍。《史記・衛將軍驃騎列傳》：「誅獟～，獲首虜八千餘級。」（獟 xiāo：勇猛。）

瀚 hàn ［瀚海］古代北方大湖名。又指沙漠。陶翰《出蕭關懷古》：「孤城當～～，落日照祁連。」泛指我國北方及西北少數民族地區。虞世基《出塞》：「～～波瀾靜，王庭氛霧晞。」

hang

行 ㊀ háng ❶ 路。《詩經・豳風・七月》：「女執懿筐，遵彼微～。」（懿筐：深筐。遵：循，順着……走。）《呂氏春秋・下賢》：「桃李之垂於～者，莫之援也。」❷ 行列。《詩經・鄭風・大叔于田》：「兩服上襄，兩驂雁～。」（襄：通「驤」，駕車的馬。驂：轅馬兩旁的馬。）《呂氏春秋・辯土》：「莖生有～，故速長。」（莖：指禾苗。）特指行陣，軍隊的行列。《左傳・成公二年》：「下臣不幸，屬當戎～。」（屬：恰巧。當：遇。）又為古代軍隊編制，二十五人為行。《左傳・隱公十一年》：「鄭伯使卒出豭，～出犬雞。」（卒：百人為卒。豭 jiā：公豬。）引申為量詞。用於成行的東西。《呂氏春秋・長見》：「止車而望西河，泣數～而下。」❸ 行輩，輩分。《漢書・李廣蘇建傳附蘇武》：「漢天子，我丈人～也。」（丈人行：指父輩。）

㊂ xíng ❹ 行走。《論語・述而》：「三人～，必有我師焉。」引申為離開，離去。《左傳・僖公五年》：「宮之奇以其族～。」（宮之奇：人名。）《論語・微子》：「使子路反見之，至則～矣。」❺ 巡視。這個意義舊讀 xìng。《呂氏春秋・季夏》：「乃命虞人入山～木，無或斬伐。」（虞人：山虞，掌管山林的官。）❻ 做，施行。《左傳・隱公元年》：「多～不義，必自斃。」（斃：倒下。）韓愈《師說》：「余嘉其能～古道。」（道：指從師之道。）❼ 行為。這個意義舊讀 xìng。《論語・公冶長》：「今吾於人也，聽其言而觀其～。」引申為品行。這個意義舊讀 xìng。屈原《九章・橘頌》：「～比伯夷。」❽ 將，將要。《詩經・魏風・十畝之間》：「～與子還兮。」曹丕《與吳質書》：「別來～復四年。」

【辨析】行、走。古代的「行」，相當於現代的「走」；古代的「走」，相當於現代的「跑」。

吭 háng 喉嚨。左思《蜀都賦》：「（羣鳥）雲飛水宿，弄～清渠。」今成語有「引吭高歌」。

杭 háng 渡。《詩經・衛風・河廣》：「誰謂河廣？一葦～之。」又指渡船。屈原《九章・惜誦》：「昔余夢登天兮，魂中道而無～。」（中道：中途。）

迒 háng 野獸或車經過後留下的痕跡。許慎《說文解字敘》：「黃帝之史倉頡，見鳥獸蹄～之跡。」張衡《東京賦》：「軌塵掩～。」（軌塵：車輪軋起的塵土。）引申為道路。張衡《西京賦》：「～杜蹊塞。」（杜：堵塞。蹊：小路。）

桁 háng 見 195 頁「桁」㊁。

航 háng ❶ 兩船相並。《淮南子・氾論》：「古者大川名谷衝絕道路，不通往來也，乃為窬木方版以為舟～。」（窬 yú 木：中空的木頭，指刳木為舟。）泛指船。左思《吳都賦》：「於是乎長鯨吞～，修鯢吐浪。」❷ 渡。曹丕《至廣陵於馬上作》：「誰云江水廣，一葦可以～。」

頏 háng 鳥向上飛。《詩經・邶風・燕燕于飛》：「燕燕于飛，頡之～之。」（頡 xié：鳥向下飛。）

沆 hàng ❶ [沆漭] 水面廣闊無際的樣子。《晉書・成公綏傳》：「滄海～～而四周。」❷ [沆瀣 xiè] 夜間的水汽，露水。屈原《遠遊》：「餐六氣而飲～～兮。」

hao

蒿 hāo ❶ 青蒿，香蒿。《詩經・小雅・鹿鳴》：「呦呦鹿鳴，食野之～。」（呦呦 yōuyōu：鹿叫聲。）❷ 消耗，枯竭。《國語・楚語上》：「若斂民利以成其私欲，使民～焉忘其安樂而有遠心，其為惡也甚矣。」

薅 hāo 除草，拔草。《詩經・周頌・良耜》：「其鎛斯趙，以～荼蓼。」（鎛 bó：除草的農具。趙：鋒利。荼蓼：草名。）《齊民要術・水稻》：「稻苗漸長，復須～。」

毫 háo ❶ 長而尖細的毛。《孟子・梁惠王上》：「明足以察秋～之末。」《荀子・賦》：「精微乎～毛。」比喻極細微的東西。《老子》第六十四章：「合抱之木，生於～末。」❷ 毛筆。陸機《文賦》：「或含～而邈然。」黃庭堅《病起荊州亭即事》：「對客揮～秦少游。」❸ 長度單位。《孫子算經上》：「十絲為一～。」《大戴禮記・保傅》：「失之～釐，差之千里。」

號 ㊀ háo ❶ 喊叫。《詩經・魏風・碩鼠》：「樂郊樂郊，誰之永～？」柳宗元《童區寄傳》：「因大～，一虛皆驚。」（虛：集市。）又為動物叫聲或風聲。阮籍《詠懷》之一：「孤鴻～外野。」杜甫《茅屋為秋風所破歌》：「八月秋高風怒～。」

引申為大聲哭。《莊子・養生主》：「老聃死，秦失弔之，三～而出。」（秦失：人名。）韓愈《進學解》：「冬暖而兒～寒，年豐而妻啼飢。」

㊁ hào　❷ 揚言，宣稱。《史記・高祖本紀》：「是時項羽兵四十萬，～百萬。」❸ 號令，命令。《尚書・冏命》：「發～施令，罔有不臧。」（罔：無。臧：善。）《呂氏春秋・懷寵》：「先發聲出～。」又為下令，發佈命令。《莊子・田子方》：「何不～於國中。」❹ 名稱，稱號。《荀子・賦》：「名～不美。」《韓非子・五蠹》：「有聖人作，鑽燧取火以化腥臊，而民說之，使王天下，～之曰燧人氏。」（鑽燧：鑽木。說 yuè：喜歡。）引申為別號，名字以外的稱謂。陶潛《五柳先生傳》：「宅邊有五柳樹，因以為～焉。」

【辨析】1. 號、哭、泣、啼。它們雖然都表示「哭」的意義，但卻有細微差別。一般說，「哭」是有聲有淚，「泣」是有淚無聲，「號」是哭而且言，「啼」是痛哭。後來「啼」「號」「哭」才漸漸沒有區別了。2. 號、呼、叫。三字都有「大聲呼喊」的意義。「號」一般是拉長聲音；「呼」是加大力量，而且有時有呼喚對象的意味；「叫」則是一般的大聲喊叫。

嘷（嗥、獋） háo　❶ 吼叫。《左傳・襄公十四年》：「賜我南鄙之田，狐狸所居，豺狼所～。」❷ 哭叫。《莊子・庚桑楚》：「兒子終日～而嗌不嗄，和之至也。」（嗌 yì：咽喉。嗄 shà：聲音嘶啞。）

豪 háo　❶ 豪豬。《山海經・西山經》：「（鹿臺之山）其獸多……白～。」特指豪豬身上長而硬的刺。《山海經・北山經》：「（譙明之山）有獸焉，其狀如貆而赤～。」（貆 huán：豪豬。）又泛指長而尖銳的毛。《墨子・天志中》：「若～之末。」❷ 卓越的人物，豪傑。《呂氏春秋・功名》：「人主賢，則～桀歸之。」引申為居首的，魁首。《後漢書・西羌傳》：「推以為～。」❸ 豪邁，豪放。《史記・魏公子列傳》：「平原君之游，徒～舉耳，不求士也。」（徒：僅僅。）陸游《懷成都十韻》：「放翁五十猶～縱。」（放翁：陸游的號。）❹ 豪富，奢侈。《世說新語・汰侈》：「石崇與王愷爭～。」庾信《見遊春人》：「金屋盛～華。」❺ 橫暴，強橫。也指強橫的人。《漢書・翟方進傳》：「徙方進為京兆尹，搏擊～強，京師畏之。」柳宗元《童區寄傳》：「是兒少秦武陽二歲，而討殺二～。」（秦武陽：戰國時燕國勇士，年十二即殺人。）

【辨析】豪、傑、英、俊。在表示「人具有超凡的才智、品德」的意義上，四者是同義詞。只是「傑」「英」「俊」一直用於褒義，而「豪」有時用於貶義。

壕 háo　護城河。杜甫《新安吏》：「掘～不到水，牧馬役亦輕。」也指一般的水溝。柳宗元《囚山賦》：「下坼裂而為～。」

濠 háo　❶ 水名，在安徽境內。《莊子・秋水》：「莊子與惠子遊於～梁之上。」（梁：橋。）❷ 護城河。江淹《雜體詩・效劉琨〈傷亂〉》：「飲馬出城～，北望沙漠路。」

譹 háo　號哭。《莊子・齊物論》：「大木百圍之竅穴，似鼻，似口……叫者，～者。」

好 ㊀ hǎo　❶ 女子貌美。《戰國策・趙策三》：「鬼侯有子而～。」古詩《隴西行》：「～婦出迎客，顏色正敷愉。」（敷愉：和悅的樣子。）引申為美好，出色。《詩經・周南・關雎》：「窈窕淑女，君子～逑。」《周禮・天官・庖人》：「共祭祀之～羞。」（羞：美味食品。）❷ 友好，情誼。《左傳・僖公四年》：「先君之～是繼。」《詩經・衛風・木瓜》：「匪報也，永以為～也。」❸ 宜於，便於。杜甫《聞官軍收河南河北》：「青春作伴～還鄉。」韓愈《左遷至藍關示姪孫湘》：「～收吾骨瘴江邊。」

㊁ hào　❹ 喜愛，愛好。《論語・子罕》：「吾未見～德如～色者也。」《莊子・逍遙遊》：「臣之所～者道也。」❺ 璧孔，錢孔。《周禮・考工記・玉人》：「璧羨度尺，～三寸以為度。」《漢書・食貨志

下》：「卒鑄大錢，文曰『寶貨』，肉～皆有周郭。」（肉：指圓形錢幣的周邊。）

郝 hǎo△ 姓。漢代有太谷太守郝賢。

好 hào 見189頁「好」㊁。

昊 hào 上天，廣大的天。《詩經·小雅·巷伯》：「有北不受，投畀有～。」（有：詞頭。投畀：扔給。）李白《荊州賊平臨洞庭言懷作》：「長叫天可聞，吾將問蒼～。」[昊天] 天，上天。《詩經·小雅·節南山》：「不弔～～。」（弔：善，好。）

秏(耗) ㊀ hào ❶ 少，欠。《禮記·王制》：「用地小大，視年之豐～。」引申為消耗。《韓非子·孤憤》：「虧法以利私，～國以便家。」又引申為衰敗、凋敝。《淮南子·時則》：「秋行夏令，華；行春令，榮；行冬令，～。」❷ 音信，消息。李商隱《即日》：「赤岑久無～。」（赤岑：地名。）蘇軾《答周開祖》之一：「一路候問來～。」❸ 通「眊 mào」。不明，昏亂。《漢書·景帝紀》：「不事官職～亂者，丞相以聞，請其罪。」㊁ máo ❹ 盡，無。《漢書·高惠高后文功臣表序》：「訖於孝武后元之年，靡有孑遺，～矣。」

浩 hào ❶ 水勢盛大。曹植《贈白馬王彪》：「霖雨泥我塗，流潦～縱橫。」泛指大，遠。《淮南子·要略》：「誠通其志，～然可以大觀矣。」蔡琰《胡笳十八拍》：「苦我怨氣兮～於長空。」[浩浩] 水勢盛大的樣子。《尚書·堯典》：「～～滔天。」引申為廣大的樣子。《詩經·小雅·雨無正》：「～～昊天。」❷ 富餘，眾多。《禮記·王制》：「喪祭，用不足曰暴，有餘曰～。」

晧 hào 光明。劉向《九歎·遠遊》：「服覺～以殊俗兮。」（服：服飾。）引申為潔白。《史記·司馬相如列傳》：「～齒粲爛。」

皓(皜) hào ❶ 光明，明亮。《詩經·陳風·月出》：「月出～兮。」引申為潔白，白。《呂氏春秋·本生》：「靡曼～齒。」李陵《答蘇武書》：「丁年奉使，～首而歸。」（丁年：壯年。）又代指白髮老人。揚雄《解嘲》：「四～采榮於南山。」（四皓：指秦漢之際的四個年老隱士。采榮：取得榮譽。）❷ [皓天] 同「昊天」。

號 hào 見188頁「號」㊁。

鄗 hào 同「鎬」。西周都城，在今陝西長安。《荀子·王霸》：「湯以亳，武王以～，皆百里之地也。」

皞 hào ❶ [皞皞] 廣大自得的樣子。《孟子·盡心上》：「王者之民～～如也。」❷ [皞天] 同「昊天」。

鎬 hào 西周的國都，即鎬京，在今陝西西安西南。《詩經·小雅·魚藻》：「王在在～，豈樂飲酒。」（豈 kǎi：快樂。）

顥 hào 白色。班固《西都賦》：「鮮～氣之清英。」（清英：清潔明淨。）[顥天] 西方的天。按五行說，西方屬金，金色白，所以西天稱為顥天。《呂氏春秋·有始》：「西方曰～～。」

灝 hào ❶ [灝灝] 廣大無際的樣子。《法言·寡見》：「～～之海，濟，樓航之力也。」❷ [灝氣] 瀰漫在天地間的大氣。柳宗元《始得西山宴遊記》：「悠悠乎與～～俱而莫得其涯。」

he

呵 hē ❶ 高聲喝叱。《韓非子·外儲說左上》：「衛嗣公使人過關市，關市～難之。」《史記·李將軍列傳》：「霸陵尉醉，～止廣。」（廣：李廣。）❷ 呼氣。《關尹子·二柱》：「氣～物得水。」今成語有「一氣呵成」。

【辨析】呵、訶。二字在「喝斥」義上是同義的，《說文》只收「訶」，未收「呵」。「呵」的「呼氣」義不能寫作「訶」，「一氣呵成」不作「一氣訶成」。

訶 hē 喝斥。《韓非子·內儲說下》：「王出而～之曰：『誰溺於是？』」（溺：便溺。是：此。）

【辨析】訶、呵。見190頁「呵」字條。

蠚(蓋) hē△ 毒蟲刺、咬。《漢書·蒯通傳》:「故猛虎之猶與,不如蜂蠆之致～。」

禾 hé 穀子。《詩經·豳風·七月》:「～麻菽麥。」(菽:豆類的總稱。)《呂氏春秋·任地》:「今茲美～,來茲美麥。」(茲:年。美:指莊稼長得好。)泛指莊稼。《詩經·魏風·碩鼠》:「不稼不穡,胡取～三百囷兮?」(囷 qūn:圓形的糧倉。)杜甫《兵車行》:「縱有健婦把鋤犁,～生隴畝無東西。」

【辨析】禾、穀、粟、黍、稷。見172頁「穀」字條。

合 ㊀ hé△ ❶ 合攏,閉合。《戰國策·燕策二》:「蚌～而拑其喙。」(拑 qián:夾住。喙 huì:鳥嘴。)《史記·魏公子列傳》:「晉鄙～符,疑之。」引申為符合。《孟子·梁惠王上》:「此心之所以～於王者,何也?」❷ 聚合,會合。《論語·憲問》:「桓公九～諸侯。」《韓非子·五蠹》:「從者,～眾弱以攻一強也。」(從:音 zòng。)❸ 和諧,投契。《詩經·小雅·棠棣》:「妻子好～。」鄒陽《獄中上梁王書》:「故意～則胡越為昆弟,不～則骨肉為讎敵。」❹ 交戰。《左傳·成公二年》:「自始～,而矢貫余手及肘。」《史記·蕭相國世家》:「多者百餘戰,少者數十～。」❺ 應當。《史記·司馬相如列傳》:「然則受命之符,～在於此矣。」❻ 同「盒」。盛物的匣子。白居易《長恨歌》:「鈿～金釵寄將去。」

㊁ gě△ ❼ 容積單位,一升的十分之一。《漢書·律曆志》:「十～為升。」

何 hé 見193頁「何」㊁。

和(咊) ㊀ hé ❶ 音樂諧和。《呂氏春秋·察傳》:「～,樂之本也。」引申為和諧,和睦。《孟子·公孫丑下》:「地利不如人～。」《論語·季氏》:「蓋均無貧,～無寡,安無傾。」❷ 和平,和解。《孫子·行軍》:「無約而請～者,謀也。」❸ 調節,調和。《左傳·昭公二十一年》:「寬以濟猛,猛以濟寬,政是以～。」《呂氏春秋·貴公》:「陰陽之～,不長一類。」❹ 軍隊的營門。《周禮·夏官·大司馬》:「以旌為左右～之門。」《孫子·軍爭》:「合軍聚眾,交～而舍。」❺ 車鈴。《左傳·桓公二年》:「錫鸞～鈴。」(分別為四種鈴,懸掛在車的不同部位。)❻ 連帶,伴隨。杜荀鶴《山中寡婦》:「時挑野菜～根煮。」今成語有「和盤托出」。

㊁ hè ❼ 應和,隨唱。《呂氏春秋·審應》:「人唱我～。」引申為附和。《戰國策·秦策一》:「長者詈汝,少者～汝。」又引申為依別人詩詞的題材、格律而寫作詩詞。白居易《初冬早起寄夢得》:「詩成遣誰～,還是寄蘇州。」

【辨析】和、同。兩字都有「和諧一致」的意思,但當對舉時有本質區別。「和」指通過調節使各方達到真正的、內在的統一,「同」則只是形式上的統一。如《論語·子路》:「君子和而不同,小人同而不和。」

劾 hé△ ❶ 判罪。《史記·魏其武安侯列傳》:「～灌夫罵坐不敬,繫居室。」(居室:官署名。)❷ 揭發罪過。《漢書·翟方進傳》:「并～紅陽侯立選舉故不以實。」(立:人名。)又為揭發罪行的文書。《後漢書·黨錮傳·范滂》:「滂睹時方艱,知意不行,因投～去。」

河 hé ❶ 黃河。《詩經·魏風·伐檀》:「坎坎伐檀兮,寘之～之干兮。」《莊子·秋水》:「秋水時至,百川灌～。」魏晉以後為北方河流的通稱。《世說新語·言語》:「風景不殊,正自有山～之異。」❷ 天河,銀河。《古詩十九首·迢迢牽牛星》:「迢迢牽牛星,皎皎～漢女。」謝朓《暫使下都夜發新林至京邑》:「秋～曙耿耿。」

曷 hé△ ❶ 疑問代詞。怎麼,甚麼。《尚書·盤庚中》:「～虐朕民。」(朕:我。)《戰國策·趙策三》:「～為與人俱稱帝王,卒就脯醢之地也?」(脯:做成肉乾。醢 hǎi:做成肉醬。)又指何時。《詩經·王風·君子于役》:「君子于役,不知其期。～至哉?」《左傳·昭公元年》：「吾子其～歸？」❷ 何不。《詩經・唐風・有杕之杜》：「中心好之，～飲食之？」❸ 通「遏 è」。遏止。《詩經・商頌・長發》：「如火烈烈，則莫我敢～。」

粇 hé△ 米麥的碎屑，也泛指粗食。陸龜蒙《奉酬襲美先輩吳中苦雨》：「凍骭一襜褕，飢腸少糠～。」

洽 hé 見 401 頁「洽」㊁。

紇 hé△ ❶ 孔子父名。《左傳・襄公十年》：「鄒人～抉之。」（抉：舉起。）❷ [回紇] 古代少數民族名。杜甫《北征》：「陰風西北來，慘淡隨～～。」

盍 hé△ 何不，為甚麼不。《論語・公冶長》：「～各言爾志？」（爾：你們的。）又為何，為甚麼。《管子・戒》：「中婦諸子謂宮人：『～不出從乎？』」（中婦諸子：內宮官名。出從：跟隨出行。）

核 hé△ ❶ 果核。《禮記・曲禮上》：「賜果於君前，其有～者懷其～。」也指有核的果品。《詩經・小雅・賓之初筵》：「籩豆有楚，殽～維旅。」（楚：整齊。旅：擺設。）❷ 核心。《論衡・量知》：「文吏不學，世之教無～也。」❸ 真實。《漢書・司馬遷傳贊》：「其文直，其事～。」❹ 考查，核查。《論衡・問孔》：「～道實義，證定是非。」《漢書・刑法志》：「其審～之，務準古法。」

盉 hé 青銅製酒器。歐陽修《古器銘・寶盉》：「其二曰寶～，其文完可讀。」

害 hé 見 184 頁「害」㊁。

荷 ㊀ hé ❶ 荷葉。屈原《離騷》：「製芰～以為衣兮，集芙蓉以為裳。」（芰 jì：菱。芙蓉：荷花。）又為荷花。《詩經・陳風・澤陂》：「彼澤之陂，有蒲與～。」（陂 bēi：堤岸，指堤岸之內。）

㊁ hè ❷ 扛，擔。《論語・微子》：「子路從而後，遇丈人，以杖～蓧。」（後：落在後面。丈人：老人。蓧 diào：除草用具。）《列子・湯問》：「遂率子孫～擔者三夫。」（夫：成年男子。）引申為擔任，承當。張衡《東京賦》：「～天下之重任。」❸ 承受，蒙受恩惠。《左傳・昭公三年》：「一為禮於晉，猶～其祿，況以禮終始乎？」《洛陽伽藍記・永寧寺》：「吾世～國恩。」❹ 通「苛 kē」。繁瑣。《漢書・酈食其傳》：「食其聞其將皆握齱好～禮自用，不能聽大度之言。」（握齱 chuò：器量狹小。）

【說明】「荷」與「何」二字本義不同。當「何」作疑問代詞後，借用「荷花」的「荷」表示「扛、擔」的意義。

涸 hé△ 水枯竭。《呂氏春秋・仲秋》：「（仲秋之月）陽氣日衰，水始～。」《韓非子・說林上》：「澤～，蛇將徙。」引申為竭，盡。《管子・牧民》：「積於不～之倉，藏於不竭之府。」

嗑 hé 見 281 頁「嗑」㊁。

貉 ㊀ hé△ ❶ 獸名。《詩經・豳風・七月》：「一之日于～。」（一之日：指周曆一月。于：詞頭。貉：用如動詞，獵取貉。）❷ 通「禡 mà」。古代出兵或行軍駐紮時祭神。《周禮・夏官・大司馬》：「有司表～。」（表：立標誌。表貉：立標誌而舉行貉祭。）

㊁ mò△ ❸ 古代東北部少數民族。《荀子・勸學》：「干越夷～之子，生而同聲。」（干：古國名。夷：東方少數民族。）

搕 hé 見 410 頁「搕」㊁。

閤 hé 見 161 頁「閤」㊁。

閡 hé△ ❶ 阻隔。《世說新語・規箴》：「夷甫晨起，見錢～行。」（夷甫：人名。）❷ [九閡] 九重天。「閡」通「陔 gāi」。《漢書・禮樂志》：「專精厲意逝～～。」

蝎 ㊀ hé△ ❶ 樹木中的蛀蟲。《國語・晉語一》：「雖～譖，焉避之？不如戰也。」

㊁ xiē△ ❷ 蠍子。《搜神記》卷十八：「乃握劍至昨夜應處，果得老～。」

翮 hé△ 大羽毛中間的硬管。《周禮・秋官・翨人》：「以時獻其羽～。」《世說新語・言語》：「翅長欲飛，支意惜之，乃鎩其～。」（支：指支道林，晉代高僧。鎩 shā：殘傷。）也指鳥的翅膀。左思《詠史》之八：「習習籠中鳥，舉～觸四隅。」

磝 hé△ 峻刻，苛刻。《史記・老子韓非列傳》：「韓子列繩墨，切事情，明是非，其極慘～少恩。」

齕 hé△ 咬。《莊子・馬蹄》：「～草飲水。」《韓非子・外儲說右上》：「其狗～人。」

闔 hé△ ❶門扇。《呂氏春秋・仲春》：「是月也，耕者少舍，乃修～扇。」（少舍：稍稍休息。）❷關閉。《左傳・定公八年》：「築者～門。」（築者：建房的人。）《後漢書・鄧禹傳附鄧騭》：「～門靜居。」❸全。《莊子・胠篋》：「～四境之內。」《漢書・武帝紀》：「今或至～郡不薦一人。」❹通「合 hé」。符合。《戰國策・秦策三》：「意者臣愚而不～於王心耶？」（意者：或許。）❺通「盍 hé」。1. 何。《莊子・徐无鬼》：「～不亦問是已？」（是：此。已：語氣詞。）2. 何不。《莊子・天地》：「夫子～行邪？」

【辨析】闔、扇、扉。見 135 頁「扉」字條。

覈 hé△ ❶查驗，核實。張衡《東京賦》：「温故知新，研～是非。」（研：審。）《文心雕龍・議對》：「事以明～為美，不以深隱為奇。」《北史・李德林傳》：「善屬文，詞～而理暢。」（屬 zhǔ 文：寫文章。）❷米麥糠中的粗屑。後來寫作「麧」「紇」。《史記・陳丞相世家》：「亦食糠～耳。」

髑 hé△ ［髑骬 yú］胸骨。《靈樞・本藏》：「～～長者，心下堅。」

鶡 hé△ 鳥名，又名鶡雞。《山海經・中山經》：「（煇諸之山）其鳥多～。」古人常以鶡尾羽作為冠飾，所以也用來指鶡冠。張衡《東京賦》：「虎夫戴～。」

龢 hé 和諧。《國語・周語下》：「其終也，廣厚其心，以固～之。」《呂氏春秋・孝行》：「正六律，～五聲。」（六律：指樂律。五聲：宮、商、角、徵、羽。）

何 ㊀hè ❶扛，擔。後來寫作「荷」。《詩經・小雅・無羊》：「～蓑～笠。」引申為承受。《詩經・商頌・玄鳥》：「百祿是～。」

㊁hé ❷疑問代詞。甚麼。《左傳・僖公四年》：「～城不克？」又為甚麼。《論語・顏淵》：「君子～患乎無兄弟也。」❸副詞。多麼。《漢書・東方朔傳》：「～無禮也！」曹操《觀滄海》：「水～澹澹。」（澹澹：水波動盪的樣子。）

【辨析】何（荷）、擔、負、任。見 90 頁「擔」字條。

和(咊) hè 見 191 頁「和(咊)」㊁。

荷 hè 見 192 頁「荷」㊁。

喝 ㊀hè△ ❶恐嚇，威脅。《戰國策・趙策二》：「是故橫人日夜務以秦權恐～諸侯，以求割地。」❷高聲呵責。《晉書・劉毅傳》：「裕厲聲～之。」（裕：劉裕。）

㊁yè ❸聲音嘶啞，悲咽。司馬相如《子虛賦》：「榜人歌，聲流～。」（榜人：船夫。）《論衡・氣壽》：「兒生號啼之聲，鴻朗高暢者壽，嘶～濕下者夭。」

愒 hè 見 400 頁「愒」㊂。

賀 hè 奉送禮物表示祝賀。《詩經・大雅・下武》：「受天之祜，四方來～。」（祜 hù：福。）《國語・越語下》：「弔有憂，～有喜。」泛指慶賀，祝賀。《淮南子・人間》：「居數月，其馬將胡駿馬而歸，人皆～之。」（將：帶領。）

赫 hè△ ❶火紅色。《詩經・邶風・簡兮》：「～如渥赭。」（渥 wò：塗抹。赭 zhě：紅土。指像紅土一樣的顏料。）引申為明亮。《荀子・天論》：「故日月不高，則光輝不～。」❷顯耀，顯赫。《詩經・大雅・生民》：「無菑無害，以～厥靈。」（厥：其。）李白《古風》之二十四：「路逢鬥雞者，冠蓋何輝～。」（蓋：車蓋。）❸發怒的樣子。《詩經・大雅・皇矣》：「王～斯怒，爰整其旅。」（斯：語氣詞。爰：乃，於是。旅：軍隊。）

H

熇 ㊀ hè△ ❶［熇熇］火勢熾盛的樣子。《詩經・大雅・板》：「多將～～，不可救藥。」（將：行。）又為熾熱的樣子。《素問・刺瘧》：「先寒後熱，～～暍暍然。」（暍暍 yēyē：高燒的樣子。）
㊁ xiāo ❷ 熱。左思《魏都賦》：「宅土～暑。」

褐 hè△ ❶ 用粗毛編的短衣。《詩經・豳風・七月》：「無衣無～，何以卒歲？」（卒歲：過完一年。）《孟子・滕文公上》：「其徒數十人，皆衣～。」（衣：穿。）❷ 黑黃色。白居易《三適贈道友》：「～綾袍厚暖。」

翯 hè△ ［翯翯］潔白有光澤的樣子。《詩經・大雅・靈臺》：「白鳥～～。」

壑 hè△ ❶ 深溝，山谷。《戰國策・趙策四》：「願及未填溝～而託之。」王維《終南山》：「陰晴眾～殊。」今成語有「以鄰為壑」。❷ 護城河。《詩經・大雅・韓奕》：「實墉實～。」（墉：用作動詞，築城。壑：用作動詞，挖護城河。）

嚇 hè△ ❶ 怒斥聲。《莊子・秋水》：「仰而視之曰：『～！』」❷ 張開。郭璞《江賦》：「或～鰓乎巖間。」

鶴 hè△ ❶ 鳥名。《詩經・小雅・鶴鳴》：「～鳴於九皋，聲聞於野。」（九皋：深遠的沼澤地。）❷［鶴鶴］同「翯翯」。潔白的樣子。《孟子・梁惠王上》：「詩云：『麀鹿濯濯，白鳥～～。』」（麀 yōu：母鹿。濯濯：肥澤的樣子。）

hei

黑 hēi△ ❶ 黑色。《詩經・邶風・北風》：「莫赤匪狐，莫～匪烏。」❷ 昏暗無光。《漢書・五行志》：「厥異日～，大風起，天無雲，日光晻。」

hen

拫 hén 排擠，排斥。柳宗元《與裴塤書》：「不得者譸張排～，僕可出而辯之乎？」（譸張：欺騙。）

痕 hén 疤痕。蔡琰《胡笳十八拍》之十七：「沙場白骨兮刀～箭瘢。」泛指痕跡。杜甫《月夜》：「雙照淚～乾。」劉禹錫《陋室銘》：「苔～上階綠。」

佷 hěn 同「很」。乖戾，不聽從。《國語・晉語九》：「宵之～在面，瑤之～在心。」（宵、瑤：人名。）

很 hěn ❶ 違背，不聽從。《國語・吳語》：「今王將～天而伐齊。」引申為執拗。《韓非子・亡徵》：「～剛而不和，愎諫而好勝。」（愎 bì：固執。）《史記・項羽本紀》：「～如羊。」❷ 爭訟，爭鬥。《禮記・曲禮上》：「～毋求勝。」

狠 hěn 兇惡，殘忍。《北史・蘇威傳》：「其性～戾，不切世要。」《夢溪筆談・人事二》：「皂隸如此野～。」

恨 hèn ❶ 遺憾，不滿意。《荀子・成相》：「不知戒，後必有～。」諸葛亮《出師表》：「未嘗不歎息痛～於桓靈也。」（桓靈：指漢桓帝、靈帝。）今成語有「相見恨晚」。❷ 怨恨。《漢書・霍光傳》：「欲為子弟得官，亦怨～光。」又：「宣見禹～望深。」（宣：任宣。禹：霍禹。望：怨恨。）

【辨析】 恨、憾、怨。見 187 頁「憾」字條。

heng

亨 hēng 見 556 頁「亨」㊂。

恆（恒） ㊀ héng ❶ 永久，固定。《孟子・梁惠王上》：「無～產而有～心者，惟士為能。」劉禹錫《天論上》：「（天）～高而不卑，～動而不已。」（卑：低。已：止。）特指恆心。《論語・子路》：「人而無～，不可以作巫醫。」❷ 經常，常常。《左傳・文公元年》：「楚國之舉，～在少者。」（舉：立，此指確立太子。少 shào：年輕。）柳宗元《答韋中立論師道書》：「庸蜀之南，～雨少日。」❸ 普通，平常。《戰國策・秦策二》：「甘茂，賢人，非～士也。」《論衡・恢國》：「微病，～醫皆巧；篤劇，扁鵲乃良。」（篤 dǔ 劇：指病嚴重。）

㊁ gèng ❹ 月上弦漸滿的樣子。《詩經・小雅・天保》：「如月之～，如日之升。」❺ 周遍，遍及。《詩經・大雅・生民》：「～之秬秠。」（種遍秬和秠。秬 jù：黑黍。秠 pī：一殼有二米的黑黍。）

姮 héng ［姮娥］傳說中后羿的妻子，因偷吃仙藥而奔月，成為月中女神。《淮南子・覽冥》：「羿請不死之藥於西王母，～～竊以奔月。」又作「恆娥」。後避漢文帝劉恆諱，改稱「常（嫦）娥」。

珩 héng 佩玉上端的橫玉。《國語・楚語下》：「楚之白～猶在乎？」

桁 ㊀ héng ❶ 屋樑上或門窗框上的橫木。何晏《景福殿賦》：「～梧複疊，勢合形離。」又用作動詞，在橫木上懸掛。《齊民要術・種蒜》：「葉黃、鋒出則辮，於屋下風涼之處～之。」

㊁ háng ❷ 夾在犯人頭上、小腿上的大型刑具，也用作動詞。《隋書・刑法志》：「流罪已上加杻械，死罪者～之。」（杻械：手銬腳鐐。）❸ 浮橋。《水經注・渮水》：「城北水舊有～。」《晉書・温嶠傳》：「嶠討王敦，燒朱雀～以挫其鋒。」

橫 ㊀ héng ❶ 橫的方向，與「縱」相對。《淮南子・覽冥》：「縱～間之，舉兵而相角。」引申為橫向，橫放着。《呂氏春秋・貴直》：「行人燭過免冑～戈而進。」（行人：官名。燭過：人名。冑：頭盔。）又特指戰國時期「連橫」，主張東方六國分別與秦結盟。《戰國策・秦策一》：「蘇秦始將連～說秦惠王。」❷ 不循正道，交錯。《孟子・滕文公上》：「洪水～流，氾濫於天下。」劉向《九歎・憂苦》：「涕～流而成行。」❸ 充溢。《禮記・祭義》：「溥之而～乎四海。」（溥 fū：分佈。）

㊁ hèng ❹ 專橫，暴虐。《孟子・萬章下》：「～政之所出，～民之所止，不忍居也。」《史記・吳王濞列傳》：「文帝寬，不忍罰，以此吳王日益～。」❺ 出乎意料。《淮南子・詮言》：「內修極而～禍至者，皆天也。」楊惲《報孫會宗書》：「懷祿貪勢，不能自退，遂遭變故，～被口語。」（口語：毀謗。）

衡 héng ❶ 車轅前端的橫木。《論語・衛靈公》：「在輿則見其倚於～也。」（輿：車箱。）《莊子・馬蹄》：「夫加之以～扼。」（扼：通「軛」，車衡下用來套在牛馬頸上的曲木。）❷ 秤桿，秤。《莊子・胠篋》：「掊斗折～，而民不爭。」（掊 pǒu：打破。）引申為對抗。《資治通鑑・漢獻帝建安十三年》：「若能以吳、越之眾與中國抗～，不如早與之絕。」（中國：指中原地區。）❸ 橫，與「縱」相對。《詩經・齊風・南山》：「蓺麻如之何？～從其畝。」（蓺：種植。衡從：即「橫縱」。）特指戰國時代的「連橫」，即東方六國分別同秦國交好。《史記・蘇秦列傳》：「故從合則楚王，～成則秦帝。」（王：稱王。帝：稱帝。）❹ 不循正道。《孟子・梁惠王下》：「一人～行於天下。」（一人：指商紂王。）引申為阻塞不通。《孟子・告子下》：「困於心，～於慮，而後作。」（作：奮起，指有所作為。）

【辨析】衡、權。二字都指秤的一部分，「衡」指秤桿，「權」指秤砣。其他意義不相同。

蘅 héng ❶ 香草名，即杜蘅。王逸《九思・傷時》：「～芷彫兮瑩嫇。」❷［蘅蕪］香名。《拾遺記・前漢上》：「帝息於延涼室，臥夢李夫人授帝～～之香。」

橫 hèng 見 195 頁「橫」㊁。

hong

訇 hōng 象聲詞。形容聲音巨大。張衡《東京賦》：「砰磕隱～，鐘鼓之聲也。」

烘 hōng ❶ 燒。《詩經・小雅・白華》：「樵彼桑薪，卬～于煁。」（卬：我。煁 chén：可移動的灶。）又為烤。劉禹錫《山南西道新修驛路記》：「熾炭以～之。」❷ 襯托，渲染。范成大《春後微雪一宿而晴》：「朝暾不與同雲便，～作晴空萬縷霞。」（暾 tūn：太陽。）辛棄疾《滿江紅・暮春》：「更天涯，芳草最關情，～殘日。」

薨 hōng 周代稱諸侯死為薨。《禮記・曲禮下》：「天子死曰崩，諸侯曰～。」《呂氏春秋・無義》：「秦孝公～。」漢代封侯的人死也稱薨。《漢書・孔光傳》：「及霸～，上素服臨弔者再。」（霸：孔霸，漢元帝時賜爵關內侯。再：兩次。）唐代以後高官死也稱薨。《新唐書・百官志一禮部》：「凡喪，三品以上稱～。」

【辨析】薨、崩、卒、死、沒。見 18 頁「崩」字條。

轟 hōng 象聲詞，形容聲音巨大，如雷聲等。元稹《放言》之三：「霆～電烻數聲頻。」（烻 shān：光閃動的樣子。）

弘 hóng 大，廣大。《詩經・小雅・節南山》：「喪亂～多。」《漢書・高帝紀下》：「規模～遠矣。」又為動詞，擴大，弘揚。《論語・衛靈公》：「人能～道。」諸葛亮《出師表》：「恢～志士之氣。」

浤 hóng ［浤汩］水勢浩瀚的樣子。陶弘景《水仙賦》：「淼漫八海，～～九河。」

宏 hóng ❶ 大，宏大。《尚書・康誥》：「汝惟小子，乃服惟～。」（惟：語氣詞。服：治。）張衡《南征賦》：「非純德之～圖。」又用作使動，使宏大，發揚。《顏氏家訓・勉學》：「漢時賢俊，皆以一經～聖人之道。」❷ 廣博，普遍。任昉《王文憲集序》：「～覽載籍，博遊才義。」

泓 hóng ❶ 水深的樣子。郭璞《江賦》：「極～量而海運，狀滔天以淼茫。」（淼 miǎo：形容水大。）又指深水，潭。杜甫《劉九法曹鄭瑕邱石門宴集》：「晚來橫吹好，～下亦龍吟。」（橫吹：指竹笛。）❷ 量詞。用於清水，相當於「片」「道」。李賀《夢天》：「遙望齊州九點煙，一～海水杯中瀉。」❸ 古水名，故道在今河南柘城西北。《春秋・僖公二十二年》：「宋公及楚人戰于～。」

虹 hóng 雨後空中出現的彩色圓弧。《呂氏春秋・季春》：「～始見。」（見 xiàn：出現。）比喻橋。庾信《忝在司水看治渭橋》：「跨～連絕岸。」

竑 hóng 計量。《周禮・考工記》：「故～其輻廣以為之弱，則雖有重任，轂不折。」（弱：車輻沒入轂的部分。）

洪 hóng ❶ 大水。《孟子・滕文公上》：「～水橫流，氾濫於天下。」司馬相如《難蜀父老》：「夏后氏戚之，乃堙～塞源，決江疏河。」（戚：憂愁。堙 yīn：堵塞。）❷ 大。《尚書・洪範》：「帝乃震怒，不畀～範九疇。」（畀 bì：給予。範：法。疇：類。）《漢書・敘傳》：「乃旋～德，震我威靈。」

紅 hóng ❶ 淺紅色，粉紅色。《論語・鄉黨》：「～紫不以為褻服。」（褻服：家居所穿的衣服。）《文心雕龍・情采》：「正色耀乎朱藍，間色屏於～紫。」（間色：不正的顏色。屏：棄。）後又指朱色、赤色。白居易《憶江南》：「日出江花～勝火。」❷ 通「工 gōng」。指女子縫紉、刺繡等工作。《漢書・景帝紀》：「錦繡纂組，害女～者也。」

【辨析】紅、赤、絳、朱、丹。見 63 頁「赤」字條。

紘 hóng ❶ 冠冕上繫於頷下的帶子。《國語・魯語下》：「公侯之夫人加之以～、綖。」（綖 yán：覆蓋在冠冕上的裝飾。）也指編磬用的繩子。《儀禮・大射》：「鼗倚于頌磬西～。」（鼗 táo：一種有長柄的小鼓。）又指網上的大繩。班固《西都賦》：「罘網連～，籠山絡野。」（罘 fú：網。）❷ 維繫。《淮南子・原道》：「～宇宙而章三光。」（章：明。三光：指日月星。）❸ 通「宏 hóng」。宏大。《淮南子・精神》：「夫天地之道，至～以大。」

閎 hóng ❶ 里巷的門。《左傳・成公十七年》：「與婦人蒙衣乘輦而入于～。」泛指門。《左傳・襄公十一年》：「乃盟諸僖～。」（僖閎：魯僖公廟門。）❷ 大，宏大。《韓非子・難言》：「～大廣博，妙遠不測。」（測：盡。）韓愈《進學解》：「先生之於文，可謂～其中而肆其外矣。」（閎其中：指內容宏富。肆其外：指文筆恣肆。）

鞃 hóng 車軾中段裹皮革的部分。《詩經・大雅・韓奕》：「鞹～淺幭。」（鞹：去毛的皮。淺：指淺毛虎皮。幭 miè：車軾上的覆蓋物。）

鴻 hóng ❶ 大雁。《詩經・小雅・鴻雁》：「～雁于飛，肅肅其羽。」（肅肅：鳥羽振動聲。）❷［鴻鵠］天鵝。《管子・戒》：「今夫～～春北而秋南。」《孟子・告子上》：「一心以為有～～將至。」❸ 通「洪 hóng」。大。《呂氏春秋・愛類》：「河出孟門，大溢逆流，無有丘陵沃衍平原高阜盡皆滅之，名曰～水。」（沃衍：肥沃而平坦的土地。）鴻水也單稱鴻。《荀子・成相》：「禹有功，抑下～。」（抑：遏止。）❹ 強盛。《呂氏春秋・執一》：「五帝以昭，神農以～。」

黌 hóng 古代學校名。《後漢書・仇覽傳》：「農事既畢，乃令子弟羣居，還就～學。」

訌 hòng 亂，潰敗。《詩經・大雅・召旻》：「天降罪罟，蟊賊內～。」（罟 gǔ：網。）

澒 hòng 見167頁「澒」㊁。

鬨（閧） hòng ❶ 爭鬥，戰鬥。《孟子・梁惠王下》：「鄒與魯～。」❷ 喧鬧。王之道《鵲橋仙》：「十年湖海～樵歌。」

鬮 hòng 爭鬥。「鬨」的俗體。《呂氏春秋・慎行》：「崔杼之子相與私～。」

hou

齁 hōu 鼻息聲，鼾聲。王延壽《王孫賦》：「有王孫之狡獸……鼻䶈～以䶎䶊。」（䶈 kuī、䶎 xī、䶊 xiā：皆鼻息聲。）

侯 hóu ❶ 古代箭靶，用皮革或布製成。《詩經・小雅・賓之初筵》：「大～既抗，弓矢斯張。」《儀禮・鄉射禮》：「乃張～下綱。」❷ 君主。《周易・屯》：「利建～。」❸ 古代五等爵位的第二等。《左傳・僖公四年》：「五～九伯，女實征之。」又為秦漢以後僅次於王的爵位。《史記・陳涉世家》：「王～將相寧有種乎？」

喉 hóu 咽喉，喉嚨。《莊子・大宗師》：「眾人之息以～。」比喻重要的部分。《詩經・大雅・烝民》：「出納王命，王之～舌。」

郈 hóu 春秋時地名，在今河南武陟西南。《左傳・成公十一年》：「晉郤至與周爭～田。」（郤至：人名。）

腵 hóu 味過厚難入口。《呂氏春秋・本味》：「肥而不～。」

瘊 hóu ［瘊子］皮膚上生長的小贅疣。《夢溪筆談》卷十九：「隱然如～～。」

篌 hóu ［箜篌］見283頁「箜」字條。

鍭 hóu 金屬箭頭，箭羽剪齊的箭。《詩經・大雅・行葦》：「四～既鈞。」

餱（糇） hóu 乾糧。《詩經・大雅・公劉》：「乃裹～糧。」《左傳・宣公十一年》：「具～糧。」

吼 hǒu 大聲呼喊或鳴響。《新論・言體》：「周亞夫嚴猛哮～之用，可謂國之大將軍。」

呴 hǒu 見575頁「呴」㊁。

后 hòu ❶ 君主。屈原《離騷》：「昔三～之純粹兮。」（三后：夏禹、商湯、周文王。）❷ 帝王的正妻。《呂氏春秋・季春》：「～妃齋戒。」《史記・高祖本紀》：「呂公女乃呂～也，生孝惠帝、魯元公主。」❸ 通「後」。位置或時間在後。《禮記・大學》：「知止而～有定。」

厚 hòu ❶ 厚，與「薄」相對。《莊子・養生主》：「彼節者有間，而刀刃者無～。」（節：骨節。間：空隙。）《呂氏春秋・孟冬》：「營丘壟之小大、高卑、薄～之度。」（營：營造。丘壟：墳墓。度：標準。）❷ 重，深。《左傳・宣公二年》：「晉靈公不君，～斂以彫牆。」《戰國策・燕策一》：「是棄強仇而立～交也。」引申為醇厚，味濃。《呂氏春秋・本生》：「肥肉～酒。」❸ 敦厚，厚道。《論語・學而》：「慎終追遠，民德歸～矣。」《漢書・高帝紀下》：「周勃重～少文。」（重：持重。）❹ 重視，厚待。屈原《離騷》：「伏清白以死直兮，固前聖之所～。」（伏清白：做清白的事。死直：為正直而死。）《顏氏家訓・教子》：「有偏寵者，雖欲以～之，更所以禍之。」

郈 hòu 春秋時魯國地名，在今山東東平東南。《左傳・昭公二十六年》：「執而戮之，逸奔～。」

後 hòu ❶ 走在後邊或落在後邊。《論語・微子》：「子路從而～。」（子路：孔子弟子。從：跟隨。）《韓非子・外儲說左下》：「其姊往看之，暮而～，門閉，因逾郭而入。」（郭：外城牆。）❷ 位置或時間在後。《左傳・成公二年》：「從左右，皆肘之，使立於～。」《戰國策・趙策三》：「東藩之臣田嬰齊～至。」（東藩：東方的藩國，指齊國。田嬰齊：齊威王名。）❸ 子孫，後代。《孟子・梁惠王上》：「始作俑者，其無～乎！」（俑 yǒng：殉葬用的土偶木偶。）《呂氏春秋・慎大》：「封帝舜之～於陳。」

【說明】「后」與「後」在古代是兩個不同的字。「后」指君王及君王正妻，不能寫作「後」。「後」的上述意義一般也不寫作「后」。個別古籍的個別地方用「后」代「後」。現在「後」簡化作「后」。

候 hòu ❶ 伺望，偵察。《墨子・備穴》：「城內為高樓，以謹～望敵人。」《呂氏春秋・貴因》：「殷使膠鬲～周師。」也指伺望、偵察敵情的人。《墨子・號令》：「守入城，先以～為始。」又指警戒敵情的哨所。揚雄《解嘲》：「東南一尉，西北一～。」❷ 探望，問候。《漢書・張禹傳》：「上臨～禹。」❸ 迎候，等候。《呂氏春秋・音初》：「塗山氏之女乃令其妾～禹於塗山之陽。」（妾：女奴。）陶潛《歸去來兮辭》：「僮僕歡迎，稚子～門。」❹ 徵候，徵兆。《列子・周穆王》：「覺有八徵，夢有六～。」特指症候。《北齊書・方伎傳・馬嗣明》：「為人診～，一年前知其生死。」❺ 古代計時單位。五天為一候。《素問・六氣藏象論》：「五日謂之～。」引申為氣候，時令。《素問・六元正紀大論》：「寒乃去，～乃大温，草木早榮。」

逅 hòu ［邂 xiè 逅］見 565 頁「邂」字條。

堠 hòu ❶ 古代道路旁標誌里程的土堆。《北史・韋孝寬傳》：「路側一里置一土～。」引申指驛站。杜牧《渡吳江》：「～館人稀夜更長。」❷ 古代瞭望敵情的土堡。蘇軾《荔枝歎》：「五里一～兵火催。」

鱟 hòu 介貝類。左思《吳都賦》：「乘～黿鼉。」（乘：追逐。）

hu

乎 hū ❶ 語氣詞。1. 用在句末，表達各種疑問語氣。《論語・微子》：「子見夫子～？」2. 用在句末，表達感歎、祈使語氣。《戰國策・齊策四》：「長鋏歸來～！」（鋏 jiá：劍柄，此指劍。）《史記・李將軍列傳》：「惜～，子不遇時！」3. 用在句中，表示停頓。《左傳・僖公十五年》：「秦於是～輸粟于晉。」《呂氏春秋・先己》：「於是～處不重席。」❷ 介詞。與「於」相當。《論語・先進》：「千乘之國，攝～大國之間。」（乘 shèng：兵車一輛為一乘。攝：逼近。）《呂氏春秋・贊能》：「功無大～進賢。」❸ 詞尾。附着在形容詞後，作用與「然」相同。《論語・泰伯》：「煥～其有文章。」（煥：鮮明。文章：文采。）《莊子・養生主》：「以無厚入有間，恢恢～其於遊刃必有餘地矣。」（間：縫隙。恢恢：寬綽的樣子。）

呼（虖、嘑、謼） hū ❶ 吐氣，與「吸」相對。《莊子・刻意》：「吹呴～吸。」《淮南子・兵略》：「～不給吸。」（給：及。）❷ 高聲叫喊，呼喚。《荀子・勸學》：「順風而～，聲非加疾也，而聞者彰。」《史記・淮陰侯列傳》：「今拜大將如～小兒耳。」引申為稱呼。《莊子・天地》：「昔者子～我牛也，而謂之牛；～我馬也，而謂之馬。」

【辨析】1. 呼、虖、嘑、謼。這幾個字依《說文》是有分別的，「呼」指呼出氣，「虖」「嘑」是呼號，大聲呼喊，「謼」是呼喚。因同音古籍中多通用，而以用「呼」為多。2. 呼、號、叫。見188頁「號」字條。

曶 hū△ ❶ 迅疾。屈原《九章・悲回風》：「歲～～其若頽兮，時亦冉冉其將至。」❷ 輕視。《漢書・揚雄傳贊》：「用心於內，不求於外，於時人皆～之。」

忽 hū△ ❶ 不注意，不經心。《韓非子・存韓》：「願陛下幸察愚臣之計，無～。」《史記・司馬相如列傳》：「禍固多藏於隱微而發於人之所～者也。」❷ 疾，迅速。《左傳・莊公十一年》：「桀、紂罪人，其亡也～焉。」屈原《離騷》：「日月～其不淹兮，春與秋其代序。」（淹：停留。）引申為突然。曹植《雜詩》之一：「形影～不見。」《晉書・謝安傳》：「金鼓～破。」❸ 恍惚，不分明。《淮南子・原道》：「～兮怳兮，不可為象兮。」（怳 huǎng：模糊不分明。象：形狀。）❹ 古代極小的長度單位。《孫子算經》卷上：「十～為一絲，十絲為一毫。」引申為極細小之物。《史記・太史公自序》：「律曆更相治，間不容翲～。」（翲 piāo：輕。）

惚 hū△ ［惚恍］不分明，不清晰。《老子》第二十一章：「～兮恍兮，其中有象。」潘岳《西征賦》：「古往今來，邈矣悠哉，寥廓～～。」

憮 hū ❶ 覆蓋。《儀禮・士喪禮》：「～用衾。」❷ 大。《詩經・小雅・巧言》：「亂如此～。」❸ 怠慢。《禮記・投壺》：「毋～毋敖。」（毋：不要。敖：傲慢。）

膴 ㈠ hū ❶ 古代祭祀用的大塊肉。《禮記・少儀》：「冬右腴，夏右鰭，祭～。」

㈡ wǔ ❷ 厚。《詩經・小雅・節南山》：「瑣瑣姻亞，則無～仕。」［膴膴］肥沃。《詩經・大雅・綿》：「周原～～。」

戲 hū 見546頁「戲」㈣。

抇 ㈠ hú△ ❶ 挖，掘。《荀子・堯問》：「深～之，而得甘泉焉。」《呂氏春秋・安死》：「齊未亡而莊公冢～。」（冢：墳墓。）

㈡ gǔ△ ❷ 攪亂。《呂氏春秋・本生》：「夫水之性清，土者～之，故不得清。」

囫 hú△ ［囫圇］完整的，渾然一體的。《朱子語類》卷三十四：「不是～～一物。」今成語有「囫圇吞棗」。

狐 hú 狐狸。《詩經・齊風・南山》：「南山崔崔，雄～綏綏。」（綏綏：獨行的樣子。）

弧 hú ❶ 木弓。即不附着骨角的弓。《周易・繫辭下》：「弦木為～，剡木為矢。」（剡 yǎn：削尖。）也指張掛旌旗的竹弓。《儀禮・覲禮》：「乘墨車，載龍旗～韣。」（韣 tāo：放弧弓的袋子。）❷ 彎曲。《周禮・考工記・輈人》：「輈欲～而無折，經而無絕。」（輈 zhōu：車轅。經：指順木的紋理。絕：斷。）

胡 hú ❶ 獸頷下的垂肉。《詩經・豳風・狼跋》：「狼跋其～。」（跋：踩。）引申指戈戟之刃曲而下垂的部分。《周禮・考工記・冶氏》：「戈廣二寸，內倍之，～三之，援四之。」❷ 遠，大。《儀禮・士冠禮》：「眉壽萬年，永受～福。」又指長壽，常「胡考」「胡耇」等連文。《詩經・周頌・絲衣》：「～考之休。」（休：福。）《左傳・僖公二十二年》：「雖及～耇，獲則取之。」❸ 疑問代詞。甚麼，為甚麼。《詩經・鄭風・風雨》：「云～不喜？」《呂氏春秋・察今》：「上～不法先王之法？」❹ 古國名，春秋時為楚所滅。《左傳・定公十五年》：「二月，楚滅～。」❺ 古代泛指北方邊地及西域的民族。《戰國策・齊策五》：「～人襲燕樓煩數縣，取其牛馬。」賈誼《過秦論》：「～人不敢南下而牧馬。」泛指外國的。《洛陽伽藍記・白馬寺》：「～人號曰佛。」

斛 hú△ 量器名。也作容量單位，十斗為一斛，南宋以後改為五斗為一斛。《莊子・胠篋》：「為之斗～以量之，則並與斗～而竊之。」《漢書・高帝紀上》：「關中大饑，米～萬錢，人相食。」

壺 hú ❶容器名。古代的壺緊口深腹，多用來盛放液體。《孟子・梁惠王下》：「簞食～漿，以迎王師。」❷古代宴飲時的娛樂用具。《左傳・昭公十二年》：「晉侯以齊侯宴，中行穆子相，投～。」（中行穆子：人名。相：贊禮。）《禮記・投壺》：「投～之禮，主人奉矢，司射奉中，使人執～。」❸通「瓠 hù」。葫蘆。《詩經・豳風・七月》：「七月食瓜，八月斷～。」《後漢書・費長房傳》：「市中有老翁賣藥，懸一～於肆頭。」

湖 hú 湖泊。《國語・越語下》：「果興師而伐吳，戰於五～。」

瑚 hú 古代宗廟中盛黍稷的禮器。《禮記・明堂位》：「夏后氏之四連，殷之六～。」（連：同「璉」，盛黍稷的禮器。）[瑚璉] 比喻可寶貴的人才。《論語・公冶長》：「子貢問曰：『賜也何如？』子曰：『女，器也。』曰：『何器也？』曰：『～～也。』」（子貢：端木賜，字子貢。女 rǔ：你。）

搰 ㊀ hú△ ❶挖掘，掘出。《國語・吳語》：「狐埋之而狐～之。」
㊁ kū△ ❷[搰搰] 用力的樣子。《莊子・天地》：「～～然用力甚多而見功寡。」

槲 hú△ 樹名。《本草圖經》：「～木高丈餘，與櫟相類。」

蝴 hú [蝴蝶] 昆蟲名。《搜神記》卷十二：「然朽草之為螢，由乎腐也；麥之為～～，由乎濕也。」

糊 hú ❶稠粥。《齊民要術・養牛馬驢騾》：「煮麪～，熱塗之。」又作動詞，以粥餬口。《魏書・崔浩傳》：「今既～口無以至來秋。」❷塗抹，黏合。《齊民要術・養牛馬驢騾》：「以粥～布上，厚裹蹄上瘡處。」白居易《竹窗》：「開窗不～紙。」

縠 hú△ 縐紗。《戰國策・齊策四》：「王之憂國愛民，不若王愛尺～也。」

觳 ㊀ hú△ ❶同「斛」。古代量器名。又為容量單位。《周禮・考工記・陶人》：「鬲實五～。」（鬲 lì：量器。）❷[觳觫 sù] 恐懼的樣子。《孟子・梁惠王上》：「吾不忍其～～。」
㊁ què△ ❸瘠薄。《管子・地員》：「剛而不～。」引申為簡陋。《史記・秦始皇本紀》：「雖監門之養，不～於此。」（監門：守門小吏。）

餬 hú 以粥餬口。《左傳・隱公十一年》：「寡人有弟，不能和協，而使～其口於四方。」

鵠 ㊀ hú△ ❶天鵝。也叫鴻鵠、黃鵠。《莊子・天運》：「夫～不日浴而白。」袁宏道《滿井遊記》：「若脫籠之～。」鵠色白，代指白色。《周禮・春官・巾車》：「前樊～纓。」（樊：通「鞶」，馬腹帶。）❷古地名。《詩經・唐風・揚之水》：「素衣朱繡，從子于～。」
㊁ gǔ ❸箭靶的中心。《禮記・射義》：「故射者各射己之～。」《戰國策・齊策五》：「今夫～的，非咎罪於人也。」

鶘 hú [鵜鶘] 見 499 頁「鵜」字條。

鶻 hú 見 172 頁「鶻」㊁。

虎 hǔ 老虎。《戰國策・楚策一》：「～求百獸而食之。」比喻威武勇猛。《詩經・魯頌・泮水》：「矯矯～臣。」（矯矯：強健的樣子。）

許 hǔ 見 575 頁「許」㊁。

琥 hǔ ❶雕刻成的虎形玉器。《左傳・昭公三十二年》：「賜子家子以雙～。」（子家子：人名。）❷[琥珀] 松柏樹脂的化石，黃褐色透明體，可用作裝飾品。陸賈《新語・道基》：「犀象瑇瑁，～～珊瑚。」

滸 hǔ 水邊。《詩經・王風・葛藟》：「綿綿葛藟，在河之～。」（葛藟 lěi：兩種蔓生植物。）李白《丁督護歌》：「萬人鑿盤石，無由達江～。」

互 hù ❶交錯，交替。《漢書・谷永傳》：「百官盤～。」《後漢書・蔡邕傳》：「比災變～生，未知厥咎。」（厥：其。）引申為互相。范仲淹《岳陽樓記》：「漁歌～答。」❷掛肉的架子。《周禮・地官・牛人》：「凡祭祀，共其牛牲之～。」（共：供給。）張衡《西京賦》：「置～擺牲。」❸官府前阻攔人馬通行的木架。後來寫作「枑」。《周禮・秋官・修閭氏》：「掌比國中宿～欜者。」（欜 tuò：古代巡夜報更用的梆子。）

戶 hù ❶ 單扇門。泛指門。《詩經・豳風・七月》：「塞向墐～。」（向：朝北的窗。墐：塗泥。）《木蘭詩》：「木蘭當～織。」今成語有「戶樞不蠹」。❷ 住戶，人家。一家為一戶。《韓非子・說林上》：「乃與之萬～之邑。」《史記・呂不韋列傳》：「封為文信侯，食河南洛陽十萬～。」❸ 洞穴。《呂氏春秋・仲春》：「蟄蟲咸動，開～始出。」（蟄蟲：冬眠的動物。咸：都。）《淮南子・天文》：「百蟲蟄伏，靜居閉～。」❹ 阻止。《左傳・宣公十二年》：「屈蕩～之。」（屈蕩：人名。）《新唐書・韋溫傳》：「溫使～止。」❺ 酒量。白居易《久不見韓侍郎戲題四韻》：「～大嫌甜酒。」

【辨析】戶、門。二字在「門戶」的意義上相同。區別在於：一是，雙扇的叫「門」，單扇的叫「戶」；二是，「門」一般指庭院的門，或者里巷的門、城門等，「戶」一般指房間的門。「門」大而「戶」小。引申開來，「門」指名門望族，「戶」指小戶人家。

冱（沍） hù 凍結。《莊子・齊物論》：「河漢～而不能寒。」張衡《思玄賦》：「清泉～而不流。」引申為寒冷。左思《魏都賦》：「下冰室而～冥。」

芴 hù△ ［芴然］無根本的樣子。《荀子・正名》：「故愚者之言，～～而粗。」

枑 hù 官府前用木頭交叉構成的障礙物，也叫行馬。潘岳《藉田賦》：「掌舍設～。」（掌舍：官名。）

岵 hù 有草木的山。《詩經・魏風・陟岵》：「陟彼～兮，瞻望父兮。」

怙 hù 依仗，憑恃。《詩經・小雅・蓼莪》：「無父何～，無母何恃？」《左傳・宣公十五年》：「～其俊才。」代指父親。白居易《祭烏江十五兄文》：「孩失其～，幼喪其親。」

戽 hù 汲水器具，又稱戽斗。沈與求《次韻宏父喜雨》：「四郊～尾開新瀆。」也指用戽斗等取水。貫休《宿深村》：「月下取～塘水。」

祜 hù 福。《詩經・小雅・信南山》：「受天之～。」

笏 hù△ ❶ 笏板，臣朝見君時所執的手板，用以記事。《淮南子・要略》：「搢～而朝。」（搢 jìn：插。）❷ 量詞。用於金、銀、墨等條塊狀物。蘇軾《與范子豐書》：「納銀一～。」

瓠 ㊀ hù ❶ 蔓生植物，葫蘆的一種。《呂氏春秋・仲冬》：「瓜～不成。」（成：成熟。）❷ 通「壺 hú」。賈誼《弔屈原賦》：「斡棄周鼎，寶康～兮。」（斡：轉，棄。周鼎：周朝的傳國鼎。康瓠：空壺，破瓦壺。）

㊁ huò ❸ ［瓠落］大的樣子。《莊子・逍遙遊》：「剖之以為瓢，則～～無所容。」（之：代大瓠，大葫蘆。）

【辨析】瓠、匏。二字同指可用作瓢的葫蘆。《說文》：「瓠，匏也。」「匏，瓠也。」二字互訓。《詩經・邶風・匏有苦葉》毛傳：「匏謂之瓠。」「瓠」「匏」實異名而同實。

扈 hù ❶ 古國名。《左傳・昭公元年》：「夏有觀、～。」（觀：國名。）又為古地名。《左傳・莊公二十三年》：「公會齊侯，盟于～。」❷ 止，制止。《左傳・昭公十七年》：「～民無淫者也。」（無淫：使之不邪惡。）❸ 披，帶。屈原《離騷》：「～江離與辟芷兮。」（離、芷：香草名。辟：僻幽。）❹ 隨從，跟隨。司馬相如《上林賦》：「～從橫行。」蘇軾《和三舍人省上》：「共～翠輦朝宣光。」❺ 鳥名。《詩經・小雅・小宛》：「交交桑～。」（交交：鳥叫聲。）

綔 hù 繫印的絲帶。《後漢書・輿服志》：「諸侯王以下以～赤絲蕤，縢～各如其印質。」（蕤：指下垂的飾物。縢：捆束。）

鄠 hù 夏代國名，漢置縣。在今陝西戶縣。《漢書・地理志上》：「～，古國。」《說文》：「～，右扶風縣名。」

滬 hù 捕魚的竹柵。陸龜蒙《漁具詩序》：「列竹於海澨曰～。」（澨 shì：

水濱。）陸游《村舍》：「潮生魚～短，風起鴨船斜。」

嫮 hù 美好。景差《大招》：「～目宜笑。」《漢書・外戚傳上・孝武李夫人》：「美連娟以修～兮。」

鳸 hù 農桑候鳥的通稱。《晉書・食貨志》：「命春～以耕稼。」

護 hù ❶保護，護衛。《史記・蕭相國世家》：「高祖為布衣時，何數以吏事～高祖。」（何：蕭何。）引申為袒護。嵇康《與山巨源絕交書》：「仲尼不假蓋於子夏，～其短也。」（假：借。蓋：車蓋。）❷監督，監視。《史記・李將軍列傳》：「有白馬將出～其兵，李廣上馬與十餘騎奔射殺胡白馬將。」（白馬將：騎白馬的將領。）又為統領。《史記・樂毅列傳》：「樂毅於是並～趙、楚、韓、魏、燕之兵以伐齊。」

頀 hù 大頀，湯時樂名。《春秋繁露・楚莊王》：「湯之時，民樂其救之於患害也，故～，～者，救也。」

hua

花（苍） huā ❶花朵。陶潛《桃花源記》：「忽逢桃～林。」比喻女子。白居易《霓裳羽衣歌》：「嬌～巧笑久寂寥。」也指形狀像花朵的東西。庾信《寒園即目》：「雪～深數尺。」引申為有花紋的，顏色錯雜的。白居易《霓裳羽衣歌》：「四幅～箋碧間紅。」（箋：小幅的紙。）❷模糊不清。杜甫《飲中八仙歌》：「知章騎馬似乘船，眼～落井水底眠。」（知章：賀知章。）

華 ㊀ huā ❶花。《詩經・周南・桃夭》：「桃之夭夭，灼灼其～。」（夭夭：美盛的樣子。灼灼：鮮豔的樣子。）又用作動詞，開花。《呂氏春秋・仲春》：「始雨水，桃李～。」

㊁ huá ❷光輝，光彩。《淮南子・地形》：「末有十日，其～下照地。」（末：樹梢，樹端。十日：十個太陽。）引申為顯耀。《三國志・魏書・陳思王植傳》：「～宗貴族，藩王之中，必有應斯舉者。」（斯：此。）❸美麗，華麗。曹植《洛神賦》：「～容婀娜，令我忘餐。」引申為文才。《文心雕龍・程器》：「昔庾元規才～清英。」（庾元規：庾亮，字元規。）又引申為精華，精美的東西。王勃《滕王閣序》：「物～天寶，龍光射牛斗之墟。」（龍光：指寶劍的光芒。牛斗：二星宿名。墟：指星座。）❹浮華，與「實」相對。《鹽鐵論・相刺》：「有～言矣，未見其實也。」《後漢書・周舉傳》：「但務其～，不尋其實。」今成語有「華而不實」。❺（頭髮）花白。陶潛《命子》：「顧慚～鬢，負影隻立。」（隻：孤單。）蘇軾《念奴嬌・赤壁懷古》：「故國神遊，多情應笑我，早生～髮。」❻漢族的古稱。《左傳・襄公十四年》：「我諸戎飲食衣服不與～同。」又古代指中原地區的國家。《左傳・襄公四年》：「諸～必叛……獲戎失～，無乃不可乎？」

㊂ huà ❼華山，五嶽中的西嶽，在陝西華陰南。賈誼《過秦論》：「然後踐～為城，因河為池。」（踐：踐履。河：黃河。池：護城河。）

划 huá 以槳撥水使船前進。張鎡《崇德道中》：「破艇爭～忽罷喧，野童村女鬧籬邊。」

釫 huá 鏵。耕田起土的農具。《墨子・備娥傳》：「為上下～而斲之。」（斲：同「斲」）。

華 huá 見 202 頁「華」㊁。

猾 huá△ ❶擾亂。《尚書・舜典》：「蠻夷～夏。」（夏：華夏。）《三國志・魏書・袁紹傳》：「雖黃巾～亂。」❷狡黠，奸詐。《韓非子・揚權》：「～民愈眾，姦邪滿側。」也指狡詐之人。《史記・劉敬叔孫通列傳》：「今不能進臣等，專言大～。」

滑 ㊀ huá△ ❶光滑，不滯澀。《禮記・內則》：「滫瀡以～之。」（滫瀡 xiǔsuǐ：淘米水。）《論衡・驗符》：「爵以為銅也，涉水取之，～重不能舉。」❷狡詐。《史記・酷吏列傳》：「為人上，操下如束濕薪，～賊任威。」（賊：殘忍。）

㊁ gǔ△ ❸ 擾亂。《淮南子・齊俗》：「～亂萬民。」《列子・黃帝》：「雷霆不亂其聽，美惡不～其心。」

嘩(譁) huá 喧嘩，喧鬧。《孫子・軍爭》：「以靜待～。」《論衡・程材》：「儒者寂於空室，文吏～於朝堂。」

【說明】「嘩」「譁」「讙」「喧」「諠」五字都是「聲大而雜」的意思。「嘩、譁」「喧、諠」是異體字。「譁」「讙」，《說文》互訓，是同義詞。「讙」「諠」，義亦相同，《呂氏春秋・離謂》作「讙嘩」，《樂成》作「諠譁」。《說文》未收「喧」「諠」二字。「諠」「讙」的其他意不能互換。現在「嘩」「譁」簡化作「哗」。

鋘 ㊀ huá ❶ 同「鏵」。耕田農具。《南史・康絢傳》：「大則釜鬲，小則～鋤。」

㊁ wú ❷ 刀名。《吳越春秋・夫差內傳》：「兩～植吾宮牆。」（植：豎立。）

鏵 huá 一種耕地的農具。《方言》五：「臿……宋衛之間謂之～。」《太平御覽》卷七六四引《淮南子・齊俗》：「脩腳者使之蹠～。」

螖 huá△ 魚名。《山海經・東山經》：「子桐之水出焉，而西流注于餘如之澤，其中多～魚。」

驊 huá ［驊騮 liú］駿馬。《莊子・秋水》：「騏驥～～，一日而馳千里。」

化 huà ❶ 改變，變化。《呂氏春秋・察今》：「變法者因時而～。」《禮記・月令》：「田鼠～為鴽。」（鴽 rú：鳥名。）❷ 教化，感化。《禮記・學記》：「君子如欲～民成俗，其必由學乎！」又為習俗，風化。《漢書・敘傳下》：「敗俗傷～。」❸ 造化，自然的變化或規律。《素問・五常政大論》：「～不可代，時不可違。」❹ 消除。《韓非子・五蠹》：「鑽燧取火以～腥臊。」❺ 死。陶潛《自祭》：「余今斯～，可以無恨。」（余：我。斯：語氣詞。）佛家稱死為「坐化」，道家稱死為「羽化」，也是這意義。

華 huà 見 202 頁「華」㊂。

畫 huà ❶ 劃分界線，劃分。《左傳・襄公四年》：「芒芒禹跡，～為九州。」引申為截止，停止。《論語・雍也》：「力不足者，中道而廢，今女～。」（女 rǔ：你。）❷ 繪畫，作畫。《韓非子・十過》：「禹作為祭器，墨染其外，而朱～其內。」又為圖畫。《漢書・霍光傳》：「君未諭前～意邪？」（諭：知曉，明白。）❸ 謀劃，籌劃。《商君書・更法》：「孝公平～。」（平：評議。）又為計謀，計策。《史記・淮陰侯列傳》：「言不聽，～不用。」

話 huà ❶ 話語。《詩經・大雅・抑》：「慎爾出～。」（爾：你，你的。）張協《七命》：「敬聽嘉～。」❷ 談說，談論。孟浩然《過故人莊》：「把酒～桑麻。」李商隱《夜雨寄北》：「何當共剪西窗燭，卻～巴山夜雨時。」

劃 huà ❶ 割開，開。鮑照《蕪城賦》：「～崇墉，刳濬洫。」（墉 yōng：城牆。刳 kū：開鑿。濬 jūn：深。洫 xù：護城河。）潘耒《遊天台山記》：「峭壁百尋，雷轟刀～。」（尋：八尺為一尋。）❷ 忽然。杜甫《苦雨奉寄隴西公兼呈王徵士》：「～見公子面，超然歡笑同。」

【說明】「划」「劃」古為二字，意義各不相同，「割開」的意義不寫作「划」。現在「劃」簡化作「划」。

嫿 huà△ 好，佳。《說文》：「～，靜好也。」左思《魏都賦》：「風俗以韰果為～。」（韰 xiè：心胸狹隘。果：勇猛。）

樺 huà 樹名，即白樺。《魏書・禮志一》：「後所立～木生長成林，其民益神奉之。」

繣 huà ❶ 繫物的帶子。《周禮・夏官・大司馬》「徒銜枚而進」鄭玄注：「枚如箸，銜之，有～，結項中。」（項：脖子。）❷ 破裂聲。潘岳《西征賦》：「～瓦解而冰泮。」（泮 pàn：冰融化。）

huai

佪 huái 見 211 頁「佪」㊁。

徊 huái 見211頁「徊」㊁。

淮 huái 水名，即淮河。《孟子・滕文公下》：「水由地上行，江、～、河、漢是也。」

槐 huái 槐樹。《呂氏春秋・過理》：「乃觸廷～而死。」

踝 huái 踝骨，腳腕兩旁凸起的部分。《說苑・辨物》：「從左方渡，至～；從右方渡，至膝。」轉指腳後跟。《禮記・深衣》：「負繩及～以應直。」（負繩：指衣、裳的背縫。）

懷 huái ❶胸前。《論語・陽貨》：「子生三年，然後免於父母之～。」引申為懷抱。《史記・屈原賈生列傳》：「於是～石遂自沉汨羅以死。」（汨羅：汨羅江。）❷包圍，包容。《尚書・堯典》：「蕩蕩～山襄陵。」（蕩蕩：水大的樣子。襄：沖上。）《淮南子・主術》：「志大者，無不～也。」❸包藏，隱藏。《禮記・曲禮上》：「賜果於君前，其有核者～其核。」特指心裏懷藏某種感情。《戰國策・魏策四》：「～怒未發。」引申為心意，情意。《史記・高祖本紀》：「慷慨傷～，泣數行下。」❹懷念，思念。《詩經・周南・卷耳》：「嗟我～人，寘彼周行。」（寘：放置。周行：大路。）❺歸向，歸附。《尚書・大禹謨》：「黎民～之。」（黎民：百姓。）又用作使動，使歸附，安撫。賈誼《論積貯疏》：「～敵附遠，何招而不至？」（附遠：使遠方歸附。）

咶 huài ❶喘息。王逸《九思・逢尤》：「悒殟絕兮～復蘇。」（殟 wēn：突然失去知覺。）❷通「舐」。舔。《莊子・人間世》：「～其葉，則口爛而為傷。」

壞 huài ❶房屋倒塌。《詩經・大雅・板》：「無俾城～。」（俾：使。）《淮南子・人間》：「夫牆之～也於隙。」引申為損毀。《禮記・禮運》：「是謂天子～法亂紀。」❷衰亡，失敗。《左傳・襄公二十四年》：「諸侯貳則晉國～。」司馬遷《報任安書》：「稽其成敗興～之紀。」

【說明】「壞」「坏」二字在古代音義完全不同。現在「壞」簡化作「坏」。

huan

貛（貛） huān ❶野獸名。《淮南子・脩務》：「～貉為曲穴。」謝靈運《山居賦》：「山上則猿狎貍～。」❷［貛貛］鳥名。《呂氏春秋・本味》：「～～之炙。」

歡（懽） huān ❶喜悅，高興。《左傳・襄公八年》：「～以承命，何時之有？」《呂氏春秋・精通》：「生則相～，死則相哀。」引申為交好。《史記・田敬仲完世家》：「陽生素與乞～。」（陽生：人名。乞：田乞，人名。）❷樂府詩中相愛男女的稱呼。古詩《莫愁詩》：「聞～下揚州，相送楚山頭。」

讙 huān 見578頁「讙」㊀。

驩 huān ❶喜悅，歡心。《呂氏春秋・順說》：「使天下丈夫女子莫不～然皆欲愛利之。」《史記・廉頗藺相如列傳》：「且以一璧之故，逆強秦之～，不可！」❷［驩兜］傳說中南方國名。《呂氏春秋・恃君》：「縛婁、陽禺、～～之國，多無君。」

洹 huán 古水名，今名安陽河，在河南北部。《左傳・成公十七年》：「聲伯夢涉～。」

垸 huán ❶用漆與骨粉摻和後塗抹器具。《周禮・地官・角人》：「凡骨物於山澤之農」。鄭玄注：「骨，入漆～者。」❷轉動。《淮南子・時則》：「規之為度也，轉而不復，員而不～。」❸通「鍰」。重量單位。《周禮・考工記》：「冶氏為殺矢，刃長寸，圍寸，鋌十之，重三～。」❹通「丸」。小而圓的東西。《列子・黃帝》：「累二～而不墜。」

桓 huán ❶作為標誌的柱子，後代稱華表。《漢書・尹賞傳》：「便輿出，瘞寺門～東。」（瘞 yì：埋葬。寺：官署。）❷［桓桓］威武的樣子。《詩經・周頌・桓》：「～～武王。」杜甫《北征》：「～～陳將軍。」❸盤桓。《莊子・應帝王》：「鯢～之審為淵。」（鯢 ní：小魚。審：聚集。）

梡 ㈠ huán ❶ 樹名。《南方草木狀·訶梨勒》：「訶梨勒，樹似木～。」❷ 刮磨。《法言·吾子》：「斷木為棋，～革為鞠。」（鞠：一種皮革製的球。）
㈡ kuǎn ❸ 帶四足的俎案。《禮記·明堂位》：「俎，有虞氏以～。」

萑 huán ❶ 荻類植物。《詩經·小雅·小弁》：「～葦淠淠。」（淠淠 bìbì：茂盛的樣子。）❷［萑蘭］同「汍瀾」。流淚的樣子。《漢書·息夫躬傳》：「涕泣流兮～～。」

貆（狟） huán 獸名。《詩經·魏風·伐檀》：「不狩不獵，胡瞻爾庭有縣～兮？」（瞻：望見。縣 xuán：懸掛。）

圜 huán 見 643 頁「圜」㈡。

澴 huán 水迴旋湧起的樣子。《水經注·河水四》：「激石雲洄，～波怒溢。」

寰 huán ❶ 京城周圍千里以內的地方。《穀梁傳·隱公元年》：「～內諸侯，非有天子之命，不得出會諸侯。」又泛指廣大的地域。鮑照《舞鶴賦》：「去帝鄉之岑寂，歸人～之卑喧。」❷［寰宇］泛指天下。《易林·升之臨》：「權既在手，～～可驅。」

環 huán ❶ 璧的一種，圓形，中間有孔。《左傳·昭公四年》：「公與之～。」柳宗元《小石潭記》：「聞水聲，如鳴佩～。」泛指圓圈形的東西。曹植《美女篇》：「皓腕約金～。」（皓：白。約：套。）❷ 圍繞，包圍。《孟子·公孫丑下》：「三里之城，七里之郭，～而攻之而不勝。」（郭：外城。）❸ 周遍。柳宗元《答韋中立論師道書》：「僕道不篤，業甚淺近，～顧其中，未見可師者。」（僕：謙稱自己。師：學習。）

【辨析】環、璧、瑗。見 25 頁「璧」字條。

貛（獾、獂） huán 野豬。《逸周書·周祝》：「～有爪而不敢以撅。」

還 ㈠ huán ❶ 返回，回到原地或恢復原位。《左傳·僖公五年》：「師～，館于虞。」（館：用如動詞，住賓館。虞：國名。）《史記·項羽本紀》：「～軍霸上。」（霸上：地名。）❷ 交還，歸還。《韓非子·外儲說左上》：「鄭人買其櫝而～其珠。」（櫝：匣子。）特指償還，交納。杜甫《歲晏行》：「況聞處處鬻男女，割慈忍愛～租庸。」（鬻 yù：賣。）❸ 環繞，圍繞。後來寫作「環」。《左傳·襄公十年》：「諸侯之師～鄭而南。」《漢書·食貨志上》：「～廬樹桑。」（廬：房舍。）
㈡ xuán ❹ 旋轉，迴轉。《莊子·天下》：「若飄風之～，若羽之旋。」（飄風：旋風。）《韓非子·喻老》：「扁鵲望桓侯而～走。」❺ 迅速，立刻。《荀子·王霸》：「如是則舜禹～至，王業～起。」（舜禹：指像舜和禹那樣的賢德之王。）

【辨析】還、反、返。見 128 頁「反」字條。

鍰 huán ❶ 古代重量單位。說法不一，一說百鍰為三斤，一說六兩為一鍰。《尚書·呂刑》：「其罰百～。」❷ 通「環」。《漢書·外戚傳下》：「倉琅根，宮門銅～也。」

繯 huán ❶ 繩圈，繩套。《後漢書·吳祐傳》：「因投～而死。」❷ 旗上的飄帶。揚雄《羽獵賦》：「青雲為紛，紅霓為～。」❸ 捕獸的網。《呂氏春秋·上農》：「～網罝罦，不敢出於門。」

闤 huán 環繞市區的牆，也指市區。張衡《西京賦》：「爾乃廓開九市，通～帶闠。」（闠 huì：市區的門。）［闤闠］市區的牆和門，用為市區的代稱。左思《蜀都賦》：「～～之里，伎巧之家。」

鐶 huán 圓形有孔可貫穿的東西。《戰國策·齊策五》：「軍之所出，矛戟折，～弦絕。」

鬟 huán 婦女梳的環形髮髻。庾信《和詠舞》：「低～逐上聲。」杜甫《月夜》：「香霧雲～濕。」代指婢女。梅堯臣《聽文都知吹簫》：「欲買小～試教之。」

鶨 huán 也作「鸔」。［鶨目］水鳥名。《史記·司馬相如列傳》：「鵁鶨～～。」

H

緩 huǎn ❶ 寬鬆。《古詩十九首》之一：「相去日已遠，衣帶日已～。」又放鬆，放寬。《左傳・宣公十七年》：「晉人～之，逸。」《韓非子・外儲說右上》：「～其刑罰。」❷ 遲緩，緩慢。《孟子・滕文公上》：「民事不可～也。」《呂氏春秋・首時》：「聖人之事，似～而急。」❸ 疏鬆，鬆軟。《呂氏春秋・任地》：「使地肥而土～。」《齊民要術・種芋》：「宜擇肥～土近水處。」

【辨析】緩、徐。「徐」與「緩」都有「緩慢」的意義，但「徐」指不疾速，其反面是「疾」；「緩」指不急迫，其反面是「急」。

幻 huàn ❶ 惑亂。《六韜・文韜》：「不祥之言，～惑良民。」❷ 虛幻。《列子・周穆王》：「有生之氣，有形之狀，盡～也。」蘇軾《登州海市》：「心知所見皆～影。」❸ 變化。《列子・周穆王》：「因形移易者，謂之化，謂之～。」又用作名詞，指變化的法術。《列子・周穆王》：「老成子學～於尹文先生。」

奐 huàn 盛大，眾多。《禮記・檀弓下》：「美哉輪焉，美哉～焉。」

宦 huàn ❶ 給貴族作奴僕。《左傳・宣公二年》：「～三年矣，未知母之存否。」《國語・越語上》：「然後卑事夫差，～士三百人於吳。」❷ 做官。《韓非子・內儲說下》：「荊王欲～諸公子於四鄰。」❸ 宦官，閹人。司馬遷《報任安書》：「事有關於～豎，莫不傷氣。」

圂 huàn 見 215 頁「圂」㊁。

浣 huàn ❶ 洗滌，漂洗。《公羊傳・莊公三十一年》：「臨民之所漱～也。」王維《洛陽女兒行》：「誰憐越女顏如玉，貧賤江頭自～紗。」❷ 唐制，官吏每十天休息沐浴一次，稱「休浣」。李白《朝下過盧郎中敘舊遊》：「復此休～時，閒為疇昔言。」

患 huàn ❶ 憂慮，擔心。《論語・季氏》：「不～寡而～不均。」今成語有「患得患失」。❷ 禍患，災禍。《孟子・告子下》：「入則無法家拂士，出則無敵國外～者，國恆亡。」（入：指國內。出：指國外。法家：有法度的世臣。拂 bì 士：直諫匡過的大臣。）《荀子・富國》：「使百姓無凍餒之～，則是聖君賢相之事也。」今成語有「有備無患」。❸ 疾病。柳宗元《愈膏肓賦》：「愈膏肓之～難。」（愈：治好。膏肓 huāng 之患：指極難治好的重病。）又指患病。《晉書・桓石虔傳》：「時有～瘧疾者。」

換 huàn ❶ 變更，改變。《墨子・備城門》：「寇在城下，時～吏卒署。」王勃《滕王閣》：「物～星移幾度秋。」❷ 交換，交易。《晉書・阮籍傳附阮孚》：「嘗以金貂～酒。」

睆 huàn（舊讀 huǎn） ❶ 眼睛突出的樣子。東方虬《蟾蜍賦》：「爾其文章，～目、銳頭。」❷ 明亮的樣子。《詩經・小雅・大東》：「～彼牽牛。」❸ 渾圓的樣子。《詩經・小雅・杕杜》：「有～其實。」

喚 huàn 呼叫，招呼。《抱朴子・疾謬》：「主則見客而～狗。」

渙 huàn ❶ 消散，離散。《老子》第十五章：「～兮若冰之將釋。」（釋：融化。）《荀子・議兵》：「事大敵堅，則～焉離耳。」❷ [渙渙] 水盛的樣子。《詩經・鄭風・溱洧》：「溱與洧，方～～兮。」也可單用。柳宗元《弔屈原文》：「託遺編而歎喟兮，～余涕之盈眶。」

逭 huàn 逃，避。《尚書・太甲中》：「自作孽，不可～。」

奐 huàn 光明的樣子。《司隸校尉魯峻碑》：「～矣的的。」（的的 dìdì：明顯的樣子。）

豢 huàn ❶ 飼養豬狗。《禮記・樂記》：「夫～豕為酒，非以為禍也。」（豕：豬。為酒：造酒。）泛指飼養。《後漢書・蔡邕傳》：「百里有～牛之事。」（百里：指百里奚，人名。）引申為用利益引誘。《左傳・哀公十一年》：「唯子胥懼曰：『是～吳也夫。』」❷ 吃糧食的家畜，如狗、豬。《孟子・告子上》：「故理義之悅我心，猶芻～之悅我口。」（芻：吃草的家畜，如牛、羊。）

煥 huàn 光亮，鮮明。《論語・泰伯》：「～乎其有文章。」

瘓 huàn 癱瘓。《醫心方》卷十九：「目赤熱痛，四肢癱～。」

漶 huàn ［漶漫］1. 模糊不清。《雲笈七籤序》：「然其綱條～～，部分參差。」2. 荒廢。袁宗道《鄒翁壽序》：「而賢人之祠不至～～。」

擐 ㊀ huàn ❶ 貫穿，穿。《左傳・成公二年》：「～甲執兵，固即死也。」（即：走向。）

㊁ xuān ❷ 捋起衣袖。《禮記・王制》「贏股肱」鄭玄注：「謂～衣出其臂脛。」

澣 huàn 洗滌。《詩經・周南・葛覃》：「薄～我衣。」（薄：詞頭。）

鯇 huàn 草魚。《本草綱目・鱗部》：「～……其性舒緩，故曰～。」

轘 huàn 車裂，用車分裂人肢體的酷刑。《左傳・桓公十八年》：「齊人殺子亹而～高渠彌。」（子亹、高渠彌：人名。）

huang

肓 huāng 古代醫學指心臟與隔膜之間的部位。《左傳・成公十年》：「疾不可為也，在～之上，膏之下，攻之不可，達之不及，藥不至焉。」《素問・腹中論》：「其氣溢於大腸而著於～。」今成語有「病入膏肓」。

荒 huāng ❶ 荒蕪。《韓非子・解老》：「獄訟繁則田～，田～則府倉虛。」又為荒地。陶潛《歸園田居》之一：「開～南野際，守拙歸田園。」引申為荒年。《韓詩外傳》卷八：「四穀不升謂之～。」《後漢書・鮑永傳》：「時歲多～災，唯南陽豐穰。」（穰 ráng：豐收。）❷ 廢棄，荒廢。《尚書・盤庚上》：「非予自～茲德。」（茲：此。）韓愈《進學解》：「業精於勤，～於嬉。」（嬉：遊戲，玩耍。）❸ 大，廣大。《詩經・大雅・公劉》：「豳居允～。」（允：確實。）❹ 沉迷，逸樂過度。《詩經・唐風・蟋蟀》：「好樂無～。」❺ 遠方，邊遠之地。屈原《離騷》：「忽反顧以遊目兮，將往觀乎四～。」潘岳《楊荊州誄》：「肅清～遐。」❻ 有，據有。《詩經・魯頌・閟宮》：「奄有龜蒙，遂～大東。」（奄：包括，據有。龜、蒙：山名。大東：東方極遠之地。）❼ 遮蔽，覆蓋。《詩經・周南・樛木》：「南有樛木，葛藟～之。」（樛 jiū：樹木向下彎曲。葛、藟：蔓生植物。）

慌 huāng 見 209 頁「慌」㊁。

皇 huáng ❶ 大。《詩經・大雅・皇矣》：「～矣上帝。」代指天或天神。屈原《九歌・東皇太一》：「吉日兮辰良，穆將愉兮上～。」（穆：敬。愉：用如使動，使……愉悅。）又用為對已故長輩的敬稱。屈原《離騷》：「朕～考曰伯庸。」（朕：我。考：古人稱已死的父親為考。）韓愈《祭十二兄文》：「惟我～祖，有孫八人。」❷ 傳說中的帝王。《呂氏春秋・貴公》：「此三～五帝之德也。」秦王政統一天下後，稱皇帝，又簡稱皇，後世沿用。杜牧《阿房宮賦》：「妃嬪媵嬙，王子～孫，辭樓下殿，輦來於秦。」❸ 美。《詩經・大雅・文王》：「思～多士，生此王國。」（思：句首語氣詞。）又為讚美。《詩經・周頌・執競》：「不顯成康，上帝是～。」（不 pī：大。顯：光明。是：代詞，複指前置賓語「上帝」。）❹ 輝煌，鮮明。《詩經・小雅・斯干》：「朱芾斯～。」（芾：通「韍 fú」，官服上的蔽膝。）❺ 毛色黃白。《詩經・豳風・東山》：「～駁其馬。」（駁：毛色赤白相雜。）也指毛色黃白的馬。《詩經・魯頌・駉》：「薄言駉者，有驈有～。」（薄言：詞頭。駉 jiōng：馬肥壯。驈：兩股間為白色的黑馬。）❻ 傳說中的雌鳳。後來寫作「凰」。《詩經・大雅・卷阿》：「鳳～于飛。」（于：詞頭。）屈原《離騷》：「鸞～為余先戒兮。」（鸞：鳳凰一類的鳥。）❼ 通「遑 huáng」。閒暇。《左傳・昭公七年》：「社稷之不～，況能懷思君德？」

凰 huáng 古代傳說中的瑞鳥，雄的叫鳳，雌的叫凰，統稱鳳凰。《呂氏春秋・應同》：「夫覆巢毀卵，則鳳～不至。」杜甫《客居》：「鳳隨其～去。」

黃 huáng ❶黃，黃色。《詩經・邶風・綠衣》：「綠兮衣兮，綠衣～裏。」代指金玉等黃色之物。《詩經・齊風・著》：「充耳以～乎而。」（充耳：古代貴族冠冕兩旁懸掛的用來塞耳的玉。乎而：語氣詞。）❷草木枯黃。《詩經・小雅・何草不黃》：「何草不～。」《呂氏春秋・季秋》：「是月也，草木～落，乃伐薪為炭。」❸[黃口]幼兒。《淮南子・氾論》：「古之伐國不殺～～。」❹[黃耇 gǒu]「黃髮耇老」的省稱，指老人。《詩經・小雅・南山有臺》：「樂只君子，遐不～～。」（只：語氣詞。遐：何。）

喤 huáng [喤喤] 1. 小兒啼哭聲。《詩經・小雅・斯干》：「其泣～～。」2. 和諧、響亮的鐘鼓聲。《詩經・周頌・執競》：「鍾鼓～～。」

徨 huáng [徨徨] 心神不安的樣子。《漢書・揚雄傳》：「徒回回以～～兮。」（回回：心神不定的樣子。）曹操《秋胡行》：「～～所欲，來到此間。」

惶 huáng 恐懼。《戰國策・燕策三》：「以故荊軻逐秦王，而卒～急無以擊軻。」[惶恐] 恐懼。《史記・萬石張叔列傳》：「建讀之……甚～～。」（建：石建。）

湟 huáng ❶低窪的地方。《大戴禮記・夏小正》：「～潦生苹。」❷水名，源出青海東部，流至甘肅蘭州西入黃河。《水經注・河水二》：「河、～之間，多禽獸。」

隍 huáng 沒有水的護城壕。《列子・周穆王》：「藏諸～中。」

遑 huáng ❶閒暇，空閒。《詩經・召南・殷其雷》：「莫敢或～。」（或：語氣詞。）❷[遑遑] 1. 匆忙的樣子。《鹽鐵論・散不足》：「墨子～～，閔世也。」2. 驚恐不安的樣子。《後漢書・鄧禹傳》：「～～無所依歸。」

煌 huáng [煌煌] 1. 明亮的樣子。《詩經・陳風・東門之楊》：「明星～～。」2. 顯耀，盛美。杜甫《北征》：「～～太宗業，樹立甚宏達。」

蝗 huáng 蝗蟲。《呂氏春秋・不屈》：「～螟，農夫得而殺之。」

篁 huáng ❶竹田。《戰國策・燕策二》：「薊丘之植，植於汶～。」（薊丘：燕國都。植：指旗幟之類。下「植」字用作動詞。汶：河名。）❷竹林。屈原《九歌・山鬼》：「余處幽～兮，終不見天。」又指竹子。柳宗元《清水驛叢竹》：「簷下疏～十二莖。」

艎 huáng 船。謝朓《出藩曲》：「飛～溯極浦。」

潢 ㊀huáng ❶積水池。《左傳・隱公三年》：「～汙行潦之水，可薦於鬼神。」（汙：低窪積水處。行潦：積聚的雨水。薦：獻。）❷染紙。《齊民要術・雜說》：「凡～紙，滅白便是，不宜太深。」

㊁huàng ❸水深廣的樣子。《荀子・富國》：「～然兼覆之，養長之，如保赤子。」

璜 huáng 半璧形的玉。《周禮・春官・大宗伯》：「以玄～禮北方。」（玄：黑紅色。禮：敬神。）《呂氏春秋・上德》：「毀～以為符。」泛指玉石。屈原《天問》：「～臺十成。」（璜臺：用玉石裝飾的樓臺。成：重，層。）

鍠 huáng 象聲詞。形容鐘、玉等的聲音。《說文》：「～，鐘聲也。」《文心雕龍・原道》：「泉石激韻，和若球～。」（球：美玉。）

簧 huáng ❶樂器裏發聲的薄片。《詩經・小雅・鹿鳴》：「吹笙鼓～。」❷笙。《詩經・王風・君子陽陽》：「左執～，右招我由房。」❸[簧言] 巧言，謊言。《詩經・小雅・巧言》有「巧言如簧」的話，後世以簧言指巧言。李白《雪讒詩贈友人》：「坦蕩君子，無悅～～。」

芒 huǎng 見336頁「芒」㊁。

怳 huǎng ❶隱約不清的樣子。宋玉《登徒子好色賦》：「於是處子～若有望而不來，忽若有來而不見。」也指神志不定的樣子。司馬相如《長門賦》：「登蘭臺而遙望兮，神～～而外淫。」❷失意的樣子。屈原《九歌・少司命》：「望美人兮未來，臨風～兮浩歌。」❸ 忽然。《晉書・劉伶傳》：「兀然而醉，～爾而醒。」

恍 huǎng ❶ 模糊不清。《老子》第二十一章：「～兮惚兮，其中有物。」[恍惚] 迷離不清，難以捉摸。《韓非子・忠孝》：「～～之言，恬惔之學，天下之惑術也。」❷ 彷彿，好像。蘇軾《滿江紅・懷子由作》：「相看～如昨。」❸ [恍然] 猛然領悟的樣子。朱熹《中庸章句序》：「一旦～～，似有以得其要領者。」今成語有「恍然大悟」。

晃 huǎng ❶ 明亮。《顏氏家訓・勉學》：「初晴日～。」❷ 閃耀。曹植《宜男花頌》：「光采～曜。」（晃曜 yào：閃爍照耀。）庾信《鏡賦》：「朝光～眼。」❸ 一閃而過。王禹偁《西暉亭》：「隙～歸巢燕。」

幌 huǎng ❶ 帷幔，窗簾。張協《七命》：「重殿疊起，交綺對～。」杜甫《月夜》：「何時倚虛～，雙照淚痕乾。」❷ 酒店的招幌。陸龜蒙《和初冬偶作》：「小壚低～還遮掩，酒滴灰香似去年。」

謊 huǎng 誣妄，欺騙。這個意義後來寫作「謊」。《呂氏春秋・知接》：「瞑者目無由接也，無由接而言見，～。」

慌 ㊀ huǎng ❶ [慌忽] 模糊，不真切。屈原《九歌・湘夫人》：「～～兮遠望。」字又作「慌惚」。《禮記・祭義》：「夫何～～之有乎？」

㊁ huāng ❷ 恐慌，忙亂。白樸《梧桐雨》第二折：「丞相有何事，這等～促？」

熀 huǎng 明亮。《抱朴子・暢玄》：「入宴千門之混～，出驅朱輪之華儀。」（混：寬敞。）

爌 ㊀ huǎng ❶ 照亮。《漢書・揚雄傳》：「北～幽都。」

㊁ kuǎng ❷ 火光，燈火。佛教以喻佛法。王勃《廣州寶莊嚴寺舍利塔碑》：「傳燈繼～，曳組成陰。」

滉 huàng ❶ 波動，搖盪。元稹《代郡齋神答樂天》：「日～波濤一下帷。」❷ [滉瀁] 1. 水深而廣的樣子。《三國志・吳書・薛綜傳》：「加又洪流～～，有成山之難，海行無常，風波難免。」2. 水波、光影等搖動的樣子。司馬光《翠漪亭》：「雕簷日華動，～～照漪漣。」

榥 huàng 窗欞。《晉書・赫連勃勃載記》：「玄棟鏤～，若騰虹之揚眉。」

潢 huàng 見 208 頁「潢」㊁。

hui

灰 huī ❶ 灰燼，燃燒後剩下的粉末狀物。《呂氏春秋・忠廉》：「焚之而揚其～。」《淮南子・覽冥》：「積蘆～以止淫水。」（淫水：大水。）❷ 沮喪，消沉。裴度《中書即事》：「～心緣忍事，霜鬢為論兵。」❸ 灰色。《古今注・魚蟲》：「形似蜘蛛，而色～白。」

虺 huī 見 211 頁「虺」㊁。

恢 huī ❶ 廣大，寬廣。《荀子・非十二子》：「～然如天地之苞萬物。」（苞：包。）今成語有「天網恢恢」。❷ 擴大，弘揚。《左傳・襄公四年》：「武不可重，用不～于夏家。」[恢弘] 發揚光大。諸葛亮《出師表》：「以光先帝遺德，～～志士之氣。」

挼 huī 見 436 頁「挼」㊁。

豗 huī ❶ 撞擊。木華《海賦》：「磊匒匌而相～。」（磊：眾石。匒匌 dákē：重疊的樣子。）❷ 喧囂。李白《蜀道難》：「飛湍瀑流爭喧～。」

撝 huī ❶ 裂開，剖開。《說文》：「～，裂也。」《後漢書・馬融傳》：「～介鮮，散毛族。」（介鮮：貝類和魚類。）❷ 指揮。《公羊傳・宣公十二年》：「莊王親自手旌，左右～軍。」又揮手斥退。《淮南子・覽冥》：「武王左操黃鉞，右秉白旄，瞋目而～之曰：『余在，天下孰敢害吾意者！』」❸ 謙遜。《南史・謝朓傳》：「～讓之美，本出人情。」

揮 huī ❶ 揮動，舞動。《淮南子・說山》：「執彈而招鳥，～梲而呼狗。」（梲 zhuō：短棍。）❷ 拋灑。《國語・晉語四》：「公子使奉匜沃盥，既而～之。」（匜 yí：一種洗手的器具。沃盥 guàn：澆水。）今成語有「揮汗如雨」。❸ 散發。張協《詠史》：「～金樂當年，歲暮不留儲。」

睢 ㊀ huī ❶［睢睢］仰視的樣子。《漢書・五行志中之下》：「萬眾～～，驚怪連日。」
㊁ suī ❷［恣睢］放任自得的樣子。《莊子・大宗師》：「汝將何以遊夫遙蕩～～轉徙之塗乎？」

暉 huī ❶ 光，日光。《周易・未濟》：「君子之光，其～吉也。」韓愈《宿神龜招李二十八馮十七》：「荒山野水照斜～。」❷ 明，昌明。《莊子・天下》：「不～於數度。」（數度：指禮法。）《洛陽伽藍記・宣忠寺》：「國道重～。」

【辨析】暉、輝、焥。見 210 頁「輝」字條。

詼 huī 詼諧，說話有風趣。《漢書・枚乘傳附枚皋》：「皋不通經術，～笑類俳倡。」（類：像。俳倡：歌伎藝人。）

焥 ㊀ huī ❶ 光，光輝。《詩經・小雅・庭燎》：「庭燎有～。」（庭燎：庭中用以照明的火炬。）
㊁ xūn ❷ 熏灼。《史記・呂太后本紀》：「太后遂斷戚夫人手足，去眼，～耳。」

【辨析】焥、輝、暉。見 210 頁「輝」字條。

褘 huī ❶ 蔽膝。《說文》：「～，蔽膝也。」曹植《鞞舞歌・靈芝篇》：「退詠南風詩，灑淚滿～抱。」❷ 王后的祭服。《禮記・明堂位》：「夫人副～立於房中。」（副：首飾。）

輝 huī 光輝，光彩。陶潛《雜詩》之二：「遙遙萬里～。」

【辨析】輝、焥、暉。「暉」為日光，「焥」為火光，後都泛指光輝。「輝」是後起區別字，指光輝。

麾 huī ❶ 指揮用的旌旗。《周禮・春官・巾車》：「建大～，以田，以封蕃國。」（田：打獵。）《荀子・成相》：「呂尚招～殷民懷。」（懷：歸順。）［麾下］1. 將帥的旌旗之下。《史記・魏其武安侯列傳》：「馳入吳軍，至吳將～～。」借指部下。《史記・李將軍列傳》：「廣廉，得賞賜，輒分其～～。」2. 尊稱將帥。《三國志・吳書・張紘傳》：「願～～重天授之姿，副四海之望。」❷ 指揮，揮動。《尚書・牧誓》：「王左杖黃鉞，右秉白旄以～。」（杖：執持。黃鉞：以黃金為飾的大斧。秉：執持。旄 máo：竿頂用旄牛尾為飾的旗。）《淮南子・兵略》：「手不～戈。」

翬 huī ❶ 五彩山雞。《詩經・小雅・斯干》：「如鳥斯革，如～斯飛。」（革：通「翱」，翅膀。）也指山雞羽。韓愈《送區弘南歸》：「彩雉野伏朝扇～。」❷ 快飛。張衡《西京賦》：「若夫遊鷮高～，絕阬逾斥。」（鷮 jiāo：鳥名，大的山雞。絕：穿過。阬 kēng：山谷。斥：沼澤。）❸ 同「揮」。揮動。《後漢書・馬融傳》：「～終葵，揚關斧。」（終葵：槌子。）

隓 ㊀ huī ❶ 毀壞。《左傳・僖公三十三年》：「～軍實而長寇仇，亡無日矣。」《呂氏春秋・先己》：「內失其行，名聲～於外。」
㊁ duò ❷ 墜落。《史記・留侯世家》：「其一老父……直～其履圯下。」（圯 yí：橋。）❸ 通「惰 duò」。懈怠，不振作。《韓非子・顯學》：「侈而～者貧。」《呂氏春秋・季秋》：「民氣解～。」（解：同「懈」。）

戲 huī 見 546 頁「戲」㊁。

徽 huī ❶ 繩索。《周易・坎》：「繫用～纆，寘於叢棘。」（纆 mò：繩索。兩股叫纆，三股叫徽。）又用作動詞，用繩索捆綁。《太玄・養》：「小子牽象，婦人～猛。」（猛：指猛獸。）特指琴徽，繫弦的繩。韓愈《秋懷》之七：「有琴具～弦。」又用作動詞，指彈奏樂器。《淮南子・主術》：「鄒忌一～而威王終夕悲。」❷ 旗幟，標誌。《左傳・昭公二十一年》：「揚～者，公徒也。」《漢書・王莽傳上》：「殊～幟，異器制。」❸ 美善。《詩經・大雅・思齊》：「大姒嗣～音。」（大姒

tàisì：周文王之妻。)《宋書・王弘傳》：「外流～譽。」

隳 huī ❶毀壞。《呂氏春秋・順說》：「～人之城郭。」《淮南子・覽冥》：「～枝體，絀聰明。」[隳突] 破壞，衝撞。陳琳《為袁紹檄豫州》：「所過～～，無骸不露。」柳宗元《捕蛇者說》：「叫囂乎東西，～～乎南北。」❷通「惰 duò」。怠惰。《韓非子・六反》：「財用足則～於用力。」

回 huí ❶旋轉。《左傳・襄公十八年》：「右～梅山，侵鄭東北。」歐陽修《醉翁亭記》：「峯～路轉。」引申為掉轉方向，掉頭。屈原《離騷》：「～朕車以復路兮，及行迷之未遠。」❷回到原處，返回。《漢書・禮樂志》：「移風易俗，使天下～心而鄉道。」(鄉：向。)賀知章《回鄉偶書》：「少小離家老大～。」❸不正直，邪僻。《詩經・小雅・鼓鍾》：「淑人君子，其德不～。」《論衡・變虛》：「若德～亂，民將流亡。」❹量詞。杜甫《上白帝城》：「一上一～新。」

佪 ㊀ huí ❶迴旋。傅玄《鷹賦》：「獨飛跱於林野兮，復～翔於天庭。」
㊁ huái ❷[俳佪] 見374頁「俳」字條。

徊 ㊀ huí ❶迴轉。宋玉《神女賦》：「～腸傷氣。」[徊翔] 鳥盤旋飛行的樣子。《梁書・徐勉傳》：「愧燕雀之～～。」
㊁ huái ❷[徘徊] 見375頁「徘」字條。

洄 huí ❶逆流而上。《詩經・秦風・蒹葭》：「溯～從之，道阻且長。」(溯 sù：逆流而上。)❷水流迴旋。《後漢書・王景傳》：「十里立一水門，令更相～注，無復潰漏之患。」

恛 huí ❶[恛恛] 昏亂的樣子。《太玄・疑》：「初一，疑～～。」❷[恛惶] 惶恐的樣子。柳宗元《禮記為百官上尊號第二表》：「兢惕失圖，～～無措。」

茴 huí [茴香] 植物名，又名「蘹香」，俗稱小茴香。《本草綱目・菜部》：「(蘇)頌曰：蘹香，北人呼為～～。」

迴(廻、逥) huí ❶轉，旋轉。司馬遷《報任安書》：「是以腸一日而九～。」李白《大鵬賦》：「左～右旋，倏陰忽明。」(倏 shū：忽然。)又為掉轉。《史記・司馬相如列傳》：「～車而還。」❷運轉，運行。《呂氏春秋・上德》：「故古之王者，德～乎天地，澹乎四海。」(澹：通「贍」，充滿。)❸迂曲難行。《淮南子・氾論》：「使我德能覆之，則天下納其貢職者～也。」❹返回。杜甫《佳人》：「侍婢賣珠～。」❺量詞。次。杜甫《漫興》：「漸老逢春能幾～？」孟郊《怨別》：「一別一～老。」

【說明】「回」「迴」在古代是兩個字，「迴」是「回」的後起區別字。除「邪僻、奸回」的意義不寫作「迴」，其他意義二字均相通。現在「迴」簡化作「回」。

蛔(蚘) huí 蛔蟲。《傷寒論・太陰病》：「～入上膈，故煩。」

虫 huǐ 毒蛇。後來寫作「虺」。《山海經・南山經》：「無草木，多蝮～。」

虺 ㊀ huǐ ❶蝮蛇一類的毒蛇。《詩經・小雅・斯干》：「維～維蛇。」❷[虺虺] 雷聲。《詩經・邶風・終風》：「～～其雷。」
㊁ huī ❸[虺隤 tuí] 疲病的樣子。《詩經・周南・卷耳》：「陟彼崔嵬，我馬～～。」(陟：登。崔嵬：高山。)

悔 huǐ ❶悔恨，後悔。《論語・為政》：「慎行有餘，則寡～。」《淮南子・氾論》：「桀囚於焦門，而不能自非其所行，而～不殺湯於夏臺。」❷災禍。《公羊傳・襄公二十九年》：「天苟有吳國，尚速有～於予身。」

烜 huǐ 見579頁「烜」㊁。

毀(譭) huǐ ❶破壞，毀壞。《詩經・豳風・鴟鴞》：「既取我子，無～我室。」《孫子・謀攻》：「～人之國，而非久也。」特指居喪過於哀傷而毀壞身體。《孝經・喪親》：「教民無以死傷生，～不滅性，此聖人之政也。」❷誹謗，毀謗。《論語・衛靈公》：「吾之於人也，誰～誰譽？」《呂氏春秋・察今》：「天下之學者多辯，言利辭倒，不求其實，務以相～，以勝為故。」

H

毇 huǐ 舂米使精。《淮南子・主術》：「大羹不和，粢食不～。」

燬 huǐ 烈火。《詩經・周南・汝墳》：「魴魚赬尾，王室如～。」（赬 chēng：赤色。）又為燃燒，焚毀。《晉書・溫嶠傳》：「嶠遂～犀角而照之。」歸有光《寧封君八十壽序》：「嘗為大第，～於火。」

卉 huì 草的總稱。《詩經・小雅・出車》：「春日遲遲，～木萋萋。」（萋萋：茂盛的樣子。）柳宗元《永州韋使君新堂記》：「嘉葩毒～。」

恚 huì 憤怒，怨恨。《淮南子・原道》：「憂悲多～，病乃成積。」《史記・淮南衡山列傳》：「衡山王以此～。」

彗 huì ❶ 掃帚。《史記・孟子荀卿列傳》：「昭公擁～先驅。」（擁：持。）又用作動詞，掃。《後漢書・光武紀贊》：「高鋒～雲。」（高鋒：指強大的兵勢。）❷［彗星］俗名掃帚星。《淮南子・天文》：「鯨魚死而～～出。」也單用，指彗星。《晉書・天文志中》：「～體無光，傅日而為光。」（傅：靠近。）

晦 huì ❶ 農曆每月的最後一天。《莊子・逍遙遊》：「朝菌不知～朔。」（朝菌：一種生長期很短的菌類植物。朔：農曆每月的最初一天。）❷ 昏暗。《詩經・鄭風・風雨》：「風雨如～。」屈原《九章・涉江》：「下幽～以多雨。」（幽：暗。）引申指夜晚。屈原《天問》：「自明及～，所行幾里？」❸ 隱晦，含蓄。《左傳・成公十四年》：「《春秋》之稱，微而顯，志而～，婉而成章。」（稱：說。此指《春秋》的用詞造句。微而顯：言辭不多而意義顯豁。婉：婉轉。）引申為隱藏。《隋書・高祖紀》：「高祖甚懼，深自～匿。」（匿 nì：隱藏。）

惠 huì ❶ 仁愛，寬厚。《詩經・小雅・節南山》：「昊天不～，降此大戾。」（昊天：指天。昊：大。戾：惡。）《論語・憲問》：「或問子產，子曰：『～人也。』」（或：有人。子產：春秋時鄭國大夫。）❷ 恩惠。《左傳・莊公十年》：「小～未遍，民弗從也。」《國語・晉語四》：「未報楚～而抗宋，我曲楚直。」❸ 敬詞。《左傳・僖公四年》：「君～徼福於敝邑之社稷。」（徼 yāo：求。敝邑：對自己國家的謙稱。）《國語・晉語二》：「子～顧亡人重耳。」（亡人：逃亡的人。）❹ 柔順，柔和。《詩經・邶風・燕燕》：「終溫且～。」（終：既。）嵇康《琴賦》：「～風流其間。」❺ 通「慧 huì」。聰明。《列子・湯問》：「甚矣，汝之不～。」韓愈《送李愿歸盤谷序》：「秀外而～中。」（外：指外表。中：指內心。）

喙 huì ❶ 鳥獸的嘴。《左傳・昭公四年》：「深目而豭～。」（豭 jiā：公豬。）《戰國策・燕策二》：「蚌合而拑其～。」（其：指鷸。）也指人的口。《莊子・秋水》：「今吾無所開吾～，敢問何方？」❷ 困乏。《詩經・大雅・緜》：「混夷駾矣，維其～矣。」（混夷：少數民族名。駾 tuì：奔突。）《國語・晉語五》：「郤獻子傷，曰：『余病～。』」

匯（滙） huì 河流會合。《尚書・禹貢》：「東～澤為彭蠡。」（彭蠡 lǐ：澤名。）蘇轍《遊太山・嶽下》：「洶湧眾流～。」

賄 huì ❶ 財物。《詩經・衛風・氓》：「以爾車來，以我～遷。」《呂氏春秋・仲秋》：「來商旅，入貨～，以便民事。」❷ 贈送財物。《儀禮・聘禮》：「～用束紡。」《左傳・襄公二十年》：「宋人重～之。」引申為用財物收買，賄賂。《隋書・煬帝紀下》：「政刑弛紊，～貨公行。」

【辨析】賄、財、貨、資、賂。見39頁「財」字條。

會 ㊀ huì ❶ 會合，聚會。《呂氏春秋・決勝》：「方數百里皆來～戰。」范仲淹《岳陽樓記》：「遷客騷人，多～於此。」（遷客：指降職遠調的人。騷人：詩人。）特指盟會，會見。《孟子・告子下》：「葵丘之～。」（葵丘：地名。）《史記・廉頗藺相如列傳》：「嘗從大王與燕王～境上。」❷ 時機，機會。《論衡・命祿》：「逢時遇～。」《後漢書・周章傳論》：「將從反常之事，必資非常之～。」今成語有「適逢其會」。❸ 領悟，理解。《韓非子・解老》：「其智深則其～遠。」

陶潛《五柳先生傳》：「每有～意，便欣然忘食。」今成語有「心領神會」。❹ 恰巧，適逢。《戰國策・趙策三》：「適～魏公子無忌，奪晉鄙軍以救趙擊秦。」《史記・陳涉世家》：「～天大雨，道不通。」❺ 應當，一定。古詩《為焦仲卿妻作》：「吾已失恩義，～不相從許。」李白《行路難》：「長風破浪～有時。」

㈡ kuài ❻ 年終結賬，泛指一般的結帳。《周禮・天官・職幣》：「歲終則～其出入。」[會計] 核算，算賬。《周禮・地官・舍人》：「歲終則～～其政。」（政：指用穀的多少。）也作「計會」。《戰國策・齊策四》：「誰習～～？」（習：熟習，精通。）

【辨析】會、適。二字都可用作副詞，是「恰巧」的意思。二字可以連用，連用時「適」在「會」前。

彙 huì ❶ 刺蝟。《山海經・北山經》：「其獸多居暨，其狀如～而赤毛。」（居暨：傳說中獸名。）❷ 類，同類。《周易・泰》：「拔茅茹，以其～。」（茅：茅草。茹：茅草根相牽連的樣子。）蕭統《文選序》：「凡次文之體，各以～聚。」（次：編排。）❸ 繁盛。《漢書・敘傳上》：「柯葉～而靈茂。」（柯：樹枝。靈：善。）❹ 彙集。唐順之《永嘉袁君芳洲記》：「騷人～萃。」

嘒 huì ❶ [嘒嘒] 象聲詞。形容小的聲音或清亮的聲音。《詩經・小雅・小弁》：「鳴蜩～～。」又《商頌・那》：「～～管聲。」❷ 光芒明亮的樣子。《詩經・召南・小星》：「～彼小星，三五在東。」

誨 huì 教導，教。《論語・學而》：「學而不厭，～人不倦。」《孟子・告子上》：「使弈秋～二人弈。」（弈秋：人名。弈：下棋。）

【辨析】誨、教。二字都有「教導」的意義，但有細微的差別。《說文》：「誨，曉教也。」「教，上所施，下所效也。」從《說文》所說本義看，「誨」有教導使有所曉悟，即有啟發、誘導的意思。而「教」則有一定要按所教導的去做的意味。再者，「誨」意義單一，「教」的意義較多，「教」的其他意義，是「誨」所沒有的。

慧 huì ❶ 聰明，有才智。《論語・衛靈公》：「羣居終日，言不及義，好行小～，難矣哉！」《淮南子・主術》：「～不足以大寧，智不足以安危。」❷ 狡黠。《三國志・蜀書・董允傳》：「皓便辟佞～。」（皓：黃皓，人名。便辟：阿諂逢迎。佞 nìng：阿諂。）

槥 huì 小棺材。《漢書・高帝紀下》：「令士卒從軍死者為～，歸其縣。」

憓 huì 順服。《史記・司馬相如列傳》：「陛下仁育羣生，義征不～。」

蕙 huì ❶ 香草名。屈原《離騷》：「雜申椒與菌桂兮，豈維紉夫～茝？」（茝：香草。）❷ 蕙蘭，一種多年生草本植物。黃庭堅《書幽芳亭》：「一幹五六華而香不足者～。」（華：花。）

諱 huì ❶ 避忌，有顧忌而不說或躲避。《孟子・盡心下》：「～名不～姓。」《呂氏春秋・貴公》：「國人弗～。」❷ 稱已故的帝王或尊長的名。《後漢書・光武帝紀上》：「世祖光武皇帝～秀，字文叔。」

薉 huì ❶ 荒蕪，雜草多。《荀子・天論》：「田～稼惡，糴貴民飢。」（糴 dí：買進糧食。）也指雜草。《齊民要術・種穀》：「遇大雨，待～生。」❷ 污穢，惡行。劉向《九歎・愍命》：「情純潔而罔～兮。」（罔：無，沒有。）

薈 huì 草多的樣子。郭璞《江賦》：「潛～葱蘢。」（潛薈：水中茂草。）

篲 huì 掃帚。《史記・高祖本紀》：「太公擁～，迎門卻行。」（擁：持。卻行：後退。）又用作動詞。掃。枚乘《七發》：「凌東岸，～扶桑。」

蟪 huì [蟪蛄] 蟬的一種。《莊子・逍遙遊》：「～～不知春秋。」

穢 huì ❶ 荒蕪。《荀子・富國》：「入其境，其田疇～。」（田疇：田地。）屈原《離騷》：「哀眾芳之蕪～。」也指雜草。《淮南子・繆稱》：「～生於弗耨。」（耨 nòu：除草。）❷ 污穢，骯髒。司馬遷《報任安書》：「顧自以為身殘處～，動而見尤。」（顧：只是。見尤：被責備。）班固《東都賦》：「百姓滌瑕蕩～。」❸ 邪惡的東西。《荀子・勸學》：「邪～在身，怨之所構。」（構：集結。）

繢 huì ❶ 成匹布帛的頭尾。也指緣帶之類。宋玉《神女賦》：「其盛飾也，則羅紈綺～盛文章。」❷ 繪畫。《周禮・考工記》：「凡畫～之事，後素功。」又指畫工。《周禮・考工記序》：「設色之工，畫、～、鍾、筐、㡃。」（㡃 huāng：漚絲設色的工匠。）

翽 huì ［翽翽］鳥飛扇動羽毛的聲音。《詩經・大雅・卷阿》：「鳳皇于飛，～～其羽。」

繪 huì 把各種顏色搭配在一起，繪畫。《論語・八佾》：「～事後素。」（繪畫的事要先有白色的底子，然後才好上彩色。）《文心雕龍・詮賦》：「如組織之品朱紫，畫～之著玄黃。」

沬 ㊀ huì ❶ 洗臉。司馬遷《報任安書》：「然陵一呼勞軍，士無不起，躬自流涕，～血飲泣。」（陵：人名，李陵。）

㊁ mèi ❷ 春秋時衛邑。故址在今河南淇縣南。《詩經・鄘風・桑中》：「爰采唐矣，～之鄉矣。」（唐：菜名。）

【辨析】沬、盥、沐、洗、浴、洒。見177頁「盥」字條。

hun

昏(昬) hūn ❶ 天剛黑，傍晚。《詩經・陳風・東門之楊》：「～以為期。」引申為昏暗，黑暗。杜甫《茅屋為秋風所破歌》：「秋天漠漠向～黑。」（漠漠：灰濛濛的。向：接近。）今成語有「天昏地暗」。❷ 結為婚姻。《詩經・邶風・谷風》：「宴爾新～，如兄如弟。」《左傳・隱公七年》：「鄭伯許之，乃成～。」（鄭伯：鄭國國君。許：答應。）❸ 糊塗，昏亂。《莊子・天地》：「若愚若～。」《史記・秦始皇本紀》：「燕王～亂。」❹ 目不明。韓愈《與崔羣書》：「目視～花。」❺ 昏迷，失去知覺。《三國志・吳書・賀邵傳》：「偶有逆迕，～醉之言耳。」（迕 wǔ：違背，抵觸。）

惛(惽) hūn ❶ 不明白，糊塗。《孟子・梁惠王上》：「吾～，不能進於是矣。」（是：此。）《戰國策・秦策一》：「今之嗣主，忽於至道，皆～於教。」❷［惛惛］1. 默默無聞。《荀子・勸學》：「無～～之事者，無赫赫之功。」2. 糊塗，不明瞭。《漢書・酷吏傳・王温舒》：「為人少文，居它～～不辯，至於中尉則心開。」（它：指別的官職。辯：通「辨」，分辨。中尉：官名。）

婚 hūn ❶ 男女結合成為夫妻。《周易・屯》：「乘馬班如，求～媾。」（班：迴旋。如：詞尾。）《列子・楊朱》：「人不～宦，情欲失半。」❷ 姻親關係。《尚書・盤庚上》：「汝克黜乃心，施實德于民，至于～友。」（克：能。乃：你。）《史記・屈原賈生列傳》：「時秦昭王與楚～。」

殙 ㊀ hūn ❶ 神志昏亂。《莊子・達生》：「以黃金注者～。」（注：下賭注。）

㊁ mèn ❷ 氣絕。《呂氏春秋・論威》：「知其不可久處，則知所兔起鳧舉死～之地矣。」

唔 hūn 見530頁「唔」㊁。

葷 hūn ❶ 葱蒜等有特殊氣味的菜。《管子・立政》：「瓜瓠～菜百果俱備。」《荀子・富國》：「後～菜百疏以澤量。」（疏：同「蔬」。以澤量：形容多。）❷ 肉食。宗懍《荊楚歲時記》：「梁有天下不食～，荊自此不復食雞子。」

閽 hūn ❶ 宮中守門人。《左傳・襄公二十九年》：「吳人伐楚，獲俘焉，以為～。」屈原《離騷》：「吾令帝～開關兮。」❷ 皇宮門。《舊唐書・韓思復傳》：「帝～九重。」杜甫《塞蘆子》：「誰能叫帝～？」

渾 ㊀ hún ❶ 大水奔流聲。《說文》：「～，混流聲也。」也指水勢大。《史記・司馬相如列傳》：「汩乎～流，順阿而下。」（汩 yù：疾迅的樣子。阿 ē：山陵。）❷ 渾濁。《老子》第十五章：「～兮其若濁。」杜甫《奉送王信州崟北歸》：

「江～魚掉頭。」❸ 混同，合而為一。《關尹子・二柱》：「～人我，同天地。」《淮南子・原道》：「大～而為一。」又指未經加工剖分的。梁元帝《為東宮薦石門侯啟》：「～金璞玉，才匹山濤。」（匹：相當。山濤：人名。）❹ 整個，全。《齊民要術・炙法》：「塗肉，～炙之。」李白《少年行》：「～身裝束皆綺羅。」❺ 簡直，幾乎。杜甫《春望》：「白頭搔更短，～欲不勝簪。」

㈡ hùn　❻ 混雜，雜糅。《漢書・楚元王傳》：「今賢不肖～淆，白黑不分。」

魂 hún　❶ 古人認為能脫離人體而存在的精神，陽氣為魂，陰神為魄。《左傳・昭公七年》：「人生始化曰魄，既生魄，陽曰～。」《淮南子・說山》：「魄問於～曰：『道何以為體？』」❷ 人的精神，意念。《呂氏春秋・禁塞》：「自今單脣乾肺，費神傷～。」（單脣：脣力殫盡。乾肺：肺氣枯竭。）❸ 物類的精靈。蘇軾《再用松風亭下韻》：「羅浮山下梅花村，玉雪為骨冰為～。」

圂 ㈠ hùn　❶ 豬圈。《漢書・五行志中》：「豕出～。」也指廁所。《墨子・備城門》：「五十步一廁，與下同～。」

㈡ huàn　❷ 同「豢」。指豬、犬。《禮記・少儀》：「君子不食～腴。」（腴：指豬犬的腸胃。）

掍 hùn　混同。《漢書・揚雄傳上》：「紛蒙籠以～成。」

混 hùn　❶ 水勢大。《漢書・司馬相如傳上》：「汩乎～流，順阿而下。」《水經注・河水二》：「東北同為一川，～濤歷峽。」[混混]（舊讀 gǔgǔ）水流奔湧的樣子。《孟子・離婁下》：「原泉～～，不舍晝夜。」❷ 混濁。《淮南子・原道》：「～兮若濁。」孫樵《書褒城驛壁》：「視其沼，則淺～而污。」❸ 混同，合為一體。《老子》第十四章：「此三者不可致詰，故～而為一。」《論衡・本性》：「揚雄言人性善惡～者，中人也。」

棍 hùn　❶ 捆束。《漢書・揚雄傳上》：「～申椒與菌桂兮。」❷ 混合。《漢書・揚雄傳下》：「形之美者，不可～於世俗之目。」

渾 hùn　見 214 頁「渾」㈡。

溷 hùn　❶ 混濁。屈原《九章・涉江》：「世～濁而莫余知兮，吾方高馳而不顧。」❷ 豬圈。《論衡・吉驗》：「後產子，捐於豬～中。」（捐：棄。）又為廁所。《齊民要術・種麻子》：「無蠶矢，以～中熟糞糞之亦善。」（矢：屎。）

慁 hùn　❶ 擾，打擾。《左傳・昭公六年》：「舍不為暴，主不～賓。」（舍：指寄宿的人。）《戰國策・秦策三》：「此天以寡人～先生，而存先王之廟也。」❷ 污辱。《禮記・儒行》：「不～君王，不累長上。」

諢 hùn　詼諧有趣的話。張耒《明道雜志》：「剖決甚閒暇，雜以談笑～語。」（剖決：決斷。）

huo

豁 huō　見 217 頁「豁」㈡。

騞 huō△　象聲詞。用刀解剖東西的聲音。《莊子・養生主》：「庖丁為文惠君解牛……奏刀～然，莫不中音。」（奏：進。）

佸 huó△　會面，相聚。《詩經・王風・君子于役》：「君子于役，不日不月，曷其有～？」

活 ㈠ huó△　❶ 生存，與「死」相對。《呂氏春秋・知分》：「舟中之人皆得～。」❷ 生計。《魏書・北海王詳傳》：「自今而後，不願富貴，但令母子相保，共汝掃市作～也。」杜甫《聞斛斯六官未歸》：「本賣文為～。」❸ 流動，不固定。朱熹《觀書有感》：「為有源頭～水來。」《夢溪筆談・技藝》：「有布衣畢昇，又為～板。」（布衣：平民。）

㈡ guō　❹ [活活] 象聲詞。水流聲。《詩經・衛風・碩人》：「河水洋洋，北流～～。」

越 huó　見 645 頁「越」㈡。

H

火 huǒ ❶ 火，火焰。《孟子・梁惠王下》：「如水益深，如～益熱。」又為焚燒，焚毀。《左傳・宣公十六年》：「成周宣榭～，人～之也。」韓愈《原道》：「～其書。」❷ 五行之一。《尚書・洪範》：「五行：一曰水，二曰～，三曰木，四曰金，五曰土。」《呂氏春秋・應同》：「代～者必將水。」❸ 星名。指大火，即心宿二。《詩經・豳風・七月》：「七月流～。」（流：向下移動。）❹ 古代兵制單位。十人為火。《木蘭詩》：「出門看～伴。」《新唐書・兵志四》：「十人為～，五～為團，皆有首長。」

夥 huǒ 多。司馬相如《上林賦》：「萬物眾～。」《史記・陳涉世家》：「～頤！涉之為王沈沈者。」（沈沈者：宮殿深邃的樣子。）

或 huò△ ❶ 代詞。有的，有人。《論語・先進》：「如～知爾，則何以哉？」（爾：你，你們。何以哉：打算做甚麼呢？）司馬遷《報任安書》：「人固有一死，～重於泰山，～輕於鴻毛。」❷ 或許，也許。《左傳・宣公三年》：「天～啟之，必將為君。」李白《夢遊天姥吟留別》：「雲霞明滅～可睹。」（睹：看見。）❸ 又。《詩經・小雅・賓之初筵》：「既立之監，～佐之史。」（監、史：指宴飲時的輔佐人員。）❹ 語氣詞。《孟子・滕文公上》：「雖使五尺之童適市，莫之～欺。」（適：到……去。）❺ 疑惑，迷惑。後來寫作「惑」。《孟子・告子上》：「無～乎王之不智也。」《淮南子・氾論》：「論事如此，豈不～哉！」

砉 huò△ 象聲詞。形容破裂聲、雷聲等。《莊子・養生主》：「～然嚮然，奏刀騞然。」（嚮：通「響」。）《元包經・孟陽》：「霆之～。」

瓠 huò 見 201 頁「瓠」㈡。

貨 huò ❶ 財物。《孟子・梁惠王下》：「寡人好～。」《論衡・別通》：「～財多則饒裕。」特指貨幣，錢。《漢書・食貨志下》：「其～不行，民私以五銖錢市買。」（行：流通。）❷ 賄賂。《左傳・僖公二十八年》：「曹伯之豎侯獳～筮史。」（豎：宮中小臣。筮史：掌卜筮的官。）《孟子・公孫丑下》：「無處而餽之，是～之也。」（無處：指沒有理由。）❸ 賣。《南史・高爽傳》：「守羊無食，何不～羊糴米？」柳宗元《鈷鉧潭西小丘記》：「～而不售。」（不售：不能賣出去。）

【辨析】 貨、財、資、賄、賂。見 39 頁「財」字條。

惑 huò△ ❶ 迷惑，昏亂。《孫子・謀攻》：「不知三軍之事，而同三軍之政，則軍士～矣。」（同：干預。）《呂氏春秋・察今》：「求劍若此，不亦～乎？」引申為使人迷惑，蠱惑。《荀子・解蔽》：「內以自亂，外以～人。」❷ 疑惑，懷疑。《論語・為政》：「四十而不～。」韓愈《師說》：「師者，所以傳道受業解～也。」

禍 huò 禍害，災害，與「福」相對。《荀子・勸學》：「福莫長於無～。」用作動詞，帶來災禍，危害。《呂氏春秋・慎行》：「吾幾～令尹。」（幾：幾乎。）

【辨析】 禍、災。二字都有「災禍」的意義。「災」本義是自然發生的火災，所以多指天災。「禍」一般指由人造成的災禍。今成語仍有「天災人禍」的說法。

膗 huò△ 肉羹。用作動詞，做成肉羹。《說文》：「～，肉羹也。」景差《大招》：「煎鰿～雀。」（鰿 jì：同「鯽」。）

霍 huò△ ❶ 迅速。枚乘《七發》：「涊然汗出，～然病已。」（涊 niǎn 然：出汗的樣子。已：止。）潘岳《射雉賦》：「毛體摧落，～若碎錦。」❷ 通「藿 huò」。豆葉。《漢書・鮑宣傳》：「使奴從賓客，漿酒～肉。」（漿酒霍肉：視酒如水漿，視肉如豆葉。）

擭 huò 見 533 頁「擭」㈡。

嚄 huò△ ❶ [嚄唶 zé] 1. 高聲呼叫。《史記・魏公子列傳》：「晉鄙～～宿將。」（晉鄙：人名。）2. 多話。柳宗元《答問》：「僕乃蹇淺窄僻，跳浮～～。」❷ 歎詞。《史記・外戚世家》：「武帝下車泣曰：『～！大姊，何藏之深也！』」

獲 huò△ ❶ 獵得（禽獸）。《春秋・哀公十四年》：「西狩～麟。」引申為俘獲（敵人）。《左傳・文公九年》：「陳人敗之，～公子茷。」❷ 得，得到。《詩經・邶風・綠衣》：「我思古人，實～我心。」《鹽鐵論・誅秦》：「初雖勞苦，卒～其慶。」（卒：終。慶：賞。）❸ 古代對女奴隸的賤稱。《墨子・大取》：「臧～之利，非慮臧之利也。」（臧 zāng：對男奴隸的賤稱。）❹ 通「穫 huò」。收割（莊稼）。《荀子・富國》：「一歲而再～之。」

【辨析】獲、穫。「獵獲禽獸、俘獲敵人」寫作「獲」，「收割莊稼」寫作「穫」。有時「收割莊稼」也寫作「獲」，但「獵獲、俘獲」不寫作「穫」。現在「獲」「穫」都簡化作「获」。

謋 huò△ 象聲詞。形容牛體分解開的聲音。《莊子・養生主》：「～然已解，如土委地。」

濩 huò△ ❶ 煮。《詩經・周南・葛覃》：「維葉莫莫，是刈是～。」（莫莫：茂密的樣子。刈 yì：割。）❷ 水勢洶湧的樣子。張協《七命》：「溟海渾～涌其後。」❸［濩落］空廓、無用的樣子。杜甫《自京赴奉先縣詠懷五百字》：「居然成～～，白首甘契闊。」

豁 ㊀ huò△ ❶ 開闊的山谷。《史記・司馬相如列傳》：「通谷～兮谽谺。」（谽谺 hānxiā：山谷空闊的樣子。）張協《七命》：「晝長～以為限，帶流溪以為關。」引申為開闊。陶潛《桃花源記》：「復行數十步，～然開朗。」又引申為通達、舒展。《史記・高祖本紀》：「仁而愛人，喜施，意～如也。」杜甫《自京赴奉先縣詠懷五百字》：「蓋棺事則已，此志常覬～。」（蓋棺：指死。覬 jì：希望。）❷ 消散，排遣。《世說新語・雅量》：「於是～情散哀，顏色自若。」引申為免除。劉宰《謝趙使君豁租》：「使君頒令～逃租。」

㊁ huō△ ❸ 殘缺，缺損。《齊民要術・種穀》：「稀～之處，鋤而補之。」韓愈《進學解》：「頭童齒～。」（頭童：頭禿無髮。）

雘 huò△ ［丹雘］塗飾用的紅色顏料。《尚書・梓材》：「惟其塗～～。」

穫 huò△ 收割（莊稼），收穫。《詩經・豳風・七月》：「十月～稻。」晁錯《論貴粟疏》：「春耕，夏耘，秋～，冬臧。」（臧 cáng：藏。）

【辨析】穫、獲。見217頁「獲」字條。

藿 huò△ ❶ 豆葉，嫩時可吃。《韓非子・五蠹》：「藜～之羹。」（藜：草名，初生時可吃。）泛指嫩苗。《詩經・小雅・白駒》：「皎皎白駒，食我場～。」（皎皎：潔白的樣子。）❷ 香草名，即藿香。左思《吳都賦》：「草則～蒳豆蔻。」（蒳 nà：香草名。豆蔻：一種多年生草，又叫草果。）

蠖 huò△ ［尺蠖］尺蠖蛾的幼蟲，行動時身體一屈一伸地前進。《周易・繫辭下》：「～～之屈，以求信也。」（信：通「伸」。）

矐 huò△ 眼失明，使眼失明。《史記・刺客列傳》：「秦皇帝惜其善擊筑，重赦之，乃～其目。」

鑊 huò△ 鼎一類的煮肉器具，無足。《周禮・天官・亨人》：「亨人掌共鼎～。」（共：供給。）《呂氏春秋・上德》：「被瞻據～而呼。」（被瞻：人名。）

J

ji

几 ㊀ jī ❶ 古人坐時憑依的器具。《詩經・大雅・公劉》：「俾筵俾～。」（俾：使，使人。筵、几：用如動詞，指鋪蓆、設几。）《孟子・公孫丑下》：「隱～而卧。」後指放置物件的小桌。蘇軾《雨中過舒教授》：「～硯寒生霧。」
㊁ jǐ ❷ [几几] 裝飾美盛的樣子。《詩經・豳風・狼跋》：「赤舃～～。」（舃 xì：鞋。）

刉 jī 切割（獸類）。《山海經・中山經》：「～一牝羊，獻血。」

肌 jī ❶ 肌肉。《呂氏春秋・侈樂》：「譬之若～膚之有情性也。」《史記・扁鵲倉公列傳》：「乃割皮解～。」❷ 皮膚。宋玉《登徒子好色賦》：「～如白雪。」杜甫《麗人行》：「～理細膩骨肉勻。」

【辨析】肌、肉。在先秦，「肌」指人的肉，「肉」一般指禽獸的肉。漢代以後，「肉」也用來指人的肌肉，而「肌」卻不能指禽獸的肉。

芨 jī△ 植物名，也叫白芨。謝靈運《山居賦》：「剝～巖椒。」

其 jī 見395頁「其」㊁。

枅 jī ❶ 柱上方木。《莊子・齊物論》：「大木百圍之竅穴，似鼻，似口，似耳，似～。」（竅：孔洞。）❷ 掛秤的橫木。《南史・王敬則傳》：「從市過，見屠狗～。」

奇 jī 見395頁「奇」㊁。

剞 jī ❶ 刻鏤用的曲刀。《淮南子・俶真》：「鏤之以～剧。」（剧 jué：曲刀。）❷ 劫奪。左思《吳都賦》：「劫～熊羆之室。」

唧 jī△ [唧唧] 象聲詞。1. 歎息聲。《木蘭詩》：「～～復～～，木蘭當戶織。」2. 動物鳴叫聲。歐陽修《秋聲賦》：「但聞四壁蟲聲～～。」

笄 jī 簪子。《呂氏春秋・長攻》：「其妻遙聞之狀，磨～以自刺。」古代女子十五歲舉行插笄禮，表示已經成年。《禮記・內則》：「女子十有五年而～。」

【辨析】笄、釵、簪。見46頁「釵」字條。

飢 jī ❶ 餓，飢餓。《孟子・梁惠王上》：「民有～色，野有餓莩。」（莩 piǎo：餓死的人。）❷ 通「饑 jī」。五穀不成熟，荒年。《淮南子・天文》：「四時不出，天下大～。」《漢書・武帝紀》：「三年春，河水溢於平原，大～，人相食。」

【辨析】1. 飢、饑。「飢」是飢餓，「饑」是荒年，在先秦分別是顯著的。雖然也以「饑」代「飢」，但「荒年」的意義絕不寫作「飢」。後來才逐漸混用了。2. 飢、餓。見123頁「餓」字條。

屐 jī△ 木製的鞋，鞋底有二齒，用來在泥地行走。《漢書・爰盎傳》：「～步行七十里。」《晉書・謝安傳》：「心喜甚，不覺～齒之折。」

姬 jī ❶ 姓。相傳黃帝居住於姬水，因得姬姓。❷ 女子的美稱。《莊子・齊物論》：「毛嬙麗～，人之所美也。」辛延年《羽林郎》：「胡～年十五。」❸ 妾。《戰國策・趙策三》：「彼又將使其子女讒妾為諸侯妃～。」《史記・秦始皇本紀》：「莊襄王為秦質子於趙，見呂不韋～，悅而取之。」

基 jī ❶ 地基，牆基。《詩經・大雅・公劉》：「止～乃理，爰眾爰有。」

（止：地基。理：治理好。爰：語氣詞。）《齊民要術・園籬》：「凡作園籬法，於牆～之所。」❷ 事物的根本，基礎。《詩經・小雅・南山有臺》：「樂只君子，邦家之～。」《論衡・治期》：「禮豐義重，平安之～立矣。」

其 jī 見 396 頁「其」㊁。

朞 jī 周期，一周年。《尚書・堯典》：「～，三百有六旬有六日。」[朞年] 一周年。《淮南子・氾論》：「～～而紂乃亡。」

期 jī 見 393 頁「期」㊁。

嵇 jī ❶ 山名。《水經注・淮水》：「又東徑～山北，嵇氏故居。」❷ 姓。三國魏有嵇康。

幾 ㊀ jī ❶ 隱微。《論語・里仁》：「事父母～諫。」《漢書・蕭望之傳》：「通於～微謀慮之士以為內臣。」又指事物的徵兆。《周易・繫辭下》：「君子見～而作。」❷ 事，政事。《尚書・皋陶謨》：「一日二日萬～。」❸ 時間，時機。《左傳・定公元年》：「易～而哭。」（易：改變，更換。）《後漢書・王允傳》：「～不可後，公其圖之。」以上幾個意義後來都寫作「機」。❹ 危險，危困。《尚書・顧命》：「疾大漸，惟～。」（漸：加劇。）《左傳・宣公十二年》：「利人之～，而安人之亂。」（利：用如意動，把別人的危困當作自己的利益。下「安」字用法同。）❺ 將近，幾乎。《孟子・梁惠王下》：「壯者散而之四方者，～千人矣。」（之：往。）《呂氏春秋・驕恣》：「宣王微春居，～為天下笑矣。」（微：如果沒有。春居：人名。）❻ 查問。《國語・齊語》：「使關市～而不征。」（關：關卡。征：徵稅。）

㊁ jǐ ❼ 多少，用於詢問數目。《孟子・離婁上》：「子來～日矣？」[幾何] 1. 多少。《左傳・僖公二十七年》：「靖諸內而敗諸外，所獲～～？」（靖：安定。）《呂氏春秋・不侵》：「薛之地小大～～？」2. 多久。《呂氏春秋・制樂》：「無～～，疾乃止。」

㊂ jì ❽ 希望。《韓非子・五蠹》：「而人主兼舉匹夫之行，而求致社稷之福，必不～矣。」（社稷：指國家。）

㊃ qǐ ❾ 同「豈」。難道。《荀子・大略》：「利夫秋毫，害靡國家，然且為之，～為知計哉？」（靡 mǐ：倒下，滅亡。）

【說明】「幾」與「几」在古代是兩個不同的字，音義都不相同。現在「幾」簡化作「几」。

毄 ㊀ jī△ ❶ 擊打，攻擊。《周禮・考工記・廬人》：「～兵同強。」❷ 拂拭。《周禮・考工記・弓人》：「和弓～摩。」

㊁ jì ❸ 飼養。《漢書・景帝紀》：「郡國或磽狹，無所農桑～畜。」（磽 qiāo 狹：瘠薄狹小。）

畸 jī ❶ 不整齊。《荀子・天論》：「墨子有見於齊，無見於～。」引申為偏，偏頗。《荀子・天論》：「故道之所善，中則可從，～則不可為。」❷ 剩餘，餘數。《新書・銅幣》：「以調盈虛，以收～羨。」（羨：多餘。）❸ 通「奇 qí」。奇特，不平常。《莊子・大宗師》：「～人者，～於人而侔於天。」（侔：等同。）

跡（迹、蹟） jī△ ❶ 腳印。《莊子・人間世》：「絕～易，無行地難。」枚乘《上書諫吳王》：「人性有畏其景而惡其～者。」（景：影。）引申為蹤跡，痕跡。《呂氏春秋・必己》：「追而殺之，以滅其～。」又引申為事跡。《韓非子・難一》：「故平公之～不可明也。」❷ 追尋蹤跡。《漢書・季布傳》：「漢求將軍急，～且至臣家。」引申為考核，推究。《墨子・尚賢中》：「然後聖人聽其言，～其行，察其所能而慎予官。」

箕 jī ❶ 簸箕。《戰國策・齊策六》：「大冠若～。」《呂氏春秋・順民》：「執～帚而臣事之。」[箕踞] 伸開兩腿坐着，形狀像簸箕形，是一種輕慢不禮貌的坐法。《莊子・至樂》：「莊子則方～～鼓盆而歌。」《戰國策・燕策三》：「軻自知事不就，倚柱而笑，～～以罵。」（軻：荊軻。就：成。）也單用箕。《禮記・曲禮上》：「主毋跛，坐毋～。」❷ 星宿名，二十八宿之一。《詩經・小雅・大東》：

「維南有～，不可以簸揚。」《呂氏春秋・有始》：「東北曰變天，其星～、斗、牽牛。」

齊 jī 見397頁「齊」㈡。

踦 jī 見394頁「踦」㈡。

稽 ㈠ jī ❶止，停留。《管子・君臣上》：「是以令出而不～。」《呂氏春秋・圜道》：「無所～留。」❷考核，考察。《墨子・節喪下》：「上～之堯舜禹湯文武之道。」《韓非子・揚權》：「因～而命，與時生死。」❸計較，爭辯。《漢書・賈誼傳》：「婦姑不相說，則反脣而相～。」（說 yuè：喜歡。）❹至，到。《莊子・逍遙遊》：「大浸～天而不溺。」（大浸：大水。）

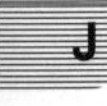

㈡ qǐ ❺［稽首］古代一種跪拜禮。先跪下，拱手至地，頭也至地。《左傳・宣公二年》：「～～而對曰。」

畿 jī ❶天子或諸侯所轄的都城周圍的廣大地區。《詩經・商頌・玄鳥》：「邦～千里，維民所止。」（止：居住。）《周禮・地官・小司徒》：「凡建邦國，立其社稷，正其～疆之封。」（封：界域。）引申為疆界，邊緣。宋之問《送李侍御》：「北走出秦～。」❷門檻。《詩經・邶風・谷風》：「不遠伊邇，薄送我～。」（伊：語氣詞。邇：近。薄：詞頭。）

璣 jī 不圓的珠子或小珠。《呂氏春秋・重己》：「人不愛崑山之玉、江漢之珠，而愛己之一蒼璧小～。」《史記・李斯列傳》：「傅～之珥。」（傅：通「附」，附着。珥：珠玉做的耳飾。）

【辨析】璣、珠。二字都指蚌殼內生的珍珠。區別在於：「珠」是圓形的，「璣」是不圓的或小的。珠比璣珍貴。

機 jī ❶弩機，弩上發箭的裝置。《呂氏春秋・察微》：「夫弩～差以米則不發。」（米：指一個米粒的長度。）引申指各種機械。《戰國策・宋衛策》：「公輸般為楚設～，將以攻宋。」此指雲梯之類。又特指織布機。《史記・酈生陸賈列傳》：「農夫釋耒，工女下～。」❷事情的關鍵。《韓非子・三守》：「因傳柄移籍，使殺生之～，奪予之要在大臣。」《漢書・谷永傳》：「安危之～，聖王所至慎也。」又指事務。《漢書・霍光傳》：「光自後元秉持萬～。」❸事情的緣由或徵兆。《素問・離合真邪論》：「知～道者，不可掛以發。」《三國志・蜀書・先主傳》：「睹其～兆。」❹機巧，智巧。《莊子・天地》：「有機械者，必有～事。」《世說新語・言語》：「此子珪璋特達，～警有鋒。」（珪璋：喻美德。特達：獨出於眾，特殊。）❺時機，機會。《三國志・蜀書・諸葛亮傳》：「成敗之～，在於今日。」《舊唐書・李靖傳》：「兵貴神速，～不可失。」

墼 jī△ 土坯。《後漢書・酷吏傳》：「紆廉潔無資，常築～以自給。」（紆：周紆，人名。）

積 jī△ ❶積聚穀物。《詩經・大雅・公劉》：「乃～乃倉。」（積：指積聚穀物。倉：用如動詞，把穀物儲存在倉內。）用作名詞，指積蓄的穀物。《左傳・僖公三十三年》：「居則具一日之～。」（具：準備。）又引申為積聚。《荀子・勸學》：「～土成山，風雨興焉。」又引申為多。《漢書・食貨志下》：「夫縣法以誘民，使入陷阱，孰～於此？」（縣 xuán：懸。）❷通「績 jī」。功業，功績。《荀子・禮論》：「～厚者流澤廣，～薄者流澤狹也。」（澤：恩澤。）

激 jī△ ❶水勢受阻而騰湧、飛濺。《孫子・勢》：「～水之疾，至於漂石者，勢也。」❷沖刷，沖擊。《尸子・君治》：「揚清～濁，蕩去滓穢。」司馬相如《上林賦》：「觸穹石，～堆埼。」❸迅疾，猛烈。《史記・游俠列傳序》：「比如順風而呼，聲非加疾，其勢～也。」引申為激烈直率。《荀子・不苟》：「辯而不爭，察而不～。」❹激發，激勵。《呂氏春秋・恃君》：「所以～君人者之行，而厲人主之節也。」司馬遷《報任安書》：「～於義理者不然。」引申為激動。柳宗元《貞符序》：「臣不勝奮～。」

禨 jī 祭鬼神以求福。《呂氏春秋・異寶》：「荊人畏鬼而越人信～。」

擊 jī△ ❶ 敲打，擊打。《周易・繫辭下》：「重門～柝，以待暴客。」（柝：巡夜用的梆子。）《史記・廉頗藺相如列傳》：「秦王為趙王～缻。」（缻 fǒu：一種瓦製打擊樂器。）引申為攻擊。《孫子・虛實》：「兵之形，避實而～虛。」❷ 刺，刺殺。《儀禮・少牢饋食禮》：「司馬刲羊，司士～豕。」（刲 kuī：刺。）《史記・項羽本紀》：「請以舞劍，因～沛公於坐。」❸ 觸及，碰撞。《戰國策・齊策一》：「臨淄之途，車轂～，人肩摩。」（轂 gǔ：車輪中心的圓木。）

磯 jī ❶ 大石激水，引申為激怒，觸犯。《孟子・告子下》：「親之過小而怨，是不可～也。」（親：指父母。）❷ 水邊高出的巖石。蕭綱《採蓮曲》：「晚日照空～。」陸游《入蜀記》卷二：「凡山臨江皆曰～。」

隮 jī ❶ 登上，升上。《尚書・顧命》：「太史秉書，由賓階～。」（秉：持。賓階：堂前東面的臺階。）也指雲氣上升。《詩經・曹風・候人》：「薈兮蔚兮，南山朝～。」（薈蔚：草木繁茂，引申為盛多的樣子。）❷ 墜落。《尚書・微子》：「王子弗出，我乃顛～。」（顛：跌倒，倒下。）

雞（鷄） jī 一種家禽。《詩經・王風・君子于役》：「～棲于塒。」（塒 shí：鑿牆做成的雞巢。）

譏 jī ❶ 指責，譏諷。《左傳・隱公元年》：「稱鄭伯，～失教也。」《漢書・梅福傳》：「而京兆尹王章素忠直，～刺鳳，為鳳所誅。」（鳳：王鳳，人名。）❷ 稽查，查問。《孟子・梁惠王下》：「關市～而不征。」（關市：關口和市場。征：徵稅。）《呂氏春秋・觀世》：「嬰聞察實者不留聲，觀行者不～辭。」（嬰：晏嬰，人名。）

【辨析】譏、謗、誹。見12頁「謗」字條。

鐖 jī ❶ 大鐮刀。《史記・淮南衡山列傳》：「非直適戍之眾，～鑿棘矜也。」（適：通「謫」，責罰。棘：通「戟」。）❷ 弩弓的發射裝置。《淮南子・齊俗》：「若夫工匠之為連弩運開。」（運開：相通。）

饑 jī ❶ 五穀不成熟，饑荒。《孟子・梁惠王下》：「凶年～歲，君之民老弱轉乎溝壑。」（轉：指棄屍。）賈誼《論積貯疏》：「世之有～穰，天之行也。」（穰 ráng：豐收。行：規律。）❷ 通「飢」。餓，飢餓。《呂氏春秋・蕩兵》：「若～者之見美食也。」《漢書・元帝紀》：「元元困乏，不勝～寒。」（元元：百姓。）

【辨析】1. 饑、飢。見218頁「飢」字條。2. 饑、饉。五穀不成熟叫「饑」，蔬菜不成熟叫「饉」。「饑饉」作為雙音詞，泛指荒年。

羈 jī 馬口上的韁繩。《漢書・刑法志》：「是猶以～而御駻突，違救時之宜也。」（駻突：兇悍難馴的馬。）比喻受牽制，受束縛。屈原《離騷》：「余雖好修姱以～羈兮。」（修姱：潔美。）

躋 jī ❶ 登，升。《詩經・豳風・七月》：「～彼公堂。」❷ 墜落。《史記・宋微子世家》：「予顛～，如之何其？」（顛躋：指陷入不義。其：語氣詞。）

齎（賫、賷） jī ❶ 把東西送給人。《儀禮・聘禮》：「又～皮馬。」《戰國策・齊策四》：「遣大傅～黃金千斤。」❷ 持，攜帶。《史記・秦始皇本紀》：「乃令入海者～捕巨魚具。」❸ 通「資 zī」。錢財，資用。《周禮・天官・掌皮》：「歲終，則會其財～。」《史記・陳丞相世家》：「平既娶張氏女，～用益饒。」

齏 jī 切碎的醬菜或肉等。《淮南子・說山》高誘注：「齊讀蒜～之～。」《齊民要術・八和齏》：「五升～，用十枚栗。」[齏粉] 細粉，粉末。常比喻粉身碎骨。《梁書・武帝紀上》：「宜其慶溢當年，祚隆後裔，而一朝～～，孩稚無遺。」

羈（羇） jī ❶ 馬籠頭。《左傳・僖公二十四年》：「臣負～紲，從君巡於天下。」（紲 xiè：馬韁繩。）曹植《白馬篇》：「白馬飾金～。」引申為拘束，束縛。《呂氏春秋・誣徒》：「懷於俗，～神於世。」司馬遷《報任安書》：「僕少負不～之才。」❷ 寄居，也指寄居在外的人。《左傳・昭公七年》：「單獻公棄親用～。」[羈旅] 寄居他鄉。《史記・陳杞世家》：「～～之臣，幸得免負擔，君之惠也。」又指寄居他鄉的人。《韓非子・亡徵》：「樹～～以為黨。」

及 jí△ ❶ 追上，趕上。《左傳・桓公十三年》：「楚子使賴人追之，不～。」（賴：地名。）引申為比得上。《戰國策・齊策一》：「君美甚，徐公何能～君也。」又引申為來得及。《晉書・石勒載記上》：「敵必震惶，計不～設。」❷ 至，達到。《左傳・宣公十五年》：「雖鞭之長，不～馬腹。」今成語有「力所能及」。引申為推及，牽連。《孟子・梁惠王上》：「老吾老以～人之老。」《呂氏春秋・孝行》：「五行不遂，災～乎親，敢不敬乎？」（五行：指五種行為。遂：成。）❸ 繼承。特指兄死弟繼王位。《禮記・禮運》：「大人世～以為禮。」《史記・宋微子世家》：「父死子繼，兄死弟～，天下通義也。」❹ 趁着。《孟子・公孫丑上》：「～是時，明其政刑。」《戰國策・趙策四》：「雖少，願～未填溝壑而託之。」（填溝壑：指死。自謙之辭。）❺ 與，和。《詩經・衛風・氓》：「～爾偕老，老使我怨。」（爾：你。）《左傳・隱公元年》：「生莊公～共叔段。」（共叔段：人名。）

吉 jí△ ❶ 善，美好。《詩經・召南・摽有梅》：「求我庶士，迨其～兮。」（庶：眾。迨 dài：趁着。）《漢書・陳湯傳》：「不出五日，當有～語聞。」❷ 吉祥，吉利，與「凶」相對。屈原《卜居》：「此孰～孰凶？」

伋 jí△ 人名用字。《說文》：「～，人名。」孔子孫有孔伋，字子思。

扱 jí 見 539 頁「扱」㊂。

岌 jí△ [岌岌] 1. 高聳的樣子。屈原《離騷》：「高余冠之～～兮。」2. 危險的樣子。《孟子・萬章上》：「天下殆哉～～乎！」今成語有「岌岌可危」。

汲 jí△ ❶ 從井裏提水。泛指引水，打水。《韓非子・五蠹》：「夫山居而谷～。」（谷汲：到山谷裏打水。）《呂氏春秋・察傳》：「宋之丁氏，家無井而出溉～。」❷ 牽引，引導。《周禮・考工記・匠人》：「凡任，索約，大～其版。」（築牆時，夾板橈曲，則收縮繩索以牽引。）《穀梁傳・襄公十年》：「～鄭伯。」引申為引薦，提拔。《漢書・楚元王傳附劉向》：「禹、稷與皋陶傳相～引，不為比周。」（比周：結黨營私。）

即 jí△ ❶ 就，接近，靠近。《詩經・衛風・氓》：「匪來貿絲，來～我謀。」（匪：非。）《論語・子張》：「望之儼然，～之也温。」（儼 yǎn 然：莊嚴的樣子。）今成語有「若即若離」。❷ 就在（當下的時間或地點）。《史記・項羽本紀》：「～其帳中斬宋義頭。」又為就（當前的事物）。《漢書・趙充國傳》：「召黃門郎揚雄～充國圖畫而頌之。」今成語有「即景生情」。❸ 便，立即。《戰國策・楚策一》：「（蘇秦）～陰與燕王謀，破齊共分其地。」（陰：暗中。）又為就（是）。《左傳・襄公八年》：「民死亡者，非其父兄，～其子弟。」❹ 連詞。假如。《呂氏春秋・疑似》：「～戎寇至，傳鼓相告。」《漢書・蕭何傳》：「君～百歲後，誰可代君？」❺ 連詞。則。《韓非子・解老》：「溺者多飲之～死。」《鹽鐵論・本議》：「賤～買，貴則賣。」

佶 jí△ ❶ 強健。❷ [佶屈] 曲折，不順暢，形容文句艱澀難懂。

革 jí 見 160 頁「革」㊁。

亟 ㊀ jí△ ❶ 急，迅速。《詩經・豳風・七月》：「～其乘屋。」（乘：升，登。）《漢書・賈誼傳》：「秦世之所以～絕者，其轍跡可見也。」

㊁ qì ❷ 屢次。《論語・陽貨》：「好從事而～失時。」（從事：指從政。）《左傳・隱公元年》：「～請於武公。」

急 jí△ ❶ 急躁。《韓非子・觀行》：「西門豹之性～。」❷ 急迫，急切。屈原《離騷》：「忽馳騖以追逐兮，非余心之所～。」（忽：迅速的樣子。騖 wù：馳。）《世說新語・文學》：「本自同根生，相煎何太～？」今成語有「急功近利」。也指急需做的事，緊急的情況。《史記・五帝本紀》：「順天之義，知民之～。」賈誼《論積貯疏》：「卒然邊境有～，數千百萬之眾，國胡以饋之？」今成語有「當務之急」。❸ 疾速。《呂氏春秋・處方》：「齊令周最趣章子～戰。」（周最、章子：齊國大臣。趣 cù：催促。）《水經注・江水》：「或王命～宣，有時朝發白帝，暮到江陵。」❹ 緊，勒緊。《三國志・魏書・呂布傳》：「遂生縛布，布曰：『縛太～，小緩之。』」（小：稍。）

笈 jí△　放書或藥一類物品的小箱。《鹽鐵論・相刺》：「誦詩書負～，不為有道。」張籍《祭退之》：「學詩為眾體，久乃溢～囊。」

疾 jí△　❶ 疾病。《孟子・公孫丑下》：「不幸而有～，不能造朝。」（造：往，到。）又為患病。《荀子・天論》：「寒暑不能使之～。」引申為痛苦，困苦。《史記・滑稽列傳》：「問之民所～苦。」又引申為毛病。《孟子・梁惠王下》：「寡人有～，寡人好勇。」❷ 厭惡，憎恨。《論語・季氏》：「君子～夫舍曰欲之而必為之辭。」（夫：那。舍：捨棄。辭：說辭。）《孟子・梁惠王上》：「天下之欲～其君者，皆欲赴訴於王。」今成語有「疾惡如仇」。❸ 嫉妒。《商君書・修權》：「公私之分明，則小人不～賢，而不肖者不妒功。」《史記・孫子吳起列傳》：「臏至，龐涓恐其賢於己，～之。」（臏：孫臏。賢：勝過。）❹ 快，急速。《呂氏春秋・大樂》：「或～或徐。」《戰國策・齊策四》：「來何～也？」

【辨析】1. 疾、病。見 33 頁「病」字條。2. 疾、捷、快、速、迅。這五字都有「快速」的意思，但也有區別。《說文》：「速，疾也。」「迅，疾也。」表示快速古代常用「速」，「迅」比「速」猛厲，「迅雷」不能說成「速雷」。「快」上古只表示心情愉悅，魏晉以後才有「快速」的意義。「疾」也比「速」來得急切。「捷」有「敏捷」的意思，「猿得木而捷」，「捷」不能換成其他字。

塈 jí△　❶ 燒製的土磚。《禮記・檀弓下》：「有虞氏瓦棺，夏后氏～周。」（周：環繞四周。）❷ 燃過的燭芯。《禮記・檀弓下》鄭玄注引《管子・弟子職》：「右手折～。」❸ 通「疾」。憎恨。《尚書・舜典》：「舜～讒說殄行。」

級 jí△　❶ 等級，多指官爵的等第。《呂氏春秋・懷寵》：「皆益其祿，加其～。」《韓非子・外儲說右上》：「乃益爵二～。」❷ 臺階。《左傳・僖公二十三年》：「公降一～而辭焉。」《呂氏春秋・安死》：「孔子徑庭而趨，歷～而上。」❸ 首級。《史記・匈奴列傳》：「漢兵得胡首虜凡七萬餘～。」

揖 jí　見 603 頁「揖」㊁。

棘 jí△　❶ 酸棗樹。《詩經・秦風・黃鳥》：「交交黃鳥，止于～。」（交交：鳥叫聲。）泛指草木的刺或帶刺的草木。《詩經・小雅・楚茨》：「楚楚者茨，言抽其～。」（楚楚：植物叢生的樣子。茨 cí：蒺藜。抽：除。）❷ 刺傷。黃庭堅《龍眠操》之一：「為我直兮～余趾。」❸ 通「急」。急迫。《詩經・小雅・出車》：「王事多難，維其～矣。」❹ 通「戟 jǐ」。兵器名。《左傳・隱公十一年》：「潁考叔挾車以走，子都拔～以逐之。」❺ 通「瘠 jí」。瘠薄。《呂氏春秋・任地》：「～者欲肥，肥者欲～。」

集 jí△　❶ 鳥停在樹上。《詩經・周南・葛覃》：「黃鳥于飛，～于灌木。」引申為止，停留。《詩經・小雅・鴻雁》：「鴻雁于飛，～于中澤。」❷ 聚集，彙集。屈原《離騷》：「～芙蓉以為裳。」（集：一本作「爨」。芙蓉：荷花。）蕭統《文選序》：「今之所～，亦所不取。」又為彙集詩文的書冊。曹丕《與吳質書》：「頃撰其遺文，都為一～。」（都：彙總。）❸ 成，成功。《左傳・成公二年》：「此車一人殿之，可以～事。」（殿：鎮守。）❹ 和順，安定。《漢書・荊燕吳傳贊》：「由漢初定，天下未～。」

塉 jí△　土地瘠薄。《管子・地員》：「離坼以臞～。」（離坼：指土壤有裂隙。臞：指土壤貧瘠。）《抱朴子・審舉》：「夫豐草不秀～土。」

J

極 jí△ ❶ 房屋的脊檁，房脊。《莊子・則陽》：「其鄰有夫妻臣妾登～者。」也指井樑。枚乘《上書諫吳王》：「泰山之霤穿石，單～之綆斷幹。」（霤 liù：指下注的水。綆 gěng：井架上汲水的繩索。）❷ 頂點，終極。《詩經・唐風・鴇羽》：「悠悠蒼天，曷其有～。」又為到達極點。《史記・李斯列傳》：「物～則衰。」今成語有「物極必反」。又引申為至、到達。《國語・魯語》：「齊朝駕則夕～於魯國。」❸ 中正，準則。《尚書・君奭》：「作汝民～。」《詩經・商頌・殷武》：「四方之～。」特指北極星。《太玄・玄瑩》：「天圜地方，～植中央。」（圜：圓。）❹ 最，非常。陶潛《桃花源記》：「初～狹，纔通人。」❺ 疲困，疲勞。《史記・淮陰侯列傳》：「能千里而襲我，亦已罷～。」（罷：通「疲」。）《漢書・王褒傳》：「人～馬倦。」❻ 通「亟 jí」。急。《荀子・賦》：「出入甚～，莫知其門。」《淮南子・精神》：「隨其天資而安之不～。」

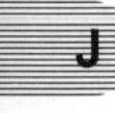

楫 jí△ 船槳。《周易・繫辭下》：「剡木為～。」（剡 yǎn：削。）又為用槳划船。《詩經・大雅・棫樸》：「淠彼涇舟，烝徒～之。」（淠 pì：船行的樣子。涇：水名。烝 zhēng：眾多。）

殛 jí△ 誅殺。《尚書・湯誓》：「有夏多罪，天命～之。」《左傳・僖公二十八年》：「有渝此盟，明神～之。」（渝：變更，違背。）

戢 jí△ ❶ 聚藏兵器。《詩經・周頌・時邁》：「載～干戈。」（載：語氣詞。）引申為收斂。《詩經・小雅・鴛鴦》：「鴛鴦在梁，～其左翼。」（梁：欄魚的堰。）又引申為藏匿。蘇武《報李陵書》：「跡～於胡塞之地。」❷ 止息，禁止。《三國志・蜀書・諸葛亮傳》：「是以用兵不～，屢耀其武。」《宋史・度宗紀》：「申嚴～貪之令。」

蝍 jí△ ［蝍蛆 jū］蜈蚣。《淮南子・說林》：「騰蛇游霧，而殆於～～。」

嫉 jí△ 妒忌。屈原《離騷》：「各興心而～妬。」鄒陽《獄中上梁王書》：「士無賢不肖，入朝見～。」（無：無論。）引申為憎恨。《史記・荀卿列傳》：「荀卿～濁世之政。」駱賓王《討武曌檄》：「人神之所同～。」

蒺 jí△ ［蒺藜］植物名。果實也叫蒺藜，有刺，可入藥。《韓詩外傳》卷七：「春樹～～，夏不可採其葉，秋得其刺焉。」也指像蒺藜的東西。王維《老將行》：「漢兵奮迅如霹靂，虜騎崩騰畏～～。」（蒺藜：指鐵蒺藜，阻擋敵騎前進的障礙物。）

踖 jí△ 踐踏。《禮記・曲禮上》：「毋～席。」《顏氏家訓・兄弟》：「如此，則行路皆～其面而蹈其心。」

瘠 jí△ ❶ 瘦，與「肥」相對。《韓非子・內儲說上》：「宋崇門之巷人，服喪而毀，甚～。」（毀：守喪過於哀傷而毀傷身體。）《呂氏春秋・仲秋》：「瞻肥～，察物色。」（瞻：察看。物色：毛色。）引申為土地瘠薄。《荀子・富國》：「民貧則田～以穢。」（穢：荒蕪。）又引申為貧困。《三國志・吳書・陸遜傳》：「夫民殷國弱，民～國強者，未之有也。」（殷：富足。）❷ 疾疫。《公羊傳・莊公二十年》：「大災者何？大～也。」

濈 jí△ ❶［濈濈］聚在一起的樣子。《詩經・小雅・無羊》：「爾羊來思，其角～～。」❷ 迅速的樣子。曹植《七啟》：「翔爾鴻翥，～然鳧沒。」（翥 zhù：高飛。）❸ 水向外流。張衡《南都賦》：「流湍投～。」

緝 jí 見394頁「緝」㊁。

蕺 jí△ 蕺菜，又稱魚腥草。張衡《南都賦》：「若其園圃，則有蓼、～、蘘荷。」

檝 jí△ 船槳。《荀子・勸學》：「假舟～者，非能水也，而絕江河。」

輯 jí△ ❶ 車箱。代指車子。《列子・湯問》：「推於御也，齊～乎轡銜之際。」（御：馭手。齊：用如使動，使……齊整。轡：馬韁繩。銜：馬嚼子。）❷ 聚集，收集。《韓非子・說林下》：「甲～而兵聚。」（兵：武器。）《漢書・藝文志》：

「夫子既卒，門人相與～而論篹，故謂之《論語》。」引申為斂，收斂。《禮記・喪大記》：「大夫於君所則～杖。」（輯杖：收起手杖。）❸ 和諧，和睦。《詩經・大雅・公劉》：「思～用光。」（用：以，從而。光：發揚光大。）《韓非子・外儲說左上》：「耕戰不～睦。」

蹐 jí△ 小步走路。《詩經・小雅・正月》：「謂地蓋厚，不敢不～。」

襋 jí△ 衣領。《詩經・魏風・葛屨》：「要之～之，好人服之。」（要：指縫衣腰。襋：指縫衣領。）

耤 jí 見252頁「耤」㊁。

籍 ㊀ jí△ ❶ 簿冊，登記戶口等的冊子。《史記・外戚世家》：「必置我～趙之伍中。」（趙：指漢初的諸侯王國趙國。）柳宗元《段太尉逸事狀》：「以貨竄名軍～中。」❷ 登記入冊。《史記・項羽本紀》：「～吏民，封府庫。」❸ 書籍，圖書。《韓非子・難三》：「法者，編著之圖～，設之於官府。」《漢書・藝文志》：「漢興，改秦之敗，大收篇～，廣開獻書之路。」❹ 賦稅。《管子・國蓄》：「租～者，所以強求也。」用作動詞，指徵收賦稅。《孫子・作戰》：「善用兵者，役不再～，糧不三載。」❺ 天子到特定的田畝中親自耕作，表示鼓勵農耕。《國語・周語上》：「宣王即位，不～千畝。」❻ 同「藉」。踐踏，侮辱。《風俗通・窮通》：「～夫子者不禁。」

㊁ jiè ❼ 鋪墊。《鹽鐵論・殊路》：「重懷古道，枕～詩書。」❽ 借助，憑藉。《呂氏春秋・上農》：「農不上聞，不敢私～於庸。」

【辨析】籍、藉。二字本義不同，其他意義雖多通用，但本義所表示的意義不相通。「簿冊」類意義如「戶籍」「書籍」等不能寫作「藉」，而「草墊」等義也不能寫作「籍」。

鶺 jí△ ［鶺鴒 líng］鳥名。東方朔《答客難》：「譬若～～，飛且鳴矣。」喻指兄弟。袁宏《三國名臣序贊》：「豈無～～，固慎名器。」

几 jǐ 見218頁「几」㊁。

己 jǐ ❶ 天干的第六位。與地支相配以紀日、年。《呂氏春秋・季夏》：「中央土，其日戊～。」❷ 自身，自己。《孫子・謀攻》：「知彼知～，百戰不殆。」（殆 dài：危險。）

泲 jǐ ❶ 河流名，即濟水。❷ 過濾。《齊民要術・作酢法》：「漬之一宿，～取汁。」

脊 jǐ△ ❶ 脊骨。《莊子・則陽》：「忌也出走，然後抶其背，折其～。」（抶 chì：鞭打。）《韓非子・外儲說右上》：「遂斬顛頡之～，以徇百姓，以明法之信也。」❷ 物體中間高起的部分。《北齊書・王琳傳》：「所居屋～，無故剝破，出赤蛆數升。」喻指事物的關鍵或要害之處。《戰國策・魏策四》：「夫秦攻梁者，是示天下要斷山東之～也。」❸ 理，條理。《詩經・小雅・正月》：「維號斯言，有倫有～。」（倫：道。）

掎 jǐ ❶ 牽住，拉住。《左傳・襄公十四年》：「譬如捕鹿，晉人角之，諸戎～之。」引申為牽制。《後漢書・袁紹傳》：「大軍泛黃河以角其前，荊州下宛葉而～其後。」❷ 發射。班固《西都賦》：「機不虛～，弦不再控。」

戟 jǐ△ ❶ 兵器名。《詩經・秦風・無衣》：「王于興師，修我矛～。」（于：動詞詞頭。）❷ 刺，刺激。《夢溪筆談・異事》：「遇鹿豕，即以尾～之以食。」柳宗元《與崔饒州論石鐘乳書》：「泄火生風，～喉癢肺。」

給 jǐ△ ❶ 食用豐足。《孟子・梁惠王下》：「秋省斂而助不～。」《淮南子・兵略》：「畜積～足。」今成語有「家給人足」。❷ 供給。《左傳・僖公四年》：「貢之不入，寡君之罪也，敢不共～？」《戰國策・齊策四》：「孟嘗君使人～其食用。」今成語有「自給自足」。❸ 及。《淮南子・兵略》：「眯不～撫，呼不～吸。」（眯：瞇眼。撫：擦。）❹ 口齒便捷。《論語・公冶長》：「禦人以口～，屢憎於人。」《韓非子・難言》：「捷敏辯～，繁於文采。」

J

幾 jǐ 見219頁「幾」㈢。

麂 jǐ 獸名，鹿屬。《山海經・中山經》：「(女几之山)其獸多豹虎，多閭、麋、麖、～。」

撠 jǐ△ ❶擊刺。《史記・孫子吳起列傳》：「救鬭者不搏～。」❷觸及。《漢書・揚雄傳下》：「則不能～膠葛，騰九閎。」(膠葛：曠遠的樣子。九閎：九天之門。)

擠 jǐ ❶墜落，推擠。《左傳・昭公十三年》：「小人老而無子，知～於溝壑矣。」韓愈《柳子厚墓誌銘》：「落陷阱，不一引手救，反～之，又下石焉者皆是也。」❷陷害，排斥。《莊子・人間世》：「故其君因其修以～之。」(修：指修身。)《漢書・薛宣傳》：「劉氏孤弱，王氏擅朝，～排宗室。」❸毀壞。《淮南子・俶真》：「飛鳥鎩翼，走獸～腳。」(鎩shā：摧殘。腳：小腿。)

濟 jǐ 見229頁「濟」㈢。

蟣 jǐ 蝨子的幼蟲。《韓非子・喻老》：「甲冑生～蝨。」

伎 jì ❶技藝，才能。《老子》第五十七章：「人多～巧，奇物滋起。」司馬遷《報任安書》：「使得奏薄～，出入周衛之中。」(周衛：指宮中。)❷歌女，舞女。曹操《遺令》：「吾婢妾與～人皆勤苦，使著銅雀臺，善待之。」《新唐書・禮樂志十二》：「令女～為佾舞，雄健壯妙。」

技 jì 技藝，技能。《尚書・秦誓》：「人之有～，若己有之。」柳宗元《三戒・黔之驢》：「～止此耳。」(止：只，僅僅。)又指有技藝的人，工匠。《荀子・富國》：「故百～所成，所以養一人也。」

忌 jì ❶憎惡，怨恨。《國語・晉語三》：「(晉君)殺里克，而～處者。」(里克：晉大夫。處者：指留在晉國的大夫。)《後漢書・董卓傳》：「溫不能從，而卓猶懷～恨。」(溫：人名。)引申為嫉妒，猜忌。《左傳・僖公九年》：「～則多怨，又焉能克？」(焉：怎麼，哪裏。克：勝。)❷顧忌，畏懼。《左傳・昭公十四年》：「殺人不～為賊。」今成語有「投鼠忌器」「肆無忌憚」。❸禁忌，忌諱。《國語・越語下》：「子將助天下虐，不～其不祥乎？」《三國志・蜀書・諸葛亮傳》：「故兵法～之。」❹語氣詞。用於句尾。《詩經・鄭風・大叔于田》：「叔善射～，又良御～。」(叔：共叔段，人名。良：善。御：駕車。)

妓 jì 女歌舞藝人。《世說新語・識鑑》：「謝公在東山畜～。」

芰 jì 菱，俗稱菱角。《國語・楚語上》：「屈到嗜～。」(屈到：人名。)

季 jì ❶排行在末的，年少的。《詩經・召南・采蘋》：「有齊～女。」(季女：小女兒。)也指一個時期或一個朝代的末了。《左傳・隱公元年》：「惠公之～年，敗宋師于黃。」(黃：地名。)蔡琰《悲憤詩》：「漢～失權柄。」又指四季中每季的最後一個月。《呂氏春秋・季春》：「～春之月，日在胃。」(胃：星宿名。)❷三個月為一季，一年分四季。白居易《陵園妾》：「四～徒支妝粉錢。」

計 jì ❶算賬，計算。《莊子・庚桑楚》：「今吾日～之而不足，歲～之而有餘。」諸葛亮《出師表》：「願陛下親之信之，則漢室之隆，可～日而待也。」引申為賬簿。《韓非子・外儲說左下》：「期年，上～，文侯迎而拜之。」❷打算，謀劃。《戰國策・趙策四》：「父母之愛子，則為之～深遠。」引申為計策，謀略。《戰國策・齊策四》：「孟嘗君為相數十年，無纖介之禍者，馮讙之～也。」《史記・淮陰侯列傳》：「願君留意臣之～。」

【辨析】計、慮、謀。三字都有「謀劃」的意義，在這個意義上是同義詞。三者只有細微差別：「計」重在內心盤算，「慮」在於反覆考慮，「謀」還有與人商量的意思。這些都與它們的本義有關。

洎 jì ❶往鍋裏添水。《呂氏春秋・應言》：「市丘之鼎以烹雞，多～之則淡而不可食，少～之則焦而不熟。」引申為肉汁。《左傳・襄公二十八年》：「御者知之，則去其肉而以其～饋。」❷ 及，至。《莊子・寓言》：「三千鍾而不～，吾心悲。」（鍾：重量名。）張衡《東京賦》：「惠風廣被，澤～幽荒。」

既 jì ❶ 盡，終了。《左傳・僖公二十二年》：「楚人未～濟。」（濟：過河。）韓愈《進學解》：「言未～，有笑於列者。」❷ 已經。《論語・先進》：「春服～成。」《詩經・衛風・氓》：「～見復關，載笑載言。」（復關：地名。載：詞頭。）❸ 不久。《左傳・文公元年》：「～又欲立王子職，而黜太子商臣。」［既而］不久。《左傳・隱公元年》：「～～悔之。」《呂氏春秋・貴卒》：「～～國殺無知。」（無知：人名。）❹ 連詞。與「且」「又」等呼應，表示兩種情況並存。《詩經・商頌・那》：「～和且平，依我磬聲。」（磬 qìng：一種打擊樂器。）《呂氏春秋・君守》：「～靜而又寧，可以為天下正。」

紀 jì ❶ 絲的頭緒。《墨子・尚同上》：「譬之若絲縷之有～。」《淮南子・泰族》：「繭之性為絲，然非得工女煮以熱湯而抽其統～，則不能成絲。」（統：絲的頭緒。）引申為事物的端緒。《韓非子・主道》：「道也者，萬物之始，是非之～也。」❷ 網上的大繩。《呂氏春秋・用民》：「壹引其～，萬目皆起。」引申為綱要，關鍵。《禮記・樂記》：「故樂者，天地之命，中和之～。」❸ 準則，法度。《呂氏春秋・孟春》：「無亂人之～。」又指事物發展的規律。司馬遷《報任安書》：「稽其成敗興壞之～。」❹ 治理，經營。《左傳・定公六年》：「而改～其政，以定楚國。」韓愈《柳子厚墓誌銘》：「既往葬子厚，又將經～其家。」❺ 古代紀年的單位。《尚書・畢命》：「既歷三～，世變風移。」這裏「紀」指十二年。《淮南子・天文》：「凡二十～，一千五百二十歲。」此指七十六歲。班固《幽通賦》：「皇十～而鴻漸兮。」此指世、代。❻ 記載。《呂氏春秋・序意》：「凡十二紀者，所以～治亂存亡也。」《論衡・超奇》：「文墨之士，難得～錄。」❼ 史書的一種體裁。《史記》有十二本紀，《漢書》有十二紀。

【辨析】紀、記。見 227 頁「記」字條。

記 jì ❶ 記住，與「忘」相對。《呂氏春秋・任數》：「孔子歎曰：『弟子～之，知人固不易也。』」❷ 記載，記錄。《左傳・僖公七年》：「夫諸侯之會，其德刑禮義，無國不～。」范仲淹《岳陽樓記》：「屬予作文以～之。」（屬 zhǔ：囑託。）引申為史籍、史書。《呂氏春秋・務本》：「嘗試觀上古～，三王之佐，其名無不榮者。」❸ 古代公文名。《戰國策・齊策四》：「後孟嘗君出～，問門下諸客。」又為以記事為主的一種文體。如《桃花源記》《石鐘山記》。❹ 印章。《宋史・職官志七》：「鑄銅～給之。」

【辨析】1. 記、紀。二字都有「記載」的意義，在這個意義上同義。但它們的本義不同，引申義「史籍、史書」的意義，如《呂氏春秋》「上古記」、《史記》，只能寫「記」，作為一種文體如遊記、奏記，也只能寫「記」，不能寫「紀」。史書中的紀傳體，如《史記》中的「本紀」，作「紀」不作「記」。2. 記、識、志。見 458 頁「識」字條。

紒 jì 結髮。《儀禮・士冠禮》：「主人～而迎賓。」

祭 jì ❶ 殺。《呂氏春秋・孟秋》：「鷹乃～鳥。」《禮記・月令》：「豺乃～獸戮禽。」❷ 祭祀，供奉鬼神。《論語・八佾》：「～神如神在。」《莊子・盜跖》：「不～先祖。」

【辨析】祭、祀。在「祭祀」的意義上，它們是同義詞。如果細分，「祭」指一般的祭祀，「祀」指永久的祭祀。

悸 jì 因恐懼而心跳。《後漢書・梁節王暢傳》：「肌慄心～。」特指心疾跳之病。《漢書・酷吏傳》：「使我至今病～。」引申為恐懼。韓愈《南海神廟碑》：「既進，觀顧怖～。」今成語有「心有餘悸」。

寄 jì ❶ 委託，託付。《論語・泰伯》：「可以託六尺之孤，可以～百里之命。」諸葛亮《出師表》：「先帝知臣謹慎，故臨崩～臣以大事也。」引申為託人遞送。杜甫《述懷》：「自～一封書，今已十月後。」❷ 依附，寄居。《戰國策・齊策四》：「使人屬孟嘗君，願～食門下。」（屬 zhǔ：囑託。）杜甫《自京赴奉先縣詠懷五百字》：「老妻～異縣，十口隔風雪。」今成語有「寄人籬下」。引申為暫時存放。《南史・江淹傳》：「前以一匹錦相～，今可見還。」

寂 jì△ ❶ 寂靜無聲。《老子》第二十五章：「～兮寥兮。」韓愈《明水賦》：「夜～天清。」今成語有「萬籟俱寂」。❷ 閒靜，恬淡。《莊子・大宗師》：「其心忘，其容～。」❸ 孤單，寂寞。嚴忌《哀時命》：「廓落～而無友兮，誰可與玩此遺芳？」

J

惎 jì ❶ 毒害。《說文》：「～，毒也。」《左傳・定公四年》：「管、蔡啟商，～間王室。」（管、蔡：指管叔、蔡叔。商：指商的後裔。）❷ 憎恨。《左傳・哀公二十七年》：「趙襄子由是～智伯。」❸ 教，教導。《左傳・宣公十二年》：「晉人或以廣隊不能進，楚人～之脫扃。」（扃 jiōng：車上固定兵器的橫木。）

幾 jì 見 219 頁「幾」㊂。

轚 jì 見 219 頁「轚」㊁。

跽 jì 長跪。挺直上身，兩膝着地。《戰國策・秦策三》：「秦王～曰：『先生不幸教寡人乎？』」《史記・項羽本紀》：「項王按劍而～曰：『客何為者？』」

【辨析】跽、跪。見 181 頁「跪」字條。

穊 jì 稠密。《史記・齊悼惠王世家》：「深耕～種，立苗欲疏。」

誋 jì 告誡。《淮南子・繆稱》：「目之精者，可以消澤，而不可以昭～。」（消澤 shì：融化。昭：昭示。）

齊 jì 見 397 頁「齊」㊂。

暨 jì ❶ 和，與。《左傳・定公十年》：「宋公之弟辰～宋仲佗、石彄出奔陳。」（辰、宋仲佗、石彄 kōu：人名。）❷ 至，到。《莊子・列御寇》：「列子提屨，跣而走，～乎門。」（屨 jù：鞋。跣 xiǎn：赤腳。）魏徵《十漸不克終疏》：「～乎今歲，天災流行。」

際 jì ❶ 合縫的地方，縫隙。《墨子・備穴》：「善塗亓竇～，勿令泄。」（亓：「其」的古字。）《後漢書・張衡傳》：「其牙機巧制，皆隱在尊中，覆蓋周密無～。」（牙：發動機件的樞紐。）❷ 間，地域、時間、人物交接處。《左傳・定公十年》：「居齊、魯之～而無事。」《論語・泰伯》：「唐、虞之～，於斯為盛。」（唐、虞：唐堯、虞舜。斯：此。）《韓非子・難一》：「君臣之～，非父子之親也。」❸ 到，接近。《淮南子・原道》：「高不可～，深不可測。」《漢書・嚴助傳》：「稱三代至聖，～天接地。」

【辨析】際、隙。二字在「縫隙」的意義上是同義詞，也有細微的區別。《說文》：「際，壁會也。」「隙，壁際也。」「際」為兩壁相合時的縫隙，「隙」為牆壁裂開的縫隙。

稷 jì△ ❶ 五穀之一，穀子。《左傳・僖公五年》：「黍～非馨，明德惟馨。」（馨 xīn：遠處可以聞到的香氣。）《呂氏春秋・用民》：「夫種麥而得麥，種～而得～。」❷ 主管農事的官。《左傳・昭公二十九年》：「～，田正也。」（田正：田官之長。）❸ 穀神。《左傳・僖公四年》：「君惠徼福於敝邑之社～。」（徼 jiāo：求。敝邑：對別國謙稱自己的國家。社：土神。）又為祭穀神的地方。《漢書・郊祀志下》：「遂於官社後立官～。」

【辨析】稷、穀、禾、粟、黍。見 172 頁「穀」字條。

髻 jì 挽在頭頂或腦後的頭髮。《論衡・恢國》：「周時被髮椎～，今戴皮弁。」（椎髻：一撮之髻，形狀如椎。皮弁：古冠名。）白居易《吾雛》：「我頭髮盡落，汝頂～初成。」

冀 jì ❶ 希望。《韓非子・五蠹》：「因釋其耒而守株，～復得兔。」（釋：放下。耒：農具名。）《世說新語・自新》：「或說處殺虎斬蛟，實～三橫唯餘其一。」（或：有人。處：周處。）❷ 冀州，古九州之一。《左傳·昭公四年》：「～之北土，馬之所生。」

穄 jì 不黏的黍子。《呂氏春秋·本味》：「飯之美者，玄山之禾……陽山之～。」

劑 jì ❶剪，割。《新書·諭誡》：「豫讓～面而變容，吞炭而為啞。」（豫讓：人名。）❷古代買賣時用的契據，長券叫質，短券叫劑。《周禮·地官·司市》：「以質～結信而止訟。」左思《魏都賦》：「質～平而交易。」❸調和，調節。《後漢書·劉梁傳》：「和如羹焉，酸苦以～其味。」龔自珍《平均篇》：「此貴乎操其本源，與隨其時而～調之。」❹藥劑。《三國志·魏書·華佗傳》：「合湯不過數種，心解分～，不復稱量。」引申為藥劑的計量單位。《世說新語·術解》：「始服一～湯便愈。」

薊 jì ❶草名。《爾雅·釋草》：「朮，山～。」《神農本草經》：「朮……一名山～，生鄭山山谷。」❷古地名，在今北京東面。《韓非子·有度》：「燕襄王以河為境，以～為國。」

嚌 jì 嘗。《說文》：「～，嘗也。」《尚書·顧命》：「太保受同，祭、～、宅。」（同：酒杯。）

覬 jì 希望，企圖。《三國志·蜀書·譙周傳》：「～增其疾而斃之也。」柳宗元《童區寄傳》：「自毀齒已上，父兄鬻賣，以～其利。」（毀齒：指兒童換牙的年齡。鬻 yù：賣。）[覬覦] 非分的希望或企圖。《左傳·桓公二年》：「是以民服事其上，而下無～～。」（服事：服從並為之工作。）

罽 jì 一種毛織物。《淮南子·人間》：「冬日被裘～，夏日服絺紵。」

濟 ㈠ jì ❶渡河，渡。《呂氏春秋·慎大》：「然後～於河。」《韓非子·外儲說左上》：「宋人既成列矣，楚人未及～。」今成語有「同舟共濟」。又為渡口。《詩經·邶風·匏有苦葉》：「匏有苦葉，～有深涉。」❷通，貫通。《淮南子·原道》：「利貫金石，強～天下。」❸救助。《論語·雍也》：「如有博施於民而能～眾，何如？」《後漢書·盧植傳》：「性剛毅有大節，常懷～世志。」今成語有「扶危濟困」。引申為增益。《左傳·桓公十一年》：「盍請～師於王？」（盍 hé：何不。）又為彌補。《左傳·昭公二十年》：「寬以～猛，猛以～寬，政是以和。」❹成就，成功。《左傳·隱公四年》：「眾叛親離，難以～矣。」❺停止。《淮南子·覽冥》：「於是風～而波罷。」㈡ jǐ ❻古水名。《尚書·禹貢》：「導沇水，東流為～，入于河。」

績 jì（舊讀 jī）△ ❶緝麻，析麻並搓接成線。《詩經·豳風·七月》：「八月載～。」（載：開始。）《呂氏春秋·愛類》：「故身親耕，妻親～。」❷繼承。《左傳·昭公元年》：「子盍亦遠～禹功而大庇民乎？」（盍 hé：何不。庇：庇護。）❸功業，功績。《左傳·昭公十五年》：「夫有勳而不廢，有～而載。」《荀子·王霸》：「名聲若日月，功～如天地。」

騎 jì 見 397 頁「騎」㈡。

薺 jì 見 78 頁「薺」㈡。

檵 jì [枸檵] 樹名，即枸杞。《詩經·小雅·四月》：「集于苞杞」毛亨傳：「杞，～～也。」

鯽 jì△ 鯽魚。《洛陽伽藍記·報德寺》：「常飯～魚羹。」

齌 jì 猛火煮飯。《說文》：「～，炊餔疾也。」引申為疾、盛。屈原《離騷》：「荃不察余之中情兮，反信讒而～怒。」（荃 quán：香草名，此指楚懷王。）

穧 jì 已割倒而未收斂的穀物。《詩經·小雅·大田》：「此有不斂～。」

懻 jì 剛直。《史記·貨殖列傳》：「人民矜～忮，好氣，任俠為姦。」

繼 jì ❶接續，繼續。《左傳·宣公二年》：「不入，則子～之。」（入：指意見被採納。）《韓非子·和氏》：「淚盡而～之以血。」❷繼承。《詩經·周頌·烈文》：「念茲戎功，～序其皇王。」（茲：此。戎功：武功。繼序：繼承先人的事業。皇：發揚光大。）又用作名詞，指繼承人。

J

《戰國策・趙策四》：「趙主之子孫侯者，其～有在者乎？」❸ 增益，接濟。《論語・雍也》：「君子周急不～富。」（周：救濟。）

【辨析】繼、續。二字在「繼續、繼承」的意義上是相同的，只是「繼」一般不指具體事物連接，而「續」不用於救濟。

穊 jì ❶ 稠密。「概」的異體。《齊民要術・作豉》：「如穀壟形，令稀～均調。」❷ 撒種。《齊民要術・耕田》：「小豆、胡麻次之，悉皆五六月～種。」

霽 jì 雨止。《韓非子・外儲說左上》：「雨～日出。」泛指雪止，雲霧散，天放晴。《淮南子・本經》：「氛霧霜雪不～。」比喻威怒止息。《新唐書・裴度傳》：「帝色～，乃釋寰。」（寰：裴寰。）

驥 jì 良馬。《論語・憲問》：「～不稱其力，稱其德也。」《呂氏春秋・博志》：「～一日千里，車輕也。」比喻傑出人才。《晉書・虞預傳》：「十室之邑，必有忠信，世不乏～，求則可致。」

jia

加 jiā ❶ 把此物放在彼物之上。《呂氏春秋・用民》：「劍皆～於肩。」《史記・項羽本紀》：「樊噲覆其盾於地，～彘肩上，拔劍切而啖之。」（彘肩：豬腿。啖：吃。）引申為施加，予以。《呂氏春秋・義賞》：「故賞罰之所～，不可不慎。」《韓非子・難一》：「明主賞不～於無功，罰不～於無罪。」❷ 增加。《論語・子路》：「既富矣，又何～焉？」❸ 更加。《孟子・梁惠王上》：「鄰國之民不～少，寡人之民不～多。」《荀子・勸學》：「順風而呼，聲非～疾也，而聞者彰。」

夾 ㊀ jiā△ ❶ 在兩旁相持。《禮記・檀弓下》：「使吾二婢子～我。」又泛指在兩旁。《左傳・僖公二十八年》：「狐毛、狐偃以上軍～攻子西。」（狐毛、狐偃：人名。）❷ 輔佐。《史記・魯周公世家》：「周公把大鉞，召公把小鉞，以～武王。」

㊁ jiá△ ❸ 劍柄。後來寫作「鋏」。《莊子・說劍》：「天子之劍……韓、魏為～。」❹ 雙層的。陸游《示客》：「漠漠新寒試～衣。」

佳 jiā 美，美好。屈原《九歌・湘夫人》：「聞～人兮召予。」（予：我。）歐陽修《醉翁亭記》：「～木秀而繁陰。」

珈 jiā 古代婦女的一種首飾。《詩經・鄘風・君子偕老》：「君子偕老，副笄六～。」

茄 ㊀ jiā ❶ 荷莖。《說文》：「～，芙蕖莖。」張衡《西京賦》：「蔕倒～於藻井。」

㊁ qié ❷ 茄子。王褒《僮約》：「種瓜作瓠，別～披葱。」

枷 jiā ❶ 打穀脫粒的農具。《國語・齊語》：「權節其用，耒耜～芟。」（耒耜 lěisì：古代農具，木把叫「耒」，犁頭叫「耜」。芟：大鐮刀。）此義也寫作「耞」。❷ 套在頸上的刑具。《隋書・刑法志》：「撾鼓千聲，釋～鎖焉。」（撾 zhuā：敲。）又用作動詞，上枷。《唐語林・政事下》：「有軍士犯禁，杖而～之。」❸ 通「架 jià」。衣架。《禮記・曲禮下》：「男女不雜坐，不同椸～。」（椸 yí：衣架。）

痂 jiā 瘡痂。《宋書・劉穆之傳》：「邕所至嗜食瘡～。」（邕：人名。）

浹 jiā△ ❶ 浸透，透。《後漢書・皇后紀下・獻帝伏皇后》：「（曹）操出，顧左右，汗流～背。」引申為通，徹。《淮南子・原道》：「不浸於肌膚，不～於骨髓。」❷ 遍，遍及。《荀子・君道》：「古者先王審禮，以方皇周～於天下。」（方 páng 皇：遨遊。）王安石《仁智》：「吾之仁足以上格乎天，下～乎草木。」（格：至。）

家 jiā ❶ 家，家庭。《詩經・小雅・采薇》：「靡室靡～，玁狁之故。」（玁狁 xiǎnyǔn：古代北方少數民族。）《孟子・梁惠王上》：「百畝之田，勿奪其時，數口之～可以無饑矣。」❷ 卿大夫的采邑。《論語・季氏》：「丘也聞有國有～者，不患寡而患不均。」《左傳・昭公三年》：「政在～門。」❸ 學術流派。《荀子・解蔽》：「今諸侯異政，百～異說。」《漢書・藝文志》：「諸子十～，其可觀者，九～而已。」後指有某種專長的人。《論衡・雷虛》：「圖雷之～畫雷之狀。」

梜 jiā△ 筷子。《禮記・曲禮上》：「羹之有菜者用～。」

笳 jiā 管樂器名。《吳子・應變》：「夜以金鼓～笛為節。」杜甫《哭韋大夫之晉》：「～簫咽暮蟬。」

袈 jiā ［袈裟］梵文音譯，指僧衣。《洛陽伽藍記・宋雲家紀》：「佛在石下，東面而坐，曬～～。」

葭 jiā ❶ 未長穗的蘆葦。《詩經・召南・騶虞》：「彼茁者～。」❷ 通「笳 jiā」。胡笳，古代一種樂器。謝靈運《九日從宋公戲馬臺集送孔令》：「鳴～戾朱宮。」（戾：到。朱宮：帝王豪華的宮殿。）

嘉 jiā ❶ 好，美好。《詩經・豳風・東山》：「其新孔～，其舊如之何？」（孔：甚，很。）屈原《離騷》：「肇錫余以～名。」（肇 zhào：開始。錫：賜予。）也指喜慶、吉祥。《左傳・襄公三十一年》：「居喪而不哀，在慼而有～容。」（慼：憂。）❷ 誇讚，嘉獎。《論語・子張》：「～善而矜不能。」（矜 jīn：同情。）《漢書・霍光傳》：「朕甚～之。」

豭 jiā 公豬。《左傳・隱公十一年》：「鄭伯使卒出～。」

夾 jiá 見 230 頁「夾」㈢。

拮 jiá 見 249 頁「拮」㈡。

恝 jiá△ 忽視，淡漠。《孟子・萬章上》：「夫公明高以孝子之心為不若是～。」

郟 jiá△ 周朝的東都，在今河南洛陽。《左傳・桓公七年》：「王遷盟向之民於～。」

莢 jiá△ 豆科植物的長形果實。《呂氏春秋・審時》：「得時之菽，長莖而短足，其～二七以為族。」也指某些樹木的翅果。《齊民要術・大豆》：「三月榆～時，有雨，高田可種大豆。」

戛 jiá△ ❶ 戟。《說文》：「～，戟也。」一說是長矛。張衡《東京賦》：「立戈迤～。」（迤：斜靠着。）❷ 敲擊。《尚書・益稷》：「～擊鳴球。」（球：玉磬。）杜甫《自京赴奉先縣詠懷五百字》：「羽林相摩～。」也指踐踏。韓愈《送惠師》：「前年往羅浮，步～南海漘。」（漘 chún：水邊。）❸ 象聲詞。白居易《畫雕贊》：「～然欲鳴。」蘇軾《後赤壁賦》：「～然長鳴。」今成語有「戛然而止」。

揳 jiá 見 564 頁「揳」㈡。

脥 jiá 見 249 頁「脥」㈡。

跲 jiá△ 牽絆，絆倒。《呂氏春秋・不廣》：「趨則～，走則顛。」引申為窒礙。《禮記・中庸》：「言前定則不～，事前定則不困。」

蛺 jiá△ ［蛺蝶］蝴蝶。杜甫《曲江》之二：「穿花～～深深見，點水蜻蜓款款飛。」（款款：緩慢的樣子。）

鋏 jiá△ ❶ 劍把。《戰國策・齊策四》：「後有頃，復彈其劍～。」代指劍。屈原《涉江》：「帶長～之陸離兮。」（陸離：長的樣子。）❷ 夾取東西的金屬工具。庾信《對燭賦》：「鐵～染浮煙。」

頰 jiá△ 面頰。《呂氏春秋・觀表》：「麻朝相～。」（麻朝：人名。）

甲 jiǎ△ ❶ 植物萌芽時的外皮。《周易・解》：「雷雨作而百果草木皆～坼。」（坼 chè：裂開。）又為某些動物護身的硬殼。《山海經・中山經》：「有獸焉，其狀如犬，虎爪，有～。」《抱朴子・廣譬》：「靈龜之～。」又為將士穿的鎧甲。《左傳・成公二年》：「擐～執兵，固即死也。」（擐 huàn：穿。兵：兵器。即：就，走向。）又代指甲士，披鎧甲的士兵。《左傳・宣公二年》：「伏～將攻之。」❷ 天干的第一位。古代與地支搭配以紀日，或單獨用來紀日。《左傳・昭公十三年》：「諸侯將以～戌盟。」屈原《九章・哀郢》：「～之鼂吾以行。」（鼂 zhāo：通「朝」，早晨。）引申為第一。《史記・魏其武安侯列傳》：「治宅～諸第。」（甲：用如動詞，居第一位。第：官宦的大住宅。）❸ 科舉制度中殿試錄取的等第。《宋史・選舉志一》：「進士始分三～。」

【辨析】甲、鎧。二字都指將士所穿護身之服。先秦用「甲」，秦始用「鎧」。《周禮・夏官・司甲》鄭玄注：「古用皮謂之甲，今用金謂之鎧。」

岬 jiǎ△ 兩山之間。左思《吳都賦》：「傾藪薄，倒～岫。」（藪薄：草木叢。岫 xiù：山洞。）

榎 jiǎ 見547頁「榎」㊁。

胛 jiǎ△ 肩胛。《素問・氣交變大論》：「膺背肩～間痛，兩臂內痛。」

假 ㊀jiǎ ❶借。《左傳・僖公五年》：「晉侯復～道於虞以伐虢。」（虞、虢：周代諸侯國名。）又引申為憑藉，依靠。《荀子・勸學》：「～輿馬者，非利足也，而致千里。」今成語有「假公濟私」。❷暫時代理。《韓非子・難二》：「周公旦～為天子七年。」柳宗元《送薛存義序》：「存義～令零陵二年矣。」（假令：暫時代理縣令。）引申為暫且，暫時。《晉書・宣帝紀》：「宜～絕內務，以救時急。」❸不真實，虛假。《後漢書・東平憲王蒼傳》：「今送光烈皇后～紒帛巾各一。」（紒 jì：髮髻。）白居易《古冢狐》：「彼真此～俱迷人。」❹連詞。假如。《史記・管晏列傳贊》：「～令晏子而在，予雖為之執鞭，所忻慕焉。」《新序・雜事四》：「～有賢於子方者，君又何以加之？」
㊁jià ❺休假，假期。《三國志・吳書・諸葛融傳》：「休吏～卒，或不遠千里而造焉。」（造：至。）范寧《啟斷眾公受假故事》：「五月給田～。」
㊂gé ❻至，到。《詩經・商頌・玄鳥》：「四海來～。」《論衡・語增》：「堯、舜襲德，功～荒服。」（荒服：泛指邊遠地區。）

【辨析】1. 假、偽。二詞都有「不是真的」的意義，但產生時代有先後。「假」的「不是真的」的意義是後起的。在上古時代，表示「不是真的」用「偽」不用「假」。2. 假、借。在「借、憑藉」的意義上，二者是同義詞，只是先秦多用「假」，漢以後多用「借」。

斝 jiǎ 銅製酒器。《詩經・大雅・行葦》：「洗爵奠～。」（爵：酒器。奠：放置。）

瘕 jiǎ 腹中結塊的病。《淮南子・精神》：「病疵～者，捧心抑腹，膝上叩頭，踡局而諦，通夕不寐。」（諦：同「啼」。）比喻罪過，過失。《舊唐書・玄宗紀下》：「開元已來諸色痕～人咸從洗滌。」

檟 jiǎ 樹名，即山楸。《左傳・襄公二年》：「穆姜使擇美～，以自為櫬。」（櫬 chèn：棺材。）

架 jià ❶架子，承物的器具。江淹《雜體詩》：「風散松～險，雲鬱石道深。」《晉書・王嘉傳》：「衣服在～。」❷搭設，承架。《韓詩外傳》卷八：「有鳥於此，～巢於葭葦之顛。」（葭 jiā 葦：蘆葦。顛：頂部。）❸通「駕 jià」。凌駕，超越。孔稚珪《北山移文》：「～卓、魯於前籙。」（卓、魯：指卓茂和呂恭，東漢時的賢吏。籙 lù：簿籍。）

假 jià 見232頁「假」㊁。

賈 jià 見172頁「賈」㊁。

幏 jià 古代西南少數民族所織的一種布。《後漢書・南蠻傳》：「其民戶出～布八丈二尺。」

嫁 jià ❶女子結婚前往夫家。《詩經・大雅・大明》：「自彼殷商，來～于周。」白居易《琵琶行》：「老大～作商人婦。」❷轉移災難於他人。《戰國策・趙策一》：「且夫韓之所以內趙者，欲～其禍也。」《史記・趙世家》：「韓氏所以不入於秦者，欲～其禍於趙也。」

稼 jià ❶禾穀的果實，穀物。《詩經・豳風・七月》：「十月納禾～。」《呂氏春秋・審己》：「～生於野而藏於倉。」❷種田，種莊稼。《詩經・魏風・伐檀》：「不～不穡，胡取禾三百億兮。」（穡：收割莊稼。）《呂氏春秋・君守》：「后稷作～。」（后稷：周的始祖，傳說他發明了種莊稼。）

【辨析】稼、穡。二者對舉時，「稼」指

種植，「穡」指收割。構成雙音詞「稼穡」，泛指農事。

價 jià ❶價格，價值。《韓非子・外儲說右上》：「故市木之～，不加貴於山。」（加：更。）杜甫《逼仄行》：「街頭酒～常苦貴。」❷身價，聲望。李白《與韓荊州書》：「一登龍門，而聲～十倍。」

駕 jià ❶把車套在馬身上。《詩經・小雅・采薇》：「～彼四牡。」（牡：公馬。）《禮記・曲禮上》：「君車將～，則僕執策立於馬前。」（僕：御者。策：馬鞭。）引申為駕車，駕駛。《呂氏春秋・權勳》：「龔王～而往視之。」又引申為控制，支配。《三國志・吳書・張昭傳》：「～御英雄，驅使羣賢。」❷車馬，車。《戰國策・齊策四》：「為之～，比門下之車客。」《淮南子・道應》：「盧敖仰而視之，弗見，乃止～。」後特指皇帝的車駕，又代指皇帝。《後漢書・郭憲傳》：「建武七年，代張堪為光祿勳，從～南郊。」❸凌駕。《左傳・昭公元年》：「子木之信，稱於諸侯，猶詐晉而～焉。」李白《古風五十九首》之三：「大略～羣才。」❹同「架」。搭設。《淮南子・本經》：「大構～，興宮室。」杜甫《桔柏渡》：「～竹為長橋。」❺量詞。馬行一日的路程為一駕。《荀子・勸學》：「駑馬十～，功在不舍。」

jian

尖 jiān ❶細小尖銳的末端。江淹《江上之山賦》：「嶤嶷兮～出。」（嶤嶷 yáonì：形容山峯高峻。）又指末端細小尖銳。李白《釣臺》：「靄峯～似筆。」❷形容聲音高而銳。賈島《客思》：「促織聲～～似針。」又指風的尖利。晏幾道《蝶戀花》：「月細風～垂柳渡。」❸新穎，語言新奇。姚合《和座主相公西亭秋日即事》：「詩冷語多～。」

戔 jiān ［戔戔］1. 眾多的樣子。《周易・賁》：「束帛～～。」2. 小、少的樣子。《聊齋志異・小官人》：「～～微物。」

肩 jiān ❶肩膀。《莊子・養生主》：「手之所觸，～之所倚。」《世說新語・容止》：「王公撫其～曰：『阿奴，恨才不稱。』」也指動物的前腿根部。《儀禮・少牢饋食禮》：「祭物有～、臂、臑之分。」（臑 hào：動物的前肢。）《世說新語・言語》：「豚～不掩豆。」（豚 tún：小豬。豆：古代盛食器。）❷負擔。《左傳・襄公二年》：「鄭成公疾，子駟請息～於晉。」（息肩：卸去負擔。）❸任用。《尚書・盤庚下》：「朕不～好貨。」（好貨：指貪財之人。）

姦 jiān ❶邪惡，不正當。《墨子・辭過》：「是以其民飢寒並至，故為～邪。」鄒陽《獄中上梁王書》：「故偏聽生～，獨任成亂。」❷淫亂，私通。《左傳・莊公二年》：「夫人姜氏會齊侯于禚，書～也。」（禚 zhuó：古地名。）《後漢書・李業傳》：「（馮）信侍婢亦對信～通。」❸通「奸 gān」。干犯。《淮南子・主術》：「各守其職，不得相～。」

【辨析】姦、奸。見156頁「奸」字條。

兼 jiān ❶同時做幾樣事或具有幾樣東西。《孟子・告子上》：「二者不可得～，舍生而取義者也。」❷兼併，吞併。《孟子・滕文公下》：「周公～夷狄驅猛獸而百姓寧。」《莊子・徐无鬼》：「～人之土地。」❸加倍。《呂氏春秋・似順》：「夫便國而利於主，雖～於罪，鐸為之。」（鐸：尹鐸，人名。）

堅 jiān ❶堅硬。《周易・坤》：「履霜～冰至。」《呂氏春秋・別類》：「柔則錈，～則折。」❷堅強，堅定。《呂氏春秋・士容》：「士不偏不黨，柔而～，虛而實。」王勃《滕王閣序》：「窮且益～。」

豜 jiān 三歲的豬，泛指大獸。《詩經・豳風・七月》：「言私其豵，獻～于公。」（豵 zōng：一歲的豬，泛指小獸。）

帴 jiān 見235頁「帴」㊁。

猏 jiān 三歲的獸。《呂氏春秋・知化》：「今釋越而伐齊，譬之猶懼虎而刺～。」

J

淺 jiān 見404頁「淺」㊁。

菅 jiān 一種多年生的草，可用來蓋屋頂。漚之使柔，可織蓆編筐製繩。《詩經・陳風・東門之池》：「東門之池，可以漚～。」《左傳・成公九年》：「雖有絲麻，無棄～蒯。」（蒯 kuǎi：草名，可供編織用。）

間(閒) jiān 見238頁「間(閒)」㊁。

鈃 jiān 見569頁「鈃」㊁。

湛 jiān 見55頁「湛」㊃。

湔 ㊀ jiān ❶ 洗滌。《史記・扁鵲倉公列傳》：「～浣腸胃，漱滌五藏。」（浣：洗。藏 zàng：內臟。）《後漢書・華佗傳》：「（病）若在腸胃，則斷截～洗，除去疾穢。」❷ 水名，在今四川。《說文》：「～，水。出蜀郡綿虒玉壘山，東南入江。」

㊁ jiàn ❸ 同「濺」。濺灑。《戰國策・齊策三》：「臣輒以頸血～足下衿。」

瑊 jiān ［瑊石］似玉的美石。《山海經・中山經》：「（葛山）其下多～～。」

犍 ㊀ jiān ❶ 閹過的牛。《北史・蠕蠕傳》：「每來抄掠，駕牸牛奔遁，驅～牛隨之。」（牸 zì：母牛。）又為閹割。《齊民要術・養豬》：「其子三日便掐尾，六十日後～。」

㊁ qián ❷ ［犍為］縣名，在今四川。

煎 jiān ❶ 把食物放在水中或油中煎煮。《呂氏春秋・孝行》：「熟五穀，烹六畜，和～調，養口之道也。」又指水煮沸或煮乾。《論衡・非韓》：「水之性勝火，如裹之以釜，水～而不得勝必矣。」《齊民要術・常滿鹽》：「須用時，挹取，～，即成鹽。」❷ 銷熔。《論衡・變動》：「南方至熱，～沙爛石。」

蒹 jiān 未長穗的荻。《詩經・秦風・蒹葭》：「～葭蒼蒼，白露為霜。」

監 jiān 見238頁「監」㊁。

箋(牋) jiān ❶ 古籍的一種注釋。《後漢書・衛宏傳》：「鄭玄作毛詩～。」❷ 一種文體。蕭統《文選序》：「表奏～記之列。」❸ 一種精美的小幅書畫用紙。徐陵《玉臺新詠序》：「五色花～。」又指書信。《顏氏家訓・風操》：「郡縣庶民，競修～書。」

漸 jiān 見239頁「漸」㊁。

緘 jiān ❶ 捆器物的繩索。《莊子・胠篋》：「唯恐～縢扃鐍之不固也。」（縢 téng：繩子。扃 jiǒng：閂。鐍 jué：插閂的地方。）引申為捆束。《墨子・節葬下》：「桐棺三寸，葛以～之。」❷ 封閉，閉合。《孔子家語・觀周》：「廟堂右階之前，有金人焉，三～其口。」引申為封藏。杜甫《客從》：「～之篋笥久，以俟公家須。」（篋 qiè：箱子。）❸ 信函。李商隱《春雨》：「玉璫～札何由達。」

蕑 jiān 蘭草。《詩經・鄭風・溱洧》：「士與女，方秉～兮。」

熸 jiān 火熄滅。引申為軍隊潰滅。《左傳・襄公二十六年》：「楚師大敗，王夷師～。」（夷：傷。）

縑 jiān 雙絲織的淺黃色細絹。《淮南子・齊俗》：「～之性黃，染之以丹則赤。」

艱 jiān ❶ 困難，艱難。屈原《離騷》：「哀民生之多～。」❷ 險惡。《詩經・小雅・何人斯》：「彼何人斯，其心孔～。」（孔：很。）❸ 指父母之喪。《世說新語・德行》：「後遭母童夫人～，朝夕哭臨。」王儉《褚淵碑文》：「又以居母～去官。」

韃 jiān 馬上盛弓的器具。《左傳・僖公二十三年》：「若不獲命，其左執鞭弭，右屬櫜～，以與君周旋。」（弭：弓。屬：着。櫜 gāo：盛箭的器具。）

礛 jiān ［礛諸］用來攻治玉器的石頭。《淮南子・說山》：「玉待～～而成器。」

瀸 jiān ❶ 浸，沾濕。《淮南子・要略》：「執其大指，以內洽五藏，～濇肌膚。」（五藏：五臟。濇：漬。）❷ 和洽。《呂氏春秋・圜道》：「～於民心，遂於四方。」❸ 通「殲 jiān」。消滅。《公羊傳・莊公十七年》：「齊人～於遂。」（遂：地名。）

櫼 jiān 屋上弓形短樑。何晏《景福殿賦》：「～櫨各落以相承。」

殲 jiān 殺盡，滅盡。《春秋・莊公十七年》：「齊人～于遂。」《後漢書・王允傳》：「卓既～滅，自謂無復患難。」（卓：董卓。）引申為死。杜甫《詠懷古跡五首》之五：「志決身～軍務勞。」

韉 jiān 襯托鞍的墊子。《木蘭詩》：「東市買駿馬，西市買鞍～。」

柬 jiǎn ❶ 選擇，挑選。《荀子・修身》：「安燕而血氣不惰，～理也。」（安燕：休息的時候。不惰：不懈怠。柬理：選擇合適。）《新唐書・褚遂良傳》：「公等為我～賢者保傅之。」（保傅：古代輔導天子和諸侯子弟的官員，統稱為保傅。）❷ 柬帖。皮日休《魯望以竹夾膝見寄因次韻酬謝》：「大勝書客裁成～。」《徐霞客遊記・滇遊日記六》：「莘野乃翁沈君具～邀余同悉壇諸僧侶。」

【辨析】柬、簡。見236頁「簡」字條。

趼 jiǎn 手腳因摩擦而生的硬皮。《莊子・天道》：「百舍重～而不敢息。」（舍：三十里為一舍。）

帴 ㊀ jiǎn ❶ 狹窄。《周禮・考工記》：「若苟自急者先裂，則是以博為～也。」

㊁ jiān ❷ 同「韉」。墊薦。《晉書・張方傳》：「於是軍人便亂入宮閣，爭割流蘇武帳而為馬～。」（流蘇：彩色穗狀裝飾物。）

剪 jiǎn ❶ 剪斷。《墨子・公孟》：「昔者越王句踐～髮文身，以治其國。」❷ 剪除，消滅。袁宏《三國名臣序贊》：「思樹芳蘭，～除荊棘。」元稹《論教本書》：「至於武后臨朝，～棄王族。」

【辨析】剪、翦。見235頁「翦」字條。

揀 jiǎn 選擇。《吳越春秋・闔閭內傳》：「後三月，～練士卒。」蘇軾《卜算子・黃州定慧院寓居作》：「～盡寒枝不肯棲。」

減(减) jiǎn ❶ 減少。宋玉《登徒子好色賦》：「東家之子，增之一分則太長，～之一分則太短。」（子：女子。）《世說新語・德行》：「宣潔行廉約，韓豫章遺絹百匹，不受；～五十匹，復不受。」（宣：人名。遺 wèi：贈送。）又為減輕。《左傳・昭公十四年》：「治國制刑，不隱於親，三數叔魚之惡，不為末～。」（末：減輕。）❷ 不足。《水經注・河水一》：「廣長六尺，高～二尺。」又為次於。《世說新語・假譎》：「已覓得婚處，門地粗可，婿身名宦盡不～嶠。」（嶠：人名。）

筧 jiǎn 連接起來用以引水的長竹管。白居易《錢塘湖石記》：「北有石函，南有～。」

戩 jiǎn ❶ 滅，剪除。《說文》：「～，滅也。《詩》曰：『實始～商。』」今本《詩經》作「翦」。❷ 福，吉祥。《詩經・小雅・天保》：「天保定爾，俾爾～穀。」（爾：你。俾：使。穀：祿。）

儉 jiǎn ❶ 節儉，儉省。《論語・八佾》：「禮與其奢也，寧～。」司馬光《訓儉示康》：「眾人皆以奢靡為榮，吾心獨以～素為美。」❷ 約束，不放縱。《左傳・僖公二十三年》：「晉公子廣而～，文而有禮。」（廣：志向遠大。）引申為謙卑。《逸周書・官人》：「其色～而不諂。」❸ 歉收。《逸周書・糴匡》：「年～穀不足。」白居易《賀雨》：「人變愁為喜，歲易～為豐。」

翦 jiǎn ❶ 剪斷。《詩經・召南・甘棠》：「蔽芾甘棠，勿～勿伐。」（蔽芾 fèi：小的樣子。）《呂氏春秋・順民》：「於是～其髮。」引申為裁去，刪除。《文心雕龍・鎔裁》：「～截浮詞謂之裁。」❷ 剪除，消滅。《左傳・成公二年》：「余姑～滅此而朝食。」（朝食：吃早飯。）《呂氏春秋・制樂》：「此文王之所以止殃～妖也。」

【辨析】翦、剪。「翦」的本義是羽毛初生整齊的樣子，此義古籍無用例。「前」字本義是剪斷，因「前」多作「前後」之義，所以用「翦」表示「剪斷」的意義。「剪」是後起分別字。

J

撿 jiǎn ❶約束。《漢書・循吏傳・黃霸》:「郡事皆以義法令～式。」(撿式:約束言行的準則。)《水經注・江水一》:「江至都安,堰其右,～其左,其正流遂東。」❷檢查,查考。《後漢書・張堪傳》:「～閱庫藏,收其珍寶。」

錢 ㈠ jiǎn ❶古代的一種農具,類似現在的鐵鏟。《詩經・周頌・臣工》:「命我眾人,庤乃～鎛。」(庤 zhì:準備。鎛 bó:古代一種除草的農具。)

㈡ qián ❷金屬貨幣。《韓非子・外儲說右上》:「或令孺子懷～挈壺甕而往酤。」(或:有人。酤:買酒。)歐陽修《賣油翁》:「乃取一葫蘆置於地,以～覆其口。」❸重量單位,一兩的十分之一。《後漢書・方術傳・華佗》:「與散兩～服之。」(散:藥末。)

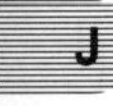

檢 jiǎn ❶法式,法度。《荀子・儒效》:「禮者,人主之所以為羣臣寸尺尋丈～式也。」(尋:八尺。)《文心雕龍・物色》:「然物有恆姿,而思無定～。」引申為節操,品行。《三國志・蜀書・向朗傳》:「初,朗少時雖涉獵文學,然不治素～,以吏能見稱。」❷約束,限制。《尚書・伊訓》:「與人不求備,～身若不及。」王昌齡《送韋十二兵曹》:「終日～我身。」❸查看,查驗。《漢書・食貨志下》:「均官有以考～厥實,用其本賈取之,毋令折錢。」(厥:其。賈:同「價」。)曹操《收租調令》:「郡國守相～察之。」❹封書題簽。《後漢書・公孫瓚傳》:「矯刻金玉,以為印璽,每有所下,輒皂囊施～,文稱詔書。」

蹇 jiǎn ❶瘸,行走困難。《莊子・達生》:「無中道夭於聾盲跛～。」東方朔《七諫》:「駕～驢而無策兮。」特指劣等的馬、驢。孟浩然《唐城館中早發寄楊使君》:「策～赴前程。」❷困苦。屈原《九章・哀郢》:「～侘傺而含戚。」(侘傺 chàchì:失意的樣子。戚:悲傷。)白居易《與元九書》:「況詩人多～。」❸句首語氣詞。屈原《九歌・湘君》:「君不行兮夷猶,～誰留兮中洲?」(夷猶:猶豫。)❹通「謇 jiǎn」。說話困難,口吃。庾信《謝滕王集序啟》:「言辭～吃,更甚揚雄。」(甚:超過。)❺通「搴 qiān」。拔取。《管子・四時》:「毋～華絕芋。」(華:花。)❻通「褰 qiān」。提起衣服。《莊子・山木》:「～裳躩步。」(裳:下裙。躩 jué:走路很快的樣子。)屈原《九章・思美人》:「憚～裳而濡足。」(憚:害怕。濡:沾濕。)

謇 jiǎn ❶口吃。《世說新語・排調》:「或～吃無宮商。」《北史・李崇傳附李諧》:「因～而徐言。」❷正直,忠貞。屈原《離騷》:「汝何博～而好修兮。」《北史・徐紇傳》:「外似～正,內實諂諛。」[謇謇] 忠貞的樣子。屈原《離騷》:「余固知～～之為患兮,忍而不能舍也。」(忍:指忍受其禍患。)❸句首語氣詞。屈原《離騷》:「～吾法夫前脩兮,非世俗之所服。」(法:效法。前脩:前代賢人。服:用。)

瞼 jiǎn 眼皮。《北史・姚僧垣傳》:「～垂覆目,不得視。」

簡 jiǎn ❶竹簡,古代書寫用的細長竹片。《左傳・襄公二十五年》:「南史氏聞大史盡死,執～以往,聞既書矣,乃還。」《韓非子・外儲說左上》:「昭王讀法十餘～而睡臥矣。」引申為書信。柳宗元《答貢士元公謹論仕進書》:「辱致來～,受賜無量。」❷簡約,簡略。《禮記・樂記》:「大樂必易,大禮必～。」《史記・劉敬叔孫通列傳》:「高帝悉去秦苛儀法,為～易。」❸輕忽,怠慢。《呂氏春秋・驕恣》:「自驕則～士。」《韓非子・亡徵》:「～侮大臣,無禮百姓。」❹選擇,挑選。《呂氏春秋・簡選》:「～選精良。」《世說新語・文學》:「陸文若排沙～金,往往見寶。」(陸:指陸機。)❺檢閱,檢查。《左傳・桓公六年》:「秋,大閱,～車馬也。」

【辨析】1. 簡、牘。見 113 頁「牘」字條。2. 簡、柬。二字本義不同。「簡」指竹簡,引申為書札。「柬」為挑選。因古音相同,「簡」也表示「挑選」義,「柬」也表示「書札」義。晚近如請人的書札,只用「柬」不用「簡」。3. 簡、策。見 43 頁「策」字條。

鬋 jiǎn ❶ 婦女鬢髮下垂的樣子。宋玉《招魂》:「長髮曼～。」❷ 剪斷。《漢書・韋賢傳》:「～茅作堂。」

繭 jiǎn ❶ 蠶繭。《呂氏春秋・上農》:「是以春秋冬夏皆有麻枲絲～之功。」(枲 xǐ:麻的纖維。)《齊民要術・種桑柘》:「收取種～,必取居簇中者。」(簇:蠶箔。)❷ 絲綿衣。《左傳・襄公二十一年》:「重～衣裘。」又用作動詞,給衣服絮絲綿。《禮記・雜記上》:「～衣裳。」❸ 手腳掌上磨出的厚皮。《戰國策・宋衛策》:「墨子聞之,百舍重～,往見公輸般。」《淮南子・脩務》:「足重～而不休息。」

譾 jiǎn 淺薄。《史記・李斯列傳》:「能薄而材～。」

鹼(鹻) jiǎn 鹵塊。《新唐書・食貨志四》:「盜刮～土一斗,比鹽一升。」

件 jiàn ❶ 分列,分別。《魏書・盧同傳》:「若名級相應者,即於黃素楷書大字,具～階級數。」❷ 量詞。《舊唐書・刑法志》:「所斷罪二十～以上為大。」

見 ㊀ jiàn ❶ 看見,看到。《詩經・小雅・何人斯》:「我聞其聲,不～其身。」柳宗元《小石潭記》:「清澈～底。」引申為會見。《史記・項羽本紀》:「項伯乃夜馳之沛公軍,私～張良。」❷ 見識,見解。《晉書・王渾傳》:「敢陳愚～,觸犯天威。」(天威:指帝王的威嚴。)❸ 用在被動句中,相當於「被」。《韓非子・說難》:「厚者為戮,薄者～疑。」《史記・廉頗藺相如列傳》:「欲予秦,秦城恐不可得,徒～欺。」(徒:白白地。)❹ 用在動詞前,表示行為施加於自己。李密《陳情表》:「生孩六月,慈父～背。」王安石《答司馬諫議書》:「冀君實或～恕也。」(冀:希望。君實:司馬光的字。)㊁ xiàn ❺ 謁見,拜見。此義今亦讀 jiàn。《論語・微子》:「～其二子焉。」(使其二子拜見。)又《陽貨》:「陽貨欲～孔子。」(陽貨:人名。)❻ 顯露,出現。後來寫作「現」。《史記・刺客列傳》:「秦王發圖,圖窮而匕首～。」杜甫《茅屋為秋風所破歌》:「何時眼前突兀～此屋,吾廬獨破受凍死亦足!」(突兀:高聳的樣子。)❼ 現有的,現成的。《史記・項羽本紀》:「今歲饑民貧,士卒食芋菽,軍無～糧。」(饑:年成不好。)

【辨析】見、視、睹。「視」是看的動作,「見」是看的結果。從成語「視而不見」中,可以看出這兩個字意義的區別。「睹」與「見」義近,皆為「看見」,但「見」用得寬,「睹」用得少。

洊 jiàn 再次,一再。《周易・震》:「～雷震,君子以恐懼修省。」

建 jiàn ❶ 建立,設置。《周禮・天官・冢宰》:「惟王～國。」《左傳・襄公三年》:「～一官而三物成。」(官:官職。物:事。)又為樹立,豎立。《周禮・春官・巾車》:「～大麾以田,以封蕃國。」(麾 huī:指揮用的旗子。田:打獵。蕃國:指諸侯國。)❷ 建議。《漢書・霍光傳》:「何不～白太后,更選賢而立之?」(白:說明。)司馬光《乞罷條例司常平使疏》:「～畫之臣,不能仰副聖意。」(畫:謀劃。副:合。)❸ 建造,建築。張衡《東京賦》:「楚築章華於前,趙～叢臺於後。」(章華、叢臺:高臺名。)❹ 傾倒。《史記・高祖本紀》:「譬猶居高屋之上～瓴水也。」(瓴 líng:盛水瓶。)❺ 北斗柄所指為建。斗柄所指十二辰稱十二月建。《淮南子・天文》:「正月～寅。」

荐 jiàn ❶ 草蓆。《說文》:「～,薦蓆也。」引申為草,牧草。《國語・晉語七》:「且夫戎狄～處,貴貨而易土。」(荐處:逐水草而居。易:輕視。)❷ 一再,頻頻。《左傳・僖公十三年》:「晉～饑,使乞糴于秦。」(饑:五穀不成熟,荒年。糴:買進糧食。)

楗 jiàn 用柴木堵塞。《左傳・哀公八年》:「囚諸樓臺,～之以棘。」

俴 jiàn ❶ 淺。《詩經・秦風・小戎》:「小戎～收。」(小戎:兵車的一種。收:車箱底的橫木。)❷ 不披甲。《管子・參患》:「甲不堅密,與～者同實。」

J

健 jiàn ❶ 強有力。《周易・乾》：「天行～，君子以自強不息。」《後漢書・袁紹傳》：「天下～者，豈惟董公？」引申為健壯，健康。《韓非子・六反》：「授之以鼎俎，則罷～效矣。」（罷：疲弱。效：顯現。）《三國志・魏書・華佗傳》：「一月可小起，好自將愛，一年便～。」❷ 有才能。《戰國策・秦策二》：「楚客來使者多～，與寡人爭辭，寡人數窮焉。」（窮：困窘。）❸ 善，善於。《後漢書・馮異傳》：「諸將非不～鬬，然好虜掠。」

揵 jiàn 見403頁「揵」㊁。

間(閒) ㊀ jiàn ❶ 縫隙，空隙。《史記・管晏列傳》：「晏子為齊相，出，其御之妻從門～而闚其夫。」《莊子・養生主》：「彼節者有～，而刀刃者無厚。」（節：指骨節。）❷ 間隔。《漢書・西域傳・車師國》：「車師去渠犁千餘里，～以河山，北近匈奴。」（渠犁：西域國名。）❸ 隔閡，嫌隙。《左傳・哀公二十七年》：「故君臣多～。」《後漢書・皇后紀上》：「母子慈愛，始終無纖介之～。」（纖介：比喻微小。）引申為離間，挑撥。《左傳・隱公三年》：「誰能～之。」又指間諜。《孫子兵法・用間》：「非聖智不能用～，非仁義不能使～。」❹ 參與。《左傳・莊公十年》：「肉食者謀之，又何～焉？」《韓非子・亡徵》：「上～謀計，下與民事。」❺ 副詞。暗中，祕密地。《戰國策・趙策三》：「魏王使客將軍辛垣衍～入邯鄲。」《史記・陳涉世家》：「又～令吳廣之次所旁叢祠中。」（之：往。次所：駐地。）❻ 病痊癒或好轉。《論語・子罕》：「子疾病……病～。」《左傳・文公十六年》：「請俟君～。」（俟：等待。）
㊁ jiān ❼ 中間，期間。《論語・先進》：「千乘之國，攝乎大國之～。」（攝：夾。）諸葛亮《出師表》：「奉命於危難之～。」❽ 近來。《漢書・敘傳上》：「帝～顏色黑瘦。」（帝：指漢成帝。）嵇康《與山巨源絕交書》：「～聞足下遷，惕然不喜。」❾ 量詞。計算房屋的單位。陶潛《歸園田居》之一：「草屋八九～。」
㊂ xián ❿ 空閒，閒暇。《左傳・昭公五年》：「～而以師討焉。」

【辨析】1. 閒、間、閑。上古沒有「間」字，後代寫作「間」的，上古都寫作「閒」。後代把讀jiàn和jiān的寫作「間」，把讀xián的寫作「閒」，以示區別。「閒」和「閑」本義不同，在「空閒」的意義上，「閑」有時可作「閒」的通假字。2. 間、諜。見108頁「諜」字條。

湔 jiàn 見234頁「湔」㊁。

楗 jiàn ❶ 豎着的門栓。《老子》第二十七章：「善閉，無關～而不可開。」《呂氏春秋・孟冬》：「修～閉。」（閉：穿門栓的孔。）❷ 河中用以堵水的柱樁。《史記・河渠書》：「以故薪柴少，而下淇園之竹以為～。」引申為堵塞。《墨子・兼愛中》：「以～東土之水，以利冀州之民。」

腱 jiàn 連接肌肉與骨骼的結締組織。宋玉《招魂》：「肥牛之～，臑若芳些。」（臑 ěr：煮熟。些：語氣詞。）

監 ㊀ jiàn ❶ 對着水照自己的形象，照。《尚書・酒誥》：「人無于水～。」又為照形的器具，鏡子。《新書・胎教》：「明～所以照形也。」引申為借鑑。《論語・八佾》：「周～於二代，郁郁乎文哉！」（二代：指夏、商。）❷ 古代官名。《商君書・禁使》：「官立丞、～。」❸ 宦豎。司馬遷《報任安書》：「商鞅因景～見，趙良寒心。」
㊁ jiān ❹ 自上視下。《尚書・呂刑》：「上帝～民。」引申為監察、監視。《呂氏春秋・達鬱》：「王使衛巫～謗者，得則殺之。」

【辨析】監、鑑。「監」與「鑑」是古今字。在「照形、照形器具、引以為戒」等意義上，先秦時二字通用。漢以後才有了區別：上述意義用「鑑」，不用「監」；而「官署名、官名、太監」等意義，以及讀jiān的「監臨、審察」等意義，用「監」不用「鑑」。

僭 jiàn ❶ 差失，過分。《尚書・湯誥》：「天命弗～。」《左傳・襄公二十六年》：「善為國者，賞不～而刑不濫。」引申為超越本分。《公羊傳・昭公二十五年》：「諸侯～於天子、大夫～於諸侯久矣。」❷ 虛假，虛妄。《左傳・昭公八年》：「小人之言，～而無徵。」（徵：證明。）

漸 ㊀ jiàn ❶ 漸進，逐步發展。《周易・坤》：「臣弒其君，子弒其父，非一朝一夕之故，其所由來者～矣。」引申為逐漸。《世說新語・排調》：「～至佳境。」杜甫《晦日尋崔戢李封》：「春氣～和柔。」❷ 次序。《史記・吳太伯世家》：「兄弟皆欲致國，令以～致焉。」又為依次。《宋史・河渠志二》：「御河自懷、衛經北京，～歷邊郡。」❸ 端倪，跡象。《論衡・紀妖》：「吉凶之～，若天告之。」❹（疾病）嚴重，加劇。《尚書・顧命》：「王曰：『嗚呼，疾大～，惟幾。』」（幾 jī：危殆。）《列子・力命》：「非天非鬼，雖～，可攻也。」（攻：治療。）

㊁ jiān ❺ 浸，沾濕。《詩經・衛風・氓》：「淇水湯湯，～車帷裳。」（湯湯 shāng shāng：水大的樣子。）《荀子・勸學》：「蘭槐之根是為芷，其～之滫，君子不近。」（滫 xiǔ：臭水。）❻ 流入，入。《尚書・禹貢》：「東～于海。」引申為疏導。《史記・越王勾踐世家》：「禹之功大矣，～九川，定九州。」

賤 jiàn ❶ 物價低，與「貴」相對。《左傳・昭公三年》：「子近市，識貴～乎？」白居易《賣炭翁》：「心憂炭～願天寒。」❷ 卑賤，地位低下，與「貴」相對。《墨子・法儀》：「人無幼長貴～，皆天之臣也。」引申為輕視。晁錯《論貴粟疏》：「是故明君貴五穀而～金玉。」❸ 謙詞。《戰國策・趙策四》：「老臣～息舒祺，最少，不肖。」（息：兒子。不肖：不賢。）司馬遷《報任安書》：「又迫～事，相見日淺。」

踐 jiàn ❶ 踏，踩。《詩經・大雅・行葦》：「牛羊勿～履。」（履：踏。）《莊子・馬蹄》：「馬，蹄可以～霜雪。」引申為踏上。《呂氏春秋・離俗》：「無道之世，不～其土。」司馬遷《報任安書》：「深～戎馬之地。」又引申為赴，往。《左傳・哀公十五年》：「不～其難。」《呂氏春秋・古樂》：「成王立，殷民反，王命周公～伐之。」❷ 履行，實行。《禮記・曲禮上》：「修身～言，謂之善行。」❸ 通「翦 jiǎn」。滅掉。《尚書・蔡仲之命》：「成王東伐淮夷，遂～奄。」（奄：古國名。）

【辨析】踐、蹈、履、躡、踏。見95頁「蹈」字條。

箭 jiàn ❶ 一種小竹子，莖可製作箭桿。《呂氏春秋・仲冬》：「日短至，則伐林木，取竹～。」《淮南子・氾論》：「乃矯～為矢，鑄金而為刃。」❷ 箭，弓弩發射的武器。《史記・司馬相如列傳》：「右夏服之勁～。」（夏：指夏代善射人羿。）杜甫《哀江頭》：「輦前才人帶弓～。」❸ 古代博戲的器具。《韓非子・外儲說左上》：「以松柏之心為博，～長八尺，棋長八寸。」❹ 古代漏壺下計時的有刻度的標尺。《周禮・夏官・挈壺氏》鄭玄注：「漏之～，晝夜共百刻。」晏殊《漁家傲》：「日夜鼓聲催～漏。」

【辨析】箭、矢。二字在「箭」的意義上相同，細分則以竹為箭桿的稱「箭」，以木為箭桿的稱「矢」。在時代上則先秦用「矢」字，不用「箭」字。

劍（劒） jiàn 兵器名。《戰國策・齊策四》：「倚柱彈其～。」

諓 jiàn ［諓諓］能言善辯的樣子。《國語・越語下》：「余雖靦然而人面哉，吾猶禽獸也，又安知是～～者乎？」

澗 jiàn 山間的水溝。《詩經・召南・采蘩》：「于以采蘩，于～之中。」（以：通「台」，何處。）

餞 jiàn 餞行，用酒食送行。《詩經・大雅・崧高》：「申伯信邁，王～于郿。」（申伯：申國國君。信：確實。邁：遠行。郿：地名。）又指餞別宴會。王勃《滕王閣序》：「躬逢勝～。」

諫 jiàn 規勸君長改正過失。《左傳・僖公五年》：「～而不入，則莫之繼也。」（不入：指不被接受。）《戰國策・趙策四》：「太后不肯，大臣強～。」（強 qiǎng：竭力。）

薦 jiàn ❶ 野獸牲畜所吃的草。《莊子・齊物論》：「麋鹿食～。」❷ 草蓆，草墊。《韓非子・存韓》：「入則為蓆～。」曹植《九詠》：「茵～兮蘭席。」用為動詞，墊。賈誼《弔屈原賦》：「章甫～履，漸不可久兮。」（章甫：古代一種禮帽。）《史記・周本紀》：「飛鳥以其翼覆～之。」❸ 獻，進獻。《左傳・僖公十七年》：「因寺人貂以～羞於公。」（寺人貂：齊桓公宦官。羞：獻。）❹ 推舉，推薦。《孟子・萬章上》：「天子能～人於天，不能使天與之天下。」《韓非子・外儲說左下》：「臣～樂羊而中山拔。」（樂羊：人名。中山：地名。拔：攻取。）❺ 一再，屢次。《詩經・小雅・節南山》：「天方～瘥，喪亂弘多。」（瘥 cuó：病，災難。）又《大雅・雲漢》：「天降喪亂，饑饉～臻。」（臻：至。）

【說明】「荐」和「薦」在古代是兩個字。在「牧草、草蓆、屢次」等意義上，二字可通用。而「薦」的其他意義則不能寫作「荐」。現在「薦」簡化作「荐」。

瞷 ㊀ jiàn ❶ 窺視。《孟子・離婁下》：「王使人～夫子，果有以異於人乎？」㊁ xián ❷ 英武的樣子。潘岳《馬汧督誄》：「～然馬生，傲若有餘。」

鍵 jiàn ❶ 門閂。《淮南子・主術》：「五寸之～，制開闔之門。」❷ 車轄，車軸兩端管住車輪不使脫落的裝置。《尸子・文軒六駃》：「題無四寸之～，則車不行。」（題：指車軸頂端。）❸ 鎖簧。鎖可以插入和拔出的部分。《周禮・地官・司門》：「司門掌授管～，以啟閉國門。」（管：鑰匙。）又為鑰匙。郭璞《爾雅序》：「六藝之鈐～。」（鈐：鎖。）

濫 jiàn 見 294 頁「濫」㊁。

檻 jiàn ❶ 關野獸或牲畜的柵欄。《淮南子・主術》：「故夫養虎豹犀象者，為之圈～。」司馬遷《報任安書》：「猛虎在深山，百獸震恐，及在～穽之中，搖尾而求食。」❷ 囚禁犯人的檻車。《史記・陳丞相世家》：「即反接載～車，傳詣長安。」又用作動詞。《呂氏春秋・順說》：「管子得於魯，魯束縛而～之。」❸ 欄杆。《漢書・朱雲傳》：「御史將雲下，雲攀殿～，～折。」❹ 艦船。左思《吳都賦》：「弘舸連軸，巨～接艫。」（舸 gě：船。軸：通「舳」。船尾。艫 lú：船尾。）

濺 jiàn 液體迸射。《史記・廉頗藺相如列傳》：「五步之內，相如請得以頸血～大王矣。」杜甫《春望》：「感時花～淚，恨別鳥驚心。」

譖 jiàn 見 656 頁「譖」㊁。

艦 jiàn 戰船。李白《永王東巡歌》之七：「戰～森森羅虎士。」泛指一般的船隻。陸游《舟行錢清河橋之間》：「兒童鼓笛迎歸～。」

鐧 jiàn 嵌在車軸與車轂之間的鐵，以減輕摩擦。《吳子・治兵》：「膏～有餘，則車輕人。」（膏：油脂。）

鑑（鑒） jiàn ❶ 古代盛水或冰的大盆。《周禮・天官・凌人》：「春始治～。」❷ 銅鏡。《左傳・莊公二十一年》：「王以后之鞶～予之。」（后：王后。鞶 pán：大帶。）《新唐書・魏徵傳》：「以銅為～，可正衣冠。」❸ 照影。《左傳・襄公二十八年》：「美澤可以～。」《莊子・德充符》：「人莫～於流水，而～於止水。」引申為察看，審察。《呂氏春秋・離謂》：「夫辭者，意之表也，～其表而棄其意，悖。」《漢書・武帝紀》：「據舊以～新。」❹ 借鑑，引以為戒。《詩經・大雅・蕩》：「殷～不遠，在夏后之世。」杜牧《阿房宮賦》：「後人哀之而不～之。」今成語有「前車之鑑」。

【辨析】鑑、監。見 238 頁「監」字條。

jiang

江 jiāng 長江的專稱。《孟子・滕文公上》：「決汝、漢，排淮、泗而注之～。」漢以後為南方河流的通稱。《論衡・書虛》：「且投於～中，何～也？」

姜 jiāng 姓。《詩經・大雅・生民》：「厥初生民，時維～嫄。」

將 ㊀ jiāng ❶ 扶持，扶助。《詩經·小雅·無將大車》：「無～大車，只自塵兮。」（大車：載重的牛車。）《木蘭詩》：「爺娘聞女來，出郭相扶～。」（郭：外城。）❷ 奉養。《詩經·小雅·四牡》：「王事靡盬，不遑～父。」（盬 gǔ：止息。遑：暇。）❸ 攜帶。《左傳·桓公九年》：「楚子使道朔～巴客以聘於鄧。」（道朔：人名。）《淮南子·人間》：「其馬～胡駿馬而歸。」❹ 送行。《詩經·召南·鵲巢》：「之子于歸，百兩～之。」（之：此。歸：出嫁。兩：輛。）王安石《上皇帝萬言書》：「若夫迎新～故之勞。」（若夫：至於。）❺ 將要。《左傳·隱公元年》：「夫人～啟之。」（啟之：給他開門。）❻ 且，又。《詩經·小雅·谷風》：「～恐～懼，維予與女。」今成語有「將信將疑」。❼ 以，用。《戰國策·秦策一》：「蘇秦始～連橫說秦惠王曰。」韓愈《左遷至藍關示姪孫湘》：「肯～衰朽惜殘年。」❽ 與，和。庾信《春賦》：「眉～柳而爭綠，面共桃而競紅。」李白《月下獨酌》：「暫伴月～影。」
㊁ jiàng ❾ 統率，率兵。《左傳·桓公五年》：「虢公林父～右軍。」又指領兵的人，將領。《史記·陳涉世家》：「王侯～相寧有種乎！」（寧：難道。）
㊂ qiāng ❿ 請，希望。《詩經·衛風·氓》：「～子無怒，秋以為期。」李白《將進酒》：「～進酒，杯莫停。」

蔣 ㊀ jiāng ❶ 一種水生植物。張衡《南都賦》：「～蒲蒹葭。」
㊁ jiǎng ❷ 周代國名，春秋時為楚所滅，在今河南固始東北。《左傳·僖公二十四年》：「凡～、邢、茅、胙、祭，周公之胤也。」（胤：後代。）

僵（殭） jiāng ❶ 向後倒下。《呂氏春秋·貴卒》：「管仲扞弓射公子小白，中鈎，鮑叔御公子小白～。」（扞：把弓拉滿。鈎：衣帶鈎。御：使。）泛指倒下。《漢書·眭弘傳》：「～柳復起。」❷ 僵硬。曹冏《六代論》：「百足之蟲，至死不～。」梅曾亮《台州府同知龍君墓誌銘》：「手足～冷。」

【辨析】僵、斃、仆、偃、跌。見24頁「斃」字條。

漿（㯈） jiāng 古代一種微帶酸味的飲料。《詩經·小雅·大東》：「維北有斗，不可以挹酒～。」（斗：星名。挹 yì：舀。）泛指汁液。《搜神後記·仙館玉漿》：「此仙館，大夫所飲者玉～也。」

薑 jiāng 一種多年生草本植物。地下莖辛辣，可調味用，也可入藥。《論語·鄉黨》：「不撤～食，不多食。」

【說明】「姜」「薑」二字古代意義完全不同，不能混用。現在「薑」簡化作「姜」。

螿 jiāng 寒螿，寒蟬。《論衡·變動》：「寒～啼，感陰氣也。」

疆 jiāng 邊界，邊境。《詩經·大雅·皇矣》：「侵自阮～。」（阮：古代諸侯國名。）《孟子·公孫丑下》：「域民不以封～之界。」（域：界限，限制。）引申為止境。《詩經·豳風·七月》：「萬壽無～。」《左傳·襄公二十一年》：「惠我無～。」

韁（繮） jiāng 馬韁繩。《白虎通·誅伐》：「人銜枚，馬勒～。」（枚：含在嘴裏避免出聲的小木棍。）

蔣 jiǎng 見241頁「蔣」㊁。

槳 jiǎng 划船的工具。劉孝威《採蓮曲》：「金～木蘭船。」

獎 jiǎng ❶ 鼓勵，勸勉。《左傳·昭公二十二年》：「無亢不衷，以～亂人。」（亢：保護。不衷：指不善。）❷ 誇獎，稱讚。《後漢書·孔融傳》：「薦達賢士，多所～進。」❸ 輔佐，幫助。《左傳·僖公二十八年》：「皆～王室，無相害也。」《世說新語·捷悟》：「方欲共～王室，修復園陵。」

耩 jiǎng ❶ 耕種。《齊民要術·種穀》：「鋤得五遍已上，不須～。」❷ 用耬車播種或用糞耬施肥。《齊民要術·種穀楮》：「耕地令熟，二月耬～之。」

講 jiǎng ❶ 講和，和解。《戰國策·秦策四》：「三國之兵深矣，寡人欲割河東而～。」《史記·樗里子甘茂列傳》：「樗里子與魏～，罷兵。」❷ 謀劃。

《左傳・襄公五年》：「～事不令，集人來定。」（令：善。集：召集。）又為講求。《禮記・禮運》：「選賢與能，～信修睦。」（與：通「舉」，舉薦。修睦：調整人與人之間的關係使和睦。）❸ 講習，練習。《論語・學而》：「德之不修，學之不～。」《呂氏春秋・孟冬》：「天子乃命將率～武。」（將率：將帥。）❹ 講解，解釋。《漢書・夏侯勝傳》：「始，勝每～授，常謂諸生曰。」韓愈《石鼓歌》：「聖恩若許留太學，諸生～解得切磋。」

匠 jiàng ❶ 木工。《孟子・盡心上》：「大～不為拙工改廢繩墨。」引申為匠人的通稱。《論衡・量知》：「能穿鑿穴埳，謂之土～；能彫琢文書，謂之史～。」❷ 做，創造。李格非《洛陽名園記・富鄭公園》：「亭臺花木，皆出其目營心～。」

J

洚 jiàng 大水氾濫。《孟子・告子下》：「水逆行謂之～水。」

降 ㊀ jiàng ❶ 從高處往下走。《詩經・大雅・公劉》：「陟則在巘，復～在原。」（陟：登。巘 yǎn：小山。）《左傳・僖公二十三年》：「公～一級而辭焉。」（級：臺階。）引申為降下，落下。《左傳・莊公三十二年》：「有神～于莘。」（莘：地名。）《荀子・議兵》：「若時雨之～，莫不說喜。」（說 yuè：喜悅。）❷ 降低。《論語・微子》：「不～其志，不辱其身。」《史記・李斯列傳》：「如此不禁，則主勢～乎上，黨與成乎下。」（黨與：朋黨。）又為貶低，降級。《尚書・蔡仲之命》：「～霍叔于庶人。」❸ 降生。屈原《離騷》：「惟庚寅吾以～。」（惟：語氣詞。庚寅：指庚寅日。）

㊁ xiáng ❹ 投降。司馬遷《報任安書》：「李陵既生～，隤其家聲。」（隤 tuí：敗壞。）

弶 jiàng 捕鳥獸的工具。竺法護《鹿母經》：「煢悸失措，墮獵～中。」（煢：孤獨。）

將 jiàng 見 241 頁「將」㊁。

絳 jiàng ❶ 深紅色。《墨子・公孟》：「～衣博袍。」❷ 古地名。一在今山西省翼城東南。《左傳・莊公二十六年》：「士蔿城～。」（士蔿 wěi：晉國大司空。城絳：在絳築城。）一在今山西侯馬。《左傳・襄公二十三年》：「以晝入～。」

【辨析】 絳、赤、朱、丹、紅。見 63 頁「赤」字條。

醬 jiàng 肉醬。又為豆麥等發酵後製成的調味品。

jiao

交 jiāo ❶ 交錯，交叉。《孟子・滕文公上》：「獸蹄鳥跡之道，～於中國。」（中國：指中原地區。）引申為相接處。《左傳・僖公五年》：「其九月、十月之～乎！」❷ 交往，結交。《論語・學而》：「與朋友～而不信乎？」（信：誠實。）引申為交情，友情。《史記・廉頗藺相如列傳》：「卒相與歡，為刎頸之～。」（卒：終於。）又引申為朋友。《呂氏春秋・無義》：「欺～反主，為利故也。」❸ 互相。《孟子・梁惠王上》：「上下～爭利而國危矣。」《史記・張儀列傳》：「兩國～爭，其勢不兩立。」又為並，一起。《戰國策・趙策三》：「俱據萬乘之國，～有稱王之名。」陳亮《甲辰答朱元晦書》：「風雨雲雷，～發而並至。」今成語有「飢寒交迫」。

佼 jiāo 見 244 頁「佼」㊁。

咬 jiāo 見 599 頁「咬」㊁。

郊 jiāo ❶ 城周圍的地區，野外。《詩經・魏風・碩鼠》：「適彼樂～。」（適：到……去。）杜甫《茅屋為秋風所破歌》：「茅飛渡江灑江～。」❷ 祭天曰郊。《呂氏春秋・季春》：「以共～廟之服。」（共：供給。廟：祭祖曰廟。）

姣 jiāo 美貌。《孟子・告子上》：「至於子都，天下莫不知其～也。」（子都：人名。）《呂氏春秋・達鬱》：「公～且麗。」

茭 jiāo ❶ 餵牲口的乾草。《尚書・費誓》：「峙乃芻～。」（峙：儲備。芻：

餵牲口的草。）❷ 用竹篾、蘆葦編成的纜索。《史記・河渠書》：「搴長～兮沈美玉。」（搴 qiān：拔取。沈 chén：沉沒。）❸ 菰的別稱，即茭白。温庭筠《酬友人》：「坐久芰荷發，釣闌～葦深。」（芰 jì：菱。闌：殘盡。）

教 jiāo 見 246 頁「教」㊁。

椒 jiāo 花椒樹。《詩經・唐風・椒聊》：「～聊之實，蕃衍盈升。」（聊：語氣詞。）

蛟 jiāo 古代傳說中的一種動物，能發洪水的叫蛟，能興雲雨的叫龍。《荀子・勸學》：「積水成淵，～龍生焉。」

焦 jiāo ❶ 燒焦。《左傳・哀公二年》：「卜戰，龜～。」（龜：指占卜用的龜甲。）《韓非子・內儲說下》：「桑炭炙之，肉紅白而髮不～。」又指火燒物體發出的氣味。《呂氏春秋・孟夏》：「其味苦，其臭～。」（臭：氣味。）也指黃黑色。陶弘景《真誥・運象二》：「心悲則面～。」❷ 乾燥，枯乾。《呂氏春秋・順民》：「三年苦身勞力，～脣乾肺。」❸ 焦急，煩憂。《史記・越王句踐世家》：「越王句踐返國，乃苦身～思。」阮籍《詠懷》之六十三：「終身履薄冰，誰知我心～。」

噍 jiāo ❶ 呼喊。《漢書・息夫躬傳》：「如使狂夫～呼於東崖。」❷ [噍噭]（聲音）高亢激越。《史記・樂書》：「～～之聲興而士奮。」

僬 ㊀ jiāo ❶ [僬僥 yáo] 古代傳說中的矮人。用以指族名、國名。《國語・魯語下》：「～～氏長三尺，短之至也。」

㊁ jiào ❷ [僬僬] 行走急促的樣子。《禮記・曲禮下》：「大夫濟濟，士蹌蹌，庶人～～。」（濟濟：舉止莊敬的樣子。蹌蹌：行走有節奏的樣子。）

撟 jiāo 見 245 頁「撟」㊁。

嘄 jiāo 見 247 頁「嘄」㊁。

嶕 jiāo [嶕嶢] 山高聳的樣子。《漢書・揚雄傳》下：「泰山之高不～～，則不能浡滃雲而散歊烝。」（浡滃：雲蒸湧的樣子。歊 xiào 烝：雲升騰的樣子。）

膠 jiāo ❶ 用動物的皮、角熬製成的可以黏合器物的物質。《周禮・考工記・弓人》：「～也者，以為和也。」《文心雕龍・附會》：「如～之粘木。」❷ 粘住。《莊子・逍遙遊》：「覆杯水於坳堂之上，則芥為之舟，置杯焉則～，水淺而舟大也。」❸ 牢固，堅固。《詩經・小雅・隰桑》：「既見君子，德音孔～。」《潛夫論・務本》：「器以便事為善，以～固為上。」❹ 拘泥，固執。沈約《上注制旨連珠表》：「守株～瑟，難與適變。」《夢溪筆談・象數一》：「今人不知所用，而～於定法，故其術皆不驗。」❺ 欺騙，詭辯。左思《魏都賦》：「繆默語之常倫，牽～言而逾侈。」

憍 jiāo 驕傲。屈原《九章・抽思》：「～吾以其美好兮，敖朕辭而不聽。」

澆 jiāo ❶ 澆灌。《齊民要術・種芋》：「旱，數～之。」《晉書・苻堅載記上》：「～瓜之惠，梁宋息兵。」❷ 使澆薄，澆薄。《淮南子・齊俗》：「（衰世之俗）～天下之淳，析天下之樸。」《後漢書・黨錮傳序》：「叔末～訛，王道陵缺。」（叔末：末世。）

【辨析】 澆、沃。《說文》：「沃，溉灌也。」「澆，沃也。」二字同義。先秦文獻多用「沃」字，如《韓非子》「沃魏氏」，《禮記》「沃盥」。「澆」用於具體「澆灌」義後漢六朝才漸多。

嬌 jiāo ❶ 美麗，可愛。古詩《為焦仲卿妻作》：「云有第五郎，～逸未有婚。」梁簡文帝《詠舞》：「～態似凌虛。」❷ 寵愛。杜甫《茅屋為秋風所破歌》：「～兒惡臥踏裏裂。」今成語有「嬌生慣養」。引申為柔弱。白居易《長恨歌》：「侍兒扶起～無力。」

蕉 jiāo ❶ 蕉麻，其纖維可織布。也指用蕉麻織成的布。《新唐書・地理志四》：「土貢：紵布、葛、～。」（紵 zhù：苧麻。葛：指葛布。）❷ 芭蕉。庾信《奉和夏日應會》：「衫含～葉氣。」

儌 jiāo 見 247 頁「儌」㊂。

燋 jiāo ❶ 引火用的火炬。俗稱引火。《禮記・少儀》：「凡飲酒為獻，主者執燭抱～。」❷ 燒焦。《韓詩外傳》卷三：「抱羽毛而赴烈火，入則～也。」又為乾枯。《論衡・感虛》：「十日並出，萬物～枯。」❸ 煩憂，着急。《列子・楊朱》：「名乃苦其身，～其心。」❹ 通「憔 qiáo」。憔悴。《莊子・天地》：「孝子操藥以修慈父，其色～然。」（修：通「羞」，進獻。）

鮫 jiāo 鯊魚。《山海經・中山經》：「漳水出焉，而東南流注于睢，其中多黃金，多～魚。」

鵁 jiāo ［鵁鶄 jīng］水鳥名。枚乘《七發》：「鵷鶵～～，翠鬣紫纓。」

轇 jiāo ［轇轕］寥廓廣遠的樣子。《史記・司馬相如列傳》：「張樂乎～～之宇。」字也作「膠葛」。杜甫《自京赴奉先縣詠懷五百字》：「樂動殷膠葛。」（殷：震動。）

驕 jiāo ❶ 馬高大健壯。《詩經・衛風・碩人》：「四牡有～。」泛指雄壯。高適《贈別王七十管記》：「星高漢將～。」❷ 高傲，傲慢。《詩經・魏風・園有桃》：「不知我者，謂我士也～。」《商君書・戰法》：「王者之兵，勝而不～，敗而不怨。」❸ 寵愛。《孫子・地形》：「譬若～子，不可用也。」《漢書・匈奴傳》：「胡者，天之～子也。」

【辨析】驕、傲。見6頁「傲」字條。

鷦 jiāo ❶［鷦鷯 liáo］鳥名。《莊子・逍遙遊》：「～～巢於深林，不過一枝。」❷［鷦鵬 míng］傳說中的神鳥，鳳類。王褒《九懷・株昭》：「～～開路兮，後屬青蛇。」（屬：跟着。）

角 ㊀ jiǎo△ ❶ 動物的角。《呂氏春秋・仲夏》：「鹿～解，蟬始鳴。」（解：脫落。）也指形狀像角的東西。《詩經・衛風・氓》：「總～之宴，言笑晏晏。」（總角：小孩的頭髮紮成像角一樣的抓髻。宴：快樂。晏晏：和柔的樣子。）❷ 額骨，額角。《尚書・泰誓中》：「百姓懍懍，若崩厥～。」（懍懍：恐懼的樣子。崩：崩摧。厥：其。）❸ 星宿名。二十八宿之一。《呂氏春秋・圜道》：「軫與～屬，圜道也。」（軫：二十八宿之一。屬：相連。）❹ 古代樂器名，多用於軍中。李賀《雁門太守行》：「～聲滿天秋色裏。」范仲淹《漁家傲》：「四面邊聲連～起。」❺ 物體邊沿相接的地方，角落。古詩《為焦仲卿妻作》：「四～龍子幡。」（龍子幡：用作儀仗的旗子，上面繪有龍形。）

㊁ jué△ ❻ 比試，較量。《呂氏春秋・孟冬》：「天子乃命將率講武，肄射御，～力。」（率：通「帥」。講武：講習武事。肄：練習。）❼ 古代酒器名。《儀禮・特牲饋食禮》：「主人左執～。」❽ 古代五音之一。《呂氏春秋・圜道》：「宮商～徵羽，各處其處，音皆調均。」

佼 ㊀ jiǎo ❶ 美好。《詩經・陳風・月出》：「～人僚兮。」《論衡・骨相》：「面狀肥～。」❷ 通「狡 jiǎo」。狡詐。《管子・七臣七主》：「好～反而行私請。」《論衡・講瑞》：「鳥亦有～黠而從羣者。」

㊁ jiāo ❸ 交際，交往。《管子・明法》：「比周以相為匿，是故忘主私～以進其譽。」《史記・趙世家》：「齊之事王，宜為上～。」

狡 jiǎo ❶ 強健。《淮南子・俶真》：「～狗之死也，割之猶濡。」（濡 rú：柔濕。）又為兇暴。《墨子・節用中》：「古者聖人為猛禽～獸，暴人害民。」❷ 狡猾。《山海經・東山經》：「其國多～客。」《戰國策・齊策四》：「～兔有三窟。」也指狡猾的人。《呂氏春秋・尊師》：「索盧參，東方之巨～也。」

晈 jiǎo ❶［晈晈］潔白明亮的樣子。屈原《九歌・東君》：「夜～～兮既明。」❷ 明白。《抱朴子・博喻》：「達人偉士，不變～察於流俗之中。」

皎 jiǎo 潔白明亮。《詩經・陳風・月出》：「月出～兮。」比喻清楚，明白。王逸《〈離騷經章句〉序》：「其詞溫而雅，其義～而朗。」

筊 ㊀ jiǎo ❶ 竹索。《說文》：「～，竹索也。」❷ 小簫。《宋書・樂志》：「十六管長尺二寸者～。」

㊁ jiào ❸ 占卜的用具。葉夢得《石林燕

語》卷一：「香案有竹杯～，因取以占己之名位。」

湫 ㊀ jiǎo ❶ 低窪。《左傳・昭公三年》：「子之宅近市，～隘囂塵，不可以居。」

㊁ qiū ❷ 清靜。《呂氏春秋・重言》：「～然清靜者，衰絰之色也。」（衰絰：指居喪。）❸ 洞穴，深潭。《呂氏春秋・審分》：「此之謂定性於大～。」❹ 凝集，鬱積。《左傳・昭公元年》：「於是乎節宣其氣，勿使有所壅閉～底。」（底：停滯。）

絞 jiǎo ❶ 用繩索勒死。《韓非子・姦劫弒臣》：「以其冠纓～王而殺之。」❷ 纏繞。《墨子・節葬下》：「葛以緘之，～之不合。」（緘：當作「繃」，束結。）❸ 擰，擠壓。《齊民要術・作菹・藏生菜法》：「生布薄～去汁。」

腳（脚） jiǎo△ ❶ 小腿。《墨子・明鬼下》：「羊起而觸之，折其～。」司馬遷《報任安書》：「孫子臏～，兵法修列。」❷ 腳，足。《山海經・海外北經》「其為人大，兩足亦大」郭璞注：「其人行，～跟不著地也。」李白《夢遊天姥吟留別》：「～著謝公屐。」❸ 器物的支撐或物體的下端。《南史・宋紀上・武帝》：「宋臺建，有司奏東西堂施局～牀，金塗釘。」白居易《錢塘湖春行》：「水面初平雲～低。」

【辨析】腳、止（趾）、足。此三字都指稱人體下肢的某些部位，但本義不同。「止（趾）」指踝以下着地的部分，「腳」指膝蓋到踝的部分，「足」指膝蓋以下所有部分，即包括腳與止（趾）兩部分。由於詞義的發展，「腳」和「足」都指踝以下的部分，成了同義詞。「止（趾）」則很少用這個意義。晚近時，「趾」專指腳指，與「足」「腳」的意義不同。

勦 ㊀ jiǎo ❶ 勞累。《左傳・宣公十二年》：「無及於鄭而～民。」（勦：用如使動，使……勞累。）❷ 滅絕，消滅。《尚書・甘誓》：「天用～絕其命。」（用：因而。）此義又寫作「剿」「勠」。

㊁ chāo ❸ 抄取，抄襲。《禮記・曲禮上》：「毋～說，毋雷同。」（勦說：抄襲別人的言論。）

僥 ㊀ jiǎo ❶ [僥幸] 冒險求利而希望幸免於禍。《莊子・在宥》：「此以人之國～～也。」

㊁ yáo ❷ [僬僥] 見 243 頁「僬」字條。

鉸 jiǎo 用剪刀剪。《齊民要術・養羊》：「白羊三月得草力，毛牀動，則～之。」

撟 ㊀ jiǎo ❶ 舉起，抬起。《漢書・揚雄傳上》：「仰～首以高視兮。」❷ 詐稱，假託。《周禮・秋官・士師》：「五曰～邦令。」（指詐稱王之教令。）《漢書・齊悼惠王傳》：「～制以令天下。」（制：皇帝的命令。）❸ 糾正。《漢書・燕刺王旦傳》：「方今寡人欲～邪防非。」❹ 剛強的樣子。《荀子・臣道》：「～然剛折端志而無傾側之心。」（剛折：剛直不阿，敢於當面指摘人的過失。端志：端正之心。）

㊁ jiāo ❺ 取。《淮南子・要略》：「乃始攬物引類，覽取～掇。」（掇：拾。）

橋 jiǎo 見 407 頁「橋」㊂。

儌 jiǎo 見 247 頁「儌」㊁。

矯 jiǎo ❶ 使彎曲的東西變直。《韓非子・外儲說右下》：「榜檠者，所以～不直也。」（榜檠 bēngqíng：矯正弓弩的器具。）引申為糾正。《莊子・胠篋》：「為之仁義以～之，則並與仁義而竊之。」❷ 詐偽，虛假。《左傳・昭公二十年》：「其蓋失數美，是～誣也。」（蓋：掩蓋。數：數說。誣：言語不真實。）《莊子・盜跖》：「～言偽行，以迷惑天下之主。」又為假託，假稱。《戰國策・齊策四》：「～命以責賜諸民。」（責：債。）❸ 舉，抬起來。屈原《九章・抽思》：「結微情以陳詞兮，～以遺美人。」（遺 wèi：送給。美人：指國君。）❹ 強的樣子。《禮記・中庸》：「至死不變，強哉～！」

皦 jiǎo 明亮，潔白。《詩經・王風・大車》：「謂予不信，有如～日。」（信：誠實，講信用。）引申為清晰，分明。《論語・八佾》：「從之，純如也，～

J

如也。」（如：形容詞詞尾。純：和諧。）《水經注・河水》：「清濁異流，～焉殊別。」又為清白，廉潔。《後漢書・樂恢傳》：「恢獨～然不污於法。」

繳 jiǎo 見 700 頁「繳」㊁。

攪 jiǎo ❶ 擾亂。《詩經・小雅・何人斯》：「胡逝我梁，只～我心。」（胡：何，為甚麼。逝：往。梁：魚梁，攔魚的堰。）❷ 攪動，拌和。《齊民要術・養雞》：「炒雞子法：打破，著銅鐺中，～令黃白相雜。」

叫（呌） jiào 呼喊。《左傳・襄公三十年》：「或～于宋太廟。」杜牧《阿房宮賦》：「戍卒～，函谷舉。」也指動物鳴叫。馬融《長笛賦》：「鼯鼠夜～。」

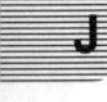

【辨析】1. 叫、號、呼。見 188 頁「號」字條。2. 叫、訆、嘂。見 246 頁「訆」字條。

挍 jiào ❶ 比較。《孟子・滕文公上》：「貢者，～數歲之中以為常。」（常：定法。）❷ 考核。盧照鄰《五悲・悲才難》：「使掌事者～其功兮。」

訆 jiào 同「叫」。大聲呼叫。《山海經・北山經》：「（灌題之山）有獸焉，其狀如牛而白尾，其音如～。」

【辨析】訆、叫、嘂。三字音義皆同。但古籍中多用「叫」，「嘂」「訆」只用於本義大聲呼叫，「鳴叫」的意義只用「叫」。

校 ㊀ jiào ❶ 木製刑具，枷械類的總稱。《周易・噬嗑》：「屨～滅趾，无咎。」（屨校：銬足之刑，帶上腳鐐。）❷ 木柵欄，柵欄。《周禮・夏官・校人》：「六廄成～。」《墨子・備穴》：「為鐵～，衛穴四。」❸ 較量，對抗。《戰國策・秦策四》：「韓、魏之強足以～秦矣。」引申為計較。《論語・泰伯》：「有若無，實若虛，犯而不～。」❹ 考核。《荀子・君道》：「日月積久，～之以功。」《禮記・學記》：「比年入學，中年考～。」❺ 考訂，核對書籍。《國語・魯語下》：「昔正考父～商之名頌十二篇於周太師。」（正考父：人名。）班固《答賓戲序》：「永平中為郎，典～祕書。」❻ 計數。《荀子・彊國》：「威強乎湯武，廣大乎舜禹，然而憂患不可勝～也。」（勝：盡。）《漢書・食貨志上》：「京師之錢累百巨萬，貫朽而不可～。」（貫：穿錢的繩子。）

㊁ xiào ❼ 學校。《左傳・襄公三十一年》：「鄭人游于鄉～。」《孟子・滕文公上》：「夏曰～，殷曰序，周曰庠。」❽ 軍隊的建制。《史記・衛將軍驃騎列傳》：「常護軍，傅～獲王。」《漢書・趙充國傳》：「步兵八～，吏士萬人。」又指軍隊武官職。《後漢書・順帝紀》：「任為將～各一人。」

教 ㊀ jiào ❶ 教育，教導。《孟子・梁惠王上》：「謹庠序之～，申之以孝悌之義。」王安石《答司馬諫議書》：「昨日蒙～。」又指政教，教化。《呂氏春秋・適音》：「故先王必託於音樂以論其～。」（論：明。）❷ 官府發出的教令、諭告。《荀子・大略》：「以其～出畢行。」後專指一種文體。《文選》有傅亮《為宋公修張良廟教》。❸ 宗教。《新唐書・后妃傳上・文德長孫皇后》：「佛老異方～耳。」❹ 使，令。這個意義舊讀 jiāo。王昌齡《出塞》：「但使龍城飛將在，不～胡馬度陰山。」

㊁ jiāo ❺ 傳授。《左傳・襄公三十一年》：「～其不知，而恤其不足。」古詩《為焦仲卿妻作》：「十三～汝織。」

【辨析】教、誨。見 213 頁「誨」字條。

筊 jiào 見 244 頁「筊」㊁。

窖（窌） jiào 地窖。《禮記・月令》：「（仲秋之月）穿竇～。」（穿：挖掘。）

較 jiào 見 272 頁「較」㊁。

斠 jiào ❶ 平斗斛的工具。《說文》：「～，平斗斛也。」❷ 校正。孫詒讓《古籀拾遺自敍》：「修學之儒，研～篆籀，輒取證於金文。」

嘂 jiào 同「叫」。高聲呼喊。《周禮・秋官・銜枚氏》：「軍旅田役，令銜枚，禁～呼歎鳴於國中者。」

【辨析】嘂、訆、叫。見246頁「訆」字條。

僬 jiào 見243頁「僬」㊁。

噍 ㊀ jiào ❶ 咀嚼。《禮記・少儀》：「數～，毋為口容。」《論衡・道虛》：「口齒以～食。」
㊁ jiāo ❷ 聲音急促。《禮記・樂記》：「是故其哀心感者，其聲～以殺。」

徼 ㊀ jiào ❶ 巡行，巡察。《漢書・百官公卿表》：「中尉，秦官，掌～循京師。」❷ 邊塞。《史記・佞幸列傳》：「人有告鄧通盜出～外鑄錢。」
㊁ jiǎo ❸［徼幸］僥幸。《左傳・昭公六年》：「而～～以成之。」
㊂ jiāo ❹ 抄襲。《論語・陽貨》：「惡～以為知者。」（憎惡抄襲別人卻把它當作自己智慧的人。）
㊃ yāo ❺ 求。《左傳・僖公四年》：「君惠～福於敝邑之社稷。」（敝邑：謙稱自己的國家。社稷：土神和穀神。）又指招致。《左傳・成公十三年》：「其承寧諸侯以退，豈敢～亂？」❻ 攔截。《後漢書・南蠻傳序》：「蠻緣路～戰。」

學 jiào 見581頁「學」㊁。

轎 jiào 古代過山用的交通工具。《漢書・嚴助傳》：「輿～而隃領。」（隃：越過。領：同「嶺」，山嶺。）後統指肩輿，轎子。司馬光《涑水記聞》卷一五：「嘗欲往老子祠，乘小～過天津橋。」

醮 jiào ❶ 古代冠禮、婚禮的一種斟酒儀式。《禮記・昏義》：「父親～子，而命之迎。」（親：親自。）引申為嫁娶。《孔子家語・本命》：「夫死從子，言無再～之端。」❷ 祭祀。宋玉《高唐賦》：「～諸神，禮太一。」（太一：神名。）也指僧、道設壇祈禱。《顏氏家訓・治家》：「符書章～，亦無祈焉。」

覺 jiào 見273頁「覺」㊁。

皭 jiào 潔白，潔淨。《史記・屈原賈生列傳》：「～然泥而不滓者也。」

jie

担 jiē 舉。屈原《遠遊》：「意恣睢以～撟。」（撟 jiǎo：舉起。）

皆 jiē ❶ 普遍。《詩經・周頌・豐年》：「降福孔～。」（孔：很。）❷ 都，全。《論語・季氏》：「吾二臣者，～不欲也。」《孟子・梁惠王上》：「百姓～以王為愛也。」（愛：吝嗇。）❸ 通「偕 xié」。一起，偕同。《呂氏春秋・上德》：「虛素以公，小民～之。」（虛素：處虛服素，恬淡質樸的意思。）

【辨析】皆、偕。「皆」本是副詞，「偕」是動詞。「夙夜必偕」不能說成「夙夜必皆」。「偕」也用作副詞，如「與子偕老」，仍表示「一同、一起」的意思。「皆」的用法比較寬，可以修飾動詞、形容詞，甚至數詞。如「皆什一也」不能說成「偕什一也」。「皆」作副詞是「都、全」的意思。二字有時也可通用。

接 jiē△ ❶ 交接，接觸。《孟子・梁惠王上》：「兵刃既～，棄甲曳兵而走。」《淮南子・氾論》：「目無以～物也。」引申為連接。沈約《齊故安陸昭王碑》：「南～衡巫。」（衡巫：衡山、巫山。）［接踵］腳跟相接。形容連續不斷。《戰國策・秦策四》：「韓魏父子兄弟，～～而死於秦者百世矣。」❷ 接續，繼續。《史記・平準書》：「漢興，～秦之弊。」❸ 迎接，接待。《史記・屈原賈生列傳》：「出則～遇賓客，應對諸侯。」《漢書・韋賢傳》：「故動作～神，必因古聖之經。」❹ 通「捷 jié」。迅疾。《荀子・大略》：「先事慮事謂之～，～則事優成。」

秸（稭） jiē△ 農作物收割後的莖稈。《尚書・禹貢》：「三百里納～服。」

揭 ㊀ jiē△ ❶ 高舉。《戰國策・齊策四》：「於是乘其車，～其劍，過其友。」（過：訪問。）《史記・秦始皇本紀》：「斬木為兵，～竿為旗。」引申為扛。《莊子・胠篋》：「然而巨盜至，則負匱、～篋、擔囊而趨。」❷ 蹶起。《戰國策・韓

J

策二》：「脣～者其齒寒。」❸ 標誌。郭璞《江賦》：「峨嵋為泉陽之～。」❹ 掀起。韓偓《復偶見》：「一手～簾微轉頭。」

㊁ qì ❺ 提起衣裳。《詩經・邶風・匏有苦葉》：「深則厲，淺則～。」（厲：指不脫衣服涉水。）

喈 jiē ❶ [喈喈] 鳥鳴聲。《詩經・鄭風・風雨》：「雞鳴～～。」也指鐘鼓聲。《詩經・小雅・鼓鍾》：「鼓鍾～～。」❷ 風疾速的樣子。《詩經・邶風・北風》：「北風其～。」

街 jiē 道路，城邑中的大路。《韓非子・外儲說左上》：「桃棗蔭於～者，莫有援也。」《漢書・藝文志》：「小說家者流，蓋出於稗官，～談巷語、道聽塗說者之所造也。」（稗官：負責記述閭巷風俗的官。塗：道路。）

【辨析】街、衖、巷。「衖」「巷」是異體字，指里中的道路，如今之胡同。「街」是城邑中的大路，如今之大街。

湝 jiē [湝湝] 水勢盛大的樣子。《詩經・小雅・鼓鐘》：「鼓鍾喈喈，淮水～～。」（喈喈 jiējiē：聲音和諧的樣子。）

階(堦) jiē ❶ 臺階。《左傳・莊公八年》：「石之紛如死于～下。」（石之紛如：人名。）《呂氏春秋・自知》：「文侯下～而迎之。」引申指梯子。《孟子・萬章上》：「父母使舜完廩，捐～。」（完廩：修繕穀倉。捐：除去。）❷ 憑藉，根據。《漢書・異姓諸侯王表》：「漢亡尺土之～……五載而成帝業。」（亡：通「無」。）《北史・周室諸王傳論》：「兵權爵位，蓋安危之所～乎！」又為根源，緣由。《詩經・小雅・巧言》：「無拳無勇，職為亂～。」（拳：勇力。職：專。）❸ 官員的品級。《左傳・襄公二十四年》：「敢問降～何由？」《舊唐書・職官志一》：「文武普加二～。」

【辨析】階、陛、除。見 21 頁「陛」字條。

楷 ㊀ jiē ❶ 樹名，又名黃連木。隆冬時始發芽。《酉陽雜俎・木篇》：「孔子墓上特多～木。」比喻品格剛直。《人物志・體別》：「強～堅勁，用在楨幹，失在專固。」

㊁ kǎi ❷ 法式，楷模。《禮記・儒行》：「今世行之，後世以為～。」又用作動詞，取法，效法。《後漢書・黨錮傳序》：「天下～模李元禮。」❸ 漢字書體的一種，楷書。《晉書・衛恆傳》：「上谷王次仲始作～法。」

嗟 jiē ❶ 歎詞。1. 表示召喚。《禮記・檀弓下》：「～，來食。」2. 表示感慨。《詩經・周南・卷耳》：「～我懷人，寘彼周行。」（寘：放置。周行：大路。）❷ 讚歎，歎息。《世說新語・棲逸》：「時賢見之者，莫不～重。」李白《夢遊天姥吟留別》：「怳驚起而長～。」（怳 huǎng：恍惚。）

癤 jiē△ 小瘡，癤子。《諸病源候論・小兒雜病諸候》：「腫結長一寸至二寸名之為～。」

孑 jié△ ❶ 孤單，孤獨。張衡《思玄賦》：「～不羣而介立。」李密《陳情表》：「煢煢～立，形影相弔。」❷ 遺留，剩餘。《詩經・大雅・雲漢》：「周餘黎民，靡有～遺。」（靡：無。）❸ 小。《宋史・道學傳二・尹焞》：「勿以小智～義而圖大功。」❹ 古代一種兵器，即戟。《左傳・莊公四年》：「楚武王荊尸，授師～焉，以伐隋。」（荊尸：楚國陳兵的方法，這裏用作動詞。隋：國名。）

岊 jié△ 山曲折轉彎處。左思《吳都賦》：「夤緣山嶽之～。」（夤緣：攀緣。）

劫(刦、刧) jié△ ❶ 威逼，脅迫。《左傳・莊公八年》：「遇賊于門，～而束之。」《韓非子・飾邪》：「（趙）將～燕以逆秦。」（逆：迎擊。）❷ 強取，搶奪。《史記・日者列傳》：「君子內無飢寒之患，外無～奪之憂。」《漢書・鮑宣傳》：「盜賊～略，取民財物。」（略：掠奪。）❸ 佛教名詞。佛經稱天地的生成到毀滅為一劫。李白《短歌行》：「萬～太極長。」

劼 jié△ [劼毖] 謹慎。《尚書・酒誥》：「汝～～殷獻臣。」（獻臣：善臣。）

拮 ㊀ jié△ ❶［拮据］1. 操作勞苦。《詩經・豳風・鴟鴞》：「予手～～。」2. 處境或經濟窘迫。杜甫《秋日荊南送石首薛明府》：「親賢病～～。」
㊁ jiá ❷ 擊。《戰國策・秦策三》：「勾踐終～而殺之。」

拾 jié 見 457 頁「拾」㊂。

倢 jié△ ［倢伃］宮中女官名，漢武帝時設置，後世沿襲。《漢書・霍光傳》：「寵姬昫弋趙～～有男。」也作「婕妤」。

桀 jié△ ❶ 小木樁。《詩經・王風・君子于役》：「雞棲于～。」這個意義後來也寫作「榤」。《爾雅・釋宮》：「雞棲於弋為榤。」❷ 突出，特出。《呂氏春秋・下賢》：「～乎其必不渝移也。」（渝：改變。）《水經注・河水》：「其間百二十里，河中竦石～出。」又指傑出的有才能的人。《呂氏春秋・孟秋》：「天子乃命將帥，選士厲兵，簡練～俊。」（厲：磨礪。兵：兵器。簡練：選擇訓練。）❸ 兇悍，兇暴。《韓非子・亡徵》：「官吏弱而人民～。」《三國志・魏書・楊阜傳》：「汝背父之逆子，殺君之～賊。」❹ 舉起。《左傳・成公二年》：「齊高固入晉師，～石以投人。」❺ 夏代的最後一個君主。《荀子・解蔽》：「昔人君之蔽者，夏～、殷紂是也。」

訐 jié△ 揭發別人的陰私或攻擊別人的短處。《論語・陽貨》：「惡～以為直者。」（惡 wù：憎惡。訐以為直：把攻擊別人短處當作正直。）《墨子・修身》：「雖有詆～之民，無所依矣。」

捷 jié△ ❶ 勝利。《詩經・小雅・采薇》：「豈敢定居？一月三～。」也指戰利品。《左傳・莊公三十一年》：「齊侯來獻戎～。」引申為事情成功。《左傳・宣公十二年》：「事之不～，惡有所分。」❷ 敏捷，迅疾。《呂氏春秋・貴卒》：「吳起之智，可謂～矣。」《淮南子・主術》：「猿得木而～。」今成語有「捷足先登」。❸ 斜出的小路。《左傳・成公五年》：「待我，不如～之速也。」［捷徑］比喻不循正道。屈原《離騷》：「何桀紂之猖披兮，夫惟～～以窘步？」

【辨析】捷、疾、快、速、迅。見 223 頁「疾」字條。

偈 jié△ ❶ 疾馳的樣子。《詩經・檜風・匪風》：「匪風發兮，匪車～兮。」❷［偈偈］用力的樣子。《莊子・天道》：「又何～～乎揭仁義，若擊鼓而求亡子焉。」（揭：舉。）❸ 通「憩 qì」。休息。揚雄《甘泉賦》：「度三巒兮～棠黎。」（棠黎：地名。）

袺 jié△ 手提衣襟兜着。《詩經・周南・芣苢》：「采采芣苢，薄言～之。」（采采：茂盛鮮明的樣子。芣苢：車前草。薄言：詞頭。）

婕 jié△ ［婕妤］漢代宮廷女官名。《史記・外戚世家》：「及李夫人卒，則有尹～～之屬，更有寵。」也作「倢伃」。

絜 jié 見 563 頁「絜」㊁。

睫 ㊀ jié△ ❶ 眼睫毛。《說文》：「～，目旁毛也。」《史記・扁鵲倉公列傳》：「流涕長潸，忽忽承～。」
㊁ jiá△ ❷ 閉眼。《韓非子・說林上》：「瞽，兩目～。」（瞽：盲人。）

傑（杰） jié△ 才智超羣的人。《孟子・公孫丑上》：「俊～在位。」《呂氏春秋・孟夏》：「命太尉贊～俊，遂賢良。」（贊、遂：都是舉薦的意思。）引申為高出一般的，出色的。陸游《謝張時可通判贈詩編》：「投我千篇皆～作。」

【辨析】傑、豪、英、俊。見 189 頁「豪」字條。

渴 jié 見 280 頁「渴」㊁。

結 jié△ ❶ 打結。《老子》第八十章：「使民復～繩而用之。」杜甫《自京赴奉先縣詠懷五百字》：「嚴霜衣帶斷，指直不能～。」又為名詞，結。《左傳・昭公十一年》：「帶有～。」《淮南子・說山》：「兒說之為宋王解閉～也。」（兒說 níyuè：人名。）引申為編織。《漢書・禮樂志》：「古人有言：臨淵羨魚，不如歸

J

而～網。」❷ 締結，交結。《左傳・成公元年》：「齊楚～好。」《史記・平津侯主父列傳》：「～怨於諸侯。」引申為交接，連接。《莊子・胠篋》：「足跡接乎諸侯之境，車軌～乎千里之外。」❸ 凝聚，鬱結。《禮記・祭義》：「～諸心，形諸色。」屈原《九章・哀郢》：「心絓～而不解兮。」（絓 guà：懸掛。）❹ 構築。陶潛《飲酒》之五：「～廬在人境。」❺ 結果實。《齊民要術・插梨》：「樹形可憘，五年方～子。」（憘：同「喜」。）杜甫《北征》：「雨露之所濡，甘苦齊～實。」（濡 rú：沾濕。）

楬 ㊀ jié△ ❶ 用作標誌的小木樁。《周禮・秋官・蜡氏》：「若有死於道路者，則令埋而置～焉。」

㊁ qià△ ❷ 用來止樂的木製樂器，即敔。《禮記・樂記》：「然後聖人作為鞉鼓椌～壎篪。」（鞉：有柄的小鼓。椌：樂器名，即柷。）

睫 ㊀ jié△ ❶ 睫毛。《晏子春秋・外下》：「東海有蟲，巢於蚊～。」（巢：用如動詞，築巢。）《韓非子・喻老》：「智如目也，能見百步之外而不能自見其～。」

㊁ zhǎ ❷ 眨眼。《列子・仲尼》：「矢注眸子而眶不～。」（眸子：瞳人。）

節 jié△ ❶ 竹節。《呂氏春秋・古樂》：「取竹於嶰溪之谷，以生空竅厚鈞者，斷兩～間。」（鈞：均勻。）又泛指植物長枝葉的地方。《呂氏春秋・審時》：「後時者，短莖疏～，本虛不實。」引申為動物的骨節。《莊子・養生主》：「彼～者有間，而刀刃者無厚。」又引申為關鍵。《呂氏春秋・察傳》：「夫樂，天地之精也，得失之～也。」❷ 節氣。《淮南子・天文》：「十五日為一～。」又指季節，節令。《列子・湯問》：「寒暑易～。」引申為節日。王維《九月九日憶山東兄弟》：「每逢佳～倍思親。」❸ 符節。《左傳・文公八年》：「司馬握～以死。」《淮南子・道應》：「田鳩持～使秦。」❹ 氣節，節操。《左傳・成公十五年》：「聖達～，次守～，下失～。」《淮南子・主術》：「是故臣盡力死～。」又指禮節。《論語・微子》：「長幼之～，不可廢也。」❺ 馬鞭子。《淮南子・主術》：「其猶造父之御也……正度於胸臆之中，而執～於掌握之間。」❻ 節制。《呂氏春秋・論人》：「適耳目，～嗜欲。」又為名詞，節度，限度。《淮南子・本經》：「取予有～，出入有時。」又引申為節省。《史記・平津侯主父列傳》：「富民之要，在於～儉。」❼ 古代一種樂器。《列子・湯問》：「撫～悲歌。」（撫：擊。）又指節奏。屈原《九歌・東君》：「展詩兮會舞，應律兮合～。」

詰 jié△ ❶ 追問，責問。《左傳・僖公十五年》：「～之，對曰：『乃大吉也。』」引申為整治，查辦。《呂氏春秋・孟秋》：「～誅暴慢，以明好惡。」❷ 明（日），次（日）。《左傳・成公二年》：「～朝請見。」❸［詰詘］彎曲。許慎《說文解字敘》：「象形者，畫成其物，隨體～～，『日』『月』是也。」也作「詰屈」。曹操《苦寒行》：「羊腸阪～～。」（羊腸阪：地名。）

【辨析】詰、問、訊。「問」包含的意義廣，既表示一般的詢問，也可以表示審問。「訊」多用於審問，「詰」多用於追問。

截 jié△ ❶ 斷，截斷。《淮南子・說山》：「馬氂～玉。」（氂：馬尾。）《文心雕龍・總術》：「夫不～盤根，無以驗利器。」❷ 整齊。《詩經・商頌・長發》：「海外有～。」❸ 整治。《詩經・大雅・常武》：「～彼淮浦。」（浦：水邊。）❹ 攔阻。孔稚珪《北山移文》：「～來轅於谷口。」

碣 jié△ ❶［碣石］山名。原義為特立的石頭。曹操《步出夏門行》：「東臨～～，以觀滄海。」❷ 圓頂的石碑。《南史・文學傳・顏協》：「荊楚碑～皆協所書。」（碑：方頂的石碑。）引申為界石。《魏書・序紀》：「夾道立～，與晉分界。」

【辨析】碣、碑。見 15 頁「碑」字條。

竭 jié△ ❶ 乾涸，枯竭。《詩經・大雅・召旻》：「泉之～矣。」《呂氏春秋・義賞》：「～澤而漁，豈不獲得？」（漁：打魚。）❷ 盡，用盡。《左傳・成公三年》：「其～力致死，無有二心。」柳宗元《捕蛇者說》：「殫其地之出，～其廬之入。」（殫：盡。廬：房屋，指家庭。入：收入。）❸遏止。《淮南子・原道》：「凝～而不流。」

嶫 jié△ ［嶫嶫 yè］山高峻的樣子。司馬相如《上林賦》：「嵯峨～～。」（嵯峨：山高的樣子。）

羯 jié△ ❶閹割過的羊。《說文》：「～，羊羖犗也。」又泛指羊。蔡琰《胡笳十八拍》：「～羶為味兮，枉遏我情。」❷古代匈奴族的一個分支。杜甫《往在》：「前者厭～胡，後來遭犬戎。」

潔 jié△ ❶潔淨，清潔。《孟子・離婁下》：「西子蒙不～，則人皆掩鼻而過之。」（西子：西施。）引申為純潔，清白。《論語・微子》：「欲～其身，以亂大倫。」今成語有「潔身自好」。❷簡潔。《文心雕龍・議對》：「文以辨～為能，不以繁縟為巧。」柳宗元《答韋中立論師道書》：「參之太史以著其～。」

巀 jié△ ［巀嶭 niè］山勢高峻的樣子。司馬相如《上林賦》：「九嵕～～，南山峩峩。」（九嵕：山名。峩峩：山高的樣子。）

姐 jiě ❶古代蜀人稱母為姐。《說文》：「蜀人謂母曰～。」❷姐姐。李白《寄東魯二稚子》：「小兒名伯禽，與～亦齊肩。」

解 ㊀ jiě ❶分解牛或其他動物的肢體。《莊子・養生主》：「庖丁為文惠君～牛。」（庖：廚師。丁：廚師的名字。）《左傳・宣公四年》：「宰夫將～黿。」（黿 yuán：大鱉。）也指分割人的肢體。《墨子・節葬》：「其長子生，則～而食之，謂之宜弟。」引申為把糾結着的東西解開。《呂氏春秋・異寶》：「～其劍以予丈人。」❷融化。《禮記・月令》：「東風～凍。」（東風：春風。）引申為消散。《戰國策・趙策四》：「太后之色少～。」（少：稍稍。）❸排解，排除。《戰國策・趙策三》：「所貴於天下之士者，為人排患釋難～紛亂而無所取也。」《荀子・臣道》：「遂以～國之大患。」❹解釋，解說。《韓非子・外儲說左上》：「說在宋人之～書與梁人之讀記也。」韓愈《師說》：「師者，所以傳道受業～惑也。」（受：授。）引申為理解，懂得。《莊子・天地》：「大惑者，終身不～。」杜甫《月夜》：「遙憐小兒女，未～憶長安。」

㊁ xiè ❺懈怠。後來寫作「懈」。《詩經・大雅・烝民》：「夙夜匪～，以事一人。」（夙：早。匪：不。）《禮記・雜記下》：「三日不怠，三月不～。」❻官署，官吏辦事的地方。後來寫作「廨」。《商君書・墾令》：「又高其～舍。」

【辨析】解、釋。二字在「解開、散開」的意義上相同。但「解」本義是解散牛體，因此意義重點在於剖析。「釋」，《說文》「解也」，其重點在於解開後放置、棄捨。二字的其他意義，如「解」的「官署」義，「釋」的「淘米」等義都不相同，決不相混。

介 jiè ❶鎧甲。《韓非子・五蠹》：「國平養儒俠，難至用～士。」引申為動物的甲殼。《禮記・月令》：「～蟲敗穀。」❷疆界，邊界。《詩經・周頌・思文》：「無此疆爾～。」（爾：那。）屈原《九章・哀郢》：「悲江～之遺風。」又為在二者中間。《左傳・襄公三十一年》：「以敝邑褊小，～於大國。」歐陽修《豐樂亭記》：「今滁～江淮之間。」❸古代傳達賓主之言的人。《儀禮・鄉飲酒禮》：「～取俎還受弟子。」又為介紹，介紹人。《戰國策・趙策三》：「勝請為紹～而見之於先生。」（勝：平原君名。）《孔叢子・雜訓》：「士無～不見，女無媒不嫁。」❹倚仗，借助。《左傳・文公六年》：「～人之寵非勇也。」《史記・南越列傳》：「～漢使者權，謀誅嘉等。」（嘉：人名。）❺孤獨，獨特。《左傳・昭公十四年》：「養老疾，牧～特。」（牧：養。介：指單身者。）張衡《思玄賦》：「何孤行之煢煢兮，孑不羣而～立？」引申為介耿，有操守。《孟子・盡心上》：「柳下惠不以三公易其～。」❻大。《左傳・昭公二十四年》：「士伯立于乾祭，而問於～眾。」《逸周書・武順》：「集固～德。」又為小。《戰國策・齊策四》：「孟嘗君為相數十年，無纖～之禍者，馮諼之計也。」

价 jiè ❶ 善。《詩經・大雅・板》：「～人維藩。」❷ 僕役。《宋史・曹彬傳》：「會鄰道守將走～馳書來詣。」

戒 jiè ❶ 防備，警戒。《詩經・小雅・采薇》：「豈不日～？玁狁孔棘。」（玁狁 xiǎnyǔn：殷周時北方的少數民族。孔：很。棘：緊急。）《荀子・儒效》：「勝敵而愈～。」❷ 告誡，警告。《呂氏春秋・異寶》：「孫叔敖疾，將死，～其子曰。」❸ 戒除。《論語・季氏》：「少之時，血氣未定，～之在色。」《三國志・魏書・管輅傳》：「使客節酒，～肉，慎火。」❹ 齋戒。《莊子・達生》：「十日～，三日齋。」

玠 jiè 大的圭玉。《說文》：「～，大圭也。」韓愈等《雨中聯句》：「豈望覿珪～。」（覿 dí：見。）

J

芥 jiè ❶ 芥菜。《禮記・內則》：「膾，春用葱，秋用～。」❷ 小草。《莊子・逍遙遊》：「覆杯水於坳堂之上，則～為之舟。」（坳 ào：窪下。）

屆（届） jiè ❶ 極限。《詩經・大雅・瞻卬》：「蟊賊蟊疾，靡無夷～。」（蟊賊：吃禾稼的害蟲。蟊疾：害蟲吃禾稼的樣子。夷：語氣詞。）❷ 至，到。《詩經・小雅・節南山》：「君子如～，俾民心闋。」（俾：使。闋：止息。）

界 jiè ❶ 地界，邊界。《孟子・公孫丑下》：「域民不以封疆之～。」（域：界限，限制。）泛指界限。《後漢書・馬融傳》：「奢儉之中，以禮為～。」引申為接界，接連。《戰國策・齊策三》：「三國之與秦壤～而患急，齊不與秦壤～而患緩。」❷ 離間。《漢書・揚雄傳下》：「～涇陽抵穰侯而代之。」（涇陽：涇陽君，秦昭王弟。抵：當作「抵 zhǐ」，從旁攻擊。穰侯：秦昭王弟。）

疥 jiè 一種皮膚病。《呂氏春秋・知化》：「夫齊之於吳也，～癬之病也。」

蚧 jiè ❶ 蚌。《大戴禮記・易本命》：「故冬燕雀入于海，化而為～。」❷ 通「疥」。疥瘡。《後漢書・鮮卑傳》：「夫邊垂之患，手足之～搔。」（邊垂：邊境。）

借 jiè ❶ 借入。《左傳・定公九年》：「盡～邑人之車。」《韓非子・說林上》：「魏文侯～道於趙而攻中山。」又為借出。《論語・衛靈公》：「有馬者～人乘之。」李斯《諫逐客書》：「此所謂～寇兵而齎盜糧者也。」（齎 jì：送給。）引申為幫助。《史記・游俠列傳》：「以軀～交報仇。」（交：指友人。）❷ 假使，假如。賈誼《過秦論》：「～使秦王計上世之事……猶未有傾危之患也。」元稹《遣病》：「～如今日死，亦足了一生。」

【辨析】借、假。見 232 頁「假」字條。

犗 jiè 閹割過的牛。《莊子・外物》：「任公子為大鈎巨緇，五十～以為餌。」（緇：指黑色的絲。）

誡 jiè ❶ 告誡。《史記・項羽本紀》：「梁乃出，～籍持劍居外待。」（梁：項梁。籍：項籍。）❷ 警惕，戒備。《荀子・修身》：「好善無厭，受諫而能～。」《漢書・賈誼傳》：「前車覆，後車～。」❸ 文體的一種。《後漢書・列女傳・曹世叔妻》：「作《女～》七篇，有助內訓。」

藉 ㊀ jiè ❶ 草墊。《周易・大過》：「～用白茅，无咎。」又為動詞，墊。柳宗元《捕蛇者說》：「往往而死者相～也。」引申為坐卧在某物上。孫綽《遊天台山賦》：「～萋萋之纖草。」（萋萋：草茂盛的樣子。）❷ 憑藉，依靠。《左傳・宣公十二年》：「敢～君靈，以濟楚師。」（濟：幫助。）《商君書・開塞》：「～刑以去刑。」❸ 借，借給。《戰國策・秦策三》：「此所謂～賊兵而齎盜食者也。」（兵：兵器。齎 jī：送東西給人。）❹ 連詞。假使。《史記・陳涉世家》：「～弟令毋斬，而戍死者固十六七。」（弟：僅僅。戍：戍守邊疆。十六七：十分之六七。）

㊁ jí △ ❺ 踐踏，欺。《呂氏春秋・慎人》：「殺夫子者無罪，～夫子者不禁。」（夫子：先生。）《史記・魏其武安侯列傳》：「今我在也，而人皆～吾弟。」

【說明】「藉口」「憑藉」的「藉」現在簡化作「借」，其他意義仍用「藉」。

【辨析】藉、籍。見 225 頁「籍」字條。

籍 jiè 見 225 頁「籍」㊁。

jin

巾 jīn ❶ 擦拭或覆物用的布帛。《禮記・內則》：「盥卒，授～。」（盥 guàn：洗手。卒：完畢。）《國語・周語中》：「陳其鼎俎，淨其～冪。」（冪 mì：覆蓋物品的巾。）❷ 覆蓋。《莊子・天運》：「～以文繡。」

斤 jīn ❶ 斧子類的斫木工具。《孟子・梁惠王上》：「斧～以時入山林，材木不可勝用也。」《莊子・徐无鬼》：「匠石運～成風。」❷ ［斤斤］1. 明察的樣子。《詩經・周頌・執競》：「自彼成康，奄有四方，～～其明。」（成康：指周成王、周康王。奄 yǎn：覆蓋。）2. 拘謹的樣子。《後漢書・吳漢傳》：「及在朝廷，～～謹質，形於體貌。」❸ 重量單位。《戰國策・齊策四》：「遣使者黃金千～，車百乘，往聘孟嘗君。」《淮南子・天文》：「故十六兩而為一～。」

今 jīn ❶ 現在，近來。《詩經・小雅・采薇》：「昔我往矣，楊柳依依。～我來思，雨雪霏霏。」《戰國策・趙策四》：「老夫～者殊不欲食。」❷ 副詞。很快。《戰國策・燕策一》：「天下必以王能市馬，馬～至矣。」（市：買。）❸ 連詞。假設，假如。《呂氏春秋・貴因》：「吾已令膠鬲以甲子之期報其主矣，～甲子不至，是令膠鬲不信也。」（膠鬲 gé：商紂的大臣。甲子：指甲子這天。）

金 jīn ❶ 金屬的通稱。《荀子・勸學》：「鍥而不舍，～石可鏤。」（舍：止。鏤：刻。）《史記・平準書》：「～有三等：黃金為上，白金為中，赤金為下。」（白金：指銀。赤金：指銅。）特指黃金。《韓非子・內儲說上》：「麗水之中生～，人多竊采～。」又為金屬製造的器物。《荀子・議兵》：「聞鼓聲而進，聞～聲而退。」（金：指鑼。）❷ 金黃色。《詩經・小雅・車攻》：「赤芾～舄。」（芾：通「韍 fú」，古代官服上的蔽膝。舄 xì：鞋子。）范仲淹《岳陽樓記》：「浮光躍～。」❸ 量詞。先秦以一鎰為一金，漢代以一斤為一金，後來金、銀一兩稱一金。《墨子・公輸》：「請獻十～。」❹ 五行之一。《尚書・洪範》：「五行：一曰水，二曰火，三曰木，四曰～，五曰土。」

津 jīn ❶ 渡口。《論語・微子》：「孔子過之，使子路問～焉。」王勃《滕王閣序》：「舸艦迷～。」❷ 生物的體液。《素問・調經論》：「人有精氣～液。」元稹《和樂天贈吳丹》：「委氣榮衛和，嚥～顏色好。」（榮衛：指氣血。）❸ 潤澤，滋潤。《周禮・地官・大司徒》：「其民黑而～。」《西京雜記》卷五：「雨不破塊，潤葉～莖而已。」（破塊：毀壞農田。）

衿 ㊀ jīn ❶ 衣領。《詩經・鄭風・子衿》：「青青子～，悠悠我心。」（青青：青色。悠悠：憂思不止的樣子。）又為衣襟。《莊子・讓王》：「正冠而纓絕，捉～而肘見。」（纓：繫帽子的帶。見 xiàn：露出。）

㊁ jìn ❷ 繫結。《禮記・內則》：「總角～纓。」（總角：把頭髮束紮成羊角形。）

矜 jīn 見 411 頁「矜」㊁。

紟 ㊀ jīn ❶ 繫衣襟的帶子。《說文》：「～，衣系也。」

㊁ jìn ❷ 單被。《禮記・喪服大記》：「商祝鋪絞、～、衾、衣。」（商祝：喪祝。絞：纏屍的繩子。）

筋 jīn 肌腱，附在骨頭上的韌帶。《孟子・告子下》：「勞其～骨。」

禁 jīn 見 255 頁「禁」㊁。

襟 jīn 衣服的前幅。《莊子・應帝王》：「列子入，泣涕沾～。」引申為胸懷。陸龜蒙《雨夜》：「我有愁～無可那。」（無可那：無可奈何。）

巹 jǐn ［合巹］古代婚禮中的一種儀式。剖一瓠為兩瓢，新婚夫婦各執一瓢飲酒。《禮記・昏義》：「共牢而食，～～而酳。」（酳 yìn：食畢以酒漱口。）

堇 jǐn 見 411 頁「堇」㊁。

僅 ㊀ jǐn ❶ 才，只，不過。《呂氏春秋・遇合》：「以此遊，～至於魯司

J

寇。」（遊：遊說君主。）《齊民要術・餅法》：「開四五孔，～容韭菜。」

㊁ jìn ❷幾乎，將近。《晉書・趙王倫傳》：「自兵興六十餘日，戰所殺害，～十萬人。」杜甫《泊岳陽城下》：「江國逾千里，山城～百層。」

緊 jǐn ❶絲弦繃緊。傅毅《舞賦》：「弛～急之弦張兮。」《齊民要術・煮膠》：「口濕細～線以割之。」❷急，猛烈。白居易《秋夜聽高調涼州》：「樓上金風聲漸～。」❸脈象名。《史記・扁鵲倉公列傳》：「沉之而大堅，浮之而大～者，病主在腎。」（沉、堅、浮：脈象名。）

廑 jǐn 見411頁「廑」㊁。

盡 jǐn 見256頁「盡」㊁。

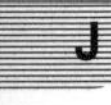

瑾 jǐn 美玉。《左傳・宣公十五年》：「～瑜匿瑕。」（瑜：美玉。瑕：玉上的斑點。）比喻美好的節操志向。《史記・屈原賈生列傳》：「何故懷～握瑜，而自令見放為？」（見放：被放逐。為：語氣詞。）

槿 jǐn 樹名，即木槿。《詩經・鄭風・有女同車》「顏如舜華」毛亨傳：「舜，木～。」謝靈運《田南樹園激流植援》：「激澗代汲井，插～當列墉。」

儘 jǐn 任憑，儘管。楊萬里《夜聞風聲》：「開花落花～他意。」劉克莊《乍歸》：「～教人貶駁，喚作嶺南詩。」

【辨析】儘、盡。二者都有「任、聽憑」的意思，唐代多用「盡」，至宋漸通行「儘」。現在「儘」「盡」都簡化作「尽」。

錦 jǐn 有彩色花紋的絲織品。《詩經・衛風・碩人》：「衣～絅衣。」（絅jiǒng：用麻紗做的單罩衣。）比喻色彩鮮豔華麗。范仲淹《岳陽樓記》：「沙鷗翔集，～鱗游泳。」

謹 jǐn ❶言語少。《論語・學而》：「～而信。」（信：誠信。）引申為謹慎，慎重。《呂氏春秋・行論》：「此敝邑之擇人不～也。」柳宗元《捕蛇者說》：「～食之，時而獻焉。」（食sì：使……吃，餵養。）❷嚴，嚴防。《韓非子・揚權》：「簡令～誅，必盡其罰。」《呂氏春秋・孟冬》：「～關梁，塞蹊徑。」（關：關口。梁：橋。蹊徑：田間小路。）❸敬，恭敬。《戰國策・魏策四》：「信陵君曰：『無忌～受教。』」（無忌：信陵君的名。）《史記・扁鵲倉公列傳》：「扁鵲獨奇之，常～遇之。」（遇：對待。）

【辨析】謹、慎。在「謹慎、慎重對待」的意義上，它們是同義詞。不同的是：「謹」可引申出「恭敬、嚴格」義，「慎」可引申為表「禁戒」之詞。

饉 jǐn 菜蔬無收成，泛指荒年。《論語・先進》：「加之以師旅，因之以饑～。」

【辨析】饉、饑。見221頁「饑」字條。

近 jìn ❶近，與「遠」相對。指地域或時間等。《孟子・公孫丑上》：「齊、滕之路不為～矣。」《論語・衛靈公》：「人無遠慮，必有～憂。」引申為靠近，接近。《論語・季氏》：「今夫顓臾，固而～於費。」（顓臾：魯國的屬國。費bì：地名。）《孟子・滕文公上》：「飽食、暖衣、逸居而無教，則～於禽獸。」❷親近。《左傳・襄公二十五年》：「公鞭侍人賈舉，而又～之。」（鞭：用如動詞，鞭打。）又為親近的人。《韓非子・難言》：「昵～習親。」（昵、習：親近。）❸淺近，淺顯。《孟子・盡心下》：「言～而指遠者，善言也。」（指：意思。）

【辨析】近、邇。見125頁「邇」字條。

衿 jìn 見253頁「衿」㊁。

晉 jìn ❶進。班固《幽通賦》：「盍孟～以迨羣兮。」（盍：何不。孟：勉力。迨dài：趕上。）❷通「搢jìn」。插。《周禮・春官・典瑞》：「王～大圭。」（圭：古代帝王、諸侯舉行隆重儀式時所用的玉製禮器。）❸周代諸侯國名。《左傳・僖公五年》：「～，吾宗也。」（宗：同宗族，同姓。）❹朝代名。1. 司馬炎代魏稱帝，國號晉（公元265－420年）。2. 五代時石敬瑭滅後唐稱帝，國號晉（公元936－947年），史稱後晉。

浸 jìn ❶浸泡。《詩經・小雅・大東》：「有冽氿泉，無～穫薪。」（冽liè：

寒。氿 guǐ 泉：從側面流出的泉水。)《史記・趙世家》：「引汾水灌其城，城不～者三版。」引申為灌溉。《莊子・天地》：「有械於此，一日～百畦。」❷ 湖澤。《周禮・夏官・職方氏》：「(揚州)其川三江，其～五湖。」❸ 逐漸。屈原《遠遊》：「形穆穆而～遠兮，離人羣而遁逸。」

紟 jìn 見 253 頁「紟」㈡。

唫 ㈠ jìn ❶ 閉口不言，閉口。《呂氏春秋・重言》：「君呿而不～，所言者莒也。」(呿：張口。)
㈡ yín ❷ 同「吟」。1. 歎息。《韓非子・揚權》：「公子既眾，宗室憂～。」2. 歌詠。方干《貽錢塘縣路明府》：「～成五字句，用破一生心。」

祲 jìn ❶ 日旁雲氣。古人以為能預示吉凶。《荀子・王制》：「相陰陽，占～兆。」(相：察看。)特指妖氣，不祥之氣。《戰國策・魏策四》：「懷怒未發，休～降於天。」(休祲：偏指祲，不祥的徵兆。)❷ 盛大。《後漢書・班彪傳附班固》：「～威盛容。」

進 jìn ❶ 前進，與「退」相對。《呂氏春秋・序意》：「馬卻不肯～。」王安石《遊褒禪山記》：「入之愈深，其～愈難。」❷ 到朝廷做官，出仕。《孟子・公孫丑上》：「治則～，亂則退。」范仲淹《岳陽樓記》：「是～亦憂，退亦憂。」又為任用提升。《孟子・梁惠王下》：「國君～賢。」《呂氏春秋・贊能》：「官職日～。」❸ 進獻，獻上。《荀子・臣道》：「有能～言於君，用則可，不用則死。」又為推薦。司馬遷《報任安書》：「今少卿乃教以推賢～士。」(少卿：任安的字。)特指進獻、贈送的錢財。《史記・呂不韋列傳》：「車乘～用不饒。」(車乘 shèng：車輛。饒：豐足。)

【辨析】進、入。在古代，它們的意義很不相同。「進」的反面是「退」，「入」的反面是「出」。現在所謂「進來、進去」的意義，古代只說「入」，不說「進」。從「入之愈深，其進愈難」中，可以看出它們的區別來。

搢 jìn ❶ 插。《商君書・賞刑》：「～笏作為樂。」(笏：官吏上朝時拿的手板。)[搢紳] 把笏板插在衣外的大帶上，用作官吏的代稱。《莊子・天下》：「鄒魯之士，～～先生，多能明之。」❷ 搖動。《國語・吳語》：「被甲帶劍，挺鈹～鐸。」(鈹 pī：劍類兵器。鐸：大鈴。)

靳 jìn ❶ 轅馬胸部的皮革，也用作轅馬的代稱。《左傳・定公九年》：「吾從子，如驂之～。」(驂：驂馬。)❷ 吝惜。《後漢書・崔駰傳附崔寔》：「悔不小～，可至千萬。」(小：稍微。)❸ 嘲弄。《左傳・莊公十一年》：「宋公～之。」

禁 ㈠ jìn ❶ 禁止，制止。《莊子・胠篋》：「斧鉞之威弗能～。」(鉞：大斧。)引申為禁令。《呂氏春秋・適威》：「令苛則不聽，～多則不行。」❷ 禁忌。《淮南子・氾論》：「是故因鬼神禨祥而為之立～。」(禨祥：吉凶。)《漢書・藝文志》：「及拘者為之，則牽於～忌。」(拘者：固執不通的人。牽：牽制。)❸ 帝王居住的地方。《史記・秦始皇本紀》：「二世常居～中。」(二世：秦二世胡亥。)❹ 監禁，拘禁。《魏書・安定王休傳》：「乃免官，～之別館。」又為拘禁人的地方，監獄。《金史・世宗紀下》：「命罪人在～有疾，聽親屬入視。」
㈡ jīn ❺ 禁受，受得住。《齊民要術・笨麴并酒》：「先能飲好酒一斗者，惟～得半升，飲三升大醉。」

僅 jìn 見 253 頁「僅」㈡。

寖 ㈠ jìn ❶ 滲透。《呂氏春秋・尊師》：「治唐圃，疾灌～，務種樹。」《漢書・溝洫志》：「泉流灌～，所以育五穀也。」
㈡ qīn ❷ 逐漸。許慎《說文解字敍》：「字者，言孳乳而～多也。」

墐 jìn ❶ 用泥塗抹縫隙。《詩經・豳風・七月》：「塞向～戶。」(向：向北的窗戶。)❷ 通「殣 jìn」。掩埋。《詩經・小雅・小弁》：「行有死人，尚或～之。」(行：道路。)

慬 jìn ❶ 才，僅。《公羊傳・定公八年》：「公斂處父帥師而至，～然後得免。」（公斂處父：人名。）❷ 勇敢。《淮南子・說山》：「立～者，非學鬥爭也。」

盡 ㊀ jìn ❶ 盡，完畢。《左傳・莊公四年》：「王祿～矣。」（祿：福。）引申為用盡，用完。《孟子・梁惠王上》：「寡人之於國也，～心焉耳矣。」韓愈《雜說》四：「馬之千里者，一食或～粟一石。」❷ 整，所有的。《淮南子・氾論》：「～日極慮而無益於治。」今成語有「盡人皆知」。❸ 副詞。都，全部。《孟子・滕文公上》：「陳相見許行而大悅，～棄其學而學焉。」（學焉：向他學習。）《史記・項羽本紀》：「珍寶～有之。」

㊁ jǐn ❹ 儘量，儘可能。《禮記・曲禮上》：「虛坐～後，食坐～前。」（虛坐：指閒坐。）❺ 任憑，縱使。白居易《題山石榴花》：「任人採弄～人看。」

【辨析】 盡、儘。見 254 頁「儘」字條。

殣 jìn ❶ 餓死的人。《左傳・昭公三年》：「道～相望。」《大戴禮記・千乘》：「道無～者。」❷ 葬，掩埋。《荀子・禮論》：「刑餘罪人之喪，不得飾棺，不得晝行，以昏～，凡緣而往埋之。」（刑餘罪人：指犯法而受到制裁的人。）

噤 jìn 閉口。《史記・袁盎晁錯列傳》：「且臣恐天下之士～口，不敢復言也。」今成語有「噤若寒蟬」。引申為關閉。潘岳《西征賦》：「有～門而莫啟。」

縉 jìn ［縉紳］插笏板在大帶間，官吏的裝束。《荀子・禮論》：「～～而無鉤帶矣。」代指官吏、士大夫。《漢書・食貨志上》：「～～之屬皆望天子封禪改正度也。」（正：正朔。度：度量。）

藎 jìn ❶ 藎草。可用來編器物。❷ 忠愛篤進。❸ 通「燼」。剩餘。

覲 jìn 諸侯秋天朝見天子。《儀禮・覲禮》：「～禮，至于郊，王使人皮弁用璧勞。」（皮弁：用皮革做成的一種帽子。）泛指朝見天子。《左傳・隱公四年》：「王～為可。」（王覲：覲王。）引申為會見。《左傳・昭公十六年》：「宣子私～於子產。」

燼 jìn 灰燼。《說文》：「㶳，火餘也。」《水經注・江水》：「有一火～，插在崖間，望見可長數尺。」引申為殘餘。《左傳・襄公四年》：「收二國之～。」

贐 jìn 離別時贈給行人的財物。《孟子・公孫丑下》：「予將有遠行，行者必以～。」

jing

京 jīng ❶ 人工堆成的高丘。《呂氏春秋・不廣》：「得尸三萬，以為二～。」泛指高丘。《詩經・大雅・公劉》：「乃陟南岡，乃覯于～。」（陟：登上。覯 gòu：見。）❷ 大。《左傳・莊公二十二年》：「八世之後，莫之與～。」❸ 國都。《詩經・大雅・大明》：「來嫁于周，曰嬪于～。」（曰：詞頭。嬪：做媳婦。）

荊 jīng ❶ 一種灌木。《山海經・南山經》：「其下多～杞。」杜甫《兵車行》：「千村萬落生～杞。」（杞：杞柳。）特指荊條做的刑杖。《史記・廉頗藺相如列傳》：「廉頗聞之，肉袒負～，因賓客至藺相如門謝罪。」❷ 周代諸侯國楚國的別稱。《呂氏春秋・察今》：「～人欲襲宋。」

【辨析】 荊、楚。見 70 頁「楚」字條。

涇 jīng ❶ 水的中流。《詩經・大雅・鳧鷖》：「鳧鷖在～。」❷ 水名，渭水支流，在陝西中部。《漢書・地理志上》：「芮水出西北，東入～。」

莖 jīng ❶ 植物的主幹。《荀子・勸學》：「西方有木焉，名曰射干，～長四寸。」（射 yè 干：植物名。）泛指似主幹之物。《後漢書・班彪傳附班固》：「擢雙立之金～。」（擢：拔。金莖：銅柱。）❷ 量詞。相當現在的「根」「棵」。杜甫《樂遊園歌》：「數～白髮那拋得。」

旌 jīng ❶ 用犛牛尾或五彩羽毛飾竿頭的旗子。《孟子・滕文公下》：「昔齊景公田，招虞人以～。」（虞人：管打獵的官。田：打獵。）泛指旗幟。屈原《九歌・國殤》：「～蔽日兮敵若雲。」❷ 標誌。《國語・周語上》：「故為車服旗章以～之。」❸ 表彰。《左傳・僖公二十四年》：

「以志吾過，以～善人。」（志：記。）

菁 jīng ❶ 韭菜的花，泛指花。宋玉《高唐賦》：「秋蘭茝蕙，江離載～。」（茝 zhǐ、蕙、江離：香草名。）❷ 植物名，蔓菁，也叫蕪菁。《周禮・天官・醢人》：「朝事之豆，其實韭菹……～菹。」（豆：古代盛食物的器皿。菹 zū：醃菜。）❸ [菁菁] 茂盛的樣子。《詩經・唐風・杕杜》：「其葉～～。」

晶 jīng ❶ 明亮，光亮。劉禹錫《昏鏡詞》：「漠然喪其～。」❷ 晴朗。宋之問《明河篇》：「八月涼風天氣～。」

睛 jīng 瞳人。《淮南子・主術》：「夫據榦而窺井底，雖達視猶不能見其～。」代指眼睛。《論衡・書虛》：「望遠，目～不任。」（任：勝任。）引申為視力。《靈樞・邪氣藏府病形》：「陽氣上走於目而為～，其別氣走於耳而為聽。」

【辨析】睛、目、眼。見 357 頁「目」字條。

粳（秔） jīng 不黏的稻穀。《齊民要術・饗飯》：「取～米，汰洒，作飯，暴令燥。」（汰洒：淘洗。）

經 jīng ❶ 織物的縱線叫經，橫線叫緯。引申指南北向的道路或土地。《淮南子・地形》：「凡地形，東西為緯，南北為～。」❷ 人體氣血運行的縱向幹線。《素問・三部九候論》：「血病身有痛者，治其～絡。」（絡：指血脈的橫向支線。）❸ 常道，常法。《左傳・隱公十一年》：「恕而行之，德之則也，禮之～也。」❹ 作為典範的書籍。《荀子・勸學》：「其數則始乎誦～，終乎讀禮。」又指專述一物一藝的書籍，如《水經》《茶經》。❺ 規劃，測量。《詩經・大雅・靈臺》：「～始靈臺，～之營之。」引申為劃分界線。《周禮・天官・冢宰》：「體國～野。」又指界線。《呂氏春秋・察傳》：「是非之～，不可不分。」❻ 治理。《荀子・非十二子》：「不可以～國定分。」《呂氏春秋・求人》：「終身無～天下之色。」❼ 經過，經歷。《呂氏春秋・察今》：「先王之法，～乎上世而來者也。」《漢書・哀帝紀》：「～歷郡國，西入關至京師。」❽ 自縊，上吊。《論語・憲問》：「自～於溝瀆而莫之知也。」引申為懸掛。《莊子・刻意》：「熊～鳥申。」（申：舒展。）

【辨析】經、緯。二字本義都指織物的線，縱線叫「經」，橫線叫「緯」。引申指方向的南北為「經」，東西為「緯」，指正宗典籍為「經」，附會的典籍為「緯」。二字都引申出「治理」的意義，形成同義詞，經常「經」「緯」連文，如《淮南》「經緯六合」。

兢 jīng [兢兢] 1. 小心謹慎的樣子。《詩經・小雅・小旻》：「戰戰～～，如臨深淵，如履薄冰。」2. 強健的樣子。《詩經・小雅・無羊》：「爾羊來思，矜矜～～。」（思：語氣詞。矜矜：堅強的樣子。）

蜻 jīng 見 413 頁「蜻」㊁。

箐 ㊀ jīng ❶ 小竹籠。《農書》卷五：「園中築小屋，下懸一～，令雞宿上。」

㊁ qìng ❷ 山間叢生竹林。黃庭堅《題小猿叫驛》：「～裏行人白晝迷。」

精 jīng ❶ 純淨的好米。《莊子・人間世》：「鼓策播～，可以食十人。」（策 cè：小簸箕。）❷ 精華，精粹。《呂氏春秋・察傳》：「夫樂，天地之～也。」《抱朴子・嘉遁》：「茹八石之～英。」又指精良，精銳。《呂氏春秋・簡選》：「選練角材，欲其～也。」《史記・匈奴列傳》：「冒頓匿其～兵，見其羸弱。」❸ 明亮，清朗。《淮南子・覽冥》：「於是日月～明，星辰不失其行。」《史記・天官書》：「天～而見景星。」❹ 精誠，專一。《呂氏春秋・博志》：「用志如此其～也。」《淮南子・脩務》：「官御不厲，心意不～。」❺ 精氣，古代認為構成萬物的最原始的物質。《呂氏春秋・圜道》：「～行四時，一上一下，各與遇，圜道也。」又特指精神。《論衡・論死》：「人死～亡而形存。」❻ 兩性賴以繁殖後代的物質。《周易・繫辭下》：「男女構～，萬物化生。」❼ 精靈，鬼怪。《淮南子・氾論》「山出嘄陽」高誘注：「嘄陽，山～也。」

鶄 jīng ［鵁 jiāo 鶄］見 244 頁「鵁」字條。

鯨 jīng（舊讀 qíng） 鯨魚。《左傳・宣公十三年》：「取其～鯢而封之。」

驚 jīng ❶馬因受到突然刺激而驚駭。《戰國策・趙策一》：「襄子至橋而馬～。」泛指驚駭，震驚。《詩經・大雅・常武》：「如雷如霆，徐方震～。」（徐方：方國名。）陶潛《桃花源記》：「見漁人，乃大～。」❷驚動，震動。《莊子・達生》：「今汝飾知以～愚，修身以明污。」李白《猛虎行》：「戰鼓～山欲顛倒。」

井 jǐng ❶水井。《呂氏春秋・察傳》：「宋之丁氏家無～，而出溉汲。」（溉汲：打水。）❷井田。《孟子・滕文公上》：「方里而～，～九百畝，其中為公田，八家皆私百畝。」❸人口聚居地，鄉里。《孟子・萬章下》：「在國曰市～之臣，在野曰草莽之臣。」❹［井井］整齊，有序。《荀子・儒效》：「～～兮其有理也。」今成語有「井井有條」。❺星宿名。二十八宿之一。起初稱東井，後簡稱井。《淮南子・天文》：「其星觜巂、參、東～。」李白《蜀道難》：「捫參歷～仰脅息。」（捫 mén：摸。參 shēn：星宿名。）

阱（穽） jǐng 為防禦或捕捉野獸而挖的陷坑。《周禮・秋官・雍氏》：「春令為～擭溝瀆之利於民者，秋令塞～杜擭。」（擭 huò：裝有機關的捕獸木籠。）李白《君馬黃》：「猛虎落陷～。」也指地牢。劉向《九歎・愍命》：「慶忌囚於～室兮。」

剄 jǐng 用刀割頸。《左傳・定公十四年》：「臣不敢逃刑，敢歸死，遂自～也。」

景 ㊀ jǐng ❶日光。《後漢書・班彪傳附班固》：「吐金～兮歊浮雲。」（歊 xiāo：氣上升。）范仲淹《岳陽樓記》：「至若春和～明。」又指一般的光明。《荀子・解蔽》：「故濁明外～。」（濁明：外明而內暗。）❷景物，景色。《漢書・梅福傳》：「陰盛陽微，金鐵為飛，此何～也。」歐陽修《醉翁亭記》：「四時之～不同。」❸仰慕。王融《求自試表》：「竊～前修。」❹大。《詩經・周頌・潛》：「以介～福。」（介：佐助。）又為祥瑞。《淮南子・天文》：「龍舉而～雲屬。」（屬 zhǔ：連接，跟隨。）

㊁ yǐng ❺影子。後來寫作「影」。《周禮・地官・大司徒》：「以土圭之法測土深，正日～。」《淮南子・原道》：「照日光而無～。」

幜 jǐng 貴族婦女出行時穿的罩衣。《隋書・禮儀志》：「皇后服大嚴繡衣，帶綬珮，加～。」（珮 pèi：玉佩。）

儆 jǐng ❶戒備，警戒。《左傳・成公十六年》：「申宮～備。」（申宮：守宮。）又為使戒備，告誡。《呂氏春秋・精諭》：「劉康公乃～戎車卒士以待之。」今成語有「懲一～百」。❷危急（事件）。多指戰爭。《逸周書・寤儆》：「維四月朔，王告～。」（朔：農曆初一。）

憬 jǐng ❶遠行的樣子。《詩經・魯頌・泮水》：「～彼淮夷，來獻其琛。」（琛 chēn：珍寶。）❷覺悟。《說文》：「～，覺寤也。」沈德符《野獲篇・進士給假》：「今之新貴圖自佚者，可以～然矣。」

頸 jǐng 脖子。《呂氏春秋・精通》：「而天下皆延～舉踵矣。」特指脖子的前部。《史記・廉頗藺相如列傳》：「卒相與歡，為刎～之交。」

> 【辨析】頸、領、項。「領」和「頸」都是「脖子」的通稱，但「頸」又特指脖子的前部，所以「刎頸」不能說成「刎領」。「項」是脖子的後部，「項背相望」的「項」，不能換成「領」或「頸」。

警 jǐng ❶警告，告誡。《左傳・宣公十二年》：「今天或者大～晉也。」《孟子・滕文公下》：「洚水～余。」（洚水：洪水。余：我們。）❷戒備。《左傳・宣公十二年》：「且雖諸侯相見，軍衛不徹，～也。」（徹：撤去。）❸需戒備的情況或消息。《韓非子・外儲說左上》：「楚厲王有～。」曹植《白馬篇》：「邊城多～急，胡虜數遷移。」

勁 jìng ❶強，堅強有力。《呂氏春秋・慎大》：「孔子之～，舉國門之關，而不肯以力聞。」王維《觀獵》：「風～角弓鳴。」（角弓：用獸角裝飾的弓。）❷ 剛正，剛強。《荀子・儒效》：「如是，則可謂～士矣。」《韓非子・孤憤》：「不～直，不能矯姦。」（矯：糾正。）

倞 ㊀ jìng ❶ 強有力。《說文》：「～，強也。」
㊁ liàng ❷ 求索。《禮記・郊特牲》：「祊之為言～也。」

徑 jìng ❶ 小路。《論語・雍也》：「行不由～。」❷ 取道，經過。《史記・秦本紀》：「～數國千里而襲人，希有得利者。」（希：同「稀」，少。）《漢書・張騫傳》：「～匈奴，匈奴得之。」❸ 直接且近。《荀子・修身》：「凡治氣養心之術，莫～由禮。」（莫徑由禮：沒有甚麼比遵循禮更便捷了。）《漢書・張騫傳》：「從蜀，宜～，又無寇。」❹ 直徑。《韓詩外傳》卷十：「若寡人之小國也，尚有～寸之珠。」《後漢書・張衡傳》：「以精銅鑄成，圓～八尺。」❺ 即，就。《史記・淳于髡列傳》：「髡恐懼俯伏而飲，不過一斗～醉矣。」

脛 jìng 小腿。《論語・憲問》：「以杖叩其～。」

【辨析】脛、股。見 171 頁「股」字條。

竟 jìng ❶ 樂曲完畢。《說文》：「樂曲盡為～。」泛指終了，完畢。曹操《步出夏門行・龜雖壽》：「神龜雖壽，猶有～時。」《世說新語・雅量》：「看書～，默然無言。」❷ 疆土的終止處，邊境。後來寫作「境」。《左傳・宣公二年》：「亡不越～。」（亡：出亡。）❸ 追究。《漢書・霍光傳》：「此縣官重太后，故不～也。」（縣官：漢代稱皇帝為縣官。）引申為終究，究竟。《後漢書・耿弇傳》：「有志者事～成也。」駱賓王《為徐敬業討武曌檄》：「請看今日之域中，～是誰家之天下。」❹ 終於。《韓非子・內儲說上七術》：「龐恭從邯鄲歸，～不得見。」《史記・淮陰侯列傳》：「信亦知其意，怒，～絕去。」（絕去：決絕而去。）引申為竟然。《史記・趙世家》：「反索，兒～無聲。」（索：搜索。）

竫 jìng 靜，安靜。《呂氏春秋・貴因》：「秦、越，遠塗也，～立安坐而至者，因其械也。」（塗：路途。）

淨（淨） jìng ❶ 清潔，乾淨。《墨子・節葬下》：「是粢盛酒醴不～潔也。」（粢 zī 盛：盛在器皿內供祭祀用的穀物。）又為洗淨。《國語・周語中》：「～其巾冪。」（冪 mì：覆蓋東西的布。）❷ 清淨。《淮南子・人間》：「清～恬愉，人之性也。」謝靈運《廬山慧遠法師誄》：「於是眾僧雲集，勤修～行。」（行：戒行。）❸ 淨盡，沒有剩餘。劉禹錫《再遊玄都觀》：「百畝中庭半是苔，桃花～盡菜花開。」

婧 jìng 女子纖細美麗的樣子。《後漢書・張衡傳》：「舒妙～之纖腰兮。」

痙 jìng 痙攣。《素問・至真要大論》：「諸～項強，皆屬於濕。」

敬 jìng ❶ 嚴肅，慎重。《論語・子路》：「居處恭，執事～，與人忠。」《淮南子・人間》：「聖人～小慎微。」❷ 尊重，尊敬。《孟子・告子下》：「～老慈幼。」也用作謙詞。《戰國策・趙策四》：「太后曰：『～諾。』」

【辨析】敬、恭。見 165 頁「恭」字條。

靖 jìng ❶ 安定。《左傳・僖公九年》：「君務～亂。」引申為止息。《左傳・昭公十三年》：「諸侯～兵，好以為事。」❷ 安靜，清靜。《左傳・昭公二十五年》：「～以待命猶可。」《管子・白心》：「以～為宗，以時為寶。」❸ 恭謹，恭敬。《詩經・小雅・小明》：「～共爾位，好是正直。」（共：恭。）《管子・大匡》：「士處～，敬老與貴，交不失禮。」

境 jìng ❶ 邊界，疆界。《孟子・梁惠王下》：「四～之內，不治則如之何？」《史記・廉頗藺相如列傳》：「臣嘗從大王與燕王會～上。」引申為範疇，處所。《莊子・逍遙遊》：「辯乎榮辱之～。」陶潛《桃花源記》：「來此絕～，不復出焉。」❷ 景象，境界。《世說新語・排調》：「漸至佳～。」今成語有「時過境遷」。

獍 jìng 傳說中的惡獸。任昉《述異記》卷上：「～之為獸，狀如虎豹而小，始生，還食其母。」

J

靚 jìng ❶用脂粉裝飾。《史記・司馬相如列傳》：「～莊刻飾。」❷通「靜」。安靜，寂靜。宋玉《九辯》：「～杪秋之遙夜兮，心繚悷而有哀。」（繚悷：纏繞糾結。）

靜 jìng ❶安靜。《論語・雍也》：「知者動，仁者～。」（知：同智。）引申為靜止，與「動」相對。《韓詩外傳》卷九：「樹欲～而風不止。」又引申為無動亂，安定。《墨子・非攻下》：「而神民不違，天下乃～。」❷文靜，嫻雅。《詩經・邶風・靜女》：「～女其姝。」（姝：美好。）

鏡 jìng ❶鏡子。古代用銅磨製。《韓非子・觀行》：「古之人，目短於自見，故以～觀面。」❷照影，照鏡子。《墨子・非攻中》：「～於水，見面之容。」李商隱《無題》：「曉～但愁雲鬢改。」

競 jìng ❶爭逐，比賽。《左傳・襄公二十六年》：「臣不心～而力爭。」《韓非子・五蠹》：「上古～於道德，中世逐於智謀，當今爭於氣力。」❷強，盛。《詩經・大雅・抑》：「無～維人。」（維：語氣詞。）《呂氏春秋・審時》：「多枝數節，～葉蕃實。」（數 cù：密。蕃：多。）

jiong

坰 jiōng 遠郊。《詩經・魯頌・駉》：「駉駉牡馬，在～之野。」

扃 ㊀ jiōng ❶從外邊關門的門閂。《說文》：「～，外閉之關也。」（關：門閂。）《禮記・曲禮上》：「入戶奉～。」❷關閉。《呂氏春秋・君守》：「既～而又閉，天之用密。」（天之用密：天性由此得到密藏。）李白《贈清漳明府姪聿》：「夜寢不～戶。」❸門戶。劉伶《酒德頌》：「日月為～牖。」（牖 yǒu：窗戶。）❹車上用來固定兵器或插旗幟的橫木。《左傳・宣公十二年》：「楚人惎之脫～。」（惎 jì：教。）❺鼎上穿兩耳的橫木。《周禮・考工記・匠人》：「廟門容大～七個。」㊁ jiǒng ❻［扃扃］明察的樣子。《左傳・襄公五年》：「我心～～。」

【辨析】扃、閉、關。見21頁「閉」字條。

駉 jiōng ［駉駉］馬肥壯的樣子。《詩經・魯頌・駉》：「～～牡馬，在坰之野。」

冏 jiǒng ❶明亮。曾鞏《九月九日》：「林疏覺窗～。」❷鳥飛的樣子。木華《海賦》：「～然鳥逝。」

炅 jiǒng ❶明亮。李白《明堂賦》：「熠乎光碧之堂，～乎瓊華之室。」❷熱。《素問・舉痛論》：「卒然而痛，得～則痛立止。」（卒然：突然。）

泂 jiǒng ❶遠。《詩經・大雅・泂酌》：「～酌彼行潦，挹彼注茲。」（行潦：流水。挹：舀。）❷深廣的樣子。也指深廣的水流。郭璞《江賦》：「鼓帆迅越，趠漲截～。」（趠 pò：超越。截：跨越。）

迥（逈） jiǒng 遠。蔡琰《悲憤詩》之一：「長驅西入關，～路險且阻。」文天祥《指南錄後序》：「天高地～，號呼靡及。」（靡：無，沒有。）引申為差得遠。辛棄疾《念奴嬌・贈夏成玉》：「雪裏疏梅，霜頭寒菊，～與餘花別。」

炯（烱） jiǒng ❶火光。引申為明亮，光明。宋玉《神女賦》：「眸子～其精朗兮。」柳宗元《上西川武元衡相公謝撫問啟》：「精誠之至，～然如日。」今成語有「炯炯有神」。❷明白，顯著。《三國志・吳書・賀邵傳》：「此當世之明鑑，目前之～戒也。」

扄 jiǒng 見260頁「扃」㊁。

絅 jiǒng 罩在外邊的單衣。《禮記・中庸》：「《詩》曰：『衣錦尚～。』惡其文之著也。」

窘 jiǒng 生活或處境困迫，窘迫。《詩經・小雅・正月》：「終其永懷，又～陰雨。」（終：既。永懷：長久憂傷。）又用作使動。《戰國策・韓策二》：「秦、楚挾韓以～魏。」

熲 jiǒng ❶光明。《詩經・小雅・無將大車》：「無思百憂，不出于～。」

❷警枕。圓木製成，睡時容易覺醒。《禮記·少儀》：「几、～、杖、琴、瑟，其執之皆尚左手。」

褧 jiǒng 用麻布做的單罩衣。《詩經·鄭風·丰》：「衣錦～衣，裳錦～裳。」（前「衣」「裳」用作動詞。）

jiu

究 jiū ❶盡，到盡頭。《靈樞·營氣》：「入頏顙之竅，～於畜門。」（頏：指咽喉。畜門：指鼻孔。）《呂氏春秋·任地》：「此告民～矣。」（究：指一年農事都已完成。）❷探求，研究。《詩經·小雅·小弁》：「君子不惠，不舒～之。」（舒：舒緩。）司馬遷《報任安書》：「亦欲以～天人之際，通古今之變。」引申為追究，追查。《詩經·小雅·節南山》：「家父作誦，以～王訩。」（家父 fǔ：周幽王的大夫。王訩：指太師尹氏。）❸終究，畢竟。《詩經·小雅·鴻雁》：「雖則劬勞，其～安宅。」（劬 qú 勞：勞苦。宅：居，居住。）龔自珍《己亥雜詩》之一百二十五：「九州生氣恃風雷，萬馬齊瘖～可哀。」（瘖 yīn：啞。）

糾（糺） jiū ❶絞合的繩索。《史記·南越列傳論》：「成敗之轉，譬若～墨。」（墨：同「纆」，繩索。）又為絞合，纏繞。屈原《九章·悲回風》：「～思心以為纕兮。」（纕 xiāng：佩帶。）❷聚集，集合。《左傳·僖公二十四年》：「召穆公思周德之不類，故～合宗族于成周而作詩。」（召 shào 穆公：即召公虎。成周：地名。）❸督察，督責。《周禮·天官·小宰》：「以～萬民，以除盜賊。」引申為糾正，矯正。《左傳·昭公二十年》：「政寬則民慢，慢則～之以猛。」❹檢舉。《後漢書·王暢傳》：「其豪黨有釁穢者，莫不～發。」

赳 jiū ［赳赳］雄壯威武的樣子。《詩經·周南·兔罝》：「～～武夫，公侯腹心。」

揪（揫） jiū 聚斂。《後漢書·馬融傳》：「～斂九藪之動物。」

啾 jiū ［啾啾］象聲詞。《木蘭詩》：「但聞燕山胡騎聲～～。」

鳩 jiū ❶鳥名。《詩經·召南·鵲巢》：「維鵲有巢，維～居之。」❷聚集。《尚書·堯典》：「共工方～僝功。」（方：普遍。僝 chán：具。）《三國志·魏書·王朗傳》：「～集兆民，於茲魏土。」❸安定。《左傳·定公四年》：「若～楚竟，敢不聽命？」（竟：邊境，國境。）《國語·晉語九》：「庶曰可以鑑而～趙宗乎？」

摎 jiū 纏繞，糾結。《太玄·摛》：「死生相～，萬物乃纏。」《漢書·五行志中之下》：「天雨草，而葉相～結，大如彈丸。」（雨 yù：降落。）

樛 jiū ❶樹木向下彎曲。《詩經·周南·樛木》：「南有～木。」引申為彎曲。陸龜蒙《耒耜經》：「前如桯而～者曰轅。」（桯 yíng：車蓋柄下較粗的一段。）❷糾結。《儀禮·喪服》：「故服殤之絰不～垂，蓋未成人也。」（絰 dié：服喪期繫在頭上或腰間的麻帶。）杜甫《乾元中寓居同谷縣作歌》之六：「古木巃嵸枝相～。」（巃嵸 lóngsǒng：聚集的樣子。）

鬮 jiū 抓鬮，抓取物，據以決勝負或卜凶吉。韓偓《倒押前韻》：「鬥草常更僕，迷～誤達晨。」

九 jiǔ 基數，九。《孟子·梁惠王上》：「海內之地，方千里者～。」泛指多數。《左傳·襄公十一年》：「八年之中，～合諸侯。」（合：盟會。）

久 jiǔ ❶時間長。《莊子·德充符》：「～與賢人處則無過。」《史記·陳涉世家》：「悵恨～之。」❷覆蓋，堵塞。《儀禮·士喪禮》：「冪用疏布～之。」（冪 mì：覆蓋東西的巾。）

玖 jiǔ 比玉稍次的黑色美石。《詩經·衛風·木瓜》：「投之以木瓜，報之以瓊～。」

灸 jiǔ 中醫的一種療法。用艾火熏灼人體的穴位。《莊子·盜跖》：「丘所謂無病而自～也。」《三國志·魏書·華佗傳》：「若當～，不過一兩處。」引申為燒灼。《後漢書·光武紀下》：「敢～

灼奴婢者，論如律。」（論：判罪。律：法令。）

韭（韮） jiǔ 韭菜。《詩經・豳風・七月》：「獻羔祭～。」杜甫《贈衛八處士》：「夜雨剪春～。」

酒 jiǔ 酒。《詩經・豳風・七月》：「為此春～，以介眉壽。」（介：求。眉壽：長壽。）

臼 jiù 舂米的器具。《周易・繫辭下》：「斷木為杵，掘地為～。」泛指搗物用的容器。柳宗元《夏晝偶作》：「山童隔竹敲茶～。」

咎 ㊀ jiù ❶ 不吉，災禍。《詩經・衛風・氓》：「爾卜爾筮，體無～言。」（體：指卦體。）《呂氏春秋・侈樂》：「棄寶者必離其～。」（離：遭受。）今成語有「咎由自取」。❷ 罪過。《詩經・小雅・伐木》：「微我有～。」諸葛亮《出師表》：「若無興德之言，則責攸之、禕、允等之慢，以彰其～。」引申為加罪，追究罪責。《論語・八佾》：「既往不～。」《史記・屈原列傳》：「楚人既～子蘭以勸懷王入秦而不反也。」

㊁ gāo ❸［咎繇］即「皋陶」，舜的大臣。屈原《九章・惜誦》：「命～～使聽直。」（直：直言。）

疚 jiù ❶ 久病，疾病。《韓非子・顯學》：「無饑饉、疾～、禍罪之殃獨以貧窮者，非侈則墮也。」（墮：通「惰」，懶惰。）❷ 內心慚愧痛苦，憂傷。《論語・顏淵》：「內省不～，夫何憂何懼？」

柩 jiù 裝有死屍的棺材。《左傳・僖公三十二年》：「～有聲如牛。」

捄 jiù 見 263 頁「捄」㊂。

救 jiù ❶ 阻止，禁止。《左傳・襄公三十一年》：「濯以～熱，何患之有？」（濯 zhuó：洗。）《韓非子・有度》：「則是負薪而～火也。」❷ 救助，救護。《詩經・邶風・谷風》：「凡民有喪，匍匐～之。」司馬遷《報任安書》：「虜～死扶傷不給。」（虜：指匈奴。不給：來不及。）❸ 治療。《呂氏春秋・勸學》：「是～病而飲之以堇也。」（堇 jǐn：指有毒的草藥。）今成語有「不可救藥」。

【辨析】救、拯。二字在「救助」的意義上相同，但本義有別。「救」本義為阻止，「拯」本義為從水中救出溺水的人。「拯」意義比較單一，「救」的其他意義不能用「拯」。

就 jiù ❶ 趨向，接近。《孟子・告子上》：「猶水之～下也。」《荀子・勸學》：「金～礪則利。」（礪：磨刀石。利：鋒利。）今成語有「避重就輕」。❷ 成，成就。《戰國策・齊策四》：「三窟已～。」《荀子・富國》：「事必不～，功必不立。」❸ 即使。《三國志・魏書・荀彧傳》：「～能破之，尚不可有也。」（破：擊破。有：佔有。）

舅 jiù ❶ 母親的兄或弟。《詩經・秦風・渭陽》：「我送～氏，曰至渭陽。」❷ 丈夫的父親，公公。《禮記・檀弓下》：「昔者吾～死於虎。」❸ 妻的父親。《禮記・訪記》：「昏禮，婿親迎，見於～姑。」❹ 天子稱異姓諸侯，諸侯稱異姓大夫。《詩經・小雅・伐木》：「既有肥牡，以速諸～。」（速：請。）

僦 jiù ❶ 雇用，租賃。《淮南子・氾論》：「今夫～載者，救一車之任，極一牛之力，為軸之折也。」又指雇用的費用，運費。《商君書・墾心》：「今送糧無取～。」❷ 通「就 jiù」。完成。柳宗元《柳州文宣王新修廟碑》：「取土木金石，徵工～功，完舊益新。」

廄（廐、厩） jiù 馬棚，牲口棚。《孟子・梁惠王上》：「～有肥馬。」

舊 jiù ❶ 過時的，陳舊的，與「新」相對。《論語・公冶長》：「～令尹之政，必以告新令尹。」王安石《元日》：「總把新桃換～符。」❷ 從前的，過去的。《論語・公冶長》：「不念～惡。」《莊子・天下》：「～法、世傳之史尚多有之。」❸ 故交，舊相識。《左傳・文公六年》：「立愛則孝，結～則安。」《三國志・蜀書・諸葛亮傳》：「玄素與荊州牧劉表有～。」（玄：人名。）

鷲 jiù 鷲鳥名，即鵰。《說苑・談叢》：「鷹～以山為卑，而增巢其上。」

ju

且 jū　見409頁「且」㈡。

拘 ㈠ jū　❶ 逮捕，拘禁。《尚書・酒誥》：「盡執～以歸于周。」《左傳・僖公二十八年》：「乃～宛春於衛。」❷ 束縛，拘束。《孫子・九地》：「無所往則固，深入則～。」《孟子・盡心上》：「君子不可虛～。」引申為拘泥。《淮南子・氾論》：「～禮之人不使應變。」《漢書・藝文志》：「及～者為之，則牽於禁忌，泥於小數。」

㈡ gōu　❸ 曲，彎曲。《淮南子・泰族》：「未指之～也，莫不事伸也。」

狙 jū　❶ 獼猴。《莊子・齊物論》：「眾～皆怒。」❷ 狡詐。《漢書・敘傳下》：「吳、孫～詐，申、商酷烈。」❸ 窺伺。《史記・留侯世家》：「良與客～擊秦皇帝博浪沙中。」

泃 jū　水名，在今河北境內。

居 jū　❶ 坐。《論語・陽貨》：「～，吾語女。」（語 yù：告訴。女 rǔ：汝。）❷ 居住。《孟子・滕文公下》：「仲子所～之室，伯夷之所築與？」也指住處。《左傳・宣公二年》：「問其名～，不告而退。」❸ 處，處於。《老子》第二章：「功成而弗～。」《史記・孫子吳起列傳》：「而孫子為師，～輜車中。」（孫子：指孫臏。師：軍師。輜 zī 車：有帷的車。）今成語有「居安思危」。❹ 平居，平時。《論語・先進》：「～則曰，不吾知也。」❺ 止息。《呂氏春秋・慎人》：「編蒲葦，結罘網，手足胼胝不～。」（罘 fú：捕兔的網。胼胝 piánzhī：手腳上的老繭。）❻ 佔，佔據。《禮記・王制》：「其有中士、下士者，數各～其上之三分。」❼ 積儲。《國語・晉語八》：「假貸～賄。」（假：借。賄：財物。）《史記・呂不韋列傳》：「此奇貨可～。」❽ 用在表時間的詞前邊，表示相隔一段時間，如「居有頃」「居頃之」「居無幾何」等。《戰國策・齊策四》：「～有頃，倚柱彈其劍。」❾ 語氣詞。《詩經・邶風・日月》：「日～月諸，照臨下土。」（諸：語氣詞。）

【辨析】居、蹲、踞、坐。見117頁「蹲」字條。

苴 jū　❶ 麻的子。《詩經・豳風・七月》：「九月叔～。」（叔：拾取。）又為結子的麻。《莊子・讓王》：「顏闔守陋閭，～布之衣，而自飯牛。」（顏闔：人名。飯：餵養。）❷ 鞋裏墊的草。引申為墊鞋底。《漢書・賈誼傳》：「冠雖敝不以～履。」引申為修補，填補。《新序・刺奢》：「今民衣弊不補，履決不～。」（決：斷。）❸ 包裹。《禮記・內則》：「實棗於其腹中，編萑以～之。」（萑 huán：萑葦，蘆葦。）

捄 ㈠ jū　❶ 把土裝進筐裏。《詩經・大雅・綿》：「～之陾陾。」（陾陾：眾多的樣子。）

㈡ qiú　❷ 長而曲的樣子。《詩經・小雅・大東》：「有～棘匕。」

㈢ jiù　❸ 救助。《史記・春申君列傳》：「魏之兵雲翔而不敢～。」

挶 jū△　❶ 抬土的器具。《左傳・襄公九年》：「陳畚～。」❷ 耳疾。《呂氏春秋・盡數》：「(鬱)處耳則為～為聾。」

罝 jū　捕兔的網，泛指捕鳥獸的網。《詩經・周南・兔罝》：「肅肅兔～，椓之丁丁。」（肅肅：整齊的樣子。椓：擊。丁丁：擊打聲。）

疽 jū　一種毒瘡。《呂氏春秋・盡數》：「辛水所，多～與痤人。」

【辨析】疽、癰。二字同義，皆為毒瘡。《說文》：「疽，久癰也。」癰久易破則為疽。渾言無別，故常連文。

掬(匊) jū△　雙手捧物。《左傳・宣公十二年》：「舟中之指可～也。」今成語有「笑容可掬」。引申為量詞，一捧。《南史・何點傳》：「授丸一～，夢中服之。」

蛆 jū　見418頁「蛆」㈡。

崌 jū　山名。《山海經・中山經》：「又東一百五十里，曰～山，江水出焉。」

J

娵 jū ❶美女。《漢書・揚雄傳上》：「資～娃之珍髢也。」（髢 dí：假髮。）❷［娵訾］1. 十二星次之一。《左傳・襄公三十年》：「自危十六度至奎四度為～～。」（危、奎：星宿名。）2. 古氏族名。《史記・五帝本紀》：「娶～～氏女，生摯。」

琚 jū 一種佩玉。《詩經・衛風・木瓜》：「投我以木瓜，報之以瓊～。」

趄 jū ［趑 zī 趄］見 702 頁「趑」字條。

椈 jū△ 柏樹。《禮記・雜記上》：「暢臼以～，杵以梧。」（暢臼：搗鬯的臼。暢：通「鬯」，香草。）

雎 jū ［雎鳩］王雎，即魚鷹。《詩經・周南・關雎》：「關關～～，在河之洲。」（關關：鳥和鳴聲。洲：水中的陸地。）

J

裾 jū ❶衣服的前襟。辛延年《羽林郎》：「結我紅羅～。」韓愈《送李愿歸盤谷序》：「飄輕～，翳長袖。」（翳：通「曳」，拖曳。）引申為衣服寬大。《淮南子・齊俗》：「楚莊王～衣博袍，令行乎天下。」❷通「倨 jù」。傲慢。《漢書・酷吏傳・趙禹》：「禹為人廉～。」

駒 jū 少壯的馬。泛指幼獸。《詩經・小雅・皇皇者華》：「我馬維～，六轡如濡。」（濡：光澤。）

鞠 jū△ ❶古代的一種皮球。《史記・衛將軍驃騎列傳》：「其在塞外，卒乏糧，或不能自振，而驃騎尚穿域蹋～。」（驃騎：指驃騎將軍衛青。域：指場地。蹋：踢。）《北史・突厥傳》：「男子好摴蒱，女子踏～。」（摴蒱：古代一種博戲。）❷［鞠躬］恭敬謙遜的樣子。《論語・鄉黨》：「入公門，～～如也。」引申為小心謹慎。諸葛亮《後出師表》：「臣～～盡力，死而後已。」❸養育，撫養。《詩經・小雅・蓼莪》：「父兮生我，母兮～我。」❹通「鞫 jū」。審問。《史記・李斯列傳》：「於是羣臣諸公子有罪，輒下高，令～治之。」（高：趙高。）

鞫 jū△ ❶審訊，查問。《史記・酷吏列傳》：「訊～論報。」（報：判罪。）《漢書・車千秋傳》：「未聞九卿廷尉有所～也。」❷窮困。《詩經・大雅・雲漢》：「～哉庶正。」（庶正：指眾官之長。）❸窮盡，盡。《詩經・小雅・小弁》：「踧踧周道，～為茂草。」（踧踧 cùcù：平坦的樣子。周道：大路。）

局 jú△ ❶彎曲。《詩經・小雅・正月》：「謂天蓋高，不敢不～。」❷狹窄。《管子・白心》：「大者寬，小者～。」❸棋盤。《史記・吳王濞列傳》：「皇太子引博～提吳太子，殺之。」（提 dǐ：擲擊。）又指棋局。《世說新語・雅量》：「謝公與人圍棋……看書竟，默默無言，徐向～。」（書：信。竟：終。）又為量詞。白居易《因夢有悟》：「從容一～棋。」❹部分。《禮記・曲禮上》：「各司其～。」（司：掌管。）❺官署名。《北齊書・白建傳》：「為同～所推。」（推：推崇。）❻氣量，氣度。《後漢書・袁紹傳》：「紹外寬雅有～度，憂喜不形於色。」

梮 jú△ ❶登山時穿的底有鐵釘的鞋。《漢書・溝洫志》：「山行則～。」❷抬土的工具。《國語・周語中》：「收而場功，偫而畚～。」（而：你們。偫 zhì：備辦。）

菊 jú△ 菊花。屈原《離騷》：「夕餐秋～之落英。」

輂 jú△ ❶用馬拉的大車。《周禮・地官・鄉師》：「正治其徒役與其～輦。」❷運土的器具。《漢書・五行志上》：「陳畚～。」

跼 jú△ 蹐曲。《後漢書・李固傳》：「天高不敢不～，地厚不敢不蹐。」（蹐 jí：小步行走。）［跼躅 zhú］躑躅，徘徊不前。《史記・淮陰侯列傳》：「騏驥之～～，不如駑馬之安步。」（駑馬：劣等馬。安步：穩步走路。）

橘 jú△ 果樹名，也指其果實。《呂氏春秋・本味》：「果之美者……江浦之～。」

繘 jú△ 井上汲水的繩索。《周易・井》：「往來井，井汔至，亦未～井，羸其瓶，凶。」（汔：乾涸。至：通「窒」。）

鶪 jú△ 鳥名，即伯勞。《呂氏春秋・仲夏》：「小暑至，螳蜋生，～始鳴。」

鞠 jú△ 窮盡。屈原《天問》：「皆歸射～，而無害厥躬。」（夏君的作為都歸於中理而窮情，無人能害其身。）

去 jǔ 見420頁「去」㊁。

拒 jǔ 見266頁「拒」㊁。

咀 jǔ ❶品味，細嚼。《管子・水地》：「～者何？曰五味。」韓愈《進學解》：「含英～華。」❷通「詛 zǔ」。咒罵。《南史・柳世隆傳》：「攸之怒，銜鬚～之。」

岨 jǔ 見417頁「岨」㊂。

沮 ㊀jǔ ❶終止。《詩經・小雅・巧言》：「君子如怒，亂庶遄～。」（庶：庶幾。遄 chuán：速。）又為阻止。《墨子・尚同中》：「賞譽不足以勸善，而刑罰不足以～暴。」（勸：勉勵。）❷敗，毀壞。《韓非子・二柄》：「妄舉，則事～不勝。」《淮南子・說山》：「故～舍之下，不可以坐。」引申為詆毀。司馬遷《報任安書》：「明主不曉，以為僕～貳師，而為李陵遊說。」（僕：謙稱自己。貳師：指貳師將軍。）❸頹喪，消沉。《莊子・逍遙遊》：「舉世非之而不加～。」

㊁jù ❹低窪潮濕之地。《孫子・軍爭》：「不知山林險阻～澤之形者，不能行軍。」

柜 jǔ ❶櫸樹。《後漢書・馬融傳》：「～柳楓楊。」❷通「矩 jǔ」。畫方形的工具。馬王堆漢墓帛書《經法・四度》：「規之內曰員，～之內曰（方）。」

枸 ㊀jǔ ❶樹名，即枳椇。《詩經・小雅・南山有臺》：「南山有～。」❷樹名，其果實可作醬。《史記・西南夷列傳》：「南越食蒙蜀～醬。」（蒙、蜀：地名。）

㊁gǒu ❸[枸杞] 樹名，果實可入藥。《左傳・昭公十二年》「我有圃，生之杞乎」杜預注：「杞，世所謂～～也。」

㊂gōu ❹彎曲。《荀子・性惡》：「故～木必將待檃栝烝矯然後直。」（檃 yǐn 栝：矯正竹木彎曲的工具。烝矯：將物體加熱使柔，然後加以矯正。）

矩（榘） jǔ 畫方形的工具。《墨子・天志中》：「中吾～者謂之方。」（中：符合。）《荀子・賦篇》：「圓者中規，方者中～。」引申為法度，規則。《論語・為政》：「七十而從心所欲，不逾～。」

莒 jǔ 周代諸侯國名，在今山東莒縣一帶。《春秋・閔公二年》：「公子慶父出奔～。」

椇 jǔ ❶樹名，即枳椇，也指其果實。《禮記・曲禮下》：「婦人之摯，～、榛、脯、脩、棗、栗。」❷放祭品的禮器。《禮記・明堂位》：「俎，有虞氏以梡，夏后氏以嶡，殷以～。」

筥 jǔ ❶圓形竹筐。《詩經・召南・采蘋》：「于以盛之，維筐及～。」《儀禮・聘禮》：「米百～，～半斛，設于中庭。」❷量詞，四把禾為一筥。《儀禮・聘禮》：「四秉為～，十～為稯。」（稯 zōng：計算禾把的單位。）

鉏 jǔ 見69頁「鉏」㊁。

踽 jǔ [踽踽] 孤獨的樣子。《詩經・唐風・杕杜》：「獨行～～。」

舉 jǔ ❶舉起，抬起。《孟子・梁惠王上》：「吾力足以～百鈞。」（鈞：三十斤。）李白《靜夜思》：「～頭望明月。」又為提出，舉出。《論語・述而》：「～一隅不以三隅反，則不復也。」❷舉薦，選拔。《論語・衛靈公》：「君子不以言～人，不以人廢言。」❸行動，舉動。《韓非子・五蠹》：「～行如此。」《宋書・吳喜傳》：「喜是何人，乃敢作此～止。」❹攻克，佔領。《孟子・梁惠王下》：「以萬乘之國伐萬乘之國，五旬而～之。」❺全，整個。《莊子・逍遙遊》：「且～世譽之而不加勸。」今成語有「舉國歡騰」。又為副詞。都，全都。《孟子・梁惠王下》：「百姓聞王鐘鼓之聲，管籥之音，～疾首蹙頞而相告曰。」（頞 è：鼻樑。）

籧 jǔ 同「筥」。圓底筐。《呂氏春秋・季春》：「具栚曲～筐。」（栚 zhèn：放蠶箔的木架。曲：蠶箔。）

J

欅 jǔ 樹名，又名欅柳。杜甫《田舍》：「～柳枝枝弱，枇杷樹樹香。」

齟 jǔ 牙齒不正、不齊。《漢書·東方朔傳》：「～者，齒不正也。」[齟齬 yǔ] 牙齒參差，上下不對合。喻指抵觸不合。《太玄·親》：「親非其膚，其志～～。」

籧 jǔ 見419頁「籧」㊁。

巨 jù ❶ 大。《孟子·梁惠王下》：「為～室，則必使工師求大木。」《史記·田單列傳》：「政無～細，皆斷於相。」[巨擘] 大拇指，比喻傑出人物。《孟子·滕文公下》：「於齊國之士，吾必以仲子為～～焉。」❷ 通「詎 jù」。豈，表示反問。《漢書·高帝紀上》：「沛公不先破關中兵，公～能入乎？」

句 jù 見167頁「句」㊁。

拒 ㊀ jù ❶ 抵禦。《莊子·盜跖》：「強足以～敵。」《荀子·君道》：「將內以固城，外以～難。」❷ 拒絕。《論語·子張》：「我之不賢與？人將～我，如之何～人哉？」（與 yú：語氣詞。）今成語有「拒諫飾非」。❸ 抵達，至。《隋書·西域傳·党項》：「東接臨洮、西平，西～葉護。」
㊁ jǔ ❹ 作戰時的方陣。《左傳·桓公五年》：「曼伯為右～，祭仲足為左～。」（曼伯、祭仲足：鄭國大夫。）

岠 jù 距離。《淮南子·天文》：「立四表以為方一里～。」《漢書·食貨志下》：「元龜～冉長尺二寸。」（元龜：王莽時所鑄錢幣。元：大。岠冉：龜甲兩邊距離。冉：龜甲邊緣。）

歫 jù 超越。《漢書·揚雄傳上》：「騰空虛，～連卷。」（連卷：屈曲的樣子。）又為至。《漢書·敘傳下》：「自茲～漢，北亡八支。」

具 jù ❶ 準備，置辦。《左傳·隱公元年》：「～卒乘。」（卒：步兵。乘 shèng：兵車。）《史記·滑稽列傳》：「為～牛酒飯食。」引申為具備，完備。《左傳·莊公二十二年》：「天地之美～焉。」❷ 準備飯食、酒席。《禮記·內則》：「若未食，則佐長者視～。」《漢書·灌夫傳》：「請語魏其～，將軍旦日蚤臨。」（魏其：魏其侯。蚤：通「早」。）又為飯食，酒餚。《戰國策·齊策四》：「食以草～。」（食 sì：使……吃。草具：粗劣的食物。）❸ 副詞。全，都。《詩經·小雅·節南山》：「民～爾瞻。」（爾瞻：看着你。）《史記·項羽本紀》：「於是項伯復夜去，～以沛公言報項王。」❹ 用具，器具。《呂氏春秋·聽言》：「其守～寡。」《資治通鑑·漢獻帝建安十三年》：「船糧戰～俱辦。」引申為量詞。《史記·貨殖列傳》：「旃席千～。」（旃 zhān 席：毛氈。）❺ 才具，才能。李陵《答蘇武書》：「抱將相之～。」杜甫《自京赴奉先縣詠懷五百字》：「當今廊廟～，構廈豈云缺？」（廊廟：指朝廷。）

【辨析】具、俱。見266頁「俱」字條。

怚 ㊀ jù ❶ 驕傲。《淮南子·繆稱》：「矜～生於不足。」
㊁ cū ❷ 粗暴。《史記·白起王翦列傳》：「夫秦王～而不信人。」

沮 jù 見265頁「沮」㊁。

炬 jù 火把。《淮南子·說山》：「亡者不敢夜揭～。」（揭：舉。）也指蠟燭。李商隱《無題》：「蠟～成灰淚始乾。」

俱 jù ❶ 動詞。偕同，在一起。《呂氏春秋·蕩兵》：「兵之所自來者上矣，與始有民～。」（上：久。）❷ 副詞。一起，都。《呂氏春秋·審分》：「人與驥～走。」《史記·項羽本紀》：「呼張良與～去。」

【辨析】俱、具。二字古不同音，意義也不同。先秦時代，作為動詞「偕同、在一起」時，用「俱」不用「具」，作副詞「皆、都」時，則多用「具」。漢代以後，「具」「俱」有了分工，「俱」指主語的範圍，「具」指賓語的範圍。《史記》「呼張良與俱去」，「俱」不能換成「具」，「具告以事」，「具」不能換成「俱」。

倨 jù ❶ 傲慢。《戰國策·秦策一》：「嫂何前～而後卑也？」《呂氏春秋·

下賢》：「貴為天子而不驕～。」❷ 微曲。《禮記・樂記》：「～中矩，勾中鈎。」(勾：大曲為勾。)❸ 通「踞 jù」。伸開腿坐。《史記・酈生陸賈列傳》：「沛公方～牀，使兩女子洗足。」

据 jù ❶ 傲慢。《戰國策・齊策四》：「～慢驕奢，則凶從之。」❷ 依據。《漢書・酷吏傳贊》：「趙禹～法守正。」

距 jù ❶ 雞爪。《呂氏春秋・察微》：「魯季氏與郈氏鬥雞，郈氏介其雞，季氏為之金～。」(季氏：指季平子。郈 hòu 氏：指郈昭伯。介：甲。用如動詞，給……披上甲。為之金距：給雞套上金屬爪。)❷ 釣鈎，兵刃上的倒刺。《淮南子・原道》：「雖有鈎箴芒～……猶不能與網罟爭得也。」(箴：針。罟 gǔ：網。)❸ 至，到達。《史記・蘇秦列傳》：「不至四五日而～國都矣。」❹ 距離。《國語・周語上》：「～今九日，土其俱動。」王安石《遊褒禪山記》：「～洞百餘步，有碑仆道。」(仆：倒。)❺ 通「拒 jù」。抗拒，抵禦。《墨子・公輸》：「吾知所以～子矣。」又為拒絕。《史記・殷本紀》：「知足以～諫，言足以飾非。」(知：智，智慧。)❻ 通「巨 jù」。大。《淮南子・氾論》：「跖～者舉遠。」(跖：腳。)

詎 jù ❶ 副詞。豈，難道。《莊子・齊物論》：「庸～知吾所謂知之非不知邪？」❷ 連詞。假如，假設。《國語・晉語六》：「～非聖人，不有外患，必有內憂。」

虡 jù 古代懸掛鐘磬的架子的立柱。《詩經・大雅・靈臺》：「～業維樅。」(業：木架橫木上的裝飾板。)又代指懸掛鐘磬的架子。《新唐書・禮樂志十一》：「磬～在西，鐘～在東。」引申為量詞，鐘磬一組為一虡。《宋史・樂志一》：「試鑄編鐘一～。」

鉅 jù ❶ 鋼鐵。《荀子・議兵》：「宛～鐵釶，慘如蜂蠆。」(宛：地名。釶 shī：矛。蠆 chài：蠍子一類的毒蟲。)❷ 鈎子。潘岳《西征賦》：「於是弛青鯤於網～。」(鯤：傳說中的一種大魚。)❸ 通「巨 jù」。大。《史記・蘇秦列傳》：「長城、～防，足以為塞。」❹ 通「詎 jù」。豈，難道。《荀子・正論》：「是豈～知見侮之為不辱哉？」(是：代詞，此。見：表示被動。)

聚 jù ❶ 集合，會合。《周易・繫辭上》：「方以類～，物以羣分。」《莊子・知北遊》：「人之生，氣之～也。」又指積蓄，聚集。《呂氏春秋・孟夏》：「～蓄百藥。」《淮南子・說山》：「水積而魚～。」❷ 人眾。《左傳・成公十三年》：「我是以有輔氏之～。」《史記・陳涉世家》：「楚兵數千人為～者，不可勝數。」❸ 村落。《史記・五帝本紀》：「一年而所居成～，二年成邑，三年成都。」王褒《僮約》：「往來市～，慎護姦偷。」

劇 jù ❶ 甚，厲害。《荀子・非十二子》：「猶然而材～志大。」《漢書・鮑宣傳》：「今奈何反覆～於前乎？」❷ 繁多，繁難。《商君書・算地》：「不察國本，則其法立而民亂，事～而功寡。」❸ 迅速。揚雄《劇秦美新》：「二世而亡，何其～與！」

踞 jù ❶ 蹲，蹲坐。《淮南子・說山》：「蹲～而誦《詩》《書》。」也指伸開腿坐。《史記・高祖本紀》：「沛公方～牀，使兩女子洗足。」[箕踞] 臀部着地，兩腿前伸，是一種不拘禮節或傲慢的坐式。《莊子・至樂》：「莊子則方～～鼓盆而歌。」(方：正在。)《戰國策・燕策三》：「軻自知事不就，倚柱而笑，～～以罵。」(軻：荊軻。)❷ 倚，依靠。《史記・留侯世家》：「漢王下馬，～鞍而問曰。」❸ 通「倨 jù」。傲慢。《漢書・敍傳上》：「何有～肆於朝？」(肆：放肆。)《後漢書・南匈奴傳》：「單于～敖。」(敖：同「傲」。)

【辨析】踞、蹲、居、坐。見 117 頁「蹲」字條。

據 jù ❶ 靠着。《莊子・德充符》：「倚樹而吟，～槁梧而瞑。」(瞑：同「眠」。)引申為依靠。《詩經・邶風・柏舟》：「亦有兄弟，不可以～。」❷ 佔據，佔有。《史記・廉頗藺相如列傳》：「先～北山者勝。」❸ 憑證。《後漢書・魯丕傳》：「難者必明其～。」(難 nàn 者：發難者。)

J

【說明】「据」與「據」在古代是兩個不同的字，上述意義一般不用「据」。現在「據」簡化作「据」。

鋸 jù 鋸子。《墨子·備城門》：「門者無得挾斧斤鑿～椎。」（門者：守城門的人。）

懅 jù ❶惶恐，懼怕。《後漢書·徐登傳》：「主人見之驚～。」❷羞愧。《後漢書·王霸傳》：「霸慚～而還。」

窶 jù 窮得無法備禮。《詩經·邶風·北門》：「終～且貧，莫知我艱。」泛指貧窮。《列子·楊朱》：「原憲～於魯。」

遽 jù ❶傳車，送信的快車或快馬。《左傳·昭公二年》：「子產在鄙，聞之，懼弗及，乘～而至。」（鄙：邊邑。）《國語·吳語》：「邊～乃至，以越亂告。」（越：越國。）❷迅速，急忙。《左傳·僖公三十三年》：「遂發令，～興姜戎。」（興：徵發。姜戎：少數民族名。）《呂氏春秋·察今》：「楚人有涉江者，其劍自舟中墜於水，～契其舟。」（契：刻。）又為倉促，匆忙。《禮記·檀弓上》：「故喪事雖～，不陵節。」（陵：越過。）❸恐懼。屈原《九章·惜誦》：「眾駭～以離心兮。」《世說新語·雅量》：「風起浪涌，孫、王諸人色並～。」（孫、王：指孫綽、王羲之。）❹副詞。常與「何」「豈」等連用，怎麼，難道。《墨子·公孟》：「百門而閉一門焉，則盜何～無從入？」《呂氏春秋·察今》：「其父雖善游，其子豈～善游哉？」

颶 jù 颶風，一種強烈的風暴。韓愈《赴江陵途中寄翰林三學士》：「～起最可畏。」

屨 jù ❶鞋。《左傳·成公二年》：「郤克傷於矢，流血及～。」《孟子·滕文公上》：「巨～小～同賈，人豈為之哉？」（賈 jià：價格。）❷踐踏。揚雄《羽獵賦》：「～般首。」（般首：猛獸。）

【辨析】屨、履、鞋。「屨」「履」二字在戰國中期以前絕不同義，「屨」是鞋，「履」是踩踏。戰國末期「履」產生「鞋」義，漢以後逐漸取代了「屨」字。「鞋（鞵）」是後起字，本指皮鞋或皮底鞋。而「屨」「履」一般是草或葛製成的鞋。

瞿 ㊀ jù ❶驚視，驚恐。《禮記·雜記下》：「見似目～，聞名心～。」《尸子》卷上：「聽言，耳目不～。」

㊁ qú ❷戟一類的兵器。《尚書·顧命》：「一人冕，執～立于西垂。」（冕：禮帽。這裏用作動詞。西垂：西面臺階上。）

醵 jù 湊錢喝酒。《禮記·禮器》：「周禮其猶～與？」

躆 jù 蹲，以足據持。《漢書·敘傳上》：「合風雲，超忽荒，而～顥蒼也。」（忽荒：遼遠的樣子。顥蒼：指天。）

鐻 jù ❶古代懸掛鐘、磬的架子兩側的立柱。《史記·秦始皇本紀》：「收天下兵，聚之咸陽，銷以為鍾～。」這個意義又寫作「簴」。❷古代一種樂器。本為木製，後改為銅鑄。《莊子·達生》：「梓慶削木為～，～成，見者驚猶鬼神。」（梓慶：傳說為古代木工。）

懼 jù ❶恐懼，戒懼。《論語·子罕》：「仁者不憂，勇者不～。」《呂氏春秋·慎大》：「賢主愈大愈～，愈強愈恐。」又為使恐懼，恐嚇。《老子》第七十四章：「民不畏死，奈何以死～之？」❷通「瞿 jù」。驚慌失措的樣子。《莊子·庚桑楚》：「南榮趎～然顧其後。」

【辨析】懼、恐、畏。「恐」與「懼」的本義相同，所以能構成雙音詞「恐懼」。如果細分，則「恐」的程度輕些，所以能引申出「擔心」的意義。在「害怕」的意義上，「畏」與「恐」「懼」是同義詞，只是「畏」常帶有賓語，而「恐」「懼」帶賓語時，多是使動用法。

juan

捐 juān ❶捨棄。《戰國策·燕策三》：「故君～國而去，則寡人之不肖明矣。」韓愈《進學解》：「貪多務得，細大不～。」❷除去。《孟子·萬章上》：「父母使舜完廩，～階。」（完：修繕。廩：糧倉。階：梯子。）《史記·孫子吳起列傳》：「明法審令，～不急之官。」❸捐助，捐獻。《史記·貨殖列傳》：「唯無鹽氏出～千金貸，其息什一。」（無鹽氏：

人名。貸：借貸。什一：十分抽一。）

涓 juān ❶ 細小的水流。《水經注・河水四》：「山上又有微～細水流入井中。」比喻微小。唐順之《謝賜銀幣表》：「臣敢不仰戴鴻慈，益圖～報。」❷ 清潔。《逸周書・大匡》：「～潔於利，思義醜貪。」（醜：憎惡。）❸ 選擇。左思《魏都賦》：「～吉日。」蘇軾《明堂赦文》：「～選吉日。」❹ 通「泫 xuàn」。流淚的樣子。《列子・周穆王》：「乃～然而泣。」

娟 juān 美好的樣子。王昌齡《中山別龐中》：「幽～松篠徑。」[娟娟] 形態美好的樣子。杜甫《寄韓諫議》：「美人～～隔秋水。」

朘 ㊀ juān ❶ 縮減，削減。《漢書・董仲舒傳》：「民日削月～，寖以大窮。」❷ 少汁的肉羹。《鹽鐵論・散不足》：「楊豚韭卵，狗膍馬～。」（膍 zhé：切成薄片的肉。）

㊁ zuī ❸ 男孩兒的生殖器。《老子》第五十五章：「未知牝牡之合而～作，精之至也。」

鵑 juān [杜鵑] 鳥名。鮑照《擬行路難》：「中有一鳥名～～。」

鐫（鎸） juān ❶ 鑿，刻。《淮南子・本經》：「～山石。」庾信《枯樹賦》：「雕～始就。」❷ 規勸，曉諭。《說苑・反質》：「景公喜奢而忘儉，幸有晏子以儉～之。」❸ 降低，降級。劉克莊《鵲橋仙・鄉守趙丞相生日》：「省倉展日，米場～價，萬落千村蒙惠。」《宋史・選舉志二》：「有犯，則～黜官員。」（黜 chù：罷免。）

蠲 juān ❶ 除去，免除。《史記・太史公自序》：「～除肉刑。」《三國志・魏書・明帝紀》：「～邪納福。」❷ 清潔，潔淨。《呂氏春秋・尊師》：「臨飲食，必～絜。」（臨：治，備辦。絜：同「潔」。）張衡《思玄賦》：「湯～體以禱祈兮。」（湯：商湯。）❸ 顯明，顯示。《左傳・襄公十四年》：「惠公～其大德。」（惠公：指晉惠公。）

卷 ㊀ juǎn ❶ 把物彎曲成圓筒形。後來寫作「捲」。《詩經・邶風・柏舟》：「我心匪席，不可～也。」（匪：非。）《論語・衛靈公》：「邦無道，則可～而懷之。」也指捲成的圓筒狀的東西。《淮南子・兵略》：「鼓不振塵，旗不解～。」

㊁ juàn ❷ 書籍或字畫的卷軸。泛指書卷，書籍。《論衡・商蟲》：「書～不舒有蟲。」陶潛《與子儼等書》：「開～有得，便欣然忘食。」今成語有「手不釋卷」。又用作量詞。《論衡・超奇》：「通書千篇以上，萬～以下。」

㊂ quán ❸ 彎曲。《詩經・小雅・都人士》：「彼君子女，～髮如蠆。」（蠆 chài：蠍子一類毒蟲，尾上翹。）《莊子・逍遙遊》：「其小枝～曲而不中規矩。」

桊 juǎn ❶ 有底的口袋。《說文》：「～，囊也。」❷ 捲束袖口。《史記・滑稽列傳》：「髡～韝鞠䐡，侍酒於前。」（髡：人名。韝：袖套。鞠：曲身。䐡：小跪。）

捲 ㊀ juǎn ❶ 捲起，收捲。《淮南子・兵略》：「五指之更彈，不若～手之一挃。」王勃《滕王閣序》：「珠簾暮～西山雨。」

㊁ quán ❷ [捲捲] 勤苦用力的樣子。《莊子・讓王》：「～～乎后之為人。」（后：帝王。）❸ 通「拳 quán」。拳頭。《淮南子・脩務》：「及至勇武攘～一擣，則摺脅傷幹。」（勇武：勇士。摺 zhé：拉斷。）

錈 juǎn 刀劍捲刃。《呂氏春秋・別類》：「劍折且～，焉得為利劍？」

卷 juàn 見 269 頁「卷」㊁。

倦 juàn ❶ 疲憊。《呂氏春秋・下賢》：「魏文侯見段干木，立～而不敢息。」《史記・屈原賈生列傳》：「故勞苦～極，未嘗不呼天地。」❷ 厭煩。《論語・述而》：「誨人不～。」李清照《永遇樂》：「日晚～梳頭。」

狷（獧） juàn ❶ 偏激，急躁。《三國志・蜀書・楊儀傳》：「以儀性～狹，意在蔣琬。」《宋書・前廢帝紀》：「帝幼而～急。」❷ 潔身自好。《論語・子路》：「～者有所不為也。」《新唐書・常袞傳》：「性～潔，不妄交遊。」

悁 juàn 見641頁「悁」㊁。

圈 ㊀ juàn ❶ 養牲畜的處所，周邊有圍欄。《淮南子・主術》：「養虎豹犀象者，為之～檻，供其嗜欲。」曹植《求自試表》：「此徒～牢之養物，非臣之所志也。」

㊁ quān ❷ 用彎曲的木頭所製的器皿。《禮記・玉藻》：「母沒而杯～不能飲焉，口澤之氣存焉爾。」❸ 範圍，區域。《淮南子・原道》：「是故有生於無，實出於虛，天下為之～，則名實同居。」

惓 juàn 見421頁「惓」㊁。

眷(睠) juàn ❶ 回頭看。《詩經・大雅・皇矣》：「乃～西顧。」引申為顧念，思戀。《史記・屈原賈生列傳》：「～顧楚國，心繫懷王。」❷ 愛重，寵愛。《世說新語・寵禮》：「王珣、郗超並有奇才，為大司馬所～拔。」《新唐書・房琯傳》：「帝雖恨琯喪師，而～任未衰。」（師：軍隊。）❸ 親屬。《南齊書・江斅傳》：「江忠簡胤嗣所寄，惟斅一人，旁無～屬。」（胤嗣：後嗣。）

【辨析】眷、顧。見173頁「顧」字條。

婘 juàn 見422頁「婘」㊁。

棬 juàn 見421頁「棬」㊁。

罥 juàn 用繩索繫取鳥獸。《史記・司馬相如列傳》：「～騕褭，射封豕。」（騕褭：駿馬名。封豕：大豬。）引申為掛，纏繞。木華《海賦》：「或掛～於岑嶅之峯。」

雋(隽) juàn ❶ [雋永] 詩文意味深長。趙蕃《次韻斯遠三十日見寄》：「窗明內晴景，書味真～～。」（內 nà：納。）❷ 通「俊 jùn」。才智出眾。《國語・鄭語》：「秦仲、齊侯，姜、嬴之～也。」《漢書・禮樂志》：「至武帝即位，進用英～。」

桊 juàn ❶ 束縛。《太玄・狩》：「～其首尾，臨于淵。」（狩 shū：疏。）❷ 弩弦。潘岳《閒居賦》：「異～同機。」（機：弩機。）

絹 juàn ❶ 一種絲織品。《管子・乘馬》：「無金則用其～。」❷ 通「罥 juān」。繫結。《淮南子・齊俗》：「～以綺繡，纏以朱絲。」《後漢書・馬融傳》：「～猑蹄。」（猑 kūn：馬名。）

jue

屩(蹻) juē△ 用麻、草製的鞋。《史記・范雎蔡澤列傳》：「夫虞卿躡～檐簦，一見趙王，賜白璧一雙。」（檐：擔。簦 dēng：有柄的斗笠。）字又作「屫」。《韓非子・外儲說左下》：「吾將何～以履之？」

抉 jué△ ❶ 挑出，挖出。《莊子・盜跖》：「比干剖心，子胥～眼。」❷ 戮，穿。《左傳・襄公十七年》：「以杙～其傷而死。」（杙 yì：尖木棍。）❸ 托，舉。《左傳・襄公十年》：「縣門發，郰人紇～之，以出門者。」❹ 挑選。皮日休《郢州孟亭記》：「先生之作，遇景入詠，不拘奇～異。」

角 jué 見244頁「角」㊁。

決(决) ㊀ jué△ ❶ 排除壅塞，導引水流。《孟子・滕文公上》：「～汝、漢，排淮、泗，而注之江。」又為大水沖開堤岸。《左傳・襄公三十一年》：「大～所犯，傷人必多。」❷ 斷，斷絕。《尸子》卷下：「飛鳥鎩翼，走獸～蹄。」（鎩 shā：傷殘。）《史記・韓信盧綰列傳》：「燕之所以久存者，以諸侯數反，兵連不～也。」❸ 決斷，決定。《戰國策・趙策三》：「平原君猶豫未有所～。」又用作副詞。一定。《史記・廉頗藺相如列傳》：「相如度秦王雖齋，～負約不償城。」❹ 判斷。《左傳・桓公十一年》：「卜以～疑，不疑，何卜？」❺ 判決。《禮記・曲禮上》：「分爭辯訟，非禮不～。」《呂氏春秋・孟夏》：「斷薄刑，～小罪。」❻ 辭別，告別。《史記・外戚世家》：「姊去我西時，與我～於傳舍中。」（去：離開。西：西行。傳舍：驛站的房舍。）

㊁ xuè△ ❼ 迅疾的樣子。《莊子・逍遙遊》：「我～起而飛。」

玦 jué△ ❶ 一種環形有缺口的佩玉。古人常用來象徵決斷、決絕。《史記・項羽本紀》：「舉所佩玉～以示之者三。」❷ 古代戴在拇指上用來鈎弦開弓的器具，俗稱扳指。《禮記・內則》：「右佩～……」

屈 jué 見 417 頁「屈」㊁。

掬 jué△ ❶ 角力。《淮南子・氾論》：「風氣者，陰陽相～者也。」❷ 暗昧。《淮南子・說林》：「黂燭～，膏燭澤也。」（黂 fén：麻的子。澤：光亮。）

堀 jué 見 424 頁「堀」㊁。

倔 jué△ ❶ 直傲不屈。《鹽鐵論・論功》：「～強倨傲。」❷ 突出。《史記・秦始皇本紀》：「躡足行伍之間，而～起什伯之中。」（什伯：古代軍隊編制，十人為什，百人為伯。）

剧 jué△ 刻鏤用的曲鑿。《淮南子・本經》：「公輸、王爾無所錯其剞～削鋸。」（公輸、王爾：古之巧匠。錯：安置。）

掘 jué△ ❶ 挖掘。《周易・繫辭下》：「斷木為杵，～地為臼。」❷ 通「窟 kū」。洞。《戰國策・秦策一》：「且夫蘇秦，特窮巷～門桑戶棬樞之士耳。」（特：只。棬 quān：曲木。）

桷 jué△ 方形的椽子。《詩經・魯頌・閟宮》：「松～有舄，路寢孔碩。」（舄：大的樣子。路寢：天子、諸侯的正室。）比喻平直如桷的樹枝。《周易・漸》：「鴻漸于木，或得其～。」（漸：進。）

趹 jué△ ❶ 馬奔馳時後蹄騰空，形容跑得快。《史記・張儀列傳》：「秦馬之良，戎兵之眾，探前～後，蹄間三尋騰者，不可勝數。」❷ 騾馬等用後蹄踢人。《淮南子・兵略》：「有毒者螫，有蹄者～。」（螫：毒蟲刺人。）

崛 jué△ 高起，突出。揚雄《甘泉賦》：「洪臺～其獨出兮。」張衡《西京賦》：「神明～其特起。」

觖 jué△ ❶ 不滿足。《淮南子・繆稱》：「禹無廢功，無廢財，自視猶～如也。」（如：詞尾。）❷ 挑剔。《漢書・孫寶傳》：「故欲擿～以揚我惡。」（擿 tì：挑剔。）

訣 jué△ ❶ 告別，辭別。《史記・廉頗藺相如列傳》：「廉頗送至境，與王～曰。」（王：指趙王。）特指永別，死別。辛棄疾《祭陳同父文》：「子胡一病，遽與我～？」（胡：何，為甚麼。遽：竟，就。）❷ 祕訣，訣竅。《列子・說符》：「衛人有善數者，臨死，以～喻其子。」（數：方術，技藝。）

厥 jué△ ❶ 代詞。其。《詩經・大雅・生民》：「～聲載路。」《詩經・周頌・噫嘻》：「率時農夫，播～百穀。」（時：通「是」，這些。）❷ 句首語氣詞。《史記・太史公自序》：「左丘失明，～有《國語》。」（左丘：人名。）韓愈《贈張童子序》：「能在是選者，～惟艱哉！」❸ 病名。指突然昏倒、手足逆冷等症。《傷寒論・辨少陰病脈證并治》：「手足～逆，脈微欲絕。」❹ 通「掘 jué」。挖掘。《山海經・海外北經》：「禹～之三仞。」（仞：八尺。）

絕 jué△ ❶ 斷，截斷。《左傳・昭公十九年》：「子占使師夜縋而登，登者六十人，縋～。」（子占：人名。）《孟子・滕文公上》：「今滕～長補短，將五十里也。」引申為斷絕。《論語・堯曰》：「繼～世，舉逸民。」《抱朴子・交際》：「乃發憤著論，杜門～交。」又特指氣絕身亡。《呂氏春秋・知接》：「蒙衣袂而～乎壽宮。」❷ 橫渡，穿過。《荀子・勸學》：「假舟楫者，非能水也，而～江河。」（假：借助。楫：槳。）《呂氏春秋・悔過》：「今行數千里，又～諸侯之地以襲國，臣不知其可也。」❸ 極，非常。《史記・呂不韋列傳》：「呂不韋取邯鄲諸姬～好善舞者與居。」又特指極遙遠的。《史記・衛將軍驃騎列傳》：「因前使～國功，封騫博望侯。」（騫：張騫。）又指極好的，獨一無二的。《漢書・敘傳上》：「逢蒙～技於弧矢。」（逢蒙：古代善於射箭的人。弧：弓。）

較 ㊀ jué△ ❶ 古代車箱兩旁板上當扶手用的曲木或曲銅鈎。《詩經・衛風・淇奧》：「寬兮綽兮，猗重～兮。」（猗：通「倚」，斜靠着。重較：一車有雙較，所以稱重較。）

㊁ jiào ❷ 概略。《淮南子・泰族》：「故大～易為智。」《史記・貨殖列傳》：「此其大～也。」❸ 明顯。《史記・伯夷列傳》：「此其尤大彰明～著者也。」❹ 比較。杜甫《人日》之一：「春寒花～遲。」引申為考核。《新唐書・百官志》：「歲～其屬功過。」

裾 jué△ 短衣。《東觀漢記・光武皇帝》：「衣婦人衣，諸于繡擁～。」（諸于：婦人穿的寬大上衣。）

駃 jué△ ［駃騠 tí］公馬母驢所生之畜。《史記・魯仲連鄒陽列傳》：「王按劍而怒，食以～～。」

瑴 jué△ 同「珏」。雙玉，合在一起的兩塊玉。《左傳・僖公三十年》：「納玉於王與晉侯，皆十～。」

撅 ㊀ jué△ ❶ 拔起。《韓詩外傳》卷二：「草木根荄淺，未必～也。飄風興，暴雨墜，則～必先矣。」（荄 gāi：草根。飄風：疾風。）❷ 挖掘。《論衡・效力》：「鍤所以能～地者，跖蹈之也。」（跖 zhí：腳。）❸ 擊。《新唐書・褚遂良傳》：「昔侯君集、李靖皆庸人爾，猶能～高昌，纓突厥。」

㊁ guì ❹ 提起衣服。《禮記・內則》：「不涉不～。」（涉：徒步過河。）

獗 jué△ ［猖獗］見 50 頁「猖」字條。

鴂 jué△ 鳥名。伯勞。［鴂舌］形容言語難懂。《孟子・滕文公上》：「今也南蠻～～之人，非先王之道。」

蕨 jué△ 一種野菜，也叫蕨菜，嫩葉可吃。《詩經・召南・草蟲》：「陟彼南山，言采其～。」

橜（橛） jué△ ❶ 短木樁，樹樁子。《莊子・達生》：「吾處身也，若～株駒。」（株駒：枯樹根。）❷ 馬口所銜的橫木。《韓非子・姦劫弒臣》：「無捶策之威，銜～之備，雖造父不能以服馬。」（捶策：馬鞭。銜：馬嚼子。）❸ 敲擊。《山海經・大荒東經》：「黃帝得之，以其皮為鼓，～以雷獸之骨，聲聞五百里。」

噱 jué△ ❶ 大笑。《漢書・敘傳上》：「談笑大～。」❷ 張口。揚雄《羽獵賦》：「遙～乎紘中。」（紘：指網。）

爵 jué△ ❶ 古代酒器，青銅製，三足。《左傳・莊公二十一年》：「虢公請器，王予之～。」《禮記・禮器》：「宗廟之祭，貴者獻以～。」❷ 爵位。《左傳・隱公元年》：「未王命，故不書～。」《韓非子・五蠹》：「無～而顯榮。」❸ 通「雀 què」。鳥雀。《孟子・離婁上》：「為叢驅～者，鸇也。」

闕 jué 見 424 頁「闕」㊂。

蹶（蹷） ㊀ jué△ ❶ 跌倒。《呂氏春秋・慎小》：「人之情，不～於山而～於垤。」（垤 dié：螞蟻穴口的小土堆。）引申為挫敗。《孫子・軍爭》：「五十里而爭利，則～上將軍。」今成語有「一蹶不振」。❷ 踏，踩。《莊子・秋水》：「～泥則沒足滅跗。」（跗 fū：腳背。）❸ 竭，枯竭。賈誼《論積貯疏》：「生之者甚少，而靡之者甚多，天下財產，何得不～？」（靡：耗費。）

㊁ guì ❹ 動，搖動。宋玉《風賦》：「～石伐木。」❺ 急速的樣子。《莊子・在宥》：「廣成子～然而起。」（廣成子：人名。）

蹻 jué 見 407 頁「蹻」㊁。

譎 jué△ ❶ 欺詐，玩弄手段。《論語・憲問》：「晉文公～而不正，齊桓公正而不～。」❷ 奇異。《論衡・書虛》：「為～詭之書，以著殊異之名。」

矍 jué△ ❶ 驚視的樣子。班固《東都賦》：「主人之辭未終，西都賓～然失容。」❷［矍鑠］形容老人目光炯炯、精神健旺。《後漢書・馬援傳》：「～～哉，是翁也！」（是：此。）

嚼 jué△ ❶ 咀嚼。《淮南子・說林》：「～而無味者弗能內於喉。」❷ 飲盡。《史記・游俠列傳》：「與人飲，使之～。」

鐍 jué△ ❶有舌的環。《後漢書・輿服志》：「紫綬以上，縌綬之間得施玉環～云。」（縌 nì：綬帶。）❷箱子上安鎖的紐。《莊子・胠篋》：「固扃～。」（扃：從外邊關閉用的門。）

覺 ㊀ jué△ ❶覺悟，明白。《左傳・哀公二十一年》：「數年不～。」陶潛《歸去來兮辭》：「～今是而昨非。」引申為使覺悟，啟發。《孟子・萬章上》：「使先知～後知。」又引申為感覺，感到。王勃《滕王閣序》：「天高地迥，～宇宙之無窮。」❷發覺，覺察。《史記・秦始皇本紀》：「長信侯毐作亂而～。」（毐 ǎi：嫪毐，人名。）柳宗元《三戒・黔之驢》：「然往來視之，～無異能者。」

㊁ jiào ❸睡醒。《詩經・王風・兔爰》：「尚寐無～。」（寐：睡。）李白《夢遊天姥吟留別》：「唯～時之枕席，失向來之煙霞。」

爝 jué△ ❶燃燒葦束以祓除不祥。《呂氏春秋・本味》：「湯得伊尹，祓之於廟，～以爟火。」（爟 guàn 火：祓除不祥的火。）❷火炬。《莊子・逍遙遊》：「日月出矣，而～火不息。」嵇康《聲無哀樂論》：「猶一～之火，雖未能温一室，不宜復增其寒矣。」

攫 jué△ 用爪抓取。《荀子・哀公》：「鳥窮則喙，獸窮則～。」（喙 huì：鳥嘴，此用如動詞。）引申為奪取。《呂氏春秋・在宥》：「見人操金，～而奪之。」

玃 jué△ ❶獸名。似獼猴而體形較大。《呂氏春秋・察傳》：「故狗似～，～似母猴。」（母猴：獼猴。）❷通「攫 jué」。用爪抓取。《呂氏春秋・本味》：「水居者腥，肉～者臊。」

戄 jué△ ［戄然］驚懼的樣子。《戰國策・魏策三》：「秦王～～曰：『國有事，未澹下兵也，今以兵從。』」（澹：通「贍」，給足。）

彏 jué△ 急開弓。《漢書・揚雄傳上》：「～天狼之威弧。」（天狼：星名。弧：木弓。）

躩 jué ❶快走的樣子。《論語・鄉黨》：「色勃如也，足～如也。」（如：詞尾。）❷跳躍。《淮南子・精神》：「臱浴猿～。」

钁 jué△ 大鋤。《淮南子・精神》：「今夫徭者揭～臿。」（徭者：服徭役的人。揭：舉。臿：鐵鍬。）

jun

均 ㊀ jūn ❶平均，公正。《論語・季氏》：「不患寡而患不～。」諸葛亮《出師表》：「將軍向寵，性行淑～。」❷調節，調和。《詩經・小雅・皇皇者華》：「我馬維駰，六轡既～。」（駰 yīn：淺黑雜白毛的馬。）《呂氏春秋・仲夏》：「～琴瑟管簫。」❸同，相同。《左傳・僖公五年》：「～服振振，取虢之旗。」（振振：衣服整齊的樣子。）《論衡・奇怪》：「天人同道，好惡～心。」❹全，都。《商君書・墾令》：「～出餘子之使令，以世使之。」❺同「鈞」。製陶器的轉輪。《管子・七法》：「不明於則而欲出號令，猶立朝夕於運～之上。」（立朝夕：指測定東西向的方位。）

㊁ yùn ❻「韻」的古字。成公綏《嘯賦》：「音～不恆，曲無定制。」

君 jūn ❶君主。《孟子・盡心下》：「民為貴，社稷次之，～為輕。」范仲淹《岳陽樓記》：「處江湖之遠則憂其～。」引申為君臨，統治。《莊子・德充符》：「始也吾以南面而～天下。」賈誼《治安策》：「須其子孫生者，舉使～之。」❷尊號，封號。如戰國時齊有孟嘗君，趙有平原君。❸對人的敬稱。《戰國策・齊策一》：「徐公不若～之美也。」王維《送元二使安西》：「勸～更盡一杯酒。」❹［君子］1. 對貴族男子的通稱。《詩經・魏風・伐檀》：「彼～～兮，不素餐兮！」2. 有道德修養的人。《論語・顏淵》：「～～不憂不懼。」

軍 jūn ❶古代軍隊的編制單位。周制，天子六軍，諸侯大國三軍。《周禮・夏官・司馬》：「王六～，大國三～。」《左傳・宣公十二年》：「荀林父將中～。」（荀林父：人名。將：率領。）泛指軍隊。《莊子・讓王》：「吳～入郢。」

J

（郢：楚國都城。）❷ 駐紮軍隊。《左傳·宣公十二年》：「及昏，楚師～於邲。晉之餘師不能～。」《史記·項羽本紀》：「沛公～霸上。」引申為營壘，軍營。《史記·項羽本紀》：「噲即帶劍擁盾入～門。」（噲：樊噲。）

【辨析】軍、師。二字表示「軍隊編制」及「泛指軍隊」時同義。但「軍」比「師」大，「五旅為師，五師為軍」。其他意義都不相同。

鈞 jūn ❶ 古代重量單位。三十斤為一鈞。《孟子·梁惠王上》：「吾力足以舉百～，而不足以舉一羽。」今成語有「千鈞一髮」。❷ 製陶器時模子下面的轉輪。《淮南子·原道》：「～旋轂轉。」（轂 gǔ：車輪中心的圓木。）《鹽鐵論·遵道》：「轉若陶～。」比喻國家大政。《抱朴子·漢過》：「秉國之～。」❸ 通「均 jūn」。1. 平均，均勻。《孟子·滕文公上》：「經界不正，井地不～。」（經界：田界。井地：井田。）2. 副詞。同樣。《孟子·告子上》：「～是人也，或為大人，或為小人，何也？」

皸 jūn 皮膚因寒冷或乾燥而破裂。《漢書·趙充國傳》：「將軍士寒，手足～瘃」。（瘃 zhú：凍瘡。）

麇 ㊀ jūn ❶ 獐子。《左傳·哀公十四年》：「逢澤有介～焉。」❷ 春秋時國名，在今湖北鄖縣。《左傳·文公十一年》：「楚子伐～。」

㊁ qún ❸ 羣，成羣。《左傳·昭公五年》：「求諸侯而～至。」

龜 jūn 見 180 頁「龜」㊂。

麕 jūn 獐子。《詩經·召南·野有死麕》：「野有死～。」

俊（儁、雋） jùn 出眾的人才。《尚書·皋陶謨》：「～乂在官。」（乂 yì：才能出眾的人。）《史記·淮陰侯列傳》：「～雄豪傑建號一呼。」又為卓越的，出色的。《世說新語·賢媛》：「亦有～才女德。」

【辨析】俊、豪、傑、英。見 189 頁「豪」字條。

捃（攈、攟） jùn 拾取，採摘。《史記·十二諸侯年表》：「各往往～摭《春秋》之文以著書。」《說苑·至公》：「楚文王伐鄧，使王子革、王子靈共～菜。」

峻 jùn ❶ 山高聳陡峭。屈原《九章·涉江》：「山～高以蔽日兮，下幽晦以多雨。」泛指高大。屈原《離騷》：「冀枝葉之～茂兮。」（冀：希望。）❷ 嚴刻，酷烈。《韓非子·有度》：「～法，所以禁過外私也。」（外：棄。）《晉書·傅玄傳》：「然玄天性～急，不能有所容。」

浚 jùn ❶ 疏通。《韓非子·顯學》：「昔禹決江～河。」❷ 深。《詩經·小雅·小弁》：「莫高匪山，莫～匪泉。」（匪：非。）蔡邕《故太尉喬公廟碑》：「如淵之～，如山之嵩。」（嵩 sōng：高。）❸ 索取，榨取。《國語·晉語九》：「～民之膏澤以實之。」白居易《秦中吟·重賦》：「～我以求寵，斂索無冬春。」

郡 jùn 古代地方行政區劃。周制縣轄郡，秦以後郡轄縣。《左傳·哀公二年》：「克敵者，上大夫受縣，下大夫受～。」陶潛《桃花源記》：「及～下，詣太守。」（詣：拜訪。）

焌 jùn 點火。《周禮·春官·華氏》：「凡卜，以明火爇燋，遂歙其～契以授卜師。」（爇：燒。歙：同「吹」。）

菌 jùn ❶ 蕈，形狀像傘的菌類植物。張衡《思玄賦》：「咀石～之流英。」（咀：細嚼。）❷ 通「箘 jùn」。竹筍。《呂氏春秋·本味》：「和之美者……越駱之～。」（和：指調料。駱：越的別稱。）

畯 jùn ❶ 古代農官。《爾雅·釋言》：「～，農夫也。」《說文》：「～，農夫。」（農夫：即農大夫。）[田畯] 古代的農官。《詩經·豳風·七月》：「～～至喜。」❷ 通「俊 jùn」。才智出眾，也指才智出眾的人。韓愈《進學解》：「登崇～良。」（登：進。崇：尊。）

竣 jùn 退，返回。《國語·齊語》：「有司已於事而～。」（有司：主管官吏。已：止，完畢。）引申為事情完畢。《齊東野語・楊府水渠》：「三晝夜即～事。」

箘 ㊀ jùn ❶ [箘簬 lù] 一種美竹。《尚書・禹貢》：「惟～～楛，三邦厎貢厥名。」（楛 hù：樹名，莖可作箭桿。厎 dǐ：致。）又作「箘簵」。《戰國策・趙策一》：「其堅則～～之勁不能過也。」《淮南子・本經》：「是以松柏～～夏槁。」

㊁ qūn ❷ [箘桂] 桂樹的一種。屈原《離騷》：「雜申椒與～～兮。」（申椒：香木。）

餕 jùn ❶ 吃後剩下的食物。《禮記・曲禮上》：「～餘不祭。」❷ 通「飧 sūn」。熟食。《公羊傳・昭公二十五年》：「吾寡君聞君在外，～饔未就。」（饔：熟肉。）

駿 jùn ❶ 良馬。《穆天子傳》卷一：「天子之～。」《淮南子・人間》：「居數月，其馬將胡～馬而歸。」引申為人的才智過人。《史記・屈原賈生列傳》：「誹～疑桀兮。」❷ 迅速。《詩經・周頌・清廟》：「對越在天，～奔走在廟。」（對越：報答稱揚。）《管子・弟子職》：「若有賓客，弟子～作。」❸ 大，高。《詩經・大雅・崧高》：「～極于天。」❹ 嚴厲。《史記・商君列傳》：「殘傷民以～刑，是積怨畜禍也。」（畜：蓄，積聚。）

濬 jùn ❶ 疏通。《尚書・舜典》：「封十有二山，～川。」❷ 深。陸機《日出東南隅行》：「高臺多妖麗，～房出清顏。」

K

ka

喀 kā ［喀喀］嘔吐聲。《列子・說符》：「兩手據地而歐之，不出，～～然遂伏而死。」

kai

揩 kāi 摩擦，擦拭。張衡《西京賦》：「～枳落，突棘藩。」（枳落：枳木編的籬笆。藩：籬笆。）《齊民要術・種紅藍花》：「常飜蒜令破，以～脣。」

開 kāi ❶開門。《詩經・周頌・良耜》：「以～百室。」引申為打開。《呂氏春秋・季春》：「～府庫，出幣帛。」又引申為開放，舒展。岑參《白雪歌送武判官歸京》：「忽如一夜春風來，千樹萬樹梨花～。」李白《夢遊天姥吟留別》：「安能摧眉折腰事權貴，使我不得～心顏。」❷裂開，分開。《呂氏春秋・貴信》：「地不剛，則凍閉不～。」杜甫《梅雨》：「雲霧密難～。」❸開闢，開發。《韓非子・有度》：「荊莊王并國二十六，～地三千里。」《荀子・富國》：「節其流，～其源。」❹開創。《論衡・書解》：「商鞅相公，為秦～帝業。」❺開導，啟發。《荀子・儒效》：「～導成王。」❻設置。白居易《琵琶行》：「添酒回燈重～宴。」

豈 kǎi 見 398 頁「豈」㈡。

剴 kǎi ❶曉諭，規勸。《周禮・春官・大司樂》鄭玄注：「導者，言古以～今也。」❷中肯，懇切。《新唐書・劉昌裔傳》：「為環檄李納，～曉大誼。」（環：人名。誼：義。）

凱 kǎi ❶軍隊得勝後所奏的樂曲。《後漢書・蔡邕傳》：「城濮捷而晉～入。」（城濮：地名，春秋時晉、楚曾在此作戰，晉軍獲勝。）李白《司馬將軍歌》：「功成獻～見明主。」❷和樂。陸機《演連珠》：「是以萬邦～樂。」

慨 kǎi ❶感慨，慨歎。《呂氏春秋・審己》：「湣王～焉太息。」曹操《短歌行》：「～當以慷，憂思難忘。」❷激昂，憤激。《後漢書・范滂傳》：「滂登車攬轡，～然有澄清天下之志。」

塏 kǎi 地勢高而乾燥。《左傳・昭公三年》：「子之宅近市，湫隘囂塵，不可以居，請更諸爽～者。」

楷 kǎi 見 248 頁「楷」㈡。

愷 kǎi ❶歡樂，和悅。《莊子・天道》：「中心物～，兼愛無私。」（物愷：願物安樂。）《漢書・主父偃傳》：「天下既平，天子大～。」［愷悌］和悅平易。《呂氏春秋・不屈》：「～～君子，民之父母。」❷軍隊打勝仗後所奏的樂曲。《左傳・僖公二十八年》：「振旅，～以入于晉。」（振旅：整頓軍隊。愷：用作動詞。）

鍇 kǎi 鐵。張衡《南都賦》：「銅錫鉛～。」特指好鐵。左思《吳都賦》：「其琛賂則琨瑤之阜，銅～之垠。」（琛賂：寶貨。琨瑤：美石。）

闓 kǎi ❶開，開啟。《漢書・匈奴傳上》：「今欲與漢～大關。」《論衡・奇怪》：「夫蟬之生復育也，～背而出。」❷通「愷」。歡樂。《漢書・司馬相如傳下》：「昆蟲～懌。」（懌 yì：高興。）

鎧 kǎi 古代軍用護身服，上面綴有金屬片。《韓非子・五蠹》：「～甲不堅者傷乎體。」

K

【辨析】鎧、甲。見231頁「甲」字條。

欬 kài　咳嗽。《呂氏春秋・季夏》：「國多風～。」

愒 kài　見400頁「愒」㊁。

愾 kài　見546頁「愾」㊁。

kan

刊(栞) kān　❶砍，削除。《尚書・益稷》：「隨山～木。」引申為刪削，訂正。《晉書・齊王攸傳》：「就人借書，必手～其謬。」[不刊] 不可刪改。劉歆《答揚雄書》：「是縣諸日月、～～之書也。」(縣xuán：懸。)❷刻，雕刻。班固《封燕然山銘》：「封山～石，昭銘盛德。」

戡 kān　❶同「戡」。平定。《說文》：「《商書》曰：『西伯～黎。』」(西伯：指周文王。黎：國名。)今本《尚書》作「勘」。❷通「堪kān」。經得起。《漢書・五行志下之上》：「王心弗～，其能久乎？」

看 kān　見277頁「看」㊀。

勘 kān　❶校對，核定。《南史・任昉傳》：「武帝使學士賀縱共沈約～其書目，官無者就其家取之。」(賀縱、沈約：人名。)❷審問，審查。《隋書・薛道衡傳》：「付執法者～之。」《舊唐書・來俊臣傳》：「請付來俊臣推～，必獲實情。」(推：推究，追究。)

堪 kān　❶承受得起。《左傳・隱公元年》：「今京不度，非制也。君將不～。」(京：地名。不度：不合法度。)駱賓王《在獄詠蟬》：「那～玄鬢影，來對白頭吟。」❷能夠，可以。《韓非子・難三》：「除君之惡，惟恐不～。」杜甫《房兵曹胡馬》：「真～託生死。」

嵁 kān　[嵁巖] 險峻深邃的山巖。《莊子・在宥》：「故賢者伏處大山～～之下，而萬乘之君憂慄乎廟堂之上。」

戡 kān　❶平定。《尚書・西伯戡黎》：「西伯既～黎。」(西伯：指周文王。黎：古國名。)《隋書・音樂志下》：「成功～亂。」❷通「堪kān」。受得住，勝任。《尚書・君奭》：「惟時二人弗～。」(時：通「是」，此。)

龕 kān　❶佛塔。特指葬僧人遺體的塔。許渾《送僧南歸》：「繞～藤葉蓋禪牀。」貫休《送人歸夏口》：「倘經三祖寺，一為禮～墳。」❷供奉神佛的石室或小閣。江總《攝山棲霞寺碑》：「莊嚴～像，首於西峯石壁。」杜甫《石龕》：「驅車石～下，仲冬見虹霓。」❸攻取，平定。謝朓《和伏武昌登孫權故城》：「西～收組練。」

坎(埳) kǎn　❶土坑。《禮記・檀弓下》：「觀其葬也，其～深不至於泉。」[坎坷] 地面高低不平。《論衡・宣漢》：「夷～～為平均。」(夷：剷平。)比喻人生不順利。文天祥《平原》：「崎嶇～～不得志。」字也作「坎軻」「壈坷」等。❷敲擊聲。《詩經・陳風・宛丘》：「～其擊鼓。」[坎坎] 象聲詞。《詩經・魏風・伐檀》：「～～伐檀兮。」

侃 kǎn　❶[侃侃] 和悅的樣子。《論語・鄉黨》：「與下大夫言，～～如也。」❷剛直。《後漢書・獨行傳・向栩》：「每朝廷大事，～然正色，有官憚之。」

欿 kǎn　❶不自滿。《孟子・盡心上》：「如其自視～然，則過人遠矣。」❷憂愁的樣子。嚴忌《哀時命》：「～愁悴而委惰兮。」❸同「坎」。坑。《左傳・襄公二十六年》：「至則～用牲，加書徵之。」

顑 kǎn　[顑頷hàn] 因飢餓而面黃肌瘦的樣子。屈原《離騷》：「長～～亦何傷？」

看 ㊀kàn　❶向遠處看，望。班昭《東征賦》：「望河洛之交流兮，～成皋之旋門。」引申為一般的看。《世說新語・雅量》：「～書竟，默默無言。」(書：信。竟：畢。)引申為觀察，估計。《三國志・吳書・周魴傳》：「～伺空隙，欲復為亂。」《晉書・刑法志》：「善為政者，～人設教。」❷看望，探訪。《韓非子・外

K

儲說左下》：「梁車新為鄴令，其姊往～之。」（梁車：人名。鄴：地名。）《世說新語・容止》：「惠帝使王夷甫往～。」

㊁ kān ❸ 看待。高適《詠史》：「不知天下士，猶作布衣～。」引申為照應。杜甫《石壕吏》：「老翁逾牆走，老婦出門～。」

【辨析】1. 看、觀、望。見 176 頁「觀」字條。2. 看、視。「看」的本義是遠望，與「視」不同。但「看」引申為一般的看、探視，則與「視」同義了。

衎 kàn ❶ 和樂，愉快。《詩經・小雅・南有嘉魚》：「君子有酒，嘉賓式燕以～。」（式：語氣詞。燕：宴飲。）❷ 剛直。《袁良碑》：「其節～然。」

瞰 kàn ❶ 俯視。屈原《九章・悲回風》：「馮崑崙以～霧兮。」（馮：通「憑」，登臨。）又為遠望。《漢書・揚雄傳上》：「東～目盡。」❷ 窺視。揚雄《解嘲》：「高明之家，鬼～其室。」（高明：指顯貴。）

闞 ㊀ kàn ❶ 望，看。嵇康《琴賦》：「邪睨崑崙，俯～海湄。」（湄：水邊。）

㊁ hǎn ❷ 老虎憤怒的樣子。《詩經・大雅・常武》：「進厥虎臣，～如虓虎。」（虓 xiāo：虎怒吼。）

矙 kàn 窺視。《孟子・滕文公下》：「陽貨～孔子之亡也，而饋孔子蒸豚。」（陽貨：人名。亡：指不在家。）

kang

康 kāng ❶ 安，安寧。《詩經・大雅・生民》：「上帝不寧，不～禋祀。」（禋 yīn：一種升煙祭天的儀式。）《尚書・益稷》：「庶事～哉！」（庶：眾。）❷ 豐足。《詩經・周頌・臣工》：「昭昭上帝，迄用～年。」❸ 褒揚，讚美。《呂氏春秋・古樂》：「帝嚳大喜，乃以～帝德。」（帝嚳 kù：古帝王。）❹ 空。賈誼《弔屈原賦》：「斡棄周鼎兮寶～瓠。」（斡 wò 棄：拋棄。瓠 hú：瓦壺。）❺［康莊］四通八達的大道。《晏子春秋・問下》：「異日，君過於～～，聞寧戚歌。」

慷（忼） kāng ❶ 意氣激昂。曹操《短歌行》：「慨當以～，憂思難忘。」❷［慷慨］1. 情緒激昂。《戰國策・燕策三》：「復為～～羽聲，士皆瞋目。」2. 胸懷大志。《後漢書・齊武王縯傳》：「性剛毅，～～有大節。」3. 感歎。陸機《門有車馬客行》：「～～惟平生，俯仰獨悲傷。」

穅 kāng 字也作「糠」。穀皮。《莊子・天運》：「播～眯目。」

亢 kàng 見 157 頁「亢」㊁。

伉 kàng ❶ 對等，匹配。《莊子・漁父》：「萬乘之主，千乘之君，見夫子未嘗不分庭～禮。」引申為承當。《呂氏春秋・士節》：「養及親者，身～其難。」❷ 高。《詩經・大雅・綿》：「皋門有～。」引申為高尚，剛直，強健。《淮南子・齊俗》：「敖世輕物，不污於俗，士之～行也。」《史記・汲黯鄭當時列傳》：「黯～厲守高，不能屈。」《漢書・宣帝紀》：「選郡國吏三百石～健習騎射者，皆從軍。」❸ 通「抗 kàng」。對抗，抵擋。《戰國策・秦策一》：「天下莫之能～。」

坑 kàng 見 282 頁「坑」㊁。

抗 kàng ❶ 抗拒，抵禦。《荀子・臣道》：「有能～君之命。」《三國志・蜀書・諸葛亮傳》：「豫州新敗之後，安能～此難乎？」❷ 匹敵，相當。《史記・貨殖列傳》：「禮～萬乘，名顯天下。」（萬乘 shèng：代指天子。）《南史・謝瞻傳》：「瞻文章之美，與從叔琨、族弟靈運相～。」今成語有「分庭抗禮」。❸ 舉。《淮南子・說山》：「百人～浮，不如一人挈而趨。」（浮：瓠子。挈：拿着。）❹ 高，高尚。屈原《九章・哀郢》：「堯舜之～行兮，瞭杳杳而薄天。」（瞭 liáo 杳杳：高遠的樣子。薄：迫近。）❺ 剛正。《史記・魯仲連鄒陽列傳》：「亦可謂～直不撓矣。」

炕 kàng ❶ 躁烈，躁急。《漢書・五行志中之上》：「華臣～暴失義，內不自安，故犬禍至。」❷ 火炕。范成大《丙午新正書懷》：「穩作被爐如臥～。」❸ 通「抗」。舉起。《漢書・揚雄傳上》：「～浮柱之飛榱兮。」(榱 cuī：椽子。)

閌 kàng　門高大的樣子。張衡《西京賦》：「高門有～。」

kao

尻 kāo　臀部。《韓非子・說林下》：「三撫其～而馬不踶。」字又作「脽」。

考 kǎo　❶ 老。《詩經・秦風・終南》：「佩玉將將，壽～不忘。」(將將 qiāngqiāng：玉撞擊聲。忘：亡。)❷ 指死去的父親。屈原《離騷》：「朕皇～曰伯庸。」(朕：我。皇：美。)今成語有「如喪考妣」。❸ 成全。《禮記・禮運》：「以其信。」又指完成，做成。《左傳・隱公五年》：「～仲子之宮。」(仲子：人名。)❹ 考核，考察。《尚書・舜典》：「三載～績。」《呂氏春秋・孟冬》：「物勒其名，以～其誠。」❺ 敲，擊。《詩經・唐風・山有樞》：「子有鐘鼓，弗鼓弗～。」(鼓：敲。)《莊子・天地》：「故金石有聲，不～不鳴。」❻ 拷問。後來寫作「拷」。《後漢書・獨行傳・戴就》：「收就於錢塘縣獄，幽囚～掠。」

拷 kǎo　打，多指拷打囚犯。《後漢書・梁冀傳》：「被以它罪，閉獄掠～，使出錢自贖。」

栲 kǎo　❶ 樹名，即山樗。《詩經・唐風・山有樞》：「山有～。」❷ [栲栳] 用柳條編成的盛物器具。《齊民要術・作酢法》：「量飯著盆中或～～中。」❸ 通「拷 kǎo」。拷打。《周書・蘇綽傳》：「然後～訊以法，不苛不暴。」

槁(槀) kào　見 159 頁「槁(槀)」㊁。

犒 kào　以酒食財物慰勞。《左傳・僖公二十六年》：「公使展喜～師。」(展喜：人名。師：軍隊。)

靠 kào　❶ 倚着，挨着。林逋《和陳湜贈希社師》：「瘦～闌干搭梵襟。」(梵襟：指僧衣。)❷ 接近。曹松《宿溪僧院》：「～月坐蒼山。」

【辨析】靠、依、倚。三字都有「倚靠」的意思。「依」「倚」二字《說文》為互訓：「依，倚也。」「倚，依也。」二字基本同義，「依於庭牆」「倚樹而吟」，都是「倚靠」義。但「倚」多表示「斜靠着」，所以引申出「偏斜」的意思。「不偏不倚」不能說成「不偏不依」。有些固定說法如「倚門」，一般不能說成「依門」。「靠」字《說文》收，云：「相違也。」所謂「相違」即背靠着背，亦即「倚靠」的意思。但「倚靠」義上古皆用「依」「倚」，兩漢以前文獻極少用到「靠」。這也是它們的重要區別。

ke

珂 kē　似玉的美石，常用作馬勒的裝飾。《西京雜記》卷二：「或一馬之飾直百金，皆以南海白蜃為～。」

苛 kē　❶ 煩瑣，繁雜。《左傳・昭公六年》：「～慝不作。」(慝：邪惡。作：起。)《淮南子・覽冥》：「去煩～之事。」❷ 騷擾。《國語・晉語一》：「以皋落狄之朝夕～我邊鄙，使無日以牧田野。」(皋落狄：東山狄，古代北方少數民族狄族的一支。)❸ 苛刻，苛酷。《禮記・檀弓下》：「～政猛於虎也。」❹ 通「疴 kē」。疾病。《呂氏春秋・審時》：「㐫氣不入，身無～殃。」(㐫 xiōng：惡。)❺ 通「呵 hē」。責問，呵斥。《韓非子・內儲說上》：「衛嗣公使人為客過關市，關市～難之。」(難：留難。)

柯 kē　❶ 斧柄。《詩經・豳風・伐柯》：「伐～如何？匪斧不克。」(匪：非。克：能。)❷ 草木的枝莖。《禮記・禮器》：「故貫四時而不改～易葉。」❸ 碗、盂之類的器皿。《荀子・正論》：「故魯人以榶，衛人用～。」(榶 táng：碗。)

科 kē　❶ 事物的類別。《孟子・盡心下》：「夫子之設～也，往者不追，來者不拒。」(科：指課程的類別。)特指科舉制的科目等。如明經科、進士科等。王安石《酬沖卿見別》：「同官同齒復同～。」(齒：年齡。)❷ 律令，法律條文。《戰國策・秦策一》：「～條既備，民多偽態。」又為依法判處。《晉書・王濬傳》：「付廷尉～罪。」❸ 植物的根莖。《韓非子・有度》：「準夷而高～削。」（準：測水平的儀器。夷：平。）又為量詞。計算植物的株數。後來寫作「棵」。《齊民要術・種穀》：「良田，率一尺留一～。」（率：大致。）

痾 kē（舊讀 ē） 疾病。庾信《謝滕王集序啟》：「比年～恙彌留。」（比年：連年。彌留：久病不癒。）

軻 kē ❶ 車子。王禹偁《送柴轉運赴職序》：「畫～頻移，繡衣漸遠。」（畫軻：有文飾的車子。）經常用作人名。戰國時有孟軻、荊軻。❷ 通「柯 kē」。斧柄。《管子・輕重乙》：「一車必有一斤一鋸……一～，然後成為車。」（斤：斧子類的工具。）

窠 kē ❶ 動物的巢穴。《論衡・辨祟》：「非作～穿穴有所觸。」左思《蜀都賦》：「～宿異禽。」比喻簡陋的居處。辛棄疾《鷓鴣天・三山道中》：「拋卻山中詩酒～。」❷ 印文的空白處。李賀《沙路曲》：「金～篆字紅屈盤。」❸ 通「棵 kē」。量詞，用於植物。李煜《長相思》：「簾外芭蕉三兩～。」

榼 kē△ 盛酒或貯水的容器。《左傳・成公十六年》：「使行人執～承飲。」又泛指盒類容器。《北史・魏彭城王勰傳》：「馬腦～，容三升。」（馬腦：即瑪瑙。）

磕 kē△ ❶ 象聲詞。擊鼓聲。《漢書・揚雄傳上》：「登長平兮雷鼓～。」（雷：擂，擊。）❷ 撞擊。杜牧《大雨行》：「雲纏風束亂敲～。」

瞌 kē△ 困倦想睡覺。白居易《自望秦赴五松驛》：「體倦目已昏，～然遂成睡。」

蝌 kē ［蝌斗］青蛙或蟾蜍的幼體。《南史・文學傳》：「～～唯唯，羣浮暗水。」（唯唯：相互隨行的樣子。）字後作「蝌蚪」。

頦 kē 下巴。韓愈《記夢》：「我手承～肘拄座。」

顆 kē 見 280 頁「顆」㊁。

咳 ké 見 184 頁「咳」㊁。

可 ㊀ kě ❶ 能夠，可以。《論語・公冶長》：「朽木不～雕也。」又用作意動，認為可以，准許。《史記・汲黯鄭當時列傳》：「使人～其議。」❷ 適合。《莊子・天運》：「其味相反，而皆～於口。」張翰《杖賦》：「方圓適意，洪細～手。」❸ 表示大略之數。《漢書・張騫傳》：「身毒國在大夏東南～數千里。」（身毒、大夏：古國名。）柳宗元《小石潭記》：「潭中魚～百許頭。」

㊁ kè ❹［可汗 hán］古代北方部分遊牧民族（如鮮卑、突厥、柔然、回紇等）的最高首領的稱號。《木蘭詩》：「～～大點兵。」

坷 kě ［坎坷］見 277 頁「坎」字條。

岢 kě ［岢嵐 lán］山名，在山西岢嵐北。

渴 ㊀ kě△ ❶ 口渴。《詩經・王風・君子于役》：「君子于役，苟無飢～。」《呂氏春秋・權勳》：「司馬子反～而求飲。」（飲：指水。）比喻急切，急切想得到。高適《別馮判官》：「才子方為客，將軍正～賢。」

㊁ jié△ ❷ 水乾涸。後來寫作「竭」。《周禮・地官・草人》：「凡糞種……～澤用鹿。」王夫之《船山記》：「其岡童，其溪～。」（童：禿，指無草木。）

顆 ㊀ kě ❶ 土塊。《漢書・賈山傳》：「為葬薶之侈至於此，使其後世曾不得蓬～蔽冢而託葬焉。」（薶：通「埋」。蓬顆：上面長蓬草的土塊。）

㊁ kē ❷ 顆粒狀物。白居易《種荔枝》：「紅～珍珠誠可愛。」❸ 量詞。李紳《憫農》之一：「春種一粒粟，秋收萬～子。」

可 kè 見 280 頁「可」㊁。

克 kè△ ❶ 能，能夠。《詩經・大雅・蕩》：「靡不有初，鮮～有終。」（靡：沒有誰。初：開始。鮮 xiǎn：少。）引申為達到目的，成功。《左傳・莊公二十年》：「鄭伯和王室，不～。」❷ 戰勝，攻破。《左傳・隱公元年》：「鄭伯～段於鄢。」（段：人名。鄢：地名。）又《僖公四年》：「以此攻城，何城不～？」引申為克制，約束。《論語・顏淵》：「～己復禮為仁。」❸ 約定，限定。《三國志・魏書・武帝紀》：「公乃與～日會戰。」

【辨析】克、剋（尅）。見281頁「剋」字條。

刻 kè△ ❶ 雕刻。《春秋・莊公二十四年》：「～桓宮桷。」（桷 jué：方形的椽子。）《禮記・少儀》：「食器不～鏤。」❷ 刻薄，苛刻。《呂氏春秋・處方》：「齊令周最趣章子急戰，其辭甚～。」（趣 cù：催促。）《史記・秦始皇本紀》：「繁刑嚴誅，吏治～深。」❸ 計時單位。古代用漏壺計時，一晝夜分為百刻。《漢書・宣帝紀》：「燭燿齊宮，十有餘～。」（燿：照亮。）

【辨析】刻、契、鍥、鏤。四字在「雕刻」的意義上相同。「鏤」一般指在金屬上刻。《爾雅・釋器》：「金謂之鏤。」「刻」「契」「鍥」一般指在竹木、獸骨上刻。它們的區別是：「契」指在甲骨木頭上刻出印記、痕跡，「刻」則指刻出圖式形象來。「鍥」是「契」的後起字。

剋（尅） kè△ ❶ 戰勝。《史記・龜策列傳》：「夫湯伐桀，武王～紂，其時使然。」❷ 克制。《後漢書・周澤傳》：「奉公～己。」❸ 約定或限定（日期）。《晉書・羊祜傳》：「每與吳人交兵，～日方戰。」《南史・宋紀上》：「帝～期至都。」

【辨析】剋（尅）、克。二字在「戰勝、約定日期」等意義上相同，但「能夠」的意義，只用「克」不用「剋（尅）」。

恪 kè△ 恭敬，謹慎。《尚書・盤庚上》：「～謹天命。」《國語・周語中》：「以～守業則不懈。」今成語有「恪守不渝」。

客 kè△ ❶ 來賓，外來人。《詩經・小雅・楚茨》：「為賓為～，獻酬交錯。」又指寄居他鄉。《史記・淮陰侯列傳》：「漢兵二千里～居，齊城皆反之。」杜甫《去蜀》：「五載～蜀郡。」❷ 門客，食客。《戰國策・齊策四》：「後孟嘗君出記，問門下諸～。」《史記・魏公子列傳》：「諸侯以公子賢，多～，不敢加兵謀魏十餘年。」❸ 指專門從事某種活動的人。《後漢書・馬援傳》：「吳王好劍～。」

【辨析】客、賓。見30頁「賓」字條。

堁 kè ❶ 塵土。《淮南子・主術》：「譬猶揚～而弭塵，抱薪而救火。」❷ 土堆。《淮南子・說山》：「泰山之容，巍巍然高，去之千里，不見埵～，遠之故也。」

峈 kè△ 咯，吐。《國語・晉語九》：「吾伏弢～血，鼓音不衰。」

嗑 ㊀ kè△ ❶［嗑嗑］多言。《孔叢子・儒服》：「子路～～。」
㊁ hé△ ❷ 閉合。《周易・噬嗑》：「噬～，亨，利用獄。」
㊂ xiá△ ❸ 笑聲。《莊子・天地》：「大聲不入於里耳，《折楊》《黃荂》，則～然而笑。」

溘 kè△ 忽然，疾促。屈原《離騷》：「寧～死以流亡兮，余不忍為此態也。」江淹《恨賦》：「朝露～至，握手何言？」

課 kè ❶ 考核。屈原《天問》：「何不～而行之？」《管子・七法》：「成器不～不用，不試不藏。」❷ 督促。《後漢書・方術傳上・任文公》：「乃～家人負物百斤，環舍趨走。」《南齊書・武帝紀》：「宜嚴～農桑。」引申為按規定的內容和分量學習、督促讀書。白居易《與元九書》：「苦節讀書，二十已來，晝～賦，夜～書，間又～詩。」（苦節：刻苦。間：間或。）❸ 按規定的數額和時間徵收賦稅。《宋書・徐豁傳》：「年滿十六，便～米六十斛。」也指賦稅。《隋書・食貨志》：「其～，丁男調布絹各二丈。」（丁男：丁壯，成年男子。）

騍 kè 母馬。《北史・封懿傳》：「送～乃嫌腳跛，評田則云鹹薄。」

ken

肯（肎） kěn ❶ 附在骨頭上的肉。《莊子・養生主》：「技經～

綮之未嘗，而況大軱乎？」（綮 qìng：筋骨連結的地方。大軱 gū：大骨，即髀骨。）❷ 願意。《詩經・魏風・碩鼠》：「三歲貫女，莫我～顧。」（貫：服事，侍奉。）《荀子・非相》：「幼而不～事長。」❸ 副詞。豈肯，哪能。韓愈《左遷至藍關示姪孫湘》：「欲為聖明除弊事，～將衰朽惜殘年。」

頎 kěn 見 396 頁「頎」㈡。

墾 kěn 翻耕，開發土地。《管子・治國》：「民事農則田～，田～則粟多。」《戰國策・秦策三》：「大夫種為越王～草創邑，辟地殖穀。」

懇 kěn 誠摯，真誠。《魏書・儒林傳・刁沖》：「沖乃抗表極言其事，辭旨～直。」韓愈《論上佛骨表》：「無不感激～悃之至。」（悃 kǔn：真誠。）

齦 kěn 見 619 頁「齦」㈢。

keng

坑 ㈠ kēng ❶ 地面深凹下去的地方，山谷。《莊子・天運》：「在谷滿谷，在～滿～。」《抱朴子・知止》：「～穽充蹊，則麟虞斂跡。」❷ 活埋。《論衡・語增》：「～儒士，起自諸生為妖言，見～者四百六十七人。」
㈡ kàng ❸ 同「炕」。火炕。《舊唐書・高麗傳》：「冬月皆作長～，下燃温火以取暖。」

阬 ㈠ kēng ❶ 地面深凹下去的地方，山谷。《史記・貨殖列傳》：「弋射漁獵，犯晨夜，冒霜雪，馳～谷。」《南史・齊本紀下》：「不避～阱。」❷ 活埋。《史記・秦始皇本紀》：「乃自除犯禁者四百六十餘人，皆～之咸陽。」
㈡ gāng ❸ 大土山。揚雄《甘泉賦》：「陳眾車於東～兮。」

硎 kēng 見 569 頁「硎」㈡。

硜 kēng ❶ 擊石聲。《史記・樂書》：「石聲～。」❷ [硜硜] 固執的樣子。《論語・子路》：「言必信，行必果，～～然小人哉！」

鏗 kēng ❶ 象聲詞。《論語・先進》：「鼓瑟希，～爾，舍瑟而作。」（希：稀少。爾：詞尾。作：站起來。）蘇軾《石鐘山記》：「石之～然有聲者，所在皆是也。」❷ 撞擊。宋玉《招魂》：「～鐘搖簴。」（簴 jù：懸掛鐘、磬的木架兩側的立柱。）班固《東都賦》：「～華鐘。」

kong

空 ㈠ kōng ❶ 空虛，甚麼也沒有。《韓非子・初見秦》：「囷倉～虛。」引申為空洞，不切實際。《呂氏春秋・知度》：「其民不好～言虛辭。」❷ 天空，空中。《列子・黃帝》：「乘～如履實。」蘇軾《念奴嬌・赤壁懷古》：「亂石穿～。」❸ 徒然，只。辛延年《羽林郎》：「翠蓋～踟躕。」崔顥《黃鶴樓》：「此地～餘黃鶴樓。」
㈡ kòng ❹ 窮困。《詩經・小雅・節南山》：「不宜～我師。」（空：用如使動，使……窮困。師：眾，眾人。）《論語・先進》：「回也其庶乎，屢～。」（回：顏回。庶：庶幾，差不多。）❺ 間隙，空子。《三國志・吳書・周魴傳》：「看伺～隙，欲復為亂。」

倥 ㈠ kōng ❶ [倥侗] 蒙昧無知的樣子。《漢書・揚雄傳下》：「天降生民，～～顓蒙。」（顓 zhuān 蒙：愚昧。）
㈡ kǒng ❷ [倥偬] 1. 困頓窘迫。劉向《九歎・愍命》：「愁～～於山陸。」2. 事務紛繁緊迫。《後漢書・卓茂傳》：「斯固～～不暇給之日。」

崆 kōng [崆峒] 1. 山名，在今甘肅平涼。杜甫《自京赴奉先縣詠懷五百字》：「疑是～～來。」2. 山勢高峻的樣子。庾信《秦州天水郡麥積崖佛龕銘》：「水聲幽咽，山勢～～。」

悾 kōng [悾悾] 誠懇的樣子。《論語・泰伯》：「～～而不信，吾不知之矣。」[悾款] 誠懇。《晉書・傅玄傳》：「苟明公有以察其～～，言豈在多？」

箜 kōng [箜篌] 一種弦樂器。《史記・孝武本紀》：「作二十五弦及～～瑟自此始。」

孔 kǒng ❶ 甚，很。《尚書・皋陶謨》：「何畏乎巧言令色～壬。」(壬：諂佞。)《詩經・小雅・采薇》：「憂心～疚。」(疚：痛苦。) ❷ 孔洞。《山海經・海外西經》：「一臂國，在其北，一臂，一目，一鼻～。」《白虎通・情性》：「亦有～穴出雲布雨。」❸ 通達。《漢書・西域傳上・婼羌國》：「去長安六千三百里，辟在西南，不當～道。」(去：距離。辟：偏僻。) ❹ 深遠的樣子。《淮南子・精神》：「～乎莫知其所終極。」

恐 kǒng ❶ 懼怕，害怕。《左傳・僖公二十六年》：「室如懸罄，何恃而不～？」(罄 qìng：空。) 司馬遷《報任安書》：「猛虎在深山，百獸震～。」又用作使動，使懼怕，恫嚇。《淮南子・俶真》：「死不足以禁之，害何足以～之？」❷ 恐怕，擔心。《論語・季氏》：「吾～季孫之憂不在顓臾，而在蕭牆之內也。」(顓臾 zhuānyú：春秋時魯國的附庸國。蕭牆：國君宮門內的影壁。)

【辨析】恐、懼、畏。見 268 頁「懼」字條。

倥 kǒng 見 282 頁「倥」㈡。

矼 kòng 見 157 頁「矼」㈡。

空 kòng 見 282 頁「空」㈡。

控 ㈠ kòng ❶ 開弓，拉開弓弦。《史記・匈奴列傳》：「～弦之士三十餘萬。」❷ 勒馬。《詩經・鄭風・大叔于田》：「抑磬～忌。」(抑、忌：語氣詞。磬：騁馬。) 引申為控制，操縱。《穀梁傳・僖公五年》：「桓～大國，扶小國。」(桓：指齊桓公。) ❸ 告，控訴。《詩經・鄘風・載馳》：「～于大邦。」(邦：國。) ❹ 投，落。《莊子・逍遙遊》：「時則不至，而～於地而已矣。」

㈡ qiāng ❺ 擊。《莊子・外物》：「儒以金椎～其頤。」(頤：下巴。)

鞚 kòng 帶嚼子的馬籠頭。傅玄《良馬賦》：「縱鞚則行，攬～則止。」引申為駕馭，控制。蘇軾《虢國夫人夜遊圖》：「佳人自～玉花驄。」(驄 cōng：青白色的馬。)

kou

摳 kōu ❶ 提起。《禮記・曲禮上》：「兩手～衣，去齊尺。」(去：距離。齊 zī：衣服的下襬。) ❷ 投，擲。多指投放賭注。《列子・黃帝》：「以瓦～者巧，以鉤～者憚。」(鉤：衣帶鉤。)

彄 kōu ❶ 弓弩兩端繫弦的地方。蔡邕《黃鉞銘》：「弓不受～。」❷ 環狀飾物。《西京雜記》卷一：「戚姬以百煉金為～環。」

口 kǒu ❶ 嘴。《國語・周語上》：「防民之～，甚於防川。」泛指器物的嘴。《禮記・投壺》：「(壺)～徑二寸半。」❷ 人口。《孟子・梁惠王上》：「數～之家可以無饑矣。」❸ 進出的通道。《史記・淮陰侯列傳》：「聚兵井陘～。」劉禹錫《烏衣巷》：「烏衣巷～夕陽斜。」❹ 量詞。《晉書・劉曜載記》：「獻劍一～。」

叩(敂) kòu ❶ 敲擊。《論語・憲問》：「以杖～其脛。」《孟子・盡心上》：「昏暮～人之門戶，求水火。」❷ 詢問。《論語・子罕》：「我～其兩端則竭焉。」❸ 通「扣 kòu」。拉住。《史記・伯夷列傳》：「伯夷、叔齊～馬而諫。」

扣 kòu ❶ 牽住馬韁繩。《左傳・襄公十八年》：「大子與郭榮～馬。」(大子：即太子。)《呂氏春秋・愛士》：「晉梁由靡已～繆公之左驂矣。」(繆 mù 公：指秦穆公。驂 cān：轅馬兩邊的馬。) ❷ 敲擊。《荀子・法行》：「～之，其聲清揚而遠聞。」《淮南子・齊俗》：「～門求人，莫弗與者。」(與：給予。)

寇 kòu ❶ 劫掠。《尚書・費誓》：「無敢～攘。」(攘 rǎng：掠奪。)《後漢書・桓帝紀》：「～鈔百姓。」(鈔：掠奪。) 也指劫掠的人，盜賊。《左傳・襄公三十一年》：「～盜充斥。」❷ 侵犯，侵略。《漢書・晁錯傳》：「是時匈奴強，數～邊。」也指外敵，外來的侵略者。《呂氏春秋・壅塞》：「秦～果至。」❸ 砍伐。《莊子・山木》：「山木自～也。」

蔻 kòu ［荳蔻］見 112 頁「荳」字條。

㲄 kòu 待哺食的幼鳥。《國語・魯語上》：「鳥翼～卵。」

ku

矻 kū△ ［矻矻］辛勞不懈的樣子。《漢書・王褒傳》：「故工人之用鈍器也，勞筋苦骨，終日～～。」

刳 kū 挖空。《周易・繫辭下》：「～木為舟。」《呂氏春秋・順說》：「刈人之頸，～人之腹。」

挎 kū 用手指鈎着。《儀禮・鄉飲酒禮》：「皆左何瑟，後首，～越，內弦。」（何：扛着。越 huó：瑟底小孔。）

枯 kū ❶ 草木枯槁。《呂氏春秋・孟夏》：「行冬令，則草木早～。」王維《觀獵》：「草～鷹眼疾。」也指枯槁的草木。《國語・晉語二》：「人皆集於菀，己獨集於～。」（菀 yù：茂盛的樹木。）泛指一般的乾枯、乾涸。《莊子・外物》：「曾不如早索我於～魚之肆。」（曾：竟。索：求。肆：店鋪。）比喻憔悴。《荀子・修身》：「勞倦而容貌不～。」❷ 古代酷刑，棄市暴屍。《荀子・正論》：「捶笞臏腳，斬斷～磔。」（臏：去掉膝蓋骨。磔 zhé：車裂。）

哭 kū△ 啼哭，哭泣。《論語・先進》：「顏淵死，子～之慟。」杜甫《哀江頭》：「少陵野老吞聲～。」也指哭弔，弔唁。《淮南子・說林》：「桀辜諫者，湯使人～之。」（辜：分裂人的肢體的酷刑。）

【辨析】哭、號、泣、啼。見 188 頁「號」字條。

窋 kū 同「窟」。洞穴。《吳越春秋・王僚使公子光傳》：「公子光伏甲士於～室中。」

堀 kū△ ❶ 洞穴。《左傳・昭公二十七年》：「光伏甲於～室而享王。」後來寫作「窟」。❷ 突起，衝起。宋玉《風賦》：「夫庶人之風……～堁揚塵。」

搰 kū 見 200 頁「搰」㊁。

窟 kū△ 洞穴。《禮記・禮運》：「昔者先王未有宮室，冬則居營～。」《戰國策・齊策四》：「狡兔有三～。」引申為人或事物彙集的地方。郭璞《遊仙詩》之一：「京華遊俠～。」

苦 ㊀ kǔ ❶ 苦菜。野菜名，也叫荼。《詩經・唐風・采苓》：「采～采～，首陽之下。」（首陽：首陽山。）引申為味道苦，與「甘」「甜」相對。《詩經・邶風・谷風》：「誰謂荼～？其甘如薺。」（薺：薺菜。）《呂氏春秋・本味》：「調和之事，必以甘酸～辛鹹。」（辛：辣。）❷ 勞苦，辛苦。《孟子・梁惠王上》：「樂歲終身～，凶年不免於死亡。」（樂歲：豐年。凶年：荒年。）《墨子・七患》：「上不厭其樂，下不堪其～。」❸ 痛苦。《三國志・魏書・華佗傳》：「俱頭痛身熱，所～正同。」❹ 極力，竭力。《世說新語・識鑒》：「楊朗～諫不從。」杜甫《兵車行》：「況復秦兵耐～戰，被驅不異犬與雞。」（秦兵：指在陝西一帶徵召的兵丁。）❺ 甚，很。曹操《短歌行》：「譬如朝露，去日～多。」

㊁ gǔ ❻ 粗劣。《周禮・天官・典婦功》：「辨其～良。」《韓非子・難一》：「東夷之陶者器～窳。」（窳 yǔ：不結實。）

庫 kù 藏兵甲戰車的地方。《韓非子・十過》：「府無積錢，～不受甲兵。」又泛指收藏錢財物品的地方。《呂氏春秋・季春》：「命工師令百工審五～之量。」

袴（絝） kù ❶ 脛衣，類似現在的套褲。《淮南子・原道》：「短綣不～，以便涉遊。」泛指褲子。《世說新語・汰侈》：「婢子百餘人，皆綾羅～羅。」（羅 luó：女人上衣。）❷ 通「胯 kuà」。《史記・淮陰侯列傳》：「於是信孰視之，俛出～下。」（信：韓信。孰視：熟視，用眼盯着看很久。）

酷 kù△ ❶ 酒味濃。又泛指濃烈。《呂氏春秋・本味》：「酸而不～。」引申為甚，很。《晉書・何無忌傳》：「～似其舅。」❷ 殘酷，殘暴。《韓非子・顯學》：「今上急耕田墾草，以厚民產也，而以上為～。」

嚳 kù△　傳說中古帝名，為黃帝後裔，號高辛氏。《禮記・祭法》：「殷人禘～而郊冥。」（禘：帝王祭始祖。）

kua

夸 kuā　❶ 奢侈。《荀子・仲尼》：「貴而不為～。」泛指過度（逾越法制）。《漢書・嚴安傳》：「帶劍者～殺人以矯奪。」❷ 炫耀，虛誇。《莊子・庚桑楚》：「權勢不尤，則～者悲。」《晏子春秋・問下》：「不～言，不愧行，君子也。」❸ 通「跨 kuà」。跨越。《漢書・諸侯王表》：「而藩國大者，～州兼郡。」《新唐書・孝友傳》：「～地千里。」

侉 kuā　誇大。《尚書・畢命》：「驕淫矜～。」

姱 kuā　美好。屈原《離騷》：「苟余情其信～以練要兮。」（信：確實。練要：精粹。）

誇 kuā　❶ 誇大，誇耀。《論衡・案書》：「華虛～誕，無審察之實。」（誕：虛妄。）韓愈《送陳秀才彤序》：「讀書以為學，纘言以為文，非以～多而鬥靡也。」（纘 zuǎn：撰寫。靡：侈靡。）❷ 誇獎。《顏氏家訓・勉學》：「何晏、王弼，祖述玄宗，遞相～尚。」蘇軾《寄題興州池》：「百畝新池傍郭斜，居人行樂路人～。」（郭：外城。）

胯（髁） kuà　❶ 兩股之間。《史記・淮陰侯列傳》：「眾辱之曰：『信能死，刺我，不能死，出我～下。』」一本作「袴」。❷ 革帶上的飾物，也指以玉為飾的革帶。《新唐書・李靖傳》：「靖破蕭銑時，所賜於闐玉帶，七方六刓。～各附環，以金固之，所以佩物也。」（刓 wán：圓。）

跨 kuà　❶ 跨越，越過。《左傳・昭公十三年》：「康王～之。」引申為超出，勝過。杜甫《戲為六絕句》之四：「才力應難～數公。」❷ 騎。《史記・司馬相如列傳》：「～野馬。」引申為橫架在上面。司馬相如《上林賦》：「離宮別館，彌山～谷。」（彌：滿。）❸ 佔據，佔有。《國語・晉語一》：「不～其國，可謂挾乎？」《三國志・蜀書・諸葛亮傳》：「若～有荊益，保其巖阻。」（荊益：荊州、益州。）❹ 通「胯 kuà」。《漢書・韓信傳》：「能死，刺我；不能，出～下。」

kuai

蒯 kuǎi　草名，可用來編織。《左傳・成公九年》：「雖有絲麻，無棄菅～。」（菅：菅草。）

凷 kuài　同「塊」。土塊。《禮記・喪服大記》：「父母之喪，居倚廬，不塗，寢苫枕～。」（倚廬：居喪時住的簡陋房舍。）

快 kuài　❶ 喜悅，痛快。《孟子・梁惠王上》：「抑王興甲兵，危士臣，構怨於諸侯，然後～於心與？」（抑：還是。構：結。）《戰國策・秦策五》：「文信侯去而不～。」（文信侯：指秦國的呂不韋。）今成語有「大快人心」。引申為稱心，即感到愉快。《北史・劉延明傳》：「吾有一女，欲覓一～女婿。」❷ 迅速。《晉書・王湛傳》：「此馬雖～，然力薄不堪苦行。」（堪：經得起。）古詩《折楊柳歌辭》：「健兒須～馬。」❸ 豪爽，爽快。《三國志・蜀書・黃權傳》：「黃公衡，～士也。」《舊唐書・張延賞傳》：「武人性～。」今成語有「心直口快」。❹ 鋒利。《齊民要術・雜說》：「調習器械，務令～利。」杜甫《戲題王宰畫山水圖歌》：「焉得并州～剪刀。」（焉：怎麼。）

【辨析】快、疾、捷、速、迅。見223頁「疾」字條。

塊 kuài　❶ 土塊。《左傳・僖公二十三年》：「（重耳）出于五鹿，乞食于野人，野人與之～。」劉克莊《賀新郎・送陳真州子華》：「多少新亭揮淚客，誰夢中原～土？」[大塊] 大自然。《莊子・齊物論》：「夫～～噫氣，其名為風。」

K

李白《春夜宴桃李園序》：「～～假我以文章。」❷ 孤獨。宋玉《九辯》：「～獨守此無澤兮，仰浮雲而永歎。」（無：同「蕪」，荒蕪。澤：水澤。）

會 kuài 見 212 頁「會」㊁。

儈 kuài 居間撮合買賣的人。《漢書・貨殖傳》：「子貸金錢千貫，節駔～。」（駔 zǎng：為買賣雙方撮合、從中獲利的人。）《後漢書・逸民傳・逢萌》：「君公遭亂獨不去，～牛自隱。」

噲 kuài ❶ 動物的口。《淮南子・俶真》：「蠉飛蝡動，跂行～息。」❷ 通「快 kuài」。快意。《淮南子・精神》：「～然得卧。」

鄶 kuài 也作「檜」。周代諸侯國名，在今河南密縣東南。

獪 kuài 狡詐。韓愈《嘲鼾睡》：「盜賊雖狡～。」《新唐書・裴寂傳附馬三寶》：「馬三寶性敏～。」

廥 kuài ❶ 堆放草料的房舍。《韓非子・內儲說下》：「有燒倉～窌者而不知其人。」❷ 儲藏。《新唐書・韋挺傳》：「～之，待凍泮而運。」（泮：冰解凍。）

澮 kuài ❶ 田間的水溝。《孟子・離婁下》：「七八月之間雨集，溝～皆盈。」❷ 水名，在山西境內。《左傳・成公六年》：「（新田）有汾、～以流其惡。」

膾 kuài 切得很細的魚或肉。《論語・鄉黨》：「食不厭精，～不厭細。」《世說新語・任誕》：「既進～，便去。」又為細切魚或肉。《詩經・小雅・六月》：「飲御諸友，炰鱉～鯉。」（炰 páo：烹煮。）《世說新語・任誕》：「向得此魚，觀君船上當有～具，是故來耳。」

旝 kuài ❶ 作戰時用的一種令旗。《左傳・桓公五年》：「～動而鼓。」（鼓：擊鼓。）❷ 作戰時用以發石的器械。《新唐書・李密傳》：「命護軍將軍田茂廣造雲～三百具，以機發石，為攻城械。」

鱠 kuài 細切的魚肉。《吳越春秋・闔閭內傳》：「吳王聞三師將至，治魚為～。」枚乘《七發》：「鮮鯉之～。」又指細切魚肉。柳宗元《設漁者對智伯》：「脫其鱗，～其肉。」

kuan

寬 kuān ❶ 寬闊。《荀子・賦》：「此夫安～平而危險隘者邪？」《後漢書・劉般傳》：「府寺～敞。」❷ 度量宏大，寬厚。《論語・八佾》：「居上不～，為禮不敬，臨喪不哀，吾何以觀之哉？」引申為寬恕。《漢書・常山憲王傳》：「數犯禁，上常～之。」❸ 舒緩，鬆緩。《史記・老子韓非列傳》：「～則寵名譽之人，急則用介胄之士。」（介：鎧甲。胄 zhòu：頭盔。）又為放寬，放鬆。《史記・衛將軍驃騎列傳》：「減隴西、北地、上郡戍卒之半，以～天下之繇。」（繇：同「徭」，勞役。）❹ 寬解，寬慰。《列子・天瑞》：「善乎，能自～者也。」杜甫《九日藍田崔氏莊》：「老去悲秋強自～。」

髖 kuān 髖骨，即胯骨。《素問・氣交變大論》：「甚則屈不能伸，～髀如別。」（髀：大腿骨。）

梡 kuǎn 見 205 頁「梡」㊁。

款 kuǎn ❶ 真誠，誠懇。《荀子・修身》：「愚～端愨，則合之以禮樂。」（端愨 què：正直誠實。）《漢書・王莽傳上》：「非有～誠，豈可虛致？」❷ 叩，敲。《呂氏春秋・愛士》：「廣門之官夜～門而謁。」（廣門：晉邑名。官：這裏指小吏。）《史記・商君列傳》：「由余聞之，～關請見。」（款關：叩關，叩門。）引申為到。張衡《西京賦》：「繞黃山而～牛首。」又引申為招待，款待。戴復古《汪見可約遊青原》：「一茶可～從僧話。」❸ 緩慢。《後漢書・馬援傳》：「乘下澤車，御～段馬。」（下澤車：便於在沼澤行走的輕便車。款段：馬行遲緩。）梅堯臣《送胥裴二子回馬上作》：「疲馬行亦～。」❹ 空，不真實。《漢書・司馬遷傳》：「～言不行，姦乃不生。」

窾 kuǎn 空隙，洞穴。《莊子・養生主》：「批大郤，導大～。」（批：擊。

郤 xì：空隙。導：引。）引申為空，空乏。《淮南子・原道》：「～者主浮。」《新書・匈奴》：「賞均則國～。」又用作動詞，挖空。《漢書・楊王孫傳》：「～木為匵。」（匵 dú：小棺材。）

kuang

匡 kuāng ❶方正，端正。《周禮・考工記・輪人》：「是故規之以視其圜也，萬之以視其～也。」（規：用圓規校正。圜：同「圓」。萬：通「矩」，用曲尺校正。）《莊子・讓王》：「上漏下濕，～坐而弦。」（弦：彈琴。）又為糾正，扶正。《左傳・襄公十四年》：「善則賞之，過則～之。」《論語・憲向》：「管仲相桓公，霸諸侯，一～天下。」❷輔助。《國語・晉語七》：「智不能～君。」《後漢書・王堂傳》：「～政理務，拾遺補闕。」（補闕：彌補過失。）又為救助。《呂氏春秋・原亂》：「～乏困，救災患。」❸眼眶。後來寫作「眶」。《史記・淮南衡山列傳》：「涕滿～而橫流。」也指邊框。後來寫作「框」。韋莊《長安舊里》：「滿目牆～春草深。」

劻 kuāng ［劻勷 ráng］惶恐不安的樣子。韓愈《劉流軍碑》：「新師不牢，～～將逋。」（逋：逃走。）

恇 kuāng ❶怯弱。《說文》：「～，怯也。」《後漢書・袁紹傳》：「馥素性～怯。」（馥：韓馥。）❷恐懼。《後漢書・張步傳》：「時國無嗣主，內外～懼。」❸虛弱的樣子。《素問・通評虛實論》：「尺虛者，行步～然。」

筐 kuāng 盛物的方形竹器。《詩經・周南・卷耳》：「采采卷耳，不盈頃～。」（卷耳：一種植物，嫩芽可吃。頃：傾斜。）［筐篚］本為兩種竹製盛物器，特指皇帝的恩賜。杜甫《自京赴奉先縣詠懷五百字》：「聖人～～恩，實欲邦國活。」

【辨析】筐、筐。見 136 頁「筐」字條。

誆 kuāng 欺騙。《史記・鄭世家》：「～楚，令宋毋降。」

狂 kuáng ❶瘋狗。也指狗發瘋。《晉書・五行志中》：「旱歲，犬多～死。」又指人神志不清，瘋癲。《呂氏春秋・必己》：「比干戮，箕子～。」（比干、箕子：商紂的大臣。）❷狂放，不受拘束。《論語・泰伯》：「～而不直。」王維《輞川閒居贈裴秀才迪》：「～歌五柳前。」❸猛烈。陸雲《南郊賦》：「～飈起而妄駭。」韓愈《進學解》：「迴～瀾於既倒。」

誑 kuáng 欺騙，迷惑。《韓非子・和氏》：「王以和為～，而刖其左足。」（刖 yuè：古代一種酷刑，砍掉人的腳。）

懭 kuǎng ［懭悢］失意悵惘的樣子。宋玉《九辯》：「愴怳～～兮，去故而就新。」

爌 kuǎng 見 209 頁「爌」㊁。

況（况） kuàng ❶比較，比擬。《漢書・高惠高后文功臣表序》：「以往～今，甚可悲傷。」❷更加。《國語・晉語一》：「以眾故，不敢愛親，眾～厚之。」❸連詞。表示更進一層。相當於「何況」「況且」。《左傳・隱公元年》：「蔓草猶不可除，～君之寵弟乎？」❹通「貺 kuàng」。賜予。《國語・魯語下》：「君以諸侯之故，～使臣以大禮。」

眶 kuàng 眼眶。《列子・仲尼》：「矢來注眸子而～不睫。」（睫：眨眼。）

貺 kuàng 賜，賞賜。《儀禮・燕禮》：「君～寡君多矣。」（寡君：對別國人謙稱自己的國君。）

絖 kuàng 綿絮。《莊子・逍遙遊》：「世世以洴澼～為事。」（洴 píng：浮。澼 pī：在水裏漂洗。）

廣 kuàng 見 178 頁「廣」㊂。

壙 kuàng ❶墓穴。《周禮・夏官・方相氏》：「及墓，入～，以戈擊四隅。」❷曠野。《孟子・離婁上》：「民之歸仁也，猶水之就下，獸之走～也。」❸同「曠」。荒廢。《管子・成法》：「不失天時，毋～地利。」《荀子・議兵》：「敬事無～。」

曠 kuàng ❶明亮。《後漢書・竇融傳》：「義士則～若發矇。」謝靈運

K

《富春渚》：「懷抱既昭～。」❷ 廣大，空闊。《詩經・小雅・何草不黃》：「率彼～野。」（率：循。）陶潛《桃花源記》：「土地平～。」❸ 空着，閒置。《孟子・離婁上》：「～安宅而弗居。」《禮記・王制》：「無～土，無游民。」引申為荒廢。《呂氏春秋・無義》：「以義動，則無～事矣。」❹ 久歷時日。《後漢書・朱儁傳》：「皆～年歷載，乃能克敵。」也指地域的遙遠。陸機《擬涉江採芙蓉》：「故鄉一何～，山川阻且難。」❺［曠夫］無妻的成年男子。《孟子・梁惠王下》：「內無怨女，外無～～。」［曠女］無夫的成年女子。《抱朴子・詰鮑》：「內聚～～，外多鰥男。」

礦（鑛） kuàng ❶ 礦石。王褒《四子講德論》：「精練藏於～朴。」郭璞《江賦》：「其下則金～丹礫。」（丹礫：朱砂。）❷ 古代用來治病的石針。《管子・法法》：「毋赦者，痤疽之～石也。」皮日休《祀瘧癘文》：「湯劑不可理，～艾不可攻。」（理：治。艾：灸病用的艾絨。）

纊 kuàng ❶ 新絲綿絮，後泛指絲綿絮。《儀禮・士喪禮》：「瑱用白～。」（瑱 tiàn：充耳。）《管子・輕重丁》：「寡人欲使帛布絲～之賈賤，為之有道乎？」（賈 jià：同「價」。）❷ 蠶繭。《淮南子・繆稱》：「小人在上位，如寢關、曝～，不得須臾寧。」

kui

刲 kuī 刺，割。《周易・歸妹》：「士～羊，无血。」

悝 kuī ❶ 嘲笑，詼諧。張衡《東京賦》：「由余以西戎孤臣，而～繆公於宮室。」（由余：西戎國大臣。）❷ 人名。春秋時衞國有孔悝，戰國時魏國有李悝。

窺 kuī ❶ 從小孔或縫隙看，向外看。《孟子・滕文公下》：「鑽穴隙相～。」《老子》第四十七章：「不～牖，可以知天道。」（牖 yǒu：窗戶。）❷ 偵探，伺機圖謀。《荀子・議兵》：「～敵觀變。」賈誼《過秦論》：「君臣固守，以～周室。」

【辨析】1. 窺、覘。見 47 頁「覘」字條。2. 窺、闚。見 288 頁「闚」字條。

虧 kuī ❶ 欠缺，不足。《尚書・旅獒》：「為山九仞，功～一簣。」（簣 kuì：盛土的筐子。）《史記・范雎蔡澤列傳》：「月滿則～。」❷ 毀壞。《詩經・魯頌・閟宮》：「不～不崩。」（崩：毀壞。）又為損害。《韓非子・孤憤》：「無令而擅為，～法而利私。」❸ 虧負，辜負。《後漢書・王允傳》：「責輕罰重，有～眾望。」

闚 kuī 從門縫中偷看，偷看。《晏子春秋・雜上》：「晏子為齊相，出，其御之妻從門間而～。」引申為窺伺。《韓非子・存韓》：「～兵於境上。」

【辨析】闚、窺。「窺」與「闚」在「偷看、窺伺」的意義上是同義詞，區別在於本義略有區別：從穴中竊視叫「窺」，從門中竊視叫「闚」。

巋 kuī ［巋然］高大獨立的樣子。王延壽《魯靈光殿賦》：「而靈光～～獨存。」今成語有「巋然不動」。

奎 kuí ❶ 胯，兩髀之間。《莊子・徐无鬼》：「～蹄曲隈。」（曲隈：指大腿根部。）❷ 星宿名，二十八宿之一。《呂氏春秋・仲春》：「日在～。」

逵（馗） kuí 四通八達的道路。《詩經・周南・兔罝》：「肅肅兔罝，施于中～。」（肅肅：整齊的樣子。罝 jū：捕獸的網。中逵：逵中。）

揆 kuí ❶ 度量，測度。《詩經・鄘風・定之方中》：「～之以日，作于楚室。」屈原《離騷》：「皇覽～余初度兮。」（皇：皇考，死去的父親。度：指生辰年月。）❷ 準則，法度。《孟子・離婁下》：「先聖後聖，其～一也。」❸ 掌管，管理。《左傳・文公十八年》：「以～百事。」引申為政事。《尚書・舜典》：「納于百～。」《後漢書・張衡傳》：「百～允當。」後因稱宰相之類總領政務的職位。《晉書・禮志上》：「桓溫居～，政由己出。」

葵 kuí ❶ 蔬菜名，即冬葵，又叫冬寒菜。《詩經・豳風・七月》：「七月亨～及菽。」（亨：煮。菽：指豆葉。）古

K

詩《十五從軍征》：「採～持作羹。」❷ 通「揆 kuí」。測度，考察。《詩經・小雅・采菽》：「樂只君子，天子～之。」（只：語氣詞。）

【說明】古書中的「葵」字都不指向日葵。「葵藿傾日」中的「葵」字也指冬葵。

暌 kuí ❶ 背離，分離。《文心雕龍・雜文》：「或文麗而義～。」蘇軾《續歐陽子朋黨論》：「而親者難～也。」❷ [暌暌] 通「睽睽」。眾目注視的樣子。司馬光《上謹習疏》：「在下者～～焉伺其上。」

睽 kuí ❶ 違背，乖離。《莊子・天運》：「上悖日月之明，下～山川之精。」❷ [睽睽] 形容注視的樣子。韓愈《鄆州溪堂詩》序：「萬目～～。」

魁 kuí ❶ 湯勺。《齊民要術・種榆》：「十年之後，～、碗、瓶、榼、器皿，無所不任。」（榼 kē：酒杯。）❷ 高大，雄偉。《史記・孟嘗君列傳》：「始以薛公為～然也，今視之，乃眇小丈夫耳。」《漢書・江充傳》：「充為人～岸，容貌甚壯。」❸ 首領。《尚書・胤征》：「殲厥渠～，脅從罔治。」（厥：其。渠：大。）《漢書・游俠傳序》：「閭里之俠，原涉為～。」（原涉：人名。閭里：鄉里。）今成語有「罪魁禍首」。也指傑出的。《呂氏春秋・勸學》：「不疾學而能為～士名人者，未之嘗有也。」❹ 小土丘。《國語・周語下》：「夫周，高山、廣川、大藪也……而幽王蕩以為～陵、糞土、溝瀆。」

頯 kuí ❶ 顴骨。《說文》：「～，權也。」段玉裁注：「權者，今之顴字。」❷ 質樸的樣子。《莊子・大宗師》：「其容寂，其顙～。」（顙：額頭。）

騤 kuí ❶ [騤騤] 馬行走雄壯的樣子。《詩經・小雅・采薇》：「駕彼四牡，四牡～～。」❷ [騤瞿] 驚惶奔走的樣子。張衡《西京賦》：「百獸悛遽，～～奔觸。」（悛遽：驚怖恐慌。）

夔 kuí ❶ 傳說中的動物。山精。《國語・魯語下》：「木石之怪曰～。」《莊子・達生》：「山有～。」❷ 傳說中古代的樂官。《呂氏春秋・察傳》：「昔者舜欲以樂傳教於天下，乃令重黎舉～於草莽之中而進之，舜以為樂正。」❸ [夔夔] 敬懼的樣子。《孟子・萬章上》：「～～齊栗。」（齊：古「齋」字，恭敬。栗：畏懼。）

傀 kuǐ 見 179 頁「傀」㈡。

頍 kuǐ 古代用來束髮固冠的髮飾。《詩經・小雅・頍弁》：「有～者弁，實為在首。」

跬 kuǐ 古代指半步，相當於現在的一步。《大戴禮記・勸學》：「不積～步，無以致千里。」比喻近前的，一時的。《莊子・駢拇》：「而敝～譽無用之言。」（敝：疲憊，勞累。）

蹞 kuǐ 同「跬」。古代指半步，等於現在的一步。《荀子・勸學》：「故不積～步，無以至千里。」

喟 kuì 長歎。屈原《離騷》：「依前聖以節中兮，～憑心而歷茲。」（憑心：指憤懣之心。歷茲：行於此。）[喟然] 長歎的樣子。《論語・先進》：「夫子～～歎曰。」

愧 kuì 慚愧，羞愧。《詩經・小雅・何人斯》：「不～于人，不畏于天。」柳宗元《段太尉逸事狀》：「聞言則大～。」

匱 kuì 見 181 頁「匱」㈡。

憒 kuì 昏亂。《戰國策・齊策四》：「文倦於事，～於憂。」（文：田文，孟嘗君。）

潰 kuì ❶ 水沖破堤壩，潰決。《國語・周語上》：「川壅而～，傷人必多。」❷ 潰散，逃散。《左傳・僖公四年》：「齊侯以諸侯之師侵蔡，蔡～。」❸ 爛。《周禮・天官・瘍醫》：「掌腫瘍、～瘍、金瘍、折瘍之祝藥。」（祝：注，施。）又為毀壞。《墨子・非攻下》：「燔～其祖廟。」（燔 fán：焚燒。）

蕢 kuì 草編的盛物器具。《論語・憲問》：「有荷～而過孔氏之門者。」（荷 hè：擔，挑。）

聵 kuì ❶ 耳聾。《國語・晉語四》：「聾～不可使聽。」❷ [聵聵] 不明事理。《太玄・玄摛》：「曉天下之～～，瑩天下之晦晦者，其唯玄乎！」

K

簣 kuì 裝土的竹筐。《論語・子罕》:「譬如為山,未成一～。」

饋(餽) kuì ❶ 送食物給人。《周禮・天官・膳夫》:「凡王之～,食用六穀,膳用六牲。」泛指贈送,送。《論語・鄉黨》:「康子～藥,拜而受之。」又引申為運送。《孫子・作戰》:「千里～糧。」❷ 吃,吃飯。《淮南子・氾論》:「一～而十起。」(十起:起身多次,形容勞碌。)

【辨析】饋、贈。「饋」指送食物給人,意義窄;「贈」既可以是送食物,也可以是送珍寶珠玉、車馬服飾等,意義寬。當「饋」泛指送給時,與「贈」成為同義詞。

kun

坤(堃) kūn 《周易》卦名。八卦之一,代表地。《周易・說》:「～為地。」又代指陰性,女性。《周易・繫辭上》:「～道成女。」

昆 kūn ❶ 同,共同。《漢書・揚雄傳》:「噍噍～鳴。」(噍噍:鳥叫聲。)❷ 兄。《詩經・王風・葛藟》:「終遠兄弟,謂他人～。」賈誼《治安策》:「實皆有布衣～弟之心。」❸ 後嗣。《國語・晉語二》:「天降禍于晉國,讒言繁興,延及寡君之紹續～裔。」❹ 眾。《荀子・富國》:「然後～蟲萬物生其間。」

崑(崐) kūn [崑崙] 崑崙山。屈原《離騷》:「邅吾道夫～～兮,路修遠以周流。」(邅:改變方向。)

琨 kūn 玉石名。《尚書・禹貢》:「瑤～篠簜。」(篠簜:竹子。)

焜 kūn 明亮。《左傳・昭公三年》:「～耀寡人之望。」

髡 kūn ❶ 剃去頭髮。屈原《九章・涉江》:「接輿～首兮。」(接輿:人名。)又指剃光頭髮的刑罰。《周禮・秋官・掌戮》:「～者使守積。」❷ 剪去樹木枝條。《齊民要術・種槐柳楸梓梧柞》:「種柳千樹則足柴,十年以後～一樹,得一載。」

褌(幝) kūn 有襠的褲子。《晉書・阮籍傳》:「獨不見羣蝨之處～中。」

鵾 kūn [鵾雞] 1. 鳥名。宋玉《九辯》:「～～,啁哳而悲鳴。」(啁哳:雜亂細碎的聲音。)2. 琴曲名。張衡《南都賦》:「寡婦悲吟,～～哀鳴。」

鯤 kūn ❶ 魚苗。《國語・魯語上》:「魚禁～鮞。」(魚:捕魚。鮞 ér:魚苗。)❷ 大魚名。《莊子・逍遙遊》:「北冥有魚,其名為～,～之大,不知其幾千里也。」(北冥:北海。)

捆 kǔn ❶ 編織時敲打使牢固。《孟子・滕文公上》:「～屨織席以為食。」❷ 捆紮。《徐霞客遊記・滇遊日記八》:「聞人聲在絕壁下,乃樵者拾枯於此,～縛將返。」

悃 kǔn 誠懇,誠實。[悃悃] 忠誠的樣子。屈原《卜居》:「吾寧～～款款朴以忠乎?」

梱 kǔn ❶ 門限,門檻。《禮記・曲禮上》:「外言不入於～。」❷ 叩,敲擊。《晏子春秋・諫下》:「吾將左手擁格,右手～心,立餓枯槁而死。」

稛 kǔn 用繩捆束。《國語・齊語》:「諸侯之使垂櫜而入,～載而歸。」(櫜:裝弓箭等的口袋。)

壼 kǔn 宮廷中的道路。左思《魏都賦》:「永巷～術。」(術:道路。)

閫 kǔn ❶ 門檻。《漢書・揚雄傳上》:「天～決兮地垠開。」(決:開。垠:界限。)特指城門門檻。《史記・張釋之馮唐列傳》:「～以內者,寡人制之;～以外者,將軍制之。」❷ 內宮,婦女居住的地方。《後漢書・皇后紀》:「內無出～之言,權無私溺之愛。」[閫闈] 宮閫,后妃居處。班固《述成紀》:「～～恣趙。」(趙:指趙飛燕姊妹。)

困 kùn ❶ 困窘,艱難。《呂氏春秋・首時》:「王季歷～而死。」(王季歷:周文王之父。)《史記・留侯世家》:「上數在～急之中,幸用臣策。」(上:指皇帝。數:多次。)今成語有「困獸猶鬥」。❷ 匱乏,貧困。《左傳・僖公三十年》:

「行李之往來，共其乏～。」（行李：外交使節。共 gōng：供給。）❸ 疲困，疲憊。《後漢書・耿純傳》：「昨夜～乎？」白居易《賣炭翁》：「牛～人飢日已高。」

kuo

括 kuò△ ❶ 結紮，捆束。《周易・坤》：「六四，～囊，无咎无譽。」《莊子・寓言》：「向也～，而今也被髮。」（向：從前。被：披。）❷ 包容，包括。賈誼《過秦論》：「有席卷天下，包舉宇內，囊～四海之意。」❸ 搜集，搜括。《北史・孫搴傳》：「時大～人馬軍士。」《金史・酈瓊傳》：「未幾告歸，～集義軍七百人。」❹ 至，到來。《詩經・王風・君子于役》：「日之夕矣，羊牛下～。」❺ 箭的末端，也代指箭。《說苑・談叢》：「言猶射也，～既離弦，雖有所悔焉，不可從而追已。」用作動詞，把箭上弦。《淮南子・人間》：「民被甲、～矢、操兵弩而出。」

筈 kuò△ 箭的末端。陸機《為顏彥光贈婦》：「離合非有常，譬彼弦與～。」

廓 kuò△ ❶ 廣大，空闊。《淮南子・精神》：「處大～之宇。」❷ 開拓，擴大。《孫子・軍爭》：「～地分利。」（分利：分兵據守有利地勢。）《荀子・修身》：「狹隘褊小，則～之以廣大。」❸ 空，虛。宋玉《九辯》：「悲憂窮戚兮獨處～。」

鬠（䯼） kuò△ 束髮。《儀禮・士喪禮》：「主人～髮。」

闊 kuò△ ❶ 寬闊，廣闊。《呂氏春秋・論人》：「～大淵深，不可測也。」杜甫《旅夜書懷》：「星垂平野～。」❷ 寬緩，放寬。《漢書・王莽傳下》：「假貸犁牛種食，～其租賦。」（假：借。）《論衡・辨祟》：「刑不上大夫，聖王於貴者～也。」❸ 遠離，離別。《詩經・邶風・擊鼓》：「于嗟～兮，不我活兮。」（于嗟 xū jiē：同「吁嗟」，歎詞。）嵇康《與山巨源絕交書》：「時與親舊敍～，陳說平生。」❹ 迂闊，不切實際。《史記・孟軻荀卿列傳》：「適梁，梁惠王不果所言，則見以為迂遠而～於事情。」

擴 kuò△ 擴大，推廣。《孟子・公孫丑上》：「凡有四端於我者，知皆～而充之矣。」引申為廣闊。《徐霞客遊記・遊武夷山日記》：「巖既雄～，泉亦高散。」

霩 kuò△ 空闊。後來寫作「廓」。《淮南子・天文》：「道始於虛～，虛～生宇宙。」

鞹（鞟） kuò△ 去毛的皮。《論語・顏淵》：「虎豹之～，猶犬羊之～。」用作動詞，用皮革包裹住。《呂氏春秋・贊能》：「乃使吏～其拳。」

L

la

拉 lā△ ❶ 摧折。鄒陽《獄中上梁王書》：「范雎～脅折齒於魏。」《史記・齊太公世家》：「因～殺魯桓公。」（因：於是。）今成語有「摧枯拉朽」。❷ 曳，牽挽。劉禹錫《花下醉中聯句》：「誰能～花住，爭換得春回。」

擠 lā△ 摧折。《公羊傳・莊公元年》：「於其乘焉，～幹而殺之。」（幹：指軀幹。）

摺 ㊀ lā△ ❶ 摧折。《史記・范雎蔡澤列傳》：「魏齊大怒，使舍人笞擊雎，折脅～齒。」（魏齊：人名。）
㊁ zhé△ ❷ 摺疊。庾信《鏡賦》：「始～屏風，新開戶扇。」

剌 là△ 乖戾，違背。東方朔《七諫・怨世》：「吾獨乖～而無當兮。」柳宗元《上大理崔大卿應制舉不敏啟》：「登場應對，～謬經旨。」

辣 là 薑、蒜、辣椒等的味道。《宋史・晏敦復傳》：「況吾薑桂之性，到老愈～。」

臘 là△ 年終舉行的一種祭祀。《韓非子・五蠹》：「夫山居而谷汲者，膢～而相遺以水。」（膢 lóu：祭名。遺 wèi：贈給。）引申指歲末，年終。元稹《酬復言長慶四年元日郡齋感懷見寄》：「～盡殘銷春又歸。」

【說明】「腊」「臘」在古代是音義各不相同的兩個字，現在「臘」簡化作「腊」。

蠟 là△ ❶ 動物、植物或礦物所產生的油脂。《潛夫論・遏利》：「知脂～之可明燈也。」❷ 蠟燭的簡稱。《晉書・石崇傳》：「崇以～代薪。」

lai

來 ㊀ lái ❶ 小麥。《詩經・周頌・思文》：「貽我～牟。」（貽 yí：贈送。牟 móu：大麥。）❷ 來，來到，與「往」相對。《韓非子・外儲說左上》：「故人至暮不～。」又用作使動，使來，招來。《論語・季氏》：「故遠人不服，則修文德以～之。」❸ 將來。《論語・微子》：「往者不可諫，～者猶可追。」也指在某一時間之後。《韓非子・說疑》：「周宣王以～，亡國數十。」❹ 語氣詞。《孟子・離婁上》：「盍歸乎～！」（盍：何不。）
㊁ lài ❺ 慰勞。《詩經・小雅・大東》：「東人之子，職勞不～。」（職：主管。勞 láo：慰勞。）

崍 lái 山名，即邛崍山，在今四川。《山海經・中山經》：「（岷山）又東北一百四十里，曰～山，江水出焉。」

徠 ㊀ lái ❶ 來，來到。景差《大招》：「魂乎歸～。」又用作使動，使歸來，招致。《商君書・徠民》：「今以草茅之地，～三晉之民。」（三晉：指韓、趙、魏三國。）
㊁ lài ❷ 慰勞。《隋書・律曆志中》：「於是高祖引孝孫、胄玄等，親自勞～。」

庲 lái 房舍。《晏子春秋・諫下》：「景公為長～，將欲美之。」

萊 lái ❶ 草名，即藜，嫩葉可吃。《詩經・小雅・南山有臺》：「北山有～。」❷ 雜草。《韓詩外傳》卷一：「環堵之室，茨以蒿～。」（茨 cí：用草苫房頂。）引申為長滿雜草。《詩經・小雅・十月之交》：「田卒汙～。」（卒：盡。汙：停積不流的水。）又指長滿雜草的荒地。

《孟子・離婁上》：「辟草～，任土地者次之。」（辟：開墾。）❸ 除草。《周禮・地官・山虞》：「若大田獵，則～山田之野。」（田獵：打獵。）❹ 郊外休耕的田地。《周禮・地官・縣師》：「辨其夫家人民田～之數。」

騋 lái 七尺以上的馬。《詩經・鄘風・定之方中》：「～牝三千。」

來 lài 見 292 頁「來」㊁。

徠 lài 見 292 頁「徠」㊁。

睞 lài 向兩旁看。曹植《洛神賦》：「明眸善～。」泛指望。謝靈運《登上戍石鼓山》：「極目～左闊，回顧眺右狹。」

賚 lài 賞賜。《尚書・湯誓》：「予其大～汝。」（予：我。其：語氣詞。）

厲 lài 見 304 頁「厲」㊁。

賴 lài ❶ 利，利益。《國語・齊語》：「相語以利，相示以～。」《三國志・吳書・陸遜傳》：「勸督農桑，百姓蒙～。」（勸：勉勵。）❷ 依靠。《左傳・宣公二年》：「君能有終，則社稷之固也，豈惟羣臣～之？」（有終：指始終為善。）

瀨 lài 沙石間湍急的水。屈原《九歌・湘君》：「石～兮淺淺。」（淺淺：水流急的樣子。）

癩 lài 惡瘡。《淮南子・精神》：「夫～者趨不變，狂者形不虧。」

籟 lài ❶ 古代管樂器。《呂氏春秋・遇合》：「客有以吹～見越王者。」❷ 從孔穴中發出的聲音。《莊子・齊物論》：「地～則眾竅是已。」又泛指一般的聲音。杜甫《玉華宮》：「萬～真笙竽，秋色正瀟灑。」今成語有「萬籟俱寂」。

lan

婪 lán 貪。屈原《離騷》：「眾皆競進以貪～兮。」（競進：爭着向上爬。）

【辨析】婪、貪。在「貪心」義上二字同義，古人細分則貪財叫「貪」，貪食叫「婪」，然二字常連用。連用則泛指貪得無厭。

惏 ㊀ lán ❶ 貪婪。《左傳・昭公二十八年》：「貪～無饜。」（饜：滿足。）㊁ lín ❷ [惏悷] 悲傷淒涼的樣子。宋玉《高唐賦》：「於是調謳，令人～～憯悽，脅息增欷。」

嵐 lán 山林中的霧氣。夏侯湛《山路吟》：「道逶迤兮～氣清。」

闌 lán ❶ 門前的柵欄。《論衡・謝短》：「畫虎於門～。」引申為欄杆。岳飛《滿江紅》：「怒髮衝冠，憑～處，瀟瀟雨歇。」❷ 阻隔。《史記・魏世家》：「晉國去梁千里，有河山以～之。」（梁：大梁，魏都城。）❸ 擅自出入。《史記・汲黯鄭當時列傳》：「～出財物於邊關。」《漢書・高祖功臣年表》：「平陽侯曹宗～入宮掖門。」（掖門：宮殿正門兩旁的邊門。）❹ 殘盡，晚。《史記・高祖本紀》：「酒～，呂公因目固留高祖。」（目：使眼色。）陸游《十一月四日風雨大作》：「夜～卧聽風吹雨。」

藍 lán ❶ 蓼藍，一年生草本植物，葉子可提煉青色（即現在所謂藍色）。《荀子・勸學》：「青，取之於～而青於～。」引申為藍色。《文心雕龍・情采》：「正采耀乎朱～。」❷ [藍縷] 襤褸，衣服破舊。《左傳・宣公十二年》：「篳路～～，以啟山林。」（篳路：用荊竹編的車，也叫柴車。）

【辨析】藍、碧、蒼、青、綠。見 23 頁「碧」字條。

襤 lán [襤褸] 衣服破舊。《梁書・康絢傳》：「寒月見省官～～，輒遺以襦衣。」（襦衣：短衣。）

攔 lán 阻攔，阻擋。杜甫《兵車行》：「牽衣頓足～道哭。」

籃 lán ❶ 竹籃子。《齊民要術・蒸缹》：「竹～盛魚。」❷ [籃輿] 竹轎子。《晉書・孝友傳》：「父難於風波，每行乘～～。」

瀾 lán 大波浪。《孟子・盡心上》：「觀水有術，必觀其～。」韓愈《進學解》：「迴狂～於既倒。」

【辨析】瀾、波、浪、淪。見 33 頁「波」字條。

L

蘭 lán ❶ 蘭草，蘭花。屈原《離騷》：「紉秋～以為佩。」（紉：連綴。）❷ 木蘭，一種香木。屈原《九歌・湘夫人》：「桂棟兮～橑。」（橑 liáo：椽子。）❸ 通「闌 lán」。柵欄。《漢書・王莽傳中》：「又置奴婢之市，與牛馬同～。」又為阻隔。《戰國策・魏策三》：「晉國之去梁也，千里有餘，河山以～之。」（去：距離。）

欄 lán 見 308 頁「欄」㈡。

斕 lán ［斕斑］色彩錯雜鮮明的樣子。白居易《郡中春宴因贈諸客》：「～～白髮新。」

襴 lán ❶ 一種上下衣相連的服裝。《酉陽雜俎・黥》：「忽有一人，白～屠蘇傾首微笑而去。」❷ 通「欄 lán」。邊欄。《金史・百官志四》：「鐵券，以鐵為之，狀如卷瓦，刻字畫～，以金填之。」

籣 lán 裝箭的袋子。《漢書・韓延壽傳》：「抱弩負～。」

讕 lán 抵賴，誣陷。《春秋繁露・深察名號》：「詰其名實，觀其離合，則是非之情不可以相～矣。」

擥 lǎn ❶ 執，舉。屈原《離騷》：「～木根以結茝兮。」（茝 zhǐ：香草。）❷ 延攬。《新唐書・李密傳》：「～天下英雄馭之。」字又作「攬」「擥」。

懶（嬾、孄） lǎn 懶惰。《宋書・范曄傳》：「吾少～學問。」

覽 lǎn ❶ 觀看，考察。屈原《離騷》：「皇～揆余初度兮。」《呂氏春秋・重言》：「其不鳴，將以～民則也。」（則：法度。）❷ 採納，摘取。後來寫作「攬」。《戰國策・齊策一》：「大王～其說，而不察其至實。」李白《宣州謝朓樓餞別校書叔雲》：「欲上青天～明月。」又為執，持。《後漢書・文苑傳・禰衡》：「衡～筆而作，文無加點，辭采甚麗。」

攬 lǎn ❶ 持，執。屈原《離騷》：「既替余以蕙纕兮，又申之以～茝。」（替：廢。蕙、茝 zhǐ：香草。纕 xiāng：帶子。）引申為總攬。《漢書・元帝紀下》：「總百蠻之軍，～城郭之兵。」又為延攬。張衡《南都賦》：「光武～其英。」❷ 採摘。屈原《離騷》：「夕～洲之宿莽。」（宿莽：香草。）

欖 lǎn ［橄欖］見 156 頁「橄」字條。

纜 lǎn 繫船的繩子。謝靈運《鄰里相送方山》：「解～及流潮，懷舊不能發。」

嚂 làn 見 186 頁「嚂」㈡。

濫 ㈠ làn ❶ 大水漫溢，氾溢。《孟子・滕文公下》：「當堯之時，水逆行，氾～於中國。」引申為過度，無節制。《左傳・襄公二十六年》：「賞不僭而刑不～。」［濫觴］言江河發源處水極小，只能浮起酒杯。《荀子・子道》：「昔者江出於岷山，其始出也，其源可以～～。」後以喻事物的起源、發端。❷ 失實，失真。《左傳・昭公八年》：「不然，民聽～也。」《文心雕龍・情采》：「而後之作者，采～忽真。」❸ 貪。《呂氏春秋・權勳》：「虞公～於寶與馬而欲許之。」

㈡ jiàn ❹ 泉水湧出。也指泉水。《後漢書・黃憲傳》：「譬諸氿～，雖清而易挹。」（氿 guǐ：泉水從旁流出。）❺ 通「鑑 jiàn」。大盆。《莊子・則陽》：「夫靈公有妻三人，同～而浴。」

爛（燗） làn ❶ 煮得過熟。《呂氏春秋・本味》：「熟而不～。」❷ 腐爛。《韓非子・忠孝》：「朽骨～肉，施於土地。」《齊民要術・耕田》：「草穢～，皆成良田。」❸ 灼傷。《易林・遘之中孚》：「執熱～手，火為災咎。」今成語有「焦頭爛額」。❹ 明亮，光芒閃耀。《詩經・鄭風・女曰雞鳴》：「子興視夜，明星有～。」（興：起來。）

【辨析】爛、腐、朽。見 149 頁「腐」字條。

lang

郎 láng ❶ 帝王侍從官的通稱。《漢書・張騫傳》：「騫以～應募。」《木蘭詩》：「木蘭不用尚書～。」❷ 對青年男子的美稱。古詩《為焦仲卿妻作》：「云有第三～，窈窕世無雙。」又為婦女對丈夫或情人的稱呼。古詩《子夜歌》：「始欲識～時，兩心望如一。」❸ 奴僕對主人的稱呼。柳宗元《童區寄傳》：「為兩～僮，孰若為一～僮耶？」（孰若：哪如。）

狼 láng ❶ 狼。《韓非子・十過》：「虎～在前。」《後漢書・南匈奴傳論》：「自是匈奴得志，～心復生。」❷ 星名。即天狼星。《史記・天官書》：「其東有大星曰～。」❸ [狼藉 jí] 縱橫散亂的樣子。《史記・滑稽列傳》：「杯盤～～。」《三國志・魏書・董卓傳》：「死者～～。」比喻行為不檢。《後漢書・張酺傳》：「聞其兒為吏，放縱～～。」

琅（瑯） láng ❶ [琅玕 gān] 1. 似珠玉的美石。《尚書・禹貢》：「厥貢惟球琳～～。」（球：美玉。）2. 傳說中的仙樹，其果實似珠。江淹《雜體詩・嵇中散》：「朝食～～實。」❷ [琅琅] 1. 象聲詞。形容清脆響亮的聲音。司馬相如《子虛賦》：「礧石相擊，～～磕磕。」2. 堅貞高潔的樣子。袁宏《三國名臣序贊》：「～～先生，雅杖名節。」（杖：憑恃。）

稂 láng 一種長穗而不長子實的禾穀（一說即狼尾草）。《詩經・曹風・下泉》：「冽彼下泉，浸彼苞～。」（冽：寒冷。下泉：從地下湧出的泉水。苞：叢生的。）

廊 láng ❶ 殿堂周圍的房舍。《韓非子・十過》：「平公恐懼，伏於～室之間。」《史記・魏其武安侯列傳》：「所賜金，陳之～廡下。」（廡 wǔ：堂周圍的房舍。）[廊廟] 指朝廷。《孫子・九地》：「厲於～～之上，以誅其事。」（厲：磨礪，這裏指計議。誅：治，這裏指謀劃。）❷ 屋簷下的過道或有頂的通道。杜牧《阿房宮賦》：「～腰縵迴。」（長廊曲折像人腰能曲折一樣。縵 màn：環繞的樣子。）

榔 láng ❶ [榔榆] 榆樹的一種。李時珍《本草綱目・榔榆》：「～～八月生莢。」❷ 用來敲擊船舷驅魚入網的木棒。李白《送殷淑》：「惜別耐取醉，鳴～且長謠。」

螂（蜋） láng [螳螂] 見494頁「螳」字條。

鋃 láng [鋃鐺] 刑具，鐵鎖鏈。《後漢書・崔駰傳附崔寔》：「董卓以是收烈付郿獄，錮之～～鐵鎖。」（烈：人名。）

悢 lǎng 見310頁「悢」㈡。

朗 lǎng ❶ 明亮。《詩經・大雅・既醉》：「昭明有融，高～令終。」（融：大明。令：善。）王羲之《蘭亭集序》：「天～氣清。」❷ 高明，穎悟。袁宏《三國名臣序贊》：「公瑾英達，～心獨見。」《晉書・溫羨傳》：「羨少以～寤見稱。」❸ 聲音響亮。《論衡・氣壽》：「兒生，號啼之聲鴻～高暢者壽。」孫綽《遊天台山賦》：「～詠長川。」

烺 lǎng [烺烺] 明亮的樣子。柳宗元《答韋中立論師道書》：「及長，乃知文者以明道，是固不苟為炳炳～～。」（炳炳：義同「烺烺」，指形式的漂亮。）《徐霞客遊記・滇遊日記三》：「聞隔戶夜起者，言明星～～。」

埌 làng ❶ 墳墓。《方言》卷十三：「冢，秦晉之間謂之墳……或謂之～。」❷ 曠遠。《新唐書・忠義傳中》：「地南負海，北屬長城，林～岑翳，寇所蔽伏。」

浪 làng ❶ 波浪。《世說新語・雅量》：「風起～涌。」范仲淹《岳陽樓記》：「濁～排空。」❷ 放蕩，放縱。《詩經・邶風・終風》：「謔～笑敖，中心是悼。」引申為隨便，輕率。杜甫《泛舟送魏十八倉曹還京》：「見酒須相憶，將詩莫～傳。」❸ 空，白白地。韓愈《秋懷》之一：「胡為～自苦，得酒且歡喜。」蘇軾《贈月長老》：「功名半幅紙，兒女～苦辛。」

【辨析】浪、波、瀾、淪。見33頁「波」字條。

閬 làng ❶ 門高。《說文》：「～，門高也。」又泛指高大。白居易《和劉道士遊天台》：「～宮縹緲間。」❷ 空曠。

L

《莊子・外物》:「胞有重～,心有天遊。」(胞:指腹內。)

lao

撈 lāo 在水中取物。元稹《酬樂天東南行》:「泥浦喧～蛤。」

牢 láo ❶ 關養牲畜的欄圈。《詩經・大雅・公劉》:「執豕于～。」《韓非子・揚權》:「豺狼在～,其羊不繁。」今成語有「亡羊補牢」。❷ 古代供祭祀或宴饗的牛、羊、豬。《戰國策・趙策三》:「吾將以十太～待子之君。」(太牢:牛羊豬俱全為太牢,只有羊豬為少牢。)❸ 監獄。司馬遷《報任安書》:「故士有畫地為～,勢不可入。」又為囚禁。《鹽鐵論・論災》:「～人之君,滅人之祀。」❹ 堅固。《韓非子・難一》:「舜往陶焉,期年而器～。」(陶:製造陶器。期 jī 年:一週年。)今成語有「牢不可破」。❺ 公家發給的糧食。《後漢書・董卓傳》:「～直不畢,稟賜斷絕,妻子飢凍。」《宋史・呂公弼傳》:「衛兵年四十以上,稍不中程者,減其～廩。」

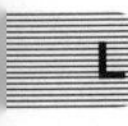

【辨析】牢、獄、囹圄。「牢」本是關養牲畜的欄圈;「獄」為訴訟;監押罪犯的地方周代叫「囹圄」。漢代開始「牢」「獄」才有了「監獄」的意義。

勞 láo ❶ 費力,勞苦。《呂氏春秋・安死》:「憚耕稼採薪之～。」(憚:害怕。薪:柴。)又用作使動,使勞苦。《孟子・告子下》:「故天將降大任於是人也,必先苦其心志,～其筋骨。」引申為疲勞。《左傳・僖公三十二年》:「師～力竭。」❷ 功勞,功績。《韓非子・說疑》:「有成功立事而不敢伐其～。」(伐:誇耀。)《戰國策・趙策四》:「位尊而無功,奉厚而無～。」(奉:俸祿。)❸ 慰勞,慰問。這個意義舊讀 lào。《詩經・魏風・碩鼠》:「三歲貫女,莫我肯～。」(貫:侍奉。女:你。)司馬遷《報任安書》:「然陵一呼～軍,士無不起。」(陵:李陵。)❹ 憂愁。《詩經・邶風・燕燕》:「瞻望弗及,實～我心。」

【辨析】1. 勞、勤。在「勞苦」的意義上,二者是同義詞,但它們的引申義各不相同。2. 勞、劬。二者都有「慰勞、慰問」的意思,但「劬」詞義較「勞」為重。

澇 láo 見 297 頁「澇」㊁。

癆 láo 勞損病。《太平聖惠方》卷十三:「病久不差,欲成～,宜服柴胡散方。」(差:病癒。)

醪 láo 汁渣混合的酒,濁酒。《莊子・盜跖》:「口嗛於芻豢～醴之味。」(嗛:通「慊 qiè」,快意。芻豢:指牛豬等家畜。)杜甫《清明》之一:「濁～粗飯任吾年。」

簩 láo 一種有毒的竹子。左思《吳都賦》:「篻～有叢。」(篻:竹名。)

老 lǎo ❶ 年老,老年。《詩經・衛風・氓》:「及爾偕～。」又用作動詞,指尊敬老人。《孟子・梁惠王上》:「～吾老,以及人之老。」❷ 公卿大夫及公卿大夫家臣的總稱。《左傳・昭公十三年》:「天子之～,請帥王賦。」此指大夫。《國語・周語下》:「單之～送叔向。」(單 shàn:指單靖公,周王卿士。叔向:晉國大夫。)此指家臣。❸ 告老,年老退休。《左傳・隱公三年》:「桓公立,乃～。」❹ 衰弱,疲困。《左傳・僖公四年》:「師～矣。」《國語・晉語四》:「且楚師～矣,必敗。」❺ 熟練,有經驗。《國語・晉語一》:「既無～謀,而又無壯事,何以事君?」歐陽修《為君難論》:「其父奢,趙之名將,～於用兵者也。」(奢:趙奢。)

栳 lǎo [栲 kǎo 栳] 見 279 頁「栲」字條。

獠 lǎo 見 311 頁「獠」㊁。

潦 ㊀ lǎo ❶ 大雨水。《左傳・襄公十年》:「水～將降。」又為積水。《韓非子・外儲說右上》:「天雨,廷中有～。」

㊁ lào ❷ 同「澇」。雨大成災。《莊子・秋水》:「禹之時十年九～。」

㊂ liǎo ❸ [潦倒] 1. 散漫,不自檢束。嵇

康《與山巨源絕交書》：「足下舊知吾～～粗疏。」2. 頹喪，失意。杜甫《登高》：「艱難苦恨繁霜鬢，～～新停濁酒杯。」

酪 lào△ 用牛、羊、馬乳製成的食品。《漢書・西域傳下・烏孫國》：「以肉為食兮～為漿。」

潦 lào 見296頁「潦」㊂。

澇 ㊀ lào ❶ 雨水過多，淹沒田地莊稼。《三國志・魏書・鄭渾傳》：「郡界下濕，患水～，百姓飢乏。」

㊁ láo ❷ 大波浪。木華《海賦》：「飛～相磢。」（磢 chuǎng：磨擦。）

le

仂 lè△ 餘數，零數。《禮記・王制》：「喪用三年之～。」（喪：指辦喪事的費用。）

扐 lè△ 手指之間。古代筮法，數蓍草占卜吉凶，將數剩的零頭夾在手指之間，稱作扐。《周易・繫辭上》：「歸奇於～以象閏，五歲再閏，故再～而後掛。」（奇：零數。象：象徵。）

阞 lè△ ❶ 地的脈理。《周禮・考工記》：「凡溝，逆地～，謂之不行。」❷ 通「仂」。餘數。《周禮・考工記》：「以其圍之～，捎其藪。」（圍：指轂的周長。捎：挖空。藪：車輻插入車轂處。）

泐 lè△ ❶ 石頭依紋理裂開。《周禮・考工記序》：「石有時以～，水有時以凝。」❷ 通「勒 lè」。銘刻。江總《攝山棲霞寺碑》：「兼金畫繪，～石雕鎪。」

勒 lè△ ❶ 帶嚼子的籠頭。《儀禮・既夕禮》：「纓轡貝～。」（貝勒：用貝做裝飾的籠頭。）又為拉緊韁繩不使前進。虞世南《出塞》：「～騎下平原。」引申為強迫。《隋書・食貨志》：「於是僑居者各～還本居。」❷ 約束，統率。《史記・魏公子列傳》：「公子遂將晉鄙軍，～兵，下令軍中。」（將：統率。晉鄙：人名。）《後漢書・隗囂傳》：「囂乃～兵十萬，擊殺雍州牧陳慶。」❸ 雕刻，刻。《呂氏春秋・孟冬》：「物～工名，以考其誠。」

樂 lè 見646頁「樂」㊁。

lei

累(絫) léi 見298頁「累(絫)」㊂。

雷 léi ❶ 雷。《詩經・小雅・采芑》：「如霆如～。」（霆：疾雷。）又用作動詞，打雷。《呂氏春秋・貴生》：「故～則掩耳，電則掩目。」（電：打閃。）❷ 敲擊（鼓）。曹操《船戰令》：「～鼓一通，吏士皆嚴。」古詩《鉅鹿公主歌辭》：「官家出遊～大鼓。」

嫘 léi 姓。［嫘祖］傳說中黃帝之妃，是我國養蠶業創始者。《史記・五帝本紀》：「黃帝居軒轅之丘，而娶於西陵之女，是為～～。」

樏 ㊀ léi ❶ 登山的器具。《呂氏春秋・慎勢》：「山用～。」劉禹錫《九華山歌》：「乘～不來廣樂絕。」

㊁ lěi ❷ 器物名，似盤，中有隔。《世說新語・雅量》：「族人大怒，便舉～擲其面。」

犦 léi ［犦牛］公牛。《淮南子・時則》：「乃合～～騰馬，游牝於牧。」（騰馬：公馬。）

擂 léi 敲擊。韋莊《秦婦吟》：「已見街中～金鼓。」

儡 ㊀ léi ❶ 疲困。《淮南子・俶真》：「孔、墨之弟子，皆以仁義之術教導於世，然而不免於～。」又為羸弱，憔悴。潘岳《寡婦賦》：「容貌～以頓悴兮。」❷ 破敗。劉禹錫《猶子蔚適越戒》：「一有毫髮之傷，～然與破甑為伍矣。」（甑 zèng：陶製炊具。）

㊁ lěi ❸ ［傀儡］見179頁「傀」字條。

縲 léi ［縲紲］本指捆綁犯人的繩索，引申為被捆縛、囚禁。《論語・公冶長》：「雖在～～之中，非其罪也。」司馬遷《報任安書》：「何至自沉溺～～之辱哉？」

櫑 léi 盛食物的器具。黃庭堅《題校書圖後》：「酒榼、果～十五。」（酒榼：酒杯。）

羸 léi ❶ 疲困，瘦弱。《左傳・桓公六年》：「楚之～，其誘我也。」《荀子・正論》：「庶人則凍餒～瘠於下。」也指瘦弱的人。《淮南子・詮言》：「兩人相鬥，一～在側，助一人則勝，救一人則免。」❷ 破舊，粗劣。《漢書・游俠傳・陳遵》：「公府掾史率皆～車小馬。」《後漢書・朱俊傳》：「俊乃～服間行。」❸ 毀壞。《周易・井》：「～其瓶，凶。」❹ 纏繞。《周易・大壯》：「羝羊觸藩，～其角。」（羝 dī：公羊。）

礨 ㊀ léi ❶ 大石頭。《山海經・北山經》：「維龍之山……其中多～石。」
㊁ lěi ❷ [礨空] 蟻穴。《莊子・秋水》：「計四海之在天地之間也，不似～～之在大澤乎？」

罍 léi 一種盛酒或水的容器。《詩經・周南・卷耳》：「我姑酌彼金～，維以不永懷。」

纍 ㊀ léi ❶ 繩索。《漢書・李廣傳》：「禹從落中以劍斫絕～。」（禹：人名。斫 zhuó：砍。絕：斷。）又為用繩索捆綁，拘囚。《呂氏春秋・義賞》：「氐羌之民，其虜也，不憂其係～，而憂其死不焚也。」[纍囚] 被拘囚的人。《左傳・成公三年》：「兩釋～～以成其好。」❷ 纏繞。《詩經・周南・樛木》：「南有樛木，葛藟～之。」（葛藟 lěi：兩種蔓生植物。）❸ 盛甲的器具。《國語・齊語》：「諸侯甲不解～。」
㊁ lěi ❹ 堆積。《莊子・駢拇》：「～瓦結繩。」

【辨析】纍、絫、累。「絫」「累」是古今字。「絫」隸變作「累」，文獻多用「累」而少見「絫」。「纍」「累」義多相通，故徐灝又認為「累」是「纍」的簡省字。

轠 léi 碰擊。《漢書・游俠傳・陳遵》：「為甓所～。」（甓 dàng：用磚砌的井壁。）

耒 lěi ❶ 古農具，形似木叉。《周易・繫辭下》：「斲木為耜，揉木為～。」《韓非子・五蠹》：「因釋其～而守株。」（釋：放下。）❷ [耒耜] 古農具，形似犁。木把叫「耒」，犁頭叫「耜」。《孟子・滕文公上》：「負～～而自宋之滕。」（之：往。）《禮記・月令》：「修～～。」

累（絫） ㊀ lěi ❶ 重疊，積聚。《韓非子・十過》：「其君之危，猶～卵也。」司馬遷《報任安書》：「下之不能積日～勞，取尊官厚祿。」❷ 接連，連續。《韓非子・五蠹》：「一日身死，子孫～世絜駕。」（絜 xié：指套車。）今成語有「連篇累牘」。
㊁ lèi ❸ 牽累，連累。《左傳・隱公十一年》：「相時而動，無～後人。」引申為煩勞。《莊子・秋水》：「願以境內～矣。」❹ 憂患，禍害。《呂氏春秋・必己》：「材不材之間，似之而非也，故未免乎～。」《淮南子・詮言》：「人能接物而不與己焉，則免於～矣。」又指過失，毛病。嵇康《與山巨源絕交書》：「無萬石之慎，而有好盡之～。」
㊂ léi ❺ 繩索，用繩索捆縛。《孟子・梁惠王下》：「係～其子弟。」[累紲] 本指捆人的繩索，借指囚禁。《淮南子・氾論》：「然而管仲免於～～之中。」

【辨析】絫、累、纍。見 298 頁「纍」字條。

誄 lěi ❶ 敘述死者功德以表示悼念（多為上對下）。《左傳・哀公十六年》：「孔丘卒，公～之曰。」（公指魯哀公。）《禮記・曾子問》：「賤不～貴，幼不～長，禮也。」又為一種文體。曹丕《典論論文》：「銘～尚實。」（實：平實，不虛誇。）❷ 為求福而祈禱。《論語・述而》：「～曰：『禱爾于上下神祇。』」（神祇 qí：天神和地神。）

樏 lěi 見 297 頁「樏」㊁。

磊 lěi [磊磊] 石頭多的樣子。屈原《九歌・山鬼》：「石～～兮葛蔓蔓。」泛指眾多堆積的樣子。張籍《新桃行》：「明年結其實，～～充汝家。」[磊落] 1. 多的樣子。《後漢書・蔡邕傳》：「連衡者六印～～。」（指蘇秦倡連橫而佩六國相印。）2. 高大雄偉的樣子。郭璞《江賦》：「衡霍～～以連鎖。」（衡、霍：山名。）3. 胸懷坦蕩的樣子。《文心雕龍・明詩》：「慷慨以任氣，～～以使才。」

蕾 lěi　含苞未放的花。楊萬里《九日郡中送白菊》：「一夜西風開瘦～。」

儡 lěi　見 297 頁「儡」㊁。

壘 lěi　❶ 軍隊的防禦工事，包括牆壁和堡寨等。《孫子・虛實》：「敵雖高～深溝，不得不與我戰者，攻其所必救也。」蘇軾《念奴嬌・赤壁懷古》：「故～西邊，人道是三國周郎赤壁。」今成語有「壁壘森嚴」。❷ 堆砌。《墨子・備穴》：「先～窯壁。」（窯 yáo：燒瓦灶。）《徐霞客遊記・黔遊日記一》：「～石為九門甚整。」

藟 lěi　❶ 葛一類的蔓生植物。《詩經・周南・樛木》：「南有樛木，葛～纍之。」（樛木：向下彎曲的樹。纍：纏繞。）引申為纏繞。王績《古意》之三：「漁人遞往還，網罟相縈～。」❷ 通「蕾 lěi」。花蕾。范成大《丙午新正書懷》：「梅～粉融連夜開。」

讄 lěi　見 298 頁「讄」㊁。

虆 lěi　見 298 頁「虆」㊁。

肋 lèi△　肋骨。《三國志・魏書・武帝紀》「王自長安出斜谷……備因險拒守」裴松之注引《九州春秋》：「時王欲還，出令『雞～』。」

累（絫） lèi　見 298 頁「累（絫）」㊂。

淚 ㊀ lèi　❶ 眼淚。《韓非子・和氏》：「和乃抱其璞而哭於楚山之下，三日三夜，～盡而繼之以血。」也指形似眼淚的東西。李商隱《無題》：「蠟炬成灰～始乾。」又為流淚。孔稚珪《北山移文》：「～翟子之悲，慟朱公之哭。」（翟子：指墨翟。朱公：指楊朱。）

㊁ lì　❷［淒淚］寒涼的樣子。《漢書・孝武李夫人傳》：「秋氣憯以～～兮，桂枝落而銷亡。」

【辨析】淚、泗、涕、洟。《詩經》「涕泗滂沱」毛傳：「自目曰涕，自鼻曰泗。」《說文》：「洟，鼻液也。」「泗即洟字之借（泗本為泗水）」。「涕」「洟」古音同，且「弟」「夷」形近，多相混，所以「涕」產生「鼻液」的意義。「涕」表示「鼻涕」之後又另造「淚」字以表示「眼淚」。

酹 lèi　把酒灑在地上表示祈禱或祭奠。《漢書・外戚傳下・孝元傅昭儀》：「飲酒～地，皆祝延之。」（祝延之：祝願使之長壽。）蘇軾《荔支歎》：「無人舉觴～伯游。」（觴 shāng：古飲酒器。伯游：人名。）

類 lèi　❶ 種類。《周易・繫辭上》：「方以～聚，物以羣分。」（方：指法術情性。）《荀子・勸學》：「物～之起，必有所始。」❷ 好像，類似。《國語・吳語》：「臣觀吳王之色，～有大憂。」《呂氏春秋・察傳》：「辭多～非而是，多～是而非。」❸ 條例，法則。《荀子・君道》：「故法不能獨立，～不能自行。」屈原《九章・懷沙》：「明告君子，吾將以為～兮。」❹ 大抵，大致。《漢書・賈誼傳》：「夫移風易俗，使天下回心而鄉道，～非俗吏之所能為也。」（鄉道：向道。）❺ 祭祀天神。後來寫作「禷」。《詩經・大雅・皇矣》：「是～是禡。」（禡 mà：祭名。）《爾雅・釋天》作「禷」。

纇 lèi　❶ 絲上的結。《說文》：「～，絲節也。」《淮南子・氾論》「不能無纇」高誘注：「若絲之結～也。」又指珠上的斑結。《淮南子・氾論》：「明月之珠，不能無～。」引申為缺點，毛病。《潛夫論・敘錄》：「或因～釁。」❷ 乖戾，反常。《左傳・昭公二十八年》：「貪婪無饜，忿～無期。」

leng

棱（稜） léng　❶ 四方的木頭。《後漢書・班彪傳附班固》：「設璧門之鳳闕，上觚～而棲金雀。」（觚 gū 棱：宮殿上轉角處的瓦脊。）引申為棱角。韓愈《秋懷》：「南山見高～。」

L

❷ 嚴厲。《後漢書・王允傳》:「允性剛～疾惡。」❸ 威勢。《後漢書・班彪傳附班固》:「目中夏而布德,瞰四裔而抗～。」(中夏:中國。)

冷 lěng ❶ 寒涼。《莊子・齊物論》:「～風則小和。」(和:諧和。)杜甫《茅屋為秋風所破歌》:「布衾多年～似鐵。」(衾 qīn:被子。)❷ 清閒。張籍《早春閒遊》:「年長身多病,獨宜作～官。」❸ 冷漠。黃庭堅《鷓鴣天》:「付與旁人～眼看。」❹ 冷僻。李山甫《酬劉書記一二知己見寄》:「句～不求奇。」

【辨析】冷、寒、涼。見 185 頁「寒」字條。

li

狸(貍) lí 獸名,即野貓。《詩經・豳風・七月》:「取彼狐～,為公子裘。」

梩 lí 鍬鍤一類的工具。《孟子・滕文公上》:「蓋歸反虆～以掩之。」(虆:盛土的籠。)

梨(棃) lí ❶ 果樹名,也指其果實。《禮記・內則》:「桃李梅杏,楂～薑桂。」❷ 剖分,割裂。《淮南子・齊俗》:「伐楩柟豫樟而剖～之。」《後漢書・耿弇傳》:「匈奴聞秉卒,舉國號哭,或至～面流血。」(秉:耿秉。)

犁(犂) lí ❶ 耕地翻土的農具。《管子・乘馬》:「窮四竟之內,丈夫二～。」(竟:境。)用為動詞。耕。古詩《去者日以疏》:「古墓～為田。」❷ 雜色。《論語・雍也》:「～牛之子騂且角。」(騂 xīng:赤色。)❸ 比及。《史記・晉世家》:「～二十五年,吾冢上柏大矣。」《新唐書・南蠻傳中・南詔下》:「蠻復圍成都,夜穿西北隅,～旦乃覺。」❹ 通「黎 lí」。黑色。《戰國策・秦策一》:「形容枯槁,面目～黑。」

剺 lí 割,劃開。《尸子》卷下:「弓人～筋,則知牛長少。」(弓人:製造弓的匠人。)《東觀漢記・耿秉傳》:「南單于舉國發喪,～面流血。」(單 chán 于:匈奴君主的稱號。)

嫠 lí 寡婦。《左傳・昭公十九年》:「莒有婦人,莒子殺其夫,已為～婦。」蘇軾《前赤壁賦》:「泣孤舟之～婦。」

漓 lí ❶ 水滲流。揚雄《河東賦》:「雲霏霏而來迎兮,澤滲～而下降。」❷ 薄,澆薄。司馬光《交趾獻奇獸賦》:「閭閻之俗,棄～而歸厚。」(閭閻 yán:泛指民間。)

璃 lí [琉璃] 見 319 頁「琉」字條。

犛 lí 長髦牛。《國語・楚語上》:「巴浦之犀、～、兕、象,其可盡乎?」

氂 lí 見 337 頁「氂」㊁。

黎 lí ❶ 眾多。《詩經・大雅・桑柔》:「民靡有～,具禍以燼。」[黎民] 眾民,百姓。《淮南子・主術》:「百姓～～憔悴於天下。」❷ 黑色。《荀子・堯問》:「顏色～黑,而不失其所。」❸ [黎明] 天剛亮。《史記・高祖本紀》:「～～,圍宛城三匝。」

罹 lí ❶ 遭遇。《呂氏春秋・審己》:「余不聽豫之言,以～此難也。」(豫:人名。)又指觸犯。《吳越春秋・越王無餘外傳》:「今乃～法如斯。」❷ 憂患,苦難。《詩經・王風・兔爰》:「我生之後,逢此百～。」

縭(褵) lí ❶ 女子的佩巾。《詩經・豳風・東山》:「親結其～。」❷ 帶子。張衡《思玄賦》:「獻環琨與琛～兮。」(環琨 kūn:圓形美玉。琛 chēn:珍寶。)

釐 ㊀ lí ❶ 治理。《尚書・堯典》:「允～百工。」(允:確實。百工:百官。)引申為更改。《後漢書・梁統傳》:「施行日久,豈一朝所～。」❷ 賜予。《詩經・大雅・江漢》:「～爾圭瓚。」(爾:你。圭瓚:玉製禮器。)❸ 長度單位,十毫為一釐。《荀子・儒效》:「不失豪～。」(豪:通「毫」,長度單位。)❹ 通「嫠 lí」。寡,寡婦。《孔子家語・好生》:「魯人有獨處室者,鄰之～婦亦獨處一室。」

㊁ xī　❺ 祭祀用過的肉。《史記·屈原賈生列傳》:「孝文帝方受～,坐宣室。」(宣室:宮殿名。)❻ 福。《史記·孝文本紀》:「今吾聞祠官祝～,皆歸福朕躬。」(朕:帝王自稱。躬:身,自身。)

醨 lí　薄酒。屈原《漁父》:「眾人皆醉,何不餔其糟而歠其～?」(餔 bū:吃。歠 chuò:喝。)引申為不淳厚,淺薄。《舊唐書·德宗紀下》:「然而王霸跡殊,淳～代變。」

藜 lí　一種草本植物。嫩葉可吃,莖堅硬,可做枴杖。《呂氏春秋·慎人》:「孔子窮於陳、蔡之間,七日不嘗食,～羹不糝。」(糝 sǎn:以米和羹。)

離 lí　❶ 分散,離開。《論語·季氏》:「邦分崩～析而不能守也。」賀知章《回鄉偶書》:「少小～家老大回。」引申為分析。《禮記·學記》:「一年視～經辨志。」(離經:分析經書章節以便讀斷文句。)又引申為違背,違反。《管子·任法》:「信近親愛者不能～也。」《商君書·畫策》:「失法～令,若死我死。」(若:你。)❷ 經歷。《詩經·小雅·小明》:「二月初吉,載～寒暑。」(初吉:農曆初一至初七、八。)《漢書·西域傳上》:「～一二旬,則人畜棄捐曠野而不反。」(反:返。)❸ 通「罹 lí」。遭遇,觸犯。《詩經·邶風·新臺》:「魚網之設,鴻則～之。」(鴻:天鵝。)《史記·屈原賈生列傳》:「『離騷』者,猶～憂也。」❹ 通「麗 lì」。附着,依附。《詩經·小雅·漸漸之石》:「月～于畢,俾滂沱矣。」(畢:星宿名。俾:使。滂沱:大雨的樣子。)《漢書·揚雄傳下》:「諸附～之者,或起家至二千石。」

黧 lí　黑黃色。《韓非子·外儲說左上》:「面目～黑。」

蠡 lí　見302頁「蠡」㊁。

欐 lí　❶ 籬笆。《晉書·潘岳傳》:「長楊映沼,芳枳樹～。」❷ 客棧。《晉書·潘岳傳》:「十里一官～,使老小貧戶守之,又差吏掌主,依客舍收錢。」

灕 lí　水名,即灕江,在今廣西東北部。《水經注·漓水》:「～、湘之間,陸地廣百餘步。」

蘺 lí　[江蘺] 香草名,也叫蘼蕪。賈島《送鄭長史之嶺南》:「白露濕～～。」屈原《離騷》作「離」。

劙 lí　割,劈。《荀子·彊國》:「～盤盂,刎牛馬。」

籬 lí　籬笆。宋玉《招魂》:「瓊木～些。」(些:語氣詞。)杜甫《客至》:「隔～呼取盡餘杯。」[藩籬] 籬笆,指屏障。《國語·吳語》:「孤用親聽命於～～之外。」

纚 lí　見545頁「纚」㊁。

驪 lí　❶ 深黑色的馬。《詩經·魯頌·駉》:「有～有黃。」《呂氏春秋·孟冬》:「駕鐵～。」引申為黑色。《莊子·列御寇》:「夫千金之珠必在九重之淵,而～龍頷下。」❷ 並列。《漢書·王莽傳上》:「～馬,二駟。」張衡《西京賦》:「～駕四鹿。」

鸝 lí　[鸝黃] 鳥名,又名黃鸝、黃鶯等。宋玉《高唐賦》:「王睢～～。」(王睢:鳥名。)

李 lǐ　❶ 果樹名,也指其果實。《詩經·小雅·南山有臺》:「南山有杞,北山有～。」又《大雅·抑》:「投我以桃,報之以～。」❷ 通「理 lǐ」。獄官,法官。《管子·大匡》:「國子為～。」❸ [行李] 外交使節。《左傳·僖公三十年》:「～～之往來,共其乏困。」(共:供給。)

里 lǐ　❶ 人居住的地方。《左傳·襄公十六年》:「子罕寘諸其～。」(子罕:人名。寘:放置。)又為古代一種居民組織,二十五家為里。《周禮·地官·遂人》:「五家為鄰,五鄰為～。」泛指鄉里,家鄉。《莊子·天運》:「其～之醜人見而美之。」杜甫《無家別》:「吾～百餘家,世亂各東西。」❷ 長度單位名。《詩經·商頌·玄鳥》:「邦畿千～,維民所止。」

俚 lǐ　❶ 依賴。《漢書·季布欒布田叔傳贊》:「夫婢妾賤人,感概而自殺,非能勇也,其畫無～之至耳。」(畫:

打算。）❷ 粗俗，鄙陋。《漢書・司馬遷傳贊》：「辨而不華，質而不～。」《新五代史・死節傳・王彥章》：「彥章武人，不知書，常為～語。」

娌 lǐ ［妯娌］見66頁「妯」字條。

理 lǐ ❶ 加工玉石，雕琢。《戰國策・秦策三》：「鄭人謂玉未～者璞。」《韓非子・和氏》：「王乃使玉人～其璞而得寶焉。」（玉人：加工玉石的工匠。）引申為整治，治理。《詩經・小雅・信南山》：「我疆我～，南東其畝。」（疆：修整田界。）又引申為治理得好。《呂氏春秋・勸學》：「聖人之所在，則天下～焉。」又引申為整理。《木蘭詩》：「當戶～紅妝。」❷ 紋理。《韓非子・喻老》：「君有疾在腠～。」（腠còu理：皮膚的紋理。）引申為條理。《荀子・儒效》：「井井兮其有～也。」（井井：整齊有序的樣子。）❸ 規律，道理。《莊子・養生主》：「依乎天～。」韓愈《柳子厚墓誌銘》：「且萬無母子俱往～。」❹ 法官。《左傳・昭公十四年》：「叔魚攝～。」（叔魚：人名。攝：代理。）司馬遷《報任安書》：「明主不曉，以為僕沮貳師，而為李陵遊說，遂下於～。」（僕：謙稱自己。沮：詆毀。貳師：指貳師將軍李廣利。）❺ 申辯，辯白。《莊子・盜跖》：「申子不自～，廉之害也。」（申子：晉獻公太子申生，受驪姬陷害，不肯申辯，自殺身亡。）

【辨析】理、治。在「治理、治理得好」的意義上，二者同義，只是先秦多用「治」，少用「理」。唐代為避高宗李治的諱，常把該用「治」的地方換成「理」。二字的本義不同，「治」是治水，「理」是治玉，即對玉璞進行加工。因此「理」引申為「條理、紋理、道理」等義，「治」不具備。

裏（裡） lǐ 衣、被的裏層。《詩經・邶風・綠衣》：「綠兮衣兮，綠衣黃～。」杜甫《茅屋為秋風所破歌》：「嬌兒惡臥踏～裂。」引申為裏面，內部，與「外」相對。曹操《步出夏門行・觀滄海》：「星漢燦爛，若出其～。」

【說明】「裏」和「里」是兩個字，意義既不相同，又不通用。現在「裏」簡化作「里」。

澧 lǐ ❶ 水名，源出湖南西北與湖北鶴峯交界處，向東南流入七里湖。屈原《九歌・湘君》：「遺余佩兮～浦。」（浦：水邊。）❷ 通「醴 lǐ」。甜美。《禮記・禮運》：「故天降膏露，地出～泉。」

禮 lǐ ❶ 敬神，祭神以求福。《儀禮・覲禮》：「～日於南門外，～月與四瀆於北門外。」（四瀆：長江、黃河、淮河、濟水的合稱。）❷ 古代社會的法則、禮儀。《論語・顏淵》：「克己復～為仁。」《左傳・成公三年》：「其竭力致死，無有二心，以盡臣～。」（其：將。致死：獻出生命。）❸ 以禮相待，尊敬。《韓非子・五蠹》：「儒以文亂法，俠以武犯禁，而人主兼～之。」今成語有「禮賢下士」。❹ 禮物，物品。《禮記・表記》：「無～，不相見也。」《呂氏春秋・長攻》：「於是與蔡侯以饗～入於息。」（饗禮：宴饗的食品。息：國名。）

鯉 lǐ 鯉魚。《淮南子・俶真》：「牛蹄之涔，無尺之～。」（涔：路上積水。）

醴 lǐ ❶ 甜酒。《莊子・山木》：「且君子之交淡若水，小人之交甘若～。」❷ 甜美的泉水。揚雄《蜀都賦》：「涌泉～。」

蠡 ㊀ lǐ ❶ 器物磨損將斷的樣子。《孟子・盡心下》：「以追～。」（以：介詞，因為。追：鐘鈕。）

㊁ lí ❷ 瓠瓢。《漢書・東方朔傳》：「語曰：以管窺天，以～測海。」今成語有「管窺蠡測」。

邐 lǐ ［邐迤 yǐ］曲折連綿的樣子。吳質《答東阿王書》：「夫登東嶽者，然後知眾山之～～也。」

鱧 lǐ 魚名，俗稱黑魚。《詩經・小雅・魚麗》：「魚麗于罶，魴～。」（麗：碰到。罶：捕魚的竹簍。）

力 lì△ ❶ 力氣。《孟子・梁惠王上》：「吾～足以舉百鈞。」（鈞：三十斤為一鈞。）引申為力量，能力。《論語・學而》：「行有餘～，則以學文。」《史記·魏公子列傳》：「出入王卧內，～能竊之。」❷ 勞役，力役。《國語·魯語下》：「任～以夫，而議其老幼。」（夫：成年男子。）《南史·陶潛傳》：「今遣此～，助汝薪水之勞。」（薪：柴草。）❸ 勉力，盡力。《左傳·僖公三十三年》：「武夫～而拘諸原。」（拘：捕。原：原野，指戰場。）《戰國策·秦策五》：「今～田疾作，不得暖衣餘食。」

立 lì△ ❶ 站立。《論語·微子》：「子路拱而～。」（拱：拱手，表示敬意。）引申為豎立。《墨子·雜守》：「外～旗幟。」蘇軾《石鐘山記》：「大石側～千尺。」又用於抽象意義，指立身，立身行事。《荀子·勸學》：「君子慎其所～乎！」❷ 設置，建立。《戰國策·齊策四》：「～宗廟於薛。」（薛：地名。）賈誼《過秦論》：「商君佐之，內～法度。」（商君：指商鞅。）引申為存在。《韓非子·難一》：「夫不可陷之楯與無不陷之矛，不可同世而～。」（楯：盾牌。陷：刺穿。）今成語有「勢不兩立」。❸ 君主即位。《呂氏春秋·慎小》：「衛莊公～，欲逐石圃。」（石圃：人名。）《史記·陳涉世家》：「吾聞二世少子也，不當～。」（二世：指秦二世胡亥。）泛指登上某一位置。《左傳·襄公三年》：「將～之而卒。」（立之：使之立，指讓他當中軍尉。卒：死。）❹ 立刻，立即。《呂氏春秋·蕩兵》：「國無刑罰，則百姓之相侵也～見。」（見 xiàn：出現。）

吏 lì 先秦時代官員的通稱。《左傳·成公二年》：「王使委於三～。」（三吏：指三公。）《呂氏春秋·具備》：「宓子賤令～二人書。」（宓子賤：人名。書：寫字。）秦漢以後一般指低級官吏或官府差役。司馬遷《報任安書》：「見獄～則頭搶地。」杜甫《石壕吏》：「有～夜捉人。」

【辨析】吏、官。見175頁「官」字條。

杝 lì 見604頁「杝」㊁。

利 lì ❶ 鋒利，銳利。《孟子·公孫丑下》：「兵革非不堅～也。」《荀子·勸學》：「金就礪則～。」（礪：磨刀石。）❷ 迅疾，迅猛。《呂氏春秋·論人》：「則車輕馬～，致遠復食而不倦。」《晉書·王濬傳》：「風～，不得泊也。」引申為言辭敏捷。《呂氏春秋·察今》：「言～辭倒，不求其實。」❸ 錢財方面的好處。《論語·里仁》：「君子喻於義，小人喻於～。」（喻：懂得。）《呂氏春秋·士節》：「於～不苟取。」（苟：隨便。）今成語有「利令智昏」。又為有利，利於。《逸周書·王佩》：「王者所佩在德，德在～民。」❹ 順利，吉利。《史記·項羽本紀》：「時不～兮騅不逝。」❺ 利潤，利息。《史記·越王勾踐世家》：「候時轉物，逐什一之～。」（什一：十分抽一。）《漢書·食貨志下》：「除其本，計其～。」

【辨析】利、銛、銳。見549頁「銛」字條。

例 lì ❶ 類別。《公羊傳·僖公元年》：「臣、子一～也。」❷ 規程，條例。《漢書·何武傳》：「欲除吏，先為科～，以防請託。」（除：任命。）《元典章·兵部三·使臣》：「有違～禁。」❸ 按慣例。韓愈《柳子厚墓誌銘》：「遇用事者得罪，～出為刺史。」

沴 lì ❶ 陰陽之氣不和。《莊子·大宗師》：「陰陽之氣有～。」引申為相剋，相害。《漢書·五行志上》：「惟金～木。」❷ 惡氣，災氣。《漢書·谷永杜鄴傳》：「六～作見。」（作：起。見：出現。）

戾 lì ❶ 彎曲。《呂氏春秋·盡數》：「飲必小咽，端直無～。」（端直無戾：指坐姿端正，不彎曲。）《齊民要術·種榆白楊》：「既非叢林，率多曲～。」❷ 違背，違反。《淮南子·覽冥》：「舉事～蒼天。」韓愈《論語筆解》：「文雖相反，義不相～。」❸ 暴虐，兇暴。《莊子·天道》：「整萬物而不為～。」（整 jī：碎。）《新書·道術》：「心兼愛人謂之仁，反仁為～。」引申為猛烈。潘岳《秋興賦》：「勁風～而吹帷。」❹ 罪，罪過。《左傳·文公四年》：「其敢干大禮以自取～？」（干：冒犯。）曹植《責躬》：「危軀受命，知足免～。」❺ 安定。《左傳·

L

襄公二十九年》：「其必使子產息之，乃猶可以～，不然將亡矣。」❻ 至，到。《詩經・大雅・旱麓》：「鳶飛～天。」（鳶 yuān：鷹。）

苙 lì△ ❶ 飼養牲畜的欄。《孟子・盡心下》：「如追放豚，既入其～，又從而招之。」（放：跑失。）❷ 一種藥草，即白芷。元稹《西齋小松》：「柔～漸依條。」

茘（荔） lì ❶ 草名，似蒲而小，根可製刷子。《呂氏春秋・仲冬》：「芸始生，～挺出。」（芸：草名。）❷［荔枝］果樹名，果實也叫荔枝。杜牧《過華清宮》之一：「一騎紅塵妃子笑，無人知是～～來。」（妃子：指楊貴妃。）也作「荔支」。蘇軾《食荔支》之二：「日啖～～三百顆。」

鬲 ㊀ lì△ ❶ 古代炊具。《周禮・考工記・陶人》：「～實五觳。」（觳 hú：古代量器。）《漢書・郊祀志》：「禹收九牧之金，鑄九鼎，其空足曰～。」（九牧：九州。）

㊁ gé△ ❷ 阻隔。《管子・明法》：「法令不得至於民，疏遠～閉而不得聞。」《漢書・五行志中之下》：「請皇后就宮，～閉門戶，毋得擅上。」❸ 膈膜。《素問・五藏生成論》：「心煩頭痛，病在～中。」

栗 lì△ ❶ 樹名，也指其果實。《韓非子・外儲說右下》：「蔬菜、橡果、棗～，足以活民。」❷ 堅實。《禮記・聘義》：「縝密以～，知也。」《荀子・法行》：「夫玉者，君子比德焉，溫潤而澤，仁也；～而理，知也。」（知：同「智」。）❸ 謹敬，嚴肅。《尚書・舜典》：「直而溫，寬而～。」❹ 戰慄，發抖。《論語・八佾》：「周人以栗，曰使民戰～。」柳宗元《童區寄傳》：「寄偽兒啼，恐～。」（寄：區寄，人名。）❺［栗烈］寒冷的樣子。《詩經・豳風・七月》：「二之日～～。」（二之日：周曆二月，夏曆十二月。）

莉 lì ［茉莉］見 355 頁「茉」字條。

莅（蒞、涖） lì ❶ 臨視，監臨。《詩經・小雅・采芑》：「方叔～止，其車三千。」（方叔：周宣王的大臣。）引申為治理。《老子》第六十章：「以道～天下者，其鬼不神。」（其鬼不神：指鬼不為害。）❷ 至，到。張說《岳州別梁六入朝》：「遠～長沙渚，欣逢賈誼才。」（渚：水中小塊陸地。）

捩 lì 見 313 頁「捩」㊁。

唳 lì 鶴鳴。《論衡・變動》：「夜及半而鶴～。」

笠 lì△ 斗笠，用竹篾或草編成的遮陽擋雨的帽子。《國語・越語上》：「譬如蓑～，時雨既至必求之。」柳宗元《江雪》：「孤舟蓑～翁，獨釣寒江雪。」

粒 lì△ ❶ 米粒，穀粒。《呂氏春秋・審時》：「穗如馬尾，大～無芒。」《世說新語・德行》：「飯～脫落盤席間。」又用作動詞，以米穀為食。《顏氏家訓・涉務》：「三日不～，父子不能相存。」❷ 量詞。《齊民要術・炙法》：「椒數十～作屑。」李紳《憫農》之一：「春種一～粟，秋收萬顆子。」

淚 lì 見 299 頁「淚」㊁。

詈 lì 罵。《尚書・無逸》：「小人怨汝～汝。」《淮南子・說山》：「不孝弟者或～父母。」（弟：同「悌」。）又為責備。屈原《離騷》：「女嬃之嬋媛兮，申申其～予。」（女嬃：侍女。一說為屈原姊。申申：舒緩的樣子。）

痢 lì 痢疾。曹操《魏武令》：「凡山水甚強寒，飲之皆令人～。」

蜊 lì 蛤蜊。梅堯臣《前日》：「前日揚州去，酒熟美蟹～。」

慄 lì△ ❶ 恐懼。《詩經・秦風・黃鳥》：「惴惴其～。」《莊子・達生》：「行乎萬物之上而不～。」❷ 因寒冷或恐懼而發抖。《素問・瘧論》：「乃作寒～鼓頷。」（鼓：振動。頷 hàn：下巴。）庾信《竹杖賦》：「於時無懼而～，不寒而戰。」今成語有「不寒而慄」。

厲 ㊀ lì ❶ 磨刀石。後來寫作「礪」。《詩經・大雅・公劉》：「取～取鍛。」（鍛：錘煉金屬用的砧石。）《淮南子・

L

說林》：「鏌邪斷割，砥～之力。」又為磨。《左傳・哀公十六年》：「勝自～劍。」（勝：人名。）今成語有「厲兵秣馬」。引申為磨煉。柳宗元《答韋中立論師道書》：「以～其氣。」（氣：指文氣。）❷ 勉勵，激勵。後來寫作「勵」。《呂氏春秋・高義》：「子囊之節，非獨～一世之人臣也。」（子囊：人名。）《三國志・蜀書・諸葛亮傳》：「親秉旄鉞，以～三軍。」（秉：握着。旄鉞：指揮軍隊的白旄和黃鉞。）❸ 猛，劇烈。《莊子・齊物論》：「～風濟，則眾竅為虛。」（濟：止。）❹ 嚴肅，嚴厲。《論語・述而》：「子溫而～。」《禮記・玉藻》：「色容～肅。」（色容：神態。）今成語有「正顏厲色」等。❺ 惡，災禍。《詩經・大雅・瞻仰》：「降此大～。」又特指惡鬼。《左傳・成公十年》：「晉侯夢大～，被髮及地。」（被 pī：披。）❻ 危險。《周易・乾》：「君子終日乾乾，夕惕若～。」（乾乾 qián qián：自強不息的樣子。夕惕：至夜晚仍懷憂懼。）又為危害。《孟子・滕文公上》：「陶冶亦以其械器易粟者，豈為～農夫哉？」（陶冶：製造陶器和鐵器的人。易：交換。）❼ 不脫衣服涉水。泛指涉水，渡水。《詩經・邶風・匏有苦葉》：「深則～，淺則揭。」（揭：撩起衣裳涉水。）㈡ lài ❽ 生癩瘡，癩瘡。後來寫作「癩」。《淮南子・主術》：「漆身為～。」

【辨析】厲、砥、底、礪。見101頁「砥」字條。

歷（歷） lì△ ❶ 經過，經歷。《尚書・君奭》：「故殷禮陟配天，多～年所。」《漢書・異姓諸侯年表》：「修仁行義，～十餘世。」引申為超過。《呂氏春秋・安死》：「孔子徑庭而趨，～級而上。」（級：臺階。）❷ 依次列出。《呂氏春秋・季冬》：「令宰～卿大夫至於庶民土田之數。」❸ 選擇，推算。屈原《離騷》：「～吉日乎吾將行。」司馬相如《上林賦》：「於是～吉日以齋戒。」❹ 曆法，曆算。《周易・革》：「君子以治～明時。」《大戴禮記・曾子天圓》：「聖人慎守日月之數，以察星辰之行，以序四時之順逆，謂之～。」❺ 察看。《禮記・郊特牲》：「簡其車賦，而～其卒伍。」（簡：檢閱，查檢。）❻ 馬廄。後來寫作「櫪」。《漢書・梅福傳》：「伏～千駟，臣不貪也。」（駟：四匹馬。）

曆（厤） lì△ ❶ 曆法。《左傳・哀公十二年》：「司～過也。」《漢書・律曆志下》：「～數之起上矣。」（上：久。）也指制定曆法的人或曆書。《莊子・齊物論》：「巧～不能得。」❷ 數。《管子・海王》：「吾子食鹽二升少半，此其大～也。」也指年數，壽數。《漢書・諸侯王表序》：「周過其～，秦不及期。」

篥 lì△ ［篥竹］一種有毒的竹子。《山海經・中山經》「（雲山）有桂竹」郭璞注：「交趾有～～，實中，勁強，有毒。」

隸（隷） lì ❶ 奴隸的一個等級。《左傳・昭公七年》：「輿臣～，～臣僚。」（輿、僚：奴隸中的等級。）泛指奴隸，賤役。《國語・周語下》：「子孫為～。」司馬遷《報任安書》：「視徒～則心惕息。」（心惕息：膽戰心驚。）❷ 附屬，隸屬。《後漢書・馮異傳》：「及破邯鄲，乃更部分諸將，各有配～。」（更：再。部分：部署。）杜甫《自京赴奉先縣詠懷五百字》：「生常免租稅，名不～征伐。」❸ 漢字的一種字體，隸書。《漢書・藝文志》：「六體者，古文、奇字、篆書、～書、繆篆、蟲書。」❹ 察看。《史記・酷吏列傳》：「關東吏～郡國出入關者。」

勵 lì 勸勉，奮勉。《國語・吳語》：「請王～士。」《世說新語・自新》：「處遂改～，終為忠臣孝子。」（處：周處，人名。）

磿 lì△ ❶ 古喪禮執紼（引棺的大繩）者的名冊。《周禮・地官・遂師》：「道野役及窆，抱～。」（道：引導。及：聖。空：墓地。）❷ 俘虜。《逸周書・世俘》：「馘～億有十萬七千七百七十有九。」（有：又。）❸ 壓斷。《呂氏春秋・順民》：「於是翦其髮，～其指。」

癘 lì ❶ 疫病。《左傳・哀公元年》：「天有災～。」《呂氏春秋・仲冬》：

「民多疾～。」❷ 惡瘡。《素問・風論》：「～者，有榮氣熱胕，其氣不清。」（胕：同「腐」。）

瓅 lì△ ［玓 dì 瓅］見 102 頁「玓」字條。

櫟 lì△ ❶ 樹名，即柞樹。《詩經・秦風・晨風》：「山有苞～。」❷ 欄杆。《史記・滑稽列傳》：「建章宮後閣重～中有物出焉，其狀似麋。」❸ 刮器物使發聲。《史記・楚元王世家》：「叔與客來，嫂詳為羹盡，～釜，賓客以故去。」（詳：通「佯」，假裝。）❹ 搏擊。司馬相如《上林賦》：「射遊梟，～飛遽。」（飛遽：獸名。）

麗 lì ❶ 成對。《周禮・夏官・校人》：「～馬一圉，八～一師。」（圉：養馬。八麗：當為「六麗」。師：指十二匹馬。）《文心雕龍・麗辭》：「故～辭之體，凡有四對。」❷ 附着。《周易・離》：「日月～乎天。」引申為射中。《左傳・宣公十二年》：「麋興於前，射麋～龜。」（龜：指麋背部隆起處。）又為繫，連結。《禮記・祭義》：「祭之日，君牽牲……既入廟門，～于碑。」❸ 華麗，美好。宋玉《招魂》：「被文服纖，～而不奇些。」（被 pī：披着。些：語氣詞。）《戰國策・齊策四》：「妻子衣服～都。」（都：美好。）❹ 同「歷」。經過，跨過。《淮南子・俶真》：「夫貴賤之於身也，猶條風之時～也。」（條風：春天的東北風。）

【辨析】麗、美。在「美麗、華麗」的意義上，它們是同義詞；其區別在於，「麗」多用於容貌、服飾、顏色等方面，而「美」的意義卻寬泛得多，既可以用於具體事物，又可以用於抽象事物。

瀝 lì△ 滴落。王延壽《魯靈光殿賦》：「動滴～以成響。」又指滴落的液體。《韓非子・內儲說下》：「足下無意賜之餘～乎？」又為流淌。《水經注・文水》：「（泉）東流，～石沿注山下。」

櫪 lì△ ❶ 同「櫟」。樹名。韓愈《山石》：「時見松～皆十圍。」❷ 馬槽。曹操《步出夏門行・龜雖壽》：「老驥伏～，志在千里。」

礪 lì 磨刀石。《荀子・勸學》：「金就～則利。」（金：指刀劍等。利：鋒利。）《韓非子・內儲說下》：「援～砥刀。」（援：持。砥：磨。）引申為磨。《尚書・費誓》：「～乃鋒刃。」（乃：你們的。）曹植《寶刀賦》：「然後～以五方之石。」再引申為鑽研，磨煉。《文心雕龍・養氣》：「鑽～過分，則神疲而氣衰。」《史通・品藻》：「紀僧珍砥節～行。」

【辨析】礪、砥、底、厲。見 101 頁「砥」字條。

礫 lì△ 小石，碎石。《韓非子・內儲說下》：「僖侯浴，湯中有～。」（湯：熱水。）《淮南子・精神》：「是故視珍寶珠玉猶～石也。」

盭 lì 彎曲。《呂氏春秋・遇合》：「陳有惡人焉……長肘而～。」引申為乖違，背離。《漢書・張耳陳餘傳贊》：「何鄉者慕用之誠，後相背之～也？」（鄉 xiàng：從前。）又引申為暴戾。《史記・司馬相如列傳》：「～夫為之垂涕。」

鷅 lì△ ［鷅鶹 liú］黃鶯。丘光庭《補茅鴟》：「茅鴟茅鴟，無搏～～。」

蠣 lì 牡蠣，也叫蠔。郭璞《江賦》：「玄～磈磥而碨硜。」（磈磥、碨硜：高低不平的樣子。）

儷 lì ❶ 配偶。《左傳・成公十一年》：「鳥獸猶不失～。」《晉書・孫楚傳》：「覽之淒然，增伉～之重。」❷ 成雙，成對的。《儀禮・士冠禮》：「主人酬賓束帛、～皮。」《史通・雜說下》：「對語～辭，盛行於俗。」❸ 同，並。《淮南子・繆稱》：「是與俗～走而內行無繩。」（繩：準則。）

糲 lì 粗米。《韓非子・五蠹》：「～粢之食，藜藿之羹。」

攦 lì 折斷。《莊子・胠篋》：「～工倕之指，而天下始人有其巧矣。」（工倕：堯時巧匠。）

轢 lì△ ❶ 車輪碾軋。張衡《西京賦》：「當足見蹍，值輪被～。」（見：被。值：遇到。）引申為經過，越過。司空圖《解縣新城碑》：「川廣可逾，山高可～。」❷ 欺凌。《呂氏春秋・慎大》：「干辛任威，凌～諸侯。」（干辛：夏桀的諛臣。）

酈 lì　春秋時魯地名。《春秋・僖公元年》：「公子友帥師敗莒師于～。」

欐 lì　❶ 屋樑。《列子・湯問》：「既去，而餘音繞梁～，三日不絕。」❷ 小船。曹植《磐石篇》：「呼吸吞船～。」❸［欐欐］眾多的樣子。枚乘《梁王菟園賦》：「～～若飛雪之重弗麗也。」（麗：附着。）

攭 lì　分割的樣子。一說雲氣旋轉的樣子。《荀子・賦》：「～兮其相逐而反也。」

靂 lì△　［霹靂］見 382 頁「霹」字條。

lian

帘 lián　酒店、茶館用作標誌的旗子。李白《江邊吟》：「閃閃酒～招醉客。」

連 lián　❶ 連接，連續。《呂氏春秋・審為》：「杖策而去，民相～而從之。」《資治通鑑・漢獻帝建安十三年》：「操軍方～船艦，首尾相接。」又引申為牽連。《史記・呂不韋列傳》：「於是秦王下吏治，具得情實，事～相國呂不韋。」❷ 聯合。《孟子・離婁上》：「故善戰者服上刑，～諸侯者次之。」文天祥《指南錄後序》：「約以～兵大舉。」❸ 同時獲得。《淮南子・覽冥》：「故蒲且子之～鳥於百仞之上。」（蒲且子：人名。）❹ 姻親關係。《史記・南越列傳》：「（呂嘉）及蒼梧秦王有～。」（蒼梧秦王：蒼梧王趙光。）

嗛 lián　❶ 帷幔，門簾。《新序・雜事二》：「而君之臺觀，帷～錦繡。」（臺觀 guàn：高大華麗的樓臺。）❷ 通「縑 jiān」。細絹。《宋書・禮志五》：「雖為將帥，皆著～巾。」

廉 lián　❶ 堂的側邊。《禮記・喪大記》：「卿大夫即位于堂～楹西。」（楹：柱子。）❷ 棱角。《呂氏春秋・孟秋》：「其器～以深。」又用於抽象意義，指人性格有棱角，正直。《論語・陽貨》：「古之矜也～。」（矜：這裏指矜持的人。）❸ 不貪，廉潔。《孟子・離婁下》：「可以取，可以無取，取傷～。」《淮南子・泰族》：「民無～恥，不可治也。」又為節儉。《呂氏春秋・不二》：「孔子貴仁，墨翟貴～。」《淮南子・原道》：「不以奢為樂，不以～為悲。」❹ 考察，查訪。《史記・秦始皇本紀》：「諸生在咸陽者，吾使人～問。」《後漢書・方術傳下・華佗》：「操大怒，使人～之。」（操：曹操。）❺ 價格低，便宜。王禹偁《黃岡竹樓記》：「以其價～而工省也。」

奩（匳、籢） lián　女子梳妝用的鏡匣。《後漢書・皇后紀上・光烈陰皇后》：「視太后鏡～中物，感動悲涕。」庾信《鏡賦》：「暫設粧～，還抽鏡屜。」泛指匣子，盒子。《說苑・尊賢》：「以一～飯、一壺酒、三鮒魚，祝曰。」

漣 lián　❶ 風吹水面形成波紋。《詩經・魏風・伐檀》：「河水清且～猗。」（猗 yī：語氣詞。）也指微波。范成大《初三日出東郊碑樓院》：「小江吹凍舞清～。」❷ 淚流不斷的樣子。《周易・屯》：「乘馬班如，泣血～如。」李白《玉壺吟》：「忽然高詠涕泗～。」

蓮 lián　荷的種子，也指荷。《說文》：「～，芙蕖實也。」古詩《江南》：「江南可採～，～葉何田田。」（田田：荷葉茂密的樣子。）

憐 lián　❶ 哀憐，同情。《國語・晉語四》：「失此二者，是不禮賓，不～窮也。」《商君書・兵守》：「壯男壯女過老弱之軍，則老使壯悲，弱使強～。」❷ 愛，喜愛。《戰國策・趙策四》：「丈夫亦愛～其少子乎？」元稹《遣悲懷》之一：「謝公最小偏～女。」

【辨析】憐、憫。在憐憫的意義上，二者是同義詞。不同的是，「憐」尚有「愛」的意義。

聯 lián　❶ 連接，連綴。東方朔《七諫・沈江》：「～蕙芷以為佩兮。」張衡《西京賦》：「繚垣綿～四百餘里。」❷ 聯合。《周禮・天官・大宰》：「以八法治官府……三曰官～，以會官治。」

L

❸ 對偶。詩文每兩句為聯。鄭谷《中年》：「衰遲自喜添詩學，更把前題改數～。」

簾 lián 用竹條等編成或用布製成的門窗的遮蔽物。《漢書·王貢等傳序》：「則閉肆下～而授《老子》。」劉禹錫《陋室銘》：「草色入～青。」

【說明】「帘」「簾」本是兩個不同的字，意義各不相同。現在「簾」簡化作「帘」。

鬑 lián ［鬑鬑］鬚髮稀疏的樣子。古詩《陌上桑》：「為人潔白皙，～～頗有鬚。」

鐮(鎌) lián 鐮刀。《墨子·備城門》：「十步一長～，柄長八尺。」《論衡·累害》：「牛馬踐根，刀～割莖。」

鰱 lián 魚名。郭璞《江賦》：「鯪鰩鯩～。」（鯪、鰩、鯩：皆魚名。）

璉 liǎn ［瑚璉］見200頁「瑚」字條。

斂 liǎn ❶ 收聚，聚集。《周禮·天官·大宰》：「以九賦～財賄。」《呂氏春秋·仲秋》：「乃命有司，趣民收～。」（趣 cù：催促。）❷ 徵收賦稅。《左傳·宣公二年》：「晉靈公不君，厚～以彫牆。」（彫：畫飾。）今成語有「橫徵暴斂」。也指賦稅。《孟子·盡心上》：「易其田疇，薄其稅～。」（易：治理。田疇 chóu：田地。）❸ 收整，整肅。《左傳·定公九年》：「書～甲。」（書：人名。斂甲：收束甲衣，準備戰鬥。）《新語·無為》：「秦始皇帝設為車裂之誅，以～姦邪。」❹ 裝殮。後來寫作「殮」。《儀禮·士喪禮》：「主人奉尸～于棺。」❺ 不足。《史記·趙世家》：「去沙丘、鉅鹿～三百里。」（去：距離。）

臉 liǎn ❶ 頰，臉頰。梁簡文帝《妾薄命》：「玉貌歇紅～。」晏殊《破陣子》：「笑從雙～生。」❷ 眼瞼。梁武帝《代蘇屬國婦》：「～下淚如絲。」

【辨析】臉、面。在古代，「面」指面部，即現在意義的臉。「臉」指目下頰上的部位，即大約顴骨的部位。

蘞 liǎn 一種多年生蔓草。《詩經·唐風·葛生》：「葛生蒙楚，～蔓于野。」

楝 liàn 樹名。《淮南子·時則》：「七月官庫，其樹～。」

煉(鍊) liàn 冶煉。《淮南子·覽冥》：「於是女媧～五色石以補蒼天。」《抱朴子·金丹》：「黃金入火，百～不消。」比喻苦心琢磨以求精。杜荀鶴《閒居書事》：「鬢白只因秋～句。」

練 liàn ❶ 煮生絲或絲織品使柔軟潔白。《淮南子·說林》：「墨子見～絲而泣之。」又指白色的熟絹。《墨子·節葬下》：「文繡素～。」代指白色。吳均《答蕭新浦》：「蕭蕭曳～馬。」❷ 訓練，習練。《孫子·計》：「士卒孰～。」《三國志·魏書·張範傳》：「兵不～習，難以成功。」引申為熟悉。《漢書·薛宣傳》：「薦宣明習文法，～國制度。」❸ 挑選，選擇。《呂氏春秋·簡選》：「選～角材，欲其精也。」❹ 熔煉。《史記·扁鵲倉公列傳》：「齊王侍醫遂病，自～五石服之。」（遂：侍醫名。）

殮 liàn 給死人穿衣入棺。《晏子春秋·諫下》：「公～之以服，葬之以士禮焉。」

瀲 liàn ❶ 水邊。潘岳《西征賦》：「華蓮爛於淥沼，青蕃蔚乎翠～。」❷ ［瀲灩］1. 水波蕩漾的樣子。蘇軾《飲湖上初晴後雨》：「水光～～晴方好。」2. 水滿的樣子。泛指盈溢。范成大《續長恨歌》：「金杯～～曉妝寒。」

欄 ㊀ liàn ❶ 樹名。《周禮·考工記·𢸍氏》：「湅帛以～為灰。」（湅 liàn：煮絲絹使之柔軟。）
㊁ lán ❷ 關養牲畜的柵欄。《墨子·非攻上》：「至入人～廄，取人牛馬者，其不仁又甚攘人犬豕雞豚。」（廄 jiù：馬棚。攘 rǎng：偷竊。）❸ 欄杆。《後漢書·奚延傳》：「昔朱雲廷折～檻，今侍中面稱朕違。」辛棄疾《摸魚兒·淳熙己亥》：「休去倚危～。」

攣 liàn 見328頁「攣」㊁。

戀 liàn 愛慕，留戀。王粲《從軍行》：「誰能無～情。」陶潛《歸園田居》之一：「羈鳥～舊林。」也指思念的情意。

《世說新語・規箴》：「帝雖才雄心忍，亦深有情～。」

liang

良 liáng ❶ 善良。《論語・學而》：「夫子溫、～、恭、儉、讓以得之。」《詩經・鄘風・鶉之奔奔》：「人之無～，我以為兄。」❷ 好，良好。《韓非子・外儲說左上》：「～藥苦於口。」《文心雕龍・知音》：「～書盈篋。」又為高明，有才能。《孟子・滕文公下》：「天下之～工也。」也指有才能的人。《左傳・僖公七年》：「鄭有叔詹、堵叔、師叔三～為政，未可間也。」❸ 甚，很。《戰國策・燕策二》：「左右既前斬荊軻，秦王目眩～久。」《漢書・馮唐傳》：「上既聞廉頗、李牧為人，～說。」（說：悅。）❹ 確實，的確。曹丕《與吳質書》：「古人思秉燭夜遊，～有以也。」

俍 liáng　擅長，善於。《莊子・庚桑楚》：「夫工乎天而～乎人者，惟全人能之。」

涼（凉） ㊀ liáng ❶ 薄，不厚道。《左傳・莊公三十一年》：「虢多～德，其何土之能得？」❷ 微寒，清涼。《呂氏春秋・仲秋》：「～風生，候雁來。」曹丕《燕歌行》：「秋風蕭瑟天氣～。」❸ 人煙稀少。孔稚珪《北山移文》：「石徑荒～徒延佇。」又為淒涼。顏延之《秋胡詩》：「原隰多悲～。」
㊁ liàng ❹ 晾，風乾。《新唐書・百官志一》：「凡戎器，色別而異處，以衛尉幕士暴～之。」

【辨析】涼、寒、冷。見185頁「寒」字條。

梁 liáng ❶ 橋。《荀子・王制》：「修堤～，通溝澮。」（澮 kuài：田間水溝。）《呂氏春秋・序意》：「進視～下，類有人。」（類：似。）❷ 水中築起的捕魚的堰。《詩經・邶風・谷風》：「毋逝我～。」《荀子・王制》：「山林澤～，以時禁發而不稅。」又指堤堰，河堤。《水經注・濟水一》：「～，水堤也。」❸ 房樑。《莊子・人間世》：「夫仰而視其細枝，則拳曲而不可以為棟～。」（拳曲：彎曲。）《後漢書・陳寔傳》：「有盜夜入其室，止於～上。」

【辨析】梁、橋。在「橋樑」的意義上，上古只用「梁」字。上古「橋」指井上汲水的用具桔槔，漢代以後才產生「橋樑」的意義。

量 liáng　見310頁「量」㊁。

粱 liáng　穀子，也指小米。《詩經・小雅・黃鳥》：「黃鳥黃鳥，無集我桑，無啄我～。」又指精細的小米。《左傳・哀公十三年》：「～則無矣，粗則有之。」［粱肉］指精美的膳食。《韓非子・五蠹》：「故糟糠不飽者不務～～。」

踉 ㊀ liáng ❶［跳踉］見504頁「跳」字條。
㊁ liàng ❷［踉蹡 qiàng］行走緩慢或走路不穩的樣子。潘岳《射雉賦》：「已～～而徐來。」（已：不久。）

輬 liáng　古代的一種臥車。宋玉《招魂》：「軒～既低，步騎羅些。」（羅：羅列。些：語氣詞。）

糧 liáng ❶ 行路所帶的乾糧。《詩經・大雅・公劉》：「乃裹餱～。」（餱 hóu：乾糧。）《韓非子・外儲說左上》：「晉文公攻原，裹十日～。」泛指糧食。《商君書・靳令》：「民有餘～。」❷ 田賦。《宋史・高宗紀》：「戒州縣加收耗～。」

【辨析】糧、食。古代行路帶的乾糧叫「糧」，家居所用糧食叫「食」。「糧」「食」連用則無別。

兩 ㊀ liǎng ❶ 數詞。成雙、成對的兩個。《墨子・備城門》：「為闉門～扇。」（闉門：上圓下方的門。）白居易《賣炭翁》：「～鬢蒼蒼十指黑。」引申為二。《列子・湯問》：「孔子東游，見～小兒辯鬥。」（鬥：爭，爭勝負。）王建《雨過山村》：「雨裏雞鳴一～家。」❷ 副詞。表示兩者共同承受同一行為。《荀子・勸學》：「目不能～視而明。」❸ 量詞。1. 雙，用於鞋子等成雙的東西。《詩經・齊風・南山》：「葛屨五～。」（葛：植物名，纖維可以織成葛布。屨 jù：鞋子。）2. 匹，用於布帛。《左傳・閔公二年》：「重錦三十～。」3. 重量單位。古代二十四銖為一兩，十六兩為一斤。《漢書・律曆志上》：「二十四銖為～。」

㊁ liàng ❹ 量詞。用於計算車輛。後來寫作「輛」。《墨子・明鬼下》：「武王以擇車百～……與殷人戰於牧之野。」（牧之野：牧野，地名。）

【辨析】兩、二。見 125 頁「二」字條。

魎 liǎng [魍魎] 見 522 頁「魍」字條。

兩 liàng 見 309 頁「兩」㊁。

亮 liàng ❶ 明亮。《後漢書・蘇竟傳》：「且火德承堯，雖昧必～。」嵇康《雜詩》：「皎皎～月。」引申為清楚，明白。曹操《〈孫子〉序》：「而但世人未之深～訓說。」（但：只是。）❷ 同「諒」。1. 誠信。《孟子・告子下》：「君子不～，惡乎執？」（惡 wū 乎：於何，從哪裏。執：指執守節操。）《世說新語・方正》：「君性～直，必不容於寇仇。」2. 體諒，諒解。《抱朴子・自敍》：「亦何理於人之不見～乎？」王安石《與章參政書》：「書不逮意，想蒙恕～。」（逮：及。）

倞 liàng 見 259 頁「倞」㊁。

悢 ㊀ liàng ❶ 惆悵。趙至《與嵇茂齊書》：「臨書～然，知復何云！」（云：說。）❷ [悢悢] 眷念。顏真卿《奉使蔡州書》：「然中心～～，始終不改。」

㊁ lǎng ❸ [懭悢] 見 287 頁「懭」字條。

涼（凉） liàng 見 309 頁「涼（凉）」㊁。

量 ㊀ liàng ❶ 量器，測量東西容量的器物。《左傳・昭公三年》：「齊舊四～：豆、區、釜、鍾。」引申為能容納的限度。《論語・鄉黨》：「唯酒無～，不及亂。」又引申為規定，準則。《管子・牧民》：「上無～，則民乃妄。」❷ 衡量，估計。《左傳・隱公十一年》：「～力而行之。」《墨子・尚賢上》：「～功而分祿。」❸ 數量。《呂氏春秋・季春》：「是月也，命工師令百工審五庫之～。」❹ 氣度，抱負。《三國志・蜀書・諸葛亮傳》：「時左將軍劉備以亮有殊～，乃三顧亮於草廬之中。」

㊁ liáng ❺ 用量器計量。《莊子・胠篋》：「為之斗斛以～之。」也指稱量東西的輕重、長短等。《左傳・襄公九年》：「～輕重。」枚乘《上書諫吳王》：「石稱丈～。」（石：一百二十斤為一石。）

踉 liàng 見 309 頁「踉」㊁。

諒 liàng ❶ 誠信。《論語・季氏》：「友直，友～，友多聞。」屈原《離騷》：「惟此黨人之不～兮。」（黨人：指結黨營私的人。）引申為固執。《論語・憲問》：「豈若匹夫匹婦之為～也。」（匹夫匹婦：指普通百姓。）❷ 相信。《詩經・鄘風・柏舟》：「母也天只，不～人只！」（只：語氣詞。）引申為體諒，原諒。韓愈《岳陽樓別竇司直》：「忠鯁誰復～。」（鯁：正直。）歐陽修《與刁景純學士書》：「亦未必～某此心也。」（某：指我。）

liao

料 liáo 見 312 頁「料」㊁。

聊 liáo ❶ 耳鳴。宋玉《九歎・遠逝》：「耳～啾而戃慌。」（戃 tǎng 慌：恍惚、失意的樣子。）❷ 依靠，依賴。《戰國策・秦策一》：「百姓不足，上下相愁，民無所～。」蔡琰《悲憤詩》：「雖生何～賴。」❸ 姑且。屈原《九章・哀郢》：「～以舒吾憂心。」

嵺 liáo [嵺廓] 空曠高遠的樣子。宋玉《九辯》：「年洋洋而日遠兮，老～～而無處。」

僚 ㊀ liáo ❶ 官吏，官職。《尚書・皋陶謨》：「百～師師，百工惟時。」（師師：互相效法。）左思《詠史》之二：「世胄躡高位，英俊沉下～。」（世胄：世家子弟。躡：登。）❷ 奴隸的一個等級。《左傳・昭公七年》：「隸臣～，～臣僕。」（隸、僕：都是奴隸的等級。臣：役使。）

L

㊁ liǎo ❸ 美好的樣子。《詩經・陳風・月出》：「月出皎兮，佼人～兮。」（佼人：美人。）

廖 liáo 見 312 頁「廖」㊁。

漻 ㊀ liáo ❶ 清澈的樣子。《莊子・天地》：「夫道，淵乎其居也，～乎其清也。」（淵：深。）❷ 流動。《呂氏春秋・仲夏》：「通大川，決壅塞，鑿龍門，降通～水以導河。」❸ 通「寥 liáo」。空虛，寂靜。《韓非子・主道》：「寂乎其無位而處，～乎莫得其所。」司馬相如《上林賦》：「悠遠長懷，寂～無聲。」

㊁ liú ❹ 變化的樣子。《莊子・知北遊》：「油然～然，莫不入焉。」

寥 liáo ❶ 空虛，空曠。《老子》第二十五章：「寂兮～兮。」喻指天空。范成大《望海亭賦》：「騰駕碧～，指麾滄冥。」（滄冥：大海。）[寥廓] 空闊高遠。屈原《遠遊》：「下崢嶸而無地兮，上～～而無天。」❷ [寥落] 稀少。謝朓《京路夜發》：「曉星正～～。」韓愈《華山女》：「座下～～如明星。」

撩 liáo ❶ 整理，料理。《說文》：「～，理也。」庾信《夢入堂內》：「畫眉千度拭，梳頭百遍～。」❷ 擲。《三國志・魏書・典韋傳》：「但持長矛～戟。」❸ 挑，撥動。《北齊書・陸法和傳》：「凡人取果，宜待熟時，不～自落。」引申為逗引。韓愈《次同冠峽》：「無心思岑北，猿鳥莫相～。」

嶚（嶛） liáo 山高。左思《魏都賦》：「劍閣雖～，憑之者蹶。」（蹶：倒下。）

獠 ㊀ liáo ❶ 夜獵。泛指打獵。司馬相如《子虛賦》：「於是乃相與～於蕙圃。」

㊁ lǎo ❷ 古代南方少數民族名。《晉書・李勢載記》：「初，蜀土無～。」

憭 liáo 見 312 頁「憭」㊁。

寮 liáo ❶ 官，同官。後來寫作「僚」。《詩經・大雅・板》：「我雖異事，及爾同～。」《左傳・文公七年》：「同官為～，吾嘗同～，敢不盡心乎！」❷ 窗。張衡《西京賦》：「交綺豁以疏～。」❸ 小屋。陸游《貧居》：「屋窄似僧～。」

嫽 liáo 美好。傅毅《舞賦》：「貌～妙以妖蠱兮，紅顏曄其揚華。」

橑 liáo（又讀 lǎo） ❶ 屋椽。屈原《九歌・湘夫人》：「桂棟兮蘭～。」❷ 車傘蓋的支架。《淮南子・說林》：「蓋非～不能蔽日。」❸ 薪柴。《管子・侈靡》：「雕～然後爨之。」（爨 cuàn：燒火做飯。）

遼 liáo ❶ 遠。兼指距離和時間。《左傳・襄公八年》：「楚師～遠。」阮籍《詠懷詩》之八：「人生樂長久，百年自言～。」❷ 朝代名。契丹族首領耶律阿保機於公元 916 年立國，國號契丹。公元 947 年改國號為遼。公元 1125 年為金所滅。

【辨析】 遼、遙、遐、遠。四字都有「空間、時間距離長」的意義。不同在於：「遐」是比較古老的詞，多出現在早期文獻如《尚書》《詩經》中，與「邇」相對；「遠」則出現在春秋戰國之後的文獻中，與「近」相對。後代用「遐」有存古及莊重的意味。「遼」上古主要用於空間距離，漢以後才用於指時間。「遙」原來是個方言詞。《方言》：「遙，遠也，梁楚曰遙。」「遼」「遙」與「遠」連文，一般在前邊，作「遼遠」「遙遠」，而不倒過來。

燎 ㊀ liáo ❶ 放火燒田除草。《詩經・小雅・正月》：「～之方揚，寧或滅之。」（揚：旺盛。寧：乃。或：有人。）泛指延燒，燒。《左傳・隱公六年》：「如火之～于原。」今成語有「星火燎原」。❷ 古代用以照明的火炬。《呂氏春秋・精諭》：「桓公雖不言，若暗夜而燭～也。」（燭：點燃。）

㊁ liǎo ❸ 烘烤。《後漢書・馮異傳》：「光武對竈～衣。」又為挨近火而燒焦。《新唐書・李勣傳》：「嘗自為粥而～其鬚。」

㊂ liào ❹ 古祭名。燒柴祭天。《白虎通・封禪》：「～祭天，報之義也。」

療 liáo 醫治，治療。《周禮・天官・瘍醫》：「凡～瘍以五毒攻之。」（瘍：瘡。）《世說新語・術解》：「常患腹內惡，諸醫不可～。」比喻解除痛苦或困難。張衡《思玄賦》：「羞玉芝以～飢。」元好問《閻商卿還山中》：「半世虛名不～貧。」

繚 liáo 纏繞，環繞。屈原《九歌・湘夫人》：「芷葺兮荷屋，～之兮杜衡。」（芷葺：用芷草覆蓋。荷屋：用荷作為帳幕。屋：同「幄」。杜衡：香草名。）杜甫《沙苑行》：「～以周牆百餘里。」

飂 liáo 見 320 頁「飂」㊁。

鷯 liáo ［鷦 jiāo 鷯］見 244 頁「鷦」字條。

了 liǎo ❶ 完畢，結束。王褒《僮約》：「晨起早掃，食～洗滌。」李煜《虞美人》：「春花秋月何時～。」❷ 明白，了解。《世說新語・雅量》：「雖神氣不變，而心～其故。」❸ 全，完全。《世說新語・雅量》：「～無恐色。」李白《志公畫贊》：「水中之月，～不可取。」

僚 liǎo 見 310 頁「僚」㊁。

蓼 ㊀ liǎo ❶ 草名，味辛辣。《詩經・周頌・良耜》：「其鎛斯趙，以薅荼～。」（鎛：除草農具。趙：鋒利。薅：除去。）❷ 古國名，春秋時為楚所滅，在今河南固始。《左傳・文公五年》：「冬，楚公子燮滅～。」

㊁ lù△ ❸ 長大的樣子。《詩經・小雅・蓼蕭》：「～彼蕭斯，零露湑兮。」（蕭：一種香蒿。湑：露多的樣子。）

憭 ㊀ liǎo ❶ 明白，明瞭。韋昭《國語解敘》：「其所發明，大義略舉，為已～矣。」

㊁ liáo ❷ ［憭慄］淒涼的樣子。宋玉《九辯》：「～～兮若在遠行。」

潦 liǎo 見 296 頁「潦」㊂。

燎 liǎo 見 311 頁「燎」㊁。

瞭 liǎo 眼珠明亮。《孟子・離婁上》：「胸中正，則眸子～焉。」引申為明白。《論衡・自紀》：「言～於耳，則事味於心。」（味：體會。）

料 ㊀ liào ❶ 計算，統計。《國語・周語上》：「宣王既喪南國之師，乃～民於太原。」❷ 估量，預測。宋玉《對楚王問》：「夫蕃籬之鷃，豈能與之～天地之高哉？」（蕃籬：籬笆。鷃 yàn：小雀。）《史記・平原君虞卿列傳》：「虞卿～事揣情，為趙畫策，何其工也！」今成語有「料事如神」。❸ 選擇，挑選。《三國志・吳書・陸遜傳》：「遜～得精兵八千餘人。」❹ 物料，材料。《宋史・河渠志一》：「儲積物～。」又指人、畜食用的東西。陸贄《優恤畿內百姓並除十縣令詔》：「年食支酒～宜減五百碩。」

㊁ liáo ❺ 觸碰，撩撥。《莊子・盜跖》：「疾走～虎頭。」

廖 ㊀ liào ❶ 古國名。《漢書・地理志上》：「湖陽，故～國也。」

㊁ liáo ❷ ［廖廓］空曠高遠的樣子。《素問・天元紀大論》：「太虛～～。」

僇 liào ❶ 依賴。《淮南子・兵略》：「上下不相寧，吏民不相～。」❷ ［僇僇］傷悲的樣子。王粲《鸚鵡賦》：「聲嚶嚶以高厲，又～～而不休。」

燎 liào 見 311 頁「燎」㊂。

鐐 liào ❶ 純美的銀子。《爾雅・釋器》：「白金謂之銀，其美者謂之～。」何晏《景福殿賦》：「～質輪菌。」（輪菌：高大的樣子。）❷ 刑具，腳鐐。《元史・刑法志二》：「帶～居役，役滿放還。」

lie

列 liè△ ❶ 裂，分割。這個意義後來寫作「裂」。《史記・韓信盧綰列傳論》：「故得～地，南面稱孤。」❷ 行列，位次。《論語・季氏》：「陳力就～，不能者止。」《史記・廉頗藺相如列傳》：「相如每朝時，常稱病，不欲與廉頗爭～。」引申為排列，陳列。《呂氏春秋・孝行》：「樹五色，施五采，～文章，養目之道也。」（文章：華美的花紋。）《孔子家語・致思》：「～鼎而食。」❸ 眾，諸。《呂氏春秋・貴因》：「察～星而知四時。」鄒陽《上書吳王》：「～郡不相親，萬室不相救也。」

劣 liè△ ❶弱，弱小。曹植《辨道論》：「壽命長短，骨體強～，各有人焉。」❷不好，與「優」相對。諸葛亮《出師表》：「必能使行陣和睦，優～得所。」又指低下。《論衡・效力》：「力弱智～，不能納至言也。」❸僅僅，剛。《宋書・劉德願傳》：「德願善御車，嘗立兩柱，使其中～通車軸。」

冽 liè△ 寒冷。《詩經・小雅・大東》：「有～氿泉。」一本作「洌」。宋玉《高唐賦》：「～風過而增悲哀。」

洌 liè△ ❶清澈。《周易・井》：「井～寒泉，食。」歐陽修《醉翁亭記》：「釀泉為酒，泉香而酒～。」❷通「冽」。寒冷。《詩經・曹風・下泉》：「～彼下泉，浸彼苞稂。」（稂 láng：草名。）《洛陽名園記・業春園》：「覺清～侵人肌骨，不可留，乃去。」

埒 liè△ ❶矮的圍牆。《世說新語・汰侈》：「於時人多地貴，（王）濟好馬射，買地作～。」❷田埂。《淮南子・本經》：「菑榛穢，聚～畝。」（菑：開荒。）❸界限。《淮南子・精神》：「休息于無委曲之隅，而游敖于無形～之野。」❹山上的流水。《列子・湯問》：「壺領山頂有水涌出，一源分為四～，注於山下。」❺齊等。《史記・平準書》：「故吳諸侯也，以即山鑄錢，富～天子。」

烈 liè△ ❶火勢猛。《左傳・昭公二十年》：「夫火～，民望而畏之。」又為燃起大火。《孟子・滕文公上》：「益～山澤而焚之。」（益：人名。）引申為猛烈。《尚書・舜典》：「納于大麓，～風雷雨弗迷。」又引申為嚴酷。《淮南子・齊俗》：「曾參之養親也，若事嚴主～君。」❷光明。何晏《景福殿賦》：「～若鈎星在漢。」（漢：指銀河。）引申為顯赫。《詩經・周頌・雝》：「既右～考，亦右文母。」（右：受到保祐。考：亡父。文：指有文德。）❸剛烈，堅貞。《史記・伍子胥列傳論》：「故隱忍就功名，非～丈夫孰能致此哉？」❹事業，功業。《孟子・公孫丑上》：「功～，如彼其卑也。」賈誼《過秦論》：「及至始皇，奮六世之餘～。」

捩 ㊀ liè△ ❶扭轉。陸龜蒙《雜諷》之一：「人爭～其臂。」引申為違逆，不順。《新唐書・張說傳》：「未沃明主之心，已～貴臣之意。」
㊁ lì ❷琵琶撥子。梁簡文帝《詠內人晝眠》：「插～舉琵琶。」

裂 liè△ ❶剪開，撕裂。《左傳・昭公元年》：「～裳帛而與之。」引申為分割（土地）。《莊子・逍遙遊》：「～地而封之。」《戰國策・秦策五》：「大王～趙之半以賂秦。」又引申為裂開，破裂。杜甫《茅屋為秋風所破歌》：「嬌兒惡卧踏裏～。」❷車裂，古代分解人的肢體的酷刑。《墨子・親士》：「吳起之～，其事也。」《後漢書・儒林傳・楊倫》：「刎頸不易，九～不恨。」（易：改變。恨：遺憾。）

颲 liè△ ［颲颲］風猛烈的樣子。蕭衍《孝思賦》：「朔風鼓而～～。」（鼓：吹動。）

鴷 liè△ 啄木鳥。《爾雅・釋鳥》：「～，斲木。」《朝野僉載》一：「凱廳前樹上有～窠。～，啄木也。」（凱：人名。）

擸 liè△ 持，執。《儀禮・聘禮》：「降筵北面，以柶兼諸觶尚～，坐啐醴。」（柶：匙。觶：飲酒器。啐：飲。）

獵 liè△ ❶打獵。《詩經・魏風・伐檀》：「不狩不～，胡瞻爾庭有縣貆兮！」引申為涉獵。王禹偁《李兵部濤》：「舊史聊可～。」❷通「擸 liè」。持，用手整理。《史記・日者列傳》：「～纓正襟危坐。」（危：端正。）❸通「躐 liè」。1. 踐踏。《荀子・議兵》：「不殺老弱，不～禾稼。」2. 掠過。宋玉《風賦》：「～蕙草，離秦衡。」（離：經歷。）

【辨析】獵、田、畋。這三個字都有「打獵」的意義。它們的不同在於，「田」多指大規模的圍獵，所以《說文》用「陳也」來解釋，「陳」是古「陣」字，「田」就像打仗一樣要排開陣勢。「畋」是「田」的後起字。「獵」多指個人的或小規模的打獵。《伐檀》的「獵」字不能換成「田」。

躐 liè△ ❶ 踐踏。屈原《九歌・國殤》：「凌余陣兮～余行。」（凌：侵犯。余：我們。行：行列。）❷ 超越。《禮記・學記》：「幼者聽而弗問，學不～等也。」❸ 通「擸 liè」。持，用手整理。《後漢書・崔駰傳》：「當其無事，則～纓整襟，規矩其步。」（襟：衣襟。規矩：用如動詞，使……合規矩。）

鬣 liè△ ❶ 鬍鬚。《左傳・昭公七年》：「楚子享公于新臺，使長～者相。」（相：佐助。）❷ 馬頸上的長毛。《左傳・定公十年》：「公取而朱其尾、～以與之。」又泛指動物頭頸上的毛。《莊子・徐无鬼》：「濡需者，豕蝨是也，擇疏～自以為廣宮大囿。」（濡 rú 需：苟安一時。）也指魚龍之類頷旁的鬐。木華《海賦》：「巨鱗插雲，鬐～刺天。」❸ 掃帚。《禮記・少儀》：「拚席不以～。」（拚 fèn：掃除。）

lin

林 lín ❶ 成片的樹木、竹子。《韓非子・難二》：「非山～澤谷之利也。」歐陽修《醉翁亭記》：「然而禽鳥知山～之樂，而不知人之樂。」引申指人或物會聚處。司馬遷《報任安書》：「然後可以託於世，而列於君子之～矣。」蕭統《文選序》：「歷觀文囿，泛覽辭～。」❷ [林林] 眾多的樣子。柳宗元《貞符》：「惟人之初，總總而生，～～而羣。」今成語有「林林總總」。

惏 lín 見 293 頁「惏」㊁。

淋 ㊀ lín ❶ 澆。《齊民要術・笨麴并酒》：「不過數斛湯，回轉翻覆，通頭面痛～。」韓愈《石鼓歌》：「雨～日炙野火燎。」又為沾濕。杜荀鶴《送項山人歸天台》：「露～秋檜鶴聲清。」
㊁ lìn ❷ 病名。《素問・六元正紀大論》：「小便黃赤，甚則～。」

琳 lín 美玉。《尚書・禹貢》：「厥貢惟球、～、琅玕。」（厥：其。球：美玉。琅玕 lánggān：似珠玉的美石。）[琳琅] 精美的玉石。張衡《南都賦》：「金銀～～。」比喻美好的人、物。《世說新語・容止》：「今日之行，觸目見～～珠玉。」

粼 lín [粼粼] 水流清澈的樣子。《詩經・唐風・揚之水》：「揚之水，白石～～。」

嶙 lín [嶙峋 xún] 山崖深邃重疊的樣子。揚雄《甘泉賦》：「嶺巆～～，洞無厓兮。」（嶺巆：深邃的樣子。）

鄰（隣） lín ❶ 古代基層居民單位。周制五家為鄰。《周禮・地官・遂人》：「五家為～。」❷ 相鄰，接近。《莊子・天運》：「死生相與～。」《荀子・大略》：「禍與福～。」用作名詞，指鄰近的人家或國家。《呂氏春秋・去尤》：「他日復見其～之子。」《左傳・僖公三十年》：「焉用亡鄭以陪～？」（陪：指增加土地。鄰：鄰國，此指晉國。）❸ [鄰鄰] 同「轔轔」。車行聲。《詩經・秦風・車鄰》：「有車～～。」

潾 lín [潾潾] 1. 水清澈的樣子。杜甫《雜述》：「泗水～～瀰以清。」（瀰 mǐ：水滿的樣子。）2. 波光閃耀的樣子。温庭筠《三洲歌》：「月隨波動碎～～。」

璘 lín [璘斌] 光彩繽紛的樣子。庾信《邛竹杖賦》：「拔條勁直，～～色滋。」（滋：繁盛。）

霖 lín 久雨。《左傳・隱公九年》：「凡雨，自三日以往為～。」又：「大雨～以震。」（震：雷。）

遴 lín 見 316 頁「遴」㊁。

燐 lín 磷火。《淮南子・氾論》：「老槐生火，久血為～，人弗怪也。」歐陽修《祭石曼卿文》：「風淒露下，走～飛螢。」

臨 ㊀ lín ❶ 從高處往低處看。《詩經・大雅・大明》：「上帝～女，無貳爾心。」《荀子・勸學》：「不～深溪，不知地之厚也。」今成語有「居高臨下」。引申為統治，治理。《國語・晉語五》：「苟從是行也，～長晉國者，非汝其誰？」❷ 到，到達（從上到下，從尊到卑）。《左傳・襄公三年》：「請君～之。」《世說新語・仇隙》：「後藍田～揚州，右軍尚在郡。」❸ 面臨，面對。《詩經・小雅・小旻》：「戰戰兢兢，如～深淵。」陶潛《歸去來兮辭》：「～清流而賦詩。」今成語有「臨危不懼」。❹ 臨近，靠近。《左傳・莊公三十二年》：「公築臺，～黨氏。」又為將近，將要。《抱朴子・勤求》：「至老不改，～死不悔。」❺ 照着範本模仿。姚合《秋夕遣懷》：「～書愛真跡。」

㊁ lìn　❻ 哭，哭弔死者。《左傳・宣公十二年》：「國人大～。」《世說新語・傷逝》：「孝武山陵夕，王孝伯入～。」（夕：夕祭。）

磷　㊀ lín　❶［磷磷］1. 清澈明淨的樣子。劉楨《贈從弟》之一：「～～水中石。」許渾《贈閒師》：「秋江莫惜題佳句，正是～～見底時。」2. 光彩耀目的樣子。杜牧《阿房宮賦》：「釘頭～～，多於在庾之粟粒。」（庾：穀倉。）

㊁ lìn　❷ 薄，減損。《論語・陽貨》：「不曰堅乎，磨而不～。」

瞵　lín　瞪着眼看。潘岳《射雉賦》：「～悍目以旁睞。」

轔　㊀ lín　❶［轔轔］象聲詞。車聲。屈原《九歌・大司命》：「乘龍兮～～。」杜甫《兵車行》：「車～～。」❷ 門檻。《淮南子・說山》：「牛車絕～。」（絕：斷。）

㊁ lìn　❸ 車輪輾壓，蹂躪。《後漢書・廉范傳》：「虜自相～藉，死者千餘人。」

驎　lín　［騏驎］見 397 頁「騏」字條。

鱗　lín　魚類及某些爬行類動物體表的鱗甲。屈原《九章・悲回風》：「魚葺～以自別兮。」（葺：重疊。）也指有鱗甲的動物。《呂氏春秋・孟春》：「其蟲～。」

麟　lín　❶ 傳說中的仁瑞之獸，麒麟。《詩經・周南・麟之趾》：「～之趾，振振公子，于嗟～兮。」（振振：信實仁厚的樣子。）《春秋・哀公十四年》：「春，西狩獲～。」❷ 大雄鹿。《史記・司馬相如列傳》：「射麋腳～。」（腳：指拖住一腳。）❸［麟麟］光明的樣子。揚雄《劇秦美新》：「炳炳～～，豈不懿哉？」（炳炳：明亮的樣子。）❹ 通「鱗 lín」。鱗甲。《山海經・北山經》：「（晉水）其中多鮆魚，其狀如儵而赤～。」（儵 shù：黑色。）

亃（稟）　lǐn　見 32 頁「稟（禀）」㊁。

凜（凛）　lǐn　❶ 寒冷。潘岳《閒居賦》：「～秋暑退。」［凜凜］1. 寒冷的樣子。《古詩十九首・凜凜歲云暮》：「～～歲云暮。」2. 恐懼的樣子。《三國志・蜀書・法正傳》：「先主每入，衷心常～～。」（先主：指劉備。衷心：內心。）❷ 嚴肅，莊嚴。葉適《上李簽院啟》：「庭爭犯顏，～純忠之外著。」（犯顏：冒犯天子的威嚴。）

橉　lǐn　見 316 頁「橉」㊁。

廩（廪）　lǐn　❶ 米倉，糧倉。《左傳・昭公二十年》：「拘向勝、向行於其～。」（向勝、向行：人名。）《呂氏春秋・懷寵》：「分府庫之金，散倉～之粟。」又為公家供給糧食。《韓非子・內儲說上》：「南郭處士請為王吹竽，宣王說之，～食以數百人。」（說 yuè：喜悅，高興。）❷ 積聚，鬱結。《素問・皮部論》：「～於腸胃。」❸［廩廩］通「懍懍」。害怕的樣子。賈誼《論積貯疏》：「可以為富安天下，而直為此～～也。」（直：卻。）

懍（懔）　lǐn　❶ 危懼，戒懼。《尚書・五子之歌》：「～乎若朽索之馭六馬。」❷［懍懍］1. 危懼的樣子。《尚書・泰誓中》：「百姓～～，若崩厥角。」（厥 jué：其。角：額角。）2. 威嚴的樣子。《世說新語・品藻》：「廉頗、藺相如雖千載上死人，～～恆如有生氣。」

吝（恡）　lìn　❶ 吝惜，吝嗇。《尚書・仲虺之誥》：「改過不～。」《論語・泰伯》：「如有周公之才之美，使驕且～，其餘不足觀也已。」❷ 恥辱。《後漢書・張衡傳》：「不獲不～。」

淋　lìn　見 314 頁「淋」㊁。

賃　lìn　❶ 雇用，受雇用。《左傳・襄公二十七年》：「僕～於野。」（野：

郊野。）❷ 租賃，租借。《穆天子傳》卷三：「～車受載。」王禹偁《書齋》：「年年～宅住閒坊。」

橉 ㊀ lǐn ❶ 樹名。郭璞《江賦》：「～杞稹薄於潯涘。」（稹：茂密。潯涘：水邊。）

㊁ lìn ❷ 門檻。《淮南子・氾論》：「枕戶～而卧者，鬼神蹠其首。」（蹠：踩。）

甐 lìn 損壞。《周禮・考工記・鮑人》：「察其絨而藏，則雖敝而不～。」

遴 ㊀ lìn ❶ 行走困難。《說文》：「～，行難也。」❷ 通「吝 lìn」。吝嗇。《漢書・魯恭王餘傳》：「晚節～，惟恐不足於財。」

㊁ lín ❸ 挑選。王安石《取才》：「聖人之於國也，必先～柬其賢能。」（柬：挑選。）

臨 lìn 見 314 頁「臨」㊁。

磷 lìn 見 315 頁「磷」㊁。

轔 lìn 見 315 頁「轔」㊁。

蔄 lìn ［蔄石］雷石，城上禦敵用的石頭。《墨子・雜守》：「～～厲矢諸材器用皆謹。」

轥 lìn 車輪碾過。司馬相如《上林賦》：「徒車之所～轢。」（徒：步卒。轢：車輪碾軋。）引申為超越。《隋書・楊玄感傳論》：「足以～轢軒唐。」（軒：指軒轅氏。唐：指堯。）

躪 lìn 踐踏，蹂躪。司馬相如《上林賦》：「～玄鶴。」

ling

伶 líng ❶ 樂官，樂人。《國語・周語下》：「問律於～州鳩。」（州鳩：樂官名。）後指表演歌舞的人。《新唐書・禮樂志十二》：「教女～數十百人。」❷［伶仃］孤單的樣子。陸游《幽居遣懷》：「斜陽孤影歎～～。」字又寫作「伶丁」「零丁」。［伶俜］孤單的樣子。古詩《為焦仲卿妻作》：「～～縈苦辛。」杜甫《新安吏》：「瘦男獨～～。」

囹 líng ［囹圄］監獄。司馬遷《報任安書》：「深幽～～之中。」

【辨析】囹圄、牢、獄。見 296 頁「牢」字條。

泠 líng ❶ 輕妙。《莊子・逍遙遊》：「夫列子御風而行，～然善也。」❷ 水清澈，清涼。柳宗元《鈷鉧潭西小丘記》：「則清～之狀與目謀。」❸ 通「伶 líng」。［泠人］伶人，樂人。《左傳・成公九年》：「問其族，對曰：『～～也。』」

玲 líng ［玲玲］玉碰擊聲。《文心雕龍・聲律》：「～～如振玉。」［玲瓏］1. 金玉聲。班固《東都賦》：「和鑾～～。」（鑾：帝王車子上的鈴。）2. 明澈的樣子。鮑照《中興歌》之四：「白日照前窗，～～綺羅中。」（綺：有花紋的絲織品。）

苓 líng ❶ 甘草，又叫大苦。《詩經・唐風・采苓》：「采～采～，首陽之巔。」❷ 通「零 líng」。零落。《漢書・敘傳上》：「得氣者蕃滋，失時者～落。」

瓴 líng ❶ 古代一種盛水的陶瓶。《淮南子・精神》：「叩盆拊～，相和而歌，自以為樂矣。」（叩、拊：擊。）《史記・高祖本紀》：「其以下兵於諸侯，譬猶居高屋之上建～水也。」今成語有「高屋建瓴」。❷［瓴甓 pì］磚。傅玄《馬鈞傳》：「嘗試以車輪縣～～數十，飛之數百步矣。」（縣 xuán：懸掛。）

淩 líng ❶ 冰。《詩經・豳風・七月》：「二之日鑿冰沖沖，三之日納于～陰。」（二之日：指周曆二月，即夏曆十二月。沖沖：鑿冰聲。淩陰：冰窖。）❷ 登上。《商君書・賞刑》：「攻將～其城。」杜甫《望嶽》：「會當～絕頂。」❸ 凌駕。《史記・司馬相如列傳》：「飄飄有～雲之氣。」引申為逾越。《呂氏春秋・論威》：「雖有江河之險則～之。」❹ 侵犯，欺侮。《呂氏春秋・侈樂》：「勇者～怯。」（怯：指膽小畏縮的人。）❺ 迫近。杜甫《自京赴奉先縣詠懷五百字》：「～晨過驪山。」

【辨析】凌、淩、陵。「凌」的本義是冰，「淩」的本義是水名，「陵」的本義是大山。它們的本義互不相關。由於讀音相同，在「登、侵犯」等意義上，它們常常通用。

岭 líng [岭屏 pīng] 1. 孤單的樣子。蕭衍《孝思賦序》：「餘喘～～。」2. 行走不穩的樣子。蘇軾《芙蓉城》：「繞樓飛步高～～。」

聆 líng ❶ 聽，細聽。揚雄《劇秦美新》：「～清和之正聲。」（清和：清淨和平。）蘇軾《石鐘山記》：「扣而～之。」❷ [聆聆] 明瞭，明白。《淮南子・齊俗》：「不通於道者若迷惑，告以東西南北，所居～～，一曲而辟，然忽不得，復迷惑也。」

【辨析】聆、聽。二者都有「聽」的意思，但「聽」指一般的聽，「聆」是細聽。

蛉 líng ❶ [蜻蛉] 見 413 頁「蜻」字條。❷ 螟蛉的簡稱。葉適《齊雲樓》：「寧羨鵲居巢，盍如～有類。」（盍如：何如，哪如。）❸ [蛉窮] 蟲名。《淮南子・說林》：「昌羊去蚤蝨而來～～，除小患而致大賊。」（昌羊：菖蒲。賊：害。）

崚 líng [崚嶒 céng] 山勢高峻重疊的樣子。杜甫《望嶽》：「西嶽～～竦處尊。」（西嶽：指華山。竦：聳立。）

舲 líng 帶有窗戶的小船。屈原《九章・涉江》：「乘～船余上沅兮。」也指船窗。庾信《舟中望月》：「開～望月華。」泛指船。王安石《寄吳氏女子》：「誰謂川無～？」

翎 líng 鳥翅和尾上的長羽。杜甫《彭衙行》：「何當有翅～，飛去墮而前。」又指昆蟲的翅。陸龜蒙《蟬》：「一腹清何甚，雙～薄更無。」

倰 líng 驚恐。《淮南子・兵略》：「建鼓不出庫，諸侯莫不慴～沮膽其處。」（慴：恐懼。）

羚 líng [羚羊] 一種類似山羊的動物。嚴羽《滄浪詩話・詩辨》：「～～掛角，無跡可求。」

淩 líng ❶ 河名。《說文》：「～，淩水，在臨淮。」❷ 乘。屈原《九章・哀郢》：「～陽侯之氾濫兮。」（陽侯：波神，指波浪。）蘇軾《前赤壁賦》：「縱一葦之所如，～萬頃之茫然。」（如：往。）❸ 登上。木華《海賦》：「飛駿鼓楫，泛海～山。」引申為跨越，超越。《洛陽伽藍記・景寧寺》：「禮樂憲章之盛，～百王而獨高。」❹ 欺侮，侵犯。《史記・游俠列傳》：「豪暴侵～孤弱。」❺ 冒着。孫綽《登天台山賦》：「八桂森挺以～霜。」

【辨析】淩、凌、陵。見 316 頁「凌」字條。

陵 líng ❶ 大土山。《詩經・小雅・天保》：「如山如阜，如岡如～。」又為山峯。古詩《上邪》：「山無～，江水為竭。」❷ 墳墓。《國語・齊語》：「定民之居，成民之事，～為之終。」特指帝王的墳墓。《水經注・渭水》：「秦名天子冢曰山，漢曰～。」李白《憶秦娥》：「音塵絕，西風殘照，漢家～闕。」❸ 登上。《左傳・成公二年》：「齊侯親鼓，士～城。」（鼓：擊鼓。）❹ 乘，凌駕。《三國志・魏書・鄧艾傳》：「勇氣～雲。」引申為超越。《禮記・檀弓上》：「故喪事雖遽，不～節。」（遽：急促。）❺ 侵犯，欺侮。《戰國策・燕策三》：「然則將軍之仇報，而燕國見～之恥除矣。」（見：被。）❻ [陵遲] 衰落。《詩經・王風・大車》序：「禮義～～，男女淫奔。」

【辨析】1. 陵、山、嶺、丘。石頭大山為「山」，山峯為「嶺」，自然形成的小土山為「丘」，大土山為「陵」。2. 陵、凌、淩。見 316 頁「凌」字條。

菱（蔆） líng 植物名，果實俗稱菱角。《呂氏春秋・恃君》：「夏日則食～芡。」

零 líng ❶ 落（雨、露、淚等液體物）。《詩經・豳風・東山》：「～雨其濛。」《詩經・鄭風・野有蔓草》：「～露漙兮。」（漙 tuǎn：露水多的樣子。）諸葛亮《出師表》：「臨表涕～，不知所言。」今成語有「感激涕零」。❷ 凋謝。屈原《遠遊》：「悼芳草之先～。」❸ [零丁] 孤單的樣子。李密《陳情表》：「～～孤苦，至於成立。」

【辨析】零、落。二字都有「下落」的意義。不過下落的物體有些差別，草木花葉下落多用「落」，雨、淚等液體下落多用「零」，二字連文則泛指物體下落。

鈴 líng　鈴鐺。《詩經・周頌・載見》：「和～央央。」（央央：鈴聲和諧。）也指鈴聲。白居易《長恨歌》：「夜雨聞～腸斷聲。」

【辨析】鈴、鐸。見119頁「鐸」字條。

綾 líng　一種細薄有文采的絲織品。古詩《為焦仲卿妻作》：「右手持～羅。」

鴒 líng　鶺鴒，鳥名。《北齊書・李繪傳》：「～有六翮，飛則沖天。」參見「鶺鴒」條。

鯪 líng　❶傳說中的一種怪魚。屈原《天問》：「～魚何所？」❷［鯪鯉］獸名。俗稱穿山甲。《魏書・高祐傳》：「東郡吏獲一異獸……祐曰：『此是三吳所出，厥名～～，餘域率無』。」

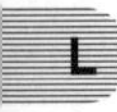

齡 líng　年齡，年數。《禮記・文王世子》：「夢帝與我九～。」

醽 líng　［醽醁 lù］酒名。《抱朴子・知止》：「～～不撤。」

靈 líng　❶跳舞降神的女巫。屈原《九歌・東皇太一》：「～偃蹇兮姣服。」（偃蹇：形容舞蹈的姿態。）❷神，神靈。屈原《九歌・雲中君》：「～皇皇兮既降。」（皇皇：美好的樣子。）引申為靈魂。諸葛亮《出師表》：「不效則治臣之罪，以告先帝之～。」❸威靈，福祐。《左傳・隱公三年》：「若以大夫之～，得保首領以沒。」（首領：頭。）❹靈驗，靈異。《史記・龜策列傳》：「以為龜藏則不～，蓍久則不神。」（龜、蓍：占卜用的龜甲、蓍草。）劉禹錫《陋室銘》：「水不在深，有龍則～。」❺屬於死人的。曹植《贈白馬王彪》：「～柩寄京師。」❻人的精神。《文心雕龍・情采》：「若乃綜述性～，敷寫器象。」（器象：指萬物。）引申為聰明，機敏。《莊子・天地》：「大愚者終身不～。」

櫺（欞） líng　❶窗戶或欄杆上雕花的木格。班固《西都賦》：「舍～檻而卻倚，若顛墜而復稽。」❷屋簷。《方言》卷十三：「屋梠謂之～。」

領 lǐng　❶脖子。《孟子・梁惠王上》：「如有不嗜殺人者，則天下之民皆引～而望之矣。」❷衣領。《荀子・勸學》：「若挈裘～，詘五指而頓之，順者不可勝數也。」（挈：提起。詘：屈曲。頓：抖動。）引申為量詞。計量衣被等。《荀子・正論》：「太古薄葬，棺厚三寸，衣衾三～。」《韓非子・初見秦》：「不用一～甲。」❸統率，率領。《韓非子・姦劫弒臣》：「下不能～御其眾以安其國。」楊惲《報孫會宗書》：「總～從官。」引申為兼任。《三國志・蜀書・諸葛亮傳》：「頃之，又～益州牧。」❹接受，領取。蘇軾《與楊濟甫》：「遠蒙厚惠蜀紙、藥物等，一一如數～訖。」❺領會，領略。陸游《初春書懷》：「共～人間第一香。」

【辨析】領、頸、項。見258頁「頸」字條。

嶺 lǐng　山峯，山脈。王羲之《蘭亭集序》：「此地有崇山峻～。」蘇軾《題西林壁》：「橫看成～側成峯。」又特指五嶺。《史記・南越列傳》：「兵不能逾～。」

【辨析】嶺、陵、山、丘。見317頁「陵」字條。

令 lìng　❶發命令。《論語・顏淵》：「其身正，不～而行。」又名詞，命令，法令。《呂氏春秋・適威》：「～苛則不聽，禁多則不行。」❷使，讓。《戰國策・趙策三》：「故拘之於牖里之庫百日，而欲～之死。」引申為假使，如果。《史記・魏其武安侯列傳》：「～我百歲後，皆魚肉之矣。」❸官職名。《呂氏春秋・去私》：「南陽無～，其誰可而為之？」❹善，美好。《詩經・大雅・卷阿》：「～聞～望。」又用為對人的敬稱。古詩《為焦仲卿妻作》：「不堪吏人婦，豈合～郎君？」

【辨析】令、命。二字在「命令」的意義上基本同義。區別在於「命」是差使他人，「令」有時是「使、讓」他人，前者強制性更強些。

liu

留（畱、畱、畄）liú ❶停留，不離開。《孟子·告子下》：「願～而受業於門。」范仲淹《漁家傲》：「衡陽雁去無～意。」引申為扣留。《史記·屈原賈生列傳》：「因～懷王以求割地。」❷保留，遺留。《莊子·秋水》：「此龜者，寧其死為～骨而貴乎，寧其生而曳尾於塗中乎？」（寧：寧肯。曳 yè：拖着。塗：泥。）岑參《白雪歌送武判官歸京》：「雪上空～馬行處。」❸等候。《莊子·山木》：「執彈而～之。」（彈：彈弓。）晏殊《蝶戀花》：「珠簾不下～歸燕。」

流 liú ❶水或其他液體移動。《詩經·邶風·泉水》：「毖彼泉水，亦～于淇。」（毖：通「泌」，泉水湧流的樣子。）《戰國策·秦策一》：「引錐自刺其股，血～至足。」泛指物體移動，流動。《詩經·豳風·七月》：「七月～火。」（火：指大火，即心宿。）❷河流。屈原《漁父》：「寧赴湘～，葬於江魚之腹中。」特指河水源頭之後的部分，與「源」相對。《論衡·異虛》：「源發，～安得不廣？」引申為分支，派別。《漢書·藝文志》：「法家者～，蓋出於理官。」（理官：法官。）引申為品類。《齊民要術序》：「花草之～，可以悅目。」今成語有「三教九流」。❸順水漂流。《詩經·鄭風·揚之水》：「揚之水，不～束薪。」引申為漂泊，流浪。《漢書·食貨志上》：「至昭帝時，～民稍還，田野益闢。」❹傳佈。《孟子·公孫丑上》：「德之～行，速於置郵而傳命。」（置郵：置驛和郵驛，古代傳遞政令的兩種方法。）今成語有「流芳百世」。❺放縱。《禮記·樂記》：「故制《雅》《頌》之聲以道之，使其聲足樂而不～。」（道：引導。）曹丕《典論·論文》：「貧賤則懾於飢寒，富貴則～於逸樂。」❻放逐。《尚書·舜典》：「～共工于幽州。」《世說新語·任誕》：「宜～之海外，以正風教。」

琉（瑠、璢）liú ［琉璃］一種有色有光澤的玉石。古詩《為焦仲卿妻作》：「移我～～榻，出置前窗下。」（琉璃榻：鑲有琉璃的坐臥器具。）

旒 liú ❶旗子下邊懸掛的飾物。《禮記·明堂位》：「旂十有二～。」泛指旗幟。曹睿《善哉行》：「采旄蔽日，旗～翳天。」❷冠冕前後懸垂的玉串。《禮記·玉藻》：「天子玉藻，十有二～。」《淮南子·主術》：「故古之王者，冕而前～，所以蔽明也。」

榴 liú 果樹名，也指其果實，即石榴。左思《蜀都賦》：「蒲陶亂潰，若～競裂。」（蒲陶：葡萄。）

謬 liú 見 311 頁「謬」㊁。

劉 liú ❶斧鉞類兵器。《尚書·顧命》：「一人冕執～。」❷殺，殺戮。《詩經·周頌·武》：「勝殷遏～。」（遏：止。）《左傳·成公十三年》：「虔～我邊垂。」（虔：殺。垂：邊境。）❸泛，遍。《淮南子·原道》：「～覽偏照，復守以全。」（偏：通「遍」，普遍。）

瘤（瘤）liú 瘤子。《晉書·趙王倫傳》：「倫目上有～。」

䝤 liú ❶火耕，焚燒草木之後耕種。《說文》：「～，燒穜也。」（穜 zhòng：種，下種。）❷開溝澆灌田地。《晉書·殷浩傳》：「開江西～田千餘頃。」（江：長江。）

蟉 liú ［蟉虬 qiú］屈曲盤繞的樣子。屈原《遠遊》：「玄螭蟲象並出進兮，形～～而逶迤。」

懰 liú 見 320 頁「懰」㊁。

瀏 liú ❶水深而清澈的樣子。《詩經·鄭風·溱洧》：「溱與洧，～其清矣。」柳宗元《永州新堂記》：「積之丘如，蠲之～如。」（蠲 juān：清潔。如：詞尾。）引申為清涼。曹植《與吳季重書》：「曄若春榮，～若清風。」（曄 yè：光彩。）❷風勁疾的樣子。劉向《九歎·逢紛》：「秋風～以蕭蕭。」

L

鏐 liú 純美的黃金。《史記・夏本紀》集解引鄭玄曰：「黃金之美者謂之～。」

騮（駵） liú 黑鬃黑尾的紅馬。《詩經・魯頌・駉》：「有～有雒。」（雒：白鬃的黑馬。）

飀 ㊀ liú ❶［飀風］西風。《呂氏春秋・有始》：「西方曰～～。」
㊁ liáo ❷［飀戾］1. 風聲。潘岳《西征賦》：「吐清風之～～。」2. 迅疾的樣子。《後漢書・張衡傳》：「颹汨～～。」（颹汨：疾速的樣子。）

鶹 liú ［鵂 xiū 鶹］見 572 頁「鵂」字條。

柳 liǔ ❶ 樹名。《詩經・小雅・采薇》：「昔我往矣，楊～依依。」（依依：茂盛的樣子。）❷ 星宿名，二十八宿之一。《呂氏春秋・有始》：「南方曰炎天，其星輿鬼、～、七星。」（輿鬼：即鬼宿。）❸ 通「瘤 liú」。瘤子。《莊子・至樂》：「俄而～生其左肘。」

綹 liǔ ❶ 絲縷合成的線。沈佺期《七夕曝衣篇》：「上有仙人長命～。」❷ 量詞。束。王渙《惆悵》之八：「青絲一～墮雲鬟。」

罶 liǔ 捕魚的竹器。《詩經・小雅・魚麗》：「魚麗于～。」（麗：碰到。）

懰 ㊀ liǔ ❶ 美好的樣子。《詩經・陳風・月出》：「月出皓兮，佼人～兮。」
㊁ liú ❷［懰慄］憂傷，悲愴。王褒《九懷・昭世》：「志懷逝兮心～～。」

六 liù△ 基數，六。《論語・先進》：「童子～七人。」又為序數，第六。《詩經・豳風・七月》：「～月莎雞振羽。」（莎 shā 雞：蟲名。振羽：指振翅發聲。）［六合］天地四方。《莊子・齊物論》：「～～之外，聖人存而不論。」賈誼《過秦論》：「履至尊而制～～。」（履至尊：登上帝位。）

塯 liù 盛飯的瓦器。《墨子・節用中》：「飯於土～。」

溜（澑） liù ❶ 水流。杜甫《雨》：「潺潺石間～。」❷ 流利，圓轉。歐陽修《玉樓春》之二八：「圓膩歌喉珠欲～。」❸ 通「霤 liù」。屋簷滴水處。《左傳・宣公二年》：「三進及～。」

磟 liù ［磟碡 zhóu］碾軋用的農具。陸龜蒙《耒耜經》：「有～～焉……咸以木為之。」

霤 liù ❶ 屋簷的流水。潘岳《寡婦賦》：「～泠泠以夜下兮。」（泠泠 línglíng：形容清涼。）泛指下流的水。《漢書・枚乘傳》：「泰山之～穿石。」❷ 屋簷下接水的溝槽。《左傳・定公九年》：「先登，求自門出，死於～下。」引申為屋簷。《禮記・玉藻》：「頤～垂拱，視下而聽上。」（頤霤：頭低得如同下垂的屋簷。）

餾 liù 蒸飯。《世說新語・夙惠》：「太丘問：『炊何不～？』」（太丘：人名。）

鷚 liù 野雞雛，雞雛。《呂氏春秋・仲夏》「天子以雛嘗黍」高誘注：「雛，春～也。」左思《吳都賦》：「翳薈無麢～。」（翳 yì 薈：草木茂盛的樣子。麢 nuàn：同「麛」，幼鹿。）

long

隆 lóng ❶ 高，高處。《周易・大過》：「棟～，吉。」《孫子・行軍》：「戰～無登。」（作戰時，敵人在高處，不要登高進攻。）引申為增高。《戰國策・齊策一》：「夫齊雖～薛之城到於天，猶之無益也。」又引申為尊崇。《史記・禮書》：「故禮，上事天，下事地，尊先祖而～君師。」❷ 厚重。《國語・晉語六》：「無德而福～，猶無基而厚墉也。」（墉：高牆。）《淮南子・繆稱》：「禮不～而德有餘。」引申為程度深。《韓非子・定法》：「大寒之～，不衣亦死。」《呂氏春秋・序意》：「智不公，則福日衰，災日～。」❸ 興盛。《戰國策・秦策一》：「當秦之～，黃金萬溢為用。」（溢：通「鎰」，二十兩為一鎰。）諸葛亮《出師表》：「則漢室之～，可計日而待也。」

龍 ㊀ lóng ❶ 傳說中的神異動物，能興雲降雨。《禮記・禮運》：「麟、鳳、龜、～，謂之四靈。」喻指君王。《呂氏春秋・介立》：「晉文公反國，介子推不敢受賞，自為賦詩曰：『有～于飛，周遍天下。』」（反：返回。）❷［龍鍾］1. 衰老、疲憊的樣子。王維《夏日過青龍寺謁操禪師》：「～～一老翁，徐步謁禪宮。」2. 潦倒，不得意的樣子。白居易《別微之於澧上》：「莫問～～惡官職，且聽清脆好文篇。」3. 淚流縱橫的樣子。蔡邕《琴操》下：「空山歔欷，涕～～兮。」（歔欷 xūxī：哀歎抽泣聲。）

㈡ lǒng ❸［龍斷］岡壟。《孟子・公孫丑下》：「有賤丈夫焉，必求～～而登之。」（丈夫：男子。）

癃 lóng ❶ 疲病，衰弱多病。《晏子春秋・問下》：「公所身見～老者七十人，振贍之。」（振：救濟。贍：供給。）❷ 小便不暢。《靈樞・五味論》：「酸走筋，多食之，令人～。」

窿 lóng ［窿穹］中央隆起四周下垂的樣子。何景明《霍山辭》：「巖巖霍山之～～兮。」（巖巖：高峻的樣子。）

嚨 lóng 喉。《說文》：「～，喉也。」［嚨胡］喉嚨。《後漢書・五行志一》：「請為諸君鼓～～。」

巃 lóng ［巃嵸 zōng］山勢險峻的樣子。司馬相如《上林賦》：「於是乎崇山矗矗，～～崔巍。」

龐 lóng 見377頁「龐」㈡。

瀧 ㈠ lóng ❶ 下雨。元稹《送侍御之嶺南二十韻》：「祈～在至誠。」❷ 湍急。賈島《寄韓潮州愈》：「出關書信過～流。」

㈡ shuāng ❸［瀧岡］山岡名。歐陽修有《～～阡表》。

瓏 lóng 玉石。《抱朴子・地真》：「玄芝被崖，朱草蒙～。」（玄芝：仙草。被、蒙：都是覆蓋的意思。）

櫳 lóng ❶ 關禽獸的牢籠。禰衡《鸚鵡賦》：「順～檻以俯仰。」❷ 窗櫺。《漢書・外戚傳下》：「房～虛兮風泠泠。」（泠泠：冷清的樣子。）

朧 lóng 微明的樣子。《新論・兵術》：「是以列宿滿天，不及～月。」［朦朧］見「朦」字條。

礱 lóng ❶ 磨，磨擦。枚乘《上書諫吳王》：「磨～底厲，不見其損。」（底厲：磨。）又為磨刀石。《尸子・勸學》：「磨之以～礪。」（礪：磨刀石。）引申為切磋，研討。韓愈等《納涼聯句》：「殷勤相勸勉，左右加～斫。」❷ 脫去稻穀殼的農具。《齊民要術・種胡荽》：「多種者，以磚瓦蹉之亦得，以木～礱之亦得。」《天工開物・攻稻》：「凡稻去殼用～。」

籠 ㈠ lóng ❶ 竹製盛土器。《淮南子・精神》：「今夫繇者，揭钁臿，負～土。」（繇 yáo：徭役。揭：舉。钁 jué：鋤頭。臿 chā：鍬。）泛指竹製盛物器具。《齊民要術・作魚鮓》：「盛著～中，平板石上迮去水。」（迮 zé：壓。）❷ 關鳥獸等的籠子。《莊子・庚桑楚》：「以天下為之～，則雀無所逃。」《鶡冠子・世兵》：「～中之鳥，空窺不出。」

㈡ lǒng ❸ 籠罩，包羅。《齊民要術・脯腊》：「紙袋～而懸之。」柳宗元《鈷鉧潭西小丘記》：「丘之小不能一畝，可以～而有之。」❹ 籠絡，控制。《莊子・庚桑楚》：「是故湯以庖人～伊尹，秦穆公以五羊之皮～百里奚。」《史記・平準書》：「盡～天下之貨物。」

聾 lóng 喪失聽覺，聽覺遲鈍。《莊子・逍遙遊》：「～者無以與乎鍾鼓之聲。」引申為愚蠢無知，不明事理。《左傳・宣公十四年》：「鄭昭、宋～，晉使不害，我則必死。」（昭：明。）

䪊 lóng ［䪊頭］馬籠頭。《齊民要術・養牛馬驢騾》：「唯著～～，浪放不繫。」

龍 lǒng 見320頁「龍」㈡。

攏 lǒng ❶ 聚合，聚攏。郭璞《江賦》：「～萬川乎巴、梁。」引申指靠攏，使船靠岸。丁仙芝《江南曲》：「知郎舊時意，且請～船頭。」❷ 梳理。韓偓《春悶偶成》：「無言～鬢時。」❸ 彈奏弦樂器的一種指法。白居易《琵琶行》：「輕～慢撚抹復挑。」（撚、抹、挑：彈奏弦樂器的手法。）

L

壟(壠) lǒng ❶ 田埂。《史記・陳涉世家》：「輟耕之～上。」(之：往。)[壟畝] 田地。《戰國策・齊策三》：「與農夫居～～之中。」❷ 墳墓。《呂氏春秋・安死》：「今有人於此，為石銘置之～上。」

隴 lǒng ❶ 山名，在甘肅與陝西交界處。《漢書・武帝紀》：「遂逾～。」❷ 高丘。孔稚珪《北山移文》：「及其鳴騶入谷，鶴書赴～。」(鳴騶：指前呼後擁的隨從。鶴書：指詔書。)特指墳墓。《淮南子・脩務》：「譬若遺腹子之上～，以禮哭泣之。」❸ 田埂。白居易《觀刈麥》：「小麥覆～黃。」也指農作物的行。杜甫《晚登瀼上堂》：「山田麥無～。」[隴畝] 田野，田地。《史記・項羽本紀》：「乘勢起～～之中。」

籠 lǒng 見 321 頁「籠」㊁。

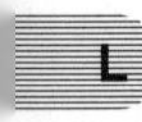

弄 lòng 見 369 頁「弄」㊁。

lou

婁 ㊀ lóu ❶ 星宿名，二十八宿之一。《禮記・月令》：「季冬之月，日在婺女，昏～中，旦氐中。」❷ 牽拉。《詩經・唐風・山有樞》：「子有衣裳，弗曳弗～。」
㊁ lǚ ❸ 拴繫。《公羊傳・昭公二十五年》：「且夫牛馬維～，委己者也。」

僂 lóu 見 327 頁「僂」㊁。

摟 lóu 挾持，牽拉。《孟子・告子下》：「五霸者，～諸侯以伐諸侯者也。」《孟子・告子下》：「逾東家牆而～其處子，則得妻。」

慺 lóu 誠懇恭謹。《抱朴子・尚博》：「～誠以為爾，未必違情以傷物也。」

蔞 lóu 草名，即蔞蒿。《詩經・周南・漢》：「翹翹錯薪，言刈其～。」(翹翹：眾多的樣子。)

樓 lóu ❶ 設在高處的建築，多用作瞭望。《左傳・宣公十五年》：「登諸～車，使呼宋而告之。」❷ 兩層以上的房屋。《孟子・告子上》：「方寸之木可使高於岑～。」

【辨析】樓、閣、亭、臺、榭。見 161 頁「閣」字條。

膢 lóu 古代祭名。《韓非子・五蠹》：「夫山居而谷汲者，～臘而相遺以水。」(臘：祭名。)

螻 lóu 螻蛄。《呂氏春秋・應同》：「黃帝之時，天先見大螾大～。」(見 xiàn：顯現。螾：同「蚓」，蚯蚓。)

耬 lóu ❶ 播種用的農具。崔寔《政論》：「一人將之，下種挽～，皆取備焉。」❷ 翻鬆土地。《齊民要術・種穀》：「先重～耩地壠，燥培而種之。」

艛 lóu 樓船。《梁書・呂僧珍傳》：「裝為～艦，葺之以茅。」

髏 lóu [髑 dú 髏] 見 114 頁「髑」字條。

嶁(㟺) lǒu 山頂。《後漢書・馬融傳》：「廋疏～領，犯歷嵩巒。」(廋疏：搜索。)

簍 lǒu 用竹篾或荊條編的盛物器具。《說文》：「～，竹籠也。」唐彥謙《蟹》：「篾～挑將水邊貨。」

陋 lòu ❶ 偏僻，邊遠地區。《論語・子罕》：「子欲居九夷。或曰：『～，如之何？』」《左傳・成公九年》：「恃～而不備，罪之大者也。」引申為見識不廣。《荀子・修身》：「少見曰～。」《呂氏春秋・樂成》：「不能導愚教～。」今成語有「孤陋寡聞」。❷ 狹小，簡陋。《論語・雍也》：「在～巷，人不堪其憂。」劉禹錫《陋室銘》：「斯是～室，惟吾德馨。」(馨 xīn：香美。此指品德高尚。)❸ 醜陋，粗劣。《後漢書・梁冀傳》：「容貌甚～，不勝冠帶。」《宋書・孔顗傳》：「衣裘器用，皆擇其～者。」

漏 lòu ❶ 物體從孔隙透過、滴下。《韓非子・外儲說右上》：「有瓦器而不～，可以盛酒乎？」杜甫《茅屋為秋風所破歌》：「牀頭屋～無乾處。」❷ 泄漏。《左傳・僖公二年》：「齊寺人貂始～師于多魚。」(貂、多魚：人名。師：指軍事機密。）❸ 疏漏，遺漏。班固《史述贊・述高紀》：「秦人不綱，網～於楚。」張協《七命》：「內無疏蹊，外無～跡。」❹ 漏壺。古代計時器。《六韜・分兵》：「明告戰日，～刻有時。」引申為更次，時刻。《漢書・佞幸傳・董賢》：「賢傳～在殿下。」

瘻 ㊀ lòu ❶ 病名，即頸部淋巴結核。《淮南子・說山》：「雞頭已～。」（已：止，治癒。）柳宗元《捕蛇者說》：「可以已大風、攣踠、～、癘。」（大風：麻風病。攣：手蜷曲。踠：足屈曲。癘：惡瘡。）

㊁ lú ❷ 佝僂，駝背。柳宗元《種樹郭橐駝傳》：「病～，隆然伏行。」（隆然：指背部高起的樣子。）

鏤 lòu ❶ 可供雕刻的剛鐵。《尚書・禹貢》：「厥貢璆、鐵、銀、～。」（厥：其。璆 qiú：美玉。）❷ 雕刻。《荀子・勸學》：「鍥而不舍，金石可～。」又為鑿通。司馬相如《難蜀父老》：「～靈山。」

【辨析】鏤、刻、契、鍥。見 281 頁「刻」字條。

lu

旅 lú 黑色。《左傳・僖公二十八年》：「～弓矢千。」

盧 lú ❶ 黑色。《尚書・文侯之命》：「～弓一，～矢百。」又指黑色之物。《漢書・揚雄傳上》：「玉女無所眺其清～兮。」（玉女：神女。）此指瞳人。❷ 酒家安放盛酒器的土臺子。後來寫作「壚」。《漢書・司馬相如傳上》：「買酒舍，乃令文君當～。」（文君：卓文君。）❸ 頭蓋骨。後來寫作「顱」。《淮南子・脩務》：「蹶蹄足以破～陷胸。」❹ 簡陋的房屋。後來寫作「廬」。《淮南子・說林》：「匠人處狹～。」❺ 火爐。後來寫作「鑪」「爐」。《後漢書・五行志五》：「魏郡男子張博送鐵～詣太官。」

壚 lú ❶ 剛硬的黑土。《呂氏春秋・辯土》：「凡耕之道，必始於～。」❷ 酒家安放盛酒器的土臺子。李商隱《杜工部蜀中離席》：「當～仍是卓文君。」也代指酒店。《世說新語・傷逝》：「乘軺車，經黃公酒～下過。」❸ 通「爐 lú」。火爐子。陸游《山行過僧庵不入》：「茶～煙起知高興。」

廬 lú ❶ 春夏時農民在田間住的簡陋房舍。《詩經・小雅・信南山》：「中田有～。」也指其他簡陋的房舍。《孟子・滕文公上》：「五月居～。」泛指住處。陶潛《讀〈山海經〉》：「吾亦愛吾～。」❷ 寄居，居住。《左傳・閔公二年》：「立戴公，以～于曹。」張衡《西京賦》：「恨阿房之不可～。」

瀘 lú 古水名，指今金沙江下游的一段。諸葛亮《出師表》：「故五月渡～，深入不毛。」

蘆 lú ❶［蘆菔］蘿蔔。《後漢書・劉盆子傳》：「掘庭中～～根。」❷ 蘆葦。《淮南子・覽冥》：「積～灰以止淫水。」（淫水：大水。）

櫨 lú ❶ 樹名，即黃櫨。司馬相如《上林賦》：「華楓枰～。」（枰：樹名。）❷ 果名。《呂氏春秋・本味》：「果之美者……箕山之東，青鳥之所，有甘～焉。」❸ 柱頭承托大樑的方木。《淮南子・主術》：「短者以為朱儒枅～。」（朱儒：樑上短柱。枅：柱上方木。）

臚 lú ❶ 額頭。《黃庭內景經・上有》：「七液洞流沖～間。」❷ 陳述。《漢書・禮樂志》：「殷勤此路～所求。」❸ 陳列。《太玄・掜》：「秉圭戴璧，～湊羣辟。」（羣辟：指諸侯、卿士。）

爐（鑪） lú ❶ 供冶煉、取暖、烹飪等使用的盛火器具。《周禮・天官・宮人》：「共～炭。」（共：供給。）《莊子・大宗師》：「今一以天地為大～，以造化為大冶。」❷ 同「壚」。酒店前放置酒罈的土臺。《史記・司馬相如列傳》：「買一酒舍酤酒，而令文君當～。」（酤酒：賣酒。）也用作酒店的代稱。《後漢書・方術傳・左慈》：「行視諸～，悉亡其酒脯矣。」（亡：失去。脯：乾肉。）

矑 lú 眼珠。揚雄《甘泉賦》：「玉女亡所眺其清～兮。」（亡：通「無」。）

艫 lú 船頭。《漢書・武帝紀》：「舳～千里。」（舳：船尾。）代指船。謝瞻《王撫軍庾西陽集別作》：「榜人理行～。」（榜人：船工。）

纑 lú ❶ 麻縷。《說文》：「～，布縷也。」陸龜蒙《蠶賦》：「藝麻績～。」（藝：種植。）❷ 漂洗麻。《孟子・滕文公下》：「彼身織屨，妻辟～。」（辟 pī：析麻。）❸ 紵麻一類的植物。《史記・貨殖列傳》：「夫山西饒材，竹、穀、～、旄、玉石。」

轤 lú ［轆轤］見 326 頁「轆」字條。

顱 lú 頭蓋骨，也指頭。《淮南子・說林》：「牛蹄彘～亦骨也。」《史記・春申君列傳》：「頭～僵仆，相望於境。」

髗 lú 同「顱」。頭顱。《新唐書・張九齡傳》：「於時族夷將相，～足旁午。」（旁午：交錯。）

鸕 lú ［鸕鷀］水鳥名，又名魚鷹。杜甫《三絕句》：「門外～～久不來。」

鱸 lú 魚名。《後漢書・方術傳下》：「今日高會，珍羞略備，所少吳松江～魚耳。」

鹵 lǔ ❶ 鹽鹼地。《呂氏春秋・樂成》：「決漳水，灌鄴旁，終古斥～，生之稻粱。」（終古：久遠，自古以來。斥：指地鹹鹵。）引申指鹼地所產的鹽，也指鹽鹵。《史記・貨殖列傳》：「山東食海鹽，山西食鹽～。」❷ 通「櫓 lǔ」。大盾。《戰國策・中山策》：「大破二國之軍，流血漂～。」❸ 通「虜 lǔ」。掠奪，虜掠。《漢書・高帝紀》：「所過毋得～掠，秦民喜。」❹ 通「魯 lǔ」。遲鈍。《風俗通・過譽》：「遼叔太子名舊，才操～鈍。」

虜 lǔ ❶ 俘獲。《史記・項羽本紀》：「若屬皆且為所～。」（若屬：你們這些人。）引申為掠奪。後來又寫作「擄」。張載《七哀詩》之一：「珍寶見剽～。」（見：被。）❷ 俘虜，被俘獲的人。《漢書・樊噲傳》：「斬首八級，捕～四十四人。」古代的俘虜常被用作奴僕，所以又指奴隸。《韓非子・五蠹》：「雖臣～之勞不苦於此矣。」❸ 對敵人的蔑稱。司馬遷《報任安書》：「～救死扶傷不給。」（不給 jǐ：顧不上。）

魯 lǔ ❶ 遲鈍。《論語・先進》：「參也～。」（參：指曾參。）《左傳・文公十五年》：「～人以為敏。」❷ 周代諸侯國名。《史記・周本紀》：「封弟周公旦於曲阜，曰～。」

櫓（樐） lǔ ❶ 大盾牌。《左傳・襄公十年》：「而蒙之以甲以為～。」賈誼《過秦論》：「伏屍百萬，流血漂～。」❷ 望樓。《孫子・謀攻》：「修～、轒轀，具器械，三月而後成。」（轒轀 fényūn：一種攻城的戰車。）❸ 比槳長大的划船工具。《三國志・吳書・呂蒙傳》：「使白衣搖～，作商賈人服，晝夜兼行。」

艣（樚、艪） lǔ 划船的工具。《玉篇》：「～，所以進船也。」蘇軾《念奴嬌・赤壁懷古》：「檣～灰飛煙滅。」（檣 qiáng：桅杆。）

鹿 lù△ ❶ 獸名。《詩經・小雅・鹿鳴》：「呦呦～鳴，食野之苹。」（呦呦 yōuyōu：鹿鳴聲。）喻指政權或在位者。《史記・淮陰侯列傳》：「秦失其～，天下共逐之。」❷ 粗，粗劣。《呂氏春秋・貴生》：「顏闔守閭，～布之衣，而自飯牛。」（飯：動詞，餵。）❸ 糧倉。《國語・吳語》：「市無赤米，而囷～空虛。」（赤米：粗糙的米。囷 qūn 鹿：糧倉。）❹ 通「麓 lù」。山腳。《春秋・僖公十四年》：「秋，八月，辛卯，沙～崩。」

淥 lù△ ❶ 清澈。柳宗元《田家》之三：「蓼花被隄岸，陂水寒更～。」（被：覆蓋。陂 bēi：池塘。）❷ 同「醁」。美酒。崔國輔《對酒吟》：「寄言世上諸少年，平生且盡杯中～。」

陸 lù△ ❶ 高而平的土山。《周易・漸》：「鴻漸于～。」（漸：進，至。）引申為陸地。《呂氏春秋・慎勢》：「水用舟，～用車。」❷ 道路。張衡《西京賦》：「複～重閣。」（複陸：複道，樓閣之間架空的通道。）❸ ［陸離］1. 色彩繁雜的樣子。《淮南子・本經》：「五采爭勝，流漫～～。」2. 分散的樣子。左思《蜀都賦》：「毛羣～～。」（毛羣：獸類。）3. 長的樣子。屈原《九章・涉江》：「帶長鋏之～～兮。」（鋏：劍。）

祿 lù△ ❶ 福。《詩經・小雅・天保》：「受天百～。」《左傳・宣公十五年》：「死而成命，臣之～也。」（成命：完成國君的使命。）❷ 俸祿。《墨子・尚賢》：「量功而分～。」《荀子・富國》：「德必稱位，位必稱～，～必稱用。」（稱：相稱，適合。）引申指權位。《論語・季氏》：「～之去公室五世矣。」

【辨析】祿、福。見 147 頁「福」字條。

輅 lù 車轅前供人牽引的橫木。《史記・劉敬叔孫通列傳》：「敬脫輓～。」（敬：婁敬，人名。）代指車。《呂氏春秋・孟春》：「乘鸞～。」（鸞輅：帶有鸞鈴的車。）

碌 lù△ ［碌碌］1. 玉石美好的樣子。《文子・符言》：「故不欲～～如玉。」《文心雕龍・總術》：「～～之石，時似乎玉。」2. 平庸，無所作為。《史記・酷吏列傳》：「九卿～～奉其官。」3. 車輪轉動聲。賈島《古意》：「～～復～～，百年雙轉轂。」（轂 gǔ：車輪中心可以穿軸的圓木。）

賂 lù ❶ 財物。《左傳・桓公十三年》：「宋多責～於鄭。」（責：求取。）司馬遷《報任安書》：「家貧，貨～不足以自贖。」❷ 贈送財物。《左傳・桓公二年》：「以郜大鼎～公。」引申為為某種目的送財物給人。《呂氏春秋・原亂》：「公子夷吾重～秦地以求入。」

【辨析】賂、財、貨、資、賄。見 39 頁「財」字條。

路 lù ❶ 道路，路途。《詩經・鄭風・遵大路》：「遵大～兮。」（遵：循，沿着。）陶潛《桃花源記》：「忘～之遠近。」引申為思想或行動的方向、途徑。《尚書・洪範》：「無有作惡，遵王之～。」諸葛亮《出師表》：「不宜妄自菲薄，引喻失義，以塞忠諫之～也。」又比喻當政，任職。《孟子・公孫丑上》：「夫子當～於齊。」❷ 車。《左傳・昭公四年》：「王思舊勳而賜之～。」《公羊傳・昭公二十五年》：「乘大～。」❸ 大。《史記・孝武本紀》：「～弓乘矢。」（乘 shèng：四。）❹ 宋、金、元時行政區域名。文天祥《指南錄後序》：「予除右丞相兼樞密使，都督諸～軍馬。」（除：授官。）

【辨析】路、道、途、涂、塗。見 96 頁「道」字條。

稑 lù△ 晚種早熟的穀物。《呂氏春秋・任地》：「種～禾不為～。」（不為稑：不像早熟的穀物。）

僇 lù△ ❶ 行動遲緩。《說文》：「～，癡行僇僇也。」❷ 通「戮 lù」。1. 殺戮。《韓非子・孤憤》：「是明法術而逆主上者，不～於吏誅，必死於私劍矣。」2. 羞辱。《呂氏春秋・當染》：「故國殘身死，為天下～。」❸ 通「勠 lù」。［僇力］盡力，合力。《史記・商君列傳》：「～～本業。」

勠 lù△ ［勠力］勉力，合力。《史記・淮陰侯列傳》：「天下共苦秦久矣，相與～～擊秦。」

【辨析】勠、戮。二字古代意義不同，「戮」是殺戮，「勠」是合力，因音同，「合力」的意義有時用「戮」，但「殺戮」的意義不用「勠」。在古代漢語中，二字不當看作異體。

盝 lù△ ❶ 滲漏，濾去水。《周禮・考工記》：「清其灰而～之。」❷ 小匣子。白居易《宿杜曲花下》：「漆～是行廚。」

漉 lù△ ❶ 使乾涸，乾涸。《呂氏春秋・仲春》：「是月也，無竭川澤，無～陂池。」（陂池：池沼。）《抱朴子・明本》：「夫淵竭池～，則蛟龍不游。」❷ 液體下滲。《戰國策・楚策四》：「～汁灑地，白汗交流。」引申為過濾。《齊民要術・蒸缹》：「脂盡，～出，破為四方寸臠。」

綠 lù 見 328 頁「綠」㊁。

蓼 lù 見 312 頁「蓼」㊁。

櫨 lù△ ［櫨櫨］即轆轤，井上汲水器的圓轉木。庾信《和張侍中述懷》：「道險臥～～。」

醁 lù△ 美酒名。《抱朴子外篇・崇教》：「湎醽～以沉醉。」

戮(剹) lù△ ❶ 殺戮。《左傳・成公二年》：「我～之不祥。」《淮南子・兵略》：「殺～無罪。」又特指陳屍示眾。《呂氏春秋・離謂》：「於是殺鄧析而～之，民心乃服。」《史記・孔子世家》：「禹殺而～之。」❷ 羞辱，恥辱。《公羊傳・莊公三十二年》：「必為天下～笑。」《荀子・王霸》：「身死國亡，為天下大～。」（為：成為。）❸［戮力］併力，合力。《國語・晉語四》：「吾先君武公與晉文侯～～一心，股肱周室。」《史記・項羽本紀》：「臣與將軍～～而攻秦。」

【辨析】戮、勠。見 325 頁「勠」字條。

錄 lù△ ❶ 記載，登記。《韓非子・外儲說左下》：「因能而受祿，～功而與官。」（受：授予。）《三國志・魏書・明帝紀》：「～諸將功。」又指記載言行和事物的簿冊。《周禮・天官・職幣》：「皆辨其物而奠其～。」（奠：定。）❷ 採納。《論衡・別通》：「或觀讀采取，或捐棄不～。」又指錄用。柳宗元《為裴中丞賀克東平赦表》：「懷抱忠義者，無不甄～。」（甄：審察。）引申為收集，收藏。《世說新語・政事》：「（陶侃）作荊州時，敕船官悉～鋸木屑，不限多少。」（敕：命令。）❸ 審查並記錄囚犯的罪狀。《漢書・何武傳》：「及武為刺史，行部～囚徒。」引申為逮捕。《世說新語・政事》：「王安期作東海郡，吏～一犯夜人來。」（犯夜人：觸犯夜行禁令的人。）《南史・胡藩傳》：「帝怒，命左右～來，欲斬之。」❹ 抄寫，謄寫。文天祥《指南錄後序》：「今存其本不忍廢，道中手自抄～。」宋濂《送東陽馬生序》：「手自筆～，計日以還。」❺ 總領。《後漢書・和帝紀》：「大司農尹睦為太尉，～尚書事。」

潞 lù ❶ 水名。《說文》：「～，冀州浸也。」❷ 疲困。《呂氏春秋・不屈》：「士民罷～，國家空虛。」

璐 lù 美玉。屈原《九章・涉江》：「被明月兮珮寶～。」（明月：寶珠名。）

簏 lù△ 竹製的盛物器具。劉向《九歎・怨思》：「弄雞駭於筐～。」（雞駭：指有文飾的犀角。）

騄 lù△［騄駬］良馬名。《淮南子・主術》：「騏驥～～，天下之疾馬也。」字也作「綠耳」「騄耳」。

轆 lù△ ❶［轆轆］車聲。杜牧《阿房宮賦》：「～～遠聽，杳不知其所之也。」（杳：深遠。之：往。）❷［轆轤］安放在井上絞起水斗的器具。《齊民要術・種葵》：「別作桔槔、～～。」（桔槔 jiégāo：一種汲水的設備。）

麓 lù△ ❶ 生長在山腳下的林木。《周禮・地官・敘》：「林衡每大林～。」（林衡：古官名。）❷ 山腳。《詩經・大雅・旱麓》：「瞻彼旱～，榛楛濟濟。」（旱：山名。榛楛 hù：指叢生的雜木。濟濟：眾多的樣子。）姚鼐《登泰山記》：「是月丁未，與知府朱孝純子潁由南～登。」

簬 lù［箘簬］見 275 頁「箘」字條。字也作「箘簵」。

露 lù ❶ 露水。《詩經・秦風・蒹葭》：「白～未晞。」（晞：乾。）引申為潤澤。《漢書・晁錯傳》：「覆～萬民。」❷ 露天，在屋外。《韓非子・外儲說右上》：「避舍～宿三日。」❸ 顯露，泄露。《論衡・對作》：「文～而旨直。」《後漢書・蔡邕傳》：「事遂漏～。」❹ 敗壞。《荀子・富國》：「入其境，其田疇穢，都邑～。」❺ 羸弱，疲憊。《韓非子・亡徵》：「好罷～百姓，煎靡貨財者，可亡也。」《戰國策・秦策三》：「諸侯見齊之罷～，君臣之不親，舉兵而伐之。」

籙 lù△ ❶ 古代帝王自稱上天所賜的符命文書。張衡《東京賦》：「高祖膺～受圖，順天行誅。」❷ 簿籍。孔稚珪《北山移文》：「架卓、魯於前～。」（卓、魯：人名。）❸ 道教的祕文。《隋書・經籍志四》：「其受道之法，初受《五千文～》，次受《三洞～》。」

鷺 lù 水鳥名。又名白鷺，俗稱鷺鷥。《詩經・周頌・振鷺》：「振～于飛。」李清照《如夢令》：「驚起一灘鷗～。」［鷺鷥］即鷺。李紳《姑蘇臺雜句》：「碧峯斜見～～飛。」

lü

閭 lú ❶ 里巷的大門。《左傳・昭公二十五年》：「臧氏使五人以戈楯伏諸桐汝之～。」（楯：同「盾」，盾牌。桐汝：里巷名。）《呂氏春秋・仲夏》：「門～無閉。」代指里巷。《莊子・列御寇》：「夫處窮～厄巷，困窘織屨。」（屨：鞋。）❷ 古代一種居民編制單位。周制二十五家為閭。《周禮・地官・大司徒》：「令五家為比，使之相保；五比為～，使之相受。」

氀 lú ［氀毼 hé］氈類毛織物。《後漢書・烏桓傳》：「婦人能刺韋作文繡，織～～。」（韋：熟皮革。）

瘻 lú 見 323 頁「瘻」㊁。

櫚 lú ［棕櫚］樹名。杜甫《枯棕》：「蜀門多～～。」

驢 lú 家畜名。司馬相如《上林賦》：「駃騠～騾。」

呂 lǚ ❶ 脊骨。《急就篇》：「尻髖脊膂腰背～。」❷ 古代音樂十二律中陰律的總名。《呂氏春秋・古樂》：「黃鐘之宮，律～之本。」《漢書・律曆志上》：「律有十二，陽六為律，陰六為～。」

侶 lǚ 同伴，結為伴侶。王褒《四子講德論》：「於是相與結～，攜手俱遊。」孔稚珪《北山移文》：「白雲誰～？」

捋 lǚ 見 331 頁「捋」㊁。

梠 lǚ ❶ 屋簷。何晏《景福殿賦》：「棍～緣邊，周流四極。」（棍 pí：屋簷前板。）❷ 野果。《晉書・殷仲堪傳》：「頃聞抄掠所得，多皆采～飢人。」宋祁《和賈相公覽杜工部〈北征〉篇》：「采～拾橡填飢喉。」

旅 lǚ ❶ 軍隊編制單位。《周禮・地官・小司徒》：「五人為伍，五伍為兩，四兩為卒，五卒為～。」泛指軍隊。《論語・先進》：「加之以師～，因之以饑饉。」❷ 眾。《左傳・昭公三年》：「敢煩里～。」劉向《九歎・離世》：「讒夫黨～，其以茲故兮！」❸ 俱，一起。《國語・越語上》：「吾不欲匹夫之勇也，欲其～進～退也。」（匹夫：指個人。）❹ 陳列。《詩經・小雅・賓之初筵》：「籩豆有楚，殽核維～。」（籩 biān、豆：祭祀時用的食器。楚：排列整齊的樣子。核：指有核的果品。）又指次序。《儀禮・燕禮》：「賓以～酬於西階上。」❺ 寄居。《左傳・莊公二十二年》：「羈～之臣。」又指旅客。《周易・復》：「先王以至日閉關，商～不行。」《孟子・梁惠王上》：「商賈皆欲藏於王之市，行～皆欲出於王之塗。」

婁 lǚ 見 322 頁「婁」㊂。

僂 ㊀ lǚ ❶ 駝背。《穀梁傳・成公元年》：「（齊）使～者御～者。」❷ 彎腰，曲身。《莊子・列御寇》：「正考父一命而傴，再命而～，三命而俯。」（正考父：人名。傴 yǔ：曲身。）又泛指彎曲。《荀子・儒效》：「雖有聖人之知，未能～指也。」❸ 疾速。《荀子・儒效》：「賣之不可～售也。」

㊁ lóu ❹ ［痀僂］見 167 頁「痀」字條。

膂 lǚ 脊骨。《國語・周語下》：「祚四岳國，命以侯伯，賜姓曰『姜』，氏曰『有呂』，謂其能為禹股肱心～，以養物豐民人也。」《齊民要術・炙法》：「捧炙：大牛用～。」

屢 lǚ 屢次，多次。《詩經・小雅・賓之初筵》：「～舞僊僊。」（僊僊 xiānxiān：同「蹮蹮」，舞步輕盈的樣子。）

履 lǚ ❶ 踩踏，踐踏。《詩經・小雅・小旻》：「如臨深淵，如～薄冰。」又用作名詞，指踐踏的地方。《左傳・僖公四年》：「賜我先君～：東至于海，西至于河。」❷ 實行，經歷。《禮記・表記》：「處其位而不～其事，則亂也。」《後漢書・張衡傳》：「親～艱難者知下情。」❸ 鞋。《韓非子・外儲說左上》：「鄭人有且置～者。」（且：將。置：添置。）又用作動詞，穿鞋。《莊子・田子方》：「～句屨者知地形。」（句屨：方頭鞋。）

【辨析】1. 履、蹈、踐、躡、踏。見 95 頁「蹈」字條。2. 履、屨、鞋。見 268 頁「屨」字條。

褸 lǚ [襤褸] 見 293 頁「襤」字條。

縷 lǚ ❶ 麻線，絲線。《孟子・滕文公上》：「麻～絲絮同，則賈相若。」（賈：價，價格。）《淮南子・說山》：「先針而後～，可以成帷。」引申指細長條狀物。《齊民要術・作葅藏生菜法》：「淨洗通體，細切長～，束為把。」❷ 一條條地，詳細地。枚乘《七發》：「固未能～形其所由然也。」（縷形：詳細敘述。所由然：為甚麼這樣。）《文心雕龍・聲律》：「雖纖意曲變，非可～言。」今成語有「條分縷析」。

律 lǜ△ ❶ 古代用以定音的竹管。《呂氏春秋・孟春》：「～中大蔟。」（大蔟：十二律之一。）又指用律管定出的音，古有所謂十二律。《國語・周語下》：「聲以和樂，～以平聲。」❷ 法令，規則。《史記・汲黯鄭當時列傳》：「張湯方以更定～令為廷尉。」（更定：重新修訂。廷尉：官名。）又特指詩的格式規則，即格律。杜甫《又示宗武》：「覓句新知～。」❸ 遵循。《禮記・中庸》：「上～天時，下襲水土。」又指約束。《韓非子・難四》：「五伯兼并，而以桓～人，則是皆無貞廉也。」今成語有「嚴於律己」。

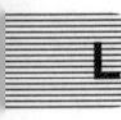

【辨析】律、法。見 128 頁「法」字條。

率 lǜ 見 472 頁「率」㊁。

綠 ㊀ lǜ△ ❶ 綠色。《詩經・邶風・綠衣》：「～衣黃裳。」❷ 草名，可染綠色。《詩經・小雅・采綠》：「終朝采～，不盈一匊。」（匊 jū：捧。）

㊁ lù△ ❸ [綠圖] 帝王受命的符籙。《墨子・非攻下》：「河出～～。」❹ [綠耳] 駿馬名。《淮南子・主術》：「華騮～～，一日而至千里。」（華騮 liú：駿馬名。）

【辨析】綠、碧、蒼、青、藍。見 23 頁「碧」字條。

慮 lǜ ❶ 思考，謀劃。《商君書・更法》：「民不可與～始，而可與樂成。」《史記・淮陰侯列傳》：「智者千～，必有一失。」❷ 心思，意念。屈原《卜居》：「心煩～亂，不知所從。」《孟子・告子下》：「困於心，衡於～，而後作。」❸ 憂慮，擔心。賈誼《惜誓》：「非重軀以～難兮，惜傷身之無功。」《資治通鑑・漢獻帝建安十三年》：「願將軍勿～。」❹ 表示推測的約數，大概，恐怕。《漢書・賈誼傳》：「雖名為臣，實皆有布衣昆弟之心，～亡不帝制而天子自為者。」（亡：無。天子自為：自為天子。）

【辨析】1. 慮、憂。二字本不同義，「慮」為思考、謀劃，「憂」為憂慮、擔心。當「慮」產生「憂慮、擔心」的引申義後，二字才同義。2. 慮、計、謀。見 226 頁「計」字條。

濾 lǜ 過濾，撈取。白居易《送文暢上人東遊》：「山宿馴溪虎，江行～水蟲。」

luan

脟 luán 切成塊狀的肉。《呂氏春秋・察今》：「嘗一～肉，而知一鑊之味，一鼎之調。」（鑊 huò：無足的鼎。調：調和，這裏指調味。）

巒 luán ❶ 小而尖銳的山。屈原《九章・悲回風》：「登石～以遠望兮。」❷ 狹長的山。左思《吳都賦》：「崩～馳岑。」（岑：小而高的山。）❸ 山脊。王勃《滕王閣序》：「桂殿蘭宮，列岡～之體勢。」

孿 luán 雙生子。《戰國策・韓策三》：「～子之相似者，唯其母知之而已。」

孌 luán 美好的樣子。《詩經・邶風・靜女》：「靜女其～。」

欒 luán ❶ 樹名。《山海經・大荒南經》：「大荒之中……有木名曰～。」❷ 鐘口的兩角。《周禮・考工記・鳧氏》：「兩～謂之銑。」❸ 房屋立柱上承樑的曲木。左思《魏都賦》：「～櫨疊施。」（櫨 lú：柱上承樑的方木。）梅堯臣《次韻和王平甫見寄》：「幸時構明堂，願為櫨與～。」

灤 luán [灤水] 滲入地下的水。《戰國策・魏策二》：「昔王季歷葬於楚山之尾，～～齧其墓。」（齧 niè：侵蝕。）

攣 ㊀ luán ❶ 牽繫。《周易・小畜》：「有孚～如。」❷ 抽搐。《素問・皮部論》：「寒多則筋～骨痛。」❸ 手足蹺曲。《史記・范雎蔡澤列傳》：「先生曷鼻、巨肩……膝～。」（曷鼻：鼻如蝎蟲。）㊁ liàn ❹［攣攣］同「戀戀」。眷戀。《漢書・外戚傳上・孝武李夫人》：「上所以～～顧念我者，乃以平生容貌也。」

臠 luán 切成塊狀的魚肉。《莊子・至樂》：「不敢食一～。」引申為分割，切碎。韓愈《論佛骨表》：「若不即加禁遏，更歷諸寺，必有斷臂～身以為供奉者。」

鑾 luán 車軛或車衡上的鈴，常裝在帝王的車子上。張衡《東京賦》：「～聲噦噦。」（噦噦 huìhuì：鈴聲。）代指皇帝的車駕。李賀《馬詩》之二二：「隨～撼玉珂。」（玉珂：馬絡頭上的玉製飾物。）

鸞 luán ❶ 鳳類鳥名。《山海經・海外西經》：「此諸夭之野，～鳥自歌，鳳鳥自舞。」❷ 同「鑾」。車軛或車衡上的鈴。《詩經・小雅・蓼蕭》：「和～雍雍，萬福攸同。」（雍雍：和諧的樣子。攸：所。）又指有鸞鈴的車。《漢書・郊祀志下》：「賜爾旗～黼黻雕戈。」（黼黻 fǔfú：古代禮服上繪繡的花紋。）

卵 luǎn ❶ 蛋。《呂氏春秋・音初》：「燕遺二～，北飛。」❷ 睪丸。《靈樞・經脈》：「筋急則引舌與～。」

亂 luàn ❶ 無秩序，沒條理。《左傳・莊公十年》：「吾視其轍～。」又特指神志昏亂不清。《左傳・宣公十五年》：「疾病則～。」❷ 不安定，治理得不好，與「治」相對。《呂氏春秋・察今》：「治國無法則～。」又為攪亂。《韓非子・五蠹》：「儒以文～法。」❸ 禍亂，禍害。《漢書・霍光傳》：「當斷不斷，反受其～。」❹ 作亂，叛亂。《詩經・大雅・桑柔》：「民之貪～，寧為荼毒。」（荼毒：毒害。）《新五代史・伶官傳序》：「一夫夜呼，～者四應。」❺ 淫亂。《史記・匈奴列傳》：「義渠戎王與宣太后～，有二子。」❻ 樂曲的最後一章。《論語・泰伯》：「《關雎》之～，洋洋乎盈耳哉！」又為辭賦篇末總括全篇要旨的話。屈原《離騷》：「～曰：已矣哉，國無人莫我知兮……」

lüe

掠 lüè△ ❶ 奪取，搶劫。《左傳・襄公二十一年》：「欒盈過于周，周西鄙～之。」（鄙：邊邑。）❷ 鞭打。《呂氏春秋・仲春》：「去桎梏，無肆～。」《史記・張儀列傳》：「共執張儀，～笞數百。」❸ 砍伐。《穆天子傳》卷五：「命虞人～林除藪。」❹ 拂過，輕輕擦過。蘇軾《後赤壁賦》：「戛然長鳴，～余舟而西也。」（戛 jiá 然：鳥鳴的樣子。）陸游《東湖新竹》：「清風～地秋先到。」引申為梳理。辛棄疾《瑞鶴仙・賦梅》：「溪奩照梳～。」

略（畧） lüè△ ❶ 疆界。《左傳・昭公七年》：「封～之內，何非君土？」（封：邊界。）❷ 巡視邊界，巡行。《左傳・昭公二十五年》：「楚子為舟師以～吳疆。」❸ 侵奪（土地），掠奪。《左傳・僖公九年》：「齊侯不務德而勤遠～。」《漢書・霍光傳》：「使從官～女子。」❹ 法度，主張。《左傳・定公四年》：「吾子欲復文、武之～。」（文、武：指周文王、武王。）《漢書・藝文志》：「若能修六藝之術，而觀此九家之言，舍短取長，則可以通萬方之～矣。」（六藝：指六經。）引申為智謀，謀略。陸機《漢高祖功臣頌》：「絳侯質木，多～寡言。」（木：樸實。）❺ 大概，概要。《孟子・萬章下》：「然而軻也嘗聞其～也。」引申為簡略。《荀子・天論》：「養～而動罕，則天不能使之全。」又引申為省略，略去不載。蕭統《文選序》：「今之所撰，又以～諸。」（撰：編纂。諸：之。）❻ 副詞。大致。司馬遷《報任安書》：「書不能悉意，～陳固陋。」（悉：盡。）又為稍微。周容《芋老人傳》：「老人～知書。」又為全。《水經注・江水》：「兩岸連山，～無闕處。」（闕：缺。）

lun

侖 lún ［昆侖］同「崑崙」。

倫 lún ❶輩，同類。《國語·晉語四》：「且臣之～，箕鄭、胥嬰、先都在。」《呂氏春秋·誣徒》：「弟子居處修潔，身狀出～。」今成語有「不倫不類」等。❷人倫，人與人之間的道德關係。《論語·微子》：「欲潔其身，而亂大～。」《新書·服疑》：「謹守～紀，則亂無由生。」❸道理。《詩經·小雅·正月》：「維號斯言，有～有脊。」（脊：理。）又為條理，順序。《尚書·舜典》：「八音克諧，無相奪～。」王安石《進洪範傳表》：「小大有彝，後先有～。」（彝：常。）

掄 lún 選擇，選拔。《國語·晉語八》：「君～賢才之後，有常位於國者而立之。」劉禹錫《史公神道碑》：「太尉愬為魏帥，下令～才於轅門。」

崙（崘） lún ［崑崙］見290頁「崑」字條。

圇 lún ［囫圇］見199頁「囫」字條。

淪 lún ❶小波紋。《詩經·魏風·伐檀》：「河水清且～猗。」（猗 yī：語氣詞。）❷沉，沉沒。《史記·封禪書》：「鼎乃～沒，伏而不見。」《水經注·沔水三》：「（由卷縣）遂乃～陷為谷矣。」引申為沉淪。《尚書·微子》：「今殷其～喪。」❸入，滲入。《淮南子·原道》：「排閶闔，～天門。」（閶闔 chānghé：神話中的天門。）《漢書·鄒陽傳》：「德～於骨髓，恩加於無窮。」今成語有「淪肌浹髓」。❹落，墜落。屈原《遠遊》：「微霜降而下～兮，悼芳草之先零。」（零：落。）《魏書·田益宗傳》：「然霜葉將～。」

【辨析】 淪、波、瀾、浪。見33頁「波」字條。

綸 ㊀ lún ❶整理釣絲。《詩經·小雅·采綠》：「之子于釣，言～之繩。」引申指釣絲。《淮南子·俶真》：「以道為竿，以德為～，禮樂為鈎，仁義為餌。」《文心雕龍·情采》：「固知翠～桂餌，反所以失魚。」又泛指比絲粗的繩子。《淮南子·說山》：「上言若絲，下言若～。」❷青絲綬帶。《後漢書·仲長統傳》：「身無半通青～之命。」❸《禮記·緇衣》有「王言如絲，其出如綸」的話，後代因以喻指帝王的。王勃《春思賦》：「夕憩金閣奉帝～。」柳宗元《代韋中丞賀元和大赦表》：「～言一降，庶政畢行。」

㊁ guān ❹［綸巾］用青絲帶製作的頭巾。蘇軾《念奴嬌·赤壁懷古》：「羽扇～～，談笑間，檣櫓灰飛煙滅。」

輪 lún ❶車輪。《左傳·成公二年》：「左～朱殷。」（朱殷 yān：指被血染成深紅色。）泛指像車輪的東西。杜甫《江月》：「銀河沒半～。」❷轉動。《呂氏春秋·大樂》：「天地車～。」（車輪：像車輪一樣轉動。）❸輪換，輪流。《神仙傳·張道陵》：「使諸弟子隨事～出米絹器物。」

論 lún 見330頁「論」㊁。

論 ㊀ lùn ❶議論，討論。《左傳·襄公三十一年》：「鄭人游于鄉校，以～執政。」（鄉校：鄉間的公共場所。）《韓非子·五蠹》：「～世之事，因為之備。」引申為評論。諸葛亮《出師表》：「先帝在時，每與臣～此事。」又引申為辯論。《史記·魏其武安侯列傳》：「今日廷～。」宋濂《送東陽馬生序》：「與之～辯，言和而色夷。」（夷：平。）❷審理，判罪。《呂氏春秋·懷寵》：「～其罪人而救出之。」《史記·魏其武安侯列傳》：「故以十二月晦～棄市渭城。」（晦：農曆每月的最後一天。棄市：指處死。）❸言論，主張。《荀子·成相》：「君法明，～有常。」《世說新語·文學》：「汝更思吾～。」❹文體的一種。蕭統《文選序》：「～則析理精微。」

㊁ lún ❺依次序。《漢書·藝文志》：「門人相與輯而～篹，故謂之《論語》。」

【辨析】 論、議。二字在「議論、評論」義上是同義詞。《左傳·襄公三十一年》：「鄭人游于鄉校，以論執政。」又：「夫人朝夕退而游焉，以議執政之善否。」「論」「議」互文，可見同義。「論」的結果往往要做出判斷，所以可以引申出「判罪、論罪」的意義。「議」的結果不一定要做出判斷。

L

luo

捋 ㊀ luō△ ❶ 用手握着順勢採取。《詩經・周南・芣苢》：「采采芣苢，薄言～之。」（薄言：詞頭。）
㊁ lǚ△ ❷ 用手指順物抹過去。古詩《陌上桑》：「行者見羅敷，下擔～髭鬚。」

螺 luó 有旋紋形硬殼的軟體動物。《論衡・偶會》：「～消於淵。」

羅 luó ❶ 捕鳥的網。《詩經・王風・兔爰》：「有兔爰爰，雉離于～。」（爰爰：緩慢的樣子。離：碰到。）《淮南子・兵略》：「飛鳥不動，不絓網～。」今成語有「天羅地網」。又為動詞，用網捕鳥。《詩經・小雅・鴛鴦》：「鴛鴦于飛，畢之～之。」（畢：一種捕鳥的長柄網。）今成語有「門可羅雀」。引申為招致，收羅。《漢書・王莽傳上》：「網～天下異能之士。」❷ 分佈，排列。屈原《九歌・少司命》：「秋蘭兮麋蕪，～生兮堂下。」（麋蕪：香草名。）《漢書・天文志》：「其西有句曲九星，三處～列。」今成語有「星羅棋布」。❸ 一種絲織品。《淮南子・主術》：「被～紈而從軍旅。」（被 pī：披。）古詩《為焦仲卿妻作》：「右手執綾～。」❹ 過濾流質或篩粉末用的器具。《齊民要術・柰林檎》：「以～漉去皮子。」❺ 通「罹 lí」。遭遇。《漢書・于定國傳》：「～文法者，于公所決皆不恨。」

【辨析】羅、畢、網、罟、罟。見 21 頁「畢」字條。

騾(驘) luó 家畜名。驢與馬交配所生。《呂氏春秋・愛士》：「趙簡子有兩白～而甚愛之。」

蘿 luó ❶ 某些蔓生植物或蔓生植物的匍匐莖。木華《海賦》：「輕塵不飛，纖～不動。」❷［女蘿］一種地衣類植物，也叫松蘿，多附生在松柏上。《詩經・小雅・頍弁》：「蔦與～～，施于松柏。」（蔦：一種寄生的小灌木。）

邏 luó ❶ 巡查。《晉書・戴洋傳》：「宜遠偵～。」也指巡邏的士兵。《新唐書・李密傳》：「密羸行入關，為～所獲。」（羸 léi：疲弱。）❷ 遮攔。黃庭堅《演雅》：「桑蠶作繭自纏裹，蛛蝥結網工遮～。」（蛛蝥 máo：蜘蛛的別名。）❸ 邊緣。許渾《歲暮自廣江至新興往復中題峽山寺》之四：「溪～鬥芙蓉。」

襬 luó 婦女的上衣。《世說新語・汰侈》：「婢子百餘人，皆綾羅袴～。」

籮 luó 盛飯或淘米的竹器。貫休《深山逢老僧》：「一～白蕈一～栗。」

鑼 luó 銅製圓形打擊樂器。《元史・刑法志四》：「鳴～擊鼓。」

倮 luǒ 同「裸」。赤體。《史記・殷本紀》：「使男女～相逐其間。」

裸(躶) luǒ 赤身露體。《左傳・僖公二十三年》：「曹共公聞其駢脅，欲觀其～。」（駢脅：肋骨連在一起。）

蓏 luǒ 瓜類植物的果實。《韓非子・五蠹》：「民食果～蚌蛤，腥臊惡臭而傷害腹胃。」

【辨析】蓏、果。見 183 頁「果」字條。

蠃 luǒ ［蜾蠃］見 183 頁「蜾」字條。

羸 luǒ 赤身露體。屈原《九章・涉江》：「接輿髡首兮，桑扈～行。」（接輿、桑扈：人名。髡：剃去頭髮。）《漢書・陳平傳》：「平心恐，乃解衣～而佐刺船。」（刺：划。）

洛 luò△ ❶ 水名，洛水。1. 在今陝西北部。《詩經・小雅・瞻彼洛矣》：「瞻彼～矣，維水泱泱。」2. 在今河南。此當作「雒」。《尚書・禹貢》：「東過～汭。」（汭 ruì：河流彎曲處。）❷ 洛陽的簡稱。古詩《青青陵上柏》：「驅車策駑馬，遊戲宛與～。」

格 luò 見 160 頁「格」㊁。

烙 luò△ 灼，燒。《說文新附》：「～，灼也。」《金匱要略・婦人雜病脈證并治》：「以槐枝綿裹頭四五枚，點藥～之。」［炮烙］古代酷刑。《韓非子・喻老》：「紂為肉圃，設～～。」

絡 luò△ ❶ 纏繞。宋玉《招魂》：「秦篝齊縷，鄭綿～些。」（篝：同「篝」，

L

籠。綿：纏繞。些：語氣詞。）班固《西都賦》：「～以綸連。」（綸連：聯絡在一起的絲帶。）引申為環繞。《水經注・決水》：「其水歷山委注而～其縣矣。」❷籠罩，覆蓋。《淮南子・原道》：「～馬之口，穿牛之鼻者，人也。」班固《西都賦》：「籠山～野。」引申指馬籠頭。李白《陌上桑》：「五馬如飛龍，青絲結金～。」❸網，網狀物。張衡《西京賦》：「振天維，衍地～。」（維：大繩。衍：散開。）杜寶《大業雜記》：「南軒垂以珠絲網～，下不至地七尺，以防飛鳥。」❹經絡，脈絡。《史記・扁鵲倉公列傳》：「～脈有過則血上出，血上出者死。」❺[絡繹] 連續不斷。《後漢書・烏桓傳》：「是時四夷朝賀，～～而至。」今成語有「絡繹不絕」。

落 luò△ ❶葉、花落下。《詩經・衛風・氓》：「桑之未～，其葉沃若。」（沃若：潤澤的樣子。）泛指落下，降下。古詩《十五從軍征》：「淚～沾我衣。」引申為衰落，零落。《管子・宙合》：「盛而不～者，未之有也。」❷留止。劉長卿《入桂渚次砂牛石穴》：「片帆～桂渚，獨夜依楓林。」引申為聚居的地方，村落。杜甫《兵車行》：「千村萬～生荊杞。」❸宮室剛建成時舉行的祭祀典禮。《左傳・昭公七年》：「楚子成章華之臺，願與諸侯～之。」（章華：臺名。）又指鐘剛鑄成時用動物的血塗抹。《左傳・昭公四年》：「叔孫為孟鐘，曰：『爾未際，饗大夫以～之。』」（孟：孟丙，人名。際：交際，應酬。饗：用酒食招待人。）❹籬笆。張衡《西京賦》：「揩枳～，突棘藩。」（揩：摩擦。枳：樹名。突：衝撞。藩：籬笆。）❺通「絡 luò」。1. 籠住。《莊子・秋水》：「～馬首，穿牛鼻。」2. 經絡。《漢書・李尋傳》：「王道公正修明，則百川理，～脈通。」

【辨析】落、零。見 317 頁「零」字條。

雒 luò△ ❶水名，雒水，即今河南洛河。《左傳・宣公三年》：「楚子伐陸渾之戎，遂至於～。」❷[雒邑] 古都邑名，即今河南洛陽。《左傳・桓公二年》：「武王克商，遷九鼎于～～。」

犖 luò△ ❶雜色牛。陸龜蒙《雜諷》之二：「斯為朽關鍵，怒～抉以入。」❷[犖确] 怪石嶙峋的樣子。韓愈《山石》：「山石～～行徑微。」❸[犖犖] 1. 分明的樣子。《史記・天官書》：「此其～～大者。」2. 卓絕的樣子。韓愈《代張籍與李浙東書》：「惟閣下心事～～，與俗輩不同。」

輅 luò△ 皮革。《呂氏春秋・古樂》：「乃以麋～置缶而鼓之。」

駱 luò△ ❶白身黑鬃的馬。《詩經・小雅・皇皇者華》：「我馬維～，六轡沃若。」（沃若：指威儀之盛。）❷[駱駝] 動物名。《新語・道基》：「夫驢、騾、～～、犀、象……擇地而居。」❸部族名，即駱越，百越的一種。《史記・南越列傳》：「佗因此以兵威邊，財物賂遺閩越、西甌、～。」

橐 luò 見 516 頁「橐」㈡。

M

ma

麻 má ❶大麻，古代為五穀之一。《呂氏春秋・審時》：「得時之～，必芒以長。」又指麻的莖皮纖維。《詩經・陳風・東門之枌》：「不績其～，市也婆娑。」（績：緝麻。）又指麻的可食子實。《呂氏春秋・仲秋》：「以犬嘗～，先祭寢廟。」❷麻布喪服。《禮記・雜記下》：「～不加於采。」❸唐宋時用黃、白麻紙書寫詔書，因稱詔書為麻。《舊唐書・韋弘景傳》：「弘景草～，漏敍光榮之功。」（草：起草。）

蟆 ㈠ má ❶蛤蟆。《說文》：「～，蝦蟆也。」蘇軾《蝦蟆培》：「～背似覆盂，～頭如偃月。」（偃月：額骨如半月之形。）
㈡ mò ❷蚊子類的昆蟲。元稹《蟲豸詩・蟆子・序》：「～，蚊類也。」

馬 mǎ ❶家畜名，馬。《詩經・周南・卷耳》：「陟彼高岡，我～玄黃。」（玄黃：有病的樣子。）❷籌碼。《禮記・投壺》：「請為勝者立～。」

瑪 mǎ ［瑪瑙 nǎo］礦物名，可製器皿及裝飾品。曹丕《瑪瑙勒賦序》：「～～，玉屬也，出自西域。」

螞 mǎ ［螞蝗］螞蟥，蛭的一種。呂調元《南越筆記・害人蟲》：「～～，一名水蛭，池澤處處有之。」

禡 mà 古代在軍隊所到之處舉行的祭祀。《詩經・大雅・皇矣》：「是類是～。」（類：出兵時舉行的祭祀。）

罵 mà 罵人。《素問・陰陽類論》：「病在腎，～詈妄行。」《史記・魏其武安侯列傳》：「灌夫聞，怒～籍福。」

mai

埋 mái 掩蓋在土中。《左傳・昭公十三年》：「乃與巴姬～璧於大室之庭。」特指埋葬。《周禮・地官・族師》：「以相葬～。」引申為湮沒，不得顯達。庾信《哀江南賦》：「身名～沒。」

薶 ㈠ mái ❶埋葬。後來寫作「埋」。《淮南子・時則》：「掩骼～骴。」（骼：枯骨。骴 cī：帶有腐肉的骨。）
㈡ wō ❷玷污。《淮南子・俶真》：「夫鑑明者，塵垢弗能～。」（鑑：銅鏡。）

霾 mái ❶空中因懸浮着大量煙、塵而出現的混濁現象。《詩經・邶風・終風》：「終風且～。」（終……且……：既……又……。）❷通「埋 mái」。埋沒，掩埋。屈原《九歌・國殤》：「～兩輪兮縶四馬。」（縶：絆。）

買 mǎi 購買。《莊子・齊物論》：「客聞之，請～其方百金。」（方：藥方。）引申為雇用。《韓非子・五蠹》：「澤居苦水者，～庸而決竇。」（庸：傭工。決竇：挖水道。）

【辨析】買、購。見169頁「購」字條。

脈（脉、衇、衂） mài△ ❶血管。《素問・脈要精微論》：「夫～者，血之府也。」《史記・樂書》：「音樂者，所以動盪血～，流通精神。」❷脈搏。《史記・扁鵲倉公列傳》：「特以診～為名耳。」韓愈《雜說》之二：「善醫者，不視人之瘠肥，察其～之病否而已矣。」也指診脈看病。《後漢書・方術傳下・華佗》：「佗～之曰。」❸似血管連貫而有條理之物。《史記・蒙恬列傳》：「（長城）起臨洮屬之遼東，城塹萬餘里，此其中不能無絕地～哉？」❹［脈脈］通「眽眽 mòmò」。1. 凝視的樣子。《古詩十九首・迢迢牽牛星》：「盈盈一水間，～～不得語。」2. 含情不語的樣子。辛棄疾《摸魚兒》：「千金縱買相如賦，～～此情誰訴？」

麥 mài△ 麥子。《詩經・魏風・碩鼠》：「碩鼠碩鼠，無食我～。」

勱 mài 勉力，努力。《尚書・立政》：「其惟吉士，用～相我國家。」（吉士：善士，良士。相：輔佐。）

賣 mài ❶賣，與「買」相對。《韓非子・外儲說左上》：「楚人有～其珠於鄭者。」白居易《賣炭翁》：「～炭得錢何所營？」❷出賣，叛賣。《商君書・慎法》：「君人者不察也，以戰必損其將，以守必～其城。」《史記・淮陰侯列傳》：「齊王田廣以酈生～己，乃亨之。」（亨 pēng：烹，煮。）❸炫耀，賣弄。《後漢書・楊震傳》：「盛修第舍，～弄威福。」（第舍：住宅房屋。）

【辨析】賣、沽、鬻、售。見169頁「沽」字條。

邁 mài ❶行，遠行。《詩經・王風・黍離》：「行～靡靡，中心搖搖。」（行：道路。靡靡：緩慢的樣子。搖搖：心神不定的樣子。）特指巡行。《詩經・周頌・時邁》：「時～其邦。」（邦：邦國。）引申為遠。屈原《九章・哀郢》：「美超遠而逾～。」（美：指賢人。超遠：指疏遠。逾：通「愈」，更加。）❷時光消逝。《詩經・唐風・蟋蟀》：「今我不樂，日月其～。」又為年老。《三國志・魏書・曹真傳附曹爽》：「臣雖朽～，敢忘往言？」❸超過，超越。《三國志・魏書・高堂隆傳》：「則三王可～，五帝可越。」

霢（霡） mài△ ［霢霂］小雨。《詩經・小雅・信南山》：「益之以～～。」

man

悗 mán ❶迷惑。《呂氏春秋・審分》：「夫說以智通，而實以過～。」（過：當作「遇」，通「愚」，與「智」相對。）❷煩悶。《靈樞・五亂》：「清濁相干，亂于胸中，是謂大～。」（干：沖犯。）

樠 mán ❶樹名。《左傳・莊公四年》：「王遂行，卒於～木之下。」❷汁液滲出的樣子。《莊子・人間世》：「以為門戶則液～。」

槾 ㊀ mán ❶抹牆的工具。《荀子・禮論》：「抗折，其須以象～茨番閼也。」（抗：擋土的葬具。折：墊在坑下的葬具。須：同「貌」。番：同「藩」，籬笆。閼：作為遮擋的東西。）

㊁ màn ❷屋簷。《釋名・釋宮室》：「梠，或謂之～。」《營造法式・大木作制度二》：「檐，其名有十四……十二曰～。」

鞔 mán ❶鞋幫。《呂氏春秋・召類》：「南家，工人也，為～者也。」❷用皮革蒙鼓。《酉陽雜俎・盜俠》：「杖背二十，如擊～鼓。」❸通「懣 mèn」。悶脹。《呂氏春秋・重己》：「味眾珍則胃充，胃充則中大～，中大～則氣不達。」

瞞 mán ❶閉眼的樣子。《逸周書・寶典》：「淺薄閒～，其謀乃獲。」❷欺騙，隱瞞。《朱子語類》卷七十四：「秀才不識，便被他～。」

謾 mán ❶欺騙。《墨子・非儒下》：「久喪偽哀以～親。」引申為抵賴。《史記・孝文本紀》：「民或祝詛上，以相約結而後相～。」（祝詛：對鬼神禱告詛咒別人。）❷詆毀。《荀子・非相》：「鄉則不若，偝則～之。」（鄉：向。若：順從。偝：同「背」。）❸通「慢 màn」。1. 傲慢。《漢書・董仲舒傳》：「故桀紂暴～，讒賊並進，賢知隱伏。」（知：智。）2. 緩慢。白居易《長恨歌》：「緩歌～舞凝絲竹。」（凝絲竹：指樂器奏出緩慢的旋律。）

饅 mán ［饅頭］一種麪製食品。本有餡，後北方稱無餡的為饅頭，有餡的為包子。《事物紀原》卷九：「（諸葛武侯）因雜用羊豕之肉，而包之以麪，象人頭以祠，神以享焉，而為出兵。後人由此為～～。」

蠻 mán 古代對南方少數民族的稱呼。《詩經・小雅・角弓》：「如～如髦，我是用憂。」(髦：通「髳 máo」，古代西南少數民族名。)《孟子・滕文公上》：「今也，南～鴃舌之人，非先王之道。」(鴃 jué：伯勞，叫的聲音難聽。)代指南方。《詩經・大雅・抑》：「用逷～方。」(逷 tì：剪除。)

滿 mǎn ❶充盈，豐滿。《左傳・哀公九年》：「是謂如川之～，不可游也。」《呂氏春秋・審時》：「多粃而不～。」(粃 bǐ：不豐滿的穀粒。)❷足，滿足。《墨子・號令》：「～十人以上，令丞尉奪爵各二級。」《抱朴子・知止》：「情不可極，慾不可～。」❸全，遍。白居易《賣炭翁》：「～面塵灰煙火色。」

【辨析】滿、盈、益（溢）。這三字都有「滿」的意思，但有細微差別。「益（溢）」的意思是器皿中水滿了流出來。《說文》：「益，器滿也。」「盈」的意思是人把器皿裝滿。《說文》：「盈，滿器也。」而「滿」字則是泛指滿，兼有「已滿、滿之」兩個意思。

矕 mǎn ❶視，看。馬融《長笛賦》：「長～遠引，旋復迴皇。」(迴皇：彷徨。)❷披着。《漢書・敘傳上》：「～龍虎之文。」

曼 màn ❶長。《詩經・魯頌・閟宮》：「孔～且碩，萬民是若。」(孔：甚，很。)[曼曼]久遠的樣子。屈原《離騷》：「路～～其修遠兮，吾將上下而求索。」❷延長，擴展。屈原《九章・哀郢》：「～余目以流觀兮，冀壹反之何時。」❸柔美，細膩。《韓非子・揚權》：「～理皓齒說情而損精。」(理：指肌膚的紋理。說 yuè：喜歡。)《淮南子・氾論》：「裘不可以藏者，非能具綈綿～帛溫暖於身也。」(綈 tí：平滑而有光澤的絲織品名。)

僈 màn 怠惰，輕慢。《荀子・不苟》：「君子寬而不～。」

墁 màn 塗飾過的牆壁。《孟子・滕文公下》：「有人於此，毀瓦畫～。」又為塗飾。韓愈《藍田縣丞廳壁記》：「斯立易桷與瓦，～治壁，悉書前任人名氏。」(斯立：崔斯立，人名。易：換。桷：方的椽子。)

幔 màn ❶帳幕。《墨子・非攻下》：「～幕帷蓋，三軍之用。」後也指牀帳。戴叔倫《去婦怨》：「空持牀前～。」❷酒店的幌子。許渾《送人歸吳興》：「春橋懸酒～。」

慢 màn ❶懈怠，怠慢。諸葛亮《出師表》：「若無興德之言，則責攸之、禕、允等之～。」(攸之：郭攸之。禕 yī：費禕。允：董允。)❷傲慢，無禮貌。《周易・繫辭下》：「上～下暴。」《史記・淮陰侯列傳》：「王素～無禮。」❸放肆，無節制。《呂氏春秋・開春》：「賞過則懼及淫人，刑～則懼及君子。」❹通「趨 màn」。慢走，遲緩。《詩經・鄭風・叔于田》：「叔馬～忌。」(叔：共叔段，人名。忌：語氣詞。)白居易《琵琶行》：「輕攏～撚抹復挑。」(攏、撚、抹、挑：彈琴的指法。)❺通「墁 màn」。塗抹。《莊子・徐无鬼》：「郢人堊～其鼻端。」(堊 è：白色土。)

漫 màn ❶水廣大無際的樣子。楊泉《五湖賦》：「邈乎浩浩，～乎洋洋。」引申為長遠無際的樣子。《荀子・正名》：「長夜～兮。」❷水滿溢出，淹沒。《水經注・鮑丘水》：「洪水暴出……所在～溢。」王安石《飯祈澤寺》：「雪消千壑～。」❸遍，周遍。《齊民要術・種葵》：「十月末，地將凍，～散子。」(散：撒。子：種子。)今成語有「漫山遍野」。又為全，全然。韓愈《藍田縣丞廳壁記》：「～不知何事。」❹隨便，隨意。杜甫《聞官軍收河南河北》：「～卷詩書喜欲狂。」今成語有「漫不經心」。又為空，徒然。陸龜蒙《江南秋懷寄華陽山人》：「衣裾徒博大，文籍～縱橫。」❺污，沾污。《呂氏春秋・誠廉》：「與其並乎周以～吾身也，不若避之以潔吾行。」左思《嬌女詩》：「脂膩～白袖。」

嫚 màn ❶輕侮。《左傳・昭公二十年》：「其言僭～於鬼神。」❷懈怠。《淮南子・主術》：「是以器械不苦，而職事不～。」(苦：粗劣。)

蔓 màn ❶蔓生植物的枝莖。杜甫《新婚別》：「兔絲附蓬麻，引～故不

M

長。」（兔絲：菟絲，一種寄生的蔓草。）❷ 蔓延。《左傳・隱公元年》：「無使滋～，～難圖也。」《呂氏春秋・審時》：「先時者，必長以～，浮葉疏節，小莢不實。」（以：而。）

槾 màn 見334頁「槾」㈡。

熳 màn ❶ 豔麗。江淹《丹砂可學賦》：「～美目之波瀾。」❷［熳爛］散亂。《文子・上禮》：「貞信～～。」

縵 màn ❶ 沒有花紋的繒帛。《管子・霸形》：「諸侯以～帛鹿皮報。」（報：回報。）泛指沒有文飾的。《左傳・成公五年》：「君為之不舉，降服，乘～。」（不舉：指不奏樂。縵：指沒有文飾的車。）❷ 環繞。杜牧《阿房宮賦》：「～立遠視，而望幸焉。」（幸：指得到皇帝的寵愛。）引申為周遍。劉禹錫《途中早發》：「～山多紅樹。」

鏝 màn 塗牆的工具。韓愈《圬者王承福傳》：「吾操～以入貴富之家有年矣。」又為塗。王安石《新田詩》：「其來僕僕，～我新屋。」（僕僕：奔走勞頓的樣子。）

M

mang

忙 máng ❶ 慌忙，急迫。《木蘭詩》：「出門看火伴，火伴皆驚～。」楊萬里《小溪至新田》：「來時長緩去時～。」❷ 事情多。白居易《觀刈麥》：「田家少閒月，五月人倍～。」陳造《田家謠》：「此時只有田家～。」

芒 ㈠ máng ❶ 穀類子實殼上或草木上的細刺。《呂氏春秋・審時》：「穗如馬尾，大粒無～。」❷ 刀劍的鋒芒。後來寫作「鋩」。《漢書・賈誼傳》：「屠牛坦一朝解十二牛，而～刃不頓。」（坦：屠者之名。）❸ 光芒。《晏子春秋・諫上》：「是以列舍無次，變星有～。」（列舍：列宿，眾星宿。變星：指彗星。）❹ 昏暗，模糊不清。後來寫作「茫」。《莊子・盜跖》：「目～然無見，色若死灰。」引申為昏昧無知。《莊子・齊物論》：「人之生也，固若是～乎？其我獨～，而人亦有不～者乎？」

㈡ huǎng ❺［芒芴 hù］同「恍惚」。模糊不清。《莊子・至樂》：「雜乎～～之間，變而有氣。」

尨 ㈠ máng ❶ 多毛雜色的狗。《詩經・召南・野有死麕》：「無使～也吠。」❷ 雜色。《左傳・閔公二年》：「衣之～服，遠其躬也。」（衣：用作使動。躬：身。）❸ 通「龐 páng」。龐大。柳宗元《三戒・黔之驢》：「虎見之，～然大物也，以為神。」

㈡ méng ❹［尨茸 róng］鬆亂的樣子。《左傳・僖公五年》：「狐裘～～。」

宋 máng 屋棟。韓愈《進學解》：「夫大木為～。」

盲 máng ❶ 失明，眼瞎。《莊子・庚桑楚》：「而～者不能自見。」❷ 昏暗。《呂氏春秋・音初》：「天大風，晦～。」

庬 máng ❶ 大。司馬相如《封禪文》：「湛恩～鴻。」（湛：深。鴻：大。）又為厚。《左傳・成公十六年》：「民生敦～。」❷ 紛亂。《尚書・周官》：「推賢讓能，庶官乃和，不和政～。」（庶：眾。）

茫 máng 曠遠。《莊子・天下》：「～乎昧乎，未之盡者。」又為茫昧不明。李白《嘲魯儒》：「問以經濟策，～如墜煙霧。」

鋩 máng 刀劍等的尖端。韓愈《祭田橫墓文》：「何五百人之擾擾，而不能脫夫子於劍～。」（擾擾：紛亂的樣子。）泛指物體的尖端部分。陸游《試筆》：「紅絲玉斗紫毫～，歲晚相從味更長。」

駹 máng ❶ 青色馬。《漢書・匈奴傳》：「匈奴騎，其西方盡白，東方盡～。」❷ 雜色的牲畜。《周禮・秋官・犬人》：「凡幾珥沈辜，用～可也。」泛指雜色。《周禮・春官・巾車》：「～車雚蔽。」（雚蔽：細葦蓆做的障蔽。）

壾 mǎng［嵣壾］見494頁「嵣」字條。

莽 mǎng ❶ 密生的草。《左傳・哀公元年》：「吳日敝於兵，暴骨如～。」

（兵：戰爭。暴 pù：顯露。）又為草木叢生處。《周易·同人》：「伏戎于～。」（戎：軍隊。）泛指草。《淮南子·泰族》：「食～飲水。」❷ 廣大，廣闊。宋玉《九辯》：「～洋洋而無極兮。」❸［莽鹵］粗疏，不精細。白居易《雙鸚鵡》：「始覺琵琶弦～～。」

漭 mǎng 水廣大的樣子。韓愈《宿曾江口示姪孫湘》：「雲昏水奔流，天水～相圍。」引申為寬廣，遼闊。景差《大招》：「西方流沙，～洋洋只。」（只：語氣詞。）

蟒 mǎng 蟒蛇，一種無毒的大蛇。《爾雅·釋魚》：「～，王蛇。」郭璞注：「～，蛇最大者，故曰王蛇。」

mao

貓（猫） māo 狸屬，善捕鼠。《詩經·大雅·韓奕》：「有～有虎。」《齊民要術·造神麴并酒》：「其屋，預前數日著～，塞鼠窟，泥壁，令淨掃地。」

毛 máo ❶ 獸毛。《左傳·僖公十四年》：「皮之不存，～將焉附？」又指人的毛髮。《左傳·僖公二十二年》：「君子不重傷，不禽二～。」（二毛：指花白頭髮的老人。）❷ 地表生長的草木。《公羊傳·宣公十二年》：「賜之不～之地。」《列子·湯問》：「以殘年餘力，曾不能毀山之一～。」

矛 máo ❶ 古代兵器名。《詩經·秦風·無衣》：「王于興師，修我戈～。」❷ 星名。《史記·天官書》：「一內為～，招搖。」

茅 máo ❶ 茅草。《左傳·僖公四年》：「爾貢包～不入。」用作動詞，割茅草。《詩經·豳風·七月》：「晝爾于～。」（于：往。）❷ 茅屋，簡陋的居處。陶潛《赴假還江陵夜行塗口》：「養真衡～下，庶以善自名。」（庶：希望。）鮑照《觀圃人藝植》：「結～野中宿。」❸ 通「旄 máo」。用旄牛尾做裝飾的旗子。《公羊傳·宣公十二年》：「鄭伯肉袒，左執～旄。」（肉袒：脫去上衣，露出身體的一部分。）

耗（秏） máo 見 190 頁「耗（秏）」㊁。

旄 ㊀ máo ❶ 旄牛尾作竿飾的旗子。《詩經·鄘風·干旄》：「孑孑干～，在浚之郊。」（孑孑 jiéjié：干旄豎立的樣子。浚 jùn：地名。）又指繫有旄牛尾的指揮用具。《尚書·牧誓》：「王左杖黃鉞，右秉白～以麾。」（左、右：左手、右手。麾 huī：指揮。）❷ 旄牛尾。《鹽鐵論·本議》：「隴蜀之丹漆～羽。」又指旄牛。《呂氏春秋·本味》：「肉之美者……～象之約。」（約：短尾。）

㊁ mào ❸ 老，老人。《孟子·梁惠王下》：「王速出令，反其～倪，止其重器。」（倪：小兒。）

髦 máo ❶ 馬頸上的長毛。《儀禮·既夕禮下》：「馬不齊～。」《齊民要術·養牛馬驢騾》：「白馬黑～不利人。」❷ 俊傑。《詩經·小雅·甫田》：「烝我～士。」（烝：召見。）又指選拔俊傑。《詩經·大雅·思齊》：「古之人無斁，譽～斯士。」（斁 yì：厭倦。）❸ 兒童下垂至眉的短髮。《詩經·鄘風·柏舟》：「髧彼兩～。」（髧 dàn：髮垂的樣子。）❹ 古代西方少數民族名。《詩經·小雅·角弓》：「如蠻如～。」字也作「髳」。❺ 通「旄 máo」。用旄牛尾裝飾的旗幟。張協《七命》：「建雲～。」

氂 ㊀ máo ❶ 犛牛尾。《說文》：「～，犛牛尾。」也指馬尾。《淮南子·說山》：「執而不釋，馬～截玉。」❷ 長毛。《列子·湯問》：「昌以～懸蝨於牖。」（昌：紀昌。牖 yǒu：窗。）又指強韌而捲曲的毛。《漢書·王莽傳》：「好厚履高冠，以～裝衣。」❸ 犛牛。《漢書·郊祀志上》：「殺一～牛以為俎豆牢具。」

㊁ lí ❹ 長度單位，十氂為分。後來寫作「釐」。《禮記·經解》：「差若豪～，繆以千里。」《新書·六術》：「十～為分，十分為寸。」

髳 máo 古代西南少數民族名。《尚書·牧誓》：「及庸、蜀、羌、～、微、盧、彭、濮人。」

M

蝥 máo ［蝥賊］兩種食禾稼的害蟲，比喻危害人民和國家的壞人或災異。《左傳・成公十三年》：「帥我～～，以來蕩搖我邊疆。」杜甫《送韋諷上閬州錄事參軍》：「必若救瘡痍，先應去～～。」（瘡痍：比喻災害困苦。）

錨 máo 停船器具。《天工開物・舟車》：「凡鐵～所以沉水繫舟。」

蟊 máo 一種吃苗根的害蟲。《詩經・小雅・大田》：「去其螟螣，及其～賊。」（螟：吃苗心的害蟲。螣 tè：吃苗葉的害蟲。賊：吃苗節的害蟲。）［蟊賊］比喻危害國家或人民的人。《詩經・大雅・召旻》：「天降罪罟，～～內訌。」（罪罟：罪辜。訌 hòng：潰亂。）《後漢書・岑彭傳》：「我有～～，岑君遏之。」

卯 mǎo 地支的第四位。與天干配合以紀日、紀年。《詩經・小雅・十月之交》：「十月之交，朔月辛～。」（朔：農曆的每月初一。）又為十二時辰之一，即上午五時至七時。舊時官署辦公從卯時開始，因此後來點名稱「點卯」，簽到、應名稱「畫卯」「應卯」。

茆 mǎo ❶ 蒓菜，水草名，嫩葉可吃。《詩經・魯頌・泮水》：「思樂泮水，薄采其～。」（泮水：學宮前的水池。薄：詞頭。）❷ 通「茅 máo」。茅草。《韓非子・外儲說右上》：「楚國之法，車不得至於～門。」

昴 mǎo 星宿名，二十八宿之一。《呂氏春秋・有始》：「西方曰顥天，其星胃、～、畢。」

芼 mào ❶ 擇取。《詩經・周南・關雎》：「參差荇菜，左右～之。」（參差 cēncī：長短不齊的樣子。荇 xìng：水草名。）❷ 摻雜在肉羹中的菜。《禮記・內則》：「雉兔皆有～。」又為摻雜。蘇軾《送筍芍藥與公擇》之一：「我家拙廚膳，彘肉～蕪菁。」（彘 zhì：豬。蕪菁：蔓菁。）

茂 mào ❶ 草木繁盛。《詩經・小雅・斯干》：「如竹苞矣，如松～矣。」（苞：根深固。）曹操《步出夏門行・觀滄海》：「樹木叢生，百草豐～。」引申為盛，盛大。《宋書・沈慶之傳》：「永念～庸。」（庸：功勞。）❷ 美好。《詩經・齊風・還》：「子之～兮，遭我乎猺之道兮。」（猺 náo：山名。）《漢書・楚元王傳》：「資質淑～。」又為優秀。《漢書・朱邑傳》：「廣延～士。」❸ 通「懋 mào」。勸勉，勉力。《史記・周本紀》：「先王之於民也，～正其德而厚其性。」

眊 mào ❶ 眼睛昏濁，看不清楚。《孟子・離婁上》：「胸中不正，則眸子～焉。」（眸子：瞳人，代指眼睛。）引申為昏憒，惑亂。《漢書・董仲舒傳》：「故政有～而不行。」❷ 同「耄」。年老。《漢書・武帝紀》：「哀夫老～。」

冒 mào ❶ 覆蓋。《詩經・邶風・日月》：「日居月諸，下土是～。」（居、諸：語氣詞。是：複指前置賓語「下土」。）《夢溪筆談》卷十八：「先設一鐵板，其上以松脂、蠟和紙灰之類～之。」❷ 頂着，迎着。《呂氏春秋・為欲》：「犯白刃，～流矢。」引申為觸犯，冒犯。《國語・晉語》：「有～上而無忠下。」❸ 貪。《左傳・文公十八年》：「貪於飲食，～於財賄。」❹ 假充。《漢書・衛青傳》：「故青～姓為衛氏。」❺ 帽子。後來寫作「帽」。《漢書・雋不疑傳》：「著黃～。」❻ 輕率，冒昧。《資治通鑑・漢獻帝建安十三年》：「此數者用兵之患也，而操皆～行之。」（操：曹操。）《金史・粱襄傳》：「夫事知其不可猶～為之，則有後患必矣。」

耄 mào ❶ 年老，高齡。《左傳・隱公四年》：「老夫～矣，無能為也。」引申為年老昏亂，糊塗。《左傳・昭公元年》：「諺所謂老將至而～及之者。」❷ 疲困。《新唐書・李嗣業傳》：「師～，諸將無功。」（師：軍隊。）

旄 mào 見 337 頁「旄」㊁。

袤 mào 南北距離的長度。《淮南子・天文》：「欲知東西南北廣～之數者。」（廣：東西距離的長度。）泛指長，長度。《史記・蒙恬列傳》：「延～萬餘里。」揚雄《羽獵賦序》：「周～數百里。」

M

帽 mào　帽子。古詩《陌上桑》：「少年見羅敷，脫～著帩頭。」（帩頭：束髮的巾。）又指蓋在上邊像帽子一樣的器物。張衡《西京賦》：「戴翠～。」此指車蓋。

【辨析】帽、弁、冕、冠。見26頁「弁」字條。

貿 mào　❶ 交易。《詩經・衛風・氓》：「氓之蚩蚩，抱布～絲。」（氓 méng：民。蚩蚩 chīchī：忠厚的樣子。）引申為變易，改變。吳質《在元城與魏太子箋》：「古今一揆，先後不～。」（揆：道理。）❷ 混雜，雜亂。《淮南子・詮言》：「公孫龍粲於辭而～名，鄧析巧辯而亂法。」（粲：鮮明。）❸ 通「牟 móu」。謀取。《鹽鐵論・本議》：「商賈無所～利。」

娼 mào　男子妒忌妻妾。《漢書・五行志中》：「劉向以為時夫人有淫齊之行，而桓有妒～之心。」泛指嫉妒。《禮記・大學》：「人之有技，～疾以惡之。」

瑁 mào　古代天子所持的瑞玉。諸侯執圭朝見天子時，天子以玉冒（覆）於圭上，所以叫「瑁」。《尚書・顧命》：「太保承介圭，上宗奉同～。」（上宗：宗伯。同：酒杯。）

楙 mào　❶ 草木茂盛。司馬相如《上林賦》：「實葉葰～。」（葰 jùn：大。）❷ 果樹名，也指其果實，即木瓜。《詩經・衛風・木瓜》「投我以木瓜」毛亨傳：「木瓜，～木也。」❸ 通「貿 mào」。貿易，交換。《漢書・食貨志上》：「～遷有無。」

貌 mào　❶ 容貌，相貌。《呂氏春秋・恃君》：「狀～無似吾夫者。」《史記・魏其武安侯列傳》：「武安者，～侵。」（武安：指武安侯田蚡。侵：通「寢」，短小醜陋。）引申為姿態，神態。賈誼《鵩鳥賦》：「～甚閒暇。」柳宗元《捕蛇者說》：「～若甚戚者。」（戚：悲傷。）❷ 外表，表面。《呂氏春秋・過理》：「文王～受而告諸侯。」文天祥《指南錄後序》：「北雖～敬，實則憤怒。」（北：指元軍。）❸ 描繪。杜甫《丹青引》：「屢～尋常行路人。」

【辨析】貌、容。在「儀容、相貌」的意義上，它們是同義詞。其區別是：「貌」側重指外貌，所以可以引申出「外表、表面」的意義；「容」側重指儀容，是內在的氣質。正如段玉裁所說：「凡容言其內，皃言其外。」（皃：古「貌」字。）

瞀 mào　眼睛昏花。《莊子・徐无鬼》：「予適有～病。」（適：正好。）引申為亂，昏亂。屈原《九章・惜誦》：「中悶～之忳忳。」（忳忳 túntún：憂愁的樣子。）又引申為暗，昏暗。顏延之《北使洛》：「飛雪～窮天。」

貇 mào　「貌」的古字。面貌，形象。《荀子・禮論》：「故壙壟其～象室屋也。」

懋 mào　❶ 勤勉，努力。《尚書・舜典》：「汝平水土，惟時～哉！」張衡《東京賦》：「感～力以耘耔。」又為鼓勵，勸勉。《國語・晉語四》：「～穡勸分，省用足財。」❷ 盛，大。《尚書・大禹謨》：「予～乃德。」（乃：你的。）《宋書・武帝紀中》：「勳德～功，未有若此之盛者也。」引申為美好。《後漢書・章帝紀論》：「烏呼～哉！」

mei

玫 méi　[玫瑰] 1. 美玉名。《韓非子・外儲說左上》：「楚人有賣其珠於鄭者……綴以珠玉，飾以～～。」2. 一種落葉灌木。温庭筠《握柘詞》：「～～拂地紅。」

枚 méi　❶ 樹幹。《詩經・周南・汝墳》：「遵彼汝墳，伐其條～。」（遵：沿着。汝：水名。墳：堤岸。）❷ 行軍時士卒銜在口中防止喧嘩的小棍。《周禮・夏官・大司馬》：「遂鼓行，徒銜～而進。」（徒：步卒。）❸ 量詞。《墨子・備城門》：「石重千鈞以上者五百～。」崔銑《記王忠肅公翱三事》：「太監泣別，贈大珠四～。」又用作狀語，逐個。《北史・恩幸傳序》：「亦何可～舉哉？」今成語有「不勝枚舉」。

眉 méi　❶ 眉毛。《呂氏春秋・恃君》：「滅鬚去～。」《漢書・霍光傳》：

「疏～目。」（疏眉目：眉毛疏淡，眼睛明亮。）❷ 題額。《穆天子傳》卷三：「乃紀名跡於弇山之石，而樹之槐，～曰『西王母之山』。」（弇山：傳說中的山名。）❸ 旁邊。《漢書·游俠傳·陳遵》：「觀瓶之居，居井之～。」

莓 méi ❶ 植物名。《齊民要術·莓》：「～，草實，亦可食。」❷ 苔蘚。孫綽《遊天台山賦》：「踐～苔之滑石。」

梅 méi ❶ 樹名，即楠木。《詩經·秦風·終南》：「終南何有？有條有～。」（條：樹名，山楸。）❷ 果樹名，果實即酸梅。《詩經·召南·摽有梅》：「摽有～，其實七兮。」（摽 biào：落。）

脢（脄） méi 背脊肉。《周易·咸》：「咸其～，無悔。」

堳 méi 壇四周的矮牆。《周禮·天官·掌舍》鄭玄注：「起埒～以為宮。」（埒：矮牆。）

嵋 méi ［峨嵋］山名，在今四川。

湄 méi 水和草交接的地方，水濱。《詩經·秦風·蒹葭》：「所謂伊人，在水之～。」

郿 méi 古地名。1. 周邑，在今陝西眉縣東北。2. 春秋魯邑，在今山東東平西。

媒 méi ❶ 媒人。《詩經·衛風·氓》：「子無良～。」❷ 起中介作用者。《舊唐書·張行成傳》：「觀古今用人，必因～介。」❸ 酒麴。比喻醞釀、擴散。司馬遷《報任安書》：「而全軀保妻子之臣，隨而～孽其短。」（孽：通「糱」，酒麴。）

楣 méi ❶ 門上的橫樑。屈原《九歌·湘夫人》：「辛夷～兮葯房。」（辛夷、葯：香草名。）❷ 房屋的第二道樑。《儀禮·鄉射禮》：「序則物當棟，堂則物當～。」（序：堂屋的東西牆。）❸ 屋簷椽端的橫板。《宋書·謝靈運傳》：「因丹霞以赬～。」（赬 chēng：紅色。）

腜 méi ［腜腜］肥美的樣子。左思《魏都賦》：「～～坰野。」（坰：郊野。）

煤 méi 煙熏所積的黑灰。《呂氏春秋·任數》：「嚮者～炱入甑中。」（嚮者：剛才。炱 tái：煙氣凝聚的黑灰。）

禖 méi 古代為求子舉行的祭祀。也指求子所祭的神。《呂氏春秋·仲春》：「以太牢祀于高～。」（太牢：牛羊豬三牲俱全。高：通「郊」。）

黴（霉） méi ❶ 面垢黑色。《淮南子·脩務》：「舜～黑。」王褒《九懷·蓄英》：「紛蘊兮～黧。」（紛蘊 fényùn：蓄積。黧 lí：色黑而黃。）❷ 東西受潮熱而產生的黑斑。蘇軾《格物粗談·服飾》：「梅葉煎湯洗夏衣～點，即去。」

麋 méi 黍類而子實不黏者，俗稱穈子。《呂氏春秋·本味》高誘注：「穄，關西謂之～。」

每 měi ❶ ［每每］草茂盛的樣子。《左傳·僖公二十八年》：「原田～～，舍其舊而新是謀。」（是：複指前置賓語「新」。）❷ 每次，每個。《詩經·秦風·權輿》：「今也～食無餘。」《論語·八佾》：「子入太廟，～事問。」❸ 雖然。《詩經·小雅·常棣》：「～有良朋，況也永歎。」

美 měi ❶ 味美。《孟子·盡心下》：「膾炙與羊棗孰～？」（膾炙：燒烤肉之類。羊棗：黑棗。）《呂氏春秋·本味》：「果之～者，沙棠之實。」❷ 美麗，漂亮。《左傳·襄公三十一年》：「子大叔～秀而文。」（子大叔：人名。）《呂氏春秋·慎行》：「王為建取妻於秦而～。」（建：人名。）❸ 美好，美善。《荀子·王霸》：「無國而不有～俗。」又指美好的人或事。《韓非子·內儲說上》：「君子不蔽人之～，不言人之惡。」❹ 稱讚，讚美。《韓非子·五蠹》：「然則今有～堯舜湯武禹之道於當今之世者，必為新聖笑矣。」

【辨析】美、麗。見 306 頁「麗」字條。

浼 měi ❶ 沾污，玷污。《淮南子·人間》：「若癰疽之必潰也，所～者多矣。」❷ ［浼浼］水盛的樣子。《詩經·邶風·新臺》：「新臺有洒，河水～～。」（洒 cuǐ：高的樣子。）韋應物《擬古詩》之三：「峨峨高山巔，～～青川流。」❸ 央求，請託。《南村輟耕錄》卷七：「薊公出，（劉）整復～入言之。」

M

沬 mèi 見214頁「沬」㊁。

妹 mèi ❶妹妹。《左傳・哀公八年》：「齊悼公之來也，季康子以其～妻之。」❷少女。《周易・歸妹》：「歸～，天地之大義也。」（歸：出嫁。）

昧 mèi ❶暗，昏暗。屈原《離騷》：「路幽～以險隘。」（幽：昏暗。）《後漢書・蘇竟傳》：「雖～必亮。」引申為目視不明。《左傳・僖公二十四年》：「目不別五色之章為～。」（章：文飾。）[昧旦] 天未全明，黎明。《詩經・鄭風・女曰雞鳴》：「女曰雞鳴，士曰～～。」（士：男子。）❷愚昧，迷亂。《左傳・宣公十二年》：「兼弱攻～，武之善經也。」（經：規則。）《戰國策・趙策二》：「愚者～於成事。」引申為貪昧。《左傳・襄公二十六年》：「楚王是故～於一來。」❸冒昧，冒犯。《韓非子・初見秦》：「臣～死，願望見大王。」

袂 mèi 衣袖。《戰國策・齊策一》：「舉～成幕。」白居易《長恨歌》：「風吹仙～飄颻舉。」

寐 mèi 睡，睡着。《詩經・衛風・氓》：「夙興夜～，靡有朝矣。」（夙：早晨。興：起。）《韓非子・六反》：「人皆～。」

【辨析】寐、睡、眠。三字都有「睡覺」的意思。分析起來，它們的本義是有差別的：「寐」指入睡、睡着，「眠」只是合着眼睛休息，「睡」則指坐着打瞌睡。

媚 mèi ❶喜愛。《詩經・大雅・下武》：「～茲一人。」❷逢迎，討好。《孟子・盡心下》：「閹然～於世者，是鄉原也。」（閹然：迎合討好的樣子。鄉原：老好人。）韓愈《柳子厚墓誌銘》：「其後以不能～權貴，失御史。」❸美好。陸機《文賦》：「水懷珠而川～。」白居易《長恨歌》：「回眸一笑百～生。」

韎 mèi 赤黃色。《左傳・成公十六年》：「有～韋之跗注。」（韋：柔皮。跗注：軍衣。）[韎韐 gé] 祭服上的赤黃色蔽膝。《詩經・小雅・瞻彼洛矣》：「～～有奭。」（奭：赤色。）

魅 mèi 迷信認為物老而變成的精怪。《左傳・宣公三年》：「螭～罔兩，莫能逢之。」（螭 chī 魅：傳說中林中害人的怪物。罔兩：傳說山川中的精怪。）泛指鬼怪。《荀子・解蔽》：「明月而宵行，俯見其影，以為伏鬼也，卬視其髮，以為立～也。」（卬 yǎng：抬頭向上。）

men

悶 mēn 見342頁「悶」㊁。

汶 mén 見531頁「汶」㊁。

門 mén ❶家門。《詩經・小雅・何人斯》：「不入我～。」《孟子・離婁下》：「禹稷當平世，三過其～而不入。」又為城門。《論語・雍也》：「將入～，策其馬。」又用作動詞。攻城門。《左傳・僖公二十八年》：「晉侯圍曹，～焉，多死。」又指守城門。《左傳・文公十五年》：「一人～于戾丘。」（戾丘：城邑名。）泛指形狀、作用像門的。歐陽修《與尹師魯書》：「下至竈～老婢，亦相驚怪。」❷門徑，關鍵。《老子》第一章：「玄之又玄，眾妙之～。」《商君書・君臣》：「臣聞道民之～，在上所先。」（道：引導。）❸家族，門第。《三國志・蜀書・先主傳》：「汝勿妄語，滅吾～也。」《北史・劉昶傳》：「唯能是寄，不必拘～。」❹學派，派別。《論衡・問孔》：「孔～之徒。」《漢書・儒林傳・孟喜》：「同～梁丘賀疏通證明之。」❺門類，類別。《舊唐書・杜佑傳》：「書凡九～，計二百卷。」《輟耕錄》卷二十七：「書目以甲乙分十～。」

【辨析】門、戶。見201頁「戶」字條。

捫 mén ❶握，持。《詩經・大雅・抑》：「莫～朕舌。」《徐霞客遊記・粵西遊日記二》：「～石投水中。」❷撫摸。屈原《九章・悲回風》：「遂儵忽而～天。」（儵 shū 忽：很快的樣子。）李白《蜀道難》：「～參歷井仰脅息。」（參、井：星宿名。）今成語有「捫心自問」。

璊 mén 紅色的玉。《詩經・王風・大車》：「毳衣如～。」（毳：用鳥獸細毛織的布。）

亹 ㊀ mén ❶ 兩岸對峙如門的峽谷。《詩經・大雅・鳧鷖》：「鳧鷖在～。」（鳧：野鴨。鷖：鷗鳥。）

㊁ wěi ❷［亹亹］1. 勤勉不倦的樣子。《詩經・大雅・文王》：「～～文王，令聞不已。」（令：美好。已：止。）2. 行進的樣子。宋玉《九辯》：「事～～覬進兮。」（覬：希望。）

殙 mèn 見 214 頁「殙」㊁。

悶 ㊀ mèn ❶ 煩悶。《周易・乾卦》：「遁世無～。」李白《江夏贈韋南陵冰》：「四望青天解人～。」

㊁ mēn ❷ 悶熱，不爽。《素問・風論》：「閉則熱而～。」嵇康《與山巨源絕交書》：「不大～癢，不能沐也。」

懣 mèn 煩悶。《史記・扁鵲倉公列傳》：「故濟北王阿母自言足熱而～。」《後漢書・方術傳下・華佗》：「陳登忽患匈中煩～。」（匈：同「胸」。）

M

meng

尨 méng 見 336 頁「尨」㊁。

甿 méng 種田的人，農民。《周禮・地官・遂人》：「以田里安～。」泛指百姓。陳子昂《漢州洛縣令張君吏人頌德碑》：「哀哉～黎，顛在荼毒。」（黎：黎民。）

氓 méng 民，百姓。《詩經・衛風・氓》：「～之蚩蚩，抱布貿絲。」（蚩蚩：敦厚的樣子。）又特指自外地遷來的百姓。《孟子・滕文公上》：「遠方之人，聞君行仁政，願受一廛而為～。」（廛 chán：指一般百姓的住宅。）

虻（蝱、䖟） méng 昆蟲名，種類很多，形似蠅而稍大。《莊子・天運》：「蚊～噆膚，則通昔不寐矣。」（噆 cǎn：咬，叮。通昔：整夜。）

萌 méng ❶ 植物的芽。《說文》：「～，草木芽也。」《孟子・告子上》：「非無～蘖之生焉。」（蘖：樹木砍伐後再生的枝芽。）又用作動詞。發芽。《禮記・月令》：「草木～動。」王逸《九思・傷時》：「草木～兮華榮。」（華榮：草木開花。）❷ 事物的發端或徵兆。《韓非子・說林上》：「聖人見微以知～，見端以知末。」又指開始發生。《韓非子・心度》：「故治民者禁姦於未～。」❸ 通「氓 méng」。民，百姓。《韓非子・和氏》：「官行法，則浮～趨於耕農。」

【辨析】萌、芽、蘖。三字都指草木的芽。區別在於，「蘖」僅指樹伐後長出的枝芽。「萌」與「芽」義近，「芽」多指種子在適宜的水和溫度中長出的芽，「萌」也可以指樹木發的芽。「萌」又多用作動詞，「芽」用作動詞則較少。

盟 méng 殺牲歃血，在神前立誓締約。《左傳・僖公四年》：「屈完及諸侯～。」（屈完：人名。）《史記・陳涉世家》：「為壇而～。」（壇：土臺子。）又用作名詞。盟約。《呂氏春秋・慎大》：「商涸旱，湯猶發師，以信伊尹之～。」（信：信守。伊尹：商湯的臣。）泛指起誓。《史記・孫子吳起列傳》：「與其母訣，齧臂而～曰：『起不為卿相，不復入衛！』」（齧 niè：咬。）

【辨析】盟、誓。「盟」本為訂立盟約。盟必殺牲並在神前舉行儀式，動詞。「誓」是軍隊作戰之前的一種要大家信守的言辭，名詞。「盟」可以引申為名詞，指約盟的言辭，「誓」可以引申為動詞，指發誓要做甚麼。二者作動詞時，「盟」則必須殺牲歃血，而且是兩方以上的行為；「誓」則可以是集體的，也可以是個人的，而且不必殺牲。

蒙 méng ❶ 覆蓋。《詩經・唐風・葛生》：「葛生～楚。」（葛：一種蔓生植物。楚：荊，一種落葉灌木。）引申為蒙蔽，欺騙。《左傳・僖公二十四年》：「上下相～，難與處矣。」杜甫《歲晏行》：「好惡不合長相～。」（合：應該。）❷ 蒙受，遭受。《史記・屈原賈生列傳》：「又安能以皓皓之白，而～世之温蠖乎？」（温蠖 huò：塵垢。）引申為冒着，冒。《韓非子・孤憤》：「故法術之士安能～死亡而進其說？」❸ 愚昧，無知。《周易・蒙》：「匪我求童～，童～求我。」（匪：非。童：幼稚。）《戰國策・韓策一》：「民非～愚也。」引申為自稱的謙詞。略等於「愚」。張衡《西京賦》：「～竊惑焉。」又為敬詞。承，承蒙。李密《陳情表》：「尋～國恩，除臣洗馬。」（尋：不久。除：授官。洗馬：即太子洗馬，官職名。）王安石《答司馬諫議書》：「昨日～教。」（教：指教。）

夢 méng 見 344 頁「夢」㊁。

甍 méng ❶ 屋脊。《左傳・襄公二十八年》：「猶援廟桷，動於～。」（桷 jué：方形的椽子。）代指房屋。《周書・武帝紀下》：「～宇雜物，分賜窮民。」❷ 屋簷。左思《吳都賦》：「飛～舛互。」（舛互：交錯。）

瞢 méng ❶ 眼睛看不清楚。《山海經・中山經》：「其下有草焉……可以已～。」（已：止。）引申為昏暗不明。屈原《天問》：「冥昭～暗，誰能極之？」（極：窮究。）❷ 憂悶。《左傳・襄公十四年》：「不與於會，亦無～焉。」（與 yù：參與。會：盟會。）❸ 慚愧。《國語・晉語三》：「臣得其志，而使君～。」❹ 通「夢 mèng」。做夢。《晏子春秋・諫上》：「公～見二丈夫立而怒。」

幪 ㊀ méng ❶ 蒙巾。《尚書大傳》卷一：「下刑墨～。」（下刑用黑巾蒙頭。）❷ 覆蓋。《新唐書・西域傳》：「～黑巾。」

㊁ měng ❸［幪幪］茂盛的樣子。《詩經・大雅・生民》：「麻麥～～。」

懜 méng ❶ 昏昧。《新書・道術》：「行充其宜謂之義，反義為～。」❷ 慚愧。陸機《贈弟士龍》：「俯慚堂構，仰～先靈。」（堂構：指祖先的遺業。）

濛 méng ❶ 雨點細小的樣子。《詩經・豳風・東山》：「我來自東，零雨其～。」❷ 瀰漫籠罩。李山甫《寒食》：「春陰澹澹～人家。」

氋 méng ［氃 tóng 氋］見 508 頁「氃」字條。

曚 méng ［曚昧］模糊不分的樣子。《晉書・紀瞻傳》：「～～未分。」［曚曨］日光不明的樣子。李咸用《隴頭吟》：「薄日～～秋。」

朦 méng ❶［朦朧］月光似明不明的樣子。來鵠《寒食山館書情》：「楚魂吟後月～～。」引申為模糊不清的樣子。李嶠《早發苦竹館》：「～～煙霧曉。」❷ 蒙蔽，欺瞞。《元典章・兵部三》：「如此～蔽上下俱無可見。」

矇 méng ❶ 眼睛失明，盲人。《國語・晉語四》：「～瞍不可使視。」（瞍 sǒu：眼睛沒有瞳人的盲人。）代指樂官，古代樂官由盲人充當。《詩經・大雅・靈臺》：「～瞍奏公。」❷ 昏暗不明。《淮南子・脩務》：「明鏡之始下型，～然未見形容。」（型：鑄器物的模子。見 xiàn：顯示。形容：形貌。）

【辨析】矇、瞽、瞍。見 172 頁「瞽」字條。

艨 méng ［艨艟 chōng］戰船。《舊五代史・賀瓌傳》：「以～～戰艦阨其中流。」

饛 méng 食物裝滿器具的樣子。《詩經・小雅・大東》：「有～簋飧。」（簋 guǐ：盛食物的器具。飧：熟食。）

猛 měng ❶ 兇猛。《周禮・夏官・服不氏》：「掌養～獸而教擾之。」引申為勇猛。《史記・高祖本紀》：「安得～士兮守四方。」又引申為兇殘。《史記・仲尼弟子列傳》：「吳王為人～暴，羣臣不堪。」又引申為猛烈。《抱朴子・金丹》：「此丹置～火上，須臾成黃金。」❷ 嚴厲。《左傳・昭公二十年》：「寬以濟～，～以濟寬，政是以和。」

黽 ㊀ měng ❶ 蛙的一種。《國語・越語下》：「而蛙～之與同渚。」（渚 zhǔ：水中小塊陸地。）

㊁ mǐn ❷ 勉力，努力。《詩經・邶風・谷風》：「～勉同心，不宜有怒。」

㊂ miǎn ❸ 古地名，在今河南澠池。《史

記・留侯世家》：「洛陽東有城皋，西有殽、～。」也稱「黽池」。《戰國策・齊策一》：「趙入朝～～。」

艋 měng ［舴 zé 艋］見 655 頁「舴」字條。

懞 měng 見 343 頁「懞」㈡。

懵 měng 無知，糊塗。岑參《感舊賦》：「上帝～～，莫知我冤。」白居易《與元九書》：「除讀書屬文外，其他～然無知。」

蠓 měng 蠛蠓，一種小飛蟲。《說文》：「～，蠛蠓也。」《列子・湯問》：「春夏之月有～蚋者，因雨而生，見陽而死。」（蚋：蚊類昆蟲。）

孟 mèng ❶ 排行最大的。《詩經・鄭風・有女同車》：「彼美～姜，洵美且都。」（孟姜：姜家的長女。洵 xún：確實。都：嫻雅美麗。）又指四季中每季的第一個月。《呂氏春秋・孟春》：「～春之月，日在營室。」（營室：星宿名。）❷ 勤勉，努力。班固《幽通賦》：「盍～晉以迨羣兮。」（盍 hé：何不。晉：進取。迨：及。）

夢 ㈠ mèng ❶ 夢。《詩經・小雅・斯干》：「吉～維何？」又用作動詞，做夢，夢見。《詩經・小雅・無羊》：「牧人乃～。」《呂氏春秋・禁塞》：「卧則～之。」

㈡ méng ❷ ［夢夢］昏亂不明。《詩經・小雅・正月》：「民今方殆，視天～～。」（殆：危險。）

mi

冞 mí ❶ 深，深入。《詩經・商頌・殷武》：「～入其阻。」❷ 更加。方干《送許溫》：「壯歲分～切，少年心正同。」

迷 mí ❶ 迷亂，迷惑。《詩經・小雅・節南山》：「俾民不～。」白居易《買花》：「人人～不悟。」❷ 迷路，辨別不清。《荀子・大略》：「～者不問路。」《淮南子・泰族》：「既入大麓，烈風雷雨而不～。」❸ 迷戀。李白《夢遊天姥吟留別》：「～花倚石忽已暝。」（暝：天黑。）

獼 mí 見 552 頁「獼」㈡。

謎 mí 謎語。《文心雕龍・諧隱》：「～也者，廻互其辭，使昏迷也。」（廻互：迂迴交錯。昏迷：迷惑。）

縻 mí ❶ 粥。《禮記・月令》：「是月也，養衰老，授几杖，行～粥飲食。」《齊民要術・養鵝鴨》：「先以粳米為粥～。」❷ 爛，破碎。《論衡・書虛》：「骨肉～爛。」曹植《聖皇篇》：「～軀以報國。」❸ 浪費。《三國志・魏書・衛覬傳》：「不益於好而～費功夫。」❹ 通「眉 méi」。眉毛。《漢書・王莽傳下》：「赤～聞之，不敢入界。」

縻 mí ❶ 牛韁繩。《史記・司馬相如列傳》：「蓋聞天子之於夷狄也，其義羈～勿絕而已。」泛指繩索。賈島《戲贈友人》：「筆硯為轆轤，吟詠作～綆。」（綆 gěng：繩索。）❷ 束縛，牽制。《孫子・謀攻》：「不知軍之不可以進而謂之進，不知軍之不可以退而謂之退，是謂～軍。」❸ 耗費。劉禹錫《論廢楚州營田表》：「今則徒有～費。」韓愈《進學解》：「猶且月費俸錢，歲～廩粟。」

麋 mí ❶ 麋鹿。《孟子・梁惠王上》：「王立於沼上，顧鴻雁～鹿。」《呂氏春秋・仲冬》：「蚯蚓結，～角解。」❷ 通「靡 mí」。爛，碎。《素問・氣厥論》：「上為口～。」李白《比干碑》：「～軀非仁，蹈難非智。」❸ 通「糜 mí」。粥。《淮南子・兵略》：「攻城略地，莫不降下，天下為之～沸蟻動。」❹ 通「湄 méi」。水邊。《詩經・小雅・巧言》：「彼何人斯，居河之～？」《左傳・僖公二十八年》：「余賜女孟諸之～。」（孟諸：古澤名。）❺ 通「眉 méi」。眉毛。《荀子・非相》：「伊尹之狀，面無須～。」

彌 ㈠ mí ❶ 遍，滿。《周禮・春官・大祝》：「國有大故天災，～祀社稷禱祠。」（故：事故，指兵寇。）《詩經・大雅・生民》：「誕～厥月，先生如達。」（誕：句首語氣詞。厥 jué 月：指懷孕的足月。先生：頭胎。達：通「羍」，小羊。）今成語有「彌天大謊」。❷ 久，長久。《呂氏春秋・聽言》：「今天下～衰，聖王之道廢絕。」

M

❸ 彌合，彌補。《左傳・僖公二十六年》：「～縫其闕，而匡救其災。」（闕：缺點，過失。匡：救助。）❹ 越發，更加。屈原《離騷》：「芳菲菲其～彰。」（彰：明。）《呂氏春秋・長利》：「是故地日廣，子孫～隆。」（隆：興盛。）今成語有「欲蓋彌彰」。㊁ mǐ　❺ 止息，消除。《周禮・春官・小祝》：「寧風旱，～兵災。」

靡 mí　見 345 頁「靡」㊁。

獼 mí　［獼猴］猴的一種。《論衡・物勢》：「～～何故畏鼠也？」

麛 mí　幼鹿。《呂氏春秋・樂成》：「～裘而韠，投之無戾。」（韠 bì：朝服的蔽膝。戾：罪。）泛指幼獸。《禮記・曲禮下》：「大夫不掩羣，士不取～卵。」（掩：偷襲。）

瀰 mí　水深而滿的樣子。《詩經・邶風・匏有苦葉》：「有～濟盈。」引申為滿，遍佈。《徐霞客遊記・滇遊日記八》：「此處松株獨茂，～山蔽谷。」

攠 mí　❶ 鐘受撞擊而磨損的地方。《周禮・考工記》：「鳧氏為鍾，兩欒謂之銑，銑間謂之于……于上之～謂之隧。」❷ 消滅。《後漢書・文苑傳上》：「東～烏桓。」

蘼 mí　［蘼蕪］香草名，也叫江蘺。古詩《上山采蘼蕪》：「上山采～～。」

米 mǐ　去皮殼的穀物的果實，特指稻米。《左傳・僖公二十九年》：「饋之芻～。」（芻：餵牲畜的草。）《呂氏春秋・審時》：「量粟相若而舂之，得時者多～。」又指其他植物的去殼果實。《齊民要術・蔣》：「蔣，菰也，其～謂之雕胡。」比喻微小。《呂氏春秋・察微》：「夫弩機差以～則不發。」

芈 mǐ　姓。《史記・楚世家》：「～姓，楚其後也。」

弭 mǐ　❶ 弓的兩端，或兩端用象骨裝飾的弓。《詩經・小雅・采薇》：「四牡翼翼，象～魚服。」（四牡：指駕車的四匹雄馬。翼翼：整齊的樣子。象：指象牙。魚服：用魚皮做的箭袋。）《左傳・僖公二十三年》：「其左執鞭、～。」❷ 停止，止息。《左傳・襄公二十五年》：「兵可以～。」《呂氏春秋・達鬱》：「是障之也，非～之也。」（是：此。）❸ 安撫，安定。《史記・田敬仲完世家》：「若夫治國家而～人民，又何為乎絲桐之間？」（絲桐：指樂器。）《後漢書・段熲傳》：「西羌於此～定。」又指順從，順服。《後漢書・吳漢傳》：「城邑莫不望風～從。」❹ 低垂。《淮南子・精神》：「龍乃～耳掉尾而逃。」（掉：搖擺。）

敉 mǐ　安撫，安定。《尚書・洛誥》：「四方迪亂，未定于宗禮，亦未克～公功。」（克：能。）

眯 ㊀ mǐ　❶ 塵埃等進入眼中，使視線不清。《淮南子・齊俗》：「夫吹灰而欲無～，涉水而欲無濡，不可得也。」㊁ mì　❷ 夢魘。《莊子・天運》：「遊居寢卧其下，彼不得夢，必且數～焉。」《山海經・西山經》：「英鞮之山……多冉遺之魚……食之使人不～。」

渳 mǐ　洗屍身。《周禮・春官・小宗伯》：「王崩，大肆，以秬鬯～。」（肆：陳屍。秬鬯：一種香酒。）

彌 mǐ　見 344 頁「彌」㊁。

靡 ㊀ mǐ　❶ 倒下。《左傳・莊公十年》：「吾視其轍亂，望其旗～，故逐之。」又為倒退。《史記・廉頗藺相如列傳》：「相如張目叱之，左右皆～。」❷ 代詞。沒有誰。《詩經・大雅・蕩》：「～不有初，鮮克有終。」（鮮：少。克：能。）又用作動詞。沒有。《詩經・衛風・氓》：「三歲為婦，～室勞矣。」（室勞：指家務勞動。）又用作副詞。不。《史記・外戚世家》：「其詳～得而記焉。」❸ 細膩，細密。宋玉《招魂》：「～顏膩理。」（理：肌膚。）又為華麗，美好。蘇軾《論養士》：「～衣玉食以館於上者，何可勝數？」㊁ mí　❹ 浪費。《墨子・節葬下》：「此為輟民之事，～民之財，不可勝計也。」賈誼《論積貯疏》：「生之者甚少，而～之者甚多。」❺ 糜爛。《莊子・胠篋》：「昔者龍逄斬……子胥～。」（龍逄、子胥：人名。）《史記・酷吏列傳》：「姦猾窮治，

M

大抵盡～爛獄中。」❻ 通「摩 mó」。摩擦，接觸。《莊子・馬蹄》：「喜則交頸相～。」司馬相如《子虛賦》：「下～蘭蕙，上拂羽蓋。」（羽蓋：以翠羽為飾的車蓋。）

汨 mì△ 水名，源出湘贛交界處，在湖南與羅水合流，稱汨羅江。顏延之《祭屈原文》：「望～心欷，瞻羅思越。」

汾 ㊀ mì△ ❶ 潛藏。《史記・屈原賈生列傳》：「襲九淵之神龍兮，～深潛以自珍。」

㊁ wù△ ❷［汾穆］深微的樣子。《史記・屈原賈生列傳》：「～～無窮兮，胡可勝言。」

宓 mì△ ❶ 安寧。《淮南子・覽冥》：「～穆休於太祖之下。」（太祖：道的根本。）❷ 祕密。庾信《哀江南賦》：「豺牙～厲，虺毒潛吹。」（厲：磨。虺 huǐ：毒蛇。）以上兩個意義，古籍多寫作「密」。❸ 通「伏 fú」。「伏羲氏」也作「宓羲氏」。《戰國策・趙策二》：「～羲、神農教而不誅。」

M

祕 mì（舊讀 bì）❶ 神祕，深奧。張衡《西京賦》：「～舞更奏。」（更：重新。）《晉書・藝術傳・陳訓》：「少好～學，天文、算曆、陰陽、占候無不畢綜。」（綜：治，研習。）❷ 祕密，不公開的。《史記・陳丞相世家》：「其計～，世莫得聞。」又為保守祕密。《史記・蒙恬列傳》：「始皇至沙丘崩，～之，羣臣莫知。」（沙丘：地名。崩：指帝王之死。）

眯 mì 見 345 頁「眯」㊁。

覓 mì△ 尋找，尋求。《世說新語・雅量》：「聞來～婿，咸自矜持。」（矜持：故作莊重。）辛棄疾《永遇樂・京口北固亭懷古》：「千古江山，英雄無～孫仲謀處。」

【辨析】覓、求、尋。在「尋找」的意義上，它們是同義詞，不過有時代先後的不同。在上古漢語中，「尋找」的意義只用「求」，中古以後才用「覓」「尋」。而且，「覓」多用於找人，「尋」多用於找物。另外，「求」的「請求、責求」等義，也是「覓」「尋」所沒有的。

密 mì△ ❶ 形如堂屋的山。《說文》：「～，山如堂者。」《尸子・綽子》：「松柏之鼠，不知堂～之有美樅。」（樅 cōng：松葉柏身的樹。）❷ 隱蔽之處。《禮記・少儀》：「不窺～。」引申為祕密。《左傳・昭公十三年》：「乃與巴姬～埋璧於大室之庭。」❸ 稠密，細密。《周易・小畜》：「～雲不雨。」《鹽鐵論・刑德》：「而網～於凝脂。」❹ 貼近，親密。《左傳・文公十七年》：「以陳蔡之～邇於楚。」韓愈《南山詩》：「或～若婚媾。」❺ 寂靜。《尚書・舜典》：「四海遏～八音。」（遏：止。）引申為安定。《史記・魯周公世家》：「～靖殷國，至于小大無怨。」

冪（冪） mì△ ❶ 覆蓋東西的巾。《儀禮・公食大夫禮》：「簠有蓋～。」（簠 fǔ：古代盛食物的方形竹器。）引申為覆蓋。《儀禮・既夕禮》：「～用疏布。」❷ 塗抹。左思《魏都賦》：「葺牆～室。」（葺 qì：修葺。）

塓 mì△ 刷牆。《左傳・襄公三十一年》：「圬人以時～館宮室。」（圬人：泥瓦匠。）

幎 mì△ 覆蓋死者面部的巾。《呂氏春秋・知化》：「乃為～以冒面死。」（冒：覆蓋。）又用作動詞。泛指覆蓋。《淮南子・原道》：「舒之～於六合。」（六合：指上下四方。）

覛 mì△ ❶ 察看。《國語・周語上》：「古者太史順時～土。」（太史：官名。）❷ 同「覓」。尋找。張衡《西京賦》：「～往昔之遺館。」

蜜 mì△ 蜂蜜。《韓非子・難勢》：「此味非飴～也，必苦萊亭歷也。」

鼏 mì△ ❶ 鼎蓋。《儀禮・士喪禮》：「取～委于於鼎北。」❷ 蓋酒樽的布巾。《禮記・禮器》：「犧尊疏布～。」（犧尊：一種酒器。）

幦 mì△ 車前橫木上的覆蓋物。《禮記・玉藻》：「君羔～虎犆。」（犆 zhí：邊飾。）

謐 mì△ 安寧，平靜。《說文》：「謐，一曰無聲也。」《後漢書・桓帝紀》：

「故假延臨政，以須安～。」（須：等待。）《南史・賀琛傳》：「下安上～。」

mian

眠 mián 睡覺。《列子・周穆王》：「其民不食不衣而多～，五旬一覺。」（覺：睡醒。）特指某些動物在一段時間內像睡眠那樣不食不動。庾信《燕歌行》：「二月蠶～不復久。」又為閉上眼裝死。《山海經・東山經》：「有獸焉……見人則～。」

【辨析】眠、寐、睡。見 341 頁「寐」字條。

棉 mián ❶ 棉花。成廷珪《夜泊青蒲村》：「蘆花紉被暖如～。」❷ 綿薄，微薄。《清稗類鈔・棍騙類》：「吾力～。」

【辨析】棉、綿。這是兩個意義不同的字。「綿」指絲綿，是中國古代固有的；「棉」指草棉的絮。草棉是很晚才從國外傳來的，古代沒有「棉」字。「綿薄、微薄」義古代用「綿」字，近代才偶有用「棉」字者。

緬 mián ❶ 眼睛漂亮。景差《大招》：「青色直眉，美目～兮。」❷ 妒忌。桓譚《新論》：「閼氏婦女有妒～之性。」

綿（緜） mián ❶ 絲綿。《漢書・食貨志下》：「眾民賣買五穀布帛絲～之物。」《齊民要術・雜說》：「擘～治絮，製新浣故。」（擘 bò：分開。）引申指像絲綿一樣的東西。陸游《沈園》之二：「沈園老柳不吹～。」❷ 連續，綿延。《穀梁傳・文公十四年》：「～地千里。」❸ 薄弱。《漢書・嚴助傳》：「且越人～力薄材，不能陸戰。」❹ 遙遠，久遠。陸機《飲馬長城窟行》：「去家邈以～。」（邈：遠。）《北史・于謹傳》：「蕭氏保據江南，～歷數紀。」

【辨析】綿、棉。見 347 頁「棉」字條。

瞑 mián 見 352 頁「瞑」㊁。

櫋 mián 屋簷板。屈原《九歌・湘夫人》：「罔薜荔兮為帷，擗蕙～兮既張。」（罔：編結。擗：剖開。）

矈 mián ❶ 瞳人黑。宋濂《思孅人辭》：「曼目轉以成～。」❷ 含情脈脈的樣子。宋玉《招魂》：「靡顏膩理，遺視～些。」（靡：細密。些：語氣詞。）

免 ㊀ miǎn ❶ 脫掉，去掉。《左傳・僖公三十三年》：「左右～胄而下。」（胄：頭盔。）引申為脫離。《論語・陽貨》：「子生三年，然後～於父母之懷。」❷ 避免，免除。《孟子・梁惠王上》：「凶年不～於死亡。」（凶年：荒年。）特指免禍。《左傳・宣公二年》：「越竟乃～。」（竟：境，邊界。）❸ 罷免。《呂氏春秋・處方》：「殺之～之，殘其家。」《韓非子・外儲說左下》：「奪之璽而～之令。」（璽：印。令：縣令。）❹ 分娩，生孩子。後來寫作「娩」。《國語・越語上》：「將～者以告，公令醫守之。」

㊁ wèn ❺ 古代一種喪服，去掉帽子，用布纏頭。這個意義後來寫作「絻」。《左傳・襄公二十五年》：「陳侯～。」

沔 miǎn ❶ 水流盛滿。《詩經・小雅・沔水》：「～彼流水，朝宗于海。」（朝宗：喻百川匯聚。）❷ 沉迷。《漢書・霍光傳》：「與從官官奴夜飲，湛～於酒。」（湛 chēn：沉迷。）❸ 水名，漢水上游，在陝西。也指漢水。《尚書・禹貢》：「浮于潛，逾于～。」（潛：水名。）

眄 miǎn 斜視。鄒陽《獄中上梁王書》：「臣聞明月之珠，夜光之璧，以暗投人於道，眾莫不按劍相～者。」泛指望，看。陶潛《歸去來兮辭》：「～庭柯以怡顏。」（庭柯：庭院中的樹木。）

勉 miǎn ❶ 努力，盡力。《左傳・成公二年》：「病未及死，吾子～之！」（病：傷重。吾子：對對方的尊稱。）❷ 勉勵，鼓勵。《呂氏春秋・季春》：「～諸侯，聘名士，禮賢者。」

娩（挽） miǎn 分娩。《北史・爾朱榮傳》：「榮乃暫來向京，言看皇后～難。」

緬 miǎn ❶ 遙遠。鮑照《登廬山》：「傾聽鳳管賓，～望釣龍子。」❷ 緬懷。曾鞏《明州謝到任表》：「～懷青濟間，萬謝蔭平陸。」

M

勔 miǎn 勤勉。張衡《思玄賦》：「～自強而不息兮。」

冕 miǎn 古代大夫以上的人所戴的禮帽。《呂氏春秋・具備》：「三月嬰兒，軒～在前，弗知欲也。」（軒：大夫以上的人乘坐的車子。）

【辨析】冕、弁、冠、帽。見 26 頁「弁」字條。

偭 miǎn（又 miàn）❶ 向，面向。《說文》：「～，向也。」左思《魏都賦》：「～辰光而罔定。」（罔：無。）❷ 背，違背。屈原《離騷》：「～規矩而改錯。」（錯：安排。）

湎 miǎn 沉迷於酒。《尚書・酒誥》：「罔敢～于酒。」（罔：無。）引申為沉迷。《禮記・樂記》：「慢易以犯節，流～以亡本。」

黽 miǎn 見 343 頁「黽」㊂。

絻 ㊀ miǎn ❶ 同「冕」。大夫以上的人所戴的禮帽。《荀子・正名》：「乘軒戴～。」《淮南子・泰族》：「衭～而親迎。」㊁ wèn ❷ 古代一種喪服，免冠而用布包髮髻。《左傳・哀公二年》：「使大子～。」（大子：太子。）

緬 miǎn 遙遠。陶潛《扇上畫贊》：「～懷千載，託契孤遊。」杜甫《北征》：「～思桃源內，益歎身世拙。」

澠 miǎn 見 454 頁「澠」㊁。

面 miàn ❶ 臉。《戰國策・趙策四》：「老婦必唾其～。」白居易《琵琶行》：「猶抱琵琶半遮～。」❷ 面向，面對着。《列子・湯問》：「北山愚公者，年且九十，～山而居。」孟浩然《過故人莊》：「開軒～場圃。」（軒：窗。）❸ 當面。《戰國策・齊策一》：「能～刺寡人之過者，受上賞。」今成語有「耳提面命」。❹ 方面。《呂氏春秋・異用》：「湯收其三～。」《漢書・張良傳》：「而漢王之將獨韓信可屬大事，當一～。」❺ 物體的表面或上層。白居易《錢塘湖春行》：「水～初平雲腳低。」《夢溪筆談》卷十八：「藥稍熔，則以一平板按其～。」

【辨析】面、臉。見 308 頁「臉」字條。

麪（麵） miàn 麥子磨成的粉，麪粉。束皙《餅賦》：「重羅之～，壁飛雪白。」泛指一般的粉末。《華陽國志・南中志》：「少穀有桄榔木可以作～。」

【說明】「面」「麪」本是兩個意義互不相干的字，現在「麪」簡化作「面」。

糗 miàn 碎米。《齊民要術・煮糗》：「～末以二升，小器中沸湯漬之。」

miao

苗 miáo ❶ 尚未吐穗的莊稼。《孟子・公孫丑上》：「宋人有閔其～之不長而揠之者。」（閔：憫。揠 yà：拔。）泛指初生的植物。左思《詠史》之二：「鬱鬱澗底松，離離山上～。」（離離：下垂的樣子。）❷ 後裔，後代。《三國志・蜀書・諸葛亮傳》：「大王劉氏～族，紹世而起，今即帝位，乃其宜也。」（大王：指劉備。）[苗裔] 後代。屈原《離騷》：「帝高陽之～～兮。」（高陽：顓頊的號。）❸ 夏季打獵。《詩經・小雅・車攻》：「之子于～。」（之子：這個人。）❹ 古代我國境內少數民族，也稱「三苗」。《韓非子・五蠹》：「當舜之時，有～不服。」（有：名詞詞頭。）

描 miáo 照樣子摹寫。白居易《小童薛陽陶吹觱篥歌》：「有條直直如筆～。」

杪 miǎo ❶ 樹梢。《說文》：「～，木標末。」（標：樹梢。）王維《梓州李使君》：「巴山一夜雨，樹～百重泉。」引申為末端，末尾。《漢書・王莽傳上》：「同時斷斬，懸頭竿～。」❷ 微小，細微。《後漢書・馮衍傳》：「闊略～小之禮。」（闊略：不拘泥。）

眇 miǎo ❶ 一目失明。《穀梁傳・成公元年》：「晉郤克～。」（郤克：人名。）又為雙目失明。蘇軾《日喻》：「生而～者不識日。」引申為瞇着一隻眼看。《漢書・敘傳上》：「離婁～目於豪分。」（離婁：相傳為古代眼力最好的人。）❷ 眼睛小。《淮南子・說山》：「大馬之目～。」引申為渺小。《莊子・德充符》：「～乎小哉！」❸ 遙遠。屈原《九章・哀郢》：「～不知其所蹠。」（蹠 zhí：往，至。）❹ 通「妙 miào」。精妙，美好。《史記・貨殖列傳》：「雖戶說以～論，終不能化。」《漢書・揚雄傳下》：「是以聲之～者不可同於眾人之耳。」

秒 miǎo ❶ 穀物種子殼上的芒。《說文》：「～，禾芒也。」比喻細微的東西。《新唐書・蔣欽緒傳》：「雖銖～罪不貸。」（銖：一兩的二十四分之一，喻微小。貸：寬恕。）❷ 古代單位名。1. 弧或角的計算單位，六十秒為一分，六十分為一度。2. 長度單位，一寸的萬分之一。3. 容量單位。

訬 miǎo 見 52 頁「訬」㊁。

淼 miǎo 大水茫無邊際的樣子。屈原《九章・哀郢》：「當陵陽之焉至兮，～南渡之焉如？」（如：往。）

渺 miǎo ❶ 遙遠，廣遠。李嶠《早發苦竹館》：「貪玩水石奇，不知川路～。」今成語有「渺無人煙」。[渺渺] 廣遠的樣子。《管子・內業》：「～～乎如窮無極。」❷ 微小。蘇軾《前赤壁賦》：「寄蜉蝣於天地，～滄海之一粟。」王安石《揚雄》：「衣冠～塵土，文字爛星辰。」

緲 miǎo [縹緲] 見 386 頁「縹」字條。

藐 miǎo ❶ 小，幼小。《左傳・僖公九年》：「以是～諸孤辱在大夫。」（是：此。諸：之。辱在大夫：指託付給大夫您而使您受屈辱。）潘岳《寡婦賦》：「孤女～焉始孩。」（孩：小兒笑。）❷ 小看，輕視。《孟子・盡心下》：「說大人，則～之。」（說 shuì：勸說，說服。大人：指居高位者。）❸ 遠，遙遠。屈原《九章・悲回風》：「～蔓蔓之不可量兮。」（蔓蔓：無邊無際的樣子。）庾信《哀江南賦序》：「～是流離，至於暮齒。」（暮齒：晚年。）

邈 miǎo△ ❶ 遠，兼指空間和時間。屈原《九章・懷沙》：「湯、禹久遠兮，～而不可慕。」蔡琰《胡笳十八拍》：「雁高飛兮～難尋。」❷ 同「藐」。輕視。劉向《〈戰國策〉書錄》：「上小堯、舜，下～三王。」（小：輕視。）

妙 miào ❶ 精微，微妙。《呂氏春秋・勿躬》：「精通乎鬼神，深微玄～，而莫見其形。」❷ 好，美好。《論衡・定賢》：「曲～人不能盡和。」孔稚珪《北山移文》：「～譽馳於浙右。」❸ 細微，小。《呂氏春秋・審分》：「所知者～矣。」馬融《長笛賦》：「微風纖～，若存若亡。」❹ 通「渺 miǎo」。深遠。《韓非子・難言》：「閎大廣博，～遠不測。」

廟 miào ❶ 宗廟，供奉、祭祀祖先的地方。《左傳・桓公二年》：「是以清～茅屋。」（茅屋：用茅草蓋屋頂。屋：屋頂。）《戰國策・齊策四》：「～成，還報孟嘗君。」又用作動詞。祭祀祖先。《呂氏春秋・季春》：「以共郊～之服。」❷ 供奉神靈或先賢的處所。《史記・封禪書》：「於是作渭陽五帝～。」《三國志・蜀書・諸葛亮傳》：「詔為亮立～於沔陽。」（詔：皇帝的命令。沔 miǎn 陽：地名。）後又指供奉佛的處所。《晉書・何淮傳》：「惟誦佛經，修營塔～而已。」❸ 指朝廷。《孫子・計》：「夫未戰而～算勝者，得算多也。」[廟堂] 指朝廷。《呂氏春秋・召類》：「夫修之於～～之上，而折衝乎千里之外。」

【辨析】廟、觀、寺。見 176 頁「觀」字條。

mie

滅 miè△ ❶ 熄滅。《尚書・盤庚上》：「若火之燎于原，不可嚮邇，其猶可撲～。」喻指死亡。白居易《贈王山人》：「不如學無生，無生即無～。」❷ 淹沒。《周易・大過》：「過涉～頂，凶。」（頂：頭頂。）《莊子・秋水》：「蹶泥則沒足～跗。」（跗 fū：腳背。）❸ 消滅，消除。《左傳・成公二年》：「余姑翦～此而朝食。」（朝 zhāo 食：吃早飯。）《呂氏春秋・本味》：「～腥去臊除羶。」❹ 消失。柳宗元《江雪》：「千山鳥飛絕，萬徑人蹤～。」

M

蔑 miè△ ❶消滅。《國語・周語中》：「今將大泯其宗祊，而～殺其民人。」（泯：滅。宗祊 bēng：宗廟。）引申為拋棄。《國語・周語中》：「不奪民時，不～民功。」❷蔑視，輕視。《國語・周語中》：「而司事莫至，是～先王之官也。」（司事：主管官吏。）《韓非子・外儲說左上》：「吾聞宋君無道，～侮長老。」❸微小。《法言・學行》：「視日月而知眾星之～也。」❹無，沒有。《左傳・昭公元年》：「封疆之削，何國～有？」❺不。《國語・晉語二》：「吾有死而已，吾～從之矣。」

篾 miè△ 薄竹片。《尚書・顧命》：「牖間南嚮，敷重～席。」（敷：鋪設。）

幭 miè△ ❶車軾的覆蓋物。《詩經・大雅・韓奕》：「鞹鞃淺～。」（淺：淺毛虎皮。）❷頭巾。《管子・小稱》：「乃援素～以裹首而絕。」

矆 miè△ 眼睛紅腫。《呂氏春秋・盡數》：「處目則為～、為盲。」

蠛 miè△ ［蠛蠓 měng］一種小飛蟲。揚雄《甘泉賦》：「浮～～而撇天。」

衊 miè△ ❶污血。《素問・氣厥論》：「傳為衄～瞑目，故得之氣厥也。」（衄 nǜ：鼻出血。瞑：眼昏花。）又用作動詞。以血污染。《新唐書・藩鎮傳・田悅》：「血～衣袖。」泛指塗染。《新唐書・列女傳・崔繪妻盧》：「糞穢～面。」❷誣毀，以謠言毀壞別人的名譽。《漢書・梁平王劉立傳》：「污～宗室。」《新唐書・桓彥範傳》：「恐為讎家誣～。」（讎：仇敵。）

min

民 mín ❶百姓，庶民。《論語・學而》：「使～以時。」（使：役使。）《國語・周語上》：「防～之口，甚於防川。」❷人，人類。《詩經・大雅・生民》：「厥初生～，時維姜嫄。」（姜嫄：周始祖后稷的母親。）《呂氏春秋・當賞》：「～以四時寒暑日月星辰之行知天。」

旻 mín ［旻天］1. 上天。《孟子・萬章上》：「舜往于田，號泣于～～。」2. 秋天。王逸《九思・哀歲》：「～～兮清涼。」

岷 mín 山名，在今四川。《尚書・禹貢》：「～、嶓既藝。」（嶓：嶓冢，山名。藝：種植。）又為江名，因發源於岷山而得名。［岷江］江名。杜甫《別李義》：「重問子何之，西上～～源。」（之：往。）

忞 ㊀ mín ❶努力自強。《說文》：「～，強也。」並引《周書》：「在受德～。」（受：即商紂。）
㊁ wěn ❷［忞忞］心不能明瞭的樣子。《法言・問解》：「著古昔之䁄䁄，傳千里之～～者，莫如書。」（䁄䁄：眼睛看不見的樣子。）

珉 mín 似玉的美石。《荀子・法行》：「君子之所以貴玉而賤～者何也？」

暋 mín 見351頁「暋」㊁。

緡 mín ❶釣絲。《詩經・召南・何彼襛矣》：「其釣維何？維絲伊～。」又用作動詞。指釣魚。韓愈《河之水二首寄子姪老成》之二：「采蕨於山，～魚於淵。」❷安加（絲弦）。《詩經・大雅・抑》：「荏染柔木，言～之絲。」（荏 rěn 染：柔弱的樣子。言：詞頭。）❸穿錢的繩子，也指穿成串的錢。《史記・平準書》：「賈人～錢皆有差。」《漢書・食貨志》：「及楊可告～，上林財物眾。」（楊可：人名。上林：漢代苑囿名。）

皿 mǐn 器皿，盤、盂一類器具的總稱。《說文》：「～，飯食之用器也。」《孟子・滕文公下》：「牲殺、器～、衣服不備，不敢以祭。」

【辨析】皿、器。「皿」指盤、盂之類飯食的器用，「器」則是一切容器的總稱。「皿」只是「器」中的一類。常「器」「皿」連文，這時則可以指各種容器。

泯（泯） mǐn ❶滅，消失。《詩經・大雅・桑柔》：「亂生不夷，靡國不～。」（夷：平定。靡：無。）杜甫《詠懷古跡五首》之二：「最是楚宮俱～滅。」❷亂，昏亂。《尚書・康誥》：「天惟與我民彝大～亂。」（民彝：指人倫。）

《論衡・偶會》：「伯魯命當賤，知慮多～亂也。」引申為混合，混淆。白居易《和知非》：「禪能～人我，醉可忘榮悴。」（悴 cuì：枯。）

敏 mǐn ❶疾速，敏捷。《論語・學而》：「～於事而慎於言。」引申為勤勉。《論語・公冶長》：「～而好學，不恥下問。」❷聰慧。《左傳・成公二年》：「敢告不～，攝官承乏。」韓愈《柳子厚墓誌銘》：「子厚少精～，無不通達。」❸腳的大指。《詩經・大雅・生民》：「履帝武～。」（履：踏。帝：天帝。武：足跡。）

閔 mǐn ❶憂患，凶喪。《詩經・邶風・柏舟》：「覯～既多，受侮不少。」（覯 gòu：遇到。）《左傳・宣公十二年》：「寡君少遭～凶。」❷哀憐，憐憫。《詩經・周頌・閔予小子》：「～予小子，遭家不造。」（予小子：周成王自稱。不造：不祥。）❸憂慮，擔心。《孟子・公孫丑上》：「宋人有～其苗之不長而揠之者。」（揠 yà：拔。）《論衡・自紀》：「又～人君之政，徒欲治人，不得其宜。」

湣 mǐn ❶憂患。《史記・屈原賈生列傳》：「離～而不遷兮，願志之有象。」（離：通「罹」，遭。）❷通「泯 mǐn」。泯滅。劉向《戰國策序》：「夫婦離散，莫保其命，～然道德絕矣。」❸［湣湣］昏亂的樣子。東方朔《七諫・怨世》：「處～～之濁世兮，今安所達乎吾志？」

黽 mǐn 見 343 頁「黽」㊁。

暋 ㊀ mǐn ❶努力，勉力。《宋書・何尚之傳》：「～作肆力之氓。」（肆力：盡力。氓：民。）❷強悍。《尚書・康誥》：「～不畏死。」
㊁ mín ❸煩悶。《莊子・外物》：「心若縣於天地之間，慰～沈屯。」（縣：同「懸」。沈屯：沉鬱。）

愍 mǐn ❶憂傷。《左傳・昭公元年》：「吾代二子～矣。」屈原《九章・悲回風》：「傷太息之～憐兮，氣於邑而不可止。」（於邑：氣短的樣子。）❷憂患，凶喪。屈原《九章・惜誦》：「惜誦以致～矣。」《三國志・魏書・武帝紀》：「朕以不德，少遭～凶。」❸憐憫，哀憐。李密《陳情表》：「祖母劉，～臣孤弱，躬親撫養。」（躬親：親自。）《三國志・吳書・吳主傳》：「孤甚～之。」（孤：侯王自稱。）

僶 mǐn ［僶俛 miǎn］1. 努力，勤勉。《新書・勸學》：「然則舜～～而加志。」2. 須臾，片刻。顏延之《秋胡詩》：「孰知寒暑積，～～見榮枯。」

憫 mǐn ❶憂愁。《孟子・公孫丑上》：「阨窮而不～。」（阨窮：窘困。）《淮南子・詮言》：「樂恬而憎～。」❷哀憐，憐憫。《顏氏家訓・省事》：「窮鳥入懷，仁人所～。」柳宗元《寄許京兆孟容書》：「此誠丈人所共～惜也。」（丈人：長者。）

【辨析】憫、憐。見 307 頁「憐」字條。

ming

名 míng ❶名字，名稱。屈原《離騷》：「肇錫余以嘉～。」（錫：賜。）《莊子・逍遙遊》：「北冥有魚，其～為鯤。」又為命名，稱名。《左傳・隱公元年》：「莊公寤生，驚姜氏，故～曰寤生。」❷名號，名分。《左傳・成公二年》：「唯器與～不可以假人。」《史記・淮陰侯列傳》：「殺之無～，故忍而就於此也。」❸名譽，名聲。司馬遷《報任安書》：「立～者，行之極也。」《世說新語・自新》：「亦何憂令～之不彰邪？」引申為著稱，聞名。《孟子・公孫丑下》：「五百年必有王者興，其間必有～世者。」劉禹錫《陋室銘》：「山不在高，有仙則～。」❹（以個人名義）佔有。《史記・商君列傳》：「明尊卑爵秩等級，各以差次～田宅。」《論衡・骨相》：「（鄧）通亡，寄死人家，不～一錢。」今成語有「一文不名」。❺形容，稱說。《論語・泰伯》：「蕩蕩乎民無能～焉。」今成語有「莫名其妙」「不可名狀」。❻文字。《儀禮・聘禮》：「百～以上書於策。」《管子・君臣》：「書同～，車同軌。」

明 míng ❶明亮，光明。《詩經・齊風・雞鳴》：「東方～矣。」杜甫《石壕吏》：「天～登前途，獨與老翁別。」

M

引申為明白，顯明。《孟子·梁惠王上》：「願夫子輔吾志，～以教我。」《戰國策·齊策一》：「則秦不能害齊，亦已～矣。」❷眼力，視力。《孟子·梁惠王上》：「～足以察秋毫之末。」司馬遷《報任安書》：「左丘失～。」（左丘：人名。）引申為眼力好，看得清楚。《荀子·勸學》：「目不能兩視而～。」又引申為聰明、英明。《老子》第三十三章：「知人者智，自知者～。」韓愈《師說》：「小學而大遺，吾未見其～也。」（遺：丟棄。）❸次（專指日或年）。《左傳·襄公二十六年》：「～日將戰。」范仲淹《岳陽樓記》：「越～年，政通人和。」（越：到。）

茗 míng ❶茶樹的芽。一說指晚採的茶。《世說新語·紕漏》：「此為茶，為～？」泛指茶。《洛陽伽藍記·正覺寺》：「渴飲～汁。」❷[茗艼]同「酩酊」。大醉的樣子。《世說新語·任誕》：「日莫倒載歸，～～無所知。」（莫：暮。）

【辨析】茗、茶。見45頁「茶」字條。

冥 míng ❶暗，昏暗。《淮南子·說林》：「置之～室之中，不能搏龜鱉，勢不便也。」比喻愚昧。韓愈《祭鱷魚文》：「不然，則是鱷魚～頑不靈。」❷海。後來寫作「溟」。《莊子·逍遙遊》：「北～有魚。」❸迷信所說的陰間。《後漢書·馮衍傳下》：「齎此恨而入～。」（齎jī：帶着，懷抱着。）

溟 míng ❶海。《世說新語·言語》：「山崩～海竭。」王維《華嶽》：「天地忽開坼，大河注東～。」（坼chè：裂。）❷幽深。《太平寰宇記·嶺南道·惠州》：「其穴～然莫測。」又為迷茫。沈佺期《答魑魅代書寄家人》：「何堪萬里外，雲海已～茫。」

暝 míng ❶昏暗。《漢書·五行志下之上》：「至成公十六年六月甲午晦，正晝皆～。」（晦：農曆每月的最後一天。）歐陽修《醉翁亭記》：「雲歸而巖穴～。」❷天黑，日暮。古詩《為焦仲卿妻作》：「晻晻日欲～。」（晻晻yǎnyǎn：日光漸暗的樣子。）李白《自遣》：「對酒不覺～。」

鳴 míng ❶鳥叫。《詩經·周南·葛覃》：「黃鳥于飛，集于灌木，其～喈喈。」（喈喈jiējiē：鳥和鳴聲。）泛指獸類昆蟲叫及其他發聲。《詩經·小雅·鹿鳴》：「呦呦鹿～，食野之苹。」（呦呦：鹿鳴聲。苹：草名。）《木蘭詩》：「但聞黃河流水～濺濺。」（濺濺：水流聲。）❷呼喚。《列子·黃帝》：「食則～羣。」

銘 míng ❶記載，鏤刻。《呂氏春秋·求人》：「故功績～乎金石。」比喻銘記在心，永遠不忘。《三國志·吳書·周魴傳》：「～心立報，永矣無貳。」（貳：二心。）❷鑄刻在器物上的文字。《國語·晉語一》：「其～有之。」《韓非子·外儲說左上》：「鍾鼎之～。」❸文體的一種。曹丕《典論·論文》：「～誄尚實，詩賦欲麗。」（誄：一種哀祭文體。）

瞑 ㊀míng ❶閉眼。《左傳·文公元年》：「謚之曰『靈』，不～；曰『成』，乃～。」（謚：加謚號。）今成語有「死不瞑目」。引申為雙目失明。《呂氏春秋·知接》：「～者目無由接也。」（無由接：無法接觸外物。）❷天黑，傍晚。韓愈《春雪》：「～見迷巢鳥，朝逢失轍車。」引申為暗。陸游《風雲晝晦夜遂大雪》：「草木盡偃伏，道路～不分。」

㊁mián ❸同「眠」。睡。《莊子·知北遊》：「神農隱几闔戶晝～。」（隱几：倚着小桌。）

螟 míng 螟蛾的幼蟲，吃禾心的害蟲。《詩經·小雅·大田》：「去其～螣。」（螣tè：吃禾葉的害蟲。）[螟蛉]螟蛾的幼蟲。《詩經·小雅·小宛》：「～～有子，蜾蠃負之。」（蜾蠃：蜂的一種。）

酩 mǐng [酩酊dǐng]大醉的樣子。《齊民要術·笨麴并酒》：「凡人大醉，～～無知。」

命 mìng ❶命令。《尚書·盤庚中》：「王～眾，悉至于庭。」《列子·湯問》：「操蛇之神聞之，～夸娥氏二子負二山。」又用作名詞。命令。《左傳·宣公十二年》：「敢不惟～是聽。」諸葛亮《出師表》：「奉～於危難之間。」❷天命，命運。《周易·繫辭上》：「樂天知～故不夭。」《論語・雍也》：「亡之！～矣夫。」❸壽命，生命。《論語・雍也》：「不幸短～死矣。」又指生活，生存。李密《陳情表》：「母孫二人，更相為～。」❹命名。《韓非子・和氏》：「遂～曰和氏之璧。」白居易《琵琶行》序：「凡六百一十六言，～曰《琵琶行》。」

【辨析】命、令。見318頁「令」字條。

miu

繆 miù 見356頁「繆」㊁。

謬 miù 謬誤，差錯。《莊子・讓王》：「恐聽者～而遺使者罪。」《漢書・司馬遷傳》：「差以豪氂，～以千里。」（豪氂：通「毫釐」。）用為謙詞。庾信《哀江南賦》：「～掌衛於中軍。」

mo

摸 mō△ ❶用手接觸，撫摩。《三國志・魏書・華佗傳》：「使人手～知所在。」❷通「摹 mó」。模仿。《史通・言語》：「是以好丘明者則偏～《左傳》。」

麼 mó ❶細小。《列子・湯問》：「江浦之間生～蟲，其名曰焦螟。」❷代詞。這麼，那麼。黃庭堅《南鄉子》：「萬水千山還～去，悠哉！」

嫫 mó ［嫫母］傳說中醜陋的婦人，黃帝的妻子。《呂氏春秋・遇合》：「故～～執乎黃帝。」（執：親厚。）

摹 mó ❶規劃，謀劃。《漢書・高帝紀》：「雖日不暇給，規～弘遠矣。」引申為法度。張衡《東京賦》：「規萬世而大～。」❷模仿，效法。潘岳《西征賦》：「乃～寫舊豐，制造新邑。」（豐：豐邑。）《後漢書・仲長統傳》：「若是，三代不足～，聖人未可師也。」❸描寫，描述。江淹《別賦》：「誰能～暫離之狀，寫永訣之情者乎？」

模 ㊀ mó ❶製作器物的木製模型。《論衡・物勢》：「陶冶者，初埏埴作器，必～範為形。」（埏 shān 埴：和泥製作陶器。）又用於抽象意義，規範，楷模。張衡《歸田賦》：「揮翰墨以奮藻，陳三皇之軌～。」左思《詠史》之八：「可為達士～。」❷模仿，效法。《列子・周穆王》：「變化之極，徐疾之間，可盡～哉？」

㊁ mú ❸模樣。李白《明堂賦》：「人物禽獸，奇形異～。」

膜 mó△ ❶人或動植物體內薄皮狀的組織。《素問・痹論》：「故循皮膚之中，分肉之間，熏於肓～，散於胸腹。」李商隱《石榴》：「榴～輕明榴子鮮。」❷［膜拜］合掌加額，伏地而拜。《穆天子傳》卷二：「吾乃～～而受。」

摩 mó ❶摩擦。《周易・繫辭上》：「是故剛柔相～，八卦相盪。」《淮南子・原道》：「兩木相～而然。」（然：燃燒。）引申為按摩。《素問・至真要大論》：「～之浴之。」又引申為撫摸。《陳書・徐陵傳》：「寶志手～其頂。」（寶志：人名。）❷磨礪，砥礪。《國語・越語上》：「其達士，絜其居，美其服，飽其食，而～厲之於儀。」引申為切磋，研討。《戰國策・秦策一》：「得太公陰符之謀，伏而誦之，簡練以為揣～。」❸磨損，磨滅。《孟子・盡心上》：「墨子兼愛，～頂放踵利天下，為之。」司馬遷《報任安書》：「古者富貴而名～滅，不可勝記。」❹迫切，接近。《左傳・宣公十二年》：「～壘而還。」（壘：營寨。）《淮南子・人間》：「背負青天，膺～赤霄。」

磨 ㊀ mó ❶磨治石器，泛指磨擦。《國語・周語下》：「鑄之金，～之石。」《木蘭詩》：「小弟聞姊來，～刀霍霍向豬羊。」（霍霍：磨刀聲。）❷折磨，挫折。白居易《自詠》：「唯是無兒頭早白，被天～折恰平均。」（被：遭受。）歐陽修《答黎宗孟書》：「老年～難多，漸能忍事。」❸磨滅，消失。《後漢書・南匈奴傳》：「失得之源，百世不～矣。」（失得：得失。）

㊁ mò ❹把糧食弄碎的工具。王安石《擬寒山拾得詩》：「作馬便搭鞍，作牛便推～。」

謨(謩) mó 謀劃。《莊子・庚桑楚》：「知者～也。」又為計謀。陸機《辯亡論下》：「遂獻宏～。」

劘 mó ❶磨。《論衡・明雩》：「砥石～厲，欲求銛也。」（銛 xiān：鋒利。）❷迫近。羅隱《鎮海軍使院記》：「左界飛樓，右～嚴城。」（嚴：通「巖」，高峻。）

魔 mó ❶梵語「魔羅」的簡稱，意為擾亂、破壞、障礙等。白居易《自到潯陽生三女子》：「細念因緣盡是～。」又指邪惡的鬼怪。歐陽修《讀徂徠集》：「古鑑照妖～。」❷愛好入迷。白居易《醉吟》之二：「酒狂又引詩～發，日午悲吟到日西。」

礳 ㊀mó ❶同「磨」。研磨，磨擦。《淮南子・脩務》：「砥礪～堅，莫見其損，有時而薄。」（砥礪：磨刀石。）
㊁mò ❷同「磨」。石磨，弄碎穀物等的工具。陸游《短歌示諸稚》：「茗雪落小～。」（茗：茶葉。）

抹 ㊀mǒ ❶塗抹。杜甫《北征》：「曉粧隨手～。」蘇軾《飲湖上初晴後雨》：「淡粧濃～總相宜。」
㊁mò ❷輕按，彈奏弦樂的一種指法。白居易《琵琶行》：「輕攏慢撚～復挑。」

万 mò 見520頁「万」㊁。

末 mò△ ❶樹梢。《呂氏春秋・先己》：「是故百仞之松，本傷於下而～槁於上。」（本：樹根。）引申指物的端、尾。《孟子・梁惠王上》：「明足以察秋毫之～。」❷末尾，最後的。《周易・繫辭下》：「其當殷之～世，周之盛德邪？」❸非根本的，不重要的。《淮南子・泰族》：「治之所以為本者，仁義也；所以為～者，法度也。」又特指工商。《呂氏春秋・上農》：「民舍本而事～則不令。」（本：根本，指農業。不令：不聽從命令。）❹微小，淺薄。《呂氏春秋・精諭》：「淺智者之所爭則～矣。」司馬遷《報任安書》：「陪外庭～議。」❺粉末。《晉書・藝術傳・鳩摩羅什》：「燒為灰～。」

沒(没) mò△ ❶潛入水中。《莊子・列御寇》：「其子～於淵，得千金之珠。」引申為沉沒，淹沒。《史記・滑稽列傳》：「始浮，行數十里乃～。」又引申為埋沒。李華《弔古戰場文》：「積雪～脛，堅冰在鬚。」又引申為覆沒。司馬遷《報任安書》：「（李）陵未～時，使有來報。」❷盡，終了。《論語・鄉黨》：「～階，趨進。」（沒階：走完了臺階。）又《陽貨》：「舊穀既～，新穀既升。」（升：登，指成熟。）❸死，去世。《論語・學而》：「父在，觀其志；父～，觀其行。」《孟子・滕文公上》：「昔者，孔子～，三年之外，門人治任將歸。」（治任：整理行裝。）❹沒收。韓愈《柳子厚墓誌銘》：「其俗以男女質錢，約不時贖，子本相侔，則～為奴婢。」（質：抵押。子：指利息。本：指本錢。相侔 móu：相等。）

【辨析】沒、崩、薨、卒、死。見18頁「崩」字條。

抹 mò 見354頁「抹」㊁。

歾 ㊀mò△ ❶同「歿」。死。《左傳・僖公二十二年》：「楚王其不～乎？」引申為盡。《太玄・耎》：「詘其節，執其術，共所～。」
㊁wěn ❷同「刎」。刎頸。《荀子・彊國》：「人知貴生樂安而棄禮義，辟之是猶欲壽而～頸也。」

歿(殁) ㊀mò△ ❶死。《國語・晉語四》：「管仲～矣，多讒在側。」❷落。曹植《升天行》：「日出登東幹，既夕～西枝。」
㊁wěn ❸同「刎」。刎頸。《呂氏春秋・離俗》：「三日不得，卻而自～。」（卻：退，返回。）

帕 mò 見374頁「帕」㊁。

沫 mò△ ❶唾液，唾沫。《莊子・大宗師》：「泉涸，魚相與處於陸，相呴以濕，相濡以～。」（呴 xǔ：哈氣。濡 rú：浸潤。）又指水上浮沫。杜甫《遠遊》：「竹風連野色，江～擁春沙。」❷盡，終止。屈原《離騷》：「芳菲菲而難虧兮，芬至今猶未～。」

M

妹 mò△ ［妺喜］人名。有施氏的女兒，夏桀的妻子。《國語・晉語一》：「昔夏桀伐有施，有施人以～～女焉。」

茉 mò△ ［茉莉］一種常綠灌木。魏源《江南吟》：「午夏～～早秋蓮。」

陌 mò△ ❶ 田界，田埂。《韓非子・外儲說左上》：「盡巧而正畦～者，非愛主人也。」引申為道路。陶潛《詠荊軻》：「素驥鳴廣～，慷慨送我行。」❷ 通「佰 bǎi」。錢一百為佰。《舊五代史・王章傳》：「官庫出納緡錢，皆以八十為～。」（緡錢：成串的錢。）

秣 mò△ 餵牲畜的飼料。《周禮・春官・大宰》：「七曰芻～之式。」（芻：餵牲畜的草。式：規則。）又引申為餵養。《詩經・周南・漢廣》：「之子于歸，言～其馬。」（之：此。于、言：動詞詞頭。）

莫 mò 見 358 頁「莫」㊁。

絈 mò 見 517 頁「絈」㊁。

貊 mò△ ❶ 獸名。《後漢書・西南夷傳》：「（哀牢）出……猩猩、～獸。」❷ 同「貉 mò」。古代對東北部一個民族的稱呼。《詩經・大雅・韓奕》：「王錫韓侯，其追其～。」（錫：賜。追：北方部族名。）

貉 mò 見 192 頁「貉」㊁。

嗼 mò△ 寂靜，寂寞。《呂氏春秋・首時》：「飢馬盈廄，～然，未見芻也。」（芻：餵牲口的草。）

漠 mò△ ❶ 沙漠。王逸《九思・疾世》：「逾隴堆兮渡～。」《三國志・魏書・明帝紀》：「虜乃走～北。」❷ 寂靜，淡泊。屈原《遠遊》：「野寂～其無人。」《莊子・知北遊》：「澹而靜乎！～而清乎！」

寞 mò△ ［寂寞］空廓，寂靜。《呂氏春秋・審分》：「意氣得游乎～～之宇矣。」

嘿 mò△ 同「默」。不說話。《韓非子・六反》：「人皆寐，則盲者不知；皆～，則喑者不知。」（喑 yīn：啞。）

墨 mò△ ❶ 寫字作畫用的黑色顏料。《莊子・田子方》：「舐筆和～。」代指黑色。《左傳・僖公三十三年》：「子～衰絰。」（墨：用作動詞，染黑。衰絰：喪服喪帶。）引申為貪污。《左傳・昭公十四年》：「貪以敗官為～。」❷ 古代刑法，在犯人面部刺字並塗黑作為記號，又叫黥刑。《尚書・伊訓》：「臣下不匡，其刑～。」《漢書・刑法志》：「～罪五百。」❸ 木匠畫直線的工具。《孟子・盡心上》：「大匠不為拙工改廢繩～。」比喻標準，法度。《晉書・劉毅傳》：「正色立朝，舉綱引～。」❹ 指墨家，先秦諸子中的一個學派，創始人為墨翟。《莊子・列御寇》：「儒～相與辯。」❺ 通「默 mò」。無聲。《荀子・解蔽》：「故口可劫而使～云。」

默 mò△ ❶ 靜默，不說話。《論語・述而》：「～而識之。」（識 zhì：記住。）《韓非子・南面》：「則人臣莫敢妄言矣，又不敢～然矣。」❷ 昏暗。《博異志・張遵言》：「遵言與僕等隱大樹下，於時昏晦，～無所睹。」

磨 mò 見 353 頁「磨」㊁。

瘼 mò△ 病，疾苦。《詩經・大雅・桑柔》：「～此下民。」（瘼：用如使動，使……病苦。）引申為弊病。《後漢書・文苑傳下・趙壹》：「原斯～之攸興。」（原：推究根源。斯：此。攸：所。）

蟆 mò 見 333 頁「蟆」㊁。

鏌 mò△ ［鏌鋣］寶劍名。《呂氏春秋・察今》：「良劍期乎斷，不期乎～～。」

驀 mò△ ❶ 上馬。左思《吳都賦》：「～六駮，追飛生。」（駮：毛色青白相雜的馬。飛生：鼯鼠的別名。）❷ 超越。李賀《送沈亞之歌》：「煙底～波乘一葉。」❸ 忽然。辛棄疾《青玉案・元夕》：「～然回首，那人卻在，燈火闌珊處。」

纆 mò△ 用兩股擰成的繩索。《淮南子・說林》：「予拯溺者金玉，不若尋常之～索。」

礳 mò 見 354 頁「礳」㊁。

M

mou

牟 móu ❶牛鳴聲。《說文》：「～，牛鳴也。」柳宗元《牛賦》：「～然而鳴。」❷謀取。《韓非子·六反》：「遊居厚養，～食之民也。」引申為掠奪。《淮南子·時則》：「毋或侵～。」（或：語氣詞。）❸通「侔 móu」。等同。《漢書·司馬相如傳下》：「德～往初，功無與二。」❹通「眸 móu」。瞳人。《荀子·非相》：「堯舜參～子。」（參：三。）❺通「麰 móu」。大麥。《詩經·周頌·思文》：「貽我來～。」（來：小麥。）

侔 móu ❶齊等，相當。《韓非子·五蠹》：「超五帝而～三王者，必此法也。」李白《與韓荊州書》：「君侯制作～神明。」❷謀求，謀取。《韓非子·五蠹》：「蓄積待時，而～農夫之利。」《鹽鐵論·本議》：「騰躍則商賈～利。」

恈 móu ［恈恈］貪欲的樣子。《荀子·榮辱》：「～～然唯利之見。」（之：複指前置賓語「利」。）

眸 móu 瞳人，眼珠。《孟子·離婁上》：「胸中正則～子瞭焉。」（瞭：明亮。）白居易《長恨歌》：「回～一笑百媚生。」（回眸：轉動眼珠。）代指眼睛。劉楨《魯都賦》：「和顏揚～，眄風長歌。」（眄：看，望。）

鉾 móu 同「鍪」。頭盔。《晉書·苻堅載記》：「將士莫不悲慟，皆刻～鎧為『死休』字，示以戰死為志。」

謀 móu ❶商量，謀劃。《詩經·衛風·氓》：「匪來貿絲，來即我～。」《左傳·莊公十年》：「肉食者～之。」引申為謀求，圖謀。《論語·衛靈公》：「君子～道不～食。」《史記·魏公子列傳》：「諸侯以公子賢，多客，不敢加兵～魏十餘年。」❷計謀，計策。《呂氏春秋·不廣》：「此咎犯之～也。」（咎犯：人名。）

【辨析】謀、計、慮。見226頁「計」字條。

麰 móu 大麥。《孟子·告子上》：「今夫～麥，播種而耰之。」（耰 yōu：播種後覆土。）

鍪 móu 武士的頭盔，也稱兜鍪。《戰國策·韓策一》：「甲、盾、鞮、～……無不畢具。」（鞮 tí：革履。）也指形似兜鍪的帽子。《荀子·禮論》：「薦器則冠有～而毋縰。」（薦器：指陳列祭器。縰 shǐ：束髮的繒帛。）

繆 ㊀ móu ❶［綢繆］見67頁「綢」字條。

㊁ miù ❷差錯，錯誤。《呂氏春秋·遇合》：「客有以吹籟見越王者，羽角宮徵商不～。」《戰國策·秦策三》：「今舍此而遠攻，不亦～乎？」❸巧詐。《管子·輕重丁》：「惟～數為可耳。」（數：同「術」。）

某 mǒu 代詞。指代不明說的或失傳的人或事物。《論語·衛靈公》：「～在斯。」（斯：這裏。）又用於自稱，表示謙虛。《禮記·曲禮下》：「君使士射，不能，則辭以疾，言曰：『～有負薪之憂。』」王安石《答曾公立書》：「則～之所論，無一字不合於法。」

mu

模 mú 見353頁「模」㊁。

母 mǔ ❶母親。《詩經·小雅·蓼莪》：「無～何恃？」泛指老年婦女。《史記·淮陰侯列傳》：「有一～見信飢，飯信。」（信：韓信。飯：給……吃。）❷養育，哺育。《史記·淮南衡山列傳》：「吏奉厲王詣上，上悔，令呂后～之。」❸雌性的。《孟子·盡心上》：「五～雞，二～彘。」❹貨幣中大的重的為母，反之為子。《國語·周語下》：「民患輕，則為作重幣以行之，於是有～權子而行，民皆得焉。」又經商或借貸的本錢叫母，利息叫子。柳宗元《道州文宣王廟碑》：「權其子～，贏且不竭。」❺根本，本源。《老子》第一章：「有名，萬物之～。」《商君書·說民》：「慈仁，過之～也。」

牡 mǔ ❶雄性的鳥、獸，與「牝」相對。《詩經·邶風·匏有苦葉》：「雉鳴求其～。」《史記·龜策列傳》：「禽獸有牝～。」❷鎖簧，門閂。《淮南子·說林》:「盜跖見飴，曰:『可以黏～。』」《漢書・五行志中之上》:「長安章成門門～自亡。」(亡:失。)❸ 丘陵。《大戴禮記・易本命》:「丘陵為～，溪谷為牝。」

拇 mǔ 手腳的大拇指。《莊子・駢拇》:「駢～枝指，出乎性哉。」(駢拇:指拇指與二指相連。枝指:指旁多生出一指。)《素問・骨空論》:「膝痛，痛及～指。」

姆 mǔ ❶ 古時教女子學習婦道的女教師。《禮記・內則》:「女子十年不出，～教婉娩聽從。」❷ 乳母。韓愈《殿中少監馬君墓誌》:「～抱幼子立側。」

姥 mǔ ❶ 老婦。《世說新語・假譎》:「有一客～居店賣食。」❷ 丈夫的母親。古詩《為焦仲卿妻作》:「奉事循公～，進止敢自專?」

畝(晦、畆、畂) mǔ ❶ 田壟，田裏高起種莊稼處，與「甽」相對。《呂氏春秋・辯土》:「故～欲廣以平，甽欲小以深。」❷ 量詞。地積單位。《孟子・梁惠王上》:「五～之宅，樹之以桑。」(樹:種植。)

娒 mǔ ❶ 古代以婦道教育女子的婦人。《說文》:「～，女師也。」❷ 通「侮 wǔ」。輕慢，欺侮。《漢書・張良傳》:「四人年老矣，皆以上嫚～士，故逃匿山中。」

鉧 mǔ [鈷鉧] 見 172 頁「鈷」字條。

木 mù△ ❶ 樹木。《詩經・周南・漢廣》:「南有喬～。」❷ 木材，木料。《孟子・梁惠王下》:「為巨室，則必使工師求大～。」引申為木料製的器物。《左傳・僖公二十三年》:「我二十五年矣，又如是而嫁，則就～焉。」此指棺槨。《莊子・列御寇》:「為外刑者，金與～也。」(外刑:施在體外的刑罰。)此指木製刑具。❸ 質樸，樸實。《論語・子路》:「剛毅～訥，近仁。」《史記・絳侯周勃世家》:「勃為人～強敦厚。」(勃:周勃。強:倔強。敦厚:老實。)❹ 五行之一。《尚書・洪範》:「五行:一曰水，二曰火，三曰～，四曰金，五曰土。」❺ 八音之一。《周禮・春官・大師》:「皆播之以八音:金、石、土、革、絲、～、匏、竹。」

【辨析】木、樹。在上古，「木」指樹木，「樹」則多用作「種植」義。

目 mù△ ❶ 眼睛。《孟子・梁惠王上》:「抑為采色不足視於～與?」(抑:還是。采色:彩色。與:語氣詞。)❷ 看。《史記・陳涉世家》:「卒中往往語，皆指～陳勝。」引申為用眼睛示意。《國語・周語上》:「國人莫敢言，道路以～。」❸ 孔眼。《呂氏春秋・用民》:「壹引其綱，萬～皆張。」(綱:網上的大繩。)今成語有「綱舉目張」。引申為條目。《論語・顏淵》:「請問其～。」❹ 名目，名稱。《後漢書・酷吏傳・王吉》:「凡殺人皆磔屍車上，隨其罪～，宣示屬縣。」(磔 zhé:古代分裂人的肢體的酷刑。)

【辨析】目、眼、睛。在上古漢語中，「目」為眼睛，「眼」為眼珠，「睛」為瞳孔，三者意義有別。後來，「眼」的詞義才擴大為眼睛，「睛」則指眼珠。今成語有「目不轉睛」。

沐 mù△ ❶ 洗髮。《呂氏春秋・謹聽》:「昔者，禹一～而三捉髮。」❷ 芟除，修剪。《管子・輕重丁》:「請以令～途旁之樹枝，使無尺寸之陰。」《齊民要術・種桑柘》:「栽後二年，慎勿採～。」引申為修治，整治。《禮記・檀弓下》:「孔子之故人曰原壤，其母死，夫子助之～槨。」(槨 guǒ:棺外的套棺。)❸ 潤澤。《後漢書・明帝紀》:「京師冬無宿雪，春不燠～。」(燠 yù:溫暖。)

【辨析】沐、盥、沫、洗、浴、洒。見 177 頁「盥」字條。

牧 mù△ ❶ 放牧。《孟子・公孫丑下》:「今有受人之牛羊而為之～之者。」又指牧人。《詩經・小雅・無羊》:「爾～來思。」(思:語氣詞。)也指牧場。《詩經・邶風・靜女》:「自～歸荑。」(歸:通「饋」，贈送。荑 tí:初生的茅。)引申為郊外。《左傳・隱公五年》:「鄭人侵衛～。」❷ 治理，統治。《國語・魯語上》:「且夫君也者，將～民而正其邪者也。」又指治民的人。特指州官。《漢書・翟方進傳》:「持法刻深，舉奏～守九卿。」(守:指郡官。)也指主事之官。《呂氏春秋・

季春》：「命舟～覆舟。」❸ 修養。《周易・謙》：「謙謙君子，卑以自～也。」

苜 mù△ ［苜蓿］一種多年生草本植物。西漢時由西域傳入。《史記・大宛列傳》：「俗嗜酒，馬嗜～～，漢使取其實來，於是天子始種～～。」

罞 mù△ ［罞罞］1. 蒙昧的樣子。《漢書・鮑宣傳》：「願賜數刻之間，極竭～～。」2. 風吹動的樣子。柳宗元《龍城錄・上帝追攝王遠知〈易總〉》：「但覺風～～而過，明日至登州。」

莫 ㊀ mù ❶ 日落的時候。後來寫作「暮」。《禮記・聘義》：「日～人倦。」引申為晚，時間將盡或一年將盡。《論語・先進》：「～春者，春服既成。」《詩經・小雅・采薇》：「曰歸曰歸，歲亦～止。」（曰：詞頭。止：語氣詞。）又引申為昏暗。枚乘《七發》：「於是榛林深澤，煙雲暗～。」❷ 通「幕 mù」。帳幕。《史記・廉頗藺相如列傳》：「市租皆輸入～府。」㊁ mò△ ❸ 無定代詞。意思是「沒有誰」或「沒有甚麼東西（事情）」。《莊子・秋水》：「天下之水，～大於海。」❹ 副詞。相當於「不」。《詩經・魏風・碩鼠》：「三歲貫女，～我肯顧。」（女 rǔ：你。）又表示禁止，相當於「不要」。《史記・商君列傳》：「秦王車裂商君以徇，曰：『～如商鞅反者。』」（徇：示眾。）❺ 廣大。《莊子・逍遙遊》：「今子有大樹，患其無用，何不樹之於無何有之鄉，廣～之野？」

募 mù 徵求，徵招。《莊子・說劍》：「太子悝患之，～左右曰。」（左右：侍從。）柳宗元《捕蛇者說》：「～有能捕之者，當其租入。」

睦 mù△ ❶ 親善，和睦。《孟子・滕文公上》：「則百姓親～。」《禮記・禮運》：「講信修～。」（講信：講求信用。）❷［睦睦］同「穆穆」。恭敬的樣子。《史記・司馬相如列傳》：「旼旼～～，君子之能。」（旼旼 mínmín：和藹的樣子。）

楘 mù△ 車轅上加固用的革帶，也作為裝飾品。《詩經・秦風・小戎》：「小戎俴收，五～梁輈。」（俴：淺。收：車箱下橫木。梁輈：車上用以駕車的曲轅。）

墓 mù 墳墓。《呂氏春秋・懷寵》：「不掘墳～。」

【辨析】墓、墳。見 138 頁「墳」字條。

幕(幙) mù△ ❶ 帳篷的頂布。《戰國策・齊策一》：「舉袂成～。」（袂 mèi：衣袖。）代指帳篷。《左傳・襄公二十九年》：「猶燕之巢於～上。」❷ 覆蓋。《莊子・則陽》：「解朝服而～之。」❸ 古代將士的臂甲、腿甲。《史記・蘇秦列傳》：「當敵則斬堅甲鐵～。」❹ 通「漠 mò」。沙漠。《史記・匈奴列傳》：「是後匈奴遠遁，而～南無王庭。」

【辨析】幕、幃、帷、幄、帳。這幾個字都有「布帳」的意思。「幃」指帳幕。「帷」指圍在四周的布。「幕」指在上面的幕布。「幄」指像宮室一樣的帳篷。「帳」指牀上的帳子。

慕 mù ❶ 思念，想念。《孟子・萬章上》：「人少則～父母。」❷ 羨慕，敬仰。《史記・廉頗藺相如列傳》：「臣所以去親戚而事君者，徒～君之高義也。」❸ 仿效。柳宗元《種樹郭橐駝傳》：「他植者，雖窺伺效～，莫能如也。」（他植者：別的種樹人。）

暮 mù 傍晚，日落之時。《國語・晉語五》：「范文子～退於朝。」今成語有「朝三暮四」。引申為晚。《呂氏春秋・謹聽》：「夫自念斯學，德未～。」（斯：此。）曹操《步出夏門行・龜雖壽》：「烈士～年，壯心不已。」（不已：不止。）

穆 mù△ ❶ 和暢，美好。《詩經・大雅・烝民》：「吉甫作誦，～如清風。」（吉甫：尹吉甫，人名。誦：詩。）❷ 恭敬，肅穆。《尚書・金縢》：「我其為王～卜。」❸ 和睦。《世說新語・識鑑》：「二賢若～，則國之休。」（休：福。）❹ 古代宗廟排列的次序，始祖廟居中，以下父子相承為昭穆，昭居左，穆居右。《左傳・僖公五年》：「虢仲、虢叔，王季之～也。」（虢仲、虢叔：王季的次子、三子，王季於周為昭，故其子為穆。）

霂 mù△ 小雨。《魏書・樓毅傳》：「夏～冬霰。」（霰：雪珠。）尤侗《老農》：「三月霖春～。」

M

N

na

拏 ㊀ ná ❶ 牽引。揚雄《百官箴》：「田田相～，廬廬相距。」❷［紛拏］混亂的樣子。王粲《閑邪賦》：「情～～以交橫。」
㊁ nú ❸ 船槳。《莊子・漁父》：「今漁父杖～逆立。」

那 nǎ 見 371 頁「那」㊂。

內 ㊀ nà△ ❶ 進入。《荀子・大略》：「其誠可比於金石，其聲可～於宗廟。」引申為使進入。《呂氏春秋・精通》：「謂門者～乞人之歌者。」（門者：守門人。）
㊁ nèi ❷ 內部，裏面，與「外」相對。《論語・季氏》：「而謀動干戈於邦～。」特指內心。《論語・里仁》：「見不賢而～自省也。」今成語有「色厲內荏」。❸ 內室。《詩經・唐風・山有樞》：「子有廷～，弗洒弗埽。」特指帝王所居之處，皇宮。白居易《長恨歌》：「西宮南～多秋草。」❹ 妻妾，女色。《左傳・僖公十七年》：「齊侯好～。」

【辨析】內、納。「內」本指由外入內、進入；所進入之處也是內，即內部，裏面。後來為了在讀音上加以區別，於前者讀 nà，於後者讀 nèi；為了在字形上加以區別，前義（及其引申義）借用「納」字表示，後義仍用「內」。「納」的借義通行，本義（《說文》：「納，絲濕納納也。」）反而廢棄不用了。

吶 nà 見 362 頁「吶」㊁。

那 nà 見 371 頁「那」㊁。

衲 nà△ ❶ 補綴，縫補。蘇轍《上元雪》：「～被蒙頭真老病。」❷ 僧衣。戴叔倫《寄贈翠巖奉上人》：「掛～雲林淨。」又用為僧徒的自稱或代稱。戴叔倫《題橫山寺》：「老～供茶碗。」

納 nà△ ❶ 入。《左傳・隱公三年》：「臣聞愛子，教之以義方，弗～於邪。」（方：道義。）引申為使入，即收納、接納等。《詩經・豳風・七月》：「十月～禾稼。」《韓非子・說林上》：「温人之周，周不～客。」（之：往。）❷ 使入於對方，即獻出，貢獻。《左傳・哀公二十五年》：「彌子飲公酒，～夏戊之女。」司馬遷《報任安書》：「上之，不能～忠效信，有奇策才力之譽。」又指歸還。《韓非子・外儲說左下》：「遂～璽而去，文侯不受。」又指交納。《鹽鐵論・本議》：「農人～其獲。」❸ 縫綴。《論衡・程材》：「～縷之工不能織錦。」

【辨析】納、內。見 359 頁「內」字條。

軜 nà△ 驂馬內側的轡繩。《詩經・秦風・小戎》：「鋈以觼～。」（鋈：用銅鍍器物。觼：用以繫軜的有舌的環。）

nai

乃（廼、迺） nǎi ❶ 代詞，你，你的。《尚書・康誥》：「朕心朕德，惟～知。」《漢書・陳勝項籍傳》：「必欲亨～翁，則幸分我一杯羹。」（亨：同「烹」，煮。）又為如此，這樣。《莊子・德充符》：「子無～稱！」（子：對對方的尊稱。）❷ 即，就是。《孟子・梁惠王上》：「是～仁術也。」《戰國策・趙策三》：「吾～梁人也。」（梁：魏國。）❸ 於是，才。《呂氏春秋・制樂》：

「疾～止。」《史記・魏公子列傳》：「侯生視公子色終不變，～謝客就車。」（謝：辭別。）❹ 卻，竟然。《荀子・王霸》：「將以為樂，～得憂焉。」陶潛《桃花源記》：「問今是何世，～不知有漢。」❺ 僅，只。《漢書・項籍傳》：「羽復引而東，至東城，～有二十八騎。」

奶(嬭、妳) nǎi 乳。《晉書・桓玄傳》：「～媼每抱詣温，輒易人而後至。」（温：桓温，人名。）

奈 nài 怎麼，怎麼辦。《淮南子・兵略》：「惟無形者無可～也。」常與「何」字配合，表示「對……怎麼樣（辦）」的意思。《呂氏春秋・長見》：「將～社稷何？」[奈何] 怎麼，怎麼辦。《戰國策・秦策三》：「先生～～而言若此！」

柰 nài ❶ 果樹名，也指其果實。曹植《謝賜柰表》：「賜臣等冬～一奩。」（奩 lián：盛物的匣子。）❷ 同「奈」。與「何」字配合，表示「對……怎麼樣（辦）」的意思。《史記・酷吏列傳》：「陛下縱自輕，～宗廟太后何？」[柰何] 同「奈何」，怎麼，怎麼辦。《荀子・彊國》：「然則～～？」

耐 nài ❶ 古代一種剃除頰鬚的刑罰。《漢書・高帝紀下》：「令郎中有罪～以上，請之。」《後漢書・陳寵傳》：「今律令死刑六百二十，～罪千六百九十八。」❷ 禁得起，禁得住。《齊民要術・種椒》：「此物性不～寒。」❸ 通「能 néng」。能夠。《禮記・樂記》：「故人不～無樂。」

鼐 nài 大鼎。《詩經・周頌・絲衣》：「～鼎及鼒。」（鼒 zī：口小的鼎。）

nan

男 nán ❶ 男人，男子，與「女」相對。《左傳・桓公十八年》：「女有家，～有室。」❷ 兒子。《列子・湯問》：「鄰人京城氏之孀妻有遺～。」杜甫《石壕吏》：「一～附書至，二～新戰死。」❸ 古代五等爵位的第五等。《禮記・王制》：「王者之制祿爵，公、侯、伯、子、～，凡五等。」

南 nán 方位名，和「北」相對。《詩經・小雅・大東》：「維～有箕，不可以簸揚。」（箕：星宿名。）又為向南移動，向南行。《墨子・貴義》：「南之人不得北，北之人不得～。」

楠(枏、柟) nán 樹名。《戰國策・宋衛策》：「荊有長松文梓，楩～豫章。」（楩、豫章：樹名。）

諵 nán [諵諵] 低語聲。韓愈《酬司門盧四兄雲夫院長望秋作》：「論詩說賦相～～。」

難 ㈠ nán ❶ 困難，艱難，與「易」相對。《老子》第二章：「故有無相生，～易相成。」

㈡ nàn ❷ 災難，禍患。《禮記・曲禮上》：「臨～毋苟免。」又特指兵難。《孫子・謀攻》：「三軍既惑且疑，則諸侯之～至矣。」《韓非子・五蠹》：「堅甲厲兵以備～。」（厲兵：磨利兵器。）❸ 怨仇。《史記・張儀列傳》：「楚嘗與秦構～，戰於漢中。」❹ 責備。《孟子・離婁下》：「於禽獸又何～焉？」又為反駁。王安石《答司馬諫議書》：「闢邪說，～壬人。」（壬人：佞人，巧言諂媚的小人。）

㈢ nuó ❺ 茂盛的樣子。《詩經・小雅・隰桑》：「隰桑有阿，其葉有～。」（阿：通「婀」，柔美的樣子。）

赧 nǎn ❶ 因慚愧而臉紅。吳質《答東阿王書》：「～然汗下。」[赧赧] 慚愧臉紅的樣子。《孟子・滕文公下》：「觀其色～～然。」❷ 擔憂害怕。《國語・楚語上》：「夫子踐位則退，自退則敬，否則～。」（踐位：登上君位。退：謙讓。敬：受尊敬。）

戁 nǎn 恐懼。《詩經・商頌・長發》：「不～不悚，百祿是總。」（悚：恐懼。）

難 nàn 見 360 頁「難」㈡。

nang

囊 náng ❶ 袋子。《詩經・大雅・公劉》：「乃裹餱糧，于橐于～。」（餱糧：乾糧。）又為動詞。裝入袋中。《韓非子・外儲說右下》：「引其網而魚已～矣。」❷ 蒙住。柳宗元《童區寄傳》：「二豪賊劫持反接，布～其口。」

【辨析】囊、橐。它們都是盛物的口袋。其區別是：「囊」是有底的口袋；「橐」是無底的口袋，盛物之後兩端束紮起。二者連用則泛指口袋。

曩 nǎng 從前，以往。《韓非子・外儲說左下》：「寡人～不知子，今知矣。」柳宗元《捕蛇者說》：「～與吾祖居者，今其室十無一焉。」

nao

呶 náo 喧鬧。《詩經・小雅・賓之初筵》：「賓既醉止，載號載～。」（止：語氣詞。載：又。號：叫。）

怓 náo 亂，喧嘩。《詩經・大雅・民勞》：「無縱詭隨，以謹惽～。」［怓怓］同「呶呶」。喧嘩爭吵的樣子。《詩經・大雅・民勞》孔穎達疏：「惽怓者，其人好鄙爭，惽惽～～然。」

峱 náo 山名，在今山東臨淄一帶。《詩經・齊風・還》：「子之還兮，遭我乎～之間兮。」（遭：遇。）

猱 náo ❶ 猴一類動物。《詩經・小雅・角弓》：「毋教～升木。」❷ 通「糅 róu」。混雜。《南唐書・舒雅傳》：「常與雅易服燕戲，～雜侍婢。」

撓 náo ❶ 擾亂。《左傳・成公十三年》：「～亂我同盟。」《淮南子・泰族》：「濁亂天下，～滑諸侯。」引申為攪動，攪和。《荀子・議兵》：「以桀詐堯，譬之若以卵投石，以指～沸。」❷ 彎曲。《周易・大過》：「棟～，本末弱也。」引申為屈服。《後漢書・袁紹傳》：「配意氣壯烈，終無～辭。」❸ 邪曲，行為不正。《呂氏春秋・知度》：「枉辟邪～之人退矣。」❹ 挫，挫敗。《呂氏春秋・高義》：「若是，則荊國終為天下～。」

橈 ㊀ náo ❶ 彎曲。《周易・大過》：「棟～，凶。」《列子・湯問》：「竿不～。」引申為屈從，屈服。《荀子・榮辱》：「重死持義而不～，是士君子之勇也。」又引申為枉屈。《呂氏春秋・仲秋》：「斬殺必當，無或枉～。」❷ 挫敗。《左傳・成公二年》：「畏君之震，師徒～敗。」引申為削弱。《史記・留侯世家》：「漢王恐憂，與酈食其謀～楚權。」❸ 攪亂。《周易・說》：「～萬物者，莫疾乎風。」

㊁ ráo ❹ 船槳。《淮南子・主術》：「夫七尺之～而制船之左右者，以水為資。」

蟯 náo 蟯蟲，寄生在人的小腸下部和大腸裏。《淮南子・原道》：「澤及蚑～而不求報。」（蚑 qí：蟲名。）

譊 náo ［譊譊］爭辯聲，喧鬧聲。古詩《孤兒行》：「里中一何～～！」（一何：多麼。）

鐃 náo ❶ 古代軍用樂器。形似鈴，有中空的短柄。《周禮・地官・鼓人》：「以金～止鼓。」❷ 打擊樂器，與「鈸」相似。《元史・刑法志四》：「諸俗人集眾鳴～作佛事者，禁之。」❸ 通「撓 náo」。擾亂。《莊子・天道》：「萬物無足以～心者，故靜也。」

惱 nǎo ❶ 怨恨。盧仝《寄男抱孫》：「任汝～弟妹。」（任：聽憑。）❷ 煩惱。《陳書・姚察傳》：「將終，曾無病～。」❸ 引逗，撩撥。蘇軾《蝶戀花・春景》：「多情卻被無情～。」王安石《夜直》：「春色～人眠不得。」

瑙 nǎo ［瑪瑙］見 333 頁「瑪」字條。

腦 nǎo 腦子。《呂氏春秋・長攻》：「反斗而擊之，一成，～塗地。」（一成：一下。）又指頭。《酉陽雜俎・俠盜》：「韋知其盜也，乃彈之，正中其～。」

淖 nào ❶ 泥沼。《左傳・成公十六年》：「欒、范以其族夾公行，陷于～。」引申為泥濘。《漢書・韋賢傳》：「當晨入廟，天雨，～，不駕駟車而騎至廟下。」❷ 柔，柔和。《管子・水地》：「夫水，～弱以清，而好洒人之惡，仁也。」（洒 xǐ：洗刷。）❸［淖約］淖：通「綽 chuò」。1. 柔弱。《莊子・在宥》：「～～柔乎剛強。」2. 體態柔美的樣子。《莊子・

N

逍遙遊》：「肌膚若冰雪，～～若處子。」（處子：少女。）

鬧 nào ❶ 嘈雜，喧鬧。柳宗元《答韋中立論師道書》：「而誰敢衒怪於羣目，以召～取怒乎？」❷ 繁盛。宋祁《玉樓春》：「紅杏枝頭春意～。」

臑 nào ❶ 人的上肢或牲畜的前肢。《靈樞・經脈》：「頸頷肩～肘臂外後廉痛。」（頷 hàn：下巴。廉：緣。）《儀禮・特牲饋食禮》：「尸俎：右肩、臂、～、肫、胳。」（肫 chún：祭祀用牲後體股骨的一部分。）❷ 通「胹 ér」。煮。《呂氏春秋・過理》：「使宰人～熊蹯，不熟，殺之。」（宰人：廚師。蹯 fán：野獸的足掌。）❸ 通「蠕 rú」。微動，行動很輕。《荀子・臣道》：「喘而言，～而動。」（喘：小聲說話。）

ne

吶 ㊀ nè△ ❶ 同「訥」。言語遲鈍。《荀子・非相》：「其辯不若其～也。」㊁ nà ❷ 吶喊，大聲呼叫。《徐霞客遊記・滇遊日記九》：「四峯瞭視者～聲相應。」

訥 nè△ 言語遲鈍，不善講話。《論語・里仁》：「君子欲～於言而敏於行。」《史記・李將軍列傳》：「廣～口少言。」（廣：李廣。）

nei

餒 něi ❶ 飢餓。《呂氏春秋・慎人》：「然後免於凍～之患。」《史記・信陵君列傳》：「譬若以肉投～虎，何功之有哉？」比喻氣不足。《孟子・公孫丑上》：「其為氣也，配義與道；無是，～也。」（是：此。）又為才不足。《文心雕龍・事類》：「有飽學而才～者。」❷ 魚腐爛。《論語・鄉黨》：「魚～而肉敗。」

餧 ㊀ něi ❶ 同「餒」。飢餓。《荀子・儒效》：「雖窮困凍～，必不以邪道為貪。」❷ 同「餒」。魚腐爛。《南史・傅昭傳》：「或有暑月薦昭魚者，昭既不納，又不欲拒，遂～於門側。」（薦：獻。）㊁ wèi ❸ 餵養。後來寫作「餵」。《呂氏春秋・季春》：「～獸之藥，無出九門。」（九門：指各城門。）

內 nèi 見 359 頁「內」㊁。

nen

嫩 nèn ❶ 初生而柔弱。蕭衍《遊鍾山大愛敬寺》：「葛～不任牽。」❷ 輕微的，淺淡的。辛棄疾《臨江仙》：「～寒生怕春風。」王安石《春風》：「日借～黃初著柳。」

neng

能 néng ❶ 傳說中的一種獸，似熊。《國語・晉語八》：「今夢黃～入于寢門。」❷ 才能，能力。《論語・子罕》：「夫子聖者與？何其多～也？」《墨子・尚賢上》：「故官無常貴而民無終賤，有～則舉之，無～則下之。」又指有才能的，有才能的人。《論語・泰伯》：「以～問於不～，以多問於寡。」《呂氏春秋・先己》：「尊賢使～。」今成語有「嫉賢妒能」。❸ 能夠，能夠做到。《論語・八佾》：「夏禮吾～言之。」韓愈《送孟東野序》：「皆以其所～鳴。」❹ 親善，和睦。《詩經・大雅・民勞》：「柔遠～邇，以定我王。」韓愈《順宗實錄》四：「（吳通玄）與贄不相～。」❺ 及，到。《論語・子張》：「吾友張也，為難～也，然而未仁。」柳宗元《鈷鉧潭西小丘記》：「丘之小不～一畝。」❻ 如此，這樣。文天祥《酹江月》：「乾坤～大，算蛟龍，元不是池中物。」❼ 通「耐 nài」。禁得住，受得住。《淮南子・地形》：「食水者善游～寒。」

ni

尼 ㊀ ní ❶ 近。《尸子》卷下：「悅～而來遠。」❷［尼丘］山名，在山東曲阜東南。《史記・孔子世家》：「禱於～～得孔子。」❸「比丘尼」的省稱，俗稱尼姑。《洛陽伽藍記・胡統寺》：「入道為～，遂居此寺。」

㊁ nǐ　❹ 阻止，止。《孟子・梁惠王下》：「止，或～之。」(不做某事，是有一種力量阻止他。) 陸游《祭張季長大卿文》：「欲行復～。」

怩 ní　[忸怩] 見 368 頁「忸」字條。

泥 ㊀ ní　❶ 泥土。《尚書・禹貢》：「厥土惟塗～。」(厥：其。塗：泥。) 也指像泥一樣的東西。《世說新語・汰侈》：「石(崇)以椒為～。」(椒：花椒。)

㊁ nì　❷ 用泥塗抹，粉刷。《世說新語・汰侈》：「王(愷)以赤石脂～壁。」❸ 阻滯，阻塞。《論語・子張》：「雖小道，必有可觀者焉，致遠恐～。」❹ 軟纏，糾纏。元稹《遣悲懷》之一：「顧我無衣搜畫篋，～他沽酒拔金釵。」

倪 ní　❶ 幼兒。《孟子・梁惠王下》：「王速出令，反其旄～。」(反：遣返。旄：通「耄」，老人。)《舊唐書・玄宗紀下》：「於時垂髫之～，皆知禮讓。」(垂髫 tiáo：古時小孩不束髮，頭髮下垂。) ❷ 端，邊際。《莊子・大宗師》：「反覆始終，不知端～。」白居易《畫大羅天尊贊文》：「浩無～兮杳無極。」❸ 通「睨 nì」。斜視。《新序・善謀》：「行者垂泣而～於兵。」

猊 ní　獸名。狻猊，即獅子。牛上士《獅子賦》：「產靈～之獸族。」

輗 ní　車轅前端與橫木相接處的關鍵，大車的叫輗，小車的叫軏。《論語・為政》：「大車無～，小車無軏，其何以行之哉？」(大車：牛拉的車。小車：馬拉的車。)

霓 ní　虹的一種。主虹稱虹，副虹稱霓。泛指虹。《孟子・梁惠王下》：「民望之，若大旱之望雲～也。」李白《夢遊天姥吟留別》：「～為衣兮風為馬。」

鯢 ní　❶ 雌鯨。《左傳・宣公十二年》：「取其鯨～而封之。」❷ 小魚。宋玉《對楚王問》：「夫尺澤之～，豈能與之量江海之大哉！」❸ [鯢齒] 老人齒落後更生之齒，喻指老人。張衡《南都賦》：「於是乎～～、眉壽、鮐背之叟，皤皤然被黃髮者，喟然相與歌。」(皤皤 pópó：頭髮斑白的樣子。)

麑 ní　❶ [狻麑] 見 483 頁「狻」字條。❷ 幼鹿。《韓非子・說林上》：「孟孫歸，至而求～。」

齯 ní　老人再生的小齒。《說文》：「～，老人齒。」柳宗元《永州萬石亭記》：「吾儕生是州，蓺是鹵，眉尨齒～，未嘗如此。」(儕：輩。蓺：種植。眉尨：眉毛斑白。) 引申指長壽或長壽之人。盧肇《漢堤》：「～童相慶。」

尼 nǐ　見 362 頁「尼」㊁。

柅 nǐ　❶ 阻止車前進的木塊。《周易・姤》：「繫于金～。」引申為遏止。《新唐書・牛徽傳》：「徽治以剛明，～杜干請，法度復振。」(干請：有所求而請託於人。) ❷ [柅柅] 草木茂盛的樣子。左思《蜀都賦》：「總莖～～。」

抳 ㊀ nǐ　❶ 比擬，模擬。《太玄・玄抳》：「～擬之晷刻，一明一幽。」一本作「棿」。

㊁ yì　❷ 拳曲。《莊子・庚桑楚》：「終日握而手不～。」

旎 nǐ　[旖 yǐ 旎] 見 608 頁「旖」字條。

昵 nǐ　日過中午向西偏。劉侗《帝京景物略・功德寺》：「每日西～，山東陰，肩鍤者……野歌而歸。」

擬 nǐ　❶ 揣度，估量。《周易・繫辭上》：「～之而後言，議之而後動。」❷ 比，比擬。《韓非子・說疑》：「孽有～適之子，配有～妻之妾。」(孽：非正妻所生之子。適 dí：正妻所生之子。) 引申為模擬，模仿。《後漢書・張衡傳》：「衡乃～班固《兩都》，作《二京賦》。」❸ 比劃，作殺人的姿勢。《漢書・蘇建傳附蘇武》：「(衛律) 復舉劍～之，武不動。」❹ 準備，打算。《齊民要術・收種》：「至春，治取別種，以～明年種子。」李清照《武陵春・春晚》：「聞說雙溪春尚好，也～泛輕舟。」

N

薿 nǐ [薿薿] 茂盛的樣子。《詩經・小雅・甫田》：「黍稷～～。」

禰 nǐ ❶ 父廟。《周禮・春官・甸祝》：「舍奠于祖廟，～亦如之。」❷ 隨軍的神主。《禮記・文王世子》：「其在軍，則守於公～。」

泥 nì 見363頁「泥」㊁。

衵 nì△ 貼身衣。《左傳・宣公九年》：「皆衷其～服，以戲于朝。」

逆 nì△ ❶ 迎，迎着，與「送」相對。《春秋・莊公二十四年》：「夏，公如齊～女。」（如：往。）特指迎戰，迎擊。《呂氏春秋・似順》：「完子請率士大夫以～越師。」（完子：人名。）❷ 預先。諸葛亮《後出師表》：「至於成敗利鈍，非臣之明所能～睹也。」❸ 倒，倒着，與「順」相對。《孟子・滕文公下》：「當堯之時，水～行，氾濫於中國。」引申為違反，違背。《左傳・僖公十二年》：「無～朕命。」《韓非子・大體》：「不～天理，不傷情性。」再引申為背叛，叛逆。《史記・淮陰侯列傳》：「而天下已集，乃謀畔～。」（畔：通「叛」。）

N

【辨析】逆、訝、迓、迎。四字都有「迎接」的意義，「逆」「迎」是方言的區別，《說文》：「逆，迎也。關東曰逆，關西曰迎。」後來多以「迎」為迎接義，以「逆」代「屰」為「順逆」字。「迓」是「訝」的異體，後「訝」為「驚訝」義，少用為「迎接」義。

匿 ㊀ nì△ ❶ 隱藏。《左傳・宣公十五年》：「山藪藏疾，瑾瑜～瑕。」（藪sǒu：湖澤。）

㊁ tè△ ❷「慝」的古字。邪惡。《潛夫論・班祿》：「是以官長正而百姓化，邪心黜而姦～絕。」（黜：除去。）

惄 nì△ 憂思。《詩經・小雅・小弁》：「我心憂傷，～焉如擣。」

睨 nì 斜着眼看。《史記・廉頗藺相如列傳》：「相如持其璧～柱，欲以擊柱。」泛指視，望。屈原《離騷》：「忽臨～夫舊鄉。」引申為偏斜。《莊子・天下》：「日方中方～，物方生方死。」

溺 ㊀ nì△ ❶ 淹沒在水裏。《孟子・離婁上》：「嫂～不援，是豺狼也。」❷ 沉湎。《韓非子・姦劫弒臣》：「～於當世之言。」《晉書・宣帝紀》：「～於利者則傷名。」

㊁ niào ❸ 尿。《史記・扁鵲倉公列傳》：「中熱，故～赤也。」又為撒尿。《韓非子・內儲說下》：「王出而呵之曰：『誰～於是？』」

暱（昵） nì△ 親近。《詩經・小雅・菀柳》：「無自～焉。」《左傳・襄公二年》：「其誰～我？」又指親近的人。《國語・晉語六》：「大其私～。」

䵒 nì 黏。《戰國策・趙策三》：「夫膠漆，至～也，而不能合遠。」

膩 nì ❶ 肥厚，油膩。也指肥膩的食物。蔡邕《為陳留太守上孝子狀》：「臣為設食，但用麥飯寒水，不食肥～。」❷ 滑潤，細膩。宋玉《招魂》：「靡顏～理。」（理：肌理。）李清照《漁家傲》：「寒梅點綴瓊枝～。」❸ 污垢。杜甫《北征》：「見爺背面啼，垢～腳不襪。」

嶷 nì 見606頁「嶷」㊁。

nian

拈 niān 用手指取物。杜甫《漫興》之八：「舍西柔桑葉可～。」

蔫 niān（舊讀 yān） 植物因缺水而枯萎。韓偓《春盡日》：「樹底～花夜雨沾。」

年 nián ❶ 收成，年景。《左傳・桓公六年》：「謂其三時不害而民和～豐也。」（三時：指春夏秋三季。害：妨礙。）[有年] 豐收，五穀成熟。《春秋・宣公十六年》：「冬，大～～。」蘇軾《喜雨亭記》：「是歲之春，雨麥於岐山之陽，其占為～～。」❷ 十二個月為一年。《論語・先進》：「比及三～，可使有勇。」❸ 年齡，歲數。《呂氏春秋・去私》：「先生之～長矣。」又指壽命。《莊子・山木》：「此木以不材得終其天～。」

【辨析】年、歲、祀、載。四字都表示「一年」的意思。《爾雅・釋天》:「夏曰歲，商曰祀，周曰年，唐虞曰載。」郭璞注:「取歲星行一次，取四時一終，取禾一熟，取物終更始。」也就是說，來源不同。「歲」本指歲星，它十二年行一周天，稱十二次，歲星每行一次為一歲。「年」本指穀物成熟，所以穀物成熟一次為一年。「祀」是「祭祀」的意思，對祖先四時祭祀，祭祀一遍為一祀。「載」是「始」的意思，萬物更新重新開始為一載。它們所經過的時間都是現在我們所說的一年。不過《爾雅》所說的時代的分別並不絕對，周亦稱「祀」，商亦稱「歲」。古籍當中「年」「歲」用得較多，「祀」用得最少。

黏 nián ❶ 黏合。《淮南子・說山》:「孔子之見～蟬者。」引申為貼近。《徐霞客遊記・滇遊日記八》:「兩崖相～，中止通一線。」(止：只。)❷ 膠性，可以黏合的性質。《齊民要術・煮膠》:「微有～勢，膠便熟矣。」

捻 niǎn 見 366 頁「捻」㊁。

跈 niǎn 踐踏。《莊子・外物》:「～則眾害生。」

輦 niǎn ❶ 人拉或推的車子。《戰國策・趙策四》:「老婦恃～而行。」(恃：依靠。)用作動詞。指用人拉或推車。《詩經・小雅・黍苗》:「我任我～。」(任：背或扛。)❷ 秦漢以後專指帝王后妃乘的車子。《漢書・李廣蘇建傳附蘇武》:「扶～下除，觸柱折轅。」(除：臺階。)杜甫《哀江頭》:「昭陽殿裏第一人，同～隨君侍君側。」用作動詞，指乘輦。杜牧《阿房宮賦》:「辭樓下殿，～來於秦。」

【辨析】輦、車、輿。見 53 頁「車」字條。

撚 niǎn ❶ 執持。杜牧《重送》:「手～金僕姑。」(金僕姑：箭名，泛指良箭。)❷ 揉搓。盧延讓《苦吟》:「～斷數莖鬚。」(鬚：鬍鬚。)特指彈琵琶的一種指法。白居易《琵琶行》:「輕攏慢～抹復挑。」(攏、抹、挑：彈琵琶的指法。)❸ 踐踏。《淮南子・兵略》:「前後不相～，左右不相干。」

碾 niǎn ❶ 把東西軋碎或壓平的器具。《魏書・崔亮傳》:「遂教民為～。」❷ 軋。白居易《潯陽春》之三:「曲江～草鈿車行。」(曲江：地名。鈿車：用金花做裝飾的車子。)

輾 niǎn 見 660 頁「輾」㊁。

蹍 niǎn 踩，踏。《莊子・庚桑楚》:「～市人之足。」《淮南子・說山》:「足～地而為跡。」引申為實行。賈誼《新書・容經》:「古者年九歲入就小學，～小節焉。」

廿 niàn 數詞。二十。李賀《公無出門》:「顏回～九鬢毛斑。」

念 niàn ❶ 懷念，惦念。《戰國策・趙策四》:「持其踵為之泣，～悲其遠也。」(踵：腳後跟。遠：指遠嫁。)引申為愛憐，憐憫。白居易《弄龜羅》:「物情少可～，人意老多慈。」❷ 考慮，思慮。《史記・淮陰侯列傳》:「先生且休矣，吾將～之。」引申為念頭，想法。陳亮《與應仲實書》:「困苦之餘，百～灰冷。」❸ 誦讀。《漢書・張禹傳》:「欲為《論》，～張文。」(《論》：指《論語》。文：指張禹作的《論語章句》。)

簽 niàn 拉船的竹索。白居易《初入峽有感》:「苒蒻竹篾～。」(苒蒻：柔弱的樣子。)

niang

娘(孃) niáng ❶ 女子的通稱。杜甫《江畔獨步尋花》:「黃四～家花滿蹊。」特指少女。古詩《子夜歌》:「見～喜容媚，願得結金蘭。」❷ 母親。《木蘭詩》:「旦辭爺～去，暮宿黃河邊。」

釀 niàng ❶ 釀造。《史記・孟嘗君列傳》:「乃多～酒。」引申為逐漸形成。《論衡・率性》:「善以化渥，～其教令，變更為善。」(渥：浸潤。)❷ 酒。《世說新語・賞譽》:「見何次道飲酒，使人欲傾家～。」《宋史・蘇舜欽傳》:「渚茶野～，足以消憂。」

【辨析】釀、醖。二字在「造酒」的意義上相同。《說文》:「醖,釀也。」其細微差別在於:一般按程序造酒叫「釀」,釀好以後貯存一些時間使其更加香醇叫「醖」。《正字通》:「醖,久釀也。」張衡《南都賦》:「酒則九醖甘醴。」

niao

鳥 niǎo ❶飛禽。《莊子・逍遙遊》:「是～也,海運則將徙於南冥。」(是:此。海運:指在大海上運行。南冥:南方的海。)引申也指有翅的昆蟲。《大戴禮記・夏小正》:「白～者,謂蚊蚋也……有翼者為鳥。」❷星宿名。《尚書・堯典》:「日中星～,以殷仲春。」(日中:指日夜之長均等。殷:正,定。)

裊(嫋、嬝、褭) niǎo [裊娜 nuó] 草木柔軟細長的樣子。蕭綱《贈張纘》:「洞庭枝～～。」又為體態輕盈柔美的樣子。韓偓《裊娜》:「～～腰肢淡薄妝。」[裊裊] 1. 草木柔弱細長的樣子。魏收《晦日泛舟應詔》:「～～春枝弱。」又形容體態柔美。左思《吳都賦》:「～～素女。」2. 風吹拂的樣子。屈原《九歌・湘夫人》:「～～兮秋風。」3. 形容聲音綿延不絕。蘇軾《前赤壁賦》:「餘音～～,不絕如縷。」

尿 niào 屎。《說文》:「～,人小便也。」《百喻經・為王負札喻》:「屎～不淨,不以為醜。」又為撒尿。寒山《詩》七十一:「不飯復不～。」

溺 niào 見 364 頁「溺」㊁。

nie

捻 ㊀niē△ ❶按,捏。《文子・上德》:「使倡吹竽,使工～竅。」《世說新語・容止》:「但恭坐～鼻顧睞。」(睞 lài:看。)引申為拈取。杜牧《杜秋娘》:「閒～紫簫吹。」❷堵塞。《晉書・五行志中》:「教汝～嚨喉。」

㊁niǎn ❸用手指搓轉。《齊民要術・作豉法》:「明日出蒸之,手～其皮。」

苶 nié [苶然] 疲倦的樣子。《莊子・齊物論》:「～～疲役而不知其所歸。」

臬 niè△ ❶箭靶。張衡《東京賦》:「桃弧棘矢,所發無～。」(弧:木弓。)❷測量日影的儀器。陸倕《石闕銘》:「陳圭置～。」(圭:測量日影的儀器。)❸刑法,法度。《尚書・康誥》:「外事,汝陳時～。」❹終極,盡頭。王粲《游海賦》:「其廣無～。」

涅(湼) niè△ ❶黑泥。《荀子・勸學》:「白沙在～,與之俱黑。」❷黑礬石,一種黑色染料。《淮南子・俶真》:「今以～染緇,則黑於～。」(緇 zī:黑色。)代指黑色。《淮南子・說山》:「流言雪污,譬猶以～拭素也。」(雪:擦拭。素:白色。)用作動詞,用黑礬石染物,染黑。《論語・陽貨》:「不曰白乎,～而不緇。」

隉(陧) niè△ [杌隉] 見 537 頁「杌」字條。

峴 niè△ [峴屼] 不安的樣子。李白《梁父吟》:「大人～～當安之。」

敜 niè△ 填塞。《尚書・費誓》:「～乃阱。」(阱:陷阱。)

嵲 niè△ [嵽 dié 嵲] 見 108 頁「嵽」字條。

槷 ㊀niè△ ❶觀測日影的木杆。《周禮・考工記・匠人》:「置～以縣,視以景。」(縣 xuán:懸。景 yǐng:影。)門橛。《穀梁傳・昭公八年》:「置旃以為轅門,以葛覆質以為～。」(質:門中的木砧。)

㊁xiè ❷木楔。《周禮・考工記・輪人》:「牙得則無～而固。」(牙:車輞,車輪的外周。)

摰 niè△ 危,不堅固。《周禮・考工記》:「轂小而長則柞,大而短則～。」(柞:狹窄。)

嶭 niè△ [巀 jié 嶭] 見 251 頁「巀」字條。

錜 niè△ 一種首飾,小釵。王粲《七釋》:「雜華～之葳蕤。」(葳蕤:

下垂的樣子。）

聶 niè△ ❶竊竊私語。後來寫作「囁」。《說文》：「～，附耳私小語也。」❷姓。《史記·刺客列傳》：「～政者，軹深井里人也。」❸通「牒 zhé」。將肉切成薄片。《禮記·少儀》：「牛與羊魚之腥，～而切之為膾。」（膾 kuài：細切的肉或魚。）❹通「攝 shè」。握持。《山海經·海外北經》：「聶耳之國，在無腸國東，使兩文虎。為人兩手～其耳。」

闑 niè△ 門中央所立的短木，在門兩扇相交處。《禮記·曲禮上》：「大夫士出入君門，由～右。」代指城門。《漢書·馮唐傳》：「～以內寡人制之，～以外將軍制之。」

孽（孼） niè△ ❶庶子，宗族的旁支。《呂氏春秋·慎勢》：「立適子不使庶～疑焉。」（適 dí 子：嫡子。疑：通「擬」，比擬。）❷災禍，災害。《詩經·小雅·十月之交》：「下民之～，匪降自天。」（匪：非。）引申為危害。《呂氏春秋·遇合》：「聖賢之後，反而～民。」又引申為邪惡。《三國志·吳書·吳主傳》：「天下未定，～類猶存。」❸忤逆，不孝。《新書·道術》：「子愛利親謂之孝，反孝為～。」❹通「糵 niè」。釀。《漢書·司馬遷傳》：「而全軀保妻子之臣隨而媒～其短。」

籋 niè△ ❶鑷子。《周禮·夏官·司弓矢》「如數并夾」鄭玄注：「并夾，矢～也。」又為用鑷子鉗。蘇軾《和孫叔靜兄弟》：「霜鬢～更疏。」❷通「躡 niè」。踏。《漢書·禮樂志》：「～浮雲。」

櫱（蘖） niè△ 樹木被砍伐後又長出的枝芽。《尚書·盤庚》：「若顛木之有由～。」（顛木：仆倒的樹。由：樹倒後長出的枝條。）

【辨析】櫱、萌、芽。見342頁「萌」字條。

囁 niè△ ［囁嚅］1. 竊竊私議的樣子。東方朔《七諫》：「喜～～而妄作。」2. 欲言又止的樣子。韓愈《送李愿歸盤谷序》：「口將言而～～。」

齧（嚙、囓） niè△ ❶咬。《管子·戒》：「旦暮欲～我猳。」（猳 jiā：豬。）柳宗元《捕蛇者說》：「以～人，無禦之者。」引申為侵蝕。《呂氏春秋·開春》：「昔王季歷葬於渦山之尾，欒水～其墓。」❷缺口。《淮南子·人間》：「劍之折必有～。」

糵 niè△ 也作「櫱」。酒麴。《呂氏春秋·仲冬》：「麴～必時。」

躡 niè△ ❶踩，踏。《淮南子·覽冥》：「縱矢～風。」《史記·淮陰侯列傳》：「張良、陳平～漢王足，因附耳語。」引申為踏上，登上。司馬相如《封禪文》：「然後～梁父，登泰山。」（梁父：山名。）❷穿（鞋）。古詩《為焦仲卿妻作》：「新婦識馬聲，～履相逢迎。」❸追蹤，跟隨。《三國志·吳書·陸遜傳》：「（陸）抗使輕兵～之。」

【辨析】躡、蹈、踐、履、踏。見95頁「蹈」字條。

鑷 niè△ ❶鑷子。《南史·齊紀下》：「高帝笑謂左右曰：『豈有為人作曾祖而拔白髮者乎？』即擲鏡、～。」又為拔掉（毛髮）。杜甫《秦州雜詩》：「休～鬢毛班。」❷簪端的垂飾。《後漢書·輿服志下》：「（簪）下有白珠，垂黃金～。」

ning

冰 níng 見31頁「冰」㊁。

寧（甯） ㊀ níng ❶安定，安寧。《尚書·大禹謨》：「萬邦咸～。」柳宗元《捕蛇者說》：「雖雞狗不得～焉。」❷探望，省視父母。《詩經·周南·葛覃》：「歸～父母。」
㊁ nìng ❸寧可，寧願。《論語·八佾》：「禮，與其奢也，～儉。」《莊子·秋水》：「此龜者，～其死為留骨而貴乎？」（為 wèi：為了。）❹豈，難道。《史記·陳涉世家》：「王侯將相～有種乎？」

【說明】「宁」與「寧」「甯」古音義都不同。「宁」音 zhù，為門與屏風之間的地方。現在「宁」簡化作「亡」，「寧」簡化作「宁」。「甯」是「寧」的異體。

N

儜 níng ❶ 怯弱。《宋書・王微傳》：「吾本～人。」❷ 困頓。元稹《當來日大難行》：「足跌力～。」

凝 níng ❶ 冰凍，結冰。《淮南子・俶真》：「夫水嚮冬則～而為冰。」引申為凝結，凝聚。《詩經・衛風・碩人》：「膚如～脂。」再引申為神氣專注或注意力集中。《莊子・逍遙遊》：「其神～。」❷ 穩固，鞏固。《荀子・議兵》：「齊能并宋而不能～，故魏奪之。」❸ 慢慢拉長聲音。白居易《長恨歌》：「緩歌謾舞～絲竹。」（謾：通「慢」，緩慢。絲竹：代指樂器。）

獰 níng 兇猛，兇惡。韓愈《送無本師歸范陽》：「～飆攪空衢。」李賀《感諷》：「縣官騎馬來，～色虬紫鬚。」

薴 níng 散亂的樣子。王逸《九思・憫上》：「鬚髮～悴兮顠鬢白。」

聹 níng ［耵 dǐng 聹］見 109 頁「耵」字條。

鬡 níng ［鬇 zhēng 鬡］見 672 頁「鬇」字條。

鸋 níng ［鸋鴂 jué］鳥名，即鷦鷯。《詩經・豳風・鴟鴞》毛亨傳：「鴟鴞，～～也。」陳琳《檄關將校部曲文》：「～～之鳥，巢於葦苕，苕折子破，下愚之惑也。」

佞 nìng ❶ 有口才，能言善辯。《尚書・呂刑》：「非～折獄，惟良折獄。」用於貶義，巧言諂媚。《論語・衛靈公》：「放鄭聲，遠～人。」❷［不佞］沒有才能。多用於自謙。《左傳・成公十三年》：「寡人不～。」

寧（甯） nìng 見 367 頁「寧（甯）」㊁。

濘 nìng 爛泥。《左傳・僖公十五年》：「戰於韓原，晉戎馬還～而止。」（還 xuán：旋轉掙扎。）又為陷入泥中。《國語・晉語三》：「晉師潰，戎馬～而止。」

niu

牛 niú ❶ 牛。《詩經・王風・君子于役》：「日之夕矣，羊～下來。」❷ 星宿名。二十八宿之一，牽牛宿的簡稱。庾信《思舊銘》：「劍沒豐城，氣存～斗。」（斗：星宿名。）也指河鼓星（俗稱牽牛星）。潘岳《西征賦》：「儀景星於天漢，列～女以雙峙。」（女：織女星。）

狃 niǔ ❶ 習以為常而不重視。《詩經・鄭風・大叔于田》：「將叔無～，戒其傷女。」（將：希望。叔：指太叔。女 rǔ：你。）引申為習慣。《新唐書・藩鎮傳》：「鎮州世相繼，人所～習，惟拒命則討之。」❷ 貪圖。《國語・晉語一》：「嗛嗛之食，不足～也。」（嗛嗛 qiànqiàn：微小的樣子。）❸ 任，充當。《國語・晉語七》：「日君乏使，使臣～中軍之司馬。」（日：往日，從前。）

忸 niǔ ❶ 羞愧，慚愧。陶弘景《答虞中書書》：「皎潔當年，而無～前修也。」（皎潔：潔白無瑕。）［忸怩］羞愧的樣子。《國語・晉語八》：「君～～，乃趣赦之。」（趣 cù：催促。）❷ 同「狃 niǔ」。習慣，習以為常。《新唐書・漢陽公主傳》：「內外相矜，～以成風。」

杻 ㊀ niǔ ❶ 樹名。《詩經・唐風・山有樞》：「山有栲，隰有～。」（栲 kǎo：樹名。隰 xí：低濕的地方。）

㊁ chǒu ❷ 手銬。杜甫《草堂》：「眼前列～械，背後吹笙竽。」

紐 niǔ ❶ 可解的結。《禮記・喪服大記》：「纁～二，玄～二。」（纁 xūn：淺紅色的帛。）又用作動詞，打活結。《禮記・喪服大記》：「結絞不～。」（絞 xiáo：喪禮中用以斂屍的帶子。）❷ 印璽等器物上可以繫帶或執持的部分。《淮南子・說林》：「龜～之璽，賢者以為佩。」引申為執持。《莊子・人間世》：「是萬物之化也，禹、舜之所～也。」又用作量詞，印璽一枚為一紐。《晉書・元帝紀》：「奉送玉璽三～。」❸ 中醫脈絡名。《史記・扁鵲倉公列傳》：「上有絕陽之絡，下有破陰之～。」

nong

農（辳） nóng ❶ 耕種。《左傳・襄公九年》：「其庶人力於～

穡。」（庶人：平民，百姓。穡：收割莊稼。）又為農業。《韓非子・五蠹》：「富國以～，距敵恃卒。」❷ 種田的人，農夫。《左傳・宣公十二年》：「商、～、工、賈不敗其業。」《呂氏春秋・孟夏》：「命～勉作。」（勉作：努力耕作。）

濃 nóng ❶ 露水多。《說文》：「～，露多也。」[濃濃] 露水多的樣子。《詩經・小雅・蓼蕭》：「零露～～。」❷ 厚，濃厚。蘇軾《飲湖上初晴後雨》：「淡妝～抹總相宜。」陸游《冬暖》：「～霜薄霧不可得。」

膿 nóng ❶ 瘡口潰爛所形成的黏液。《韓非子・外儲說左上》：「軍人有病疽者，吳起跪而自吮其～。」❷ 腐爛。《齊民要術・水稻》：「以鐮侵水芟之，草悉～死。」❸ 肥。曹植《七啟》：「玄熊素膚，肥豢～肌。」❹ 通「醲 nóng」。濃厚。枚乘《七發》：「甘脆肥～，命曰腐腸之藥。」（腐腸：損傷腸胃。）

穠 nóng ❶ 花木茂盛濃密。高適《自淇涉黃河途中作》：「孟夏桑葉肥，～陰夾長津。」（津：渡口。）❷ 體態豐滿。曹植《洛神賦》：「～纖得衷，修短合度。」（纖：瘦小。衷 zhòng：適當。修：長。）

襛 nóng ❶ 繁茂的樣子。《詩經・召南・何彼襛矣》：「何彼～矣，唐棣之華。」（唐棣：樹名。華：古「花」字。）❷ 肥腴的樣子。宋玉《神女賦》：「～不短，纖不長。」（意思是，肥瘦高矮合度。）

醲 nóng 濃烈的酒。《淮南子・主術》：「肥～甘脆，非不美也。」引申為濃厚，厚。《韓非子・難勢》：「霧～而螘不能遊也。」（螘：蟻類的通稱。）《後漢書・馬援傳》：「夫明主～於用賞，約於用刑。」

弄 ㊀ nòng ❶ 用手擺弄，玩弄。《詩經・小雅・斯干》：「乃生女子……載～之瓦。」（瓦：陶製紡錘。）《史記・張丞相列傳》：「高祖持御史大夫印～之。」引申為玩耍，遊戲。《左傳・僖公九年》：「夷吾弱不好～。」（夷吾：人名。）❷ 戲弄，欺騙。《左傳・襄公四年》：「愚～其民。」❸ 演奏樂器。《史記・司馬相如列傳》：「及飲卓氏，～琴。」《世說新語・任誕》：「王便令人與相聞，云：『聞君善吹笛，試為我一奏。』……～畢，便上車去。」又指樂曲。《韓非子・難三》：「弦不調，～不明。」

㊁ lòng ❹ 里巷，胡同。《南齊書・郁林王紀》：「帝竟無一言，出西～，殺之。」

【辨析】弄、戲。二字在「耍弄」義上同義，但也有區別。「弄」一般側重在行為動作，「戲」則側重在言語，有「開玩笑」的意思，「戲言」不能說成「弄言」。

nou

槈 nòu 同「耨」。鋤草的器具。《國語・齊語》：「時雨既至，挾其槍、刈、～、鎛，以日暮從事於田野。」（槍：掘土除草的農具。刈 yì：鐮刀之類。鎛 bó：鋤草的農具。）

耨（鎒） nòu ❶ 除草農具，似鋤。《呂氏春秋・任地》：「其～六寸，所以間稼也。」《齊民要術・耕田》：「為耒耜鉏～，以墾草莽。」❷ 除草。《孟子・梁惠王上》：「深耕易～。」劉禹錫《畬田》：「巴人拱手吟，耕～不關心。」

nu

奴 nú ❶ 奴隸。《論語・微子》：「箕子為之～。」泛指一般僕從。辛延年《羽林郎》：「昔有霍家～，姓馮名子都。」❷ 對人的賤稱。《後漢書・嚴光傳》：「帝笑曰：『狂～故態也。』」又用作謙卑的自稱（多用於女性）。嚴蕊《卜算子》：「若得山花插滿頭，莫問～歸處。」❸ 通「駑 nǔ」。劣馬。《墨子・魯問》：「今有固車良馬於此，又有～馬四隅之輪於此，使之擇焉，子將何乘？」

帑 ㊀ nú ❶ 子女。《詩經・小雅・常棣》：「樂爾妻～。」又泛指妻子兒女。《漢書・武帝紀》：「赦吳楚七國～輸在官者。」

㊁ tǎng ❷ 國家收藏錢財的府庫。《後漢書・馮緄傳》：「時天下饑饉，～藏虛盡。」

N

孥 nú 兒女。《國語・越語上》：「將焚宗廟，係妻～。」杜甫《羌村》之一：「妻～怪我在。」又泛指妻子兒女。《孟子・梁惠王下》：「罪人不～。」(處罰犯罪的人不牽及妻子兒女。)

拏 nú 見359頁「拏」㊁。

筎 nú 鳥籠。屈原《九章・懷沙》：「鳳皇在～兮，雞鶩翔舞。」

努 nǔ ❶ [努力] 儘量使出力氣。古詩《長歌行》：「少壯不～～，老大徒傷悲。」❷ 凸出，鼓起。唐彥謙《採桑女》：「桑芽才～青鴉嘴。」

弩 nǔ 一種用機械力發射的弓。《史記・孫子吳起列傳》：「齊軍萬～俱發。」

砮 nǔ 可製箭頭的石頭。《尚書・禹貢》：「礪砥～丹。」(丹：朱砂。) 又為石製的箭頭。《國語・魯語下》：「有隼集於陳侯之庭而死，楛矢貫之，石～其長尺有咫。」

駑 nǔ 劣馬。《荀子・勸學》：「～馬十駕，功在不舍。」(駕：馬行一日的路程為一駕。) 也指其他動物低劣。《戰國策・秦策四》：「此猶兩虎相鬥，而～犬受其弊。」比喻人的才能低下。《戰國策・燕策三》：「此國之大事，臣～下，恐不足任使。」

怒 nù ❶ 憤怒，生氣。《詩經・衛風・氓》：「將子無～，秋以為期。」(將 qiāng：希望。) 引申為譴責。《禮記・內則》：「若不可教，而後～之。」❷ 氣勢強盛，猛烈。《呂氏春秋・情欲》：「百病～起，亂難時至。」杜甫《茅屋為秋風所破歌》：「八月秋高風～號。」今成語有「心花怒放」。引申指振奮，奮發。《莊子・逍遙遊》：「～而飛，其翼若垂天之雲。」

【辨析】怒、忿、憤。見139頁「忿」字條。

nü

女 ㊀ nǚ ❶ 女性。《左傳・僖公二十三年》：「男～同姓，其生不蕃。」特指未嫁的女子。《詩經・周南・關雎》：「窈窕淑～，君子好逑。」❷ 女兒。《呂氏春秋・遇合》：「其父母以為然，於是令其～常外藏。」樂府詩《木蘭詩》：「爺娘聞～來，出郭相扶將。」❸ 柔嫩的，弱小的。《詩經・豳風・七月》：「猗彼～桑。」❹ 星宿名，「婺女」的簡稱。二十八宿之一。《晉書・天文志中》：「熒惑、歲星、太白聚牛、～之間。」

㊁ nǜ ❺ 以女嫁人。《國語・越語上》：「請句踐女～於王，大夫女～於大夫。」

㊂ rǔ ❻ 第二人稱代詞。你，你們。後來寫作「汝」。《左傳・僖公四年》：「五侯九伯，～實征之，以夾輔周室。」

【辨析】女、婦。見151頁「婦」字條。

女 nǜ 見370頁「女」㊁。

恧 nǜ△ 慚愧。《漢書・王莽傳上》：「敢為激發之行，處之不慚～。」

衄 nǜ△ ❶ 鼻子出血。王叔和《傷寒論辨脈法》：「脈浮，鼻中燥者，必～也。」泛指其他部位出血。《本草綱目・百病主治藥》：「九竅俱出曰大～。」❷ 挫折，損傷。《尉繚子・攻權》：「卒無常試，發攻必～。」引申為恥辱。歐陽修《送黎生下第還蜀》：「一敗不足～，後功掩前羞。」

朒 nǜ△ ❶ 農曆初一前後月亮出現在東方。謝莊《月賦》：「～朓警闕。」(朓：月底月亮出現在西方。) ❷ 虧缺，不足。《九章算術》卷七「盈不足」劉徽注：「不足者謂之～。」❸ 退縮。《漢書・五行志下之下》：「當春秋時，侯王率多縮～不任事。」

nuan

渜 nuǎn 溫水。《儀禮・士喪禮》：「浴用巾，挋用浴衣，～濯棄于坎。」(挋 zhèn：擦拭。坎：坑。)

暖(煗、煖) nuǎn 溫暖。班固《答賓戲》：「孔席不～。」陸游《局中春興》：「微～已迎新到燕。」

暖 ㊀ nuǎn ❶ 温暖。《呂氏春秋・季秋》:「行春令，則～風來至。」(令:政令。)
㊁ xuān ❷ [暖姝] 自得的樣子。《莊子・徐无鬼》:「所謂～～者，學一先生之言，則暖暖姝姝而私自說也，自以為足矣。」(說 yuè:喜悅。)

nüe

虐 nüè△ ❶ 殘害。《孟子・梁惠王下》:「今燕～其民，王往而征之。」白居易《杜陵叟》:「～人害物即豺狼。」❷ 殘暴。《國語・周語上》:「厲王～，國人謗王。」(謗:公開批評指責。)引申為暴烈。陸機《演連珠》之四十八:「～暑熏天，不減堅冰之寒。」❸ 災害，禍害。《左傳・襄公十三年》:「亂～並生。」《呂氏春秋・古樂》:「商人服象，為～于東夷。」

瘧 nüè△ 瘧疾。《素問・至真要大論》:「惡寒發熱如～。」又用作動詞。患瘧疾。《左傳・昭公十九年》:「許悼公～。」

nuo

那 ㊀ nuó ❶ 多。《詩經・小雅・桑扈》:「受福不～。」(不:語氣詞。) ❷ 安，舒適。《詩經・小雅・魚藻》:「有～其居。」又為美，美好。《國語・楚語上》:「使富都～豎贊焉。」(富:指容貌好。都:嫻雅。豎:童子。贊:佐，幫助。)❸「奈何」的合音。《左傳・宣公二年》:「棄甲則～?」李白《長干行》之二:「～作商人婦，愁水復愁風。」❹ 移動。後來寫作「挪」。歐陽修《論乞賑救飢民劄子》:「只聞朝旨令～移近邊馬及於有官米處出糶。」
㊁ nà ❺ 那，與「這」相對。辛棄疾《醜奴兒近・博山道中效李易安體》:「山～畔別有人家。」(別:另。)
㊂ nǎ ❻ 哪。後來寫作「哪」。古詩《為焦仲卿妻作》:「處分適兄意，～得自任專。」(處分:處置，安排。)陸游《書憤》:「早歲～知世事艱。」

娜 nuó [婀娜] 見121頁「婀」字條。

難 nuó 見360頁「難」㊂。

儺 nuó ❶ 行有節度的樣子。《詩經・衛風・竹竿》:「巧笑之瑳，佩玉之～。」(瑳:通「齜」，笑而見齒的樣子。)❷ 古代一種驅除疫鬼、祓除不祥的祭祀。《呂氏春秋・仲秋》:「天子乃～，禦佐疾，以通秋氣。」(禦:止。佐疾:指疫癘。)

搦 nuò△ ❶ 按壓，壓制。《史記・扁鵲倉公列傳》:「訣脈結筋，～髓腦。」左思《魏都賦》:「～秦起趙，威振八蕃。」❷ 摩。班固《答賓戲》:「當此之時，～朽磨鈍，鉛刀皆能一斷。」❸ 握持。曹植《幽思賦》:「～素管而慷慨。」(管:指筆管。)郭璞《江賦》:「舟子於是～棹。」(棹 zhào:船槳。)

諾 nuò△ ❶ 答應，同意。《老子》第五十五章:「夫輕～必寡信。」(信:守信用。)《荀子・富國》:「已～不信則兵弱。」❷ 應答的聲音，表示同意。《戰國策・齊策四》:「孟嘗君不說，曰:『～。先生休矣!』」(說 yuè:高興。)

懦 nuò 怯懦，軟弱。《左傳・僖公二年》:「宮之奇之為人也，～而不能強諫。」《孟子・萬章下》:「～夫有立志。」引申為柔軟。《韓非子・內儲說上》:「水形～，人多溺。」

懧 nuò 懦弱。《戰國策・齊策四》:「文倦於事，憒於憂，而性～愚。」(文:田文，人名。)

糯 nuò 糯米，黏稻米。《齊民要術・法酒》:「～米大佳。」《天工開物・稻》:「凡稻種最多……黏者，禾曰稌，米曰～。」

N

O

ou

區 ōu 見 418 頁「區」㊁。

嘔 ōu 見 372 頁「嘔」㊁。

漚 ōu 見 373 頁「漚」㊁。

樞 ōu 見 467 頁「樞」㊁。

毆 ōu 見 418 頁「毆」㊁。

歐 ōu 見 372 頁「歐」㊁。

毆 ㊀ ōu ❶ 捶擊，擊打。《史記・留侯世家》：「良鄂然，欲～之。」
㊁ qū ❷ 驅趕，驅使。宋玉《風賦》：「～温致濕。」《漢書・食貨志上》：「今～民而歸之農。」
㊂ ǒu ❸ 嘔吐。《華陽國志・後賢志》：「稷～血死。」

甌 ōu ❶ 盆盂一類的陶器。《淮南子・說林》：「狗彘不擇甂～而食。」（甂 biān：盆類陶器。）❷ 杯、碗一類的器物。李煜《漁父》：「花滿渚，酒滿～。」

謳 ōu ❶ 唱，歌唱。《孟子・告子下》：「河西善～。」《呂氏春秋・順說》：「使役人載而送之齊，其～歌而引。」❷ 歌曲。《漢書・禮樂志》：「有趙、代、秦、楚之～。」曹植《箜篌引》：「京洛出名～。」（京洛：指京都洛陽。）

【辨析】謳、歌、謠。見 160 頁「歌」字條。

鷗 ōu 水鳥名。杜甫《旅夜書懷》：「天地一沙～。」

齵 óu ［齵差］參差不齊。《荀子・君道》：「天下之變，境內之事，有弛易～～者矣。」

偶 ǒu ❶ 用泥土、木頭製成的人像。《戰國策・齊策三》：「有土～人與桃梗相與語。」（桃梗：指桃木雕的人像。）❷ 雙，成雙，與「奇」相對。《禮記・郊特牲》：「鼎俎奇而籩豆～。」（鼎、俎 zǔ、籩、豆：古代祭器。）引申為二人相對。《荀子・修身》：「～視而先俯，非恐懼也。」《史記・秦始皇本紀》：「有敢～語詩書，棄市。」（棄市：在鬧市處死。）又引申為對偶，指兩兩相對的語言形式。《顏氏家訓・文章》：「今世音律諧靡，章句～對。」（諧靡：和諧美妙。）❸ 配偶。《魏書・劉炳傳》：「瑀有女始笄，妙選良～。」（笄 jī：及笄，指年滿十五歲。）泛指同伴，同類。《史記・黥布列傳》：「乃率其曹～，亡之江中為羣盜。」（曹：同輩。）❹ 偶然，偶爾。《列子・楊朱》：「鄭國之治，～耳，非子之功也。」

嘔 ㊀ ǒu ❶ 吐。《左傳・哀公二年》：「吾伏弢～血，鼓音不衰。」（弢：盛弓箭的袋子。）杜甫《北征》：「老夫情懷惡，數日～瀉臥。」
㊁ ōu ❷ 同「謳」。歌唱。《淮南子・泰族》：「思故鄉，作為山水之～。」《漢書・朱買臣傳》：「其妻亦負載相隨，數止買臣毋歌～道中。」❸ 象聲詞。白居易《琵琶行》：「豈無山歌與村笛？～啞嘲哳難為聽。」
㊂ xū ❹ ［嘔嘔］和悅的樣子。《史記・淮陰侯列傳》：「項王見人恭敬慈愛，言語～～。」❺ ［嘔咐］撫育。《淮南子・本經》：「以相～～醖釀，而成育羣生。」

歐 ㊀ ǒu ❶ 嘔吐。《山海經・海外北經》：「一女子跪，據樹～絲。」《史記・張丞相列傳》:「至舍,因~血而死。」㊁ ōu ❷同「謳」。謳歌。《隸釋・漢三公山碑》:「百姓~歌,得我惠君。」❸通「毆 ōu」。毆打,擊打。《漢書・張良傳》:「良愕然,欲~之。」《顏氏家訓・勉學》:「疑其不信,~捶服之。」❹通「驅(毆)qū」。驅使。《大戴禮記・禮察》:「或導之以德政,或~之以法令。」

毆 ǒu 見372頁「毆」㊂。

耦 ǒu ❶兩人並耕。《論語・微子》:「長沮、桀溺~而耕。」❷成雙,配偶。《左傳・桓公六年》:「人各有~,齊大,非吾~也。」❸雙數,與「奇」相對。《周易・繫辭下》:「陽卦奇,陰卦~。」❹合,和諧。《漢書・霍去病傳》:「然而諸宿將常留落不~。」

藕 ǒu 蓮的地下莖。司馬相如《上林賦》:「咀嚼菱~。」

漚 ㊀ òu ❶長時間地浸泡。《詩經・陳風・東門之池》:「東門之池,可以~菅。」(菅 jiān:茅草。)《齊民要術・種麻》:「冬日~者,最為柔肕也。」㊁ ōu ❷水泡。白居易《想東遊五十韻》:「幻世春來夢,浮生水上~。」❸通「鷗 ōu」。鳥名。《列子・黃帝》:「~鳥舞而不下也。」

【辨析】漚、漬。二字都有「浸泡」的意義,渾言無別,析言則有別。《說文》:「漬,漚也。」此渾言。「漚,久漬也。」「漬」指一般的浸泡,「漚」指長時間浸泡。此析言。

P

pa

芭 pā 見 7 頁「芭」㈡。

葩 pā ❶ 草木的花。嵇康《琴賦》：「迫而察之，若眾～敷榮耀春風。」（迫：近。）李漁《芙蕖》：「羣～當令時，只在花開之數日。」引申為華美。韓愈《進學解》：「《詩》正而～。」（正：指義理正大。）❷ [紛葩] 繁盛的樣子。馬融《長笛賦》：「～～爛漫。」

杷 ㈠ pá ❶ 農具名，耙子。王褒《僮約》：「屈竹作～。」《齊民要術・作豉》：「以～平豆。」引申為用耙疏理。《齊民要術・耕田》：「以鐵齒鍽楱再遍～之。」❷ 用手挖土。《漢書・貢禹傳》：「捽草～土。」（捽 zuó：拔。）

㈡ bà ❸ 器物的柄。《晉書・王濛傳》：「劉惔以犀～麈尾置棺中。」（麈 zhǔ：獸名，鹿屬。）

爬 ㈠ pá ❶ 用爪甲撓。《顏氏家訓・歸心》：「稍醒而覺體癢，～搔隱疹，因爾成癩。」

㈡ bà ❷ 一種帶齒的農具，用來碎土、平地。後來寫作「耙」。《太平御覽》卷三三九引《金匱》：「耒耜者，是其弓弩也；鋤～者，是其矛戟也。」又為用耙碎土、平地。陸龜蒙《耒耜經》：「耕而後有～。」

琶 pá [琵琶] 見 382 頁「琵」字條。

帊 pà ❶ 手巾。《三國志・魏書・王粲傳》：「棊者不信，以～蓋局，使更以他局為之。」（局：棋盤。）❷ 纏屍的布單。《南史・梁本紀》：「梁王詧使以布～纏屍。」（詧：同「察」。）

帕 ㈠ pà ❶ 手帕。杜甫《驄馬行》：「銀鞍卻覆香羅～。」

㈡ mò△ ❷ 束額的巾。蘇軾《客俎經旬無肉》：「絳～蒙頭讀道書。」

怕 pà 見 34 頁「怕」㈢。

pai

拍 pāi△ ❶ 拍打，擊打。《韓非子・功名》：「一手獨～，雖疾無聲。」蘇軾《念奴嬌・赤壁懷古》：「驚濤～岸，捲起千堆雪。」[撫拍] 迎合，奉承。《後漢書・文苑傳下・趙壹》：「～～豪強。」❷ 樂曲的節拍。《舊唐書・文苑傳・王維》：「維視之曰：『《霓裳》第三疊第一～也。』」蔡琰有《胡笳十八拍》。❸ 兵器名，投擲石塊或火種的武器。《陳書・侯瑱傳》：「眾軍施～縱火。」

俳 pái ❶ 雜戲，滑稽戲。《漢書・霍光傳》：「擊鼓歌吹作～唱。」也指表演雜戲、滑稽戲的人。《韓非子・難三》：「而～優侏儒固人主之所與燕也。」（燕：通「宴」，娛樂。）❷ [俳佪] 同「徘徊」。屈原《遠遊》：「焉乃逝以～～。」

排 pái ❶ 推，推擠。屈原《遠遊》：「～閶闔而望予。」（閶闔：天門。）今成語有「排山倒海」。引申為排斥，排擠。《呂氏春秋・懷寵》：「簪醜先王，～訾舊典。」（簪 áo 醜：詆毀。訾 zǐ：非議。）《後漢書・馮衍傳下》：「李廣奮擊於匈奴，見～於衛青。」❷ 排解，消除。《戰國策・趙策三》：「所貴於天下之士者，為人～患、釋難、解紛亂而無所取也。」❸ 疏通。《孟子・滕文公上》：「決汝、漢，～淮、泗，而注之江。」❹ 排列，編排。白居易《春湖題上》：「松～山面千重翠。」

徘　pái　［徘徊］1. 來回走動。宋玉《風賦》：「～～于桂椒之間。」《漢書・高后紀》：「殿門弗內，～～往來。」李白《獨酌》：「我歌月～～。」2. 猶豫不決。向秀《思舊賦》：「心～～以躊躇。」

箄　pái　見23頁「箄」㊁。

派　pài　❶ 水的支流。郭璞《江賦》：「流九～乎潯陽。」《宋史・河渠志七》：「秦淮之水流入府城，別為兩～。」❷ 流派，支系。江淹《雜詞・訪道經》：「百學兮異文，錦～兮綺分。」梅堯臣《依韻和希深遊大字院》：「夫君康樂裔，顧我子真～。」

湃　pài　［湃湃］浪濤聲。蘇軾《又次前韻贈賈耘老》：「仙壇古洞不可到，空聽餘瀾鳴～～。」

pan

扳　㊀ pān　❶ 挽，引。《公羊傳・隱公元年》：「諸大夫～隱而立之。」（隱：指隱公。）［扳援］援引。韓愈《答崔立之書》：「～～古昔，辭義高遠。」❷ 攀附。《宋書・樂志四》：「～龍附鳳，日望身輕。」

㊁ bān　❸ 扭轉。韓愈《許國公神道碑銘》：「一時三公，人莫敢～。」

潘　㊀ pān　❶ 淘米水。《齊民要術・種蘘荷芹藘》：「尤忌～泔及鹹水，澆之即死。」

㊁ pán　❷ 漩渦。《列子・黃帝》：「鯢旋之～為淵。」

攀　pān　❶ 攀引，抓住向上爬。《莊子・馬蹄》：「鳥鵲之巢，可～援而窺。」李白《蜀道難》：「猨猱欲度愁～緣。」❷ 依附。《史記・韓長孺列傳》：「有如太后宮車即晏駕，大王尚誰～乎？」（有如：假如。宮車即晏駕：指君王死。）今成語有「攀龍附鳳」。

柈　pán　盤子。杜甫《十月一日》：「焦糖幸一～。」

胖　pán　見376頁「胖」㊁。

般　㊀ pán　❶ 旋轉。《禮記・投壺》：「賓再拜，受，主人～還曰，辟。」❷ 快樂。《逸周書・祭公》：「畢桓于黎民～。」❸ 通「磐 pán」。山石。《漢書・郊祀志上》：「鴻漸于～。」

㊁ bān　❹ 搬運。白居易《官牛》：「滻水岸邊～載沙。」❺ 通「班 bān」。1. 還，回。《漢書・趙充國傳》：「明主～師罷兵。」2. 授予，賜予。《墨子・尚賢中》：「～爵以貴之。」《太玄・棿》：「建侯開國，渙爵～秩。」3. 分佈。《漢書・禮樂志》：「先以雨，～裔裔。」（裔裔 yìyì：形容雨水飛瀉。）❻ 通「斑 bān」。1. 斑紋。《周禮・天官・內饔》：「馬黑脊而～臂，螻。」2. 雜亂。《漢書・賈誼傳》：「～紛紛其離此郵兮。」❼ 量詞。種，樣。王維《聽百舌鳥》：「入春解作千～語。」

鎜　pán　［鎜珊］走路遲緩的樣子。《史記・司馬相如列傳》：「～～勃窣上金堤。」（勃窣：匍匐而行的樣子。）

槃　pán　❶ 承水的器皿。《禮記・內則》：「進盥，少者奉～，長者奉水。」（奉：雙手捧。）❷ 環繞，彎曲。《後漢書・虞詡傳》：「不過～根錯節，何以別利器乎？」［槃散］行走不穩的樣子。《史記・平原君列傳》：「民家有躄者，～～行汲。」（躄 bì：跛。）［槃桓］徘徊，流連。《後漢書・种岱傳》：「若不～～難進，等輩皆已公卿矣。」

磐　pán　❶ 大石頭。《韓非子・顯學》：「～不生粟。」❷ 徘徊，逗留。《後漢書・宋意傳》：「而室第相望，久～京邑。」

盤　pán　❶ 用於沐浴淺而敞口的器皿。《禮記・喪大記》：「沐用瓦～。」《呂氏春秋・求人》：「故功績銘乎金石，著於～盂。」❷ 玩樂。《尚書・無逸》：「文王不敢～于遊田。」（田：打獵。）❸ 環曲，盤繞。宋玉《高唐賦》：「水澹澹而～紆兮。」《後漢書・安帝紀》：「又見赤蛇～於牀第之間。」（第 zǐ：竹子編的牀蓆。）❹［盤桓］徘徊。陶潛《歸去來兮辭》：「撫

P

孤松而～～。」❺ 通「磐 pán」。大石。《荀子・議兵》：「則若～石然。」

潘 pán 見 375 頁「潘」㊁。

繁 pán 見 130 頁「繁」㊁。

蹣 pán ［蹣跚］1. 形容旋轉的舞姿。竇臮《述書賦上》：「婆娑～～，綽約文質。」（綽約：姿態柔美的樣子。）2. 走路搖擺、一瘸一拐的樣子。范成大《病中夜坐呈致遠》：「腳力～～怕遠遊。」

蟠 pán ❶ 盤伏，盤曲。《法言・問神》：「龍～於泥。」引申為屈曲。鄒陽《獄中上梁王書》：「～木根柢，輪囷離奇。」（柢：樹根。輪囷、離奇：盤繞屈曲的樣子。）❷ 充滿，遍及。《莊子・刻意》：「精神四達並流，無所不極，上際於天，下～於地。」（極：到盡頭。際：到，接近。）

鞶 pán ❶ 革製的束衣大帶。《周易・訟》：「或錫之～帶。」（錫：賜予。）❷ 盛佩巾的小囊。《禮記・內則》：「男～革，女～絲。」

判 pàn ❶ 分，分裂。《左傳・莊公三年》：「紀於是乎始～。」（紀：周代諸侯國名。）《韓非子・喻老》：「自天地之剖～以至於今。」❷ 評斷，決定。《後漢書・陳寔傳》：「其有爭訟，輒求～正。」特指裁決獄訟。《宋書・許昭先傳》：「叔父肇之坐事繫獄，七年不～。」（坐：因……犯罪。）也指裁決獄訟的文書。柳宗元《段太尉逸事狀》：「取～鋪背上，以大杖擊二十。」❸ 不顧，豁出去。後來多寫作「拚」。《吳越春秋・勾踐伐吳外傳》：「一士～死兮而當百夫。」

拌 ㊀ pàn ❶ 分開，剖開。《呂氏春秋・古樂》：「瞽叟乃～五弦之瑟，作以為十五弦之瑟。」《史記・龜策列傳》：「鑴石～蚌，傳賣於市。」

㊁ bàn ❷ 攪和，調勻。《齊民要術・作豉法》：「細磨為麪，以水～而蒸之。」

泮 pàn ❶ 融解。《詩經・邶風・匏有苦葉》：「士如歸妻，迨冰未～。」（迨 dài：趁着。）《淮南子・俶真》：「冰迎春則～而為水。」引申為分開。《史記・酈生陸賈列傳》：「萬物殷富，政由一家，自天地剖～未始有也。」❷ 泮宮，周代諸侯設立的學宮。《詩經・魯頌・泮水》：「魯侯戾止，在～飲酒。」（戾：來。）後代地方（如州、縣）所設學宮也稱泮。❸ 水邊。《詩經・衛風・氓》：「淇則有岸，隰則有～。」（隰 xí：潮濕的低窪地。）

盼 pàn ❶ 眼睛黑白分明。《詩經・衛風・碩人》：「美目～兮。」❷ 看。謝朓《移病還園示親屬》：「開鏡～衰容。」引申為看重，重視。《宋書・謝晦傳》：「與羨之、亮等同被齒～。」（羨之、亮：徐羨之、傅亮。齒：重視。）

胖 ㊀ pàn ❶ 古代祭祀所用的半邊牲肉。《儀禮・少牢饋食禮》：「司馬升羊右～。」❷ 脅側薄肉，夾脊肉。《禮記・內則》：「鵠鴞～。」

㊁ pán ❸ 大，寬舒。《禮記・大學》：「富潤屋，德潤身，心廣體～。」

叛 pàn 背叛，叛離。《左傳・隱公元年》：「京～大叔段。」（京：邑名。大 tài 叔段：人名。）《後漢書・仲長統傳》：「～散五經，滅棄《風》《雅》。」也指背叛之人。潘岳《西征賦》：「奉義辭以伐～。」

畔 pàn ❶ 田界。《左傳・襄公二十五年》：「行無越思，如農之有～。」《韓非子・難一》：「歷山之農者侵～。」❷ 邊，旁邊。《史記・屈原賈生列傳》：「屈原至於江濱，被髮行吟澤～。」（被 pī：披，散開。）劉禹錫《酬樂天揚州初逢席上見贈》：「沉舟側～千帆過。」❸ 通「叛 pàn」。背叛，叛亂。《孟子・公孫丑下》：「寡助之至，親戚～之。」《呂氏春秋・行論》：「紂恐其～，欲殺文王而滅周。」

pang

膀 pāng ❶［膀肛］腫脹。《說文》：「～～，腫也。」韓愈《病中贈張十八》：「形軀頓～～。」❷ 膨脹。《齊民要術・種棗》：「擇去～爛者，其未乾者，曬曝如法。」

雱 pāng　雪下得很大的樣子。《詩經・邶風・北風》：「北風其涼，雨雪其～。」（雨 yù：降。）

滂 pāng　❶ 水盛湧流的樣子。《漢書・宣帝紀》：「醴泉～流，枯槁榮茂。」❷［滂沱］雨下得很大的樣子。《詩經・小雅・漸漸之石》：「月離于畢，俾～～矣。」（離：通「麗」，附着。畢：星宿名。）也形容淚、汗、血等流得甚多。《詩經・陳風・澤陂》：「寤寐無為，涕泗～～。」（泗 sì：鼻涕。）

方 páng　見 132 頁「方」㊁。

仿（倣） páng　見 133 頁「仿（倣）」㊁。

彷 páng　見 133 頁「彷」㊀。

逄 páng　［逄逄］象聲詞。鼓聲。韓愈《病中寄張十八》：「不蹋曉鼓朝，安眠聽～～。」

旁 ㊀ páng　❶ 普遍，廣泛。《尚書・說命下》：「～招俊乂，列于庶位。」（乂 yì：有才能的人。庶：眾。）柳宗元《答韋中立論師道書》：「此吾所以～推交通，而以為之文也。」（交通：貫通。）今成語有「旁徵博引」。❷ 側，旁邊。《呂氏春秋・具備》：「宓子賤從～時掣搖其肘。」《漢書・循吏傳・黃霸》：「吏出，不敢舍郵亭，食於道～。」引申為別的，其他的。《韓非子・顯學》：「無豐年～入之利而獨以完給者，非力則儉也。」杜甫《堂成》：「～人錯比揚雄宅。」❸ 偏頗，邪曲。《荀子・議兵》：「～辟曲私之屬為之化而公。」

㊁ bàng　❹ 依憑，沿着。《漢書・溝洫志》：「引渭穿渠起長安，～南山下，至河三百餘里。」

【辨析】旁、側。見 43 頁「側」字條。

傍 páng　見 11 頁「傍」㊁。

徬 páng　見 11 頁「徬」㊁。

膀 ㊀ páng　❶［膀胱］貯尿器官。《素問・痹論》：「胞痹者，少腹～～，按之內痛。」

㊁ bǎng　❷ 肩膀，臂膀。《初學記》卷二十六引束晳《餅賦》：「肉則羊～豕脅，脂膚相半。」

磅 páng　［磅礴 bó］1. 廣大無邊的樣子。陸機《輓歌》之二：「～～立四極。」（四極：四方極遠的地方。）2. 充滿。文天祥《正氣歌》：「是氣所～～，凜烈萬古存。」（是：此。）

螃 páng　［螃蟹］蟹，俗稱螃蟹。元稹《江邊》：「池清漉～～。」（漉：用網捕撈。）

篣 páng　見 380 頁「篣」㊁。

龐 ㊀ páng　❶ 高大。《國語・周語上》：「敦～純固，於是乎成。」柳宗元《三戒・黔之驢》：「虎見之，～然大物也。」❷ 堅致，厚實。《淮南子・氾論》：「古者，人醇，工～，商樸，女重。」❸ 雜，混雜。《舊唐書・李勉傳》：「汴州水陸所湊，邑居～雜。」（湊：聚合。）

㊁ lóng　❹［龐龐］壯實的樣子。《詩經・小雅・車攻》：「四牡～～。」

髈 páng　脅。《諸病源候論・小兒雜病諸候・神火丹候》：「丹發兩～，不過一日便赤黑，謂之神火丹也。」

pao

抛 pāo　❶ 捨棄。《後漢書・安成孝侯賜傳》：「賜與顯子信賣田宅，同～財產。」（顯：劉顯。信：劉信。）❷ 投，擲。曹唐《織女懷牽牛》：「～擲金梭織舊愁。」

脬 pāo　膀胱。《史記・扁鵲倉公列傳》：「風癉客～，難於大小溲，溺赤。」

咆 páo　野獸嚎叫。《淮南子・覽冥》：「虎豹襲穴而不敢～。」李白《夢遊天姥吟留別》：「熊～龍吟殷巖泉。」［咆哮］高聲吼叫。《抱朴子・清虛》：「～～者不必勇。」又指發出巨大聲響。李白《公無渡河》：「黃河西來決崑崙，～～萬里觸龍門。」

P

庖 páo 廚房。《孟子・梁惠王上》：「～有肥肉。」又指廚師。《莊子・養生主》：「良～歲更刀，割也。」（更：換。）

炰 páo 見 143 頁「炰」㊁。

炮 páo ❶ 用泥塗裹帶毛的肉置火中燒烤。《詩經・小雅・瓠葉》：「有兔斯首，～之燔之。」（斯：白。）❷ 焚燒。《左傳・昭公二十七年》：「令尹～之，盡滅郤氏之族黨。」❸ 通「庖 páo」。廚師。《韓非子・難二》：「凡為人臣者，猶～宰和五味而進之君。」（宰：廚師。）

袍 páo 長衣。《詩經・秦風・無衣》：「豈曰無衣，與子同～。」

匏 páo ❶ 葫蘆。也指對剖後舀水的瓢。《詩經・邶風・匏有苦葉》：「～有苦葉。」又《大雅・公劉》：「酌之用～。」❷ 八音之一。指笙竽一類的樂器。《周禮・春官・大師》：「皆播之以八音，金、石、土、革、絲、木、～、竹。」

【辨析】匏、瓠。見 201 頁「瓠」字條。

跑 ㊀ páo ❶ 獸類用腳刨地。《西京雜記》四：「馬鳴……以足～地久之。」
㊁ pǎo ❷ 奔跑。馬戴《邊將》：「紅韁～駿馬。」

颮 páo 風大而急。班固《答賓戲》：「遊說之徒，風～電激，並起而救之。」

麃 ㊀ páo ❶ 獸名，鹿屬。《史記・孝武本紀》：「獲一角獸，若～然。」
㊁ biāo ❷ [麃麃] 威武的樣子。《詩經・鄭風・清人》：「清人在消，駟介～～。」（駟介：四馬披甲所駕的戰車。）❸ 耘田。《詩經・周頌・載芟》：「厭厭其苗，綿綿其～。」（厭厭：茂盛的樣子。）

跑 pǎo 見 378 頁「跑」㊁。

泡 pào 水面上的泡沫。謝靈運《聚沫泡合贊》：「水性本無～，激流遂聚沫。」賈島《寄令狐綯相公》：「夢幻將～影，浮生事只如。」（浮生：指人生。）

疱（皰） pào 皮膚上長的像水泡一樣的小疙瘩。《淮南子・說林》：「潰小～而發痤疽。」（發：剖開。痤 cuó 疽：癰疽。）

pei

胚 pēi 胚胎。《文子・九守》：「三月而～，四月而胎。」

醅 pēi 未經過濾的酒。杜甫《客至》：「樽酒家貧只舊～。」（樽：酒器。）

坏 péi 見 381 頁「坏」㊁。

阫 péi 牆。《莊子・庚桑楚》：「正晝為盜，日中穴～。」（穴：用如動詞，挖洞。）

培 ㊀ péi ❶ 培土。《呂氏春秋・辯土》：「熟有穫也，必務其～。」《禮記・中庸》：「故栽者～之。」❷ 房子的後牆。《呂氏春秋・聽言》：「某氏多貨，其室～濕，守狗死，其勢可穴也。」《淮南子・齊俗》：「鑿～而遁之。」
㊁ pǒu ❸ [培塿] 小土丘。柳宗元《始得西山宴遊記》：「然後知是山之特出，不與～～為類。」

陪 péi ❶ [陪臣] 臣子的臣子，如諸侯為天子之臣，大夫為諸侯之臣，大夫對天子自稱為陪臣。《論語・季氏》：「～～執國命，三世希不失矣。」❷ 增益。《左傳・僖公三十年》：「焉用亡鄭以～鄰。」（鄰：指晉國。）❸ 輔佐。《史記・孝文本紀》：「淮南王，弟也，秉德以～朕。」楊惲《報孫會宗書》：「又不能與羣僚同心并力，～輔朝廷之遺忘。」❹ 陪伴，伴隨。司馬遷《報任安書》：「鄉者僕常廁下大夫之列，～外廷末議。」（僕：謙稱自己。廁：夾雜，謙詞。外廷：外朝。末議：謙詞。）

沛 pèi ❶ 水草叢生的沼澤。《管子・揆度》：「焚～澤，逐禽獸。」❷ 水勢浩大的樣子。《孟子・梁惠王上》：「由水之就下，～然誰能禦之？」（由：通「猶」，如同。）引申為盛大，充沛。文天祥《正氣歌》：「於人曰浩然，～乎塞蒼冥。」❸ 迅疾的樣子。屈原《九歌・湘君》：「～吾乘兮桂舟。」

帔 pèi 披肩。《南史・任昉傳》：「華西冬月著葛～練裙。」（練：洗練過

P

的白絹。）

佩 pèi ❶ 古代繫在衣帶上的飾物。屈原《離騷》：「紉秋蘭以為～。」引申為佩帶，掛。《禮記·玉藻》：「古之君子必～玉。」❷ 欽佩，感念。《素問·氣調順大論》：「聖人行之，愚者～之。」

珮 pèi 玉佩，古人繫在衣帶上的飾物。《韓非子·說林下》：「吾好～，此人遺我玉環。」

配 pèi ❶ 婚配。《左傳·襄公二十五年》：「庸以元女大姬～胡公。」（庸：乃，於是。元女：長女。）又為配偶。《詩經·大雅·皇矣》：「天立厥～。」（厥：其。）❷ 匹配，配合。《韓非子·說疑》：「枝子～適，大臣擬主，亂之道也。」（枝子：庶子。適 dí：嫡子。）《孟子·公孫丑上》：「其為氣也，～義與道。」❸ 分給，配給。《後漢書·光武帝紀上》：「悉將降人分～諸將。」❹ 配祭，祭祀時附帶被祭。《禮記·明堂位》：「祀帝于郊，～以后稷，天子之禮也。」❺ 流放，發配。《舊唐書·則天皇后紀》：「～流繡州。」

旆 pèi 旗末端燕尾狀的垂飾。《左傳·昭公十三年》：「八月辛未，治兵，建而不～。」（建而不旆：建立旗幟而不加裝飾。）代指旌旗。《詩經·商頌·長發》：「武王載～。」

霈 pèi ❶ 大雨。沈瑱《賀雨賦》：「喜甘～之流滋。」❷ 雨雪盛的樣子。李白《明堂賦》：「於斯之時，雲油雨～。」

轡 pèi 駕馭牲口用的韁繩。《左傳·成公二年》：「左并～，右援枹而鼓。」（枹 fú：鼓槌。鼓：擊鼓。）《史記·魏公子列傳》：「公子執～愈恭。」[轡頭] 駕馭牲口用的嚼子和韁繩。《木蘭詩》：「南市買～～。」

pen

噴 pēn ❶ 吐氣。《戰國策·楚策四》：「驥於是俯而～，仰而鳴，聲達於天。」❷ 噴射。《莊子·秋水》：「子不見夫～者乎？～則大者如珠，小者如霧。」李白《橫江詞》之四：「濤似連山～雪來。」❸ [噴薄] 1. 震盪。曹植《卞太后誄》：「率土～～，三光改度。」2. 氣勢強盛。辛棄疾《蘭陵王》：「西風黃菊香～～。」

濆 pēn 見 138 頁「濆」㊁。

盆 pén ❶ 盛放東西或洗滌的用具。《莊子·至樂》：「莊子妻死，惠子弔之，莊子則方箕踞鼓～而歌。」（箕踞：坐時兩腿前伸，形如簸箕，是不拘禮節的坐姿。）又為古代量器，容量為十二斗八升。《周禮·考工記·陶人》：「～實二鬴。」（鬴 fǔ：古量器，容量為六斗四升。）❷ 通「湓 pén」。水流噴湧。《後漢書·陳寵傳附陳忠》：「徐、岱之濱海水～溢。」

湓 pén ❶ 水上湧，漫溢。《漢書·溝洫志》：「是歲，勃海、清河、信都河水～溢，灌縣邑三十一。」❷ 古水名，今名龍開河，在江西。

peng

亨 pēng 見 556 頁「亨」㊁。

抨 ㊀ pēng ❶ 拍打，拂過。《梁書·沈約傳》：「翅～流而起沫，翼鼓浪而成珠。」又為擊搗。《齊民要術·養羊》：「～酥法，以夾榆木碗為杷子～酥。」
㊁ bēng ❷ 使，令。張衡《思玄賦》：「～巫咸以占夢兮。」（巫咸：傳說中以筮占卜的創始人。）

怦 pēng [怦怦] 形容心跳。宋玉《九辯》：「心～～兮諒直。」（諒：誠。）江藩《漢學師承記·汪中》：「聞更鼓雞犬聲，心～～動，夜不成寐。」

怦 pēng ❶ 流露。《淮南子·齊俗》：「仁發～以見容。」❷ [怦怦] 忠直的樣子。東方朔《七諫·怨世》：「思比干之～～兮。」

砰 pēng 象聲詞。《列子·湯問》：「～然聞之，若雷霆之聲。」

烹 pēng 煮。《韓非子·內儲說下》：「狡兔盡則良犬～。」白居易《烹葵》：「炊稻～秋葵。」特指古代用鼎鑊

P

煮人的酷刑。《左傳・哀公十六年》：「此事克則為卿，不克則～。」(克：成功。)引申為冶煉。李白《武昌宰韓君去思頌碑》：「大冶鼓鑄，如天降神，既～且爍，數盈萬億。」

芃 péng ❶［芃芃］草木茂盛的樣子。《詩經・曹風・下泉》：「～～黍苗，陰雨膏之。」(膏：潤澤。)❷獸毛蓬鬆的樣子。《詩經・小雅・何草不黃》：「有～者狐，率彼幽草。」(率：行。)

朋 péng ❶古代貨幣單位。五貝為一串，兩串為一朋。《詩經・小雅・菁菁者莪》：「錫我百～。」(錫：賜予。)《淮南子・道應》：「大貝百～。」引申為二、兩。《詩經・豳風・七月》：「～酒斯饗。」(朋酒：兩樽酒。)❷朋友。《論語・學而》：「有～自遠方來，不亦樂乎？」❸結成朋黨，勾結。屈原《離騷》：「世並舉而好～兮。」(並舉：指隨聲附和。)❹羣，羣聚。《尚書・益稷》：「～淫于家，用殄厥世。」(殄 tiǎn：殘害，滅絕。厥：其。)《隋書・柳彧傳》：「每以正月望夜，充街塞陌，聚戲～遊。」(望：農曆每月十五日或十六日。)引申為齊。《後漢書・李固杜喬傳贊》：「～心合力。」❺比，倫比。《詩經・唐風・椒聊》：「碩大無～。」

【辨析】朋、友。二字在「朋友」的意義上析言有微細差別，同門為「朋」，同志為「友」。渾言則沒有差別。

弸 péng ❶弓弦。《太玄・止》：「絕～破車。」❷充滿。《法言・君子》：「以其～中而彪外也。」(彪：文采。)

彭 ㊀ péng ❶春秋時鄭國地名。《詩經・鄭風・清人》：「清人在～。」(清：地名。)又為水名。《左傳・桓公十二年》：「楚師分涉於～。」❷［彭湃］波浪互相沖擊。《漢書・司馬相如傳上》：「洶涌～～。」

㊁ bāng ❸［彭彭］1. 眾多的樣子。《詩經・齊風・載驅》：「行人～～。」2. 行進的樣子。《詩經・小雅・北山》：「四牡～～。」(牡：指雄馬。)

棚 péng 用竹木架起的樓閣或木格。《隋書・柳彧傳》：「高～跨路。」

搒 ㊀ péng ❶笞打，拷打。《後漢書・朱暉傳》：「～掠割剝，強令充足。」

㊁ bàng ❷划船。《宋書・隱逸傳・朱百年》：「輒自～船送妻還孔氏。」

榜 ㊀ péng ❶矯正弓弩的器具。《韓非子・外儲說右下》：「～檠矯直。」(檠 qíng：矯正弓的器具。)❷古代的一種刑罰，捶擊或者鞭打。《漢書・孫寶傳》：「～掠將死，卒無一言。」

㊁ bàng ❸船槳。屈原《九章・涉江》：「乘舲船余上沅兮，齊吳～以擊汰。」(舲 líng：有窗的小船。汰：水波。)代指船。李賀《馬》之十：「催～渡烏江。」

㊂ bǎng ❹公開張貼的文書，告示。特指公佈應試錄取名單的告示。杜牧《及第後寄長安故人》：「東都放～未花開。」

蓬 péng ❶草名，也叫飛蓬。《詩經・召南・騶虞》：「彼茁者～。」(茁：茁壯。)比喻散亂，蓬鬆。《後漢書・列女傳・董祀妻》：「及文姬進，～首徒行，叩頭請罪。」(文姬：蔡文姬。)❷［蓬勃］盛多的樣子。賈誼《旱雲賦》：「遙望白雲之～～兮。」

輣 péng 一種戰車。《史記・淮南衡山列傳》：「王乃使孝客江都人救赫、陳喜作～車鏃矢。」

澎 péng(舊讀 pēng) ［澎湃］波浪相互沖擊。曹丕《滄海賦》：「驚濤暴駭，騰涌～～。」

篣 ㊀ péng ❶用竹杖打。《後漢書・袁紹傳》：「～楚并兼，五毒俱至。」

㊁ páng ❷［篣竹］一種有毒的竹子。戴凱之《竹譜》：「～～有毒，夷人以刺虎豹，中之輒死。」

膨 péng 脹滿，脹大。《博物志・異俗》：「不時斂藏，即～脹沸爛，須臾燋煎都盡，唯骨耳。」

篷 péng 船篷。陸游《鵲橋仙》：「輕舟八尺，低～三扇。」

螃 péng ［螃蜞］螃蟹的一種，體小。皮日休《病中有人惠海蟹轉寄魯望》：「形容好個似～～。」

鵬 péng 傳說中的大鳥。《莊子・逍遙遊》：「化而為鳥，其名為～。」

pi

丕 pī ❶ 大。《尚書・大禹謨》：「嘉乃～績。」（嘉：讚賞。乃：你的。）❷ 奉，遵奉。《漢書・郊祀志下》：「～天之大律。」（律：法。）❸ 連詞。乃，於是。《尚書・禹貢》：「三危既宅，三苗～敘。」（三危：山名。三苗：種族名。敘：安定。）❹ 語氣詞。用在句首或句中。《尚書・召誥》：「其～能諴于小民。」（諴 xián：和，和諧。）

坏 ㊀ pī ❶ 未經燒製的土器。後寫作「坯」。《說文》：「～，一曰瓦未燒。」
㊁ péi ❷ 房子的後牆。《漢書・揚雄傳下》：「故士或自盛以橐，或鑿～以遁。」❸ 通「培 péi」。培土。《禮記・月令》：「修宮室，～牆垣，補城郭。」

批 pī ❶ 用手擊。《左傳・莊公十二年》：「遇仇牧于門，～而殺之。」（仇牧：人名。）泛指擊。《莊子・養生主》：「～大郤，導大窾。」（郤：指骨節的空隙。窾 kuǎn：空。）❷ 排除。《戰國策・秦策三》：「正亂～患，折難廣地。」❸ 削。杜甫《房兵曹胡馬》：「竹～雙耳峻。」

伾 pī ［伾伾］有力的樣子。《詩經・魯頌・駉》：「有騅有駓，有騂有騏，以車～～。」

坯 pī 未經燒製的土器。《淮南子・精神》：「夫造化者，既以我為～矣，將無所違矣。」

披 pī ❶ 分割，劈開。《史記・五帝本紀》：「唯禹之功為大，～九山，通九澤。」也指裂開。《史記・魏其武安侯列傳》：「枝大於本，脛大於股，不折必～。」❷ 披露，表露。《史記・淮陰侯列傳》：「臣願～腹心，輸肝膽。」（輸：這裏指獻出。）今成語有「披肝瀝膽」。❸ 翻開，翻閱。《北史・韋孝寬傳》：「雖在軍中，篤意文史，政事之餘，每自～閱。」韓愈《進學解》：「手不停～於百家之編。」❹ 披在或穿在身上。《新序・雜事五》：「～裘帶索，往見孟嘗君。」《漢書・陳湯傳》：「數百人～甲乘城。」此義先秦用「被」字。今成語有「披堅執銳」。❺［披靡］草木倒伏的樣子。司馬相如《上林賦》：「應風～～。」又比喻軍隊潰敗。《史記・項羽本紀》：「於是項王大呼馳下，漢軍皆～～。」

邳 pī 古地名，在今江蘇邳縣一帶。《左傳・定公元年》：「奚仲遷于～。」

砒 pī 礬石名。《天工開物・燔石・砒石》：「～有紅白兩種。」

秠 pī 黑黍的一種，每個殼內有兩粒米。《詩經・大雅・生民》：「誕降嘉種，維秬維～。」（秬：黑黍子。）

怶 pī 錯誤。揚雄《解嘲》：「故有造蕭何之律於唐虞之世，則～矣。」

被 ㊀ pī ❶ 披在肩上的斗篷或披風，後來寫作「帔」。《左傳・昭公十二年》：「王見之，去冠、～，舍鞭，與之語。」引申為披在肩背上或穿在身上。後來寫作「披」。《孟子・離婁下》：「雖～髮纓冠而救之，可也。」屈原《九歌・國殤》：「操吳戈兮～犀甲。」
㊁ bèi ❷ 加在……上。《荀子・臣道》：「澤～生民。」引申為覆蓋。張衡《東京賦》：「芙蓉覆水，秋蘭～涯。」（涯：岸邊。）又引申為蒙受，遭受。《戰國策・齊策四》：「寡人不祥，～於宗廟之祟。」賈誼《論積貯疏》：「世之有饑穰，天之行也，禹湯～之矣。」（穰 rǎng：豐收。）❸ 被子。《呂氏春秋・節喪》：「轝馬衣～戈劍，不可勝其數。」（轝 yú：車。）《史記・司馬相如列傳》：「分予文君僮百人，錢百萬，及其嫁時衣～財物。」❹ 介詞。表示被動。《史記・屈原賈生列傳》：「信而見疑，忠而～謗。」（見：介詞，表被動。）

【辨析】 被、衾。二者在「被子」的意義上相同，但「衾」多指大被子，「被」指小被子。而且，先秦多用「衾」字，戰國末期《呂氏春秋》中「被」始有「被子」的意義，漢代以後則多用「被」字。

紕 pī 見 382 頁「紕」㊁。

P

狓 pī 披散。揚雄《甘泉賦》：「～桂椒而鬱移楊。」（桂、椒、移：樹名。鬱：聚。）

鈹 pī ❶中醫用的長針，兩面有刃，以刺破癰疽。《靈樞・九針十二原》：「五曰～針，長四寸，廣二寸半。」又指刺破。《新論・利害》：「瘕疾填胸而不敢～。」❷古代兵器。指形似刀而兩邊有刃的劍類兵器。《左傳・襄公十七年》：「賊六人以～雜諸盧門合左師之後。」（合左師：向戎，其封邑在合鄉，官為左師，故稱合左師。）❸通「披 pī」。散亂。《荀子・成相》：「吏謹將之無～滑。」（將：執。滑 gǔ：擾亂。）

鈲 pī△ 字也作「鈲」。❶劈破，析破。《漢書・藝文志》：「及警者為之，則苟鉤（鈲）〔～〕析亂而已。」（鉤：取，指鉤取出詭怪道理。析亂：指分析得支離破碎。）❷劍身出現的文采。《越絕書・記寶劍》：「觀其～，爛如列星之行。」（爛：燦爛。）

駓 pī ❶毛色黃白相雜的馬。《詩經・魯頌・駉》：「有騅有～。」（騅：毛色黑白相間的馬。）❷［駓駓］疾走的樣子。宋玉《招魂》：「逐人～～些。」（些：語氣詞。）

劈 pī△ ❶破開。白居易《自蜀江至洞庭湖有感而作》：「長波逐若瀉，連山鑿如～。」❷正對着。楊萬里《日斜再行宿烏山》：「日已衰容去，風仍～面來。」

錍 pī 箭頭較薄而闊、箭桿較長的一種箭。曹丕《飲馬長城窟行》：「武將齊貫～。」

霹 pī△ ❶［霹靂］疾雷。揚雄《羽獵賦》：「～～列缺，吐火施鞭。」（列缺：閃電。）❷雷擊。杜甫《敬寄族弟唐十八使君》：「雷霆～長松。」

皮 pí ❶剝取獸皮。泛指剝皮。《戰國策・韓策二》：「因自～面抉眼，自屠出腸。」（抉：挖出。）❷獸皮。《詩經・鄘風・相鼠》：「相鼠有～。」（相：視。）泛指人的皮膚或其他物體的表層。《漢書・高帝紀上》：「高祖為亭長，乃以竹～為冠。」❸表面的，膚淺的。《韓詩外傳》卷十：「子乃～相之士也。」（相：看。）

【辨析】皮、膚、革。見144頁「膚」字條。

阰 pí 古代楚地山名。屈原《離騷》：「朝搴～之木蘭兮。」（搴 qiān：拔取。）

枇 ㊀ pí ❶［枇杷］樹名。《史記・司馬相如列傳》：「～～橪柿。」
㊁ bǐ ❷祭祀時用的大木匕。《禮記・雜記》：「～以桑，長三尺，或曰五尺。」
㊂ bì ❸篦子。也指用篦子梳理。《後漢書・濟北惠王壽傳》：「頭不～沐。」

毗 pí 輔助。《三國志・蜀書・諸葛亮傳》：「亮～佐危國。」

蚍 pí ［蚍蜉］大螞蟻。韓愈《調張籍》：「～～撼大樹，可笑不自量。」

疲 pí 疲勞，困乏。《韓非子・初見秦》：「士民～病於內。」

紕 ㊀ pí ❶在衣冠或旗幟上鑲邊，也指所鑲的邊。《詩經・鄘風・干旄》：「素絲～之。」
㊁ pī ❷錯誤。《禮記・大傳》：「五者一物～繆，民莫得其死。」（物：事。）

埤 ㊀ pí ❶加多，增益。《詩經・邶風・北門》：「政事一～益我。」❷同「陴」。城上矮牆。《呂氏春秋・簡選》：「反鄭之～。」（反：毀。）
㊁ pì ❸［埤堄］城上的矮牆。《墨子・號令》：「置屯道各垣，其兩旁高丈為～～。」字也作「埤院」。
㊂ bì ❹低窪潮濕的地方。《國語・晉語八》：「松柏不生～。」

崥 pí ［崥崹］山勢逐漸平緩的樣子。張協《七命》：「金岸～～。」

郫 pí 古地名，春秋時晉邑。《左傳・襄公二十三年》：「齊侯遂伐晉……成～、邵。」

陴 pí 城牆上的矮牆。《左傳・宣公十二年》：「國人大臨，守～者皆哭。」

琵 pí ［琵琶］弦樂器名。白居易《琵琶行》：「千呼萬喚始出來，猶抱～～半遮面。」

椑 ㊀ pí ❶橢圓形盛酒器。《說文》：「～，圜榼也。」引申指橢圓形。《周

P

禮・考工記》：「是故句兵～，刺兵摶。」

㊁ bì　❷ 內棺，櫬屍棺。《禮記・檀弓上》：「君即位而為～。」

㊂ bēi　❸ 樹名，柿的一種。《宋書・謝靈運傳》：「～柿被實於長浦。」

脾　pí　❶ 脾臟。五臟之一。《素問・靈蘭祕典論》：「～胃者，倉廩之官，五味出焉。」❷ 通「膍 pí」。牛胃。《詩經・大雅・行葦》：「嘉殽～臄。」（臄 jué：牛舌。）❸ 通「髀 bì」。大腿。《莊子・在宥》：「鴻蒙方將拊～雀躍而遊。」

裨　㊀ pí　❶ 次等禮服。《荀子・大略》：「大夫～冕。」（冕：禮帽。）❷ 副，偏，小。《史記・項羽本紀》：「籍為～將。」（籍：項籍。）張衡《西京賦》：「爾乃商賈百族，～販夫婦，鬻良雜苦。」（鬻 yù：賣。苦：粗劣器物。）

㊁ bì　❸ 增益，補益。《國語・晉語八》：「而～諸侯之闕。」

榌　pí　屋簷前板。張衡《西京賦》：「三階重軒，鏤檻文～。」

膍　pí　❶ 牛胃。《莊子・庚桑楚》：「臘者之有～胲，可散而不可散也。」（臘：臘祭。胲 gāi：牛蹄。）❷ 優厚，厚賜。《詩經・小雅・采菽》：「樂只君子，福祿～之。」

羆　pí　見 8 頁「罷」㊂。

鞞　pí　見 32 頁「鞞」㊁。

貔　pí　獸名。《詩經・大雅・韓奕》：「獻其～皮。」［貔貅 xiū］猛獸名。《逸周書・周祝》：「山之深也，虎豹～～何為可服。」又指繪有貔貅之形的旌旗。《禮記・曲禮上》：「前有摯獸，則載～～。」（摯：通「鷙」，兇猛。）比喻勇猛的軍隊。劉禹錫《送唐舍人出鎮閩中》：「忽擁～～鎮粵城。」

羆　pí　獸名，熊類。《詩經・大雅・韓奕》：「有熊有～，有貓有虎。」

鼙　pí　一種軍用小鼓。《禮記・樂記》：「君子聽鼓～之聲，則思將帥之臣。」又代指戰事。杜甫《出郭》：「故國猶兵馬，他鄉亦鼓～。」

匹　pǐ△　❶ 量詞。計算馬的單位。《左傳・莊公十八年》：「皆賜玉五瑴，馬三～。」（瑴 jué：白玉一雙。）❷ 量詞。布帛四丈為匹。《史記・叔孫通傳》：「乃賜叔孫通帛二十～。」❸ 對等，匹配。《左傳・僖公二十三年》：「秦、晉～也，何以卑我？」（卑：輕視。）屈原《九章・懷沙》：「懷質抱情，獨無～兮。」又為相比。《莊子・逍遙遊》：「而彭祖乃今以久特聞，眾人～之，不亦悲乎！」（久：長壽。特：獨。聞：聞名。）❹［匹夫］1. 平民百姓。《韓非子・有度》：「刑過不避大臣，賞善不遺～～。」2. 獨夫。含輕蔑意味。《國語・越語上》：「吾不欲～～之勇也，欲其旅進旅退也。」（旅進：一同前進。）

庀　pǐ　❶ 具備，準備。《左傳・襄公九年》：「備甲兵，～武守。」❷ 治理。《國語・魯語下》：「夜～其家事。」❸ 庇護，保護。《左傳・襄公十年》：「我實不能禦楚，又不能～鄭。」

圮　pǐ　坍塌，毀壞。《孫子・九變》：「～地無舍。」柳宗元《梓人傳》：「由我則固，不由我則～。」引申為毀滅，斷絕。《尚書・堯典》：「方命～族。」曹植《魏德論》：「皇綱～紐。」

仳　pǐ　❶ 分離。《詩經・王風・中谷有蓷》：「有女～離，嘅其歎矣。」❷ 通「比 bǐ」。並。《論衡・骨相》：「晉公子重耳～脅。」

否　pǐ　見 142 頁「否」㊁。

痞　pǐ　腹內結塊的病。《南齊書・虞愿傳》：「（帝）胸腹～脹，氣將絕。」

癖　pǐ△　❶ 兩脅間的積塊。《抱朴子・極言》：「凡食過則結積聚，飲過則成痰～。」❷ 嗜好。《宋史・米芾傳》：「好潔成～。」

嚭　pǐ　❶ 大。《說文》：「～，大也。」❷ 人名。春秋時吳國有太宰嚭。

埤　pì　見 382 頁「埤」㊁。

副　㊀ pì△　❶ 裂。《詩經・大雅・生民》：「不坼不～，無災無害。」（坼

chè：裂開。）又為剖，剖分。《呂氏春秋・行論》：「舜於是殛之於羽山，～之以吳刀。」（殛 jí：殺。）

㊁ fù ❷居第二位的，次要的。《漢書・陳湯傳》：「康居～王抱闐將數千騎。」（抱闐：人名。將：率領。）特指書籍文獻的副本。《史記・太史公自序》：「藏之名山，～在京師。」❸輔助，幫助。《春秋繁露・四時之副》：「聖人～天之所行以為政。」《論衡・薄葬》：「閔死獨葬，孤魂無～。」❹相稱，符合。《鹽鐵論・利議》：「情貌不相～。」《後漢書・黃瓊傳》：「盛名之下，其實難～。」今成語有「名～其實」。❺量詞。雙，套。曹植《冬至獻襪頌表》：「襪若千～。」

【辨析】副、貳，見126頁「貳」字條。

淠 pì ❶船行的樣子。《詩經・大雅・棫樸》：「～彼涇舟。」（涇：水名。）❷［淠淠］1. 茂盛的樣子。《詩經・小雅・小弁》：「萑葦～～。」（萑 huàn：蘆葦的一種。）2. 通「旆旆 pèipèi」。飄動的樣子。《詩經・小雅・采菽》：「其旗～～。」

睥 pì ［睥睨 nì］1. 斜着眼看。《淮南子・脩務》：「過者莫不左右～～而掩鼻。」2. 窺視，偵伺。《顏氏家訓・誡兵》：「～～宮閫，幸災樂禍。」（宮閫 kǔn：宮室。）

辟 pì 見22頁「辟」㊁。

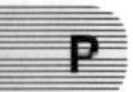

媲 pì 配偶，匹配。《詩經・大雅・皇矣》「天立厥配」毛亨傳：「配，～也。」

擗（擗、副） pì△ 剖開。《韓非子・顯學》：「夫嬰兒不剔首則腹痛，不～痤則寖益。」（寖：漸。）

僻 pì△ ❶地方荒遠，偏僻。《呂氏春秋・慎行》：「晉之霸也，近於諸夏，而荊～也，故不能與爭。」杜甫《徐九少尹見過》：「晚景孤村～。」❷偏離正道，邪僻。《韓非子・解老》：「行邪～則身死夭。」《後漢紀・順帝紀》：「是時朝政多～，競崇侈靡。」❸通「避 bì」。迴避。《史記・樗里子甘茂列傳》：「是外舉不～讎也。」（讎：仇敵。）

擗 pì△ ❶捶胸，拊心。《孝經・喪親》：「～踊哭泣，哀以送之。」（踊：跳躍。）❷剖開。屈原《九歌・湘夫人》：「～蕙櫋兮既張。」（蕙：香草。櫋 mián：屋椽端的橫板。）

澼 pì△ ［洴 píng 澼］見388頁「洴」字條。

濞 pì 象聲詞。水暴至聲。宋玉《高唐賦》：「～洶洶其無聲兮。」

甓 pì△ 磚。《詩經・陳風・防有鵲巢》：「中唐有～。」（唐：朝堂或宗廟門內的大路。）

譬 pì ❶打比方，比喻。《詩經・小雅・小弁》：「～彼舟流，不知所屆。」（屆：至，到。）《論語・為政》：「～如北辰，居其所而眾星共之。」（共：拱。）❷通曉，理解。《後漢書・鮑永傳論》：「若乃言之者雖誠，而聞之未～。」又為曉諭。《後漢書・第五倫傳》：「又～諸外戚曰：『苦身待士，不如為國。』」

闢 pì△ ❶開。《左傳・宣公二年》：「晨往，寢門～矣。」❷開墾，開拓。《呂氏春秋・不廣》：「～土安疆。」引申為開闊，寬闊。潘岳《西征賦》：「蹈秦郊而始～。」《徐霞客遊記・滇遊日記八》：「不若從爐塘道，稍迂而路～。」（迂：曲折，繞遠。）❸排除，駁斥。《荀子・解蔽》：「是以～耳目之欲。」王安石《答司馬諫議書》：「～邪說，難壬人。」（難：責難，批駁。壬人：巧辯諂媚之人。）❹通「避 bì」。躲避。李公佐《南柯太守傳》：「行者亦～於左右。」

鷿 pì△ 也作「鸊」「鷿」。［鷿鷈 tī］水鳥名。《後漢書・馬融傳》：「鷺雁～～。」

pian

扁 piān 見26頁「扁」㊁。

偏 piān ❶不正，偏私。《呂氏春秋・士容》：「士不～不黨。」（黨：結黨。）❷邊，半側。《左傳・隱公十一年》：「鄭伯使許大夫百里奉許叔以居許東～。」

《呂氏春秋・別類》：「我固能治～枯。」引申為部分。《荀子・天論》：「萬物為道一～，一物為萬物一～。」❸ 邊遠，僻遠。《史記・扁鵲倉公列傳》：「先生過小國，幸而舉之，～國寡臣幸甚。」陶潛《飲酒》之五：「心遠地自～。」❹ 副佐。《左傳・襄公三十年》：「且司馬，令尹之～。」

篇 piān 古代文章寫在竹簡上，把寫有完整詩文的竹簡編在一起，叫作篇。後來把有頭有尾的詩文稱作一篇。《尚書・太甲上》：「伊尹作《太甲》三～。」司馬遷《報任安書》：「《詩》三百～，大底聖賢發憤之所為作也。」（大底：大抵。）[篇什]《詩經》中《雅》《頌》以十篇為一什，後代以「篇什」指詩篇。《顏氏家訓・文章》：「蘭陵蕭慤，梁室上黃侯之子，工於～～。」

【辨析】篇、編。見 25 頁「編」字條。

翩 piān 鳥快飛的樣子。《詩經・魯頌・泮水》：「～彼飛鴞，集于泮林。」（鴞 xiāo：猛禽，俗名貓頭鷹。泮 pàn：指泮宮，即周代諸侯舉行享宴或射禮的地方。）引申為行動輕捷的樣子。曹植《洛神賦》：「～若驚鴻。」

平 pián 見 388 頁「平」㊁。

便 pián 見 27 頁「便」㊁。

胼 pián 手腳上的老繭。《呂氏春秋・慎人》：「手足～胝不居。」

楩 pián 樹名。《墨子・公輸》：「荊有長松、文梓、～、楠、豫章。」

蹁 pián [蹁躚 xiān] 行走不穩的樣子。《莊子・大宗師》：「～～而鑑于井。」（鑑：照。）

緶 pián 用針縫。《說文》：「～，緁衣也。」王建《宮詞》：「～得紅羅手帕子。」

駢 pián ❶ 兩馬並駕一車。《尚書大傳》卷一：「命于其君，然後得乘飾車～馬。」嵇康《琴賦》：「雙美並進，～馳翼驅。」引申為並列。《水經注・滱水》：「池之四周，居民～比。」又指文句對偶。柳宗元《乞巧文》：「～四儷六，錦心繡口。」❷ 連接，接合。《左傳・僖公二十三年》：「曹共公聞其～脅，欲觀其裸。」（駢脅：肋骨相連如一骨。）《莊子・駢拇》：「～拇枝指，出乎性哉！」（枝指：拇指旁多生出的手指。）

蹁 pián ❶ 腳不正。《新書・容經》：「若夫立而跛，坐而～……皆禁也。」❷ [蹁躚 xiān] 形容旋轉的舞姿。張衡《南都賦》：「蹴蹡～～。」（蹴蹡：運轉的樣子。）

骿 pián ❶ 肋骨連成一片。《國語・晉語四》：「（曹共公）聞其～脅，欲觀其狀。」❷ 同「胼」。手腳上的老繭。《漢書・司馬相如傳下》：「躬傶～胝無胈，膚不生毛。」（傶 qī：腠理。胝 zhī：手腳上的老繭。胈 bá：人體腳腿上的細毛。）

諞 pián 花言巧語。《尚書・秦誓》：「惟截截善～言，俾君子不易辭。」（截截：巧辯的樣子。）

片 piàn ❶ 剖開的木片。引申為平而薄的東西。《世說新語・捷悟》：「餘有數十斛竹～，咸長數寸。」又用作量詞。庾信《鏡》：「光如一～水。」王昌齡《芙蓉樓送辛漸》之一：「一～冰心在玉壺。」❷ 半。《莊子・則陽》：「雌雄～合。」又為單。左思《吳都賦》：「雙則比目，～則王餘。」（比目、王餘：魚名。）引申為少，零星。《宋書・志序》：「～文隻事，鴻纖備舉。」今成語有「隻言片語」。

騙 piàn ❶ 躍上馬。《朝野僉載》卷四：「蜀馬臨階～。」❷ 誆騙，欺騙。劉克莊《庚申召對》：「輔聖天子而行霸政，為天下宰而設～局。」

piao

彯 piāo 見 28 頁「彯」㊁。

票 ㊀ piāo ❶ 騰起的火光。《太玄・沈》：「見～如累。」（累：明。）

㊁ piào ❷ 快捷，輕捷。《漢書・王商傳》：「遣～輕吏微求人罪。」[票姚] 勁疾的樣子，漢代用作武官名。《漢書・霍去病傳》：「大將軍受詔，予壯士，為～～校尉。」

P

剽 ㊀ piāo（舊讀 piào） ❶ 搶劫，掠奪。《鹽鐵論・周秦》：「今殺人者生，～攻竊盜者富。」引申為竊取，抄襲。韓愈《南陽樊紹述墓誌銘》：「惟古於詞必己出，降而不能乃～賊。」❷ 輕疾，強悍。《史記・禮書》：「輕利～遫，卒如熛風。」（遫 sù：迅速。卒：通「猝」，疾速。熛：迅猛。）《漢書・淮南衡山濟北王傳贊》：「夫荊楚～輕，好作亂。」❸ 分割，削除。《史記・西南夷列傳》：「西夷後揃，～分為二。」（揃 jiǎn：被剪滅。）《後漢書・賈復傳》：「乃與高密侯鄧禹並～甲兵，敦儒學。」
㊁ biǎo ❹ 末梢。《荀子・賦》：「長其尾而銳其～者邪！」

彯 piāo ❶ 飄動，翻飛。木華《海賦》：「～沙礐石。」（礐 què：風擊水石。）❷［彯搖］勇健輕捷的樣子。王融《三月三日曲水詩序》：「～～武猛，扛鼎揭旗之士。」（揭：舉。）

漂 ㊀ piāo ❶ 浮，浮動。《尚書・武成》：「血流～杵。」引申為漂泊，流浪。王褒《洞簫賦》：「長辭遠逝，～不還鄉。」❷ 吹，使飄動。《詩經・鄭風・蘀兮》：「風其～女。」《史記・韓長孺列傳》：「衝風之末，力不能～鴻毛。」（衝風：暴風。）❸ 輕。楊泉《養性賦》：「況性命之幾微，如鴻毛之～輕。」❹［漂然］高遠的樣子。《漢書・楊敞傳附楊惲》：「～～皆有節概。」（節概：節操。）
㊁ piǎo ❺ 漂洗（絲綿絮）。《史記・淮陰侯列傳》：「信釣於城下，諸母～。」

嫖 piāo ［嫖姚］輕捷有力的樣子。《史記・建元以來王子侯者年表》：「（霍去病）以～～校尉從大將軍。」

螵 piāo ［螵蛸］螳螂的卵塊。《禮記・月令》「螳蜋生」鄭玄注：「螳蜋，～～母也。」《魏書・陸俟傳》：「藥中須桑～～。」

縹 piāo 見386頁「縹」㊁。

飄（飃） piāo ❶ 旋風，暴風。《詩經・小雅・何人斯》：「彼何人斯，其為～風。」❷ 飄動，飛揚。白居易《長恨歌》：「仙樂風～處處聞。」［飄遙］飄浮不定。吳均《與朱元思書》：「從流～～，任意東西。」比喻動盪不安。杜甫《羌村》之一：「世亂遭～～，生還偶然遂。」❸ 吹。曹植《侍太子坐》：「涼風～我身。」

瓢 piáo 剖分葫蘆而成的舀水、盛酒用具。《論語・雍也》：「一簞食，一～飲。」（簞：盛飯的竹器。）

莩 piǎo 見147頁「莩」㊁。

殍 piǎo 餓死的人。《孟子・盡心下》：「用其二而民有～。」

漂 piǎo 見386頁「漂」㊁。

縹 ㊀ piǎo ❶ 青白色的絲織物。蕭統《文選序》：「詞人才子，則名溢於～囊。」引申為青白色。吳均《與朱元思書》：「水皆～碧，千丈見底。」
㊁ piāo ❷［縹緲］隱約，若有若無的樣子。白居易《長恨歌》：「山在虛無～～間。」字又作「縹眇」「縹渺」。

皫 piǎo 鳥的羽毛變色失去光澤。《禮記・內則》：「鳥～色而沙鳴。」

票 piào 見385頁「票」㊁。

僄 piào 敏捷，輕狂。《荀子・議兵》：「輕利～速，卒如飄風。」（卒 cù：突然。飄風：暴風。）

慓 piào 急疾，輕捷。《漢書・高帝紀》：「項羽為人，～悍禍賊。」（禍賊：好為禍害而殘忍。）

驃 piào 見29頁「驃」㊁。

pie

瞥 piē△ 眼睛很快地看一下。《淮南子・說林》：「鱉無耳而目不可以～，精於明也。」引申為迅速地，突然。《後漢書・文苑傳・禰衡》：「耳所～聞，不忘於心。」

撇 piě△ ❶ 擊。王褒《四子講德論》：「故膺騰～波而濟水，不如乘舟之逸也。」❷ 掠過。揚雄《甘泉賦》：「浮蠛蠓而～天。」（蠛蠓 mièméng：一種小飛蟲。）

P

pin

姘 pīn　男女非夫妻關係而同居。《說文》：「漢律，齊民與妻婢姦曰～。」

玭 pín　珍珠。《大戴禮記・保傅》：「～珠以納其間。」

貧 pín　缺少衣食錢財，貧困，與「富」相對。《論語・季氏》：「不患～而患不均。」泛指缺少。《文心雕龍・練字》：「富於萬篇，～於一字。」

【辨析】貧、窮。在古代，缺乏衣食錢財叫「貧」，與之相對的是「富」。不能顯貴，行不通叫「窮」，與之相對的是「達」「通」。

頻 pín　❶ 皺眉。後來寫作「顰」。《孟子・滕文公下》：「他日歸，則有饋其兄生鵝者，己～顣曰。」（顣 cù：同「蹙」，皺縮。）❷ 頻繁，多次。《列子・黃帝》：「汝何去來之～？」《世說新語・任誕》：「桓為設酒，不能冷飲，～語左右，令溫酒來。」❸ 一起，一齊。《國語・楚語下》：「羣神～行。」❹ 通「濱 bīn」。水邊。《詩經・大雅・召旻》：「池之竭矣，不云自～。」

嬪 pín　❶ 帝王的女兒出嫁。《尚書・堯典》：「釐降二女于媯汭，～于虞。」（釐：飭令。媯：媯水。汭：河流彎曲處的內側。虞：虞舜。）❷ 宮廷中的女官。《禮記・昏義》：「古者天子后立六宮、三夫人、九～。」《呂氏春秋・上農》：「后妃率九～蠶於郊。」❸ 對死去妻子的稱呼。《禮記・曲禮下》：「生曰父、曰母、曰妻，死曰考、曰妣、曰～。」

矉 pín　皺眉。後來寫作「顰」。《莊子・天運》：「故西施病心而～其里。」（里：鄉里。）

蘋 pín　一種水草，也叫田字草。《詩經・召南・采蘋》：「于以采～，南澗之濱。」（于以：於何，在哪裏。）

顰 pín　皺，皺眉。《晉書・戴逵傳》：「是猶美西施而學其～眉。」（美西施：認為西施美。）

品 pǐn　❶ 眾多。《周易・乾》：「～物流形。」❷ 按質量區分的種類。《尚書・禹貢》：「厥貢惟金三品。」（金三品：指金銀銅。）引申為官爵的等級。《國語・周語中》：「外官不過九～。」《史記・高祖功臣侯年表》：「古者人臣功有五～。」又為物類的等級。《漢書・匈奴傳上》：「給繒絮食物有～。」❸ 評價。《後漢書・黨錮傳序》：「～核公卿，裁量執政。」今成語有「品頭論足」。❹ 品格。沈約《奏彈王源》：「源雖人～庸陋，冑實參華。」

牝 pìn　雌性的鳥獸，與「牡」相對。《尚書・牧誓》：「～雞無晨。」《淮南子・時則》：「游～別其羣。」引申為類似雌性的物品。如溪谷。《大戴禮記・易本命》：「丘陵為牡，溪谷為～。」又為鎖孔。《禮記・月令》「修鍵閉」鄭玄注：「閉，～也。」

娉 ㈠ pìn　❶ 送財禮訂婚。後來寫作「聘」。《荀子・富國》：「婚姻～內，送逆無禮。」（內：納。逆：迎接。）
㈡ pīng　❷［娉婷］儀態美好的樣子。辛延年《羽林郎》：「不意金吾子，～～過我廬。」

聘 pìn　❶ 訪，探問。《詩經・小雅・采薇》：「我戍未定，靡使歸～。」❷ 古代諸侯之間互派使節通問修好。《禮記・曲禮下》：「諸侯使大夫問於諸侯曰～。」《韓非子・姦劫弒臣》：「楚王子圍將～於鄭。」❸ 聘請，聘召。《韓非子・外儲說右下》：「潘壽，隱者。燕使人～之。」《三國志・吳書・吳主傳》：「招延俊秀，～求名士。」❹ 舊時指送財禮訂婚。《左傳・成公十一年》：「聲伯之母不～。」《史記・陳丞相世家》：「乃假貸幣以～。」（假：借。）

ping

俜 pīng　［俜停］美妙的樣子。蘇軾《芙蓉城》：「雲舒霞卷千～～。」

砯 pīng　水沖擊巖石聲。郭璞《江賦》：「～巖鼓作。」李白《蜀道難》：「～崖轉石萬壑雷。」

娉 pīng　見 387 頁「娉」㈡。

P

娦 pīng [竮 líng 娦] 見 317 頁「竮」字條。

平 ㊀ píng ❶ 平坦。《呂氏春秋・應同》：「～地注水，水流濕。」白居易《錢塘湖春行》：「水面初～雲腳底。」❷ 平定，平息。《詩經・小雅・常棣》：「喪亂既～，既安且寧。」《左傳・莊公十三年》：「會于北杏，以～宋亂。」（北杏：地名。）引申為太平，安定。《孟子・滕文公上》：「當堯之時，天下猶未～。」❸ 均平，齊一。《周易・乾》：「雲行雨施，天下～也。」引申為公平，公正。《詩經・小雅・節南山》：「昊天不～，我王不寧。」（昊天：天。昊 hào：大。）❹ 平和，寧靜。《呂氏春秋・適音》：「樂無太，～和者是也。」（太：指過分。）韓愈《送孟東野序》：「大凡物不得其～則鳴。」今成語有「心平氣和」。❺ 媾和，和解。《左傳・隱公七年》：「秋，宋及鄭～。」❻ 用在「旦」「午」等時間詞前，表示正當某個時刻。[平旦] 清晨。《史記・李將軍列傳》：「～～，李廣乃歸其大軍。」[平午] 中午。蘇舜欽《丙子仲冬紫閣寺聯句》：「日光～～見。」[平晝] 白天。《戰國策・趙策二》：「武靈王～～閒居。」❼ 通「評 píng」。評議。《商君書・更法》：「孝公～畫。」（畫：謀劃。）
㊁ pián ❽ [平章] 辨別彰明。《尚書・堯典》：「九族既睦，～～百姓。」（百姓：百官。）

凭 píng 靠，倚着。杜甫《遣悶》：「哀箏猶～几，鳴笛竟沾裳。」

苹 píng ❶ 草名，即藾蒿、藾蕭。《詩經・小雅・鹿鳴》：「呦呦鹿鳴，食野之～。」（呦呦 yōuyōu：鹿叫聲。）❷ 同「萍」。浮萍。《大戴禮記・夏小正》：「湟潦生～。」（湟潦：低窪積水處。）

枰 píng ❶ 樹名。司馬相如《上林賦》：「華楓～櫨。」❷ 棋局，棋盤。《晉書・杜預傳》：「時帝與中書令張華圍棋，而預表適至，華推～斂手。」

帡 píng [帡幪] 帷帳。在旁邊的叫帡，在上邊的叫幪。引申為覆蓋。《法言・吾子》：「震風陵雨，然後知夏屋之為～～也。」（夏屋：大屋。）

洴 píng [洴澼] 漂洗。《莊子・逍遙遊》：「宋人有善為不龜手之藥者，世世以～～絖為事。」（龜 jūn：裂。絖：絲絮。）

屏 ㊀ píng ❶ 對着門的矮牆，照壁。《國語・吳語》：「王背～而言。」《呂氏春秋・季秋》：「受車以級，整設於～外。」又指屏障。《詩經・大雅・板》：「大邦維～。」引申為屏風。《世說新語・言語》：「北窗作琉璃～，實密似疏。」
㊁ bǐng ❷ 隱藏。《尚書・金縢》：「爾不許我，我乃～璧與珪。」《史記・魏其武安侯列傳》：「魏其謝病，～居藍田南山之下數月。」❸ 排除。《論語・堯曰》：「尊五美，～四惡。」又指放逐。《孟子・離婁下》：「出妻～子。」❹ 抑制。《論語・鄉黨》：「～氣似不息者。」（息：呼吸。）

瓶（缾） píng 容器名。《詩經・小雅・蓼莪》：「～之罄矣。」（罄 qìng：空。）彭端淑《為學一首示子侄》：「吾一～一缽足矣。」（缽：僧人用的盛飯器皿。）

萍 píng 浮萍。《呂氏春秋・季春》：「虹始見，～始生。」（見 xiàn：出現。）文天祥《過零丁洋》：「身世浮沉雨打～。」今成語有「萍水相逢」，比喻偶然相遇。

評 píng 批評，品評。《商君書・賞刑》：「不可以～刑。」《世說新語・方正》：「黃吻年少勿為～論宿士。」（黃吻：指幼童。宿士：資深人士。）又為評語，評論的話。《南史・文學傳・鍾嶸》：「嶸品古今詩為～，言其優劣。」

馮 píng ❶ 盛，大。《左傳・昭公五年》：「今君奮焉，震電～盛。」屈原《天問》：「康回～怒，地何故以東南傾？」❷ 憤悶，煩悶。屈原《九章・思美人》：「獨歷年而離愍兮，羌～心猶未化。」（羌：語氣詞。）❸ 登。《荀子・宥坐》：「百仞之山，而豎子～而游焉。」屈原《九章・悲回風》：「～崑崙以瞰霧兮。」❹ 欺凌。《周禮・夏官・大司馬》：「～弱犯寡則眚之。」《左傳・襄公十三年》：「小人伐其技以～君子。」（伐：自誇。）❺ 徒步過河。《詩經・小雅・小旻》：「不敢～河。」《論語・述而》：「暴虎～河，死而無悔者，吾不與也。」（暴虎：徒步搏虎。與：讚許。）❻ 依靠，依仗。《左傳・哀公七年》：「魯弱晉而遠吳，～恃其眾，而背君之盟。」

軿 píng 有帷幕的車子，多供婦女乘坐。《漢書・張敞傳》：「君母出門則乘輜～。」（輜：有帷蓋的車。）

憑 píng ❶ 靠，倚着。《尚書・顧命》：「～玉几。」引申為依靠，依仗。陸機《苦寒行》：「猛虎～林嘯。」《南史・梁武帝紀》：「～險作守。」❷ 滿。屈原《離騷》：「眾皆競進以貪婪兮，～不厭乎求索。」❸ 盛，大。《列子・湯問》：「帝～怒。」《後漢書・班彪傳附班固》：「～怒雷震。」❹ 憤懣。張衡《西京賦》：「心猶～而未攄。」（攄 shū：抒發。）❺ 同「馮」。無船渡河。《洛陽伽藍記・永寧寺》：「～流而渡。」❻［憑陵］欺凌。《左傳・襄公二十五年》：「以～～我敝邑。」（敝邑：謙稱自己的國家。）

【說明】「凭」「憑」在古代是兩個不同的字，除「倚着」的意義相同外，「憑」的其他意義都不能寫作「凭」。現在「憑」簡化作「凭」。

po

坡 pō 地形傾斜的地方。杜甫《秦州雜詩》之十三：「陽～可種瓜。」

泊 pō 見 34 頁「泊」㊁。

陂 pō 見 14 頁「陂」㊂。

頗 pō ❶ 偏，不正。《尚書・洪範》：「無偏無～，遵王之義。」❷ 程度副詞。稍微。《論衡・別通》：「涉淺水者見蝦，其～深者察魚鱉，其尤甚者觀蛟龍。」古詩《陌上桑》：「二十尚不足，十五～有餘。」又為甚，很。《論衡・案書》：「而仲舒之言雩祭可以應天，土龍可以致雨，～難曉也。」（仲舒：董仲舒。）文天祥《指南錄後序》：「初至北營，抗辭慷慨，上下～驚動。」

潑 ㊀ pō△ ❶ 潑灑。《齊民要術・造神麴并酒》：「汲水二十斛，勿令人～水。」
㊁ bō△ ❷［潑潑］魚尾擺動聲。《呂氏春秋・季春》高繡注引《詩》：「鱣鮪～～。」

醱 pō△ ［醱醅 pēi］重釀未濾的酒。庾信《春賦》：「蒲桃～～。」（蒲桃：即葡萄。）

鏺 pō△ ❶ 一種兩邊有刃、裝有長柄的割草農具。《說文》：「～，兩刃，有柄，可以刈艸。」❷ 割。引申為討平。韓愈《曹成王碑》：「～廣濟。」（廣濟：地名。）

婆 pó ❶［婆娑］1. 翩翩起舞的樣子。《詩經・陳風・東門之枌》：「子仲之子，～～其下。」2. 枝葉扶疏。張籍《新桃》：「桃生葉～～。」❷ 母親。古詩《折楊柳枝歌》：「阿～不嫁女，那得孫兒抱？」後指丈夫的母親。

皤 pó ❶ 白。《周易・賁》：「賁如～如。」（賁 bì：指飾以文采。如：詞尾。）特指鬚髮白。白居易《酬別微之》：「勿嫌鬚鬢各～然。」❷ 大肚子的樣子。《左傳・宣公二年》：「～其腹。」

叵 pǒ ❶ 不可。《後漢書・呂布傳》：「布目備曰：『大耳兒最～信。』」（備：劉備。）今成語有「居心叵測」。❷ 於是，就。《後漢書・隗囂傳》：「帝知其終不為用，～欲討之。」

朴 ㊀ pò△ ❶ 樹皮。［厚朴］樹名，此樹皮厚，故稱厚朴。《漢書・司馬相如傳》：「亭柰～～。」（柰 nài：果樹名。）
㊁ pǔ△ ❷ 大。屈原《天問》：「焉得乎～牛。」❸ 通「樸 pǔ」。質樸。《莊子・胠篋》：「焚符破璽，而民～鄙。」❹ 通「撲 pū」。擊。《史記・刺客列傳》：「舉筑～秦皇帝。」（筑：古弦樂器名。）

昢 pò△ ［昢昢］日始出光明未盛的樣子。王逸《九思・疾世》：「時～～兮旦旦。」

迫（廹） pò△ ❶ 靠近，接近。《呂氏春秋・簡選》：「北～齊晉，令行中國。」司馬遷《報任安書》：

「涉旬月，～季冬。」（涉：經過。旬月：一個月。）❷ 強迫，逼迫。《孟子・滕文公下》：「～，斯可以見矣。」（斯：乃，才。）《韓非子・外儲說左上》：「不～人於阨。」引申為催促。杜甫《戲題王宰畫山水圖歌》：「能事不受相促～，王宰始肯留真跡。」❸ 急迫，緊迫。《史記・項羽本紀》：「此～矣！臣請入，與之同命。」❹ 窘迫。《左傳・襄公十八年》：「左驂～。」蘇軾《杭州上執政書》之一：「計窮理～。」

【辨析】迫、逼。見 18 頁「逼」字條。

破 pò ❶ 破碎，毀壞。《荀子・勸學》：「風至苕折，卵～子死。」（苕 tiáo：蘆葦的穗。）《呂氏春秋・誠廉》：「石可～也，而不可奪堅。」❷ 剖開，分開。《莊子・天地》：「百年之木，～為犧尊。」（犧尊：犧牛形的酒器。）引申為分析。《禮記・中庸》：「故君子語大，天下莫能載焉；語小，天下莫能～焉。」❸ 打敗，攻克。《孫子・謀攻》：「凡用兵之法，全國為上，～國次之。」（全國：使敵國完整地屈服。）

粕 pò△ 酒滓，又泛指渣滓。《淮南子・道應》：「是直聖人之糟～耳。」（直：只。）

膊 ㊀ pò△ ❶ 切成塊的肉。《淮南子・繆稱》：「故同味而嗜厚～者，必其甘之者也。」❷ 陳屍，暴露。《左傳・成公二年》：「殺而～諸城上。」

㊁ bó△ ❸ 胳膊。泛指身體上部。梁元帝《金樓子・箴戒》：「（宋蒼梧王）大怒，令此人袒～正立。」

魄 ㊀ pò△ ❶ 陰神，古人認為可以離開形體而獨立存在的精神。《左傳・昭公七年》：「人生始化曰～。」今成語有「魂飛魄散」。❷ 月亮初出或將沒時的微光。《尚書・康誥》：「惟三月哉生～。」（哉：始。）泛指月光。盧仝《月蝕》：「初露半個璧，漸吐滿輪～。」❸ 通「粕 pò」。糟粕。《莊子・天道》：「然則君之所讀者，古人之糟～已夫。」

㊁ bó△ ❹［旁魄］廣大無邊際。《荀子・性惡》：「雜能～～而無用。」

㊂ tuò△ ❺［落魄］窮困不得志。《史記・酈生陸賈列傳》：「好讀書，家貧～～，無以為衣食業。」

霸 ㊀ pò△ ❶ 農曆每月初始見的月光。後來寫作「魄」。《漢書・律曆志下》：「惟四月哉生～。」（哉：始。）

㊁ bà ❷ 春秋時諸侯的盟主。《孟子・告子下》：「五～，桓公為盛。」（五霸：指齊桓公、晉文公等五個盟主。）又為當諸侯的盟主，稱霸。《韓非子・難二》：「文公以舅犯～。」

pou

剖 pōu ❶ 破開，分開。《呂氏春秋・過理》：「～孕婦而觀其化。」《韓非子・解老》：「自天地之～判以至於今。」❷ 剖析，分辨。《後漢書・張衡傳》：「通人暗於好惡兮，豈愛惑而能～。」（通人：學識淵博通達的人。愛：通「薆」，蒙蔽，遮蔽。）

抔 póu 用雙手捧物。《禮記・禮運》：「汙尊而～飲。」（汙 wā：掘。尊：飲酒器。汙尊：掘地而成酒尊。）引申為量詞，一捧。《史記・張釋之馮唐列傳》：「假令愚民取長陵一～土，陛下何以加其法乎？」

掊 ㊀ póu ❶ 用手扒土。《漢書・郊祀志》：「見地如鉤狀，～視得鼎。」引申為用工具掘地。《齊民要術・種瓜》：「耬卻燥土，然後～坑，大如斗口。」❷ 量詞。握，捧。《論衡・調時》：「如泰山失火，沃以一杯之水；河決千里，塞以一～之土，能勝之乎？」❸ 聚集，斂取。《舊唐書・王播傳》：「播至淮南……設法～斂。」［掊克］聚斂錢財，也指聚斂錢財的人。《詩經・大雅・蕩》：「曾是～～。」（曾：竟。是：此。）《孟子・告子下》：「遺老失賢，～～在位。」（遺老：遺棄老人。）

㊁ pǒu ❹ 擊，抨擊。《莊子・人間世》：「故不終其天年，而中道夭，自～擊於世俗者也。」引申為擊破，砸碎。《莊子・胠篋》：「～斗折衡，而民不爭。」（衡：秤桿。）

裒 póu ❶ 聚集。《詩經・小雅・常棣》：「原隰～矣，兄弟求矣。」❷ 削減。

《周易・謙》：「君子以～多益寡。」❸ 通「俘 fú」。俘獲。《詩經・商頌・殷武》：「罙入其阻，～荊之旅。」（罙 mí 入：深入。）

培 pǒu 見 378 頁「培」㊁。

掊 pǒu 見 390 頁「掊」㊁。

部 pǒu 見 38 頁「部」㊁。

棓 pǒu 見 11 頁「棓」㊁。

pu

仆 pū△ 向前跌倒，仆倒。《史記・項羽本紀》：「樊噲側其盾以撞，衛士～地。」王安石《遊褒禪山記》：「有碑～道。」今成語有「前仆後繼」。

【辨析】仆、斃、僵、偃、跌。見 24 頁「斃」字條。

扑 pū△ ❶ 擊，打。《呂氏春秋・安死》：「於是乎聚羣多之徒，以深山廣澤林藪，～擊遏奪。」（林藪 sǒu：山林。）❷ 體罰的刑具。《尚書・舜典》：「～作教刑。」（作：為。教：指學校教育。）《漢書・刑法志》：「薄刑用鞭～。」

痡 pū ❶ 病，過度疲勞。《詩經・周南・卷耳》：「我僕～矣。」（僕：駕車的人。）引申為衰竭。李華《弔古戰場文》：「財殫力～。」❷ 害，危害。《尚書・泰誓下》：「作威殺戮，毒～四海。」

撲 pū△ ❶ 撲打，擊。《尚書・盤庚上》：「若火之燎于原，不可嚮邇，其猶可～滅。」（嚮邇 ěr：靠近。）《淮南子・說林》：「蔭不祥之木，為雷電所～。」今成語有「顛撲不破」。引申為撲向。韓愈《永貞行》：「蠱蟲羣飛夜～燈。」❷ 鞭子。《左傳・文公十八年》：「歜以～抶職。」（歜 chù：人名。抶 chì：鞭打。職：人名。）❸ 輕輕擦過。杜甫《白帝城放船出瞿塘峽》：「空翠～肌膚。」❹［撲朔］跳躍的樣子。《木蘭詩》：「雄兔腳～～，雌兔眼迷離。」（迷離：模糊不明的樣子。）今成語有「撲朔迷離」，指模糊難辨。

鋪 ㊀ pū ❶ 門上銜環的底座。司馬相如《長門賦》：「擠玉戶以撼金～兮。」何晏《景福殿賦》：「青瑣銀～。」（瑣：通「鎖」。）❷ 陳列，鋪開。《禮記・樂記》：「～筵席，陳尊俎。」（尊：酒器。俎：放肉的几案。）白居易《與元九書》：「引筆～紙，悄然燈前。」引申為普遍。《文心雕龍・明詩》：「故～觀列代，而情變之數可監。」

㊁ pù ❸ 商店。張籍《送楊少尹赴鳳翔》：「得錢祗了還書～。」❹ 驛站。《元史・兵志四》：「每十里或十五里、二十五里，則設一～。」

匍 pú ［匍匐］爬行。《孟子・滕文公上》：「赤子～～將入井。」（赤子：初生的嬰兒。）形容手足並用，盡力而為。《詩經・邶風・谷風》：「凡民有喪，～～救之。」

蒲 pú ❶ 香蒲，也叫蒲草，生於淺水或池沼中。《詩經・陳風・澤陂》：「彼澤之陂，有～與荷。」（陂 bēi：堤岸。）❷ 蒲柳，即水楊。《詩經・王風・揚之水》：「揚之水，不流束～。」❸ 菖蒲的簡稱。李咸用《和殷衙推春霖即事》：「柳眉低帶泣，～劍銳初抽。」（蒲劍：菖蒲的葉子狹長，古稱蒲劍。）❹［蒲伏］同「匍匐」。爬行。《史記・淮陰侯列傳》：「於是信孰視之，俛出袴下，～～。」（信：韓信。孰視：熟視，盯着看很久。）也作「蒲服」。《戰國策・秦策三》：「（伍子胥）無以餬其口，坐行～～，乞食於吳市。」❺［蒲陶］果名，漢代自西域傳入中原。《漢書・西域傳》：「漢使采～～、目宿種歸。」（目宿：即苜蓿。）後多寫作「葡萄」。王瀚《涼州詞》：「葡萄美酒夜光杯。」

酺 pú ❶ 會聚飲酒。《史記・秦始皇本紀》：「天下大～。」❷ 古人認為能給人帶來災害的神。《周禮・地官・族師》：「春秋祭～亦如之。」

僕 pú△ ❶ 古代奴隸的一個等級。泛指侍役，奴僕。《詩經・小雅・正月》：「民之無辜，并其臣～。」❷ 御者，駕車的人。《詩經・周南・卷耳》：「我馬

P

瘏矣，我～痡矣。」（瘏 tú：疲勞過度。痡 pū：疲勞過度而病。）也指駕車。《論語・子路》：「子適衛，冉有～。」❸ 謙稱自己。《呂氏春秋・高義》：「殺人者，～之父也。」司馬遷《報任安書》：「～誠以著此書，藏之名山，傳之其人。」

【說明】「仆」和「僕」本是兩個不同的字，現在「僕」簡化作「仆」。

墣 pú△ 土塊。《國語・吳語》：「王寐，疇枕王以～而去之。」

璞 pú△ 含玉的石頭或未經雕琢的玉。《韓非子・和氏》：「王乃使玉人理其～而得寶焉。」（玉人：雕琢玉的工匠。理：雕琢。）比喻質樸，淳樸。《戰國策・齊策四》：「歸反～，則終身不辱。」（反：返回。）

樸 pú 見 392 頁「樸」㊁。

濮 pú△ ❶ 古水名，為古黃河、濟水支流，今已堙。《左傳・哀公二十七年》：「齊師救鄭，及～。」[濮上] 春秋時濮水之濱以侈靡之樂聞名於世，後以濮上代稱淫靡風俗流行之地。❷ 古部族名，分佈在我國西南部。《左傳・昭公十九年》：「楚子為舟師以伐～。」

朴 pǔ 見 389 頁「朴」㊁。

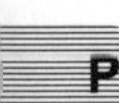

圃 pǔ ❶ 菜園，也指種植草木的園子。《詩經・豳風・七月》：「九月築場～。」《韓非子・外儲說右下》：「造父驅車入～。」比喻事物叢集處。司馬相如《上林賦》：「翱翔乎《書》～。」❷ 種菜，種菜的人。《論語・子路》：「樊遲請學稼，子曰：『吾不如老農。』請學為～，曰：『吾不如老～。』」

浦 pǔ ❶ 水濱。《詩經・大雅・常武》：「率彼淮～，省此徐土。」（率：沿着。省 xǐng：視察。）❷ 小河流入大河的入口處。沈約《早發定山》：「歸海流漫漫，出～水淺淺。」

普 pǔ 普遍，全面。《荀子・君子》：「詩曰：『～天之下，莫非王土。率土之濱，莫非王臣。』」《史記・秦始皇本紀》：「～施明法。」又指廣大。《墨子・尚賢中》：「聖人之德，若天之高，若地之～。」

溥 pǔ ❶ 廣大，大。《詩經・大雅・公劉》：「逝彼百泉，瞻彼～原。」（逝：往。）❷ 普遍。《詩經・小雅・北山》：「～天之下，莫非王土。」❸ 通「敷 fū」。分佈。《禮記・祭義》：「夫孝，置之而塞乎天地，～之而橫乎四海。」

樸 ㊀ pǔ△ ❶ 未加工成器物的木料。《老子》第二十八章：「～散則為器。」《論衡・量知》：「無刀斧之斷者謂之～。」引申為凡未曾加工、訓練過的都稱樸。《左傳・哀公十二年》：「素車～馬。」❷ 本質，本性。《老子》第十九章：「見素抱～，少私寡欲。」《呂氏春秋・論人》：「故知知一，則復歸於～。」❸ 淳樸，質樸。《荀子・彊國》：「觀其風俗，其百姓～。」《呂氏春秋・上農》：「民農則～，～則易用。」

㊁ pú△ ❹ 叢生的樹木。《詩經・大雅・棫樸》：「芃芃棫～。」（芃芃 péngpéng：草木茂密的樣子。）

譜 pǔ ❶ 按照事物的類別或系統編成的書籍。《史記・太史公自序》：「維三代尚矣，年紀不可考，蓋取之～牒舊聞。」（三代：指夏、商、周。尚：指久遠。）又為編列，編排譜表。《史記・三代世表》：「自殷以前諸侯不可得而～。」❷ 樂譜，曲譜。《隋書・音樂志》：「候節氣，作律～。」（律：樂律。）又為譜曲，作曲。辛棄疾《浣溪沙・別成上人並送性禪師》：「慣聽禽聲應可～。」

暴 pù 見 14 頁「暴」㊁。

鋪 pù 見 391 頁「鋪」㊁。

瀑 ㊀ pù△ ❶ 瀑布。《水經注・廬水》：「懸流飛～，近三百許步。」

㊁ bào ❷ 水飛濺，噴湧。貫休《山居詩》之十二：「桂華～沫雜芳馨。」

曝 pù△ 晾曬。《戰國策・燕策二》：「蚌方出～，而鷸啄其肉。」引申為暴露。《孔子家語・曲禮子夏問》：「是猶～尸於中原也。」

Q

qi

七 qī△ 基數，七。《左傳・僖公二十六年》：「桓公之子～人。」

吃 qī 見60頁「吃」㊁。

妻 ㊀ qī ❶ 妻子，男人的配偶。《孟子・離婁下》：「齊人有一～一妾而處室者。」杜甫《新婚別》：「結髮為君～，席不暖君牀。」

㊁ qì ❷ 以女嫁人。《左傳・僖公二十四年》：「文公～趙衰。」《論語・公冶長》：「子謂公冶長可～也……以其子～之。」（子：女兒。）

柒 qī△ ❶ 同「漆」。樹名。《山海經・西山經》：「又西百二十里，曰剛山，多～木。」❷ 數目字。《老學庵筆記》卷七：「壹、貳、叁、肆、伍、陸、～、捌、玖、拾，字書皆有之。」

倛 qī 古代驅趕疫鬼時用的面具。《荀子・非相》：「仲尼之狀，面如蒙～。」

攲 ㊀ qī ❶［攲嶇］傾斜不正。庾信《小園賦》：「～～兮狹室，穿漏兮茅茨。」引申指危殆。劉向《上〈山海經〉表》：「昔洪水洋溢，曼衍中國，民人失據，～～於丘陵，巢於樹木。」

㊁ guǐ ❷［蹀攲］累積。左思《魏都賦》：「輿騎朝猥，～～其中。」（猥：眾多。）

戚 qī△ ❶ 斧類兵器。後來寫作「鏚」。《詩經・大雅・公劉》：「干戈～揚。」❷ 憂愁，悲傷。《詩經・小雅・小明》：「心之憂矣，自詒伊～。」（詒yí：給。伊：那個。）《莊子・大宗師》：「哭泣無涕，心中不～。」（涕：眼淚。）❸ 親，親近。《尚書・金縢》：「未可以～我先王。」《莊子・盜跖》：「堯殺長子，舜流母弟，疏～有倫乎？」（流：流放。倫：人倫。）也指親戚，親屬。《呂氏春秋・論人》：「何謂六～？父母兄弟妻子。」❹［戚戚］1. 親近的樣子。《詩經・大雅・行葦》：「～～兄弟。」2. 憂愁的樣子。《論語・述而》：「小人長～～。」3. 心動的樣子。《孟子・梁惠王上》：「於我心有～～焉。」

悽 qī 悲傷。屈原《遠遊》：「心愁～而增悲。」［悽愴］1. 悲傷。《淮南子・本經》：「愚夫惷婦皆有流連之心，～～之志。」（惷 chōng：愚笨。）2. 寒冷。《漢書・王褒傳》：「襲貂狐之暖者，不憂至寒之～～。」

淒（凄） qī ❶ 寒涼，寒冷。《莊子・大宗師》：「～然似秋，暖然似春。」今成語有「淒風苦雨」。❷ 淒涼。《水經注・江水二》：「常有高猿長嘯，屬引～異。」杜甫《北征》：「～涼大同殿。」

萋 qī 草木茂盛的樣子。《詩經・小雅・杕杜》：「卉木～止。」（止：語氣詞。）［萋萋］茂盛的樣子。《詩經・周南・葛覃》：「維葉～～。」崔顥《黃鶴樓》：「芳草～～鸚鵡洲。」

期 ㊀ qī ❶ 約會。《詩經・鄘風・桑中》：「～我乎桑中。」（桑中：地名。）❷ 一定的時間，期限。《史記・陳涉世家》：「會天大雨，道不通，度已失～。」（會：恰巧。度 duó：估計。）又指限度。《呂氏春秋・懷寵》：「徵斂無～，求索無厭。」❸ 期望，要求。《孟子・告子上》：「至於味，天下～於易牙，是天下之口相似也。」（易牙：人名。）《呂氏春秋・察今》：「良劍～乎斷，不～乎鏌鋣。」（鏌鋣 mòyé：寶劍名。）

㊁ jī ❹ 周期。指一周年，一整月，一晝夜。《論語・陽貨》：「～可已矣。」此指周年。［期年］一周年。《左傳・襄公九年》：「行之～～，國乃有節。」（節：節餘。）《呂氏春秋・士容》：「～～乃得之。」［期月］1. 一整月。《後漢書・耿純傳》：「～～之間，兄弟稱王。」2. 一周年。《論語・子路》：「苟有用我者，～～而已可也。」

欺 qī ❶ 欺騙，欺詐。《論語・子罕》：「吾誰～，～天乎？」❷ 欺侮，欺凌。杜甫《茅屋為秋風所破歌》：「南村羣童～我老無力。」

棲（栖） ㊀ qī ❶ 鳥類停留、歇息。《詩經・王風・君子于役》：「雞～于桀。」（桀：雞棲息的木樁。）引申為獸類棲息或人停留、居住。《莊子・山木》：「夫豐狐文豹，～於山林。」（豐狐：大狐。）《國語・越語上》：「越王勾踐～於會稽之上。」❷［棲遲］遊息。《詩經・陳風・衡門》：「衡門之下，可以～～。」（衡門：橫木為門，比喻簡陋的房屋。）張衡《思玄賦》：「淹～～以恣欲兮。」（淹：停留。）

㊁ xī ❸［棲棲］忙碌不安的樣子。《詩經・小雅・六月》：「六月～～，戎車既飭。」（飭 chì：整飭。）

攲（攲） qī 傾斜。《荀子・宥坐》：「孔子觀於魯桓公之廟，有～器焉。」《新語・懷慮》：「身無境外之心，心無～斜之慮。」

僛 qī ［僛僛］醉舞歪斜的樣子。《詩經・小雅・賓之初筵》：「亂我籩豆，屢舞～～。」

漆 ㊀ qī△ ❶ 古水名，在今陝西境內。《尚書・禹貢》：「又東過～、沮，入于河。」❷ 漆樹。《詩經・唐風・山有樞》：「山有～，隰有栗。」（隰 xí：低濕的地方。）又為用漆樹汁製成的塗料。《戰國策・趙策三》：「夫膠～，至韌也，而不能合遠。」（韌 nì：黏。）又為塗漆。《史記・刺客列傳》：「豫讓又～身為厲。」（厲 lài：癩瘡。）❸ 黑。《周禮・春官・巾車》：「～車藩蔽。」又為染黑。《異物志》：「以草～齒。」

㊁ qiè ❹［漆漆］莊敬恭謹的樣子。《禮記・祭義》：「子之言祭，濟濟～～然。」（濟濟：莊敬的樣子。）

慼（慽） qī△ 憂愁，悲傷。《左傳・宣公二年》：「我之懷矣，自詒伊～。」（詒：給。伊：那個。）

踦 ㊀ qī ❶ 一隻腳。《管子・侈靡》：「其獄，一～腓一～屨而當死。」（腓：通「屝 fèi」，草鞋。屨 jù：單底鞋。當：抵。）引申為腳瘸。《易林・歸妹之睽》：「兔跛鹿～。」❷ 偏重。《戰國策・趙策四》：「齊、秦非復合也，必有～重者矣。」

㊁ jī ❸ 單，隻。《新書・諭誠》：「楚國雖貧，豈愛一～屨哉？」

㊂ yǐ ❹ 觸，用膝蓋頂住。《莊子・養生主》：「足之所履，膝之所～。」（履：踩。）❺ 同「倚」。斜靠着。《公羊傳・成公二年》：「二大夫出，相與～閭而語。」（閭：里巷的大門。）

諆 qī ❶ 欺騙。《說文》：「～，欺也。」❷ 謀劃。《後漢書・張衡傳》：「回志朅來從玄～，獲我所求夫何思！」

緝 ㊀ qī ❶ 析麻並搓接成線。《管子・事語》：「女勤於～績徽織。」（績：績麻。徽：搓繩。）《齊民要術・雜說》：「可析麻，～績布縷。」❷ 縫衣邊。《儀禮・喪服》：「斬者何？不～也。」《文心雕龍・附會》：「若築室之須基構，裁衣之待縫～矣。」❸［緝熙］光明。《詩經・大雅・文王》：「穆穆文王，於～～敬止。」（止：語氣詞。）

㊁ jí ❹ 連綴編次。《水經注・河水一》：「書策落次，難以～綴。」蕭統《文選序》：「若其贊論之綜～辭采。」引申為聚集。《後漢書・伏隆傳》：「隆招懷綏～，多來降附。」❺ 和諧，協調。《國語・晉語八》：「端刑法，～訓典。」

䫏 qī ［䫏醜］古代驅疫鬼時所用的面具，比喻相貌醜陋。《淮南子・精神》：「視毛嬙、西施猶～～也。」

魌 qī ［魌頭］狀貌醜惡的面具。《周禮・夏官・方相氏》「方相氏掌蒙熊皮……以索室歐役」鄭玄注：「冒熊皮者，以驚毆疫癘之鬼，如今～～也。」

亓 qí 同「其」。《墨子・備穴》：「～矛長七尺。」

示 qí 見 460 頁「示」㊁。

圻 ㊀ qí ❶ 京畿，天子都城周圍千里的地區。《左傳・襄公二十五年》：「且昔天子之地一～。」引申為方圓千里的地區。《左傳・昭公二十三年》：「今土數～，而郢是城，不亦難乎？」
㊁ yín ❷ 同「垠」。邊際。《淮南子・俶真》：「四達無境，通於無～。」

岐 qí ❶ 山名，在陝西岐山縣一帶。《尚書・禹貢》：「導岍及～。」❷ 分岔。《論衡・率性》：「是故楊子哭～道。」

祁 qí ❶ 大。《尚書・君牙》：「冬～寒。」❷ ［祁祁］眾多的樣子。《詩經・豳風・七月》：「春日遲遲，采蘩～～。」（遲遲：緩慢的樣子，指白天長。蘩 fán：植物名。）

其 ㊀ qí ❶ 他的，他們的。《左傳・僖公五年》：「宮之奇以～族行。」（以：帶領。）❷ 那，這。《韓非子・難一》：「～人弗能應也。」柳宗元《捕蛇者說》：「有蔣氏者，專～利三世矣。」在數詞前，表示範圍，意為「其中的」。《呂氏春秋・當務》：「齊之好勇者，～一人居東郭，～一人居西郭。」（郭：城。）❸ 連詞。連接分句，表示假設式選擇。《孟子・梁惠王上》：「～如是，孰能禦之？」（禦：阻擋。）《戰國策・韓策二》：「子以秦為將救韓乎，～不乎？」❹ 語氣詞。表示推測、反問、祈使、強調等語氣。《戰國策・齊策四》：「齊～聞之矣。」《左傳・僖公五年》：「一之謂甚，～可再乎？」（再：第二次。）《左傳・僖公四年》：「昭王之不復，君～問諸水濱！」《呂氏春秋・開春》：「功若此～大也。」❺ 形容詞或不及物動詞詞頭。《詩經・邶風・北風》：「北風～涼。」又《豳風・七月》：「八月～穫。」
㊁ jī ❻ 句末語氣詞。《詩經・小雅・庭燎》：「夜如何～？夜未央。」（央：盡，完了。）

奇 ㊀ qí ❶ 奇異，不平常。《史記・呂不韋列傳》：「此～貨可居。」陶潛《移居》之一：「～文共欣賞，疑義相與析。」❷ 出人意料，變幻莫測。《老子》第五十七章：「以～用兵。」今成語有「出奇制勝」。❸ 非常，極其。《世說新語・夙惠》：「魏武～愛之。」《酉陽雜俎・語資》：「今歲～寒，江淮之間不乃冰凍？」
㊁ jī ❹ 單數，與「偶」相對。《周易・繫辭下》：「陽卦～，陰卦偶。」比喻不順利，命運不好。《史記・李將軍列傳》：「以為李廣老，數～。」❺ 零數。《周易・繫辭上》：「歸～於扐。」（扐 lè：古代筮法，把數剩蓍草的零數掛在手指之間叫扐。）《漢書・食貨志下》：「首長八分有～。」

【辨析】 奇、異。二字本義不同，《說文》：「奇，異也。」「異，分也。」「奇」的本義是不平常、奇異；「異」的本義是分開。前者是形容詞，後者是動詞。「異」的引申義不平常、奇異，與「奇」構成同義詞。而且二字都可以用作意動詞。《史記・淮陰侯列傳》：「滕公奇其言。」《桃花源記》：「漁人甚異之。」

歧 qí 岔路。《列子・說符》：「～路之中又有～焉，吾不知所之。」（之：往。）引申為叉開，分叉。《後漢書・張堪傳》：「麥穗兩～。」

祈 qí 向天或神求告。《詩經・小雅・甫田》：「以～甘雨。」《淮南子・時則》：「為民～祀山川百源。」引申為請求。《呂氏春秋・適威》：「民日夜～用而不可得。」

祇 ㊀ qí ❶ 地神。《呂氏春秋・季冬》：「乃畢行山川之祀，及帝之大臣、天地之神～。」（畢：盡，普遍。帝之大臣：指有功於國的前世公卿。）❷ 大。《周易・復》：「無～悔。」《後漢書・郎顗傳》：「思過念咎，務消～悔。」
㊁ zhǐ（舊讀 zhī）❸ 只。《詩經・小雅・何人斯》：「胡逝我梁，～攪我心。」（逝：

往。梁：攔魚的堰。)《史記・項羽本紀》：「雖殺之，無益，～益禍耳。」

【說明】表示「只、僅僅」意義的「衹」，現在簡化作「只」。

俟 qí 見477頁「俟」㊂。

耆 ㊀ qí ❶老。《詩經・魯頌・閟宮》：「俾爾～而艾。」(艾：久，長壽。)[耆艾]尊稱老年人。《國語・周語下》：「瞽史教誨，～～修之。」❷強橫。《左傳・昭公二十三年》：「不僭不食，不懦不～。」

㊁ zhǐ ❸達到。《詩經・周頌・武》：「勝殷遏劉，～定爾功。」(遏：止。劉：殺。)

㊂ shì ❹愛好。後來寫作「嗜」。《孟子・告子上》：「口之於味也，有同～也。」《左傳・昭公二十九年》：「能求其～欲，以飲食之。」

旂 qí 旗面畫龍形、竿頭繫鈴的旗。《詩經・魯頌・閟宮》：「龍～承祀，六轡耳耳。」(承祀：繼續祭祀之禮。耳耳：華美的樣子。)泛指旗幟。《左傳・僖公五年》：「均服振振，取虢之～。」(振振：盛大的樣子。虢：國名。)

萁 qí 豆莖，豆稭。《孫子・作戰》：「～秆一石，當吾二十石。」

畦 qí(舊讀 xī) ❶土地面積單位，五十畝為畦。《說文》：「田五十畝曰～。」屈原《離騷》：「～留夷與揭車兮。」(畦：用如動詞，種一畦。留夷、揭車：芳草名。)❷壟，田間分的小區。《史記・貨殖列傳》：「千～薑韭。」

跂 ㊀ qí ❶多長出的腳趾。《莊子・駢拇》：「故合者不為駢，而枝者不為～。」(駢：指腳的大拇指與二指連在一起。枝：分支。)

㊁ qǐ ❷抬起腳後跟。《荀子・勸學》：「吾嘗～而望矣，不如登高之博見也。」《史記・韓信盧綰列傳》：「士卒皆山東人，～而望歸。」

崎 qí ❶傾斜的樣子。宋玉《高唐賦》：「磐石險峻，傾～崕隤。」王褒《九懷・昭世》：「睹軫丘之～傾。」❷[崎嶇]1.山路高低不平的樣子。張衡《南都賦》：「上平衍而曠蕩，下蒙籠而～～。」(平衍 yǎn：平坦。蒙籠：草木覆蓋不明的樣子。)2.處境困厄艱難。《史記・燕召公世家》：「燕外迫蠻貉，內措齊晉，～～強國之間，最為弱小。」

淇 qí 水名，源出河南林縣，東南經淇縣流入衛河。《詩經・衛風・氓》：「送子涉～，至于頓丘。」

娸 qí 醜化，詆毀。《漢書・敘傳下》：「安昌貨殖，朱雲作～。」

琪 qí 美玉名。《淮南子・地形》：「東方之美者，有醫毋閭之珣玗～焉。」

琦 qí ❶美玉。《抱朴子・博喻》：「溝澮之中，無宵朗之～。」(澮 kuài：田間水溝。朗：明亮。)引申為美好，珍貴。宋玉《對楚王問》：「夫聖人瑰意～行，超然獨處。」(瑰：美好。)❷通「奇 qí」。奇異，怪異。《荀子・非十二子》：「好治怪說，玩～辭。」

萁 ㊀ qí ❶豆莖，豆稈。楊惲《報孫會宗書》：「種一頃豆，落而為～。」

㊁ jī ❷草名，似荻而細，可用來編織器物。《漢書・五行志下之上》：「檿弧～服，實亡周國。」(檿 yǎn 弧：山桑木做的弓。萁服：萁草編織的箭袋。)

棋(棊、碁) qí 文娛用具，也指棋子。《左傳・襄公二十五年》：「今甯子視君不如弈～，其何以免乎？」

祺 qí 吉祥，福。《詩經・大雅・行葦》：「壽考維～。」(壽考：長壽。維：句中語氣詞。)《漢書・禮樂志》：「惟春之～。」

碕 qí 彎曲的河岸。《漢書・揚雄傳上》：「探巖排～，薄索蛟螭。」(薄：迫近。螭：傳說中一種無角的龍。)又為彎曲。左思《吳都賦》：「～岸為之不枯。」

頎 ㊀ qí ❶修長的樣子。《詩經・衛風・碩人》：「碩人其～。」(碩人：高大壯美的人。)

㊁ kěn ❷哀痛的樣子。《禮記・檀弓上》：「稽顙而後拜，～乎其至也。」(稽顙 sǎng：叩頭。)

Q

綦 qí ❶ 青黑微白色。《詩經・鄭風・出其東門》：「縞衣～巾。」❷ 鞋帶。《儀禮・士喪禮》：「乃屨～結于跗。」（跗 fū：腳面。）❸ 腳印。《漢書・揚雄傳上》：「履欃槍以為～。」（欃槍：星名。）❹ 極。《荀子・王霸》：「目欲～色，耳欲～聲。」

蜞 qí ［蟛蜞］見 380 頁「蟛」字條。

齊 ㊀ qí ❶ 整齊，一致。《莊子・天運》：「變化～一，不主故常。」《三國志・吳書・吳主傳》：「曹公望權軍，歎其～肅。」引申為相同，相等。《呂氏春秋・觀世》：「與我～者，吾不與處，無益我者也。」❷ 全，齊全。《呂氏春秋・仲冬》：「乃命大酋，秫稻必～。」（大酋：酒官之長。秫 shú：黏高粱，可以釀酒。稻：指糯米稻，也可以釀酒。）❸ 疾，敏捷。《荀子・性惡》：「～給便敏而無類。」（便敏：敏捷。）❹ 肚臍。後來寫作「臍」。《莊子・大宗師》：「頤隱於～，肩高於頂。」（頤 yí：面頰。）❺ 周代諸侯國名。又為朝代名。1. 南朝蕭道成稱帝，國號齊，史稱南齊（公元 479 － 502 年）。2. 北朝高洋稱帝，國號齊，史稱北齊（公元 550 － 577 年）。

㊁ jī ❻ 同「躋」。升，登。《荀子・禮論》：「祭，～大羹而飽庶羞。」《禮記・樂記》：「地氣上～，天氣下降。」

㊂ jì ❼ 調配，調劑。後來寫作「劑」。《韓非子・定法》：「夫匠者，手巧也；而醫者，～藥也。」引申為分量，劑量。《呂氏春秋・本味》：「調和之事，必以甘酸苦辛鹹，先後多少，其～甚微。」

㊃ zī ❽ 衣的下襬。《論語・鄉黨》：「攝～升堂，鞠躬如也。」（攝：提起。）❾ 通「粢 zī」。古代用於祭祀的穀物。《禮記・祭統》：「是故天子親耕於南郊，以共～盛。」

㊄ zhāi ❿ 齋戒，祭祀前潔淨身心以示虔敬。後來寫作「齋」。《論語・鄉黨》：「～必變食。」

旗 qí ❶ 旗幟。《左傳・莊公十年》：「吾視其轍亂，望其～靡，故逐之。」❷ 標誌。《左傳・閔公二年》：「佩，衷之～也。」（佩：指佩戴的飾物。衷：內心。）

琪 qí 古代皮冠縫合處的玉飾。《周禮・夏官・弁師》：「王之皮弁會五采玉～。」

錡 qí ❶ 一種鑿木工具。《詩經・豳風・破斧》：「既破我斧，又缺我～。」（缺：用如使動，使……殘破。）❷ 一種三腳鍋。《詩經・召南・采蘋》：「于以湘之，維～及釜。」（湘：通「鬺 shāng」，烹。）比喻山石嵌空如錡的形狀。司馬相如《上林賦》：「巖陁甗～。」（陁 chí：崖邊。甗 yǎn：一種烹煮用的炊具。）

鮨 qí 見 614 頁「鮨」㊁。

懠 qí 憤怒。《詩經・大雅・板》：「天之方～。」

騏 qí ❶ 有青黑色花紋的馬。《詩經・秦風・小戎》：「駕我～馵。」（馵 zhù：膝以上為白色的馬。）❷ ［騏驥］良馬。《荀子・勸學》：「～～一躍，不能十步。」❸ 獸名。司馬相如《子虛賦》：「乘遺風，射遊～。」（遺風：駿馬名。）❹ ［騏驎］1. 同「麒麟」。《戰國策・趙策四》：「刳胎焚夭，而～～不至。」2. 良馬。《商君書・畫策》：「～～騄駬，每一日走千里。」

騎 ㊀ qí ❶ 跨馬，騎馬。《戰國策・趙策二》：「今吾將胡服～射，以教百姓。」也指兩腿跨坐其他東西。《莊子・大宗師》：「～箕尾。」揚雄《羽獵賦》：「乘巨鱗，～京魚。」

㊁ jì ❷ 乘坐的馬。《戰國策・趙策二》：「車千乘，～萬匹。」❸ 騎兵。《史記・項羽本紀》：「沛公旦日從百餘～來見項王。」

臍 qí ❶ 肚臍。《莊子・人間世》：「支離疏者，頤隱於～。」❷ 螃蟹腹部的甲殼。唐彥謙《蟹》：「尖～猶勝團～好。」

鶀 qí 字又作䴇。小雁。《史記・楚世家》：「小臣之好射～雁、羅鸗。」（羅：用網捕鳥。鸗 lóng：鳥名。）

麒 qí ［麒麟］傳說中的神瑞之獸，雄的叫麒，雌的叫麟。《淮南子・覽冥》：「鳳凰翔於庭，～～游於郊。」喻

Q

指傑出的人物。《晉書・顧和傳》：「此吾家～～，興吾宗者，必此子也。」

鬐 qí ❶ 馬頸上的長毛。《尉繚子・制談》：「猶良驥騄駬之駃，彼駑馬～興角逐，何能紹吾氣哉！」泛指動物頸上的長毛。李公佐《古岳瀆經》：「白首長～，雪牙金爪。」❷ 魚脊鰭。《莊子・外物》：「揚而奮～。」

蘄 qí ❶ 草名。《說文》：「～，草也。」❷ 馬嚼子。張衡《西京賦》：「結駟方～。」（蘄：用如動詞，帶上嚼子。）❸ 通「祈 qí」。希望，祈求。《呂氏春秋・振亂》：「所以～有道、行有義者，為其賞也。」

蠐 qí ［蠐螬］金龜子的幼蟲。《莊子・至樂》：「烏足之根為～～，其葉為胡蝶。」

鰭 qí 魚鰭。《禮記・少儀》：「冬右腴，夏右～。」

乞 ㊀ qǐ△ ❶ 向人求討。《左傳・僖公十三年》：「晉荐饑，使～糴于秦。」（荐：頻。饑：年成不好。）《世說新語・任誕》：「欲～一頓食耳。」

㊁ qì△ ❷ 給予。《漢書・朱買臣傳》：「妻自經死，買臣～其夫錢，令葬。」（自經：自縊。）

屺 qǐ 不長草的山。《詩經・魏風・陟岵》：「陟彼～兮，瞻望母兮。」

企 qǐ 踮起腳跟。《老子》第二十四章：「～者不立。」《漢書・高帝紀》：「日夜～而望歸。」引申為仰望，嚮往。《漢書・韋賢傳》：「誰謂華高，～其齊而。」（華：華山。而：語氣詞。）韓愈《秋懷》：「生平～仁義，所學皆孔周。」

芑 qǐ ❶ 一種良種穀子，白莖。《詩經・大雅・生民》：「誕降嘉種，維秬維秠，維穈維～。」（誕：語氣詞。秬 jù：黑黍。秠 pī：良種黍子。穈 mén：一種良種穀子，赤莖。）❷ 野菜名。《詩經・小雅・采芑》：「薄言采～，于彼新田。」（薄言：動詞詞頭。）

杞 qǐ ❶ 樹名。1. 枸杞。《詩經・小雅・四牡》：「集于苞～。」（苞：草木茂盛。）2. 杞柳。《詩經・鄭風・將仲子》：「無折我樹～。」❷ 地名，又為國名。周武王封夏禹後代於杞。《呂氏春秋・慎大》：「命封夏后之後於～。」（夏后：夏君。）今成語有「杞人憂天」。

起 qǐ ❶ 動身，出發。《墨子・公輸》：「子墨子聞之，～於齊，行十日十夜而至於郢。」（郢：楚國都城。）❷ 站起。《左傳・宣公十四年》：「楚子聞之，投袂而～。」《史記・項羽本紀》：「坐須臾，沛公～如廁。」（須臾：片刻。如：往。）引申為起牀。《孟子・盡心上》：「雞鳴而～。」❸ 產生，興起。《老子》第五十七章：「人多伎巧，奇物滋～。」引申為發動，起兵。《呂氏春秋・季夏》：「不可以～兵動眾。」又引申為起事。《史記・項羽本紀》：「陳涉等～大澤中。」又引申為起用，起家。《韓非子・顯學》：「宰相必～於州部，猛將必發於卒伍。」❹ 開始。《呂氏春秋・音律》：「數將幾終，歲且更～。」《史記・李斯列傳》：「明法度，定律令，皆以始皇～。」❺ 修建。《漢書・景帝紀》：「四年春三月，～德陽宮。」❻ 啟發。《論語・八佾》：「～予者商也。」（予：我。商：卜商，人名。）

豈 ㊀ qǐ ❶ 副詞。表示反問。《詩經・小雅・采薇》：「～敢定居，一月三捷。」❷ 副詞。表示測度。《莊子・外物》：「我東海之波臣也，君～有斗升之水而活我哉？」

㊁ kǎi ❸ 同「愷」。和樂，快樂。《詩經・小雅・蓼蕭》：「宜兄宜弟，令德壽～。」（令：善，美好。）［豈弟］同「愷悌」。和樂平易。《詩經・大雅・卷阿》：「～～君子，來游來歌。」

跂 qǐ 見 396 頁「跂」㊁。

啟（啓） qǐ ❶ 開門。《左傳・隱公元年》：「夫人將～之。」（啟之：替他開門。）泛指開，打開。《列子・湯問》：「匣而藏之，未嘗～封。」引申為開拓。《尚書・武成》：「惟先王建邦～土。」❷ 開始。《詩經・大雅・公劉》：「弓矢斯張，干戈戚揚，爰方～行。」（斯：指示代詞，複指弓矢。張：

矢上弦。戚、揚：大斧。爰：於是。）又特指立春、立夏兩個節氣。《左傳・僖公五年》：「凡分至～閉，必書雲物。」（分：指春分、秋分。至：指夏至、冬至。閉：指立秋、立冬。雲物：指各種天象情況。）❸ 開導，啟發。《左傳・僖公二十三年》：「天之所～，人弗及也。」《論語・述而》：「不憤不～。」（憤：心中憋悶，有不通之處。）❹ 挺直腰和大腿坐。《詩經・小雅・采薇》：「不遑～居，玁狁之故。」（遑：閒暇。玁狁 xiǎnyǔn：殷周時我國北方的少數民族。）❺ 陳述，稟告。《吳子・圖國》：「必告以祖廟，～於元龜。」古詩《為焦仲卿妻作》：「府吏長跪告，伏惟～阿母。」又特指公文，信函。《通俗文》：「官信曰～。」蘇軾《與王敏仲》之二：「方欲奉～告別。」

棨 qǐ ❶ 木製的符信。《後漢書・百官志二》：「若外人以事當入，本宮長史為封～傳。」❷ 有衣之戟。古代官吏用為出行儀仗。《漢書・韓延壽傳》：「建幢～，植羽葆。」（羽葆：儀仗名，用鳥羽作為裝飾。）

肵 qǐ 小腿肚。《山海經・海外北經》：「無～之國，在長股東，為人無～。」

幾 qǐ 見 219 頁「幾」㊃。

綺 qǐ ❶ 一種有花紋的絲織品。《淮南子・齊俗》：「～繡縧組，青黃相錯。」（縧 tāo、組：絲帶。）❷ 美麗，華麗。《後漢書・仲長統傳》：「妖童美妾，填乎～室。」又指食物的精美，美感。李白《扶風豪士歌》：「雕盤～食會眾客。」

稽 qǐ 見 220 頁「稽」㊁。

乞 qì 見 398 頁「乞」㊁。

扢 qì 見 170 頁「扢」㊁。

汔 qì△ ❶ 乾涸。《抱朴子・詰鮑》：「～淵剖珠，傾巖刊玉。」（刊：雕刻。）❷ 庶幾，差不多。《詩經・大雅・民勞》：「民亦勞止，～可小康。」（止：語氣詞。）❸ 盡。《呂氏春秋・聽言》：「壯狡～盡窮屈。」

迄 qì△ ❶ 至，到。《詩經・大雅・生民》：「后稷肇祀，庶無罪悔，以～于今。」（后稷：周的始祖。肇：開始。庶：近，差不多。）❷ 始終，終究。《後漢書・孔融傳》：「而才疏意廣，～無成功。」

妻 qì 見 393 頁「妻」㊁。

炁 qì 同「氣」。元氣。《關尹子・六七》：「以神存～，以～存形。」

泣 qì△ ❶ 無聲流淚或低聲哭。《周易・中孚》：「得敵，或鼓或罷，或～或歌。」（鼓：擊鼓進軍。罷：停止。）《戰國策・趙策四》：「持其踵為之～。」今成語有「泣不成聲」。❷ 眼淚。《詩經・衛風・氓》：「不見復關，～涕漣漣。」《韓非子・和氏》：「～盡而繼之以血。」

【辨析】泣、號、哭、啼。見 188 頁「號」字條。

亟 qì 見 222 頁「亟」㊁。

砌 qì ❶ 臺階。謝朓《直中書省》：「蒼苔依～上。」李煜《虞美人》：「雕欄玉～應猶在。」❷ 壘起，堆積。《水經注・穀水》：「地壁悉累方石～之。」張孝祥《滿江紅・思歸寄柳州》：「想一年好處，～紅堆綠。」

契 ㊀ qì ❶ 用刀刻。《詩經・大雅・綿》：「爰～我龜。」《呂氏春秋・察今》：「遽～其舟。」❷ 券契，符信。古代券契分為左右兩半，雙方各執其一以為憑信。《老子》第七十九章：「是以聖人執左～而不責於人。」王羲之《蘭亭集序》：「若合一～。」❸ 投合。《世說新語・賢媛》：「山公與嵇、阮一面，～若金蘭。」也指志趣投合的友人。陶潛《桃花源詩》：「願言躡清風，高舉尋吾～。」

㊁ qiè△ ❹［契闊］1. 勞苦。杜甫《自京赴奉先縣詠懷五百字》：「白首甘～～。」2. 久別之情。《後漢書・獨行傳・范冉》：「行路倉卒，非陳～～之所。」

㊂ xiè△ ❺ 傳說中堯的臣子，商的始祖。《孟子・滕文公上》：「聖人有憂之，使～為司徒。」（有：又。）

【辨析】契、刻、鍥、鏤。見281頁「刻」字條。

氣 qì ❶氣，氣體。《淮南子・天文》：「陽～勝則散而為雨露，陰～勝則凝而為霜雪。」《列子・天瑞》：「虹霓也，雲霧也，風雨也，四時也，此積～之成乎天者也。」又特指氣息，即呼吸時出入之氣。《論語・鄉黨》：「攝齊升堂，鞠躬如也，屏～似不息者。」（攝：提起。齊 zī：上衣縫了邊的下襬。）引申為力氣。《史記・周本紀》：「少焉～衰力倦。」❷自然界陰陽風雨等現象。《左傳・昭公元年》：「天有六～。」又古人以十五日為一氣。《素問・六節藏象論》：「五日謂之候，三候謂之～。」❸氣味。《大戴禮記・四代》：「食為味，味為～。」曹植《洛神賦》：「～若幽蘭。」❹人的精神狀態，指勇氣、怒氣等。《左傳・莊公十年》：「夫戰，勇～也。」《戰國策・趙策四》：「太后盛～而揖之。」❺古代哲學中指構成萬物的本源。《荀子・王制》：「水火有～而無生。」《呂氏春秋・盡數》：「精～之集也，必有入也。」又古代醫學指人體生存要素之一。《呂氏春秋・盡數》：「精不流則～鬱。」

訖 qì△ ❶止，停止。《穀梁傳・僖公九年》：「毋雍泉，毋～糴。」（雍：通「壅」，阻塞。糴：買進糧食。）引申為完畢，終了。《世說新語・輕詆》：「褚公飲～，徐舉手共語。」❷畢竟，終究。《漢書・王莽傳中》：「莽以錢幣～不行，復下書。」（不行：不能流通。）❸通「迄 qì」。至，到。《尚書・禹貢》：「聲教～于四海。」

揭 qì 見247頁「揭」㊁。

棄 qì ❶拋棄，丟棄。《詩經・大雅・谷風》：「將安將樂，女轉～予。」（女 rǔ：你。）《莊子・山木》：「林回～千金之璧。」引申為廢棄，廢除。《國語・周語上》：「及夏之衰也，～稷不務。」（稷：農官名。）［棄市］在鬧市處人死刑並陳屍。《史記・魏其武安侯列傳》：「遂案其前事，遣使分曹逐捕灌氏支屬，皆得～～罪。」❷忘記。《左傳・昭公十三年》：「南蒯子仲之憂，其庸可～乎？」

愒 ㊀ qì ❶休息。《詩經・大雅・民勞》：「民亦勞止，汔可小～。」（止：語氣詞。汔 qì：差不多。）
㊁ kài ❷貪。曹操《氣出唱》之一：「心恬淡，無所～欲。」❸曠廢。《左傳・昭公元年》：「主民，玩歲而～日，其與幾何？」（主民：管理百姓的事。幾何：多久。）
㊂ hè△ ❹恐嚇。《史記・蘇秦列傳》：「日夜務以秦權恐～諸侯。」

湆 qì△ 肉汁。《儀禮・少牢饋食禮》：「又進二豆～于兩下，乃皆食。」（豆：古代盛食物的器皿。）

葺 qì△ ❶用茅草覆蓋房屋。《左傳・襄公三十一年》：「繕完～牆，以待賓客。」又為修補房屋。《左傳・昭公二十三年》：「必～其牆屋。」❷重疊。屈原《九章・悲回風》：「魚～鱗以自別兮。」

甈 qì ❶陶壺。柳宗元《井銘》：「始州之人，各以罌～負江水，莫克井飲。」（克：能。）❷乾裂，破裂。《法言・先知》：「剛則～，柔則坏。」（坏 pī：同「坯」。）

檝 ㊀ qì（舊讀 zú）△ ❶樹名。蕭穎士《江有楓》：「想彼～矣，亦類其楓。」
㊁ sè△ ❷樹枝光禿、樹葉凋落的樣子。潘岳《秋興賦》：「庭樹～以灑落兮。」

憩 qì 休息。《詩經・召南・甘棠》：「勿翦勿敗，召伯所～。」（召 shào 伯：指召康公。）

磧 qì△ ❶沙石淺灘，淺水中的沙石。《抱朴子・喻蔽》：「夫瓊瑤以寡為奇，～礫以多為賤。」❷沙漠。班固《封燕然山銘》：「經～鹵，絕大漠。」（鹵：鹽鹼地。）

器 qì ❶陶器。《老子》第十一章：「埏埴以為～。」（埏 shān：揉、和。埴 zhí：黏土。）引申為用具，器皿。《論語・衛靈公》：「工欲善其事，必先利其～。」特指標誌名位、爵號的器物。《左傳・成公二年》：「唯～與名，不可以假人。」（假：借。）❷ 度量，胸襟。《論語・八佾》：「管仲之～小哉！」《晉書・張華傳》：「～識弘曠，時人罕能測之。」❸ 才幹，能力。《周易・繫辭下》：「君子藏～於身，待時而動。」又指有才能的人，人才。《老子》第四十一章：「大～晚成。」引申為認為有才能，器重，賞識。《漢書・翟方進傳》：「上亦～其能，遂擢方進為丞相。」❹ 具體的事物。《周易・繫辭上》：「形而上者謂之道，形而下者謂之～。」《文心雕龍・情采》：「敷寫～象。」

【辨析】1. 器、皿。見350頁「皿」字條。2. 器、械。二字都可以指各種器物。其區別在於：「器」一般多指容器，「械」則指攻守之具、刑具及非容器的器具。段玉裁說：「有所盛曰器，無所盛曰械。」「器」用於抽象的各義項，「械」不具備。

鼜 qì△ 守夜的警鼓。《周禮・地官・鼓人》：「凡軍旅，夜鼓～。」又為擊鼓巡夜戒守。《周禮・夏官・掌固》：「夜三～以號戒。」

qia

掐 qiā△ ❶ 用指甲掐按。《玉篇》：「爪按曰～。」《晉書・郭舒傳》：「因遣～其鼻。」也指掐斷。《齊民要術・種葵》：「～秋菜，必留五六葉。」《顏氏家訓・風操》：「居家惟以～摘供廚。」❷ 掐指計算。吳文英《鶯啼序・荷和趙修全韻》：「新詩細～。」

恰 qià△ 適當，正好。杜甫《南鄰》：「秋水才深四五尺，野航～受兩三人。」李煜《虞美人》：「～似一江春水向東流。」

洽 ㊀ qià△ ❶ 潤澤，滋潤。《尚書・大禹謨》：「好生之德，～于民心。」❷ 合。《詩經・小雅・賓之初筵》：「以～百禮，百禮既至。」又為和諧，融洽。《詩經・大雅・江漢》：「矢其文德，～此四國。」（矢：施行。）❸ 周遍，廣博。《漢書・司馬遷傳》：「博物～聞。」

㊁ hé△ ❹ 古水名，今名金水河，源出陝西合陽北，東南流入黃河。《詩經・大雅・大明》：「在～之陽。」（陽：北岸。）

愒 qià 見250頁「愒」㊁。

髂 ㊀ qià ❶ 腰部下面腹部兩側的骨。《素問・長刺節論》：「刺兩～髎季脅肋間。」（髎 liáo：上股與尻之間的大骨。）

㊁ gé ❷ 同「骼」。骨。《漢書・揚雄傳下》：「范雎，魏之亡命也，折脅拉～，免於徽索。」（徽索：捆綁罪犯、俘虜的繩索。）

qian

千 qiān ❶ 數詞。《尚書・呂刑》：「五刑之屬三～。」❷ 通「阡 qiān」。田間南北小路。《管子・四時》：「修封疆，正～伯。」（伯：通「陌」，田間東西小路。）

仟 qiān ❶ 千的整數。《史記・陳涉世家》：「躡足行伍之間，俯仰～佰之中。」此指軍中千人。《漢書・食貨志上》：「亡農夫之苦，有～佰之得。」（亡：無。）此指千錢。❷ 通「阡 qiān」。田間南北向的小道。《漢書・食貨志上》：「壞井田，開～伯。」（伯：通「陌」，田間東西向的小路。）

阡 qiān ❶［阡陌］田間小路。南北叫阡，東西叫陌。《史記・秦本紀》：「為田開～～。」陶潛《桃花源記》：「～～交通，雞犬相聞。」又泛指田野。江淹《雜詩》：「苗生滿～～。」❷ 墳墓。杜甫《秋日夔府詠懷一百韻》：「共誰爭昔事，幾處有新～。」又指墓道。歐陽修《瀧岡阡表》：「其子修始克表於其～。」（克：能夠。）

芊 qiān ［芊芊］草木茂盛的樣子。《列子・力命》：「美哉國乎，鬱鬱～～。」［芊綿］草木茂密繁盛的樣子。謝靈運《山居賦》：「孤岸竦秀，長洲～～。」

岍 qiān 古山名，在今陝西隴縣一帶。《尚書・禹貢》：「導～及岐，至于荊山。」

Q

汧 qiān ❶ 河水溢而形成的水澤。《列子・黃帝》：「～水之潘為淵。」（潘：盤旋的水流。）❷ 古山名，即今岍山，在陝西隴縣西南。《史記・貨殖列傳》：「關中自～、雍以東至河、華，膏壤沃野千里。」❸ 古水名，即今千河，渭水支流。《史記・封禪書》：「秦文公東獵～、渭之間。」

蚈 qiān 螢火蟲。《呂氏春秋・季夏》：「腐草化為～。」

牽 ㊀ qiān ❶ 拉，挽。《孟子・梁惠王上》：「有～牛而過堂下者。」今成語有「牽強附會」。❷ 牽連，牽涉。《後漢書・梁商傳》：「辭語多所～及。」❸ 牽制，拘泥。《呂氏春秋・離俗》：「不漫於利，不～於世。」
㊁ qiàn ❹ 挽船的繩索。後來寫作「縴」。高啟《贈楊滎陽》：「水急船斷～。」

掔 qiān ❶ 堅固。《墨子・迎敵祠》：「令命昏緯狗纂馬，～緯。」（緯：束。纂：繫。）❷ 牽引。《史記・鄭世家》：「鄭襄公肉袒～羊以迎。」❸ 除去。《莊子・徐无鬼》：「君將黜耆欲，～好惡，則耳目病矣。」（黜：去掉。）

嵌 ㊀ qiān ❶ 張開的樣子。揚雄《甘泉賦》：「～巖巖其龍鱗。」（巖巖：張開的樣子。）❷ 深陷。姚合《惡神行雨》：「雨漴山口地～坑。」（漴 chuáng：雨疾速落下。）又指深陷的洞穴。盧照鄰《五悲・悲昔遊》：「因～巖以為室。」（巖：山洞。）
㊁ qiàn ❸ 鑲嵌，把東西填在空隙裏。趙希鵠《古鐘鼎彝器辨》：「余嘗見夏琱戈，於銅上相～以金，其細如髮。」（琱 diāo：刻。）

愆 qiān ❶ 罪過，過失。《尚書・冏命》：「中夜以興，思免厥～。」（興：起來。厥：其。）韓愈《祭十二郎文》：「其不有年，以補我～。」引申為遭罪，受苦。屈原《九章・哀郢》：「何百姓之震～？」❷ 過，超過。《詩經・衛風・氓》：「匪我～期，子無良媒。」❸ 惡疾。《左傳・昭公二十六年》：「至于夷王，王～于厥身。」（愆于厥身：患惡疾於其身。）

鉛（鈆） qiān ❶ 金屬名。《淮南子・齊俗》：「～不可以為刀。」❷ 鉛粉，用作搽臉的化妝品。《文心雕龍・情采》：「～黛所以飾容。」

僉 qiān 皆，都。《尚書・堯典》：「～曰：『於，鯀哉！』」（於 wū：歎詞。）又為眾，眾人。沈約《為齊帝作王亮王瑩加授詔》：「～望所歸。」

慳 qiān ❶ 吝嗇。《宋書・王玄謨傳》：「劉秀之儉吝，常呼為老～。」［慳悋］吝嗇。韓愈《辭唱歌》：「復遣～～者，贈金不皺眉。」字也作「慳吝」。❷ 少，缺少。陸游《懷昔》：「澤國氣候晚，仲冬雪猶～。」

搴 qiān 拔取，採摘。屈原《九歌・湘君》：「采薜荔兮水中，～芙蓉兮木末。」司馬遷《報任安書》：「外之又不能備行伍，攻城野戰，有斬將～旗之功。」引申為撩起。曹植《棄婦》：「～帷更攝帶，撫弦彈鳴箏。」

遷 qiān ❶ 登，向上移。《詩經・小雅・伐木》：「出自幽谷，～于喬木。」泛指遷移。《尚書・盤庚》：「盤庚～于殷。」《論語・雍也》：「不～怒，不貳過。」（不貳過：不犯同樣的錯誤。）引申為變更，變動。《禮記・大傳》：「有百世不～之宗。」（宗：祖廟。）❷ 調動官職。多指升官。《史記・酷吏列傳》：「禹以刀筆吏積勞，稍～為御史。」（禹：趙禹。稍：漸漸。）《後漢書・張衡傳》：「再～為太史令。」［左遷］降職，貶官。《史記・韓信盧綰列傳》：「項王王諸將近地，而王獨居此，此～～也。」❸ 放逐。《尚書・皋陶謨》：「何～乎有苗。」《史記・屈原賈生列傳》：「頃襄王怒而～之。」

【辨析】遷、徙。在「遷移」的意義上，二者是同義詞。在「調動官職」的意義上，「遷」多指升官，「徙」則指一般的調職或降職。

褰 qiān ❶ 套褲。《左傳・昭公二十五年》：「公在乾侯，徵～與襦。」（徵：收取。襦：短衣。）❷ 提起衣服。《詩經・鄭風・褰裳》：「子惠思我，～裳涉溱。」（溱：水名。）引申為開，散開。

《水經注・江水》：「自非煙～雨霽，不辨此遠山矣。」（自非：若非。霽：雨止。）

謙 qiān ❶ 謙遜。《尚書・大禹謨》：「滿招損，～受益。」❷ 通「慊 qiè」。滿足，滿意。《禮記・大學》：「所謂誠其意者，毋自欺也，如惡惡臭，如好好色，此之謂自～。」（惡臭 èxiù：不好的氣味。好 hǎo 色：美好的容顏，指美女。）

簽（籤） qiān ❶ 簽注，用文字或記號標識。司馬光《乞降臣民奏狀劄子》：「委執政官擇其可取者用黃紙～出。」❷ 竹籤。《宋史・王珪傳》：「削竹～十六，穿於革。」又為用竹籤刺。《新唐書・酷吏傳序》：「拉脅～爪。」❸ 徵調。《元史・世祖紀四》：「丙寅，～徐、邳二州丁壯萬人，戍邳州。」

攐 qiān ❶ 拔取。《淮南子・俶真》：「今萬物之來也，擢拔吾悟，～取吾情。」❷ 用手提起衣裳。《淮南子・人間》：「江之始出於岷山也，可～衣而越也。」❸ 簡慢。《淮南子・齊俗》：「子之賓有三過；望我而笑，是～也……」

騫 qiān ❶ 虧缺，損傷。《詩經・小雅・天保》：「如南山之壽，不～不崩。」《後漢書・李杜傳論》：「夫專為義則傷生，專為生則～義。」❷ 仰首的樣子。景差《大招》：「王虺～只。」（王虺 huǐ：大蛇。只：語氣詞。）❸ 驚懼。顏延之《車駕幸京口三月三日侍遊曲阿後湖作》：「人靈～都野。」❹ 通「愆 qiān」。過失，延誤。《荀子・正名》：「長夜漫兮，永思～兮。」劉琨《扶風歌》：「惟昔李～期，寄在匈奴庭。」❺ 通「搴 qiān」。拔取。《漢書・楊僕傳》：「將軍之功……非有斬將～旗之實也。」❻ 通「騫 xiān」。飛。張衡《西京賦》：「鳳～翥於甍標。」（翥 zhù：飛舉。）

韆 qiān ［鞦韆］見 415 頁「鞦」字條。

拑 qián 夾住，夾持。《戰國策・燕策二》：「蚌方出曝，而鷸啄其肉，蚌合而～其喙。」（鷸 yù：一種水鳥。喙 huì：鳥嘴。）引申為閉。《史記・秦始皇本紀》：「～口而不言。」

前 qián ❶ 向前，走上前去。《左傳・昭公元年》：「二執戈者～矣。」《戰國策・趙策三》：「酒酣，起，～，以千金為魯連壽。」今成語有「勇往直前」。❷ 與「後」相對。指方位或時間。《論語・子罕》：「瞻之在～，忽焉在後。」《呂氏春秋・報更》：「孟嘗君～在於薛，荊人攻之。」

虔 qián ❶ 威武的樣子。《詩經・商頌・長發》：「武王載旆，有～秉鉞。」（旆：通「發」，發兵，征伐。鉞：大斧。）❷ 恭敬。《左傳・成公十六年》：「～卜於先君也。」❸ 殺害。《左傳・成公十三年》：「～劉我邊陲。」（劉：殺。）又為砍伐，截斷。《詩經・商頌・殷武》：「是斷是遷，方斫是～。」（遷：移。）❹ 劫掠，奪取。《尚書・呂刑》：「奪攘矯～。」（攘：侵奪。矯：騙取。）

乾 ㊀ qián ❶ 八卦之一。又為六十四卦之一。代表天。《周易・說卦》：「～為天，為圜，為君，為父……」［乾坤］本為乾卦和坤卦，用以代表天地。班固《典引》：「經緯～～。」（經緯：治理。）
㊁ gān ❷ 乾，與「濕」相對。《呂氏春秋・別類》：「濕之則為～。」杜甫《茅屋為秋風所破歌》：「牀頭屋漏無～處。」❸ 枯竭。《左傳・僖公十五年》：「外強中～。」《呂氏春秋・順民》：「三年苦身勞力，焦脣～肺。」

揵 ㊀ qián ❶ 舉起。司馬相如《上林賦》：「～鰭掉尾。」（掉：搖。）❷ 豎立。《後漢書・馮衍傳》：「～六枳而為籬兮。」
㊁ jiàn ❸ 關閉，堵塞。《莊子・庚桑楚》：「夫外韄者，不可繁而捉，將內～。」（韄：束縛。繁：急。捉：握。）

鈐 ㊀ qián ❶ 鎖。郭璞《爾雅序》：「夫《爾雅》者，……誠九流之津涉，六藝之～鍵。」❷ 印章，又為蓋印章。《陔餘叢考》卷三十二：「官曹文案，於紙縫上～印。」
㊁ quán ❸ 同「權」。權變。《淮南子・詮言》：「有大地者，以有常術而無～謀。」

犍 qián 見234頁「犍」㊁。

鉗 qián ❶夾住。《莊子・胠篋》：「削曾史之行，～楊墨之口。」（曾史：指曾參和史魚。楊墨：指楊朱和墨翟。）❷古代刑具，束頸的鐵圈。又為以鐵圈束頸。司馬遷《報任安書》：「季布為朱家～奴。」（季布、朱家：人名。）《漢書・楚元王傳》：「楚人將～我於市。」

潛 qián ❶在水下活動。《莊子・達生》：「至人～行不窒，蹈火不熱。」《淮南子・泰族》：「水～陸行，各得其所寧焉。」引申為隱藏，隱蔽。《荀子・議兵》：「窺敵觀變，欲～以深。」范仲淹《岳陽樓記》：「山嶽～形。」❷深，深處。曹植《洛神賦》：「指～淵而為期。」[潛心] 思想專一。《漢書・董仲舒傳贊》：「～～大業。」❸祕密，悄悄。《左傳・僖公三十二年》：「若～師以來，國可得也。」杜甫《春夜喜雨》：「隨風～入夜，潤物細無聲。」❹古代積柴水中供魚棲止稱「潛」。《詩經・周頌・潛》：「～有多魚。」

黔 qián ❶黑色。《淮南子・脩務》：「孔子無～突，墨子無暖席。」（突：煙囪。）又用作動詞，指染黑。《莊子・天運》：「夫鵠不日浴而白，烏不日～而黑。」[黔首] 平民百姓。《呂氏春秋・古樂》：「功名大成，～～安寧。」❷貴州一帶的簡稱。柳宗元《三戒・黔之驢》：「～無驢。」

錢 qián 見236頁「錢」㊁。

燂 qián ❶燒熱，熱。《禮記・內則》：「五日則～湯請浴。」❷烤爛。《周禮・考工記》：「撟角欲孰於火而無～。」（撟：用火烤使物體彎曲。）

燖 qián ❶古代祭祀用的在熱水中燙得半熟的肉。《夢溪筆談・辯證一》：「祭祀有腥、～、熟三獻。」❷用熱水燙後去毛。《水經注・若水》：「又有温水，冬夏常熱，其源可～雞豚。」

淺 ㊀ qiǎn ❶水淺，與「深」相對。《詩經・邶風・谷風》：「就其～矣，泳之游之。」泛指淺，與「深」相對。《呂氏春秋・節喪》：「葬～則狐狸扣之。」（扣：掘。）❷膚淺，淺薄。《左傳・昭公十二年》：「深思而～謀。」王安石《本朝百年無事劄子》：「臣以～陋，誤承聖問。」❸狹，窄小。《呂氏春秋・先己》：「吾地不～，吾民不寡。」❹時間短。《戰國策・趙策二》：「寡人年少，莅國之日～。」司馬遷《報任安書》：「相見日～。」

㊁ jiān ❺[淺淺] 水流急速的樣子。屈原《九歌・湘君》：「石瀨兮～～，飛龍兮翩翩。」

嗛 qiǎn 見551頁「嗛」㊁。

遣 qiǎn ❶放走，送走。《國語・越語下》：「三年，而吳人～之。」《漢書・張騫傳》：「大宛以為然，～騫。」❷派遣。《韓非子・存韓》：「秦遂～斯使韓也。」（斯：李斯。）❸放逐，貶謫。《左傳・哀公二十五年》：「使吏～諸其室。」韓愈《柳子厚墓誌銘》：「中山劉夢得禹錫亦在～中。」（中山：地名。劉夢得禹錫：劉禹錫，字夢得。）❹排遣，排除。杜甫《白水崔少府十九翁高齋三十韻》：「贈此～愁寂。」❺使，令。《齊民要術・雜說》：「先耕蕎麥地，次耕餘地，務～深細。」

【辨析】遣、送。二字在「使人離開所在地」的意義上相同，《說文》：「送，遣也。」它們的區別在於，《說文》：「遣，縱也。」「遣」是打發人離開某地，很多情況是上對下，或主動者對被動者。「送」則一般是送別，送別者與離開者一般同行一段再使之離開。二字其他意義不相通。

繾 qiǎn [繾綣] 1. 牢固，不離散。《左傳・昭公二十五年》：「～～從公，無通外內。」2. 情意纏綿，難分難捨的樣子。白居易《寄元九》：「豈是貪衣食，感君意～～。」

譴 qiǎn ❶譴責，責備。《詩經・小雅・小明》：「豈不懷歸，畏此～怒。」引申為貶謫。劉禹錫《上杜司徒書》：「又不得已而～，則為之擇地以居。」❷ 罪過。《後漢書・蔡邕傳》：「欲以改政思～，除凶致吉。」

欠 qiàn ❶ 打呵欠。《儀禮・士相見禮》：「君子～伸。」❷ 缺少。白居易《寒食夜》：「四十如今～一年。」引申為虧欠。《舊唐書・宣宗紀》：「今後凡隱盜～負，請如官典犯贓例處分。」

芡 qiàn 一種水生植物，也叫雞頭。種子叫芡實或雞頭米。《呂氏春秋・恃君》：「夏日則食菱～。」

茜 qiàn 茜草。根可作紅色染料。《史記・貨殖列傳》：「若千畝卮～，千畦薑韭，此其人皆與千戶侯等。」（卮 zhī：野生植物，紫赤色，可製胭脂。）借指大紅色。白居易《城東閒行因題尉遲司業水閣》：「老著～衫行。」（著：穿着。）

倩 ㊀ qiàn ❶ 笑容美好的樣子。《詩經・衛風・碩人》：「巧笑～兮。」❷ 古代對男子的美稱。《漢書・循吏傳・朱邑》：「昔陳平雖賢，須魏～而後進。」㊁ qìng ❸ 女婿。《史記・扁鵲倉公列傳》：「黃氏諸～，見建家京下方石，即弄之。」❹ 拜託，請求。《列女傳・魯漆室女》：「鄰人女奔隨人亡，其家～吾兄行追之。」

牽 qiàn 見 402 頁「牽」㊁。

嵌 qiàn 見 402 頁「嵌」㊁。

傔 qiàn ❶ 滿足。《呂氏春秋・知士》：「剗而類，揆吾家，苟可以～劑貌辨者，吾無辭為也。」（劑貌辨：人名。）❷ 侍從，僕役。《舊唐書・裴度傳》：「已殺其二～。」

慊 ㊀ qiàn（舊讀 qiǎn） ❶ 不滿足，遺憾。《孟子・公孫丑下》：「彼以其爵，我以吾義，吾何～乎哉！」（慊：用作意動，認為少。）《淮南子・齊俗》：「衣若縣衰，而意不～。」

㊁ qiè△ ❷ 滿足，快意。《莊子・天運》：「盡去而後～。」《呂氏春秋・本生》：「今有聲於此，耳聽之必～已。」

㊂ xián ❸ 疑惑。《漢書・趙充國傳》：「雖亡尺寸之功，偷得避～之便。」（亡：無。偷：苟且。）

塹 qiàn 壕溝。《墨子・備城門》：「～中深丈五，廣比肩。」（廣：寬。）《隋書・五行志下》：「長江天～，古以為限隔南北。」用作動詞，挖掘壕溝。《左傳・襄公十八年》：「齊侯禦諸平陰，～防門而守之。」

歉 qiàn ❶ 食不足，引申為一般的不足，缺乏。《宋書・明帝紀》：「公私～弊。」李商隱《行次西郊作一百韻》：「腹～衣裳單。」❷ 年成歉收。《論衡・對作》：「建初孟年，中州頗～。」《宋史・黃廉傳》：「是使民遇豐年思～歲也。」

綪 ㊀ qiàn ❶ 紅色繒。《說文》：「～，赤繒也。」引申為赤色。《左傳・定公四年》：「分康叔以大路、少帛、～茷。」（路：車。茷：旗。）

㊁ zhēng ❷ 屈曲。《儀禮・士喪禮》：「獻材于殯門外，西面北上，～。」

槧 qiàn ❶ 尚未書寫的書版。揚雄《答劉歆書》：「雄常把三寸弱翰，齎油素四尺，以問其異語，歸即以鉛摘次之於～。」（弱翰：毛筆。齎 jī：帶着。油素：光滑的白絹。）後指刻成的書籍或版本。《東觀餘論・跋洛陽所得杜少陵詩後》：「於法堂壁間弊篋中得此帙，所錄杜子美詩，頗與今行～本小異。」❷ 簡札，文書。王令《贈別晏成績懋父太祝》：「幸因西南風，時作寄我～。」

縴 qiàn 拉船或牲畜的繩子。劉禹錫《觀市》：「馬牛有～。」吳嘉紀《挽船行》：「新婦為～夫。」

qiang

羌 qiāng ❶ 古代西部少數民族名。《呂氏春秋・義賞》：「氐～之民，其虜也，不憂其係累，而憂其死不焚也。」❷ 句首語氣詞。屈原《離騷》：「～內恕己以量人兮。」

戕 qiāng ❶ 殘害，殘殺。《左傳・襄公三十一年》：「閽～戴吳。」（閽：守門人。戴吳：吳王余祭。）❷ 毀壞。《左傳・襄公二十八年》：「陳無宇濟水而～舟發梁。」（濟：渡。梁：橋。）

斨 qiāng 方孔的斧。《詩經・豳風・七月》：「取彼斧～。」

控 qiāng 見 283 頁「控」㊁。

將 qiāng 見 241 頁「將」㊂。

腔 qiāng ❶ 人或動物身體中空的部分。《齊民要術・養牛馬驢騾》：「腸欲充，～欲小。」❷ 曲調，說話的腔調。黃庭堅《送彥孚主簿》：「白雪不同～。」

搶 qiāng ❶ 碰，撞。《莊子・逍遙遊》：「我決起而飛，～榆枋。」（決 xuè：迅速的樣子。枋 fáng：檀樹。）《戰國策・魏策四》：「布衣之怒，亦免冠徒跣，以頭～地爾。」（跣：赤腳。）字又作「槍」。今成語有「呼天搶地」。❷ 逆。蘇舜欽《城南歸值大風雪》：「低頭～朔風，兩眼不敢開。」

槍 qiāng ❶ 兩頭尖的木棍，可以作為武器，也可以作為工具。《墨子・備城門》：「～二十枚。」後世指長柄尖頭的武器。《舊五代史・王彥章傳》：「常持鐵～，衝堅陷陣。」❷ 通「搶 qiāng」。觸，碰撞。司馬遷《報任安書》：「見獄吏則頭～地。」

蹌 qiāng ［蹌蹌］步履從容有威儀的樣子。《詩經・大雅・公劉》：「～～濟濟，俾筵俾几。」（濟濟：從容端莊的樣子。俾：使。筵、几：皆用作動詞。）

鎗 ㊀ qiāng ❶ 同「鏘」。金玉撞擊聲。《淮南子・說山》：「范氏之敗，有竊其鐘負而走者，～然有聲。」（范氏：指范吉射。）❷ 同「槍」。一種兵器，長柄的一端裝有金屬尖頭。諸葛亮《將苑・地勢》：「蘆葦相參，竹樹交映，此～矛之地也。」

㊁ chēng ❸ 鼎一類的烹煮器具。《南史・孝義傳上・陳遺》：「初吳郡人陳遺，少為郡吏，母好食～底飯。」

鏘 qiāng 金玉相擊聲。《禮記・玉藻》：「然後玉～鳴也。」［鏘鏘］象聲詞。形容鈴聲、鳥鳴聲、風聲等。《詩經・大雅・烝民》：「八鸞～～。」（鸞：通「鑾」，掛在馬鑣上的鈴。）

強(强、彊) ㊀ qiáng ❶ 弓有力。《呂氏春秋・壅塞》：「齊宣王好射，說人之謂己能用～弓也。」（說 yuè：喜歡。）又指有力的弓。杜甫《前出塞》之六：「挽弓當挽～。」❷ 強健，堅硬。《荀子・勸學》：「螾無爪牙之利，筋骨之～。」（螾 yǐn：蚯蚓。）❸ 強大。《孟子・梁惠王上》：「弱固不可以敵～。」❹ 略多，有餘。《木蘭詩》：「賞賜百千～。」

㊁ qiǎng ❺ 竭力，堅決。《戰國策・趙策三》：「太后不肯，大臣～諫。」❻ 勉力，努力。《禮記・學記》：「知困然後能自～也。」又指勉強。《史記・留侯世家》：「留侯不得已，～聽而食。」今成語有「強人所難」。❼［強葆］同「襁褓」。嬰兒被子。《史記・魯周公世家》：「成王少，在～～之中。」

嬙 qiáng 古代宮廷女官名。《左傳・哀公元年》：「宿有妃～嬪御焉。」

薔 qiáng ❶ 草名。《管子・地員》：「山之材，其草兢與～。」（兢：草名。）❷［薔薇］一種落葉灌木。陶潛《問來使》：「～～葉已抽，秋蘭氣當馥。」（馥：香。）

檣 qiáng 桅杆。王粲《從軍詩》之二：「拊襟倚舟～。」蘇軾《念奴嬌・赤壁懷古》：「～櫓灰飛煙滅。」代指船。《宋書・謝靈運傳》：「靈～千艘。」

牆(墻) qiáng ❶ 磚石或土等築成的屏障或外圍。《論語・公冶長》：「糞土之～不可圬也。」《韓非子・說難》：「天雨～壞。」❷ 古代出殯時柩車飾棺的帷幔。《禮記・檀弓上》：「飾棺～，置翣。」（翣 shà：出殯時的棺飾。）

強(强、彊) qiǎng 見 406 頁「強(强、彊)」㊁。

襁 qiǎng 背嬰兒的寬帶子。《論語・子路》：「夫如是，則四方之民～負其子而至矣。」［襁褓］包裹嬰兒的寬帶或布兜。《史記・衛青霍去病列傳》：「臣青子在～～中。」

鏹 qiǎng 成串的錢。左思《蜀都賦》：「藏～巨萬。」（巨萬：萬萬，極言數量多。）泛指錢幣。白居易《贖雞》：「與爾～三百。」

qiao

毳 qiāo 見84頁「毳」㊁。

敲 qiāo ❶擊打。《左傳・定公二年》：「奪之杖以～之。」賈島《題李凝幽居》：「僧～月下門。」❷短杖。賈誼《過秦論》：「執～扑以鞭笞天下。」

墝 qiāo 土質堅硬瘠薄。《荀子・儒效》：「相高下，視～肥，序五種，君子不如農人。」[墝埆] 土地瘠薄。《墨子・親士》：「～～者其地不育。」

磝 qiāo 見5頁「磝」㊁。

橇 qiāo 在泥中行走的工具。《史記・夏本紀》：「泥行乘～。」

骹 ㊀ qiāo ❶小腿。《說文》：「～，脛也。」又泛指器物的腳。《南史・王亮傳》：「當作無～尊傍犬，為犬傍無～尊？」

㊁ xiāo ❷響箭。元稹《江邊四十韻》：「破竹箭鳴～。」

幧 qiāo [幧頭] 古代男子束髮的頭巾。古詩《日出東南隅行》：「少年見羅敷，脫帽著～～。」

磽 qiāo 同「墝」。土地瘠薄。《孟子・告子上》：「雖有不同，則地有肥～，雨露之養、人事之不齊也。」（不齊：指收穫不同。）

鍬（𨱍） qiāo 一種掘土工具。又叫「臿」。《齊民要術・種桃柰》：「栽法，以～合土掘移之。」

蹺 qiāo 抬起腳後跟。《司馬温公詩話》：「～後立多時。」

蹻 ㊀ qiāo ❶腳向上抬。《漢書・高帝紀下》：「亡可～足待也。」

㊁ jué△ ❷[蹻蹻] 1. 威武強壯的樣子。《詩經・大雅・崧高》：「四牡～～。」（牡：公馬。）2. 驕傲的樣子。《詩經・大雅・板》：「小子～～。」❸草鞋。《戰國策・秦策一》：「贏縢履～，負書擔橐。」

招 qiáo 見663頁「招」㊁。

荍 qiáo ❶植物名。也叫錦葵、荊葵。《詩經・陳風・東門之枌》：「視爾如～，貽我握椒。」（握椒：一把椒。）❷同「蕎」。蕎麥。《新唐書・高承簡傳》：「野有～實，民得以食。」

喬 qiáo ❶高。《尚書・禹貢》：「厥木惟～。」《詩經・小雅・伐木》：「出自幽谷，遷于～木。」後以「喬遷」喻人遷居或升官。❷通「驕 jiāo」。傲慢。《禮記・表記》：「～而野。」

僑 qiáo ❶高。《說文》：「～，高也。」❷客居他鄉。《韓非子・亡徵》：「羈旅～士，重帑在外。」也指客居他鄉之人。《晉書・桓宣傳》：「宣久在襄陽，綏撫～舊。」（舊：指當地人。）

嶠（嶠） qiáo 高而尖的山，也泛指山。謝朓《登山曲》：「升～既小魯，登巒且悵齊。」又用以形容山高。《淮南子・泰族》：「懷柔百神，及河～嶽。」

憔（顦） qiáo [憔悴] 1. 臉色黃瘦枯乾。屈原《漁父》：「顏色～～。」2. 勞苦，困頓。《孟子・公孫丑上》：「民之～～於虐政，未有甚於此時者也。」

蕎 qiáo [蕎麥] 植物名。白居易《春夜》：「月明～～花如雪。」

橋 ㊀ qiáo ❶桔槔，井上提水工具。也指桔槔上的橫木。《禮記・曲禮上》：「奉席如～衡。」《淮南子・主術》：「～直植立而不動。」❷器物上的橫樑。《儀禮・士昏禮》：「笲緇被纁裏，加于～。」（笲 biàn：竹器。緇：黑色。纁 xūn：紅色。）❸橋樑。《史記・秦本紀》：「初作河～。」

㊁ jiǎo ❹山行的工具。《史記・河渠書》：「山行即～。」

【辨析】橋、梁。見309頁「梁」字條。

樵 qiáo ❶薪柴。《左傳・桓公十二年》：「輕則寡謀，請無扞采～者以誘之。」《史記・貨殖列傳》：「百里不販～。」又指打柴。《詩經・小雅・白華》：「～彼桑薪。」也指打柴的人。李白《古風》之五十八：「～牧徒悲哀。」❷ 通「譙 qiáo」。用於瞭望的譙樓。《漢書・趙充國傳》：「為塹壘木～，校聯不絕。」（塹壘：深坑高壘的防禦工事。校聯：指營壘相連。）

【辨析】樵、柴、蕘、薪。見46頁「柴」字條。

瞧 qiáo ❶ 眼睛昏花。嵇康《難自然好學論》：「睹文籍則目～。」❷ 偷看。關漢卿《新水令》：「怕別人～見咱。」

翹 qiáo ❶ 鳥尾的長羽。宋玉《招魂》：「砥室翠～。」代指鳥尾。劉向《九歎・遠遊》：「搖～奮羽。」❷ 舉，舉起。《淮南子・脩務》：「～尾而走，人不能制。」《史記・高祖本紀》：「大臣內叛，諸侯外反，亡可～足而待也。」❸ 突出，傑出的人才。《抱朴子・勖學》：「陶冶庶類，匠成～秀。」

趫 qiáo ❶ 行動輕捷，矯健。張衡《西京賦》：「非都盧之輕～，孰能超而究升？」（都盧：國名。）❷ 壯盛。《呂氏春秋・悔過》：「襲國邑，以車不過百里，以人不過三十里，皆以其氣之～與力之盛至。」

譙 qiáo 見409頁「譙」㊁。

巧 qiǎo ❶ 技巧，技藝。《孟子・離婁上》：「離婁之明，公輸子之～，不以規矩，不能成方圓。」❷ 機敏，靈巧。《孫子・九地》：「此謂～能成事者也。」引申為擅長。《荀子・哀公》：「昔舜～於使民，而造父～於使馬。」❸ 美好的，動人的。《詩經・衛風・碩人》：「～笑倩兮，美目盼兮。」❹ 虛偽不實，欺詐。《呂氏春秋・論人》：「釋智謀，去～故。」（釋：放棄。）《淮南子・本經》：「設詐以～上。」今成語有「巧取豪奪」。

悄 qiǎo ❶ 憂愁的樣子。《詩經・陳風・月出》：「勞心～兮。」（勞心：憂心。）❷ 寂靜無聲或聲音很小。白居易《琵琶行》：「東船西舫～無言。」（舫：船。）蘇軾《蝶戀花》：「笑漸不聞聲漸～。」❸［悄悄］1. 憂愁的樣子。《詩經・邶風・柏舟》：「憂心～～。」阮籍《詠懷詩》：「～～令人悲。」2. 寂靜。元稹《鶯鶯傳》：「更深人～～。」

愀 qiǎo ［愀然］1. 容色改變的樣子。《莊子・讓王》：「孔子～～變容。」2. 憂愁的樣子。《荀子・富國》：「～～憂戚。」［愀愴］憂傷。嵇康《琴賦》：「～～傷心。」

俏 qiào ❶ 美麗。柳永《小鎮西》：「芳顏二八，天然～。」❷ 通「肖 xiào」。相似。《列子・力命》：「佹佹成者，～成也，初非成也。」（佹佹 guīguī：幾乎，將要。）

帩 qiào ［帩頭］男子裹髮的巾。古詩《陌上桑》：「少年見羅敷，脫帽著～～。」

峭 qiào ❶ 山勢險峻，陡直。屈原《九章・悲回風》：「上高巖之～岸兮。」❷ 嚴刻，嚴峻。《韓非子・五蠹》：「故明王～其法而嚴其刑也。」《淮南子・原道》：「夫～法刻誅者，非霸王之業也。」❸ 指風或寒氣的尖利。孟郊《秋懷》：「～風梳骨寒。」［料峭］指乍暖時的寒意。蘇軾《定風波》：「～～春風吹酒醒，微冷。」

殼 qiào△ 堅硬的外皮。《論衡・超奇》：「有皮～於外。」

誚 qiào 責備。《呂氏春秋・疑似》：「丈人歸，酒醒而～其子。」（丈人：對老者的尊稱。）引申為譏諷。孔稚珪《北山移文》：「列壑爭譏，攢峯竦～。」（壑：山溝。攢峯：聚在一起的山峯。）

撽 qiào 從旁敲擊。《莊子・至樂》：「莊子之楚，見空髑髏，髐然有形，～以馬捶。」（髐 xiāo：枯骨暴露的樣子。）

鞘 ㊀ qiào ❶ 裝刀劍的套。盧照鄰《劉生》：「翠羽裝刀～。」（裝：裝飾。）㊁ shāo ❷ 鞭梢。《晉書・苻堅載記下》：「長～馬鞭擊左股。」李白《行行且遊獵》：「金鞭拂雪揮鳴～。」

竅 qiào ❶ 孔，洞。《呂氏春秋・圜道》：「人之～九。」（指耳、目、鼻、

Q

口、大小便處。）蘇軾《石鐘山記》：「有大石當中流，可坐百人，空中而多～。」❷ 貫通，疏通。《淮南子・覽冥》：「陰陽之所壅沈不通者，～理之。」

譙 ㊀ qiào ❶ 同「誚」。責備。《韓非子・五蠹》：「今有不才之子，父母怒之弗為改，鄉人～之弗為動。」
㊁ qiáo ❷ [譙譙] 凋敝的樣子。《詩經・豳風・鴟鴞》：「予羽～～。」❸ [譙門] 建有瞭望樓的城門。《史記・陳涉世家》：「獨守丞與戰～～中。」

qie

切 ㊀ qiē△ ❶ 用刀切開。《韓非子・內儲說下》：「～肉肉斷而髮不斷。」❷ 加工骨器。《詩經・衛風・淇奧》：「如～如磋，如琢如磨。」（磋：加工象牙。琢：加工玉器。磨：加工石器。）引申為磨，磨擦。《戰國策・燕策三》：「此臣日夜～齒拊心也。」（拊 fǔ：擊。）
㊁ qiè△ ❸ 近，貼近。《荀子・勸學》：「《詩》《書》故而不～。」（故：掌故。）引申為切合。《史記・老莊申韓列傳》：「韓子引繩墨，～事情，明是非。」又引申為確切，恰當。《文心雕龍・檄移》：「文不雕飾，而辭～事明。」❹ 深，深切。《越絕書・外傳記范伯傳》：「臣～為君恐。」韓愈《答魏博田僕射書》：「見遇殊常，荷德尤～。」❺ 急，急迫。《素問・調經論》：「必～而出，大氣乃屈。」❻ 要領。《漢書・揚雄傳下》：「請略舉其凡，而客自覽其～焉。」❼ 中醫指按脈診斷病症。《史記・扁鵲倉公列傳》：「意治病人，必先～其脈。」（意：人名。）

伽 qié [伽藍] 梵文「僧伽藍摩」的簡稱。意為僧院，佛寺。《大唐西域記・烏仗那國》：「舊有一千四百～～，多已荒蕪。」北魏楊衒之有《洛陽伽藍記》一書，記述洛陽的佛寺。

茄 qié 見230頁「茄」㊁。

且 ㊀ qiě ❶ 將要，將近。《韓非子・外儲說左上》：「鄭人有～置履者。」（履：鞋。）《列子・湯問》：「北山愚公者，年～九十。」❷ 姑且，暫且。《孟子・滕文公上》：「不直，則道不見，我～直之。」（見 xiàn：顯露。）《史記・淮陰侯列傳》：「先生～休矣，我將念之。」❸ 連詞。1. 表示並列。並且。《詩經・魏風・伐檀》：「河水清～漣猗。」（漣：波紋。猗：語氣詞。）常用「且……且」的格式，表示「又（一邊）……又（一邊）……」的意思。《史記・淮陰侯列傳》：「上～怒～喜。」2. 表示遞進。而且。《左傳・隱公元年》：「公語之故，～告之悔。」3. 表示推論。尚且。《韓非子・難一》：「身～不愛，安能愛君？」4. 表示選擇。還是。《戰國策・齊策四》：「王以天下為尊秦乎，～尊齊乎？」
㊁ jū ❹ 句末語氣詞。《詩經・小雅・巧言》：「悠悠昊天，曰父母～。」

切 qiè 見409頁「切」㊁。

妾 qiè△ ❶ 女奴。《尚書・費誓》：「臣～逋逃。」司馬遷《報任安書》：「且夫臧獲婢～，猶能引決。」❷ 非正妻，側室。《孟子・離婁下》：「齊人有一妻一～而處室者。」❸ 女子謙卑的自稱。古詩《為焦仲卿妻作》：「君當作磐石，～當作蒲葦。」杜甫《新婚別》：「～身未分明，何以拜姑嫜？」

怯 qiè△ 膽小，懦弱。《孫子・軍爭》：「勇者不得獨進，～者不得獨退。」《史記・范雎蔡澤列傳》：「民～於私鬬而勇於公戰。」[怯懦] 膽小怕事。司馬遷《報任安書》：「僕雖～～，欲苟活，亦頗識去就之分矣。」（僕：謙稱自己。頗：稍。）

契 qiè 見399頁「契」㊁。

挈 qiè△ ❶ 懸持，提起。《韓非子・外儲說左下》：「晉文公出亡，箕鄭～壺餐而從。」《淮南子・說山》：「百人抗浮，不如一人～而趨。」（抗：舉。浮：指葫蘆。）今成語有「提綱挈領」。引申為拉着，握着。《史記・淮陰侯列傳》：「淮陰侯～其手。」❷ 攜帶，率領。《公羊傳・襄公二十七年》：「公子鱄～其妻子

Q

而去之。」❸ 通「契 qì」。刻。《漢書・敍傳上》：「旦算祀于～龜。」（旦：指周公旦。）引申為契約。《漢書・溝洫志》：「今內史稻田租～重，不與郡同。」

愜(悘) qiè△ ❶ 滿意，暢快。《論衡・藝增》：「毀人不益其惡，則聽者不～於心。」《漢書・文帝紀》：「天下人民未有～志。」❷ 恰當。《顏氏家訓・文章》：「一事～當，一句清巧。」

慊 qiè 見 405 頁「慊」㊁。

揭 ㊀ qiè△ ❶ 離去。《呂氏春秋・士容》：「富貴弗就而貧賤弗～。」（就：趨，追求。）❷ 勇武壯大的樣子。《詩經・衛風・碩人》：「庶士有～。」（庶士：多士，眾士。）

㊁ hé△ ❸ 何。《呂氏春秋・貴因》：「膠鬲曰：『～至？』」

漆 qiè 見 394 頁「漆」㊁。

踥 qiè△ ［踥蹀 dié］小步行走的樣子。屈原《九章・哀郢》：「眾～～而日進兮。」

箧 qiè△ 箱子。《莊子・胠箧》：「將為胠～、探囊、發匱之盜而為守備。」（胠 qū：從旁邊開。發：開。匱：櫃子。）

【辨析】 箧、箱。「箧」指小的箱子，「箱」指大的箱子。「箱」的其他意義，「箧」字都沒有。

鍥 qiè△ 用刀刻。《荀子・勸學》：「～而不舍，金石可鏤。」（鏤：雕刻。）引申為截斷。《戰國策・宋策》：「～朝涉之脛。」（朝涉：早晨涉水過河的人。脛：小腿。）

【辨析】 鍥、刻、契、鏤。見 281 頁「刻」字條。

竊 qiè△ ❶ 偷盜，用不正當的手段取得。《莊子・胠箧》：「彼～鉤者誅，～國者為諸侯。」（鉤：衣帶鉤。）《韓非子・五蠹》：「其父～羊，而謁之吏。」比喻損害。《呂氏春秋・辯土》：「耕而不長，則苗相～也。」❷ 偷偷地，暗地裏。《韓非子・內儲說上》：「麗水之中生金，人多～采金。」（麗水：水名。）《史記・魏公子列傳》：「從騎皆～罵侯生。」❸ 謙詞。私下，私意。《戰國策・趙策四》：「老臣～以為媼之愛燕后，賢於長安君。」

【辨析】 竊、盜。見 96 頁「盜」字條。

qin

侵 ㊀ qīn ❶ 進攻，侵犯。《左傳・僖公四年》：「齊侯以諸侯之師～蔡。」❷ 冒犯，欺凌。《史記・魏其武安侯列傳》：「夫從坐上語～之。」（夫：指灌夫。）《淮南子・本經》：「萬民莫相～欺。」引申為越權，超越限度。《韓非子・難一》：「百官不敢～職。」❸ 漸進，迫近。《三國志・吳書・呂蒙傳》：「～晨進攻。」❹ 荒年。《穀梁傳・襄公二十四年》：「五穀不升謂之大～。」

㊁ qǐn ❺ 相貌短小醜陋。《史記・魏其武安侯列傳》：「武安者，貌～。」

【辨析】 侵、伐、討、襲。見 127 頁「伐」字條。

衾 qīn 被子。《詩經・召南・小星》：「抱～與裯。」（裯 chóu：單被。）杜甫《茅屋為秋風所破歌》：「布～多年冷似鐵。」

【辨析】 衾、被。見 381 頁「被」字條。

欽 qīn ❶ 敬佩，仰慕。《禮記・內則》：「～有帥。」嵇康《琴賦》：「～泰容之高吟。」❷［欽欽］1. 憂思的樣子。《詩經・秦風・晨風》：「憂心～～。」2. 鐘聲。《詩經・小雅・鼓鍾》：「鼓鍾～～。」❸ 彎曲的樣子。《後漢書・周燮傳》：「燮生而～頤折頞，醜狀駭人。」（頤 yí：腮，面頰。頞 è：鼻樑。）

寖 qīn 見 255 頁「寖」㊁。

嶔 qīn 山高險。《公羊傳・僖公三十三年》：「爾即死，必於殽之～巖。」［嶔然］山石突出傾斜的樣子。柳宗元《鈷鉧潭西小丘記》：「其～～相累而下者，若牛馬之飲於溪。」

親 ㊀ qīn ❶ 父母。《孟子・盡心上》：「孩提之童，莫不知愛其～者。」引申為親人，親屬。《論語・泰伯》：「君子篤於～，則民興於仁。」（篤：忠誠。）❷ 親近，接近。《論語・學而》：「汎愛眾而～仁。」（仁：仁德的人。）諸葛亮《出師表》：「～賢臣，遠小人。」❸ 親自。《墨子・兼愛下》：「吾非與之並世同時、～聞其聲、見其色也。」

㊁ qìng ❹ [親家] 兩家兒女相婚配的親戚關係。《新唐書・蕭瑀傳附蕭嵩》：「子衡尚新昌公主。嵩妻入謁，帝呼為～～。」（尚：娶公主為妻。）

駸 qīn [駸駸] 1. 馬疾行的樣子。《詩經・小雅・四牡》：「駕被四駱，載驟～～。」2. 漸進的樣子。蘇洵《審勢》：「秦自孝公，其勢固已～～焉日趨於強大。」

芹 qín 一種生長在水邊的野菜，也叫楚葵。[獻芹] 謙言自己所獻菲薄或建議淺陋。

矜 ㊀ qín ❶ 矛或戟的柄。《淮南子・兵略》：「伐棘棗而為～。」

㊁ jīn ❷ 憐憫，同情。《左傳・僖公十五年》：「吾怨其君，而～其民。」❸ 持重，慎重。《論語・衛靈公》：「君子～而不爭。」《呂氏春秋・勿躬》：「故善為君者，～服性命之情，而百官已治矣。」❹ 揮動，奮起。《呂氏春秋・重言》：「艴然充盈，手足～者，兵革之色也。」（艴 bó 然：惱怒的樣子。）《淮南子・說林》：「呂望使老者奮，項託使嬰兒～。」（項託：人名。）❺ 崇尚。《後漢書・袁術傳》：「術雖～名尚奇，而天性驕肆。」❻ 自以為是，誇耀。《老子》第三十章：「果而勿～。」（果：指濟難。）❼ 勞苦。《莊子・在宥》：「愁其五藏以為仁義，～其血氣以規法度。」（五藏：五臟。矜：用如使動，使……勞苦。）❽ 危險。《詩經・小雅・菀柳》：「居以凶～。」（居：處於。）

㊂ guān ❾ 同「鰥」。年老無妻的人。《禮記・禮運》：「～寡孤獨廢疾者皆有所養。」

秦 qín ❶ 周代諸侯國名。《左傳・桓公四年》：「～師侵芮。」❷ 朝代名（公元前 221－前 206 年）。《史記・陳涉世家》：「天下苦～久矣。」

堇 ㊀ qín ❶ 黏土。《說文》：「～，黏土也。」《新唐書・劉仁恭傳》：「以～土為錢。」

㊁ jǐn ❷ 一種野菜。《詩經・大雅・綿》：「周原膴膴，～荼如飴。」（膴膴 wǔwǔ：肥美。）❸ 一種有毒植物，烏頭。《呂氏春秋・勸學》：「是救病而飲之以～也。」❹ 通「槿 jǐn」。木槿。《禮記・月令》：「半夏生，木～榮。」

琴 qín 弦樂器名。《呂氏春秋・本味》：「伯牙破～絕絃。」（伯牙：人名。）用為動詞，彈琴。《孟子・萬章上》：「舜在牀～。」

勤 qín ❶ 勞，勞苦。《論語・微子》：「四體不～，五穀不分。」《左傳・僖公三十二年》：「～而無所，必有悖心。」（無所：指無所得。）❷ 做事盡力，勤勉。《尚書・蔡仲之命》：「克～無怠。」（克：能。）韓愈《進學解》：「業精於～，荒於嬉。」（嬉：遊戲，玩耍。）❸ 殷勤。孫復《答張泂書》：「兩辱手書，辭意～至。」（辱：謙詞。）

【辨析】勤、勞。見 296 頁「勞」字條。

禽 qín ❶ 獵獲的鳥獸。《左傳・宣公十二年》：「以歲之非時，獻～之未至，敢膳諸從者。」又泛指鳥獸。《白虎通・田獵》：「～者何？鳥獸之總名。」特指鳥類。《孟子・梁惠王上》：「君子之於～獸也，見其生，不忍見其死。」❷ 捕捉，捉住。後來寫作「擒」。《呂氏春秋・順民》：「～夫差，戮吳相。」

廑 ㊀ qín ❶ 勤勞。《漢書・文帝紀》：「今～身從事，而有租稅之賦。」

㊁ jǐn ❷ 才，只。《漢書・鄒陽傳》：「茅焦亦～脫死如毛氂耳。」（茅焦：人名。氂：氂牛尾。）

擒 qín 捉。《韓非子・喻老》：「文王見詈於王門，顏色不變，而武王～紂於牧野。」（詈 lì：罵。）

檎 qín [林檎] 果樹名。左思《蜀都賦》：「其園則有～～枇杷。」

侵 qǐn 見 410 頁「侵」㊂。

Q

梫 qǐn 樹名，桂的一種。左思《蜀都賦》：「其木則有木蘭～桂。」

寑(寢) qǐn ❶ 躺着休息，睡覺。《論語・公冶長》：「宰予晝～。」又指物橫放着。《呂氏春秋・上農》：「野有～耒。」❷ 寢室，卧室。《左傳・僖公八年》：「凡夫人，不薨于～。」（薨 hōng：諸侯死叫薨。）❸ 古代帝王宗廟的後殿，為放置祖先衣冠之處。《詩經・小雅・巧言》：「奕奕～廟，君子作之。」（奕奕：高大的樣子。）又指帝王陵墓上的正殿。《漢書・韋玄成傳》：「又園中各有～、便殿。」❹ 止息。《莊子・天下》：「以禁攻～兵為外，以情欲寡淺為內。」引申為擱置。《漢書・蘇建傳附蘇武》：「霍光～其奏。」❺ 容貌醜陋。《吳越春秋・勾踐陰謀外傳》：「大王不以鄙陋～容，願納以供箕箒之用。」❻ 通「寖 qīn」。逐漸。《後漢書・李固傳》：「刑罰不能復禁，化導以之～壞。」

沁 qìn ❶ 滲入，滲透。唐彥謙《詠竹》：「醉卧涼陰～骨清。」《宋史・河渠志三》：「歲久堤岸怯薄，～水透堤甚多。」今成語有「沁人心脾」。❷ 汲。韓愈等《同宿聯句》：「義泉雖至近，盜索不敢～。」❸ 水名，黃河支流，源出山西綿山。《漢書・地理志上》：「南至野王入～。」

qing

青 qīng ❶ 藍色。《荀子・勸學》：「青，取之於藍而～於藍。」（藍：一種葉子可提製藍色染料的草。）《莊子・逍遙遊》：「絕雲氣，負～天，然後圖南。」（絕：直上穿過。）又為深綠色。劉禹錫《陋室銘》：「草色入簾～。」❷ 黑色。《尚書・禹貢》：「厥土～黎。」（厥：其。黎：黑中帶黃的顏色。）李白《將進酒》：「君不見高堂明鏡悲白髮，朝如～絲暮成雪。」

【辨析】青、碧、蒼、綠、藍。見23頁「碧」字條。

卿 qīng ❶ 古代官名。周制，天子、諸侯都有卿，分上中下三等。秦漢設九卿，歷代相沿，清末始廢。《左傳・宣公二年》：「子為正～，亡不越竟，反不討賊，非子而誰？」《呂氏春秋・孟春》：「天子三推，三公五推，～、諸侯、大夫九推。」（推：指推耒耜入土。）❷ 古代對人的敬稱。《三國志・吳書・魯肅傳》：「今～廓開大計，正與孤同，此天以～賜我也。」（孤：封建王侯自稱。）

頃 ㊀ qīng ❶ 斜，傾側。後來寫作「傾」。《詩經・周南・卷耳》：「采采卷耳，不盈～筐。」（采采：採了又採。卷耳：植物名。盈：滿。）

㊁ qǐng ❷ 量詞。百畝為一頃。《史記・平準書》：「田，大縣數百～，小縣百餘～。」❸ 時間短暫，與「久」相對。《莊子・秋水》：「夫不為～久推移。」❹ 副詞。不久前，近來。《韓非子・內儲說下六微》：「～嘗言惡聞王臭。」《漢書・楊敞傳附楊惲》：「～者足下離舊土，臨安定。」

清 qīng ❶ 水純淨透明，與「濁」相對。《詩經・魏風・伐檀》：「河水～且漣猗。」屈原《漁父》：「滄浪之水～兮，可以濯吾纓。」（纓：繫冠的帶子。）引申為清楚，清晰。《荀子・解蔽》：「凡觀物有疑，中心不定，則外物不～。」❷ 潔淨。《詩經・大雅・鳧鷖》：「爾酒既～，爾殽既馨。」（馨 xīn：香。）引申為清白，高潔。屈原《漁父》：「舉世皆濁我獨～，眾人皆醉我獨醒。」《史記・伯夷列傳》：「舉世混濁，～士乃見。」❸ 清靜，寂靜。《莊子・天下》：「寂乎若～。」《淮南子・主術》：「～靜而不動。」❹ 清平，太平。《孟子・萬章下》：「當紂之時，居北海之濱，以待天下之～也。」《呂氏春秋・序意》：「蓋聞古之～世，是法天地。」（法：效法。）❺ 通「凊 qìng」。寒涼。《呂氏春秋・有度》：「冬不用翣，非愛翣也，～有餘也。」（翣 shà：扇子。愛：吝惜。）❻ 朝代名（公元1616－1911年）。女真貴族愛新覺羅・努爾哈赤所建，初名後金，1636年改國號為清。1644年入關，定都北京。

傾 qīng ❶ 側，斜。《禮記・曲禮上》：「立必正方，不～聽。」（傾聽：側着頭聽。）曹植《洛神賦》：「日既西～。」❷ 倒塌。《新論》：「高臺既已～，曲池又已平。」引申為顛覆。《左傳・成公十三年》：「～覆我國家。」❸ 凌駕，壓倒。司馬遷《報任安書》：「絳侯誅諸呂，權～五伯。」引申為傾軋，排斥。《荀子・不苟》：「（小人）不能則妬嫉怨誹以～覆人。」❹ 全部倒出。《韓非子・外儲說右下》：「是田成恆～圃池而示渴民也。」引申為竭盡。《漢紀・哀帝紀下》：「勞師遠攻，～國殫貨。」（殫 dān：竭盡。）❺ 欽佩，傾慕。《漢書・司馬相如傳上》：「相如為不得已而強往，一坐盡～。」《唐語林・補遺四》：「朝野～羨。」❻ 通「頃 qǐng」。不久。《呂氏春秋・執一》：「～造大難，身不得死焉。」（造：遭。）

輕 qīng　❶ 分量小，與「重」相對。《孟子・梁惠王上》：「權，然後知～重。」（權：稱量。）❷ 容易，輕易。《孟子・梁惠王上》：「然後驅而之善，故民之從之也～。」（之善：向善。）《老子》第六十三章：「夫～諾必寡信。」❸ 輕視。《老子》第六十九章：「禍莫大於～敵。」❹ 輕佻。《左傳・僖公三十三年》：「秦師～而無禮，必敗。」

蜻 ㊀ qīng　❶［蜻蛉］昆蟲名，即蜻蜓。《戰國策・楚策四》：「王獨不見夫～～乎？六足四翼，飛翔乎天地之間。」㊁ jīng　❷［蜻蛚 liè］即蟋蟀。張協《雜詩》：「～～吟階上。」

鯖 qīng　見 672 頁「鯖」㊁。

勍 qíng　強大，強勁。《左傳・僖公二十二年》：「～敵之人，隘而不列，天贊我也。」（不列：不排陣式。贊：助。）

殑 qíng　［殑殘 lèng］疲困的樣子。元稹《紀懷贈李六戶曹》：「羸馬步～～。」

情 qíng　❶ 感情，慾望。《禮記・禮運》：「何謂人～？喜、怒、哀、懼、愛、惡、欲，七者弗學而能。」引申為事物的本性。《孟子・滕文公上》：「夫物之不齊，物之～也。」❷ 真實情況。《左傳・莊公十年》：「小大之獄，雖不能察，必以～。」也指常情，常理。《孫子・九地》：「兵之～主速，乘人之不及。」又為確實，實在。《墨子・非攻上》：「～不知其不義也，故書其言以遺後世。」

晴 qíng　天清無雲。潘岳《閒居賦》：「微雨新～。」李白《秋登宣城謝朓北樓》：「山晚望～空。」

擏 qíng　矯正弓弩的器具。《淮南子・說山》：「～不正，而可以正弓。」

檠 qíng　❶ 也作「擏」。正弓弩的器具。《淮南子・脩務》：「故弓待～而後能調。」又用作動詞，矯正弓弩。《漢書・蘇建傳附蘇武》：「武能網紡繳，～弓弩。」❷ 燈架，也指燈。庾信《對燭賦》：「蓮帳寒～窗拂曙。」

擎 qíng　舉，向上托。《莊子・人間世》：「～跽曲拳，人臣之禮也。」（跽 jì：跪。）《世說新語・紕漏》：「婢～金澡盆盛水。」

黥 qíng　❶ 古代刑罰，在臉上刺字，並塗上墨。《戰國策・秦策一》：「法及太子，～劓其傅。」（劓 yì：割鼻子的刑罰。）❷ 文身，在身體上刺字、花紋或圖案，並塗上顏色。《後漢書・東夷傳・流求國》：「男子皆～面文身，以其文左右大小別尊卑之差。」

頃 qǐng　見 412 頁「頃」㊂。

廎（廎） qǐng　小廳堂。《說文》：「～，小堂也。」

請 qǐng　❶ 謁見，拜見。《史記・酷吏列傳》：「公卿相造～禹，禹終不報謝。」（造：至，前往。禹：趙禹。）❷ 請，請求。《左傳・隱公元年》：「亟～於武公，公弗許。」（亟 qì：屢次。）當「請」後帶動詞時，有兩種不同的意義。一是請對方做某事。《左傳・隱公元年》：「若弗與，則～除之。」二是請對方允許自己做某事。《左傳・隱公元年》：「欲與大叔，臣～事之。」（大 tài 叔：指共叔段。事：侍奉。）引申為請求給予。《左傳・隱公元年》：「為之～制。」❸ 邀請。《史記・魏公子列傳》：「於是公子～朱亥。」《漢書・外戚傳上・孝宣許皇后》：「乃置酒～之。」

Q

【辨析】請、求。二者雖然都有「請求」的意義，但「求」往往表示懇請、乞求，而「請」常常表示請對方允許自己做某事，有時甚至虛化為表達敬意。

謦 qǐng [謦欬 kài] 咳嗽。《呂氏春秋・順說》：「惠盎見宋康王，康王蹀足～～疾言曰。」又為談笑。《莊子・徐无鬼》：「聞人足音跫然而喜矣，又況乎昆弟親戚之～～其側者乎？」

倩 qìng 見 405 頁「倩」㊁。

清 qìng 寒涼。《禮記・曲禮上》：「凡為人子之禮，冬溫而夏～。」

箐 qìng 見 257 頁「箐」㊁。

綮 qìng 筋骨簇聚處。《莊子・養生主》：「技經肯～之未嘗，而況大軱乎？」（軱 gū：大骨。）

慶 qìng ❶祝賀，慶賀。《左傳・宣公十一年》：「諸侯、縣公皆～寡人。」《史記・蘇秦列傳》：「蘇秦見齊王，俯而～。」❷獎賞。《詩經・小雅・楚茨》：「孝孫有～。」《呂氏春秋・孟春》：「行～施惠，下及兆民。」（兆民：萬民。）❸善事。《尚書・呂刑》：「一人有～，兆民賴之。」❹福澤。《周易・坤》：「積善之家，必有餘～。」《鹽鐵論・誅秦》：「初雖勞苦，卒獲其～。」（卒：終。）引申為祥瑞，吉祥。《西京雜記》卷五：「雲則五色而為～。」[慶雲] 祥瑞之氣。《漢書・禮樂志》：「甘露降，～～集。」

【辨析】慶、賞。在「獎賞」的意義上，二者相近，「慶」着重於精神上的褒獎，「賞」側重於物質上的賜予。

磬 qìng ❶古代石或玉製的打擊樂器，形狀像曲尺。《詩經・小雅・鼓鍾》：「笙～同音。」[磬折] 屈身如磬，表示恭敬。《史記・滑稽列傳》：「西門豹簪筆～～，嚮河立待良久。」（簪筆：把筆插在冠前的頭髮上。）❷和尚敲的銅鐵鑄的缽狀樂器。常建《題破山寺後禪院》：「萬籟此俱寂，但餘鐘～音。」（但：只。）❸古代死刑之一，懸而吊死，如磬懸在空中。《禮記・文王世子》：「公族其有死罪，則～于甸人。」（甸人：官名。）

親 qìng 見 410 頁「親」㊁。

罄 qìng ❶器中空。《詩經・小雅・蓼莪》：「瓶之～矣。」引申為盡。《詩經・小雅・天保》：「～無不宜。」《晉書・王戎傳附王衍》：「數年之內，家資～盡。」今成語有「罄竹難書」。❷出現。《韓非子・外儲說左上》：「夫犬馬，人所知也，旦暮～於前。」❸通「磬 qìng」。一種用石或玉製的打擊樂器，形似曲尺。《左傳・僖公二十六年》：「室如縣～。」（縣 xuán：懸。）

qiong

邛 qióng ❶土丘。《詩經・陳風・防有鵲巢》：「防有鵲巢，～有旨苕。」（防：堤。苕：一種豆科植物。）❷病。《詩經・小雅・小旻》：「我視謀猶，亦孔之～。」（猶：謀略。孔：很。）

穹 qióng ❶中間隆起四周下垂的樣子。《周禮・考工記・韗人》：「～者三分之一。」（穹者：指鼓身四周隆起的部分。）古人用以指天。《詩經・大雅・桑柔》：「以念～蒼。」李白《暮春江夏送張祖監丞之東都序》：「手弄白日，頂摩青～。」❷大，高。《漢書・司馬相如傳上》：「觸～石，激堆埼。」（埼 qí：彎曲的堤岸。）❸深。班固《西都賦》：「幽林～谷。」柳宗元《永州龍興寺東丘記》：「～若洞谷。」❹窮盡。《詩經・豳風・七月》：「～窒熏鼠。」（窒：堵塞，指堵鼠洞。）

惸 qióng ❶無兄弟，泛指孤獨無依靠。《詩經・小雅・正月》：「哿矣富人，哀此～獨。」（哿：可。）❷[惸惸] 1. 憂愁的樣子。《詩經・小雅・正月》：「憂心～～。」2. 孤獨的樣子。曹丕《燕歌行》：「賤妾～～守空房。」

蛩 qióng ❶[蛩蛩] 1. 傳說中的一種異獸。《山海經・海外北經》：「有素獸焉，狀如馬，名曰～～。」2. 憂思的樣子。劉向《九歎・離世》：「心～～而懷顧兮。」❷蝗蟲。《淮南子・本經》：

Q

「飛～滿野。」❸ 通「蛬 gǒng」。蟋蟀。鮑照《擬古》之七：「秋～扶戶吟。」（扶戶：依戶，在門旁。）

煢 qióng 孤單，孤獨。《尚書・洪範》：「無虐～獨。」[煢煢] 孤零的樣子。李密《陳情表》：「～～孑立，形影相弔。」

窮 qióng ❶ 終極，盡頭。《呂氏春秋・審分》：「意觀乎無～，譽流乎無止。」歐陽修《醉翁亭記》：「而樂亦無～也。」引申為走投無路。《孫子・軍爭》：「～寇勿迫。」《荀子・哀公》：「鳥～則啄，獸～則攫。」（攫：用爪抓。）又引申為僻陋，邊遠。《墨子・號令》：「及～巷幽閒無人之處。」❷ 困厄，不得志，與「達」「通」相對。《孟子・盡心上》：「～則獨善其身，達則兼善天下。」《莊子・讓王》：「古之得道者，～亦樂，通亦樂。」❸ 生活困難，貧困。《荀子・大略》：「多有之者富，少有之者貧，至無有者～。」《戰國策・齊策四》：「振困～，補不足。」（振：救濟。）❹ 極，極端。《墨子・天志上》：「故天子者，天下之～貴也，天下之～富也。」❺ 窮究，深究。《呂氏春秋・孟冬》：「工有不當，必行其罪，以～其情。」

【辨析】窮、貧。見 387 頁「貧」字條。

瓊 qióng 美玉。《詩經・衛風・木瓜》：「投我以木桃，報之以～瑤。」（瑤：美玉。）比喻美好的事物。宋玉《招魂》：「～木籬些。」（些：語氣詞。）温庭筠《蘭塘詞》：「～液飲還醺。」

藭 qióng [芎 xiōng 藭] 見 571 頁「芎」字條。

qiu

丘 qiū ❶ 小土山。《列子・湯問》：「以君之力，曾不能損魁父之～。」（魁父：山丘名。）柳宗元《小石潭記》：「從小～西行百二十步。」❷ 墳墓。《呂氏春秋・安死》：「又視名～大墓葬之厚者。」司馬遷《報任安書》：「亦何面目復上父母之～墓乎？」❸ 廢墟。屈原《九章・哀郢》：「曾不知夏之為～兮。」（夏：通「廈」，高大的房屋。）《呂氏春秋・知化》：「故吳為～墟，禍及闔廬。」（闔廬：吳王。）❹ 古代劃分田地、政區的單位名。《周禮・地官・小司徒》：「九夫為井，四井為邑，四邑為～。」

【辨析】丘、陵、山、嶺。見 317 頁「陵」字條。

邱 qiū ❶ 小山，泛指山。《孫子・軍爭》：「背～勿逆。」❷ 墳墓。《文心雕龍・檄移》：「發～摸金，誣過其虐。」

秋（烁、龝） qiū ❶ 莊稼成熟，收成。《尚書・盤庚上》：「若農服田力穡，乃亦有～。」（穡：泛指耕作。）《禮記・月令》：「（孟夏之月）麥～至。」❷ 秋季，農曆七至九月。《呂氏春秋・應同》：「大先見草木～冬不殺。」（見 xiàn：顯現。殺：凋。）又指年。《史記・梁惠王世家》：「千～萬歲後將傳於王。」又指時期。《史記・魏公子列傳》：「今公子有急，此乃臣效命之～也。」諸葛亮《出師表》：「此誠危急存亡之～也。」

蚯 qiū [蚯蚓] 一種環節動物，俗稱「曲蟮」。《禮記・月令》：「（孟夏之月）～～出。」

湫 qiū 見 245 頁「湫」㊁。

楸 qiū 樹名。屈原《九章・哀郢》：「望長～而太息兮。」（太息：長歎。）楸木常用來製作棋盤，因而代指棋盤。段成式《觀棋》：「閒對弈～傾一壺。」

鞦 qiū [鞦韆] 一種遊戲用具。蘇軾《蝶戀花》：「牆裏～～牆外道。牆外行人，牆裏佳人笑。」

鰌（緧） qiū 套車時拴在牲口股後的革帶。比喻緊隨其後。《晉書・潘岳傳》：「時尚書僕射山濤領吏部，王濟、裴楷等並為帝所親遇。岳內非之，乃題閣道為謠曰：『閣道東，有大牛，王濟鞅，裴楷～。』」

龜 qiū 見 180 頁「龜」㊂。

鶖 qiū 水鳥名，禿鶖。《詩經・小雅・白華》：「有～在梁，有鶴在林。」（梁：魚梁，攔魚的堰。）字也寫作「鵚」。

Q

鰌 ㊀ qiū ❶ 魚名，即泥鰍。《莊子・齊物論》：「麋與鹿交，～與魚游。」㊁ qiú ❷ 蹴踏，逼迫。《莊子・秋水》：「然而指我則勝我，～我亦勝我。」

仇 ㊀ qiú ❶ 配偶。《左傳・桓公二年》：「嘉耦曰妃，怨耦曰～。」又指伴侶。《詩經・周南・兔罝》：「赳赳武夫，公侯好～。」
㊁ chóu ❷ 仇恨，仇視。《尚書・五子之歌》：「萬姓～予。」《史記・游俠列傳》：「洛陽人有相～者。」❸ 仇敵，仇人。《呂氏春秋・長攻》：「今將輸之粟，與之食，是長吾讎而養吾～也。」鄒陽《獄中上梁王書》：「齊桓用其～而一匡天下。」

【辨析】仇、讎。見68頁「讎」字條。

厹 qiú ❶［厹矛］三棱矛。《詩經・秦風・小戎》：「～～鋈錞。」（鋈錞：矛戟柄下的白銅平底套。）❷［厹由］春秋時國名，在今山西陽泉。《戰國策・西周策》：「昔智伯欲伐～～。」

囚 qiú ❶ 拘禁。《左傳・隱公十一年》：「鄭人～諸尹氏。」司馬遷《報任安書》：「韓非～秦。」❷ 囚犯。《左傳・莊公十一年》：「今子，魯～也。」《呂氏春秋・仲夏》：「挺重～，益其食。」也指戰俘。《詩經・魯頌・泮水》：「在泮獻～。」（泮 pàn：泮宮。）

艽 qiú ❶ 荒遠。《詩經・小雅・小明》：「至于～野。」❷ 禽獸巢穴裏所墊的草。《淮南子・原道》：「禽獸有～，人民有室。」

求 qiú ❶ 尋找。《詩經・小雅・伐木》：「嚶其鳴矣，～其友聲。」《孟子・梁惠王上》：「猶緣木而～魚也。」今成語有「求賢若渴」。❷ 請求，乞求。《戰國策・趙策三》：「故不若亟割地～和。」❸ 要求，責求。《論語・衛靈公》：「君子～諸己，小人～諸人。」今成語有「求全責備」。

【辨析】1. 求、覓、尋。見346頁「覓」字條。2. 求、請。見413頁「請」字條。

虬（虯） qiú 古代傳說中的一種龍。屈原《九章・涉江》：「駕青～兮驂白螭。」（驂：轅馬兩旁的馬，這裏用如動詞，使……為驂。螭 chī：傳說中一種無角的龍。）比喻像虬龍那樣盤曲。左思《吳都賦》：「輪囷～蟠。」（輪囷：屈曲的樣子。蟠：盤曲。）

泅 qiú 游水。《列子・說符》：「人有濱河而居者，習於水，勇於～。」陸游《思歸引》：「善～不如穩乘舟。」

俅 qiú ［俅俅］恭順的樣子。《詩經・周頌・絲衣》：「載弁～～。」（載：戴。弁：禮帽。）

觓 qiú 獸角彎曲的樣子。《穀梁傳・成公七年》：「展～角而知傷。」

酋 qiú ❶ 掌管酒的官員。《呂氏春秋・仲冬》：「乃命大～，秫稻必齊。」（大酋：酒官之長。齊：指純淨。）又為掌管酒的女奴。《墨子・天志下》：「婦人以為舂、～。」（舂：指舂米的女奴。）❷ 部落首領。顏延之《三月三日曲水詩序》：「卉服之～。」（卉服：用草編製的衣服，代指落後部族。）❸ 終了，完成。《漢書・敘傳上》：「《說難》既～，其身乃囚。」

捄 qiú 見263頁「捄」㊁。

球 qiú 美玉。《尚書・禹貢》：「厥貢惟～、琳、琅玕。」（厥：其。琳：美玉。琅玕 lánggān：似珠玉的美石。）特指玉磬，古代樂器。《尚書・益稷》：「戛擊鳴～。」（戛 jiá：敲擊。）

逑 qiú ❶ 聚集。《詩經・大雅・民勞》：「惠此中國，以為民～。」（惠：愛。）❷ 配偶。《詩經・周南・關雎》：「窈窕淑女，君子好～。」

毬 qiú 一種遊戲用具。白居易《洛橋寒日作》：「蹴～塵不起。」

崷 qiú ［崷崒］高峻的樣子。班固《西都賦》：「巖峻～～，金石崢嶸。」

裘 qiú 皮衣。《詩經・豳風・七月》：「取彼狐狸，為公子～。」《呂氏春秋・有度》：「夏不衣～。」

遒 qiú ❶ 迫近。宋玉《招魂》：「分曹並進，～相迫些。」（些：語氣詞。）引申為聚集。《詩經・商頌・長發》：「百祿是～。」（是：代詞，複指「遒」的前置賓語「百祿」。）❷ 強勁，有

Q

力。曹丕《與吳質書》：「公幹有逸氣，但未～耳。」鮑照《上潯陽還都道中》：「獵獵曉風～。」（獵獵：象聲詞，風聲。）

絿 qiú　急，急躁。《詩經・商頌・長發》：「不競不～，不剛不柔。」

賕 qiú　賄賂，行賄或受賄。《韓非子・八經》：「故下明愛施而務～納之政，是以法令隳。」也指賄賂所需的錢財。《史記・滑稽列傳》：「恐受～枉法。」

觩 qiú　角彎曲的樣子。《詩經・小雅・桑扈》：「兕觥其～。」（兕觥：犀牛角製的飲器。）又為弓彎曲的樣子。《詩經・魯頌・泮水》：「角弓其～。」

璆 qiú　❶ 同「球」。美玉，可製磬。《尚書・禹貢》：「厥貢～鐵……。」❷ 佩玉相擊聲。屈原《九歌・東皇太一》：「撫長劍兮玉珥，～鏘鳴兮琳琅。」（鏘、琳、琅：玉飾相擊聲。）

銶 qiú　鑿子或斧頭一類的工具。《詩經・豳風・破斧》：「既破我斧，又缺我～。」

鼽 qiú　❶ 氣鬱引起的鼻塞不通。《淮南子・時則》：「季秋行夏令，則其國大水，冬藏殃敗，民多～窒。」❷ 通「頄kuí」。顴骨。《素問・氣府論》：「手太陽脈氣所發者三十六穴……～骨下各一。」

鰌 qiú　見416頁「鰌」㊁。

糗 qiǔ　乾糧。《呂氏春秋・悔過》：「惟恐士卒罷弊與～糧匱乏。」

qu

曲 ㊀ qū△　❶ 彎曲，與「直」相對。《荀子・勸學》：「木直中繩，輮以為輪，其～中規。」引申為理屈。《史記・廉頗藺相如列傳》：「趙予璧而秦不予趙城，～在秦。」又引申為邪曲，不正派。《戰國策・秦策五》：「趙王之臣有韓倉者，以～合於趙王。」❷ 深隱、偏僻之處。《莊子・秋水》：「～士不可以語於道者，束於教也。」司馬遷《報任安書》：「僕少負不羈之才，長無鄉～之譽。」❸ 局部，一部分。《荀子・解蔽》：「凡人之患，蔽於一～，而暗於大理。」《淮南子・繆稱》：「察一～者，不可與言化。」❹ 遍，盡。《呂氏春秋・情欲》：「血脈壅塞，九竅寥寥，～失其宜。」❺ 蠶箔，養蠶用具。《呂氏春秋・季春》：「具栚～篴筐。」（栚 zhèn：放蠶箔的木架的橫木。篴 jù：圓底的筐。）

㊁ qǔ△　❻ 歌曲，樂曲。《國語・周語上》：「使公卿至於列士獻詩，瞽獻～，史獻書。」《後漢書・黃瓊傳》：「陽春之～，和者必寡。」

抾 qū　捕捉。揚雄《羽獵賦》：「～靈蠵。」（蠵：一種大龜。）

呿 qū　張口。《莊子・秋水》：「公孫龍口～而不合。」［呿吟］呼吸。《素問・寶命全形論》：「～～至微。」

岨 ㊀ qū　❶ 戴土的石山。《說文》：「～，石戴土也。」引《詩》「陟彼～矣」。今本《周南・卷耳》作「砠」。

㊁ zǔ　❷ 險要。司馬相如《上書諫獵》：「今陛下好凌～險，射猛獸。」

㊂ jǔ　❸［岨峿 yǔ］抵觸不合的樣子。陸機《文賦》：「或～～而不安。」

屈 ㊀ qū△　❶ 彎曲，與「伸」相對。《周易・繫辭下》：「尺蠖之～，以求信也。」（尺蠖 huò：樹上的一種小爬蟲。信：通「伸」。）❷ 屈服，折服。《孟子・滕文公下》：「威武不能～。」《孫子・謀攻》：「不戰而～人之兵，善之善者也。」❸ 委屈。《史記・樂毅列傳》：「於是～身下士，先禮郭隗以招賢者。」❹ 壓抑，抑制。屈原《離騷》：「～心而抑志兮。」

㊁ jué△　❺ 竭，盡。《孫子・作戰》：「攻城則力～。」賈誼《論積貯疏》：「生之有時，而用之亡度，則物力必～。」（亡：無。）❻［屈強］倔強，不順從。屈：通「倔jié」。《史記・匈奴列傳》：「楊信為人剛直～～。」

阹 qū　依山谷形勢圍住野獸。左思《吳都賦》：「～以九疑，禦以沅湘。」

胠 qū　❶ 腋下。《素問・咳論》：「轉則兩～下滿。」❷ 古代指軍隊的右翼。《左傳・襄公二十三年》：「～：商子車御侯朝，桓跳為右。」（商子車、侯朝、桓跳：人名。右：車右。）❸ 從旁邊撬開。《莊子・胠篋》：「將為～篋探囊發匱之盜而為守備。」

袪 qū 除去，消除。《韓詩外傳》卷八：「足以～壅蔽矣。」陶潛《九日閒居》：「酒能～百慮。」

祛 qū ❶ 衣袖。《國語・晉語四》：「文公逾垣，勃鞮斬其～。」（勃鞮：人名。）❷ 撩起。《呂氏春秋・知分》：「次非攘臂～衣。」

區 ㊀ qū ❶ 隱藏。《左傳・昭公七年》：「吾先君文王作僕～之法。」（僕：隱藏。）❷ 分別，劃分。《論語・子張》：「譬諸草木，～以別矣。」❸ 地域。《尚書・康誥》：「用肇造我～夏。」（用：因而。肇：始。區夏：諸夏之地。）❹ 量詞。所，座。《漢書・揚雄傳》：「有宅一～。」《後漢書・宦者列傳・侯覽》：「起立第宅十有六～。」

㊁ ōu ❺ 古代量器名。又為容量單位。四升為豆，四豆為區。《左傳・昭公三年》：「齊舊四量：豆、～、釜、鍾。」《韓非子・外儲說右上》：「下之私大斗斛～釜以出貸，小斗斛～釜以收之。」（下之：對下。大：增大。）

蛆 ㊀ qū ❶ 蠅類的幼蟲。《後漢書・杜根傳》：「根遂詐死，三日，目中生～，因得逃竄。」比喻廢話或壞話。《魏書・甄琛傳》：「卿何處放～來，今晚始顧？」

㊁ jū ❷ [蝍 jí 蛆] 見 224 頁「蝍」字條。

詘 qū△ ❶ 言語鈍拙。《史記・李斯列傳》：「辯於心而～於口。」❷ 彎曲。《荀子・勸學》：「若挈裘領，～五指而頓之。」（挈：提起。頓：抖動。）引申為屈服。《呂氏春秋・論威》：「其令信者其敵～。」《韓非子・難勢》：「賢人而～於不肖者，則權輕位卑也。」又引申為冤屈。《呂氏春秋・壅塞》：「宋王因怒而～殺之。」

嶇 qū [嶇嶔] 山勢險峻的樣子。王褒《洞簫賦》：「徒觀其旁山側兮，則～～巋崎。」（巋崎：山勢險峻的樣子。）

毆 ㊀ qū ❶ 驅趕。《孟子・離婁上》：「故為淵～魚者，獺也。」

㊁ ōu ❷ 擊打，毆打。《漢書・梁懷王立傳》：「後數復～傷郎。」《南史・劉劭傳》：「劭聞而怒，～殺之。」

敺 qū 見 372 頁「毆」㊁。

謳 qū△ 同「詘」。彎曲。《淮南子・氾論》：「～寸而伸尺，聖人為之。」

趨 ㊀ qū ❶ 疾行，快步走。《論語・微子》：「～而辟之，不得與之言。」（辟：躲避。）《孟子・公孫丑上》：「其子～而往視之，苗則槁矣。」特指禮節性的快步走，表示恭敬。《莊子・說劍》：「莊子入殿門不～，見王不拜。」❷ 奔向。《韓非子・亡徵》：「見大利而不～。」引申為歸附。《韓非子・孤憤》：「是以弊主上而～於私門者，不顯於官爵，必重於外權矣。」❸ 意向，志向。《孟子・告子下》：「三子者不同，其～一也。」

㊁ cù ❹ 催促。《晏子春秋・雜上》：「徐其日而不～。」（徐其日：放寬期限。）引申為趕快，急速。《呂氏春秋・長利》：「禹～就下風而問。」《漢書・高帝紀上》：「若不～降漢，今為虜矣。」

【辨析】 趨、趣。「趨」的「疾行」義是「趣」所沒有的，「趣」的「興趣」義是「趨」所不具備的。在其他意義上，由於二字古音相同，古籍中經常通用。

軀 qū 身體。《荀子・勸學》：「曷足以美七尺之～哉？」（曷：何。）曹植《白馬篇》：「捐～赴國難。」（捐：捨棄。）

麴（麯） qū△ 酒母。《呂氏春秋・仲冬》：「乃命大酋，秫稻必齊，～櫱必時。」（大酋：酒官之長。麴櫱 niè：釀酒時引起發酵的物質。）代指酒。元稹《解秋》之六：「親烹園內葵，憑買家家～。」

驅（駈） qū ❶ 趕馬前進。《詩經・唐風・山有樞》：「子有車馬，弗馳弗～。」引申為驅逐，驅趕。《左傳・桓公十二年》：「～楚役徒於山中。」（役徒：服勞役的人。）《禮記・月令》：「～獸，毋害五穀。」❷ 奔馳。《晉書・王濬傳》：「若濬得下建平，則順流長～，威名已著。」

Q

【辨析】驅、馳。見61頁「馳」字條。

鱋 qū　比目魚。《史記・司馬相如列傳》：「禺禺～魶。」（禺禺、魶：魚名。）

劬 qú　❶勞苦。《詩經・小雅・鴻雁》：「之子于征，～勞于野。」張衡《歸田賦》：「雖日夕而忘～。」❷慰勞。《禮記・內則》：「食子者，三年而出，見於公宮則～。」（食 sì：讓……吃，此指餵奶。子：指國君之子。）

【辨析】劬、勞。見296頁「勞」字條。

朐 qú　❶屈曲的肉脯。《禮記・曲禮上》：「以脯脩置者，左～右末。」（脯脩：乾肉。）❷量詞。《呂氏春秋・報更》：「宣孟與脯一～。」（脯：乾肉。）❸通「軥 qú」。車軛。《左傳・昭公二十六年》：「射之中楯瓦，繇～汏輈。」（楯 shǔn 瓦：盾的突起處。汏 tài：過。輈 zhōu：轅。）

蚼 qú　[蚼蛆] 一種危害莊稼的昆蟲。《呂氏春秋・審時》：「如此者不～～。」

絇 qú　❶鞋頭上的裝飾。《儀禮・士冠禮》：「爵弁纁屨，黑～繶純。」（纁：絲絳。繶：淺紅色。純：絲。）❷網的別稱。《穀梁傳・襄公二十七年》：「織～邯鄲，終身不言衛。」

軥 qú　❶車轅前端夾貼馬頸的曲木。《左傳・襄公十四年》：「射兩～而還。」❷[軥錄] 勞累。《荀子・榮辱》：「孝弟愿愨，～～疾力。」（弟 tì：順從兄長。愿：老實。愨 què：誠實。）

渠 qú　❶人工開鑿的水道。《史記・滑稽列傳》：「西門豹即發民鑿十二～，引河水灌民田。」❷車輪的外圈。《周禮・考工記・車人》：「車人為車，柯長三尺……～三柯者三。」（三柯者三：二丈七尺長。）❸盾。《國語・吳語》：「奉文犀之～。」（文犀：有花紋的犀牛皮。）❹大。《後漢書・光武帝紀上》：「封其～帥為列侯。」[渠渠] 高大的樣子。《詩經・秦風・權輿》：「夏屋～～。」（夏：大。）❺第三人稱代詞。他。《三國志・吳書・趙達傳》：「女婿昨來，必是～所竊。」❻通「詎 jù」。豈，難道。《史記・張儀列傳》：「且蘇君在，儀寧～能乎！」

蕖 qú　芙蕖，荷花的別名。陶潛《雜詩》之三：「昔為三春～，今作秋蓮房。」（蓮房：蓮蓬。）

鴝 ㊀ qú　❶[鴝鵒] 鳥名，俗稱八哥。《淮南子・原道》：「～～不過濟，貉渡汶而死。」（濟、汶：河名。貉：獸名，貉子。）❷[鴝掇] 蟲名。《莊子・至樂》：「胡蝶胥也化而為蟲，生於竈下，其狀若脫，其名為～～。」（胥：不久。）
㊁ gòu　❸同「雊」。野雞鳴叫。《逸周書・時則》：「又五日，雉始～。」

璩 qú　玉名。鄒陽《酒賦》：「綃綺為席，犀～為鎮。」（鎮：壓物的器具。）

瞿 qú　見268頁「瞿」㊁。

蘧 qú　❶[蘧蒢 chú] 同「籧篨」。1. 用竹或葦編的粗蓆。《晉書・皇甫謐傳》：「氣絕之後，便即時服幅巾故衣以～～裹屍。」2. 身有殘疾不能俯視的人。《國語・晉語四》：「～～不可使俯。」❷[蘧然] 驚喜的樣子。《莊子・大宗師》：「～～覺。」（覺：睡醒。）❸通「蕖 qú」。荷花。張衡《西京賦》：「～藕拔。」

氍 qú　[氍毹 shū] 毛織的地毯。古詩《隴西行》：「請客北堂上，坐客氈～～。」[氍氀] 即氍毹。諸葛亮《答李恢書》：「行當離別，以為惆悵，今致～～，以達心也。」

臞 qú　消瘦。《淮南子・脩務》：「神農憔悴，堯瘦～。」

籧 ㊀ qú　❶[籧篨] 1. 粗竹蓆，也指用蘆葦編的粗蓆。《淮南子・本經》：「若簟～～。」（簟：竹蓆。）2. 不能俯身的病人。《詩經・邶風・新臺》：「～～不鮮。」
㊁ jǔ　❷同「筥」。圓形竹筐。《禮記・月令》：「具曲植～筐。」（曲：蠶箔。植：放蠶箔架子的立柱。）

衢 qú　四通八達的道路。《呂氏春秋・離俗》：「每朝與其友俱立乎～。」《淮南子・繆稱》：「聖人之道，猶中～而致尊邪？」（尊：古酒器。）比喻樹枝交

Q

錯，分岔。《山海經·中山經》：「其上有桑焉，大五十尺，其枝四～。」

【辨析】 衢、衝。見65頁「衢」字條。

鸜 qú ［鸜鵒 yù］同「鴝鵒」。鳥名。《春秋·昭今二十五年》：「有～～來巢。」

曲 qǔ 見417頁「曲」㊁。

取 qǔ ❶（捕獲到野獸或戰俘時）割下左耳以記功。《周禮·夏官·大司馬》：「大獸公之，小禽私之，獲者～左耳。」引申為捕捉，捉拿。《呂氏春秋·尊師》：「如山林，入川澤，～魚鱉，求鳥獸。」（如：往。）❷拿，拿取。《詩經·魏風·伐檀》：「胡～禾三百廛兮。」《韓非子·外儲說右上》：「殺一牛，～一豆肉，餘以食士。」（豆：古代盛食物的器皿。食 sì：讓……吃。）❸採取，選擇。《呂氏春秋·必己》：「伐木者止其旁而弗～。」《史記·仲尼弟子列傳》：「孔子聞之曰：『吾以言～人，失之宰予；以貌～人，失之子羽。』」（宰予、子羽：人名。）❹奪取，攻佔。《論語·季氏》：「今不～，後世必為子孫憂。」《呂氏春秋·不屈》：「圍邯鄲三年而弗能～。」❺娶。後來寫作「娶」。《詩經·齊風·南山》：「～妻如之何？必告父母。」

竘 qǔ ［竘然］雄偉的樣子。《淮南子·人間》：「受令而為室，其始成，～～善也。」

Q

娶 qǔ 娶妻。《左傳·隱公元年》：「初，鄭武公～于申，曰武姜。」《孟子·離婁上》：「舜不告而～。」

蝺 ㊀ qǔ ❶高大美好。《呂氏春秋·應言》：「市丘之鼎以烹雞，多洎之則淡而不可食，少洎之則焦而不熟，然而視之～焉美，無所可用。」（洎 jī：湯汁。）
㊁ yǔ ❷［蝺僂］腰背彎曲。宋玉《登徒子好色賦》：「旁行～～。」

麮 qǔ 麥粥，粥。《荀子·富國》：「冬日則為之饘粥，夏日則與之瓜～。」（饘 zhān 粥：稠粥。）

齲 qǔ 蛀牙，俗稱蟲牙。《淮南子·說山》：「割脣而治～。」《史記·扁鵲倉公列傳》：「齊中大夫病～齒。」

去 ㊀ qù ❶離開。《詩經·魏風·碩鼠》：「逝將～女，適彼樂土。」（逝：通「誓」。女 rǔ：你。適：往。）《呂氏春秋·審為》：「杖策而～。」（杖：拄着。策：手杖。）❷除去，捨棄。《左傳·隱公六年》：「見惡，如農夫之務～草焉。」《尚書·大禹謨》：「任賢勿貳，～邪勿疑。」❸距離，距。《左傳·定公十四年》：「～檇李七里。」（檇 zuì 李：地名。）《呂氏春秋·高義》：「其與秦之野人相～亦遠矣。」（野人：鄙野之人。）
㊁ jǔ ❹收藏。這個意義後來寫作「弆」。《左傳·昭公十九年》：「紡焉以度而～之。」（紡線搓繩量了城牆的高度然後收藏起來。）

【辨析】 去、往。上古「去」是離開，「往」是走向目的地，二者意義大不相同。中古以後「去」始有「到……去」的意義。

蜡 ㊀ qù ❶［蜡氏］周代官名。掌清除道路不潔及掩埋路屍之事。《周禮·秋官·蜡氏》：「～～掌除骴。」
㊁ zhà ❷古代年終舉行的祭祀名。《禮記·雜記下》：「子貢觀於～。」

趣 ㊀ qù ❶疾行，快步走。《韓非子·揚權》：「腓大於股，難以～走。」特指小步快走，表示恭敬。《呂氏春秋·直諫》：「葆申～出。」❷趨向，奔向。《史記·孫子吳起列傳》：「兵法，百里而～利者蹶上將。」（蹶：挫敗，垮掉。）❸意向，志向。《莊子·秋水》：「知堯、桀之自然相非，則～操睹矣。」（操：操守。睹：見，看到。）《列子·湯問》：「曲每奏，鍾子期輒窮其～。」（輒：總是。窮：盡，指詳盡理解。）❹興趣，樂趣。陶潛《歸去來兮辭》：「園日涉以成～。」《水經注·江水》：「清榮峻茂，良多～味。」（良：的確。）
㊁ cù ❺督促，催促。《呂氏春秋·仲秋》：「乃命有司～民收斂。」❻急速，趕快。《史記·項羽本紀》：「若不～降漢，漢今虜若。」（若：你。）

【辨析】 趣、趨。見418頁「趨」字條。

闃 qù△ 寂靜。《周易·豐》：「闚其戶，～其无人。」

覷(覷) qù 窺視，看。李覯《魯公碑》：「自非大祭時，莫教凡眼～。」韓愈《秋懷》之七：「不如～文字，丹鉛事點勘。」（丹鉛：校點書籍所用的丹砂和鉛粉。）

quan

桊 quān 弩弓。《漢書・司馬遷傳》：「張空～，冒白刃。」

悛 ㊀ quān ❶ 悔改。《左傳・襄公二十八年》：「子家弗聽，亦無～志。」《國語・楚語下》：「有過必～。」今成語有「怙惡不悛」。❷ 次序。《左傳・哀公三年》：「蒙葺公屋，自大廟始，外內以～。」（葺 qì：修繕。屋：房頂。大 tài 廟：國君的祖廟。）

㊁ xún ❸ [悛悛] 謹敬寬厚的樣子。《史記・李將軍列傳論》：「余睹李將軍～～如鄙人，口不能道辭。」（不能道辭：指不善於言辭。）

圈 quān 見 270 頁「圈」㊁。

棬 ㊀ quān ❶ 曲木製成的盂。《孟子・告子上》：「子能順杞柳之性，而以為杯～乎？」

㊁ juàn ❷ 同「桊」。牛鼻環。《呂氏春秋・重己》：「使五尺豎子引其～，而牛恣所以之，順也。」（豎子：兒童。恣：聽任。之：往。）

㊂ quán ❸ [棬棬] 用力的樣子。《呂氏春秋・離俗》：「～～乎后之為人也，葆力之士也。」（后：君，這裏指舜。葆力：勤勞任力。）

全 quán ❶ 純色玉。《周禮・考工記・玉人》：「天子用～。」❷ 完整，完備。《孟子・離婁上》：「有求～之毀。」（毀：詆毀。）《呂氏春秋・君守》：「此之謂～人。」❸ 保全。《呂氏春秋・尊師》：「能～天之所生而勿敗之，是謂善學。」諸葛亮《出師表》：「苟～性命於亂世。」❹ 整個，全部。《莊子・養生主》：「三年之後，未嘗見～牛也。」又為副詞。完全，都。《史記・扁鵲倉公列傳》：「診病決死生，能～無失乎？」

卷 quán 見 269 頁「卷」㊂。

泉 quán ❶ 水流出的源頭。《詩經・大雅・召旻》：「～之竭矣，不云自中。」《周易・蒙》：「山下出～。」又指地下水。《左傳・隱公元年》：「若闕地及～。」（闕：挖掘。）借指人死後埋葬之處，陰間。白居易《十年三月三十日別微之於澧上》：「往事渺茫都似夢，舊遊零落半歸～。」❷ 古代錢幣的名稱。《管子・輕重丁》：「凡稱貸之家，出～參千萬，出粟參數千萬鍾。」《漢書・食貨志下》：「貨～徑一寸，重五銖。」

荃 quán ❶ 香草名。屈原《離騷》：「蘭芷變而不芳兮，～蕙化而為茅。」（蘭、芷、蕙：香草名。）比喻君王。屈原《離騷》：「～不察余之中情兮，反信讒而齌怒。」（齌 jī：迅疾，馬上。）❷ 同「筌」。捕魚的器具。《莊子・外物》：「～者，所以在魚，得魚而忘～。」

牷 quán 供祭祀用的毛色純一的全牲。《周禮・地官・充人》：「充人，掌繫祭祀之牲～。」

拳 quán ❶ 拳頭。《後漢書・皇甫嵩傳》：「雖僮兒，可使奮～以致力。」引申為曲。《莊子・人間世》：「仰而視其細枝，則～曲而不可以為棟梁。」❷ 力氣，勇力。《詩經・小雅・巧言》：「無～無勇。」《國語・齊語》：「有～勇股肱之力。」❸ [拳拳] 懇切誠摯的樣子。司馬遷《報任安書》：「～～之忠，終不能自列。」（列：陳述。）❹ 通「桊 quān」。弓弩。《漢書・李廣傳附李陵》：「士張空～，冒白刃。」

捲 quán 見 269 頁「捲」㊁。

埢 quán [埢垣] 曲折的圍牆。揚雄《甘泉賦》：「登降峛崺，單～～兮。」（峛崺 lǐyǐ：連綿不斷的樣子。）

痊 quán 病癒。《莊子・徐无鬼》：「今予病少～。」（予：我，我的。少：稍。）

惓 ㊀ quán ❶ [惓惓] 忠謹懇切的樣子。宋玉《神女賦》：「願盡心之～

～。」《漢書・楚元王傳附劉向》：「念忠臣雖在甽畝，猶不忘君，～～之義也。」㊁ juàn ❷ 危急，危重。《淮南子・人間》：「患至而後憂之，是猶病者已～而索良醫也。」（索：求，尋找。）❸ 同「倦」。疲倦。《太玄・玄文》：「仰天而天不～，俯地而地不怠。」

婘 ㊀ quán ❶ 美好的樣子。《詩經・齊風・還》「揖我謂我儇兮」釋文：「儇……《韓詩》作～，音權，好貌。」㊁ juàn ❷ 同「眷」。親屬。《史記・樊酈滕灌列傳》：「高后崩，大臣誅諸呂，呂須～屬。」

棬 quán 見 421 頁「桊」㊂。

筌 quán 竹製捕魚具。郭璞《江賦》：「夾潨羅～。」（潨 zhòng：小水流入大水。）又用作動詞，用筌捕魚。左思《吳都賦》：「～鯉鱨。」（鯉鱨 gèngměng：魚名。）駱賓王《夏日夜憶張二》：「～魚勞寸心。」

鈐 quán 見 403 頁「鈐」㊁。

詮 quán 解釋，闡明事理。《淮南子・要略》：「～以至理之文。」引申為道理，事理。《淮南子・兵略》：「發必中～，言必合數。」杜甫《秋日夔府詠懷奉寄鄭監李賓客》：「衣褐向真～。」（衣褐：身穿粗布衣服。）

蜷 quán ［蜷局］拳曲不伸的樣子。屈原《離騷》：「僕夫悲余馬懷兮，～～顧而不行。」（僕夫：駕馭車馬的人。顧：回頭看。）

銓 quán ❶ 秤錘。《淮南子・齊俗》：「夫挈輕重不失銖兩，聖人弗用，而縣之乎～衡。」又指秤。《說文》：「～，稱也。」《漢書・王莽傳中》：「考量以～。」（考量：考察重量。）引申為衡量。《國語・吳語》：「不智，則不知民之極，無以～度天下之眾寡。」（度 duó：估量。）《論衡・定賢》：「～可否之宜，以制清濁之行。」❷ 量才授官。《三國志・魏書・夏侯玄傳》：「夫官才用人，國之柄也，故～衡專於臺閣。」

【辨析】銓、權、錘、稱。見 422 頁「權」字條。

跧 quán ［跧局］彎曲不伸展。《淮南子・精神》：「～～而諦，通夕不寐。」（諦：通「啼」，號叫。）

鬈 quán ❶ 頭髮捲曲美好的樣子。《詩經・齊風・盧令》：「其人美且～。」也指頭髮彎曲。李賀《龍夜吟》：「～髮胡兒眼睛綠。」❷ 婦女平時束髮為結，分垂兩側。《禮記・雜記下》：「女雖未許嫁，年二十而笄，禮之，婦人執其禮，燕則～首。」（笄：女子成人時舉行的禮儀。燕：燕居，平時家居。）

齤 quán 笑而露齒的樣子。《淮南子・道應》：「若士者～然而笑。」

權 quán ❶ 秤錘。《論語・堯曰》：「謹～量，審法度。」《呂氏春秋・仲春》：「角斗桶，正～概。」（角：校正。概：平斗斛的木板。）又為稱量。《孟子・梁惠王上》：「～，然後知輕重。」引申為衡量，比較。《呂氏春秋・舉難》：「且人固難全，～而用其長者。」❷ 均平。《周禮・考工記・弓人》：「九和之弓，角與幹～。」（角：弓體的飾物，可加強弓力。幹：弓體。）又為重，重於。《戰國策・齊策三》：「今已得地而求不止者，以太子～王也。」❸ 權力，權勢。《左傳・襄公二十三年》：「既有利～，又執民柄，將何懼焉？」《荀子・議兵》：「～出一者強，～出二者弱。」❹ 權變，權謀。《孟子・離婁上》：「嫂溺援之以手者，～也。」《淮南子・主術》：「任輕者易～。」❺ 暫且，姑且。《南齊書・劉善明傳》：「凡諸土木之費，且可～停。」❻ 代理，攝守官職。李翱《韓吏部行狀》：「入為～知國子博士。」❼ ［權輿］起始。《詩經・秦風・權輿》：「今也每食無餘，不嗟乎！不承～～。」

【辨析】1. 權、銓、錘、稱。「權」「銓」「錘」三字都有「秤砣」的意義。先秦一般用「權」，漢以後始有用「銓」者。「錘」到魏晉以後才有此義。隋唐以後多用「錘」而少用「權」了。「權」「銓」又都引申為動詞「衡量」的意義，「錘」沒有

Q

這個意義。「銓」「稱」二字又都有「秤」的意義。《說文》:「稱，銓也。」「銓，稱也。」「秤」是「稱」的俗字。2. 權、衡。見195頁「衡」字條。

顴 quán　顴骨，眼下腮上突出的顏面骨。《素問・刺熱篇》:「太陽之脈，色榮～骨，熱病也。」

犬 quǎn　狗。《韓非子・內儲說下》:「狡兔盡則良～烹。」舊時常用於謙稱或蔑稱。《春秋繁露・郊事對》:「臣～馬齒衰。」陳琳《為袁紹檄豫州》:「～羊殘醜，消淪山谷。」

甽 quǎn　同「畎」。田壟間的小水溝。《呂氏春秋・辯土》:「～欲小以深。」[甽畝] 田野，鄉野。《荀子・成相》:「舉舜～～。」(舉：推薦。)《呂氏春秋・離俗》:「居於～～之中，而游入於堯之門。」

畎 quǎn　❶ 田壟間的小水溝。《尚書・益稷》:「浚～澮距川。」(浚：疏通。澮 kuài：水道。距：至。川：河流。) [畎畝] 畎為田壟中間的小水溝，畝為田壟。泛指田野，鄉野。《孟子・告子下》:「舜發於～～之中。」(發：起用。) ❷ 山谷，兩山間的水道。《尚書・禹貢》:「岱～，絲、枲、鉛、松、怪石。」(岱：山名。枲 xǐ：大麻。)

綣 quǎn　❶ 彎曲，曲屈。《淮南子・人間》:「兵橫行天下而無所～。」❷ [綣綣] 懇切的樣子。韓愈《答殷侍御書》:「其孰能勤勤～～若此之至？」

券 quàn　契據。古代常用竹木等刻成，分為兩半，各執其一，作為憑證。《戰國策・齊策四》:「載～契而行。」《漢書・高帝紀上》:「歲竟，此兩家常折～棄責。」(責：債。)

縓 quàn　淺紅色。《儀禮・喪服》:「麻衣～緣。」

勸 quàn　勉勵，鼓勵。《左傳・成公二年》:「我戮之不祥。赦之，以～事君者。」又為奮勉。《呂氏春秋・長利》:「當堯之時，未賞而民～。」引申為鼓動，勸說。《呂氏春秋・慎行》:「王為建取妻於秦而美，無忌～王奪。」(建：楚平王太子。無忌：費無忌，人名。) 王維《渭城曲》:「～君更盡一杯酒。」

que

缺 quē△　❶ 器皿破損。《淮南子・說林》:「陶者用～盆。」泛指破損，殘缺。《淮南子・說山》:「孕婦見兔而子～脣。」❷ 空隙，缺口。《史記・孔子世家》:「昔吾入也，由彼～。」引申為空缺，指官吏的空額。《史記・趙世家》:「願得補黑衣之～，以衛王宮。」(黑衣：衛士服飾，代指衛士。) ❸ 缺陷，缺點。《淮南子・氾論》:「然而周公以義補～，桓公以功滅醜。」❹ 衰敗。《史記・漢興以來諸侯王年表》:「厲幽之後，王室～，侯伯強國興焉。」

【辨析】缺、闕。二字本義不同。「缺」指器缺，「闕」為門闕，二字不相混。引申為「缺口、空缺、缺點」等義，多通用。

鈌 quē△　❶ 殘破。《老子》第四十五章:「大成若～，其用不弊。」陸游《入蜀記》:「有碑，～壞磨滅之餘，時時可讀。」也指毀謗。江淹《詣建平王上書》:「不圖小人固陋，坐貽謗～。」❷ [鈌鈌] 澆薄。《老子》第五十八章:「其政察察，其民～～。」(察察：煩苛。)

闕 quē　見424頁「闕」㊁。

卻(却、卻) què△　❶ 退。《呂氏春秋・序意》:「馬～不肯進。」《史記・留侯世家》:「沛公自度能～項羽乎？」❷ 推辭，拒絕。《孟子・萬章下》:「～之～之為不恭。」《呂氏春秋・知接》:「固～其忠言。」❸ 用在動詞前，表示輕微的轉折。杜甫《聞官軍收河南河北》:「～看妻子愁何在。」❹ 用在動詞後，表動作完成。聶夷中《田家》:「醫得眼前瘡，剜～心頭肉。」

【辨析】卻、退。二字都有「向後動」的意思。不過，「退」向後可指長距離，也可指短距離，而且常常是向原處後退。「卻」則一般距離比較短。「退」的引申義較多，「卻」的引申義較少，而且一般都不重合。

Q

埆 ㊀ què△ ❶ 土地多石貧瘠。《墨子・親士》:「墝～者,其地不育。」《淮南子・原道》:「昔舜耕於歷山,期年而田者爭處墝～。」
㊁ jué△ ❷ 判定。《風俗通・五嶽》:「嶽者,～功考德,黜陟幽明也。」

雀 què△ 鳥名,即麻雀。《詩經・召南・行露》:「誰謂～無角,何以穿我屋?」

确 què△ ❶ 土地多石貧瘠。《淮南子・人間》:「其地～石而名醜。」❷ 確實。《後漢書・崔駰傳附崔寔》:「指切時要,言辯而～。」❸ 通「搉 què」。敲擊。《世說新語・文學》:「樂亦不復剖析文句,直以麈尾～几。」(麈尾:指拂塵。)❹ 通「角 jué」。角逐,爭鬥。《漢書・李廣傳》:「自負其能,數與虜～。」(負:依仗。)

搉 què△ ❶ 敲擊。《漢書・五行志中之上》:「支斷其母戚夫人手足,～其眼。」❷ 研討,商討。《南史・庾肩吾傳》:「思吾子建,一共商～。」❸ 約略,大略。《文心雕龍・通變》:「～而論之,則黃唐淳而質,虞夏質而辨。」(黃:黃帝。唐:唐堯。虞:虞舜。夏:夏禹。)

皵 què△ 樹木表皮粗糙皴裂。《爾雅・釋木》:「大而～,楸;小而～,榎。」郭璞注:「老而皮粗～者為楸,小而皮粗～者為榎。」

碏 què△ 人名用字。春秋時衛國有石碏。

愨(慤) què△ 誠實,謹敬。《荀子・非十二子》:「其容～。」《淮南子・主術》:「其民樸重端～。」(端:正。)

榷 què△(舊讀 jué) ❶ 架在水上的橫木,獨木橋。《說文》:「～,水上橫木,所以渡者也。」❷ 專賣,專利。《漢書・武帝紀》:「初～酒酤。」❸ 商榷,商討。《北史・崔孝芬傳》:「商～古今。」

碻 què△ [碻車] 炮車,古代攻戰用的器械。《宋書・殷琰傳》:「琰戶曹參軍虞挹之造～～。」(戶曹參軍:官名。虞挹之:人名。)

確 què△ ❶ 剛強,堅定。《呂氏春秋・下賢》:「～乎其節之不庳也。」(庳 bēi:低下。)❷ 真實,準確。《梁書・武帝紀中》:「博詢擇善,務在～實。」

觳 què 見 200 頁「觳」㊁。

闋 què△ ❶ 止息,終止。《詩經・小雅・節南山》:「君子如屆,俾民心～。」(屆:至。指至其位理政。俾:使。)特指樂曲終止。《禮記・文王世子》:「有司告以樂～。」❷ 量詞。舞樂一章為一闋。《呂氏春秋・古樂》:「昔葛天氏之樂,三人操牛尾,投足以歌八～。」(葛天氏:傳說中的遠古部落。投足:踏着腳。)又樂曲每一次終止為一闋。《史記・留侯世家》:「歌數～。」❸ 空虛。《莊子・人間世》:「瞻彼～者,虛室生白。」(虛室生白:指內心虛空則大道遂生。)

闕 ㊀ què△ ❶ 宮門前兩邊的樓臺,中間為通道。《左傳・莊公二十一年》:「鄭伯享王于～西辟。」(西辟:西邊。)代指朝廷。《漢書・朱買臣傳》:「詣～上書,書久不報。」(詣:至。)❷ 墓前的牌坊。《水經注・潁水》:「冢前有二～。」
㊁ quē△ ❸ 空闕,闕口。《左傳・昭公二十年》:「執蓋以當其～。」(蓋:形狀如同後世的傘。當:擋。)《水經注・江水》:「自三峽七百里中,兩岸連山,略無～處。」引申為虧缺。《禮記・禮運》:「三五而盈,三五而～。」(盈:指月圓。)又為缺少。《呂氏春秋・君守》:「故博聞之人、強識之士～矣。」❹ 缺點,過失。《詩經・大雅・烝民》:「袞職有～,維仲山甫補之。」(袞職:天子的職責。仲山甫:周宣王的大臣。)
㊂ jué△ ❺ 挖掘。《左傳・隱公元年》:「若～地及泉。」

【辨析】闕、缺。見 423 頁「缺」字條。

礐 què△ ❶ 水沖擊石頭的聲音。《說文》:「～,石聲。」木華《海賦》:「影沙～石。」(影 piāo:飛捲。)❷ 堅定。《新書・道德說》:「～乎堅哉謂之命。」

擢 què△ 專利,專營。《漢書・王莽傳下》:「如令豪吏猾民辜而～之,

Q

小民弗蒙，非予意也。」

鵲 què△ 喜鵲。《詩經・召南・鵲巢》：「維～有巢。」

qun

囷 qūn ❶圓形的穀倉。《詩經・魏風・伐檀》：「不稼不穡，胡取禾三百～兮？」❷［囷囷］盤旋曲折的樣子。杜牧《阿房宮賦》：「盤盤焉，～～焉。」

逡 qūn 遵循。《漢書・王莽傳上》：「～儉隆約，以矯世俗。」

逡 qūn ❶退讓。《漢書・公孫弘傳》：「有功者上，無功者下，則羣臣～。」❷通「駿 jùn」。急速。《禮記・大傳》：「遂率天下諸侯執豆籩，～奔走。」（豆籩 biān：食器。）

踆 ㊀ qūn ❶退。張衡《東京賦》：「千品萬官，已事而～。」（已：止。）㊁ dūn（舊讀 zūn）❷同「蹲」。蹲着。《莊子・外物》：「帥弟子～踞水旁。」（踞：蹲坐。）

箘 qūn 見 275 頁「箘」㊁。

裙（帬、裠） qún 裳，下裙。古代男女都穿裙。《莊子・外物》：「未解～襦。」（襦 rú：短衣。）杜甫《石壕吏》：「有孫母未去，出入無完～。」

羣（群） qún ❶羊羣。《詩經・小雅・無羊》：「誰謂爾無羊？三百維～。」引申為人羣或物羣。《淮南子・主術》：「千人之～無絕梁。」❷眾，眾多。《左傳・莊公十二年》：「～公子奔蕭。」（蕭：國名。）❸同類，種類。《周易・繫辭上》：「方以類聚，物以～分。」❹聚合。《荀子・非十二子》：「而～天下之英傑。」

麇 qún 見 274 頁「麇」㊁。

Q

R

ran

袡 rán ❶ 衣服的邊緣。《儀禮・士昏禮》：「純衣纁～。」（纁：淺紅色。）❷ 女子出嫁時的上衣。《禮記・喪大記》：「婦人復，不以～。」（復：招魂之禮。）

蚺 ㊀ rán ❶［蚺蛇］蟒蛇。嵇康《答難養生論》：「～～珍於越土。」㊁ tiàn ❷［蚺蜓 tàn］獸吐舌的樣子。王延壽《魯靈光殿賦》：「玄熊～～以齗齗。」（齗齗：露齒的樣子。）

然 rán ❶ 燃燒。後來寫作「燃」。《孟子・公孫丑上》：「若火之始～。」《淮南子・原道》：「兩木相摩而～。」❷ 正確，對。《論語・雍也》：「子曰：『雍之言～。』」又為認為……正確。《史記・淮陰侯列傳》：「於是信～之，從其計，遂渡河。」又為應答之語，表示肯定。《孟子，梁惠王上》：「王曰：『～，誠有百姓者。』」引申為許諾。《史記・游俠列傳》：「布衣之徒，設取予～諾，千里誦義，為死不顧世。」❸ 如此，這樣。《韓非子・解老》：「故聖人衣足以犯寒，食足以充虛，則不憂矣。眾人則不～。」❹ 連詞。表示轉折。但是，然而。《左傳・僖公三十年》：「～鄭亡，子亦有不利焉！」❺ 語氣詞。表肯定語氣。相當於「焉」「也」。《論語・先進》：「若由也，不得其死～。」《禮記・哀公問》：「寡人願有言～。」❻ 詞尾。表示狀態，「……的樣子」。《論語・子罕》：「夫子循循～善誘人。」陶潛《桃花源記》：「黃髮垂髫，並怡～自樂。」

髯 rán ❶ 兩頰的鬍鬚，也泛指鬍鬚。《漢書・高帝紀》：「高祖……美須～。」❷ 動物的鬚。《山海經・西山經》：「其鳥多當扈，其狀如雉，以其～飛。」（當扈：傳說中的鳥名。）

燃 rán 燃燒。《論衡・論死》：「天下無獨～之火。」

難 rán 燃燒。《淮南子・說林》：「槁竹有火，弗鑽不～。」

冉（冄） rǎn ［冉冉］1. 柔弱下垂的樣子。曹植《美女篇》：「柔條紛～～。」（紛：多的樣子。）2. 慢慢地。屈原《離騷》：「老～～其將至兮。」

苒 rǎn ❶［苒苒］1. 草茂盛的樣子。唐彥謙《移莎》：「～～齊芳草。」2. 輕柔的樣子。王粲《迷迭賦》：「挺～～之柔莖。」3. 漸漸。劉禹錫《酬竇員外旬休早涼見示》：「四時～～催容鬢。」❷［苒荏 rěn］義同「荏苒」。時間逐漸過去。陸雲《與楊彥明書》：「時去～～，歲行復半。」

染 rǎn ❶ 使絲帛等物着色。《周禮・天官・染人》：「染人掌～絲帛。」《墨子・所染》：「～於黃則黃。」用於比喻義，熏陶，熏染。《呂氏春秋・當染》：「舜～於許由、伯陽。」引申為浸染。《左傳・宣公四年》：「子公怒，～指於鼎。」（子公：人名。）❷ 傳染，感染（疾病）。《晉書・庾袞傳》：「始疑疫癘之不相～也。」（疫癘：瘟疫。）

熯 rǎn 見 187 頁「熯」㊁。

rang

儴 ㊀ ráng ❶ 因襲，遵循。《新語・至德》：「～道者眾歸之。」㊁ cháng ❷［儴佯］徜徉，遊蕩不定的樣子。司馬相如《上林賦》：「道盡塗殫，迴車而還，招搖乎～～。」（招搖：逍遙。）

勷 ráng ［劻 kuāng 勷］見 287 頁「劻」字條。

禳 ráng 祭神以消除災邪。《呂氏春秋·季春》：「九門磔～。」（磔 zhé：割裂牲體祭神。）泛指消除災邪。韓愈《憶昨行和張十一》：「一善自足～千災。」

穰 ㊀ ráng ❶ 禾穀脫粒後的莖稈。《齊民要術·作醬法》：「寒月作之，宜埋之於黍～積中。」❷ 莊稼豐收。《韓非子·五蠹》：「～歲之秋，疏客必食。」❸ 同「瓤」。果實的肉。杜甫《秋日夔府詠懷一百韻》：「～多栗過拳。」（過：超過。）

㊁ rǎng ❹ 繁盛，眾多。《漢書·張敞傳》：「長安中浩～。」（浩穰：指人口眾多。）❺ 通「禳 ráng」。求神降福除災。《史記·滑稽列傳》：「今者臣從東方來，見道傍有～田者。」（穰田：向神祈求莊稼豐收。）

瓤 ráng 瓜瓤。傅玄《瓜賦》：「多～少瓣。」（瓣：瓜的籽。）泛指果皮裏包着種子的肉或瓣。白居易《荔枝圖序》：「～肉瑩白如冰雪。」

壤 rǎng ❶ 鬆軟的土。《孟子·滕文公下》：「夫蚓，上食槁～，下飲黃泉。」引申為地，土地。《列子·湯問》：「叩石墾～。」❷ 疆土，地域。《呂氏春秋·知化》：「夫吳之與越也，接土鄰境，～交道屬。」（屬 zhǔ：連接。）今成語有「窮鄉僻壤」。❸ 通「穰 ráng」。豐收。《莊子·庚桑楚》：「居三年，畏壘大～。」（畏壘：山名。）❹ ［壤壤］紛亂的樣子，也指紛亂之物。《呂氏春秋·知接》：「孰之～～也，可以為之莽莽也。」

攘 ㊀ rǎng ❶ 排除，排斥。《公羊傳·僖公四年》：「桓公救中國而～夷狄。」韓愈《進學解》：「觝排異端，～斥佛老。」❷ 侵犯，侵奪。《國語·齊語》：「西征，～白狄之地，至于西河。」❸ 擾亂。《淮南子·兵略》：「故至於～天下，害百姓。」❹ 偷竊。《墨子·非攻上》：「至～人之犬豕雞豚者，其不義又甚入人園圃竊桃李。」❺ 捋起衣袖。《呂氏春秋·驕恣》：「魏武侯謀事而當，～臂疾言於庭。」（當：恰當。）❻ 容忍。屈原《離騷》：「屈心而抑志兮，忍尤而～詬。」（尤、詬 gòu：都是恥辱的意思。）

㊁ ràng ❼ 謙讓，退讓。《漢書·禮樂志》：「隆雅頌之聲，盛揖～之容。」

穰 rǎng 見 427 頁「穰」㊁。

攘 ràng 見 427 頁「攘」㊁。

讓 ràng ❶ 責備。《墨子·魯問》：「其子戰而死，其父～子墨子。」《呂氏春秋·淫辭》：「秦王不說，使人～趙王。」❷ 退讓，辭讓。《論語·衛靈公》：「當仁不～於師。」《戰國策·趙策三》：「魯仲連辭～者三，終不肯受。」引申為把權益或職位讓給別人。《左傳·隱公十一年》：「齊侯以許～公。」（許：周代諸侯國名。）《韓非子·說林下》：「堯以天下～許由，許由逃之。」

rao

嬈 ráo 見 428 頁「嬈」㊁。

蕘 ráo 柴草。《管子·輕重甲》：「今北澤燒，莫之續，則是農夫得居裝而賣其薪～。」又為砍柴草。《孟子·梁惠王下》：「文王之囿方七十里，芻～者往焉，雉兔者往焉，與民同之。」（芻：割草。雉兔：指打鳥捕獸。）也指砍柴草的人。《詩經·大雅·板》：「先民有言，詢于芻～。」

【辨析】蕘、柴、樵、薪。見 46 頁「柴」字條。

橈 ráo 見 361 頁「橈」㊁。

饒 ráo ❶ 豐足，富裕。《史記·陳丞相世家》：「平既娶張氏女，齎用日～。」（平：陳平。齎 zī：通「資」，資財。）《三國志·蜀書·諸葛亮傳》：「成都有桑八百株，薄田十五頃，子弟衣食，自有餘～。」❷ 肥沃。《淮南子・原道》：「期年而田者爭處墝埆，以封壤肥～相讓。」❸ 安樂，安逸。《荀子・修身》：「勞苦之事則爭先，～樂之事則能讓。」《淮南子・脩務》：「沃地之民多不才者，～也。」❹ 寬容，寬恕。鮑照《擬行路難》之十七：「日月流邁不相～。」杜牧《送隱者》：「公道世間唯白髮，貴人頭上不曾～。」

嬈 ㊀ rǎo　❶ 煩擾。《淮南子・原道》：「其魂不躁，其神不～。」《漢書・晁錯傳》：「除苛解～。」
㊁ ráo　❷［嬈嬈］柔弱的樣子。王褒《洞簫賦》：「優～～以婆娑。」❸［嬌嬈］嫵媚的樣子。元好問《古意》：「桃李弄～～，梨花澹豐容。」

擾 rǎo　❶ 亂，擾亂。《左傳・襄公四年》：「德用不～。」《孫子・行軍》：「軍～者，將不重也。」（重 zhòng：威重。）引申為侵擾。《三國志・吳書・吳主傳》：「當農桑時，以役事～民者，舉正以聞。」（役事：指徭役。）❷ 馴服，馴養。《周禮・夏官・服不氏》：「掌養猛獸而教～之。」引申指馴養的家畜、家禽。《周禮・夏官・職方氏》：「其畜宜六～。」（六擾：指馬、牛、羊、豕、犬、雞。）❸ 安撫。《尚書・周官》：「司徒掌邦教，敷五典，～兆民。」（敷：宣佈。兆民：萬民。）

繞 rào　❶ 纏繞，環繞。《呂氏春秋・知分》：「子嘗見兩蛟～船能兩活者乎？」曹操《短歌行》：「～樹三匝，何枝可依？」❷ 繞道。《史記・衛將軍驃騎列傳》：「漢益縱左右翼～單于。」（漢：指漢軍。）

re

惹 ㊀ rě　❶ 沾染。岑參《寄左省杜拾遺》：「曉隨天仗入，暮～御香歸。」❷ 牽引，招引。李賀《昌谷北園新筍》：「古竹老梢～碧雲。」
㊁ ruò　❸［惹惹］輕盈的樣子。韓偓《閒步》：「獨鳥寒煙輕～～。」

熱 rè△　❶ 溫度高，與「冷」相對。《孟子・梁惠王下》：「如水益深，如火益～。」《列子・湯問》：「此不為近者～而遠者涼乎？」❷ 躁急。《孟子・萬章上》：「仕則慕君，不得於君則～中。」（中：指內心。）❸ 病名。古指陽氣亢盛的病症。《左傳・昭公元年》：「陰淫寒疾，陽淫～疾。」（淫：過度。）

【辨析】熱、暑。二字都有「溫度高、炎熱」的意思。渾言無別，析言有別。「熱」主燥，「暑」主濕。《釋名》：「暑，如湯煮物也。熱，如火所燒爇也。」再者，「暑」可指稱夏季，「熱」沒有這個意思。

ren

人 rén　❶ 人。《呂氏春秋・大樂》：「天使～有欲，～弗得不求。」❷ 他人，別人。《論語・顏淵》：「己所不欲，勿施於～。」❸ 果核中硬皮包裹的部分，後來寫作「仁」。《齊民要術・種棗》：「服棗核中～二七枚，辟疾病。」

壬 rén　❶ 天干的第九位。古代以天干紀日，也以天干與地支相配紀年、月、日。《左傳・隱公三年》：「～戌，平王崩。」❷ 盛大。《詩經・小雅・賓之初筵》：「百禮既至，有～有林。」（有：又。林：盛。）❸ 奸佞。《尚書・皋陶謨》：「能哲而惠……何畏乎巧言令色孔～？」王安石《答司馬諫議書》：「闢邪說，難～人，不為拒諫。」

仁 rén　❶ 古代的道德概念，核心是仁愛。《孟子・公孫丑上》：「行～政而王，莫之能禦也。」《呂氏春秋・不二》：「孔子貴～。」❷ 果核中硬皮包裹的部分。《顏氏家訓・養生》：「鄴中朝士有單服杏～枸杞黃精木車前，得益者甚多。」❸［不仁］中醫指肢體麻木失靈。《素問・痹論》：「其不痛～～者，病久入深。」❹ 通「人 rén」。《論語・雍也》：「井有～焉。」王安石《邀望之過我廬》：「我池在～境。」

任 rén　見 429 頁「任」㊁。

忍 rěn　❶ 容忍，忍受。《論語・八佾》：「是可～也，孰不可～也。」（是：

R

此。)《淮南子・道應》:「是為人也,能為社稷～羞。」引申為抑制,克制。《荀子・儒效》:「志～私,然後能公。」今成語有「忍俊不禁」。❷ 狠心,忍心。《孟子・梁惠王上》:「臣固知王之不～也。」引申為殘忍。《左傳・文公元年》:「且是人也,蜂目而豺聲,～人也。」《新書・道術》:「惻隱憐人謂之慈,反慈為～。」(惻隱:同情。)

荏 rěn ❶ 草名,即白蘇。《齊民要術・荏蓼》:「～性甚易生。」❷ 軟弱,怯懦。《論語・陽貨》:「色厲而內～。」❸ 大。《詩經・大雅・生民》:「蓺之～菽。」(蓺:同「藝」,種植。荏菽:大豆。)

稔 rěn ❶ 莊稼成熟。《國語・吳語》:「吳王夫差既殺申胥,不～於歲,乃起師北伐。」(申胥:申包胥,人名。)《韓詩外傳》卷一:「於是歲大～,民給家足。」(給 jǐ:豐足。)引申為事物醞釀成熟。《論衡・偶會》:「夏殷之朝適窮,桀紂之惡適～。」❷ 年。《國語・鄭語》:「凡周存亡,不三～矣。」

刃 rèn ❶ 刀鋒,刀口。《呂氏春秋・精通》:「用刀十九年,～若新𥖂研。」(𥖂:通「磨」。)泛指刀劍一類有鋒刃的兵器。《淮南子・氾論》:「鑄金而為～。」引申為(用刀劍)殺。《左傳・襄公二十五年》:「請自～於廟。」❷ 通「仞 rèn」。古代長度單位。七尺或八尺為一仞。《列子・湯問》:「太行、王屋二山,方七百里,高萬～。」

仞 rèn ❶ 古代長度單位,或七尺、或八尺。《論語・子張》:「夫子之牆數～。」用作動詞。測量深度。《左傳・昭公三十二年》:「度厚薄,～溝洫。」❷ 通「忍 rěn」。忍受。《墨子・節葬下》:「是故百姓冬不～寒,夏不～暑。」❸ 通「認 rèn」。辨識,認識。《淮南子・人間》:「非其事者勿～也。」

任 ㊀ rèn ❶ 抱。《詩經・大雅・生民》:「是～是負。」(是:此,作「任、負」的賓語。負:背。)❷ 負荷,負載。《韓非子・人主》:「夫馬之所以能～重引車致遠道者,以筋力也。」引申為擔負,承擔。《左傳・成公二年》:「自今無有代其君～患者。」❸ 負擔,擔子。《論語・泰伯》:「～重而道遠。」又特指行李。《孟子・滕文公上》:「門人治～將歸。」(治任:指收拾行裝。)引申為責任。《孟子・告子下》:「天將降大～於是人也。」❹ 信任。《周禮・秋官・大司寇》:「使州里～之。」《史記・屈原列傳》:「王甚～之。」❺ 任用,使用。《尚書・咸有一德》:「～官惟賢才。」《呂氏春秋・察今》:「以此～物,亦必悖矣。」❻ 依憑,憑藉。《孫子・勢》:「故能擇人而～勢。」《呂氏春秋・慎大》:「干辛～威,凌轢諸侯。」(干辛:人名。凌轢 lì:侵犯。)❼ 放任,聽憑。《史記・陳丞相世家》:「陵少文,～氣,好直言。」陶潛《歸去來兮辭》:「曷不委心～去留?」❽ 通「妊 rèn」。懷孕。《大戴禮記・保傅》:「周后妃～成王於身。」又指養育。《白虎通・五行》:「陰氣在黃泉之下,～養萬物。」

㊁ rén ❾ 奸佞。《尚書・舜典》:「惇德允元,而難～人。」(惇:敦厚。允:確實。元:善。)

【辨析】任、擔、負、何(荷)。見 90 頁「擔」字條。

牣 rèn ❶ 盈滿。《詩經・大雅・靈臺》:「王在靈沼,於～魚躍。」(於 wū:歎詞。)司馬相如《子虛賦》:「珍怪鳥獸,萬端鱗崪,充～其中,不可勝記。」(鱗崪:羣集。崪:通「萃 cuì」。)❷ 通「韌 rèn」。柔韌。《呂氏春秋・別類》:「黃白雜則堅且～。」(黃:指銅。白:指錫。)

妊(姙) rèn 懷孕。《論衡・吉驗》:「傳言黃帝～二十月而生。」

衽(袵) rèn ❶ 衣襟。《論語・憲問》:「微管仲,吾其被髮左～矣。」(微:假如沒有。被髮左衽:披散着頭髮,衣襟向左開,是夷狄之族的服飾。)❷ 蓆子。《儀禮・士喪禮》:「～如初。」《管子・弟子職》:「振～掃席。」

紉 rèn ❶ 搓繩子。賈誼《惜誓》:「并～茅絲以為索。」引申指繩索。《齊民要術・插梨》:「先作麻～,纏十許匝。」❷ 連綴。屈原《離騷》:「～秋蘭以為佩。」

又指把線穿入針孔。《禮記・內則》：「衣裳綻裂，～針請補綴。」❸ 柔韌。古詩《為焦仲卿妻作》：「蒲葦～如絲。」

軔 rèn ❶ 阻礙車輪轉動的木頭。屈原《離騷》：「朝發～於蒼梧兮。」（發軔：抽去軔讓車啟行。蒼梧：山名。）引申為止，阻止。《戰國策・秦策五》：「陛下嘗～車於趙矣。」❷ 牢固。《管子・制分》：「攻堅則～。」❸ 通「仞 rèn」。七尺或八尺為一仞。《孟子・盡心上》：「掘井九～而不及泉，猶為棄井也。」

恁 rèn ❶ 思念。班固《典引》：「亦宜勤～旅力。」（旅力：出力。旅：佈陳。）❷ 這，這麼。姜夔《疏影》：「等～時，重覓幽香，已入小窗橫幅。」李漁《巧團圓》：「誰家庭院～蕭疏？」

紝（絍） rèn 織布帛的絲縷，泛指繒帛。《左傳・成公二年》：「孟孫請往賂之以執斲、執針、織～。」（執斲、執針、織紝：都指從事該項工作的工匠。）《漢書・嚴助傳》：「婦人不得紡績織～。」又指紡織。《戰國策・秦策一》：「妻不下～，嫂不為炊。」（不下絍：不下織機，依舊紡織。）

飪（餁） rèn 烹飪，把食物做熟。《論語・鄉黨》：「失～，不食。」

韌（靭） rèn 柔軟而堅固。《新唐書・皇甫鎛傳》：「此內府所出，牢～可服。」（此：指靴子。服：穿。）

認 rèn ❶ 認識，識別。《後漢書・卓茂傳》：「時嘗出行，有人～其馬。」引申為認為，當作。劉克莊《答婦兄林公遇》：「夢回殘月在，錯～是天明。」❷ 承認。《洛陽伽藍記・龍華寺》：「及綜生，～為己子。」

鵀 rèn [戴鵀] 鳥名。《淮南子・時則》：「～～降於桑。」

reng

仍 réng ❶ 依照，因襲。《論語・先進》：「～舊貫，如之何？」（仍舊貫：依照原有的做法。）引申為相隨，接續。《楚辭・九章・悲回風》：「觀炎氣之相～兮，窺煙液之所積。」（炎氣：指蒸發之熱氣。煙液：指熱氣凝聚的液體。）❷ 屢次，頻繁。《國語・周語下》：「晉～無道而鮮胄，其將失之矣。」（鮮 xiǎn：少。胄：後代。）《漢書・元帝紀》：「百姓～遭凶阨，無以相振。」（振：救濟。）❸ 因而，於是。《史記・淮南衡山列傳》：「～父子再亡國，各不終其身。」❹ [仍仍] 不得志的樣子。《淮南子・精神》：「乃始～～然知其盆瓴之足羞也。」（乃始：於是。）

艿 réng 舊草割後新草重生。《逸周書・商誓》：「爾百姓獻民，其有綴～。」（獻民：賢民。綴：接續。）

陾 réng [陾陾] 眾多的樣子。《詩經・大雅・綿》：「捄之～～。」（捄：把土裝進筐內。）

扔 rèng ❶ 牽引，拉。《老子》第三十八章：「上禮為之而莫之應，則攘臂而～之。」（攘臂：舉臂。）❷ 摧毀。《後漢書・馬融傳》：「竄伏～輪。」（竄伏而被車輪軋毀。）

ri

日 rì△ ❶ 太陽。《詩經・衛風・伯兮》：「其雨其雨，杲杲出～。」（杲杲 gǎo gǎo：形容太陽明亮。）引申為晝，白天。《孟子・離婁下》：「夜以繼～。」又引申為一晝夜，一天。《尚書・洪範》：「一曰歲，二曰月，三曰～。」❷ 往日，從前。《左傳・文公七年》：「～衛不睦，故取其地。」又指他日。《列子・湯問》：「～以俱來，吾與若俱觀之。」❸ 指日辰禁忌。《論衡・譏日》：「世俗既信歲時，而又信～。」

馹 rì△ 古代驛站所用的傳車、驛馬。《左傳・文公十六年》：「楚子乘～，會師于臨品。」

rong

戎 róng ❶ 兵器。《周易・萃》：「君子以除～器，戒不虞。」《詩經・大

R

雅・常武》：「整我六師，以修我～。」❷ 兵士，軍隊。《左傳・成公二年》：「臣辱～士，敢告不敏，攝官承乏。」（不敏：不聰明，不會辦事。攝官：任職。）《呂氏春秋・仲春》：「寇～來征。」❸ 軍事，戰爭。《左傳・成公十三年》：「國之大事，在祀與～。」❹ 大。《詩經・周頌・烈文》：「念茲～功。」（茲：此。）❺ 古代西方少數民族。《呂氏春秋・義賞》：「秦勝於～而敗於殽。」《三國志・蜀書・諸葛亮傳》：「西和諸～。」

彤 róng ❶ 商代祭祀名。祭祀的第二天又進行的祭祀。❷ [彤彤] 和樂的樣子。

茸 ㊀ róng ❶ 草初生柔細的樣子。引申為草初生的細芽。謝靈運《於南山往北山經湖中瞻眺》：「新蒲含紫～。」❷ 柔細的獸毛。杜牧《揚州》之一：「半脫紫～裘。」

㊁ rǒng ❸ 推入。《漢書・司馬遷傳》：「而僕又～以蠶室，重為天下觀笑。」（僕：謙稱自己。蠶室：受過宮刑的人怕風寒，所居之室須溫暖，如同養蠶的屋子一樣。）❹ [闒茸] 低賤。司馬遷《報任安書》：「今已虧形為掃除之隸，在～～之中。」

容 róng ❶ 容納。《詩經・衛風・河廣》：「誰謂河廣？曾不～刀。」（曾：竟。刀：小船。）《論語・子張》：「君子尊賢而～眾。」今成語有「苟合取容」。引申為寬容，容忍。《史記・汲黯鄭當時列傳》：「不能～人之過。」❷ 容貌，儀容。屈原《漁父》：「顏色憔悴，形～枯槁。」《韓非子・五蠹》：「盛～服而飾辯說。」❸ 允許，許可。《左傳・昭公元年》：「五降之後，不～彈矣。」❹ 或許，大概。《後漢書・李固傳》：「宮省之內，～有陰謀。」（省：指中央行政機構。）❺ [容與] 1. 逍遙從容的樣子。屈原《九歌・湘夫人》：「聊逍遙兮～～。」2. 徘徊不進的樣子。屈原《九章・涉江》：「船～～而不進兮。」

【辨析】容、貌。見 339 頁「貌」字條。

頌 ㊀ róng ❶ 儀容。後來寫作「容」。《漢書・儒林傳・毛公》：「徐生以～為禮官大夫。」❷ 寬容。《漢書・惠帝紀》：「爵五大夫、吏六百石以上及宦皇帝而知名者，有罪當盜械者，皆～繫。」（盜械：因罪須戴刑具。）

㊁ sòng ❸ 歌頌，頌揚。《荀子・天論》：「從天而～之，孰與制天命而用之？」（孰與：哪如。）❹ 卜兆的占辭。《周禮・春官・大卜》：「其～皆千有二百。」❺《詩經》的篇類之一，即《周頌》《魯頌》《商頌》中的詩。《論語・子罕》：「《雅》《～》各得其所。」❻ 一種文體。蕭統《文選序》：「～者，所以游揚德業，褒讚成功。」（游揚：宣揚。）❼ 通「誦 sòng」。誦讀。《孟子・萬章下》：「～其詩，讀其書，不知其人，可乎？」

溶 róng ❶ 水盛的樣子。《說文》：「～，水盛也。」引申為盛大。張衡《思玄賦》：「氛旄～以天旋兮，蜺旌飄以飛揚。」（氛旄：以氛氣為旄。蜺旌：以虹霓為旌。）❷ 通「容 róng」。容貌。《韓非子・揚權》：「聽言之道，～若甚醉。」❸ 通「搈 róng」。動，搖動。《韓非子・揚權》：「動之～之，無為而改之。」《淮南子・原道》：「動～無形之域。」

蓉 róng [芙蓉] 見 145 頁「芙」字條。

榕 róng 樹名。《齊民要術》卷十引《南州異物志》：「～木，初生少時，緣榑他樹，如外方扶芳藤形。」

榮 róng ❶ 草的花，泛指花。屈原《九章・橘頌》：「綠葉素～。」又為草木開花。《呂氏春秋・仲夏》：「半夏生，木堇～。」（半夏：藥草名。木堇：一種落葉灌木。）❷ 繁榮，茂盛。《荀子・富國》：「陵謹盡察，是～國已。」（陵：嚴明。）《素問・四氣調神大論》：「天地俱生，萬物以～。」❸ 光榮，榮耀，與「辱」相對。《莊子・逍遙遊》：「定乎內外之分，辨乎～辱之境。」❹ [榮衛] 中醫指人體的營養、血氣等。《素問・湯液醪醴論》：「今精壞神去，～～不可復收。」

融（螎） róng ❶ 融化，消融。孫綽《遊天台山賦》：「～而為川瀆。」（瀆：溝渠。）引申為融合，融會。

R

楊炯《〈王勃集〉序》：「契將往而必～，防未來而先制。」（契：投合。將往：以往。）❷ [融融] 1. 和樂的樣子。《左傳・隱公元年》：「大隧之中，其樂也～～。」（隧：隧道。）2. 和暖的樣子。張籍《春日行》：「春日～～池上暖。」❸ 通，融通。何晏《景福殿賦》：「雲行雨施，品物咸～。」（品物：萬物。咸：都。）❹ 大明，大亮。《左傳・昭公五年》：「明而未～。」❺ 長，長久。《詩經・大雅・既醉》：「昭明有～。」（昭明：光明。有：詞頭。）蔡邕《郭有道碑文》：「稟命不～，享年四十有二。」（稟：受。）

嶸 róng [崢嶸] 見 671 頁「崢」字條。

鎔 róng 鑄造器物的模型。《漢書・董仲舒傳》：「猶金之在～，唯冶者之所鑄。」引申為鑄造。《隋書・食貨志》：「私家多～錢。」又為熔化。李清照《永遇樂》：「落日～金。」

蠑 róng [蠑螈] 一種形似蜥蜴的兩棲動物。《爾雅・釋魚》：「～～，蜥蜴。」《古今注・魚蟲》：「蝘蜓……其長細五色者名為蜥蜴，短大者名～～。」

冗(宂、穴) rǒng ❶ 閒散。《申鑑・時事》：「必也正貪祿，省閒～。」韓愈《進學解》：「三年博士，～不見治。」❷ 多餘，繁雜。《漢書・申屠嘉傳》：「故～官居其中。」陸機《文賦》：「要辭達而理舉，故無取乎～長。」❸ 凡庸，低劣。《後漢書・蔡邕傳》：「臣之愚～，職當咎患。」❹ 離散。《漢書・成帝紀》：「水旱為災，關東流～者眾。」（關：指函谷關。）❺ 忙。陳亮《與朱元晦祕書書》：「百～中西望武夷。」

茸 rǒng 見 431 頁「茸」㊁。

軵 rǒng 推。《呂氏春秋・精通》：「樹相近而靡，或～之也。」（靡：摩擦。）

嵱 rǒng [嵱嵷] 山峯眾多的樣子。揚雄《甘泉賦》：「陵高衍之～～兮。」

氄 rǒng 鳥獸貼身的細絨毛。《尚書・堯典》：「鳥獸～毛。」

rou

柔 róu ❶ 木可曲可直的性能，柔韌。《詩經・小雅・巧言》：「荏染～木，君子樹之。」（荏染：柔弱的樣子。）引申為柔嫩。《詩經・小雅・采薇》：「采薇采薇，薇亦～止。」（止：語氣詞。）又引申為柔軟，柔弱。《周易・說》：「立地之道，曰～曰剛。」《詩經・大雅・烝民》：「人亦有言，～則茹之，剛則吐之。」（茹 rú：吃。）❷ 溫和，溫順。《管子・四時》：「～風甘雨乃至。」❸ 安撫，懷柔。《詩經・大雅・民勞》：「～遠能邇，以定我王。」（邇：近。）《左傳・文公七年》：「服而不～，何以示懷？」

揉 róu ❶ 使木頭彎曲或伸直。《周易・繫辭下》：「斲木為耜，～木為耒。」引申為使順從。《詩經・大雅・崧高》：「～此萬邦，聞于四國。」❷ 用手揉。王建《照鏡》：「暖手～雙目。」❸ 雜錯。《世說新語・文學》：「皆粲然成章，不相～雜。」

煣 róu 用火烤木材使彎曲或伸直。《說文》：「～，屈申木也。」《漢書・食貨志》：「～木為耒。」

糅 róu 混雜。屈原《離騷》：「芳與澤其雜～兮。」《淮南子・精神》：「審乎無瑕而不與物～。」

輮 róu ❶ 車輪的外框。也叫「輞」「牙」。王褒《僮約》：「持斧入山，斷～裁轅。」❷ 通「煣 róu」。用火烤木使彎曲。《荀子・勸學》：「木直中繩，～以為輪。」（繩：木工取直的墨繩。）❸ 通「蹂 róu」。踐踏。《漢書・李廣傳附李陵》：「且陵提步卒不滿五千，深～戎馬之地，抑數萬之師。」

蹂 róu ❶ 踐踏。《史記・項羽本紀》：「王翳取其頭，餘騎相～踐爭項王。」（王翳：人名。）❷ 通「揉 róu」。用手來回搓。《詩經・大雅・生民》：「或簸或～。」

肉 ròu△ ❶ 動物的肉。《論語・述而》：「三月不知～味。」後又指人的肌肉。

《素問・陰陽應象大論》：「在體為～。」❷ 水果、蔬菜除去皮核後可供食用的部分。蔡邕《為陳留太守上孝子狀》：「舅偃哀其羸劣，嚼棗～以哺之。」❸ 聲音洪亮悅耳。《禮記・樂記》：「使其曲直、繁瘠、廉～、節奏，足以感動人之善心而已矣。」❹ 圓形帶孔的東西的邊體，與「好」（孔）相對。《漢書・食貨志下》：「～好皆有周郭。」（周郭：指古錢的輪廓。）

【辨析】肉、肌。見218頁「肌」字條。

ru

如 rú ❶ 往，到……去。《左傳・僖公四年》：「楚子使屈完～師。」❷ 如同，好像。《詩經・小雅・小旻》：「戰戰兢兢，～臨深淵，～履薄冰。」引申為及，趕得上（用於否定句）。《孟子・告子下》：「天時不～地利，地利不～人和。」❸ 用於「如……何」句式。表示「對……怎麼樣」。《論語・子張》：「我之不賢與，人將拒我，～之何其拒人也？」《列子・湯問》：「其～土石何？」❹ 乃，就是。《論語・憲問》：「桓公九合諸侯，不以兵車，管仲之力也，～其仁，～其仁。」❺ 連詞。1. 表示假設。如果，假如。《詩經・秦風・黃鳥》：「～可贖兮，人百其身。」2. 表示並列。和。《儀禮・鄉飲酒禮》：「公～大夫入。」3. 表示選擇。或者。《論語・先進》：「方六七十，～五六十，求也為之，比及三年，可使足民。」4. 表示轉折。至於。《論語・先進》：「～其禮樂，以俟君子。」5. 表示順承。而。《韓非子・五蠹》：「民之故計，皆就安利～辟危窮。」❻ 介詞。於。《呂氏春秋・愛士》：「人之困窮，甚～飢渴。」❼ 形容詞後綴，表示「……的樣子」。《論語・述而》：「子之燕居，申申～也，夭夭～也。」（燕居：平日閒居。申申：整飭的樣子。夭夭：和舒的樣子。）今成語有「突如其來」。

【辨析】如、赴、之、適、往。見150頁「赴」字條。

茹 rú ❶ 吃。《禮記・禮運》：「飲其血，～其毛。」引申為含。《顏氏家訓・文章》：「銜酷～恨，徹於心髓。」❷ 蔬菜的總稱。《漢書・食貨志上》：「菜～有畦。」❸ 柔軟，軟弱。《韓非子・亡徵》：「柔～而寡斷。」❹ 度量，估量。《詩經・小雅・六月》：「玁狁匪～，整居焦穫。」（玁狁 xiǎnyǔn：古代北方少數民族。焦穫：古澤名。）又為商量，調度。《詩經・周頌・臣工》：「王釐爾成，來咨來～。」（釐：賜。成：指成法。）❺ 腐臭。《呂氏春秋・功名》：「以～魚去蠅，蠅愈至，不可禁。」

挐 rú ❶ 糾纏，紛亂。宋玉《九辯》：「枝煩～而交橫。」《淮南子・主術》：「志在直道正邪，決煩理～。」[紛挐] 紛亂的樣子。《淮南子・本經》：「巧偽～～以相摧錯。」王逸《九思・悼亂》：「嗟嗟兮悲夫，淆亂兮～～。」❷ 連綿，連續。《漢書・嚴安傳》：「禍～而不解。」

儒 rú ❶ 周、秦時稱熟悉禮、樂、射、御、書、數等六藝的人。《周禮・天官・大宰》：「四曰儒，以道得民。」（道：指六藝。）後泛指讀書人、學者。劉禹錫《陋室銘》：「談笑有鴻～。」❷ 孔子創立的學派，儒家。《韓非子・五蠹》：「～以文亂法。」❸ 柔弱。《新唐書・鄭畋傳》：「璠內輕畋～柔，縱步騎鼓而前。」（璠、畋：人名。）

嚅 rú [囁嚅] 見367頁「囁」字條。

濡 rú ❶ 浸濕，沾濕。《莊子・大宗師》：「入水不～，入火不熱。」❷ 柔軟，柔弱。《淮南子・說山》：「厲利劍者必以柔砥，擊鐘磬者必以～木。」❸ 停留，遲緩。《孟子・公孫丑下》：「三宿而後出晝，是何～滯也！」（晝：地名。）袁宗道《岳陽紀行》：「雖行甚駛，只覺～遲耳。」

孺 rú ❶ 幼兒，兒童。《說文》：「～，乳子也。」[孺子] 幼兒。《孟子・公孫丑上》：「今人乍見～～將入於井，皆有怵惕惻隱之心。」（怵惕：驚懼。惻隱：同情。）❷ 親睦。《詩經・小雅・常棣》：「兄弟既具，和樂且～。」（具：聚集在一起。）❸ 通「乳 rǔ」。孵化。《莊子・天運》：「烏鵲～。」

R

鴽 rú 鴾鶉。《呂氏春秋・季春》：「桐始華，田鼠化為～。」（華：用作動詞，開花。）

襦 rú 短衣，短襖。《莊子・外物》：「未解裙～。」古詩《陌上桑》：「緗綺為下裙，紫綺為上～。」（緗綺：淺黃色有花紋的絲織品。）

蠕 rú ［蠕動］蟲類慢慢地爬行，也指爬行的蟲類。《史記・匈奴列傳》：「～～之類，莫不就安利而辟危殆。」《抱朴子・用刑》：「温而無寒，則～～不蟄。」（蟄：動物冬眠。）

醹 rú 酒味醇厚。《詩經・大雅・行葦》：「酒醴維～。」

女 rǔ 見370頁「女」㊂。

汝 rǔ ❶古水名，源出河南大盂山，東流注入淮河。《孟子・滕文公上》：「決～漢，排淮泗，而注之江。」❷你，你的。《韓非子・內諸說上》：「予～天下而殺～身。」［汝曹］你們。曹操《讓縣自明本志令》：「顧我萬年之後，～～皆當出嫁。」

乳 rǔ ❶生子。《呂氏春秋・音初》：「入于民室，主人方～。」《漢書・蘇建傳附蘇武》：「使牧羝，羝～，乃得歸。」（羝 dī：公羊。）又為剛生過子的。《荀子・榮辱》：「～彘觸虎。」（彘 zhì：豬。）❷哺育，餵奶。《左傳・宣公四年》：「邧夫人使棄諸夢中，虎～之。」（夢：指雲夢澤。）又為乳汁。《史記・張丞相列傳》：「老，口中無齒，食～。」又為乳房。《史記・扁鵲倉公列傳》：「果為疽發～上。」

辱 rǔ△ ❶恥辱，可恥。《詩經・鄘風・牆有茨》：「所可讀也，言之～也。」（讀：指公開地說出來。）又用作動詞。蒙受恥辱，使蒙受恥辱，侮辱。《呂氏春秋・當染》：「故國皆殘亡，身或死～。」《史記・陳涉世家》：「忿恚尉，令～之，以激怒其眾。」（忿恚 huì 尉：使尉憤怒。）❷謙詞。意思是使對方蒙受了屈辱。《左傳・僖公四年》：「～收寡君，寡君之願也。」（寡君：對別國謙稱自己的國君。）司馬遷《報任安書》：「曩者～賜書。」（曩 nǎng：從前，過去。書：書信。）

【辨析】辱、恥、羞。見62頁「恥」字條。

擩 rǔ 染。《說文》：「～，染也。」《儀禮・公食大夫禮》：「賓升席坐，取韭菹以辯，～于醢上豆之間祭。」

入 rù△ ❶進入，與「出」相對。《論語・八佾》：「子～太廟，每事問。」❷收入。《左傳・襄公二十五年》：「量～修賦。」柳宗元《捕蛇者說》：「殫其地之出，竭其廬之～。」（殫、竭：盡，全部拿出。）今成語有「量入為出」。❸交納。《墨子・貴義》：「今農夫～其稅於大人。」（大人：指當官的人。）晁錯《論貴粟疏》：「今募天下～粟縣官。」（縣官：朝廷。）❹採納。《左傳・宣公二年》：「諫而不～，則莫之繼也。」（莫：沒有人。）❺符合。《淮南子・主術》：「譬猶方員之不相蓋，而曲直之不相～。」（員：通「圓」。）

【辨析】入、進。見255頁「進」字條。

洳 rù 潮濕。《新唐書・循吏傳》：「寖～數百里。」又指低濕的地方。司馬光《稷下賦》：「譬若蘭芷蒿莎，布濩於雲夢之間。」（布濩：遍佈。雲夢：澤名。）

溽 rù△ ❶濕。郭璞《江賦》：「林無不～，岸無不津。」（津：潤濕。）［溽暑］濕熱。《呂氏春秋・季夏》：「土潤～～，大雨時行。」❷味濃厚。《禮記・儒行》：「其居處不淫，其飲食不～。」（淫：過度。）

蓐 rù△ 草蓆，草墊。《韓非子・外儲說左上》：「席～，所以卧也。」《史記・淮陰侯列傳》：「亭長妻患之，乃晨炊～食。」（蓐食：在寢蓆上就把飯吃了。）

褥 rù△ 褥子。《後漢書・張禹傳》：「供帷帳牀～。」

縟 rù△ ❶繁，繁密。《儀禮・喪服》：「喪成人者其文～。」張衡《西京賦》：「故其館室次舍，采飾纖～。」今成語有「繁文縟節」。❷通「褥 rù」。褥子。謝惠連《雪賦》：「援綺衾兮坐芳～。」

R

ruan

堧（壖）ruán 牆旁、水旁等處的空地。《漢書・翟方進傳》：「奏請一切增賦，稅城郭～及園田」。

阮 ruǎn ❶古代諸侯國名，文王時為周屬國。❷弦樂器「阮咸」的簡稱。相傳西晉阮咸善彈此樂器，因而得名。

耎 ruǎn ❶軟，弱。《戰國策・楚策一》：「鄭魏者，楚之～國；而秦，楚之強敵也。」❷退縮。《史記・天官書》：「其已出三日而復，有微入，入三日乃復盛出，是謂～。」

軟（輭）ruǎn ❶柔軟。《後漢書・明帝紀》：「安車～輪，供綏執授。」（軟輪：用蒲草裹車輪使之柔軟。）❷溫和，柔和。杜甫《贈蜀僧閭丘師兄》：「夜闌接～語。」（夜闌：夜將盡。）❸軟弱。《戰國策・楚策四》：「李園～弱人也。」

楝 ruǎn 果樹名，也指其果實。司馬相如《子虛賦》「楂棃梬栗」李善注引《說文》：「梬，棗，似柿而小，名曰～。」

碝（礝、瑌）ruǎn 次於玉的美石。司馬相如《上林賦》：「蜀石黃～。」

蝡 ruǎn 蟲爬行，也指爬行的蟲。《淮南子・原道》：「蠉飛～動，待而後生。」（蠉 xuān 飛：指飛翔的昆蟲。）

rui

緌 ruí 見 483 頁「緌」㊁。

緌 ruí ❶帽帶繫結後的下垂部分。《詩經・齊風・南山》：「葛屨五兩，冠～雙止。」❷指蟬口下的長喙。《禮記・檀弓下》：「范則冠而蟬有～。」（范：蜂。）

蕤 ruí ❶草木花下垂的樣子，泛指下垂的裝飾物。❷［蕤賓］樂律名，古代十二律之一，屬陽律。

蕊（蘂、繠、蕋）ruǐ 花蕊。屈原《離騷》：「貫薜荔之落～。」（薜荔 bìlì：香草名。）

繠 ruǐ 下垂的樣子。《左傳・哀公十三年》：「佩玉～兮，余無所繫之。」

兑 ruì 見 116 頁「兌」㊁。

汭 ruì ❶河流會合或彎曲處。《左傳・莊公四年》：「且請為會於漢～而還。」❷水名。1. 源出寧夏涇源南，至甘肅涇川入涇水。《周禮・夏官・職方氏》：「正西曰雍州，其川涇、～。」2. 在山西永濟境內，西流注入黃河。傳說舜納二妃處。《水經注・河水四》：「（蒲坂歷山）有舜井，嬀、～二水出焉。」

芮 ruì ❶粗絲綿。《呂氏春秋・必己》：「不食穀實，不衣～溫。」（溫：通「縕 yùn」，舊絮。）❷繫盾的絲帶。《史記・蘇秦列傳》：「革抉㕹～，無不畢具。」（革抉：射箭時戴的革製袖套。㕹：同「瞂 fá」，盾。）❸通「汭 ruì」。水邊向內凹處。《詩經・大雅・公劉》：「止旅乃密，～鞫之即。」（旅：寄居。鞫 jū：水邊向外凸處。即：就，靠近。）

枘 ruì 榫子，榫頭。屈原《離騷》：「不量鑿而正～兮。」

瑞 ruì ❶古代用作憑證的玉。《尚書・舜典》：「班～于羣后。」（班：分給。后：君，指諸侯。）❷祥瑞，吉祥的徵兆。《論衡・講瑞》：「鳳皇騏驎，太平之～也。」

睿（叡）ruì 通達，看得深遠。《尚書・洪範》：「聽曰聰，思曰～。」《呂氏春秋・審時》：「百日食之，耳目聰明，心意～智。」又為古代臣下對君后的敬詞。劉禹錫《代謝貸錢物表》：「天光下濟，～澤曲流。」（睿澤：皇帝的恩澤。）

蜹（蚋）ruì 蚊類昆蟲。《孟子・滕文公上》：「狐狸食之，蠅～姑嘬之。」（嘬 chuài：叮，咬。）《荀子・勸學》：「醯酸而～聚焉。」（醯 xī：醋。）

鋭 ruì ❶鋒利。《淮南子・時則》：「柔而不剛，～而不挫。」代指銳利的兵器。《史記・陳涉世家》：「將軍身被堅執～，伐無道，誅暴秦。」（被堅：披着堅固的鎧甲。）引申為精鋭。《戰國策·齊策一》：「使輕車～騎衝雍門。」（雍門：齊城門。）代指精鋭的部隊。《漢書·吳王濞傳》：「吳必盡～攻之。」❷ 細小。《左傳·昭公十六年》：「且吾以玉賈罪，不亦～乎？」（賈罪：獲罪。）❸ 疾速。《孟子·盡心上》：「其進～者，其退速。」

【辨析】銳、銛、利。見 549 頁「銛」字條。

run

犉 rún　黑脣黃牛。《詩經·小雅·無羊》：「誰謂爾無牛，九十其～。」

閏 rùn　❶ 農曆以朔望月為準，一年為 354 － 355 天，與回歸年的 365¼ 天相差約 11 天，古代曆法為調和二者的矛盾，在 19 年中增加 7 個月，這種方法叫作置閏，增加的月叫作閏月。《尚書·堯典》：「朞三百有六旬有六日，以～月定四時成歲。」（朞 jī：周年。）《淮南子·天文》：「以十二月為歲，歲有餘十日九百四十分日之八百二十七，故十九歲而七～。」❷ 通「潤 rùn」。滋潤。《素問·痿論》：「陽明者，五藏六府之海，主～宗筋。」（宗筋：指身體各種筋脈。）

潤 rùn　❶ 滋潤。《周易·說》：「風以散之，雨以～之。」❷ 潮濕。《墨子·辭過》：「室高足以辟～濕。」（辟：避。）❸ 温潤，光潤。《漢書·董仲舒傳》：「良玉不瑑，資質～美。」（瑑 zhuàn：雕刻為紋。）

ruo

挼 ㊀ ruó　❶ 揉搓。《齊民要術·作醬法》：「以手痛～，皆令潤徹。」㊁ huī　❷ [挼祭] 祭名。尸（代表死者受祭之人）未食之前的祭祀。《儀禮·特牲饋食禮》：「祝命～～。」

挼 ruó　[挼莎] 兩手相摩擦。《禮記·曲禮上》「共飯不澤水」鄭玄注：「澤，謂～～也。」

撋 ruó　用兩手相揉摩。蘇軾《東坡酒經》：「投之糟中，熟～而再釀之。」

若 ruò△　❶ 順。《詩經·大雅·烝民》：「邦國～否，仲山甫明之。」（否 pǐ：惡，壞。）❷ 構成「若……何」的格式，意思是「對……怎麼辦」「怎麼」。《左傳·僖公二十三年》：「子～國何？」又《成公二年》：「～之何其以病敗君之大事也？」（以：因。敗：壞。君：指國君。）❸ 像，如同。《莊子·逍遙遊》：「其翼～垂天之雲。」引申為及，比得上。《列子·湯問》：「汝心之固，固不可徹，曾不～孀妻弱子。」（固：頑固。徹：通。）❹ 你（們），你（們）的。《呂氏春秋·權勳》：「不戰，必剗～類，掘～壟。」（剗：劃。壟：墳。）❺ 這，這樣。《論語·憲問》：「南宮适出，子曰：『君子哉～人！尚德哉～人！』」（南宮适 kuò：人名。）❻ 連詞。1. 表示假設。假如，如果。《左傳·僖公三十二年》：「鄭人使我掌其北門之管，～潛師以來，國可得也。」（管：鎖鑰。）2. 表示選擇。或，或者。《史記·魏其武安侯列傳》：「願取吳王～將軍頭，以報父之仇。」3. 表示承接。而。《周易·夬》：「君子夬夬獨行，遇雨～濡。」（夬夬 guàiguài：孤獨的樣子。）4. 表示轉折。至於。《左傳·哀公十四年》：「若以先臣之故，而使有後，君之惠也。～臣，則不可以入矣。」❼ 形容詞詞尾。表示「……的樣子」。《詩經·衛風·氓》：「桑之未落，其葉沃～。」（沃若：潤澤的樣子。）

弱 ruò△　❶ 弱，與「強」相對。《左傳·桓公二年》：「本既～矣，其能久乎？」《呂氏春秋·壅塞》：「以宋之強，齊兵之～，惡能如此？」（惡 wū：怎麼。）❷ 年少。《左傳·襄公二十九年》：「子展使印段往，伯有曰：『～，不可。』」（子展、印段、伯有：人名。）❸ 喪失，減少。《左傳·昭公三年》：「又～一個焉，姜其危哉！」（姜：指姜姓家族。）引申為少，不足。《晉書·天文志上》：「與赤道東交於角五少～。」（少：稍微。）

惹 ruò 見428頁「惹」㊁。

蒻 ruò△ ❶柔嫩的蒲草。可用來編蓆。《淮南子・主術》：「匡牀～席，非不寧也。」（匡牀：安適的牀。）❷荷莖沒入泥中的部分，即藕。《本草綱目・果部・蓮藕》：「其芽穿泥成白～。」

箬(篛) ruò△ 竹名，也指竹葉。《宋書・朱百年傳》：「攜妻孔氏入會稽南山，以伐樵採～為業。」張志和《漁歌子》：「青～笠，綠蓑衣，斜風細雨不須歸。」

爇 ruò△ 焚燒。《左傳・昭公二十七年》：「遂令攻郤氏，且～之。」《淮南子・兵略》：「毋～五穀，毋焚積聚。」又為點燃。《周禮・春官・菙氏》：「凡卜，以明火～燋。」（燋 jiāo：引火用的火炬。）

R

S

sa

洒 sǎ 見 544 頁「洒」㊂。

靸 sǎ△ ❶ 拖鞋，沒有後幫的鞋。杜荀鶴《山寺老僧》：「草～無塵心地閒。」❷ 飄忽，輕舉。《漢書・司馬相如傳》：「汩淢～以永逝兮。」（汩淢：水疾流的樣子。）

撒 sǎ 播撒，散佈。《世說新語・言語》：「～鹽空中差可擬。」（差：大致。）

灑 ㊀ sǎ ❶ 使水分散地落在地上。《禮記・內則》：「～掃室堂及庭。」散落。杜甫《茅屋為秋風所破歌》：「茅飛渡江～江郊。」

㊁ xǐ ❷ 洗滌。枚乘《七發》：「～練五臟。」❸ 通「蓰」。五倍。《史記・周本紀》：「其罰倍～。」

㊂ xiǎn ❹ [灑然] 驚懼寒慄的樣子。《說苑・談叢》：「人見蛇蠋，莫不身～～。」

【說明】「洒」「灑」二字在讀 sǎ、xǐ 時是同義的，古時已有混用。但其他音讀和意義，不能混用。現在「灑」簡化作「洒」。

S

繀 sǎ 見 545 頁「繀」㊂。

卅 sà△ 數詞。三十。馬王堆漢墓帛書《戰國縱橫家書・須賈說穰侯》：「以～萬之眾，守七仞之城。」

殺 sà 見 441 頁「殺」㊂。

摋 ㊀ sà△ ❶ 側手擊。《公羊傳・莊公十二年》：「萬臂～仇牧，碎其首。」（萬：宋萬。仇牧：人名。）❷ 散。杜牧《池州送孟遲先輩》：「荊璧橫拋～。」

㊁ shā△ ❸ [弊摋] 雜糅。《淮南子・俶真》：「獨浮游無方之外，不與物相～～。」

颯 sà△ ❶ [颯颯] 風聲。屈原《九歌・山鬼》：「風～～兮木蕭蕭。」也指雨聲。杜甫《乾元中寓居同谷縣作歌》之五：「寒雨～～枯樹濕。」❷ [颯爽] 豪邁而矯健的樣子。杜甫《丹青引》：「英姿～～猶酣戰。」❸ 凋落，衰老。陸倕《思田賦》：「庭草～以萎黃。」

蔡 sà 見 40 頁「蔡」㊁。

sai

腮(顋) sāi 兩頰的下半部。李賀《南園》之一：「小白長紅越女～。」

鰓 ㊀ sāi ❶ 魚鰓。潘岳《西征賦》：「貫～罣尾。」（罣 dì：魚觸網。）

㊁ xǐ ❷ [鰓鰓] 恐懼的樣子。《漢書・刑法志》：「故雖地廣兵強，～～常恐天下之一合而共軋己也。」

塞 sài 見 440 頁「塞」㊁。

賽 sài ❶ 古代稱祭祀酬報神靈為賽。《論衡・辨祟》：「其民未必，不禱～也。」❷ 比賽，競爭。《魏書・任城王傳附元澄》：「特令澄為七言連韻，與高祖往復賭～。」❸ 完畢。趙長卿《清平樂》：「何日名利俱～。」

簺 sài ❶ 古代的一種棋類遊戲。《南齊書・沈文季傳》：「尤善～及彈棋。」❷ 用竹木編成的截水捕魚的器具。《隋書・乞伏慧傳》：「曾見人以～捕魚者。」

san

三 sān　基數，三。《國語・周語上》：「幽王二年，西周～川皆震。」（三川：指涇、渭、汭三條河流。）又為序數，第三。《左傳・莊公十年》：「一鼓作氣，再而衰，～而竭。」（再：第二。）泛指多數或多次。《孟子・滕文公上》：「禹八年於外，～過其門而不入。」

【辨析】三、參。「三」是一般的數詞；「參」用作數詞卻要受限制，它一般只表示並列的三個、三種或三分。「參」的意義可以用「三」表示，但「三」表示多數的意義卻不能寫作「參」。

參（叅） sān　見 452 頁「參（叅）」㊂。

散 sǎn　見 439 頁「散」㊁。

傘 sǎn　傘蓋。古代一種儀仗。《魏書・裴良傳》：「假稱帝號，服素衣，持白～白幡。」又為擋雨或遮陽的用具。楊萬里《雨作抵暮復晴》之一：「行人仄～避斜絲。」

槮 sǎn　在水中積柴捕魚的工具。《爾雅・釋器》：「～謂之涔。」郭璞注：「今之作～者，聚積柴木於水中，魚得寒，入其裏藏隱，因以簿圍捕取之。」

糝（糂） sǎn　❶ 以米粒和羹。《呂氏春秋・慎人》：「孔子窮於陳、蔡之間，七日不嘗食，藜羹不～。」也指蒸熟的米粒。《齊民要術・作魚鮓》：「魚上多與～。」引申為粒狀物。蘇軾《再次韻答田國博部夫》：「忍看紅～落牆頭。」❷ 散落。《抱朴子・酒誡》：「唯患飛埃之～目。」

散 ㊀ sàn　❶ 分散，離散。《論語・子張》：「上失其道，民～久矣。」《史記・淮陰侯列傳》：「漢兵敗～而還。」❷ 散佈，散發。《尚書・武成》：「～鹿臺之財，發巨橋之粟。」引申為散落，凋謝。劉楨《公宴詩》：「芙蓉～其華。」（華：花。）又引申為紛亂。《淮南子・原道》：「不與物～，粹之至也。」❸ 排遣，抒發。《三國志・魏書・陳思王植傳》：「使臣得一～所懷，攄舒蘊積，死不恨矣。」（攄 shū：表達。）

㊁ sǎn　❹ 不自檢束。《荀子・修身》：「庸眾駑～，則刦之以師友。」（刦：同「劫」。）❺ 閒散。《梁書・忠壯世子方傳》：「性愛林泉，特好～逸。」❻ 粉末狀的藥。《後漢書・方術傳下・華佗》：「當須刳割者，便飲其麻沸～。」

sang

桑 sāng　樹名，葉可養蠶。《孟子・梁惠王上》：「五畝之宅，樹之以～，五十者可以衣帛矣。」［桑梓］都是宅旁常種的樹，漢以後常用以代指故鄉。張衡《南都賦》：「永世克孝，懷～～焉。」

喪 sāng　見 439 頁「喪」㊁。

顙 sǎng　額頭。《呂氏春秋・遇合》：「椎～廣顏，色如漆赭。」［稽顙］頓首。拜而頭叩地。《禮記・檀弓上》：「拜而後～～。」也省稱「顙」。《公羊傳・昭公二十五年》：「再拜～。」

喪 ㊀ sàng　❶ 逃亡。《說文》：「～，亡也。」《公羊傳・昭公二十五年》：「～人不佞，失守魯國之社稷。」❷ 喪失，丟掉。《左傳・成公二年》：「綦毋張～車。」（綦毋張：人名。）《孟子・滕文公下》：「勇士不忘～其元。」特指失位、丟官。《禮記・檀弓上》：「～欲速貧，死欲速朽。」

㊁ sāng　❸ 死亡。《尚書・金縢》：「武王既～，管叔及其羣弟乃流言於國。」引申為喪事，喪禮。《左傳・宣公十年》：「公如齊奔～。」（如：往。）《論語・八佾》：「為禮不敬，臨～不哀。」引申指不幸的事，災難。《詩經・邶風・谷風》：「凡民有～，匍匐救之。」❹ 死者的遺體。《春秋・文公十五年》：「齊人歸公孫敖之～。」

sao

搔 sāo　❶ 抓，撓。《詩經・邶風・靜女》：「愛而不見，～首踟躕。」（踟

S

躕 chíchú：走來走去。）杜甫《春望》：「白頭～更短。」❷ 騷動，擾亂。《淮南子・兵略》：「殘殺天下，萬人～動。」《潛夫論・邊議》：「邊陲～擾。」❸ 通「爪 zhǎo」。指甲。《儀禮・士虞禮》：「沐浴櫛～翦。」（翦：同「剪」。）

臊 sāo 腥臭的氣味。《荀子・榮辱》：「鼻辨芬芳腥～。」屈原《九章・涉江》：「腥～並御，芳不得薄兮。」（御：用。薄：近。）

繅 ㊀ sāo ❶ 抽繭出絲。《孟子・滕文公下》：「夫人蠶～以為衣服。」
㊁ zǎo ❷ 冠冕前後掛玉的五彩絲繩。《周禮・夏官・弁師》：「諸侯之～斿九就。」（斿 liú：冠冕前後掛的玉串。就：指掛玉的數量。）

颾 sāo ［颾颾］風聲。柳宗元《遊南亭夜還敘志七十韻》：「野風自～～。」

繰 sāo 煮繭抽絲。《國語・楚語下》：「王后親～其服。」

騷 sāo ❶ 騷動，騷擾。《孫子・用間》：「內外～動，怠於道路。」柳宗元《答韋中立論師道書》：「豈可使呶呶者早暮咈吾耳，～吾心。」❷ 憂愁。《史記・屈原賈生列傳》：「離～者，猶離憂也。」（離：遭遇。）❸《離騷》的省稱。《文心雕龍・辨騷》：「昔漢武愛《～》。」後以仿效《離騷》的詩體為騷體，詩人為騷人。❹ 通「掃 sǎo」。掃除。《史記・黥布列傳》：「大王宜～淮南之兵渡淮，日夜會戰彭城下。」

掃 sǎo ❶ 掃除塵垢。《淮南子・原道》：「令雨師灑道，使風伯～塵。」引申為清除，消滅。《三國志・魏書・陳留王奐傳》：「便當東西並進，～滅巴蜀也。」❷ 畫，抹。杜甫《虢國夫人》：「淡～蛾眉朝至尊。」❸ 掠過。班固《東都賦》：「羽旄～霓，旌旗拂天。」

埽 sǎo ❶ 打掃，掃除。《詩經・唐風・山有樞》：「子有廷內，弗洒弗～。」《禮記・禮器》：「～地而祭。」引申為消除，翦滅。《漢書・景帝紀》：「漢興，～除煩苛，與民休息。」❷ 塗抹，描畫。元好問《洛陽高少府瀍陽後庵》：「心空無一塵，萬竹～秋影。」

嫂 sǎo 哥哥的妻子。《孟子・離婁上》：「～溺援之以手。」古詩《孤兒行》：「兄～難與久居。」

se

色 sè△ ❶ 臉色，面部表情。《孟子・梁惠王上》：「民有飢～。」《呂氏春秋・樂成》：「有貴功之～。」特指怒色。《戰國策・趙策四》：「太后之～少解。」❷ 顏色，色彩。《老子》第十二章：「五～令人目盲。」引申為景象，樣子。《莊子・盜跖》：「車馬有行～。」❸ 女色。《論語・子罕》：「吾未見好德如好～者也。」《孟子・梁惠王下》：「寡人好～。」❹ 種類，類別。梅堯臣《呂晉叔著作遺新茶》：「其贈幾何多，六～十五餅。」

【辨析】1. 色、顏。「顏」指額，「色」指臉色，二者本不相同。「顏」的引申義又與「色」的本義相同，所以成語有「察顏觀色」。「色」的「景色」義、「女色」義，是「顏」所不具備的。2. 色、采。見 39 頁「采」字條。

瑟 sè△ ❶ 一種弦樂器。《詩經・周南・關雎》：「窈窕淑女，琴～友之。」❷ 眾多的樣子。《詩經・大雅・旱麓》：「～彼柞棫，民所燎矣。」（柞棫 yù：樹名。）❸ 莊重的樣子。《詩經・衛風・淇奧》：「～兮僩兮。」（僩 xiàn：威嚴的樣子。）

嗇 sè△ ❶ 收穫莊稼。後來寫作「穡」。《禮記・郊特牲》：「祭百種，以報～也。」泛指農事活動。《史記・殷本紀》：「我君不恤我眾，舍我～事而割政。」❷ 愛惜。《呂氏春秋・先己》：「凡事之本，必先治身，～其大寶。」引申為儉省，節約。《韓非子・解老》：「少費之謂～。」又引申為慳吝，小氣。《戰國策・韓策一》：「公仲～於財。」❸ 閉塞不通。《史記・扁鵲倉公列傳》：「診其脈時，切之，腎脈也，～而不屬。」

塞 ㊀ sè△ ❶ 堵塞，填塞。《詩經・豳風・七月》：「～向墐戶。」（向：

S

朝北開的窗戶。墐：用泥塗抹。）引申為充滿。《孟子・公孫丑上》：「其為氣也……則～於天地之間。」又引申為遏止。《呂氏春秋・論人》：「遠方來賓，不可～也。」❷ 抵償，彌補。楊惲《報孫會宗書》：「自以夷滅不足以～責。」❸ 困厄，不順利。潘岳《西征賦》：「生有修短之命，位有通～之遇。」曾鞏《寄歐陽舍人書》：「先祖之屯蹶否～以死。」（屯 zhūn：艱難。）

㊁ sài ❹ 要塞，邊塞。《左傳・文公十三年》：「晉侯使詹嘉處瑕，以守桃林之～。」《淮南子・人間》：「近～上之人有善術者。」❺ 酬神的祭祀。後來寫作「賽」。《韓非子・外儲說右下》：「秦襄王病，百姓為之禱，病愈，殺牛～禱。」❻ 古代一種棋戲。《呂氏春秋・察賢》：「今夫～者……善者必勝。」

愬 sè 見 482 頁「愬」㊁。

槭 sè 見 400 頁「槭」㊁。

澀（澁、濇） sè△ ❶ 不光滑。《靈樞・邪氣藏府病形》：「脈澀者，尺之皮膚亦～。」柳宗元《蝜蝂傳》：「其背甚～。」❷ 不流暢。《靈樞・邪氣藏府病形》：「脈～者，尺之皮膚亦澀。」引申為說話不流暢。《北齊書・祖珽傳》：「言辭～，少有才學。」❸ 味道不甘滑。杜甫《病橘》：「惜哉結實小，酸～如棠梨。」

穡 sè△ ❶ 收割莊稼。《詩經・魏風・伐檀》：「不稼不～，胡取禾三百億兮？」（稼：種莊稼。）泛指耕作。《尚書・盤庚上》：「若農服田力～，乃亦有秋。」（服：做，從事。秋：莊稼成熟，收穫。）❷ 通「嗇 sè」。節儉，愛惜。《左傳・昭公元年》：「大國省～而用之。」

【辨析】穡、稼。見 232 頁「稼」字條。

讇 sè△ 言語艱難不流暢。東方朔《七諫・初放》：「言語訥～兮，又無強輔。」（訥：言語遲鈍。）

颾 sè△ 秋風。王延壽《魯靈光殿賦》：「～蕭條而清泠。」（清泠 líng：清涼。）[颾颾] 風聲。王周《西山晚景》：「半引彎彎月，微生～～風。」

sen

森 sēn 樹木高聳繁茂的樣子。左思《蜀都賦》：「彈言鳥於～木。」（言鳥：指鸚鵡之類的鳥。）引申為眾盛的樣子。《後漢書・張衡傳》：「百神～其備從兮。」又引申為高聳，聳起。范成大《青青澗生松》：「松～上曾雲。」[森森] 1. 繁密的樣子。陸機《文賦》：「發青條之～～。」2. 高聳的樣子。《世說新語・賞譽》：「～～如千丈松。」

摻 sēn 見 444 頁「摻」㊂。

seng

僧 sēng 梵語「僧伽」的省稱。指出家修行的男性佛教徒，通稱和尚。《世說新語・言語》：「眾～疑，或欲作答。」

sha

沙 shā ❶ 細小的石粒。《韓非子・喻老》：「孫叔敖請漢間之地，～石之處。」又為水旁沙地，沙灘。《詩經・大雅・鳧鷖》：「鳧鷖在～。」又為沙漠。《漢書・匈奴傳》：「幕北地平，少草木，多大～。」❷ 淘汰，揀擇。《晉書・孫楚傳》：「～之汰之，瓦石在後。」❸ 聲音沙啞。《禮記・內則》：「鳥皫色而～鳴。」（皫 piǎo：毛色暗淡沒有光澤。）

紗 shā ❶ 輕而細的絲織物。《論衡・程材》：「白～入緇，不染自黑。」（緇：黑色。）《世說新語・假譎》：「既婚，交禮，女以手披～扇，撫掌大笑。」❷ 細縷。王維《洛陽女兒行》：「貧賤江頭自浣～。」《天工開物・布衣》：「引緒糾成～縷。」

殺 ㊀ shā△ ❶ 殺死，殺戮。《詩經・豳風・七月》：「朋酒斯饗，曰～羔羊。」（朋酒：兩尊酒。）引申為滅除。《禮

S

記・月令》：「燒薙行水，利以～草。」（薙 tì：除草。）❷ 草木衰敗，枯死。《呂氏春秋・應同》：「及禹之時，天先見草木秋冬不～。」（見 xiàn：顯示。）❸ 用在動詞或形容詞後，表示程度深。《古詩十九首・去者日以疏》：「白楊多悲風，蕭蕭愁～人。」❹ 收尾，結束。《晉書・衛瓘傳》：「杜氏～字甚安，而書體微瘦。」

㊁ shài ❺ 減省。《周禮・地官・廩人》：「若食不能人二鬴，則令邦移民就穀，詔王～邦用。」（鬴 fǔ：古量器。）❻ 衰，衰微。《呂氏春秋・長利》：「是故地日削，子孫彌～。」❼ 等差，等級。《禮記・中庸》：「親親之～，賢賢之等，禮所生也。」（親親：親其所當親。）

㊂ sà ❽ 顏色暗淡。《史記・扁鵲倉公列傳》：「故傷脾之色也，望之～然黃。」

【辨析】殺、弒、誅。它們雖然都有「殺死」的意義，但感情色彩有別：「殺」是一般的殺死，是中性詞；「弒」是下殺上，如臣殺君、子殺父、下屬殺上司，是貶義詞；「誅」是殺死不義者或有罪者，是褒義詞。

煞 ㊀ shā△ ❶ 殺死。《白虎通・五行》：「明王先賞後罰，何法？法四時，先生而後～也。」《鶡冠子・備和》：「比干、子胥好忠諫，而不知其主之～之也。」引申為克，制約。《白虎通・五祀》：「春，木王～土。」❷ 結束。《齊東野語・降仙》：「年年此際一相逢，未審是甚時結～。」

㊁ shà△ ❸ 凶神。《顏氏家訓・風操》：「死有歸～，子孫逃竄。」引申為凶邪。《抱朴子・至理》：「接～氣則彫瘁於凝霜。」

裟 shā ［袈裟］見 231 頁「袈」字條。

摋 shā 見 438 頁「摋」㊁。

鯊 shā 吹沙小魚，一種淡水魚，也叫鮀。《詩經・小雅・魚麗》：「魚麗于罶，鱨～。」（麗：碰到。罶：捕魚的網。）

鎩 shā△ ❶ 長矛。《淮南子・兵略》：「修～短鏦，齊為前行。」（修：長。鏦 cōng：小矛。）❷ 傷殘。《淮南子・俶真》：「飛鳥～翼。」《世說新語・言語》：「支意惜之，乃～其翮。」（支：人名。翮 hé：鳥翼。）

唼 shà△ ❶ 鳥類或魚類進食。梅堯臣《雙野鳧》：「驚飛帶波起，行～拂萍開。」❷ ［唼血］唼：通「歃 shà」。指古代盟會時殺牲飲血。《史記・呂太后本紀》：「始與高帝～～盟，諸君不在邪？」❸ ［唼血］唼：通「喋 dié」。踐血而行，極言殺人之多。《史記・孝文本紀》：「今已誅諸呂，新～～京師。」

啑 shà△ ❶ 鳥類或魚類進食的樣子。宋玉《九辯》：「鳧雁皆～夫粱藻兮。」❷ 通「歃 shà」。飲。古代盟會時殺牲飲血以示真誠。《漢書・王陵傳》：「始與高帝～血而盟。」

唼 shà△ ❶ 同「歃」。吸，飲。《後漢書・竇武傳》：「～血共盟誅武等。」❷ 通「喋 dié」。流血的樣子。《後漢書・馮衍傳》：「～血昆陽，長驅武關。」

歃 shà△ 飲，特指盟誓時飲牲血示誠。《國語・晉語八》：「宋之盟，楚人固請先～。」［歃血］盟誓時飲或含牲血以示誠信。《淮南子・齊俗》：「故胡人彈骨，越人契臂，中國～～也，所由各異，其於信一也。」（彈骨：置酒於人頭骨中，互飲以示誠信。契臂：指刻臂瀝血。中國：指中原地區。）

煞 shà 見 442 頁「煞」㊁。

箑 shà△ 扇子。《淮南子・說林》：「中夏用～，快之至。」潘岳《寡婦賦》：「覽巾～以舒悲。」

翣 shà△ ❶ 棺飾。《禮記・禮器》：「天子崩，七月而葬，五重八～。」《淮南子・氾論》：「周人牆置～。」❷ 鐘鼓架上的裝飾。《禮記・明堂位》：「周之璧～。」（璧翣：用繒畫作翣，綴上玉璧，下邊垂有五彩羽毛，披在鐘鼓架的角上。）❸ 扇子。《淮南子・俶真》：「冬日之不用～者，非簡之也，清有餘於適也。」（清：通「凊 qìng」，寒涼。）

霎 shà△ ❶ ［霎霎］風雨聲。韓偓《夏夜》：「～～高林簇雨聲。」❷ 短暫的時間，瞬間。孟郊《春雨後》：「昨夜一～雨，天意蘇萬物。」

噭 shà 見443頁「曬」㊁。

籔 shà△ 扇子。《呂氏春秋・有度》：「冬不用～，非愛～也，清有餘也。」（愛：吝惜，捨不得。清：通「凊 qìng」，寒涼。）

shai

篩 shāi 篩子。李洞《喜鸞公自蜀歸》：「掃石月盈帚，濾泉花滿～。」又為用篩子篩物。《漢書・賈山傳》：「～土築阿房之宮。」

殺 shài 見441頁「殺」㊁。

曬 ㊀ shài ❶晾曬。《南方草木狀・甘藷》：「秋熟收之，蒸～切如米粒。」王建《簇蠶辭》：「不向中庭～蒿草。」

㊁ shà△ ❷甚，很。辛棄疾《洞仙歌・紅梅》：「春未到，雪裏先開，風流～。」

曬 shài 曬物使乾。《齊民要術・收種》：「即～令燥。」《世說新語・任誕》：「七月七日，北阮盛～衣。」引申為日光放射，照耀。《漢書・中山靖王傳》：「白日～光。」韋莊《夜雪泛舟遊南溪》：「一灘明月～銀砂。」

shan

山 shān ❶山。《荀子・勸學》：「積土成～，風雨興焉。」又指山野。多用為謙詞。李白《贈范金卿》之一：「留舌示～妻。」❷墳墓。《水經注・渭水》：「秦名天子冢曰～，漢曰陵。」

【辨析】山、陵、嶺、丘。見317頁「陵」字條。

杉 shān 樹名。杜甫《詠懷古跡五首》之四：「古廟～松巢水鶴。」

刪（刪） shān ❶削除。《漢書・律曆志》：「故～其偽辭，取正義著於篇。」引申為消除。韓愈《雪後寄崔二十六丞公》：「心之紛亂誰能～。」❷節取，擇取。《漢書・藝文志》：「今～其要，以備篇籍。」

芟 shān ❶割草。《詩經・周頌・載芟》：「載～載柞，其耕澤澤。」（柞：砍伐樹木。澤澤：通「釋釋」，土塊碎散的樣子。）引申為除去，刪除。《三國志・蜀書・諸葛亮傳》：「今操～夷大難，略已平矣。」（操：曹操。夷：平定。略：大致。）《文心雕龍・鎔裁》：「～繁剪穢，弛於負擔。」（弛：解除。）❷大鐮。《國語・齊語》：「耒、耜、枷、～。」（耒：犁柄。耜：犁頭。枷 jiā：連枷，打穀用的農具。）

疝 shān 病名。《史記・扁鵲倉公列傳》：「病氣～，客於膀胱，難於前後溲，而溺赤。」

衫 shān 短袖單衣。白居易《賣炭翁》：「黃衣使者白～兒。」朱淑真《生查子》：「淚濕春～袖。」

姍（姗） shān ❶嘲弄，譏諷。《漢書・石顯傳》：「顯恐天下學士～己。」❷［姍姍］從容慢行的樣子。《漢書・外戚傳上・孝武李夫人》：「偏何～～其來遲！」

珊（珊） shān ❶［珊瑚］海中一種腔腸動物分泌的石灰質的東西，形如樹枝，可做裝飾品。《史記・司馬相如列傳》：「～～叢生。」班固《西都賦》：「～～碧樹。」❷［珊珊］象聲詞，形容玉佩聲或風雨聲。杜甫《鄭駙馬宅宴洞中》：「時聞雜佩聲～～。」

苫 ㊀ shān ❶用草編成的遮蓋物。《左傳・襄公十四年》：「乃祖吾離被～蓋、蒙荊棘以來歸我先君。」（乃：你的。吾離：姜戎氏之祖。）特指居喪時睡的草墊、草薦。《禮記・檀弓上》：「寢～枕干不仕。」（干：盾。）

㊁ shàn ❷以物覆蓋，遮蓋。《齊民要術・蔓菁》：「久不積～則澀也。」

挻 shān ❶揉拍。《淮南子・說山》：「譬猶陶人為器也，揲～其土而不益厚，破乃愈疾。」（揲 yè：椎之使薄。）❷延伸，延及。《漢書・敘傳下》：「凶

S

德相～，禍敗用成。」《晉書・食貨志》：「於時石勒勇銳，～亂淮南。」❸ 奪取。《漢書・賈誼傳》：「主上有敗，則因而～之矣。」

扇 shān 見444頁「扇」㈡。

埏 ㈠ shān ❶ 揉和。《老子》第十一章：「～埴以為器。」（埴：黏土。）㈡ yán ❷ 邊遠之地。《史記・司馬相如列傳》：「上暢九垓，下溯八～。」❸ 墓道。《後漢書・陳蕃傳》：「民有趙宣葬親而不閉～隧。」

笘 shān 古代兒童習字用的竹片。《說文》：「～，潁川人名小兒所書寫為～。」

摻 shān 見444頁「摻」㈡。

幓 shān 旌旗的飄帶。《史記・司馬相如列傳》：「垂旬始以為～兮。」（旬始：北斗旁的雲氣，古人以為妖孽的象徵。）

煽 shān ❶ 熾盛。《詩經・小雅・十月之交》：「豔妻～方處。」《新唐書・薛登傳》：「利勝於名，則貪暴滋～。」❷ 鼓動，煽惑。《晉書・汝南王亮傳序》：「然而～其風、速其禍者，咎在八王。」（速：招致。）陸游《排悶》：「日畏讒口～。」

潸 shān 淚流的樣子。《詩經・小雅・大東》：「～焉出涕。」（涕：淚。）又為流（淚）。柳宗元《酬韶州裴曹長使君》：「思賢淚自～。」也指淚水。蘇軾《二鮮於君以詩文見寄作詩為謝》：「至今清夜夢，枕衾有餘～。」

膻 shān 見93頁「膻」㈡。

羶(羴) shān 羊的氣味，又泛指食草動物的氣味。《莊子・徐无鬼》：「蟻慕羊肉，羊肉～也。」

顫 shān 見660頁「顫」㈡。

閃 shǎn ❶ 暗中察看。《三國志・魏書・梁習傳》「然苛碎無大體」裴松之注引《魏略・苛吏傳》：「白日帝自於牆壁間窺～。」❷［閃閃］光動搖的樣子。《世說新語・容止》：「雙目～～若巖下電。」杜甫《望兜率寺》：「～～浪花翻。」

陜 shǎn 古地名，在今河南陜縣。《公羊傳・隱公五年》：「自～而東者，周公主之；自～而西者，召公主之。」

摻 ㈠ shǎn ❶ 執，持。《詩經・鄭風・遵大路》：「遵大路兮，～執子之祛兮。」（祛 qū：袖口。）《墨子・耕柱》：「今有燎者於此，一人奉水，將灌之；一人～火，將益之。」
㈡ shān ❷［摻摻］纖細的樣子。《詩經・魏風・葛屨》：「～～女手，可以縫衣。」
㈢ sēn ❸ 樹木眾多的樣子。《後漢書・馬融傳》：「旃旝～其如林。」（旃旝 zhānkuài：泛指旗幟。）

汕 shàn ❶ 魚在水中游的樣子。《說文》：「～，魚游水皃。」［汕汕］魚在水中游動的樣子。《詩經・小雅・南有嘉魚》：「南有嘉魚，烝然～～。」（烝然：長久地。）❷ 捕魚的網。夏完淳《燕問》：「於是水師編葦以防逸，罟工橫～以收利。」

苫 shàn 見443頁「苫」㈡。

訕 shàn 誹謗，譏刺。《孟子・離婁下》：「與其妾～其良人，而相泣於中庭。」（良人：婦女對丈夫的稱呼。）

扇 ㈠ shàn ❶ 竹葦編的門扇。《呂氏春秋・仲春》：「乃修闔～。」（闔 hé：木門。）泛指門扇。《呂氏春秋・知接》：「上蓋以楊門之～。」❷ 量詞。計算門、窗等的數量。《墨子・備城門》：「為閨門兩～。」（閨門：上圓下方的小門。）❸ 扇子。《方言》：「自關而西謂之～。」《世說新語・輕詆》：「大風揚塵，王以～拂塵。」（王：王導，人名。）《晉書・謝安傳》：「有蒲葵～五萬。」
㈡ shān ❹ 搖動扇子之類。《淮南子・人間》：「武王蔭暍人於樾下，左擁而右～之。」（蔭：從上遮住。暍人：傷暑的人。樾 yuè：樹蔭。擁：抱。）❺ 煽動，鼓動別人做壞事。《晉書・孫恩傳》：「～動百姓，私集徒眾。」❻ 熾盛。《漢書・敘傳下》：「勝、廣熛起，梁、籍～烈。」（勝：陳勝。廣：吳廣。梁：項梁。籍：項籍。）

S

【辨析】扇、扉、闔。見135頁「扉」字條。

掞 shàn ❶抒發，鋪張。《梁書・昭明太子傳》：「摛文～藻。」（摛 chī：舒展。）❷通「焰 yàn」。照耀。庾肩吾《侍宴宣猷堂應令》：「陳王才～天。」❸通「剡 yǎn」。削。馬融《長笛賦》：「剸～度擬。」（剸 tuán 掞：裁割。）

善 shàn ❶好，與「惡」相對。《尚書・盤庚上》：「予不掩爾～。」《國語・周語下》：「諺曰：『從～如登，從惡如崩。』」引申為副詞，好好地。《論語・雍也》：「～為我辭焉。」❷擅長，善於。《論語・子罕》：「夫子循循然～誘人。」古詩《陌上桑》：「羅敷～蠶桑。」❸友好，親善。《呂氏春秋・長攻》：「楚王欲取息與蔡，乃先佯～蔡侯。」（息、蔡：國名。）《世說新語・簡傲》：「嵇康與呂安～，每一相思，千里命駕。」❹表示贊同、應諾之詞。《左傳・昭公十六年》：「宣公曰：『～哉，子之言是。』」《呂氏春秋・去私》：「平公曰：『～。』遂用之。」❺多，容易。《詩經・鄘風・載馳》：「女子～懷，亦各有行。」《史記・河渠書》：「岸～崩。」今成語有「多愁善感」。

墠 shàn ❶平整過的郊野土地。《詩經・鄭風・東門之墠》：「東門之～，茹藘在阪。」（茹藘：草名。）❷祭祀的場地。《禮記・祭法》：「是故王立七廟，一壇一～。」

擅 shàn ❶獨攬。《左傳・哀公二年》：「欲～晉國而滅其君。」《史記・酈生陸賈列傳》：「諸呂～權，欲劫少主，危劉氏。」引申為擅自，任意。《呂氏春秋・貴生》：「耳目鼻口不得～行，必有所制。」❷佔有，據有。《戰國策・秦策三》：「中山之地，方五百里，趙獨～之。」❸擅長。陸游《世事》：「何人今～丹青藝。」❹通「禪 shàn」。禪讓，把君位讓給別人。《荀子・正論》：「世俗之為說者曰：『堯舜～讓。』」

膳（饍） shàn ❶膳食。《呂氏春秋・上德》：「公將嘗～。」又為奉獻食物。《左傳・宣公十二年》：「敢～諸從者。」❷烹調。《周禮・天官・庖人》：「春行羔豚～膏香。」（膏香：指牛脂。）

禪 ㊀ shàn ❶古代帝王祭祀山川土地。《管子・地數》：「～於梁父。」（梁父 fǔ：泰山下的一座小山。）❷禪讓，把帝位讓給別人。《韓非子・十過》：「舜～天下而傳之於禹。」

㊁ chán ❸梵語「禪那」的省稱，指靜思。江淹《吳中禮石佛》：「～心暮不雜。」泛指關於佛教的。《洛陽伽藍記・景林寺》：「內有～房一所。」

嬗 shàn ❶禪讓，以帝位讓人。《漢書・律曆志下》：「堯～以天下。」❷更迭，傳遞。《史記・秦楚之際月表》：「五年之間，號令三～。」《淮南子・精神》：「以不同形相～也。」❸演變。《史記・屈原賈生列傳》：「形氣轉續兮，變化而～。」

繕 shàn ❶修理，整治。《左傳・隱公元年》：「～甲兵。」（甲：鎧甲。兵：武器。）《呂氏春秋・孟秋》：「～囹圄。」（囹圄 língyǔ：牢獄。）❷抄寫。劉向《戰國策序》：「書可～寫。」

騸 shàn 閹割牲畜。《舊五代史・郭崇韜傳》：「～馬不可復乘。」

贍 shàn ❶足，充足。《墨子・節葬下》：「亦有力不足，財不～，智不智，然後已矣。」《孟子・梁惠王上》：「此惟救死而恐不～，奚暇治禮義哉？」（惟：只。奚：何。暇：空閒。）❷滿足，供給。《荀子・榮辱》：「然則從人之欲，則勢不能容，物不能～也。」《史記・齊太公世家》：「設輕重漁鹽之利，以～貧窮。」

鱓 ㊀ shàn ❶鱔魚。《山海經・北山經》：「其中多骨魚，其狀如～。」

㊁ tuó ❷同「鼉」。鱷魚的一種，皮可製鼓。《呂氏春秋・古樂》：「乃令～先為樂倡。」（倡：始。）

鱔（鳝） shàn 黃鱔。元稹《酬樂天東南行一百韻》：「雜蒓多剖～，和黍半蒸菰。」

鱣 shàn 見659頁「鱣」㊁。

S

shang

商 shāng ❶ 估量，計算。《尚書・費誓》：「我～賚汝。」（賚 lài：賜予。）引申為商量，計議。《後漢書・宦者傳論》：「成敗之來，先史～之久矣。」❷ 商人，商業。《孟子・梁惠王上》：「～賈皆欲藏於王之市。」《韓非子・五蠹》：「使其～工游食之民少而名卑。」❸ 古代五音之一。《呂氏春秋・圜道》：「宮、徵、～、羽、角，各處其處。」陶潛《詠荊軻》：「～音更流涕，羽奏壯士驚。」❹ 星宿名，即二十八宿中的心宿。《左傳・昭公元年》：「故辰為～星。」杜甫《贈衛八處士》：「人生不相見，動如參與～。」❺ 朝代名，成湯滅夏桀所建。《左傳・桓公二年》：「武王克～。」又為春秋時宋國的別稱。周滅商後，封商的貴族微子的後裔於宋。《國語・吳語》：「乃起師北征，闕為深溝，通於～、魯之間。」

【辨析】商、賈。見 172 頁「賈」字條。

惕 shāng 見 94 頁「惕」㊁。

湯 shāng 見 493 頁「湯」㊂。

傷 shāng ❶ 創傷，受傷。《左傳・成公二年》：「郤克～於矢。」《呂氏春秋・權勳》：「荊師敗。龔王～。」引申為傷害，妨害。《詩經・鄭風・大叔于田》：「戒其～女。」（女：汝。）《論語・先進》：「何～乎？亦各言其志也。」又引申為中傷，詆毀。《呂氏春秋・舉難》：「人～堯以不慈之名。」❷ 悲傷。《詩經・豳風・七月》：「女心～悲，殆及公子同歸。」❸ 喪祭。《管子・君臣下》：「明君飾食飲弔～之禮。」

殤 shāng ❶ 未成年而死。《儀禮・喪服》：「年十九至十六為長～。」又指未成年人的葬禮。《禮記・檀弓下》：「魯人欲勿～重汪踦。」（重：同「童」。汪踦：人名。）❷ 指戰死者。屈原《九歌》中有《國殤》，王逸注：「謂死於國事者。」

觴 shāng 古代盛酒器。《左傳・成公二年》：「奉～加璧以進。」（奉：捧。進：奉獻。）引申為向人進酒。《左傳・襄公二十三年》：「伏之，而～曲沃人。」（伏：藏匿。之：代欒盈。）又為請人飲酒。《呂氏春秋・召類》：「士尹池為荊使於宋，司城子罕～之。」

上 shǎng 見 446 頁「上」㊁。

晌 shǎng 一天內的一段時間，或指片刻。李煜《浪淘沙》：「夢裏不知身是客，一～貪歡。」

賞 shǎng ❶ 賞賜，獎賞，與「罰」相對。《韓非子・五蠹》：「斬敵者受～。」引申為贈送，給予。《淮南子・說林》：「毋～越人章甫，非其用也。」（章甫：古代一種禮帽。）柳宗元《送薛存義序》：「於其往也，故～以酒肉而重之以辭。」❷ 讚賞，讚揚。《國語・晉語九》：「夫事君者諫過而～善。」《世說新語・品藻》：「子敬～井丹高潔。」引申為欣賞。陶潛《移居》：「奇文共欣～，疑義相與析。」

【辨析】1. 賞、慶。見 414 頁「慶」字條。2. 賞、賜。見 79 頁「賜」字條。

上 ㊀ shàng ❶ 位置在高處，與「下」相對。《孟子・滕文公上》：「人倫明於～，小民親於下。」《呂氏春秋・序意》：「爰有大圜在～，大矩在下。」引申為時間、次序在前的。《呂氏春秋・順民》：「～世多有之矣。」又為久遠。《呂氏春秋・蕩兵》：「兵之所自來者～矣，與始有民俱。」又引申為等級高，上等。《孫子・謀攻》：「凡用兵之法，全國為～，破國次之。」《戰國策・齊策一》：「能面刺寡人之過者，受～賞。」❷ 在上位的，君主。《論語・學而》：「其為人也孝悌，而好犯～者，鮮矣。」《呂氏春秋・察今》：「～胡不法先王之法？」（不法：不效法。）特指天。古詩《上邪》：「～邪！我欲與君相知，長命無絕衰。」❸ 邊，畔。《韓非子・外儲說右上》：「海～有賢者狂矞。」❹ 由低處到高處。《莊子・逍遙遊》：「我騰躍而～。」引申為送上，進獻。《韓非子・內儲說下》：「宰人～食而羹中有生肝焉。」（宰人：掌飲食的官。)《史記·廉頗藺相如列傳》:「臣乃敢~璧。」❺ 崇尚。《韓非子·忠孝》:「~法而不~賢。」《呂氏春秋·長見》:「尊賢~功。」

㈡ shǎng ❻ 上聲,漢語四聲之一。鍾嶸《詩品序》:「至平~去入,則余病未能。」

【辨析】上、尚。「上」指位置在上,多用於具體意義,「尚」多用於抽象意義。但「上」用作動詞,也指加於其上,如《論語·顏淵》:「草上之風,必偃。」它們的「崇尚、久遠」義,也是相同的,後來才有了明確分工。

尚 ㈠ shàng ❶ 加在上面。《詩經·齊風·著》:「充耳以素乎而,~之以瓊華乎而。」(充耳:古代貴族冠冕兩邊用絲懸掛的玉,下垂至耳,稱充耳。)引申為超過。《孟子·公孫丑下》:「今天下地醜德齊,莫能相~。」(醜:相同。)❷ 尊崇,崇尚。《莊子·天道》:「鄉黨~齒,行事~賢。」(尚齒:尊崇老年人。)❸ 久遠。《呂氏春秋·古樂》:「故樂之所由來者~矣。」❹ 仰攀婚姻。《史記·司馬相如列傳》:「卓王孫喟然而歎,自以得使女~司馬長卿晚。」又特指娶帝王之女。《史記·絳侯周勃世家》:「公主者,孝文帝女也,勃太子勝之~之。」(勃:周勃。勝之:周勃之子。)❺ 主管,特指帝王的私人事物。《史記·呂太后本紀》:「襄平侯通~符節。」(通:紀通,人名。)❻ 尚且,還。《詩經·王風·兔爰》:「我生之初,~無為。」司馬遷《報任安書》:「如僕,~何言哉!」(僕:謙稱自己。)

㈡ cháng ❼ [尚羊] 悠遊徘徊。賈誼《惜誓》:「臨中國之眾人兮,託回飆乎~~。」又作「尚佯」。《淮南子·覽冥》:「~~冀州之際。」

【辨析】尚、上。見446頁「上」字條。

shao

捎 shāo ❶ 割。《史記·龜策列傳》:「以夜~兔絲去之。」(兔絲:草名。)❷ 拂,掠過。《史記·司馬相如列傳上》:「拂翳鳥,~鳳凰。」(翳鳥:一種有五彩羽毛的鳥。)

弰 shāo 弓的末端。庾信《擬詠懷詩》:「輕雲飄馬足,明月動弓~。」

梢 ㈠ shāo ❶ 竿,木棍。《漢書·禮樂志》:「飾玉~以舞歌。」《淮南子·兵略》:「曳~肆柴。」❷ 樹枝的末端。杜甫《送韋郎司直歸成都》:「為問南溪竹,抽~合過牆。」引申為事物的末端。《宋史·宋琪傳上》:「陣~不可輕動。」❸ 通「箾 shuò」。擊。宋玉《風賦》:「~殺林莽。」(梢殺:擊毀。)

㈡ xiāo ❹ 沖激。《周禮·考工記·匠人》:「~溝三十里而廣倍。」

稍 shāo ❶ 逐漸,漸漸。《史記·項羽本紀》:「項王乃疑范增與漢有私,~奪之權。」柳宗元《三戒·黔之驢》:「~出,近之。」引申為小。《周禮·天官·膳夫》:「凡王之~事,設薦脯醢。」(薦:獻。脯:乾肉。醢 hǎi:肉醬。)❷ [稍食] 逐月發給的俸祿。《周禮·天官·宮正》:「幾其出入,均其~~。」❸ 廩食,官府發給的糧食。《儀禮·聘禮》:「唯~受之。」宋濂《送東陽馬生序》:「縣官日有廩~之供。」(縣官:官府。)

筲 shāo 盛東西的竹器具。《儀禮·既夕禮》:「藏苞~於旁。」(苞:包裹祭牲的草薦。)[斗筲] 形容見識狹隘短淺。《論語·子路》:「~~之人,何足算也?」

鞘 shāo 見408頁「鞘」㈡。

燒 ㈠ shāo ❶ 焚燒,燃燒。《韓非子·內儲說下》:「左右因微令夜~芻廄。」引申為照耀。王建《江陵即事》:「寺多紅藥~人眼。」

㈡ shào ❷ 放火燒野草以肥田。《韓非子·內儲說上七術》:「魯人~積澤。」泛指野火。白居易《秋思》:「夕照紅於~,晴空碧勝藍。」

勺 ㈠ sháo△ ❶ 舀東西的器具。《周禮·考工記·梓人》:「梓人為飲器,~一升。」❷ [勺藥] 同「芍藥」。《詩經·鄭風·溱洧》:「贈之以~~。」

S

㊁ zhuó△ ❸ 舀取。《漢書・禮樂志》：「～椒漿，靈已醉。」（靈：神。）引申為取法。《漢書・禮樂志》：「《勺》，言能～先祖之道也。」❹ 古樂舞名。《禮記・內則》：「十有三年，學《樂》，誦《詩》，舞《～》。」《漢書・禮樂志》：「周公作《～》。」

芍 sháo△ ［芍藥］一種多年生草本植物，根可入藥，花供觀賞。《山海經・北山經》：「其草多～～。」

韶 sháo ❶ 傳說中舜時的樂曲名。《論語・八佾》：「子謂《～》：『盡美矣，又盡善也。』」❷ 美好。《世說新語・品藻》：「長史曰：『～音令辭不如我！』」

少 ㊀ shǎo ❶ 數量少，與「多」相對。《孟子・梁惠王上》：「鄰國之民不加～，寡人之民不加多。」（加：更加。）引申為缺少，差欠。《史記・平原君虞卿列傳》：「今～一人，願君即以遂備員而行矣。」（遂：毛遂。）❷ 削弱。賈誼《治安策》：「欲天下之治安，莫若眾建諸侯而～其力。」（眾：多。建：分封。）❸ 輕視。《莊子・秋水》：「且夫我嘗聞～仲尼之聞而輕伯夷之義者。」❹ 稍微，略微。《戰國策・趙策四》：「太后之色～解。」❺ 不多時。《莊子・達生》：「～焉，果敗而反。」（反：返。）

㊁ shào ❻ 年幼，年輕。《孟子・萬章上》：「人～，則慕父母。」韓愈《柳子厚墓誌銘》：「子厚～精敏。」又指年輕人。《左傳・僖公二十八年》：「～長有禮，其可用也。」《晉書・王羲之傳》：「王氏諸～並佳。」

【辨析】 少、寡。見 174 頁「寡」字條。

搜 shǎo 見 479 頁「搜」㊁。

少 shào 見 448 頁「少」㊁。

召 shào 見 664 頁「召」㊁。

劭 shào ❶ 勸勉。《漢書・成帝紀》：「先帝～農，薄其租稅。」❷ 美好。《法言・孝至》：「年彌高而德彌～者，是孔子之徒歟？」（彌：更加。）

邵 shào ❶ 古地名，春秋時晉邑。《左傳・襄公二十三年》：「齊侯遂伐晉……戍郫～。」❷ 通「劭 shào」。美好。《法言・修身》：「公儀子、董仲舒之才之～也。」

哨 shào ❶ 口不正的樣子。《禮記・投壺》：「某有枉矢～壺，請以樂賓。」❷ 細小。《後漢書・馬融傳》：「若夫鷙獸毅蟲，倨牙黔口，大匈～後。」（匈：同「胸」。）❸ 軍隊的編制單位。《宋史・宋琪傳》：「左右～各十指揮，是二十將。」戚繼光《紀效新書・記水兵》：「～官見領兵官一跪一揖。」❹ 巡邏或巡邏人員。文天祥《指南錄後序》：「質明避～竹林中，邏者數十騎。」

紹 ㊀ shào ❶ 繼承，接續。《尚書・盤庚上》：「～復先王之大業，厎綏四方。」（厎 zhǐ：定。綏：安撫。）《呂氏春秋・誠廉》：「以此～殷，是以亂易暴也。」❷ 介紹。《戰國策・趙策三》：「勝請為～介而見之於將軍。」（勝：指平原君趙勝。）❸［紹繚］纏繞。古詩《有所思》：「雙珠玳瑁簪，用玉～～之。」

㊁ chāo ❹ 緩慢。《詩經・大雅・常武》：「王舒保作，匪～匪遊。」（舒：遲緩。保：安閒。）

燒 shào 見 447 頁「燒」㊁。

she

奢 shē 奢侈，浪費。《論語・八佾》：「與其～也，寧儉。」《淮南子・原道》：「不以～為樂，不以廉為悲。」引申為過度，過分。《老子》第二十九章：「是以聖人去甚、去～、去泰。」盧仝《走筆謝孟諫議寄新茶》：「至精至好且不～。」又為超過。張衡《西京賦》：「麗美～乎許史。」（許：指漢宣帝許皇后家。史：指漢宣帝外戚史高。）

畬 shē 見 632 頁「畬」㊁。

賒 shē ❶ 賒欠。《周禮・地官・泉府》：「凡～者，祭祀無過旬日。」

《後漢書・劉盆子傳》：「少年來酤者，皆～與之。」（酤：買酒。）❷鬆，遲緩。謝朓《和王主簿怨情》：「徒使春帶～。」杜甫《喜晴》：「且耕今未～。」❸時間長，距離遠。梁簡文帝《變童詩》：「珠簾夕漏～。」王勃《滕王閣序》：「北海雖～，扶搖可接。」❹通「奢 shē」。奢侈。《後漢書・仲長統傳》：「楚楚衣服，戒在窮～。」（楚楚：鮮明整潔的樣子。）

舌 shé△　❶舌頭。《莊子・秋水》：「公孫龍口呿而不合，～舉而不下，乃逸而走。」（呿 qū：口張開的樣子。）《世說新語・文學》：「袁虎云：『當令齒～間得利。』」借指言語。《論語・顏淵》：「駟不及～。」❷器物中像舌的部分。《詩經・小雅・大東》：「維南有箕，載翕其～。」（翕 xī：收縮，斂息。）《鹽鐵論・利議》：「吳鐸以其～自破。」（鐸：鈴。）

蛇（虵） ㊀ shé　❶爬行動物，俗稱「長蟲」。《詩經・小雅・斯干》：「維虺維～，女子之祥。」柳宗元《捕蛇者說》：「永州之野產異～。」
㊁ yí　❷［委蛇］見 526 頁「委」字條。❸［蛇蛇］淺薄而自大的樣子。《詩經・小雅・巧言》：「～～碩言，出自口矣。」

揲 ㊀ shé△　❶按定數數物，多用於數蓍草占卦。《周易・繫辭上》：「～之以四，以象四時。」❷積累。《淮南子・俶真》：「橫廓六合，～貫萬物。」（六合：天地四方。）❸取。《史記・扁鵲倉公列傳》：「～荒爪幕，湔浣腸胃。」（荒：膏肓。幕 mò：病。湔 jiān 浣：洗滌。）
㊁ yè△　❹簸箕的舌。《管子・弟子職》：「執箕膺～。」❺椎物使薄。《淮南子・說山》：「譬猶陶人為器也，～挻其土而不益厚，破乃愈疾。」

舍 shě　見 449 頁「舍」㊁。

捨 shě　❶放下，捨棄。《後漢書・伏湛傳》：「陛下～近務遠。」陶潛《桃花源記》：「山有小口，髣髴若有光。便～船從口入。」❷施捨，佈施。蘇軾《勝相院經藏記》：「時見聞者，皆爭～施。」

【說明】「捨」是「舍」的後起字。「舍」的「捨棄、施捨」的意義，後來用「捨」字。「舍」的「房舍、三十里為一舍」的意義不能用「捨」字。現在「捨」又簡化作「舍」。

社 shè　❶土神。《呂氏春秋・季冬》：「以供皇天上帝～稷之享。」（皇天：上天。稷：穀神。享：祭祀。）又為土神的牌位。《淮南子・齊俗》：「殷人之禮，其～用石。」［社稷］本指土神穀神。用為國家的代稱。《論語・季氏》：「是～～之臣也。」《韓非子・五蠹》：「借於外力，以成其私，而遺～～之利。」❷祭祀土神。《呂氏春秋・仲春》：「擇元日，命人～。」（元日：吉日。）又為祭祀土神的地方，神社。《左傳・昭公十七年》：「伐鼓於～。」（伐鼓：擊鼓。）又為祭祀土神的節日，社日。先秦只於春季舉行一次，秦漢以後於春秋各舉行一次。王駕《社日》：「桑柘影斜春～散，家家扶得醉人歸。」❸古代基層行政單位。二十五家為社。《左傳・昭公二十五年》：「請致千～。」又縱橫各六里為社。《管子・乘馬》：「方六里，名之曰～。」

舍 ㊀ shè　❶賓館，客館。《韓非子・說林下》：「公奚不休～，以待後車。」泛指房舍。韓愈《感春》之二：「平明出門暮歸～。」❷住宿。《莊子・田子方》：「溫伯雪子適齊，～於魯。」（適：往。）《禮記・檀弓上》：「～於子夏氏。」特指軍隊住宿一夜為舍。《左傳・莊公三年》：「凡師一宿為～。」❸古代行軍三十里為一舍。《國語・晉語四》：「若以君之靈，得復晉國，晉楚治兵，會于中原，其避君三～。」《呂氏春秋・博志》：「步之遲也，而百～，不止也。」今成語有「退避三舍」。
㊁ shě　❹放棄，捨棄。《周易・賁》：「～車而徒。」（徒：徒步。）《荀子・勸學》：「駑馬十駕，功在不～。」（駑 nú 馬：劣馬。駕：一天的行程。）❺發射。《詩經・秦風・駟驖》：「公曰左之，～拔則獲。」（拔：括，箭的末端。）張衡《西京賦》：「矢不虛～。」❻施捨。《左傳・昭公十三年》：「施～不倦，求善不厭。」

拾 shè 見457頁「拾」㊁。

射 ㊀ shè ❶射箭。《左傳・隱公十一年》：「子都自下～之。」（子都：人名。）引申為照射。李白《天門山銘》：「光～島嶼，氣凌星辰。」❷猜度。《呂氏春秋・重言》：「對曰：『有鳥止於南方之阜，三年不動不飛不鳴，是何鳥也？』王～之曰：……」❸賭博。《史記・孫子吳起列傳》：「君第重～，臣能令君勝。」（第：但，只管。）❹追逐，謀取。《鹽鐵論・除狹》：「富者以財賈官，勇者以死～功。」（賈 gǔ：買。）左思《吳都賦》：「乘時～利，財豐巨萬。」
㊁ yì△ ❺厭倦。《詩經・小雅・車舝》：「式燕且譽，好爾無～。」（式：語氣詞。燕、譽：安樂。）

【辨析】1.射、發、引、彎。見127頁「發」字條。2.射、彈。見92頁「彈」字條。

涉 ㊀ shè△ ❶蹚水過河。《詩經・鄭風・褰裳》：「子惠思我，褰裳～溱。」（褰 qiān：撩起。）引申為借助工具（船，橋）過河。《呂氏春秋・察今》：「楚人有～江者，其劍自舟中墜於水。」又《音初》：「還反～漢，梁敗，王及蔡公抎於漢中。」（漢：漢水。梁：橋。抎：墜入。）也指渡口。《詩經・邶風・匏有苦葉》：「匏有苦葉，濟有深～。」（匏 páo：葫蘆。）❷經歷，經過。《管子・兵法》：「厲士利械，則～難而不匱。」（厲：訓練。利：使鋒利。）司馬遷《報任安書》：「～旬月，迫季冬。」（旬月：滿月。迫：靠近。）❸進入。《左傳・僖公四年》：「不虞君之～吾地也，何故？」（虞：料想。）❹關聯，牽涉。《宋書・劉穆之傳》：「目覽辭訟，手答箋書，耳行聽受，口並酬應，不相參～。」❺泛泛閱讀。《後漢書・仲長統傳》：「少好學，博～書記。」
㊁ dié△ ❻［涉血］喋血。流血遍地。《戰國策・趙策四》：「君之所以求安平君者，以齊之於燕也，茹肝～～之仇耶？」

赦 shè 赦免。《論語・堯曰》：「有罪不敢～。」《史記・廉頗藺相如列傳》：「大王亦幸～臣。」

設 shè△ ❶設置。《詩經・小雅・彤弓》：「鐘鼓既～，一朝饗之。」（饗：用酒食款待人。）陶潛《桃花源記》：「～酒殺雞作食。」特指置辦酒宴或飲食。《世說新語・雅量》：「客來蚤者，並得佳～。」（蚤：通「早」。）❷設置器具捕獸。《淮南子・說林》：「～鼠者機動，釣魚者泛杭。」❸連詞。表示假設關係，假如、如果。《史記・魏其武安侯列傳》：「～百歲後，是屬寧有可信者乎？」（是屬：這些人。）

歙 shè 見542頁「歙」㊁。

攝 shè△ ❶提起，曳着。《論語・鄉黨》：「～齊升堂。」（齊 zī：衣下縫。）引申為拿，握。《戰國策・楚策四》：「左挾弓，右～丸。」（丸：彈丸。）又引申為掌管，統領。《後漢書・陳蕃傳》：「人君者，～天地之政，秉四海之維。」❷收攏，聚斂。《莊子・胠篋》：「則必～緘縢，固扃鐍。」（緘縢 jiānténg：繩子。扃 jiōng：閂子。鐍 jué：插閂的地方。扃鐍：指鎖鑰。）《三國志・蜀書・劉焉傳》：「在犍為東界，～斂吏民，得千餘人。」引申為吸收，吸引。顧況《廣陵白紗大雲寺碑》：「磁石～鐵，不～鴻毛。」❸整理，整飭。《管子・弟子職》：「先生將食，弟子饌饋，～衽盥漱，跪坐而饋。」（饌 zhuàn：擺設食物。）❹拘捕。《國語・吳語》：「～少司馬茲與王士五人。」❺代理。《左傳・成公二年》：「敢告不敏，～官承乏。」《禮記・文王世子》：「昔者周公～政，踐阼而治。」（阼 zuò：指帝位。）❻養，保養。《老子》第五十章：「善～生者，陸行不遇兕虎，入軍不被甲兵。」《世說新語・夙惠》：「陛下晝過冷，夜過熱，恐非～養之術。」❼通「懾 shè」。畏懼。《左傳・襄公十一年》：「不然，則武震～威之。」《鹽鐵論・誅秦》：「東～六國，西畏於秦。」

麝 shè 獸名，又名香獐。腹下香腺分泌麝香。《山海經・中山經》：「（陽帝之山）其獸多麢～。」（麢 líng：羚羊。）

懾 shè△ ❶喪氣，懼怕。《管子・戒篇》：「身在草茅之中而無～意。」《後漢書・李固傳》：「自胡廣、趙戒以下，莫不～憚之。」❷威懾，使屈服。《淮南子・氾論》：「威動天地，聲～海內。」

shen

申 shēn ❶伸直，舒展。後來寫作「伸」。《莊子・刻意》：「熊經鳥～。」（經：懸掛。）《戰國策・魏策四》：「衣焦不～，頭塵不去。」（焦：指皺褶。）❷說明，陳述。屈原《九章・抽思》：「願自～而不得。」❸重複，再三。《孟子・梁惠王上》：「～之以孝悌之義。」《史記・周本紀》：「～告以文王、武王之所以為王業之不易。」❹束縛，約束。《淮南子・道應》：「墨者有田鳩者，欲見秦惠王，約車～轅，留於秦。」（約車：套車。）《說苑・脩文》：「脩德束躬，以自～飭。」引申為整飭。［申申］整飭的樣子。《論語・述而》：「子之燕居，～～如也。」（燕居：平日閒居。如：詞尾。）❺地支的第九位。與天干相配以紀日等。《春秋・文公十四年》：「九月，甲～，公孫敖卒于齊。」（公孫敖：人名。）

伸 shēn ❶伸直，舒展。司馬遷《報任安書》：「乃欲仰首～眉，論列是非。」引申為擴展，延伸。《周易・繫辭上》：「引而～之，觸類而長之，天下之能事畢矣。」❷申述，表白。諸葛亮《便宜十六策・視聽》：「怨聲不得聞，則枉者不得～。」

身 ㊀ shēn ❶身孕。《詩經・大雅・大明》：「大任有～，生此文王。」（大 tài 任：周文王之母。）《史記・高祖本紀》：「已而有～，遂產高祖。」（已而：不久。）❷人或動物的軀幹。《論語・鄉黨》：「必有寢衣，長一～有半。」泛指身體。《呂氏春秋・孝行》：「不虧其～，不損其形。」❸自身，自己。《戰國策・趙策四》：「此其近者禍及～，遠者及其子孫。」《韓非子・五蠹》：「兔不可復得，而～為宋國笑。」引申為親自。《韓非子・五蠹》：「禹之王天下也，～執耒臿以為民先。」（耒臿 chā：農具名。）

㊁ yuān ❹［身毒］我國古代對印度的稱呼。《漢書・張騫傳》：「～～國在大夏東南可數千里。」（大夏：古國名。可：約。）

【辨析】 身、躬。見 166 頁「躬」字條。

呻 shēn 誦讀。《禮記・學記》：「今之教者，～其佔畢。」（佔畢：指書簡。）［呻吟］1. 誦讀。《莊子・列御寇》：「鄭人緩也，～～裘氏之地，只三年而緩為儒。」（緩：人名。）2. 因痛苦而低聲哼。《呂氏春秋・大樂》：「民人～～。」

侁 shēn ［侁侁］1. 行走的聲音，行走的樣子。宋玉《招魂》：「豺狼從目，往來～～些。」2. 眾多的樣子。傅咸《皇太子釋奠頌》：「濟濟儒生，～～胄子。」

胂 shēn 夾脊肉。《素問・繆刺論》：「刺腰尻之解，兩～之上。」

姺 shēn 古國名。《左傳・昭公元年》：「商有～、邳。」

甡 shēn ［甡甡］眾多的樣子。《詩經・大雅・桑柔》：「瞻彼中林，～～其鹿。」

娠 shēn 懷孕。《左傳・哀公元年》：「后緡方～。」（后緡：夏后相之妻。）《漢書・高帝紀上》：「已而有～，遂產高祖。」

莘 shēn ❶長的樣子。《詩經・小雅・魚藻》：「魚在在藻，有～其尾。」❷［莘莘］眾多的樣子。《國語・晉語四》：「～～征夫。」

深（滨） shēn ❶水深，與「淺」相對。《詩經・小雅・小旻》：「如臨～淵，如履薄冰。」歐陽修《醉翁亭記》：「臨溪而漁，溪～而魚肥。」泛指空間、時間從上到下（或從外到內）距離大。《孫子・虛實》：「故我欲戰，敵雖高壘～溝，不得不與我戰者，攻其所必救也。」《左傳・襄公二十一年》：「～山大澤，實生龍蛇。」駱賓王《夕次舊吳》：「地古煙塵暗，年～館宇稀。」❷深奧，精微。《周易・繫辭上》：「夫《易》，聖人之所以極～而研幾也。」（極：窮盡。幾：

徵兆。）又為深刻，周密。《戰國策·趙策四》：「父母之愛子，則為之計～遠。」今成語有「深謀遠慮」。❸ 深入。《左傳·僖公十五年》：「寇～矣，若之何？」《韓非子·喻老》：「君有疾在腠理，不治將恐～。」❹ 嚴酷，苛刻。《戰國策·燕策三》：「秦之遇將軍可謂～矣，父母宗族皆為戮沒。」❺ 表示程度深。甚，十分。《史記·汲黯鄭當時列傳》：「然至其輔少主，守城～堅，招之不來。」

參（祭） ㊀ shēn ❶ 星宿名，二十八宿之一。《詩經·召南·小星》：「嘒彼小星，維～與昴。」（嘒 huì：微小的樣子。昴：星宿名。）❷ 參類植物的總稱。《急就篇》卷四：「遠志、續斷、～、土瓜。」顏師古注：「～謂人參、丹參、紫參、玄參、沙參、苦參也。」
㊁ cān ❸ 檢驗，驗證。《荀子·勸學》：「君子博學而～省乎己。」又為參考，參照。《後漢書·曹褒傳論》：「叔孫通頗採經禮，～酌秦法。」（頗：稍微。）❹ 參加，參與。《後漢書·桓帝紀》：「有殊才異行，乃得～選。」《舊唐書·宦官傳序》：「內則～秉戎權，外則監臨藩嶽。」（秉：執掌。藩嶽：藩鎮。）❺ 按一定禮節進見地位或輩分高的人。《戰國策·秦策四》：「臣之義不～拜。」韓愈《寄盧仝》：「勸～留守謁大尹，言語才及輒掩耳。」（輒 zhé：就。）
㊂ sān ❻ 三分。《左傳·隱公元年》：「大都不過～國之一。」引申為與二物並列為三。《墨子·非攻下》：「使貴為天子，富有天下，名～乎天地。」
㊃ cēn ❼ [參差 cī] 不整齊的樣子。《詩經·周南·關雎》：「～～荇菜，左右流之。」（荇 xìng：水草名。流：採。）

【辨析】參、三。見439頁「三」字條。

紳 shēn 士大夫腰間束的大帶子。《論語·衛靈公》：「子張書諸～。」（子張：孔子的學生。）又用作動詞，束帶。《韓非子·外儲說左上》：「～之束之。」

詵 shēn [詵詵] 眾多的樣子。《詩經·周南·螽斯》：「螽斯羽，～～兮。」（螽斯：蝗類昆蟲。）

蔘 shēn 人參。「參」的人參義後起字。《夢溪筆談·人事一》：「王荊公病喘，藥用紫團山人～，不可得。」（王荊公：王安石。紫團山：山名。）

駪 shēn [駪駪] 眾多的樣子。《詩經·小雅·皇皇者華》：「～～征夫，每懷靡及。」（靡：無。）

神 shén ❶ 天神，神。《論語·述而》：「禱爾于上下～祇。」（祇 qí：地神。）《左傳·僖公五年》：「吾享祀豐絜，～必據我。」（絜：通「潔」，潔淨。據我：保佑我。）引申為人死後的靈魂。《左傳·昭公七年》：「昔堯殛鯀于羽山，其～化為黃熊。」（殛 jí：殺。鯀 gǔn：人名，夏禹之父。）❷ 精神，心神。《莊子·養生主》：「臣以～遇而不以目視。」（遇：相遇，接觸。）《呂氏春秋·當染》：「不能為君者，費形傷～。」❸ 神奇，神妙。《周易·繫辭上》：「陰陽不測之謂～。」《莊子·天道》：「莫～於天，莫富於地。」

【辨析】神、佛、仙。見20頁「佛」字條。

沈 shěn 見55頁「沈」㊁。

哂 shěn 笑，微笑。《論語·先進》：「夫子～之。」引申為譏笑。《晉書·蔡謨傳》：「我若為司徒，將為後代所～。」

矤 shěn ❶ 連詞。表示更進一層，何況。《詩經·小雅·伐木》：「相彼鳥矣，猶求友聲；～伊人矣，不求友生？」（相：看。伊：那。友生：朋友。）❷ 亦，也。《尚書·君奭》：「小臣屏侯甸，～咸奔走。」（屏：並。侯甸：指諸侯。咸：都。奔走：指效力。）❸ 齒齦。《禮記·曲禮上》：「笑不至～，怒不至詈。」（詈 lì：罵。）

淰 shěn ❶ 魚驚散的樣子。《禮記·禮運》：「龍以為畜，故魚鮪不～。」（鮪 wěi：魚名。）❷ 跳躍。潘岳《射雉賦》：「意～躍以振踊。」

諗 shěn ❶ 勸諫，勸告。《左傳·閔公二年》：「昔辛伯～周桓公。」（辛伯：人名。）❷ 思念。《詩經·小雅·四牡》：「豈不懷歸？是用作歌，將母來～。」

（是用：因此。將：奉養。來：複指「諗」的前置賓語。）

審 shěn ❶ 詳細，周密。《禮記・中庸》：「博學之，～問之，慎思之。」又為詳細觀察，研究。《呂氏春秋・察今》：「故～堂下之陰，而知日月之行。」《史記・淮陰侯列傳》：「～豪氂之小計，遺天下之大數。」❷ 慎重。《韓非子・存韓》：「故曰『兵者凶器也』，不可不～用也。」《淮南子・人間》：「百言百當，不如擇趨而～行也。」❸ 明白，清楚。司馬遷《報任安書》：「由此言之，勇怯，勢也；強弱，形也。～矣，何足怪哉！」《新唐書・元僐傳》：「當局者迷，旁觀者～。」❹ 真實。《戰國策・秦策一》：「為人臣不忠當死，言不～亦當死。」引申為確實。《論衡・知實》：「孔子如～先知，當早易道。」（易道：改變主張。）

瀋 shěn 汁。《左傳・哀公三年》：「無備而官辦者，猶拾～也。」（官辦：叫百官倉促辦事。）

甚 shèn ❶ 過分，厲害。《左傳・僖公五年》：「一之謂～，豈可再乎？」《戰國策・趙策四》：「婦人異～。」（異：特別。）❷ 很，非常。《左傳・僖公二十四年》：「臣之罪～多矣。」《韓非子・外儲說左上》：「法度～不易行也。」❸ 疑問代詞。甚麼，怎麼。劉過《六州歌頭・鎮長淮》：「水東流，～時休？」

脤 shèn 古代祭祀用的生肉。《公羊傳・定公十四年》：「腥曰～。」（腥：生肉。）

腎 shèn 腎臟。《尚書・盤庚下》：「今予其敷心腹～腸，歷告爾百姓于朕志。」

葚 shèn 桑葚，桑樹的果實。《說文》：「～，桑實也。」《詩經・衛風・氓》：「于嗟鳩兮，無食桑～。」

椹 shèn 見 667 頁「椹」㊁。

蜃 shèn 大蛤蜊。古人誤以為由雉變化而成。《呂氏春秋・孟冬》：「雉入大水為～。」（雉：野雞。）又指海市蜃樓。古人誤認為蜃吐氣而成。《漢書・天文志》：「海旁～氣象樓臺。」

慎 shèn 謹慎，慎重。《周易・頤》：「君子以～言語，節飲食。」《淮南子・人間》：「聖人敬小～微，動不失時。」今成語有「謹小慎微」。引申為表示禁戒之詞，相當於「千萬」。《史記・高祖本紀》：「若漢挑戰，～勿與戰。」杜甫《潼關吏》：「請囑防關將，～勿學哥舒。」

【辨析】慎、謹。見 254 頁「謹」字條。

滲 shèn ❶（液體）慢慢地透過或沁出。《史記・司馬相如列傳》：「滋液～漉，何生不育？」（漉 lù：滲透。）❷ 枯竭。《南史・到彥之傳》：「（到彥之）自淮入泗，泗水～，日裁行十里。」（裁：通「才」，僅僅。）

sheng

升 shēng ❶ 量器。《韓非子・外儲說右上》：「宋人有酤酒者，～概甚平。」（概：刮平升斗的工具。）又為容量單位。十升為斗。《莊子・外物》：「君豈有斗～之水而活我哉？」❷ 上升，登。《詩經・小雅・天保》：「如月之恆，如日之～。」《論語・鄉黨》：「～車，必正立，執綏。」（綏：車上的繩子，登車時作拉手用。）引申為升遷。《後漢書・欒巴傳》：「隨能～授。」（能：才能。授：授職。）❸ 穀物成熟。《論語・陽貨》：「舊穀既沒，新穀既～。」❹［升平］太平。《三國志・魏書・王朗傳》：「蒸庶欣欣，喜遇～～。」（蒸庶：百姓。）

【辨析】1. 升、昇、陞。「升斗」的「升」只寫作「升」。「昇」為「升」的後起字，「太陽升起」「登上」等義，先秦只寫作「升」，秦朝以後「升」「昇」並用。「陞」字唐朝以前罕見，唐以後多用於「升官」的意義。2. 升、登。見 97 頁「登」字條。

生 shēng ❶ 生長，長出。《荀子・勸學》：「蓬～麻中，不扶而直。」引申為出生。《左傳・隱公元年》：「莊公寤～。」（寤：通「牾」，逆，倒着。）又引申為發生，產生。《左傳・僖公三十三年》：「縱敵患～。」晁錯《論貴粟疏》：「貧～於不足，不足～於不農。」❷ 生存，活着。《論語・衛靈公》：「志士仁人，無求～以害仁，有殺身以成仁。」《呂氏春秋・至忠》：「果以鼎～烹文摯。」引申為生命，性命。《莊子・養生主》：「可以保身，可以全～。」又引申為一生，一輩子。李商隱《馬嵬》之一：「他～未卜此～休。」❸ 生的，與「熟」相對。《韓非子・內儲說下六微》：「宰人上食而羹中有～肝焉。」《史記・項羽本紀》：「則與一～彘肩。」（彘肩：豬腿。）引申為生疏。王建《村居即事》：「自別城中禮數～。」❹ 秦漢以後對儒者的通稱。《史記・屈原賈生列傳》：「是時賈～年二十餘，最為少。」（賈生：即賈誼。）引申為對年輕讀書人的通稱。韓愈《答李翊書》：「李～足下，～之書辭甚高。」❺ 本性，性情。《荀子・勸學》：「君子～非異也，善假於物也。」（假：藉，憑藉。）

【辨析】生、產。見49頁「產」字條。

昇 shēng ❶ 太陽上升。江淹《石劫賦》：「日照水而東～。」引申為登上。王逸《九思・哀歲》：「～車兮命僕。」又特指升官、晉級。《舊唐書・馬周傳》：「欲有擢～宰相，必先試以臨人。」❷ [昇平] 同「升平」。

【辨析】昇、升、陞。見453頁「升」字條。

牲 shēng 供祭祀和食用的家畜。《詩經・大雅・雲漢》：「靡神不舉，靡愛斯～。」（靡：無。愛：吝惜。）《呂氏春秋・誠廉》：「割～而盟以為信。」

陞 shēng 升官，晉級。王安石《本朝百年無事劄子》：「～擢之任。」（擢：提拔，選拔。）《金史・陳規傳》：「朝授一官，暮～一職。」

【辨析】陞、升、昇。見453頁「升」字條。

笙 shēng ❶ 管樂器名。《詩經・小雅・鹿鳴》：「我有嘉賓，鼓瑟吹～。」（鼓：彈奏。）❷ 蓆子。左思《吳都賦》：「桃～象簟。」（桃笙：用桃枝編的蓆子。象簟 diàn：用象牙製作的蓆子。）

甥 shēng ❶ 姐妹的兒女，外甥。《詩經・小雅・頍弁》：「豈伊異人，兄弟～舅。」（伊：句中語氣詞。異：別的。）❷ 女婿。《孟子・萬章下》：「舜尚見帝，帝館～于貳室。」（尚：上。帝：指堯。館：用如動詞，住客館。貳室：副宮。）

聲 shēng ❶ 聲音，聲響。《詩經・小雅・伐木》：「嚶其鳴矣，求其友～。」《世說新語・容止》：「聞函道中有屐～甚厲。」特指樂音，音樂。《論語・陽貨》：「子之武城，聞弦歌之～。」❷ 言語。《孟子・公孫丑上》：「無嚴諸侯，惡～至，必反之。」（嚴：畏懼。）《漢書・趙廣漢傳》：「界上亭長寄～謝我，何以不為致問？」❸ 名聲，聲望。《詩經・大雅・文王有聲》：「文王有～。」司馬遷《報任安書》：「～聞鄰國。」又指聲勢。《戰國策・齊策一》：「吾三戰而三勝，～威天下。」❹ 聲稱，宣佈。《國語・周語上》：「為令聞嘉譽以～之。」《北齊書・皮景和傳》：「時陳人～將渡淮。」❺ 形聲字表聲音的部分。《說文》：「松，從木，公～。」又指聲調。《南齊書・陸厥傳》：「平、上、去、入為四～。」❻ 量詞。聲音發出的次數。白居易《琵琶行》：「轉軸撥弦三兩～。」

【辨析】聲、音。《說文》：「聲，音也。」「音，聲也。」二字互訓，渾言相同，都指聲音。析言則有別，「聲」指一般的聲音，而「音」指樂音，《說文》說：「生於心有節於外謂之音。」《禮記・樂記》：「聲成文謂之音。」

鼪 shēng 鼬，黃鼠狼。《莊子・徐无鬼》：「藜藋柱乎～鼬之徑。」（藜、藋：草名。柱：直立。）

澠 ㊀ shéng ❶ 古水名，在今山東境內，久湮。《呂氏春秋・精諭》：「淄、～之合者，易牙嘗而知之。」（淄：古水名。易牙：人名。）

㊁ miǎn ❷ [澠池] 古邑名，故址在今河南澠池西。《史記・廉頗藺相如列傳》：「王許之，遂與秦王會～～。」

繩 shéng ❶ 繩子。《周易・繫辭下》：「上古結～而治。」❷ 木匠用以取直的墨繩。《荀子・勸學》：「故木受～則

S

直。」引申為直，正直。《淮南子・說林》：「行險者不得履～。」又《本經》：「戴員履方，抱表懷～。」（員：通「圓」，指天。方：指地。表：正。）❸ 準則，法度。《荀子・王霸》：「若是則百吏莫不畏法而遵～矣。」❹ 糾正，懲治。《尚書・冏命》：「～愆糾謬。」（愆 qiān：過錯。）《史記・秦始皇本紀》：「諸生皆誦法孔子，今上皆重法～之。」❺ 稱譽。《左傳・莊公十四年》：「蔡哀侯為莘故，～息嬀以語楚子。」（莘：地名。息嬀：人名。）《呂氏春秋・古樂》：「以～文王之德。」❻ 繼承。《詩經・大雅・下武》：「～其祖武。」（武：跡。）

【辨析】繩、索。在「繩子」的意義上，二者是同義詞。細分起來，「繩」指小繩子，而「索」指大繩子。

省 shěng 見 569 頁「省」㊁。

胜 shěng 見 568 頁「胜」㊁。

眚 shěng ❶ 眼睛長白翳。《說文》：「～，目病，生翳也。」陸游《歲暮風雨》：「眼～燈生暈。」（暈 yùn：光圈。）❷ 日食，月食。《左傳・莊公二十五年》：「非日、月之～不鼓。」（鼓：擊鼓。）泛指災異，災害。《周易・訟》：「不克訟，歸而逋，其邑人三百戶無～。」（克：勝。逋：逃。）引申為疾苦。張衡《東京賦》：「勤恤民隱而除其～。」（隱：隱痛。）❸ 過失。《左傳・僖公三十三年》：「且吾不以一～掩大德。」

晟 shèng 光明。郝經《原古上元學士》：「俯瞰旭日～。」

乘（乗、椉） shèng 見 58 頁「乘（乗、椉）」㊁。

盛 shèng 見 58 頁「盛」㊁。

剩（賸） shèng ❶ 多餘，餘下。《魏書・前廢帝廣陵王紀》：「～員非才，他轉之。」❷ 更，頗。岑參《送張祕書》：「鱸鱠～堪憶，蒓羹殊可餐。」

勝 shèng ❶ 能夠承擔，經得起。這個意義舊讀 shēng。《呂氏春秋・遇合》：「亂則愚者之多幸也，幸則必不～其任矣。」《韓非子・揚權》：「枝大本小，將不～春風。」❷ 盡。這個意義舊讀 shēng。《孟子・梁惠王上》：「不違農時，穀不可～食也。」《史記・項羽本紀》：「刑人如恐不～。」（刑人：處罰人。如恐：唯恐。）今成語有「不可勝數」。❸ 勝利，與「負」「敗」相對。《孫子・計》：「故兵貴～不貴久。」引申為克制。《孫子・謀攻》：「將不～其忿而蟻附之。」（將：將帥。忿：怒。蟻附之：像螞蟻那樣去爬敵城。）❹ 超過，勝過。《論語・雍也》：「質～文則野。」白居易《憶江南》：「日出江花紅～火。」❺ 優美的，美好的。范仲淹《岳陽樓記》：「予觀夫巴陵～狀。」特指優美的山水、古跡。柳宗元《永州崔中丞萬石亭記》：「見怪石特出，度其下必有殊～。」（度 duó：猜想。）今成語有「引人入勝」。❻ 古代婦女的一種首飾。《山海經・西山經》：「（西王母）蓬髮戴～。」

聖 shèng ❶ 通達事理。《尚書・洪範》：「聰作謀，睿作～。」❷ 聖明，具有最高智慧和道德的。《老子》第十九章：「絕～棄智，民利百倍。」《論語・子罕》：「夫子～者與？何其多能也？」❸ 指精通某門技藝、對某門學問有極高成就的人。《抱朴子・辨問》：「善刻削之尤巧者則謂之木～。」又有所謂「詩聖」「書聖」「茶聖」等。❹ 對帝王及與之相關事物的尊稱。《史記・秦始皇本紀》：「大～作治，建定法度，顯著綱紀。」《三國志・蜀書・諸葛亮傳》：「誠宜開張～聽，以光先帝遺德。」❺ 清酒的代稱。李適之《罷相作》：「避賢初罷相，樂～且銜杯。」

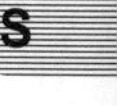

嵊 shèng 山名，在今浙江嵊縣。江淹《雜體詩・謝法曹贈別》：「今行嶀～外。」（嶀 tú：山名，在浙江嵊縣北。）又指地名，今浙江嵊縣。薛逢《早發剡山》：「更覽餘封識～州。」

shi

尸 shī ❶ 代死者神靈受祭的人。《詩經・小雅・楚茨》：「鼓鍾送～，神保聿歸。」（聿 yù：句中語氣詞。）《儀禮・特牲饋食禮》：「主人再拜，～答拜。」後來用木製神主牌來替代。《鹽鐵論・復古》：「武王繼之，載～以行，破商擒紂。」[尸位] 居其位而不做事。《尚書・五子之歌》：「太康～～以逸豫。」（逸豫：逸樂。）今成語有「尸位素餐」。❷ 主管，主持。《詩經・召南・采蘋》：「誰其～之，有齊季女。」《左傳・襄公二十七年》：「小國固必有～盟者。」（尸盟：主持盟會。）❸ 屍體。《左傳・文公三年》：「封殽～而還。」引申為陳屍示眾。《國語・晉語六》：「殺三郤而～諸朝。」（三郤 xì：指晉國大夫郤至、郤犨、郤錡。）

失 shī△ ❶ 喪失，失去。《呂氏春秋・重己》：「一曙～之，終身不復得。」司馬遷《報任安書》：「左丘～明，厥有《國語》。」引申為錯過，耽誤。《莊子・田子方》：「吾終身與汝交一臂而～之。」《史記・陳涉世家》：「會天大雨，道不通，度已～期。」❷ 失當。《論語・鄉黨》：「～飪，不食。」又用作名詞。錯誤。《史記・淮陰侯列傳》：「智者千慮，必有一～。」❸ 不自禁。《漢書・霍光傳》：「羣臣皆驚鄂～色。」❹ 通「逸 yì」。奔逃。《荀子・哀公》：「其馬將～。」

【辨析】失、遺。二字都有「丢失、失去」的意義。區別在於：「遺」一般是由於無意或其他原因使東西不存在於自己處了，所「遺」的一般是具體事物，如「遺弓」「遺冠」等，而「失」一般是由疏忽而使之不存在，所失者一般是抽象事物，如「失勢」「失德」，或者是行為，如「失策」「失明」等。「遺」有時還有有意使之失去，那就是「遺棄」的意義了。

施 ㊀ shī ❶ 散佈，鋪陳。《周易・乾》：「雲行雨～。」《荀子・勸學》：「～薪若一，火就燥也。」❷ 施行，實行。《國語・吳語》：「～民所善，去民所惡。」引申為施加。《論語・衛靈公》：「己所不欲，勿～於人。」❸ 恩惠。《左傳・僖公二十七年》：「報～救患，取霸定威。」❹ 設置。《晉書・李特載記》：「又令梓潼太守張演於諸要～關，搜索寶貨。」

㊁ yì ❺ 蔓延，延續。《詩經・周南・葛覃》：「葛之覃兮，～于中谷。」（覃 tán：延長。）

㊂ yí ❻ 逶迤斜行。《孟子・離婁下》：「蚤起，～從良人之所之。」（蚤：通「早」。良人：指丈夫。所之：所往。）

屍 shī 屍體。《國語・齊語》：「殺而以其～授之。」張衡《西京賦》：「～僵路隅。」

師 shī ❶ 軍隊編制，二千五百人為師。《周禮・地官・小司徒》：「五人為伍，五伍為兩，四兩為卒，五卒為旅，五旅為～。」泛指軍隊。《左傳・成公二年》：「齊～敗績。」（敗績：大敗。）❷ 老師。《論語・述而》：「三人行，必有我～焉。」又為動詞，以為師，效法，學習。《尚書・說命下》：「事不～古。」《史記・秦始皇本紀》：「今諸生不～今而學古。」❸ 專司一事的長官。《孟子・梁惠王下》：「士～不能治士。」《呂氏春秋・季夏》：「命漁～伐蛟取鼉。」（鼉 tuó：一種鱷魚。）特指樂官。《孟子・離婁上》：「～曠之聰，不以六律，不能正五音。」（曠：人名，晉平公樂師。）❹ 獅子。後來寫作「獅」。班固《西都賦》：「挾～豹，拖熊螭。」（螭 chī：無角龍。）

【辨析】師、軍。見273頁「軍」字條。

鉇 shī 矛。《荀子・議兵》：「宛鉅鐵～，慘如蜂蠆。」（宛：地名。鉅：鋼鐵。）

絁 shī 粗綢。《宋史・張觀傳》：「至於所服，多用～絹。」

詩 shī 詩，文學體裁的一種。《尚書・舜典》：「～言志。」范仲淹《岳陽樓記》：「刻唐賢今人～賦於其上。」特指《詩經》。先秦稱《詩》，漢代奉為經典，始稱《詩經》。《論語・子路》：「誦《～》三百，授之以政，不達。」

蓍 shī 蒿一類的草。古人用來占卜。《詩經・曹風・下泉》：「洌彼下泉，浸彼苞～。」（洌：通「冽」，寒冷。苞：草叢生。）《史記・龜策列傳》：「略聞夏殷，欲卜者乃取～龜。」（龜：占卜用的龜甲。）

S

鳲 shī　[鳲鳩] 布穀鳥。《詩經・曹風・鳲鳩》：「～～在桑，其子七兮。」字也作「尸鳩」。

蝨（虱） shī△　蝨子。《韓非子・喻老》：「甲冑生蟣～。」（蟣 jǐ：蝨子的卵。）

溼（溼） shī△　❶ 潮溼，與「乾」相對。《荀子・勸學》：「施薪若一，火就燥也；平地若一，水就～也。」又為沾溼。王昌齡《採蓮曲》之二：「吳姬越豔楚王妃，爭弄蓮舟水～衣。」❷ [溼溼] 搖動的樣子。《詩經・小雅・無羊》：「爾牛來思，其耳～～。」（思：語氣詞。）

釃 shī　❶ 濾酒。《詩經・小雅・伐木》：「～酒有藇。」（藇 xù：美好的樣子。）引申為斟（酒、茶）。蘇軾《前赤壁賦》：「～酒臨江。」❷ 疏導。《漢書・溝洫志》：「乃～二渠以引其河。」❸ 通「醨 lí」。薄酒。屈原《漁父》：「眾人皆醉，何不餔其糟而歠其～。」（餔 bū：吃。歠 chuò：飲。）

十 shí△　基數。十。《論語・公冶長》：「回也聞一以知～。」（回：人名。）特指十倍。《孫子・謀攻》：「故用兵之法，～則圍之，五則攻之，倍則分之。」又為序數，第十。《詩經・豳風・七月》：「～月蟋蟀入我牀下。」

【辨析】十、什。二字本不同義，「十」是數詞，「什」是集合名詞，表示以十為單位的事物。只是有時表示「十分（之幾）」時，用「十」字。《淮南子・人間》：「近塞之人死者十九。」但表示數字時，決不能用「什」。

什 shí△　❶ 古代以十為單位的編制。1. 軍隊十人為什。《左傳・昭公元年》：「以～共車，必克。」《墨子・備城門》：「城上十人一～長。」2. 戶籍十家為什。《管子・立政》：「十家為～。」《史記・商君列傳》：「令民為～伍，而相牧司連坐。」3.《詩經》雅頌十篇為什，如「鹿鳴之什」。後作為詩文的代稱。蕭統《文選序》：「故與夫篇～，雜而集之。」❷ 十倍。《老子》第八十章：「使有～佰之器而不用。」❸ [什一] 十分之一。《孟子・滕文公下》：「～～，去關市之征。」❹ 多種。《史記・五帝本紀》：「舜……作～器於壽丘。」

【辨析】什、十。見 457 頁「十」字條。

石 shí△　❶ 石頭，石塊。《詩經・邶風・柏舟》：「我心匪～，不可轉也。」《荀子・議兵》：「譬之若以卵投～。」特指刻石。《呂氏春秋・求人》：「故功績銘乎金～，著於盤盂。」❷ 八音之一，石製樂器。《韓非子・說疑》：「不聽鍾～之聲。」❸ 古代治病用的石針。《戰國策・秦策二》：「扁鵲怒而投其～。」（投：扔掉。）《韓非子・喻老》：「（病）在肌膚，針～所及也。」❹ 古代重量單位，一百二十斤為一石。《墨子・魯問》：「而任五十～之重。」（任：承受。）又為容量單位，十斗為一石。《墨子・雜守》：「五食，終歲十四～四斗。」

拾 ㊀ shí△　❶ 拾取，撿起。《莊子・盜跖》：「晝～橡栗，暮棲木上。」❷ 收拾，收斂。《論衡・別通》：「蕭何入秦，收～文書。」❸ 射箭時用的皮製護袖。《國語・吳語》：「夫一人善射，百夫決～，勝未可成也。」

㊁ shè△　❹ 躡足而上。《禮記・曲禮上》：「～級聚足，連步以上。」

㊂ jié△　❺ 更遞，輪流。《禮記・投壺》：「左右告矢具，請～投。」

食 ㊀ shí△　❶ 食物，飯食。《左傳・隱公元年》：「小人有母，皆嘗小人之～矣。」泛指糧食。《韓非子・十過》：「財～將盡。」特指俸祿。《論語・衛靈公》：「事君，敬其事而後其～。」❷ 吃。《詩經・魏風・碩鼠》：「碩鼠碩鼠，無～我黍。」《孟子・梁惠王上》：「聞其聲，不忍～其肉。」❸ 受納。《鹽鐵論・相刺》：「賢聖不能正不～諫諍之君。」《漢書・谷永傳》：「不～膚受之訴。」（膚受：指浮泛不實。）❹ 日食，月食。後來寫作「蝕」。《詩經・小雅・十月之交》：「月有～之。」《荀子・天論》：「日月～而救之。」

㊁ sì　❺ 給……吃，供養。《詩經・豳風・七月》：「～我農夫。」《呂氏春秋・

S

報更》：「其食足以～天下之賢者。」又為餵養。後來寫作「飼」。韓愈《雜說四》：「～馬者不知其能千里而～也。」柳宗元《捕蛇者說》：「謹～之，時而獻焉。」

㊂ yì ❻ 人名用字。漢代有酈食其。

【辨析】1. 食、糧。見 309 頁「糧」字條。2. 食、飯。見 132 頁「飯」字條。

祏 shí△ 宗廟中藏神主的石匣。《左傳・昭公十八年》：「使祝、史徙主～於周廟。」（祝、史：祝官和史官。）《三國志・魏書・韓暨傳》：「宗廟主～，皆在鄴都。」

時（旹） shí ❶ 季，季節。指春夏秋冬四季。《論語・陽貨》：「四～行焉。」（行：運行。）《孟子・梁惠王上》：「不違農～，穀不可勝食也。」（勝：盡。）❷ 時間，光陰。《呂氏春秋・首時》：「天不再與，～不久留。」（再：兩次。與：給予。）又表示時候。《莊子・養生主》：「始臣之解牛之～。」又指當時。《三國志・吳書・周瑜傳》：「～曹公軍眾已有疾病。」❸ 時代。《呂氏春秋・察今》：「世易～移，變法宜矣。」❹ 時機，機會。《論語・陽貨》：「好從事而亟失～，可謂知乎？」（亟 qì：屢次。）《史記・淮陰侯列傳》：「～者難得而易失。」❺ 按時。《論語・學而》：「學而～習之。」《莊子・秋水》：「秋水～至，百川灌河。」（河：黃河。）引申為時常。岑參《函谷關歌送劉評事使關西》：「請君～憶關外客。」❻ 伺，窺伺。《論語・陽貨》：「孔子～其亡也而往拜之。」（亡：出外，不在。）❼ 栽種。後來寫作「蒔」。《尚書・舜典》：「汝后稷播～百穀。」

湜 shí△ ［湜湜］1. 水清澈的樣子。《詩經・邶風・谷風》：「涇以渭濁，～～其沚。」（沚：靜止。）2. 清廉的樣子。柳宗元《邕州刺史李公墓誌銘》：「～～左丞，惟道之宜。」

寔 shí△ ❶ 實在。《禮記・坊記》：「～受其福。」李白《為吳王謝責》：「天～知之。」❷ 此，這。《國語・晉語五》：「逆公子黑臀而立之，～為成公。」（逆：迎接。）

【辨析】寔、實。見 458 頁「實」字條。

塒 shí 在牆壁上鑿出的雞窩。《詩經・王風・君子于役》：「雞棲于～。」

實 shí△ ❶ 充實，充滿。《孟子・梁惠王下》：「而君之倉廩～，府庫充。」《戰國策・齊策四》：「狗馬～外廄，美人充下陳。」（下陳：後列。）❷ 物品，資財。《周易・歸妹》：「女承筐無～。」《禮記・表記》：「君子尊仁畏義，恥費輕～。」❸ 果實，種子。《詩經・周南・桃夭》：「有蕡其～。」（蕡 fén：果實多的樣子。）《韓非子・五蠹》：「草木之～足食也。」❹ 實際，事實。賈誼《陳政事疏》：「雖名為臣，～皆有布衣昆弟之心。」（布衣：百姓。昆弟：兄弟。）《後漢書・黃瓊傳》：「盛名之下，其～難副。」❺ 的確，確實。《左傳・莊公八年》：「我～不德，齊師何罪？」《史記・李斯列傳》：「～無反心。」❻ 句中語氣詞。用來加強語意。《左傳・隱公六年》：「宋、衛～難，鄭何能為？」❼ 通「寔 shí」。此。《詩經・邶風・燕燕》：「瞻望弗及，～勞我心。」

【辨析】實、寔。古代二字不同音，除作副詞「實在」義時同義，作代詞「是」時通用外，「實」的其他意義都不能寫作「寔」。

鼫 shí△ ❶ 鼠的一種，又名五技鼠。《說文》：「～，五技鼠也。」《大戴禮記・勸學》：「騰蛇無足而騰，～鼠五伎而窮。」（伎：技能。）❷ 鼠的一種，又名鼩鼠、雀鼠、鼨鼠。《爾雅・釋獸》：「～鼠。」郭璞注：「形大如鼠，頭似兔，尾有毛，青黃色，好在田中食粟豆，關西稱為鼩鼠。」

識 ㊀ shí△ ❶ 知道，認識。《孫子・謀攻》：「～眾寡之用者勝。」賀知章《回鄉偶書》：「兒童相見不相～。」引申為知識，見識。《荀子・法行》：「怨天者無～。」《晉書・裴楷傳》：「楷明悟有～量。」（量：度量。）

㊁ zhì ❷ 記住。《禮記・檀弓下》：「小子～之，苛政猛於虎也。」（小子：老師稱學生。）引申為標記。《漢書・王莽傳下》：「訖無文號旌旗表～。」

【辨析】識、志、記。三字在「記住」的意義上是相同的，《檀弓》「小子識之」，《魯語》：「弟子志之」，《呂覽》「弟子記之」，完全相同，可以互換。三字的其他意義多不相通。

鰣 shí 魚名。王安石《後元豐行》：「～魚出網蔽江渚。」

史 shǐ ❶古代官名。《左傳・宣公二年》：「董狐，古之良～也，書法不隱。」《隋書・經籍志》：「夏殷已上，左～記言，右～記事，周則太～、小～、內～、外～、御～，分掌其事。」❷記載歷史的書籍。《論語・衛靈公》：「吾猶及～之闕文也。」《呂氏春秋・察傳》：「有讀～記者。」❸文辭繁多。《論語・雍也》：「文勝質則～。」《儀禮・聘禮》：「辭多則～，少則不達。」

矢 shǐ ❶箭。《左傳・成公二年》：「自始合，而～貫余手及肘。」（合：兩軍交鋒。貫：穿通。）又為古代投壺用的籌碼。《禮記・投壺》：「投壺之禮，主人奉～。」（奉：捧着。）引申為直，正直。《尚書・盤庚上》：「出～言。」❷陳述，陳列。《尚書・大禹謨》：「皋陶～厥謨。」（皋陶：人名。厥：其。謨：謀，計謀。）《春秋・隱公五年》：「公～魚于棠。」（棠：地名。）❸通「誓 shì」。發誓。《詩經・鄘風・柏舟》：「之死～靡它。」（之：至。靡：沒有。它：別的，指別的心。）《論語・雍也》：「夫子～之。」❹通「屎 shǐ」。糞便。《莊子・人間世》：「夫愛馬者，以筐盛～。」《史記・廉頗藺相如列傳》：「頃之，三遺～矣。」

【辨析】矢、箭。見239頁「箭」字條。

豕 shǐ 豬。《詩經・大雅・公劉》：「執～于牢。」（牢：養牛羊豬的圈。）《左傳・莊公八年》：「～人立而啼。」（人立：像人一樣站着。）

【辨析】豕、彘、豚。「豕」和「彘」都指豬，只不過一為象形字，一為會意字，也有方言的差異。「豬……關東西或謂之彘，或謂之豕。」（《方言》卷八）另外，「豕」可以指野豬。在先秦，「豚」指小豬，兩漢以後才泛指豬。

使 shǐ ❶派遣，命令。《左傳・僖公四年》：「楚子～屈完如師。」（屈完：楚大夫。如：往。）引申為令，讓。《左傳・隱公元年》：「無～滋蔓。」又引申為使用，役使。《論語・學而》：「～民以時。」❷出使。這個意義舊讀 shì。《論語・子路》：「～於四方，不辱君命。」也指使者。這個意義舊讀 shì。《戰國策・齊策四》：「百乘，顯～也。」❸放縱。《史記・魏其武安侯列傳》：「灌夫為人剛直，～酒。」❹連詞。表假設。假使，如果。《史記・魏其武安侯列傳》：「～武安侯在者，族矣。」（族：滅族。）杜牧《阿房宮賦》：「～六國各愛其人，則足以拒秦。」

始 shǐ ❶開頭，起始。《老子》第六十四章：「千里之行，～於足下。」又指當初。《論語・公冶長》：「～吾於人也，聽其言而信其行。」❷剛，才。《呂氏春秋・別類》：「室之～成也善，其後果敗。」古詩《十五從軍征》：「十五從軍征，八十～得歸。」❸曾經。《莊子・齊物論》：「其次以為有物矣，而未～有封也。」《淮南子・俶真》：「有有者，有無者，有未～有有無者。」

屎 ㊀ shǐ ❶糞便。《莊子・知北遊》：「在～溺。」《韓非子・內儲說上》：「市門之外何多牛～？」

㊁ xī ❷［殿屎］呻吟。《詩經・大雅・板》：「民之方～～，則莫我敢葵。」（方：正。葵：通「揆」，度量。）

駛 shǐ ❶馬行疾速。梁簡文帝《春日想上林》：「～馬黃金羈。」泛指迅疾。《世說新語・尤悔》：「日暮雨～。」王維《贈從弟司庫員外絿》：「流年一何～。」❷行駛。梅堯臣《送新安張尉乞侍養歸淮甸》：「任意歸舟～。」

士 shì ❶未婚男青年。《詩經・衛風・氓》：「于嗟女兮，無與～耽。」（于嗟 xūjiē：歎詞。女：未婚女子。）泛指成年男子。《詩經・鄭風・女曰雞鳴》：「女曰雞鳴，～曰昧旦。」（昧旦：天將亮。）❷有才能有德行的人。《荀子・勸學》：「故君子居必擇鄉，游必就～。」陶潛《詠

S

荊軻》：「燕丹善養～，志在報強嬴。」又專指讀書人。《史記・淮陰侯列傳》：「且酈生一～，伏軾掉三寸之舌，下齊七十餘城。」❸ 古代貴族的最下一等。《左傳・昭公七年》：「王臣公，公臣大夫，大夫臣～，～臣皂。」❹ 掌刑獄之官。《尚書・舜典》：「汝作～，五刑有服。」《孟子・告子下》：「管夷吾舉於～。」❺ 士兵。屈原《九歌・國殤》：「矢交墜兮～爭先。」司馬遷《報任安書》：「然陵一呼勞軍，～無不起。」

【辨析】士、兵、卒。見31頁「兵」字條。

氏 ㊀ shì ❶ 同姓貴族的不同分支。《左傳・隱公八年》：「天子建德，因生以賜姓，胙之土而命之～。」（胙 zuò：賜予。）又遠古部族及其首領稱氏。《呂氏春秋・古樂》：「昔古朱襄～之治天下也。」又已婚婦女可在姓下加氏。《左傳・隱公元年》：「莊公寤生，驚姜～。」（寤生：難產。寤：通「牾」，逆。）又世業職官稱氏。《周禮》中有師氏、保氏、職方氏等。❷ 對學有專長者的尊稱。孔安國《尚書序》：「左～傳曰。」

㊁ zhī ❸ [月氏] 漢代西域國名。《漢書・張騫傳》：「騫以郎應募，使～～。」

【辨析】氏、姓。「姓」表明血緣，「氏」是「姓」的分支。「姓」是用來別婚姻的，「氏」是別貴賤的。戰國以後二者逐漸合一。

示 ㊀ shì ❶ 讓……看。《老子》第三十六章：「國之利器不可以～人。」《史記・廉頗藺相如列傳》：「秦王大喜，傳以～美人及左右。」引申為指示，顯示。《左傳・文公七年》：「叛而不討，何以～威？」《呂氏春秋・任數》：「人主以好暴～能。」

㊁ qí ❷ 地神。《周禮・春官・大宗伯》：「大宗伯之職，掌建邦之天神人鬼地～之禮。」（大宗伯：官職名。）

世 shì ❶ 三十年為一世。《論語・子路》：「如有王者，必～而後仁。」《呂氏春秋・慎勢》：「神農十七～有天下。」❷ 父子相繼為一世，世代。《戰國策・趙策四》：「今三～以前，至於趙之為趙。」引申為繼承。《漢書・賈誼傳》：「賈嘉最好學，～其家。」（賈嘉：人名。）❸ 一生，一輩子。《論語・衛靈公》：「君子疾沒～而名不稱焉。」（沒世：終生。）❹ 時代，朝代。《呂氏春秋・察今》：「～易時移，變法宜矣。」陶潛《桃花源記》：「問今是何～，乃不知有漢。」引申為世間，人世。《莊子・逍遙遊》：「舉～而非之而不加沮。」（沮：沮喪。）《荀子・議兵》：「此～之所以亂也。」

【辨析】世、代。見88頁「代」字條。

仕 shì ❶ 做官，任職。《論語・衛靈公》：「邦有道則～。」《孟子・公孫丑下》：「～而不受祿。」❷ 做事，致力於某方面。《詩經・大雅・文王有聲》：「武王豈不～？」❸ 通「士 shì」。士人。《孟子・公孫丑下》：「有～於此，而子悅之。」《舊唐書・崔融傳》：「～農工商，四人有業。」

市 shì ❶ 集中進行交易的場所。《孟子・滕文公上》：「雖使五尺之童適～，莫之或欺。」（適：到……去。或：語氣詞。）《戰國策・秦策一》：「臣聞爭名者於朝，爭利者於～。」❷ 進行交易，做買賣。《左傳・僖公三十三年》：「鄭商人弦高將～於周。」又特指買或賣。《戰國策・齊策四》：「責畢收，以何～而反？」（責：債。反：返回。）此指買。《韓詩外傳》卷七：「人有～酒而甚美者，置表甚長，然至酒酸而不售。」（表：標誌。）此指賣。

式 shì△ ❶ 法度，準則。《詩經・大雅・下武》：「成王之孚，下土之～。」（孚 fú：信譽。）又指榜樣。《尚書・微子之命》：「萬邦作～。」❷ 用。《左傳・成公二年》：「蠻夷戎狄不～王命。」《戰國策・秦策一》：「～於廊廟之內，不～於四境之外。」❸ 俯身用手扶車前橫木表示敬意。後來寫作「軾」。《禮記・曲禮上》：「兵車不～。」又指車前橫木。後來寫作「軾」。《周禮・考工記・輿人》：「以揉其～。」❹ 句首語氣詞。《詩經・小雅・節南山》：「～夷～已，無小人殆。」

（夷：平，指消除。已：止，制止。無：不要。殆：危險。）

戺 shì ❶門檻。《新唐書・董昌傳》：「屬兵列護門～。」❷臺階旁砌的斜石。《尚書・顧命》：「四人綦弁，執戈上刃，夾兩階～。」（綦：青黑色。）

事 shì ❶事情。《論語・子路》：「言不順則～不成。」諸葛亮《出師表》：「～無大小，悉以咨之。」引申為職務，工作。《左傳・莊公十四年》：「吾皆許之上大夫之～。」（上大夫：官職名。）《論語・學而》：「道千乘之國，敬～而信。」（道：治理。）❷變故，事故。《韓非子・五蠹》：「是故無～則國富，有～則兵強。」《史記・秦始皇本紀》：「天下多～，吏弗能紀。」❸實行，從事。《論語・顏淵》：「回雖不敏，請～斯語矣。」（回：顏回。斯：此。）《呂氏春秋・上農》：「民舍本而～末則好智。」（本：指農業。末：指工商。）❹侍奉。《左傳・隱公元年》：「欲與大叔，臣請～之。」（大叔：共叔段。）《史記・廉頗藺相如列傳》：「臣所以去親戚而～君者，徒慕君之高義也。」

侍 shì 在尊長身邊陪着。《論語・先進》：「子路、冉有、公西華～坐。」《漢書・文帝紀》：「遂即天子位，羣臣以次～。」引申為伺候，侍奉。《左傳・僖公二十二年》：「寡君之使婢子～執巾櫛，以固子也。」《禮記・曲禮上》：「～食於長者。」也指隨侍的人。《新唐書・李珏傳》：「早喪妻，不置妾～。」

拭 shì△ 擦。《儀禮・聘禮》：「賈人北面坐，～圭。」今成語有「拭目以待」。

柿（柹） shì 樹名，也指其果實。《說文》：「～，赤實果。」《禮記・內則》：「棗栗榛～。」

是（昰） shì ❶正確，與「非」相對。《論語・陽貨》：「偃之言～也。」（偃：言偃，孔子的學生。）陶潛《歸去來兮辭》：「覺今～而昨非。」又用作動詞。認為正確。《墨子・尚同上》：「國君之所～，必皆～之。」❷此，這。《莊子・逍遙遊》：「～鳥也，海運則將徙於南冥。」（南冥：南方的海。）《孟子・梁惠王上》：「直不百步耳，～亦走也。」（直：只是，不過。）也用來複指前置賓語。《詩經・小雅・節南山》：「四方～維。」（維：保護。）《左傳・僖公四年》：「豈不穀～為，先君之好～繼。」（不穀：諸侯的謙稱。）[是故] 所以。《孟子・梁惠王下》：「唯仁者能以大事小，～～湯事葛。」（湯：商湯。葛：葛伯。）❸表示判斷，是。《史記・刺客列傳》：「此必～豫讓也。」《論衡・死偽》：「余～所嫁婦人之父也。」

恃 shì ❶依仗，憑藉。《左傳・定公四年》：「無怙富，無～寵。」賈誼《論積貯疏》：「故其畜積足～。」（畜：蓄。）今成語有「有恃無恐」。❷代指母親。參見「怙恃」條。

室 shì△ ❶房屋。《周易・繫辭下》：「上古穴居而野處，後世聖人易之以宮～。」又特指堂後的正室。《論語・先進》：「由也升堂矣，未入於～也。」（由：仲由，孔子的學生。）❷家。《左傳・桓公十八年》：「女有家，男有～。」又指家人。《列子・湯問》：「聚～而謀。」也指家資。《國語・楚語上》：「二帥而分其～。」❸妻子。《禮記・曲禮上》：「三十曰壯，有～。」用作動詞。娶妻。《韓非子・外儲說右下》：「丈夫二十而～，婦人十五而嫁。」❹墳墓，墓穴。《詩經・唐風・葛生》：「百歲之後，歸于其～。」韓愈《柳子厚墓誌銘》：「是惟子厚之～，既固既安。」❺刀劍的鞘。《史記・刺客列傳》：「拔劍，劍長，操其～。」❻[營室] 星宿名，二十八宿之一。《呂氏春秋・孟春》：「孟春之月，日在～～。」後也簡稱為「室」。

【辨析】1. 室、房、屋。見 133 頁「房」字條。2. 室、宮。見 166 頁「宮」字條。

舐 shì 舔。《莊子・田子方》：「～筆和墨。」[舐犢] 比喻對子女的疼愛。《後漢書・楊震傳附楊彪》：「後子修為曹操所殺，操見彪問曰：『公何瘦之甚？』對曰：『愧無日磾先見之明，猶懷老牛～～之愛。』」（修：楊修，楊彪之

S

子。日磾 mìdí：漢武帝臣，其子孫七世為官。）

耆 shì 見 396 頁「耆」㊂。

栻 shì△ 推算時日的用具。《漢書・王莽傳下》：「天文郎案～於前。」

眡(眎) shì 視，看。《列子・仲尼》：「至觀者不知所～。」（至：達到極點的。）

笓 shì 鑰匙。李商隱《日高》：「玉～不動便門鎖。」

逝 shì ❶ 往，離去。《論語・陽貨》：「日月～矣，歲不我與。」（不我與：不跟我在一起，即不等待我。）又引申為死。司馬遷《報任安書》：「則長～者魂魄私恨無窮。」（恨：憾。）❷ 句首語氣詞。《詩經・邶風・日月》：「乃如之人兮，～不古處。」（之：此。古：故，故舊。）❸ 通「誓 shì」。發誓。《詩經・魏風・碩鼠》：「～將去女，適彼樂土。」（去：離開。女 rǔ：你。適：往。）

視 shì ❶ 看。《左傳・莊公十年》：「下～其轍。」引申為伺探。《呂氏春秋・壅塞》：「又使人往～齊寇。」又引申為看待，對待。《孟子・離婁下》：「君之～臣如土芥，則臣～君如寇讎。」（寇讎：仇敵。）[視事] 理事，任職。《左傳・襄公二十五年》：「崔子稱疾，不～～。」❷ 比照，比較。《孟子・萬章下》：「天子之卿受地～侯。」（侯：侯爵。五等爵的第二等。）❸ 通「示 shì」。向……顯示（或表示）。《漢書・高帝紀上》：「因說漢王燒絕棧道，以備諸侯盜兵，亦～項羽無東意。」（棧道：在懸崖陡壁上用竹木架成的道路。）

【辨析】1. 視、見、睹。見 237 頁「見」字條。2. 視、看。見 277 頁「看」字條。

貰 shì ❶ 賒，賒欠。《史記・汲黯鄭當時列傳》：「縣官無錢，從民～馬。」（縣官：指天子。）❷ 赦免。《國語・吳語》：「吾先君闔廬，不～不忍。」《漢書・酷吏傳・尹賞》：「皆～其罪。」

勢 shì ❶ 權勢，威力。《孟子・盡心上》：「古之賢王好善而忘～。」《呂氏春秋・慎勢》：「王也者，～無敵也。」❷ 形勢，態勢。《孫子・勢》：「勇怯，～也。」賈誼《過秦論》：「仁義不施，而攻守之～異也。」引申為發展的趨勢。《孟子・公孫丑上》：「雖有智慧，不如乘～。」❸ 男性生殖器。《晉書・刑法志》：「淫者割其～。」

軾 shì△ 古代車箱前做扶手的橫木。《莊子・漁父》：「孔子伏～而歎曰。」《呂氏春秋・忠廉》：「拔劍則不能舉臂，上車則不能登～。」又為扶軾致敬。《呂氏春秋・期賢》：「魏文侯過段干木之閭而～之。」（段干木：人名。）

嗜 shì 愛好。《孟子・梁惠王上》：「不～殺人者能一之。」陶潛《五柳先生傳》：「性～酒。」引申為貪求。《國語・楚語下》：「吾聞國家將敗，必用姦人，而～其疾味。」（疾味：生禍之味，喻不善。）

筮 shì 用蓍草占卜吉凶。《詩經・衛風・氓》：「爾卜爾～，體無咎言。」（體：指卦體。）《呂氏春秋・勿躬》：「巫彭作醫，巫咸作～。」

【辨析】筮、卜、占。見 37 頁「卜」字條。

弒 shì 古代稱臣殺君或子殺父為弒。《左傳・隱公四年》：「夫州吁～其君而虐用其民。」（州吁：人名。）《孟子・滕文公下》：「臣～其君者有之，子～其父者有之。」泛指殺。《公羊傳・昭公二十五年》：「昭公將～季氏。」

【辨析】弒、殺、誅。見 441 頁「殺」字條。

飾 shì△ ❶ 刷拭。《周禮・地官・封人》：「凡祭祀，～其牛牲。」（牛牲：祭祀用的牛。）❷ 裝飾，修飾。《韓非子・八姦》：「人主樂美宮室臺池，好～子女狗馬以娛其心。」《論語・憲問》：「行人子羽修～之。」（行人：官名，外交使節。）又引申為掩飾。《韓非子・有度》：「不敢蔽善～非。」今成語有「文過飾非」。❸ 服飾，裝飾物。屈原《離騷》：「佩繽紛其繁～兮。」《韓非子・十過》：「觴酌有采，而樽俎有～。」❹ 通「飭 chì」。嚴整，謹慎。《呂氏春秋・舉難》：「自責以義則難為非，難為非則行～。」（責：要求。）

試 shì ❶用，任用。《論語・子罕》：「吾不～，故藝。」（藝：用如動詞，學到技藝。）《荀子・議兵》：「威厲而不～，刑錯而不用。」（錯：措，放置。）❷嘗。《周易・无妄》：「无妄之藥，不可～也。」（无妄：意外。）《穀梁傳・僖公十年》：「食自外來者，不可不～也。」引申為嘗試，試驗。《呂氏春秋・愛類》：「請令公輸般～攻之，臣請～守之。」❸考試。《後漢書・周防傳》：「世祖巡狩汝南，召掾史～經。」

蒔 shì 移栽。《齊民要術・種穀楮》：「移栽者，二月～之。」泛指栽種，種植。左思《魏都賦》：「陸～稷黍。」

誓 shì ❶古代告誡將士的言辭。如《尚書》有《湯誓》《牧誓》等。又為出征前告誡將士。《尚書・甘誓》：「予～告汝。」❷盟約，諾言。《左傳・昭公四年》：「周武有孟津之～。」（孟津：地名。）❸發誓，立誓。《左傳・隱公元年》：「遂寘姜氏于城潁，而～之曰。」（寘：放置，安頓。城潁：邑名。）古詩《為焦仲卿妻作》：「不久當還歸，～天不相負。」（誓天：對天發誓。）

【辨析】誓、盟。見 342 頁「盟」字條。

舓 shì 以舌取食。《宋書・符瑞志上》：「湯將奉天命放桀，夢及天而～之，遂有天下。」

奭 shì△ ❶盛。《商君書・墾令》：「然則商賈少，農不能喜酣～，大臣不為荒飽。」❷赤色。《詩經・小雅・采芑》：「路車有～。」（路車：貴族乘坐的車。）❸［奭然］無妨礙的樣子。《莊子・秋水》：「～～四解，淪於不測。」❹通「螫 shì」。怒。《漢書・竇嬰傳》：「有如兩宮～將軍，則妻子無類矣。」（有如：假如。兩宮：東宮西宮。）

適 ㈠ shì△ ❶到……去。《詩經・魏風・碩鼠》：「～彼樂土。」《莊子・逍遙遊》：「～千里者，三月聚糧。」❷女子出嫁。《左傳・昭公元年》：「女自房觀之……～子南氏。」（子南：鄭國大夫。）《世說新語・方正》：「諸葛恢大女～太尉庾亮兒。」❸適合，合宜。《墨子・辭過》：「故聖人之為衣服，～身體，和肌膚而足矣。」《呂氏春秋・適音》：「和心在於行～。」（和心：使心情平和。行：行為。）❹恰好。《莊子・讓王》：「我～有幽憂之病。」《戰國策・趙策三》：「此時魯仲連～游趙。」又為剛剛，剛才。古詩《為焦仲卿妻作》：「～得府君書，明日來迎汝。」

㈡ dí△ ❺古代指正妻。後來寫作「嫡」。《左傳・昭公二十六年》：「其母非～也。」又為嫡子，正妻所生的兒子（或長子）。《左傳・莊公八年》：「生公孫無知，有寵於僖公，衣服禮秩如～。」❻通「敵 dí」。相當。《史記・晉世家》：「重耳去之楚，楚成王以～諸侯之禮待之。」

㈢ zhé△ ❼同「謫」。譴責。《詩經・商頌・殷武》：「勿予禍～。」（予：給予。）又為貶謫或流放。《史記・屈原賈生列傳》：「又以～去，意不自得。」

【說明】「適」「适」在古代是兩個音義皆不同的字。現在「適」簡化作「适」。

【辨析】1. 適、赴、之、如、往。見 150 頁「赴」字條。2. 適、會。見 212 頁「會」字條。

噬 shì 吃，咬。《戰國策・楚策一》：「狗惡之，當門而～之。」柳宗元《三戒・黔之驢》：「以為且～己也。」（且：將。）引申為吞，侵吞。《新唐書・蕭瑀傳附蕭嵩》：「吐蕃倚其健～邊。」

諟 shì 正，使……正。《尚書・太甲上》：「先王顧～天之明命，以承上下神祇。」（顧：顧念。祇：地神。）

澨 shì 水濱，涯岸。《左傳・宣公四年》：「師于漳～。」

螫 shì△ ❶毒蟲或毒蛇刺、咬。《史記・淮陰侯列傳》：「猛虎之猶豫，不若蜂蠆之致～。」（蠆 chài：蠍子一類的毒蟲。）《淮南子・俶真》：「蜂蠆～指而神不能憺。」（憺：定。）引申為毒害，危害。《韓非子・用人》：「有刑法，而死無～毒，故姦人服。」班固《西都賦》：「蕩亡秦之毒～。」（蕩：滌除。）❷怒惱。

S

《史記・魏其武安侯列傳》：「有如兩宮～將軍，則妻子毋類矣。」

謚（諡） shì 謚號，古代帝王、貴族、大臣或其他有地位的人死後，依據其事跡所給予的稱號。《左傳・昭公二十年》：「衛侯賜北宮喜～曰貞子。」（北宮喜：衛國大臣。）《禮記・樂記》：「聞其～，知其行也。」又為加給謚號。《左傳・宣公十年》：「改葬幽公，～之曰靈。」（初謚為「幽」，改謚為「靈」。）引申為稱號。司馬相如《喻巴蜀檄》：「身死無名，～為至愚。」王褒《洞簫賦》：「幸得～為洞簫兮。」

釋 ㊀ shì△ ❶ 解開。《左傳・僖公六年》：「武王親～其縛。」引申為釋放，赦免。《左傳・成公三年》：「兩～纍囚以成其好。」《論衡・變虛》：「～其罪。」❷ 放下。《韓非子・五蠹》：「因～耒而守株，冀復得兔。」（冀：希望。）今成語有「愛不釋手」。引申為捨棄，放棄。《左傳・隱公八年》：「鄭伯請～泰山之祀而祀周公。」❸ 溶解。《老子》第十五章：「渙兮若冰之將～。」（渙：離散。）❹ 排解，解除。《戰國策・趙策三》：「所貴於天下之士者，為人排患～難解紛亂而無所取也。」❺ 解說，解釋。《呂氏春秋・上德》：「太子不肯自～。」❻ 淘米。《詩經・大雅・生民》：「～之叟叟。」（叟叟：淘米聲。）❼ 僧、尼稱「釋」，也指佛教。《梁書・庾詵傳》：「晚年以後，尤遵～教。」

㊁ yì△ ❽ 同「懌」。喜悅。《莊子・齊物論》：「若不～然，何哉？」（若：乃。）

【辨析】 釋、解。見251頁「解」字條。

襫 shì△ [襏襫] 見36頁「襏」字條。

shou

收 shōu ❶ 拘捕。《詩經・大雅・瞻卬》：「此宜無罪，女反～之。」（女 rǔ：你。）《史記・淮南衡山列傳》：「盡～捕王母兄弟美人，繫之河內。」❷ 收取，收集。《左傳・隱公元年》：「大叔又～貳以為己邑。」（貳：指兩屬的地區。）《史記・秦始皇本紀》：「～天下兵，聚之咸陽。」又為收穫。《墨子・七患》：「一穀不～謂之饉。」李紳《憫農》：「春種一粒粟，秋～萬顆子。」也指收穫的穀物。《呂氏春秋・季秋》：「藏帝藉之～於神倉。」（帝藉：天子借民力生產供祭祀上帝的穀物的土地。）❸ 止息，結束。《禮記・月令》：「是月也，日夜分，雷始～聲。」

手 shǒu ❶ 手。《詩經・邶風・擊鼓》：「執子之～。」又用作動詞。指與手有關的行為動作。《公羊傳・莊公十三年》：「曹子～劍而從之。」此指用手執。司馬相如《子虛賦》：「～熊羆。」此指以手擊。又用作副詞。表示親手。《後漢書・董卓傳》：「伍孚忿卓凶毒，志～刃之。」❷ 擅長某種技藝的人。《宋書・黃回傳》：「回慕江西楚人，得快射～八百。」

守 shǒu ❶ 官吏的職責。《左傳・隱公五年》：「官司之～，非君所及也。」引申為掌管。《商君書・君臣》：「地廣民眾萬物多，故分五官而～之。」❷ 防守，守衛。《周易・坎》：「王公設險，以～其國。」又指守護，守候。《國語・越語上》：「將免者以告，公令醫～之。」（免：分娩。）又指保守，保持。《呂氏春秋・高義》：「今可得其國，恐虧其義而辭之，可謂能～行矣。」❸ 遵守，奉行。《商君書・慎守》：「使吏非法無以～。」又指操守，節操。《呂氏春秋・論人》：「喜之以驗其～。」（驗：查驗。）❹ 請求。《漢書・外戚傳上・孝昭上官皇后》：「數～大將軍光。」（光：霍光。）❺ 官名，秦設郡，郡的長官為守。《史記・秦始皇本紀》：「分天下以為三十六郡，郡置～、尉、監。」又《孫子吳起列傳》：「吳起為西河～。」❻ 臨時代理。《史記・汲黯鄭當時列傳》：「頃之，～長史。」（長史：官名。）唐以後也稱官階低而署理較高的官為守。

首 shǒu ❶ 頭。《詩經・邶風・靜女》：「愛而不見，搔～踟躕。」（踟躕：

S

走來走去。）泛指事物的頭，前部。《呂氏春秋・簡選》：「齊桓公良車三百乘，教卒萬人，以為兵～。」引申為首領。《左傳・昭公二十九年》：「見羣龍無～，吉。」又引申為頭向着，向着。屈原《九章・哀郢》：「鳥飛反故鄉兮，狐死必～丘。」（反：返回。）❷ 開端。《老子》第二十八章：「夫禮者，忠信之薄而亂之～。」又為第一。《左傳・僖公二十三年》：「得志於諸侯，而誅無禮，曹其～也。」（曹：曹國。）《呂氏春秋・義賞》：「賞有功者五人，高赦為～。」引申為首先。《史記・項羽本紀》：「夫秦失其政，陳涉～難。」❸ 伏罪，自首。《漢書・文三王傳》：「今王當受詔置辭，恐復不～實對。」（王：指劉立。）❹ 量詞。詩、文、詞、賦等一篇叫一首。韓愈《與于襄陽書》：「謹獻舊所為文一十八～。」

受 shòu ❶ 接受，承受。《詩經・大雅・假樂》：「～祿于天。」《呂氏春秋・高義》：「故當功以～賞，當罪以～罰。」引申為容納。《周易・咸》：「君子以虛～人。」《齊民要術・造神麴并酒》：「假令甕～五石米者。」又引申為遭受。《左傳・昭公十三年》：「不殺棄疾，雖得國，猶～禍也。」（棄疾：人名。）司馬遷《報任安書》：「其次毀肌膚斷肢體～辱。」❷ 授予，付與。後來寫作「授」。《左傳・成公十三年》：「畏君之威，而～命于吏。」韓愈《師說》：「師者，所以傳道～業解惑也。」

狩 shòu ❶ 冬季打獵。《左傳・隱公五年》：「故春蒐、夏苗、秋獮、冬～。」（蒐 sōu：春季打獵。苗：夏季打獵。獮 xiǎn：秋季打獵。）泛指打獵。《詩經・魏風・伐檀》：「不～不獵，胡瞻爾庭有縣貆兮。」❷［巡狩］天子出巡。《孟子・梁惠王下》：「天子適諸侯曰～～。～～者巡所守也。」

授 shòu 給予，付與。《詩經・豳風・七月》：「七月流火，九月～衣。」王安石《答司馬諫議書》：「議法度而修之於朝廷，以～之於有司。」引申為任用，委任。屈原《離騷》：「舉賢而～能兮。」又引申為傳授。《史記・儒林列傳》：「孝景時為博士，以老歸教～。」

售 shòu ❶ 賣得出去。《詩經・邶風・谷風》：「既阻我德，賈用不～。」《韓非子・外儲說右上》：「此酒所以酸而不～也。」泛指賣。劉勰《新論》：「～藥者欲人之疾。」❷ 施展，實現。柳宗元《小石城山記》：「更千百年不得一～其技。」❸ 科舉考試及第。韓愈《祭虞部張員外文》：「時維邦彥，各以文～，幸皆少年。」

【辨析】售、沽、鬻、賣。見169頁「沽」字條。

壽 shòu ❶ 長壽，年紀老。《論語・雍也》：「知者樂，仁者～。」《老子》第三十三章：「不樂～，不哀夭。」引申為年壽，壽命。《左傳・僖公三十二年》：「中～，爾墓之木拱矣。」今成語有「延年益壽」。❷ 向人敬酒或贈禮物，表示祝人長壽。《戰國策・趙策三》：「（平原君）起，前，以千金為魯連～。」❸ 委婉語，指喪葬用具與處所。《後漢書・皇后紀下・孝崇匽皇后》：「元嘉二年崩……斂以東園畫梓～器。」

瘦 shòu ❶ 肌肉不豐滿，與「肥」相對。《韓非子・內儲說下》：「公子甚貧，馬甚～。」《淮南子・脩務》：「神農憔悴，堯～臞。」引申為土地不肥沃，瘠薄。杜甫《秦州雜詩》之十三：「～地翻宜粟。」（翻：反，反倒。）❷ 纖細。《素問・平人氣象論》：「春夏而脈～，秋冬而脈浮大。」白居易《茅城驛》：「地薄桑麻～。」

綬 shòu 繫佩玉、官印、帷幕等的絲帶。《禮記・玉藻》：「孔子佩象環五寸而綦組～。」（綦 qí：青黑微白的顏色。組：絲帶。）《史記・范雎蔡澤列傳》：「懷黃金之印，結紫～於要。」（要：腰。）

獸 shòu ❶ 野獸。《孟子・滕文公上》：「草木暢茂，禽～偪人。」❷ 打獵。後來寫作「狩」。《詩經・小雅・車攻》：「建旐設旄，搏～于敖。」（搏：通「薄」，詞頭。）

S

shu

殳 shū 兵器名，以竹木製成，一端有棱而無刃。《詩經・衛風・伯兮》：「伯也執～，為王前驅。」《左傳・昭公二十一年》：「張匄抽～而下。」

抒 shū ❶舀出，汲出。《管子・禁藏》：「～井易水。」《詩經・大雅・生民》「或舂或揄」毛亨傳：「揄，～臼也。」❷解除，緩解。《左傳・文公六年》：「有此四德者，難必～矣。」❸表達，抒發。《墨子・小取》：「以名舉實，以辭～意。」

杼 shū 見691頁「杼」㊂。

叔 shū△ ❶拾取。《詩經・豳風・七月》：「九月～苴。」（苴jū：麻的子。）❷在「伯、仲、叔、季」的兄弟排行中，表示行三。《儀禮・士冠禮》：「曰伯某甫，仲～季唯其所當。」（甫：古代在男子名字下加的美稱。）又稱父親的弟弟，或父親的平輩而年齡比父親小的人。《顏氏家訓・風操》：「古人皆呼伯父、叔父，而今世多單呼伯、～。」❸稱丈夫的弟弟。《戰國策・秦策一》：「妻不以我為夫，嫂不以我為～。」❹沒落，衰亂。《左傳・昭公六年》：「三辟之興，皆～世也。」（辟bì：指刑律。興：產生。）也指叔世，末世。《後漢書・黨錮傳序》：「～末澆訛，王道陵缺。」（末：末世。澆訛：浮薄詐偽。陵缺：衰敗殘缺。）

姝 shū 容貌美麗。《詩經・邶風・靜女》：「靜女其～。」古詩《上山采蘼蕪》：「新人雖言好，未若故人～。」也指美女。宋玉《登徒子好色賦》：「此郊之～，華色含光。」古詩《陌上桑》：「使君遣吏往，問是誰家～。」

殊 shū ❶死。《莊子・在宥》：「今世～死者相枕也。」《漢書・淮南王安傳》：「太子自剄，不～。」❷斷絕。《左傳・昭公二十三年》：「武城人塞其前，斷其後之木而弗～。」❸異，不同。《周易・繫辭下》：「天下同歸而～塗。」（塗：道路。）引申為區別，區分。《呂氏春秋・貴當》：「此賢者不肖之所以～也。」《史記・太史公自序》：「法家不別親疏，不～貴賤，一斷於法。」❹特殊，出眾。《呂氏春秋・侈樂》：「夏桀、殷紂作為侈樂……俶詭～瑰，耳所未嘗聞，目所未嘗見。」（俶chù詭：奇異。）古詩《陌上桑》：「坐中數千人，皆言夫婿～。」引申為超過。《後漢書・梁竦傳》：「母氏年～七十。」❺副詞。極，根本。《戰國策・趙策四》：「老臣今者～不欲食。」《呂氏春秋・去宥》：「～不見人，徒見金耳。」

書 shū ❶寫，記載。《左傳・隱公七年》：「滕侯卒，不～名，未同盟也。」《史記・廉頗藺相如列傳》：「相如顧召趙御史～曰：『某年月日，秦王為趙王擊缻。』」❷文字。《周易・繫辭下》：「上古結繩而治，後世聖人易之以～契。」又指字體或書法。《漢書・藝文志》：「六體者，古文、奇字、篆～、隸～、繆篆、蟲～。」孫過庭《書譜》：「自漢魏以來，論～者多矣。」❸書籍。《論語・先進》：「何必讀～，然後為學？」特指《尚書》。《論語・為政》：「《～》云：『孝乎惟孝。』」❹書信。《左傳・昭公六年》：「叔向使詒子產～。」（詒yí：贈給，送給。）杜甫《石壕吏》：「一男附～至，二男新戰死。」❺文書。《漢書・刑法志》：「晝斷獄，夜理～。」❻文體名。司馬遷《報任安書》：「為十表，本紀十二，～八章，世家三十，列傳七十。」

> 【辨析】書、寫。「書寫」的意義，古代用「書」，不用「寫」。「寫」的「書寫」義，是唐代以後出現的，是由「摹畫、抄寫」義引申出來的。

紓 shū ❶寬緩，緩慢。《詩經・小雅・采菽》：「彼交匪～，天子所予。」（交：通「絞」，急切。）引申為緩解，解除。《左傳・成公二年》：「我亦得地而～於難，其榮多矣。」❷抒發。《宋書・武帝紀中》：「以～懷古之情。」

梳 shū 梳子。《說文》：「～，所以理髮也。」《新唐書・吳兢傳》：「朝有諷諫，猶髮之有～。」又為梳理頭髮。揚雄《長楊賦》：「頭蓬不暇～。」引申為疏理，疏導。韓愈《送鄭尚書序》：「蜂屯蟻雜，不可爬～。」

【辨析】梳、篦。見24頁「篦」字條。

倏(**倐**) shū△ 迅疾。《魏書・崔挺傳》：「別卿以來，～焉二載。」[倏忽] 往來迅疾的樣子。《呂氏春秋・君守》：「故至神逍遙～～，而不見其容。」引申為極短的時間，頃刻。《戰國策・楚策四》：「～～之間，墜於公子之手。」

淑 shū△ ❶ 清澈。《管子・白心》：「～然自清。」《淮南子・本經》：「日月～清而揚光。」❷ 善，善良。《詩經・周南・關雎》：「窈窕～女，君子好逑。」（逑：指配偶。）《公羊傳・莊公十二年》：「甚矣，魯侯之～，魯侯之美也！」又為美，美好。《漢書・匡衡傳》：「道德弘於京師，～問揚於疆外。」（問：名聲。）❸ 通「叔 shū」。拾取，獲益。《孟子・離婁下》：「予未得為孔子徒也，予私～諸人也。」（諸：「之於」的合音。）又《盡心上》：「君子之所以教者五：有如時雨化之者……有私～艾者。」（艾：通「刈 yì」，取。）

菽 shū△ 豆類的總稱。《詩經・豳風・七月》：「禾麻～麥。」《淮南子・天文》：「～麥昌。」

【辨析】菽、豆。見111頁「豆」字條。

舒 shū ❶ 舒展，展開。《韓非子・十過》：「延頸而鳴，～翼而舞。」《淮南子・原道》：「與剛柔卷～兮。」引申為宣泄，發泄。司馬遷《報任安書》：「退而論書策以～其憤。」❷ 遲緩，緩慢。《詩經・小雅・小弁》：「君子不惠，不～究之。」《禮記・大學》：「為之者疾，用之者～，則財恆足矣。」❸ 怠慢。《史記・五帝本紀》：「富而不驕，貴而不～。」❹ 安詳，平和。《淮南子・原道》：「柔弱以靜，～安以定。」蔡邕《議郎胡公夫人哀贊》：「～詳閒雅，儀節孔備。」

疏(**疎**) shū ❶ 疏通，開通。《孟子・滕文公上》：「禹～九河。」《呂氏春秋・古樂》：「～三江五湖，注之東海。」引申為梳理，這個意義後來寫作「梳」。《漢書・揚雄傳下》：「蓬頭不暇～。」❷ 鏤刻，刻劃。《韓非子・外儲說左上》：「刻～人跡其上，廣三尺，長五尺。」代指窗戶。張協《七命》：「方～含秀。」❸ 分，分散。《晏子春秋・問上》：「君裂地而封之，～爵而貴之。」《淮南子・道應》：「知伯圍襄子於晉陽，襄子～隊而擊之。」（知伯：人名。襄子：趙襄子。）❹ 稀，與「密」「數 cù」相對。《老子》第七十三章：「天網恢恢，～而不漏。」（恢恢：廣闊的樣子。）《呂氏春秋・辯土》：「慎其種，勿使數，亦無使～。」（數：密。）❺ 關係疏遠，與「親」相對。《呂氏春秋・異用》：「論貴賤之等，辨～親之義。」引申為疏遠。《史記・屈原賈生列傳》：「王怒而～屈平。」❻ 粗，粗糙。《論語・述而》：「飯～食，飲水。」引申為粗疏，不細密。《韓非子・五蠹》：「而交大未必不有～，有～則為強國制矣。」（交大：與大國交好。）又引申為生疏，不熟悉。《後漢書・儒林傳序》：「然章句漸～，而多以浮華相尚。」❼ 分條記錄或陳說。這個意義舊讀 shù。《漢書・蘇建傳附蘇武》：「數～光過失予燕王，令上書告之。」（光：霍光。）特指給皇帝的條陳、奏章。《漢書・賈誼傳》：「誼數上～陳政事。」❽ 注解的一種。如《十三經注疏》。❾ 蔬菜。後來寫作「蔬」。《荀子・富國》：「然後葷菜百～以澤量。」（葷菜：韭葱蒜等有辣味的菜。）

毹 shū ［氍 qú 毹］見419頁「氍」字條。

練 shū 一種粗疏的絲麻織物。《晉書・王導傳》：「庫中惟有～數千端。」陸游《出近村遠歸》：「～布製單衣。」

樞 ㊀ shū ❶ 戶樞，門軸。《莊子・讓王》：「蓬戶不完，桑以為～。」《漢書・五行志下之上》：「視門～下，當有白髮。」今成語有「戶樞不蠹」。❷ 事物的關鍵或中心。《周易・繫辭上》：「言行，君子之～機。」《戰國策・秦策三》：

S

「今夫韓魏，中國之處，而天下之～也。」㊁ ōu ❸ 樹名，即刺榆。《詩經・唐風・山有樞》：「山有～。」

蔬 shū 蔬菜，可以做菜的植物。陸游《老懷》：「抱甕何妨日灌～。」

輸 shū ❶ 運送。《左傳・僖公十五年》：「晉饑，秦～之粟。」（饑：年成不好。）杜牧《阿房宮賦》：「一旦不能有，～來其間。」❷ 交納，獻出。《左傳・襄公九年》：「魏絳請施舍，～積聚以貸。」（魏絳：人名。貸：借貸，指借貸給百姓。）特指納稅。《唐書・食貨志》：「夏～無過六月，秋～無過十一月。」❸ 墜落，毀壞。《詩經・小雅・正月》：「屢顧爾僕，不～爾載。」（顧：看。僕：車夫。載：裝載之物。）❹ 敗，負，與「贏」相對。《世說新語・任誕》：「桓宣武少家貧，戲，大～。」（桓宣武：桓温，謚「宣武」。戲：博戲，賭輸贏的遊戲。）杜甫《遣懷》：「百萬攻一城，獻捷不云～。」（云：說。）

攄 shū ❶ 散佈，傳播。《淮南子・泰族》：「故～道以被民而民弗從者，誠心弗施也。」❷ 抒發，表達。班固《答賓戲》：「獨～意乎宇宙之外。」蔡邕《瞽師賦》：「撫長笛以～憤兮。」❸ 騰躍。《後漢書・張衡傳》：「僕夫儼其正策兮，八乘～而超驤。」（儼：莊重的樣子。策：馬鞭。驤：奔騰。）

儵 shū△ ❶ 黑色。左思《蜀都賦》：「林麓黝～。」❷ 同「倏」。迅疾。屈原《九歌・少司命》：「～而來兮忽而逝。」

秫 shú△ ❶ 黏高粱。可以釀酒。《呂氏春秋・仲冬》：「乃命大酋，～稻必齊。」（大酋：酒官之長。稻：指糯米稻，可以釀酒。齊：純淨。）也指黏性大的稻穀。《晉書・隱逸傳・陶潛》：「乃使一頃五十畝種～，五十畝種秔。」（秔 jīng：不黏的稻。）❷ 通「鉥 shù」。長針。《戰國策・趙策二》：「鯷冠～縫。」（鯷 tí：大鮎魚。鯷冠：用鯷皮製冠。）

孰 shú△ ❶ 熟，煮熟。《左傳・宣公二年》：「宰夫胹熊蹯不～。」（胹 ér：燉。熊蹯 fán：熊掌。）❷ 植物果實成熟。《墨子・辭過》：「風雨節而五穀～。」❸ 周密，審慎。《戰國策・齊策一》：「明日，徐公來，～視之。」《史記・項羽本紀》：「願將軍～計之。」以上三個意義後來都寫作「熟」。❹ 疑問代詞。指人，誰。《論語・八佾》：「管氏而知禮，～不知禮？」（而：如果。）也用來指物，甚麼。《孟子・告子下》：「禮與食～重？」[孰與] 比較人物的高下或事情的得失。《戰國策・齊策一》：「我～～城北徐公美？」《史記・廉頗藺相如列傳》：「公之視廉將軍～～秦王？」

【辨析】孰、誰。二詞都可以指人，而「孰」還可以指物，「誰」一般不能。又「孰」所代的對象如果在句中先出現，則表示選擇，相當於「哪一個」「哪一樣」。

塾 shú△ ❶ 古代居室門內外東西兩側的房屋。《尚書・顧命》：「先輅在左～之前，次輅在右～之前。」《儀禮・士冠禮》：「具饌于西～。」❷ 舊時私人辦學的地方。《禮記・學記》：「古之教者，家有～。」

熟 shú△（又讀 shóu）❶ 熟，煮熟。《呂氏春秋・本味》：「～而不爛。」《白虎通・號》：「鑽木燧取火，教民～食。」❷ 植物的果實成熟。《禮記・月令》：「則陽氣不勝，麥乃不～。」引申為有收成，豐收。《尚書・金縢》：「歲則大～。」❸ 深知，熟習。《呂氏春秋・重己》：「此論不可不～。」又為仔細，周詳。《韓非子・難言》：「願大王～察之也。」《漢書・谷永傳》：「唯陛下省察～念，厚為宗廟計。」今成語有「深思熟慮」。引申為程度深。《列子・周穆王》：「夜則昏憊而～寐。」

贖 shú△ ❶ 用財物換回人或抵押品。《詩經・秦風・黃鳥》：「如可～兮，人百其身。」《呂氏春秋・觀世》：「遽解左驂以～之。」（遽：立刻。左驂：轅馬左邊的馬。）❷ 用財物或行動減免刑罰。司馬遷《報任安書》：「家貧，財賂不足以自～。」（賂：財物。）《史記・孝文本紀》：「妾願沒入為官婢，～父刑罪。」

暑 shǔ 炎熱，也指炎熱的夏季。《周易・繫辭上》：「日月運行，一寒一～。」《淮南子・人間》：「民春以力耕，～以強耘，秋以收斂，冬間無事以伐林而積之。」

【辨析】暑、熱。見 428 頁「熱」字條。

黍 shǔ ❶ 穀物名，子粒性黏，可供食用及釀酒。《詩經・魏風・碩鼠》：「碩鼠碩鼠，無食我～。」❷ 古代度量衡的基準。《漢書・律曆志上》：「權輕重者，不失～絫。」《孫子算經》卷上：「稱之所起，起於～，十～為一絫，十絫為一銖。」

【辨析】黍、穀、禾、粟、稷。見 172 頁「穀」字條。

署 shǔ ❶ 部署，安排。《史記・淮陰侯列傳》：「遂聽信計，部～諸將所擊。」（信：韓信。）又指任用官吏。《後漢書・李固傳》：「開門受賂，～用非次。」（次：次序。）❷ 官署，官吏辦公的地方。《國語・魯語上》：「今有司來命易臣之～與其車服。」（易：改變。）❸ 記錄，書寫。《墨子・號令》：「悉舉民室材木、瓦若藺石數，～長短小大。」（若：及。藺石：城上礌石。）又特指簽名。《戰國策・齊策四》：「馮諼～曰：『能。』」❹ 兼攝，代理。《三國志・蜀書・諸葛亮傳》：「以亮為軍師將軍，～左將軍府事。」

蜀 shǔ△ ❶ 祭器。《管子・形勢》：「抱～不言，而廟堂既修。」（廟堂：指朝廷。修：治理。）❷ 古族名、國名。在今四川西部，相傳最早的首領為蠶叢。又為古郡名。秦滅古蜀國後所置。在今四川成都一帶。❸ 朝代名（公元 221 － 263 年）。漢末劉備在益州稱帝，國號漢，史稱蜀漢，簡稱蜀。

鼠 shǔ ❶ 鼠類的總稱。又專指老鼠。《詩經・召南・行露》：「誰謂～無牙，何以穿我墉？」（墉 yōng：牆。）❷ 同「癙」。病名。《淮南子・說山》：「狸頭愈～。」

數 shǔ 見 471 頁「數」㊁。

薯 shǔ ［薯蕷］俗稱山藥，多年生纏繞藤本植物。杜甫《發秦州》：「充腸多～～。」

曙 shǔ ❶ 曉，天明。屈原《九章・悲回風》：「思不眠以至～。」簡文帝《守東平中華門開》：「～色始成霞。」❷［一曙］一旦。形容時間短。《呂氏春秋・重己》：「～～失之，終身不復得。」

癙 shǔ ❶ 病，憂鬱成病。《詩經・小雅・正月》：「哀我小心，～憂以痒。」（痒 yáng：病。）❷ 瘻瘡。《山海經・中山經》：「脫扈之山，有草焉……可以已～。」（已：止。）

屬 shǔ 見 690 頁「屬」㊁。

戍 shù ❶ 防守，守邊。《左傳・莊公八年》：「齊侯使連稱、管至父～葵丘。」（連稱、管至父：齊國將軍。）《史記・陳涉世家》：「二世元年七月，發閭左適～漁陽九百人。」也指守邊的士卒。《左傳・定公元年》：「乃歸諸侯之～。」❷ 邊防區域的營壘、城堡。《晉書・庾翼傳》：「其謝尚、王愆期等，悉令還據本～。」（謝尚、王愆期：人名。）

束 shù△ ❶ 捆，綁縛。《詩經・鄘風・牆有茨》：「牆有茨，不可～兮。」（茨 cí：蒺藜。）《呂氏春秋・順說》：「管子得於魯，魯～縛而檻之。」（檻 jiàn：拘囚。）今成語有「束手無策」。引申為約束，限制。《商君書・畫策》：「辨之以章，～之以令。」❷ 聚集。《漢書・食貨志下》：「故貨寶於金，利於刀，流於泉，布於布，～於帛。」❸ 量詞。捆，把。《詩經・小雅・白駒》：「生芻一～。」（生芻：新割的餵牲畜的青草。）《淮南子・氾論》：「訟而不勝者，出一～箭。」

【辨析】束、縛。見 153 頁「縛」字條。

沭 shù△ 水名，源出山東沂山南麓，南流入江蘇。《周禮・夏官・職方氏》：「正東曰青州……其浸沂、～。」（浸：河流。）

述 shù△ ❶ 遵循。《尚書・五子之歌》：「～大禹之戒以作歌。」《後漢書・光武帝紀下》：「景帝能～遵孝道。」❷ 講述，記述。《論語・述而》：「～而不作。」（作：創作。）歐陽修《醉翁亭記》：「醉能同其樂，醒能～其文者，太守也。」

S

【辨析】述、陳、說、敍。見55頁「陳」字條。

恕 shù ❶以己度人，推己及人。《論語・衛靈公》：「其～乎！己所不欲，勿施於人。」屈原《離騷》：「羌內～己以量人兮，各興心而嫉妒。」（羌 qiāng：句首語氣詞。興：起，產生。）❷寬恕。《戰國策・趙策四》：「老臣病足，曾不能疾走，不得見久矣，竊自～。」（竊：謙詞，私下。）❸通「庶 shù」。庶幾，差不多。嵇康《養生論》：「若此以往，～可與羨門比壽。」（羨門：古仙人名。）

術 shù△ ❶城邑中的道路。《墨子・號令》：「因城中里為八部，部一吏，吏各從四人，以行衝～及里中。」（衝：大路。）❷途徑，方法。《禮記・樂記》：「應感起物而動，然後心～形焉。」《呂氏春秋・大樂》：「務樂有～，必由平出。」（平：平和。）特指君主控制和使用臣下的策略、手段。《韓非子・定法》：「君無～則弊於上，臣無法則亂於下。」❸思想，學說。《史記・孝武本紀》：「會竇太后治黃老言，不好儒～。」（會：恰巧。）❹技藝。《呂氏春秋・愛類》：「墨子能以～禦荊免宋之難者，此之謂也。」（荊：楚國。宋：宋國。）❺學習。《禮記・學記》：「蛾子時～之。」（蛾：蟻。術之：指學習銜土之事。）❻通「述 shù」。記述，闡述。《墨子・非命》：「命者，暴王所作，窮人所～，非仁者之言也。」（窮：困窘，不得志。）

庶 shù ❶眾，眾多。《詩經・大雅・公劉》：「既～既繁。」《論語・子路》：「既～矣，又何加焉？」❷平民，百姓。《左傳・昭公三十二年》：「三后之姓，於今為～。」（三后：指虞、夏、商。姓：指子孫。）❸非正妻所生之子，家族的旁支。《左傳・昭公三十二年》：「魯文公薨，而東門遂殺適立～。」（東門遂：人名。適 dí：嫡子。）❹將近，差不多，多用於好的、積極的方面。《論語・先進》：「子曰：『回也其～乎！』」（回：顏回。）[庶幾] 1. 將近，差不多。多用於好的、積極的方面。《孟子・梁惠王下》：「王之好樂甚，齊國其～～乎！」2. 或許，表示推測或希望。《左傳・襄公二十六年》：「懼而奔鄭，引領南望曰：『～～赦余！』」（領：脖子。）❺希望，願意。諸葛亮《出師表》：「～竭駑鈍，攘除姦凶。」（竭：盡。駑鈍：指才力低下。攘 rǎng 除：掃除，排除。）

裋 shù 粗布衣服。《史記・秦始皇本紀》：「大寒者利～褐，而飢者甘糟糠。」

鉥 shù△ ❶長針。《管子・輕重乙》：「一女必有一刀，一錐，一箴，一～。」❷通「訹 xù」。引導。《國語・晉語二》：「子盍入乎？吾請為子～。」（盍：何不。）

腧 shù 人體上的穴位。《靈樞・九針十二原》：「五藏五～，五五二十五～。」

墅 shù ❶田舍，鄉間的房屋。曹植《梁甫行》：「劇哉邊海民，寄身於草～。」❷別館，正宅之外供遊樂休養的住所。《晉書・謝安傳》：「又於土山營～，樓館竹林甚盛。」

嗽(嗽) shù 見480頁「嗽(嗽)」㊂。

漱(漱) shù ❶漱口。《禮記・內則》：「凡內外，雞初鳴，咸盥～。」柳宗元《晨詣超師院讀禪經》：「汲井～寒齒。」❷洗滌。《禮記・曲禮上》：「諸母不～裳。」又為沖刷。《水經注・江水二》：「懸泉瀑布，飛～其間。」❸吮吸。張衡《思玄賦》：「～飛泉之瀝液兮，咀石菌之流英。」

豎(竪) shù ❶立，直立。《後漢書・靈帝紀》：「槐樹自拔倒～。」引申為縱，與「橫」相對。《晉書・陶侃傳》：「君左手中指有～理，當為公。」（理：紋。）❷童僕，家童。《列子・說符》：「楊子之鄰人亡羊，既率其黨，又請楊子之～追之。」（亡：丟失。黨：親族。）又為對人的鄙稱。《史記・留侯世家》：「～儒，幾敗而公事！」（而公：等於說「你老子」。）❸宮內小臣。《左傳・昭公二十五年》：「平子使～勿內。」（平子：季平子，魯臣。內 nà：納。）《韓

S

非子・難一》：「～刁自宮以治內。」（宮：閹割。內：指內宮。）

數 ㊀ shù ❶ 數目。《莊子・秋水》：「號物之～謂之萬。」《戰國策・趙策四》：「願令得補黑衣之～，以衛王宮。」❷ 幾，幾個（表示不定數）。《孟子・梁惠王上》：「～口之家，可以無饑矣。」❸ 算術。《周禮・地官・大司徒》：「三曰六藝：禮、樂、射、御、書、～。」❹ 道理，規律。《荀子・天論》：「天有常道矣，地有常～矣。」《呂氏春秋・仲秋》：「凡舉事無逆天～。」❺ 技藝，技巧。《孟子・告子上》：「今夫弈之為～，小～也。」❻ 曆數。《淮南子・氾論》：「萇弘，周室之執～者也。」❼ 氣數，命運。《史記・李將軍列傳》：「以為李廣老，～奇，毋令當單于。」（奇 jī：單數，喻命運不好。）
㊁ shǔ ❽ 計算。《莊子・庚桑楚》：「～米而炊。」❾ 責備。《左傳・昭公二年》：「使吏～之。」
㊂ shuò△ ❿ 屢次。《孫子・行軍》：「屢賞者窘也，～罰者困也。」
㊃ cù△ ⓫ 密，細密。《孟子・梁惠王上》：「～罟不入洿池。」（罟 gǔ：漁網。洿池：水塘。）《呂氏春秋・辯土》：「慎其種，勿使～，亦無使疏。」

澍 ㊀ shù ❶ 時雨。《說文》：「～，時雨也。」《後漢書・明帝紀》：「長吏各潔齋禱請，冀蒙嘉～。」陸游《喜雨》：「樂哉甘～及時至。」又為降（雨）。《春秋繁露・求雨》：「再拜請雨，雨幸大～。」引申為潤澤。《淮南子・泰族》：「若春雨之灌萬物也……無地而不～，無物而不生。」
㊁ zhù ❷ 灌注。王褒《洞簫賦》：「揚素波而揮連珠兮，聲礚礚而～淵。」

樹 shù ❶ 種植。《詩經・小雅・巧言》：「荏染柔木，君子～之。」（荏染：柔弱的樣子。）《韓非子・顯學》：「子產開畝～桑。」❷ 樹立，建立。《尚書・泰誓下》：「～德務滋，除惡務本。」《三國志・魏書・武帝紀》：「連車～柵。」❸ 樹木。《左傳・昭公二年》：「有嘉～焉，宣子譽之。」引申為量詞，稱數樹木。《齊民要術・序》：「種甘橘千～。」

【辨析】1. 樹、藝、種。三字都有種植的意思。但春秋前多用「藝」「樹」，而少用「種」；戰國以後多用「樹」「種」，而極少用「藝」。「樹」最初多用為種植樹木，「藝」多用為種植穀物。戰國後「種」用得逐漸多起來，後來終於取代了「樹」。2. 樹、木。見 357 頁「木」字條。

shua

刷 shuā△ ❶ 清除，打掃乾淨。《周禮・天官・凌人》：「夏，頒冰，掌事；秋，～。」（刷：指打掃冰室使清潔。）引申為洗雪。《史記・楚世家》：「王雖東取地於越，不足以～恥。」❷ 刷子。嵇康《養生論》：「勁～理鬢。」又為梳理。簡文帝《詠單鳧》：「銜苔入淺水，～羽向沙洲。」又為塗抹。《南史・到彥之傳》：「見兩三人持堊～其家門。」（堊 è：白土。）

shuai

衰 ㊀ shuāi ❶ 衰弱，衰老。《左傳・莊公十年》：「一鼓作氣，再而～，三而竭。」《戰國策・趙策四》：「而臣～，竊愛憐之。」（竊：私下。憐：愛。）引申為減少，減退。《戰國策・趙策四》：「日食飲得無～乎？」（得無：該不會。）屈原《九章・涉江》：「余幼好此奇服兮，年既老而不～。」
㊁ cuī ❷ 等級，次序。《左傳・桓公二年》：「庶人工商各有分親，皆有等～。」《淮南子・說林》：「十頃之陂，可以灌四十頃，而一頃之陂，可以灌四頃，大小之～然。」（陂 bēi：池塘。）❸ 古代用麻布製成的喪服。後來寫作「縗」。《左傳・僖公三十三年》：「子墨～絰。」（子：指晉襄公。墨：染黑。絰 dié：用麻做的喪帶，繫在頭上或腰上。）

帥 shuài△ ❶ 軍中主將。《左傳・僖公三十三年》：「文嬴請三～。」（三帥：指百里孟明視、西乞術、白乙丙。）《論語・子罕》：「三軍可奪～也，匹夫不可奪志也。」又指地方長官。《國語・齊語》：「三鄉為縣，縣有縣～。」引申為主導者。《孟子・公孫丑上》：「夫志，氣之～也。」❷ 率領。《左傳・隱公元年》：「命子封～車二百乘以伐京。」（京：地名。）❸ 遵循。《國語・周語上》：「吾聞夫犬戎樹惇，～舊德而守終純固。」（惇：淳樸。純固：專一。）

率 ㊀ shuài△ ❶ 一種長柄的捕鳥網。《說文》：「～，捕鳥畢也。」（畢：長柄網。）又為用網捕鳥獸。張衡《東京賦》：「悉～百禽。」❷ 率領，帶領。《孟子・梁惠王上》：「此～獸而食人也。」又為將帥，主帥。《荀子・富國》：「將～不能則兵弱。」❸ 循着，沿着。《詩經・小雅・北山》：「～土之濱，莫非王臣。」引申為遵循，依從。《詩經・大雅・假樂》：「～由舊章。」❹ 表率，楷模。《管子・問》：「鄉子弟力田為人～者幾何人？」《漢書・朱博傳》：「臣願盡力，以御史大夫為百僚～。」❺ [率爾] 輕率的樣子。《論語・先進》：「子路～～而對。」❻ 大概，大抵。《禮記・祭義》：「古之獻繭者，其～用此與？」（獻繭：指獻繭之禮。）引申為一概，一律。韓愈《進學解》：「佔小善者～以錄。」（錄：任用。）㊁ lǜ△ ❼ 一定的標準。《孟子・盡心上》：「羿不為拙射變其彀～。」（羿 yì：古代善射的人。彀 gòu：開弓。）又為按一定的標準計算。《漢書・高帝紀下》：「及郡各以其口數～，人歲六十三錢。」

蟀 shuài [蟋蟀] 見 543 頁「蟋」字條。

shuan

栓 shuān 木釘，後指器物上可以開關的部件。皮日休《藍田關銘》：「千巖作鎖，萬嶂為～。」

shuang

霜 shuāng ❶ 霜。《呂氏春秋・季秋》：「是月也，～始降。」泛指像霜的東西。蘇軾《送金山鄉僧歸蜀開堂》：「冰盤薦琥珀，何似糖～美？」比喻白色。高適《除夜作》：「故鄉今夜思千里，～鬢明朝又一年。」❷ 年的代稱。李白《古風》之十四：「白骨橫千～。」賈島《渡桑干》：「客舍并州已十～。」（并州：州名。）

雙 shuāng ❶ 鳥兩隻。《禮記・少儀》：「其禽加於一～。」潘岳《悼亡詩》：「如彼翰林鳥，～棲一朝隻。」（翰林：鳥棲息的樹林。隻：鳥一隻。）泛指成雙的，一對。《史記・項羽本紀》：「我持白璧一～，欲獻項王；玉斗一～，欲與亞父。」（亞父：指范增。）❷ 偶數。《宋史・禮志》：「唐朝故事，隻日視事，～日不坐。」（隻：單數。）❸ 匹敵。《韓非子・揚權》：「道無～，故曰一。」《史記・淮陰侯列傳》：「至如信者，國士無～。」（信：韓信。）

瀧 shuāng 見 321 頁「瀧」㊁。

孀 shuāng 寡婦。《淮南子・原道》：「童子不孤，婦人不～。」《列子・湯問》：「鄰人京城氏之～妻有遺男。」

騻 shuāng [驌騻] 見 482 頁「驌」字條。

鷞 shuāng [鷫鷞] 見 482 頁「鷫」字條。

艭 shuāng 小船。袁宏道《和小修》：「黃笙藤枕夢吳～。」

驦 shuāng [驌驦] 見 482 頁「驌」字條。

爽 shuǎng ❶ 明亮。《尚書・牧誓》：「時甲子昧～。」引申為明白。《左傳・昭公元年》：「茲心不～，而昏亂百度。」又引申為清爽。《世說新語・簡汰》：「西山朝來致有～氣。」又引申為爽朗。《世說新語・文學》：「辭氣俱～。」❷ 差失，違背。《詩經・衛風・氓》：「女也不～，士貳其行。」（貳：不專一。）張載《雜詩》：「君子守固窮，在約不～貞。」❸ 損傷，敗壞。《老子》第十二章：「五味令人口～。」《淮南子・精神》：「五味亂口，使口～傷。」

shui

誰 shuí 誰，指人的疑問代詞。《論語・季氏》：「是～之過與？」（是：此，這是。與：語氣詞。）《左傳・宣公二年》：「人～無過？」偶爾也指物，相當於「甚麼」或「哪個」。王績《在京思故園見鄉人問》：「院果～先熟，林花那後開？」（那：哪。）

【辨析】誰、孰。見 468 頁「孰」字條。

水 shuǐ ❶水。《荀子・勸學》：「冰，～為之而寒於～。」引申為河流，水域。《水經注・河水》：「～有大小，有遠近。」特指水災。《漢書・食貨志上》：「故堯禹有九年之～，湯有七年之旱。」❷五行之一。《尚書・洪範》：「五行：一曰～，二曰火，三曰木，四曰金，五曰土。」❸星名。二十八宿之一。即營室。《左傳・莊公二十九年》：「～昏正而栽。」（昏：黃昏。正：出現在正南方。栽：指築牆立板。）

挩 shuì 見 515 頁「挩」㊁。

帨 shuì 佩巾。女子出嫁時由母親所授。在家時掛在門右，出門時繫在身左。《詩經・召南・野有死麕》：「無感我～兮。」（感：動。）

稅 shuì ❶賦稅。《荀子・富國》：「輕田野之～。」《呂氏春秋・孟夏》：「蠶事既畢，后妃獻繭，乃收繭～。」用作動詞。抽稅。《孟子・公孫丑上》：「耕者助而不～。」《韓非子・顯學》：「夫吏之所～，耕者也。」❷贈送。《禮記・檀弓上》：「未仕者不敢～人。」《史記・酈生陸賈列傳》：「辟陽侯乃奉百金往～。」（辟陽侯：審食其。）❸釋放，放。《呂氏春秋・慎大》：「乃～馬於華山，～牛於桃林。」（桃林：地名。）❹通「脫 tuō」。脫下。《左傳・襄公二十八年》：「～服而如內宮。」（如：往。）《孟子・告子下》：「不～冕而行。」（冕：大夫以上的人戴的禮帽。）

【辨析】稅、賦。見 152 頁「賦」字條。

裞 shuì 贈送死者衣被。《說文》：「～，贈終者衣被曰～。」《漢書・鮑宣傳》：「病死，莽太子遣使～以衣衾。」（莽：王莽。）

睡 shuì 坐着打瞌睡。《戰國策・秦策一》：「讀書欲～，引錐自刺其股。」（股：大腿。）《史記・商君列傳》：「孝公既見衛鞅，語事良久，孝公時時～，弗聽。」（衛鞅：商鞅。）引申為睡覺。柳宗元《童區寄傳》：「童微伺其～，以縛背刃，力上下，得絕。」（縛：用來捆綁的繩索。背：背對着。絕：繩索斷。）

【辨析】睡、寐、眠。見 341 頁「寐」字條。

説 shuì 見 474 頁「説」㊂。

shun

吮 shǔn 用口含吸。《史記・孫子吳起列傳》：「卒有病疽者，（吳）起為～之。」李白《蜀道難》：「磨牙～血，殺人如麻。」

眴 ㊀ shùn ❶眼轉動。屈原《九章・懷沙》：「～兮杳杳，孔靜幽默。」（杳杳：幽深的樣子。孔：很。默：無聲。）引申為用眼示意。《史記・項羽本紀》：「梁～籍曰：『可行矣。』」（梁：項梁。籍：項籍。）❷驚恐。《莊子・德充符》：「丘也嘗使於楚矣，適見㹠子食於其死母者，少焉～若皆棄之而走。」（丘：孔子名。㹠 tún 子：小豬。食：指吃奶。若：詞尾。）
㊁ xuàn ❸眼睛昏花。《淮南子・道應》：「聽焉無聞，視焉則～。」《說苑・善說》：「夫登高臨危而目不～而足不陵者，此工匠之勇悍也。」（陵：踏。）

順 shùn ❶沿着，順着。《墨子・魯問》：「楚人～流而進，逆流而退。」《荀子・勸學》：「～風而呼，聲非加疾也，而聞者彰。」❷順從，順應，與「逆」相對。《孟子・公孫丑下》：「多助之至，天下～之。」《呂氏春秋・仲秋》：「凡舉事無逆天數，必～其時。」引申為順理，順理的事。《論語・子路》：「名不正則言不～，言不～則事不成。」《漢書・文帝紀》：「孝悌，天下之大～也。」（悌 tì：順從兄長。）❸ 通順。韓愈《南陽樊紹述墓誌銘》：「文從字～各識職。」

舜 shùn ❶ 木槿。《詩經・鄭風・有女同車》：「有女同行，顏如～英。」（英：花。）❷ 古代帝王。《論語・泰伯》：「～有臣五人而天下治。」

楯 ㊀ shǔn ❶ 欄杆的橫木。《史記・司馬相如列傳》：「宛虹拖於～軒。」（宛虹：弧形的虹。楯軒：有欄杆的長廊或小室。）

㊁ dùn ❷ 同「盾」。盾牌。《莊子・徐无鬼》：「勾踐也，以甲～三千棲於會稽。」《韓非子・難一》：「楚人有鬻～與矛者。」（鬻 yù：賣。）

㊂ chūn ❸ 同「輴」。1. 裝載靈柩的車。《莊子・達生》：「自為謀，則苟生有軒冕之尊，死得於腞～之上。」（腞 zhuàn 楯：載柩車。）2. 泥路上用的一種交通工具。《淮南子・齊俗》：「譬若舟車～肆窮廬，故有所宜也。」

瞬（瞚） shùn 眨眼。《列子・湯問》：「爾先學不～，而後可言射矣。」形容極短的時間。《呂氏春秋・安死》：「夫死，其視萬歲猶一～也。」今成語有「瞬息萬變」。

shuo

說 ㊀ shuō△ ❶ 講述，解說。《論語・陽貨》：「道聽而塗～，德之棄也。」（塗：道路。）《呂氏春秋・圜道》：「何以～天之圜也？」（圜：同「圓」。）又為名詞。說法。《莊子・天道》：「有～則可，無～則死。」❷ 學說，主張。《荀子・儒效》：「百家之～，不及後王，則不聽也。」❸ 古代文體的一種。韓愈有《師說》，柳宗元有《捕蛇者說》等。

㊁ shuì ❹ 勸說，說服。《墨子・魯問》：「吾以夫子之道～越王。」❺ 止，止息。《詩經・召南・甘棠》：「召伯所～。」（召伯：召康公。）

㊂ yuè△ ❻ 喜悅。後來寫作「悅」。《論語・學而》：「學而時習之，不亦～乎？」《戰國策・魏策四》：「秦王不～。」

【辨析】說、陳、述、敘。見 55 頁「陳」字條。

妁 shuò△ 女方的媒人，泛指媒人。《孟子・滕文公下》：「父母之命，媒～之言。」

朔 shuò△ ❶ 農曆每月初一。《左傳・昭公十七年》：「夏六月甲戌～，日有食之。」《史記・秦始皇本紀》：「改年始朝賀，皆自十月～。」❷ 初始。《禮記・禮運》：「皆從其～。」❸ 北方。《尚書・堯典》：「申命和叔，宅～方。」（申命：再次命令。）曹植《朔風》：「仰彼～風。」

嗍 shuò 見 655 頁「嗍」㊁。

碩 shuò△ ❶ 大。《詩經・魏風・碩鼠》：「～鼠～鼠，無食我黍。」宋濂《送東陽馬生序》：「又患無～師名人與遊。」（患：憂慮。）❷ 通「石 shí」。1. 比喻堅固，牢固。阮瑀《為曹公作書與孫權》：「而忍絕王命，明棄～交。」（絕：拒絕。）2. 容量單位。十斗。韓愈《河南會舍池臺》：「未許波瀾量斗～。」

嗽（嗽） shuò 見 480 頁「嗽（嗽）」㊁。

槊 shuò△ ❶ 兵器名，似長矛。《魏書・楊律傳》：「不畏利～堅城，惟畏楊公鐵星。」蘇軾《前赤壁賦》：「橫～賦詩。」❷ 古代博戲的一種。韓愈《示兒》：「棋～以相娛。」

數 shuò 見 471 頁「數」㊂。

爍 shuò 見 599 頁「爍」㊁。

爍 shuò△ ❶ 光亮的樣子。張說《安樂郡主花燭行》：「炎霞～電吐明光。」《新唐書・天文志二》：「甲夜有大流星長數丈，光～如電。」❷ 熱，灼烤。枚乘《七發》：「衣裳則雜遝曼暖，燂～熱暑。」（燂 qián：燒熱。）蘇軾《送宋君用遊輦下》：「安知赤日～。」❸ 銷熔。《周禮・考工記序》：「～金以為刃。」引申為消損，損傷。韓愈《劉生》：「毒氣～體黃膏流。」

S

鑠 shuò△ ❶熔化。《墨子・經說下》：「火～金，火多也。」《淮南子・兵略》：「故割革而為甲，～鐵而為刃。」今成語有「眾口鑠金」。引申為銷毀。《莊子・胠篋》：「～絕竽瑟。」又引申為削弱。《戰國策・秦策五》：「秦先得齊宋，則韓氏～；韓氏～，則楚孤而受兵矣。」❷滲進，授予。《孟子・告子上》：「仁義禮智，非由外～我也，我固有之也。」❸輝煌，美盛。《詩經・周頌・酌》：「於～王師。」（於：歎詞。師：軍隊。）

si

司 ㈠ sī ❶主持，掌管。《左傳・僖公二十一年》：「實～大皞與有濟之祀。」（大皞 ào：古帝王名。有濟：濟水。）《呂氏春秋・孟春》：「乃命太史，守典奉法，～天日月星辰之行。」引申為官吏。《左傳・桓公十三年》：「訓諸～以聽。」李密《陳情表》：「州～臨門，急於星火。」[有司] 主管某一部門的官員。《呂氏春秋・孟秋》：「命～～修法制。」《史記・廉頗藺相如列傳》：「召～～案圖，指從此以往十五都予趙。」
㈡ sì ❷窺視，探察。後來寫作「伺」。《國語・楚語下》：「盜賊～目。」《漢書・竇嬰傳》：「平明，令門下候～。」❸繼承。後來寫作「嗣」。《尚書・高宗肜日》：「王～敬民。」

私 sī ❶井田制之私田。《詩經・小雅・大田》：「雨我公田，遂及我～。」（雨：降雨。）引申為私人的，自己的，與「公」相對。《孟子・滕文公上》：「公事畢然後敢治～事。」《史記・廉頗藺相如列傳》：「吾所以為此者，以先國家之急而後～仇也。」❷偏私，偏愛。《墨子・兼愛下》：「譬之日月兼照天下之無有～也。」《戰國策・齊策一》：「吾妻之美我者，～我也。」（美我：認為我美。）❸私自，私下。《左傳・桓公十五年》：「天子不～求財。」《史記・項羽本紀》：「項伯乃夜馳之沛公軍，～見張良。」（之：到……去。）❹通姦。《戰國策・燕策一》：「臣鄰家有遠為吏者，其妻～人。」

思 sī ❶思考，想。《論語・為政》：「學而不～則罔。」《荀子・勸學》：「吾嘗終日而～矣，不如須臾之所學也。」❷思慕，想念。《詩經・衛風・氓》：「反是不～，亦已焉哉？」李白《靜夜思》：「舉頭望明月，低頭～故鄉。」❸心情，思緒。這個意義舊讀 sì。《墨子・非儒下》：「勞～盡知以行邪。」曹操《短歌行》：「慨當以慷，憂～難忘。」❹句首、句中、句末語氣詞。《詩經・魯頌・駉》：「～馬斯才。」（斯：句中語氣詞。才：多材。）又《周頌・絲衣》：「旨酒～柔。」（旨酒：美酒。柔：好。）又《周南・漢廣》：「漢有游女，不可求～。」

偲 sī 見 39 頁「偲」㈡。

斯 sī ❶劈開。《詩經・陳風・墓門》：「墓門有棘，斧以～之。」（棘：酸棗樹。）❷距離。《列子・黃帝》：「不知～齊國幾千里。」❸此。《論語・子罕》：「子在川上曰：『逝者如～夫，不舍晝夜。』」（子：孔子。川：河。夫：語氣詞。）❹盡，全都。《呂氏春秋・報更》：「～食之，吾更與女。」（更：重新。女 rǔ：你。）❺[斯須] 須臾，片刻。《禮記・祭義》：「禮樂不可～～去身。」❻連詞。則，就。《孟子・滕文公下》：「如知其非義，～速已矣，何待來年？」（已：停止。）❼句末語氣詞。《詩經・小雅・何人斯》：「彼何人～，其心孔艱。」（孔：甚，很。）

絲 sī ❶蠶絲。《詩經・衛風・氓》：「抱布貿～。」泛指像絲一樣的纖細之物。王褒《奉和趙王途中五韻》：「岸柳被青～。」[絲毫] 形容極小或極少。《顏氏家訓・省事》：「或無～～之益，而有不省之困。」❷八音之一，指琴瑟等弦樂器。《呂氏春秋・侈樂》：「為～竹歌舞之聲則若噪。」❸量詞。極小的重量單位。《孫子算經》卷上：「十忽為一～，十～為一毫。」

禠 sī [禠禠] 不安的樣子。《漢書・禮樂志》：「靈～～，象輿轙」。

S

罳 sī ［罘罳］見146頁「罘」字條。

澌 sī 流動的冰塊。屈原《九歌・河伯》：「流～紛兮將來下。」一本作「凘」。

嘶 sī ❶聲音沙啞。《漢書・王莽傳中》：「大聲而～。」《論衡・論死》：「飲食損減則氣力衰，衰則聲音～。」又形容聲音淒切。蘇軾《青溪辭》：「雁南歸兮寒蜩～。」❷馬叫。古詩《為焦仲卿妻作》：「其日牛馬～。」

廝（厮） sī ❶幹粗活的僕隸。《戰國策・韓策一》：「料大王之卒，悉之不過三十萬，而～徒負養在其中矣。」（悉：盡。）❷分開。《史記・河渠書》：「乃～二渠，以引其河。」

凘 sī ❶盡，消亡。《禮記・曲禮下》「庶人曰死」鄭玄注：「死之言～也，精神～盡也。」借指屍體。《論衡・實知》：「溝有流～，澤有枯骨。」❷同「澌」。解凍時流動的冰塊，泛指冰。《後漢書・王霸傳》：「河水流～，無船，不可濟。」王禹偁《謝賜聖惠方表》：「河無薄～。」❸通「嘶 sī」。沙啞。《周禮・天官・內饔》「鳥皫色而沙鳴」賈公彥疏：「鳥毛失色而鳴又～。」

緦 sī 細麻布。《周禮・天官・典枲》：「掌布～縷紵之麻草之物。」

颸 sī ❶涼風。謝朓《在郡臥病呈沈尚書》：「輕扇動涼～。」❷疾風。曹植《磐石篇》：「一舉必千里，乘～舉帆幢。」（幢 zhuàng：張掛在船上的帷幔。）

鷥 sī ［鷺鷥］見326頁「鷺」字條。

死 sǐ ❶死，生命終結，與「生」相對。《老子》第七十四章：「民不畏～，奈何以～懼之！」❷熄滅，止息。《莊子・齊物論》：「形固可使如槁木，而心固可使如～灰乎？」《荀子・大略》：「流言止焉，惡言～焉。」❸失去知覺，壞死。杜甫《乾元中寓居同谷縣作歌》：「手腳凍皴皮肉～。」柳宗元《捕蛇者說》：「去～肌，殺三蟲。」❹通「屍 shī」。屍體。《呂氏春秋・離謂》：「鄭之富人有溺者，人得其～者。」

【辨析】1.死、崩、薨、卒、沒。見18頁「崩」字條。2.死、亡。二字本不同義，「死」是死亡，「亡」是逃亡。「亡」有「死」義蓋產生於漢代，《淮南子・說山》：「殺牛，必亡之數。」這樣，「死」「亡」就成了同義詞了。

巳 sì 地支的第六位，與天干配合以紀日、年。《春秋・隱公三年》：「己～，日有食之。」

四 sì ❶基數，四。《詩經・大雅・民勞》：「惠此中國，以綏～方。」又為序數，第四。《左傳・襄公二十六年》：「臣之位在～。」❷通「駟 sì」。四匹馬駕一輛車。《韓非子・愛臣》：「是故不得～從，不載奇兵。」（從：指從車。）

司 sì 見475頁「司」㊁。

寺 sì ❶內侍，宦官。《詩經・大雅・瞻卬》：「匪教匪誨，時維婦～。」［寺人］宦官。《左傳・襄公二十七年》：「～～御而出。」（御：駕車。）❷漢代中央行政機構稱寺。《隋書・百官志中》：「太常、光祿、衛尉……太府，是為九～。」泛指官署。《後漢書・劉般傳》：「官顯職閒，而府～寬敞。」❸佛教寺廟。東漢明帝時，西域僧人用白馬馱佛經來到中原，止於鴻臚寺，於是在城外築精舍安頓這些僧人，因稱白馬寺。此後佛教廟宇稱為寺。《世說新語・排調》：「何次道往瓦官～禮拜甚勤。」（何次道：人名。）

【辨析】寺、觀、廟。見176頁「觀」字條。

汜 sì ❶由主流分出又匯合到主流的水。《詩經・召南・江有汜》：「江有～，之子歸。」《宋書・孔覬傳》：「樓艦千艘，覆川蓋～。」❷水邊。《淮南子・道應》：「而航在一～。」（航：船。）劉希夷《江南曲》之六：「城臨大江～，回映洞浦清。」

似（佀） sì ❶好像，類似。《論語・鄉黨》：「孔子於鄉黨，恂恂如也，～不能言者。」（鄉黨：鄉里。恂恂如：恭順的樣子。）《莊子・山木》：

S

「材與不材之間，～之而非也。」古詩《敕勒歌》：「天～穹廬，籠蓋四野。」❷ 通「嗣 sì」。繼承，延續。《詩經・大雅・江漢》：「無曰予小子，召公是～。」又《小雅・斯干》：「～續妣祖。」

伺 sì ❶ 觀察，探察。《韓非子・內儲說上》：「吾聞數夜有乘輼車至李史門者，謹為我～之。」李華《弔古戰場文》：「吾想夫北風振漠，胡兵～便。」[伺候] 1. 觀察。《呂氏春秋・制樂》：「臣請伏於陛下以～～之。」2. 等候。韓愈《送李愿歸盤谷序》：「～～於公卿之門，奔走於形勢之途。」❷ 等候，等待。陶潛《閒情賦》：「起攝帶以～晨。」

祀(禩) sì ❶ 祭祀。《孟子・滕文公下》：「葛伯放而不～。」（放：放縱。）《淮南子・齊俗》：「～文王於明堂。」又為祭祀的地方。《禮記・檀弓下》：「過墓則式，過～則下。」（式：扶着車前橫木致敬。下：指下車。）❷ 年。《尚書・洪範》：「惟十有三～，王訪于箕子。」（惟：語氣詞。訪：諮詢。箕子：人名。）蕭統《文選序》：「時更七代，數逾千～。」❸ 世，代。柳宗元《為裴中丞上裴相賀破東平狀》：「光垂後～，輝映前王。」

【辨析】1. 祀、祭。見 227 頁「祭」字條。2. 祀、年、歲、載。見 364 頁「年」字條。

兕 sì 獨角犀牛。《論語・季氏》：「虎～出於柙。」（柙 xiá：關猛獸的籠子。）《詩經・豳風・七月》：「稱彼～觥。」（稱：舉起。兕觥 gōng：用犀牛角做的酒器。）

杫 sì 切肉的案板。《後漢書・鍾離意傳》：「家貧為郎，常獨直臺上，無被，枕～，食糟糠。」

泗 sì ❶ 水名，在山東中部。《孟子・滕文公上》：「決汝、漢，排淮、～，而注之江。」❷ 鼻涕。《詩經・陳風・澤陂》：「寤寐無為，涕～滂沱。」（涕：眼淚。）

【辨析】泗、淚、涕、洟。見 299 頁「淚」字條。

姒 sì ❶ 同嫁一夫的妾，其年長者為姒。《爾雅・釋親》：「女子同出，謂先生為～。」郭璞注：「同出，謂俱嫁事一夫。」❷ 弟之妻對兄之妻的稱呼。妯娌間彼此也可通稱「姒」。《左傳・昭公二十八年》：「長叔～生男。」❸ 姓。禹為姒姓。

柶 sì 禮器。用角、木製成，形似勺。《周禮・天官・玉府》：「共含玉，復衣裳，角枕，角～。」

俟 ㊀ sì ❶ 等待。《詩經・鄘風・相鼠》：「人而無止，不死何～？」《論語・先進》：「如其禮樂，以～君子。」
㊁ qí ❷ [万 mò 俟] 見 520 頁「万」字條。

【辨析】俟、待、等。見 88 頁「待」字條。

食 sì 見 457 頁「食」㊁。

肂 sì 假葬，暫殯。《儀禮・士喪禮》：「掘～見衽。」《呂氏春秋・先識》：「威公薨，～九月不得葬。」

涘 sì 水邊。《詩經・王風・葛藟》：「綿綿葛藟，在河之～。」（葛藟 lěi：蔓生植物。）《莊子・秋水》：「兩～渚崖之間，不辯馬牛。」（辯：通「辨」，分辨。）

耜 sì 古農具，形似鍬。《周易・繫辭下》：「斲木為～。」或以為耒插入土中的部分。《孟子・滕文公上》：「陳良之徒陳相，與其弟辛，負耒～而自宋之滕。」

笥 sì 用竹葦製作的盛飯食衣物等的方形器具。《莊子・秋水》：「王巾～而藏之廟堂之上。」《呂氏春秋・士節》：「令其友操劍奉～而從。」（奉：捧着。）

【辨析】笥、簞。見 90 頁「簞」字條。

肆 sì ❶ 陳設，陳列。《詩經・大雅・行葦》：「～筵設席。」❷ 古時將人處死後陳屍於市。《周禮・秋官・掌戮》：「凡殺人者，踣諸市，～之三日。」（踣 bó：倒斃。）《論語・憲問》：「吾力猶能～諸市朝。」❸ 作坊。《論語・子張》：「百工居～，以成其事。」引申為市場，店鋪。《莊子・外物》：「曾不如早索我於枯魚之～。」《後漢書・王充傳》：「家貧無書，常遊洛陽市～，閱所賣書。」❹ 伸展，擴張。《左傳・僖公三十年》：「既東封鄭，又欲～其西封。」❺ 不受拘束，放肆。《左傳・昭公十二年》：「昔穆王欲～其心，周行天下。」蘇軾《快哉亭記》：「其流奔放～大。」❻ 盡，極。《後漢書・承宮傳》：「後與妻子之蒙陰山，～力耕種。」（之：往。）❼ 連詞。略等於「故」。《詩經・大雅・抑》：「～皇天弗尚。」（尚：佑助。）王安石《蔣山鐘銘》：「～作大鐘，以警沉昏。」

嗣 sì ❶ 繼承。《左傳・襄公三十年》：「子產而死，誰其～之？」（子產：鄭國大夫。而：如果。）❷ 後嗣，子孫。《尚書・大禹謨》：「罰弗及～，賞延于世。」

飼（飤） sì 給人吃，餵養。《舊唐書・陸贄傳》：「屈指計歸，張頤待～。」（張頤：張口。）杜甫《黃魚》：「脂膏兼～犬，長大不容身。」

飴 sì 見605頁「飴」㊁。

駟 sì ❶ 一車駕四馬或駕四馬的車。《左傳・僖公二十八年》：「丁未，獻楚俘于王，～介百乘，徒兵千。」（駟介：四馬披甲所駕的戰車。徒兵：步兵。）《孫子・作戰》：「馳車千～。」❷ 駕，乘。屈原《離騷》：「～玉虬以乘鷖兮。」（玉虬 qiú：虬龍。鷖 yī：鳳的別名。）宋玉《高唐賦》：「王乃乘玉輿，～倉螭。」（螭 chī：傳說中無角的龍。）❸ 星名。即二十八宿的房宿。《國語・周語中》：「～見而隕霜。」

S

song

松 sōng 樹名。《論語・子罕》：「歲寒，然後知～柏之後彫也。」

娀 sōng 古氏族名。《詩經・商頌・長發》：「有～方將，帝立子生商。」

淞 sōng 水汽結成的冰花。曾鞏《冬夜即事》：「月澹千門霧～集。」

崧 sōng ❶ 山大而高。《詩經・大雅・崧高》：「～高維嶽。」（嶽：指四嶽。）❷ 指中嶽嵩山。韓愈《送侯參謀赴河中幕》：「三月～少步。」（少：指少室山。）

菘 sōng 蔬菜名，即白菜。《南齊書・周顒傳》：「初春早韭，秋末晚～。」

嵩 sōng ❶ 山高峻。馬融《廣成頌》：「犯歷～巒。」泛指高。王延壽《桐柏廟碑》：「衢庭弘敞，宮廟～峻。」❷ 山名，指中嶽嵩山。庾信《哀江南賦》：「稟～華之玉石。」（華：西嶽華山。）

鬆 sōng 頭髮亂的樣子。陸龜蒙《自憐賦》：「首蓬～以半散。」泛指物品疏鬆，鬆散。陸游《春晚出遊》之一：「土～香草出瑤簪。」

悚 sǒng 恐懼。《潛夫論・慎微》：「人君聞此，可以～懼。」《後漢書・王允傳》：「卓怒，召將殺之，眾人～慄。」（卓：指董卓。）今成語有「毛骨悚然」。

竦 sǒng ❶ 伸長脖子、抬起腳跟站着。《漢書・韓王信傳》：「士卒皆山東人，～而望歸。」❷ 高聳，高起。曹操《步出夏門行・觀滄海》：「山島～峙。」❸ 肅敬，恭敬。《韓非子・說疑》：「卑身賤體，～心白意。」（白意：指心意坦蕩。）❹ 同「悚」。恐懼，驚懼。《韓非子・初見秦》：「棄甲負弩，戰～而卻。」❺ 勸誡。《漢書・揚雄傳下》：「乃時以有年出兵，整輿～戎。」（輿：車。戎：戎人。）

嵷 sǒng ［嵱嵷］見432頁「嵱」字條。

慫 sǒng ❶ ［慫兢］驚慌。張衡《西京賦》：「怵悼慄而～～。」❷ ［慫慂］從旁鼓動。王安石《和吳沖卿雪詩》：「造物誰～～？」

聳 sǒng ❶ 耳聾。馬融《廣成頌》：「子野聽～，離朱目眩。」❷ 高聳，高起。陶潛《和郭主簿》之二：「陵岑～逸峯，遙瞻皆奇絕。」柳宗元《種柳戲題》：「～幹會參天。」（幹：樹幹。）❸ 敬，敬重。《國語・楚語上》：「昔殷武丁能～其德，至于神明。」（武丁：殷高宗。）引申為獎，獎勵。《國語・楚語上》：「教之春秋，而為之～善而抑惡焉。」❹ 恐懼。《左傳・成公十四年》：

「大夫聞之，無不～懼。」《韓非子・內儲說上》：「於是吏皆～懼，以為君神明也。」

宋 sòng ❶周代諸侯國名，周武王封殷後代於宋。❷朝代名。1. 南北朝時劉裕所建（公元 420 － 479 年）。2. 五代末趙匡胤所建（公元 960 － 1279 年）。

送 sòng ❶送行。《詩經・邶風・燕燕》：「之子于歸，遠～于野。」（之子：這個女子。歸：出嫁。）《荀子・禮論》：「賓出，主人拜～。」❷運送，傳送。《墨子・雜守》：「外宅粟米畜產財物諸可以佐城者，～入城中。」❸贈送。《儀禮・聘禮》：「賓再拜稽首～幣。」（再拜、稽首：古代的兩種跪拜禮。）

【辨析】送、遺。見 404 頁「遺」字條。

訟 sòng ❶爭論，爭辯。《淮南子・俶真》：「儒墨乃始列道而議，分徒而～。」今成語有「聚訟紛紜」。引申為訴訟，打官司。《論語・顏淵》：「聽～，吾猶人也，必也使無～乎！」❷責備。《論語・公冶長》：「吾未見能見其過而內自～者也。」❸為人辯冤。《漢書・陳湯傳》：「湯下獄當死，太中大夫谷永上疏～湯曰。」❹通「公 gōng」。公開。《淮南子・兵略》：「夫有形埒者，天下～見之。」《史記・呂太后本紀》：「太尉尚恐不勝諸呂，未敢～言誅之。」❺通「頌 sòng」。頌揚。《漢書・王莽傳上》：「深～莽功德。」

頌 sòng 見 431 頁「頌」㊁。

誦 sòng ❶背誦，朗讀。《論語・子路》：「～《詩》三百，授之以政，不達。」（不達：行不通。）《漢書・賈誼傳》：「以能～詩書屬文稱於郡中。」❷述說，陳述。《孟子・告子下》：「子服桀之服，～桀之言，行桀之行，是桀而已矣。」❸詩，詩篇。《詩經・大雅・烝民》：「吉甫作～，穆如清風。」（吉甫：尹吉甫，人名。穆：和暢，和美。）❹通「公 gōng」。公開。《漢書・高后紀》：「勃尚恐不勝，未敢～言誅之。」（勃：周勃。）

【辨析】1. 誦、諷。見 142 頁「諷」字條。2. 誦、讀。見 113 頁「讀」字條。

sou

叟 sōu 見 480 頁「叟」㊁。

搜 ㊀ sōu ❶搜索，尋求。《莊子・秋水》：「於是惠子恐，～於國中三日三夜。」韓愈《進學解》：「獨旁～而遠紹。」（旁：普遍。紹：繼。）

㊁ shǎo ❷［搜攪］擾亂。韓愈《岳陽樓別竇司直》：「炎風日～～。」

狻 sōu 春季打獵。泛指打獵。《禮記・祭義》：「頒禽隆諸長者，而弟達乎～狩矣。」（頒：分。隆：多。弟：悌。）

廋 sōu ❶隱藏，隱匿。《論語・為政》：「人焉～哉！」《淮南子・詮言》：「日月～而無溉於志。」（溉：同「概」，感。）［廋辭］隱語，謎語。《國語・晉語五》：「有秦客～～於朝，大夫莫之能對也。」❷彎曲之處。劉向《九歎・憂苦》：「步從容於山～。」❸通「搜 sōu」。搜索。《漢書・趙廣漢傳》：「～索私屠沽。」（私：私家。屠沽：宰牲和賣酒，指屠宰和賣酒的處所。）

溲 sōu 見 480 頁「溲」㊁。

蒐 sōu ❶草名，即茜草。《山海經・中山經》：「其陽多玉，其陰多～。」❷春天打獵。《管子・小匡》：「春以田曰～。」（田：打獵。）❸檢閱。《左傳・宣公十四年》：「告於諸侯，～焉而還。」❹隱藏。《左傳・文公十八年》：「服讒～慝，以誣盛德。」（服：行。慝 tè：邪惡。盛德：指有盛德之人。）❺通「搜 sōu」。搜集，尋找。陸機《辨亡論上》：「於是講八代之禮，～三王之樂。」

艘 sōu 船的總稱。《抱朴子・博喻》：「瓊～瑤楫，無涉川之用。」又量詞，用於船隻。曹丕《浮淮賦》：「浮飛舟之萬～兮。」

醙 sōu 白米酒。《儀禮・聘禮》：「～黍清皆兩壺。」（黍：黍酒。清：清酒。）

S

鎪 sōu 刻鏤。左思《魏都賦》：「木無雕～。」

颼 sōu [颼飀] 風聲。左思《吳都賦》：「與風飆揚，颼瀏～～。」(飆揚：隨風搖動的樣子。颼瀏：風聲。)[颼颼] 1. 風雨聲。趙壹《迅風賦》：「啾啾～～，吟嘯相求。」2. 寒冷的樣子。蘇軾《韋偃牧馬圖》：「風發霧鬣寒～～。」

叟 ㊀ sǒu ❶ 老年男子。《孟子・梁惠王上》：「王曰：『～，不遠千里而來，亦將有以利吾國乎？』」今成語有「童叟無欺」。

㊁ sōu ❷ [叟叟] 淘米聲。《詩經・大雅・生民》：「釋之～～。」(釋：淘米。)

溲 ㊀ sǒu ❶ 浸，泡。《儀禮・士虞禮》：「明齊～酒。」(明齊：祭祀所用的穀物。)

㊁ sōu ❷ 排泄大小便。《國語・晉語四》：「少～于豕牢。」(豕牢：豬圈。) ❸ 淘洗。《聊齋志異・小謝》：「析薪～米。」

瞍 sǒu 眼睛沒有瞳人的盲人。《國語・晉語四》：「矇～不可使視。」(矇 méng：盲人。) 代指樂官，古代用盲人充當樂官。《詩經・大雅・靈臺》：「矇～奏公。」

【辨析】瞍、矇、瞽。見 172 頁「瞽」字條。

嗾 sǒu ❶ 喚狗的聲音。《左傳・宣公二年》：「公～夫獒焉。」(獒 áo：猛犬。) ❷ 唆使，讓人做壞事。《宋史・余玠傳》：「又陰～世安密求玠之短，陳於帝前。」

擻 sǒu [抖擻] 見 111 頁「抖」字條。

S

藪 sǒu ❶ 大的湖澤。《呂氏春秋・有始》：「澤有九～。」也指水淺而草木茂盛的沼澤。《詩經・鄭風・大叔于田》：「叔在～，火烈具舉。」(叔：指大叔段。) 比喻人或物聚集的地方。《後漢書・伏湛傳》：「智略謀慮，朝之淵～。」❷ 通「搜 sōu」。搜求。《晉書・李重傳》：「耽道窮～，老而彌新。」(耽：沉湎。彌：更加。)

嗽 (㰱) ㊀ sòu ❶ 咳嗽。《周禮・天官・疾醫》：「冬時有～，上氣疾。」

㊁ shuò ❷ 吮吸。《論衡・驗符》：「民～吮之，甘如飴蜜。」嵇康《五言古意》：「抗首～朝露。」

㊂ shù ❸ 同「漱」。漱口。《史記・扁鵲倉公列傳》：「即為苦參湯，日～三升。」

su

甦 sū 復活，蘇醒。蕭衍《淨業賦》序：「獨夫既除，蒼生～息。」

【辨析】甦、蘇、穌。見 480 頁「蘇」字條。

酥 sū ❶ 牛羊乳製成的食品，也叫酥油。《北史・真臘國傳》：「飲食多～酪沙糖。」❷ 鬆脆的食品。蘇軾《戲劉監倉求米粉餅》：「更覓君家為甚～。」

窣 sū△ [窸窣] 見 542 頁「窸」字條。

穌 sū 復蘇，復活。劉義慶《幽明錄》：「石長和死四日～。」

【辨析】穌、蘇、甦。見 480 頁「蘇」字條。

蘇 (蘓) sū ❶ 草名，即紫蘇。枚乘《七發》：「秋黃之～。」❷ 割草，取草。《史記・淮陰侯列傳》：「樵～後爨。」(樵：打柴。) 又為割草的人。左思《魏都賦》：「樵～往而無忌。」(忌：禁止。) 引申為取。《管子・法禁》：「漁利～功。」屈原《離騷》：「～糞壤以充幃兮。」(幃：指佩帶在身上的香囊。) ❸ 死而復生，蘇醒。《左傳・宣公八年》：「晉人獲秦諜，殺諸絳市，六日而～。」(絳：晉國都城。)《史記・扁鵲倉公列傳》：「有間，太子～。」(有間：一會兒。) 引申為得到解救，緩解。《尚書・仲虺之誥》：「徯予后，后來其～。」(徯 xī：等待。予：我。后：君。) 杜甫《江漢》：「秋風病欲～。」

【辨析】蘇、穌、甦。三字都有「死而復生」之義。「蘇」本義為草名，「穌」為用耙梳取禾葉。「死而復生」蓋均為借義。文獻中以用「蘇」為多，「甦」為「蘇」的後起字。依《說文》，有「㱙」字，曰：「死而復生為㱙。」然文獻中未見「㱙」字。

俗 sú△ ❶ 風俗，習慣。《老子》第八十章：「安其居，樂其～。」❷ 當代社會，一般人。《孟子・梁惠王下》：「寡人非能好先王之樂也，直好世～之樂耳。」司馬遷《報任安書》：「悲夫，悲夫，事未易一二為～人言也。」引申為粗野的，格調不高的。《世說新語・巧藝》：「神明太～！」（神明：指神情。）❸ 塵世，與佛教出家為僧相對。許渾《記夢》：「塵心未盡～緣在。」

夙 sù△ ❶ 朝，早晨。《詩經・衛風・氓》：「～興夜寐，靡有朝矣。」引申為早，早年。《後漢書・袁術傳》：「又聞幼主明智聰敏，有～成之德。」李密《陳情表》：「臣以險釁，～遭閔凶。」❷ 平素，往昔。《後漢書・劉虞傳》：「遠近豪俊～僭奢者，莫不改操而歸心焉。」白居易《祭崔常侍文》：「～志莫伸，幽憤何極！」❸ 通「肅 sù」。肅敬。《詩經・大雅・生民》：「載震載～，載生載育。」（震：通「娠」，懷孕。）

素 sù ❶ 未經染色的生絹。《孟子・滕文公上》：「冠～。」《淮南子・齊俗》：「夫～之質白，染之以涅則黑。」（涅 niè：黑泥。）泛指未經染色的，白色的。《呂氏春秋・情欲》：「墨子見染～絲者而歎。」司馬相如《美人賦》：「～雪飄零。」又特指喪服的顏色。《左傳・僖公三十三年》：「秦伯～服郊次。」（次：臨時駐紮。）❷ 質樸，不加修飾。《呂氏春秋・知度》：「不雕其～。」《淮南子・齊俗》：「遺形去智，抱～反真。」❸ 空，白白地。《詩經・魏風・伐檀》：「彼君子兮，不～餐兮。」《左傳・定公十二年》：「與其～厲，寧為無勇。」（素厲：空有勇猛之名。）今成語有「尸位素餐」。❹ 蔬果類食品。《管子・禁藏》：「果蓏～食當十石。」（蓏 luǒ：瓜。）後指無肉的食品。《漢書・霍光傳》：「居道上，不～食。」❺ 誠心，真情。後來寫作「愫」。《戰國策・秦策三》：「竭智能，示情～。」❻ 平素，向來。司馬遷《報任安書》：「夫僕與李陵俱居門下，～非能相善也。」《世說新語・識鑒》：「二人～善，遂十餘日方還。」今成語有「素昧平生」。

涑 sù△ 水名，在山西西南部。《國語・晉語二》：「汾、河、～、澮以為渠。」

梀 sù△ 短椽。《說文》：「～，短椽也。」《營造法式・椽》：「短椽，其名有二，一曰～，二曰禁楄。」

速 sù△ ❶ 快，迅速。《荀子・樂論》：「夫聲樂之入人也深，其化人也～。」❷ 招致。《詩經・召南・行露》：「何以～我獄。」（獄：訴訟，打官司。）又為迎請，邀請。《荀子・樂論》：「主人親～賓及介。」（介：為賓主傳話的人。）今成語有「不速之客」。

【辨析】速、疾、捷、快、迅。見 223 頁「疾」字條。

宿 ㊀ sù△ ❶ 住宿，過夜。《詩經・邶風・泉水》：「出～于泲。」《論語・微子》：「止子路～。」（止：留。）也指住宿的地方，住所。《周禮・地官・遺人》：「三十里有～，～有路室。」❷ 夜。《戰國策・趙策三》：「不出～夕，人必危之矣。」也指前一夜。《莊子・逍遙遊》：「適百里者，～舂糧。」❸ 隔年的。屈原《離騷》：「夕攬洲之～莽。」《漢書・武帝紀》：「勸有水災郡種～麥。」❹ 素來，一向。《三國志・蜀書・諸葛亮傳》：「權既～服仰備，又睹亮奇雅。」（權：孫權。備：劉備。）❺ 年老的，久於其事的。《戰國策・魏策二》：「田盼，～將也。」也指有名望的人。《後漢書・朱浮傳》：「辟召州中名～涿郡王岑之屬。」（辟 bì：徵召。）㊁ xiù ❻ 星宿，特指二十八宿。《論衡・祀義》：「天有列～。」《列子・天瑞》：「日月星～不當墜邪？」

粟 sù△ ❶ 穀子，也指小米。《呂氏春秋・審時》：「是以得時之禾……其～圓而薄糠。」泛指穀物，糧食。《左傳・僖公十三年》：「秦於是乎輸～于晉。」❷ 形似粟的顆粒狀物。《山海經・南山經》：「西南流注于赤水，其中多白玉，多丹～。」特指皮膚因受冷而起的顆粒狀物。蘇軾《和陶貧士》：「無衣～我膚。」

【辨析】粟、穀、禾、黍、稷。見172頁「穀」字條。

訴 sù ❶ 告訴，訴說。《左傳・昭公二十五年》：「又～於公甫。」（公甫：人名。）白居易《琵琶行》：「似～平生不得志。」又特指誹謗，說別人的壞話。《左傳・僖公二十八年》：「或～元咺於衛侯。」（元咺 xuān：人名。）❷ 控訴，控告。《公羊傳・昭公三十一年》：「於是負孝公之周，～天子。」（負：背着。之：往。訴天子：向天子告狀。）《後漢書・陳寵傳》：「～訟日百數。」

【辨析】訴、告。見159頁「告」字條。

愫 sù 真誠，真情。陳亮《進中興五論劄子》：「嘗欲輸肝膽，效情～。」

塑 sù 用泥土塑像。《資治通鑑・後漢隱帝乾祐三年》：「～鬼於江上。」

溯（泝、遡） sù ❶ 逆流而上。《左傳・文公十年》：「沿漢～江，將入郢。」《後漢書・列女傳・姜詩妻》：「妻常～流而汲。」引申為追溯，推求。班固《典引》：「～測其源，乃先孕虞育夏。」（虞：指虞舜。）今成語有「溯本求源」。❷ 向，迎。《詩經・大雅・公劉》：「夾其皇澗，～其過澗。」（皇澗、過澗：二水名。）張衡《東京賦》：「～洛背河，左伊右瀍。」（洛、河、伊、瀍：水名。）

觫 sù△ ［觳觫］見200頁「觳」字條。

愬 ㊀ sù ❶ 告訴，訴說。《詩經・邶風・柏舟》：「薄言往～，逢彼之怒。」（薄言：動詞詞頭。）特指詆毀，進讒言。《論語・憲問》：「公伯寮～子路於季孫。」❷ 向着。潘岳《西征賦》：「～黃巷以濟潼。」（黃巷：地名。濟：渡過。潼：水名。）

㊁ sè△ ❸ 驚恐。《公羊傳・宣公六年》：「靈公望見趙盾，～而再拜。」［愬愬］驚恐的樣子。《周易・履》：「履虎尾，～～，終吉。」

肅 sù△ ❶ 恭敬。《左傳・僖公二十三年》：「其從者～而寬。」《韓非子・說疑》：「進退不～、應對不恭者斬於前。」引申為恭敬地以禮引進。《禮記・曲禮上》：「主人～客而入。」❷ 揖拜。《左傳・成公十六年》：「敢告不寧君命之辱，為事之故，敢～使者。」❸ 嚴肅，嚴格。《禮記・禮運》：「刑～而俗弊，則法無常。」引申為整飭。《呂氏春秋・知接》：「苛病起，朝不～。」（朝：指朝政。）❹ 萎縮，衰敗。《呂氏春秋・季春》：「季春行冬令，則寒氣時發，草木皆～。」❺ 敏捷，快捷。《左傳・成公二年》：「此城濮之賦也，有先君之明與先大夫之～，故捷。」《國語・晉語七》：「知羊舌職之聰敏～給也，使佐之。」

蔌 sù△ 蔬菜。《詩經・大雅・韓奕》：「其～維何？維筍及蒲。」歐陽修《醉翁亭記》：「山肴野～。」（山肴：野味，用山野裏捕殺的鳥獸做的菜。）

蓿 sù△ ［苜蓿］見358頁「苜」字條。

餗 sù△ 鼎內的食物。《周易・鼎》：「鼎折足，覆公～。」

縮 sù△ ［縮縮］高聳挺直的樣子。《晉書・王戎傳》：「陳道寧～～如束長竿。」

橚 sù△ ［橚矗］樹木挺直的樣子。左思《吳都賦》：「～～森萃。」［橚爽］草木茂盛的樣子。張衡《西京賦》：「～～橚槮。」（橚槮：草木茂盛的樣子。）

謖 sù△ ❶ 起，起來。《禮記・祭統》：「是故尸～。」（尸：代表死者受祭的人。）❷ 肅敬。《後漢書・蔡邕傳》：「公子～爾斂袂而興。」（爾：形容詞詞尾。袂 mèi：衣袖。興：起。）

礵 sù△ 黑色的磨刀石。《山海經・中山經》：「門水出焉，而東北流注于河，其中多玄～。」

蹜 sù△ ［蹜蹜］腳步密而狹的樣子。《論語・鄉黨》：「足～～如有循。」（循：沿循。）

驌 sù△ ［驌驦］良馬名。《後漢書・馬融傳》：「登於疏鏤之金路，六～～之玄龍。」字也作「驌驦」。張協《七命》：「駕紅陽之飛燕，驂唐公之～～。」

鷫 sù△ ［鷫鷞 shuāng］鳥名，雁的一種。《淮南子・本經》：「鴻鵠～～、稻粱饒餘。」

suan

狻 suān ［狻麑］獸名。即獅子。《穆天子傳》卷一：「～～□野馬走五百里。」

酸 suān ❶ 酸，醋的味道。《呂氏春秋・本味》：「調和之事，必以甘～苦辛鹹。」（辛：辣。）又：「～而不酷。」（酷：甚，過分。）❷ 痠痛。《素問・長刺節論》：「骨髓～痛。」《晉書・皇甫謐傳》：「四肢～重。」這個意義又寫作「痠」。《素問・刺虐論》：「先足脛～痛者，先刺足陽明十指間出血。」❸ 辛酸，悲痛。《後漢書・列女傳・皇甫規妻》：「辭甚～愴。」（愴 chuàng：悲傷。）杜甫《自京赴奉先縣詠懷五百字》：「撫跡猶～辛。」❹ 迂腐。范成大《次韻和宗偉閱番樂》：「洗淨書生氣味～。」

【辨析】酸、酢、醯。見 81 頁「酢」字條。

篹 ㊀ suǎn ❶ 一種竹製祭祀器具。《禮記・明堂位》：「薦用玉豆雕～。」（薦：進獻。豆：食器。）
㊁ zhuàn ❷ 纂集，編纂。《漢書・藝文志》：「門人相與輯而論～，故謂之《論語》。」❸ 設置飯食。《漢書・元后傳》：「獨置孝元廟故殿以為父母～食堂。」

筭 suàn ❶ 計數的籌碼。《儀禮・大射禮》：「若左右鈞，則左右各持一～以告。」《論衡・感虛》：「猶筯撞鍾，～擊鼓也。」（筯 zhù：筷子。）❷ 數，計算。《儀禮・燕禮》：「無～爵。」（爵：飲酒器。）枚乘《七發》：「孔、老覽觀，孟子持籌而～之，萬不失一。」引申為謀劃。陸機《弔魏武帝文》：「長～屈於短日。」（屈：指受挫折。短日：指壽命短。）

【辨析】筭、算。依《說文》，「筭」為名詞，云：「長六寸，計歷數者。」「算」為動詞，云：「數（shǔ）也。」然文獻中同義通用。

算 suàn ❶ 數，計算。《漢書・律曆志上》：「所以～數事物，順性命之理也。」《後漢書・皇后紀序》：「漢法，常因八月～人。」（漢法：漢代的法律。）❷ 謀劃。《孫子・計》：「夫未戰而廟～勝者，得～多也。」❸ 同「筭」。古代計數的籌碼。《禮記・投壺》：「～，長尺二寸。」❹ 竹製的食器。《史記・汲黯鄭當時列傳》：「然其餽遺人，不過～器食。」（遺 wèi：贈送。）

【辨析】算、筭。見 483 頁「筭」字條。

sui

荽 suī ［胡荽］又名芫荽，俗稱香菜。《齊民要術・種葱》：「葱中亦種～～。」《本草綱目・菜部・胡荽》：「張騫使西域始得種歸，故名～～。」

睢 suī 見 210 頁「睢」㊁。

蓑 suī 見 486 頁「蓑」㊁。

雖 suī ❶ 連詞。表示承認某種事實的轉折。雖然，儘管。《詩經・大雅・文王》：「周～舊邦，其命維新。」《孟子・告子上》：「～與之俱學，弗若之矣。」（若：如。）❷ 連詞。表示讓步的假設。即使，縱使。屈原《離騷》：「～九死其猶未悔。」《列子・湯問》：「～我之死，有子存焉。」

隋 suí 見 120 頁「隋」㊁。

綏 ㊀ suí ❶ 登車時用作拉手的繩子。《左傳・宣公十二年》：「授趙旃～，以免。」《呂氏春秋・貴生》：「王子搜援～登車。」❷ 安撫。《左傳・僖公四年》：「君若以德～諸侯，誰敢不服？」《鹽鐵論・備胡》：「務以德安近而～遠。」❸ 退軍。《左傳・文公十二年》：「宣子曰：『秦獲穿也，獲一卿矣。秦以勝歸，我何以報？』乃皆出戰，交～。」（穿：趙穿，人名。）❹ 止，制止。《國語・齊語》：「～謗言。」
㊁ ruí ❺ 一種旗杆頂飾有旄牛尾的旗子。《禮記・明堂位》：「夏后氏之～。」

隨 suí ❶ 跟隨，跟從。《老子》第二章：「前後相～。」《韓非子・揚權》：「主失其神，虎～其後。」引申為沿着，順着。《尚書・益稷》：「～山刊木。」（刊：砍伐。）又引申為順應。《淮南子・齊俗》：「故聖人論世而立法，～時而舉事。」今成語有「入鄉隨俗」。❷ 聽任，聽從。《史記・魏世家》：「聽使者之惡之，～安陵氏而亡之。」楊惲《報孫會宗書》：「然竊恨足下不深惟其終始，而猥～俗之毀譽也。」（惟：思。猥：隨便地。）今成語有「隨心所欲」。❸ 副詞。隨即，接着。司馬遷《報任安書》：「今舉事一不當，而全軀保妻子之臣，～而媒孽其短。」（媒孽：酒麴。用如動詞，釀的意思。）❹ 周代諸侯國名。《呂氏春秋・首時》：「昭王出奔～。」

髓 suǐ 骨髓。《呂氏春秋・過理》：「截涉者脛而視其～。」（涉者：涉水的人。脛：小腿。）《素問・解精微論》：「～者，骨之充也。」又比喻事物的精華。李咸用《讀睦修上人歌篇》：「筆頭滴滴文章～。」泛指類似骨髓的東西。庾信《道士步虛詞》：「石～香如飯。」

祟 suì 鬼神帶給的禍害。《莊子・天道》：「其鬼不～。」《戰國策・齊策四》：「寡人不祥，被於宗廟之～。」（被：遭受。宗廟：代指祖宗神靈。）

碎 suì 破碎。《呂氏春秋・貴卒》：「衣鐵甲操鐵杖以戰，而所擊無不～。」（衣 yì：穿。）引申為瑣碎，繁瑣。劉歆《移書讓太常博士》：「煩言～辭，學者罷老，且不能究其一藝。」（罷：通「疲」，疲憊。）

歲 suì ❶ 木星。即歲星。《左傳・襄公二十八年》：「～在星紀。」（星紀：十二星次之一。）又指假想的歲星，即太歲。《呂氏春秋・序意》：「維秦八年，～在涒灘。」（涒 tūn 灘：太歲年名，即申年。）❷ 年。歲星運行一次為一歲，後泛指一年為一歲。《尚書・堯典》：「朞，三百有六旬有六日，以閏月定四時成～。」《詩經・王風・采葛》：「一日不見，如三～兮。」又指光陰，時間。《論語・陽貨》：「日月逝矣，～不我與。」❸ 表示年齡的單位。《呂氏春秋・制樂》：「今夕熒惑其徙三舍，君延年二十一～。」（熒惑：火星。徙：遷，移，這裏是後退的意思。舍：星運行停留之處。）泛指年齡。韓愈《入關詠馬》：「～老豈能充上駟？」❹ 收成，年景。《左傳・昭公三十二年》：「閔閔焉如農夫之望～。」（閔閔：憂愁的樣子。）

【辨析】歲、年、祀、載。見364頁「年」字條。

遂 suì ❶ 田間水溝。《周禮・考工記・匠人》：「匠人為溝洫……廣二尺，深二尺，謂之～。」又特指水道，水渠。《荀子・大略》：「迷者不問路，溺者不問～。」引申為道路。《墨子・號令》：「當～材木不能盡內，即燒之，無令客得而用之。」（內：古「納」字。）❷ 前進。《周易・大壯》：「羝羊觸藩，不能退，不能～。」（羝 dī 羊：公羊。藩：籬笆。）又為進用，舉薦。《呂氏春秋・孟夏》：「命太尉贊傑俊，～賢良。」（贊：稟告，此指舉薦。）❸ 順遂，通達。《淮南子・精神》：「何往而不～？」引申為成，順利地做到。《呂氏春秋・下賢》：「文王造之而未～。」（造：開始。）又引申為成長，順利地生長。韓愈《答李翊書》：「根之茂者其實～。」❹ 古代都城郊外的行政區劃。《尚書・費誓》：「魯人三郊三～。」又為轄五縣的行政區域。《周禮・地官・遂人》：「五縣為～。」❺［夫遂］古代取火的金屬器具。《周禮・秋官・司烜氏》：「掌以～～取明火於日。」「遂」也作「燧」。❻ 副詞。最終，終於。《史記・孫子吳起列傳》：「～成豎子之名。」（豎子：等於說「小子」。）《世說新語・排調》：「桓玄素輕桓崖。崖在京下有好桃，玄連就求之，～不得佳者。」又為於是，就。《左傳・僖公四年》：「蔡潰，～伐楚。」

誶 suì ❶ 責備，責罵。《國語・吳語》：「吳王還自伐齊，乃～申胥。」（申胥：申包胥，人名。）❷ 勸諫。屈原《離騷》：「謇朝～而夕替。」（謇 jiǎn：忠貞的樣子。替：廢，指被廢黜。）❸ 告知。《漢書・敘傳上》：「既～爾以吉象兮。」

隧 suì ❶ 隧道，地道。《左傳・隱公元年》：「大～之中，其樂也融融。」

S

（融融：快樂的樣子。）特指墓道。《周禮・春官・冢人》：「以度為丘～。」（度：法度。丘：墳墓。）《後漢書・陳蕃傳》：「民有趙宣，葬親而不閉埏～。」（埏 yán：墓道。）引申為通道，道路。《左傳・襄公十八年》：「夙沙衛連大車以塞～而殿。」（夙沙衛：人名。殿：殿後，行軍走在最後。）《莊子・馬蹄》：「山無蹊～，澤無舟梁。」（蹊：小路。）❷ 通「遂 suì」。郊外的地方。《史記・魯周公世家》：「魯人三郊三～。」❸ 通「燧 suì」。烽火亭。班彪《北征賦》：「登障～而遙望兮。」（障：邊塞上用作防禦的城堡。）王粲《七哀詩》之三：「登城望亭～，翩翩飛戍旗。」❹ 通「墜 zhuì」。墜落。《淮南子・說林》：「懸垂之類，有時而～。」

璲 suì 瑞玉。《詩經・小雅・大東》：「鞙鞙佩～。」（鞙鞙 xuànxuàn：佩玉的樣子。）

檖 suì 樹名。《詩經・秦風・晨風》：「隰有樹～。」（隰 xí：低濕的地方。）

穗 suì 穀類結實的部分。《詩經・王風・黍離》：「彼稷之～。」《呂氏春秋・審時》：「得時之稻……～如馬尾。」泛指穗狀花實。謝良輔《孟冬》：「荻～軟如綿。」比喻燈花，燭花。韓偓《懶卸頭》：「時復見殘燈，和煙墜金～。」范成大《晚步宣華舊苑》：「目眚昏花燭～垂。」（眚 shěng：眼睛長白翳。）

燧 suì ❶ 古代取火器材。或為木，或為金。《韓非子・五蠹》：「有聖人作，鑽～取火以化腥臊。」此指木燧。《周禮・考工記・輈人》：「謂之鑑～。」（鑑：取水於月的器具。）此指金燧。❷ 火炬之類。《左傳・定公四年》：「王使執～象以奔吳師。」曹植《應詔》：「前驅舉～，後乘抗旆。」（抗：舉。）❸ 古代邊防報警的烽火。《墨子・號令》：「與城上烽～相望。」也指烽火臺。《後漢書・西羌傳序》：「邊海亭～相望焉。」

【辨析】燧、烽。見 140 頁「烽」字條。

邃 suì 深遠。屈原《離騷》：「閨中既以～遠兮，哲王又不寤。」（哲：明智。寤：醒悟。）宋玉《招魂》：「高堂～宇，檻層軒些。」（些：語氣詞。）引申為精深。《漢書・任敖傳》：「而尤～律曆。」

襚 suì 給死者穿衣服。《左傳・襄公二十九年》：「楚人使公親～。」又為向死者贈衣被。《儀禮・士喪禮》：「君使大～。」

繐 suì 細而疏的麻布，古多用來做喪服。《禮儀・喪服》：「～衰裳，牡麻絰。」

sun

孫 ㊀ sūn ❶ 兒子的兒子。《左傳・桓公二年》：「靖侯之～欒賓傅之。」（欒賓：人名。傅之：輔佐他。）又指孫子以後的各代。《詩經・魯頌・閟宮》：「周公之～，莊公之子。」（魯莊公之子為魯僖公，距周公已十餘代。）❷ 植物再生的或孳生的。《周禮・春官・大司樂》：「～竹之管。」蘇軾《煮菜》：「蘆菔生兒芥有～。」也指脈絡的細小分支。《靈樞・脈度》：「經脈為裏，支而橫者為絡，絡之別者為～。」

㊁ xùn ❸ 恭順，謙讓。《禮記・緇衣》：「恭而莅之，則民有～心。」（莅 lì：臨。）❹ 出奔，逃亡。《春秋・莊公元年》：「夫人～于齊。」

飧 sūn 晚飯。《孟子・滕文公上》：「賢者與民並耕而食，饔～而治。」（饔 yōng：早餐。「饔飧」都用如動詞，指自己做早飯、晚飯。）泛指熟食，飯食。《左傳・僖公二十三年》：「公子受～反璧。」杜甫《客至》：「盤～市遠無兼味。」（兼味：多樣的菜餚。）又為動詞。吃飯。《詩經・魏風・伐檀》：「彼君子兮，不素～兮。」（素飧：白吃飯。）

【辨析】飧、饔。在指稱熟食時，它們是同義詞；當二者對舉時，分別指晚飯、早飯。

隼 sǔn 一種兇猛的鳥，也叫「鶻」。《國語・魯語下》：「有～集于陳侯之庭而死。」

筍(笋) sǔn ❶ 竹筍。《詩經・大雅・韓奕》：「其蔌維何？

S

維～及蒲。」（蔌 sù：蔬菜。蒲 pú：指蒲草的嫩苗，可吃。）❷ 嫩竹的青皮。《尚書・顧命》：「敷重～席。」（敷：鋪置。）❸ 古代懸掛鐘磬的橫木。《周禮・春官・典庸器》：「帥其屬而設～虡。」（虡 jù：懸掛鐘磬的木柱。）❹ 同「榫」。接榫。《史記・孟子荀卿列傳》：「持方枘欲內圜鑿，其能入乎？」司馬貞《索隱》：「以方～而內之圜孔，不可入也。」（內 nà：使入內。圜：同「圓」。）

損 sǔn ❶ 減少。《周易・損》：「～下益上，其道上行。」《呂氏春秋・察今》：「雖人弗～益，猶若不可得而法。」（猶若：仍然。法：取法。）引申為喪失，損失。《商君書・慎法》：「以戰必～其將，以守必賣其城。」❷ 損害，傷害。《莊子・駢拇》：「若其殘生～性，則盜跖亦伯夷已。」

簨 sǔn 懸掛鐘磬的木架的橫木。《禮記・檀弓》：「有鐘磬而無～簴。」

suo

娑 suō ［娑娑］見 389 頁「娑」字條。

莎 suō 莎草，一種多年生草。《淮南子・覽冥》：「田無立禾，路無～薠。」（薠 fán：草名，似莎而大。）張籍《江村行》：「田頭刈～結為屋。」

梭 suō 梭子，織布機上引緯線的工具。《晉書・陶侃傳》：「網得一織～，以掛於壁。」李咸用《夜吟》：「落筆思成虎，懸～待化龍。」引申為量詞。指梭子往來的次數。王建《織錦曲》：「一～聲盡重一～。」

蓑 ㊀ suō ❶ 蓑衣，用草或棕毛製成的雨衣。《詩經・小雅・無羊》：「爾牧來思，何～何笠。」（笠：斗笠，用竹篾等製成的遮陽擋雨的帽子。）柳宗元《江雪》：「孤舟～笠翁，獨釣寒江雪。」❷ 用草覆蓋。《公羊傳・定公元年》：「仲幾之罪何？不～城也。」（仲幾：宋仲幾，人名。）
㊁ suī ❸ ［蓑蓑］下垂的樣子。張衡《南都賦》：「布綠葉之萋萋，敷華蕊之～～。」（萋萋：草茂盛的樣子。）

簑 suō ［簑衣］用竹葉或葦葉等編成的雨披。張志和《漁歌子》：「青箬笠，綠～～。」

縮 suō△ ❶ 用繩子捆起來。《詩經・大雅・綿》：「其繩則直，～版以載。」（版：築城用的夾板。）❷ 收縮，收斂。《呂氏春秋・遇合》：「孔子聞而服之，～頞而食之。」（頞 è：鼻樑。）《淮南子・覽冥》：「春秋～其和。」引申為退。《史記・屈原賈生列傳》：「夫固自～而遠去。」又引申為節省。陸游《秋穫歌》：「～衣節食勤耕桑。」❸ 取，抽取。《國語・楚語上》：「～於財用則匱。」（匱 kuì：缺乏。）《戰國策・秦策三》：「～閔王之筋，縣之廟梁。」（縣 xuán：懸掛。）❹ 縱，直。《儀禮・既夕禮》：「抗木橫三～二。」（抗木：車上擋土的木條。）❺ 濾酒。《左傳・僖公四年》：「爾貢苞茅不入，王祭不共，無以～酒。」（共：供給。）

所 suǒ ❶ 處所，地方。《詩經・魏風・碩鼠》：「樂土樂土，爰得我～。」（爰 yuán：於是，在這裏。）《呂氏春秋・達鬱》：「厥之諫我也，必於無人之～。」（厥：人名。）❷ 量詞。計算房舍及其他處所。班固《西都賦》：「離宮別館，三十六～。」《史記・扁鵲倉公列傳》：「刺足陽明脈，左右各三～。」（陽明脈：脈名。）❸ 不定數詞。表示約數。《史記・留侯世家》：「父去里～，復還。」（去：離開。里所：一里路左右。）《漢書・郊祀志》：「銅人皆生毛，長一寸～。」❹ 代詞。用在動詞或動詞性結構前，表示「……的人」或「……的事物」等。《論語・子路》：「君子於其～不知，蓋闕如也。」（蓋：大概。闕如：空缺。）《戰國策・趙策三》：「奪其～憎而予其～愛。」［所以］1. 表示方法或憑藉。《荀子・議兵》：「彼兵者，～～禁暴除害也。」韓愈《師說》：「師者，～～傳道受業解惑也。」2. 表示原因。《韓非子・五蠹》：「儒以文亂法，俠以武犯禁，而人主兼禮之，此～～亂也。」❺ 動詞詞頭。與「為」配合成「為……所……」式，表示被動。《史

S

記・淮陰侯列傳》：「否，必為二子～禽矣。」（禽：擒。）《漢書・霍光傳》：「衛太子為江充～敗。」

索 suǒ△ ❶ 搓繩子。《詩經・豳風・七月》：「晝爾于茅，宵爾～綯。」（爾：第二人稱代詞。于：詞頭。茅：用作動詞，採茅草。綯 táo：繩子。）引申為粗繩子，泛指繩子。《尚書・五子之歌》：「若朽～之馭六馬。」❷ 尋找。《荀子・君道》：「故君人者勞於～之，而休於使之。」《呂氏春秋・貴公》：「荊人有遺弓者，而不肯～。」又指探索，索取。《周易・繫辭上》：「探賾～隱。」（賾 zé：深奧。）《呂氏春秋・任數》：「顏回～米，得而爨之。」❸ 盡，全都。《孫子・用間》：「令吾間必～知之。」《史記・滑稽列傳》：「淳于髡仰天大笑，冠纓～絕。」❹ 孤獨。《禮記・檀弓上》：「吾離羣而～居，亦已久矣。」

【辨析】索、繩。見454頁「繩」字條。

瑣（瑣） suǒ ❶ 細微的玉聲。《說文》：「～，玉聲。」引申為細小，微小。《漢書・敍傳下》：「錯之～材，智小謀大。」（錯：晁錯。）❷ 連環，鎖鏈。後來寫作「鎖」。《後漢書・仲長統傳》：「古來繞繞，委曲如～。」（委曲：婉轉曲折。）❸ 門窗上雕刻或繪有連環圖案。鮑照《玩月城西門廨中》：「玉鈎隔～窗。」（玉鈎：指彎月。）因多用於宮門，所以代指宮禁。屈原《離騷》：「欲少留此靈～兮。」（靈：比喻君主。）

瑮 suǒ ❶ 同「瑣」。微小，瑣碎。阮籍《答伏義書》：「是又瞽夫所不能瞻，～蟲所不能解也。」❷ 連環，鎖鏈。後來寫作「鎖」。《墨子・備娥傳》：「以鐵～敷縣二脾上衡。」（敷：附着。縣：同「懸」。脾：疑作「陴」，城上女牆。）❸ 門窗上雕刻或繪有連環圖案。獨孤及《和贈遠》：「中庭桃李映～窗。」

鎖（鎖） suǒ ❶ 一種用鐵環鈎連而成的刑具。《漢書・王莽傳下》：「以鐵～琅當其頸。」（琅當：鎖住。）引申為拘繫，束縛。《漢書・敍傳上》：「貫仁誼之羈絆，繫名聲之韁～。」（仁誼：仁義。）❷ 用鑰匙才能打開的金屬封緘器具。盧仝《憶金鵝山沈山人》：「夜叉喜歡動關～，～聲撼地生風雷。」（撼 bó：擲。）又為上鎖，鎖住。王建《烏棲曲》：「夜深深宮殿門不～。」

些 ㊀ suò ❶ 句末語氣詞。宋玉《招魂》：「魂兮歸來，東方不可以託～。」（託：寄託。）

㊁ xiē ❷ 少許，一點兒。辛棄疾《鷓鴣天》：「東鄰蠶種已生～。」

S

T

ta

他 tā ❶別的，另外的。《詩經・小雅・巧言》：「～人有心，予忖度之。」王勃《滕王閣序》：「萍水相逢，盡是～鄉之客。」也指其他的人或事物。《孟子・梁惠王下》：「王顧左右而言～。」❷第三人稱代詞。《後漢書・方術傳》：「還～馬，赦汝罪。」辛棄疾《青玉案・元夕》：「眾裏尋～千百度，驀然回首，那人卻在，燈火闌珊處。」

它 ㊀ tā ❶別的，其他的。《詩經・小雅・鶴鳴》：「～山之石，可以攻玉。」㊁ tuó ❷同「駝」。《漢書・揚雄傳》：「毆橐～。」（橐 tuó 它：駱駝。）

塌 tā△ ❶坍塌，沉陷。杜甫《蘇端薛復筵簡薛華醉歌》：「忽憶雨時秋井～。」❷頹喪。杜甫《垂老別》：「～然摧肺肝。」❸下垂。陳琳《討曹操檄》：「垂頭～翼。」

蹹 tá△ 踏，踢。《戰國策・齊策一》：「其民無不吹竽……～踘者。」（踘：一種皮製的球。）

塔 tǎ△ 佛教建築物，梵語的音譯字，原是存放佛骨的地方，後又可收藏經卷、法器等。《魏書・釋老志》：「建宮宇，謂為～。～亦胡言，猶宗廟也，故世稱～廟。」

獺 tǎ△ 獸名。水獺、旱獺、海獺的統稱。通常指水獺。《孟子・離婁上》：「為淵驅魚者，～也。」

拓 tà 見675頁「拓」㊂。

沓 tà△ ❶重疊。《莊子・田子方》：「發之，適矢復～。」（言射出之箭正與前箭重疊。）江淹《橫吹賦》：「山～合而為一。」又為合，交會。揚雄《羽獵賦》：「出入日月，天與地～。」引申為多，紛多。枚乘《七發》：「～雜似軍行。」今成語有「紛至沓來」。❷輕慢，懈怠。《國語・鄭語》：「其民怠～其君。」❸貪婪。《國語・鄭語》：「其民～貪而忍，不可因也。」（忍：殘忍。因：依靠。）

荅 tà 見87頁「荅」㊁。

搨 tà△ ❶垂，垂下。陳琳《為袁紹檄豫州》：「簡練之臣，皆垂頭～翼，莫所憑恃。」❷拓印。王建《原王新居》之十一：「古碣憑人～。」（碣 jié：石碑。）

榻 tà△ ❶狹長而低的坐臥用具。《後漢書・徐稚傳》：「蕃在郡不接賓客，唯稚來特設一～，去則縣之。」（縣 xuán：懸。）古詩《為焦仲卿妻作》：「移我琉璃～，出置前窗下。」❷摹印，描摹。《書斷・購蘭亭序》：「帝命供奉～書人趙模、韓道政、馮承素、諸葛貞等四人，各～數本，以賜皇太子、諸王近臣。」

毾 tà△ ［毾㲪 dēng］有文采的細毛毯。《後漢書・西域傳》：「又有細布、好～～。」

遝 tà△ ❶及，到，等到。《墨子・迎敵祠》：「城之外，矢之所～。」又《非攻下》：「～至乎商王紂，天不序其德。」（序：順。）❷［雜遝］人聚積的樣子。《漢書・楚元王傳附劉向》：「～～眾賢，罔不肅和。」（罔：無。）

漯 tà△ ❶古水名，古黃河支流，故道在今山東境內。《尚書・禹貢》：「浮于濟、～，達于河。」❷低濕，潮濕。《春秋繁露・天地之行》：「是故春襲葛，夏居密陰，秋避殺風，冬避重～。」

T

韐 tà 見162頁「韐」㊂。

踏 tà△ 同「蹋」。❶ 踩。《齊民要術・種葵》：「人足踐～之乃佳。」《晉書・王湛傳附王述》：「雞子圓轉不止，便下牀以屐齒～之。」（雞子：雞蛋。屐 jī：木屐，一種底上有齒的木頭鞋。）❷ 親自到現場去。李石《論荊鄂兩軍戰守勝勢疏》：「同往新野一帶，～勘勝勢。」

【辨析】踏、蹈、踐、履、躡。見95頁「蹈」字條。

誻 tà△ ［誻誻］話語多的樣子。《荀子・正名》：「故愚者之言……～～然而沸。」

撻 tà△ ❶ 用鞭子或棍杖打。《尚書・說命下》：「其心愧恥，若～于市。」杜甫《自京赴奉先縣詠懷五百字》：「鞭～其夫家。」❷ 疾速。《詩經・商頌・殷武》：「～彼殷武，奮伐荊楚。」（此言荊楚叛殷，高宗迅疾攻伐它。）

毾 tà△ ［毾㲪 dēng］有文采的細毛毯。《世說新語・任誕》：「王子猷詣郗雍州，見有～～。」

緆 tà△ 用繩圈套人。《資治通鑑・唐則天后萬歲通天元年》：「契丹設伏橫擊之，飛索以～玄遇、仁節，生獲之。」（玄遇、仁節：人名。）

蹋 tà△ 踩。《說文》：「～，踐也。」《後漢書・東夷傳》：「舞輒數十人相隨～地為節。」（節：節拍。）又為踢。《漢書・戾太子劉據傳》：「山陽男子張富昌為卒，足～開戶。」（山陽：地名。戶：門。）

闒 tà△ ［闒茸］卑賤，卑下。賈誼《弔屈原賦》：「～～尊顯兮，讒諛得志。」司馬遷《報任安書》：「今以虧形為掃除之隸，在～～之中。」

闥 tà△ ❶ 門內，門屏之間。《詩經・齊風・東方之日》：「彼姝者子，在我～兮。」（姝：美麗。）引申為宮中小門。《漢書・高后紀》：「高后女主改制，不出房～。」又泛指門。《漢書・樊噲傳》：「噲乃排～直入。」（排：推開。）❷ 迅疾的樣子。嵇康《琴賦》：「～爾奮逸，風駭雲亂。」

tai

胎 tāi ❶ 人及哺乳動物孕於母體內的幼體。《禮記・王制》：「不殺～。」《淮南子・精神》：「三月而～。」❷ 根源，本源。《漢書・枚乘傳》：「福生有基，禍生有～。」❸ 器物坯子或內襯之物。惠演《正定府龍興寺鑄像記》：「用大木於鐵柱，於～上塑立大悲菩薩形象。」

台 tái 見604頁「台」㊁。

抬（擡） tái ❶ 舉，揚。曹唐《病馬》之五：「王良若許相～策，千里追風也不離。」岳飛《滿江紅》：「～望眼，仰天長嘯。」❷ 合力扛舉。白居易《馬墜強出贈同座》：「足傷遭馬墜，腰重倩人～。」（倩 qìng：請別人代做事。）

邰 tái 古國名，周始祖棄受封於此，在今陝西武功西南。《詩經・大雅・生民》：「即有～家室。」

苔 tái 青苔，苔蘚。《淮南子・泰族》：「窮谷之污，生以青～。」（污：停滯不流的水。）劉禹錫《陋室銘》：「～痕上階綠，草色入簾青。」

炱 tái 煙凝積成的黑灰。《呂氏春秋・任數》：「嚮者煤～入甑中。」代指黑色。《素問・風論》：「腎風之狀……其色～。」

跆 tái 踐踏。《漢書・天文志》：「因以張楚並興，兵相～籍，秦遂以亡。」（張楚：陳勝起義後的國號。）

臺 tái ❶ 高而平的建築物。《左傳・宣公二年》：「從～上彈人，而觀其辟丸也。」（辟 bì：躲避。丸：彈丸。）《世說新語・巧藝》：「～雖高峻，常隨風搖動，而終無傾倒之理。」❷ 中央政府機關。《世說新語・德行》：「丞相還～，及行，未嘗不送至車後。」韓愈《柳子厚墓誌銘》：「使子厚在～省時，自持其身，已能如司馬刺史時，亦自不斥。」❸ 奴隸中最低的一等。《左傳・昭公七年》：「人有十等……僚臣僕，僕臣～。」❹ 草名。

T

《詩經・小雅・南山有臺》：「南山有～，北山有萊。」

【說明】「台」「臺」在古代是意義各不相同的兩個字，「樓臺」等義，不能寫作「台」；星名的「三台」常比喻「三公」，因此「台」又有對人的敬稱義，如「兄台」，此義更不能寫作「臺」。現在「臺」簡化作「台」。

【辨析】臺、閣、亭、樓、榭。見161頁「閣」字條。

駘 ㊀ tái ❶馬嚼子脫落。《後漢書・崔駰傳附崔寔》：「馬～其銜。」❷劣馬。《呂氏春秋・貴卒》：「所為貴驥者，為其一日千里也，旬日取之，與駑～同。」比喻庸才。王韶之《贈潘綜吳逵舉孝廉》：「伊余朽～。」（伊：語氣詞。余：我。）❸踐踏。《史記・天官書》：「兵相～藉，不可勝數。」

㊁ dài ❹［駘蕩］舒緩放縱。《莊子・天下》：「惜乎惠施之才，～～而不得，逐萬物而不反。」❺疲頓。《北史・王思政傳論》：「率疲～之兵，當勁勇之卒。」

鮐 tái ❶魚名，也叫鯖。《史記・貨殖列傳》：「～鮆千斤。」（鮆 zī：魚名。）❷［鮐背］代指老人。《爾雅・釋詁上》：「～～，壽也。」郭璞注：「～～，背皮如鮐魚。」柳宗元《愈膏肓賦》：「善養命者，……鶴髮成童兒。」也單用「鮐」。《宋書・謝靈運傳》：「驅～稚於淮曲。」

大 tài 見88頁「大」㊂。

太 tài ❶大。《莊子・秋水》：「計中國之在海內，不似稊米之在～倉乎？」（稊 tí 米：小米粒。）［太牢］祭品中牛羊豕三牲具備叫「太牢」。《呂氏春秋・仲春》：「以～～祀于高禖。」（高禖：即郊禖。禖，主管嫁娶的媒神，其祠在郊外。）［太息］大聲歎息。屈原《離騷》：「長～～以掩涕兮。」❷過分。《韓非子・愛臣》：「齊之奪也，皆以羣臣之～富也。」引申為最，極。《呂氏春秋・論人》：「～上反諸己，其次求諸人。」❸對年長或輩分高的人的尊稱。《戰國策・趙策四》：「趙～后新用事。」《漢書・李廣蘇建傳附蘇武》：「來時～夫人已不幸。」❹安泰，安寧。《呂氏春秋・大樂》：「天下～平，萬物安寧。」

汰（汏） tài ❶洗去雜質，清洗。《晉書・孫綽傳》：「沙之～之，瓦礫在後。」引申為淘汰。《金史・宣宗紀中》：「命樞密院～罷軟軍士。」（罷：通「疲」。）❷水波。屈原《九章・涉江》：「乘舲船余上沅兮，齊吳榜以擊～。」（榜 bàng：船槳，櫓。）❸滑，掠過。《左傳・宣公四年》：「又射，～輈，以貫笠轂。」（輈 zhōu：車轅。笠轂：車蓋的弓骨聚合的地方。）❹通「泰 tài」。驕泰，奢侈。《左傳・昭公五年》：「～侈已甚，身亡災也。」《荀子・仲尼》：「閨門之內，般樂奢～。」（般 pán 樂：盛樂。）

泰 tài ❶卦名。《周易》六十四卦之一，卦形乾下坤上，為天地交通之象。《周易・泰》：「《象》曰：天地交，～。」引申為亨通，吉。潘岳《西征賦》：「豈地勢之安危，信人事之否～。」（否 pǐ：《周易》卦名，主凶。）今成語有「否極泰來」。又為安適，安定。《論語・子路》：「君子～而不驕。」今成語有「處之泰然」「泰然自若」。❷寬裕。《荀子・議兵》：「凡慮事欲孰，而用財欲～。」（孰：熟，周詳。）❸過分，太。《老子》第二十九章：「是以聖人去甚去奢去～。」引申為極。《淮南子・原道》：「～古二皇，得道之柄。」又為奢侈。《韓非子・六反》：「侈～則家貧，驕恣則行暴。」❹倨傲，驕縱。《論語・子罕》：「拜下，禮也；今拜乎上，～也。」（拜下：臣朝見君，先在堂下磕頭。）❺山名。泰山，為五嶽之一。《史記・孫子吳起列傳》：「夏桀之居，左河、濟，右～、華。」（華：華山。）

態 tài 姿態，情態。屈原《離騷》：「寧溘死以流亡兮，余不忍為此～也。」（溘 kè：忽然。）［態度］人的神情舉止。《呂氏春秋・去尤》：「人有亡鈇者，意其鄰之子，視其……動作～～，無為而不竊鈇也。」（亡：丟失。鈇 fū：斧子。意：懷疑，猜測。）

tan

貪 tān ❶貪財。《戰國策・齊策四》：「左右皆惡之，以為～而不知足。」引申為貪求，不知滿足地追求。《呂氏春秋・權勳》：「夫智伯之為人也～而無信。」韓愈《進學解》：「～多務得，細大不捐。」（捐：丟棄。）❷通「探 tàn」。探求。《後漢書・郭躬傳論》：「若乃推己以議物，捨狀以～情，法家之能慶延於世，蓋由此也。」

【辨析】貪、婪。見293頁「婪」字條。

嘽 ㊀ tān ❶［嘽嘽］1. 喘息的樣子。《詩經・小雅・四牡》：「～～駱馬。」2. 眾多而強盛的樣子。《詩經・大雅・常武》：「王旅～～。」

㊁ chǎn ❷寬舒的樣子。《禮記・樂記》：「其樂心感者，其聲～以緩。」

攤 tān ❶平鋪，展開。《齊民要術・種紅藍花梔子》：「於席上～而曝乾。」杜甫《又示宗武》：「覓句新知律，～書解滿牀。」❷分擔。張九齡《敕處分十道朝集使》之三：「遂使戶多虛掛，人苦均～。」

驒 tān 見516頁「驒」㊂。

灘 tān 江河中水淺多石而流急之處。《水經注・江水一》：「江水又東徑文陽～，～險難上。」又指河、湖、海邊泥沙淤積的平地。岑參《漁父》：「朝從～上飯，暮向蘆中宿。」

癱 tān 風癱，癱瘓。《金匱要略・中風歷節》：「風引湯除熱～癇。」

沈 tán 見55頁「沈」㊂。

倓 ㊀ tán ❶安靜。《荀子・仲尼》：「～然見管仲之能足以託國也。」

㊁ tàn ❷古代南方少數民族用來贖罪的財物。《後漢書・南蠻傳》：「殺人者得以～錢贖死。」

惔 tán ❶焚燒。《詩經・大雅・雲漢》：「如～如焚。」❷通「淡（澹）dàn」。恬靜，淡泊。《莊子・刻意》：「～而無為，動而以天行。」

郯 tán 古國名，相傳為少昊的後裔，在今山東郯城一帶。

覃 tán ❶長。《詩經・大雅・生民》：「實～實訏，厥聲載路。」（實：是。訏 xū：大。厥：其。載：充滿。）❷延，蔓延。《詩經・大雅・蕩》：「～及鬼方。」（鬼方：商周時我國西北地區部族名，泛指遠方。）❸深。《三國志・魏書・中山恭王袞傳》：「袞獨～思經典。」❹通「剡 yǎn」。鋒利。《詩經・小雅・大田》：「以我～耜，俶載南畝。」（耜 sì：犁一類農具。俶 chù：起土。南畝：泛指農田。）

儃 ㊀ tán ❶［儃佪］徘徊。屈原《九章・涉江》：「入漵浦余～～兮，迷不知吾所如。」（漵浦：水名。如：往。）❷通「禪 shàn」。禪讓，讓位。《法言・問明》：「允哲堯～舜之重，則不輕於由矣。」（允：誠。哲：知。輕：指輕易讓位。由：人名。）

㊁ tǎn ❸［儃儃］悠閒的樣子。《莊子・田子方》：「有一史後至者，～～然不趨。」（史：指畫師。趨：小步快走，表示恭敬。）

談 tán 交談，談論。《詩經・小雅・節南山》：「憂心如惔，不敢戲～。」（惔 tán：焚燒。）劉禹錫《陋室銘》：「～笑有鴻儒，往來無白丁。」又為言談，言論。《莊子・天下》：「然惠施之口～，自以為最賢。」（惠施：人名。）

憛 tán ［憛悇］貪圖的樣子。《淮南子・脩務》：「雖王公大人有嚴志頡頏之行者，無不～～癢心而悅其色矣。」（頡頏 jiéháng：倔傲。）

潭 ㊀ tán ❶深淵。屈原《九章・抽思》：「長瀨湍流，溯江～兮。」《水經注・江水》：「春冬之時，則素湍綠～，回清倒影。」❷深，深邃。《管子・侈靡》：「～根之毋伐。」郭璞《〈爾雅〉序》：「學覽者之～奧，摛翰者之華苑也。」（摛 chī 翰：指作文。）

㊁ xún ❸水邊。揚雄《解嘲》：「或橫江～而漁。」（漁：打魚。）

彈 tán 見92頁「彈」㊁。

T

蕈 tán 蘆葦一類的植物。《淮南子・詮言》：「席之先雚～。」

壇 tán ❶ 為舉行祭祀或其他典禮所築的土臺。《尚書・金縢》：「為～于南方北面，周公立焉。」泛指其他土臺式的東西。《山海經・南山經》：「又東五百里曰成山，四方而三～。」❷ 用土石築起的基址。《左傳・哀公元年》：「居不重席，室不崇～。」❸ 庭院。屈原《九章・涉江》：「燕雀烏鵲，巢堂～兮。」《淮南子・說林》：「腐鼠在～，燒薰於宮。」❹ 指某些領域或場所。歐陽修《答梅聖俞寺丞見寄》：「詩～推子將。」

橝 tán 屋簷。《說文》：「～，屋梠前也。」《營造法式・大木作制度二》：「檐，其名有十四。……九曰～。」

曇 tán 雲氣密佈，也指密佈的雲氣。楊慎《雨後見月》：「月華揚彩～。」[曇曇] 烏雲密佈的樣子。陸雲《愁霖賦》：「雲～～而疊結兮。」

錟 tán ❶ 長矛。《說文》：「～，長矛也。」厲鶚《焦山古鼎》：「惟王酬庸錫冊命，鑾旗鋚勒兼戈～。」（錫：賜予。鋚 tiáo：轡首銅飾。）❷ 通「銛 xiān」。鋒利。《史記・蘇秦列傳》：「強弩在前，～戈在後。」

檀 tán ❶ 樹名。《詩經・魏風・伐檀》：「坎坎伐～兮。」❷ 淺紅色，淺赭色。羅隱《牡丹》：「紅蕊當心一抹～。」韓偓《余作探使以繚綾手帛子寄賀因而有詩》：「～口消來薄薄紅。」❸ [檀欒] 秀美的樣子，多用來形容竹。枚乘《梁王菟園賦》：「修竹～～。」

壜 tán 罈子，一種陶器。許渾《夜歸驛樓》：「橋邊沽酒半～空。」

醰 tán 淳厚。左思《魏都賦》：「宅心～粹。」

譚 tán ❶ 延，延及。《管子・侈靡》：「上短下長，無度而用，則危本不稱，而祀～次祖。」（祀譚次祖：國敗絕祀之事延及次祖。）❷ 擴大，宏大。《大戴禮記・子張問入官》：「修業居久而～。」❸ 通「談 tán」。談論，說。《莊子・則陽》：「夫子何不～我於王？」今成語有「老生常譚」。「譚」也寫作「談」。

坦 tǎn ❶ 平直寬闊。《莊子・秋水》：「明乎～塗，故生而不說，死而不禍。」❷ 寬舒，開朗。《論語・述而》：「君子～蕩蕩，小人長戚戚。」引申為真誠，無隱瞞。《北史・李廣傳》：「～率無私。」《後漢書・儒林傳・孔僖》：「～如日月。」❸ 露出，敞開。《世說新語・雅量》：「唯有一郎在東牀上～腹臥。」《宋書・張永傳》：「義宣慮二人不相諧緝，與思話書，勸與永～懷。」

袒 ㈠ tǎn ❶ 脫掉上衣，露出身體的一部分。《左傳・莊公八年》：「～而示之背。」《史記・廉頗藺相如列傳》：「廉頗聞之，肉～負荊。」（負荊：背着荊杖，表示甘受責罰。）

㈡ zhàn ❷ 衣縫裂開。《說文》：「～，衣縫解也。」

【辨析】 袒、組、綻。「袒」是衣縫開裂，「組」是縫補衣服。「綻」是這兩字的後起字。

菼 tǎn 初生的荻。《詩經・衛風・碩人》：「葭～揭揭。」（葭：蘆葦。揭揭：高的樣子。）

毯 tǎn 一種細軟厚實的毛織物。《晉書・張軌傳》：「軌即遣參軍杜勳獻馬五百匹，～皮三萬匹。」白居易《紅線毯》：「太原～澀毛縷硬。」字也作「毲」。

僋 tǎn 見 491 頁「僋」㈡。

醓 tǎn 多汁的肉醬。《詩經・大雅・行葦》：「～醢以薦。」（醢：肉醬。薦：進獻。）

襢 tǎn [襢裼 xī] 脫去上衣露出身體的一部分。《詩經・鄭風・大叔于田》：「～～暴虎，獻于公所。」（暴虎：徒步搏虎。）也作「袒裼」。《孟子・公孫丑上》：「雖～～裸裎於我側，爾焉能浼我哉？」（裸裎 chéng：裸體。浼 měi：玷污。）

炭 tàn 木炭。《呂氏春秋・季秋》：「草木黃落，乃伐薪為～。」也指煤炭。蘇軾《石炭》：「豈料山中有遺寶，磊落如䃜萬車～。」（䃜 yī：黑色琥珀。）

T

[塗炭] 泥和炭火。比喻災難。《尚書・仲虺之誥》：「有夏昏德，民墜～～。」

倓 tàn 見491頁「倓」㊁。

探 tàn ❶摸取。《莊子・胠篋》：「將為胠篋～囊發匱之盜而為守備。」（胠 qū：從旁邊開。篋 qiè：箱子之類的器具。）❷探求，探尋。《周易・繫辭上》：「～賾索隱，鉤深致遠。」（賾 zé：深奧。）韓愈《送惠師》：「日攜青雲客，～勝窮崖濱。」引申為探測。《商君書・禁使》：「～淵者知千仞之深。」❸偵探，探聽。張籍《出塞》：「沙昏夜～遲。」杜牧《過華清宮絕句》之二：「數騎漁陽～使回。」

錟 tàn [舔錟] 見502頁「舔」字條。

撢 tàn ❶探求。《周禮・夏官・序官》「～人」鄭玄注：「～人主～序王意，以語天下。」❷[撢掞] 求取便利。《淮南子・俶真》：「～～挺挏世之風俗，以摸蘇牽連物之微妙。」

歎（嘆） tàn ❶歎息。《詩經・豳風・東山》：「婦～于室。」《論語・先進》：「夫子喟然～曰。」又為讚歎，讚美。《禮記・郊特牲》：「孔子屢～之。」《後漢書・孔融傳》：「文舉盛～鴻豫名實相副。」❷唱和，隨聲應和。《呂氏春秋・適音》：「清廟之瑟，朱弦而疏越，一唱而三～，有進乎音者矣。」（越 huó：瑟底小孔。唱：領唱。）引申為吟誦，歌唱。陸機《日出東南隅行》：「春遊良可～。」

賧 tàn 古代南方民族以財物贖罪。《魏書・劉裕傳》：「凡蠻夷不受鞭罰，輸財贖罪，謂之～。」

tang

湯 ㊀ tāng ❶沸水，熱水。《論語・季氏》：「見善如不及，見不善如探～。」《呂氏春秋・盡數》：「夫以～止沸，沸愈不止。」今成語有「赴湯蹈火」。❷中藥湯劑。《史記・扁鵲倉公列傳》：「太子起坐，更適陰陽，但服～二旬而復故。」《三國志・魏書・方技傳》：「又精方藥，其療疾，合～不過數種。」❸帶汁水的菜餚，食物煮後的汁水。王建《新嫁娘》：「三日入廚下，洗手作羹～。」❹商朝的開國之君。又稱成湯。《韓非子・姦劫弒臣》：「～得伊尹，以百里之地立為天子。」

㊁ tàng ❺燙。後來寫作「燙」。《山海經・西山經》：「～其酒百樽。」

㊂ shāng ❻[湯湯] 水勢浩大的樣子。《詩經・衛風・氓》：「淇水～～，漸車帷裳。」（漸 jiān：浸濕。帷裳：車圍子。）

【辨析】湯、羹。見164頁「羹」字條。

蕩 ㊀ tāng ❶[蕩水] 水名，後稱湯水，源出河南湯陰北。《漢書・地理志上》：「～～東至內黃。」（內黃：縣名。）

㊁ dàng ❷搖動。《左傳・僖公三年》：「齊侯與蔡姬乘舟于囿，～公。」（囿：指園池。）又引申為碰撞。柳宗元《三戒・黔之驢》：「稍近，益狎，～倚衝冒。」（倚：挨近。冒：冒犯。）❸洗滌，清除。《禮記・昏義》：「～天下之陰事。」《禮記・樂記》：「萬民咸～滌邪穢。」❹放蕩，放縱。《論語・陽貨》：「古之狂也肆，今之狂也～。」《荀子・榮辱》：「～悍者常危害。」❺平坦。《詩經・齊風・南山》：「魯道有～，齊子由歸。」（有：詞頭。齊子：指文姜。齊襄公的同父異母妹文姜嫁給魯桓公為妻。）❻博大，廣大。《左傳・襄公二十九年》：「美哉，～乎！」[蕩蕩] 1. 廣大遼闊的樣子。《尚書・洪範》：「無偏無黨，王道～～。」（黨：袒護。）2. 心胸寬廣的樣子。《論語・述而》：「君子坦～～。」

鏜 tāng 象聲詞。鐘鼓聲。《詩經・邶風・擊鼓》：「擊鼓其～，踴躍用兵。」

唐 táng ❶庭院內或宗廟內的道路。《詩經・陳風・防有鵲巢》：「中～有甓。」（甓 pì：磚。）揚雄《羽獵賦》：「醴泉流其～。」❷草名，即菟絲草。《詩經・鄘風・桑中》：「爰采～矣，沬之鄉矣。」❸堤防。後來寫作「塘」。《國語・

周語下》：「陂～汙庫，以鍾其美。」（鍾：聚。）《淮南子・人間》：「且～有萬穴，塞其一，魚何遽無由出？」❹ 池塘。後來寫作「塘」。劉向《九歎・遠遊》：「委兩館於咸～。」❺ 朝代名。1. 傳說中堯所建，即陶唐。2. 李淵滅隋後建立（公元 618 － 907 年）。3. 五代時，李存勖所建，史稱後唐（公元 923 － 936 年）。4. 五代時十國之一，李昪建立，史稱南唐（公元 937 － 975 年）。❻ 西周諸侯國名，周成王封弟叔虞於唐。

堂 táng ❶ 正房，前廳。《論語・先進》：「由也升～矣，未入室也。」（由：仲由，孔子弟子。）又為朝堂，殿堂。《孟子・梁惠王上》：「有牽牛而過～下者。」❷ [堂堂] 1. 強大嚴整的樣子。《孫子・軍爭》：「勿擊～～之陳。」（陳：同「陣」。）2. 雄偉壯觀的樣子。《韓非子・外儲說右上》：「美哉，泱泱乎！～～乎！」（泱泱：廣大的樣子。）也指人的儀容壯偉。《論語・子張》：「～～乎張也。」（張：子張，孔子弟子。）❸ 同祖的親屬關係。《世說新語・賞譽》：「羊長和父繇與太傅祜同～相善。」（羊長和：人名，羊繇之子。太傅：官名。祜 hù：羊祜，人名。）

棠 táng 樹名，即杜梨。《山海經・西山經》：「（崑崙之山）有木焉，其狀如～。」

塘 táng ❶ 堤岸，堤防。《莊子・達生》：「被髮行歌而遊於～下。」《淮南子・兵略》：「若崩山決～，敵孰敢當！」❷ 水池。《淮南子・齊俗》：「禹有鴻水之患，陂～之事。」杜甫《茅屋為秋風所破歌》：「下者飄轉沉～坳。」

【辨析】塘、池。見 61 頁「池」字條。

搪 táng ❶ 碰撞。韓愈《送鄭尚書序》：「撞～呼號，以相應和。」[搪突] 抵觸，冒犯。《人物志・體別》：「不戒其強之～～，而以順撓厲其抗。」❷ [搪塞] 應付，敷衍。唐彥謙《宿田家》：「阿母出～～，老腳走顛躓。」（躓 zhì：絆倒。）

逿 táng 見 94 頁「逿」㊁。

嵣 táng [嵣㟐] 山石廣大的樣子。張衡《南都賦》：「其山則嵣㟐嶱嵑，～～嶚刺。」（嵣㟐、嶱嵑：山石高峻的樣子。嶚刺：山高而相背。）

螗 táng ❶ 蟬的一種。《詩經・大雅・蕩》：「如蜩如～。」❷ 螳螂的簡稱。柳宗元《平淮夷雅》：「鋒蝟斧～。」（鋒：指刺蝟身上的硬刺。斧：指螳螂的前足。）

糖（餹） táng 食糖。《齊民要術・餳餔》：「膏油煮之，熟，出，～聚丸之。」

螳 táng [螳螂] 昆蟲名，俗稱「刀螂」。《莊子・人間世》：「汝不知夫～～乎？」

餳 táng 見 569 頁「餳」㊁。

帑 tǎng 見 369 頁「帑」㊁。

倘 ㊀ tǎng ❶ [倘然] 驚疑的樣子。《莊子・在宥》：「雲將見之，～～止，贄然立。」（贄然：不動的樣子。）❷ 或許。曹操《讓縣自明本志令》：「兵多意盛，與強敵爭，～更為禍始。」❸ 連詞。表示假設，倘若。庾信《寄徐陵》：「故人～思我，及此平生時。」

㊁ cháng ❹ [倘佯] 徘徊。宋玉《風賦》：「然後～～中庭。」

黨 tǎng 見 94 頁「黨」㊁。

儻 tǎng ❶ 悵然自失的樣子。《莊子・田子方》：「文侯～然，終日不言。」又《天地》：「～乎若行而失其道也。」❷ 或許。《史記・東越列傳》：「自歸諸將，～幸得脫。」《資治通鑑・漢高帝十一年》：「呂后欲召，恐其～不就。」❸ 連詞。表示假設，倘若。曹植《王仲宣誄》：「～獨有靈，遊魂泰素。」（泰素：指太空。）《世說新語・輕詆》：「～遇風雲，為我龍攄。」❹ 意外，偶然。《莊子・繕性》：「物之～來，寄者也。」《新唐書・紀王慎傳》：「況榮寵貴盛，～來物也。」

戃 tǎng [戃慌] 失意的樣子。劉向《九歎・逢紛》：「心～～其不我與兮。」韓愈《瀧吏》：「神色久～～。」

T

湯 tàng 見493頁「湯」㊁。

tao

叨 tāo ❶貪。《莊子・漁父》：「好經大事，變更易常以掛功名，謂之～。」《後漢書・盧植傳》：「豈橫～天之功以為己力乎？」❷謙詞。忝辱，承蒙。《三國志・蜀書・諸葛亮傳》：「臣以弱才，～竊非據。」王勃《滕王閣序》：「他日趨庭，～陪鯉對。」（鯉：孔子之子孔鯉。）

弢 tāo ❶裝弓的袋。《左傳・成公十六年》：「使射呂錡，中項，伏～。」（項：脖子後部。）《國語・晉語九》：「吾伏～衉血，鼓音不衰。」（衉 kè：咯。）泛指口袋。《左傳・成公十六年》：「乃內旌於～中。」（內 nà：放入。）❷掩藏。陸機《漢高祖功臣頌》：「彭越觀時，～跡匿光。」（彭越：人名。）❸同「韜」。謀略。《漢書・藝文志》：「《周史六～》六篇。」

掏 tāo ❶掏，挖取。《說文》：「～，捾也。」（捾 wò：挖取。）韓愈《貞曜先生墓誌銘》：「鉤章棘句，～擢胃腎。」❷擊。《國語・魯語下》：「無～膺。」（膺 yīng：胸。）

慆 tāo ❶喜悅。《尚書大傳》卷三：「師乃～，前歌後舞。」❷隱藏。《左傳・昭公三年》：「君日不悛，以樂～憂。」（悛 quān：改。）❸懷疑。《左傳・昭公二十七年》：「天命不～久矣，使君亡者，必此眾也。」❹過去，逝去。《詩經・唐風・蟋蟀》：「今我不樂，日月其～。」❺怠惰。《國語・魯語下》：「夜儆百工，使無～淫。」

滔 tāo ❶大水瀰漫。《尚書・益稷》：「洪水～天，浩浩懷山襄陵。」（襄：升到。）又為使大水瀰漫，激盪。《淮南子・本經》：「舜之時，共工振～洪水。」引申為廣大的樣子。《淮南子・精神》：「孔乎莫知其所終極，～乎莫知其所止息。」（孔：大。）［滔滔］1. 大水奔流的樣子。屈原《九歌・河伯》：「波～～兮來迎。」也比喻時間流逝。東方朔《七諫・謬諫》：「年～～而自遠兮。」2. 大水瀰漫的樣子。《詩經・齊風・載驅》：「汶水～～。」3. 和暖的樣子。《淮南子・兵略》：「是故將軍之心，～～如春。」❷傲慢。《左傳・昭公二十六年》：「士不濫，官不～，大夫不收公利。」

綢 tāo 見67頁「綢」㊁。

濤 tāo 大浪。《淮南子・人間》：「經丹徒，起波～。」《論衡・書虛》：「～之起也，隨月盛衰。」蘇軾《念奴嬌・赤壁懷古》：「亂石穿空，驚～拍岸，捲起千堆雪。」

縧（絛） tāo 絲帶，絲繩。《淮南子・齊俗》：「綺繡～組，青黃相錯。」賀知章《詠柳》：「萬條垂下綠絲～。」

【辨析】縧、紃、組、纂。四字皆可指絲帶、絲繩。孔穎達《禮記・內則》疏說：「薄闊為組，似繩者為紃。」《說文》：「纂，似組而赤。」「縧」與「紃」相似，所以《淮南子・說林》說：「絛可以為繶，不必以紃。」《禮記・雜記》鄭玄注：「紃，今之絛也。」

韜 tāo ❶盛弓的袋子。《詩經・小雅・彤弓》「受言櫜之」毛傳：「櫜，～也。」又用作動詞。把弓放入袋中。張協《七命》：「息馬～弦。」❷包容，容納。《莊子・天地》：「君子明於此十者，則～乎其事，心之大也。」潘岳《寡婦賦》：「有～世之量。」又為掩藏，隱藏。《後漢書・姜肱傳》：「以被～面。」❸用兵的謀略。《淮南子・精神》：「《金縢》《豹～》廢矣。」李德裕《寒食三殿侍宴奉進》：「不勞孫子法，自得太公～。」（太公韜：古兵書《六韜》舊題為呂望撰。）

饕 tāo ❶貪婪。《莊子・駢拇》：「不仁之人，決性命之情而～富貴。」（決：潰，毀壞。）❷［饕餮 tiè］古代傳說中一種貪食的惡獸。鐘鼎彝器上常刻鑄其頭部形象作為裝飾。《呂氏春秋・先識》：「周鼎著～～，有首無身，食人未咽，害及其身，以言報更也。」（報更：報應。）比喻貪婪兇惡。《淮南子・兵略》：「貪

T

昧～～之人，殘賊天下。」（殘賊：殘害。）又比喻貪婪兇惡之人。《左傳・文公十八年》：「天下之民以比三凶，謂之～～。」

咷 táo 大哭。《周易・旅人》：「旅人先笑後號～。」韓愈《祭河南張員外文》：「顛於馬下，我咽君～。」（咽 xì：喘息。）

洮 ㈠ táo ❶ 盥洗。《尚書・顧命》：「王乃～頮水。」（頮 huì：洗臉。）❷ 同「淘」。淘洗。《齊民要術・收種》：「將種前二十許日，開出水～，即曬令燥，種之。」［洮汰］清除。《淮南子・要略》：「所以～～滌蕩至意，使之無凝竭底滯。」《後漢書・陳元傳》：「解釋先聖之積結，～～學者之累惑。」❸ 古地名，在今山東泗水境內。❹ 水名，黃河上游支流，在甘肅西南部。

㈡ yáo ❺ 湖名，在江蘇溧陽、金壇兩縣境內。

桃 táo 果樹名，也指其果實。《詩經・大雅・抑》：「投我以～，報之以李。」［桃李］由種桃李得其蔭而引申指門生。白居易《春和令公綠野堂種花》：「令公～～滿天下，何用堂前更種花？」

逃 táo 逃亡，逃跑。《左傳・文公十年》：「又有讒言，謂臣將～。」《莊子・山木》：「～於大澤。」也指逃跑的人。《左傳・文公七年》：「逐寇如追～。」引申為躲避，逃避。《左傳・襄公三年》：「有罪不～刑。」《莊子・徐无鬼》：「齧缺遇許由，曰：『子將奚之？』曰：『將～堯。』」（齧缺、許由：人名。奚之：到哪裏去。）

【辨析】逃、遁。見 118 頁「遁」字條。

淘 táo ❶ 用水沖洗，除去雜質。《齊民要術・造神麴并酒》：「若～米不淨，則酒色重濁。」又為沖刷。白居易《浪淘沙》：「暮去朝來～不住，遂令東海變桑田。」❷ 疏浚。《宋史・河渠志四》：「開～舊河。」

陶 ㈠ táo ❶ 陶器，用黏土燒製的器物。《呂氏春秋・君守》：「昆吾作～。」《禮記・郊特牲》：「器用～匏。」（匏：指用匏瓜做的盛水器具。）又用作動詞，製作陶器。《呂氏春秋・慎人》：「～於河濱。」❷ 造就，培養。《莊子・逍遙遊》：「是其塵垢粃糠，將猶～鑄堯舜者也。」王安石《上皇帝萬言書》：「～成天下之才。」［陶冶］燒製陶器與冶煉金屬。比喻化育，培養。《淮南子・俶真》：「包裹天地，～～萬物。」《舊唐書・劉禹錫傳》：「唯以文章吟詠，～～情性。」❸ 喜悅，快樂。《禮記・檀弓下》：「人喜則斯～，～斯詠。」（斯：則，就。）謝靈運《酬從弟惠連》：「共～暮春時。」

㈡ yáo ❹［皋陶］相傳為東夷族首領，曾被舜任為掌刑法的官。《呂氏春秋・君守》：「～～作刑。」

綯 táo 繩子。《詩經・豳風・七月》：「宵爾索～。」（爾：語氣詞。索：搓。）

騊 táo ［騊駼 tú］馬名。《逸周書・王會》：「禺氏～～。」（禺氏：古代西北地區部族名。）

檮 táo ❶［檮杌 wù］1. 傳說中的惡獸。《神異經・西荒經》：「西方荒中有獸焉，其狀如虎而犬毛，長二尺，人面虎足，豬口牙，尾一丈八尺，攪亂荒中，名～～。」2. 傳說中的「四凶」之一。《左傳・文公十八年》：「舜臣堯，賓于四門，流四凶族，渾敦、窮奇、～～、饕餮。」3. 楚國史書名。《孟子・離婁下》：「晉之乘，楚之～～，魯之春秋，一也。」❷［檮昧］愚昧無知的樣子。郭璞《爾雅序》：「璞不揆～～，少而習焉。」（揆：度量。）❸ 通「搗（擣）dǎo」。舂。屈原《九章・惜誦》：「～木蘭以矯蕙兮。」

鼗（鞉） táo 樂器名。長柄的搖鼓。《周禮・春官・小師》：「掌教鼓、～、柷、敔……。」

討 tǎo ❶ 研究，探討。《論語・憲問》：「為命，裨諶草創之，世叔～論之。」（裨諶、世叔：人名。論：評論。）《商君書・更法》：「慮世事之變，～正法之本。」引申為治理，整頓。《左傳・宣公十二年》：「在軍，無日不～軍實而申儆之。」（軍實：指軍備。）❷ 聲討，宣佈罪狀加以抨擊。《左傳・宣公二年》：

T

「亡不越竟，反不～賊。」(竟：邊境。反：返回。)引申為征伐，征討。《呂氏春秋·召類》：「亂而弗～，害民莫長焉。」❸索取，求取。《晉書·衛恆傳》：「或時不持錢詣酒家飲，因書其壁，顧觀者以酬酒，～錢足而滅之。」(詣：至，到。)

【辨析】討、伐、侵、襲。見127頁「伐」字條。

te

忒 tè△ ❶變更。《詩經·魯頌·閟宮》：「春秋匪解，享祀不～。」(匪：非。解：懈。)❷差錯。《孫子·形》：「不～者，其所措必勝。」(所措：採取的措施。)《呂氏春秋·孟春》：「宿離不～，無失經紀。」(宿離：指日月經過的地方。經紀：綱常，規則。)❸太，過分。楊萬里《題張垣夫腴莊圖》：「一時奄有～傷廉。」(奄yǎn有：包有，佔有。廉：廉潔。)

貣 tè△ ❶向人乞求物品。《荀子·儒效》：「今有人於此，屑然藏千溢之寶，雖行～而食，人謂之富矣。」(屑然：同「屑然」，雜碎眾多的樣子。溢：通「鎰」，古代重量單位，二十兩為一鎰。)引申為借貸。《漢書·司馬相如傳下》：「從昆弟假～，猶足以為生。」(昆弟：兄弟。假：借。)❷差錯。《管子·正》：「如四時之不～，如星辰之不變。」

特 tè△ ❶公牛。也泛指牛。《史記·秦本紀》：「(秦文公)二十七年，伐南山大梓，豐大～。」(豐：水名。)引申為雄性的牲畜。《周禮·夏官·校人》：「凡馬，～居四之一。」又特指三歲的獸。《詩經·魏風·伐檀》：「不狩不獵，胡瞻爾庭有縣～兮？」(縣xuán：懸掛。)❷一頭(牲畜)。《左傳·襄公二十二年》：「祭以～羊。」引申為獨，單獨。《左傳·桓公二年》：「～相會，往來稱地。」❸匹配，配偶。《詩經·小雅·我行其野》：「不思舊姻，求爾新～。」❹特別，超出一般。《莊子·逍遙遊》：「而彭祖乃今以久～聞。」(彭祖：古代長壽者。聞：聞名。)柳宗元《始得西山宴遊記》：「而未始知西山之怪～。」❺特地，特意。《史記·季布欒布列傳》：「河東，吾股肱郡，故～召君耳。」❻僅，只是。《韓非子·姦劫弒臣》：「而羣臣之毀言，非～一妾之口也。」

匿 tè△　見364頁「匿」㊁。

慝 tè△ ❶惡，邪惡。《詩經·大雅·民勞》：「式遏寇虐，無俾作～。」(式：語氣詞。遏：止。俾bǐ：使。)《左傳·成公十八年》：「救災患，禁淫～。」❷災害，禍患。《國語·晉語八》：「蠱之～，穀之飛實生之。」❸通「忒tè」。變動，更改。《詩經·鄘風·柏舟》：「之死矢靡～。」(之：至。矢：誓。靡：無。)❹通「匿nì」。隱藏。《墨子·尚賢下》：「隱～良道，而不相教誨。」

螣 ㊀tè△ ❶一種吃禾葉的害蟲。《詩經·小雅·大田》：「去其螟～。」(螟：吃禾心的害蟲。)
㊁téng ❷[螣蛇]傳說中龍一類的動物。《荀子·勸學》：「～～無足而飛。」

teng

疼 téng　疼痛。《廣雅·釋詁》：「～，痛也。」《靈樞·刺節真邪》：「寒勝其熱，則骨～肉枯。」《三國志·蜀書·關羽傳》：「每至陰雨，骨常～痛。」

【辨析】疼、痛。見508頁「痛」字條。

幐 téng　囊，口袋。《戰國策·趙策一》：「桑輪蓬篋贏～。」

縢 téng ❶張口放言。《周易·咸》：「咸其輔、頰、舌，～口說也。」(輔：頰骨。)❷周代諸侯國名，在今山東滕縣一帶。《孟子·盡心下》：「孟子之～。」(之：到……去。)

螣 téng　見497頁「螣」㊁。

縢 téng ❶纏束。《詩經·秦風·小戎》：「竹閉緄～。」(閉：輔正弓的器具。緄kūn：繩子。)引申為繩索。《詩經·魯頌·閟宮》：「朱英綠～，二矛重弓。」(英：矛上的飾物。)《莊子·

T

胠篋》：「則必攝緘～。」（攝：勒緊。緘 jiān：繩子。）❷ 綁腿的布。《戰國策・秦策一》：「贏～履蹻。」（贏 léi：纏繞。蹻 jué：草鞋。）❸ 囊袋。《後漢書・儒林傳序》：「小則製為～囊。」

謄 téng 抄寫。王建《貧居》：「蠹生～藥紙，字暗換書籤。」（蠹：蛀蟲。）

藤（籐） téng 蔓生植物名，有紫藤、白藤等多種。謝朓《別江水曹》：「花枝聚如雪，垂～散似網。」白居易《湖上閒望》：「～花浪拂紫茸條，菰葉風翻綠剪刀。」泛指植物的匍匐莖或攀援莖。馬致遠《天淨沙・秋思》：「枯～老樹昏鴉。」

騰 téng ❶ 傳，傳遞。《淮南子・繆稱》：「子產～辭，獄繁而無邪。」又為傳播。王禹偁《揚州謝上表》：「冀聖心之察微，免眾口之～謗。」❷ 跳躍。《莊子・山木》：「王獨不見夫～猿乎？」《漢書・李廣傳》：「虎～，傷廣，廣亦射殺之。」又指水翻騰。《詩經・小雅・十月之交》：「百川沸～。」又指飛騰。屈原《離騷》：「吾令鳳鳥飛～兮。」❸ 上升，登上。《呂氏春秋・孟春》：「天氣下降，地氣上～。」引申為物價上漲。《後漢書・光武帝紀》：「往歲水旱蝗蟲為災，穀價～躍。」❹ 乘，騎。劉向《九歎・愍命》：「～驢騾以馳逐。」❺ 過，超過。屈原《離騷》：「～眾車使徑待。」

黱 téng 魚名。《山海經・中山經》：「合水出于其陰，而北流注于洛，多～魚。」

ti

剔 tī△ ❶ 把肉從骨上刮下來。《尚書・泰誓上》：「焚炙忠良，刳～孕婦。」（刳 kū：剖開。）引申為剔除，剔出。韓愈《進學解》：「爬羅～抉，刮垢磨光。」（爬羅：搜羅。抉：挑選。）❷ 疏導。《淮南子・要略》：「～河而道九岐。」❸ 通「剃 tì」。用刀刮去毛髮。司馬遷《報任安書》：「其次～毛髮、嬰金鐵受辱。」（嬰金鐵：以鐵圈束頸，即所謂鉗刑。嬰，繞。）

梯 tī ❶ 梯子，登高的器具。《墨子・公輸》：「聞子為～，將以攻宋。」又指攀登。杜甫《奉贈太常張卿垍二十韻》：「青雲不可～。」又用於抽象意義，指產生某事的因由。《國語・越語下》：「無曠其眾，以為亂～。」❷ 憑依。《山海經・海內北經》：「西王母～几而戴勝。」（戴勝：古代神話人物西王母的服飾。）

擿 tī 見683頁「擿」㊁。

鷉 tī ［鸊 pì 鷉］見384頁「鸊」字條。

荑 tí ❶ 初生的茅。《詩經・衛風・碩人》：「手如柔～，膚如凝脂。」泛指草木初生的嫩芽。郭璞《遊仙》之一：「臨源挹清波，陵崗掇丹～。」（挹：舀取。掇：拾取。）❷ 通「稊 tí」。稗子一類的草。《孟子・告子上》：「五穀者，種之美者也。苟為不熟，不知～稗。」

提 ㊀ tí ❶ 垂手拿着。《莊子・養生主》：「～刀而立。」❷ 向上提，引物向上。《詩經・大雅・抑》：「匪面命之，言～其耳。」今成語有「耳提面命」「提綱挈領」。引申為提拔。《北史・魏收傳》：「～獎後輩，以名行為先。」（名行：名望、德行。）又引申為舉出，提出。《淮南子・要略》：「～名責實。」韓愈《進學解》：「記事者必～其要。」❸ 攜帶。《墨子・兼愛下》：「～挈妻子而寄託之。」引申為率領。司馬遷《報任安書》：「且李陵～步卒不滿五千。」❹ 鼓名。《周禮・夏官・大司馬》：「師帥執～。」

㊁ dǐ ❺ 擲擊。《戰國策・燕策三》：「是時侍醫夏無且以其所奉藥囊～軻。」（軻：荊軻。）《史記・絳侯周勃世家》：「文帝朝，太后以冒絮～文帝。」

啼（嗁） tí ❶ 大聲哭。《呂氏春秋・察今》：「嬰兒～。」《韓非子・顯學》：「慈母治之，然猶～呼不止。」❷ 號叫，鳴叫。《左傳・莊公八年》：「豕人立而～。」張繼《楓橋夜泊》：「月落烏～霜滿天。」

【辨析】啼、號、哭、泣。見188頁「號」字條。

T

崹 tí [崥 pí 崹] 見382頁「崥」字條。

稊 tí ❶ 稗子一類的草，果實像小米。《莊子・秋水》：「計中國之在海內，不似～米之在太倉乎？」❷ 楊柳新生的枝葉。《周易・大過》：「枯楊生～。」

媞 tí [媞媞] 1. 安詳的樣子。《爾雅・釋訓》：「～，安也。」郭璞注：「好人安祥之容。」傅玄《有女篇・豔歌行》：「有女懷芬芳，～～步東廂。」2. 美好的樣子。東方朔《七諫》：「西施～～而不得見兮。」

綈 tí 一種質厚有光澤的絲織物。《淮南子・氾論》：「非能具～綿曼帛溫暖於身也。」《史記・匈奴列傳》：「綿三十匹，赤～、綠繒各四十匹。」

緹 tí 橘紅色。《史記・滑稽列傳》：「為治齋宮河上，張～絳帷。」（絳 jiàng：大紅色。）也指橘紅色厚繒。《後漢書・宦者傳序》：「狗馬飾雕文，土木被～繡。」柳宗元《邕州刺史李公墓誌銘》：「有～五兩。」

醍 tí 見499頁「醍」㊁。

蹄（蹏） tí ❶ 馬、牛、羊等動物趾端的角質物，也指生有這種角質物的腳。《孟子・滕文公上》：「獸～鳥跡之道，交於中國。」（中國：指中原地區。）《淮南子・兵略》：「有～者趹。」（趹：用後腳踢。）用作動詞。用蹄子踢。這個意義舊讀 dì。柳宗元《三戒・黔之驢》：「驢不勝怒，～之。」引申為量詞。用來計算馬、牛、羊等的蹄數。《史記・貨殖列傳》：「陸地牧馬二百～。」（二百蹄：即五十匹。）❷ 捕兔的工具。《莊子・外物》：「～者所以在兔，得兔而忘～。」

題 tí ❶ 額頭。《戰國策・趙策二》：「黑齒雕～。」（雕題：額頭上刻着花紋。）引申為端頭。《孟子・盡心下》：「堂高數仞，榱～數尺。」（榱 cuī 題：屋椽的端頭。）又引申為題目。因題目寫於文章的端頭。《世說新語・文學》：「謝看～，便各使四坐通。」❷ 標識。《晉書・郭翻傳》：「欲墾荒田，先立表～。」（表：標誌。）❸ 命名。《韓非子・和氏》：「悲夫寶玉而～之以石。」引申為題寫，書寫。李白《秋浦歌》之九：「～詩留萬古。」❹ 品評。《後漢書・許劭傳》：「每月輒更其品～。」（更：改換。）李白《與韓荊州書》：「一經品～，便作佳士。」

鵜 tí ❶ [鵜鶘] 水鳥名。《漢書・五行志中之下》：「昭帝時有～～，或曰禿鶖，集昌邑王殿下。」❷ [鵜鴂] 杜鵑。屈原《離騷》：「恐～～之先鳴兮。」

騠 tí [駃 jué 騠] 見272頁「駃」字條。

鯷 tí ❶ 大鮎魚。《戰國策・趙策二》：「黑齒雕題，～冠秫縫。」（題：額頭。秫：長針。）❷ 古代東海部族名。《漢書・地理志下》：「會稽海外有東～人，分為二十餘國。」

醍 ㊀ tǐ ❶ 淺紅色的清酒。《禮記・禮運》：「粢～在堂。」

㊁ tí ❷ [醍醐 hú] 精製的奶酪。元稹《酬樂天江樓夜吟稹詩因成三十韻》：「甘蔗銷殘醉，～～醒早眠。」

體（軆、躰） tǐ ❶ 肢體，身體的一部分。《論語・微子》：「四～不勤，五穀不分。」（四體：四肢。）《史記・項羽本紀》：「郎中騎楊喜、騎司馬呂馬童、郎中呂勝、楊武各得其一～。」泛指身體。《莊子・秋水》：「此其比萬物也，不似豪末之在於馬～乎？」❷ 事物的本體，實體。《呂氏春秋・情欲》：「萬物之形雖異，其情一～也。」范縝《神滅論》：「名殊而～一也。」特指卦體，占卜的卦兆。《詩經・衛風・氓》：「爾卜爾筮，～無咎言。」❸ 文章或書法的體裁或風格。《文心雕龍・辨騷》：「揚雄諷味，亦言～同《詩》《雅》。」《夢溪筆談・異事》：「其書有數～，甚有筆力。」❹ 體現。《莊子・刻意》：「能～純素，謂之真人。」《周易・繫辭下》：「以～天地之撰。」引申為實行。《荀子・修身》：「篤志而～，君子也。」《淮南子・氾論》：「故聖人以身～之。」❺ 依照，效法。《管子・君臣上》：「衣服緷絻，盡有法度，則君～法而立矣。」《淮南子・本經》：「帝者～太一。」❻ 親近，連接。

《禮記・學記》：「就賢～遠，足以動眾，未足以化民。」❼ 體諒，設身處地為他人着想。《禮記・中庸》：「敬大臣也，～羣臣也。」《北齊書・神武紀下》：「前持心血，遠以示王，深冀彼此共相～悉。」

弟 tì 見 102 頁「弟」㊁。

剃(鬀) tì 用刀刮去毛髮。《淮南子・說山》：「刀便～毛，至伐大木，非斧不克。」

俶 tì 見 70 頁「俶」㊁。

倜 tì△ [倜儻] 1. 卓異不凡。司馬遷《報任安書》：「古者富貴而名摩滅，不可勝記，惟～～非常之人稱焉。」2. 灑脫，不受世俗禮法拘束。《晉書・袁耽傳》：「少有才氣，～～不羈。」

悌 tì ❶ 敬愛兄長。《墨子・兼愛下》：「為人弟必～。」《孟子・滕文公下》：「於此有人焉，入則孝，出則～。」❷ [愷悌] 見 276 頁「愷」字條。

涕 tì ❶ 眼淚。《詩經・小雅・小明》：「念彼共人，～零如雨。」（零：落。）❷ 鼻涕。王褒《僮約》：「目淚下落，鼻～長一尺。」

【辨析】涕、淚、泗、洟。見 299 頁「淚」字條。

惄 tì△ 敬畏，擔憂。《漢書・王商傳》：「於是退勃使就國，卒無怵～憂。」（勃：周勃。就國：回封地去。卒：終。）[惄惄] 憂懼的樣子。屈原《九章・悲回風》：「悼來者之～～。」

逖 tì△ 遠。《尚書・牧誓》：「～矣，西土之人。」

惕 tì△ ❶ 警惕，戒懼。《左傳・襄公二十二年》：「無日不～，豈敢忘職？」《呂氏春秋・慎大》：「湯乃～懼，憂天下之不寧。」[惕息] 因恐懼而心跳氣促。司馬遷《報任安書》：「視徒隸則心～～。」❷ 憂傷。盧諶《答魏子悌》：「乖離令我感，悲欣使情～。」柳宗元《乞巧文》：「抱拙終身，以死誰～？」

屜 tì 抽屜。庾信《鏡賦》：「還抽鏡～。」

替 tì ❶ 廢棄。《左傳・僖公三十三年》：「不～孟明。」屈原《離騷》：「謇朝誶而夕～。」（謇：語氣詞。誶：諫。）❷ 衰落，衰敗。《漢書・敘傳上》：「上～下陵，姦軌不勝。」《舊唐書・魏徵傳》：「以古為鏡，可以知興～。」❸ 代替。《木蘭詩》：「願為市鞍馬，從此～爺征。」《宋書・廬陵王義真傳》：「高祖遣將軍朱齡石～義真鎮關中。」❹ 屜，抽屜。《南史・后妃傳上・宋孝武宣貴妃》：「及薨，帝常思見之，遂為通～棺，欲見輒引～睹屍。」

揥 ㊀ tì ❶ 可用來搔髮的首飾。《詩經・鄘風・君子偕老》：「玉之瑱也，象之～也。」（瑱 zhèn：冠兩側下垂的塞耳玉。象：象牙。）

㊁ dì ❷ 捐棄。陸機《文賦》：「意徘徊而不能～。」

棣 tì 見 103 頁「棣」㊁。

逷 tì△ 同「逖」。遠。《左傳・襄公十四年》：「豈敢離～？」

裼 tì 見 541 頁「裼」㊁。

摘 tì 見 658 頁「摘」㊁。

殢 tì 滯留。李白《峨嵋山月歌送蜀僧晏》：「我似浮雲～吳越。」引申為糾纏，沉湎。許渾《送別》：「莫～酒杯閒過日。」

薙 tì 除草。也指割下的野草。《呂氏春秋・季夏》：「燒～行水。」（行水：引水澆灌。）

嚏 tì 打噴嚏。《詩經・邶風・終風》：「願言則～。」

鬄 tì ❶ 同「剃(鬀)」。剃鬚髮。《素問・繆刺》：「～其左角之髮。」《宋史・張浚傳》：「兀朮僅以身免，亟～其須髯遁歸。」❷ 支解牲體。《儀禮・士喪禮》：「四～去蹄。」

tian

天 tiān ❶ 人的頭部。《山海經・海外西經》：「刑～與帝至此爭神，帝斷

T

其首，葬之常羊之山。」（刑天：神名，因帝斷其首而得名。）引申指在額上刺字的刑罰。《周易・睽》：「其人～且劓。」（劓 yì：割掉鼻子的刑罰。）❷ 天空，與「地」相對。《左傳・昭公七年》：「普～之下，莫非王土。」李白《蜀道難》：「蜀道之難，難於上青～。」泛指自然界。《荀子・天論》：「從～而頌之，孰與制～命而用之？」《史記・伍子胥列傳》：「人眾者勝～。」今成語有「巧奪天工」。又引申為天氣。《呂氏春秋・分職》：「～寒起役，恐傷民。」❸ 天帝，天神。《詩經・小雅・天保》：「～保定爾，以莫不興。」《漢書・匈奴傳上》：「胡者，～之驕子也。」也指天命，天意。《左傳・成公十六年》：「國之存亡，～也。」又指賴以生存者。《儀禮・喪服》：「夫者，妻之～也。」《史記・酈生陸賈列傳》：「王者以民人為～，而民人以食為～。」

添 tiān 增加，增補。杜甫《江上值水如海勢聊短述》：「新～水檻供垂釣。」

田 tián ❶ 農田。《孟子・梁惠王上》：「百畝之～，勿奪其時。」引申為耕種。《詩經・齊風・甫田》：「無～甫田。」（甫：大，廣大。）楊惲《報孫會宗書》：「～彼南山。」❷ 管農事的官。《呂氏春秋・孟春》：「王布農事，命～舍東郊。」（布：發佈。舍：住。）❸ 打獵。後來寫作「畋」。《左傳・宣公二年》：「宣子～於首山。」（宣子：趙盾的謚號。首山：首陽山。）

【辨析】田、獵、畋。見 313 頁「獵」字條。

佃 ㊀ tián ❶ 耕作。《史記・蘇秦列傳》：「民雖不～作，而足於棗栗矣。」《水經注・河水一》：「其人山居，～于石壁間。」❷ 打獵。《周易・繫辭下》：「作結繩而為罔罟，以～以漁。」
㊁ diàn ❸ 租種土地。《晉書・食貨志》：「又廣開水田，募貧民～之。」又指租種土地的人。《宋史・食貨志上一》：「公租額重而納重，則～不堪命。」

甸 tián 見 105 頁「甸」㊁。

沺 tián ［沺沺］水勢浩大的樣子。郭璞《江賦》：「溟漭渺湎，汗汗～～。」（溟漭、渺湎、汗汗：皆形容水勢廣大無際的樣子。）

畋 tián ❶ 打獵。《呂氏春秋・直諫》：「今王得茹黃之狗，宛路之矰，～三月不反。」（茹黃：獵犬名。宛路：竹名，可做箭桿。矰 zēng：帶絲繩的箭。反：返回。）❷ 耕種。《尚書・多方》：「～爾田。」（爾：你的，你們的。）

【辨析】畋、獵、田。見 313 頁「獵」字條。

恬 tián ❶ 安適。《莊子・繕性》：「古之治道者，以～養知。」《淮南子・主術》：「昔孫叔敖～卧，而郢人無所用其鋒。」引申為恬淡，淡漠。《淮南子・詮言》：「心常無欲，可謂～矣。」❷ 坦然。《荀子・富國》：「輕非譽而～失民。」《漢書・賈誼傳》：「至於俗流失，世敗壞，因～而不知怪。」

甜 tián 甜，與「苦」相對。張衡《南都賦》：「酸～滋味，百種千名。」引申為美，美好。楊萬里《夜雨不寐》：「睡～詩思苦。」趙長卿《柳梢青》：「～言軟語，長記那時，蕭娘叮囑。」

【辨析】甜、甘、旨。見 155 頁「甘」字條。

搷 tián 擊。宋玉《招魂》：「～鳴鼓些。」（些：語氣詞。）

填 tián ❶ 填塞。《戰國策・趙策四》：「願及未～溝壑而託之。」引申為充滿。《漢書・鄭當時傳》：「先是，下邽翟公為廷尉，賓客亦～門。」今成語有「義憤填膺」。引申為按格式填寫。《詩話總龜後集》卷三十二引《藝苑》：「上曰：『得非～詞柳三變乎？』」（上：指皇帝。柳三變：指宋代詞人柳永。）❷ 象聲詞。《孟子・梁惠王上》：「～然鼓之。」❸ 通「鎮 zhèn」。安，安定。《荀子・君道》：「其德音足以～撫百姓。」《史記・吳王濞列傳》：「上患吳、會稽輕悍，無壯士以～之。」

緂 tián 搓麻線。《淮南子・氾論》：「～麻索縷。」

闐 tián ❶ 充滿。《韓詩外傳》卷一：「精氣～溢。」《史記·汲黯鄭當時列傳》：「賓客～門。」❷［闐闐］1. 象聲詞。形容較大的聲音。宋玉《九辯》：「屬雷師之～～兮。」左思《蜀都賦》：「車馬雷駭，轟轟～～。」2. 形容盛大的景況。薛逢《上白相公啟》：「飛龍在天，雲雨～～。」

忝 tiǎn 辱，愧於。《詩經·小雅·小宛》：「夙興夜寐，毋～爾所生。」（夙：早晨。爾：你。所生：指父母。）《左傳·成公二年》：「且懼奔辟而～兩君。」（辟：避。）後常用作謙詞。《後漢書·楊震傳附楊賜》：「臣受恩偏特，～任師傅，不敢自同凡臣。」元稹《誨姪等書》：「蓋以往歲～職諫官。」

殄 tiǎn ❶ 盡。《尚書·畢命下》：「利口惟賢，餘風未～。」《淮南子·本經》：「上掩天光，下～地財。」引申為滅絕，消除。《尚書·盤庚中》：「我乃劓～滅之。」（劓 yì：割除。）《詩經·大雅·桑柔》：「不～心憂。」今成語有「暴殄天物」。❷ 疲弊。《國語·魯語上》：「鑄名器，藏寶財，固民之～病是待。」引申為昏迷。《論衡·論死》：「人～不悟，則死矣。」

惧 tiǎn 慚愧。李清臣《免加右光祿大夫表》：「夙宵～赧，形影徬徨。」（赧 nǎn：羞愧。）

腆 tiǎn ❶ 飯菜豐盛。《尚書·酒誥》：「厥父母慶，自洗～，致用酒。」（厥：其。慶：吉。洗：通「先」。）泛指厚，豐厚。《左傳·僖公三十三年》：「不～敝邑，為從者之淹，居則具一日之積，行則備一夕之衛。」（敝邑：對別國人謙稱自己的國家。淹：久留。）又為美好。《儀禮·士昏禮》：「辭無不～、無辱。」❷ 同「靦」。厚着臉皮。沈約《奏彈王源》：「明目～顏，曾無愧畏。」

舔 tiǎn ［舔談 tàn］吐舌的樣子。李白《鳴皐歌送岑徵君》：「玄猿綠羆，～～崟岌。」（崟岌 yínjí：山勢高峻的樣子。）

靦 tiǎn ❶ 形容人臉的樣子。《國語·越語下》：「余雖～然而人面哉，吾猶禽獸也。」❷ 羞愧。《三國志·吳書·薛綜傳》：「日南郡男女倮體，不以為羞。由此言之，可謂蟲豸，有～面目耳。」

蚺 tiàn 見 426 頁「蚺」㊁。

瑱 tiàn ❶ 垂在冠冕兩側用來塞耳的玉飾，也叫「充耳」。《詩經·鄘風·君子偕老》：「玉之～也。」引申為填充。郭璞《江賦》：「金精玉英～其裏。」❷ 美玉名。江淹《雜體詩·顏特進》：「榮重饋兼金，巡華過盈～。」（兼金：美金。盈瑱：盈尺之玉。）❸ 通「鎮 zhèn」。壓物的器具。屈原《九歌·東皇太一》：「瑤席兮玉～。」（瑤席：華美的蓆子。）

tiao

佻 ㊀ tiāo ❶ 輕狂，不穩重。屈原《離騷》：「余猶惡其～巧。」❷ 竊取。《國語·周語中》：「郤至～天之功以為己力，不亦難乎？」（郤至：人名。）
㊁ tiáo ❸［佻佻］獨行的樣子。《詩經·小雅·大東》：「～～公子，行彼周行。」（周行：大路。）

挑 tiāo 見 503 頁「挑」㊁。

恌 tiāo 輕薄，輕佻。《詩經·小雅·鹿鳴》：「視民不～。」《北史·王肅傳》：「然性微輕～，頗以功名自許。」

祧 tiāo 遠祖廟，祖廟。《禮記·祭法》：「遠廟為～。」《左傳·襄公九年》：「以先君之～處之。」

岧 tiáo ［岧岧］高的樣子。張衡《西京賦》：「干雲霧而上達，狀亭亭以～～。」（干 gān：衝上。亭亭：高的樣子。）［岧嶢 yáo］高峻的樣子。曹植《九愁賦》：「登～～之高岑。」（岑 cén：山。）

佻 tiáo 見 502 頁「佻」㊁。

苕 tiáo ❶ 一種豆科植物，即紫雲英。《詩經·陳風·防有鵲巢》：「防有鵲巢，邛有旨～。」（防：堤岸。邛：土丘。旨：味美。）❷ 一種蔓生植物，即凌霄花。《詩經·小雅·苕之華》：「～之華，芸其黃矣。」（華：花。芸：茂盛的樣子。）❸ 蘆葦的花穗。《荀子・勸學》：「風至～折，卵破子死。」

迢 tiáo ［迢遞］遙遠的樣子。陶潛《讀山海經》其三：「～～槐江嶺。」又為高的樣子。謝朓《隨王鼓吹曲》：「～～起朱樓。」［迢迢］高遠的樣子。《古詩十九首・迢迢牽牛星》：「～～牽牛星。」

條 tiáo ❶ 樹名，山楸。《詩經・秦風・終南》：「終南何有？有～有梅。」❷ 細長的枝條。《詩經・周南・汝墳》：「遵彼汝墳，伐其～枚。」（遵：沿着。墳：大堤。枚：樹幹。）❸ 長。《尚書・禹貢》：「厥草惟繇，厥木惟～。」（繇：茂盛。）❹ 通達。《淮南子・俶真》：「心無所載，通洞～達。」❺ 條理。《尚書・盤庚上》：「有～而不紊。」今成語有「井井有條」。❻ 條款，條目。《戰國策・秦策一》：「科～既備，民多偽態。」《漢書・楚元王傳附劉向》：「比類相從，各有～目。」❼ 量詞。《漢書・刑法志》：「今大辟之刑千有餘～。」

蜩 tiáo 蟬。《詩經・豳風・七月》：「五月鳴～。」

銚 tiáo 見 598 頁「銚」㊁。

髫 tiáo 兒童下垂的頭髮，也用以指稱兒童。陶潛《桃花源記》：「黃髮垂～，並怡然自得。」

調 ㊀ tiáo ❶ 協調，調和。《墨子・天志中》：「是以天之為寒暑也節，四時～。」（節：節制。）《呂氏春秋・大樂》：「凡樂，天地之和，陰陽之～也。」又為調整，調節。《鹽鐵論・本議》：「故鹽鐵均輸，所以通委財而～緩急。」❷ 訓練禽獸。《史記・秦本紀》：「佐舜～訓鳥獸。」❸ 挑逗，嘲弄。辛延年《羽林郎》：「～笑酒家胡。」（酒家胡：開酒店的胡女。）《世說新語・排調》：「康僧淵目深而鼻高，王丞相每～之。」（王丞相：指王導。）
㊁ diào ❹ 調動，調遷。《史記・袁盎晁錯列傳》：「然袁盎亦以數直諫，不得久居中，～為隴西都尉。」又為徵調，調集。《史記・秦始皇本紀》：「下～郡縣轉輸菽粟芻藁。」（轉輸：運輸。芻藁：餵牲口的乾草。）❺ 計算。《漢書・晁錯傳》：「要害之處，通川之道，～立城邑。」❻ 漢末以後按戶徵集的一種賦稅。《三國志・魏書・趙儼傳》：「都尉李通急錄戶～。」❼ 聲調，曲調。《淮南子・氾論》：「事猶琴瑟，每終改～。」白居易《琵琶行》：「轉軸撥弦三兩聲，未成曲～先有情。」❽ 才情，風度。《三國志・蜀書・孟光傳》：「吾今所問，欲知其權略智～何如也。」李商隱《讀任彥昇碑》：「可憐才～最縱橫。」（憐：愛。）

齠 tiáo ❶ 小孩換牙。《韓詩外傳》卷一：「男八月生齒，八歲而～齒。」引申指童幼。蔡邕《議部胡公夫人哀贊》：「嚴考殞沒，我在～年。」❷ 同「髫」。小孩下垂的頭髮。《三國志・魏書・毛玠傳》：「臣垂～執簡，累勤取官。」

鰷 tiáo 白鰷魚。《詩經・周頌・潛》：「～鱨鰋鯉。」

挑 ㊀ tiǎo ❶ 挑撥，挑動。《左傳・宣公十二年》：「請～戰，弗許。」司馬遷《報任安書》：「橫～強胡。」（胡：指匈奴。）❷ 挑逗，引誘。《史記・司馬相如列傳》：「是時卓王孫有女文君新寡，好音，故相如繆與令相重，而以琴心～之。」❸ 掘出，掏取。《墨子・非儒下》：「～鼠穴，探滌器。」《淮南子・人間》：「嬰兒過之則～其卵。」❹ 彈奏弦樂的一種指法。白居易《琵琶行》：「輕攏慢撚抹復～。」
㊁ tiāo ❺ 通「佻 tiāo」。輕佻，輕薄。《荀子・彊國》：「其服不～。」❻ 用肩擔。陸游《自題傳神》：「擔～雙草履。」

朓 tiǎo ❶ 農曆月末月亮出現在西方。《尚書大傳》卷三：「晦而見西方謂之～。」（晦：農曆每月最後一天。見 xiàn：出現。）《漢書・張敞傳》：「月～日蝕。」❷ 有餘。《九章算術・盈不足》「盈不足」劉徽注：「按盈者謂之～。」

窕 tiǎo ❶ 寬緩，有空隙。《荀子・賦》：「充盈大宇而不～。」（大宇：天空。）《淮南子・要略》：「置之尋常而不塞，布之天下而不～。」引申為閒暇。《司馬法・

嚴位》：「擊其倦勞，避其閒～。」❷ 虛浮不實。《韓非子・難二》：「君子不聽～言。」❸ 通「佻 tiāo」。輕佻，不莊重。《左傳・成公十六年》：「楚師輕～。」（師：軍隊。）❹ 通「挑 tiǎo」。挑逗。枚乘《七發》：「目～心與。」（心與：內心相許。）❺ 通「姚 yáo」。妖豔。《荀子・禮論》：「故其立文飾也，不至於～冶。」（文飾：指修飾。）

誂 ㊀ tiǎo ❶ 逗引，誘惑。《戰國策・秦策一》：「楚人有兩妻者，人～其長者，長者詈之；～其少者，少者許之。」❷ [誂越] 聲音輕浮。《呂氏春秋・音初》：「流辟、～～、慆濫之音出，則滔蕩之氣、邪慢之心感矣。」（流辟：淫邪放縱。慆 tāo 濫：放蕩過分。感：熏染。）

㊁ diào ❸ 倉猝。《淮南子・兵略》：「雖～合刃於天下，誰敢在於上者？」

眺 tiào 望，遠望。《呂氏春秋・仲夏》：「可以遠～望。」泛指視，看。張衡《南都賦》：「微～流睇。」（睇 dì：斜視。）

跳 tiào ❶ 跳躍。《列子・湯問》：「鄰人京城氏之孀妻，有遺男，始齔，～往助之。」[跳梁] 騰躍跳動。《莊子・逍遙遊》：「東西～～，不辟高下。」（辟：躲避。）也作「跳踉」。柳宗元《三戒・黔之驢》：「因～～大㘎。」（㘎 hǎn：虎咆哮。）❷ 通「逃 táo」。逃跑。《史記・高祖本紀》：「項遂圍成皋，漢王～。」（項：指項羽。成皋：地名。）

【辨析】跳、踊、躍。三字在「跳躍」的意義上相同。就跳的動作看，有時有細微的差別，「跳」動作範圍比較寬，可以向上、向下、向前，「跳」的結果，可以離開原地，也可以落回原地。「躍」一般不落回原地，而且一般是向前躍；「踊」一般是向上跳而落回原地。

覜 tiào ❶ 古代諸侯之間或諸侯與天子之間派使者問候相見。《左傳・昭公五年》：「享～有璋。」（享：獻。璋：玉器名。）❷ 同「眺」。向遠處看。《後漢書・張衡傳》：「流目～夫衡阿兮。」（衡：衡山。阿：大山。）

糶 tiào 賣出穀物。《韓非子・內儲說下》：「吏果竊黍種而～之甚多。」聶夷中《詠田家》：「二月賣新絲，五月～新穀。」

tie

帖 tiē 見 504 頁「帖」㊂。

怗 ㊀ tiē△ ❶ 平服，使順從。《公羊傳・僖公四年》：「桓公救中國而攘夷狄，卒～荊。」（桓公：指齊桓公。攘 rǎng：排除。荊：楚國。）

㊁ chān ❷ [怗懘 chì] 不和諧。《禮記・樂記》：「五者不亂，則無～～之音矣。」

聑 tiē△ 妥帖，安帖。馬融《長笛賦》：「瓠巴～柱，磬襄弛懸。」

貼 tiē△ ❶ 典押。《南齊書・周顒傳》：「販傭～子，權赴急難。」❷ 黏附。《夢溪筆談》卷十八：「每字有二十餘印，以備一板內有重複者，不用則以紙～之。」（印：指字模。）引申為靠近，挨近。杜甫《燕子來舟中作》：「穿花～水益沾巾。」❸ 順從。《北齊書・厙狄干傳》：「法令嚴肅，吏人～服，道不拾遺。」

帖 tiě 見 504 頁「帖」㊁。

鐵(鐡) tiě△ ❶ 一種黑色金屬。《管子・地數》：「山上有赭者，其下有～。」特指鐵製器物。《孟子・滕文公上》：「許子以釜甑爨，以～耕乎？」《呂氏春秋・貴卒》：「衣～甲操～杖以戰。」❷ 像鐵一樣的顏色，黑色。《呂氏春秋・孟冬》：「乘玄輅，駕～驪。」（玄輅：黑色的車。驪：黑色的馬。）

驖 tiě△ 赤黑色的馬。《詩經・秦風・駟驖》：「駟～孔阜，六轡在手。」（駟：同駕一車的四匹馬。孔：很。阜：肥大。）

帖 ㊀ tiè△ ❶ 字帖或畫帖。蘇軾《虔州呂倚承奉貧甚至食不足》：「家藏古今～。」

㊁ tiě△ ❷ 文書，文告。《木蘭詩》：「昨夜見軍～，可汗大點兵。」杜甫《新安吏》：「府～昨夜下。」

㊂ tiē△ ❸ 安定。《晉書・苻堅載記下》：

「及猛之至，遠近～然。」（猛：王猛。）❹ 粘貼。《木蘭詩》：「對鏡～花黃。」又指貼近。《世說新語・方正》：「於是～騎而避。」❺ 典當。《新唐書・李嶠傳》：「貧弱者眾，有賣舍、～田供王役者。」

餮 tiè△ ［饕餮］見495頁「饕」字條。

ting

汀 tīng 水邊平地，小洲。屈原《九歌・湘夫人》：「搴～洲兮杜若。」（搴 qiān：拔取。杜若：香草名。）范仲淹《岳陽樓記》：「岸芷～蘭，郁郁青青。」

聽 tīng ❶ 聽。《禮記・檀弓下》：「有婦人哭於墓者而哀，夫子式而～之。」（式：扶着車前橫木表示恭敬。）❷ 聽從，接受。《戰國策・魏策四》：「秦王謂唐雎曰：『寡人以五百里之地易安陵，安陵君不～寡人，何也？』」《論語・憲問》：「君薨，百官總己以～於冢宰三年。」❸ 決斷，治理。《論語・顏淵》：「～訟，吾猶人也，必也，使無訟乎！」《孟子・離婁下》：「子產～鄭國之政。」今成語有「垂簾聽政」。❹ 聽任，放任。《莊子・徐无鬼》：「匠石運斤成風，～而斫之。」《漢書・薛宣傳》：「賣買～任富吏。」今成語有「聽其自然」「聽之任之」。❺ 耳目，間諜。《荀子・議兵》：「且仁人之用十里之國，則將有百里之～。」❻ 廳事，廳堂。《世說新語・黜免》：「大司馬府～前有一老槐。」

【辨析】1. 聽、聆。見317頁「聆」字條。2. 聽、聞。二字都有「用耳朵感知」的意思。「聽」是主動去感知，「聞」是感知到。即「聽」是聽，「聞」是聽到。「听」與「聽」古代是完全不相干的兩個字，「听」極少用，所以用「听」作為「聽」的簡化字了。

廳 tīng 官府辦公的地方。字本作「聽」。任昉《到大司馬記室箋》：「謹詣～奉白箋謝聞。」（詣：到。）泛指私宅的堂屋。《魏書・楊播傳》：「兄弟旦則聚於～堂。」［廳事］官吏聽政理事的地方。《三國志・吳書・諸葛恪傳》：「所坐～～屋棟中折。」

廷 tíng ❶ 朝廷。帝王接受朝見和處理政務的地方。《呂氏春秋・貴直》：「亡國之器陳於～，所以為戒。」《史記・魏其武安侯列傳》：「俱宗室外家，故～辯之。」也指官吏辦公的地方。《史記・高祖本紀》：「為泗水亭長，～中吏無所不狎侮。」❷ 堂前空地，庭院。《詩經・大雅・抑》：「夙興夜寐，洒埽～內。」（夙：早。興：起。埽：同「掃」。內：指堂和室。）《呂氏春秋・過理》：「乃觸～槐而死。」

亭 tíng ❶ 設在道旁供行人停宿的處所。秦漢時十里一亭，十亭為鄉。《漢書・百官公卿表上》：「大率十里一～，～有長。」《史記・高祖本紀》：「及壯，試為吏，為泗水～長。」❷ 觀察敵情的哨所。《韓非子・內儲說上七術》：「秦有小～臨境，吳起欲攻之。」❸ 調和，均衡。《淮南子・原道》：「味者，甘立而五味～矣。」《史記・秦始皇本紀》：「禹鑿龍門，通大夏，決河～水，放之海。」

【辨析】亭、閣、臺、樓、榭。見161頁「閣」字條。

庭 tíng ❶ 廳堂。《禮記・檀弓上》：「孔子哭子路於中～。」❷ 堂前空地，庭院。《詩經・魏風・伐檀》：「不狩不獵，胡瞻爾～有縣貆兮？」《國語・晉語五》：「觸～之槐而死。」❸ 朝廷。《呂氏春秋・士節》：「造於君～。」（造：至。）《史記・公孫弘列傳》：「不肯面折～爭。」又指朝見。《詩經・大雅・常武》：「四方既平，徐方來～。」（徐方：古代方國名。）

停 tíng ❶ 靜止，停止。《莊子・德充符》：「平者，水～之盛也。」禰衡《鸚鵡賦序》：「筆不～綴。」引申為停留，住。《世說新語・寵禮》：「許玄度～都一月。」❷ 停放，貯存。《後漢書・獨行傳・范式》：「遂～柩移時。」《齊民要術・作菹・藏生菜法》：「夏～不過五日。」

筳 tíng 小竹枝或小木枝。東方朔《答客難》：「以～撞鐘。」也指小竹片。《漢書・王莽傳中》：「以竹～導其脈。」

渟 tíng ❶水積聚不流。《史記・李斯列傳》:「決～水致之海。」❷深。楊雄《劇秦美新》:「崇嶽～海通瀆之神,咸設壇場。」(通瀆:大河。)

婷 tíng [婷婷] 美好的樣子。陳師道《黃梅》之三:「～～花下人。」

綎 tíng 佩玉的絲綬帶。《後漢書・蔡邕傳》:「濟濟多士,端委縉～。」(端委:禮服。縉 jìn:淺紅色。)

葶 tíng ❶[葶藶] 草名,子可入藥。《淮南子・天文》:「五月為小刑,薺、麥、～～枯。」❷植物的地下部分抽出的無葉花莖。《農政全書》卷五十三:「葉間攛～,開花如葦。」

蜓 tíng [蜻蜓] 昆蟲名。王建《戴勝祠》:「紫冠采采褐羽斑,銜得～～飛過屋。」

霆 tíng ❶疾雷,霹靂。《詩經・小雅・采芑》:「如～如雷。」❷閃電。《淮南子・兵略》:「疾雷不及塞耳,疾～不暇掩目。」

町 tǐng ❶[町畦] 田界。比喻約束,禮節的約束。《莊子・人間世》:「彼且為無～～,亦與之為無～～。」❷田畝,田地。《魏書・高閭傳》:「嘉穀秀～。」(秀:穀物吐穗開花。)❸[町畽 tuǎn] 禽獸踐踏的地方。《詩經・豳風・東山》:「～～鹿場。」

挺 tǐng ❶拔出。《戰國策・魏策四》:「～劍而起。」引申為生出,長出。《呂氏春秋・仲冬》:「芸始生,荔～出。」又引申為突出,高出。《三國志・蜀書・呂凱傳》:「今諸葛丞相英才～出。」❷直,伸直。《荀子・勸學》:「雖有槁暴不復～者,輮使之然也。」❸寬緩。《呂氏春秋・仲夏》:「～重囚,益其食。」《後漢書・臧宮傳》:「宜小～緩,令得逃亡。」❹動,打動。《呂氏春秋・忠廉》:「雖名為諸侯,實有萬乘,不足以～其心矣。」❺量詞。根,條。《儀禮・鄉飲酒禮》:「薦脯五～。」(薦:獻。脯:乾肉。)《南史・沈攸之傳》:「賜攸之燭十～。」❻通「梃 tǐng」。棍棒。《漢書・諸侯王表》:「陳、吳奮其白～。」(陳、吳:陳勝、吳廣。)

脡 tǐng 直,挺直。《禮記・曲禮下》:「凡祭宗廟之禮……鮮魚曰～祭。」又用作量詞。《儀禮・士虞禮》:「脯四～。」

珽 tǐng 天子所持的玉笏。《荀子・大略》:「天子御～。」

梃 tǐng ❶直的竹木棒。《孟子・梁惠王上》:「殺人以～與刃,有以異乎?」❷量詞。棍狀物計量單位。《魏書・李孝伯傳》:「甘蔗百～。」

艇 tǐng 一種輕便小船。《淮南子・俶真》:「越舲蜀～,不能無水而浮。」(舲 líng:一種帶窗的小船。)

鋌 tǐng 見 110 頁「鋌」㊁。

tong

恫 ㊀ tōng ❶哀痛,痛苦。《詩經・大雅・思齊》:「神罔時怨,神罔時～。」(罔:無。)《尚書・康誥》:「～瘝乃身。」(瘝 guān:病。)

㊁ dòng ❷恐懼。《史記・燕召公世家》:「眾人～恐,百姓離志。」

通 tōng ❶通向,通到。《呂氏春秋・慎勢》:「凡冠帶之國,舟車之所～,不用象、譯、狄鞮,方三千里。」(象、譯、狄鞮:翻譯異族語言的人。)❷通暢,沒有阻礙。《呂氏春秋・達鬱》:「血脈欲其～也,筋骨欲其固也。」范仲淹《岳陽樓記》:「政～人和。」比喻得志,顯達,與「窮」相對。《莊子・天地》:「不榮～,不醜窮。」(榮、醜:用作意動。)❸通報,傳達。《莊子・盜跖》:「謁者入～。」(謁者:傳達消息的人。)❹通曉,了解。《呂氏春秋・謹聽》:「～乎己之不足,則不與物爭矣。」又為知識淵博。《史記・田敬仲完世家》:「非～人達才孰能注意焉。」❺交好,交往。《左傳・桓公七年》:「衛孫桓子來盟,始～。」(孫桓子:人名。)《史記・魏其武安侯列傳》:「灌夫亦倚魏其而～列侯宗室為名高。」(為名高:抬高名望。)

T

特指通姦。《左傳・成公十六年》：「宣伯～於穆姜。」❻ 共同的，通常的。《孟子・滕文公上》：「天下之～義也。」又為整個，全部。《孟子・告子上》：「弈秋，～國之善弈者也。」❼ 量詞。1. 擊鼓一遍為一通。曹操《步戰令》：「嚴鼓一～，步騎士悉裝。」（裝：裝束。）2. 詩賦文書一卷或一份為一通。曹植《與楊祖德書》：「今往僕少小所著辭賦一～相與。」（僕：謙稱自己。）

【辨析】通、達。見 87 頁「達」字條。

同（仝） tóng ❶ 相同，一樣。《論語・衛靈公》：「道不～，不相為謀。」《呂氏春秋・察今》：「古今一也，人與我～耳。」引申為偕同，共同。《詩經・豳風・七月》：「～我婦子，饁彼南畝。」（饁：送飯。）《左傳・僖公四年》：「與不穀～好，如何？」❷ 集合，匯聚。《詩經・豳風・七月》：「我稼既～，上入執宮功。」庾信《燕射歌辭・角調曲》：「涇渭～流，清濁異能。」❸ 和平，和諧。《禮記・禮運》：「是故謀閉而不興，盜竊亂賊而不作，故外戶而不閉，是謂大～。」《後漢書・孔融傳》：「（孔融）與中丞趙舍不～，託病歸家。」

【辨析】同、和。見 191 頁「和」字條。

彤 tóng　用朱漆塗飾。《左傳・哀公元年》：「器不～鏤。」（鏤：刻。）又指朱紅色。《詩經・邶風・靜女》：「靜女其孌，貽我～管。」（靜：閒靜。孌 luán：美好。貽 yí：贈給。）

侗 ㊀ tóng ❶ 幼稚無知。《論語・泰伯》：「狂而不直，～而不愿。」（愿：老實。）《莊子・山木》：「～乎其無識。」用作名詞。指幼稚無知的童子。《尚書・顧命》：「在後之～，敬迓天威。」（迓：迎。）❷ 輕佻的樣子。《史記・三王世家》：「毋～好軼。」

㊁ tǒng ❸ 直，通達無阻。《莊子・庚桑楚》：「能～然乎？」

峒 ㊀ tóng ❶［崆峒］見 282 頁「崆」字條。

㊁ dòng ❷ 山洞。朱慶餘《題娥皇廟》：「夜深寒～響。」❸ 舊時對西南少數民族的稱呼。柳宗元《柳州峒氓》：「青箬裹鹽歸～客。」

洞 tóng　見 110 頁「洞」㊁。

桐 tóng ❶ 樹名，古多指梧桐。《孟子・告子上》：「拱把之～梓，人苟欲生之，皆知所以養之者。」（拱把：兩手合圍或一手滿握。）《呂氏春秋・季春》：「～始華。」（華：用作動詞，開花。）古代用桐木製琴瑟，因而代稱琴瑟。李賀《公莫舞歌》：「華筵鼓吹無～竹。」❷ 古地名。《尚書・太甲上》：「太甲既立，不明，伊尹放諸～。」（放：放逐。）

童 tóng ❶ 男奴僕。《周易・旅》：「喪其～僕。」《說苑・復恩》：「良家～三百人。」❷ 兒童。《孟子・滕文公上》：「雖使五尺之～適市，莫之或欺。」（適：到……去。）《呂氏春秋・疑似》：「入於澤而問牧～。」比喻愚昧無知。《國語・晉語四》：「～昏不可使謀。」《新書・道術》：「反慧為～。」❸ 光禿。《荀子・王制》：「斬伐養長不失其時，故山林不～。」此指山無草木。《周易・大畜》：「～牛之牿，元吉。」（牿 gù：縛於牛角防止觸人的橫木。）此指牛羊無角。韓愈《進學解》：「頭～齒豁。」此指頂禿無髮。❹ 通「同 tóng」。相同。《列子・黃帝》：「狀不必～而智～。」

絧 tóng　紅色。《說文》：「～，赤色也。」《管子・地員》：「其種大苗細苗，～莖黑秀，箭長。」（秀：指花穗。）

僮 tóng ❶ 未成年的男子，泛指兒童。《左傳・哀公十一年》：「公為與其嬖～汪錡乘，皆死，皆殯。」（公為、汪錡：人名。嬖 bì：寵愛。）《論衡・偶會》：「～謠之語當驗。」比喻無知。《太玄・童》：「陽氣始窺，物～然，咸未有知。」❷ 奴婢，奴僕。《史記・呂不韋列傳》：「不韋家～萬人。」《史記・司馬相如列傳》：「而卓王孫家～八百人。」

銅 tóng　金屬名。《漢書・食貨志下》：「上收～勿令布，則民不鑄錢。」（布：流傳。）

T

潼 tóng ❶水名，在陝西潼關境內。潘岳《西征賦》：「愬黃巷以濟～。」（愬：通「溯」，向。黃巷：地名。）❷關隘名，在陝西潼關。庾信《周柱國大將軍大都督同州刺史尒綿永神道碑》：「西自～函。」（函：函谷關。）

曈 tóng ［曈曈］日出漸明的樣子。盧綸《臘日觀咸寧王部曲娑勒擒豹歌》：「山頭～～日將出。」［曈曨］日初出漸明的樣子。權德輿《奉和韋曲莊言懷貽東曲外族諸弟》：「晨曦正～～。」也指文思漸明。陸機《文賦》：「情～～而彌鮮。」

朣 tóng ［朣朦］1. 蒙昧不明的樣子。《後漢書・張衡傳》：「吉凶紛錯，人用～～。」2. 將明的樣子。陶翰《宿天竺寺》：「湖色濃蕩漾，海光漸～～。」

氃 tóng ［氃氋 méng］毛羽鬆散的樣子。《世說新語・排調》：「昔羊叔子有鶴善舞，嘗向客稱之，客試使驅來，～～而不肯舞。」

瞳 tóng ❶瞳孔，瞳人。顏延之《赭白馬賦》：「雙～夾鏡。」（鏡：指像鏡子一樣明亮。）❷無知直視的樣子。《莊子・知北遊》：「汝～焉如新生之犢。」

罿 tóng 捕鳥獸的網。《詩經・王風・兔爰》：「有兔爰爰，雉離于～。」（爰爰：緩慢的樣子。離：碰到。）

穜 tóng 先種後熟的穀物。《周禮・天官・內宰》：「詔王后帥六宮之人而生～稑之種，而獻之于王。」（稑：後種先熟的穀物。）

甬 tǒng 見625頁「甬」㊁。

侗 tǒng 見507頁「侗」㊁。

桶 tǒng 量器名。《呂氏春秋・仲春》：「鈞衡石，角斗～。」（鈞：均等。衡：秤桿。石：重量單位，一百二十斤為一石。角：校正。）《史記・商君列傳》：「平斗～權衡丈尺。」

筒（筩） tǒng ❶竹管，竹筒。《呂氏春秋・古樂》：「取竹於嶰溪之谷……次制十二～。」《韓非子・說疑》：「不能飲者以～灌其口。」❷捕魚器具，釣筒。蘇軾《夜泛西湖》之三：「漁人收～未及曉。」

統 tǒng ❶絲的頭緒。《淮南子・泰族》：「繭之性為絲，然非得工女煮以熱湯而抽其～紀，則不能成絲。」（湯：開水。紀：絲的頭緒。）❷一脈相承的系統，統緒。《孟子・梁惠王下》：「君子創業垂～，為可繼也。」《文心雕龍・附會》：「若～緒失宗，辭味必亂。」❸綱紀，根本。《荀子・榮辱》：「今以夫先王之道，仁義之～，以相羣居。」《史記・外戚世家》：「夫樂調而四時和，陰陽之變，萬物之～也。」❹率領，治理。《呂氏春秋・簡選》：「～率士民，欲其教也。」《史記・酈生陸賈列傳》：「繼五帝三王之業，～理中國。」❺總括，總合。《漢書・西域傳贊》：「西域諸國，各有君長，兵眾分弱，無所～一。」

痛 tòng ❶疼痛。《荀子・禮論》：「～甚者其愈遲。」（愈：痊癒。）《韓非子・喻老》：「桓侯體～。」引申為悲傷，痛苦。《荀子・禮論》：「三年之喪二十五月而畢，哀～未盡，思慕未忘。」❷怨恨，痛恨。《晏子春秋・外上》：「神怒民～，無悛于心。」（悛 quān：改。）《呂氏春秋・直諫》：「恥之不變，～之何益？」❸徹底，盡情。《史記・魏其武安侯列傳》：「非～折節，以禮詘之，天下不肅。」《世說新語・任誕》：「～飲酒，熟讀《離騷》，何可稱名士。」

【辨析】 1. 痛、疼。二字都有「疼痛」的意義。「疼」當後起，先秦只有「痛」。段玉裁、王念孫認為「疼」即《說文》的「痋」字。「疼」定母冬部，「痛」透母東部，「疼」可能是「痛」的方言讀法。2. 痛、悲、慟。見15頁「悲」字條。

慟 tòng ❶極度悲痛。《論語・先進》：「顏淵死，子哭之～。」❷大哭。曹植《王仲宣誄》：「號～崩摧。」《世說新語・傷逝》：「公往臨殯，～幾絕。」（幾：幾乎。）

【辨析】 慟、悲、痛。見15頁「悲」字條。

tou

偷 tōu ❶澆薄，不敦厚。《論語·泰伯》：「故舊不遺，則民不～。」引申為輕視。《左傳·昭公十六年》：「吾非～晉而有二心。」❷苟且。《左傳·文公十七年》：「齊君之語～。」《韓非子·主道》：「故明君無～賞。」今成語有「苟且偷生」。又為怠惰。《孫臏兵法·將失》：「令數變，眾～，可敗也。」❸盜竊。《淮南子·道應》：「楚有善為～者往見。」又為竊賊。《漢書·張敞傳》：「置酒，小～悉來賀。」

【辨析】偷、盜。見96頁「盜」字條。

愉 tōu 見632頁「愉」㈠。

媮 tōu ❶苟且。《國語·晉語三》：「～居幸生。」《漢書·賈山傳》：「是以道諛～合苟容。」❷鄙薄，輕視。《左傳·襄公三十年》：「晉未可～也。」❸通「愉 yú」。快樂。屈原《遠遊》：「聊～娛以自樂。」《漢書·酷吏傳序》：「非武健嚴酷，惡能勝其任而～快乎？」（惡 wū：何。）

投 tóu ❶拋，擲。《詩經·小雅·巷伯》：「取彼譖人，～畀豺虎。」（譖 zèn：說壞話誣陷人。畀 bì：給予。）也指自己跳入。《史記·屈原賈生列傳》：「於是懷石，遂自～汨羅以死。」（汨羅：汨羅江。）❷揮，甩。《左傳·宣公十四年》：「楚子聞之，～袂而起。」（袂 mèi：袖子。）❸頓，踏。《呂氏春秋·古樂》：「三人操牛尾～足以歌八闋。」（闋 què：樂曲終了叫闋。）❹合，投合。李白《秋日贈元六兄林宗》：「～分三十載，榮枯所共歡。」今成語有「情投意合」。❺投向，投奔。《史記·淮陰侯列傳》：「足下右～則漢王勝，左～則項王勝。」《世說新語·容止》：「溫忠武與庾文康～陶公求救。」又指投宿。杜甫《石壕吏》：「暮～石壕村。」❻至，到。王安石《觀明州圖》：「～老心情非復昔，當時山水故依然。」

【辨析】投、擲。在「拋擲」的意義上，二者同義，只是「投」多用於拋向，「擲」多用於拋棄。而且，「投」的其他意義也是「擲」所不具備的。

骰 tóu 賭具名，即色子。白居易《就花枝》：「笑擲～盤呼大采。」

頭 tóu ❶頭，腦袋。《禮記·曲禮上》：「～有創則沐。」（創：同「瘡」。）《呂氏春秋·士節》：「盛吾～於笥中。」❷物體的頂端或事情的起始。《世說新語·任誕》：「阮宣子常步行，以百錢掛杖～，至酒店便獨自酣暢。」（阮宣子：阮修，字宣子。）陸游《初發荊州》：「破浪乘風千里快，開～擊鼓萬人看。」❸頭領，為首的人。韓愈《論淮西事宜狀》：「或被分割隊伍，隸屬諸～。」❹量詞。用來計量某些牲畜魚蟲。《漢書·西域傳下·烏孫國》：「馬牛羊驢橐駝七十餘萬～。」（橐駝：駱駝。）柳宗元《小石潭記》：「潭中魚可百許～。」❺名詞、方位詞詞尾。聶夷中《傷田家》：「醫得眼前瘡，剜卻心～肉。」

黈 tǒu ❶黃色。《穀梁傳·莊公二十三年》：「禮：天子諸侯黝堊，大夫倉，士～。」（黝堊 yǒu'è：用如動詞，塗以黑色和白色。倉：通「蒼」，青色。）《亢倉子·全道》：「夫瞀視者，以～為赤，以蒼為玄。」（瞀 mào：眼睛昏花。）❷［黈纊 kuàng］掛在冕上、垂至耳旁的黃綿。《淮南子·主術》：「～～塞耳，所以掩聰。」

透 tòu ❶投，跳。《南史·后妃傳·梁元徐妃》：「妃知不免，乃～井死。」❷穿過。賈島《病鶻吟》：「有時～霧凌空去。」蘇軾《少年遊潤州代人寄遠》：「風露～窗紗。」引申為顯露。馮延巳《賀聖朝》：「汗珠微～。」❸極，程度深。郝經《青州山行》：「飢～食有味。」

tu

凸 tū△ 高出，與「凹」相對。蘇軾《洞庭春色》：「瓶開香浮座，盞～光照牖。」（盞：指酒杯。牖 yǒu：窗戶。）

禿 tū△ 沒有頭髮。《穀梁傳·成公元年》：「季孫行父～。」（季孫行父：人名。）《呂氏春秋·盡數》：「輕水所，多～與癭人。」（輕水：含鹽分及其他礦物質過少的水。癭 yǐng：頸部生囊狀瘤。）引申為山無草木、樹無枝葉或物體失去尖端。《淮南子·道應》：「～山不游麋鹿。」《後漢書·張衡傳》：「蘇武以～節效貞。」（節：使者的杖節。）白居易《和夢遊春》：「半死梧桐～。」

突 tū△ ❶突然，出其不意。《周易·離》：「～如其來如。」（如：語氣詞。）《呂氏春秋·貴卒》：「力貴～，智貴卒。」（卒：同「猝」，迅疾。）❷突襲，衝撞。《左傳·襄公二十五年》：「宵～陳城，遂入之。」（陳：周代諸侯國名。）班固《西都賦》：「窮虎奔～。」（窮：處境困窘。）引申為冒，觸犯。曹植《求自試表》：「～刃觸鋒，為士卒先。」❸高出，凸出。《呂氏春秋·任地》：「子能以窐為～乎？」（窐：同「窪」，低窪。）❹煙囪。《韓非子·喻老》：「百尺之室以～隙之煙焚。」《呂氏春秋·慎小》：「～泄一熛，而焚宮燒積。」❺洞穴。《三國志·魏書·明帝紀》「諸葛亮圍陳倉」裴松之注引《魏略》：「亮又為地～，欲踊出於城裏。」張鷟《遊仙窟》：「兔入狗～裏，自來飲食。」

瑹 tū ［瑹琈 fú］玉名。《山海經·西山經》：「（小華山）其陽多～～之玉。」

徒 tú ❶步行。《周易·賁》：「舍車而～。」《晏子春秋·諫下》：「載過者馳，～過者趨。」又指步兵。《左傳·隱公九年》：「彼～我車，懼其侵軼我也。」（侵軼 yì：突然從後邊超過而侵犯。）❷徒黨，同夥或同派別的人。《左傳·僖公九年》：「故以三公子之～作亂。」又指門徒，弟子。《呂氏春秋·誣徒》：「父不能命於子，師不能命於～。」❸徒役，服勞役的人。《呂氏春秋·當賞》：「若賞唐國之勞～，則陶狐為首矣。」（唐國：晉國。陶狐：人名。）又指服勞役的犯人。《管子·輕重乙》：「今發～隸而作之。」❹空。《左傳·襄公二十五年》：「齊師～歸。」又指徒然，白白地。《史記·廉頗藺相如列傳》：「秦城恐不可得，～見欺。」❺只，僅。《韓非子·外儲說左下》：「非～危身也，又將危父。」《列子·說符》：「取金之時，不見人，～見金。」

悇 tú ［悇憛］1. 貪欲的樣子。《新書·勸學篇》：「雖王公大人，孰能無～～養心而顛一視之？」2. 憂愁的樣子。東方朔《七諫·謬諫》：「心～～而煩冤兮。」

涂 ㊀ tú ❶古水名，即今雲南境內的牛欄江。《水經注·若水》：「～水導源臘谷。」❷道路。《戰國策·秦策三》：「蔡澤見逐於趙而入韓魏，遇奪釜鬲於～。」❸塗抹，粉飾。《說文·木部》：「杇，所以～也。」

㊁ chú ❹古水名，即今安徽合肥東北的滁河。《三國志·魏書·王淩傳》：「三年春，吳賊塞～水。」

【辨析】 涂、道、路、途、塗。見96頁「道」字條。

荼 tú ❶一種苦菜。《詩經·邶風·谷風》：「誰謂～苦？其甘如薺。」（薺 jì：薺菜。）［荼毒］比喻苦害，殘害。《尚書·湯誥》：「爾萬方百姓，罹其凶害，弗忍～～。」（罹 lí：遭遇。）《詩經·大雅·桑柔》：「民之貪亂，寧為～～。」❷茅、葦之類的白花。《詩經·鄭風·出其東門》：「出其闉闍，有女如～。」（闉闍 yīndū：曲城城門。）《國語·吳語》：「萬人以為方陣，皆白裳、白旗、素甲、白羽之矰，望之如～。」（矰 zēng：繫有絲繩的箭。）❸通「塗 tú」。泥塗，泥濘。比喻困苦。孫楚《為石仲容與孫皓書》：「生人陷～炭之艱。」（炭：炭火。）

【說明】 古「茶」字本作「荼」。《爾雅·釋木》：「檟，苦荼。」到唐代陸羽《茶經》才作「茶」。

途 tú 道路，路途。《孫子·軍爭》：「故迂其～而誘之以利。」（迂：迂迴，繞遠。）引申為途徑，方法。《鹽鐵論·本議》：「古之立國家者，開本末之～。」特指仕途。《韓非子·人主》：「且法術之士，與當～之匠，不相容也。」

T

【辨析】途、道、路、涂、塗。見96頁「道」字條。

屠 tú ❶宰殺牲畜。《莊子・讓王》：「吾知其富於～羊之利也。」《史記・魏公子列傳》：「臣乃市井鼓刀～者。」又指屠夫。《史記・淮陰侯列傳》：「淮陰～中少年有侮信者。」（信：韓信。）❷屠殺，殺戮。《呂氏春秋・察微》：「吳人往報之，盡～其家。」《史記・蕭相國世家》：「項王與諸侯～燒咸陽而去。」

菟 tú 見512頁「菟」㊁。

稌 tú 稻。《詩經・周頌・豐年》：「多黍多～。」

腯 tú△ （牲畜）肥壯。《左傳・桓公六年》：「吾牲牷肥～，粢盛豐備，何則不信。」（牲牷 quán：毛色純而體完具的牲畜。）

瘏 tú 病。《詩經・周南・卷耳》：「陟彼砠矣，我馬～矣。」（砠：有土的石山。）

塗 ㊀ tú ❶泥。《尚書・禹貢》：「厥土惟～泥。」《韓非子・外儲說左上》：「夫嬰兒相與戲也，以塵為飯，以～為羹。」❷塗抹。《呂氏春秋・長攻》：「反斗而擊之，一成，腦～地。」引申為污染。《莊子・讓王》：「今天下暗，周德衰，其並乎周以～吾身也。」❸道路。《論語・陽貨》：「遇諸～。」《漢書・藝文志》：「街談巷語，道聽～說者之所造也。」
㊁ dù ❹用黃金塗飾。後來寫作「鍍」。《漢書・霍光傳》：「作乘輿輦，加畫繡絪馮，黃金～。」（絪馮：指坐墊。）

【辨析】塗、道、路、途、涂。見96頁「道」字條。

跿 tú ［跿跔 jū］光着腳。《戰國策・韓策一》：「虎摯之士，～～科頭，貫頤奮戟者，至不可勝計也。」（虎摯之士：勇猛的士卒。科頭：不戴冠帽。貫頤：彎弓。）

圖 tú ❶謀劃，考慮。《詩經・大雅・崧高》：「我～爾居，莫如南土。」《莊子・逍遙遊》：「而後乃今將～南。」今成語有「勵精圖治」。引申為設法對付。《左傳・隱公元年》：「無使滋蔓，蔓難～也。」又引申為料想。《論語・述而》：「不～為樂之至於斯也。」❷圖像，圖畫。《莊子・田子方》：「宋元君將畫～。」今成語有「按圖索驥」。引申為地圖，版圖。《周禮・夏官・職方氏》：「職方氏掌天下之～。」《史記・刺客列傳》：「秦王發～，～窮而匕首見。」特指河圖，古代關於符命預言之類的神圖。《周易・繫辭上》：「河出～，洛出書。」又為描繪，作畫。《淮南子・氾論》：「今夫～工好畫鬼魅而憎～狗馬者，何也？」❸意圖，抱負。陸機《五等論》：「故強晉收其請隧之～，暴楚頓其觀鼎之志。」韓愈《為裴相公讓官表》：「啟中興之宏～。」❹法度。屈原《九章・懷沙》：「前～未改。」

土 tǔ ❶泥土。《荀子・勸學》：「積～成山，風雨興焉。」《呂氏春秋・本生》：「夫水之性清，～者抇之，故不得清。」（抇：攪亂。）又為土地，田地。《呂氏春秋・音律》：「命農發～，無或失時。」❷領土，國土。《左傳・昭公七年》：「普天之下，莫非王～。」《韓非子・定法》：「五年而秦不益尺～之地。」❸鄉土，故土。《詩經・大雅・桑柔》：「憂心慇慇，念我～宇。」（慇慇：憂愁的樣子。）《漢書・元帝紀》：「安～重遷，黎民之性。」又為本地的，當地的。《尚書・旅獒》：「犬馬非其～性不畜。」《後漢書・竇融傳》：「累世在河西，知其～俗。」❹土神。《公羊傳・僖公三十一年》：「天子祭天，諸侯祭～。」❺五行之一。《呂氏春秋・應同》：「水氣至而不知數備，將徙于～。」❻八音之一。《周禮・春官・大師》：「皆播之以八音，金、石、～、革、絲、木、匏、竹。」

吐 ㊀ tǔ ❶吐出。《荀子・賦》：「食桑而～絲。」曹操《短歌行》：「周公～哺，天下歸心。」引申為說出。《論衡・變動》：「其時皆～痛苦之言。」今成語有「一吐為快」。❷露出，顯現。《抱朴子・守埼》：「陸無含秀之苗，水無～穗之株。」
㊁ tù ❸嘔吐。《呂氏春秋・介立》：「兩手據地而～之。」

T

吐 tù 見511頁「吐」㊁。

兔 tù 兔子。《韓非子・五蠹》：「～不可復得。」古代傳說月中有玉兔，因而用為月亮的代稱。羅鄴《冬日寄獻庾員外》：「～缺烏沈欲半年。」（烏：代指太陽。）

菟 ㊀ tù ❶［菟絲］一種蔓生的寄生植物，常纏繞在其他植物上生長。《玉臺新詠・古詩》之三：「與君為新婚，～～附女蘿。」❷通「兔 tù」。屈原《天問》：「厥利維何，而顧～在腹。」（厥：其。顧：望。在腹：指在月中。）
㊁ tú ❸［於 wū 菟］虎的別名。《左傳・宣公四年》：「楚人謂乳穀，謂虎～～。」

tuan

湍 ㊀ tuān ❶水勢急速。《孟子・告子上》：「性猶～水也。」引申為激流的水。《水經注・江水二》：「春冬之時，則素～綠潭，回清倒影。」
㊁ zhuān ❷水名，在河南境內。《山海經・中山經》：「曰翼望之山，～水出焉。」《水經注・湍水》：「菊水東南流入～。」

専 tuán 見693頁「専」㊁。

摶 ㊀ tuán ❶捏物成團。《呂氏春秋・慎大》：「襄子方食～飯。」引申為聚集。《商君書・壹言》：「夫聖人之治國也，能～力，能殺力。」（殺：減少。）又引申為圓。屈原《九章・橘頌》：「曾枝剡棘，圓果～兮。」（曾：重。剡 yǎn：銳利。）❷盤旋，環繞。《莊子・逍遙遊》：「～扶搖羊角而上者九萬里。」（扶搖、羊角：旋風。）
㊁ zhuàn ❸把東西捲緊。《周禮・考工記・鮑人》：「卷而～之，欲其無迆也。」（迆 yǐ：斜。）❹量詞。束，捆。《周禮・地官・羽人》：「百羽為～，十～為縛。」
㊂ zhuān ❺專一，集中。《管子・內業》：「一意～心，耳目不淫，雖遠若近。」引申為集中統領。《史記・田敬仲完世家》：「馮因～三國之兵。」（馮：指韓馮。）

團 tuán ❶圓形。《墨子・經下》：「鑑～景一。」王昌齡《長信秋詞》之三：「且將～扇暫徘徊。」❷聚集。鮑照《傷逝賦》：「露～秋槿。」《明史・張赫傳》：「～義兵以捍鄉里。」又指聚合密集的東西。梅堯臣《較藝再和王禹玉內翰》：「野雀爭巢鬥作～。」❸軍隊的編制單位。《隋書・儀禮志三》：「十隊為～。」《新唐書・兵志》：「士以三百人為～。」

慱 tuán ❶［慱慱］憂勞的樣子。《詩經・檜風・素冠》：「勞心～～兮。」❷通「團 tuán」。圓。《太玄・中》：「月闕其～，明始退也。」（闕：缺。）

漙 tuán 露水多的樣子。《詩經・鄭風・野有蔓草》：「野有蔓草，零露～兮。」

鷒 tuán 見76頁「鷒」㊁。

糰 tuán 一種用米粉製作的圓球形食品。白居易《寒食日過棗糰店》：「寒食棗～店，春低楊柳枝。」

畽 tuǎn ［町 tǐng 畽］見506頁「町」字條。

疃 tuǎn ❶禽獸踐踏的地方。黃庭堅《觀祕閣蘇子美題壁詩》：「姑蘇麋鹿～，風月有書堂。」❷村莊，屯。唐彥謙《夏日訪友》：「孤舟喚野渡，村～入幽邃。」

彖 tuàn 《周易》各卦中總括一卦卦義之辭。《周易・乾》：「～曰：大哉乾元。」

tui

推 tuī ❶用手推。《左傳・成公二年》：「苟有險，余必下～車。」引申為推移。《周易・繫辭下》：「寒暑相～而歲成焉。」今成語有「推心置腹」。❷推廣，推行。《孟子・梁惠王上》：「故～恩足以保四海。」《韓非子・五蠹》：「～公法，而求索姦人。」今成語有「推己及人」。❸推舉，舉薦。《尚書・周官》：「～賢讓能，庶官乃和。」（庶：眾。）司馬遷《報任安書》：「教以慎於接物，～賢進士為務。」引申為推重，讚許。《史記・魏其武安侯列傳》：「魏其之東朝，盛～灌夫之善。」❹ 推算。《淮南子・本經》：「星月之行，可以曆～得也。」❺ 排除。《詩經・大雅・雲漢》：「旱既大甚，則不可～。」今成語有「推陳出新」。❻ 拒絕，推辭。《世說新語・方正》：「遂送樂器，紹～卻不受。」白居易《送敏中歸豳寧幕》：「今宵盡醉莫～辭。」

蓷 tuī　藥草名，即益母草。《詩經・王風・中谷有蓷》：「中谷有～，暵其乾矣。」（暵：乾枯。）

僓 tuí　頹敗。《莊子・外物》：「於是乎有～然而道盡。」

隤 tuí　❶ 崩塌，墜落。班固《西都賦》：「巨石～，松柏仆。」（仆：倒下。）引申為敗壞。司馬遷《報任安書》：「李陵既生降，～其家聲。」❷ 跌倒。《淮南子・原道》：「先者～陷，則後者以謀。」（謀：考慮。）❸ 降下。《漢書・揚雄傳上》：「發祥～祉。」（祉：福。）

頹（穨） tuí　❶ 崩塌，倒塌。《禮記・檀弓上》：「泰山其～乎！」比喻衰亡，衰敗。諸葛亮《出師表》：「親小人，遠賢臣，此後漢所以傾～也。」歐陽修《送張生》：「～顏衰髮互相詢。」❷ 落下。潘岳《寡婦賦》：「歲云暮兮日西～。」又為水向下流。《史記・河渠書》：「水～以絕商顏。」（商顏：山名。）❸ 恭順，安詳。《禮記・檀弓上》：「拜而後稽顙，～乎其順也。」（稽顙：叩頭。）《北史・文苑傳・庾信》：「身長八尺，腰帶十圍，容止～然，有過人者。」

蹪 tuí　跌倒。《淮南子・人間》：「人莫～於山而～於垤。」（垤 dié：螞蟻做窩時堆在穴口的小土堆。）

侻 tuì　見 515 頁「侻」㊁。

退 tuì　❶ 後退，與「進」相對。《左傳・僖公四年》：「師～，次于召陵。」（次：軍隊臨時駐紮。召陵：地名。）《孟子・盡心上》：「其進銳者，其～速。」引申為離開，退走。《荀子・堯問》：「～朝而有喜色。」❷ 不擔任官職。《晏子春秋・問上》：「順則進，否則～，不與上行邪。」（上：君主。）又為撤銷或降低官職，黜退。《禮記・檀弓下》：「進人以禮，～人以禮。」《荀子・富國》：「罰不行則不肖者不可得而～也。」❸ 衰減，消退。《左傳・昭公三年》：「寒暑乃～。」又用作使動。《呂氏春秋・仲夏》：「～嗜慾。」❹ 謙讓。《禮記・曲禮上》：「是以君子恭敬、撙節、～讓以明禮。」（撙 zǔn 節：抑制，節制。）引申為退縮。《論語・先進》：「求也～，故進之。」（求：冉求，人名。進：用如使動，這裏是鼓勵的意思。）

【辨析】退、卻。見 423 頁「卻」字條。

脱 tuì　見 515 頁「脱」㊁。

蜕 tuì　❶ 蛇、蟬等脱下的皮。《莊子・寓言》：「予，蜩甲也，蛇～也，似之而非也。」（予：我。蜩 tiáo 甲：蟬殼。）又為蛇、蟬等脱皮。《淮南子・說林》：「蟬飲而不食，三十日而～。」引申為脱掉，脱去。任昉《述異記》上：「虎千年，則牙～而角生。」❷ 道家謂得道者留下形骸，靈魂飛升成仙為尸解，也叫「蜕」。後稱修道者之死為「蜕」。王適《潘尊師碣》：「師曰：『吾其～矣。』」也指屍體。《徐霞客遊記・滇遊日記四》：「臨去乃為此，與遺～俱存。」（此：指偈子，和尚的詩作。）

褪 tuì　見 514 頁「褪」㊁。

tun

吞 tūn　❶ 吞嚥。《呂氏春秋・恃君》：「又～炭以變其音。」引申為忍受着不發作出來。江淹《恨賦》：「自古皆有死，莫不飲恨而～聲。」❷ 吞併，吞沒。《戰國策・西周策》：「兼有～周之意。」賈誼《過秦論》：「～二周而亡諸侯。」❸ 包容。范仲淹《岳陽樓記》：「銜遠山，～長江。」

哼 tūn　❶ 多言。《荀子・哀公》：「無取口～。」❷ [哼哼] 1. 遲重緩慢的樣子。《詩經・王風・大車》：「大車～～。」2. 鄭重教誨的樣子。《莊子・胠篋》：「釋夫恬淡無為而悅夫～～之意，～～已亂天下矣。」

T

焞 tūn ❶光明。崔瑗《河間相張平子碑》：「亦能～耀敦大，天明地德，光照有漢。」（有：詞頭。）❷古代占卜灼龜用的火。《儀禮·士喪禮》：「楚～置于燋，在龜東。」（楚：荊。燋 jiāo：引火用的火炬。）

魨 tūn 河豚。梅堯臣《范饒州坐中客語食河魨魚》：「河～於此時，貴不數魚蝦。」

屯 tún 見698頁「屯」㈡。

忳 ㈠ tún ❶憂愁的樣子。屈原《離騷》：「～鬱邑余侘傺兮。」（鬱邑：憂愁的樣子。侘傺 chàchì：不得志的樣子。）

㈡ zhūn ❷[忳忳] 誠摯的樣子。宋玉《九辯》：「紛～～之願忠兮。」

沌 tún 見118頁「沌」㈡。

芚 ㈠ tún ❶草木初生的樣子。《法言·寡見》：「春木之～兮。」

㈡ chūn ❷謹厚的樣子。《莊子·齊物論》：「眾人役役，聖人愚～。」（役役：勞苦不休的樣子。）

肫 tún 見75頁「肫」㈡。

純 tún 見75頁「純」㈢。

軘 tún [軘車] 兵車的一種。《左傳·宣公十二年》：「使～～逆之。」（逆：迎。）

豚 tún ❶小豬，豬。《論語·陽貨》：「歸孔子～。」（歸：通「饋」，贈送。）王駕《社日》：「～柵雞棲半掩扉。」❷通「墩 dūn」。盛土的袋子。《三國志·魏書·蔣濟傳》：「豫作土～，遏斷湖水。」❸通「遁 dùn」。隱遁。《太玄·瞢》：「師或導射，～其埻。」（埻 zhǔn：箭靶。）

【辨析】豚、豕、彘。見459頁「豕」字條。

敦 tún 見117頁「敦」㈣。

臀 tún ❶臀部。《周易·夬》：「～无膚，其行次且。」（次且：同「趑趄 zījū」，舉步躊躇的樣子。）❷器物的底部。《周禮·考工記·㮚氏》：「其～一寸。」

褪 ㈠ tùn ❶脫下衣裝。辛棄疾《江神子·和人韻》：「裙帶～，鬢雲鬆。」❷凋謝。蘇軾《蝶戀花·春景》：「花～殘紅青杏小。」

㈡ tuì ❸顏色變淡或消失。周邦彥《滿江紅·春閨》：「蝶粉蜂黃都～了。」引申為減退，後退。陸游《蔬飯》：「山村未～寒。」

tuo

托 tuō△ ❶用手或物承着。韓偓《詠手》：「依稀曾見～金車。」引申為襯托。馮贄《雲仙雜記·半月履》：「裁千紋布為之，～以精銀。」❷寄託，依靠。元稹《鶯鶯傳》：「旅寓惶駭，不知所～。」引申為託付，委託。辛棄疾《瑞鶴仙·賦梅》：「瑤池舊約，鱗鴻更仗誰～？」（瑤池：傳說中西王母住地。鱗鴻：指書信。）

【辨析】托、託。見515頁「託」字條。

佗 ㈠ tuō ❶別的，其他的。《左傳·隱公元年》：「～邑唯命。」《韓非子·外儲說右上》：「使者不敢往，乃酤～家之酒。」❷拖，披。《史記·龜策列傳》：「因以醮酒～髮。」

㈡ tuó ❸施加。《詩經·小雅·小弁》：「舍彼有罪，予之～矣。」❹負荷，背負。《漢書·趙充國傳》：「以一馬自～，負三十日食。」❺[佗佗] 美好的樣子。《詩經·鄘風·君子偕老》：「委委～～，如山如河。」

㈢ yí ❻[委佗] 同「逶迤」。曲折的樣子。《後漢書·任光等傳贊》：「～～還旅，二守焉依。」

拖(拕) tuō ❶拉，曳。班固《西都賦》：「～熊螭，曳犀犛。」（螭 chī：無角龍。犛 lí：犛牛。）引申為下垂。《論語·鄉黨》：「加朝服，～紳。」（紳 shēn：束衣的大帶子。）❷奪取。《淮南子·人間》：「解其橐笥，～其衣被。」（橐 tuó：口袋。笥 sì：盛衣物的竹器。）❸拖延。歐陽修《言青苗錢第一劄子》：

「則青苗錢積壓～欠數多。」

侻 ㊀ tuō△ ❶ 平易，率真。《晏子春秋・諫下》：「其動作～順而不逆，可以奉生。」《淮南子・本經》：「其言略而循理，其行～而順情。」❷ 通「脫 tuō」。脫離。范本《老子》第三十六章：「魚不可～於淵。」

㊁ tuì ❸ 適宜，符合。宋玉《神女賦》：「～薄裝。」

捝 ㊀ tuō△ ❶ 解脫。後來寫作「脫」。《說文》：「～，解～也。」范本《老子》第五十四章：「善抱者不～。」❷ 捶打。《穀梁傳・宣公十八年》：「邾人戕繒子於繒。戕，猶殘也，～殺也。」

㊁ shuì△ ❸ 擦拭。《儀禮・鄉飲酒禮》：「坐～手執爵，遂祭酒興席。」

託 tuō△ ❶ 寄託。《戰國策・趙策四》：「長安君何以自～於趙？」引申為委託，託付。《戰國策・趙策四》：「願及未填溝壑而～之。」（填溝壑：指死。）諸葛亮《出師表》：「願陛下～臣以討賊興復之效。」❷ 推託，假託。《後漢書・方術傳下・華佗》：「因～妻疾，數期不反。」（反：返。）

【辨析】託、托。「托」是中古以後產生的，是「託」的通俗寫法。不過，「托」有它自已特有的意義，表示用手掌承着東西；又有引申義，如「襯托」。這些意義的「托」都不能寫成「託」。

棁 ㊀ tuō△ ❶ 木棍。《淮南子・主術》：「無異於執彈而來鳥，捭～而狎犬也。」《後漢書・文苑傳下・禰衡》：「手持三尺～杖。」

㊁ zhuō△ ❷ 樑上短柱。《論語・公冶長》：「臧文仲居蔡，山節藻～。」（居蔡：給龜建居室。節：柱上斗栱。）❸ 通「銳 ruì」。尖銳。《老子》第九章：「揣而～之，不可長保。」

脫 ㊀ tuō ❶ 肉剝去皮骨。《禮記・內則》：「肉曰～之。」❷ 脫離，脫落。《韓非子・喻老》：「魚不可～於深淵。」謝莊《月賦》：「木葉微～。」又為脫去，解去。《莊子・寓言》：「～屨戶外，膝行而前。」（膝行：跪着行走，表示恭敬。）引申為遺漏，散落。《漢書・藝文志》：「文字異者七百有餘，～字數十。」❸ 出，脫出。《管子・霸行》：「言～於口，而令行乎天下。」今成語有「脫穎而出」。❹ 簡慢，簡略。《左傳・僖公三十三年》：「輕則寡謀，無禮則～。」《史記・禮書》：「凡禮始乎～。」❺ 或許。《後漢書・李通傳》：「事既未然，～可免禍。」❻ 連詞。表假設，倘若，如果。《吳子・勵士》：「～其不勝，取笑於諸侯，失權於天下矣。」

㊁ tuì ❼［脫脫］舒緩的樣子。《詩經・召南・野有死麕》：「舒而～～兮。」

它 tuó　見 488 頁「它」㊂。

阤（陁） tuó　見 678 頁「阤（陁）」㊂。

佗 tuó△　見 514 頁「佗」㊁。

沱 tuó ❶ 江水的支流。《詩經・召南・江有汜》：「江有～。」庾信《將命使北始渡瓜步江》：「旌旗映江～。」❷ 眼淚垂落的樣子。《周易・離》：「出涕～若。」（涕：淚。若：詞尾。）❸［滂沱］大雨傾注的樣子。見「滂」字條。

陀 ㊀ tuó ❶ 山坡。袁桷《次韻伯宗同行至上都》：「藉草各小憩，側身復登～。」（藉：坐卧其上。）

㊁ duò ❷ 崩塌。《淮南子・繆稱》：「城峭者必崩，岸崝者必～。」（崝 zhēng：高，陡峭。）

紽 tuó　計算絲縷的單位，五絲為紽。《詩經・召南・羔羊》：「素絲五～。」

酡 tuó　酒後臉紅。宋玉《招魂》：「美人既醉，朱顏～些。」

跎 tuó　［蹉跎］見 85 頁「蹉」字條。

馱 ㊀ tuó ❶ 用牲口負物。《北齊書・彭城景思王浟傳》：「又有一人從幽州來，驢～鹿脯。」李白《對酒》：「蒲萄酒，金叵羅，吳姬十五細馬～。」

㊁ duò ❷ 負載的牲畜或牲畜所負之物。貫休《長安道》：「千車萬～，半宿關月。」又用作量詞。薛調《無雙傳》：「乃裝金銀羅錦二十～。」

T

駝（駞） tuó ❶駱駝。《後漢書・耿恭傳》：「獲生口三千餘人，～、驢、馬、牛、羊三萬七千頭。」（生口：指俘虜。）❷用牲畜馱物。《漢書・司馬相如傳上》「騊駼橐駝」顏師古注：「橐駝者，言其可負橐囊而～物，故以名云。」

橐 ㊀tuó△ ❶盛物的口袋。《戰國策・秦策一》：「負書擔～。」用作動詞。用口袋裝。《呂氏春秋・悔過》：「過天子之城，宜～甲束兵。」❷古代的鼓風裝置，類似後世的風箱。《老子》第五章：「天地之間，其猶～籥乎？」（籥 yuè：吹火的竹筒。）《墨子・備穴》：「具爐～。」

㊁luò ❸［橐駝］即駱駝。《史記・匈奴列傳》：「其奇畜則～～、驢、騾、駃騠。」（駃騠 juétí：驢騾，公馬母驢雜交所生。）

【辨析】橐、囊。見 360 頁「囊」字條。

鮀 tuó ❶魚名，即鮎魚。《說文》：「～，鮎也。」❷動物名，即鼉。《重修政和證類本草》卷二十一：「～，生南海池澤，今江湖極多，即鼉也。」

鼧 tuó ［鼧鼥 bá］獸名，俗稱土撥鼠。《本草綱目・獸部》：「唐書有～～鼠，即此也。」

驒 ㊀tuó ❶有鱗狀斑紋的青馬。《詩經・魯頌・駉》：「有～有駱。」（駱：白身黑鬣的馬。）

㊁diān ❷［驒騱 xí］野馬名。司馬相如《上林賦》：「蛩蛩～～。」

㊂tān ❸［驒驒］喘息的樣子。《漢書・敘傳下》：「王師～～，致誅大宛。」

鱓 tuó 見 445 頁「鱓」㊁。

鼉 tuó 揚子鱷。又稱鼉龍，豬婆龍。《山海經・中山經》：「岷山，江水出焉，東北流注于海，其中多良龜，多～。」

妥 tuǒ ❶安坐。《詩經・小雅・楚茨》：「以～以侑。」（侑 yòu：勸飲。）《儀禮・士相見禮》：「～而後傳言。」❷安定，安穩。《漢書・燕刺王旦傳》：「薰鬻徙域，北州以～。」❸［妥帖］穩妥，適當。陸機《文賦》：「或～～而易施。」

媠 ㊀tuǒ ❶美好。曹植《七啟》：「形～服兮揚幽若。」

㊁duò ❷同「惰」。懈怠，不敬。《漢書・外戚傳上・孝武李夫人》：「妾不敢以燕～見帝。」

橢 tuǒ 狹長，長圓形。屈原《天問》：「南北順～。」《淮南子・脩務》：「今夫救火者汲水而趍之，或以甕瓴，或以盆盂，方員銳～不同，盛水各異，其於滅火鈞也。」（趍 qū：奔向。員：通「圓」。）

拓 tuò 見 675 頁「拓」㊁。

柝 tuò△ ❶巡夜所敲的木梆。《周易・繫辭下》：「重門擊～，以待暴客。」《孟子・萬章下》：「抱關擊～。」（抱關：門卒。）❷開拓。《淮南子・原道》：「廓四方，～八極。」

跅 tuò△ ［跅弛］放縱不受拘束。《漢書・武帝紀》：「夫泛駕之馬，～～之士，亦在御之而已。」（泛駕：翻車。）

唾 tuò ❶口水，唾沫。《莊子・秋水》：「子不見夫～乎？噴則大者如珠，小者如霧。」揚雄《解嘲》：「涕～流沫。」又為吐唾沫。《呂氏春秋・異寶》：「許公不應，東南鄉而～。」或以此表示鄙棄。《戰國策・趙策四》：「老婦必～其面。」❷嘔吐。韓愈《故太學博士李君墓誌銘》：「～血十數年以斃。」

毻 tuò 鳥獸換毛。郭璞《江賦》：「產～積羽。」

魠 tuò△ 開口大的魚。《史記・司馬相如列傳》：「鰅鰫鰬～。」（鰅、鰬：魚名。）

魄 tuò 見 390 頁「魄」㊂。

蘀 tuò△ 草木脫落的皮或葉。《詩經・鄭風・蘀兮》：「～兮～兮，風其吹女。」（女 rǔ：你。）又《豳風・七月》：「八月其穫，十月隕～。」（穫：收穫。隕：墜落。）

籜 tuò△ ❶竹筍皮。謝靈運《於南山往北山經湖中瞻眺》：「初篁苞綠～。」（篁：竹子。）陸游《新竹》：「解～時聞聲簌簌。」❷草名。《山海經・中山經》：「其下有草焉，葵本而杏葉，黃華而莢實，名曰～。」

W

wa

污(汙、汚) wā　見533頁「污(汙、汚)」㊁。

哇 wā　❶嘔吐。《孟子・滕文公下》：「其兄自外至，曰：『是鶃鶃之肉也。』出而～之。」❷哽塞。《莊子・大宗師》：「屈服者，其嗌言若～。」（嗌 ài：咽喉阻塞。）❸哭喊。謝靈運《擬魏太子鄴中集詩・陳琳》：「哀～動梁埃。」

洼 wā　深池。《莊子・齊物論》：「大木百圍之竅穴……似～者，似污者。」（污：水坑。）引申為低凹。馬王堆漢墓帛書甲本《老子・道經》：「～則盈，敝則新。」

窐 wā　見179頁「窐」㊁。

蛙(鼃) wā　兩棲動物，種類很多，青蛙是常見的一種。《莊子・秋水》：「子獨不聞夫埳井之～乎？」（埳井：淺井。）

媧 wā　［女媧］神話傳說中女神名。《淮南子・覽冥》：「於是～～煉五色石以補蒼天。」

娃 wá　美女。《說文》：「吳楚之間謂好女曰～。」《漢書・揚雄傳》：「資娵～之珍髢兮。」（資：憑藉。娵、娃：美女。髢 dǐ：頭髮。）

瓦 ㊀ wǎ　❶陶器，用陶土燒製的。《荀子・性惡》：「夫陶人埏埴而生～。」（埏埴 shānzhí：把陶土放入模型中製成器物。）《韓非子・外儲說右上》：「有～器而不漏，可以盛酒乎？」❷屋瓦，用陶土或黏土燒製而成。《墨子・備城門》：「民室杵木～石可以蓋城之備者，盡上之。」《呂氏春秋・長利》：「其所求者，～之間隙，屋之翳蔚也。」（翳 yì 蔚：遮蔽。）特指陶製紡錘，古代紡織用的工具。《詩經・小雅・斯干》：「載弄之～。」（載：則。弄：把玩。）也指楯脊，即楯背拱起如覆瓦的部分。《左傳・昭公二十六年》：「射之，中楯～。」

㊁ wà　❸蓋瓦，鋪瓦。《酉陽雜俎・草篇》：「祖父已嘗～此殿矣。」

瓦 wà　見517頁「瓦」㊁。

絑 ㊀ wà△　❶襪子。《淮南子・說林》：「鈞之縞也，一端以為冠，一端以為～，冠則戴致之，～則蹍履之。」

㊁ mò　❷束衣的腰巾。《列女傳・魯季敬姜》：「昔者武王罷朝而結絲～絕。」

襪(韤、韈) wà△　襪子。《韓非子・外儲說左下》：「～係解，因自結。」（係：帶子。）

wai

喎 wāi　嘴歪斜的病症。《靈樞・經脈》：「病者狂瘧溫淫……口～脣胗。」（胗 zhěn：嘴脣潰瘍。）泛指偏斜不正。《齊民要術・種瓜》：「近頭子，瓜短而～。」

外 wài　❶外面，外部，與「內」相對。《左傳・隱公元年》：「大隧之～，其樂也泄泄。」也指人的外表。《論衡・非韓》：「姦人～善內惡。」❷疏遠，排斥。《周易・否》：「內小人而～君子。」《呂氏春秋・知士》：「此劑貌辨之所以～生樂、趨患難故也。」（劑貌辨：人名。）又表示排除，除去。《淮南子・精神》：「～此，其餘無足利矣。」❸母族、妻族等外姓親戚。《爾雅・釋親》：「母之考為～王父。」（考：父親。外王父：外祖父。）《漢書・楊敞傳附楊惲》：「惲母，司馬遷女也。惲始讀～祖《太史公記》，頗為《春秋》。」❹ 非正規的。《論衡・案書》：「《國語》，《左氏》之～傳也。」

wan

剜 wān 刻，挖。《尚書大傳》卷二：「望釣得玉璜，～曰：『姬受命，呂佐檢。』」（望：呂尚，號太公望。佐檢：輔助。）聶夷中《傷田家》：「醫得眼前瘡，～卻心頭肉。」

蜿 ㊀ wān ❶ 彎曲的樣子。張衡《思玄賦》：「騰蛇～而自糾。」（糾：盤繞。）[蜿蜒] 龍蛇等曲折爬行的樣子。曹植《九愁賦》：「御飛龍之～～。」泛指彎曲的樣子。葉適《剡溪舟中》：「寒溪一溜～～通。」
㊁ wǎn ❷ [蜿蟺] 屈曲盤旋的樣子。王延壽《魯靈光殿賦》：「虬龍騰驤以～～。」（騰驤：昂首奔馳。）

彎 wān ❶ 開弓，把弓拉滿。《韓詩外傳》卷六：「～弓而射之。」賈誼《過秦論》：「士不敢～弓以報怨。」❷ 水路屈曲處。庾信《應令》：「開舟即舊～。」（即：靠近。）又為彎曲。張耒《西山寒溪》：「路作九曲～。」

【辨析】彎、發、引、射。見 127 頁「發」字條。

灣 wān 水流彎曲處。庾信《望渭水》：「沙如龍尾～。」杜荀鶴《春日登樓遇雨》：「浪催漁父盡歸～。」特指海灣。《南史・夷貊傳上・中天竺國》：「循海大～中正西北入，歷～邊數國。」

丸 wán ❶ 小而圓的東西。《莊子・達生》：「五六月累～二而不墜。」特指彈丸。《左傳・宣公二年》：「從臺上彈人，而觀其辟～也。」（彈：用彈弓射。辟：躲避。）又特指丸藥。《抱朴子・至理》：「今醫家通明腎氣之～。」❷ 量詞。用於小而圓的東西。曹植《善哉行》：「仙人王喬，奉藥一～。」（奉：獻。）

刓 wán ❶ 削去棱角。屈原《九章・懷沙》：「～方以為圜兮。」（圜：同「圓」。）引申為圓。白居易《大巧若拙賦》：「必將考廣狹以分寸，審～方以規模。」❷ 磨損。《史記・淮陰侯列傳》：「至使人有功當封爵者，印～敝，忍不能予。」❸ 通「玩 wán」。摩挲。《史記・酈生陸賈列傳》：「為人刻印，～而不能授。」

抏 wán ❶ 摧挫，消耗。司馬相如《上林賦》：「罷車馬之用，～士卒之精。」《漢書・吾丘壽王傳》：「海內～敝，巧詐並生。」❷ 通「玩 wán」。遊玩。《荀子・王霸》：「懸樂奢泰，游～之脩。」（奢泰：奢侈過度。脩：治。之：代詞，複指前置賓語。）

芄 wán [芄蘭] 一種蔓生藤本植物。《詩經・衛風・芄蘭》：「～～之支。」（支：枝條。）

园 wán 同「刓」。削去棱角，使物變圓。《莊子・齊物論》：「五者～而幾向方矣。」《後漢書・孔融傳論》：「豈有員～委屈可以每其生哉？」

岏 wán [巑岏] 見 82 頁「巑」字條。

忨 wán 貪愛，苟安。《國語・晉語八》：「今～日而潵歲，怠偷甚矣。」（潵 hé：曠廢。偷：苟且。）

完 wán ❶ 完整，完好。《荀子・勸學》：「巢非不～也。」杜甫《石壕吏》：「出入無～裙。」又為使完整、完好，即保全。《史記・高祖本紀》：「吾非敢自愛，恐能薄，不能～父兄子弟。」今成語有「完璧歸趙」。引申為堅固。《孟子・離婁上》：「城郭不～。」❷ 修葺，修繕。《左傳・隱公元年》：「大叔～聚。」（完：指修葺城郭。聚：指積聚糧食。）《孟子・萬章上》：「父母使舜～廩。」（廩 lǐn：倉房。）

【辨析】完、備。見 16 頁「備」字條。

玩 wán ❶ 玩弄，戲弄。《尚書・旅獒》：「～人喪德，～物喪志。」《呂氏春秋・精諭》：「前後左右盡蜻也，終日～之而不去。」引申為觀賞，欣賞。

屈原《九章・思美人》：「吾誰與～此芳草？」（誰與：與誰。）也指供玩賞的東西。《國語・楚語下》：「若夫白珩，先生之～也。」（珩 héng：佩玉上部的橫玉。）❷ 研討，玩味。《周易・繫辭上》：「是故君子居則觀其象而～其辭。」（辭：卦辭。）❸ 忽視，輕慢。《國語・周語上》：「～則天震。」《三國志・魏書・鮑勳傳》：「令黠虜～威，臣竊以為不可。」（黠 xiá：狡猾。虜：敵人。）

紈 wán 白色細絹。《淮南子・說林》：「臨菑之女織～而思行者。」（臨菑：齊國都。）[紈袴] 貴族子弟所穿的細絹褲。《漢書・敘傳上》：「在於綺襦～～之間。」後借指貴族子弟。杜甫《奉贈韋左丞丈二十二韻》：「～～不餓死，儒冠多誤身。」

頑 wán ❶ 愚蠢，愚昧。《尚書・堯典》：「父～母嚚。」（嚚 yín：愚昧。）《論衡・命祿》：「貧富在祿，不在～慧。」❷ 不馴服。《尚書・書序》：「成周既成，遷殷～民。」（成周：西周的東都洛邑。）又為強暴。李白《豫章行》：「為君掃兇～。」❸ 貪婪。《孟子・萬章下》：「故聞伯夷之風者，～夫廉，懦夫有立志。」《呂氏春秋・慎大》：「桀為無道，暴戾～貪。」

宛 ㊀ wǎn ❶ 屈曲，曲折。《史記・司馬相如列傳》：「～虹拖於楯軒。」❷ 彷彿，好像。《詩經・秦風・蒹葭》：「溯游從之，～在水中央。」（溯 sù：逆水流而上。）❸ 通「鬱 yù」。鬱結。《史記・扁鵲倉公列傳》：「寒濕氣～篤不發。」《春秋繁露・循天之道》：「鶴之所以壽者，無～氣於中。」

㊁ yuān ❹ 地名，在今河南南陽一帶。《史記・高祖本紀》：「出軍～、葉間。」❺ [大宛] 西域國名。《漢書・張騫傳》：「西走數十日，至～～。」

挽 wǎn ❶ 拉，牽引。《莊子・天運》：「今取猿狙而衣以周公之服，彼必齕齧～裂，盡去而後慊。」杜甫《前出塞》之六：「～弓當～強。」❷ 捲起。韓愈《芍藥歌》：「競～春衫來比並。」❸ 哀悼死者。《世說新語・任誕》：「時袁山松出遊，每好令左右作～歌。」

莞 wǎn 見 175 頁「莞」㊁。

晚 wǎn ❶ 日暮，傍晚。《說文》：「～，莫也。」（莫：古「暮」字。）《韓非子・外儲說左上》：「然至日～必歸饟者。」《漢書・天文志》：「其伏見蚤～，邪正存亡。」（見 xiàn：出現。）❷ 遲，後，比規定的或適當的時間靠後。《老子》第四十一章：「大器～成。」引申為事物的最後一段時間。《史記・孔子世家》：「孔子～而喜《易》。」此指晚年。《淮南子・本經》：「～世之時，帝有桀、紂。」

脘 wǎn 胃的內腔。《素問・評熱病論》：「食不下者，胃～隔也。」

惋 wǎn 怨恨，歎息。《戰國策・秦策二》：「受欺於張儀，王必～之。」

婉 wǎn ❶ 美好。《詩經・鄭風・野有蔓草》：「有美一人，清揚～兮。」《晉書・段豐妻慕容氏傳》：「慕容氏姿容～麗。」❷ 柔順。《左傳・昭公二十六年》：「婦聽而～。」《史記・佞幸傳序》：「此兩人非有材能，徒以～佞貴幸。」❸ 委婉，婉轉。《左傳・成公十四年》：「～而成章。」《淮南子・齊俗》：「卑體～辭。」

琬 wǎn 琬圭，上端渾圓無棱角的圭。《尚書・顧命》：「～琰在西序。」（琰 yǎn：有尖鋒的圭。西序：西廂房。）

晼 wǎn [晼晚] 日偏西，將暮。宋玉《九辯》：「白日～～其將入兮。」比喻人年老，遲暮。陸機《歎逝賦》：「老～～其將及。」

碗(盌、椀、甇) wǎn 碗，盛飲食的器皿。

畹 wǎn 古代地積單位。十二畝為一畹。屈原《離騷》：「余既滋蘭之九～兮。」（滋：栽種。）泛指園圃。韓愈《贈別元十八協律》之一：「蘭蕙已滿～。」

輓 wǎn ❶ 拉車，牽引。《左傳・襄公十四年》：「或～之，或推之。」《戰國策・東周策》：「凡一鼎九萬人～之。」❷ 用車運輸。《史記・平津侯主父列傳》：

「蜚芻～粟以隨其後。」又泛指運輸。《史記・留侯世家》：「河渭漕～天下，西給京師。」❸ 哀悼死者。岑參《僕射裴公輓歌》：「哀～辭秦塞。」❹ 通「晚 wǎn」。時間靠後的。《史記・貨殖列傳》：「必用此為務，～近世塗民耳目，則幾無行矣。」

蜿 wǎn 見 518 頁「蜿」㊁。

綰 wǎn ❶ 繫結。《淮南子・兵略》：「～枹而鼓之。」《史記・絳侯周勃世家》：「絳侯～皇帝璽，將兵於北軍。」❷ 掌握，控制。《史記・張儀列傳》：「蔽欺先王，獨擅～事。」

万 ㊀ wàn ❶ 古「萬」字。數詞。《韓非子・定法》：「託～乘之勁韓。」一本作「萬」。
㊁ mò△ ❷［万俟 qí］姓。北齊有万俟普撥。

腕 wàn 手腕。《靈樞・骨度》：「肘至～長一尺二寸半。」引申為手段。張雨《次韻晉卿翰林贈陳秉彝》：「何功使願果，盡力輸老～。」

萬 wàn ❶ 數詞。十千為一萬。《史記・淮陰侯列傳》：「今韓信兵號數～，其實不過數千。」又極言數量多。《尚書・堯典》：「協和～邦。」又極言程度高。《漢書・黥布傳》：「我之取天下，可以～全。」韓愈《柳子厚墓誌銘》：「且～無母子俱往理。」❷ 古代一種大型舞蹈。《詩經・魯頌・閟宮》：「～舞洋洋，孝孫有慶。」（洋洋：盛大。）又為跳萬舞。《左傳・隱公五年》：「九月，考仲子之宮，將～焉。」（考：宗廟宮室等初建成時舉行的祭禮。仲子：魯桓公之母。宮：廟。）

掔 wàn 手腕。《墨子・大取》：「斷指以存～，利之中取大，害之中取小也。」

翫 wàn ❶ 習慣而不經心，輕忽。《左傳・僖公五年》：「晉不可啟，寇不可～。」❷ 玩弄，戲弄。《左傳・昭公二十年》：「水懦弱，民狎而～之，則多死焉。」引申為欣賞，觀賞。《世說新語・任誕》：「孫承公狂士，每至一處，賞～累日。」❸ 貪圖。《漢書・賈誼傳》：「～細娛而不圖大患，非所以為安也。」

wang

尪 wāng ❶ 骨骼彎曲的病症。《呂氏春秋・盡數》：「苦水所，多～與傴人。」（尪：指胸骨前突的病。傴：脊柱彎曲的病。）❷ 孱弱，弱小。《舊唐書・文苑傳中・陳子昂》：「且蜀人～劣，不習兵戰。」

汪 wāng ❶ 廣大，深廣。《國語・晉語二》：「～是土也，苟違其違，誰能懼之！」❷ 池，水停積處。《左傳・桓公十五年》：「祭仲殺雍糾，尸諸周氏之～。」（尸：陳屍。諸：相當於「之於」。）❸ 通「枉 wǎng」。彎曲。馬王堆漢墓帛書乙本《老子・道經》：「曲則全，～則正。」

亡 wáng ❶ 逃亡。《左傳・宣公二年》：「～不越竟。」（竟：邊境。）《呂氏春秋・異寶》：「五員～，荊急求之。」（五員：伍員。荊：楚。）引申為外出，不在。《論語・陽貨》：「孔子時其～也而往拜之。」（時：伺，窺探。）又引申為失去，丟失。《戰國策・楚策四》：「～羊而補牢，未為遲也。」❷ 滅亡，與「存」相對。《左傳・僖公五年》：「虢～，虞必從之。」（虢 guó、虞：周代諸侯國名。）引申為不存在。《荀子・天論》：「天行有常，不為堯存，不為桀～。」❸ 死。《論衡・論死》：「天地開闢，人皇以來，隨壽而死。若中年夭～，以億萬數計，今人之數，不若死者多。」《資治通鑑・漢獻帝建安十三年》：「劉表新～。」❹ 通「無 wú」。1. 沒有，與「有」相對。《論語・顏淵》：「人皆有兄弟，我獨～。」2. 不。表否定。《莊子・大宗師》：「子祀曰：『女惡之乎？』曰：『～，予何惡！』」

【辨析】亡、死。見 476 頁「死」字條。

王 ㊀ wáng ❶ 帝王。夏商周時代天子稱王，春秋戰國時期諸侯也稱王。《詩經・大雅・皇矣》：「萬邦之方，下民之～。」《孟子・梁惠王上》：「～好戰，請以戰喻。」秦漢以後王是最高封爵。《史記・陳涉世家》：「～侯將相寧有種乎？」❷ 朝見天子。《詩經・商頌・殷武》：「莫敢不來～。」《左傳・隱公九年》：「宋公不～。」

㈡ wàng　❸ 稱王，成就王業。《孟子・梁惠王上》：「保民而～，莫之能禦也。」《呂氏春秋・聽言》：「故當今之世，有能分善不善者，其～不難矣。」

枉 wǎng　❶ 彎曲。《荀子・王霸》：「辟之是猶立直木而求其景之～也。」（景 yǐng：影子。）《淮南子・本經》：「矯～以為直。」引申為邪惡，不正直。《論語・顏淵》：「能使～者直。」❷ 歪曲法律，審判不公。《呂氏春秋・仲秋》：「命有司申嚴百刑，斬殺必當，無或～橈。」（有司：指司法官吏。橈：指不按公理申明正義。）《韓非子・八說》：「明主之國，官不敢～法。」引申為冤屈。《三國志・吳書・朱異傳》：「為孫琳所～害。」❸ 委屈，屈尊就卑。《戰國策・韓策二》：「不遠千里，～車騎而交臣。」❹ 徒然，白白地。李白《清平調二》：「雲雨巫山～斷腸。」今成語有「枉費心機」。

罔 wǎng　❶ 漁獵用的網。《荀子・王制》：「～罟毒藥不入澤。」（罟 gǔ：網。）《鹽鐵論・詔聖》：「夫少目之～，不可以得魚。」又用於抽象意義，法網。《漢書・汲黯傳》：「而刀筆之吏專深文巧詆，陷人於～，自以為功。」❷ 編結。屈原《九歌・湘夫人》：「～薜荔兮為帷。」❸ 蒙蔽，欺騙。《孟子・萬章上》：「故君子可欺以其方，難～以非其道。」引申為陷害。《孟子・梁惠王上》：「及陷於罪，然後從而刑之，是～民也。」❹ 無，沒有。《詩經・衛風・氓》：「士也～極，二三其德。」（極：指準則。）❺ 副詞。1. 不。《尚書・盤庚下》：「～罪爾眾。」2. 不要。《尚書・大禹謨》：「～失法度。」

往 wǎng　❶ 去，到……去。《詩經・小雅・采薇》：「昔我～矣，楊柳依依。」《戰國策・齊策四》：「孟嘗君固辭不～也。」特指歸向。這個意義舊讀 wàng。《呂氏春秋・下賢》：「王也者，天下之所～也。」引申為送去某種東西。曹植《與楊修書》：「今～僕少小所著辭賦一通相與。」（僕：謙稱自己。一通：一份。）❷ 過去，從前。《論語・微子》：「～者不可諫。」借指死或死者。《左傳・僖公九年》：「送～事居。」（事：侍奉。居：指生者。）❸ 往後。《呂氏春秋・察微》：「自今以～，魯人不贖人矣。」

【辨析】1. 往、去。見 420 頁「去」字條。2. 往、赴、之、適、如。見 150 頁「赴」字條。

惘 wǎng　失意的樣子。吳質《答東阿王書》：「精散思越，～若有失。」

［惘然］恍惚不清的樣子。李商隱《錦瑟》：「只是當時已～～。」今成語有「惘然若失」。

蝄 wǎng　［蝄蜽 liǎng］同「魍魎」。傳說中山林裏的一種怪物。《國語・魯語下》：「木石之怪曰夔、～～。」（夔 kuí：傳說中的怪物。）

網 wǎng　❶ 捕捉魚鱉鳥獸的器具。《尚書・盤庚上》：「若～在綱，有條而不紊。」《淮南子・說林》：「臨河羡魚，不若歸家織～。」又為用網捕捉。《呂氏春秋・異用》：「湯去其三面，置其一面，以～四十國，非徒～鳥也。」又指像網的東西。《呂氏春秋・異用》：「昔蛛蝥作～罟。」（蛛蝥 wù：蜘蛛。罟 gǔ：網。）又用於抽象意義，指縱橫交錯的組織系統或法律。《老子》第七十三章：「天～恢恢，疏而不失。」（恢恢：廣大的樣子。）揚雄《解嘲》：「往者周～解結，羣鹿爭逸。」（逸：逃跑。）❷［網羅］1. 捕鳥獸等的網。《淮南子・氾論》：「伯余之初作衣也……其成猶～～。」2. 收集，搜羅。司馬遷《報任安書》：「～～天下放佚舊聞。」《漢書・王莽傳上》：「～～天下異能之士。」

【辨析】網、畢、羅、罾、罟。見 21 頁「畢」字條。

輞 wǎng　車輪的外周。《抱朴子・微旨》：「猶工匠之為車焉，轅～軸轄莫或應虧也。」

瀇 wǎng　［瀇瀁 yǎng］水深廣無涯的樣子。《淮南子・覽冥》：「潦水不泄，～～極望。」

魍 wǎng ［魍魎］1. 傳說中的山川精怪。張衡《西京賦》：「螭魅～～，莫能逢旃。」（螭 chī 魅：傳說中林中害人的怪物。）字也作「罔兩」。2. 影子外面的淡影。班固《幽通賦》：「恐～～之責景兮。」3. 飄忽無依的樣子。《淮南子・覽冥》：「～～不知所往。」

王 wàng 見 520 頁「王」㈡。

妄 wàng ❶ 狂亂，任意。《老子》第十六章：「不知常，～作，凶。」《春秋繁露・王道》：「深刑～殺以凌下。」今成語有「輕舉妄動」。❷ 荒誕，虛妄不實。《莊子・人間世》：「凡溢之類～，～則其信之也莫。」《法言・問神》：「無驗而言之謂～。」❸ 通「亡 wú」。1. 無。《禮記・儒行》：「今眾人之命儒也～常。」2. 連詞。表示選擇。《新序・雜事二》：「先生老惛歟，～為楚國妖歟？」

忘 ㈠ wàng ❶ 忘記。《詩經・小雅・隰桑》：「中心藏之，何日～之。」范仲淹《岳陽樓記》：「寵辱偕～。」（偕 xié：一起。）

㈡ wú ❷［忘其］還是，表選擇。《戰國策・趙策二》：「不識三國之憎秦而愛懷邪，～～憎懷而愛秦邪？」（三國：指趙、齊、楚。懷：魏國地名。）

迋 wàng ❶ 往。《左傳・襄公二十八年》：「君使子展～勞於東門之外。」（子展：人名。勞：慰勞。）❷ 通「誑 kuáng」。欺騙。《詩經・鄭風・揚之水》：「無信人之言，人實～女。」❸ 通「恇 kuāng」。恐嚇。《左傳・昭公二十一年》：「子無我～。」

旺 wàng ❶ 旺盛，興旺。諸葛亮《治軍》：「以眾待寡，以～待衰。」❷［旺相］得時，運氣好。《論衡・命祿》：「春夏囚死，秋冬～～。」

望 wàng ❶ 遠望。《左傳・莊公十年》：「吾視其轍亂，～其旗靡。」（靡：倒下。）❷ 古祭名，遙望山川日月星辰而祭。《尚書・舜典》：「～于山川。」《淮南子・人間》：「郊～禘嘗。」（郊、禘、嘗：祭名。）❸ 期望，盼望。《孟子・梁惠王上》：「王如知此，則無～民之多於鄰國也。」❹ 名望，聲望。《詩經・大雅・卷阿》：「令聞令～。」（令：美好的。）今成語有「德高望重」。又指有名望、聲望的人或物。《左傳・昭公十二年》：「吾子，楚國之～也。」❺ 農曆每月十五滿月，日月相望，古人把這一天叫望。《尚書・召誥》：「惟二月既～。」枚乘《七發》：「將以八月之～，與諸侯遠方交遊兄弟，並往觀濤乎廣陵之曲江。」❻ 怨恨，責怪。《韓非子・飾邪》：「無功者受賞，則財匱，而民～。」（匱：缺乏。）司馬遷《報任安書》：「若～僕不相師。」（僕：謙稱自己。）❼［望洋］仰視的樣子。《莊子・秋水》：「～～向若而歎。」（若：海神的名字。）又作「望羊」。《晏子春秋・諫上》：「晏子朝，杜扃～～待於朝。」又作「望陽」。《論衡・骨相》：「武王～～。」

【辨析】望、觀、看。見 176 頁「觀」字條。

wei

危 wēi ❶ 高，高峻。《莊子・盜跖》：「使子路去其～冠，解其長劍。」❷ 端正，正直。《管子・弟子職》：「～坐鄉師，顏色無怍。」（鄉：面向。）今成語有「正襟危坐」。❸ 不穩。《論語・季氏》：「～而不持，顛而不扶。」（持：扶持。顛：跌倒。）引申為危險。《論語・泰伯》：「～邦不入。」今成語有「危如累卵」。又引申為使遭受危險，危害。《呂氏春秋・順說》：「苟慮～人，人亦必慮～之。」❹ 憂懼。《尚書・湯誥》：「慄慄～懼，若將隕于深淵。」（慄慄：恐懼的樣子。）❺ 星宿名，二十八宿之一。《呂氏春秋・仲夏》：「仲夏之月，日在東井，昏亢中，旦～中。」（東井、亢：星宿名。中：指出現在南方中天。）

【辨析】危、險。「危」的「危險」義由「高而不穩」引申而來，「危」作「危險」講，含有不穩定或危急的意思。「險」的「危險」義由「地勢險阻」引申而來，「險」作「危險」講，含有險惡或艱難的意思。上古表示「危險」的意義時，一般用「危」，不用「險」。

W

委 wēi 見 526 頁「委」㈡。

威 wēi ❶ 威嚴，有威儀。《論語・述而》：「子溫而厲，～而不猛，恭而安。」引申為威力，威勢。《呂氏春秋・慎大》：「干辛任～，凌轢諸侯。」《韓非子・說疑》：「則～足以臨天下。」❷ 威懾，使恐懼。《孟子・公孫丑下》：「～天下不以兵革之利。」❸ 懼怕，敬畏。《左傳・莊公二十八年》：「宗邑無主，則民不～。」

倭 ㈠ wēi ❶ [倭遲] 同「逶迤」。曲折綿延的樣子。《詩經・小雅・四牡》：「周道～～。」

㈡ wō ❷ 古稱日本。《漢書・地理志下》：「樂浪海中有～人，分為百餘國。」

偎 wēi ❶ 愛，親近。《山海經・海內經》：「其人水居，～人愛人。」❷ 緊挨着，緊靠着。溫庭筠《南湖》：「野船著岸～春草。」（著：停靠。）

痿 wēi 植物枯萎。《鹽鐵論・未通》：「樹木數徙則～。」

嵬 wēi [嵬嵬] 山勢高峻的樣子。屈原《九章・抽思》：「軫石～～。」

逶 wēi [逶迤 yí] 字也作「逶蛇」「逶移」「委蛇」等。1. 曲折而綿長的樣子。王粲《登樓賦》：「路～～而脩迥兮。」（脩：長。迥：遠。）2. 曲折行進。《洛陽伽藍記・法雲寺》：「～～複道。」（複道：樓閣之間架空的通道。）3. 從容自得的樣子。《後漢書・楊震傳附楊秉》：「然～～退食，足抑苟進之風。」（退食：退朝回家吃飯，指拒絕出仕。苟進：苟且求得進用。）

隈 wēi ❶ 山或水流彎曲的地方。《管子・形勢》：「大山之～。」《淮南子・覽冥》：「漁者不爭～。」泛指彎曲的地方。《莊子・徐无鬼》：「奎蹄曲～。」（奎蹄：指股間和蹄邊。）❷ 角落。左思《魏都賦》：「考之四～，則八埏之中；測之寒暑，則霜露所均。」（八埏 yǎn：八方邊遠之地。）

葳 wēi [葳蕤 ruí] 1. 草木茂盛枝葉下垂的樣子。東方朔《七諫・初放》：「上～～而防露兮，下泠泠而來風。」（防：遮蔽。泠泠：清涼的樣子。）2. 委靡不振的樣子。《史記・司馬相如列傳》：「紛綸～～，堙滅而不稱者，不可勝數也。」

椳 wēi 承托門軸的門臼。韓愈《進學解》：「欂櫨侏儒，～闑扂楔，各得其宜。」（侏儒：梁上短柱。闑 niè：門中央所立短柱。扂 diàn：門閂。）

微 wēi ❶ 隱蔽，隱藏。《左傳・哀公十六年》：「白公奔山而縊，其徒～之。」（縊 yì：上吊。徒：同黨。）又指暗中，暗暗地。《史記・張儀列傳》：「使人～隨張儀。」❷ 微妙，深奧。《呂氏春秋・勿躬》：「精通乎鬼神，深～玄妙，而莫知其形。」❸ 小，細小。《詩經・豳風・七月》：「遵彼～行。」（遵：沿着。行：路。）《淮南子・人間》：「聖人敬小慎～。」又指輕微。《莊子・養生主》：「動刀甚～。」❹ 身分或地位低下，卑賤。《史記・叔孫通列傳》：「夫高祖起～細。」李密《陳情表》：「今臣亡國賤俘，至～至陋。」今成語有「人微言輕」。❺ 衰微，衰敗。《戰國策・趙策三》：「周貧且～。」《漢書・藝文志》：「諸子十家……皆起於王道既～。」❻ 非，不是。《詩經・邶風・柏舟》：「～我無酒，以敖以遊。」又用於假設否定，如果不是。《左傳・昭公元年》：「～禹，吾其魚乎！」（魚：動詞，變成魚。）

煨 wēi ❶ 盆中炭火。《戰國策・秦策一》：「犯白刃，蹈～炭，斷死於前者比是也。」（比：皆。）又指在炭火中燒熟食物。陸游《初夏野興》之三：「糠火就林～苦筍。」❷ 一種烹調方法，用微火燉。《宋史・洪皓傳》：「嘗大雪薪盡，以馬矢然火，～麵食之。」（矢：屎。然：燃燒。）

薇 wēi ❶ 一種蔓生植物，即野豌豆。《詩經・小雅・采薇》：「采～采～，～亦柔止。」（止：語氣詞。）❷ 薔薇的簡稱。周密《天香》：「紅～染露。」

圩 wéi 見 533 頁「圩」㈡。

隹 wéi 見696頁「隹」㊁。

為(爲) ㊀ wéi ❶ 做。《詩經・周頌・豐年》：「～酒～醴，烝畀祖妣。」（烝：進獻。畀 bì：給予。妣 bǐ：泛指女性祖先。）古人「為」的含義非常廣泛，在具體上下文中，可隨文釋為「治理」「種植」「演奏」等。《論語・為政》：「～政以德。」《戰國策・東周策》：「東周欲～稻，西周不下水。」楊惲《報孫會宗書》：「家本秦也，能～秦聲。」引申為當作，當成。《墨子・公輸》：「子墨子解帶～城，以牒～械。」又為變成。《詩經・小雅・十月之交》：「高岸～谷，深谷～陵。」❷ 用在判斷句中，幫助判斷。《孟子・公孫丑上》：「爾～爾，我～我。」❸ 介詞。表示被動。《論語・子罕》：「不～酒困。」《漢書・霍光傳》：「衛太子～江充所敗。」❹ 連詞。表示假設。《呂氏春秋・長見》：「～不能聽，勿使出境。」❺ 語氣詞。多用於反問句末，表示反問語氣。《莊子・逍遙遊》：「奚以之九萬里而南～？」《漢書・外戚傳下・孝成趙皇后》：「今故告之，反怒～！」

㊁ wèi ❻ 幫助。《論語・衛靈公》：「夫子～衛君乎？」《史記・呂太后本紀》：「行令軍中曰：『～呂氏右袒，～劉氏左袒。』」❼ 介詞。1. 因為。《荀子・天論》：「天行有常，不～堯存，不～桀亡。」2. 給，替。《論語・學而》：「～人謀而不忠乎？」❽ 通「謂 wèi」。認為，以為。《孟子・公孫丑上》：「而子～我願之乎？」❾ 通「偽 wěi」。假裝。《漢書・淮南厲王劉長傳》：「使人～得罪而西。」

【辨析】為、作。「作」的本義是站起來，因此「作」用於「做」的意義時，常含「興起」「創造」「建立」的意思。「為」一般只表示「做」。又「為」表示「做」，可適用於各個方面，含義比「作」要廣泛得多。

韋 wéi ❶ 背離。後來寫作「違」。《漢書・禮樂志》：「五音六律，依～饗昭。」（依韋：偏指「依」，諧和。饗：通「響」，聲響。昭：明。）❷ 熟皮，加工過的皮子。《左傳・僖公三十三年》：「鄭商人弦高將市於周，遇之，以乘～先，牛十二犒師。」（乘 shèng：代稱「四」。先：指先送輕禮。）又指皮帶，皮繩。《韓非子・觀行》：「西門豹之性急，故佩～以自緩。」《史記・孔子世家》：「讀《易》，～編三絕。」❸ 通「圍 wéi」。兩臂合攏起來的長度。《漢書・成帝紀》：「是日大風，拔甘泉畤中大木十～以上。」（畤 zhì：祭祀天地的地方。）

桅 wéi 桅杆。何遜《初發新林》：「～檣迴不進，沓浪高難拒。」（檣 qiáng：桅杆。）韓愈《憶昨行和張十一》：「大帆夜劃窮高～。」

唯 wéi 見526頁「唯」㊁。

帷 wéi 帳幕。圍在四周的稱帷。《左傳・襄公二十五年》：「閭丘嬰以～縛其妻而載之。」《史記・滑稽列傳》：「為治齋宮河上，張緹絳～。」（齋宮：供齋戒用的房舍。河：指漳河。上：邊。緹 tí：赤黃色。絳 jiàng：大紅色。）

【辨析】帷、幕、幃、幄、帳。見358頁「幕」字條。

惟 wéi ❶ 想，思考。《詩經・大雅・生民》：「載謀載～。」賈誼《治安策》：「臣竊～事勢。」❷ 只，只有。《左傳・僖公五年》：「鬼神非人實親，～德是依。」（實、是：代詞，複指前置賓語「人」「德」。）《孟子・梁惠王上》：「無恆產而有恆心，～士為能。」今成語有「惟利是圖」。❸ 句首、句中語氣詞。《尚書・泰誓》：「～十有一年，武王伐殷。」又《說命》：「非知之艱，行之～艱。」今成語有「惟妙惟肖」。

【辨析】惟、唯、維。見526頁「唯」字條。

幃 wéi ❶ 香囊。屈原《離騷》：「蘇糞壤以充～兮。」（蘇：取。）❷ 帳幕。《史記・孝文本紀》：「～帳不得文繡，以示敦朴。」❸ 裙子正面的一幅。《國語・鄭語》：「王使婦人不～而噪之。」（噪 zào：很多人一起叫嚷。）

【辨析】幃、幕、帷、幄、帳。見358頁「幕」字條。

圍 wéi　❶包圍。《左傳・僖公三十年》：「秦晉～鄭，鄭既知亡矣。」《孫子・謀攻》：「十則～之。」又用作名詞，包圍圈。《呂氏春秋・義賞》：「趙襄子出～，賞有功者五人。」引申為周邊，周圍。《周禮・考工記・鳧人》：「參分其～。」（參：三。）❷環繞，圍繞。《莊子・則陽》：「大至於不可～。」《韓非子・備內》：「故日月暈～於外。」❸狩獵的圍場。張協《七命》：「於是撤～頓網。」（頓網：撤除圍獸的網。）又指圍獵。《北齊書・唐邕傳》：「奏請每月兩～。」❹量詞。指兩臂合抱。《莊子・人間世》：「見櫟社樹，其大蔽數千牛，絜之百～。」（絜 xié：度量物體的周長。）也指兩手拇指與食指合圍。枚乘《上書諫吳王》：「夫十～之木，始生如蘖。」（蘖 niè：樹砍伐後長出的新芽。）

嵬 wéi　❶［嵬崛 jué］山高大的樣子。郭璞《江賦》：「巫廬～～而比嶠。」（巫、廬：巫山、廬山。嶠 qiáo：山尖而高。）❷通「傀 guī」。怪異，怪詭。《荀子・正論》：「今世俗之為說者，不怪朱象，而非堯舜，豈不過甚矣哉！夫是之謂～說。」（朱：丹朱，堯之子。象：舜之弟。）

違 wéi　❶離開，避開。《論語・雍也》：「回也，其心三月不～仁。」（回：顏回，孔子的學生。）《孟子・公孫丑上》：「天作孽猶可～，自作孽不可活。」❷違背，違反。《孟子・梁惠王上》：「不～農時，穀不可勝食也。」古詩《為焦仲卿妻作》：「慎勿～吾語。」引申指違禮的行為，邪惡。《左傳・桓公二年》：「君人者，將昭德塞～。」

維 wéi　❶繫物的大繩。《淮南子・天文》：「天柱折，地～絕。」（絕：斷。）引申指國家的法度，綱紀。《史記・淮陰侯列傳》：「秦之綱絕而～弛。」❷繫，連結。《詩經・小雅・白駒》：「縶之～之，以永今朝。」又《節南山》：「誰秉國均，四方是～。」（均：通「鈞」，借指國家大權。是：代詞，複指前置賓語「四方」。）❸句首、句中語氣詞。《詩經・小雅・節南山》：「尹氏大師，～周之氐。」（氐 dǐ：根本。）又《大雅・文王》：「周雖舊邦，其命～新。」❹通「惟 wéi」。思，思考。《史記・秦楚之際月表序》：「～萬世之安。」

【辨析】維、唯、惟。見526頁「唯」字條。

闈 wéi　❶宮中小門。《周禮・地官・保氏》：「使其屬守王～。」《左傳・哀公十四年》：「攻～與大門，皆不勝，乃出。」引申為后妃居住的宮室。《後漢書・皇后紀上・明德馬皇后》：「既正位宮～，愈自謙肅。」又引申為父母居住的地方。黃庭堅《送蒲元禮南歸》：「此行省親～。」❷宗廟裏邊的門。《周禮・考工記・匠人》：「～門容小扃參個。」（扃 jiōng：門閂。參 sān：三。）❸科舉時代稱考場為闈。劉長卿《洛陽主簿叔知和驛承恩赴選伏辭》：「銓～就明試。」（銓闈：指考場。）

濰 wéi　水名，在山東境內。《尚書・禹貢》：「～淄其道。」（道：導，疏通。）

魏 wéi　見529頁「魏」㈡。

巍 wéi　［巍巍］高大的樣子。《論語・泰伯》：「大哉堯之為君也，～～乎！」

尾 wěi　❶尾巴。《周易・履》：「履虎～。」《呂氏春秋・重己》：「使烏獲疾引牛～。」（烏獲：古代力士名。）引申為末端，末尾。《左傳・昭公十二年》：「次于潁～。」（次：臨時駐紮。潁：河流名。）又用作副詞。在後邊。《後漢書・岑彭傳》：「囂出兵～擊諸營。」（囂：隗囂，人名。）❷鳥獸等交配。《尚書・堯典》：「鳥獸孳～。」（孳：繁殖。）❸星宿名，二十八宿之一。《呂氏春秋・孟春》：「孟春之月，日在營室，昏參中，旦～中。」（營室、參：星宿名。旦尾中：指清晨尾宿在南方中天。）❹量詞。多指魚。柳宗元《游黃溪記》：「有魚數百～，方來會石下。」（方：正。會：聚。）

委 ㊀ wěi ❶ 任隨，順從。《淮南子・本經》：「優柔～從，以養羣類。」❷ 託付，交付。《左傳・襄公三十一年》：「子皮以為忠，故～政焉。」❸ 拋棄。《孟子・公孫丑下》：「～而去之。」又為推卸。《晉書・孝友傳・王裒》：「司馬欲～罪於孤耶？」今成語有「委過於人」。❹ 放置。《戰國策・燕策三》：「是以～肉當餓虎之蹊，禍必不振矣。」《世說新語・雅量》：「（羊孚）唯腳～几上，詠矚自若。」❺ 積聚，儲備。《淮南子・齊俗》：「無天下之～財，而欲遍贍萬民，利不能足也。」❻ 水流的下游。《禮記・學記》：「三王之祭川也，皆先河而後海，或源也，或～也。」又泛指末尾。陸游《呂居仁集序》：「惟其上探伏羲唐虞以來，有源有～。」今有複音詞「原委」。❼ 衰頹。《周禮・考工記・梓人》：「……則必頹爾如～矣。」❽ 確實，確知。《論衡・宣漢》：「～不能知有聖與無。」《資治通鑑・隋煬帝大業十二年》：「臣非所司，不～多少，但患漸近。」

㊁ wēi ❾ [委蛇 yí] 1. 從容自得的樣子。《詩經・召南・羔羊》：「退食自公，～～～～。」2. 綿延曲折的樣子。屈原《離騷》：「載雲旗之～～。」3. 伏地斜行的樣子。《史記・蘇秦列傳》：「嫂～～蒲服，以面掩地而謝。」（蒲服：同「匍匐」，爬行。）字也作「委它」「委移」「逶迤」等。

洧 wěi 古水名，源出今河南登封陽城山，東南流至新鄭與溱水匯合，今名雙洎河。《詩經・鄭風・溱洧》：「溱與～，方渙渙兮。」（渙渙：水盛大的樣子。）

娓 wěi [娓娓] 1. 勤勉的樣子。《宋書・樂志二》：「～～心化，日用不言。」2. 美盛的樣子。《宋書・五行志二》：「金刀既以刻，～～金城中。」

唯 ㊀ wěi ❶ 應答聲。《論語・里仁》：「子曰：『參乎，吾道一以貫之。』曾子曰：『～。』」《史記・平原君虞卿列傳》：「楚王曰：『～，～！誠若先生之言。』」

㊁ wéi ❷ 只，僅僅。《戰國策・趙策三》：「方今～秦雄天下。」❸ 因為。《左傳・僖公五年》：「桓莊之族何罪，而以為戮，不～偪乎！」（偪：逼迫。）《禮記・檀弓下》：「予～不食嗟來之食以至於斯也。」❹ 句首語氣詞。1. 表示希望、祈使語氣。《左傳・僖公五年》：「～君圖之。」2. 加強語氣。《論語・述而》：「與其進也，不與其退也。～何甚！」

【辨析】唯、惟、維。「唯」是應答聲，「惟」是思考，「維」是繩子，它們的本義不同，在這些意義上，它們一般也不通用。由於讀音相同，在「只、只有」「由於、因為」的意義上以及用作語氣詞上，它們是可以通用的。

偽（僞） wěi ❶ 人為。《荀子・性惡》：「人之性惡，其善者～也。」❷ 欺詐，不誠實。《周禮・地官・大司徒》：「以五禮防萬民之～而教之。」《呂氏春秋・季夏》：「黑黃蒼赤，莫不質良，勿敢～詐。」引申為虛假，不真實。《呂氏春秋・貴信》：「百工不信，則器械苦～。」（苦：粗劣。）《漢書・宣帝紀》：「使真～毋相亂。」

【辨析】偽、假。見 232 頁「假」字條。

偉 wěi ❶ 偉大，卓越。《莊子・大宗師》：「～哉，夫造物者！」《後漢書・崔駰傳》：「博學有～才。」又為盛大。王勃《滕王閣序》：「臨別贈言，幸承恩於～餞。」❷ 奇異。《管子・任法》：「無～服，無奇行。」

痏 wěi ❶ 毆傷。《漢書・薛宣傳》：「遇人不以義而見疻者，與～人之罪鈞。」（疻 zhǐ：毆傷。鈞：同「均」，相同。）引申為瘢痕。張衡《西京賦》：「所好生毛羽，所惡生創～。」❷ 病名，瘡。《呂氏春秋・至忠》：「齊王疾～。」

萎 wěi 枯槁。《詩經・小雅・谷風》：「無草不死，無木不～。」屈原《離騷》：「雖～絕其亦何傷兮，哀眾芳之蕪穢。」（絕：凋落。）比喻病危。《禮記・檀弓上》：「哲人其～乎？」（哲人：智慧卓越的人。）

𡾰 wěi ❶ [𡾰廆 wěi] 山勢高峻的樣子。司馬相如《上林賦》：「崴磈～～。」（崴磈：山高的樣子。）❷ [𡾰壘] 曲屈迴

W

轉的樣子。《論衡・雷虛》：「校軫之狀，鬱律～～之類也。」（校軫：糾結迴轉。鬱律：雷聲迴轉的樣子。）

猥 wěi ❶多，繁多。《後漢書・儒林傳序》：「東京學者～眾，難以詳載。」❷堆積。《漢書・董仲舒傳》：「科別其條，勿～勿并。」❸鄙陋，卑下。《抱朴子・百里》：「庸～之徒，器小志近。」又用為謙詞。猶辱，承。諸葛亮《出師表》：「先帝不以臣卑鄙，～自枉曲，三顧臣於草廬之中。」（卑鄙：低微而鄙陋。）❹苟，隨便。楊惲《報孫會宗書》：「然竊恨足下不深惟其終始，而～隨俗之毀譽也。」（惟：思。）引申為謬，錯誤地。《晉書・劉聰載記》：「陛下不垂三察，～加誅戮。」❺突然。《漢書・王莽傳中》：「今～被以大罪，恐其遂畔。」（畔：通「叛」。）

瑋 wěi 美好，珍奇。宋玉《神女賦序》：「瑰姿～態，不可勝贊。」（瑰：美麗。）

葦 wěi 蘆葦。《詩經・衛風・河廣》：「誰謂河廣？一～杭之。」（河：黃河。杭：渡。）又《豳風・七月》：「八月萑～。」（萑 huán、葦：都用如動詞，收割荻和蘆葦。）

暐 wěi 光盛。江淹《蕭被尚書敦勸重讓表》：「寵華～映。」

骫 wěi ❶彎曲。《呂氏春秋・報更》：「臣～桑之下餓人也。」❷聚集。《太玄・積》：「小人積非，禍所～也。」

痿 wěi 身體某一部分萎縮或失去機能的病。《呂氏春秋・盡數》：「（鬱）處足則為～，為蹷。」（蹷：腳病。）

隗 wěi ❶倒塌。戴逵《酒贊》：「～若山頹。」❷春秋時國名。《公羊傳・僖公二十六年》：「楚人滅～。」

頠 wěi 安靜，安閒。周伯琦《天馬行應制作》：「聳身直欲凌雲霄，盤辟丹墀卻閒～。」（盤辟：盤旋進退。丹墀：宮殿赤色臺階。）

諉 wěi 推諉，推託。《漢書・胡建傳》：「執事不～上。」

緯 wěi ❶織物的橫線，與「經」相對。《左傳・昭公二十四年》：「嫠不恤其～，而憂宗周之隕。」（嫠 lí：寡婦。）《文心雕龍・情采》：「經正而後～成。」引申指東西方向的道路或土地。《周禮・考工記・匠人》：「國中九經九～。」《淮南子・地形》：「凡地形，東西為～，南北為經。」❷編織，紡織。《莊子・列御寇》：「河上有家貧恃～蕭而食者。」（蕭：蒿類，可編簾箔。）引申為組織文辭。《宋書・謝靈運傳論》：「甫乃以情～文。」（甫：開始。）❸治理。《周書・靜帝紀》：「經天～地，四海晏如。」（晏如：安定。）［經緯］整飭，治理。《淮南子・本經》：「紀綱八極，～～六合。」（六合：天地四方。）❹指緯書。緯書為漢儒假託儒家經義附會人事吉凶、治亂興亡等而成的一些書，至劉宋時被禁止。《三國志・蜀書・譙周傳》：「兼通諸經及圖～。」

【辨析】緯、經。見 257 頁「經」字條。

鮪 wěi 魚名。《呂氏春秋・季春》：「薦～于寢廟，乃為麥祈實。」（寢廟：指宗廟。實：指麥的籽實。）

薳 wěi 姓。春秋有楚大夫薳章。

韙 wěi 是，對。《左傳・隱公十一年》：「犯五不～，而以伐人，其喪師也，不亦宜乎。」（師：軍隊。）引申為善，美。張衡《東京賦》：「京室密清，罔有不～。」（罔：無。）

壝 wěi 祭祀場地及其低矮圍牆的總稱。《周禮・地官・大司徒》：「設其社稷之～。」

韡 wěi ［韡韡］鮮明茂盛的樣子。《詩經・小雅・常棣》：「常棣之華，鄂不～～。」（鄂：通「萼」，花托。不：語氣詞。）

亹 wěi 見 342 頁「亹」㊁。

未 wèi ❶沒有，不曾。《論語・學而》：「不好犯上，而好作亂者，～之有也。」《荀子・天論》：「故水旱～至而飢。」❷不。《詩經・周頌・小毖》：「～堪家多難。」《史記・范睢列傳》：「人固～易知。」（知：了解。）❸用在句末，表示疑問，相當於「否」。《史記・魏其武

W

安侯列傳》：「君除吏盡～？」❹ 十二地支之一。與天干配合以紀日、紀年。《春秋・莊公二十四年》：「六月辛～，朔，日有食之。」（朔：農曆每月初一。）又為十二時辰之一，指午後一時至三時。

位 wèi ❶ 官吏在朝廷中站立的位置。《孟子・離婁下》：「禮，朝廷不歷～而相與言。」引申為地位，職位。《戰國策・趙策四》：「～尊而無功，奉厚而無勞。」特指君位。《尚書・堯典》：「朕在～七十載。」❷ 鬼神的靈位。《周禮・春官・小宗伯》：「成葬而祭墓為～。」《水經注・清水》：「遂立壇祀，為之～主。」❸ 方位，位置。《周禮・天官・冢宰》：「惟王建國，辨方正～。」《左傳・成公二年》：「逢丑父與公易～。」

味 wèi 味道，滋味。《論語・述而》：「子在齊聞韶，三月不知肉～。」（韶：舜時的樂曲名。）引申為辨別味道。《荀子・哀公》：「非口不能～也。」又指體會，感受。《淮南子・要略》：「～論未深。」《文心雕龍・情采》：「繁采寡情，～之必厭。」

畏 wèi ❶ 害怕。《老子》第七十四章：「民不～死，奈何以死懼之。」《戰國策・楚策一》：「虎不知獸～己而走也，以為～狐也。」❷ 敬服。《左傳・襄公三十一年》：「君有君之威儀，其臣～而愛之。」《孟子・公孫丑上》：「吾先子之所～也。」❸ 圍困。《論語・子罕》：「子～於匡。」（子：指孔子。匡：地名。）又為遭禍而死。《呂氏春秋・勸學》：「曾點使曾參，過期而不至，人皆見曾點曰：『無乃～邪？』」（曾點：曾參之父。使：派遣。無乃：恐怕，大概。）

【辨析】畏、懼、恐。見 268 頁「懼」字條。

胃 wèi ❶ 胃。《靈樞・五味》：「～者，五藏六府之海也。」《韓非子・解老》：「以腸～為根本，不食則不能活。」❷ 星宿名，二十八宿之一。《呂氏春秋・季春》：「季春之月，日在～。」

為（爲） wèi 見 524 頁「為（爲）」㊁。

尉 ㊀ wèi ❶ 官名，多為武官。《左傳・襄公三年》：「於是使祁午為中軍～。」《史記・陳涉世家》：「廣起，奪而殺～。」（廣：吳廣。）❷ 安慰。後來寫作「慰」。《漢書・車千秋傳》：「思欲寬廣上意，～安眾庶。」（上：指皇帝。）
㊁ yù△ ❸［尉遲］複姓。唐有尉遲恭。

渭 wèi 水名，源出甘肅鳥鼠山，流經陝西中部，至潼關入黃河。《詩經・邶風・谷風》：「涇以～濁。」

媦 wèi 妹妹。《公羊傳・桓公二年》：「若楚王之妻～，無時焉可也。」

蔚 ㊀ wèi ❶ 蒿的一種，即牡蒿。《詩經・小雅・蓼莪》：「蓼蓼者莪，匪莪伊～。」（蓼蓼 lùlù：長大的樣子。莪 é：莪蒿。匪：非。）❷ 草木茂盛的樣子。《淮南子・兵略》：「施～伏。」班固《西都賦》：「茂樹蔭～，芳草被堤。」（被：覆蓋。）引申為盛大。《文心雕龍・詮賦》：「～成大國。」❸ 雲氣興起的樣子。《世說新語・言語》：「草木蒙蘢其上，若雲興霞～。」（蒙蘢：覆蓋遮蔽的樣子。）❹ 文辭華美，有文采。《周易・革》：「象曰：『君子豹變』，其文～也。」（豹變：變得像豹。）《漢書・敘傳下》：「多識博物，有可觀采，～為辭宗，頌賦之首。」❺ 病。《淮南子・俶真》：「血脈無鬱滯，五藏無～氣。」（五藏：五臟。）
㊁ yù△ ❻［蔚蔚］同「鬱鬱」。鬱悶。《後漢書・張衡傳》：「愁～～以慕遠兮。」

磑 ㊀ wèi ❶ 石磨。《論衡・說日》：「其取喻若蟻行於～上焉。」《齊民要術・作酢法》：「用石～子辣穀令破，以水拌而蒸之。」（辣：同「揧」，一種磨穀物的方法。）又用作動詞，用磨磨穀物。《齊民要術・法酒》：「別～之令細。」（別：另外。）又為磨擦。《太玄・疑》：「陰陽相～。」
㊁ ái ❷［磑磑］1. 高峻的樣子。宋玉《高唐賦》：「振陳～～。」（振 zhěn 陳：重疊堆積的樣子。）2. 堅固的樣子。張衡《思玄賦》：「行積冰之～～兮。」3. 潔白光亮的樣子。枚乘《七發》：「白刃～～，矛戟交錯。」

W

蝟（猬）　wèi　刺蝟。《說苑・辨物》：「鵲食～。」

衛　wèi　❶ 保衛，守衛。《左傳・成公十三年》：「將社稷是～。」（是：複指前置賓語「社稷」。）又為衛士，衛兵。《左傳・文公七年》：「文公之入也無～。」❷ 箭桿上的羽毛。《儀禮・既夕禮》：「骨鏃短～。」（鏃 zú：箭頭。）《論衡・儒增》：「將弓射之，矢沒其～。」（將：持。）❸ 驢的別名。范攄《雲溪友議》八：「衣布縷，乘牝～。」❹ 周代諸侯國名，在今河北南部、河南北部一帶。《左傳・隱公元年》：「公孫滑出奔～。」（公孫滑：人名。）

熨　wèi　見 649 頁「熨」㊁。

慰　wèi　安慰。《詩經・邶風・凱風》：「有子七人，莫～母心。」《世說新語・排調》：「生兒如此，足～人意。」

遺　wèi　見 606 頁「遺」㊁。

罻　wèi　小網。屈原《九章・惜誦》：「～羅張而在下。」（羅：網。）

餧　wèi　見 362 頁「餧」㊁。

謂　wèi　❶ 對……（說）。《呂氏春秋・士節》：「晏子之僕～晏子曰：『此齊國之賢者也。』」又為說。《詩經・召南・行露》：「誰～雀無角，何以穿我屋？」❷ 叫作，稱為。《左傳・隱公元年》：「請京，使居之，～之京城大叔。」（京：城邑名。）《論語・陽貨》：「懷其寶而迷其邦，可～仁乎？」❸ 認為，以為。《左傳・僖公二十四年》：「臣～君之入也，其知之矣。」❹ 評論。《論語・公冶長》：「子～子產，有君子之道四焉。」

【辨析】謂、曰。二者雖然都有「說」的意義，但有很大區別：「謂」當說講，其後不帶引語，像「誰謂雀無角」「此乃公孫衍之所謂也」，都不能換成「曰」。「曰」當說講，其後必帶引語。更常見的是，「謂」表示「對……（說）」，組成「謂……曰」的格式。從語法上看，「謂」與其後的賓語組成動賓短語，充當「曰」的狀語。在表示「叫作、稱為」的意義時，二者也有區別：「謂」一般要帶雙賓語，而「曰」只帶一個賓語。

餵　wèi　餵養。孟郊《濟源寒食》之三：「飢童餓馬掃花～。」

轊　wèi　❶ 車軸頭。《史記・田單列傳》：「以～折車敗，為燕所虜。」❷ 通「槥 huì」。小棺。顏延之《陽給事誄》：「路無歸～，野有委骸。」

魏　㊀ wèi　❶ 宮門的臺觀。班固《典引》：「是以來儀，集羽族於觀～。」（來儀：比方特殊人物的出現。）[魏闕] 宮門外的闕門，也代指宮廷。《莊子・讓王》：「身在江海之上，心居乎～～之下。」❷ 周代諸侯國名，戰國時為七雄之一。❸ 朝代名。1. 三國時曹丕所建（公元 220 － 265 年）。2. 南北朝時拓跋氏所建，又稱「北魏」（公元 386 － 534 年）。
㊁ wéi　❹ [魏魏] 高大的樣子。《莊子・知北遊》：「～～乎，其終則復始也。」

wen

温　wēn　❶ 暖。《韓非子・難二》：「風雨時，寒～適。」《論衡・寒温》：「近水則寒，近火則～。」❷ 温和。《論語・學而》：「夫子～良恭儉讓以得之。」今成語有「温文爾雅」。❸ 豐足。董仲舒《元光元年舉賢良對策》：「身寵而載高位，家～而食厚祿。」❹ 温習。《論語・為政》：「～故而知新，可以為師矣。」❺ 中醫術語。熱病。《素問・生氣通天論》：「冬傷於寒，春必病～。」又為温補。《素問・至真要大論》：「勞者～之，結者散之。」❻ 通「薀 yùn」。蓄積。《荀子・榮辱》：「其流長矣，其～厚矣。」

殟　wēn　突然失去知覺。王逸《九思・逢尤》：「悒～絕兮咶復蘇。」（悒：憂鬱，不安。咶 huá：喘息。）

瘟　wēn　瘟疫。《荊楚歲時記》：「以五彩絲系臂，名曰辟兵，令人不病～。」

薀　wēn　見 649 頁「薀」㊁。

W

轀 ㊀ wēn ❶ [轀車] 古代的一種臥車。《韓非子・內儲說上》：「吾聞數夜有乘～～至李史門者。」(李史：人名。) [轀輬] 本為臥車，後用為喪車。《漢書・霍光傳》：「載光屍柩以～～車。」
㊁ yūn ❷ [轒 fén 轀] 見 139 頁「轒」字條。

文 wén ❶ 在身體上刺畫花紋。《左傳・哀公七年》：「仲雍嗣之，斷髮～身。」(仲雍：吳太伯之子。) 引申為彩色交錯的花紋，紋理。後來寫作「紋」。《禮記・樂記》：「五色成～而不亂。」《左傳・隱公元年》：「仲子生而有～在手。」❷ 文采，華美，與「質」相對。《論語・雍也》：「～質彬彬，然後君子。」嵇康《與山巨源絕交書》：「強越人以～冕也。」❸ 文字。《左傳・昭公元年》：「於～，皿蟲為蠱。」又指文辭，文章。《文心雕龍・情采》：「昔詩人什篇，為情而造～。」❹ 禮樂制度。《論語・子罕》：「文王既沒，～不在茲乎？」(茲：此。) 又指法令條文。《史記・貨殖列傳》：「吏士舞～弄法。」[文學] 指古代的文獻典籍。《論語・先進》：「～～：子游、子夏。」《呂氏春秋・蕩兵》：「～～雖博，猶不見聽。」❺ 非軍事的，與「武」相對。《國語・周語中》：「武不可覿，～不可匿。」(覿 dí：見。) ❻ 文飾，掩飾。這個意義舊讀 wèn。《論語・子張》：「小人之過也必～。」今成語有「文過飾非」。

芠 wén [芒芠] 古人形容宇宙形成前的混沌狀態。《淮南子・精神》：「古未有天地之時，惟象無形，窈窈冥冥，～～漠閔。」

蚊(蟁、螡、䖟) wén 蚊子。《晏子春秋・外下》：「東海有蟲，巢於～睫，再乳再飛，而～不為驚。」(乳：指孵化幼蟲。)

紋 wén 絲織品上的花紋。杜甫《小至》：「刺繡五～添弱線。」泛指物品上的花紋，紋理。范仲淹《臨川羨魚賦》：「徒觀其～浪不驚。」

雯 wén 成花紋狀的雲彩。王喆《瑤臺月・達終南山》：「香煙起盤裊，盡成～蓋。」(盤裊：繚繞。)

聞 ㊀ wén ❶ 聽見。《韓非子・十過》：「先～此聲者，其國必削。」❷ 見聞。《孟子・萬章下》：「為其多～也。」《史記・儒林列傳序》：「小吏淺～，不能究宣，無以明布諭下。」❸ 聞名。《史記・廉頗藺相如列傳》：「以勇氣～於諸侯。」李白《贈孟浩然》：「風流天下～。」❹ 用鼻子嗅到。《韓非子・十過》：「共王駕而自往，入其幄中，～酒臭而還。」
㊁ wèn ❺ 名聲，名望。《論語・子罕》：「四十、五十而無～焉，斯亦不足畏也已。」

【辨析】1. 聞、聽。見 505 頁「聽」字條。2. 聞、臭。二字都有「用鼻子感知氣味」的意義。此義是「臭」的本義，而「聞」到戰國末期由於詞義的轉移才產生此義。它們的區別在於：「臭」是主動去感知氣味；「聞」則是感知到。即「臭」是聞，「聞」是聞到，這與「聞」本義是「聽到」相關的。

刎 wěn 殺，割。《韓非子・外儲說右下》：「因下抽刀而～其腳。」特指割頸。《呂氏春秋・士節》：「又退而自～。」

抆 wěn 擦拭。屈原《九章・悲回風》：「孤子唫而～淚兮。」(孤子：孤獨的人。唫 yīn：歎。) 江淹《別賦》：「～血相視。」

吻(脗) wěn 嘴唇。《周禮・考工記・梓人》：「銳喙決～。」

歾 wěn 見 354 頁「歾」㊁。

歿(殁) wěn 見 354 頁「歿(殁)」㊁。

忞 wěn 見 350 頁「忞」㊁。

紊 wěn 亂。《尚書・盤庚上》：「若網在綱，有條而不～。」《文心雕龍・史傳》：「憲章散～。」(憲章：指法令。) 今成語有「有條不紊」。

唘 ㊀ wěn ❶ 同「吻」。嘴唇。《呂氏春秋・精諭》：「口～不言，以精相告，紂雖多心，弗能知矣。」

㈡ hūn ❷ [喑喑] 同「昏昏」。看不見。《法言・問神》：「著古昔之～～，傳千里之忞忞者，莫如書。」（忞忞 wěnwěn：蒙昧不知。）

穩 wěn ❶ 平安，安穩。《世說新語・排調》：「行人安～。」杜甫《放船》：「江流大自在，坐～興悠悠。」引申為妥帖。杜甫《長吟》：「賦詩新句～。」❷ 勻稱。薛能《楊柳枝》：「柔娥幸有腰肢～。」（娥：美女。）

免 wèn 見 347 頁「免」㈡。

汶 ㈠ wèn ❶ 水名，即今大汶河，在山東境內。《尚書・禹貢》：「浮于～，達于濟。」

㈡ mén ❷ [汶汶] 污濁。屈原《漁父》：「安能以身之察察，受物之～～者乎？」（察察：潔白。）

問 wèn ❶ 詢問，打聽。《論語・微子》：「使子路～津焉。」❷ 審訊，判罪。《詩經・魯頌・泮水》：「淑～如皋陶，在泮獻囚。」（淑：善。泮 pàn：泮宮。）《宋史・刑法志一》：「品官犯罪，三～不承，即奏請追攝。」又為追究，過問。《左傳・僖公四年》：「昭王南征而不復，寡人是～。」❸ 問候，慰問。《論語・雍也》：「伯牛有疾，子～之。」《呂氏春秋・貴公》：「管仲有病，桓公往～之。」❹ 聘問，周代諸侯國之間互訪的禮節。《周禮・春官・大宗伯》：「時聘曰～。」《戰國策・齊策四》：「齊王使使者～趙威后。」❺ 饋贈。《詩經・鄭風・女曰雞鳴》：「雜佩以～之。」古詩《有所思》：「何用～遺君？雙珠玳瑁簪。」❻ 音訊。《漢書・匈奴傳》：「漢不知吉音～。」（吉：人名。）《晉書・陸機傳》：「久無家～。」❼ 通「聞 wèn」。名聲。《墨子・非命下》：「遂得光譽令～於天下。」

【辨析】問、詰、訊。見 250 頁「詰」字條。

搵 wèn ❶ 浸入，沒入。《國史補》卷上：「旭飲酒輒草書，揮筆而大叫，以頭～水墨中而書之。」（旭：張旭。輒：就。）❷ 擦拭。辛棄疾《登建康賞心亭》：「喚起紅巾翠袖，～英雄淚。」

絻 wèn 見 348 頁「絻」㈢。

聞 wèn 見 530 頁「聞」㈡。

璺 wèn 裂紋。《方言》卷六：「器破而未離謂之～。」《酉陽雜俎・物異》：「茶碗如舊，但有微～耳。」

weng

翁 wēng ❶ 鳥頸的毛。《山海經・西山經》：「有鳥焉，其狀如鶉，黑文而赤～。」❷ 父親。《史記・項羽本紀》：「吾～即若～，必欲烹而～，則幸分我一杯羹。」（若、而：第二人稱代詞，你。）泛指老年男子。《史記・魏其武安侯列傳》：「與長孺共一老禿～，何為首鼠兩端。」（長孺：人名。）白居易《賣炭翁》：「賣炭～，伐薪燒炭南山中。」

滃 wěng ❶ 雲氣湧起的樣子。賈誼《旱雲賦》：「遙望白雲之蓬勃兮，～澹澹而妄止。」❷ 水沸湧的樣子。歐陽修《豐樂亭記》：「中有清泉，～然而仰出。」

蓊 wěng ❶ 草木茂盛的樣子。曹植《閒情》之二：「～若春華。」❷ 聚積的樣子。宋玉《高唐賦》：「滂洋洋而四施兮，～湛湛而弗止。」

甕（罋） wèng 一種盛水、酒等的陶器。《周易・井》：「～敝漏。」《淮南子・原道》：「蓬戶～牖。」（甕牖 yǒu：用破甕當窗戶。）

齆 wèng 鼻塞。《呂氏春秋・盡數》「（鬱）處鼻則為鼽為窒」高誘注：「鼽，～鼻。」

wo

倭 wō 見 523 頁「倭」㈡。

渦 ㈠ wō ❶ 迴旋的水流。郭璞《江賦》：「盤～谷轉，凌濤山頹。」泛指渦形、渦狀之物。蘇軾《百步洪》之二：「不知詩中道何語，但覺兩頰生微～。」

㊁ guō ❷水名，發源於河南通許，流至安徽入淮。

萵 wō ［萵苣］蔬菜名，也叫萵筍。杜甫《種萵苣詩序》：「堂下理小畦，隔種一兩席許～～，向二旬矣。」

窩 wō ❶禽獸昆蟲的巢穴。張仁溥《題龍窩洞》：「折花攜酒看龍～。」比喻人的居處。《宋史・道學傳一》：「雍歲時耕稼，僅給衣食，名其居曰安樂～。」引申為藏匿。歐陽修《五保牒》：「蓋緣盜賊必先須鄉村各有宿舍～藏之處。」❷凹陷的地方。侯寘《阮郎歸・為邢魯仲小鬟賦》：「微～生臉潮。」❸量詞。用於成團成簇的東西。孫惔《長相思》：「雲一～，玉一梭。」

踒 wō 肢體猛折而使筋骨受傷。《韓非子・說林下》：「此其為馬也，～肩而腫膝。」

蝸 wō 蝸牛。《莊子・則陽》：「有所謂～者，君知之乎？」柳宗元《乞巧文》：「～休於殼。」

蘶 wō 見333頁「蘶」㊁。

我 wǒ ❶第一人稱代詞。《詩經・邶風・靜女》：「靜女其姝，俟～于城隅。」（姝 shū：美麗。俟 sì：等待。城隅：城上角樓。）泛指我方。《左傳・莊公十年》：「齊師伐～。」❷自以為是。《論語・子罕》：「毋意，毋必，毋固，毋～。」（意：猜測。必：絕對肯定。固：固執。）

【辨析】我、吾、予、余、朕。五字表示第一人稱「我」的意義相同。只是上古「吾」字不能用在動詞後作賓語，中古以後才可以在動詞後作賓語。「朕」先秦表示第一人稱，與「我」同義，秦始皇以後，成為皇帝的自稱，他人則不能用「朕」字了。

沃 wò△ ❶澆，灌。《禮記・內則》：「少者奉槃，長者奉水，請～盥。」（奉：捧。槃：同「盤」，承水器皿。）《韓非子・初見秦》：「決白馬之口以～魏氏。」（白馬：白馬津。）又引申為浸泡。《齊民要術・種胡荽》：「凡種菜，子難生者，皆水～，令芽生。」❷潤澤，肥美。《詩經・衛風・氓》：「其葉～若。」《國語・魯語》：「～土之民不材。」

【辨析】沃、澆。見243頁「澆」字條。

臥 wò ❶伏几休息。《孟子・公孫丑下》：「坐而言，不應，隱几而～。」泛指睡覺。《荀子・解蔽》：「心，～則夢。」❷躺，躺着。《呂氏春秋・報更》：「見骫桑之下有餓人～不能起者。」也指禽獸趴伏。李白《尋雍尊師隱居》：「花暖青牛～。」❸寢室。《漢書・韓信傳》：「（漢王）自稱漢使，馳入壁，張耳、韓信未起，即其～，奪其印符。」❹指隱居。李白《送梁四歸東平》：「莫學東山～，參差老謝安。」

偓 wò△ ［偓促］器量狹小的樣子。劉向《九歎・憂苦》：「～～談於廊廟兮。」（廊廟：指朝廷。）

握 wò△ ❶攥着，握持。《詩經・小雅・小宛》：「～粟出卜。」又指屈手成拳。《莊子・庚桑楚》：「終日～而手不掜。」（掜 nǐ：拳曲。）引申為掌握。《左傳・閔公二年》：「～兵之要，在此行也。」❷量詞。一把的容量。《詩經・陳風・東門之枌》：「貽我～椒。」《淮南子・原道》：「卷之不盈於一～。」也指一拳的長度，大約為四寸。《儀禮・鄉射禮》：「箭籌八十，長尺有～。」

【辨析】握、秉、持、執。見31頁「秉」字條。

喔 wò△ ［喔咿］強顏歡笑的樣子。屈原《卜居》：「將呢訾栗斯～～嚅唲以事婦人乎？」（呢訾、栗斯、嚅唲：強顏歡笑的樣子。）

幄 wò△ 帳幕，篷帳。《左傳・昭公十三年》：「子產以～幕九張行。」《呂氏春秋・權勳》：「入～中，聞酒臭而還。」

【辨析】幄、幕、帷、幃、帳。見358頁「幕」字條。

渥 wò△ ❶沾潤。《詩經・小雅・信南山》：「既優既～。」（優：雨水充沛。）引申為光潤。曾鞏《八月二十九日小飲》：「脫苞紫栗迸，透葉紅梨～。」❷厚，優厚。《韓非子・說難》：「周澤未～也，而語極知，說行而有功，則德忘。」（周澤：恩澤。）《漢書・賈誼傳》：「割膏腴之地以王諸公，多者百餘城，少者乃三四十縣，德至～也。」

斡 ㊀ wò△ ❶ 運轉，旋轉。屈原《天問》：「～維焉繫，天極焉加？」（維：大繩。）張華《勵志》：「大儀～運，天迴地游。」

㊁ guǎn ❷ 掌管。《漢書・食貨志下》：「名山大澤，鹽鐵錢布帛，五均賒貸，～在縣官，唯酒酤獨未～。」（縣官：漢代指天子，朝廷。）

擭 ㊀ wò△ ❶ 捕取。張衡《西京賦》：「杪木末，～獑猢。」（杪 miǎo：樹枝細梢。獑 chán 猢：猿類。）

㊁ huò△ ❷ 裝有機關的捕獸木籠。《周禮・秋官・雍氏》：「春令為阱、～、溝、瀆之利於民者，秋令塞阱杜～。」（杜：閉。）

齷 wò△ ［齷齪］拘於小節，氣度局狹的樣子。張衡《西京賦》：「獨儉嗇以～～。」也指事物狹小、局促。李白《大獵賦序》：「當時以為窮極壯麗，迨今觀之，何～～之甚也。」

wu

圩 ㊀ wū ❶ 凹，中間低四周高。《史記・孔子世家》：「生而首上～頂，故因名曰丘云。」

㊁ wéi ❷ 低窪田地周圍的防護堤，也指堤內的田地。楊萬里《圩田》：「一眼～田翠不分。」

圬（杇） wū 塗刷牆壁的工具，又指抹牆。《論語・公冶長》：「糞土之牆，不可～也。」《左傳・襄公三十一年》：「～人以時塓館宮室。」（塓 mì：塗刷。）

污（汙、汚） ㊀ wū ❶ 停積不流的水，小池。《左傳・隱公三年》：「潢、～、行潦之水，可薦於鬼神。」（潢：積水。行潦 lǎo：路上的積水。薦：進獻。）《韓非子・說疑》：「內不堙～池臺榭。」❷ 污垢，污穢。《左傳・宣公十五年》：「川澤納～。」《管子・小匡》：「寡人有～行，不幸而好色。」❸ 弄髒，污染。《呂氏春秋・不侵》：「必以其血～其衣。」引申為玷污。《漢書・景帝紀》：「除其藉，毋令～宗室。」又引申為洗去污垢。《詩經・周南・葛覃》：「薄～我私，薄浣我衣。」（薄：詞頭。私：指內衣。）❹ 低窪，凹陷。《國語・周語下》：「陂塘～庳，以鍾其美。」《淮南子・說山》：「文王～膺，鮑申傴背。」（膺：胸。）引申為地位低下。柳宗元《咸宜》：「興王之臣，多起～賤。」❺ 通「紆 yū」。迂曲。銀雀山漢墓竹簡《孫子兵法・軍爭》：「後人發，先人至者，知～直之計者也。」

㊁ wā ❻ 掘地為坑。阮籍《東平賦》：「崇之則成丘陵，～之則成藪澤。」

巫 wū 古代以舞降神的人。《論語・子路》：「人而無恆，不可以作～醫。」（而：如果。）《史記・魏其武安侯列傳》：「使～視鬼者視之。」

於 ㊀ wū ❶ 同「烏」。烏鴉。《穆天子傳》卷三：「虎豹為羣，～鵲與處。」❷ 歎詞。表讚歎。《尚書・堯典》：「僉曰：『～，鯀哉！』」

㊁ yú ❸ 在，在於。《論語・里仁》：「造次必～是，顛沛必～是。」（造次：倉促匆忙。是：此。顛沛：窮困，受挫折。）❹ 介詞。1. 表示「在」「從」「到」「向」「對於」等。《左傳・宣公二年》：「宣子田～首山。」（宣子：晉國大夫趙盾。田：打獵。）《老子》第六十四章：「千里之行，始～足下。」《列子・湯問》：「達～漢陰。」（漢陰：漢水南岸。）2. 表示比較。《禮記・檀弓下》：「苛政猛～虎也。」3. 表示被動。《左傳・成公二年》：「郤克傷～矢。」《孟子・梁惠王上》：「東敗～齊。」

【辨析】於、于。作為介詞，它們基本通用。「于」多出現於較早的文獻如《尚書》《詩經》中。《左傳》中「于」「於」並用，「于」多用於地名前。「于」作為詞頭不能換成「於」，「於」讀 wū 的兩個意義，「于」不具有。

洿 wū ❶ 停滯不流的水。《淮南子・精神》：「苦～之家，決～而注之江。」又為低窪積水的地方，水塘。《孟子・梁惠王上》：「數罟不入～池。」（數 cù：密。罟 gǔ：網。）❷ 污穢，污濁。《左傳・文公六年》：「治舊～。」《淮南子・氾論》：「不入～君之朝。」❸ 污染，塗污。《戰國策・齊策四》：「萬乘之嚴主也，辱其使者，退而自刎，必以其血～其衣。」引申為玷污，玷辱。《漢書・龔勝傳》：「（勝）即自劾奏與常爭言，～辱朝庭。」❹ 低窪。《三國志・魏書・鄭渾傳》：「地勢～下。」又為使凹陷，挖掘。《禮記・檀弓下》：「殺其人，壞其室，～其宮而豬焉。」（豬：通「瀦」，水停聚。）

屋 wū△ ❶ 房頂。《詩經・豳風・七月》：「亟其乘～，其始播百穀。」（乘：登。）泛指覆蓋之物。《史記・項羽本紀》：「紀信乘黃～車。」此指車蓋。❷ 房屋，房舍。《淮南子・齊俗》：「廣廈闊～。」陶潛《桃花源記》：「土地平曠，～舍儼然。」

【辨析】屋、房、室。見133頁「房」字條。

烏 wū ❶ 烏鴉。《詩經・邶風・北風》：「莫赤匪狐，莫黑匪～。」（匪：非。）《淮南子・說林》：「不弋鵠而弋～。」❷ 黑色。《三國志・魏書・鄧艾傳》：「身被～衣。」（被 pī：披。）❸ 疑問代詞。何，哪裏。《戰國策・秦策三》：「秦～能與齊縣衡？」（縣衡：抗衡。縣，懸。）❹ [烏乎] 同「嗚呼」。歎詞。《韓非子・難二》：「簡子投枹曰：『～～，吾之士數弊也。』」（枹：鼓槌。）

剭 wū 誅（大臣），專指大臣在屋內伏刑。《漢書・敘傳下》：「彫落洪支，底～鼎臣。」（彫落：摧折。洪支：指大臣。底：致。鼎臣：重臣。）

惡 wū 見123頁「惡」㊂。

嗚 wū ❶ [嗚呼] 歎詞。《呂氏春秋・悔過》：「～～，是師必有疵。」韓愈《柳子厚墓誌銘》：「～～，士窮乃見節義。」❷ [嗚咽] 低聲哭泣。《世說新語・任誕》：「桓乃流涕～～。」杜甫《自京赴奉先縣詠懷五百字》：「里巷亦～～。」❸ [嗚嗚] 象聲詞。《史記・李斯列傳》：「彈箏搏髀而歌呼～～快耳者，真秦之聲也。」❹ 親吻。《世說新語・惑溺》：「兒見充喜踊，充就乳母手中～之。」（充：人名。）

鄔 wū 古地名。1. 春秋時鄭地，在今河南偃師西南。《左傳・隱公十一年》：「王取～、劉……之田于鄭。」2. 春秋時晉地，在今山西介休東北。《左傳・昭公二十八年》：「司馬彌牟為～大夫。」

歍 wū ❶ 噁心，嘔吐。《山海經・大荒北經》：「食於九土，其所～所尼，即為源澤。」（尼：止。）❷ [歍唈] 抽泣失聲。《淮南子・覽冥》：「孟嘗君為之增欷～～，流涕狼戾不可止。」（狼戾：交錯，縱橫。）謝朓《拜中軍記室辭隨王箋》：「歧路西東，或以～～。」

誣 wū ❶ 言語不真實，欺騙。《孟子・滕文公下》：「是邪說～民，充塞仁義也。」（充塞：阻塞。）《韓非子・顯學》：「故明據先王，必定堯舜者，非愚則～也。」❷ 誣陷。《荀子・儒效》：「身不肖而～賢。」❸ 加罪刑於無辜。《國語・周語上》：「其刑矯～。」（矯：以詐行法。）《呂氏春秋・勿躬》：「不殺不辜，不～無罪。」

毋 wú ❶ 不要。表示禁止。《詩經・小雅・角弓》：「～教猱升木。」《史記・項羽本紀》：「～妄言，族矣！」❷ 不。表示否定。《呂氏春秋・直諫》：「寡人與大夫能皆～忘夫子之言，則齊國之社稷幸於不殆矣。」《史記・張儀列傳》：「秦攻楚之西，韓梁攻其北，社稷安得～危？」❸ 無，沒有。《韓非子・顯學》：「儒俠～軍勞。」《史記・秦始皇本紀》：「身自持築臿，脛～毛。」

【辨析】毋、勿。二字都是表示「禁止」的副詞，它們的區別在於：「毋」後動詞如果是及物的，必須帶賓語，如《戰國策・趙策一》：「毋伐樹木。」而「勿」字後邊的動詞不帶賓語。

吾 ㊀ wú ❶ 我（們），我（們）的。《論語・學而》：「～日三省～身。」《孟子・公孫丑上》：「老～老，以及人之老。」❷ 通「禦 yù」。抵抗。《墨子·公孟》：「厚攻則厚～，薄攻則薄～。」
㊁ yú ❸ [吾吾] 疏遠的樣子。《國語·晉語二》：「暇豫之～～，不如鳥烏。」（暇豫：悠閒逸樂。）

【辨析】吾、我、予、余、朕。見 532 頁「我」字條。

吳 wú ❶ 大聲說話。《詩經·周頌·絲衣》：「不～不敖。」（敖：通「傲」，傲慢。）❷ 國名。1. 周代諸侯國名，又稱句吳。2. 三國時代吳國（公元 222 － 280 年）。泛指東南一帶原吳國所在的地區。

忘 wú 見 522 頁「忘」㊁。

峿 ㊀ wú ❶ 山名。《水經注·汶水》：「水出縣東南～山。」
㊁ yǔ ❷ [岨峿] 見 417 頁「岨」字條。

梧 ㊀ wú ❶ 樹名，即梧桐。《莊子·齊物論》：「惠子之據～也。」（據：依靠。）[梧桐] 樹名。《詩經·大雅·卷阿》：「～～生矣，于彼朝陽。」❷ 屋樑上的斜柱，支柱。司馬相如《長門賦》：「羅丰茸之游樹兮，離樓～而相撐。」（羅：列。丰茸：草木茂盛的樣子。離：附着。）引申為支撐。《後漢書·方術傳下·徐登》：「炳乃故升茅屋，～鼎而爨。」又引申為抵觸。《漢書·司馬遷傳贊》：「甚多疏略，或有抵～。」
㊁ wù ❸ [梧岸] 雄偉的樣子。江淹《學梁王兔園賦》：「崩石～～。」

無（无） wú ❶ 沒有，與「有」相對。《詩經·小雅·蓼莪》：「～父何怙，～母何恃？」特指古代哲學概念，虛無。《老子》第四十章：「天下萬物生於有，有生於～。」❷ 不。《呂氏春秋·貴生》：「耳聞所惡，不若～聞；目見所惡，不若～見。」❸ 未。《荀子·正名》：「外重物而不內憂者，～之有也。」《韓非子·顯學》：「自直之箭，自圜之木，百世～有一。」❹ 通「毋 wú」。不要。《詩經·魏風·碩鼠》：「碩鼠碩鼠，～食我黍。」《左傳·隱公元年》：「不如早為之所，～使滋蔓。」❺ 連詞。不論。《呂氏春秋·重己》：「～賢不肖，莫不欲長生久視。」《史記·田儋列傳》：「政～巨細，皆斷於相。」❻ 語氣詞。用於疑問句末，表示疑問，相當於「否」。白居易《問劉十九》：「晚來天欲雪，能飲一杯～？」

蜈 wú 蜈蚣的簡稱。米芾《題子敬范新婦唐模帖》之二：「騰蛇無足～多趾。」（趾：足。）[蜈蚣] 一種多足節肢動物，第一對足有毒腺，能分泌毒液。

鋘 wú 見 203 頁「鋘」㊁。

蕪 wú ❶ 田地荒蕪，長滿野草。《老子》第四十六章：「田甚～，倉甚虛。」《呂氏春秋·辯土》：「弗除則～，除之則虛。」❷ 叢生的草。顏延之《秋胡詩》：「白露生庭～。」白居易《東南行一百韻》：「孤城覆綠～。」又為草木茂盛。《後漢書·班彪傳附班固》：「百穀溱溱，庶卉蕃～。」（溱溱：盛多的樣子。庶卉：眾草。）❸ 繁雜。《晉書·王隱傳》：「隱雖好著述，而文辭鄙拙，～舛不論。」（舛：錯亂。）

鼯 wú ❶ 鼠名，又稱夷由、飛鼠。《爾雅·釋鳥》：「～鼠，夷由。」郭璞注：「狀如小狐，似蝙蝠，肉翅。」左思《吳都賦》：「狖～猓然，騰趠飛越。」（猓然：獸名，似猴。騰趠：跳躍。）❷ 五技鼠，即鼫鼠。《顏氏家訓·省事》：「～鼠五能，不成伎術。」

五 wǔ ❶ 基數，五。《孟子·梁惠王上》：「～畝之宅。」又為序數，第五。《詩經·豳風·七月》：「～月鳴蜩。」（蜩：蟬。）❷ 隊伍行列。後來寫作「伍」。《呂氏春秋·必己》：「孟賁過於河，先其～。」（孟賁：古代勇士。）

【辨析】五、伍。二字都與「五」的數目有關，但不同義。「五」是數詞，「伍」是集體名詞，表示以五為單位的事物。上古時偶有用「五」表示「伍」的意思，《呂氏春秋》「先其五」，即是。

午 wǔ ❶ 地支的第七位。與天干配合以紀日、年。《詩經·小雅·吉日》：「吉日庚～，既差我馬。」（差 chāi：選擇。）❷ 十二時辰之一，即中午十一時至一時。泛指正午。李紳《憫農》：「鋤禾日當～。」❸ 違逆。後來寫作「忤」「迕」。《禮記・哀公問》：「～其眾以伐有道。」

伍 wǔ ❶ 集體名詞。軍隊五人為伍。《孫子・謀攻》：「凡用兵之法……全～為上，破～次之。」《左傳・桓公五年》：「先偏後～。」又戶籍五家為伍。《左傳・襄公三十年》：「廬井有～。」❷ 隊列。《孟子・公孫丑下》：「子之持戟之士，一日而三失～。」又指同列。司馬遷《報任安書》：「身非木石，獨與法吏為～。」❸ 通「五 wǔ」。《周易・繫辭上》：「參～以變。」《國語・齊語》：「聖王之治天下也，參其國而～其鄙。」

【辨析】伍、五。見 535 頁「五」字條。

仵 wǔ ❶ 違背，抵觸。《管子・心術上》：「自用則不虛，不虛則～於物矣。」❷ 同。《莊子・天下》：「以觭偶不～之辭相應。」引申為同類。《抱朴子・嘉遁》：「養浩然於幽人之～。」

忤 wǔ 違逆，抵觸。《韓非子・難言》：「且至言～於耳而倒於心，非賢聖莫能聽。」（至言：最有道理的言論。倒：逆。）《史記・魏其武安侯列傳》：「灌將軍得罪丞相，與太后家～。」

武 wǔ ❶ 與軍事、戰爭有關的事。《孫子・行軍》：「故令之以文，齊之以～。」（齊：整治。）也指有關戰爭的一種道德。《左傳・僖公三十年》：「以亂易整，不～。」❷ 勇武，勇猛。《詩經・鄭風・羔裘》：「羔裘豹飾，孔～有力。」（孔：甚，很。）屈原《九歌・國殤》：「誠既勇兮又以～。」❸ 士。《淮南子・覽冥》：「勇～一人，為三軍雄。」《史記・淮南衡山列傳》：「即使辯～隨而說之。」❹ 足跡。《詩經・大雅・生民》：「履帝～敏。」（履：踏，踩。敏：腳的大拇指。）屈原《離騷》：「忽奔走以先後兮，及前王之踵～。」（踵：腳後跟。）❺ 繼承。《詩經・大雅・下武》：「下～維周，世有哲王。」（哲王：賢明的君主。）❻ 周代樂曲名。《論語・八佾》：「子謂韶，盡美矣，又盡善也。謂～，盡美矣，未盡善也。」（韶：傳說舜所作樂曲名。）

W

迕 wǔ ❶ 違背，抵觸。《莊子・天道》：「倒道而言，～道而說者，人之所治也，安能治人？」（倒：逆。）晁錯《論貴粟疏》：「上下相反，好惡乖～。」（乖：違背。）❷ 相遇。《後漢書・陳蕃傳》：「王甫時出，與蕃相～。」

侮 wǔ ❶ 輕慢，怠慢。《論語・季氏》：「～聖人之言。」《韓非子・難一》：「是桓公以輕上～君之俗教於齊國也。」❷ 欺負，侮辱。《詩經・邶風・柏舟》：「覯閔既多，受～不少。」（覯閔：遇到憂患。）《史記・淮陰侯列傳》：「淮陰屠中少年有～信者。」（信：韓信。）

牾 wǔ 同「忤」。逆。《呂氏春秋・明理》：「夫亂世之民，長短頡～百疾。」

舞 wǔ ❶ 跳舞，舞蹈。《呂氏春秋・孟春》：「命樂正入學習～。」引申為舞動，飛舞。《列子・湯問》：「瓠巴鼓琴，而鳥～魚躍。」又特指表演刀劍等武技。《史記・項羽本紀》：「今者項莊拔劍～，其意常在沛公也。」❷ 同「武」。指周武王時的音樂。《論語・衛靈公》：「行夏之時，乘殷之輅，服周之冕，樂則《韶》《～》。」❸ 玩弄，舞弄。《史記・酷吏列傳》：「～智以御人。」《漢書・酷吏傳・王溫舒》：「～文巧，請下戶之猾，以動大豪。」

廡 wǔ ❶ 堂下周圍的走廊，廊屋。《史記・魏其武安侯列傳》：「所賜金，陳之廊～下。」（陳：陳列，擺放。）泛指房舍。《史記・蘇秦列傳》：「然而田舍廬～之數，曾無所芻牧。」（曾：竟。芻牧：打草放牧。）❷ 同「甒」。酒器。《荀子・禮論》：「甕～虛而不實。」（甕 wèng：酒罈。）❸ 通「蕪 wú」。草木茂盛。《尚書・洪範》：「庶草蕃～。」（庶：眾。蕃 fán：草木茂盛。）

憮 wǔ ❶ 悵然失意的樣子。《論語・微子》：「夫子～然。」也表示驚駭的樣子。《後漢書・文苑傳下・禰衡》：「表～然為駭。」（表：劉表。）❷ 媚好的樣子。《漢書・張敞傳》：「又為婦畫眉，長安中傳張京兆眉～。」

嫵(娬) wǔ 姿態美好。《漢書・司馬相如傳上》：「～媚纖弱。」

膴 wǔ 見199頁「膴」㊁。

甒 wǔ 瓦製盛酒器。《禮記・禮器》：「君尊瓦～。」(尊：酒器。)

鵡 wǔ [鸚鵡] 見621頁「鸚」字條。

兀 wù△ ❶古代刖刑砍掉一隻腳叫兀。《莊子・德充符》：「魯有～者王駘。」(王駘 tái：人名。) ❷禿光。杜牧《阿房宮賦》：「蜀山～，阿房出。」❸茫然無知的樣子。李白《月下獨酌》之三：「醉後失天地，～然就孤枕。」❹搖動。楊萬里《春盡感興》：「青燈白酒長亭夜，不勝孤舟～碧波。」

勿 wù△ ❶表示禁止，不要。《論語・衛靈公》：「己所不欲，～施於人。」引申為不。《詩經・王風・君子于役》：「君子于役，如之何～思。」❷無，沒有。《墨子・兼愛下》：「貴賢罰暴，～有親戚兄弟之所阿。」(阿 ē：偏私。) ❸句首語氣詞。《左傳・僖公十五年》：「史蘇是占，～從何益。」(史蘇：人名。占：占卜。)

【辨析】勿、毋。見534頁「毋」字條。

戊 wù 天干的第五位。與地支相配以紀日、紀年。《左傳・隱公十年》：「六月～申，公會齊侯、鄭伯于老桃。」(老桃：地名。)

扤 wù△ 動，搖動。《說文》：「～，動也。」《詩經・小雅・正月》：「天之～我，如不我克。」(我克：勝我。)

屼 wù△ ❶山禿的樣子。左思《吳都賦》：「嵬嶷嶢～。」❷山勢高聳的樣子。《徐霞客遊記・滇遊日記三》：「其峽西墜處，有石峯～立。」

杌 wù ❶[杌隉] 不安定。《尚書・秦誓》：「邦之～～。」❷搖，搖動。《史記・司馬相如列傳》：「～紫莖。」❸樹木無枝。《三國志・魏書・高堂隆傳》：「由枝幹既～，本實先拔也。」❹小凳子。《齊民要術・種桑柘》：「春採者，必須長梯高～。」

沕 wù 見346頁「沕」㊁。

物 wù△ ❶雜色牛。《詩經・小雅・無羊》：「三十維～，爾牲則具。」引申指雜色的旗。《周禮・春官・司常》：「通帛為旜，雜帛為～。」(旜 zhān：純赤色的曲柄旗。) 又引申為顏色。《周禮・春官・保章氏》：「以五雲之～，辨吉凶。」❷東西，事物。《詩經・小雅・何人斯》：「出此三～。」又為與「我」相對的他物。《淮南子・人間》：「以身役～。」引申為事物的內容、實質。《周易・家人》：「君子以言有～而行有恆。」又引申為種類。《國語・晉語六》：「如草木之產也，各以其～。」❸人，眾人。《左傳・昭公十一年》：「晉荀吳謂韓宣子曰：『不能救陳，又不能救蔡，～以無親。』」《水經注・洛水》：「既神遊自得，不與～交。」❹察看。《左傳・昭公三十二年》：「～土方，議遠邇。」《周禮・地官・丱人》：「則～其地，圖而授之。」

悟 wù 醒悟，覺悟。《韓非子・孤憤》：「而人主奚時得～乎？」《史記・秦始皇本紀》：「三主惑而終身不～，亡不亦宜乎！」引申為理解，明白。班彪《王命論》：「～戍卒之言，斷懷土之情。」

梧 wù 見535頁「梧」㊁。

晤 wù ❶面對面。《詩經・陳風・東門之池》：「彼美淑姬，可與～言。」又為見面，會見。韓愈《玩月喜張十八員外以五六祕書至》：「君來～我時，風露渺無涯。」❷通「悟 wù」。覺悟。孟郊《壽安西渡奉別鄭相公》：「病深理方～。」引申為聰慧。《新唐書・循吏傳・李至遠》：「少秀～，能治《尚書》《左氏春秋》。」

務 wù ❶致力，努力從事。《論語・學而》：「君子～本，本立而道生。」賈誼《過秦論》：「內立法度，～耕織。」❷事，事務。《呂氏春秋・義賞》：「焉有以一時之～先百世之利者乎？」❸務必，必須。《孟子・告子下》：「君子之事君也，～引其君以當道。」❹通「侮

wǔ」。欺侮。《詩經・小雅・常棣》：「外禦其～。」

惡 wù 見123頁「惡」㊂。

嵍 wù ［嵍女］星宿名。二十八宿之一，即女宿，又名須女。《左傳・昭公十年》：「有星出于～～。」

塢（隖） wù ❶用作防禦工事的土堡。《後漢書・馬援傳》：「繕城郭，起～候。」❷地勢中央低而四周高的處所。梁武帝《子夜歌》：「花～蝶雙飛。」

誤 wù ❶錯誤。《韓非子・制分》：「是以賞罰擾亂，邦道差～。」❷耽誤。《左傳・僖公十五年》：「鄭以救公～之，遂失秦伯。」❸迷惑。《荀子・正論》：「是特姦人之～於亂說，以欺愚者。」

寤 wù ❶睡醒。《詩經・周南・關雎》：「窈窕淑女，～寐求之。」（窈窕 yǎotiǎo：美好的樣子。）引申為醒悟。《淮南子・要略》：「欲一言而～，則尊天而保真。」❷通「晤 wù」。對面。王褒《九懷・通路》：「誰可與兮～語。」❸通「牾 wǔ」。逆。《左傳・隱公元年》：「莊公～生。」

噁 wù ［喑噁］見617頁「喑」字條。

鋈 wù△ 白銅。《說文》：「～，白金也。」（金：金屬。）《廣雅・釋器》：「白銅謂之～。」又為用白銅鍍物。《詩經・秦風・小戎》：「陰靷～續。」（陰：車軾前的擋板。靷：拉車的皮帶。續：靷上的環。）

霧 wù 霧氣。《禮記・月令》：「氣～冥冥。」

騖 wù ❶奔馳。《韓非子・外儲說右下》：「代御執轡持策，則馬咸～矣。」引申為急速。《素問・大奇論》：「肝脈～暴，有所驚駭。」❷力求，追求。《宋史・程顥傳》：「病學者厭卑近而～高遠，卒無成焉。」今成語有「好高騖遠」。

鶩 wù ❶家鴨。《左傳・襄公二十八年》：「公膳日雙雞，饔人竊更之以～。」（饔人：官名，掌割烹煎和之事。）有時也指野鴨。王勃《滕王閣序》：「落霞與孤～齊飛，秋水共長天一色。」❷通「騖 wù」。馳，疾。《穆天子傳》卷一：「天子西征，～行至于陽紆之山。」《淮南子・主術》：「魚得水而～。」

X

xi

夕 xī△ ❶ 傍晚。《詩經・王風・君子于役》：「日之～矣，羊牛下來。」引申為傍晚朝見君主。《左傳・成公十二年》：「百官承事，朝而不～。」也指傍晚拜見尊長。《左傳・成公九年》：「其為太子也，師保奉之，以朝于嬰齊而～于側也。」❷ 夜。《詩經・唐風・綢繆》：「今～何～，見此良人。」❸ 西向。《周禮・秋官・司儀》：「凡行人之儀，不朝不～。」（朝：東向。）

兮 xī 語氣詞。用於句中或句末。《詩經・小雅・蓼莪》：「父～生我。」屈原《離騷》：「老冉冉其將至～，恐脩名之不立。」

扱 ㊀ xī△ ❶ 斂取。《禮記・曲禮上》：「以箕自鄉而～之。」（箕：簸箕。鄉：向。）
㊁ chā△ ❷ 插。《禮記・問喪》：「～上衽，交手哭。」（衽：衣襟。）
㊂ jí△ ❸ 跪拜時手至地。《儀禮・士昏禮》：「婦拜～至。」

西 xī 方位名，西方，西面。《詩經・小雅・斯干》：「～南其戶，爰居爰處。」《左傳・僖公四年》：「東至于海，～至于河。」（河：黃河。）

汐 xī△ 晚潮。《梁書・張纘傳》：「控～引潮。」梅堯臣《依韻和劉六淮潮》：「～潮如有信，時向舊痕生。」

【辨析】汐、潮。見53頁「潮」字條。

吸 xī ❶ 吸氣，與「呼」相對。《呂氏春秋・求人》：「西至三危之國，巫山之下，飲露～氣之民。」《春秋繁露・人副天數》：「鼻口呼～。」❷ 吸食，飲。屈原《遠遊》：「～飛泉之微液兮。」杜甫《飲中八仙歌》：「飲如長鯨～百川。」又引申為攝取。嵇康《琴賦》：「～日月之休光。」（休光：美好之光華。）

希 xī ❶ 稀少。後來寫作「稀」。《老子》第四十三章：「不言之教，無為之益，天下～及之。」韓愈《答李翊書》：「有志乎古者～矣。」又指稀疏。《論語・先進》：「鼓瑟～。」❷ 觀望，看。後來寫作「睎」。《周髀算經》卷下：「立八尺表，以繩繫表顛，～望北極中大星。」（表：標杆。顛：頂。）引申為仰慕。左思《詠史》之三：「吾～段干木，偃息藩魏君。」（偃息：指不做官。藩：屏障。）又引申為希望，希求。韓愈《答李翊書》：「加其膏而～其光。」❸ 迎合。《商君書・農戰》：「今上論材能知慧而任之，則知慧之人～主好惡。」《史記・儒林列傳》：「而弘～世用事，位至公卿。」（弘：指公孫弘。）

昔 xī△ ❶ 從前，往日，與「今」相對。《詩經・小雅・采薇》：「～我往矣，楊柳依依。」（依依：茂盛的樣子。）又指昨日。《莊子・齊物論》：「未成乎心而有是非，是今日適越而～至也。」（適：到……去。）❷ 夜。《莊子・天運》：「通～不寐矣。」[今昔] 昨夜。《呂氏春秋・博志》：「～～臣夢受之。」

枏 xī△ 剖開，劈開。屈原《九章・惜誦》：「令五帝以～中兮。」

析 xī△ ❶ 劈開。《詩經・齊風・南山》：「～薪如之何？匪斧不克。」（匪：非。克：能。）《左傳・宣公十五年》：「敝邑易子而食，～骸而爨。」（爨 cuàn：燒火做飯。）❷ 離散。《論語・季氏》：「邦分崩離～而不能守也。」《莊子・

X

漁父》：「～交離親謂之賊。」（交：朋友。）❸ 分析，辨析。《莊子·天下》：「判天地之美，～萬物之理。」陶潛《移居》：「奇文共欣賞，疑義相與～。」

肸 xī△ 聲響振起。《漢書·揚雄傳上》：「薌～以掍根兮。」（薌：通「響」。呹 yì：迅疾的樣子。掍 hùn：振起。）

穸 xī△ ❶ 埋葬。張纘《丁貴嬪哀策文》：「湘沅已～。」❷ 墓穴。王縉《進王維集表》：「魂而有知，荷寵光於幽～。」（荷：蒙受。）

恓 xī ［恓恓］惶惶不安的樣子。《論衡·指瑞》：「聖人～～憂世。」［恓惶］匆忙不安的樣子。歐陽修《投時相書》：「抱關擊柝，～～奔走。」（柝 tuò：打更用的梆子。）

屎 xī 見 459 頁「屎」㊁。

息 xī△ ❶ 氣息，呼吸。《莊子·逍遙遊》：「野馬也，塵埃也，生物之以～相吹也。」❷ 停止。《周易·乾》：「君子以自強不～。」今成語有「息交絕游」。引申為休息。晁錯《論貴粟疏》：「四時之間，亡日休～。」（亡：無。）❸ 滅，消失。《莊子·逍遙遊》：「日月出矣，而爝火不～。」（爝火：火把。）《淮南子·覽冥》：「水浩洋而不～。」（浩洋：水勢廣大的樣子。）❹ 增長，繁殖。《莊子·秋水》：「消～盈虛，終則有始。」《韓非子·愛臣》：「是以姦臣蕃～，主道衰亡。」（蕃：繁殖。）❺ 子女。《戰國策·趙策四》：「老臣賤～舒祺，最少，不肖。」❻ 利息。晁錯《論貴粟疏》：「而商賈大者積貯倍～，小者坐列販賣。」（坐列：擺攤設市。）

【辨析】息、喘。見 72 頁「喘」字條。

奚 xī ❶ 古代的一種奴隸。《周禮·天官·序官》：「～三百人。」❷ 疑問代詞。甚麼，哪裏，為甚麼。《呂氏春秋·慎行》：「已為我子矣，又尚～求？」《莊子·逍遙遊》：「彼且～適也？」（且：將。適：往。）《韓非子·和氏》：「子～哭之悲也？」

悕 xī 悲傷。《公羊傳·成公十六年》：「在招丘～矣。」（招丘：地名。）

娭 xī 嬉戲。屈原《九章·惜往日》：「國富強而法立兮，屬貞臣而日～。」

晞 xī ❶ 乾，曬乾。《詩經·秦風·蒹葭》：「白露未～。」《淮南子·說山》：「上食～堁。」（堁：土塊。）又為曬。郭璞《江賦》：「瓊蚌～曜以瑩珠。」（曜 yào：日光。）❷ 天色微明。《詩經·齊風·東方未明》：「東方未～。」

欷 xī 歎泣聲。宋玉《九辯》：「長太息而增～。」［欷歔 xū］歎泣聲。曹植《卞太后誄》：「百姓～～。」

悉 xī△ ❶ 詳盡。賈誼《論積貯疏》：「古之治天下，至孅至～也。」（孅：同「纖」，細緻。）《史記·張釋之馮唐列傳》：「對上所問禽獸簿甚～。」（對：回答。上：指皇帝。禽獸簿：記載禽獸情況的簿冊。）引申為動詞。用盡、說盡等。《戰國策·韓策一》：「料大王之卒，～之不過三十萬。」司馬遷《報任安書》：「書不能～意。」（書：信。）❷ 全，都。《尚書·湯誓》：「格爾眾庶，～聽朕言。」（格：來。爾：你們。眾庶：眾人。朕：我。）陶潛《桃花源記》：「男女衣著，～如外人。」❸ 知道，了解。蕭統《文選序》：「隨時變改，難可詳～。」《徐霞客遊記·遊廬山日記》：「不登此臺，不～此瀑之勝。」

訢 xī 見 566 頁「訢」㊁。

惜 xī△ ❶ 可惜，哀傷。《左傳·宣公二年》：「～也，越竟乃免。」（竟：邊境。）賈誼《惜誓》：「～余年老而日衰兮，歲忽忽而不反。」（忽忽：快速過去的樣子。反：返。）❷ 愛惜，珍惜。《韓非子·難二》：「夫～草茅者耗禾穗。」（耗：損耗。）《晉書·陶侃傳》：「大禹聖人，乃～寸陰。」❸ 吝惜，捨不得。《呂氏春秋·長利》：「我國士也，為天下～死。」韓愈《左遷至藍關示姪孫湘》：「肯將衰朽～殘年。」

淅 xī△ ❶ 淘米。《儀禮·士喪禮》：「祝～米于堂。」（祝：祭祀時司祭禮的人。）❷ 水名，發源於河南，入丹江。

棲（栖） xī 見 394 頁「棲（栖）」㊁。

X

晰（晳、晳）xī△ ❶人的皮膚白。《周禮・地官・大司徒》：「其民～而瘠。」（瘠：瘦。）《漢書・霍光傳》：「光為人沈靜詳審，長財七尺三寸，白～。」（詳審：審慎。財：通「才」，僅。）泛指白色。《左傳・定公九年》：「～幘而衣貍製。」（幘 zé：頭巾。衣 yì：穿。貍製：用貍皮做的雨衣。）❷清楚，明白。《論衡・刺孟》：「昭～議論。」

睎 xī　望。《呂氏春秋・不屈》：「或操表掇以善～望。」（表掇：表示分界的掛有毛皮的直木，此指標誌。）《古詩十九首・凜凜歲云暮》：「引領遙相～。」（引領：伸長脖子。）引申為仰慕。《法言・學行》：「『～驥之馬。』

稀 xī　❶稀疏，不密。曹操《短歌行》：「月明星～。」引申為少。古詩《為焦仲卿妻作》：「相見常日～。」❷稀薄，濃度小。陳思濟《漱石亭和段超宗韻》：「羨殺田家豆粥～。」（殺：用在動詞後，表示程度深。）

傒 xī　❶拘繫。《淮南子・本經》：「驅人之牛馬，～人之子女。」❷歸依。《魏書・任城王彰傳》：「普天景仰，率土～心。」

翕 xī△　❶縮，收斂。《詩經・小雅・大東》：「維南有箕，載～其舌。」（載：句首語氣詞。）❷合，聚合。《詩經・小雅・常棣》：「兄弟既～，和樂且湛。」《世說新語・排調》：「時兄弟已有富貴者，～集家門。」

腊 xī△　❶乾肉。《周易・噬嗑》：「噬～肉，遇毒。」（噬 shì：咬。）又用作動詞。晾成乾肉。《莊子・外物》：「任公子得若魚，離而～之。」（離：解剖開。）❷乾枯，乾燥。《靈樞・寒熱病》：「毛髮焦，鼻槁～。」也指皮膚因乾燥而皸裂。《山海經・西山經》：「（錢來之山）有獸焉，其狀如羊而馬尾，名曰羬羊，其脂可以已～。」（已：止，治癒。）❸極。《國語・周語下》：「厚味實～毒。」

粞 xī　碎米。蘇軾《吳中田婦歎》：「價賤乞與如糠～。」

犀 xī　❶犀牛。《孟子・滕文公下》：「（周公）驅虎豹～象而遠之。」特指犀角，犀角製的器物。《韓非子・喻老》：「必將～玉之杯。」又指犀牛皮製品。《韓非子・難二》：「趙簡子圍衛之郛郭，～楯、～櫓，立於矢石之所不及。」❷銳利，堅固。銀雀山漢墓竹簡《孫臏兵法・兵情》：「矢，金在前，羽在後，故～而善走。」❸葫蘆的籽。《詩經・衛風・碩人》：「齒如瓠～。」

徯 xī　❶等候。《尚書・仲虺之誥》：「～予后，后來其蘇。」（予：我。后：君王。蘇：更生，復活。）❷通「蹊 xī」。小路。《禮記・月令》：「塞～徑。」

溪 xī（舊讀 qī）　山間的小河溝。《左傳・隱公三年》：「澗、～、沼、沚之毛……可薦於鬼神。」（毛：指水生植物。薦：進獻。）後泛指小河。杜甫《落日》：「～邊春事幽。」

裼 ㊀ xī△　❶脫去外衣露出內衣或身體。《韓非子・初見秦》：「聞戰，頓足徒～，犯白刃，蹈爐炭。」《史記・張儀列傳》：「秦人捐甲徒～以趨敵。」（捐：棄。徒：赤腳。）❷皮衣上所加的外衣。《禮記・玉藻》：「裘之～也，見美也。」（見 xiàn：顯露，顯示。）

㊁ tì　❸包嬰兒的被。《詩經・小雅・斯干》：「乃生女子，載寢之地，載衣之～。」（載：則，就。）

熙（熈、煕）xī　❶光明，明亮。《詩經・周頌・酌》：「時純～矣，是用大介。」（純：大。用：以。介：吉。）❷曝曬。盧諶《贈劉琨》：「仰～丹崖，俯澡綠水。」又為照耀。韓愈《送無本師歸范陽》：「天陽～四海。」❸興盛，興起。《尚書・堯典》：「庶績咸～。」（眾功皆興。）《後漢書・竇武傳》：「是以君臣並～，名奮百世。」引申為弘揚，光大。《尚書・舜典》：「有能奮庸～帝之載。」（庸：功。載：事，功業。）❹和樂，和悅。《老子》第二十章：「眾人～～，如享太牢。」（太牢：指牛羊豕俱全。）《淮南子・精神》：「禹乃～笑而稱曰：『我受命於天，竭力而勞萬民。』」❺嬉戲。《莊子・馬蹄》：「含哺而～，鼓腹而遊。」《淮南子・人間》：「臣不敢以死為～。」❻ 同「禧 xǐ」。吉祥。《漢書・禮樂志》：「忽乘青玄，～事備成。」

豨 xī 豬。《淮南子・本經》：「封～修蛇，皆為民害。」（封：大。修：長。）

蜥 xī△ ［蜥蜴 yì］爬行動物，俗稱「四腳蛇」。《漢書・東方朔傳》：「是非守宮即～～。」（是：此。守宮：壁虎。）

僖 xī ❶ 古謚法用字。春秋魯國有僖公。❷ 姓。春秋時曹國有僖員羈。

熄 xī△ ❶ 火熄滅。《孟子・告子上》：「猶以一杯水救一車薪之火也，不～，則謂之水不勝火。」引申為消亡。《呂氏春秋・本味》：「人主有奮而好獨者，則名號必廢～。」❷ 太平，安寧。《孟子・滕文公下》：「一怒而諸侯懼，安居而天下～。」

緆 xī△ ❶ 細麻布。《淮南子・齊俗》：「弱～羅紈。」司馬相如《子虛賦》：「鄭女曼姬，被阿～。」（阿：細繒。）❷ 衣服下面的邊飾。《儀禮・既夕禮》：「縓綼～。」（縓 quàn：紅色。綼 bì：衣服上面的邊飾。）

嘻（譆） xī ❶ 歎詞。《莊子・養生主》：「～，善哉！」《戰國策・齊策四》：「～，亦太甚矣，先生之言也！」❷ 笑。《太玄・樂》：「人～鬼～。」柳宗元《種樹郭橐駝傳》：「聞者～曰：不亦善夫！」

噏 xī△ ❶ 吸。《漢書・揚雄傳上》：「～青雲之流瑕兮。」❷ 閉合，收斂。河上公本《老子》第三十六章：「將欲～之，必固張之。」

膝 xī△ 膝蓋。《莊子・養生主》：「手之所觸，肩之所倚，足之所履，～之所踦，砉然嚮然。」（履：踩。踦 yǐ：頂住。砉 huà：象聲詞，形容解牛的聲音。）

瘜 xī 瘜肉。《靈樞・水脹》：「惡氣乃起，～肉乃生。」

嬉 xī 遊樂，玩耍。《史記・司馬相如列傳》：「～游往來。」韓愈《進學解》：「業精於勤，荒於～。」

熹 xī ❶ 烤，灼。《吳越春秋・勾踐歸國外傳》：「火消則無～毛之熱。」❷ 光明。陶潛《歸去來兮辭》：「恨晨光之～微。」

樨 xī 木樨，桂花的別稱。張憲《李嵩宋宮觀潮圖》：「木～花開秋可數。」

錫 xī△ ❶ 金屬名。《呂氏春秋・別類》：「金柔～柔，合兩柔則為剛。」❷ 通「賜 cì」。賜予。《詩經・大雅・既醉》：「孝子不匱，永～爾類。」（匱：窮盡。爾類：你的同類。）❸ 通「緆 xī」。細布。《淮南子・脩務》：「衣阿～。」（阿：輕細的絲織物。）

歙 ㊀ xī△ ❶ 吸氣，吸進。鮑照《石帆銘》：「吐湘引漢，～蠡吞沱。」❷ 收斂，收縮，與「張」相對。《老子》第三十六章：「將欲～之，必固張之。」《淮南子・兵略》：「用兵之道……為之以～，而應之以張。」❸ 喜悅的樣子。《漢書・鮑宣傳》：「眾庶～然，莫不說喜。」
㊁ shè ❹ 捉持。《世說新語・輕詆》：「彪以手～叔虎云：『酷吏！』詞色甚強。」

羲 xī ❶ 伏羲氏的略稱。班固《答賓戲》：「基隆於～農，規廣於黃唐。」（農：指神農。黃：指黃帝。唐：指堯。）❷［羲和］1. 羲氏與和氏，傳說為堯時掌管天文曆象的人。《尚書・堯典》：「乃命～～，欽若昊天，歷象日月星辰，敬授人時。」（欽：敬。若：順。）2. 傳說中為太陽駕車的人。屈原《離騷》：「吾令～～弭節兮，望崦嵫而勿迫。」（崦嵫：日入之山。）

熺 xī ❶ 同「熹」。光明。《管子・侈靡》：「古之祭，有時而星，有時而～。」❷ 火焰熾盛。蕭穎士《有竹》：「我有金爐，～其以歊。」（歊 xiāo：熾熱。）❸ 通「饎 chì」。烹煮。《淮南子・時則》：「湛～必潔，水泉必香。」（湛 jiān：浸泡。）

窸 xī△ ［窸窣 sū］象聲詞。形容輕微細碎的聲音。杜甫《自京赴奉先縣詠懷五百字》：「河梁幸未坼，枝撐聲～～。」（梁：橋。坼 chè：裂開。枝撐：指橋的支柱。）

戲 xī 見 546 頁「戲」㊂。

蹊 xī 小路。《呂氏春秋・孟冬》：「塞～徑。」《史記・李將軍列傳》：「桃李不言，下自成～。」引申為走，踐踏。《左傳・宣公十一年》：「牽牛以～人之田，而奪之牛。」

蟋 xī△　［蟋蟀］昆蟲名，也叫促織。《詩經・豳風・七月》：「十月～～入我牀下。」

谿 xī　❶同「溪」。山間的小河溝。《荀子・勸學》：「不臨深～，不知地之厚也。」❷空虛。《呂氏春秋・適音》：「以危聽清則耳～極。」（危：高。極：疲困。）

釐 xī　見300頁「釐」㊁。

巂（嶲） xī　見179頁「巂（嶲）」㊁。

醯 xī　醋。《荀子・勸學》：「～酸而蜹聚焉。」（蜹：同「蚋 ruì」，蚊類昆蟲。）

【辨析】醯、酢、酸。見81頁「酢」字條。

曦 xī　陽光。陸雲《四言失題》：「沉～含輝。」也指太陽。《水經注・江水二》：「不見～月。」

巇 xī　❶山勢險峻。王褒《洞簫賦》：「又似流波，泡溲汎涟，趨～道也。」（泡溲 pàoshāo：盛多的樣子。汎涟 fájiē：急流聲。）用於抽象意義，指險惡。宋玉《九辯》：「何險～之嫉妒兮，被以不慈之偽名。」❷縫隙。《鬼谷子・抵巇》：「自天地之合離終始，必有～隙，不可不察也。」

犧 xī　古代祭祀用的毛色純一的牲畜。《尚書・微子》：「今殷民乃攘竊神祇之～、牷、牲。」又為充當祭牲。《淮南子・說山》：「（犁牛）生子而～。」

鼷 xī　小鼠。《莊子・應帝王》：「～鼠深穴乎神丘之下。」

蠵 xī　一種大龜。宋玉《招魂》：「露雞臛～，厲而不爽些。」（露雞：露天棲宿的雞。臛：肉羹。厲：烈。爽：腐敗。些：語氣詞。）

纚 xī　❶繩索。《太玄・樂》：「拂其繫，絕其～。」❷繫，結。張衡《思玄賦》：「～幽蘭之秋華兮，又綴之以江離。」（江離：香草名。）

觿 xī　古代一種骨製的解繩結的用具，形狀像錐子。《詩經・衛風・芄蘭》：「童子佩～。」

席 xí△　❶席子，坐臥時鋪墊的用具。《孟子・滕文公上》：「捆屨織～以為食。」今成語有「席不暇暖」。因古人坐於席上，所以又指坐席，座位。《呂氏春秋・慎大》：「武王避～再拜之。」❷船帆，古人有時以席為帆，所以稱帆為席。謝靈運《遊赤石進帆海》：「揚帆采石華，掛～拾明月。」❸酒筵。沈約《應詔樂遊苑餞呂僧珍》：「戎車出細柳，餞～樽上林。」（細柳、上林：地名。）❹憑藉，依仗。《漢書・楚元王傳附劉向》：「呂產、呂祿～太后之寵，據將相之位。」

【辨析】席、筵。二者都是席子，坐時鋪在下面的稱「筵」，鋪在筵上供人坐的稱「席」。

習 xí△　❶鳥練習飛。《呂氏春秋・季夏》：「鷹乃學～。」❷練習，複習。《論語・學而》：「學而時～之，不亦說乎？」（說 yuè：高興。）又指學習。《呂氏春秋・聽言》：「造父始～於大豆。」（造父、大豆：古代善於駕馭車馬的人。）❸熟悉。《戰國策・齊策四》：「誰～計會，能為文收責於薛者乎？」（文：指孟嘗君田文。責：債。薛：孟嘗君的封地。）❹習慣，習俗。《呂氏春秋・功名》：「善為君者，蠻夷反舌殊俗異～皆服之。」（反舌：指少數民族，因語音與華夏不同。）今成語有「習以為常」。❺君主身邊寵信的人。《韓非子・五蠹》：「今世近～之請行，則官爵可買。」

蓆 xí△　❶大，寬大。《詩經・鄭風・緇衣》：「緇衣之～兮，敝，予又改作兮。」（緇：黑色。）❷蓆子。《韓非子・存韓》：「韓事秦三十餘年，出則為扞蔽，入則為～薦。」（扞蔽：屏藩。薦：草蓆。）

覡 xí△　男巫。《荀子・正論》：「出戶而巫～有事。」（巫：指女巫。）

檄 xí△　用作徵召、聲討的文書。《史記・張耳陳餘列傳》：「誠聽臣之計，可不攻而降城，不戰而略地，傳～而千里定。」《漢書・高帝紀》：「吾以羽～

X

徵天下兵。」（羽檄：即羽書。）又指用文書徵召、聲討。《晉書・王雅傳》：「少知名，州～主簿。」《史通・疑古》：「陳琳為袁～魏。」

隰 xí△ ❶低濕的地方。《詩經・邶風・簡兮》：「山有榛，～有苓。」（榛：樹名。苓：甘草。）《呂氏春秋・孟春》：「善相阪險原～。」（相：察看。阪 bǎn：大坡。）❷新開墾的田地。《詩經・周頌・載芟》：「徂～徂畛。」（徂：往。畛 zhěn：田間小路。）

襲 xí△ ❶加穿衣服。《禮記・內則》：「寒不敢～。」又泛指穿衣。司馬相如《上林賦》：「～朝服。」引申為量詞。衣服一套為一襲。《史記・趙世家》：「賜相國衣二～。」又泛指層，重。《呂氏春秋・節喪》：「棺槨數～。」❷重疊。屈原《九章・懷沙》：「重仁～義兮。」引申為重複。《左傳・哀公十年》：「事不再令，卜不～吉。」❸合，和合。《左傳・昭公七年》：「筮～於夢。」（筮 shì：用蓍草占卜。）《淮南子・天文》：「虛星乘鉤陳而天地～矣。」（虛星、鉤陳：星宿名。）❹因襲，沿用。《史記・秦始皇本紀》：「五帝不相復，三代不相～。」（三代：指夏、商、周。）又為承受，繼承。《左傳・昭公二十八年》：「故～天祿，子孫賴之。」《史記・秦始皇本紀》：「太子胡亥～位。」❺乘人不備而進攻。《左傳・隱公元年》：「繕甲兵，具卒乘，將～鄭。」《呂氏春秋・察今》：「荊人欲～宋。」引申為侵襲。《莊子・刻意》：「邪氣不能～。」

【辨析】襲、伐、侵、討。見127頁「伐」字條。

洒 ㈠ xǐ ❶洗滌。《莊子・山木》：「吾願君刳形去皮，～心去欲。」（刳 kū：剖開。）引申為洗雪。《孟子・梁惠王上》：「寡人恥之，願比死者壹～之。」（比：替。）

㈡ xiǎn ❷［洒然］1.寒慄的樣子。《素問・風論》：「腠理開則～～寒，閉則熱而悶。」2.肅敬的樣子。《史記・范雎蔡澤列傳》：「是日觀范雎之見者，羣臣莫不～～變色易容者。」

㈢ sǎ ❸使水分散地落在地上。《詩經・唐風・山有樞》：「子有廷內，弗～弗埽。」引申為使分散地落下，散落。《禮記・內則》：「屑桂與薑，以～諸上而鹽之。」

【辨析】洒、盥、沐、沫、洗、浴。見177頁「盥」字條。

洗 xǐ（舊讀 xiǎn）❶洗腳。《漢書・黥布傳》：「至，漢王方踞牀～。」（踞 jù：伸開腿坐。）❷用水滌除污垢。《韓非子・大體》：「不～垢而察難知。」引申為消除，除去。杜甫《鳳凰臺》：「再光中興業，一～蒼生憂。」❸古代盥洗時接水用的器皿，形似淺盆。《儀禮・士冠禮》：「設～直于東榮。」（榮：屋簷下。）

【辨析】1.洗、盥、沐、沫、洒、浴。見177頁「盥」字條。2.洗、滌、濯。見99頁「滌」字條。

枲 xǐ 不結籽的大麻。《儀禮・喪服》：「牡麻者，～麻也。」泛指麻。《說苑・談叢》：「蓬生～中，不扶自直。」

徙 xǐ ❶遷移，移動。《商君書・墾令》：「使民無得擅～。」《呂氏春秋・察今》：「時已～矣，而法不～，以此為治，豈不難哉？」❷調職。《史記・汲黯鄭當時列傳》：「請～黯為右內史。」（右內史：官名。）

【辨析】徙、遷。見402頁「遷」字條。

喜 xǐ ❶高興，快樂。《孟子・公孫丑上》：「子路，人告之以有過則～。」❷喜慶的事。《國語・魯語下》：「固慶其～而弔其憂。」❸喜歡，愛好。《詩經・小雅・彤弓》：「我有嘉賓，中心～之。」《呂氏春秋・疑似》：「褒姒大說，～之。」

葸 xǐ 畏縮，膽怯。《論語・泰伯》：「慎而無禮則～。」今成語有「畏葸不前」。

屣（蹝、躧） xǐ 鞋。《呂氏春秋・觀表》：「竊觀公之志，視舍天下若舍～。」又為拖着鞋。《後漢書・王符傳》：「衣不及帶，～履出迎。」（帶：繫衣帶。）

蓰 xǐ 五倍。《孟子・滕文公上》：「夫物之不齊，物之情也：或相倍～，或相什百，或相千萬。」（什百：十倍百倍。千萬：千倍萬倍。）

憙 xǐ　高興，喜歡。《荀子・堯問》：「楚莊王以憂，而君以～。」

謑 xǐ　恐懼。《荀子・彊國》：「雖然，則有其～矣。」

禧 xǐ　吉祥，幸福。陶弼《黃陵廟》：「楚民亡水旱，簫鼓謝神～。」（亡：無。）

縰 xǐ　❶束髮的布帛。揚雄《解嘲》：「戴～垂纓而談者，皆擬於阿衡。」（阿衡：商代官名，商湯賢相伊尹曾做過阿衡，後代多以阿衡指伊尹。）❷［縰縰］眾多的樣子。宋玉《高唐賦》：「～～莘莘，若生於鬼，若出於神。」

蟢 xǐ　蟢子，蜘蛛的一種。曹植《令禽惡鳥論》：「得～者莫不訓而放之，為利人也。」

璽 xǐ　印。秦漢以後專指皇帝的印。《韓非子・外儲說左下》：「願請～復以治鄴。」（鄴：地名。）《漢書・霍光傳》：「乃即持其手，解脫其～組，奉上太后。」（組：繫印的絲帶。）

鰓 xǐ　見438頁「鰓」㊁。

灑 xǐ　見438頁「灑」㊁。

纚 ㊀xǐ　❶包束頭髮的布帛。《儀禮・士冠禮》：「賓筵前坐，正～，興，降西階一等。」（興：站起來。）❷羣行的樣子。司馬相如《子虛賦》：「車按行，騎就隊，～乎淫淫，般乎裔裔。」（按：按次序。般 pán：羣行的樣子。）❸［纚纚］繩索美好的樣子。屈原《離騷》：「索胡繩之～～。」（索：搓繩子。胡繩：香草名。）

㊁lí　❹繩索。《詩經・小雅・采菽》：「汎汎楊舟，紼～維之。」（紼 fú：大繩。維：繫。）

㊂sǎ　❺用網捕魚。張衡《西京賦》：「然後釣魴鱧，～鰋鮋。」（魴、鱧、鰋、鮋：魚名。）

系 xì　❶連接。《漢書・敘傳上》：「～高、頊之玄胄兮。」（高：高陽氏。頊 xū：顓 zhuān 頊氏。玄胄：指後代。）又指拴結。《淮南子・精神》：「～絆其足，以禁其動。」❷繼承。《後漢書・班彪傳附班固》：「～唐統，接漢緒。」（唐：指唐堯。統、緒：本為絲的頭緒，這裏指事業。）引申為世系。《新唐書・桑道茂傳》：「桑道茂者，寒人，失其～望。」（寒人：貧寒之人。望：指郡望。）❸帶子。古詩《陌上桑》：「青絲為籠～，桂枝為籠鉤。」❹辭賦末尾的總括之詞，如同「亂」或「訊」。張衡《思玄賦》：「～曰：天長地久歲不留……」

【說明】「系」「係」「繫」原為三個不同的字，現在「係」「繫」簡化作「系」。

【辨析】 系、係、繫。三字義近，古多通用。也有不通用之處，如「世系」，一般只寫作「系」，不寫作「係」或「繫」。

盻 xì　怒視。《戰國策・韓策二》：「韓挾齊、魏以～楚。」

咥 ㊀xì△　❶笑，譏笑。《詩經・衛風・氓》：「兄弟不知，～其笑矣。」

㊁dié△　❷咬嚙。《周易・履》：「履虎尾，不～人。」

係 xì　❶束縛，捆綁。《孟子・梁惠王下》：「若殺其父兄，～累其子弟。」❷捆束用的絲帶。《韓非子・外儲說左下》：「襪～解，因自結。」❸維繫，關聯。王羲之《蘭亭集序》：「情隨事遷，感慨～之矣。」引申為接連，接續。《晉書・郤詵傳》：「虞夏之際，聖明～踵，而損益不同。」（虞夏：指舜、禹。係踵：一個接連一個。）《南史・柳元景傳》：「元景率軍～進。」

【辨析】 係、系、繫。見545頁「系」字條。

郄 xì△　❶同「郤」。空隙，裂縫。《荀子・賦篇》：「入～穴而不逼者與？」（逼：狹窄。）比喻感情上的裂痕，嫌隙。《韓非子・六反》：「則交必有～矣。」❷不舒適。《戰國策・趙策四》：「而恐太后玉體之有所～也。」

郤 xì△　❶空隙，縫隙。《莊子・養生主》：「批大～。」（批：擊。）比喻感情上的裂痕，嫌隙。《史記・項羽

X

本紀》：「今者有小人之言，令將軍與臣有～。」❷ 古地名，在今山西沁水下游一帶。

細 xì ❶ 小，與「大」相對。《呂氏春秋・達鬱》：「得其～，失其大，不知類耳。」《史記・李斯列傳》：「河海不擇～流，故能就其深。」（就：成就。）又指細，與「粗」相對。《墨子・兼愛中》：「昔者楚靈王好～要。」（要：腰。）引申為苛細，瑣碎。《左傳・襄公二十九年》：「其～已甚，民弗堪也。」❷ 地位低賤。《漢書・高帝紀下》：「大王起～微。」❸ 精細，細緻。蔡邕《衣箴》：「帛必薄～，衣必輕暖。」《水經注・穀水》：「又石工～密，非今知所擬。」❹ 詳細，仔細。杜甫《春日憶李白》：「何時一樽酒，重與～論文。」

舄 xì△ ❶ 古代一種兩層底的鞋。《詩經・豳風・狼跋》：「公孫碩膚，赤～几几。」（几几：鞋裝飾華美的樣子。）❷ 大的樣子。《詩經・魯頌・閟宮》：「松桷有～。」（桷 jué：方形的椽子。）❸ 通「潟 xì」。鹽鹼地。《漢書・溝洫志》：「終古～鹵兮生稻粱。」❹ 通「磶 xì」。柱下石。《墨子・備穴》：「柱下傅～。」

赩 xì△ 紅色。景差《大招》：「北有寒山，逴龍～只。」（逴龍：山名。只：語氣詞。）

愾 ㊀ xì ❶ 歎息。《詩經・曹風・下泉》：「～我寤歎，念彼周京。」（寤 wù：醒着。周京：周的京師。）
㊁ kài ❷ 憤怒，忿恨。《左傳・文公四年》：「諸侯敵王所～而獻其功。」今成語有「同仇敵愾」。

禊 xì 古代在水邊舉行祭祀以除不祥。《晉書・王導傳》：「會三月上巳，帝親觀～。」（會：適逢。上巳：節日名，三月上旬的第一個巳日。）

隙（隟、隙） xì△ ❶ 牆壁的裂縫。《左傳・昭公元年》：「牆之～壞，誰之咎也。」《淮南子・人間》：「牆之壞也於～。」引申為感情上的裂痕。《史記・樊噲列傳》：「大王今日至，聽小人之言，與沛公有～。」泛指孔穴，空隙。《周禮・秋官・赤犮氏》：「凡～屋，除其貍蟲。」（貍：通「埋」，埋藏，潛藏。）❷ 空閒。《左傳・隱公五年》：「皆於農～以講事也。」（講事：指講習武事。）❸ 漏洞，空子。《韓非子・備內》：「相為耳目，以候主～。」《孫子・謀攻》：「夫將者，國之輔也。輔周則國必強，輔～則國必弱。」❹ 鄰接，連接。《漢書・地理志下》：「上谷至遼東，北～烏丸、夫餘。」（烏丸、夫餘：民族名。）

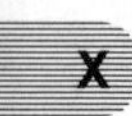

【辨析】 隙、際。見 228 頁「際」字條。

綌 xì△ 粗葛布。《詩經・周南・葛覃》：「為絺為～，服之無斁。」（絺 chī：細葛布。斁 yì：厭。）

潟 xì△ 鹽鹼地。《周禮・地官・草人》：「凡糞種……鹹～用貆。」

磶 xì 柱下石。張衡《西京賦》：「雕楹玉～。」（楹：堂前的柱子。）

戲 ㊀ xì ❶ 角力。《左傳・僖公二十八年》：「請與君之士～。」《史記・秦本紀》：「武王有力好～。」❷ 遊戲，嬉戲。《韓非子・外儲說左上》：「嬰兒相與～也。」《史記・孔子世家》：「孔子為兒嬉～，常陳俎豆。」（陳：擺列。俎 zǔ 豆：都是祭祀時盛祭品的禮器。）❸ 開玩笑，戲謔。《論語・陽貨》：「前言～之耳。」《呂氏春秋・重言》：「天子無～言。」❹ 歌舞、雜技等表演。《史記・孔子世家》：「優倡侏儒為～而前。」（優倡：演樂人員。侏儒：矮人。）
㊁ huī ❺ 將帥的旗幟。《漢書・灌夫傳》：「馳入吳軍，至～下，所殺傷數十人。」引申為指揮。《漢書・揚雄傳上》：「～八鎮而開關。」（關：關隘。）
㊂ xī ❻［伏戲］即「伏羲」。傳說中帝王名。《荀子・成相》：「文武之道同～～。」
㊃ hū ❼［於戲］即「嗚呼」。感歎聲。《漢書・韋賢傳》：「～～後人，惟肅惟栗。」（惟：語氣詞。肅：肅敬。栗：戒懼。）

【辨析】 戲、弄。見 369 頁「弄」字條。

鬩 xì△ 相爭，爭鬥。《詩經・小雅・常棣》：「兄弟～于牆。」《隋書・李士謙傳》：「有兄弟分財不均，互相～訟。」

虩 xì△ ［虩虩］恐懼的樣子。《周易・震》：「震來～～。」

X

餼 xì ❶贈送人的糧食。《左傳・桓公六年》：「齊人饋之～。」引申為贈送糧食，贈送。《左傳・僖公十五年》：「是歲，晉又饑，秦伯～之粟。」❷活的牲口。《論語・八佾》：「子貢欲去告朔之～羊。」（告朔：每月初一在宗廟舉行的祭祀。）

繫 xì ❶懸掛。《荀子・勸學》：「以羽為巢，而編之以髮，～之葦苕。」（葦苕 tiáo：葦穗。）❷捆，拴縛。《左傳・成公二年》：「禽之而乘其車，～桑本焉。」（禽：擒。桑本：桑樹根。）引申為拘囚。《史記・魏其武安侯列傳》：「劾灌夫罵坐不敬，～居室。」（居室：少府轄下的官署名。）又指被拘囚的犯人。《呂氏春秋・孟夏》：「決小罪，出輕～。」❸聯繫，接續。《周禮・天官・大宰》：「以九兩～邦國之民。」《左傳・昭公二十三年》：「吳為三軍以～於後。」又指關涉。張衡《西京賦》：「處沃土則逸，處瘠土則勞，此～乎地者也。」❹絲帶。《儀禮・士喪禮》：「著組～。」

【辨析】繫、系、係。見 545 頁「系」字條。

盭 xì△ 悲痛。《尚書・酒誥》：「民罔不～傷心。」（罔：無。）

xia

岈 xiā ❶山深邃的樣子。柳宗元《始得西山宴遊記》：「其高下之勢，～然窪然，若垤若穴。」（垤 dié：土堆。）❷山谷。《水經注・漾水》：「漢水又西，徑南～、北～中。」（徑：經過。）

呷 xiā△ 吸飲。《洛陽伽藍記・景寧寺》：「～啜蓴羹。」

瞎 xiā△ 一眼失明。《世說新語・排調》：「盲人騎～馬，夜半臨深池。」

蝦 ㊀ xiā ❶蝦。王褒《九懷・通路》：「鯨鱏兮幽潛，從～兮遊陼。」（鱏：鱘魚。陼：水中小塊陸地。）

㊁ há ❷蛤蟆。賈誼《弔屈原賦》：「夫豈從～與蛭螾」。（螾：蚯蚓。）[蝦蟆] 蛤蟆，青蛙和蟾蜍的統稱。《淮南子・齊俗》：「夫～～為鶉。」

鰕 xiā ❶魵魚。《說文》：「～，魵也。」曹植《名都賦》：「膾鯉臇胎～。」（臇 juǎn：烹煮。）❷大鯢。《爾雅・釋魚》：「鯢，大者謂之～。」《異魚圖贊》卷二：「～實四足，而有魚名，頭尾類鯷。」（鯷 tí：大鮎。）❸蝦。《水經注・浪水》：「晉滕脩為刺史，脩鄉人語脩，～鬚長一赤。」（赤：或作丈。）

匣 xiá△ 裝東西的器具。大的叫箱，小的叫匣。《淮南子・精神》：「～匱而藏之。」（匱：同「櫃」。）

狎 xiá△ ❶習慣，熟習。《國語・周語中》：「未～君政，故未承命。」因習慣而輕視。《左傳・昭公二十年》：「水懦弱，民～而玩之，則多死焉。」❷親近而不莊重。《戰國策・趙策四》：「望我而笑是～也。」❸輕慢，輕侮。《論語・季氏》：「～大人，侮聖人之言。」《史記・高祖本紀》：「高祖因～侮諸客。」❹擁擠。傅毅《舞賦》：「車騎並～。」又為接連。《潛夫論・救邊》：「軍書交馳，羽檄～至。」❺更迭，交替。《左傳・襄公二十七年》：「且晉、楚～主諸侯之盟也久矣。」

柙 ㊀ xiá△ ❶關野獸的木籠。《論語・季氏》：「虎兕出於～。」（兕 sì：雌的犀牛。）也指關人用的囚籠。《管子・小匡》：「遂生束縛而～以予齊。」❷匣子。《史記・刺客列傳》：「秦舞陽奉地圖～，以次進。」《漢書・平帝紀》：「乙未，義陵寢神衣在～中。」

㊁ jiǎ ❸樹名。左思《吳都賦》：「木則楓、～、櫲樟。」

俠 xiá△ ❶仗義助人的人。《韓非子・五蠹》：「～以武犯禁。」（禁：禁令。）《史記・魏其武安侯列傳》：「好任～。」❷通「夾 jiā」。在兩旁。《淮南子・道應》：「兩蛟～繞其船。」

峽 xiá△ ❶兩山之間。《淮南子・原道》：「而彷徉乎山～之旁。」也指兩山之間流水的地方。《水經注・江水》：「江水歷～，東，徑新崩灘。」❷狹窄。《水經注・河水》：「澗道之～，車不方軌。」（方：並排。）

狹(**陿**) xiá△ 窄，與「寬」「廣」相對。《韓非子·外儲說右上》：「使其妻織組而幅～於度。」(組：絲帶。)引申為小，少。《淮南子·說林》：「匠人處～廬。」《史記·滑稽列傳》：「臣見其所持者～，而所欲者奢。」又引申為小看，輕視。《尚書·咸有一德》：「無自廣以～人。」

祫 xiá△ 祭名。集合遠近祖先的神主於太廟合祭。《公羊傳·文公二年》：「大～者何？合祭也。」

硤 xiá△ 同「峽」。山峽。《淮南子·兵略》：「～路津關，大山名塞。」(津：渡口。)《水經注·淮水》：「淮水又北逕山～中。」

瑕 xiá ❶帶紅色的玉。司馬相如《上林賦》：「赤～駁犖，雜臿其間。」(駁犖 luò：文采交錯的樣子。臿：通「插」。)❷玉上的斑點。《呂氏春秋·舉難》：「寸之玉必有～瓋。」(瓋 zhè：玉上的斑點。)《史記·廉頗藺相如列傳》：「璧有～。」今成語有「瑕不掩瑜」。比喻缺點，過失。《左傳·閔公元年》：「心苟無～，何恤乎無家？」(恤：憂慮。)❸空隙，嫌隙。《淮南子·精神》：「審乎無～，而不與物相糅。」(審：明察。)《宋書·范泰傳》：「近者東寇紛擾，皆欲伺國～隙。」❹疑問代詞。何。《禮記·表記》：「心乎愛矣，～不謂矣！」

【辨析】瑕、玷。見105頁「玷」字條。

遐 xiá ❶遠，兼指空間和時間。《尚書·太甲下》：「若升高，必自下；若陟～，必自邇。」(邇：近。)❷疑問代詞。何。《詩經·大雅·棫樸》：「周王壽考，～不作人？」(壽考：長壽。作人：起用賢人。)

【辨析】遐、遼、遙、遠。見311頁「遼」字條。

嗑 xiá 見281頁「嗑」㊂。

暇 xiá ❶空閒，閒暇。《詩經·小雅·何草不黃》：「朝夕不～。」韓愈《與祠部陸員外書》：「以其耕之～，讀書而為文。」今成語有「應接不暇」。又指閒散，不做事。《尚書·酒誥》：「不敢自～自逸。」又指悠閒，從容。《世說新語·任誕》：「謝便起舞，神意甚～。」(謝：指謝尚。)❷通「假 jiǎ」。借。王粲《登樓賦》：「聊～日以銷憂。」

赮 xiá ❶紅色。江淹《翡翠賦》：「今乃依～火之絕垠。」(垠 yín：岸。)❷同「霞」。彩霞。《漢書·天文志》：「夫雷電～虹，辟歷夜明者，陽氣之動也。」(虹：同「虹」。辟歷：同「霹靂」。)

轄 xiá△ 插在軸端孔穴內用來固定車輪，不使脫落的小鐵釘。《左傳·哀公三年》：「巾車脂～。」(巾車：車官之長。脂：用如動詞，加油脂。)《淮南子·人間》：「夫車之所以能轉千里者，以其要在三寸之～。」引申為管轄。任昉《答劉孝綽》：「直史兼褒貶，～司專疾惡。」(直史：正直的史官。轄司：指主管官吏。)

霞 xiá 彩霞。屈原《遠遊》：「潄正陽而含朝～。」(潄：吸吮。)王勃《滕王閣序》：「落～與孤鶩齊飛。」(鶩 wù：鴨，這裏指野鴨。)比喻色彩豔麗。孟郊《送諫議十六叔至孝義渡》：「～衣相飄飄。」

黠 xiá△ ❶狡猾，奸詐。《戰國策·楚策三》：「今山澤之獸，無～於麋。」《後漢書·明帝紀》：「吏～不能禁。」❷聰慧。《晉書·顧愷之傳》：「愷之體中癡～各半。」

鎋(**舝**) xiá△ 同「轄」。插在車軸兩端的用來擋住車輪不使脫落的小鐵棍。《戰國策·齊策一》：「～擊摩車而相過。」(擊：碰撞。)《淮南子·繆稱》：「故終年為車，無三寸之～，不可以驅馳。」

騢 xiá 赤白色相雜的馬。《詩經·魯頌·駉》：「有駰有～。」(駰 yīn：淺黑與白色相雜的馬。)

下 xià ❶低。與「高」相對。《老子》第二章：「高～相傾。」引申為位置在低處。《詩經·召南·殷其雷》：「殷其雷，在南山之～。」(殷 yǐn：雷聲。)又引申為下等。《戰國策·齊策一》：「能謗譏於市朝，聞寡人之耳者，受～賞。」(謗譏：指責過失，批評。）引申為下屬，臣下。《荀子・正論》：「～親上則上安，～畏上則上危。」❷ 由高處到低處。《論語・微子》：「孔子～，欲與之言。」（下：指下車。）《孟子・梁惠王上》：「沛然～雨。」引申為向下行。《史記・淮陰侯列傳》：「漢王借兵而東～。」又引申為頒佈，下達。《韓非子・內儲說上》：「令～而人皆疾習射，日夜不休。」❸ 攻克，攻下。《呂氏春秋・慎大》：「一朝而兩城～。」《史記・魏公子列傳》：「吾攻趙，旦暮且～。」❹ 居於人下。《左傳・宣公十二年》：「其君能～人。」《呂氏春秋・慎人》：「讓賢而～之，臣之忠也。」❺ 低於，少於。《呂氏春秋・雍塞》：「此不～九石。」（石 shí：古代重量單位，一百二十斤為一石。）

夏 xià ❶ 中原古部族名，即漢族，也稱華夏、諸夏。《尚書・舜典》：「蠻夷猾～。」《孟子・滕文公上》：「吾聞用～變夷者，未聞變於夷者也。」代指中原地區。《荀子・儒效》：「居楚而楚，居越而越，居～而～。」❷ 大。《詩經・秦風・權輿》：「～屋渠渠。」（渠渠：大的樣子。）又特指大的屋室。後來寫作「廈」。屈原《九章・哀郢》：「曾不知～之為丘兮。」❸ 朝代名。我國歷史上第一個王朝，由禹受舜禪讓而建立。《論語・八佾》：「～禮，吾能言之。」❹ 季節名。《詩經・小雅・四月》：「四月惟～。」❺ 古樂舞名。《穀梁傳・隱公五年》：「舞～，天子八佾，諸公六佾，諸侯四佾。」❻ 通「檟 jiǎ」。常「夏楚」連用，指學校體罰用具。《禮記・學記》：「～、楚二物，收其威也。」（楚：荊條。）

廈（厦） xià 房屋，大房屋。《淮南子・齊俗》：「廣～闊屋，連闥通房，人之所安也。」（闥 tà：門。）杜甫《茅屋為秋風所破歌》：「安得廣～千萬間，大庇天下寒士俱歡顏。」

罅 xià 裂，裂開。《說文》：「～，裂也。」黃滔《丈六金身碑》：「彩雲～裂。」又指裂縫，縫隙。《史記・田敬仲完世家》：「然而不能傅合疏～。」韓愈《進學解》：「補苴～漏。」（苴 jū：填補。）

xian

仙（僊） xiān ❶ 神仙。《史記・封禪書》：「黃帝且戰且學～。」《論衡・道虛》：「為道學～之人，皆謂之然。」又用作動詞。成仙。《論衡・道虛》：「物無不死，人安能～？」❷ 超凡的，脫俗的。貫休《古意》之八：「常思李太白，～筆驅造化。」

【辨析】仙、佛、神。見20頁「佛」字條。

先 xiān ❶ 先行，先做某事。《左傳・桓公十六年》：「壽子載其旌以～。」（旌：旌旗。）《論語・子路》：「衛君待子而為政，子將奚～？」（奚先：先做甚麼。）引申為事先致意。《呂氏春秋・貴生》：「魯君聞顏闔得道之人也，使人以幣～焉。」又引申為先於，在……之前。《荀子・大略》：「～事慮事，～患慮患。」❷ 形容詞。先，與「後」相對。《莊子・天道》：「夫尊卑～後，天地之行也。」（行：指規律。）又副詞。先，與「後」相對，表示事情、行為發生在前。《論語・衛靈公》：「工欲善其事，必～利其器。」❸ 祖先。司馬遷《報任安書》：「太上不辱～。」引申為已經去世的，多指上代或長輩。《孟子・梁惠王下》：「寡人非能好～王之樂也。」

忺 xiān 高興，適意。韋應物《寄二嚴》：「絲竹久已懶，今日遇君～。」

祆 xiān 祆教（俗稱拜火教）所信奉的神名。祆教源於古波斯，南北朝時傳入中國。《酉陽雜俎・境異》：「突厥事～神，無祠廟，刻氈為形。」

掀 xiān ❶ 舉起。《左傳・成公十六年》：「乃～公以出於淖。」（淖 nào：泥沼。）❷ 翻動。白居易《風雨夜泊》：「白浪～天盡日風。」

銛 xiān ❶ 鍬一類的農具，也可用作武器。《韓非子・五蠹》：「鐵～短者及乎敵。」《論衡・幸偶》：「等之金也，或為劍戟，或為鋒～。」（金：金屬。鋒：犁一類的農具。）❷ 鋒利。《呂氏春秋・

簡選》：「簡選精良，兵械～利。」《淮南子・脩務》：「服劍者期於～利。」

【辨析】銛、利、銳。三字在鋒利的意義上是相同的。「銛」與「利」更接近，都可以指刃的鋒利，又可以指尖的鋒利。二字常常連文。只是「利」用得較普遍，「銛」相對少一些。「銳」一般只指尖的鋒利，不指刃的鋒利。

暹 xiān 太陽升起。王安石《和平甫舺望九華山》：「起看朝日～。」

鮮 ㊀ xiān ❶ 活魚，鮮魚。《老子》第六十章：「治大國若烹小～。」《禮記・內則》：「冬宜～、羽。」又為新宰殺的鳥獸。《尚書・益稷》：「奏庶～食。」(奏：進。庶：民眾。)引申為新鮮，鮮明。《周易・說卦傳》：「震……為蕃～。」《漢書・廣川惠王越傳》：「與我無禮，衣服常～於我。」❷ 嘉善，美好。《詩經・邶風・新臺》：「燕婉之求，籧篨不～。」(燕婉：溫順的樣子。籧篨 qúchú：比喻有殘疾不能俯身之人。)❸ 夭折。《左傳・昭公五年》：「葬～者自西門。」

㊁ xiǎn ❹ 少。《詩經・鄭風・揚之水》：「終～兄弟，維予與女。」《論語・學而》：「其為人也孝弟，而好犯上者，～矣。」(弟 tì：順從兄長。)今成語有「寡廉鮮恥」。

攕 xiān ❶ [攕攕] 手纖細的樣子。《說文》：「攕，好手皃。《詩》曰：『～～女手。』」蘇軾《和王鞏六首並次韻》：「左右玉～～，束薪誰為縛。」泛指纖細的樣子。韓愈《酬司門盧四兄雲夫院長望秋作》：「其奈就缺行～～。」❷ 削。《齊民要術・插梨》：「斜～竹為籤。」

孅 xiān 同「纖」。細小。《漢書・食貨志上》：「古之治天下，至～至悉也。」

鶱 xiān 鳥飛的樣子。《說文》：「～，飛皃。」沈約《天淵水鳥應詔賦》：「將～復斂翮，回首望驚雌。」

蹮 xiān [蹁 pián 蹮] 見 385 頁「蹁」字條。

纖 xiān ❶ 細紋的絲織品。宋玉《招魂》：「被文服～，麗而不奇些。」(些：語氣詞。)引申為纖細，細小。《呂氏春秋・本味》：「鼎中之變，精妙微～。」《戰國策・齊策四》：「孟嘗君為相數十年，無～介之禍者，馮諼之計也。」❷ 吝嗇。《史記・貨殖列傳》：「故其俗～儉習事。」❸ 通「殲 jiān」。刺。《禮記・文王世子》：「其刑罪，則～剸。」(剸 tuán：割。)

躚 xiān [跰 pián 躚] 見 385 頁「跰」字條。

弦 xián ❶ 弓弦。《呂氏春秋・具備》：「中非獨～也，而～為中之具也。」(中 zhòng：射中目標。具：器具。)曹植《白馬篇》：「控～破左的。」(的：箭靶的中心。)❷ 琴瑟的弦。《禮記・樂記》：「昔者舜作五～之琴以歌《南風》。」又用作動詞。彈奏琴瑟等弦樂器。《呂氏春秋・慎人》：「孔子烈然返瑟而～。」(烈然：威嚴的樣子。返瑟：重新取來瑟。)❸ 月亮半圓稱弦，每月初七、八稱上弦，二十二、三稱下弦。《論衡・四諱》：「晦與～望一實也。」(晦：每月最後一日。望：每月十五日。)❹ 中醫稱脈急為弦。《史記・扁鵲倉公列傳》：「脈長而～……其病主在於肝。」❺ 古代數學名詞。稱三角形斜邊為弦。《周禮・考工記・磬氏》「倨句一矩有半」鄭玄注：「必先度一矩為句，一句為股，而求其～。」(句 gōu、股：不等腰直角三角形中構成直角的短邊為「句」，長邊為「股」。)

【辨析】弦、絃。二字在「弓弦、琴弦」的意義上相通。「弦」本為弓弦，引申為琴弦；後造「絃」字單表示「琴弦」的意義，因二字同音，「弓弦」的意義也可以寫作「絃」。「弦」的其他意義都不寫作「絃」。

咸 xián ❶ 全部，都。《周易・乾》：「萬國～寧。」《呂氏春秋・季春》：「百工～理。」❷ 普遍。《國語・魯語》：「小賜不～。」❸ 和諧。《尚書・無逸》：「自朝至于日中昃，不遑暇食，用～和萬民。」(昃 zè：太陽偏西。不遑：無暇。)

舷 xián 船的邊沿。郭璞《江賦》：「詠採菱以叩～。」韓愈《湘中》：「空聞漁父叩～歌。」

涎(次) xián 口水。《新書・匈奴》:「一國聞之者、見之者,垂～而相告。」今成語有「垂涎三尺」。引申為黏液。《素問・咳論》:「腎咳之狀,咳則腰背相引而痛,甚則咳～。」

絃 xián ❶琴弦。《呂氏春秋・本味》:「鍾子期死,伯牙破琴絕～。」又指弦樂器。《淮南子・泰族》:「怨思之聲施於～管。」❷弓弦。《戰國策・秦策一》:「未絕一～,未折一矢。」

【辨析】絃、弦。見550頁「弦」字條。

閑 xián ❶柵欄之類的禁衛物。《周禮・夏官・虎賁氏》:「舍則守王～。」(舍:指外出住宿。)《漢書・賈誼傳》:「今民賣僮者……內之～中。」(內 nà:裝入。)特指養馬的圈。《周禮・夏官・校人》:「天子十有二～,馬六種。」又用於抽象意義,指道德的範圍。《論語・子張》:「大德不逾～,小德出入可也。」❷限制,防禦。《左傳・昭公六年》:「是故～之以義。」又為護衛,捍衛。《孟子・滕文公下》:「吾為此懼,～先聖之道。」❸熟練,熟習。後來又寫作「嫻」。《詩經・大雅・卷阿》:「君子之馬,既～且馳。」《戰國策・燕策二》:「～於兵甲,習於戰攻。」❹文雅,閒靜。宋玉《登徒子好色賦》:「玉為人體貌～麗。」孫綽《遊天台山賦》:「於是遊覽既周,體靜心～。」❺空閒,清閒。李紳《憫農》之一:「四海無～田,農夫猶餓死。」白居易《觀刈麥》:「田家少～月,五月人倍忙。」

【辨析】閑、閒、間。見238頁「間」字條。

間(閒) xián 見238頁「間(閒)」㊂。

嗛 ㊀ xián ❶用嘴含物。後來寫作「銜」。《史記・大宛列傳》:「烏～肉蜚其上。」(蜚:同「飛」。)引申為懷恨。《史記・外戚世家》:「景帝恚,心～之而未發。」(恚 huì:惱怒。)❷通「歉 qiàn」。不足。《荀子・仲尼》:「滿則慮～,平則慮險。」又為歉收。《穀梁傳・襄公二十四年》:「一穀不升謂之～。」❸通「謙 qiān」。謙虛。《荀子・仲尼》:「主信愛之,則謹慎而～。」❹通「慊 qiè」。滿足,快意。《莊子・盜跖》:「口～於芻豢醪醴之味。」

㊁ qiǎn ❺猴、鼠等的頰部藏食物處。柳宗元《憎王孫文》:「竊取人食,皆知自實其～。」

慊 xián 見405頁「慊」㊂。

嫌 xián ❶疑慮。《墨子・小取》:「處利害,決～疑。」《淮南子・泰族》:「行足以為儀表,知足以決～疑。」❷憎惡,怨恨。《荀子・正名》:「其累百年之欲,易一時之～。」《世說新語・言語》:「太傅已構～孝伯。」❸不滿意。《世說新語・捷悟》:「王正～門大也。」❹近似,接近。《禮記・曲禮上》:「禮不諱～名。」《呂氏春秋・貴直》:「出若言非平論也,將以救敗也,固～於危。」

銜(啣) xián ❶馬嚼子。《莊子・馬蹄》:「詭～竊轡。」(詭銜:吐出馬嚼子。竊轡:偷偷掙脫籠頭。)《淮南子・主術》:「是猶無轡～而馳也。」❷用嘴銜着,叼着。《山海經・北山經》:「常～西山之木石,以堙于東海。」(堙 yīn:填塞。)《呂氏春秋・應同》:「天先見火赤烏～丹書集于周社。」❸藏在心裏,心懷。《詩經・小雅・蓼莪》:「出則～恤。」(恤:憂慮。)《三國志・吳書・孫策傳》:「策常～恨。」特指感激。《管子・形勢解》:「法立而民樂之,令出而民～之。」又特指懷恨。《漢書・外戚傳上・孝景王皇后》:「景帝心～之而未發也。」❹接受。《禮記・檀弓上》:「～君命而使。」❺官階,頭銜。白居易《聞行簡恩賜章服》:「官～俱是客曹郎。」

撏 xián 拔取。賈島《原居即事言懷贈孫員外》:「鑷～白髮斷。」引申為摘取,摘錄。《輟耕錄》卷十八:「古畫東移西撏,～補成章。」

賢 xián ❶善,賢德,有道德有才能的。《論語・雍也》:「～哉,回也!」(回:顏回,孔子弟子。)《左傳・隱公三年》:「先君以寡人為～。」又為賢人,有道德有才能的人。《禮記・禮運》：「選～與能。」(與：通「舉」，舉薦。) ❷ 勝，超越。《呂氏春秋・順民》：「得民心，則～於千里之地。」《戰國策・趙策四》：「老臣竊以為媼之愛燕后，～於長安君。」❸ 勞苦。《詩經・小雅・北山》：「大夫不均，我從事獨～。」

憪 ㊀ xián ❶ 閒適。柳宗元《酬韶州裴曹長使君》：「循省誠知懼，安排只自～。」

㊁ xiàn ❷ [憪然] 不安的樣子。《史記・孝文本紀》：「朕既不能遠德，故～～念外人之有非。」

嫺(嫻) xián ❶ 文雅。《史記・司馬相如列傳》：「絕殊離俗，姣冶～都。」(都：優美。)《論衡・定賢》：「或骨體～麗，面色稱媚。」❷ 熟練。《史記・屈原賈生列傳》：「明於治亂，～於辭令。」

瞯 xián 見 240 頁「瞯」㊁。

癇 xián 癲癇，俗稱「羊癇風」「羊角風」。《潛夫論・忠貴》：「哺乳太多，則必掣縱而生～。」(掣 chè 縱：痙攣。)

鹹(醎) xián 像鹽那樣的味道。《荀子・正名》：「甘苦～淡，辛酸奇味，以口異。」《呂氏春秋・孟冬》：「其味～。」

鷳 xián 鳥名，即白鷳。歐陽修《和梅龍圖公儀謝鷳》：「～鶴不宜爭。」

洒 xiǎn 見 544 頁「洒」㊁。

毨 xiǎn 鳥獸羽毛更生整齊的樣子。《尚書・堯典》：「鳥獸毛～。」

尟(尠) xiǎn 同「鮮」。少。《周易・繫辭下》：「力小而任重，～不及矣。」《易林・恆之賁》：「利得～少。」

跣 xiǎn 光着腳。《左傳・昭公三十一年》：「季孫練冠麻衣～行。」《淮南子・泰族》：「子婦～而上堂。」

蜆 xiǎn 見 553 頁「蜆」㊁。

銑 xiǎn ❶ 最有光澤的金屬。江淹《檀超墓誌文》：「惟金有～。」歐陽詢《西林寺碑》：「紫～爭耀。」❷ 古代鐘口的兩角。《周禮・考工記・鳧氏》：「鳧氏為鍾，兩欒謂之～。」(欒：鐘口的角。)

嶮 xiǎn ❶ 險要，險惡。《漢書・蒯通傳》：「銳氣挫於～塞，糧食盡於內藏。」《後漢書・馬援傳》：「有兩道可入，從壺頭則路近而水～。」❷ 陰險。《北史・傅豎眼傳》：「子敬紹，～暴不仁。」

獫 xiǎn ❶ 長嘴獵犬。《詩經・秦風・駟驖》：「輶車鸞鑣，載～歇驕。」(輶 yóu：輕便。歇驕：短嘴獵犬。) ❷ [獫狁 yǔn] 古代北方少數民族名。《淮南子・齊俗》：「～～之俗相反，皆慈其子而嚴其上。」

險 xiǎn ❶ 地勢不平坦。《周易・坎》：「地～，山川丘陵也。」《左傳・成公二年》：「苟有～，余必下推車。」引申為險要的地方。《左傳・僖公三十三年》：「入～而脫，又不能謀，能無敗乎？」(脫：疏略。) ❷ 危險，艱難。《荀子・榮辱》：「安利者常樂易，危害者常憂～。」李密《陳情表》：「臣以～釁，夙遭閔凶。」(釁：罪過。閔凶：指憂傷不幸的事。) ❸ 險惡，邪惡。《荀子・天論》：「政～失民。」《淮南子・要略》：「韓，晉別國也，地墽民～。」(墽 qiāo：土地瘠薄。)

【辨析】險、危。見 522 頁「危」字條。

鮮 xiǎn 見 550 頁「鮮」㊁。

獮 ㊀ xiǎn ❶ 秋季打獵。《左傳・隱公五年》：「故春蒐、夏苗、秋～、冬狩。」引申為殺戮。張衡《西京賦》：「白日未及移其晷，已～其什七八。」

㊁ mí ❷ 同「獼」。獮猴。《戰國策・齊策三》：「猿～猴錯木據水，則不若魚鱉。」(錯：置，捨棄。)

燹 xiǎn 火。特指兵火。《說文》：「～，火也。」《宋史・神宗紀》：「詔岷州界經鬼章兵～者賜錢。」又為焚燒。《路史・黃帝紀》：「(黃帝)乃～山林。」

幰 xiǎn 車的帷幔。潘岳《藉田賦》：「微風生於輕～，纖埃起乎朱輪。」

X

又代指車。劉遵《度關山》：「路狹～難回。」

灑 xiǎn 見438頁「灑」㊂。

韅 xiǎn 駕車的馬腹部的革帶。《左傳・僖公二十八年》：「晉車七百乘，～靷鞅靽。」

顯 xiǎn ❶光明，顯明。《詩經・大雅・文王》：「有周不～，帝命不時。」（不：通「丕」，大，甚。）《尚書・文侯之命》：「丕～文武。」❷顯貴，顯赫。《韓非子・詭使》：「是無功而～，無勞而富也。」《戰國策・齊策四》：「百乘，～使也。」（乘 shèng：輛。）❸顯揚，傳揚。《孟子・公孫丑上》：「晏子以其君～。」《史記・孫子吳起列傳》：「孫臏以此名～天下，世傳其兵法。」引申為顯露，顯出。柳宗元《鈷鉧潭西小丘記》：「美竹露，奇石～。」❹古代對先人的美稱。《尚書・文侯之命》：「汝克紹乃～祖。」（克：能夠。紹：繼承。）

玁 xiǎn ［玁狁］古代北方少數民族名。《詩經・小雅・采薇》：「靡室靡家，～～之故。」

見 xiàn 見237頁「見」㊁。

限 xiàn ❶險阻。《戰國策・秦策一》：「南有巫山黔中之～。」《韓非子・初見秦》：「齊之清濟濁河，足以為～。」引申為阻隔，隔絕。曹丕《燕歌行》：「牽牛織女遙相望，爾獨何辜～河梁？」（河：指銀河。梁：橋。）又引申為界限。謝朓《和王著作八公山》：「東～琅邪臺。」❷限制。《荀子・彊國》：「夫義者，所以～禁人之為惡與姦者也。」又為限度。《韓非子・解老》：「嗜慾無～。」❸門檻。《後漢書・臧宮傳》：「宮夜使鋸斷城門～。」

峴 xiàn ❶小而高的山嶺。謝靈運《從斤竹澗越嶺溪行》：「苕遞陟陘～。」（苕遞：遠的樣子。）❷山名，在今湖北襄陽。

現 xiàn ❶顯露，出現。《抱朴子・至理》：「或形～往來，或但聞其聲音言語。」❷現在，此刻。蕭衍《立神明成佛義記》：「善惡交謝，生乎～境。」

晛 xiàn 日光。《詩經・小雅・角弓》：「雨雪瀌瀌，見～曰消。」（雨 yù：降落。瀌瀌 biāobiāo：雪大的樣子。）引申指日光明亮。楊基《春風行》：「天氣自佳日色～。」

陷 xiàn ❶墜入，陷入。《左傳・成公十年》：「如廁，～而卒。」《孟子・梁惠王上》：「及～於罪，然後從而刑之。」❷陷阱。《韓非子・六反》：「犯而誅之，是為民設～也。」《新唐書・百官志一》：「凡坑～井穴，皆有標。」❸陷害。《史記・酷吏列傳》：「然謀～湯罪者，三長史也。」（湯：張湯。長史：官名。）❹刺入。《韓非子・難一》：「吾矛之利，於物無不～也。」《漢書・賈誼傳》：「適啟其口，匕首已～其匈矣。」（匈：古「胸」字。）引申為攻克，陷落。《管子・輕重乙》：「誰能～陳破眾者，賜之百金。」（陳：陣。）《呂氏春秋・貴卒》：「所衝無不～。」❺過失。《國語・魯語下》：「～而入於恭。」

睍 xiàn ❶［睍睆 huǎn］形容鳥色美麗或鳴聲清脆宛轉。《詩經・邶風・凱風》：「～～黃鳥，載好其音。」（載：語氣詞。）❷［睍睍］形容因怯懦而不敢正眼看。韓愈《祭鱷魚文》：「刺史雖駑弱，亦安肯為鱷魚低首下心，伈伈～～，為民吏羞，以偷活於此邪？」（伈伈：恐懼的樣子。）

綖 xiàn 見589頁「綖」㊁。

蜆 ㊀xiàn ❶蝶類的幼蟲。常懸在枝葉及牆壁間吐絲作繭，又叫縊女。《易林・井之隨》：「～見不祥，禍起我鄉。」㊁xiǎn ❷蜆子，生活在淡水裏的一種有殼軟體動物。《隋書・文學傳・劉臻》：「性好啖～。」

羨 xiàn ❶因喜歡而希望得到，羨慕。《淮南子・說林》：「臨河而～魚，不如歸家織網。」蘇軾《前赤壁賦》：「哀吾生之須臾，～長江之無窮。」❷有餘，豐饒。《孟子・滕文公下》：「以～補不足，則農有餘粟，女有餘布。」《漢書・

董仲舒傳》：「富者奢侈～溢，貧者窮急愁苦。」❸ 超過。《史記・司馬相如列傳》：「德隆於三皇，功～於五帝。」又特指超過一定限度。《晏子春秋・問下》：「忿怒無～刑。」❹ 通「埏 yán」。墓道。《史記・衛康叔世家》：「共伯入釐侯～自殺。」❺ 通「延 yán」。邀請。張衡《東京賦》：「乃～公侯卿士，登自東除。」（除：臺階。）

僩 xiàn ❶ 威武的樣子。《說文》：「～，武皃。」《詩經・衛風・淇奧》：「瑟兮～兮。」（瑟：莊矜的樣子。）❷ 通「瞷 jiàn」。窺伺。《論衡・薄葬》：「璵璠，寶物也。魯人用斂，姦人～之。」

撊 xiàn 憤怒，兇猛。《左傳・昭公十八年》：「今執事～然授兵登陴，將以誰罪？」（陴 pí：城上矮牆。）

憪 xiàn 見 552 頁「憪」㊁。

線（綫） xiàn 用絲麻等紡成的細縷。《周禮・考工記・鮑人》：「察其～，欲其藏也。」《淮南子・要略》：「中國之不絕如～。」

縣 xiàn 見 579 頁「縣」㊁。

憲 xiàn ❶ 法令，法度。《尚書・說命下》：「監于先王成～，其永無愆。」（監：視。愆：過失。）《漢書・韋賢傳》：「明明羣司，執～靡顧。」❷ 效法，以之為法。《詩經・大雅・崧高》：「王之元舅，文武是～。」《三國志・蜀書・郤正傳》：「俯～坤典，仰式乾文。」（式：法式，這裏用作動詞。）❸ 表明，公佈。《國語・楚語下》：「龜足以～臧否，則寶之。」（臧否 pǐ：好壞。）《周禮・地官・鄉大夫》：「令郡吏考法于司徒以退，各～之於其所治國。」❹ 下級所屬官吏稱其上司為憲。如「憲臺」。

霰 xiàn 小雪珠。《詩經・小雅・頍弁》：「如彼雨雪，先集維～。」《呂氏春秋・仲夏》：「仲夏行冬令，則雹～傷穀。」

獻 xiàn ❶ 獻牲祭祀。《詩經・豳風・七月》：「～羔祭韭。」引申為獻祭。《儀禮・聘禮》：「薦脯醢，三～。」（醢 hǎi：肉醬。三獻：陳祭品後獻酒三次。）❷ 奉獻，進獻。《國語・周語上》：「故天子聽政，使公卿至於列士～詩。」特指主人向客人敬酒。《詩經・小雅・楚茨》：「為賓為客，～酬交錯。」（酬：主人再次敬酒。）❸ 顯露，呈現。《左傳・昭公二十七年》：「羞者～體改服於門外。」（羞：進獻美味。）❹ 賢人。《尚書・益稷》：「萬邦黎～，共惟帝臣。」（黎：眾。）

【辨析】獻、貢。見 167 頁「貢」字條。

xiang

相 xiāng 見 557 頁「相」㊁。

香 xiāng ❶ 氣味芬芳。《詩經・大雅・生民》：「于豆于登，其～始升。」（豆、登：盛祭品的器皿。）引申為味美。《呂氏春秋・審時》：「春之易而食之～。」❷ 名詞。有香味的或香料製成的物品。《後漢書・西域傳》：「合會諸～，煎其汁以為蘇合。」

【辨析】香、芳。見 132 頁「芳」字條。

廂（厢） xiāng ❶ 正室兩旁的房屋。王延壽《魯靈光殿賦》：「西～踟躕以閑宴。」（踟躕：相連的樣子。閑宴：安靜。）《世說新語・方正》：「周、王既入……使就東～。」引申為旁，邊。《齊民要術・養豬》：「一～三牙以上，則不煩畜。」❷ 靠近城的地區。《宋史・職官志六》：「城外內分南北左右～。」

湘 xiāng ❶ 水名，即湘江。屈原《離騷》：「濟沅、～以南征兮。」❷ 通「鬺 shāng」。烹，煮。《詩經・召南・采蘋》：「于以～之，維錡及釜。」（錡 qí：三隻腳的鍋。）

鄉 ㊀ xiāng ❶ 古代基層行政區劃。周制一萬二千五百戶為一鄉，漢代萬戶為一鄉。《周禮・地官・大司徒》：「五州為～。」（州：二千五百戶為一州。）《漢書・百官公卿表上》：「十亭一～。」（亭：一千戶為一亭。）引申為處所，地方。《荀子・正名》：「遠方異俗之～，則因之而

X

為通。」又引申為家鄉。晁錯《論貴粟疏》：「不農則不地著，不地著則離～別家。」❷ 通「響 xiǎng」。回聲。《漢書・天文志》：「猶景之象形，～之應聲。」（景：影。）❸ 通「享」「饗 xiǎng」。享受。《漢書・文帝紀》：「夫以朕之不德，而專～獨美其福。」

㊁ xiàng　❹ 朝着，面向。《荀子・大略》：「父南～而立。」《呂氏春秋・季春》：「后妃齋戒，親東～躬桑。」又為方位，方向。《荀子・賦篇》：「天地易位，四時易～。」❺ 趨向，嚮往。《墨子・耕柱》：「夫倍義而～祿者，我常聞之矣。」（倍：通「背」，違背。）《荀子・大略》：「天下～善矣。」引申為接近，將近。《詩經・小雅・庭燎》：「夜如其何？夜～晨。」❻ 從前。《孟子・告子上》：「～為身死而不受，今為宮室之美為之。」《呂氏春秋・首時》：「～之耕，非忘其父之仇也。」又為剛才。《論語・顏淵》：「～也吾見於夫子而問知。」（知：智。）《史記・高祖本紀》：「～者夫人嬰兒皆似君。」引申為表示事後的假設，假如、如果。《史記・平津侯主父列傳》：「～使秦緩其刑罰，薄賦斂……則世世必安矣。」❼ 通「向 xiàng」。窗戶。《儀禮・士虞禮》：「啟牖～如初。」（牖 yǒu：窗戶。）

箱 xiāng　❶ 車箱，車上乘人或放物的地方。《詩經・小雅・大東》：「睆彼牽牛，不以服～。」（睆 huàn：星光明亮的樣子。服：負載。）引申為盛物的箱子。《世說新語・紕漏》：「見漆～盛乾棗。」❷ 廂房，正室兩邊的側房。後來寫作「廂」。《儀禮・聘禮》：「醴尊于東～。」引申為邊。《水經注・河水》：「兩～懸崖數萬丈。」

【辨析】箱、篋。見410頁「篋」字條。

緗 xiāng　淺黃色的帛。蕭統《文選序》：「飛文染翰，則卷盈乎～帙。」（帙 zhì：書套。）又指淺黃色。古樂府《陌上桑》：「～綺為下裙，紫綺為上襦。」

薌 xiāng　❶ 一種香草，可作調料。《禮記・內則》：「雉，～無蓼。」（雉：山雞。蓼：一種辣味的草。）❷ 同「香」。穀類的香氣。《禮記・曲禮下》：「凡祭宗廟之禮……粱曰～萁。」

襄 xiāng　❶ 沖上。《尚書・堯典》：「蕩蕩懷山～陵，浩浩滔天。」（懷：環圍。襄陵：大水沖上山陵。）《水經注・江水》：「至于夏水～陵，沿溯阻絕。」（沿：順流而下。溯：逆流而上。）引申為高舉。《漢書・鄒陽傳》：「臣聞交龍～首奮翼。」（交龍：蛟龍。）又引申為高。張衡《西京賦》：「～岸夷塗。」（夷：平。塗：道路。）❷ 成，完成。《左傳・定公十五年》：「葬定公，雨，不克～事。」（克：能。）❸ 除，除去。《詩經・鄘風・牆有茨》：「牆有茨，不可～也。」（茨：蒺藜。）

纕 xiāng　❶ 佩帶。屈原《離騷》：「既替余以蕙～兮，又申之以攬茝。」（替：廢。蕙、茝 zhǐ：香草。攬：持。）❷ 馬腹帶。《國語・晉語二》：「亡人之所懷挾纓～，以望君之塵垢。」

驤 xiāng　❶ 昂首，高舉。鄒陽《上書吳王》：「臣聞蛟龍～首奮翼，則浮雲出流，霧雨咸集。」班固《西都賦》：「荷棟桴而高～。」（棟桴：屋樑。）❷ 奔馳。張衡《西京賦》：「乃奮翅而騰～。」

庠 xiáng　古代地方學校。《孟子・梁惠王上》：「謹～序之教。」又《滕文公上》：「夏曰校，殷曰序，周曰～，學則三代共之。」

降 xiáng　見242頁「降」㊁。

祥 xiáng　❶ 吉凶的預兆。《左傳・僖公十六年》：「是何～也？吉凶焉在？」特指吉兆。《呂氏春秋・應同》：「凡帝王者之將興也，天必先見～乎下民。」（乎：於。）引申為吉利。《左傳・僖公三十三年》：「縱敵患生，違天不～。」❷ 祭名。父母死後，十三個月而祭，叫小祥；二十五個月而祭，叫大祥。《儀禮・士虞禮》：「期而小～……又期而大～。」（期 jī：一周年。）《禮記・檀弓上》：「孔子既～，五日彈琴而不成聲。」（祥：指大祥。）❸ 通「詳 xiáng」。詳細。《史記・太史公自序》：「嘗竊觀陰陽之術，大～而眾忌諱。」

翔 xiáng ❶ 翼平直不動地飛。《論語・鄉黨》：「～而後集。」泛指飛翔。屈原《遠遊》：「鸞鳥軒翥而～飛。」（軒翥 zhù：飛舉。）《淮南子・說林》：「獸同足者相從遊，鳥同翼者相從～。」❷ 行走時張開雙臂的樣子。《禮記・曲禮上》：「室中不～。」❸ 通「詳 xiáng」。詳盡。《漢書・西域傳序》：「其土地山川、王侯戶數、道里遠近～實矣。」

【辨析】翔、翱。見 5 頁「翱」字條。

詳 xiáng ❶ 詳細述說。《詩經・鄘風・牆有茨》：「中冓之言，不可～也。」（中冓 gòu：內室。）又為詳細知道。古詩《為焦仲卿妻作》：「果不如先願，又非君所～。」引申為詳細，周密。《孟子・離婁下》：「博學而～說之。」《荀子・堯問》：「世不～察，云非聖人。」❷ 審慎。《後漢書・明帝紀》：「～刑慎罰。」引申為安詳。宋玉《神女賦》：「性沈～而不煩。」❸ 通「祥 xiáng」。善。《周易・大壯》：「不能退，不能遂，不～也。」（遂：成功。）《淮南子・說山》：「六畜生多耳目者不～。」❹ 通「佯 yáng」。假裝。屈原《天問》：「箕子～狂。」《史記・李將軍列傳》：「行十餘里，廣～死。」（廣：李廣。）

亨 ㊀ xiǎng ❶ 同「享」。獻。《周易・大有》：「公用～于天子。」

㊁ pēng ❷ 煮。後來寫作「烹」。《詩經・豳風・七月》：「七月～葵及菽。」（葵：蔬菜名。菽：指豆葉。）

㊂ hēng ❸ 通達，順利。《周易・坤》：「品物咸～。」（品：眾。咸：都。）

享(亯) xiǎng ❶ 把食物等獻給鬼神，祭祀。《詩經・小雅・楚茨》：「以為酒食，以～以祀。」《呂氏春秋・季冬》：「以供皇天上帝社稷之～。」引申為獻，進獻貢品。《周禮・考工記・玉人》：「璧琮九寸，諸侯以～天子。」（琮：玉名。）又引申為宴享，用酒食招待人。《左傳・定公十年》：「齊侯將～公。」❷ 鬼神享用祭品。《左傳・僖公五年》：「如是，則非德民不和，神不～矣。」《孟子・萬章上》：「使之主祭而百神～之。」引申為享受，享用。《呂氏春秋・離俗》：「人犯其難，我～其利。」❸ 通「烹 pēng」。煮。《墨子・非儒下》：「子路為～豚。」（豚 tún：小豬。）

想 xiǎng ❶ 想像。《韓非子・解老》：「人希見生象也，而得死象之骨，案其圖以～其生也。」（希：稀，少。生象：活象。）❷ 思考，思索。《呂氏春秋・知度》：「去～去意，靜虛以待。」❸ 希望。《漢書・霍光傳》：「天下～聞其風采。」《三國志・魏書・陳羣傳》：「天下～望至治。」❹ 想念，懷念。杜甫《客居》：「覽物～故國。」

餉(饟) xiǎng ❶ 送給別人食物。《孟子・滕文公下》：「有童子以黍肉～。」《韓非子・五蠹》：「故饑歲之春，幼弟不～。」引申為贈送。《世說新語・雅量》：「～米千斛。」（斛 hú：十斗為一斛。）❷ 軍糧。《史記・高祖本紀》：「丁壯苦軍旅，老弱罷轉～。」（罷：通「疲」，疲憊。轉：運輸。）泛指軍隊的糧食。《新唐書・兵志》：「時邊兵衣～多不贍。」❸ 一會兒，片刻。白居易《對酒》：「一～愁消直萬金。」（直：值。）

鮝 xiǎng 乾臘魚。王羲之《雜帖》五：「石首～，食之消瓜成水。」

饗 xiǎng ❶ 鄉人聚會飲酒。《詩經・豳風・七月》：「朋酒斯～，曰殺羔羊。」（朋酒：兩壺酒。斯：指示代詞，複指酒。曰：句首語氣詞。）泛指用酒食款待，宴享。《左傳・僖公十二年》：「王以上卿之禮～管仲。」《呂氏春秋・察微》：「華元殺羊～士。」❷ 用食物供奉鬼神，祭祀。《禮記・月令》：「以共皇天上帝社稷之～。」《淮南子・本經》：「靜潔足以～上帝。」又為鬼神享用祭品。《左傳・昭公十年》：「周公其不～魯祭乎！」引申為享有，享受。《左傳・隱公三年》：「宋宣公可謂知人矣，立穆公，其子～之。」（穆公：宋宣公之弟。其子：指宋宣公之子。）《漢書・溝洫志》：「百姓～其利。」

響 xiǎng ❶ 回聲。《呂氏春秋・功名》：「功名之不可逃也，猶表之與影，若呼之與～。」《水經注・江水》：「空谷傳～，哀轉久絕。」❷ 聲音。駱賓王《在獄詠蟬》：「露重飛難進，風多～易沉。」又為發出聲音。陸機《赴洛道中作》之二：「側聽悲風～。」❸ 聲音高而大。劉長卿《湘中紀行・浮石瀨》：「眾嶺猿嘯重，空江人語～。」

向 xiàng ❶ 朝北的窗戶。《說文》：「～，北出牖也。」《詩經・豳風・七月》：「塞～墐戶。」（墐戶：在柴門上塗泥。）❷ 朝向，面對。《孫子・軍爭》：「故用兵之法，高陵勿～。」《論衡・變動》：「（杞梁）從軍死不在城中，妻～城哭，非其處也。」❸ 趨向，奔向。《韓非子・外儲說左下》：「（西伯）修義而人～之，卒為天下患。」引申為偏向，接近。《史記・汲黯鄭當時列傳》：「上方～儒術。」❹ 從前，原先。《莊子・山木》：「～也不怒，而今也怒。」❺ 假使，如果。《論衡・定賢》：「～令韓信用權變之才，為若叔孫通之事，安得謀反誅死之禍哉？」

巷 xiàng 里中的道路，胡同。《詩經・鄭風・叔于田》：「叔于田，～無居人。」（叔：指春秋時鄭莊公的弟弟大叔段。田：打獵。）泛指街巷。《漢書・藝文志》：「街談～語、道聽塗說者之所造也。」（塗：道路。）

【辨析】巷、街、衖。見 248 頁「街」字條。

相 ㊀ xiàng ❶ 仔細看，察看。《詩經・大雅・公劉》：「～其陰陽，觀其流泉。」（陰：山的北面。陽：山的南面。）《呂氏春秋・精通》：「伯樂學～馬，所見無非馬者。」❷ 相貌。《荀子・非相》：「形～雖善而心術惡。」《史記・李將軍列傳》：「豈吾～不當侯邪？」❸ 輔佐，幫助。《論語・季氏》：「今由與求也，～夫子。」（由：仲由。求：冉求。夫子：指季康子。）引申為扶助盲人的人。《論語・季氏》：「危而不持，顛而不扶，則將焉用彼～矣？」（顛：跌倒。）引申為輔助君主的大臣。《孟子・公孫丑上》：「夫子加齊之卿～。」❹ 古代主持贊禮和司儀的人。《論語・先進》：「願為小～焉。」《左傳・成公二年》：「使～告之曰：『非禮也，勿籍！』」（籍：指記載在史冊上。）

㊁ xiāng ❺ 互相，相互。《左傳・隱公元年》：「不及黃泉，無～見也。」又表示動作偏指一方。《列子・湯問》：「雜然～許。」❻ 質地。《詩經・大雅・棫樸》：「金玉其～。」

【辨析】相、省。二字都是「仔細看」的意義。區別在於所看的對象略有不同，「相」多為物，如《公劉》「相其陰陽」，《精通》「相馬」，也用於相人。「省」多用於事，即人所做的事情的考察。

項 xiàng ❶ 脖子的後部。《史記・魏其武安侯列傳》：「案灌夫～令謝。」（灌夫：人名。謝：道歉。）《後漢書・酷吏列傳・董宣》：「因勑強～令出。」泛指脖子。張衡《西京賦》：「修額短～。」❷ 冠的後部。《儀禮・士冠禮》：「賓右手執～。」❸ 大，肥大。《詩經・小雅・節南山》：「駕彼四牡，四牡～領。」（牡：指公馬。）❹ 條目。《宋史・兵志七》：「願應募為部領人者，依逐～名目，權攝部領。」（募：徵招。）

【辨析】項、頸、領。見 258 頁「頸」字條。

銗 xiàng ❶ 儲錢器。《說文》：「～，受錢器也。」❷ 官府設置的接受告密的器具。《史記・酷吏列傳》：「盜賊惡少年投～購告言姦。」

衖 xiàng 同「巷」。胡同。屈原《離騷》：「不顧難以圖後兮，五子用失乎家～。」（五子：指夏王太康的五個兄弟。用：因而。）

【辨析】衖、街、巷。見 248 頁「街」字條。

象 xiàng ❶ 象，動物名。《孟子・滕文公下》：「驅虎豹犀～而遠之。」（遠：用如使動，使……遠。）《呂氏春秋・古樂》：「商人服～，為虐于東夷。」（服：駕車。）又指象牙。《韓非子・喻老》：「昔者紂為～箸而箕子怖。」❷ 形象。《左傳・僖公十五年》：「物生而後有～。」《莊子・達生》：「凡有貌～聲色者，皆物也。」特指人的相貌。《戰國策・燕策二》：「今宋王射天笞地，鑄諸侯之～。」引申為徵兆，象徵。《左傳・襄公九年》：「國亂無～。」韓愈《為宰相賀白龜狀》：「白者西方之色，刑戮之～也。」❸ 像，相似。《孟子・梁惠王上》：「仲尼曰：『始作俑者，其無後乎！』為其～人而用之也。」（俑：殉葬用的土偶木偶。）《韓非子・外儲說左上》：「～吾故袴。」（故：舊。）引申為效法，模擬。《墨子・辭過》：「為宮室若此，故左右皆法～之。」

鄉 xiàng 見 554 頁「鄉」㊁。

像 xiàng ❶ 模仿。《周易・繫辭下》：「象也者，～此者也。」《淮南子・原道》：「於是民人被髮文身以～鱗蟲。」（被 pī：披。鱗蟲：指龍魚之類動物。）❷ 形象，形狀。《淮南子・主術》：「此皆有充於內而成～於外。」特指肖像。《後漢書・應劭傳》：「各上前人～贊。」❸ 法式，榜樣。屈原《九章・橘頌》：「行比伯夷，置以為～兮。」

橡 xiàng 櫟樹的果實。《莊子・盜跖》：「晝拾～栗。」《呂氏春秋・恃君》：「冬日則食～栗。」

曏 xiàng ❶ 從前，以往。《呂氏春秋・觀表》：「～者，右宰穀臣之觴吾子也甚歡。」（右宰穀臣：衛大夫。觴 shāng：用酒宴請。）❷ 面對，朝着。《儀禮・鄉射禮》「主人以觶適西階上酬大夫」賈公彥疏：「其既實觶進西南面立，～所酬。」

嚮 xiàng ❶ 面向，朝着。《呂氏春秋・季秋》：「北～以誓之。」《史記・滑稽列傳》：「～河立待良久。」❷ 奔向，趨向。《國語・魯語下》：「瘠土之民，莫不～義。」引申為接近，將近。《周易・說卦》：「～明而治。」❸ 原先，從前。《呂氏春秋・察今》：「病變而藥不變，～之壽民，今為殤子矣。」❹ 窗戶。《荀子・君道》：「便嬖左右者，人主之所以窺遠收眾之門戶牖～也。」❺ 通「響 xiǎng」。回聲。《荀子・議兵》：「下之和上也如影～。」❻ 通「享 xiǎng」。享受，享有。《荀子・解蔽》：「故～萬物之美而不能嗛也。」《韓非子・十過》：「今旦暮將拔之而～其利。」❼ 通「饗 xiǎng」。鬼神享用祭品。《漢書・宣帝紀》：「上帝嘉～，海內承福。」

【說明】「嚮」和「向」在古代是兩個不同的字，本義有別，引申義有很多相通。但「嚮」借為「饗」「享」「響」等義，「向」無此假借義。現在「嚮」簡化作「向」。

xiao

肖 xiāo 見 561 頁「肖」㊁。

枵 xiāo ❶ 樹大而中空的樣子。謝靈運《初發都》「徒乖魏王瓠」李善注引《莊子》：「非不～然大也。」今本《莊子》作「呺」。引申為空虛。歐陽修《再和聖俞見答》：「腹雖～虛氣豪橫。」❷［玄枵］古代天文學名稱，十二次之一。《左傳・襄公二十八年》：「歲在星紀，而淫於～～。」（星紀：十二次之一。）

哮 xiāo 野獸怒吼。曹植《七啟》：「～闞之獸，張牙奮鬣。」虞世南《獅子賦》：「～呼則江河振盪。」

虓 xiāo ❶ 虎怒吼。《詩經・大雅・常武》：「進厥虎臣，闞如～虎。」（厥：其。虎臣：勇武之臣。闞 hǎn：虎怒，比喻威猛。）泛指獸叫。《晉書・王戎傳》：「猛獸在檻中，～吼震地。」（檻：圍野獸的柵欄。）❷ 勇猛，兇猛。《晉書・陶侃傳》：「郭默～勇，所在暴掠。」❸ 通「敲 qiāo」。擊頭。《呂氏春秋・必己》：「孟賁過於河，先其五，船人怒，而以楫～其頭。」（孟賁 bēn：古代勇士。先其五：指不按次序搶先上船。「五」與「伍」通，行列。）

消 xiāo ❶ 消失，消散。《周易・泰》：「內君子而外小人，君子道長，小人道～也。」（內 nà：納，接納。）《論衡・治期》：「夫世亂民逆，國之危殆災害繫於上天，賢君之德不能～卻。」❷ 病名。又名「消渴」。即糖尿病。《淮南子・說山》：「嫁女於病～者。」《後漢書・李通傳》：「（通）素有～疾。」❸ 熔化。《論衡・雷虛》：「當冶工之～鐵也，以土為形，燥則鐵下。」❹ 排遣，消磨。《顏氏家訓・勉學》：「飽食醉酒，忽忽無事，以此～日。」❺ 禁受，禁得起。辛棄疾《摸魚兒・置酒小山亭》：「更能～幾番風雨？匆匆春又歸去。」❻ 消受，受用。白居易《哭從弟》：「一片綠衫～不得，腰金拖紫是何人？」

宵 xiāo ❶ 夜晚。《詩經・豳風・七月》：「～爾索綯。」（爾：你。索：絞，搓。綯 tāo：繩子。）陶潛《自祭文》：「翳翳柴門，事我～晨。」（翳翳：昏暗的樣子。事我：這裏是「伴我」的意思。）❷ 通「綃 xiāo」。一種絲織品。《儀禮・特牲饋食禮》：「主婦纚笄～衣。」（纚 xǐ：束髮的布帛。笄 jī：簪子。）❸ 通「小 xiǎo」。《史記・三王世家》：「無邇～人。」（邇：近。）❹ 通「肖 xiào」。像，類似。《漢書・刑法志》：「夫人～天地之貌。」（貌：同「貌」。）

梢 xiāo 見 447 頁「梢」㊁。

逍 xiāo ［逍遙］悠閒，無拘無束的樣子。《詩經・小雅・白駒》：「所謂伊人，於焉～～。」（伊人：那人。於焉：於此，在這裏。）屈原《離騷》：「聊浮游以～～。」（聊：姑且。）

梟 xiāo ❶ 猛禽名，即貓頭鷹。《詩經・大雅・瞻卬》：「懿厥哲婦，為～為鴟。」（懿：美好。厥：其。哲：明智。鴟 chī：鷂鷹。）引申為雄健，勇猛。《史記・留侯世家》：「九江王黥布，楚～將。」❷ 魁首。《淮南子・原道》：「為天下～。」《論衡・別通》：「東成令董仲綬，知為儒～，海內通稱。」❸ 斬首懸掛示眾。《史記・高祖本紀》：「～故塞王欣頭櫟陽市。」曹操《讓縣自明本志令》：「幸而破紹，～其二子。」（紹：指袁紹。）

翛 xiāo ❶ ［翛然］飄忽超脫的樣子。《莊子・大宗師》：「～～而往，～～而來而已矣。」❷ ［翛翛］羽毛乾枯凋敝的樣子。《詩經・豳風・鴟鴞》：「予羽譙譙，予尾～～。」（譙譙：羽毛稀疏脫落的樣子。）

綃 xiāo ❶ 生絲織成的薄紗。《禮記・玉藻》：「玄～衣以裼之。」（裼 xī：敞開外衣露出內衣。）白居易《琵琶行》：「一曲紅～不知數。」❷ 通「梢 shāo」。船上掛帆的長木杆。木華《海賦》：「維長～，掛帆席。」（維：繫結。）

歊 xiāo ❶ 氣上升的樣子。班固《東都賦》：「吐金景兮～浮雲。」❷ 炎熱。柳宗元《再至界圍巖水簾遂宿巖下》：「～陽訝垂冰。」

熇 xiāo 見 194 頁「熇」㊁。

霄 xiāo ❶ 下雪霰。《說文》：「～，雨霓為霄。」（霓：同「霰」。）又用作名詞，指雪霰。王安石《和吳沖卿雪詩》：「風助～仍洶。」（洶：盛。）❷ 雲氣，雲。《淮南子・人間》：「凌乎浮雲，背負青天，膺摩赤～。」（膺：胸。）也指天空。陸機《挽歌詩》之二：「廣～何寥廓。」❸ 通「宵 xiāo」。夜。《呂氏春秋・明理》：「有晝盲，有～見。」（盲：冥，昏暗。見 xiàn：顯現。）

嘵 xiāo ［嘵嘵］1. 因恐懼而發出的喊聲。《詩經・豳風・鴟鴞》：「予維音～～。」2. 饒舌，多話。柳宗元《弔屈原文》：「讒巧之～～兮。」3. 爭辯。韓愈《重答張籍書》：「擇其可語者誨之，猶時與吾悖，其聲～～。」

銷 xiāo ❶ 熔化金屬。《史記・秦始皇本紀》：「收天下兵，聚之咸陽，～以為鍾鐻、金人十二。」（鐻 jù：鐘鼓的架子。）引申為銷融。《史記・張儀列傳》：「眾口鑠金，積毀～骨。」又引申為消失，消滅。《莊子・則陽》：「其聲～，其志無窮。」《漢書・龔勝傳》：「膏以明自～。」❷ 刀的一種。《淮南子・脩務》：「羊頭之～。」（羊頭之銷：刀柄端作羊頭形的刀。）❸ 生鐵。《淮南子・說林》：「屠者棄～而鍛者拾之，所緩急異也。」

獟 xiāo 勇猛。《史記・衛將軍驃騎列傳》：「誅～駻，獲首虜八千餘級。」（駻 hàn：勇猛，兇悍。）

X

憢 xiāo [憢悍] 勇猛。《淮南子・兵略》:「拒諫喜諛,~~遂過,不可正喻。」

鴞 xiāo ❶ 鵩鳥。《詩經・陳風・墓門》:「墓門有梅,有~萃止。」(萃:棲止。)《史記・屈原賈生列傳》:「有~飛入賈生舍,止於坐隅。」❷ [鴟chī鴞] 見「鴟」字條。

骹 xiāo 見407頁「骹」㊁。

魈 xiāo 傳說中山林裏的怪物。《抱朴子・登涉》:「山精形如小兒,獨步向後,夜喜犯人,名曰~。」

蕭 xiāo ❶ 一種蒿子。《詩經・王風・采葛》:「彼采~兮,一日不見,如三秋兮。」❷ 淒清,冷落。劉伶《北芒客舍》:「枯葉散~林。」❸ [蕭牆] 國君宮門內當門的小牆,也叫屏。《論語・季氏》:「吾恐季孫之憂不在顓臾,而在~~之內也。」(顓臾 zhuānyú:春秋時魯國的屬國。)比喻禍亂產生於內部。《後漢書・傅燮傳》:「此皆釁發~~而禍延四海也。」(釁:災禍。)

簫 xiāo ❶ 竹製管樂器。最初為排簫,後為單管簫。《詩經・周頌・有瞽》:「~管備舉。」《呂氏春秋・侈樂》:「夏桀、殷紂作為侈樂,大鼓鐘磬管~之音。」(大:用作動詞,加大,使變大。)❷ 弓的末梢。《儀禮・大射禮》:「左執弣,右執~,以授公。」(弣 fǔ:弓背的中部。)❸ 通「篠 xiǎo」。小竹。馬融《長笛賦》:「林~蔓荊。」

囂(𠾈) ㊀ xiāo ❶ 喧鬧,吵嚷。《左傳・成公十六年》:「在陳而~。」(陳:戰陣。)柳宗元《捕蛇者說》:「叫~乎東西。」今成語有「甚囂塵上」。

㊁ áo ❷ [囂囂] 1. 傲慢的樣子。《詩經・大雅・板》:「我即爾謀,聽我~~。」2. 自得其樂的樣子。《孟子・盡心上》:「人知之,亦~~;人不知,亦~~。」3. 怨恨的樣子。賈誼《過秦論》:「天下~~。」

瀟 xiāo ❶ [瀟瀟] 風雨急驟的樣子。《詩經・鄭風・風雨》:「風雨~~。」❷ 水清而深的樣子。《水經注・湘水》:「~者,水清深也。」此義本作「潚」。《說文》:「潚,清深也。」❸ 水名,湘水的支流。

驍 xiāo ❶ 良馬。顏延之《赭白馬賦》:「料武藝,品~騰。」❷ 勇猛。《後漢書・隗囂傳》:「今車駕大眾,已在道路,吳耿~將,雲集四境。」❸ 投壺遊戲的術語。投箭於壺,箭從壺中跳出,接住再投,如此反覆,箭不落地,叫驍。《顏氏家訓・雜藝》:「投壺之禮……今則唯欲其~,益多益喜。」

髐 xiāo 枯骨暴露的樣子。《莊子・至樂》:「莊子之楚,見空髑髏,~然有形。」(髑 dú 髏:死人的頭骨。)

崤 xiáo 山名,在今河南。《國語・周語中》:「秦師還,晉人敗諸~。」

淆 xiáo 混雜,混亂。《新書・親疏危亂》:「天下~亂。」《南史・鍾嶸傳》:「名實~紊,茲焉莫甚。」又為攪亂。《後漢書・黃憲傳》:「叔度汪汪若千頃陂,澄之不清,~之不濁。」(陂 bēi:湖泊。)

殽 xiáo ❶ 雜亂,混雜。《莊子・齊物論》:「仁義之端,是非之塗,樊然~亂,吾惡能知其辯。」(塗:途徑。樊然:雜亂的樣子。)《漢書・食貨志下》:「鑄作錢布,皆用銅,~以連錫。」❷ 通「效 xiào」。效法。《禮記・禮運》:「是故夫禮,必本於天,~於地。」❸ 通「崤 xiáo」。山名,在今河南。《左傳・僖公三十二年》:「晉人禦師必於~。」❹ 通「肴 yáo」。做熟的魚肉等菜餚。《詩經・小雅・正月》:「彼有旨酒,又有嘉~。」

小 xiǎo ❶ 小,與「大」相對。《莊子・逍遙遊》:「此~大之辯也。」(辯:通「辨」,分別。)又用作使動,使變小。《老子》第八十章:「~國寡民。」又用作意動,認為小。《孟子・盡心上》:「孔子登東山而~魯。」引申為輕視。《左傳・桓公四年》:「秦師侵芮,敗焉,~之也。」❷ 稍微,略微。《孟子・公孫丑下》:「今病~愈。」

筱 xiǎo 小竹子。《說文》:「~,箭屬,小竹也。」《古文苑》引班固《竹扇賦》:「杳~叢生於水澤。」

曉 xiǎo ❶ 天明。《後漢書・馬援傳》：「～夕號泣。」引申為明亮。《莊子・天地》：「冥冥之中，獨見～焉。」（冥冥：晦暗。）❷ 知道，明白。《荀子・王制》：「臣下～然皆知其可要也。」（可要：可以相信。）司馬遷《報任安書》：「明主不～。」引申為通曉，精通。《漢書・尹翁歸傳》：「～習文法，喜擊劍，人莫能當。」

謏 xiǎo 小。《禮記・學記》：「足以～聞，不足以動眾。」柳宗元《為樊左丞讓官表》：「臣實～才。」

篠 xiǎo 小竹，可作箭。《尚書・禹貢》：「厥貢惟金三品，瑤琨～簜。」（三品：指金、銀、銅。簜：大竹。）

孝 xiào 孝順，盡心侍奉父母。《孟子・梁惠王上》：「申之以～悌之義，頒白者不負戴於道路矣。」（頒白：指頭髮花白的老人。戴：頂着。）引申為居喪。蔡邕《陳政要七事疏》：「東郡有盜人妻者亡在～中，本縣追捕，乃伏其辜。」（辜 gū：罪。）又指居喪之人。《世說新語・文學》：「今日與謝～劇談一出來。」（謝：謝玄，當時正居喪，所以稱謝孝。）

肖 ㊀ xiào ❶ 似，類似。《淮南子・氾論》：「夫物之相類者，世主之所亂惑也，嫌疑～像者，眾人之所眩耀也。」韓愈《答李翊書》：「待用於人者，其～於器耶？」今成語有「維妙維肖」。

㊁ xiāo ❷ 細小，細微。《莊子・胠篋》：「惴耎之蟲，～翹之物，莫不失其性。」（惴耎 zhuìruǎn：蟲蠕動的樣子。）用作動詞。衰微。《史記・太史公自序》：「申呂～矣，尚父側微。」

恔 xiào 滿意，稱心。《孟子・公孫丑下》：「且比化者無使土親膚，於人心獨無～乎？」（比 bì：為。化：死。無使土親膚：不要讓土直接挨着屍體。）

校 xiào 見 246 頁「校」㊁。

笑 xiào ❶ 歡笑。《詩經・衛風・氓》：「既見復關，載～載言。」（復關：地名，代指詩中女子想見的男子。）❷ 譏笑。《韓非子・五蠹》：「兔不可復得，而身為宋國～。」《呂氏春秋・貴生》：「以隨侯之珠彈千仞之雀，世必～之。」

效（効、傚） xiào ❶ 模仿，效法。《周易・繫辭上》：「天地變化，聖人～之。」《左傳・莊公二十一年》：「鄭伯～尤，其亦將有咎。」（尤：錯惡。咎：災禍。）今成語有「上行下效」。❷ 獻出。《韓非子・五蠹》：「獻圖則地削，～璽則名卑。」《史記・淮陰侯列傳》：「臣願披腹心，輸肝膽，～愚計。」（披：剖開。輸：獻出。）❸ 功效，徵驗。《淮南子・脩務》：「夫聖人之心，日夜不忘於欲利人，其澤之所及者，～亦大矣。」又：「夫歌者，樂之徵也；哭者，悲之～也。」

嘯 xiào 撮口發出長而清的聲音，吹口哨。《詩經・召南・江有汜》：「其～也歌。」引申為獸類拖長聲嘷叫。淮南小山《招隱士》：「猨狖羣～兮虎豹嘷。」杜甫《登高》：「風急天高猿～哀。」又引申為呼喊，召喚。宋玉《招魂》：「招具該備，永～呼些。」（該：齊備。些：語氣詞。）《後漢書・西羌傳論》：「轉相～聚，揭木為兵，負柴為械。」

斆 xiào ❶ 教，教導。《尚書・盤庚》：「盤庚～于民。」❷ 學，效法。《史記・張釋之馮唐列傳》：「此兩人言事曾不能出口，豈～此嗇夫諜諜利口捷給哉？」（曾：竟。嗇夫：官名。諜諜：多言的樣子。）

xie

些 xiē 見 487 頁「些」㊁。

猲 xiē△ ❶ 短嘴獵犬。韓愈《送文暢師北遊》：「庇身指蓬茅，逞志縱獫～。」（獫 xiǎn：長嘴獵犬。）❷ 通「喝 hè」。威嚇。《戰國策・齊策一》：「是故恫疑虛～，高躍而不敢進。」

楔 xiē△ ❶ 樹名。1. 櫻桃。張衡《南都賦》：「其木則檉松～椶。」（檉 chēng：河柳。椶 jì：水松。）2. 似松而有刺者。左思《蜀都賦》：「棕枒～樅。」（枒 yé、樅 cōng：樹名。）❷門兩旁的立柱。韓愈《進學解》：「椳闑扂～，各得其宜。」（椳 wēi：門臼。闑 niè：古代門中央所豎短木。扂 diàn：門栓。）❸楔子，釘入縫隙或空洞中的一頭扁銳一頭平厚的木塊。《淮南子・主術》：「大者以為舟航柱梁，小者以為楫～。」又用如動詞。插入楔形物。《禮記・檀弓上》：「復～齒、綴足、飯。」（楔齒：古時人初死，用柶撐其齒使不閉合，以便於飯含。）

歇 xiē△ ❶竭，盡。《左傳・宣公十二年》：「得臣猶在，憂未～也。」（得臣：人名。）❷休息，止息。白居易《賣炭翁》：「市南門外泥中～。」❸散發。顏延之《和謝監靈運》：「芬馥～蘭若。」（若：香草名，即杜若。）

蝎 xiē 見 192 頁「蝎」㊁。

蠍 xiē△ 同「蝎」。蝎子。《北齊書・南陽王綽傳》：「（後主）問在州何者最樂。對曰：『多取～，將蛆混，看極樂。』」

叶 xié△ 同「協」。和諧。《論衡・儒增》：「故能～於上下。」《新唐書・李逢吉傳》：「逢吉與李程執政，不～。」

汁 xié 見 673 頁「汁」㊁。

邪 ㊀xié ❶斜，歪斜。後來寫作「斜」。《墨子・備穴》：「～鑿之。」《水經注・河水》：「～行五里，逆行三里。」❷不正直，邪曲。《孟子・梁惠王上》：「放辟～侈，無不為已。」（放：放縱。辟：邪僻。已：語氣詞。）❸中醫指引起疾病的因素。《素問・生氣通天論》：「～傷肝也。」

㊁ yé ❹句末語氣詞。《莊子・逍遙遊》：「天之蒼蒼，其正色～？」《史記・廉頗藺相如列傳》：「趙王豈以一璧之故欺秦～？」

【辨析】邪、斜。二字在「偏斜、不正」的意義上是同義詞。「邪」多指人的行為不正，也可指事物的不正。「斜」一般只指具體事物的偏斜，不指人的行為。

協 xié△ ❶合力，共同。《左傳・桓公六年》：「彼則懼而～以謀我。」引申為和睦，融洽。《左傳・僖公二十二年》：「吾兄弟之不～，焉能怨諸侯之不睦？」又引申為和諧。《宋書・謝靈運傳論》：「夫五色相宜，八音～暢。」❷符合。《左傳・昭公七年》：「史朝見成子，告之夢，夢～。」

頁 xié△ 人的頭部。《說文》：「～，頭也。」

挾 xié△ ❶用胳膊夾住，夾持。《孟子・梁惠王上》：「故王之不王，非～太山以超北海之類也。」（太山：泰山。超：越過。）引申為挾制。《戰國策・秦策一》：「～天子以令天下。」❷懷有，懷藏。鄒陽《獄中上梁王書》：「～伊管之辯，懷龍逢比干之意。」（伊：伊尹。管：管仲。）引申為擁有。《戰國策・趙策四》：「位尊而無功，奉厚而無勞，而～重器多也。」（奉：俸祿。）❸倚恃，依仗。《孟子・萬章下》：「不～長，不～貴，不～兄弟而友。」❹通「浹 jiā」。到達，周遍。《詩經・大雅・大明》：「天位殷適，使不～四方。」（天位：天子之位。殷適 dí：殷的嫡嗣。）《荀子・王霸》：「制度以陳，政令以～。」（以：已。陳：陳列。）❺通「夾 jiā」。［挾輔］輔佐。《後漢書・劉陶傳》：「宜還本朝，～～王室。」❻通「筴 jiā」。筷子。《管子・弟子職》：「右執～匕。」（匕：湯匙。）

脅（脇） xié△ ❶從腋下至肋骨盡處。《莊子・秋水》：「予動吾脊～而行，則有似也。」也指肋骨。《左傳・僖公二十三年》：「曹共公聞其駢～，欲觀其裸。」引申指旁邊，邊側。《漢書・五行志上》：「石長丈三尺，廣厚略等，旁著岸～，去地二百餘丈，民俗名曰石鼓。」❷威脅，逼迫。《荀子・不苟》：「君子易知而難狎，易懼而難～。」（知：交接。狎：沒有禮貌的親近。）《新唐書・楊行密傳》：「全忠～帝東遷。」❸收斂。《墨子・兼愛中》：「～息然後帶，扶牆然後起。」（帶：指繫腰帶。）《漢書・吳王濞傳》：「～肩絫足。」（絫 lěi：重疊。）

偕 xié ❶共同，一起。《詩經・邶風・擊鼓》：「執子之手，與子～老。」《呂氏春秋・悔過》：「與師～行。」（師：軍隊。）❷普遍。《左傳・襄公二年》：「降福孔～。」（孔：很。）❸［偕偕］強壯的樣子。《詩經・小雅・北山》：「～～士子，朝夕從事。」

【辨析】偕、皆。見247頁「皆」字條。

斜 xié 不正，偏斜。賈誼《鵩鳥賦》：「庚子日～兮，鵩集予舍。」（鵩：惡鳥名。舍：房屋。）皮日休《鹿門隱書》：「諸子之道猶～徑。」

【辨析】斜、邪。見562頁「邪」字條。

絜 ㊀xié△ ❶用繩子圍物體量周長。《莊子・人間世》：「見櫟社樹，其大蔽千牛，～之百圍。」引申為度量。賈誼《過秦論》：「試使山東之國與陳涉度長～大，比權量力，則不可同年而語矣。」❷束結。《韓非子・五蠹》：「一日身死，子孫累世～駕。」（絜：此指套車。）

㊁jié△ ❸清潔。後來寫作「潔」。《呂氏春秋・尊師》：「臨飲食，必蠲～。」（蠲juān：清潔。）引申為純潔，清白。《莊子・讓王》：「不如避之以～吾行。」

頡 xié△ ［頡頏 háng］1. 鳥飛上飛下的樣子。《詩經・邶風・燕燕》：「燕燕于飛，頡之頏之。」（燕燕：燕子。于：動詞詞頭。）2. 倔強的樣子。《淮南子・脩務》：「王公大人有嚴志～～之行者，無不憚悇癢心而悅其色矣。」

鞋（鞵） xié 鞋子。《顏氏家訓・治家》：「麻～一屋，弊衣數庫。」

【辨析】鞋、屨、履。見268頁「屨」字條。

勰 xié△ 同「協」。和諧，協調。《爾雅・釋詁上》：「～，和也。」陸璉《皇太子釋奠》：「昭圖～軌，道清萬國。」

諧 xié ❶和諧。《左傳・襄公十一年》：「如樂之和，無所不～。」（樂：音樂。）❷詼諧。《漢書・東方朔傳》：「上以朔口～辭給，好作問之。」（給jǐ：言辭敏捷。）❸成。《後漢書・五行志》：「～不～，在赤眉；得不得，在河北。」

擷 xié△ 採摘，摘取。王維《相思》：「願君多採～，此物最相思。」

襭 xié△ 把衣襟掖在腰帶上兜東西。《詩經・周南・芣苢》：「采采芣苢，薄言～之。」（采采：茂盛鮮明的樣子。芣苢fúyǐ：植物名，即車前。薄言：詞頭。）

攜（攜、携） xié ❶提着，拿着。《詩經・大雅・板》：「如取如～。」李賀《金銅仙人辭漢歌》：「～盤獨出月荒涼。」❷拉着，牽挽。《詩經・邶風・北風》：「惠而好我，～手同行。」《莊子・讓王》：「於是夫負妻戴，～子以入於海。」今成語有「扶老攜幼」。❸離，分離。《國語・周語上》：「百姓～貳。」（貳：不專一。）《左傳・僖公七年》：「招～以禮，懷遠以德。」

纈 xié△ ❶染有花紋的絲織品。《北史・獻文六王・高陽王雍傳》：「奴婢悉不得衣綾錦～，止於縵繒而已。」❷眼發花。庾信《夜聽搗衣》：「花鬟醉眼～。」

寫 ㊀xiě ❶倒入，傾注。這個意義後來寫作「瀉」。《禮記・曲禮上》：「御食於君，君賜餘，器之溉者不～，其餘皆～。」（寫：此指倒入自己的器皿中然後吃。）《周禮・地官・稻人》：「以澮～水。」（澮kuài：田間水溝。）❷傾吐，消除。《詩經・小雅・裳裳者華》：「我覯之子，我心～兮。」《詩經・邶風・泉水》：「駕言出遊，以～我憂。」❸模仿，仿效。《淮南子・本經》：「雷震之聲可以鐘鼓～也。」引申為摹畫。《齊民要術・園籬》：「既圖龍蛇之形，復～鳥獸之狀。」❹抄寫。《漢書・藝文志》：「建藏書之策，置～書之官。」引申為書寫。吳文英《鶯啼序・豐樂樓節齋新建》：「殷勤待～，書中長恨。」

㊁xiè ❺中醫與「補」相對的一種療法。《素問・調經論》：「有餘～之，不足補之。」❻卸除。《晉書・潘岳傳》：「發槅～鞍，皆有所憩。」（槅gé：車軛。）

【辨析】寫、書。見466頁「書」字條。

X

卸 xiè 解下，除去。顏延之《秋胡》：「～鞍犯霜露。」隋煬帝《效劉孝綽雜憶》之一：「～妝仍索伴，解珮更相催。」

泄(洩) ㊀ xiè△ ❶ 發泄，發散。《詩經·大雅·民勞》：「惠此中國，俾民憂～。」（俾 bǐ：使。）❷ 漏，泄漏。《呂氏春秋·慎小》：「突～一熛而焚宮燒積。」《韓非子·外儲說右上》：「昭侯必獨臥，惟恐夢言～於妻妾。」❸ 通「媟 xiè」。輕慢，狎侮。《孟子·離婁下》：「武王不～邇，不忘遠。」（邇 ěr：指近臣。）

㊁ yì ❹ [泄泄] 1. 緩緩飛翔的樣子。《詩經·邶風·雄雉》：「雄雉于飛，～～其羽。」2. 和樂的樣子。《左傳·隱公元年》：「大隧之外，其樂也～～。」

契 xiè 見 399 頁「契」㊂。

屑 xiè△ ❶ 碎末。《儀禮·既夕禮》：「甕三：醯、醢、～。」（醯 xī：醋。醢 hǎi：肉醬。屑：指薑桂的碎末。）《世說新語·政事》：「於是悉用木～覆之。」（悉：盡。）用作動詞。粉碎。《禮記·內則》：「～桂與薑。」❷ [不屑] 以為恥而不肯。《孟子·公孫丑上》：「不受也者，是亦～～就已。」（就：接近。）引申為不顧惜，不介意。《後漢書·馬援傳附馬廖》：「盡心納忠，～～毀譽。」❸ 迅疾的樣子。《漢書·外戚傳上》：「超兮西征，～兮不見。」

械 xiè 器械。《墨子·公輸》：「公輸盤為楚造雲梯之～。」《孟子·滕文公上》：「以粟易～器者，不為厲陶冶。」特指兵器。《周禮·天官·司書》：「以知民之財，器～之數。」又特指桎梏之類的刑具。司馬遷《報任安書》：「淮陰，王也，受～於陳。」（淮陰：指淮陰侯韓信。）

【辨析】 械、器。見 400 頁「器」字條。

紲(絏) xiè△ ❶ 韁繩。《左傳·僖公二十四年》：「居者為社稷之守，行者為羈～之僕。」又指捆綁犯人的繩索。司馬遷《報任安書》：「何至自沉溺縲～之辱哉？」用作動詞。用繩索捆綁。張衡《東京賦》：「～子嬰於軹塗。」（軹 zhǐ：地名。塗：路。）❷ 貼身的內衣。《詩經·鄘風·君子偕老》：「蒙彼縐絺，是～袢也。」（縐 zhòu：極細的葛布。絺 chī：細葛布。袢 pàn：無色內衣。）

揳 ㊀ xiè△ ❶ 揣度，度量。《荀子·非相》：「故士不揣長，不～大。」

㊁ jiá△ ❷ 擊。《後漢書·申屠剛傳》：「尚書近臣乃捶～牽曳於前。」又為彈奏。《史記·貨殖列傳》：「趙女鄭姬設形容，～鳴琴。」

渫 ㊀ xiè△ ❶ 除去污泥。《周易·井》：「井～不食，為我心惻。」引申為污濁。《漢書·王褒傳》：「去卑辱奧～而升本朝。」❷ 散，發散。《漢書·食貨志上》：「富人有爵，農民有錢，粟有所～。」又為泄，宣泄。郭璞《江賦》：「～之以尾閭。」（尾閭：排泄海水的地方。）❸ 止歇。曹植《七啟》：「於是為歡未～，白日西頹。」❹ 褻慢。班固《白虎通·辟雍》：「父所以不自教子何？為～瀆也。」

㊁ dié△ ❺ [渫渫] 淚流不止的樣子。古詩《孤兒行》：「淚下～～，清涕纍纍。」

媟 xiè△ 輕慢無禮，親近而不恭敬。《新書·道術》：「接遇慎容謂之恭，反恭為～。」《漢書·賈山傳》：「古者大臣不～。」

觟 xiè [觟觽 zhì] 同「獬豸」。古代傳說中的一種神獸。《論衡·是應》：「儒書說云：～～者，一角之羊也，性知有罪。」

解 xiè 見 251 頁「解」㊁。

榭 xiè 高臺上構築的木屋，多用於遊觀。《左傳·襄公三十一年》：「宮室卑庳，無觀臺～。」（庳 bēi：低下。）《呂氏春秋·重己》：「其為宮室臺～也，足以辟燥濕而已矣。」（辟：避開。）又用作講武之所。《左傳·成公十七年》：「三郤將謀於～。」

【辨析】 榭、閣、亭、臺、樓。見 161 頁「閣」字條。

X

褻 xiè　見 366 頁「褻」㊁。

寫 xiè　見 563 頁「寫」㊁。

屧 xiè△　❶ 鞋的木底。《南史・孝義傳・江泌》：「泌少貧，晝日斫～為業。」又指木屐。《南史・廬陵威王續傳》：「～為之破。」❷ 踩踏，行走。《南史・袁湛傳附袁粲》：「又嘗步～白楊郊野間。」

緤 xiè△　繫牲畜的繩索。《禮記・少儀》：「犬則執～。」引申為繫，拴。屈原《離騷》：「登閬風而～馬。」

嶰 xiè　❶ 山間溝壑，無水叫嶰，有水叫澗。《後漢書・馬融傳》：「窮浚谷，底幽～。」（浚 jùn 谷：深谷。底：盡。）❷ 山谷名，即嶰谷，崑崙山北谷。《呂氏春秋・古樂》：「取竹於～溪之谷。」

獬 xiè　［獬豸 zhì］傳說中能辨曲直的異獸。司馬相如《上林賦》：「椎蜚廉，弄～～。」（蜚廉：獸名。）又指古代御史大夫等執法官吏戴的獬豸冠。《後漢書・輿服志》：「法冠……或謂之～～冠。」又簡稱「獬」。《淮南子・主術》：「楚文王好服～冠。」

廨 xiè　官舍，官署。左思《吳都賦》：「～署棋布。」《世說新語・德行》：「羣情欲府君先入～。」

懈 xiè　鬆懈，懈怠。《呂氏春秋・古樂》：「禹立，勤勞天下，日夜不～。」《淮南子・脩務》：「為民興利除害而不～。」

瀣 xiè　海灣。《史記・司馬相如列傳》：「浮勃～，游孟諸。」（勃：傍海曰勃。勃澥：指今渤海。）泛指江河湖海。吳牲《蕪城懷古》：「蒼茫江～畔，喪亂幾經秋。」

薤 xiè　一種一年生草本植物。鱗莖可作蔬菜。《禮記・內則》：「脂用葱，膏用～。」

薢 xiè　［薢茩 hòu］菱的別名。《說文》：「蔆，芰也。楚謂之芰，秦謂之～～。」《酉陽雜俎・草篇》：「芰，一名水栗，一名～～。」

邂 xiè　［邂逅 hòu］1. 沒有約會而遇到。《詩經・鄭風・野有蔓草》：「～～相遇，適我願兮。」（適：符合，適合。）2. 一旦。《三國志・吳書・周魴傳》：「～～泄露，則受夷滅之禍。」（夷滅：滅族。）

謝 xiè　❶ 道歉。《戰國策・趙策四》：「入而徐趨，至而自～。」《史記・項羽本紀》：「旦日不可不蚤自來～項王。」（蚤：通「早」。）❷ 推辭，拒絕。《史記・秦本紀》：「重耳初～，後乃受。」特指辭去官職。《禮記・曲禮上》：「大夫七十而致事，若不得～，則必賜之几杖。」（致事：退職。几杖：坐几和手杖，古代用為敬老之物。）❸ 稱說，告訴。《呂氏春秋・知士》：「～病強辭，三日而聽。」古詩《為焦仲卿妻作》：「多～後世人，戒之慎勿忘！」❹ 感謝。《韓非子・外儲說左下》：「解狐舉邢伯柳為上黨守，柳往～之。」《史記・項羽本紀》：「噲拜～，起，立而飲之。」（噲：樊噲。）❺ 衰退，凋謝。范縝《神滅論》：「形～則神滅。」（形：形體。神：精神。）李漁《芙蕖》：「及花之既～，亦可告無罪於主人矣。」❻ 更替。《淮南子・兵略》：「若春秋有代～。」

【辨析】謝、辭、辤。見 78 頁「辭」字條。

燮（爕） xiè△　❶ 和，協調。《尚書・顧命》：「～和天下，用答揚文武之光訓。」（答揚：遵從並發揚。光：顯。）❷ 熟爛。王安石《再用前韻寄蔡天啟》：「時時羹藜藿，鑊大苦難～。」

褻 xiè△　❶ 平日居家常穿的便服，貼身內衣。《論語・鄉黨》：「紅紫不以為～服。」司馬相如《美人賦》：「女乃弛其上服，表其～衣。」❷ 親近。《論語・鄉黨》：「見冕者與瞽者，雖～，必以貌。」（冕者：指當官的人。瞽 gǔ 者：瞎了眼的人。）又為親近而不莊重。《禮記・表記》：「無禮不相見也，欲民之毋相～也。」引申為輕慢。杜甫《八哀詩・故祕書少監武功蘇公源明》：「反為後輩～。」❸ 不潔淨，污穢。《周禮・天官・

玉府》：「掌王之燕衣服，衽席，牀第，凡～器。」（燕：燕寢，安寢。褻器：指便溺之器。）

瀉 xiè ❶ 傾瀉。謝靈運《入華子岡是麻源第三谷》：「石磴～紅泉。」❷ 消散，排泄。《史記·扁鵲倉公列傳》：「以適筋骨肉血脈，以～氣。」《白虎通·情性》：「腎者主～。」❸ 通「潟 xì」。鹽鹼地。《史記·貨殖列傳》：「太公望封於營丘，地～鹵，人民寡。」《論衡·超奇》：「地無毛則為～土。」

齘 xiè ❶ 牙齒相摩切。《說文》：「～，齒相切也。」《金匱要略·痙濕暍》：「痙為病，胸滿口噤，卧不着席，腳攣急，必～齒。」❷ 怒。《方言》卷二：「～，怒也。小怒曰～。」黃道周《楊文正公制義序》：「今無端發～，豈非夢魘乎？」

蟹（蠏） xiè 螃蟹。《荀子·勸學》：「～六跪而二螯。」（六跪：當作「八跪」。跪：腳。螯 áo：節足動物前面的鉗夾。）

瀣 xiè ［沆 hàng 瀣］見 188 頁「沆」字條。

躞 xiè△ ❶［躞蹀 dié］同「蹀躞」。小步走路的樣子。古樂府《白頭吟》之一：「～～御溝上，溝水東西流。」❷ 書卷的軸心。米芾《書史》：「隋唐藏書，皆金題玉～。」

xin

心 xīn ❶ 五臟之一。古人把心、肝、脾、肺、腎稱為五臟，心是五臟之首。《素問·痿論》：「～主身之血脈。」《淮南子·原道》：「～者，五臟之主也。」又古人把心看成思維的器官。《孟子·告子上》：「～之官則思。」（官：器官。）引申為中心的部位。劉禹錫《洞庭秋月行》：「洞庭湖月生湖～。」❷ 思想、意念的通稱。《詩經·小雅·巧言》：「他人有～，予忖度之。」（忖度 cǔnduó：揣度，推測。）《列子·湯問》：「汝～之固，固不可徹。」（固：頑固。徹：通。）❸ 樹尖、苗尖、花蕊之類。《詩經·邶風·凱風》：「凱風自南，吹彼棘～。」《齊民要術·黍穄》：「黍～未生，雨灌其～，～傷，無實。」（穄 jì：糜子。）❹ 星宿名，二十八宿之一。《呂氏春秋·季夏》：「季夏之月，日在柳，昏～中，旦尾中。」（柳、尾：星宿名。昏：黃昏時分。）

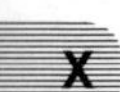

辛 xīn ❶ 辣。《呂氏春秋·本味》：「調和之事，必以甘酸苦～鹹。」也指辣味的蔬菜。《宋史·孝義傳·顧忻》：「以母病，葷～不入口者十載。」❷ 悲傷，痛苦。曹植《贈白馬王彪》：「倉卒骨肉情，能不懷苦～？」引申為勞苦，辛苦。李白《陳情贈友人》：「自古多艱～。」❸ 天干的第八位。與地支相配以紀日、紀年。《左傳·隱公元年》：「五月～丑，大叔出奔共。」（大叔：共叔段。共：地名。）

忻 xīn ❶ 啟發。《說文》「忻」字下引《司馬法》：「善者，～民之善，閉民之惡。」❷ 欣喜，高興。《史記·周本紀》：「姜原出野，見巨人跡，心～然說。」（姜原：周始祖后稷的母親。說 yuè：高興。）

【辨析】忻、訢、欣。三字都有「喜悅、高興」的意思。「忻」的本義是啟發，與「訢」「欣」不同。「訢」「欣」只是造字的方式有別，實同一詞。

昕 xīn 黎明。《禮記·文王世子》：「天子視學，大～鼓徵，所以警眾也。」引申為明亮。《初學記》卷十二引揚雄《太僕箴》：「檀車孔夏，四騵孔～。」

欣 xīn 喜悅，高興。《左傳·昭公元年》：「諸侯其誰不～焉望楚而歸之。」《呂氏春秋·大樂》：「歡～生於平。」引申為喜愛，擁戴。《國語·晉語一》：「昔者之伐也，興百姓，以為百姓也，是以民能～之。」

【辨析】欣、忻、訢。見 566 頁「忻」字條。

訢 ㊀ xīn ❶ 快樂，喜悅。《莊子·大宗師》：「其出不～，其入不距。」（出：指出生。入：指死。距：同「拒」。）㊁ xī ❷［訢合］陰陽之氣交合。《禮記·樂記》：「天地～～，陰陽相得。」

【辨析】訢、忻、欣。見566頁「忻」字條。

新 xīn ❶砍伐樹木。後來寫作「薪」。馬王堆漢墓帛書《稱》：「百姓斬木艾～而各取富焉。」❷新，與「舊」相對。《論語・陽貨》：「舊穀既沒，～穀既升。」也指新鮮的東西。《莊子・刻意》：「吐故納～。」引申為更新，使變新。《尚書・胤征》：「舊染污俗，咸與維～。」（咸：皆。）❸剛，剛才。《荀子・不苟》：「～浴者振其衣，～沐者彈其冠。」❹朝代名。西漢末年，王莽廢漢，建國號為「新」（公元9－23年）。

歆 xīn ❶鬼神享用祭品的香氣。《詩經・大雅・生民》：「其香始升，上帝居～。」《史記・孝文本紀》：「朕既不德，上帝神明未～享。」引申為宴饗。《國語・周語上》：「膳夫贊王，王～大牢，班嘗之。」（大牢：太牢，祭祀用的牛羊豕俱全。班：分。）❷欣喜，悅服。《國語・周語下》：「以言德於民，民～而德之，則歸服焉。」《史記・游俠列傳》：「然終不伐其能，～其德，諸所賞施，唯恐見之。」❸貪圖。《國語・楚語下》：「若易中下，楚必～之。」引申為羨慕。《新唐書・王琳傳》：「士人～其寵。」

廞 xīn ❶陳列。《周禮・春官・笙師》：「大喪，～其樂器，及葬，奉而藏之。」❷淤塞。《新唐書・文藝傳下・李頻》：「有六門堰者，～廢百五十年。」❸發怒的樣子。《太玄・眾》：「虎虓振～。」（虓 xiāo：猛獸吼叫。）

薪 xīn 柴。《孟子・梁惠王上》：「明足以察秋毫之末，而不見輿～。」（輿：車。）《史記・汲黯鄭當時列傳》：「陛下用羣臣如積～耳，後來者居上。」

【辨析】薪、柴、樵、蕘。見46頁「柴」字條。

馨 xīn 散佈很遠的香氣。《左傳・僖公五年》：「黍稷非～，明德惟～。」又為香氣散佈很遠。《詩經・大雅・鳧鷖》：「爾殽既～。」（殽：菜餚。）泛指芳香。屈原《九歌・山鬼》：「折芳～兮遺所思。」（遺 wèi：送給。）比喻流傳久遠的美好聲譽或高尚道德。《晉書・苻堅載記》：「垂～千祀。」（祀：年。）

鐔 xín ❶劍柄與劍身連接處兩旁突出的部分，也叫劍鼻、劍口、劍首、劍環。《莊子・說劍》：「天子之劍，以燕谿石城為鋒……周、宋為～。」❷一種兵器。形似劍而小。《漢書・韓延壽傳》：「延壽又取官銅物，候月蝕鑄作刀、劍、鈎、～。」

囟 xìn 囟門，頭頂正中部位，嬰兒頭頂骨未合攏之處。《說文》：「～，頭會腦蓋也。」《韓詩外傳》卷一：「三年～合，而後能言。」

信 xìn ❶言語真實，誠實。《老子》第八十章：「～言不美，美言不～。」❷信用。《韓非子・外儲說左上》：「得原失～，吾不為也。」（原：地名。）又用作動詞。守信用。《論語・子路》：「言必～，行必果。」❸相信，信任。《論語・公冶長》：「聽其言而～其行。」《呂氏春秋・慎人》：「～賢而用之，君之明也。」❹確實，的確。《論語・憲問》：「～乎，夫子不言，不笑，不取乎？」《呂氏春秋・愛類》：「聞大王將攻宋，～有之乎？」❺符契，信物。《淮南子・要略》：「剖～符，結遠援，以守其國家。」❻信使，使者。古詩《為焦仲卿妻作》：「自可斷來～，徐徐更謂之。」《世說新語・雅量》：「俄而謝玄淮上～至。」（俄而：不久。）引申為書信，信函。王羲之《雜帖》：「朱處仁今何在？往得其書～，遂不取答。」❼隨意，聽任。白居易《長恨歌》：「東望都門～馬歸。」《滄浪詩話》：「～手拈來，頭頭是道矣。」❽通「伸 shēn」。伸展。《周易・繫辭下》：「尺蠖之屈，以求～也。」（尺蠖：蟲名。）又為伸張。《三國志・蜀書・諸葛亮傳》：「欲～大義於天下。」

焮 xìn ❶炙，燒。《左傳・昭公十八年》：「司馬、司寇列居火道，行火所～。」《金史・衛紹王紀》：「中都火，～民居。」❷熾盛。郭璞《答賈九州愁》：「亂離方～，憂虞匪歇。」（匪：非。）

釁 xìn 同「舋」。❶古代祭禮，殺牲以血塗鐘鼓。《易林・復之革》：「祆

X

社～鼓，以除民疾。」也指以香塗身。《國語・齊語》：「比至，三～三浴之。」❷ 裂縫，縫隙。《韓非子・五蠹》：「既畜王資而乘敵國之～，超五帝侔三王者，必此法也。」《後漢書・鄧禹傳》：「光武籌赤眉必破長安，欲乘～并關中。」❸ 罪過，過失。韓愈《潮州刺史謝上表》：「當此之際，所謂千載一時不可逢之嘉會，而臣負罪嬰～，自拘海島。」

釁 xìn ❶ 古代一種祭祀儀式，殺牲取血塗抹新製器物的縫隙。《孟子・梁惠王上》：「然則廢～鐘與？」（與：語氣詞。）引申為塗抹。《漢書・賈誼傳》：「豫讓～面吞炭。」❷ 縫隙，破綻。《左傳・宣公十二年》：「會聞用師，觀～而動。」（會：士會，人名。）引申為過失。《左傳・莊公十四年》：「人無～焉，妖不自作。」引申為跡象，徵兆。《左傳・襄公二十四年》：「其有亡～乎！」《國語・魯語上》：「惡有～，雖貴，罰也。」

xing

星 xīng ❶ 星星。《詩經・召南・小星》：「嘒彼小～，三五在東。」（嘒：光芒明亮的樣子。）又泛指天文。司馬遷《報任安書》：「文史～曆。」又指占星術。《漢書・藝文志》：「然～事殉悍，非湛密者弗能由也。」（殉 xiōng：惡。）❷［七星］星宿名，二十八宿之一。《呂氏春秋・有始》：「南方曰炎天，其星輿鬼、柳、～～。」也簡稱作「星」。❸ 細碎如星之物。劉禹錫《秋螢引》：「金爐～噴鐙花發。」引申為少，零星。李羣玉《仙明洲口號》：「一～幽火照叉魚。」❹ 秤桿上記數的點。賈島《贈牛山人》：「坐山秤藥不爭～。」

胜 ㊀ xīng ❶ 同「腥」。腥，生肉。《說文》：「～，犬膏臭也。」《路史・遂人民》：「乃教民取火，以灼以焫，以熟臊～。」（焫 ruò：燒。）
㊁ shěng ❷ 瘦。《管子・入國》：「必知其食飲飢寒，身之膌～而哀憐之。」（膌：同「瘠」，瘦。）

猩 xīng ❶［猩猩］獸名。《禮記・曲禮上》：「～～能言，不離禽獸。」也可單用。韓愈《八月十五夜贈張功曹》：「蛟龍出沒～鼯號。」❷ 猩紅。韓偓《已涼》：「～色屏風畫折枝。」

惺 xīng 清醒，醒悟。《抱朴子・極言》：「始皇～悟，信世間之必有仙道。」梅堯臣《呂晉叔著作遺新茶》：「啜已神魂～。」（啜 chuò：飲。已：止，罷。）

腥 xīng ❶ 生肉。《禮記・少儀》：「牛與羊魚之～，聶而切之為膾。」（聶 zhé：切成薄片的肉。膾：細切的魚或肉。）❷ 腥味，腥氣。《呂氏春秋・孟秋》：「其味辛，其臭～。」（臭 xiù：氣味。）屈原《九章・涉江》：「～臊並御，芳不得薄兮。」（御：用。薄：近。）

興 ㊀ xīng ❶ 起，起來。《詩經・衛風・氓》：「夙～夜寐，靡有朝矣。」《論語・衛靈公》：「在陳絕糧，從者病，莫能～。」❷ 奮發，興起。《孟子・盡心上》：「待文王而後～者，凡民也。」《史記・文帝本紀》：「漢～，至孝文四十有餘載。」❸ 發動。《詩經・秦風・無衣》：「王于～師。」《史記・酷吏列傳》：「漢大～兵伐匈奴。」❹ 昌盛，興盛。《論語・子路》：「一言而可以～邦，有諸？」《孟子・離婁上》：「國之所以廢～存亡者亦然。」
㊁ xìng ❺ 詩歌的一種表現手法。《詩經・周南・關雎》序：「故詩有六義焉：一曰風，二曰賦，三曰比，四曰～……」❻ 興趣，興致。《世說新語・任誕》：「吾本乘～而行，～盡而返。」

騂 xīng 赤色馬。《詩經・魯頌・駉》：「有～有騏。」（騏：青黑色的馬。）也指赤色牛。《尚書・洛誥》：「文王～牛一。」泛指赤色。王褒《九懷・通路》：「紅采兮～衣。」

刑 xíng ❶ 刑罰，刑法。《左傳・襄公三年》：「有罪不逃～。」《呂氏春秋・君守》：「皋陶作～。」又為懲治，處罰。《呂氏春秋・下賢》：「故相鄭十八年，～三人，殺二人。」❷ 殺，割。《呂氏春秋・順說》：「隳人之城郭，～人之父子也。」（隳 huī：毀壞。）❸ 鑄造器物的模子。後來寫作「型」。《荀子・彊國》：「～范正，金錫美。」引申為法式，典範。《詩經・大雅・蕩》：「雖無老成人，尚有典～。」又引申為效法，示範。《詩經・大雅・文王》：「儀～文王，萬邦作孚。」（儀：效法。作：始。孚：信服。）❹ 通「鉶 xíng」。盛羹的器皿。《史記・太史公自序》：「啜土～。」

【辨析】刑、罰。見128頁「罰」字條。

行 xíng 見187頁「行」㊁。

形 xíng ❶ 形體。《孟子・盡心上》：「～色，天性也。」（色：指容貌。）《呂氏春秋・盡數》：「～不動則精不流。」（精：指精氣。）❷ 形狀。《孫子・虛實》：「水無常～。」又指形式。《孟子・梁惠王上》：「不為者與不能者之～何以異？」❸ 形勢。《孫子・勢》：「勇怯，勢也；強弱，～也。」《戰國策・秦策三》：「豈齊之不欲地哉？～弗能有也。」❹ 形成。《呂氏春秋・有始》：「天地有始，天微以成，地塞以～。」《淮南子・天文》：「天地未～，馮馮翼翼。」（馮馮翼翼：無形的樣子。）❺ 顯露，表現。《孟子・告子下》：「有諸內必～諸外。」《呂氏春秋・樂成》：「大智不～。」今成語有「喜形於色」。❻ 對照，對比。《老子》第二章：「長短相～。」今成語有「相形見絀」。

邢 xíng 周代諸侯國名，在今河北邢台。《左傳・隱公四年》：「衛人逆公子晉于～。」（逆：迎。）

型 xíng 鑄造器物所用的模子。《淮南子・脩務》：「夫純鈞魚腸之始下～，擊則不能斷，刺則不能入。」（純鈞、魚腸：寶劍名。）引申為典範，楷模。蘇舜欽《代人向申公祝壽》：「人思奉典～。」又用為動詞。效法。張居正《辛未會試程策二》：「～漢祖之規模，憲唐宗之律令。」

陘 xíng 山嶺。《法言・吾子》：「山～之蹊，不可勝由矣。」（由：沿着走。）

陘 xíng ❶ 山脈中斷的地方。《說文》：「～，山絕坎也。」馬融《長笛賦》：「膺峭阤，腹～阻。」❷ 山名，在今河南偃城南。《左傳・僖公四年》：「師進，次於～。」（次：駐紮。）

硎 ㊀ xíng ❶ 磨刀石。《莊子・養生主》：「而刀刃若新發於～。」（發：出。）《淮南子・齊俗》：「庖丁用刀十九年，而刀如新剖～。」❷ 盛食物的器皿。《鹽鐵論・通有》：「衣布褐，飯土～。」

㊁ kēng ❸ 同「坑」。謝靈運《山居賦》：「擲飛枝於窮崖，踔空絕於深～。」（踔 chuō：騰越。）

鈃 ㊀ xíng ❶ 古代酒器，似鍾而長頸。《莊子・徐无鬼》：「其求～鍾也，以束縛。」❷ 通「鉶」。古代盛羹的器皿，形如小鼎。《新唐書・禮樂志一》：「簠～籩豆在堂上。」（豆：盛食物的器皿。）

㊁ jiān ❸ 人名用字。戰國時有宋鈃。

鉶 xíng 盛羹的小鼎。《周禮・秋官・掌客》：「～四十有二。」

滎 xíng 極小的水。《淮南子・泰族》：「故丘阜不能生雲雨，～水不能生魚鱉者，小也。」

餳 ㊀ xíng ❶ 飴糖，用米、麥芽熬製成的糖漿。崔寔《四民月令》：「十月，先冰凍，作涼～。」《齊民要術・餳餔》：「用粱米、稷米者，～如水精色。」

㊁ táng ❷ 古「糖」字。《三國志・吳書・三嗣主傳》裴松之注引《江表傳》：「取交州所獻甘蔗～。」

【辨析】餳、飴。二字都指用米、麥芽熬成的糖漿，只是「飴」稀「餳」稠，或指「餳」上外加糯米而成的食品。

省 ㊀ xǐng ❶ 視察，察看。《孟子・梁惠王下》：「春～耕而補不足，秋～斂而助不給。」引申為看望父母或尊長。《禮記・曲禮上》：「凡為人子之禮……昏定而晨～。」（昏定：指晚上伺候父母安睡。）又引申為檢查，反省。《論語・學而》：「吾日三～吾身。」❷ 明白。《列子・楊朱》：「實偽之辯，如此其～也。」

㊁ shěng ❸ 減少，簡約。《左傳・昭公三年》：「景公於是～於刑。」《淮南子・主術》：「刑措而不用，法～而不煩。」（措：放棄。）❹ 王宮禁地。《漢書・昭帝

紀》：「帝姊鄂邑公主，益湯沐邑，為長公主，共養～中。」（湯沐邑：指公主收取賦稅的私邑。）後為中央官署名稱。唐代有六省。王維《責躬薦弟表》：「累遷～閣。」元以後為行政區域名。初名「行中書省」，簡稱「行省」，後簡稱「省」。

【辨析】省、相。見557頁「相」字條。

醒 xǐng ❶ 酒醉後恢復常態。《左傳・襄公三十年》：「～而後知之。」歐陽修《醉翁亭記》：「醉能同其樂，～能述以文者，太守也。」引申為未醉，清醒。屈原《漁父》：「眾人皆醉我獨～。」❷ 睡眠結束或尚未入睡。杜甫《早發》：「頹倚睡未～。」梅堯臣《永叔贈酒》：「～目常不眠。」❸ 醒悟，覺悟。《新書・先醒》：「故世主有先～者有後～者。」《抱朴子・勖學》：「鹵鈍者～悟。」（鹵：通「魯」，愚笨。）

杏 xìng 樹名，也指其果實。《禮記・祭法》：「夏祠用～。」［杏壇］孔子講學處。《莊子・漁父》：「休坐乎～～之上。」

幸（倖） xìng ❶ 幸運。《論語・雍也》：「不～短命死矣。」又為僥幸。《呂氏春秋・遇合》：「故君子不處～，不為苟。」❷ 敬詞，指對方的行為使自己感到幸運。《戰國策・秦策三》：「先生何以～教寡人。」又特指皇帝到某處去，即皇帝到某處而使某處感到幸運。《史記・秦始皇本紀》：「始皇帝～梁山宮。」❸ 寵愛，寵幸。《戰國策・楚策四》：「君王卒～四子者不衰，楚國必亡矣。」（卒：始終。）❹ 欣喜，慶幸。《史記・衛將軍驃騎列傳》：「臣～得待罪行間。」今成語有「幸災樂禍」。❺ 希望。《韓非子・安危》：「是～殷人之盡如比干。」（是：此。比干：商紂時賢臣。）《史記・魏其武安侯列傳》：「～天下有變，而欲有大功。」

性 xìng ❶ 人的本性。《論語・陽貨》：「～相近也，習相遠也。」《淮南子・本經》：「凡人之～，心和欲得則樂。」❷ 事物的本質、固有特徵。《孫子・勢》：「木石之～，安則靜，危則動。」《呂氏春秋・本生》：「夫水之～清。」❸ 性情，脾氣。《孟子・告子下》：「所以動心忍～，曾益其所不能。」（曾：增加。）《韓非子・觀行》：「西門豹～急。」❹ 生命，生機。《左傳・昭公八年》：「莫保其～。」《呂氏春秋・本生》：「靡曼皓齒，鄭、衛之音，務以自樂，命之曰伐～之斧。」（靡曼：皮膚細膩，指美色。）

姓 xìng ❶ 標誌家族血緣關係的稱號。《論語・述而》：「君娶於吳，為同～。」❷［子姓］子孫，後代。《呂氏春秋・疑似》：「梁北有黎丘部，有奇鬼焉，善效人之～～昆弟之狀。」《淮南子・道應》：「秦穆公謂伯樂曰：『子之年長矣，～～有可使求馬者乎？』」❸［百姓］1. 百官。《尚書・堯典》：「九族既睦，平章～～。」（平 pián 章：辨別彰明。）2. 民眾。《論語・顏淵》：「～～足，君孰與不足？」

【辨析】姓、氏。見460頁「氏」字條。

荇 xìng ［荇菜］一種多年生水草，可以吃。《詩經・周南・關雎》：「參差～～，左右采之。」

悻 xìng ❶［悻悻］忿恨、惱怒的樣子。《孟子・公孫丑下》：「諫於其君而不受，則怒，～～然見於其面。」（見 xiàn：顯示，表現。）❷［悻直］剛直，固執。《晉書・秦秀傳》：「秀性～～，與物多忤。」蘇軾《次韻答章傳道見贈》：「仄聞長者言，～～非養壽。」（仄聞：側聞。）

涬 xìng ❶［涬溟］自然混沌之氣。《莊子・在宥》：「倫與物忘，大同乎～～。」❷ 引。張衡《思玄賦》：「無綿攣以～己兮，思百憂以自疹。」（疹：病。）

婞 xìng ［婞直］剛直，倔強。屈原《離騷》：「鮌～～以亡身兮。」

興 xìng 見568頁「興」㊁。

xiong

凶 xiōng ❶ 凶險，不吉利，與「吉」相對。《左傳・僖公十六年》：「吉～由人。」❷ 兇惡，兇狠。《左傳・昭公二年》：「作～事，為～人。」也指兇惡之人。《左傳・文公十八年》：「去一～矣。」曹操《蒿裏行》：「興兵討羣～。」❸ 饑荒，年成不好。《孟子・梁惠王上》：「河內～，則移其民於河東。」

【辨析】凶、兇。二字在「兇惡」的意義上相同，上古多用「凶」，漢以後亦有用「兇」者。二字的本義不同，「凶」為凶險，「兇」為兇懼，不可混用。同時「凶」表示荒年，也不能用「兇」字。

兄 xiōng 兄長。《詩經・邶風・柏舟》：「亦有～弟，不可以據。」（據：依靠。）引申為對朋友的尊稱。《南史・韋睿傳》：「此事大，非～不可。」

兇 xiōng ❶ 恐懼。《左傳・僖公二十八年》：「曹人～懼。」❷ 兇狠，兇惡。《世說新語・自新》：「周處年少時，～強俠氣，為鄉里所患。」（強：強橫。俠氣：任俠使氣。）韓愈《進學解》：「拔去～邪。」

【辨析】兇、凶。見 570 頁「凶」字條。

匈 xiōng ❶ 同「胸」。胸部。《史記・高祖本紀》：「漢王傷～。」❷ [匈匈] 1. 嘈雜聲。《呂氏春秋・明理》：「有螟集其國，其音～～。」2. 騷動不安的樣子。《史記・項羽本紀》：「天下～～數歲者，徒以吾兩人耳。」❸ [匈奴] 我國古代北方民族名。

芎 xiōng [芎藭 qióng] 香草名，又名川芎。《淮南子・氾論》：「夫亂人者，～～之與藁本也。」（藁本：禾稈。）

殉 xiōng 兇惡。《呂氏春秋・審時》：「四衛變強，～氣不入，身無苛殃。」（四衛：四肢。苛：當作「疴」，病。）

啕 xiōng [啕啕] 喧鬧聲。《荀子・解蔽》：「掩耳而聽者，聽漠漠而以為～～。」《呂氏春秋・樂成》：「功之難立也，其必由～～邪？」

恂 xiōng ❶ 驚懼。柳宗元《陳公行狀》：「率其黨爭之，上變於色，在列者咸～而退。」❷ [恂恂] 紛擾不安的樣子。《易林・夬之卬》：「爭訟～～。」

洶 xiōng [洶洶] 1. 水波翻騰的樣子。宋玉《高唐賦》：「濞～～其無聲兮。」（濞 pì：水波騰湧撞擊的聲音。）2. 騷動不安的樣子。《三國志・魏書・曹真傳附曹爽》：「天下～～，人懷危懼。」

胸（胷） xiōng ❶ 胸部，軀幹的一部分。《荀子・彊國》：「白刃扞乎～，則目不見流矢。」（扞：觸。）❷ 內心，心中。《孟子・離婁上》：「～中正，則眸子瞭焉。」《呂氏春秋・先己》：「商周之國，謀失於～，令困於彼。」

訩 xiōng ❶ 爭辯。《詩經・魯頌・泮水》：「不告于～。」（告：指報功。）❷ 禍亂。《詩經・小雅・節南山》：「家父作誦，以究王～。」（家父：人名，周幽王的大夫。誦：詩。究：探求。）

雄 xióng ❶ 雄性的，與「雌」相對。《詩經・邶風・雄雉》：「～雉于飛，下上其音。」（雉：山雞。于：動詞詞頭。）又《齊風・南山》：「～狐綏綏。」（綏綏：獨行的樣子。）❷ 傑出的人。《左傳・襄公二十一年》：「齊莊公朝，指殖綽、郭最曰：『是寡人之～也。』」《淮南子・覽冥》：「勇武一人，為三軍～。」（武：士。）也指強大的國家。《史記・秦始皇本紀》：「常為諸侯～。」❸ 勇武，傑出。《墨子・修身》：「～而不修者，其後必惰。」用作動詞。稱雄。《戰國策・趙策三》：「今齊湣王已益弱，方今唯秦～天下。」

熊 xióng ❶ 熊。《詩經・大雅・韓奕》：「有～有羆。」❷ [熊熊] 光氣旺盛的樣子。《山海經・西山經》：「南望崑崙，其光～～。」

詗 xiòng 偵察，刺探。《史記・淮南衡山列傳》：「常多予金錢，為中～長安，約結上左右。」（上：指皇帝。）《宋史・張崇貴傳》：「崇貴屢～契丹事。」

敻 xiòng 遠，深。《穀梁傳・文公十四年》：「～入千乘之國。」《呂氏春秋・盡數》：「集於聖人，與為～明。」

xiu

X

休 xiū ❶ 休息。《詩經・小雅・十月之交》：「民莫不逸，我獨不敢～。」（逸：安逸。）《呂氏春秋・博志》：「人將～，吾將不敢～。」特指休假。《漢書・

霍光傳》：「光時～沐出。」引申為休止，停止。《韓非子・喻老》：「天下無道，攻擊不～。」《戰國策・齊策四》：「先生～矣！」❷ 美善，喜慶。《左傳・宣公三年》：「德之～明，雖小，重也。」《國語・周語下》：「為晉～戚，不背本也。」❸ 不要。杜甫《歲晏行》：「汝～枉殺南飛鴻。」

咻 xiū 喧鬧。《孟子・滕文公下》：「一齊人傳之，眾楚人～之，雖日撻而求其齊也，不可得矣。」

庥 xiū ❶ 樹蔭。《爾雅・釋言》「庥，蔭也」郭璞注：「今俗語呼樹蔭為～。」引申為庇護。元結《茅閣記》：「賢人君子，為蒼生之～蔭。」❷ 休息。柳宗元《石渠記》：「可列坐而～焉。」

修 xiū ❶ 修飾。《周易・乾》：「～辭立其誠。」❷ 修理，整頓。《左傳・襄公三十一年》：「～垣而行，君之惠也。」《論語・季氏》：「遠人不服，則～文德以來之。」❸ 研究，學習。《商君書・更法》：「湯武之王也，不～古而興。」❹ 美好。《呂氏春秋・下賢》：「世多舉桓公之內行，內行雖不～，霸亦可矣。」❺ 長。《莊子・逍遙遊》：「其廣數千里，未有知其～者。」❻ 撰寫，編纂。《世說新語・雅量》：「～書累紙，意寄殷勤。」《北史・序傳》：「私為～撰。」

脩 xiū ❶ 乾肉。《論語・述而》：「自行束～以上，吾未嘗無誨焉。」《周禮・天官・膳夫》：「凡肉～之頒賜，皆掌之。」泛指乾，乾枯。《詩經・王風・中谷有蓷》：「中谷有蓷，暵其～矣。」（蓷 tuī：草名。暵 hàn：枯。）❷ 修養，整治。《孟子・梁惠王下》：「壯者以暇日～其孝悌忠信。」諸葛亮《草廬對》：「內～政理。」❸ 研習。《韓非子・五蠹》：「不期～古，不法常可。」（期：希望。法：效法。常可：指永久適用的制度。）❹ 長，高。《詩經・大雅・韓奕》：「四牡奕奕，孔～且張。」《戰國策・齊策一》：「鄒忌～八尺有餘。」❺ 美好。屈原《離騷》：「老冉冉其將至兮，恐～名之不立。」也指具有美好品德的賢人。屈原《離騷》：「謇吾法夫前～兮。」（謇 jiǎn：句首語氣詞。法：效法。）

【說明】「脩」「修」在古代是兩個字。「修」本義為修飾，「脩」本義為乾肉。雖在「整治、美好」等意義上常通用，但不能看作異體字。

羞 xiū ❶ 進獻。《左傳・隱公三年》：「可薦於鬼神，可～於王公。」《呂氏春秋・仲夏》：「～以含桃，先薦寢廟。」（含桃：櫻桃。）❷ 美味的食物。《左傳・僖公十七年》：「因寺人貂以薦～於公。」（因：通過。寺人：指宦者。貂：人名。）《周禮・天官・膳夫》：「掌王之食飲膳～。」❸ 恥辱，羞辱。《韓非子・孤憤》：「則賢智之士～而人主之論悖矣。」司馬遷《報任安書》：「不亦輕朝廷、～當世之士邪！」

【辨析】羞、恥、辱。見62頁「恥」字條。

貅 xiū 獸名。《逸周書・周祝》：「山之深也，虎豹貔～何為可服？」（貔 pí：獸名。）

髹 xiū 赤黑漆。《儀禮・鄉射禮》：「楅～橫而拳之。」（楅：插箭的器具。拳：捲曲。）用作動詞。以漆漆物。《史記・貨殖列傳》：「木器～者千枚。」

髤 xiū 赤黑漆，也指塗漆。《韓非子・外儲說左上》：「君觀之，與～策者同狀。」

鵂 xiū ［鵂鶹］貓頭鷹。《南史・賊臣傳・侯景》：「所居殿屋，常有～～鳥鳴呼，景惡之。」

饈 xiū 美味的食品。佚名《沁園春》：「助當年太液，調鼎和～。」

朽 xiǔ ❶ 腐爛。《論語・公冶長》：「～木不可雕也。」《荀子・勸學》：「鍥而舍之，～木不折。」（鍥 qiè：用刀刻。）❷ 衰老。《後漢書・陳蕃傳》：「顧惟陛下哀臣～老，戒之在得。」韓愈《左遷至藍關示姪孫湘》：「肯將衰～惜殘年？」（肯：豈肯。）

【辨析】朽、腐、爛。見149頁「腐」字條。

殠 ㊀ xiǔ ❶ 腐爛。《墨子・尚同上》：「腐～餘財，不以相分。」

㈡ guā ❷ 剔肉。《列子・湯問》：「～其肉而棄之。」

滫 xiǔ ❶ 酸臭的陳淘米水。泛指臭水。《荀子・勸學》：「蘭槐之根是為芷，其漸之～，君子不近，庶人不服。」（漸 jiān：浸泡。服：佩帶。）❷ 用澱粉拌和食物，使柔軟滑爽。《禮記・內則》：「～瀡以滑之，脂膏以膏之。」（瀡 suǐ：古時調和食物的一種方法。）

秀 xiù ❶ 植物開花。《論語・子罕》：「苗而不～者有矣夫！～而不實者有矣夫！」《呂氏春秋・孟夏》：「苦菜～。」又為植物開的花。漢武帝《秋風辭》：「蘭有～兮菊有芳。」（芳：花。）又引申為秀麗，美好。《世說新語・言語》：「千巖競～，萬壑爭流。」韓愈《送李愿歸盤谷序》：「～外而惠中。」❷ 特出，優秀。《國語・齊語》：「於子之鄉，有拳勇股肱之力，～出於眾者，有則以告。」《呂氏春秋・振亂》：「世有賢主～士，宜察此論也。」

岫 xiù ❶ 山洞。陶潛《歸去來兮辭》：「雲無心以出～，鳥倦飛而知還。」❷ 峯巒。《世說新語・言語》：「林～便已皓然。」（皓：白。）《抱朴子・嘉遁》：「庇峻～之巍峨。」（巍峨：高而雄偉。）

臭 ㈠ xiù ❶ 聞，用鼻子辨別氣味。後來寫作「嗅」。《荀子・禮論》：「三～之，不食也。」引申指嗅覺靈敏。《呂氏春秋・本生》：「天全，則神知矣，目明矣，耳聰矣，鼻～矣，口敏矣。」❷ 氣味。《周易・繫辭上》：「同心之言，其～如蘭。」《孟子・盡心下》：「口之於味也，目之於色也，耳之於聲也，鼻之於～也，四肢之於安佚也，性也。」

㈡ chòu ❸ 穢惡、難聞的氣味。《呂氏春秋・遇合》：「人有大～者，其親戚兄弟妻妾知識，無能與居者。」《說苑・尊賢》：「廚中有～肉。」

【說明】「臭」「嗅」「齅」三字在「聞味」義上相同。其實，「嗅」「齅」是「臭」的「聞味」義的後起區別字。

【辨析】臭、聞。見 530 頁「聞」字條。

袖 xiù 衣袖。《韓非子・五蠹》：「長～善舞。」又為藏在袖子裏。《史記・魏公子列傳》：「朱亥～四十斤鐵椎，椎殺晉鄙。」（椎 chuí 殺：用錘擊死。晉鄙：人名。）

琇 xiù 似玉的美石。《詩經・小雅・都人士》：「彼都人士，充耳～實。」

宿 xiù 見 481 頁「宿」㈢。

嗅 xiù 用鼻子聞氣味。《呂氏春秋・適音》：「心弗樂，芬香在前弗～。」

褎（褏） ㈠ xiù ❶ 衣袖。後來寫作「袖」。《詩經・唐風・羔裘》：「羔裘豹～。」

㈡ yòu ❷ 衣着華美的樣子。《詩經・邶風・旄丘》：「叔兮伯兮，～如充耳。」❸ 禾苗漸漸生長的樣子。《詩經・大雅・生民》：「實種實～。」（實：通「寔」，是，於是。）

繡 xiù ❶ 有五彩花紋或圖案。《詩經・秦風・終南》：「黻衣～裳。」（黻 fú：青黑相間的花紋。）又指有五彩花紋的絲織品。《戰國策・秦策一》：「錦～千純。」（純：量詞，束。）《淮南子・泰族》：「雖養之以芻豢，衣之以綺～。」❷ 刺繡。《論衡・程材》：「刺～之師能縫帷裳，納縷之工不能織錦。」李白《贈裴司馬》：「翡翠黃金縷，～成歌舞衣。」❸ 華麗，華美。鮑照《芙蓉賦》：「曜～羽以晨過。」杜甫《料理》：「喚取佳人舞～筵。」

齅 xiù 聞味。《說文》：「～，以鼻就臭也。」《漢書・敘傳上》：「不～驕君之餌。」

xu

于 xū 見 631 頁「于」㈢。

戌 xū△ 十二地支之一。與天干配合以紀日、紀年。《左傳・隱公三年》：「三月庚～，天王崩。」（天王：周天子，此指周平王。）

吁 xū ❶ 歎詞。《尚書・大禹謨》：「益曰：『～！戒哉！』」韓愈《進學解》：「～！子來前！」❷ 歎息。屈原《卜居》：「～嗟默默兮，誰知吾之廉貞？」李白《古風》之五十六：「懷寶空長～。」今成語有「長吁短歎」。

盱 xū ❶ 睜大眼睛。《新書・時變》：「苟家富財足，隱机～視而為天子耳。」（隱机：靠着几案。）❷ 大。《漢書・谷永傳》：「又廣～營表，發人冢墓。」（營：建造。表：標記。）

欨 xū ［欨愉］喜悅的樣子。嵇康《琴賦》：「其康樂者聞之，則～～歡釋。」

胥 xū ❶ 蟹醬。《周禮・天官・庖人》「共祭祀之好羞」鄭玄注：「若荊州之鮺魚，青州之蟹～，雖非常物，進之孝也。」❷ 觀察，察看。《詩經・大雅・公劉》：「篤公劉，于～斯原，既庶既繁。」❸ 等待。《荀子・君道》：「狂生者，不～時而樂。」《戰國策・魏策四》：「韓且坐而～亡乎？」❹ 相，互相。《尚書・盤庚上》：「汝曷弗告朕，而～動以浮言，恐沈于眾？」❺ 全，都。《孟子・萬章上》：「天下之士多就之者，帝將～天下而遷之也。」❻ 古代官府中的小吏。《周禮・天官・序官》：「～，十有二人。徒，百有二十人。」柳宗元《梓人傳》：「郡有守，邑有宰，皆有佐政，其下有～吏。」

訏 xū ❶ 言語虛假詭誤。《新書・禮容語下》：「～則誣人。」❷ 大。《詩經・鄭風・溱洧》：「洧之外，洵～且樂。」（洧 wěi：水名。洵：確實。）

虛 xū ❶ 大土山。《詩經・鄘風・定之方中》：「升彼～矣，以望楚矣。」❷ 廢墟。後來又寫作「墟」。《荀子・哀公》：「君出魯之四門以望魯四郊，亡國之～則必有數蓋焉。」（數蓋：數處。）《漢書・賈誼傳》：「凡十三歲，社稷為～。」❸ 處所，區域。《左傳・昭公十七年》：「陳，太皞之～也。」《莊子・秋水》：「井蛙不可以語於海者，拘於～也。」❹ 集市。後來寫作「墟」。柳宗元《童區寄傳》：「去逾四十里之～所賣之。」（逾：超過。）又：「一～皆驚。」❺ 空虛。《呂氏春秋・決勝》：「知時化則知～實盛衰之變。」《淮南子・氾論》：「倉廩～，囹圄實。」引申為虛假，不真實。《呂氏春秋・知度》：「其民不好空言～辭。」鄒陽《獄中上梁王書》：「臣聞『忠無不報，信不見疑』，臣常以為然；徒～語耳。」（見：表示被動。徒：只，僅僅。）❻ 徒然，白白地。李商隱《安定城樓》：「賈生年少～垂涕。」（賈生：指賈誼。垂涕：落淚。）❼ 星宿名，二十八宿之一。《呂氏春秋・季秋》：「昏～中。」（黃昏時虛宿在南方中天。）

須 xū ❶ 鬍鬚。後來寫作「鬚」。《漢書・霍光傳》：「美～頿。」（頿 rán：同「髯」，兩頰上的鬍子。）❷ 等待。《詩經・邶風・匏有苦葉》：「人涉卬否，卬～我友。」（卬 áng：我。）《韓非子・初見秦》：「大王垂拱而～之。」❸ 須臾，片刻。《荀子・王制》：「罷不能，不待～而廢。」（罷：罷黜。）［須臾］時間短暫，片刻，一會兒。《荀子・勸學》：「吾嘗終日而思矣，不如～～之所學也。」❹ 要，需要。古詩《折楊柳歌辭》：「健兒～快馬，快馬～健兒。」❺ 必須，應當。《論衡・明雩》：「政治之災，～耐求之。」杜甫《聞官軍收河南河北》：「白日放歌～縱酒。」

欻 xū△ 忽然，迅疾。張衡《西京賦》：「神山崔巍，～從背見。」［欻吸］迅疾的樣子。江淹《雜體詩》：「寂歷百草晦，～～鵾雞悲。」（寂歷：空曠。）

頊 xū△ ［頊頊］自失的樣子。《莊子・天地》：「子貢卑陬失色，～～然不自得。」

需 xū ❶ 等待。《周易・需》：「～于郊，不犯難行也。」又：「～于泥，致寇至。」❷ 遲疑。《左傳・哀公十四年》：「～，事之賊也。」（賊：禍害。）❸ 需要。《新論・薦賢》：「國之～賢，譬車之恃輪，猶舟之倚楫也。」（楫：船槳。）❹ 通「懦 nuò」。懦弱。《戰國策・秦策二》：「其～弱者來使，則王必聽之。」❺ 通「軟 ruǎn」。柔軟。《周禮・考工記・弓人》：「薄其帤則～。」（帤 rú：弓幹正中的襯木，用來調節強弱。）

嘔 xū 見 372 頁「嘔」㊂。

墟 xū ❶ 大丘，山。宋玉《對楚王問》：「鯤魚朝發崑崙之～。」❷ 故城，廢址。《淮南子・人間》：「身死人手，社

X

稷為～。」《史記・魏公子列傳》：「吾過大梁之～，求問其所謂夷門。」❸ 墳墓。《禮記・檀弓下》：「～墓之間，未施哀於民而民哀。」❹ 處所，區域。《莊子・天運》：「古之至人，假道於仁，託宿於義，以遊逍遙之～。」王勃《滕王閣序》：「物華天寶，龍光射牛斗之～。」❺ 村落。王維《輞川閒居贈裴秀才迪》：「～里上孤煙。」（里：人聚居處。）引申為集市。陸游《溪行》：「逢人問～市，計日買薪蔬。」

噓（歔） xū ❶ 緩緩地吐氣。《老子》第二十九章：「故物或行或隨，或～或吹。」《莊子・齊物論》：「南郭子綦隱机而坐，仰天而～。」引申為吐出。木華《海賦》：「～噏百川。」（噏：同「吸」。）❷［噓欷］歎息。屈原《離騷》：「曾～～余鬱邑兮。」（鬱邑：憂愁的樣子。）

諝 xū ❶ 才智。陸機《辯亡論上》：「謀無遺～，舉不失策。」❷ 計謀。《淮南子・本經》：「設詐～，懷機械巧故之心，而性失矣。」（機械：巧詐。）

頊 xū 等待。《漢書・翟方進傳》：「下車立，～過，乃就車。」（就：登上。）

繻 xū（舊讀 rú） 一種細密的絲織品。《抱朴子・疾謬》：「舉足不離綺～紈袴之側。」

鬚 xū 鬍鬚。《韓非子・觀行》：「目失鏡則無以正～眉。」又指形狀像鬍鬚的。《易林・師》：「繫於虎～，牽不得來。」

徐 xú ❶ 慢，緩慢。《孟子・告子下》：「～行後長者，謂之弟。」（後長者：走在長者後邊。弟 tì：尊敬兄長。）《戰國策・趙策四》：「入而～趨，至而自謝。」❷ 古國名。《春秋・莊公二十六年》：「秋，公會宋人、齊人伐～。」

【辨析】徐、緩。見 206 頁「緩」字條。

呴 ㊀ xǔ ❶ 吐氣。《莊子・刻意》：「吹～呼吸。」
㊁ hǒu ❷ 吼叫。《後漢書・五行志》：「建安七八年中，長沙醴陵縣有大山，常大鳴如牛～聲。」
㊂ gòu ❸ 野雞鳴叫。《淮南子・要略》：「族鑄大鍾，撞之庭下，郊雉皆～。」《史記・殷本紀》：「有飛雉登鼎耳而～。」

姁 xǔ ［姁姁］1. 安樂的樣子。《呂氏春秋・諭大》：「燕雀爭善處於一室之下，子母相哺也，～～焉相樂也。」2. 溫和的樣子。《漢書・韓信傳》：「項王見人恭謹，言語～～。」

栩 xǔ ❶ 樹名。《詩經・陳風・東門之枌》：「東門之枌，宛丘之～。」（枌 fén：樹名。）❷［栩栩］欣喜歡暢的樣子。《莊子・齊物論》：「昔者莊周夢為胡蝶，～～然胡蝶也。」

許 ㊀ xǔ ❶ 應允，答應。《左傳・隱公元年》：「亟請於武公，公弗～。」（亟 qì：屢次。）引申為贊同。《三國志・蜀書・諸葛亮傳》：「每自比於管仲、樂毅，時人莫之～也。」（莫之許：沒有人贊同這種說法。）❷ 處所。《墨子・非樂上》：「吾將惡～用之？」（惡 wū：何。）《世說新語・賞譽》：「何次道往丞相～。」（何次道：人名。）❸ 表示大約的數量。《古詩十九首・迢迢牽牛星》：「河漢清且淺，相去復幾～？」（河漢：天河。幾許：多少，指多遠。）❹ 如此，這樣。蘇軾《次韻答文與可見寄》：「世間那有千尋竹，月落庭空影～長。」（尋：八尺為一尋。）朱熹《觀書有感》：「問渠那得清如～，為有源頭活水來。」❺ 句末語氣詞，表示感歎。古詩《華山畿》：「奈何～！天下人何限，慊慊只為汝。」（慊慊：誠敬的樣子。）
㊁ hǔ ❻［許許］勞作時共同用力的呼聲。《詩經・小雅・伐木》：「伐木～～。」

湑 xǔ ❶ 濾去酒渣，清。《詩經・大雅・鳧鷖》：「爾酒既～，爾殽伊脯。」也指清酒。《詩經・小雅・伐木》：「迨我暇矣，飲此～矣。」（迨 dài：及。）❷ 茂盛的樣子。《詩經・小雅・裳裳者華》：「裳裳者華，其葉～兮。」（裳裳：鮮明美盛的樣子。華：花。）❸ 歡樂。左思《吳都賦》：「酣～半，八音并。」

詡 xǔ ❶ 說大話，誇耀。揚雄《長楊賦》：「蹂踐芻蕘，誇～眾庶。」（芻蕘：指割草打柴的人。眾庶：百姓。）又為說話敏捷氣壯。《禮記・少儀》：「會同主～。」（會：指諸侯會盟。同：指諸侯共同朝見天子。）❷［詡詡］融洽地集合在一起的樣子。韓愈《柳子厚墓誌銘》：「～～強笑語以相取下。」（取下：指以謙恭的態度迎合他人。）

稰 xǔ ❶成熟晚的稻子，晚稻。《禮記・內則》：「飯：黍、稷、稻、粱、白黍、黃粱、～、穛。」❷通「糈」。精米。《漢書・揚雄傳》：「費椒～以要神兮。」（要 yāo：邀。）

糈 xǔ ❶祭神用的精米。屈原《離騷》：「巫咸將夕降兮，懷椒～而要之。」（要 yāo：邀。）❷糧食。《史記・貨殖列傳》：「醫方諸食技術之人，焦神極能，為重～也。」

醑 xǔ 美酒。謝靈運《石門新營所住》：「芳塵凝瑤席，清～滿金尊。」

旭 xù△ ❶太陽初出。《詩經・邶風・匏有苦葉》：「雝雝雁鳴，～日始旦。」（雝雝 yōngyōng：聲音和諧。）又指初出的太陽。劉禹錫《葡萄歌》：「馬乳帶輕霜，龍鱗曜初～。」（馬乳、龍鱗：葡萄名。）❷陽光。《晉書・郭璞傳》：「熙冰之采不羨～晞。」引申為光，明亮。《唐處士張興墓誌銘》：「寒燈無～。」

序 xù ❶堂屋的東西牆。《儀禮・鄉飲酒禮》：「復位，當西～卒盥。」（卒：終。盥 guàn：洗手。）❷地方學校。《孟子・梁惠王上》：「謹庠～之教。」（庠 xiáng：古代地方學校。細分則殷代叫庠，周代叫序。）❸次序，秩序。《呂氏春秋・執一》：「使君臣有義，父子有～。」又指按次序排列。《荀子・王制》：「視肥墝，～五種。」（墝 qiāo：指瘠薄的土地。五種：指五穀。）引申為季節。《魏書・律曆志上》：「然四～遷流，五行變易。」❹敘述，說明。蕭統《文選序》：「銘則～事清潤。」❺書的序言。如《呂氏春秋》有《序意》，《史記》有《太史公自序》，蕭統有《文選序》。古代的序文都放在全書的最後。字也寫作「敘」。又指一種特定的文體，贈序。如韓愈有《送孟東野序》，柳宗元有《送薛存義序》。

【辨析】序、敘。二字本義不同，在「次序、敘述、序言」等意義上可以通用，但「牆、學校」的意義不能用「敘」字。

芧 xù 見691頁「芧」㊁。

侐 xù 靜。《詩經・魯頌・閟宮》：「閟宮有～。」

恤 xù△ ❶憂，憂慮。《左傳・隱公五年》：「君命寡人同～社稷之難。」❷同情，憐憫。《史記・項羽本紀》：「今不～士卒而徇其私。」引申為顧及。《戰國策・秦策五》：「戰勝宜陽，不～楚交，忿也。」❸救濟。《呂氏春秋・孟冬》：「乃賞死事，～孤寡。」（死事：指為國事而死的人。）賈誼《論積貯疏》：「即不幸有方二三千里之旱，國胡以相～？」（即：如果。胡以：用甚麼。）

洫 xù△ ❶田間的水道。《左傳・襄公三十年》：「田有封～。」（封：田界。）❷護城河。《左傳・昭公三十二年》：「士彌牟營成周，計丈數，揣高卑，度厚薄，仞溝～。」（士彌牟：人名。營：營造。揣：度。）《舊五代史・晉書・張廷蘊傳》：「廷蘊首率勁兵百餘輩，逾～坎城而上。」（坎：挖洞。）❸虛，空。《管子・小稱》：「是以長者斷之，短者續之，滿者～之，虛者實之。」❹敗壞。《莊子・則陽》：「與世偕行而不替，所行之備而不～。」（替：廢。）

殈 xù△ 鳥卵未孵成而破裂。《禮記・內則》：「胎生者不殰，而卵生者不～。」（殰 dú：流產。）

畜 xù 見70頁「畜」㊁。

酗 xù 沉迷於酒。《尚書・無逸》：「無若殷王受之迷亂，～于酒德哉！」（受：商紂王的名。）

勖（勗） xù△ 勉勵。《尚書・牧誓》：「～哉夫子！」《詩經・邶風・燕燕》：「先君之思，以～寡人。」

敘（敍、叙） xù ❶次序，次第。《尚書・洪範》：「五者來備，各以其～。」《淮南子・本經》：

「四時不失其～。」又用作動詞。排列次序。《周禮・天官・司書》：「以～其財。」❷陳述，記敘。《國語・晉語三》：「紀言以～之，述意以導之。」❸序言，序文。古時置書後，後代置書前。《漢書》有《敘傳》，《說文解字》有後《敘》。

【辨析】1. 敘、序。見576頁「序」字條。2. 敘、陳、述，說。見55頁「陳」字條。

淢 xù　見638頁「淢」㊁。

訹 xù△　誘惑，受誘惑。《漢書・韓安國傳》：「今大王列在諸侯，～邪臣浮說，犯上禁。」

絮 xù　❶粗絲綿。《孟子・滕文公上》：「麻縷絲～輕重同，則賈相若。」（賈jià：價格。）《淮南子・說林》：「蔏苗類～，而不可為～。」（蔏苗dídí：蘆葦的花穗。）又指似絮之物，多指楊柳帶絨毛的種子。庾信《楊柳歌》：「獨憶飛～鵝毛下。」《世說新語・言語》：「未若柳～因風起。」又用作動詞。在衣被中鋪綿絮。李白《子夜吳歌》之四：「一夜～征袍。」❷[冒絮]一種頭巾。《史記・絳侯周勃世家》：「文帝朝，太后以～～提文帝。」（提dí：擲。）

婿（壻） xù　❶女兒的丈夫。《左傳・桓公十五年》：「祭仲專，鄭伯患之，使其～雍糾殺之。」《世說新語・文學》：「羊孚弟娶王永言女，及王家見～，孚送弟俱往。」❷[夫婿]丈夫。《樂府・陌上桑》：「東方千餘騎，～～居上頭。」王昌齡《閨怨》：「忽見陌頭楊柳色，悔教～～覓封侯。」

煦 xù　❶溫暖。《太玄・釋》：「陽氣和震圜～。」顏延之《陶徵士誄》：「春～秋陰。」❷恩惠，養育。裴度《蜀丞相諸葛武侯祠堂碑銘》：「～物如春，化人如神。」

慉 xù△　❶喜愛。《詩經・邶風・谷風》：「不我能～，反以我為讎。」（讎：仇。）❷蓄積。《南齊書・王融傳》：「臣聞情～自中，事符則感。」（中：指內心。）

蓄 xù△　❶積聚，儲存。《呂氏春秋・孟夏》：「聚～百藥。」又為儲存之物。《禮記・王制》：「國無九年之～曰不足。」❷等待。《後漢書・張衡傳》：「孰謂時之可～？」

【辨析】蓄、畜。見70頁「畜」字條。

漵 xù　水邊。王融《淥水曲》：「日霽沙～明。」

緒 xù　❶絲的頭。《易林・豫之同人》：「飢蠶作室，昏多亂纏，～不可得。」《文心雕龍・章句》：「如繭之抽～。」引申為開端。《淮南子・兵略》：「而出入無形，莫知其端～者也。」今成語有「千頭萬緒」。❷先人餘下的事業。《詩經・魯頌・閟宮》：「纘禹之～。」（纘zuǎn：繼承。）引申為餘下的。屈原《九章・涉江》：「欸秋冬之～風。」（欸āi：歎。）司馬遷《報任安書》：「僕賴先人～業，得待罪輦轂下。」（待罪：指做官。輦轂gǔ下：指京城。）❸情思，心緒。《文心雕龍・鎔裁》：「凡思～初發，辭采苦雜。」簡文帝《阻歸賦》：「何愁～之交加。」

鱮 xù　見183頁「鱮」㊁。

續 xù△　❶連接，斷而復連。《淮南子・說山》：「神蛇能斷而復～，而不能使人勿斷也。」又為延續，延長。《呂氏春秋・盡數》：「長也者，非短而～之也，畢其數也。」❷繼承。《史記・夏本紀》：「於是舜舉鯀子禹，而使～鯀之業。」

【辨析】續、繼。見229頁「繼」字條。

xuan

咺 xuān　威儀顯著的樣子。《詩經・衛風・淇奧》：「赫兮～兮。」

宣 xuān　❶宣佈。《尚書・皋陶謨》：「日～三德。」又特指宣佈帝王的詔命。《水經注・江水》：「或王命急～，有時朝發白帝，暮到江陵。」❷顯明，宣揚。《左傳・僖公二十五年》：「繼文之業，而信～於諸侯。」柳宗元《斬曲几文》：「諂諛宜惕，正直宜～。」❸通，疏通。《左傳・昭公元年》：「～汾、洮，障大澤。」引申為發散，宣泄。劉楨《贈徐幹》：「中情無由～。」韓愈《原道》：「為之樂，以～其壹鬱。」（壹鬱：即抑鬱。）

軒 xuān ❶ 古代大夫以上的人乘的車子。《左傳・僖公二十八年》：「而乘～者三百人也。」泛指車子。江淹《別賦》：「朱～繡軸。」❷ 車子前高後低，車向上仰。《詩經・小雅・六月》：「戎車既安，如輊如～。」（輊 zhì：車子前低後高，車向下俯。）引申為高，高揚。《淮南子・人間》：「錯之後而不～。」（錯：放置。）孔稚珪《北山移文》：「爾乃眉～席次，袂聳筵上。」（爾乃：於是。席次：座中。袂：衣袖。聳：高舉。）❸ 欄杆。江淹《別賦》：「月上～而飛光。」杜甫《登岳陽樓》：「憑～涕泗流。」又指窗。張協《七命》：「承倒景而開～。」（景：影。）❹ 有窗的長廊或小屋。左思《魏都賦》：「周～中天。」李白《與韓荊州書》：「然後退掃閒～，繕寫呈上。」

揎 xuān 捋起衣袖露出手臂。王建《搗衣曲》：「雙～白腕調杵聲。」

喧 xuān ❶ 聲音雜亂吵鬧。陶潛《飲酒》之五：「結廬在人境，而無車馬～。」❷ 顯赫的樣子。《禮記・大學》：「赫兮～兮者，威儀也。」

瑄 xuān ［瑄玉］古代祭天用的大璧。《史記・武帝本紀》：「有司奉～～嘉牲薦饗。」（饗：供奉鬼神。）

萱（蕿、藼、蘐、蕙）

xuān ［萱草］一種多年生草本植物，古人以為可以使人忘憂。嵇康《養生論》：「合歡蠲忿，～～忘憂，愚智所共知也。」（合歡：一種木本植物。蠲 juān：免除。）

暖 xuān 見 371 頁「暖」㊁。

暄 xuān 溫暖。《素問・五運行大論》：「在藏為肝，其性為～。」（藏：內臟。）《南齊書・東夷傳》：「四時～暖，無霜雪。」

蜎 xuān 見 641 頁「蜎」㊁。

儇 xuān ❶ 輕捷靈巧。《詩經・齊風・還》：「並驅從兩肩兮，揖我謂我～兮。」（從：追逐。肩：通「豣」，大獸。）❷ 巧佞，輕佻。屈原《九章・惜誦》：「忘～媚以背眾兮，待明君其知之。」❸ 聰慧，慧黠。《韓非子・忠孝》：「今民～詷智慧，欲自用，不聽上。」（詷 xiòng：善察人意。）

擐 xuān 見 207 頁「擐」㊁。

諼 xuān ❶ 欺詐。《漢書・藝文志》：「及邪人為之，則上詐～而棄其信。」❷ 忘記。《詩經・衛風・淇奧》：「有匪君子，終不可～兮。」（匪：通「斐」，有文采的樣子。）

諠 xuān ❶ 同「喧」。喧嘩。《呂氏春秋・樂成》：「眾雖～譁而弗為變。」《後漢書・銚期傳》：「百姓聚觀，～呼滿道。」❷ 同「諼」。忘記。《漢書・敘傳上》：「猶～己而遺形。」（遺：遺失，遺忘。）❸ 同「諼」。詭詐。《史記・淮陰侯列傳》：「使～言者東告齊，齊必從風而靡。」（靡：倒下。）

懁 xuān 性情躁急。《史記・貨殖列傳》：「中山地薄人眾……民俗～急。」

駽 xuān 青黑色的馬。《詩經・魯頌・有駜》：「有駜有駜，駜彼乘～。」（駜 bì：馬強壯的樣子。）

翾 xuān 小飛。屈原《九歌・東君》：「～飛兮翠曾，展詩兮會舞。」（翠：翠鳥。曾：飛舉。）［翾翾］飛的樣子。《韓詩外傳》卷九：「夫鳳凰之初起也，～～十步之雀，喔咿而笑之。」（喔咿 wōyī：鳥鳴叫聲。）

讙 ㊀ xuān ❶ 喧嘩。《墨子・號令》：「嚴令吏民無敢～囂。」《呂氏春秋・離謂》：「鄭國大亂，民口～譁。」

㊁ huān ❷ 同「歡」。喜悅，高興。《禮記・檀弓下》：「高宗三年不言，言乃～。」（高宗：指殷王小乙。）❸ 傳說中獸名。《山海經・西山經》：「有獸焉，其狀如狸，一目而三尾，名曰～。」❹ ［讙兜氏］傳說中南方國名。《韓非子・說疑》：「～～～有孤男。」

玄 xuán ❶ 黑紅色。《詩經・豳風・七月》：「載～載黃，我朱孔陽。」（載：則。孔：很。陽：鮮明。）也指黑色。《呂氏春秋・孟冬》：「衣黑衣，服～玉。」（服：佩戴。）又指天。張衡《東京賦》：「祈福乎上～。」❷ 深奧，玄妙。《老子》一章：「～之又～，眾妙之門。」《淮南子・覽冥》：「夫物類之相應，～妙深微。」六朝時特指道家的學說。孔稚珪《北山移文》：「既文且博，亦～亦史。」（文：有文采。史：歷史。）❸ 遠，深。《莊子・天地》：「～古之君天下，無為也。」（君：統治，治理。）屈原《九章・惜往日》：「臨沅湘之～淵兮。」（沅、湘：水名。）

旋 ㊀ xuán ❶ 迴轉，旋轉。《莊子・秋水》：「於是焉河伯始～其面目。」（河伯：河神。）《淮南子・覽冥》：「左右若鞭，周～若環。」❷ 返回，歸來。《詩經・鄘風・載馳》：「既不我嘉，不能～反。」（反：返。）❸ 很快，立即。《史記・扁鵲倉公列傳》：「則刺其足心各三所，案之無出血，病～已。」（已：止，指病癒。）❹ 小便。《左傳・定公三年》：「夷射姑～焉！」（夷射姑：人名。）
㊁ xuàn ❺［旋風］迴旋颳的疾風。《後漢書・王忳傳》：「被隨～～與馬俱亡。」（亡：無，失。）

漩 xuán 迴旋的水流。杜甫《最能行》：「撇～捎濆無險阻。」（濆 pēn：湧起的波浪。）又為水流迴旋。元稹《遭風二十韻》：「龍歸窟穴深潭～。」

璇（璿） xuán ❶ 美玉，也指似玉的美石。《山海經・中山經》：「其中多～玉。」《晏子春秋・諫下》：「及夏之衰也，其王桀背棄德行，為～室玉門。」❷［璇璣］1. 北斗七星的前四星。王逸《九思・怨上》：「上察兮～～。」2. 古代觀測天象的儀器。《北齊書・文苑傳・顏之推》：「土圭測影，～～審度。」（土圭：測日影的儀器。）

縣 ㊀ xuán ❶ 懸掛。後來寫作「懸」。《詩經・魏風・伐檀》：「不狩不獵，胡瞻爾庭有～特兮？」（特：三歲的獸。）引申為維繫。《呂氏春秋・知分》：「鹿生於山，而命～於廚。」又指懸掛用的繩帶。《左傳・文公十年》：「子西縊而～絕。」❷ 相差大，距離遠。《荀子・王制》：「夫王者之與亡者，制人之與人制之也，是其為相～也亦遠矣。」《三國志・蜀書・法正傳》：「～遠之眾，糧穀無儲。」❸ 稱量。《論衡・答佞》：「斗斛之量多少，權衡之～輕重也。」
㊁ xiàn ❹ 帝王所居的王畿。《禮記・王制》：「天子之～內，方百里之國九。」泛指天下。《史記・秦始皇本紀》：「宇～之中，順承聖意。」❺ 行政區劃之一。《韓非子・存韓》：「且夫韓入貢職，與郡～無異也。」

還 xuán 見205頁「還」㊁。

繯 xuán 用長繩繫牛。《說文》：「～，以長繩繫牛也。」馬融《長笛賦》：「或乃植持～纆。」（纆：繩索。）

懸 xuán ❶ 懸掛。《孟子・公孫丑上》：「民之悅之，猶解倒～也。」《史記・呂不韋列傳》：「布之咸陽市門，～千金其上。」引申為懸空。司馬相如《長門賦》：「～明月以日照兮。」❷ 差別大。《荀子・天論》：「君子小人之所以相～者在此耳。」

【說明】「懸」本字作「縣」，「縣」被借為「郡縣」字後，又以「縣」為形符造後起區別字「懸」。

烜 ㊀ xuǎn ❶ 曬乾，曬。《周易・說卦》：「雨以潤之，日以～之。」❷ 顯著，顯赫。《爾雅・釋訓》：「赫兮～兮，威儀也。」李白《俠客行》：「千秋二壯士，～赫大梁城。」今成語有「烜赫一時」。
㊁ huǐ ❸ 火。《周禮・秋官・序官》：「司～氏：下士六人。」

撰 xuǎn 見695頁「撰」㊁。

選 xuǎn ❶ 遣送，放逐。《左傳・昭公元年》：「弗去，懼～。」（去：離開。）❷ 選擇，挑選。《呂氏春秋・懷寵》：「～其賢良而尊顯之。」❸ 計算，數。《詩經・邶風・柏舟》：「威儀棣棣，不可～也。」（棣棣：雍容嫻雅的樣子。）

❹ 通「巽 xùn」。怯懦。《史記・律書》：「～蠕觀望。」（蠕：通「懦」，懦弱。）

【辨析】選、擇。二字都有「挑選、選擇」的意思。但在先秦，應用上稍有不同，挑選的對象，「選」主要是人，如「選賢」；而「擇」的對象更多是事物，如「擇木」「擇元辰」「擇菜」等。

癬 xuǎn 皮膚病名。《呂氏春秋・知化》：「夫齊之於吳也，疥～之病也。」

泫 xuàn 水珠下滴。《新論・言菀》：「春葩含日似笑，秋葉～露如泣。」引申為流淚。《呂氏春秋・知士》：「靜郭君～而曰。」

炫 xuàn ❶ 光耀，輝映。《戰國策・秦策一》：「當秦之隆，黃金萬鎰為用，轉轂連騎，～熿於道。」（熿 huáng：輝耀。）《論衡・佚文》：「蛟龍在上，龍觩～燿。」❷ 顯示，誇耀。《鹽鐵論・崇禮》：「～耀奇怪，所以陳四夷，非為民也。」（奇怪：指珍奇物品。）江淹《草木頌・薯蕷》：「華不可～，葉非足憐。」

眩 xuàn ❶ 眼睛昏花看不清楚。《戰國策・燕策三》：「秦王目～良久。」《淮南子・說山》：「視日者～。」引申為迷惑，惑亂。《韓非子・內儲說下六微》：「舉外事以～主。」《淮南子・主術》：「天下多～於名聲。」❷ 通「幻 huàn」。幻術，表演幻術。《史記・大宛列傳》：「國善～。」

眴 xuàn 見 473 頁「眴」㈡。

衒 xuàn ❶ 沿街叫賣。屈原《天問》：「妖夫曳～，何號于市？」（曳 yè：牽引。）泛指賣，出售。《論衡・效力》：「自～者賈賤不讎。」（賈：價。）❷ 炫耀。柳宗元《答韋中立論師道書》：「而誰敢～怪於羣目，以召鬧取怒乎？」❸ 迷惑，惑亂。《晉書・慕容暐載記》：「～以千金之餌，蓄力待時。」

旋 xuàn 見 579 頁「旋」㈡。

渲 xuàn 中國畫的一種技法。郭熙《林泉高致・畫訣》：「以水墨再三而淋之，謂之～。」

絢 xuàn 有文采，燦爛。《論語・八佾》：「素以為～兮。」《文心雕龍・才略》：「王逸博識有功，而～采無力。」

鉉 xuàn ❶ 舉鼎的器具。狀如鈎，金屬製，用來提鼎的兩耳。《周易・鼎》：「鼎黃耳金～。」❷ 通「弦 xián」。弓弦。《戰國策・齊策五》：「矛戟折，鐶～絕。」（鐶：同「環」，圓形。）

鏇 xuàn ❶ 轉軸。杜甫《畫鷹》：「絛～光堪摘。」（絛 tāo：絲繩。）李賀《追賦畫江潭苑》之三：「絛根玉～花。」❷ 温酒的器具。《元史・輿服志一》：「酒器許用銀壺、瓶、臺、盞、盂、～，餘並禁止。」

xue

削 xuē△ ❶ 書刀，用來刮削竹簡木牘。《周禮・考工記・築氏》：「築氏為～，長尺，博寸。」《韓非子・外儲說左上》：「今棘刺之端不容～鋒。」又為用刀削。《墨子・魯問》：「公輸子～竹木以為鵲。」引申為削去字跡，刪除。《左傳・襄公二十七年》：「～而投之。」❷ 削弱，減少。《孟子・告子下》：「魯之～也滋甚。」《呂氏春秋・長利》：「是故地日～，子孫彌殺。」（殺：減少。）又為割裂。《戰國策・齊策一》：「夫齊之～地封田嬰。」又引申為除去。《史記・淮南衡山列傳》：「當皆免官～爵為士伍。」❸ 薄木片，簡札。王褒《僮約》：「治舍蓋屋，書～代牘。」

靴（韡） xuē 有長筒的鞋。曹操《與楊彪書》：「今足下織成～一量。」（足下：對人的敬稱。量：通「緉」，雙。）《晉書・劉兆傳》：「嘗有人著～騎驢，至兆門外。」

薛 xuē△ ❶ 草名，即賴蒿。《史記・司馬相如列傳》：「其高燥則生……～莎青薠。」（莎、青薠 fán：草名。）❷ 古國名，任姓，戰國時為齊所滅，在今山東滕縣南。《左傳・隱公十一年》：「滕侯～侯來朝。」

X

穴 xué△ ❶ 洞穴。《周易・繫辭下》：「上古～居而野處。」《淮南子・原道》：「越王翳逃山～。」特指動物的巢穴。《呂氏春秋・音律》：「蟄蟲入～。」❷ 墓穴。《詩經・王風・大車》：「穀則異室，死則同～。」（穀：生，活着。）韓愈《祭十二郎文》：「窆不臨其～。」（窆 biǎn：落葬。）❸ 穴位，人體上可以針灸的部位。《素問・氣穴論》：「凡三百六十五～，針之所由行也。」

學 ㊀ xué△ ❶ 學習。《論語・季氏》：「不～《詩》，無以言。」也指仿效。《墨子・貴義》：「貧家而～富家之衣食多用，則速亡必矣。」❷ 學校。《孟子・滕文公上》：「夏曰校，殷曰序，周曰庠，～則三代共之。」❸ 學問。《韓非子・外儲說左上》：「其～甚博。」《後漢書・張衡傳》：「安帝雅聞衡善術～。」❹ 學說，學派。《莊子・天下》：「百家之～，時或稱而道之。」《韓非子・顯學》：「世之顯～，儒墨也。」㊁ jiào ❺ 教導。《墨子・魯問》：「魯人有因子墨子而～其子者。」（子墨子：墨家對墨翟的尊稱。）

鷽 xué△ ［鷽鳩］斑鳩。阮籍《詠懷》：「～～飛桑榆。」

雪 xuě△ ❶ 雪。《詩經・小雅・采薇》：「今我來思，雨～霏霏。」（思：語氣詞。）❷ 洗濯。《莊子・知北遊》：「汝齊戒，疏瀹而心，澡～而精神。」（齊：通「齋」。疏瀹 yuè：洗濯。而：你的。）引申為滌除。《戰國策・燕策一》：「然得賢士與共國，以～先王之恥，孤之願也。」❸ 擦拭。《呂氏春秋・觀表》：「吳起～泣而應之。」

血 xuè△ ❶ 古代供祭祀用的牲血。《詩經・小雅・信南山》：「執其鸞刀，以啟其毛，取其～膋。」（鸞刀：柄上有鈴的刀。膋 liáo：脂肪。）泛指血，血液。《左傳・莊公八年》：「鞭之，見～。」（鞭：用如動詞，鞭打。）《韓非子・喻老》：「～流至于地而不知。」也指悲痛的淚水。《周易・屯》：「泣～漣如。」（漣如：淚流不斷的樣子。）❷ 有血緣關係的。《太玄・錯》：「親附疏，割犯～。」❸ 像血一樣的顏色，紅色。白居易《琵琶行》：「～色羅裙翻酒污。」

吷 xuè△ 小聲。《莊子・則陽》：「吹劍首者，～而已矣。」

決（决） xuè 見 270 頁「決（决）」㊂。

狘 xuè△ 獸驚跑的樣子。《禮記・禮運》：「麟以為畜，故獸不～。」

㰲 xuè△ 飛的樣子。謝朓《三日侍宴曲水代人應詔》：「巢閣易窺，馴庭難～。」

謔 xuè△ 戲謔，開玩笑。《詩經・鄭風・溱洧》：「維士與女，伊其相～。」（維、伊：語氣詞。）李白《陌上桑》：「不知誰家子，調笑來相～。」

瞲 xuè△ ［瞲然］驚視的樣子。《荀子・榮辱》：「俄而粲然有秉芻豢稻粱而至者，則～～視之曰：『此何怪也？』」

xun

焄 xūn 見 210 頁「焄」㊁。

熏（燻） xūn ❶ 用火煙熏。《詩經・豳風・七月》：「穹窒～鼠。」（穹：窮盡。窒：指堵塞洞穴。）《淮南子・原道》：「越人～而出之。」也指火煙。陶弘景《許長史舊館壇碑》：「蘭缸烈耀，金爐揚～。」❷ 侵襲。鮑照《代苦熱行》：「瘴氣晝～體，草露夜沾衣。」❸ 通「曛 xūn」。黃昏。《後漢書・文苑傳下・趙壹》：「至～夕，極歡而去。」❹ 通「纁 xūn」。淺紅色。《穀梁傳・僖公三十一年》：「為之緇衣～裳。」

勳（勛） xūn 功勳，特殊功勞。《尚書・大禹謨》：「其克有～。」（克：能。）《左傳・成公十三年》：「又不能成大～。」

壎（塤） xūn 陶製的吹奏樂器。《詩經・小雅・何人斯》：「伯氏吹～。」《漢書・律曆志上》：「八音，土曰～。」

薰 xūn ❶ 薰草，一種香草。《左傳・僖公四年》：「一～一蕕，十年尚猶有臭。」（蕕 yóu：一種臭草。）《淮南子·說林》：「燒～於宮。」引申為香，香氣。江淹《別賦》：「閨中風暖，陌上草～。」（陌：路。）引申為用香料熏。《韓非子·外儲說左上》：「為木蘭之櫃，～以桂椒。」❷ 和煦，和暖。《尸子·綽子》：「南風之～兮，可以解吾民之慍兮。」（慍 yùn：怒。）❸ 通「熏 xūn」。煙氣，火煙。陸機《演連珠》：「臣聞尋煙染芬，～息猶芳。」鮑照《蕪城賦》：「～歇燼滅。」

曛 xūn 落日時餘光。謝靈運《晚出西射堂》：「夕～嵐氣陰。」（嵐氣：山林中的霧氣。）引申為落日時，黃昏。李華《弔古戰場文》：「風悲日～。」

臐 xūn 羊肉羹。《禮記·內則》：「膳：膷、～、膮、醢。」（膷 xiāng：牛肉羹。膮 xiāo：豬肉羹。）

纁 xūn ❶ 淺紅色。《儀禮·士昏禮》：「～裳緇袘。」（緇：黑色。袘 yì：衣裳的下緣。）❷ 通「曛 xūn」。黃昏。屈原《九章·思美人》：「與～黃以為期。」

醺 xūn ❶ 醉。《說文》：「～，醉也。」杜甫《留別賈嚴二閣老兩院補闕》：「愁多任酒～。」❷ 浸染。蘇軾《以檀香觀音為子由生日壽》：「但願不為世所～。」

旬 xún ❶ 十天。《孟子·梁惠王下》：「以萬乘之國伐萬乘之國，五～而舉之。」（舉：攻下。）《韓非子·初見秦》：「圍梁數～，則梁可拔。」（拔：攻克。）又指十年。白居易《偶吟自慰兼呈夢得》：「且喜同年滿七～。」❷ 周，整。司馬遷《報任安書》：「涉～月，迫季冬。」《漢書·翟方進傳》：「方進～歲間免兩司隸。」

巡（廵） xún ❶ 巡行，巡視。《禮記·月令》：「命司徒～行縣鄙。」（縣鄙：指天子領地之內。）《史記·秦始皇本紀》：「始皇～北邊，從上郡入。」❷ 量詞。遍。《左傳·桓公十二年》：「使伯嘉諜之，三～數之。」（三巡數之：即數三遍。）杜甫《撥悶》：「乘舟取醉非難事，下峽銷愁定幾～？」（銷：消。）

峋 xún ［嶙峋］見 314 頁「嶙」字條。

郇 xún 古諸侯國名，春秋時屬晉國。《詩經·曹風·下泉》：「四國有王，～伯勞之。」

恂 xún ❶ 相信。《列子·周穆王》：「且～士師之言可也。」（士師：主管獄訟的官。）❷ 害怕，恐懼。《莊子·齊物論》：「木處則惴慄～懼。」（惴慄：恐懼，害怕。）❸ 通暢。《莊子·知北遊》：「思慮～達，耳目聰明。」

洵 xún ❶ 誠然，實在。《詩經·邶風·靜女》：「自牧歸荑，～美且異。」（歸：通「饋」，贈送。）❷ 遠，疏遠。《詩經·邶風·擊鼓》：「于嗟～兮，不我信兮。」（于 xū 嗟：歎詞。）❸ 通「泫 xuàn」。流淚的樣子。《國語·魯語下》：「請無瘠色，無～涕。」（瘠色：損害容貌。）

紃 xún ❶ 圓形絲帶。《禮記·雜記下》：「～以五采。」❷ 法則。《淮南子·精神》：「以道為～，有待而然。」

【辨析】紃、絛、組、纂。見 495 頁「絛」字條。

荀 xún ❶［荀草］傳說中的一種草。《山海經·中山經》：「（青要之山）有草焉，其狀如葌，而方莖黃華赤實，其本如藁本，名曰～～。」❷ 周代諸侯國名，後為晉所滅。《左傳·桓公九年》：「～侯，賈伯伐曲沃。」

恂 xún 見 421 頁「悛」㊁。

循 xún ❶ 沿着，順着。《呂氏春秋·察今》：「～表而夜涉，溺死者千有餘人。」（表：標記。）引申為遵循。《淮南子·氾論》：「苟周於事，不必～舊。」❷ 撫摩。《淮南子·原道》：「聽之不聞其聲，～之不得其身。」引申為安慰。《戰國策·齊策六》：「內牧百姓，～撫其心。」❸ 巡視。《呂氏春秋·孟夏》：「命司徒～行縣鄙。」

尋 xún ❶ 古代長度單位，八尺為尋。《孟子·滕文公上》：「且夫枉尺而直～者，以利言也。」《淮南子·天文》：「故八尺而為～。」❷ 探究，尋找。《淮南子·俶真》：「下揆三泉，上～九天。」（揆 kuí：考察。）陶潛《桃花源記》：「太守即遣人隨其往，～向所志。」（向：從前。所志：所作記號。）❸ 沿着，隨着。《後漢書・袁紹傳》：「紹遂～山北行。」《三國志・魏書・夏侯玄傳》：「令發之日，下之應也，猶響～聲也。」（響：回聲。）❹ 不久。陶潛《桃花源記》：「聞之，欣然規往，未果，～病終。」（規往：計劃前往。果：成為現實。）

【辨析】尋、覓、求。見 346 頁「覓」字條。

詢 xún 詢問，徵求意見。《詩經・大雅・皇矣》：「～爾仇方。」（仇 qiú 方：友邦，鄰邦。）《左傳・成公十三年》：「秦大夫不～于我寡君。」（寡君：對別國人謙稱自己的國君。）

【辨析】詢、咨、諮。三字都有「諮詢、徵求意見」的意思。「諮」是「咨」的後起字。《左傳》及毛傳說：「訪問於善曰咨。」「咨」有「向賢者請教」的意義。

潭 xún 見 491 頁「潭」㊁。

潯 xún 水邊。《淮南子・原道》：「故雖游於江～海裔。」（裔：邊。）引申為邊際。謝莊《宋孝武宣貴妃誄》：「散靈魄於天～。」

蟫 xún 見 618 頁「蟫」㊁。

燗 xún 見 593 頁「燗」㊁。

鱏 xún 鱘魚。《史記・屈原賈生列傳》：「橫江湖之鱣～兮。」

鱘 xún 魚名。《本草綱目・鱗部・鱘魚》：「～生江中，背如龍，長一、二丈。」

汛 xùn ❶ 灑水。《新唐書・后妃傳下》：「顧廷宇不～掃，樂器塵蠹。」❷ 河流季節性的漲水。《宋史・河渠志七》：「日納潮水，沙泥渾濁，一～一淤。」

迅 xùn 迅急，疾速。《禮記・玉藻》：「若有疾風、～雷、甚雨，則必變。」（變：指改變情態。）

【辨析】迅、疾、捷、快、速。見 223 頁「疾」字條。

徇 xùn ❶ 巡行示眾。《左傳・僖公二十八年》：「殺顛頡以～于師。」（顛頡 xié：人名。）《國語・吳語》：「明日徙舍，斬有罪者以～。」又指巡行宣告政令。《左傳・襄公十四年》：「遒人以木鐸～于路。」（遒 qiú 人：宣佈政令的官。木鐸：金口木舌的大鈴。）❷ 帶兵奪取。《史記・陳涉世家》：「當此之時，諸將之～地者不可勝數。」❸ 為某種目的而死。《呂氏春秋・忠廉》：「弘演可謂忠矣，殺身出生以～其君。」（弘演：人名。）司馬遷《報任安書》：「常思奮不顧身，以～國家之急。」❹ 順從，遵從。《左傳・文公十一年》：「國人勿～。」又指曲從。《鹽鐵論・刺復》：「公用彌多而為者～私。」❺ 汛疾，敏捷。《墨子・公孟》：「身體強良，思慮～通。」

殉 xùn ❶ 用人陪葬。《左傳・昭公十三年》：「申亥以其二女～而葬之。」也指陪葬的人。《左傳・文公六年》：「秦伯任好卒，以子車氏之三子奄息、仲行、鍼虎為～。」❷ 為追求道義、理想或某種事物而死。《莊子・盜跖》：「小人～財，君子～名。」《戰國策・燕策一》：「將軍市被死以～國。」（市被：人名。）❸ 追求，營求。陸機《豪士賦序》：「游子～高位於生前。」❹ 通「徇 xùn」。巡行。《後漢書・李固傳》：「南陽人董班亦往哭固，而～尸不肯去。」

訊 xùn ❶ 問，詢問。《詩經・小雅・正月》：「召彼故老，～之占夢。」（故老：舊臣。占夢：官名。）特指審問。鄒陽《獄中上梁王書》：「卒從吏～，為世所疑。」（卒：終於。）❷ 告訴，勸諫。《詩經・陳風・墓門》：「夫也不良，歌以～之。」（夫：彼。）又《小雅・雨無正》：「凡百君子，莫肯用～。」❸ 訊息，音信。《荀子・賦》：「行遠疾速而不可託～者與？」（與：語氣語。）儲光羲《田家即事答崔二東皋作》：「有客山中至，言傳故人～。」❹ 通「迅 xùn」。迅疾。《禮記・樂記》：「～疾以雅。」（訊疾：指舞蹈動作迅疾。以雅：用雅這種樂器加以節制。）

【辨析】訊、問、詰。見250頁「詰」字條。

訓 xùn ❶教導，教誨。《左傳・桓公十三年》：「夫固謂君～眾而好鎮撫之。」（夫：彼。好 hǎo：善。）《淮南子・泰族》：「故無其性，不可教～。」又用作名詞。教誨。《淮南子・要略》：「述周公之～。」引申為法則。《詩經・大雅・烝民》：「古～是式。」（是：複指前置賓語「古訓」。式：效法。）❷訓釋，解釋詞義。《漢書・藝文志》：「漢興，魯申公為《詩》～故。」（訓故：解釋古書文義。）❸訓練。《晉書・羊祜傳》：「祜繕甲～卒。」（繕：修理，製造。）❹通「順 shùn」。順從。《詩經・大雅・抑》：「四方其～之。」

【辨析】訓、詁。見171頁「詁」字條。

孫 xùn 見485頁「孫」㊁。

巽 xùn ❶《周易》卦名。《周易・說》：「～為木，為風。」❷通「遜 xùn」。讓。《尚書・堯典》：「汝能庸命，～朕位。」（庸：用。）❸通「遜 xùn」。謙遜，恭順。《周易・蒙》：「童蒙之吉，順以～也。」（童蒙：幼稚蒙昧。）

馴 xùn（舊讀 xún）❶馬順服。《淮南子・說林》：「馬先～而後求良。」《鹽鐵論・疾貧》：「駟馬不～，御者之過也。」（駟馬：同駕一車的四匹馬。）泛指鳥獸順服。《列子・黃帝》：「雖虎狼鵰鶚之類，無不柔～者。」又為使鳥獸順服。《史記・秦本紀》：「佐舜調～鳥獸。」❷善良。《史記・管蔡世家》：「冉季、康叔皆有～行。」❸漸進。《宋史・譚世勣傳》：「小惡不懲，將～至大患。」❹通「訓 xùn」。教導，訓誡。《史記・孝文本紀》：「吏卒給輸費苦，而列侯亦無由教～其民。」

遜 xùn ❶躲避，逃避。《呂氏春秋・貴直》：「秦人襲我，～去絳七十。」（絳：晉都。）揚雄《劇秦美新》：「抱其書而遠～。」❷退，退讓。《尚書・堯典》：「將～于位，讓于虞舜。」《後漢書・獻帝紀》：「皇帝～位，魏王丕稱天子。」（丕：曹丕。）❸恭順，謙遜。《尚書・舜典》：「五品不～。」（五品：指人與人的五種關係。）《墨子・公孟》：「進而諫，則謂之不～。」❹差。《徐霞客遊記・粵西遊日記二》：「高少～北巔。」（少：稍。）

Y

ya

丫（椏） yā 樹木或物體分叉的部分。皮日休《寂上人院聯句》：「瓶囊掛樹～。」楊萬里《醉吟》：「燭焰雙～紅再合。」

押 yā△ ❶ 在公文或契約上書押，以作憑信。《夷堅丙志・周莊仲》：「一人持文字令書～。」❷ 監督，掌管。《新唐書・百官志》：「以六員分～尚書六曹。」（尚書：即尚書省，官署名。曹：分科辦事的機構。）❸ 簾軸，鎮簾的器物。徐陵《玉臺新詠序》：「珠簾以玳瑁為～。」❹ 詩詞用韻。《滄浪詩話・詩辨》：「用字必有來歷，～韻必有出處。」❺ 通「壓 yā」。壓住。《後漢書・東夷傳・三韓》：「兒生欲令其頭扁，皆～之以石。」❻ 通「狎 xiá」。接連。《漢書・息夫躬傳》：「羽檄重跡而～至。」（羽檄 xī：在徵召、聲討的文書上插上羽毛，表示事情緊急。）

啞 yā 見122頁「啞」㊁。

雅 ㊀ yā ❶ 烏名。烏的一種。一般多寫作「鴉」。《說文》：「～，楚烏也……秦謂之～。」

㊁ yǎ ❷ 合乎規範，正確。《論語・述而》：「子所～言，《詩》《書》執禮，皆～言也。」❸ 高雅，不俗。《韓非子・顯學》：「宰予之辭，～而文也。」《論衡・四諱》：「夫田嬰俗父，而田文～子也。」❹《詩經》的一種體裁。《詩經》包括風、雅、頌三部分。《論語・子罕》：「～、頌各得其所。」❺ 平素。《史記・淮南衡山列傳》：「陳喜～素與王計謀反。」引申為素常的交情。《漢書・谷永傳》：「質薄學朽，無一日之～。」❻ 甚，很。楊惲《報孫會宗書》：「婦趙女也，～善鼓瑟。」（鼓：彈奏。）

猒 yā 見592頁「猒」㊁。

厭 ㊀ yā△ ❶ 壓，覆壓。《荀子・彊國》：「黭然而雷擊之，如牆～之。」（黭 yǎn 然：突然。黭，通「奄」。）引申為壓制，抑制。《漢書・翼奉傳》：「東～諸侯之權，西遠羌胡之難。」❷ 堵塞。《荀子・修身》：「～其源，開其瀆，江河可竭。」（瀆 dú：溝渠。）上述意義後來寫作「壓」。

㊁ yàn ❸ 飽，飽足。後來寫作「饜」。《老子》第五十三章：「服文采，帶利劍，～飲食。」《史記・貨殖列傳》：「原憲不～糟糠，匿於窮巷。」（原憲：人名。窮巷：偏僻狹窄的小巷。）引申為滿足。《論語・述而》：「學而不～，誨人不倦。」❹ 服，信服。《漢書・景帝紀》：「諸獄疑，若雖文致於法而於人心不～者，輒讞之。」（輒 zhé：就。讞 yàn：評議。）司馬光《賀部員外郎司馬府君墓誌銘》：「斷獄必求～人心。」❺ 厭惡，嫌棄。《左傳・隱公十一年》：「天而既～周德矣，吾其能與許爭乎？」曹操《短歌行》：「山不～高，海不～深。」

㊂ yǎn ❻ 做噩夢。後來寫作「魘」。《山海經・西山經》：「有鳥焉……名曰鵸鴒，服之使人不～，又可以禦凶。」

鵶（鴉） yā 烏鴉。《莊子・齊物論》：「鴟～耆鼠。」（鴟 chī：貓頭鷹。耆 shì：愛好。）烏鴉色黑，用以代指黑色。吳激《人月圓》：「仙肌勝雪，宮髻堆～。」

鴨 yā△ 鴨子。《三國志・吳書・陸遜傳》：「時建昌侯慮於堂前作鬭～欄，頗施小巧。」

壓 yā△ ❶壓，壓住。《左傳・昭公四年》：「夢天～己，弗勝。」（弗勝：不能承受。）《論衡・衛驗》：「百餘人炭崩盡～死。」引申為壓制，制服。《公羊傳・文公十四年》：「子以大國～之，則未知齊晉孰有之也。」❷迫近。《左傳・成公十六年》：「楚晨～晉軍而陳。」（陳：列陣。）引申為超越。柳宗元《與蕭翰林俛書》：「才不能逾同列，聲不能～當世。」

牙 yá ❶大牙，臼齒。《呂氏春秋・淫辭》：「問馬齒，圉人曰：『齒十二，與～三十。』」泛指牙齒。《詩經・召南・行露》：「誰謂鼠無～。」特指象牙。《淮南子・氾論》：「象見其～，而大小可論也。」（見 xiàn：顯現。）又為用牙咬。《戰國策・秦策三》：「投之一骨，輕起相～者，何則？」❷牙旗的簡稱。《三國志・吳書・胡綜傳》：「又作黃龍大～，常在中軍。」❸軍中長官住所。《晉書・張軌傳》：「夜有二梟鳴於～中。」引申指官署。後來寫作「衙」。《資治通鑑・唐中宗神龍元年》：「北門、南～，同心協力。」❹通「芽 yá」。植物的幼芽。《呂氏春秋・仲春》：「是月也，安萌～。」《淮南子・俶真》：「萌兆～櫱。」

【辨析】牙、齒。見62頁「齒」字條。

芽 yá 植物的幼芽，也指發芽。《呂氏春秋・大樂》：「萌～始震。」《齊民要術・種粟》：「至春二月，悉～生，出而種之。」比喻事物的發生、開始。江統《函谷關賦》：「消姦宄於未～。」（姦宄 guǐ：違法作亂的事情。）

【辨析】芽、萌、櫱。見342頁「萌」字條。

枒 yá 見600頁「枒」㊁。

厓 yá ❶山崖。謝朓《遊山》：「凌～必千仞。」這個意義後來寫作「崖」。又為水邊。郭璞《江賦》：「觸曲～以縈繞。」這個意義後來寫作「涯」。引申為邊際。《新唐書・魏知古傳》：「人力勞敝，營作無～。」❷［厓眥］即「睚眥」。發怒時瞪眼睛。借指小的怨恨。《漢書・孔光傳》：「～～莫不誅傷。」

崖 yá 山或高地陡直的側面。諸葛亮《與兄謹言治綏陽谷書》：「山～絕險，溪水縱橫。」又指水邊高起的岸。《莊子・秋水》：「兩涘渚～之間，不辯牛馬。」（涘 sì：水邊。渚 zhǔ：水中小塊陸地。辯：通「辨」，分辨。）又引申為邊際。《淮南子・俶真》：「而浮揚乎無畛～之際。」（浮揚：翱翔。畛 zhěn：界限。）

涯 yá ❶水邊，岸。《尚書・微子》：「若涉大水，其無津～。」庾信《哀江南賦》：「江淮無～岸之阻。」引申為邊際，盡頭。《韓非子・說林下》：「桓公問管仲：『富有～乎？』」❷約束。沈約《答沈麟士書》：「約少不自～，早愛蟲鳥。」❸量，測度。《新唐書・宋璟傳》：「璟風度凝遠，人莫～其量。」

【辨析】涯、岸、垠。見3頁「岸」字條。

睚 yá ［睚眦 zì］怒視的樣子。指小的忿恨。《戰國策・韓策二》：「夫賢者以感忿～～之意而親信窮僻之人。」司馬遷《報任安書》：「欲廣主上之意，塞～～之辭。」

衙 yá 見633頁「衙」㊁。

啞 yǎ 見122頁「啞」㊂。

雅 yǎ 見585頁「雅」㊁。

亞 yà ❶次，次一等。《國語・吳語》：「吳公先歃，晉侯～之。」（歃 shà：盟會時飲牲血以表誠意。）《史記・樂毅列傳》：「燕昭王以為～卿。」❷兩婿互稱為亞。後來寫作「婭」。《詩經・小雅・節南山》：「瑣瑣姻～，則無膴仕。」（瑣瑣：微小的樣子。姻：女婿的父親叫姻。膴 wǔ：厚。仕：做官。）

軋 yà△ 輾壓。李賀《夢天》：「玉輪～露濕團光。」特指古代一種壓碎人骨節的酷刑。《史記・匈奴列傳》：「有罪，小者～，大者死。」引申為傾軋。《莊子・人間世》：「名也者，相～也。」

迓 yà 迎接。《左傳・成公十三年》：「～晉侯于新楚。」（新楚：地名。）

【辨析】迓、逆、訝、迎。見364頁「逆」字條。

訝 yà ❶同「迓」。迎接。《儀禮・聘禮》：「～賓于館。」❷驚奇，詫異。《呂氏春秋・必己》：「若夫道德則不然，無～無訾。」《世說新語・賞譽》：「天錫～服。」（天錫：人名。）

【辨析】訝、逆、迓、迎。見364頁「逆」字條。

娅 yà 姐妹的丈夫互相之間的稱呼。《後漢書・酷吏傳序》：「而閹人親～，侵虐天下。」《新唐書・李傑傳》：「內侍玄宗～婿，與所親楊仙玉共毆辱之。」

揠 yà△ 拔起。《孟子・公孫丑上》：「宋人有閔其苗之不長而～之者。」今成語有「揠苗助長」。引申為提拔。《新唐書・魏元忠傳》：「～士為相。」

猰 yà△ ［猰貐］古代傳說中的食人惡獸。《淮南子・本經》：「～～、鑿齒、九嬰、大風、封豨、修蛇，皆為民害。」（鑿齒、九嬰、大風：皆傳說中惡獸。封：大。修：長。）

貏 yà△ ［貏貐 yǔ］同「猰貐」。傳說中的獸名。杜甫《秋日送石首薛明府辭滿告別三十韻》：「公時呵～～，首唱卻鯨魚。」

yan

奄 yān 見590頁「奄」㊁。

咽 ㊀ yān ❶咽喉。揚雄《解嘲》：「搤其～而亢其氣。」

㊁ yàn ❷吞嚥。《孟子・滕文公下》：「匍匐往，將食之，三～，然後耳有聞，目有見。」

㊂ yē ❸聲音哽塞。孔稚珪《北山移文》：「石泉～而下愴。」引申為堵塞。《新序・雜事》：「雲霞充～，則奪日月之明。」

殷 yān 見616頁「殷」㊁。

胭 yān ［胭脂］用於化妝的紅色顏料。孫枝蔚《後冶春次阮亭韻》：「梨花獨自洗～～。」

焉 yān ❶指示代詞。此，是。《左傳・隱公六年》：「我周之東遷，晉、鄭～依。」（焉：複指前置賓語「晉、鄭」。）❷指示代詞兼語氣詞。於此。《左傳・隱公元年》：「制，巖邑也，虢叔死～。」❸疑問代詞。哪裏，怎麼。《論語・陽貨》：「割雞～用牛刀？」❹連詞。則，於是。《呂氏春秋・季春》：「乃告舟備具於天子，天子～始乘舟。」❺句末語氣詞。《左傳・僖公三十二年》：「擊之，必大捷～。」❻形容詞、副詞詞尾。《詩經・小雅・大東》：「睠言顧之，潸～出涕。」《莊子・在宥》：「昔堯之治天下也，使天下欣欣～人樂其性。」

崦 yān ［崦嵫］山名，在今甘肅天水，傳說為日落的地方。屈原《離騷》：「望～～而勿迫。」（迫：迫近。）《山海經・西山經》：「西南三百六十里，曰～～之山。」

淹 yān ❶浸漬。劉向《九歎・怨思》：「～芳芷於腐井兮。」引申為沉溺，濡染。《禮記・儒行》：「儒有委之以財貨，～之以樂好，見利不虧其義。」❷停留，滯留。屈原《離騷》：「日月忽其不～兮，春與秋其代序。」（忽：快速的樣子。）《戰國策・楚策四》：「游於江海，～於大沼。」引申為久。《公羊傳・宣公十二年》：「王師～病矣。」（病：困。）❸精，深。《淮南子・要略》：「所以為人之於道未～，味論未深。」《世說新語・品藻》：「世目殷中軍，思緯～通，比羊叔子。」（殷中軍：指殷浩。思緯：思路。羊叔子：即羊祜，人名。）

湮 yān ❶埋沒，淹沒。《國語・周語下》：「絕後無主，～替隸圉。」（替：廢。隸圉 yǔ：泛指奴僕。）《史記・司馬相如列傳》：「首惡～沒。」❷填塞，阻塞。《莊子・天下》：「昔者禹之～洪水，決江河。」引申為抑鬱不暢。孫樵《序陳生舉進士》：「久憤～鬱，一旦決發，若風波之得宣泄。」

煙(烟) yān ❶物質燃燒時產生的氣狀物。《呂氏春秋・應同》：「旱雲～火，雨雲水波。」《淮南子・齊俗》：「譬若水之下流，～之上尋也。」泛指雲氣、霧靄等煙狀之物。陳子昂《春日登金華觀》：「山川亂雲日，樓榭入～霄。」❷煙熏所積的灰，可製墨。簡文帝《與湘東王書》：「～墨不言，受其驅染。」《齊民要術・筆墨》：「好醇～，擣訖，以細絹篩。」

鄢 yān ❶周代諸侯國名，春秋時為鄭所滅，在今河南鄢陵境內。《左傳・隱公元年》：「公伐諸～。」（諸：「之於」的合音。）❷水名，今名蠻河，在湖北境內。《左傳・桓公十三年》：「及～，亂次以濟。」（濟：渡水。）

嫣 yān ［嫣然］美好的樣子。宋玉《登徒子好色賦》：「～～一笑，惑陽城，迷下蔡。」［嫣紅］形容花色紅豔。李商隱《河陽》：「側近～～伴柔綠。」

燕 yān 見593頁「燕」㊁。

閹 yān ❶被割去生殖器常用以守宮門的人。《國語・晉語二》：「（獻）公令～楚刺重耳。」（楚：人名。重耳：晉文公。）《呂氏春秋・仲冬》：「命～尹申宮令。」❷曲意迎合。《孟子・盡心下》：「～然媚於世也者，是鄉原也。」（鄉原：鄉愿，好好先生。）

閼 yān 見124頁「閼」㊁。

言 yán ❶說，說話。《左傳・成公二年》：「豈敢～病？」《論語・鄉黨》：「食不語，寢不～。」引申為談論，議論。《戰國策・趙策三》：「勝也何敢～事？」（勝：平原君趙勝。）❷話，言辭。《詩經・鄭風・將仲子》：「父母之～，亦可畏也。」諸葛亮《出師表》：「察納雅～。」又一句話為一言。《論語・為政》：「《詩》三百，一～以蔽之，曰『思無邪』。」（蔽：概括。）又一個字為一言。《論語・衛靈公》：「子貢問曰：『有一～而可以終身行之者乎？』子曰：『其「恕」乎！』」引申指言論，著作，學說。賈誼《過秦論》：「焚百家之～。」《漢書・張釋之傳》：「王生者，善為黃老～。」❸動詞詞頭。《詩經・周南・葛覃》：「～告師氏，～告～歸。」也用作形容詞詞尾。《詩經・小雅・大東》：「睠～顧之，潸焉出涕。」

【辨析】言、語。二者的區別主要是：「言」是主動地跟人談話，而「語」則是回答別人的問話或與人談論，所以《禮記》有「齊衰之喪，對而不言」的說法。另外，「言」的賓語如果指人時，只能指第三者，不能指談話的對方；「語」的賓語指人時，則可以指談話的對方，如《論語・陽貨》：「吾語女。」而且「語」當告訴講時，還可以帶雙賓語，如《左傳・隱公元年》：「公語之故。」《莊子・在宥》：「吾語女至道。」

妍 yán 美麗，美好。曹丕《善哉行》：「～姿巧笑，和媚心腸。」《抱朴子・酒誡》：「惑耳者必～音淫聲也。」

芫 yán 見642頁「芫」㊁。

延 yán ❶長，久。屈原《離騷》：「～佇乎吾將返。」（佇zhù：立。）宋玉《神女賦》：「望余帷而～視兮。」❷伸長，延長。《韓非子・十過》：「～頸而鳴，舒翼而舞。」《呂氏春秋・制樂》：「君～年二十一歲。」引申為蔓延。《史記・汲黯鄭當時列傳》：「河內失火，～燒千餘家。」❸引導。《呂氏春秋・重言》：「乃令賓者～之而上。」又指迎候。賈誼《過秦論》：「秦人開關而～敵。」引申為邀請。陶潛《桃花源記》：「餘人各復～至其家。」

炎 yán ❶火焰升騰。《尚書・洪範》：「水曰潤下，火曰～上。」又為焚燒，燃燒。《尚書・胤征》：「火～崑岡，玉石俱焚。」《淮南子・人間》：「及至火之燔孟諸而～雲夢。」❷熱，炎熱。《呂氏春秋・侈樂》：「若冰之於～日。」曹植《離繳雁賦》：「避～夏於朔方。」❸指炎帝。《呂氏春秋・蕩兵》：「兵所自來者久矣，黃、～故用水火矣。」（黃：指黃帝。）❹通「焰 yàn」。火焰，光焰。潘尼《火賦》：「衝風激揚，～光奔逸。」

沿 yán ❶順水下行。《左傳・文公十年》：「～漢泝江，將入郢。」《水經注・江水》：「至于夏水襄陵，～泝阻絕。」（襄陵：指大水漫上山陵。泝 sù：逆水上行。）引申為順着。李賀《長歌續短歌》：「徘徊～石尋，照出高峯外。」❷承襲，因循。《禮記・樂記》：「五帝殊時，不相～樂；三王異世，不相襲禮。」

研 ㊀ yán ❶研磨，細磨。《呂氏春秋・精通》：「用刀十九年，刃若新𥐻～。」（𥐻：通「磨」。）引申為研究。《周易・繫辭下》：「能～諸侯之慮。」❷通「妍 yán」。美，美好。鮑照《代白紵曲》之二：「天色淨綠氣～和。」（和：温和。）
㊁ yàn ❸同「硯」。硯臺。《後漢書・班彪傳附班超》：「安能久事筆～間乎？」

埏 yán 見 444 頁「埏」㊁。

綖 ㊀ yán ❶覆在冠冕上的裝飾物。《左傳・桓公二年》：「衡、紞、紘、～，昭其度也。」（衡：固定冠的橫簪。紞 dǎn：冠冕兩側垂掛充耳玉的絲繩。紘 hóng：冠冕上繫於頷下的帶子。）❷延緩。《呂氏春秋・勿躬》：「百官慎職而莫敢愉～。」（愉：懈怠。）
㊁ xiàn ❸線。蕭綱《採蓮曲》：「葉滑不留～。」

蜒 yán ❶蜒蚰，一種軟體動物。《酉陽雜俎・物異》：「徐視之，有四足，如～。」❷蛇蜿蜒爬行的樣子。景差《大招》：「南有炎火千里，蝮蛇～只。」（只：語氣詞。）

筵 yán ❶鋪在底下的席子。《左傳・昭公元年》：「圍布几～，告於莊、共之廟而來。」（圍：指楚國的公子圍。莊、共：指楚莊王、楚共王。）《儀禮・士冠禮》：「蒲～二在南。」（蒲：蒲草。）古人席地而坐，因而引申為座位。《儀禮・士冠禮》：「降～拜，賓答拜。」❷宴席。王勃《滕王閣序》：「盛～難再。」

【辨析】筵、席。見 543 頁「席」字條。

閻 yán ❶里中之門。《史記・平準書》：「守閻～者食粱肉。」（閻：里外之門。）代指里巷。《荀子・儒效》：「雖隱於窮～漏屋，人莫不貴之。」❷通「豔 yàn」。豔麗。《漢書・谷永傳》：「～妻驕扇，日以不臧。」（扇：熾盛。臧：善。）

檐 ㊀ yán ❶屋簷。《禮記・明堂位》：「復廟，重～。」辛棄疾《清平樂・村居》：「茅～低小，溪上青青草。」也指覆蓋物的邊和伸出部分。陸龜蒙《晚渡》：「笠～蓑袂有殘聲。」
㊁ dàn ❷舉，擔。《管子・七法》：「不明於則，而欲出號令，猶立朝夕於運均之上，～竿而欲定其末。」❸量詞。石。《呂氏春秋・異寶》：「荊國之法，得五員者，爵執圭，祿萬～。」（五員：即伍員。爵：用如動詞，賜予爵位。執圭：春秋時諸侯國爵位名稱。）

顏 yán ❶額，額頭。《史記・高祖本紀》：「高祖為人，隆準而龍～。」（隆準：高鼻子。）❷面容，臉色。《詩經・鄭風・有女同車》：「有女同車，～如舜華。」（舜華：木槿花。）杜甫《茅屋為秋風所破歌》：「安得廣廈千萬間，大庇天下寒士俱歡～。」❸色彩。《淮南子・泰族》：「鋒殺～澤。」（鋒：通「豐」。鋒殺：指肥瘦。）李白《古風》之十二：「松柏本孤直，難為桃李～。」❹堂上或門上的匾額。《新唐書・馬燧傳》：「帝榜其～以寵之。」（榜：題字。）

【辨析】顏、色。見 440 頁「色」字條。

簷 yán 屋簷。《齊民要術・脯腊》：「於屋北～下陰乾。」陶潛《歸園田居》之一：「榆柳蔭後～。」也指覆蓋物的邊和伸出部分。李商隱《飲席代官妓贈兩從事》：「舊主江邊側帽～。」

嚴 yán ❶急迫，緊急。《孟子・公孫丑下》：「使虞敦匠事，～，虞不敢請。」（虞：人名。敦：治。）❷嚴厲，嚴格。《孫子・地形》：「將弱不～，教道不明。」《呂氏春秋・功名》：「罰雖重，刑雖～，何益？」❸莊嚴，嚴肅。《莊子・則陽》：「形尊而～。」《世說新語・德行》：「華歆遇子弟甚整，雖閒室之內，～

若朝典。」❹ 尊敬。《禮記・學記》：「凡學之道，～師為難。」《史記・汲黯鄭當時列傳》：「然衛人仕者皆～憚汲黯。」❺ 整飭，戒備。《三國志・魏書・滿寵傳》：「三年春，降人稱吳大～，揚聲欲詣江北獵。」（詣：至。）《世說新語・雅量》：「或謂王公可潛稍～，以備不虞。」

巖（巗、岩、喦） yán ❶［巖巖］山石堆積的樣子。《詩經・小雅・節南山》：「節彼南山，維石～～。」（節：高峻的樣子。維：語氣詞。）❷ 險要。《左傳・隱公元年》：「制，～邑也。」❸ 崖岸，水邊高地或山崖。司馬相如《上林賦》：「批～衝擁。」（批：擊。擁：山崖彎曲處。）又指山巖，山峯。《水經注・江水》：「重～疊嶂，隱天蔽日。」❹ 山中洞穴。《呂氏春秋・必己》：「身處山林～堀。」（堀：同「窟」。）《淮南子・原道》：「古之人有居～穴而神不遺者。」（遺：失。）

鹽 ㊀ yán ❶ 食鹽。《戰國策・楚策四》：「夫驥之齒至矣，服～車而上太行。」（服：駕。）《管子・海王》：「十口之家，十人食～。」

㊁ yàn ❷ 用鹽醃漬食物。《禮記・內則》：「屑桂與薑，以洒諸上而～之。」（屑：研成細末。）《齊民要術・炙法》：「除骨取肉，～之。」

沇 yǎn ❶［沇水］濟水的別稱。《尚書・禹貢》：「導～～，東流為濟。」❷［沇州］古州名。沇：同「兗」。《史記・夏本紀》：「濟、河維～～。」

奄 ㊀ yǎn ❶ 覆蓋，囊括。《詩經・大雅・皇矣》：「～有四方。」《淮南子・脩務》：「萬物至眾，而知不足以～之。」❷ 忽然。顏延之《和謝監靈運》：「王道～昏霾。」❸ 通「掩 yǎn」。掩藏，關閉。《晏子春秋・諫上》：「隱情～惡，蔽諂其上。」❹ 乘人不備而攻擊。《呂氏春秋・處方》：「四練卒以夜～荊人之所盛守。」

㊁ yān ❺ 同「閹」。宦官。《淮南子・時則》：「命～尹，申宮令。」❻ 長久，停留。《詩經・周頌・臣工》：「～觀銍艾。」（銍艾 zhìyì：收穫莊稼。）《漢書・禮樂志》：「神～留。」❼［奄奄］衰微，衰弱。李密《陳情表》：「氣息～～，人命危淺。」

衍 yǎn ❶ 水滿外溢。《史記・司馬相如列傳》：「東注太湖，～溢陂池。」《水經注・沁水》：「空渠～澇，足以成河。」引申為有餘，豐足。《荀子・君道》：「治則～及百姓，亂則不足及王公。」特指書籍因傳抄刊刻錯誤而多出來的字句。鄭樵《〈通志〉總序》：「既無～文，又無絕緒。」（絕緒：指殘缺的文字。）❷ 擴展，蔓延。《墨子・非攻中》：「廣～數於萬，不勝而辟。」（辟：避。）❸ 低而平坦的地方或土地。《左傳・襄公二十五年》：「井～沃。」（井：井田。）《呂氏春秋・愛類》：「無有丘陵沃～、平原高阜，盡皆滅之。」（無有：無論。）❹ 山坡。《史記・封禪書》：「文公夢黃蛇自天下屬地，其口止於鄜～。」（屬 zhǔ：連，連接。鄜 fū：地名。）

弇 yǎn ❶ 覆蓋，遮蔽。《墨子・耕柱》：「是猶～目而祝於叢社也。」（叢社：草木叢茂處的神社。）❷ 深邃。《呂氏春秋・仲冬》：「君子齋戒，處必～。」（處：居住。）又特指器物深，口小腹大。《呂氏春秋・季冬》：「其器宏以～。」❸ 狹窄。《左傳・襄公二十五年》：「行及～中，將舍。」❹ 承襲。《荀子・賦》：「法禹湯而能～跡者邪？」（法：效法。）

兗（兖） yǎn ❶［兗州］古九州之一。《呂氏春秋・有始》：「河濟之間為～～。」❷ 箭括，箭的末端。《漢書・揚雄傳下》：「～鋋瘢耆。」（鋋：鐵把短矛。瘢耆：馬背上的傷。）

剡 yǎn ❶ 削，削尖。《周易・繫辭下》：「刳木為舟，～木為楫。」（刳 kū：挖空。）引申為銳利。屈原《九章・橘頌》：「曾枝、～棘，圜果摶兮。」（曾：通「層」，重重疊疊。圜：同「圓」。摶：通「團」，圓。）又引申為鋒芒。《國語・晉語二》：「喪亂有小大，大喪大亂之～也，不可犯也。」❷ 舉起。《荀子・彊國》：「欲～其脛而以蹈秦之腹。」

掩 yǎn ❶遮蔽，覆蓋。《左傳・僖公三十三年》：「且吾不以一眚～大德。」（眚 shěng：過失。）《孟子・離婁下》：「西子蒙不潔，則人皆～鼻而過之。」今成語有「掩耳盜鈴」。❷匿藏。《左傳・文公十八年》：「毀則為賊，～賊為藏。」❸關閉，合上。沈約《直學省愁卧》：「愁人～軒卧。」（軒：門窗。）王駕《社日》：「豚柵雞棲半～扉。」❹盡，遍及。《淮南子・主術》：「故先王之法，畋不～羣。」（畋：打獵。）❺乘其不備而攻擊，攻擊。《史記・魏豹彭越列傳》：「於是上使使～梁王，梁王不覺。」《淮南子・脩務》：「為天下強～弱，眾暴寡。」

【辨析】掩、揜。見591頁「揜」字條。

眼 yǎn ❶眼珠。《莊子・盜跖》：「子胥抉～。」（抉：挖出。）泛指眼睛。《木蘭詩》：「雌兔～迷離。」（迷離：形容瞇着眼的樣子。）❷孔洞，小孔。杜甫《石筍行》：「古來相傳是海～。」韓鄂《歲華紀麗・七夕》：「穿針～，掛犢鼻。」引申為量詞，用於泉、井等。白居易《錢塘湖石記》：「湖中又有泉數十～。」

【辨析】眼、目、睛。見357頁「目」字條。

偃 yǎn ❶仰卧，仰。《詩經・小雅・北山》：「或息～在牀。」《呂氏春秋・古樂》：「鱓乃～寢，以其尾鼓其腹。」（鱓 tuó：通「鼉」，鱷魚。）引申為倒伏。《尚書・金縢》：「天大雷電以風，禾盡～。」今成語有「偃旗息鼓」。❷止息，停息。《呂氏春秋・蕩兵》：「夫兵不可～也。」《史記・律書》：「誅伐不可～於天下。」

【辨析】偃、斃、僵、仆、跌。見24頁「斃」字條。

琰 yǎn 琰圭，有尖鋒的圭。《周禮・春官・典瑞》：「～圭以易行，以除慝。」

揜 yǎn ❶捕取。《穀梁傳・昭公八年》：「～禽旅。」（旅：眾。）《說苑・修文》：「天子不合圍，諸侯不～羣。」引申為奪去。《淮南子・氾論》：「怯者夜見立表，以為鬼也，見寢石，以為虎也，懼～其氣也。」（表：標杆。）❷遮蔽，掩蓋。《禮記・大學》：「～其不善而著其善。」《呂氏春秋・自知》：「恐人聞之而奪己也，遽～其耳。」（遽 jù：急速。）❸承襲。《荀子・儒效》：「教誨開導成王，使諭於道，而能～跡於文武。」（文武：指周文王、周武王。）❹困迫。《禮記・表記》：「君子慎以辟禍，篤以不～，恭以遠恥。」

【辨析】揜、掩。二字本義有別。「掩」本義為遮蔽，「揜」本義為捕取。因古音相同，所以經常混用。

崦 yǎn 陡峭險峻的樣子。潘岳《西征賦》：「金墉鬱其萬雉，峻～峭以繩直。」（墉：城牆。雉：長三丈、高一丈為一雉。）

渰 yǎn ❶雨雲興起的樣子。《詩經・小雅・大田》：「有～萋萋，興雲祁祁。」（萋萋：雲盛的樣子。祁祁：舒緩的樣子。）❷通「淹 yān」。淹沒。《梁書・曹景宗傳》：「值暴風卒起，頗有～溺。」（卒 cù：突然。）

罨 yǎn ❶從上蓋下的一種網，也指用罨捕捉。左思《蜀都賦》：「～翡翠，釣鰋鮋。」（翡翠：鳥名。）❷覆蓋。張泌《春江雨》：「～岸春濤打船尾。」

厭 yǎn 見585頁「厭」㊂。

演 yǎn ❶水長流。《說文》：「～，長流也。」❷水土氣通，滋潤。《國語・周語上》：「夫水土～而民用也。」《水經注・濟水》：「川無滯越，水土通～。」❸推衍。司馬遷《報任安書》：「蓋文王拘而～《周易》。」❹延及。江淹《為蕭太傅謝追贈父祖表》：「澤～慶世。」

蝘 yǎn ❶[蝘蜓]壁虎，又名「守宮」。《荀子・賦》：「螭龍為～～。」《淮南子・精神》：「視龍猶～～，顏色不變。」❷蟬的一種。《詩經・大雅・蕩》「如蜩如螗」毛亨傳：「螗，～也。」釋文：「～，蟬屬也。」

黭 yǎn 青黑色。《說文》：「～，青黑也。」也指烏雲陰暗。蔡邕《述行賦》：「玄雲～以凝結兮。」[黭黮 dǎn]

昏暗不明。韓愈《為河南令上留守鄭相公啟》：「必諸從事與諸將吏未能去朋黨心，蓋覆～～，不以真情狀白露左右。」

鰋 yǎn 鮎魚。《詩經・小雅・魚麗》：「魚麗于罶，～鯉。」（麗 lí：遭遇。罶 liǔ：捕魚的竹簍。）

甗 yǎn 青銅或陶製炊具，下層可煮，上層可蒸。《周禮・考工記・陶人》：「陶人為～。」

【辨析】甗、甑。二者皆為蒸飯的炊具。《說文》互訓，渾言無別。析言之，則「甑」有七孔，必加箅蒸食。「甗」為無底「甑」。

鼴（鼹） yǎn 鼠名，即鼢鼠。張祜《少年樂》：「帶盤紅～鼠，袍研紫犀牛。」

儼 yǎn ❶莊重，恭敬。《詩經・陳風・澤陂》：「有美一人，碩大且～。」《禮記・曲禮上》：「毋不敬，～若思。」❷整齊的樣子。陶潛《桃花源記》：「土地平曠，屋舍～然。」杜甫《贈祕書監江夏李公邕》：「鐘律～高懸。」❸宛若，好像。趙嘏《詠端正春樹》：「異花奇葉～天成。」

巘 yǎn 小山，山峯。《詩經・大雅・公劉》：「陟則在～，復降在原。」（陟：登。）

魘 yǎn 夢中驚駭，噩夢。字本作「厭」。韓愈《陪杜侍御遊湘西兩寺獨宿有題因獻楊常侍》：「猶疑在波濤，怵惕夢成～。」

黶 yǎn 黑痣。《抱朴子・接疏》：「豈肯稱薪而爨，數粒而炊，并瑕棄璧，披毛索～哉！」代指黑。《宋書・顏延之傳》：「貧之病也，不惟形色粗～，或亦神心沮廢。」

研 yàn 見589頁「研」㊁。

咽 yàn 見587頁「咽」㊁。

彥 yàn 才德出眾的人。《詩經・鄭風・羔裘》：「彼其之子，邦之～兮。」（邦：國。）《世說新語・言語》：「後來之～，復何如中原？」

晏 yàn ❶天清無雲。《說文》：「～，天清也。」《呂氏春秋・誣徒》：「若～陰喜怒無處。」（處：常。）❷鮮豔。《詩經・鄭風・羔裘》：「羔裘～兮。」❸安閒。《莊子・知北遊》：「今日～閒，敢問至道。」❹晚。《論語・子路》：「子曰：『何～也？』」（子：孔子。）《呂氏春秋・制樂》：「於是早朝～退。」（退：指退朝休息。）

唁 yàn 對失國的人表示慰問。《詩經・鄘風・載馳》：「載馳載驅，歸～衛侯。」後特指慰問遭遇喪事的人。《宋史・蘇頌傳》：「遭母喪，帝遣中貴人～勞。」

【辨析】唁、弔。見106頁「弔」字條。

宴 yàn ❶安閒，閒暇。《國語・楚語上》：「臨事有瞽史之導，～居有師工之誦。」（瞽 gǔ：瞎子，這裏指樂官。史：史官。師：指樂師。工：樂工。）《漢書・汲黯傳》：「公孫弘～見，上或時不冠。」❷樂，快樂。《詩經・衛風・氓》：「總角之～。」（總角：兒童頭頂上紮的抓髻，這裏指兒時。）❸用酒食款待賓客，宴會。《左傳・文公四年》：「衛寧武子來聘，公與之～。」（寧武子：衛國大夫寧俞。聘 pìn：聘問，諸侯間的問候。）❹通「晏 yàn」。晚。《續世說・巧藝》：「秋也者，天將搖落肅殺，其歲之～乎？」

堰 yàn 攔水的壩。《水經注・河水》：「縣北有沙丘～。～，障水也。」引申為攔阻（水）。《三國志・魏書・董卓傳》：「卓偽欲捕魚，～其還道當所渡水為池，使水渟滿數十里。」

硯 yàn 硯臺，磨墨的文具。陸雲《與平原書》：「筆亦如吳筆，～亦爾。」（吳筆：吳地產的筆。爾：如此，這樣。）

雁 yàn ❶大雁。一種候鳥，飛行時排列成行。《漢書・蘇建傳附蘇武》：「言天子射上林中，得～。」（上林：園囿名。）王勃《滕王閣序》：「～陣驚寒，聲斷衡陽之浦。」❷假的，偽造的。這個意義後來寫作「贋」。《揮麈後錄》卷八：「～跡盡露。」

猒 ㊀ yàn ❶飽。後來寫作「饜」。馬王堆漢墓帛書乙本《老子・德經》：「～食而齎財有餘。」引申為滿足。《荀子・富國》：「割國之錙銖以賂之，則割定而欲無～。」❷ 信服。《後漢書・胡廣傳》：「便利未明，眾心不～。」❸ 厭惡，厭倦。《淮南子・齊俗》：「漆不～黑，粉不～白。」《漢書・王莽傳上》：「知太后～政。」

㊁ yā ❹ 鎮壓，壓制。《漢書・高帝紀上》：「秦始皇帝嘗曰『東南有天子氣』，於是東游以～當之。」

喭 yàn ❶ 粗俗，強悍。《論語・先進》：「由也～。」（由：仲由。）❷ 弔唁，哀悼。何劭《荀粲傳》：「（粲）婦病亡，未殯，傅嘏往～粲。」《新唐書・郭子儀傳》：「及入見，帝～之，即號泣。」❸ 通「諺 yàn」。諺語。《後漢書・虞詡傳》：「～曰：『關西出將，關東出相。』」

焰（燄） yàn 火苗。潘岳《馬汧督誄》：「火以起～。」比喻灼人的氣勢。《新唐書・丘和傳贊》：「帝王之將興，其威靈氣～有以動物悟人者。」又為燃燒。張讀《宣室志》卷六：「其光自土而出，若～薪火。」

焱 yàn 火花，火焰。班固《答賓戲》：「其餘～飛景附。」（景：影。）

厭 yàn 見 585 頁「厭」㊂。

鴈 yàn ❶ 鵝。《呂氏春秋・必己》：「故人喜，具酒肉，命豎子為殺～饗之。」（具：準備。豎子：童僕。饗：以酒食款待人。）《漢書・翟方進傳》：「有狗從外入，齧其中庭羣～數十。」❷ 同「雁」。大雁。《呂氏春秋・仲秋》：「候～來，玄鳥歸。」（玄鳥：燕子。）❸ 假的，偽造的。後來寫作「贋」。《韓非子・說林下》：「齊伐魯，索讒鼎，魯人以其～往。」（讒鼎：春秋魯鼎名。）

【說明】「雁」「鴈」二字依《說文》略有差別，家養的鵝叫「鴈」，候鳥的大雁叫「雁」。古籍中並無分別，實際當為一詞。

燕 ㊀ yàn ❶ 燕子。《左傳・襄公二十九年》：「夫子之在此也，猶～之巢於幕上。」❷ 通「宴 yàn」。1. 安，閒。《論語・述而》：「子之～居，申申如也。」2. 宴飲。《詩經・小雅・鹿鳴》：「我有旨酒，嘉賓式～以敖。」（式：與。敖：遨遊。）

㊁ yān ❸ 周代諸侯國名，戰國時為七雄之一，後為秦所滅。《韓非子・初見秦》：「親齊、～，以成霸王之名。」

諺 yàn ❶ 諺語。《左傳・僖公五年》：「～所謂『輔車相依，脣亡齒寒』者，其虞、虢之謂也。」（輔：面頰。車：牙牀骨。虞、虢：周代諸侯國名。）❷ 通「喭 yàn」。粗俗。《尚書・無逸》：「厥子乃不知稼穡之艱難，乃逸乃～。」（厥：其。逸：放蕩。）❸ 通「唁 yàn」。弔唁。《文心雕龍・書記》：「諺者，直語也。喪言亦不及文，故弔亦稱～。」（文：修飾。）

鴳 yàn 鳥名。又名鴳雀、斥鴳等。《國語・晉語八》：「平公射～不死，使豎襄搏之。」

贋（贗） yàn 假，偽。《宋書・戴法興傳》：「而道路之言，謂法興為真天子，帝為～天子。」

嚥 yàn 吞食。《論衡・奇怪》：「禹母吞薏苡，卨母～燕卵。」（卨 xiè：同「契」，商的始祖。）

爓 ㊀ yàn ❶ 火焰。班固《東都賦》：「揚光飛文，吐～生風。」

㊁ xún ❷ 古代祭祀用的在熱水中燙得半熟的肉。《禮記・禮器》：「三獻～，一獻孰。」（孰：熟。）

驗 yàn ❶ 憑證，證據。《史記・商君列傳》：「商君之法，舍人無～者坐之。」❷ 檢驗，查驗。《呂氏春秋・知度》：「無職者責其實以～其辭。」（責：求。）❸ 效果，效驗。《淮南子・主術》：「～在近而求之遠，故弗得也。」《三國志・吳書・吳主傳》：「表說水旱小事，往往有～。」

饜 yàn 飽，吃飽。《孟子・離婁下》：「其良人出，則必～酒肉而後反。」（良人：丈夫。反：返回。）《戰國策・齊策四》：「士三食不得～。」引申為滿足。《左傳・昭公二十八年》：「貪婪無～。」《韓非子・亡徵》：「饕貪而無～，近利而好得者，可亡也。」

【辨析】饜、飽。見 13 頁「飽」字條。

Y

讌 yàn ❶ 相聚敘談。《戰國策・齊策三》：「孟嘗君～坐，謂三先生曰。」《後漢書・馬武傳》：「帝后與功臣諸侯～語。」❷ 同「宴」。宴會。《新序・善謀下》：「孝惠皇帝與悼惠王～飲。」陶潛《於王撫軍座送客》：「瞻夕欣良～，離言聿云悲。」

鹽 yàn 見590頁「鹽」㊁。

醶 yàn 酒、醋、茶等味厚，濃。《齊民要術・作酢法》：「三七日酢熟，美～。」

讞 yàn 審判定罪。《禮記・文王世子》：「獄成，有司～于公。」《漢書・景帝紀》：「獄疑者～有司。」（獄：獄訟，官司。有司：主管官吏。）

豔（艷、豓） yàn ❶ 容貌漂亮。《左傳・桓公元年》：「美而～。」又用作動詞。《淮南子・精神》：「獻公～驪姬之美而亂四世。」引申為色彩鮮明。張協《七命》：「浮彩～發。」又引申為文辭華麗。《三國志・吳書・吳主傳》：「信言不～。」（信言：誠實的話。）❷ 羨慕。《韓非子・外儲說左上》：「夫不謀治強之功，而～乎辯說文麗之聲。」宋濂《送東陽馬生序》：「余則緼袍敝衣處其間，略無慕～意。」（緼yùn：舊絮。略無：毫無。）

灩（灔、灧） yàn ❶ [灩灩] 水波搖動的樣子。何遜《望新月示同羈》：「的的與沙靜，～～逐波輕。」❷ [灩澦] 即灩澦堆。長江瞿塘峽口的險灘。張祜《送曾黯遊夔州》：「不遠夔州路，層波～～連。」

yang

央 ㊀ yāng ❶ 中心，中央。《詩經・秦風・蒹葭》：「溯游從之，宛在水中～。」❷ 終結，盡。《詩經・小雅・庭燎》：「夜如何其？夜未～。」《呂氏春秋・知化》：「雖勝之，其後患未～。」❸ 請求。曹唐《小遊仙》：「無～公子停鸞轡。」
㊁ yīng ❹ [央央] 鮮明的樣子。《詩經・小雅・六月》：「白旆～～。」

泱 ㊀ yāng ❶ [泱泱] 1. 水深廣的樣子。《詩經・小雅・瞻彼洛矣》：「瞻彼洛矣，維水～～。」2. 宏大的樣子。《左傳・襄公二十九年》：「為之歌齊，曰：『美哉！～～乎，大風也哉！』」
㊁ yǎng ❷ [泱漭] 廣闊無際的樣子。張衡《西京賦》：「山谷原隰，～～無疆。」

殃 yāng 災禍，災害。《左傳・莊公二十年》：「哀樂失時，～咎必至。」《呂氏春秋・孟春》：「是月也，不可以稱兵，稱兵必有天～。」（稱：舉。）又為殘害。《孟子・告子下》：「不教民而用之，謂之～民。」今成語有「禍國殃民」。

秧 yāng 稻禾類的幼苗。杜甫《行官張望補稻畦水歸》：「插～適云已，引溜加溉灌。」

鞅 yāng ❶ 套在馬頸上的皮帶。《左傳・襄公十八年》：「大子抽劍斷～。」（大子：太子。）借指車馬。陶潛《歸園田居》之二：「野外罕人事，窮巷寡輪～。」❷ [鞅掌] 繁忙的樣子。《詩經・小雅・北山》：「或王事～～。」嵇康《與山巨源絕交書》：「心不耐煩，而官事～～。」

鴦 yāng [鴛鴦] 見641頁「鴛」字條。

羊 yáng 羊。《詩經・大雅・生民》：「牛～腓字之。」（腓：避。字：哺乳。）

佯 yáng 假裝。《孫子・軍爭》：「～北勿從。」（北：敗。）《史記・淮陰侯列傳》：「蒯通說不聽，已～狂為巫。」

徉 yáng [彷徉] 見133頁「彷」字條。[徜徉] 見51頁「徜」字條。

洋 yáng ❶ 廣大，盛大。司馬相如《難蜀父老》：「蓋聞中國有至仁焉，德～恩普。」❷ [洋洋] 1. 水勢浩大的樣子。《詩經・衛風・碩人》：「河水～～。」2. 廣大無邊的樣子。《詩經・大雅・大明》：「牧野～～。」3. 舒緩的樣子。《孟子・萬章上》：「少則～～焉，攸然而逝。」❸ 大海。徐兢《宣和奉使高麗圖經・海道一》：「～中有石，曰半洋焦。」（此義產生甚晚。）

烊 yáng 熔化。《法苑珠林》卷九十：「以鐵鉗開口，灌以～銅。」

痒 ㈠ yáng ❶ 病。《詩經・小雅・正月》：「哀我小心，癙憂以～。」（癙 shǔ：病。）引申為病害，損害。《詩經・大雅・桑柔》：「降此蟊賊，稼穡卒～。」（蟊：吃禾根的害蟲。賊：吃禾節的害蟲。卒：盡。）

㈡ yǎng ❷ 同「癢」。癢。《周禮・天官・疾醫》：「夏時有～疥疾。」《易林・蹇之革》：「頭～搔跟，無益於疾。」（跟：腳跟。）

揚 yáng ❶ 飛揚，舉起。《詩經・小雅・沔水》：「鴥彼飛隼，載飛載～。」（鴥 yù：疾飛的樣子。隼 sǔn：一種猛禽。）屈原《九章・哀郢》：「楫齊～以容與兮。」（楫：船槳。容與：徘徊不進的樣子。）❷ 簸動，掀動。《詩經・小雅・大東》：「維南有箕，不可以簸～。」（箕：星宿名，有四星，形似簸箕。）屈原《漁父》：「世人皆濁，何不淈其泥而～其波？」（淈 gǔ：渾濁。）❸ 稱頌，宣揚。《詩經・大雅・江漢》：「虎拜稽首，對～王休。」（虎：召穆公，名虎。對：酬答。休：美好。）《荀子・不苟》：「君子崇人之德，～人之美。」引申為發揚，繼承。《尚書・洛誥》：「以予小子，～文武烈。」（烈：事業。）❹ 眉毛及上下的部分。《詩經・鄘風・君子偕老》：「子之清～。」引申為容貌漂亮。裴度《自題寫真贊》：「爾才不長，爾貌不～。」❺ 斧類武器。《詩經・大雅・公劉》：「弓矢斯張，干戈戚～。」（戚：斧類。）❻ 古九州之一。《論衡・難歲》：「青、兗、徐、～之地。」

陽 yáng ❶ 山的南面，水的北面。《詩經・召南・殷其雷》：「殷其雷，在南山之～。」又《秦風・渭陽》：「我送舅氏，曰至渭～。」地名第二個字為「陽」的，一般都來自這個意義。如「衡陽」在衡山之南，「洛陽」在洛水之北。❷ 陽光，太陽。《詩經・小雅・湛露》：「匪～不晞。」（匪：非。晞 xī：曬乾。）《孟子・滕文公上》：「秋～以暴之。」又為溫暖。《詩經・豳風・七月》：「春日載～，有鳴倉庚。」（載：開始。有：詞頭。倉庚：黃鶯。）❸ 鮮明，明亮。《詩經・豳風・七月》：「載玄載黃，我朱孔～，為公子裳。」（載：則。玄、黃：指染成黑紅色和黃色。孔：很。）曹植《洛神賦》：「神光離合，乍陰乍～。」❹ 表面上，假裝。《漢書・高帝紀》：「～尊懷王為義帝，實不用其命。」鄒陽《獄中上梁王書》：「是以箕子～狂，接輿避世。」（箕子：紂的叔伯。接輿：楚國的隱者。）❺ 哲學名詞。參見「陰」字條。

楊 yáng 楊樹。《詩經・陳風・東門之楊》：「東門之～，其葉牂牂。」（牂牂 zāngzāng：茂盛的樣子。）

暘 yáng ❶ 日出。《說文》：「～，日出也。」又指出太陽的晴天。《論衡・寒溫》：「雨，且～反寒。」又指太陽。蔡襄《自漁梁驛至衢州大雪有懷》：「新～破曉晴。」❷ 明亮。江淹《丹砂可學賦》：「冀幽路之或～。」

瘍 yáng 瘡。《左傳・襄公十九年》：「（荀偃）生～於頭。」引申為潰爛。《素問・風論》：「皮膚～潰。」

鍚 yáng ❶ 馬額上的金屬飾物，馬走動時發出聲響。《詩經・大雅・韓奕》：「鉤膺鏤～。」❷ 盾背的金屬飾物。《禮記・郊特牲》：「朱干設～。」（干：盾。）

颺 yáng ❶ 隨風飛揚。宋玉《九辯》：「何曾華之無實兮，從風雨而飛～。」（華：古「花」字。）又指鳥高飛。《後漢書・呂布傳》：「譬如養鷹，飢則為用，飽則～去。」❷ 簸揚。《晉書・孫綽傳》：「簸之～之，糠秕在前。」❸ 顯揚，顯示。《尚書・益稷》：「工以納言，時而～之。」張衡《西京賦》：「麗服～菁。」（菁：華美。）特指容貌出眾。《左傳・昭公二十八年》：「今子少不～，子若無言，吾幾失子矣。」

卬 yǎng 見4頁「卬」㈡。

仰 yǎng ❶ 臉朝上，抬頭，與「俯」相對。《呂氏春秋・知分》：「～而呼天。」引申為對上，向高處。《孟子・梁惠王上》：「～不足以事父母，俯不足以畜妻子。」司馬遷《報任安書》：「～億萬之師，與單于連戰十有餘日。」又引申為敬慕。張衡《思玄賦》：「～先哲之玄訓兮。」（玄訓：有關道德的教誨。）❷ 依仗，依賴。《墨子・七患》：「凡五穀者，民之所～也。」《韓非子・外儲說右上》：「不～君祿。」

泱 yǎng 見 594 頁「泱」㊁。

痒 yǎng 見 595 頁「痒」㊁。

養 yǎng ❶ 養活，使能生活下去。《戰國策・齊策四》：「是助王～其民也。」特指奉養（父母或其他尊親）。這個意義舊讀 yàng。《韓非子・內儲說下六微》：「此孝子之所以～親。」泛指飼養（動物）或培植（植物）。《周禮・夏官・圉人》：「圉人掌～馬芻牧之事。」《管子・牧民》：「藏於不竭之府者，～桑麻，育六畜也。」❷ 保養。《莊子・養生主》：「吾聞庖丁之言，得～生焉。」《呂氏春秋・孝行》：「安牀笫，節飲食，～體之道也。」❸ 修養。《孟子・公孫丑上》：「我善～吾浩然之氣。」《淮南子・俶真》：「和愉虛無，所以～德也。」❹ 教育。《周禮・地官・保氏》：「保氏掌諫王惡，而～國子以道。」（國子：指貴族子弟。）❺ 調治，調養。《周禮・天官・疾醫》：「疾醫掌～萬民之疾病。」《墨子・號令》：「傷甚者，令歸治病，家善～，予醫給藥。」（給：供給。）❻ 發癢。後來寫作「癢」。《荀子・正名》：「疾、～、滄、熱。」（滄 chuàng：寒涼。）

【辨析】 養、畜。見 70 頁「畜」字條。

瀁 yǎng 見 596 頁「瀁」㊁。

癢 yǎng 癢。《禮記・內則》：「疾痛苛～，而敬抑搔之。」

怏 yàng 不服氣，不滿意。《戰國策・趙策三》：「辛垣衍～然不悅，曰：『噫！亦太甚矣，先生之言也。』」［怏怏］不服氣，不滿意。《史記・白起王翦列傳》：「白起之遷，其意尚～～不服。」

恙 yàng ❶ 憂慮。《說文》：「～，憂也。」《史記・平津侯主父列傳》：「君不幸罹霜露之病，何～不已。」（罹：遭受。已：止。）❷ 災禍。《戰國策・齊策四》：「歲亦無～耶？」（歲：年成，收成。）又特指疾病。《呂氏春秋・異用》：「孔子荷杖而問之曰：『子之公不有～乎？』」

漾 yàng ❶ 古水名，漢水上游。《尚書・禹貢》：「嶓冢導～，東流為漢。」（嶓冢：山名。）❷ 水流長。王粲《登樓賦》：「路逶迤而脩迥兮，川既～而濟深。」（脩：長。迥 jiǒng：遠。）❸ 水動盪的樣子。謝惠連《泛南湖至石帆》：「漣漪繁波～。」

樣 yàng ❶ 式樣。《隋書・何稠傳》：「凡有所為，何稠先令亙、袞立～，當時工人皆稱其善，莫能有所損益。」❷ 形狀。杜甫《楊監又出畫鷹十二扇》：「近時馮紹正，能畫鷙鳥～。」❸ 量詞。一種稱一樣。王建《宮詞》之十六：「新衫一～殿頭黃。」范成大《晚步西園》：「一種東風兩～心。」

瀁 ㊀ yàng 同「漾」。❶ 古水名。《史記・夏本紀》：「嶓冢道～，東流為漢。」（道：導。）❷ 盪漾。隋煬帝《春江花月夜》之二：「春潭～月暉。」
㊁ yǎng ❸［瀇瀁］見 521 頁「瀇」字條。

yao

幺 yāo 小，細。柳宗元《童區寄傳》：「幸得壯大，則縛取～弱者。」

夭 yāo ❶ 屈曲。《說文》：「～，屈也。」《史記・司馬相如列傳》：「～蟜枝格。」❷ 夭折，早死。《呂氏春秋・適音》：「人之情，欲壽而惡～。」《淮南子・地形》：「食穀者知慧而～。」引申為摧折。《管子・禁藏》：「毋伐木，毋～英。」（英：花。）❸ 災禍。《詩經・小雅・正月》：「民今之無祿，天～是椓。」（椓 zhuó：殘害。）❹ 枯槁，憔悴。《淮南子・本經》：「萬物燋～。」《素問・玉版》：「色～面脫不治。」❺ 草木茂盛的樣子。《尚書・禹貢》：「厥草惟～，厥木惟喬。」

（厥 jué：其。喬：高大。）引申為豔麗。王粲《神女賦》：「育～麗之神人。」❻ 初生的動植物。《國語・魯語上》：「且夫山不槎蘖，澤不伐～。」（槎 chá：砍伐。蘖：樹木砍後再生的枝條。）《淮南子・本經》：「刳胎殺～，麒麟不游。」

妖 yāo ❶ 怪異反常的事物。《左傳・莊公十四年》：「～由人興也。人無釁焉，～不自作。」（釁：過隙。）《呂氏春秋・慎大》：「子不聽父，弟不聽兄，君令不行，此～之大者也。」也指迷信中的鬼怪。《論衡・訂鬼》：「武安且卒，～象竇嬰、灌夫之面也。」（武安：武安侯田蚡。且卒：將死。）❷ 豔麗。曹植《名都篇》：「名都多～女，京洛出少年。」［妖冶］豔麗。司馬相如《上林賦》：「～～嫺都。」（都：美。）

【辨析】妖、怪。見 175 頁「怪」字條。

殀 yāo ❶ 短命，夭折。《孟子・盡心上》：「～壽不貳，修身以俟之，所以立命也。」屈原《離騷》：「曰鮌婞直以亡身兮，終然～乎羽之野。」（婞 xìng 直：剛愎。羽：指羽山。）❷ 摧折，斬殺。《禮記・王制》：「不殺胎，不～夭。」（夭：幼稚之物。）

祅 yāo 反常怪異的事物或現象。《荀子・天論》：「～怪不能使之凶。」《戰國策・楚策四》：「先生老悖乎，將以為楚國～祥乎？」（悖：昏惑。將：選擇連詞，還是。祥：吉凶的預兆。）

要 ㊀ yāo ❶ 腰。後來寫作「腰」。《墨子・兼愛中》：「昔者楚靈王好細～。」《呂氏春秋・順民》：「孤雖知～領不屬，首足異處。」（領：脖子。屬：連。）❷ 攔截，攔擊。《孟子・滕文公下》：「葛伯率其民～其有酒食黍稻者奪之。」（葛伯：人名。）《後漢書・班彪傳附班超》：「乃遣兵數百於東界上～之。」引申為要挾。《左傳・昭公二十五年》：「展與夜姑將～余。」（展：公思展，人名。夜姑：申夜姑，人名。）《論語・憲問》：「雖曰不～君，吾不信也。」又引申為約束，控制。《左傳・隱公三年》：「～之以禮。」❸ 邀請。《史記・項羽本紀》：「張良出，～項伯。」陶潛《桃花源記》：「便～還家。」❹ 求取，求得。《莊子・讓王》：「殺伐以～利。」《淮南子・詮言》：「妄為而～中。」

㊁ yào ❺ 關鍵，要點。《荀子・彊國》：「然則凡為天下之～，義為本。」（為：治理。）韓愈《進學解》：「記事者必提其～。」❻ 概括，總括。司馬遷《報任安書》：「～之，死日然後是非乃定。」陸機《五等諸侯論》：「且～而言之：五等之君，為己思治；郡縣之長，為利圖物。」

訞 yāo 怪異。《荀子・非十二子》：「如是而不服者，則可謂～怪狡猾之人矣。」

喓 yāo ［喓喓］蟲聲。《詩經・召南・草蟲》：「～～草蟲。」

葽 yāo ❶ 一種草本植物。《詩經・豳風・七月》：「四月秀～。」❷ 草茂盛的樣子。《漢書・禮樂志》：「豐草～。」

腰 yāo ❶ 腰部。《莊子・齊物論》：「民濕寢則～疾偏死。」（偏死：半身癱瘓。）引申指事物的中間部分。庾信《枯樹賦》：「橫洞口而欹臥，頓山～而半折。」❷ 腎。俗稱腰子。《素問・金匱真言論》：「北風生於冬，病在腎，俞在～股。」❸ 量詞。用於衣帶。《北史・柳裘傳》：「賜綵三百匹，金九環帶一～。」

徼 yāo 見 247 頁「徼」㊃。

邀 yāo ❶ 迎候。《莊子・寓言》：「陽子居南之沛，老聃西遊於秦，～於郊，至於梁而遇老子。」（陽子居：人名。沛、梁：地名。）又為攔截。《漢書・匈奴傳上》：「大將軍霍光欲發兵～擊之。」❷ 邀請。孟浩然《過故人莊》：「故人具雞黍，～我至田家。」白居易《琵琶行》：「移船相近～相見。」❸ 求取。《淮南子・詮言》：「責多功鮮，無以塞之，則妄發而～當，妄為而要中。」（責：債。鮮：少。要：求。）韓愈《黃家賊事宜狀》：「意在～功求賞。」

爻 yáo 《周易》中組成卦的符號。「—」是陽爻，「--」是陰爻。含有交錯和變化之意。每三爻合成一卦，得八卦；兩卦相重得六十四卦。《周易・繫辭下》：「～也者，效天下之動者也。」

肴(餚) yáo 魚肉之類葷菜。《國語・晉語一》：「飲而無～。」宋玉《招魂》：「～羞未通，女樂羅些。」（女樂：歌舞伎。些：語氣詞。）

洮 yáo 見496頁「洮」㊁。

姚 yáo ❶姓。相傳為舜的姓。《左傳・哀公元年》：「虞思於是妻之以二～。」❷貌美。《荀子・非相》：「莫不美麗～冶。」❸通「遙 yáo」。遠。《荀子・榮辱》：「其功盛～遠矣。」

珧 yáo 蚌類動物，甲殼可用為裝飾品。《山海經・東山經》：「東流注于激女之水，其中多蜃～。」

烑 yáo 光，明亮。《淮南子・要略》：「挾日月而不～，潤萬物而不耗。」

陶 yáo 見496頁「陶」㊁。

堯 yáo ❶高。《說文》：「～，高也。」❷傳說中古帝王名。《孟子・滕文公上》：「當～之時，天下猶未平。」

軺 yáo 輕便的小車。《說文》：「～，小車也。」《史記・季布欒布列傳》：「朱家乃乘～車之洛陽。」（朱家：人名。之：往。）

搖 yáo ❶擺動，搖動。《左傳・昭公二十三年》：「三國敗，諸侯之師乃～心矣。」司馬遷《報任安書》：「猛虎在深山，百獸震恐，及在檻阱之中，～尾而求食。」❷上升，飄舉。《漢書・禮樂志》：「將～舉，誰與期？」班固《西都賦》：「遂乃風舉雲～，浮遊溥覽。」

傜 yáo 勞役。《韓非子・備內》：「～役少則民安。」《淮南子・本經》：「民力竭於～役。」

瑤 yáo 美玉。《詩經・衛風・木瓜》：「投我以木瓜，報之以瓊～。」（瓊：美玉。）屈原《離騷》：「為余駕飛龍兮，雜～象以為車。」（象：象牙。）比喻珍貴美好，常用作美稱。司空圖《月下留丹竈》：「～函真跡在，妖魅敢揚威？」（函：書函，書籍。）宇文融《奉和命宴都堂賜詩》：「飛文～札降，賜酒玉杯傳。」（札：書信。）

僥 yáo 見245頁「僥」㊁。

銚 ㊀ yáo ❶大鋤。《戰國策・秦策四》：「無把～推耨之勢而有積粟之實。」《鹽鐵論・申韓》：「犀～利鉏。」（犀：鋒利。鉏：同「鋤」。）

㊁ tiáo ❷長矛。《呂氏春秋・簡選》：「鋤櫌白梃，可以勝人之長～利兵。」（櫌 yōu：平土的農具。白梃：白茬的木棒。）

遙 yáo ❶遠。《荀子・正論》：「～者諸侯不聽。」《呂氏春秋・長攻》：「其妻～聞之狀，磨笄以自刺。」又指時間久。宋玉《九辯》：「靚杪秋之～夜兮。」（靚 jìng：靜。杪秋：季秋。）❷飄遙。景差《大招》：「魂魄歸徠，無遠～只。」（徠：招來。只：語氣詞。）

【辨析】遙、遼、遐、遠。見311頁「遼」字條。

嶢 yáo ❶[嶢崢 zhēng] 山勢高峻的樣子。張衡《河東賦》：「乘翠龍而超河兮，陟西嶽之～～。」❷[嶢埆] 土地瘠薄。《洛陽伽藍記・宋雲惠生使西域》：「此國漸出葱嶺，土田～～，民多貧困。」

窯(窰、窑) yáo 燒製磚瓦陶器等的設施。《墨子・備穴》：「穴內口為竈，令如～。」

繇 ㊀ yáo ❶草木茂盛。《尚書・禹貢》：「厥草惟～，厥木惟條。」❷通「遙 yáo」。遙遠。《荀子・禮論》：「先王恐其不文也，是以～其期。」❸通「傜 yáo」。傜役。《管子・臣乘馬》：「起一人之～，百畝不舉。」❹通「搖 yáo」。搖動。《史記・蘇秦列傳》：「二日而莫不盡～。」❺通「謠 yáo」。歌謠。《漢書・李尋傳》：「揆山川變動，參人民～俗。」（揆 kuí：考察。）

㊁ yóu ❻由，從。《呂氏春秋・自知》：「奚～自知哉？」（奚：何。）《漢書・馮唐傳》：「～此言之，陛下雖得李牧，不能用也。」

㊂ zhòu ❼卜卦的占辭。《左傳・閔公二年》：「成風聞成季之～。」（成風：

魯莊公妾，僖公母。成季：魯莊公弟，即季友。）

謠 yáo ❶ 不用樂器伴奏唱歌。《詩經・魏風・園有桃》：「心之憂兮，我歌且～。」❷ 歌謠，歌曲。《呂氏春秋・先識》：「歌～好悲，其主弗知惡。」《淮南子・主術》：「陳之以禮樂，風之以歌～。」❸ 謠言，憑空捏造的話。屈原《離騷》：「眾女嫉余之蛾眉兮，～諑謂余以善淫。」（眾女：喻眾奸臣。蛾眉：像蠶蛾之眉一樣的眉毛，形容貌美。諑 zhuó：誣衊。淫：淫邪。）

【辨析】謠、歌、謳。見 160 頁「歌」字條。

飆 yáo 飄搖。班固《幽通賦》：「～颽風而蟬蛻兮。」（颽風：南風。）

鰩 yáo 文鰩魚。《呂氏春秋・本味》：「雚水之魚名曰～。」

杳 yǎo ❶ 昏暗。屈原《九歌・山鬼》：「～冥冥兮羌晝晦。」（冥冥：幽暗。）❷ 深遠，高遠。《漢書・揚雄傳上》：「～旭卉兮。」杜牧《阿房宮賦》：「～不知其所之也。」[杳眇] 深遠的樣子。《史記・司馬相如列傳》：「俯～～而無見。」❸ 不見蹤影。林景熙《仙壇寺西林》：「古壇仙鶴～，野鹿自成羣。」

咬（齩） ㊀ yǎo ❶ 以口嚼物。《漢書・食貨志上》：「易子而～其骨。」貫休《送僧歸剡山》：「荒林猴～栗。」

㊁ jiāo ❷ [咬咬] 鳥聲。禰衡《鸚鵡賦》：「～～好音。」

舀 yǎo 用勺等舀取。《說文》：「～，抒臼也。」（抒：舀取。）

窅 yǎo ❶ 眼睛深陷的樣子。引申為凹下。《靈樞・水脹》：「按其腹，～而不起。」❷ 深遠，精深。《鶡冠子・夜行》：「～乎冥乎，中有精乎。」《莊子・知北遊》：「夫道，～然難言哉！」

窈 yǎo 深遠，幽深。《老子》第二十一章：「～兮冥兮，其中有精。」（冥：深遠。）王安石《遊褒禪山記》：「有穴～然。」又為昏暗。《淮南子・道應》：「可以～，可以明。」[窈窕] 1. 美好的樣子。《詩經・周南・關雎》：「～～淑女，君子好逑。」（逑 qiú：配偶。）2. 幽深的樣子。陶潛《歸去來兮辭》：「既～～以尋壑。」（壑：山澗。）

麇 yǎo 幼麋。《國語・魯語上》：「魚禁鯤鮞，獸長麑～。」

騕 yǎo [騕褭 niǎo] 良馬名。《淮南子・齊俗》：「夫待～～飛兔而駕之，則世莫乘車。」（飛兔：良馬名。）

要 yào 見 597 頁「要」㊁。

葯 ㊀ yào△ ❶ 白芷的葉，也指白芷。屈原《九歌・湘夫人》：「桂棟兮蘭橑，辛夷楣兮～房。」（蘭：指木蘭。橑 liáo：椽子。辛夷：樹名。楣：門框上的橫木。）《淮南子・脩務》：「身若秋～被風，髮若結旌。」

㊁ yuē△ ❷ 纏繞。潘岳《射雉賦》：「首～綠素。」

【說明】「葯」與「藥」在古代是兩個不同的字，現在「藥」簡化作「药」，「葯」不當簡化。

曜 yào ❶ 日光。《詩經・檜風・羔裘》：「日出有～。」《水經注・廬江水》：「晨光初散，則延～入石。」泛指光亮，光芒。張衡《西京賦》：「流景～之韡曄。」（韡曄 wěiyè：光明的樣子。）❷ 照耀。《漢書・中山靖王傳》：「明月～夜。」左思《詠史》：「連璽～前庭。」❸ 炫耀，顯示。《國語・吳語》：「若無越，則吾何以春秋～吾軍士？」《太玄・賦》：「伯姬～名。」❹ 指日月星辰。《素問・天元紀大論》：「七～周旋。」（七曜：指日、月和水、火、木、金、土五星。）

燿 ㊀ yào 同「耀」。❶ 光芒。《呂氏春秋・孝行》：「光～加於百姓。」❷ 照耀。《淮南子・說山》：「～蟬者務在明其火。」❸ 炫惑。《淮南子・脩務》：「察於辭者不可～以名。」

㊁ shuò ❹ 銷熔。《漢書・藝文志》：「後世～金為刃，割革為甲，器械甚備。」（備：齊備。）

藥 yào△ 能治病的植物，泛指一切可治病之物。《周禮・天官・疾醫》：

Y

「以五味、五穀、五～養其病。」（五藥：指草、木、蟲、石、穀。）《呂氏春秋・察今》：「病萬變，～亦萬變。」又用作動詞。用藥物治療。《詩經・大雅・板》：「不可救～。」《荀子・富國》：「彼得之不足以～傷補敗。」特指古代術士所謂服後能長生不老的丹藥之類。《戰國策・楚策四》：「有獻不死之～於荊王者，謁者操以入。」

耀 yào ❶光芒。《論衡・雷虛》：「當雷之時，電光時見，大若火之～。」（見：現。）❷照，照耀。《荀子・致仕》：「夫～蟬者，務在明其火、振其樹而已。」《呂氏春秋・審分》：「神通乎六合，德～乎海外。」❸顯示。《國語・周語》：「先王～德不觀兵。」又為炫耀。《左傳・哀公二十三年》：「君命瑤，非敢～武也。」（瑤：指智伯瑤。）

鷂 yào 鷂鷹，鷂子。宋玉《高唐賦》：「雕鶚鷹～，飛揚伏竄。」

ye

枒 ㊀ yē ❶椰樹。左思《蜀都賦》：「其樹則有……棕、～、楔、樅。」㊁ yá ❷［枒杈］樹枝縱橫雜出的樣子。王惲《趙邈齪虎圖行》：「石觜～～橫積鐵。」

咽 yē 見587頁「咽」㊂。

椰 yē 樹名，也指其果實，即椰子。左思《吳都賦》：「～葉無陰。」

噎 yē△ 食物塞住咽喉。《詩經・王風・黍離》：「中心如～。」泛指阻塞。《三國志・吳書・陸遜傳》：「城門～不得關。」

邪 yé 見562頁「邪」㊁。

耶 yé ❶句末語氣詞。表疑問，相當於「嗎」「呢」。《韓非子・外儲說右上》：「汝狗猛～？」范仲淹《岳陽樓記》：「然則何時而樂～？」❷通「爺 yé」。父親。杜甫《北征》：「見～背面啼，垢膩腳不襪。」

揶 yé ［揶揄］嘲笑，戲弄。《東觀漢記・王霸》：「上令霸至市口募人，將以擊郎，市人皆大笑，舉手～～之，霸慚而去。」（郎：王郎，人名。）

爺 yé 父親。《木蘭詩》：「軍書十二卷，卷卷有～名。」引申為對男性尊長的敬稱。劉克莊《賀新郎・送陳真州子華》：「記得太行兵百萬，曾入宗～駕御。」

鎁 yé ［鏌鎁］見355頁「鏌」字條。

也 yě ❶語氣詞。用於句末，表示判斷、確認。《左傳・宣公二年》：「董狐，古之良史～。」《左傳・僖公三十二年》：「若潛師以來，國可得～。」（潛師：偷偷派軍隊。）❷語氣詞。用於句中，表示停頓。《左傳・襄公三年》：「午～可。」（午：祁午，人名。）《莊子・山木》：「向～不怒而今～怒。」（向：從前。）❸副詞。承接上文，表示同樣。庾信《鏡賦》：「不能片時藏匣裏，暫出園中～自隨。」

冶 yě ❶熔煉金屬。《韓非子・外儲說左上》：「今臣～人也，無以為之削。」（削：刻削工具。）也指熔煉金屬的工匠。《莊子・大宗師》：「今之大～鑄金。」《淮南子・齊俗》：「非巧～不能以治金。」❷妖媚，豔麗。《周易・繫辭上》：「～容誨淫。」（冶容：打扮得過分豔麗。）

野（埜、壄） yě ❶郊外。《詩經・邶風・燕燕》：「之子于歸，遠送于～。」引申指田野。《呂氏春秋・審己》：「稼生於～而藏於倉。」泛指境域。《莊子・在宥》：「入無窮之門，以遊無極之～。」引申為民間，與「朝」相對。《尚書・大禹謨》：「君子在～，小人在位。」《漢書・藝文志》：「禮失而求諸～。」❷野生的，非人工馴養或培植的。《淮南子・人間》：「譬猶以大牢享～獸。」劉禹錫《烏衣巷》：「朱雀橋邊～草花。」❸缺乏文采，粗野。《論語・雍也》：「質勝文則～。」《呂氏春秋・遇合》：「為～音而反善之。」

曳 yè ❶拉，牽引。《左傳・僖公二十八年》：「欒枝使輿～柴而偽遁。」（輿：車。）《孟子・梁惠王上》：「棄甲～兵而走。」❷困頓。《後漢書・馮衍傳》：「貧而不衰，賤而不恨，年雖疲～，猶庶幾名賢之風。」❸ 逾越。王褒《洞簫賦》：「狀若捷武，超騰逾～，迅漂巧兮。」

夜 yè 夜晚，與「日」「晝」相對。《詩經·衛風·氓》：「夙興～寐。」張繼《楓橋夜泊》：「～半鐘聲到客船。」

拽 yè△ ❶ 拉，牽引。張衡《思玄賦》：「～雲旗之離離。」李商隱《韓碑》：「長繩百尺～碑倒。」❷ 船旁板。孔稚珪《北山移文》：「今又促裝下邑，浪～上京。」（下邑：指海鹽縣。上京：指京都建康。）

掖 yè△ ❶ 挾持，拉人手臂。《左傳·僖公二十五年》：「衛人伐邢，二禮從國子巡城，～以赴外，殺之。」（二禮：指衛國派到邢國做官的禮至及其弟。國子：邢國正卿。）引申為扶持。《詩經·陳風·衡門序》：「故作是詩以誘～其君也。」❷ 腋下。後來寫作「腋」。《史記·商君列傳》：「千羊之皮，不如一狐之～。」引申為旁，邊。《漢書·高後紀》：「入未央宮～門。」王安石《遊鍾山》之四：「欲尋西～路，更上北山頭。」

液 yè△ 津液。《素問·調經論》：「人有精氣津～。」又泛指液體。《莊子·人間世》：「以為門戶則～樠。」（樠：滲溢的樣子。）又為溶化，冰凍融解。《文子·上仁》：「渙兮其若冰之～者，不敢積藏也。」

【辨析】液、汁。《說文》：「液，𦝫也。」「汁，液也。」「𦝫」是人體津液的本字。「液」指人體的津液，所以《說文》說「洟」是鼻液，「汗」是身液。「液」引申泛指一般的液體。「汁，液也」即用「液」的這個引申義。「汁」多指食物中的液體。如《說文》「灝，豆汁也。」

擛 yè 見449頁「擛」㊁。

殗 yè△ 重疊。左思《吳都賦》：「重葩～葉。」

暍 yè 見193頁「暍」㊁。

腋 yè△ 人體臂與肩連接處靠底下的部分。也指禽獸的翅或腿與腹部的連接處。《靈樞·骨度》：「～以下至季脅，長一尺二寸。」《史記·趙世家》：「吾聞千羊之皮不如一狐之～。」

葉 yè△ ❶ 植物的葉子。《詩經·衛風·氓》：「桑之未落，其～沃若。」（沃若：潤澤的樣子。）❷ 世，時期。《詩經·商頌·長發》：「昔在中～，有震且業。」（震：震盪。業：危險。）《淮南子·脩務》：「稱譽～語，至今不休。」（葉語：世代傳說。）❸ 書頁。《宋史·何涉傳》：「人問書傳中事，必指卷第冊～所在，驗之果然。」❹ 地名，春秋時楚地，在今河南葉縣南。這個意義舊讀 shè。《左傳·宣公三年》：「楚人鴆之，及～而死。」

【說明】「叶」「葉」在古代音義都不相同，不能通用。現在「葉」簡化作「叶」。

業 yè△ ❶ 懸掛鐘磬的架子上作為裝飾用的木板，上面刻有鋸齒形。《詩經·周頌·有瞽》：「設～設虡。」（虡 jù：懸掛編鐘編磬的木架。）又指書冊的夾板。《禮記·曲禮上》：「請～則起。」❷ 事務。《周易·繫辭上》：「盛德大～，至矣哉！」《孟子·梁惠王上》：「君子創～垂統為可繼也。」此指事業、功業。《國語·周語上》：「庶人工商，各守其～。」此指職業。《韓非子·飾邪》：「家有常～，雖飢不餓。」此指產業、家業。《孟子·告子下》：「願留而受～於門。」此指學業。❸ 創始。《國語·齊語》：「擇其善者而～用之。」《史記·太史公自序》：「項梁～之，子羽接之。」又指繼承。《左傳·昭公元年》：「臺駘能～其官。」（臺駘 tái：汾河河神。）❹ 次序，次第。《國語·晉語四》：「信於事，則民從事有～。」❺ 已經。《史記·司馬相如列傳》：「相如欲諫，～已建之，不敢。」

暍 yè△ ❶ 中暑。《淮南子·人間》：「病～而飲之寒。」《漢書·武帝紀》：「夏，大旱，民多～死。」❷ 暑熱，熱。杜甫《雷》：「氣～腸胃融，汗濕衣裳污。」[暍暍] 大熱。《素問·刺瘧》：「足太陽之瘧，先寒後熱，熇熇～～然。」（熇熇 hèhè：熾熱。）

鄴 yè△ 古地名。春秋時齊桓公始建城邑，後入衛。戰國時為魏地。在今河北臨漳縣。《呂氏春秋・不苟》：「晉文公將伐～。」

曄 yè△ ❶光輝燦爛的樣子。屈原《遠遊》：「耀靈～而西征。」（耀靈：太陽的異名。）張衡《思玄賦》：「列缺～其照夜。」（列缺：閃電。）❷美盛的樣子。宋玉《神女賦序》：「～兮如華。」

謁 yè△ ❶稟告。《左傳・桓公十七年》：「事至而戰，又何～焉？」（事：指戰事。）《淮南子・道應》：「使者來～之。」引申為告發。《呂氏春秋・當務》：「楚有直躬者，其父竊羊而～之上。」❷請求。《史記・春申君列傳》：「李園求事春申君，為舍人，已而～歸。」（舍人：門客。已而：不久。）❸謁見，拜見。《史記・淮陰侯列傳》：「欲～上，恐見禽。」（見：被。禽：擒。）❹名帖。寫有求見者姓名、籍貫、官爵及事項的名片。《史記・酈生陸賈列傳》：「使者懼而失～，跪拾～。」

擪 yè△ 用手指按壓。《淮南子・泰族》：「所以貴扁鵲者，非貴其隨病而調藥，貴其～息脈血，知病之所從生也。」

饁 yè△ ❶給在田間耕作的人送飯。《詩經・豳風・七月》：「同我婦子，～彼南畝。」（婦子：女人和孩子。南畝：泛指田地。）❷古代田獵時以獵物祭四郊之神。《周禮・春官・小宗伯》：「帥有司而～獸于郊。」

靨（靨） yè△ 面頰上的小圓窩，俗稱酒窩。《淮南子・說林》：「～酺在頰則好，在顙則醜。」（酺 fǔ：面頰。顙 sǎng：額。）

yi

一 yī△ ❶基數，一。《論語・衛靈公》：「有～言而可以終身行之者乎？」又為序數，第一。《左傳・宣公十五年》：「不祀，～也；耆酒，二也。」（耆：同「嗜」，愛好。）用如動詞。統一，使……一致。《孫子・軍爭》：「金鼓旌旗者，所以～人之耳目也。」引申為專一。《荀子・勸學》：「用心～也。」又為同，一樣。《呂氏春秋・察今》：「古今～也，人與我同耳。」❷都，一概。《詩經・邶風・北門》：「政事～埤益我。」（埤 pí：厚，重重地。益我：加給我。）《史記・曹相國世家》：「舉事無所變更，～遵蕭何約束。」❸一旦。《戰國策・秦策三》：「彼～見秦王，秦王必相之。」❹乃，竟。《戰國策・齊策一》：「靖郭君之於寡人，～至於此乎？」《呂氏春秋・貴直》：「士之速弊～若此乎？」［一何］多麼。古詩《陌上桑》：「使君～～愚！」杜甫《石壕吏》：「吏呼～～怒，婦啼～～苦！」

【辨析】一、壹。二者本義不同，「一」是數詞，「壹」是動詞，義為專一。「壹」偶爾用作數詞，但一般只作狀語，表動量；「一」也可表示專一義。在其他意義上，二者也常常通用。

伊 yī ❶指示代詞。這，那。《詩經・秦風・蒹葭》：「所謂～人，在水一方。」《左傳・宣公二年》：「我之懷矣，自詒～慼。」（詒：給。慼：憂。）❷第三人稱代詞。《世說新語・識鑑》：「使～去，必能克定西楚。」柳永《蝶戀花》：「為～消得人憔悴。」❸句首語氣詞。《詩經・鄭風・溱洧》：「惟士與女，～其相謔。」又用於句中幫助判斷。《詩經・小雅・蓼莪》：「蓼蓼者莪，匪莪～蒿。」（匪：非。）《後漢書・宦者傳》：「今得臣舉者，匪榮～辱。」

衣 yī ❶上衣。《詩經・邶風・綠衣》：「綠～黃裳。」（裳 cháng：下裙。）泛指衣服。《詩經・豳風・七月》：「無～無褐，何以卒歲？」又用作動詞。穿（衣服）。這個意義舊讀 yì。《孟子・滕文公上》：「許子必織布然後～乎？」（許子：許行。）❷覆蓋，裹束。《周易・繫辭下》：「古之葬者，厚～之以薪。」（薪：柴草。）柳宗元《段太尉逸事狀》：「裂裳～瘡。」

【辨析】衣、裳。見51頁「裳」字條。

依 yī ❶靠着。《左傳・定公四年》：「～於庭牆而哭。」引申為依靠，依仗。《左傳・隱公六年》：「我周之東遷，

Y

晉、鄭焉～。」(焉：指示代詞，複指前置賓語「晉鄭」。)又引申為依從，依照。《詩經·小雅·小旻》：「謀之不臧，則具是～。」(臧：善。具：皆。是：此，「依」的賓語。)屈原《離騷》：「願～彭咸之遺則。」(彭咸：商代賢大夫。)［依違］猶豫，模棱。《論衡·問孔》：「孔子之言，解情而無～～之意。」今成語有「依違兩可」。❷ 通「扆 yǐ」。屏風。《禮記·曲禮下》：「天子當～而立。」

【辨析】依、靠、倚。見279頁「靠」字條。

猗 ㊀ yī ❶［猗猗］美盛的樣子。《詩經·衛風·淇奧》：「瞻彼淇奧，綠竹～～。」(奧：水邊彎曲處。)❷ 語氣詞。《詩經·魏風·伐檀》：「河水清且漣～。」❸ 歎詞。表示讚歎。《詩經·周頌·潛》：「～與漆、沮，潛有多魚。」(潛：水中供魚類棲止的積柴。)

㊁ ē ❹［猗儺 nuó］輕柔、美盛的樣子。《詩經·檜風·隰有萇楚》：「隰有萇楚，～～其枝。」(隰 xí：低濕的地方。萇楚：一種藤本植物。)

揖 ㊀ yī△ ❶ 拱手行禮。《論語·八佾》：「～讓而升，降而飲。」《孟子·滕文公上》：「門人治任將歸，入～於子貢。」(任：指行裝。)今成語有「開門揖盜」。❷ 謙讓。《漢書·王莽傳上》：「公惟國家之統，～大福大恩，事事謙退，動而固辭。」

㊁ jí△ ❸ 會集。《史記·秦始皇本紀》：「摶心～志。」(摶 tuán：聚。)

壹 yī△ ❶ 專一。《孟子·公孫丑上》：「志～則動氣，氣～則動志也。」《呂氏春秋·樂成》：「皆～於為，則無敗事矣。」引申為統一，一致。《左傳·昭公二十三年》：「政令不～。」❷ 基數詞。一。《呂氏春秋·用民》：「～引其綱，萬目皆張。」《戰國策·楚策一》：「～發而殪。」❸ 一概，一律。《漢書·霍光傳》：「政事～決於光。」❹ 一旦。《漢書·燕刺王旦傳》：「大王～起，國中雖女子皆奮臂隨大王。」❺ 竟然。《說苑·尊賢》：「士～至如此乎？」❻ 的確，實在。《禮記·檀弓下》：「子之哭也，～似重有憂者。」(重：重疊。)

【辨析】壹、一。見602頁「一」字條。

椅 ㊀ yī ❶ 樹名。《詩經·鄘風·定之方中》：「樹之榛栗，～桐梓漆。」

㊁ yǐ ❷ 椅子。《新五代史·景延廣傳》：「延廣所進器服鞍馬，茶牀～榻，皆裹金銀。」

禕 yī 美好。張衡《東京賦》：「漢帝之德，侯其～而。」(侯：何。而：語氣詞。)

漪 yī ❶ 水的波紋。陸機《贈弟子龍》：「陸陵峻坂，川越洪～。」又用作動詞，起波紋。《文心雕龍·定勢》：「譬激水不～，枯木無陰，自然之勢也。」❷ 岸邊。《吳越春秋·王僚使公子光傳》：「子胥即止蘆之～。」

噫 ㊀ yī ❶ 歎詞。《論語·先進》：「顏淵死，子曰：『～！天喪予，天喪予！』」

㊁ ài ❷ 吹氣。《莊子·大宗師》：「夫大塊～氣，其名為風。」

繄 yī ❶ 戟衣，盛戟的套子。《管子·問》：「戈戟之～，其厲何若？」❷ 句首、句中語氣詞。《左傳·隱公元年》：「爾有母遺，～我獨無。」(爾：你。遺 wèi：給。)又《僖公五年》：「民不易物，惟德～物。」

醫 yī ❶ 醫生。《莊子·列御寇》：「秦王有病召～。」《呂氏春秋·察今》：「譬之若良～，病萬變，藥亦萬變。」❷ 治病，醫治。《周禮·天官·醫師》：「聚毒藥以共～事。」(共：供給。)《史記·扁鵲倉公列傳》：「適其共養，此不當～治。」

黟 yī 黑色。歐陽修《秋聲賦》：「宜其渥然丹者為槁木，～然黑者為星星。」

鷖 yī ❶ 鷗，又名水鴞。《詩經·大雅·鳧鷖》：「鳧～在涇。」❷ 鳥名，鳳凰之類。屈原《離騷》：「駟玉虬以乘～兮。」

匜 yí 古代盥洗時用以注水的器具，形如瓢，前有流，後有把。《左傳·僖公二十三年》：奉～沃盥。」（奉：捧。沃：注水。）

台 ㊀ yí ❶ 第一人稱代詞。我。《尚書・湯誥》：「肆～小子將天命明威。」❷ 快樂。後來寫作「怡」。《史記・太史公自序》：「唐堯遜位，虞舜不～。」

㊁ tái ❸ 星名，即三台星，共六顆。《晉書・天文志》：「三～六星，兩兩而居。」❹ [台背]「台」通「鮐」，背部有黑紋的魚。老年人背部有鮐紋，所以用以指長壽年老的人。《詩經・大雅・行葦》：「黃耇～～。」（黃：指黃髮。耇 gǒu：老。）

圯 yí 橋。《史記・留侯世家》：「（張）良嘗閒從容步游下邳～上。有一老父，衣褐，至良所，直墮其履～下。」

夷 yí ❶ 古代對東方各族的統稱。《左傳・昭公四年》：「東～叛之。」《呂氏春秋・古樂》：「商人服象，為虐于東～。」（服：役使。）又泛指中原華夏族之外的少數民族。《孟子・滕文公上》：「吾聞用夏變～者，未聞變於～者也。」❷ 平，平坦。《老子》第五十五章：「大道甚～。」王安石《遊褒禪山記》：「夫～以近，則遊者眾；險以遠，則至者少。」❸ 平和，喜悅。《詩經・小雅・節南山》：「君子如～，惡怒是違。」（違：消除。）《詩經・鄭風・風雨》：「既見君子，云胡不～。」❹ 剷平。《左傳・襄公十四年》：「塞井～竈。」引申為毀滅。《呂氏春秋・知化》：「滅其社稷，～其宗廟。」又為殺戮。《史記・淮陰侯列傳》：「遂～信三族。」❺ 傷，創傷。《周易・明夷》：「～于左股。」《左傳・成公十六年》：「子反命軍吏察～傷。」（子反：人名。）

杝 ㊀ yí ❶ 樹名，即椴木。《禮記・檀弓上》：「～棺一。」

㊁ lì ❷ 籬笆。《齊民要術・序》：「～落不完。」

㊂ zhì ❸ 順着木材的紋理劈開。《詩經・小雅・小弁》：「析薪～矣。」

㊃ duò ❹ 船舵。《後漢書・趙壹傳》：「奚異涉海之失～。」（奚：何。）

佗 yí 見 514 頁「佗」㊂。

沂 yí ❶ 古水名，源出山東曲阜東南的尼山，西流合於泗水。《論語・先進》：「浴乎～。」❷ 通「垠 yín」。岸，邊。《漢書・敘傳上》：「漢良受書於邳～。」（良：指張良。邳沂：下邳的河邊。）

怡 yí 和悅，愉快。《禮記・內則》：「父母有過，下氣～色，柔聲以諫。」屈原《九章・哀郢》：「心不～之長久兮，憂與愁之相接。」陶潛《桃花源記》：「黃髮垂髫，並～然自樂。」今成語有「心曠神怡」。

宜 yí ❶ 合適，適宜。《呂氏春秋・當賞》：「主之賞罰爵祿之所加者～，則親疏遠近賢不肖皆盡其力而以為用矣。」《淮南子・主術》：「舉動廢置，曲得其～。」又指適宜之事。《呂氏春秋・季冬》：「以待來年之～。」今成語有「因地制宜」。❷ 應該，應當。《孟子・梁惠王上》：「～乎百姓之謂我愛也。」（愛：吝嗇。）諸葛亮《出師表》：「誠～開張聖聽，以光先帝遺德。」❸ 表示擬測或推斷，大概，恐怕。《左傳・成公六年》：「視流而行速，不安其位，～不能久。」《孟子・滕文公下》：「枉尺而直尋，～若可為也。」（尋：八尺。）

迤(迆) yí 見 607 頁「迤(迆)」㊁。

施 yí 見 456 頁「施」㊂。

洟 yí 鼻涕。《禮記・檀弓上》：「（主人）待于廟，垂涕～。」又為擤鼻涕，流鼻涕。《禮記・內則》：「（在父母舅姑之所）不敢唾～。」

【辨析】 洟、淚、泗、涕。見 299 頁「淚」字條。

姨 yí ❶ 妻的姐妹。《詩經・衛風・碩人》：「東宮之妹，邢侯之～。」《呂氏春秋・長攻》：「息夫人，吾妻之～也。」❷ 母親的姐妹。《左傳・襄公二十三年》：「繼室以其姪，穆姜之～子也。」

酏 yí 釀酒用的稀粥。《禮記・內側》：「或以～為醴。」

訑 yí 見91頁「訑」㊁。

蛇(虵) yí 見449頁「蛇(虵)」㊁。

移 yí ❶搖動，動搖。《禮記·玉藻》：「而手足毋～。」《孟子·滕文公下》：「貧賤不能～。」❷遷徙。《孟子·梁惠王上》：「河內凶，則～其民於河東。」(凶：荒年。)引申為改變，變化。《呂氏春秋·察今》：「世易時～，變法宜矣。」今成語有「移風易俗」。❸傳遞(書信、文書)。《韓非子·存韓》：「二國事畢，則韓可以～書定也。」《漢書·楚元王傳附劉歆》：「歆因～書太常博士。」(太常博士：官名。)❹為文體的一種，多用於不相統屬的官署之間。《文心雕龍·檄移》：「陸機之～百官，言約而事顯。」孔稚珪《北山移文》：「勒～山庭。」(勒：刻。山庭：指山前。)

痍 yí 傷，創傷。《公羊傳·成公十六年》：「王～者何？傷乎矢也。」今成語有「滿目瘡痍」。

貽 yí ❶贈送，送給。《詩經·邶風·靜女》：「靜女其孌，～我彤管。」(孌：嬌美。彤管：紅色管狀的初生的草。)《淮南子·說林》：「毋～盲者鏡。」❷遺留，留給。《尚書·五子之歌》：「有典有則，～厥子孫。」

詒 ㊀yí ❶留給，送給。《詩經·小雅·天保》：「神之弔矣，～爾多福。」《左傳·昭公六年》：「叔向使～子產書。」(叔向、子產：人名。使：派人。)
㊁dài ❷欺騙。《中論·考偽》：「骨肉相～，朋友相詐。」

椸 yí 衣架。《禮記·曲禮上》：「男女不同～枷。」

暆 yí 太陽徐徐移動的樣子。《說文》：「～，日行～～也。」也指太陽西斜。《藝林伐山·日斜曰暆》：「《越絕》漁父歌：『日昭昭，浸以～。』日斜也。」

飴 ㊀yí ❶用米、麥芽製成的糖稀。《呂氏春秋·異用》：「仁人之得～，以養疾侍老也。」❷通「貽yí」。贈給。《漢書·楚元王傳附劉向》：「又曰：『～我釐麰。』」(今本《詩經·周頌·思文》作「貽我來牟」。意思是贈給我小麥大麥。)
㊁sì ❸同「飼」。給人吃，餵。《晉書·王導傳》：「蓄以私米作饘粥，以～餓者。」(蓄：人名。)《南史·梁武帝紀》：「有男子不知何許人，於大眾中自割身以～飢鳥。」

【辨析】飴、餳。見569頁「餳」字條。

澺 yí 露水濃重。劉基《雪鶴篇贈詹同文》：「桂華窅窪甘露～。」(窅yǎo窪：凸凹。)[澺澺]1.露水濃重的樣子。劉基《秋懷》：「瞻彼原隰，零露～～。」2.潔白的樣子。枚乘《七發》：「浩浩～～，如素車白馬帷蓋之張。」

疑 yí ❶疑惑。《孫子·謀攻》：「三軍既惑且～，則諸侯之難至矣。」引申為猜忌。《史記·屈原賈生列傳》：「信而見～，忠而被謗。」(見：被。)又為名詞。疑問。《列子·湯問》：「其妻獻～曰。」❷猶豫。《韓非子·解老》：「必成功，則其行之也不～。」《呂氏春秋·不廣》：「成教垂名，於此乎在矣，君其勿～。」❸畏懼。《管子·小問》：「駮食虎豹，故虎～焉。」(駮bó：猛獸名。)❹相似。《呂氏春秋·疑似》：「～似之跡，不可不察。」李白《望廬山瀑布》：「飛流直下三千尺，～是銀河落九天。」❺通「擬nǐ」。比擬。《呂氏春秋·慎勢》：「立天子不使諸侯～焉。」賈誼《論積貯疏》：「遠方之能～者，並舉而爭起矣。」

儀 yí ❶儀容，儀表。《詩經·曹風·鳲鳩》：「淑人君子，其～不忒。」(淑：善。忒tè：差。)《淮南子·道應》：「晏子與崔杼盟，臨死地而不變其～。」引申為禮節，禮儀。《荀子·正論》：「故諸夏之國，同服同～。」❷法度，準則。《國語·周語下》：「示民軌～也。」(軌：法度。)《淮南子·主術》：「動靜中～。」又為效法，取法。《國語·周語下》：「上不象天，而下不～地。」❸古代觀測日影的表柱。泛指儀器。《後漢書·律曆下》：「曆數之生也，乃立～、表，以校日景。」(景：影。)❹配偶，匹配。《詩經·鄘風・柏舟》:「髧彼兩髦，實維我～。」(髧 dàn：髮下垂的樣子。兩髦 máo：指未成年男子的髮式。)宋玉《高唐賦》:「殊無物類之可～比。」

頤 yí ❶面頰，腮。《莊子・人間世》:「～隱於臍，肩高於頂。」《淮南子・道應》:「錣上貫～，血流至地。」(錣 zhuì：馬策頂端的針。)❷養，保養。《後漢書・馬融傳》:「先王所以平和府藏，～養精神，致之無疆。」(府藏：腑臟。)《晉書・鄭沖傳》:「公宜～精養神。」❸歎詞。表示慨歎。《史記・陳涉世家》:「客曰:『夥～！涉之為王沈沈者！』」(夥：多。)

遺 ㊀yí ❶丟掉，失掉。《呂氏春秋・貴公》:「荊人有～弓者，而不肯索。」(索：找。)賈誼《過秦論》:「秦無亡矢～鏃之費。」(亡：失去。鏃 zú：箭頭。)引申為漏掉，忘掉。《韓非子・有度》:「刑過不避大臣，賞善不～匹夫。」《史記・淮陰侯列傳》:「審毫氂之小計，～天下之大數。」又為丟失或遺漏的東西。司馬遷《報任安書》:「次之又不能拾～補闕。」(闕：缺失。)❷拋棄，遺棄。《韓非子・五蠹》:「借於外力，以成其私，而～社稷之利。」賈誼《治安策》:「商君～禮義，棄仁恩。」❸遺留。《呂氏春秋・孝行》:「身者，父母之～體也。」《史記・項羽本紀》:「此所謂養虎自～患也。」特指前人留下的。《荀子・勸學》:「不聞先王之～言，不知學問之大也。」引申為剩餘。《漢書・食貨志上》:「地有～利，民有餘力。」❹排泄大小便。《史記・廉頗藺相如列傳》:「然與臣坐，頃之，三～矢矣。」(頃之：一會兒。矢：通「屎」。)《漢書・東方朔傳》:「朔嘗醉入殿中，小～殿上。」

㊁wèi ❺給予，贈送。《左傳・隱公元年》:「小人有母，皆嘗小人之食矣，未嘗君之羹，請以～之。」《史記・魏公子列傳》:「公子聞之，往請，欲厚～之。」

【辨析】遺、失。見456頁「失」字條。

嶷 ㊀yí ❶[九嶷]山名，在今湖南寧遠。《山海經・海內經》:「南方蒼梧之丘，蒼梧之淵，其中有～～山，舜之所葬。」

㊁nì△ ❷[嶷嶷]山高峻的樣子。陶潛《感士不遇賦》:「山～～而懷影，川汪汪而藏聲。」用於抽象意義，指品德高尚。《史記・五帝本紀》:「其色郁郁，其德～～。」

彝 yí ❶古代青銅器的通稱，多指宗廟祭祀用的禮器。《國語・楚語下》:「～器之量。」(量：指大小。)又專指酒器。《國語・周語中》:「出其樽～，陳其鼎俎。」❷常，常法。《尚書・君奭》:「無能往來，茲迪～教。」(茲：此。迪：啟迪。)《詩經・大雅・烝民》:「民之秉～，好是懿德。」(秉：執。是：此。懿：美。)

乙 yǐ△ ❶天干的第二位。與地支相配以紀日、紀年。《尚書・召誥》:「越六日～未，王朝步自周。」《左傳・宣公二年》:「～丑，趙穿攻靈公於桃園。」(趙穿：人名。)❷讀書停止處畫的記號。《史記・滑稽列傳》:「人主從上方讀之，止，輒～其處。」

已 yǐ ❶停止。《詩經・鄭風・風雨》:「風雨如晦，雞鳴不～。」又為罷了，算了。《論語・微子》:「～而，～而！今之從政者殆而。」(而：語氣詞。殆 dài：危險。)❷完畢。《戰國策・齊策二》:「言未～，齊讓又至。」(讓：責備。)又指完成，實現。《史記・魏其武安侯列傳》:「夫不喜文學，好任俠，～然諾。」(夫：灌夫。文學：指文獻典籍。然諾：諾言。)❸疾止，病除。《呂氏春秋・至忠》:「王叱而起，疾乃遂～。」❹撤除，罷免。《論語・公冶長》:「令尹子文三仕為令尹，無喜色；三～之，無愠色。」(愠 yùn：怨怒。)《孟子・梁惠王下》:「士師不能治士，如之何？王曰：～之。」(士師：司法官之長。)❺已經。《論語・微子》:「道之不行，～知之矣。」❻隨即，不久。《史記・項羽本紀》:「廢以為侯，～又殺之。」[已而]不久。《史記・秦始皇本紀》:「荊王獻青陽以西，～～畔約。」(畔：通「叛」，違背。)❼太，過分。《左傳・僖公元年》:「君子以齊人之殺哀姜也為～甚矣。」(哀姜：魯莊公夫人。)《史記・白起王翦列傳》：「將軍之乞貸，亦～甚矣。」❽ 通「矣 yǐ」。語氣詞。《老子》第二章：「天下皆知美之為美，斯惡～。」(斯惡已：就顯出醜惡了。) ❾ 通「以 yǐ」。表示時間、方位等的界限。《孫子・作戰》：「得車十乘～上，賞其先得者。」

以(㠯) yǐ ❶ 任用，使用。屈原《九章・涉江》：「忠不必用兮，賢不必～。」《呂氏春秋・分職》：「為圓必～規，為方必～矩。」❷ 認為，以為。《呂氏春秋・去尤》：「彼～至美不如至惡。」《戰國策・趙策四》：「老臣～媼為長安君計短也。」❸ 原因，緣故。《詩經・邶風・旄丘》：「何其久也？必有～也。」《列子・周穆王》：「宋人執而問其～。」❹ 指示代詞。此。《呂氏春秋・慎大》：「《周書》曰：『若臨深淵，若履薄冰。』～言慎事也。」《韓非子・愛臣》：「夫燕宋之所以弒其君者，皆～類也。」❺ 介詞。1. 用，拿。《左傳・成公二年》：「蛇出於其下，～肱擊之。」也指憑藉某種資格、身分。《漢書・張騫傳》：「騫～校尉從大將軍擊匈奴。」(校尉：官名。) 2. 因為。《戰國策・魏策》：「夫韓魏滅亡，而安陵以五十里之地存者，徒～有先生也。」(徒：只。) 3. 表示時間。《呂氏春秋・孟春》：「天子乃～元日祈穀于上帝。」(元日：吉日。) 4. 表示界限。《戰國策・趙策四》：「今三世～前，至於趙之為趙。」《呂氏春秋・上農》：「凡民自七尺～上，屬諸三官。」(三官：指農工商三種職業。) ❻ 連詞。表示並列關係。《呂氏春秋・辯土》：「故畝欲廣～平，甽欲小而深。」(甽 quǎn：田壟間的小水溝。) 王安石《遊褒禪山記》：「險～遠，則至者少。」❼ 通「已 yǐ」。1. 已經。《國語・晉語四》：「其聞之者，吾～除之也。」2. 停止。《孟子・梁惠王上》：「無～，則王乎？」

阤(陁) yǐ 見 678 頁「阤(陁)」㊁。

佁 ㊀ yǐ ❶ 癡呆的樣子。《說文》：「～，癡皃。」引申為靜止的樣子。柳宗元《至小丘西小石潭記》：「日光下徹，影布石上，～然不動。」❷ 深思的樣子。《管子・侈靡》：「～美然後有輝。」
㊁ chì ❸ [佁儗] 停滯不前。《史記・司馬相如列傳》：「沛艾赳螑仡以～～兮。」(沛艾：馬頭搖動的樣子。赳螑：伸頸低頭的樣子。仡：抬頭。)

矣 yǐ 語氣詞。1. 對事物的動態表示已然或將然。《左傳・宣公二年》：「晨往，寢門闢～。」(闢：開。)《論語・陽貨》：「諾，吾將仕～。」2. 表示感歎。《戰國策・趙策三》：「亦太甚～，先生之言也！」3. 表示祈使。《戰國策・齊策四》：「先生休～！」4. 表示停頓。《詩經・周南・漢廣》：「漢之廣～，不可泳思。」(思：句末語氣詞。)《呂氏春秋・處方》：「此則工～巧～，而不足法。」(法：效法。)

苡(苢) yǐ ❶ [芣 fú 苡] 見 145 頁「芣」字條。❷ [薏苡] 見 614 頁「薏」字條。

迤(迆) ㊀ yǐ ❶ 斜行，曲折延伸。《尚書・禹貢》：「至于東陵，東～，北會于匯。」(匯：指彭蠡澤。) 又為斜倚。張衡《東京賦》：「立戈～戛。」(戛 jiá：長矛。) [迤邐 lǐ] 曲折綿延的樣子。謝朓《治宅》：「～～西山足。」(足：指山腳下。)
㊁ yí ❷ [逶迤] 見 523 頁「逶」字條。

倚 yǐ ❶ 斜靠着。《莊子・德充符》：「～樹而吟。」引申為依仗，依託。《尚書・君陳》：「無～勢作威。」《呂氏春秋・制樂》：「故禍兮福之所～，福兮禍之所伏。」❷ 偏，傾斜。《禮記・中庸》：「中立而不～。」《淮南子・說山》：「～牆之傍，不可以立。」❸ 依照，配合。多指以歌合樂或以樂伴歌。《史記・張釋之馮唐列傳》：「使慎夫人鼓瑟，上自～瑟而歌。」

【辨析】倚、靠、依。見 279 頁「靠」字條。

扆 yǐ 宮殿門窗之間的地方。《說文》：「～，戶牖之間謂之～。」特指門窗之間的屏風。《荀子・儒效》：「負～而坐，諸侯趨走堂下。」（負：背。）《淮南子・氾論》：「負～而朝諸侯。」（朝：用作使動，使……朝見。）

椅 yǐ 見 603 頁「椅」㊁。

鳦 yǐ△ 燕子。《詩經・邶風・燕燕》「燕燕于飛」毛亨傳：「燕燕，～也。」

旖 yǐ [旖旎] 1. 柔順的樣子。李白《愁陽春賦》：「何垂楊～～之愁人。」2. 茂盛的樣子。東方朔《七諫・謬諫》：「橘柚萎枯兮，苦李～～。」

踦 yǐ 見 394 頁「踦」㊂。

螘（蟻） yǐ ❶ 螞蟻。《呂氏春秋・節喪》：「善棺槨，所以避螻～蛇蟲也。」❷ 浮蟻，酒面上的泡沫。陶潛《挽歌辭》二：「春醪生浮～。」（醪 láo：濁酒。）

檥 yǐ 調整船隻使靠岸。《史記・項羽本紀》：「於是項王乃欲東渡烏江，烏江亭長～船待。」

艤 yǐ 停船靠岸。左思《蜀都賦》：「試水客，～輕舟。」

齮 yǐ 咬。《說文》：「～，齧也。」王令《謝李常伯》：「～嚼午忘飢。」引申為毀傷。《史記・田儋列傳》：「且秦復得志於天下，則～齕用事者墳墓矣。」（齕：咬，毀傷。）又引申為侵犯。王安石《祭范潁州仲淹文》：「戎孽猘狂，敢～我疆。」

鸃 yǐ 見 2 頁「鸃」㊁。

乂 yì ❶ 割草。後來寫作「刈」。《說文》：「～，芟草也。」（芟 shān：割。）❷ 治理。《尚書・堯典》：「有能俾～。」《大戴禮記・曾子立事》：「戰戰惟恐不能～。」❸ 安定。《史記・孝武本紀》：「天下～安。」❹ 才能出眾的人。《尚書・皋陶謨》：「俊～在官。」

弋 yì△ ❶ 小木樁。《爾雅・釋宮》：「雞棲於～為榤。」揚雄《長楊賦》：「椓巀嶭而為～。」（椓 zhuó：擊削。巀嶭 jiéniè：山名。）❷ 帶繩的箭。《莊子・應帝王》：「鳥高飛以避矰～之害。」《呂氏春秋・季春》：「田獵罼～，罝罘羅網，餵獸之藥，無出九門。」（罼 bì、罝 jū、罘 fú：都是捕野獸的網。）又用作動詞。用繫繩的箭射鳥。《詩經・鄭風・女曰雞鳴》：「～鳧與雁。」（鳧 fú：野鴨。）又泛指射獵。《呂氏春秋・處方》：「韓昭釐侯出～。」❸ 獵取，獲取。《尚書・多士》：「非我小國敢～殷命。」❹ 黑色。《漢書・文帝紀》：「身衣～綈。」（綈 tí：一種粗而厚的絲織品。）

刈 yì ❶ 割取。《詩經・周南・漢廣》：「翹翹錯薪，言～其楚。」（錯：錯雜。楚：一種落葉灌木。）屈原《離騷》：「願竢時乎吾將～。」（竢 sì：待。）引申為斬殺。《呂氏春秋・順說》：「～人之頸，刳人之腹。」（刳 kū：剖開。）❷ 農具，鐮刀之類。《國語・齊語》：「時雨既至，挾其槍、～、耨、鎛，以旦暮從事於田野。」（槍、耨、鎛：農具名。）

仡 yì△ 健壯勇武的樣子。《公羊傳・宣公六年》：「趙盾之車右祁彌明者，國之力士也，～然從乎趙盾而入。」[仡仡] 1. 勇武的樣子。《尚書・秦誓》：「～～勇夫，射御不違。」2. 高聳的樣子。《詩經・大雅・皇矣》：「崇墉～～。」（墉：城牆。）3. 勤奮不倦的樣子。《晏子春秋・雜下》：「～～然不知厭。」

屹 yì△ 高聳的樣子。王延壽《魯靈光殿賦》：「～山峙以紆鬱。」（紆鬱：盤曲的樣子。）比喻意志堅定。《史記・周本紀》：「棄為兒時，～如巨石。」（棄：周的始祖。）

忞 yì 懲戒，警戒。《說文》：「～，懲也。」《晉書・地理志上》：「始皇初并天下，懲～戰國，削罷列侯。」（始皇：指秦始皇。戰國：各諸侯國。）

亦 yì△ ❶ 古「腋」字。《說文》：「～，人之臂～也。」❷ 副詞。也。《左傳・僖公三十年》：「然鄭亡，子～有不利焉。」《韓非子・初見秦》：「為人臣不忠，當死；言而不當，～當死。」❸ 副詞。又。《孫子・虛實》：「越人之兵雖多，～奚益於勝敗哉？」（奚：何。）《莊子・田子方》：「夫哀莫大於心死，而身死～次之。」❹ 語氣詞。不過，只是。表示局限。《論語・先進》：「～各言其志也！」《呂氏春秋・貴直》：「～有君不能耳，士何弊之有？」❺ 語氣詞。無義。《詩經・召南・草蟲》：「～既見止，～既覯止。」（止：語氣詞。覯 gòu：相遇。）

抑 yì△ ❶ 按，按壓。《老子》第七十七章：「高者～之，下者舉之。」《淮南子・精神》：「病疵瘕者，捧心～腹。」（疵瘕：病名。）引申為壓抑。屈原《離騷》：「屈心而～志兮。」❷ 抑制，阻止。《戰國策・秦策一》：「約縱散橫，以～強秦。」（縱：指合縱。橫：指連橫。）《史記・魏公子列傳》：「遂乘勝逐秦軍至函谷關，～秦兵，秦兵不敢出。」❸ 俯，低下。《晏子春秋・諫下》：「晏子～首而不對。」引申為低。成公綏《嘯賦》：「響～揚而潛轉。」❹ 連詞。1. 表示輕微的轉折。《左傳・襄公二十三年》：「多則多矣，～君似鼠。」韓愈《答李翊書》：「～又有難者。」2. 表示選擇。《論語・學而》：「夫子至於是邦也，必聞其政，求之與，～與之與？」（後「與」是句末語氣詞。）❺ 語氣詞。《詩經・小雅・十月之交》：「～此皇父，豈曰不時？」（皇父：周幽王執政官的字。豈曰不時：難道說不是農時。）

【辨析】抑、按。見3頁「按」字條。

杙 yì△ 小木樁，短木棍。《左傳・襄公十七年》：「以～抉其傷而死。」（抉 jué：戳，穿。）又用作動詞。繫物於木樁上。劉禹錫《救沈志》：「～於崇丘。」

邑 yì△ ❶ 人聚居的地方。《論語・公冶長》：「十室之～，必有忠信如丘者焉。」（丘：孔子自稱其名。）引申為城邑。《韓非子・十過》：「庫無甲兵，～無守具。」又為國都。《詩經・大雅・文王有聲》：「作～于豐。」（豐：地名。）又代指國家。《左傳・僖公四年》：「君惠徼福於敝～之社稷。」（徼：求。敝邑：對別國人謙稱自己的國家。）又特指卿大夫的采邑，封地。《晏子春秋・雜下》：「慶氏亡，分其～。」（慶氏：慶封，人名。亡：逃亡。）《史記・絳侯周勃世家》：「於是使人持節赦絳侯，復爵～。」（節：符節，用作憑證的東西。）❷ 同「悒」。愁悶不樂。《荀子・解蔽》：「不慕往，不閔來，無～憐之心。」（閔：哀憐。）

【辨析】邑、都、國。見111頁「都」字條。

佚 yì△ ❶ 隱逸。《說文》：「～，佚民也。」《論衡・異虛》：「繼絕世，舉～民。」❷ 走失，散失。《呂氏春秋・仲冬》：「牛馬畜獸有放～者，取之不詰。」（詰：問。）《論衡・案書》：「得～《春秋》三十篇。」❸ 逃走，奔逃。《公羊傳・成公二年》：「頃公用是～而不反。」（頃公：齊頃公。用是：因此。反：返回。）《韓詩外傳》卷二：「造父無～馬。」❹ 放縱，無節制。《呂氏春秋・侈樂》：「且夫嗜欲無窮，則必有貪鄙悖亂之心、淫～姦詐之事矣。」❺ 安閒，安逸。《韓非子・心度》：「夫民之性，惡勞而樂～。」《論衡・自紀》：「身尊體～，百載之後，與物俱歿。」❻ 美麗。《呂氏春秋・音初》：「有娀氏有二～女。」❼ 通「迭 dié」。更迭，交替。《穀梁傳・文公十一年》：「弟兄三人，～宕中國。」（佚宕：交替為害。）《史記・十二諸侯年表》：「四夷～興。」

役 yì△ ❶ 服兵役或服勞役。《詩經・王風・君子于役》：「君子于～，苟無飢渴。」又指服兵役或服勞役的人。《左傳・襄公七年》：「請城費，吾多與而～。」（城：築城。費：城邑名。與：給予。而：你。）❷ 勞役。《周禮・地官・小司徒》：「以起軍旅，以作田～。」《呂氏春秋・分職》：「天寒起～，恐傷民。」❸ 戰役，戰事。《左傳・隱公五年》：「鄭人侵衛牧，以報東門之～。」（牧：地名。）《國語・晉語六》：「箕之～，先軫不覆命。」（箕：地名。先軫：晉國大夫。）❹ 僕役。《左傳・定公元年》：「季孫使～如闞。」（闞 kàn：地名。）又指學生門徒。《莊子・漁父》：「由得為～久矣。」（由：子路，孔子的學生。）[服役] 學生，門徒。《韓非子・五蠹》：「海內說其仁、美其義而為～～者七十人。」（說 yuè：喜歡。）《淮南子・泰族》：「墨子～～百八十人，皆可使赴火蹈刃。」❺ 役使。《荀子・修身》：「君子～物，小人～於物。」陶潛《歸去來兮辭》：「既自以心為形～，奚惆悵而獨悲？」（奚：為甚麼。）

易 yì△ ❶交換，交易。《孟子・滕文公上》：「以粟～械器者，不為厲陶冶。」（厲：使……困苦。）《鹽鐵論・本議》：「農商工師，各得所欲，交～而退。」❷改變。《周易・繫辭上》：「上古穴居而野處，後世聖人～之以宮室。」《呂氏春秋・察今》：「世～時移，變法宜矣。」今成語有「移風易俗」。❸書名，即《周易》。《論語・述而》：「加我數年，五十以學《～》，可以無大過矣。」❹疆界。（此義以上各義舊讀入聲。）《荀子・富國》：「至於疆～。」❺容易，與「難」相對。（此義以下各義舊讀去聲。）《孟子・公孫丑上》：「飢者～為食，渴者～為飲。」引申為輕視。《左傳・僖公二十二年》：「國無小，不可～也。」❻和悅。《詩經・小雅・何人斯》：「爾還而入，我心～也。」❼道路平坦。《呂氏春秋・長攻》：「夫吳之與越，接土鄰境，道～人通。」《淮南子・兵略》：「～則用車，險則用騎。」❽整治田畝。《孟子・滕文公上》：「以百畝之不～為己憂者，農夫也。」《荀子・富國》：「田肥以～則出實百倍。」（以：而，而且。）

【辨析】易、變。見28頁「變」字條。

佾 yì△ 古代樂舞的行列。每八人一行，稱為一佾。《論語・八佾》：「八～舞於庭。」

泄(洩) yì 見564頁「泄(洩)」㊁。

泆 yì△ ❶水奔突溢出。《論衡・效力》：「如岸狹地仰，溝洫決～，散在丘墟矣。」❷放縱。《左傳・隱公三年》：「驕奢淫～，所自邪也。」

枻 yì ❶船舷。屈原《漁父》：「漁父莞爾而笑，鼓～而去。」（莞爾：微笑的樣子。）李白《江上吟》：「木蘭之～沙棠舟。」❷船槳。《史記・司馬相如列傳》：「浮文鷁，揚桂～。」（文鷁 yì：船頭畫有鷁鳥形象的船。）又為用槳划。《淮南子・道應》：「佽非謂～船者曰。」代指船。孔稚珪《褚先生伯玉碑》：「宿～涉圻。」

昳 yì 見107頁「昳」㊁。

佁 yì△ ［佁佁］耕作的樣子。《莊子・天地》：「～～乎耕而不顧。」

食 yì 見457頁「食」㊂。

弈 yì△ 下圍棋。《孟子・告子上》：「今夫～之為數，小數也。」（數：技藝。）《淮南子・泰族》：「以弋獵博～之日誦《詩》讀《書》。」

奕 yì△ ❶大。《說文》：「～，大也。」《太玄・格》：「往小來～。」❷重，累。《國語・周語上》：「～世載德，不忝前人。」（忝 tiǎn：辱。）《世說新語・言語》：「是僕與君～世為通好也。」❸通「弈 yì」。下圍棋。《論語・陽貨》：「不有博～者乎？」《世說新語・巧藝》：「諸羊後多知書，而射、～餘藝莫逮。」（諸羊後：指羊忱等的後代。）

疫 yì△ 瘟疫。《呂氏春秋・仲夏》：「行秋令，則草木零落，果實早成，民殃於～。」特指疫鬼，古人認為能傳播瘟疫的鬼。《周禮・夏官・方相氏》：「以索室驅～。」

施 yì 見456頁「施」㊁。

羿 yì 古代傳說中擅長射箭的人。《孟子・離婁下》：「逢蒙學射於～。」《淮南子・說林》：「～之所以射遠中微者，非弓矢也。」

挹 yì△ ❶舀，舀取。《詩經・小雅・大東》：「維北有斗，不可以～酒漿。」（斗：星宿名，二十八宿之一。）❷拉，引。郭璞《遊仙》之三：「左～浮丘袖，右拍洪崖肩。」（浮丘、洪崖：仙人名。）❸通「抑 yì」。抑制，謙下。《荀子・宥坐》：「此所謂～而損之之道也。」《北史・于謹傳》：「名位雖重，愈存謙～。」❹通「揖 yī」。作揖。《荀子・議兵》：「拱～指麾。」（麾：同「揮」。）

栧 yì 船槳。司馬相如《子虛賦》：「浮文鷁，揚旌～。」（文鷁 yì：船頭畫有鷁鳥形象的船。）張衡《西京賦》：「齊～女，縱櫂歌。」

射 yì 見450頁「射」㊂。

悒 yì△ 憂鬱不安。屈原《天問》：「武發殺殷何所～？」（武發：指周武王，周武王名發。）[悒悒] 鬱悶不樂。《大戴禮記・曾子制言中》：「君子無～～於貧。」

益 yì△ ❶ 水漫出來，漲水。後來寫作「溢」。《呂氏春秋・察今》：「澭水暴～。」❷ 增加，與「損」相對。《孟子・告子下》：「曾～其所不能。」（曾：增。）《荀子・禮論》：「損有餘，～不足。」❸ 利益，好處。《論語・衛靈公》：「吾嘗終日不食，終夜不寢，以思，無～，不如學也。」《孟子・公孫丑上》：「非徒無～，而又害之。」（非徒：不僅。）❹ 副詞。1. 更加。《墨子・非攻上》：「苟虧人愈多，其不仁茲甚矣，罪～厚。」（茲：通「滋」，更加。厚：重。）《韓非子・喻老》：「君之病在肌膚，不治將～深。」2. 漸漸。《漢書・蘇建傳附蘇武》：「武～愈，單于使使曉武。」（愈：痊癒。使使：派使臣。）

【辨析】益（溢）、滿、盈。見335頁「滿」字條。

浥 yì△ 濕潤。謝靈運《入彭蠡湖口》：「～露馥芳蓀。」（芳蓀：香草名。）[厭 yì 浥] 露水濕潤的樣子。《詩經・召南・行露》：「～～行露，豈不夙夜？」[浥浥] 香氣濃郁的樣子。蘇軾《臺頭寺步月得人字》：「～～爐香初泛夜。」

埸 yì△ 田界。《詩經・小雅・信南山》：「疆～翼翼。」（翼翼：整飭的樣子。）又指劃定田界。《詩經・大雅・公劉》：「乃～乃疆。」引申為邊境。《左傳・成公十三年》：「鄭人怒君之疆～。」

挩 yì 見363頁「挩」㊁。

埶 yì ❶ 種植。後來寫作「藝」「蓺」。《說文》：「～，穜也……《詩》曰：『我～黍稷。』」（今本《詩經・小雅・楚茨》作「蓺」。）❷ 通「勢 shì」。形勢，勢力。《孫子・埶》：「故善戰者求之於～，不責於人。」《禮記・禮運》：「如有不由此者，在～者去。」

異 yì ❶ 分開。《呂氏春秋・觀表》：「使人迎其妻子，隔宅而～之。」（異之：讓他們與自己分開住。）《史記・商君列傳》：「民有二男以上不分～者，倍其賦。」引申為不同。《論語・先進》：「～乎三子者之撰。」（乎：於。撰：才具，才幹。）《呂氏春秋・察今》：「非務相反也，時勢～也。」又引申為其他的，別的。《詩經・小雅・頍弁》：「豈伊～人，兄弟匪他。」（伊：語氣詞。匪：非。）《禮記・曲禮下》：「不有～事，必有～慮。」❷ 不平常的，奇異的。《史記・仲尼弟子列傳》：「皆～能之士也。」柳宗元《捕蛇者說》：「永州之野產～蛇。」引申為奇怪。《孟子・梁惠王上》：「王無～於百姓之以王為愛也。」（愛：吝嗇。）陶潛《桃花源記》：「漁人甚～之。」

【辨析】異、奇。見395頁「奇」字條。

翊 yì△ ❶ 飛的樣子。《說文》：「～，飛皃。」引申為翅膀。《太玄・堅》：「螽焚其～，所憑喪也。」又引申為輔佐，護衛。《新序・雜事》：「然而名號顯榮者，三士～之也。」杜甫《諸將》之四：「只在忠臣～聖朝。」❷ 同「翌」。明天。《漢書・王莽傳上》：「越若～辛丑，諸生、庶民大和會。」（越：句首語氣詞。）

【辨析】翊、翌。見611頁「翌」字條。

翌 yì△ ❶ 翅膀。《晏子春秋・雜下》：「鵙當陛，布～，伏地而死。」（陛 bì：臺階。）❷ 明（日、年）。《漢書・武帝紀》：「～日親登嵩高。」

【辨析】翌、翊。「翌」是「翊」的異體。「翌」作「明」講，是「昱」的假借。

軼 yì△ ❶ 越過，超越。《莊子・徐无鬼》：「若是者，超～絕塵，不知其所。」（所：代原因。）《淮南子・覽冥》：「～鶤雞於姑餘。」（鶤 kūn 雞：鳳凰。）引申為超凡，卓越。《漢書・王褒傳》：「益州刺史因奏褒有～材，上乃徵褒。」❷ 襲擊，侵犯。《左傳・隱公九年》：「彼徒我車，懼其侵～我也。」（徒：步兵。）顏延之《陽給事誄》：「～我河縣，俘我洛畿。」（畿：國都周圍的地區。）❸ 散失。《史記・管晏列傳》：「至其書，世多有之，是以不論，論其～事。」❹ 通「迭 dié」。更迭，交替。《史記・封禪書》：「自五帝以至秦，～興～衰。」

逸 yì△ ❶ 逃，逃跑。《左傳・桓公八年》：「隨師敗績，隨侯～。」又為奔跑。《左傳・成公二年》：「馬～不能止。」引申為釋放。《左傳・成公十六年》：「乃～楚囚。」❷ 隱逸。《論語・堯曰》：「舉～民。」引申為散失。《後漢書・儒林傳序》：「補綴漏～。」柳宗元《段太尉逸事狀》：「太尉～事如右。」❸ 安閒，安逸。《尚書・無逸》：「嗚呼！君子所其無～。」（所：語氣詞。）《呂氏春秋・觀世》：「聞為有道者妻子，皆得～樂。」引申為放縱。《戰國策・楚策四》：「專淫～侈靡，不顧國政。」❹ 超越，卓越。《三國志・蜀書・諸葛亮傳》：「亮少有～羣之才。」《晉書・陸機傳》：「機天才秀～，辭藻宏麗。」

嗌 ㈠ yì△ ❶ 咽喉。《穀梁傳・昭公十九年》：「哭泣歠飦粥，～不容粒。」❷［嗌嗌］笑聲。《韓詩外傳》卷九：「一幸得勝，疾笑～～。」

㈡ ài△ ❸ 咽喉堵塞。《莊子・庚桑楚》：「兒子終日嘷而～不嗄。」

肄 yì ❶ 學習，練習。《禮記・曲禮下》：「君命，大夫與士～。」《新唐書・馬燧傳》：「居一年，闢廣場，羅兵三萬以～，威震四方。」❷ 檢查，查閱。《漢書・酷吏傳》：「歲餘，關吏稅～郡國出入關者。」❸ 勞苦。《詩經・邶風・谷風》：「有洸有潰，既詒我～。」（洸 guāng：粗暴的樣子。潰：盛怒的樣子。）《左傳・昭公十六年》：「莫知我～。」❹ 樹木砍伐後再生的枝條。《詩經・周南・汝墳》：「遵彼汝墳，伐其條～。」陸機《漢高祖功臣頌》：「悴葉更輝，枯條以～。」引申為亡國之餘。《左傳・襄公二十九年》：「晉國不恤周宗之闕，而夏～是屏。」

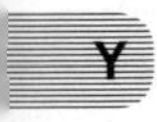

詣 yì ❶ 至，到。《墨子・號令》：「符傳疑若無符，皆～縣廷言。」（符傳：出入城門的符信。若：或。）引申為拜訪。《三國志・蜀書・諸葛亮傳》：「由是先主遂～亮。」❷ 學問等所達到的境地。《世說新語・文學》：「諸葛厷年少不肯學問，始與王夷甫談，便已超～。」（諸葛厷 gōng：人名。王夷甫：王衍，字夷甫。超詣：卓越的造詣。）

裔 yì ❶ 衣服的邊緣。泛指邊緣。屈原《九歌・湘夫人》：「蛟何為兮水～？」《淮南子・原道》：「故雖游於江潯海～。」（潯：水邊。）引申為邊遠地區。《左傳・文公十八年》：「投諸四～。」（投：指安置。）❷ 後代。《尚書・微子之命》：「德垂後～。」屈原《離騷》：「帝高陽之苗～兮。」

意 yì ❶ 意思。《周易・繫辭上》：「書不盡言，言不盡～。」《史記・廉頗藺相如列傳》：「相如視秦王無～償趙城。」引申為意圖。《戰國策・西周策》：「今秦者，虎狼之國也，兼有吞周之～。」❷ 料想，猜測。《莊子・胠篋》：「夫妄～室中之藏，聖也。」《史記・項羽本紀》：「然不自～能先入關破敵。」引申為懷疑。《呂氏春秋・去尤》：「人有亡鈇者，～其鄰之子。」（鈇 fū：斧子。）❸ 通「抑 yì」。表示選擇。《莊子・盜跖》：「知不足邪，～知而力不能行邪？」❹ 通「噫 yī」。歎詞。《莊子・在宥》：「～，甚矣哉！」

【辨析】意、義。見612頁「義」字條。

義 yì ❶ 合宜的，符合道德規範的。《左傳・隱公元年》：「多行不～，必自斃。」《呂氏春秋・義賞》：「輔我以～，導我以禮者，吾以為上賞。」❷ 意義，意思。《論衡・超奇》：「杼其～旨，損益其文句。」❸ 禮儀，儀容。這個意義後來寫作「儀」。《左傳・莊公二十三年》：「朝以正班爵之～。」《漢書・高帝紀下》：「遣詣相國府，署行、～、年。」❹ 名義上的，外加的。《洛陽伽藍記・景興尼寺》：「汝南王聞而異之，拜為～父。」《新唐書・五行志一》：「～髻拋河裏。」❺ 通「議 yì」。議論。《戰國策・東周策》：「秦王不聽羣臣父兄之～而攻宜陽。」《呂氏春秋・上農》：「民農則重，重則少私～，少私～則公法立。」

【辨析】義、意。二字古代音義都不相同。「義」是疑母歌部，「意」是影母職部。音不同。「義」，意義；「意」，意思。前者是客觀存在的，後者是內心主觀的。「本義」不同於「本意」，「本義」指字詞的本來的意義，是客觀的；「本意」指人本來內在的心意，是主觀的。偶爾有人將「字義」寫成「字意」，嚴格說不妥。

溢 yì△ ❶水滿外流。屈原《天問》：「東流不～，孰知其故。」引申為氾濫。《呂氏春秋・愛類》：「河出孟門，大～逆流。」又引申為滿，充塞。《孟子・離婁上》：「故沛然德教～乎四海。」❷過，過分。《莊子・人間世》：「夫兩喜必多～美之言，兩怒必多～惡之言。」（惡 è：指責。）❸古代計量單位。同「鎰」。重量單位。《韓非子・五蠹》：「布帛尋常，庸人不釋；鑠金百～，盜跖不掇。」（尋常：言量少。古代八尺為尋，兩尋為常。掇 duō：拾取。）

蜴 yì△ ［蜥蜴］見 542 頁「蜥」字條。

蓺 yì ❶同「藝」。種植。《詩經・齊風・南山》：「～麻如之何？衡從其畝。」（衡從 zòng：橫縱。）又為所種植的果菜等。《左傳・昭公六年》：「不樵樹，不采～。」（不樵樹：不砍伐樹木為柴。）❷同「藝」。技藝，技能。《史記・魯周公世家》：「旦巧能，多材多～。」（旦：周公旦。）❸刈，割。《新唐書・黃巢傳》：「殺人如～。」

億 yì△ ❶安，安寧。《左傳・昭公二十一年》：「心～則樂。」❷數詞。十萬為億。《呂氏春秋・有始》：「南北亦五～有九萬七千里。」又萬萬為億。《漢書・律曆志下》：「見中日法一～三千四百八萬二千二百九十七。」又為概數，極言其多。《史記・屈原賈生列傳》：「大人不曲兮，～變齊同。」（大人：指德行高尚、志趣高遠的人。齊同：一致。）❸滿。《詩經・小雅・楚茨》：「我倉既盈，我庾維～。」（庾 yǔ：露天的穀倉。）❹猜測，揣度。《論語・先進》：「賜不受命，而貨殖焉，～則屢中。」（賜：人名。貨殖：指經商營利。）《新唐書・安祿山傳》：「善～測人情。」

誼 yì ❶同「義」。合宜的道理或行為。班固《幽通賦》：「捨生取～。」又指禮儀。《淮南子・泰族》：「有飲食之性，故有大饗之～。」❷同「義」。意義，意思。許慎《說文解字敘》：「會意者，比類合～，以見指撝。」（會意：漢字的一種造字法。指撝 huī：指向。）❸交情。江淹《傷友人賦》：「余結～兮梁門。」（梁門：指大梁夷門。）❹通「議 yì」。議論。《漢書・董仲舒傳》：「故舉賢良方正之士，論～考問。」

瘞 yì ❶埋。《詩經・大雅・雲漢》：「上下奠～，靡神不宗。」（奠：陳設祭品。靡：無。宗：尊奉。）引申為墳墓。《搜神記》卷十五：「我死當復生，埋我，以竹杖柱於～上，若杖折，掘出我。」❷祭名，祭土叫瘞。《呂氏春秋・任地》：「有年～土。」（年：年成，收成。土：土神。）

毅 yì ❶堅定，果斷。《論語・泰伯》：「士不可以不弘～。」《左傳・宣公二年》：「殺敵為果，致果為～。」❷殘酷，嚴酷。《韓非子・內儲說上》：「古人何太～也！」

熠 yì△ 光彩鮮明。李白《明堂賦》：「～乎光碧之堂。」［熠耀］1. 光彩鮮明。《詩經・豳風・東山》：「倉庚于飛，～～其羽。」2. 燐火，螢火。《詩經・豳風・東山》：「～～宵行。」

殪 yì ❶射死。《詩經・小雅・吉日》：「～此大兕。」屈原《九歌・國殤》：「左驂～兮右刃傷。」又泛指死。《左傳・隱公九年》：「衷戎師前後擊之，盡～。」❷仆倒。《後漢書・光武帝紀上》：「莽兵大潰，走者相騰踐，奔～百餘里間。」

曀 yì ❶天陰有風，天陰沉。《詩經・邶風・終風》：「終風且～。」劉向《九歎・惜賢》：「日陰～其將暮。」引申為昏暗不明。《晉書・禮志上》：「道～不行。」❷ 遮蔽。《宋史・五行志五》：「塵沙～日。」

嶧 yì△ 山名，即嶧山，在今山東鄒縣。《尚書・禹貢》：「～陽孤桐。」

劓 yì 割掉鼻子。古代酷刑之一。《韓非子・內儲說下六微》：「鄭袖言惡臭而新人～。」（鄭袖：人名。臭：氣味。）引申為割除，殘滅。《尚書・盤庚》：「我乃～殄滅之，無遺育。」（育：指幼童。）

瘱 yì ❶ 沉靜，安靜。《漢書・外戚傳下・孝平王皇后》：「為人婉～有節操。」❷ 審察。《逸周書・文酌》：「一樹惠不～，二既用茲憂。」（樹：建立。用：因。）

懌 yì△ 喜悅，快樂。《詩經・邶風・靜女》：「說～女美。」（說 yuè：喜歡。女 rǔ：你。）《史記・廉頗藺相如列傳》：「於是秦王不～。」

憶 yì△ ❶ 思念，想念。古詩《相和歌辭・飲馬長城窟行》：「下言長相～。」《木蘭詩》：「問女何所～？」引申為回想，回憶。韓愈《送侯參謀赴河中幕》：「～昔初及第，各以少年稱。」❷ 記住，不忘。《後漢書・王充傳》：「閱所賣書，一見輒能誦～。」（輒 zhé：就。）《梁書・昭明太子傳》：「讀書數行並下，過目皆～。」

縊 yì△ 上吊。《左傳・文公十年》：「子西～而縣絕。」（縣 xuán：指上吊用的繩子。）又指用繩子等勒死。《左傳・僖公元年》：「桓公召而～殺之。」又指勒。《周禮・考工記・輈人》：「及其登阤，不伏其轅，必～其牛。」（阤 tuó：山坡。）

薏 yì△ ❶ 蓮子的心。《爾雅・釋草》：「（荷）其實蓮，其根藕，其中的，的中～。」（的：指蓮子。）❷ [薏苡 yǐ] 一年生或多年生草本植物，種仁叫薏米，可吃，也可入藥。《後漢書・馬援傳》：「初，援在交阯，嘗餌～～實。」

翳 yì ❶ 傳說中鳳凰類的鳥。《山海經・海內經》：「有五采之鳥，飛蔽一鄉，名曰～鳥。」❷ 用鳥羽製作的舞具。《山海經・海外西經》：「左手操～，右手操環。」又指用鳥羽製作的車蓋。《晉書・輿服志》：「載金鼓，羽旗，幢～，置弩於軾上。」❸ 遮蔽。屈原《離騷》：「百神～其備降兮。」劉向《九歎・遠逝》：「石參嵯以～日。」又用作名詞。指遮蔽的地方。《呂氏春秋・長利》：「其所求者，瓦之間隙，屋之～蔚也。」（蔚：遮蔽之處。）❹ 眼睛上生的膜。蘇軾《贈眼醫王生彥若》：「運針如運斤，去～如拆屋。」

斁 ㊀ yì△ ❶ 厭，厭倦。《詩經・周南・葛覃》：「服之無～。」❷ 盛大的樣子。《詩經・商頌・那》：「庸鼓有～。」（庸：大鐘。有：詞頭。）

㊁ dù ❸ 敗，敗壞。《尚書・洪範》：「彝倫攸～。」（彝：常。攸：所。）

臆 yì△ ❶ 胸。《淮南子・俶真》：「神無虧缺於胸～之中矣。」《易林・咸之比》：「為矢所射，傷我胸～。」❷ 主觀地推測，想像。《論衡・案書》：「子長少～中之說。」（子長：司馬遷字。）陳子昂《諫曹仁師出軍書》：「且古來絕漠，多喪士馬，非臣～度，輒敢陳聞。」

鮨 ㊀ yì ❶ 傳說中魚名。《山海經・北山經》：「諸懷之水出焉……其中多～魚。」

㊁ qí ❷ 切細的肉。《儀禮・公食大夫禮》：「中胾醢牛～。」（胾 zì：大塊的肉。）

熼 yì△ 輝映。王融《雙聲詩》：「園蘅眩紅蘤，湖荇～黃華。」（蘤 wěi：花。）[熼熼] 光明的樣子。王延壽《魯靈光殿賦》：「赫～～而爥坤。」（爥 zhú：同「燭」，照。）

翼 yì△ ❶ 鳥或昆蟲的翅膀。《詩經・曹風・蜉蝣》：「蜉蝣之～，采采衣服。」《莊子・逍遙遊》：「其～若垂天之雲。」❷ 兩側，戰陣的左右兩側。《韓非子・十過》：「知伯軍救水而亂，韓、魏～而擊之。」《史記・廉頗藺相如列傳》：「李牧多為奇陳，張左右～擊之，大破匈奴十餘萬騎。」（陳 zhèn：陣。）❸ 覆蓋，遮蔽。《詩經・大雅・生民》：「誕寘之寒冰，鳥覆～之。」《史記・項羽本紀》：「項伯亦拔劍起舞，常以身～蔽沛公。」引申為輔佐。《呂氏春秋・古樂》：「諸侯去殷三淫而～文王。」（三淫：指紂剖比干之心，斷材士之股，刳孕婦之胎。）《漢書・孔光傳》：「君前為御史大夫，～輔先帝。」❹星宿名，二十八宿之一。《呂氏春秋・孟夏》：「孟夏之月，日在畢，昏～中。」（畢：星宿名。）❺同「翌」。明日。《尚書・金縢》：「王～日乃瘳。」（瘳 chōu：病癒。）

【辨析】翼、翅、羽。見63頁「翅」字條。

鎰 yì△　古代重量單位。二十兩為一鎰，一說二十四兩為一鎰。《孟子・梁惠王下》：「今有璞玉於此，雖萬～，必使玉人彫琢之。」《戰國策・齊策四》：「賜金千～。」

藝 yì　❶種植。《孟子・滕文公上》：「后稷教民稼穡，樹～五穀。」（后稷：名棄，周的始祖。）《呂氏春秋・勿躬》：「辟土～粟。」（辟：開闢。）❷才能，技藝，本領。《尚書・金縢》：「能多材多～。」《論語・子罕》：「吾不試，故～。」（不試：不被任用。藝：用如動詞，有技藝。）❸準則，限度。《左傳・昭公二十年》：「布常無～，徵斂無度。」（布：公佈。常：指法令。）《國語・晉語八》：「貪慾無～。」

【辨析】藝、樹、種。見471頁「樹」字條。

鶂（鶃） yì△　水鳥名。《穀梁傳・僖公十六年》：「六～退飛過宋都。」

繹 yì△　❶抽絲。《說文》：「～，抽絲也。」引申為理出事物的頭緒，分析，尋求。《論語・子罕》：「巽與之言，能無說乎？～之為貴。」（巽 xùn：順從。說 yuè：高興。）❷連接不斷。《論語・八佾》：「～如也。」❸陳述。《禮記・射義》：「各～己之志也。」❹祭名。指正祭的次日又舉行的祭祀。《禮記・檀弓下》：「卿卒不～。」

醳 yì△　❶酒。左思《魏都賦》：「肴～順時。」❷賞賜酒食。《史記・淮陰侯列傳》：「百里之內，牛酒日至，以饗士大夫，～兵。」❸通「釋 shì」。釋放。《史記・張儀列傳》：「共執張儀，掠笞數百，不服，～之。」

饐 yì　❶食物經久而腐臭。《論語・鄉黨》：「食～而餲，魚餒而肉敗，不食。」（餲 ài：食物經久而變味。餒：魚腐爛。）❷通「噎 yē」。食物堵塞食道。《呂氏春秋・蕩兵》：「夫有以～死者，欲禁天下之食，悖。」（悖：惑，荒謬。）❸通「咽 yè」。悲哀得說不出話。王逸《九思・遭厄》：「思哽～而詰詘。」（詰詘：屈曲。）

【辨析】饐、餲。見2頁「餲」字條。

釋 yì　見464頁「釋」㈡。

譯 yì△　通譯北方少數民族語言的官員。《禮記・王制》：「五方之民，言語不通，嗜欲不同。達其志，通其欲，東方曰寄……北方曰～。」泛指翻譯人員。《漢書・張騫傳》：「大宛以為然，遣騫，為發～導。」（導：嚮導。）又為翻譯。《淮南子・泰族》：「夷狄之國重～而至。」引申為破譯。柳宗元《天對》：「孰～彼夢？」

議 yì　❶議論，評論。《左傳・襄公三十一年》：「夫人朝夕退而游焉，以～執政之善否。」（夫：句首語氣詞。執政：掌權的人。）《呂氏春秋・察今》：「夫不敢～法者，眾庶也。」❷主張，意見。《韓非子・顯學》：「言無定術，行無常～。」《史記・李斯列傳》：「始皇可其～。」（可：認可，贊同。）❸文體的一種。《文心雕龍・議對》：「若賈誼之遍代諸生，可謂捷於～矣。」

【辨析】議、論。見330頁「論」字條。

瀷 yì△　雨後的積水。《淮南子・覽冥》：「旬月不雨則涸而枯，澤受～而無源者。」

鷁 yì△　水鳥名。《春秋・僖公十六年》：「六～退飛，過宋都。」也指船頭畫有鷁鳥的船，後泛指船。《漢書・司馬相如傳上》：「西馳宣曲，濯～牛首。」（宣曲、牛首：地名。）

懿 yì　❶美好。《詩經・周頌・時邁》：「我求～德。」用作動詞。讚美。班固《幽通賦》:「～前烈之純淑兮。」❷ 深。《詩經・豳風・七月》:「女執～筐。」

囈 yì 說夢話。《列子・周穆王》:「眠中唵～呻呼，徹旦息焉。」(唵 ǎn：夢囈。)

驛 yì△ 傳遞官方文書的馬及車。《史記・汲黯鄭當時列傳》:「孝景時，為太子舍人，每五日洗沐，常置～馬長安諸郊。」《漢書・昭帝紀》:「左將軍安陽侯桀……與燕王通謀，置～往來相約結。」又指驛站。《新唐書・百官志一》:「凡三十里有～，～有長。」

yin

因 yīn ❶ 依靠，憑藉。《左傳・僖公三十年》:「～人之力而敝之，不仁。」(敝：損害。)《呂氏春秋・不廣》:「智者之舉事必～時。」引申為沿襲。《論語・為政》:「殷～於夏禮，其損益可知也。」又為接着。《論語・先進》:「加之以師旅，～之以饑饉。」❷ 原因，緣由。鄒陽《獄中上梁王書》:「無～而至前。」《論衡・感虛》:「故祐聖之瑞無～而至。」❸ 猶，如同。《戰國策・楚策四》:「夫蜻蛉其小者也，黃雀～是以。」(是：此，這樣。以：通「已」，句末語氣詞。)❹ 副詞。於是，就。《孟子・梁惠王上》:「若民，則無恆產～無恆心。」《戰國策・齊策四》:「臣竊矯君命，以責賜諸民，～燒其券。」

音 yīn ❶ 樂音，音樂。《莊子・養生主》:「奏刀騞然，莫不中～。」(奏：進。騞 huō：象聲詞。)《史記・廉頗藺相如列傳》:「寡人竊聞趙王好～，請奏瑟。」❷ 聲音。《詩經・邶風・燕燕》:「燕燕于飛，下上其～。」(燕燕：燕子。于：詞頭。)《呂氏春秋・君守》:「又吞炭以變其～。」❸ 音訊，信息。《詩經・鄭風・子衿》:「縱我不往，子寧不嗣～？」(嗣：繼續。)蔡琰《胡笳十八拍》:「雁北歸兮為得漢～。」

【辨析】音、聲。見454頁「聲」字條。

姻(婣) yīn ❶ 女婿的父親。《詩經・小雅・節南山》:「瑣瑣～亞。」(亞：兩婿相稱為「亞」。)《左傳・定公十三年》:「荀寅，范吉射之～也。」❷ 婚姻。《淮南子・泰族》:「因其好色而制婚～之禮。」引申指因婚姻關係而結成的親戚。《左傳・襄公二十五年》:「棄我～親。」

茵 yīn 車墊。《詩經・秦風・小戎》:「文～暢轂。」《漢書・丙吉傳》:「此不過污丞相車～耳。」泛指墊子，褥子。《儀禮・既夕禮》:「加～，用疏布。」

氤 yīn ［氤氳 yūn］瀰漫的樣子，氣盛的樣子。《水經注・沮水》:「鼎至中山，～～有黃雲蓋焉。」張九齡《湖口望廬山瀑布》:「空水共～～。」

殷 ㊀ yīn ❶ 盛大，眾多。《周易・豫》:「先王以作樂崇德，～薦之上帝。」(殷薦：奏盛大樂歌，祭祀天地鬼神。)《詩經・鄭風・溱洧》:「士與女，～其盈矣。」引申為深。阮籍《詠懷》:「感物懷～憂，悄悄令人悲。」❷ 富足。《史記・蘇秦列傳》:「家～人足，志高氣揚。」❸ 正當，正值。《尚書・堯典》:「日中星鳥，以～仲春。」《史記・天官書》:「衡～南斗。」(衡：北斗七星的第五星。南斗：星名。)

㊁ yān ❹ 黑紅色。《左傳・成公二年》:「左輪朱～。」

㊂ yǐn ❺ 雷聲。《詩經・召南・殷其雷》:「～其雷，在南山之陽。」引申為震動。司馬相如《上林賦》:「車騎雷起，～天動地。」

裀 yīn 褥子，墊子。司馬相如《美人賦》:「～褥重陳，角枕橫施。」

陰(隂) yīn ❶ 山的北面。《詩經・大雅・公劉》:「相其～陽。」(相：察看。陽：指山的南面。)也指水的南面。《列子・湯問》:「達於漢～。」(漢：漢水。)地名第二個字為「陰」的，一般都來自這個意義。如「華陰」在華山之北，「江陰」在長江之南。❷ 陰天。《詩經・邶風・谷風》:「習習谷風，以～以雨。」(谷風：東風。)晁錯《論貴粟疏》:「秋不得避～雨。」引申為陰影。《呂氏春秋・察今》:「故審堂下之～，而知日月之行。」再引申指時間。《淮南子・原道》：「故聖人不貴尺之璧，而重寸之～，時難得而易失也。」❸ 昏暗，幽暗。曹植《洛神賦》：「神光離合，乍～乍陽。」又為寒冷，陰冷。《管子・宙合》：「夏處～，冬處陽。」❹ 祕密的，隱密的。《周禮・天官・內小臣》：「掌王之～事、～令。」《史記・魏公子列傳》：「臣之客有能探得趙王～事者。」又為暗中，暗地裏。《韓非子・十過》：「知伯因～約韓、魏將以伐趙。」引申為陰險。《史記・游俠列傳》：「少時～賊，慨不快意，身所殺甚眾。」（賊：狠毒。）❺ 冰窖。《詩經・豳風・七月》：「三之日納于凌～。」（凌：冰。）❻ 哲學名詞。與「陽」相對。《周易・繫辭上》：「一～一陽之謂道。」《呂氏春秋・仲冬》：「是月也，日短至，～陽爭。」（日短至：冬至。）❼ 人的生殖器。《史記・呂不韋列傳》：「乃私求大～人嫪毒以為舍人。」❽ 通「蔭 yìn」。庇蔭，庇護。《詩經・大雅・桑柔》：「既之～女，反予來赫。」（予：我。赫：拒絕。）

堙(陻) yīn ❶ 堵塞，填。《國語・晉語六》：「夷竈～井。」（夷：平。）《山海經・北山經》：「（精衛）常銜西山之木石以～于東海。」又引申為埋沒，泯滅。《史記・伯夷列傳》：「巖穴之士，趣舍有時若此，類名～滅而不稱，悲夫！」（類：大都。）❷ 為攻城而堆積的土丘。《公羊傳・宣公十五年》：「於是使司馬子反乘～而窺宋城。」

喑 ㊀ yīn ❶ 啞，失聲。《韓非子・六反》：「人皆寐，則盲者不知；皆嘿，則～者不知。」（嘿：同「默」。）《後漢書・袁閎傳》：「遂稱風疾，～不能言。」引申為沉默不語。《墨子・親士》：「臣下重其爵位而不言，近臣則～，遠臣則唫。」（唫 jìn：閉口不言。）

㊁ yìn ❷ [喑噁] 發怒的聲音。《史記・淮陰侯列傳》：「項王～～叱咤，千人皆廢。」

【辨析】喑、啞、瘖。見122頁「啞」字條。

愔 yīn [愔愔] 1. 和諧。《左傳・昭公十二年》：「祈招之～～，式昭德音。」（式：語氣詞。昭：明。）2. 安閒，沉靜。蔡琰《胡笳十八拍》：「空斷腸兮思～～。」

絪 yīn ❶ [絪緼 yūn] 1. 古代陰陽二氣交互作用的狀態。《周易・繫辭下》：「天地～～，萬物化醇。」2. 煙雲瀰漫的樣子。溫庭筠《觱篥歌》：「天香瑞彩含～～。」（觱篥 bìlì：一種樂器。）❷ 褥墊。《漢書・霍光傳》：「作乘輿輦，加畫繡～馮。」（馮 píng：依憑。）

禋 yīn 祭名。升煙以祭天。《詩經・大雅・生民》：「克～克祀，以弗無子。」（弗：通「祓」，祭祀除災。）泛指祭祀。《國語・周語上》：「不～於神而求福焉，神必禍之。」

慇 yīn ❶ [慇慇] 憂傷的樣子。《詩經・小雅・正月》：「憂心～～。」❷ [慇勤] 情意懇切的樣子。司馬遷《報任安書》：「未嘗銜杯酒，接～～之餘歡。」

瘖 yīn 啞。《呂氏春秋・本生》：「有味於此，口食之必慊己，食之則使人～，必弗食。」（慊 qiè：滿足。）《淮南子・泰族》：「～者不言，聾者不聞。」引申為緘默，不說話。柳宗元《與蕭翰林俛書》：「用是更樂～默。」（用是：因此。）

【辨析】瘖、啞、喑。見122頁「啞」字條。

蔭 ㊀ yīn ❶ 樹蔭。《荀子・勸學》：「樹成～而眾鳥息焉。」又為日影。《左傳・昭公元年》：「趙孟視～曰。」

㊁ yìn ❷ 遮蓋。《韓非子・外儲說左上》：「桃棗～於街者，莫有援也。」引申為庇護。《淮南子・人間》：「武王～暍人於樾下。」（暍 yè 人：中暑的人。樾 yuè：樹蔭。）特指子孫因先代功勳而受到封賞。《隋書・柳述傳》：「少以父～，為太子親衛。」《新唐書・選舉志下》：「三品以上～曾孫，五品以上～孫。」

【辨析】蔭、庇、蔽。見20頁「庇」字條。

鞇 yīn 車中的坐墊。《韓詩外傳》卷六：「齊君重～而坐，吾君單～而坐。」

駰 yīn 淺黑雜白的馬。《詩經・小雅・皇皇者華》：「我馬維～。」

闉 yīn ❶ 甕城（城門外的護門小城）的門。《詩經・鄭風・出其東門》：「出其～闍，有女如荼。」（闍 dū：城臺。）❷ 通「堙 yīn」。1. 為攻城而堆築的土山。《孫子・謀攻》：「距～，又三月而後已。」2. 堵塞。《淮南子・兵略》：「獵者逐禽……無刑罰之威而相為斥～要遮者，同所利也。」

圻 yín 見 395 頁「圻」㊂。

吟 yín ❶ 呻吟，歎息。《戰國策・楚策一》：「晝～宵哭。」《淮南子・覽冥》：「西老折勝，黃神嘯～。」（西老：西王母。勝：簪子。黃神：黃帝之神。）❷ 吟詠。《莊子・德充符》：「倚樹而～。」曹丕《燕歌行》：「短歌微～不能長。」❸ 一種詩體。《三國志・蜀書・諸葛亮傳》：「亮躬耕隴畝，好為《梁父～》。」又司馬相如有《白頭吟》、孟郊有《遊子吟》。❹ 啼叫。吳均《與顧章書》：「蟬～鶴唳。」❺ 口吃，說話不清。《荀子・不苟》：「盜跖～口。」《後漢書・梁冀傳》：「口～舌言。」❻ 通「唫 jìn」。閉口。《史記・淮陰侯列傳》：「～而不言。」

垠 yín ❶ 界限，邊際。屈原《遠遊》：「其小無內兮，其大無～。」《史記・孟子荀卿列傳》：「推而大之，至於無～。」❷ 形狀。《淮南子・覽冥》：「進退屈伸，不見朕～。」（朕：徵兆。）

【辨析】垠、岸、涯。見 3 頁「岸」字條。

狺 yín ［狺狺］犬吠聲。宋玉《九辯》：「猛犬～～而迎吠兮。」比喻爭辯不休。錢謙益《太僕寺卿周公神道碑銘》：「鞏被彈，猶～～不相下。」（鞏：郭鞏，人名。）

唫 yín 見 255 頁「唫」㊁。

淫 yín ❶ 浸淫，浸漬。《周禮・考工記・匠人》：「善防者水～之。」（善築堤的人用水淤積泥沙，使堤加厚。）司空圖《成均諷》：「禍福相～。」❷ 沉湎，沉浸。《韓非子・解老》：「是以聖人不引五色，不～於聲樂。」引申為滯留。《淮南子・原道》：「則精神日耗而彌遠，久～而不還。」❸ 過度，濫。《論語・八佾》：「《關雎》樂而不～。」引申為放縱。《國語・魯語下》：「夫民勞則思，思則善心生；逸則～，～則忘善。」又引申為浮誇不實。《管子・五輔》：「屏讒慝，而毋聽～辭。」❹ 貪色，淫亂。《詩經・衛風・氓》序：「宣公之時，禮義消亡，～風大行。」《左傳・宣公四年》：「（鬬伯比）～於邔子之女，生子文焉。」

寅 yín ❶ 十二地支之一。與天干配合以紀日、年。屈原《離騷》：「惟庚～吾以降。」❷ 恭敬。《尚書・堯典》：「～賓出日。」（恭敬引導將出之日。賓：導。）

湛 yín 見 55 頁「湛」㊄。

鄞 yín 春秋時越邑，在今浙江鄞縣。《國語・越語上》：「勾踐之地……東至于～。」

銀 yín ❶ 一種白色貴重金屬。《韓非子・解老》：「隋侯之珠，不飾以～黃。」（黃：指黃金。）《淮南子・兵略》：「載以～錫。」❷ 通「垠 yín」。界限。《荀子・成相》：「刑稱陳，守其～。」（陳：道，原則，此指刑法。）

夤 yín ❶ 恭敬。《漢書・敘傳下》：「中宗明明，～用刑名。」❷ 連接。馬融《廣成頌》：「浸以波溠，～以滎洛。」

殥 yín 荒遠之地。《淮南子・地形》：「九州之外，乃有八～。」

誾 yín ［誾誾］1. 和顏悅色而又剛正不阿的樣子。《論語・鄉黨》：「與上大夫言，～～如也。」2. 香氣濃烈的樣子。司馬相如《長門賦》：「芳酷烈之～～。」

蟫 ㊀ yín ❶ 蠹魚，蛀蝕衣服、書籍的蛀蟲。《新唐書・儒學傳中・馬懷素》：「是時，文籍盈漫，皆炱朽～斷。」㊁ xún ❷ ［蟫蟫］1. 相跟隨的樣子。王逸《九思・悼亂》：「貓貉兮～～。」2. 蠕動的樣子。《後漢書・馬融傳》：「蝡蝡～～，充衢塞隧。」

霪 yín ［霪雨］久下不停的雨。《淮南子・脩務》：「禹沐浴～～。」范仲淹《岳陽樓記》：「若夫～～霏霏，連月不開。」（霏霏：雨盛的樣子。）

齗 yín 牙齦，牙根上的肉。劉楨《魯都賦》：「頒首華尾，豐顱重～。」柳宗元《憎王孫文》：「跳踉叫囂兮，衝目宣～。」（跳踉 liáng：跳躍。宣：露出。）

齦 ㊀ yín ❶ 牙齦，齒根肉。《太玄・密》：「琢齒依～，三歲無君。」㊁ kěn ❷ 咬，啃。郭璞《山海經圖贊・狍鴞》：「食人未盡，還自～割。」

鸎 yín 鷂，又名負雀。元稹《巴蛇詩序》：「攻巨蟒用雄黃煙，被其腦則裂，而～鳥能食其小者。」

尹 yǐn ❶ 治理。《左傳・定公四年》：「故周公相王室，以～天下。」《漢書・敘傳下》：「芮～江湖。」（芮：吳芮，人名。）❷ 官吏。《尚書・益稷》：「庶～允諧。」（庶：眾。允：確實。諧：和諧。）又特指主管官吏。如楚國有令尹，漢代有京兆尹等。❸ 姓。《詩經・小雅・節南山》：「赫赫師～。」（赫赫：勢位顯盛的樣子。師：太師。）

引 yǐn ❶ 開弓，向後拉弓弦。《孟子・盡心上》：「君子～而不發，躍如也。」（發：射箭。躍如：躍躍欲試的樣子。）引申為後退。《戰國策・趙策三》：「秦軍～而去。」❷ 拉，牽引。《呂氏春秋・重己》：「使烏獲疾～牛尾，尾絕力勯而牛不可行，逆也。」（烏獲：古代勇士名。絕：斷。勯 dàn：盡。）又指拿、取。《戰國策・秦策一》：「讀書欲睡，～錐自刺其股。」又指引用。《新序・善謀下》：「太傅叔孫通稱說～古，以死爭太子。」（爭：勸諫。）❸ 伸長，延續。《左傳・成公十三年》：「我君景公～領西望。」（領：脖子。）《詩經・小雅・楚茨》：「子子孫孫，勿替～之。」（替：廢。）❹ 引導，帶領。《左傳・文公六年》：「～之表儀。」（用法度引導他。）《史記・田單列傳》：「燕～兵東圍即墨。」（即墨：戰國時齊國地名。）引申為引薦，推舉。《後漢書・李膺傳》：「故～用天下名士。」❺ 樂曲。馬融《長笛賦》：「故聆曲～者，觀法於節奏。」（聆 líng：聽。）又指樂府詩體的一種。如箜篌引、思歸引。又指一種似序而短的文體。王勃《滕王閣序》：「敢竭鄙誠，恭疏短～。」

【辨析】引、發、彎、射。見 127 頁「發」字條。

蚓 yǐn 蚯蚓。《孟子・滕文公下》：「夫～，上食槁壤，下飲黃泉。」

殷 yǐn 見 616 頁「殷」㊂。

飲 ㊀ yǐn ❶ 喝。《戰國策・趙策四》：「日食～得無衰乎？」（得無：該不會。衰：減少。）特指喝酒。《史記・項羽本紀》：「君王與沛公～，軍中無以為樂，請以劍舞。」❷ 喝的東西，飲料。《論語・雍也》：「一簞食，一瓢～。」（簞：盛飯的竹筐。）《左傳・成公二年》：「丑父使公下，如華泉取～。」（丑父：人名。如：往。）❸ 沒入，隱沒。《呂氏春秋・精通》：「養由基射兕，中石，矢乃～羽。」（養由基：人名。兕 sì：同「兕」，獨角犀。羽：指箭尾部的羽毛。）《漢書・游俠傳・朱家》：「然終不伐其能，～其德。」（伐：自誇。）㊁ yìn ❹ 給……喝。《左傳・宣公二年》：「晉侯～趙盾酒。」

靷 yǐn ❶ 拉車前行的皮帶。一端繫在車軸上，一端穿過服馬背上的游環繫在驂馬頸部的皮套上。《詩經・秦風・小戎》：「游環脅驅，陰～鋈續。」（陰：車軾前的擋板。鋈：白銅。續：靷上的環。）❷ 牽牛的繩索。《晉書・劉曜載記》：「赤牛奮～其盡乎？」

檃 yǐn ［檃栝］矯正曲木的工具。《荀子・性惡》：「故枸木必將待～～烝矯然後直。」（枸 gōu：彎曲。烝：加熱。）也作「檃括」。《淮南子・脩務》：「木直中繩，揉以為輪，其曲中規，～～之力。」引申為矯正。《文心雕龍・鎔裁》：「～～情理，矯揉文采也。」

螾 yǐn ❶ 同「蚓」。蚯蚓。《荀子・勸學》：「～無爪牙之利，筋骨之強。」❷ 動的樣子。《淮南子・天文》：「指寅，則萬物～。」

隱 ㊀ yǐn ❶ 隱藏，隱蔽。《左傳・成公二年》：「無所逃～。」《荀子・

王制》：「故近者不～其能，遠者不疾其勞。」（疾：恨。）特指隱居。《論語・泰伯》：「天下有道則見，無道則～。」（見 xiàn：出現。）❷ 隱諱，隱瞞。《左傳・宣公二年》：「董狐，古之良史也，書法不～。」（書法：記事的原則。）《論語・述而》：「二三子以我為～乎？吾無～乎爾。」（二三子：對學生們的稱呼。）❸ 隱語，謎語。《史記・滑稽列傳》：「齊威王之時喜～。」《漢書・東方朔傳》：「臣非敢詆之，乃與為～耳。」❹ 精微，深奧。《周易・繫辭上》：「探賾索～，鈎深致遠。」（賾 zé：精微。）❺ 窮困。《左傳・昭公二十五年》：「政自之出久矣，～民多取食焉。」（之：指魯國貴族季孫氏。）❻ 哀痛。《孟子・梁惠王上》：「王若～其無罪而就死地，則牛羊何擇焉？」《淮南子・人間》：「故田子方～一老馬，而魏國載之。」（載：通「戴」。愛戴。）

㊁ yìn ❼ 倚着，靠着。《孟子・公孫丑下》：「～几而卧。」（几：矮桌。卧：睡覺。）

檼 yǐn 見 620 頁「檼」㊁。

讔 yǐn 隱語。《呂氏春秋・重言》：「荊莊王立三年，不聽而好～。」（聽：指聽朝，聽政。）

印 yìn ❶ 印信，圖章。《戰國策・秦策三》：「君何不以此時歸相～。」《史記・封禪書》：「使各佩其信～。」❷ 印證，相合。簡文帝《答湘東王書》：「皇情～可，今便奉行。」（可：認可。）

胤 yìn ❶ 胤嗣，後代。《詩經・大雅・既醉》：「君子萬年，永錫祚～。」（錫：賜給。祚 zuò：福。）《世說新語・言語》：「雖名播天聽，然～絕聖世。」（天聽：君王的聽聞。）❷ 通「引 yǐn」。曲調。馬融《長笛賦》：「詳觀夫曲～之繁會叢雜，何其富也。」

喑 yìn 見 617 頁「喑」㊁。

飲 yìn 見 619 頁「飲」㊁。

酳 yìn ❶ 用酒漱口。《禮記・樂記》：「執爵而～。」（爵：酒器。）❷ 獻酒。《儀禮・特牲饋食禮》：「主人洗角升，酌～尸。」（角：酒器。尸：代死者受祭的人。）

窨 yìn 地下室，地窖。《說文》：「～，地室也。」《後漢書・光武帝紀下》「一切募下蠶室」李賢注：「蠶室，宮刑獄名。宮刑者畏風，須暖，作～室蓄火如蠶室，因以名為。」

蔭 yìn 見 617 頁「蔭」㊁。

憖 yìn ❶ 願意，寧肯。《國語・楚語》：「不穀雖不能用，吾～寘之於耳。」（不穀：諸侯謙稱。）❷ 損傷，殘缺。《左傳・文公十二年》：「兩君之士，皆未～也。」❸［憖憖］謹慎小心的樣子。柳宗元《三戒・黔之驢》：「稍出近之，～～然莫相知。」（莫相知：不知它是甚麼。）

隱 yìn 見 619 頁「隱」㊁。

檼 ㊀ yìn ❶ 屋棟。《說文》：「～，棼也。」《營造法式・大木作制度二》：「棟，其名有九……三曰～。」

㊁ yǐn ❷ 同「檃」。［檼栝］矯正曲木的器具。《鹽鐵論・申韓》：「故設明法，陳嚴刑，防非矯邪，若～～輔檠之正弧剌也。」（弧剌：彎斜不正的弓。）

ying

央 yīng 見 594 頁「央」㊁。

英 yīng ❶ 花。屈原《離騷》：「夕餐秋菊之落～。」比喻事物的精粹部分，精華。韓愈《進學解》：「含～咀華。」（咀 jǔ：細嚼，品味。）❷ 傑出的。《孟子・盡心上》：「得天下～才而教育之。」又為傑出的人物。《禮記・禮運》：「大道之行也，與三代之～，丘未之逮也。」（三代：指夏商周。丘：孔丘自稱其名。逮：趕上。）

【辨析】英、豪、傑、俊。見 189 頁「豪」字條。

瑛 yīng 玉的光彩。庾闡《涉江賦》：「金沙逐波而吐～。」代指美玉。《魏書・陽尼傳》：「採鍾山之玉～兮。」

嬰 yīng ❶ 婦女頸部飾物。《說文》：「～，頸飾也。」引申為戴在頸上，繫在頸上。《荀子・富國》：「是猶使處女～寶珠、佩寶玉。」司馬遷《報任安書》：「其次剔毛髮、～金鐵受辱。」又為纏繞。《韓非子・解老》：「禍害至而疾～內。」《淮南子・要略》：「以與天和相～薄。」❷ 遭受。《後漢書・南匈奴傳》：「屢～塗炭。」又為觸犯。《韓非子・說難》：「若有人～之者，則必殺人。」

膺 yīng ❶ 胸。《左傳・成公十年》：「搏～而踊曰。」李白《蜀道難》：「以手撫～坐長歎。」今成語有「義憤填膺」。❷ 馬當胸的帶子。《詩經・秦風・小戎》：「虎韔鏤～。」（韔 chàng：弓袋。）❸ 擊，打擊。《詩經・魯頌・閟宮》：「戎狄是～。」《史記・楚世家》：「～擊郯國，大梁可得而有也。」❹ 承當，接受。《尚書・武成》：「誕～天命，以撫方夏。」（方夏：指中國。）《後漢書・班彪傳附班固》：「～萬國之貢珍。」

應 ㈠ yīng ❶ 應當，應該。《詩經・周頌・賚》：「文王既勤止，我～受之。」㈡ yìng ❷ 應答，回答。《呂氏春秋・順說》：「宋王無以～。」《列子・湯問》：「河曲智叟亡以～。」（亡：無。）❸ 應和。《周易・乾》：「同聲相～，同氣相求。」《呂氏春秋・應同》：「氣同則合，聲比則～。」引申為響應。《史記・陳涉世家》：「殺之以～陳涉。」又引申為適應，順應。《荀子・天論》：「望時而待之，孰與～時而使之？」《三國志・魏書・鍾會傳》：「高祖文皇帝～天順民，受命踐阼。」（踐阼：指登皇帝位。）❹ 應付，對付。《莊子・齊物論》：「得其環中，以～無窮。」《戰國策・燕策二》：「夫以蘇子之賢，將而～弱燕，燕必破矣。」（將 jiàng：領兵。）❺ 小鼓。《詩經・周頌・有瞽》：「～田縣鼓。」（田：大鼓。縣：懸掛。）

攖 yīng ❶ 纏繞。《淮南子・繆稱》：「勿撓勿～，萬物將自稱。」❷ 擾亂。《莊子・在宥》：「昔者黃帝始以仁義～人之心。」《呂氏春秋・本生》：「能養天之所生而勿～之謂天子。」❸ 靠近，觸犯。《孟子・盡心下》：「虎負嵎，莫之敢～。」（嵎 yú：山彎曲處。）

罌（甖） yīng 一種盛水酒的小口大腹的陶器或木器。《墨子・備穴》：「令陶者為～，容四十斗以上。」《史記・淮陰侯列傳》：「而伏兵從夏陽以木～缻渡軍。」

嚶 yīng 鳥鳴聲。《詩經・小雅・伐木》：「～其鳴矣，求其友聲。」

瓔 yīng ［瓔珞 luò］用珠玉穿成的飾物，多用作頸飾。《南史・夷貊傳上・林邑國》：「其王者著法服，加～～，如佛像之飾。」

櫻 yīng ［櫻桃］果樹名，也指其果實。司馬相如《上林賦》：「～～蒲陶。」（蒲陶：即葡萄。）

鶯 yīng ❶ 鳥羽毛有文采的樣子。《詩經・小雅・桑扈》：「交交桑扈，有～其羽。」（交交：鳥飛來飛去的樣子。桑扈：鳥名。）❷ 鳥名，又名倉庚、黃鸝、黃鶯。孫綽《蘭亭集詩》之二：「～語吟修竹。」（修：長。）

纓 yīng ❶ 冠纓。《莊子・讓王》：「正冠而～絕。」（絕：斷。）屈原《漁父》：「滄浪之水清兮，可以濯我～。」（濯：洗。）❷ 套在馬頸上的皮條或繩子，用以駕車。《左傳・桓公二年》：「鞶、厲、游、～，昭其數也。」（鞶 pán：革帶。厲：革帶下垂的飾物。游：旌旗的飄帶。）引申為繩索。《漢書・終軍傳》：「願受長～，必羈南越王而致之闕下。」（闕下：指朝廷。）❸ 纏繞。陸機《擬青青陵上柏》：「飛閣～虹帶。」

鷹 yīng 猛禽名，也稱蒼鷹。《呂氏春秋・孟秋》：「～乃祭鳥。」王維《觀獵》：「草枯～眼疾。」

鸚 yīng ［鸚鵡］鳥名。《禮記・曲禮上》：「～～能言，不離飛鳥。」［鸚鴞 wǔ］即鸚鵡。

迎 yíng ❶ 迎接，接。《韓非子・十過》：「襄子～孟談而再拜之。」《戰國策・齊策四》：「民扶老攜幼，～君道中。」❷ 面向着，正對着。《老子》第十四章：「～之不見其首，隨之不見其後。」李華《河南府參軍廳壁記》：「如川決防，如竹～刃。」（防：堤。）今成語有「迎刃而解」。❸ 迎合。《新五代史・唐家人傳第二》：「劉氏多智，善～意承旨。」

【辨析】迎、逆、訝、迓。見364頁「逆」字條。

盈 yíng ❶ 滿，充滿。《詩經・小雅・楚茨》：「我倉既～。」《呂氏春秋・首時》：「飢馬～廄。」引申為盛，旺盛。《左傳・莊公十年》：「彼竭我～，故克之。」❷ 圓滿。《周易・豐》：「月～則食。」（食：指月蝕。）《禮記・禮運》：「是以三五而～，三五而闕。」（三五：農曆的每月十五日。闕：缺，虧缺。）❸ 增長。《戰國策・秦策三》：「進退、～縮、變化，聖人之常道也。」❹ 富裕，有餘。《論衡・狀留》：「奚由早至以得～利哉！」《後漢書・桓榮傳附桓鸞》：「少立操行，褞袍糟食，不求～餘。」（褞：舊絮。）

【辨析】盈、滿、益（溢）。見335頁「滿」字條。

楹 yíng ❶ 柱子，特指廳堂前部的柱子。《詩經・小雅・斯干》：「殖殖其庭，有覺其～。」（殖殖：平正。覺：高大。）《莊子・齊物論》：「故為是舉莛與～。」（莛 tíng：屋樑。）❷ 量詞。陸龜蒙《甫里先生傳》：「先生之居，有地數畝，屋三十～。」

塋 yíng 墓地，墳墓。《論衡・知實》：「有～自在防，殯於衢路。」陳子昂《為義興公求拜掃表》：「墳～莫掃，松柏凋荒。」

熒 yíng ❶ 光亮微弱的樣子。班固《答賓戲》：「守窔奧之～燭，未仰天庭而睹白日也。」（窔 yào 奧：指室內幽暗的角落。）❷ 同「螢」。蟲名。《後漢書・靈帝紀》：「逐～光，行數里。」❸ 眩惑，迷惑。《莊子・人間世》：「而目將～之。」《史記・淮南衡山列傳》：「～惑百姓。」［熒惑］火星別名。《呂氏春秋・制樂》：「～～在心。」（心：星宿名。）

瑩 yíng ❶ 光潔似玉的美石。《詩經・齊風・著》：「尚之以瓊～乎而。」（尚：加，加在上面。瓊：美玉。乎而：語氣詞連用。）《法言・吾子》：「如玉如～。」❷ 玉石的光彩。《韓詩外傳》卷四：「良珠度寸，雖有百仞之水，不能掩其～。」引申為使明潔。左思《招隱詩》之二：「前有寒泉井，聊可～心神。」❸ 磨治。《酉陽雜俎・藝絕》：「筆匠名鐵頭，能～管如玉。」

瞢 yíng 迷惑。《淮南子・原道》：「～然能聽。」

嬴 yíng ❶ 姓。《說文》：「～，帝少皞氏之姓。」秦姓嬴，因代指秦。陶潛《詠荊軻》：「燕丹善養士，志在報強～。」❷ 環繞。《淮南子・要略》：「～埒有無之精。」❸ 通「盈 yíng」。滿。《管子・勢》：「成功之道，～縮為實。」❹ 通「贏 yíng」。負，擔。《後漢書・鄧禹傳論》：「鄧公～糧徒步。」❺ 通「籯 yíng」。竹囊之類。《淮南子・氾論》：「蘇秦，匹夫徒步之人也，鞈蹻～蓋，經營萬乘之主。」（鞈蹻 dájuē：柔革鞋。）

螢 yíng 螢火蟲。《禮記・月令》：「（季夏之月）腐草為～。」《論衡・變動》：「而～火不爨鼎者，何也？」

罃 yíng 盛燈油的長頸瓶。《說文》：「～，備火長頸瓶也。」又泛指瓶一類容器。柳宗元《瓶賦》：「罍～相追。」

縈 yíng 纏繞。《詩經・周南・樛木》：「南有樛木，葛藟～之。」李白《蜀道難》：「百步九折～巖巒。」引申為牽掛，縈繞於心。段成式《閑中好》：「塵務不～心。」

營 yíng ❶ 四圍壘土而居。《孟子・滕文公下》：「下者為巢，上者為～窟。」引申為纏繞。《公羊傳・莊公二十五年》：「以朱絲～社。」❷ 軍營，營壘。《史記・絳侯周勃世家》：「於是天子乃按轡徐行，至～。」❸ 建造。《左傳・隱公十一年》：「使～菟裘，吾將老焉。」（菟裘：邑名。老：終老。）《史記・周本紀》：「使召公復～洛邑。」❹ 經營，治理。《左傳・襄公十四年》：「或撫其內，或～其外。」《淮南子・原道》：「經～四隅。」❺ 求，謀求。《尚書・說命上》：「高宗夢得說，使百工～求諸野。」（說 yuè：

傳說，人名。）❻ 度量，丈量。《呂氏春秋・孟冬》：「～丘壟之小大高卑薄厚之度。」❼ 通「瞀 yíng」。迷惑。《荀子・宥坐》：「言談足以飾邪～眾。」《淮南子・原道》：「不足以～其精神。」

蠅 yíng 蒼蠅。《呂氏春秋・功名》：「以茹魚去～，～愈至。」（茹魚：臭魚。）

瀛 yíng ❶ 池澤。宋玉《招魂》：「倚沼畦～兮遙望博。」（沼畦瀛：泛指湖沼。博：指曠野之地。）❷ 海。《論衡・談天》：「九州之外，更有～海。」

瀠 yíng ［瀠瀠］水流迴旋。柳宗元《鈷鉧潭西小丘記》：「枕席而卧，則清泠之狀與目謀，～～之聲與耳謀。」

贏 yíng ❶ 獲取餘利，賺錢。《左傳・昭公元年》：「賈而欲～，而惡囂乎？」（賈：商人。囂：指市肆的喧鬧。）張衡《西京賦》：「鬻者兼～，求者不匱。」（鬻 yù：賣。匱：乏。）又為利潤。《戰國策・秦策五》：「珠玉之～幾倍？」晁錯《論貴粟疏》：「操其奇～，日游都市。」（奇贏：高額利潤。）引申為有餘，盛。《呂氏春秋・孟秋》：「天地始肅，不可以～。」（肅：肅殺。）❷ 擔，背。《莊子・胠篋》：「某所有賢者，～糧而趣之。」《淮南子・脩務》：「於是乃～糧跣走。」❸ 獲勝，與「輸」相對。白居易《放言》之二：「不信君看弈棋者，輸～須待局終頭。」

瀴 yíng 杳遠。柳宗元《柳州東亭記》：「眾山橫環，嶛闊～灣。」（嶛闊：高而開闊。）［瀴溟］杳遠的樣子。木華《海賦》：「經途～～，萬萬有餘。」

籯 yíng 筐籠之類的竹器。《漢書・韋賢傳》：「遺子黃金滿～，不如一經。」

郢 yǐng 春秋戰國時期楚國的都城。《左傳・文公十年》：「將入～。」

景 yǐng 見 258 頁「景」㊂。

潁 yǐng 水名，發源於河南，東南流至安徽入淮河。《呂氏春秋・離俗》：「乃自投於～水而死。」

影 yǐng ❶ 影子，陰影。《呂氏春秋・有始》：「建木之下，日中無～。」❷ 圖像，影像。《大唐西域記・那揭羅曷國》：「三有佛～，煥若真～。」

【說明】「影」字古本作「景」，漢碑中始有「影」字，今先秦古籍之「影」字為後人改寫。

穎 yǐng ❶ 禾穗的末端，代指禾穗。《史記・魯周公世家》：「唐叔得禾，異母同～。」引申為物體的尖端。《史記・平原君虞卿列傳》：「使遂得蚤處囊中，乃～脫而出。」（遂：毛遂。蚤：通「早」。）❷ 出眾，聰慧。《三國志・吳書・陸遜傳》：「皆當世秀～，一時顯器。」《宋書・謝靈運傳》：「靈運幼便～悟，玄甚異之。」（玄：謝玄。）

癭 yǐng 頸部生的囊狀瘤子。《呂氏春秋・盡數》：「輕水所多禿與～人。」也指樹木外部隆起的瘤狀物。庾信《枯樹賦》：「戴～銜瘤。」

映（暎） yìng ❶ 照耀。郭璞《山海經圖贊》：「光彩流～，氣如虹霞。」❷ 倒映。潘岳《閒居賦》：「長楊～沼。」❸ 隱蔽，遮蔽。顏延年《應詔觀北湖田收》：「金駕～松山。」

硬 yìng ❶ 堅硬，與「軟」相對。《齊民要術・種葵》：「柯葉堅～，全不中食。」（柯：莖。）❷ 強勁，有力。杜甫《李潮八分小篆歌》：「書貴瘦～方通神。」（書：書法。）張籍《老將》：「不怕騎生馬，猶能挽～弓。」

媵 yìng ❶ 隨嫁的人。《呂氏春秋・本味》：「有侁氏喜，以伊尹～女。」《史記・張儀列傳》：「以美人聘楚，以宮中善歌謳者為～。」又指送女陪嫁。《左傳・成公八年》：「凡諸侯嫁女，同姓～之。」❷ 送。屈原《九歌・河伯》：「波滔滔兮來迎，魚鄰鄰兮～予。」（鄰鄰：眾多的樣子。）

應 yìng 見 621 頁「應」㊁。

yong

邕 yōng ❶ 通「雍 yōng」。和睦。《漢書・兒寬傳》：「肅～永享。」❷ 通

「壅 yōng」。堵塞。《漢書・王莽傳中》：「長平館西岸崩，～涇水不流。」

庸 yōng ❶用。常與「勿」「無」等否定詞連用。《左傳・隱公元年》：「無～，將自及。」（及：趕上。指趕上災禍。）韓愈《進學解》：「名一藝者無不～。」（名一藝者：以一種才能著稱的人。）今成語有「毋庸諱言」。❷受雇用，出賣勞動力。《史記・陳涉世家》：「若為～耕，何富貴也？」（若：你。）又指受雇用的人。《韓非子・五蠹》：「澤居苦水者，買～而決竇。」（澤居：在沼澤窪地居住。苦水：苦於水患。決竇 dòu：挖決渠道。）這個意義後來寫作「傭」。又特指隋唐時代一種以賦代役的稅法。杜甫《歲晏行》：「割慈忍愛還租～。」❸功勞，功勳。《左傳・昭公十三年》：「雖齊不許，君～多矣。」又用作動詞。酬賞有功的人。《左傳・昭公三十二年》：「而伯父有榮施，先王～之。」（伯父：指晉定公。施：指功績。）❹常，平常。《荀子・不苟》：「～言必信之，～行必慎之。」又指平庸，才能低下。《漢書・薛宣傳》：「任重職大，非～材所能堪。」（堪：擔任。）❺豈，難道。《呂氏春秋・下賢》：「縱夫子驁祿爵，吾～敢驁霸王乎？」（驁：同「傲」。）［庸詎］怎麼。《莊子・大宗師》：「～～知吾所謂天之非人乎，所謂人之非天乎？」字又作「庸遽」。《淮南子・齊俗》：「～～知世之所自窺我者乎？」

傭 yōng 見64頁「傭」㊁。

廱 yōng ❶和諧。《尚書・無逸》：「三年不言，其惟不言，言乃～。」❷天子食畢撤膳時所奏的樂章。《論語・八佾》：「三家者以～徹。」（三家：指魯國大夫孟孫氏、叔孫氏、季孫氏。徹：撤除。）《淮南子・主術》：「鼛鼓而食，奏～而徹。」（鼛 gāo 鼓：一種樂器，這裏指擊奏這種樂器。）❸通「壅 yōng」。壅蔽，阻塞。《詩經・小雅・無將大車》：「無將大車，維塵～兮。」（將：扶進。）《淮南子・主術》：「守官者～遏而不進。」❹通「擁 yōng」。擁有。《戰國策・秦策五》：「～天下之國。」❺［廱州］古地名，在今陝西一帶。賈誼《過秦論》：「秦孝公據殽函之固，擁～～之地。」

墉 yōng 城牆。《詩經・周頌・良耜》：「其崇如～。」（崇：高。）泛指牆。《詩經・召南・行露》：「誰謂鼠無牙？何以穿我～？」

鄘 yōng ❶周代諸侯國名，在今河南新鄉西南。《詩經》中的「鄘風」即鄘地民歌。❷通「墉 yōng」。城牆。《左傳・昭公二十一年》：「宋城舊～及桑林之門而守之。」（城：用如動詞，築城牆。桑林之門：城門名。）

慵 yōng 懶惰，懶散。杜甫《送李校書》：「晚節～轉劇。」白居易《九日寄微之》：「閒遊日久心～倦。」

擁 yōng ❶抱。《戰國策・楚策四》：「左抱幼妾，右～嬖女。」（嬖 bì：寵愛。）引申為持。《莊子・知北遊》：「神農隱几～杖而起。」❷擁有，佔有。賈誼《過秦論》：「秦孝公據殽函之固，～雍州之地。」❸遮掩。《禮記・內則》：「女子出門，必～蔽其面。」引申為壅塞。韓愈《左遷至藍關示姪孫湘》：「雪～藍關馬不前。」❹積壓。《宋書・劉穆之傳》：「決斷如流，事無～滯。」❺擁護，保護。《漢書・西域傳上・康居國》：「五單于並爭，漢～立呼韓邪單于。」（單 chán 于：匈奴君主的稱號。）《南史・宋本紀上・武帝》：「孟昶、諸葛長人懼，欲～天子過江。」

【辨析】擁、抱。見13頁「抱」字條。

壅 yōng ❶堵塞，阻塞。《國語・周語上》：「川～而潰，傷人必多。」《淮南子・齊俗》：「是由發其原而～其流也。」（由：同「猶」。）引申為障蔽，遮掩。屈原《九章・惜往日》：「惜～君之不昭。」《韓非子・難四》：「人君兼照一國，一人不能～也。」❷為植物培土或施肥。《管子・輕重甲》：「次日大雨且至，趣芸～培。」（趣 cù：速。）

澭 yōng ［澭水］古水名，在今河南商丘一帶。《呂氏春秋・察今》：

Y

「荊人欲襲宋，使人先表～～。」（表：立標誌。）

雝 yōng ❶ 和，和諧。《詩經・召南・何彼襛矣》：「曷不肅～，王姬之車。」（肅：敬。）[雝雝] 1. 鳥和鳴聲。《詩經・邶風・匏有苦葉》：「～～鳴雁。」2. 和悅的樣子。《詩經・大雅・思齊》：「～～在宮，肅肅在廟。」（肅肅：恭敬的樣子。）❷ 通「壅 yōng」。堵塞。《淮南子・時則》：「遏溝瀆，止流水，～溪谷。」（遏：攔阻。）

鏞 yōng 大鐘。《尚書・益稷》：「笙～以間。」（間：交替。）杜甫《寄裴施州》：「金鐘大～在東序。」

廱 yōng ❶ 和樂，和睦。《後漢書・陳紀傳》：「兄弟孝養，閨門～和。」[廱廱] 和樂鳴叫的樣子。宋玉《九辯》：「雁～～而南遊兮。」❷ 壅塞。《漢書・五行志下之上》：「蜀郡岷山崩，～江，江水逆流。」（江：長江。）

灉 yōng 古水名，故道約在今山東西部、河北南部一帶。《尚書・禹貢》：「雷夏既澤，～沮會同。」（言灉沮二水匯入雷夏澤。）

鱅 yōng 鱅魚，也叫黑鰱、花鰱。《史記・司馬相如列傳》：「鰅～鰬魠。」

鷛 yōng [鷛鶏 qú] 水鳥名。《史記・司馬相如列傳》：「煩鶩～～。」

饔 yōng ❶ 熟食。《詩經・小雅・祈父》：「有母之尸～。」（尸：陳設。）❷ 早飯。《孟子・滕文公上》：「賢者與民並耕而食，～飧而治。」（飧 sūn：晚飯。）

【辨析】饔、飧。見 485 頁「飧」字條。

癰 yōng 一種毒瘡。《山海經・中山經》：「多螣魚，食者不～。」《淮南子・人間》：「若～疽之必潰也。」

【辨析】癰、疽。見 263 頁「疽」字條。

喁 yóng ❶ 魚口露出水面。《韓詩外傳》卷一：「水濁則魚～。」❷ 應和聲。《莊子・齊物論》：「前者唱于，而隨者唱～。」（于：應和聲。）

顒 yóng ❶ 大的樣子。《詩經・小雅・六月》：「四牡修廣，其大有～。」（牡：指公馬。修：長。）❷ 嚴正的樣子。《周易・觀卦》：「有孚～若。」（孚：俘虜。若：詞尾。）❸ 景仰的樣子。白居易《祈皋亭神文》：「下民～望而不知。」

永 yǒng ❶ 水流長。《詩經・周南・漢廣》：「江之～矣。不可方思。」（方：乘筏渡水。思：語氣詞。）引申為長。兼指時間和空間。《尚書・高宗肜日》：「降年有～有不～。」《淮南子・原道》：「天地之～，登丘不可為修，居卑不可為短。」（修：長。）❷ 聲調抑揚地緩慢誦吟。後來寫作「詠」。《尚書・舜典》：「詩言志，歌～言。」

甬 ㊀ yǒng ❶ 鐘柄。《周禮・考工記・鳧氏》：「舞上謂之～。」（舞：鐘的頂部。）❷ [甬道] 兩邊有牆的通道。《淮南子・本經》：「修為牆垣，～～相連。」《史記・高祖本紀》：「漢王軍滎陽，築～～。」

㊁ tǒng ❸ 桶，量器名。《呂氏春秋・仲秋》：「齊斗～。」（齊：用如使動，使……一致。）

臾 yǒng 見 631 頁「臾」㊁。

泳 yǒng 潛行水中。泛指在水中或水上浮行。《詩經・邶風・谷風》：「就其淺矣，～之游之。」范仲淹《岳陽樓記》：「沙鷗翔集，錦鱗游～。」

【辨析】泳、游。單獨出現時，「泳」「游」在「潛行水中、游泳」的意義上相通；對舉時（如上引《谷風》例），「泳」為潛行水中，「游」為在水中或水上浮行。

俑 yǒng 古代殉葬用的木製或陶製的偶人。《孟子・梁惠王上》：「仲尼曰：『始作～者，其無後乎？』為其象人而用之也。」

勇 yǒng ❶ 勇敢，不畏懼。《論語・先進》：「比及三年，可使有～。」特指勇武，古代的一種道德觀念。《呂氏春秋・論威》：「～，天下之凶德也。」❷ 勇士，士兵。蔡邕《釋誨》：「帶甲百萬，非一～所抗。」今成語有「散兵游勇」。

涌（湧） yǒng ❶ 水向上冒。《山海經・東山經》：「（跂踵之山）

有水焉，廣員四十里皆～。」（廣員：指土地面積的長和寬。）《北齊書・平鑑傳》：「至旦有井泉～溢。」❷ 古水名，夏水支流，通長江，故道在今湖北境內。《左傳・莊公十八年》：「閻敖游～而逸，楚子殺之。」

恿（慂） yǒng ［慫恿］見 478 頁「慫」字條。

詠（咏） yǒng ❶ 拉長聲音吟唱。《尚書・益稷》：「戛擊鳴球，搏拊琴瑟以～。」《世說新語・文學》：「聞江渚間估客船上有～詩聲。」❷ 用詩詞形式抒寫。曹操《步出夏門行・觀滄海》：「幸甚至哉，歌以～志。」也指詩詞作品。李白《春夜宴從弟桃花園序》：「不有佳～，何伸雅懷？」

蛹 yǒng 蠶蛹。《荀子・賦》：「～以為母，蛾以為父。」

踊（踴） yǒng ❶ 跳，跳躍。《左傳・哀公八年》：「私屬徒七百人三～於幕庭。」（屬 zhǔ：囑咐。此指命令。幕庭：帳幕前。）❷ 登上。《晏子春秋・雜下》：「景公為路寢之臺，成而不～焉。」（路寢：正寢。）引申為向上（漲、湧）。《史記・平準書》：「物～騰糶。」《論衡・感虛》：「山崩河壅，天雨水～。」❸ 受過刖刑的人所穿的鞋子。《左傳・昭公三年》：「國之諸市，屨賤～貴。」《晏子春秋・雜下》：「是時也，公繁於刑，有鬻～者。」

【辨析】 踊、跳、躍。見 504 頁「跳」字條。

禜 yǒng 古代為除災而舉行祭祀。《左傳・昭公元年》：「山川之神，則水旱癘役之災，於是乎～之。」

用 yòng ❶ 使用，任用。《詩經・大雅・公劉》：「執豕于牢，酌之～匏。」《論語・述而》：「～之則行，舍之則藏。」❷ 功用，作用。《老子》第十一章：「三十輻共一轂，當其無，有車之～。」（轂 gǔ：車輪中心有孔的圓木。無：指轂中空處。）《呂氏春秋・振亂》：「詆悖之士，雖辨無～矣。」（辨：通「辯」，善辯。）❸ 費用，資財。《論語・顏淵》：「年饑，～不足，如之何？」《荀子・富國》：「不知節～裕民則民貧。」❹ 介詞。以。《孟子・滕文公上》：「吾聞～夏變夷者，未聞變於夷者也。」（夏：指中原各國。夷：指四方少數民族。）《呂氏春秋・順民》：「以身為犧牲，～祈福於上帝。」（犧牲：供祭祀用的純色體全的牲畜。）

you

攸 yōu ❶ 迅疾的樣子。《孟子・萬章上》：「少則洋洋焉，～然而逝。」（少：一會兒。洋洋：搖擺尾巴的樣子。）❷ 久遠，長遠。秦始皇《嶧山刻石文》：「登於嶧山，羣臣從者，咸思～長。」（咸：皆。）❸ 處所。《詩經・大雅・韓奕》：「為韓姞相～，莫如韓樂。」（姞 jí：女子名。相：視，察看。）❹ 用在動詞前，構成名詞性結構，與「所」同。《周易・坤》：「君子有～往。」《詩經・大雅・靈臺》：「麀鹿～伏。」（麀 yōu：母鹿。）❺ 連詞。相當於「就」。《詩經・小雅・斯干》：「風雨～除。」

幽 ㊀ yōu ❶ 昏暗，深暗。《詩經・小雅・伐木》：「出自～谷，遷于喬木。」屈原《離騷》：「路～昧以險隘。」引申為深，深沉。《史記・屈原賈生列傳》：「故憂愁～思而作《離騷》。」又引申為隱，隱蔽。《荀子・非十二子》：「～隱而無說，閉約而無解。」（約：繩結。）❷ 囚禁。《戰國策・秦策三》：「加之以～囚。」司馬遷《報任安書》：「～於圜牆之中。」（圜牆：指監獄。）❸ 幽靜。王籍《入若耶溪》：「蟬噪林逾靜，鳥鳴山更～。」❹ 指陰間。宋玉《招魂》：「魂兮歸來，君無下此～都些。」（些：語氣詞。）

㊁ yǒu ❺ 黑色。《詩經・小雅・隰桑》：「其葉有～。」

悠 yōu ❶ 憂思。《說文》：「～，憂也。」《詩經・周南・關雎》：「～哉～哉，輾轉反側。」❷ 遙遠，長久。《詩經・小雅・漸漸之石》：「山川～遠，維其勞矣。」蘇武《詩四首》之四：「山海隔中州，相去～且長。」（去：距離。）❸ 閒適的樣子。陶潛《飲酒》之五：「採菊東籬下，～然見南山。」

麀 yōu　母鹿。《詩經・大雅・靈臺》：「～鹿濯濯。」（濯濯：肥澤的樣子。）泛指雌獸。《左傳・襄公四年》：「冒于原獸，忘其國恤，而思其～牡。」（冒：貪。）

滺 yōu　［滺滺］水流動的樣子。《詩經・衛風・竹竿》：「淇水～～。」

憂 yōu　❶ 憂愁，擔心。《論語・述而》：「發憤忘食，樂以忘～。」白居易《賣炭翁》：「心～炭賤願天寒。」❷ 困厄，憂患。《呂氏春秋・開春》：「君子在～，不救不祥。」《孟子・告子下》：「然後知生於～患而死於安樂也。」特指父母之喪。《尚書・說命上》：「宅～。」（宅：居。）《魏書・李彪傳》：「朝臣丁父～者，假滿赴職。」（丁：遇到。）

【辨析】憂、慮。見 328 頁「慮」字條。

優 yōu　❶ 充裕，有餘力。《國語・周語上》：「則享祀時至而布施～裕也。」《論語・子張》：「仕而～則學，學而～則仕。」（仕：做事。）引申為寬和、寬厚。《國語・周語下》：「所以～柔容民。」❷ 閒適，安逸。《左傳・襄公二十一年》：「～哉游哉，聊以卒歲。」（游：悠閒自得。卒：終。）❸ 表演雜戲。《左傳・襄公二十八年》：「飲酒，且觀～。」引申為戲謔。《左傳・襄公六年》：「宋華弱與樂轡少相狎，長相～。」（華弱、樂轡：人名。）又用作名詞。指演雜戲的人。《韓非子・難三》：「近～而遠士。」❹ 優勝，優良。《論衡・須頌》：「實而論之，～劣可見。」

慢 yōu　見 630 頁「慢」㊁。

櫌 yōu　碎土平田的農具。《呂氏春秋・簡選》：「鋤～白梃，可以勝人之長銚利兵。」（梃 tǐng：木棒。銚 tiáo：古代兵器。）

耰 yōu　古代農具，用來碎土平田。《淮南子・氾論》：「民勞而利薄，後世為之耒耜～鋤。」又為播種後用耰平土，以保護種子。《論語・微子》：「～而不輟。」（輟：停止。）

尤 yóu　❶ 罪過，過失。《左傳・莊公二十一年》：「鄭伯效～，其亦將有咎。」屈原《離騷》：「屈心而抑志兮，忍～而攘詬。」（攘：除。詬：恥辱。）引申為歸罪，指責。《論語・憲問》：「不怨天，不～人。」司馬遷《報任安書》：「動而見～，欲益反損。」（益：增益，與「損」相對。）❷ 優異，突出。《莊子・徐无鬼》：「夫子，物之～也。」韓愈《送孟東野序》：「從吾遊者，李翺張籍其～也。」❸ 副詞。格外，特別。《史記・五帝本紀》：「擇其言～雅者，故著為本紀書首。」韓愈《柳子厚墓誌銘》：「其～貧力不能者，令書其傭。」（書：寫，記下。傭：指傭值。）

由 yóu　❶ 經由。《論語・雍也》：「誰能出不～戶？」《孟子・離婁上》：「舍正路而不～。」今成語有「必由之路」。引申為遵循，憑靠。《詩經・大雅・假樂》：「不愆不忘，率～舊章。」《論語・顏淵》：「為仁～己，而～人乎哉？」引申為緣由。《呂氏春秋・盡數》：「知本則疾無～至矣。」❷ 用。《左傳・襄公三十年》：「以晉國之多虞，不能～吾子。」（虞：憂。）《呂氏春秋・士節》：「大者定天下，其次定一國，必～如此人者也。」❸ 介詞。1. 由於。《左傳・桓公二年》：「國家之敗，～官邪也。」2. 從。《孟子・盡心下》：「～堯、舜至於湯，五百餘歲。」《呂氏春秋・用民》：「古昔多～布衣定一世者矣。」❹ 同「猶」。1. 如同。《孟子・梁惠王上》：「民歸之，～水之就下。」2. 尚且，還。《孟子・離婁下》：「舜為法於天下，可傳於後世，我～未免為鄉人也，是則可憂也。」

抌 yóu　見 91 頁「抌」㊁。

怞 yóu　見 66 頁「怞」㊁。

油 yóu　❶ 古水名，發源於今湖南，經湖北入長江。❷ 油。《博物志・物理》：「積～滿萬石，則自然生火。」韓愈《進學解》：「焚膏～以繼晷。」（晷

guǐ：日影。）又為用油塗飾。蔡襄《茶錄・色》：「茶色貴白，而餅茶多以珍膏～其面。」

疣(肬) yóu 皮膚上的贅生物，俗稱「瘊子」。《莊子・大宗師》：「彼以生為附贅縣～。」（縣 xuán：懸。）[疣贅] 贅疣，比喻多餘而無用的東西。《法言・問道》：「允治天下，不待禮文與五教，則吾以黃帝、堯、舜為～～。」（允：信。）

蚰 yóu [蚰蜒] 俗稱「草鞋蟲」，形似蜈蚣而略小，生活在陰濕處。王逸《九思・哀歲》：「巷有兮～～，邑多兮蝗螂。」

揄 yóu 見 632 頁「揄」㊂。

郵 yóu ❶ 傳遞文書供應車馬食宿的驛站。《孟子・公孫丑上》：「德之流行，速於置～而傳命。」引申指傳送文書的人。《晉書・殷浩傳》：「殷洪喬不為致書～。」❷ 通「尤 yóu」。1. 過失。《詩經・小雅・賓之初筵》：「不知其～。」2. 怨恨。《荀子・成相》：「已無～人。」3. 甚，最。《列子・周穆王》：「而況魯之君子迷之～者，焉能解人之迷哉？」

猶 yóu ❶ 獸名。猴類。《爾雅・釋獸》：「～，如麂，善登木。」《水經注・江水》：「山多～猢，似猴而短足。」❷ 同，如同。《左傳・隱公四年》：「夫兵，～火也。」❸ 還，仍然。《左傳・文公七年》：「今君雖終，言～在耳。」今成語有「記憶猶新」。❹ 連詞。尚，尚且。《左傳・宣公十二年》：「困獸～鬬，況國相乎？」❺ [猶豫] 遲疑不決。屈原《離騷》：「心～～而狐疑兮。」❻ 謀劃。《左傳・成公八年》：「行父懼晉之不遠～，而失諸侯也。」（行父：人名。）❼ 道。《詩經・小雅・小旻》：「匪先民是程，匪大～是經。」（匪：非。是：複指前置賓語。程：效法。）❽ 通「由 yóu」。1. 行。《左傳・昭公十四年》：「殺親益榮，～義也夫！」2. 從。《孟子・公孫丑上》：「紂之去武丁未久也……然而文王～方百里起，是以難也。」❾ 通「搖 yáo」。搖動。《禮記・檀弓下》：「詠斯～，～斯舞。」

【辨析】猶、猷。此二字實同一字。在「謀劃、道術」義上多作「猷」，也可作「猶」。但「猶」的其他義不作「猷」。

游 yóu ❶ 在水中浮行。《詩經・邶風・谷風》：「就其淺矣，泳之～之。」《呂氏春秋・察今》：「此其父善～。」❷ 水流。《詩經・秦風・蒹葭》：「溯～從之，宛在水中央。」（溯 sù：逆流而上。）❸ 運行，遊行。《呂氏春秋・審分》：「意氣得～乎寂寞之宇矣。」《淮南子・覽冥》：「浮～不知所求。」❹ 遊覽，遊歷。《荀子・宥坐》：「百仞之山，而豎子馮而～焉。」（馮 píng：依憑。）《韓非子・和氏》：「禁～宦之民，而顯耕戰之士。」❺ 交往。《左傳・隱公三年》：「其子厚與州吁～，禁之，不可。」（厚、州吁：人名。）《荀子・勸學》：「故君子居必擇鄉，～必就士。」引申為遊說。屈原《卜居》：「寧誅鋤草茅以力耕乎，將～大人以成名乎？」❻ 虛浮，不切實際。《周易・繫辭下》：「誣善之人，其辭～。」《禮記・緇衣》：「故大人不倡～言。」

【辨析】1. 游、遊。浮行為「游」，行走為「遊」。兩字音同義通，古籍中往往互相通用。但凡有關水中的活動，一般只用「游」，很少用「遊」。2. 游、泳。見 625 頁「泳」字條。

遊 yóu ❶ 遨遊，遊覽。《詩經・邶風・柏舟》：「微我無酒，以敖以～。」（微：非，不是。）《莊子・秋水》：「莊子與惠子～於濠梁之上。」（濠：水名。梁：橋。）引申為遊歷。《論語・里仁》：「父母在，不遠～，～必有方。」引申為遊動，移動。《莊子・養生主》：「以無厚入有間，恢恢乎其於～刃必有餘地矣。」（恢恢：寬綽的樣子。）❷ 交際，交往。《孟子・離婁下》：「匡章，通國皆稱不孝焉，夫子與之～，又從而禮貌之。」又特指遊說。《孟子・盡心下》：「子好～乎？吾語子～。」（語 yù：告訴。）❸ 在水面行動，游泳。《莊子・秋水》：「鯈魚出～從容，是魚之樂也。」（鯈：通「鰷 tiáo」，魚名。）《韓非子・說林上》：「假人於越而救溺子，越人雖善～，子必不生矣。」（假：借。）

【辨析】遊、游。見 628 頁「游」字條。

猷 yóu ❶謀略，計劃。《尚書・君陳》：「爾有嘉謀嘉～。」❷道，法則。《詩經・小雅・巧言》：「秩秩大～，聖人莫之。」（秩秩：偉大的樣子。莫：通「謨」，謀劃。）

【辨析】猷、猶。見 628 頁「猶」字條。

蝣 yóu 蜉蝣的省稱。陶弘景《水仙賦》：「僉自安於～晷。」（僉：皆，都。蝣晷：像蜉蝣那樣短的時間。）

蕕 yóu 一種氣味惡臭的草。《左傳・僖公四年》：「一薰一～，十年尚猶有臭。」（薰：香草名。臭：氣味。）

輶 yóu 一種輕便的車子。《詩經・秦風・駟驖》：「～車鸞鑣。」（鸞：通「鑾」，掛在馬鑣上的鈴。鑣 biāo：馬嚼子露在嘴外的部分。）引申為輕。《詩經・大雅・烝民》：「德～如毛。」

繇 yóu 見 598 頁「繇」㊂。

友 yǒu ❶朋友。《詩經・邶風・匏有苦葉》：「卬須我～。」（卬 áng：我。須：等待。）又為結交朋友。《呂氏春秋・舉難》：「文侯師子夏，～田子方。」（子夏、田子方：人名。）❷親近，友好。《詩經・周南・關雎》：「窈窕淑女，琴瑟～之。」（窈窕 yǎotiǎo：文靜而美好的樣子。）

【辨析】友、朋。見 380 頁「朋」字條。

有 yǒu ❶有，與「無」相對。《詩經・鄘風・相鼠》：「相鼠～皮，人而無儀！」《孟子・梁惠王下》：「寡人～疾，寡人好勇。」❷詞頭。無義。《詩經・小雅・六月》：「～嚴～翼。」《論語・為政》：「《書》云：『孝乎惟孝，友于兄弟，施於～政。』」❸通「又 yòu」。復。《周易・蠱卦》：「終則～始，天行也。」《孟子・梁惠王上》：「殆～甚焉。」❹用於整數與零數之間。《論語・為政》：「子曰：『吾十～五而志於學。』」《孟子・萬章上》：「舜相堯二十～八載，非人之所能為也，天也。」

酉 yǒu 地支的第十位。與天干配合以紀日、紀年。《左傳・成公二年》：「癸～，師陳于鞌。」（鞌：地名。）又用以紀時，下午五時至七時為酉時。白居易《醉歌》：「白日催年～時沒。」又為十二生肖之一，酉為雞。《論衡・物勢》：「～，雞也。」

卣 yǒu 古代一種中型酒樽，青銅製，多用作禮器。《詩經・大雅・江漢》：「秬鬯一～。」（秬鬯 jùchàng：用黑黍和鬱金草釀成的酒，供祭祀用。）

幽 yǒu 見 626 頁「幽」㊁。

羑 yǒu ❶誘導。《尚書・康王之誥》：「惟周文武，誕受～若，克恤西土。」（誕：大。克：能。恤：憂。）❷［羑里］地名，周文王被拘之地。《呂氏春秋・首時》：「文王苦之，有不忘～～之醜。」

庮 yǒu 朽木發出的臭味，又泛指臭味。《禮記・內則》：「牛夜鳴則～。」

莠 yǒu 狗尾草，一種形似穀子的雜草。《詩經・齊風・甫田》：「無田甫田，維～驕驕。」（田：耕種。甫田：大田。驕驕：高而茂盛的樣子。）《淮南子・說山》：「農夫不察苗～而并耘之，豈不虛哉！」比喻惡、醜、壞。《詩經・小雅・正月》：「好言自口，～言自口。」今成語有「良莠不齊」。

槱 yǒu 堆柴燃燒。《詩經・大雅・棫樸》：「芃芃棫樸，薪之～之。」（芃芃 péng：草木茂盛的樣子。）也指柴。柳宗元《南嶽彌陀和尚碑》：「或值之崖谷，羸形垢面，躬負薪～。」

牖 yǒu ❶窗戶。《韓非子・外儲說左上》：「築十版之牆，鑿八尺之～。」❷通「誘 yòu」。引導。《詩經・大雅・板》：「天之～民，如壎如篪。」（壎 xūn、篪 chí：古代兩種吹奏樂器。）

【辨析】牖、窗。見 73 頁「窗」字條。

黝 yǒu 微青黑色。《說文》：「～，微青黑色。」《周禮・地官・牧人》：「凡陽祀，用騂牲毛之；陰祀，用～牲毛之。」［黝黝］黑盛的樣子。左思《魏都賦》：「～～桑柘。」

懮 ㊀ yǒu ❶［懮受］身材苗條，體態輕盈的樣子。《詩經・陳風・月出》：「佼人懰兮，舒～～兮。」
㊁ yōu ❷［懮懮］憂愁的樣子。屈原《九章・抽思》：「傷余心之～～。」

又 yòu 復，更，又。《左傳・隱公三年》：「四月，鄭祭足帥師取温之麥。秋，～取成周之禾。」（祭足：人名。温、成周：地名。）《孟子・公孫丑上》：「非徒無益，而～害之。」《呂氏春秋・君守》：「既靜而～寧。」

右 yòu ❶右手。《左傳・成公二年》：「～援枹而鼓。」（枹 fú：鼓槌。）❷右邊，與「左」相對。《詩經・衛風・竹竿》：「淇水在～，泉源在左。」❸古代尚右，故以右為上或尊位。《史記・廉頗藺相如列傳》：「以相如功大，拜為上卿，位在廉頗之～。」引申為崇尚。《漢書・藝文志》：「（墨家）是以～鬼。」❹車右。戰車上站在右邊的武士。《左傳・成公二年》：「鄭丘緩為～。」❺幫助，保護。後來寫作「佑」。《左傳・襄公二十一年》：「周公～王。」引申為偏袒。《戰國策・魏策二》：「張儀相魏，必～秦而左魏。」（左：疏遠。）

幼 yòu ❶年少。《論語・微子》：「長～之節，不可廢也。」引申指小孩。《呂氏春秋・仲春》：「養～少。」陶潛《歸去來兮辭》：「攜～入室。」❷愛護，慈愛。《孟子・梁惠王上》：「～吾幼，以及人之幼。」

佑 yòu ❶保護，幫助。《尚書・泰誓上》：「天～下民，作之君，作之師。」❷通「右 yòu」。尊為上位。《墨子・號令》：「旦夕就位，先～有功有能，其餘皆以次立。」

侑 yòu ❶勸人進食、飲酒。《詩經・小雅・楚茨》：「以為酒食，以享以祀，以妥以～，以介景福。」（妥：安坐。介：求。景：大。）《周禮・天官・膳夫》：「以樂～食。」❷通「宥 yòu」。寬恕。《管子・法法》：「文有三～，武無一赦。」

狖（貁） yòu 長尾猿。屈原《九歌・山鬼》：「猿啾啾兮～夜鳴。」

柚 ㊀ yòu ❶果樹名，也指其果實。《韓非子・外儲說左下》：「樹橘～者，食之則甘，嗅之則香。」司馬相如《子虛賦》：「橘～芬芳。」
㊁ zhú ❷織布機上纏經線的圓軸。《詩經・小雅・大東》：「小東大東，杼～其空。」

囿 yòu ❶古代畜養禽獸的園林。《孟子・梁惠王下》：「文王之～方七十里。」《呂氏春秋・慎小》：「公如～射鴻。」（如：往。）又指果園或菜園。《大戴禮記・夏小正》：「～有見韭。」❷拘泥，局限。《莊子・徐无鬼》：「皆～於物者也。」❸事物會聚之處。蕭統《文選序》：「歷觀文～。」

【辨析】囿、苑。二字在「畜養禽獸園林」的意義上是同義的，也有些差別。一是運用的時間上，戰國末期（以《呂氏春秋》為限）以前只用「囿」不用「苑」，以後則「苑」「囿」並用。二是有圍牆的叫「囿」，沒有圍牆的叫「苑」。

宥 yòu ❶寬恕，寬赦。《左傳・成公三年》：「各懲其忿以相～也。」（懲：懲戒。忿：怒氣。）❷通「侑 yòu」。酬答，勸食。《周禮・春官・大司樂》：「王大食，三～，皆令奏鍾鼓。」❸通「囿 yòu」。局限。《呂氏春秋・去宥》：「夫人有所～者，固以晝為昏，以白為黑。」❹通「右 yòu」。《荀子・宥坐》：「此蓋為～坐之器。」（宥坐：放在座位右邊。）

祐 yòu ❶上天保佑。《左傳・昭公元年》：「天命不～。」《論衡・福虛》：「有不肖之行，天不～也。」（不肖：不賢，不善。）❷福。《論衡・福虛》：「埋一蛇獲二福，如埋十蛇得幾～乎？」

誘 yòu ❶教導，勸導。《論語・子罕》：「夫子循循然善～人。」（循循：有次序的樣子。）❷引誘，誘惑。《詩經・召南・野有死麕》：「有女懷春，吉士～之。」（吉：美好。）《左傳・僖公十年》：「幣重而言甘，～我也。」

褎（褏） yòu 見 573 頁「褎（褏）」㊁。

鼬 yòu　黃鼠狼，又名黃鼬。《莊子・徐无鬼》：「夫逃虛空者，藜藋柱乎鼪～之徑。」（藜、藋：草名。柱：直立。鼪：黃鼠狼。）

yu

扜 yū　引，拉。《山海經・大荒南經》：「有人方～弓射黃蛇。」《呂氏春秋・貴卒》：「管仲～弓射公子小白。」

迂 yū　❶ 曲折，繞遠。《孫子・軍爭》：「軍爭之難者，以～為直，以患為利。」《列子・湯問》：「懲山北之塞，出入之～也。」（懲：苦於。）❷ 迂闊，陳舊不合時宜。《莊子・天道》：「夫兼愛，不亦～乎？」

紆 yū　❶ 曲折。《周禮・考工記・梓人》：「～行。」宋玉《高唐賦》：「水淡淡而盤～兮。」❷ 繫結，垂掛。《法言・學行》：「～朱懷金者之樂不如顏氏子之樂。」張衡《東京賦》：「～皇組。」（組：一種絲帶。）

淤 yū　❶ 水中沉積的泥沙。《漢書・溝洫志》：「春夏乾燥，少水時也，故使河流遲，貯～而稍淺。」❷ 淤積。蘇軾《申三省起請開湖六條狀》：「若運河～塞，遠則五年，近則三年，率常一開。」❸ 通「飫 yù」。飽。《後漢書・馬融傳》：「然後擺牲班禽，～賜犒功。」（班：佈，陳列。淤賜：賞賜豐盛的酒食。）

菸 yū　枯萎。司馬光《論張堯佐除宣徽使狀》：「盛夏日方中而灌之，瓜不旋踵而～敗。」（旋踵：輕動腳跟，表示時間短。）[菸邑] 枯萎。宋玉《九辯》：「葉～～而無色兮。」

瘀 yū　血液凝滯。宋玉《九辯》：「形銷鑠而～傷。」《太玄・數》：「八為疾～。」泛指鬱積。《傷寒論・陽明病》：「傷寒～熱在裏，身必發黃。」

于 ㊀ yú　❶ 介詞。1. 在、到等。《左傳・成公二年》：「射其左，越～車下。」（越：墜。）2. 表示比較，甚於。《尚書・胤征》：「烈～猛火。」3. 表示被動。被。《左傳・莊公十九年》：「王姚嬖～莊王。」（嬖：寵愛。）❷ 連詞。表示並列。《尚書・多方》：「不克敬～和，則無我怨。」（克：能夠。）❸ 語氣詞。表示疑問語氣。《呂氏春秋・審應》：「然則先生聖～？」❹ 應和聲。《莊子・齊物論》：「前者唱～，而隨者唱喁。」（喁：應和聲。）❺ 動詞詞頭。《詩經・王風・君子于役》：「君子～役，不知其期。」又《秦風・無衣》：「王～興師，修我戈矛。」

㊁ xū　❻ [于嗟] 同「吁嗟」。歎詞。《詩經・衛風・氓》：「～～女兮，無與士耽。」（耽：沉溺在歡樂中。）

【辨析】于、於。見 533 頁「於」字條。

予 yú　見 634 頁「予」㊁。

邘 yú　古諸侯國名，春秋時為鄭邑。《左傳・隱公十一年》：「王取鄔、劉、蒍、～之田于鄭。」

杅 yú　❶ 盛湯漿的食器。《儀禮・既夕禮》：「用器弓矢、耒耜、兩敦、兩～、槃匜。」❷ 浴盆。《禮記・玉藻》：「出～，履蒯席。」（蒯：草名。）❸ [杅杅] 富足的樣子。《荀子・儒效》：「是～～亦富人已。」

吾 yú　見 534 頁「吾」㊁。

余 yú　第一人稱代詞。我。《左傳・僖公三十二年》：「～收爾骨焉。」屈原《離騷》：「亦～心之所善兮，雖九死其猶未悔。」

【辨析】余、我、吾、予、朕。見 532 頁「我」字條。

盂 yú　盛飲食的圓口器皿。《呂氏春秋・慎勢》：「功名著乎槃～。」（著：刻鑄。槃：同「盤」。）《淮南子・脩務》：「今夫救火者，汲水而趣之，或以甕瓴，或以盆～。」

臾 ㊀ yú　❶ [須臾] 見 574 頁「須」字條。

㊁ yǒng　❷ [縱臾] 慫恿。《漢書・衡山王劉賜傳》：「日夜～～王謀反事。」

於 yú　見 533 頁「於」㊁。

竽 yú　竹製管樂器。《呂氏春秋・貴當》：「～瑟陳而民知樂。」《淮南子・時則》：「吹～笙。」今成語有「濫竽充數」。

舁 yú ❶ 抬。《三國志・魏書・鍾繇傳》：「時華歆亦以高年疾病，朝見皆使載輿車，虎賁～上殿就坐。」（虎賁：勇士，衛士。）柳宗元《段太尉逸事狀》：「垂死，～來庭中。」❷ 裝，裝載。韓愈《憶昨行和張十一》：「車載牲牢甕～酒。」❸ 同「輿」。轎子。白居易《途中作》：「早起上肩～。」（肩舁：肩輿，轎子。）

俞 yú ❶ 表示應答和同意。《尚書・堯典》：「帝曰：『～，予聞，如何？』」（予：我。）引申為答應，允許。揚雄《羽獵賦》：「上猶謙讓而未～也。」❷ 通「愈 yù」。1. 越發，更加。《國語・越語下》：「使者往復來，辭～卑，禮～尊。」2. 勝過。《墨子・耕柱》：「我毋～於人乎？」❸ 通「愈（癒）yù」。病痊癒。《荀子・解蔽》：「而未有～疾之福也。」

娛 yú 歡樂，嬉戲。《莊子・則陽》：「聖人其於物也，與之為～矣。」《呂氏春秋・重己》：「足以安性自～而已矣。」

雩 yú 古代求雨的祭祀。《荀子・天論》：「～而雨，何也？曰：無何也，猶不～而雨也。」《公羊傳・桓公五年》：「大～者何？旱祭也。」

魚 yú 魚。《孟子・告子上》：「～，我所欲也。」又為捕魚。後來寫作「漁」。《左傳・隱公五年》：「公將如棠觀～者。」（棠：地名。）

萸 yú ［茱萸］見 688 頁「茱」字條。

揄 ㈠ yú ❶ 引，拉。《韓非子・飾邪》：「龐援～兵而南。」引申為引出，提出。《淮南子・主術》：「使言之而非也，雖在卿相人君，～策於廟堂之上，未必可用。」❷ 揮動。《韓非子・內儲說下》：「御者因～刀而劓美人。」（劓 yì：割掉鼻子。）《淮南子・氾論》：「～三尺之刃，造桓公之胸。」（造：至。）

㈡ yóu ❸ 舀取。《詩經・大雅・生民》：「或舂或～。」

嵎 yú ❶ 山彎曲處。《孟子・盡心下》：「虎負～，莫之敢攖。」（攖 yīng：迫近。）❷ 邊際，角落。謝靈運《九日從宋公戲馬臺集送孔令》：「歸客遂海～。」

畬 ㈠ yú ❶ 已開墾兩三年的田。《詩經・周頌・臣工》：「亦又何求，如何新～？」

㈡ shē ❷ 火耕，焚燒田裏草木、用草木灰做肥料的耕作方法。陶潛《和劉柴桑》：「新疇復應～。」又為火耕的田。劉長卿《贈元容州》：「湘山獨種～。」❸ 我國少數民族名。俗作「畲」。

腴 yú ❶ 人或其他動物腹下的肥肉。《禮記・少儀》：「羞濡魚者進尾，冬右～，夏右鰭。」《論衡・語增》：「桀紂之君垂～尺餘。」泛指肥胖。《南齊書・袁彖傳》：「彖形體充～，有異於眾。」❷ 肥沃，肥美。《戰國策・趙策四》：「封之以膏～之地。」《論衡・藝增》：「稻粱之味，甘而多～。」也指肥美之物。《梁書・武帝紀下》：「日止一食，膳無鮮～，惟豆羹糲食而已。」（糲食：粗米飯。）❸ 豐裕。《晉書・周顗傳論》：「伯仁凝正，處～能約。」

愉 ㈠ yú ❶ 快樂，喜悅。《呂氏春秋・禁塞》：「上稱三皇五帝之業，以～其意。」《淮南子・本經》：「其心～而不偽。」今成語有「勝任愉快」。

㈡ tōu ❷ 苟且，懈怠。《周禮・地官・大司徒》：「以俗教安，則民不～。」《呂氏春秋・勿躬》：「百官慎職，而莫敢～綖。」（綖：遲緩。）

渝 yú ❶ 變，改變。《詩經・鄭風・羔裘》：「彼其之子，舍命不～。」《淮南子・泰族》：「五色雖朗，有時而～。」引申為違背，背棄。《左傳・桓公元年》：「～盟，無享國。」（享：享有。）❷ 氾濫。木華《海賦》：「沸潰～溢。」（沸潰：水騰湧亂流的樣子。）❸ 水名，嘉陵江的古稱。

隅 yú ❶ 角落。《詩經・邶風・靜女》：「靜女其姝，俟我于城～。」（俟：等待。）《孟子・滕文公下》：「驅飛廉於海～而戮之。」今成語有「向隅而泣」。❷ 廉隅，棱角。《詩經・大雅・抑》：「抑抑威儀，維德之～。」（抑抑：慎密的樣子。）

【辨析】隅、陬。二字都有「角落」的意義，《說文》：「隅，陬也。」「陬，阪隅也。」「陬」是由專指「山角落」引申為「角落」的意義的。二字多可通用。《詩經》「城隅」，《戰國策》「城之陬」，義同。

隃 yú ❶越過，超過。司馬相如《上林賦》：「～絕梁。」（梁：橋。）《漢書・匡衡傳》：「卑不～尊。」❷通「遙 yáo」。遠。《漢書・英布傳》：「上惡之，與布相望見，～謂布：『何若而反？』」

瑜 yú 美玉。《左傳・宣公十五年》：「瑾～匿瑕。」（瑾：美玉。瑕：玉上的斑點。）又指玉的光彩。《禮記・聘義》：「瑕不揜～。」比喻美好的節操志向。《史記・屈原賈生列傳》：「何故懷瑾握～，而自令見放為？」（見放：被放逐。為：語氣詞。）

榆 yú ❶榆樹。《莊子・逍遙遊》：「我決起而飛，搶～枋。」（決 xuè：迅速的樣子。搶 qiāng：突過。枋 fáng：檀樹。）❷星名。古詩《隴西行》：「天上何所有？歷歷種白～。」

虞 yú ❶古代掌管山澤田獵的官。《尚書・舜典》：「汝作朕～。」《史記・貨殖列傳序》：「～不出則財匱少。」（匱：缺乏。）［虞人］掌山澤田獵的官。《孟子・滕文公下》：「昔齊景公田，招～～以旌。」（田：打獵。）❷預料，料想。《左傳・僖公四年》：「不～君之涉吾地也。」（涉：指進入。）又為事先有準備，防備。《孫子・謀攻》：「以～待不～者勝。」❸憂慮，憂患。《左傳・昭公四年》：「君若苟無四方之～。」❹欺騙。《左傳・宣公十五年》：「我無爾詐，爾無我～。」今成語有「爾虞我詐」。❺通「娛 yú」。快樂。《管子・七臣七主》：「故主～而安。」《漢書・王褒傳》：「皆以此～說耳目。」（說 yuè：喜悅。）❻傳說中舜所建的朝代。《左傳・莊公三十二年》：「～、夏、商、周皆有之。」❼周代諸侯國名，在今山西平陸東北。

愚 yú ❶愚笨，無知。《論語・為政》：「回也不～。」（回：顏回。）又指愚笨的人。《論語・陽貨》：「古之～也直。」（直：直率。）❷蒙蔽，欺騙。《孫子・九地》：「能～士卒之耳目，使之無知。」賈誼《過秦論》：「於是廢先王之道，燔百家之言，以～黔首。」（黔首：百姓。）❸自稱謙詞。《史記・劉敬叔孫通列傳》：「～以為匈奴不可擊也。」

骬 yú ［髃 hé 骬］見193頁「髃」字條。

衙 ㊀ yú ❶［衙衙］行走的樣子。宋玉《九辯》：「通飛廉之～～。」（飛廉：傳說中的風神。）

㊁ yá ❷官署。《北齊書・宋世良傳》：「每日～門虛寂，無復訴訟者。」項斯《贈金州姚合使君》：「官壁題詩盡，～庭看鶴多。」唐代特指天子所居之處。《新唐書・儀衛志上》：「唐制，天子居曰『～』，行曰『駕』。」❸官吏到上司衙門排班參見，稟白公事。姚合《武功縣中作》之六：「因～始裹頭。」比喻排列成行的事物。陸游《青羊宮小飲贈道士》：「小窗幽處聽蜂～。」

歈 yú 歌謠，歌曲。宋玉《招魂》：「吳～蔡謳。」（謳：歌曲。）

逾 yú ❶越過。《尚書・武成》：「師～孟津。」（孟津：渡口名。）引申為超過，勝過。《淮南子・說林》：「牆之壞也，不若無也，然～屋之覆。」（覆：翻。）❷愈，更加。《呂氏春秋・務大》：「此所以欲榮而～辱也，欲安而～危也。」《淮南子・原道》：「亂乃～甚。」

與 yú 見635頁「與」㊂。

漁 yú ❶捕魚。《周易・繫辭下》：「作結繩而為罔罟，以佃以～。」（罔罟 wǎnggǔ：漁獵用的網。佃：畋，打獵。）《呂氏春秋・義賞》：「竭澤而～。」又用作名詞。指捕魚的人。《韓非子・難一》：「今耕、～不爭。」❷侵佔，掠奪。《管子・法禁》：「～利蘇功，以取順其君。」（蘇：取。）《淮南子・主術》：「侵～其民，以適無窮之欲。」

窬 yú ❶門旁的小洞。《禮記・儒行》：「篳門圭～。」（篳門：用竹片、荊條等編成的門。圭窬：上圓下方的小洞。）

❷ 挖空。《淮南子・泰族》：「～木而為舟。」❸ 洞，窟窿。《論語・陽貨》：「其猶穿～之盜也與？」（穿：挖洞。）《淮南子・齊俗》：「則必有穿～、拊楗、（抽箕）［扣墓］、踰備之姦。」

褕 yú ❶［褕翟 dí］王后的祭服，上面繪有長尾野雞圖形。《說文》：「褕，～～，羽飾衣。」《新唐書・車服志》：「～～者，受冊、助祭，朝會大事之服也。」❷ 美，華美。《史記・淮陰侯列傳》：「農夫莫不輟耕釋耒，～衣甘食。」（釋：放下。）

餘 yú ❶ 豐足。《戰國策・秦策五》：「今力田疾作，不得暖衣～食。」（疾：速。作：指耕作。）《淮南子・精神》：「食足以接氣，衣足以蓋形，適情不求～。」❷ 剩餘，剩下。《論語・學而》：「行有～力，則以學文。」賈誼《過秦論》：「始皇既沒，～威震于殊俗。」（殊俗：不同的習俗，指邊遠地區。）引申為遺留，遺存。《史記・陳涉世家》：「奮六世之～烈。」（烈：功業。）❸ 表示整數後不定的零數。古詩《陌上桑》：「可值千萬～。」白居易《賣炭翁》：「一車炭，千～斤。」

【說明】「餘」「余」二字在古代同音不同義。只偶爾用「餘」表示「我」，用「余」表示「其餘」。現在在不影響意義表達時「餘」簡化作「余」。

諛 yú 奉承，討好。《莊子・天地》：「孝子不～其親。」也指諂媚之言。《淮南子・兵略》：「拒諫喜～。」

【辨析】諛、諂。見49頁「諂」字條。

羭 yú ❶ 黑色母羊。《列子・天瑞》：「老～之為猨也。」（猨：同「猿」。）❷ 美好。《左傳・僖公四年》：「且其繇曰：『專之渝，攘公之～。』」（繇：卜卦的兆辭。渝：改變。攘：奪取。）

踰 yú ❶ 越，越過。《左傳・哀公十一年》：「師不～溝。」（師：軍隊。）《呂氏春秋・知接》：「有一婦人～垣入。」引申為超過，超出。《論語・為政》：「七十而從心所欲，不～矩。」《淮南子・泰族》：「取其不～禮而行也。」❷ 通「遙 yáo」。遠。《後漢書・馮衍傳》：「陟隴山以～望兮，眇然覽於八荒。」（陟：登上。隴山：山名。八荒：指八方荒遠之地。）

覦 yú 非分的希望。《左傳・襄公十五年》：「能官人，則民無～心。」（官人：指量才授官。）

璵 yú ［璵璠 fán］寶玉名。《呂氏春秋・安死》：「魯季孫有喪……主人以～～收。」（季孫：春秋時魯國最有權勢的貴族。喪：指季平子之喪。主人：指主喪之人。收：裝殮。）

輿 yú ❶ 車箱。《論語・衛靈公》：「在～則見其倚於衡也。」（衡：車轅頭上的橫木。）代指車。《老子》第八十章：「雖有舟～，無所用之。」又為肩輿，轎子。《世說新語・簡敖》：「肩～徑至揚州聽事。」❷ 舉，抬。《戰國策・秦策三》：「百人～瓢而趨，不如一人持而走疾。」❸ 眾，眾人的。《左傳・僖公二十八年》：「晉侯聽～人之誦。」❹ 奴隸，奴僕。《左傳・昭公七年》：「皂臣～，～臣隸。」

【辨析】輿、車、輦。見53頁「車」字條。

歟 yú 句末語氣詞，表示疑問或感歎。《史記・屈原賈生列傳》：「子非三閭大夫～？」

旟 yú ❶ 畫有鳥隼圖像的旗。《詩經・大雅・江漢》：「既出我車，既設我～。」泛指旗幟。張衡《思玄賦》：「風眇眇兮震余～。」❷ 飛揚的樣子。《詩經・小雅・都人士》：「匪伊卷之，髮則有～。」（匪：非。髮：頭髮。）

予 ㈠ yǔ ❶ 給予。《詩經・小雅・采菽》：「天子所～。」《史記・廉頗藺相如列傳》：「秦亦不以城～趙，趙亦終不～秦璧。」❷ 讚許。《荀子・大略》：「言音者～師曠。」（師曠：春秋時著名樂師。）

㈡ yú ❸ 第一人稱代詞。我，我的。《尚書・大誥》：「～得吉卜。」

【辨析】予、我、吾、余、朕。見532頁「我」字條。

宇 yǔ ❶ 屋簷。《詩經・豳風・七月》：「七月在野，八月在～。」引申為房屋，居處。宋玉《招魂》：「高堂邃～。」❷ 上下四方，天下。《韓非子・解老》：「～內之物，恃之以成。」賈誼《過秦論》：「振長策而御～內。」又指國土、疆域。《左傳・昭公四年》：「或無難以喪其國，失其守～。」❸ 氣度，儀容。《莊子・庚桑楚》：「～泰定者，發乎天光。」（泰定：閒靜。）《世說新語・雅量》：「世以此定二王神～。」（二王：指王徽之、王獻之。）今成語有「器宇軒昂」。

羽 yǔ ❶ 羽毛。《孟子・梁惠王上》：「然則一～之不舉，為不用力焉。」又指鳥類或昆蟲的翅膀。《詩經・豳風・七月》：「六月莎雞振～。」《呂氏春秋・季春》：「鳴鳩拂其～。」代指鳥類。《呂氏春秋・觀表》：「地為大矣，而水泉草木毛～裸鱗未嘗息也。」❷ 頂端插有羽毛的旗幟或舞具。《呂氏春秋・不苟》：「武王左釋白～，右釋黃鉞。」《淮南子・時則》：「執干戚戈～。」❸ 箭桿上的羽毛。《呂氏春秋・精通》：「養由基射兕中石，矢乃飲～。」（飲羽：指箭射得深，箭端羽毛已沒入石中。）又代指箭。江淹《別賦》：「或乃邊郡未和，負～從軍。」❹ 釣絲上的浮標。《呂氏春秋・離俗》：「魚有小大，餌有宜適，～有動靜。」❺ 五音之一。《禮記・月令》：「其音～。」

【辨析】羽、翅、翼。見 63 頁「翅」字條。

雨 ㊀ yǔ ❶ 雨。《荀子・勸學》：「積土成山，風～興焉。」
㊁ yù ❷ 降雨。《詩經・小雅・大田》：「～我公田，遂及我私。」（私：指私田。）泛指從空中降落。《詩經・邶風・北風》：「北風其涼，～雪其雱。」（雱：雪盛的樣子。）

俁 yǔ ［俁俁］魁偉的樣子。《詩經・邶風・簡兮》：「碩人～～。」

禹 yǔ 夏后氏部落領袖，夏代第一個君主。《孟子・滕文公上》：「～疏九河。」

圄 yǔ ❶ 牢獄。《晏子春秋・諫下》：「景公藉重而獄多，拘者滿～。」引申為監禁。《左傳・宣公四年》：「～伯嬴於轑陽而殺之。」❷ 通「禦 yù」。守備，防禦。《戰國策・趙策三》：「王非戰國守～之具，其何以當之？」

峿 yǔ 見 535 頁「峿」㊁。

敔 yǔ 古樂器名，雅樂將終時用以止樂。《尚書・益稷》：「合止柷～。」（柷 zhù：樂器名，用以起樂。）

圉 yǔ ❶ 監獄。《說文》：「～，囹圄，所以拘罪人。」《淮南子・主術》：「喑者可使守～，而不可使言也。」（喑 yīn：啞巴。）❷ 養馬。《左傳・哀公十四年》：「孟孺子泄將～馬於成。」（孟孺子泄：人名，魯大夫。成：地名。）又指養馬的人。《左傳・昭公七年》：「馬有～，牛有牧。」（牧：放牛的人。）❸ 邊境。《左傳・隱公十一年》：「亦聊以固吾～也。」❹ 樂器名。同「敔」。《詩經・周頌・有瞽》：「鞉磬柷～。」（鞉 táo：小鼓。柷 zhù：一種打擊樂器。）❺ 通「禦 yù」。防禦，抵禦。《莊子・繕性》：「其來不可～。」

庾 yǔ ❶ 露天的穀倉。《詩經・小雅・楚茨》：「我倉既盈，我～維億。」（億：十萬，此指滿。）❷ 量詞。容量單位，十六斗為庾。《左傳・昭公二十六年》：「粟五千～。」《論語・雍也》：「與之釜，請益，曰：與之～。」（與：給予。釜：容量單位，六斗四升為釜。）

貐 yǔ ［猰 yà 貐］見 587 頁「猰」字條。

瑀 yǔ 佩玉名。《後漢書・輿服志下》：「至孝明皇帝，乃為大佩，衝牙雙～璜，皆以白玉。」（衝牙、璜：佩玉名。）

傴 yǔ 駝背。《呂氏春秋・明理》：「盲禿～尪，萬怪皆生。」（尪 wāng：骨骼彎曲症。）引申為曲身，表示恭敬。《左傳・昭公七年》：「一命而僂，再命而～，三命而俯。」（僂 lǚ：躬身。俯：俯伏。都表示恭敬。）

與 ㊀ yǔ ❶ 給，給予。《左傳・隱公元年》：「欲～大叔，臣請事之。」司馬遷《報任安書》：「臨財廉，取～義。」❷ 親附，結交。《左傳・襄公二十四年》：

「大國之人，不可～也。」《呂氏春秋・慎行》：「始而相～，久而相信。」引申為幫助。《左傳・襄公三十年》：「子皮～我矣。」❸ 同黨，同盟者。《孟子・告子下》：「我能為君約～國。」《荀子・王霸》：「約結已定，雖睹利敗，不欺其～。」❹ 介詞。1. 替，為。《史記・陳涉世家》：「陳涉少時，嘗～人傭耕。」2. 以。《呂氏春秋・盡數》：「集於羽鳥，～為飛揚。」❺ 連詞。1. 和。《莊子・山木》：「周將處於材～不材之間。」2. 與其。《孟子・萬章上》：「～我處畎畝之中，由是以樂堯舜之道，吾豈若使是君為堯舜之君哉？」《史記・魯仲連列傳》：「～人刃我，寧自刃。」

㊁ yù ❻ 參與，參加。《左傳・僖公三十二年》：「蹇叔之子～師。」（師：軍隊。）《呂氏春秋・無義》：「公孫竭～陰君之事。」❼ 贊同，讚許。《論語・先進》：「吾～點也。」（點：曾點，人名。）《漢書・翟方進傳》：「朝過夕改，君子～之。」

㊂ yú ❽ 語氣詞。表疑問或感歎。這個意義後來寫作「歟」。《論語・微子》：「是魯孔丘～？」《論語・公冶長》：「於予～何誅？」（予：宰予，孔子弟子。）

語 ㊀ yǔ ❶ 談論，說話。《論語・述而》：「子不～怪力亂神。」❷ 言論，話語。《莊子・盜跖》：「爾作言造～，妄稱文、武。」（文、武：指周文王、武王。）特指諺語，俗語。《穀梁傳・僖公二年》：「～曰：『脣亡則齒寒。』」《呂氏春秋・達鬱》：「庶人傳～。」又為文句。杜甫《江上值水如海勢聊短述》：「～不驚人死不休。」

㊁ yù ❸ 告訴。《左傳・隱公元年》：「公～之故，且告之悔。」（故：原因。）《論語・陽貨》：「居，吾～女。」（居：坐下。女：你。）

【辨析】語、言。見 588 頁「言」字條。

嫗 yǔ 見 639 頁「嫗」㊁。

鄅 yǔ 見 420 頁「鄅」㊁。

鋙 yǔ ［鉏 jǔ 鋙］見 69 頁「鉏」字條。

窳 yǔ ❶ 粗劣。《韓非子・難一》：「陶器不～。」引申為敗壞，毀壞。《三國志・蜀書・郤正傳》：「然而道有隆～，物有興廢。」❷ 瘦弱。《論衡・命義》：「羸～則壽命短。」（羸 léi：瘦。）❸ 懶惰。《商君書・墾令》：「農無得糶，則～惰之農勉疾。」（勉疾：勤勉，指努力耕作。）《新序・雜事四》：「楚人～，而稀灌其瓜，瓜惡。」

嶼 yǔ 島。謝靈運《登江中孤嶼》：「孤～媚中川。」

貐 yǔ ［猰 yà 貐］見 587 頁「猰」字條。

麌 yǔ ［麌麌］獸羣聚集的樣子。《詩經・小雅・吉日》：「獸之所同，麀鹿～～。」（麀：母鹿。）

齬 yǔ 牙齒參差不齊。《易林・比之既濟》：「～齗挫頓，枯槁腐蠹。」

玉 yù△ ❶ 一種質細堅硬而有光澤的美石。《詩經・小雅・鶴鳴》：「它山之石，可以攻～。」（攻：製作。）泛指各種玉器及玉製品。《韓非子・內儲說上七術》：「魯君賜之～環。」《史記・項羽本紀》：「亞父受～斗。」（斗：古代酒器。）❷ 比喻珍貴、美好、潔白等。《尚書・洪範》：「惟辟～食。」（辟：君王。）《呂氏春秋・貴直》：「惠公即位二年，淫色暴慢，身好～女。」❸ 敬詞，多用來尊稱對方的身體或言行。《戰國策・趙策三》：「今吾視先生之～貌，非有求於平原君者。」

聿 yù△ ❶ 筆。《太玄・飾》：「舌～之利，利見知人也。」❷ 語氣詞。用於句首或句中。《詩經・大雅・大明》：「昭事上帝，～懷多福。」又《唐風・蟋蟀》：「蟋蟀在堂，歲～其莫。」（莫：暮。）

芋 yù ❶ 芋頭。《史記・項羽本紀》：「今歲饑民貧，士卒食～菽。」❷ 通「宇 yǔ」。居住。《詩經・小雅・斯干》：「風雨攸除，鳥鼠攸去，君子攸～。」（攸：於是，就。）

谷 yù 見 170 頁「谷」㊁。

拗 yù 見6頁「拗」㊂。

雨 yù 見635頁「雨」㊁。

育 yù△ 生育。《周易・漸》：「婦孕不～，失其道也。」引申為撫養，養育。《孟子・滕文公上》：「五穀熟而民人～。」又引申為培育，培養。《周易・蒙》：「君子以果行～德。」《孟子・告子下》：「尊賢～才，以彰有德。」

【辨析】育、毓。《說文》「毓」為「育」的或體。甲、金文已有「毓」字，為產子之形，本義即為生育。後代「生育、培育」義多用「育」，而少用「毓」。

郁 yù△ ❶［郁郁］1. 有文采的樣子。《論語・八佾》：「周監於二代，～～乎文哉！」（監：借鑑。二代：指夏、商。）2. 香氣濃烈的樣子。《史記・司馬相如列傳》：「～～菲菲，眾香發越。」（菲菲：芳香的樣子。發越：散發。）也可以單用。❷通「燠 yù」。溫暖。劉峻《廣絕交論》：「敘溫～則寒谷成暄。」（暄：暖和。）

昱 yù△ 明亮，照耀。《淮南子・本經》：「焜～錯眩，照耀輝煌。」（焜 hùn 昱：鮮明，光彩煥發。）《太玄・告》：「日以～乎晝，月以～乎夜。」

彧 yù△ ［彧彧］1. 茂盛的樣子。《詩經・小雅・信南山》：「黍稷～～。」2. 多文采的樣子。何晏《景福殿賦》：「紛～～其難分。」

峪 yù 山谷。《徐霞客遊記・遊太華山日記》：「由～口入，兩崖壁立。」

浴 yù△ 洗身，洗澡。《論語・先進》：「～乎沂，風乎舞雩，詠而歸。」（沂 yí：沂水。）屈原《漁父》：「新沐者必彈冠，新～者必振衣。」（沐：洗髮。）

【辨析】浴、盥、沐、沬、洗、洒。見177頁「盥」字條。

域 yù△ ❶邦國，封地。《論語・季氏》：「且在邦～之中矣。」《漢書・韋玄成傳》：「以保爾～。」❷地域，一定的地區。《韓非子・解老》：「夫兕虎有～，動靜有時。」《呂氏春秋・勿躬》：「平原廣～，車不結軌，士不旋踵。」引申為範疇，境界。《莊子・德充符》：「知不出乎四～。」韓愈《進學解》：「絕類離倫，優入聖～。」❸墳地。《詩經・唐風・葛生》：「葛生蒙棘，蘞蔓于～。」（蘞 liǎn：多年生草本植物。蔓：蔓延。）

御 yù ❶駕馭車馬。《左傳・成公二年》：「邴夏～齊侯。」（邴 bǐng 夏：人名。）《淮南子・覽冥》：「昔者，王良、造父之～也。」（王良、造父：古代善於駕馭車馬的人。）又指駕車的人。《左傳・宣公十二年》：「代～執轡。」❷駕馭，控制。《莊子・逍遙遊》：「列子～風而行。」《孫子・謀攻》：「將能而君不～者勝。」引申為治理。《詩經・大雅・思齊》：「以～于家邦。」（邦：國。）《國語・周語上》：「百官～事。」❸侍奉。《呂氏春秋・愛士》：「董安于～於側。」（董安于：人名。）又指進奉。屈原《九章・涉江》：「腥臊並～。」❹侍從。《國語・吳語》：「奉盤匜，以隨諸～。」（匜 yí：洗手時盛水的器具。）特指宮中女官。《左傳・哀公元年》：「宿有妃嬙嬪～焉。」❺與女子交合。《韓非子・外儲說右下》：「桓公被髮而～婦人。」《淮南子・氾論》：「景陽淫酒，被髮而～於婦人。」❻與皇帝有關的事物及行為。《史記・平準書》：「出～府禁藏以贍之。」❼抵禦。後來寫作「禦」。《詩經・邶風・谷風》：「我有旨蓄，亦以～冬。」（旨：味美的。蓄：指儲存的蔬菜。）❽通「迓 yà」。迎，迎娶。《詩經・召南・鵲巢》：「之子于歸，百兩～之。」（之子：這個女子。歸：出嫁。兩：輛。）《呂氏春秋・上農》：「農不外～，女不外嫁。」

【辨析】御、馭。在「駕馭車馬、馭手、駕馭或控制」的意義上，二者通用。此外，「馭」再無其他意義，而「御」的意義卻廣泛得多。

欲 yù△ ❶慾望，貪慾。《孫子・謀攻》：「上下同～者勝。」《呂氏春秋・情欲》：「天生人而使有貪有～。」❷希望，想要。《論語・子張》：「～速則不達。」《左傳・昭公三十一年》：「或求名而不得，或～蓋而名章，懲不義也。」❸將要。許渾《咸陽城東樓》：「山雨～來風滿樓。」

淢 ㊀yù△ ❶急流。《淮南子・本經》：「抑～怒瀨，以揚激波。」（瀨：湍急的水。）❷通「惐」。悲傷的樣子。潘岳《笙賦》：「愀愴惻～。」
㊁xù△ ❸同「洫」。護城河，溝渠。《詩經・大雅・文王有聲》：「築城伊～。」

尉 yù 見528頁「尉」㊁。

馭 yù ❶駕馭車馬。《荀子・王霸》：「王良、造父者，善服～者也。」指駕車的人。《莊子・盜跖》：「顏回為～，子貢為右，往見盜跖。」也指車駕。白居易《長恨歌》：「天旋日轉迴龍～。」❷控制，統治。《周禮・天官・大宰》：「以八柄詔王～羣臣。」（八柄：古代統治者駕馭臣下的八種手段。）《荀子・君道》：「欲治國～民，調壹上下，將內以固城，外以拒難。」（調壹：調整，統一。）

【辨析】馭、御。見637頁「御」字條。

棫 yù△ 樹名，即白桵。《詩經・大雅・緜》：「柞～拔矣。」（柞zuò：柞櫟。）

喻 yù ❶曉諭，使知道。《莊子・天地》：「臣不能以～臣之子，臣之子亦不能受之於臣。」《荀子・非相》：「譬稱以～之。」❷知曉，明白。《孟子・告子下》：「徵於色，發於聲，而後～。」今成語有「家喻戶曉」。❸比喻。《孟子・梁惠王上》：「王好戰，請以戰～。」

【辨析】喻、諭。見639頁「諭」字條。

飫 yù ❶家庭私宴。《詩經・小雅・常棣》：「飲酒之～。」泛指飲宴。《漢書・游俠傳・陳遵》：「遵知飲酒～宴有節。」❷飽。《左傳・襄公二十六年》：「是以將賞，為之加膳，加膳則～賜。」

寓 yù ❶寄居。《孟子・離婁下》：「無～人於我室。」引申為住所。《國語・周語中》：「國有郊牧，疆有～望。」（望：指候望之人。）❷寄，寄託。《左傳・成公二年》：「請～乘。」陶潛《歸去來兮辭》：「～形宇內復幾時？」又特指託人傳遞。《左傳・襄公二十四年》：「鄭伯如晉，子產～書於子西，以告宣子。」（如：往。子產、子西：鄭大夫。宣子：晉大夫。）

裕 yù ❶富饒，充裕。《詩經・小雅・角弓》：「此令兄弟，綽綽有～。」（令：善，美好。綽綽：寬裕的樣子。）《荀子・富國》：「不知節用～民則民貧。」（裕：用如使動，使……充裕。）❷寬容，寬宏。《新書・道術》：「包眾容易謂之～，反～為褊。」（易：異，不同。褊：狹小。）

粥 yù 見686頁「粥」㊁。

遇 yù ❶碰上，遭逢（多指不期而遇）。《論語・陽貨》：「孔子時其亡也，而往拜之，～諸塗。」（時：伺。亡：指不在家。）《莊子・達生》：「不幸～餓虎。」又為會見。《公羊傳・隱公八年》：「春，宋公、衛侯～于垂。」（垂：地名。）特指遇明君受賞識得行其道。《荀子・宥坐》：「夫～不～，時也。」❷對，對待。《莊子・漁父》：「未嘗見夫子～人如此其威也。」《韓非子・外儲說右上》：「～客甚謹。」❸機遇。《呂氏春秋・長攻》：「凡治亂存亡，安危強弱，必有其～，然後可成。」

【辨析】遇、逢、遭。見141頁「逢」字條。

罭 yù△ 捕魚的小眼網，多稱作「九罭」。《詩經・豳風・九罭》：「九～之魚，鱒魴。」沈約《懺悔文》：「又嘗竭水而漁，躬事網～。」

奧 yù 見6頁「奧」㊁。

愈（瘉、癒） yù ❶病痊癒。《孟子・滕文公上》：「病～，我且往見。」❷勝過。《左傳・襄公十年》：「病不猶～於亡乎？」（病：疲憊。）《呂氏春秋・慎勢》：「有知小之～於大，少之賢於多者。」❸越，更加。《詩經・小雅・小明》：「政事～蹙。」（蹙cù：窘迫。）常「愈……愈……」連用。《呂氏春秋・慎大》：「賢主～大～恐。」

與 yù 見635頁「與」㊁。

預 yù ❶事先，預先。《戰國策・燕策三》：「於是太子～求天下之利匕首。」❷參與，干預。《三國志・吳書・陸遜傳》：「閹官～政。」（閹官：宦官。）

【辨析】預、豫。見640頁「豫」條。

蜮(蟚) yù△ ❶傳說中一種能含沙射人的動物。《詩經・小雅・何人斯》：「為鬼為～，則不可得。」❷一種食苗葉的害蟲。《呂氏春秋・任地》：「大草不生，又無螟～。」（螟：食苗心的害蟲。）

毓 yù△ 養育。《周禮・地官・大司徒》：「以～草木。」班固《東都賦》：「豐圃草以～獸。」又用於抽象意義，產生。《國語・晉語四》：「怨亂～災。」

【辨析】毓、育。見637頁「育」字條。

獄 yù△ ❶爭訟，訴訟。《呂氏春秋・高義》：「秦之野人，以小利之故，弟兄相～，親戚相忍。」（忍：殘忍。）又為訟案。《論語・顏淵》：「片言可以折～者，其由也與？」（由：仲由，人名。）❷監獄。楊惲《報孫會宗書》：「身幽北闕，妻子滿～。」（幽：囚禁。）

【辨析】獄、牢、囹圄。見296頁「牢」字條。

語 yù 見636頁「語」㊁。

嫗 ㊀yù ❶老年婦女。《史記・高祖本紀》：「有一老～夜哭。」《論衡・解除》：「富家翁～，可求解除之福。」㊁yǔ ❷用身體使之溫暖。《禮記・樂記》：「煦～覆育萬物。」又特指鳥孵卵。《淮南子・原道》：「羽者～伏，毛者孕育。」

緎 yù△ 衣裘縫。《詩經・召南・羔羊》：「羔羊之革，素絲五～。」

蔚 yù 見528頁「蔚」㊁。

慾 yù△ 慾望，嗜慾。《淮南子・精神》：「胸腹充而嗜～省，則耳目清，聽視達矣。」

薁 yù△ ❶一種野葡萄，果實可吃。《詩經・豳風・七月》：「六月食鬱及～。」（鬱：果實似李子的植物。）❷鬱李。《漢書・司馬相如傳上》：「隱夫～棣。」（隱夫：植物名。棣：樹名。）

閾 yù△ 門檻。《論語・鄉黨》：「立不中門，行不履～。」（中門：門口中間。履：踩。）引申為界限。賈至《虎牢關銘序》：「宜其咽喉九州，閫～中夏。」（閫 kùn 閾：用如動詞，成為界限。）

馭 yù△ 疾飛的樣子。《詩經・秦風・晨風》：「～彼晨風，鬱彼北林。」（晨風：鳥名，即鸇。鬱：茂盛的樣子。）字又作「鴥」。左思《蜀都賦》：「鵰鶚～其陰。」

禦 yù ❶祭祀。《逸周書・世俘解》：「戊辰，王遂～。」❷抗拒，抵擋。《詩經・小雅・常棣》：「兄弟鬩于牆，外～其務。」（鬩 xì：爭鬥。務：侮。）《孟子・公孫丑上》：「行仁政而王，莫之能～也。」（王 wàng：稱王。）❸禁止，防止。《周禮・秋官・司寤氏》：「～晨行者，禁宵行者。」

【說明】「禦」「御」在古代是兩個不同的字。「禦」本義是祭祀，「御」本義是駕馭，不相通。在「抵抗」義上本也作「御」，後可作「禦」，二字相通。但「御」的其他意義，「禦」基本都不具備。現在「禦」簡化作「御」。

諭 yù ❶告訴，曉諭。《呂氏春秋・精諭》：「聖人相～不待言。」《淮南子・氾論》：「～寡人以義者擊鐘，告寡人以事者振鐸。」（鐸：大鈴。）特指上告下或皇帝的詔令。《漢書・南粵王趙佗傳》：「故使賈馳～告王朕意。」（賈：陸賈，人名。）❷曉得，理解。《戰國策・魏策四》：「寡人～矣。」❸比喻。《戰國策・齊策四》：「請以市～，市朝則滿，夕則虛。」《漢書・賈誼傳》：「誼追傷之，因以自～。」

【辨析】諭、喻。二字古代通用，後世於比喻的意義用「喻」，於曉諭的意義用「諭」。

澳 ㊀yù△ ❶水邊彎曲處。《禮記・大學》：「《詩》云：『瞻彼淇～，綠竹猗猗。』」（猗猗 yīyī：美盛的樣子。）

㊁ ào ❷ 水灣可泊船處。《宋史・河渠志六》：「鎮江府傍臨大江，無港～以容舟楫。」❸ 刷洗。《世說新語・汰侈》：「王君夫以粭糒～釜，石季倫用蠟燭作炊。」（粭糒 yíbèi：糖膏。）

遹 yù△ ❶ 邪僻。《詩經・大雅・抑》：「回～其德。」（回：邪曲。）❷ 遵循。《尚書・康誥》：「今民將在祗～乃文考。」（祗：敬。乃：你，你的。文：指文德。考：父親。）❸ 句首語氣詞。《詩經・大雅・文王有聲》：「～求厥寧，～觀厥成。」（厥：其。）

豫 yù ❶ 安逸，安樂。《尚書・金縢》：「王有疾，弗～。」《詩經・小雅・白駒》：「爾公爾侯，逸～無期。」引申為喜悅。《孟子・公孫丑下》：「吾何為不～哉？」❷ 出遊。特指帝王秋天出巡。《孟子・梁惠王下》：「吾王不遊，吾何以休？吾王不～，吾何以助？一遊一～，為諸侯度。」（遊：帝王春天出巡。度：法度。）《晏子春秋・問下》：「春省耕而補不足者謂之遊，秋省實而助不給者謂之～。」（省 xǐng：察看。給 jǐ：足。）❸ 預備，預先。《荀子・大略》：「先患慮患謂之～，～則禍不生。」《莊子・刻意》：「不思慮，不～謀。」❹ 猶豫。《老子》第十四章：「～若冬涉川，猶若畏四鄰。」（四鄰：指四方鄰國。）屈原《九章・惜誦》：「壹心而不～兮，羌不可保也。」（羌：語氣詞。）❺ 通「與 yù」。參與。《左傳・隱公元年》：「～凶事，非禮也。」《後漢書・東夷傳》：「及楚靈會申，亦來～盟。」（楚靈：楚靈王。會：盟會。申：地名。）❻ 古代九州之一，豫州。

【辨析】豫、預。在「預先、事先」的意義上，二字同義，但先秦只用「豫」。（《燕策三》「太子預求天下之利匕首」，「預」《史記》作「豫」。《戰國策》多為劉向改動，此亦其一例。）「預」為後起字，《說文》無，《新附》有之。後代「預先」義多用「預」而很少用「豫」。

隩 ㊀ yù△ ❶ 水岸彎曲的地方。郭璞《江賦》：「薩潭～。」❷ 同「墺」。可居住的地方。《尚書・禹貢》：「九州攸同，四～既宅。」（攸：乃。宅：居住。）❸ 通「燠 yù」。溫暖，熱。《尚書・堯典》：「厥民～，鳥獸氄毛。」（厥：其。氄 rǒng 毛：貼近皮膚的細軟絨毛。）

㊁ ào ❹ 同「奧」。室中西南角。《爾雅・釋宮》：「西南隅謂之～。」又為深。《莊子・天下》：「弱於德，強於物，其塗～矣。」

蕷 yù ［薯蕷］見 469 頁「薯」字條。

燠 yù△ ❶ 暖，熱。《詩經・唐風・無衣》：「不如子之衣，安且～兮。」《淮南子・俶真》：「肌膚之於寒～，其情一也。」❷［燠休］撫慰。《左傳・昭公三年》：「民人痛疾，而或～～之。」

礜 yù 礜石，一種含毒的礦石。《淮南子・說林》：「人食～石而死，蠶食之而不飢。」

鴥 yù△ ［鴝 qú 鴥］見 419 頁「鴝」字條。

饇 yù 飽。《詩經・小雅・角弓》：「如食宜～，如酌孔取。」（孔：甚，很。）

譽 yù ❶ 稱頌，讚美。《論語・衛靈公》：「吾之於人也，誰毀誰～？」《莊子・逍遙遊》：「且舉世而～之而不加勸。」（舉：全，整個。勸：鼓勵。）❷ 聲譽，好名聲。《墨子・修身》：「名不徒生，而～不自長。」（徒：憑空。）《孟子・公孫丑上》：「非所以要～於鄉黨朋友也。」（要：求。鄉黨：鄉里。）❸ 通「豫 yù」。安樂。《詩經・小雅・蓼蕭》：「燕笑語兮，是以有～處兮。」（燕：通「宴」，宴飲。）

【辨析】譽、贊、讚。三字都有「稱讚、頌揚」的意義。這個意義是「贊」的引申義，「讚」是「贊」這個意義的後起區別字。這個意義是「譽」的本義，《說文》：「譽，譌也。」即「稱讚」的意義。先秦文獻多用「譽」，漢以後文獻用「贊」「讚」。

驈 yù△ 股間白色的黑馬。《詩經・魯頌・駉》：「有～有皇。」（皇：毛色黃白相雜的馬。）

鬻 yù 見686頁「鬻」㊁。

籞 yù 帝王的禁苑。《漢書・宣帝紀》：「又詔池～未御幸者，假與貧民。」

鷸 yù△ ❶水鳥名。《戰國策・燕策二》：「蚌方出曝，而～啄其肉。」今成語有「鷸蚌相爭，漁人得利」。❷疾飛的樣子。《韓詩外傳》卷八：「～彼晨風，鬱彼北林。」（晨風：鳥名，即鸇。鬱：茂盛的樣子。）木華《海賦》：「～如驚鳧之失侶。」（鳧 fú：野鴨。）

鸒 yù 鳥名，又名鶡鵙、鴉烏。《詩經・小雅・小弁》：「弁彼～斯，歸飛提提。」（弁 pān：歡樂。提提：羣飛的樣子。）

鬱 yù△ ❶草木茂盛的樣子。《詩經・秦風・晨風》：「～彼北林。」❷果名。《詩經・豳風・七月》：「六月食～及薁。」（薁 yù：山葡萄。）❸香草名。《周禮・春官・鬱人》鄭玄注引鄭司農云：「～為草，若蘭。」❹阻滯，蘊結。《呂氏春秋・盡數》：「形不動則精不流，精不流則氣～。」

【說明】「郁」「鬱」在古代是兩個意義各不相同的字，現在「鬱」簡化作「郁」。

籲 yù 呼告，呼求。《尚書・召誥》：「以哀～天。」

yuan

身 yuān 見451頁「身」㊁。

宛 yuān 見519頁「宛」㊁。

眢 yuān 眼乾枯不明。《說文》：「～，目無明也。」引申為井水乾枯。《左傳・宣公十二年》：「目於～井而拯之。」（目：視，看。）

悁 ㊀yuān ❶氣憤，憤怒。《說文》：「～，忿也。」《韓非子・亡徵》：「心～忿而不訾前後者，可亡也。」（訾 zī：思量。）《史記・魯仲連鄒陽列傳》：「棄忿～之節，定累世之功。」❷憂愁。王安石《與望之至八功德水》：「聊為山水遊，以寫我心～。」（寫：同「瀉」，排除。）
㊁juàn ❸急躁。《南史・王准之傳》：「情～急，不為時流所重。」

冤 yuān ❶屈，彎曲。《漢書・息夫躬傳》：「～頸折翼，庸得往兮？」（庸：難道，怎麼。）引申為冤屈，冤枉。《淮南子・泰族》：「無勞役，無～刑。」《史記・淮陰侯列傳》：「若教韓信反，何～？」（若：你。）❷怨恨，仇恨。《墨子・天志中》：「諸侯之～不興矣。」韓愈《謝自然》：「孤魂抱深～。」

痟 yuān 痠痛。《素問・陰陽別論》：「三陽為病，發寒熱，下為癰腫及為痿厥腨～。」（三陽：中醫指太陽、少陽、陽明三條經脈。痿厥：痿弱氣逆。腨 shuàn：小腿肚。）

淵 yuān ❶迴旋的水。《莊子・應帝王》：「流水之審為～。」（審：漩渦。）❷深潭。《詩經・小雅・小旻》：「如臨深～。」《荀子・勸學》：「積水成～，蛟龍生焉。」今成語有「天淵之別」。❸深，深邃。《莊子・在宥》：「其居也～而靜。」《呂氏春秋・觀表》：「人心之隱匿難見，～深難測。」

蜎 ㊀yuān ❶[蜎蜎]蟲蠕動爬行的樣子。《詩經・豳風・東山》：「～～者蠋。」（蠋 zhù：蛾蝶類的幼蟲。）❷彎曲。《周禮・考工記・廬人》：「刺兵欲無～。」（刺兵：矛一類的兵器。）
㊁xuān ❸[蜎飛]翾飛，飛翔。借指能飛翔的昆蟲。《鬼谷子・揣》：「故觀～～蠕動，無不有利害，可以生事。」（蠕動：指能爬行的昆蟲。）

鳶 yuān 鴟鷹。《詩經・大雅・旱麓》：「～飛戾天，魚躍于淵。」（戾 lì：至，到。）

蜵 yuān [蜵蜎 yuān]深廣的樣子。《漢書・揚雄傳上》：「蓋天子穆然，珍臺閒館，琁題玉英，～～蠖濩之中。」（穆然：靜思的樣子。琁題：以玉為飾的椽頭。蠖濩：深廣的樣子。）

鴛 yuān ❶[鴛鴦]鳥名。雌雄偶居不離。《詩經・小雅・鴛鴦》：「～～于飛，畢之羅之。」（畢：打獵用的有長柄的網。羅：捕鳥的網。）❷ 同「鵷」。鳳類。《史記・司馬相如列傳》：「捷～雛，掩焦明。」

鵷 yuān ［鵷鶵］鳳凰一類的鳥。《莊子・秋水》：「南方有鳥，其名～～，子知之乎？」

元 yuán ❶ 頭。《左傳・僖公三十三年》：「狄人歸其～，面如生。」《孟子・滕文公下》：「勇士不忘喪其～。」引申為為首的。《荀子・王制》：「～惡不待教而誅。」❷ 開始，第一。《公羊傳・隱公元年》：「～年者何？君之始年也。」又為排行第一的。《左傳・襄公二十五年》：「庸以～女大姬配胡公。」❸ 本原，根本。《文子・道德》：「夫道者德之～。」引申為本來，原來。後來寫作「原」。嵇康《琴賦》序：「推其所由，似～不解音聲。」❹ 大。《詩經・小雅・六月》：「～戎十乘。」（戎：兵車。乘 shèng：輛。）❺ 善，吉。《尚書・舜典》：「惇德允～。」（允：的確。）《呂氏春秋・仲春》：「擇～日，命人社。」（社：用如動詞，祭祀土神。）❻ 朝代名（公元 1279 － 1368 年）。

邧 yuán 古邑名，春秋時秦邑。《左傳・文公四年》：「晉侯伐秦，圍～、新城。」

沅 yuán 水名，即沅江。屈原《九章・涉江》：「乘舲船余上～兮。」

芫 ㊀ yuán ❶ 芫花，一種落葉喬木。花蕾可入藥。《墨子・雜守》：「常令邊縣豫種畜～、芸。」（芸：草名。）

㊁ yán ❷［芫荽］又名胡荽，俗稱香菜。《清稗類鈔・植物類上》：「蒝荽本名胡荽，蔬類植物……俗作～～。」

杬 yuán 樹名。左思《吳都賦》：「綿～杶櫨。」（杶：椿樹。櫨：黃櫨。）

垣 yuán ❶ 牆。《詩經・衛風・氓》：「乘彼垝～，以望復關。」（乘：登上。垝 guǐ：倒塌。復關：地名。）《呂氏春秋・知接》：「有一婦人逾～入。」❷ 古人劃分的星空區域，有太微垣、紫微垣、天市垣等。《晉書・天文志》：「天市～二十二星。」❸ 官署的代稱。杜甫《春宿左省》：「花隱掖～暮。」

爰 yuán ❶ 改易，更換。《尚書・盤庚上》：「既～宅于茲。」《漢書・食貨志上》：「休二歲者為再易下田，三歲更耕之，自～其處。」❷ 代詞。哪裏。《詩經・鄘風・桑中》：「～采麥矣？沬之北矣。」（沬 mèi：邑名。）又為那裏，這裏。《詩經・魏風・碩鼠》：「樂土樂土，～得我所。」《荀子・賦》：「～有大物，非絲非帛。」❸ 介詞。於。《漢書・外戚傳下・孝成許皇后》：「推誠永究，～何不臧？」（臧 zāng：善。）❹ 連詞。1. 於是。《尚書・無逸》：「作其即位，～知小人之依，能保惠于庶民。」（作：及。）2. 與。《尚書・顧命》：「太保命仲桓、南宮毛，俾～齊侯呂伋，以二干戈、虎賁百人逆子釗于南門之外。」（逆：迎。）❺ 通「猿（猨）yuán」。《漢書・李廣傳》：「（李廣）為人長，～臂。」

原 ㊀ yuán ❶ 水源。後來寫作「源」。《左傳・昭公九年》：「拔木塞～。」《墨子・修身》：「～濁者流不清。」引申為本原，根本。《韓非子・解老》：「兕虎有域，而萬害有～。」（域：指活動區域。）又引申為推求本原。《周易・繫辭下》：「《易》之為書也，～始要終以為質也。」（原始要 yāo 終：探究事物發展的始末。）《淮南子・精神》：「上觀至人之論，深～道德之意。」❷ 寬闊平坦的地方，原野。《左傳・隱公六年》：「如火之燎于～。」❸ 寬恕，原諒。《史記・高祖本紀》：「城降，令出罵者斬之，不罵者～之。」

㊁ yuàn ❹ 恭謹忠厚。後來寫作「愿」。《孟子・盡心下》：「一鄉皆稱～人焉，無所往而不為～人，孔子以為德之賊，何哉？」

員 ㊀ yuán ❶ 人員，員額。《史記・平原君虞卿列傳》：「今少一人，願君即以遂備～而行矣。」（遂：毛遂，人名。）《漢書・百官公卿表》：「博士，秦官，掌通古今，秩比六百石，～多至數十人。」❷ 同「圓」。圓形。《孟子・離婁上》：「規矩，方～之至也。」《淮南子・齊俗》：「窺面於盤水則～，於杯則隨。」（隨：橢圓形。）

㈡ yún ❸ 同「云」。語氣語。《尚書・秦誓》：「日月逾邁，若弗～來。」《詩經・鄭風・出其東門》：「縞衣綦巾，聊樂我～。」（綦 qí：青灰色。）❹ 通「運 yùn」。南北的長度。《山海經・西山經》：「是山也，廣～百里。」

援 yuán ❶ 引，拉。《孟子・離婁下》：「嫂溺，～之以手者，權也。」引申為執持。《荀子・正論》：「今人或入其央瀆竊其豬彘，則～劍戟而逐之。」（央瀆：指家中的出水溝。）❷ 引進，舉薦。《禮記・儒行》：「其舉賢～能有如此者。」引申為引用，引證。《後漢書・馮衍傳下》：「～前聖以制中兮。」❸ 助，救助。這個意義舊讀 yuàn。《左傳・僖公十四年》：「失～，必斃。」

湲 yuán ［潺湲］見 48 頁「潺」字條。

園 yuán ❶ 種植果樹的地方。《墨子・非攻上》：「今有一人，入人～圃，竊其桃李。」又泛指種植樹木蔬菜的地方。《詩經・鄭風・將仲子》：「將仲子兮，無逾我～。」（將 qiāng：希望。）《淮南子・說山》：「～有螫蟲，藜藿為之不采。」❷ 帝王貴族遊樂休息的地方。《呂氏春秋・重己》：「昔先聖王之為苑囿～池也，足以觀望勞形而已矣。」❸ 帝王之家的墓地。《史記・淮南衡山列傳》：「追尊淮南王為厲王，置～復如諸侯儀。」《世說新語・捷悟》：「方欲共獎王室，修復～陵。」

圓 yuán ❶ 圓形，與「方」相對。《呂氏春秋・分職》：「為～必以規，為方必以矩。」《韓非子・功名》：「右手畫～，左手畫方，不能兩成。」特指天。《淮南子・本經》：「戴～履方。」❷ 飽滿。《呂氏春秋・審時》：「其粟～而薄糠。」引申為事物圓滿、完備。《文心雕龍・鎔裁》：「故能首尾～合。」今成語有「自圓其說」。❸ 環繞。《晉書・阮咸傳》：「～坐相向。」引申為旋轉。《世說新語・忿狷》：「雞子於地～轉未止。」

猿（猨、蝯） yuán 猿。屈原《九歌・山鬼》：「～啾啾兮又夜鳴。」

源 yuán 水源。《荀子・君道》：「～清則流清，～濁則流濁。」今成語有「源遠流長」。引申為來源，根源。《韓非子・主道》：「是以明君守始以知萬物之～。」（始：指道。）

嫄 yuán 周人始祖后稷之母的名字。《詩經・大雅・生民》：「厥初生民，時維姜～。」

緣 yuán ❶ 衣服的邊飾。《儀禮・喪服》：「麻衣縓～。」（縓 quàn：淺紅色。）泛指物的邊。《齊民要術・餅法》：「熟而出之，一面白，一面赤，輪～亦赤。」❷ 圍繞。《荀子・議兵》：「～之以方城。」（方城：山名。）引申為沿着，順着。宋玉《風賦》：「～泰山之阿，舞於松柏之下。」（泰山：大山。阿 ē：山的彎曲處。）《世說新語・黜免》：「其母～岸哀號。」又引申為遵循。《呂氏春秋・高義》：「君子之自行也，動必～義。」❸ 攀登。《孟子・梁惠王上》：「猶～木而求魚也。」李白《蜀道難》：「猿猱欲度愁攀～。」❹ 憑藉，依據。《荀子・正名》：「～目而知形，可也。」《呂氏春秋・務本》：「故榮富非自至也，～功伐也。」❺ 機緣，緣分。謝靈運《還舊園作見顏范二中書》：「永絕平生～。」杜甫《清明》：「紅顏騎竹我無～。」❻ 因為。《世說新語・德行》：「雖欲率物，亦～其性真素。」（率物：做眾人的榜樣。）杜甫《客至》：「花徑不曾～客掃。」

螈 yuán ［蠑螈］見 432 頁「蠑」字條。

圜 ㈠ yuán ❶ 同「圓」。圓形。《呂氏春秋・適威》：「抑之以～則～。」《韓非子・顯學》：「自直之箭，自～之木，百世無有一。」特指天。屈原《天問》：「～則九重，孰營度之？」❷ 監獄。《周禮・秋官・司寇》：「司～中士六人。」
㈡ huán ❸ 環繞。《漢書・郊祀志下》：「水～宮垣。」

獂 yuán 大角野羊。謝靈運《山居賦》：「山下則熊羆豺虎，～鹿麕麖。」（麕 jūn：獐子。麖 jīng：馬鹿。）

Y

黿 yuán 大鱉。《左傳・宣公四年》：「楚人獻～於鄭靈公。」屈原《九歌・河伯》：「乘白～兮逐文魚。」（文魚：有花紋的魚。）

轅 yuán ❶車轅。《墨子・雜守》：「～長丈。」《戰國策・齊策五》：「令折～而炊之。」❷通「爰 yuán」。更換。《漢書・地理志下》：「孝公用商君，制～田。」（轅田：分配田地的方法，土地定期更換。）

騵 yuán 赤毛白腹的馬。《詩經・大雅・大明》：「駟～彭彭。」（彭彭：行進的樣子。）

遠 yuǎn ❶遠，與「近」相對。《荀子・勸學》：「登高而招，臂非加長也，而見者～。」此指距離大。《論語・衛靈公》：「人無～慮，必有近憂。」此指時間久。引申為遠離。《孟子・梁惠王上》：「是以君子～庖廚也。」（遠：用作使動。）又引申為疏遠，不接近。《論語・雍也》：「務民之義，敬鬼神而～之。」❷深奧，深遠。《周易・繫辭下》：「其旨～，其辭文。」《史記・屈原賈生列傳》：「舉類邇而見義～。」（邇：近。）

【辨析】遠、遼、遐、遙。見311頁「遼」字條。

苑 yuàn 古代畜養禽獸的園林，後來多指帝王遊獵的場所。《呂氏春秋・重己》：「昔先聖王之為～囿園池也，足以觀望勞形而已矣。」（勞形：活動身體。）引申為會集地，多指學術、文藝的中心。《文心雕龍・才略》：「晉世文～，足儷鄴都。」（儷：比，相配。鄴都：指東晉的首都建鄴。）

【辨析】苑、囿。見630頁「囿」字條。

怨 yuàn ❶抱怨，怨恨。《論語・憲問》：「不～天，不尤人。」《詩經・衛風・氓》：「及爾偕老，老使我～。」（偕：共同。）❷仇恨，仇人。《孟子・梁惠王上》：「抑王興甲兵，危士臣，搆～於諸侯，然後快於心與？」《左傳・僖公九年》：「三～將作，秦晉輔之，子將何如？」（三怨：指申生、重耳、夷吾三公子之徒。）

【辨析】怨、憾、恨。見187頁「憾」字條。

原 yuàn 見642頁「原」㊂。

院 yuàn ❶有圍牆的宮室。杜寶《大業雜記》：「其內造十六～。」引申為庭院。杜甫《落日》：「飛蟲滿～遊。」❷官署名稱。《新唐書・百官志三》：「御史臺其屬有三～：一曰臺～，侍御史隸焉；二曰殿～，殿中侍御史隸焉；三曰察～，監察侍御史隸焉。」

掾 yuàn 屬官的通稱。《漢書・蕭何傳》：「為沛主吏～。」《世說新語・文學》：「太尉善其言，辟之為～。」

媛 yuàn 美女。《詩經・鄘風・君子偕老》：「展如之人兮，邦之～也。」（展：誠然。）《韓非子・八經》：「后姬，約其宮～。」

瑗 yuàn 一種孔大邊小的璧。《荀子・大略》：「問士以璧，召人以～。」

【辨析】瑗、璧、環。見25頁「璧」字條。

愿 yuàn 老實，善良。《尚書・皋陶謨》：「～而恭。」《史記・佞幸列傳》：「通亦～謹，不好外交。」（通：鄧通，人名。）

願 yuàn ❶願望，心願。《詩經・鄭風・野有蔓草》：「邂逅相遇，適我～兮。」❷願意，希望。《戰國策・魏策四》：「受地於先王，～終守之。」《孟子・梁惠王上》：「～夫子輔吾志，明以教我。」❸仰慕，羨慕。《荀子・王制》：「名聲日聞，天下～。」❹思念，想念。《詩經・邶風・終風》：「～言則嚏。」（嚏：打噴嚏。）

【說明】「愿」和「願」在古代是兩個字，意義各不相同。現在「願」簡化作「愿」。

yue

曰 yuē△ ❶說。《論語・學而》：「有子～：『禮之用，和為貴。』」引申為叫作，稱為。《孟子・梁惠王下》：「天子適諸侯～巡狩。」❷句首、句中語氣詞。

《詩經・豳風・七月》：「朋酒斯饗，～殺羔羊。」（朋酒：兩壺酒。饗：鄉人聚會飲酒。）又《豳風・東山》：「我東～歸，我心西悲。」

【辨析】曰、謂。見529頁「謂」字條。

約 yuē△ ❶ 纏束，捆縛。《詩經・小雅・斯干》：「～之閣閣。」（閣閣：捆紮牢固而有條理的樣子。）《呂氏春秋・離謂》：「～車十乘，將使之荊。」又用於抽象意義，約束。《論語・子罕》：「～我以禮。」❷ 繩索。《左傳・哀公十一年》：「人尋～。」（每人各執八尺之繩。）《莊子・駢拇》：「待繩～膠漆而固者，是分割其德也。」❸ 結約，約定。《孟子・告子下》：「我能為君～與國，戰必克。」（與國：指盟國。克：勝利。）《戰國策・趙策一》：「君其與二國～，破趙則封二子者各萬家之縣一。」又為盟約，協議。《史記・淮陰侯列傳》：「有背義帝之～而以親愛王，諸侯不平。」❹ 少。《孫子・虛實》：「能眾擊寡者，則吾之所與戰者～矣。」《淮南子・主術》：「夫聖人之智固已多矣，其所守者～，故舉而必榮。」引申為簡約，簡要。《史記・屈原賈生列傳》：「其文～，其辭微。」又引申為節儉。《後漢書・光武帝紀》：「皆如孝文皇帝制度，務從～省。」❺ 困厄。《左傳・定公四年》：「乘人之～，非仁也。」《呂氏春秋・義賞》：「身在憂～之中。」❻ 大約，大略。《三國志・魏書・華佗傳》：「見佗北壁懸此蛇輩～以十數。」（輩：同類。）

葯 yuē 見599頁「葯」㊁。

矱 yuē（舊又讀 huò）△ 尺度，法度。屈原《離騷》：「勉升降以上下兮，求矩～之所同。」（矩：規則，法度。）

彠 yuē（舊又讀 huò）△ 尺度，法度。《淮南子・氾論》：「有本主於中而以知榘～之所周者也。」（中：內心。周：合。）

月 yuè△ ❶ 月亮。《詩經・陳風・月出》：「～出皎兮。」❷ 計時單位，從朔至晦為一月，大月三十日，小月二十九日。《詩經・豳風・七月》：「七～流火。」（流火：大火星開始偏西。）

刖 yuè△ 砍掉腳。古代酷刑之一。《左傳・莊公十六年》：「殺公子閼，～強鉏。」（強鉏：人名。）泛指砍斷。《易林・艮之需》：「根～殘樹，華葉落去。」

抈 yuè△ ❶ 折斷。《太玄・羨》：「車軸折，其衡～。」（衡：車轅頭上的橫木。）❷ 搖動。《國語・晉語八》：「其為德也深矣，其為本也固矣，故不可～也。」

礿 yuè△ 祭祀名。夏、商兩代稱春祭為礿，周代稱夏祭為礿。《禮記・王制》：「天子諸侯宗廟之祭，春曰～。」《公羊傳・桓公八年》：「夏曰～。」

軏 yuè△ 車轅前端與橫木相接處的關鍵，大車的叫輗，小車的叫軏。《論語・為政》：「大車無輗，小車無～，其何以行之哉？」

悅 yuè△ 高興，愉快。《孟子・滕文公上》：「陳相見許行而大～。」陶潛《歸去來兮辭》：「～親戚之情話。」

越 ㊀ yuè△ ❶ 越過，跨越。《左傳・宣公二年》：「亡不～竟。」（亡：逃亡。竟：國境。）又為時間上經過。《尚書・召誥》：「惟二月既望，～六日，乙未，王朝步自周。」（惟：語氣詞。既望：農曆每月的十六日。）引申為超出範圍或時間。《莊子・逍遙遊》：「庖人雖不治庖，尸祝不～樽俎而代之矣。」（庖人：廚師。尸祝：主管祭祀的人。）《荀子・議兵》：「師不～時。」（師：軍隊，此指兵役。）❷ 遠。《左傳・昭公二十年》：「失守社稷，～在草莽。」（草莽：指鄉野。）引申為迂闊。《國語・魯語上》：「～哉，臧孫之為政也！」（臧孫：人名。）❸ 傳揚，遠揚。《國語・晉語八》：「宣其德行，順其憲則，使～于諸侯。」❹ 消散。《左傳・昭公四年》：「風不～而殺。」（殺：指草木凋零。）《淮南子・主術》：「精神勞則～。」❺ 墜落。《左傳・成公二年》：「射其左，～于車下。」❻ 句首語氣詞。《尚書・盤庚上》：「～其罔有黍稷。」（罔：無。）❼ 介詞。多用來引出時間。相當於「於」。《尚書・召誥》：「～翼日戊午，乃社于新邑。」（翼日：翌日，第二天。社：用如動詞，立社稷神位。）❽ 周代諸侯國名。《墨子・非攻下》：「今天下好戰之國齊晉楚～。」

㊁ huó ❾ 瑟底的小孔。《呂氏春秋・適音》：「清廟之瑟，朱弦而疏～。」

粵 yuè△ ❶ 句首、句中語氣詞。《史記・周本紀》：「～詹雒、伊，毋遠天室。」（詹：同「瞻」，望。雒 luò：雒水。）顏延之《赭白馬賦》：「武義～其肅陳，文教迄已優洽。」❷ 古民族名，居於江浙閩粵一帶，總稱百粵。《漢書・高帝紀下》：「～人之俗，好相攻擊。」

鉞（戉） yuè△ 古代兵器，形似斧而較大。《尚書・牧誓》：「王左杖黃～。」（杖：握，執持。）《史記・孫子吳起列傳》：「乃設鈇～。」（鈇：斧。）

說 yuè 見 474 頁「說」㊂。

閱 yuè△ ❶ 數，計數。《左傳・襄公九年》：「商人～其禍敗之釁，必始於火。」（商：殷商。釁：預兆。）引申為考核，考察。《尚書・呂刑》：「～實其罪。」❷ 檢閱。《左傳・桓公六年》：「秋，大～，簡車馬也。」（簡：檢視。）《公羊傳・桓公六年》：「大～者何？簡車徒也。」（車徒：兵車及步卒。）引申為察看。《管子・度地》：「常以秋歲末之時～其民。」又為閱讀，閱覽。《後漢書・王充傳》：「家貧無書，常游洛陽市肆，～所賣書，一見輒能誦憶。」❸ 經歷，閱歷。《史記・孝文本紀》：「～天下之義理多矣。」❹ 容納。《詩經・邶風・谷風》：「我躬不～，遑恤我後？」（遑：閒暇。恤：憂。後：指子孫後代。）引申為匯集。陸機《歎逝賦》：「川～水以成川。」（川：河流。）

樂 ㊀ yuè△ ❶ 音樂。《周易・豫》：「先王以作～崇德。」《呂氏春秋・古樂》：「故～之所由來者尚矣，非獨為一世之所造也。」又為奏樂。《禮記・曲禮下》：「歲凶，年穀不登……士飲酒不～。」又為樂工，演奏音樂的人。《論語・微子》：「齊人歸女～，季桓子受之。」（歸：通「饋」，贈送。）又為樂器。《韓非子・解老》：「故竽先則鍾瑟皆隨，竽唱則諸～皆和。」

㊁ lè△ ❷ 愉快，快樂。《左傳・隱公元年》：「其～也融融。」范仲淹《岳陽樓記》：「此～何極？」❸ 喜好，喜愛。《論語・雍也》：「知者～山，仁者～水。」（知：智。）《晉書・阮籍傳》：「籍平生曾遊東平，～其風土。」

樾 yuè△ 樹蔭。《淮南子・人間》：「武王蔭暍人於～下。」（暍 yē 人：中暑的人。）引申為成蔭的樹木。《新唐書・太平公主傳》：「自興安門設燎相屬，道～為枯。」

嶽 yuè△ 高大的山。《詩經・大雅・崧高》：「崧高維～。」（崧：高的樣子。）

龠 yuè△ ❶ 古樂器名。《說文》：「～，樂之竹管。」❷ 量器名，又為容量單位。《漢書・律曆志》：「量者，～、合、升、斗、斛也，所以量多少也。」

瀹 yuè△ ❶ 浸漬。《儀禮・既夕禮》：「菅筲三，其實皆～。」（菅筲 jiān shāo：用菅草編的盛飯器皿。實：指黍稷之實。）❷ 煮。《漢書・郊祀志下》：「東鄰殺牛，不如西鄰之～祭。」（瀹祭：煮新菜以祭。）蘇軾《仇池筆記》：「～茶煮藥，皆美而有益。」❸ 疏通，疏導。《孟子・滕文公上》：「禹疏九河，～濟、漯，而注諸海。」《文心雕龍・神思》：「疏～五藏，澡雪精神。」（五藏：五臟。）

躍 yuè△ ❶ 跳，跳躍。《荀子・勸學》：「騏驥一～，不能十步。」❷ 物價上漲。《鹽鐵論・本議》：「萬物並收，則物騰～。」

【辨析】躍、跳、踊。見 504 頁「跳」字條。

爚 yuè△ ❶ 光，火光。《史記・屈原賈生列傳》：「彌融～以隱處兮。」（彌：遠。融：明。）❷ 舉火照。《呂氏春秋・期賢》：「今夫～蟬者，務在乎明其火、振其樹而已。」引申為炫耀，炫惑。《莊子・

胠篋》：「彼曾、史、楊、墨、師曠、工倕、離朱，皆外立其德而以～亂天下者也。」

禴 yuè△ 同「礿」。祭名，指春祭或夏祭。《周易・萃》：「孚乃利用～。」（孚：誠信。）《詩經・小雅・天保》：「～祠烝嘗。」（祠：春祭。烝：秋祭。嘗：冬祭。）

籥 yuè△ ❶古代管樂器。《詩經・邶風・簡兮》：「左手執～，右手秉翟。」（翟：舞具，雉的尾羽。）《荀子・樂論》：「竽笙簫和，管～發猛。」（簫：當作「肅」。）❷吹火的竹筒。《老子》第五章：「天地之間，其猶橐～乎？」❸鎖鑰。《呂氏春秋・孟冬》：「慎關～。」（關：通「管」。）《淮南子・時則》：「慎管～。」

鑰 yuè ❶鎖。《宋史・曹黼中傳》：「見一室扃～甚固。」又為鎖閉。《新唐書・陸元方傳》：「有一柙，生平所緘～者。」（柙 xiá：匣子。）比喻禁錮。《新論・防欲》：「嗜欲之萌，耳目可關，而心意可～。」❷鑰匙。鄭谷《閨情》：「銀～開香閣。」

鸑 yuè△ 鳳類鳥名。［鸑鷟］鳥名，鳳屬。《國語・周語上》：「周之興也，～～鳴於岐山。」

yun

氳 yūn ［氤氳］盛大的樣子。李白《觀元丹丘坐巫山屏風》：「煙光草色俱～～。」

轀 yūn 見 530 頁「轀」㊁。

云 yún ❶古「雲」字。雲彩。《戰國策・秦策四》：「楚、燕之兵～翔不敢校。」（校 jiào：對抗，較量。）❷說。《孟子・梁惠王上》：「《詩》～：『他人有心，予忖度之。』」陶潛《桃花源記》：「自～先世避秦時亂，率妻子邑人來此絕境。」❸如此，這樣。《左傳・襄公二十八年》：「子之言～，又焉用盟？」❹語氣詞。《詩經・鄭風・風雨》：「既見君子，～胡不喜？」《左傳・僖公十五年》：「歲～秋矣。」

匀 yún 均匀。杜甫《麗人行》：「肌理細膩骨肉～。」引申為塗抹脂粉等使均匀。晏幾道《木蘭花》：「畫眉～臉不知愁。」

郧 yún 同「鄖」。周代諸侯國名，春秋時為楚所滅。《左傳・宣公四年》：「若敖娶於～。」

沄 yún 水流洶湧迴旋的樣子。《後漢書・張衡傳》：「水泫～而涌濤。」［沄沄］水流洶湧浩盪的樣子。《春秋繁露・山川頌》：「水則源泉混混～～，晝夜不竭。」

芸 yún ❶草名，像苜蓿。《呂氏春秋・仲冬》：「～始生。」❷（花草）茂盛的樣子。《詩經・小雅・裳裳者華》：「裳裳者華，～其黃矣。」（裳裳：鮮明美盛的樣子。華：古「花」字。）❸通「耘 yún」。除草。《論語・微子》：「植其杖而～。」

畇 yún ［畇畇］田地已開墾的樣子。《詩經・小雅・信南山》：「～～原隰，曾孫田之。」（原：廣而平的土地。隰 xí：低而濕的土地。田：用如動詞，耕種。）

員 yún 見 642 頁「員」㊁。

耘 yún 除草。《詩經・小雅・甫田》：「今適南畝，或～或耔。」（耔 zǐ：培土。）

紜 yún ［紛紜］1. 眾盛的樣子。《史記・司馬相如列傳》：「威武～～。」2. 亂的樣子。劉向《九歎・遠逝》：「腸～～以繚轉兮。」

雲 yún 雲彩。《左傳・哀公六年》：「有～如眾赤鳥。」《淮南子・泰族》：「故丘阜不能生～雨。」

【說明】「云」是「雲」的古字，「雲」是「云」的後起區別字。作「雲彩」講二字同義。「云」的其他意義不能寫作「雲」。

鄖 yún 周代諸侯國名，春秋時為楚所滅。《左傳・桓公十一年》：「～人軍於蒲騷。」

筠 yún ❶青竹皮。《禮記・禮器》：「其在人也，如竹箭之有～。」泛指竹子。《水經注・清水》：「左右～篁列植。」❷ 指管樂器。庾信《趙國公集序》：「大禹吹～，風雲為之動。」

涓 yún 水名，漢江支流，在湖北境內。《水經注・涓水》：「溠水又南流，注于～。」

蕓 yún ［蕓薹 tái］又名薹芥，油菜的一種。《齊民要術・種蜀芥、蕓薹、芥子》：「蜀芥、～～取葉者，皆七月半種。」

篔 yún ［篔簹 dāng］一種皮薄、節長而竿高的竹子。楊孚《異物志》：「～～生水邊，長數丈。」

允 yǔn ❶ 誠實，誠信。《詩經・小雅・車攻》：「～矣君子。」《呂氏春秋・貴信》：「故《周書》曰：『～哉，～哉！』以言非信則百事不滿也。」（《周書》：古逸書。滿：完，成。）引申為的確，確實。《尚書・皋陶謨》：「庶尹～諧。」（庶：眾。尹：官長。）《詩經・大雅・公劉》：「豳居～荒。」（豳：地名。荒：大。）❷ 公平，得當。《左傳・僖公二十八年》：「～當則歸。」庾亮《讓中書令表》：「事有不～，罪不容誅。」❸ 答應，允許。任昉《齊竟陵文宣王行狀》：「既～焚林之求。」（焚林之求：指求取賢士。）韓愈《上鄭尚書相公啟》：「不蒙察～，遽以慚歸。」

抎 yǔn ❶ 失。《墨子・天志下》：「使之父子離散，國家滅亡，～失社稷。」《戰國策・齊策五》：「寡人愚陋，守齊國，惟恐失～之。」❷ 墜落。《呂氏春秋・音初》：「王及蔡公～於漢中。」（漢：漢水。）《戰國策・楚策四》：「折清風而～矣。」❸ 敲擊。《法言・先知》：「鐘鼓不～。」

狁 yǔn ［獫狁］見 552 頁「獫」字條。

隕 yǔn ❶ 墜落。《春秋・莊公七年》：「夜中，星～如雨。」《詩經・衛風・氓》：「桑之落矣，其黃而～。」引申為喪失，毀壞。《左傳・桓公五年》：「社稷無～，多矣。」（多矣：等於說「足矣」。）《淮南子・覽冥》：「景公臺～。」❷ 死亡。《左傳・昭公十一年》：「紂克東夷，而～其身。」

殞 yǔn ❶ 死亡。《史記・漢興以來諸侯年表》：「大者叛逆，小者不軌於法，以危其命，～身亡國。」《三國志・蜀書・先主傳》：「歷年未效，常恐～沒。」❷ 落，墜落。《荀子・賦》：「列星～墜，旦暮晦盲。」（晦盲：昏暗不明。）《淮南子・泰族》：「聞者莫不～涕。」

褞 yǔn 舊絮。《後漢書・桓榮傳附桓鸞》：「～袍糟食，不求盈餘。」（褞袍：用舊絮填充的袍子。）

孕 yùn 懷胎。《周易・漸》：「夫征不復，婦～不育。」引申為抽象的孕育、包含。《文心雕龍・神思》：「拙辭或～於巧義。」

均 yùn 見 273 頁「均」㊁。

慍 yùn 含怒，怨恨。《詩經・邶風・柏舟》：「憂心悄悄，～于羣小。」司馬遷《報任安書》：「是以就極刑而無～色。」

惲 yùn 渾厚，敦厚。《說文》：「～，重厚也。」

鄆 yùn 春秋魯邑名。一在今山東沂水北，《春秋・文公十二年》：「季孫行父帥師城諸及～。」一在今山東鄆城東。《春秋・成公四年》：「冬，城～。」

暈 yùn ❶ 日月周圍的光圈。《韓非子・備內》：「故日月～圍於外。」引申為光影、色澤四周模糊的部分。韓愈《宿龍宮灘》：「夢覺燈生～。」❷ 眩暈，眼花。姚合《閒居》：「眼～夜書多。」陸龜蒙《奉酬襲美先輩吳中苦雨一百韻》：「看花雖眼～。」

運 yùn ❶ 轉動，運行。《周易・繫辭上》：「日月～行，一寒一暑。」《莊子・逍遙遊》：「是鳥也，海～則將徙於南冥。」（是：此。南冥：南方的海。）❷ 搬運，運輸。《列子・湯問》：「箕畚～於渤海之尾。」《三國志・蜀書・諸葛亮傳》：「亮復出祁山，以木牛～，糧盡退軍。」❸ 運用。《孫子・九地》：「～兵計謀，為不可測。」❹ 命運，氣數。《漢書・高帝紀贊》：「漢承堯～。」王勃《滕王閣序》：「時～不齊。」

熨 ㊀ yùn ❶ 用烙鐵或熨斗燙平衣物。《南史・何尚之傳附敬容》：「衣裳不整，伏牀～之。」引申為以身緊貼。《世說新語・惑溺》：「荀奉倩與婦至篤，冬月婦病熱，乃出中庭，自取冷，還，以身～之。」

㊁ wèi ❷ 中醫一種外治療法。用藥熱敷。《韓非子・喻老》：「疾在腠理，湯～之所及也。」《史記・扁鵲倉公列傳》：「以更～兩脅下。」

緼 yùn ❶ 亂麻舊絮。《莊子・讓王》：「曾子居衛，～袍無表。」《韓詩外傳》卷九：「士褐衣～著，未嘗完也。」（緼著：即緼袍。完：完整。）❷ 亂，紛亂。《法言・孝至》：「齊桓之時～。」❸ 深奧。《周易・繫辭上》：「乾坤其《易》之～邪！」

薀 ㊀ yùn ❶ 積聚。《左傳・襄公十一年》：「凡我同盟，毋～年，毋壅利。」（年：年穀，穀物。）

㊁ wēn ❷ 薀藻，一種水草。《宋書・謝靈運傳》：「水草則萍藻～菼。」（菼 tǎn：初生的荻。）

醞 yùn ❶ 釀酒。曹植《酒賦》：「或秋藏冬發，或春～夏成。」比喻事物逐漸達到成熟。《淮南子・本經》：「以相嘔咐～釀，而成育羣生。」（嘔 xū 咐：撫養培育。）❷ 酒。梅堯臣《永叔贈酒》：「大門多奇～，一斗市錢千。」

【辨析】醞、釀。見 365 頁「釀」字條。

餫 yùn 饋送行路之人食物。《左傳・成公五年》：「晉荀首如齊逆女，故宣伯～諸穀。」（穀：地名。）引申為運輸。柳宗元《興州江運記》：「～夫畢力，守卒延頸。」

霣 yǔn ❶ 同「隕」。墜落，落。《公羊傳・莊公七年》：「夜中，星～如雨。」引申為廢棄。《左傳・宣公十五年》：「受命以出，有死無～。」❷ 通「殞 yǔn」。死亡，滅亡。《史記・太史公自序》：「惠之早～，諸呂不台。」（惠：指漢惠帝劉盈。台：通「怡」，愉快。）《新序・善謀》：「殷是以～，周是以興。」

韞 yùn 藏，包藏。《論語・子罕》：「有美玉於斯，～匵而藏諸，求善賈而沽諸？」（匵 dú：木匣。諸：「之乎」的合音。賈：價格。沽：賣。）陸機《文賦》：「石～玉而山輝。」

藴 yùn ❶ 積聚，蓄藏。《左傳・昭公十年》：「～利生孽。」（孽：災禍。）❷ 藏，包含。《莊子・齊物論》：「萬物盡然，而以是相～。」❸ 事理的深奧之處。《宋史・范祖禹傳》：「平易明白，洞見底～。」❹ 通「煴 yūn」。悶熱。《詩經・大雅・雲漢》：「旱既大甚，～隆蟲蟲。」（大 tài：過分。隆：隆盛。蟲蟲：熱氣熏蒸的樣子。）

韻（韵） yùn ❶ 和諧的聲音。蔡邕《琴賦》：「繁弦既抑，雅～乃揚。」❷ 字音聲母之外的部分。沈約《謝靈運傳論》：「一簡之內，音～盡殊。」又指詩賦押韻的字。《文心雕龍・聲律》：「異音相從謂之和，同聲相應謂之～。」王勃《滕王閣序》：「一言均賦，四～俱成。」（一言：一字，指分韻所得的字。四韻：指四韻八句的詩。）特指詩賦等韻文。陸機《文賦》：「收百世之闕文，採千載之遺～。」❸ 情趣，風度。陶潛《歸園田居》之一：「少無適俗～，性本愛丘山。」《世說新語・任誕》：「阮渾長成，風氣～度似父。」（阮渾：阮籍之子。）

Z

za

匝(帀) zā△ 圍繞一周。《莊子・秋水》：「孔子遊於匡，宋人圍之數～。」曹操《短歌行》：「繞樹三～，何枝可依？」引申為環繞。《後漢書・仲長統傳》：「溝池環～，竹木周布。」又引申為遍，滿。沈約《三月三日率爾成篇》：「開花已～樹，流嚶復滿枝。」柳宗元《鈷鉧潭西小丘記》：「不～旬而得異地者二。」用於抽象意義，表示完滿。《世說新語・品藻》：「論者評之，以為喬雖高韻，而檢不～。」（喬：人名。檢：品行。）

拶 zā△ 擠，壓。韓愈《辛卯年雪》：「崩騰相排～，龍鳳交橫飛。」李山甫《禪林寺作寄劉書記》：「茅齋直～白雲邊。」

雜(襍) zá△ ❶ 五彩相配合。《周禮・考工記・畫繢》：「畫繢之事～五色。」引申為交錯，錯綜。《周易・繫辭下》：「六爻相～。」（爻：組成卦的符號。）❷ 聚集。《呂氏春秋・仲秋》：「四方來～，遠鄉皆至。」❸ 不純。《淮南子・說山》：「貂裘而～，不若狐裘而粹。」（粹：純。）❹ 都，共同。《國語・越語下》：「其事是以不成，～受其刑。」❺ 通「匝 zā」。循環終始。《淮南子・詮言》：「以數～之壽，憂天下之亂。」

zai

災(灾、烖) zāi 自然發生的火災。《左傳・宣公十六年》：「凡火，人火曰火，天火曰～。」泛指災害，禍患。《左傳・隱公元年》：「有蜚。不為～。」（蜚 fěi：一種食稻害蟲。）《孟子・梁惠王上》：「緣木求魚，雖不得魚，無後～。」又為降災，危害。《尚書・盤庚上》：「以自～于厥身。」（厥：其。）

【辨析】災、禍。見216頁「禍」字條。

甾 zāi 同「災」。災禍。《史記・秦始皇本紀》：「～害絕息。」

哉 zāi ❶ 語氣詞。1. 表示感歎。《論語・雍也》：「賢～，回也！」（回：指顏回。）2. 表示疑問（句中須有疑問代詞或「乎」）。《詩經・王風・君子于役》：「君子于役，不知其期，曷至～？」《孟子・梁惠王上》：「若寡人者，可以保民乎～？」3. 表示反問（句中須有疑問代詞或「豈」等）。《韓非子・難二》：「此亂之本也，安可以雪恥～？」《呂氏春秋・察今》：「其父雖善游，其子豈遽善游～？」❷ 通「才 cái」。初始。《尚書・康誥》：「惟三月～生魄。」（魄：月亮初出或將沒時的微光。）

栽 zāi 見651頁「栽」㊁。

宰 zǎi ❶ 貴族家中掌管家務的總管。《左傳・定公十二年》：「仲由為季氏～。」泛指官吏。《公羊傳・隱公元年》：「～者何？官也。」古代有冢宰、太宰等。❷ 主宰，統轄。《淮南子・要略》：「～匠萬物之形。」《史記・禮書》：「～制萬物，役使羣眾。」又用作名詞。《呂氏春秋・精通》：「德也者，萬民之～也。」❸ 殺牲，割肉。《漢書・宣帝紀》：「其令太官損膳省～。」《世說新語・賢媛》：「聞外有貴人，與一婢於內～豬羊。」又指分割肉的人。《史記・陳丞相世家》：「里中社，平為～，分肉食甚均。」（里：古代基層居民組織。社：祭祀土神。平：陳平。）

崽 zǎi ［崽子］小兒。《水經注・㶟水》：「至若孌婉丱童及弱年～～，或單舟採蓮，或疊軻折芰。」（孌婉：美好。丱guàn：兒童束髮為兩角的樣子。）

載 zǎi 見651頁「載」㊁。

再（再、再） zài 兩次，第二次。《左傳・莊公十年》：「一鼓作氣，～而衰，三而竭。」（鼓：擊鼓。）引申為重複，又一次。《呂氏春秋・遇合》：「孔子周流海內，～干世主，如齊至衛，所見八十餘君。」（干：求取，求官。如：往。）

【辨析】再、復。見151頁「復」字條。

在 zài ❶存在。《論語・學而》：「父～觀其志，父沒觀其行。」《戰國策・趙策四》：「趙主之子孫侯者，其繼有～者乎？」❷處在，在於。《論語・述而》：「子～齊聞韶，三月不知肉味。」《荀子・勸學》：「駑馬十駕，功～不舍。」（舍：止。）

栽 ㊀zài ❶築牆用的立板。《說文》：「～，築牆長版也。」也用作動詞。《左傳・莊公二十九年》：「水昏正而～。」（水：星名。）

㊁zāi ❷種植。《禮記・中庸》：「故～者培之。」《齊民要術・栽樹》：「凡～一切樹木，欲記其陰陽，不令轉易。」❸幼苗，秧苗。《論衡・初稟》：「紫芝之～如豆。」

載 ㊀zài ❶裝載。《周易・大有》：「大車以～，有攸往，无咎。」（攸：所。）《呂氏春秋・審己》：「魯君～他鼎以往。」引申為盛放。《詩經・大雅・旱麓》：「清酒既～。」又引申為承載，承擔。《荀子・王制》：「水則～舟，水則覆舟。」《論衡・效力》：「身～重任，至於終死。」❷乘車，乘坐。司馬遷《報任安書》：「昔衛靈公與雍渠同～。」（雍渠：人名，宦者。）❸充滿。《詩經・小雅・出車》：「今我來思，雨雪～塗。」（雨yù：降落。塗：道路。）今成語有「怨聲載道」。❹開始。《詩經・豳風・七月》：「春日～陽。」（陽：天氣和暖。）《孟子・滕文公下》：「湯始征，自葛～。」（湯：商湯。葛：古國名。）❺動詞或形容詞詞頭。《詩經・衛風・氓》：「既見復關，～笑～言。」今成語有「載歌載舞」。❻通「再zài」。二，第二。《呂氏春秋・異寶》：「五員～拜受賜。」（載拜：再拜，拜兩拜。）

㊁zǎi ❼記載。《左傳・昭公十五年》：「夫有勳而不廢，有績而～。」蕭統《文選序》：「推而廣之，不可勝～矣。」❽年。《尚書・堯典》：「朕在位七十～。」

【辨析】載、年、歲、祀。見364頁「年」字條。

縡 zài 事。揚雄《甘泉賦》：「上天之～，杳旭卉兮。」

zan

簪 zān ❶用以固定髮髻或冠的長針。《韓非子・內儲說上七術》：「周主亡玉～。」（亡：失。）《淮南子・道應》：「明日又復往取其～。」後特指婦女綰髮髻的簪子。《史記・外戚世家》：「夫人脫～珥叩頭。」（珥ér：耳飾。）❷插，戴。《史記・滑稽列傳》：「西門豹～筆磬折，嚮河立待良久。」（磬折：像石磬一樣彎着腰。）❸連綴。《儀禮・士喪禮》：「以爵弁服～裳于衣左。」（爵弁服：指純衣纁裳。）

【辨析】簪、釵、笄。見46頁「釵」字條。

暫 zàn ❶忽然，突然。《左傳・僖公三十三年》：「婦人～而免諸國。」《史記・李將軍列傳》：「廣～騰而上胡兒馬。」（廣：李廣。）❷一時，短時間。張衡《西京賦》：「～勞永逸。」❸初，剛。《論衡・禍虛》：「始聞～見，皆以為然。」

贊（賛） zàn ❶輔助，輔佐。《左傳・閔公二年》：「以此～國，擇利而為之。」❷贊禮，司儀唱讀儀式叫人行禮。《國語・周語上》：「內史～

之，三命而後即冕服。」《後漢書・班梁列傳附何熙》：「善為威容，～拜殿中，音動左右。」也指贊禮的人。《史記・秦始皇本紀》：「闕廷之禮，吾未嘗敢不從賓～也。」（闕廷：指朝廷。賓：接引賓客的人。）❸ 稟告，告訴。《史記・魏公子列傳》：「公子引侯生坐上坐，遍～賓客。」❹ 稱讚，讚揚。《三國志・魏書・許褚傳》：「下詔褒～。」❺《漢書》《後漢書》等在紀、傳的結尾部分有「贊」，略等於總評。《漢書・武帝紀》：「～曰：漢承百王之弊，高祖撥亂反正……」❻ 文體的一種，以頌揚為主。《文選》錄有夏侯湛《東方朔畫贊》。

【說明】在「稱讚」以及「文體名稱」的意義上，「贊」與「讚」可通用；其他的意義，一般不寫作「讚」。

【辨析】贊、譽、讚。見640頁「譽」字條。

酇 ㊀ zàn ❶ 周代基層居民單位，百家為酇。《周禮・地官・遂人》：「五家為鄰，五鄰為里，四里為～。」
㊁ cuó ❷ 古縣名，秦置，在今河南永城西南。《史記・陳涉世家》：「攻銍、～、苦、柘、譙，皆下之。」

瓚 zàn ❶ 質地不純的玉。《周禮・考工記・玉人》：「天子用全，上公用龍，侯用～，伯用將。」（全：純玉。龍、將：不純的玉。）❷ 祭祀用的玉柄酒杓。《詩經・大雅・旱麓》：「瑟彼玉～，黃流在中。」（瑟：鮮潔的樣子。黃流：用黑黍合香草釀成的酒。）

讚 zàn ❶ 讚美，頌揚。馬融《長笛賦》：「其可以裨助盛美，忽而不～。」《世說新語・文學》：「長沙之勳，為史所～。」❷ 一種文體。以頌揚為主。蕭統《文選序》：「圖像則～興。」

【辨析】讚、譽、贊。見640頁「譽」字條。

zang

牂 zāng 「牂」的俗字。母山羊。《淮南子・齊俗》：「～羊之裘。」《史記・李斯列傳》：「泰山之高百仞，而跛～牧其上。」

牂 zāng 母山羊。《詩經・小雅・苕之華》：「～羊墳首。」（墳首：大頭。）《韓非子・五蠹》：「千仞之山，跛～易牧者，夷也。」（夷：指坡度平緩。）

臧 ㊀ zāng ❶ 好，善。《詩經・小雅・小旻》：「謀～不從，不～覆用。」《荀子・儒效》：「熙熙兮其樂人之～也。」（熙熙：溫和快樂的樣子。）❷ 古代對奴隸的賤稱。《呂氏春秋・應言》：「寡人寧以～為司徒，無用印。」（印：孟印。）❸ 用不正當手段獲得的財物。後來寫作「贓（贜）」。《鹽鐵論・刑德》：「傷人有創者刑，盜有～者罰。」《後漢書・陳禪傳》：「受納～賂。」（賂：財物。）
㊁ cáng ❹ 收藏，隱藏。後來寫作「藏」。《荀子・天論》：「好惡、喜怒、哀樂～焉，夫是之謂天情。」《漢書・食貨志上》：「春耕、夏耘、秋穫、冬～。」
㊂ zàng ❺ 儲藏財物的倉庫。後來寫作「藏」。《史記・孟嘗君列傳》：「乃夜為狗，以入秦宮～中。」《後漢書・張禹傳》：「後連歲災荒，府～空虛。」❻ 內臟。後來寫作「臟」。《漢書・王吉傳》：「吸新吐故以練～。」

贓（贜） zāng 盜竊或貪污受賄所得的財物。《列子・天瑞》：「未及時，以～獲罪，沒其先居之財。」（未及時：不久。居：佔有。）《魏書・世祖本紀下》：「～各千萬計。」

駔 zǎng ❶ 壯馬。左思《魏都賦》：「冀馬填廄，而～駿。」❷ 牲畜交易的經紀人，泛指市場經紀人。《呂氏春秋・尊師》：「段干木，晉之大～也。」❸ 平庸。《論衡・率性》：「此則～工庸師服馴技能，何奇而世稱之。」

葬（塟、埜） zàng 埋葬，掩埋死人。《周易・繫辭下》：「古之～者，厚衣之以薪。」《論語・為政》：「生，事之以禮；死，～之以禮。」

臧 zàng 見652頁「臧」㊂。

藏 zàng 見42頁「藏」㊁。

臟 zàng 內臟。韓愈《〈張中丞傳〉後序》：「人之將死，其～腑必有先受其病者。」

zao

遭 zāo ❶ 遇到，遭遇。《左傳・襄公二十二年》：「未出竟，～逆妻者。」（竟：國境。逆：迎娶。）《呂氏春秋・慎人》：「今丘也拘仁義之道，以～亂世之患。」（丘：孔子名。）❷ 量詞。繞一周為一遭。孟郊《寒地百姓吟》：「虛繞千萬～。」

【辨析】遭、逢、遇。見141頁「逢」字條。

糟 zāo ❶ 未漉清而帶滓的酒。屈原《漁父》：「眾人皆醉，何不餔其～而歠其醨？」（歠 chuò：飲。醨 lí：薄酒。）又指漉去酒而剩下的渣滓。《韓詩外傳》卷二：「昔者桀為酒池、～堤。」《齊民要術・笨麴并酒》：「一石米，不過一斗～，悉著甕底。」❷ 用酒或酒滓醃漬。《世說新語・任誕》：「不見～肉乃更堪久？」

鑿 záo△ ❶ 鑿子。挖槽打孔用的工具。《莊子・天道》：「輪扁斫輪於堂下，釋椎～而上。」（輪扁：名叫扁的製車輪的匠人。椎 chuí：槌子。）❷ 鑿開，挖掘。《詩經・豳風・七月》：「二之日～冰沖沖。」（沖沖：鑿冰的聲音。）引申為開通，開拓。《史記・大宛列傳》：「於是西北國始通於漢矣，然張騫～空。」❸ 穿鑿附會。《孟子・離婁下》：「所惡於智者，為其～也。」❹（舊讀 zuò△）榫眼。宋玉《九辯》：「圜～而方枘兮。」（圜：同「圓」。枘 ruì：榫頭。）《淮南子・說林》：「輻之入轂，各值其～。」引申為孔，洞。《荀子・哀公》：「五～為正。」（五鑿：指耳目鼻口及心之孔竅。）《漢書・楚元王傳附劉向》：「其後牧兒亡羊，羊入其～。」

早 zǎo ❶ 早晨。《韓非子・外儲說左上》：「明日～，令人求故人。」❷ 時間靠前，在一定時間之前。《呂氏春秋・情欲》：「秋～寒則冬必暖矣。」

蚤 zǎo ❶ 跳蚤。《莊子・秋水》：「鴟鵂夜撮～，察毫末。」（鴟鵂 chīxiū：貓頭鷹。撮：用指爪取物。）《淮南子・原道》：「蟾蠩捕～。」❷ 通「早 zǎo」。1. 早晨。《孟子・離婁下》：「～起，施從良人之所之。」（施 yǐ：尾隨的意思。良人：丈夫。所之：所往。）2. 時間靠前。《呂氏春秋・季冬》：「季冬行秋令，則白露～降。」❸ 通「爪 zhǎo」。指甲。《史記・魯周公世家》：「周公乃自揃其～，沉之河。」（揃 jiǎn：剪下。）

棗 zǎo 果樹名，也指其果實。《詩經・豳風・七月》：「八月剝～，十月穫稻。」（剝 pū：通「攴」。）

澡 zǎo 本指洗手。後泛指沐浴，洗滌。《禮記・儒行》：「儒有～身而浴德。」《史記・龜策列傳》：「先以清水～之。」

璪 zǎo 冠冕前下垂的裝飾，用彩色絲繩穿玉而成。《禮記・郊特牲》：「戴冕，～十有二旒。」（旒 liú：冕前後下垂的玉串。）

繅 zǎo 見440頁「繅」㊁。

藻 zǎo ❶ 一種水草。《詩經・召南・采蘋》：「于以采～，于彼行潦。」（行潦：流動的水。）❷ 文采，華美。《山海經・西山經》：「其中多～玉。」特指詩文的辭藻，文采。《漢書・敘傳上》：「摛～如春華。」（摛 chī：舒展。）引申為修飾。《三國志・吳書・劉繇傳評》：「劉繇～厲名行。」（厲：磨煉。）❸ 古代帝王冕上穿玉的五彩絲繩。《禮記・玉藻》：「天子玉～。」

皂（皁） zào ❶ 皂斗的省稱，即櫟樹的果實，可染黑色。《周禮・地官・大司徒》：「其植物宜～物。」代指黑色。《史記・五宗世家》：「彭祖衣～布衣。」（彭祖：漢景帝之子。）❷ 古代一種賤役。《左傳・昭公七年》：「士臣～，～臣輿。」（臣：以……為臣僕。輿：奴隸的一個等級。）❸ 馬槽。《呂氏春秋・權勳》：「猶取之內～而著之外～也。」鄒陽《獄中上梁王書》：「使不羈之士與牛驥同～。」

造 zào ❶ 至，到……去。《孟子・公孫丑下》：「請必無歸，而～於朝。」引申為達到某種境界或狀況。《孟子・離婁下》：「君子深～之以道。」《莊子・徐无鬼》：「而足以～於怨也。」今成語有「登峯造極」。❷ 成就。《詩經・大雅・思齊》：「肆成人有德，小子有～。」（肆：故，於是。小子：年輕人。）❸ 製作，創造。《詩經・鄭風・緇衣》：「緇衣之好兮，敝，予又改～兮。」（緇：黑色。敝：破舊。）《後漢書・張衡傳》：「復～候風地動儀。」❹ 開始。《呂氏春秋・下賢》：「文王～之而未遂。」（遂：成。）❺ 倉猝，突然。《禮記・玉藻》：「～受命於君前，則書於笏。」（笏：大臣朝見時用來記事的手板。）

慥 zào ❶［慥慥］忠厚誠實的樣子。《禮記・中庸》：「君子胡不～～爾？」❷ 倉猝，急忙。《越絕書・內傳陳成恆》：「越王～然避席。」

噪（譟） zào 鳥叫。江淹《無錫縣歷山集》：「別鶴～吳田。」杜甫《羌村》其一：「柴門鳥雀～。」引申為聲音嘈雜。薛道衡《奉和月夜聽軍樂應詔》：「鼓曲～漁陽。」

簉 zào ❶ 副，與「正」相對。《左傳・昭公十一年》：「僖子使助薳氏之～。」此指妾。張衡《西京賦》：「屬車之～，載獫獢獢。」（屬車：後邊的車。獫 xiǎn：一種長嘴的獵狗。獢獢 xiéxiāo：一種短嘴的獵狗。）此指副車。❷ 彙集，充滿。江淹《為蕭讓劍履殊禮表》：「英袞～朝，賢武滿世。」

燥 zào 乾燥。《周易・乾》：「水流濕，火就～。」又為使乾燥。《周易・說》：「～萬物者，莫熯乎火。」（熯 hàn：乾燥。）引申為焦急。符載《上襄陽楚大夫書》：「彷徨～灼，內熱如疾。」

躁 zào 急躁，浮躁。《論語・季氏》：「言未及之而言，謂之～。」（言未及之：不該說話之時。）《荀子・勸學》：「用心～也。」引申為躁動。《淮南子・精神》：「八月而動，九月而～，十月而生。」

竈（灶） zào ❶ 爐灶，生火做飯的設備。《呂氏春秋・諭大》：「～突決，則火上焚棟。」（突：煙囪。）❷ 灶神。《論語・八佾》：「與其媚於奧，寧媚於～。」（奧：屋內西南角，此指該處之神。）又為祭名，五祭之一，指對灶神的祭祀。《禮記・月令》：「其祀～。」

ze

咋 ㊀ zé△ ❶ 咬。《漢書・東方朔傳》：「譬猶鼱鼩之襲狗，孤豚之～虎。」❷ 大聲。《三國志・蜀書・孟光傳》：「光常譊譊歡～。」（譊譊：喧嘩聲。）
㊁ zhà ❸ 同「乍」。突然。《左傳・定公八年》：「桓子～謂林楚曰。」

柞 zé 見 712 頁「柞」㊁。

則 zé△ ❶ 準則，法則。《左傳・文公十八年》：「毀～為賊。」《呂氏春秋・權勳》：「唯～定國。」今成語有「以身作則」。又為效法。《論語・泰伯》：「巍巍乎唯天為大，唯堯～之。」❷ 副詞。乃，就是。《左傳・哀公十五年》：「雖隕于深淵，～天命也。」又為只，僅。《荀子・勸學》：「口耳之間～四寸耳，曷足以美七尺之軀哉？」❸ 連詞。1. 表承接。就，那麼。《論語・為政》：「學而不思～罔，思而不學～殆。」（罔 wǎng：迷惘。）2. 表轉折。卻，反而。《呂氏春秋・審分》：「求牛～名馬，求馬～名牛，所求必不得矣。」3. 表假設。若，如果。《荀子・議兵》：「大寇～至，使之持危城，則必畔。」（畔：通「叛」，背叛。）4. 表讓步。固然。《孟子・滕文公上》：「滕君～誠賢君也。雖然，未聞道也。」5. 表發現。原來已經。《孟子・公孫丑上》：「其子趨而往視之，苗～槁矣。」

迮 zé△ ❶ 倉促。《公羊傳・襄公二十九年》：「今若是～而與季子國，季子猶不受也。」❷ 逼迫。《後漢書・陳寵傳附陳忠》：「鄰舍比里，共相壓～。」引申為壓擠。《齊民要術・甘蔗》引《異物志》：「甘蔗，遠近皆有……～取汁為飴餳，名之曰糖。」❸ 狹窄。《三國志・蜀書・張飛傳》：「山道～狹。」

責 ㊀ zé△ ❶ 索取。《左傳・桓公十三年》：「宋多～賂於鄭。」（賂：財物。）引申為要求。《韓非子・五蠹》：「治強不可～於外。」今成語有「求全責備」。❷ 責備，批評。《呂氏春秋・君守》：「有過則主無以～之。」《戰國策・趙策三》：「梁客辛垣衍安在？吾請為君～而歸之。」又為責罰，處罰。蘇軾《與王定國書》：「罪大～輕，得此已幸。」❸ 責任。《孟子・公孫丑下》：「有言～者不得其言則去。」（言：指進言。去：離開。）
㊁ zhài ❹ 債務，債款。後來寫作「債」。《左傳・成公二年》：「薄斂，已～。」（薄斂：減輕賦稅。已：止。）《淮南子・主術》：「夫～少者易償。」

措 zé 見 86 頁「措」㊁。

啨 ㊀ zé△ ❶ 感歎，驚歎聲。《韓非子・守道》：「人臣垂拱於金城之內，而無扼腕聚脣嗟～之禍。」❷［啨啨］鳥鳴聲。《淮南子・原道》：「烏之啞啞，鵲之～～。」
㊁ shuò ❸ 吮吸。《史記・鄧通列傳》：「文帝嘗病癰，鄧通常為～吮之。」

笮 ㊀ zé△ ❶ 屋頂瓦下椽上鋪的箔席。《說文》：「～，在瓦之下，棼上。」❷ 壓，擠壓。《後漢書・耿恭傳》：「～馬糞汁而飲之。」❸ 盛箭的竹器。《儀禮・既夕禮》：「役器：甲、冑、干、～。」（干：盾。）
㊁ zuó△ ❹ 竹索。《水經注・江水》：「渡江有～橋。」❺ 通「鑿 záo」。木工打孔的工具，也用作刑具。《國語・魯語上》：「中刑用刀鋸，其次用鑽～。」

舴 zé△ ［舴艋］小船。《南齊書・張敬兒傳》：「敬兒乘～～過江。」

嘖 zé△ ❶ 爭論。《左傳・定公四年》：「會同難，～有煩言，莫之治也。」《荀子・正名》：「故愚者之言……～然而不類。」❷ 同「賾」。幽深，玄妙。許慎《說文解字敘》：「探～索隱，厥誼可傳。」

擇 zé△ ❶ 挑選。《左傳・哀公十一年》：「鳥能～木，木豈能～鳥？」《呂氏春秋・慎人》：「顏回～菜於外。」引申為區別。《孟子・梁惠王上》：「王若隱其無罪而就死地，則牛羊何～焉？」（隱：同情。）❷ 通「釋 shì」。捨棄。《呂氏春秋・大樂》：「先聖～兩法一，是以知萬物之情。」（兩：指由「道」派生的東西。法：取法，用。一：指「道」。）

【辨析】擇、選。見 579 頁「選」字條。

澤 zé△ ❶ 水聚匯處，沼澤。《左傳・襄公二十一年》：「深山大～，實生龍蛇。」《韓非子・五蠹》：「～居苦水者，買庸而決竇。」❷ 雨露。《管子・治國》：「耕耨者有時，而～不必足。」引申為濕潤，滋潤。《莊子・逍遙遊》：「時雨降矣，而猶浸灌，其於～也，不亦勞乎！」❸ 光亮，潤澤。《周禮・考工記・弓人》：「瘠牛之角無～。」《呂氏春秋・審時》：「使人肌～且有力。」❹ 恩澤，恩惠。《莊子・大宗師》：「～及萬世而不為仁。」《淮南子・覽冥》：「聖人在，懷道而不言，～及萬民。」❺ 汗衣，內衣。《詩經・秦風・無衣》：「豈曰無衣，與子同～。」

簀 zé△ ❶ 用竹木編成的牀墊。《禮記・檀弓上》：「元起易～。」（元：曾元，曾參之子。易：更換。）又指蓆子。《史記・范雎蔡澤列傳》：「雎詳死，即卷以～，置廁中。」（詳：通「佯」，假裝。）又指用竹木枝條製成的硬蓆。《齊民要術・養雞》：「於屋下懸～，令雞宿上。」❷ 叢聚的樣子。《詩經・衛風・淇奧》：「瞻彼淇奧，綠竹如～。」（淇：河名。奧 yù：水邊彎曲的地方。）

賾 zé△ 幽深玄妙。《周易・繫辭上》：「探～索隱，鉤深致遠。」

齰（齚） zé△ 咬。宋玉《風賦》：「啗～嗽獲，死生不卒。」（嗽：吮。獲：通「嚄」，喚。）孟郊《偷詩》：「餓犬～枯骨。」［齰舌］咬舌，表示害怕，說不出話來。《史記・魏其武安侯列傳》：「魏其必內愧，杜門～～自殺。」

仄 zè△ ❶ 傾斜，偏斜。《管子・白心》：「日極則～，月滿則虧。」《漢書・息夫躬傳》：「眾畏其口，見之～目。」❷ 卑微。《尚書・堯典》：「明明揚～陋。」《漢書・敍傳下》：「王氏～微。」❸ 古代漢語聲調分平、上、去、入四類，其中上、去、入三聲總稱仄聲。沈約《四聲譜》：「上、去、入為～聲。」

昃 zè△ 太陽偏西。《周易・豐》：「日～之離，何可久也？」《春秋・定公十五年》：「日下～，乃克葬。」字又作「昊」。《周易・豐》：「日中則～。」

zei

賊 zéi△（舊讀 zé） ❶ 傷害，敗壞。《呂氏春秋・不屈》：「不工而治，～天下莫大焉。」《孟子・梁惠王下》：「～義者謂之殘。」又為敗壞者。《論語・陽貨》：「鄉愿，德之～也。」（鄉愿：指沒有是非標準的好好先生。）❷ 殺害。《左傳・宣公二年》：「使鉏麑～之。」（鉏麑：人名。）《呂氏春秋・序意》：「子將～吾君。」又為殺人的人。《史記・秦始皇本紀》：「其太子丹乃陰令荊軻為～。」（陰：暗中。）❸ 犯上作亂危害人民的人。《左傳・宣公二年》：「亡不越竟，反不討～。」（亡：出亡。反：返國。）引申為強盜。《老子》第十九章：「絕巧棄利，盜～無有。」❹ 兇狠，狠毒。《荀子・修身》：「險～而不弟焉。」（弟 tì：順從兄長。）《史記・游俠列傳》：「少時陰～。」（少時：年輕時。）

【辨析】賊、盜。見96頁「盜」字條。

zen

譖 ㊀ zèn ❶ 說別人壞話，誣陷。《墨子・修身》：「～慝之言，無入之耳。」（慝 tè：邪惡。）《呂氏春秋・長見》：「吳起治西河之外，王錯～之於魏武侯。」
㊁ jiàn ❷ 不信任。《詩經・大雅・桑柔》：「朋友已～，不胥以穀。」（胥：相，相互。穀：善。）

zeng

曾 ㊀ zēng ❶ 竟，乃。《詩經・衛風・河廣》：「誰謂河廣？～不容刀。」（刀：小船。）《論語・為政》：「有酒食先生饌，～是以為孝乎？」❷ 重。指中間隔兩代的親屬，祖之父為曾祖，孫之子為曾孫。又孫之子以下都可稱曾孫。《詩經・周頌・維天之命》：「駿惠我文王，～孫篤之。」（駿 jùn：大。惠：順。）❸ 增加。後來寫作「增」。《孟子・告子下》：「所以動心忍性，～益其所不能。」
㊁ céng ❹ 曾經。《呂氏春秋・順民》：「失民心而立功名者，未之～有也。」❺ 通「層 céng」。重疊。《淮南子・本經》：「大廈～加。」

【辨析】曾、嘗。見51頁「嘗」字條。

增 zēng ❶ 加多。《史記・呂不韋列傳》：「有能～損一字者予千金。」《列子・湯問》：「而山不加～。」❷ 通「層 céng」。重疊。屈原《天問》：「～城九重，其高幾里？」

憎 zēng 厭惡，憎惡。《左傳・昭公十九年》：「子產～其為人。」《淮南子・精神》：「～死而不辭。」又指憎惡的人。《左傳・成公十八年》：「而收吾～，使贊其政。」（贊：助。）

鄫 zēng ❶ 周代諸侯國名，在今山東棗莊東。《春秋・襄公六年》：「莒人滅～。」❷ 古地名，春秋時鄭地，在今河南睢縣東南。《春秋・襄公元年》：「仲孫蔑會齊崔杼、曹人、邾人、杞人次于～。」（次：軍隊駐紮。）

橧 zēng 堆積草木而成的住處。《禮記・禮運》：「夏則居～巢。」

罾 zēng 捕魚的扳網。《淮南子・說林》：「罩者抑之，～者舉之。」（罩：捕魚的竹籠。）又用作動詞。用罾捕魚。《史記・陳涉世家》：「置人所～魚腹中。」

【辨析】罾、畢、羅、網、罟。見21頁「畢」字條。

矰 zēng 繫有絲繩用來射鳥的短箭。《呂氏春秋・直諫》：「荊文王得茹黃之狗，宛路之～，以畋於雲夢。」（茹黃：獵犬名。宛路：竹名，細長而直，可做箭桿。畋：打獵。）《淮南子・說山》：「好射者先具～與繳。」

繒 zēng ❶絲織品的總稱。《管子・地數》：「武王以巨橋之粟二什倍而市～帛。」《史記・西南夷列傳》：「夜郎旁小邑皆貪漢～帛。」❷通「矰 zēng」。一種繫有絲繩用以射鳥的短箭。《戰國策・楚策四》：「不知夫射者，方將修其荐盧，治其～繳，將加己乎百仞之上。」（方將：正在。荐 bō：一本作「碆」，石製的箭頭。盧：黑色弓。繒：一本作「矰」。）

甑 zèng 蒸食物的陶製炊具。《孟子・滕文公上》：「許子以釜～爨，以鐵耕乎？」（釜：鍋。爨 cuàn：燒火做飯。鐵：指鐵製農具。）

【辨析】甑、甗。見592頁「甗」字條。

贈 zèng 贈送，送給。《左傳・僖公三十三年》：「釋左驂，以公命～孟明。」（釋：解開。左驂：轅馬左邊的馬。）特指賜給死者爵位或榮譽稱號。《後漢書・鄧禹傳附鄧騭》：「皆遺言薄葬，不受爵～。」

【辨析】贈、饋。見290頁「饋」字條。

zha

查 zhā 見45頁「查」㊁。

楂 zhā 見45頁「楂」㊁。

樝 zhā 果樹名，山楂類。司馬相如《子虛賦》：「～梨梬栗。」（梬 yǐng：果名。）

札 zhá△ ❶書寫用的小木片。《史記・司馬相如列傳》：「上許，令尚書給筆～。」（上：指皇上。）❷書信。《古詩十九首・孟冬寒氣至》：「客從遠方來，遺我一書～。」顏延之《贈王太常》：「遙懷具短～。」❸鎧甲上的葉片。《呂氏春秋・愛士》：「擊繆公之甲，中之者已六～矣。」

閘 zhá 水閘。《說文》：「～，開閉門也。」范仲淹《上呂相公並呈中丞諮目》：「新導之河，必設諸～。」

眨 zhǎ 眼睛迅速地一開一閉。皮日休《二游詩》：「沼似頗黎鏡，當中見魚～。」（頗黎：即玻璃。）

睫 zhǎ 見250頁「睫」㊁。

鮓 ㊀zhǎ△ ❶用鹽、米粉醃製的魚。《齊民要術・作魚鮓》：「凡作～，春秋為時，冬夏不佳。」
㊁zhà△ ❷海蜇。《博物志》卷三：「東海有物，狀如凝血；從廣數尺方員，名曰～魚。」

乍 zhà ❶忽然。《孟子・公孫丑上》：「今人～見孺子將入於井。」《韓非子・解老》：「夫物一存一亡，～死～生，初盛而後衰者，不可謂常。」❷剛，才。柳永《黃鶯兒》：「～出暖煙來，又趁游蜂去。」（趁：跟隨。）

吒（咤） zhà ❶發怒聲。《史記・淮陰侯列傳》：「項王喑噁叱～，千人皆廢。」❷進食時口中發聲。《禮記・曲禮上》：「毋～食。」❸痛惜，慨歎。郭璞《遊仙詩》：「撫心獨悲～。」❹通「詫 chà」。炫耀。《後漢書・王符傳》：「窮極麗靡，轉相誇～。」

咋 zhà 見654頁「咋」㊁。

柵（栅） zhà△ 柵欄。《莊子・天地》：「內支盈於柴～。」（支盈：塞滿。）《後漢書・段熲傳》：「乃遣千人於西縣結木為～。」

奓 ㊀zhà ❶打開。《莊子・知北遊》：「神農隱几闔戶晝瞑，婀荷甘日中～戶而入。」（婀荷甘：人名。）
㊁chǐ ❷同「侈」。過度，超過。張衡《西京賦》：「心～體忲。」（忲：奢侈。）

蚱 zhà ［蚱蜢］蟲名，似蝗蟲而略小。楊萬里《題山莊草蟲扇》：「風生～～怒鬚頭。」

詐 zhà 欺騙。《左傳・宣公十五年》：「我無爾～，爾無我虞。」（爾：你。虞：欺騙。）《呂氏春秋・義賞》：「君亦～

之而已。」引申為虛假，假裝。《史記·陳涉世家》：「乃～稱公子扶蘇、項燕，從民欲也。」

溠 zhà 水名，又名扶恭河，在湖北。《左傳·莊公四年》：「令尹鬬祁、莫敖屈重除道梁～。」（令尹、莫敖：官名。除道：開路。梁：架橋。）

榨 zhà 擠壓物體汁液的器具。穆修《和秀江墅幽居好》之五：「酒醲新出～。」引申為擠壓。周邦彥《汴都賦》：「土怪畏～壓而妥貼。」

蜡 zhà 見420頁「蜡」㈡。

鮓 zhà 見657頁「鮓」㈡。

zhai

摘 ㈠ zhāi△ ❶ 採摘。謝靈運《擬魏太子鄴中集詩》：「攀條～芳草。」孟浩然《裴司士見訪》：「稚子～楊梅。」引申為選取。《文心雕龍·才略》：「～其詩賦，則七子之冠冕矣。」（七子：指建安七子。）❷ 指摘，責備。傅毅《舞賦》：「～齊行列。」（指摘行列，使之整齊。）㈡ tì ❸ 剔撥。《淮南子·齊俗》：「柱不可以～齒。」引申為撥動。元稹《黃明府》：「便邀連榻坐，兼共～船行。」❹ 騷擾。《後漢書·陳囂傳》：「西侵羌戎，東～濊貊。」（濊貊 wèimò：古代東部少數民族名。）

齊 zhāi 見397頁「齊」㈤。

齋 zhāi ❶ 祭祀前潔淨身心，以示虔敬。《呂氏春秋·孟春》：「天子乃～。」鮑照《數名》：「～祭甘泉宮。」❷ 信佛教的人以素食為齋。釋道宣《敘任通林辨周武帝除佛法詔》：「頭陀蔬食，至好長～。」❸ 房舍，多指書房，學舍。《晉書·陶侃傳》：「侃在州無事，輒朝運百甓於～外，暮運於～內。」（甓 pì：磚。）《世說新語·言語》：「～前種一株松。」

擿 zhāi 見683頁「擿」㈢。

宅 zhái△ ❶ 住所，住處。《詩經·大雅·崧高》：「王命召伯，定申伯之～。」《孟子·梁惠王上》：「五畝之～，樹之以桑，五十者可以衣帛矣。」又用作動詞。居住。《詩經·大雅·文王有聲》：「～是鎬京。」（鎬 hào 京：西周京城。）❷ 處於某一職位，居官。《尚書·大禹謨》：「朕～帝位三十有三載。」又《舜典》：「使～百揆。」（百揆：官名，統領百官。）❸ 墓穴，葬地。《禮記·雜記上》：「大夫卜～與葬日。」

窄 zhǎi△ 狹窄。《尉繚子·兵教下》：「城大而地～者，必先攻其城。」比喻困窘，窘迫。杜甫《驅豎子摘蒼耳》：「黎民糠籺～。」（籺 hé：米麥的碎屑。）

柴 zhài 見46頁「柴」㈠。

責 zhài 見655頁「責」㈡。

債 zhài 欠負的錢財。《史記·孟嘗君列傳》：「何人可使收～於薛者？」又為借貸。《管子·問》：「問邑之貧人～而食者幾何家？」

【說明】「欠債」的意義古代只寫作「責」，「債」是「責」的「欠債」義的後起區別字。後代這個意義多寫作「債」，而少寫作「責」了。

寨（砦） zhài 防禦用的柵欄，營壘。《陳書·熊曇朗傳》：「時巴山陳定亦擁兵立～。」

瘵 zhài ❶ 病。《詩經·大雅·瞻卬》：「邦靡有定，士民其～。」（靡：無。）❷ 災害。木華《海賦》：「天綱浡潏，為凋為～。」（浡潏：水勢洶湧的樣子。）

zhan

占 ㈠ zhān ❶ 察看兆象，推算吉凶。屈原《離騷》：「命靈氛為余～之。」（靈氛：人名。）《淮南子·時則》：「～龜策，審卦兆，以察吉凶。」（龜策：龜甲、蓍草，都是占卜的用具。）引申為窺察，察看。《後漢書·胡廣傳》：「真自於牖間密～察之。」（真：人名。牖 yǒu：窗。）

Z

㈡ zhàn ❷ 估計（數目）。《墨子·號令》：「度食不足，令民各自～家五種石斗數。」《漢書·宣帝紀》：「流民自～八萬餘口。」❸ 口授，口述文辭。《漢書·朱博傳》：「博口～檄文。」《後漢書·袁安傳附袁敞》：「俊自獄中～獄吏上書自訟。」（俊：人名。）❹ 據有，佔有。《晉書·食貨志》：「男子一人，～田七十畝。」

【辨析】占、卜、筮。見 37 頁「卜」字條。

沾 zhān ❶ 浸濕，浸潤。《莊子·齊物論》：「涕泣～襟。」《史記·陳丞相世家》：「汗出～背。」引申為施與恩澤。《宋書·文帝紀》：「二千石官長並勤勞王務，宜有～錫。」（錫：賞賜。）❷ [沾沾] 自矜的樣子。《史記·魏其武安侯列傳》：「魏其者，～～自喜耳。」

旃 zhān ❶ 赤色的曲柄旗。《穀梁傳·昭公八年》：「置～以為轅門。」泛指旌旗。班固《南巡賦》：「建日月之～旌。」❷「之焉」的合音。《詩經·唐風·采苓》：「舍～舍～，苟亦無然。」楊惲《報孫會宗書》：「願勉～，毋多談。」❸ 通「氈 zhān」。一種毛織物。《史記·蘇秦列傳》：「君誠能聽臣，燕必致～裘狗馬之地。」

飦 zhān 同「饘」。稠粥。《孟子·滕文公上》：「三年之喪，齊疏之服，～粥之食，自天子達於庶人，三代共之。」（齊疏之服：粗布縫邊的孝服。）

粘 zhān 膠着，粘連。《文心雕龍·附會》：「如膠之～木。」

詹 zhān ❶《說文》：「～，多言也。」[詹詹] 話語多的樣子。《莊子·齊物論》：「小言～～。」❷ 至，到。《詩經·小雅·采綠》：「五日為期，六日不～。」❸ 通「瞻 zhān」。往上或往前看。《詩經·魯頌·閟宮》：「泰山巖巖，魯邦所～。」（巖巖：山石堆積高峻的樣子。）❹ 通「贍 shàn」。足，豐足。《呂氏春秋·適音》：「不充則不～，不～則窕。」（不充：指聲音過小。窕 tiào：細而不滿。）

霑 zhān 雨水浸潤，沾濕。《詩經·小雅·信南山》：「既～既足，生我百穀。」《淮南子·說山》：「雨之集無能～。」比喻承受恩澤。《韓非子·詭使》：「今戰勝攻取之士勞而賞不～。」

氈（氊） zhān 用羊毛等物碾製成的像毯子一類的東西。《周禮·天官·掌皮》：「共其毳毛為～，以待邦事。」（毳毛：細毛。）

邅 zhān ❶ 難以行進的樣子。《周易·屯》：「屯如～如。」（屯：艱難的樣子。如：形容詞詞尾。）❷ 轉換方向。屈原《離騷》：「～吾道夫崑崙兮，路脩遠以周流。」

瞻 zhān 往上或往前看。《詩經·魏風·伐檀》：「不狩不獵，胡～爾庭有縣貆兮？」（縣 xuán：懸掛。貆 huán：貛，動物名。）《左傳·襄公十四年》：「唯余馬首是～。」（是：複指前置賓語「馬首」。）泛指看，察看。《禮記·月令》：「（仲秋之月）～肥瘠，察物色。」（瘠：瘦。物色：毛色。）

饘 zhān 稠粥。《禮記·檀弓上》：「～粥之食。」

鱣 ㈠ zhān ❶ 鯉魚。《詩經·衛風·碩人》：「～鮪發發。」（發發 bōbō：眾多的樣子。）❷ 鱘鰉魚。賈誼《弔屈原賦》：「橫江湖之～鯨兮。」
㈡ shàn ❸ 鱔魚。《韓非子·說林下》：「～似蛇。」

鸇 zhān 鷹鷂類猛禽。《左傳·文公十八年》：「見無禮於其君者誅之，如鷹～之逐鳥雀也。」

展 zhǎn ❶ 伸展，舒展。《左傳·定公四年》：「臣～四體，以率舊職。」（率：循。）《莊子·盜跖》：「兩～其足，案劍瞋目。」（瞋 chēn 目：瞪眼。）引申為寬延，延長。《史記·酷吏列傳》：「令冬月益～一月，足吾事矣。」❷ 陳列，展示。《左傳·襄公三十一年》：「百官之屬，各～其物。」曹植《名都篇》：「余巧未及～。」引申為陳述。《左傳·哀公二十年》：「非晉國之所能及也，使陪臣敢～布之。」❸ 省視，察看。《禮記·檀弓下》：「反其國不哭，～墓而入。」❹ 誠實。《國語·楚語下》：「～而不信，愛而不仁。」又指確實。《詩經・齊風・猗嗟》：「～我甥兮。」

斬 zhǎn ❶砍，殺。《墨子・非攻下》：「芟刈其禾稼，～其樹木。」（芟 shān：割。）《史記・陳涉世家》：「失期，法皆～。」❷斷絕。《孟子・離婁下》：「君子之澤，五世而～。」❸喪服不縫下邊。《左傳・襄公十七年》：「齊晏桓子卒，晏嬰粗縗～。」（縗 cuī：用麻布製的喪服。）

盞 zhǎn 小杯子。蘇軾《前赤壁賦》：「客喜而笑，洗～更酌。」（更：重新。酌：斟酒。）引申為量詞。杜甫《撥悶》：「才傾一～即醺人。」（醺：醉。）

嶄（嶃） ㊀ zhǎn ❶山高峻的樣子。柳宗元《柳州山水近治可游者記》：「北有雙山，夾道～然，曰背石山。」泛指高出的樣子。韓愈《柳子厚墓誌銘》：「雖少年，已自成人，能取進士第，～然見頭角。」

㊁ chán ❷［嶄巖］高聳的樣子。司馬相如《上林賦》：「深林巨木，～～參嵯。」（參嵯：高低不齊的樣子。）又指高聳的山峯。班固《西都賦》：「越峻崖，蹷～～。」（蹷 jué：踩踏。）

颭 zhǎn 風吹物使顫動。柳宗元《登柳州城樓寄漳汀封連四州》：「驚風亂～芙蓉水。」

醆 zhǎn ❶酒器名。《禮記・禮運》：「～斝及尸君，非禮也。」（斝 jiǎ：酒器名。尸：代死者受祭的人。）引申為量詞，用於酒或燈。羅隱《秋日禪智寺見裴郎中題名寄韋瞻》：「百～濃醪成別夢。」（醪：濁酒。）❷微清的濁酒。《禮記・郊特牲》：「～酒涚于清。」（涚 shuì：濾酒。）

輾 ㊀ zhǎn ❶［輾轉］轉動的樣子。《詩經・周南・關雎》：「悠哉悠哉，～～反側。」（反側：翻來覆去。）又形容反覆。《後漢書・來歙傳附來歷》：「大臣乘朝車，處國事，固得～～若此乎？」

㊁ niǎn ❷同「碾」。碾壓。白居易《賣炭翁》：「曉駕炭車～冰轍。」

占 zhàn 見658頁「占」㊁。

袒 zhàn 見492頁「袒」㊁。

組 zhàn 縫補。古詩《豔歌行》：「賴得賢主人，覽取為我～。」

【辨析】組、袒、綻。見492頁「袒」字條。

棧 zhàn ❶棚車，即用竹木條編成車廂的輕便車。《詩經・小雅・何草不黃》：「有～之車，行彼周道。」❷飼養牲畜用的竹木編成的格子。《莊子・馬蹄》：「編之以皂～。」（皂：馬槽。）《戰國策・齊策一》：「章子之母啟得罪其父，其父殺之而埋馬～之下。」❸［棧道］在山崖上用木材架起的路。《戰國策・秦策三》：「～～千里於蜀漢，使天下皆畏秦。」又指連接樓閣的複道。《淮南子・本經》：「延樓～～。」（延樓：高樓。）

湛 zhàn 見55頁「湛」㊀。

綻 zhàn ❶衣縫裂開。《禮記・內則》：「衣裳～裂。」泛指裂開，綻裂。庾信《杏花》：「枝枝～翠英。」《齊民要術・雜說》：「寫書，經夏然後入潢，縫不～解。」（潢 huàng：染成黃色。）❷縫補。古詩《豔歌行》：「故衣誰當補，新衣誰當～？」

【辨析】綻、袒、組。見492頁「袒」字條。

戰 zhàn ❶作戰，戰爭。《尚書・甘誓》：「大～于甘。」（甘：地名。）《孫子・謀攻》：「是故百～百勝，非善之善者也。」❷害怕，發抖。《呂氏春秋・審應》：「公子沓相周，申向說之而～。」（相：當相。）《戰國策・楚策四》：「顏色變作，身體～慄。」

轏 zhàn 棚車，用竹木編成車廂的輕便車。《左傳・成公二年》：「丑父寢於～中。」（丑父：逢丑父，人名。）

驏 zhàn 馬臥土中打滾。《韓詩外傳》卷二：「其馬佚而～吾園。」後也指其他動物打滾。梅堯臣《江畔》：「吳牛夜～江干歸。」（干 gān：岸。）

顫 ㊀ zhàn ❶發抖。《淮南子・說山》：「故寒者～，懼者亦～，此同名而異實。」❷驚懼。《呂氏春秋・慎大》：「桀為無道，暴戾頑貪，天下～恐而患之。」（頑貪：貪婪。）

㈡ shān ❸鼻子通暢能辨氣味。《莊子・外物》：「鼻徹為～，口徹為甘。」（徹：通。）

蘸 zhàn 把東西浸入水中。辛棄疾《菩薩蠻・又贈周國輔侍人》：「畫樓影～清溪水。」引申為以物沾汁液。蘇軾《寒縣》：「碧油輕～嫩黃深。」

zhang

章 zhāng ❶音樂或詩歌的一章。《禮記・曲禮下》：「讀樂～。」《左傳・文公十二年》：「子家賦《載馳》之四～。」（子家：公子歸生的字。《載馳》：《詩經・鄘風》中的篇名。）引申為一般作品的一章。《論衡・自紀》：「為世用者，百篇無害；不為用者，一～無補。」❷規章，準則。《詩經・大雅・假樂》：「率由舊～。」（率：遵守。）《呂氏春秋・執一》：「變化應來而皆有～。」❸花紋。《詩經・小雅・六月》：「織文鳥～。」（鳥章：鳥形花紋。）柳宗元《捕蛇者說》：「永州之野產異蛇，黑質而白～。」（質：底子。）❹顯著，顯明。後來寫作「彰」。《荀子・子道》：「出而名不～，友之過也。」《國語・周語下》：「其飾彌～。」❺印章。《漢書・朱買臣傳》：「視其印，會稽太守～也。」（會稽：郡名。）❻奏章。《後漢書・寒朗傳》：「帝問曰：『誰與共為～？』」❼通「獐 zhāng」。獸名。《周禮・考工記・畫繢》：「山以～，水以龍。」

張 ㈠ zhāng ❶給弓上弦或拉緊弓弦，與「弛」相對。《詩經・大雅・公劉》：「弓矢斯～。」（斯：代詞，複指前置賓語「弓矢」。）又指弦樂裝上弦或繃緊弦。《呂氏春秋・先己》：「琴瑟不～，鍾鼓不修。」今成語有「改弦更張」。引申為緊張。《禮記・雜記下》：「一～一弛，文武之道也。」❷張開，展開。《左傳・成公十六年》：「～幕矣。」《呂氏春秋・用民》：「壹引其綱，萬目皆～。」（綱：網上大繩。目：網眼。）今成語有「綱舉目張」。引申為擴大，擴張。《左傳・宣公十八年》：「欲去三桓以～公室。」（三桓：指魯國大夫孟孫氏、叔孫氏、季孫氏。）❸大，高大。《詩經・大雅・韓奕》：「四牡奕奕，孔脩且～。」（奕奕：壯美的樣子。孔：很。脩：長。）❹設置，設立。《戰國策・秦策一》：「～樂設飲，郊迎三十里。」《白虎通・封公侯》：「～官設府，非為卿大夫。」又特指設置網羅捕捉。《公羊傳・隱公五年》：「百金之魚，公～之。」《後漢書・方術傳上・王喬》：「於是候鳧至，舉羅～之。」❺量詞。《左傳・昭公十三年》：「子產以幄幕九～行。」❻星宿名，二十八宿之一。《呂氏春秋・有始》：「東南曰陽天，其星～、翼、軫。」

㈡ zhàng ❼腹脹。後來寫作「脹」。《左傳・成公十年》：「將食，～，如廁。」（如：往。）❽帳幕。後來寫作「帳」。《史記・袁盎晁錯列傳》：「乃以刀決～。」

獐（麞） zhāng 獸名。鹿類。《呂氏春秋・博念》：「使～疾走，馬弗及至。」

彰 zhāng 顯明，顯著。《荀子・勸學》：「順風而呼，聲非加疾也，而聞者～。」《呂氏春秋・勸學》：「若此則名號顯矣，德行～矣。」又用作使動，使顯明。《呂氏春秋・懷寵》：「以～好惡。」或專指表彰。《尚書・畢命》：「～善癉惡。」（癉 dàn：憎恨。）

粻 zhāng 糧米。《詩經・大雅・崧高》：「以峙其～。」（峙 zhì：積儲。）《禮記・雜記上》：「遣車視牢具……載～。」

漳 zhāng 水名，即發源於山西的漳河。《呂氏春秋・樂成》：「決～水，灌鄴旁。」

嫜 zhāng 丈夫的父親，公公。陳琳《飲馬長城窟行》：「善事新姑～。」（姑：婆婆。）

璋 zhāng 玉器名，形狀像圭的一半。《詩經・大雅・板》：「如～如圭。」（圭：上圓下方的玉。）

Z

樟 zhāng [豫樟] 樹名，即樟木。《戰國策・宋衛策》：「荊有長松、文梓、楩、楠、～～。」

長 zhǎng 見 50 頁「長」㈡。

掌 zhǎng ❶ 手掌。《孟子・梁惠王上》：「天下可運於～。」也指動物的足掌。《孟子・告子上》：「熊～，亦我所欲也。」又用作動詞。用手掌擊。揚雄《羽獵賦》：「蹶松柏，～蒺藜。」（蹶 jué：踩。）❷ 掌管。《孟子・滕文公上》：「舜使益～火，益烈山澤而焚之。」（益：人名。烈：猛燒。）

漲 ㈠ zhǎng ❶ 水位升高。郭璞《江賦》：「衝巫峽以迅激，躋江津而起～。」引申為增長，積聚。《晉書・郭璞傳》：「其後沙～，去墓數十里皆為桑田。」㈡ zhàng ❷ 瀰漫，充滿。《三國志・吳書・周瑜傳》：「頃之，煙炎～天。」

丈 zhàng ❶ 長度單位，十尺為一丈。《韓非子・喻老》：「千～之堤以螻蟻之穴潰。」引申為丈量，測量。《左傳・襄公九年》：「巡～城。」（巡：巡視。）❷ [丈夫] 男性的通稱。《戰國策・趙策四》：「～～亦愛憐其少子乎？」（憐：愛。）《國語・越語上》：「生～～，二壺酒，一犬。」[丈人] 對老年人的尊稱。《論語・微子》：「子路從而後，遇～～。」（從：跟隨。後：落在後面。）

仗 zhàng ❶ 執，拿着。《史記・淮陰侯列傳》：「及項梁渡淮，信～劍從之。」《世說新語・方正》：「有一老父，毅然～黃鉞。」❷ 依靠，倚仗。《戰國策・韓策一》：「常～趙而畔楚，～齊而畔秦。」（畔：同「叛」。）《漢書・賈誼傳》：「顧行而忘利，守節而～義。」❸ 兵器的總名。《韓非子・亡徵》：「商賈外積，小民右～者，可亡也。」（外積：財貨積存國外。）《新唐書・郭子儀傳》：「大戰，王師不利，委～奔。」（委：棄。）❹ 儀仗，侍衛。《世說新語・容止》：「此人有旄～下形。」

杖 zhàng ❶ 手杖，枴杖。《論語・憲問》：「以～叩其脛。」❷ 棍棒或棍狀物。《呂氏春秋・貴卒》：「衣鐵甲操鐵～以戰。」又指兵器。《漢書・西域傳》：「（烏弋）以金銀飾～。」又指刑具。《魏書・刑罰志》：「檢～之小大。」❸ 執，持。《尚書・牧誓》：「王左～黃鉞。」（黃鉞：以黃金為飾的大斧。）《左傳・哀公十五年》：「孔伯姬～戈而先。」❹ 依憑。《左傳・襄公八年》：「～信以待晉。」《漢書・李尋傳》：「近臣已不足～也。」（近臣：君主左右親近之臣。）

長 zhàng 見 50 頁「長」㈢。

帳 zhàng ❶ 帳幕。《史記・秦始皇本紀》：「帷～鐘鼓美人充之。」又指牀帳。《淮南子・道應》：「偷則夜解齊將軍之幬～而獻之。」（偷：指市偷，楚將子發的技道之士。幬 chóu：帳。）❷ 記載人口、錢物等的簿冊。後來寫作「賬」。《隋書・高祖紀下》：「凡是軍人，可悉屬州縣，墾田籍～，一與民同。」（悉：盡。籍：戶籍。）

【辨析】 帳、幕、幃、帷、幄。見 358 頁「幕」字條。

張 zhàng 見 661 頁「張」㈡。

脹 zhàng 皮肉鼓脹，充塞難受。《論衡・道虛》：「氣滿腹～。」引申為膨脹。《晉書・韓友傳》：「斯須之間，見囊大～如吹。」

幛 zhàng ❶ 遮蔽。《新唐書・李訓傳》：「以帽～面。」❷ 屏障。蘇軾《太白山下早行》：「亂山橫翠～。」

嶂 zhàng 高聳似屏障的山峯。《水經注・江水》：「重巖疊～，隱天蔽日。」

漲 zhàng 見 662 頁「漲」㈡。

障 zhàng ❶ 阻塞，阻隔。《禮記・月令》：「開通道路，毋有～塞。」《淮南子・精神》：「是猶決江河之源，而～之以手也。」❷ 堤防。《呂氏春秋・愛類》：「禹於是疏河決江，為彭蠡之～。」（彭蠡：澤名，即鄱陽湖。）又用作動詞。築堤防。《左傳・昭公元年》：「～大澤。」❸ 邊塞險要處用作防禦的城堡。《史記・

秦始皇本紀》：「築亭～以逐戎人。」（戎：古代對西部少數民族的統稱。）比喻屏蔽。《左傳・定公十二年》：「且成，孟氏之保～也。」（成：孟孫氏的采邑。保：城堡。）❹ 帷障。《晉書・石崇傳》：「愷作紫絲布步～四十里，崇作錦步～五十里以敵之。」（愷：王愷。）❺ 有字畫的整幅綢布。杜甫《題李尊師松樹障子歌》：「手提新畫青松～。」❻ 通「瘴 zhàng」。瘴氣，熱帶山林中的濕熱空氣。《後漢書・楊終傳》：「且南方暑濕，～毒互生。」

賬 zhàng 記載戶籍、財物的簿子。《舊五代史・周世宗紀二》：「每年造僧～二本。」

瘴 zhàng 瘴氣，熱帶山林中的濕熱空氣。《後漢書・馬援傳》：「軍吏經～疫死者十四五。」宋之問《題大庾嶺北驛》：「江靜潮初落，林昏～不開。」

zhao

招 ㊀ zhāo ❶ 打手勢呼人。《詩經・王風・君子陽陽》：「左執簧，右～我由房。」《荀子・勸學》：「登高而～，臂非加長也，而見者遠。」❷ 招集，招求。《尚書・說命下》：「旁～俊乂，列于庶位。」（旁：遍，廣泛。乂 yì：有才能的人。庶：眾。）司馬遷《報任安書》：「次之又不能拾遺補闕，～賢進能。」引申為引來，招致。《尚書・大禹謨》：「滿～損，謙受益。」❸ 箭靶，目標。《呂氏春秋・本生》：「萬人操弓，共射其一～，～無不中。」《戰國策・楚策四》：「以其類為～。」❹ 羈絆。《孟子・盡心下》：「如追放豚，既入其苙，又從而～之。」（放：跑失。苙 lì：圈欄。）❺ 通「韶 sháo」。舜時樂曲名。《呂氏春秋・古樂》：「帝舜乃令質修九～、六列、六英。」（六列、六英：舜時樂曲名。）❻ [招搖] 張揚。《史記・孔子世家》：「使孔子為次乘，～～市過之。」後世稱故意炫耀以引人注意為「招搖過市」。

㊁ qiáo ❼ 舉。《國語・周語下》：「立於淫亂之國，而好盡言以～人過。」《淮南子・主術》：「力～城關。」（關：門栓。）

【辨析】招、召。二者本義不同：「招」指用手示意人來，「召」指用口呼喚人來。在招引、招致的意義上，二字通用。

昭 zhāo ❶ 明，光明。《詩經・大雅・既醉》：「君子萬年，介爾～明。」（介：賜予。）《呂氏春秋・任數》：「目之見也藉於～。」（藉：憑藉。）引申為顯示，彰明。《左傳・襄公十九年》：「～明德而懲無禮也。」❷ 古代宗廟制度，始祖居中，以下依輩分左右相次，居左者為昭，居右者為穆。《左傳・僖公五年》：「大伯虞仲，大王之～也。」（大 tài 伯、虞仲：大 tài 王之子。）

晁（鼂） zhāo 見 53 頁「晁（鼂）」㊀。

釗 zhāo 勉勵。《方言》卷一：「～，勉也。秦晉曰～。」宋濂《補雩壇祝舞歌辭》：「俯下士，無不～。」

啁 ㊀ zhāo ❶ [啁哳] 象聲詞。聲音繁雜細碎。宋玉《九辯》：「鵾雞～～而悲鳴。」白居易《長恨歌》：「豈無山歌與村笛？嘔啞～～難為聽。」

㊁ zhōu ❷ [啁噍] 1. 鳥名，即鷦鷯。《呂氏春秋・求人》：「～～巢於林，不過一枝。」2. 鳥鳴聲。《禮記・三年問》：「小者至於燕雀，猶有～～之頃焉。」

朝 ㊀ zhāo ❶ 早晨。《論語・里仁》：「～聞道，夕死可也。」

㊁ cháo ❷ 臣朝見君主。《左傳・宣公二年》：「盛服將～。」（盛服：指衣冠齊整。）《戰國策・趙策三》：「率天下諸侯而～周。」泛指拜見，會見。《呂氏春秋・求人》：「堯～許由於沛澤之中。」（許由：人名。沛澤：水草豐茂的大澤。）《史記・司馬相如列傳》：「日往～相如。」❸ 朝廷。《論語・公冶長》：「束帶立於～。」《孟子・梁惠王上》：「使天下仕者皆欲立於王之～。」❹ 官府的廳堂。《後漢書・劉寵傳》：「山谷鄙生，未嘗識郡～。」《晉書・劉琨傳》：「造府～，建市獄。」❺ 朝代。指整個王朝或某一皇帝統治的時期。傅咸《贈何劭王濟》：「赫赫大晉～。」（赫赫：顯赫盛大的樣子。）❻ 對着，向

着。李白《江西送友人之羅浮》：「衡山～九嶷。」

【辨析】朝、旦。見91頁「旦」字條。

爪 zhǎo ❶人的指甲、趾甲。《呂氏春秋・恃君》：「凡人之性，～牙不足以自守衛。」也指鳥獸的腳趾或趾甲。《韓非子・解老》：「虎無所錯其～。」（錯：同「措」，放置。）[爪牙]喻武臣，勇士。《詩經・小雅・祈父》：「祈父，予王之～～。」❷掐，抓。柳宗元《種樹郭橐駝傳》：「甚者～其膚以驗其生枯。」

沼 zhǎo 水池。《詩經・小雅・正月》：「魚在于～。」《孟子・梁惠王上》：「王立於～上，顧鴻雁麋鹿。」

召 ㊀zhào ❶召喚，召請。《論語・泰伯》：「曾子有疾，～門弟子。」《呂氏春秋・分職》：「今～客者，酒酣歌舞，鼓瑟吹竽。」❷招引，導致。《左傳・襄公二十三年》：「禍福無門，唯人所～。」《荀子・勸學》：「故言有～禍也，行有～辱也。」

㊁shào ❸古邑名，周初召公奭的封地。

【辨析】召、招。見663頁「招」字條。

兆 zhào ❶古代占卜時在龜甲上燒出的裂紋，占卜者據此判斷吉凶。《呂氏春秋・孟冬》：「占～審卦吉凶。」引申為徵兆。《荀子・王制》：「相陰陽，占祲～。」（祲jìn：不祥之氣。）又為表現。《老子》第六十四章：「其未～易謀。」❷墓地的界域，墓地。《左傳・哀公二年》：「素車樸馬，無入于～。」（素車樸馬：指沒有裝飾過的運靈柩的車馬。）韓愈《祭十二郎文》：「終葬汝於先人之～。」❸數詞。百萬為兆，極言眾多。《墨子・明鬼下》：「人民之眾～億。」[兆民]萬民，萬眾。《呂氏春秋・孟春》：「行慶施惠，下及～～。」

笊 zhào [笊籬]用竹篾等編成的漉東西的器具。《齊民要術・餅法》：「須即湯煮，～～漉出。」

棹 ㊀zhào ❶船槳。曹操《船戰令》：「整持櫓～，戰士各持兵器就船。」謝靈運《登臨海嶠與從弟惠連》：「鶩～逐驚流。」又為用槳划船。陶潛《歸去來兮辭》：「或～孤舟。」

㊁zhuō ❷樹名。《南方草木狀》卷中：「～，棹樹，幹葉俱似椿。」

詔 zhào ❶告訴。《尚書・微子》：「～王子出迪。」（出：指出奔。迪：道。指合於道。）又為告誡，教誨。《莊子・盜跖》：「夫為人父者，必能～其子。」❷徵召，召見。《韓非子・難一》：「今使臧獲奉君令～卿相，莫敢不聽。」（臧獲：奴婢。）《後漢書・馮衍傳》：「～伊尹於亳郊兮。」（伊尹：商湯大臣。亳bó：地名。）❸詔書，皇帝的命令或文告。《史記・秦始皇本紀》：「遵奉遺～，永承重戒。」又為皇帝下命令。《淮南子・兵略》：「君自宮召將而～之。」

旐 zhào ❶畫有龜蛇的旗。《詩經・小雅・出車》：「設此～矣，建彼旄矣。」❷喪事用的魂幡。《禮記・檀弓上》：「孔子之喪，公西赤為志焉……綢練設～。」

照(炤) zhào ❶照耀，照射。《周易・恆》：「日月得天而能久～。」《戰國策・齊策六》：「名高天下，光～鄰國。」引申為光明，日光。《呂氏春秋・知接》：「人之目以～見之也，以瞑則與不見同。」❷察看，知曉。《戰國策・秦策三》：「終身暗惑，無與～姦。」（暗：愚昧。）《三國志・魏書・陳思王植傳》：「臣聞騏驥長鳴，則伯樂～其能。」今成語有「心照不宣」。❸在鏡中或水中照看。《淮南子・說山》：「夫～鏡見眸子。」《世說新語・雅量》：「在車中～鏡。」

罩 zhào ❶捕魚的竹籠，也指用罩捕魚。《淮南子・說林》：「～者抑之，罾者舉之。」（罾zēng：漁網。）又指捕鳥的掩網。《孔子家語・王言解》：「田獵～弋非以盈宮室也。」（田：打獵。弋yì：帶絲繩的射鳥的箭。）❷掩蓋。《吳越春秋・夫差內傳》：「死必連繴組以～吾目。」

趙 zhào ❶疾速，兼程。《穆天子傳》卷二：「天子北征，～行□舍。」（舍：行軍三十里為一舍。）❷刺，鋒

Z

利。這個意義舊讀 diào。《詩經・周頌・良耜》：「其鎛斯～，以薅荼蓼。」（鎛 bó：古代鋤地農具。薅 hāo：除草。荼、蓼：草名。）❸ 周代諸侯國名，戰國時為七雄之一，在今山西北部、河北西部和南部一帶。

肇（肈） zhào ❶ 開始。《詩經・大雅・生民》：「后稷～祀，庶無罪悔，以迄于今。」屈原《離騷》：「～錫余以嘉名。」（錫：賜。）❷ 端正。《國語・齊語》：「竱本～末。」（竱 zhuǎn：齊等。）

櫂 zhào 船槳。屈原《九歌・湘君》：「桂～兮蘭枻。」（枻 yì：船舷。）又指搖槳，划船。《後漢書・張衡傳》：「～龍舟以濟予。」

zhe

蜇 ㊀ zhē△ ❶ 毒蟲咬或刺。《博物志》卷九：「蝮蛇秋月毒盛，無所～螫，囓草木以泄其氣，草木即死。」泛指刺痛。《列子・楊朱》：「鄉豪取而嘗之，～於口，慘於腹。」

㊁ zhé△ ❷［海蜇］海裏的一種腔腸動物，也叫「水母」。

遮 zhē ❶ 遏制，阻攔。《呂氏春秋・應同》：「子不～乎親，臣不～乎君。」❷ 遮掩。《齊民要術・種麻子》：「宜種胡麻、麻子以～之。」白居易《琵琶行》：「千呼萬喚始出來，猶抱琵琶半～面。」

折 zhé△ ❶ 折斷。《詩經・鄭風・將仲子》：「無～我樹杞。」（樹：種植。）《韓非子・五蠹》：「兔走觸株，～頸而死。」（走：跑。株：樹樁。）引申為彎曲。《淮南子・覽冥》：「河九～注於海。」❷ 折服，使屈服。《吳越春秋・勾踐歸國外傳》：「威～萬里。」《漢書・游俠傳》：「力～公侯。」❸ 夭折，指早死。《漢書・五行志》：「父喪子曰～。」❹ 損失。《後漢書・馮緄傳》：「～耗軍資，往往抵罪。」今成語有「損兵折將」。❺ 責難，駁斥。《史記・呂太后本紀》：「於今面～廷爭，臣不如君。」（廷爭：在朝廷上爭辯。）劉禹錫《天論》：「柳子厚作《天說》以～韓退之之言。」❻ 判斷，裁決。《論語・顏淵》：「片言可以～獄者，其由也與？」（由：仲由，孔子的學生。與：語氣詞。）

哲（喆） zhé△ ❶ 聰明，有智慧。《左傳・襄公二年》：「季孫於是為不～矣。」《韓非子・有度》：「無私賢～之臣。」也指賢明、有智慧的人。《國語・周語下》：「不忝前～之謂也。」（忝 tiǎn：辱。）❷ 通「折 zhé」。斷案，裁決。《墨子・尚賢中》：「～民維刑。」《漢書・于定國傳贊》：「于定國父子哀鰥～獄。」

晢 zhé△ 光明。《詩經・陳風・東門之楊》：「昏以為期，明星～～。」引申為明察。《尚書・洪範》：「明作～，聰作謀。」

悊 zhé△ ❶ 敬，尊敬。《說文》：「～，敬也。」❷ 同「哲」。明智。《漢書・刑法志》：「聖人既躬明～之性，必通天地之心。」

蜇 zhé 見 665 頁「蜇」㊁。

牒 zhé△ 將肉切成薄片。也指薄片肉。《說文》：「～，薄切肉也。」《東觀漢記・光武帝紀》：「帝至邯鄲，趙王庶兄胡子進狗～馬醢。」（醢 hǎi：肉醬。）

摺 zhé 見 292 頁「摺」㊁。

輒（輙） zhé△ ❶ 專擅，獨斷專行。《晉書・劉弘傳》：「甘受專～之罪。」❷ 副詞。1. 便，就。《史記・淮陰侯列傳》：「信之下魏破代，漢～使人收其精兵。」（下：攻克。代：代王陳餘的軍隊。漢：漢王劉邦。）2. 總是。《漢書・霍光傳》：「光時休沐出，桀～入代光決事。」（休沐：休假沐浴。桀：上官桀，人名。）

慴 zhé 恐懼。《莊子・達生》：「死生驚懼，不入乎其胸中，是故遻物而不～。」（遻 è：遭遇。）《淮南子・兵略》：「諸侯莫不～悽沮膽其處。」（悽：恐懼。）

慹 zhé 見 676 頁「慹」㊁。

磔 zhé△ ❶ 割裂牲體祭神。《呂氏春秋・季冬》：「命有司大儺，旁～。」（儺 nuó：驅除災疫的祭祀。旁：遍。）又為古代一種分裂人的肢體的酷刑。《荀子・宥坐》：「吳子胥不～姑蘇東門外乎？」（吳：吳國。姑蘇：吳都城。）❷ 漢字書法筆法之一，即捺筆。

膶 zhé△ 切成薄片的肉。《鹽鐵論・散不足》：「狗～馬朘。」（朘 juān：少汁的肉羹。）

適 zhé 見 463 頁「適」㊂。

蟄 zhé△ 動物冬眠，藏伏起來不食不動。《周易・繫辭下》：「龍蛇之～，以存身也。」《呂氏春秋・孟春》：「～蟲始振。」也指藏伏的動物。《淮南子・時則》：「諸～則死。」

讁（謫） zhé△ ❶ 譴責，責備。《詩經・邶風・北門》：「我入自外，室人交遍～我。」《淮南子・說山》：「春至旦，不中員呈，猶～之。」（員呈：指規定的數量。）❷ 罰罪，被罰流放、貶職或外任。賈誼《過秦論》：「～戍之眾，非抗於九國之師也。」（抗：匹敵。）又指被罰罪的人。《史記・秦始皇本紀》：「徙～，實之初縣。」（徙：遷移。實：充實。初縣：新設置的縣。）❸ 缺點，過錯。《老子》第二十七章：「善行無瑕～。」

轍 zhé△ 車轍，車輪壓出的痕跡。《左傳・莊公十年》：「吾視其～亂。」《老子》第二十七章：「善行無～跡。」引申為車行的路線。曹植《贈白馬王彪》：「改～登高岡。」

讋 zhé△ ❶ 恐懼。《漢書・武帝紀》：「匈奴～焉。」❷ 禁忌。《淮南子・氾論》：「（裘）無益於死者，而足以養生，故因其資以～之。」

者 zhě ❶ 代詞。構成「者」字結構，指代人或事物。《論語・憲問》：「仁～不憂，知～不惑，勇～不懼。」《莊子・胠篋》：「彼竊鈎～誅，竊國～為諸侯。」❷ 語氣詞。1. 表示提示或停頓。《莊子・逍遙遊》：「南冥～，天池也。」《戰國策・齊策一》：「吾妻之美我～，私我也。」2. 用在時間詞後面，表示一段時間。《禮記・檀弓下》：「昔～吾舅死於虎。」《戰國策・趙策四》：「老臣今～殊不欲食。」

赭 zhě 紅土。《管子・地數》：「上有～者，下有鐵。」《呂氏春秋・遇合》：「色如漆～。」代指紅色、紅褐色。《荀子・正論》：「殺，～衣而不純。」（不純：不緣邊。）

褶 zhě 見 108 頁「褶」㊁。

柘 zhè ❶ 樹名，葉可餵蠶，材可製弓。《周禮・考工記・弓人》：「弓人取幹之道，～為上。」《淮南子・時則》：「毋伐桑～。」❷ 通「蔗 zhè」。甘蔗。宋玉《招魂》：「有～漿些。」司馬相如《子虛賦》：「諸～巴苴。」（諸柘：甘蔗。巴苴：芭蕉。）

蔗 zhè 甘蔗。梁元帝《謝東宮賚瓜啟》：「味奪～漿。」又稱「甘蔗」。《世說新語・排調》：「顧長康啖～～，先食尾。」（顧長康：顧愷之，字長康。啖：吃。）

𤩯 zhè△ 玉上的斑點。《呂氏春秋・舉難》：「寸之玉必有瑕～。」

鷓 zhè ［鷓鴣］鳥名。李白《醉題王漢陽廳》：「我似～～鳥，南遷懶北飛。」

zhen

珍（珎） zhēn ❶ 珍寶。《荀子・解蔽》：「遠方莫不致其～。」比喻賢才。《墨子・尚賢上》：「此固國家之～，而社稷之佐也。」又指精美的食物。《呂氏春秋・順民》：「味禁～。」❷ 珍貴的，精美的。賈誼《過秦論》：「不愛～器重寶、肥饒之地，以致天下之士。」《管子・乘馬》：「君有～車～甲，而莫之敢有。」（莫：沒有誰。）❸ 重視，珍惜。《淮南子・齊俗》：「貴遠方之貨，～難得之財。」

【辨析】珍、寶。見13頁「寶」字條。

貞 zhēn（舊讀 zhēng） ❶ 占卜，卜問。《周禮・春官・天府》：「以～來歲之媺惡。」（媺 wěi：美，善。）《左傳・哀公十七年》：「衛侯～卜。」❷ 堅定，有節操。《墨子・經下》：「～而不撓。」《淮南子・氾論》：「束縛桎梏，不諱其恥，不可謂～。」特指女子守節不改嫁。《史記・田單列傳》：「～女不更二夫。」（更：改，指改嫁。）❸ 正。《尚書・太甲下》：「一人元良，萬邦以～。」（一人：指天子。元：大。）引申為當，正當。屈原《離騷》：「攝提～於孟陬兮，惟庚寅吾以降。」（攝提：攝提格，寅年的別名。孟陬：孟春正月。庚寅：指庚寅日。降：降生。）

真 zhēn ❶ 本性，根本。《莊子・讓王》：「道之～以治身。」引申為真實，真正，與「偽」「假」相對。《莊子・齊物論》：「道惡乎隱而有～偽？」（惡 wū 乎：於何。）《韓非子・顯學》：「而皆自謂～孔、墨。」又引申為真誠。《莊子・田子方》：「其為人也～。」❷ 確實，的確。《呂氏春秋・去宥》：「此～大有所宥也。」（宥：局限。）❸ 肖像，畫像。《顏氏家訓・雜藝》：「武烈太子偏能寫～，坐上賓客，隨宜點染，即成數人。」❹ 真書，即楷書。《後漢書・董祀妻傳》：「乞給紙筆，～草唯命。」（草：指草書。）

砧（碪） zhēn ❶ 搗衣石。班婕妤《搗素賦》：「於是投香杵，扣玟～。」（玟 mín：似玉的美石。）❷ 砧板。《新論・貴言》：「越劍性銳，必托槌～，以成純鈎。」（越劍：越地出產的寶劍。純鈎：古代寶劍名。）

針（鍼） zhēn ❶ 縫衣物的工具。《管子・海王》：「一女必有一～一刀。」庾信《對燭賦》：「月下穿～覺最難。」又為用針縫。《淮南子・說山》：「先～而後縷，可以成帷。」❷ 醫療用具，即針刺療法所用的針。《韓非子・喻老》：「在肌膚，～石之所及也。」（石：石針。）又為用針刺治病。《三國志・魏書・華佗傳》：「凡醫咸言背及胸藏之間不可妄～。」（咸：都。藏：內臟。）

【辨析】針、鍼、箴。見668頁「箴」字條。

桭 zhēn 屋簷。揚雄《甘泉賦》：「日月才經於柍～。」（柍 yāng 桭：半簷。）

偵 zhēn（舊讀 zhēng） 偵察，暗中察看。《後漢書・清河孝王傳》：「內使御者～伺得失。」又用作名詞。指暗探。《後漢書・任延傳》：「延遂止罷～候戍卒。」

幀 zhēn（舊讀 zhèng） 畫幅。《酉陽雜俎續集・寺塔記上》：「外壁有泥金～，不空自西域齎來者。」（不空：僧人名。齎 jī：攜帶。）又為量詞，書畫一幅稱一幀。龔自珍《己亥雜詩》：「重摹一～供秋山。」

斟 zhēn ❶ 舀取。《呂氏春秋・任數》：「孔子窮於陳蔡之間，藜羹不～，七日不嘗粒。」引申為用壺倒酒或茶。鮑照《答客》：「歡至猶～酒。」❷ 羹。《史記・張儀列傳》：「廚人進～，因反斗以擊代王。」

【辨析】斟、酌。二字在「舀取」義上是同義詞。它們的區別在於：先秦時代，「酌」主要是舀酒，「斟」則都是舀取酒以外的東西。漢以後，「斟」也可以用於舀酒了。

椹 ㊀ zhēn ❶ 砧板，墊板。《戰國策・秦策三》：「今臣之胸不足以當～質。」（椹質：古人腰斬人所用的砧板。）❷ 箭靶。《周禮・夏官・司弓矢》：「王弓弧弓，以授射甲革～質者。」

㊁ shèn ❸ 桑葚。柳宗元《聞黃鸝》：「西林紫～行當熟。」韓愈《賽神》：「麥苗含穟桑生～。」（穟 suì：通「穗」。）

楨 zhēn（舊讀 zhēng） ❶ 樹名，即女貞。《山海經・東山經》：「又東二百里，曰太山，上多金玉，～木。」❷ 古代築牆時夾板兩頭立的木柱。《尚書・費誓》：「峙乃～榦。」（峙 zhì：儲備。）又用於比喻義，指國家社稷的支柱。《詩經・大雅・文王》：「王國克生，維周之～。」（克：能。）

溱 zhēn ❶ 水名。《詩經・鄭風・褰裳》：「子惠思我，褰裳涉～。」（褰

qiān：撩起。）❷［溱溱］1. 眾多的樣子。《詩經・小雅・無羊》：「室家～～。」2. 汗出的樣子。《靈樞・決氣》：「腠理發泄，汗出～～。」❸ 通「臻 zhēn」。至。《史記・三王世家》：「極臨北海，西～胝。」

禎 zhēn（舊讀 zhēng） 吉祥。《詩經・周頌・維清》：「迄用有成，維周之～。」（迄：至，到。維：語氣詞。）

蓁 zhēn ❶［蓁蓁］茂盛的樣子。《詩經・周南・桃夭》：「桃之夭夭，其葉～～。」❷ 叢生的荊棘。《莊子・徐无鬼》：「眾狙見之，恂然棄而走，逃於深～。」

榛 zhēn ❶ 樹名。《詩經・邶風・簡兮》：「山有～。」也指其果實。《禮記・曲禮下》：「婦人之摯，椇～脯脩棗栗。」（摯 zhì：見面禮。）❷ 叢生的樹木。《淮南子・原道》：「隱于～薄之中。」［榛榛］草木叢生的樣子。《史記・司馬相如列傳》：「覽竹林之～～。」

甄 zhēn ❶ 製作陶器的轉輪。潘尼《釋奠頌》：「若金受範，若埴在～。」（範：模子。埴 zhí：陶土。）又為製作陶器。《鹽鐵論・力耕》：「使治家養生必於農，則舜不～陶。」❷ 造就。《後漢書・班彪傳附班固》：「乃先孕虞育夏，～殷陶周。」（虞：傳說中的朝代名，君主是舜。）❸ 鑑別，選拔。《三國志・吳書・張承傳》：「能～識人物。」《抱朴子・正郭》：「雖頗～無名之士於草萊。」（草萊：草野，指民間。）❹ 彰明，表彰。潘安《西征賦》：「～大義以明責。」顏延之《陽給事誄》：「義有必～。」❺ 晉代田獵或作戰陣形的左右翼。《晉書・周訪傳》：「使將軍李恆督左～，許朝督右～。」

箴 zhēn ❶ 針，縫衣服的工具。《管子・輕重乙》：「一女必有一刀、一錐、一～、一𨦟。」（𨦟 shù：長針。）《淮南子・原道》：「離朱之明，察～末於百步之外。」（離朱：古代眼力特別好的人。明：指眼力好。）又指針刺治病的用具。《鹽鐵論・箴石》：「亦未見其能用～石而醫百姓之疾也。」❷ 規勸，告誡。《左傳・襄公四年》：「命百官，官～王闕。」（闕：指過失。）《呂氏春秋・驕恣》：「～諫不可不熟。」❸ 一種規諫性的文體。《呂氏春秋・謹聽》：「《周～》曰。」《文心雕龍・銘箴》：「～銘異用。」

【辨析】 箴、鍼、針。三字在「縫衣工具」及「醫療針刺工具」的意義上相同。起初竹製，後來金屬製，故有「箴」「鍼」二形，「針」是後起字。「箴」的「規諫」等義不能作「鍼」「針」。

臻 zhēn 至，到。《詩經・邶風・泉水》：「遄～于衛，不瑕有害。」（遄 chuán：速。瑕 xiá：何。）《世說新語・排調》：「謝公始有東山之志，後嚴命屢～，勢不獲已，始就桓公司馬。」

抮 zhěn 轉化。《淮南子・精神》：「千變萬～，而未始有極。」

枕 ㊀ zhěn ❶ 枕頭。《呂氏春秋・順民》：「身不安～席。」❷ 頭上橫骨。《素問・骨空論》：「頭橫骨為～。」

㊁ zhèn ❸ 以頭枕物。《論語・述而》：「曲肱而～之。」（肱 gōng：大臂。）今成語有「枕戈待旦」。❹ 臨近，靠近。《漢書・嚴助傳》：「北～大江。」

畛 zhěn ❶ 田間小路。《詩經・周頌・載芟》：「徂隰徂～。」（徂 cú：往。隰 xí：新開墾的田地。）引申為界限。《莊子・齊物論》：「夫道未始有封，言未始有常，為是而有～也。」❷ 量詞。用以計量田地。《戰國策・楚策一》：「葉公子高，食田六百～。」

疹 zhěn 病名，皮膚上起的小疙瘩。《金匱要略・中風歷節病脈證並治》：「邪氣中經，則身癢而隱～。」

袗 zhěn ❶ 衣服一色。《儀禮・士冠禮》：「兄弟畢～玄。」❷ 單衣。《論語・鄉黨》：「當暑，～絺綌。」（絺 chī：細葛布。綌 xì：粗葛布。）

紾 zhěn ❶ 扭折。《孟子・告子下》：「～兄之臂而奪之食。」❷ 變化，轉化。《淮南子・精神》：「禍福利害，千變萬～。」

軫 zhěn ❶ 車廂及廂後底部的橫木。《周禮・考工記・輈人》：「～之方也，以象地也。」（古人以為天圓地方。）

代指車子。《韓非子・外儲說右上》：「雖臧獲不託足於其～也。」（臧獲：指低賤人。）《後漢書・左周黃傳贊論》：「往車雖折，而來～方遒。」（方：正。遒：急。）❷ 弦樂器上轉動弦的軸。劉向《列女傳》：「有琴無～，願借子調其音。」《魏書・樂志》：「以～調聲。」❸ 轉動，彎轉。《太玄・摛》：「反復其序，～轉其道也。」（反復其序：指四季的次序周而復始。道：規律。）《後漢書・馮衍傳》：「路紆～而多艱。」（紆 yū：盤曲。）❹ 盛多。《淮南子・兵略》：「畜積給足，士卒殷～。」（畜積：蓄積。給 jǐ 足：富足。殷：眾多。）❺ 沉痛，悲痛。屈原《九章・哀郢》：「出國門而～懷兮。」（國：國都。）❻ 星宿名，二十八宿之一。《呂氏春秋・仲冬》：「日～中。」（軫中：軫宿出現在南方中天。）

診 zhěn ❶ 驗證，察看。《莊子・人間世》：「匠石覺而～其夢。」《漢書・佞幸傳・董賢》：「莽疑其詐死，有司奏請發賢棺，至獄～視。」（莽：王莽。有司：主管官吏。）❷ 診脈，診斷。《史記・扁鵲倉公列傳》：「以此視病，盡見五藏癥結，特以～脈為名耳。」（五藏：五臟。）

稹 zhěn ❶ 草木叢生。郭璞《江賦》：「橉杞～薄於潯涘。」（橉、杞：樹名。薄：迫近。潯涘：水邊。）❷ 細密。《周禮・考工記・輪人》：「陽也者，～理而堅。」（陽：指樹向陽的一面。）

縝 zhěn ❶ 細緻，細密。《禮記・聘義》：「～密以栗，知也。」（栗 lì：堅實。）❷ 通「鬒 zhěn」。黑髮。謝朓《晚登三山還望京邑》：「有情知望鄉，誰能～不變？」

鬒 zhěn 頭髮黑而稠密。《詩經・鄘風・君子偕老》：「～髮如雲。」

黰 zhěn 美髮。《左傳・昭公二十八年》：「昔有仍氏生女，～黑而甚美。」

枕 zhèn 見 668 頁「枕」㊁。

振 zhèn ❶ 振動，揮動。《詩經・豳風・七月》：「六月莎雞～羽。」賈誼《過秦論》：「～長策而御宇內。」（策：馬鞭。）❷ 奮起，振作。《呂氏春秋・孟春》：「蟄蟲始～。」《史記・高祖本紀》：「秦軍復～，守濮陽。」❸ 打開，開放。《左傳・文公十六年》：「自廬以往，～廩同食。」❹ 救，救濟。《呂氏春秋・季春》：「發倉窌，賜貧窮，～乏絕。」賈誼《論積貯疏》：「大命將泛，莫之～救。」（泛：通「覂」，傾覆。）❺ 整頓。《左傳・隱公五年》：「入而～旅。」（旅：軍隊。）❻ 震驚，震動。《戰國策・燕策三》：「秦舞陽色變～恐。」《史記・魏公子列傳》：「當是時，公子威～天下。」

【辨析】振、震。「振」的本義是振動，「震」的本義是雷震。凡自身震顫的作「震」，而外物使之動的作「振」。

朕 zhèn ❶ 第一人稱代詞，我。屈原《離騷》：「～皇考曰伯庸。」（皇考：指死去的父親。）從秦始皇開始，專用為皇帝自稱。《史記・秦始皇本紀》：「天子自稱曰～。」❷ 徵兆，形跡。《莊子・應帝王》：「體盡無窮，而遊無～。」《淮南子・詮言》：「行無跡，遊無～。」

【辨析】朕、我、吾、予、余。見 532 頁「我」字條。

陣 zhèn 作戰時隊伍的行列。《史記・廉頗藺相如列傳》：「將軍必厚集其～以待之。」引申為陣法，作戰時佈置的戰鬥隊形。《後漢書・禮儀志中》：「兵官皆肄孫、吳兵法六十四～。」（肄 yì：學習。）又引申為陣地，戰場。杜甫《高都護驄馬行》：「此馬臨～久無敵。」

【辨析】陣、陳。「陣」是後起字。「陳列、戰陣」的意義起初皆用「陳」字，後來，為「戰陣」的意義造了「陣」字。先秦古籍中的「陣」字均為後人所改。

紖 zhèn 穿在牛鼻上以供牽拉的繩子，也泛指牽牲畜的繩子。《禮記・祭統》：「及迎牲，君執～。」

陳 zhèn 見 55 頁「陳」㊁。

揕 zhèn 刺。《史記・刺客列傳》：「因左手把秦王之袖，而右手持匕首～之。」

Z

賑 zhèn ❶富裕，富饒。張衡《西京賦》：「鄉邑殷～。」（殷：殷實，富足。）❷救濟。《鹽鐵論・力耕》：「飢民以～。」

震 zhèn ❶疾雷，雷。《詩經・小雅・十月之交》：「爗爗～電。」（爗爗：電光閃耀的樣子。）《左傳・隱公九年》：「大雨霖以～。」又為雷擊。《春秋・僖公十五年》：「～伯夷之廟。」❷震動。《詩經・大雅・常武》：「如雷如霆，徐方～驚。」（徐方：方國名。）特指地震。《國語・周語上》：「幽王二年，西周三川皆～。」❸威嚴，氣盛。《左傳・文公六年》：「其子何～之有？」左思《詠史》之六：「荊軻飲燕市，酒酣氣益～。」❹通「娠 shēn」。懷孕。《詩經・大雅・生民》：「載～載夙，載生載育。」（夙：通「肅」，指生活嚴肅。）

【辨析】震、振。見669頁「振」字條。

鴆 zhèn 毒鳥。雄的叫運日，雌的叫陰諧。羽有劇毒，泡酒可毒死人。屈原《離騷》：「吾令～為媒兮。」又指鴆羽泡過的毒酒。《史記・魯周公世家》：「牙遂飲～而死。」（牙：叔牙，人名。）又為以毒酒殺人。《國語・魯語上》：「溫之會，晉人執衛成公歸之于周，使醫～之，不死。」

鎮 zhèn ❶壓。《老子》第三十七章：「吾將～之以無名之樸。」（樸：未加工成器的木料。）用作名詞。壓物的用具。屈原《九歌・湘夫人》：「白玉兮為～。」引申為壓制，抑制。屈原《九章・抽思》：「覽民尤以自～。」（覽：看。尤：指疾苦。）❷鎮懾，鎮住。《三國志・蜀書・諸葛亮傳》：「威～凶暴，功勳顯然。」（顯然：顯著。）引申為鎮守。諸葛亮《彈李平表》：「臣當北出，欲得平兵以～漢中。」❸安定。《呂氏春秋・制樂》：「於是早朝晏退，問疾弔喪，務～撫百姓。」《史記・高祖本紀》：「～國家，撫百姓。」❹根本，基礎。《國語・晉語五》：「夫不忘恭敬，社稷之～也。」《三國志・魏書・高堂隆傳》：「然則士民者，乃國家之～也。」❺市鎮。《事物紀原・庫務職局》：「民聚不成縣而有稅課者，則為～，或以官監之。」

zheng

丁 zhēng 見109頁「丁」㊁。

正 zhēng 見672頁「正」㊁。

征 zhēng ❶遠行。《詩經・召南・小星》：「肅肅宵～，夙夜在公。」《左傳・僖公四年》：「昭王南～而不復，寡人是問。」❷征伐，討伐。《左傳・僖公四年》：「五侯九伯，女實～之。」（女 rǔ：你。實：語氣詞。）《呂氏春秋・簡選》：「東～至于庫廬。」（庫廬：地名。）引申為爭奪，奪取。《孟子・梁惠王上》：「上下交～利，而國危矣。」（交：一併。）❸徵稅，抽稅。《孟子・公孫丑上》：「關，譏而不～，則天下之旅皆悅。」（關：關卡。譏：檢查。）也指所徵收的賦稅。《左傳・文公十一年》：「宋公於是以門賞耏班，使食其～。」（門：指關門。耏 ér 班：人名。）

爭 ㊀zhēng ❶爭奪。《左傳・隱公十一年》：「公孫閼與穎考叔～車。」《史記・蕭相國世家》：「羣臣～功。」又為爭鬥，競爭。《左傳・成公三年》：「晉未可與～。」《墨子・公孟》：「譬若美女，處而不出，人～求之。」❷辯論，爭論。《戰國策・趙策三》：「鄂侯～之急，辨之疾。」（辨：通「辯」，爭辯。）

㊁zhèng ❸直言規勸。後來寫作「諍」。《孝經・諫諍》：「昔者天子有～臣七人，雖無道，不失其天下。」《呂氏春秋・功名》：「關龍逄、王子比干能以要領之死，～其上之過。」（要：腰。）

怔 zhēng ［怔忪］惶恐，驚懼。《潛夫論・救邊》：「旬時之間，虜復為害，軍書交馳，羽檄狎至，乃復～～如前。」（羽檄 xī：軍事緊急文書。）

烝 zhēng ❶用熱氣蒸。後來寫作「蒸」。《詩經・大雅・生民》：「釋之叟叟，～之浮浮。」（釋：淘米。叟叟：

淘米聲。浮浮：熱氣上騰的樣子。）引申為氣體上升。《國語・周語上》：「陽伏而不能出，陰迫而不能～。」❷古祭名，冬祭。《詩經・小雅・楚茨》：「絜爾牛羊，以往～嘗。」（嘗：秋祭名。）❸古代祭祀或宴饗時，把牲體置於俎上。《左傳・宣公十六年》：「原襄公相禮。殽～。」引申為進獻。《詩經・周頌・豐年》：「為酒為醴，～畀祖妣。」（畀：予。）❹眾，眾多。《詩經・大雅・烝民》：「天生～民，有物有則。」《左傳・成公十六年》：「立我～民。」❺下淫上。指和母輩通姦。《左傳・桓公十六年》：「衛宣公～於夷姜。」

崝 zhēng ❶高峻。《淮南子・繆稱》：「城峭者必崩，岸～者必陀。」（陀 tuò：崩塌。）❷［崝嶸］深險的樣子。宋玉《高唐賦》：「俯視～～，窐寥窈冥，不見其底。」（窐 wā 寥：深而空的樣子。窈冥：幽深的樣子。）

崢 zhēng 高峻。《戰國策・楚策一》：「上～山，逾深溪。」［崢嶸］高聳的樣子。揚雄《甘泉賦》：「似紫宮之～～。」李白《蜀道難》：「劍閣～～而崔嵬。」

猙 zhēng ❶古代傳說中的獸名。《山海經・西山經》：「有獸焉，其狀如赤豹，五尾一角，其音如擊石，其名曰～。」（曰字據郝懿行改。）❷兇狠。李東陽《長至祀陵紀行》：「獸形～猛石工奇。」

鉦 zhēng 古代樂器。形似鐘而狹長，有柄。《詩經・小雅・采芑》：「～人伐鼓。」（伐：敲擊。）張衡《東京賦》：「戴金～而建黃鉞。」（鉞：大斧。）

蒸 zhēng ❶細小的柴火。《詩經・小雅・無羊》：「爾牧來思，以薪以～。」（思：語氣詞。薪：粗大的柴火。）《淮南子・主術》：「冬伐薪～，以為民資。」❷氣體上升。《國語・周語上》：「陽氣俱～。」《淮南子・本經》：「氣乃上～。」引申為用熱氣蒸。《韓非子・十過》：「易牙～其子首而進之。」（易牙：人名。）❸祭名，冬祭。《呂氏春秋・孟冬》：「是月也，大飲～。」（大飲蒸：蒸祭結束後君臣大飲酒。）《三國志・魏書・文帝紀》：「四時不睹～嘗之位。」（嘗：祭名，秋祭。）❹眾。《漢書・霍光傳》：「天下～庶，咸以安寧。」（蒸庶：眾庶，百姓。咸：都。）❺同「烝」。下淫上為蒸。劉峻《辨命論》：「以誅殺為道德，以～報為仁義。」（報：上淫下為報。）

箏 zhēng 弦樂器名。《隋書・樂志下》：「四曰～，十三弦，所謂秦聲。」

綪 zhēng 見405頁「綪」㊁。

徵 ㊀zhēng ❶召，徵召。《左傳・僖公十六年》：「齊～諸侯而戍周。」《戰國策・楚策四》：「於是使人發騶～莊辛於趙。」（騶 zōu：騎馬的侍從。莊辛：人名。）❷求，索取。《左傳・昭公二十五年》：「公在乾侯，～褰與襦。」（乾侯：地名。）《呂氏春秋・達鬱》：「日暮矣，桓公樂之而～燭。」又特指收取賦稅。《周禮・地官・閭師》：「以時～其賦。」《呂氏春秋・懷寵》：「～斂無期，求索無厭。」（期：限度。厭：滿足。）❸責問，追問。《左傳・僖公四年》：「寡人是～。」（是：此，作「徵」的賓語。）❹證明，證據。《論語・八佾》：「夏禮，吾能言之，杞不足～也。」（杞：國名，周武王封夏的後代於杞。）《漢書・楚元王傳附劉歆》：「其古文舊書，皆有～驗。」❺徵兆，跡象。《國語・周語上》：「山崩川竭，亡之～也。」《荀子・樂論》：「亂國之～，其服組，其容婦。」（組：指文飾奢華。）

㊁chéng ❻同「懲」。懲罰。《左傳・襄公二十八年》：「故書之，以～過也。」（書：寫，記載。）

㊂zhǐ ❼古代五音之一。《呂氏春秋・圜道》：「宮～商羽角，各處其處。」

【說明】「征」「徵」在古代是兩個字，意義各不相同，只在「徵收、收取賦稅」意義上有些近似。其他意義不相通。現在「徵」簡化作「征」。但「徵」作為五音之一的意義不簡化，仍作「徵」，讀為 zhǐ。

錚 zhēng 金屬撞擊聲。《說苑・雜言》：「干將、鏌鎁，拂鐘不～。」（干將、鏌鎁：古代寶劍名。）

鬇 zhēng ［鬇鬡］1. 毛髮亂的樣子。韓愈《征蜀聯句》：「怒鬛猶～～。」2. 醜惡，兇惡。元稹《酬獨孤二十六送歸通州》：「下觀～～輩，一掃冀不存。」

鯖 ㊀ zhēng ❶ 魚肉合烹成的食物。《西京雜記》卷二：「婁護豐辯，傳食五侯間，各得其歡心，競致奇膳，護乃合以為～，世稱五侯～，以為奇味焉。」㊁ qīng ❷ 魚名。《齊民要術・作醬法》：「鯉魚、～魚第一好，鱧魚亦中。」

癥 zhēng 腹內結塊的病。《史記・扁鵲倉公列傳》：「以此視病，盡見五藏～結。」

丞 zhěng 見 57 頁「丞」㊂。

拯 zhěng 從水裏救出淹溺的人。《呂氏春秋・察微》：「子路～溺者。」引申為救助。《孟子・梁惠王下》：「民以為將～己於水火之中也。」

【辨析】拯、救。見 262 頁「救」字條。

整 zhěng ❶ 整齊。《左傳・僖公三十年》：「以亂易～，不武。」❷ 整治，整理。《詩經・大雅・常武》：「～我六師，以修我戎。」《周書・蘇綽傳》：「太祖乃起，～衣危坐。」❸ 齊全，完備。盧思道《後周興亡論》：「器械完～，貨財充實。」

正 ㊀ zhèng ❶ 不偏，不斜。《論語・鄉黨》：「席不～不坐。」《荀子・君道》：「儀～而景～。」（儀：測定時刻的日晷。景 yǐng：影子。）用作動詞。使正。《論語・堯曰》：「君子～其衣冠。」引申為正當，合適。《論語・子路》：「名不～則言不順。」❷ 作風正派，正直。《論語・憲問》：「晉文公譎而不～。」（譎 jué：欺詐。）《管子・權修》：「凡牧民者，欲民之～也。」❸ 正法，治罪。《周禮・夏官・大司馬》：「賊殺其親，則～之。」❹ 官長。《儀禮・大射》：「樂～命大師曰。」引申為嫡長。《穀梁傳・隱公四年》：「諸侯與～不與賢也。」又引申為正副之正。《隋書・經籍志》：「補續殘缺～副二本，藏於宮中。」❺ 正值，對着。《尚書・堯典》：「日永星火，以～仲夏。」（永：長。星：指中星，即昏旦時在南方正中出現的星。火：星宿名。）《論語・陽貨》：「其猶～牆面而立也歟？」❻ 恰好，正好。《論語・述而》：「～唯弟子不能學也。」㊁ zhēng ❼ 農曆每年第一個月。《左傳・隱公十年》：「十年春，王～月，公會齊侯、鄭伯于中丘。」泛指曆法。《尚書・甘誓》：「怠棄三～。」❽ 箭靶中心。《詩經・齊風・猗嗟》：「終日射侯，不出～兮。」（侯：箭靶。）

爭 zhèng 見 670 頁「爭」㊁。

政 zhèng ❶ 政治，政事。《論語・學而》：「夫子至於是邦也，必聞其～。」《呂氏春秋・慎大》：「武王於是復盤庚之～。」又指政權。《論語・季氏》：「天下有道，則～不在大夫。」《淮南子・氾論》：「成王既壯，周公屬籍致～，北面委質而臣事之。」又指政令。《史記・項羽本紀》：「～由羽出，號為霸王。」❷ 通「正 zhèng」。1. 正直。《韓非子・難三》：「故羣臣公～而無私。」2. 恰好，只。《南齊書・桓康傳》：「～欲與卿先共滅虜耳。」《世說新語・規箴》：「殷覬病困，看人～見半面。」❸ 通「征 zhēng」。征伐。《史記・范雎蔡澤列傳》：「～適伐國，莫敢不聽。」（適 dí：同「敵」。）❹ 通「徵 zhēng」。賦稅。《國語・越語上》：「當室者死，三年釋其～。」（當室者：指嫡子。釋：免除。）

証 zhèng 勸諫。《呂氏春秋・知士》：「士尉以～靜郭君，靜郭君弗聽。」（士尉：人名。靜郭君：也作「靖郭君」，田嬰的號。）

諍 zhèng ❶ 直言規勸。王褒《聖主得賢臣頌》：「運籌合上意，諫～則見聽。」（見：表示被動。）❷ 通「爭 zhēng」。爭奪，爭辯。《戰國策・秦策二》：「有兩虎～人而鬬者。」謝靈運《齋中讀書》：「虛館絕～訟。」（訟：爭辯是非。）

鄭 zhèng 周代諸侯國名。原在今陝西華縣境內，周平王東遷，鄭遷於今河南新鄭一帶，即春秋時鄭國。《春秋·隱公元年》：「衛人為之伐～。」

證 zhèng ❶告發。《論語·子路》：「其父攘羊，而子～之。」（攘：偷，竊取。）《莊子·盜跖》：「直躬～父。」（直躬：指直率行事的人。）❷驗證。屈原《九章·惜誦》：「故相臣莫若君兮，所以～之不遠。」（相：觀察。）又為證據。《墨子·天志下》：「以此知其賞善之～。」❸諫諍。《戰國策·齊策一》：「士尉以～靖郭君，靖郭君不聽。」《呂氏春秋·誣徒》：「愎過自用，不可～移。」（愎 bì 過：堅持錯誤。移：改變。）❹病症。後來寫作「症」。《列子·周穆王》：「遇老聃，因告其子之～。」

【說明】「証」「證」古代是兩個不同的字，在「勸諫」的意義上可通用，「證」的其他意義，一般不用「証」。現在「證」簡化作「证」。

zhi

支 zhī ❶枝條。後來寫作「枝」。《詩經·衛風·芄蘭》：「芄蘭之～，童子佩觿。」（芄 wán 蘭：多年生蔓草。觿 xī：用象骨製成的解結工具，也用作佩飾。）引申指人或動物的四肢。後來寫作「肢」。《周易·坤》：「正位居體，美在其中，而暢於四～。」《戰國策·秦策三》：「功已成矣，卒～解。」（卒：終於。）又引申為分支，支派。《詩經·大雅·文王》：「文王孫子，本～百世。」《莊子·天下》：「～川三千。」❷支持，支撐。《左傳·定公元年》：「天之所壞，不可～也。」《淮南子·本經》：「欂櫨，以相～持。」（欂櫨：都是房屋木架各部位的名稱。）引申為支付，供給。《漢書·趙充國傳》：「今大司農所轉穀至者，足～萬人一歲食。」❸度量，計算。《大戴禮記·保傅》：「燕～地計眾，不與齊均也。」❹地支的簡稱。《吳越春秋·王僚使公子光傳》：「今日甲子，時加於巳，～傷日下，氣不相受。」《日知錄》卷六：「秦漢以下，始多用～。」

氏 zhī 見460頁「氏」㊁。

之 zhī ❶到……去。《呂氏春秋·至忠》：「使人～宋迎文摯。」（文摯：人名。）《戰國策·東周策》：「主君令陳封～楚。」❷第三人稱代詞。他，他們。《左傳·隱公元年》：「欲與大叔，臣請事～。」《國語·越語上》：「譬如蓑笠，時雨既至必求～。」❸指示代詞。此，這。《詩經·周南·桃夭》：「～子于歸，宜其室家。」（于：動詞詞頭。歸：女子出嫁。）《莊子·逍遙遊》：「～二蟲又何知？」❹介詞。1. 表示領屬和修飾。《詩經·衛風·碩人》：「齊侯～子，衛侯～妻。」《論語·季氏》：「是社稷～臣也。」2. 用於主謂語之間，構成名詞性詞組。《左傳·僖公四年》：「不虞君～涉吾地也。」（虞：料想。）《戰國策·趙策四》：「父母～愛子，則為之計深遠。」❺連詞。連接詞或短語，構成並列關係。《呂氏春秋·適音》：「樂～弗樂，心也。」❻語氣詞。湊足音節。《左傳·昭公二十五年》：「鸜～鵒～，公出辱～。」（鸜鵒 qúyù：鳥名。）《史記·陳涉世家》：「悵恨久～。」

【辨析】之、赴、適、如、往。見150頁「赴」字條。

卮（巵） zhī 古代酒器。《戰國策·齊策二》：「賜其舍人～酒。」（舍人：侍從。）《史記·項羽本紀》：「壯士！賜之～酒。」

汁 ㊀ zhī△ ❶含有某種物質的液體。《管子·輕重丁》：「屠酤之～肥流水。」蔡邕《薦邊文禮書》：「函牛之鼎以烹雞，多～則淡而不可食。」

㊁ xié△ ❷和諧，協調。張衡《西京賦》：「自我高祖之始入也，五緯相～。」（五緯：指金、木、水、火、土五星。）

【辨析】汁、液。見601頁「液」字條。

芝 zhī ❶靈芝，一種菌類植物。《淮南子·說山》：「紫～生於山，而不能生於磐石之上。」《論衡·驗符》：「～生於土。」❷一種香草。《孔子家語·在厄》：「～蘭生於深林，不以無人而不芳。」

枝 zhī ❶枝條。《莊子・山木》：「見大木～葉盛茂。」❷歧出的，分支。《莊子・駢拇》：「駢拇～指出乎性哉。」（駢拇：拇指與第二指連生。）《呂氏春秋・慎行》：「盡殺崔杼之妻子及～屬。」❸肢體，四肢。《呂氏春秋・圜道》：「感而不知，則形體四～不使矣。」❹支撐，支持。《左傳・桓公五年》：「蔡、衛不～，固將先奔。」引申為抵禦，抗拒。《新序・善謀上》：「足以～於秦。」❺量詞。費昶《華光省中夜聞城外搗衣》：「鬢搖九～花。」

知 ㈠ zhī ❶知道，了解。《詩經・王風・黍離》：「～我者謂我心憂。」《孫子・謀攻》：「～彼～己，百戰不殆。」（殆：危險。）又為知識，知覺。《老子》第三章：「常使民無～無欲。」《呂氏春秋・知接》：「若死者有～，我將何面目以見仲父乎？」❷表現出，顯現。《呂氏春秋・自知》：「文侯不悅，～於顏色。」（顏色：臉色。）❸結交，交好。《左傳・昭公四年》：「公孫明～叔孫於齊。」（公孫明：齊國大夫。叔孫：指魯國大夫叔孫豹。）又為知己，相互了解的朋友。《左傳・昭公二十八年》：「遂如故～。」❹執掌，主持。《國語・越語上》：「有能助寡人謀而退吳者，吾與之共～越國之政。」《呂氏春秋・長見》：「三年而～鄭國之政也。」
㈡ zhì ❺聰明，智慧。後來寫作「智」。《左傳・僖公三十年》：「失其所與，不～。」（所與：指同盟者。）《呂氏春秋・異寶》：「地險而民多～。」

肢 zhī 人或動物的四肢。《孟子・盡心下》：「口之於味也，目之於色也，耳之於聲也，鼻之於臭也，四～之於安佚也，性也。」

梔（栀） zhī 樹名，果實可染黃色。柳宗元《鞭賈》：「向之黃者，～也。」

胝 zhī ❶手或腳上的老繭。《韓非子・外儲說左上》：「手足胼～，面目黧黑。」（胼：手腳上的老繭。）❷通「骶 dǐ」。臀部。《靈樞・五色》：「其隨而下至～為淫。」

祗 zhī ❶敬，恭敬。《尚書・金縢》：「四方之民，罔不～畏。」《呂氏春秋・季秋》：「～敬必飭。」（飭：正，嚴正。）❷通「祇 zhǐ」。只，恰好。《詩經・小雅・我行其野》：「成不以富，亦～以異。」《左傳・襄公二十七年》：「事未可知，～成惡名。」

隻 zhī△ ❶鳥一隻。《說文》：「～，鳥一枚也。」潘岳《悼亡詩》：「如彼翰林鳥，雙棲一朝～。」（翰林：鳥棲息的樹林。）泛指一個，一隻。《公羊傳・僖公三十三年》：「匹馬～輪無反者。」（反：返回。）引申為單數。《後漢書・桓譚傳》：「譬猶卜數～偶之類。」❷量詞。《後漢書・王喬傳》：「舉羅張之，但得一～舄焉。」（舄 què：鳥名。）

【說明】「只」和「隻」在古代是意義不同的兩個字。現在「隻」簡化作「只」。

脂 zhī ❶油脂，油膏。《詩經・衛風・碩人》：「膚如凝～。」《國語・越語上》：「勾踐載稻與～於舟以行。」又為動詞。用油膏塗物。《詩經・邶風・泉水》：「載～載舝，還車言邁。」（舝 xiá：車鍵。）❷化妝品，胭脂。《韓非子・顯學》：「用～澤粉黛，則倍其初。」《淮南子・脩務》：「曼頰皓齒，形夸骨佳，不待～粉芳澤而性可說者，西施、陽文也。」

搘 zhī 支撐。李賀《春晝》：「越婦～機，吳蠶作繭。」

稙 zhī△ 早種早熟的穀物。《詩經・魯頌・閟宮》：「～稚菽麥。」（稚：晚種晚熟的穀物。）

禔 zhī ❶安，安寧。《法言・修身》：「士如何斯可以～身？」❷通「祇 zhǐ」。只，僅僅。《史記・韓長孺列傳》：「臣以三萬人眾不敵，～取辱耳。」

蜘 zhī ［蜘蛛］一種節肢動物，能分泌黏液，結網粘捕昆蟲。張協《雜詩》之一：「青苔依空牆，～～網四屋。」（網：用如動詞，結網。）

織 zhī△ ❶織布帛。《孟子・滕文公上》：「許子必～布然後衣乎？」又指編織。《孟子・滕文公上》：「捆屨～席以為食。」（屨 jù：麻或草做的鞋。）❷ 彩色絲織品。《禮記・玉藻》：「士不衣～。」《說苑・善說》：「文～百純，進之先生。」（純：量詞。）❸ 通「幟 zhì」。旗幟。《漢書・食貨志下》：「治樓船，高十餘丈，旗～加其上。」

拓 ㊀ zhí△ ❶ 拾取，折取。《說文》：「～，拾也。」《後漢書・張衡傳》：「～若華而躊躇。」

㊁ tuò△ ❷ 托舉。《列子・說符》：「孔子之勁，能～國門之關。」（關：門栓。）❸ 擴展，開闢。《吳子・圖國》：「闢土四面，～地千里。」《後漢書・傅燮傳》：「世宗～境，制置四郡。」

㊂ tà△ ❹ 用紙附在石碑或器物上，把文字或圖像印下來。《隋書・經籍志一》：「其相承傳～之本，猶在祕府。」

直 zhí△ ❶ 直，不彎曲，與「曲」相對。《荀子・勸學》：「木～中繩。」（繩：木工取直的墨線。）《呂氏春秋・分職》：「為平～必以準繩。」引申為正直，公正。《詩經・大雅・崧高》：「申伯之德，柔惠且～。」（申伯：申國國君。）❷ 對着，遇到。《儀禮・士冠禮》：「～東序西面。」（序：廂房。）《漢書・李廣傳附李陵》：「陵至浚稽山，與單于相～。」引申為當值，值班。《晉書・羊祜傳》：「悉統宿衛，入～殿中。」❸ 價值，價錢。後來寫作「值」。《戰國策・齊策三》：「象牀之～千金。」《史記・魏其武安侯列傳》：「生平毀程不識不～一錢。」（程不識：人名。）引申為報酬。《後漢書・班彪傳附班超》：「為官寫書，受～以養老母。」❹ 徑直，一直。《韓非子・內儲說下六微》：「令公子裸而解髮，～出門。」《史記・魏公子列傳》：「侯生攝敝衣冠，～上載公子上坐。」（攝：整理。坐：座位。）❺ 只，只是。《孟子・梁惠王上》：「～不百步耳，是亦走也。」《戰國策・魏策四》：「雖千里不敢易也，豈～五百里哉？」

姪（侄、妷） zhí△ 婦女對兄弟子女的稱呼。《左傳・襄公二十三年》：「繼室以其～。」

值 zhí ❶ 拿着，手執。《詩經・陳風・宛丘》：「無冬無夏，～其鷺羽。」❷ 逢，遇見。《史記・酷吏列傳》：「寧見乳虎，無～寧成之怒。」（寧成：人名。）王維《輞川閒居贈裴秀才迪》：「復～接輿醉，狂歌五柳前。」❸ 當，對着。《淮南子・說林》：「輻之入轂，各～其鑿。」《論衡・實知》：「武庫正～其墓。」❹ 價值，價錢。古詩《陌上桑》：「腰中鹿盧劍，可～千萬餘。」

埴 zhí△ 黏土。《尚書・禹貢》：「厥土赤～墳。」《老子》第十一章：「埏～以為器。」（埏 shān：揉和。）

執 zhí△ ❶ 拘捕。《左傳・僖公五年》：「遂襲虞，滅之，～虞公。」《韓非子・外儲說左下》：「衛君欲～孔子。」引申為捉。《詩經・大雅・公劉》：「～豕于牢。」（牢：牲畜圈。）《韓非子・揚權》：「令狸～鼠。」❷ 拿着，握着。《詩經・邶風・擊鼓》：「～子之手，與子偕老。」《呂氏春秋・順民》：「～箕帚而臣事之。」引申為主持，掌管。《論語・季氏》：「陪臣～國命，三世希不失矣。」（陪臣：大夫的家臣。希：同「稀」，少。）又引申為執行，實行。《漢書・哀帝紀》：「至今有司～法，未得其中。」❸ 做，從事。《詩經・豳風・七月》：「上入～宮功。」（上：指進入邑。宮功：家中的工作。）❹ 結成某種關係。《國語・越語上》：「寡人不知其力之不足也，而又與大國～仇。」又為親厚。《呂氏春秋・遇合》：「故嫫母～乎黃帝。」（嫫母：古代醜女，相傳為黃帝之妻。）特指朋友。《禮記・曲禮上》：「見父之～，不謂之進，不敢進。」

【辨析】 執、秉、持、握。見31頁「秉」字條。

植 zhí△ ❶ 關門用的直木。《墨子・非儒下》：「季孫與邑人爭門關，決～。」泛指木柱。《墨子・備城門》：「城上百步一樓，樓四～。」❷ 樹立，豎立。《呂氏春秋・知度》：「凡朝也者，相與召理義也，相與～法則也。」（朝：聽朝。相與：共同。召：招致。）❸ 栽種，種植。

《戰國策·燕策二》：「薊丘之植，～於汶篁。」(篁 huáng：竹田，竹林。)張衡《東京賦》：「～華平於春圃。」(華平：傳說中的瑞草。)又為種植的草木。《戰國策·燕策二》：「薊丘之～，植於汶篁。」又指草木生長。《淮南子·主術》：「甘雨時降，五穀蕃～。」❹ 古代軍隊中主持工程的將領。《左傳·宣公二年》：「宋城，華元為～，巡功。」

殖 zhí△ ❶ 繁殖，生長。《國語·晉語四》：「同姓不婚，惡不～也。」《荀子·堯問》：「草木～焉，鳥獸育焉。」❷ 種植。《尚書·呂刑》：「稷降播種，農～嘉穀。」《左傳·襄公三十年》：「我有田疇，子產～之。」引申為樹立。《國語·周語下》：「上得民心，以～義方。」(義方：做人的正道。)❸ 貨殖，經商。《列子·楊朱》：「子貢～於衛。」

跖 zhí△ ❶ 腳掌。《說文》：「～，足下也。」《論衡·效力》：「鍤所以能撅地者，～蹈之也。」也指雞爪掌。《呂氏春秋·用眾》：「善學者，若齊王之食雞也，必食其～數千而後足。」❷ 踏，踩。《淮南子·齊俗》：「修脛者使之～钁。」(修：長。钁 jué：大鋤。)❸ 人名。多稱為盜跖。《韓非子·守道》：「孫吳之略廢，盜～之心伏。」(孫吳：指孫武、吳起。)

【辨析】跖、蹠。見676頁「蹠」字條。

摭 zhí△ 拾取。張衡《西京賦》：「～紫貝。」也指摘取。《漢書·司馬遷傳贊》：「至於采經～傳，分散數家之事，甚多疏略。」

慹 ㊀ zhí△ ❶ 畏懼。《漢書·朱博傳》：「以是豪強～服。」

㊁ zhé△ ❷ 不動的樣子。《莊子·田子方》：「老聃新沐，方將披髮而乾，～然似非人。」(方將：正在。)

縶 zhí△ ❶ 絆住馬腳。《詩經·小雅·白駒》：「～之維之，以永今夕。」《呂氏春秋·仲夏》：「游牝別其羣，則～騰駒。」(牝：母畜。騰駒：指公馬。)又指絆馬索。《左傳·成公二年》：「韓厥執～馬前。」❷ 拘囚。《左傳·成公九年》：「南冠而～者誰也？」

職 zhí△ ❶ 職責。《戰國策·趙策三》：「使事有～。」引申為職業。《周禮·天官·大宰》：「閒民無常～。」❷ 職位，職務。《孟子·公孫丑上》：「賢者在位，能者在～。」《呂氏春秋·圜道》：「百官各處其～，治其事以待主，主無不安矣。」❸ 主管，掌管。《左傳·僖公二十六年》：「載在盟府，大師～之。」《管子·大匡》：「有司～之。」❹ 主要。《左傳·襄公十四年》：「蓋言語漏泄，則～女之由。」(女 rǔ：你。)❺ 貢賦，貢稅。《呂氏春秋·季秋》：「輕重之法，貢～之數，以遠近土地所宜為度。」《淮南子·原道》：「海外賓服，四夷納～。」❻ 通「幟 zhì」。旗幟。《史記·劉敬叔孫通列傳》：「於是皇帝輦出房，百官執～傳警。」

蹠 zhí△ ❶ 腳踏地，踩。屈原《九章·哀郢》：「眇不知其所～。」(眇：通「渺」，遙遠的樣子。)《淮南子·原道》：「獸～實而走。」(實：指地。)❷ 至，到。《淮南子·原道》：「自無～有，自有～無。」❸ 腳掌。《戰國策·楚策一》：「上崢山，逾深溪，～穿膝暴。」也指雞爪掌。《淮南子·說山》：「善學者，若齊王之食雞，必食其～數十而後足。」也指腳。《淮南子·氾論》：「～距者舉遠。」(距：通「巨」，大。)❹ 同「跖」。人名。《孟子·盡心上》：「欲知舜與～之分，無他，利與善之間也。」

【辨析】蹠、跖。據《說文》，「跖」的本義是腳掌，「蹠」的本義是跳躍。古籍中，除「至」的意義不寫作「跖」外，在其他意義上，二字可以通用。

蹢 zhí 見100頁「蹢」㊁。

躑 zhí△ [躑躅 zhú] 徘徊，踏步不前的樣子。宋玉《神女賦》：「立～～而不安。」古詩《為焦仲卿妻作》：「～～青驄馬。」(青驄馬：青白雜色的馬。)

止 zhǐ ❶ 足，腳。後來寫作「趾」。《儀禮·士昏禮》：「皆有枕，北～。」《漢書·刑法志》：「當斬左～者，笞五百。」(笞 chī：用竹板打。)❷ 停止。《周易・蒙》:「山下有險,險而～。」引申為阻止,禁止。《左傳・桓公六年》:「少師歸,請追楚師,隨侯將許之,季梁～之。」❸ 棲息,居住。《詩經・秦風・黃鳥》:「交交黃鳥,～于桑。」(交交:鳥鳴聲。)引申為留,留住。《論語・微子》:「～子路宿。」❹ 容止。《詩經・鄘風・相鼠》:「相鼠有齒,人而無～。」❺ 副詞。僅,只。《莊子・天運》:「～可以一宿,而不可以久處。」❻ 句末語氣詞。《詩經・召南・草蟲》:「亦既見～。」

【辨析】止(趾)、腳、足。見245頁「腳」字條。

只 zhǐ ❶ 語氣詞。用於句中或句末。《詩經・周南・樛木》:「樂～君子。」又《鄘風・柏舟》:「母也天～,不諒人～。」❷ 僅僅,只。李商隱《登樂遊原》:「夕陽無限好,～是近黃昏。」

旨 zhǐ ❶ 味美。《詩經・小雅・正月》:「彼有～酒,又有嘉殽。」(殽:通「肴」。)《禮記・學記》:「雖有嘉肴,弗食,不知其～也。」又指美味。《論語・陽貨》:「夫君子之居喪,食～不甘。」引申指美好,美好的事物。《尚書・說命中》:「王曰:『～哉!說乃言惟服。』」❷ 意思,意圖。《周易・繫辭下》:「其～遠,其辭文。」《韓非子・八姦》:「先意承～。」特指帝王的命令。《漢書・孔光傳》:「振贍流民,奉使稱～。」

【辨析】旨、甘、甜。見155頁「甘」字條。

址(阯) zhǐ 地基。《太玄・大》:「豐牆峭～。」張九齡《登古陽雲臺》:「蘭臺有餘～。」(蘭臺:臺名。)又指山腳。王安石《遊褒禪山記》:「褒禪山亦謂之華山,唐浮圖慧褒始舍於其～。」(浮圖:和尚。舍:建房舍。)

抵 zhǐ ❶ 拍,擊。《後漢書・劉玄傳》:「～破書案。」❷ 投,擲。張衡《東京賦》:「藏金於山,～璧於谷。」

沚 zhǐ 水中小塊陸地。《詩經・秦風・蒹葭》:「溯游從之,宛在水中～。」

【辨析】沚、坻、洲、渚。見61頁「坻」字條。

芷 zhǐ 白芷,一種香草。屈原《離騷》:「雜杜衡與芳～。」(杜衡:香草名。)也指蘭槐的根。《荀子・勸學》:「蘭槐之根是為～。」(蘭槐:香草名。)

抵 zhǐ 見100頁「抵」㊁。

坻 zhǐ 見61頁「坻」㊁。

祉 zhǐ 福。《史記・魯周公世家》:「天降～福。」

衹 zhǐ 見395頁「衹」㊁。

指 zhǐ ❶ 手指。《莊子・胠篋》:「攦工倕之～。」(攦 lì:折斷。工倕:堯時巧匠。)又為足趾。《史記・高祖本紀》:「漢王傷匈,乃捫足曰:『虜中吾～。』」(匈:同「胸」。捫:摸。)又用作動詞。用手指指向。屈原《離騷》:「～九天以為正兮。」《論語・八佾》:「『知其說者之於天下也,其如示諸斯乎?』～其掌。」(斯:此。)❷ 指責,指斥。《呂氏春秋・尊師》:「高何、縣子石,齊國之暴者也,～於鄉曲。」(鄉曲:鄉里。)❸ 豎起,直立。《呂氏春秋・必己》:「孟賁瞋目而視船人,髮植、目裂、鬢～。」❹ 意旨,意向。《尚書・盤庚上》:「不匿厥～。」(厥 jué:其。)《淮南子・齊俗》:「故百家之言,～奏相反,其合道一體也。」

枳 zhǐ ❶ 果樹名。《周禮・考工記・序官》:「橘逾淮而北為～。」(逾:越過。)❷ 通「疻 zhǐ」。傷害。《孔叢子・刑論》:「率過以小罪謂之～。」

恉 zhǐ 意思,意圖。《說文解字敘》:「究洞聖人之微～。」(究洞:深察。)

衹 zhǐ 僅僅。《左傳・襄公二十七年》:「事未可知,～成惡名。」

【說明】在「僅僅」的意義上,古籍中「衹」「祗」「秖」「衹」多混用。現在「衹」簡化作「只」。

咫 zhǐ 古代長度單位,周制八寸。《國語・魯語下》:「其長尺有～。」(尺有咫:一尺八寸。)用「咫尺」喻少、小。《戰國策・秦策五》：「雖有高世之名，無～尺之功者，不賞。」《淮南子・脩務》：「而不得～尺之地。」

耆 zhǐ 見 396 頁「耆」㊂。

疻 zhǐ 毆傷。《說文》：「～，毆傷也。」《漢書・薛宣傳》：「遇人不以義而見～者，與痏人之罪鈞。」（痏 wěi：毆傷。鈞：等同。）

紙 zhǐ ❶紙張。起初指縑帛，後來東漢蔡倫以樹皮、麻頭等製造的也稱紙。《後漢書・宦者列傳・蔡倫》：「自古書契多編以竹簡，其用縑帛者謂之為～。」又：「倫乃造意，用樹膚、麻頭及敝布、魚網以為～。」❷量詞。指張數。《世說新語・文學》：「手不輟筆，俄得七～。」

茝 zhǐ 香草名。屈原《離騷》：「豈維紉夫蕙～？」（維：只。紉：連綴。蕙：香草名。）

趾 zhǐ ❶腳。《詩經・豳風・七月》：「四之日舉～。」（四之日：指夏曆二月。舉趾：指抬腳下田耕作。）《左傳・桓公十三年》：「舉～高。」今成語有「趾高氣揚」。泛指動物、器物的腳或腿。《詩經・周南・麟之趾》：「麟之～。」《周易・鼎》：「鼎顛～。」❷基礎，地基。《左傳・宣公十一年》：「略基～。」（略：巡視。）也指山腳。阮籍《詠懷》：「去上西山～。」❸蹤跡。王勃《觀佛跡寺》：「松崖聖～餘。」（餘：遺留。）

軹 zhǐ ❶車轂外端穿車軸的小孔。《周禮・考工記・輪人》：「五分其轂之長……去三以為～。」轉指車軸的端頭，在車輪中央。《周禮・考工記・輪人》：「六尺有六寸之輪，～崇三尺有三寸也。」❷車箱兩側橫豎交結的欄板。《周禮・考工記・輿人》：「參分較圍，去一以為～圍。」（較 jué：車箱兩旁板上的橫木。）

黹 zhǐ 縫紉，刺繡。《爾雅・釋言》：「～，紩也。」郭璞注：「今人呼縫紩衣為～。」

徵 zhǐ 見 671 頁「徵」㊂。

至 zhì ❶到，到達。《論語・學而》：「夫子～於是邦也，必聞其政。」《荀子・勸學》：「故不積蹞步，無以～千里。」（蹞 kuǐ 步：半步。）❷達到極點。《莊子・逍遙遊》：「此亦飛之～也。」《史記・春申君列傳》：「臣聞物～則反，冬夏是也。」又為副詞。極，大。《孟子・公孫丑上》：「其為氣也，～大～剛。」《戰國策・秦策一》：「商君治秦，法令～行。」❸連詞。表示提出另一話題。至於。《墨子・非攻》：「～攘人犬豕雞豚者，其不義又甚入人園圃竊桃李。」（攘 ráng：偷。豚 tún：小豬。）《史記・淮陰侯列傳》：「諸將易得耳，～如信，國士無雙。」❹指冬至、夏至。《左傳・僖公五年》：「凡分、～、啟、閉，必書雲物。」（分：春分、秋分。啟：立春、立夏。閉：立秋、立冬。雲物：雲色。）

【辨析】至、到。見 95 頁「到」字條。

阤(陁) ㊀ zhì ❶山坡。《周禮・考工記・輈人》：「及其登～，不伏其轅。」❷塌落。《國語・周語下》：「是故聚不～崩，而物有所歸。」引申為頹敗。《後漢書・黨錮傳・李膺》：「是時朝庭日亂，綱紀頹～。」

㊁ yǐ ❸［阤靡］山勢綿延的樣子。《漢書・司馬相如傳上》：「其南則有平原廣澤，登降～～。」

㊂ tuó ❹［陂阤］見 14 頁「陂」字條。

志 zhì ❶意志，志向。《尚書・舜典》：「詩言～，歌永言。」（永：同「詠」。）《論語・公冶長》：「盍各言爾～？」（盍 hé：何不。）又用作動詞。有志於。《論語・為政》：「吾十有五而～於學。」後代因以「志學」為十五歲的代稱。❷記，記住。《國語・魯語下》：「仲尼聞之曰：『弟子～之。』」《史記・屈原賈生列傳》：「博聞強～。」❸記述，記載。《莊子・逍遙遊》：「《齊諧》者，～怪者也。」又指記事的書或文章，書有《三國志》《博物志》等；文章有《天文志》《食貨志》等。❹通「幟 zhì」。旗幟。《史記・劉敬叔孫通列傳》：「設兵張旗～。」（張：打開。）❺通「痣 zhì」。皮膚上生的斑痕。

《梁書・沈約傳》：「約左目重瞳子，腰有紫～。」

【辨析】志、識、記。見458頁「識」字條。

杝 zhì　見604頁「杝」㊂。

豸 zhì　❶無腳的蟲子。《漢書・五行志中之上》：「蟲～之類謂之孽。」（蟲：有腳的蟲子。）❷［獬豸冠］「獬豸」是傳說中的一種能辨曲直的神獸。因此古代執法官所戴的帽子稱獬豸冠。也省稱「豸冠」。

忮 zhì　❶忌恨，嫉妒。《詩經・邶風・雄雉》：「不～不求，何用不臧？」（臧 zāng：善。）《淮南子・詮言》：「雖有～心，必無怨色。」❷固執。《後漢書・桓曄傳》：「其貞～若此。」❸違逆。《莊子・天下》：「不苟於人，不～於眾。」

帙（袟、袠） zhì△　書套，書函。潘岳《楊仲武誄》：「披～散書，屢睹遺文。」引申為量詞，書一函為一帙。《南史・隱逸傳上》：「唯牀上有數～書。」

制 zhì　❶裁，裁剪。《詩經・豳風・東山》：「～彼裳衣。」引申為製造，製作。《呂氏春秋・古樂》：「次～十二筒。」（次：依次。）又引申為著述，創作。曹植《與楊德祖書》：「至於～《春秋》。」❷控制，節制。《韓非子・內儲說下》：「賞罰者，利器也，君操之以～臣。」《商君書・畫策》：「衣服有～，飲食有節。」❸規定，制定。《孟子・梁惠王上》：「今也～民之產，仰不足以事父母，俯不足以畜妻子。」《呂氏春秋・適音》：「故先王之～禮樂也。」❹法度，制度。《左傳・隱公元年》：「今京不度，非～也。」❺帝王的命令。《史記・秦始皇本紀》：「王為『泰皇』，命為『～』，令為『詔』。」

【辨析】制、製。二字都有「剪裁、製作」的意義，在這個意義上「製」是「制」的區別字。「制」後來多用於抽象意義，如「節制、制定」等，「製」則仍指具體的意義。另外，「法制」「制令」等也不能寫作「製」。現在「製」簡化作「制」。

知 zhì　見674頁「知」㊁。

炙 zhì△　❶烤。《詩經・小雅・瓠葉》：「有兔斯首，燔之～之。」（燔 fán：燒烤。）《韓非子・內儲說下六微》：「桑炭～之。」又為烤熟的肉。《左傳・哀公十五年》：「行爵食～。」（爵：一種酒器。）引申為燒灼。《尚書・泰誓上》：「焚～忠良，刳剔孕婦。」❷熏陶。《孟子・盡心下》：「而況於親～之者乎？」

治 zhì　❶治理。《孟子・告子下》：「禹之～水，水之道也。」泛指處理、進行某種工作。其具體意義依上下文而定。《論語・公冶長》：「千乘之國，可使～其賦也。」《呂氏春秋・別類》：「我固能～偏枯。」（偏枯：半身不遂。）❷社會安定或太平，與「亂」相對。《論語・泰伯》：「舜有臣五人而天下～。」《商君書・弱民》：「～則強，亂則弱。」❸設置王都或地方官署。《史記・田儋列傳》：「乃徙齊王田市更王膠東，～即墨。」又指王都或地方官署所在地。《水經注・河水》：「今城中有舜廟，魏秦州刺史～。」

【辨析】治、理。見302頁「理」字條。

挃 zhì△　❶搗，擊。《淮南子・兵略》：「五指之更彈，不若卷手之一～。」❷［挃挃］收穫莊稼的聲音。《詩經・周頌・良耜》：「穫之～～。」

秩 zhì△　門檻。宋濂《燕書》：「為～為棖且不可，況為負任器耶？」（棖：門兩邊立的木柱。）

致 zhì　❶送達，送與。《左傳・桓公十四年》：「曹人～餼。」《呂氏春秋・高義》：「孔子見齊景公，景公～廩丘以為養。」引申為獻出。《論語・學而》：「事君能～其身。」《呂氏春秋・貴生》：「使者～幣。」又引申為傳達，表達。《漢書・朱博傳》：「遣吏存問～意。」❷招致，引來。《韓非子・六反》：「以功～賞。」《三國志・蜀書・諸葛亮傳》：「此人可就見，不可屈～也。」引申為取得，得到。《呂氏春秋・本生》：「貧賤之～物也難。」❸到達，達到。《荀子・勸學》：「假輿馬者，非利足也，而～千里。」《韓非子・人主》：「夫馬之所以能任重引車～遠道者，以筋力也。」❹ 盡，極。《左傳・文公十五年》：「兄弟～美。」《荀子・榮辱》：「志意～修，德行～厚，智慮～明。」又為用盡，竭盡。《國語・吳語》：「飲食不～味，聽樂不盡聲。」《後漢書・張衡傳》：「尤～思於天文陰陽曆算。」❺ 情趣，意態。班婕妤《擣素賦》：「盼睞生姿，動容多～。」《魏書・茹皓傳》：「樹草栽木，頗有野～。」❻ 細密，詳密。《呂氏春秋・孟冬》：「無或作為淫巧，以蕩上心，必功～為上。」《漢書・嚴延年傳》：「案其獄，皆文～不可得反。」（案：考察，檢查。）

郅 zhì△ ❶［郁郅］古地名。《史記・衛將軍驃騎列傳》：「將軍李息，～～人。」❷ 通「至 zhì」。大。《史記・司馬相如列傳》：「文王改制，爰周～隆。」（爰：於是。）

峙 zhì ❶ 山屹立，聳立。《世說新語・賞譽》：「巖巖清～，壁立千仞。」泛指一般事物的屹立。張衡《西京賦》：「通天訬以竦～。」（通天：臺名。訬 miǎo：高。）❷ 儲備。《詩經・大雅・崧高》：「以～其粻。」（粻 zhāng：糧。）

庤 zhì 具備，準備。《詩經・周頌・臣工》：「命我眾，～乃錢鎛。」（錢、鎛：農具名。）

庢 zhì△ 阻礙。枚乘《七發》：「發怒～沓。」（庢沓 tà：受阻而湧起。）

桎 zhì△ 古代拘繫犯人兩腳的刑具，腳鐐。《呂氏春秋・仲春》：「省囹圄，去～梏。」（梏：拘繫雙手的刑具。）引申為束縛，窒礙。《晉書・束晳傳》：「徒以曲畏為梏，儒學自～。」

畤 zhì 見 61 頁「畤」㊁。

秩 zhì△ ❶ 次序。《周禮・天官・宮伯》：「掌其政令，行其～敘。」《漢書・谷永傳》：「賤者咸得～進。」❷ 官吏的職位或品級。《左傳・文公六年》：「委之常～。」（委：委任。）《漢書・趙廣漢傳》：「貶～一等。」❸ 常規。《詩經・小雅・賓之初筵》：「是曰既醉，不知其～。」❹ 俸祿。《荀子・彊國》：「士大夫益爵，官人益～。」（益：增加。）❺ 十年為一秩。白居易《思舊》：「已開第七～。」蘇軾《無題》：「六～行當啟。」

陟 zhì△ ❶ 登，由低處向高處走。《詩經・周南・卷耳》：「～彼高岡。」引申為升天，比喻帝王之死。《尚書・康王之誥》：「惟新～王，畢協賞罰。」（新陟王：指剛死去的成王。）❷ 提升，提拔。《尚書・舜典》：「三載考績；三考，黜～幽明。」（黜：貶退。幽：指昏庸之人。明：指明智之人。）

畤 zhì ❶ 古代帝王祭祀天地五帝的地方。《史記・秦本紀》：「襄公……祠上帝西～。」《漢書・郊祀志上》：「故立～郊上帝。」（郊：郊祭，天子在郊外祭天。）❷ 通「沚 zhǐ」。水中的小塊陸地。潘岳《河陽縣作》之二：「歸雁映蘭～。」

徝 zhì 具備，儲備。《國語・周語中》：「收而場功，～而畚梮。」（而：你。梮：抬土的器具。）

猘 zhì （狗）發狂。《呂氏春秋・首時》：「鄭子陽之難，～狗潰之。」

痔 zhì 痔瘡。《莊子・列御寇》：「舐～者，得車五乘。」（乘 shèng：輛。）

窒 zhì△ ❶ 堵塞。《詩經・豳風・七月》：「穹～熏鼠。」（穹：窮盡。窒：指堵鼠洞。）《墨子・號令》：「外空井盡～之，無令可得汲也。」特指鼻子堵塞不通的病。《呂氏春秋・盡數》：「處鼻則為鼽為～。」（鼽 qiú：鼻子堵塞不通的病。）❷ 遏止。《周易・損》：「君子以懲忿～欲。」又指阻礙。《莊子・達生》：「至人潛行不～，蹈火不熱。」

紩 zhì△ 縫。《晏子春秋・諫下》：「古者嘗有～衣攣領而王天下者。」

蛭 zhì△ 螞蟥，生活在淺水或潮濕處，吸人、畜的血。賈誼《弔屈原賦》：「夫豈從蝦與～螾？」（蝦 há：蛤蟆。螾：同「蚓」，蚯蚓。）《論衡・福虛》：「～之性食血。」

智 zhì ❶ 聰明，智慧。《呂氏春秋・貴公》：「人之少也愚，其長也～。」賈誼《治安策》：「凡人之～，能見已然，不能見將然。」又指有智慧的人。《戰國策・燕策三》：「仁不輕絕，～不輕怨。」❷ 通「知 zhī」。知道。《墨子・耕柱》：「豈能～數百歲之後哉！」

痣 zhì 人體皮膚上生的斑痕。《梁書・丁貴嬪傳》：「初，貴嬪生而有赤～於臂。」

彘 zhì 豬。《孟子・梁惠王上》：「雞豚狗～之畜，無失其時，七十者可以食肉矣。」

【辨析】彘、豕、豚。見 459 頁「豕」字條。

輊 zhì 車子前低後高，車向下俯。《詩經・小雅・六月》：「戎車既安，加～如軒。」引申為低。《後漢書・馬援傳》：「夫居前不能令人～，居後不能令人軒。」

跱 zhì ❶ 止，停止。《後漢書・天文志下》：「大將軍何進令司隸校尉袁紹私募兵千餘人，陰～洛陽城外。」（司隸校尉：武官名。陰：暗中。）❷ 立，站立。《淮南子・脩務》：「七日七夜至於秦庭，鶴～而不食，晝吟宵哭。」（庭：通「廷」，宮廷。鶴跱：像鶴一樣站立着。）引申為對峙。《三國志・吳書・陸遜傳》：「方今英雄棋～。」（棋跱：像下棋一樣對峙。）❸ 儲備。《後漢書・陳寵傳附陳忠》：「多設儲～。」

置 zhì ❶ 赦免，釋放。《國語・鄭語》：「褒人褒姁有獄，而以為入于王，王遂～之。」（褒姁 bāoyǔ：褒人的君主。）《史記・淮陰侯列傳》：「高帝曰：～之。」又為廢棄。《國語・周語中》：「今以小忿棄之，是以小怨～大德也。」又指丟到一邊。《史記・項羽本紀》：「沛公則～車騎，脫身獨騎。」❷ 安放，放置。《莊子・逍遙遊》：「覆杯水於坳堂之上，則芥為之舟，～杯焉則膠。」《呂氏春秋・安死》：「今有人於此，為石銘～之壟上。」又指擺設。《呂氏春秋・審應》：「東攻齊得城，而王加膳～酒。」❸ 立，建立。《左傳・僖公二十八年》：「天之所～，其可廢乎？」《呂氏春秋・恃君》：「故為天下長慮，莫如～天子。」❹ 購置，購買。《韓非子・外儲說左上》：「鄭人有且～履者。」（且：將。）❺ 驛站。《韓非子・難勢》：「五十里而一～。」也指用馬傳遞。《孟子・公孫丑上》：「德之流行，速於～郵而傳命。」

【辨析】置、寘。二字在「放置、安放」的意義上同義。不過「寘」只指放置具體的東西，而「置」兼指放置抽象的事物。「置」的其他意義，一般都不能寫作「寘」。

雉 zhì ❶ 鳥名，俗稱山雞。《詩經・邶風・雄雉》：「雄～于飛，下上其音。」❷ 古代計算城牆面積的單位，長三丈、高一丈為一雉。《左傳・隱公元年》：「都城過百～，國之害也。」代指城牆。謝朓《和王著作八公山》：「出沒眺城～。」

稚(穉、稺) zhì 幼禾。《說文》：「～，幼禾也。」引申為幼小，年幼。《周易・序卦》：「物～不可不養也。」《史記・屈原賈生列傳》：「懷王～子子蘭勸王行。」又指孩子，兒童。《孟子・滕文公上》：「使老～轉乎溝壑。」

寘 zhì 放置，安置。《詩經・魏風・伐檀》：「坎坎伐檀兮，～之河之干兮。」（干：岸。）《左傳・隱公元年》：「遂～姜氏于城潁。」又為放到一邊，棄置。《詩經・大雅・生民》：「誕～之隘巷，牛羊腓字之。」（誕：句首語氣詞。腓 fěi：避。字：愛憐。）

【辨析】寘、置。見 681 頁「置」字條。

疐 ㊀ zhì ❶ 牽絆，倒仆。《詩經・豳風・狼跋》：「狼跋其胡，載～其尾。」（跋：踩。胡：獸頸下的垂肉。）㊁ dì ❷ 同「蔕」。瓜果的蔕。《禮記・曲禮上》：「為天子削瓜者……士～之。」（疐之：去掉瓜果的蔕。）

製 zhì ❶ 裁製，剪裁。《莊子・讓王》：「三日不舉火，十年不～衣。」引申為製作，製造。《後漢書・樊宏傳附樊準》：「百官備而不～。」❷ 撰寫。《南史・褚裕之傳附褚玠》：「卒於官，皇太子親～誌銘。」也指撰寫的文章，作品。《宋書・謝靈運傳》：「至於先士茂～，諷高歷賞。」❸ 式樣。《漢書・叔孫通傳》：「乃變其服，服短衣，楚～。」

【辨析】製、制。見679頁「制」字條。

銍 zhì△ 短鐮刀。《管子・輕重乙》：「一農之事，必有一耜……一～，然後成為農。」又為用鐮刀收割莊稼。《詩經・周頌・臣工》：「奄觀～艾。」(奄：疾速。艾：通「刈」，割。)也指割下的禾穗。《尚書・禹貢》：「二百里納～。」

誌 zhì ❶ 記述，記錄。《列子・楊朱》：「太古之事滅矣，孰～之哉？」引申為記事的文章或書。蕭統《文選序》：「碑碣～狀。」(碑：指碑文。碣：碑文之類。狀：行狀。)❷ 記住，記憶。《新唐書・褚亮傳》：「博見圖史，一經目輒～於心。」❸ 標誌，記號。《南齊書・韓系伯傳》：「襄陽土俗，鄰居種桑樹於界上為～。」❹ 通「痣 zhì」。皮膚上生的斑痕。《南齊書・江祏傳》：「高宗胛上有赤～。」(胛：肩胛。)

【說明】「誌」是「志」的後起字，「志」的「意志、志向、有志於」義不用「誌」。

瘈 zhì 狗瘋狂。《左傳・哀公十二年》：「國狗之～，無不噬也。」(噬：咬。)

滯 zhì ❶ 積，積壓。《周禮・地官・廛人》：「凡珍異之有～者，斂而入于膳府。」(膳府：宮廷中貯藏食物的府庫。)《荀子・王制》：「通流財物粟米，無有～留。」❷ 靜止，停止。屈原《九章・涉江》：「船容與而不進兮，淹回水而凝～。」(容與：徘徊不進的樣子。淹：停留。)《淮南子・原道》：「是故能天運地～，輪轉而無廢。」❸ 遺落，遺漏。《詩經・小雅・大田》：「彼有遺秉，此有～穗。」❹ 廢，棄置不用。《國語・楚語下》：「夫民氣縱則底，底則～。」(底：止。)

摯 zhì ❶ 初次求見時所持的禮物。後來寫作「贄」。《周禮・春官・大宗伯》：「以禽作六～，以等諸臣。」(禽：禽鳥。六摯：六種見面禮。等：齊等。)《禮記・曲禮下》：「凡～天子鬯，諸侯圭，卿羔，大夫雁。」(鬯 chàng：祭祀用的香酒。)❷ 攫取，搏擊。宋玉《高唐賦》：「股戰脅息，安敢妄～！」《淮南子・時則》：「鷹隼蚤～，四鄙入保。」(蚤：通「早」。鄙：邊邑。保：城堡。)❸ 至，到。《尚書・西伯戡黎》：「天曷不降威，大命不～。」《呂氏春秋・孟春》：「霜雪大～，首種不入。」(首種：指麥。)❹ 誠摯，懇切。《詩經・周南・關雎》「關關雎鳩」毛傳：「鳥，～而有別。」❺ 通「鷙 zhì」。兇猛。《禮記・曲禮上》：「前有～獸。」《史記・貨殖列傳》：「若猛獸～鳥之發。」

幟 zhì 旗幟。《墨子・雜守》：「外立旗～。」《史記・淮陰侯列傳》：「拔趙～，立漢赤～。」引申為標誌，標記。《後漢書・虞詡傳》：「以采綖縫其裾為～。」(綖 yán：線。裾 jū：大襟。)

質 zhì△ ❶ 抵押。《戰國策・秦策五》：「秦子異人～於趙。」(子異人：秦公子異人。)又為抵押品，人質。《戰國策・趙策四》：「必以長安君為～，兵乃出。」❷ 盟約。《左傳・哀公二十年》：「黃池之役，先主與吳王有～。」❸ 本體，本質。《論語・衛靈公》：「君子義以為～，禮以行之。」《荀子・勸學》：「其～非不美也。」引申為質地，底子。《儀禮・鄉射禮》：「天子熊侯，白～。」(侯：箭靶。)❹ 樸實，樸素，與「文」相對。《論語・顏淵》：「君子～而已矣，何以文為？」蕭統《文選序》：「世～民淳。」❺ 質正，對質。《禮記・中庸》：「～諸鬼神而無疑。」《漢書・王陵傳》：「面～呂須於平前。」(平：陳平。)引申為質問。《呂氏春秋・達鬱》：「鐸之諫我也，喜～我於人中。」(鐸：人名。)❻ 箭靶。《荀子・勸學》：「是故～的張而弓矢至焉。」(的：箭靶正中的圓心。)引申為目標。《莊子・徐无鬼》：「自夫子之死也，吾無以為～矣。」❼ 古代刑具，殺人時墊的砧板。《呂氏春秋・貴直》：「吏陳斧～於東閣。」《漢書・張蒼傳》：「蒼當斬，解衣伏～。」❽ 通「贄 zhì」。古代初次拜見尊長時所送的禮物。《孟子・滕文公下》：「出疆必載～。」

緻 zhì 密，細密。《靈樞・本藏》：「皮膚調柔，腠理～密矣。」

踶 zhì 見103頁「踶」㊁。

遲 zhì 見62頁「遲」㊁。

櫛 zhì△ 梳篦的總稱。《詩經・周頌・良耜》：「其崇如墉，其比如～。」（崇：高。墉 yōng：城牆。比：緊靠，密列。）《左傳・僖公二十二年》：「寡君之使婢子侍執巾～，以固子也。」又為梳理頭髮。《莊子・庚桑楚》：「簡髮而～，數米而炊。」（簡：選擇。）

懥 zhì 憤怒。《禮記・大學》：「身有所忿～，則不得其正。」

擿 ㊀ zhì△ ❶ 搔，抓。《列子・黃帝》：「斫撻無傷痛，指～無痟癢。」（痟 xiāo：痠痛。）引申為搔頭的首飾。《後漢書・輿服志下》：「簪以瑇瑁為～。」（瑇瑁 dàimào：爬行動物，形似龜。這裏指其甲殼。）❷ 投擲。《史記・刺客列傳》：「荊軻廢，乃引其匕首以～秦王。」（廢：殘。）引申為棄，扔掉。《莊子・胠篋》：「～玉毀珠，小盜不起。」

㊁ tī△ ❸ 挑，撥。《漢書・宣帝紀》：「其令三輔毋得以春夏～巢探卵。」❹ 剖開。《淮南子・本經》：「逮至衰世，鐫山石，鍥金玉，～蚌蜃，消銅鐵而萬物不滋。」（鐫 juān：刻。鍥：同「鍥」，刻。）引申為揭發。《漢書・趙廣漢傳》：「其發姦～伏如神。」

㊂ zhāi△ ❺ 摘取。潘岳《閒居賦》：「陸～紫房。」引申為摘錄。《論衡・程材》：「儒生～經，窮竟聖意。」

贄 zhì 古代初次見尊長時所持的禮物。《左傳・莊公二十四年》：「男～，大者玉帛，小者禽鳥。」《荀子・堯問》：「然而吾所執～而見者十人。」

擲 zhì△ ❶ 投，拋。《後漢書・呂布傳》：「布嘗小失卓意，卓拔手戟～之。」（卓：董卓。）《世說新語・任誕》：「既至石頭，悉～水中。」（石頭：石頭城。）引申為拋棄。陶潛《雜詩》之二：「日月～人去。」❷ 跳躍。《世說新語・假譎》：「紹遑迫自～出，遂以俱免。」（紹：袁紹。遑迫：急忙。）

【辨析】擲、投。見509頁「投」字條。

躑 zhì 見89頁「躑」㊁。

觶 zhì 古代飲酒器。《儀禮・既夕禮》：「～俟時而酌。」（俟：等待。）

識 zhì 見458頁「識」㊁。

礩 zhì△ ❶ 柱腳石。《淮南子・說林》「山雲蒸，柱礎潤」高誘注：「礎，柱下石，～也。」❷ 阻塞不通。《周書・儒林傳・熊安生》：「時朝廷既行周禮，公卿以下多習其業，有宿疑～滯者數十條，皆莫能詳辨。」

【辨析】礩、礎。見70頁「礎」字條。

騭 zhì△ ❶ 公馬。《說文》：「～，牡馬也。」《顏氏家訓・書證》：「鄴下博士見難云：《駉頌》既美僖公牧于坰野之事，何限騲～乎？」（騲 cǎo：牝馬。）❷ 安定。《尚書・洪範》：「惟天陰～下民，相協厥居。」（陰：庇護。）

驇 zhì 馬負重難行的樣子。《史記・晉世家》：「惠公馬～不行。」

鷙 zhì ❶ 兇猛的鳥。屈原《離騷》：「～鳥之不羣兮，自前世而固然。」《呂氏春秋・決勝》：「若～鳥之擊也，搏攫則殪，中木則碎。」（攫 jué：用爪抓取。殪 yì：死。）比喻兇猛，兇狠。《商君書・畫策》：「虎豹熊羆，～而無敵。」❷ 搏擊。《呂氏春秋・季夏》：「行冬令，則寒氣不時，鷹隼早～，四鄙入保。」（鄙：邊邑。保：城堡。）《淮南子・主術》：「鷹鵰搏～，昆蟲蟄藏。」

躓 zhì 絆倒，跌倒。《左傳・宣公十五年》：「杜回～而顛。」（杜回：人名。顛：倒仆。）引申為不順利，挫折。《抱朴子・官理》：「智士～於暗世。」

鑕 zhì△ 古代腰斬時所墊的砧板。《韓非子・初見秦》：「白刃在前，斧～在後。」

zhong

中 ㊀ zhōng ❶ 裏邊，中間。《論語・鄉黨》：「龜玉毀於櫝～。」《孫子・

Z

九地》：「擊其～則首尾俱至。」引申為中等。《莊子・盜跖》：「人上壽百歲，～壽八十，下壽六十。」

㊁ zhòng ❷ 射中，擊中。《孟子・公孫丑上》：「發而不～，不怨勝己者。」《呂氏春秋・順說》：「雖有力，擊之弗～。」引申為猜中。《論語・先進》：「億則屢～。」（億：猜測。）❸ 符合，適應。《荀子・勸學》：「其曲～規。」《淮南子・主術》：「動靜～儀。」

忪 zhōng 心驚，恐懼。李賀《惱公》：「犀株防膽怯，銀液鎮心～。」

妐 zhōng 丈夫的父親，公公。《呂氏春秋・遇合》：「姑～知之。」

忠 zhōng 盡心竭力，忠誠無私。《論語・學而》：「為人謀而不～乎？」《左傳・宣公二年》：「賊民之主，不～。」（賊：殺害。）後特指對君主忠誠。《荀子・大略》：「比干、子胥～，而君不用。」（比干：商紂的大臣。子胥：吳國大將。）《戰國策・秦策一》：「昔者，子胥～其君。」

【說明】古代「忠」的意義寬泛，凡是盡力做好分內的事或為別人做事都叫「忠」，後來才特指忠於在上位者，忠於君主。

蚣 ㊀ zhōng ❶［蚣蝑 xū］螽斯，蝗類昆蟲。《酉陽雜俎・廣動植》：「～～股鳴。」

㊁ gōng ❷［蜈蚣］見 535 頁「蜈」字條。

衷 ㊀ zhōng ❶ 貼身的內衣。引申為穿在裏面。《左傳・宣公九年》：「皆～其衵服，以戲於朝。」（衵 rì 服：內衣。）《後漢書・董卓傳》：「肅以戟刺之，卓～甲不入。」（肅：李肅。甲：鎧甲。）❷ 內心。《國語・吳語》：「天舍其～，楚師敗績。」（舍：居。敗績：大敗。）今成語有「言不由衷」「無動於衷」。❸ 善，福。《尚書・湯誥》：「降～于下民。」《國語・晉語二》：「鬼神降～。」❹ 通「中 zhōng」。正中，當中。《呂氏春秋・適音》：「清濁之～也。」又為中間階段。《左傳・襄公二十七年》：「君子之謀也，始、～、終皆舉之。」（舉：謀。）

㊁ zhòng ❺ 適當，恰當。《左傳・僖公二十四年》：「服之不～，身之災也。」（服：服飾。）《後漢書・梁統傳》：「刑罰不～，則人無所厝手足。」（厝 cuò：通「措」。放置。）

終 zhōng ❶ 終了，結局，與「始」相對。《荀子・禮論》：「故君子敬始而慎～。」《呂氏春秋・圜道》：「莫知其始，莫知其～，而萬物以為宗。」引申為死。《禮記・文王世子》：「文王九十七乃～。」❷ 盡，竟。《老子》第二十三章：「故飄風不～朝，驟雨不～日。」（飄風：暴風。）《莊子・山木》：「此木以不材得～其天年。」又指自始至終。《詩經・衛風・淇奧》：「有匪君子，～不可諼。」（諼 xuān：忘記。）❸ 最終，終歸。《戰國策・齊策二》：「為蛇足者，～亡其酒。」❹［終……且……］既……又……。《詩經・小雅・伐木》：「神之聽之，～和～平。」

鍾 zhōng ❶ 古代酒器。《說文》：「～，酒器也。」《孔叢子・儒服》：「堯舜千～。」《論衡・語增》：「如一坐千～百觚，此酒徒，非聖人也。」（觚 gū：一種酒器。）❷ 古代量器。六斛四斗為一鍾。《左傳・昭公三年》：「齊舊四量：豆、區、釜、～。四升為豆，各自其四，以登於釜。釜十則～。」用作量詞。《孟子・滕文公下》：「養弟子以萬～。」❸ 積聚。《國語・周語下》：「澤，水之～也。」《世說新語・傷逝》：「情之所～，正在我輩。」今成語有「一見鍾情」。❹ 通「鐘 zhōng」。一種樂器。《詩經・周南・關雎》：「窈窕淑女，～鼓樂之。」《孟子・梁惠王下》：「將以釁～。」

【辨析】鍾、鐘。見 684 頁「鐘」字條。

螽 zhōng 蝗類昆蟲。《春秋・文公三年》：「雨～于宋。」（雨 yù：降落。）

鐘 zhōng ❶ 古代一種打擊樂器。《左傳・昭公二十一年》：「而～，音之器也。」《呂氏春秋・古樂》：「擊～磬。」後也指佛寺懸掛的鐘，用作報時、報警、集合的信號。張繼《楓橋夜泊》：「夜半～聲到客船。」又指一般報時的鐘。李商隱《無題》之一：「月斜樓上五更～。」❷ 聚。《呂氏春秋・音律》：「日至則月～其風。」

❸ 通「鍾 zhōng」。一種酒器。《列子・楊朱》:「聚酒千～。」

【辨析】鐘、鍾。「鍾」是酒器,「鐘」是樂器。在這兩個意義上,二者有時可以互相假借。在「積聚」的意義上也可通用。

冢(塚) zhǒng ❶ 高起的墳墓。《呂氏春秋・安死》:「齊未亡而莊公～扫。」(扫 hú:挖掘。)❷ 山頂。《詩經・小雅・十月之交》:「百川沸騰,山～崒崩。」(崒 zú 崩:崩塌。)❸ 大。《詩經・大雅・綿》:「乃立～土。」(土:社,祭祀土神的地方。)《逸周書・商誓》:「爾～邦君,無敢其有不告。」

尰 zhǒng 足腫。《詩經・小雅・巧言》:「既微且～。」(微:指小腿生瘡。)

腫 zhǒng ❶ 癰。《周禮・天官・瘍醫》:「瘍醫掌～瘍。」❷ 肌肉腫脹,浮腫。《左傳・定公十年》:「公閉門而泣之,目盡～。」

種 ㊀ zhǒng ❶ 植物的種子。《詩經・大雅・生民》:「誕降嘉～。」(誕:句首語氣詞。)《莊子・逍遙遊》:「魏王貽我大瓠之～。」(貽:贈給。瓠 hù:葫蘆。)引申為動物及人的後代。《戰國策・齊策六》:「女無謀而嫁者,非吾～也。」(謀:一本作「媒」。)❷ 種類,類別。《韓非子・外儲說左上》:「鄭縣人有得車軛者,而不知其名,問人曰:『此何～也?』」(軛 è:駕車時加在牲口頸上的曲木。)《淮南子・脩務》:「故美人者,非必西施之～;通士者,不必孔墨之類。」

㊁ zhòng ❸ 種植。《孟子・滕文公上》:「許子必～粟而後食乎?」(許子:指許行,人名。)《呂氏春秋・首時》:「水凍方固,后稷不～。」

【辨析】種、樹、藝。見 471 頁「樹」字條。

踵 zhǒng ❶ 腳後跟。《莊子・田子方》:「御寇伏地,汗流至～。」(御寇:列御寇。)《戰國策・趙策四》:「媼之送燕后也,持其～為之泣。」引申為走到。《孟子・滕文公上》:「～門而告文公。」❷ 追逐,跟隨。《左傳・昭公二十四年》:「吳～楚,而疆埸無備,邑能無亡乎?」(疆埸 yì:邊界。亡:喪失。)《漢書・武帝紀》:「步兵～軍後數十萬人。」引申為因襲,繼承。《漢書・刑法志》:「天下既定,～秦而置材官於郡國。」(材官:武官。)

【辨析】踵(歱)、跟。見 162 頁「跟」字條。

中 zhòng 見 683 頁「中」㊁。

仲 zhòng 排行第二的。《詩經・小雅・何人斯》:「伯氏吹壎,～氏吹篪。」引申為居中的,每季的第二個月。《呂氏春秋・音律》:「～夏日長至。」

重 ㊀ zhòng ❶ 分量大,與「輕」相對。《孟子・梁惠王上》:「權,然後知輕～。」(權:稱量。)引申為重要。《孟子・告子下》:「禮與食孰～?」(孰:哪一樣。)又引申為貴重。《戰國策・趙策四》:「而挾～器多也。」❷ 重視,看重。《韓非子・八說》:「輕祿～身謂之君子。」《淮南子・原道》:「聖人不貴尺之璧,而～寸之陰。」(陰:光陰。)❸ 增加。《荀子・富國》:「～田野之稅以奪之食。」屈原《離騷》:「紛吾既有此內美兮,又～之以修能。」(紛:盛多的樣子。修:長。能:才能。)❹ 莊重。《論語・學而》:「君子不～則不威。」❺ 載軍用物品的車輛,輜重。《左傳・宣公十二年》:「楚～至於邲。」(邲 bì:地名。)

㊁ chóng ❻ 重複,重疊。《左傳・僖公二十二年》:「君子不～傷。」(重傷:使受傷的人再次受傷。)《水經注・江水》:「～巖疊嶂,隱天蔽日。」❼ 量詞。層。《莊子・列御寇》:「夫千金之珠,必在九～之淵。」

【辨析】重、複。見 152 頁「複」字條。

衷 zhòng 見 684 頁「衷」㊁。

眾(衆) zhòng 多,眾多,與「寡」「少」相對。《韓非子・五蠹》:「上古之世,人民少而禽獸～。」引申為眾人。《論語・衛靈公》:「～惡之,必察焉;～好之,必察焉。」又引申為一般的，普通的。《孟子・告子下》：「君子之所為，～人固不識也。」

種 zhòng 見 685 頁「種」㊁。

zhou

舟 zhōu ❶ 船。《詩經・小雅・菁菁者莪》：「汎汎楊～，載沉載浮。」（汎汎：流動的樣子。）又用如動詞。撐船，乘船。《呂氏春秋・孝行》：「～而不游。」❷ 古代祭祀用的器具。《周禮・春官・司尊彝》：「祼用雞彝、鳥彝，皆有～。」（祼：祭名。彝：祭器。）❸ 通「周 zhōu」。環繞。《詩經・大雅・公劉》：「何以～之？維玉及瑤。」

【辨析】舟、船。見 72 頁「船」字條。

州 zhōu ❶ 水中陸地。後來寫作「洲」。《漢書・地理志下》：「自合浦、徐聞南入海，得大～。」❷ 古代戶籍編制單位。每州二千五百戶。《周禮・地官・大司徒》：「五黨為～。」（黨：五百戶為黨。）❸ 地方行政單位，歷代所轄地域不同。禹分天下為九州。《尚書・禹貢》：「禹別九～。」漢代州轄郡，隋唐州相當郡。班固《西都賦》：「與乎～郡之豪傑。」

【說明】「洲」是「州」的後起分別字。在「水中陸地」義上相同。「州」的其他意義不寫作「洲」。

侜 zhōu 蒙蔽，欺誑。《詩經・陳風・防有鵲巢》：「誰～予美？」[侜張] 欺誑。仲長統《昌言》：「～～變怪之言起焉。」

周 zhōu ❶ 環繞。《左傳・成公二年》：「齊師敗績，逐之，三～華不注。」（華不注：山名。）《淮南子・時則》：「星～于天，歲將更始。」引申為遍，周遍。《呂氏春秋・慎人》：「禹～於天下以求賢者。」❷ 周密。《孫子・作戰》：「夫將者，國之輔也，輔～則國必強。」引申為親密。《論語・為政》：「君子～而不比，小人比而不～。」❸ 相合。屈原《離騷》：「何方圜之能～兮，夫孰異道而相安？」《淮南子・原道》：「貴其～於數而合於時。」❹ 極，至。《尚書・泰誓中》：「雖有～親，不如仁人。」❺ 救助。《論語・雍也》：「君子～急不濟富。」晁錯《論貴粟疏》：「可以～海內，而亡飢寒之患。」（亡：無。）❻ 朝代名。公元前十一世紀中葉姬發（武王）滅商後建立，至公元前 256 年為秦所滅。又南北朝時宇文覺所建立（公元 557 － 581 年），史稱北周。又五代時郭威所建立（公元 951 － 960 年），史稱後周。

洲 zhōu 水中的陸地。《詩經・周南・關雎》：「關關雎鳩，在河之～。」（關關：鳥和鳴聲。）

【辨析】洲、坻、沚、渚。見 61 頁「坻」字條。

啁 zhōu 見 663 頁「啁」㊁。

粥 ㊀ zhōu△ ❶ 粥。《呂氏春秋・仲秋》：「是月也，養衰老，授几杖，行麋～飲食。」（麋：通「糜」。）《齊民要術・作酢法》：「取黍米一斗，水五升，煮作～。」

㊁ yù△ ❷ 同「鬻」。賣。《禮記・王制》：「宗廟之器，不～於市。」❸ 養育。《周禮・秋官・修閭氏》：「掌比國中宿互欜者，與其國～。」《大戴禮記・夏小正》：「初俊羔，助厥母～。俊也者，大也。～也者，養也。」

賙 zhōu 救濟。《周禮・地官・大司徒》：「五黨為州，使之相～。」（黨：古代居民組織，五百家為一黨。）

譸 zhōu ❶ [譸張] 欺誑。《尚書・無逸》：「民無或胥～～為幻。」（胥：相互。幻：惑亂。）❷ 通「籌 chóu」。忖度，思忖。《後漢書・虞詡傳》：「以詡～之，知其無能為也。」

鬻 ㊀ zhōu△ ❶ 粥。《左傳・襄公十七年》：「食～，居依廬。」又用作動詞。《左傳・昭公七年》：「饘於是，～於是，以糊余口。」（饘 zhān：厚粥。）

㊁ yù△ ❷ 賣。《左傳・昭公三年》：「有～踊者。」（踊 yǒng：為受刖刑的人所做的鞋子。）《韓非子・難一》：「楚人有～楯與矛者。」（楯：盾。）❸ 養育。《莊子・

德充符》：「天～者，天食也。」《禮記・樂記》：「羽者嫗伏，毛者孕～。」（嫗伏：鳥類以體伏卵，使之孵化。）

【辨析】鬻、沽、賣、售。見169頁「沽」字條。

妯 zhóu　見66頁「妯」㊁。

軸 zhóu△　車軸。《左傳・定公九年》：「盡借邑人之車，鍥其～。」（鍥：刻。）《淮南子・詮言》：「羣輕折～。」引申為可旋轉的東西。王建《田家行》：「麥收在場絹在～。」白居易《琵琶行》：「轉～撥弦三兩聲。」

肘 zhǒu　胳膊肘。《左傳・成公二年》：「自始合，而矢貫余手及～。」（貫：射穿。）用如動詞。以肘觸人。《左傳・成公二年》：「從左右，皆～之，使立於後。」

帚（箒） zhǒu　掃帚。《禮記・曲禮上》：「凡為長者糞之禮，必加～於箕上。」（糞：清除污物。）曹丕《典論・論文》：「家有敝～，享之千金。」（享：當。）

咒（呪） zhòu　❶禱告。《後漢書・諒輔傳》：「時夏大旱……輔乃自暴庭中，慷慨～曰。」李商隱《安平公》：「瀝膽～願天有眼。」❷詛咒，咒罵。《易林・噬嗑之未濟》：「夫婦～詛。」❸方士等從事迷信活動時所謂驅鬼消災的口訣。《後漢書・皇甫嵩傳》：「符水～說以療病。」（符水：方士唸咒時噴出的水。）

宙 zhòu　❶棟樑。《淮南子・覽冥》：「而燕雀佼之，以為不能與之爭於宇～之間。」（宇：屋簷。）❷時間的總和。《淮南子・齊俗》：「往古來今謂之～。」❸天空。《南齊書・樂志》：「功燭上～，德耀中天。」（燭：照。）

冑 zhòu　❶古代作戰時戴的頭盔。《左傳・僖公三十二年》：「免～入狄師。」《韓非子・喻老》：「甲～生蟣蝨。」❷後代。《國語・周語下》：「晉仍無道而鮮～，其將失之矣。」（鮮 xiǎn：少。）《三國志・蜀書・諸葛亮傳》：「將軍既帝室之～，信義著於四海。」

【說明】甲冑的「冑」，從月；後裔的「胄」，從肉。古代是兩個不同的字，後代因音同形近而相混為一。

咮 zhòu　❶鳥嘴。《詩經・曹風・候人》：「雌鵜在梁，不濡其～。」（梁：攔魚的堰。）❷星宿名，即柳宿。《左傳・襄公九年》：「古之火正，或食於心，或食於～，以出內火，是故～為鶉火，心為大火。」（心：心宿。）

祝 zhòu　見692頁「祝」㊁。

紂 zhòu　❶商代的最後一個君主，是有名的暴君。《左傳・莊公十一年》：「桀、～罪人，其亡也忽焉。」（忽：迅速。）❷通「牖 yǒu」。窗。《戰國策・秦策四》：「以同言郢威王於側～之間。」

酎 zhòu　反覆釀的醇酒。《呂氏春秋・孟夏》：「是月也，天子飲～。」

啄 zhòu　見699頁「啄」㊁。

晝 zhòu　❶白天。《詩經・豳風・七月》：「～爾于茅。」（于：往。茅：用作動詞，採茅草。）《論語・公冶長》：「宰予～寢。」（宰予：孔子的學生。）❷古地名。《孟子・公孫丑下》：「孟子去齊，宿於～。」（去：離開。）

甃 zhòu　❶磚砌的井壁。《莊子・秋水》：「出跳梁乎井幹之上，入休乎缺～之崖。」代指井。杜甫《解悶》之十一：「翠瓜碧李沉玉～。」❷用磚修井。《周易・井》：「井～，无咎。」泛指用磚石砌物。白居易《池上即事》：「行尋～石引新泉。」

皺 zhòu　皮膚因鬆弛而出現褶紋。李賀《嘲少年》：「髮白面～專相待。」泛指物體上的褶紋。韓愈《南山》：「前低劃開闊，爛漫堆眾～。」

噣 ㊀ zhòu　❶鳥嘴。《史記・趙世家》：「中衍人面鳥～。」❷星宿名，即二十八宿中的柳宿。《詩經・召南・小星》「嘒彼小星，三五在東」毛傳：「三心五～，四時更見。」

㊁ zhuó△　❸同「啄」。禽鳥啄食。《戰國策・楚策四》：「（黃雀）俯～白粒。」

縐 zhòu ❶細葛布。《詩經・鄘風・君子偕老》：「蒙彼～絺。」（絺 chī：細葛布。）❷皺縮不伸展的樣子。司馬相如《子虛賦》：「襞積褰～。」（襞 bì 積：衣服上的皺褶。褰 qiān：皺縮。）

繇 zhòu 見598頁「繇」㊂。

籀 zhòu ❶誦讀並領會文義。許慎《說文解字敘》：「學僮十七已上始試，諷～書九千字乃得為史。」❷漢字的一種字體。又叫大篆。《說文解字敘》：「今敘篆文，合以古～。」（古：指古文。）《文心雕龍・練字》：「及李斯刪～而秦篆興。」

驟 zhòu ❶（馬）奔馳。《詩經・小雅・四牡》：「駕彼四駱，載～駸駸。」（駸駸 qīnqīn：疾行的樣子。）泛指奔馳。《莊子・齊物論》：「麋鹿見之決～。」❷疾，急。《左傳・莊公二十七年》：「若～得勝於我，必棄其民。」《老子》第二十三章：「故飄風不終朝，～雨不終日。」❸屢次，多次。《左傳・宣公二年》：「宣子～諫。」（宣子：指趙盾。）《呂氏春秋・不苟》：「由余～諫而不聽。」

zhu

朱 zhū ❶大紅色。《呂氏春秋・孟夏》：「乘～輅。」（輅：車。）代指大紅色的物品。宋玉《登徒子好色賦》：「施～則太赤。」此指胭脂類。《晉書・夏侯湛傳》：「被～佩紫。」此指朱衣。❷硃砂。《隋書・西域傳・高昌》：「出赤鹽如～。」

【辨析】朱、赤、絳、丹、紅。見63頁「赤」字條。

侏 zhū 身體短小。《論衡・齊世》：「安得傴～之人乎？」（傴：駝背。）［侏儒］身材短小的人。《國語・晉語四》：「～～不可使援。」

邾 zhū 古諸侯國名，周武王封顓頊之後於邾，後被楚所滅。《呂氏春秋・去尤》：「～之故法，為甲裳以帛。」

洙 zhū 水名，在今山東境內。《禮記・檀弓上》：「吾與女事夫子於～泗之間。」（女 rǔ：你們。）

珠 zhū 蚌殼內所生的珍珠。《莊子・胠篋》：「擿玉毀～，小盜不起。」（擿：通「擲」，扔掉。）泛指像珠子的東西。李賀《龍夜吟》：「粉淚凝～滴紅線。」蘇軾《六月二十七日望湖樓醉書》：「白雨跳～亂入船。」

【辨析】珠、璣。見220頁「璣」字條。

茱 zhū ［茱萸］一種落葉喬木。古代風俗，農曆九月九日重陽節，佩茱萸囊以祛邪避災。王維《九月九日憶山東兄弟》：「遙知兄弟登高處，遍插～～少一人。」

株 zhū ❶露出地面的樹根，樹樁。《韓非子・五蠹》：「兔走觸～，折頸而死。」❷量詞。用於植物。《三國志・蜀書・諸葛亮傳》：「成都有桑八百～。」❸牽連，株連。《新唐書・鬱林王恪傳》：「宗室賢者多～翦。」

蛛 zhū 蜘蛛。《太玄・遇》：「俾～罔，罔遇蠡利，雖大不得從。」

跦 zhū ［跦跦］跳躍行走的樣子。《左傳・昭公二十五年》：「鸜鵒～～，公在乾侯。」（鸜鵒：鳥名，即八哥。乾侯：地名。）

誅 zhū ❶譴責。《論語・公冶長》：「朽木不可雕也，糞土之牆不可杇也。於予與何～？」（杇 wū：同「圬」，塗刷。予：宰予，孔子的學生。與 yú：語氣詞。）今成語有「口誅筆伐」。引申為懲罰。《韓非子・八經》：「賞譽同軌，非～俱行。」（非：誹。）❷殺戮。《孟子・梁惠王下》：「聞～一夫紂矣，未聞弒君也。」《韓非子・五蠹》：「故令尹～而楚姦不上聞。」引申為剷除，除掉。屈原《卜居》：「寧～鋤草茅以力耕乎？」❸要求，索取。《左傳・莊公八年》：「（齊襄公）傷足喪屨，反，～屨於徒人費。」（反：返回。徒人費：名費的侍人。）《國語・吳語》：「以歲之不獲也，無有～焉。」

【辨析】誅、殺、弒。見441頁「殺」字條。

銖 zhū ❶古代重量單位，一兩的二十四分之一。《商君書・定分》：「雖有千金，不能以用一～。」《淮南子・

說林》：「決千金之貨者不爭～兩之價。」（決：通「抉」，取。）❷ 鈍，不鋒利。《淮南子・齊俗》：「其兵戈～而無刃。」《三國志・吳書・薛綜傳》：「器械～鈍。」

豬（猪） zhū ❶ 豬。家畜名。《墨子・法儀》：「豢犬～。」❷ 同「瀦」。水停積。《尚書・禹貢》：「大野既～，東原底平。」（大野：古澤名。）

諸 zhū ❶ 眾。《詩經・邶風・泉水》：「問我～姑，遂及伯姊。」《淮南子・人間》：「城已破，～城守者皆屠之。」❷ 代詞。相當於「之」。《左傳・文公元年》：「潘崇曰：『能事～乎？』」（潘崇：人名。事：侍奉。）《呂氏春秋・審應》：「聞先生之議曰『為聖易』，有～乎？」❸「之於」「之乎」的合音。《左傳・隱公元年》：「段入于鄢，公伐～鄢。」（段：共叔段。鄢：地名。）《孟子・梁惠王下》：「文王之囿方七十里，有～？」❹ 句末語氣詞。表示感歎語氣。《詩經・邶風・日月》：「日居月～，照臨下土。」（居：語氣詞。）

瀦（潴） zhū 水停聚的地方。《周禮・地官・稻人》：「以～畜水，以防止水。」引申為停聚，蓄積。《新唐書・地理志五》：「～溪水殖稻。」

朮 zhú△ 草本植物，有白朮、蒼朮等多種。嵇康《與山巨源絕交書》：「餌～黃精，令人久壽。」

竹 zhú△ ❶ 竹子。《呂氏春秋・明理》：「盡荊越之～，猶不能書。」又指用來書寫的竹簡。《呂氏春秋・情欲》：「故使莊王功跡著乎～帛，傳乎後世。」❷ 古代八音之一，竹製樂器，如簫笛之類。《周禮・春官・大師》：「皆播之以八音：金、石、土、革、絲、木、匏、～。」歐陽修《醉翁亭記》：「宴酣之樂，非絲非～。」

竺 zhú 見114頁「竺」㊁。

柚 zhú 見630頁「柚」㊁。

逐 zhú△ ❶ 追趕。《左傳・莊公十年》：「吾視其轍亂，望其旗靡，故～之。」（靡：倒下。）《戰國策・秦策一》：「以秦攻之，譬如使豺狼～羣羊也。」❷ 驅逐。《公羊傳・僖公二十八年》：「文公～衛侯而立叔武。」李斯《諫逐客書》：「臣聞吏議～客，竊以為過矣。」引申為放逐。屈原《九章・哀郢》：「信非吾罪而棄～兮。」（信：確實。）❸ 追隨，跟隨。《史記・匈奴列傳》：「～水草移徙。」引申為追求。《荀子・王霸》：「今君人者急～樂而緩治國。」❹ 競爭。《韓非子・五蠹》：「上古競於道德，中世～於智謀，當今爭於氣力。」❺ 依次。《史記・秦始皇本紀》：「始皇聞之，遣御史～問，莫服。」（莫：沒有人。）

【辨析】逐、追。在「追趕」的意義上，二者相同，不過也有細微差別：「逐」多用於追趕獸（也用於追趕人），而「追」則用於追趕人，極少用於追趕獸。另外，「逐」的「競爭、驅逐」義，是「追」所沒有的；「追」的「來得及、追溯」義，也是「逐」所不具備的。

舳 zhú△ 船尾。代指船。王勃《滕王閣序》：「舸艦迷津，青雀黃龍之～。」［舳艫］船尾和船頭，代指船。《漢書・武帝紀》：「～～千里。」

筑 zhú△ 古代的一種弦樂器。《淮南子・泰族》：「高漸離、宋意為擊～而歌於易水之上。」

燭 zhú△ 照明用的火炬。《儀禮・士昏禮》：「從車二乘，執～前馬。」後指蠟燭。李商隱《夜雨寄內》：「何當共剪西窗～，卻話巴山夜雨時。」引申為照，照亮。《呂氏春秋・去私》：「日月無私～也。」陶弘景《華陽頌・物軌》：「熒芝可～夜。」引申為洞悉。《韓非子・難三》：「明不能～遠姦。」

躅 zhú 見700頁「躅」㊁。

欘 zhú△ ❶ 鋤類農具。《管子・小匡》：「惡金以鑄斤斧鉏夷鋸～，試諸木土。」❷ 樹枝彎曲。《山海經・海內經》：「名曰建木，百仞無枝，有九～。」

斸 zhú△ 鋤類農具。《國語・齊語》：「惡金以鑄鉏夷斤～。」引申為挖，砍，削。《齊民要術・種槐柳楸梓梧柞》：

「明年～地令熟。」牛殳《琵琶行》：「何人～得一片木，三尺春冰五音足。」

钃 zhú△ 斫，刺。《荀子・榮辱》：「所謂以狐父之戈～牛矢也。」（狐父：地名。矢：通「屎」。）

主 zhǔ ❶ 國君，君主。《尚書・多方》：「天惟時求民～。」《荀子・王霸》：「大國之～而好見小利。」引申為主人。對賓客、僕人等而言。《戰國策・韓策二》：「然仲子卒備賓～之禮而去。」（仲子：人名。）《史記・外戚世家》：「為其～入山作炭。」❷ 木主，為死者立的牌位。《春秋・文公二年》：「作僖公～。」❸ 掌管，主管。《孟子・萬章上》：「使之～祭而百神享之。」❹ 根本，首要。《莊子・漁父》：「忠貞以功為～，飲酒以樂為～。」又用作動詞。以為主，以為根本、首要。《孫子・九地》：「兵之情～速。」❺ 漢以後又用為對公主的簡稱。《史記・外戚世家》：「是時平陽主寡居，當用列侯尚～。」（尚主：娶公主為妻。）

拄 zhǔ ❶ 支撐。《戰國策・齊策六》：「大冠若箕，長劍～頤。」（頤 yí：腮，面頰。）韓偓《雨中》：「人愁方～頰。」❷ 譏刺。《漢書・朱雲傳》：「既論難，連～五鹿君。」

枓 ㊀ zhǔ ❶ 勺子，舀水用具。《禮記・喪大記》：「沃水用～。」
㊁ dǒu ❷ [枓栱] 屋柱上方的木塊。段縠《市中狂吟》：「～～斜攲。」

柱 zhǔ 見 691 頁「柱」㊁。

渚 zhǔ ❶ 水中的小塊陸地。《詩經・召南・江有汜》：「江有～。」王勃《滕王閣序》：「鶴汀鳧～，窮島嶼之縈回。」（汀 tīng：水邊平地。窮：極。）又指水邊。王勃《滕王閣詩》：「滕王高閣臨江～。」❷ 通「瀦 zhū」。蓄水處。指陂塘之類。《管子・五輔》：「導水潦，利陂溝，決潘～。」（潘 fān：溢出。）

【辨析】渚、坻、沚、洲。見 61 頁「坻」字條。

煮(煑) zhǔ 煮。《淮南子・泰族》：「工女～以熱湯而抽其統紀。」（統紀：指絲的頭緒。）曹植《七步詩》：「～豆然豆萁。」（然：燃。）

褚 zhǔ ❶ 用絲綿裝衣服。也指內裝絲綿的衣服。《漢書・南粵傳》：「上～五十衣，中～三十衣，下～二十衣，遺王。」❷ 囊，袋。《左傳・成公三年》：「荀罃之在楚也，鄭賈人有將寘諸～中以出。」（荀罃：知罃，人名。寘：置。）《莊子・至樂》：「～小者不可以懷大。」

麈 zhǔ 獸名，鹿屬。《山海經・中山經》：「（風雨之山）其獸多閭麋，多～豹虎。」（閭 lǘ：傳說中的獸名。）《逸周書・王會》：「正北方稷慎大～。」（稷慎：古國名。）又指以麈尾做成的拂塵。盧照鄰《行路難》：「金貂有時換美酒，玉～但搖莫計錢。」

屬 ㊀ zhǔ△ ❶ 連接。《莊子・馬蹄》：「萬物羣生，連～其鄉。」《韓非子・說疑》：「要領不～，手足異處。」（要：腰。領：脖子。）引申為連綴文辭。《史記・屈原列傳》：「屈平～草稿未定。」❷ 附着，佩戴。《詩經・小雅・小弁》：「君子無易由言，耳～于垣。」（無易由言：不要輕用讒言。垣：牆。）《左傳・僖公二十三年》：「若不獲命，其左執鞭弭，右～櫜鞬，以與君周旋。」（弭 mǐ：弓。櫜 gāo：放弓箭的器具。鞬 jiàn：馬上放弓箭的器具。）❸ 聚集。《孟子・梁惠王下》：「乃～其耆老而告之。」❹ 請託，委託。《戰國策・齊策四》：「使人～孟嘗君，願寄食門下。」引申為囑咐，告誡。後來寫作「囑」。《戰國策・西周策》：「將死，而～其子曰。」❺ 看，注視。後來寫作「矚」。《洛陽伽藍記・景明寺》：「俯聞激電，傍～奔星。」❻ 恰巧。《左傳・成公二年》：「下臣不幸，～當戎行。」（當：碰上。戎行 háng：兵車的行列。）
㊁ shǔ△ ❼ 種類。《韓非子・五蠹》：「廢敬上畏法之民，而養遊俠私劍之～。」❽ 親屬。《孟子・離婁下》：「夫章子豈不欲有夫妻子母之～哉？」又指部屬。《左傳・文公二年》：「以其～馳秦師。」❾ 歸屬，隸屬。《左傳・桓公五年》：「陳人～焉。」《史記・項羽本紀》：「當陽君、蒲

將軍皆～項羽。」

囑 zhǔ△ 託付，叮嚀。《後漢書・卓茂傳》：「為汝有事～之而受乎？」杜甫《潼關吏》：「請～防關將，慎勿學哥舒。」

矚 zhǔ△ 見，注視。《淮南子・道應》：「聽焉無聞，視焉無～。」《齊民要術・園籬》：「盤桓瞻～，久而不能去。」（盤桓：徘徊。）今成語有「高瞻遠矚」。

宁 zhù 古代宮殿門和屏風之間，為君王視朝時站立的地方。《禮記・曲禮下》：「天子當～而立，諸公東面，諸侯西面。」

助 zhù ❶ 輔助，幫助。《論語・先進》：「回也非～我者也。」《孟子・公孫丑下》：「得道者多～，失道者寡。」❷ 殷代的一種租賦制度。《孟子・滕文公上》：「夏后氏五十而貢，殷人七十而～，周人百畝而徹，其實皆什一也。」（什一：指十分抽一。）

住 zhù ❶ 停留，停止。《後漢書・薊子訓傳》：「見者呼之曰：『薊先生小～。』」❷ 居住。《世說新語・文學》：「支道林初從東出，～東安寺中。」❸ 通「駐 zhù」。駐紮。《三國志・蜀書・諸葛亮傳》：「前鋒破，退還，～綿竹。」

佇（竚） zhù 長久地站立。《詩經・邶風・燕燕》：「瞻望弗及，～立以泣。」屈原《離騷》：「延～乎吾將反。」引申為停留，等待。謝惠連《西陵遇風獻康樂》：「臨津不得濟，～楫阻風波。」杜甫《壯遊》：「羣凶逆未定，側～英俊翔。」

苧 ㊀ zhù ❶ 草名，即荊三棱，又叫三棱草。《史記・司馬相如列傳》：「蔣～青薠。」（蔣：草名，即茭白。薠 fán：草名。）

㊁ xù ❷ 橡樹。也指橡樹果實。《莊子・齊物論》：「狙公賦～。」（狙公：養猴子的人。賦：分給，給予。）

杼 ㊀ zhù ❶ 織布機的梭子。《詩經・小雅・大東》：「小東大東，～柚其空。」（柚 zhóu：織機上用來繞經紗的圓軸。）《戰國策・秦策二》：「其母懼，投～逾牆而走。」❷ 削薄，削尖。《周禮・考工記・輪人》：「凡為輪，行澤者欲～。」

㊁ shū ❸ 樹名。《莊子・山木》：「食～栗。」❹ 通「抒 shū」。排除污垢。《管子・禁藏》：「～井易水，所以去茲毒也。」又為抒發。屈原《九章・惜誦》：「發憤以～情。」

注 zhù ❶ 灌入，流入。《詩經・大雅・文王有聲》：「豐水東～，維禹之績。」《孟子・滕文公上》：「禹疏九河，瀹濟漯而～諸海。」（瀹 yuè：疏導。濟、漯 tà：古河名。）❷ 聚集，集中。《周禮・天官・獸人》：「令禽～于虞中。」（虞中：虞人所立旗幟之下。虞：虞人，掌管山澤禽獸的官。）《淮南子・原道》：「草木～根，魚鱉湊淵。」（湊：聚。）❸ 附着，放置。《爾雅・釋天》：「～旄首曰旌。」（旄：旄牛尾。首：旗杆頂。）特指把箭搭在弓上。《左傳・襄公二十三年》：「欒射之，不中，又～。」❹ 投賭注。《莊子・達生》：「以瓦～者巧，以鉤～者憚，以黃金～者殙。」（殙 hūn：昏亂。）又為賭博時所押的錢財。《宋史・寇準傳》：「博者輸錢欲盡，乃罄所有出之，謂之孤～。」今成語有「孤注一擲」。❺ 記載，登記。《後漢書・皇后紀上・和熹鄧皇后》：「平望侯劉毅以太后多德政，欲令早有～記。」❻ 注釋。《世說新語・文學》：「鄭玄欲～《春秋傳》。」❼ 通「咮 zhòu」。1. 鳥嘴。《周禮・考工記・梓人》：「以～鳴者……謂之小蟲之屬。」2. 星宿名。即柳宿，二十八宿之一。《史記・律書》：「西至于～。」

【辨析】注、灌。見178頁「灌」字條。

苧 zhù 苧麻。王褒《僮約》：「多取蒲～，益作繩索。」（蒲：蒲草。）也指苧麻織物。《管子・小匡》：「首戴～蒲。」（苧蒲：指苧麻和蒲草編成的斗笠。）

柷 zhù△ 打擊樂器名，樂曲開始時先擊柷。《呂氏春秋・仲夏》：「飭鍾磬～敔。」（飭：整飭。敔 yǔ：打擊樂器，樂曲結束時擊敔。）

柱 ㊀ zhù ❶ 支撐房架的立柱。《莊子・人間世》：「以為～則蠹。」（蠹：蛀蝕。）《史記・刺客列傳》：「秦王環～而走。」泛指像房柱的東西。《莊子·盜跖》：「水至不去，抱梁～而死。」（梁：橋。）《淮南子·天文》：「天～折。」❷ 瑟上繫弦的小木塊。《史記·廉頗藺相如列傳》：「王以名使括，若膠～而鼓瑟耳。」（括：趙括。）

㈡ zhǔ ❸ 支撐。《潛夫論·釋難》：「故大屋移傾，則下之人不待告令，各爭其～之。」《三國志·魏書·鍾會傳》：「內人共舉機以～門。」

投 zhù 投，特指下賭注。《呂氏春秋·去尤》：「以黃金～者殆。」（殆：迷惑。）

炷 zhù ❶ 燈炷，燈心。傅玄《燈銘》：「素膏流液，玄～亭亭。」也指可燃燒的柱狀物。韓愈《譴瘧鬼》：「灸師施艾～。」❷ 點燃，焚燒。王建《和元郎中玩月》之四：「直到天明不～燈。」❸ 量詞。多用於燃香。李中《贈念法華經綬上人》：「瞑目先焚一～香。」

祝 ㈠ zhù△ ❶ 祭祀時向神禱告的人。《墨子·魯問》：「魯～以一豚祭，而求百福於鬼神。」（豚 tún：小豬。）司馬遷《報任安書》：「文史星曆，近乎卜～之間。」（星：指天文。曆：指曆算。）又用作動詞。向神禱告。《戰國策·趙策四》：「祭祀必～之。」又泛指祝願，祝福。《呂氏春秋·樂成》：「魏襄王與羣臣飲，酒酣，王為羣臣～，令羣臣皆得志。」❷ 斷。《穀梁傳·哀公十三年》：「吳，夷狄之國也，～髮文身。」（文身：在身上刺刻花紋。）

㈡ zhòu ❸ 詛咒。《左傳·成公十七年》：「愛我者惟～我，使我速死。」

蛀 zhù 蛀蟲，咬器物的小蟲。陳翥《桐譜·器用》：「然而采伐不時，則有～蟲之害焉。」又用作動詞，蛀蝕，被蟲子咬壞。《嶺表錄異》卷下：「雲南中柑子樹無蟻者，實多～。」

羜 zhù 幼羊。《詩經·小雅·伐木》：「既有肥～，以速諸父。」（速：召。）

紸 zhù ［紸纊］用新綿安放在臨終者的鼻子前，看其是否還有氣息。《荀子·禮論》：「～～聽息之時，則夫忠臣孝子，亦知其閔已。」

紵 zhù 苧麻。《詩經·陳風·東門之池》：「東門之池，可以漚～。」《漢書·地理志下》：「男子耕農，種禾稻～麻。」又指苧麻織的布。《左傳·襄公二十九年》：「子產獻～衣焉。」《淮南子·說林》：「布之新不如～，～之弊不如布。」

著 ㈠ zhù ❶ 顯露，顯著。《禮記·中庸》：「誠則形，形則～，～則明。」《三國志·蜀書·諸葛亮傳》：「將軍既帝室之胄，信義～於四海。」（胄：後代。）❷ 撰寫，寫作。《史記·韓非列傳》：「非為人口吃，不能道說，而善～書。」司馬遷《報任安書》：「僕誠以～此書，藏之名山，傳之其人。」（僕：謙稱自己。）

㈡ zhuó△ ❸ 附着。近代俗寫作「着」。賈誼《論積貯疏》：「今驅民而歸之農，皆～于本。」（本：指農業。）❹ 穿戴，佩帶。《呂氏春秋·士節》：「～衣冠，令其友操劍奉笥而從。」古詩《為焦仲卿妻作》：「耳～明月璫。」（明月璫：用明月珠做的耳飾。）又為名詞。穿着。陶潛《桃花源記》：「男女衣～，悉如外人。」❺［土著］定居於一地，不隨意遷徙的。《史記·西南夷列傳》：「其俗或～～，或移徙。」後指世代居住本地的人。也單用「著」。《後漢書·李忠傳》：「墾田增多，三歲間，流民佔～者五萬餘口。」

貯 zhù ❶ 藏，儲存。《呂氏春秋·樂成》：「我有衣冠，而子產～之。」（子產：人名，鄭大夫。）賈誼《論積貯疏》：「夫積～者，天下之大命也。」（命：命脈。）❷ 通「佇 zhù」。久立。《漢書·外戚傳上·孝武李夫人》：「飾新宮以延～兮，泯不歸乎故鄉。」（泯：泯滅。）

註 zhù ❶ 記載。《後漢書·律曆志下》：「重黎記～。」（重黎：人名。相傳堯時掌管時令，後為舜臣。）❷ 注釋。本只作「注」。《晉書·向秀傳》：「始秀欲～《莊子》。」

【說明】「注」「註」二字在「注釋、記載」的意義上相同，「註」是「注」的「注釋」義的後起字。「注」的其他意義都不寫作「註」。

筯 zhù 筷子。《論衡・感虛》：「夫以～撞鍾，以箸擊鼓，不能鳴者，所用撞擊之者小也。」又指火筷子。《玉溪編事・仲庭預》：「庭預方獨作歎息，以～撥灰。」

鉒 zhù ❶礦藏。《管子・地數》：「上有鉛者，其下有～銀；上有丹沙者，其下有～金。」❷通「注 zhù」。投賭注。《淮南子・說林》：「以瓦～者全。」（瓦：紡磚。）

翥 zhù 飛舉。屈原《遠遊》：「鸞鳥軒～而翔飛。」（軒：飛舉。）《文心雕龍・夸飾》：「軒～而欲奮飛。」

箸 ㊀ zhù ❶筷子。《禮記・曲禮上》：「飯黍毋以～。」《韓非子・說林上》：「玉杯象～必不盛菽藿。」（象：象牙。菽藿 huò：指粗疏的菜。）❷顯明，顯著。《荀子・彊國》：「霸者之善～焉。」《史記・秦始皇本紀》：「建定法度，顯～綱紀。」❸著述。《後漢書・王充傳》：「～《論衡》八十五篇。」

㊁ zhuó△ ❹附着。《荀子・勸學》：「君子之學也，入乎耳，～乎心，布乎四體。」又指穿戴。《世說新語・賢媛》：「桓車騎不好～新衣。」（桓車騎 jì：指車騎將軍桓沖。）又《巧藝》：「客～葛巾角。」

駐 zhù ❶車馬停住。《漢書・韓延壽傳》：「今旦明府早駕，久～未出。」引申為暫時停留，停留。古詩《為焦仲卿妻作》：「行人～足聽，寡婦起彷徨。」❷駐紮，駐守。《三國志・蜀書・諸葛亮傳》：「五年，率諸軍北～漢中。」

澍 zhù 見 471 頁「澍」㊁。

築 zhù△ ❶築牆時搗土的木杵。《孟子・告子下》：「傅說舉於版～之間。」（傅說 yuè：殷高宗的相。版：築牆時用的夾板。）又為搗土築牆。《詩經・大雅・綿》：「～之登登。」（登登：用力搗土的聲音。）引申為搗，擊。《三國志・魏書・少帝紀》：「賊以刀～其口，使不得言。」❷修築，建造。《詩經・豳風・七月》：「九月～場圃。」《春秋・莊公元年》：「～王姬之館于外。」引申指建築物。杜甫《畏人》：「畏人成小～。」

【說明】「筑」與「築」古代音義都不相同，以上各義都不能寫作「筑」。現在「築」簡化作「筑」。

櫡 zhù 筷子。《史記・絳侯周勃世家》：「景帝居禁中，召條侯賜食，獨置大胾，無切肉，又不置～。」（胾 zì：大塊的肉。）

鑄 zhù 鑄造。《左傳・僖公十八年》：「無以～兵。」（兵：兵器。）比喻造就，培養人才。《法言・學行》：「孔子～顏淵矣。」（顏淵：孔子的學生。）

zhua

撾 zhuā 擊，捶打。《論衡・齊世》：「郡將～殺非辜。」（非辜：無罪之人。）《三國志・蜀書・張飛傳》：「又日鞭～健兒。」

檛 zhuā ❶馬箠，擊馬的竹杖。《左傳・文公十年》「繞朝贈之以策」杜預注：「策，馬～。」❷擊，敲擊。《後漢書・方術傳・段翳》：「生到葭萌，與吏爭度，津吏～破從者頭。」（葭萌：地名。）《三國志・魏書・齊王芳傳》：「道路但當期於通利，聞乃～捶老小。」❸古代一種兵器。《舊五代史・唐書・李存孝傳》：「獨舞鐵～，挺身陷陣。」

髽 zhuā ❶婦女的喪髻，用麻束髮。《左傳・襄公四年》：「國人逆喪者皆～。」也泛指用麻束髮。《淮南子・齊俗》：「三苗～首。」（三苗：我國古代部族名。）❷梳在頭頂兩側的髻。沈顏《象刑解》：「夫九人冠而一人～。」

簻 zhuā ❶馬策。馬融《長笛賦》：「裁以當～便易持。」❷樂管。《夢溪筆談・樂律一》：「～，管也。古人謂樂之管為～。」

zhuan

專 ㊀ zhuān ❶集中，專一。《孫子・虛實》：「則我～而敵分。」《淮南子・精神》：「夫血氣能～于五臟而不外越，則胸腹充而嗜慾省矣。」❷獨享，獨有。《左傳・莊公十年》：「衣食所安，弗敢～也，必以分人。」柳宗元《捕蛇者說》：「有蔣氏者，～其利三世矣。」引申為獨，獨自。《禮記・曲禮上》：「有喪者，～席而坐。」又指獨斷專行。《左傳・桓公十五年》：「祭仲～，鄭伯患之。」❸［專室］小室。《淮南子・脩務》：「獨守～～而不出門。」

㊁ tuán ❹ 圓。《周禮・地官・大司徒》：「其民～而長。」

湍 zhuān 見 512 頁「湍」㊁。

摶 zhuān 見 512 頁「摶」㊂。

塼 zhuān 陶製的紡錘。《說苑・雜言》：「子獨不聞和氏之璧乎？價重千金，然以之間紡，曾不如瓦～。」

磚（甎） zhuān 用土坯燒成的建築材料。《顏氏家訓・終制》：「蒙詔賜銀百兩，已於揚州小郊燒～。」

顓 zhuān ❶ 愚昧。《漢書・揚雄傳下》：「天降生民，倥侗～蒙。」（倥侗 kōngtóng：無知的樣子。）歐陽修《集古錄自序》：「予性～而嗜古。」（予：我。）❷ 善良。《淮南子・覽冥》：「猛獸食～民。」❸ 通「專 zhuān」。專擅。《漢書・高后紀》：「上將軍祿、相國產～兵秉政。」（祿：呂祿。產：呂產。兵：兵權。）又用作副詞。《史記・陳涉世家》：「客愚無知，～妄言。」

竱 zhuǎn 等，齊等。《國語・齊語》：「～本肇末。」（肇：正。）

轉 ㊀ zhuǎn ❶ 轉運，用車運輸。《史記・項羽本紀》：「丁壯苦軍旅，老弱罷～漕。」（罷：通「疲」，疲勞。漕：通過水道運輸。）❷ 轉動。《詩經・邶風・柏舟》：「我心匪石，不可～也。」（匪：非。）《淮南子・兵略》：「車不及～轂。」（轂 gǔ：車輪中心的圓木。）引申為轉移，輾轉。賈誼《過秦論》：「帥罷散之卒，將數百之眾，～而攻秦。」（帥、將：率領。）特指遷調官職。《後漢書・張衡傳》：「再～復為太史令。」❸ 轉變，改變方向或情勢。《莊子・田子方》：「千～萬變而不窮。」❹ 以舞伴歌。《左傳・昭公三十一年》：「趙簡子夢童子裸而～以歌。」《淮南子・齊俗》：「古者歌樂而無～。」❺ 愈益，漸趨。《宋書・王景文傳》：「吾逾忝～深，足以致謗。」（逾忝：指蒙受過分的恩寵。）

㊁ zhuàn ❻ 裝衣甲的袋子。《左傳・襄公二十四年》：「皆踞～而鼓琴。」（踞：蹲坐。鼓：彈奏。）❼ 量詞。軍功每加一等，官爵隨升一級，叫一轉。《木蘭詩》：「策勳十二～，賞賜百千強。」（策勳：記功。）

瑑 zhuàn 雕飾凸紋的玉器。《周禮・考工記・玉人》：「～琮八寸。」（琮 cóng：玉名。）又為雕飾凸紋或雕刻文字。《漢書・董仲舒傳》：「臣聞良玉不～。」

傳 ㊀ zhuàn ❶ 驛車。《左傳・成公五年》：「以～召伯宗。」（伯宗：人名。）《韓非子・愛臣》：「非～非遽，載奇兵革，罪死不赦。」引申為驛站，驛舍。《戰國策・魏策四》：「鼻之入秦之～舍。」（鼻：人名。）《三國志・魏書・陳羣傳》：「多作～舍，興費人役。」❷ 符信。《周禮・地官・司關》：「凡所運貨賄者，則以節～出之。」《韓非子・說林上》：「田成子因負～而隨之。」❸ 記載，著述。《孟子・梁惠王下》：「於～有之。」引申為注釋或闡明經義的文字。如漢毛亨有《詩故訓傳》。《公羊傳・定公元年》：「主人習其讀而問其～。」

㊁ chuán ❹ 傳遞。《孟子・公孫丑上》：「德之流行，速於置郵而～命。」引申為傳授。《論語・學而》：「～不習乎？」《韓非子・十過》：「舜禪天下而～之於禹。」又引申為傳述，傳聞。《呂氏春秋・察傳》：「數～而白為黑。」

【辨析】傳、遞。見 103 頁「遞」字條。

摶 zhuàn 見 512 頁「摶」㊁。

僝 ㊀ zhuàn ❶ 具備。《尚書・堯典》：「共工方鳩～功。」（方：通「旁」，遍。鳩：聚。）左思《魏都賦》：「～拱木於林衡。」

㊁ chán ❷ 懦弱，虛弱。張居正《答宗

伯董潯陽》：「僕之菲陋～弱。」（菲陋：低劣。謙詞。）

撰 ㊀ zhuàn ❶ 自然界的變化規律。《周易・繫辭下》：「陰陽合德，而剛柔有體，以體天地之～。」❷ 才具。《論語・先進》：「異乎三子者之～。」也指具備。潘岳《藉田賦》：「司農～播殖之器。」❸ 持。屈原《遠遊》：「～余轡而正策兮。」❹ 編集。《後漢書・光武帝紀下》：「宜令太史～集，以傳來世。」曹丕《與吳質書》：「頃～其遺文，都為一集。」❺ 著述。《三國志・魏書・衛覬傳》：「受詔典著作，又為《魏官儀》，凡所～述數十篇。」（典：主管。）

㊁ xuǎn ❻ 選擇。《周禮・夏官・大司馬》：「羣吏～車徒。」《淮南子・說山》：「～良馬者，非以逐狐狸，將以射麋鹿。」

篆 zhuàn　漢字的一種字體，有所謂大篆、小篆。許慎《說文解字敍》：「皆取史籀大～，或頗省改，所謂小～者也。」（史籀 zhòu：指《史籀篇》裏的文字。頗：稍微。）代指官印，因印章多刻篆書。《徐霞客遊記・黔遊日記一》：「明官多缺，以經歷署～。」[銘篆] 銘刻在器物上的文字。《呂氏春秋・慎勢》：「功名著乎盤盂，～～著乎壺鑑。」（鑑：鏡子。）

篹 zhuàn　見 483 頁「篹」㊁。

轉 zhuàn　見 694 頁「轉」㊁。

譔 zhuàn ❶ 具備。景差《大招》：「魂兮歸徠，聽歌～只。」（只：語氣詞。）❷ 撰寫，撰述。《禮記・祭統》：「銘者，論～其先祖之有德善。」

饌 zhuàn ❶ 陳設或準備食品。《儀禮・聘禮》：「～于東方。」又為食物。《儀禮・士冠禮》：「具～于西塾。」（西塾：門外西側的堂屋。）❷ 食用，吃喝。《論語・為政》：「有酒食，先生～。」

囀 zhuàn　形容聲音宛轉。繁欽《與魏文帝箋》：「時都尉薛訪車子，年始十四，能喉～引聲，與笳同音。」也指鳥宛轉地鳴叫。庾信《春賦》：「新年鳥聲千種～。」

籑 zhuàn ❶ 飲食。《漢書・杜鄴傳》：「陳平共壹飯之～而將相加歡。」（共：供。）❷ 著述。《漢書・司馬遷傳》：「太史公仍父子相繼～其職。」又《傳贊》：「至孔氏～之，上繼唐堯，下訖秦繆。」（秦繆：指秦穆公。）

zhuang

妝（粧） zhuāng　修飾，打扮。鮑照《擬行路難》之十三：「蓬鬢衰顏不復～。」特指婦女的裝飾。《木蘭詩》：「當戶理紅～。」

莊 zhuāng ❶ 嚴肅，莊重。《論語・為政》：「臨之以～，則敬。」《史記・汲黯鄭當時列傳》：「黯以父任，孝景時為太子洗馬，以～見憚。」（太子洗馬：官職名。見：被。）❷ 恭敬。《呂氏春秋・孝行》：「居處不～，非孝也。」❸ 裝飾，打扮。《史記・司馬相如列傳》：「靚～刻飾。」（靚 jìng：裝飾豔麗。）❹ 四通八達的道路。《晏子春秋・問篇下》：「君過於康～，聞甯戚歌，止車而聽之。」❺ 村莊。杜甫《懷錦水居止》：「萬里橋西宅，百花潭北～。」

裝 zhuāng ❶ 行裝，出行時帶的東西。《戰國策・齊策四》：「於是約車治～，載券契而行。」（約車：套車。券契：契據合同。）又指穿着的衣物。《史記・袁盎晁錯列傳》：「乃悉以其～齎置二石醇醪。」（齎 jī：攜帶。醇醪 láo：味醇厚的酒。）❷ 裝飾，打扮。《韓非子・外儲說左上》：「昔秦伯嫁其女於晉公子，令晉為之飾～。」❸ 裝載，運載。《晉書・戴若思傳》：「船～甚盛。」又《陸曄傳附陸納》：「私奴～糧食來。」❹ 安裝。《世說新語・政事》：「後桓宣武伐蜀，～船，悉以作釘。」（桓宣武：桓溫，謚「宣武」。）

樁 zhuāng ❶ 埋在土中的木橛。李白《大獵賦》：「下整高頹，深平險谷，擺～栝，開林業。」❷ 儲存，儲備。《續資治通鑑・宋高宗紹興三十年》：「除劉寶私財還寶外，餘並～充軍須。」

壯 zhuàng ❶ 成年，壯年，古人三十歲叫壯。《禮記・曲禮上》：「三十曰～。」《左傳・僖公三十年》：「臣之～也，猶不如人。」❷ 強健，強壯。《呂氏春秋・介立》：「其士卒眾庶皆多～矣。」《論衡・效力》：「夫～士力多者，扛鼎揭旗。」（揭：舉。）引申為強盛。《詩經・小雅・采芑》：「方叔元老，克～其猶。」（方叔：周宣王大臣。克：能。猶：謀略。）又引申為雄壯。司馬相如《封禪文》：「皇皇哉！此天下之～觀。」又用作動詞。認為雄壯。《史記・淮陰侯列傳》：「滕公奇其言，～其貌。」❸ 中醫術語。艾灸時，一灼稱一壯。《三國志・魏書・華佗傳》：「若當灸，不過一兩處，每處不過七八～，病亦應除。」

狀 zhuàng ❶ 形貌，形狀。《呂氏春秋・恃君》：「～貌無似吾夫者。」《韓非子・外儲說左上》：「萬物之～備具。」又為情狀。《史記・淮陰侯列傳》：「告（韓）信欲反～於呂后。」❷ 陳述。《莊子・德充符》：「自～其過。」又為形容，描繪。《文心雕龍・物色》：「故灼灼～桃花之鮮。」❸ 文體名。向上級陳述事實或意見的文書。如奏狀、訴狀，供狀。《潛夫論・實貢》：「誠使皆如～文，則是為歲得大賢二百也。」

撞 zhuàng ❶ 擊，撞擊。《淮南子・本經》：「乃始為之～大鍾，擊鳴鼓。」《史記・項羽本紀》：「亞父受玉斗，置之地，拔劍～而破之。」引申為碰觸。《世說新語・尤悔》：「或放船從橫～人觸岸。」❷ 衝，闖。《韓非子・內儲說下》：「於是～西北隅而入。」《漢書・樊噲傳》：「營衛止噲，噲直～入。」

幢 zhuàng 見 73 頁「幢」㊁。

憧 zhuàng 見 65 頁「憧」㊁。

贛 zhuàng 見 167 頁「贛」㊁。

戇 zhuàng 剛直而愚。《史記・汲黯鄭當時列傳》：「甚矣，汲黯之～也。」

zhui

隹 ㊀ zhuī ❶ 鳥的總名。《說文》：「～，鳥之短尾總名也。」
㊁ wéi ❷ 句首語氣詞。後來寫作「惟」。《墨子・明鬼下》：「矧～人面，胡敢異心？」（矧 shěn：況且。）

追 zhuī ❶ 追逐，追趕。《左傳・桓公六年》：「請～楚師。」《史記・屈原賈生列傳》：「～張儀，不及。」（不及：沒追上。）引申為趕得上，來得及。《論語・微子》：「往者不可諫，來者猶可～。」❷ 追隨，追求。屈原《離騷》：「背繩墨以～曲兮。」（繩墨：木工取直的墨線。比喻準則。）《韓非子・外儲說右上》：「臧獲之所願託於驥者，以驥之可以～利辟害也。」❸ 追溯，追念。《左傳・成公十三年》：「復修舊德，以～念前勳。」諸葛亮《出師表》：「蓋～先帝之殊遇，而欲報之於陛下也。」又為追溯已往而補加。《史記・秦始皇本紀》：「～尊莊襄王為太上皇。」❹ 通「雕 diāo」。雕刻。《詩經・大雅・棫樸》：「～琢其章。」（章：文采。）

【辨析】追、逐。見 689 頁「逐」字條。

揣 zhuī 見 71 頁「揣」㊁。

椎 zhuī 見 74 頁「椎」㊁。

錐 zhuī 錐子，鑽孔的工具。《戰國策・秦策一》：「（蘇秦）讀書欲睡，引～自刺其股。」《淮南子・覽冥》：「而爭於～刀之末。」又為用錐子刺。《新論・崇學》：「蘇生患睡，親～其股。」

騅 zhuī 毛色黑白相間的馬。《詩經・魯頌・駉》：「有～有駓。」（駓 pī：毛色黃白相雜的馬。）《史記・項羽本紀》：「時不利兮～不逝。」

惴 ㊀ zhuì ❶ 恐懼。《史記・項羽本紀》：「諸侯軍無不人人～恐。」[惴惴] 恐懼的樣子。《詩經・秦風・黃鳥》：「臨其穴，～～其慄。」（慄 lì：恐懼。）
㊁ chuǎn ❷ [惴耎] 蟲蠕動的樣子。《莊

子・胠篋》：「～～之蟲，肖翹之物，莫不失其性。」（肖翹：小飛蟲。）

隊 ㊀ zhuì ❶ 墜落。後來寫作「墜」。《左傳・莊公八年》：「公懼，～于車。」《荀子・天論》：「星～木鳴，國人皆恐。」引申為喪沒。《左傳・僖公二十八年》：「有渝此盟，明神殛之，俾～其師。」（殛：誅滅。俾：使。師：軍隊。）❷ 通「隧 suì」。隧道。《墨子・備城門》：「城上二十步一藉車，當～者不用此數。」又指山谷中險阻的道路。《穆天子傳》卷一：「於是得絕鈃山之～。」（絕：越過。）
㊁ duì ❸ 隊列，行列。《左傳・襄公二十三年》：「為二～，入孟門。」

畷 zhuì ❶ 田間的道路。《說文》：「～，兩陌間道也。」左思《皐都賦》：「其田野則畛～無數。」（畛：田間道路。）❷ 通「綴 zhuì」。連結。《禮記・郊特牲》：「饗農，及郵表～。」（農：指農官。郵：田間房舍。）

甀 zhuì 甕一類的容器。《淮南子・氾論》：「抱～而汲。」（汲：從井裏取水。）

槌 ㊀ zhuì ❶ 懸掛蠶箔的木柱。《齊民要術・種桑柘》：「一～得安十箔。」（箔 bó：蠶簾，養蠶用的竹篩、竹席。）
㊁ chuí ❷ 捶擊的器具。《論衡・效力》：「鑿所以入木者，～叩之也。」《世說新語・簡傲》：「康揚～不輟，傍若無人。」（康：指嵇康。輟：中止。傍：旁。）引申為敲擊。古詩《為焦仲卿妻作》：「阿母得聞之，～牀便大怒。」

硾 zhuì ❶ 使物下沉。《呂氏春秋・勸學》：「是拯溺而～之以石也。」❷ 搗，用錘子敲打。徐夤《釣車》：「荻灣漁客巧妝成，～鑄銀星一點輕。」

膇 zhuì 腳腫。《左傳・成公六年》：「民愁則墊隘，於是乎有沉溺重～之疾。」（墊隘：困苦。）引申指氣力薄弱。《文心雕龍・才略》：「李充賦銘，志慕鴻裁，而才力沉～，垂翼不飛。」

綴 zhuì ❶ 縫合，連綴。《禮記・內則》：「衣裳綻破，紉箴請補～。」《戰國策・秦策一》：「～甲厲兵。」（厲：磨。兵：兵器。）引申為連接。張衡《西京賦》：「左有崤函重險，桃林之塞，～以二華。」（崤函：指崤山、函谷關。二華：指太華山、少華山。）❷ 連綴文辭以成文章。《漢書・藝文志》：「閭里小知者之所及，亦使～而不忘。」《文心雕龍・鎔裁》：「至如士衡才優，而～辭尤繁。」（士衡：陸機的字。）❸ 點綴，裝飾。《韓非子・外儲說左上》：「熏以桂椒，～以珠玉。」《世說新語・言語》：「意謂乃不如微雲點～。」❹ 通「輟 chuò」。止，停止。《禮記・樂記》：「禮者，所以～淫也。」

醊 zhuì ❶ 把酒灑在地上表示祭奠。《後漢書・盧植傳》：「存其子孫，并致薄～，以彰厥德。」❷ 連續祭祀。《史記・封禪書》：「其下四方地，為～食羣神從者及北斗云。」

墜 zhuì 落，掉下。《呂氏春秋・察今》：「其劍自舟中～於水。」引申為喪失。王勃《滕王閣序》：「窮且益堅，不～青雲之志。」

錣 zhuì ❶ 趕馬杖前端用來刺馬的針。《韓非子・外儲說右下》：「前則有錯飾，後則有利～。」（錯飾：交錯的馬勒。）《淮南子・脩務》：「今有良馬不待冊～而行。」（冊：通「策」，馬棰。）❷ 計數的籌碼。《管子・國蓄》：「且君引～量用，耕田發草，上得其數矣。」

餟 ㊀ zhuì△ ❶ 連續祭祀。祭奠。《史記・孝武本紀》：「其下四方地，為～食羣神從者及北斗云。」
㊁ chuò△ ❷ 同「啜」。飲，喝。《漢紀・孝文皇帝紀》：「吾每～食，意未嘗不在鉅鹿下也。」

縋 zhuì 用繩子拴着墜下或登上。《左傳・僖公三十年》：「夜～而出。」又指繩索。《左傳・昭公十九年》：「登者六十人，～絕。」

贅 zhuì ❶ 抵押。《漢書・嚴助傳》：「民待賣爵～子以接衣食。」❷ 入贅。舊指男到女家成婚並定居。《史記・滑稽列傳》：「淳于髡者，齊之～婿也。」❸ 連綴，聚集。《韓非子・存韓》：「夫趙氏聚士卒，養從徒，欲～天下之兵。」《說苑・奉使》：「梁王～其羣臣而議其過。」❹ 病名，贅疣。《莊子・大宗師》：「彼以生為附～縣疣。」（縣 xuán：懸。）比喻多餘的，無用的。《文心雕龍・鎔裁》：「異端叢至，駢～必多。」

zhun

屯 ㊀ zhūn ❶ 艱難。《周易・屯》：「六二，～如邅如。」（如：詞尾。邅 zhān：迴旋。）《南史・謝方明傳》：「謝方明流離險厄，～苦備經。」❷ [屯屯] 忠謹仁厚的樣子。《春秋繁露・五刑相生》：「為魯司寇，斷獄～～，與眾共之，不敢自專。」

㊁ tún ❸ 聚集。屈原《離騷》：「～余車其千乘兮。」❹ 駐紮，戍守。《史記・秦始皇本紀》：「盡徵其材士五萬人，為～衛咸陽。」

忳 zhūn 見514頁「忳」㊁。

迍 zhūn [迍邅 zhān] 路難行的樣子。蔡邕《述行賦》：「塗～～其蹇連兮。」（塗：途。蹇連：行路艱難。）比喻處境困難。左思《詠史》之七：「英雄有～～，由來自古昔。」

窀 zhūn [窀穸 xī] 埋葬。《左傳・襄公十三年》：「唯是春秋～～之事。」（春秋：指四時祭祀。）引申為墓穴。《後漢書・劉陶傳》：「死者悲於～～，生者戚於朝野。」

淳（湻） zhūn 見 75 頁「淳（湻）」㊁。

諄 zhūn ❶ [諄諄] 懇切不倦的樣子。《詩經・大雅・抑》：「誨爾～～，聽我藐藐。」（藐藐：疏遠的樣子。）《孟子・萬章上》：「天與之者，～～然命之乎？」（與：給予。）❷ 輔佐。《國語・晉語九》：「曾孫蒯聵以～趙鞅之故，敢昭告于皇祖文王……」（蒯聵、趙鞅：人名。皇：大。文王：指周文王。）

純 zhǔn 見 75 頁「純」㊂。

埻 zhǔn 箭靶。《太玄・瞢》：「師或導射，豚其～。」（師：指瞽師，盲人。豚：通「遁」。）引申為標準。《潛夫論・交際》：「平議無～的，譏譽無效驗。」

準（准） zhǔn ❶ 古代測量水平的器具。《呂氏春秋・分職》：「（巧匠）為平直必以～繩。」（繩：木匠用的墨線。）引申為標準，準則。《荀子・致士》：「程者，物之～也；禮者，節之～也。」又引申為效法，依照。左思《詠史》之一：「著論～《過秦》，作賦擬《子虛》。」❷ 衡量。《韓非子・難二》：「人主雖使人，必以度量～之。」引申為揣度。《淮南子・覽冥》：「羣臣～上意而懷當。」❸ 鼻子。《史記・秦始皇本紀》：「秦王為人，蜂～長目。」《論衡・骨相》：「高祖隆～，龍顏美鬚。」❹ 箭靶。《抱朴子・廣譬》：「～的陳則流鏑赴焉。」（流鏑：疾飛的箭。）

【說明】「准」「準」古為異體字。自唐、五代始，在公文中都用「准」，表示「比照、許可」等義，如「准如所請」「准此」之類。現在「準」簡化作「准」。

zhuo

拙 zhuō△ 笨拙，與「巧」相對。《老子》第四十五章：「大巧若～。」又用作自謙之詞。如對別人稱自己的文稿為拙稿，稱自己的妻子為拙荊等。

卓 zhuō△ ❶ 高。《論語・子罕》：「如有所立，～爾。」《淮南子・原道》：「～然獨立。」又為高超。《論衡・超奇》：「何言之～殊，文之美麗也！」（殊：特異。）今成語有「卓爾不羣」等。❷ 遙遠。屈原《九章・抽思》：「道～遠而日忘兮。」《漢書・霍去病傳》：「取食於敵，～行殊遠而糧不絕。」

捉 zhuō△ ❶ 握，持。《左傳・僖公二十八年》：「叔武將沐，聞君至，～髮走出。」《三國志・蜀書・宗預傳》：「孫權～預手，涕泣而別。」又為牽拉。《莊子・讓王》：「正冠而纓絕，～衿而肘見。」今成語有「捉襟見肘」。❷ 捕捉，捉拿。《三國志・蜀書・馬超傳》：「超負其多力，陰欲突前～曹公。」杜甫《石壕吏》：「暮投石壕村，有吏夜～人。」

【辨析】捉、捕、逮。見37頁「捕」字條。

倬 zhuō△（舊讀zhuó） 大而顯明。《詩經・大雅・桑柔》：「～彼昊天。」

棁 zhuō 見515頁「棁」㊁。

涿 zhuō△ ［涿鹿］地名，故址在今河北涿鹿南。《莊子・盜跖》：「然而黃帝不能致德，與蚩尤戰於～～之野。」

棹 zhuō 見664頁「棹」㊁。

焯 zhuō△ ❶明徹，顯明。《說文》：「～，明也。」柳宗元《時令論下》：「～乎列於其前而尤不悟。」又為照耀，光耀。《晉書・文苑傳・庾闡》：「煥乎若望舒耀景而～羣星。」（望舒：指月亮。）❷燒灼。《太玄・童》：「錯蓍～龜，比光道也。」

勺 zhuó 見447頁「勺」㊁。

汋 ㊀zhuó△ ❶水自然湧出。《莊子・田子方》：「夫水之於～也，無為而才自然矣。」❷挹取。《穀梁傳・僖公八年》：「乞者，處其所而請與也，蓋～之也。」❸通「瀹yuè」。煮。《爾雅・釋天》「夏祭曰礿」郭璞注：「新菜可～。」

㊁chuò△ ❹［汋約］綽約，姿態柔美的樣子。屈原《九章・哀郢》：「外承歡之～～兮。」

灼 zhuó△ ❶燒，炙。《國語・魯語下》：「如龜焉，～其中，必文於外。」（龜：占卜用的龜甲。文：出現裂紋。）《淮南子・氾論》：「故目中有疵，不害於視，不可～也。」引申為燒傷。《韓非子・內儲說上》：「夫火形嚴，故人鮮～。」❷鮮明。曹植《洛神賦》：「迫而察之，～若芙蕖出淥波。」［灼灼］鮮明、光盛的樣子。《詩經・周南・桃夭》：「桃之夭夭，～～其華。」（夭夭：美盛的樣子。）❸明白。《尚書・立政》：「我其克～知厥若。」（克：能。厥：其。若：順。）又為明顯，彰著。《三國志・吳書・吳主權傳》：「事已彰～，無所復疑。」

茁 zhuó△ 草才長出來的樣子。《詩經・召南・騶虞》：「彼～者葭。」（葭jiā：初生的蘆葦。）［茁壯］生長旺盛。《孟子・萬章下》：「牛羊～～長而已矣。」

斫 zhuó△ 擊，砍削。《韓非子・姦劫弒臣》：「崔子之徒以戈～公而死之。」引申為襲擊。《三國志・吳書・甘寧傳》：「受敕出～敵前營。」

酌 zhuó△ ❶斟酒行觴。《左傳・昭公九年》：「而遂～以飲工。」（飲yìn：讓……喝。工：樂師。）引申為飲酒。陶潛《歸去來兮辭》：「引壺觴以自～。」（觴shāng：古酒器。）又引申為酒。《禮記・曲禮下》：「酒曰清～。」又引申為酒器。《儀禮・有司徹》：「主人受～降。」❷舀，取。《詩經・大雅・泂酌》：「泂～彼行潦。」（泂jiǒng：遠。行潦：流水。）《呂氏春秋・情欲》：「非徒萬物～之也。」❸斟酌，考慮後決定取捨。《左傳・成公六年》：「將～於民者也。」

【辨析】酌、斟。見667頁「斟」字條。

浞 zhuó△ ❶［浞浞］浸濕的樣子。《易林・大過之隨》：「瀺灂～～，塗泥至轂。」（瀺灂：流水聲。）❷人名。傳說夏時有窮氏后羿之臣。《左傳・襄公四年》：「～行媚于內而施賂于外。」

捔 zhuó△ 挑撥。《呂氏春秋・慎行》：「慶封又欲殺崔杼而代之相，於是～崔杼之子，令之爭後。」（後：指繼承人。）

啄 ㊀zhuó△ ❶鳥用嘴叩擊吃食。《詩經・小雅・黃鳥》：「無～我粟。」引申為叩擊。韓愈《送僧澄觀》：「丁丁～門疑啄木。」

㊁zhòu△ ❷鳥嘴。《韓詩外傳》卷七：「鳥之美羽勾～者，鳥畏之。」

琢 zhuó△ 雕刻玉石等。《禮記・學記》：「玉不～，不成器。」《墨子・尚賢下》：「故書之竹帛，～之槃盂。」（槃：同「盤」。）又用於抽象意義。《淮南子・精神》：「直雕～其性，矯拂其情。」比喻修飾、錘煉文辭。貫休《寄匡山紀公》：「寄言無別事，～句似終身。」

著 zhuó 見 692 頁「著」㈢。

斮 zhuó△ ❶ 斬。《尚書・泰誓下》：「～朝涉之脛。」《戰國策・趙策三》：「東藩之臣田嬰齊後至，則～之。」（田嬰齊：齊威王名。）❷ 擊。張衡《東京賦》：「捎魑魅，～獝狂。」（魑魅 chì mèi：山怪。獝 jué 狂：惡鬼。）

椓 zhuó△ ❶ 擊打，捶打。《詩經・小雅・斯干》：「約之閣閣，～之橐橐。」（約：束。閣閣：堅牢的樣子。橐橐 tuótuó：用力築牆聲。）引申為打擊，殘害。《詩經・小雅・正月》：「民今之無祿，天夭是～。」（夭：災禍。）❷ 攻訐，毀謗。《左傳・哀公十七年》：「衛侯辭以難，大子又使～之。」（大子：太子。）❸ 一種酷刑，即宮刑。《尚書・呂刑》：「殺戮無辜，爰始淫為劓、刵、～、黥。」（劓 yì：割鼻。刵 èr：截耳。黥 qíng：在臉上刺刻並塗上墨。）

箸 zhuó 見 693 頁「箸」㈢。

斲（斵） zhuó△ ❶ 砍，削。《周易・繫辭下》：「～木為耜，揉木為耒。」《莊子・徐无鬼》：「郢人堊慢其鼻端，若蠅翼，使匠石～之。」（堊 è：白土。慢：抹。石：匠人的名。）也指木匠用以砍削的工具。《左傳・成公二年》：「孟孫請往賂之以執～、執針、織紝。」❷ 雕飾。《禮記・檀弓上》：「木不成～。」《淮南子・本經》：「木工不～。」

諑 zhuó△ 誣衊。屈原《離騷》：「眾女嫉余之蛾眉兮，謠～謂余以善淫。」（眾女：比喻眾奸臣。）

噣 zhuó 見 687 頁「噣」㈡。

濁 zhuó△ 液體渾濁，與「清」相對。《詩經・小雅・四月》：「相彼泉水，載清載～。」《孟子・離婁上》：「滄浪之水～兮，可以濯我足。」引申為聲音重濁，不清亮。《韓非子・解老》：「耳不聽則不能別清～之聲。」又引申為世道混亂，昏亂。《呂氏春秋・振亂》：「當今之世～甚矣。」又為貪鄙，卑污。屈原《漁父》：「舉世皆～我獨清。」

擢 zhuó△ ❶ 抽，拔。《韓非子・外儲說右下》：「淖齒之用齊也，～閔王之筋。」（淖齒：人名。）《史記・范雎蔡澤列傳》：「～賈之髮以續賈之罪，尚未足。」（賈：須賈，人名。）❷ 選拔，提拔。《戰國策・燕策二》：「先王過舉，～之乎賓客之中，而立之乎羣臣之上。」《後漢書・文苑傳下・邊讓》：「讓後以高才～進，屢遷。」（遷：升官。）

【辨析】擢、拔。見 7 頁「拔」字條。

濯 zhuó△ ❶ 洗滌。屈原《漁父》：「滄浪之水濁兮，可以～吾足。」引申為滌除邪惡，祛除。《左傳・襄公二十一年》：「在上位者，洒～其心。」❷ [濯濯] 1. 光明的樣子。《詩經・商頌・殷武》：「赫赫厥聲，～～厥靈。」（厥：其。）2. 肥大而有光澤的樣子。《詩經・大雅・靈臺》：「麀鹿～～。」（麀 yōu 鹿：母鹿。）3. 光禿禿的樣子。《孟子・告子上》：「人見其～～也，以為未嘗有材焉。」❸ 通「櫂 zhào」。用作動詞。持船槳划船。《漢書・佞幸傳・鄧通》：「（鄧通）以～船為黃頭郎。」

【辨析】濯、滌、洗。見 99 頁「滌」字條。

繳 ㈠ zhuó△ ❶ 射鳥時繫在箭上的生絲繩。《戰國策・楚策四》：「引微～，折清風而抎矣。」（引：拖着。抎 yǔn：落下。）《淮南子・原道》：「故矢不若～，～不若無形之像。」又指帶生絲繩的箭。《孟子・告子上》：「一心以為有鴻鵠將至，思援弓～而射之。」（援：拉。）

㈡ jiǎo ❷ [繳繞] 事理糾纏不清。《史記・太史公自序》：「名家苛察～～。」

躅 ㈠ zhuó△ ❶ 足跡。《呂氏春秋・論威》：「又況乎義兵，多者數萬，少者數千，密其～路，開敵之塗。」（密其躅路：足跡佈滿道路。塗：道路。）

㈡ zhú△ ❷ [躑躅] 見 676 頁「躑」字條。

鐲 zhuó△ ❶ 鐘狀的鈴，古代軍中樂器。《周禮・地官・鼓人》：「以金～節鼓。」❷ 手鐲或腳鐲，套在手腕或腳腕上的環形裝飾品。《菽園雜記》卷八：「今人名臂環為～。」

鷟 zhuó△ 即鸑鷟，鳥名。柳宗元《自衡陽移桂》：「傾筐壅故壤，棲息期鸑～。」

zi

孜 zī [孜孜] 勤勉，不懈怠。《尚書·益稷》：「予思日～～。」今成語有「孜孜不倦」。

咨 zī ❶ 徵詢意見，商議。《左傳·襄公四年》：「臣聞之，訪問於善為～。」諸葛亮《出師表》：「～臣以當世之事。」❷ 嗟歎，歎息。《尚書·堯典》：「湯湯洪水方割……下民其～。」《呂氏春秋·行論》：「文王流涕而～之。」❸ 歎詞。《尚書·舜典》：「帝曰：『～，汝二十有二人，欽哉！』」（欽：謹慎。）

【辨析】咨、詢、諮。見583頁「詢」字條。

姿 zī ❶ 容貌，儀態。宋玉《神女賦》：「瓌～瑋態，不可勝贊。」蘇軾《念奴嬌·赤壁懷古》：「雄～英發。」❷ 資質，才能。《鹽鐵論·相刺》：「智略能明先王之術，而～質足以履行其道。」《論衡·本性》：「初稟天然之～，受純壹之質。」

茲（玆） ㊀ zī ❶ 草蓆。《史記·周本紀》：「衛康叔封布～。」❷ 年。《孟子·滕文公下》：「今～未能，請輕之，以待來年。」（輕之：指減輕徵稅。）《呂氏春秋·任地》：「今～美禾，來～美麥。」❸ 代詞。此。《論語·子罕》：「文王既沒，文不在～乎？」（沒：死。）又為這樣。《國語·楚語上》：「余恐德之不類，～故不言。」（余：我。不類：不善。）❹ 通「滋 zī」。增益，增加。《詩經·邶風·泉水》：「我思肥泉，～之永歎。」（肥泉：水名。）又用作副詞。越發。《墨子·尚同上》：「其人～眾，其所謂義者亦～眾。」《漢書·五行志下之下》：「賦斂～重，而百姓屈竭。」

㊁ cí ❺ [龜 qiū 茲] 見180頁「龜」字條。

淄 zī ❶ 水名，即今山東淄河。《尚書·禹貢》：「濰～其道。」（道 dǎo：疏通。）❷ 通「緇 zī」。黑色。《史記·孔子世家》：「涅而不～。」（涅：用黑色染。）

菑 ㊀ zī ❶ 開荒。《尚書·大誥》：「厥父～，厥子乃弗肯播。」（厥：其。）❷ 耕過一年的田地。《詩經·小雅·采芑》：「于彼新田，于此～畝。」泛指田畝。王維《積雨輞川莊作》：「蒸藜炊黍餉東～。」（餉：給在田間勞作的人送飯。）❸ 通「災 zāi」。災害，災禍。《詩經·大雅·生民》：「無～無害。」《史記·晉世家》：「天～流行。」

㊁ zì ❹ 枯死未倒的樹。《荀子·非相》：「周公之狀，身如斷～。」

嵫 zī [嵫釐] 高峻的樣子。王延壽《魯靈光殿賦》：「崱屴～～。」（崱屴 zèlì：山勢險峻的樣子。）

粢 ㊀ zī ❶ 供祭祀用的穀物。《左傳·桓公六年》：「絜～豐盛。」

㊁ cí ❷ 稻餅。《韓非子·五蠹》：「糲～之食，藜藿之羹。」（糲 lì：粗米。藜：野菜。藿 huò：豆葉。）

孳 zī ❶ 生息，繁殖。《列子·湯問》：「不夭不病，其民～阜亡數。」（夭：夭折。阜：盛。亡：無。）泛指滋生，增益。鮑照《蕪城賦》：「～貨鹽田。」❷ [孳孳] 勤勉，不懈怠。《孟子·盡心上》：「雞鳴而起，～～為善者，舜之徒也。」《淮南子·繆稱》：「故唐、虞日～～以致於王。」（唐、虞：指堯、舜。）

滋 zī ❶ 草木生長，滋生。《呂氏春秋·明理》：「草木庳小不～，五穀萎敗不成。」又為培植。屈原《離騷》：「余既～蘭之九畹兮，又樹蕙之百畝。」（畹：十二畝。樹：種植。）引申為滋長。《左傳·隱公元年》：「無使～蔓。」❷ 水，汁液。揚雄《羽獵賦》：「方將上獵三靈之流，下決醴泉之～。」❸ 美味。《禮記·檀弓上》：「食肉飲酒，必有草木之～焉。」（草木：指薑桂之類。）❹ 愈，更加。《呂氏春秋·懷寵》：「行地～遠，得民～眾。」❺ 黑，污濁。《史記·屈原賈生列傳》：「不獲世之～垢，皭然泥而不滓者也。」（皭 jiào：潔白。滓：污染。）

趑 zī ［趑趄 jū］行走困難、躊躇難進的樣子。張載《劍閣銘》：「一人荷戟，萬夫～～。」韓愈《送李愿歸盤谷序》：「足將進而～～。」

貲 zī ❶罰繳財物。《秦律・關市》：「不從令者～一甲。」（甲：鎧甲。）又為魏晉南北朝時按戶徵收的實物稅。《晉書・石勒載記》：「戶～二匹。」❷計量，計算。《淮南子・人間》：「金錢無量，財貨無～。」《後漢書・陳蕃傳》：「脂油粉黛，不可～計。」❸同「資」。資財，錢財。《史記・司馬相如列傳》：「以～為郎。」（郎：官名。）

觜 ㊀ zī ❶［觜巂 xī］星宿名，二十八宿之一。也簡稱「觜」。《呂氏春秋・仲秋》：「仲秋之月，日在角，昏牽牛中，旦～～中。」（角、牽牛：都是星宿名。中：指出現在南方中天。）

㊁ zuǐ ❷鳥嘴。潘岳《射雉賦》：「裂膆破～。」（膆 sù：鳥類喉嚨下裝食物的地方。）

資 zī ❶財物，資用。《韓非子・解老》：「治家，無用之物不能動其計，則～有餘。」《呂氏春秋・懷寵》：「信與民期，以奪敵～。」❷積蓄。《國語・越語上》：「賈人夏則～皮，冬則～絺，旱則～舟，水則～車，以待乏也。」（絺 chī：細葛布。）❸供給，資助。《呂氏春秋・情欲》：「又損其生以～天下之人。」李斯《諫逐客書》：「今逐客以～敵國。」❹依靠，憑藉。《老子》第二十七章：「善人者，不善人之師；不善人者，善人之～。」《文心雕龍・情采》：「犀兕有皮，而色～丹漆。」（兕 sì：獨角犀。）❺本性，資質。《淮南子・精神》：「欲生而不事，憎死而不辭……隨其天～而安之不極。」《史記・魏其武安侯列傳》：「君侯～性喜善疾惡。」❻資歷，資格。干寶《晉紀總論》：「而世族貴戚之子弟，陵邁超越，不拘～次。」《晉書・郗愔傳》：「愔自以～望少。」

【辨析】資、財、貨、賄、賂。見 39 頁「財」字條。

齊 zī 見 397 頁「齊」㊃。

緇 zī 黑色。《詩經・鄭風・緇衣》：「～衣之宜兮。」因僧人多服緇衣，所以稱佛門為緇。《洛陽伽藍記・胡統寺》：「常入宮與太后說法，其資養～流，從無比也。」

輜 zī ❶有帷蓋的車子。《史記・留侯世家》：「上雖病，強載～車，臥而護之。」❷［輜重］外出時所帶的行李，常用為行軍的軍用物資。《老子》第二十二章：「是以君子終日行，不離～～。」《史記・淮陰侯列傳》：「願足下假臣兵三萬人，從間路絕其～～。」（假：借。間路：抄近的小道。）

髭 zī 脣上邊的鬍鬚。古詩《陌上桑》：「行者見羅敷，下擔捋～鬚。」也指馬鬚。《呂氏春秋・觀表》：「古之善相馬者……衛忌相～。」

鼒 zī 口小的鼎。《詩經・周頌・絲衣》：「鼐鼎及～。」（鼐 nài：大鼎。）

錙 zī 古代重量單位。六銖為一錙，四錙為一兩。《韓非子・功名》：「千鈞得船則浮，～銖失船則沈。」《淮南子・說山》：「有千金之璧，而無～錘之礛諸。」（錘：古代重量單位，八銖為一錘。礛 jiān 諸：治玉之石。）

諮 zī 同「咨」。諮詢，商議。《左傳・襄公四年》：「必～於周。」（周：指忠信之人。）《後漢書・胡廣傳》：「國有大政，必議之於前訓，～之於故老。」（前訓：指前代典章。故老：故舊老臣。）

【辨析】諮、詢、咨。見 583 頁「詢」字條。

鎡 zī ［鎡基］鋤頭。《孟子・公孫丑上》：「雖有～～，不如待時。」

頿 zī 脣上的鬍鬚。《左傳・昭公二十六年》：「至于靈王，生而有～。」後來寫作「髭」。

齍 zī ❶盛穀物的祭器。《周禮・天官・九嬪》：「凡祭祀，贊玉～。」❷通「粢 zī」。穀物的總稱。《周禮・春官・小宗伯》：「辨六～之名物與其用，使六宮之人共奉之。」

齎 zī ❶長衣的下縫。《漢書・朱雲傳》：「有薦雲者召入，攝～登堂，抗首而請。」（抗首：昂首。）❷ 喪服名。《荀子・大略》：「父母之喪，三年不事；～衰大功，三月不事。」

子 zǐ ❶ 孩子，兼指男女。《詩經・豳風・七月》：「同我婦～，饁彼南畝。」（饁 yè：送飯。南畝：指田地。）又特指兒子或女兒。《戰國策・趙策四》：「丈夫亦愛憐其少～乎？」此指兒子。《韓非子・說林上》：「衛人嫁其～。」此指女兒。❷ 人的通稱。《詩經・邶風・匏有苦葉》：「招招舟～，人涉卬否？」（涉：過河。卬 áng：我。）又為對人的尊稱，多指男子。《詩經・衛風・氓》：「匪我愆期，～無良媒。」（匪：非。愆 qiān：錯，誤。）又附於姓後表示尊敬。如稱孔丘為孔子，稱孟軻為孟子。❸ 動物的卵或幼小的動物。《詩經・小雅・小宛》：「螟蛉有～，蜾蠃負之。」（螟蛉 mínglíng：一種吃禾心的害蟲。蜾蠃 guǒluǒ：細腰蜂。）《後漢書・班彪傳附班超》：「不入虎穴，不得虎～。」又指植物的果實或種子。《世說新語・雅量》：「樹在道邊而多～，此必苦李。」李紳《憫農》之一：「春種一粒粟，秋收萬顆～。」❹ 古代五等爵位的第四等。《禮記・王制》：「王者之制祿爵：公、侯、伯、～、男凡五等。」❺ 地支的第一位，常與天干相配以紀日、紀年。《春秋・桓公十八年》：「夏四月丙～，公薨于齊。」又指十二時辰之一，即子時，自夜十一時至次日晨一時。❻ 利息。《史記・貨殖列傳》：「～貸金錢千貫。」韓愈《柳子厚墓誌銘》：「～本相侔，則沒為奴婢。」

仔 zǐ ❶［仔肩］負擔，責任。《詩經・周頌・敬之》：「佛時～～。」（佛 bì：輔佐。）❷［仔細］細緻，細心。杜甫《九日藍田崔氏莊》：「醉把茱萸～～看。」

胏 zǐ 帶骨肉。《周易・噬嗑》：「噬乾～。」

姊（姉） zǐ 姐姐。《呂氏春秋・長攻》：「請以其～妻之。」《史記・魏公子列傳》：「公子～為趙惠文王弟平原君夫人。」

呰（啙） ㊀ zǐ ❶［呰窳 yǔ］苟且，懶惰。《史記・貨殖列傳》：「以故～～偷生，無積聚而多貧。」

㊁ cī ❷ 同「疵」。毛病。《漢書・敘傳下》：「閻尹之～，穢我明德。」

秄 zǐ 培土。《詩經・小雅・甫田》：「今適南畝，或耘或～。」陶潛《歸去來兮辭》：「懷良辰以孤往，或植杖而耘～。」

秭 zǐ ❶ 計算禾把的單位。《說文》：「～，五稯為～。」（稯 zōng：四十秉禾為一稯。）❷ 億億。《詩經・周頌・豐年》：「萬億及～。」

笫 zǐ 竹編的牀屜，也泛指牀。《儀禮・士喪禮》：「設牀～于兩楹之間。」《呂氏春秋・孝行》：「安牀～，節飲食。」

梓 zǐ ❶ 楸樹。《詩經・小雅・小弁》：「維桑與～，必恭敬止。」❷ 木工。《墨子・節用中》：「陶冶～匠，使各從事其所能。」❸ 刻版，又指刻版印刷。《志雅堂雜抄・書史》：「未暇入～，而國事異矣。」

紫 zǐ 紫色，古以紫色為間色，不正之色。《論語・陽貨》：「惡～之奪朱也。」《文心雕龍・情采》：「間色屏於紅～。」又春秋戰國時期國君多好服紫色衣，後代常以紫色為高官的服色。《韓非子・外儲說左上》：「齊桓公好服～，一國盡服～。」揚雄《解嘲》：「紆青拖～。」

訾 zǐ ❶ 詆毀，誹謗。《莊子・山木》：「若夫乘道德而浮游則不然，無譽無～。」《呂氏春秋・懷寵》：「排～舊典。」引申為厭惡。《管子・形勢》：「～食者不肥體。」❷ 通「貲 zī」。計量，估量。《商君書・墾令》：「～粟而稅。」《呂氏春秋・知度》：「量小大而知材木矣，～功丈而知人數矣。」❸ 通「資 zī」。錢財。《史記・酷吏列傳》：「家～累數巨萬矣。」❹ 通「恣 zī」。放縱。《淮南子・氾論》：「～行者不容於眾。」

訿 zǐ 非議，詆毀。《史記・老子韓非列傳》：「作《漁父》《盜跖》《胠篋》，以詆～孔子之徒。」

滓 zǐ ❶ 沉澱的雜質，渣滓。《齊民要術・笨麴并酒》引魏武帝上九醖法：

「漉去麴～便釀。」《茶經・器》：「以集諸～。」❷ 污穢，污濁。《尸子・尹治》：「揚清激濁，蕩去～穢。」

自 zì ❶ 自己。《論語・公冶長》：「吾未見能見其過而內～訟者也。」又為親自。《詩經・小雅・節南山》：「不～為政，卒勞百姓。」❷ 自然。《荀子・勸學》：「蓬生麻中，不扶～直。」《論衡・實知》：「不學～知，不問～曉，古今行事，未之有也。」❸ 介詞。從。《孟子・滕文公上》：「有為神農之言者許行，～楚之滕。」（之：往。）《史記・屈原賈生列傳》：「屈平之作《離騷》，蓋～怨生也。」❹ 連詞。1. 表示假設。假如。《左傳・成公十六年》：「唯聖人能內外無患，～非聖人，外寧必有內憂。」2. 表示假設讓步。即使。《漢書・高祖紀下》：「高祖不修文學，而性明達，好謀能聽，～監門戍卒，見之如舊。」

字 zì ❶ 生子，生育。《周易・屯》：「女子貞不～，十年乃～。」（貞：占卜。）《山海經・中山經》：「其上有木焉，名曰黃棘，黃華而員葉，其實如蘭，服之不～。」引申為哺乳，養育。《詩經・大雅・生民》：「牛羊腓～之。」又引申為愛。《左傳・成公四年》：「楚雖大，非吾族也，其肯～我乎？」❷ 表字。古代男子二十歲舉行冠禮，同時取一與名相關的別名，叫字。屈原《離騷》：「名余曰正則兮，～余曰靈均。」《史記・陳涉世家》：「陳勝者，陽城人也，～涉。」因女子許嫁而取字，後代稱女子未許嫁為「待字」。❸ 文字。漢許慎著有《說文解字》，文為獨體，字為合體。一般則不加區別。《漢書・藝文志》：「說五～之文，至於二三萬言。」

牸 zì 母牛。《易林・訟之井》：「大壯肥～，惠我諸舅。」引申為雌性的（牲畜或獸類）。《韓非子・解老》：「戎馬乏則～馬出。」

傳 zì 插入，刺入。《管子・輕重甲》：「則春有以～耜。」《史記・張耳陳餘列傳》：「然而慈父孝子莫敢～刃公之腹中者，畏秦法耳。」

恣 zì ❶ 放縱。《荀子・成相》：「吏敬法莫敢～。」《呂氏春秋・適威》：「驕則～，～則極物。」❷ 任憑，聽任。《戰國策・趙策四》：「諾，～君之所使之。」

眦(眥) zì 眼角。《淮南子・泰族》：「聞者莫不瞋目裂～。」《史記・項羽本紀》：「頭髮上指，目～盡裂。」

胾 zì 大塊的肉。《禮記・曲禮上》：「凡進食之禮，左殽右～。」《史記・絳侯周勃世家》：「獨置大～，無切肉。」

菑 zì 見 701 頁「菑」㊁。

椔 zì 枯死而未倒的樹。韓愈《燕喜亭記》：「輦糞壤，燔～翳。」（燔 fán：燒。翳 yì：樹木枯死，倒伏於地。）

胔 zì ❶ 腐爛的屍體。《禮記・月令》：「掩骼埋～。」❷ 瘦。《漢書・婁敬傳》：「今臣往，徒見羸～老弱，此必欲見短，伏奇兵以爭利。」

漬 zì ❶ 浸，泡。《禮記・內則》：「～取牛肉，必新殺者。」❷ 染。《周禮・考工記・鍾氏》：「鍾氏染羽……淳而～之。」（淳：澆。）

【辨析】漬、漚。見 373 頁「漚」字條。

zong

宗 zōng ❶ 祖廟。《左傳・成公三年》：「首其請於寡君，而以戮於～，亦死且不朽。」（首：荀首。）引申為祖先。《左傳・成公三年》：「若不獲命，而使嗣～職。」❷ 宗族，同族。《左傳・僖公五年》：「晉，吾～也，豈害我哉？」又特指嫡長子。《晏子春秋・諫上》：「長少無等，～孽無別。」（孽：庶子。）❸ 尊崇，尊奉。《禮記・檀弓上》：「夫明王不興，夫天下其孰能～予？」《漢書・藝文志》：「儒家者流……～師仲尼。」❹ 朝向，歸向。《尚書・禹貢》：「江漢朝～于海。」（江：長江。漢：漢水。）❺ 根本，主旨。《老子》第七十章：「言有～，事有君。」（君：根本。）《國語・晉語四》：「禮賓矜窮，禮之～也。」（禮賓：待賓客以禮。矜窮：同情困窮者。）

椶(椶) zōng 棕櫚。《山海經・西山經》：「又西三百五十里曰天常之山，上多～楠。」

嵸 zōng [巃嵸] 見 321 頁「巃」字條。

稯 ㊀ zōng ❶ 計算禾把的單位，四十把為一稯。《儀禮・聘禮》：「四秉為筥，十筥為～。」

㊁ zǒng ❷ [稯稯] 羣聚的樣子。《莊子・則陽》：「其鄰有夫妻臣妾登極者，子路曰：『是～～何為者也？』」（臣妾：男女奴隸。極：屋脊。）

艐 zōng 船，戰船。徐光啟《論說策議》：「開～之後，誰相司察？」

綜 zōng 見 705 頁「綜」㊁。

緵 zōng ❶ 一種粗布。《史記・孝景本紀》：「令徒隸衣七～布。」（七緵布：粗布的一種。）❷ 細而密的網。《詩經・豳風・九罭》「九罭之魚」毛亨傳：「九罭，～罟。」

總(総) zōng 見 705 頁「總(総)」㊁。

鬉 zōng 馬、豬等獸類頸上的長毛。韋莊《代書寄馬》：「～白似披梁苑雪。」

豵 zōng 一歲的豬，泛指小獸。《詩經・豳風・七月》：「言私其～，獻豜于公。」（豜 jiān：三歲的豬，泛指大獸。）

蹤(踪) zōng 足跡。《淮南子・氾論》：「夫法令者罔其姦邪，勒率隨其～跡。」柳宗元《江雪》：「萬徑人～滅。」引申為跟隨，追隨。《晉書・劉曜載記》：「朕欲遠追周文，近～光武。」（周文：周文王。光武：東漢光武帝劉秀。）

鬷 zōng ❶ 鍋的一種。《說文》：「～，鬴屬。」（鬴：鍋的一種。）❷ 會聚。《詩經・陳風・東門之枌》：「穀旦于逝，越以～邁。」（穀旦：良辰。邁：遠行。）

傯 zǒng [倥傯] 見 282 頁「倥」字條。

稯 zǒng 見 705 頁「稯」㊁。

總(総) ㊀ zǒng ❶ 聚合，聚集。《尚書・盤庚下》：「無～于貨寶。」又特指束髮。《呂氏春秋・審應》：「秦得地而王布～。」（布總：指用布束髮。）[總角] 古代兒童將髮束為兩結，似兩角，稱為「總角」。也以「總角」指少兒。《詩經・衛風・氓》：「～～之宴，言笑晏晏。」（宴：安閒，快樂。晏晏：快樂的樣子。）❷ 繫結。屈原《離騷》：「～余轡兮扶桑。」（扶桑：傳說中日出之處。）❸ 總括。《荀子・不苟》：「～天下之要。」《史記・貨殖列傳》：「～之，楚越之地，地廣人希。」❹ 統領，統率。《左傳・僖公七年》：「若～其罪人以臨之，鄭有辭焉，何懼？」《周書・武帝紀下》：「帝～戎北伐。」❺ 全，都。杜甫《江頭五詠・麗春》：「處處～能移。」朱熹《春日》：「萬紫千紅～是春。」

㊁ zōng ❻ 量詞。指絲的數量。《詩經・召南・羔羊》：「羔羊之縫，素絲五～。」

縱 zǒng 見 705 頁「縱」㊂。

從 zòng 見 80 頁「從」㊂。

粽(糉) zòng 粽子。《齊民要術・粽糉法》：「黏黍一名～，一曰角黍。」

綜 ㊀ zòng ❶ 織機上經緯線織合。《文心雕龍・正緯》：「蓋緯之成經，其猶織～，絲麻不雜，布帛乃成。」

㊁ zōng ❷ 總合，聚合。司馬遷《報任安書》：「略考其行跡，～其終始。」蕭統《文選序》：「其贊論之～緝辭采。」❸ 整理，治理。曹植《七啟》：「～孔氏之舊章。」

縱 ㊀ zòng ❶ 放，發。《淮南子・人間》：「秦西巴弗忍，～而予之。」《史記・廉頗藺相如列傳》：「趙奢～兵擊之，大破秦軍。」引申為放縱。《左傳・僖公三十三年》：「～敵，患生。」《荀子・富國》：「天下害生～欲。」❷ 即使。《左傳・莊公十四年》：「～弗能死，其又奚言？」《呂氏春秋・下賢》：「～夫子驁祿爵，吾庸敢驁霸王乎？」❸ 縱，豎，與

「橫」相對。《呂氏春秋・辯土》：「衡行必得，～行必術。」（術：直。）東方朔《七諫・沉江》：「不別橫之與～。」又特指戰國時期六國的合縱。《淮南子・要略》：「故～橫修短生焉。」❹ 通「蹤 zōng」。蹤跡。《史記・酷吏列傳》：「言變事～跡安起？」

㊁ zǒng ❺［縱臾 rǒng］鼓動別人做壞事。《漢書・衡山王劉賜傳》：「日夜～～王謀反事。」

zou

掫 zōu 巡夜打更。《左傳・昭公二十年》：「賓將～，主人辭。」

陬 zōu ❶ 山的角落。《說文》：「～，阪隅也。」《管子・地員》：「五沃之土……若在～。」引申為角落。《戰國策・宋衛策》：「宋康王之時，有雀生䲭於城之～。」（䲭 zhān：鳥名。）《史記・絳侯周勃世家》：「吳奔壁東南～。」（吳：指吳王劉濞。壁：營壘。）❷ 農曆正月。屈原《離騷》：「攝提貞于孟～兮，惟庚寅吾以降。」（攝提：攝提格，寅年的別名。貞：正當。孟：指孟春。）

【辨析】陬、隅。見 632 頁「隅」字條。

菆 ㊀ zōu ❶ 麻稈，泛指植物的莖稈。《儀禮・既夕禮》：「御以蒲～。」（御：駕馭馬車。）❷ 好箭。《左傳・宣公十二年》：「左射以～。」（左：指車左，兵車上負責射箭的人。）

㊁ cuán ❸ 聚集，叢聚。《禮記・檀弓上》：「天子之殯也，～塗龍輴以椁。」

棷 zōu ❶ 麻稈。《漢書・五行志下之上》：「民驚走，持槁或～一枚，傳相付與。」❷ 通「藪 sǒu」。水澤。《禮記・禮運》：「鳳皇麒麟，皆在郊～。」

鄒 zōu 周代諸侯國名，在今山東鄒縣一帶。《孟子・梁惠王上》：「～人與楚人戰，則王以為孰勝？」

緅 zōu 黑中透紅的顏色。《論語・鄉黨》：「君子不以紺～飾。」（紺：深青透紅的顏色。）又指黑紅色的絲織品。《墨子・節用中》：「冬服紺～之衣，輕且暖。」

諏 zōu 諮詢，詢問。《左傳・襄公四年》：「咨事為～。」（事：指政事。）諸葛亮《出師表》：「陛下亦宜自謀，以咨～善道，察納雅言。」

郰 zōu 也作「郰」。古邑名，孔子的故鄉，在今山東曲阜東南。《論語・八佾》：「孰謂～人之子知禮乎？」

騶 zōu ❶ 主管養馬及駕車的人。《左傳・成公十八年》：「程鄭為乘馬御，六～屬焉。」（乘馬御：替諸侯趕車之人。）《韓非子・說林下》：「有欲以御見荊王者，眾～妒之。」❷ 騎士，侍從。《後漢書・羊續傳》：「令中使督之，名為左～。」楊萬里《歸自豫章復過西山》：「我行莫笑無～從。」❸ 通「菆 zōu」。好箭。《漢書・晁錯傳》：「材官～發，矢道同的。」（的：箭靶的中心。）❹ 通「驟 zhòu」。馬疾行。《禮記・曲禮上》：「車驅而～，至于大門。」

走 zǒu ❶ 跑。《韓非子・外儲說左上》：「盡釋車而～。」《戰國策・趙策四》：「老臣病足，曾不能疾～。」特指逃跑。《孟子・梁惠王上》：「棄甲曳兵而～。」❷ 奔向，趨向。這個意義舊讀 zòu。《呂氏春秋・審己》：「水出於山而～於海。」《戰國策・秦策二》：「齊恐，則必不～於秦，且～晉、楚。」❸ 謙詞。等於說僕人。司馬遷《報任安書》：「太史公牛馬～司馬遷再拜言。」（牛馬走：像牛馬一樣被驅使的僕人。）引申為謙稱，等於「我」。張衡《東京賦》：「～雖不敏，庶斯達矣。」（庶：希望。）

【辨析】1. 走、奔。見 17 頁「奔」字條。2. 走、行。見 187 頁「行」字條。

奏 zòu ❶ 進。《莊子・養生主》：「～刀騞然。」（騞 huō：象聲詞，形容進刀的聲音。）引申為進獻。《詩經・小雅・賓之初筵》：「各～爾能。」（爾：你，你們。）《論衡・佚文》：「陸賈《新語》每～一篇，高祖左右稱曰萬歲。」❷ 臣民對君主進言或上書。《史記・汲黯鄭當時列傳》：「上嘗坐武帳中，黯前～事。」（上：指漢武帝。）《戰國策・秦策一》：「願大王少留意，臣請～其效。」❸ 演奏樂器。《莊子・漁父》：「孔子弦歌鼓琴，～曲未半。」《淮南子・覽冥》：「師曠～白雪之音而神物為之下降。」❹ 建立，取得。《詩經・小雅・六月》：「薄伐玁狁，以～膚公。」（玁狁：周代少數民族名。膚公：大功勞。）❺ 通「湊 còu」。聚匯。《荀子・王霸》：「然而天下之理略～矣。」

zu

租 zū　❶ 田賦。《漢書・文帝紀》：「其賜天下民今年田～之半。」《世說新語・文學》：「袁虎少貧，嘗為人傭載運～。」泛指賦稅。《禮記・玉藻》：「關梁不～。」（關梁：關口橋樑。租：用如動詞，收取賦稅。）❷ 出租。《北史・斛律光傳》：「帝又以鄴風園賜提婆～賃之。」（鄴：地名。風園：園名。提婆：人名。）又為租用。《宋史・劉宰傳》：「鄰邑有～牛縣境者，～戶於主有連姻。」❸ 積聚。《詩經・豳風・鴟鴞》：「予所蓄～。」

菹（葅） zū　❶ 酸菜，醃菜。《周禮・天官・醢人》：「朝事之豆，其實韭～。」（豆：古代盛食物的器皿。）《詩經・小雅・信南山》：「中田有廬，疆埸有瓜。是剝是～，獻之皇祖。」（疆埸 yì：田界。菹：用如動詞，做成酸菜、醃菜。皇祖：祖先。）❷ 肉醬。《禮記・少儀》：「麋鹿為～。」又為古代一種酷刑，把人剁成肉醬。《莊子・盜跖》：「子路欲殺衛君而事不成，身～於衛東門之上。」

蒩 zū　❶ 草蓆。《周禮・地官・鄉師》：「大祭祀，羞牛牲，共茅～。」（羞：進獻。共：供給。）❷ 草名，也叫土茄，根可吃。左思《蜀都賦》：「樊以～圃。」（樊：籬笆。）

足 zú△　❶ 人體膝蓋以下的部分，也指踝以下的部分。《韓非子・外儲說左上》：「鄭人有且置履者，先自度其～。」（度 duó：量。）泛指植物接近地面的主幹、器物的腿。《呂氏春秋・審時》：「得時之菽，長莖而短～。」《周易・鼎》：「鼎折～。」［足下］對人的敬稱（不直稱對方，而指其近旁，以示尊敬）。《史記・陳涉世家》：「～～事皆成，有功。」❷ 充足，足夠。《老子》第七十七章：「天之道損有餘而補不～。」《呂氏春秋・察傳》：「若夔者一而～矣。」（夔 kuí：人名，相傳為舜時的樂官之長。）❸ 值得，夠得上。《論語・里仁》：「士志於道，而恥惡衣惡食者，未～與議也。」《左傳・僖公二十三年》：「吾觀晉公子之從者，皆～以相國。」

【辨析】足、腳、止（趾）。見 245 頁「腳」字條。

卒（卆） ㊀ zu△　❶ 步兵。後泛指士兵。《左傳・宣公十二年》：「車馳～奔。」《韓非子・說林下》：「夫越破吳，豪士死，銳～盡。」❷ 古代軍隊建制，百人為卒。《左傳・隱公十一年》：「鄭伯使～出豭，行出犬、雞，以詛射潁考叔者。」（豭 jiā：公豬。行：軍隊編制，二十五人為行。潁考叔：人名。）❸ 終，盡。《詩經・邶風・日月》：「父兮母兮，畜我不～。」（畜：養。）又為最後，終於。《孟子・盡心下》：「晉人有馮婦者，善搏虎，～為善士。」《史記・李斯列傳》：「～成帝業。」❹ 死亡。特指大夫或諸侯死。《呂氏春秋・察微》：「昭公懼，遂出奔齊，～於乾侯。」（乾侯：地名。）

㊁ cù△　❺ 迅疾，敏捷。後來寫作「猝」。《呂氏春秋・貴卒》：「力貴突，智貴～。」（突：突發。）《淮南子・兵略》：「～如雷霆，疾如風雨。」❻ 突然。後來寫作「猝」。《呂氏春秋・當務》：「～然相遇於塗。」（塗：道路。）《淮南子・兵略》：「同舟而濟於江，～而遇風波。」

【辨析】1. 卒、兵、士。見 31 頁「兵」字條。2. 卒、崩、薨、死、沒。見 18 頁「崩」字條。

哫 zú△　［哫訾］強作笑顏以承人意的樣子。屈原《卜居》：「將～～栗斯，喔咿儒兒以事婦人乎？」（栗斯、喔咿、儒兒：意與「哫訾」同。婦人：指楚懷王寵妃鄭袖。）

崒(崪) ㊀ zú△ ❶ 山勢高聳險峻。班固《西都賦》：「巖峻嶉～。」

㊁ cuì ❷ 聚集。《漢書・賈誼傳》：「異物來～。」

族 zú△ ❶ 聚集。《莊子・在宥》：「雲氣不待～而雨。」特指筋骨聚結處。《莊子・養生主》：「每至於～，吾見其難為，怵然為戒。」❷ 有血緣關係的親屬的合稱。《左傳・昭公八年》：「陳，顓頊之～也。」又指氏，即家族的標誌。《戰國策・秦策二》：「費人有與曾子同名～者而殺人。」引申為滅族。即一人犯罪，刑及親族。《史記・項羽本紀》：「毋妄言，～矣！」❸ 類，種類。《國語・魯語上》：「非是～也，不在祀典。」《淮南子・俶真》：「萬物百～，使各有經紀條貫。」❹ 眾，羣。《莊子・養生主》：「～庖月更刀，折也。」《逸周書・程典》：「工不～居。」❺ 通「奏 zòu」。音樂的節奏。《漢書・嚴安傳》：「調五聲使有節～，雜五色使有文章。」

鏃 zú△ 銳利。《呂氏春秋・貴卒》：「所為貴～矢者，為其應聲而至。」引申為箭頭。賈誼《過秦論》：「秦無亡矢遺～之費，而天下諸侯已困矣。」

【辨析】鏃、鏑。見100頁「鏑」字條。

岨 zǔ 見417頁「岨」㊁。

阻 zǔ ❶ 險要的地方。《孫子・九地》：「行山林險～沮澤。」《史記・孫子吳起列傳》：「馬陵道狹，而旁多～隘，可伏兵。」又為路難走。《詩經・秦風・蒹葭》：「道～且長。」❷ 阻礙，阻止。《左傳・僖公二十二年》：「利而用之，～隘可也。」（隘：險隘之地。）❸ 艱難，憂患。《尚書・舜典》：「黎民～飢。」《詩經・邶風・雄雉》：「我之懷矣，自詒伊～。」（詒：通「貽」，給。伊：那個。）❹ 依仗。《左傳・隱公四年》：「夫州吁～兵而安忍。」（州吁：人名。忍：指殘忍之事。）潘岳《馬汧督誄》：「～眾陵寡。」（陵：欺凌。）

俎 zǔ ❶ 古代禮器，似几，祭祀時放牲體。《論語・衛靈公》：「～豆之事，則嘗聞之矣。」《淮南子・詮言》：「～豆之列次，黍稷之先後。」❷ 切肉用的砧板。《史記・項羽本紀》：「如今人方為刀～，我為魚肉。」

祖 zǔ ❶ 宗廟，祖廟。《周禮・考工記・匠人》：「左～右社。」（社：祭祀土神的地方。）《荀子・成相》：「封之於宋，立其～。」❷ 祖先，祖宗。《詩經・大雅・文王》：「無念爾～。」《漢書・霍光傳》：「人道親親，故尊～。」（親親：愛自己的父母。）特指祖父。《荀子・成相》：「下以教誨子弟，上以事～考。」（考：父親。）❸ 始，原始。《呂氏春秋・必己》：「而浮游乎萬物之～。」《淮南子・原道》：「夫無形者，物之大～也。」又特指始封之君。《穀梁傳・僖公十五年》：「始封必為～。」❹ 效法，崇尚。《戰國策・韓策二》：「秦王必～張儀之故謀。」❺ 出行時祭路神。《詩經・大雅・烝民》：「仲山甫出～。」（仲山甫：人名。）引申為餞行。《世說新語・方正》：「杜預之荊州，頓七里橋，朝士悉～。」（之：往。頓：停留。悉：全，都。）

組 zǔ ❶ 絲帶。《呂氏春秋・去尤》：「令官為甲必以～。」《禮記・內則》：「織紝～紃，學女事，以共衣服。」（紝：繒帛。紃 xún：圓形絲帶。）又用作動詞。織絲帶。《詩經・鄘風・干旄》：「素絲～之。」又古以組繫官印，因稱官印或做官為組。陳子昂《感遇》之十五：「魯連讓齊國，遺～去邯鄲。」❷ 編結，連綴。《呂氏春秋・分職》：「今民衣弊不補，履決不～。」《管子・五行》：「命左右司馬衍～甲厲兵。」（衍：疑為衍文。厲：磨。）❸ 華麗，華美。《荀子・樂論》：「亂世之徵，其服～。」《抱朴子・博喻》：「丹幃接網，～帳重蔭。」

【辨析】組、絲、紃、纂。見495頁「絲」字條。

詛 zǔ ❶ 詛咒。《尚書・無逸》：「否則厥口～祝。」（厥：其。）《晏子春秋・外上》：「民人苦病，夫婦皆～。」❷ 盟誓。《荀子・大略》：「盟～不及三王。」（三王：指禹、湯、周文王和周武王。）

zuan

劗 zuān　剪，剃。《淮南子・齊俗》：「越王勾踐，～髮文身。」（文：刺花紋。）

鑽 zuān　見 709 頁「鑽」㊁。

纂 zuǎn　❶ 赤色絲帶。《說文》：「～，似組而赤。」（組：絲帶。）《淮南子・齊俗》：「錦繡～組，害女工者也。」❷ 聚集，彙集。《荀子・君道》：「～論公察則民不疑。」（纂論公察：彙集大家的議論而公平地考察。）引申為編纂，編輯。《文心雕龍・章表》：「然闕而不～者，乃各有故事。」❸ 繼承。《左傳・襄公十四年》：「～乃祖考，無忝乃舊。」（考：死去的父親。忝：辱。舊：指祖考。）《後漢書・樂恢傳》：「陛下富於春秋，～承大業。」

【辨析】纂、絲、紃、組。見 495 頁「絲」字條。

纘 zuǎn　❶ 繼續。《詩經・豳風・七月》：「二之日其同，載～武功。」（同：指會合眾人。武功：指田獵之事。）又指繼承。《詩經・魯頌・閟宮》：「至于文武，～大王之緒。」（文武：指周文王、周武王。緒：事業。）❷ 編纂，撰寫。韓愈《送陳秀才彤序》：「讀書以為學，～言以為文。」

賺 zuàn　誑騙。楊萬里《詩情》：「虛名滿世真何用，更把虛名～後生。」

鑽 ㊀ zuàn　❶ 穿孔的工具。《管子・輕重乙》：「一車必有一斤、一鋸、一釭、一～……然後成為車。」（釭 gāng：車轂內外穿軸用的金屬圈。）也用作施行臏刑（去掉膝蓋骨）的工具。《漢書・刑法志》：「中刑用刀鋸，其次用～鑿。」

㊁ zuān　❷ 穿孔，打眼。《孟子・滕文公下》：「～穴隙相窺。」《韓非子・五蠹》：「～燧取火以化腥臊。」特指鑽龜甲占卜吉凶。《荀子・王制》：「～龜陳卦。」（陳卦：布卦。）《淮南子・兵略》：「～靈龜。」❸ 鑽研，深入研究。《論語・子罕》：「仰之彌高，～之彌堅。」（彌：越發，更加。）❹ 鑽營。班固《答賓戲》：「商鞅挾三術以～孝公。」（三術：指帝道、王道、霸道。）❺ 通「攢 cuán」。聚。班固《西都賦》：「列刃～鍭。」（鍭 hóu：箭名。）

zui

朘 zuī　見 269 頁「朘」㊁。

峻 zuī　男孩的生殖器。《老子》第四十八章：「未知牝牡之合而～作，精之至也。」（牝牡：指男女。）

觜 zuǐ　見 702 頁「觜」㊁。

嘴 zuǐ　本指鳥喙，後泛指人、動物及器物的口。《揮麈後錄餘話》卷二：「子～尖如此，誠姦人也。」《桂海虞衡志・志器》：「旁植一小管若瓶～。」

最 zuì　❶ 古代考核政績或軍功的等級，以上等為「最」，下等為「殿」。《史記・絳侯周勃世家》：「攻槐里、好畤，～。」（槐里、好畤：地名。）《漢書・宣帝紀》：「課殿～以聞。」❷ 極，最。《莊子・天下》：「然惠施之口談，自以為～賢。」（口談：口才。）王維《相思》：「此物～相思。」❸ 聚合。《管子・禁藏》：「冬，收五藏，～萬物。」（收五藏：收藏好五穀。）《史記・殷本紀》：「大～樂戲於沙丘。」❹ 總要，總計。劉歆《與揚雄書》：「欲得其～目。」《史記・衛將軍驃騎列傳》：「～大將軍青凡七出擊匈奴。」（青：衛青。凡：共。）

晬 zuì　滿一周期。《靈樞・壽夭剛柔》：「每漬必～其日。」（漬：浸泡。）[晬時] 周時，整天。《齊民要術・煮膠》：「經宿～～，勿令絕火。」

罪 zuì　❶ 捕魚網。也比喻法網。《說文》：「～，捕魚竹網。」《詩經・小雅・小明》：「豈不懷歸？畏此～罟。」❷ 罪惡，犯法行為。《詩經・小雅・十月之交》：「無～無辜，讒口嚻嚻。」（嚻嚻 áoáo：眾口詆毀的樣子。）《史記・魏其武安侯列傳》：「武安又盛毀灌夫所橫恣，～逆不道。」又指罪人。《呂氏春秋・慎大》：「出拘救～。」又指過錯，過失。《左傳・僖公三十三年》：「大夫何～？」❸ 歸罪。《孟子・梁惠王上》：「王無～歲，斯天下之民至焉。」引申為懲罰，判罪。《呂氏春秋・仲冬》：「其有侵奪者，～之不赦。」《史記・田叔列傳》：「趙有敢隨張王，～三族。」

辠 zuì 犯法，罪過。《說文》：「～，犯法也。」《周禮・天官・甸師》：「王之同姓有～，則死刑焉。」《呂氏春秋・聽言》：「攻無～之國以索地。」

【說明】「罪」「辠」本為兩個不同的字，秦以為「辠」似「皇」字，故以「罪」為「辠」。

醉 zuì 喝酒過量而神志不清。《詩經・小雅・湛露》：「不～無歸。」比喻過分愛好，沉迷。《莊子・應帝王》：「列子見之而心～。」

蕞 zuì ［蕞爾］小的樣子。《左傳・昭公七年》：「鄭雖無腆，抑諺曰『～～國』，而三世執其政柄。」（腆：厚，指廣闊。）《三國志・魏書・陳留王奐傳》：「蜀～～小國。」

檇 zuì ［檇李］古地名。《春秋・定公十四年》：「於越敗吳于～～。」

zun

尊 zūn ❶ 酒器。後來寫作「樽」。《周禮・春官・司尊彝》：「司～彝，掌六～六彝之位。」（彝：禮器。）《戰國策・齊策五》：「千丈之城，拔之～俎之間。」（俎 zǔ：切肉的墊板。）❷ 尊貴，高貴。《戰國策・趙策四》：「位～而無功。」引申為高。《周易・繫辭上》：「天～地卑，乾坤定矣。」❸ 敬重，尊崇。《論語・子張》：「君子～賢而容眾。」又指尊奉，擁戴。《史記・李斯列傳》：「竟并天下，～主為皇帝。」❹ 對人的敬稱。《三國志・蜀書・馬良傳》：「～兄應期贊世，配業光國。」

嶟 zūn ［嶟嶟］高聳的樣子。揚雄《甘泉賦》：「洪臺崛其獨出兮，㩀北極之～～。」（崛：突出。㩀：到達。）

樽（罇） zūn ❶ 盛酒器。《莊子・逍遙遊》：「庖人雖不治庖，尸祝不越～俎而代之矣。」（庖人：掌膳食之官。尸：代表鬼神受祭的人。祝：傳告鬼神言辭的人。）《呂氏春秋・壅塞》：「戎王醉而卧於～下。」❷ 通「撙 zǔn」。抑止。《淮南子・要略》：「～流遁之觀，節養性之和。」

遵 zūn 順着，沿着。《詩經・豳風・七月》：「～彼微行，爰求柔桑。」（微行：小道。爰：在這裏。柔桑：嫩桑葉。）屈原《九章・哀郢》：「～江夏以流亡。」（江夏：長江和夏水。）引申為遵守，按照。《尚書・洪範》：「無偏無陂，～王之義。」（陂：不正。）《後漢書・張衡傳》：「時國王驕奢，不～典憲。」

鐏 zūn 戈柄末端的圓錐形金屬套，可以插入地中。《禮記・曲禮上》：「進戈者前其～。」

【辨析】鐏、錞。見75頁「錞」字條。

鱒 zūn（舊讀 zùn） 魚名，即赤眼鱒。《詩經・豳風・九罭》：「九罭之魚，～魴。」（九罭 yù：一種帶有囊袋以捕捉小魚的網。）

僔 zǔn ❶ 聚集，聚在一起。《說文》：「～，聚也。」《左傳・僖公十五年》：「《詩》曰：『……～沓背憎，職競由人。』」（沓：議論紛紛。職：主要。人：指讒人。）❷ 謙讓。《荀子・仲尼》：「主尊貴之，則恭敬而～。」

撙 zǔn ❶ 抑制，克制。《禮記・曲禮上》：「君子恭敬～節，退讓以明禮。」引申為控制。《戰國策・秦策一》：「伏軾～銜，橫歷天下。」❷ 節省。《管子・五輔》：「節飲食，～衣服，則財用足。」

捘 zùn ❶ 擠，推。《左傳・定公八年》：「涉佗～衛侯之手。」❷ 按捏。馬融《長笛賦》：「挼拏～臧，遞相乘邅。」（邅 zhān：轉。）

zuo

昨 zuó△ ❶ 昨天，前一天。《莊子・外物》：「周～來，有中道而呼者。」

（周：莊周。中道：路中。）引申指過去。陶潛《歸去來兮辭》：「覺今是而～非。」❷［昨席］帝王受酢之席。昨：通「酢zuò」。《周禮・春官・司几筵》：「祀先王～～，亦如之。」

莋 zuó△　古地名，在今四川漢源東北。《漢書・司馬相如傳下》：「邛、～、冉、駹，近蜀，道易通。」

捽 zuó△　❶ 抓住頭髮。《呂氏春秋・忠廉》：「王子慶忌～之，投之於江。」《淮南子・氾論》：「至其溺也，則～其髮而拯。」❷ 拔。《漢書・貢禹傳》：「農夫父子暴露中野，不避寒暑，～屮杷土。」（屮：草。）❸ 衝突。《國語・晉語一》：「戎、夏交～。」

笮 zuó　見655頁「笮」㊁。

筰 zuó△　❶ 用竹篾編成的繩索。韓愈《晚秋郾城夜會聯句》：「浮橋交萬～。」❷ 古代西南少數民族名。《史記・西南夷列傳》：「蜀人司馬相如亦言西夷邛、～可置郡。」❸ 狹窄。《周禮・春官・典同》：「侈聲～。」

左 zuǒ　❶ 左手。《詩經・王風・君子陽陽》：「～執簧，右招我由房。」（簧：笙。）引申為左方，左邊。《孫子・虛實》：「備～則右寡。」地理上一般以東為左。《晉書・温嶠傳》：「元帝初鎮江～。」❷ 古代一般以右為尊，以左為卑。《史記・魏其武安侯列傳》：「諸士在己之～，愈貧賤，尤益敬。」❸ 古代以右為親近，贊助；以左為不親近，不贊助。《左傳・襄公十年》：「天子所右，寡君亦右；所～，亦～之。」《戰國策・魏策二》：「右韓而～魏。」❹ 古代一般將佐的戰車上，尊者居左，故車騎一般以左為尊。《左傳・成公二年》：「射其～，越于車下。」（越：墜。）《史記・魏公子列傳》：「公子從車騎，虛～，自迎夷門侯生。」❺ 邪僻。《禮記・王制》：「執～道以亂政。」又指偏僻。曹丕《與吳質書》：「足下所治僻～，書問致簡，益用增勞。」❻ 證據，證人。《漢書・楊敞傳附楊惲》：「廷尉定國考問，～驗明白。」（定國：人名。）

佐 zuǒ　❶ 輔佐，幫助。《詩經・小雅・六月》：「王于出征，以～天子。」《呂氏春秋・不廣》：「不若三人～公子糾也。」❷ 副職，僚屬。《左傳・僖公二十八年》：「胥臣以下軍之～當陳、蔡。」《論衡・程材》：「官之立～，為力不足也。」也指副的，其次的。《左傳・成公二年》：「鄭周父御～車。」（鄭周父：人名。）

作 zuò△　❶ 起，起立。《論語・先進》：「舍瑟而～。」引申為興起，產生。《孟子・公孫丑上》：「由湯至於武丁，賢聖之君六七～。」❷ 勞作，工作。《莊子・讓王》：「日出而～，日入而息。」楊惲《報孫會宗書》：「田家～苦。」引申為做，從事。《論語・子路》：「人而無恆，不可以～巫醫。」（而：假如。）❸ 創作，製作。《呂氏春秋・勿躬》：「容成～曆。」（容成：傳說中黃帝臣，曆法的創造者。）《論衡・定賢》：「譬猶工匠之～器也。」又特指撰寫，著述。司馬遷《報任安書》：「仲尼厄而～《春秋》。」又用作名詞，指作品。蕭統《文選序》：「則有『憑虛』『亡是』之～。」

【辨析】作、為。見524頁「為」字條。

坐 zuò　❶ 坐。古人席地而坐，兩膝着地，臀部放在腳跟上。《左傳・宣公二年》：「～而假寐。」《呂氏春秋・離俗》：「終日～，不自快。」又用作名詞，座位。後來寫作「座」。《韓非子・外儲說左上》：「鄭人有且置履者，先自度其足而置之其～。」❷ 犯罪，因犯……獲罪。《晏子春秋・雜下》：「王曰：『何～？』曰：『～盜。』」《史記・魏其武安侯列傳》：「數歲，～法去官，家居長安。」也指判罪，定罪。《漢書・霍光傳》：「敢有毀者，～之！」❸ 徒然，白白地。江淹《望荊州》：「玉柱空掩露，金樽～含霜。」李白《蜀道難》：「以手撫膺～長歎。」❹ 因為，由於。古詩《陌上桑》：「來歸相怨怒，但～觀羅敷。」（羅敷：美女名。）杜牧《山行》：「停車～愛楓林晚。」

【辨析】坐、蹲、踞、居。見117頁「蹲」字條。

怍 zuò△ ❶慚愧。《說文》：「～，慚也。」《論語・憲問》：「其言之不～，其為之也難。」❷臉色有變。《禮記・曲禮上》：「將即席，容毋～。」（即：就。容：面容。）《宋書・范曄傳》：「仍以手擊曄頸及頰，曄顏色不～。」

阼 zuò ❶大堂前東面的臺階。古代賓主相見時，賓客走西面的臺階，主人走東面的臺階。《論語・鄉黨》：「朝服而立於～階。」❷帝位。古代帝王即帝位或主持祭祀由阼階上，所以用「阼」代指帝位。《禮記・文王世子》：「昔者周公攝政，踐～而治。」《史記・孝文本紀》：「皇帝即～，謁高廟。」（謁：拜謁。）引申為國運。《三國志・蜀書・先主傳》：「備畏天明命，又懼漢～將湮於地。」

柞 ㊀ zuò△ ❶柞樹。《詩經・小雅・采菽》：「維～之枝，其葉蓬蓬。」（蓬蓬：繁盛的樣子。）又指櫟樹。《詩經・大雅・綿》：「～棫拔矣。」（棫 yù：樹名。）

㊁ zé ❷砍伐樹木。張衡《西京賦》：「～木剪棘。」❸狹窄。《周禮・考工記・輪人》：「轂小而長則～。」

侳 zuò 傷害，辱沒。《淮南子・說山》：「故君子不入獄，為其傷恩也；不入市，為其～廉也。」

胙 zuò ❶祭祀求福用的肉。《左傳・僖公九年》：「王使宰孔賜齊侯～。」《史記・商君列傳》：「天子致～於孝公。」❷福佑。《國語・周語下》：「天地所～，小而後國。」❸賜予，酬報。《左傳・昭公三年》：「賜女州田，以～乃舊勳。」（乃：你。）❹通「阼 zuò」。東階。《荀子・哀公》：「君入廟門而右，登自～階。」

【辨析】胙、祚。二字在「福佑、君位」等義上相同。「胙」為「祭福肉」，引申之，凡福皆可言胙。段玉裁謂「祚」為後人臆造，並以此改古籍，遂使二字錯出混同。

祚 zuò ❶福。《左傳・昭公十五年》：「福～之不登，叔父焉在？」李密《陳情表》：「門衰～薄，晚有兒息。」又為賜福，保佑。《左傳・閔公元年》：「天若～大子，其無晉乎！」（大子：太子，指晉太子申生。無晉：不要留在晉國。）❷君位，國運。《史記・燕昭公世家》：「成王既幼，周公攝政，當國踐～。」（踐祚：即君位。）班固《東都賦》：「往者王莽作逆，漢～中缺。」❸年，歲。曹植《元會》：「初歲元～，吉日惟良。」

【辨析】祚、胙。見712頁「胙」字條。

座 zuò ❶座位。傅毅《舞賦》：「陳茵席以設～兮。」❷東西的底座。《元史・忙兀台傳》：「至沙洋堡，立炮～十有二。」

酢 zuò 見81頁「酢」㊁。

醋 ㊀ zuò△ ❶客人用酒回敬主人。《儀禮・特牲饋食禮》：「尸以～主人。」（尸：代表死者受祭的人。）

㊁ cù ❷醋，酸性調味液體。《齊民要術・作酢法》：「麴多則～不類。」

鑿 zuò△ 舂。屈原《九章・惜誦》：「～申椒以為糧。」又指舂過的精米。王禹偁《酬种放徵君》：「致養無精～。」

附　錄

一　關於古漢語字典的編寫問題（節選）

王　力

（一）思想性問題（略）

（二）科學性問題

科學性問題也有兩方面。第一是語義學觀點。就一般情況說，一個詞只有一個基本意義，其餘都是派生意義。派生意義，古人叫做引申。基本意義，大致相當於古人所謂本義，但不完全相同。有時候，基本意義消滅了，派生意義也可變成基本意義，輪着它又產生一些引申意義。掌握字的本義很重要，因為由此可以推知引申意義。有近引申，有遠引申。近引申一目了然，如「本」。遠引申經過解釋也可以懂，如「經」。

過去的字典於一個字條下面羅列十多個甚至幾十個意義，本義和引申義常常顛倒。其實並沒有那麼多。有些是東抄西襲，把本來可以合併的意義分成幾條。其實，如果某字只有一個本義，近引申義也就可以與本義放在一起，遠引申義才另立一項。這樣，一個字少則一個意義，多則四五個意義就夠了。

引申義之外，有些字還有假借義。嚴格地說，應該另立詞條，因為它們只是同音詞，不該認為同一個詞。

科學性與思想性是密切聯繫着的。有唯心主義的語義學，有唯物主義的語義學。唯心主義的語義學以為文字是聖人創造的，字義也是聖人規定的。彷彿先有一部字典規定了字的意義，然後人們依照字典規定的意義來使用文字。唯物主義語義學認為語言文字都是勞動羣眾創造的，字義是社會約定俗成的東西（《荀子》「名無固宜，約定俗成謂之宜」）。好的字典應該反映社會使用語言文字的真實情況，而不是由某一個有學問的人把字義規定下來。不是字典說了算，而是社會說了算。因此，我們使用字典時，對於字典中錯誤的解釋也應加以糾正，對於字典中沒有的字義也可以從大量語言材料中概括出來。例如「眼」字，《說文》云：「眼，目也。」歷來字典沿用此說。但這種解釋對上古漢語是不準確的。眼只是眼珠的意思。只有劉熙《釋名》和戴侗《六書故》懂得這個道理。又如唐代「僅」字放在數目字前面不是極言其少，而是極言其多，《康熙字典》和《辭海》都沒有講，段玉裁講了（講得不全面），《辭源》採用了。字典沒有講或沒有確切解釋的字義，有許多研究工作等待我們去做。古代漢語常用詞做了一些嘗試，但是做得還很不夠。

科學性的第二方面是歷史觀點。一切事物都是發展的，語言也是發展的。發展的觀點是唯物主義辯證法的觀點。現代漢語是從古代漢語發展來的，它們之間必定有共同點。古今詞義有聯繫又有差別，以致許多詞義古今只有細微的分別。這種細微的差別正是古漢語字典的研究對象。有同志認為我們有了《新華字典》，古漢語字典只要收些《新華字典》所沒有的字就夠了。這就忽視了古今詞義的不同。正是今天常用的字，它們在古代卻不是用的今天的意義。例如「稍」字，明代以前都是「漸」的意義，今天的字典可以不收此義，一部古漢語字典必須收這個意義。又如「誣」字，古書上雖有誣賴、誣衊的意義，但又有說謊的意義，那就該二者兼收。《莊子》《韓非子》都有「非愚則誣」的話，開始時有人解釋為「不是愚蠢就是誣衊」，後來報紙雜誌上都譯成「不是愚蠢就是說謊」，後者是對的。柳宗元《答吳武陵論非國語書》「益之以誣怪」也是造謠說謊的意思。歷史發展的觀點非常重要，我們讀上古的書，遇到「紅」字應該解作淺紅、粉紅，但是到了中古的書，遇到「紅」字應該解作深紅、大紅（除非用典有時還用古義）。時代不同了，意義也不同了。對「稍」的解釋也是這樣。

有時候，舊字典並沒有錯，但後人誤解了。如《廣韻》:「憾，恨也。」（許多字書都這樣說）有人注《論語》把「敝之而無憾」的「憾」解作「怨恨」，那就錯了。漢唐以前的「恨」都是「遺憾」的意思。因此「憾」可以解釋為「恨」，「憾」「恨」是同義詞沒有問題。到底二者都解為現代語的「遺憾」呢，還是解作「怨恨」，就大有問題。從歷史材料看，「恨」的古代意義應該是遺憾（很少解作怨恨）。又如《一切經音義》卷三:「漸漸猶稍稍也。」《康熙字典》也說「漸，稍也」，並沒有錯。但如果我們說「漸」字有「稍為」（略為）的意義，那就大錯了。

對於語言詞彙的歷史研究，有兩個方面。一方面是從詞到概念，是研究詞是怎樣變了意義的。另一方面是從概念到詞，是研究概念是怎樣變了名稱的。前者是古漢語詞典的主要任務，後者則是釋義所必須用到的。現代語言所表達的概念，大多數都是古代語言所能表達的，不過用詞不同罷了。例如古代的「再」既然只表示兩次行為，那麼兩次以上又用甚麼副詞表示呢？古代的「稍」既然只表示「漸」的意義，那麼現代「稍為」的「稍」的概念，在古代又用甚麼副詞表示呢？大家知道，上古有個「復」字，正相當於現代的「再」，這個「復」字至今還沿用下來（如舊病復發）。至於「稍為」的「稍」，古代則用「少」字（罕用「漸」字），如《戰國策 • 觸讋說趙太后》「少益嗜食，和於身」，又「太后之色少解」，柳宗元《小石城山記》:「有二道⋯⋯其一少北而東。」懂得了從概念到詞的演變道理，我們就能用現代漢語恰當地注解古代詞，如「復」注為「再」，「少」注為「稍」等等。

以上兩個觀點（語義學觀點和歷史觀點）是我們計劃中的古漢語字典的兩大特色，不同於從前的任何詞典的。

（三）具體的做法（節選）

1. 收字的問題

我初步設想，應該收八千字到一萬字。《新華字典》收字八千五百左右，古漢語字典所收的字應與《新華字典》差不多。《新華字典》所收的現代的字，古漢語字典不收，《新華字典》所未收，而古書中常見的字則應收一些。

一千五百個常用詞恐怕不夠用。過去我們搞常用詞是把古今詞義相同的詞排除了的，現在我們認為古漢語字典古今同義的詞如「人、物、牛、馬」等字也該收入，這樣字數就增加幾倍，但是篇幅增加有限。例如「牛」字只注為牛，兩個字。這樣，編寫出的字典可以稱為《古漢語小字典》，不必叫做《古漢語常用詞詞典》。

2. 詞條選擇問題

應該選擇常用詞，因為常用詞在古書上常見，實用價值較大，僻字收不勝收，收了用處也不大。

3. 複音詞、詞組問題

除疊音字和聯綿字外，一般不收複音詞，但某些由詞組形成的複音詞如「天下、天子、君子、小人、諸侯」等，酌量收一些。

4. 義項問題

如上文所說，本義應與近引申義合併在同一義項。遠引申義則另立一項或數項。遠引申義也可以有它自己的引申義。

本義原則上應列在第一項。但不必標明本義，因為某些詞義是不是本義還有爭論。

假借義排在最後，也不必標明假借義，因為某些字義是引申還是假借還有爭論。

5. 標音、標調問題

詞條一般不標音，但是在由音別義的情況下應該標音，又現代書報不常見的字也應該標音。

入聲字應該特別標出，因為現代普通話沒有入聲，而唐詩、宋詞等則入聲歸入仄聲，應該知道入聲字，以便了解詩詞格律。

6. 用現代語解釋的問題

必須用現代語解釋古代詞，然後能真正懂得古代詞義。用現代語解釋，實際上就是對譯。如「鳧，野鴨」。恰當的對譯是不容易的，現代漢語有相當的詞而不用現代漢語，是不好的。現代漢語沒有相當的詞勉強對譯，也是不對的。有時候，我們用「可以譯成」現代某詞的說法，表示不完全相當。

7. 詞義的時代性

由於我們的研究不夠，還不能確定某種詞義產生在甚麼時代，我們暫時用大概的說法，有兩種表示方法，一種是注明後起義或晚起義。所謂後起義，大致是指漢代以後才產生的。所謂晚起義，大致是指宋代或更晚的時候產生。另一種表示法是注明上古（或先秦）、中古、近代。大致以漢以前為上古（秦以前為先秦），南北朝隋唐為中古，宋以後為近代。

關於後起的字形，也採取這種辦法。我們不說「莫」同「暮」，「直」同「值」，而是說「莫」這個意義後來寫作「暮」，「直」這個意義後來寫作「值」。這才是歷史觀點。

8. 同義詞的辨別

同義詞的辨別，能使我們對古漢語詞義弄得更明確些。例如「寢、寐、睡、臥、眠」在上古漢語中是五個不同的概念，《辭源》說，「睡」有兩個意思：㈠寐也。《漢書》：「將士被甲冑而睡。」㈡倦而閉目也。《史記》：「衛鞅語事良久，孝公時時睡，弗聽。」那是錯誤的。《說文》：「睡，假寐也。」假寐與寐不同。睡是不脫衣服，坐着打盹。《辭源》所舉兩個例子都是睡不是寐。至於倦而閉目，那是眠（瞑），不是睡。

9. 舉例問題

除古今完全同義的詞不必舉例以外，一般對每一個義項都應該舉例。義項與今相同的，可以只舉一個例。義項與今不同的，應該多舉例，但一般不超過四例。

10. 參考書問題

為了編寫一部具有科學性的詞典，參考書只能作為參考，許多地方不能照抄。

主要參考書應該是《說文》家的著作，主要是段桂王朱。段書講本義很好，桂書舉例豐富，王書有些好的見解，朱書除本義外兼講引申假借，參考價值較大。四書都已編入《說文解字詁林》。

《辭源》《辭海》也可以作為參考。還可以參考《康熙字典》。但是由於編字典的人沒有足夠的文字學訓練，所以常常出錯。若照抄它們，容易陷於錯誤。

關於虛詞，可以參考王引之《經傳釋詞》，楊樹達《詞詮》，裴學海《古書虛字集解》，呂叔湘《文言虛字》。前三書講了許多僻義，《古漢語小字典》用不着。

《經籍籑詁》也是一部參考書，它把先秦兩漢的書的古注都收集在一起，頗有參考價值。當然我們的詞典也不該採用其中的僻義和錯誤的詞義。

《佩文韻府》是一部次要的參考書。它可以供給我們一些例子，從這些例子中可以看出詞義的時代性。但此書不舉篇目，於詩歌也不列詩題。採用例子時必須複查原書。許多地方連書名都弄錯了，查原書可以訂正錯誤。

有一種索引、引得也可以利用。開明書店的《十三經索引》只有句子，沒有單字。引得有《詩經引得》《春秋三傳引得》《論語引得》《孝經引得》《墨子引得》《莊子引得》《荀子引得》《杜詩引得》等，都按單字作索引，可以供給我們許多例子。

二　文言常用詞韻語

王　力

（1）道德仁義，禮樂政刑。教化習俗，法制章程。
陞遷黜陟，賞罰勸懲。盛衰理亂，隆替廢興。
禍福凶吉，朕兆祥徵。爵位祿秩，事業功名。
窮通得失，否泰虧盈。貧富貴賤，壽夭死生。

（2）帝皇將相，王侯公卿。官宰軍卒，胥吏佐丞。
商賈工匠，士庶民氓。男女奴隸，叟嫗童嬰。
巫醫尸祝，儒釋尼僧。鬼魅妖怪，神佛仙靈。

（3）君臣父子，兄弟夫婦。祖孫伯叔，姊妹妻母。
親戚姻亞，翁壻甥舅。姑姨嫂姪，婢妾妃后。
師徒主僕，賓客朋友。姓氏族黨，伴侶配偶。

（4）聖賢哲彥，俊傑豪雄。敵寇盜賊，姦佞頑兇。
孝悌慈睦，貞潔信忠。猛毅勇敢，肅穆嚴恭。
敬怠慎苟，辯訥聰聾。博雅卓偉，鄙陋凡庸。
淳質偷幸，智慧愚蒙。夷狄氐羯，蠻貊羌戎。

（5）寧靜恬豁，和平謙讓。順逆廉貪，誠偽詐諒。
勤儉奢侈，謹愿狂妄。暴虐苛酷，荒蕩淫放。

（6）陰陽天地，日月星辰。冰霜雨雪，霧露風雲。
雷霆虹霓，霄靄瘴氛。光輝霾曀，煙景霞曛。

（7）春夏秋冬，朝暮宵旦。歲時年世，晝夜晨旰。
古今昨昔，曉晚曙晏。

（8）寒暑溫凊，涼暖昏明。昭昧零霽，淒爽朗晴。
煦照映耀，晦暗杳冥。乾旱潦浸，融渙凍凝。

（9）禾穀稻粱，菽麥黍稷。桑麻瓜豆，農耕稼穡。
耘芟耨穫，播種藝植。繭絲緜絮，抽繅紡織。
樵蘇漁釣，狩獵射弋。馴豢芻牧，孳乳繁殖。
甄陶冶鑄，型範埏埴。琢磨淬厲，鐫鏤斲刻。

（10） 婚嫁喪葬，慶賀弔唁。祈禱禳祓，雩禖封禪。
祠禴烝嘗，祀享祭奠。跪拜揖贊，祼酹獻薦。

（11） 田疇隴畝，畦畹坰場。原野涯岸，塘堰隄防。
京都郡縣，里井閭鄉。塗路蹊徑，邦國畿疆。
塵沙泥土，郵店村莊。

（12） 宮廷禁掖，庫廩倉府。家室第宅，館舍廬墅。
社壇宗廟，寺剎庠序。衢巷市廛，闔闕門戶。
亭臺樓閣，園囿苑圃。庖廚堂殿，庭院廊廡。
墀除向牖，牆壁垣堵。甎瓦瓴甓，楣扁檐宇。
闌檻橋柵，棟梁楹柱。

（13） 山水泉壑，邱谷陵阿。巖石嶺陸，崖岑坂坡。
墟墓墳穴，竅窟洞窩。源流川渠，湖海江河。
汀洲渚浦，淵藪潭渦。漣漪濤浪，潮汛瀾波。

（14） 崇卑巍峻，險阻窄隘。傾頹破陷，坼裂崩墜。
濬治疏瀹，壅塞決潰。填築葺繕，墮毀敗壞。

（15） 清濁深淺，洪浩湍激。漂浮沈淪，游潛沒溺。
濟渡泛泝，盪濯浣滌。汲注灌溉，淘汰漉淅。
涸竭滿溢，洩漏滴瀝。

（16） 薪柴燹火，焚燒然爇。煎煮燔炙，烹飪熟熱。
燎炬爝餤，燦爛熾烈。煤炱灰炭，閃爍熄滅。

（17） 車輿軺輦，舫艇舟船。楫枻櫓櫂，輻轂輪轅。
桅檣帆纜，幢蓋輶軒。鑾珂繖幰，麗駟驂駢。
軾軛轍軌，驛遽馹傳。銜勒鑣轡，鞍鞅箠鞭。
乘載輸運，駕御驅牽。

（18） 牀屏簾幌，帳幔帷幕。扉樞闉閾，關楗管籥。
羅网罾繳，紼綆綸索。觥斝杯盤，尊壺觴勺。
燈燭釭檠，匱匣囊橐。筵席几案，簞瓢鼎鑊。
規矩準繩，爐錘鋸鑿。碾碓杵臼，耒耜錢鎛。
鐘鼓琴瑟，簫笙磬鐸。

（19） 金銀銅鐵，鉛錫鏐鋼。珠玉珍寶，瓊玖琳琅。
球璿瑾瑜，瑗璧圭璋。璵璠瑤琚，環玦珩璜。

（20） 衣裳屨履，冠帽巾簪。纓帶鈎佩，袖袂裾襟。
裘褐袞冕，茵褥枕衾。布帛錦素，綫縷錐鍼。

（21） 鳥獸雞犬，象鹿麟麏。狐狼虎豹，狗兔猿猴。
羔豚駒犢，羊豕馬牛。燕雀鷹隼，鵝雁鵲鳩。
鸞鳳鴻鵠，鶴鷺鳧鷗。

（22） 爪牙角觜，翰翼羽毛。蹄蹯尾鬣，皮肉脂膏。
飛鳴棲集，翻舞翔翱。騰奮突竄，跳躍哮嗥。

（23） 蟲魚鼠獺，蛟螭龍蛇。鼃黿龜鼈，蚌蛤蟹蝦。
魴鱸鱣鮪，鮒鯽鯉鯊。蜂蟻蠶蝶，蜩蟬蚓蛙。
蚊蠅蚤蝨，蝎蠹螺蝸。

（24） 芝蘭葵菊，草莽榛蕪。蓬蒿藜藿，蘋藻萍蒲。
藤蘿葛蔓，荊棘茅蘆。芹蓮荷芰，菱芡蓴菰。
竹木林樹，楊柳楓梧。栗棗梨橘，椒桂棠榆。
桃李梅杏，松柏椿樗。

（25） 英華果實，枝節榦條。葉蕊芒穗，本末根標。
萌稚芽蘗，筍籜秧苗。榮茂秀藹，槁落枯凋。

（26） 身軀肌膚，頭額面首。臉頰眉目，眼耳鼻口。
項背要領，肩臂腋肘。喉舌脣齒，肢體足手。
股膝腳脛，腕掌指拇。

（27） 鬢髮須髯，腹臍脇肋。腎胃肺腸，肝膽胸臆。
血汗涕淚，筋骨心力。意志性情，聲音氣息。
狀貌姿態，容儀顏色。魂魄形影，步武蹤跡。

（28） 典籍簡策，詩畫文史。篇什句段，詞賦銘誄。
圖譜卷帙，研墨筆紙。纂述撰寫，屬綴構擬。

（29） 干戈斧鉞，刀劍甲兵。矛戟弓矢，旗幟旆旌。
城池壘寨，烽戍陣營。討伐侵略，圍守攻征。
攘卻戡剪，鬩鬧戰爭。勁挫勝負，怯餒驕矜。
殲虜禽獲，係纍羈縶。捍衛鎮撫，降服兼并。

（30） 度量權衡，計算揆測。仞丈分寸，尋常咫尺。
鍾斛秉庾，升斗儋石。鈞鎰斤銖，箇枚匹隻。
一兩二三，四五六七。八九十百，千萬垓億。

（31） 上下左右，東西南北。前後內外，邊緣旁側。
阪隈隅奧，際畔閒隙。

（32） 青黃朱赤，紅紫緋紺。丹絳斑綵，翠綠蒼藍。
緇赭皂白，烏黑玄黔。

（33） 羹湯酒醢，醯醬油鹽。腥臊鮮腐，辛辣苦甜。
醇醨濃淡，釅澀酸鹹。精細粗糲，脆滑膩黏。
芳香芬馥，旨有肥甘。臭味嘉尚，咀嚼茹含。

（34） 吾我余予，乃若汝爾。其之者所，伊誰人己。
胡孰奚何，斯是茲此。渠儂莫或，某自他彼。

（35） 律曆術數，符瑞契機。端緒終極，初元始基。
財產賄賂，貨幣物資。材器學識，才技勢威。
楷模憲則，統紀綱維。階級等列，任務職司。
科品倫類，裔胄胤支。勳猷績效，罪咎瑕疵。
恩惠庥澤，讎釁嫌私。

（36） 長短輕重，眾寡多少。厚薄剛柔，纖巨大小。
疏密稠稀，顯著微渺。方圓枉直，利鈍拙巧。
新陳夙舊，久暫遲早。疲勞困倦，礩蹶仆倒。
疾病痊愈，饞厭飢飽。康強羸弱，健壯幼老。
美醜妍媸，豔靚娟姣。優良駑劣，佳善妙好。

（37） 熙洽昌阜，蹇頓艱難。危殆窘蹙，靖謐綏安。
充裕奇羨，延衍滋蕃。豐歉贏絀，餘罄饒殫。
固朽堅脆，全缺完殘。純粹駁雜，淆紊紛煩。
沖虛曠廓，狹縮空寬。幽隱僻寂，孤孑煢單。

（38） 動定靜躁，喧默羣獨。縱橫廣闊，傴仄紆曲。
閒暇緊急，緩滯迅速。舒徐敏捷，怱忙迫促。

（39） 把持操挾，捉握掬撮。奉取揚舉，授受與奪。
抵據抑按，抉擇摩捋。披掩揮搖，拂拭挑撥。
攀援折摘，采摭拾掇。纏縛約束，結解免脫。
擁抱扶將，攜挈提拔。推排曳挽，敲扑擊撻。
拘執收捕，囚縶戮殺。剖判剝削，斫斬切割。
投擲彎彈，矯控引發。

（40）行步跋涉，反復旋回。適赴造詣，來往還歸。
遵循率由，趨避依違。逢迎遭遇，逃遁逐追。
出入進退，去就導隨。達過即及，巡繞徙移。
超躐逾越，逝邁奔馳。
（41）哺啜咽吐，啄啖吞噬。呼吸吹噓，嘔噎咳嚏。
吁嗟叫囂，噪囀啼唳。啼哭哂笑，號呶呻囈。
（42）言辭談話，誥諭詔命。報告云謂，奏對諫諍。
稱許誇飾，嘲諷譏評。頌譽誅責，戒飭誓令。
詢問請拒，唯諾答聽。謳歌譴詈，唱歎吟詠。
講說論議，敍次稽證。
（43）謗讒譖訴，褒表斥貶。獎賚寵眷，僭濫叨忝。
冒犯褻瀆，誣衊污點。沾濕渥潤，漸漬濡染。
（44）知覺感觸，思惟謀慮。欣喜快樂，怡愉悅豫。
悲哀慘痛，憂患恐懼。驚愕愁畏，憤恨怨怒。
懷念憶忘，憐惜愛妒。料想疑忌，願慰戀慕。
羞慚愧恥，嗔恚憎惡。
（45）張弛展斂，析合閉開。贍給具辦，詳盡備該。
招募錄雇，宣喚邀催。徇從媵送，偕俱侍陪。
傷害救活，摧戕栽培。
（46）存在消亡，減損增益。遞嬗交接，經亙閱歷。
因荐累疊，更迭變革。沿襲承紹，代換改易。
斷絕繼續，聯連離隔。
（47）作為創製，畢竟成遂。建設施用，休罷措置。
積聚散逸，藏蓄委棄。
（48）乞假借貸，貽贐贈遺。供貢購鬻，餽餉饋飼。
買賣賒貰，周振貺賜。
（49）坐立俯仰，寢臥眠睡。起居遊憩，醒醒夢寐。
淹留止宿，旅寓託寄。登臨眺覽，瞻顧示視。
觀覩見聞，偵候窺伺。佇企俟待，期望希冀。
（50）掄選銓擢，考覈課試。馭役差遣，辟□致至。
養育保護，庇蔭覆被。侮慢凌辱，欺謾諂媚。

尤詬玩弄，狎謔調戲。

（51） 剽竊劫掠，覷覘覦覬。恃賴憑藉，佑助殃祟。

參謁訪省，覲會聘使。飲食宴餞，歡娛酣醉。

（52） 無非不未，既已猶曾。亦彌再又，屢亟頻仍。

稍最太甚，克可堪能。並皆各共，宜肯當應。

祗但只僅，每罕咸恆。

（53） 聿粤爰曰，而以于於。豈雖況矧，矣也哉乎。

莫漫毋勿，焉兮耶歟。纔俄聊且，那奈旃諸。

（54） 如欲讀書，必先識字。辨別殊似，比較同異。

探求故訓，審察真諦。特編韻語，俾便誦記。

【說明】

1. 暫編 2368 字，以後還要考慮增加。
2. 這些常用詞是經過選擇的。上古最常見的詞，可以說完全在內了。《莊子》常用詞（出現十次以上的）共有七百多個，都選上了。中古最常見的詞，差不多也都包括在內。杜甫詩集常用詞（出現十次以上的）共有一千六百多個，被選上的詞佔百分之九十五以上。其餘的詞是次常用的，但是僻詞一定不選。
3. 這些常用詞是分類編集的。譬如說，第一類是古代的哲學概念和政治概念，第二類是社會地位、身分、性別等。但是這種分類不可能是很嚴格的，所以沒有標明。最後一章不是分類。
4. 歸類儘可能依照詞的原始意義。有時候，由於特殊原因，就稍為變通。例如「道」的原始意義是道路，而這裏把它歸入哲學概念一類，作為道德的「道」。
5. 韻語每四個字為一組，兩個字為一對。每一對或一組，或者是同義詞，或者是反義詞，或者是意義相近的詞。這樣做，可以幫助讀者更確切了解詞義。
6. 這些常用詞都是單音詞。有些好像是雙音詞（如「道德」「章程」），但是它們在古代確是單音詞（如「道」和「德」），至少是被古人認為單音詞（《漢書》「張蒼定章程」，注：「章，曆數之章術也；程者，權衡丈尺斗斛之平法也」）。真正的雙音詞不收。
7. 當然，所謂掌握常用詞，並不是只掌握這個常用詞的一個意義，而是要掌握這個詞的所有的常用意義（如果它具有幾個常用意義的話）。譬如說，「道」有三個常用意義：道路，道德，說道，非完全掌握不可。我們計劃寫一部文言常用詞詞典，來達到這個目的。
8. 現在為了幫助讀者看懂這一篇韻語，先就韻語中比較深奧的詞義加以注解。（今從略）

三　中國歷史年代簡表

干支次序表

1. 甲子	2. 乙丑	3. 丙寅	4. 丁卯	5. 戊辰	6. 己巳
7. 庚午	8. 辛未	9. 壬申	10. 癸酉	11. 甲戌	12. 乙亥
13. 丙子	14. 丁丑	15. 戊寅	16. 己卯	17. 庚辰	18. 辛巳
19. 壬午	20. 癸未	21. 甲申	22. 乙酉	23. 丙戌	24. 丁亥
25. 戊子	26. 己丑	27. 庚寅	28. 辛卯	29. 壬辰	30. 癸巳
31. 甲午	32. 乙未	33. 丙申	34. 丁酉	35. 戊戌	36. 己亥
37. 庚子	38. 辛丑	39. 壬寅	40. 癸卯	41. 甲辰	42. 乙巳
43. 丙午	44. 丁未	45. 戊申	46. 己酉	47. 庚戌	48. 辛亥
49. 壬子	50. 癸丑	51. 甲寅	52. 乙卯	53. 丙辰	54. 丁巳
55. 戊午	56. 己未	57. 庚申	58. 辛酉	59. 壬戌	60. 癸亥

五帝（約公元前 30 世紀初 — 約前 21 世紀）

帝王	年號	干支	公元	帝王	年號	干支	公元
黃帝				堯			
顓頊				舜			
帝嚳							

夏（約公元前 2070 — 前 1600）

帝王	年號	干支	公元	帝王	年號	干支	公元
禹				泄			
啟				不降			
太康				扃			
仲康				廑			
相				孔甲			
少康				皋			
杼				發			
槐				履癸（桀）			
芒							

商（約公元前 1600 — 前 1046）

帝王	年號	干支	公元	帝王	年號	干支	公元
湯				祖丁			
太丁				南庚			
外丙				陽甲			
仲壬				盤庚			
太甲				小辛			
沃丁				小乙			
太庚				武丁			
小甲				祖庚			
雍己				祖甲			
太戊				廩辛			
仲丁				康丁			
外壬				武乙			
河亶甲				太丁（文丁）			
祖乙				帝乙			
祖辛				帝辛（紂）			
沃甲							

周（公元前 1046 — 前 256）

西周（公元前 1046 — 前 771）

帝王	年號	干支	公元	帝王	年號	干支	公元
武王（發）				孝王（辟方）			
成王（誦）				夷王（燮）			
康王（釗）				厲王（胡）			
昭王（瑕）				[共和]	（14）	庚申	前 841
穆王（滿）				宣王（靜）	（46）	甲戌	前 827
共王（緊扈）				幽王（宮湦）	（11）	庚申	前 781
懿王（囏）							

東周（公元前 770 — 前 256）

帝王	年號	干支	公元	帝王	年號	干支	公元
平王（宜臼）	（51）	辛未	前 770	敬王（匄）	（44）	壬午	前 519
桓王（林）	（23）	壬戌	前 719	元王（仁）	（7）	丙寅	前 475
莊王（佗）	（15）	乙酉	前 696	貞定王（介）	（28）	癸酉	前 468
釐王（胡齊）	（5）	庚子	前 681	考王（嵬）	（15）	辛丑	前 440
惠王（閬）	（25）	乙巳	前 676	威烈王（午）	（24）	丙辰	前 425
襄王（鄭）	（33）	庚午	前 651	安王（驕）	（26）	庚辰	前 401
頃王（壬臣）	（6）	癸卯	前 618	烈王（喜）	（7）	丙午	前 375
匡王（班）	（6）	己酉	前 612	顯王（扁）	（48）	癸丑	前 368
定王（瑜）	（21）	乙卯	前 606	慎靚王（定）	（6）	辛丑	前 320
簡王（夷）	（14）	丙子	前 585	赧王（延）	（59）	丁未	前 314
靈王（泄心）	（27）	庚寅	前 571				
景王（貴）	（25）	丁巳	前 544				

秦（公元前 221 — 前 206）

帝王	年號	干支	公元	帝王	年號	干支	公元
始皇帝（政）*	（37）	庚辰	前 221	秦子嬰	（1）	甲午	前 207
二世皇帝（胡亥）	（3）	壬辰	前 209				

* 秦王政二十六年（公元前 221 年）統一六國，稱始皇帝。

漢（公元前 206 — 公元 220）

西漢（公元前 206 — 公元 25）

包括王莽（公元 9 — 23）和更始帝（23 — 25）

帝王	年號	干支	公元	帝王	年號	干支	公元
高帝（劉邦）	（12）	乙未	前 206		神爵（4）	庚申三	前 61
惠帝（～盈）	（7）	丁未	前 194		五鳳（4）	甲子	前 57
高后（呂雉）	（8）	甲寅	前 187		甘露（4）	戊辰	前 53
文帝（劉恆）	（16）	壬戌	前 179		黃龍（1）	壬申	前 49
	（後元）（7）	戊寅	前 163	元帝（～奭）	初元（5）	癸酉	前 48
景帝（～啟）	（7）	乙酉	前 156		永光（5）	戊寅	前 43
	（中元）（6）	壬辰	前 149		建昭（5）	癸未	前 38
	（後元）（3）	戊戌	前 143		竟寧（1）	戊子	前 33
武帝（～徹）	建元（6）	辛丑	前 140	成帝（～驁）	建始（4）	己丑	前 32
	元光（6）	丁未	前 134		河平（4）	癸巳三	前 28
	元朔（6）	癸丑	前 128		陽朔（4）	丁酉	前 24
	元狩（6）	己未	前 122		鴻嘉（4）	辛丑	前 20
	元鼎（6）	乙丑	前 116		永始（4）	乙巳	前 16
	元封（6）	辛未	前 110		元延（4）	己酉	前 12
	太初（4）	丁丑	前 104		綏和（2）	癸丑	前 8
	天漢（4）	辛巳	前 100	哀帝（劉欣）	建平（4）	乙卯	前 6
	太始（4）	乙酉	前 96		元壽（2）	己未	前 2
	征和（4）	己丑	前 92	平帝（～衎）	元始（5）	辛酉	公元 1
	後元（2）	癸巳	前 88	孺子嬰（王莽攝政）	居攝（3）	丙寅	6
昭帝（～弗陵）	始元（7）	乙未	前 86		初始（1）	戊辰十一	8
	元鳳（6）	辛丑八*	前 80	［新］王莽	始建國（5）	己巳	9
	元平（1）	丁未	前 74		天鳳（6）	甲戌	14
宣帝（～詢）	本始（4）	戊申	前 73		地皇（4）	庚辰	20
	地節（4）	壬子	前 69	更始帝（劉玄）	更始（3）	癸未二	23
	元康（5）	丙辰	前 65				

* 干支後數字為改元的月份，下同。

東漢（25 — 220）

帝王	年號	干支	公元
光武帝（劉秀）	建武（32）	乙酉六	25
	建武中元（2）	丙辰四	56
明帝（～莊）	永平（18）	戊午	58
章帝（～炟）	建初（9）	丙子	76
	元和（4）	甲申八	84
	章和（2）	丁亥七	87
和帝（～肇）	永元（17）	己丑	89
	元興（1）	乙巳四	105
殤帝（～隆）	延平（1）	丙午	106
安帝（～祜）	永初（7）	丁未	107
	元初（7）	甲寅	114
	永寧（2）	庚申四	120
	建光（2）	辛酉七	121
	延光（4）	壬戌三	122
順帝（～保）	永建（7）	丙寅	126
	陽嘉（4）	壬申三	132
	永和（6）	丙子	136
	漢安（3）	壬午	142
	建康（1）	甲申四	144
沖帝（～炳）	永憙（嘉）（1）	乙酉	145

帝王	年號	干支	公元
質帝（～纘）	本初（1）	丙戌	146
桓帝（～志）	建和（3）	丁亥	147
	和平（1）	庚寅	150
	元嘉（3）	辛卯	151
	永興（2）	癸巳五	153
	永壽（4）	乙未	155
	延熹（10）	戊戌六	158
	永康（1）	丁未六	167
靈帝（～宏）	建寧（5）	戊申	168
	熹平（7）	壬子五	172
	光和（7）	戊午三	178
	中平（6）	甲子十二	184
少帝（～辯）	光熹（1）	己巳	189
	昭寧（1）	己巳	189
獻帝（～協）	永漢（1）	己巳	189
	永平（1）	己巳	189
	初平（4）	庚午	190
	興平（2）	甲戌	194
	建安（25）	丙子	196
	延康（1）	庚子三	220

三國（220 — 280）

魏（220 — 265）

帝王	年號	干支	公元	帝王	年號	干支	公元
文帝（曹丕）	黃初（7）	庚子十	220	高貴鄉公（～髦）	正元（3）	甲戌十	254
明帝（～叡）	太和（7）	丁未	227		甘露（5）	丙子六	256
	青龍（5）	癸丑二	233	元帝（～奐）	景元（5）	庚辰六	260
	景初（3）	丁巳三	237	（陳留王）	咸熙（2）	甲申五	264
齊王（～芳）	正始（10）	庚申	240				
	嘉平（6）	己巳四	249				

蜀漢（221 — 263）

帝王	年號	干支	公元	帝王	年號	干支	公元
昭烈帝（劉備）	章武（3）	辛丑四	221		景耀（6）	戊寅	258
後主（～禪）	建興（15）	癸卯五	223		炎興（1）	癸未八	263
	延熙（20）	戊午	238				

吳（222 — 280）

帝王	年號	干支	公元	帝王	年號	干支	公元
大帝（孫權）	黃武（8）	壬寅十	222	景帝（～休）	永安（7）	戊寅十	258
	黃龍（3）	己酉四	229	末帝（～皓）	元興（2）	甲申七	264
	嘉禾（7）	壬子	232		甘露（2）	乙酉四	265
	赤烏（14）	戊午九	238		寶鼎（4）	丙戌八	266
	太元（2）	辛未五	251		建衡（3）	己丑十	269
	神鳳（1）	壬申二	252		鳳凰（3）	壬辰	272
會稽王（～亮）	建興（2）	壬申四	252		天冊（2）	乙未	275
	五鳳（3）	甲戌	254		天璽（1）	丙申七	276
	太平（3）	丙子十	256		天紀（4）	丁酉	277

晉（265 — 420）

西晉（265 — 317）

帝王	年號	干支	公元	帝王	年號	干支	公元
武帝（司馬炎）	泰始（10）	乙酉十二	265		太安（2）	壬戌十二	302
	咸寧（6）	乙未	275		永安（1）	甲子	304
	太康（10）	庚子四	280		建武（1）	甲子七	304
	太熙（1）	庚戌	290		永安（1）	甲子十一	304
惠帝（～衷）	永熙（1）	庚戌四	290		永興（3）	甲子十二	304
	永平（1）	辛亥	291		光熙（1）	丙寅六	306
	元康（9）	辛亥三	291	懷帝（～熾）	永嘉（7）	丁卯	307
	永康（2）	庚申	300	愍帝（～鄴）	建興（5）	癸酉四	313
	永寧（2）	辛酉四	301				

東晉（317 — 420）

帝王	年號	干支	公元	帝王	年號	干支	公元
元帝（司馬睿）	建武（2）	丁丑三	317	哀帝（～丕）	隆和（2）	壬戌	362
	大興（4）	戊寅三	318		興寧（3）	癸亥二	363
	永昌（2）	壬午	322	海西公（～奕）	太和（6）	丙寅	366
明帝（～紹）	永昌	壬午閏十一	322	簡文帝（～昱）	咸安（2）	辛未十一	371
	太寧（4）	癸未三	323	孝武帝（～曜）	寧康（3）	癸酉	373
成帝（～衍）	太寧	乙酉閏八	325		太元（21）	丙子	376
	咸和（9）	丙戌二	326	安帝（～德宗）	隆安（5）	丁酉	397
	咸康（8）	乙未	335		元興（3）	壬寅	402
康帝（～岳）	建元（2）	癸卯	343		義熙（14）	乙巳	405
穆帝（～聃）	永和（12）	乙巳	345	恭帝（～德文）	元熙（2）	己未	419
	升平（5）	丁巳	357				

南北朝（420 — 589）

南朝　宋（420 — 479）

帝王	年號	干支	公元	帝王	年號	干支	公元
武帝（劉裕）	永初（3）	庚申六	420	明帝（～彧）	泰始（7）	乙巳十二	465
少帝（～義符）	景平（2）	癸亥	423		泰豫（1）	壬子	472
文帝（～義隆）	元嘉（30）	甲子八	424	後廢帝（～昱）（蒼梧王）	元徽（5）	癸丑	473
孝武帝（～駿）	孝建（3）	甲午	454				
	大明（8）	丁酉	457	順帝（～準）	昇明（3）	丁巳七	477
前廢帝（～子業）	永光（1）	乙巳	465				
	景和（1）	乙巳八	465				

齊（479 — 502）

帝王	年號	干支	公元	帝王	年號	干支	公元
高帝（蕭道成）	建元（4）	己未四	479	明帝（～鸞）	建武（5）	甲戌十	494
武帝（～賾）	永明（11）	癸亥	483		永泰（1）	戊寅四	498
鬱林王（～昭業）	隆昌（1）	甲戌	494	東昏侯（～寶卷）	永元（3）	己卯	499
海陵王（～昭文）	延興（1）	甲戌七	494	和帝（～寶融）	中興（2）	辛巳三	501

梁（502 — 557）

帝王	年號	干支	公元	帝王	年號	干支	公元
武帝（蕭衍）	天監（18）	壬午四	502	簡文帝（～綱）	大寶（2）**	庚午	550
	普通（8）	庚子	520	元帝（～繹）	承聖（4）	壬申十一	552
	大通（3）	丁未三	527	敬帝（～方智）	紹泰（2）	乙亥十	555
	中大通（6）	己酉十	529		太平（2）	丙子九	556
	大同（12）	乙卯	535				
	中大同（2）	丙寅四	546				
	太清（3）*	丁卯四	547				

* 有的地區用至 6 年。
** 有的地區用至 3 年。

陳（557 — 589）

帝王	年號	干支	公元	帝王	年號	干支	公元
武帝（陳霸先）	永定（3）	丁丑十	557	宣帝（～頊）	太建（14）	己丑	569
文帝（～蒨）	天嘉（7）	庚辰	560	後主（～叔寶）	至德（4）	癸卯	583
	天康（1）	丙戌二	566		禎明（3）	丁未	587
廢帝（～伯宗）（臨海王）	光大（2）	丁亥	567				

北朝　北魏（386 — 534）

北魏建國於丙戌（386 年）正月，初稱代國，至同年四月始改國號為魏，439 年滅北涼，統一北方。

帝王	年號	干支	公元	帝王	年號	干支	公元
道武帝（拓跋珪）	登國（11）	丙戌	386	孝文帝（元宏）	延興（6）	辛亥八	471
	皇始（3）	丙申七	396		承明（1）	丙辰八	476
	天興（7）	戊戌十二	398		太和（23）	丁巳	477
	天賜（6）	甲辰十	404	宣武帝（～恪）	景明（4）	庚辰	500
明元帝（～嗣）	永興（5）	己酉十	409		正始（5）	甲申	504
	神瑞（3）	甲寅	414		永平（5）	戊子八	508
	泰常（8）	丙辰四	416		延昌（4）	壬辰四	512
太武帝（～燾）	始光（5）	甲子	424	孝明帝（～詡）	熙平（3）	丙申	516
	神䴥（4）	戊辰二	428		神龜（3）	戊戌二	518
	延和（3）	壬申	432		正光（6）	庚子七	520
	太延（6）	乙亥	435		孝昌（3）	乙巳六	525
	太平真君	庚辰六	440		武泰（1）	戊申	528
	（12）			孝莊帝（～子攸）	建義（1）	戊申四	528
	正平（2）	辛卯六	451		永安（3）	戊申九	528
南安王（拓跋餘）	永（承）平	壬辰三	452	長廣王（～曄）	建明（2）	庚戌十	530
	（1）			節閔帝（～恭）	普泰（2）	辛亥二	531
文成帝（～濬）	興安（3）	壬辰十	452	安定王（～朗）	中興（2）	辛亥十	531
	興光（2）	甲午七	454	孝武帝（～脩）	太昌（1）	壬子四	532
	太安（5）	乙未六	455		永興（1）	壬子十二	532
	和平（6）	庚子	460		永熙（3）	壬子十二	532
獻文帝（～弘）	天安（2）	丙午	466				
	皇興（5）	丁未八	467				

東魏（534 — 550）

帝王	年號	干支	公元	帝王	年號	干支	公元
孝靜帝（元善見）	天平（4）	甲寅十	534		興和（4）	己未十一	539
	元象（2）	戊午	538		武定（8）	癸亥	543

北齊（550 — 577）

帝王	年號	干支	公元	帝王	年號	干支	公元
文宣帝（高洋）	天保（10）	庚午五	550	後主（～緯）	天統（5）	乙酉四	565
廢帝（～殷）	乾明（1）	庚辰	560		武平（7）	庚寅	570
孝昭帝（～演）	皇建（2）	庚辰八	560		隆化（1）	丙申十二	576
武成帝（～湛）	太寧（2）	辛巳十一	561	幼主（～恆）	承光（1）	丁酉	577
	河清（4）	壬午四	562				

西魏（535 — 556）

帝王	年號	干支	公元	帝王	年號	干支	公元
文帝（元寶炬）	大統（17）	乙卯	535	恭帝（～廓）	—（3）	甲戌一	554
廢帝（～欽）	—（3）	壬申	552				

北周（557 — 581）

帝王	年號	干支	公元	帝王	年號	干支	公元
孝閔帝（宇文覺）	—（1）	丁丑	557		建德（7）	壬辰三	572
明帝（～毓）	—（3）	丁丑九	557		宣政（1）	戊戌三	578
	武成（2）	己卯八	559	宣帝（～贇）	大成（1）	己亥	579
武帝（～邕）	保定（5）	辛巳	561	靜帝（～闡）	大象（3）	己亥二	579
	天和（7）	丙戌	566		大定（1）	辛丑一	581

隋（581 — 618）

帝王	年號	干支	公元	帝王	年號	干支	公元
文帝（楊堅）	開皇（20）	辛丑二	581	恭帝（～侑）	義寧（2）	丁丑十一	617
	仁壽（4）	辛酉	601				
煬帝（～廣）	大業（14）	乙丑	605				

唐（618 — 907）

帝王	年號	干支	公元	帝王	年號	干支	公元
高祖（李淵）	武德（9）	戊寅五	618		萬歲通天（2）	丙申三	696
太宗（～世民）	貞觀（23）	丁亥	627		神功（1）	丁酉九	697
高宗（～治）	永徽（6）	庚戌	650		聖曆（3）	戊戌	698
	顯慶（6）	丙辰	656		久視（1）	庚子五	700
	龍朔（3）	辛酉三	661		大足（1）	辛丑	701
	麟德（2）	甲子	664		長安（4）	辛丑十	701
	乾封（3）	丙寅	666	中宗（李顯，又名	神龍（3）	乙巳	705
	總章（3）	戊辰三	668	哲），復唐國號	景龍（4）	丁未九	707
	咸亨（5）	庚午三	670	睿宗（～旦）	景雲（2）	庚戌七	710
	上元（3）	甲戌八	674		太極（1）	壬子	712
	儀鳳（4）	丙子十一	676		延和（1）	壬子五	712
	調露（2）	己卯六	679	玄宗（～隆基）	先天（2）	壬子八	712
	永隆（2）	庚辰八	680		開元（29）	癸丑十二	713
	開耀（2）	辛巳九	681		天寶（15）	壬午	742
	永淳（2）	壬午二	682	肅宗（～亨）	至德（3）	丙申七	756
	弘道（1）	癸未十二	683		乾元（3）	戊戌二	758
中宗（～顯，	嗣聖（1）	甲申	684		上元（2）	庚子閏四	760
又名哲）					—（1）	辛丑九	761
睿宗（～旦）	文明（1）	甲申二	684	代宗（～豫）	寶應（2）	壬寅四	762
武后（武曌）	光宅（1）	甲申九	684		廣德（2）	癸卯七	763
	垂拱（4）	乙酉	685		永泰（2）	乙巳	765
	永昌（1）	己丑	689		大曆（14）	丙午十一	766
	載初（1）	庚寅正	690	德宗（～适）	建中（4）	庚申	780
武后稱帝，改	天授（3）	庚寅九	690		興元（1）	甲子	784
國號為周	如意（1）	壬辰四	692		貞元（21）	乙丑	785
	長壽（3）	壬辰九	692	順宗（～誦）	永貞（1）	乙酉八	805
	延載（1）	甲午五	694	憲宗（～純）	元和（15）	丙戌	806
	證聖（1）	乙未	695	穆宗（～恆）	長慶（4）	辛丑	821
	天冊萬歲（2）	乙未九	695	敬宗（～湛）	寶曆（3）	乙巳	825
	萬歲登封（1）	丙申臘	696	文宗（～昂）	寶曆	丙午十二	826

帝王	年號	干支	公元	帝王	年號	干支	公元
	大(太)和(9)	丁未二	827		光啟(4)	乙巳三	885
	開成(5)	丙辰	836		文德(1)	戊申二	888
武宗(～炎)	會昌(6)	辛酉	841	昭宗(～曄)	龍紀(1)	己酉	889
宣宗(～忱)	大中(14)	丁卯	847		大順(2)	庚戌	890
懿宗(～漼)	大中	己卯八	859		景福(2)	壬子	892
	咸通(15)	庚辰十一	860		乾寧(5)	甲寅	894
僖宗(～儇)	咸通	癸巳七	873		光化(4)	戊午八	898
	乾符(6)	甲午十一	874		天復(4)	辛酉四	901
	廣明(2)	庚子	880		天祐(4)	甲子閏四	904
	中和(5)	辛丑七	881	哀帝(～柷)	天祐	甲子八	904

五代(907 — 960)

後梁(907 — 923)

帝王	年號	干支	公元	帝王	年號	干支	公元
太祖(朱晃，又名温、全忠)	開平(5)	丁卯四	907		貞明(7)	乙亥十一	915
	乾化(5)	辛未五	911		龍德(3)	辛巳五	921
末帝(～瑱)	乾化	癸酉二	913				

後唐(923 — 936)

帝王	年號	干支	公元	帝王	年號	干支	公元
莊宗(李存勖)	同光(4)	癸未四	923	閔帝(～從厚)	應順(1)	甲午	934
明宗(～亶)	天成(5)	丙戌四	926	末帝(～從珂)	清泰(3)	甲午四	934
	長興(4)	庚寅二	930				

後晉(936 — 947)

帝王	年號	干支	公元	帝王	年號	干支	公元
高祖(石敬瑭)	天福(9)	丙申十一	936		開運(4)	甲辰七	944
出帝(～重貴)	天福	壬寅六	942				

後漢（947 — 950）

帝王	年號	干支	公元	帝王	年號	干支	公元
高祖（劉暠，本名知遠）	天福	丁未二	947	隱帝（～承祐）	乾祐	戊申二	948
	乾祐（3）	戊申	948				

後周（951 — 960）

帝王	年號	干支	公元	帝王	年號	干支	公元
太祖（郭威）	廣順（3）	辛亥	951	世宗（柴榮）	顯德	甲寅一	954
	顯德（7）	甲寅一	954	恭帝（～宗訓）	顯德	己未六	959

宋（960 — 1279）

北宋（960 — 1127）

帝王	年號	干支	公元	帝王	年號	干支	公元
太祖（趙匡胤）	建隆（4）	庚申	960		慶曆（8）	辛巳十一	1041
	乾德（6）	癸亥十一	963		皇祐（6）	己丑	1049
	開寶（9）	戊辰十一	968		至和（3）	甲午三	1054
太宗（～炅，本名匡義，又名光義）	太平興國（9）	丙子十二	976		嘉祐（8）	丙申九	1056
				英宗（～曙）	治平（4）	甲辰	1064
	雍熙（4）	甲申十一	984	神宗（～頊）	熙寧（10）	戊申	1068
	端拱（2）	戊子	988		元豐（8）	戊午	1078
	淳化（5）	庚寅	990	哲宗（～煦）	元祐（9）	丙寅	1086
	至道（3）	乙未	995		紹聖（5）	甲戌四	1094
真宗（～恆）	咸平（6）	戊戌	998		元符（3）	戊寅六	1098
	景德（4）	甲辰	1004	徽宗（～佶）	建中靖國（1）	辛巳	1101
	大中祥符（9）	戊申	1008		崇寧（5）	壬午	1102
	天禧（5）	丁巳	1017		大觀（4）	丁亥	1107
	乾興（1）	壬戌	1022		政和（8）	辛卯	1111
仁宗（～禎）	天聖（10）	癸亥	1023		重和（2）	戊戌十一	1118
	明道（2）	壬申十一	1032		宣和（7）	己亥二	1119
	景祐（5）	甲戌	1034	欽宗（～桓）	靖康（2）	丙午	1126
	寶元（3）	戊寅十一	1038				
	康定（2）	庚辰二	1040				

南宋（1127 — 1279）

帝王	年號	干支	公元	帝王	年號	干支	公元
高宗（趙構）	建炎（4）	丁未五	1127		嘉熙（4）	丁酉	1237
	紹興（32）	辛亥	1131		淳祐（12）	辛丑	1241
孝宗（～昚）	隆興（2）	癸未	1163		寶祐（6）	癸丑	1253
	乾道（9）	乙酉	1165		開慶（1）	己未	1259
	淳熙（16）	甲午	1174		景定（5）	庚申	1260
光宗（～惇）	紹熙（5）	庚戌	1190	度宗（～禥）	咸淳（10）	乙丑	1265
寧宗（～擴）	慶元（6）	乙卯	1195	恭帝（～㬎）	德祐（2）	乙亥	1275
	嘉泰（4）	辛酉	1201	端宗（～昰）	景炎（3）	丙子五	1276
	開禧（3）	乙丑	1205	帝昺（～昺）	祥興（2）	戊寅五	1278
	嘉定（17）	戊辰	1208				
理宗（～昀）	寶慶（3）	乙酉	1225				
	紹定（6）	戊子	1228				
	端平（3）	甲午	1234				

遼（907 — 1125）

遼建國於 907 年，國號契丹，916 年始建年號，938 年（一說 947 年）改國號為遼，983 年復稱契丹，1066 年仍稱遼。

帝王	年號	干支	公元	帝王	年號	干支	公元
太祖（耶律阿保機）	一（10）	丁卯	907		統和（30）	癸未六	983
	神冊（7）	丙子十二	916		開泰（10）	壬子十一	1012
	天贊（5）	壬午二	922		太平（11）	辛酉十一	1021
	天顯（13）	丙戌二	926	興宗（～宗真）	景福（2）	辛未六	1031
太宗（～德光）	天顯	丁亥十一	927		重熙（24）	壬申十一	1032
	會同（10）	戊戌十一	938	道宗（～洪基）	清寧（10）	乙未八	1055
	大同（1）	丁未二	947		咸雍（10）	乙巳	1065
世宗（～阮）	天祿（5）	丁未九	947		大（太）康（10）	乙卯	1075
穆宗（～璟）	應曆（19）	辛亥九	951				
景宗（～賢）	保寧（11）	己巳二	969		大安（10）	乙丑	1085
	乾亨（5）	己卯十一	979		壽昌（隆）（7）	乙亥	1095
聖宗（～隆緒）	乾亨	壬午九	982	天祚帝（～延禧）	乾統（10）	辛巳二	1101
					天慶（10）	辛卯	1111
					保大（5）	辛丑	1121

金（1115 — 1234）

帝王	年號	干支	公元	帝王	年號	干支	公元
太祖（完顏旻，	收國（2）	乙未	1115	章宗（～璟）	明昌（7）	庚戌	1190
本名阿骨打）	天輔（7）	丁酉	1117		承安（5）	丙辰十一	1196
太宗（～晟）	天會（15）	癸卯九	1123		泰和（8）	辛酉	1201
熙宗（～亶）	天會	乙卯一	1135	衛紹王（～	大安（3）	己巳	1209
	天眷（3）	戊午	1138	永濟）	崇慶（2）	壬申	1212
	皇統（9）	辛酉	1141		至寧（1）	癸酉五	1213
海陵王（～亮）	天德（5）	己巳十二	1149	宣宗（～珣）	貞祐（5）	癸酉九	1213
	貞元（4）	癸酉三	1153		興定（6）	丁丑九	1217
	正隆（6）	丙子二	1156		元光（2）	壬午八	1222
世宗（～雍）	大定（29）	辛巳十	1161	哀宗（～守緒）	正大（9）	甲申	1224
					開興（1）	壬辰一	1232
					天興（3）	壬辰四	1232

元（1271 — 1368）

帝王	年號	干支	公元	帝王	年號	干支	公元
世祖（孛兒只	至元（31）	辛未	1271	明宗（～和世		己巳	1329
斤忽必烈）*				琜）			
成宗（～鐵穆	元貞（3）	乙未	1295		至順（4）	庚午五	1330
耳）	大德（11）	丁酉二	1297	寧宗（～懿璘	至順	壬申十	1332
武宗（～海山）	至大（4）	戊申	1308	質班）			
仁宗（～愛育	皇慶（2）	壬子	1312	順帝（～妥懽	至順	癸酉六	1333
黎拔力八達）	延祐（7）	甲寅	1314	帖睦爾）	元統（3）	癸酉十	1333
英宗（～碩德	至治（3）	辛酉	1321		（後）至元（6）	乙亥十一	1335
八剌）					至正（28）	辛巳	1341
泰定帝（～也	泰定（5）	甲子	1324				
孫鐵木兒）	致和（1）	戊辰二	1328				
天順帝（～阿	天順（1）	戊辰九	1328				
速吉八）							
文宗（～圖帖	天曆（3）	戊辰九	1328				
睦爾）							

* 世祖忽必烈於至元八年（公元 1271 年）定國號為元。

明（1368 — 1644）

帝王	年號	干支	公元	帝王	年號	干支	公元
太祖（朱元璋）	洪武（31）	戊申	1368	孝宗（～祐樘）	弘治（18）	戊申	1488
惠帝（～允炆）	建文（4）	己卯	1399	武宗（～厚照）	正德（16）	丙寅	1506
成祖（～棣）	永樂（22）	癸未	1403	世宗（～厚熜）	嘉靖（45）	壬午	1522
仁宗（～高熾）	洪熙（1）	乙巳	1425	穆宗（～載垕）	隆慶（6）	丁卯	1567
宣宗（～瞻基）	宣德（10）	丙午	1426	神宗（～翊鈞）	萬曆（48）	癸酉	1573
英宗（～祁鎮）	正統（14）	丙辰	1436	光宗（～常洛）	泰昌（1）	庚申	1620
代宗（～祁鈺）（景帝）	景泰（8）	庚午	1450	熹宗（～由校）	天啟（7）	辛酉	1621
				思宗（～由檢）	崇禎（17）	戊辰	1628
英宗（～祁鎮）	天順（8）	丁丑	1457				
憲宗（～見深）	成化（23）	乙酉	1465				

清（1644 — 1911）

帝王	年號	干支	公元	帝王	年號	干支	公元
世祖（愛新覺羅福臨）	順治（18）	甲申	1644	宣宗（～旻寧）	道光（30）	辛巳	1821
				文宗（～奕詝）	咸豐（11）	辛亥	1851
聖祖（～玄燁）	康熙（61）	壬寅	1662	穆宗（～載淳）	同治（13）	壬戌	1862
世宗（～胤禛）	雍正（13）	癸卯	1723	德宗（～載湉）	光緒（34）	乙亥	1875
高宗（～弘曆）	乾隆（60）	丙辰	1736	～溥儀	宣統（3）	己酉	1909
仁宗（～顒琰）	嘉慶（25）	丙辰	1796				

中華民國（1912 — 1949）

中華人民共和國 1949 年 10 月 1 日成立

筆畫檢字表

【說明】

1. 單字按筆畫數由少到多排列，同畫數內的字按第一筆的筆形，以（一）（丨）（丿）（丶）（乛）的順序歸類。
2. 每字右邊的數字是字典正文中的頁碼。

五畫

六畫

七畫

九畫

【一】

十畫

【一】

十一畫

【一】

十二畫

【一】

十三畫

【一】

十四畫

十五畫

【一】

十七畫

【一】

十九畫

【一】

【丨】

【丿】

二十畫

二十八畫

二十九畫

三十畫

三十一畫

三十二畫

異體字筆畫檢字表

【說明】

1. 單字按筆畫數由少到多排列，同畫數內的字按第一筆的筆形，以（一）（丨）（丿）（丶）（乛）的順序歸類。
2. 每字右邊的數字是字典正文中的頁碼。異體字收錄在字典正文中的字頭後，以（ ）表示。

十四畫

十五畫

十六畫

十七畫